曹雪芹 著 無名氏 續

馮其庸重校評批 增評增圖 庚寅重訂

瓜飯樓重校評批紅樓夢

寬堂

上

青島出版社

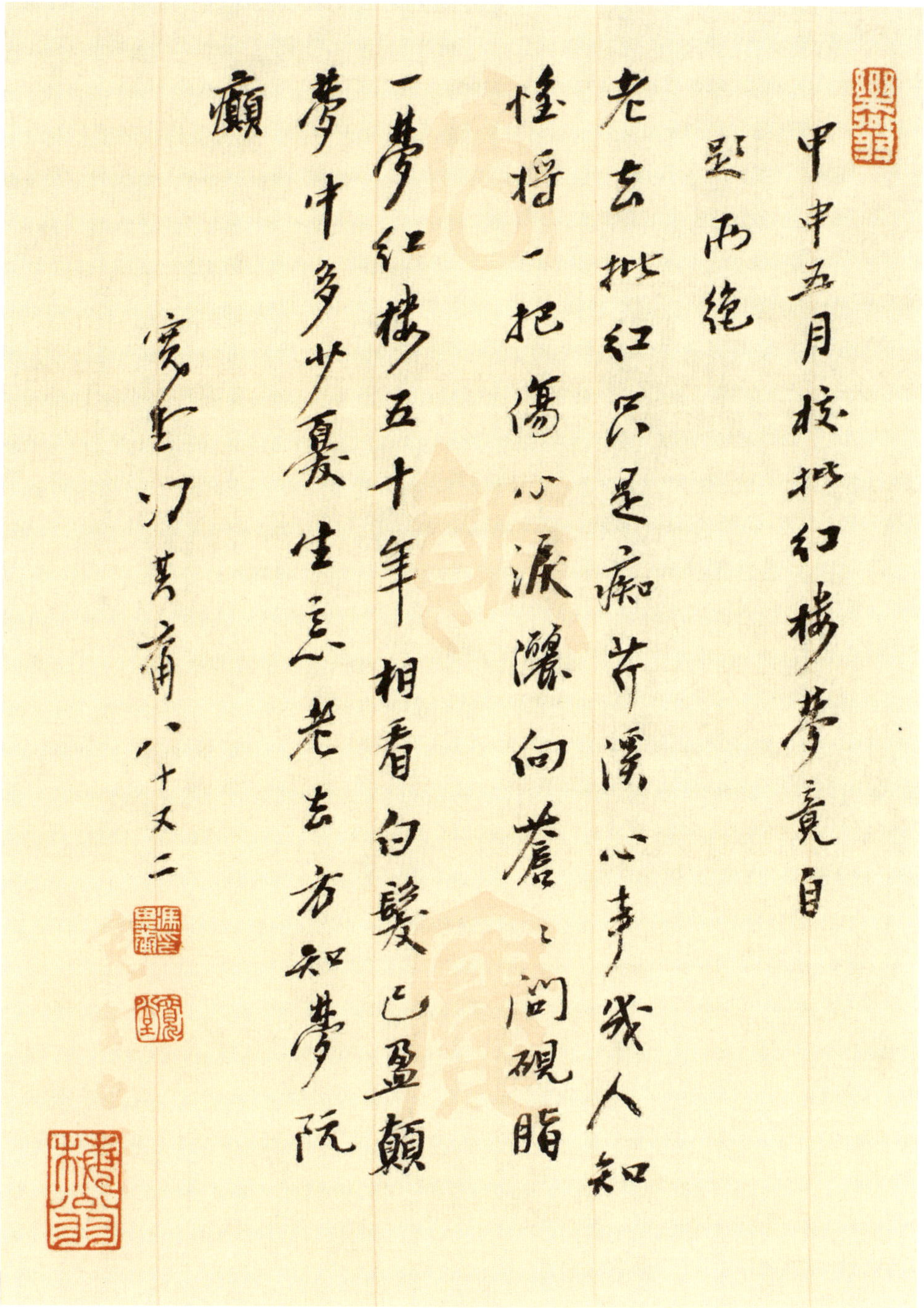
甲申五月校批紅樓夢竟自
題兩絕
老去批紅只是痴芹溪心事幾人知
怪將一把傷心淚灑向蒼蒼問硯脂
一夢紅樓五十年相看白髮已盈顛
夢中多少憂生意老去方知夢阮
癲
寬堂馮其庸八十又二

作者題詩

解讀《紅樓夢》

——代序

馮其庸

一　《紅樓夢》是可以解讀的

《紅樓夢》是一部出名的奇書，奇就奇在從易讀的一面來說，幾乎是只要有一般文化的人都能讀懂它，真可以說是婦孺皆可讀；但從深奧的一面來說，即使是學問很大的人也不能說可以盡解其奧義。一部書竟能把通俗易懂與深奧難解兩者結合得渾然一體，真是不可思議。也正因爲如此，兩百多年來，它既是風行海內的一部書，也是紛爭不已的一部書。

那末，《紅樓夢》真是一部不可解讀的書嗎？從理論上來說，世間的客觀事物，都是應該可以被認識的，所以不可知論的觀點，是不科學的。但是，從實踐來說，什麽時候能認識這客觀事物，就拿《紅樓夢》來說，什麽時候能被徹底認識，這就很難預期了。

這就是說，終究能解讀這部書是肯定的，而何時可以完全解讀這部書則是很難做出預測的。當然，並不是說我們現在對這部書還完全沒有解讀，我認爲積二百多年來人們對這部書的認識經驗，應該說人們對這部書的大旨是基本瞭解的，現在說的難解的問題，是指書中較爲隱蔽的部分，而並不是說書的整體。

再説《紅樓夢》作者本身，是希望永遠不被人解讀呢，還是希望終究能得到知音，得到解讀呢？我認爲作者是希望能得到人們的解讀的，不然就不會作出『誰解其中味』的感歎來了。但是，再進一步來說，我認爲曹雪芹既不是希望在他的時代人人都能解讀，也不是希望在他的時代人人都不能解讀。曹雪芹處於他的特殊的時代環境，他希望在他的時代，有一部分人永遠也不能解讀。他所以要用『假語村言』，將『真事隱去』，就是爲了要躲避這些人，以免造成文字奇禍；而對廣大的讀者來說，他是極希望人們能讀懂他的書的。至於百年之後，那他就更希望能得到人們的普遍理解了。

從作者的心理來說，如果他根本不希望別人能瞭解，那末，他又何必要費這麼多心血來寫這部書？不著一字，不是更爲隱蔽嗎？現在他既已著書，而又一方面反復強調『真事隱去』，『假語村言』，而另方面又說明『至若離合悲歡，興衰際遇，則又追蹤躡迹，不敢稍加穿鑿』，『不過實録其事，又非假擬妄稱』。這前後矛盾的話，初看似乎不可理解，細味方纔悟出，實際上是他惟恐人們不去求解，故意露出破綻，以求人們去仔細琢磨他所隱藏的深意而已。

這種藏頭露尾，欲隱故顯的情景，在文學史上並不是絕無僅有，我覺得魏晉之際阮籍的《詠懷詩》就與它有極爲相似之處。顏延之說：『阮籍在晉文代常慮禍患，故發此詠耳。』李善說：『嗣宗身仕亂朝，常恐罹謗遇禍，因茲發詠，故每有憂生之嗟，雖志在刺譏，而文多隱避，百代下難以情測。』雪芹的朋友敦誠稱雪芹是：『步兵白眼向人斜』，是『狂于阮步兵』。敦敏也說他『一醉毷氉白眼斜』。他們都用阮籍來比喻雪芹，而雪芹也恰好自號『夢阮』。『夢阮』者，夢阮籍也。這樣，我們正好從雪芹自號『夢阮』得到啓示，阮籍的八十二首《詠懷詩》所以『文多隱避』，是因爲『身仕亂朝，常恐罹謗遇禍』。則雪芹亦何嘗不是。當然雪芹從未『仕』過。且亦不能稱他的時代是『亂朝』。但若從雍正奪嫡的時代起，一直到雍正上臺就立即大開殺戒，不僅把與他爭奪帝位的兄弟殺的殺，關的關，而且雍正元年，曹雪芹的舅祖李煦即被抄家，徹底敗落。雍正五年底到六年初，曹雪芹家也被抄，徹底敗落。同時破家敗落的還並非一二家。處在這樣的時代，從雪芹自身的遭遇來說，說自己有近似阮籍的境遇，有同阮籍一樣的『常恐罹謗遇禍』的畏懼，我覺得是合理的，因而雪芹的『夢阮』兩字，是有真實的內涵的，他的《紅樓夢》『真事隱去』，也就是阮籍的『文多隱避』，其道理是一樣的。

無論是阮籍還是曹雪芹，他們的作品儘管『文多隱避』，但並不是他們絕對不希望人們能理解，因此我們如能認真地去求索，總應該能找到解讀之路的。

二　解讀《紅樓夢》之路

《紅樓夢》的解讀，根據我自己的體會，我認爲必須正確地做好四個方面深入細緻而切實的研究工作。

第一　要正確地弄清曹雪芹的百年家世

要正確地弄清曹雪芹的百年家世，因爲曹雪芹在《紅樓夢》裏一再提到他的百年家世，從艱難的創業，到種種特殊的際遇，到成就飛黄騰達亦武亦文的顯宦家世，到最後的盛極而衰和徹底敗落，這些重要的環節，如果不是根據第一手的可信的史料來加以研討，而是根據道聽途説，甚至故意歪曲文獻或無中生有地胡編亂造，這怎麼能正確地進入解《夢》之途呢？

或曰：《紅樓夢》並不是曹雪芹的自傳，何必要瞭解這麼多呢？《紅樓夢》確實不是曹雪芹的自傳，所以『自傳説』是錯誤的。但曹雪芹寫《紅樓夢》的生活素材來源，卻是取自他自己的家庭及舅祖李煦的家庭等等，這是事實。所以爲了更深入地研究《紅樓夢》而研究曹雪芹創作《紅樓夢》的生活素材，歷史背景，這是完全必要的。反之如果把曹雪芹的百年家世都弄錯了，甚至故意歪曲顛倒了，那末，如何能理解《紅樓夢》呢？

第二　要正確地理解曹雪芹的時代

要正確地理解曹雪芹的時代，不僅僅是曹雪芹生活的不到五十年的時代（約一七一五到一七六三），而且還應該瞭解曹雪芹出生前的一段歷史狀況，因爲這都會對作者產生影響。特別是對曹雪芹時代的政治鬥爭、思想鬥爭、經濟狀況、社會狀況等等，都必須有所瞭解。尤其要注意的是十八世紀初的中國封建社會，正處在緩慢轉型的時期，舊的封建制度的一切仍處在絕對統治的地位，社會仍是沉沉暗夜，但是新的事物、新的經濟因素、新的思想意識卻在緩慢地暗暗地滋長，《紅樓夢》正是真實地反映了一切腐朽的正在加速腐朽，一切新生的正在漸滋暗長的歷史狀況。過去，只是偏重于曹雪芹百年家世及其敗落對《紅樓夢》創作的影響，現在看來，這遠遠不够。一部《紅樓夢》是整個時代的産物，而不僅僅是曹家家庭的産物，是整個時代和社會的反映，而不僅僅是曹家家庭的反映。《紅樓夢》的內涵是非常深廣的，不是曹家的家史所能包含的。只有把《紅樓夢》放到整個曹雪芹的時代和社會去考察衡量，纔能真正瞭解這部書的深刻含義，如單用曹家家史來衡量這部書，是大大縮小了它的內涵。

第三　要認真研究《紅樓夢》的早期抄本

要認真仔細深入地研究《紅樓夢》的早期抄本，即未經後人竄改過的稿本，因爲只有這樣的稿本，纔是純真的曹雪芹的思想原貌。現在大家公認『甲戌』『己卯』『庚辰』三個本子是最早的本子，而我則認爲甲戌本尚有可待深研之處。我認爲它的抄定年代不可能比己卯、庚辰早，其中『凡例』的第五條明顯地是從庚辰本轉移過來的，脂批的錯位，批語的較多錯字，版口有『石頭記』和『脂硯齋』字樣的特殊標誌等等，都值得深入探討。我認爲它的底本是經過整理過的本子，如果它一開始就有『凡例』等等，則後來己卯本、庚辰本爲什麼又删去了『凡例』？現今所見己卯本、庚辰本都是幾個人合抄的，所以保持了原本的款式，且字迹明顯地有的部分寫得極好，有些部分則極差，這是因爲早期尚在秘密傳抄階段，所以要多人合抄，要完全按原稿的款式，否則就不能合成。到了後來的抄本，已可公開抄了，所以就可一人抄到底了，字迹也只有一個人的筆迹了。另外，在甲戌本上，正文下還有預留空白待抄批語，以及批語錯行，與正文完全不對等等的情況，這些都是重新整理抄寫的跡象。如是雪芹原稿，決不可能在句下預留空白，而且有的是預留大段空白。所以我認爲這是經過後來整理過的本子，當然我說的後來也不是說乾隆以後。我看它的紙張，是與己卯、庚辰一樣的乾隆竹紙，但紙色的黄脆程度，卻超過己、庚兩本，這與收藏者的保藏好壞有關。所以現今只有『己卯』『庚辰』兩本是真正保存了《紅樓夢》原始面貌（即雪芹原稿的款式等等）的本子。至於『甲戌』本的正文，我認爲是《紅樓夢》的早期文字，但在乾隆末年重加過録時，又據後來的本子有所修改。

我這樣說，並無貶低『甲戌』本價值之意，甲戌本上有大量珍貴的脂批，有多出於別本的獨有的文字，這些都是別本所不可替代的它所獨有的價值，我只是認爲應該認真深入地研究和鑒定它，認真去解決上面這許多問題，目前對它的研究還很不够，希望專家們多加研究而已。不僅如此，作爲研究《紅樓夢》的原始文字來說，現存其他諸種脂批本，包括程甲本在內，都是值得重視而加以研究的。尋求《紅樓夢》的原始文字，不可能輕而易舉地從一個本子上全部解決，只能用比較研究的方法，把各個早期抄本作認真的排列研究，纔能得出較爲科學的結論來。從這一角度來說，我認爲己卯、庚辰兩種本子，恰好是可以作爲我們探求《紅樓夢》原始抄寫款式的一個坐標。從文字的角度說，則甲戌、己卯、庚辰三本的文字，都是屬於早期的文字，都應該加以珍視。

第四 要參照《紅樓夢》同時代的作品

在研究《紅樓夢》時，應該把與《紅樓夢》同時代的其他作品拿來作參照比較，其中尤其值得用來參照的是《儒林外史》。《儒林外史》寫作的時代幾乎與《紅樓夢》完全相同。而書中反科舉，反八股，反封建禮教，反婦女殉節，反社會的假道學、假名士等等，幾乎都是與《紅樓夢》相通的，我們可以用《儒林外史》來印證《紅樓夢》，從而可以看出兩書所反映的共同時代特徵。不僅如此，比曹雪芹略早一些的蒲松齡的《聊齋志異》，也值得拿來作比較，其中有關婚姻愛情問題、反科舉八股問題，揭露社會黑暗，批判封建政權的殘害人民等等，其精神都是與《紅樓夢》相通的。通過比較，也可以看出從康熙到乾隆時社會共同的聯貫性的問題。

當然，除此之外，清代有關的筆記小説及其他文獻資料應該盡可能地多加參照。

研究《紅樓夢》的最大歧路，就是猜謎式的『索隱』和『考證』式的猜謎。更有甚者是造假材料，把真的説成假的，把假的説成真的，真正應了曹雪芹的那句話『假作真時真亦假，無爲有處有還無』，至今這種方式還有很大的市場，因爲它有欺騙性，它容易讓一般讀者上當。所以人們須要警惕，須要加以識別，以免走入歧路。

三　解讀《紅樓夢》

《紅樓夢》這部書，我個人覺得，可以分幾個方面來解讀：

第一　賈寶玉人生之路的解讀

《紅樓夢》裏的賈寶玉，是一個全新的形象，他的全部行爲，在正統派的眼裏，就是第三回兩首《西江月》詞寫的：

無故尋愁覓恨，有時似傻如狂。縱然生得好皮囊，腹內原來草莽。潦倒不通世務，愚頑怕讀文章。行爲偏僻性乖張，那管世人誹謗！

富貴不知樂業，貧窮難耐淒涼。可憐辜負好韶光，於國於家無望。天下無能第一，古今不肖無雙。寄言紈袴與膏粱，莫效此兒形狀！

然而，作者是否真是賦予這個形象以這樣的思想內涵呢？賈寶玉走的究竟是怎樣的一條人生之路呢？這卻須要認真解讀。

曹雪芹一再提醒讀者，『千萬不可照正面，只照他的背面，要緊，要緊！』（十二回）這句話雖然是對賈瑞照風月鑒說的，但也是讀《紅樓夢》的一把鑰匙，不過並不是一股腦兒把全書都從反面來讀就算符合作者之意了，其實作者並沒有那麼簡單。作者只是說《紅樓夢》在某些事情上，某些話語上或某些詩詞上，不能光看其正面，而要仔細尋繹其更深的內涵，甚或竟要從反面去理解，纔能悟其真意。這兩首《西江月》詞，卻正是要從相反的意義來理解，纔能得作者之意。

《紅樓夢》第四十七回寶玉說：

只恨我天天圈在家裏，一點兒做不得主，行動就有人知道，不是這個攔就是那個勸的，能說不能行。

第三十六回賈薔買了一個雀兒籠子給齡官玩，齡官說：

『你們家把好好的人弄了來，關在這牢坑裏學這個勞什子（指學戲）還不算，你這會子又弄個雀兒來，也偏生幹這個。你分明是弄了他來打趣形容我們，還問我好不好。』賈薔聽了，不覺慌起來，連忙賭身立誓。……將雀兒放了，一頓把將籠子拆了。

這兩段文字，前一段十分明白地寫出了賈寶玉深恨自己『做不得主』，沒有自己的行動自由；後一段恰好借齡官的嘴說出了『你們家把好好的人弄了來，關在這牢坑裏』，不得自由。最後還是讓賈薔把雀兒放了，把籠子也拆了。這個情節當然是賈薔和齡官的，但其思想卻是曹雪芹的思想。作者分明是借齡官的情節寫出了要求給人以自由的思想。特別是第六十回春燕對他母親說：『我且告訴你句話：寶玉常說，將來這屋裏的人，無論家裏外頭的，一應我們這些人，他都要回太太全放出去，與本人父母自便呢。』這裏，作者直接就寫出了賈寶玉認爲人應該有自由的思想了。

《紅樓夢》第七回賈寶玉在見到秦鍾後，乃自思道：

可恨我爲什麼生在這侯門公府之家，若也生在寒門薄宦之家，早得與他交結，也不枉生了一世。……『富貴』二字，不料遭我荼毒了！

這是寶玉對自己生在這『侯門公府』之家的憎惡，覺得這個富貴之家反而限制了他與普通人家的交往。而秦鍾也想：『可知「貧窶」二字限人，亦世間之大不快事。』這裏已經比較明顯地寫出貧富的限制，等級的限制。三十六回寶玉對襲人說了一大段反對『文死諫，武死戰』的話後說：

比如我此時若果有造化，該死於此時的，趁你們在，我就死了，再能够你們哭我的眼淚流成大河，把我的屍首漂起來，送到那鴉雀不到的幽僻之處，隨風化了，自此再不要託生爲人，就是我死的得時了。

五十七回寶玉又對紫鵑說：

我只願這會子立刻我死了，把心迸出來你們瞧見了，然後連皮帶骨一概都化成一股灰，灰還有形迹，不如再化一股煙，煙還可凝聚，人還看見，須得一陣大亂風吹的四面八方都登時散了，這纔好！

這兩段話儘管說得極怪，從字面上看似很難捉摸，但實際上卻是極端憤世嫉俗的話。寶玉恨不得自己立刻離開這個污濁的社會，而且隨風而散，一點也不留痕迹，以免自己與這個污濁社會再有沾染。這實質上也是曹雪芹對這個自己生存的現實社會的批判。七十一回尤氏說寶玉：

『誰都像你，真是一心無挂礙，只知道和姊妹們頑笑，餓了吃，困了睡，再過幾年，不過還是這樣，一點後事也不慮。』寶玉笑道：『我能够和姊妹們過一日是一日，死了就完了。什麼後事不後事！』

這段話，從字面上看，好像只是寫賈寶玉的『混日子』，『無所事事』，而實質上作者是在寫賈寶玉對這個社會和家庭都抱着極端消極的態度，所謂『什麼後事不後事』這句話，是對世俗社會、封建家庭要求他走『仕途經濟』之路的不屑一顧和全盤否定。

賈寶玉堅決反對『仕途經濟』，反對『國賊祿鬼』，反對『文死諫、武死戰』，反對『八股科舉』，反對『程朱理學』，這在《紅樓夢》裏都是有曲折的反映的。實際上，在賈寶玉的面前，是明明白白地擺着幾條可由他選擇的人生道路的：一是走『仕途經濟』『科舉考試』，然後做官的道路。這是他的封建家庭以至寶釵、湘雲、襲人等都希望他走的路，但是他卻堅決拒絕了。二是現現成成地走賈赦、賈珍的道路，即接受世襲恩蔭，在家當閒官，享清福，酒筵歌舞、三妻四妾地享受一輩子，也是毫不費力的。再有就是乾脆像薛蟠那樣當一個花花公子，也是無人來管制他的。然而這一切現成的而且是很順利的人生之路他都一概不走，他卻偏要在萬目睚眥的環境下，頂着世人的誹謗，受着嚴父的毒打而堅決走自己的路。當然賈寶玉走的人生之路，在《紅樓夢》裏是沒有什麼名稱的，但是我們仔細分析上面所引的這些文字和書中的全部描寫，可以看出，實質上賈寶玉是走的一條自由人生之路。因爲他不受封建官場的引誘，不受封建禮教和封建傳統的束縛，也不受腐臭糜爛的封建貴族家庭骯髒生活的腐蝕，而獨走被人鄙視、受人輕賤而被世所棄的個人自由之路，這是多麼難得，多麼具有大無畏的勇氣呀！賈寶玉的時代，還是封建社會沉沉暗夜的時代，代替封建制度的新時代的曙光還未透出或剛將稍稍透出地面，所以我們不能要求曹雪芹寫出更超越時代所許可的自由思想來！有這樣的思想形象，有這樣耐人尋思的情節和語言，已經是大大超越那個時代了！

第二　寶、黛愛情悲劇的解讀

凡是讀過《紅樓夢》的人，無不被寶、黛的愛情悲劇所感動。清代的筆記小説裏説，有人因讀《紅樓夢》感寶、黛之悲劇而致病致瘋，可見其感人之深。似乎可以無須解讀了，人們早已理解了。然而，以上所說的，還只是情之所感，而不是理之所喻。我這裏所說的解讀，是要對寶、黛愛情悲劇作理性的認識。我認爲寶、黛愛情悲劇有以下幾點新的意義，不可忽視：

一 是新的愛情觀念

《紅樓夢》第六十五回尤三姐說：『終身大事，一生至一死，非同兒戲，只要我揀一個素日可心如意的人方跟他去。若憑你們揀擇，雖是富比石崇，才過子建，貌比潘安的，我心裏進不去，也白過了一世。』這話雖然是尤三姐說的，但分明是一種新的愛情觀念。這話所以由尤三姐說出來，是因爲符合尤三姐的身份。在曹雪芹的時代，根本還說不上什麼愛情觀念，有的就是『父母之命，媒妁之言』，就是『門當戶對』，根本沒有什麼自由戀愛、自由選擇的問題。但曹雪芹卻讓尤三姐說了上述這一番話。這是一番在男女愛情史上驚天動地的話。他根本不把封建禮教當作一回事，他直接提出了三點反傳統的主張，一是『終身大事，一生至一死，非同兒戲。』這就把婚姻問題與個人一生的幸福結合了起來，這是人的一種覺醒的意識。二是要『揀一個素日可心如意的人』，這就是要獨立自主，自己選擇，不能由人支配，不能『憑你們揀擇』。三是『我心裏進不去，也白過了一世。』這就是説自己選擇的人必須是『心裏』『進得去』的人，也就是真正知心如意的人。上面這種觀念，與當時佔正統地位的婚姻觀念『父母之命、媒妁之言』、『門當戶對』、『嫁雞隨雞、嫁狗隨狗』等等，沒有一絲一毫的共同之處。

這樣的愛情觀念，並非只有尤三姐獨有，事實上，曹雪芹筆下的寶、黛愛情，完全充分地體現了以上三點，而且寫得更加深刻動人，更加曲折。其所以如此，是寶、黛兩人的身份教養與尤三姐截然不同，尤三姐簡單明瞭的話，在寶、黛心裏口裏要文雅含蓄隱蔽得多多。限於篇幅，這裏不可能把寶、黛戀愛過程的許多深刻的心理描寫引出來。

二　是新的愛情方式

在《紅樓夢》以前的愛情描寫，基本上只有一種模式，這就是『一見傾心』或『一見鍾情』式。這種方式，也是社會的現實反映。因爲在封建社會，『男女授受不親』，『非禮勿視，非禮勿言』，男女根本沒有機會接觸，如何可能戀愛？所以難得有機會『一見』，自然也就『鍾情』了，這是封建社會的禮教所造成的。除此以外，那就是非婚姻的發生性關係，或者完全封建式的『父母之命，媒妁之言』，這兩種當然都不是戀愛或愛情，所以這裏無須論及。

曹雪芹筆下的寶、黛愛情，卻與此完全不同。是一種全新的愛情方式。一是男女雙方從孩提時起，即朝夕相處；二是他們的愛情是漸生漸長漸固，固到生死不渝，而不是『一見傾心』；三是在愛情過程中，還有曲折，還有新的人選的加入，還有在生活中的自然比較，到最後纔凝結成永不變更的寶、黛的生死愛情。所以，曹雪芹筆下的寶、黛愛情，從愛情的方式來說，也是反傳統的，全新的，以前從未有過的。

三　是新的愛情內涵

這一點是寶、黛生死愛情的靈魂，就連上述尤三姐的愛情觀，也未能深入到這一層。曹雪芹筆下的黛玉和寶釵，本來毋論是貌，毋論是才，都是雙峰並峙的難分高下，因此寶玉也曾一度難以決定。但是最終促使寶玉決定而且終生不變的是一種原因，《紅樓夢》第三十二回說：

湘雲笑道：『還是這個情性不改。如今大了，你就不願讀書去考舉人進士的，也該常常的會會這些爲官做宰的人們，談談講講些仕途經濟的學問，也好將來應酬世務，日後也有個朋友。沒見你成年家只在我們隊裏攪些什麽！』寶玉聽了道：『姑娘請別的姊妹屋裏坐坐，我這裏仔細污了你知經濟學問的。』襲人道：『雲姑娘快別說這話。上回也是寶姑娘也說過一回，他也不管人臉上過的去過不去，他就咳了一聲，拿起脚來走了。這裏寶姑娘的話也沒說完，見他走了，登時羞的臉通紅，說又不是，不說又不是，幸而是寶姑娘，那要是林姑娘，不知又鬧到怎麽樣，哭的怎麽樣呢。提起這個話來，真真的寶姑娘叫人敬重，自己訕了一會子去了。我倒過不去，只當他惱了。誰知過後還是照舊一樣，真真有涵養，心地寬大。誰知這一個反倒同他生分了。那林姑娘見你賭氣不理他，你得賠多少不是呢。』寶玉道：『林姑娘從來說過這些混賬話不曾？若他也說過這些混賬話，我早就和他生分了。』

第三十六回說：

獨有林黛玉自幼不曾勸他去立身揚名等語，所以深敬黛玉。

這裏說得清清楚楚，同時也是把寶釵、湘雲和黛玉放在一起作了一個比較。釵、湘兩人，都極力要寶玉走仕途經濟的世俗之路，只有黛玉同他一樣反對走仕途經濟的道路，對現實社會極爲反感，視同污濁的泥溝，要保持自身的潔來潔去，要尋找自己理想的世界——『香丘』。賈寶玉則希望自己能『化成一股輕煙，風一吹便散了』，這就是說他自己不願在這個污濁的世界留下一絲痕迹。可見反對走仕途經濟的道路，向往着理想的世界，向往走自由人生的道路，是他們的共同志趣，也是寶、黛愛情牢不可破的思想基礎。由此可見，寶、黛愛情的內涵，已遠遠不止一般的男女情慾之愛，而是有更深的社會思想內涵的，儘管他們對理想只是朦朧的，但對現實的反對是清醒而強烈的。這就是寶、黛愛情的新的社會內涵。

四　是寶、黛愛情悲劇的歷史原因

大家知道，封建的婚姻是與封建的政治不可分的，『門當戶對』和『父母之命，媒妁之言』實際上就是雙方政治利益的權衡，結婚首先是爲了家族的政治利益，所以選擇的標準也首先是政治標準。論門第，林黛玉的上祖雖曾襲過列侯，但到林如海已經是五世，『君子之澤，五世而斬』，至此林如海已只能從科第出身了。林如海雖然是欽點的巡鹽御史，但比起賈府的百年望族，世代恩蔭來，不可同日而語，何況沒有多久，林如海又一病亡故。從此黛玉論門第，已無門第可言；論父母，已經是父母雙亡，自己真正是一個孤苦伶仃之人。這就決定了她的婚姻的悲劇命運。《紅樓夢》裏一再寫到黛玉的孤零之感，寫到她自己感到無依無靠之悲苦，這對黛玉來說是非常真實的描寫。在封建時代，沒有了門第，沒有了父母，自己又是一個少女，確實已經是前途非常渺茫了。何況黛玉又是性格孤傲，秉絕代之才華，具絕世之容貌，而又鄙視一切，尤其是反對俗世的仕途經濟，反對侯門公府所見的一切鄙俗，只有具有同樣思想性格，同樣才華稟賦，同樣反對仕途經濟，向往着朦朧的清淨理想世界的賈寶玉，纔是自己的真正知音。

但是，寶玉侯門公子的現實地位，與黛玉孤零之身，社會地位相去太遠。儘管寶玉全身心地愛她，但寶玉在愛情上雖有自主權，在婚姻上卻絲毫也沒有自主權。而他倆所處的現實社會是只重婚姻而不重愛情的，對於這一點，薛寶釵比他們理智而清醒得多，也可以說是聰明得多。對於林黛玉來說，她只知道要愛情，要心；對於薛寶釵來說，她卻知道重要的是要婚姻，要人。因爲兩者的着眼點不同，用力點也自然不同，甚至黛玉根本不知道要用力，她與寶玉的生死愛情，也完全不是用力的結果，而是他們思想、氣質、稟賦自然一致之所致。對於寶玉之愛黛玉，也不是賈寶玉的用力追求，纔得到黛玉的愛。寶玉對黛玉雖然百依百順，但並非是追求，而是愛之所致。由於這樣的原因，寶釵覺得，只要得到王夫人和賈母的歡心，就能贏得婚姻，贏得人。但黛玉卻不理會這一點，甚至是根本不肯去理會這一點，甚至她覺得如果稍稍用一點點力也是一種卑鄙，一種不潔，這就是黛玉與寶釵之間的差別。

由於門第、社會地位、思想、性格的諸種原因，儘管黛玉對寶玉，贏得了愛情、贏得了心，但卻鑄成了悲劇。

這個悲劇，不是賈寶玉與林黛玉的責任、過錯，而是在這個時代根本就不應該有他們這樣的人，有這樣的人，必定是悲劇。所以這個悲劇是歷史造成的悲劇，社會造成的悲劇，因爲他們的愛情觀念、愛情方式、愛情內涵等等太超前了，在他們自己的時代，還沒有這樣的土壤。

第三　關於婦女命運問題的解讀

大家知道，《紅樓夢》是古典小說中關於女性問題寫得最重、最深刻的一部書。作者在一開頭就說：『忽念及當日所有之女子，一一細考較去，覺其行止見識，皆出於我之上』，『閨閣中本自歷歷有人』。在第二回裏，又讓賈寶玉說：『女兒是水作的骨肉，男人是泥作的骨肉。我見了女兒，我便清爽；見了男子，便覺濁臭逼人。』在第五回裏警幻又稱『此茶名曰千紅一窟』，甲戌脂批『隱哭字』，意即『千紅一哭』；警幻又稱酒『名爲萬豔同杯』，甲戌脂批『與千紅一窟一對，隱悲字』，即『萬豔同悲』。上面這些話，就概括了作者對女性命運的深切同情和悲哀。

我們再看《紅樓夢》，可見《紅樓夢》裏的青年女性，幾乎沒有一個不是悲劇結局的。十二釵之首的元春，雖然貴爲貴妃，回家省親時卻『只管嗚咽對泣』，說『當日既送我到那不得見人的去處』，說『骨肉各方，然終無意趣』。她所點的戲，預示着賈家的敗落，在《乞巧》一出下，脂批說：『《長生殿》中伏元妃之死。』她所作燈謎的謎底是爆竹，是一響即散之物，脂批說：『此元春之謎。纔得僥倖，奈壽不長耳。』可見元春短命，其結局有如楊貴妃，則其悲慘可知。迎春則嫁了中山狼，被折磨而死。探春的結局是遠嫁，一去不復返，脂批在探春斷線風箏的燈謎下批道：『此探春遠適之讖也。使此人不去，將來事敗，諸子孫不至流散也，悲哉傷哉！』惜春則是出家爲尼。黛玉的結局，脂批說：『《牡丹亭》中伏黛玉之死』，『將來淚盡夭亡』。寶釵雖然按脂批說：釵、玉『後文成其夫婦』，但脂批又說：『若他人得寶釵之妻，麝月之婢，豈能棄而而（爲）僧哉！』可見寶釵的結局也是一個悲劇。湘雲、李紈則是守寡。此外，如妙玉的遭劫，秦可卿的懸樑，王熙鳳的被休，尤二姐的吞金，尤三姐的飲劍，金釧的跳井，鴛鴦的自誓，襲人的另嫁，晴雯冤死，司棋被逐，香菱受夏金桂的折磨釀成乾血之症，等等等等。總之，《紅樓夢》裏的這些年輕女子，個個都是悲劇結局，而且這些悲劇，大都與婚姻有關，都是因爲封建婚姻或愛情而釀成的悲劇。《紅樓夢》裏只有一對夫妻是自由結合的，因而也是喜劇而不是悲劇，這就是小紅與賈芸。關於小紅與賈芸的愛情，曹雪芹也是用重筆描寫的，而後來賈家敗落後，小紅與賈芸還有過獄神廟探寶玉的情節。可見曹雪芹是在衆多的婚姻悲劇中，特寫此一對自由結合的婚姻喜劇，以作爲反襯和對比的。

中國的封建社會，幾千年來，一直是男權社會，一直是男尊女卑，這是不可動搖的封建傳統。特別是在清代，由於統治者對程、朱理學的強烈宣傳，婦女守節問題成爲頭等大事。不少愚夫愚婦受此宣傳，有的是丈夫死後自己殉夫，甚至還有並未過門的女子，因定婚後男方死了，竟也殉死，還有的是自己兒子死了，公婆逼迫媳婦殉節，也有女方的父母逼迫女兒殉死的，總之婦女的生命，婦女的社會地位沒有絲毫保障。但曹雪芹在《紅樓夢》裏，卻一反其道，提出了女尊男卑的主張，認爲『女兒是水作的骨肉，男人是泥作的骨肉』，認爲男子『濁臭逼人』，男子是『鬚眉濁物』，是『臭男人』。這是強烈的反傳統的呼聲，也是對現實社會中婦女命運的強烈呼號，更是男女平等的矯枉過正的歷史反響，是對封建婚姻制度所釀成的罪惡的集中揭露。

第四 關於賈寶玉無等級觀念和非禮法思想的解讀

封建社會，又稱宗法封建社會，因爲它是用封建宗法來維繫社會的。從政權來說，是封建皇權至上主義，皇帝是最高權力的擁有者，一切以他的意志爲準。所謂『普天之下，莫非王土；率土之濱，莫非王臣』，皇帝擁有無上的權力和一切。從社會結構來說，是宗法封建制度，利用宗法來鞏固封建等級社會。所以皇權和等級，是封建社會的兩大特徵。它的上層建築即意識形態，就是封建道德，是用來維護和鞏固封建制度的。具體來說，就是『三綱五常』。何謂『三綱』？《白虎通·三綱六紀》說：『三綱者，何謂也？君臣、父子、夫婦也。』《禮記·樂記》：『然後聖人作爲父子君臣以爲紀綱。』唐孔穎達疏引《禮緯含文嘉》：『君爲臣綱，父爲子綱，夫爲妻綱。』綱者，提其要而支配者也，所以綱舉而目張也。何謂『五常』？西漢董仲舒《舉賢良對策一》：『夫仁、誼（義）、禮、知（智）、信，五常之道，王者所當修飭也。』《書·泰誓下》：『狎侮五常。』孔穎達疏：『五常即五典，謂父義、母慈、兄友、弟恭、子孝；五者人之常行』。即人之常規的行爲準則。所以封建的等級和維護這種等級的意識形態，即道德準則是至高無上的，不能不遵守的。可是《紅樓夢》裏的賈寶玉，卻無視這封建等級的界限和封建道德的規範，更無視封建禮法，無視『三綱』『五常』所規定的尊卑長幼貴賤的區別

的等級秩序。

《紅樓夢》第六十六回興兒說賈寶玉：

只愛在丫頭群裏鬧。再者也沒剛柔。有時見了我們，喜歡時沒上沒下，大家亂頑一陣；不喜歡各自走了，他也不理人。我們坐着臥着，見了他也不理，他也不責備。因此沒人怕他，只管隨便，都過的去。

《紅樓夢》第三十五回傅家的兩個老嬷嬷見過寶玉後，在回去的路上議論寶玉說『連一點剛性也沒有，連那些毛丫頭的氣都受的。』第三十六回說：

那寶玉本就懶與士大夫諸男人接談，又最厭峨冠禮服、賀弔往還等事，今日得了這句話（即賈母傳話賈政不讓寶玉出去會客），越發得了意，不但將親戚朋友一概杜絕了，而且連家中晨昏定省亦發都隨他的便了。日日只在園中遊臥，不過每日一清早到賈母、王夫人處走走就回來了，卻每每甘心爲諸丫鬟充役，竟也得十分閑消日月。或如寶釵輩有時見機導勸，反生起氣來，只說：『好好的一個清淨潔白女兒，也學的釣名沽譽，入了國賊祿鬼之流。這總是前人無故生事，立言豎辭，原爲導後世的鬚眉濁物。不想我生不幸，亦且瓊閨繡閣中亦染此風，真真有負天地鍾靈毓秀之德！』因此禍延古人，除『四書』外，竟將別的書焚了。

第五十八回芳官的乾娘剋扣芳官的錢，芳官不服，芳官乾娘罵她，襲人說：

『一個巴掌拍不響，老的也太不公些，小的也太可惡些。』寶玉道：『怨不得芳官。自古說：「物不平則鳴。」他少親失眷的，在這裏沒人照看，賺了他的錢，又作踐他，如何怪得？』

第四十一回賈寶玉在櫳翠庵喝茶，見黛玉、寶釵都用名貴的茶杯，自己只用妙玉自用的綠玉斗，寶玉不解妙玉深意，反說：

常言『世法平等』，他兩個就用那樣古玩奇珍，我就是個俗器了。

按『世法平等』出自《金剛經》：『是法平等，無有高下。』謝靈運注：『人無貴賤，

法無好醜，蕩然平等，菩提（覺、悟）義也。』賈寶玉在現實生活中，常常無視等級的觀念，也無視尊卑長幼貴賤的禮法，他既不願以兄的身份去壓賈環，也不願遵循世俗的禮儀與士大夫們往還。反而願意爲丫鬟們服役，對下人們也平等相待，常常模糊了主僕的界限。在人與人的關係上，他還主張『物不平則鳴』，主張『世法平等』。儘管以上這些，都是小說的故事情節和小說人物的對話，但實際上曹雪芹卻正是用這種『假語村言』來表達他的社會理想的，我們決不能因爲這是小說的故事情節和小說人物的對話，而忽視作者用這種迂迴手段來表達自己內心真實思想的特殊方式。

第五　關於反正統思想的解讀

賈寶玉似傻如狂的語言和行爲，從表面來看，只是一個淘氣放縱的貴族公子的任性而行，所以在世人眼裏，他只是一個乖張任性的貴族公子，兩首《西江月》詞（見前引），就是世人眼裏的賈寶玉，也是舊時代一般讀者眼裏的賈寶玉，也更是賈政等人眼裏的賈寶玉。不過賈政比一般人看得還更壞。他認爲賈寶玉不僅僅是『似傻如狂』，更是一個可怕人物，將來要闖大禍，要弄到『弒君殺父』的地步的，所以狠心要把他打死。不過，這畢竟只是賈政一個人的想法，對於賈母、王夫人來說，則賈寶玉更是賈家的命根子，是真寶玉。但對於社會上一般人的普遍認識來説，賈寶玉只是一個『行爲偏僻性乖張』，『於國於家無望』的人而已。

然而，賈寶玉的種種『怪僻』的言行，實際上作者是寓有深意的，作者如此寫，是一種曲筆，他不好明寫，就繞着彎子寫。例如賈寶玉反對『仕途經濟』，反對八股科舉，罵那些官員是『國賊祿鬼』，『除四書外，竟將别的書焚了』等等，從表面上看，只是説寶玉頑劣成性，不願讀書，不願做官而已。然而，如果結合當時的歷史和社會現實，則可知當時的思想界一直在堅持着反程、朱理學的鬥爭，同時也在反對八股科舉制度，第七十三回裏明確説賈寶玉『更有時文八股一道，因平素深惡此道，原非聖賢之製撰，焉能闡發聖賢之微奥，不過作後人餌名釣祿之階』，賈寶玉把『除「四書」外，竟將别的書焚了』等等，實際上就是繞着彎子反對程朱理學，反對科舉八股制度，唯恐别人看不出來，還特地在七十三回裏點上一句。爲了隱蔽這種思想，曹雪芹特意把賈寶玉寫成『小人大思想』，即從形象來看賈寶玉是一個孩子，但從他講的話來説，又是大人的思想。這樣使人覺得只是一個孩子『似傻如狂』的胡言亂語而已。那末，這樣的『小人大思想』是否太違背了實際呢？其實也並非太違背實際，因爲在封建時代，從童蒙起就開始讀《四書》《五經》，與曹雪芹同時的戴震讀私塾時，讀到《大學章句》就曾質問過塾師，二千年後的朱熹如何能知道二千年前孔子的意思？意思是朱熹的注釋不可信，是杜撰。這就是實際上的『小人大思想』。

所以，我們如從表面上來看賈寶玉的言行，不過是一個『似傻如狂』的孩子，但如果進一步深思，就會發現，在他的言行裏卻隱藏着一種反傳統、反程朱、反八股科舉的叛逆思想。

第六　關於反皇權思想的解讀

第三回『冷子興演說榮國府』時，曹雪芹用兩人酒肆聊天閑侃的方式，說到歷史上的唐明皇、宋徽宗、顧愷之、倪雲林等等，然後又說到賈寶玉，說這些人都是秉正邪二氣所生。然後冷子興就說：『依你說，「成則王侯敗則賊」了。』雨村說：『正是這意。』這裏說話的形式完全是聊天閒侃，但聊出來的這句『成則王侯敗則賊』卻是一句驚天動地，可以讓人掉腦袋的話。因爲自明末清初以來，思想界一直在批判『皇權』。黃宗羲就說：『爲天下之大害者，君而已矣！』（《明夷待訪錄．原君》）顧炎武則提出『分天子之權，以各治其事。』（《日知錄．守令》）唐甄則說：『自秦以來，凡爲帝王者皆賊也。』（《潛書．室語》）與曹雪芹同時的戴震則說：『宋以來，孔孟之書盡失其解。』又說：『酷吏以法殺人，後儒以理殺人。』（《孟子字義疏證》）還有一位與曹雪芹同時的袁枚則說：『夫所謂正統者，不過曰有天下云耳。其有天下者，「天」與之，其正與否則人加之也。』（《策秀才文五道》）以上這些言論、都貫串着反皇權、反正統、反理學的思想，特別是曹雪芹親身經歷了雍正奪嫡的一場血腥鬥爭，雍正奪得皇位後，把與他爭奪皇位的兄弟胤禩、胤禟賜令改名爲『加冰魚』（意即已凍僵的魚）、『討厭』（據第一歷史檔案館張書才兄見告，這是最新的改譯，原譯爲『猪』、『狗』是誤譯），殺的殺，關的關，這是一場活生生的『成則王侯敗則賊』的歷史劇，曹雪芹的家也是在這場鬥爭的餘波中敗落的。由此可知，曹雪芹在讓冷子興與賈雨村閒聊時，忽然冒出這句話來，能是無意識的嗎？面對着剛剛過去的這場血淋淋的人頭落地的噩夢，曹雪芹當然不可能是無意識地信筆而寫。只能說是他有意用隱晦的曲筆巧妙地作一次史家直筆。

同樣，《紅樓夢》寫四大家族，寫他們的豪富和勢力，寫薛蟠的打死人命一走了事，寫賈雨村的徇情枉法，寫王熙鳳弄權和勾結官府，寫賈赦爲奪人的幾把扇子不惜使人家破人亡等等，從表面看，都是些故事情節，但實質上把這些情節聯結起來，這是一幅封建統治的網絡圖，人民就生活在這種天羅地網之間。

第七 《紅樓夢》裏所隱曹家史事的解讀

曹雪芹在《紅樓夢》裏有意地透露了自己的百年家世，而且不僅僅是透露而已，在一定程度上，還帶有爲家庭的敗落而洩憤的意思，當然也有更多地批判揭露這個官僚家庭的腐敗沒落。這種揭露批判，實際上也就是對封建禮教、程朱理學、封建社會的黑暗的揭露和批判。焦大醉罵，實際上是雪芹的痛罵，賈寶玉罵『男人是泥作的骨肉』，罵男人是『濁臭逼人』，賈寶玉終日在大觀園裏，何曾見過世面，更未見過多少社會上的男人，相反，他習常所見，還不是賈政、賈赦、賈珍、賈蓉、賈瑞、賈璉、賈雨村等人。那末他罵的『臭男人』，豈非更多的應該是他眼前所見的這些人？再說這些人，如賈珍、賈赦、賈璉、賈蓉、賈瑞等等，難道還不够『臭』嗎？

曹雪芹對自己百年家世的透露，更是自然巧妙的筆墨，焦大醉罵是一種透露，寧、榮二公之靈託付警幻仙姑是一種透露，『寅』字避諱是一種透露，賈母說小時聽過《胡笳十八拍》是一種透露，特別是十六回王熙鳳說：『只納罕他家怎麽就這麽富貴呢？』趙嬷嬷道：『告訴奶奶一句話，也不過是拿着皇帝家的銀子往皇帝身上使罷了！誰家有那些錢買這個虚熱鬧去？』五十三回烏進孝進租，賈珍說：『再兩年再一回省親，只怕就精窮了。』大家知道，《紅樓夢》裏的省親是以康熙南巡爲素材的，那末，趙嬷嬷、賈珍所說的實際上也就是南巡，所謂『也不過是拿着皇帝家的銀子往皇帝身上使罷了』。這不就是説曹家因四次接駕落下巨大虧空而致徹底敗落嗎？只不過下半句沒有説出而已。賈珍所說『再兩年再一回省親，只怕就精窮了』，這不更是説的曹家因南巡接駕而『精窮』嗎？康熙六次南巡，後四次都由曹寅接駕，落下巨大虧空，這一點康熙是十分清楚的，他曾明白地說：『曹寅、李煦用銀之處甚多，朕知其中情由。』（《關於江寧織造曹家檔案史料》）所以《紅樓夢》裏有多處不着痕迹的筆墨，卻又處處露出端倪來，令人很自然地想到曹家家史。至於趙嬷嬷的話和賈珍的話，則何止露出端倪，竟是一種微詞怨語了。

凡是以上這些地方，都需要我們結合曹家的家史去認真思索，因爲它們比前面所舉例子隱蔽得更深一層。

第八　《紅樓夢》的社會諷刺

《紅樓夢》是一部著名的現實主義小説，但它也含有某種程度的浪漫主義成分，這是學界所公認的。但除此之外，《紅樓夢》還含有一定程度的諷刺成分，而且這種諷刺還用到書中的當權派主要人物身上，這種情況就不太爲人注意了。例如賈府的當權人物賈政。『賈政』這個名字，讀起來與『假真』一樣的聲音，這就使人想到『假作真時真亦假，無爲有處有還無』這副對子，從而使人想到賈政這個人，假就是他的真，真也就是他的假。也就是說這個人是失去了自己的真實本性的，他完全是從『四書五經』的模子裏刻出來的人物。所以作者塑造這個人物，是他反傳統、反程朱理學思想的體現。除了這個名字具有深刻的諷刺意味外，跟隨賈政的清客相公的名字，也別有諷刺意味，例如他的清客相公，一個叫『詹光』（沾光），一個叫『單聘仁』（善騙人），還有一個叫程日興（趁人興）。賈政整日與『沾光』、『善騙人』等爲友，則他是何等樣人也就可想而知了。何況，除了這些人外，與他相交的，還有一個貪官賈雨村，此外，就再也沒有一個真正的讀書人與他相交了。劉禹錫在《陋室銘》裏說：『談笑有鴻儒，往來無白丁』，賈政則剛好相反，『談笑無鴻儒，往來皆白丁』。在『大觀園試才題對額』時，賈政只會一會兒『斷喝一聲畜生』，一會兒拈拈鬍子，一句話也說不出來，可見他腹內空空到何等程度。更具有諷刺意味的是，這樣一個腹內空空的人，卻被朝廷『點了學差』，即由朝廷派他往各省掌管科舉學校等事。賈政還有一個妾——趙姨娘。趙姨娘是什麽樣的人，讀者一想起這個形象未免就會噁心，然而賈政還與趙姨娘生有一個女兒探春和一個兒子賈環，賈環這個人，也是讓讀者想起了就會起雞皮疙瘩的人物。此外趙姨娘還有一個密友馬道婆，更讓人感到陰賊惡賴。俗話說，『物以類聚，人以群分』，與賈政爲群的，儘是這些詹光、單聘仁、程日興、賈雨村、趙姨娘之類的人物，則其人的端莊正經，可見也只是他的外表而已，而他的另一面從趙姨娘也就可以想像得知了。

除此之外，書中還有一些人名，也極具諷刺意味，如卜固修（不顧羞）、吳新登（無星戥）、卜世仁（不是人）、胡斯來（胡厮賴）、王仁（忘仁）等等。特别是第十六回秦鍾臨終，寶玉去看他的一段文字，具有鮮明的社會諷刺意味：

那秦鍾魂魄那裏肯就去，……因此百般求告鬼判。無奈這些鬼判都不肯徇私，反叱吒秦鍾道：『虧你還是讀過書的人，豈不知俗語說的：「閻王叫你三更死，誰敢留人到五更。」我們陰間上下都是鐵面無私的，不比你們陽間瞻情顧意，有許多關礙處。』

正鬧着，那秦鍾魂魄忽聽見『寶玉來了』四字，便忙又央求道：『列位神差，略發慈悲，讓我回去，和這一個好朋友說一句話就來的。』衆鬼道：『又是什麽好朋友？』秦鍾道：『不瞞列位，就是榮國公的孫子，小名寶玉。』都判官聽了，先就唬慌起來，忙喝罵鬼使道：『我說你們放了他回去走走罷，你們斷不依我的話，如今只等他請出個運旺時盛的人來纔罷。』衆鬼見都判如此，也都忙了手脚，一面又報怨道：『你老人家先是那等雷霆電雹，原來見不得「寶玉」二字。依我們愚見，他是陽，我們是陰，怕他們也無益於我們。』都判道：『放屁！俗語說的好，「天下官管天下事」，自古人鬼之道卻是一般，陰陽並無二理。別管他陰也罷，陽也罷，還是把他放回沒有錯了的。』

讀這段文字，可知作者諷刺的筆鋒是直刺社會現實的。所以《紅樓夢》的思想內涵，直接觸及整個社會，它的反程朱理學、反皇權思想、反婦女守節等等，也完全是社會問題，所以解讀《紅樓夢》，必須把它放到當時的社會環境中去觀察，纔能較爲全面地認識它深廣的社會內涵。

第九　關於寧、榮二府的解讀

曹雪芹在《紅樓夢》裏塑造了寧國府、榮國府兩個封建官僚大家庭，寧、榮二府雖已分家，但實際上還是一個封建官僚世家賈家。《紅樓夢》的主要故事情節，都是在這個封建官僚世家裏發生和發展的，這就是《紅樓夢》人物活動的主要環境，也可稱『典型環境』，所以我們有必要對它作解讀。

一一 一個靠恩蔭而存在的贅瘤

賈府是靠軍功起家的，第七回因焦大醉罵，尤氏向鳳姐解釋說：『你難道不知道這焦大的？連老爺都不理他的，你珍大哥哥也不理他。只因他從小兒跟着太爺們出過三四回兵，從死人堆裏把太爺背了出來，得了命；自己挨着餓，卻偷了東西來給主子吃；兩日沒得水，得了半碗水給主子喝，他自己喝馬溺。不過仗着這些功勞情分，有祖宗時都另眼相待，如今誰肯去難爲他去？』五十三回寧國府祭宗祠時，有三副對子，更能說明問題：

肝腦塗地，兆姓賴保育之恩；
功名貫天，百代仰蒸嘗之盛。

勳業有光昭日月，
功名無間及兒孫。

已後兒孫承福德，
至今黎庶念榮寧。

由於祖宗的創業，所以後來的子孫就『功名無間』，就『承福德』了。

《紅樓夢》裏最高的輩分是賈母，是第二代人，賈政是第三代，寶玉是第四代，賈蓉一輩已經是第五代了。『君子之澤，五世而斬』。所以《紅樓夢》裏多處稱『末世』，就是指賈府已經傳到第五代了，已經臨到『五世而斬』了。賈珍、賈赦都是靠恩蔭襲爵，賈政的官還是靠『皇上因恤先臣』，『遂額外賜了政老爹一個主事之銜，令其入部習學，如今現已陞了員外郎了』。（第二回）

《紅樓夢》開始，賈府第一二代男性已經沒有了，一開始就是第三代男性賈赦、賈政作爲主要人物。寧府的賈敬一向遠離紅塵，由第四代賈珍襲爵。讀者可以細檢《紅樓夢》，八十回中，除賈政曾『欽點學差』，但未見有任何善政外，沒有看到任何一個人做過什麼值得稱道的事。寧、榮二府，主僕合計起碼有六七百人，這樣浩大的開支，完全是靠恩蔭和剝削維持的，五十三回烏進孝進租，那長長的貨單，還有二千五百兩銀子，就是他們剝削的實證，這還僅僅是寧府。據烏進孝說，他兄弟『管着那府（榮府）裏八處莊地，比爺這邊多着幾倍』。（五十三回）還是五十三回，寫到了賈蓉去領回的皇上恩賞，『一面說，一面瞧着黃布口袋上有印，就是「皇恩永錫」四個大字，那一邊又有禮部祠祭司的印記，又寫着一行小字，道是「寧國公賈演榮國公賈源恩賜永遠春祭賞共二分，淨折銀若干兩，某年月日龍禁尉候補侍衛賈蓉當堂領訖，值年寺丞某人」。』

這巨大的剝削和恩賞（其來源也是剝削），卻是維持着一個大贅瘤。

二　奢侈靡費和享樂是他們生活的全部

賈府主子們的全部生活內容，就是奢侈靡費和享樂。元妃省親，這固然是『天恩』，怠慢不得，豪華是自然的，然而，豪華到竟連賈妃『在轎內看此園內外如此豪華，因默默歎息奢華過費。』（十七、十八回）則可見其豪華到何等程度了。秦可卿大出喪，光買一個『龍禁尉』的虛銜就花了一千二百兩銀子。賈珍對鳳姐的唯一要求是『只求別存心替我省錢，只要好看爲上；二則也要同那府裏一樣待人纔好，不要存心怕人抱怨』。（十三回）這就是下定決心，要大大地奢華排場一番。

除了這種喜事、喪事上大講排場外，逢年過節，也是決不放過的機會，他們『慶元宵』、『賞中秋』、『祭宗祠』、『過生日』都是要超常地鋪排的。在日常生活上，賈母是『大廚房裏預備老太太的飯，把天下所有的菜蔬用水牌寫了，天天轉着吃。』（六十一回）他們吃一碗『茄鮝』（即茄乾）是這樣做的：

『把纔下來的茄子把皮籤了，只要淨肉，切成碎釘子，用雞油炸了，再用雞脯子肉並香菌、新筍、蘑菇，五香腐乾、各色乾果子，俱切成釘子，用雞湯煨了，將香油一收，外加糟油一拌，盛在瓷罐子裏封嚴，要吃時拿出來，用炒的雞瓜子一拌就是。』劉姥姥聽了，搖頭吐舌說道：『我的佛祖！倒得十來隻雞來配它，怪道這個味兒！』（四十一回）

他們吃一頓螃蟹宴，就够『莊家人過一年』。（三十九回）但這根本還算不上什麼正經的宴席，這只是寶釵爲幫史湘雲省錢而想出來的辦法。他們正經的宴席上，一個鴿蛋就要一兩銀子（四十回）。有人說這是誇張。這可能是有誇張的成分，但我讀過一個清人筆記，記載清代的達官貴人爲了補養身體，先將許多高級的補品拿來喂雞，然後再吃這雞生下來的蛋。如此說來，這個雞蛋的價錢自然也就高出多多了。那末，這裏說的鴿蛋也就可想而知了。

酒筵完了，還要吃點心，請看他們的點心：

丫鬟聽說，便去擡了兩張几來，又端了兩個小捧盒。揭開看時，每個盒內兩樣。這盒內是兩樣蒸食，一樣是藕粉桂花糖糕，一樣是松穰鵝油卷；那盒內是兩樣炸的，一樣是一寸來大的小餃兒。

賈母因問什麽餡兒，婆子們忙回是螃蟹的。賈母聽了，皺眉說：『這油膩膩的，誰吃這個！』又看那一樣，是奶油炸的各色小面果，也不喜歡。……劉姥姥因見那小面果子都玲瓏剔透，便揀了一朵牡丹花樣的笑道：『我們那裏最巧的姐兒們，剪子也不能鉸出這麽個紙的來。我又愛吃，又捨不得吃』。（四十一回）

點心用過，自然要喝茶，於是就到妙玉的櫳翠庵喝茶：

只見妙玉親自捧了一個海棠花式雕漆填金雲龍獻壽的小茶盤，裏面放一個成窯五彩小蓋鍾，捧與賈母。賈母道：『我不吃六安茶。』妙玉笑說：『知道。這是老君眉。』賈母接了，又問是什麽水。妙玉笑回：『是舊年蠲的雨水。』

然後就是妙玉讓寶釵和黛玉到耳房裏喝體己茶，寶玉也跟了去，他們用的茶器是更名貴的『𤓰瓟斝』和『杏犀䀉』，煮茶的水是梅花上的雪化成的水。（均見四十一回）。從這些描寫，可見他們的生活是何等地講究。

除了這些飲食的講究外，他們還養有家庭的戲班子，每逢節日宴飲，總是要看戲，而且還非常內行，非常獨到。

僅從這幾方面來看，就可以看出，他們生活的全部內容，就是『享樂』兩個字。

三　詩禮——罪惡的遮羞布

《紅樓夢》裏的寧、榮二府，表面上看是『翰墨詩書之族』，是『詩禮之家』，是『百年望族』，『勳業舊臣』，實際上卻是『如今的兒孫，竟一代不如一代了』。賈府，這個封建貴族大家庭的腐敗，從根本上來說，是人的腐敗。封建社會是一個男權社會，賈府裏的這些男性，竟找不出一個像樣的人來。先從寧府說起。

寧府的第一代是寧國公賈演，第二代是賈代化。他們都早已沒有了，第三代是賈敷、賈敬。賈敷未成年即亡，寧府第三代實際上只有一個賈敬，只在五十三回祭宗祠時出來擔任過一回主祭，此外就再無他的活動。他一味好道，只愛燒丹煉汞，自謂不久即可飛昇成仙，從不管家事，到六十三回因吞金服砂，燒脹而死。寧府的主持人是賈珍，世襲三品威烈將軍，因爲他是長房，所以任族長。冷子興說：『這珍爺那裏肯讀書，只一味高樂不了，把寧國府竟翻了過來，也沒有人敢來管他。』（第二回）《紅樓夢》第七回焦大醉罵說：『我要往祠堂裏哭太爺去。那裏承望到如今生下這些畜牲來！每日家偷狗戲雞，爬灰的爬灰，養小叔子的養小叔子，我什麼不知道？』關於『爬灰的爬灰』這件事，《紅樓夢》第十三回靖本回前批云：『「秦可卿淫喪天香樓」，作者用史筆也。老朽因有魂託鳳姐賈家後事二件，豈是安富尊榮坐享人能想得到者，其言其意，令人悲切感服，姑赦之，因命芹溪刪去「遺簪」、「更衣」諸文。是以此回只十頁，刪去天香樓一節，少去四五頁也。』（甲戌眉批、回後批同，但少去『遺簪、更衣諸文』六字）這『淫喪天香樓』，就是賈珍的亂倫醜事，雖然正文已刪掉，但實際卻留下了許多線索，上引靖本批語是最完整的，實際上甲戌本上還有許多洩漏消息的批，如在『彼時合家皆知，無不納罕，都有些疑心』句上眉批云：『九個字，寫盡天香樓事，是不寫之寫。』在『賈珍哭的淚人一般』句旁批云：『可笑如喪考妣，此作者刺心筆也。』在『另設一壇於天香樓上』句旁批云：『刪卻，是未刪之筆。』在『忽又聽得秦氏之丫鬟名喚瑞珠者，見秦氏死了，他也觸柱而亡，此事可罕』句旁批云：『補天香樓未刪之文』。這些批語，初一看好像是提醒作者尚有未刪之文，但仔細琢磨，卻是另有深意，正是批者所說的『是不寫之寫』，因爲這些提示，實際上後來並未照刪，反而成了提醒讀者之處。讀者如把這些有關的批語連貫起來讀，不是『天香樓』之醜事，依然歷歷分明嗎？我認爲作者與脂硯，是用明刪暗示之法，仍舊將『天香樓』之事『洩漏』給讀者，使賈珍這件天大的亂倫醜事無可逃避。

賈珍除了此事外，還有竟然夥同賈璉，一起分別霸佔尤二姐、尤三姐。（六十五回）特別醜惡之極的是竟同兒子賈蓉對二尤有『聚麀之誚』。（六十四回）賈珍既私通兒媳，又與兒子同戲二尤，可說封建社會的倫常全被他父子糟蹋了，已經臭得不可再臭了。無怪柳湘蓮要對寶玉說：『你們東府裏除了那兩個石頭獅子乾淨，只怕連貓兒狗兒都不乾淨。我不做這剩忘八。』（六十六回）

以上是寧國府的情況，下面再說榮國府的情況。

賈赦是榮府賈代善、賈母的長子，賈璉的父親，襲一等將軍爵位。賈赦最出名的是兩件事，一是四十六回他讓邢夫人向賈母討鴛鴦作小老婆，被賈母痛斥了一頓。連平兒、襲人等都議論說：『這個大老爺太好色了。略平頭正臉的，他就不放手了。』最後還是花了八百兩銀子買了個十七歲的嫣紅收在屋內。（四十七回）二是四十八回賈赦勾結賈雨村，用抄家的罪名把石呆子收藏的二十把古扇抄了來孝敬賈赦。弄得石呆子不知是死是活。賈璉說了一句：『爲這點子小事，弄得人坑家敗業，也不算什麼能爲！』就把賈璉痛打了一頓。賈赦還把自己的小老婆秋桐賞給了兒子賈璉。（六十九回）這也是行同『聚麀』，大乖倫常，簡直如同禽獸。

賈赦的兒子是賈璉。賈璉除管理榮府，建造大觀園曾承差使，還曾因林如海病故，奉賈母之命送黛玉去揚州，辦完喪事後又同黛玉回來等事外，他的臭事在《紅樓夢》裏也是出人一等的，他趁女兒出痘疹之機，在外邊私通多姑娘，簡直醜態百出。（二十一回）《紅樓夢》中惟此一處，有類《金瓶梅》筆墨，也是因人而設。他還趁鳳姐生日之隙，私通鮑二家的，又被鳳姐撞見，引起軒然大波，最後是鮑二家的上弔而死。（四十四回）此外，他還夥同賈珍、賈蓉共戲二尤，竟被尤三姐大鬧一場，最後與賈蓉密謀偷娶了尤二姐。（六十四回、六十五回）終於讓鳳姐將尤二姐活活害死。（六十九回）這是榮府長房的事。

賈政是榮府的老二，前面已經介紹過，他表面上『自幼酷喜讀書』，實際上是腹內空空，讓他任學差，也是諷刺之筆。雖然做官毫無政績可言，對捍衛封建主義的原則，卻是毫不含糊，所以他不能容忍寶玉的一些出軌的言行，下決心要把他打死，又擋不住賈母的震怒。他十足是一個從封建主義模子裏刻出來的人物。他的兒子賈寶玉，他早已認定是叛逆，事實上也確是封建正統的叛逆，故不在此論列。

此外，還有一個賈瑞，他的祖父是賈代儒，是賈家的塾掌，但未敘明世系，或是賈氏遠房。賈瑞是代替他祖父管理學堂的，但卻一腦子邪念，醜態百出，終於因想『戲熙鳳』而被熙鳳捉弄至死，而且至死不悔。

以上就是寧、榮二府的主要男性。看了這些人的行爲，不能不感到已經腐朽到臭氣薰天了。然而，他們的門庭卻是『詩禮之家』，是『書詩繼世』。這『詩禮之家』的牌子與他們腐朽的實際，恰好成爲鮮明的諷刺。於是『詩禮』就成爲掩蓋他們一切罪惡的遮羞布。

儒家的教條是：『所謂治國必先齊其家者，其家不可教，而能教人者，無之。故君子不出家而成教於國。』又曰『欲齊其家者，先修其身。』（《禮記・大學》）儒家是以『家』作爲封建社會的最基本的單位的，因此『修身、齊家、治國、平天下』是一個整體。現在看曹雪芹筆下的寧、榮二府的人，『修身齊家』是完全相反，既不『修身』，更不『齊家』。封建社會裏的一個最具典型性的封建官僚世家已腐朽得如此不堪，『家』既如此，『國』亦可知矣。二知道人說：『太史公紀三十世家，曹雪芹只紀一世家。太史公之書高文典冊，曹雪芹之書假語村言，不逮古人遠矣。然雪芹紀一世家，能包括百千世家，假語村言不啻晨鐘暮鼓，雖稗官者流，寧無裨於名教乎？』（《紅樓夢說夢》）

二知道人說『雪芹紀一世家，能包括百千世家』，曹雪芹之所以要創造寧、榮二府和大觀園作爲他的故事的典型環境，我想二知道人的這句話，是有歷史的穿透力的。

然而，大家知道，康、雍、乾之世，是清代的鼎盛時期，史稱『康乾盛世』。在這一時期，社會上極富極貴之家，還是有的。如《嘯亭雜錄》裏記載到的京師米賈祝氏，富逾王侯，屋宇園亭瑰麗，人遊十日未竟其居。宛平查氏、盛氏，富亦相仿。懷柔郝氏，膏腴萬頃，連乾隆皇帝都駐蹕其家。以上是指的民間富戶，至於朝廷的勳戚舊臣，富貴繼世之家，更是不可勝數。那末曹雪芹爲什麼偏於這一『盛世』，選擇賈府這樣一個已臨『末世』的『皇親國戚』『百年望族』來作爲他的典型呢？這是因爲他一不願意歌功頌德，鼓吹封建統治者愛聽的『五世其昌』之類的諛詞，二是因爲他看透了這個封建社會的虛僞和腐朽的本質，三是因爲他更看透了這種封建貴族官僚大家庭腐敗的內幕，他自己的封建大家庭就是這樣一個現成的典型，一切封建的倫常道德全是假的，虛僞的，唯一真實的就是他們無限止的淫慾貪求和互相之間私利的衝突。第七十五回抄檢大觀園後探春說：『咱們倒是一家子親骨肉呢，一個個不像烏眼雞，恨不得你吃了我，我吃了你！』這纔是這個表面詩禮之家的腐爛透了的本質。四是更重要的還是他的歷史觀、社會觀和人生觀，還是他的與舊時代、舊家庭不能相容的人生理想和社會理想。他已經意識到他的理想是他的時代、社會和家庭所不能容的，他自己已經明確說出『背父兄教育之恩，負師友規談之德』，他是家庭和社會的叛逆。可見選擇他自己的家庭作爲典型素材來展開它的沒落過程中的種種腐敗醜事，是服從於他所要表達的思想主題的。如果他沒有自己的新的人生觀、愛情觀、社會觀，那末他僅僅像《金瓶梅》一樣盡情地暴露也就可以了，他只要純自然主義地客觀描寫也就達到暴露的目的了。他之所以要塑造賈寶玉、林黛玉兩個全新的人物，並精心地描寫他們的愛情悲劇，就是爲了要展現他的全新的人生觀、愛情觀和社會觀，展現他朦朧的超前的人生理想。

那末，從這一角度來看，二知道人所說的『包括百千世家』，還只能指它的沒落的一面，因爲百千世家終究是要走這沒落的道路的。而它的新生的一面，卻純屬曹雪芹的超時代的獨創，並不是所有沒落世家都能自然新生的。

總之，曹雪芹能在表面盛世的當時偏去寫『末世』，能讓他的全新的美好的人物和理想被舊勢力徹底吞沒，造成震撼人心的大悲劇，能從腐朽中寫出新生，寫出朦朧的曙光，這纔是他選擇榮、寧二府作爲典型的原因，這纔是曹雪芹的真正的超時代的偉大！

四　餘論

《紅樓夢》産生在十八世紀中期中國的封建社會，這時的世界環境是歐洲已經經歷了資産階級革命，資本主義的生産制度已經確立，而且已經進入工業革命的高潮，至於文藝復興以來的人文主義思潮，已經遍及歐洲，而西學的東漸，也是當時不可阻擋的歷史潮流。明清以來，通過西方的傳教士，不斷給中國輸入不少西方的先進科技和人文思想。至於中國內部，自明代後期以來，資本主義萌芽的經濟，一直在發生和發展中，中間雖經明金之戰的破壞，但經順、康、雍、乾四代的努力，社會經濟已經從復蘇到了發展，人口和耕地面積得到大大的增長。全國的商業大城市也湧現不少，全國商業交通網絡的形成和城市人口的增加，城市手工業工場的發展等等，都呈現了與前不同的氣象。

處在這樣外部環境和內部環境的急劇變化中，中國的封建社會，由於內部資本主義萌芽性質的經濟因素的滋長，由於世界歷史已經進入到資本主義的時代，古老的中國封建社會，也正在開始歷史性的緩慢的轉型時期。

《紅樓夢》正是産生在這樣的歷史環境中。曹雪芹又是一位天才的作家，他的時代，比西方的現實主義作家，如法國的司湯達（一七八三——一八四二）、福樓拜（一八二一——一八八〇）要早出一個來世紀，比巴爾扎克（一七九九——一八五〇）早出八十多年，比俄國的果戈里（一八〇九——一八五二）和列夫·托爾斯泰（一八二八——一九一〇）也早出一個多世紀。所以從世界的現實主義文學來説，無疑曹雪芹是獨領風騷的。

《紅樓夢》是一部内容深廣的偉大小説，雖然我在本文作了某些方面的解讀，但遠非小説的全部。人們稱《紅樓夢》是百科全書，這並不是沒有根據的。我個人認爲，如果再具體點説，可以説，《紅樓夢》真實而生動地反映了十八世紀中期中國上層封建社會的種種風習，我們讀《紅樓夢》，就如打開了一幅充滿着歷史氣息的栩栩如生的歷史長卷，特別值得人們注意的是，這一時期中國封建社會緩慢轉型的歷史面貌，都被曹雪芹的生花妙筆定格下來了，其中意識形態的微妙變化，是最值得注意的。如尤三姐的愛情觀，強調要獨立自主，自我選擇。（六十五回）鴛鴦抗婚說：『家生女兒怎麼樣？「牛不吃水強按頭」？我不願意，難道殺我的老子娘不成？』（四十六回），還有薛蟠問寶玉：『明兒你送我什麼？』寶玉道：『我可有什麼送的？若論銀錢吃的穿的東西，究竟還不是我的，惟有我寫一張字，畫一張畫，纔算是我的。』（二十八回）等等。這是客觀而真實地反映了人的自我意識的增長。否則作爲鴛鴦這樣的『家生女兒』，自身不過是主人的一點小小的財產，如同一個牲口一樣，根本談不上『自主權』，主人要她怎樣她就只能怎樣，怎麼可能說『我不願意』呢？這就是說，由於時代的變化，社會的逐漸轉型，人的自我意識增長了。像寶玉這樣一個貴族公子，居然說自己一無所有，只有自己寫的字、畫的畫纔算是自己的，這就意味着只有自己創造出來的東西，纔算是自己的，祖宗之所遺，概與自己無關，這就是在這個貴族公子身上反映出來的新的自我意識。再如晴雯生病，寶玉說：『越性盡用西洋藥治一治，只怕就好了。』（五十二回）這『西洋藥』一詞，顯然也是具有特定歷史內涵的新詞。至於《紅樓夢》裏提到的許多西洋物品，當然同樣是這種特定歷史風貌的記錄。

《紅樓夢》最主要的成就，當然在思想和藝術兩方面。從思想方面來說，無疑也是中國封建社會緩慢轉型期的新思潮的真實記錄。我曾說過，曹雪芹批判的是他自己的時代，而他把希望寄託給未來。他的社會理想，如自由人生、婚姻自主、男女平等、廢除等級、人與人之間的友愛等等，無疑都只能是未來的意識，未來的現實，然而曹雪芹居然在十八世紀的前期就提出這些理想來了，這在當時，當然是不可理解的，何況他又是用的『假語村言』，無怪人們要把賈寶玉看作『似傻如狂』了。

《紅樓夢》在藝術上最傑出的貢獻，是多方面的，長篇小說的網狀式的整體結構，是在長篇小說結構上的獨特創造。雖然《金瓶梅》已開其端，但它畢竟還帶有『詞話』的痕迹。至於《三國演義》《水滸傳》《西遊記》更是從話本發展來的。《紅樓夢》是真正的文人創作的長篇小說，它除了採用習慣的章回體外，一切故事結構和敘事方式全是嶄新的創造，整個故事的敘事行文，如行雲流水，自然天成，真是落花水面皆文章。在中國古典小說裏文章之美，語言的個性化之美，語言之濃厚的生活氣息之美等等，是無出其右的。特別是《紅樓夢》的敘事語言，都帶有濃厚的作者的主觀感情，這與《三國》《水滸》又是截然不同的。

然而，《紅樓夢》在文學上的特出貢獻，是塑造出一系列令人永遠難忘的典型形象。其中賈寶玉是全新的藝術典型，在以往的小說、戲曲裏從未有過，是真正的新人形象。賈寶玉的新，一是形象塑造未有任何因襲，全是獨創。事實上，賈寶玉的獨特的反傳統的得世界風氣之先的思想，是任何舊傳統形象所無法承載的，賈寶玉的新典型形象是由他獨特的超時代的新思想所決定的。而林黛玉的形象，雖然初看似與傳統的形象頗多相似，但細讀，也可發現，這個形象的外觀，是由她孤零的身世遭遇所決定的，更重要的是她的思想、她的尖而銳的個性，她的特殊才華和冰雪聰明，她的絕代姿容和稀世俊美，在以往的小說、戲曲人物裏，也是不可重複的。所以賈寶玉與林黛玉恰好成爲中國封建社會緩慢轉型期的一對新人的典型。至於說賈寶玉具有貴族公子的脾性，林黛玉也是官僚門第的千金小姐，這話一點也不錯。因爲不如此，這一對典型就遠離了他們自己的時代和土壤，假定說，這對典型新到連自己出生的家庭和時代的氣息都沒有了，那他們就不成其爲這個歷史轉型期的新人典型了，他們就失去了歷史的真實感了。他們之所以真實可信又可貴，就是因爲他們是特定歷史時代的產物，他們既是新的，又有舊的印記，這纔是這一對典型的特徵。《紅樓夢》裏的薛寶釵、王熙鳳、史湘雲、探春、迎春、惜春、妙玉、香菱、尤三姐、尤二姐、襲人、平兒、鴛鴦、晴雯以及賈母、王夫人、劉姥姥等，無一不是令人難忘的獨一無二的典型。男性中的賈政、賈珍、賈璉、薛蟠等，也同樣是令人難忘的形象。

總之，《紅樓夢》是歷史，是社會，是人生，是藝術，而歸根到底，它是人生的歷史長卷。在這個長卷裏，人們都可以各有取捨，各有所悟，各有會心。總之，能悟其大，得其要，斯爲得矣。何況《紅樓夢》裏有一些問題，如某些判詞、懷古詩之類，可能永遠也不能得出一致的結論，因其無謎底可證也。

然而，學術問題本來是複雜的，很難一時盡得其解的，『詩家總愛西崑好，獨恨無人作鄭箋』（元好問《論詩三十首》），就連李商隱的詩，人們都歎息難以解讀，那末讓《紅樓夢》留些懸念，也未嘗不是有趣的事。

所以，我說的解讀《紅樓夢》，是就其大者、要者而說的，至於其他，則實非所能盡解也！

二〇〇四年一月二十八日，舊曆甲申年正月初七日
下午五時於京東且住草堂草成
二〇〇四年五月二日，舊曆甲申三月十四日改定，
時年八十又二

校評凡例

一、本書的目的是爲讀者提供一部可讀性強的《紅樓夢》讀本。本書疏解力求切實有據而又有新意，評析力求能發作者之隱微，能啓讀者之賞鑒而得其精義妙理。

二、本書以《脂硯齋重評石頭記》（庚辰本）爲底本，以甲戌、己卯、列藏、蒙府、戚序、楊藏、鄭藏、甲辰、舒序、程甲各本爲參校本，亦參以時賢新校注本。

三、底本上原有脂評均擇要録入，甲戌、己卯兩本之脂評有可與庚辰本脂評對照者，故亦予擇要録入，以便讀者參究，其餘各本評語，因文繁不録。

四、凡對底本有重大校改或增補均出校記，凡屬一般的錯別字或字詞的校改均不出校記，以免煩瑣而省篇幅。

五、本書後四十回以程甲本爲底本，參以程乙本，因無重要校改，故不出校記。

六、本書的評批，主要是前八十回。因是雪芹原作，文多隱蔽，難以情測，而詞采驚人，令人心醉。其人物語言，更有正義、反義、偏義，或指此而言彼，或明褒而實貶，意旨遥深，探求維艱。凡此種種，本書皆盡可能作評批，以期稍發作者深意於萬一。

七、本書評批，分眉評、正文下雙行小字評、回末總評。眉評針對文段或重要文字，小字評針對重要文句，回末評總評本回。此外，全書有三萬餘字的長篇導言《解讀〈紅樓夢〉》，爲本書之導讀，亦本書著者治紅數十年之心悟所聚。書後，復有後記，略記本書校評前後艱難過程。

八、書中凡涉及雪芹家世及其他隱微，旁及刺時諷世之語，評者力所能及者，均一一評出，凡無據而評者亦未能確解者，概付闕如，以待高明，而決不作空言誤人，敬祈讀者鑒諒。

九、後四十回的作者，過去曾認為是高鶚，據近幾十年來的研究成果，一般都認為不是高鶚所續。高鶚只是應程偉元之請，與程一起整理了後四十回，又對前八十回作了若干改動。後四十回續作者，目前尚無可考，故暫不署名。

十、八十回以後，因非雪芹原著，且前後多有不接甚至牴牾，故凡發現前後不接或牴牾處，即爲批出，遇有文字可讀或精整處，亦略加評批，餘者概不作批。

十一、近數十年來，紅學研究多有發明，而有清一代之舊紅學及民國後之新紅學，亦多有貢獻，不能忽視，限於篇幅，不能一一採録。惟於時賢之妙悟，亦稍加採擇，然見聞有限，不能盡美，至以爲憾耳。

十二、《紅樓夢》實一博大精深之傑作。以寫實觀之，則是康、雍、乾歷史社會之要録；以藝術觀之，則實康、雍、乾歷史社會之藝術昇華。且作者忍入世之奇禍，而作超世之玄想，其憫世度人，胸懷寬廣，愛之深切，金石莫渝。予雖治紅數十年，而欲悟雪芹之深懷，固不敢自是也。故是評亦惟一得之愚而已，惟知者鑒原，倘有謬誤，敢求斧正，決不敢自是而誤人也！

馮其庸

歲在甲申仲春，公元二〇〇四年三月十日

謹草於京東雙芝草堂，丁亥六月重訂

瓜飯樓重校評批《紅樓夢》總目

瓜飯樓重校評批《紅樓夢》卷一

第一回　甄士隱夢幻識通靈　賈雨村風塵懷閨秀

馮其庸重校評批

此開卷第一回也。作者自云：因曾歷過一番夢幻之後，故將真事隱去，而借『通靈』之説，撰此《石頭記》一書也。故曰『甄士隱』云云。但書中所記何事何人？自又云：『今風塵碌碌，一事無成，忽念及當日所有之女子，一一細考較去，覺其行止見識，皆出於我之上，何我堂堂鬚眉，誠不若此裙釵哉？實愧則有餘，悔又無益之大無可如何之日也！當此，則自欲將已往所賴天恩祖德，錦衣紈袴之時，飫甘饜肥之日，背父兄教育之恩，負師友規談之德，以致今日一技無成、半生潦倒之罪，編述一集，以告天下人：我之罪固不免，然閨閣中本自歷歷有人，萬不可因我之不肖，自護己短，一並使其泯滅也。雖今日

此段文字，應是脂硯齋所作第一回之回前評，今甲辰本等尚比正文低兩格抄寫，可見原屬批語。

此段『作者自云』，實實是作者自道身世之言，讀者切勿以小説家言視之。『歷過一番夢幻』，謂歷過一番人世滄桑也。此書是滄桑以後所作，故視昔日富貴如黄粱一夢耳。

『當日所有之女子』，雍正元年李煦抄家時有二百餘口，曹家抄家時亦有百餘口，李煦全家先在蘇州發賣，後又送京交崇文門標價發賣，李煦本人於雍正五年二月初判『秋後斬決』，後又『奉旨着寬免處斬，發往打牲烏拉』。曹家於雍正六年初，因『隋赫德見曹寅之妻孀婦無力，不能度日，將賞伊之家産人口內，於京城崇

之茆椽蓬牖，瓦竈繩牀，（兩句是雪芹晚年寫照。）其晨夕風露，階柳庭花，亦未有妨我之襟懷筆墨者。（生活雖苦，襟懷不惡。）雖我未學，下筆無文，又何妨用假語村言，敷演出一段故事來，亦可使閨閣昭傳，復可悦世之目，破人愁悶，不亦宜乎？』故曰『賈雨村』云云。

此回中凡用『夢』用『幻』等字，是提醒（兩字要緊）閱者眼目，亦是此書立意本旨。

詩曰：（此詩當是脂硯手筆，胡適以爲是雪芹之詩，誤矣。前六句概述此書大概，無精警處。末兩句盛稱雪芹，倒能搔着癢處，然決非雪芹自道，雪芹豈能如此自伐！）

浮生着甚苦奔忙。盛席華筵終散場。
悲喜千般同幻渺，古今一夢盡荒唐。
謾言紅袖啼痕重，更有情癡抱恨長。
字字看來皆是血，十年辛苦不尋常。〔一〕

列位看官：你道此書從何而來？（此句方是紅樓正文開頭。）說起根由雖近荒唐，細按則深有趣味。待在下將此來歷注明，方使閱者了然不惑。（以下便是荒唐之言。）

原來女媧氏煉石補天之時，於大荒山無稽崖煉成高經十二丈、方經二十四丈頑石三萬六千五百零一塊。媧皇氏只用了三萬六千五百塊，只單單剩了一塊未用，便棄在此山青埂峰下。誰知此石自經煅煉之後，靈性已通，因見衆石俱得補天，獨自己無材不堪入選，遂自怨自嘆，日夜悲號慚愧。

文門外蒜市口地方房十七間半，家僕三對，給與曹寅之妻孀婦度命』，其餘家人則不知下落。

錦衣紈袴之時，雪芹幼年抄家前之生活也。

背父兄兩句重要，康熙間《曹璽傳》云：『寅偕弟子猷講性命之學，頫亦好古嗜學，紹聞衣德』。曹寅辛卯聞珍兒殤詩云：『承家望猶子，努力作奇男。經義談何易，程朱理必探。』則曹寅以繼承程朱理學屬望於子孫，而雪芹著《紅樓夢》大反程朱理學，把四書以外的書都燒了，此不言而喻是指程朱理學之書。由此可見，雪芹此兩句確是實言，非虛語也。

既說書中所記爲當日所有之女子，又說用假語村言敷演出一段故事，蓋作者之意云：

事是實事，人是真人，情則真情，然皆易以假名、假事以掩其真耳，故真是實質，假是表像耳！

以下通靈石之故事即假語村言也，即敷演出一段故事也。寓意謂，石已被棄，有才不得用也。

『說說笑笑』至『登時變成』共四百二十九字。此段文字至關重要，歷來多有討論，亦有以爲是後補者。其實此段文字的是雪芹原筆：一、此段文字將青埂峰下的石頭後來變成美玉又縮成扇墜大小的過程，說得清清楚楚，而庚本文字則石與玉的關係未有交代。二、此段文字已隱括《石頭記》結局，比第五回還早。『劫終之日，復還本質』等，恰與明義詩『石歸山下無靈氣』等合，可證此段文字確是雪芹原文也。

一日，正當嗟悼之際，俄見一僧一道遠遠而來，生得骨格不凡，丰神迥異，說說笑笑來至峰下，坐於石邊高談快論。先是說些雲山霧海神仙玄幻之事，後便說到紅塵中榮華富貴。此石聽了，不覺打動凡心，也想要到人間去享一享這榮華富貴；但自恨粗蠢，不得已，便口吐人言，向那僧道說道：『大師，弟子蠢物，不能見禮了。適聞二位談那人世間榮耀繁華，心切慕之。弟子質雖粗蠢，性卻稍通；況見二師仙形道體，定非凡品，必有補天濟世之材，利物濟人之德。如蒙發一點慈心，攜帶弟子得入紅塵，在那富貴場中、溫柔鄉裏受享幾年，自當永佩洪恩，萬劫不忘也。』二仙師聽畢，齊憨笑道：『善哉，善哉！那紅塵中有卻有些樂事，但不能永遠依恃；況又有「美中不足，好事多魔」八個字緊相連屬，瞬息間則又樂極悲生，『樂極悲生』四句，已隱括作者家世。人非物換，究竟是到頭一夢，萬境歸空，甲戌批：『四句乃一部之總綱。』倒不如不去的好。』

這石凡心已熾，那裏聽得進這話去，乃復苦求再四。二仙知不可強制，乃嘆道：『此亦靜極思動，無中生有之數也。既如此，我們便攜你去受享受享，只是到不得意時，切莫後悔。』石道：『自然，自然。』那僧又道：『若說你性靈，卻又如此質蠢，並更無奇貴之處。如此也只好踮腳而已。也罷，我如今大施佛法助你助，待劫終之日，復還本質，以了此案。你道好否？』石頭聽了，感謝不盡。那僧便念咒書符，大展幻術，將一塊大石登時變成〔二〕一塊鮮明瑩潔的美玉，且又縮成扇墜大小的

『炎涼世態』，注意：作者自有諷世之意。

明明說『此係身前身後事』，則可見並非虛妄之說。

無朝代年紀可考，作者狡獪，欲瞞人耳目耳！

可佩可拿。那僧托於掌上，笑道：『形體倒也是個寶物了！還只沒有實在的好處，須得再鐫上數字，使人一見便知是奇物方妙。甲戌批：『世上原宜假，不宜真也。諺云：「一日賣了三千假，三日賣不出一個真。」信哉。』然後攜你到那昌明隆盛之邦，甲戌批：『伏長安大都。』詩禮簪纓之族，甲戌批：『伏榮國府。』花柳繁華地，甲戌批：『伏大觀園。』溫柔富貴鄉甲戌批：『伏紫芸軒。』去安身樂業。』石頭聽了，喜不能禁，乃問：『不知賜了弟子那幾件奇處，又不知攜了弟子到何地方，望乞明示，使弟子不惑。』那僧笑道：『你且莫問，日後自然明白的。』說着，便袖了這石，同那道人飄然而去，竟不知投奔何方何舍。後來，又不知過了幾世幾劫，因有個空空道人訪道求仙，忽從這大荒山無稽崖青埂峰下經過，忽見一大塊石上字迹分明，編述歷歷。空空道人乃從頭一看，原來就是無材補天，幻形入世，甲戌批：『八字便是作者一生慚恨。』蒙茫茫大士、渺渺真人攜入紅塵，歷盡離合悲歡炎涼世態的一段故事。後面又有一首偈云：

無材可去補蒼天，甲戌批：『書之本旨。』枉入紅塵若許年。甲戌批：『慚愧之言，嗚咽如聞。』

此係身前身後事，身前，當指作者出生以前的家世。身後，當指作者自身經過之歷史。則作者百年家世及身經敗落種種世變，俱在其內矣。倩誰記去作奇傳。

詩後便是此石墜落之鄉，投胎之處，親自經歷的一段陳迹故事。其中家庭閨閣瑣事，以及閑情詩詞，倒還全備，或可適趣解悶，然朝代年紀，地輿邦國，卻反失落無考。

空空道人遂向石頭說道：『石兄，你這一段故事，據你自己說有些趣味，故編寫此段可見作者之通俗文學觀。

滿紙子建等一段，批盡當時惡賴庸俗之作，則雪芹所稱之通俗文學自與此類有冰炭之別，《紅樓夢》即其戛戛獨造者！

甲戌眉批：『事則實事，然亦敘得有間架、有曲折、有順逆、有映帶，有隱有見，有正有閏，以至草蛇灰線、空谷傳聲、一擊兩鳴，明修棧道、暗度陳倉，雲龍霧雨、兩山對峙、烘雲托月、背面傳粉、千皴萬染諸奇。書中之秘法，亦復不少；余亦於逐回中搜剔刳剖，明白註釋，以待高明，再批示誤謬。

開卷一篇立意，真打破歷來小說窠臼。

在此，意欲問世傳奇。據我看來，第一件，無朝代年紀可考；第二件，並無大賢大忠（無大賢大忠，一筆表明。）理朝廷治風俗的善政，其中只不過幾個異樣女子，或情或癡，或小才微善，亦無班姑、蔡女之德能。我縱抄去，恐世人不愛看呢！』石頭笑答道：『我師何太癡耶！若云無朝代可考，今我師竟假借漢唐等年紀添綴，又有何難？但我想：歷來野史，皆蹈一轍，莫如我這不借此套者，反倒新奇別致，不過只取其事體情理罷了，又何必拘拘於朝代年紀哉！再者，市井俗人，喜看理治之書者甚少，（淡淡一筆，寫出世人不喜程、朱。）愛適趣閑文者特多。歷來野史，或訕謗君相，或貶人妻女，姦淫凶惡，不可勝數。更有一種風月筆墨，其淫穢污臭，屠毒筆墨，壞人子弟，又不可勝數。〔三〕至若佳人才子等書，則又千部共出一套，且其中終不能不涉於淫濫，以致滿紙潘安、子建、西子、文君，不過作者要寫出自己的那兩首情詩豔賦來，故假擬出男女二人名姓，又必旁出一小人其間撥亂，亦如劇中之小丑然。且鬟婢開口即者也之乎，非文即理。故逐一看去，悉皆自相矛盾、大不近情理之話，竟不如我半世親睹親聞的這幾個女子，（然則十二釵皆以真人爲本也！）雖不敢說強似前代書中所有之人，但事跡原委，亦可以消愁破悶；也有幾首歪詩熟話，可以噴飯供酒。至若離合悲歡，興衰際遇，（興衰際遇，四字重要。）則又追蹤躡跡，不敢稍加穿鑿，（真實之甚）徒爲供人之目而反失其真傳者。今之人，貧者日爲衣食所累，富者又懷不足之心，縱然一時稍閑，又有貪淫戀色，好貨尋愁之事，那裏去有工夫看那理治之書？（于程、朱不屑一顧。）所以

閱其筆則是《莊子》《離騷》之亞。』

不失其真傳，可見作者何等認真，讀者萬不可被假語村言所瞞耳！

此書確是令人換新眼目，一點不假！

此空空道人亦太小心了，然不得不如此耳，康乾之世，文字獄密佈，雪芹令空空道人如此小心，亦是諷世之意。

甲戌眉批：『雪芹舊有《風月寶鑑》之書，乃其弟棠村序也。今棠村已逝，余覩新懷舊，故仍因之。』

甲戌眉批：『若云雪芹披閱增刪，然後開卷至此這一篇楔子又係誰撰？足見作者之筆，狡猾之甚。後文如此處者不少。這正是作者用畫家煙雲模糊處。觀者萬不可被作者瞞蔽了去，方是巨眼。』

我這一段故事，也不願世人稱奇道妙，也不定要世人喜悅檢讀，只願他們當那醉餘〔四〕飽臥之時，或避世去愁之際，把此一玩，豈不省了些壽命筋力？就比那謀虛逐妄，卻也省了口舌是非之害，腿腳奔忙之苦。再者，亦令世人換新眼目，不比那些胡牽亂扯，忽離忽遇，滿紙才人淑女、子建、文君、紅娘、小玉等通共熟套之舊稿。我師意爲何如？』

空空道人聽如此說，思忖半晌，將《石頭記》再檢閱一遍。甲戌批：『這空空道人也太小心了，想亦世之一腐儒耳。』因見上面雖有些指奸責佞、貶惡誅邪之語，甲戌批：『亦斷不可少。』亦非傷時罵世之旨；甲戌批：『要緊句。』及至君仁臣良父慈子孝，凡倫常所關之處，皆是稱功頌德，眷眷無窮，實非別書之可比。雖其中大旨談情，亦不過實錄其事，又非假擬妄稱，實錄其事，非假擬妄稱，作者再爲讀者提醒一筆。甲戌批：『要緊句。』一味淫邀豔約、私訂偷盟之可比。因毫不干涉時世，再次聲明。甲戌批：『要緊句。』方從頭至尾抄錄回來，問世傳奇。從此空空道人〔五〕因空見色，由色生情，傳情入色，自色悟空，遂易名爲情僧，空空道人易名爲情僧，則何空空之有，分明作者調侃之筆！改《石頭記》爲《情僧錄》。東魯孔梅溪則題曰《風月寶鑑》，後因曹雪芹於悼紅軒中披閱十載，增刪五次，曹雪芹批閱增刪，有人遂以爲此書非雪芹所作，李廣柏云，此應前石上抄錄之神話，故云增刪，何首尾不相及至此！旨哉斯言，李君之言是也！纂成目錄，分出章回，則題曰《金陵十二釵》。並題一絕云：

滿紙荒唐言，一把辛酸淚！此詩爲雪芹自道之詩，故是直言，非代言也。其餘各詩皆代言也。甲戌批：『此是第一首標題詩。』

都云作者癡，誰解其中味？按此詩未協韻。言，上平十三元。淚，去聲四寘。癡，上平四支。味，去聲五未。此詩一句一韻，平仄互用，可見雪芹此詩以達意爲主，不受詩律之束縛。

甲戌眉批：『能解者方有辛酸之淚，哭成此書。壬午除夕，書未成，芹爲淚盡而逝。余嘗哭芹，淚亦待盡。每意覓青埂峰再問石兄，余（奈）不遇獺（癩）頭和尚何？悵悵！今而後惟願造化主再出一芹一脂，是書何本（幸），余二人亦大快遂心於九泉矣。甲午八日淚筆。』

靖藏本內夾夕葵書屋殘頁脂評：『此是第一首標題詩。能解者方有辛酸之淚，哭成此書。壬午除夕，書未成，芹爲淚盡而逝，余常哭芹，淚亦待盡；每思覓青埂峰再問石兄，奈不遇癩頭和尚何？悵悵！今而後，願造化主再出一脂一芹，是書有幸，余二人亦大快遂心於九泉矣！甲申八月淚筆。』

一段神話，又是夢中所聞，不可蹤迹，其

出則既明，且看石上是何故事。按那石上書云：

當日地陷東南，這東南一隅，有處曰姑蘇，有城曰閶門者，最是紅塵中一二等富貴風流之地。這閶門外有個十里街，街內有個仁清巷，巷內有個古廟，因地方窄狹，人皆呼作葫蘆廟。廟旁住着一家鄉宦，姓甄，名費，字士隱。（甄士隱，則此是假名也，作者已明告矣。）嫡妻封氏，情性賢淑，深明禮義。家中雖不甚富貴，然本地便也推他爲望族了。因這甄士隱稟性恬淡，不以功名爲念，每日只以觀花修竹、酌酒吟詩爲樂，倒是神仙一流人品。只是一件不足，如今年已半百，膝下無兒，只有一女，乳名喚作英蓮，〔六〕年方三歲。

一日，炎夏永晝，士隱於書房閑坐，至手倦拋書，伏几少憩，不覺朦朧睡去。（炎夏永晝數語，寫出炎天伏暑氣象。）夢至一處，不辨是何地方。忽見那廂來了一僧一道，且行且談。只聽道人問道：『你攜了這蠢物，意欲何往？』那僧笑道：『你放心，如今現有一段風流公案正該了結，這一干風流冤家，尚未投胎入世。趁此機會，就將此蠢物夾帶於中，使他去經歷經歷。』那道人道：『原來近日風流冤孽又將造劫歷世去不成？但不知落于何方何處。』那僧笑道：『此事說來好笑，竟是千古未聞的罕事。只因西方靈河岸上三生石畔，有絳珠草一株，時有赤瑕宮神瑛侍者，日以甘露灌溉，這絳珠草始得久延歲月。後來既受天地精華，復得雨露滋養，遂得脫卻草胎木質，得換人形，僅修成個女體，終日遊於離恨天外。饑則食蜜青菓爲膳，渴則飲灌愁海水爲湯。只因尚未酬用筆縹緲，真有如夢如幻之感。以下萬千恩怨，皆由此而來！

甲戌眉批：『以頑石草木爲偶，實歷盡風月波瀾，嘗遍情緣滋味，至無可如何，始結此木石因果，以洩胸中悒鬱。古人之一花一石如有意，不語不笑能留人。此之謂耶？』

念念不忘報德，鬱結纏綿，便是癡情、真情。

以淚洗面則有之，以淚還債則聞所未聞，真是一段新奇故事，連神仙也稱罕聞。

甲戌眉批：『知眼淚還債，大都作者一人耳。全（余）亦知此意，但不能說得出。』

再貶風月故事。

再申與前人不同。

報灌溉之德，故其五內便鬱結着一段纏綿不盡之意。恰近日這神瑛侍者凡心偶熾，乘此昌明太平朝世，意欲下凡造歷幻緣，已在警幻仙子案前掛了號。警幻亦曾問及，灌溉之情未償，趁此倒可了結的。那絳珠仙子道：「他是甘露之惠，我並無此水可還，他既下世爲人，我也去下世爲人，但把我一生所有的眼淚還他，也償還得過他了。」因此一事，就勾出多少風流冤家來，陪他們去了結此案。』那道人道：『果是罕聞。實未聞有還淚之說。想來這一段故事，比歷來風月故事更加瑣碎細膩了。』那僧道：『歷來幾個風流人物，不過傳其大概以及詩詞篇章而已，至家庭閨閣中一飲一食，總未述記。再者，大半風月故事，不過偷香竊玉、暗約私奔而已，並不曾將兒女之真情發洩一二。想這一干人入世，其情癡色鬼、賢愚不肖者，悉與前人傳述不同矣。』那道人道：『趁此何不你我也去下世度脫幾個，豈不是一場功德？』那僧道：『正合吾意。你且同我到警幻仙子宮中，將蠢物交割清楚，待這一干風流孽鬼下世已完，你我再去。如今雖已有一半落塵，然猶未全集。』道人道：『既如此，便隨你去來。』

卻說甄士隱俱聽得明白，但不知所云『蠢物』係何東西，遂不禁上前施禮，笑問道：『二位仙師請了。』那僧道也忙答禮相問。士隱因說道：『適聞仙師所談因果，實人世罕聞者。但弟子愚濁，不能洞悉明白，若蒙大開癡頑，備細一聞，弟子甄士隱總算與通靈寶玉尚有一面之緣。

太虛幻境，總寫一筆，蓋大千世界，無非幻境耳。東坡云：自其變者而觀之，則天地曾不能以一瞬，亦此意耳。然雍、乾之世，富貴無常，作者實從幻境中過來者。

真假有無爲全書之眼目，其涵義既深且奧，不可拘於一隅而觀之，則讀者能得其奧矣！

此書寫人，皆從變幻處落筆。甄士隱素封之家也，忽然遭火，遂至破敗。甄英蓮落地時爲富家子女，未幾而爲拐子變賣，遂成另一命運。故世事皆在變幻中，人的命運亦在變幻

則洗耳諦聽，稍能警省，亦可免沉淪之苦。』二仙笑道：『此乃玄機不可預洩者。到那時不要忘我二人，便可跳出火坑矣。』士隱聽了，不便再問。因笑道：『玄機不可預洩，但適云「蠢物」，不知爲何，或可一見否？』那僧道：『若問此物，倒有一面之緣。』說着，取出遞與士隱。士隱接了看時，原來是塊鮮明美玉，上面字迹分明，鐫着『通靈寶玉』四字，後面還有幾行小字。正欲細看時，那僧便說已到幻境，便強從手中奪了去，與道人竟過一大石牌坊，上書四個大字，乃是『太虛幻境』。兩邊又有一副對聯，道是：

假作真時真亦假，
無爲有處有還無。（兩句實爲諷世之筆，其意深廣。）

士隱意欲也跟了過去，方舉步時，忽聽一聲霹靂，有若山崩地陷。士隱大叫一聲，定睛一看，只見烈日炎炎，芭蕉冉冉，（八字寫出炎暑景象。）所夢之事便忘了大半。（文筆跳脫有致。）又見奶母正抱了英蓮走來。士隱見女兒越發生得粉妝玉琢，乖覺可喜，便伸手接來，抱在懷內，逗他頑耍一回，又帶至街前，看那過會的熱鬧。方欲進來時，只見從那邊來了一僧一道。那僧則癩頭跣腳，那道則跛足蓬頭，瘋瘋癲癲，揮霍談笑而至。及到了他門前，看見士隱抱着英蓮，那僧便大哭起來，又向士隱道：『施主，你

中，以此來讀《紅樓夢》，則或可略得其意耳！

作者預示甄家結局及英蓮後來改名香菱等後事，亦作者用筆縹緲靈動處，勿作宿命看也！

剛敘甄士隱，即來賈雨村，雨村名化，字時飛，則應運而化，乘時而飛也。真隱假來，真敗假興，從此始矣！讀者試觀賈雨村一生，亦在升沉變動中。

末世，指賈雨村家也。雨村雖在升騰之中，然已是末世矣。雪芹身處乾隆之世，史稱『盛世』，而雪芹卻屢稱『末世』。文雖是指雨村及賈府，卻

把這有命無運、累及爹娘之物，抱在懷內作甚？』士隱聽了，知是瘋話，也不去睬他。那僧還說：『捨我罷，捨我罷！』士隱不耐煩，便抱女兒撤身要進去，那僧乃指着他大笑，口內念了四句言詞道：

慣養嬌生笑你癡，菱花空對雪澌澌。
好防佳節元宵後，便是煙消火滅時。

作者已是世變之過來人，事事身經目睹，故能預寫其結局。看似平平敘述，亦皆傷心之筆也。

士隱聽得明白，心下猶豫，意欲問他們來歷。只聽道人說道：『你我不必同行，就此分手，各幹營生去罷。三劫後，我在北邙山等你，會齊了同往太虛幻境銷號。』那僧道：『最妙，最妙！』說畢，二人一去，再不見個蹤影了。士隱心中此時自忖：這兩個人必有來歷，該試一問，如今悔卻晚也。

這士隱正癡想，忽見隔壁葫蘆廟內寄居的一個窮儒——姓賈名化、字表時飛、別號雨村者走了出來。這賈雨村原係胡州人氏，也是詩書仕宦之族，因他生於末世，父母祖宗根基已盡，人口衰喪，只剩得他一身一口，在家鄉無益，因進京求取功名，再整基業。自前歲來此，又淹蹇住了，暫寄廟中安身，每日賣字作文爲生，故士隱常與他交接。當下雨村見了士隱，忙施禮陪笑道：『老先生倚門佇望，敢是街市上有甚新聞否？』士隱笑道：『非也。適因小女啼哭，引他出來作耍，正是無聊之甚，兄來得

是醒人之筆，以警世人。

甄家丫鬟，亦在變動之中。偶因一顧，遂改變日後命運。

劍眉星眼兩句，爲雨村畫相，此人總非善類。甲戌批：『是莽操遺容。』

丫鬟眼中，雨村落魄至甚！與後來的夤緣顯達作一反襯。

寫出久困中人心態，無意一顧，竟至狂喜，雨村落寞久矣！視丫鬟爲巨眼英雄，風塵知己，可見雨村潦倒之甚！

正妙，請入小齋一談，彼此皆可消此永晝。』說着，便令人送女兒進去，自與雨村攜手來至書房中。小童獻茶。方談得三五句話，忽家人飛報：『嚴老爺來拜。』士隱慌的忙起身謝罪道：『恕誑駕之罪，略坐，弟即來陪。』雨村忙起身亦讓道：『老先生請便。晚生乃常造之客，稍候何妨。』說着，士隱已出前廳去了。

這裏雨村且翻弄書籍解悶。忽聽得窗外有女子嗽聲，雨村遂起身往窗外一看，（聞嗽聲即起，總是不安分之人。）原來是一個丫鬟，在那裏擷花，生得儀容不俗，眉目清朗，雖無十分姿色，卻亦有動人之處。雨村不覺看的獃了。（寫雨村窮酸。）那甄家丫鬟擷了花，方欲走時，猛擡頭（三字寫出無意之間。）見窗內有人，敝巾舊服，雖是貧窘，然生得腰圓背厚，面闊口方，更兼劍眉星眼，直鼻權腮。（先在丫鬟眼中一描。）這丫鬟忙轉身迴避，心下乃想：『這人生的這樣雄壯，卻又這樣襤褸，想他定是我家主人常說的什麼賈雨村了，每有意幫助周濟，只是沒甚機會。我家並無這樣貧窘親友，想定是此人無疑了。怪道又說他必非久困之人。』如此想來，不免又回頭兩次。雨村見他回了頭，便自爲這女子心中有意於他，便狂喜不禁，自爲此女子必是個巨眼英雄，風塵中之知己也。（自此念念不忘矣。）一時小童進來，雨村打聽得前面留飯，不可久待，遂從夾道中自便出門去了。士隱待客既散，知雨村自便，也不去再邀。

一日，早又中秋佳節。士隱家宴已畢，乃又另具一席於書房，卻自己步月至廟中來邀雨村。原來雨村自那日見了甄家之婢，曾回顧他兩次，自爲是個知己，便時刻放詩亦平平，只是困頓中人口氣。

釵於奩內句，吳世昌謂指後文寶釵嫁雨村，朱淡文亦主此說，書此待證。

在心上。今又正值中秋，不免對月有懷，因而口占五言一律云：

未卜三生願，頻添一段愁。
悶來時斂額，行去幾回頭。
自顧風前影，誰堪月下儔。
蟾光如有意，先上玉人樓。甲戌批：『這是第一首詩。後文香奩閨情皆不落空。余謂雪芹撰此書中，亦爲傳詩之意。』

雨村吟罷，因又思及平生抱負，苦未逢時，乃又搔首對天長嘆，復高吟一聯曰：

玉在匵中求善價，
釵於奩內待時飛。甲戌批：『表過黛玉則緊接上寶釵，前用二玉合傳，今用二寶合傳，自是書中正眼。』

恰值士隱走來聽見，笑道：『雨村兄真抱負不淺也！』雨村忙笑道：『豈敢！不過偶吟前人之句，何敢狂誕至此。』因問：『老先生何興至此？』士隱笑道：『今夜中秋，俗謂「團圓之節」，想尊兄旅寄僧房，不無寂寥之感，故特具小酌，邀兄到敝齋一飲，不知可納芹意否？』雨村聽了，並不推辭，便笑道：『既蒙厚愛，何敢拂此盛情。』說着，便同士隱復過這邊書院中來。

須臾茶畢，早已設下杯盤，那美酒佳餚自不必說。二人歸坐，先是款斟漫飲，次家家簫管以下四句，寫盡當時太平景象，行文簡淨而有神彩。

詩亦俗套。

難得士隱一副熱腸。可與後文雨村斷英蓮之案對看。

甲戌批：『寫士隱如此豪爽，又全無一些黏皮帶骨之氣相，愧殺近之讀書假道學矣。』

漸談至興濃，不覺飛觥限斝起來。當時街坊上家家簫管，户户弦歌，當頭一輪明月，飛彩凝輝，二人愈添豪興，酒到杯乾。雨村此時已有七八分酒意，狂興不禁，乃對月寓懷，口號一絕云：

時逢三五便團圓。甲戌批：『是將發之機。』滿把晴光護玉欄。甲戌批：『奸雄心事，不覺露出。』

天上一輪纔捧出，人間萬姓仰頭看。此詩『先』『寒』通押。

士隱聽了，大叫：『妙哉！吾每謂兄必非久居人下者，今所吟之句，飛騰之兆已見，不日可接履於雲霓之上矣。可賀，可賀！』乃親斟一斗爲賀。雨村因乾過，嘆道：『非晚生酒後狂言，若論時尚之學，八股時文也。甲戌批：『四字新而含蓄最廣，若必指明，則又落套矣。』晚生也或可去充數沽名，只是目今行囊路費一概無措，神京路遠，非賴賣字撰文即能到者。』士隱不待說完，便道：『兄何不早言？愚每有此心，但每遇兄時，兄並未談及，愚故未敢唐突。今既及此，愚雖不才，「義利」二字卻還識得。且喜明歲正當大比，兄宜作速入都，春闈一戰，方不負兄之所學也。其盤費餘事，弟自代爲處置，亦不枉兄之謬識矣！』當下即命小童進去，速封五十兩白銀，並兩套冬衣。又云：『十九日乃黃道之期，兄可即買舟西上，待雄飛高舉，明冬再晤，豈非大快之事耶！』雨村收了銀衣，不過略謝一語，並不介意，仍是吃酒談笑。那天已交了三更，二人方散。

士隱送雨村去後，回房一覺，直至紅日三竿方醒。因思昨夜之事，意欲再寫兩封薦書與雨村帶至神都，使雨村投謁個仕宦之家爲寄足之地。因使人過去請時，那家人去了回來說：『和尚說，賈爺今日五鼓已進京去了。也曾留下話與和尚轉達老爺，說「讀書人不在黃道黑道，總以事理爲要，不及面辭了。」』士隱聽了，也只得罷了。

以上敘甄士隱一片神彩，情溢于文，以下敘士隱失女起火，轉眼敗落，又是一副筆墨，亦又是一番人生也，讀者時時不忘世情之榮枯，則能略近作者矣！

真是閑處光陰易過，倏忽又是元宵佳節矣。因士隱命家人霍啓抱了英蓮去看社火花燈，半夜中，霍啓因要小解，便將英蓮放在一家門檻上坐着。待他小解完了來抱時，那有英蓮的蹤影？急得霍啓直尋了半夜，至天明不見，那霍啓也就不敢回來見主人，便逃往他鄉去了。那士隱夫婦見女兒一夜不歸，便知有些不妥，再使幾人去尋找，回來皆云連音響皆無。夫妻二人半世只生此女，一旦失落，豈不思想，因此晝夜啼哭，幾乎不曾尋死。看看的一月，士隱先就得了一病，當時封氏孺人也因思女構疾，日日請醫療治。

所謂禍不單行。失女被火，士隱接連遭逢，可知其敗之速。

甲戌批：『寫出南直召禍之實病。』南直，指南直隸，此處指南京，或謂即隱寓曹家抄家敗落事。按隋赫德於雍正六年二月二日接任江寧織造，曹家抄沒當在其接任以後，隋赫德於

不想這日三月十五，葫蘆廟中炸供，那些和尚不加小心，致使油鍋火逸，便燒着窗紙。此方人家多用竹籬木壁者，大抵也因劫數，於是接二連三，牽五掛四，將一條街燒得如火焰山一般。彼時雖軍民來救，那火已成了勢，如何救得下？直燒了一夜，方漸漸的熄去，也不知燒了幾家。只可憐甄家在隔壁，早已燒成一片瓦礫場了。一夜之間有化爲無。

雍正六年三月二日上奏細查曹頫房地産及家人情形摺，則其抄沒遣返當亦在三月中矣。

搶田奪地，官兵剿捕，則非鼠竊狗偷矣！作者既云搶田奪地，又云鼠竊狗偷，作者狡獪之筆也，記住，此是乾隆盛世！

素封之家，亦不得安身，是何世朝，味之可矣！

自己至親，尚且如此，則世情可知矣！

只有他夫婦並幾個家人的性命不曾傷了。急得士隱惟跌足長嘆而已。只得與妻子商議，且到田莊上去安身。偏值近年水旱不收，鼠盜蜂起，無非搶田奪地，鼠竊狗偷，民不安生，因此官兵剿捕，難以安身。士隱只得將田莊都折變了，便攜了妻子與兩個丫鬟投他岳丈家去。

他岳丈名喚封肅，本貫大如州人氏，雖是務農，家中卻還殷實。今見女婿這等狼狽而來，心中便有些不樂。一筆寫出此人心胸。幸而士隱還有折變田地的銀子未曾用完，拿出來托他隨分就價薄置些須房地，以爲後日衣食之計。那封肅便半哄半賺，些須與他些薄田朽屋。士隱乃讀書之人，不慣生理稼穡等事，勉強支持了一二年，越覺窮了下去。封肅每見面時，便說些現成話，且人前人後又怨他們不善過活，只一味好吃懶作等語。寫出勢利人嘴臉。士隱知投人不着，心中未免悔恨，再兼上年驚唬，急忿怨痛，已有積傷，暮年之人，貧病交攻，竟漸漸的露出那下世的光景來。榮枯迅速轉換。

可巧這日拄了拐杖掙挫到街前散散心時，忽見那邊來了一個跛足道人，瘋癲落脫，麻屣鶉衣，口內念着幾句言詞，道是：

世人都曉神仙好，惟有功名忘不了！
古今將相在何方？荒塚一堆草沒了。
世人都曉神仙好，只有金銀忘不了！

一篇好了歌，勘破世情，然幾人能真勘破者，說歸說耳！

好便是了，了便是好，一語警醒！

甲戌眉批：『先說場面，忽新忽敗，忽麗忽朽，已見得反覆不了。』

甲戌眉批：『一段妻妾迎新送死，倏恩倏愛，倏痛倏悲，纏綿不了。』

終朝只恨聚無多，及到多時眼閉了。
世人都曉神仙好，只有姣妻忘不了！
君在日日說恩情，君死又隨人去了。
世人都曉神仙好，只有兒孫忘不了！
癡心父母古來多，孝順兒孫誰見了？功名金銀，姣妻兒孫，皆不可恃。

士隱聽了，便迎上來道：『你滿口說些什麼？只聽見些「好」「了」「好」「了」。』那道人笑道：『你若果聽見「好」「了」二字，還算你明白。可知世上萬般好便是了，了便是好。若不了，便不好；若要好，須是了。我這歌兒，便名《好了歌》。』士隱本是有宿慧的，一聞此言，心中早已徹悟。並非宿慧，實乃遭遇使然。因笑道：『且住！待我將你這《好了歌》解注出來何如？』道人笑道：『你解，你解。』士隱乃說道：

陋室空堂，當年笏滿牀。甲戌批：『寧榮未有之先。』衰草枯楊，曾爲歌舞場。甲戌批：『寧榮既敗之後。』蛛絲兒結滿雕樑，甲戌批：『瀟湘館、紫芸軒等處。』綠紗今又糊在蓬窗上。說什麼脂正濃、粉正香，如何兩鬢又成霜？甲戌批：『寶釵、湘雲一干人。』昨日黃土隴頭送白骨，甲戌批：『黛玉、晴雯一干人。』今宵紅燈帳底臥鴛鴦。金滿箱，甲戌批：『熙鳳一干人。』銀滿箱，展眼乞丐人皆謗。甲戌批：『甄玉、賈玉一干人。』正嘆他人命不長，那知自己歸來喪！訓有方，保不定日後作強梁。甲戌批：『言父母死後之日。柳湘蓮一干人。』擇膏粱，甲戌眉批：『一段石火光陰，悲喜不了。風露草霜，富貴嗜欲，貪婪不了。』

甲戌眉批：『此等歌謠，原不宜太雅，恐其不能通俗，故只此便妙極，其說得痛切處，又非一味俗語可到。』

士隱是從富貴中過來人，於世味已參透，故能解得切。

一聲『走罷』，何等決絕，何等灑脫！士隱畢竟勘破世情矣！

又是一見之緣。前後共兩見，皆屬僥倖。所以人之所遇，禍福無常也。士隱從安富跌入貧窮，嬌杏則自貧賤升至富貴，此書總在寫人之升沉禍福。

誰承望流落在煙花巷！甲戌眉批：『一段兒女死後無憑，生前空爲籌畫計算。癡心不了。』因嫌紗帽小，致使鎖枷扛。甲戌批：『賈赦、雨村一干人。』昨憐破襖寒，甲戌眉批：『一段功名陞黜無時，強奪苦爭，喜懼不了。』今嫌紫蟒長。甲戌批：『賈蘭、賈菌一干人。』亂烘烘你方唱罷我登場，甲戌眉批：『總收古今億兆癡人，共歷幻場，此幻事，擾擾紛紛，無日可了。』反認他鄉是故鄉。甲戌批：『太虛幻境、青埂峰一併結住。』甚荒唐，到頭來都是爲他人作嫁衣裳！甲戌批：『語雖舊句，用於此妥極是極。』

那瘋跛道人聽了，拍掌笑道：『解得切，解得切！』士隱便說一聲：『走罷！』甲戌批：『「如聞如見。」「走罷」二字真懸崖撒手，若個能行。』將道人肩上褡褳搶了過來背着，竟不回家，同了瘋道人飄飄而去。當下轟動街坊，衆人當作一件新聞傳說。封氏聞得此信，哭個死去活來，只得與父親商議，遣人各處訪尋，那討音信？無奈何，少不得依靠着他父母度日。幸而身邊還有兩個舊日的丫鬟服侍，主僕三人，日夜作些針線發賣，幫着父親用度。那封肅雖然日日抱怨，也無奈何了。

這日，那甄家大丫鬟在門前買線，忽聽街上喝道之聲，衆人都說新太爺到任。丫鬟於是隱在門內看時，只見軍牢快手，一對一對的過去，俄而大轎擡着一個烏帽猩袍的官府過去。甲戌批：『所謂「亂烘烘你方唱罷我登場」是也。』丫鬟倒發了個怔，自思這官好面善，倒像在那裏見過的。於是進入房中，也就丟過不在心上。至晚間，正待歇息之時，忽聽一片聲打的門響，許多人亂嚷，說：『本府太爺差人來傳人問話。』封肅聽了，唬得目瞪口獃，不知有何禍事。

【回後評】

一部《紅樓夢》剛開頭，即預言結尾，人以爲奇，實非奇也，乃作者是夢醒之人也。一切俱是往事，俱是前塵夢影，如何繁華似錦，如何冷落衰敗，如嚴冬雪後，家中之人如何開頭，如何結局，俱在作者心中眼中。故小說纔一開頭，結尾已隨之而來，非欲故作結尾也，因結尾早已現成也。

或曰：倘以此論，《紅樓夢》豈非作者自傳乎？曰非也。作者只是家庭興衰之過來人，其作小說，只是以故家禍福及親朋禍福爲素材，更取之社會聞見，其欲歌欲哭，既有一家之事，亦非一家之事，若以一家之事看之，則淺視紅樓矣！

第一回，即敘甄士隱一家從安富到敗落，其間人事升沉，世情冷酷，在在有之，此紅樓之小影耳！

《好了歌》及《好了歌解》，爲紅樓讀者先着一警醒之筆，然後纔能知書中之繁華富貴，亦不過是春花之爛漫，終不免秋風之落葉耳。

《好了歌解》側批共十六條，其中『熙鳳一干人』條，『甄玉賈玉一干人』條，『貸（黛）玉晴雯一干人』條均錯位，楊光漢君有詳論，令人信服。今已據楊君所論將此三條批語正位。

甲戌眉批云：『……壬午除夕，書未成，芹爲淚盡而逝，……』靖本夕葵書屋殘頁亦有此批。而一九六八年北京通縣張家灣鎮農民李景柱等於平曹家大墳爲耕地時，挖出墓石，石甚粗陋，上刻『曹公諱霑墓』五個大字，左下端又刻『壬午』兩字。則雪芹逝於乾隆二十七年壬午除夕（公元一七六三年二月十二日），因此三證而得論定。

【校記】

〔一〕此詩原在甲戌本『凡例』第五條之末，按甲戌本『凡例』第五條，實即庚辰本開頭之一段。此段文字乃脂硯齋所作《石頭記》第一回回前評，評中提到『用夢用幻』等字，與此詩意合。可見此詩原當在首回回前評之末。又脂硯齋所作回前評，文末大都繫之以詩，此詩自屬脂硯無疑。

〔二〕『説説笑笑』至『登時變成』共四百二十九字，從甲戌本補。庚辰本作『來至石下，席地而坐長談，見』各本皆同，顯有脱文。

〔三〕『更有一種風月筆墨』至『又不可勝數』二十六字，庚辰本無，據甲戌本增，楊本、蒙府、戚序、甲辰諸本均存，文字有小異。

〔四〕庚辰本作『醉淫飽臥』，據甲戌本改。

〔五〕『從此空空道人』六字，各脂本皆無，從程甲本增。

〔六〕『英蓮』，庚辰本作『英菊』，據甲戌、蒙府、戚序、楊本、甲辰、舒序諸本改。以下同。

第二回　賈夫人仙逝揚州城　冷子興演說榮國府〔一〕

此回亦非正文，本旨只在冷子興一人，即俗謂冷中出熱、無中生有也。其演說榮府一篇者，蓋因族大人多，若從作者筆下一一敘出，盡一二回不能得明，則成何文字？故借用冷子興一人略出其文，使閱者心中已有一榮府隱隱在心。然後用黛玉、寶釵等兩三次皴染，則耀然於心中眼中矣。此即畫家三染法也。

未寫榮府正人，先寫外戚，是由遠及近、由小至大也。若使先敘出榮府，然後一一敘及外戚，又一一至朋友、至奴僕，其死板拮据之筆，豈作十二釵人手中之物也？今先寫外戚者，正是寫榮國一府也。故又怕閑文牘瘵，開筆即寫賈夫人已死，是特使黛玉入榮府之速也。

通靈寶玉於士隱夢中一出，今又於子興口中一出，閱者已洞然矣，然後於黛玉、寶釵二人目中極精極細一描，則是文章關鎖處。蓋不肯一筆直下，有若放閘之水，然信之爆，使其精華一洩而無餘也。究竟此玉原應出自釵、黛目中，方有照應。今預從子輿口中說出，實雖寫而卻未寫。觀其後文，可知此一回則是虛敲旁擊之文，筆則是反逆隱曲之筆。詩云：

一局輸贏料不真，香銷茶盡尚逡巡。
欲知目下興衰兆，須問旁觀冷眼人。

甲戌批：『只此一詩便妙極。此等才情自是雪芹平生所長。余自謂評書，非關評詩也。』

再點真假兩字。

卻說封肅因聽見公差傳喚，忙出來陪笑啓問。那些人只嚷：『快請出甄爺來！』封肅忙陪笑道：『小人姓封，並不姓甄。只有當日小婿姓甄，今已出家一二年了，不知可是問他？』那些公人道：『我們也不知什麼「真」「假」，因奉太爺之命來問，他既是你女婿，便帶了你去親見太爺面稟，省得亂跑。』是公人口吻。說着，不容封肅多言，大家推擁他去了。封家人個個都驚慌，不知何兆。

那天約二更時，只見封肅方回來，歡天喜地。衆人忙問端的，他乃說道：『原來本府新陞的太爺姓賈名化，本貫胡州人氏，曾與女婿舊日相交。方纔在咱門前過去，因見嬌杏那丫頭買線，所以他只當女婿移住於此。我一一的將原故回明，那太爺倒傷感嘆息了一回；又問外孫女兒，我說看燈丟了。太爺說：「不妨，我自使番役務必探訪回來。」說了一回話，臨走倒送了我二兩銀子。』所以歡天喜地，寫盡世俗人情。甄家娘子聽了，不免心中傷感。一宿無話。

至次日，早有雨村遣人送了兩封銀子、四匹錦緞，答謝甄家娘子；又寄一封密書與封肅，轉託問甄家娘子要那嬌杏作二房。封肅喜的屁滚尿流，四字諷刺得妙。巴不得去奉承，便在女兒前一力攛掇成了，乘夜只用一乘小轎，便把嬌杏送進去了。寫盡世俗人情，故名封肅（風俗）也。雨村歡喜，自不必說，乃封百金贈封肅，外謝甄家娘子許多物事，令其好生養贍，以待尋訪女兒下落。此時雨村尚顧人情，未便詭詐。後回對付石獃子，便不如是矣！封肅回家無話。

卻說嬌杏這丫鬟，便是那年回顧雨村者。因偶然一顧，便弄出這段事來，亦是自己意料不到之奇緣。世情固難事事意料也。誰想他命運兩濟，不承望自到雨村身邊，只一年便生了一子；又半載，雨村嫡妻忽染疾下世，雨村便將他扶側作正室夫人了。正是：

偶因一着錯，甲戌批：『妙極，蓋女兒原不應私顧外人之謂。』便爲人上人。甲戌批：『更妙，可知守禮俟命者終爲餓莩，其調侃寓意不小。』

原來，雨村因那年士隱贈銀之後，他於十六日便起身入都，至大比之期，不料他十分得意，已會了進士，選入外班，今已陞了本府知府。雨村之升騰，亦自簡捷，亦世情之一端也！雖才幹優長，未免有些貪酷之弊；且又恃才侮上，那些官員皆側目而視。不上一年，便被上司尋了個空隙，作成一本，參他『生性狡猾，四字是雨村定評。擅纂禮儀，且沽清正之名，而暗結虎狼之屬，致使地方多事，民命不堪』等語。可見吏治如此。龍顏大怒，即批革職。該部文書一到，本府官員無不喜悅。雨村之爲人可知。那雨村心中雖十分慚恨，卻面上全無一點

『扶側作正』，謂妻死後將妾作妻。舊時稱妻為正室，妾為側室或偏房。《儒林外史》第五回『王氏道，你向你爺說，明日我若死了，就把你扶正做了填房。』《啼笑因緣》第十九回『你若是跟着我，也許就把你扶正。』

嬌杏之升騰與英蓮之沉淪，自成對比。一是僥倖，一是應憐也！

雨村貪酷，此時已露其端。

纂，編纂、修纂。禮，《周禮》。儀，《儀禮》，儒家經典著作。清康、雍、乾之世，特重程朱理學，凡儒家經典，必以朱熹之注爲準。雍正七年，謝濟世著《大學注》《中庸注》，特意不用朱注，

爲人參奏，雍正判謝濟世斬決，後又從寬免死，發軍前效力。可見賈雨村擅纂禮儀，其情嚴重。雪芹寫『龍顏大怒，即批革職』，已經是筆下留情了！然即此輕描淡寫，亦爲歷史留一鱗爪也！

做官而積資本，其官可知，雪芹諷世，皆以輕描淡寫之筆出之。

雖字如海，實已枯涸。

甲戌眉批：『官制半遵古名亦好，余最喜此等半有半無，半古半今，事之所無，理之必有，極玄極幻，荒唐不經之處。』

林黛玉於此初見。記住，此時黛玉五歲。

怨色，仍是嘻笑自若；（奸徒本色，十足假人。）交代過公事，將歷年做官積的些資本（不說貪污，卻說『積的些資本』，語默而諷。爲封建官吏畫一形象。）並家小人屬，送至原籍，安排妥協，卻是自己擔風袖月，遊覽天下勝迹。

那日，偶又遊至維揚地面，因聞得今歲鹺政點的是林如海。這林如海姓林名海，字表如海，乃是前科的探花，今已陞至蘭臺寺大夫，〔二〕本貫姑蘇人氏，今欽點出爲巡鹽御史，到任方一月有餘。原來這林如海之祖，曾襲過列侯，今到如海，業經五世。起初時，只封襲三世，因當今隆恩盛德，遠邁前代，額外加恩，至如海之父，又襲了一代；至如海，便從科第出身。雖係鐘鼎之家，卻亦是書香之族。只可惜這林家支庶不盛，子孫有限，雖有幾門，卻與如海俱是堂族而已，沒甚親支嫡派的。今如海年已四十，只有一個三歲之子，偏又於去歲死了。雖有幾房姬妾，奈他命中無子，亦無可如何之事。今只有嫡妻賈氏，生得一女，乳名黛玉，年方五歲。夫妻無子，故愛如珍寶，且又見他聰明清秀，便也欲使他讀書識得幾個字，不過假充養子之意，聊解膝下荒涼之嘆。（一段敘述，寫出林家已衰落，既無親支嫡派，又只一女，其家孤零可知。）

雨村正值偶感風寒，病在旅店，將一月光景方漸愈。一因身體勞倦，二因盤費不繼，也正欲尋個合式之處，暫且歇下。幸有兩個舊友，亦在此境居住，因聞得鹺政欲聘一西賓，雨村便相託友力，謀了進去，且作安身之計。妙在只一個女學生，並兩個伴讀丫鬟，這女學生年又小，身體又極怯弱，工課不限多寡，故十分省力。

寺名好，智而能通。對聯兩句醒人，欲人智而能通也。

見龍鍾老僧，便不在意，雨村仍是熱鬧中人，雖翻過觔斗，仍無所悟，故必有以後一番貪緣也。

甲戌眉批：『畢竟雨村還是俗眼，只能識得阿鳳、寶玉、黛玉等未覺之先，卻不識得既證之後。

未出寧榮繁華盛處，卻先寫一荒涼小境，未寫通部入世迷人，卻先寫一出世醒人。迴風舞雪，倒峽逆波，別小說中所無之法。』

堪堪又是一載的光陰，誰知女學生之母賈氏夫人一疾而終。女學生侍湯奉藥，守喪盡哀，遂又將要辭館別圖。林如海意欲令女守制讀書，故又將他留下。近因女學生哀痛過傷，本自怯弱多病的，觸犯舊症，纔六歲便有『舊症』，則可見其生來就有病矣。遂連日不曾上學。雨村閒居無聊，每當風日晴和，飯後便出來閑步。

這日，偶至郭外，意欲賞鑒那村野風光。忽信步至一山環水旋、茂林深竹之處，揚州古稱廣陵，地勢廣遠而帶丘陵，此處雪芹信筆而寫耳。隱隱的有座廟宇，門巷傾頹，牆垣朽敗，門前有額，題着『智通寺』三字，門旁又有一副舊破的對聯，曰：

身後有餘忘縮手，有餘之時，世人皆不知縮手。

眼前無路想回頭。此時已晚矣。

雨村看了，因想道：『這兩句話，文雖淺近，其意則深。我也曾遊過些名山大剎，倒不曾見過這話頭，其中想必有個翻過觔斗來的，此語警策，未翻過觔斗，則閱世不深也。雨村剛翻過觔斗。亦未可知，何不進去試試。』想着走入看時，只有一個龍鍾老僧在那裏煮粥。雨村見了，便不在意。及至問他兩句話，那老僧既聾且昏，齒落舌鈍，所答非所問。老僧，邯鄲之呂翁，亦蒸黍之逆旅主人也。雨村俗眼不識。

雨村不耐煩，便仍出來，見了耳聾老僧便不耐煩，雨村總是俗夫，且是熱鬧場中人。故只以貌取也。意欲到那村肆中沽飲三杯，以助野趣。於是款步行來，將入肆門，只見座上吃酒之客有一人起身大笑，接了出意外之筆，意外之遇。

同姓便是同宗一族，商人信口之言，以下談論，均離此不遠，讀者應注意，勿爲所誤。

堂堂一個賈府，卻從商人信口閒談中出來。

現在說不便攀扯，後回卻拚命攀扯，從平兒罵聲中可知，然則此時尚未嚐到攀扯的甜頭耳！

來，口內說：『奇遇，奇遇。』意外之遇，文亦意外之文。雨村忙看時，此人是都中在古董行中貿易的號冷子興者，舊日在都相識。雨村最贊這冷子興是個有作爲大本領的人，這子興又借雨村斯文之名，故二人說話投機，最相契合。相互爲用耳。雨村忙笑問道：『老兄何日到此？弟竟不知。今日偶遇，真奇緣也。』子興道：『去年歲底到家，今因還要入都，從此順路找個敝友說一句話，承他之情，留我多住兩日。我也無緊事，且盤桓兩日，待月半時也就起身了。今日敝友有事，我因閑步至此，且歇歇腳，不期這樣巧遇！』一面說，一面讓雨村同席坐了，另整上酒餚來。二人閒談漫飲，敘些別後之事。

雨村因問：『近日都中可有新聞沒有？』閒人口氣逼真。子興道：『倒沒有什麼新聞，倒是老先生你貴同宗家，出了一件小小的異事。』雨村笑道：『弟族中無人在都，何談及此？』子興笑道：『你們同姓，豈非同宗一族？』

雨村問是誰家。子興道：『榮國府賈府中，可也玷辱了先生的門楣麼？』甲戌批：『剖小人之心肺，聞小人之口角。』雨村笑道：『原來是他家。若論起來，寒族人丁卻不少，自東漢賈復以來，枝派繁盛，各省皆有，誰逐細考查得來？若論榮國一支，卻是同譜。但他那等榮耀，我們不便去攀扯，至今故越發生疏難認了。』

子興嘆道：『老先生休如此說，如今的這寧、榮兩門，也都蕭疏了，不比先時的光景。』甲戌批：『記清此句，可知書中之榮府已是末世了。』雨村道：『當日寧、榮兩宅的人口也極多，如何就蕭疏從外觀望，儼然一派森森氣象，未及蕭疏，先觀氣勢。

內囊卻也盡上來了，一語說盡多少世家大族，然世人只見其崢嶸險峻，不見其內囊將盡耳！

揭出一代不如一代，真是醒人之筆！真是末世氣象！

揭出詩禮、教育兩事，可見詩禮、教育已是虛事，側寫一筆。

借冷子興之口，先將寧、榮二府作一描畫，然聽其言，真是一代不如一代。

了？』甲戌批：『作者之意原只寫末世。此已是賈府之末世了。』冷子興道：『正是，說來也話長。』

雨村道：『去歲我到金陵地界，因欲遊覽六朝遺迹，那日進了石頭城，從他老宅門前經過，街東是寧國府，街西是榮國府，二宅相連，竟將大半條街占了。初描寧榮二府。大門前雖冷落無人，隔着圍牆一望，裏面廳殿樓閣，也還都崢嶸軒峻；就是後甲戌批：『「後」字何不直用「西」字？恐先生墮淚，故不敢用「西」字。』一帶花園子裏面樹木山石，也還都有蓊蔚洇潤之氣，那裏像個衰敗之家？』

冷子興笑道：『虧你是進士出身，原來不通！古人有云：「百足之蟲，死而不僵。」如今雖說不及先年那樣興盛，較之平常仕宦之家，到底氣象不同。原來如此。領教，領教！如今生齒日繁，事務日盛，主僕上下，安富尊榮者儘多，運籌謀畫者無一，坐享其成，安能長久。其日用排場費用，又不能將就省儉，如今外面的架子雖未甚倒，內囊卻也盡上來了。數語道出衰敗之原。這還是小事。更有一件大事：誰知這樣鐘鳴鼎食之家，翰墨詩書之族，如今的兒孫，竟一代不如一代了！』此是警句，不論朝代，不論世家，其敗總是一代不如一代，如果一代勝過一代，則安能敗乎！雨村聽說，也納罕道：『這樣詩禮之家，豈有不善教育之理？別門不知，只說這寧、榮二宅，是最教子有方的。』

子興嘆道：『正說的是這兩門呢。待我告訴你：當日寧國公與榮國公〔三〕是一母同胞弟兄兩個。寧公居長，生了四個兒子。寧公死後，賈代化襲了官，也養了兩個兒子：長名賈敷，至八九歲上便死了，只剩了次子賈敬襲了官，如今一味好道，只愛燒丹煉汞，餘者一概不在心上。宦門世家，如此光景。爲當世寫照。幸而早年留下一子，名喚賈珍，因他父親自幼酷喜讀書，觀其後行事，實徒有讀書之名耳！亦雪芹諷世之筆！

『不想次年』信口雌黃耳。程、高不辨冷子興口舌，竟改爲『不想隔了十幾年』，胡適竟以改筆爲是，遂誤盡世人，可嘆！可嘆！

賈寶玉於此初見。

一心想作神仙，把官倒讓他襲了。他父親又不肯回原籍來，只在都中城外和道士們胡羼。這位珍爺倒生了一個兒子，今年纔十六歲，名叫賈蓉。如今敬老爹一概不管。這珍爺那裏肯讀書，只一味高樂不了，「胡羼」「高樂」，逼真旁人閑論口氣。把寧國府竟翻了過來，也沒有人敢來管他。可見其教育之差！詩、禮亦已盡廢矣！記住，此是寧府。再說榮府你聽，方纔所說異事，就出在這裏。說罷寧府，再說榮府。自榮公死後，長子賈代善襲了官，娶的也是金陵世勳史侯家的小姐爲妻，甲戌批：『因湘雲，故及之。』生了兩個兒子：長子賈赦，次子賈政。如今代善早已去世，太夫人尚在，甲戌批：『記真，湘雲祖姑史氏太君也。』長子賈赦襲着官；次子賈政，自幼酷喜讀書，此語未必是實。祖、父最疼，原欲以科甲出身的，不料代善臨終時遺本一上，皇上因恤先臣，即時令長子襲官外，問還有幾子，立刻引見，遂額外賜了這政老爹一個主事之銜，甲戌批：『嫡真實事，非妄擁（擬）也。』令其入部習學，如今現已陞了員外郎了。宦門子弟，易登仕途，寫出當時世情。這政老爹的夫人王氏，頭胎生的公子，名喚賈珠，十四歲進學，不到二十歲就娶了妻生了子，一病死了。第二胎生了一位小姐，生在大年初一，這就奇了；不想次年又生一位公子，說來更奇，一落胎胞，嘴裏便啣下一塊五彩晶瑩的玉來，上面還有許多字迹，就取名叫作寶玉。你道是新奇異事不是？』真是奇聞，歷代所未有。

雨村笑道：『果然奇異。只怕這人來歷不小。』雨村似是別具隻眼，實亦猜測之詞。『只怕』二字，便已分明。子興冷笑道：『萬人皆如此說，因而乃祖母便先愛如珍寶。那年週歲時，政老爹便要試他將來的志向，便將那世上所有之物擺了無數，與他抓取。誰知他一概不取，伸手只把些脂粉釵政老爹竟以小兒抓週爲憑，斷定此兒將來，足見此公昏昏。

奇語，聞所未聞！

更奇。

切勿以爲雨村睿智，實亦貿然言之，故作高深耳。

此文武周孔直至周程張朱，細味之，實理學之道統也。

堯舜禹湯文武周孔一段，自韓退之《原道》來，以下爲雪芹所續，特意點明周程張朱，是特筆也，其反對面，則不能明寫矣！

『遂凝結充塞於深溝大壑之內』，凡反朝廷、反正統思想者，皆

環抓來。政老爹便大怒了，說：「將來酒色之徒耳！」（酷愛讀書，卻是如此識見。）因此便大不喜悅。獨那史老太君還是命根一樣。說來又奇，如今長了七八歲，雖然淘氣異常，但其聰明乖覺處，百個不及他一個。說起孩子話來也奇怪，他說：「女兒是水作的骨肉，男人是泥作的骨肉。我見了女兒，我便清爽；見了男子，便覺濁臭逼人。」你道好笑不好笑？將來色鬼無疑了！』（小人大思想，雪芹故作此筆，其語亦亦大亦小，亦莊亦諧，令人不可捉摸也。）雨村罕然厲色忙止道：『非也！可惜你們不知道這人來歷。大約政老前輩也錯以淫魔色鬼看待了。若非多讀書識事，加以致知格物之功，悟道參玄之力，不能知也。』（如此說來，則賈政未能多讀書矣！）

子興見他說得這樣重大，忙請教其端。雨村道：『天地生人，除大仁大惡兩種，餘者皆無大異。若大仁者，則應運而生；大惡者，則應劫而生。運生世治，劫生世危。堯、舜、禹、湯、文、武、周、召、孔、孟、董、韓、周、程、張、朱，皆應運而生者。蚩尤、共工、桀、紂、始皇、王莽、曹操、桓溫、安祿山、秦檜等，皆應劫而生者。大仁者，修治天下；大惡者，撓亂天下。清明靈秀，天地之正氣，仁者之所秉也；殘忍乖僻，天地之邪氣，惡者之所秉也。今當運隆祚永之朝，太平無爲之世，（好世道，雪芹故作歌頌之辭耳！）清明靈秀之氣所秉者，上至朝廷，下至草野，比比皆是。所餘之秀氣，漫無所歸，遂爲甘露，爲和風，洽然溉及四海。彼殘忍乖僻之邪氣，不能蕩溢於光天化日之中，（既是盛世，何來殘忍乖僻之邪氣？）遂凝結充塞於深溝大壑之內，（明末之李卓吾，清初之顧炎武、黃梨洲、王船山，皆深溝大壑之人也。）偶因風蕩，或被

只能居於溝壑。

秉正邪二氣所生之人，不爲情癡情種，即爲高人逸士，如許由、陶潛之屬，真是奇論怪論，然則邪氣已合於正氣矣！賈寶玉是秉正邪二氣所生，此點要緊！

歸結到『成則王侯敗則賊』！此語石破天驚，然則王侯與賊，只是成敗之異耳！清初黃宗羲說：『今也天下之人，怨惡其君，視之如寇仇，名之爲獨夫，固其所也，』唐甄則說：『自秦以來，凡爲帝王者皆賊也。』依黃、唐之說，則成亦

雲摧，略有搖動感發之意，一絲半縷誤而洩出者，偶值靈秀之氣適過，正不容邪，邪復妒正，兩不相下，亦如風水雷電，地中既遇，既不能消，又不能讓，必至搏擊掀發後始盡。故其氣亦必賦人，發洩一盡始散。使男女偶秉此氣而生者，[正邪二氣搏擊掀發而賦人，則正邪二氣之合也。]在上則不能成仁人君子，下亦不能爲大凶大惡。置之於萬萬人之中，其聰俊靈秀之氣，則在萬萬人之上；其乖僻邪謬不近人情之態，又在萬萬人之下。若生於公侯富貴之家，則爲情癡情種；若生於詩書清貧之族，則爲逸士高人；縱再偶生於薄祚寒門，斷不能爲走卒健僕，甘遭庸人驅制駕馭，必爲奇優名倡。如前代之許由、陶潛、阮籍、嵇康、劉伶、王謝二族、顧虎頭、陳後主、唐明皇、宋徽宗、劉庭芝、溫飛卿、米南宮、石曼卿、柳耆卿、秦少遊，近日之倪雲林、唐伯虎、祝枝山，再如李龜年、黃旛綽、敬新磨、卓文君、紅拂、薛濤、崔鶯、朝雲之流，此皆易地則同之人也。』[秉正邪二氣所生之人，皆高人逸士之屬，則邪氣非復大惡，文章一轉，前文所說之大凶大惡之氣，已化而爲善矣！奇哉此論！]

子興道：『依你說，「成則王侯敗則賊」了。』[愛新覺羅·永忠《延芬室集》有題《紅樓夢》詩三首。其眉端有其堂叔弘旿墨批云：『此三章詩極妙，第《紅樓夢》非傳世小說，余聞之久矣，而終不欲一見，恐其中有『礙語』也。』予曾見《延芬室集》原稿及弘旿親筆原批。其所提『礙語』一事，至爲關鍵，當於回後評之。 甲戌批：『《女仙外史》中論魔道已奇，此又非外史之立意，故覺愈奇。』]雨村道：『正是這意。你還不知，我自革職以來，這兩年遍遊名省，也曾遇見兩個異樣孩子。所以，方纔你一說這寶玉，我就猜着了八九，亦是這一派人物。不用遠說，只金陵城內，欽差金陵省體仁院總裁甄家，[甲戌批：『又一個真正之家，特與假家遙對，故寫假則知真。』]你可知麼？』子興道：『誰

賊也！吾于雪芹成王敗賊之論中，似聞黃、唐之餘音！況復更加雨村說『正是這意』一語，語氣加重肯定。讀者應細味此數語，方不負雪芹深意。

初提甄府。

甄家與賈家，實爲一家，雪芹故以變幻之筆寫之，至後文便可知！

原來雨村曾在甄府坐過館。

甄寶玉初亦賈寶玉一流人物。

一段奇奇怪怪之論，亦小人大思想，亦真亦幻，亦莊亦諧。初時甄、賈寶玉不可分，後文纔見其異，惜雪芹後文不可見矣。

一段奇奇怪怪之論，爲他書所無，然『女兒』二字，比佛祖還尊，則作者特重女性之意明矣，雖以奇談怪論出之，即所謂『假語村言』也，然則透過『假語村言』，

人不知！這甄府和賈府就是老親，又係世交。兩家來往，極其親熱的，便在下也和他家來往非止一日了。』甲戌批：『說大話之走狗，畢真。』

雨村笑道：『去歲我在金陵，也曾有人薦我到甄府處館。雨村也曾在甄府過。我進去看其光景，誰知他家那等顯貴，卻是個富而好禮之家，倒是個難得之館。但這一個學生，雖是啓蒙，卻比一個舉業的還勞神。說起來更可笑，他說：「必得兩個女兒伴着我讀書，我方能認得字，心裏也明白；不然我自己心裏糊塗。」甲戌批：『甄家之寶玉乃上半部不寫者，故此處極力表明以遙照賈家之寶玉。凡寫賈寶玉之文，則正爲真寶玉傳影。』又常對跟他的小廝們說：「這女兒兩個字，極尊貴、極清净的，比那阿彌陀佛、元始天尊的這兩個寶號還更尊榮無對的呢！對當時男尊女卑之制，是石破天驚之語。甲戌批：『如何只以釋老二號爲譬，略不敢及我先師儒聖等人，余則不敢以頑劣目之。』你們這濁口臭舌，萬不可唐突了這兩個字要緊。但凡要說時，必須先用清水香茶漱了口纔可；設若失錯，便要鑿齒穿腮等事。」其暴虐浮躁，頑劣憨癡，種種異常。只一放了學，進去見了那些女兒們，其溫厚和平，聰敏文雅，竟又變了一個人了。因此，他令尊也曾下死笞楚過幾次，無奈竟不能改。每打的吃疼不過時，他便「姐姐」「妹妹」亂叫起來。後來聽得裏面女兒們拿他取笑：「因何打急了只管叫姐妹做甚？莫不是求姐妹去說情討饒？你豈不愧些！」他回答的最妙。他說：「急疼之時，只叫『姐姐』『妹妹』字樣，或可解疼也未可知，因叫了一聲，便果覺不疼了，遂得了秘法：每疼痛之極，便連叫姐妹起來了。」你說可笑不可笑？也因祖母溺愛不明，每因

作者真意亦可知矣！

甲戌眉批：『以自古未聞之奇語，故寫成自古未有之奇文。此是一部書中大調侃寓意處。蓋作者實因鶺鴒之悲，棠棣之威，故撰此閨閣庭幃之傳。』

雨村前論賈寶玉，以爲是高人逸士之流，甚至成王敗賊，此處論甄寶玉，則說必不能守祖、父之根基，其言似相反，其意實相通，然甄寶玉後來與賈寶玉之殊途，竟走仕途經濟之路，則非初時能預知也。

孫辱師責子，因此我就辭了館出來。如今在這巡鹽御史林家做館了。你看，這等子弟，必不能守祖、父之根基，從師長之規諫的。只可惜他家幾個姊妹都是少有的。』（虛寫一筆耳。）

子興道：『便是賈府中，現有的三個也不錯。（再回論賈府。）政老爹的長女，名元春，（甲戌批：『原也。』）現因賢孝才德，選入宮中作女史去了。二小姐乃赦老爹[四]前妻所出，名迎春。（甲戌批：『應也。』）三小姐乃政老爹之庶出，名探春。（甲戌批：『嘆也。』）四小姐乃寧府珍爺之胞妹，名喚惜春。（甲戌批：『息也。』）因史老夫人極愛孫女，都跟在祖母這邊一處讀書，聽得個個不錯。』雨村道：『更妙在甄家的風俗，女兒之名，亦皆從男子之名命字，不似別家另外用這些「春」「紅」「香」「玉」等豔字的。何得賈府亦落此俗套？』（甄賈二府合而論之。）子興道：『不然。只因現今大小姐是正月初一日所生，故名元春，餘者方從了「春」字。上一輩的，卻也是從弟兄而來的。現有對證，目今你貴東家林公之夫人，即榮府中赦、政二公之胞妹，在家時名喚賈敏。不信時，你回去細訪可知。』雨村拍案笑道：『怪道這女學生讀至凡書中有「敏」字，皆念作「密」字，每每如是；寫字遇着「敏」字，又減一二筆。我心中就有些疑惑。今聽你說，的是爲此無疑矣。怪道我這女學生言語舉止另是一樣，不與近日女子相同。度其母必不凡，方得其女，今知爲榮府之外孫，又不足罕矣。（回應林黛玉。）——可傷上月竟亡故了。』子興嘆道：『老姊妹四個，這一個是極小的，又沒了。長一輩的姊妹，一個也沒了。只看這小一輩的，將來之東牀如何呢？』（此處先一提。）

王熙鳳初提。

數語先將熙鳳總描。

雖是閒談散論，仍歸正邪二氣本題。

雨村道：『正是，方纔說這政公，已有啣玉之兒，王府批：『靈玉卻只一塊，而寶玉有兩個，情性如一，亦如六耳悟空之意耶。』又有長子所遺一個弱孫。這赦老竟無一個不成？』再論賈政、賈赦之後。子興道：『政公既有玉兒之後，其妾又生了一個，倒不知其好歹。只眼前現有二子一孫，卻不知將來如何。若問那赦公，也有二子。長名賈璉，順口談賈赦，即帶出賈璉、熙鳳。今已二十來往了，親上作親，娶的就是政老爹夫人王氏之內姪女，甲戌批：『另出熙鳳一人。』今已娶了二年。這位璉爺身上現捐的是個同知。也是不肯讀書，於世路上好機變，言談去的，所以如今只在乃叔政老爺家住着，幫着料理些家務。誰知自娶了他令夫人之後，倒上下無一人不稱頌他夫人的，璉爺倒退了一射之地——說模樣又極標緻，言談又爽利，心機又極深細，竟是個男人萬不及一的。』甲戌批：『未見其人，先已有照。』

雨村聽了，笑道：『可知我前言不謬。你我方纔所說的這幾個人，都只怕是那正邪兩賦而來一路之人，未可知也。』又歸到正邪二賦。子興道：『邪也罷，正也罷，只顧算別人家的賬，你也吃一杯酒纔好。』雨村道：『正是，只顧說話，竟多吃了幾杯。』子興笑道：『說着別人家的閒話，正好下酒，即多吃幾杯何妨？』雨村向窗外看道：『天也晚了，仔細關了城。我們慢慢的進城再談，未爲不可。』於是，二人起身，算還酒賬。方欲走時，又聽得後面有人叫道：『雨村兄，恭喜了！特來報個喜信的。』雨村忙回頭看時——

【回後評】

寧、榮二府，兩大世家，何從說起，借冷子興閒談演說，則一一介紹，綱舉目張，讀者未深入《紅樓夢》而已了然寧、榮二府矣。雪芹深知近世所稱之接受學也。

正邪二氣一大段，數十年來，予未得其解，亦未見解人。近日忽悟爲雪芹以假語村言，寫程朱理學與反程朱理學之鬥爭。觀其孔、孟、周、程、張、朱之論，實理學之道統也。其另一面，則不復能明寫矣。然被壓至深溝大壑，則亦實寫也。明末李卓吾，清初顧炎武、黃宗羲、王夫之諸人豈不如是乎？尤其是正邪二氣相搏，秉此二氣而生者卻爲高人逸士，甚至有陶淵明、唐明皇、宋徽宗、倪雲林之屬，則其氣何惡之有？於此可以思過半矣！

竊以爲雪芹之書，其事則親身經歷并取之故家、親友及社會見聞，哀其往也。其思想則受當時程朱理學之強化及反程朱理學鬥爭之影響，雪芹因受激發遂作此書，遂有此一段假語村言。要之，親身所歷，故家之哀，程朱理學鬥爭思潮之激蕩，社會現實聞見之感發，是此書撰作之原也。細味賈寶玉秉正邪二氣搏擊而生，只此一語，即令人深思矣。況寶玉復反對仕途經濟，不願讀書，不願考試，實亦反程朱反科舉也，細思之，則其意自明矣！此意是否有得，姑書于後，以待天下之高明。

書中堯、舜、禹、湯、文、武、周、孔一段，本之韓退之《原道》，《原道》只及孟子，孟子以下爲雪芹所續，直續至『周、程、張、朱』，則理學之道統可知矣，雪芹之用意亦可知矣！

『成則王侯敗則賊』一句，甲戌、庚辰、舒序三本同，其餘各本，包括己卯本，『王侯』皆改爲『公侯』，可見『王侯』一語，確是『礙語』，如無礙，又何必改？予前已批出清初黄宗羲、顧炎武至唐甄諸人之語，然此語實更涉雪芹當世之現實政治鬥爭。康熙晚年，諸王子爭位，雍正獲勝，胤禩、胤禟、胤禵均失敗，胤禩、胤禟被賜令其自己改名爲『加冰魚』、『討厭』（據第一歷史檔案館張書才兄見告，此是最新更譯，原譯爲『猪』、『狗』是誤譯。『加冰魚』，意謂已經被凍僵的魚），後即被誅滅，胤禵被終生監禁。曹雪芹舅祖李煦因曾爲胤禩買女子，被判斬決，後改發打牲烏拉，終於凍餓而死。曹頫于雍正五年底被查封，六年三月抄家，七月又查出曹頫曾於江寧織造衙門左側廟内藏胤禟鍍金獅子一對。曹、李兩家，均在雍正即位後不久敗落。此真『成則王侯（胤禛）敗則賊（胤禩、胤禟、胤禵及相關諸人）』也。雪芹以此輕淡閑語出之，實隱此實事也。乃弘旿以批語提示『恐其中有礙語』，以洩其秘，於此可知各本改『王』爲『公』，更非尋常之改矣。予亦因弘旿此批，而得窺康、雍間爭位鬥爭之蛛絲馬迹矣，此真雪芹之『一把辛酸淚』也。或曰：弘旿實曾看過《紅樓夢》，故看出其中之『礙語』（隱秘），因恐事發受禍，故說『終不欲一見』耳。如真不曾見，則何以知其有『礙語』，更無須『恐』矣。此説不爲無理，故爲記之。

【校　記】

〔一〕回目：各脂本同，楊本『逝』作『遊』。

〔二〕『蘭臺寺大夫』，庚辰本作『藍臺寺大人』，從甲戌、己卯、蒙府、戚序、楊本、甲辰諸本改。

〔三〕『與榮國公』四字，庚辰本無，從甲戌、己卯、楊本、蒙府、戚序諸本增。

〔四〕　此句各本歧義頗多，庚辰本作『二小姐乃政老爹前妻所出』，甲戌本作『赦老爹前妻所出』，己卯、楊本作『赦老爺之女，政老爺養爲己女』，蒙府、戚序本作『赦老爺之妾所出』，甲辰本作『赦老爺姨娘所出』，舒序本作『赦老爺前妻所出』。此從甲戌本改『政』字爲『赦』字。

第三回　賈雨村夤緣復舊職　林黛玉抛父進京都〔一〕

卻說雨村忙回頭看時，不是別人，乃是當日同僚一案參革的號張如圭者。（一案參革，則其人當亦如賈雨村。）他本係此地人，革後家居，今打聽得都中奏准起復舊員之信，他便四下裏尋情找門路，（正是此類人行徑。）忽遇見雨村，故忙道喜。二人見了禮，張如圭便將此信告訴雨村，雨村自是歡喜，忙忙的敘了兩句，遂作別各自回家。冷子興聽得此言，便忙獻計，（活畫此類人神態。）令雨村央煩林如海，轉向都中去央煩賈政。雨村領其意，作別回至館中，忙尋邸報看真確了。（仔細。）

次日面謀之如海。如海道：『天緣湊巧，因賤荊去世，都中家岳母念及小女無人依傍教育，前已遣了男女船隻來接，因小女未曾大痊，故未及行。此刻正思向蒙訓教之恩，未經酬報，遇此機會，豈有不盡心圖報之理？但請放心。弟已預爲籌劃至此，已修下薦書一封，轉託內兄務爲周全協佐，方可稍盡弟之鄙誠，即有所費用之例，弟於內兄信中已注明白，亦不勞尊兄多慮矣。』（真是週到至極。）雨村一面打恭，謝不釋口，一面實是不知是否有力推薦耳，豈在干瀆？

此時心中方纔踏實，則先前一問，實因未能放心也。

不僅推薦，而且有船同行，更是意外方便。

林黛玉剛出場，就是病後，從此一病不斷矣！

『都中』『神京』，都是籠統寫法，究在何處，不可究詰，此書始終迴避實寫，亦雪芹謹慎處也。其祖父曹寅贈洪昉思詩有句云：『垂老文章恐懼成。』既恐學問，亦恐時世也，昉思曾因《長生殿》賈禍，可不懼哉！

又問：『不知令親大人現居何職？甲戌批：『奸險小人欺人語。』只怕晚生草率，不敢驟然入都干瀆。』說得好聽耳。甲戌批：『全是假，全是詐。』如海笑道：『若論舍親，與尊兄猶係同譜，乃榮公之孫。大內兄現襲一等將軍，名赦，字恩侯；二內兄名政，字存周，現任工部員外郎，其爲人謙恭厚道，大有祖、父遺風，非膏粱輕薄仕宦之流，再爲賈政一描。故弟方致書煩託。否則不但有污尊兄之清操，即弟亦不屑爲矣。』雨村聽了，心下方信了昨日子興之言，現在心裏踏實無慮了。於是又謝了林如海。如海乃說：『已擇了出月初二日小女入都，此處只說入都，究竟都在何處，始終未明寫，此雪芹用筆靈動處也。尊兄即同路而往，豈不兩便？』雨村唯唯聽命，心中十分得意。如海遂打點禮物並餞行之事，雨村一一領了。

那女學生黛玉身體方愈，原不忍棄父而往；無奈他外祖母致意務在必去，且兼如海說：『汝父年將半百，再無續室之意；且汝多病，年又極小，上無親母教養，甲戌批：『可憐。一句一滴血之文。』下無姊妹兄弟扶持，弱女可憐，令人悽然。今依傍『依傍』兩字，已寫出黛玉孤零之狀。外祖母及舅氏姊妹去，正好減我顧盼之憂，何反云不往？』老父亦實可憐。黛玉聽了，方灑淚拜別，隨了奶娘及榮府幾個老婦人登舟而去。從此永別慈父矣！雨村另有一隻船，帶兩個小童，依附依附兩字貼切。黛玉而行。

有日到了都中，進入神京，雨村先整了衣冠，帶了小童，拿着宗姪的名帖，甲戌批：『此帖妙極，可知雨村的品行矣。』至榮府的門前投了。彼時賈政已看了妹丈之書，即忙請入相會。見雨村相貌魁偉，言語不俗；兩句寫雨村儀表，外貌頗堂皇，內心卻陰賊，人固不可以貌相也。且這賈政最喜讀書人，禮賢下士，濟弱扶危，四句對賈政考語，實亦表面文章，其人並非如此。

從三等僕婦着眼，已可看出榮府派勢。

賈雨村是從外面看去，黛玉卻是從裏頭看來，則愈描愈近愈細矣！

先從紗窗中看到。

『敕造寧國府』五個大字，將以上一段描寫收住。

先寧國府，後榮國府，哥東弟西，次序井然。

一路仔細寫來，何等氣派！

大有祖風；（『賈政最喜讀書人』幾句，令人發笑，蓋亦虛假情狀，官場中之俗套耳。）況又係妹丈致意，因此優待雨村，更又不同，（雨村沾盡黛玉之光。）便竭力內中協助，題奏之日，輕輕謀了一個復職候缺。（夤緣之效，故能輕輕復職。）不上兩個月，金陵應天府缺出，便謀補了此缺，（清代官場，往往候缺至數年，雨村輕而易得，沾盡賈府之光矣。）拜辭了賈政，擇日上任去了，不在話下。

且說黛玉自那日棄舟登岸時，（甲戌批：『這方是正文起頭處。此後筆墨與前兩回不同。』）便有榮国府打發了轎子並拉行李的車輛久候了。（『久候』兩字，足見榮府鄭重。）這林黛玉常聽得母親說過，他外祖母家與別家不同。他近日所見的這幾個三等的僕婦，吃穿用度，已是不凡了，何況今至其家。因此步步留心，時時在意，不肯輕易多說一句話，多行一步路，惟恐被人恥笑了他去。（初出家門，自難免此，亦見弱女心理。）自上了轎，進入城中，從紗窗向外瞧了一瞧，其街市之繁華，人煙之阜盛，自與別處不同。（黛玉眼中所見。）又行了半日，忽見街北蹲着兩個大石獅子，三間獸頭大門，門前列坐着十來個華冠麗服之人。正門卻不開，只有東西兩角門有人出入。（以上數語，寫出世家氣派。）正門之上有一匾，匾上大書『敕造寧國府』五個大字。（先見寧國府。）黛玉想道：『這必是外祖之長房了。』想着，又往西行，不多遠，照樣也是三間大門，方是榮國府了。卻不進正門，只進了西邊角門。那轎夫擡進去，走了一射之地，將轉彎時，便歇下退出去了。後面的婆子們已都下了轎，（又進一層，又換侍候人役，可見堂深院邃，的是大家氣象。）趕上前來，另換了三四個衣帽周全的十七八歲的小廝上來，復擡起轎子。衆婆子在步下圍隨，至一垂花門前落下。（過垂花門，

〔雕樑畫棟，曲折有致。〕

〔一番陳設，一番排場，一番人役，何等氣派，他書中如何寫得出。〕

〔賈母史太君登場。其親可知，其熱可知！〕

〔便是內室。〕衆小廝退出，衆婆子上來，打起轎簾，扶黛玉下轎。〔以下便是步行矣。〕林黛玉扶着婆子的手，進了垂花門。兩邊是抄手遊廊，當中是穿堂，當地放着一個紫檀架子、大理石的大插屏。轉過插屏，小小的三間內廳，廳後就是後面的正房大院。正面五間上房，皆是雕樑畫棟，兩邊穿山遊廊、廂房，掛着各色鸚鵡、畫眉等鳥雀。臺磯之上，坐着幾個穿紅着綠的丫頭，一見他們來了，便忙都笑迎上來，說：『剛纔老太太還念呢，可巧就來了。』於是三四人争着打起簾櫳，一面聽得人回話說：『林姑娘到了。』〔先聞其聲，寫得真。〕

黛玉方進入房時，只見兩個人攙着一位鬢髮如銀的老母迎上來，黛玉便知是他外祖母。方欲拜見時，早被他外祖母一把摟入懷中，『心肝兒肉』叫着，大哭起來。〔悲喜交集，喜極而悲也。寫得真。甲戌批：『幾千斤力量寫此一筆。』〕當下地下侍立之人，無不掩面涕泣，黛玉也哭個不住。〔黛玉是悲其母。〕一時衆人慢慢的解勸住了，黛玉方拜見了外祖母。——此即冷子興所云之史氏太君，賈赦、賈政之母也。〔此句識者云當是脂批，志此待證。〕

當下賈母一一指與黛玉：『這是你大舅母，這是你二舅母，這是你先珠大哥的媳婦珠大嫂子。』黛玉一一拜見過。賈母又說：『請姑娘們來。今日遠客纔來，可以不必上學去了。』衆人答應了一聲，便去了兩個。

不一時，只見三個奶嬤嬤並五六個丫鬟，擁着三個姊妹來了。第一個，肌膚微用衆人之眼，將黛玉一描。

甲戌眉批：『甄英蓮乃副十二釵之首，卻明寫癩僧一點。今黛玉爲正十二釵之貫（冠），反用暗筆。蓋正十二釵人或洞悉可知。副十二釵或恐觀者惑（忽）略，故寫（爲）極力一提，使觀者萬勿稍加玩忽之意耳。』

豐，合中身材，腮凝新荔，鼻膩鵝脂，溫柔沉默，觀之可親。第二個，削肩細腰，長挑身材，鴨蛋臉面，俊眼修眉，顧盼神飛，文彩精華，見之忘俗。第三個，身量未足，形容尚小。其釵環裙襖，三人皆是一樣的妝飾。

黛玉忙起身，迎上來見禮，互相厮認過，大家歸了坐。丫鬟們斟上茶來。不過說些黛玉之母如何得病，如何請醫服藥，如何送死發喪。不免賈母又傷感起來，因說：『我這些兒女，所疼者獨有你母，今日一旦先捨我而去，連面也不能一見，今見了你，我怎不傷心！』說着，摟了黛玉在懷，又嗚咽起來。情態逼真 衆人忙都寬慰解釋，方略略止住。

衆人見黛玉年貌雖小，其舉止言談不俗，身體面龐雖怯弱不勝，卻有一段自然的風流態度，便知他有不足之症。因問：『常服何藥，如何不急爲療治？』黛玉笑道：『我自來是如此，從會吃飲食時便吃藥，可見其病與生俱來。到今未斷，請了多少名醫，修方配藥，皆不見效。那一年，我纔三歲時，聽得說，來了一個癩頭和尚，說要化我去出家，我父母固是不從。他又說：「既捨不得他，只怕他的病一生也不能好的了。怪事，怪論。若要好時，除非從此以後總不許見哭聲；除父母之外，凡有外姓親友之人，一概不見，方可平安了此一世。」不見哭聲，不見外姓人，已是難辦，況黛玉自己善哭何？真是瘋癲之語。瘋瘋癲癲，說了這些不經之談，也沒人理他。如今還是吃人參養榮丸。』賈母道：『這正好，我這裏正配丸藥熙鳳出場，先聲奪人。

一段對熙鳳的特筆描寫。『一雙丹鳳三角眼』以下數句，是對鳳姐的特筆，是初描其性格體態。

先看再說，其言更重。阿鳳不僅是說給黛玉聽，更是說給賈母聽！

呢。叫他們多配一料就是了。』

一語未了，只聽後院中有人笑聲，說：『我來遲了，甲戌批：『第一筆，阿鳳三魂六魄已被作者拘定了，後文焉得不活跳紙上？此等（文字）非仙助即神助，從何而得此機括耶？』不曾迎接遠客。』未見其人，先聞其聲。黛玉納罕道：『這些人個個皆斂聲屏氣，恭肅嚴整如此，這來者係誰，這樣放誕無禮？』黛玉對熙鳳的第一印象。『放誕無禮』四字，寫出鳳姐潑辣。心下想時，只見一群媳婦丫鬟圍擁着一個人，從後房門進來。這個人打扮，與衆姑娘不同：彩繡輝煌，恍若神妃仙子。頭上戴着金絲八寶攢珠髻，綰着朝陽五鳳掛珠釵；項上帶着赤金盤螭瓔珞圈；裙邊繫着豆緑宮縧，雙衡比目玫瑰佩；身上穿着縷金百蝶穿花大紅洋緞窄裉襖，外罩五彩刻絲石青銀鼠褂；下着翡翠撒花洋縐裙。一雙丹鳳三角眼，兩彎柳葉吊梢眉，身量苗條，體格風騷；粉面含春威不露，丹唇未啓笑先聞。

黛玉連忙起身接見。賈母笑道：『你不認得他，他是我們這裏有名的一個潑皮破落户兒，南省俗謂作「辣子」，你只叫他「鳳辣子」『鳳辣子』三字重點在『辣』字耳，妙在先由賈母說出。就是了。』黛玉正不知以何稱呼，只見衆姊妹都忙告訴他道：『這是璉嫂子。』黛玉雖不識，亦曾聽見母親說過，大舅賈赦之子賈璉，娶的就是二舅母王氏之內姪女，自幼假充男兒教養的，學名王熙鳳。追憶母親所言，以爲眼前印證。黛玉忙陪笑見禮，以『嫂』呼之。這熙鳳攜着黛玉的手，上下細細的打諒了一回，甲戌批：『寫阿鳳全部傳神第一筆也。』便仍送至賈母身邊坐下，因笑道：『天下真有這樣標緻的人物，我今兒纔算見了！甲戌批：『這方是阿鳳言語。若一味浮詞套語，豈復爲阿鳳哉！』況且這通身的氣派，竟不言到淚隨，阿鳳好張致！

阿鳳語言，又圓又甜，令老祖宗喜歡之極，豈有該打之理！

黛玉此時已是十三歲了，讀者記住。

王熙鳳一連串話，忽悲忽喜，忽自責，忽存問，忽問所需，忽問安置，一路寫來，一筆不閑，活畫出一個阿鳳來，真是傳神之筆！

順口帶出月錢，可見鳳姐總管全家一切，其威權可知。

敍家常事，輕描淡寫即見富裕氣象，他書所不能有也。

像老祖宗的外孫女兒，竟是個嫡親的孫女。怨不得老祖宗天天口頭心頭一時不忘。（熙鳳畢竟與衆不同，必要先攜手細細打量，然後送回賈母身邊，顯得何等鄭重，然後說出直入賈母心坎的話來，阿鳳何等會討賈母歡心。）只可憐我這妹妹這樣命苦，（甲戌批：『這是阿鳳見黛玉正文。』）怎麽姑媽偏就去世了！』說着，便用帕拭淚。（好做派，連說帶做，阿鳳最善於此。）賈母笑道：『我纔好了，你倒又來招我。你妹妹遠路纔來，身子又弱，也纔勸住了，快再休提前話。』這熙鳳聽了，忙轉悲爲喜，（轉得真快）道：『正是呢。我一見了妹妹，一心都在他身上了，又是喜歡，又是傷心，竟忘記了老祖宗。該打，該打！』又忙攜黛玉之手，問：『妹妹幾歲了？』黛玉答道：『十三歲了。』又問道：〔一〕『可也上過學？現吃什麽藥？』黛玉一一回答。又說道：『在這裏不要想家，想要什麽吃的、什麽頑的，只管告訴我；丫頭老婆們不好了，也只管告訴我。』一面又問婆子們：『林姑娘的行李、東西可搬進來了？帶了幾個人來？你們趕早打掃兩間下房，讓他們去歇歇。』（是管家口氣。）

說話時，已擺了茶菓上來。熙鳳親爲捧茶捧菓。（殷勤至極，黛玉恐從未經此。）又見二舅母問他：『月錢放過了不曾？』熙鳳道：『月錢也放完了。纔剛帶着人到後樓上找緞子，找了這半日，也並沒有見昨日太太說的那樣的，想是太太記錯了。』王夫人道：『有沒有，什麽要緊。』因又說道：『該隨手拿出兩個來給你這妹妹去裁衣裳的，等晚上想着叫人再去拿罷，可別忘了。』熙鳳道：『這倒是我先料着了，知道妹妹不過這兩日到的，我已預備下了，等太太回去過了目好送來。』（阿鳳又是先人一着。）王夫人一笑，點頭不語。

賈赦是長房，拜見賈赦，自是正理。

進退有序，大家氣派。

又是另一景象。

賈赦一番囑咐，又與榮府初見時截然不同，可見作者胸中多少生活，倘若又是一番相見，一番傷悲，則成何文字？

當下茶菓已撤，賈母命兩個老嬤嬤帶了黛玉去見兩個母舅時，賈赦之妻邢氏忙亦起身，笑回道：『我帶了外甥女過去，倒也便宜。』賈母笑道：〔三〕『正是呢，你也去罷，不必過來了。』邢夫人答應了一聲『是』字，遂帶了黛玉與王夫人作辭。大家送至穿堂前。出了垂花門，早有衆小廝們拉過一輛翠幄青紬車，榮府內從二房到長房尚須坐車，可見府第之寬宏博大。邢夫人攜了黛玉坐在上面，衆婆子們放下車簾，方命小廝們擡起，拉至寬處，方駕上馴騾，敘事週到細密。亦出了西角門，往東過榮府正門，便入一黑油大門中，至儀門前方下來。衆小廝退出，方打起車簾，邢夫人攙着黛玉的手，進入院中。黛玉度其房屋院宇，必是榮府中花園隔斷過來的，進入三層儀門，果見正房廂廡遊廊，悉皆小巧别緻，不似方纔那邊軒峻壯麗；且院中隨處之樹木山石皆有。一一從黛玉眼中寫出。甲戌批：【爲大觀園伏脈。】一時進入正室，早有許多盛妝麗服之姬妾丫鬟迎着，一句初點賈赦。邢夫人讓黛玉坐了，一面命人到外面書房去請賈赦。一時人來回話說：『老爺說了：「連日身上不好，見了姑娘彼此倒傷心，暫且不忍相見。勸姑娘不要傷心想家，跟着老太太和舅母，即同家裏一樣。姊妹們雖拙，大家一處伴着，亦可以解些煩悶。或有委屈之處，只管說得，不要外道纔是。」』黛玉忙站起來，一一聽了。再坐一刻，便告辭。邢夫人苦留吃過晚飯去，黛玉笑回道：『舅母愛惜賜飯，原不應辭，只是還要過去拜見二舅舅，恐領了賜去不恭，異日再領，未爲不可。望舅母又是另一所在，文章總是曲折有致。

此是榮府正廳。

陳設何等堂皇氣派。

未見封建官僚大家庭氣派，讀者可於此見之。

容諒。』（黛玉答辭，何等得體。）邢夫人聽說，笑道：『這倒是了。』遂令兩三個嬤嬤用方纔的車好生送了姑娘過去。於是黛玉告辭。邢夫人送至儀門前，又囑咐了衆人幾句，眼看着車去了方回來。

一時黛玉進了榮府，下了車。衆嬤嬤引着，便往東轉彎，穿過一個東西的穿堂，向南大廳之後，儀門內大院落，上面五間大正房，兩邊廂房鹿頂耳房鑽山，四通八達，軒昂壯麗，比賈母處不同。黛玉便知這方是正經正內室。（點明所在，寫出府院深邃。）一條大甬路，直接出大門的。進入堂屋中，擡頭迎面先看見一個赤金九龍青地大匾，匾上寫着斗大的三個大字，是『榮禧堂』，後有一行小字：『某年月日，書賜榮國公賈源。』又有『萬機宸翰之寶』。大紫檀雕螭案上，設着三尺來高青綠古銅鼎，懸着待漏隨朝墨龍大畫，一邊是金蜼彝，一邊是玻璃盒。地下兩溜十六張楠木交椅，又有一副對聯，乃烏木聯牌鑲着鏨銀的字迹，道是：

座上珠璣昭日月，
堂前黼黻煥煙霞。（對句富麗堂皇，一派世宦氣派。）

下面一行小字，道是：『同鄉世教弟勳襲東安郡王穆蒔拜手書。』

原來王夫人時常居坐宴息，亦不在這正室，只在這正室東邊的三間耳房內。於再轉王夫人居處，又是一番陳設氣象。

觀此陳設，已非普通富貴人家。

再寫一筆丫鬟衣着，蓋黛玉初到，事事都得注意也。

此方是賈政、王夫人宴息之處。

是老嬤嬤引黛玉進東房門來。臨窗大炕上鋪着猩紅洋罽，正面設着大紅金錢蟒靠背，石青金錢蟒引枕，秋香色金錢蟒大條褥。（色彩絢爛，富麗堂皇。）兩邊設一對梅花式洋漆小几：左邊几上文王鼎、匙、箸、香盒；右邊几上，汝窯美人觚，（陳設不凡）觚內插着時鮮花卉，並茗碗痰盒等物。地下面西一溜四張椅上，都搭着銀紅撒花椅搭，底下四副腳踏。椅之兩邊，也有一對高几，几上茗碗、瓶花俱備。其餘陳設，自不必細說。老嬤嬤們讓黛玉炕上坐，炕沿上卻有兩個錦褥對設，黛玉度其位次，便不上炕，只向東邊椅子上坐了。（寫黛玉處處小心，事事留意。）本房內的丫鬟忙捧上茶來。黛玉一面吃茶，一面打諒這些丫鬟們，妝飾衣裙，舉止行動，果亦與別家不同。

茶未吃了，只見一個穿紅綾襖、青緞掐牙背心的丫鬟走來笑說道：『太太說，請林姑娘到那邊坐罷。』（又到那邊，足見堂深院邃。）老嬤嬤聽了，於是又引黛玉出來，到了東廊三間小正房內。正面炕上橫設一張炕桌，桌上磊着書籍、茶具。靠東壁，面西設着半舊的青緞靠背引枕。王夫人卻坐在西邊下首，亦是半舊的青緞靠背坐褥。見黛玉來了，便往東讓。黛玉心中料定（黛玉眼看心想，細心至極。）這是賈政之位。因見挨炕一溜三張椅子上，也搭着半舊的彈墨椅袱，黛玉便向椅上坐了。王夫人再四攜他上炕，他方挨王夫人坐了。

王夫人因說：『你舅舅今日齋戒去了，再見罷。只是有一句話囑咐你：你三個姊妹倒都極好，以後一處念書認字，學針線，或是偶一頑笑，都有盡讓的。但我不放心的最是一件：我有一個孽根禍胎，甲戌批：『四字是血淚盈面、不得已，無奈何而下。四字是作者痛哭。』是這家裏的混世魔王，今日因廟裏還願去了，尚未回來，晚間你看見便知道了。你只以後不要睬他，甲戌夾批：『占（與）絳洞花王爲對看。』不要睬他，此話只是說說而已，豈能做到。你這些姊妹都不敢沾惹他的。』

黛玉亦常聽得母親說過，二舅母生的有個表兄，乃啣玉而誕，頑劣異常，極惡讀書，甲戌批：『是極惡每日詩云子曰的讀書。』最喜在內幃厮混；外祖母又極溺愛，無人敢管。今見王夫人如此說，便知說的是這表兄了。因陪笑道：『舅母說的，可是啣玉所生的這位哥哥？在家時，亦曾聽見母親常說，這位哥哥比我大一歲，小名就喚寶玉。雖極憨頑，說在姊妹情中極好的。況我來了，自然只和姊妹同處，兄弟們自是別院另室的，豈得去沾惹之理。』事實並非如此。王夫人笑道：『你不知道原故：他與別人不同，自幼因老太太疼愛，原係同姊妹們一處嬌養慣了的。若姊妹們有日不理他，他倒還安靜些，縱然他沒趣，不過出了二門，背地裏拿着跟他的兩三個小幺兒出氣，咕唧一會子就完了。甲戌批：『這可是寶玉本性真情。前四十九字迴異之批今始方知。蓋小人口碑累累如是。是是非非，任爾口角，大都皆然。』若這一日姊妹們和他多說一句話，他心裏一樂，便生出多少事來。所以囑咐你別睬他。事實恰恰相反。他嘴裏一時甜言蜜語，一時有天無日，一時又瘋瘋傻傻，只休信他。』黛玉一一的都答應着。

只見一個丫鬟來回：『老太太那裏傳晚飯了。』王夫人忙攜黛玉從後房門由後廊往西，出了角門，是一條南北寬夾道。南邊是倒座三間小小的抱厦廳，北邊立着一個

特提寶玉是孽根禍胎，最不放心，誰知兩人一見恰似舊識，意想不到之事，意想不到之文。

混世魔王，王夫人自作介紹，足見寶玉平時驕寵之甚。

又憶母親所囑，以爲印證。

王夫人再作交代，再作介紹，寶玉此時已呼之欲出矣，所謂畫家三染法也。

點出鳳姐住處。

一頓晚飯，多少排場！

幾個人吃飯倒有多少人伺候。

寫出黛玉新來乍到！

粉油大影壁，後有一半大門，小小一所房室。王夫人笑指向黛玉道：『這是你鳳姐姐的屋子，回來你好往這裏找他來，少什麽東西，你只管和他說就是了。』（再點鳳姐管家。）這院門上也有四五個纔總角的小厮，都垂手侍立。王夫人遂攜黛玉穿過一個東西穿堂，便是賈母的後院了。於是，進入後房門，已有多人在此伺候，見王夫人來了，方安設桌椅。賈珠之妻李氏捧飯，熙鳳安箸，王夫人進羹。賈母正面榻上獨坐，兩邊四張空椅，熙鳳忙拉了黛玉在左邊第一張椅上坐了，黛玉十分推讓。賈母笑道：『你舅母和你嫂子們不在這裏吃飯。你是客，原應如此坐的。』黛玉方告了座，坐了。賈母命王夫人坐了。迎春姊妹三個告了座方上來。迎春便坐右手第一，探春左邊第二，惜春右第二。旁邊丫鬟執着拂塵、漱盂、巾帕。李、鳳二人立於案旁布讓。外間伺候之媳婦、丫鬟雖多，卻連一聲咳嗽不聞。（敘事細密有致。王府本批：『作者非身履其境過，不能如此細密完足。』）

寂然飯畢，各有丫鬟用小茶盤捧上茶來。當日林如海教女以惜福養身，云：『飯後務待飯粒咽盡，過一時再吃茶，方不傷脾胃。』今黛玉見了這裏許多事情不合家中之式，不得不隨的，少不得一一改過來，因而接了茶。早見人又捧過漱盂來，黛玉也照樣漱了口。然後盥手畢，又捧上茶來，這方是吃的茶。賈母便說：『你們去罷，讓我們自在說話兒。』王夫人聽了，忙起身，又說了兩句閒話，方引李、鳳二人去了。賈母因問黛玉念何書。黛玉道：『只剛念了《四書》。』（注意，黛玉亦念過《四書》，而竟不爲所化，則可）

此時寶玉方出場。

於寶玉特筆描寫。

心理感應，見面就感親切！

寶玉此時尚未顧及。

見是寶玉一流人物也。黛玉又問姊妹們讀何書，賈母道：『讀的是什麼書，不過是認得兩個字，不是睜眼的瞎子罷了！』

一語未了，只聽外面一陣腳步響，丫鬟進來，笑道：『寶玉來了！』數語傳神，寶玉未到而已先傳其聲矣！

空谷傳聲，妙在神理。黛玉心中正疑惑着：『這個寶玉，不知是怎生個憊懶人物、懵懂頑童？——倒不見那蠢物也罷了。』此句論者以爲是脂批。心中正想着，忽見丫鬟話未報完，已進來了一位年輕的公子：

頭上戴着束髮嵌寶紫金冠，齊眉勒着二龍搶珠金抹額；穿一件二色金百蝶穿花大紅箭袖，束着五彩絲攢花結長穗宮絛，外罩石青起花八團倭緞排穗褂；登着青緞粉底小朝靴。面若中秋之月，色如春曉之花，鬢若刀裁，眉如墨畫，眼如桃瓣，目若秋波。雖怒時而若笑，即瞋視而有情。項上金螭瓔珞，又有一根五色絲絛，繫着一塊美玉。點出美玉

黛玉一見，便吃一大驚，心下想道：『好生奇怪，倒像在那裏見過一般，何等眼熟到如此！』神來之筆，寫出黛玉一見寶玉即氣味相投也。只見這寶玉向賈母請了安，賈母便命：『去見你娘來。』寶玉即轉身去了。

一時回來，再看，已換了冠帶：頭上周圍一轉的短髮，都結成了小辮，紅絲結

束，共攢至頂中胎髮，總編一根大辮，黑亮如漆，從頂至梢，一串四顆大珠，用金八寶墜角；身上穿着銀紅撒花半舊大襖，仍舊戴着項圈、寶玉、寄名鎖、護身符等物；下面半露松花撒花綾褲腿，錦邊彈墨襪，厚底大紅鞋。越顯得面如敷粉，唇若施脂；轉盼多情，語言常笑。天然一段風騷，全在眉梢；平生萬種情思，悉堆眼角。看其外貌最是極好，卻難知其底細。雪芹當時即說竟無人能知寶玉底細，試問二百多年來，何人能識得寶玉，知其底細乎？後人有《西江月》二詞，批寶玉極恰。其詞曰：

無故尋愁覓恨，有時似傻如狂。縱然生得好皮囊，腹內原來草莽。潦倒不通世務，愚頑怕讀文章。行爲偏僻性乖張，那管世人誹謗！

富貴不知樂業，貧窮難耐凄涼。可憐辜負好韶光，於國於家無望。天下無能第一，古今不肖無雙。寄言紈袴與膏粱，莫效此兒形狀！

賈母因笑道：『外客未見，就脫了衣裳，還不去見你妹妹！』寶玉早已看見多了一個姊妹，便料定是林姑媽之女，忙來作揖。厮見畢，歸坐。細看形容，與衆各別：

兩彎似蹙非蹙罥煙眉，一雙似泣非泣含露目。〔四〕眉目奇。態生兩靨之愁，嬌襲一身之病。淚光點點，嬌喘微微。閑靜時如姣花照水，行動處似弱柳扶風。心較比干多一竅，病如西子勝三分。以上寶玉眼中所見之黛玉。甲戌批：『此十句定評，直抵一賦。』

轉瞬又是另一番裝束。

西江月詞，寫世人目中之寶玉也，故以世人之目觀之，則寶玉確是如此。毫無故意貶損之處，真假寶玉也。然以反正統思想之人觀之，恰是另一種評價，是真寶玉也。

寫黛玉眉目兩句，各本皆誤，惟列藏本爲正確，可見古本之重要也。亦可見僅憑一二種脂本，尚不能解決問題，必須彙集衆本，方能盡收其勝。至於稱脂本爲僞本之說，其謬稍按事實，則昭然可知其妄矣！

一段對黛玉之描寫，亦是特筆。

甲戌眉批：『不寫衣裙裝飾，正是寶玉眼中不屑之物，故不寶玉看罷，因笑道：『這個妹妹我曾見過的。』竟說『曾見過的』，又勝黛玉朦朧之感。賈母笑道：『可又是胡說，你又何曾見過他？』寶玉笑道：『雖然未曾見過他，然我看着面善，心裏就算是舊相識，今日只作遠別重逢，亦未爲不可。』解得新奇而親切。賈母笑道：『更好，更好。若如此，更相和睦了。』寶玉便走近黛玉身邊〔五〕坐下，又細細打量一番，因問：『妹妹可曾讀書？』黛玉道：『不曾讀，只上了一年學，些須認得幾個字。』寶玉又道：『妹妹尊名是那兩個字？』黛玉便說了名。寶玉又問表字。黛玉道：『無字。』寶玉笑道：『我送妹妹一妙字，莫若「顰顰」二字極妙。』探春便問何出。寶玉道：『《古今人物通考》上說：「西方有石名黛，可代畫眉之墨。」況這林妹妹眉尖若蹙，用取這兩個字，豈不兩妙！』探春笑道：『只恐又是你的杜撰。』寶玉笑道：『除《四書》外，杜撰的太多，康熙時之顏元說『須破一分程朱，方入一分孔孟』，此語亦即說程朱之說孔孟皆杜撰也。與雪芹同時之戴震亦有此說。甲戌批：『如此等語，焉得怪彼世人謂之怪，只瞞不過批書者。』偏只我是杜撰不成？』又問黛玉：『可也有玉沒有？』衆人不解其語，黛玉便忖度着因他有玉，故問我有也無，因答道：『我沒有那個。想來那玉是一件罕物，豈能人人有的。』寶玉聽了，登時發作起癡狂病來，摘下那玉，就狠命摔去，罵道：『什麼罕物，連人之高低不擇，還說「通靈」不「通靈」呢！我也不要這勞什子了！』真是似傻如狂。嚇的衆人一擁爭去拾玉。

賈母急的摟了寶玉道：『孽障！你生氣，要打罵人容易，何苦摔那命根子！』

曾看見。黛玉之舉止容貌亦是寶玉眼中看，心中評；若不是寶玉，斷不能知黛玉終是何等品貌。』

寶玉初見黛玉，便以爲是舊相識，非宿緣也，心理氣質秉賦之相合也，人固有如此感應者，讀者細味，當能悟此。

初次見面即爲取字，可見其真以黛玉爲舊識，略無顧忌也。然實寫寶玉本性的淳真，如玉壺冰心也。

『除《四書》外，杜撰的太多』，一語罵倒程、朱，雪芹特用此童言無忌，所謂嬉笑怒罵皆成文章也。

『偏只我是杜撰不成』，一語抹倒程、朱理學諸書，雪芹固反程、朱之門士也，讀者當細讀書中之埋伏。

因黛玉無玉而即要摔己之玉。可見其重黛玉如此。

此謊話編得尚能自圓其說。

如此安排，可見賈母視黛玉之重。寶玉要求即睡碧紗廚外，可見其待黛玉之親。

寶玉滿面淚痕泣道：『家裏姐姐妹妹都沒有，單我有，我說沒趣；如今來了這們一個神仙似的妹妹（寶玉眼中之黛玉。）也沒有，可知這不是個好東西。』賈母忙哄他道：『你這妹妹原有這個來的，因你姑媽去世時，捨不得你妹妹，無法處，遂將他的玉帶了去了。一則全殉葬之禮，盡你妹妹之孝心；二則你姑媽之靈，亦可權作見了女兒之意。因此，他只說沒有這個，不便自己誇張之意。（虧賈母靈通機變，一段謊言，竟合情合理，不由寶玉不信。）你如今怎比得他？還不好生慎重帶上，仔細你娘知道了。』說着，便向丫鬟手中接來，親與他帶上。寶玉聽如此說，想一想，大有情理，也就不生別論了。

當下，奶娘來請問黛玉之房舍，賈母說：『今將寶玉挪出來，同我在套間暖閣兒裏面，把你林姑娘暫安置碧紗廚裏，等過了殘冬，春天再與他們收拾房屋，另作一番安置罷。』寶玉道：『好祖宗，我就在碧紗廚外的牀上很妥當，何必又出來，鬧的老祖宗不得安靜。』賈母想了一想，說：『也罷哩。』每人一個奶娘，並一個丫頭照管，餘者在外間上夜聽喚。一面早有熙鳳命人送了一頂藕合色花帳，並幾件錦被緞褥之類。

黛玉只帶了兩個人來：一個是自幼奶娘王嬤嬤，一個是十歲的小丫頭，亦是自幼隨身的，名喚作雪雁。賈母見雪雁甚小，一團孩氣，王嬤嬤又極老，料黛玉皆不遂心省力的，便將自己身邊的一個二等丫頭，名喚鸚哥者與了黛玉。外亦如迎春等例，襲人特寫一筆。心地純良是春秋之筆，花氣襲人，是好名字，好到於襲人有入木之深。深受其襲者是王夫人，晴雯亦受其襲，然是攻襲之襲矣！

纔來，就淌眼抹淚，此是還債之始耳。

襲人數語，預示後日許多曲折。

就勢再提『玉』事。

每人除自幼乳母外，另有四個教引嬤嬤；除貼身掌管釵釧盥沐兩個丫鬟外，另有五六個灑掃房屋、來往使役的小丫鬟。當下，王嬤嬤與鸚哥陪侍黛玉在碧紗厨內，寶玉之乳母李嬤嬤並大丫鬟名喚襲人者，陪侍在外面大牀上。

原來這襲人亦是賈母之婢，本名珍珠。賈母因溺愛寶玉，生恐寶玉之婢無竭力盡忠之人，素喜襲人心地純良，克盡職任，遂與了寶玉。寶玉因知他本姓花，又曾見舊人詩句上有『花氣襲人』之句，遂回明賈母，更名襲人。這襲人亦有些癡處：服侍賈母時，心中眼中只有一個賈母；如今服侍寶玉，他心中眼中又只有一個寶玉。反正總是只有一人耳，有了此一人便無彼一人也。只因寶玉性情乖僻，每每規諫寶玉不聽，心中着實憂鬱。特寫襲人，非閑筆也。王府本批：『我讀至此，不覺放聲大哭。』

是晚，寶玉李嬤嬤已睡了，他見裏面黛玉和鸚哥猶未安息，他自卸了妝，悄悄進來，笑問：『姑娘怎麼還不安息？』黛玉忙讓：『姐姐請坐。』襲人在牀沿上坐了。鸚哥笑道：『林姑娘正在這裏傷心呢，自己淌眼抹淚的說：「今兒纔來了，就惹出你家哥兒的狂病來，倘或摔壞了那玉，豈不是因我之過！」因此便傷心，我好容易勸好了。』襲人道：『姑娘快休如此，將來只怕比這個更奇怪的笑話兒還有呢！確是不差若爲他這種行止，你多心傷感，只怕你傷感不了呢。王府本批：『後百十回黛玉之淚，總不能出此二語。』快別多心！』黛玉道：『姐姐們說的，我記着就是了。只怕沒有那麼簡單。究竟那玉不知是怎麼個來歷？上面還有字迹？』襲人道：『連一家子也不知來歷，上頭還有現成的眼兒，聽得說，落草時是從他口裏掏出來的。等我拿來你看便知。』黛玉忙止道：『罷了，此刻夜深了，明日再看也不遲。』大家又敘了一回，方纔安歇。

次日起來，省過賈母，因往王夫人處來，正值王夫人與熙鳳在一處拆金陵來的書信看，又有王夫人之兄嫂處遣了兩個媳婦來說話的。黛玉雖不知原委，探春等卻都曉得是議論金陵城中所居的薛家姨母之子姨表兄薛蟠，倚財仗勢，打死人命，現在應天府案下審理。如今母舅王子騰得了信息，故遣他家內的人來告訴這邊，意欲喚取進京之意。

薛蟠此處初見。黛玉入賈府之事已畢，順勢接入薛家之事。

【回後評】

此回寫黛玉入都，榮、寧二府均從黛玉眼中寫出。上回冷子興演說，是通過雨村、子興從外部總寫，此是從黛玉眼中，寫內部親見。裏外合寫，則榮、寧二府躍然紙上矣。

黛玉初到賈府，處處小心，寫孤女心理逼真，亦黛玉早慧多感也。賈母、王夫人、鳳姐、寶玉等人，均一一從黛玉眼中描出，方呈新鮮之感，如由作者一一介紹，則平鋪直敘，不成文章矣。

兩首《西江月》，是從世俗人眼中寫寶玉，則寶玉於家於國無望，確是假寶玉也；然自反正統思想之人觀之，正是寫其不受封建傳統之羈絆，不受詩禮之拘繫，不走科舉仕宦之路，不屑程、朱理學訓教也。

『除四書外，杜撰的太多』一語，是當時反程朱理學思潮之透露。自明以來，反理學者咸以爲程朱曲解孔孟，故顔元云：『須破一分程朱，方入一分孔孟。』戴震則說：『宋以來，孔孟之書盡失其解。』他還責問塾師說：朱文公與孔子相距二千年，何以知其然？塾師無以應。故當時先進的思想界咸以程朱曲解孔孟，是杜撰之說。雪芹於寶玉的『戲言』中，故作透露，深欲讀者知其用意耳。此實是『真事隱』也。

【校記】

（一）本回回目比較複雜：己卯、楊本同庚辰本，惟『都京』作『京都』，據改。甲戌本作『金陵城起復賈雨村，榮國府收養林黛玉』，蒙本、戚本、列藏、甲辰、舒序、程甲諸本均作『託內兄如海酬訓教，接外孫賈母惜孤女』，舒序、程甲文字有小異，舒序作『酬閨師』，『惜』作『憐』，程甲作『薦西賓』。

（二）『黛玉答道』及以下七字，下句『黛玉一一回答，又說道』九字，庚辰本缺，據己卯本增。

（三）『我帶了外甥女過去』及以下八字，庚辰本缺，據甲戌、己卯本增。

（四）此兩句各本歧異甚大，此處據列藏本校改。爲便參考，茲將各本文字移録於下：庚辰本『兩彎半蹙鵞眉，一對多情杏眼』。甲戌本『兩彎似蹙非蹙籠煙眉，一雙似喜非喜含情目』。己卯本略同甲戌本，『籠』作『罥』，下句作『似笑非笑含露目』。楊本上句同己卯本，下句作『一雙似目』。蒙府、戚序、戚寧本『罥』作『罩』，下句作『一雙俊目』。舒序本作『眉彎似蹙而非蹙，目彩欲動而仍留』。程甲本同甲戌本，甲辰本同程甲本。從各本文字來看，列藏本是最準確的。詳細研究，請見拙著《石頭記脂本研究》中的《論夢序本》一文。

〔五〕『更好』以下十九字，庚辰本脫。此據己卯本、甲戌本增。

第四回　薄命女偏逢薄命郎　葫蘆僧亂判葫蘆案〔一〕

題曰：

捐軀報國恩，未報身猶在。
眼底物多情，君恩或可待。〔二〕

卻說黛玉同姊妹們至王夫人處，見王夫人正〔三〕與兄嫂處的來使計議家務，又說姨母家遭人命官司等語。因見王夫人事情冗雜，姊妹們遂出來，至寡嫂李氏房中來了。

原來這李氏即賈珠之妻。珠雖夭亡，幸存一子，取名賈蘭，今方五歲，已入學攻書。這李氏亦係金陵名宦之女，父名李守中，曾爲國子監祭酒，族中男女無有不誦詩讀書者。至李守中承繼以來，便說『女子無才便有德』，故生了李氏時，便不十分令其讀書，只不過將些《女四書》《列女傳》《賢媛集》等三四種書，使他認得幾個字，記得前朝這幾個賢女便罷了，卻只以紡績井臼爲業，一段話，逼真寫出當時世情，『女子無才便有德』一語，足見封建社會賤視婦女之甚。在此語下，

清廷大力提倡程朱理學，提倡婦女守節。夫死，守節三十年者爲『節婦』，夫死殉夫者爲『烈婦』，未婚夫死而以死殉者爲『烈

女』，各樹貞節牌坊，免其賦役。故愚民殉死者成風，所謂『餓死事小，失節事大』也。雪芹於書中寫一守寡之李紈，且寫明其幼時所受教育，皆封建禮法正統教育，則其安能不心如死灰乎？此戴震所言『以理殺人』之又一形態也。雪芹雖以平淡敍事之筆寫之，而其無情揭露之意已不言而喻矣！

不知埋沒多少人才。因取名爲李紈，字宮裁。因此這李紈雖青春喪偶，且居處於膏粱錦繡之中，竟如槁木死灰一般，一概無見無聞，惟知侍親養子，外則陪侍小姑等針黹誦詩而已。以上數語，寫李紈雖生猶死矣！雪芹不能明讜，卻以此春秋筆法寫之，讀者當知其用意。今黛玉雖客寄於斯，日有這般姐妹〔四〕相伴，除老父外，餘者也都無庸慮及了。

再敍雨村。

如今且說賈雨村因補授了應天府，一下馬，就有一件人命官司詳至案下，乃是兩家爭買一婢，各不相讓，以至毆傷人命。彼時雨村即拘原告之人來審。那原告道：『被毆死者乃小人之主人。因那日買了一個丫頭，不想是拐子拐來賣的。這拐子先已得了我家的銀子，我家小爺原說第三日方是好日子，再接入門。這拐子便又悄悄的賣與薛家，被我們知道了，去找拿賣主，奪取丫頭。無奈薛家原係金陵一霸，倚財仗勢，衆豪奴將我小主人竟打死了。凶身主僕已皆逃走，無影無蹤，只剩了幾個局外之人。小人告了一年的狀，竟無人作主。望大老爺拘拿凶犯，剪惡除凶〔五〕，以救孤寡，死者感戴天恩不盡！』小民無處可告，何處有『青天』乎！

拐人已是可惡，拐後一賣再賣，其罪更甚。此亦當時社會相。

雨村聽了大怒道：『豈有這樣放屁的事！打死人命就白白的走了，再拿不來的！』因發簽差公人立刻將凶犯族中人拿來拷問，令他們實供藏在何處；一面再動海捕文書。正要發簽時，只見案邊立的一個門子，使眼色兒不令他發簽。雨村心下甚爲

雨村說得倒是一片正義。奈行不通何！爲當時『盛世』再描一筆！

門子是公門老奸。公門中豈止此一人乎？則寫此一人亦可見其餘也。

『護官符』，寫透官場，寫透世情，雪芹秉正義之筆，寫官場種種黑暗，令人觸目驚心，讀史家之正史，能有此追魂攝魄之筆否？

康乾盛世，其高官都有貪黷劣迹，如康熙朝之徐乾學、高士奇、李光地、王鴻緒等，皆爲貪官，乾隆宰

疑怪，只得停了手，即時退堂，至密室，侍從皆退去，只留門子服侍。這門子忙上來請安，笑問：『老爺一向加官進祿，八九年來就忘了我了？』雨村道：『卻十分面善得緊，只是一時想不起來。』那門子笑道：『老爺真是貴人多忘事，把出身之地竟忘了，不記當年葫蘆廟裏之事？』（雨村最忌人揭其出身，門子卻偏去觸他痛處。）雨村聽了，如雷震一驚，方想起往事。原來這門子本是葫蘆廟內一個小沙彌，因被火之後，無處安身，欲投別廟去修行，又耐不得清涼景況，因想這件生意（『生意』二字，倒是實話！）倒還輕省熱鬧，遂趁年紀小蓄了髮，充了門子。（甲戌批：『一路奇奇怪怪，調侃世人，總在人意臆之外。』）雨村那裏料得是他，便忙攜手笑道：『原來是故人。』（說得好聽耳。）又讓坐了好談。這門子不敢坐。雨村笑道：『貧賤之交不可忘。（說得真好聽。）你我故人也；二則此係私室，既欲長談，豈有不坐之理？』這門子聽說，方告了座，斜簽着坐了。

雨村因問方纔何故有不令發簽之意。這門子道：『老爺既榮任到這一省，難道就沒抄一張本省「護官符」來不成？』雨村忙問：『何爲「護官符」？我竟不知。』門子道：『這還了得！連這個不知，怎能作得長遠！（確是實話，寫透世情。甲戌批：『罵得爽快。』）如今凡作地方官者，皆有一個私單，上面寫的是本省最有權有勢、極富極貴的大鄉紳名姓，各省皆然；倘若不知，一時觸犯了這樣的人家，不但官爵不保，只怕連性命還保不成呢！（確實如此，門子久在公門，聞見多矣！甲戌批：『可憐可嘆。可恨可氣，變作一把眼淚也。』）所以綽號叫作「護官符」。方纔所說的這薛家，老爺如何惹得他！他這件官司並無難斷之處，皆因都礙着情分面上，所以如此。』（說透世情，古今一理。）一面說，一面

相和珅，更是大貪污犯，雪芹寫此一樁小小官司，亦即小見大也。

雨村只是金陵應天府地方官，而『護官符』所書，皆高官顯宦，大富大貴。雪芹着此一筆，實亦揭露當時之權貴也。切勿僅僅作俗諺看。

甲戌批：『妙極。若只有此四家，則死板不活；若再有兩家，又覺累贅，故如此斷法。』

四家連絡有親數句，對照康乾之世之官僚權貴集團，則雪芹之意深矣！此書所云不敢干涉朝廷云云。皆遮飾之詞也。雪芹真善言者。

從順袋中取出一張抄寫的「護官符」來，遞與雨村，看時，上面皆是本地大族名宦之家的諺俗口碑。其口碑排寫得明白，下面所注的皆是自始祖官爵並房次。石頭亦曾抄寫了一張，今據石上所抄云：〔六〕

賈不假，白玉爲堂金作馬。 寧國榮國二公之後，共二十房分，除寧榮親派八房在都外，現原籍住者十二房。

阿房宮，三百里，住不下金陵一個史。 保齡侯尚書令史公之後，房分共十八，都中現住者十房。原籍現居八房。

東海缺少白玉牀，龍王來請金陵王。 都太尉統制縣伯王公之後，共十二房，都中二房，餘在籍。

豐年好大雪，珍珠如土金如鐵。 紫薇舍人薛公之後，現領內府帑銀行商，共八房分。

雨村猶未看完，忽聽傳點，人報：『王老爺來拜。』雨村聽說，忙具衣冠出去迎接。有頓飯工夫，方回來細問這門子，門子道：『這四家皆連絡有親，一損皆損，一榮皆榮，扶持遮飾，俱有照應的。 甲戌批：『早爲下半部伏根。』 今告打死人之薛，就係豐年大雪之薛。也不單靠這三家，他的世交親友在都在外者，本亦不少。 可見其連絡有親之網絡遍佈各地。 老爺如今拿誰去？』雨村聽如此說，便笑問門子道：『如你這樣說來，卻怎麼了結此案？你大約也深知這凶犯躲的方向了？』

門子笑道：『不瞞老爺說，不但這凶犯躲的方向我知道，一併這拐賣之人我也知拐賣人口由來如此！

權貴子弟其橫如此，可爲世鑒，然此類事何處何時無之。雪芹寫一薛蟠亦寫盡官僚世家子弟也。

原來竟是恩人之後，看你如何處置！

補敘英蓮被拐後下落。

道，死鬼買主也深知道。（所謂『官匪一家』也。）待我細說與老爺聽：這個被打之死鬼，乃是本地一個小鄉紳之子，名喚馮淵〔七〕，自幼父母早亡，又無兄弟，只他一個人守着些薄産過日子。長到十八九歲上，酷愛男風，（又點當時之世風。）最厭女子。這也是前生冤孽，可巧遇見這拐子賣丫頭，他便一眼看上了這丫頭，立意買來作妾，立誓再不交結男子，也不再娶第二個了，所以鄭重其事，必待三日後方過門。誰曉這拐子又偷賣與薛家，他意欲捲了兩家的銀子，再逃往他省。誰知又不曾走脱，兩家拿住，打了個臭死，都不肯收銀，只要領人。那薛家公子豈是讓人的，便喝着手下人一打，將馮公子打了個稀爛，擡回家去三日死了。（大魚吃小魚耳。）這薛公子原是早已擇定日子上京去的，頭起身兩日前，就偶然遇見這丫頭，意欲買了就進京的，誰知鬧出這事來。就打了馮公子，奪了丫頭，他便沒事人一般，只管帶了家眷走他的路。（所謂視人命如草芥也。）他這裏自有弟兄奴僕在此料理，也並非爲此些些小事值得他一逃走的。這且別說，老爺你當被賣之丫頭是誰？』（問得好。）雨村道：『我如何得知！』門子冷笑道：『這人算來還是老爺的大恩人呢！他就是葫蘆廟旁住的甄老爺的小姐，名喚英蓮〔八〕的。』（始料所不及。）雨村駭然道：『原來就是他！聞得養至五歲被人拐去，卻如今纔來賣呢？』

門子道：『這一種拐子單管偷拐五六歲的兒女，養在一個僻靜之處，到十一二歲，度其容貌，帶至他鄉轉賣。當日這英蓮，我們天天哄他玩耍，雖隔了七八年，如可謂人生無常也！

雨村一番風涼話，竟說是夢幻情緣，歸

今十二三歲的光景，其模樣雖然出脫得齊整好些，然大概相貌自是不改，熟人易認。況且他眉心中原有米粒大小的一點胭脂痣，從胎裏帶來的，所以我卻認得。偏生這拐子又租了我的房舍居住，（事有湊巧）那日拐子不在家，我也曾問他。他是被拐子打怕了的，萬不敢說，只說拐子係他親爹，因無錢償債，故賣他。我又哄之再四，他又哭了，只說「我不記得小時之事！」這可無疑了。那日馮公子相看了，兌了銀子，拐子醉了，他自嘆道：「我今日罪孽可滿了！」（渴望脫卻苦海。）後又聽見馮公子令三日之後過門，他又轉有憂愁之態。我又不忍其形景，等拐子出去，又命內人去解釋他：「這馮公子必待好日期來接，可知必不以丫鬟相看。況他是個絕風流人品，家裏頗過得，素習又最厭惡堂客，今竟破價買你，後事不言可知。只耐得三兩日，何必憂悶！」他聽如此說，方纔略解憂悶，自爲從此得所。誰料天下竟有這等不如意事，第二日，他偏又賣與薛家。若賣與第二個人還好，這薛公子的混名人稱「獃霸王」，最是天下第一個弄性尚氣的人，而且使錢如土，（幾句話，爲薛蟠定評。）遂打了個落花流水，生拖死拽，把個英蓮拖去，如今也不知死活。這馮公子空喜一場，一念未遂，反花了錢，送了命，豈不可嘆！』

雨村聽了，亦嘆道：『這也是他們的孽障，（不問是非，卻說是『他們的孽障』，雨村的心肝可知。）遭遇亦非偶然。不然，這馮淵如何偏只看準了這英蓮，這英蓮受〔九〕了拐子這幾年折磨，纔得了個頭路，且又是個多情的，若能聚合了，倒是件美事，偏又生出這段事來。這薛家縱比馮之宿孽，則自己已脫卻干係，忘記前恩矣！

此門子雖是沙彌出身，卻十足是滑吏，於官與盜賊之間，玩弄如家常矣！此亦公門之鱗爪也。

『世上是行不去的』，一語直接點明，更無遮掩。雪芹借門子之口，直揭世情。

於門子口中可見官場之黑暗。

門子腹內詭計多端，想他自入公門以來，恐此類事已無數

家富貴，想其爲人，自然姬妾衆多，淫佚無度，未必及馮淵定情於一人者。這正是夢幻情緣，恰遇見一對薄命兒女。且不要議論他人，只目今這官司，如何剖斷纔好？』

門子笑道：『老爺當年何其明決，今日何反成了個沒主意的人了。小的聞得老爺補陞此任，亦係賈府王府之力。（此等事，門子盡知，又要當面說出，雨村怎能不忌？）此薛蟠即賈府之親，老爺何不順水行舟，作個整人情，將此案了結，日後也好去見賈府王府。』雨村道：『你說的何嘗不是。但事關人命，蒙皇上隆恩，起復委用，實是重生再造，正當殫心竭力圖報之時，豈可因私而廢法？（說得堂皇耳！）是我實不能忍爲者。』（還要說一點門面話，聊以遮掩。）門子聽了，冷笑道：『老爺說的何嘗不是大道理，但只是如今世上是行不去的。豈不聞古人有云：「大丈夫相時而動」，（貪贓枉法，也稱「相時而動」，可嘆可悲！）又曰：「趨吉避凶者爲君子」。（揀有利於自己者幹耳。）依老爺這一說，不但不能報效朝廷，亦且自身不保。還要三思爲妥。』

雨村低了半日頭，方說道：『依你怎麼樣？』門子道：『小人已想了一個極好的主意在此：老爺明日坐堂，只管虛張聲勢，動文書發籤拿人。原凶自然是拿不來的，原告固是定要將薛家族中及奴僕人等拿幾個來拷問。小的在暗中調停，令他們報個暴病身亡，令族中及地方上共遞一張保呈，老爺只說善能扶鸞請仙，堂上設下乩壇，令軍民人等只管來看。老爺就說〔十〕「乩仙批了，死者馮淵與薛蟠原因夙孽相逢，今狹路既遇，原應了結。薛蟠今已得了無名之病，被馮魂追索已死。其禍皆因拐子某人而

起，拐之人原係某鄉某姓人氏，按法處治，餘不略及」等語。小人暗中囑託拐子，令其實招。原來還要與拐子串通，可見官即是匪也。衆人見乩仙批語與拐子相符，餘者自然也都不虛了。薛家有的是錢，老爺斷一千也可，五百也可，與馮家作燒埋之費。那馮家也無甚要緊的人，不過爲的是錢，見有了這個銀子，想來也就無話了。老爺細想此計如何？』雨村笑道：『不妥，不妥。等我再斟酌斟酌，或可壓服口聲。』二人計議，天色已晚，別無話說。

至次日坐堂，勾取一應有名人犯，雨村詳加審問，果見馮家人口稀疏，不過賴此欲多得些燒埋之費，薛家仗勢倚情，偏不相讓，故致顛倒未決。雨村便徇情枉法，胡亂判斷了此案。起先說得好聽，最後還是『徇情枉法』，可見封建官場如此！馮家得了許多燒埋銀子，也就無甚話說了。雨村斷了此案，急忙作書信二封，與賈政並京營節度使王子騰，不過說『令甥之事已完，不必過慮』等語。此事皆由葫蘆廟內之沙彌新門子所出，雨村又恐他對人說出當日貧賤時的事來，因此心中大不樂意，後來到底尋了個不是，遠遠的充發了他纔罷。『禍福無門，惟人自招』，此門子自招也。

當下言不着雨村。且說那買了英蓮打死馮淵的薛公子，亦係金陵人氏，本是書香繼世之家。只是如今這薛公子幼年喪父，寡母又憐他是個獨根孤種，未免溺愛縱容，遂至老大無成；且家中有百萬之富，現領着內帑錢糧，採辦雜料。這薛公子學名薛

矣，於此可見猾胥之惡。此亦雪芹揭示官場之陰暗處也。若非如此寫，豈能深知官場之弊？

雨村老奸巨滑，知此類把戲，難以掩人耳目耳！

『徇情枉法』，封建官場，大抵如此。

雨村『徇情枉法』斷案後，又明寫致書賈政、王子騰報告此事，則賈、王之責不可辭矣。雪芹輕輕一筆，寫出此案之深根錯節。亦寫出賈政之『假正』也。

門子本想巴結雨村，不想卻弄巧成拙，雨村死要門面，不顧讓人知其落魄情狀，此門子所意想不到者，纔有以後結局。

『文革』中，江青將深知其早年底裏的親朋故舊，皆一一尋其『罪名』而除之，其中曾爲其料理親人喪葬之人，亦不能免，則又大勝於雨村矣！此予於『文革』中親知之，故書之以寄慨！

正寫薛蟠，再爲世家子弟特寫一筆，不獨寫薛蟠也，亦是寫張蟠、李蟠也。

正寫寶釵，此寶釵初見也。

初敘寶釵，即贊其品貌，並寫其依貼母懷，留心針黹，不以書字爲事等，則其自小便是淑女初型矣，人之稟賦固各有不同也。

薛家進京之意，詳細寫明，特別是寶釵乃進京待選，而薛蟠之意，只是爲遊覽上國風光。

按清代有選秀女之制，三年一選，所選之家皆有品秩規定，年

蟠，表字文龍〔十一〕，今年方十有〔十二〕五歲，性情奢侈，言語傲慢，雖也上過學，不過略識幾字，終日惟有鬥雞走馬，遊山玩水而已。雖是皇商，一應經濟世事，全然不知，不過賴祖父之舊情分，户部掛虛名支領錢糧，其餘事體，自有夥計老家人等措辦。（寫薛蟠亦是寫世情也。）寡母王氏，乃現任京營節度使王子騰之妹，與榮國府賈政的夫人王氏是一母所生的姊妹，今年方四十上下年紀，只有薛蟠一子。還有一女，比薛蟠小兩歲，乳名寶釵，生得肌骨瑩潤，舉止嫺雅。（八字寫其容貌舉止。）當日有他父親在日，酷愛此女，令其讀書識字，較之乃兄竟高過十倍。自父親死後，見哥哥不能依貼母懷，他便不以書字爲事，只留心針黹家計等事，好爲母親分憂解勞。近因今上崇詩尚禮，徵採才能，降不世出之隆恩，除聘選妃嬪外，凡仕宦名家之女，皆親名達部，以備選爲公主郡主入學陪侍，充爲才人贊善之職。（備選之制皆有品秩規定，雪芹此處亦略記其事而已。）二則自薛蟠父親死後，各省中所有的買賣承局、總管、夥計人等，見薛蟠年輕不諳世事，便趁時拐騙起來，（此點當係實情。）京都中幾處生意，漸亦消耗。薛蟠素聞得都中乃第一繁華之地，正思一遊，（此方是薛蟠真情。）便趁此機會，一爲送妹待選，二爲望親，三因親自入部銷算舊賬，再計新支，其實只爲遊覽上國風光之意。（一語說破心事。）因此早已就打點下行裝細軟，以及饋送親友各色土物人情等類，正擇日已定起身，不想偏遇見了那拐子重賣英蓮。薛蟠見英蓮生得不俗，立意買他，又遇馮家來奪

齡則十三歲以上十七歲以下，規定現任職官之女，孤孀從嚴，秀女入宮，則妃、嬪、貴人，下及答應，皆由帝命。寶釵此時十三歲，已及待選之年，然其母孀居，未必合選，雪芹此處亦略記當時世情，未必都依史事也。

補敘前面一段情事。

薛母之意，老誠務實。

人，因恃強喝令手下豪奴將馮淵打死。視人命如草芥，是真霸王也。他便將家中事務一一的囑託了族中人並幾個老家人，他便帶了母妹竟自起身長行去了。人命官司一事，他竟視爲兒戲，自爲花上幾個臭錢，沒有不了的。活畫一豪門公子，視人命如草芥。

在路不記其日。那日將入都時，卻又聞得母舅王子騰陞了九省統制，奉旨出都查邊。薛蟠心中暗喜道：『我正愁進京去有個嫡親的母舅〔十三〕管轄着，不能任意揮霍揮霍。偏如今又陞出去了，可知天從人願。』因和母親商議道：『咱們京中雖有幾處房舍，只是這十來年沒人進京居住，那看守的人未免偷着租賃與人，須得先着幾個人去打掃收拾纔好。』他母親道：『何必如此招搖！咱們這一進京，原是先拜望親友，或是在你舅舅家，或是你姨爹家，他兩家的房舍極是方便的，咱們先能着住下，再慢慢的着人去收拾，豈不消停些？』薛蟠道：『如今舅舅正陞了外省去，家裏自然忙亂起身，咱們這工夫一窩一拖的奔了去，豈不沒眼色。』不過藉口耳。他母親道：『你舅舅家雖陞了去，還有你姨爹家。況這幾年來，你舅舅、姨娘兩處，每每帶信捎書，接咱們來。如今既來了，你舅舅雖忙着起身，你賈家姨娘未必不苦留我們。咱們且忙忙收拾房屋，豈不使人見怪？你的意思我卻知道，守着舅舅姨爹住着，未免拘緊了你，不如你各自住着，好任意施爲。一語說透薛蟠心事。你既如此，你自去挑所宅子去住，可見其母一貫放縱。我和你姨娘，姊妹們別了這幾年，卻要廝守幾日。我帶了你妹子投你姨娘家去，你道好王夫人亦知薛蟠官司一事，虧賈雨村之力，則可見雨村枉法，實爲討好賈府也。前已敘雨村明告賈政、王子騰，此處又寫王夫人，並寫其『纔放了心』，則雨村枉法，實奉其所欲也！雪芹之筆深矣哉！

豈知非但不能拘緊薛蟠，反而使他更加學壞。

寫明梨香院位置，以爲下文敘事之便。

不好？』（其母放縱如此，竟可令其獨居！）薛蟠見母親如此說，情知扭不過的，只得吩咐人夫一路奔榮國府來。

那時王夫人已知薛蟠官司一事，虧賈雨村維持了結，纔放了心。（一語點出薛蟠官司與王夫人的關係。）又見哥哥陞了邊缺，正愁又少了娘家的親戚來往，略加寂寞。過了幾日，忽家人傳報：『姨太太帶了哥兒姐兒，合家進京，正在門外下車。』喜的王夫人忙帶了女媳人等，接出大廳，將薛姨媽等接了進去。姊妹們暮年相會，自不必說悲喜交集，泣笑敘闊一番。忙又引了拜見賈母，將人情土物各種酬獻了。合家俱廝見過，忙又治席接風。

薛蟠已拜見過賈政，賈璉又引着拜見了賈赦、賈珍等。賈政便使人上來對王夫人說：『姨太太已有了春秋，外甥年輕不知世路，在外住着恐有人生事。（豈知在內住着生事也不少。）咱們東北角上梨香院一所十來間房，白空閒着，打掃了，請姨太太和姐兒哥兒住了甚好。』王夫人未及留，賈母也就遣人來說『請姨太太就在這裏住下，大家親密些』等語。薛姨媽正要同居一處，方可拘緊些兒子，若另住在外，又恐他縱性惹禍，遂忙道謝應允。又私與王夫人說明：『一應日費供給一概免卻，方是處常之法。』（寫得細密週到。）王夫人知他家不難於此，遂亦從其願。從此後薛家母子就在梨香院住了。

原來這梨香院即當日榮公暮年養靜之所，小小巧巧，約有十餘間房屋，前廳後舍俱全。另有一門通街，薛蟠家人就走此門出入。（此門大大有利於薛蟠，真是方便之門。）西南有一角門，通一夾始寫寶釵與黛玉在一處，此簡寫一筆，恰是初見時情狀。

薛蟠原先不願住此，現在卻竟是如魚得水。

賈珍是族長，賈珍以後種種敗倫之事，則封建家族、封建禮法可知矣！

道，出夾道便是王夫人正房的東邊了。每日或飯後，或晚間，薛姨媽便過來，或與賈母閒談，或與王夫人相敘。寶釵日與黛玉、迎春姊妹等一處，或看書下棋，或作針黹，倒也十分樂業。只是薛蟠起初之心，原不欲在賈宅居住者，但恐姨父管約拘禁，料必不自在的；無奈母親執意在此，且宅中又十分殷勤苦留，只得暫且住下，一面使人打掃出自己的房屋，再移居過去的。誰知自從在此住了不上一月的光景，賈宅族中凡有的子姪，俱已認熟了一半，凡是那些紈袴氣習者，莫不喜與他來往，今日會酒，明日觀花，甚至聚賭嫖娼，漸漸無所不至，引誘的薛蟠比當日更壞了十倍。所謂沆瀣一氣也。雖然賈政訓子有方，治家有法，兩句皮裏陽秋之筆。一則族大人多，照管不到這些；二則現任族長乃是賈珍，彼乃寧府長孫，又現襲職，凡族中事，自有他掌管；三則公私冗雜，且素性瀟灑，不以俗務爲要，每公暇之時，不過看書着棋而已，餘事多不介意。對賈政重筆描寫，實寫其虛有其表也。況且這梨香院相隔兩層房舍，又有街門另開，任意可以出入，所以這些子弟們竟可以放意暢懷的鬧，梨香院竟成薛蟠的安樂窩。因此遂將移居之念漸漸打滅了。住在此處，如魚得水，且有狐朋狗友，自然不想移居了。正是：

漸入鮑魚肆，反惡芝蘭香。〔十四〕

【回後評】

此回寫李紈寡居生活。『竟如槁木死灰』一語，則李紈雖生猶死矣！雪芹寫李紈，實寫封建禮法之『以理殺人』也。

寫賈、史、王、薛四大家族，實寫康、乾之世之官僚集團勢力也。其實豈止此四家而已？讀者舉一可以反三也。

薛蟠搶人傷命，如若無事，寫出世家子弟及其豪奴惡僕魚肉人民之凶殘。當其世，豈止一薛蟠而已！

賈雨村斷案，明寫『徇情枉法』，則封建之官場可知矣。賈雨村枉法斷案後即報賈政、王子騰，並寫王夫人亦『放了心』，則雨村枉法，非雨村一人之事，實與賈、王二府相關。於此可見封建官場之盤根錯節。雪芹寫此類事，看似與朝廷無關，實則是寫封建朝廷之黑暗也。小民受害而無處可訴也。乾隆時民諺云：『被盜經官重被盜』，言小民被盜後，告到官府，則種種敲詐，是再次被盜也。觀雨村此案，則可略知其意矣！《紅樓夢》固非僅寫賈府一家之事也。

【校　記】

〔一〕回目：各脂本同。程甲本『亂判』作『判斷』。

〔二〕此詩僅見於楊本和列本，其他脂本均無。『身猶在』，列本作『軀猶在』；『或』，列本作『成』。均據楊本。

〔三〕『處，見王夫人正』六字，據各脂本增。
〔四〕按此句原作『日有這般姑嫂相伴』，『姑嫂』各脂本及程甲、乙本均同，獨甲戌本作『姐妹』，依文理作『姐妹』是。
〔五〕『剪惡除凶』庚本無，據己卯、甲戌、楊本、蒙府、戚序、舒序諸本增。
〔六〕『護官符』小注，庚本無，其餘各脂本皆有，己卯本見卷首帶注夾條，此處據己卯、甲戌本文字。
〔七〕原作『逢淵』，據己卯、甲戌諸本改。
〔八〕庚本作『菊英』，己卯本作『英菊』，其餘各脂本皆作『英蓮』，據改。下同。
〔九〕『這英蓮受』，庚本漏抄，據己卯本補。
〔十〕『老爺就說』四字，庚本漏抄，據己卯、甲戌、蒙府、戚序、楊本補。
〔十一〕『文龍』，庚本及各脂本皆作『文起』，獨甲戌本作『文龍』，按其名爲『蟠』，則其字當作『文龍』，故從甲戌本改，下同。
〔十二〕『今年方十有』五字，庚本無，據甲戌本補。
〔十三〕以上自『王子騰……母舅』共三十五字，庚本脱，各脂本均存。文字略有出入，此從己卯、甲戌本補。
〔十四〕回末聯語，取自甲辰本，其他脂本均無。

第五回　遊幻境指迷十二釵　飲仙醪曲演紅樓夢〔一〕

題曰：

春睏葳蕤擁繡衾。恍隨仙子別紅塵。
問誰幻入華胥境，千古風流造孽人。〔二〕

第四回中既將薛家母子在榮府內寄居等事略已表明，此回則暫不能寫矣。

如今且說林黛玉自在榮府以來，賈母萬般憐愛，『萬般憐愛』四字與後文『林家的人都死絕了』對讀，同出賈母，而冷暖不同至此，令人慨然！此書固善寫人情之變也。寢食起居，一如寶玉，迎春、探春、惜春三個親孫女倒且靠後；便是寶玉和黛玉二人之親密友愛處，亦自較別個不同，日則同行同坐，夜則同息同止，真是言和意順，略無參商。不想如今忽然來了一個薛寶釵，年歲雖大不多，然品格端方，容貌豐美，人多謂黛玉所不及。外貌之美在別人眼中已將黛玉比下去。甲戌批：『此句定評，想世人目中各有所取也。按黛玉寶釵二人，一如姣花，一如纖柳，各極其妙者，然世人性分甘苦不同之故耳。』而且寶釵行爲豁達，隨分從時，所以能得人心也。不比黛玉孤高自許，目無下塵，黛玉是另一品格，與寶釵截然不同。故比黛玉大得

黛玉初進榮府時，賈母嬌之如春花，惜之如秋蘭，賈母之嬌之惜，皆真情也，非假意也。又豈料有後日之變乎！

黛玉、寶釵相處已略有時，故從下人眼中，已見差異。黛玉孤高，寶釵豁達，孤高則離群，豁達則隨分從

時。從此漸見分野矣！

寶玉愛博而心勞者也。

特寫一筆寶玉與黛玉之特殊親厚。

初時淘氣情狀，如畫如見。

一片迷離惝恍之筆，引人入魔。

下人之心。黛玉即所謂『曲高則和寡也』。便是那些小丫頭子們，亦多喜與寶釵去頑。因此黛玉心中便有些悒鬱不忿之意，寶釵卻渾然不覺。以上兩句，恰是兩人天性之分別。那寶玉亦在孩提之間，況自天性所稟來的一片愚拙偏僻，視姊妹弟兄皆出一意，並無親疏遠近之別。其中因與黛玉同隨賈母一處坐臥，故略比別個姊妹熟慣些。既熟慣，則更覺親密；既親密，則不免一時有求全之毀，不虞之隙。此兩句亦寫其親厚也，讀者切勿誤解。

這日，不知爲何，他二人言語有些不合起來，黛玉又氣的獨在房中垂淚，寶玉又自悔言語冒撞，前去俯就。那黛玉方漸漸的回轉來。正在混沌之間。

因東邊寧府中花園內梅花盛開，賈珍之妻尤氏，乃治酒請賈母、邢夫人、王夫人等賞花。是日，先攜了賈蓉之妻，二人來面請。賈母等於早飯後過來，就在會芳園遊玩，先茶後酒，不過皆是寧、榮二府女眷家宴小集，並無別樣新文趣事可記。

一時寶玉倦怠，欲睡中覺，賈母命人好生哄着，歇息一回再來。賈蓉之妻秦氏便忙笑回道：『我們這裏有給寶叔收拾下的屋子，老祖宗放心，只管交與我就是了。』又向寶玉的奶娘丫鬟等道：『嬤嬤、姐姐們，請寶叔隨我這裏來。』賈母素知秦氏是個極妥當的人，生得嫋娜纖巧，『極妥當』句下，忽接『嫋娜纖巧』，奇極。如不『嫋娜纖巧』，則不妥當乎？令人深思。行事又溫柔和平，乃重孫媳中第一個得意之人，見他去安置寶玉，自是安穩的。

《燃藜圖》事，載《三輔黃圖》。敘劉向校書天禄閣，得太乙之精燃藜杖取光，授以《五行洪範》。蓋勸人苦讀也。此儒家勉學事，寶玉見之即不快，則其不愛讀書可知矣。

世事兩句，皆勸人入世，寶玉不願入仕途經濟，則與此二句自是逕庭矣！

用嬤嬤話故意一提，然後由可卿自己撇清。

當下秦氏引了一簇人來至上房內間。寶玉擡頭看見一幅畫貼在上面，畫的人物固好，其故事乃是《燃藜圖》，也不看係何人所畫，心中便有些不快。又有一副對聯，寫的是：

世事洞明皆學問，

人情練達即文章。

及看了這兩句，縱然室宇精美，鋪陳華麗，亦斷斷不肯在這裏了，忙說：『快出去！快出去！』（可見寶玉惡此兩句之甚。）秦氏聽了笑道：『這裏還不好，可往那裏去呢？不然往我屋裏去罷。』寶玉點頭微笑。有一個嬤嬤說道：『那裏有個叔叔往姪兒房裏睡覺的理？』（特地點明一筆。）秦氏笑道：『噯喲喲，不怕他惱。他能多大呢，就忌諱這些個！（由可卿自己表明。以下回答，便是答非所問。）上月你沒看見我那個兄弟來了，（先爲秦鍾一引。）雖然與寶叔同年，兩個人若站在一處，只怕那個還高些呢。』寶玉道：『我怎麼沒見過？你帶他來我瞧瞧。』（一語岔開）衆人笑道：『隔着二三十里，往那裏帶去？見的日子有呢。』（爲後文伏筆。）說着大家來至秦氏房中。剛至房門，便有一股細細的甜香襲人而來。（未進房門，即聞甜香。）寶玉覺得眼餳骨軟，（四字刻畫入骨。）連說『好香！』入房向壁上看時，有唐伯虎畫的《海棠春睡圖》，兩邊有宋學士秦太虛寫的一副對聯，其聯云：

一段描寫，皆烘托《海棠春睡圖》意。

種種擺設，皆畫筆耳，豈能當真？然皆爲寫秦氏也。觀此，則可以知此人矣。

一段意外奇文，迷離撲朔，更無人作鄭箋。

嫩寒鎖夢因春冷，
芳氣籠人是酒香。 兩句誘人入夢。

案上設着武則天當日鏡室中設的寶鏡，一邊擺着飛燕立着舞過的金盤，盤內盛着安禄山擲過傷了太真乳的木瓜。上面設着壽陽公主於含章殿下卧的榻，懸的是同昌公主製的聯珠帳。寶玉含笑連說：『這裏好！』秦氏笑道：『我這屋子大約神仙也可以住得了。』說着親自展開了西子浣過的紗衾，移了紅娘抱過的鴛枕。於是衆奶母服侍寶玉卧好，款款散了，只留襲人、媚人、晴雯、麝月四個丫鬟爲伴。秦氏便分咐小丫鬟們，好生在廊簷下看着猫兒狗兒打架。

那寶玉剛合上眼，便惚惚的睡去， 已入夢境 猶似秦氏在前， 甲戌批：『此夢文情固佳，然必用秦氏引夢，又用秦氏出夢，竟不知立意何屬？』 遂悠悠蕩蕩隨了秦氏， 三句迷離飄忽，誘人遐想，雪芹之筆，神出鬼没，令人不可捉摸，故不少讀者往往入迷途而不返。 至一所在。但見朱欄白石，緑樹清溪，真是人迹稀逢，飛塵不到。 真是好去處。 寶玉在夢中歡喜，想道：『這個去處有趣，我就在這裏過一生，縱然失了家也願意， 是清醒人語。 强如天天被父母師傅打呢。』 又是小孩兒語。 正胡思之間，忽聽山後有人作歌曰：

春夢隨雲散，飛花逐水流。 夢散、花飛、水流，一切皆不可持。
寄言衆兒女，何必覓閑愁。 詩句超逸，似有度人之意。

一篇六朝小賦，可作《洛神賦》讀。

警幻仙姑之職司，實所未聞。

寶玉聽了是女子的聲音。歌音未息，早見那邊走出一個人來，蹁躚嫋娜，端的與人不同。有賦爲證：

方離柳塢，乍出花房。但行處，鳥驚庭樹；將到時，影度迴廊。仙袂乍飄兮，聞麝蘭之馥郁；荷衣欲動兮，聽環珮之鏗鏘。靨笑春桃兮，雲堆翠髻；唇綻櫻顆兮，榴齒含香。纖腰之楚楚兮，迴風舞雪；珠翠之輝輝兮，滿額鵝黃。出沒花間兮，宜嗔宜喜；徘徊池上兮，若飛若揚。蛾眉顰笑兮，將言而未語；蓮步乍移兮，待止而欲行。羨彼之良質兮，冰清玉潤；慕彼之華服兮，烱灼文章。愛彼之貌容兮，香培玉琢；美彼之態度兮，鳳翥龍翔。其素若何？春梅綻雪。其潔若何？秋蘭被霜。其靜若何？松生空谷。其豔若何？霞映澄塘。其文若何？龍遊曲沼。其神若何？月射寒江。應慚西子，實愧王嬙。奇矣哉，生於孰地，來自何方？信矣乎，瑤池不二，紫府無雙。果何人哉？如斯之美也！

寶玉見是一個仙姑，喜的忙來作揖問道：『神仙姐姐好稱呼，虧寶玉臨時想得出。不知從那裏來，如今要往那裏去？也不知這是何處，望乞攜帶攜帶。』那仙姑笑道：『吾居離恨天之上，灌愁海之中，乃放春山遣香洞太虛幻境警幻仙姑是也：司人間之風情月債，掌塵世之女怨男癡。因近來風流冤孽，纏綿於此處，是以前來訪察機會，佈散相思。

既是『太虛』，又是『幻境』，則虛而又虛矣。其實，其中有實在。雪芹慣用此法，瞞過實寫處。

兩句涵蓋全書，上句說『真、假』，既說創作之寫實與虛構，亦是諷刺世情。下句『無爲有』『有還無』，世變之總括。杜詩云：『王侯第宅皆新主，文武衣冠異昔時』，亦指勢易時移也。作者之家已『有還無』矣，而他人則『無爲有』也。然此句不僅指曹家、李家，亦概指其時世也。蓋雍正時追舊欠，破家者多矣。黃印《錫金識小録》云：『雍正間追舊欠，奉行不善，凡係舊家大抵皆破。』可見『有還無』者，何止曹、李也。

[奇語怪語，聞所未聞。] 今忽與爾相逢，亦非偶然。此離吾境不遠，別無他物，僅有自採仙茗一盞，親釀美酒一甕，素練魔舞歌姬數人，新填《紅樓夢》[此處初提《紅樓夢》。] 仙曲十二支，[甲戌批：『點題。蓋作者自云所歷不過紅樓一夢耳。』] 試隨吾一遊否？』寶玉聽說，便忘了秦氏在何處，竟隨了仙姑至一所在，有石牌橫建，上書『太虛幻境』[重提首回甄士隱夢中所見，可知『太虛幻境』四字及聯語之重要。] 四個大字，兩邊一副對聯，乃是：

假作真時真亦假，

無爲有處有還無。[兩句是讀此書之關鍵，須反復細參，參透此意，則於此書思過半矣！]

轉過牌坊，便是一座宮門，上面橫書四個大字，道是：『孽海情天』。[『情天』便是『孽海』，四字警策。] 又有一副對聯，大書云：

厚地高天，堪嘆古今情不盡；

癡男怨女，可憐風月債難償。[兩句雖通俗，卻說盡古往今來，試問何時情盡，何時無風月債乎？]

寶玉看了，心下自思道：『原來如此。但不知何爲「古今之情」，何爲「風月之債」？從今倒要領略領略。』[壞在『倒要領略』四字，從此墮入孽海矣！] 寶玉只顧如此一想，不料早把些邪魔招入膏肓了。[正被批者說着。] 當下隨了仙姑進入二層門內，至兩邊配殿，皆有匾額對聯，一時看不盡許多，惟見有幾處寫的是：『癡情司』『結怨司』『朝啼司』『夜怨司』

『春感司』『秋悲司』。看了，因向仙姑道：『敢煩仙姑引我到那各司中遊玩遊玩，不知可使得？』仙姑道：『此各司中皆貯的是普天之下所有的女子過去未來的簿冊，爾凡眼塵軀，未便先知的。』寶玉聽了，那裏肯依，復央之再四。仙姑無奈，說：『也罷，就在此司內略隨喜隨喜罷了。』寶玉喜不自勝，擡頭看這司的匾上，乃是『薄命司』（頂頭即碰上『薄命司』。）三字，兩邊對聯寫的是：

春恨秋悲皆自惹，
花容月貌爲誰妍？

（兩句自悲自傷，寫盡古今。）

寶玉看了，便知感嘆。進入門來，只見有十數個大廚，皆用封條封着。看那封條上，皆是各省的地名。寶玉一心只揀自己的家鄉封條看，遂無心看别省的了。只見那邊廚上封條上大書七字云：『金陵十二釵正冊』。寶玉問道：『何爲「金陵十二釵正冊」？』（讀者亦要問耳。）警幻道：『即貴省中十二冠首女子之冊，故爲「正冊」。』寶玉道：『常聽人說，金陵極大，怎麼只十二個女子？如今單我家裏上上下下就有幾百女孩子呢。』（再爲榮、寧二府一描。）警幻冷笑道：『貴省女子固多，不過擇其緊要者録之，下邊二廚則又次之。餘者庸常之輩，則無冊可録矣。』（然則入冊者，亦已不凡矣。）寶玉聽說，再看下首二廚上，果然寫着『金陵十二釵副冊』，又一個寫着『金陵十二釵又副冊』。寶玉便伸手先將『又副冊』廚開了，拿出一本冊來，揭開一看，（從最下者看起。）只見這首頁上畫着一幅滿紙烏雲句，其所處之世可知。

畫，又非人物，也無山水，不過是水墨滃染的滿紙烏雲濁霧而已。後有幾行字迹寫的是：

霽月難逢，彩雲易散。兩句寫不逢明時，好物易碎也。心比天高，身爲下賤。風流靈巧招人怨。壽夭多因毀謗生，多情公子空牽念。晴雯受謗而死，終令人難忘耳！

寶玉看了，又見後面畫着一簇鮮花，一牀破席，『破席』兩字堪參。也有幾句言詞，寫道是：

枉自溫柔和順，空云似桂如蘭。兩句寫其假也。
堪羨優伶有福，誰知公子無緣。兩句罵死襲人。

寶玉看了不解，遂擲下這個，又去開了副冊廚門，拿起一本冊來。揭開看時，只見畫着一株桂花，下面有一池沼，其中水涸泥乾，蓮枯藕敗。後面書云：

根並荷花一莖香。平生遭際實堪傷。
自從兩地生孤木，致使香魂返故鄉。哀香菱之不遇。

寶玉看了仍不解，便又擲了，再去取『正冊』看時，只見頭一頁上便畫着兩株枯木，木上懸着一圍玉帶；此句指林黛玉。又有一堆雪，雪下一股金簪。此句指薛寶釵。也有四句言詞，道是：

寶釵、黛玉合寫，又一種寫法。

『二十年來』句，王玉林云：自康熙四十六年丁亥（一七〇七）康熙第六次南巡，曹寅第四次接駕，至雍正五年底（丁未，一七二七）下旨抄家整二十年。此句即指此。此說可參。

千里夢遥，寫探春之遠嫁不歸，故涕送江邊，空自相望也。

可嘆停機德，薛寶釵 堪憐詠絮才。林黛玉

玉帶林中掛，林黛玉 金簪雪裏埋。薛寶釵

寶玉看了仍不解。待要問時，情知他必不肯洩漏；待要丟下，又不捨。遂又往後看時，只見畫着一張弓，弓上掛着香櫞。也有一首歌詞云：

二十年來辨是非。榴花開處照宮闈。

三春爭及初春景，元春 虎兕〔三〕相逢大夢歸。王玉林云：『康熙死於壬寅（康熙六十一年），雍正元年是癸卯，正是虎兕相逢，曹家敗落。』此說可參。

後面又畫着兩人放風箏，一片大海，一隻大船，船中有一女子掩面泣涕之狀。也有四句寫云：

才自精明志自高。生於末世運偏消。於賈雨村處提出『末世』，此處再提『末世』，可見此『末世』是指賈家。

清明涕送江邊望，千里東風一夢遥。

後面又畫幾縷飛雲，一灣逝水。其詞曰：

富貴又何爲，襁褓之間父母違。

展眼吊斜暉，湘江水逝楚雲飛。父母早違，水逝雲飛，寫湘雲之命蹇也。

後面又畫着一塊美玉，妙玉落在泥垢之中。其斷語云：

欲潔何曾潔，云空未必空。

可憐金玉質，終陷淖泥中。淖泥，濁世也。傷妙玉之遭遇也。

後面忽見畫着個惡狼，追撲一美女，欲啖之意。其書云：

子係中山狼。得志便猖狂。

金閨花柳質，一載赴黃粱。

中山狼，此類人何世無之。此處雖寫孫紹祖，實亦泛指也。

後面便是一所古廟，裏面有一美人在內看經獨坐。其判云：

勘破三春景不長。因惜春而總寫三春，惜其皆好景不長也。緇衣頓改昔年妝。

可憐繡户侯門女，獨臥青燈古佛旁。

寫惜春出家爲尼。

後面便是一片冰山，言其無可恃也。上面有一隻雌鳳。直點王熙鳳。其判曰：

凡鳥偏從末世來。都知愛慕此生才。

一從二令三人木，此句引出後世多少聚訟文字，然以『鳳』字之拆字法解之，『冷』『休』二字，似得其解，亦言其結局也。哭向金陵事更哀。

『凡鳥』爲『鳳』之拆字，《世說新語》載呂安訪嵇康，康不在，其兄嵇喜接之，安不入，於其門題『鳳』

後面又是一座荒村野店，有一美人在那裏紡績。其判云：

勢敗休云貴，此句亦預示賈家之敗落。家亡莫論親。甲戌批：『非經歷過者，此二句則云紙上談兵。過來人那得不哭？』

偶因濟劉氏，賈家原亦可稱劉氏之恩人。巧得遇恩人。『巧』，指巧姐，亦寓巧遇之意。此處指劉氏反爲巧姐之恩人。因後文巧姐爲其舅所賣，巧得劉氏相救，故『巧』字亦指此也。

後面又畫着一盆茂蘭，旁有一位鳳冠霞帔的美人。也有判云：

桃李春風結子完。『完』，『紈』也，指李紈，李紈得子後即守寡一世，雖因其子賈蘭而得誥封，而自己亦即死去，空留虛榮爲人笑談。到頭誰似一盆蘭。

如冰水好空相妒，枉與他人作笑談。

後面又畫着高樓大廈，指天香樓也。有一美人懸樑自縊。指可卿之結局。其判云：

情天情海幻情身。可卿，情之所幻也。『可卿』二字反切，即情字。情既相逢必主淫。情之過也，泛也。

漫言不肖皆榮出，『古今不肖無雙』，此處『不肖』二字，亦似指寶玉，言寶玉非不肖也。此處用正筆糾前《西江月》詞，讀者不可不知。造釁開端實在寧。直指賈珍

寶玉還欲看時，那仙姑知他天分高明，性情穎慧，兩句糾前《西江月》『有時似傻如狂』『腹内原來草莽』句。甲戌批：『通部中筆筆貶寶玉，人人嘲寶玉，語語謗寶玉，今卻於警幻意中忽寫出此八字來，真是意外之意。此法亦別書中所無。』恐把仙機洩漏，遂掩了卷冊，笑向寶玉道：『且隨我去遊玩奇景，何必在此打這悶葫蘆！』

寶玉恍恍惚惚，不離夢境，作者一筆不懈。不覺棄了卷冊，又隨了警幻來至後面。但見珠簾繡幕，畫棟雕簷，說不盡那光搖朱户金鋪地，雪照瓊窗玉作宫；更見仙花馥郁，異草芬芳：真好個所在。又聽警幻笑道：『你們快出來迎接貴客！』愈夢愈深矣！一語未了，只見房中又

字而去。實譏也，喜不覺，猶以爲誇。後即以『凡鳥』稱庸才，王維與裴迪訪呂逸人不遇詩云：『到門不敢題凡鳥』。則是反用此典也。此處以『凡鳥』稱熙鳳，除直扣『鳳』字外，似亦有深一層之意，蓋過於聰明，則反成凡庸也。亦即後面『聰明累』曲中『機關算盡太聰明』意也。

『冰水』句，冰水實一體，亦即一家也，而冰水相妒，則自相忌妒矣。

甲戌本十三回末脂批云：『「秦可卿淫喪天香樓」，作者用史筆也。老朽因有魂託鳳姐賈家後事二件，嫡是安富尊榮坐享人（未）能想得到處，其事雖未漏（按：漏，或係『就』之音誤！庸），其言其意則令人悲切感服，姑赦之，因命芹溪刪去。』據此批，可

知此詩尚留未刪時之原貌。

直指寶玉爲濁物，則亦《西江月》詞之意，何以世外仙姑之見，竟同俗世？

寶玉自慚形穢，足見其尊重女兒之甚，從不以女兒之言爲非也。

寧、榮二公之靈之一段囑咐，實暗寓曹家史事，雪芹之六世祖曹世選，五世祖曹振彥於天命六年（一六二一）歸附努爾哈赤，至雍正六年（一七二八）抄沒歸京，前後共一〇八年，如以順治元年（一六四四）算起，至雍正六年，則共八十五年。皆可以百年約稱之，此雪芹所隱之真事也。

先以情欲聲色爲警，想得亦奇，欲寶玉

走出幾個仙子來，皆是荷袂蹁躚，羽衣飄舞，姣若春花，媚如秋月。 媚極之筆 一見了寶玉，都怨謗警幻道：『我們不知係何「貴客」，忙的接了出來！姐姐曾說今日今時必有絳珠妹子的生魂前來遊玩，故我等久待，何故反引這濁物來污染這清淨女兒之境？』

甲戌批：『奇筆攄奇文。作者視女兒珍貴之至，不知今時女兒可知？余爲作者癡心一哭。又爲近之自棄自敗之女兒一恨。』

寶玉聽如此說，便唬得欲退不能退，果覺自形污穢不堪。警幻忙攜住寶玉的手，向衆姊妹道：『你等不知原委：今日原欲往榮府去接絳珠，適從寧府經過，偶遇寧、榮二公之靈，囑吾云：「吾家自國朝定鼎以來，功名奕世，富貴傳流，雖歷百年，奈運終數盡，不可挽回者。 再申『運終數盡，不可挽回』，則是重言是末世也。此段文字，直駁二次抄家論，何有一點已曾抄家過的影子？ 故遺之子孫雖多，竟無可以繼業。 再申『一代不如一代』。甲戌批：『這是作者真正一把眼淚。』 其中惟嫡孫寶玉一人，禀性乖張，性情怪譎，雖聰明靈慧，略可望成， 『禀性』以下四句，與《西江月》詞意大不相同。 無奈吾家運數合終， 再申『運數合終』，足見作者於世已絕望矣，故斷定如此！ 恐無人規引入正。幸仙姑偶來，萬望先以情慾聲色等事警其癡頑，或能使彼跳出迷人圈子，然後入於正路，亦吾兄弟之幸矣。」如此囑吾，故發慈心，引彼至此。先以彼家上中下三等女子之終身冊籍，令彼熟玩，尚未覺悟；故引彼再至此處，令其再歷飲饌聲色之幻，或冀將來一悟，亦未可知也。』 甲戌批：『一段敘出寧榮二公，足見作者深意。』

說畢，攜了寶玉入室。但聞一縷幽香，竟不知其所焚何物。寶玉遂不禁相問。警幻冷笑道：『此香塵世中既無，爾何能知！此香乃係諸名山勝境內初生異卉之精，知『色即是空』耳，此時寶玉豈能有此『覺悟』，然此處實爲末後之寶玉一提也！

作者作此書時已歷過『飲饌聲色之幻』，亦已『悟』矣，故能撰此一書也。不見此書開頭說是早已寫在石上之書，只是抄下來而已，實則事已實實經過，現在不過將所經所歷，所見所聞之事，『抄録』下來耳！故下文畫冊上判詞，及《紅樓夢》曲文，皆已寫明各人終身結局及賈府之最後徹底敗落也。

地至『幽微靈秀』，情至『無可奈何』，則景之至情之至也，虧作者寫得出。

仙姑之名，卻是夢、情、愁、恨，是俗之甚矣，何仙之有？

合各種寶林珠樹之油所製，名「群芳髓」。』（既是『群芳髓』，則安能不入人骨髓，迷人靈竅哉！）寶玉聽了，自是羨慕而已。大家入座，小丫鬟捧上茶來。寶玉自覺清香異味，純美非常，因又問何名。警幻道：『此茶出在放春山遣香洞，又以鮮花靈葉上所帶之宿露而烹，此茶名曰「千紅一窟」。』（茶名奇，千紅一哭也。）寶玉聽了，點頭稱賞。因看房內，瑶琴、寶鼎、古畫、新詩，無所不有；更喜窗下亦有唾絨，奩間時漬粉污。（皆女兒之事。）壁上也見懸着一副對聯，書云：

幽微靈秀地，
無可奈何天。（兩句寫入骨髓，無可另易他辭，吾固知作者具萬千靈竅，方能寫此兩句也。）

寶玉看畢，無不羨慕。因又請問衆仙姑姓名：一名癡夢仙姑，一名鍾情大士，一名引愁金女，一名度恨菩提，各各道號不一。少刻，有小丫鬟來調桌安椅，設擺酒饌。真是：瓊漿滿泛玻璃盞，玉液濃斟琥珀杯。更不用再說那餚饌之盛。寶玉因聞得此酒清香甘冽，異乎尋常，又不禁相問。警幻道：『此酒乃以百花之蕊，萬木之汁，加以麟髓之醅，鳳乳之麯釀成，因名爲「萬豔同杯」。』（甲戌批：『與千紅一窟一對，隱「悲」字。』則爲「萬豔同悲」也。）寶玉稱賞不迭。

飲酒間，又有十二個舞女上來，請問演何詞曲。警幻道：『就將新製《紅樓夢》十二支演上來。』舞女們答應了，便輕敲檀板，款按銀箏，聽他歌道是：

遊幻境指迷十二釵
癸未暮春
鳳鐶作

開闢鴻蒙……

方歌了一句，警幻便說道：『此曲不比塵世中所填傳奇之曲，必有生旦净末之則，又有南北九宮之限。此或詠嘆一人，或感懷一事，偶成一曲，即可譜入管絃。若非箇中人，甲戌批：『三字要緊。不知誰是個中人。寶玉即個中人乎？然則石頭亦個中人乎？作者亦係個中人乎？觀者亦個中人乎？』不知其中之妙。提出『箇中人』，是指點讀者，要深知隱去之真事也。誰是『箇中人』？雪芹是也。料爾亦未必深明此調。若不先閱其稿，後聽其歌，翻成嚼蠟矣。』說畢，回頭命小丫鬟取了《紅樓夢》原稿來，遞與寶玉。寶玉接來，一面目視其文，一面耳聆其歌曰：

〔紅樓夢引子〕　開闢鴻濛，誰爲情種？甲戌批：『非作者爲誰？余又曰，亦非作者，乃石頭耳。』都只爲風月情濃。趁着這〔四〕奈何天，傷懷日，寂寥時，試遣愚衷。因此上，演出這懷金悼玉的《紅樓夢》。甲戌批：『懷金悼玉，大有深意。』

〔終身誤〕　都道是金玉良姻，俺只念木石前盟。空對着，山中高士晶瑩雪；終不忘，世外仙姝寂寞林。作者之意終在『林』也。嘆人間，美中不足『美中不足』是世之常情，所以『人生長恨水長東』也。今方信。縱然是齊眉舉案，到底意難平。

〔枉凝眉〕　一個是閬苑仙葩，指黛玉一個是美玉無瑕。指寶玉若說沒奇緣，今生偏又遇着他；着一『他』字，其人自出，而幽怨無比矣。『他』字實互指，非單指寶玉也。因此曲作法是兩兩對舉，黛玉眼中的『他』是寶玉，寶玉眼中的『他』是黛玉，雪芹用字如此精絕，不可不知。若說有奇緣，如何心事終虛化？一個枉自嗟呀，一個空勞牽掛。一個是水中月，一個是

『俺只念木石前盟』，着一『俺』字，語氣出自寶玉而其意甚明矣。

『晶瑩雪』，隱『薛』。此處『山中高士』是直指『晶瑩雪』，意謂『山中高士』是『晶瑩之雪』，是冷極之品，然後以之喻寶釵之冷也。

世之解此句者，皆以『山中高士』直指薛寶釵，誤矣！寶釵是熱中之人，豈可稱『山中高士』乎？

此曲寫寶、黛愛情及其結局，沉鬱頓挫，纏綿哀惋。

此曲寫元春早死，末句囑其父母『退步抽身早』，則明示賈府原有的靠山倒了。曹寅在時，常拈佛語說：『樹倒猢猻散』，亦指所依之大樹一倒，則猢猻無所依靠矣。此處意同事殊。此處是指元妃這棵大樹已倒，賈政等無大樹可依靠了！曹寅所指之大樹是指康熙。謂康熙一死，曹家必敗也。

鏡中花。想眼中能有多少淚珠兒，怎經得秋流到冬盡，春流到夏！全曲沉痛至極！

寶玉聽了此曲，散漫無稽，不見得好處；寶玉此時尚懵懵，故不見得好處也。到他見到好處，則已夢醒矣！但其聲韻悽惋，竟能銷魂醉魄。四字是此曲的評。因此也不察其原委，問其來歷，就暫以此釋悶而已。因又看下面唱道：

〔恨無常〕 喜榮華正好，恨無常又到。眼睜睜，把萬事全拋。蕩悠悠，把芳魂消耗。望家鄉，路遠山高。故向爹娘夢裏相尋告：兒命已入黃泉，天倫呵，〔五〕須要退步抽身早！此語令人驚心，直注後回省親繁華！甲戌批：『悲險之至。』

〔分骨肉〕 一帆風雨路三千，把骨肉家園齊來拋閃。恐哭損殘年，告爹娘，休把兒懸念。自古窮通皆有定，離合豈無緣？從今分兩地，各自保平安。奴去也，莫牽連。寫探春遠嫁，生離猶如死別，真『分骨肉』也。曲文悲哀悽惻而又無可奈何，末二句哀音似訴。雪芹之筆，總能曲盡其意。

〔樂中悲〕 襁褓中，父母嘆雙亡。縱居那綺羅叢，誰知嬌養？幸生來，英豪闊大寬宏量。從未將兒女私情，略縈心上。好一似，霽月光風耀玉堂。一句寫盡湘雲。廝配得才貌仙郎，博得個地久天長，準折得幼年時坎坷形狀。終久是雲散高唐，水涸湘江。這是〔六〕塵寰中消長數應當，何必枉悲傷。末句是悲極之語。

〔世難容〕 氣質美如蘭，才華復比仙。兩句贊妙玉。天生成孤癖人皆罕。你道是啖肉食腥膻，視綺羅俗厭；卻不知太高人愈妒，過潔世同嫌。兩句憐之惜之。可嘆這，青燈古殿傷迎春而斥負恩之人。

寫惜春勘破世情，皈依佛門。現世一切均已無望，故而思西方寶樹也。

此曲爲聰明過份者戒！

巧姐之得餘慶，尚幸鳳姐之積德——有恩于劉姥姥也。

人將老，辜負了，紅粉朱樓春色闌。青燈古殿，空負青春。到頭來，依舊是風塵骯髒違心願。終究是『欲潔何曾潔』也。好一似，無瑕白玉遭泥陷；結局。又何須，王孫公子嘆無緣。此句令人深思。

〔喜冤家〕　中山狼，無情獸，全不念當日根由。一味的驕奢淫蕩貪還構。覷着那，侯門豔質同蒲柳；作踐的，公府千金似下流。嘆芳魂豔魄，一載蕩悠悠。

〔虛花悟〕　將那三春看破，桃紅柳綠待如何？把這韶華打滅，覓那清淡天和。說什麼，天上夭桃盛，雲中杏蕊多。到頭來，誰把秋捱過？則看那，白楊村裏人嗚咽，青楓林下鬼吟哦。更兼着，連天衰草遮墳墓。這的是，昨貧今富人勞碌，春榮秋謝花折磨。似這般，生關死劫誰能躲？聞說道，西方寶樹喚婆娑，上結着長生果。

〔聰明累〕　機關算盡太聰明，反算了卿卿性命。兩句爲鳳姐定評。亦是醒世之筆。甲戌批：『警拔之句。』生前心已碎，死後性空靈。家富人寧，終有個家亡人散各奔騰。枉費了，意懸懸半世心；好一似，蕩悠悠三更夢。忽喇喇似大廈傾，昏慘慘似燈將盡。兩句慘極痛極。呀！一場歡喜、忽悲辛。甲戌批：『見得到。』『過來人覩此，寧不放聲一哭？』嘆人世，終難定！末句寫盡雪芹所處之世。

〔留餘慶〕　留餘慶，留餘慶，忽遇恩人；幸娘親，幸娘親，積得陰功。勸人生，濟困扶窮，休似俺那愛銀錢忘骨肉的狠舅奸兄！正是乘除加減，上有蒼穹。

傷李紈之一生，皆在虛幻中過去，美韶華轉瞬即逝，一切榮華，皆是虛事。此曲寓意甚深，引人深思。

李紈亦封建禮教捆縛下的犧牲品。

收尾一曲，『飛鳥各投林』已總括其意，亦即『家亡人散各奔騰』也。而曲文悽切，不可卒讀。末句則茫茫白地，俱化爲無矣！

正曲已至極矣，豈可再有副曲！

（末句說蒼天有眼，已是無可奈何口氣。）

〔晚韶華〕鏡裏恩情，更那堪夢裏功名！那美韶華去之何迅，再休提繡帳鴛衾。只這帶珠冠，披鳳襖，也抵不了無常性命。雖說是，人生莫受老來貧，也須要陰騭積兒孫。氣昂昂頭戴簪纓，氣昂昂頭戴簪纓。光燦燦胸懸金印。威赫赫爵祿高登，威赫赫爵祿高登。昏慘慘黃泉路近。問古來將相可還存？也只是，虛名兒與後人欽敬。（一切榮華爵祿，俱是虛名。已勘破一切矣！）

〔好事終〕畫樑春盡落香塵。（指天香樓事。）擅風情，秉月貌，便是敗家的根本。（三句罪可卿。）箕裘頹墮皆從敬，（賈敬。甲戌批：『深意他人不解。』）家事消亡首罪寧。（寧國府。二句罪賈敬。）宿孽總因情。（情，秦也。末句歸結到秦。甲戌批：『是作者具菩薩之心，秉刀斧之筆，撰成此書，一字不可更，一語不可少。』）

〔收尾·飛鳥各投林〕（甲戌批：『收尾愈覺悲慘可畏。』）爲官的，家業凋零；富貴的，金銀散盡；（甲戌批：『二句先總寧榮。』）有恩的，死裏逃生；無情的，分明報應。欠命的，命已還；欠淚的，淚已盡。冤冤相報實非輕，分離聚合皆前定。欲知命短問前生，老來富貴也真僥倖。看破的，遁入空門；癡迷的，枉送了性命。好一似食盡鳥投林，落了片白茫茫大地真乾淨！（甲戌批：『又照看葫蘆廟。與樹倒猢猻散反照。』）

歌畢，還要歌副曲。警幻見寶玉甚無趣味，（寶玉少不更事，所聽各曲皆日後之事，此時自然不能悟，則自然『甚無趣味』也。）因嘆：『癡兒竟尚未悟！』那寶玉忙止歌姬不必再唱，自覺朦朧恍惚，告醉求臥。警幻便命撤去殘釵黛俱美而釵黛各別，不可相混。

一語罵倒普天下皮膚淫濫之徒。

可卿當亦是寶玉心中意中之愛慕者，故與前二人重疊而爲一，故此香閨繡閣中之一位女子，既是釵、黛

席，送寶玉至一香閨繡閣之中，其間鋪陳之盛，乃素所未見之物。更可駭者，早有一位女子在內，其鮮豔嫵媚，有似乎寶釵，風流嫋娜，則又如黛玉。釵黛並舉，一身而兼雙美。則雙美重疊而模糊，正夢境迷離也。正不知何意，忽警幻道：『塵世中多少富貴之家，那些綠窗風月，繡閣煙霞，皆被淫污紈袴與那些流蕩女子悉皆玷辱。更可恨者，自古來多少輕薄浪子，皆以「好色不淫」爲飾，又以「情而不淫」作案，此皆飾非掩醜之語也。好色即淫，知情更淫。是以巫山之會，雲雨之歡，皆由既悅其色，復戀其情所致也。吾所愛汝者，乃天下古今第一淫人也。』先作石破天驚之語。然後再作分解。寶玉聽了，唬的忙答道：『仙姑差了。我因懶於讀書，家父母尚每垂訓飭，豈敢再冒「淫」字。況且年紀尚小，不知「淫」字爲何物。』警幻道：『非也。淫雖一理，意則有別。如世之好淫者，不過悅容貌，喜歌舞，調笑無厭，雲雨無時，恨不能盡天下之美女供我片時之趣興，此皆皮膚濫淫之蠢物耳。如爾則天分中生成一段癡情，吾輩推之爲「意淫」。「意淫」二字新。「意淫」二字，惟心會而不可口傳，可神通而不可語達。甲戌批：『按寶玉一生心性，只不過是體貼二字，故曰意淫。』汝今獨得此二字，在閨閣中，固可爲良友，然於世道中，未免迂闊怪詭，百口嘲謗，萬目睚眦。真被說着今既遇令祖寧、榮二公剖腹深囑，吾不忍君獨爲我閨閣增光，見棄於世道，是以特引前來，醉以靈酒，沁以仙茗，警以妙曲，再將吾妹一人，乳名兼美字可卿者，甲戌批：『妙，蓋指薛林而言也。』許配於汝。今夕良時，即可成姻。不過令汝領略此仙閨幻境之風光尚如此，何況塵境之情景哉？

二人之兼，亦是可卿之合，故曰『乳名兼美』。『兼美』者，則明爲三美之合也。此三美所合之人即『字可卿』也。故此『一位女子』在寶玉夢中之朦朧性意識中，實爲三人之重叠形象也。

寶玉雖暫中情魔，而終不改反對孔孟，反對仕途經濟，所以警幻所司風情月債，亦告無效耳。

可知寶玉未墮迷津。此是此回最要緊之點。

寶玉未入迷津，夜叉海鬼則要將寶玉拖將下去，幸寶玉失聲喊叫驚醒，遂終未陷入耳！

一片迷離惝恍之境，苦令不少人猜煞。

而今後萬萬解釋，改悟前情，留意于孔孟之間，委身於經濟之道。』（不過仍是要他如此而已。寧、榮二公之靈，要寶玉用心於孔、孟之道（程朱理學），走科舉考試，讀書做官之路，已無別法，只能用妙曲、美女來誘導，規勸。王府批：『說出此二句，警幻亦腐矣。然亦不得不然耳。』）說畢便秘授以雲雨之事，推寶玉入房，將門掩上自去。

那寶玉恍恍惚惚，依警幻所囑之言，未免有兒女之事，難以盡述。至次日，便柔情繾綣，軟語溫存，與可卿難解難分。因二人攜手出去遊玩之時，忽至一個所在，但見荆榛遍地，狼虎同群，迎面一道黑溪阻路，並無橋樑可通。正在猶豫之間，忽見警幻後面追來，告道：『快休前進，作速回頭要緊！』寶玉忙止步問道：（寶玉止步，則未陷迷津也。）『此係何處？』警幻道：『此即迷津也。深有萬丈，遥亘千里，中無舟楫可通，只有一個木筏，乃木居士掌舵，灰侍者撐篙，不受金銀之謝，但遇有緣者渡之。爾今偶遊至此，設如墮落其中，則深負我從前諄諄警戒之語矣。』話猶未了，只聽迷津內水響如雷，竟有許多夜叉海鬼將寶玉拖將下去。嚇得寶玉汗下如雨，一面失聲喊叫：『可卿救我！』（夢中喊出，令人嚇煞！）嚇得襲人輩衆丫鬟忙上來摟住，叫：『寶玉別怕，我們在這裏！』

卻說秦氏正在房外囑咐小丫頭們好生看着猫兒狗兒打架，忽聽寶玉在夢中喚他的小名，因納悶道：『我的小名這裏從沒人知道的，他如何知道，在夢裏叫出來？』（故作疑人之筆。）正是：

一場幽夢同誰近，千古情人獨我癡。

【回後評】

本回通過《金陵十二釵》畫冊的判詞和《紅樓夢》十二支曲的曲詞，預示全書人物和情節的結局，故歷來被認爲是全書的總綱，足見其在全書中的重要性。但這個總綱主要是人物結局和故事情節的總綱，於全書的思想尚未深及。

讀此回寧、榮二公之靈所囑，則世傳曹家二次抄家論實爲無據。其『功名奕世，富貴傳流，雖歷百年』數語，何有中間曾遭抄家之事？再參可卿『我們家赫赫揚揚，已將百載，一日倘或樂極悲生，若應了那句「樹倒猢猻散」的俗語，豈不虛稱了一世的詩書舊族了！』之語，何曾有一點曹家以前已曾抄過家的痕迹？誠然，此是小說，那是真事，但人所共知，雪芹隱真事於其小說之中，所謂『假語村言』、『真事隱去』，如『省親』隱『南巡』事，『樹倒猢猻散』隱曹寅拈佛語事等等，故此處更是隱其家史之大者，讀者不可不知也。

警幻以聲色導寶玉，又以兼美配之，寶玉雖繾綣一時，而終未墮迷津，是一大關鍵。是寶玉始終未爲所誘而改初衷也。

寶玉入秦氏房，夢中喚可卿之名等，皆故作疑筆，引人遐想，所謂『楚天雲雨盡堪疑』也，所謂文要曲也。然此皆寫夢境，故文筆迷離恍惚也。寧、榮二公之靈欲以聲色導寶玉於孔孟仕途而寶玉終未入迷津，未爲所溺耳！此是此回最關鍵處也。讀者記清此點，勿爲夢境幻筆，假語村言所迷！

寶玉至一香閨繡閣中，見『早有一位女子在內，其鮮豔嫵媚，有似乎寶釵，風流嫋娜，則又如黛玉』，此人『乳名兼美字可卿』。此段描寫，將寶釵、黛玉及可卿重疊合一，且名兼美，此寫寶玉夢中之境，故迷離惝恍。然以心理學觀之，寶玉爲一早慧早熟之男性，此正寫其朦朧意識之性覺醒也。故其平時所愛慕之異性，便於夢境中幻化而出，且出以重叠之形象也，後文說『那寶玉恍恍惚惚，依警幻所囑之言，未免有兒女之事，難以盡述』云云，亦恍惚迷惘之筆，因夢境模糊，且寶玉只是朦朧意識，未曾經歷，故不可實寫也。至後文與襲人偷試，則是明筆實寫矣。歷來讀者評者，均誤以爲寶玉初試爲可卿，誤之甚矣！若以性心理學觀之，此當爲最早之性心理學文字，且如此生動逼真，雪芹之才真不可量也！世人未能悟此，至多妄疑誤猜也！

【校　記】

〔一〕回目：庚辰、己卯、楊本同。甲戌本作『開生面夢演紅樓夢，立新場情傳幻境情。』蒙本、戚本、舒本作『靈石迷性難解仙機，警幻多情秘垂淫訓。』（蒙本『警』作『驚』）。甲辰本、程甲本作『賈寶玉神遊太虚境，警幻仙曲演紅樓夢。』

〔二〕此回前詩見於己卯、蒙府、戚序、楊本，其餘各脂本無。此從己卯、蒙府諸本。

〔三〕『虎兔』，甲戌、蒙府、戚序、甲辰、舒序諸本同庚辰本，皆作『虎兔』，己卯、楊本作『虎兕』，此從庚辰諸本。

〔四〕『趁着這』三字，庚本無。據甲戌、蒙府、戚序本補。

〔五〕『天倫呵』三字，庚本無。據甲戌、蒙府、戚序本補。

〔六〕『這是』兩字，庚本無。據甲戌、蒙府、戚序本補。

甲戌回前批：『寶玉、襲人亦大家常事耳，寫得是已全領警幻意淫之訓。此回借劉嫗，卻是寫阿鳳正傳，並非泛文，且伏二進及巧姐之歸着。

此(回)劉嫗一進榮國府，用周瑞家的，又過下回無痕，是無一筆寫一人文字之筆。』

一段細寫，情理逼真。

第六回　賈寶玉初試雲雨情　劉姥姥一進榮國府〔一〕

題曰：

朝叩富兒門，富兒猶未足。
雖無千金酬，嗟彼勝骨肉。〔二〕

卻說秦氏因聽見寶玉從夢中喚他的乳名，心中自是納悶，又不好細問。彼時寶玉迷迷惑惑，若有所失。衆人忙端上桂圓湯來，呷了兩口，遂起身整衣。襲人伸手與他繫褲帶時，不覺伸手至大腿處，只覺冰涼一片黏濕，唬的忙退出手來，問是怎麽了。寶玉紅漲了臉，把他的手一捻。寫得逼真，試想不如此，叫他如何說。襲人本是個聰明女子，年紀本又比寶玉大兩歲，近來也漸通人事，今見寶玉如此光景，心中便覺察一半了，不覺也羞的紅漲了臉面，不敢再問。可見襲人也是在性模糊覺醒之際。仍舊理好衣裳，遂至賈母處來，胡亂吃畢了晚飯，過這邊來。

或以爲寶玉太虛幻境與可卿爲初試，此處與襲人是再試，其實大誤。誤在未讀通上回幻境文字耳。予前已批出，幻境之夢爲寶玉之性覺醒，故有三人重疊模糊、迷惘恍惚之感。有上回之性覺醒，纔有此回之初試，故與襲人是真『初試』也，故寫得明明白白，略無模糊不清之處，此爲理解寶玉之大關節，讀者不能不辨！

讀書如遊山，此處奇峰突起，天外飛來之筆。

襲人忙趁衆奶娘丫鬟不在旁時，另取出一件中衣來與寶玉換上。寶玉含羞央告道：『好姐姐，千萬別告訴人。』如何告訴人？能告訴何人？但無此囑咐，便不近情理，然如此一囑咐，則可見襲人亦心會矣！所謂傳神妙筆，看此等細處，愈能覺其神妙！ 襲人亦含羞笑問道：『你夢見什麽故事了？是那裏流出來的那些髒東西？』寶玉道：『一言難盡。』說着便把夢中之事細說與襲人聽了。然後說至警幻所授雲雨之情，羞的襲人掩面伏身而笑。『掩面伏身而笑』，其嬌媚如畫。 寶玉亦素喜襲人柔媚嬌俏，活畫襲人 遂強襲人同領警幻所訓雲雨之事。此處明寫，不是疑筆，是爲寫襲人也。 襲人素知賈母已將自己與了寶玉的，今便如此，亦不爲越禮，遂和寶玉偷試一番，幸得無人撞見。王府批：『既少通人事，無心者則再不復問矣，則無限幽思，皆在於伏身之一笑，所以必當有偷試之一番。行文輕巧，皆出於自然，毫無一些勉强。妙極。』 自此寶玉視襲人更比別個不同，襲人待寶玉更爲盡心。此處『不同』『盡心』皆非常意，讀者體會。甲戌批：『一段少兒女之態，可謂追魂攝魄之筆。』 暫且別無話說。

按榮府中一宅人合算起來，人口雖不多，從上至下也有三四百丁；雖事不多，一天也有一二十件，竟如亂麻一般，並無個頭緒可作綱領。正尋思從那一件事、自那一個人寫起方妙，恰好忽從千里之外，芥荳之微，小小一個人家，因與榮府略有些瓜葛，這日正往榮府中來，因此便就此一家說來，倒還是頭緒。你道這一家姓甚名誰，又與榮府有甚瓜葛？且聽細講。

方纔所說的這小小之家，乃本地人氏，姓王，祖上曾作過小小的一個京官，昔鳳姐爲王夫人大兄之女。

縷縷說來，逼真農家平常生活，與前完全是另一副筆墨。

『青板姊弟』，己卯、庚辰均作『青板姊妹』。各本有作『姊弟』，有作『姐妹』者。楊藏、甲辰、程甲則青板皆劉氏所生，顯係後改。予以爲狗兒嫡妻先生一女，名青兒，無子。狗兒又娶一室，生板兒。舊時重男輕女，行文先提其子板兒，其實青兒是姊。己、庚『青板姊妹』，『妹』字係『弟』字之誤書。今檢甲戌本上段全同己、庚，下正作『姊弟』。實是原筆。

『全家都在風聲裏，九月衣裳未剪裁』也！

年與鳳姐之祖王夫人之父認識，因貪王家的勢利，說得直截了當。便連了宗，認作姪兒。那時只有王夫人之大兄鳳姐之父與王夫人隨在京中的，故爾與鳳姐略有瓜葛。知有此一門連宗之族，餘者皆不認識。目今其祖已故，只有一個兒子，名喚王成，因家業蕭條，仍搬出城外原鄉中住去了。王成新近亦因病故，只有其子，小名狗兒。狗兒亦生一子，小名板兒，嫡妻劉氏，又生一女，名喚青兒。甲戌批：『《石頭記》中公勳世宦之家，以及草莽庸俗之族，無所不有，自能各得其妙。』一家四口，仍以務農爲業。因狗兒白日間又作些生計，劉氏又操井臼等事，青板姊弟兩個無人看管，狗兒遂將岳母劉姥姥接來一處過活。這劉姥姥乃是個積年的老寡婦，『積年』兩字重要，足見劉姥姥熟諳世故。膝下又無兒女，只靠兩畝薄田度日。今者女婿接來養活，豈不願意？遂一心一計，幫趁着女兒女婿過活起來。

因這年秋盡冬初，天氣冷將上來，家中冬事未辦，狗兒未免心中煩慮，吃了幾杯悶酒，在家閑尋氣惱，劉氏也不敢頂撞。因此劉姥姥看不過，乃勸道：『姑爺，你別嗔着我多嘴。咱們村莊人，那一個不是老老誠誠的，守多大碗兒吃多大的飯。你皆因年小的時候，托着你那老家之福，吃喝慣了，如今所以把持不住。可見出身好也是一累。有了錢就顧頭不顧尾，沒了錢就瞎生氣，成個什麼男子漢大丈夫呢！如今咱們雖離城住着，終是天子腳下。這長安城中，遍地都是錢，只可惜沒人會去拿去罷了。在家跳蹋會子也不中用。』狗兒聽說，便急道：『你老只會炕頭兒上混說，難道叫我打劫偷去不成？』

還是劉姥姥腦子靈動。

劉姥姥道：『誰叫你偷去呢？也到底想法兒大家裁度，不然那銀子錢自己跑到咱家來不成？』狗兒冷笑道：『有法兒還等到這會子呢。我又沒有個收稅的親戚，靖本批：「罵死世人，可嘆可悲。」作官的朋友，有什麼法子可想的？狗兒完全是一副吃慣現成飯的口氣。便有，也只怕他們未必來理我們呢！』

劉姥姥道：『這倒不然。謀事在人，成事在天。還是劉姥姥有奮鬥精神。咱們謀到了，看菩薩的保佑，有些機會，也未可知。我倒替你們想出一個機會來。當日你們原是和金陵王家連過宗的，二十年前，他們看承你們還好；如今自然是你們拉硬屎，此語土至極，新至極。不肯去親近他，故疏遠起來。想當初我和女兒還去過一遭。他們家的二小姐着實響快，會待人，倒不拿大。如今現是榮國府賈二老爺的夫人。聽得說，如今上了年紀，越發憐貧恤老，最愛齋僧敬道，捨米捨錢的。如今王府雖陞了邊任，只怕這二姑太太還認得咱們。你何不去走動走動，或者他念舊，有些好處，也未可知。只要他發一點好心，拔一根寒毛比咱們的腰還粗呢。』粗俗至極，生動之極。劉氏一旁接口道：『你老雖說的是，但只你我這樣個嘴臉，怎麼好到他門上去的？先不先，他們那些門上的人也未必肯去通信。沒的去打嘴現世。』

誰知狗兒利名心最重，聽如此一說，心下便有些活動起來。又聽他妻子這話，便笑接道：『姥姥既如此說，況且當年你又見過這姑太太一次，何不你老人家明日就走一趟，先試試風頭再說。』狗兒見有門路，便積極起來了。劉姥姥道：『噯喲喲！可是說的，〔三〕「侯門深似海」，我是個什麼東西，他家人又不認得我，我去了也是白去的。』狗兒笑道：『不妨，我教與你老人家一個法子：轉過來倒是狗兒出主意。你竟帶了外孫子板兒，先去找陪房周瑞，若見了他，就有些意思了。這周瑞先時曾和我父親交過一件事，我們極好的。』這也說不得了。你又是個男人，又這樣個嘴臉，自然去不得；我們姑娘年輕媳婦子，也難賣頭賣腳的。倒還是捨着我這副老臉去碰一碰。果然有些好處，大家都有益；便是沒銀子來，我也到那公府侯門見一見世面，也不枉我一生。』說畢，大家笑了一回。當晚計議已定。

甲戌批：『欲赴豪門，必先交其僕。寫來一嘆。』劉姥姥道：『我也知道他的。只是許多時不走動，知道他如今是怎樣。

次日天未明，劉姥姥便起來梳洗了，又將板兒教訓了幾句。那板兒纔五六歲的孩子，一無所知，聽見帶他進城逛去，便喜的無不應承。於是劉姥姥帶他進城，找至寧榮街。來至榮府大門石獅子前，只見簇簇轎馬，何等氣派劉姥姥便不敢過去，且撣了撣衣服，寫得細。又教了板兒幾句話，然後蹭到角門前。只見幾個挺胸疊肚、指手畫腳的人，寫生妙筆坐在大板凳上說東談西呢。侯門似海，此是第一重關卡。甲戌批：『不知如何想來，又爲侯門三等豪奴寫照。』劉姥姥只得蹭上來問：『太爺們納福。』衆人打諒了他一會，便問：『那裏來的？』劉姥姥陪笑道：『我找太太的陪房周大爺的，煩那位太爺替我請他老出來。』那些人聽了，都不睬，半日方說道：『你遠遠的在那牆角下等着，一會子他們家有人就出來的。』豪門惡僕，此尚不是凶殘者。

寫賈府大門前氣象，有如畫筆，或云筆

還是劉姥姥有點闖勁。

法從《水滸》中來，則是林沖初到柴大官人莊之景象也。

後門又是一番氣象。

一段描寫，實是寫生妙筆，令人如見如聞。

內中有一老年人說道：『不要誤他的事，何苦耍他。』因向劉姥姥道：『那周大爺已往南邊去了。他在後一帶住着，他娘子卻在家。你要找時，從這邊繞到後街上後門上去問就是了。』（到底還是有好心人的。）

劉姥姥聽了謝過，遂攜了板兒繞到後門上。只見門前歇着些生意擔子，也有賣吃的，也有賣頑耍物件的，鬧吵吵三二十個小孩子在那裏廝鬧。劉姥姥便拉住一個道：『我問哥兒一聲，有個周大娘可在家麽？』孩子們道：『那個周大娘？我們這裏周大娘有三個呢，還有兩個周奶奶，不知是那一行當上的。』劉姥姥道：『是太太的陪房周瑞。』孩子道：『這個容易，你跟我來。』說着，跳躥躥的（活脫脫一個小孩。）引着劉姥姥進了後門，至一院牆邊，指與劉姥姥道：『這就是他家。』又叫道：『周大娘，有個老奶奶來找你呢，我帶了來了。』

周瑞家的在內聽說，忙迎了出來，問：『是那位？』劉姥姥忙迎上來問道：『好呀，周嫂子！』周瑞家的認了半日，方笑道：『劉姥姥，你好呀！你說說，能幾年，我就忘了。請家裏來坐罷。』（兩人初見情狀，如畫如見。）劉姥姥一壁裏走着，一壁笑說道：『你老是貴人多忘事，那裏還記得我們呢。』說着，來至房中。周瑞家的命僱的小丫頭倒上茶來吃着。周瑞家的又問板兒道：『你都長這們大了！』（是久別聲口。）又問些別後閒話。又問劉姥姥：『今日還是路過，還是特來的？』劉姥姥便說：『原是特來瞧瞧嫂子你，二則也劉姥姥真會說話。

可見賈府家業之大。

周瑞家的也是老於世故者，然畢竟是有人情味者，故能念舊也。

請請姑太太的安。若可以領我見一見更好，若不能，便借重嫂子轉致意罷了。』

周瑞家的聽了，便已猜着幾分來意。（一聽便知來意，是久經世故者。）只因昔年他丈夫周瑞爭買田地一事，其中多得狗兒之力，今見劉姥姥如此而來，心中難卻其意；二則也要顯弄自己的體面。聽如此說，便笑說道：『姥姥你放心。大遠的誠心誠意來了，豈有個不教你見個真佛去的呢！（語言新而又真。）論理，人來客至回話，卻不與我相干。我們這裏各占一枝兒：我們男的只管春秋兩季地租子，閑時只帶着小爺們出門子就完了；我只管跟太太奶奶們出門的事。皆因你原是太太的親戚，又拿我當個人，投奔了我來，我就破個例，給你通個信去。但只一件，姥姥有所不知，我們這裏又不比五年前了。如今太太竟不大管事，都是璉二奶奶管家了。你道這璉二奶奶是誰？就是太太的內姪女，當日大舅老爺的女兒，（與前照應）小名鳳哥的。』劉姥姥聽了，罕問道：『原來是他！怪道呢，我當日就說他不錯呢。這等說來，我今兒還得見他了。』（一點就明白。）周瑞家的道：『這自然的。如今太太事多心煩，有客來了，略可推得去的就推過去了，都是鳳姑娘周旋迎待。今兒寧可不會太太，倒要見他一面，纔不枉這裏來一遭。』（可見鳳姐之重要。）劉姥姥道：『阿彌陀佛！全仗嫂子方便了。』周瑞家的道：『說那裏話。俗語說的：「與人方便，自己方便。」不過用我說一句話罷了，害着我什麼。』說着，便叫小丫頭到倒廳上悄悄的打聽打聽，老太太屋裏擺了飯了沒有。小丫頭去了。這裏二人又說些閒話。

再爲鳳姐一誇，既稱其能，也嫌其嚴。

敘事曲折有致，如親見親歷。

寫盡村嫗初見富貴人家景象。

劉姥姥因說：『這鳳姑娘今年大還不過二十歲罷了，就這等有本事，當這樣的家，可是難得的。』周瑞家的聽了道：『我的姥姥，告訴不得你呢。這位鳳姑娘年紀雖小，行事卻比世人都大呢。如今出挑的美人一樣的模樣兒，少說些有一萬個心眼子。（可見其機關算盡也，是說她心眼多。）再要賭口齒，十個會說話的男人也說他不過。（又說她機靈能言。）回來你見了就信了。就只一件，待下人未免太嚴些個。』說着，只見小丫頭回來說：『老太太屋裏已擺完了飯了，二奶奶在太太屋裏呢。』周瑞家的聽了，連忙起身，催着劉姥姥說：『快走，快走。這一下來他吃飯是個空子，咱們先趕着去。若遲一步，回事的人也多了，難說話。再歇了中覺，越發沒了時候了。』（是貼近鳳姐身邊之人，否則不能熟知其行止也。）說着一齊下了炕，打掃打掃衣服，又教了板兒幾句話，隨着周瑞家的，逶迤往賈璉的住處來。

先到了倒廳，周瑞家的將劉姥姥安插在那裏略等一等。自己先過了影壁，進了院門，知鳳姐未下來，先找着鳳姐的一個心腹通房大丫頭名喚平兒的。（甲戌批：『着眼。這也是書中一要緊人，《紅樓夢》曲內雖未見有名，想亦在副冊內者也。』）周瑞家的先將劉姥姥起初來歷說明，又說：『今日大遠的特來請安。當日太太是常會的，今兒不可不見，所以我帶了他進來了。等奶奶下來，我細細回明，奶奶想也不責備我莽撞的。』平兒聽了，便作了主意：『叫他們進來，先在這裏坐着就是了。』（所以見鳳姐必先見平兒也。）周瑞家的聽了，方出去引他兩個進入院來。上了正房臺磯，小丫頭打起猩紅氈簾，纔入堂屋，只聞一陣香撲了臉來，竟不辨是何氣味，以上是見，此處是聽。

寫賈母、王夫人吃飯，全用側筆，從『只

身子如在雲端裏一般。〔好形容。〕滿屋中之物都耀眼争光的，〔『耀眼爭光』四字，寫村嫗入骨。〕使人頭懸目眩。劉姥姥此時惟點頭咂嘴念佛〔甲戌批：『六字畫矣，如何想來？』〕而已。〔兩句如畫如見。〕於是來至東邊這間屋內，乃是賈璉的女兒大姐兒睡覺之所。平兒站在炕沿邊，打量了劉姥姥兩眼，〔寫平兒看劉姥姥，又是一副筆墨，與前面與周瑞家相見迥然不同。〕只得問個好讓坐。劉姥姥見平兒遍身綾羅，插金帶銀，花容玉貌的，便當是鳳姐兒了。〔直傳劉姥姥之神。〕纔要稱姑奶奶，忽見周瑞家的稱他是平姑娘，又見平兒趕着周瑞家的稱周大娘，方知不過是個有些體面的丫頭了。〔劉姥姥機靈。〕於是讓劉姥姥和板兒上了炕，平兒和周瑞家的對面坐在炕沿上，小丫頭子們斟了茶來吃茶。

劉姥姥只聽見咯噹咯噹的響聲，大有似乎打籮櫃篩麵的一般，不免東瞧西望的。〔『東瞧西望』，活畫出一個劉姥姥。〕忽見堂屋中柱子上掛着一個匣子，底下又墜着一個秤砣般一物，卻不住的亂幌。劉姥姥心中想着：『這是什麼愛物兒？〔確是新鮮物兒。〕有甚用呢？』正獃時，只聽得『噹』的一聲，又若金鐘銅磬的一般，不防倒唬了一跳，〔四〕〔文筆跳脫生動。〕展眼接着又是一連八九下。方欲問時，只見小丫頭們一齊亂跑，〔寫得活。〕說：『奶奶下來了。』周瑞家的與平兒忙起身，命劉姥姥：『只管等着，是時候我們來請你。』說着，都迎出去了。

劉姥姥屏聲側耳默候。只聽遠遠有人笑聲，約有一二十婦人，衣裙窸窣，漸入堂屋，往那邊屋內去了。又見兩三個婦人〔五〕，都捧着大漆捧盒，進這邊來等候。聽得那邊說了聲『擺飯』，漸漸的人纔散出，只有伺候端菜的幾個人。半日鴉雀不聞見小丫頭們一齊亂跑』到『半日鴉雀不聞』一大段，如聞如見。未寫吃飯一筆，而飯已畢矣，用筆何等神妙。

以上大段描寫，都是爲此而設，此時方見『真佛』！然『真佛』尚未能見，先見此脇侍耳！

妙在『猶未起身』，寥寥數筆，畫鳳姐神韻兼備，呼之欲出矣！前回在賈母面前見黛玉時，阿鳳是一副面目，一副身段。此處劉姥姥見鳳姐時，阿鳳又是一副面目，一副身段，阿鳳真

之後，忽見二人擡了一張炕桌來，放在這邊炕上，桌上碗盤森列，仍是滿滿的魚肉在內，不過略動了幾樣。（全從劉姥姥耳中眼中寫出。）板兒一見了，便吵着要肉吃，劉姥姥一巴掌打了他去。（寫劉姥姥如畫。）忽見周瑞家的笑嘻嘻走過來，招手兒叫他。劉姥姥會意，（筆筆有神，忙而不亂。）於是帶了板兒下炕，至堂屋中，周瑞家的又和他唧咕了一會，方過這邊屋裏來。

只見門外鏨銅鈎上懸着大紅撒花軟簾，南窗下是炕，炕上大紅氈條，靠東邊板壁立着一個鎖子錦靠背與一個引枕，鋪着金心緑閃緞大坐褥，旁邊有雕漆痰盒。那鳳姐兒家常帶着秋板貂鼠昭君套，圍着攢珠勒子，穿着桃紅撒花襖，石青刻絲灰鼠披風，大紅洋縐銀鼠皮裙，粉光脂豔，端端正正坐在那裏，（對鳳姐精雕細刻，恰如一尊『真佛』。甲戌批：『一段阿鳳房室起居器皿，家常正傳，奢侈珍貴好奇貨註腳。寫來真是好看。』）手內拿着小銅火箸兒撥手爐內的灰。平兒站在炕沿邊，捧着小小的一個填漆茶盤，盤內一個小蓋鍾。（平兒恰如龍女。）鳳姐也不接茶，也不擡頭，只管撥手爐內的灰，慢慢的問道：『怎麼還不請進來？』（好派勢，好做作。甲戌批：『此等筆墨，真可謂追魂攝魄。』）一面說，一面擡身要茶時，只見周瑞家的已帶了兩個人在地下站着呢。這纔忙欲起身；猶未起身時，（真好做派，只有鳳姐能有。）滿面春風的問好，又嗔着周瑞家的怎麼不早說。劉姥姥在地下已是拜了數拜，（上面還未講兩句，下面已拜了數拜！）問姑奶奶安。鳳姐忙說：『周姐姐，快攙起來，别拜罷，請坐。我年輕，不大認得，可也不知是什麼輩數，不敢稱呼。』（說得合情合理。）周瑞家的忙回道：『這就是我纔回的那姥姥了。』鳳姐點頭，劉姥姥已在炕沿上坐了。板兒便躲在背後，百般的哄他出來作揖，

姥一进荣国府
壬午秋日谭凤嬛画

好做派，虧作者面面能寫，筆筆神來！

鳳姐多會說話，幾句話讓人既親且服。

初次來到，豈能立

他死也不肯。

鳳姐兒笑道：〔寫板兒活脫。〕『親戚們不大走動，都疏遠了。知道的呢，說你們棄厭我們，不肯常來；不知道的那起小人，還只當我們眼裏沒人似的。』〔說得謙誠，令人舒服，故待人接物以謙和爲貴也。〕劉姥姥忙念佛道：『我們家道艱難，走不起，〔人家不來是『走不起』，哪有你說的那樣？〕來了這裏，沒的給姑奶奶打嘴，就是管家爺們看着也不像。』〔寫盡窮人家心理。〕鳳姐兒笑道：『這話沒的叫人惡心。不過借賴着祖父虛名，作個窮官兒，誰家有什麼，不過是個舊日的空架子。俗語說，「朝廷還有三門子窮親戚」呢，何況你我。』〔阿鳳真會說話。〕說着，又問周瑞家的回了太太了沒有。周瑞家的道：『如今等奶奶的示下。』鳳姐道：『你去瞧瞧，要是有人有事就罷，得閑兒呢就回，看怎麼說。』〔說得靈活周到。〕周瑞家的答應着去了。

這裏鳳姐叫人抓些菓子與板兒吃，〔不要閑了板兒。〕剛問些閒話時，就有家下許多媳婦管事的來回話。平兒回了，鳳姐道：『我這裏陪客呢，晚上再來回。若有很要緊的，你就帶進來現辦。』〔可見鳳姐威權。〕平兒出去了，一會進來說：『我都問了，沒什麼緊事，我就叫他們散了。』鳳姐點頭。只見周瑞家的回來，向鳳姐道：『太太說了，今日不得閑，二奶奶陪着便是一樣。多謝費心想着。白來逛逛呢便罷；若有甚說的，只管告訴二奶奶，都是一樣。』劉姥姥道：『也沒甚說的，不過是來瞧瞧姑太太、姑奶奶，也是親戚們的情分。』周瑞家的道：『沒甚說的便罷；若有話，只管回二奶奶，是和太太見『真佛』？『都是一樣』，一句話，擡高鳳姐多少。

甲戌眉批：『老嫗有忍恥之心，故後有招大姐之事，作者並非泛寫。且爲求親靠友下一棒喝。』

賈蓉初見。

奇峰突起，意外之事，意外之文。

一段對答，語語雙關。

一樣的。』（多虧提示鼓勵！）一面說，一面遞眼色與劉姥姥。劉姥姥會意，未語先飛紅了臉。（數句如畫）欲待不說，今日又所爲何來？只得忍恥說道：（『忍恥』二字，寫盡窮人心理。）『論理今兒初次見姑奶奶，卻不該說，只是大遠的奔了你老這裏來，也少不的說了。』剛說到這裏，只聽二門上小厮們回說：『東府裏的小大爺進來了。』鳳姐忙止劉姥姥：『不必說了。』（文章有頓挫。）一面便問：『你蓉大爺在那裏呢？』只聽一路靴子腳響，（先寫聲響）進來了一個十七八歲的少年，面目清秀，身材俊俏，輕裘寶帶，美服華冠。劉姥姥此時坐不是，立不是，藏沒處藏。（寫劉姥姥筆筆傳神。）鳳姐笑道：『你只管坐着，這是我姪兒。』劉姥姥方扭扭捏捏在炕沿上坐了。（虧此一語，方覺安神。）

賈蓉笑道：『我父親打發了我來求嬸子，說上回老舅太太給嬸子的那架玻璃炕屏，明日請一個要緊的客，借了略擺一擺就送過來。』鳳姐道：『說遲了一日，昨兒已經給了人了。』賈蓉聽着，嘻嘻的笑着，在炕沿上半跪道：『嬸子若不借，又說我不會說話了，又挨一頓好打呢。嬸子只當可憐姪兒罷。』鳳姐笑道：『也沒見你們，我們〔六〕王家的東西都是好的不成？（妙在酸鹹之外。）你們那裏放着那些好東西，只是看不見，偏我的就是好的。』賈蓉笑道：『那裏有這個好呢！只求開恩罷。』鳳姐道：『若碰一點兒，你可仔細你的皮！』因命平兒拿了樓房的鑰匙，傳幾個妥當人擡去。賈蓉喜的眉開眼笑，說：『我親自帶了人拿去，別由他們亂碰。』說着便起身出去了。

阿鳳幾句話，真傳神妙筆。《西廂》云：『怎當他臨去秋波那一轉』也。

這裏鳳姐忽又想起一事來，便向窗外叫：『蓉哥回來。』外面幾個人接聲說：『蓉大爺快回來。』賈蓉忙復身轉來，垂手侍立，甲戌批：『傳神之筆，寫阿鳳躍躍紙上。』聽阿鳳指示。那鳳姐只管慢慢的吃茶，傳神。出了半日的神，又笑道：『罷了，你且去罷。追魂攝魄之筆。晚飯後你來再說罷。這會子有人，我也沒精神了。』賈蓉應了一聲，方慢慢的退去。

這裏劉姥姥心神方定，纔又說道：『今日我帶了你姪兒來，也不爲別的，只因他老子娘在家裏，連吃的都沒有。如今天又冷了，越想沒個派頭兒，只得帶了你姪兒越想說得親近，越見其舌強口拙。奔了你老來。』說着又推板兒道：『你那爹在家怎麼教你來？打發咱們作煞事來？只顧吃菓子咧。』活畫。鳳姐早已明白了，聽他不會說話，因笑止道：『不必說了，我知道了。』鳳姐自然明白，何用多說？因問周瑞家的：『這姥姥不知可用了早飯沒有？』問得週到劉姥姥忙說道：『一早就往這裏趕咧，那裏還有吃飯的工夫咧！』真正如此，活寫窮人光景。鳳姐聽說，忙命快傳飯來。一時周瑞家的傳了一桌客飯來，擺在東邊屋內，過來帶了劉姥姥和板兒過去吃飯。鳳姐說道：『周姐姐，好生讓着些兒，我不能陪了。』於是過東邊房裏來。又叫過周瑞家的去，問他纔回了太太，說了些什麼。寫得細密，一絲不漏。周瑞家的道：『太太說，他們家原不是一家子，不過因出一姓，當年又與太老爺在一處作官，偶然連了宗的。這幾年來也不大走動。當時他們來一遭，卻也沒空了他們。今兒既來了瞧瞧我們，是他的好意思，也不可簡慢了他。甲戌批：『窮親戚來看是好意思，余又自《石頭記》中見了，嘆嘆。』便是有什麼說的，叫奶奶鳳姐真會說話，雖對窮親戚，也能體貼，話語不傷對方，是爲難得，亦是爲後文留下伏筆也。

裁度着就是了。』鳳姐聽了說道：『我說呢，既是一家子，我如何連影兒也不知道。』（補寫一筆）

說話時，劉姥姥已吃畢了飯，拉了板兒過來，舔舌咂嘴（四字形象生動。）的道謝。鳳姐笑道：『且請坐下，聽我告訴你老人家。方纔的意思，我已知道了。若論親戚之間，原該不等上門來就該有照應纔是。但如今家內雜事太煩，太太漸上了年紀，一時想不到也是有的。況是我近來接着管些事，都不甚知道這些親戚們。二則外頭看着雖是烈烈轟轟的，殊不知大有大的艱難去處，（名句，也是實話。）說與人也未必信罷。今兒你既老遠的來了，又是頭一次見我張口，怎好叫你空回去呢。可巧昨兒太太給我的丫頭們做衣裳的二十兩銀子，我還沒動呢，你若不嫌少，就暫且先拿了去罷。』

那劉姥姥先聽見告艱難，只當是沒有，心裏便突突的；後來聽見給他二十兩，喜的又渾身發癢起來，（數語傳神，先寫其恐，後寫其喜，皆神妙之筆。）說道：『噯，我也是知道艱難的。但俗語說的：「瘦死的駱駝比馬大」，憑他怎樣，你老拔根寒毛，比我們的腰還粗呢！』（劉姥姥語雖粗俗，恰是實情。）周瑞家的見他說的粗鄙，只管使眼色止他。鳳姐看見，笑而不睬，只命平兒把昨兒那包銀子拿來，再拿一吊錢來，都送到劉姥姥的跟前。鳳姐乃道：『這是二十兩銀子，暫且給這孩子做件冬衣罷。若不拿着，就真是怪我了。（豈有不拿之理？）這錢僱車坐罷。改日無事，只管來逛逛，方是親戚們的意思。天也晚了，也不虛留你們了，到家裏該問

好的問個好兒罷。』一面說，一面就站了起來。處事利索

劉姥姥只管千恩萬謝的，拿了銀子錢，隨了周瑞家的來至外面。周瑞家的道：『我的娘啊！你見了他怎麼倒不會說了？開口就是「你姪兒」。我說句不怕你惱的話，便是親姪兒，也要說和軟些。蓉大爺纔是他的正經姪兒呢，他怎麼又跑出這麼一個姪兒來了。』甲戌批：『與前眼色真對，可見文章中無一個閑字。爲財勢一哭。』劉姥姥笑道：『我的嫂子，甲戌批：『赧顏如見。』我見了他，心眼兒裏愛還愛不過來，那裏還說的上話來呢。』二人說着，又到周瑞家坐了片時。劉姥姥便要留下一塊銀子與周瑞家孩子們買菓子吃，寫得週到周瑞家的如何放在眼裏，執意不肯。劉姥姥感謝不盡，仍從後門去了。正是：

得意濃時易接濟，受恩深處勝親朋。

【回後評】

此回寫寶玉初試，是上回寶玉夢遊之歸結。秦氏房中及夢中喊『可卿』之名等，作者均用迷離之筆，因是夢中。寶玉於迷茫中開始性覺醒，非真性行爲，作者故欲其迷離也。寶玉初試，作者用明白之筆，是真性行爲也，作者故欲其明白也。讀者千萬勿以夢遊爲真實，則負雪芹生花之筆，辨析入毫芒之思矣！故回目曰『初試』，的是初試無疑也。

襲人在諸人面前，皆作老誠正經純潔之態，此處特先加點破耳。則以後讀者可知其僞矣。

襲人之僞是『大巧若拙』，『大「僞」若愚』也。

前五回正寫寧、榮二府熱鬧處，忽陡出劉姥姥來，真是奇峰突起，文貴曲折，『於無聲處聽驚雷』，方見文章之奇。作者于極熱鬧處，陡出一極貧寒之家，極貧寒之人，一在天上，一在地下，卻合寫在一起，且能水乳交融，真乃神來之筆。

前數回寫富麗已令人目眩神移矣。此回寫貧窮，則事事貧窮，聲聲口口貧窮，且筆筆入神，恰如作者自幼即從貧窮中過來者。作者之筆神矣，吾於他書未見有此精能者！

此回寫世故人情能入木三分，令人如在當世，如親聞目見。於此可知作者實解透世情者也，此真『世事洞明皆學問，人情練達即文章』也。然雪芹筆下之『世事』、『人情』，實非對中之世事人情，亦非寶玉眼中之世事人情，讀者不能相混耳。

甲戌回末批：『一進榮府一回，曲折頓挫，筆如遊龍，且將豪華舉止令觀者已得大概，想作者應是心花欲開之候。　借劉嫗入阿鳳正文，「送宫花」寫「金玉初聚」爲引，作者真筆似遊龍，變幻難測，非細究至再三再四不記數，那能領會也。嘆嘆。』

【校　記】

〔一〕回目：各本同。惟甲戌、己卯『雲雨』作『雨雲』；蒙本、戚本『姥姥』作『老嫗』，甲辰本、程甲本『姥姥』作『老老』。

〔二〕回前詩，見甲戌本、楊本、戚本、蒙本。唯蒙本『猶』作『欲』。

〔三〕『可是說的』，庚本作『是啊人云』，從己卯、甲戌等各本改。

〔四〕『不防到唬的一展眼』，此句各本歧異甚多。原句顯有漏字。茲據甲辰、程甲改爲『不防倒唬了一跳，展眼……』。

〔五〕『衣裙窸窣』以下二十二字，庚辰本無。據甲戌、蒙府、戚序、甲辰、舒序本補。

〔六〕『也沒見你們……，我們王家的東西都是好的不成？』己卯、庚辰、楊本作『也沒見你們』，甲戌本作『也沒見我們』，蒙府本、戚序本、甲辰本、程甲、程乙本作『我們』，舒本作『也沒見我王家門的』。按此句己卯、庚辰、楊本作『也沒見你們』是對的，甲戌諸本『我們』兩字屬下讀也是對的，各本有的有『你們』而漏『我們』，有的有『我們』而漏『你們』，文句破損，語意纔不完整。蓋此爲鳳姐與賈蓉之俏皮語也。

第七回　送宮花賈璉戲熙鳳　宴寧府寶玉會秦鍾〔一〕

題曰：

十二花容色最新。不知誰是惜花人。
相逢若問何名氏，家住江南本姓秦。〔二〕

話說周瑞家的送了劉姥姥去後，便上來回王夫人話。甲戌批：『不回鳳姐，卻回王夫人，不交代處，正交代得清楚。』誰知王夫人不在上房，問丫鬟們時，方知往薛姨媽那邊說閒話去了。甲戌批：『文章只是隨筆寫來，便有流麗生動之妙。』周瑞家的聽說，便轉出東角門至東院，往梨香院來。剛至院門前，只見王夫人的丫鬟名金釧兒者，和一個纔留了頭的小女孩兒站在臺階坡上頑。從周瑞家的眼中寫出香菱（即英蓮）來。見周瑞家的來了，便知有話回，因向內努嘴兒。神態畢肖

周瑞家的輕輕掀簾進去，只見王夫人和薛姨媽長篇大套的說些家務人情等語。活畫兩人情狀。周瑞家的不敢驚動，遂進裏間來。只見薛寶釵穿着家常的衣服，甲戌批：『寫一人換一副筆墨，另出一花樣。』

金釧兒此處初見。

穿家常衣，散挽鬢兒

等，畫出寶釵平時情狀，爲以後文字先着一筆。

周瑞家的是王夫人陪房，故寶釵待之格外謙讓，與後文黛玉成一對照。

頭上只散挽着鬢兒，坐在炕裏邊，伏在小炕桌上同丫鬟鶯兒正描花樣子呢。甲戌批：『一幅繡窗仕女圖，虧想得週到。』見他進來，寶釵纔放下筆，轉過身來，滿面堆着笑讓：『周姐姐坐。』周瑞家的也忙陪笑問：『姑娘好？』一面炕沿上坐了，因說：『這有兩三天也沒見姑娘到那邊逛逛去，只怕是你寶兄弟衝撞了你不成？』晴猜一句，卻爲後來文字作引。寶釵笑道：『那裏的話。只因我那種病又發了，所以這兩天沒出屋子。』原來寶釵也有舊疾。周瑞家的道：『正是呢，姑娘到底有什麼病根兒，也該趁早兒請個大夫來，好生開個方子，認真吃幾劑藥，一勢兒除了根纔是。小小的年紀倒作下個病根兒，也不是頑的。』寶釵聽了便笑道：『再不要提吃藥。爲這病請大夫吃藥，也不知白花了多少銀子錢呢。憑你什麼名醫仙藥，從不見一點兒效。後來還虧了一個禿頭和尚，又是一個『禿頭和尚』，與黛玉前後照應。說專治無名之症，因請他看了。他說我這是從胎裏帶來的一股熱毒，病根也在胎裏，而且是熱毒。幸而先天壯，寶釵『先天壯』，便與黛玉大不一樣矣。還不相干；若吃尋常藥，是不中用的。他就說了一個海上方，又給了一包藥末子作引子，異香異氣的，不知是那里弄了來的。他說，發了時吃一丸就好。倒也奇怪，吃他的藥倒效驗些。』

周瑞家的因問：『不知是個什麼海上方兒？姑娘說了，我們也記着，說與人知道，倘遇見這樣病，也是行好的事。』寶釵見問，乃笑道：『不用這方兒還好，若用了這藥方兒，真真把人瑣碎死了。東西藥料一概都有限，只難得「可巧」二字：要春

（藥方如此離奇，作者故神其事，所謂『假語村言』也。）

（『冷香丸』之名，直攝寶釵之神。）

天開的白牡丹花蕊十二兩，夏天開的白荷花蕊十二兩，秋天的白芙蓉蕊十二兩，冬天的白梅花蕊十二兩。將這四樣花蕊，於次年春分這日曬乾，和在藥末子一處，一齊研好。又要雨水這日的雨水十二錢——』周瑞家的忙道：『噯喲！這麽說來，這就得三年的工夫。倘或雨水這日竟不下雨，這卻怎處呢？』寶釵笑道：『所以說那裏有這樣可巧的雨，便沒雨也只好再等罷了。還要白露這日的露水十二錢，霜降這日的霜十二錢，小雪這日的雪十二錢。（如此怪異，明明叫人不可辨也。）把這些水調勻，和了藥，再加十二錢蜂蜜，十二錢白糖，丸了龍眼大的丸子，盛在舊磁罈內，埋在花根底下。若發了病時，拿出來吃一丸，用十二分黃柏煎湯送下。』

周瑞家的聽了笑道：『阿彌陀佛，真坑死人的事兒！等十年未必都這樣巧的呢。』（實情如此，一絲不假。）寶釵道：『竟好，自他說了去後，一二年間可巧都得了，好容易配成一料。如今從南帶至北，現在就埋在梨花樹底下呢。』周瑞家的又問道：『這藥可有名字沒有呢？』寶釵道：『有。這也是那癩頭和尚說下的，叫作「冷香丸」。』周瑞家的聽了點頭兒，因又說：『這病發了時到底覺怎麽着？』寶釵道：『也不覺甚怎麽着，只不過喘嗽些，吃一丸下去也就好些了。』（甲戌批：『以花爲藥，可是吃煙火人想得出者，諸公且不必問其事之有無，只據此新奇妙文悅我等心目，便當浮一大白。』）

周瑞家的還欲說話時，忽聽王夫人問：『誰在房裏呢？』周瑞家的忙出去答應了，趁便回了劉姥姥之事。（劉姥姥之事，此處了結。）略待半刻，見王夫人無語，方欲退出，薛姨媽忽此處方正式點明香菱的名字。

寶釵『從來不愛花兒粉兒』，再添一筆，與上文照應。

『凄涼舊事不堪問』，香菱五歲被拐，

又笑道：（寫生妙筆，一個無語，一個卻忽有話。）『你且站住，我有一宗東西，你帶了去罷。』說着便叫香菱。只聽簾櫳響處，方纔和金釧頑的那個小丫頭進來了，問：『奶奶叫我作什麼？』薛姨媽道：『把匣子裏的花兒拿來。』香菱答應了，向那邊捧了個小錦匣來。薛姨媽道：『這是宮裏頭的新鮮樣法，拿紗堆的花兒十二支。昨兒我想起來，白放着可惜了兒的，何不給他們姊妹們戴去。昨兒要送去，偏又忘了。你今兒來的巧，就帶了去罷。你家的三位姑娘，每人一對，剩下的六枝，送林姑娘兩枝，那四枝給了鳳哥罷。』王夫人道：『留着給寶丫頭戴罷，又想着他們作什麼！』薛姨媽道：『姨娘不知道，寶丫頭古怪着呢，他從來不愛這些花兒粉兒的。』

說着，周瑞家的拿了匣子，走出房門，見金釧仍在那裏曬日陽兒。周瑞家的因問他道：『那香菱小丫頭子，可就是常說臨上京時買的，爲他打人命官司的那個小丫頭子麼？』（此處補出香菱來歷。）金釧道：『可不就是他！』正說着，只見香菱笑嘻嘻的走來。周瑞家的便拉了他的手，細細的看了一會，因向金釧兒笑道：『倒好個模樣兒，竟有些像咱們東府裏蓉大奶奶的品格兒。』（難怪兩家要爭她。甲戌批：『一擊兩鳴法，二人之美並可知矣。再忽然想到秦可卿，何玄幻之極，假使說像榮府中所有之人，則死板之至，故遠遠以可卿之貌爲譬，似極扯淡，然卻是天下必有之情事。』）金釧兒笑道：『我也是這們說呢。』周瑞家的又問香菱：『你幾歲投身到這裏？』又問：『你父母今在何處？今年十幾歲了？本處是那裏人？』香菱聽問，都搖頭說：『不記得了。』周瑞家的和金釧兒聽了，倒反爲嘆息傷感一回。

離開父母，是真一點也不記得，還是記得一點，不堪回首呢？

惜春與智能在一起，並說『我明兒也剃了頭同他作姑子去呢』，此時雖是戲言，卻是作者深筆。

甲戌眉批：『閑閑一筆，卻將後半部線索提動。』

『于老爺』，隨筆成文也，不必真有其

一時間，周瑞家的攜花至王夫人正房後頭來。原來近日賈母說孫女兒們太多了，一處擠着倒不方便，只留寶玉黛玉二人這邊解悶，（可見賈母對黛玉如同寶玉。）卻將迎、惜、探三人移到王夫人這邊房後三間小抱厦內居住，令李紈陪伴照管。如今周瑞家的故順路先往這裏來，（一路寫來，歷歷分明。）只見幾個小丫頭子都在抱厦內聽呼喚呢。（可見賈府下人之多。）只見迎春的丫鬟司棋與探春的丫鬟待書（甲戌批：『妙名。賈府四釵之鬟，暗以琴棋書畫四字列名，省力之甚，醒目之甚，卻是俗中不俗處。』）二人正掀簾子出來，手裏都捧着茶鍾。周瑞家的便知他們姊妹在一處坐着呢，遂進入內房，只見迎春探春二人正在窗下下圍棋。周瑞家的將花送上，說明緣故。二人忙住了棋，都欠身道謝，（迎、探二人亦謙謙有禮。）命丫鬟們收了。

周瑞家的答應了，因說：『四姑娘不在房裏，只怕在老太太那邊呢。』丫鬟們道：『那屋裏不是四姑娘？』周瑞家的聽了，便往這邊屋裏來。只見惜春正同水月庵的小姑子智能兒（智能初見，爲後文一引。）一處頑耍呢，見周瑞家的進來，惜春便問他何事。周瑞家的便將花匣打開，說明原故。惜春笑道：『我這裏正和智能兒說，我明兒也剃了頭同他作姑子去呢，（一語直貫後文。）可巧又送了花兒來；若剃了頭，可把這花兒戴在那裏呢？』說着，大家取笑一回，惜春命丫鬟入畫來收了〔三〕。

周瑞家的因問智能兒：『你是什麼時候來的？你師父那秃歪剌往那裏去了？』智能兒道：『我們一早就來了。我師父見了太太，就往于老爺府內去了，叫我在這裏等人。如首回之甄士隱邀賈雨村書房小坐，忽『嚴老爺』來之嚴老爺，亦此類也。讀者可以自明。

短短一段文字，具萬千神韻，世間何人之筆，能與雪芹並驅哉！

作者只寫賈璉笑聲，不露鳳姐。然寫賈璉實即寫鳳姐也。賈璉、鳳姐夫婦也。故雖寫其放縱，而未着墨，至後文賈璉與多姑娘、鮑二家的，則又是另一副筆墨。

甲戌批：『妙文奇想，阿鳳之爲人豈有不着意於風月二字之

他呢。』周瑞家的又道：『十五的月例香供銀子可曾得了沒有？』 可見賈府每月都佈施香供。 智能兒搖頭兒說：『我不知道。』 甲戌批：『妙，年輕未任事也。一應騙佈施、哄齋供諸惡，皆是老禿賊設局。寫一種人，一種人活像。』 惜春聽了，便問周瑞家的：『如今各廟月例銀子是誰管着？』周瑞家的道：『是余〔四〕信管着。』 余信專管『各廟月例』，可見賈府所供廟庵不止一二處也。 惜春聽了笑道：『這就是了。他師父一來，余信家的就趕上來，和他師父咕唧了半日，想是就爲這事了。』 甲戌批：『一人不落，一（事）不忽，伏下多少後文，豈真爲送花哉？』

那周瑞家的又和智能兒嘮叨了一會，便往鳳姐兒處來。穿夾道從李紈後窗下過，隔着玻璃窗户，見李紈在炕上歪着睡覺呢， 細筆傳神，如描如繪，令讀者如同親見。 遂越過西花牆，出西角門進入鳳姐院中。走至堂屋，只見小丫頭豐兒坐在鳳姐房門檻上， 一道防線 見周瑞家的來了，連忙擺手兒， 傳神。 叫他往東屋裏去。周瑞家的會意，忙躡手躡足 傳神。 往東邊房裏來，只見奶子正拍着大姐兒睡覺呢。周瑞家的悄問奶子道：『姐兒睡中覺呢？也該請醒了。』奶子搖頭兒。 只是不說，或擺手或搖頭，真無聲勝有聲也！ 正說着，只聽那邊一陣笑聲， 此處卻有聲。真『柳藏鸚鵡語方知』也。 卻有賈璉的聲音。接着房門響處，平兒拿着大銅盆出來，叫豐兒舀水進去。 此處作者故意洩漏春光耳。 平兒便到這邊來，一見了周瑞家的便問：『你老人家 平兒還稱他『老人家』。 又跑了來作什麼？』周瑞家的忙起身，拿匣子與他，說送花兒一事。平兒聽了，便打開匣子，拿了四枝，轉身去了。半刻工夫， 交代了一件。 手裏拿出兩枝來，先叫彩明吩咐道：『送到那邊府裏給小蓉大奶奶戴去。』 由鳳姐再送可卿，足見兩人之親密。 次後方命周瑞家的回去道謝。

理哉？若直以明筆寫之，不但唐突阿鳳聲價，亦且無妙文可賞。若不寫之，又萬萬不可。故只用「柳藏鸚鵡語方知」之法，略一皴染，不獨文字有隱微，亦且不至污瀆阿鳳之英風俊骨，所謂此書無一不妙。』甲戌眉批：『余素所藏仇十洲《幽窗聽鶯暗春圖》其心思筆墨已是無雙，今見此阿鳳一傳，則覺畫工太板。』

周瑞家的問她，她非但不答，卻向其母連連發問，然後說明自己來由。文章便如二月新花，隨枝自生，略無板滯。

周瑞家的說她女兒『小人兒家沒經過什麼事，就急得你這樣了。』則可見她是久經閱歷，且依靠賈府之勢，事事遂意，故口氣如此派勢也。作者不

周瑞家的這纔往賈母這邊來。穿過了穿堂，擡頭忽見他女兒打扮着纔從他婆家來。（忽又岔出一事，作者之筆如源泉自湧。）周瑞家的忙問：『你這會跑來作什麼？』他女兒笑道：『媽一向身上好？我在家裏等了這半日，媽竟不出去，什麼事情這樣忙的不回家？我等煩了，自己先到了老太太跟前請了安了，這會子請太太的安去。媽還有什麼不了的差事？手裏是什麼東西？』周瑞家的笑道：『噯！今兒偏偏的來了個劉姥姥，我自己多事，爲他跑了半日；這會子又被姨太太看見了，送這幾枝花兒與姑娘奶奶們。這會子還沒送清楚呢。你這會子跑了來，一定有什麼事。』（前問未答，故再發問，因其來得突兀也。）他女兒笑道：『你老人家倒會猜。（到底被她看透。）實對你老人家說，你女婿（即冷子興也。）前兒因多吃了兩杯酒，和人分争，不知怎的被人放了一把邪火，說他來歷不明，告到衙門裏，要遞解還鄉。所以我來和你老人家商議商議，這個情分，求那一個可以了事呢？』周瑞家的聽了道：『我就知道呢。這有什麼大不了的事！（一個陪房，尚且如此大口氣，則賈府之勢可知。）你且家去等我，我給林姑娘送了花兒去就回家去。此時太太二奶奶都不得閑兒，你回去等我。這有什麼？忙的如此。』（再加一句，視衙門如兒戲，寫周瑞家的，亦即寫賈府也。）女兒聽說，便回去了，又說：『媽，好歹快來。』周瑞家的道：『是了。小人兒家沒經過什麼事，就急得你這樣了。』說着，便到黛玉房中去了。

誰知此時黛玉不在自己房中，（寫黛玉又不在房中，文章處處無定格，故處處生新也。）卻在寶玉房中大家解九連環頑兒呢。周瑞家的進來笑道：『林姑娘，姨太太着我送花兒與姑娘戴來了。』寶玉聽說，

便先問：『什麼花兒？拿來給我。』一面早伸手接過來了。【寫寶玉愛攬事，的是活寶玉。】開匣看時，原來是宮製堆紗新巧的假花兒。黛玉只就寶玉手中看了一看，【寫黛玉輕之甚矣！】便問道：『還是單送我一人的，還是別的姑娘們都有呢？』周瑞家的道：『各位都有了，這兩枝是姑娘的了。』黛玉冷笑道：『我就知道，別人不挑剩下的也不給我。』周瑞家的聽了，一聲兒不言語。【『一聲兒不言語』，心中極生反感也。】寶玉便問道：『周姐姐，你作什麼到那邊去了？』周瑞家的因說：『太太在那裏，因回話去了，姨太太就順便叫我帶來了。』寶玉道：『寶姐姐在家作什麼呢？怎麼這幾日也不過這邊來？』周瑞家的道：『身上不大好呢。』寶玉聽了，便和丫頭說：『誰去瞧瞧？只說我與林姑娘打發了來請姨太太姐姐安，【將自己與黛玉並提，可見二人親厚之情景。】問姐姐是什麼病，現吃什麼藥。論理，我該親自來的，就說纔從學裏來，也着了些涼，異日再親自來看罷。』說着，茜雪〔五〕便答應去了。周瑞家的自去，無話。

原來這周瑞的女婿，便是雨村的好友冷子興，【此處點明】近因賣古董和人打官司，故教女人來討情分。周瑞家的仗着主子的勢利，把這些事也不放在心上，【直寫周瑞家的仗勢！】晚間只求求鳳姐兒便完了。【仍舊歸到鳳姐身上，可見鳳姐平日之仗勢。】

至掌燈時分，鳳姐已卸了妝，來見王夫人回話：『今兒甄家送了來的東西，【甲戌批：『又提甄家。』】我已收了。咱們送他的，趁着他家有年下進鮮的船回去，一併都交給他們帶

正寫賈府，只用側筆一點染，則賈府之勢出矣！

寫黛玉連接都不接，可見其輕之矣。然物是薛姨媽之物，送者又是王夫人陪房，而黛玉全不顧及。任性而行，還說『別人不挑剩下的也不給我』，則非但對周瑞家的不禮且復責之矣！於是吾知黛玉之必不得衆也。

甲戌眉批：『余問（謂）送花一回。薛姨媽云：寶丫頭不喜這些花兒粉兒的，則謂是寶釵正傳，又至阿鳳惜春一段，則又知是阿鳳正傳；今又到顰兒一段，卻又將阿顰之天性從骨中一寫，方知亦係顰兒正傳，小說中一筆作兩三筆者有之，一事啓兩事者有之，未有如此恒河沙數之筆也。』

同一件事，黛玉的一番舉止、一番言語，與

寶釵對照，固已冷熱大相懸殊，即與迎、探、惜比較，亦不如是輕之淡之也，於是乎作者寫一事而諸人性格躍然紙上矣！

『臨安伯』，亦是隨筆成文。

尤氏獨請鳳姐，足見鳳姐與寧府親熱，爲以後協理先鋪一筆。

甲戌眉批：『欲出鯨卿，卻先小妯娌閑閑一聚，隨筆帶出，不見一絲作造。』

了去罷？』王夫人點頭。鳳姐又道：『臨安伯老太太生日的禮已經打點了，派誰送去呢？』王夫人道：『你瞧誰閑着，就叫他們去四個女人就是了，又來當什麼正經事問我。』（說得是。甲戌批：『虛描二事，真真千頭萬緒，紙上雖一回兩回中或有不能寫到阿鳳之事，然亦有阿鳳在彼處手忙心忙矣，觀此回可知。』）鳳姐又笑道：『今日珍大嫂子來，請我明日過去逛逛，明日倒沒有什麼事情。』王夫人道：『有事沒事都害不着什麼。每常他來請，有我們，你自然不便意；他既不請我們，單請你，可知是他誠心叫你散淡散淡。別辜負了他的心，便有事也該過去纔是。』鳳姐答應了。當下李紈、迎、探等姊妹們亦來定省畢，各自歸房無話。

次日，鳳姐梳洗了，先回王夫人畢，方來辭賈母。寶玉聽了，也要跟了逛去。（寶玉卻是自己要去。）鳳姐只得答應，立等着換了衣服，姐兒兩個坐了車，一時進入寧府。早有賈珍之妻尤氏與賈蓉之妻秦氏婆媳兩個，引了多少姬妾丫鬟媳婦等接出儀門。（足見尤氏秦氏待鳳姐之重。）那尤氏一見了鳳姐，必先嘲笑一陣，（親熱至極）一手攜了寶玉同入上房來歸坐。秦氏獻茶畢，鳳姐因說：『你們請我來作什麼？有什麼好東西孝敬我，就快獻上來，我還有事呢。』（鳳姐的派勢、語氣與尤、秦恰成對照。）尤氏、秦氏未及答話，地下幾個姬妾先就笑說：『二奶奶今兒不來就罷，既來了，就依不得二奶奶了。』正說着，只見賈蓉進來請安。寶玉因問：『大哥哥今日不在家麼？』尤氏道：『出城與老爺請安去了。（先把賈珍交代過。）可是，你怪悶的，坐在這裏作什麼，何不也去逛逛？』

秦鍾尚未出來，先就一番議論，先是寶玉要看，接着鳳姐也要看，再加尤氏一描，鳳姐一說，賈蓉一讓，於是秦鍾雖未出而衆目已畢集矣！

確是阿鳳口氣，別人決不這樣說話。真是聽其聲而便能知其人也。

甲戌眉批：『此等處寫阿鳳之放縱，是爲後回伏線。』

一個秦鍾出場，費如許筆墨，令人不解。

秦氏笑道：『今兒巧，上回寶叔立刻要見的我那兄弟，他今兒也在這裏，想在書房裏呢，寶叔何不去瞧一瞧？』（再接上回，天然接榫。）寶玉聽了，即便下炕要走。尤氏、鳳姐都忙說：『好生着，忙什麽。』一面便吩咐：『好生小心跟着，別委屈着他，倒比不得跟了老太太過來就罷了。』鳳姐說道：『既這麽着，何不請進這秦小爺來，我也瞧一瞧。難道我見不得他不成？』尤氏笑道：『罷，罷！可以不必見他，比不得咱們家的孩子們，胡打海摔的慣了。人家的孩子都是斯斯文文的慣了，乍見了你這破落户，還被人笑話死了呢。』鳳姐笑道：『普天下的人，我不笑話就罷了。竟叫這小孩子笑話我不成？』賈蓉笑道：『不是這話。他生的靦腆，沒見過大陣仗兒，嬸子見了，沒的生氣。』（再加賈蓉一描。）鳳姐啐道：『他是哪吒，我也要見一見！別放你娘的屁了。（真正是鳳辣子！）再不帶來我看，給你一頓好嘴巴。』（出場鑼鼓已打到最高潮。）賈蓉笑嘻嘻的說：『我不敢扭着，就帶他來。』

說着，果然出去帶進一個小後生來，較寶玉略瘦些，眉清目秀，粉面朱唇，身材俊俏，舉止風流，似在寶玉之上。只是怯怯羞羞，有女兒之態，（只幾句話，便活畫出一個秦鍾來。）靦腆含糊，慢向鳳姐作揖問好。鳳姐喜的先推寶玉，笑道：『比下去了！』（一句話，抵多少贊詞。）便探身一把攜了這孩子的手，就命他身傍坐了，慢慢的問他：幾歲了，讀什麽書，弟兄幾個，學名喚什麽。秦鍾一一答應了。早有鳳姐的丫鬟媳婦們見鳳姐初會秦鍾，並未備得表禮來，遂忙過那邊去告訴平兒。平兒知道鳳姐與秦氏厚密，雖是小後生平兒深知阿鳳之意，故所備表禮極合鳳意，鳳姐笑說太簡薄等語，只是客氣而已。

寶玉會秦鍾是此回重點，故必有寶玉一大段傻想。

二人所想，合在一起，真是相見恨晚耳！真是『以膠投漆中，誰能別離此』也。

家，亦不可太儉，遂自作主意，拿了一匹尺頭、兩個『狀元及第』的小金錁子，交付與來人送過去。鳳姐猶笑說太簡薄等語。秦氏等謝畢。一時吃過飯，尤氏、鳳姐、秦氏等抹骨牌，不在話下。

那寶玉自見了秦鍾的人品出衆，心中似有所失，癡了半日，自己心中又起了獃意，乃自思道：『天下竟有這等的人物！如今看來，我竟成了泥猪癩狗了。可恨我爲什麼生在這侯門公府之家，若也生在寒門薄宦之家，早得與他交結，也不枉生了一世。我雖如此比他尊貴，可知錦繡紗羅，也不過裹了我這根死木頭；美酒羊羔，也不過填了我這糞窟泥溝。「富貴」二字，不料遭我荼毒了！』（的是寶玉所想，別人斷不能作此想。）秦鍾自見了寶玉形容出衆，舉止不凡，更兼金冠繡服，驕婢侈童，心中亦自思道：『果然這寶玉怨不得人溺愛他。可恨我偏生於清寒之家，不能與他耳鬢交接，可知「貧窶」二字限人，亦世間之大不快事。』（亦的是秦鍾所想。）二人一樣的胡思亂想。忽然寶玉問他讀什麼書。（問到關鍵處了。）秦鍾見問他，因而答以實話。二人你言我語，十來句後，越覺親密起來。

一時擺上茶菓，寶玉便說：『我兩個又不吃酒，把菓子擺在裏間小炕上，我們那裏坐去，省得鬧你們。』（寶玉總是另有花樣。）於是二人進裏間來吃茶。秦氏一面張羅與鳳姐擺酒菓，一面忙進來囑寶玉道：『寶叔，你姪兒倘或言語不防頭，你千萬看着我，不要理他。他雖靦腆，卻性子左強，不大隨和，（偏偏是太隨和了。）此是有的。』寶玉笑道：『你去罷，正是好機會，可以一起讀書矣！

水到渠成，天然湊巧。

我知道了。』秦氏又囑了他兄弟一回，方去陪鳳姐。（雖是多餘之囑，卻並非多餘之文。）

一時鳳姐、尤氏又打發人來問寶玉：『要吃什麽，外面有，只管要去。』寶玉只答應着，也無心在飯食上。（無心在飯食上，卻專心在秦鍾上。）只問秦鍾近日家務等事。秦鍾因說：『業師於去年病故，家父又年紀老邁，殘疾在身，公務繁冗，因此尚未議及再延師一事，目下不過在家溫習舊課而已。再讀書一事，必須有一二知己爲伴，時常大家討論，纔能進益。』（正中寶玉之懷。）寶玉不待說完，便答道：『正是呢。我們卻有個家塾，合族中有不能延師的，便可入塾讀書，子弟們中亦有親戚在內可以附讀。我因業師上年回家去了，也現荒廢着呢。家父之意，亦欲暫送我去溫習舊書，待明年業師上來，再各自在家裏讀。家祖母因說：一則家學裏之子弟太多，生恐大家淘氣，反不好；二則也因我病了幾天，遂暫且耽擱着。如此說來，尊翁如今也爲此事懸心。今日回去，何不稟明，就往我們敝塾中來，我亦相伴，彼此有益，豈不是好事？』秦鍾笑道：『家父前日在家提起延師一事，也曾提起這裏的義學倒好，原要來和這裏的親翁商議引薦。（事事湊巧）因這裏又事忙，不便爲這點小事來聒絮的。寶叔果然度小姪或可磨墨滌硯，何不速速的作成，又彼此不致荒廢，又可以常相談聚，又可以慰父母之心，又可以得朋友之樂，豈不是美事？』寶玉道：『放心，放心。（連說兩個『放心』，足見寶玉更求必成。）咱們回來告訴你姐夫姐姐和璉二嫂子。你今日回家就稟明令尊，我回去再稟明祖母，再無不速成之理。』二人計議已定。那焦大醉罵事，從秦鍾引起，足見焦大醉是醉，罵是罵，並非事出無因，糊塗亂罵也。

又借焦大一露作者家世真事。蓋雪芹五世祖曹振彥參加入關前之大凌河之戰，曾立軍功，復從龍入關，參加山海關之戰，順治初，曹振彥及其子曹璽，復參加山西大同平姜瓖之戰，曹家最初確是以軍功起家也。尤氏所說，焦大所罵雖是『假語村言』，但真事已隱其中矣！

不顧體面的不是焦大，卻反說焦大不顧

天氣已是掌燈時候，出來又看他們頑了一回牌。算賬時，卻又是秦氏、尤氏二人輸了戲酒的東道，言定後日吃這東道。一面就叫送飯。

吃畢晚飯，因天黑了，尤氏因說：『先派兩個小子送了這秦相公家去。』媳婦們傳出去半日，秦鍾告辭起身。尤氏問：『派了誰送去？』媳婦們回說：『外頭派了焦大，誰知焦大醉了，又罵呢。』（甲戌批：『可見罵非一次。』）尤氏、秦氏都說道：『偏又派他作什麼！（深知派他不妥，則焦大平時情形可知。）放着這些小子們，那一個派不得？偏要惹他去。』（尤氏、秦氏固知焦大惹不得也。讀者可以深思。）鳳姐道：『我成日家說你太軟弱了，縱的家裏人這樣還了得了？』（鳳姐哪里知道詳情。）尤氏嘆道：『你難道不知這焦大的？連老爺都不理他的，你珍大哥哥也不理他。只因他從小兒跟着太爺們出過三四回兵，從死人堆裏把太爺背了出來，得了命；自己挨着餓，卻偷了東西來給主子吃；兩日沒得水，得了半碗水給主子喝，他自己喝馬溺。不過仗着這些功勞情分，有祖宗時都另眼相待，如今誰肯難爲他去。他自己又老了，又不顧體面，一味吃酒，吃醉了，無人不罵。我常說給管事的，不要派他差事，全當一個死的就完了。今兒又派了他。』鳳姐道：『我何嘗不知這焦大。倒是你們沒主意，有這樣的，何不打發他遠遠的莊子上去就完了！』（朝廷尚且把諍臣遠放，何況焦大乎？）說着，因問：『我們的車可齊備了？』地下衆人都應道：『伺候齊了。』

鳳姐起身告辭，和寶玉攜手同行。尤氏等送至大廳，只見燈燭輝煌，衆小厮都在體面，世事往往是非顛倒也，可勝浩嘆！

焦大益發罵開了。作者正借焦大之醉，一洩胸中之憤也！

正被鳳姐聽着。

焦大索性罵個痛快淋漓，作者亦寫個痛快淋漓也。

靖本眉批：『焦大之醉，伏可卿死。作者秉刀斧之筆，一字一淚，一淚化一血珠！惟批書者知之。』

焦大反成了禍害，令人掩卷長嘆！

越想把他掀翻捆倒，越惹他淋漓痛罵，

丹墀侍立。好氣派。那焦大又恃賈珍不在家——即在家亦不好怎樣他——更可以任意灑落灑落。因趁着酒興，先罵大總管賴二，甲戌批：『記清，榮府中則是賴大，又故意綜錯的妙。』說他不公道，欺軟怕硬，『有了好差事就派別人，像這等黑更半夜送人的事，就派我。沒良心的王八羔子！瞎充管家！你也不想想，焦大太爺蹺蹺腳，比你的頭還高呢。二十年頭裏的焦大太爺眼裏有誰？別說你們這一起雜種王八羔子們！』

正罵的興頭上，賈蓉送鳳姐的車出去，衆人喝他不聽，賈蓉忍不得，便罵了他兩句，使人捆起來：『等明日酒醒了，問他還尋死不尋死了！』賈蓉自己招罵。那焦大那裏把賈蓉放在眼裏，反大叫起來，趕着賈蓉叫：『蓉哥兒，你別在焦大跟前使主子性兒。别說你這樣兒的，就是你爹、你爺爺，也不敢和焦大挺腰子！不是焦大一個人，你們就做官兒、享榮華、受富貴？你祖宗九死一生掙下這家業，到如今了，不報我的恩，反和我充起主子來了。甲戌批：『忽接此焦大一段，真可驚心駭目，一字化一淚，一淚化一血珠。』不和我說別的還可，若再說別的，咱們紅刀子進去，白刀子出來！』確是醉人醉話，然俗語云：『酒在肚，事在心』也。甲戌批：『是醉人口中文法。一段借醉奴口角閑閑補出寧榮往事近故，特爲天下世家一笑（哭？）。』鳳姐在車上說與賈蓉道：『以後還不早打發了這個沒王法的東西！留在這裏豈不是禍害？倘或親友知道了，豈不笑話咱們，這樣的人家，連個王法規矩都沒有？』親友知道焦大所罵，豈止笑話而已！賈蓉答應『是』。

衆小廝見他太撒野了，只得上來幾個，掀翻捆倒，拖往馬圈裏去。焦大越發連文章一浪高似一浪，好看煞人！

焦大最後一罵，真是石破天驚，其實嚇得『魂飛魄散』的豈是什麽衆小廝？然衆小廝自亦有嚇得『魂飛魄散』之理，作者之筆，利於刀斧！

賈珍都說出來，亂嚷亂叫說：『我要往祠堂裏哭太爺去。那裏承望到如今生下這些畜牲來，每日家偷狗戲雞，爬灰的爬灰，養小叔子的養小叔子，我什麽不知道？其實知道的豈止焦大一人而已。咱們「胳膊折了往袖子裏藏」！』衆小廝聽他說出這些沒天日的話來，唬的魂飛魄散，也不顧別的了，便把他捆起來，用土和馬糞滿滿的填了他一嘴。一頓醉罵，換來一嘴馬糞。世間報應，往往如此。

鳳姐和賈蓉等也遥遥的聞得，便都裝作沒聽見。『都裝作沒聽見』，妙。兩句話，特意點醒，是作者深筆。寶玉在車上見這般醉鬧，倒也有趣，因問鳳姐道：『姐姐，你聽他說「爬灰的爬灰」，什麽是「爬灰」？』再着寶玉一問，則此事明而又明矣！鳳姐聽了，連忙立眉嗔目斷喝道：『少胡說！那是醉漢嘴裏混唚，你是什麽樣的人，不說沒聽見，還倒細問，此事豈可細問。等我回去回了太太，看捶你不捶你！』唬得寶玉忙央告道：『好姐姐，我再不敢了。』鳳姐道：『這纔是呢。量你也不敢回太太。等咱們到了家，回了老太太，打發你同你秦家姪兒學裏念書去要緊。』說着，卻自回往榮府而來。正是：

不因俊俏難爲友，正爲風流始讀書。

【回後評】

此回開頭即由周瑞家的來回王夫人話，然後先至梨香院，見王夫人正與薛姨媽說話；又見寶釵穿家常衣服伏案描花，然後說『冷香丸』事；忽又聽王夫人喚；忽又有薛姨媽囑送宮花事；出門時見金釧又問香菱事；然後至王夫人房後小抱廈；然後見迎、探下棋；又往『這邊屋裏來』，見惜春與智能，戲說惜春剃頭事，又問各廟月例事；然後便往鳳姐處來，又從李紈後窗下過，見李紈睡覺；然後過西牆，出西角門進鳳姐院。周瑞家的恰如文章之針線，作者細針密線歷歷寫來，令讀者如同穿房入户，與之同行、同見、同聞。作者之筆如流水蜿蜒，如春雲舒卷，令人於不經意之間隨其信筆漫步耳，真神妙之筆！

同一送宮花事，寶釵、迎、探、惜諸人對周瑞家的態度各有不同而均甚熱；到黛玉時，卻甚冷淡，且用冷言待周瑞家的，與以上成一對照。作者用同一事件，寫出各個不同性格，且歷歷分明，令人難忘，足見作者大手筆！

借送宮花，又將『冷香丸』細寫，寫『冷香丸』實是寫寶釵也，寶釵實可以『冷香』兩字括之。

借送宮花，又寫出賈璉戲熙鳳事，作者用筆含而不露，然實已點明矣。或曰：作者不明寫如多姑娘者是惜熙鳳也。予以爲此論誤矣。不知作者之用筆，特重分寸，璉、鳳夫婦也，故以隱筆寫之；多姑娘、鮑二家的，苟合也，故以髒筆寫之；尤二姐，偷娶也，故以另一副筆墨寫之，只寫賈璉之貪，二姐之圖苟安感激！可見作者用筆分毫不差，其神妙若此，吾於他書未能見也。

作者借冷子興的官司，寫周瑞家的氣勢，寫周瑞家的實是寫鳳姐也，於此可知鳳姐之霸之辣矣，於是乎遂有鐵檻寺之後文。

寶玉會秦鍾是此回特筆，看秦鍾出場之前多少烘托文字，其渲染處僅略遜於寶玉，想於秦鍾必有重筆矣，不意秦鍾卻於十六回即夭逝，竊以爲作者於秦鍾之文字，因可卿之死之改筆，亦有所簡縮，此意未敢必然，姑記于此，以待高明耳。

焦大醉罵，是此回高潮，亦是全書之奇峰突起，作者借焦大之口，一吐胸中積憤。焦大説『那裏承望到如今生下這些畜牲來』，則是焦大之罵世家也，亦是雪芹之罵世家也。《石頭記》，固記一世家之書也。前人有『雪芹紀一世家，能包括百千世家』之説。雪芹于紀世家之初，即借焦大痛罵賈府一世家之必敗，則亦痛罵『百千世家』之必敗也。夫世家者，詩禮之家也，雪芹罵世家，則亦痛罵詩禮之家也，痛罵詩禮之家之骯髒腐敗虛僞，則亦即罵詩禮也，亦即罵程、朱也。嗚呼！吾於是得雪芹之深意矣！讀者其能許之乎！

【校　記】

〔一〕回目：己卯、庚辰、甲辰、程甲同，甲戌、舒本作『送宮花周瑞嘆英蓮，談肄業秦鍾結寶玉。』蒙本、戚本、列本作『尤氏女獨請王熙鳳，賈寶玉初會秦鯨卿。』

〔二〕回前詩，見甲戌本、蒙本、戚本。甲戌本『何名氏』作『名何氏』。其他諸本無。

〔三〕『命丫鬟入畫來收了』，庚本作『丫鬟放在匣子裏』。據甲戌、甲辰、舒序本改。

〔四〕『余信』，庚本作『蔡信』，據甲戌、戚序、甲辰、舒序諸本改。下文『余信家的』同。

〔五〕『茜雪』，庚辰本作『茜雲』，據甲戌、蒙府、戚序、甲辰、舒序本改。

第八回　比通靈金鶯微露意　探寶釵黛玉半含酸〔一〕

題曰：

古鼎新烹鳳髓香。那堪翠斝貯瓊漿。
莫言綺縠無風韻，試看金娃對玉郎。〔二〕

此是第一件要辦的事，又有鳳姐幫忙，自然一說即成。

甲戌批：『敘事有法，若只管寫看戲，便是一無見世面之暴發貧婆矣。寫「隨便」二字，興高則往，興敗則回，方是世代封君正傳，且高興二字，又可生出多

話說鳳姐和寶玉回家，見過衆人。寶玉先〔三〕便回明賈母秦鍾要上家塾之事，自己也有了個伴讀的朋友，正好發奮；又着實的稱贊秦鍾的人品行事，最使人憐愛。鳳姐又在一旁幫着說『過日他還來拜老祖宗』等語，說的賈母喜歡起來。鳳姐又趁勢請賈母後日過去看戲。看戲事。亦是作者家中舊事，作者家中原有戲班。賈母雖年老，卻極有興頭。至後日，又有尤氏來請，遂攜了王夫人、林黛玉、寶玉等過去看戲。至晌午，賈母便先回來歇息了。王夫人本是好清淨的，見賈母回來也就回來了。然後鳳姐坐了首席，盡歡至晚無話。

卻說寶玉因送賈母回來，待賈母歇了中覺，意欲還去看戲取樂，又恐擾的秦氏等

少文章來。』

久不見寶釵，讀者也願一見。

雪芹筆下清客相公之嘴臉，詹光（沾光）、單聘仁（善騙人）等諧音詞，亦作者對當時社會上弄虛作假，以假亂真等社會現象之揭露諷刺也。

甲戌眉批：『一路用淡三色烘染，行雲流水之法寫出貴公子家常不跡（即）不離氣致，經歷過者則喜其寫真，未經者恐不免嫌繁。』

甲戌眉批：『余亦受過此騙，今閱至此赧然一笑。此時有三十年前向余作此語之人在側，觀其形已皓首駝腰矣，乃使彼亦細聽此數語，彼則潸然泣下，余亦爲之敗興。』

人不便，因想起近日薛寶釵在家養病，未去親候，意欲去望他一望。若從上房後角門過去，又恐遇見別事纏繞，再或可巧遇見他父親，更爲不妥，想得極週到。寧可繞遠路罷了。寶玉寧可繞遠路，不願見父親，可見父子間之感情阻隔。當下衆嬤嬤丫鬟伺候他換衣服，見他不換，仍出二門去了。衆嬤嬤丫鬟只得跟隨出來，還只當他去那府中看戲。誰知到穿堂，便向東向北繞廳後而去。偏頂頭遇見了門下清客相公詹光、單聘仁沾光、善騙人也。二人走來，一見了寶玉，便都笑着趕上來，一個抱住腰，一個攜着手，都道：『我的菩薩哥兒，我說作了好夢呢，好容易得遇見了你。』越想避開，越被撞着，雖非其父，亦非寶玉之所喜見者。說着，請了安，又問好，嘮叨半日，方纔走開。老嬤嬤叫住，因問：『二位爺是從老爺跟前來的不是？』二人點頭道：『老爺在夢坡齋小書房裏歇中覺呢，不妨事的。』一面說，一面走了。說的寶玉也笑了。說到心裏，自然要笑了。於是轉彎向北奔梨香院來。可巧銀庫房的總領名喚吳新登與倉上的頭目名戴良，還有幾個管事的頭目，共有七個人，從帳房裏出來，一見了寶玉，趕來都一齊垂手站住。又碰上一批人。獨有一個買辦名喚錢華，因他多日未見寶玉，忙上來打千兒請安。寶玉忙含笑攜他起來。衆人都笑說：『前兒在一處看見二爺寫的斗方兒，字法越發好了，初提寶玉的字。多早晚兒賞我們幾張貼貼。』寶玉笑道：『在那裏看見了？』衆人道：『好幾處都有，都稱讚的了不得，還和我們尋呢。』寶玉笑道：『不值什麼，你們說與我的小幺兒們就是了。』說到寶玉高興處。一面說，一面前走，衆人待他過去，方都各

以下方入正題。

一段對寶釵的特筆，全從寶玉眼中寫出。甲戌眉批：『畫神鬼易，畫人物難，寫寶卿正是寫人之筆，若與黛玉並寫更難。今作者寫得一毫難處不見，且得二人真體實傳，非神助而何？』

寶釵眼中之寶玉。

自散了。甲戌批：『未入梨香院先故作若許波瀾曲折。瞧他無意中又寫出寶玉寫字來，固是愚弄公子之閑文，然亦是暗逗寶玉歷來課事。不然，後文豈不太突。』

閑言少述，且說寶玉來至梨香院中，先入薛姨媽室中來，正見薛姨媽打點針黹與丫鬟們呢。寶玉忙請了安，薛姨媽忙一把拉了他，抱入懷內，笑說：『這們冷天，我的兒，難爲你想着來，快上炕來坐着罷。』薛姨媽見寶玉如獲至寶。命人倒滾滾的茶來。寶玉因問：『哥哥不在家？』薛姨媽嘆道：『他是沒籠頭的馬，天天忙不了，那裏肯在家一日。』寫薛蟠。寶玉道：『姐姐可大安了？』薛姨媽道：『可是呢，你前兒又想着打發人來瞧他。回應上文 他在裏間不是，你去瞧他，裏間比這裏暖和，那裏坐着，我收拾收拾就進去和你說話兒。』寶玉聽說，忙下了炕來至裏間門前，只見吊着半舊的『半舊的』三字特提。紅紬軟簾。寶玉掀簾一邁步進去，先就看見薛寶釵坐在炕上作針線，作針線。頭上挽着漆黑油光的鬢兒，蜜合色棉襖，玫瑰紫二色金銀鼠比肩褂，葱黃綾棉裙，一色半新不舊，又是半新不舊。看去不覺奢華。唇不點而紅，眉不畫而翠，臉若銀盆，眼如水杏。罕言寡語，人謂藏愚，安分隨時，自云守拙。藏愚守拙。已是封建婦教所致。甲戌批：『這方是寶卿正傳。與前寫黛玉之傳一齊參看，各極其妙，各不相犯，使其人難其左右於毫末。』寶玉一面看，一面問：『姐姐可大愈了？』寶釵擡頭只見寶玉進來，甲戌批：『此則神情盡在煙飛水逝之間，一展眼便失於千里矣。』連忙起身含笑答說：『已經大好了，倒多謝記掛着。』說着，讓他在炕沿上坐了，即命鶯兒斟茶來。一面又問老太太姨娘安，别的姊妹們都好。一面看寶玉頭上戴着纍絲嵌玉紫金冠，額上勒着二龍搶珠金抹額，身上穿着秋香色立蟒白狐腋箭袖，繫着五色蝴蝶正寫通靈寶玉。

前四句詩寫青埂峰下頑石幻形入世，變成寶玉事。後四句寫八十回後運敗玉暗情節，亦即賈府敗落事。現八十回後已失，續書與此有異。

甲戌眉批：『又忽作此數語，以幻弄成真，以真弄成幻，真真假假，恣意遊戲於筆墨之中，可謂狡猾之至。作人要老誠，作文要狡猾。』

信筆詼諧，皆成文章。

鑾絲，項上掛着長命鎖、記名符，另外有一塊落草時啣下來的寶玉。點出寶玉 寶釵因笑說道：『成日家說你的這玉，究竟未曾細細的賞鑒，我今兒倒要瞧瞧。』甲戌批：『自首回至此，回回說有通靈寶玉一物，余亦未曾細細賞鑒，今亦欲一見。』說着便挪近前來。寶玉亦湊了上去，『挪』『湊』兩字寫得生動逼真。從項上摘了下來，遞在寶釵手內。寶釵托於掌上，甲戌批：『試問石兄，此一托比在青埂峰下猿啼虎嘯之聲何如？』甲戌眉批：『余代答曰：遂心如意。』只見大如雀卵，燦若明霞，瑩潤如酥，五色花紋纏護。這就是大荒山中青埂峰下的那塊頑石的幻相。後人曾有詩嘲云：

女媧煉石已荒唐，又向荒唐演大荒。
失去幽靈真境界，幻來親就臭皮囊。甲戌批：『二語可入道，故前引莊叟秘訣。』
好知運敗金無彩，堪嘆時乖玉不光。甲戌批：『又夾入寶釵，不是虛圖對的工。二語雖粗，本是真情。然此等詩只宜如此，爲天下兒女一哭。』
白骨如山忘姓氏，無非公子與紅妝。甲戌批：『批得好。末二句似與題不切，然正是極貼切語。』

那頑石亦曾記下他這幻相並癩僧所鐫的篆文，今亦按圖畫於後。但其真體最小，方能從胎中小兒口內啣下，今若按其體畫，恐字迹過於微細，使觀者大費眼光，亦非暢事。故今只按其形式，無非略展些規矩，使觀者便於燈下醉中可閱。今註明此故，方無胎中之兒口有多大，怎得啣此狼犺蠢大之物等語之謗。

比通靈
金鶯微露意
譚鳳媛作
壬午孟春

甲戌眉批：『恨顰兒不早來聽此數語，若使彼聞之，不知又有何等妙論趣語，以悅我等心臆。』

可見是後來鏨上去的，與通靈寶玉不一樣。

寶釵說『也是個人給了兩句吉利話

通靈寶玉正面圖式

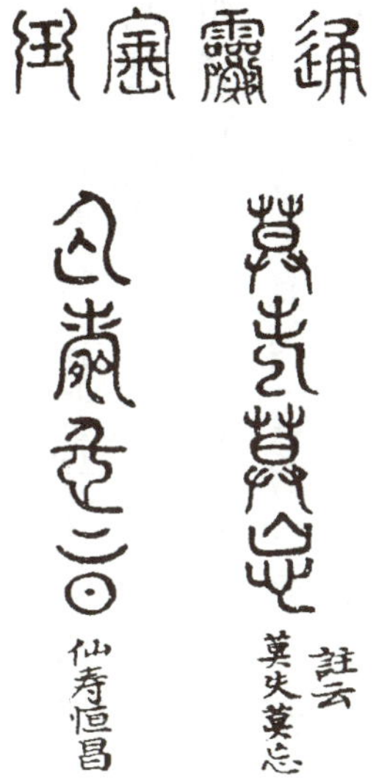

通靈寶玉反面圖式

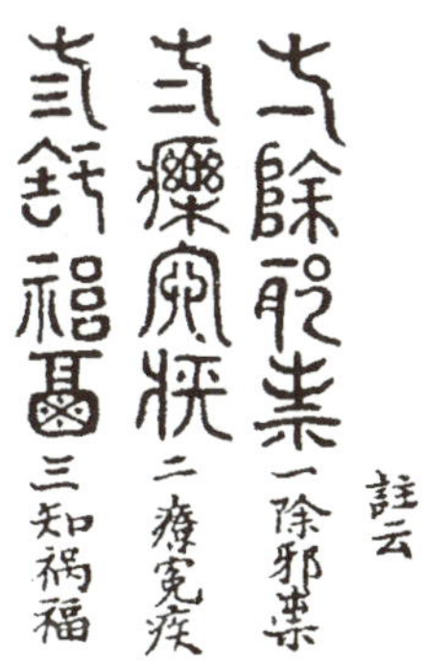

寶釵看畢，（甲戌批：『余亦想見其物矣。前回中總用草蛇灰線寫法，至此方細細寫出，正是大關節處。』）又從新翻過正面來細看，口內念道：『莫失莫忘，仙壽恒昌。』念了兩遍，乃回頭向鶯兒笑道：『你不去倒茶，也在這裏發獃作什麽？』（可見鶯兒也在細看。甲戌批：『請諸公掩卷合目，想其神理，想其坐立之勢，想寶釵面上口中真妙。』）鶯兒嘻嘻笑道：『我聽這兩句話，倒像和姑娘的項圈上的兩句話是一對兒。』（借鶯兒之口說穿。）寶玉聽了，忙笑道：『原來姐姐那項圈上也有八個字，我也賞鑒賞鑒。』（引出寶玉也要看。）寶釵道：『你別聽他的話，沒有什麽字。』（反說『沒有什麽字』，則越使寶玉要看矣！然恰是寶釵口氣，文章跳脱靈動。）寶玉笑央：『好姐姐，你怎麽瞧我的了呢？』（是孩兒口氣。）寶釵被纏不過，因說道：『也是個人給了兩句吉利話兒，所以鏨上了，叫天天帶着；不然，沉甸甸的有什麽趣兒。』（故意說得無趣，其實不然。）一面說，一面解了排扣，從裏面大紅襖上將那珠寶晶瑩、黃金燦爛的瓔珞掏將出來。寶玉忙托了鎖看時，果然一面有四個篆字，兩面八個，共

兒』，並未說是『癩頭和尚』，鶯兒卻說是『癩頭和尚』，文章故留縫隙，讓讀者思之。

甲戌本批『不離不棄，芳齡永繼』云：『合前讀之，豈非一對？』

己卯本批云：『「不離不棄」與「莫失莫忘」相對，所謂愈出愈奇。「芳齡永繼」又與「仙壽恒昌」一對。請合而讀之，問諸公歷來小說中，可有如此可巧奇妙之文，以換新眼目。』

『涼森森、甜絲絲』兩句寫出『冷香』，香而曰『甜』曰『涼』，則不是自然之『香』矣！

與後面黛玉之香相比，便知其異。

成兩句吉讖。亦曾按式畫下形相：

金鎖正面圖式

音註云

不離不棄

金鎖反面圖式

音註云

芳齡永繼

寶玉看了，也念了兩遍，又念自己的兩遍，因笑問：『姐姐這八個字倒真與我的是一對。』甲戌批：『余亦謂是一對，不知干支中四註（柱）八字可與卿亦對否？』鶯兒笑道：『是個癩頭和尚送的，他說必須鏨在金器上——』寶釵不待說完，便嗔他不去倒茶，故意將話打斷。一面又問寶玉從那裏來。

寶玉此時與寶釵就近，只聞一陣陣涼森森、甜絲絲的幽香，竟不知係何香氣，遂問：『姐姐燻的是什麼香？我竟從未聞見過這味兒。』寶釵笑道：『我最怕燻香，好好的衣服，燻的煙燎火氣的。』寶玉道：『既如此，這是什麼香？』寶釵想了一想，笑道：『是了，是我早起吃了丸藥的香氣。』甲戌批：『點冷香丸。』寶玉笑道：『什麼丸藥這麼好聞？好姐姐，給我一丸嚐嚐。』寶釵笑道：『又混鬧了，一個藥也是混吃的？』

一語未了，忽聽外面人說：『林姑娘來了。』甲戌批：『緊處愈緊，密不容針之文。』話猶未了，林黛玉已搖搖的走了進來，一見了寶玉，便笑道：『嗳喲，我來的不巧了！』出語尖而且新。甲戌批：『奇文，我實不知顰兒心中是何丘壑。』寶玉等忙起身笑讓坐，寶釵因笑道：『這話怎麽說？』逼問一句 黛玉笑道：『早知他來，我就不來了。』答得奇而險，幾無迴旋之地。王府批：『更叫人急煞。』寶釵道：『我更不解這意。』問得更緊 黛玉笑道：『要來一群都來，要不來一個也不來；今兒他來了，明兒我再來，如此間錯開了來着，豈不天天有人來了？也不至於太冷落，也不至於太熱鬧了。姐姐如何反不解這意思？』答得更巧更圓，於極險極仄處忽另闢一徑，令人頓覺豁然開朗。吾信黛玉胸有慧珠也，否則何能如此機敏？甲戌批：『吾不知顰兒以何物爲心爲齒，爲口爲舌，實不知胸中有何丘壑。』

寶玉因見他外面罩着大紅羽緞對衿褂子，因問：『下雪了麽？』地下婆娘們道：『下了這半日雪珠兒了。』寶玉道：『取了我的斗篷來不曾？』黛玉便道：『是不是我來了，你就該去了？』一句緊似一句。寶玉笑道：『我多早晚兒說要去了？不過拿來預備着。』寶玉的奶母李嬤嬤因說道：『天又下雪，也好早晚的了，就在這裏同姐姐妹妹一處頑頑罷。姨媽那裏擺茶菓子呢。我叫丫頭去取了斗篷來，說給小幺兒們散了罷。』寶玉應允。李嬤嬤出去，命小厮們都各散去不提。

這裏，薛姨媽已擺了幾樣細巧茶菓，留他們吃茶。寶玉因誇前日在那府裏珍大

黛玉此答，反使寶釵無話可說。

薛姨媽百依百順，只要寶玉高興留下。

『那一個沒有調教的』兩句，直戳薛姨媽，李嬤嬤粗俗如此。

黛玉一個『冷』

嫂子的好鵝掌鴨信。薛姨媽聽了，忙也把自己糟的取了些來與他嚐。寶玉笑道：『這個須得就酒纔好。』薛姨媽便令人去灌了最上等的酒來。李嬤嬤便上來道：『姨太太，酒倒罷了。』（惹出李嬤嬤的話來。）寶玉央道：『媽媽，我只喝一鍾。』李嬤嬤道：『不中用！當着老太太、太太，那怕你吃一罈呢。想那日我眼錯不見一會，不知是那一個沒有調教的，只圖討你的好兒，不管別人死活，給了你一口酒吃，葬送的我挨了兩日罵。姨太太不知道，他性子又可惡，（越說越不像話。）吃了酒更弄性。有一日老太太高興了，又盡着他吃；什麼日子，又不許他吃。何苦我白賠在裏面？』（一頓抱怨，卻擺出自己的身份。）薛姨媽笑道：『老貨，你只放心吃你的去。我也不許他吃多了。便是老太太問，有我呢。』一面令小丫鬟：『來，讓你奶奶們去，也吃一杯搪搪雪氣。』（用酒把李嬤嬤支開。）那李嬤嬤聽如此說，只得和衆人去吃些酒水。這裏寶玉又說：『不必燙熱了，我只愛吃冷的。』薛姨媽忙道：『這可使不得，吃了冷酒，寫字手打颭兒。』（薛姨媽口氣。）寶釵笑道：『寶兄弟，虧你每日家雜學旁收的，（點寶玉雜學旁收。）難道就不知道酒性最熱？若熱吃下去，發散的就快；若冷吃下去，便凝結在內，以五臟去暖他，豈不受害？從此還不快不要吃那冷的了。』（是寶釵的話，說得合情合理。）寶玉聽這話有情理，便放下冷酒，命人暖來方飲。

黛玉磕着瓜子兒，只抿着嘴笑。（寫黛玉如畫。）可巧黛玉的小丫鬟雪雁走來與黛玉送小手爐，黛玉因含笑問他：『誰叫你送來的？難爲他費心，那裏就冷死了我！』雪雁道：『紫字，機鋒雙關，不着痕迹，難怪雪雁不懂也。

黛玉之話，尖而且利，句句吃緊，寸步不讓，以上三段話，一段緊似一段，一段新於一段，一段尖於一段，吾不知黛玉究有多少慧心，吾亦不知作者如何寫得出也！

李嬤嬤又來掃興。活畫出一個依仗自己是寶玉奶媽身份的討厭老嬤嬤來。李嬤嬤與劉姥姥正成對照，李是僵而不化，劉是圓而靈便。

鵲姐姐怕姑娘冷，使我送來的。』黛玉一面接了，抱在懷中，笑道：『也虧你倒聽他的話。我平日和你說的，全當耳旁風。怎麼他說了你就依，比聖旨還快些！』此話既尖且利，吾不知寶釵聽之何以堪也。寶玉聽這話，知是黛玉借此奚落他，也無回覆之詞，只嘻嘻的笑兩聲罷了。寶玉一笑了之，是化解之法。寶釵素知黛玉是如此慣了的，也不去睬他。『不去睬他』，足見寶釵容量。薛姨媽因道：『你素日身子弱，禁不得冷的，他們記掛着你倒不好？』薛姨媽局外人，自是局外人的話。黛玉笑道：『姨媽不知道。幸虧是姨媽這裏，倘或在別人家，人家豈不惱？好說就看的人家連個手爐也沒有，巴巴的從家裏送個來。不說丫鬟們太小心過餘，還只當我素日是這等輕狂慣了呢。』又引出黛玉第四段話來。甲戌批：『用此一解，真可拍案叫絕，足見其以蘭爲心，以玉爲骨，以蓮爲舌，以冰爲神。真真絕倒天下之裙釵矣。』薛姨媽道：『你是個多心的，『多心的』三字，已點出黛玉，薛姨媽話雖少，卻能中也。有這樣想，我就沒這樣心。』

說話時，寶玉已是三杯過去。李嬤嬤又上來攔阻。寶玉正在心甜意洽之時，和寶黛姊妹說說笑笑的，那肯不吃。寶玉只得屈意央告：『好媽媽，我再吃兩鍾就不吃了。』李嬤嬤道：『你可仔細老爺今兒在家，隄防問你的書。』又說出這樣掃興話來，寶玉哪能不恨？故有以後攆她的文字也。寶玉聽了這話，便心中大不自在，慢慢的放下酒，垂了頭。活畫寶玉黛玉先忙的說：『別掃大家的興！舅舅若叫你，只說姨媽留着呢。這個媽媽，他吃了酒，又拿我們來醒脾了！』一面悄推寶玉，使他賭氣；一面悄悄的咕噥說：『別理那老貨，真是老貨咱們只管樂咱們的。』李嬤嬤掃興，黛玉鼓興。那李嬤嬤不知黛玉的意思，因說道：『林姐兒，你不要助借李嬤嬤、薛寶釵的話，來總評以上黛玉的話，何等自然！然後薛姨媽再來挽回。

着他了。你倒勸勸他，只怕他還聽些。』真討人厭林黛玉冷笑道：『我爲什麼助他？我也不犯着勸他。你這媽媽太小心了，往常老太太又給他酒吃，如今在姨媽這裏多吃一口，料也不妨事。必定姨媽這裏是外人，不當在這裏的，你必要管着，想是怕姨太太這裏慣壞了他，〔四〕也未可知。』又引出黛玉第五段話來，索性擡出薛姨媽來，使李嬤嬤再不可擋。

李嬤嬤聽了，又是急，又是笑，說道：『真真這林姐兒，說出一句話來，比刀子還尖。你——這算了什麼？』借李嬤嬤一句話，總括黛玉的五段話，是一個『尖』字。寶釵也忍不住笑着，把黛玉腮上一擰，這一擰，是贊是愛俱在此矣！說道：『真真這個顰丫頭的一張嘴，叫人恨又不是，喜歡又不是。』薛姨媽一面又說：『別怕，別怕，我的兒！來這裏沒好的你吃，別把這點子東西唬的存在心裏，倒叫我不安。只管放心吃，都有我呢。越發吃了晚飯去，便醉了，就跟着我睡罷。』索性一醉方休。因命：『再燙熱酒來！姨媽陪你吃兩杯，可就吃飯罷。』推上高潮，然後趁勢落帆。寶玉聽了，方又鼓起興來。李嬤嬤因吩咐小丫頭子們：『你們在這裏小心着，我家裏換了衣服就來，爲自己找臺階。悄悄的回姨太太，別由着他，多給他吃。』說着便家去了。這裏雖還有三兩個婆子，都是不關痛癢的，見李嬤嬤走了，也都悄悄去尋方便去了。可見李嬤嬤確是討厭貨。只剩了兩個小丫頭子，樂得討寶玉的歡喜。幸而薛姨媽千哄萬哄的，只容他吃了幾杯，就忙收過了。作酸笋雞皮湯，寶玉痛喝了兩碗，『痛喝了兩碗』，足見寶玉酒喝多了。確是酒醉飯足的情景。吃了半碗碧粳粥。一時薛林二人也吃完了飯，又釅釅的潗上茶來大家吃了，薛姨媽方放了心。

可見丫頭笨手笨腳。

寫得仔細，寫得親昵，寫出黛玉之親寶玉，寫出寶玉之依貼黛玉，活畫出兩人親密無間神態，顯見與寶釵有別。

雪雁等三四個丫頭已吃了飯，進來伺候。黛玉因問寶玉道：『你走不走？』寶玉乜斜倦眼道：（酒已上頭，寫得神態逼真。）『你要走，我和你一同走。』黛玉聽說，遂起身道：『咱們來了這一日，也該回去了。還不知那邊怎麼找咱們呢。』（一句話，文章度入『那邊』。）說着，二人便告辭。

小丫頭忙捧過斗笠來，寶玉便把頭略低一低，命他戴上。那丫頭便將這大紅猩氈斗笠一抖，纔往寶玉頭上一合，寶玉便說：『罷，罷！好蠢東西，你也輕些兒！難道沒見過別人戴過的？讓我自己戴罷。』黛玉站在炕沿上道：『囉唆什麼，過來，我瞧瞧罷。』（何等親熱）寶玉忙就近前來。黛玉用手整理，輕輕籠住束髮冠，將笠沿掖在抹額之上，將那一顆核桃大的絳絨簪纓扶起，顫巍巍露於笠外。整理已畢，端相了端相，說道：『好了，披上斗篷罷。』（活畫出黛玉神態。）寶玉聽了，方接了斗篷披上。（真是依貼之極。）薛姨媽忙道：『跟你們的媽媽都還沒來呢，且略等等不遲。』寶玉道：『我們倒去等他們，有丫頭們跟着也够了。』薛姨媽不放心，到底命兩個婦女跟隨他兄妹方罷。他二人道了擾，一逕回至賈母房中。

賈母尚未用晚飯，知是薛姨媽處來，更加歡喜。因見寶玉吃了酒，遂命他自回房去歇着，不許再出來了，因命人好生看侍着。（足見李嬤嬤的拘禁是多餘。）忽想起跟寶玉的人來，遂問衆人：『李奶子怎麼不見？』衆人不敢直說他家去了，只說：『纔進來的，想有事纔去了。』寶玉踉蹌回頭道：『他比老太太還受用呢，問他作什麼！沒有他只怕我還多活兩日。』（積怒一齊發出。）一面說，一面來至自己的臥室。只見筆墨在案，晴雯先接出來，笑說道：『好，好，要我研了那些墨，早起高興，只寫了三個字，丟下筆就走了，哄的我們等了一日。快來與我寫完這些墨纔罷！』（何等親密的語氣。活脫脫是晴雯聲口。）寶玉忽然想起早起的事來，因笑道：『我寫的那三個字在那裏呢？』晴雯笑道：『這個人可醉了。你頭裏過那府裏去，囑咐貼在這門斗上，（補敘前面情節。）這會子又這麼問。我生怕別人貼壞了，我親自爬高上梯的貼上，這會子還凍的手僵冷的呢。』（可見晴雯之可親。甲戌批：「寫晴雯是晴雯走下來，斷斷不是襲人、平兒、鶯兒等語氣。」）寶玉聽了，笑道：『我忘了。你的手冷，我替你渥着。』說着，便伸手攜了晴雯的手，同仰首看門斗上新書的三個字。（一段旖旎文字。）

一時黛玉來了，寶玉笑道：『好妹妹，你別撒謊，你看這三個字那一個好？』黛玉仰頭看裏間門斗上，新貼了三個字，寫着『絳芸軒』。黛玉笑道：『個個都好。怎麼寫的這們好了？（極口而贊之。足見黛玉之心。）明兒也與我寫一個匾。』寶玉嘻嘻的笑道：『又哄我呢。』說着又問：『襲人姐姐呢？』晴雯向裏間炕上努嘴。寶玉一看，只見襲人和衣睡着在那裏。寶玉笑道：『好，太渥早了些。』因又問晴雯道：『今兒我在那府裏吃早飯，有一碟子豆腐皮的包子，我想着你愛吃，和珍大奶奶說了，只說我留着晚上吃，叫人送過來的，你可吃了？』（又補一樁前事。）晴雯道：『快別提。一送了來，我知道是給我的，偏我纔吃了飯，就放在那裏。後來李奶奶來了看見，說：「寶玉未必吃了，拿來給我

寫晴雯。

此處只說是『三個字』，不說究竟是哪『三個字』，故爲下文作引。

『三個字』連提五次，到此處方將『絳芸軒』三字從黛玉眼中托出，然後引出黛玉讚語。真風行水上，自然成文。

甲戌批：『奶母之倚勢亦是常情，奶母之昏憒亦是常情，然特於此處細寫一回，與後文襲卿之酥酪遙遙一對，足見晴卿不及襲卿遠矣。余謂晴有林風，襲乃釵副，真真不錯。』

甲戌眉批：『按警幻情榜，寶玉係「情不情」。凡世間之無知無識，彼俱有一癡情去體貼。今加「大醉」二字於石兄，是因問包子問茶順手擲杯，問茜雪攆李嬤，乃一部中未有第二次事也。襲人數語，無言而止，石兄真大醉也。余亦云實實大醉也，難辭醉鬧，非薛蟠紈褲輩可比。』

一段醉話，將積怒一齊發出。

孫子吃去罷。」他就叫人拿了家去了。』又是李嬤嬤，讀之令人生厭。接着茜雪捧上茶來。寶玉因讓：『林妹妹吃茶。』衆人笑說：『林妹妹早走了，還讓呢。』足見寶玉真醉了。

寶玉吃了半碗茶，忽又想起早起的茶來，因問茜雪道：『早起潗了一碗楓露茶，我說過，那茶是三四次後纔出色的，這會子怎麼又沏了這個來？』再補一椿前事。茜雪道：『我原是留着的，那會子李奶奶來了，他要嚐嚐，就給他吃了。』寶玉聽了，將手中的茶杯只順手往地下一擲，豁啷一聲，打了個粉碎，潑了茜雪一裙子的茶。又跳起來問着茜雪道：『他是你那一門子的奶奶，你們這麼孝敬他？不過是仗着我小時候吃過他幾日奶罷了。如今逞的他比祖宗還大了。如今我又吃不着奶了，白白的養着祖宗作什麼！攆了出去，大家乾淨！』說得語無倫次，的是醉話。說着便要去立刻回賈母，攆他乳母。寶玉此時大醉矣！

原來襲人實未睡着，不過故意裝睡，引寶玉來慪他頑耍。又寫襲人之作態，的是寫襲人文字，用在他人身上萬萬不妥。先聞得說字、問包子等事，也還可以不必起來；後來摔了茶鍾，動了氣，遂連忙起來解釋勸阻。其實襲人句句話都聽着，一句不漏。只是要等寶玉來慪她。早有賈母遣人來問是怎麼了。襲人忙道：『我纔倒茶來，被雪滑倒了，失手砸了鍾子。』答得既快且妥，像是真事。一面又安慰寶玉道：『你立意要攆他，也好，我們也都願意出去；不如趁勢連我們一齊攆了，我們也好，你也不愁再有好的來服侍你。』說是安慰他，實是壓他。

寶玉聽了這話，方無了言語，被襲人等扶至炕上，脫換了衣服。不知寶玉口內再寫一筆李嬤嬤，文情俱足。

緊接寫秦鍾。

再總寫秦鍾一筆。

補敘一段前情。

甲戌眉批：『寫可兒出身養生堂，是褒中貶。後死封龍禁尉，是貶中褒。靈巧一至於此。』

秦鍾是親生。

還說些什麼，只覺口齒纏綿，眼眉愈加餳澀，兩句寫醉態如畫。忙服侍他睡下。襲人伸手從他項上摘下那通靈玉來，用自己的手帕包好，只有襲人纔能如此。塞在褥下，甲戌批：『交代清楚塞玉一段，又爲「誤竊」一回伏線。晴雯茜雪二婢，又爲後文先作一引。』次日帶時便冰不着脖子。那寶玉就枕便睡着了。真正醉了　彼時李嬤嬤等已進來了，聽見醉了，不敢前來再加觸犯，只悄悄的打聽睡了，方放心散去。

次日醒來，就有人回：『那邊小蓉大爺帶了秦相公來拜。』寶玉忙接了出去，領了拜見賈母。賈母見秦鍾形容標緻，舉止溫柔，堪陪寶玉讀書，心中十分歡喜，便留茶留飯，又命人帶去見王夫人等。衆人因素愛秦氏，今見了秦鍾是這般人品，也都歡喜，臨去時都有表禮。賈母又與了一個荷包並一個金魁星，甲戌批：『作者今尚記金魁星之事乎？撫今思昔，腸斷心摧。』取『文星和合』之意。又囑咐他道：『你家住的遠，或有一時寒熱饑飽不便，只管住在這裏，不必限定了。只和你寶叔在一處，別跟着那些不長進的東西們學。』秦鍾一一的答應，回去稟知他父親秦業。

這秦業現任營繕郎，年近七十，夫人早亡。因當年無兒女，便向養生堂抱了一個兒子並一個女兒。誰知兒子又死了，只剩女兒，小名喚可兒，甲戌批：『出名秦氏，究竟不知係出何氏，所謂寓褒貶別善惡是也。秉刀斧之筆，具菩薩之心，亦甚難矣。如此寫出，可見來歷亦甚苦矣，又知作者是欲天下人共來哭此「情」字。』長大時，生的形容嫋娜，性格風流。補寫秦可卿身世，後八字是特筆。甲戌批：『四字便有隱意。春秋字法。』因素與賈家有些瓜葛，故結了親，許與賈蓉爲妻。那秦業至五旬之上方得了秦鍾。因去歲業師亡故，未暇延請高明之士，只得暫時在家溫習舊課。正思要和親家去商議送往他家塾中，暫且不致荒廢，可巧遇見了寶玉這個機會，又知賈家塾中現今司塾的是賈代儒，乃當今之老儒，看賈代儒，亦可知雪芹筆下之儒矣！秦鍾此去，學業料必進益，成名可望，因此十分喜悅。只是宦囊羞澀，那賈家上上下下，都是一雙富貴眼睛。此處點出賈家的富貴眼睛，是恰得其所。贄見禮必須豐厚，〔五〕容易拿不出來，又恐誤了兒子的終身大事，說不得東拼西湊的寫秦業貧寒。恭恭敬敬封了二十四兩贄見禮，親自帶了秦鍾，來代儒家拜見了。然後聽寶玉上學之日，好一同入塾。正是：

早知日後閑爭氣，豈肯今朝錯讀書。

【回後評】

此回由寶釵索看通靈玉，引出寶玉索看金鎖。寶釵索看通靈玉是有意也，寶玉索看金鎖是初不知有金鎖也。通靈玉是寶玉『落草時啣下來的』，玉及其上文字，均非有意造作也。金鎖及其上文字，皆後來造作而成，雖成一對，實非一對，明矣！

黛玉探寶釵，巧遇寶玉先在，由此而引出黛玉五段尖酸文字，如珠走玉盤，圓轉靈動，非黛玉錦心繡口、機變敏捷，何能如此活靈？吾嘆作者之筆，真無不能達也。

此回中寫李嬤嬤，活畫出一個背時厭物，與前劉姥姥之靈活圓通，恰成對照。雖然劉是村嫗，李是世家奶媽，身份不同，然其巧拙自然作比也。

此回寫晴雯之貼字，寫襲人之裝睡慪寶玉，皆各如其分，晴雯固真而純也，襲人已有偷試事，故其親而媚也。雪芹一筆寫來，各各不同，各各得其神理，令人無限嘆賞。

此回寫寶玉出門時遇見清客相公，其趨奉之狀，可知雪芹筆下鄙之甚矣，或謂雪芹曾南遊爲幕僚，吾於此而置疑焉！

【校　記】

〔一〕甲戌本回目作『薛寶釵小恙梨香院，賈寶玉大醉絳芸軒』，列藏本、舒本同。惟列本、舒本『小恙』作『小宴』，『大醉』作『逞醉』。己卯、楊本同庚本。蒙本、戚本作『攔酒興李奶母討厭，擲茶杯賈公子生嗔』。甲辰、程甲本又作『賈寶玉奇緣識金鎖，薛寶釵巧合認通靈』。

〔二〕回前詩，見甲戌本，其他各本皆無。

〔三〕『回家見過衆人，寶玉先』九字，庚本無，據甲戌、楊本、蒙府、戚序、甲辰、舒序諸本補。

〔四〕『你必要管着……』兩句，各本無，據列藏本增。

〔五〕『贄見禮必須豐厚』七字，據戚、蒙本補。

第九回　戀風流情友入家塾　起嫌疑頑童鬧學堂〔一〕

王雪香曰：『悶悶者，情有異於衆也。』

襲人的一番囑咐，款款溫情中，一個是『你』字，一個是『我』字。

話說秦業父子專候賈家的人來送上學擇日之信。原來寶玉急於要和秦鍾相遇，卻顧不得別的，遂擇了後日一定上學。『後日一早請秦相公到我這裏，會齊了，一同前去。』——打發了人送了信。

至是日一早，寶玉起來時，襲人早已把書筆文物包好，收拾的停停妥妥，坐在牀沿上發悶。（寫襲人如畫。）見寶玉醒來，只得服侍他梳洗。寶玉見他悶悶的，（寶玉亦看出她神情有異。）因笑問道：『好姐姐，你怎麼又不自在了？難道怪我上學去丟的你們冷清了不成？』襲人笑道：『這是那裏話。讀書是極好的事，不然就潦倒一輩子，終久怎麼樣呢。但只一件：只是念書的時節想着書，不念的時節想着家些。（『想着家』者，想着我也。）別和他們一處頑鬧，碰見老爺不是頑的。雖說是奮志要強，那工課寧可少些，一則貪多嚼不爛，二則身子也要保重。這就是我的意思，（我也。何等親密，何等體貼。）你可要體諒。』襲人說一句，寶玉應一句。襲人又道：『大毛衣服我也（我也。）包好了，交出給小子們去了。學裏冷，好歹想着添襲人如此牽魂黏髓，與其他人迥然有別，讀者自明其故。

一路都很簡約，只有前面襲人纔如此黏黏連連。

賈政對寶玉如此厭棄，可見他早已預感寶玉之不成『材』，不能如其所望也。

一個小孩讀書，卻有三四個大漢跟着，如作者不寫出，後人哪能知此派勢。

換，比不得家裏有人照顧。腳爐手爐的炭，也交出去了。你（你也。）可逼着他們添。那一起懶賊，你不說，他們樂得不動，白凍壞了你。』（你也。）寶玉道：『你放心，出外頭，我自己都會調停的。你們也別悶死在這屋裏，長和林妹妹一處去頑笑着纔好。』說着，俱已穿戴齊備。

襲人催他去見賈母、賈政、王夫人等。寶玉又去囑咐了晴雯、麝月等幾句，方出來見賈母。賈母也未免有幾句囑咐的話。然後去見王夫人，又出來到書房中見賈政。偏生這日賈政回家早些，（想不到此老偏在。）正在書房中與相公清客們閒談。忽見寶玉進來請安，回說上學裏去，賈政冷笑道：『你如果再提「上學」兩個字，連我也羞死了。依我的話，你竟頑你的去是正理。仔細站髒了我這地，靠髒了我的門！』（語意如此決絕，想賈政之於寶玉積怒久矣，失望亦久矣，非今日爲始也。）衆清客相公們都早起身笑道：『老世翁何必又如此。今日世兄一去，三二年就可顯身成名的了，斷不似往年仍作小兒之態了。天也將飯時了，世兄竟快請罷。』說着便有兩個年老的攜了寶玉出去。

賈政因問：『跟寶玉的是誰？』只聽外面答應了兩聲，早進來三四個大漢，打千兒請安。賈政看時，認得是寶玉的奶母之子，名喚李貴。因向他道：『你們成日家跟他上學，他到底念了些什麼書！倒念了些流言混語在肚子裏，學了些精緻的淘氣。（爲寶玉作注解，誰說寶玉不學，惟所學非公所好耳。）等我閑一閑，先揭了你的皮，再和那不長進的算賬！』（先爲後文作一引子。）嚇得李貴忙雙膝跪下，摘了帽子，碰頭有聲，連連答應『是』，又回說：『哥兒已念到第三本《詩經》，什麼「呦呦鹿鳴，荷葉浮萍」，小的不敢撒謊。』說的滿座鬨然大笑起來。*於肅穆之時，作一發噱語，於『呦呦鹿鳴』下接『荷葉浮萍』，亦作者借李貴故作調侃之筆。*賈政也撐不住笑了。*難得此公一笑。*因說道：『那怕再念三十本《詩經》，也都是掩耳偷鈴，哄人而已。你去請學裏太爺的安，就說我說了：什麼《詩經》古文，一概不用虛應故事，只是先把《四書》一氣講明背熟，是最要緊的。』*還是《四書》要緊，此理學之本也。*李貴忙答應『是』，見賈政無話，方退出去。

此時，寶玉獨站在院外屏聲靜候，待他們出來，便忙忙的走了。李貴等一面撣衣服，一面說道：『哥兒可聽見了不曾？先要揭我們的皮呢！人家的奴才跟主子賺些好體面。我們這等奴才白陪着挨打受罵的。從此後也可憐見些纔好。』寶玉笑道：『好哥哥，你別委屈，我明兒請你。』李貴道：『小祖宗，誰敢望你請。只求聽一句半句話就有了。』說着，又至賈母這邊，秦鍾已早來候着了，賈母正和他說話兒呢。於是二人見過，辭了賈母。寶玉忽想起未辭黛玉，因又忙至黛玉房中來作辭。彼時，黛玉纔在窗下對鏡理妝，聽寶玉來說上學去，因笑道：『好，這一去，可定是要蟾宮折桂了。*此語調侃揶揄耳，不能作莊語看。*我不能送你了。』寶玉道：『好妹妹，等我下了學再吃晚飯。和胭脂膏子，也等我來再製。』勞叨了半日，方撤身去了。黛玉忙又叫住，問道：『你怎麼不去辭辭你寶姐姐呢？』*寫黛玉之尖，然此是舒心時語。*寶玉笑而不答，*不答甚好，亦無可答也。*一逕同秦鍾上學去了。

敘明義學來歷制度。

筆墨漸漸轉向寶、秦二人。

看兩人情景，已可知其大概。

原來這賈家之義學，離此也不甚遠，不過一里之遥。原係當日始祖所立，恐族中子弟有貧窮不能請師者，即入此中肄業。凡族中有官爵之人，皆供給銀兩，按俸之多寡幫助，爲學中之費。特共舉年高有德之人爲塾掌，專爲訓課子弟。如今寶、秦二人來了，一一的都互相拜見過，讀起書來。自此以後，他二人同來同往，同坐同起，愈加親密。又兼賈母愛惜，也時常的留下秦鍾，住上三天五日，與自己的重孫一般疼愛。因見秦鍾不甚寬裕，更又助他些衣履等物。不上一月之工，秦鍾在榮府便熟了。寶玉終是不安本分之人，竟一味的隨心所欲，因此又發了癖性，又特向秦鍾悄説道：『咱們兩個人一樣的年紀，況又是同窗，以後不必論叔姪，只論弟兄朋友就是了。』又是寶玉新論，叔姪者，有輩分之限也。弟兄朋友則無尊卑之限也。寶玉先破尊卑之限。先是秦鍾不肯，當不得寶玉不依，只叫他『兄弟』，或叫他的表字『鯨卿』，秦鍾也只得混着亂叫起來。自此親密無間矣。

原來這學中雖都是本族人丁與些親戚的子弟，俗語説的好：『一龍生九種，種種各别。』未免人多了，就有龍蛇混雜，下流人物在内。自寶、秦二人來了，都生的花朵兒一般的模樣；又見秦鍾腼腆溫柔，未語面先紅，怯怯羞羞，有女兒之風；寶玉又是天生成慣能作小服低，賠身下氣，情性體貼，話語綿纏。因此二人更加親厚，也怨不得那起同窗人起了疑，背地裏你言我語，詬誶謡諑，佈滿書房內外。從此天下多事矣。

久已不見此人，此人一出，則邪念隨之。

寫塾中情景，不在讀書，卻在此等處，真意外奇文。

原來薛蟠自來王夫人處住後，便知有一家學，學中廣有青年子弟，不免偶動了龍陽之興，因此也假來上學讀書，（敘明薛蟠上學是假。）不過是三日打魚，兩日曬網，白送些束脩禮物與賈代儒。（正是薛蟠行徑。）卻不曾有一些兒進益，只圖結交些契弟。（目的就在此。）誰想這學內就有好幾個小學生，圖了薛蟠的銀錢、吃穿，被他哄上手的，（到就上手，寫透薛蟠。）也不消多記。更又有兩個多情的小學生，亦不知是那一房的親眷，亦未考真名姓，只因生得嫵媚風流，滿學中都送了他兩個外號，一號『香憐』，一號『玉愛』。（真是好名字，貼切無比。）雖都有竊慕之意，將不利於孺子之心，只是都懼薛蟠的威勢，不敢來沾惹。如今寶、秦二人一來，見了他兩個，也不免繾綣羨慕，亦因知係薛蟠相知，故未敢輕舉妄動。香、玉二人心中，也一般的留情與寶、秦。因此四人心中雖有情意，只未發跡。每日一入學中，四處各坐，卻八目勾留，或設言託意，或詠桑寓柳，遙以心照，卻外面自爲避人眼目。不意偏又有幾個滑賊看出形景來，都背後擠眉弄眼，或咳嗽揚聲，這也非止一日。

可巧這日代儒有事，早已回家去了，只留下一句七言對聯，命學生對了，明日再來上書；將學中之事，又命賈瑞暫且管理。妙在薛蟠如今不大來學中應卯了，（機會來了）因此秦鍾趁此和香憐擠眉弄眼，遞暗號兒，二人假裝出小恭，走至後院說體己話。秦鍾先問他：『家裏的大人可管你交朋友不管？』一語未了，只聽背後咳嗽了一聲。（不意早有埋伏。）二人唬的忙回頭看時，原來是窗友名金榮者。香憐有些性急，羞怒相激，問他道：『你

（賈瑞初見。）

（介紹賈瑞，爲後文先作一引，順便又敘薛蟠。）

咳嗽什麼？難道不許我兩個說話不成？』（問得沒有道理。）金榮笑道：『許你們說話，難道不許我咳嗽不成？（駁得有理）我只問你們：有話不明說，許你們這樣鬼鬼祟祟的幹什麼故事？（反攻有力）我可也拿住了，（話又說過了頭。）還賴什麼！先得讓我抽個頭兒，咱們一聲兒不言語，不然大家就奮起來。』（一副無賴腔。）秦、香二人急的飛紅的臉，便問道：『你拿住什麼了？』金榮笑道：『我現拿住了是真的。』說着又拍着手笑嚷道：『貼的好燒餅！你們都不買一個吃去？』（無賴混詐）秦鍾、香憐二人又氣又急，忙進去向賈瑞前告金榮，說金榮無故欺負他兩個。

原來這賈瑞最是個圖便宜、沒行止的人，（一出場，便予定論。）每在學中以公報私，勒索子弟們請他；後又附助着薛蟠圖些銀錢酒肉，一任薛蟠橫行霸道，他不但不去管約，反助紂爲虐討好兒。（賈瑞亦是此等貨色。）偏那薛蟠本是浮萍心性，今日愛東，明日愛西，近來又有了新朋友，把香、玉二人又丟開一邊。就連金榮亦是當日的好朋友，自有了香、玉二人，便棄了金榮。近日連香、玉亦已見棄。故賈瑞也無了提攜幫襯之人。不說薛蟠得新棄舊，只怨香、玉二人不在薛蟠前提攜幫補他，因此賈瑞、金榮等一干人，也正在醋妒他兩個。（一段曲折情事，足見學中何等不堪。）今見秦、香二人來告金榮，賈瑞心中便更不自在起來，雖不好呵叱秦鍾，卻拿着香憐作法，反說他多事，着實搶白了幾句。（借此發洩私憤。）香憐反討了沒趣，連秦鍾也訕訕的各歸坐位去了。金榮越發得了意，搖頭咂嘴的，口內還說許多閒話，玉愛偏又聽了不忿，兩個人隔座咕咕唧唧的角起口來。金榮只一賈薔初見，爲下文先作一引。

賈薔出來爲秦鍾抱不平，其中還有與賈蓉交密的原故。

賈薔想得周密。

口咬定說：『方纔明明的撞見他兩個在後院子裏親嘴摸屁股，兩個商議定了，一對一肏，撅草棍兒抽長短，誰長誰先幹。』採取誣陷惡賴手段。金榮只顧得意亂說，卻不防還有別人。誰知早又觸怒了一個。你道這個是誰？

原來這一個名喚賈薔，亦係寧府中之正派玄孫，父母早亡，從小兒跟着賈珍過活，如今長了十六歲，比賈蓉生的還風流俊俏。他弟兄二人最相親厚，常相共處。寧府人多口雜，那些不得志的奴僕們，專能造言誹謗主人，因此不知又有什麽小人詬誶謠諑之詞。賈珍想亦風聞得些口聲不大好，原來此二人亦是一路人物。自己也要避些嫌疑，如今竟分與房舍，命賈薔搬出寧府，自去立門户過活去了。這賈薔外相既美，內性又聰明，雖然應名來上學，亦不過虛掩眼目而已，仍是鬬雞走狗，賞花玩柳。總恃上有賈珍溺愛，下有賈蓉匡助，因此族人誰敢來觸逆於他。他既和賈蓉最好，今見有人欺負秦鍾，如何肯依？如今自己要挺身出來報不平，心中且忖度一番，想道：『金榮、賈瑞一干人，都是薛大叔的相知，向日我又與薛大叔相好，倘或我一出頭，他們告訴了老薛，我們豈不傷和氣？待要不管，如此謠言，說的大家沒趣。如今何不用計制伏，又止息口聲，又傷不了臉面。』寫出賈薔背後用計調撥茗煙，文章越見曲折。想畢，也裝作出小恭，走至外面，悄悄的把跟寶玉的書童名喚茗煙者喚到身邊，如此這般，調撥他幾句。

這茗煙乃是寶玉第一個得用的，且又年輕不諳世事，如今聽賈薔說金榮如此欺找出茗煙來，無異是點着了火藥。文章更趨熱鬧。

因飛硯事，帶出賈蘭、賈菌，原來兩人母親都是早年守寡。

負秦鍾，連他爺寶玉都干連在內，不給他個利害，下次越發狂縱難制了。這茗煙無故就要欺壓人的，如今得了這個信，又有賈薔助着，便一頭進來找金榮，也不叫金相公了，只說：『姓金的，你是什麼東西！』好聲口，來者不善。賈薔遂跺一跺靴子，故意整整衣服，看看日影兒，說：『是時候了。』遂先向賈瑞說，有事要早走一步。賈瑞不敢強他，只得隨他去了。已點着了火，可以走了。

這裏，茗煙先一把揪住金榮，已經動手了。問道：『我們肏屁股不肏屁股，管你⿰毛乚⿰毛巴相干，橫豎沒肏你爹去就罷了！說得骯髒而強橫，的是茗煙聲口。你是好小子，出來動一動你茗大爺！』唬的滿屋中子弟都怔怔的癡望。一筆總寫傳神。賈瑞忙吆喝：『茗煙不得撒野！』金榮氣黃了臉，說：『反了！奴才小子都敢如此，我只和你主子說。』便奪手要去抓打寶玉、秦鍾二人去。金榮亦不示弱。尚未去時，從腦後颼的一聲，早見一方硯瓦飛來，意外之筆，文章熱鬧至甚。並不知係何人打來的，幸未打着，卻又打在旁人的座上，這座上乃是賈蘭、賈菌。

這賈菌亦係榮國府近派的重孫，其母亦少寡，獨守着賈菌。這賈菌與賈蘭最好，所以二人同桌而坐。誰知賈菌年紀雖小，志氣最大，極是淘氣不怕人的。他在座上冷眼看見金榮的朋友暗助金榮，飛硯來打茗煙，原來飛硯是金榮一幫人打來的。偏沒打着茗煙，便落在他桌上，正打在面前，將一個磁硯水壺打了個粉碎，濺了一書黑水。正是落花流水。賈菌如何依得，便罵：『好囚攮的們，這不都動了手了麽！』罵着，也便抓起硯磚來要鬧學堂進入全武行大打出手，一邊是飛匣擲書，碗碎茶流；一邊是舞動長板，橫掃茗煙，於是文章進入最高潮，令人眼花繚亂，好看煞人。

由裏及外，再寫李貴。李貴是上等奴僕，身份不同。李貴一喝，文勢頓歇。文章如潮，其來也洶湧澎湃，其去也潮去浪平。

打回去。（一場武打，好看煞人。）賈蘭是個省事的，忙按住硯，極口勸道：『好兄弟，不與咱們相干。』賈菌如何忍得住，便兩手抱起書匣子來，照那邊掄了去。終是身小力薄，卻掄不到那裏，剛到寶玉、秦鍾桌案上就落了下來。（落得正是地方。）只聽嘩啷啷一聲，砸在桌上，書本紙片等至於筆硯之物撒了一桌，又把寶玉的一碗茶也砸得碗碎茶流。（正是落花流水皆文章，不亦樂乎！）賈菌便跳出來，要揪打那一個飛硯的。金榮此時隨手抓了一根毛竹大板在手，地狹人多，那裏經得舞動長板。茗煙早吃了一下，（打着茗煙，無異是火上澆油。）亂嚷：『你們還不來動手！』（下了總動員令。）寶玉還有三個小廝：一名鋤藥，一名掃紅，一名墨雨。這三個豈有不淘氣的，一齊亂嚷：『小婦養的！動了兵器了！』墨雨遂掇起一根門閂，掃紅、鋤藥手中都是馬鞭子，蜂擁而上。（文章亦如潮湧。）賈瑞急的攔一回這個，勸一回那個，誰聽他的話，（急煞賈瑞）肆行大鬧。衆頑童也有趁勢幫着打太平拳助樂的，也有膽小藏在一邊的，也有直立在桌上拍着手兒亂笑，喝着聲兒叫打的。登時間鼎沸起來。（忙裏偷閒，着此一筆，文章更見生色。）

外邊李貴等幾個大僕人聽見裏邊作起反來，忙都進來一齊喝住。問是何原故，衆聲不一，這一個如此說，那一個又如彼說。李貴且喝罵了茗煙四個一頓，攆了出去。秦鍾的頭早撞在金榮的板上，打起一層油皮，寶玉正拿褂襟子替他揉呢，見喝住了衆人，便命：『李貴，收書！拉馬來，我去回太爺去！（文章暫一收勢，又生波瀾。）我們被人欺負了，不敢說別的，守禮來告訴瑞大爺，瑞大爺反倒派我們的不是，聽着人家罵我們，還調唆他文章驟起驟落，落後又餘波橫生，所謂『餘霞散成綺』也。

們打我們。茗煙見人欺侮我，他豈有不爲我的？他們反打夥兒打了茗煙，〔二〕連秦鍾的頭也打破了。還在這裏念什麽書！茗煙他也是爲有人欺負我的。不如散了罷。』（句句針對賈瑞。）李貴勸道：『哥兒不要性急。太爺既有事回家去了，這會子爲這點子事去聒噪他老人家，倒顯的咱們沒理。依我的主意，那裏的事情那裏了結好，（提出了結的方案。）何必去驚動他老人家。這都是瑞大爺的不是。太爺不在這裏，你老人家就是這學裏的頭腦了，衆人看着你行事。衆人有了不是，該打的打，該罰的罰，如何等鬧到這步田地還不管？』（一場風波，又落到賈瑞頭上。）賈瑞道：『我吆喝着都不聽。』（你自身是何行徑？誰能聽你？）李貴笑道：『不怕你老人家惱我，素日你老人家到底有些不正經，所以這些兄弟纔不聽。（直言相告，當面開拆。）就鬧到太爺跟前去，連你老人家也是脫不過的。還不快作主意撕羅開了罷。』（着落賈瑞了結此事。）寶玉道：『撕羅什麽？我必是回去的！』（一個要了結，一個還不讓了結。）秦鍾哭道：『有金榮，我是不在這裏念書的。』（咬定金榮）寶玉道：『這是爲什麽？難道有人家來的，咱們倒來不得？我必回明白衆人，攆了金榮去。』又問李貴：『金榮是那一房的親戚？』李貴想了一想道：『也不用問了。若問起那一房的親戚，更傷了兄弟們的和氣。』

茗煙在窗外道：『他是東胡同子裏璜大奶奶的姪兒。（天外飛來信息。）那是什麽硬正仗腰子的，也來唬我們。璜大奶奶是他姑娘。你那姑媽只會打旋磨子，給我們璉二奶奶跪着借當頭。（一下揭了老底。）我眼裏就看不起他那樣的主子奶奶！』（李貴原想按住不說，不想被茗煙說破。）李貴忙斷喝不止，此時代儒不在，賈瑞爲首，賈瑞自然怕鬧大於己不利，於是由賈瑞出面央求平息，文如遊絲，一絲不亂。

『解鈴還須繫鈴人』也。此事原由金榮而起，現仍由金榮而息。文章如行雲流水，行於所當行，止於不可不止耳！

說：『偏你這小狗肏的知道，有這些蛆嚼！』寶玉冷笑道：『我只當是誰的親戚，原來是璜嫂子的姪兒，我就去問問他來！』（底細既被寶玉得知，便不易收場矣！）說着，便要走，叫茗煙進來包書。茗煙包着書，又得意道：『爺也不用自己去見，等我到他家，就說老太太有說的話問他呢，（又寫茗煙一筆，擡出老太太來，猶如泰山壓頂。）僱上一輛車拉進去，當着老太太問他，豈不省事。』（正是省事，但於璜大奶奶卻不省事耳！）李貴忙喝道：『你要死！仔細回去我好不好先捶了你，然後再回老爺、太太，就說寶玉全是你調唆的。我這裏好容易勸哄好了一半了，你又來生個新法子。你鬧了學堂，不說變法兒壓息了纔是，倒要往大裏鬧！』茗煙方不敢作聲兒了。（再施大壓力，將風波壓住。）

此時賈瑞也怕鬧大了，自己也不乾净，只得委屈着來央告秦鍾，又央告寶玉。先是他二人不肯，後來，寶玉說：『不回去也罷了，只叫金榮賠不是便罷。』（寶玉提出條件。）金榮先是不肯，後來禁不得賈瑞也來逼他去賠不是，李貴等只得好勸金榮說：『原是你起的端，你不這樣，怎得了局？』金榮強不得，只得與秦鍾作了揖。寶玉還不依，偏定要磕頭。（不能降價以待。）賈瑞只要暫息此事，又悄悄的勸金榮說：『俗語說的好：「殺人不過頭點地。」你既惹出事來，少不得下點氣兒，磕個頭就完事了。』（再施壓力）金榮無奈，只得進前來與秦鍾磕頭。（『在人矮簷下，不敢不低頭』耳！然金榮亦自惡賴，此回卻只能認輸也。）且聽下回分解。

【回後評】

此回以鬧學堂爲主，寶玉上學，辭別衆人，又辭別賈政，遇清客相公等等，皆行文過脈。故文筆敍事流走而簡潔。

襲人囑咐一段，襲人始而悶悶，繼而叮嚀囑咐，情意纏綿，千言萬語，實只『你』『我』二字而已。其所以然者，以襲人已經初試也，故其語言心理，與諸婢迥別。雪芹之筆，如鬼斧神工，能入骨髓耳。

賈政厭惡寶玉，竟謂其不必讀書云云，當是積厭所至，非此第一回而云然也。然則，賈政已預感寶玉不可能是其官僚『書禮』之家之繼世者，此已預爲以後三十三回伏線矣，然賈政仍囑『只是先把《四書》一氣講明背熟，是最要緊的』，則亦如寧、榮二公之靈之所囑望也。

鬧學堂一段是本回大文章，亦是全書高潮之一，雪芹以特筆寫學堂，既是寫實（社會現實），更是對儒家正統之揭露批判，學堂之長賈代儒，是『師』也，列於『天、地、君、親』之下者也。然代儒僅虛有其名位耳。替之者賈瑞也，賈瑞何許人也，本回已有交代，而以後更有其出醜文字，則儒者之『學』可以知矣！雪芹揭『儒』揭『學』，亦其反程朱之一端，因《四書》《五經》乃程、朱之本也，今『學』中情狀如此，復何有於《四書》《五經》哉！

鬧學堂薛蟠、賈瑞、賈薔、秦鍾、寶玉、茗煙、香憐、玉愛、金榮諸人之行徑，特別是金榮、茗煙所說之髒話、髒事，亦當時社會實相也。勿作遊戲筆墨看！

【校　記】

〔一〕回目：庚辰、己卯、楊本、蒙本、戚本、列本同。舒本上句作『學堂』，下句作『家塾』。

〔二〕『見人欺侮我，……』二十二字，庚本無，據己卯本增。

上回未正寫寶、秦情狀，此回卻於金榮口中補出。亦《史記》互見法也。

金榮到底不服。

原來也是走的熙鳳的門路。

補敘學裏供應。

第十回　金寡婦貪利權受辱　張太醫論病細窮源〔一〕

話說金榮因人多勢衆，又兼賈瑞勒令，賠了不是，給秦鍾磕了頭，（金榮雖磕了頭，心仍不服，不服者，因寶、秦等亦確有其事也。觀上回文字可知矣。此處作者只用暗寫法，要讀者自思耳。）寶玉方纔不吵鬧了。大家散了學，金榮回到家中，越想越氣，說：『秦鍾不過是賈蓉的小舅子，又不是賈家的子孫，附學讀書，也不過和我一樣。他因仗着寶玉和他好，他就目中無人。他既是這樣，就該行些正經事，人也沒的說。他素日又和寶玉鬼鬼祟祟的，只當人都是瞎子，看不見。（此處補寫寶、秦二人情狀。）今日他又去勾搭人，偏偏的撞在我眼睛裏。就是鬧出事來，我還怕什麼不成？』

他母親胡氏聽見他咕咕嘟嘟的說，因問道：『你又要争什麼閒氣？好容易我望你姑媽說了，你姑媽千方百計的纔向他們西府裏的璉二奶奶跟前說了，你纔得了這個念書的地方。（金榮入學，也非正經名分。）若不是仗着人家，咱們家裏還有力量請的起先生？況且人家學裏，茶也是現成的，飯也是現成的。你這二年在那裏念書，家裏也省好大的嚼用呢。（窮人家口氣。）省出來的，你又愛穿件鮮明衣服。再者，不是因你在那裏念書，你就認得什麼薛大爺七八十兩銀子，不算小數，金榮何以得之，薛蟠因何給他，讀者細思。

了？那薛大爺一年不給不給，這二年也幫了咱們有七八十兩銀子。你如今要鬧出了這個學房，再要找這麼個地方，我告訴你說罷，比登天還難呢！你給我老老實實的頑一會子睡你的覺去，好多着呢。』（窮人家口氣，摹寫逼真。）於是金榮忍氣吞聲，不多一時他自去睡了。

鬧學堂事，至此全告結束。

次日仍舊上學去了。不在話下。

再敘賈璜夫妻。

且說他姑娘，原聘給的是賈家玉字輩的嫡派，名喚賈璜。但其族人那裏皆能像寧、榮二府的富勢，原不用細說。這賈璜夫妻守着些小的產業，又時常到寧、榮二府裏去請請安，又會奉承鳳姐兒並尤氏，所以鳳姐兒、尤氏也時常資助資助他，方能如此度日。（補敘金氏與尤、鳳二人之關係，爲下文作引。）今日正遇天氣晴明，又值家中無事，遂帶了一個婆子，坐上車，來家裏走走，瞧瞧寡嫂並姪兒。

再提學堂事，不過雨過後之餘雷聲而已。然文章卻摇曳有致。

閒話之間，金榮的母親偏提起昨日賈家學房裏的那事，從頭至尾，一五一十都向他小姑子說了。這璜大奶奶不聽則已，聽了，一時怒從心上起，（何興之暴也。）說道：『這秦鍾小崽子是賈門的親戚，難道榮兒不是賈門的親戚？人都別忒勢利了，況且都作的是什麼有臉的好事！（再用側筆評之。）就是寶玉，也犯不上向着他到這個樣。等我去到東府瞧瞧我們珍大奶奶，再向秦鍾他姐姐說說，叫他評評這個理。』（璜大奶奶好撑面子，不自量力。）這金榮的母親聽了這話，急的了不得，（急死了胡氏。怕丟掉衣食也。）忙說道：『這都是我的嘴快，告訴了姑奶奶了，求姑奶奶別去，別管他們誰是誰非。倘或鬧起來，怎麼在那裏站得住？（實情。可憐。）若是站不住，家裏硬充好漢，氣倒很足。

文章漸漸過脈到秦氏。

先敘秦氏症候。

一段議論，可見秦氏病得不輕。

偏偏先由尤氏說出學堂之事。且因秦氏

不但不能請先生，反倒在他身上添出許多嚼用來呢。』（說得可憐，卻是窮人實情。）璜大奶奶聽了，說道：『那裏管得許多。你等我說了，看是怎麼樣！』也不容他嫂子勸，一面叫老婆子瞧了車，就坐上往寧府裏來。（寫得怒氣十足，以爲必有一場大鬧。豈知卻悄然而收。此文章之波瀾也。亦曰空雷傳聲，但聽聲響，並無雨點也。）

到了寧府，進了車門，到了東邊小角門前下了車，進去見了賈珍之妻尤氏。也未敢氣高，（氣已不敢高了。）殷殷勤勤敘過寒溫，說了些閒話，方問道：『今日怎麼沒見蓉大奶奶？』（先由金氏動問，似將發作，豈知文卻逆轉。）尤氏說道：『他這些日子不知是怎麼着，經期有兩個多月沒來。叫大夫瞧了，又說並不是喜。那兩日，到了下半天就懶待動，話也懶待說，眼神也發眩。我說他：「你且不必拘禮，早晚不必照例上來，你就好生養養罷。就是有親戚一家兒來，有我呢。就有長輩們怪你，等我替你告訴。」連蓉哥我都囑咐了，我說：「你不許累掯他，不許招他生氣，叫他靜靜的養養就好了。他要想什麼吃，只管到我這裏取來。倘或我這裏沒有，只管望你璉二嬸子那裏要去。倘或他有個好和歹，（連這樣的話都說了，可見病勢沉重。）你再要娶這麼一個媳婦，這麼個模樣兒，這麼個性情的人兒，打着燈籠也沒地方找去。」他這爲人行事，那個親戚，那個一家的長輩不喜歡他？（用明筆極贊秦氏。）所以我這兩日好不煩心，焦的我了不得。偏偏今日早晨他兄弟來瞧他，誰知那小孩子家不知好歹，（自然說到秦鍾。豈知還有一個不知好歹的就在身旁。）看見他姐姐身上不大爽快，就有事也不當告訴他，別說是這麼一點子小事，就是你受了一萬分的委屈，也不該向他說纔是。（秦鍾尚不該說，哪有你說話的餘地？此話無意中直指金氏。）誰知他們昨兒故，又埋怨秦鍾不該告訴此事。至使璜大奶奶着着讓人佔先，完全處在被動地位。於是原先那股氣更不敢出了。

一肚子的氣全被嚇跑了。

用賈珍進來，截止

學房裏打架，不知是那裏附學來的一個人欺負了他了。（歪打正着，句句都入璜大奶奶心裏。）裏頭還有些不乾不净的話，都告訴了他姐姐。（可見金榮所說，秦鍾已句句上告。至使本來『心重』『思慮』過度的秦氏，愈加『思慮』矣。何者？因其心虛也！）嬸子，你是知道那媳婦的：雖則見了人有說有笑，會行事兒，他可心細，心又重，不拘聽見個什麽話兒，都要度量個三日五夜纔罷。（是可卿的脾氣。）這病就是打這個秉性上頭思慮出來的。（思慮確是思慮，但究竟思慮什麽，卻非尤氏所知。）今兒聽見有人欺負了他兄弟，又是惱，又是氣：惱的是那群混賬狐朋狗友的扯是搬非、（秦氏最怕如此。）調三惑四的那些人；氣的是他兄弟不學好，不上心念書，以致如此學裏吵鬧。他聽了這事，今日索性連早飯也沒吃。（聽了學裏那些不乾不净的話，便愈加思慮。可知其由彼及此矣！所謂『風聲鶴唳，草木皆兵』也！）我聽見了，我方到他那邊安慰了他一會子，又勸解了他兄弟一會子。我叫他兄弟到那邊府裏找寶玉去了，我纔看着他吃了半盞燕窩湯，我纔過來了。嬸子，你說我心焦不心焦？（尤氏如此心焦，金氏如何敢再說話。）況且如今又沒個好大夫，我想到他這病上，我心裏倒像針扎似的。你們知道有什麽好大夫沒有？』（一席話，璜大奶奶哪裏還敢說學裏的事。）

金氏聽了這半日話，把方纔在他嫂子家的那一團要向秦氏理論的盛氣，早嚇的都丢在爪窪國去了。（來如疾風，去如遊絲。）聽見尤氏問他有知道的好大夫的話，連忙答道：『我們這麽聽着，實在也沒見人說有個好大夫。如今聽起大奶奶這個來，定不得還是喜呢。嫂子倒别教人混治。倘或認錯了，這可是了不得的。』（只好用家常話扯開。）尤氏道：『可不是呢。』正是說話間，賈珍從外進來，見了金氏，便向尤氏問道：『這不是璜大奶奶麽？』金尤、金二人談話，最爲得體。

來時怒氣沖沖，去時喜氣盈盈，人情之變，倏忽陰晴，令人可嘆！而雪芹之筆，實能探人心肝也。

先是尤氏愁秦氏病，繼以賈珍愁秦氏病，筆鋒漸漸轉向秦氏。

氏向前給賈珍請了安。賈珍向尤氏說道：『讓這大妹妹吃了飯去。』賈珍說着話，就過那屋裏去了。金氏此來，原要向秦氏說說秦鍾欺負了他姪兒〔二〕之事，聽見秦氏有病，不但不能說，亦且不敢提了。況且賈珍、尤氏又待的很好，反轉怒爲喜，又說了一會子話兒，方家去了。

金氏去後，賈珍方過來坐下，問尤氏道：『今日他來，有什麼說的事情麼？』尤氏答道：『倒沒說什麼。一進來的時候，臉上倒像有些着了惱的氣色似的，及說了半天話，又提起媳婦這病，他倒漸漸的氣色平定了。（側寫一筆金氏內心情緒的變化。）你又叫讓他吃飯，他聽見媳婦這麼病，也不好意思只管坐着，又說了幾句閒話兒就去了，倒沒求什麼事。（氣色變化，尤氏亦已看出，文筆細。）如今且說媳婦這病，你到那裏尋一個好大夫來與他瞧瞧要緊，可別耽誤了。現今咱們家走的這群大夫，那裏要得？一個個都是聽着人的口氣兒，人怎麼說，他也添幾句文話兒說一遍。（罵死世之庸醫。）可倒殷勤的很，三四個人一日輪流着倒有四五遍來看脈。（本領沒有，全靠殷勤。寫透庸醫。）他們大家商量着立個方子，吃了也不見效，倒弄得一日換四五遍衣裳，坐起來見大夫，其實於病人無益。』（說得極合情理。）賈珍說道：『可是。這孩子也糊塗，何必脫脫換換的，倘再着了涼，更添一層病，那還了得？（全由公公操心。作者用暗筆，讀者可以自思。）衣裳任憑是什麼好的，可又值什麼？孩子的身子要緊，就是一天穿一套新的，也不值什麼。（是賈珍的口氣。）我正進來要告訴你：方纔馮紫英來看我，他見我有些抑鬱之色，（抑鬱之色，連馮紫英都看出。作者用側筆寫賈珍。）問我是怎麼了。

兒媳有病，兒子倒不見着急，倒是公公着急。

能斷人生死，張友士醫道不凡，則可卿之生死亦爲斷定矣。然則可卿之病因亦不可隱矣！此處爲『細窮源』先着一筆。

賈敬是賈府長房中現存最長一輩，但卻是另一類人物，只夢想飛昇成仙，可見賈府長房連守業之人也沒有了。

寫賈敬好道，夢想成仙，終於服丹而死，亦雪芹對江湖道士之

我纔告訴他說，媳婦忽然身子有好大的不爽快，因爲不得個好太醫，斷不透是喜是病，又不知有妨礙無妨礙，所以我這兩日心裏着實着急。（確是着急得很。）馮紫英因說起他有一個幼時從學的先生，姓張名友士，學問最淵博的，更兼醫理極深，且能斷人的生死。今年是上京給他兒子來捐官，現在他家住着呢。（住在馮紫英家。）這麼看來，竟是合該媳婦的病在他手裏除災亦未可知。我即刻差人拿我的名帖請去了。今日倘或天晚了不能來，明日想必一定來。況且馮紫英又即刻回家，親自去求他，務必叫他來瞧瞧。等這個張先生來瞧了再說罷。』

尤氏聽了，心中甚喜，因說道：『後日是太爺的壽日，到底怎麼辦？』（此處順筆又帶出賈敬生日。）賈珍說道：『我方纔到了太爺那裏去請安，兼請太爺來家來受一受一家子的禮。太爺因說道：「我是清净慣了的，我不願意往你們那是非場中去鬧去，你們必定說是我的生日，要叫我去受衆人些頭，莫過你把我從前註的《陰騭文》給我令人好好的寫出來刻了，比叫我無故受衆人的頭還強百倍呢。倘或明日後日這兩日一家子要來，你就在家裏好好的款待他們就是了。也不必給我送什麼東西來，連你後日也不必來；你要心中不安，你今日就給我磕了頭去。倘或後日你要來，又跟隨多少人來鬧我，我必和你不依。」如此說了又說，後日我是再不敢去的了。且叫來昇來，吩咐他預備兩日的筵席。』尤氏因叫人叫了賈蓉來：『吩咐來昇照舊例預備兩日的筵席，要豐豐富富的。

批判也。

賈敬壽日是如此過法。

一邊是急煞，一邊卻要養神，必須明日方能去，真是急毛病碰着慢郎中也。然如此寫一是顯出張友士之身份，二是文章有波瀾，有起伏。所謂文如看山不喜平也。

張友士一番謙詞，絕無江湖氣。

你再親自到西府裏去請老太太、大太太、二太太和你璉二嬸子來逛逛。你父親今日又聽見一個好大夫，業已打發人請去了，想必明日必來。你可將他這些日子的病症細細的告訴他。』（由尤氏轉告其父已爲請醫之事，以作交代。）

賈蓉一一的答應着出去了。正遇着方纔去馮紫英家請那先生的小子回來了，因回道：『奴才方纔到了馮大爺家，拿了老爺的名帖請那先生去。（因張友士住馮紫英家。故如此寫。）那先生說道：「方纔這裏大爺也向我說了。但是今日拜了一天的客，纔回到家，此時精神實在不能支持，就是去到府上也不能看脈。」他說等調息一夜，明日務必到府。他又說，他「醫學淺薄，本不敢當此重薦，（看來此人確是良醫。）因我們馮大爺和府上的大人既已如此說了，又不得不去，你先替我回明大人就是了。大人的名帖實不敢當」。（可見張友士謙謙有禮。絕非江湖郎中。）仍叫奴才拿回來了。哥兒替奴才回一聲兒罷。』賈蓉轉身復進去，回了賈珍、尤氏的話，方出來叫了來昇來，吩咐他預備兩日的筵席的話。來昇聽畢，自去照例料理。不在話下。

且說次日午間，人回道：『請的那張先生來了。』賈珍遂延入大廳坐下，茶畢，方開言道：『昨承馮大爺示知老先生人品學問，又兼深通醫學，小弟不勝欽仰之至。』張先生道：『晚生粗鄙下士，本知見淺陋，昨因馮大爺示知，大人家第謙恭下士，又承呼喚，敢不奉命。但毫無實學，倍增顏汗。』賈珍道：『先生何必過謙。就不須先講病情，便與人不同。

的是名醫聲口，凡有真才實學者，必謙退也。

無力無神心氣虛而肝火旺，則病因得其要矣！

請先生進去看看兒婦，仰仗高明，以釋下懷。』

於是，賈蓉同了進去。到了賈蓉居室，見了秦氏，向賈蓉說道：『這就是尊夫人了？』賈蓉道：『正是。請先生坐下，讓我把賤內的病症說一說再看脈如何？』那先生道：『依小弟的意思，竟先看過脈再說的爲是。（不須先說，逕先按脈，足見其胸有成竹。）我是初造尊府的，本也不曉得什麼，但是我們馮大爺務必叫小弟過來看看，小弟所以不得不來。（再次謙遜，爲自己多留地步。）如今看了脈息，看小弟說的是不是，（足見其脈案高明，有把握。）再將這些日子的病勢講一講，大家斟酌一個方兒，可用不可用，那時大爺再定奪。』賈蓉道：『先生實在高明，如今恨相見之晚。就請先生看一看脈息，可治不可治，以便使家父母放心。』於是家下媳婦們捧過大迎枕來，一面給秦氏拉着袖口，露出脈來。先生方伸手按在右手脈上，調息了至數，凝神細診了有半刻的工夫，方換過左手，亦復如是。（診脈亦很慎重。）診畢脈息，說道：『我們外邊坐罷。』（已心中有數矣。）

賈蓉於是同先生到外間房裏牀上坐下，一個婆子端了茶來。賈蓉道：『先生請茶。』於是陪先生吃了茶，遂問道：『先生看這脈息，還治得治不得？』（是急於動問矣。）先生道：『看得尊夫人這脈息：左寸沉數，左關沉伏；右寸細而無力，（無力。）右關濡而無神。（無神。）其左寸沉數者，乃心氣虛而生火；（心虛而有火。）左關沉伏者，乃肝家氣滯血虧。（肝火亦旺也。）右寸細而無力者，乃肺經氣分太虛；右關濡而無神者，乃脾土被肝木尅制。心氣虛而生火以上張友士評論病情症候，則已得其要，實則未能窮源也。

用身邊服侍人稱讚張友士之診脈，則又見語語中肯。

已說到病源，實亦不能再說矣。

者，應現經期不調，夜間不寐。肝家血虧氣滯者，必然肋下疼脹，月信過期，心中發熱。肺經氣分太虛者，頭目不時眩暈，寅卯間必然自汗，如坐舟中。脾土被肝木尅制者，必然不思飲食，精神倦怠，四肢酸軟。據我看這脈息，應當有這些症候纔對。或以這個脈爲喜脈，則小弟不敢從其教也。』旁邊一個貼身服侍的婆子道：『何嘗不是這樣呢。真正先生說的如神，借下人之口一贊。倒不用我們告訴了，如今我們家裏現有好幾位太醫老爺瞧着呢，都不能的當真切的這麽說。有一位說是喜，有一位說是病；這位說不相干，那位說怕冬至：總沒有個准話兒。幾句話罵盡庸醫。求老爺明白指示指示。』

那先生笑道：『大奶奶這個症候，可是那衆位耽擱了。所謂庸醫殺人也。要在初次行經的日期就用藥治起來，不但斷無今日之患，而且此時已全愈了。如今既是把病耽誤到這個地位，也是應有此災。依我看來，這病尚有三分治得。略加安慰而已。吃了我的藥看，若是夜裏睡的着覺，那時又添了二分拿手了。據我看這脈息：大奶奶是個心性高強、聰明不過的人；聰明忒過，則不如意事常有；不如意事常有，則思慮太過。此病是憂慮傷脾，句句話說中，可見張大夫確是國手。肝木忒旺，經血所以不能按時而至。大奶奶從前行經的日子，問一問，斷不是常縮，必是常長的。是不是？』這婆子答道：『可不是？從沒有縮過，或是長兩日三日，以至十日都長過。』愈說愈中。先生聽了道：『妙啊！這就是病源了。此處說是病源，實尚隔一層不可再說也。從前若能够以養心調經之藥服之，何至於此。這如今明顯出一個水虧木旺的症候來。待用藥看看。』於是寫了方子，遞與賈蓉，上寫的是：

益氣養榮補脾和肝湯

人參二錢　白朮土炒二錢　雲苓三錢　熟地四錢　歸身酒洗二錢　白芍炒二錢
川芎錢半　黃芪三錢　香附米製二錢　醋柴胡八分　懷山藥炒二錢　真
阿膠蛤粉炒二錢　延胡索酒炒錢半　炙甘草八分
引用建蓮子七粒去心　紅棗二枚

賈蓉看了，說：『高明的很。還要請教先生，這病與性命終久有妨無妨？』（還要追根究底。）先生笑道：『大爺是最高明的人。（其實已經不必明說了。）人病到這個地位，非一朝一夕的症候，吃了這藥也要看醫緣了。（絕妙詞令。不說不能治，讓人略存希望。）依小弟看來，今年一冬是不相干的。總是過了春分，就可望全愈了。』賈蓉也是個聰明人，也不往下細問了。（到此賈蓉也明白了。）

於是賈蓉送了先生去了，方將這藥方子並脈案都給賈珍看了，說的話也都回了賈珍並尤氏了。尤氏向賈珍說道：『從來大夫不像他說的這麼痛快，想必用的藥也不錯。』賈珍道：『人家原不是混飯吃、久慣行醫的人。因爲馮紫英與我們好，他好容易求了他來了。既有這個人，媳婦的病或者就能好了。他那方子上有人參，就用前日買的那一斤好的罷。』賈蓉聽畢話，方出來叫人打藥去煎給秦氏吃。不知秦氏服了此

（非一朝一夕的症候，則其病由來已久矣。）

（再用賈珍爲張友士一評，則其所斷更定生死矣。）

藥病勢如何，下回分解。

【回後評】

此回先寫金榮回家憤憤不平，引其母胡氏一段困苦之言，要金榮自惜，又引出薛蟠每年賙給七八十兩銀子。何以能得薛蟠賙給，其母未說，讀者亦自明矣。

由胡氏又引出金氏欲抱不平，直赴賈府找尤氏，恰遇秦可卿病重，尤氏爲此着急。又由秦鍾已先將學堂之事並金榮等人許多髒話一併告知秦氏，更使秦氏添病，秦鍾因遭尤氏埋怨。金氏見此情景，更不能再言學堂之事矣，又見尤氏問她有沒有好大夫，足見尤氏與她親近，因此又轉怒爲喜，原先一腔憤怒之氣，一洩無餘。文章如流水蜿蜒，曲折自如，無不達情，足見雪芹如椽之筆，洞察幽微也。

由金氏問起秦氏如何不見，然後引出秦氏病情嚴重，尤氏焦急，再引出賈珍焦急，文章一步緊似一步，但重點卻寫賈珍焦急，爲之多方請醫，而不寫賈蓉，是作者深筆，留待讀者自思也。

由尤氏與賈珍商量請醫之事，又過渡到賈敬的生日，然後說出賈敬一味好道避世，爲後回賈敬服丹砂而死先作一引。

張友士論病細窮源。張友士確是良醫，其脈案高明，一經切脈，已心知其病因，雖長篇大論，論說病理，實只是醫者之常言，雖已言中，而未再深入。非張友士未窮源也，是源已窮於心而不能言於口也。故所謂『過了春分，就可望全愈了』，亦是意在言外也，蓋已窮其源而決其生死也。

【校記】

〔一〕回目：各本同，蒙本、戚本『源』作『原』。

〔二〕庚辰本作『兄弟』，據蒙府、戚序、舒序本改。

賈敬壽辰又是一種寫法。因賈敬自謂已出世，不與紅塵也。

此處先帶敘尤氏之母尤老娘。

瓜飯樓重校評批《紅樓夢》卷二

第十一回　慶壽辰寧府排家宴　見熙鳳賈瑞起淫心[一]

話說是日賈敬的壽辰，賈珍先將上等可吃的東西、稀奇些的菓品，裝了十六大捧盒，着賈蓉帶領家下人等與賈敬送去，向賈蓉說道：『你留神看太爺喜歡不喜歡，你就行了禮來。你說：「我父親遵太爺的話未敢來，在家裏率領合家都朝上行了禮了。」』（表面看來，一派書禮孝義，何等堂皇。）賈蓉聽罷，即率領家人去了。

這裏漸漸的就有人來了。先是賈璉、賈薔到來，先看了各處的座位，並問：『有什麼頑意兒沒有？』（先問有沒有頑意兒。）家人答道：『我們爺原算計請太爺今日來家來，所以並未敢預備頑意兒。前日聽見太爺又不來了，現叫奴才們找了一班小戲兒並一檔子打十番的，（雪芹舊家原有戲班，此是信手拈來。）都在園子裏戲臺上預備着呢。』

次後邢夫人、王夫人、鳳姐兒、寶玉都來了，賈珍並尤氏接了進去。尤氏的母親已先在這裏呢。大家見過了，彼此讓了坐。賈珍、尤氏二人親自遞了茶，因說道：『老太太原是老祖宗，我父親又是姪兒，這樣日子，原不敢請他老人家；但是這個時候，敘明賈母不來的原因。

又將話題過度到秦氏之病。

秦氏之病愈加沉重。

天氣正涼爽，滿園的菊花又盛開，（點明時令）請老祖宗過來散散悶，看着衆兒孫熱鬧熱鬧，是這個意思。誰知老祖宗又不肯賞臉。』鳳姐兒未等王夫人開口，先說道：『老太太昨日還說要來着呢，因爲晚上看着寶兄弟他們吃桃兒，老人家又嘴饞，吃了有大半個，五更天的時候就一連起來了兩次，今日早晨略覺身子倦些。因叫我回大爺，今日斷不能來了，說有好吃的要幾樣，還要很爛的。』賈珍聽了笑道：『我說老祖宗是愛熱鬧的，今日不來，必定有個原故，若是這麼着就是了。』

王夫人道：『前日聽見你大妹妹說，蓉哥兒媳婦兒身上有些不大好，到底是怎麼樣？』尤氏道：『他這個病得的也奇。（說病得的奇，也是疑筆。）上月中秋還跟着老太太、太太們頑了半夜，回家來好好的。到了二十後，一日比一日覺懶，也懶待吃東西，這將近有半個多月了。經期又有兩個月沒來。』邢夫人接着說道：『別是喜罷？』

正說着，外頭人回道：『大老爺、二老爺並一家子的爺們都來了，在廳上呢。』賈珍連忙出去了。這裏尤氏方說道：『從前大夫也有說是喜的，昨日馮紫英薦了他從學過的一個先生，醫道很好，瞧了說不是喜，竟是很大的一個症候。昨日開了方子，吃了一劑藥，今日頭眩的略好些，別的仍不見怎麼樣大見效。』鳳姐兒道：『我說他不是十分支持不住，今日這樣的日子，再也不肯不扎掙着上來。』尤氏道：『你是初三日在這裏見他的，他強扎掙了半天，也是因你們娘兒兩個好的上頭，他纔戀戀的捨不得去。』鳳姐兒聽了，眼圈兒紅了半天，〔可見秦氏之病已難有望。〕半日方說道：『真是「天有不測風雲，人有旦夕禍福」。這個年紀，倘或就因這個病上怎麼樣了，人還活着有甚麼趣兒！』〔已是絕望之語。〕

正說話間，賈蓉進來，給邢夫人、王夫人、鳳姐兒前都請了安，方回尤氏道：『方纔我去給太爺送吃食去，並回說我父親在家中伺候老爺們，款待一家子的爺們，遵太爺的話並未敢來。太爺聽了甚喜歡，說：「這纔是。」叫告訴父親母親好生伺候太爺、太太們，叫我好生伺候叔叔嬸子們並哥哥們。還說那《陰騭文》，叫急急的刻出來，印一萬張散人。我將此話都回了我父親了。我這會子得快出去打發太爺們並合家爺們吃飯。』鳳姐兒說：『蓉哥兒，你且站住。〔鳳姐聲口，如聞如見。〕你媳婦今日到底是怎麼着？』賈蓉皺皺眉說道：『不好麼！嬸子回來瞧瞧去就知道了。』〔側寫一筆，秦氏病重。〕於是賈蓉出去了。

這裏尤氏向邢夫人、王夫人道：『太太們在這裏吃飯啊，還是在園子裏吃去好？小戲兒現預備在園子裏呢。』王夫人向邢夫人道：『我們索性吃了飯再過去罷，也省好些事。』邢夫人道：『很好。』於是尤氏就吩咐媳婦婆子們：『快送飯來。』門外一齊答應了一聲，都各人端各人的去了。不多一時，擺上了飯。尤氏讓邢夫人、王夫人並他母親都上坐了，他與鳳姐兒、寶玉側席坐了。邢夫人、王夫人道：『我們來原爲給大老爺拜壽，這不竟是我們來過生日來了麼？』鳳姐兒說道：『大老爺原是好養以上一段交代過壽誕情景。來客俱是豪門顯宦，具見寧府豪勢。以下再回到秦氏之病。

靜的，已經修煉成了，也算得是神仙了。太太們這麼一說，這就叫作「心到神知」了。』鳳姐隨機應變，機靈聰明，總能得人歡心，無怪賈母喜歡也。一句話說的滿屋裏的人都笑起來了。

於是，尤氏的母親並邢夫人、王夫人、鳳姐兒都吃畢飯，漱了口，净了手。纔說要往園子裏去，賈蓉進來向尤氏說道：『老爺們並衆位叔叔、哥哥、兄弟們也都吃了飯了。大老爺說家裏有事，二老爺是不愛聽戲，又怕人鬧的慌，都纔去了。別的一家子的爺們都被璉二叔並薔兄弟讓過去聽戲去了。方纔南安郡王、東平郡王、西寧郡王、北靜郡王四家王爺，並鎮國公牛府等六家，忠靖侯史府等八家，都差人持了名帖送壽禮來，俱回了我父親，先收在賬房裏了，禮單都上了檔子了。老爺的領謝的名帖都交給各家的來人了，各家來人也都照舊例賞了，衆來人都讓吃了飯纔去了。母親該請二位太太、老娘、嬸子都過園子裏坐着去罷。』尤氏道：『也是，纔吃完了飯，就要過去了。』

鳳姐兒說：『我回太太，我先瞧瞧蓉哥兒媳婦，我再過去。』王夫人道：『很是，我們都要去瞧瞧他，倒怕他嫌鬧的慌，說我們問他好罷。』尤氏道：『好妹妹，媳婦聽你的話，你去開導開導他，我也放心。你就快些過園子裏來。』寶玉也要跟了鳳姐兒去瞧秦氏去，王夫人道：『你看看就過去罷，那是姪兒媳婦。』於是尤氏請了邢夫人、王夫人並他母親都過會芳園去了。撇過衆人一段喁喁切切，恰合兩人素日情狀。秦氏歷數一一，令人感到已臨盡日。

作者文筆，於極寫實中，忽出幻筆，將夢中之情，幻境之事又一點染，是耶非耶，令人迷惘。

鳳姐兒、寶玉方和賈蓉到秦氏這邊來了。進了房門，悄悄的走到裏間房門口，秦氏見了，就要站起來，鳳姐兒說：『快別起來，看起猛了頭暈。』於是鳳姐兒就緊走了兩步，拉住秦氏的手，說道：『我的奶奶！怎麼幾日不見，就瘦的這麼着了！』可見病情急轉。於是就坐在秦氏坐的褥子上。寶玉也問了好，坐在對面椅子上。賈蓉叫：『快倒茶來，嬸子和二叔在上房還未喝茶呢。』秦氏拉着鳳姐兒的手，強笑道：『這都是我沒福。這樣人家，公公、婆婆當自己的女孩兒似的待。嬸娘的姪兒雖說年輕，卻也是他敬我，我敬他，從來沒有紅過臉兒。就是一家子的長輩、同輩之中，除了嬸子倒不用說了，別人也從無不疼我的，也無不和我好的。這如今得了這個病，把我那要強的心一分也沒了。一篇低訴，真如宛轉哀鳴，令人傷感！公婆跟前未得孝順一天；就是嬸娘這樣疼我，我就有十分孝順的心，如今也不能夠了。我自想着，未必熬的過年去呢。』『人之將死，其言也善。鳥之將亡，其鳴也哀。』此善言亦哀音也。

寶玉正眼瞅着那《海棠春睡圖》，並那秦太虛寫的『嫩寒鎖夢因春冷，芳氣籠人是酒香』的對聯，不覺想起在這裏睡晌覺，夢到『太虛幻境』的事來。一事點醒太虛幻境，虛而實，實而虛也。正自出神，聽得秦氏說了這些話，如萬箭攢心，那眼淚不知不覺就流下來了。何以『萬箭攢心』？夢中之事，虛耶實耶，費人疑思。然幻境之夢，寶玉朦朧之性覺醒也。故思之念之，其情特真也。

鳳姐兒心中雖十分難過，但恐怕病人見了衆人這個樣兒反添心酸，倒不是來開導勸解的意思了。見寶玉這個樣子，因說道：『寶兄弟，你忒婆婆媽媽的了。他病人不賈蓉、寶玉二人既去，就剩秦、鳳二人矣，於是可以『低低的說了許多衷腸話』矣。可見這些『衷腸話』，蓉、寶二人在時不能說也。於此讀者可以思過半矣。

秦氏自知病已不治，加重病情一筆。

過是這麼說，那裏就到得這個田地了。（譬解得好，一筆蕩開。）況且能多大年紀的人，略病一病兒就這麼想那麼想的，這不是自己倒給自己添病了麼？』（說得極是，的是問病人口氣。）賈蓉道：『他這病也不用別的，只是吃得些飲食就不怕了。』鳳姐兒道：『寶兄弟，太太叫你快過去呢。你別在這裏只管這麼着，倒招的媳婦也心裏不好。（一語又觸及可卿。）太太那裏又惦着你。』因向賈蓉說道：『你先同你寶叔叔過去罷，（讓寶玉先走，纔有後來賈瑞之事。）我還略坐一坐兒。』賈蓉聽說，即同寶玉過會芳園來了。

這裏鳳姐兒又勸解了秦氏一番，又低低的說了許多衷腸話兒。（正是一言難盡。或曰：此處直射焦大醉罵等情節，故須鳳姐爲其譬解慰安也。）尤氏打發人請了兩三遍，（請了兩三遍，情有不捨也，此是生離，實亦無異死別。）鳳姐兒纔向秦氏說道：『你好生養着罷，我再來看你。合該你這病要好，所以前日就有人薦了這個好大夫來，再也是不怕的了。』（慰之甚切，情意盈盈。）秦氏笑道：『任憑神仙也罷，治得病治不得命。（無奈秦氏自知已到盡日。）嬸子，我知道我這病不過是挨日子。』鳳姐兒說道：『你只管這麼想着，病那裏能好呢。總要想開了纔是。況且聽得大夫說，若是不治，怕的是春天不好呢。如今纔九月半，還有四五個月的工夫，什麼病治不好呢？〔二〕（再寬一層慰之。）咱們若是不能吃人參的人家，這也難說了；你公公婆婆聽見治得好你，別說一日二錢人參，就是二斤也能够吃的起。好生養着罷，我過園子裏去了。』（先點園子一筆。）秦氏又道：『嬸子，恕我不能跟過去了。閑了時候，還求嬸子常過來瞧瞧我，咱們娘兒們坐坐，多說幾遭話兒。』（哀音如訴。）鳳姐兒聽了，不

（一段四六文字，恰是一篇秋色賦，不是春色撩人，倒是秋色撩人。）

覺得又眼圈兒一紅，（其實鳳姐心裏早已明白。）遂說道：『我得了閑兒必常來看你。』於是鳳姐兒帶領跟來的婆子丫頭並寧府的媳婦婆子們，從裏頭繞進園子的便門來。但只見：

黃花滿地，白柳橫坡。小橋通若耶之溪，曲徑接天台之路。石中清流激湍，籬落飄香；樹頭紅葉翩翻，疏林如畫。西風乍緊，初罷鶯啼；暖日當暄，又添蛩語。遙望東南，建幾處依山之榭；縱觀西北，結三間臨水之軒。笙簧盈耳，別有幽情；羅綺穿林，倍添韻致。

鳳姐兒正自看園中的景致，一步步行來讚賞。（原先跟隨衆人想俱在後乎？）猛然從假山石後走過一個人來，向前對鳳姐兒說道：『請嫂子安。』（意外之事，意外之文。）鳳姐兒猛然見了，將身子望後一退，說道：『這是瑞大爺不是？』賈瑞說道：『嫂子連我也不認得了？不是我是誰！』鳳姐兒道：『不是不認得，猛然一見，不想到是大爺到這裏來。』（確是實話）賈瑞道：『也是合該我與嫂子有緣。我方纔偷出了席，在這個清淨地方略散一散，不想就遇見嫂子也從這裏來。這不是有緣麼？』（豈知這竟是死緣而不是生緣，更不是『姻緣』。）一面說着，一面拿眼睛不住的覷着鳳姐兒。（一副賊相逼真。）

鳳姐兒是個聰明人，見他這個光景，如何不猜透八九分呢。（世上哪有鳳姐猜不透的事，何況此類事乎？）因向賈瑞假意含笑道：『怨不得你哥哥時常提你，說你很好。今日見了，聽你說這幾句話先給幾句甜話一誘。鳳姐已不懷好意。

賈瑞非禮，拒之責之可矣，乃誘而導之，終而殺之，可見鳳姐之毒，然則賈瑞固自取其禍也。

可知與賈瑞故意兜兜搭搭，已有一些時間，致使尤氏等急了。

兒，就知道你是個聰明和氣的人了。這會子我要到太太們那裏去，不得和你說話兒，等閒了，咱們再說話兒罷。』賈瑞道：『我要到嫂子家裏去請安，又恐怕嫂子年輕，不肯輕易見人。』（得寸進尺，步步緊追。）鳳姐兒假意笑道：『一家子骨肉，說什麼年輕不年輕的話。』（言語愈甜，其心愈辣。）賈瑞聽了這話，再不想到今日得這個奇遇，那神情光景亦發不堪難看了。（總寫賈瑞一筆。）鳳姐兒說道：『你快入席去罷，仔細他們拿住罰你酒。』（其話如蜜如酒，賈瑞焉得不醉？）賈瑞聽了，身上已木了半邊，（刻畫入骨）慢慢的一面走着，一面回過頭來看。鳳姐兒故意的把腳步放遲了些兒，（一言一動，皆是誘餌。）見他去遠了，心裏暗忖道：『這纔是知人知面不知心呢。那裏有這樣禽獸樣的人呢。他如果如此，幾時叫他死在我的手裏，他纔知道我的手段！』（已下狠心矣。）

於是鳳姐兒方移步前來。將轉過了一重山坡，（原來被山坡擋住，賈瑞故敢如此也。）見兩三個婆子慌慌張張的走來，見了鳳姐兒，笑說道：『我們奶奶見二奶奶只是不來，急的了不得，叫奴才們又來請奶奶來了。』鳳姐兒說道：『你們奶奶就是這麼急腳鬼似的。』鳳姐兒慢慢的走着，問：『戲唱了幾齣了？』那婆子回道：『有八九齣了。』說話之間，已來到了天香樓的後門，（天香樓事已刪去，此處尚存其名。）見寶玉和一群丫頭們在那裏頑呢。鳳姐兒說道：『寶兄弟，別忒淘氣了。』有一個丫頭說道：『太太們都在樓上坐着呢，請奶奶就從這邊上去罷。』

鳳姐兒聽了，款步提衣上了樓，見尤氏已在樓梯口等着呢。（可見等急了。）尤氏笑說道：

《還魂》寫生生死死，杜麗娘因情而死也；《彈詞》寫明皇之盛衰，貴妃之因愛致死也；《雙官誥》寫寡婦守節，寓意皆指賈府後事。

『你們娘兒兩個忒好了，見了面總捨不得來了。你明日搬來和他住着罷。你坐下，我先敬你一鍾。』於是鳳姐兒在邢、王二夫人前告了坐，又在尤氏的母親前周旋了一遍，仍同尤氏坐在一桌上吃酒聽戲。

尤氏叫拿戲單來，讓鳳姐兒點戲，鳳姐兒說道：『親家太太和太太們在這裏，我如何敢點？』邢夫人、王夫人說道：『我們和親家太太都點了好幾齣了，你點兩齣好的我們聽。』鳳姐兒立起身來答應了一聲，方接過戲單，從頭一看，點了一齣《還魂》，一齣《彈詞》，遞過戲單去說：『現在唱的這《雙官誥》，唱完了，再唱這兩齣，也就是時候了。』王夫人道：『可不是呢，也該趁早叫你哥哥嫂子歇歇，他們又心裏不靜。』尤氏說道：『太太們又不常過來，娘兒們多坐一會子去，纔有趣兒，天還早呢。』鳳姐兒立起身來，望樓下一看，說：『爺們都往那裏去了？』旁邊一個婆子道：『爺們纔到凝曦軒，帶了打十番的那裏吃酒去了。』鳳姐兒說道：『在這裏不便宜，背地裏又不知幹什麽去了！』尤氏笑道：『那裏都像你這麽正經人呢！』

於是說說笑笑，點的戲都唱完了，方纔撤下酒席，擺上飯來。吃畢，大家纔出園子來，到上房坐下，吃了茶，方纔叫預備車，向尤氏的母親告了辭。尤氏率同衆姬妾並家下婆子媳婦們方送出來，賈珍率領衆子姪都在車旁侍立，等候着呢，見了邢夫人、王夫人道：『二位嬸子明日還過來逛逛。』王夫人道：『罷了，我們今日整坐賈敬壽誕於此結束，以下接寫可卿之病，寫她交冬至節氣未添病。似有好轉希望，實爲後文反照。

鳳、秦二人交厚，連賈母亦深知。賈母一番囑咐，實亦寫出可卿病已垂危也。

了一日，也乏了，明日歇歇罷。』於是都上車去了。賈瑞猶不時拿眼睛覷着鳳姐兒。（再寫賈瑞一筆。）賈珍等進去後，李貴纔拉過馬來，寶玉騎上，隨了王夫人去了。這裏賈珍同一家子的弟兄子姪吃過了晚飯，方大家散了。

次日，仍是衆族人等鬧了一日，不必細說。此後鳳姐兒不時親自來看秦氏。秦氏也有幾日好些，也有幾日仍是那樣。賈珍、尤氏、賈蓉好不焦心。

且說賈瑞到榮府來了幾次，偏都遇見鳳姐兒往寧府那邊去了。（補敘賈瑞，一筆不漏。）這年正是十一月三十日冬至。到交節的那幾日，賈母、王夫人、鳳姐兒日日差人去看秦氏，回來的人都說：『這幾日也沒見添病，也不見甚好。』王夫人向賈母說：『這個症候，遇着這樣大節不添病，就有好大的指望了。』（總是往好處想。人之常情也。）賈母說：『可是呢，好個孩子，要是有些原故，可不叫人疼死。』說着，一陣心酸，（寫賈母，可見可卿亦得賈母之歡心也。）叫鳳姐兒說道：『你們娘兒兩個也好了一場，明日大初一，過了明日，你後日再去看一看他去。你細細的瞧瞧他那光景，倘或好些兒，你回來告訴我，我也喜歡喜歡。那孩子素日愛吃的，你也常叫人做些給他送過去。』（句句是老人聲口，句句見可卿病亟。）鳳姐兒一一的答應了。

到了初二日，吃了早飯，來到寧府，看見秦氏的光景，雖未甚添病，但是那臉上身上的肉全瘦乾了。（實已病入骨髓也。）於是和秦氏坐了半日，說了些閒話兒，又將這病無妨的話開導了一遍。聊以慰情而已。秦氏說道：『好不好，春天就知道了。如今現過了冬至，又沒怎麼樣，或者好的了也未可知。寫病人心理逼真。嬸子回老太太、太太放心罷。昨日老太太賞的那棗泥餡的山藥糕，我倒吃了兩塊，倒像尅化的動似的。』鳳姐兒說道：『明日再給你送來。我到你婆婆那裏瞧瞧，就要趕着回去回老太太的話去。』秦氏道：『嬸子替我請老太太、太太安罷。』病至此，仍不減禮數，賈母安能不疼？

鳳姐兒答應着就出來了，到了尤氏上房坐下。尤氏道：『你冷眼瞧媳婦是怎麼樣？』鳳姐兒低了半日頭，說道：『這實在沒法兒了，確實沒法說也，說不治則不忍，說可治則實不可治也。你也該將一應的後事用的東西給他料理料理，沖一沖也好。』實際是說已無望了。尤氏道：『我也叫人暗暗的預備了。就是那件東西不得好木頭，先提一筆，爲後文薛蟠之事作餘地。暫且慢慢的辦罷。』尤氏也心裏明白，故已作準備。於是鳳姐兒吃了茶，說了一會子話兒，說道：『我要快回去回老太太的話去呢。』尤氏道：『你可緩緩的說，别嚇着老太太。』可見事已不可挽回也。鳳姐兒道：『我知道。』

於是，鳳姐兒就回來了。到了家中，見了賈母，說：『蓉哥兒媳婦請老太太安，給老太太磕頭。說他好些了，求老祖宗放心罷。聊以安慰而已。他再略好些，還要給老祖宗磕頭請安來呢。』賈母道：『你看他是怎麼樣？』鳳姐兒說：『暫且無妨，精神還好呢。』只好如此說耳。賈母聽了，沉吟了半日，賈母亦心中有數也。因向鳳姐兒說：『你換換衣服，歇歇去罷。』鳳姐兒答應着出來，見過了王夫人，到了家中，平兒將烘的家常的衣服給鳳姐兒換了，（寫得細。）鳳姐兒方坐下，問道：『家裏沒有什麼事麼？』平兒方端了茶來，遞了過去，說道：『沒有什麼事。就是那三百銀子的利銀，旺兒媳婦送進來，我收了。再有瑞大爺使人來打聽奶奶在家沒有，他要來請安說話。』（再寫賈瑞，一筆不漏，實寫鳳姐幾句甜話引誘之力也。）鳳姐兒聽了，哼了一聲，說道：『這畜生合該作死，看他來了怎麼樣！』平兒因問道：『這瑞大爺是因什麼只管來？』鳳姐兒遂將九月裏寧府園子裏遇見他的光景，他說的話，都告訴了平兒。（平兒是鳳姐的左右手，事事都經。）平兒說道：『癩蛤蟆想天鵝肉吃，沒人倫的混賬東西，起這個念頭，叫他不得好死！』（平兒也下狠心，可見賈瑞之爲人。）鳳姐兒道：『等他來了，我自有道理。』（早已機關算盡！就等上鈎矣！）不知賈瑞來時作何光景，且聽下回分解。

【回後評】

本回開頭寫賈珍一家爲賈敬慶壽辰，而賈敬又避而不到：一是寫賈敬不務正事，不管一切，只圖飛昇，遂使賈珍得以恣意妄爲，所謂『箕裘頹墮皆從敬，家事消亡首罪寧』也。寫寧府之『箕裘頹墮』，『家事消亡』，實亦寫詩禮之家之金玉其外，敗絮其中，其筆鋒實直指孔孟之道和程朱理學也。二是寫因賈敬之壽誕，鳳姐、寶玉得再至秦氏房中，再點警幻所訓之事，則幻境中之可卿，與眼前病中之可卿，虛而實，實而虛矣。雪芹慣用此虛實相生筆法，使讀者虛虛實實，可以意會而不可實指也。三是借壽誕，賈瑞始能得其機而啓其邪心也，鳳姐始能得其機而施其狡詐狠毒也。

可卿之死，原爲天香樓懸梁自盡，後將此情節改寫，遂有此回之病，然文中仍留天香樓之名，作者故留鴻爪也。寫可卿之病，雖是後來改筆，但病勢懨懨，寫得哀哀欲絕，纏綿不已，的是真病，足見雪芹生花之筆，筆筆無懈也。寫鳳姐與可卿衷腸低語，喁喁切切，不爲外人所聞，讀者遂以爲是爲解焦大之罵云云。雪芹擅着此虛空之筆，令讀者揣摹遐想，而自己不留痕迹，真所謂『不着一字，盡得風流』也。

本回寫賈瑞邪念，只是開端，然賈瑞之沉溺、鳳姐之惡意引誘，鳳、平之欲死賈瑞，均已可見矣！然鳳將何以誘之，瑞將何以迷之戀之，平將何以酷之，皆爲下文之懸念，於是讀者急欲看下回矣，足見雪芹深知文章擒拿之法！

【校　記】

〔一〕回目：各本同。列藏『壽』作『生』。

〔二〕『如今纔九月半』三句，共二十二字，庚辰本無，據蒙本、戚序、舒序本補。

早已設就陷阱，專等你來了。

請看賈瑞步步入網，煞是有趣。

第十二回　王熙鳳毒設相思局　賈天祥正照風月鑑〔一〕

話說鳳姐正與平兒說話，只見有人回說：『瑞大爺來了。』鳳姐急命：『快請進來。』脂批：『立意追命。』賈瑞見往裏讓，心中喜出望外，賊心賊念，不知更有其他也。急忙進來，見了鳳姐，滿面陪笑，連連問好。鳳姐兒也假意殷勤，讓茶讓坐。一步。

賈瑞見鳳姐如此打扮，亦發酥倒，寫賈瑞入骨。因餳了眼問道：『二哥哥怎麼還不回來？』最關心者此也。鳳姐道：『不知什麼原故。』賈瑞笑道：『别是在路上有人絆住了腳了，捨不得回來，也未可知。』賈瑞先以言挑之。鳳姐道：『也未可知。男人家見一個愛一個也是有的。』不想鳳姐竟反挑，賈瑞安得不上鉤？二步。賈瑞笑道：『嫂子這話說錯了，我就不這樣。』直說到我上，越說越近。鳳姐笑道：『像你這樣的人能有幾個呢？畸批：『勿作正面看爲幸。畸笏。』十個裏也挑不出一個來。』三步。再加迷魂藥，賈瑞不能醒矣！賈瑞聽了，喜的抓耳撓腮，又道：『嫂子天天也悶的很。』鳳姐道：『正是呢，只盼個人來說話，解解悶兒。』羅網之口大開，只等你進來。賈瑞笑道：『我倒天天閑着，天天過來替嫂子解解閑悶，可好不好？』鳳姐笑道：『你哄我呢，你那裏肯往我這裏來！』四步。其言如蜜，如魚吞鈎，愈吞愈牢，不可脫矣。鳳姐則持竿垂餌，輕輕提引，遂使此魚不致脫鈎耳。

一段鳳姐與賈瑞談話，句句勾引，步步牢籠，直是怕賈瑞不上鈎耳。於此可見鳳姐之毒，亦可見賈瑞之愚蠢而下作也。

『摸』字『鑽』字，均活畫出賈瑞一路藏藏躲躲情狀。

（其心如刀。）賈瑞道：『我在嫂子跟前，若有一點謊話，天打雷劈！只因素日聞得人說，嫂子是個利害人，在你跟前一點也錯不得，所以唬住了我。（素日所聞之言不假，只是終於未被唬住耳。）如今見嫂子最是個有說有笑極疼人的，（糖裏的毒藥，雖毒死人仍甜也。）我怎麼不來？死了也願意！』（願者上鈎也。）鳳姐笑道：『果然你是個明白人，比賈蓉、賈薔兩個強遠了。（公然說出賈蓉兩個，更使賈瑞放膽也。）我看他那樣清秀，只當他們心裏明白，誰知竟是兩個糊塗蟲，一點不知人心。』（五步。其言更比蜜甜，賈瑞豈能不爲所迷？）

賈瑞聽了這話，越發撞在心坎兒上，由不得又往前湊了一湊，覷着眼看鳳姐帶的荷包，然後又問帶着什麼戒指。（越加放肆，已不可耐矣！）鳳姐悄悄道：『放尊重着，別叫丫頭們看了笑話。』（六步，其言仍甜。）賈瑞如聽綸音佛語一般，忙往後退。（如畫。）鳳姐笑道：『你該走了。』（如聞柔音，直如叫他再來耳。脂批：『叫去，正是叫來也。』）賈瑞說：『我再坐一坐兒。好狠心的嫂子。』（其狀想更不堪矣！）鳳姐又悄悄的道：『大天白日，人來人往，你就在這裏也不方便。（已說到妙處。『這裏也不方便』，是何言歟！）你且去，等着晚上起了更你來，（『你來』兩字，無異勾魂權杖！）悄悄的在西邊穿堂兒等我。』（賈瑞聽『等我』兩字，便如醉如癡了！）賈瑞聽了，如得珍寶，忙問道：『你別哄我。但只那裏人過的多，怎麼好躲的？』鳳姐道：『你只放心。我把上夜的小廝們都放了假，兩邊門一關，再沒別人了。』（七步。讓賈瑞放心上鈎。）賈瑞聽了，喜之不盡，忙忙的告辭而去，心內以爲得手。（人雖暫去，而心已入牢籠矣！）

盼到晚上，果然黑地裏摸入榮府，趁掩門時，鑽入穿堂。果見漆黑無一人，往賈母那邊去的門户已鎖倒，只有向東的門未關。賈瑞側耳聽着，半日不見人來，忽聽咯

王熙鳳獨設相思局
壬午初冬
譚鳳嬛畫

諸葛亮有七擒孟獲，王熙鳳則有七擒賈瑞。諸葛亮是七擒七縱，王熙鳳是只擒不縱，諸葛亮是擒而令其心伏歸降，王熙鳳是擒而令其迷戀不捨以至於死！此獸已入捕籠矣。

書中代儒，自是儒者之代表，在此儒者親自教育下之賈瑞，卻是如此行徑，此亦作者對儒家之辛辣諷刺也。

庚辰眉批：『處處點父母癡心，子孫不肖——此書係自愧而成。』

噔一聲，東邊的門也倒關了。情景如畫，初見漆黑無人一喜，忽聽咯噔一聲一驚，描摹賈瑞賊心如畫。賈瑞急的也不敢則聲，只得悄悄的出來，將門撼了撼，關的鐵桶一般。此時要求出去亦不能够，南北皆是大房牆，要跳亦無攀援。這屋內又是過門風，空落落。現是臘月天氣，夜又長，朔風凛凛，侵肌裂骨，一夜幾乎不曾凍死。數句可見賈瑞狼狽淒苦之狀。好容易盼到早晨，只見一個老婆子先將東門開了，進去又叫西門。賈瑞瞅他背着臉，一溜煙抱着肩跑了出來。活畫賈瑞，『抱着肩』三字尤傳神。幸而天氣尚早，人都未起，從後門一逕跑回家去。

原來賈瑞父母早亡，只有他祖父代儒教養。那代儒素日教訓最嚴，不許賈瑞多走一步，生怕他在外吃酒賭錢，有誤學業。今忽見他一夜不歸，只料定他在外非飲即賭，嫖娼宿妓，那裏想到這段公案。因此氣了一夜。賈瑞也捻着一把汗，少不得回來撒謊，只說：『往舅舅家去了，天黑了，留我住了一夜。』代儒道：『自來出門，非稟我不敢擅出，如何昨日私自去了？據此亦該打，何況是撒謊！』因此發狠，到底打了三四十板，不許吃飯，令他跪在院內讀文章，定要補出十天的工課來方罷。賈瑞直凍了一夜，今又遭了苦打，且餓着肚子，跪着在風地裏讀文章，其苦萬狀。真是活受罪也。

此時賈瑞前心猶是未改，再想不到是鳳姐捉弄他。可見其愚至甚。畸批：『苦海無邊，回頭是岸。若個能回頭也，嘆嘆。壬午春，畸笏。』過後兩日，得了空，便仍來找鳳姐，鳳姐故意抱怨他失信，鳳姐之詐，令人悚然。此處既詐之，復誘之，賈瑞再不能出其牢籠矣。賈瑞急的賭身發誓。死到臨頭，尚不覺悟。鳳姐因見他自投羅網，少不得再尋別計令他知改，故又約他道：

再張捕網之口而待之。

此段直是一幅畫圖。活畫賈瑞，好看煞人。

『今日晚上，你別在那裏了。你在我這房後小過道子裏那間空屋裏等我，可別冒撞了。』（一計已過，再生一計，先說『別冒撞了』，正是令其必來也。）賈瑞道：『果真？』鳳姐道：『誰可哄你？（已經哄過，只恨賈瑞不悟耳。）你不信就別來。』賈瑞道：『來，來，來。死也要來！』（說得一點不差。）鳳姐道：『這會子你先去罷。』賈瑞料定晚間必妥，（寫賈瑞愚而蠢至極矣。）此時先去了。鳳姐在這裏便點兵派將，設下圈套。

那賈瑞只盼不到晚上，（真是度日如年。）偏生家裏親戚又來了，直等吃了晚飯纔去，（偏於忙中着此閑筆。）那天已有掌燈時候。又等他祖父安歇了，方溜進榮府，直往那夾道中屋子裏來等着，熱鍋上的螞蟻一般，（形容如畫。真心急不可耐也。）只是乾轉。（四字絕妙圖畫。）左等不見人影，右聽也沒聲響，心下自思：『別是又不來了，又凍我一夜不成？』（此時仍不覺悟。）正自胡猜，只見黑魆魆的來了一個人，（好不容易總算盼到了。）賈瑞便意定是鳳姐，不管青紅皂白，餓虎一般，（四字形容淋漓盡致。）等那人剛至門前，便如猫捕鼠的一般抱住，（恨不得一口吞下去也。）叫道：『親嫂子，等死我了。』（醜極！雪芹此等文字，也能一絲不走，真寫生妙手也。）說着抱到屋裏炕上，就親嘴扯褲子，滿口裏『親娘』『親爹』的亂叫起來。（賈瑞已饑不擇食矣。）那人只不作聲。（妙極。）賈瑞拉了自己褲子，硬幫幫的就想頂入。（虧作者形容得出。）忽見燈光一閃，（此燈光勝如電閃雷鳴。）只見賈薔舉着個捻子照道：『誰在屋裏？』（於緊張處着此閑筆。文章更見波瀾。）只見炕上那人笑道：『瑞大叔要臊我呢。』（意外之事，意外之文。）賈瑞一見，卻是賈蓉，（奇絕幻絕。在賈瑞明明是抱的鳳姐，何以忽變賈蓉！）真臊的無地可入，（此時真少個地洞可鑽也。）不知要怎麼樣纔好，回身就要跑，被賈薔一把揪住，（此時回身已遲矣！）道：『別走！如今璉二嬸已經告到太太跟前，說你無故調戲他。他暫用了個脫身計，哄你在那

（此時賈瑞纔如夢初醒。）

邊等着，太太氣死過去，因此叫我來拿你。剛纔你又攔住他，沒的說，跟我去見太太。』

賈瑞聽了，魂不附體，（其實魂早已丟了。）只說：『好姪兒，只說沒有見我，明日我重重的謝你。』賈薔道：『你若謝我，放你不值什麼，只不知你謝我多少。況且口說無憑，寫一文契來。』賈瑞道：『這如何落紙呢？』賈薔道：『這也不妨，寫一個賭錢輸了外人賬目，借頭家銀若干兩便罷。』（一切都早已爲你想好。）賈瑞道：『這也容易。只是此時無紙筆。』（不必發愁）賈薔道：『這也容易。』說罷，翻身出來，紙筆現成，拿來命賈瑞寫。（可見早已準備好了。）他倆作好作歹，只寫了五十兩，（便宜了。）然後畫了押，賈薔收起來。然後撕邏賈蓉。賈蓉先咬定牙不依，只說：『明日告訴族中的人評評理。』（來勢更加嚴重。）賈瑞急的至於叩頭。賈薔作好作歹的，也寫了一張五十兩欠契纔罷。（總算也只五十兩。如要一百兩，賈瑞也只得應承，然未必能兌現也。）賈薔又道：『如今要放你，我就擔着不是。老太太那邊的門早已關了，老爺正在廳上看南京的東西，那一條路定難過去，如今只好走後門。（指給一條絕妙之路。）若這一走，倘或遇見了人，連我也完了。等我們先去哨探哨探，再來領你。（其實先去作安排。）這屋你還藏不得，少時就來堆東西。等我尋個地方。』（還要給找個好地方。）說畢，拉着賈瑞，仍熄了燈，出至院外，摸着大臺磯底下，說道：『這窩兒裏好，你只蹲着，別哼一聲。（賈瑞此時已只好由他擺佈。）等我們來再動。』說畢，二人去了。

賈瑞此時身不由己，只得蹲在那裏。心下正盤算，只聽頭頂上一聲響，滑拉拉一鳳姐、平兒如此『懲戒』賈瑞，賈瑞安得不死！

庚辰眉批：『瑞奴實當如是報之。』

畸批：『此一節可入西廂記批評內十大快中。畸笏。』

庚辰眉批：『此刻還不回頭。真自尋死路矣。』

相思債、銀債、功課債，一齊逼來，再加指頭債，賈瑞從此死矣！

净桶尿糞從上面直潑下來，可巧澆了他一身一頭，（想不到天賜黃金，一百兩已足矣！）賈瑞撑不住噯喲了一聲，忙又掩住口，不敢聲張，（只好悶聲吃屎也。）滿頭滿臉渾身皆是尿屎，冰冷打戰。（脂批：『余料必有新奇解恨文字收場，方是《石頭記》筆力。』）只見賈薔跑來叫：『快走，快走！』賈瑞如得了命一般，三步兩步從後門跑到家裏。（其狼狽之狀，可以想見。）天已三更，只得叫門，開門人見他這般景況，問是怎的。少不得扯謊說：『黑了，失腳掉在茅厠裏了。』（不是掉在茅厠裏，而是茅厠掉在他身上了。）一面到了自己房中更衣洗濯，心下方想到是鳳姐頑他，（此時方悟，悟亦晚矣！）因此發一回恨；再想想鳳姐的模樣兒，又恨不得一時摟在懷內。（至此仍不能悔，安得不死？可見美色之迷人也。雪芹之筆，勝過佛家。）胡思亂想，一夜竟不曾合眼。

自此滿心想鳳姐，只不敢往榮府去了。（雖不能至，心向往之。）賈蓉兩個又常常的來索銀子，他又怕祖父知道，正是相思尚且難禁，更又添了債務。日間工課又緊，他二十來歲的人，尚未娶過親，邇來想着鳳姐，未免有那指頭兒告了消乏等事。更兼兩回凍惱奔波，因此三五下裏夾攻，不覺就得了一病：心內發膨脹，口中無滋味；腳下如綿，眼中似醋；黑夜作燒，白晝常倦，下溺連精，嗽痰帶血。諸如此症，不上一年都添全了。（此皆鳳姐之功勞也。）於是不能支持，一頭睡倒，合上眼還只夢魂顛倒，（至死不悟）滿口亂說胡話，驚怖異常。百般請醫療治，諸如肉桂、附子、鱉甲、麥冬、玉竹等藥，吃了有幾十斤下去，也不見個動靜。

倏又臘盡春回，這病更又沉重，代儒也着了忙，各處請醫療治，皆不見效。因後鳳姐狠心，至此極矣！

又是跛足道人，甄士隱已隨他而去，現在又來找賈瑞，無奈去法各不相同何！

脂批：『與紅樓夢呼應。』

脂評於『千萬不可照正面，只照他的背

來吃『獨參湯』，代儒如何有這力量？只得往榮府來尋。王夫人命鳳姐秤二兩給他，鳳姐回說：『前兒新近都替老太太配了藥。那整的，太太又說留着送楊提督的太太配藥，偏生昨兒我已送了去了。』偏不肯給而已。王夫人道：『就是咱們這邊沒了，你打發個人往你婆婆那邊問問，或是你珍大哥哥那府裏再尋些來，湊着給人家。吃好了，救人一命，也是你的好處。』豈有寧、榮二府，竟找不出人參之理？王夫人此話，已觸及鳳姐矣！鳳姐聽了，也不遣人去尋，只得將些渣末泡鬚湊了幾錢，命人送去。只說：『太太送來的，再也沒了。』一口回絕了。然後回王夫人，只說：『都尋了來，共湊了有二兩送去。』脂批：『然便有二兩「獨參湯」，賈瑞固亦不能微好，又豈能望好？但鳳姐之毒何如是！瑞之自失也。』那賈瑞此時要命心甚切，當時發誓『死也要來』，此時又『要命心甚切』了，可見還是要活。無藥不吃，只是白花錢，不見效。忽然這日有個跛足道人來化齋，口稱專治冤業之症。確是冤業之症，一句就說着。賈瑞偏生在內就聽見了，要命心切，故耳朵特靈也。直着聲叫喊，其聲悽慘說：『快請進那位菩薩來救我！』一面叫，〔二〕一面在枕上叩首。其狀哀哀。脂批：慘極！如溺水之人拉住稻草，不肯『如見其形，吾不忍看也。』鬆手矣。脂批：『人之將死，其言也哀。作者如何下筆。』衆人只得帶了那道士進來。賈瑞一把拉住，連叫『菩薩救我！』那道士嘆道：『你這病非藥可醫。我有個寶貝與你，你天天看時，此命可保矣。』說畢，從褡褳中取出一面鏡子來——脂批：『凡看書人從此細心體貼，方許你看，否則此書哭矣。』兩面皆可照人，脂批：『此書表裏皆有喻也。』鏡把上面鏨着『風月寶鑑』四字——遞與賈瑞道：『這物出自太虛玄境空靈殿上，警幻仙子所製，脂批：『言此書原係空虛幻設。』專治邪思妄動之症，此病確是『邪思妄動之症』，可見對症下藥矣！有濟世保生之功。所以帶他到世上，單與那些聰明俊傑、風雅王孫等看照。因此類人皆得此症也。千萬不可

面』句下批云：『觀者記之，不要看這書正面方是會看。』此批可與雪芹所說『假語村言』『真事隱去』相發明。

如看反面，或能有救，無奈賈瑞至死不悟何！

鏡子之照，實亦鳳姐之招也，阿鳳當初如不甘辭引誘，則賈瑞何能陷溺至此！

照正面，只照他的背面，要緊，要緊！三日後吾來收取，管叫你好了。』說畢，佯常而去，衆人苦留不住。

賈瑞收了鏡子，想道：『這道士倒有意思，我何不照一照試試。』想畢，拿起『風月鑑』來，向反面一照，只見一個骷髏立在裏面，警醒世人。如都能從美色中見骷髏，於富貴時見貧窮，於繁華時見凋零，則能自得超度矣！脂批：『所謂「好知青塚骷髏骨，就是紅樓掩面人」是也。作者好苦心思。』唬得賈瑞連忙掩了，罵：『道士混賬，如何嚇我！你自己混賬，如何嚇不醒呢！我倒再照照正面是什麽。』想着，又將正面一照，只見鳳姐站在裏面招手叫他。可怕至極。是招他的命也！脂批：『可怕是招手二字。』賈瑞心中一喜，蕩悠悠的覺得進了鏡子，脂批：『寫得奇峭，真好筆墨。』與鳳姐雲雨一番，鳳姐仍送他出來。到了牀上，噯喲了一聲，一睜眼，鏡子從手裏掉過來，仍是反面立着一個骷髏。再次警醒，仍不覺悟！王府批：『此一句力如龍象，意謂正面你方纔已自領略了，你也當思想反面纔是。』賈瑞自覺汗津津的，底下已遺了一灘精。心中到底不足，雖死仍不足，甚矣，色之迷人也！又翻過正面來，只見鳳姐還招手叫他，他又進去。如此三四次。真是『死也要來』也。到了這次，剛要出鏡子來，只見兩個人走來，拿鐵鎖把他套住，拉了就走。賈瑞叫道：『讓我拿了鏡子再走。』可謂至死不悟。脂批：『可憐，大家齊來看此。』只說了這句，就再不能說話了。

旁邊服侍賈瑞的衆人，只見他先還拿着鏡子照，落下來，仍睜開眼拾在手內，末後鏡子落下來便不動了。衆人上來看看，已沒了氣，身子底下冰涼〔三〕漬濕一大灘精，這纔忙着穿衣擡牀。代儒夫婦哭的死去活來，大罵道士：『是何妖鏡！脂批：『此書不免腐儒一謗。』若不早毀此物，脂批：『凡野史俱可毀，獨此書不可毀。』遺害於世不小。』脂批：『腐儒。』遂命架火來燒。只聽鏡內哭道：

以假爲真，罵透世情。雪芹此書，固亦諷世之作也。

代儒報喪，各處皆來送禮，遂使『豐豐富富完了此事』，作者以冷峻之筆，揭儒之虛假也。

黛玉重回揚州。

『誰叫你們瞧正面了？你們自己以假爲真，何苦來燒我？』此書開頭即有『假作真時真亦假』一聯，諷刺世情。此處再加一筆。正哭着，只見那跛足道人從外面跑來，喊道：『誰毀「風月鑑」？吾來救也！』說着，直入中堂，搶入手內，飄然去了。

當下，代儒料理喪事，各處去報喪。三日起經，七日發引，寄靈於鐵檻寺，日後帶回原籍。當下賈家衆人齊來吊問，榮國府賈赦贈銀二十兩，賈政亦是二十兩，寧國府賈珍亦有二十兩。別者族中貧富不等，或三兩五兩，不可勝數。另有各同窗家分資，也湊了二三十兩。代儒家道雖然淡薄，倒也豐豐富富完了此事。再加一筆諷刺。張新之云：『一篇細賬，調侃假道學不少。』

誰知這年冬底，林如海的書信寄來，卻爲身染重疾，寫書特來接林黛玉回去。賈母聽了，未免又加憂悶，只得忙忙的打點黛玉起身。寶玉大不自在，争奈父女之情，也不好攔勸。於是賈母定要賈璉送他去，仍叫帶回來。可見賈母此時視黛玉一如親生。一應土儀盤纏，不消煩說，自然要妥貼。作速擇了日期，賈璉與林黛玉辭別了衆人，帶領僕從，登舟往揚州去了。要知端的，且聽下回分解。

【回後評】

此回專寫鳳姐、賈瑞。寫鳳姐毒設相思局，步步勾引，處處設陷，如鳳姐一開始即予賈瑞嚴斥之，則賈瑞何至於此？則風月鑑中之招手，亦即鳳姐家中之招手也。鳳姐之毒，於甘辭引誘中見之，於設計侮弄中見之，於蓉、薔訃捉中見之，於蓉、薔詐財中見之，於平兒潑糞中見之，於賈瑞病重拒給人參中見之。故此回實寫鳳姐之重要文字也。或謂鳳姐不受賈瑞之非禮是正，賈瑞只是自取其亡。此論偏矣。須知整回故事，皆鳳姐導而演之，如無鳳姐之導演，則無賈瑞之結果也。此事之因與果也，讀者不能不明。雖然，賈瑞固亦自取其禍也。

此回寫賈瑞亦盡淋漓之致，好色好淫而至於此，亦已甚矣！觀其屢次上當之狼狽相，亦可知其下流到何等地步！然賈瑞一意淫邪，雖遭弄而終不悟，臨死前已知鳳姐弄之，而仍迷戀不捨，以至於死。世間固有此等淫濫之徒。雪芹寫此，亦爲世寫照也。且賈瑞之祖父爲代儒，爲塾師，爲師之代儒之代，則當世之儒師爲何如，亦可知矣！

此回風月鑑於火中說：『你們自己以假爲真，何苦來燒我？』此雪芹諷世之筆也，世風不僅以假爲真，亦且以真爲假，代儒之焚風月鑑，即此類也。風月鑑，警世之物也，是真也，而代儒以火焚之，代儒之以真爲假，以有用作無用，亦已明矣！

庚辰本回末批云：『此回忽遣黛玉去者，正爲下回可兒之文也。若不遣去，只寫可兒阿鳳等人，卻置黛玉於榮府，成何文哉？故必遣去，方好放筆寫秦，方不脫發。況黛玉乃書中正人，秦爲陪客，豈因陪而失正耶？後大觀園方是寶玉、寶釵、黛玉等正緊文字，前皆係陪襯之文也。』

【校　記】

〔一〕回目：各本同。楊本『相』作『想』。

〔二〕『一面叫』三字，庚辰本無，據各本增。

〔三〕『冰涼漬濕』，庚辰原作『水漬濕』，『濕』字被後人誤點去。己卯作『冰漬濕』，『漬』下又旁添兩點，連讀爲『冰漬漬濕』。顯係衍一『漬』字。按：『水』字當原係『冰』字筆誤，『涼』字據楊本、蒙府、戚序、甲辰諸本增。

庚辰本回前批：『此回可卿夢阿鳳，蓋作者大有深意存焉。可惜生不逢時，奈何奈何！然必寫出自可卿之意也。』『榮、寧家世未有不尊家訓者，雖賈珍尚奢，豈明逆父哉？故寫敬老不管，然後恣意，方見筆筆週到。』

幾筆冷淡文字，反襯賈璉平時在家情景。

『也不送我一程』，『故來別你一別』，劈空而來，奇語，然恰是夢境中語，亦真實生活中能有之事。此類事尚不可解，讀者有此體會否？

千載警世之語。

第十三回　秦可卿死封龍禁尉　王熙鳳協理寧國府

話說鳳姐兒自賈璉送黛玉往揚州去後，心中實在無趣，每到晚間，不過和平兒說笑一回，就胡亂睡了。（『胡亂睡了』，奇語。）

這日夜間，正和平兒燈下擁爐倦繡，早命濃薰繡被，二人睡下，屈指算行程該到何處，（是旅人在外，家人懸念情景。）不知不覺已交三鼓。平兒已睡熟了。鳳姐方覺星眼微朦，恍惚只見秦氏從外走來，（一片迷離夢境。）含笑說道：『嬸子好睡！我今日回去，你也不送我一程。因娘兒們素日相好，我捨不得嬸子，故來別你一別。還有一件心願未了，非告訴嬸子，別人未必中用。』（脂批：『一語貶盡賈家一族空頂冠束帶者。』）

鳳姐聽了，恍惚問道：『有何心願，你只管託我就是了。』（夢中恍惚，何曾想及其他。）秦氏道：『嬸嬸，你是個脂粉隊裏的英雄，連那些束帶頂冠的男子也不能過你，（以鳳姐之能言之，此話並非過譽。）你如何連兩句俗語也不曉得？常言「月滿則虧，水滿則溢」；又道是「登高必跌重」。如今我們家赫赫揚揚，已將百載，（一段曹家百年興旺史又被重提，與前第五回寧、榮二公之靈所言相同，可以參看。）一日倘或樂極悲生，若應了那脂批：『「樹倒猢猻散」之語，今猶在耳，屈指卅五年矣，哀哉傷哉，寧不痛殺！』

可卿一段囑咐，預爲後日家敗一提，『樹倒猢猻散』，原是曹寅之語，作者故意寫入，亦真事之一鱗半爪也。

可卿一段話，想得週到，亦預爲後文伏筆，然後來李煦抄家，家人被發賣，李煦發東北凍餓而死。曹家抄家，全部家產均歸隋赫德，曹家從此『落了片白茫茫大地真乾淨』，故可卿之預謀，實亦無據也。

松齋批：『語語見道，字字傷心，讀此一段幾不知此身爲何物矣！松齋。』

梅溪批：『不必看完，見此二句，即欲

句「樹倒猢猻散」的俗語，豈不虛稱了一世的詩書舊族了！』鳳姐聽了此話，心胸大快，（可見鳳姐亦有此慮矣。）十分敬畏，忙問道：『這話慮的極是，但有何法可以永保無虞？』秦氏冷笑道：『嬸子好癡也。否極泰來，榮辱自古週而復始，豈人力能可保常的？（可見家敗已是事之必然。）但如今能於榮時籌畫下將來衰時的世業，（於榮時而能預知衰時，亦已難得矣！）亦可謂常保永全了。即如今日諸事都妥，只有兩件未妥，若把此事如此一行，則後日可保永全了。』鳳姐便問何事。秦氏道：『目今祖塋雖四時祭祀，只是無一定的錢糧；第二，家塾雖立，無一定的供給。依我想來，如今盛時固不缺祭祀供給，但將來敗落之時，此二項有何出處？莫若依我定見，趁今日富貴，將祖塋附近多置田莊、房舍、地畝，以備祭祀供給之費皆出自此處，將家塾亦設於此。合同族中長幼，大家定了則例，日後按房掌管這一年的地畝、錢糧、祭祀、供給之事。如此週流，又無爭競，亦不有典賣諸弊。便是有了罪，凡物可入官，這祭祀產業連官也不入的。便敗落下來，子孫回家讀書務農，也有個退步，祭祀又可永繼。若目今以爲榮華不絕，不思後日，終非長策。眼見不日又有一件非常喜事，（喜事尚未到，卻先敘悲事。則喜中已預含悲矣！）真是烈火烹油、鮮花着錦之盛。要知道，也不過是瞬息的繁華，一時的歡樂，（兩句將一場喜事，又輕輕勾消。）萬不可忘了那「盛筵必散」的俗語。此時若不早爲後慮，臨期只恐後悔無益了。』（喜事尚未到，悲事已迫在眉睫了。）鳳姐忙問：『有何喜事？』秦氏道：『天機不可洩漏。只是我與嬸子好了一場，臨別贈你兩句話，須要記着。』因念道：

三春去後諸芳盡，各自須尋各自門。（脂批：『此句令批書人哭死。』）

鳳姐還欲問時，（話已說透，不必再問了。）只聽二門上傳事雲板連叩四下，將鳳姐驚醒。人回：『東府蓉大奶奶沒了。』（話音方落，而人已沒了，令人悚然。）鳳姐聞聽，嚇了一身冷汗，（難怪她要嚇出一身冷汗。）出了一回神，只得忙忙的穿衣，往王夫人處來。（數句傳神）

彼時合家皆知，無不納罕，都有些疑心。（疑心什麽，令人懸想。甲戌本批：『九個字寫盡天香樓事，是不寫之寫。』）那長一輩的想他素日孝順，平一輩的想他素日和睦親密，下一輩的想他素日慈愛，以及家中僕從老小想他素日憐貧惜賤、慈老愛幼之恩，莫不悲嚎痛哭者。（連接數語，將疑心之事掩過。）

閑言少敘，卻說寶玉因近日林黛玉回去，剩得自己孤恓，也不和人頑耍，（脂批：『與鳳姐反對。淡淡寫來，方是二人自幼氣味相投，可知後文皆非突然文字。』）每到晚間便索然睡了。（可見真正孤單至極。）如今從夢中聽見說秦氏死了，連忙翻身爬起來，只覺心中似戳了一刀的，忍不住哇的一聲，直噴出一口血來。（作者于此處特用重筆，回應第五回夢中之情。）襲人等慌慌忙忙上來攙扶，問是怎麽樣，又要回賈母來請大夫。寶玉笑道：『不用忙，不相干，這是急火攻心，血不歸經。』說着便爬起來，要衣服換了，來見賈母，即時要過去。襲人見他如此，心中雖放不下，又不敢攔，只是由他罷了。賈母見他要去，因說：『纔嚥氣的人，那裏不乾淨；二則夜裏風大，等明早再去不遲。』寶玉那裏肯依。賈母命人備車，多派跟隨人役，擁護前來。

一直到了寧國府前，只見府門洞開，兩邊燈籠照如白晝，亂烘烘人來人往，裏面

墮淚。梅溪。』

脂批：『可從此批。』

靖本眉批：『可從此批，通回將可卿如何死故隱去，是余大發慈悲也。嘆嘆！壬午季春，畸笏。』

『三春去後』兩句悲涼之霧，已籠罩全局，可卿看似來報喜事，實則預報禍事也，看此最後兩句可知。近王玉林君撰文云：三春是指曹璽、曹寅、曹顒祖孫三代，至第三代則已抄家敗落『諸芳盡』矣。此說可參。

甲戌眉批：『九個字寫盡天香樓事，是不寫之寫。』靖藏本同，但多『常（棠）村』兩字署名。均批在『無不納罕，都有些疑心』九個字之上。

脂批：『松齋云好筆力，此方是文字佳處。』

脂批：『如在。總

是淡描輕寫，全無痕迹，方見得有生一（以）來，天分中自然所賦之性如此，非因色所感也。』

『都有些疑心』一句，作者故留端倪也，蓋可卿之死，原爲淫喪，作者遵畸笏之囑改去，而留此蛛絲馬迹，以爲有心人沿波討源也。

前文說賈璉走後鳳姐無味，此處卻說黛玉回去，寶玉孤悽，脂批：『與鳳姐反對（對照）。』又云『淡淡寫來，方是二人自幼氣味相投，可知後文皆非突然文字。』此批深得作者之意。

初寫富貴之家喪事氣派。

脂批：『所謂層巒疊翠之法也。野史中從無此法。即觀者到此，亦爲寫秦氏未必全到，豈料更又寫一尤氏哉！』

《石頭記》文字，多

哭聲搖山震嶽。寶玉下了車，忙忙奔至停靈之室，痛哭一番。然後見過尤氏。誰知尤氏正犯了胃疼舊疾，睡在牀上。然後又出來見賈珍。彼時賈代儒、代修、賈敕、賈效、賈敦、賈赦、賈政、賈琮、賈㻞、賈珩、賈珖、賈琛、賈瓊、賈璘、賈薔、賈菖、賈菱、賈芸、賈芹、賈蓁、賈萍、賈藻、賈蘅、賈芬、賈芳、賈蘭、賈菌、賈芝等都來了。賈珍哭的淚人一般，甲戌本批：『可笑，如喪考妣，此作者刺心筆也。』正和賈代儒等說道：『合家大小，遠近親友，誰不知我這媳婦比兒子還強十倍！如今伸腿去了，可見這長房內絕滅無人了。』說着又哭起來。不寫賈蓉，卻重寫賈珍之哭，亦不寫之寫。衆人忙勸：『人已辭世，哭也無益，且商議如何料理要緊。』脂批：『淡淡一句，勾出賈珍多少文字來。』賈珍拍手道：『如何料理，不過盡我所有罷了！』是何言歟！賈珍語多有不倫不類，是作者特寫也。王府本批：『「儘我所有」爲媳婦，是非禮之談，父母又將何以待之？故前此有惡奴酒後狂言，及今復見此語，含而不露，吾不能爲賈珍隱諱。』

正說着，只見秦業、秦鍾並尤氏的幾個眷屬尤氏姊妹也都來了。賈珍便命賈瓊、賈琛、賈璘、賈薔四個人去陪客，一面吩咐去請欽天監陰陽司來擇日，擇准停靈七七四十九日，三日後開喪送訃聞。這四十九日，單請一百單八衆禪僧在大廳上拜大悲懺，超度前亡後化諸魂，以免亡者之罪；另設一壇於天香樓上，甲戌脂批：『刪卻，是未刪之筆。』是九十九位全真道士，打四十九日解冤洗業醮。然後停靈於會芳園中，靈前另外五十衆高僧、五十衆高道，對壇按七作好事。那賈敬聞得長孫媳婦死了，因自爲早晚就要飛昇，如何肯又回家染了紅塵，將前功盡棄呢，因此並不在意，只憑賈珍料理。

有言外之意，此處寫賈珍文字，即是一例。

作者於平敘賈敬之事中，又寓諷刺之意。

按，世間並無此木，檣即桅檣，立帆之豎木。故庚辰本脂批云：『檣者，舟具也。』《康熙字典》注：『船檣帆柱也。』《玉篇·木部》：『檣，船檣，帆柱也。』《文選·郭璞〈江賦〉》：『舳艫相屬，萬里連檣』，李善注引《埤蒼》曰：『檣，帆柱也。』故『檣』字只作『帆柱』解，更無別解，邱華東有文詳考之。乃有人竟以爲是『梓木』，並以『梓宮』爲解，更是妄說。且此處『檣木』云云，全是薛蟠所說，其不可信也明矣。

義忠親王，亦是隨筆成文。

按舊時棺木，皆以杉木爲上，以其不腐也。其最珍者爲金絲楠木，數千年不腐，揚

賈珍見父親不管，亦發恣意奢華。看板時，幾副杉木板皆不中用。可巧薛蟠來吊問，因見賈珍尋好板，便說道：『我們木店裏有一副板，叫作什麼檣木，（脂批：『檣者，舟具也，所謂人生若泛舟而已，寧不可嘆！』）出在潢海鐵網山上，（脂批：『所謂迷津易墮，塵網難逃也。』）作了棺材，萬年不壞。這還是當年先父帶來，原係義忠親王老千歲要的，因他壞了事，（王府本批：『「壞了事」等字毒極，寫盡勢利場中故套。』）就不曾拿去。現在還封在店內，也沒有人出價敢買。你若要，就擡來使罷。』賈珍聽說，喜之不盡，即命人擡來。大家看時，只見幫底皆厚八寸，紋若檳榔，味若檀麝，以手扣之，玎璫如金玉。大家都奇異稱讚。賈珍笑問：『價值幾何？』薛蟠笑道：『拿一千兩銀子來，只怕也沒處買去。什麼價不價，賞他們幾兩工錢就是了。』（確是薛蟠口氣。）賈珍聽說，忙謝不盡，即命解鋸糊漆。賈政因勸道：『此物恐非常人可享者，殮以上等杉木也就是了。』此時賈珍恨不能代秦氏之死，（再刺賈珍一筆。）這話如何肯聽。

因忽又聽得秦氏之丫鬟名喚瑞珠者，見秦氏死了，他也觸柱而亡。此事可罕，合族人也都稱嘆。（又爲天香樓事留一蛛絲馬迹。甲戌脂批：『補天香樓未删之文。』）賈珍遂以孫女之禮殮殯，一併停靈於會芳園中之登仙閣。小丫鬟名寶珠者，因見秦氏身無所出，乃甘心願爲義女，誓任摔喪駕靈之任。賈珍喜之不盡，即時傳下，從此皆呼寶珠爲小姐，那寶珠按未嫁女之喪，在靈前哀哀欲絕。於是，合族人丁並家下諸人，都各遵舊制行事，自不得紊亂。賈珍因想着賈蓉不過是個黌門監，靈旛經榜上寫時不好看，便是執事也不多，因此心下甚不自在。

州近年發掘漢廣陵王墓，皆爲金絲楠木，予曾親見，現此木存揚州博物館。

一場喪事，獨寫賈珍，既寫賈珍之哭，復寫賈珍之籌畫異材爲棺木，此處又寫賈珍籌畫靈旛榜題，寫賈珍事事經心，而不着賈蓉一筆。

戴權之來，亦作者隨筆成文，意在諷刺耳。

雪芹以冷峻之筆，寫一段官場賣買，不覺其諷刺，而諷刺已

可巧這日正是首七第四日，早有大明宮掌宮內相戴權，（脂批：『妙。大權也。』則可見雪芹涉筆成刺，隨處皆可諷諭。）先備了祭禮遣人來，次後坐了大轎，打傘鳴鑼，親來上祭。賈珍忙接着，讓至逗蜂軒獻茶。賈珍心中打算定了主意，因而趁便就說要與賈蓉蠲個前程的話。戴權會意，因笑道：『想是爲喪禮上風光些。』（一語說着）賈珍忙笑道：『老內相所見不差。』戴權道：『事倒湊巧，正有個美缺。如今三百員龍禁尉短了兩員，昨兒襄陽侯的兄弟老三來求我，現拿了一千五百兩銀子，（先講市價）送到我家裏。你知道，咱們都是老相與，不拘怎麽樣，看着他爺爺的分上，胡亂應了。還剩了一個缺，誰知永興節度使馮胖子來求，要與他孩子蠲，我就沒工夫應他。（可見市價甚俏，買也不易。一番生意經，另是一種筆墨。）既是咱們的孩子要蠲，快寫個履歷來。』賈珍聽說，忙吩咐：『快命書房裏人恭敬寫了大爺的履歷來。』小厮不敢怠慢，去了一刻，便拿了一張紅紙來與賈珍。賈珍看了，忙送與戴權。看時，上面寫道：

江南〔一〕江寧府江寧縣監生賈蓉，年二十歲。曾祖，原任京營節度使世襲一等神威將軍賈代化；祖，乙卯科進士賈敬；父，世襲三品爵威烈將軍賈珍。

戴權看了，回手便遞與一個貼身的小厮收了，說道：『回來送與户部堂官老趙，說我拜上他，起一張五品龍禁尉的票，再給個執照，就把這履歷填上，明兒我來兑銀子送

去。』特提一筆銀子。小厮答應了，戴權也就告辭了。賈珍十分款留不住，只得送出府門。臨上轎，賈珍因問：『銀子還是我到部兑，還是一併送入老內相府中？』戴權道：『若到部裏，你又吃虧了。不如平準一千二百銀子，便宜了三百兩。送到我家就完了。』其實是送到我口袋裏就完了。賈珍感謝不盡，只說：『待服滿後，親帶小犬到府叩謝。』於是作別。

接着，便又聽喝道之聲，原來是忠靖侯史鼎的夫人來了。脂批：『伏史湘雲。』王夫人、邢夫人、鳳姐等剛迎入上房，又見錦鄉侯、川寧侯、壽山伯三家祭禮擺在靈前。少時，三人下轎，賈政等忙接上大廳。如此親朋你來我去，也不能勝數。只這四十九日，寧國府街上一條白漫漫人來人往，脂批：『是有服親朋並家下人丁之盛。』花簇簇官去官來。脂批：『是來往祭吊之盛。』

賈珍命賈蓉次日換了吉服，領憑回來。靈前供用執事等物，俱按五品職例。靈牌疏上皆寫『天朝誥授賈門秦氏恭人之靈位』。會芳園臨街大門洞開，旋在兩邊起了鼓樂廳，兩班青衣按時奏樂，一對對執事擺的刀斬斧齊。更有兩面硃紅銷金大字牌對豎在門外，上面大書：『防護內廷紫禁道御前侍衛龍禁尉。』對面高起着宣壇，僧道對壇榜文，榜上大書『世襲寧國公冢孫婦、防護內廷御前侍衛龍禁尉賈門秦氏恭人之喪。脂批：『賈珍是亂費，可卿實如此。』四大部洲至中之地、奉天永建太平之國，總理虛無寂靜教門僧録司正堂萬虛、總理元始三一教門道録司正堂葉生等，敬謹修齋，朝天叩佛』，以及『恭請諸伽藍、揭諦、功曹等神，聖恩普錫，神威遠鎮，四十九日消災洗業平安水陸道

入骨矣。

『忠靖侯史鼎的夫人來了』句下，有脂批云：『伏史湘雲』。此四字庚辰本誤抄成正文。今已校正。甲戌本旁批云：『史小姐湘雲消息也。』與庚辰本脂批同一意思。今查本回甲戌、己卯、庚辰、蒙府、戚序、列藏、甲辰、程甲各本皆無歧異，又後面四十九回有『保齡侯史鼐又遷委了外省大員，不日要帶了家眷上任。賈母因捨不得湘雲，便留下他了』一段情節。按史鼎、史鼐是兩人，爵位亦不同，而且都是史湘雲一家。後來各本均將史鼐改爲史鼎，變成一人，這是誤改。又史湘雲的素材取自李煦家，李煦的兩個兒子恰好一個叫李鼎，一個叫李鼐，可以參考。

寫寧府喪事，歷歷

有序。

脂批：『奇文。若明指一州名，似若西遊之套，故曰至中之地，不待言可知是光天化日，仁風德雨之下矣。不云國名更妙，可知是堯街舜巷衣冠禮義之鄉矣。直與第一回呼應相接。』

場』等語，亦不消煩記。

只是賈珍雖然此時心意滿足，但裏面尤氏又犯了舊疾，（爲鳳姐協理先按一筆。）不能料理事務，惟恐各誥命來往，虧了禮數，怕人笑話，因此心中不自在。當下正憂慮時，因寶玉在側問道：『事事都算安貼了，大哥哥還愁什麼？』賈珍見問，便將裏面無人的話說了出來。寶玉聽說笑道：『這有何難？我薦一個人與你權理這一個月的事，管必妥當。』賈珍忙問：『是誰？』寶玉見座間還有許多親友，不便明言，走至賈珍耳邊說了兩句。賈珍聽了喜不自禁，連忙起身笑道：『果然安貼，如今就去。』說着拉了寶玉，辭了衆人，便往上房裏來。

可巧這日非正經日期，親友來的少，裏面不過幾位近親堂客，邢夫人、王夫人、鳳姐並合族中的內眷陪坐。聞人報：『大爺進來了。』唬的衆婆娘唿的一聲，往後藏之不迭，（脂批：『素日行止可知。』）獨鳳姐款款站了起來。（特寫鳳姐一筆。）賈珍此時也有些病症在身，二則過於悲痛了，因拄個拐踱了進來。邢夫人等因說道：『你身上不好，又連日事多，該歇歇纔是，又進來做什麼？』賈珍一面扶拐，扎掙着要蹲身跪下請安道乏。邢夫人等忙叫寶玉攙住，命人挪椅子來與他坐。賈珍斷不肯坐，因勉強陪笑道：『姪兒進來，有一件鳳姐正愁沒有機會舒展，作者亦可借此重寫鳳姐一筆。

事，要求二位嬸子並大妹妹。』邢夫人等忙問：『什麽事？』賈珍忙笑道：『嬸子自然知道，如今孫子媳婦沒了，姪兒媳婦偏又病倒，我看裏頭着實不成個體統。怎麽屈尊大妹妹一個月，在這裏料理料理，我就放心了。』邢夫人笑道：『原來爲這個。你大妹妹現在你二嬸子家，只和你二嬸子說就是了。』王夫人忙道：『他一個小孩子家，何曾經過這些事。倘或料理不清，反叫人笑話，倒是再煩別人好。』賈珍笑道：『嬸子的意思姪兒猜着了，是怕大妹妹勞苦了。若說料理不開——我包管必料理的開，便是錯一點兒，別人看着還是不錯的。從小兒大妹妹頑笑着就有殺伐決斷，如今出了閣，又在那府裏辦事，越發歷練老成了。我想了這幾日，除了大妹妹再無人了。嬸子不看姪兒、姪兒媳婦的分上，只看死了的分上罷！』說着滚下淚來。賈珍一提起死者就落淚。脂批曰：『好筆力。』

『好筆力』者，直刺賈珍之心也。

王夫人心中怕的是鳳姐兒未經過喪事，怕他料理不清，惹人恥笑。今見賈珍苦苦的說到這步田地，心中已活了幾分，卻又眼看着鳳姐出神。那鳳姐素日最喜攬事辦，一語說透鳳姐。好賣弄才幹，雖然當家妥當，也因未辦過婚喪大事，恐人還不服，巴不得遇見這事，今見賈珍如此一來，他心中早已歡喜。先見王夫人不允，後見賈珍說的情真，王夫人有活動之意，便向王夫人道：『大哥哥說的這麽懇切，太太就依了罷。』忍不住自告奮勇。王夫人悄悄的道：『你可能麽？』鳳姐道：『有什麽不能的。外面的大事已經大哥哥料理清了，不過是裏頭照管照管，便是我有不知道的，問問太太就是了。』（此句重要，王夫人焉得不允！）王夫人見說的有理，便不作聲。賈珍見鳳姐允了，又陪笑道：『也管不得許多了，橫豎要求大妹妹辛苦辛苦。我這裏先與妹妹行禮，等事完了，我再到那府裏去謝。』說着，就作揖下去，鳳姐兒還禮不迭。

賈珍便忙向袖中取了寧國府對牌出來，命寶玉送與鳳姐，又說：『妹妹愛怎樣就怎樣，要什麼只管拿這個取去，也不必問我。只求別存心替我省錢，只要好看爲上；二則也要同那府裏一樣待人纔好，不要存心怕人抱怨。只這兩件外，我再沒不放心的了。』（賈珍全權委託，鳳姐便可放手施行。）鳳姐不敢就接牌，只看着王夫人。（不敢接好，看王夫人更好，鳳姐深通『將欲取之，必先與之』之道。王夫人焉得不與！）王夫人道：『你哥哥既這麼說，你就照看照看罷了。（王夫人終於下令。）只是別自作主意，有了事，打發人問你哥哥、嫂子要緊。』寶玉早向賈珍手裏接過對牌來，強遞與鳳姐了。（用寶玉代接，最是得體。）賈珍又問：『妹妹住在這裏，還是天天來呢？若是天天來，越發辛苦了。不如我這裏趕着收拾出一個院落來，妹妹住過這幾日倒安穩。』鳳姐笑道：『不用。那邊也離不得我，倒是天天來的好。』賈珍聽說，只得罷了。然後又說了一回閒話，方纔出去。

一時女眷散後，王夫人因問鳳姐：『你今兒怎麼樣？』鳳姐兒道：『太太只管請回去，我須得先理出一個頭緒來，纔回去得呢。』（纔剛接手，立即動手，寫透鳳姐性格。）王夫人聽說，便先同邢夫人等回去，不在話下。

這裏鳳姐兒來至三間一所抱廈內坐了，因想：頭一件是人口混雜，遺失東西；第二件，事無專執，臨期推委；第三件，需用過費，濫支冒領；第四件，任無大小，苦樂不均；第五件，家人豪縱，有臉者不服鈐束，無臉者不能上進。此五件實是寧國府中風俗，不知鳳姐如何處治，且聽下回分解。正是：

金紫萬千誰治國？裙釵一二可齊家。

脂批：『讀五件事未完，余不禁失聲大哭，三十年前作書人在何處耶？』

鳳姐纔接事，便看透寧府積弊，實則鳳姐亦早知寧府之弊也。

甲戌批：『舊族後輩受此五病者頗多，余家更甚，三十年前事見書於三十年後，令余悲痛血淚盈面。』（據靖本校）

【回後評】

此回寫秦可卿之死，作者原稿當是正面直寫，直接揭露，故甲戌回末脂批云：『秦可卿淫喪天香樓，作者用史筆也。老朽因有魂託鳳姐賈家後事二件，嫡是安富尊榮坐享人（不）能想得到處。其事雖未漏，其言其意則令人悲切感服，姑赦之，因命芹溪刪去。』又甲戌本回末眉批云：『此回只十頁，因刪去天香樓一節，少卻四五頁也。』又庚辰本此回回末批云：『通回將可卿如何死故隱去，是大發慈悲心也，嘆嘆！壬午春』以上各批可證此回原回目上聯是『秦可卿淫喪天香樓』，後經畸笏等人提意見，纔將此段揭露性強的文字刪去，故此回可卿如何死法，沒有一筆交代，顯然是刪去後未再補寫。

此回是從可卿死到大出喪之間的過渡文字，重點是可卿之死，可惜已經刪去。其次是可卿所用棺木，今已寫出；再次是出喪時死者的身份、品級，今亦已寫出；更次是由何人來主持辦理這次大喪，最後是由鳳姐來任其事。故下回出喪之事，此回已件件寫到，已爲下回鋪墊周全。

此回特寫可卿託夢事，已預示賈家之敗，故紅樓一書，往往悲喜並舉，此處於可卿預告將有『非常喜事』之先，卻先提賈家之敗，於可卿大喪之前又預示將有『烈火烹油，鮮花着錦之盛』之大事，然後筆鋒又一轉，說『也不過是瞬息的繁華，一時的歡樂，萬不可忘了那「盛筵必散」的俗語』，則又在喜事上重重加上一層悲涼之霧。故紅樓一書，更令人感慨無窮也。何則？因作者是悲劇之承受者，一切已經過來，故雖敘喜事，亦悲從中來也。

自開頭至此，鳳姐才能尚未得顯露，作者借可卿之喪，亦令鳳姐一展其才耳，然其苛酷處，亦一併展示矣。

此回雖已將可卿之死刪去，然於寫賈珍處俱用特筆，而不着賈蓉一字，此亦於天香樓事不寫之寫也，讀者細思當能悟作者深意。

寫戴權賣官受賄，亦書中特筆。作者以平淡冷峻之筆，於談笑之間，寫官場之黑暗腐敗，令人覺得此類事已是平淡無奇矣，則愈見其腐敗之甚也。

脂批云：『「樹倒猢猻散」之語，今猶在耳，屈指卅五年矣，哀哉傷哉，寧不痛殺！』施瑮《隋村先生遺集》卷六《病中雜賦》云：『楝子花開滿院香。幽魂夜夜楝亭旁。廿年樹倒西堂閉，不待西州淚萬行。曹楝亭公時拈佛語對坐客云：「樹倒猢猻散」，今憶斯言，車輪腹轉，以瑮受公知最深也。楝亭、西堂皆署中齋名。』這條脂批，再對照施隋村的記載，則可知可卿夢中所說『樹倒』之語，確是曹寅平日常說之語，脂批所記亦是事實。曹寅所說之『樹』，當然是指康熙。曹寅四次接駕，虧空巨額國帑，賴康熙維持，康熙一死，則曹家再無靠山矣，故曹寅時時以此爲慮也。雪芹於此處書此一筆，脂硯又加批，則更證曹家之事。然『屈指卅五年』之事，難定從何時算起，因曹寅講此話未有時間記録，但曹寅死於康熙五十一年（一七一二），下推三十五年，則是乾隆十一年（一七四六），此時《石頭記》剛開始寫，當然不可能加批，因此如以『樹倒』即康熙去世之年算起，則下推卅五年，當是乾隆二十一年丙子。按庚辰本第七十五回回前有題記云：『乾隆二十一年五月初七日對清，缺中秋詩，俟雪芹』，下面還有『開夜宴』等的擬目。此時《石頭記》正在批閱定稿過程，丙子是二評以後，此年未留評語，到下一年丁丑，乾隆二十二年，即有畸笏的批語，這是第三次批，乾隆二十四年己卯到乾隆二十五年庚辰，是第四次批。己卯年有批語二十四條，庚辰年有『庚辰秋月定本』的記載。據此則這條『樹倒猢猻散』的批語，也可能是乾隆二十二年到二十三年所批。總之是有關曹家史事的一條重要記録。

【校　記】

〔一〕『江南』，庚本無，據甲戌、夢稿、戚序本補。

第十四回　林如海捐館揚州城　賈寶玉路謁北靜王〔一〕

先用來昇一提鳳姐聲威。

可見大家氣派。

甲戌眉批：『寧府如此大家，阿鳳如此身分，豈有使貼身丫頭與家裏男人答話交事之理呢？此作者忽略之處。』

話說寧國府中都總管來昇聞得裏面委請了鳳姐，因傳齊同事人等說道：『如今請了西府裏璉二奶奶管理內事，倘或他來支取東西，或是說話，我們須要比往日小心些。每日大家早來晚散，寧可辛苦這一個月，過後再歇着，不要把老臉丟了。那是個有名的烈貨，臉酸心硬，一時惱了，不認人的。』衆人都道：『有理。』又有一個笑道：『論理，我們裏面也須得他來整治整治，脂批：『伏線在二十板之誤差婦人。』都忒不像了。』可見寧府早已混亂不成體統。

正說着，只見來旺媳婦拿了對牌來領取呈文、京榜、紙劄，票上批着數目。衆人連忙讓坐倒茶，一面命人按數取紙來抱着，同來旺媳婦一路來至儀門口，方交與來旺媳婦自己抱進去了。

鳳姐即命彩明釘造簿冊；即時傳來昇媳婦，兼要家口花名冊來查看；又限於明日一早傳齊家人媳婦進來聽差等語。大概點了一點數目單冊，問了來昇媳婦幾句話，便坐車回家。一宿無話。

『彩明係未冠小童，阿鳳便於出入使令者，老兄並未前後看明是男是女，亂加批駁。可笑。』
庚辰墨筆眉批。

脂批：『且明寫阿鳳不識字之故。壬午春。』

分工既明，職責亦嚴，竟是包乾到户。

竟如點將發兵，事事分明，賞罰不苟。

至次日，卯正二刻便過來了。那寧國府中婆娘、媳婦聞得到齊，只見鳳姐正與來昇媳婦分派，衆人不敢擅入，只在窗外聽覷。（何等威嚴）只聽鳳姐與來昇媳婦道：『既託了我，我就說不得要討你們嫌了。我可比不得你們奶奶好性兒，由着你們去。再不要說你們「這府裏原是這樣」的話，如今可要依着我行，錯我半點兒，管不得誰是有臉的，誰是沒臉的，一例現清白處治。』（有言在先，莫怪無情也。）說着，便吩咐彩明念花名冊，按名一個一個的喚進來看視。

一時看完，便又吩咐道：『這二十個分作兩班，一班十個，每日在裏頭單管人客來往倒茶，別的事不用他們管。這二十個也分作兩班，每日單管本家親戚茶飯，別的事也不用他們管。這四十個人也分作兩班，單在靈前上香添油，掛幔守靈，供飯供茶，隨起舉哀，別的事也不與他們相干。這四個人單在內茶房收管杯碟茶器，若少一件，便叫他四個描賠。這四個人單管酒飯器皿，少一件，也是他四個描賠。這八個單管監收祭禮。這八個單管各處燈油、蠟燭、紙劄，我總支了來，交與你八個，然後按我的定數再往各處去分派。這三十個每日輪流各處上夜，照管門户，監察火燭，打掃地方。這下剩的按着房屋分開，某人守某處，某處所有桌椅古董起，至於痰盒撣帚，一草一苗，或丟或壞，就和守這處的人算賬描賠。來昇家的每日攬總查看，或有偷懶的，賭錢吃酒的，打架拌嘴的，立刻來回我。你有徇情，經我查出，三四輩子的老臉

王熙鳳協理寧國府
壬午秋日
譚鳳嬛畫
奠

就顧不成了。如今都有定規，以後那一行亂了，只和那一行說話。素日跟我的人，隨身自有鐘錶，不論大小事，我是皆有一定的時辰。橫豎你們上房裏也有時辰鐘。卯正二刻我來點卯，巳正吃早飯，凡有領牌回事的，只在午初刻。戌初燒過黄昏紙，我親到各處查一遍，回來上夜的交明鑰匙。第二日仍是卯正二刻過來。說不得咱們大家辛苦這幾日罷，甲戌批：『是協理口氣，好聽之至。』事完了，你們家大爺自然賞你們。』

按時上班，一絲不苟，於此亦可見紀律。

說罷，又吩咐按數發與茶葉、油燭、雞毛撣子、笤箒等物。一面又搬取傢伙：桌圍、椅搭、坐褥、毡席、痰盒、脚踏之類。一面交發，一面提筆登記，某人管某處，某人領某物，開得十分清楚。衆人領了去，也都有了投奔，不似先時只揀便宜的做，剩下的苦差沒個招攬。各房中也不能趁亂失迷東西。便是人來客往，也都安静了，不比先前一個正擺茶，又去端飯，正陪舉哀，又顧接客。如這些無頭緒、荒亂、推託、偷閑、竊取等弊，次日一概都蠲了。

初試手段，便見條理分明，事事不亂。

鳳姐兒見自己威重令行，心中十分得意。於紊亂中初見頭緒。因見尤氏犯病，賈珍又過於悲哀，不大進飲食，再寫賈珍自己每日從那府中煎了各樣細粥，精緻小菜，命人送來勸食。賈珍也另外吩咐每日送上等菜到抱厦內，單與鳳姐。那鳳姐不畏勤勞，天天於卯正二刻就過來點卯、理事，獨在抱厦內起坐，不與衆妯娌合群，便有堂客來往，也不迎會。

脂批：『寫鳳之珍貴，寫鳳之英氣，寫鳳之聲勢，寫鳳之心機，寫鳳之驕大。如此寫得可嘆可笑。』按此條據甲戌、庚辰合校。

這日乃五七正五日上，那應佛僧正開方破獄，傳燈照亡，參閻君，拘都鬼，筵請喪事種種細節，虧作者寫得出。

地藏王，開金橋，引幢幡；那道士們正伏章申表，朝三清，叩玉帝；禪僧們行香，放焰口，拜水懺；又有十三衆尼僧，搭繡衣，靸紅鞋，在靈前默誦接引諸咒，十分熱鬧。

寫鳳姐之派勢。

那鳳姐必知今日人客不少，在家中歇宿一夜，至寅正，平兒便請起來梳洗。及收拾完備，更衣盥手，吃了兩口奶子糖粳米粥，漱口已畢，已是卯正二刻了。來旺媳婦率領諸人伺候已久。鳳姐出至廳前，上了車，前面打了一對明角燈，大書『榮國府』三個大字，款款來至寧府。

大家喪事，何等氣派。

大門上門燈朗掛，兩邊一色戳燈，照如白晝，白汪汪穿孝僕從兩邊侍立。請車至正門上，小厮等退去，衆媳婦上來揭起車簾。鳳姐下了車，一手扶着豐兒，兩個媳婦執着手把燈罩，簇擁着鳳姐進來。寫鳳姐何等氣派。寧府諸媳婦迎來請安接待。鳳姐緩緩走入會芳園中登仙閣靈前，一見了棺材，那眼淚恰似斷線之珠，滾將下來。院中許多小厮垂手伺候燒紙。鳳姐吩咐得一聲：『供茶燒紙。』只聽一棒鑼鳴，諸樂齊奏，早有人端過一張大圈椅來，放在靈前，鳳姐坐了，脂批：『誰家行事，寧不墮淚。』放聲大哭。於是裏外男女上下，見鳳姐出聲，都忙忙接聲嚎哭。一時賈珍、尤氏遣人來勸，鳳姐方纔止住。

說哭就哭，說收就收，宛如做戲。

來旺媳婦獻茶漱口畢，鳳姐方起身，别過族中諸人，自入抱厦內來。按名查點，各項人數都已到齊，只有迎送親客上的一人未到，脂批：『須得如此，方見文章妙用，余前批非謬。』即命傳到，那人已脂批云：『慣起波瀾，慣能忙中寫閑，又慣用曲筆，又慣錯綜。真妙。』按脂批是。此處着一閑筆，頓使神情頓挫，且用王興媳婦來，截斷衆流，文章頓現曲折。

張惶愧懼。鳳姐冷笑道：脂批：『凡鳳姐惱時，偏偏用「笑」字，是章法。』『我說是誰誤了，原來是你！脂批：『四字有神，是有名姓上等人口氣。』你原比他們有體面，所以纔不聽我的話！』那人道：『小的天天都來的早，只有今兒醒了覺得早些，因又睡迷了，來遲了一步，求奶奶饒過這次。』正說着，只見榮國府中的王興媳婦來了，在前探頭。

鳳姐且不發放這人，卻先問：『王興媳婦作什麼？』王興媳婦巴不得先問他完了事，連忙進去說：『領牌取線，打車轎網絡。』說着，將個帖兒遞上去。鳳姐命彩明念道：寫鳳姐不識字。『大轎兩頂，小轎四頂，車四輛，共用大小絡子若干根，用珠兒線若干斤。』鳳姐聽了，數目相合，便命彩明登記，取榮國府對牌擲下。王興家的去了。

鳳姐方欲說話時，見榮國府的四個執事人進來，都是要支取東西領牌來的。鳳姐命彩明〔二〕要了帖子念過，聽了一共四件，指兩件說道：『這兩件開銷錯了，再算清了來取。』說着擲下帖子來。那二人掃興而去。再生波瀾

鳳姐因見張材家的在旁，因問：『你有什麼事？』索性按下前事。則可見前事當重處也。張材家的忙取帖兒回說：『就是方纔車轎圍作成，領取裁縫工銀若干兩。』鳳姐聽了，便收了帖子，命彩明登記。待王興家的交過牌，得了買辦的回押，相符，然後方與張材家的去領。一面又命念那一個，是爲寶玉外書房完竣，支買紙料糊裱。鳳姐聽了，即命收帖兒登記，待張材家的繳清，又發與這人去了。

抓住一例，先行開刀。

威重令行，不可犯也！觀鳳姐理事，如孫子治軍，法令嚴明，秋毫無犯。

總寫一筆鳳姐威勢。

鳳姐便說道：『明兒他也睡迷了，後兒我也睡迷了，將來都沒了人了。本來要饒你，只是我頭一次寬了，下次人就難管，不如現開發的好。』登時放下臉來，喝命：『帶出去，打二十板子！』一面又擲下寧國府對牌：『出去說與來昇，革他一月銀米！』（既打且罰，誰敢再犯？）衆人聽說，又見鳳姐眉立，知是惱了，不敢怠慢，拖人的出去拖人，執牌傳諭的忙去傳諭。那人身不由己，已拖出去挨了二十大板，還要進來叩謝。鳳姐道：『明日再有誤的，打四十，後日的六十，有不怕挨打的，只管誤！』說着，吩咐：『散了罷。』

窗外衆人聽說，方各自執事去了。彼時寧國、榮國兩處執事領牌交牌的，人來人往不絕，那抱愧被打之人含羞去了。（脂批：『又伏下文，非獨爲阿鳳之威勢費此一段筆墨。』）這纔知道鳳姐利害。衆人不敢偷閑，自此兢兢業業，執事保全。不在話下。

如今且說寶玉，因見今日人衆，恐秦鍾受了委屈，因默與他商議，要同他往鳳姐處來坐。秦鍾道：『他的事多，況且不喜人去，咱們去了，他豈不煩膩？』寶玉道：『他怎好膩我們。不相干，只管跟我來。』說着，便拉了秦鍾，直至抱廈。鳳姐纔吃飯，見他們來了，便笑道：『好長腿子，快上來罷。』寶玉道：『我們偏了。』鳳姐道：『在這邊外頭吃的，還是那邊吃的？』寶玉道：『這邊同那些渾人吃什麽！原是前者遲到，既打且罰，此人索性忘了，反倒有說有笑，蓋鳳姐打罰是爲當衆立威也。

那邊，我們兩個同老太太吃了來的。』一面歸座。

鳳姐吃畢飯，就有寧國府中的一個媳婦來領牌，爲支取香燈事。鳳姐笑道：『我算着你們今兒該來支取，總不見來，想是忘了。這會子到底來取，要忘了，自然是你們包出來，都便宜了我。』那媳婦笑道：『何嘗不是忘了。方纔想起來，再遲一步，也領不成了。』說罷，領牌而去。

一時登記交牌。秦鍾因笑道：『你們兩府裏都是這牌，倘或別人私弄一個，支了銀子跑了，怎樣？』鳳姐笑道：『依你說，都沒王法了。』寶玉因道：『怎麼咱們家沒人領牌子做東西？』鳳姐道：『人家來領的時候，你還做夢呢。我且問你，你們這夜書多早晚纔念呢？』寶玉道：『巴不得這如今就念纔好，他們只是不快收拾出書房來，這也無法。』鳳姐笑道：『你請我一請，包管就快了。』寶玉道：『你要快也不中用，他們該作到那裏的，自然就有了。』鳳姐笑道：『便是他們作，也得要東西，擱不住我不給對牌是難的。』寶玉聽說，便猴脂批：『詩中知有鍊字一法，不期於《石頭記》中多得其妙。』向鳳姐身上立刻要牌，說：『好姐姐，給出牌子來，叫他們要東西去。』鳳姐道：『我乏的身子上生疼，還擱的住你揉搓。一段旖旎文字。你放心罷，今兒纔領了紙裱糊去了，他們該要的還等叫去呢，可不傻了？』寶玉不信，鳳姐便叫彩明查冊子與寶玉看了。

正鬧着，人回：『蘇州去的人昭兒來了。』一絲不漏，接得緊！鳳姐急命喚進來。昭兒打千兒

甲戌批：『昭兒回，並非林文璉文，是黛

玉正文。』

脂批：『蘋兒方可長居榮府之文。』

先報林如海消息，則從此黛玉長居榮府矣。

寫得週到，的是鳳姐口氣。

數語連接，寫得匆忙急遽，的是當時情景。

又特筆寫賈珍。

請安。鳳姐便問：『回來做什麽的？』昭兒道：『二爺打發回來的。林姑老爺是九月初三日巳時沒的。〔三〕二爺帶了林姑娘同送林姑老爺靈到蘇州，大約趕年底就回來。二爺打發小的來報個信請安，討老太太示下，還瞧瞧奶奶家裏好，叫把大毛衣服帶幾件去。』鳳姐道：『你見過別人了沒有？』昭兒道：『都見過了。』說畢，連忙退去。鳳姐向寶玉笑道：『你林妹妹可在咱們家住長了。』此時黛玉尚未冷落，如海一去，黛玉便成孤女，從此身世之感益重矣。寶玉道：『了不得，想來這幾日他不知哭的怎樣呢。』寶玉心繫黛玉於此可見。說着，蹙眉長嘆。

鳳姐見昭兒回來，因當着人未及細問賈璉，心中自是記掛，待要回去，争奈事情繁雜，一時去了，恐有延遲失誤，惹人笑話。少不得耐到晚上回來，復令昭兒進來，細問一路平安信息。補敘鳳姐一筆，寫得週到，鳳姐心事不可不寫也。連夜打點大毛衣服，和平兒親自檢點包裹，再細細追想所需何物，一併包藏交付昭兒。又細細吩咐昭兒『在外好生小心服侍，不要惹你二爺生氣；時時勸他少吃酒，別勾引他認得混賬老婆，此是最關心之事。果然有這些事，〔四〕回來打折你的腿』等語。趕亂完了，天已四更將盡，縱睡下，又走了睏，不覺天明雞唱，忙梳洗過寧府中來。

那賈珍因見發引日近，親自坐車，帶了陰陽司吏，往鐵檻寺來踏看寄靈所在，又一一囑咐住持色空，好生預備新鮮陳設，多請名僧，以備接靈使用。色空忙看晚齋。賈珍也無心茶飯，因天晚不得進城，就在净室胡亂歇了一夜。次日早，便進城來料理大喪在即，顯得裏外匆忙。

鳳姐才能得以充分發揮，故其喜忙不喜閑也。

脂批：『兆年不易之朝，永治太平之國。

出殯之事，一面又派人先往鐵檻寺，連夜另外修飾停靈之處，並厨茶等項，接靈人口。

裏面鳳姐見日期有限，也預先逐細分派料理，一面又派榮府中車轎人從跟王夫人送殯，又顧自己送殯去占下處。目今正值繕國公誥命亡故，王、邢二夫人又去打祭送殯；西安郡王妃華誕，送壽禮；鎮國公誥命生了長男，預備賀禮；又有胞兄王仁連家眷回南，一面寫家信稟叩父母並備帶往之物；又有迎春染病，每日請醫服藥，看醫生啓帖、症源、藥案等事，亦難盡述。又兼發引在邇，因此忙的鳳姐茶飯也沒工夫吃得，坐臥不能清净。剛到了寧府，榮府的人又跟到寧府；既回到榮府，寧府的人又找到榮府。鳳姐見如此，心中倒十分歡喜，並不偷安推託，恐落人褒貶，因此日夜不暇，籌畫得十分的整肅。於是合族上下無有不稱嘆者。

這日伴宿之夕，裏面兩班小戲並耍百戲的與親朋堂客伴宿，尤氏猶臥於內室，（尤氏仍在臥病。）一應張羅款待，獨是鳳姐一人週全承應。合族中雖有許多妯娌，但或有羞口的，或有羞腳的，或有不慣見人的，或有懼貴怯官的，種種之類，俱不及鳳姐舉止舒徐，言語慷慨，珍貴寬大；因此也不把衆人放在眼裏，揮霍指示，任其所爲，目若無人。（所謂指揮若定也。）一夜中燈明火彩，客送官迎，那百般熱鬧，自不用說的。至天明，吉時已到，一班六十四名青衣請靈，前面銘旌上大書：

奉天洪建兆年不易之朝，（朝代奇，不欲着一絲痕迹也。）誥封一等寧國公冢孫婦，防護內廷紫禁奇甚妙甚。」

寫得浩浩蕩蕩，何等氣派！

一路寫來，浩浩蕩蕩，他書中何曾見此排場！

道御前侍衛龍禁尉享強壽賈門秦氏恭人之靈柩。

一應執事陳設，皆係現趕着新做出來的，一色光豔奪目。寶珠自行未嫁女之禮外，摔喪駕靈，十分哀苦。

那時官客送殯的，有鎮國公牛清之孫現襲一等伯牛繼宗，理國公柳彪之孫現襲一等子柳芳，齊國公陳翼之孫世襲三品威鎮將軍陳瑞文，治國公馬魁之孫世襲三品威遠將軍馬尚，修國公侯曉明之孫世襲一等子侯孝康；繕國公誥命亡故，故其孫石光珠守孝不曾來得。這六家與寧、榮二家，當日所稱『八公』的便是。餘者更有南安郡王之孫，西寧郡王之孫，忠靖侯史鼎，平原侯之孫世襲二等男蔣子寧，定城侯之孫世襲二等男兼京營遊擊謝鯨，襄陽侯之孫世襲二等男戚建輝，景田侯之孫五城兵馬司裘良。餘者錦鄉伯公子韓奇，神武將軍公子馮紫英，陳也俊、衛若蘭等諸王孫公子，不可枚數。堂客算來亦有十來頂大轎，三四十小轎，連家下大小轎車輛，不下百餘十乘。連前面各色執事、陳設、百耍，浩浩蕩蕩，一帶擺三四里遠。

走不多時，路旁彩棚高搭，設席張筵，和音奏樂，俱是各家路祭：第一座是東平王府祭棚，第二座是南安郡王祭棚，第三座是西寧郡王，第四座是北靜郡王的。原來這四王，當日惟北靜王功高，及今子孫猶襲王爵。現今北靜王水溶年未弱冠，生得形容秀美，情性謙和。特寫北靜王。近聞寧國公冢孫婦告殂，因想當日彼此祖父相與之情，同難同榮，未以異姓相視，因此不以王位自居，上日也曾探喪上祭，如今又設路奠，命麾下各官在此伺候。自己五更入朝，公事已畢，便換了素服，坐大轎鳴鑼張傘而來，至棚前落轎。手下各官兩旁擁侍，軍民人衆不得往還。

一時只見寧府大殯浩浩蕩蕩，壓地銀山一般，從北而至。早有寧府開路傳事人看見，連忙回去報與賈珍。賈珍急命前面駐扎，同賈赦、賈政三人連忙迎來，以國禮相見。水溶在轎內欠身含笑答禮，仍以世交稱呼接待，並不妄自尊大。賈珍道：『犬婦之喪，累蒙郡駕下臨，蔭生輩何以克當。』水溶笑道：『世交之誼，何出此言。』遂回頭命長府官主祭代奠。賈赦等一旁還禮畢，復身又來謝恩。

水溶十分謙遜，因問賈政道：『那一位是啣寶而誕者？幾次要見一見，都爲雜冗所阻，想今日是來的，何不請來一會？』賈政聽說，忙回去，急命寶玉脫去孝服，領他前來。那寶玉素日就曾聽得父兄親友人等說閑話時，讚水溶是個賢王，且生得才貌雙全，風流瀟灑，每不以官俗國體所縛。每思相會，只是父親拘束嚴密，無由得會，今見反來叫他，自是歡喜。一面走，一面早瞥見那水溶坐在轎內，好個儀表人材。不知近看時又是怎樣，且聽下回分解。

【回後評】

此回寫寧府喪事，顯出大家氣派，諸事錯綜複雜，千頭萬緒。作者一枝筆，恰如指揮千軍萬馬，事事有序，筆筆週到，一絲不亂，令人如在當場。只見大隊人馬，素衣白裳，車馬輿轎，繽紛齊作，浩浩蕩蕩，一如流水馬龍，好看煞人。此回庚辰回末評云：『此回將大家喪事詳細剔盡，如見其氣概，如聞其聲音，絲毫不錯，作者不負大家後裔。』『寫秦死之盛，賈珍之奢，實是卻寫得一個鳳姐。』

寫此出喪大場面，筆筆有力，一絲不亂，實亦寫鳳姐之指揮有序，才有餘裕也。

作者於此熱鬧中，一筆不漏賈珍，而又無一筆涉及賈蓉，可卿之死，賈珍痛哭，賈蓉不見，是不寫之寫，讀者自能神悟。

此回插寫林如海去世，黛玉即隨賈璉回來，從此黛玉真成孤女，其孤悽身世之感更甚矣。

此回北靜王見寶玉，是作者特筆，作者當有深意，惜未見後文耳。

【校　記】

〔一〕回目：諸本同。己卯、庚辰、蒙府本『如』作『儒』，據其餘諸本改。

〔二〕『彩明』，庚本作『他們』。據甲戌本改。

〔三〕按『九月初三日巳時沒的』這句話，在時間上與上下文情節有矛盾。第十二回說『誰知這年冬底，林如海……身染重疾，寫書特來接林黛玉回去。』這裏的『這年冬底』，也即是秦可卿病重的時間，所以第十回張太醫説『今年一冬是不相干的，總是過了春分，就可望全愈了。』這是醫生的隱語，實際上是說秦氏過不了第二年的春分了。秦氏也確於第二年的春分前去世了。作者在第十二回末就寫了，賈瑞于上年十二月得病，『倏忽又臘盡春回』，病勢又愈加沉重，終於死去。這與秦氏之死，是在同一年的春天。所以下文接寫秦可卿之死。那末林如海於『這年冬底』病重，黛玉即隨賈璉去揚州，昭兒從揚州回來報信之時，正是秦可卿大喪之期，可見昭兒説林如海是『九月初三日巳時没的』，『二爺帶了林姑娘同送林姑老爺的靈到蘇州，大約趕年底就回來』，這些敍述，在時間上都有矛盾，這是原作本身的問題，而且没有別本可校，只能提醒讀者注意。

〔四〕以上六字據楊藏、列藏、甲辰、程甲各本增。

甲戌回前批：『寶玉謁北静王辭對神色，方露出本來面目，迥非在閨閣中之形景。

北静王問玉上字果驗否，政老對以未曾試過，是隱卻多少捕風捉影閑文。

鳳姐另住，明明係秦玉智能幽事，卻是爲淨虛鑽營鳳姐大大一件事作引。』

《紅樓夢》中提到的王爺，皆一筆而過，惟北静王作者予以特筆。兩個秀麗人物，合在一起，令人如看朝花，如賞秋月。

脂批：『八字道盡玉兄，如此等方是玉兄正文寫照。』

第十五回　王鳳姐弄權鐵檻寺　秦鯨卿得趣饅頭庵〔一〕

話説寶玉舉目見北静王水溶頭上戴着潔白簪纓銀翅王帽，穿着江牙海水五爪坐龍白蟒袍，繫着碧玉紅鞓帶，面如美玉，目似明星，真好秀麗人物。寶玉忙搶上來參見，水溶連忙從轎内伸出手來挽住。見寶玉戴着束髮銀冠，勒着雙龍出海抹額，穿着白蟒箭袖，圍着攢珠銀帶，面若春花，目如點漆。脂批：『又换此一句，如見其形。』靖本批：『傷心筆。』水溶笑道：『名不虚傳，果然如「寶」似「玉」。』因問：『啣的那寶貝在那裏？』此問自是必然。寶玉見問，連忙從衣内取了遞與過去。水溶細細的看了，又念了那上頭的字，因問：『果靈驗否？』賈政忙道：『雖如此説，只是未曾試過。』後文自然要試。水溶一面極口稱奇道異，一面理好彩縧，親自與寶玉帶上，又攜手問寶玉幾歲，讀何書。寶玉一一的答應。如此舉止，可見情親之至，竊以爲後面必有重要文字，惜不得見後文耳。

水溶見他語言清楚，談吐有致，一面又向賈政笑道：『令郎真乃龍駒鳳雛，非小王在世翁前唐突，將來「雛鳳清於老鳳聲」，未可量也。』賈政忙陪笑道：『犬子豈

賈寶玉路
謁北靜王
谭鳳嬛畫
祭
奠

王文（壬午）季春』此評甚是。按以前《西江月》等皆以世俗之眼看寶玉，非作者之正寫，此處方是『正文寫照』。則寶玉自然勝於賈政，其實何止勝於賈政？直是另一流人物，不屑於賈政耳。

北静王書齋中，不知是何等樣高人，能有深溝大壑中人否？北静王之語，未能深入，故不能明其究竟，恐是雨村所説『正派』中人耳。

脊，《集韻》資昔切。草名。苓，卷耳也，亦通蘦。《詩·邶風·簡兮》：『隰有苓』。傳：『苓，大苦。』按：『脊苓』與『鶺鴒』音同，作者似有深意。見下回『鶺鴒香串』眉批。

前面特寫北静王，此處泛寫衆家，兩相照應，俱不可缺。

敢謬承金獎。賴藩郡餘禎，果如是言，亦蔭生輩之幸矣。』水溶又道：『只是一件，令郎如是資質，想老太夫人、夫人輩自然鍾愛極矣；但吾輩後生，甚不宜鍾溺，鍾溺則未免荒失學業。昔小王曾蹈此轍，想令郎亦未必不如是也。若令郎在家難以用功，不妨常到寒第。小王雖不才，卻多蒙海上衆名士凡至都者，未有不另垂青目，是以寒第高人頗聚。令郎常去談會談會，則學問可以日進矣。』賈政忙躬身答應。

水溶又將腕上一串念珠卸了下來，遞與寶玉道：『今日初會，倉促竟無敬賀之物，此係前日聖上親賜脊苓香念珠一串，權爲賀敬之禮。』所謂『分手脱相贈，平生一片心』也。寶玉連忙接了，回身奉與賈政。賈政與寶玉一齊謝過。於是賈赦、賈珍等一齊上來請回輿。水溶道：『逝者已登仙界，非碌碌你我塵寰中之人也。小王雖上叨天恩，虛邀郡襲，豈可越仙輀而進也？』謙謙有禮 賈赦等見執意不從，只得告辭謝恩回來，命手下掩樂停音，脂批：『有層次，好看煞。』滔滔然將殯過完，『掩樂』兩句，又換一副筆墨，又是一樣場面氣勢。方讓水溶回輿去了。不在話下。

且説寧府送殯，一路熱鬧非常。剛至城門前，又有賈赦、賈政、賈珍等諸同僚屬下各家祭棚接祭，一一的謝過，然後出城，竟奔鐵檻寺大路行來。彼時賈珍帶賈蓉來到諸長輩前，讓坐轎上馬，因而賈赦一輩的各自上了車轎，賈珍一輩的也將要上馬。寫得細。鳳姐兒因記掛着寶玉，怕他在郊外縱性逞強，脂批：『細心人自應如是。』甲戌批：『千百件忙事内不漏一筆。』不服家人的話，

前面極寫大富大貴，豪華至極，此處卻忽入貧寒莊農之家，作者文筆，於懸河瀉瀑、浩蕩奔騰處卻忽作分流，淵停小

賈政管不着這些小事，惟恐有個失閃，難見賈母，（鳳姐總以寶玉爲念，因賈母也。）因此便命小廝來喚他。寶玉只得來到他車前。鳳姐笑道：『好兄弟，你是個尊貴人，女孩兒一樣的人品，（脂批：『非此一句寶玉必不依，阿鳳真好才情。』）別學他們猴在馬上。下來，咱們姐兒兩個坐車，豈不好？』寶玉聽說，忙下了馬，爬入鳳姐車上，二人說笑前來。

不一時，只見從那邊兩騎馬壓地飛來，（四個字，寫出飛騎來勢，真好筆力。脂批：『有氣有勢有形有影。』）離鳳姐車不遠，一齊蹿下來，扶車回說：『這裏有下處，奶奶請歇更衣。』（安排週到）鳳姐急命請邢夫人、王夫人的示下，那人回來說：『太太們說不用歇了，叫奶奶自便罷。』鳳姐聽了，便命歇了再走。衆小廝聽了，一帶轅馬，岔出人群，往北飛走。寶玉在車內急命請秦相公。（不能忘卻秦鍾。）那時秦鍾正騎馬隨着他父親的轎，忽見寶玉的小廝跑來，請他去打尖。秦鍾看時，只見鳳姐兒的車往北而去，後面拉着寶玉的馬，搭着鞍籠，便知寶玉同鳳姐坐車。（寶玉坐車，坐騎相隨，情景逼真，俱從秦鍾眼中看出。）自己也便帶馬趕上來，同入一莊門內。（『舊時王謝堂前燕，飛入尋常百姓家』也。）早有家人將衆莊漢攆盡。那莊農人家無多房舍，婆娘們無處迴避，只得由他們去了。那些村姑莊婦見了鳳姐、寶玉、秦鍾的人品衣服，禮數款段，豈有不愛看的。

一時鳳姐進入茅堂，因命寶玉等先出去頑頑。寶玉等會意，（寫得週到）因同秦鍾出來，帶着小廝們各處遊玩。凡莊農動用之物，皆不曾見過。（脂批：『真畢真。』）寶玉一見了鍬、钁、鋤、犁等物，皆以爲奇，不知何項所使，其名爲何。（脂批：『凡膏粱子弟齊來着眼。』）小廝在旁一一的告訴了名

注，真行於所當行，止於不可不止也。

脂批：『寫玉兄正文總於此等處，作者良苦。壬午季春。』

脂批：『二「忙」字，二「陪笑」字，寫玉兄是在女兒分上。壬午季春。』

脂批：『若說話，便不是《石頭記》中文字也。』

色，說明原委。寶玉聽了，因點頭嘆道：『怪道古人詩上說，「誰知盤中餐，粒粒皆辛苦」，正爲此也。』足見作者深諳稼穡之艱難。脂批：『聰明人自是一喝即悟。』一面說，一面又至一間房前，只見炕上有個紡車，寶玉又問小廝們：『這又是什麽？』小廝們又告訴他原委。寶玉聽說，便上來擰轉作耍，自爲有趣。只見一個約有十七八歲的村莊丫頭跑了來亂嚷：『別動壞了！』脂批：『天生地設之文。』衆小廝忙斷喝攔阻。寶玉忙丟開手，陪笑說道：『我因爲沒見過這個，所以試他一試。』那丫頭道：『你們那裏會弄這個？站開了，脂批：『三字如聞。』我紡與你瞧。』雖是村莊丫頭，卻落落大方。秦鍾暗拉寶玉笑道：『此卿大有意趣。』只此一語，便見秦鍾輕薄。脂批：『忙中閑筆，卻伏下文。』寶玉一把推開，笑道：『該死的！再胡說，我就打了。』寶玉罵得好。於此可見涇渭清濁之分。脂批：『玉兄身分本心如此。』甲戌批：『的是寶玉生性之言。』說着，只見那丫頭紡起線來。寶玉正要說話時，不知寶玉要說何話，當是有所問詢也。作者一筆煞住，令人有餘不盡之意。只聽那邊老婆子叫道：『二丫頭，快過來！』那丫頭聽見，丟下紡車，一逕去了。

寶玉悵然無趣。此處脂批云：『處處點情，又伏下一段後文。』則二丫頭於後文當重出。惜未見後文耳。只見鳳姐兒打發人來叫他兩個進去。鳳姐洗了手，換衣服抖灰，『換衣服抖灰』，一路風塵可見。寫鳳姐等至郊區農村，情景逼真。問他們換不換。寶玉不換，只得罷了。家下僕婦們將帶着行路的茶壺茶杯、十錦屜盒、各樣小食端來，一切應用各物，俱隨身自帶，與農村貧苦生活，恰成對照。是作者特筆，勿作閑文看也。鳳姐等吃過茶，待他們收拾完備，便起身上車。外面旺兒預備下賞封，賞了本村主人。莊婦等來叩賞。鳳姐並不在意，寶玉卻留心看時，寫寶玉。內中並無二丫頭。脂批：『妙在不見。』一時上了車，出來走不多遠，只見迎頭二丫頭懷裏抱着他小兄弟，脂批：『妙在此時方見，錯綜之妙如此。』同着幾個小女孩子說笑而來。『衆裏尋他千百度』也。寶玉恨不得下車跟了他去，料是衆人不依的，少不得以目相送，怎奈車輕馬快，寫寶玉總是一番癡意。脂批：『四字有文章，人生離聚亦未嘗不如此也。』一時轉眼無蹤。

走不多時，仍又跟上大殯了。早有前面法鼓金鐃，幢幡寶蓋：鐵檻寺接靈衆僧齊至。逆寫一筆鐵檻寺衆僧。少時到入寺中，另演佛事，重設香壇。安靈於內殿偏室之中，寶珠安於裏寢室相伴。外面賈珍款待一應親友，也有擾飯的，也有不吃飯而辭的，一應謝過乏，從公侯伯子男一起一起的散去，至未末時分方纔散盡了。裏面的堂客皆是鳳姐張羅接待，先從顯官誥命散起，也到晌午大錯時方散盡了。只有幾個親戚是至近的，等做過三日安靈道場方去。那時邢、王二夫人知鳳姐必不能來家，也便宜要進城。王夫人要帶寶玉去，寶玉乍到郊外，那裏肯回去，寶玉於花團錦簇中忽入清涼世界。只要跟鳳姐住着。王夫人無法，只得交與鳳姐便回來了。

原來這鐵檻寺原是寧榮二公當日修造，現今還是有香火地畝佈施，以備京中老了人口，在此便宜寄放。其中陰陽兩宅俱已預備妥貼，好爲送靈人口寄居。不想如今後輩人口繁盛，其中貧富不一，或性情參商：脂批：『所謂源遠水則濁，枝繁果則稀。余爲天下癡心祖宗，爲子孫謀千年業者痛哭。』有那家業艱難安分的，便住在這裏了；有那尚排場、有錢勢的，只說這裏不方便，一定另外或村莊或尼庵尋個下處，爲事畢宴退之所。即今秦氏之喪，族中諸人皆權在鐵檻寺下榻，獨有鳳姐嫌不方便，鳳姐就不願居此。因而早遣人來和饅頭庵的姑子净虛說了，騰出兩間房子來作

『車輕馬快，一時轉眼無蹤』兩句，令人如讀古詩『人生寄一世，奄忽若飈塵』之感。蓋人生亦是『車輕馬快，轉眼無蹤』也。

其來也如風起雲湧，重重叠叠，其去也如雪消冰解，各自星散。

補敘鐵檻寺，脂批云：『大凡創業之人，無有不爲子孫深謀至細，奈後輩仗一時之榮顯，猶爲不足，另生枝葉，雖華麗過先，奈不常保，亦足可嘆。争及先人之常保其樸哉！近世浮華子弟齊來着眼。』又批云：『祖宗爲子孫之心細

到如此。則可見可卿之囑，其先人亦早已措施矣，鐵檻寺是其一也。』

脂批：『《石頭記》總於沒要緊處閑三二筆，寫正文筋骨，看官當用巨眼，不爲彼瞞過方好。壬午季春。』

大家子孫漫延，貧富貴賤不均，貧者即以此爲居，富貴者猶嫌不足，雖祖宗之盡心謀畫，總不能饜子孫之望耳。

脂批云：『前人詩云：「縱有千年鐵門限，終須一個土饅頭」，是此意，故「不遠」二字有文章。』

下處。

原來這饅頭庵就是水月庵，因他廟裏做的饅頭好，就起了這個渾號，離鐵檻寺不遠。當下和尚工課已完，奠過晚茶，賈珍便命賈蓉請鳳姐歇息。鳳姐見還有幾個妯娌陪着女親，自已便辭了衆人，帶了寶玉、秦鍾往水月庵來。原來秦業年邁多病，不能在此，只命秦鍾等待安靈罷了。（交代過秦業，單敘秦鍾。）那秦鍾便只跟着鳳姐、寶玉，一時到了水月庵，淨虛帶領智善、智能兩個徒弟出來迎接，大家見過。鳳姐等來至淨室更衣淨手畢，因見智能兒越發長高了，模樣兒越發出息了，（特寫智能）因說道：『你們師徒怎麼這些日子也不往我們那裏去？』淨虛道：『可是；這幾天都沒工夫，因胡老爺府裏產了公子，太太送了十兩銀子來這裏，叫請幾位師父念三日《血盆經》，忙的沒個空兒，就沒來請奶奶的安。』

不言老尼陪着鳳姐，且說秦鍾、寶玉二人正在殿上頑耍，因見智能過來，寶玉笑道：『能兒來了。』秦鍾道：『理那東西作什麼。』（秦鍾故意岔開。）寶玉笑道：『你別弄鬼，那一日在老太太屋裏，一個人沒有，你摟着他作什麼？這會子還哄我。』（補出秦鍾、智能以往之事，則可知今日矣。脂批云：『補出前文未到處，思秦鍾近日在榮府所爲，可知矣。』）秦鍾笑道：『這可是沒有的話。』寶玉笑道：『有沒有也不管你，你只叫住他倒碗茶來我吃，就丟開手。』秦鍾笑道：『這又奇了，你叫他倒去，還怕他不倒？何必要我說呢。』寶玉道：『我叫他倒的是無情意的，不及你叫他倒的是有情意的。』秦鍾只得說道：『能兒，倒碗茶來給我。』

那智能兒自幼在榮府走動，無人不識，因常與寶玉、秦鍾頑笑。他如今大了，漸知風月，便看上了秦鍾人物風流，那秦鍾也極愛他妍媚，二人雖未上手，卻已情投意合了。再特補智能一筆。脂批云：『不愛寶玉，卻愛秦鍾，亦是各有情孽。』今智能見了秦鍾，心眼俱開，寫初戀之智能。走去倒了茶來。秦鍾笑說：『給我。』寶玉叫：『給我！』如見如聞智能兒抿嘴笑道：『一碗茶也爭，我難道手裏有蜜！』智能亦是一風情女子，聽其一言可知，不幸如此身世，作者寫此一筆，亦爲普天下女子命運一嘆耳。脂批云：『一語畢肖，如聞其語，觀者已自酥倒，不知作者從何着想。』寶玉先搶得了，吃着，方要問話，只見智善來叫智能去擺茶碟子，一時來請他兩個去吃茶菓點心。他兩個那裏吃這些東西，坐一坐仍出來頑耍。

鳳姐也略坐片時，便回至淨室歇息，老尼相送。此時衆婆娘媳婦見無事，都陸續散了，自去歇息，遣去衆人，好讓老尼與鳳姐說話。跟前不過幾個心腹常侍小婢，老尼便趁機說道：『我正有一事，要到府裏求太太，先請奶奶一個示下。』鳳姐因問：『何事？』老尼道：『阿彌陀佛！口裏是佛，心裏是賊。只因當日我先在長安縣內善才庵內出家的時節，那時有個施主姓張，是大財主。他有個女兒小名金哥，那年都往我廟裏來進香，不想遇見了長安府府太爺的小舅子李衙內。是李衙內，亦是楊衙內，亦是高衙內，總之是衙內便是禍端。那李衙內一心看上，要娶金哥，打發人來求親，不想金哥已受了原任長安守備的公子的聘定。張家若退親，又怕守備不依，因此說已有了人家。誰知李公子執意不依，定要娶他女兒，張家正無計策，兩處爲難。不

鳳弄權鐵檻寺
譚鳳嬛畫

這樣橫行不法，她倒說『事倒不大』，鳳姐於榮府內、於寧府喪事中已深知權勢之厲害，得此機會，豈能不弄權受賄！

自己開了價，還要撇清，鳳姐聰明過頭矣。

想守備家聽了此信，也不管青紅皂白，便來作踐辱罵，說一個女兒許幾家，偏不許退定禮，就打官司告狀起來。脂批：『守備一聞便問（鬧），斷無此理。此必是張家懼府尹之勢，必先退定禮，守備方不從，或有之。此時老尼只欲與張家完事，故將此言遮飾，以便退親，受張家之賄也。』此段脂批，能得事理之隱曲。那張家急了，脂批：『如何便急了？話無頭緒，可知張家理缺。此係作者巧摹老尼無頭緒之語，莫認作者無頭緒，正是神處奇處，摹一人一人必到紙上活現。』評得好，能得其神理。只得着人上京來尋門路，賭氣偏要退定禮。脂批：『如何？的是張家要與府尹攀親。』評得亦是。我想如今長安節度雲老爺與府上最契，可以求太太與老爺說聲，打發一封書去，求雲老爺和那守備說一聲，不怕那守備不依。以權勢相壓，哪怕他不依？若是肯行，張家連傾家孝順也都情願。』脂批：『壞極，妙極。若與府尹攀了親，何惜張財不能再得？小人之心如此，良民遭害如此！』此批深得作者之意。鳳姐聽了笑道：『這事倒不大，只是太太再不管這樣的事。』老尼道：『太太不管，奶奶也可以主張了。』本來不是要太太管，只要『奶奶』管就必成了。鳳姐聽說笑道：『我也不等銀子使，脂批：『口是心非，如聞已（如）見。』也不做這樣的事。』欲擒故縱也。淨虛聽了，打去妄想，半晌嘆道：『雖如此說，張家已知我來求府裏，如今不管這事，張家不知道沒工夫管這事，不希罕他的謝禮，倒像府裏連這點子手段也沒有的一般。』此老尼亦是以退爲進，以反說作正說也。可見老尼實精賊也。可不懼哉！

鳳姐聽了這話，便發了興頭，說道：不是鳳姐經不起她激，實是鳳姐需要藉口耳。『你是素日知道我的，從來不信什麼是陰司地獄報應的，事到關鍵處，鳳姐便原形畢露矣！脂批：『批書人深知卿有是心。嘆嘆！』憑是什麼事，我說要行就行。迷信權力，一至於此。你叫他拿三千銀子來，我就替他出這口氣。』到底開價了，還是銀子的作用。老尼聽說，喜不自禁，忙說：『有，有！這個不難。』區區三千兩，何足掛齒！鳳姐又道：『我比不得他們扯蓬拉縴的圖銀子。這三千銀子，不過是給打發說去的小廝做盤纏，使他賺幾個辛苦錢，我一個錢也不要脂批：『實表姦淫，尼庵之事如此。壬午季春。』

脂批：『若歷寫完，則不是《石頭記》文字了。壬午季春。』

他的。便是三萬兩，我此刻也拿的出來。』脂批：『阿鳳欺人如此。』老尼連忙答應，又說道：『既如此，奶奶明日就開恩也罷了。』趁熱打鐵，老尼一絲不鬆。鳳姐道：『你瞧瞧我忙的，那一處少了我？既應了你，自然快快的了結。』老尼道：『這點子事，在別人的跟前就忙的不知怎麼樣，若是奶奶的跟前，再添上些也不够奶奶一發揮的。老尼之言，甜勝於蜜，讀者千萬謹防此類人也。只是俗語說的，「能者多勞」，太太因大小事見奶奶妥貼，越性都推給奶奶了，奶奶也要保重金體纔是。』一路話奉承的鳳姐越發受用，也不顧勞乏，更攀談起來。此尼是世俗中之精而賊者，雖一路奉承，而句句能打中鳳姐心坎，鳳姐安得不墮其術中？然鳳姐之病在貪在權，如無此內病，雖甘言亦何懼哉！

誰想秦鍾趁黑無人，來尋智能。換筆緊寫秦鍾。剛至後面房中，只見智能獨在房中洗茶碗，好機會。秦鍾跑來便摟着親嘴。智能急的跺腳說：『這算什麼！再這麼我就叫喚。』秦鍾求道：『好人，我已急死了。寫秦鍾如畫。又像一個賈瑞。你今兒再不依，我就死在這裏。』居然以死相逼，奇事怪事。智能道：『你想怎樣？除非等我出了這牢坑，離了這些人，「牢坑」，饅頭庵也；「人」，老尼也。纔依你。』秦鍾道：『這也容易，只是遠水救不得近渴。』說着，一口吹了燈，滿屋漆黑，將智能抱到炕上，就雲雨起來。那智能百般的掙挫不起，又不好叫的，少不得依他了。又一段風月故事。正在得趣，只見一人進來，將他二人按住，也不則聲。意外之文，奇極怪極，絕非賈瑞之事重演。二人不知是誰，唬的不敢動一動。脂批：『請掩卷細思此刻形景，真可噴飯。歷來風月文字，可得如此趣味者？』只聽那人嗤的一聲，撑不住笑了，絕妙文字，令人萬萬想不到。二人聽聲方知是寶玉。鬆下一口氣來，真是惡作劇也，只是智能何以堪此！秦鍾連忙起身，抱怨道：『這算什麼？』寶玉甲戌回前批：『秦智幽情，忽寫寶秦事云：「不知算何賬目，未見真切，不曾記得，此係疑案，（不敢）纂創。」是不落套中，且省卻多少累贅筆墨。昔安南國使有題一丈紅句云：「五尺牆頭遮不得，留將一半與人看。」』按：此詩見明楊穆《西墅雜記》。

脂批：『忽又作如此評斷，似自相矛盾，卻是最妙之文。若不如此隱去，則又有何妙文可寫哉。這方是世人意料不到之大奇筆。若通部中萬萬件細微之事俱備，《石頭記》真亦覺太死板矣，故特用此二三件隱事，借石之未見真切，淡淡隱去，越覺得雲煙渺茫之中，無限丘壑在焉。』

多留一天，有如許好處，阿鳳真會細算，

笑道：『你倒不依，咱們就叫喊起來。』羞的智能趁黑地跑了。此一筆緊要！寶玉拉了秦鍾出來道：『你可還和我強？』秦鍾笑道：『好人，你只別嚷的衆人知道，你要怎樣我都依你。』寶玉笑道：『這會子也不用說，等一會睡下，再細細的算賬。』一時寬衣安歇的時節，鳳姐在裏間，秦鍾、寶玉在外間，滿地下皆是家下婆子，打鋪坐更。鳳姐因怕通靈玉失落，便等寶玉睡下，命人拿來塞在自己枕邊。寶玉不知與秦鍾算何賬目，未見真切，未曾記得，此係疑案，不敢纂創。

一宿無話，至次日一早，便有賈母、王夫人打發了人來看寶玉，又命多穿兩件衣服，無事寧可回去。寶玉那裏肯回去，又有秦鍾戀着智能，調唆寶玉求鳳姐再住一天。鳳姐想了一想：脂批：『一想便有許多的好處，真好阿鳳。』凡喪儀大事雖妥，還有一半點小事未曾安插，可以指此再住一日，豈不又在賈珍跟前送了滿情；二則又可以完淨虛那事；三則順了寶玉的心，賈母聽見，豈不歡喜。因有此三益，便向寶玉道：『我的事都完了，其實自己的事也未全完，特將人情全放在寶玉身上耳。你要在這裏逛，少不得越性辛苦一日罷了，明兒可是定要走的了。』寶玉聽說，千姐姐萬姐姐的央求：『只住一日，明兒必回去的。』於是又住了一夜。

鳳姐便命悄悄將昨日老尼之事，說與來旺兒。來旺兒心中俱已明白，急忙進城找着主文的相公，假託賈璉所囑，假託賈璉，一語揭破。此類事當不止此一樁也。修書一封，連夜往長安縣來，不過百里路程，兩日工夫俱已妥協。那節度使名喚雲光，久見賈府之情，這點小事，豈有不真『機關算盡太聰明』也！

允之理，給了回書，旺兒回來，且不在話下。

卻說鳳姐等又過一日，次日方別了老尼，着他三日後往府裏去討信。那秦鍾與智能百般不忍分離，背地裏多少幽期密約，俱不用細述，再補一筆秦鍾智能之事，以前事未能盡寫也。只得含恨而別。鳳姐又到鐵檻寺中照望一番。寶珠執意不肯回家，交代寶珠，筆筆週到。賈珍只得派婦女相伴，後回再見。

【回後評】

此回於極高貴、極繁華、極排場、極熱鬧時，忽一筆轉入極貧賤、極冷落、極簡極陋之農村，所見之人亦皆村樸鄉民，兩相對照，真如天上地下之別。然而村女如二丫頭，亦皆舉止言談落落大方，想喝即喝，能止即止，無半點卑怯，令讀者感到作者筆下，凡人皆一樣天賦，富貴貧賤，皆社會所驅耳。

王熙鳳於協理寧府大喪後，隨即弄權鐵檻寺，枉法貪贓，一開口即索三千兩；且請託官場，全用賈璉之名。可見鳳姐此類事從此啓其端矣，爲後日敗家之一端也。

鳳姐弄權事，非僅鳳姐一人之事也，亦寫封建官場之黑暗腐敗，權勢間之以強凌弱，以大壓小等社會黑暗現實也。按此段情節曲折複雜，讀者往往只注意鳳姐受賄之事，而忽略其整體情節。此段故事，是寫長安府太爺小舅子李衙內橫行不法，欲強娶已經定婚之張財主之女張金哥。張金哥之父張財主則貪圖長安府之權勢，欲向男方長安守備退親，長安守備不允。張財主又仗饅頭庵老尼淨虛勾結王熙鳳，由王熙鳳以賈璉之名致書長安節度雲光，令其以權勢壓迫下屬長安守備，迫使長安守備收回前送張家之聘禮，接受張家退親。長安節度則以此來討好權貴賈府。張金哥及守備之子則雙雙自殺殉情。王熙鳳卻從中白得三千兩白銀。此事之揭露性實不亞于薛蟠強搶英蓮打死馮淵，葫蘆僧亂判葫蘆案一案。前者是揭露四大貴族權勢集團互相勾結，地方官巴結上司，草菅人命。此處是揭露地方權貴勢力之間以大壓小，然後又巴結朝廷權貴賈府。受壓之人雖是小官僚，亦是無處伸冤，於此可見普通小民實無以爲生也。此段故事，實是雪芹對當時社會之又一揭露批判。

饅頭庵老尼淨虛，名曰淨虛，其實不淨不虛，其上下串連，勾結豪門官府，且煽風點火，構陷善良而從中取利，此實社會之賊也。雪芹筆下使其原形畢露，可見雪芹於此類社會蟊賊亦筆伐之，不少寬貸也。

此回寫秦鍾、智能，又一悲劇也。此回雖是開頭，而悲劇已隨其後矣。作者寫智能雖只寥寥數筆，其語言風情已令人不能忘矣。

【校　記】

〔一〕　回目：諸本同。甲戌本『鳳姐』作『熙鳳』。程甲本『鐵檻寺』作『鐵寺鏡』。

第十六回　賈元春才選鳳藻宫　秦鯨卿夭逝黄泉路〔一〕

甲戌回前評：『幼兒小女之死，得情之正氣，又爲癡貪輩一針灸。鳳姐惡迹多端，莫大於此件者。受贓婚以致人命。賈府連日熱鬧非常，寶玉無見無聞，卻是寶玉正文。夾寫秦智數句，下半回方不突然。

黛玉回方解寶玉爲秦鍾之憂悶，是天然之章法。平兒借香菱答話，是補菱姐近來着落。

借省親事寫南巡，出脱心中多少憶昔感今。極熱鬧極忙中寫秦鍾夭逝，可知除情字俱非寶玉正文。

大鬼小鬼論勢利興衰，罵盡攢炎附勢之輩。』

話説寶玉見收拾了外書房，約定與秦鍾讀夜書。偏那秦鍾秉賦最弱，因在郊外受了些風霜，又與智能兒偷期綣繾，未免失於調養，回來時便咳嗽傷風，懶進飲食，大有不勝之態，遂不敢出門，只在家中養息。寶玉便掃了興頭，只得付於無可奈何，且自静候大愈時再約。脂批：『所謂好事多魔也。脂硯。』

那鳳姐兒已是得了雲光的回信，俱已妥協。老尼達知張家，果然那守備忍氣吞聲的受了前聘之物。誰知那張家父母如此愛勢貪財，卻養了一個知義多情的女兒，聞得父母退了前夫，他便一條麻繩悄悄的自縊了。可見有權勢所不能奏效者，金哥之死，是對封建權勢之反抗。守備之子，亦以性命對抗權勢，此二人是雪芹所贊許者。故稱金哥爲『知義多情』，稱守備之子『也是個極多情的』，『不負妻義』云云。那守備之子聞得金哥自縊，他也是個極多情的，遂也投河而死，不負妻義。張、李兩家没趣，真是人財兩空。可見有權勢所不能及者。這裏鳳姐卻坐享了三千兩。脂批：『如何消檄（繳），造業（孽）者不知，自有知者。』王夫人等連一點消息也不知道。王夫人木偶土梗而已。自此鳳姐膽識愈壯，以後有了這樣的事，便恣意的作爲起來，也不消多記。脂批：『一段收拾過阿鳳心機膽量，真與雨村是一對亂世之奸雄。後文不必細寫其事，則知其平生之作爲。回首時無怪乎其慘痛之態，使天下癡心人同來一警，或可期共入於恬然自得之鄉矣。脂硯。』按『回首時無怪乎其慘痛之態』一句，當是指鳳姐結局之慘，惜不能見雪芹後文耳。

一日，正是賈政的生辰，寧、榮二處人丁都齊集慶賀，鬧熱非常。忽有門吏忙忙進來，至席前報說：『有六宮都太監夏老爺來降旨。』唬的賈赦、賈政等一干人不知是何消息，忙止了戲文，撤去酒席，擺了香案，啓中門跪接。早見六宮都太監夏守忠乘馬而至，前後左右又有許多內監跟從。那夏守忠也並不曾負詔捧敕，至簷前下馬，滿面笑容，走至廳上，南面而立，口內說：『特旨：立刻宣賈政入朝，在臨敬殿陛見。』說畢，也不及吃茶，便乘馬去了。（倏來倏去，寫得神秘莫測，且更不負詔捧敕。愈令人不安，而文章搖曳生姿矣。）賈政等不知是何兆頭，只得即忙更衣入朝。賈母等合家人等心中皆惶惶不定，不住的使人飛馬來往報信。（寫得真切，如臨其境。）有兩個時辰工夫，忽見賴大等三四個管家喘吁吁（三字傳神）跑進儀門報喜，又說『奉老爺命，速請老太太帶領太太等進朝謝恩』等語。那時賈母正心神不定，在大堂廊下佇立，（寫賈母神情逼真。脂批：『慈母愛子寫盡，回廊下佇立，與「日暮倚廬仍悵望」對景，余掩卷而泣。』）那邢夫人、王夫人、尤氏、李紈、鳳姐、迎春姊妹以及薛姨媽等皆在一處。（皆在一處，俱各心神不安也。）聽如此信至，賈母便喚進賴大來細問端的。賴大禀道：『小的們只在臨敬門外伺候，裏頭的信息一概不能得知。後來還是夏太監出來道喜，說咱們家大小姐晉封爲鳳藻宮尚書，加封賢德妃。後來老爺出來亦如此吩咐小的。如今老爺又往東宮去了，速請老太太領着太太們〔二〕去謝恩。』

寫秦鍾得病之由。爲後文預伏。

大魚吃小魚，小魚只好被吃。

張李兩家是人財兩空，鳳姐卻實拿三千兩，一點也不空。

庚本脂批云：『潑天喜事，卻如此開宗，出人意料外之文也。壬午季春。』夏太監來，先寫驚，然後寫喜，然寫喜而又先不說喜，只說『在臨敬殿陛見』，此深通文章之法，亦深諳人情者。

脂批：『「日暮倚廬仍悵望」，南漢先生句也。』

喜事傳來，層次井然。非如此敘述，不見其事之神理也。

庚本脂批云：『忽然接水月庵，似大脱泄（卸），及讀至後（文），方知爲緊收。此大段有如歌疾調迫之際，忽聞戛然檀板截斷，真見其大力量處，卻便於寫寶玉之文。』

脂批：『凡用寶玉收什，俱是大關鍵。』

賈雨村進陞之由，卻是走賈璉之門，由王子騰保本，可見其夤緣鑽營也。雨村夤緣復職，是由林如海薦託賈政，由賈政題奏

賈母等聽了方心神安定，不免又都洋洋喜氣盈腮。先驚後喜，倏忽變換，作者文筆如春雲舒卷，隨風變形，神乎其技。於是都按品大小妝束起來。賈母帶領邢夫人、王夫人、尤氏一共四乘大轎入朝。賈赦、賈珍亦換了朝服，帶領賈蓉、賈薔奉侍賈母大轎前往。於是寧、榮兩處上下裏外，莫不欣然踴躍，個個面上皆有得意之狀，言笑鼎沸不絕。總寫一筆喜事，的是合府大喜氣象。

誰知近日水月庵的智能私逃進城，找至秦鍾家下看視秦鍾，不意被秦業知覺，將智能逐出，將秦鍾打了一頓，自己氣的老病發作，三五日光景嗚呼死了。意想不到之事，意想不到之文，然細思又是意想中之事，秦業竟至氣死，亦作者特筆。情之所鍾，豈可禁止哉！宜乎秦業死矣。秦鍾本自怯弱，又帶病未愈，受了笞杖，今見老父氣死，此時悔痛無及，更又添了許多症候。秦鍾之病之死，總覺匆忙收場，予以爲作者寫秦鍾原不止此，因故壓縮也，姑書此，以待高明。因此寶玉心中悵然如有所失，雖聞得元春晉封之事，亦未解得愁悶。脂批：『眼前多少熱鬧文字不寫，卻從萬人意外撰出一段悲傷，是别人不屑寫者，亦别人之不能處。』按：寶玉之意，總在情字，元春晉封，于寶玉何干？故不以爲意也。賈母等如何謝恩，如何回家，親朋如何來慶賀，寧、榮兩處近日如何熱鬧，衆人如何得意，獨他一個皆視有如無，寶玉原厭惡世事，況是朝廷後宫之事？故雖有衆人慶賀，皆與己無干也。脂批：『的的真真寶玉。』毫不曾介意。因此衆人嘲他越發獃了。脂批：『大奇至妙之文，卻用寶玉一人，連用五「如何」，隱過多少繁華勢利等文。試思若不如此，必至種種寫到，其死板拮据瑣碎雜亂，何可勝哉？故只借寶玉一人如此一寫，省卻多少閑文，卻有無限煙波。』且喜賈璉與黛玉回來，黛玉回來，卻是真喜，豈元春晉封所能抵也。先遣人來報信，明日就可到家。寶玉聽了，方略有些喜意。脂批：『不如此，後文秦鍾死去，將何以慰寶玉？』細問原由，方知賈雨村亦進京陛見，皆由王子騰屢上保本，此來候補京缺，與賈璉是同宗弟兄，又與黛玉有師徒之誼，故同路作伴而來。雨村從此陞騰矣！林如海已葬入祖墳了，諸事停妥，賈璉方進京的。了卻林如海一頭，從此黛玉更無可依矣。本該出月到

復職。雨村之興，終不離賈、王二家，總是貪緣邪道，而後文賈府之敗，亦與雨村有關，惜不見雪芹全文耳。

此處徑作『鶺鴒香串』，似喻前作『脊令』有深意也。按：《詩·小雅·常棣》：『脊令在原，兄弟急難。』『脊令』同『鶺鴒』。後即以『鶺鴒在原』比喻兄弟友愛。按：雪芹父、祖輩兄弟不和。康熙曾有諭旨。曹家之敗，兄弟不和亦是內因之一。雪芹或借此寄慨，故此處徑作『鶺鴒香串』也。

脂批：『此等文字，作者盡力寫來，是欲諸公認得阿鳳，好看

家，因聞得元春喜信，遂晝夜兼程而進，一路俱各平安。寶玉只問得黛玉『平安』二字，餘者也就不在意了。只要黛玉平安，餘者概不相關。脂批：『又從天外寫出一段離合來。總爲掩過寧榮兩處許多瑣細閑筆。處處交代清楚，方好啓（起）大觀園也。』

好容易盼至明日午錯，真是望穿秋水也。果報：『璉二爺和林姑娘進府了。』見面時彼此悲喜交集，未免又大哭一陣，後又致喜慶之詞。脂批：『世界上亦如此，不獨書中瞬息，觀此便可省悟。』寶玉心中品度黛玉，越發出落的超逸了。士別三日，便當刮目相看。況一青春少女乎！寶玉則更當刮目也。黛玉又帶了許多書籍來，忙着打掃臥室，安插器具，又將些紙筆等物分送寶釵、迎春、寶玉等人。遠別歸來，此是常理，不可不寫也。寶玉又將北靜王所贈鶺鴒香串珍重取出來，轉贈黛玉。由黛玉所贈，帶出鶺鴒香串來。黛玉說：『什麽臭男人拿過的，我不要他。』遂擲而不取。寶玉只得收回，暫且無話。脂批：『略一點黛玉情性，趕忙收住，正留爲後文地步。』

且說賈璉自回家參見過衆人，回至房中。正值鳳姐近日多事之時，無片刻閑暇之工，脂批：『補阿鳳二句，最不可少。』見賈璉遠路歸來，少不得撥冗接待，因房內無外人，便笑道：『國舅老爺大喜！國舅老爺一路風塵辛苦。小的聽見昨日的頭起報馬來報，說今日大駕歸府，略預備了一杯水酒撣塵，不知可賜光謬領否？』脂批：『嬌音如聞，俏態如見，少年好夫妻有是事。』賈璉笑道：『豈敢豈敢！多承多承。』脂批：『一言答不上，蠢才。』一面平兒與衆丫鬟參拜畢，獻茶。

賈璉遂問別後家中的諸事，又謝鳳姐的操持勞碌。鳳姐道：『我那裏照管得這些事！見識又淺，口角又笨，心腸又直率，人家給個棒槌，我就認作針。臉又軟，擱不住人給兩句好話，心裏就慈悲了。況且又沒經歷過大事，膽子又小，太太略有些不自

以後之書，勿作等閑看過。」

其實是阿鳳滿心滿意之事，卻說得如此無能，然而愈說無能，愈見其志得意驕也。

纔提香菱，賈璉即接口細問，且極贊香菱『好齊整模樣』，其

在，就唬的我連覺也睡不着了。我苦辭了幾回，太太又不容辭，一連串用七個『又』字，把自己貶得一無是處，其實皆是反話，不可正讀，必須反其意而體會之，纔得阿鳳真意。倒反說我圖受用，不肯習學了。殊不知我是捻着一把汗兒呢。一句也不敢多說，一步也不敢多走。其實是敢說敢作，殺伐決斷也！在賈璉面前，反說自己不敢，其實是賣嬌賣俏而已。你是知道的，咱們家所有的這些管家奶奶們，那一位是好纏的？脂批：『獨這一句不假。脂硯。』錯一點兒，他們就笑話打趣；偏一點兒，他們就指桑說槐的報怨。「坐山觀虎鬥」，「借劍殺人」，「引風吹火」，「站乾岸兒」，「推倒油瓶不扶」，都是全掛子的武藝。這全掛子武藝，卻也是事實，非鳳姐豈能彈壓得住？況且我年紀輕，頭等不壓衆，怨不得不放我在眼裏。更可笑，脂批：『三字是得意口氣。』那府裏忽然蓉兒媳婦死了，珍大哥又再三再四的在太太跟前跪着討情，只要請我幫他幾日。我是再四推辭，太太斷不依，只得從命。依舊被我鬧了個馬仰人翻，更不成個體統，至今珍大哥哥還報怨後悔呢。你這一來了，明兒你見了他，好歹描補描補，脂批：『阿鳳之弄璉兒，如弄小兒，可怕可畏。若生於小户，落於貧家，璉兄死矣。』就說我年紀小，原沒見過世面，誰叫大爺錯委他的。』脂批云：『得意之至口氣。』脂批是。此時鳳姐實是大顯身手。得意至極，故以反語自誇也。語云：『聽其聲，辨其言。』即此之謂也。蓋鳳姐此時語氣，決非悔過認罪語氣也。讀者自能明辨。

正說着，脂批：『又用斷法方妙，蓋此等文，斷不可無，亦不可太多。』只聽外間有人說話，鳳姐便問：『是誰？』平兒進來回道：『姨太太打發了香菱妹子來問我一句話，我已經說了，打發他回去了。』賈璉笑道：『正是呢，方纔我見姨媽去，不防和一個年輕的小媳婦子撞了個對面，生的好齊整模樣。我疑惑咱家並無此人，說話時因問姨媽，誰知就是上京來買的那小丫

饞涎欲滴之狀躍然紙上。

借鳳姐一贊，補敘香菱之事，筆墨機動靈活，無半點滯礙。

頭，名叫香菱的。竟與薛大傻子作了房裏人，開了臉，越發出挑的標緻了。那薛大傻子真玷辱了他。』鳳姐道：『嗳！往蘇杭走了一趟回來，也該見些世面了，還是這麼眼饞肚飽的。你要愛他，不值什麼，我去拿平兒換了他來如何？脂批：『奇談。是阿鳳口中，方有此等語句。』那薛老大脂批：『又一樣稱呼，各得神理。』也是，「吃着碗裏看着鍋裏」的，鳳姐說賈璉『眼饞肚飽』，說薛蟠是『吃着碗裏看着鍋裏的』，都是奇語，只有鳳姐說得出。且說『拿平兒換了他來』，更是奇中之奇，然平兒也好，香菱也好，在鳳、璉等人眼裏均是物不是人，可以隨意以物換物也。這一年來的光景，他爲要香菱不能到手，脂批：『補前文之未到，且並將香菱身分寫出。脂硯。』和姨媽打了多少饑荒。也因姨媽看着香菱模樣兒好還是末則，其爲人行事，卻又比別的女孩子不同，溫柔安靜，差不多的主子姑娘也跟他不上呢。脂批：『何曾不是主子姑娘？蓋卿不知來歷也，作者必用阿鳳一贊，方知蓮卿尊重不虛。』故此擺酒請客的費事，明堂正道的與他作了妾，過了沒半月，他就看的馬棚風一般了，我倒心裏可惜了的。』脂批：『一段納寵之文，偏於阿鳳口中補出，亦奸猾幻妙之至。』一語未了，二門上小廝傳報：『老爺在大書房等二爺呢。』賈璉聽了，忙忙整衣出去。

這裏鳳姐乃問平兒：『方纔姨媽有什麼事，巴巴的打發了香菱來？』脂批：『必有此一問。』平兒笑道：『那裏來的香菱，好平兒，真是阿鳳心腹。是我借他暫撒個謊。奶奶說說，旺兒嫂子越發連個成算也沒了。』說着，又走至鳳姐身邊，脂批：『如聞如見。』悄悄的說道：『奶奶的那利錢銀子，遲不送來，早不送來，這會子二爺在家，他且送這個來了。補出鳳姐放債收利，連賈璉都瞞過，可見鳳姐放肆至甚。幸虧我在堂屋裏撞見，不然時走了來回奶奶，二爺倘或問奶奶是什麼利錢，奶奶自然不肯瞞二爺的，脂批：『可兒可兒，鳳姐竟被他哄了。』少不得照實告訴二爺。平兒亦真會說話，其實鳳姐豈肯實告賈璉？然平兒則必須如此說也。我們二爺那脾氣，油等級森嚴，不可逾越，雖令其上座，趙嬤嬤亦不肯上座，以謹守主僕之等級界限，於此可見封建禮法等級制度之教化作用也。

是趙嬤嬤的身分口氣，此是賈璉之嬤嬤，與寶玉之李嬤嬤各不

鍋裏的錢還要找出來花呢，好新奇語言，恰好寫活了賈璉。聽見奶奶有了這個梯己，他還不放心的花了呢！所以我趕着接了過來，叫我說了他兩句，誰知奶奶偏聽見了問，我就撒謊說香菱來了。』平兒歷敘曲折，具見賈府中雖鳳、璉夫妻，亦各存隱私，無半點真情也。脂批：『一段平兒見識作用，不枉阿鳳平日刮目，又伏下多少後文，補盡前文未到。』鳳姐聽了笑道：『我說呢，姨媽知道你二爺來了，忽喇巴的反打發個房裏人來了。原來你這蹄子肏鬼。』脂批：『疼極反罵。』

說話時賈璉已進來，鳳姐便命擺上酒饌來，夫妻對坐。鳳姐雖善飲，卻不敢任興，只陪脂批：『百忙中又點出大家規範，所謂無不週詳，無不貼切。』上數句剛剛揭出爾虞我許，此處轉眼又是『大家規範』，『爾虞我許』是真，『大家規範』亦非假，於此可見封建官僚家庭的人際關係，封建禮教之本質特徵。雪芹之筆，雖只寥寥數十字，而令人如身歷其境。侍着賈璉。一時賈璉的乳母趙嬤嬤走來，賈璉、鳳姐忙讓吃酒，令其上炕去。趙嬤嬤執意不肯。平兒等早於炕沿下設下一杌，又有一小腳踏，趙嬤嬤在腳踏上坐了。賈璉向桌上揀兩盤餚饌與他放在杌上自吃。鳳姐又道：『媽媽很嚼不動那個，倒沒的矼了他的牙。』因向平兒道：『早起我說那一碗火腿燉肘子很爛，正好給媽媽吃，你怎麼不拿了去趕着叫他們熱了來？』又道：『媽媽，你嚐一嚐你兒子帶來的惠泉酒。』脂批：『補點不到之文，像極。』趙嬤嬤道：『我喝呢，奶奶也喝一鍾，怕什麼？只不要過多了就是了。脂批：『寶玉之李嬤嬤，此處偏又寫趙嬤嬤，特犯不犯。先有「梨香院」一回，今天寫此一回，兩兩遙對，卻無一筆相重，一事合掌。』我這會子跑了來，倒也不爲飲酒，倒有一件正經事，奶奶好歹記在心裏，疼顧我些罷。我們這爺，只是嘴裏說的好，到了跟前就忘了我們。幸虧我從小兒奶了你這麼大。我也老了，有的是那兩個兒子，你就另眼照看他們些，別人也不敢呲牙兒的。我還再四的求了你幾遍，你答應的倒好，到如今還是燥

相同，無一筆重複。

脂批：『一段趙嫗討情閑文，卻引出通部脈絡。所謂由小及大，譬如登高必自卑之意。細思大觀園一事，若從如何奉旨起造，又如何分派衆人，從頭細細直寫，將來幾千樣細事，如何能順筆一氣寫清？又將落於死板拮据之鄉。故只用璉鳳夫妻二人一問一答，上用趙嫗

屎。這如今又從天上跑出這一件大喜事來，賈府潑天大喜事，先由趙嬤嬤提出，文章自然之極。那裏用不着人？所以倒是來和奶奶來說是正緊，靠着我們爺，只怕我還餓死了呢。』大喜事尚未來，已先有人來託人情謀職事了。雪芹寫透世故人情。

鳳姐笑道：『媽媽你放心，兩個奶哥哥都交給我。你從小兒奶的兒子，你還有什麼不知他那脾氣的，拿着皮肉倒往那不相干的外人身上貼。好新鮮的語言，鳳姐真會說話，亦虧作者寫得出。可是現放着奶哥哥，那一個不比人強？你疼顧照看他們，誰敢說個「不」字兒？脂批：『會送情。』沒的白便宜了外人——我這話也說錯了，我們看着是「外人」，他卻是[三]看着「內人」一樣呢。』說的滿屋裏人都笑了。又是新鮮話，鳳姐之嘴，巧舌如簧，無怪衆人都笑，亦可見雪芹筆底波瀾，層出不窮也。趙嬤嬤也笑個不住，又念佛道：『可是屋子裏跑出青天來了。若說「內人」「外人」這些混賬原故，脂批：『有是語，像極，畢肖乳母護子。』我們爺是沒有，不過是臉軟心慈，擱不住人求兩句罷了。』又一句回護賈璉，否則賈璉將何以堪？可見作者文心之細。鳳姐笑道：『可不是呢。有「內人」的他纔慈軟呢，他在咱們娘兒們跟前，纔是剛硬呢！』趙嬤嬤笑道：『奶奶說的太盡情了，我也樂了，再吃一杯好酒。從此我們奶奶作了主，我就沒的愁了。』鳳姐一語刺骨，趙嬤趕快用話掩過，且隨即落實到鳳姐身上，趙嬤亦精於世故者也。

賈璉此時沒好意思，只是訕笑吃酒，說『胡說』二字，賈璉亦只好如此而已。——『快盛飯來，吃碗子還要往珍大爺那邊去商議事呢。』鳳姐道：『可是別誤了正事。纔剛老爺叫你作什麼？』賈璉道：『就爲省親。』脂批：『二字醒眼之極，卻只如此寫來。』鳳姐忙問道：脂批：『「忙」字最要緊，特於鳳姐口中出此字，可知事關鉅要，是書中正眼矣。』『省親的事竟准了不成？』脂批：『問得珍重，可知是外方人意外之事。脂硯。』賈璉笑道：『雖不十分准，也有八

討情作引，下用蓉薔來說事作收，餘者隨筆順筆略一點染，則耀然洞澈矣。此是避難法。』

畸批：『大觀園用省親事出題，是大關鍵事，方見大手筆行文之立意。　畸笏。』

脂批：『大觀園一篇大文，千頭萬緒，從何處寫起，今故用賈璉夫妻問答之間，閑閑敘出，觀者已省大半。後再用蓉、薔二人一渲染，便省卻多少贅瘤筆墨。此是避難法。』

畸批：『自政老生日用降旨截住。賈母等進朝如此熱鬧，用秦業死岔開。只寫幾個『如何』，將潑天喜事交代完了。緊接黛玉回，璉鳳閒話，以老嫗勾出省親事來。其千頭萬緒合笋貫連，無一毫痕迹，如此等是書多多不能枚舉。想兄

分准了。』脂批：『如此故頓一筆，更妙。見得事關重大，非一語可了者，亦是大篇文章抑揚頓挫之致。』鳳姐笑道：『可是當今的隆恩。歷來聽書看戲，古時從未有的。』脂批：『於閨閣中作此語，直與擊壤同聲。脂硯。』趙嬤嬤又接口道：『可是呢，我也老糊塗了。我聽見上上下下吵嚷了這些日子，什麼省親不省親，我也不理論他去；如今又說省親，到底是怎麼個原故？』脂批：『補近日之事，啓下回之文。』賈璉道：『如今當今貼體萬人之心，世上至大莫如「孝」字，想來父母兒女之性，皆是一理，不是貴賤上分別的。當今自爲日夜侍奉太上皇、皇太后，尚不能略盡孝意，因見宮裏嬪妃才人等皆是入宮多年，抛離父母音容，豈有不思想之理？在兒女思想父母，是分所應當。想父母在家，若只管思念兒女，竟不能見，倘因此成疾致病，甚至死亡，皆由朕躬禁錮，不能使其遂天倫之願，亦大傷天和之事。故啓奏太上皇、皇太后，每月逢二六日期，准其椒房眷屬入宮請候看視。於是太上皇、皇太后大喜，深贊當今至孝純仁，體天格物。因此二位老聖人又下旨意，說椒房眷屬入宮，未免有國體儀制，母女尚不能愜懷。竟大開方便之恩，特降諭諸椒房貴戚，除二六日入宮之恩外，凡有重宇別院之家，可以駐蹕關防之處，不妨啓請內廷鑾輿入其私第，庶可略盡骨肉私情，天倫中之至性。此旨一下，誰不踴躍感戴？現今周貴人的父親已在家裏動了工了，修蓋省親別院呢。又有吳貴妃的父親吳天祐家，也往城外踏看地方去了。這豈不有八九分了？』一段浩蕩皇恩文字，真是歌功頌德，眷眷無窮。然此卻是官樣文章，是給官家看的，下文元妃省親，纔是作者之話。故此書不能看正面，要看反面也。

在青埂峰上經煅煉後，參透重關至恒河沙數，如否？余曰：萬不能有此機括，有此筆力，恨不得面問果否，嘆嘆。

丁亥春，畸笏叟。』

鳳姐『若早生二三十年』一段閒話，是明指康熙南巡也。謂己晚生，未及趕上南巡盛事也。按康熙後四次南巡，皆在曹寅任上，康熙第三次南巡是康熙三十八年，第六次南巡是康熙四十六年，皆在雪芹出生之前。故雪芹借鳳姐此語以指南巡也。書中特指『太祖皇帝』，則尤明指康熙無疑矣。脂批說『不知何意』，其意蓋借此暗示讀者也。

接駕四次，明寫曹寅。按康熙三十八年，第三次南巡，曹寅第一次接駕，以後康熙四十二年，四十四年，

趙嬤嬤道：『阿彌陀佛！原來如此。這樣說，咱們家也要預備接咱們大小姐了？』按庚辰本『接咱們大小姐了』句旁有批云：『文忠公之嬤。』此批曾有多種考證，故存此批，以待知者。賈璉道：『這何用說呢！不然，這會子忙的是什麼？』脂批：『一段閒談中，補明多少文章，真是費長房壺中天地也。』鳳姐笑道：『若果如此，我可也見個大世面了。可恨我小幾歲年紀，若早生二三十年，如今這些老人家也不薄我沒見世面了。脂批：『忽接入此句，不知何意，似屬無味。』說起當年太祖皇帝仿舜巡的故事，比一部書還熱鬧，脂批：『既知舜巡而又說熱鬧，此婦人女子口頭也。』我偏沒造化趕上。』老趙嬤嬤道：『噯喲喲，那可是千載希逢的！那時候我纔記事兒，咱們賈府正在姑蘇揚州一帶監造海舫，修理海塘，只預備接駕一次，把銀子都花的淌海水似的！當時泰州詩人張符驤有詩云：『三汊河干築帝家，金錢濫用比泥沙。』可知趙嬤所說是實。說起來——』鳳姐忙接道：脂批：『「忙」字妙。上文「說起來」必未完，粗心看去，則說疑闕，殊不知正傳神處。』『我們王府也預備過一次，那時我爺爺單管各國進貢朝賀的事，凡有的外國人來，都是我們家養活。脂批：『點出阿鳳所有外國奇玩等物。』粵、閩、滇、浙所有的洋船貨物都是我們家的。』

趙嬤嬤道：『那是誰不知道的？如今還有個口號兒呢，說「東海少了白玉牀，龍王來請江南王」，這說的就是奶奶府上了。還有如今現在江南的甄家，脂批：『甄家正是大關鍵，大節目，勿作泛泛口頭語看。』噯喲喲，好勢派！脂批：『口氣如聞。』獨他家接駕四次。脂批：『點正題正文。』若不是我們親眼看見，告訴誰誰也不信的。別講銀子成了土泥，脂批：『極力一寫，非誇也。可想而知。』按此批重要，明指其『非誇』，並說『可想而知』，則是要讀者自思當年南巡接駕之事也。憑是世上所有的，沒有不是堆山塞海的。「罪過可惜」四個字竟顧不得了。』脂批：『真有是事，經過見過。』鳳姐道：『常聽見我們太爺們也這樣說，豈有不信的。只納罕他家怎麼就這麼富貴呢？』

四十六年，共四次，均由曹寅接駕。此處明寫接駕四次，脂批又說是『點正題正文。』『真有是事，經過見過。』可見雪芹有意將家史寫入本書也。

『拿着皇帝家的銀子往皇帝身上使』，此是警醒之筆，意外之言。實即指當年曹寅四次接駕，大量虧空，皆『往皇帝身上使』也，孰知竟因此敗家乎！雪芹書此亦微言寄慨也。此等文字，正是《紅樓》微妙處。讀者當細味之，方能有悟。

園基方定，而聘請教習，採買女孩，買辦

趙嬤嬤道：『告訴奶奶一句話，也不過是拿着皇帝家的銀子往皇帝身上使罷了！曹家虧空由此，曹家敗落亦由此，作者借此一洩胸中積憤。脂批：『是不忘本之言。』誰家有那些錢買這個虛熱鬧去？』雪芹借趙嬤嬤輕輕一答，把如許皇家氣象，用『虛熱鬧』三字一筆抹倒，又用脂硯一評一贊，點出是『最要緊語』，『能作是語者，吾未嘗見。』讀者當能會心矣。脂批云：『最要緊語。人苦不自知，能作是語者，吾未嘗見。』

正說的熱鬧，王夫人又打發人來瞧鳳姐吃了飯不曾。鳳姐便知有事等他，忙忙的吃了半碗飯，漱口要走，細事傳神又有二門上小廝們回：『東府裏蓉、薔二位哥兒來了。』賈璉纔漱了口，平兒捧着盆盥手，見他二人來了，便問：『什麼話？快說。』鳳姐且止步稍候，聽他二人回些什麼。

賈蓉先回說：『我父親打發我來回叔叔：老爺們已經議定了，從東邊一帶，借着東府裏花園起，轉至北邊，脂批：『園基乃一部之主，必當如此寫清。』一共丈量准了，三里半大，可以蓋造省親別院了。文章緊湊至極。纔說省親，而園基已定。可見急管繁絃，不容暫緩也。已經傳人畫圖樣去了，明日就得。脂批：『後一圖伏線（按：指後文四十一回惜春畫大觀園圖）。大觀園係玉兄與十二釵之太虛玄境，豈可草率？』叔叔纔回家，未免勞乏，不用過我們那邊去，有話明日一早再請過去面議。』賈璉笑着忙說：『多謝大爺費心體諒，我就不過去了。正經是這個主意纔省事，蓋造也容易；若採置別處地方去，那更費事，且倒不成體統。你回去說這樣很好，若老爺們再要改時，全仗大爺諫阻，萬不可另尋地方。明日一早我給大爺去請安去，再議細話罷。』賈蓉忙應幾個『是』。

賈薔又近前回說：『下姑蘇聘請教習，採買女孩子，脂批：『畫「薔」一回伏線。』置辦樂器行頭等樂器行頭諸事，又緊接而上，可見事之緊迫，不容稍緩也。

脂批：『《石頭記》中多作心傳神會之文，不必道明，一道明白便入庸俗之套。』

事，大爺派了姪兒，帶領着來管家兩個兒子，還有單聘仁、卜固修兩個清客相公，一同前往，（脂批：『凡各物事，工價重大兼伏隱着情字者，莫如此件。故園定後便先寫此一件，餘便不必細寫矣。』）所以命我來見叔叔。』賈璉聽了，將賈薔打量了打量，笑道：『你能在這一行麼？（有神態。）這個事雖不算甚大，裏頭大有藏掖的。』（脂批：『射利語，可嘆，是親姪。』）賈薔笑道：『只好學習着辦罷了。』

賈蓉在身旁燈影下悄拉鳳姐的衣襟，（寫賈蓉與鳳姐。）鳳姐會意，因笑道：『你也太操心了，難道大爺比咱們還不會用人？偏你又怕他不在行了。誰都是在行的？孩子們已長的這麼大了，「沒吃過猪肉，也看見過猪跑」。大爺派他去，原不過是個坐纛旗兒，難道認真的叫他去講價錢、會經紀去呢！依我說就很好。』賈璉道：『自然是這樣。並不是我駁回，少不得替他算計算計。』因問：『這一項銀子動那一處的？』賈薔道：『纔也議到這裏。賴爺爺說，不用從京裏帶下去，江南甄家還收着我們五萬銀子。明日寫一封書信會票我們帶去，先支三萬，下剩二萬存着，等置辦花燭彩燈並各色簾櫳帳幔的使費。』賈璉點頭道：『這個主意好。』

鳳姐忙向賈薔道：（脂批：『再不略讓一步，正是阿鳳一生短處。脂硯。』）『既這樣，我有兩個在行妥當人，你就帶他們去辦，這個便宜了你呢。』賈薔忙陪笑說：『正要和嬸嬸討兩個人呢，（脂批：『寫賈薔乖處。脂硯。』）這可巧了。』因問名字。鳳姐便問趙嬤嬤，彼時趙嬤嬤已聽獃了話，平兒忙笑推他，他纔醒悟過來，（傳神文筆，已入化境。）忙說：『一個叫趙天樑，一個叫趙天棟。』鳳姐道：『可別忘了，脂批：『從頭至尾，細看阿鳳之待蓉、薔，可爲一體一黨，然尚作如此語欺蓉。其待他人可知矣。』

大觀園尚未動工，即已開始營私舞弊，且都是一家人辦一家事，尚不可免此，則世事可知矣。雪芹之筆，真細到毫顛，洞察幽微也。

寫大觀園建園狀況，拆建細節，連竹樹山石，亭榭欄杆以及活水來源，皆一一寫明，令人如親見其狀，親籌其事，一絲不苟。

我可幹我的去了。』說着便出去了。賈蓉忙送出來，又悄悄的向鳳姐道：『嬸子要什麼東西，吩咐我開個賬給薔兄弟帶了去，叫他按賬置辦了來。』鳳姐笑道：『別放你娘的屁！我的東西還沒處擱呢，希罕你們鬼鬼祟祟的？』說着一逕去了。脂批：『阿鳳欺人處如此，忽又寫到利弊，真令人一嘆。脂硯。』

這裏賈薔也悄悄問賈璉：『要什麼東西？順便置來孝敬叔叔。』賈璉笑道：『你別興頭。纔學着辦事，倒先學會了這把戲。我短了什麼，少不得寫信來告訴你，且不要論到這裏。』說畢，打發他二人去了。接着回事的人來，不止三四次，賈璉害乏，便傳與二門上，一應不許傳報，俱等明日料理。鳳姐至三更時分方下來安歇，脂批：『好文章，一句內隱兩處若許事情。』一宿無話。

次早賈璉起來，見過賈赦、賈政，便往寧府中來，合同老管事的人等，並幾位世交門下清客相公，審察兩府地方，繕畫省親殿宇，一面察度辦理人丁。自此後，各行匠役齊集，金銀銅錫以及土木磚瓦之物，搬運移送不歇。先令匠人拆寧府會芳園牆垣樓閣，直接入榮府東大院中。榮府東邊所有下人一帶群房盡已拆去。當日寧榮二宅，雖有一小巷界斷不通，然這小巷亦係私地，並非官道，故可以連屬。會芳園本是從此拐〔四〕角牆下引來一段活水，脂批：『園中諸景最要緊是水，亦必寫明方妙。余最鄙近之修造園亭者，徒以頑石土堆爲佳，不知引泉一道。甚至丹青，唯知亂作山石樹木，不知畫泉之法，亦是誤事。脂硯齋。』今亦無煩再引。其山石樹木雖不敷用，賈赦住的乃是榮府舊園，其中竹樹山石以及亭榭賈政實是最無能者。

賈赦亦是賈政一流人物，於是可見賈府實況。

畸批：『偏於極熱鬧處寫出大不得意之文，卻無絲毫牽強，且有許多令人笑不了，哭不了，嘆不了，悔不了，唯以大白酬我作者。

壬午季春，畸笏。』

欄杆等物，皆可挪就前來。如此兩處又甚近，湊來一處，省得許多財力，縱亦不敷，所添亦有限。全虧一個老明公號山子野者，一一籌畫起造。

賈政不慣於俗務，只憑賈赦、賈珍、賈璉、賴大、來昇、林之孝、吳新登、詹光、程日興等幾人安插擺佈。凡堆山鑿池，起樓豎閣，種竹栽花，一應點景等事，又有山子野制度。下朝閒暇，不過各處看望看望，最要緊處和賈赦等商議商議便罷了。賈赦只在家高臥，有芥荳之事，賈珍等或自去回明，或寫略節；或有話說，便傳呼賈璉、賴大等領命。賈蓉單管打造金銀器皿。賈薔已起身往姑蘇去了。賈珍、賴大等又點人丁，開冊籍，監工等事。一筆不能寫到，不過是喧闐熱鬧非常而已。暫且無話。

且說寶玉近因家中有這等大事，賈政不來問他的書，心中是件暢事；無奈秦鍾之病日重一日，也着實懸心，不能樂業。接寫秦鍾之病，終不免突然之感。脂批：『天下本無事，庸人自擾之，世上人個個如此。又非此情鍾意切。』這日一早起來纔梳洗完畢，意欲回了賈母去望候秦鍾，忽見茗煙在二門照壁前探頭縮腦，寶玉忙出來問他：『作什麼？』茗煙道：『秦相公不中用了！』脂批：『從茗煙口中寫出，省卻多少閑文。』寶玉聽說，嚇了一跳，忙問道：『我昨兒纔瞧了他來，還明明白白，怎麼就不中用了？』茗煙道：『我也不知道，纔剛是他家的老頭子來特告訴我的。』寶玉聽了，忙轉身回明賈母。賈母吩咐：『好生派妥當人跟去，到那裏盡一盡同窗之情就回來，不許多耽擱了。』

脂批：『《石頭記》一部中，皆是近情近理必有之事，必有之言，又如此等荒唐不經之談，間亦有之，是作者故意遊戲之筆耶（也），以破色取笑，非如別書認真說鬼話也。可想鬼不讀書，信已哉。』

寶玉聽了，忙忙的更衣出來，車猶未備，急的滿廳亂轉。寫寶玉。一時催促的車到，忙上了車，李貴、茗煙等跟隨。來至秦鍾門首，悄無一人，脂批：『目睹蕭條景況。』遂蜂擁至內室，唬的秦鍾的兩個遠房嬸母並幾個弟兄都藏之不迭。脂批：『妙，這嬸母弟兄是特來等分絕户家私的，不表可知。』此時秦鍾已發過兩三次昏了，移牀易簀多時矣。寶玉一見，便不禁失聲。李貴忙勸道：『不可不可。秦相公是弱症，未免炕上挺扛的骨頭不受用，所以暫且挪下來鬆散些。哥兒如此，豈不反添了他的病？』李貴勸得得體。寶玉聽了，方忍住近前，見秦鍾面如白蠟，合目呼吸於枕上。寶玉忙叫道：『鯨兄！寶玉來了。』連叫兩三聲，秦鍾不睬。寶玉又道：『寶玉來了。』

那秦鍾早已魂魄離身，只剩得一口悠悠餘氣在胸，正見許多鬼判持牌提索來捉他。脂批：『看至此一句，令人失望。再看至後面數語，方知作者故意借世俗愚談愚論設譬，喝醒天下迷人，翻成千古未見之奇文奇筆。』那秦鍾魂魄那裏肯就去，又記念着家中無人掌管家務，脂批：『扯淡之極，令人發一大笑，余請諸公莫笑，且請再思。』又記掛着父親還有留積下的三四千兩銀子，脂批：『更屬可笑，更可痛哭。』又記掛着智能尚無下落，脂批：『忽從死人心中補出活人原由，更奇，更奇。』因此百般求告鬼判。無奈這些鬼判都不肯徇私，好『不肯徇私』，反話正說，是雪芹慣用手法。反叱咤秦鍾道：『虧你還是讀過書的人，可見此鬼未曾讀書。豈不知俗語說的：「閻王叫你三更死，誰敢留人到五更？」我們陰間上下都是鐵面無私的，不比你們陽間瞻情顧意，脂批：『寫殺了。』有許多的關礙處。』作者借鬼之口，罵現世也。

正鬧着，那秦鍾魂魄忽聽見『寶玉來了』四字，便忙又央求道：『列位神差，略剛剛說完『陰間上下都是鐵面無私的』，話音方落，立即改口喝罵小鬼，害怕運旺時盛的人，照樣『瞻情顧意』，雪芹之筆，鋒利如刀，直刺現世。

借小鬼埋怨都判，文筆更見奇趣，諷刺更加入骨。

脂批：『觀者至此，必料秦鍾另有異樣奇語，然卻只以此二語爲囑。試思若不如此爲囑，不但不近人情，亦且太露穿鑿。讀此則知全是悔遲之恨。』

發慈悲，讓我回去，和這一個好朋友說一句話就來的。』衆鬼道：『又是什麼好朋友？』秦鍾道：『不瞞列位，就是榮國公的孫子，小名寶玉。』都判官聽了，先就唬慌起來，妙筆生花，令人發笑。忙喝罵鬼使道：『我說你們放了他回去走走罷，你們斷不依我的話，如今只等他請出個運旺時盛的人來纔罷！』脂批：『如聞其聲，試問誰曾見都判來，觀此則又見一都判跳出來。調侃世情固深，然遊戲筆墨一至於此，真可壓倒古今小說。這纔算是小說。』衆鬼見都判如此，也都忙了手腳，一面又報怨道：『你老人家先是那等雷霆電雹的，原來見不得「寶玉」二字。脂批：『調侃「寶玉」二字，妙極。脂硯。』依我們愚見，他是陽，我們是陰，怕他們也無益於我們。』反不如小鬼，倒還有幾分剛氣。脂批：『神鬼也講有益無益。』都判道：『放屁！俗語說的好，「天下官管天下事」，自古人鬼之道卻是一般，陰陽並無二理。借都判一罵更妙，點明『人鬼之道卻是一般，陰陽並無二理。』則天下烏鴉一般黑也。罵得巧妙至極。脂批：『史妙，愈不通愈妙，愈錯會意愈奇。脂硯。』別管他陰也罷，陽也罷，還是把他放回沒有錯了的。』衆鬼也怕權勢。

衆鬼聽說，只得將秦魂放回，哼了一聲，微開雙目，見寶玉在側，乃勉強嘆道：『怎麼不肯早來？脂批：『千言萬語，只此一句。』再遲一步，也不能見了。』寶玉忙攜手垂淚道：『有什麼話留下兩句。』脂批：『只此句便足矣。』秦鍾道：『並無別話。以前你我見識自爲高過世人，我今日纔知自誤了。脂批：『誰不悔遲？』以後還該立志功名，以榮耀顯達爲是。』脂批：『此刻無此二語，亦非玉兄之知己。』說畢，便長嘆一聲，蕭然長逝了。秦鍾臨終之語，卻是悔過改道。但後文寶玉更不爲所動，則可見雪芹欲以秦鍾反襯寶玉之堅決不走仕途經濟之路也。

【回後評】

此回寫張金哥與守備之子雙雙殉情而死，作者借此鞭笞見利忘義之徒，亦以寫權勢不是萬能，世間真情非權勢所能動也。張金哥之殉情，亦直揭鳳姐之罪也，且鳳姐從此陷入罪孽深重之途矣。

才選鳳藻宮一段，人情忽驚忽喜，變幻無定，寫盡宦海波瀾，讀者旁觀，真如看《南柯傳》耳。

如海一死，黛玉真成孤女，從此不能再南歸矣！此後黛玉孤獨悲涼之心境，愈陷愈深，此回是黛玉以後悲世心路之開端也。

朝廷恩准省親，一大段皇恩浩蕩文字，正面看，真是歌功頌德，眷眷無窮，閲後文元妃省親文字，方知作者意在彼而不在此也，歌功頌德是官樣文章，而元妃之言方是心裏話也。

此回借省親寫當年南巡故事。當時泰州詩人張符驤《竹西詞》《後竹西詞》咏南巡接駕有詩云：『五色雲霞空外懸，可憐錦繡欲瞞天。玉皇鬧裏凝雙眼，真説家餘跨鶴錢。』『千丈氍毹起暮煙。猩紅濺向至尊前。揚州豈必多歌舞，賣盡嬋娟亦可憐。』『三汊河干築帝家。金錢濫用比泥沙。宵人未饜江南獄，多分癡心想賜麻。』『官銜鹽總搭鹽臣。萬壽屏開花樣新。皇本揭來剛百萬，明朝旗子御商人。』以上皆見其《自長吟》卷十。略引數首，以見史事，籍知雪芹借趙嬤嬤之口以寄諷也。

據紅學家研究，《紅樓夢》中王家薛家，其部分素材係取自李煦家。李煦之父李士楨於康熙二十年（一六八一）五月，奉特旨巡撫江西，十二月調廣東巡撫。二十一年二月，總督征滇，四月到廣州廣東巡撫任，直至二十六年十二月北歸。而康熙二十四年（一六八五），開放海禁，設置粵、閩、浙、江海關四處，時外國貨物，都由廣州輸入，其時正是李士楨任期。而其子李煦，康熙十七年（一六七八），任廣東韶州府知府，二十三年，任浙江寧波府知府。故此處所寫『那時我爺爺單管各國進貢朝賀的事，凡有的外國人來，都是我們家養活。粵、閩、滇、浙所有的洋船貨物都是我們家的』，雖係小說，其生活素材必與此有關，且李士楨在粵，西洋各國貢物，皆由廣州入口，招待外國貢使，正是粵撫之事。故此段文字，亦曹、李兩家史事之所隱也。

作者明寫接駕四次，是明將自己家史寫入書中，是隱而又非隱也。作者于此段家史，亦寓批判之意，讀者細讀，當能體認。

趙嬤嬤說：『拿着皇帝家的銀子往皇帝身上使』，此話直射南巡。康熙五十四年十二月初一日《上諭李陳常代賠曹寅、李煦虧欠理應繳部》摺內說：『上曰：曹寅、李煦用銀之處甚多，朕知其中情由。』則可見康熙對曹、李兩家巨額虧空之原因，是心知肚明的，此處雪芹借趙嬤嬤之口，一洩心中積冤耳。

作者寫秦鍾之死，似嫌匆促，疑因秦可卿情節之改動，秦鍾之文字亦有刪簡。寫智能之遭遇，亦寫女兒之不幸也。秦鍾臨終自悔並囑咐寶玉，『以後還該立志功名，以榮耀顯達爲是』，寶玉對此無動於衷，則可見寫秦鍾之悔遲，正以寫寶玉之不悔耳。

【校　記】

〔一〕回目：諸本同。蒙本『逝』作『遊』，列本、舒本『夭』作『大』。

〔二〕庚本作『速請太太領衆去謝恩』，據己卯、甲戌、楊本、戚序、蒙府諸本改。

〔三〕庚本原作『我們看着是外人，你卻看着內人一樣呢。』己卯、甲戌、戚序、列藏、楊本、舒本、程甲各本皆同，又各新校本皆同。惟蒙府本此句作『我們看着是外人，他都是看着內人一樣呢。』按此處是鳳姐與趙嬤嬤一起議論賈璉，故各本的『你』字皆誤，應是『他』字，亦即是從鳳姐、趙嬤嬤看來，賈璉照顧的都是外人，但從賈璉看來，他照顧的都是他的『內人』。此句從蒙府本改。

〔四〕庚本、己卯本作『會芳園本是從此扎角牆下引來一段活水』，『扎角牆下』語句難解。蒙府本則作『從此拐角牆下引來……』『扎』字係『拐』字抄誤。今從蒙府本改一字。查此句甲戌等各本均作『從北角牆下』，可見一字之誤，便生歧異。又『扎角』一詞，是否北京土語，亦可再考。

第十七十八回　大觀園試才題對額　榮國府歸省慶元宵〔一〕

詩曰：

豪華雖足羡，離别卻難堪。

博得虛名在，誰人識苦甘。〔二〕

脂批：『好詩，全是諷刺。近之諺云：「又要馬兒好，又要馬兒不吃草。」真罵盡無厭貪癡之輩。』

話説秦鍾既死，寶玉痛哭不已，李貴等好容易勸解半日方住，歸時猶是悽惻哀痛。賈母幫了幾十兩銀子外，又另備奠儀，寶玉去吊紙。七日後便送殯掩埋了，别無述記。只有寶玉日日思慕感悼，然亦無可如何了。一筆敘過秦鍾。

又不知歷幾何時，這日賈珍等來回賈政：『園内工程俱已告竣，大老爺已瞧過了，只等老爺瞧了，〔三〕或有不妥之處，再行改造，好題匾額對聯的。』賈政聽了，沉思一會，説道：『這匾額對聯倒是一件難事。賈政何曾通此道？特設此一情節，是後文欲寫賈政之無才，以顯寶玉之才思耳。論理該請貴讓清客提此議，最爲得體。

脂批：『寶玉係諸豔之貫（冠？），故大觀園對額，必得玉兄題跋，且暫題燈匾聯上，再請賜題，此千妥萬當之章法。』

畸批：『政老情字如此写。壬午季春，畸笏。』

妃賜題纔是，然貴妃若不親睹其景，大約亦必不肯妄擬；若直待貴妃遊幸過再請題，偌大景致，若干亭榭，無字標題，也覺寥落無趣，任有花柳山水，也斷不能生色。』衆清客在旁笑答道：『老世翁所見極是。如今我們有個愚見：各處匾額對聯斷不可少，亦斷不可定名。如今且按其景致，或兩字、三字、四字，虛合其意，擬了出來，暫且做燈匾聯懸了。待貴妃遊幸時，再請定名，豈不兩全？』賈政等聽了，都道：『所見不差。我們今日且看看去，只管題了，若妥當便用；不妥時，然後將雨村請來，令他再擬。』（雨村豈是此等人才？只有賈政纔想到雨村，亦見其物以類聚耳。）衆人笑道：『老爺今日一擬定佳，何必又待雨村？』賈政笑道：『你們不知，我自幼於花鳥山水題咏上就平平；如今上了年紀，且案牘勞煩，於這怡情悅性文章上，更生疏了。（本非性情中人，豈能有性情文章？）縱擬了出來，不免迂腐古板，反不能使花柳園亭生色，（賈政自知迂腐古板，若使題評，真使花柳減色也。）似不妥協，反没意思。』（賈政還有自知之明，說的都是實話，然如再不說實話，下文便不好作也。）衆清客笑道：『這也無妨。我們大家看了公擬，各舉其長，優則存之，劣則删之，未爲不可。』賈政道：『此論極是。（免了自己一難。）且喜今日天氣和暖，大家去逛逛。』說着起身，引衆人前往。

賈珍先去園中知會衆人，可巧近日寶玉因思念秦鍾，憂戚不盡，賈母常命人帶他到園中來戲耍。此時亦纔進去，（脂批：『現成筍楔，一絲不費力，若特喚出寶玉來，則成何文字？』）忽見賈珍走來，向他笑道：『你還不出去！老爺就來了。』寶玉聽了，帶着奶娘小廝們，一溜煙就出園來。（脂批：『不肖子弟來看形容，寶玉逛園是賈母所命，非賈政特招，不意恰好碰着，故便一試，非賈政愛寶玉之才也。

可見此園深邃。

余初看之不覺怒焉，蓋謂作者形容余幼年往事，因思彼亦自寫其照，何獨余哉？信筆書之，供諸大衆同一發笑。』方轉過彎，頂頭賈政引衆客來了，躲之不及，只得一邊站了。賈政近因聞得塾掌稱讚寶玉專能對對聯，雖不喜讀書，偏倒有些歪才情似的，今日偶然撞見這機會，便命他跟來。脂批：『如此偶然方妙，若特特喚來題額，真不成文矣。』寶玉只得隨往，尚不知何意。

賈政剛至園門前，只見賈珍帶領許多執事人來，一旁侍立。賈政道：『你且把園門都關上，我們先瞧了外面再進去。』賈珍聽說，命人將門關了。賈政先秉正看門。只見正門五間，上面桶瓦泥鰍脊；那門欄窗槅，皆是細雕新鮮花樣，並無硃粉塗飾；一色水磨群牆，脂批：『門雅牆雅，不落俗套。』下面白石臺磯，鑿成西番草花樣。左右一望，皆雪白粉牆，下面虎皮石，隨勢砌去，果然不落富麗俗套，自是歡喜。遂命開門，只見迎面一帶翠嶂擋在前面。脂批：『掩映好極。』衆清客都道：『好山，好山！』賈政道：『非此一山，一進來園中所有之景悉入目中，則有何趣。』衆人道：『極是。非胸中大有丘壑，焉想及此。』先借衆人之評一贊。說畢，往前一望，見白石崚嶒，脂批：『想入其中一時難辨方向，用前後這邊那邊等字，正是不辨東西。』或如鬼怪，或如猛獸，縱橫拱立，上面苔蘚成斑，藤蘿掩映，脂批：『曾用兩處舊有之園所改，故如此寫，方可細極。』其中微露羊腸小逕。脂批：『好景界，山子野精於此技。此是小逕，非行車輦通道，今賈政原欲遊覽其景，故指此等處寫之，想其通路大道，自是堂堂冠冕氣象，無庸細寫者也。後於省親之時已得知矣。』賈政道：『我們就從此小逕遊去，回來由那一邊出去，方可遍覽。』

說畢，命賈珍在前引導，自己扶了寶玉，逶迤進入山口。脂批：『此回乃一部之綱緒，不得不細寫，尤不可不細批註。蓋後文十二釵書出尚未題句，先發議論，籍見寶玉之胸次。

活畫清客相公。

漸向北邊，景色又是一變。

入來往之境，方不能錯亂，觀者亦如身臨足到矣。今賈政雖進的是正門，卻行的是僻路，按此一大園，羊腸鳥道不止幾百十條，穿東度西，臨山過水，萬勿以今日賈政所行之逕，老其方向基址，故正殿反於末後寫之，足見未由大道而往，乃透迤轉折而經也。』擡頭忽見山上有鏡面白石一塊，正是迎面留題處。脂批：『留題處便精，不必限定鑿金鏤銀一色惡俗，賴及棗梨之力。』賈政回頭笑道：『諸公請看，此處題以何名方妙？』衆人聽說，也有說該題『叠翠』二字，也有說該題『錦嶂』的，又有說『賽香爐』的，又有說『小終南』的，種種名色，不止幾十個。

原來衆客心中早知賈政要試寶玉的功業進益如何，只將些俗套來敷衍，寫清客之湊趣。寶玉亦料定此意。寫寶玉明知此意，更見寶玉洞明世事。賈政聽了，便回頭命寶玉擬來。寶玉道：『嘗聞古人有云：「編新不如述舊，刻古終勝雕今。」況此處並非主山正景，原無可題之處，不過是探景之一進步耳。此論深得其要。莫若直書「曲逕通幽處」這句舊詩在上，倒還大方氣派。』衆人聽了，都贊道：『是極！二世兄天分高，才情遠，不似我們讀腐了書的。』賈政笑道：『不可謬獎，他年小，不過以一知充十用，取笑罷了。再俟選擬。』

說着，進入石洞來。只見佳木蘢葱，奇花熌灼，一帶清流，從花木深處曲折瀉於石隙之下。進洞以後，又是一番景色。再進數步，漸向北邊，脂批：『細極。後文所以云進賈母臥房後之角門，是諸釵日相來往之境也。後文又云，諸釵所居之處只在西北一帶。最近賈母臥室之後，皆從此「北」字而來。』平坦寬豁，兩邊飛樓插空，雕甍繡檻，皆隱於山坳樹杪之間。俯而視之，則清溪瀉雪，石磴穿雲，脂批：『前已寫山至寬處，此則由低處至高處，各景皆遍。』白石爲欄，環抱池沿，石橋跨港，獸面銜吐。橋上有亭。脂批：『前已寫山寫石，今則寫池寫樓，各景皆遍。』

賈政與諸人上了亭子，倚欄坐了，脂批：『此亭大抵四通八達，爲諸小逕之咽喉要路。』因問：『諸公以何題此？』

作者讓賈政題用『瀉』字，故意留給寶玉議論。

諸人都道：『當日歐陽公《醉翁亭記》有云：「有亭翼然」，就名「翼然」。』賈政笑道：『「翼然」雖佳，但此亭壓水而成，還須偏於水題方稱。依我拙裁，歐陽公之「瀉出於兩峰之間」，竟用他這一個「瀉」字。』有一客道：『是極，是極。竟是「瀉玉」二字妙。』賈政拈髯尋思，因擡頭見寶玉侍側，便笑命他也擬一個來。

寶玉聽說，連忙回道：『老爺方纔所議已是。但是如今追究了去，似乎當日歐陽公題釀泉用一「瀉」字則妥，今日此泉若亦用「瀉」字，則覺不妥。況此處雖云省親駐蹕別墅，亦當入於應制之例，用此等字眼，亦覺粗陋不雅。（直評賈政，毫無顧忌。）求再擬較此蘊藉含蓄者。』賈政笑道：『諸公听此論若何？方纔眾人編新，你又說不如述古；如今我們述古，你又說粗陋不妥。你且說你的來我聽。』寶玉道：『有用「瀉玉」二字，則莫若「沁芳」（脂批：『真新雅。』）二字，豈不新雅？』賈政拈髯點頭不語。（脂批：『六字是嚴父大露悅容也。壬午春。』）眾人都忙迎合，讚寶玉才情不凡。賈政道：『匾上二字容易。再作一副七言對聯來。』寶玉聽說，立於亭上，四顧一望，便機上心來，（足見寶玉才思敏捷。）乃念道：

繞堤柳借三篙翠，（脂批：『要緊貼切水字。』）

隔岸花分一脈香。（脂批：『恰極工極，綺靡秀媚，香奩正體。』）

賈政聽了，點頭微笑。眾人先稱讚不已。

特寫瀟湘館，以爲黛玉所居處也。

畸批：『於作詩文時，雖政老亦有如此令旨，可知嚴父亦無可奈何也，不學紈褲來看。畸笏。』

於是出亭過池，一山一石，一花一木，莫不着意觀覽。脂批：『渾寫兩句，已見經行處愈遠，更至北一路矣。』忽擡頭看見前面一帶粉垣，裏面數楹修舍，有千百竿翠竹遮映。衆人都道：『好個所在！』於是大家進入，只見入門便是曲折遊廊，階下石子漫成甬路。上面小小兩三間房舍，一明兩暗，裏面都是合着地步打就的牀几椅案。從裏間房內又得一小門，出去則是後院，有大株梨花兼着芭蕉。梨花芭蕉淡淡着色。又有兩間小小退步。後院牆下忽開一隙，清泉一派，開溝僅尺許，灌入牆內，繞階緣屋至前院，盤旋竹下而出。一派清泉，更見翠竹幽潔。賈政笑道：『這一處還罷了。若能月夜坐此窗下讀書，不枉虛生一世。』難得賈政有此風雅，只恐也是附庸耳。說畢，看着寶玉，唬的寶玉忙垂了頭。故作一頓

衆客忙用話開釋，又說道：『此處的匾該題四個字。』賈政笑問：『那四字？』一個道是『淇水遺風』。賈政道：『俗。』又一個是『睢園雅迹』。賈政道：『也俗。』賈珍笑道：『還是寶兄弟擬一個來。』前面先作一抑，此處再由賈珍一揚，文章便增曲折。賈政道：『他未曾作，先要議論人家的好歹，可見就是個輕薄人。』衆客道：『議論的極是，其奈他何？』賈政忙道：『休如此縱了他。』因命他道：『今日任你狂爲亂道，先設議論來，然後方許你作。先是責他不該議論，此處卻又要他先作議論，可見以前議論不差。賈政只不願明說耳。文章至此又一變化。方纔衆人說的，可有使得的？』寶玉見問，答道：『都似不妥。』明明賈政已評其『俗』，此處仍問寶玉，實則賈政亦知寶玉必嫌其俗也。賈政冷笑道：『怎麽不妥？』總不離嚴父面孔，封建禮教之所刻成也。寶玉道：『這是第一處行幸之處，必須頌聖方可。評得極是，足見寶玉識見。若用四字的匾，又

（賈政一問，便引出以下歷敘種種，如見工程之狀貌，如睹衆人之忙碌，如觀大觀園之粗具規模，尚未臻完善之情景，讀者至此，如身經目見也。）

有古人現成的，何必再作？』賈政道：『難道「淇水」「睢園」不是古人的？』寶玉道：『這太板腐了。（一句既評其題，亦評其人。）莫若「有鳳來儀」四字。』（清新切題，果然妙題。豈衆清客並賈政所能出此。）衆人都閧然叫妙。賈政點頭道：『畜生，畜生，（賈政不得不點頭，而口頭仍斥『畜生，畜生』，可見其板腐至極。）可謂「管窺蠡測」矣。』因命：『再題一聯來。』寶玉便念道：

寶鼎茶閑煙尚緑，（脂批：『「尚」字妙極，不必說竹，然恰恰是竹中精舍。』）

幽窗棋罷指猶涼。（脂批：『「猶」字妙，「尚緑」「猶涼」，四字便如置身於森森萬竿之中。』）

賈政搖頭說道：『也未見長。』（還要虛貶一通，可見此老腐極。）說畢，引衆人出來。方欲走時，忽又想起一事來，因問賈珍道：『這些院落房宇並几案桌椅都算有了，還有那些帳幔簾子並陳設玩器古董，可也都是一處一處合式配就的？』（脂批：『大篇長文，不如此頓，則成何話說。』）賈珍回道：『那陳設的東西早已添了許多，自然臨期合式陳設。帳幔簾子，昨日聽見璉兄弟說，還不全。那原是一起工程之時就畫了各處的圖樣，量準尺寸，就打發人辦去的。想必昨日得了一半。』（脂批：『補出近日忙冗，千頭萬緒景況。』）賈政聽了，便知此事不是賈珍的首尾，便命人去喚賈璉。

一時，賈璉趕來，（脂批：『寫出忙冗景況。』）賈政問他共有幾種，現今得了幾種，尚欠幾種。賈璉見問，忙向靴桶內取靴掖內裝的一個紙摺略節來，（脂批：『細極，從頭至尾，誓不作一筆逸安苟且之筆。』）看了一看，回一派山村風光，得自然之趣，得自然之理。

道：『妝、蟒、繡、堆、刻絲、彈墨，並各色綢、綾大小幔子一百二十架，昨日得了八十架，下欠四十架。簾子二百掛，昨日俱得了。外有猩猩氈簾二百掛，金絲藤紅漆竹簾二百掛，墨漆竹簾二百掛，五彩線絡盤花簾二百掛，每樣得了一半，也不過秋天都全了。椅搭、桌圍、牀裙、桌套，每分一千二百件，也有了。』

一面走，一面說，倏爾青山斜阻。脂批：『斜字細，不必拘定方向。諸釵所居之處，若稻香村、瀟湘館、怡紅院、秋爽齋、蘅蕪苑等，都相隔不遠。究竟只在一隅。然處置得巧妙，使人見其千丘萬壑，恍然不知所窮，所謂會心處不在乎遠。大抵一山一水，一木一石，全在人之穿插佈置耳。』轉過山懷中，隱隱露出一帶黃泥築就矮牆，牆頭皆用稻莖掩護。脂批：『配的好。』有幾百株杏花，如噴火蒸霞一般。裏面數楹茅屋。外面卻是桑、榆、槿、柘，各色樹稚新條，隨其曲折，編就兩溜青籬。籬外山坡之下，有一土井，旁有桔槔轆轤之屬。下面分畦列畝，佳蔬菜花，漫然無際。脂批：『閱至此，又笑別部小說中一萬個花園中皆是牡丹亭、芍藥圃，雕欄畫棟，瓊榭朱樓，略不差別。』賈政笑道：『倒是此處有些道理。固然係人力穿鑿，此時一見，未免勾引起我歸農之意。脂批：『極熱中，偏以冷筆點之，所以爲妙。』我們且進去歇息歇息。』說畢，方欲進籬門去，忽見路旁有一石碣，亦爲留題之備。脂批：『更恰當，若有懸額之處，或再用鏡面石，豈復成文哉？忽想到「石碣」二字，又托出許多郊野氣色來，一肚皮千丘萬壑只在這「石碣」上。』眾人笑道：『更妙，更妙！此處若懸匾待題，則田舍家風一洗盡矣。立此一碣，又覺生色許多，脂批：『贊得是，這個蔑翁有些意思。』非范石湖田家之咏不足以盡其妙。』脂批：『客不可不養。』賈政道：『諸公請題。』眾人道：『方纔世兄有云，「編新不如述舊」，此處古人已道盡矣，莫若直書「杏花村」妙極。』賈政聽了，笑向賈珍道：『正虧提醒了我。此處都妙極，只是還少一個酒衆人一番議論，描盡田園風光。

寶玉已漸忘拘謹，忘情直說。其見解總是出人頭地。

脂批：『愛之至，喜之至，故作此語。作者至此，寧不笑殺！　壬午春。』

幌。明日竟作一個，不必華麗，就依外面村莊的式樣作來，用竹竿挑在樹梢。』賈珍答應了，又回道：『此處竟還不可養別的雀鳥，只是買些鵝、鴨、雞類，纔都相稱了。』賈政與衆人都道：『更妙。』賈政又向衆人道：『「杏花村」固佳，只是犯了正名，村名直待請名方可。』衆客都道：『是呀。如今虛的，便是什麼字樣好？』

大家想着，寶玉卻等不得了，也不等賈政的命，便說道：『舊詩有云：「紅杏梢頭掛酒旗。」如今莫若「杏帘在望」[脂批：『妙在一「在」字。』]四字。』衆人都道：『好個「在望」！又暗合「杏花村」意。』寶玉冷笑道：『村名若用「杏花」二字，則俗陋不堪了。又有古人詩云，「柴門臨水稻花香」，何不就用「稻香村」的妙？』衆人聽了，亦發鬨聲拍手道：『妙！』賈政一聲斷喝：『無知的業障！你能知道幾個古人，能記得幾首熟詩，也敢在老先生前賣弄！[寶玉略一忘形，即引來一頓訓斥。賈政總不改嚴父之面目。]你方纔那些胡說的，不過是試你的清濁，取笑而已，你就認真了！』說着，引人步入茆堂，裏面紙窗木榻，富貴氣象一洗皆盡。賈政心中自是歡喜，卻瞅寶玉道：『此處如何？』衆人見問，都忙悄悄的推寶玉，教他說好。寶玉不聽人言，便應聲道：『不及「有鳳來儀」多矣。』[寶玉偏要相左。]賈政聽了道：『無知的蠢物！[賈政於寶玉沒有一句好語，前面是『畜生』，此處又是『蠢物』，此適足以見賈政之村俗也。]你只知朱樓畫棟、惡賴富麗爲佳，那裏知道這清幽氣象？終是不讀書之過！』[賈政自己不讀書，卻責寶玉不讀書。]寶玉忙答道：『老爺教訓的固是，但古人常云「天然」二字，不知何意？』衆人見寶玉牛心[四]，都怪他獃癡不改。

賈政責寶玉不讀書，卻引來寶玉一大段議論，正見其因讀書而有此高見。

今見問『天然』二字，衆人忙道：『別的都明白，爲何連「天然」不知？「天然」者，天之自然而有，非人力之所成也。』寶玉道：『卻又來！此處置一田莊，分明見得人力穿鑿扭揑而成：遠無鄰村，近不負郭；背山山無脈，臨水水無源；高無隱寺之塔，下無通市之橋，峭然孤出，似非大觀。爭似先處有自然之理，得自然之氣，雖種竹引泉，亦不傷於穿鑿。古人云「天然圖畫」四字，正畏非其地而強爲地，非其山而強爲山，雖百般精而終不相宜——』未及說完，賈政氣的喝命：『叉出去！』（賈政只會劈頭棒喝，別無其他本領。）剛出去，又喝命：『回來！』命：『再題一聯，若不通，一併打嘴！』（畸批：『所謂奈何他不得也。呵呵！畸笏。』）寶玉只得念道：

新漲綠添浣葛處，（脂批：『採詩頌聖最恰當。』）

好雲香護採芹人。（脂批：『采風采雅都恰當，然冠冕中又不失香奩格調。』）

賈政聽了，搖頭說：『更不好。』一面引人出來，轉過山坡，穿花度柳，撫石依泉，過了荼蘼架，再入木香棚，越牡丹亭，度芍藥圃，入薔薇院，出芭蕉塢，盤旋曲折。（脂批：『略用套語一束，與前顧破格不板。』）忽聞水聲潺湲，瀉出石洞，上則蘿薜倒垂，下則落花浮蕩。（以上一路套語，此處卻忽聞水聲，忽現石洞，又見蘿薜落花，頓時意境新闢，又是一天地也。脂批：『仍是沁芳溪矣，究竟基址不大，全是曲折掩隱之巧可知。』）衆人都道：『好景，好景！』賈政道：『諸公題以何名？』衆人道：『再不必擬了，恰恰乎是「武陵源」三個字。』（又是俗套）賈政笑道：

清景如畫。

賈政『只是不大認識』，寶玉卻言之甚

『又落實了，而且陳舊。』衆人笑道：『不然就用「秦人舊舍」四字也罷了。』寶玉道：『這越發過露了。「秦人舊舍」說避亂之意，如何使得？寶玉批得是。莫若「蓼汀花漵」四字。』賈政聽了，更批胡說。賈政不問可否，總是駁回。恰見此公之迂腐也。

於是要進港洞時，又想起有船無船。賈珍道：『採蓮船共四隻，座船一隻，如今尚未造成。』賈政笑道：『可惜不得入了。』賈珍道：『從山上盤道亦可以進去。』說畢，在前導引，大家攀藤撫樹過去。文筆一轉，又現佳景。只見水上落花愈多，其水愈清，溶溶蕩蕩，曲折縈迂。真『落花水面皆文章也』。文愈曲折，筆愈清麗。池邊兩行垂柳，雜着桃杏，遮天蔽日，真無一些塵土。忽見柳陰中又露出一個折帶朱欄板橋來，脂批：『此處纔見一朱粉字樣。綠柳紅橋，此等點綴，亦不可少。後文寫蘆雪广則曰「蜂腰板橋」都施之得宜，非一幅死稿也。』度過橋去，諸路可通，脂批：『補四字，細極。不然後文寶釵來往，則將日爬山越嶺矣。記清此處，則知後文寶玉所行常徑，非此處也。』便見一所清涼瓦舍，一色水磨磚牆，清瓦花堵。那大主山所分之脈，脂批：『兩見大主山，稻香村又云懷中，不寫主山，而主山處處映帶連絡不斷可知矣。』皆穿牆而過。賈政道：『此處這所房子，無味的很。』脂批：『先故頓此一筆，使後文愈覺生色。未揚先抑之法。蓋釵顰對峙，有甚難寫者。』因而步入門時，忽迎面突出插天的大玲瓏山石來，四面群繞各式石塊，竟把裏面所有房屋悉皆遮住，而且一株花木也無。脂批：『更奇妙。』只見許多異草：或有牽藤的，或有引蔓的，或垂山巔，或穿石隙，甚至垂簷繞柱，縈砌盤階，脂批：『更妙。』或如翠帶飄飄，或如金繩盤屈，或實若丹砂，或花如金桂，味芬氣馥，非花香之可比。脂批：『前三處皆還在人意之中，此一處則今古書中未見之工程也。連用幾「或」字，是從昌黎《南山詩》中學得。』賈政不禁笑道：『有趣！脂批：『前有「無味」二字，及云「有趣」二字，更覺生色，更覺重大。』只是不大認識。』有的說：『是薜荔稔。可見賈政腹中空虛，而寶玉之言，皆從書中得來，可見其平時讀書也。

脂批：『「金蘦草」見《字彙》。「玉蕗」見《楚辭》：「菎蕗雜於廢蒸」。茝、葛、芸、芷皆不必註，見者太多。此書中異物太多，有人生之未聞未見者，然實係所有之物，或名差理同者亦有之。』

賈政又要『月下讀書』，又要『歸農』，又要『煮茶操琴』，然賈政實是一個庸俗官僚，胸中略無文墨，何能通以上諸事？作者如此寫，是寫其附庸風雅，真『假真』也。

藤蘿。』賈政道：『薜荔藤蘿不得如此異香。』寶玉道：『果然不是。這些之中也有藤蘿薜荔。那香的是杜若、蘅蕪；那一種大約是茝蘭，這一種大約是清葛；那一種是金蘦草，這一種是玉蕗藤；紅的自然是紫芸，綠的定是青芷。想來《離騷》《文選》等書上所有的那些異草，也有叫作什麼藿蒳薑蕁的，也有叫作什麼綸組紫絳的，還有石帆、水松、扶留等樣，脂批：『左太沖《吳都賦》。』又有叫什麼綠荑的，還有什麼丹椒、蘼蕪、風連。脂批：『以上《蜀都賦》。』如今年深歲改，人不能識，故皆象形奪名，漸漸的喚差了，也是有的。』脂批：『自實注一筆，妙。』未及說完，賈政喝道：『誰問你來！』賈政一味蠻喝，無絲毫人情味。唬的寶玉倒退，不敢再說。

賈政因見兩邊俱是超手遊廊，便順着遊廊步入。只見上面五間清厦連着卷棚，四面出廊，綠窗油壁，更比前幾處清雅不同。賈政嘆道：『此軒中煮茶操琴，亦不必再焚名香矣。脂批：『前二處一曰「月下讀書」，一曰「勾引起歸農之意」，此則「操琴煮茶」，斷語皆妙。』此造已出意外，諸公必有佳作新題以顏其額，方不負此。』衆人笑道：『再莫若「蘭風蕙露」貼切了。』賈政道：『也只好用這四字。其聯若何？』一人道：『我倒想了一對，大家批削改正。』念道是：

麝蘭芳靄斜陽院，
杜若香飄明月洲。

衆人道：『妙則妙矣，只是「斜陽」二字不妥。』那人道：『古人詩云：「蘼蕪滿手泣斜暉」。』衆人道：『頽喪，頽喪。』又一人道：『我也有一聯，諸公評閱評閱。』因念道：

三逕香風飄玉蕙，

一庭明月照金蘭。（脂批：『此二聯皆不過爲釣寶玉之餌，不必認真批評。』）

賈政拈髯沉吟，意欲也題一聯。忽擡頭見寶玉在旁不敢則聲，因喝道：（又是一喝）『怎麽你應說話時又不說了？還要等人請教你不成！』寶玉聽說，便回道：『此處並沒有什麽蘭麝、明月、洲渚之類，若要這樣着迹說起來，就題二百聯也不能完。』（幾句話，先將以上所題批倒。）賈政道：『誰按着你的頭，叫你必定說這些字樣呢？』寶玉道：『如此說，匾上則莫若「蘅芷清芬」四字。』對聯則是：

吟成荳蔲才猶豔，

睡足酴醿夢也香。

賈政笑道：『這是套的「書成蕉葉文猶綠」，不足爲奇。』衆客道：『李太白「鳳凰臺」之作，全套「黃鶴樓」，只要套得妙。如今細評起來，方纔這一聯，竟比「書成蕉葉」猶覺幽嫻活潑。視「書成」之句，竟似套此而來。』（脂批：『這一位蔑翁更有意思。』）賈政笑說：

《楚辭・王逸〈九思・傷時〉》：『蘅芷彫兮瑩嫇。』蘅、芷皆香草。

活畫出清客之嘴臉，雪芹筆下之清客

形象，如見雪芹筆下厭之惡之之情，乃有人以爲雪芹曾南下當尹繼善之清客，實是厚誣雪芹也。

脂批：『一路順順逆逆，已成千邱萬壑之景，若不有此一段大江截住，直成一盆景矣。作者從何落筆着想？』

『豈有此理！』連賈政都覺得此清客厚顏諂諛之甚矣。

說着，大家出來。行不多遠，則見崇閣巍峨，層樓高起；面面琳宫合抱，迢迢復道縈紆；青松拂簷，玉欄繞砌；金輝獸面，彩煥螭頭。賈政道：『這是正殿了，脂批：『想來此殿在園之正中。按園不是殿方之基，西北一帶通賈母臥室後，可知西北一帶是多寬出一帶來的，諸釵始便於行也。』只是太富麗了些。』連賈政都說『太富麗了些』，可見此殿之豪華，亦猶『三汊河干築帝家』也。衆人都道：『要如此方是。雖然貴妃崇節尚儉，天性惡繁悅樸，然今日之尊，禮儀如此，不爲過也。』一面說，一面走，只見正面現出一座玉石牌坊來，點出玉石牌坊來。上面龍蟠螭護，玲瓏鑿就。賈政道：『此處書以何文？』衆人道：『必是「蓬萊仙境」方妙。』衆清客終不離俗套。賈政搖頭不語。

寶玉見了這個所在，心中忽有所動，尋思起來，倒像那裏曾見過的一般，卻一時想不起那年月日的事了。神思恍惚，恰如夢中景象。脂批：『仍歸於葫蘆一夢之太虛玄境。』賈政又命他作題，寶玉只顧細思前景，全無心於此了。衆人不知其意，只當他受了這半日的折磨，精神耗散，才盡詞窮了；再要考難逼迫，着了急，或生出事來，倒不便。遂忙都勸賈政：『罷，罷，明日再題罷了。』賈政心中也怕賈母不放心，借賈母一筆收住。遂冷笑道：『你這畜生，也竟有不能之時了。賈政總不離此口吻，非作者不能寫賈政也。是賈政只能如此也，讀者當能悟此。也罷，限你一日，明日若再不能，我定不饒。這是要緊一處，更要好生作來！』

說着，引人出來，再一觀望，原來自進門起，所行至此，纔遊了十之五六。脂批：『總雨村久違，此處又出，脂批云：『寫雨村親切，正爲後文地步。』當指賈家之敗也，讀者記住此線索。

寶玉題句，原已截止，此處又復續題，則文勢斷而不斷，餘波漣漪也。

住妙，伏下後文所補等處。若都入此回寫完，不獨太繁，使後文冷落，亦且非《石頭記》之筆。』又值人來回，有雨村處遣人回話。脂批：『又一緊，故不能終局也。此處漸漸寫雨村親切，正爲後文地步，伏脈千里。橫雲斷嶺法。』賈政笑道：『此數處不能遊了。雖如此，到底從那一邊出去，縱不能細觀，也可稍覽。』說着，引客行來，至一大橋前，見水如晶簾一般奔入。原來這橋便是通外河之閘，引泉而入者。脂批：『寫出水源，要緊之極。近之畫家着意于山，若不講水。又造園囿者，惟知弄莽憨頑石壅笨塚，輒謂之景，皆不知水爲先着。此園大概一描，處處未嘗離水，蓋又未寫明水之從來，今終補出，精細之至。』賈政因問：『此閘何名？』寶玉道：『此乃沁芳泉之正源，就名「沁芳閘」。』賈政道：『胡說，偏不用「沁芳」二字。』脂批：『此以下皆係文終之餘波，收的方不突。』脂批：『究竟只一脈，賴人力引導之功，園不易造，景非泛寫。』

於是一路行來，或清堂，或茅舍，或堆石爲垣，或編花爲牖，或山下得幽尼佛寺，或林中藏女道丹房，或長廊曲洞，或方廈圓亭，賈政皆不及進去。脂批：『伏下櫳翠菴、蘆雪广、凸碧山莊、凹晶溪館、暖香塢等諸處，於後文一段一段補之，方得雲龍作雨之勢。』因說半日腿酸，未嘗歇息，忽又見前面又露出一所院落來，賈政笑道：『到此可要進去歇息歇息了。』說着，一逕引人繞着碧桃花，脂批：『怡紅院如此寫來，用無意之筆，卻是極精細文字。』穿過一層竹籬花障編就的月洞門，脂批：『未寫其居，先寫其境。』俄見粉牆環護，緑柳週垂。脂批：『與萬竿修竹遙映。』賈政與衆人進去。

一入門，兩邊都是遊廊相接。院中點襯幾塊山石，一邊種着數本芭蕉；那一邊乃是一棵西府海棠，其勢若傘，絲垂翠縷，葩吐丹砂。衆人讚道：『好花，好花！從來也見過許多海棠，那裏有這樣妙的！』賈政道：『這叫作「女兒棠」，脂批：『妙名。』乃是外國之種。俗傳係出「女兒國」中，脂批：『出自政老口中，奇特之至。』云彼國此種最盛，亦荒唐不經之雪芹之世，虚假之風盛行，所謂『謬傳者不少』，此處只略加批駁，所謂『不能悉道』，『只借此花數語駁盡』也。

說罷了。』脂批：『政老應如此語。』衆人笑道：『然雖不經，如何此名傳久了？』寶玉道：『大約騷人咏士，以此花之色紅暈若施脂，輕弱似扶病，脂批：『體貼的切，故形容的妙。』大近乎閨閣風度，所以以「女兒」命名。想因被世間俗惡聽了，他便以野史纂入爲證，此句是針對賈政所說「俗傳」云云。以俗傳俗，以訛傳訛，都認真了。』脂批：『不獨此花，近之謬傳者不少，不能悉道，只借此花數語駁盡。』衆人都摇身讚妙。脂批：『摇身』者，摇頭擺腦也，形容衆清客趨奉之狀畢肖。

一面說話，一面都在廊外抱厦下打就的榻上坐了。脂批：『至階又至簷，不肯輕易寫過。』賈政因問：『想幾個什麽新鮮字來題此？』一客道：『「蕉鶴」二字最妙。』又一個道：『「崇光泛彩」方妙。』賈政與衆人都道：『好個「崇光泛彩」！』寶玉也道：『妙極。』又嘆：『只是可惜了。』衆人問：『如何可惜？』寶玉道：『此處蕉棠兩植，其意暗蓄「紅」「緑」二字在內。若只說蕉，則棠無着落；若只說棠，蕉亦無着落。固有蕉無棠不可，有棠無蕉更不可。』賈政道：『依你如何？』寶玉道：『依我，題「紅香緑玉」四字，方兩全其妙。』賈政摇頭道：『不好，不好！』

說着，引人進入房內，只見這幾間房內收拾的與别處不同，竟分不出間隔來的。原來四面皆是雕空玲瓏木板，或「流雲百蝠」，或「歲寒三友」，或山水人物，或翎毛花卉，或集錦，或博古，脂批：『花樣週全之極。然必用下文者，正是作者無聊，換出新異筆墨，使觀者眼目一新。所謂集小說之大成，遊戲筆墨，雕蟲之技，無所不備，可謂善戲者矣。又供諸人同同一戲，妙極。』按『同同』，别本作『同學』，予以爲當是『統同』之誤。或卍畐卍壽。脂批：『前金玉篆文是可考正篆，今則從俗花樣，真是醒睡魔。其中詩詞雅謎以及各種風俗學文，一概不必究，只據此等處便是一絕。』各種花樣，皆是名手雕鏤，五彩銷金嵌寶的。脂批：『至此方見一朱彩之處，亦必如此式方可。可笑近之園庭，行動便以粉油從事。』一槅一槅，或有貯書爲後文劉姥姥迷路先提一筆。

脂批：『可見前進來是小路曲（逕），此云「忽一轉，便是平坦寬闊之正甬路也。」細極。』

處，或有設鼎處，或安置筆硯處，或供花設瓶、安放盆景處。其槅各式各樣，或天圓地方，或葵花蕉葉，或連環半璧。真是花團錦簇，剔透玲瓏。倏爾五色紗糊就，竟係小窗；倏爾彩綾輕覆，竟係幽户。脂批：『精工之極。』且滿牆滿壁，皆係隨依古董玩器之形摳成的槽子，諸如琴、劍、懸瓶、桌屏之類，雖懸於壁，卻都是與壁相平的。脂批：『皆係人意想不到，目所未見之文，若云擬編虛想出來，焉能如此？一段極清極細，後文鴛鴦瓶、紫瑪瑙碟、西洋人、酒令、自行船等文，不必細表。』衆人都贊：『好精緻想頭！難爲怎麽想來！』

原來賈政等走了進來，未進兩層，便都迷了舊路，左瞧也有門可通，右瞧又有窗暫隔，及到了跟前，又被一架書擋住。回頭再走，又有窗紗明透，門徑可行；及至門前，忽見迎面也進來了一群人，都與自己形相一樣，卻是玻璃大鏡相照。及轉過鏡去，益發見門子多了。賈珍笑道：『老爺隨我來。從這門出去，便是後院，從後院出去，倒比先近了。』說着，又轉了兩層紗厨錦槅，果得一門出去，院中滿架薔薇芬馥。轉過花障，則見青溪前阻。衆人詫異：『這股水又是從何而來？』賈珍遥指道：『原從那閘起流至那洞口，從東北山坳裏引到那村莊裏，又開一道岔口，引到西南上，共總流到這裏，仍舊合在一處，從那牆下出去。』脂批：『於怡紅總一園之看（首），是書中大立意。』衆人聽了，都道：『神妙之極！』說着，忽見大山阻路。衆人都道：『迷了路了。』賈珍笑道：『隨我來。』仍在前導引，衆人隨他，直由山腳邊忽一轉，便是平坦寬闊大路，豁然大門前見。衆人都道：『有趣，有趣，真搜神奪巧之至！』於是大家出來。

前面寫清客，此處寫下人，又是一種聲口，又是一副筆墨。

寫黛玉情真意切，至有此誤。讀者如只以黛玉小性看之，則失作者之深意矣。

那寶玉一心只記掛着裏邊，又不見賈政吩咐，少不得跟到書房。賈政忽想起他來，方喝道：『你還不去？難道還逛不足！也不想逛了這半日，老太太必懸掛着。快進去，疼你也白疼了。』脂批：『如此去法，大家嚴父風範，無家法者不知。』寶玉聽說，方退了出來。

至院外，就有跟賈政的幾個小厮上來攔腰抱住，都說：『今兒虧我們，老爺纔喜歡，老太太打發人出來問了幾遍，都虧我們回說喜歡；不然，若老太太叫你進去，就不得展才了。人人都說，你纔那些詩比世人的都強。今兒得了這樣的彩頭，該賞我們了。』寶玉笑道：『每人一吊錢。』衆人道：『誰沒見那一吊錢！把這荷包賞了罷。』說着，一個上來解荷包，那一個就解扇囊，不容分說，將寶玉所佩之物盡行解去。又道：『好生送上去罷。』一個抱了起來，幾個圍繞，送至賈母二門前。那時賈母已命人看了幾次。衆奶娘丫鬟跟上來，見過賈母，知不曾難爲着他，心中自是歡喜。

少時襲人倒了茶來，見身邊佩物一件無存，因笑道：『帶的東西又是那起没臉的東西們解了去了。』可見已非一次。林黛玉聽說，走來瞧瞧，果然一件無存，因向寶玉道：『我給的那個荷包也給他們了？你明兒再想我的東西，可不能够了！』說畢，賭氣回房，將前日寶玉所煩他作的那個香袋兒——纔做了一半——賭氣拿過來就鉸。寶玉見他生氣，便知不妥，忙趕過來，早剪破了。

一段小兒女賭氣之情，寫來逼真。黛玉本已後悔，寶玉一急，則更覺委屈，乃寶玉忽回身賠情，文情蕩漾，意趣橫生。

一段活潑潑生動文字，真是妙機天成。

寶玉已見過這香囊，雖尚未完，卻十分精巧，費了許多工夫。今見無故剪了，卻也可氣。因忙把衣領解了，從裏面紅襖襟上將黛玉所給的那荷包解了下來，遞與黛玉瞧道：『你瞧瞧，這是什麼！我那一回把你的東西給人了？』林黛玉見他如此珍重，帶在裏面，（脂批：『按理論之，則是「天下本無事，庸人自擾之。」若以兒女子之情論之，則是必有之事，必有之理。又係今古小說中不能寫到寫得，談情者亦不能說出講出，情癡之至文也。』）可知是怕人拿去之意，因此又自悔莽撞，未見皂白，就剪了香袋。（脂批：『情癡之至，若無此悔，便是一庸俗小性之女子矣。』）因此又愧又氣，低頭一言不發。（黛玉自悔之狀。）寶玉道：『你也不用剪，我知道你是懶待給我東西。我連這荷包奉還，何如？』（寶玉也是情急氣話。）說着，擲向他懷中便走。（寶玉亦是情真而至此也。雙方俱懷一片真意癡意，至有此誤會，愈是賭氣，愈見其情之深也。）黛玉見如此，越發氣起來，聲咽氣堵，又汪汪的滾下淚來，拿起荷包來又剪。寶玉見他如此，忙回身搶住，笑道：『好妹妹，饒了他罷！』（脂批：『怒之極，正是情之極。』）黛玉將剪子一摔，拭淚說道：『你不用同我好一陣、歹一陣的，要惱就撂開手。這當了什麼！』說着，賭氣上牀，面向裏倒下拭淚，禁不住寶玉上來『妹妹』長、『妹妹』短賠不是。

前面賈母一片聲找寶玉。衆奶娘丫鬟們忙回說：『在林姑娘房裏呢。』賈母聽說道：『好，好，好！讓他姊妹們一處頑頑罷。纔他老子拘了他這半天，讓他開心一會子罷。只別叫他們拌嘴，不許扭了他。』衆人答應着。黛玉被寶玉纏不過，只得起來道：『你的意思不叫我安生，我就離了你。』說着往外就走。寶玉笑道：『你到那裏，我跟到那裏。』一面仍拿起荷包來帶上。黛玉伸手搶道：『你說不要了，這會子又帶曹寅、李煦兩家，家中都有戲班，曹寅能自撰劇本，並與《長生殿》作者洪昇交好。此處所寫戲班，特别提到『家中舊有曾演學過歌唱的女人們，如今皆已皤然老嫗了』云云，其生活素材，自當取之曹、李兩家。脂批云：『又補出當日寧、榮在世之事』，可見此中亦隱曹家史事。

畸批：『樹（數）處引十二釵總未的確，皆係漫擬也。至末回警幻情榜，方知正副再副及三副芳諱。壬午季春，畸笏。』

上，我也替你怪臊的！』說着，『嗤』的一聲又笑了。黛玉一笑，文情又爲之一變，作者之筆如入化機。寶玉道：『好妹妹，明兒另替我作個香袋兒罷。』黛玉道：『那也只瞧我高興罷了。』一面說，一面二人出房，到王夫人上房中去了，可巧寶釵亦在那裏。

此時王夫人那邊熱鬧非常。原來賈薔已從姑蘇採買了十二個女孩子，回筆再接前文。並聘了教習，以及行頭等事來了。那時薛姨媽另遷於東北上一所幽静房舍居住，將梨香院早已騰挪出來，另行修理了，就令教習在此教演女戲。又另派家中舊有曾演學過歌唱的女人們——如今皆已皤然老嫗了——脂批：『又補出當日寧榮在世之事，所謂此是末世之時也。』着他們帶領管理。就令賈薔總理其日用出入銀錢等事，以及諸凡大小所需之物料賬目。又有林之孝家的來回：『採訪聘買得十個小尼姑、小道姑都有了，連新作的二十分道袍也有了。外有一個帶髮修行的，本是蘇州人氏，祖上也是讀書仕宦之家。因生了這位姑娘自小多病，買了許多替身兒皆不中用，到底這位姑娘親自入了空門，方纔好了，所以帶髮修行。今年纔十八歲，法名妙玉。脂批：『妙卿出現。至此細數十二釵，以賈家四豔再加薛林二冠有六，去秦可卿有七，再鳳有八，李紈有九，今又加妙玉，僅得十人矣。後有史湘雲與熙鳳之女巧姐兒者，共十二人。雪芹題曰「金陵十二釵」，蓋本宗紅樓夢十二曲之義，後寶琴、岫煙、李紋、李綺皆陪客也，《紅樓夢》中所謂副十二釵是也。又有又副冊三段詞，乃晴雯、襲人、香菱三人而已，餘未多及，想爲金釧、玉釧、鴛鴦、素雲、平兒無疑矣。觀者不待言可知，故不必多費筆墨。』如今父母俱已亡故，身邊只有兩個老嬤嬤、一個小丫頭服侍。文墨也極通，經文也不用學了，模樣兒又極好。因聽見長安都中有觀音遺迹並貝葉遺文，去歲隨了師父上來，現在西門外牟尼院住着。他師父極精演先天神數，於去冬圓寂了。妙玉本欲扶靈回鄉的，他師父臨寂遺言，說他「衣食起居不宜回鄉，在此靜居，後來自然有你的結果」。所以他竟未回鄉。』王夫人不等回完，便說：『既這樣，我們何不接了他來？』林之孝家的回道：『接他，他說：「侯門公府，必以貴勢壓人，我再不去的。」』脂批：『補出妙卿身世不凡，心性高潔。』王夫人笑道：『他既是官宦小姐，自然驕傲些，就下個帖子請他何妨？』林之孝家的答應了出去，命書啓相公寫請帖去請妙玉。次日遣人備車轎去接等後話，暫且擱过，此時不能表白。

當下又有人回，工程上等着糊東西的紗綾，請鳳姐去開樓揀紗綾；又有人來回，請鳳姐開庫，收金銀器皿。連王夫人並上房丫鬟等衆，皆一時不得閑的。寶釵便說：『咱們別在這裏礙手礙腳，找探丫頭去。』說着，同寶玉、黛玉往迎春等房中來閑頑，無話。

王夫人等日日忙亂，直到十月將盡，幸皆全備：各處監管都交清賬目；各處古董文玩，皆已陳設齊備；採辦鳥雀的，自仙鶴、孔雀以及鹿、兔、雞、鵝等類，悉已買全，交於園中各處像景飼養；賈薔那邊也演出二十齣雜戲來；小尼姑、道姑也都學會了念幾卷經咒。賈政方略心意寬暢，又請賈母等進園，色色斟酌，點綴妥當，再無一些遺漏不當之處了。於是賈政方擇日題本。脂批：『至此方完大觀園工程公案，觀者則爲大觀園費盡精神，余則爲（謂）若許筆墨，卻只因一個葬花塚。』本上之日，奉硃批准奏：次年正月十五上元之日，恩准賈妃省親。賈府領了此恩旨，益發晝寫得細，一絲不亂，若非經過當日南巡接駕，作者何從想像？雖然康熙南巡，作者尚未出世，然祖輩自有傳聞，如趙嬤嬤等所傳者。

寫得秩然肅然，筆筆有神，雖無一句言語，而勝過千言萬語。

夜不閑，年也不曾好生過的。脂批：『一語帶過，是以歲首祭宗祀，元宵開家宴一回，留在後文細寫。』

轉眼元宵在邇，自正月初八日，就有太監出來先看方向：何處更衣，何處燕坐，何處受禮，何處開宴，何處退息。又有巡察地方總理關防太監等，帶了許多小太監出來，各處關防，擋圍幙；指示賈宅人員何處退，何處跪，何處進膳，何處啓事，種種儀注不一。外面又有工部官員並五城兵備道打掃街道，攆逐閑人。賈赦等督率匠人紮花燈煙火之類，至十四日，俱已停妥。這一夜，上下通不曾睡。

至十五日五鼓，自賈母等有爵者，皆按品服大妝。園內各處，帳舞蟠龍，簾飛彩鳳，金銀煥彩，珠寶争輝，脂批：『是元宵之夕，不寫燈月而燈光月色滿紙矣。』鼎焚百合之香，瓶插長春之蕊，靜悄無人咳嗽。所謂『萬木無聲待雨來』也。賈赦等在西街門外，賈母等在榮府大門外。街頭巷口，俱係圍幙擋嚴。正等的不耐煩，忽一太監坐大馬而來，脂批：『有是禮。』賈母忙接入，問其消息。太監道：『早多着呢！未初刻用過晚膳，未正二刻還到寶靈宮拜佛，酉初刻進大明宮領宴看燈方請旨，只怕戌初纔起身呢。』鳳姐聽了道：『既這麽着，老太太、太太且請回房，等是時候再來也不遲。』於是，賈母等暫且自便，園中悉賴鳳姐照理。又命執事人帶領太監們去吃酒飯。

一時傳人一擔一擔的挑進蠟燭來，各處點燈。方點完時，忽聽外邊馬跑之聲。一時，脂批：『静極故聞之，細極。』有十來個太監都喘吁吁跑來拍手兒。脂批：『畫出內家風範，《石頭記》最難之處，別書中摸不着。』這些太監會如此排場，世人何曾得見？

脂批：『如此繁華盛極，花團錦簇之文，忽用石兄自語截住，是何筆力，令人安得不拍案叫絕？是（試）閱歷來諸小說中有如此章法乎？』

意，都知道是『來了，來了』，各按方向站住。賈赦領合族子姪在西街門外，賈母領合族女眷在大門外迎接。

半日靜悄悄的。忽見一對紅衣太監騎馬緩緩的走來，於靜肅緊張中，卻見太監騎馬緩緩而來，是何等氣象，與前『忽聽外邊馬跑之聲』，恰成對照。脂批：『形容畢肖。』至西街門下了馬，將馬趕出圍幙之外，便垂手面西站住。脂批：『形容畢肖。』半日又是一對，亦是如此。少時便來了十來對，方聞得隱隱細樂之聲。一對對龍旌鳳翣，雉羽夔頭，又有銷金提爐焚着御香，然後一把曲柄七鳳黃金傘過來，便是冠袍帶履。又有值事太監捧着香珠、繡帕、漱盂、拂塵等類。一隊隊過完，後面方是八個太監擡着一頂金頂金黃繡鳳版輿，緩緩行來。賈母等連忙路旁跪下。早飛跑過幾個太監來，扶起賈母、邢夫人、王夫人來。那版輿擡進大門，入儀門往東去，到一所院落門前，有執拂太監跪請下輿更衣。於是擡輿入門，太監等散去，只有昭容、彩嬪等引領元春下輿。只見院內各色花燈爛灼，皆係紗綾紮成，精緻非常。上面有一匾燈，寫着『體仁沐德』四字。元春入室，更衣畢復出，上輿進園。只見園中香煙繚繞，花彩繽紛；處處燈光相映，時時細樂聲喧，大觀園又是一番景象，與前遊園時截然不同，作者之筆，隨情而遷，真不知其有幾許丘壑。說不盡這太平氣象，富貴風流。

此時自己回想當初在大荒山中，青埂峰下，那等淒涼寂寞；若不虧癩僧、跛道二人攜來到此，又安能得見這般世面？本欲作一篇《燈月賦》《省親頌》，以誌今日之事，但又恐入了別書的俗套。按此時之景，即作一賦一贊，也不能形容得盡其妙，即綺園批云：『此時句以下一段似應作注，其作《省親賦》之語，或以訛傳訛不可知。綺園。』按綺園此批，似不同意前批，可供讀者思考。

賈妃所見一段描寫，正張符驤詩『五色雲霞空外懸。可憐錦繡欲瞞天。』『三汊河干築帝家。金錢濫用比泥沙。』『萬壽屏開花樣新』也，今三汊河行宮，遺迹尚甚多，予曾數次往察，其排列之旗杆石仍在，行宫內有水上樓閣，行宮周圍是長江水面，可以想見當日之水上豪華矣！雪芹此段描寫，或亦與此有關也。

脂批：『《石頭記》慣用特犯不犯之筆，真令人驚心駭目讀之。』

不作賦贊，其豪華富麗，觀者諸公亦可想而知矣。所以倒是省了這工夫紙墨，且説正經的爲是。脂批：『自此時以下，皆石頭之語，真是千奇百怪之文。』按己卯、庚辰均有此批。己卯底本當是雪芹原本，則『此時』以下一段文字，在原稿上亦當是正文書寫，方可能有脂硯前批及此批。特記鄙見，以供讀者思考。

且説賈妃在轎內看此園內外如此豪華，因默默嘆息奢華過費。借賈妃一嘆，責當日之奢華過費，是作者深心處。忽又見執拂太監跪請登舟，賈妃乃下輿。只見清流一帶，勢如遊龍，兩邊石欄上，皆係水晶玻璃各色風燈，點的如銀光雪浪；上面柳杏諸樹雖無花葉，然皆用通草綢綾紙絹依勢作成，黏於枝上的，每一株懸燈數盞；更兼池中荷荇鳧鷺之屬，亦皆係螺蚌羽毛之類作就的。諸燈上下争輝，真係玻璃世界，珠寶乾坤。船上亦係各種精緻盆景諸燈。珠簾繡幙，桂楫蘭橈，自不必説。已而入一石港，港上一面匾燈，明現着『蓼汀花漵』四字。

按此四字並『有鳳來儀』等處，皆係上回賈政偶然一試寶玉之課藝才情耳，何今日認真用此匾聯？况賈政世代詩書，來往諸客屏侍座陪者，悉皆才技之流，豈無一名手題撰，竟用小兒一戲之辭苟且搪塞？真似暴發新榮之家，濫使銀錢，一味抹油塗硃，畢則大書『前門緑柳垂金鎖，後户青山列錦屏』之類，則以爲大雅可觀，豈《石頭記》中通部所表之寧榮賈府所爲哉！據此論之，竟大相矛盾了。諸公不知，待蠢物脂批：『石兄自謙，妙。可代答云，豈敢。』將原委説明，大家方知。

當日這賈妃未入宮時，自幼亦係賈母教養。後來添了寶玉，賈妃乃長姊，寶玉爲於描寫豪華中，忽插一段論敘文字，文章如行雲流水，隨機化成也。

此處稱元春與寶玉『名分雖係姊弟，其情狀有如母子』，前面還說『那寶玉未入學堂之先，三四歲時，已得賈妃手引口傳，教授了幾本書，數千字在腹內了。』據此則元春當比寶玉年歲大得多，否則怎能『情狀有如母子』？然第二回卻說：『第二胎生了一位小姐，生在大年初一這就奇了，不想次年又生了一位公子。』據此，前後似甚矛盾，故程乙本即改爲『不想隔了十幾年』，改後似乎是解決了矛盾，其實前後文本來並不矛盾，前面是冷子興『演說』，隨興亂侃，以賣弄他自己對賈府很熟，其實只是胡吹，不能爲準。此處卻是作者的敘述文字，是準確

弱弟，賈妃之心上念母年將邁，始得此弟，是以憐愛寶玉，與諸弟待之不同。且同隨祖母，刻未暫離。那寶玉未入學堂之先，三四歲時，已得賈妃手引口傳，教授了幾本書、數千字在腹內了。其名分雖係姊弟，其情狀有如母子。脂批：『批書人領至（過）此教，故批至此，竟放聲大哭。俺先姊先（仙）逝太早，不然余何得爲廢人耶？』自入宮後，時時帶信出來與父母說：『千萬好生扶養，不嚴不能成器，過嚴恐生不虞，且致父母之憂。』眷念切愛之心，刻未能忘。前日賈政聞塾師背後讚寶玉偏才盡有，賈政未信，適巧遇園已落成，令其題撰，聊一試其情思之清濁。其所擬之匾聯雖非妙句，在幼童爲之，亦或可取。即另使名公大筆爲之，固不費難，然想來倒不如這本家風味有趣。更使賈妃見之，知係其愛弟所爲，亦或不負其素日切望之意。脂批：『一駁一解，跌岩（宕）搖曳之至。且寫得父母兄弟體貼戀愛之情，淋漓痛切，真是天倫至情。』因有這段原委，故此竟用了寶玉所題之聯額。那日雖未曾題完，後來亦曾補擬。脂批：『一句補前文之不暇，啓（後）文之苗裔，至後文凹晶館黛玉口中又一補，所謂一擊空谷，八方皆應。』

閑文少述，且說賈妃看了四字，笑道：『「花溆」二字便妥，何必「蓼汀」？』侍座太監聽了，忙下小舟登岸，飛傳與賈政。賈政聽了，即忙移換。一時，舟臨內岸，復棄舟上輿，便見琳宮綽約，桂殿巍峨。石牌坊上明顯『天仙寶境』四字，賈妃忙命換『省親別墅』四字。脂批：『妙。是特留此四字與彼自命。』於是進入行宮。但見庭燎燒空，香屑布地，火樹琪花，金窗玉檻。說不盡簾卷蝦鬚，毯鋪魚獺；鼎飄麝腦之香，屏列雉尾之扇。真是：

金門玉户神仙府，桂殿蘭宮妃子家。

的。程本未能理解作者文心，故有此誤，後來許多人也不明此意，竟以爲作者本身之誤。足見衡文之難！

脂批：『非經歷過，如何寫得出？　壬午春。』

明明是寫潑天喜事，到了卻寫一家三人『嗚咽對泣』，令人讀後只覺其真情，未覺其不妥。

一連幾次嗚咽，止而又哭，令人感覺有千萬衷腸不得痛快一吐也。作者挾萬鈞之筆力，寫吞吐不盡之意，雖未盡而已寫盡矣！

賈妃乃問：『此殿何無匾額？』隨侍太監跪啓曰：『此係正殿，外臣未敢擅擬。』賈妃點頭不語。禮儀太監跪請陞座受禮，兩陛樂起。禮儀太監二人引賈赦、賈政等於月臺下排班，殿上昭容傳諭曰：『免。』太監引賈赦等退出。又有太監引榮國太君及女眷等自東階陞月臺上排班，脂批：『一絲不亂，精緻大方，有如歐陽公九九。』昭容再傳諭曰：『免。』於是引退。

茶已三獻，賈妃降座，樂止。退入側殿更衣，方備省親車駕出園。至賈母正室，欲行家禮，賈母等俱跪止不迭。賈妃滿眼垂淚，方彼此上前厮見，一手攙賈母，一手攙王夫人，三個人滿心裏皆有許多話，只是俱說不出，只管嗚咽對泣。脂批：『《石頭記》得力擅長，全是此等地方。』邢夫人，李紈，王熙鳳，迎、探、惜三姊妹等，俱在旁圍繞，垂淚無言。

半日，賈妃方忍悲強笑，安慰賈母、王夫人道：『當日既送我到那不得見人的去處，好容易今日回家娘兒們一會，不說說笑笑，反倒哭起來。一會子我去了，又不知多早晚纔來！』數語如聞嗚咽之聲。說到這句，不禁又哽咽起來。脂批：『追魂攝魄，《石頭記》傳神摸（摹）影，全在此等地方，他書中不得有此見識。』邢夫人等忙上來解勸。脂批：『說完不可，不先說不可，說之不痛不可，最難說者是此時賈妃口中之語。只如此一說，千貼萬妥，一字不可更改，一字不可增減，入情入神之至。』賈母等讓賈妃歸座，又逐次一一見過，又不免哭泣一番。可見滿腹痛淚，不得一傾也。然後東西兩府掌家執事人丁在廳外行禮，及兩府掌家執事媳婦領丫鬟等行禮畢，賈妃因問：『薛姨媽、寶釵、黛玉因何不見？』王夫人啓曰：『外眷無職，未敢擅入。』脂批：『所謂詩書世家，守禮如此。偏是暴發，驕妄自大。』賈妃聽了，忙命快請。脂批：『又謙之如此，真是好界好人物。』按：『界』字或有誤。竊以爲此處或是『好家教』，家誤作界，復脫教字。有正本作『世界』，似亦不可解。一時，薛姨媽等進來，前後三回省親大文字，其要只在賈妃幾句話及諸人幾滴眼淚，其餘皆排場文字也。

賈政一段話，如聽戲辭，然是真事，非做戲也。

欲行國禮，亦命免過，上前各敘闊別寒溫。又有賈妃原帶進宮去的丫鬟抱琴等（脂批：『前所謂賈家四釵之鬟，暗以琴棋書畫排行，至此始全。』）上來叩見，賈母等連忙扶起，命人別室款待。執事太監及彩嬪、昭容各侍從人等，寧國府及賈赦那宅兩處自有人款待，只留三四個小太監答應。母女姊妹深敘些離別情景，（脂批：『深字妙。』）及家務私情。

又有賈政至簾外問安，賈妃垂簾行參等事。又隔簾含淚謂其父曰：『田舍之家，雖齏鹽布帛，終能聚天倫之樂；今雖富貴已極，骨肉各方，然終無意趣！』（是怨是訴是戒，盡在其中矣。）（『終無意趣』四字，貶盡多少歌頌。）賈政亦含淚啓道：『臣，草莽寒門，鳩群鴉屬之中，豈意得徵鳳鸞之瑞！今貴人上錫天恩，下昭祖德，此皆山川日月之精奇、祖宗之遠德鍾於一人，幸及政夫婦。且今上啓天地生物之大德，垂古今未有之曠恩，雖肝腦塗地，臣子豈能得報於萬一！惟朝乾夕惕，忠於厥職外，願我君萬壽千秋，乃天下蒼生之同幸也。貴妃竊勿以政夫婦殘黎〔五〕爲念，懣憤金懷，更祈自加珍愛。惟業業兢兢，勤慎恭肅以侍上，庶不負上體貼眷愛如此之隆恩也。』賈妃亦囑『只以國事爲重，（賈妃亦必得有幾句套語，否則真如民間回娘家矣！）暇時保養，切勿記念』等語。

賈政又啓：『園中所有亭臺軒館，皆係寶玉所題；如果有一二稍可寓目者，請別賜名爲幸。』元妃聽了寶玉能題，便含笑說：『果進益了。』賈政退出。賈妃見寶、林二人亦發比別姊妹不同，真是姣花軟玉一般。（賈妃對寶、黛之評。）因問：『寶玉爲何不進見？』

脂批：『至此方出寶玉。』賈母乃啓：『無論，外男不敢擅入。』元妃命快引進來。小太監出去引寶玉進來，先行國禮畢，元妃命他進前，攜手攬於懷內，脂批：『作書人將批書人哭壞了。』又撫其頭頸笑道：『比先竟長了好些……』一語未終，淚如雨下。脂批：『只此一句，便補足前面許多文字。』按：『淚如雨下』四字，有有餘不盡之意。

尤氏、鳳姐等上來啓道：『筵宴齊備，請貴妃遊幸。』元妃等起身，命寶玉導引，遂同諸人步至園門前。早見燈光火樹之中，諸般羅列非常。進園來先從『有鳳來儀』『紅香緑玉』『杏帘在望』『蘅芷清芬』等處，登樓步閣，涉水緣山，百般眺覽徘徊。一處處鋪陳不一，一樁樁點綴新奇。賈妃極加獎贊，又勸：『以後不可太奢，此皆過分之極。』脂批：『話皆切合賈妃，然皆寓勸戒之意。』已而至正殿，諭免禮歸座，大開筵宴。賈母等在下相陪，尤氏、李紈、鳳姐等親捧羹把盞。

元妃乃命傳筆硯伺候，親搦湘管，擇其幾處最喜者賜名。按其書云：

顧恩思義　匾額

天地啓宏慈，赤子蒼頭同感戴；

古今垂曠典，九州萬國被恩榮。此一匾一聯，書於正殿。脂批：『是賈妃口氣。』

大觀園　園之名

有鳳來儀　賜名曰『瀟湘館』。

紅香緑玉改作『怡紅快緑』　即名曰『怡紅院』。

榮國府歸省慶元宵
壬午孟春
譚鳳嬛作

蘅芷清芬 賜名曰『蘅蕪苑』。

杏帘在望 賜名曰『澣葛山莊』。

正樓曰『大觀樓』，東面飛樓曰『綴錦閣』，西面斜樓曰『含芳閣』；更有『蓼風軒』『藕香榭』『紫菱洲』『荇葉渚』等名，又有四字的匾額十數個，諸如『梨花春雨』『桐剪秋風』『荻蘆夜雪』等名，此時悉難全記。脂批：『故意留下秋爽齋、凸碧山堂、凹晶溪館、暖香塢等處爲後文另換眼目之地步。』又命舊有匾聯俱不必摘去。於是先題一絕云：

銜山抱水建來精。多少工夫築始成。
天上人间诸景备，芳園應錫大觀名。脂批：『詩卻平平，蓋彼不長於此也，故只如此。』

寫畢，向諸姊妹笑道：『我素乏捷才，且不長於吟咏，妹輩素所深知。今夜聊以塞責，不負斯景而已。異日少暇，必補撰《大觀園記》並《省親頌》等文，以記今日之事。妹輩亦各題一匾一詩，隨才之長短，亦暫吟成，不可因我微才所縛。且喜寶玉竟知題咏，是我意外之想。此中「瀟湘館」「蘅蕪苑」二處，我所極愛，次之「怡紅院」「澣葛山莊」，此四大處，必得别有章句題咏方妙。前所題之聯雖佳，如今再各賦五言律一首，使我當面試過，方不負我自幼教授之苦心。』此句接應前文。寶玉只得答應了，下來自去構思。

迎、探、惜三人之中，要算探春又出於姊妹之上，然自忖亦難與薛、林争衡，脂批：『只一語便寫出寶、黛二人，又寫出探卿知己知彼，伏下後文多少地步。』只得勉強隨衆塞責而已。李紈也勉強湊成一律。賈妃先挨次看姊妹們的，寫道是：

曠性怡情 匾額　迎春

園成景備特精奇。奉命羞題額曠怡。
誰信世間有此境，遊來寧不暢神思？

萬象争輝 匾額　探春

名園築出勢巍巍。奉命何慚學淺微。
精妙一時言不出，果然萬物生光輝。

文章造化 匾額　惜春

山水横拖千里外，樓臺高起五雲中。
園修日月光輝裏，景奪文章造化功。

脂批：『更牽強，三首之中，還算探卿略有作意，故後文寫出許多意外妙文。』

文采風流 匾額　李紈

秀水明山抱復迴。風流文采勝蓬萊。
緑裁歌扇迷芳草，紅襯湘裙舞落梅。
珠玉自應傳盛世，神仙何幸下瑤臺。

脂批：『這樣章法，又是不曾見過的。』

名園一自邀遊幸，未許凡人到此來。脂批：『此四詩列於前，正爲滃托下韻也。』

凝暉鍾瑞 匾額　　薛寶釵

芳園築向帝城西。華日祥雲籠罩奇。
高柳喜遷鶯出谷，修篁時待鳳來儀。脂批：『恰極。』
文風已著宸遊夕，孝化應隆歸省時。
睿藻仙才盈彩筆，自慚何敢再爲辭。脂批：『好詩，此不過頌聖應酬耳，猶未見長，以後漸知。』

世外仙源 匾額　　林黛玉

名園築何處？仙境別紅塵。脂批：『落思便不與人同。』
借得山川秀，添來景物新。脂批：『所謂信手拈來無不是，阿顰自是一種心思。』
香融金谷酒，花媚玉堂人。
何幸邀恩寵，宮車過往頻。脂批：『余謂寶、林此作未見長，何也？蓋後文別有驚人之句也。在寶卿有生不屑爲此，在黛卿實不足一爲。』

賈妃看畢，稱賞一番，又笑道：『終是薛、林二妹之作與衆不同，非愚姊妹可同列者。』原來林黛玉安心今夜大展奇才，將衆人壓倒，脂批：『這卻何必？然尤物方如此。』不想賈妃只命一匾一咏，倒不好違諭多作，只胡亂作一首五言律應景罷了。脂批：『請看前詩，卻云是胡亂應景。』

彼時寶玉尚未作完，只剛作了『瀟湘館』與『蘅蕪苑』二首，正作『怡紅院』一首，起草內有『緑玉春猶卷』一句。寶釵轉眼瞥見，便趁衆人不理論，急忙回身悄推寶玉原作『緑玉』，寶釵卻易以『緑蠟』，以此取悦賈妃。其實，『蠟』是假的，『玉』是真的，論句自是寶玉原句好，然寶釵假人，故愛此『蠟』字。此文心之微妙處也。

按：『緑蠟』，出唐錢珝詩，原詩云：『冷燭無煙緑蠟乾。芳心猶捲怯春寒。一緘書劄藏何事，會被東風暗拆看。』（《全唐詩》七一二卷）。韋縠《才調集》誤作錢翊。庚辰本等亦作錢翊，沿《才調集》之誤。宋洪邁《萬首唐人絕句》，清曹寅《全唐詩》，《新唐書・錢徽傳》均作錢珝。今據以上諸本改。

脂批：『如此穿插，安得不令人拍案叫絕？壬午季春。』

他道：『他脂批：『此「他」字指賈妃。』因不喜「紅香緑玉」四字，改了「怡紅快緑」；你這會子偏用「緑玉」二字，豈不是有意和他争馳了？況且蕉葉之説也頗多，再想一個字改了罷。』寶玉見寶釵如此説，便拭汗道：脂批：『想見其構思之苦，方是至情。最厭近之小説中，滿紙神童天分等語。』『我這會子總想不起什麽典故出處來。』寶釵笑道：『你只把「緑玉」的「玉」字改作「蠟」字就是了。』寶玉道：『「緑蠟」可有出處？』寶釵見問，悄悄的咂嘴點頭脂批：『媚極韻極。』笑道：『虧你，今夜不過如此，將來金殿對策，寶釵總不忘金殿對策。你大約連「趙錢孫李」都忘了呢！唐錢珝詠芭蕉詩頭一句「冷燭無煙緑蠟乾」，你都忘了不成？』脂批：『有得寶卿奚落，但就謂寶卿無情，只是較阿顰施之特正耳。』脂批：『此等處便用硬證實處，最是大力量。但不知是何心思，是從何落想，穿插到如此玲瓏錦繡地步。』寶玉聽了，不覺洞開心臆，笑道：『該死，該死！現成眼前之物偏倒想不起來了，真可謂「一字師」了。從此後我只叫你師父，再不叫姐姐了。』寶釵亦悄悄的笑道：『還不快作上去，只管姐姐妹妹的。誰是你姐姐？那上頭穿黄袍的纔是你姐姐！豔羡之情，自然溢出。你又認我這姐姐來了。』一面説笑，因説笑又怕他耽延工夫，遂抽身走開了。脂批：『一段忙中閑文，已是好看之極，出人意外。』寶玉只得續成，共有了三首。

此時林黛玉未得展其抱負，自是不快。因見寶玉獨作四律，大費神思，何不代他作兩首，也省他些精神。〔六〕脂批：『寫黛卿之情思，待寶玉卻又如此，是與前文特犯不犯之處。』想着，便也走至寶玉案旁，悄問：『可都有了？』寶玉道：『纔有了三首，只少「杏帘在望」一首了。』黛玉道：『既如此，你只抄録前三首罷。趕你寫完那三首，我也替你作出這首了。』説畢，低頭一寶釵聲口，不忘金殿對策，豔羡賈妃的榮耀，此雖隨口而出，實是真情流露也。雪芹之筆，擅從細微處落墨，所謂頰上三毫也。

脂批：『偏又寫一樣，是何心意構思而得？畸笏。』

脂批：『紙團送迭（遞），係應童生秘訣，黛卿自何處學得？一笑。丁亥春。』

此詩除首兩句略具應制之體外，下六句非但不像應制，且都有不宜之句，末兩句『碎影』『夢長』，更非頌詩之體，作者正寫寶玉本性，雖起首勉強應制，以下又自身天然本性畢露矣。

想，早已吟成一律，脂批：『瞧他寫阿顰只如此，便妙極。』便寫在紙條上，搓成個團子，擲在他跟前。甲辰本批：『姐姐做試官尚用鎗手，難怪世間之代倩多耳。』按雪芹着此一筆，是絕妙諷世文字，當時科舉八股考試，盡多舞弊，雪芹此處涉筆諷刺而妙造自然，令人不覺也。寶玉打開一看，只覺此首比自己所作的三首高過十倍，真是喜出望外，脂批：『這等文字，亦是觀書者望外之想。』遂忙恭楷呈上。賈妃看道：

有鳳來儀　　臣　寶玉謹題

秀玉初成實，堪宜待鳳凰。脂批：『起便拿得住。』
竿竿青欲滴，個個緑生涼。
迸砌妨階水，穿簾礙鼎香。脂批：『妙句，古云：「竹密何妨水過」，今偏翻案。』
莫摇清碎影，好夢晝初長。

蘅芷清芬

蘅蕪滿淨苑，蘿薜助芬芳。脂批：『助字妙，通部書所以皆善練字。』
軟襯三春草，柔拖一縷香。脂批：『刻畫入妙。』
輕煙迷曲逕，冷翠滴迴廊。脂批：『甜脆滿頰。』
誰謂池塘曲，謝家幽夢長。

怡紅快緑

深庭長日静，兩兩出嬋娟。脂批：『雙起雙敲，讀此首始信前云「有蕉無棠不可，有棠無蕉更不可」等批，非泛泛妄批駁他人，到自己身上則無能爲之論也。』
緑蠟脂批：『本是玉字，此遵寶卿改，似較玉字佳。』按：其實『玉』字勝於『蠟』字，『玉』是真，『蠟』是假，兩人吐屬，各自不同，本性不同也，雪芹之心細矣，惜誰能辨此毫芒哉！春猶卷，脂批：『是蕉。』

寶玉三首詩，都非應制正體，除第一首開頭兩句，略稱應制外，其余皆自適其性耳，此寶玉之爲寶玉也，黛玉代作一首，末兩句略點應制，其二三兩聯，皆一派田園風光，何其自然天成！與前寶玉三首合看，恰如一人聲口，而寶釵一字之改，真假立判，此文心詩心之細微者，讀者當會作者之深心耳！

脂批：『仍用玉兄前擬稻香村，卻如此幻筆幻體，文章之格式至矣盡矣。壬午春。』

紅妝夜未眠。脂批：『是海棠。』

憑欄垂絳袖，脂批：『是海棠之情。』倚石護青煙。脂批：『是芭蕉之神，何得如此工恰自然？真是好詩，卻是好書。』

對立東風裏，脂批：『雙收。』主人應解憐。脂批：『歸到主人方不落空。王梅隱云：「咏物體又難雙承雙落，一味雙拿，則不免牽強。」此首可謂詩題兩稱，極工極切，極流離嫵媚。』

杏帘在望

杏帘招客飲，在望有山莊。脂批：『分題作一氣呵成，格調熟練，自是阿顰口氣。』

菱荇鵝兒水，桑榆燕子梁。脂批：『阿顰之心臆才情，原與人別，亦不是從讀書中得來。』

一畦春韭緑，十里稻花香。

盛世無饑餒，何須耕織忙。脂批：『以幻入幻，順水推舟，且不失應制，所以稱阿顰。』

賈妃看畢，喜之不盡，說：『果然進益了！』又指『杏帘』一首爲前三首之冠，遂將『澣葛山莊』改爲『稻香村』。脂批：『如此服善，妙。』又命探春另以彩箋謄録出方纔一共十數首詩，出令太監傳與外廂。賈政等看了，都稱頌不已。賈政又進《歸省頌》。元春又命以瓊酥金膾等物，賜與寶玉並賈蘭。脂批：『百忙中點出賈蘭，一人不落。』此時賈蘭極幼，未達諸事，只不過隨母依叔行禮，故無別傳。隨筆略提賈蘭。賈環從年內染病未痊，自有閑處調養，故亦無傳。脂批：『補明方不遺失。』

那時賈薔帶領十二個女戲，在樓下正等的不耐煩，回應前從姑蘇採買之學戲者。只見一太監飛跑來說：『作完了詩，快拿戲目來！』賈薔急將錦冊呈上，並十二個花名單子。少時，太監出來，只點了四齣戲：

第一齣，《豪宴》；脂批：『《一捧雪》中，伏賈家之敗。』第二齣，《乞巧》；脂批：『《長生殿》中，伏元妃之死。』第三齣，《仙緣》；脂批：『《邯鄲夢》中，伏甄寶玉送玉。』第四齣，《離魂》。脂批：『《牡丹亭》中，伏黛玉死。所點之戲劇伏四事，乃通部書之大過節，大關鍵。』

賈薔忙張羅扮演起來。一個個歌欺裂石之音，舞有天魔之態。雖是妝演的形容，卻作盡悲歡情狀。剛演完了，一太監執一金盤糕點之屬進來，問：『誰是齡官？』賈薔便知是賜齡官之物，喜的忙接了，脂批：『何喜之有？伏下後面許多文字，只用一「喜」字。』命齡官叩頭。太監又道：『貴妃有諭，說「齡官極好，再作兩齣戲，不拘那兩齣就是了」。』賈薔忙答應了，因命齡官作《遊園》《驚夢》二齣，齡官自爲此二齣原非本角之戲，執意不作，定要作《相約》《相罵》二齣。脂批：『《釵釧記》中，總隱後文不盡風月等文。　按近之俗語云：「能養千軍，不養一戲。」蓋甚言優伶之不可養之意也。大抵一班之中，此一人技業稍優出衆，此一人則拿腔作勢轄衆恃能。種種可惡，使主人逐之不捨，責之不可，雖欲不憐而實不能不憐，雖欲不愛而實不能不愛。余歷梨園子弟廣矣，各各（個個）皆然。亦曾與慣養梨園諸世家兄弟談議及此，衆皆知其事，而皆不能言。今閱《石頭記》至「原非本角之戲，執意不作」二語，便見其恃能壓衆，喬酸姣妒，淋漓滿紙矣。復至「情悟梨香院」一回，更將和盤托出，與余三十年前目睹身親之人，現形於紙上。使言《石頭記》之爲書，情之至極，言之至恰。然非領略過乃事，迷陷過乃情，即觀此茫然嚼蠟。亦不知其神妙也。』賈薔扭他不過，脂批：『如何反扭他不過，其中隱許多文字。』只得依他作了。賈妃甚喜，命『不可難爲了這女孩子，好生教習』，脂批：『可知尤物了。』額外賞了兩匹宮緞、兩個荷包並金銀錁子、食物之類。脂批：『又伏下一個尤物，一段新文。』然後撤筵，將未到之處復又遊玩。忽見山環佛寺，忙另盥手進去焚香拜佛，又題一匾云：『苦海慈航』。脂批：『寓通

此四齣戲，預示賈家後部之情節，正如脂批所云：『所點之戲劇伏四事，乃通部書之大過節，大關鍵。』此批極重要，一是提示了《紅樓夢》後部情節，二是證明雪芹當時已有後部稿本，否則脂硯不能批出此四個關鍵情節。

此處又提後部情節。

按：當年曹寅、李煦家都有戲班，此段批語，正可證其事，且可知《石頭記》中確有許多故事情節，其生活素材來源，即出於曹、李兩家也。

於大熱鬧中，忽出『苦海慈航』四字，欲

警醒多少癡迷之筆，亦寓繁華如夢，速尋覺路之意。

脂批：『一回離合悲欢夾寫之文，真如山陰道上，令人應接不暇。尚有許多忙中閑、閑中忙小波瀾，一絲不漏，一筆不苟。』

部人事，一篇熱文卻如此冷收。』

又額外加恩與一般幽尼女道。

少時，太監跪啓：『賜物俱齊，請驗等例。』乃呈上略節。賈妃從頭看了，俱甚妥協，即命照此遵行。太監聽了，下來一一發放。原來賈母的是金、玉如意各一柄，沉香拐拄一根，伽楠念珠一串，『富貴長春』宮緞四匹，『福壽綿長』宮綢四匹，紫金『筆錠如意』錁十錠，『吉慶有魚』銀錁十錠。邢夫人、王夫人二分，只減了如意、拐、珠四樣。賈敬、賈赦、賈政等，每分御製新書二部，寶墨二匣，金、銀爵各二隻，表禮按前。寶釵、黛玉諸姊妹等，每人新書一部，寶硯一方，新樣格式金銀錁二對。寶玉亦同此。（脂批：『此中忽夾上寶玉，可思。』）賈蘭則是金銀項圈二個，金銀錁二對。尤氏、李紈、鳳姐等，皆金銀錁四錠，表禮四端。外表禮二十四端，清錢一百串，是賜與賈母、王夫人及諸姊妹房中奶娘衆丫鬟的。賈珍、賈璉、賈環、賈蓉等，皆是表禮一份，金錁一雙。其餘彩緞百端，金銀千兩，御酒華筵，是賜東西兩府凡園中管理工程、陳設、答應及司戲、掌燈諸人的。外有清錢五百串，是賜厨役、優伶、百戲、雜行人丁的。

衆人謝恩已畢，執事太監啓道：『時已丑正三刻，請駕回鑾。』賈妃聽了，不由的滿眼又滾下淚來。（『別時容易見時難』也。）卻又勉強堆笑，（寫得真。）拉住賈母、王夫人的手，緊緊的不忍釋放，（脂批：『使人鼻酸。』）再四叮嚀：『不須掛念，好生自養。如今天恩浩蕩，一月許進內省視一次，見面是盡有的，何必傷慘。倘明歲天恩仍許歸省，萬不可如此奢華靡費了！』

再寫一筆，可見豪華至極。脂批：『妙極之讖，試看別書中事能故用一不祥之語爲讖，今偏不然，只有如此現成一語，便是不再之讖。只看他用一「倘」字，便隱諱，自然之至。』賈母等已哭的哽噎難言了。更悲。賈妃雖不忍別，怎奈皇家規範，違錯不得，只得忍心上輿去了。以喜始，以悲終，是大手筆，是意想不到之文也。這裏諸人好容易將賈母、王夫人安慰解勸，攙扶出園去了。正是——

王府、戚序本評云：『此回鋪排，非身經歷，開巨眼，伸大筆，則必有所滯罣牽強，豈能如此觸處成趣，立後文之根，足本文之情者？且借象說法，學我佛闡經，代天女散花，以成此奇文妙趣。惟不得與四才子書之作者，同時讨论臧否，爲可恨耳。』

【回後評】

大觀園爲寶玉及諸釵之居處，以後諸多情節，皆生發於此。此實小說人物活動之大環境，無此環境，則諸事無從展開，故必得細寫，然如何細寫，卻是難事，單寫建築，則成爲寫一建築工程矣。乃作者借賈政視察工程，商量題匾諸事，則一路描寫品題，使文章情文相生，而賈政之視工程，亦成爲一篇名園遊記矣。

寶玉試才題匾聯，實爲下回省親做詩預寫一筆，使下文不突然，且亦見寶玉之清才灑脱，而賈政則迂腐板滯，活生生一刻板官僚，而諸清客則庸俗諂奉，諸相畢露，三者恰成對照。非如此不能見寶玉之才、賈政之腐，清客之俗也。

省親一回是全書大喜文字，與前可卿之喪爲大悲文字，成一對照。作者皆以龍象之筆寫之，具見大才，且省親是皇家典儀，作者借此寫出其煌煌家世，亦真事隱於其中也。

省親以大喜起，卻以『哭的哽噎難言』結，中間又有多次嗚咽對泣，此皆意想不到之筆。此回從表面文章來看，是花團錦簇，天恩浩蕩；從深一層看，直是寫『離散天下之子女，以奉我一人之淫樂』也。此意何以知之？從元妃對賈政說『田舍之家，雖齏鹽布帛，終能聚天倫之樂；今雖富貴已極，骨肉各方，然終無意趣』之語知之。

元妃點戲，脂硯加批，盡示賈家之敗、元妃之死、甄寶玉送玉、黛玉之死等後部關鍵情節。今雖不得見後部文字，而其『通部書之大過節，大關鍵』已略得之矣。

【校記】

〔一〕回目：第十七回、第十八回，己卯、庚辰兩本未分回，回目同作『大觀園試才題對額，榮國府歸省慶元宵』。甲戌本本回缺。蒙本、戚本、楊本、列本皆分回，蒙本從『也不想逛了這半日，老太太必懸掛着，快進去，疼你也白疼了。寶玉聽說，方退了出來』處分回，戚、楊、列三本分回處同蒙本。蒙本回目上句同庚辰、己卯。下句作『怡紅院迷路探曲折』。戚本回目下句『探曲折』作『探深幽』。楊本回目作『會芳園試才題對額，賈寶玉機敏動諸賓』。列本回目同庚辰、己卯本。舒序本十七回回目上句同庚辰、己卯本，下句作『榮國府奉旨賜歸寧』。其分回處獨異衆本，是從『此時自己回想當初在大荒山中……所以倒是省了這工夫紙筆罷了』處分回的。甲辰本、程甲本第十七回回目全同庚辰、己卯本。分回處兩本相同，都是從『叫書啓相公寫個請帖去請妙玉，次日遣人備車轎去接』處分回。第十八回蒙本回目作『慶元宵賈元春歸省，助情人林黛玉傳詩』。戚本同。楊本作『林黛玉誤剪香囊袋，賈元春歸省慶元宵』。列本十八回無回目，只寫『石頭記第十八回』。舒序本第十八回回目作『隔珠簾父女勉忠勤，搦湘管姊弟裁題咏』。甲辰本十八回回目作『皇恩重元妃省父母，天倫樂寶玉呈才藻』。程甲本全同。本校本第十七回、第十八回回目從庚辰、己卯本。

〔二〕回前詩，己卯、庚辰、蒙府、戚序、楊本、列本同。楊本『足』作『是』。

〔三〕庚辰本作『大老爺瞧了』，據甲辰、舒序本改。

〔四〕『牛心』，庚辰本無，從蒙本、楊本、列本、舒序、甲辰、程甲諸本補。

〔五〕己卯、庚辰、列藏、楊本、舒本均作『殘犂』，蒙府、戚序作『殘黎』，甲辰、程甲作『殘年』。按：『殘黎』是。黎，黎民、黎庶；殘，衰殘，殘年。賈政自稱是年已衰殘的老百姓。從蒙府、戚序本改。

〔六〕己卯本作『也省他些精神不到的之處』。庚辰本於『精神』下旁添『恐有』兩字，全句爲『恐有不到的之處』。戚序、蒙府、列藏、舒序同己卯本，甲辰、程甲本則删掉此數句，獨楊本作『也省他些精神』，無下面累贅之句，從楊本改。

第十九回　情切切良宵花解語　意綿綿靜日玉生香〔一〕

話說賈妃回宮，次日見駕謝恩，並回奏歸省之事。龍顏甚悅，又發內帑彩緞金銀等物，以賜賈政及各椒房等員，不必細說。

且說榮、寧二府中因連日用盡心力，真是人人力倦，各各神疲，寫出一場大事之背面情狀，卻是追魂攝魄之筆，恰如景陽岡武松打虎以後神疲力盡之狀。又將園中一應陳設動用之物收拾了兩三天方完。第一個鳳姐事多任重，別人或可偷安躲靜，獨他是不能脫得的；二則本性要強，不肯落人褒貶，只扎掙着與無事的人一樣。

鳳姐亦已筋疲力盡，只是本性要強好勝，強撐場面耳。數句又寫出鳳姐性格。

第一個寶玉是極無事最閒暇的。偏這日一早，襲人的母親又親來回過賈母，接襲人家去吃年茶，晚間纔得回來。脂批：『一回一回各生機軸，總在人意想之外。』因此，寶玉只和衆丫頭們擲骰子趕圍棋作戲。正在房內頑的沒興頭，忽見丫頭們來回說：『東府珍大爺來請過去看戲、放花燈。』寶玉聽了，便命換衣裳。纔要去時，忽又有賈妃賜出糖蒸酥酪來；寶玉想上

一片新正氣象，令人感染。

一段合情合理之文，寫出一番新正氣象。

次襲人喜吃此物，便命留與襲人了。自己回過賈母，過去看戲。

誰想賈珍這邊唱的是《丁郎認父》《黃伯央大擺陰魂陣》，更有《孫行者大鬧天宮》《姜子牙斬將封神》等類的戲文，倏爾神鬼亂出，忽又妖魔畢露，甚至於揚旛過會，號佛行香，鑼鼓喊叫之聲遠聞巷外。脂批：『形容尅剥之至，弋揚腔能事畢矣。閱至此則有如耳內喧嘩，目中離亂。後文至隔牆聞「裊晴絲」數曲，則有如魂隨笛轉，魄逐歌銷。形容一事，一事畢真，石頭是第一能手矣。』滿街之人，個個都贊：『好熱鬧戲，別人家斷不能有的。』寶玉見繁華熱鬧到如此不堪的田地，只略坐了一坐，便走開各處閑耍。先是進內去和尤氏和丫鬟姬妾說笑了一回，便出二門來。

尤氏等仍料他出來看戲，遂也不曾照管。賈珍、賈璉、薛蟠等只顧猜枚行令，百般作樂，也不理論，縱一時不見他在座，只道在裏邊去了，故也不問。至於跟寶玉的小廝們，那年紀大些的，知寶玉這一來了，必是晚間纔散，因此偷空也有去會賭的，也有往親友家去吃年茶的，更有或嫖或飲的，都私散了，待晚間再來；那小些的，都鑽進戲房裏瞧熱鬧去了。

寶玉見一個人没有，因想『這裏素日有個小書房，內曾掛着一軸美人，極畫的得神。今日這般熱鬧，想那裏自然無人，〔二〕那美人也自然是寂寞的，須得我去望慰他一回。』脂批：『極不通極胡說中，寫出絕代情癡，宜乎衆人謂之瘋傻。』想着，便往書房裏來。剛到窗前，聞得房內有呻吟之韻。寶玉倒唬了一跳：敢是美人活了不成？逼真當時情態。乃乍着膽子，舔破窗紙，神情如畫向內一看，按此段脂批：實含最初之典型論思想，以下尚有數段，當於後文詳論。

那軸美人卻不曾活，卻是茗煙按着一個女孩子，也幹那警幻所訓之事。寶玉禁不住大叫：『了不得！』一場極秘極密之事。卻遭寶玉大叫大嚷。一腳踹進門去，將那兩個唬開了，抖衣而顫。想見當時兩人驚嚇情狀。

茗煙見是寶玉，忙跪求不迭。寶玉道：『青天白日，這是怎麽說？珍大爺知道，你是死是活？』確是實情，非虚聲恫嚇也。一面看那丫頭，雖不標緻，倒還白淨，些微亦有動人處，羞的臉紅耳赤，低首無言。寶玉跺腳道：『還不快跑！』脂批：『此等搜神奪魄，至神至妙處，只在囫圇不解中得。』一語提醒了那丫頭，飛也似去了。寶玉又趕出去，叫道：『你别怕，如此提醒，確是寶玉，再加一句，更傳寶玉之神。我是不告訴人的。』脂批：『活寶玉。移之他人不可。』急的茗煙在後叫：『祖宗，這是分明告訴人了！』一段追魂奪魄之筆。寶玉因問：『那丫頭十幾歲了？』茗煙道：『大不過十六七歲了。』寶玉道：『連他的歲屬也不問問，别的自然越發不知了。可見他白認得你了。可憐，可憐！』脂批：『按此書中寫一寶玉，其寶玉之爲人，是我輩於書中見而知有此人，實未目曾親睹者。又寫寶玉之發言，每每令人不解；寶玉之生性，件件令人可笑。不獨於世上親見這樣的人不曾，即閱今古所有之小說奇傳中，亦未見這樣的文字。於顰兒處更爲甚。其囫圇不解之中實可解，可解之中又說不出理路，合目思之，卻如真見一寶玉，真聞此言者，移之第二人萬不可，亦不成文字矣。余閱《石頭記》中至奇至妙之文，全在寶玉顰兒至癡至呆囫圇不解之語中，其詩詞雅謎酒令，奇衣奇食奇玩等類，固他書中未能，然在此書中評之，猶爲二着。』又問：『名字叫什麽？』茗煙大笑道：『若說出名字來話長——真真新鮮奇文，竟是寫不出來的。脂批：『若都寫的出來，何以見此書中之妙？脂硯。』據他說，他母親養他的時節做了個夢，夢見得了一匹錦，上面是五色富貴不斷頭卍字的花樣。脂批：『千奇百怪之想，所謂牛溲馬勃皆至藥也，魚鳥昆虫皆妙文也。天地間無一物不是妙物，無一物不可不成文，但在人意捨取耳。此皆信手拈來，隨筆成趣，大遊戲，大慧悟，大解脫之妙文也。』所以他的名字叫作卍兒。』寶玉聽了笑道：『真也新奇，想必他將來有些造化。』說着，沉思一會。

寶玉看襲人，固見襲人親密，然更見寶玉心中眼中，並不以貴賤分也。

茗煙因問：『二爺爲何不看這樣的好戲？』寶玉道：『看了半日，怪煩的，出來逛逛，就遇見你們了。這會子作什麼呢？』茗煙欸欸笑道：『這會子没人知道，我悄悄的引二爺往城外逛逛去，一會子再往這裏來，他們就不知道了。』脂批：『茗煙此時只要掩飾方纔之過，故設此以悦寶玉之心。』寶玉道：『不好，仔細花子拐了去。便是他們知道了，又鬧大了，不如往熟近些的地方去，還可就來。』茗煙道：『熟近地方，誰家可去？這卻難了。』寶玉笑道：『依我的主意，咱們竟找你花大姐姐去，瞧他在家作什麼呢。』脂批：『妙。寶玉心中早安了這着，但恐茗煙不肯引去耳，恰遇茗煙私行淫媾，爲寶玉所脅，故以城外引以悦其心，寶玉始說出往花家去，非茗煙適有罪所脅，萬不敢如此私引出外，別家子弟尚不敢私出，況寶玉哉！況茗煙哉！文字榫楔細極。』茗煙笑道：『好，好！倒忘了他家。』又道：『若他們知道了，說我引着二爺胡走，要打我呢？』寶玉道：『有我呢。』茗煙聽說，拉了馬，二人從後門就走了。

幸而襲人家不遠，不過一半里路程，展眼已到門前。茗煙先進去叫襲人之兄花自芳。彼時襲人之母接了襲人與幾個外甥女兒、脂批：『一樹千枝，一源萬派，無意隨手，伏脈千里。』幾個姪女兒來家，正吃菓茶。聽見外面有人叫『花大哥』，花自芳慌忙出去看時，見是他主僕兩個，唬的驚疑不止，正是意外之事，做夢都不敢想。連忙抱下寶玉來，在院內嚷道：『寶二爺來了！』別人聽見還可，襲人聽了，也不知爲何，忙跑出來迎着寶玉，一把拉着問：『你怎麼來了？』奇極怪極，難怪襲人要問。寶玉笑道：『我怪悶的，來瞧瞧你作什麼呢。』襲人聽了，纔放下心來，嗐了一聲，笑道：『你也忒胡鬧了，按照封建等級觀念，當然是忒胡鬧了。可作什麼來呢！』一面又問茗煙：『還有誰跟來？』茗煙笑道：『別人都不知，就只我們兩個。』襲人聽了，復又驚慌，說道：『這還了得！倘或碰見了人，或是遇見了老爺，街上人擠車碰，馬轎紛紛的，若有個閃失，也是頑得的！你們的膽子比斗還大。都是茗煙調唆的，回去我定告訴嬤嬤們打你。』脂批：『該說，說的更是。脂硯。』茗煙撅了嘴道：『二爺罵着打着，叫我引了來，這會子推到我身上。我說別來罷，——不然我們還去罷。』是茗煙情理中之言。花自芳忙勸：『罷了，已是來了，也不用多說了。只是茅簷草舍，又窄又髒，爺怎麼坐呢？』

襲人之母也早迎了出來。襲人拉了寶玉進去。寶玉見房中三五個女孩兒，見他進來，都低了頭，羞慚慚的。花自芳母子兩個百般怕寶玉冷，又讓他上炕，又忙另擺菓桌，又忙倒好茶。脂批：『連用三「又」字，上文一個「百般」，神理活現。脂硯。』襲人笑道：『你們不用白忙，脂批：『妙。不寫襲卿忙，正是忙之至，若一寫襲人忙，便是庸俗小派了。』我自然知道。菓子也不用擺，也不敢亂給東西吃。』一面說，一面將自己的坐褥拿了鋪在一個杌上，寶玉坐了；用自己的腳爐墊了腳；向荷包內取出兩個梅花香餅兒來，又將自己的手爐掀開焚上，仍蓋好，放與寶玉懷內；然後將自己的茶杯斟了茶，送與寶玉。脂批：『疊用四「自己」字，寫得寶襲二人素日如何親洽，如何尊榮，此時一盤托出。蓋素日身居侯府綺羅錦繡之中，其安富尊榮之寶玉，親密浹洽勤慎委婉之襲人，是分所應當，不必寫者也。今於此一補，更見其二人平素之情義，且暗透此回中所有母女兄長欲爲贖身角口等未到之過文。』彼時他母兄已是忙另齊齊整整擺上一桌子菓品來。襲人見總無可吃之物，脂批：『補明寶玉自幼何等嬌貴，以此一句，留與下部後數十回「寒冬噎酸齏，雪夜圍破氈」等處對看，可爲後生過分之戒。嘆嘆！』因笑道：『既來了，沒有空去之理，好歹嘗一點兒，也是來我家一趟。』說着，便拈了幾個松子穰，脂批：『惟此品稍可一拈，別品便大錯了。』吹去細

只有他們兩人來，可見是私自來的，更令襲人吃驚不已，然不是私來，豈能稟明後再來乎？

數語寫出襲人平時侍候寶玉情狀。

此批提到『留與下部後數十回「寒冬噎酸齏，雪夜圍破氈」等處對看』，據此研究家們認爲八十回以後雪芹已有撰稿，寒冬兩句不僅是後部寶玉

情節，其文字也可能是後部文字，如此類批語，後文還有，故後部已有撰稿的可能性是存在的。

問得極細，答得合理。

脂批：『自一把拉住至此，諸形景動作，襲卿有意微露絳芸軒中隱事也。』

皮，用手帕托着送與寶玉。

寶玉看見襲人兩眼微紅，粉光融滑，脂批：『八字畫出纔收淚之一女兒，是好形容，且是寶玉眼中意中。』因悄問襲人：『好好的哭什麽？』襲人笑道：『何嘗哭？纔迷了眼揉的。』因此便遮掩過了，脂批：『伏下後文所補未到多少文字。』當下寶玉穿着大紅金蟒狐腋箭袖，外罩石青貂裘排穗褂。襲人道：『你特爲往這裏來又換新服，他們脂批：『指晴雯、麝月等。』就不問你往那去的？』脂批：『必有是問，閱此則又笑盡小說中無故家常穿紅掛綠、綺繡綾羅等語，自謂是富貴語，究竟反是寒酸語。』寶玉笑道：『珍大爺那裏去看戲換的。』襲人點頭。又道：『坐一坐就回去罷，這個地方不是你來的。』寶玉笑道：『你就家去纔好呢，我還替你留着好東西呢。』襲人悄笑道：『悄悄的，叫他們聽着什麽意思。』所謂『情切切』也。脂批：『想見二人素日情常。』一面又伸手從寶玉項上將通靈玉摘了下來，向他姊妹們笑道：『你們見識見識。時常說起來都當希罕，恨不能一見，今兒可盡力瞧了。再瞧什麽希罕物兒，也不過是這麽個東西。』脂批：『行文至此，固好看之極，且勿論。按此言固是襲人得意之話，蓋言你等所希罕不得一見之寶，我卻常守常見，視爲平物。然余今窺其用意之旨，則是作者借此正爲貶玉原非大觀者也。』說畢，遞與他們傳看了一遍，仍與寶玉掛好。又命他哥哥去或僱一乘小轎，或僱一輛小車，送寶玉回去。花自芳道：『有我送去，騎馬也不妨了。』襲人道：『不爲不妨，爲的是碰見人。』襲人細心週到。

花自芳忙去僱了一頂小轎來，衆人也不敢相留，只得送寶玉出去。襲人又抓些菓子與茗煙，又把些錢與他買花炮放，教他『不可告訴人，連你也有不是』。一直送寶玉至門前，看着上轎，放下轎簾。花、茗二人牽馬跟隨。來至寧府街，茗煙命住轎，寶玉一出門，丫鬟們都恣意頑笑，亦可見寶玉平時對待她們的情景。

向花自芳道：『須等我同二爺還到東府裏混一混，纔好過去的，不然人家就疑惑了。』（活畫出偷偷出來情景。）花自芳聽說有理，忙將寶玉抱出轎來，送上馬去。寶玉笑說：『倒難爲你了。』於是仍進後門來。俱不在話下。

卻說寶玉自出了門，他房中這些丫鬟們都越性恣意的頑笑，也有趕圍棋的，也有擲骰抹牌的，磕了一地瓜子皮。偏奶母李嬤嬤拄拐進來請安，瞧瞧寶玉，見寶玉不在家，丫頭們只顧頑鬧，十分看不過。（脂批：『人人都看不過，獨寶玉看得過。』）因嘆道：『只從我出去了，不大進來，你們越發没個樣兒了，（可見更寬鬆了。）別的媽媽們越不敢說你們了。那寶玉是個丈八的燈臺——照見人家，照不見自家的。只知嫌人家髒，這是他的屋子，由着你們遭塌，越不成體統了。』（脂批：『所以爲今古未有之寶玉。』）這些丫頭們明知寶玉不講究這些，二則李嬤嬤已是告老解事出去的了，（脂批：『調侃入微，妙，妙。』）如今管他們不着，因此只顧頑，並不理他。那李嬤嬤還只管問『寶玉如今一頓吃多少飯』『什麼時辰睡覺』等語。（神情如畫）丫頭們總胡亂答應。有的說：『好一個討厭的老貨！』（活畫世情）

李嬤嬤又問道：『這蓋碗裏是酥酪，怎不送與我去？我就吃了罷。』說畢，拿匙就吃。（倚老賣老，活靈活現。脂批：『寫聾鍾奶姆便是聾鍾奶姆。』）一個丫頭道：『快別動！那是說了給襲人留着的，回來又惹氣了。（一語重提第八回李嬤嬤吃楓露茶，寶玉摔杯事。）你老人家自己承認，別帶累我們受氣。』（脂批：『這等話語聲口，必是晴雯無疑。』）李嬤嬤聽不提襲人還罷，一提襲人，則更見李嬤失時冷落。

李嬤一段話，活畫出一個背時老嬤的聲口情狀。

了，又氣又愧，便說道：『我不信他這樣壞了。別說我吃了一碗牛奶，就是再比這個值錢的，也是應該的。難道待襲人比我還重？難道他不想想怎麼長大了？我的血變的奶，吃的長這麼大，如今我吃他一碗牛奶，他就生氣了？我偏吃了，看怎麼樣！你們看襲人不知怎樣，那是我手裏調理出來的毛丫頭，什麼阿物兒！』一面說，一面賭氣將酥酪吃盡。（愈說愈氣，故偏將酥酪吃盡也。）又一丫頭笑道：『他們不會說話，怨不得你老人家生氣。寶玉還時常送東西孝敬你老去，豈有爲這個不自在的？』（脂批：『聽這聲口，必是麝月無疑。』）李嬤嬤道：『你們也不必妝狐媚子哄我，打量上次爲茶攆茜雪的事我不知道呢。（索性自己說出爲己喝茶攆茜雪事，一肚子積怨，盡情倒出，故有以下之話也。）明兒有了不是，我再來領！』說着，賭氣去了。

少時，寶玉回來，命人去接襲人。只見晴雯躺在牀上不動，（脂批：『嬌態已慣。』）寶玉因問：『敢是病了？再不然輸了？』秋紋道：『他倒是贏的。誰知李老太太來了，混輸了，他氣的睡去了。』（活畫出晴雯。）寶玉笑道：『你別和他一般見識，由他去就是了。』說着，襲人已來，（襲人此時已回來。）彼此相見。襲人又問寶玉何處吃飯，多早晚回來，又代母妹問諸同伴姊妹好。一時換衣卸妝。寶玉命取酥酪來，丫鬟們回說：『李奶奶吃了。』（一頓。）寶玉纔要說話，襲人便忙笑道：『原來是留的這個，（襲人趕忙掩過。）多謝費心。前兒我吃的時候好吃，吃過了好肚子疼，足鬧的吐了纔好。他吃了倒好，擱在這裏倒白遭塌了。（脂批：『與前文因失手碎鍾遙對，通部襲人皆是如此，一絲不錯。』）我只想風乾栗子吃，你替我剥栗子，我去鋪牀。』寶玉聽了，信以爲真，方把回應前寶玉去襲人家事，寫出寶玉當時想問未問之話，補足寶玉神態。

寶玉一片癡心好意，襲人卻連用奴才兩字逆之，纔逼出寶玉下面一句至關緊要的話來，原來寶玉心中意中，一向以平等待人，故雖欲其來，根本未想以『奴才』待之，此意襲人輩安能知之？

此批合前批，實爲中國最初之典型論思想，亦世界最初之典型論思想，蓋脂硯、畸笏、雪芹之時代，早於馬克思、恩格斯

酥酪丟開，取栗子來，自向燈前檢剥。一面見衆人不在房中，乃笑問襲人道：『今兒那個穿紅的是你什麼人？』脂批：『若是（見）過女兒之後没有一段文字，便不是寶玉，亦非《石頭記》矣。』襲人道：『那是我兩姨妹子。』寶玉聽了，讚嘆了兩聲。脂批：『這一讚嘆，又是令人囫圇不解之語，只此便抵過一大篇文字。』襲人道：『嘆什麼？脂批：『只一嘆字，便引出花解語一回來。』我知道你心裏的緣故，想是說他那裏配紅的。』襲人故意激寶玉耳。寶玉笑道：『不是，不是。那樣的人不配穿紅的，誰還敢穿？我因爲見他實在好的很，怎麼也得他在咱們家就好了。』寫出寶玉一片癡情。脂批：『妙談，妙意。』襲人冷笑道：『我一個人是奴才命罷了，難道連我的親戚都是奴才命不成？定還要揀實在好的丫頭纔往你家來。』脂批：『妙答。寶玉並未說奴才二字，襲人連補奴才二字，最是勁節，怨不得作此語。』寶玉聽了，忙笑道：『你又多心了。我說往咱們家來，必定是奴才不成？此答確是寶玉之意。雖語勢勉強，因無其他關係可說也。脂批曰：『勉強如聞。』就其語勢論，脂批是，然脂批僅得其表，未悟其意也。說親戚就使不得？』就語勢論更勉強。故脂批云：『更強。』蓋實無此理也。然就寶玉之意而論，確非欲以奴才致之也，故寶玉之言只能如此說。王府本批云：『這樣妙文，何處得來？非目見身行，豈能如此的確？』予謂王府本批能會其心之所思、語不能達之意，故曰『妙文』。襲人道：『那也般配不上。』襲人所說，理也，故曰『搬配不上』也。寶玉所說，情也。故超於理之上也。

寶玉便不肯再說，只是剥栗子。襲人笑道：『怎麼不言語了？想是我纔冒撞沖犯了你，明兒賭氣花幾兩銀子買他們進來就是了。』寶玉笑道：『你說的話，怎麼叫我答言呢？確是無法答言，蓋情與理不能相通也。我不過是贊他好，正配生在這深堂大院裏。此確是寶玉心意，可惜處此濁世，無人能會此意耳。没的我們這種濁物脂批：『妙號。後文又曰「鬚眉濁物」之稱，今古未有之一人，始有此今古未有之妙稱妙號。』倒生在這裏。』脂批：『這皆寶玉意中心中確實之念，非前勉強之詞，所以謂今古未有之人耳。聽其囫圇不解之言，察其幽微感觸之心，審其癡妄委婉之意，皆今古未見之人，亦是未見之文字；說不得賢，說不得愚，說不得不肖，說不得善，說不得惡，說不得正大光明，說不得混賬惡賴，說不得聰明才俊，說不得庸俗平（常），說不得好色好淫，說不得情癡情種，恰恰只有一顰兒可對，令他人徒加評論，總未摸着他二人是何等脫胎，何等心臆，何等骨肉。余閱此書亦愛其文字耳，實亦不能評出此二人終是何等人物。後觀「情榜」評曰：「寶玉情不情，黛玉情情」。此二評自在評癡之上，亦屬囫圇不解。妙甚。』襲人道：『他雖没

一個世紀，吾人能不珍視之乎？

襲人說假話卻不動聲色，侃侃而談，煞有介事，遂使寶玉不得不信。

這造化，倒也是嬌生慣養的呢，我姨爹姨娘的寶貝。如今十七歲，各樣的嫁妝都齊備了，明年就出嫁。』寶玉聽了『出嫁』二字，不禁又嗐了兩聲。脂批：『寶玉心思另是一樣，余前評可見。』正是不自在，又聽襲人嘆道：『只從我來了這幾年，姊妹們都不得在一處。如今我要回去了，他們又都去了。』襲人竟另出奇論。

寶玉聽這話內有文章，不覺吃一驚，寶玉是實心人，聞此自當吃驚。忙丟下栗子，問道：『怎麽，你如今要回去了？』襲人道：『我今兒聽見我媽和哥哥商議，教我再耐煩一年，明年他們上來，就贖我出去的呢。』脂批：『即余今日猶難爲情，況當日之寶玉哉！』寶玉聽了這話，越發怔了，因問：『爲什麽要贖你？』襲人道：『這話奇了！我又比不得是你這裏的家生子兒，一家子都在別處，獨我一個人在這裏，怎麽是個了局？』脂批：『說得極是。』寶玉道：『我不叫你去也難。』脂批：『是頭一句駁，故用貴公子聲口。無理。』襲人道：『從來沒這道理。便是朝廷宮裏，也有個定例，或幾年一選，幾年一入，也沒有個長遠留下人的理，別說你了！』如此一駁，更見只有去的理，沒有留的理。

寶玉想一想，果然有理。又道：『老太太不放你也難。』自己留不住。再提老太太，又進一步。襲人道：『爲什麽不放？我果然是個最難得的，或者感動了老太太、太太，脂批：『寶玉並不提王夫人，襲人偏自補出，週密之至。』必不放我出去的，設或多給我們家幾兩銀子，留下我，然或有之；其實我也不過是個平常的人，比我強的多而且多。自我從小兒來了，跟着老太太，先服侍了史大姑娘幾年，脂批：『百忙中又補出湘雲來，真是七穿八達，得空便入。』如今又服侍了你幾年。如今我們家來贖，正是該叫去的，只怕襲人一路侃侃而談，只有去理，絕無留理。文章已是山窮水盡，寶玉亦已絕望。然細按以上襲人所說，皆是說理，——自己回去的種種充足理由，而未及她本人的心，——她本心是否

連身價也不要，就開恩叫我去呢。提出老太太、太太，反而更可能開恩放走，簡直愈說愈有理。若說爲服侍的你好，不叫我去，斷然没有的事。服侍的好，不讓去是第三層意思。那服侍的好，是分內應當的，不是什麽奇功。我去了，仍舊有好的來，不是没了我就不成事。』服侍的好也不是不走的理由。脂批：『再一駁，更精細，更有理。』寶玉聽了這些話，竟是有去的理，無留的理，文章如下棋，已使對手陷入死角。心內越發急了，因又道：『雖然如此說，我只一心留下你，不怕老太太不和你母親說。多多給你母親些銀子，他也不好意思接你了。』已無別着，只此最後一着了。脂批：『急心腸，故入於霸道無理。』襲人道：『我媽自然不敢強。且慢說和他好說，又多給銀子；就便不好和他說，一個錢也不給，安心要強留下我，他也不敢不依。但只是咱們家從没幹過這倚勢仗貴霸道的事。這比不得別的東西，因爲你喜歡，加十倍利弄了來給你，那賣的人不得吃虧，可以行得。如今無故平空留下我，於你又無益，反叫我們骨肉分離，這件事，提出『骨肉分離』的大題目，更無留的理。老太太、太太斷不肯行的。』脂批：『三駁不獨更有理，且又補出賈府自家慈善寬厚等事。』寶玉聽了，思忖半晌，脂批：『正是思忖，只有去理，實無留理。』乃說道：『依你說，你是去定了？』文章至此，已無迴旋餘地。只有去的理，没有留的理。以前幾層，只是從襲人家一方講，最後一層，是從寶玉一方講。前兩層是理，後一層是情，誰知情亦不能動襲人必去之心，於是寶玉再下此一語也。襲人道：『去定了。』寶玉聽了，自思道：『誰知這樣一個人，這樣薄情無義。』於是寶玉於絕望之餘，乃嘆息襲人之薄情無義也。乃嘆道：『早知道都是要去的，脂批：『都是要去的，妙。可謂觸類旁通，活是寶玉。』我就不該弄了來，臨了剩我一個孤鬼兒。』脂批：『可謂見首知尾，活是寶玉。』說着，便賭氣上牀睡去了。寶玉至此，已無路可走矣。

原來襲人在家，聽見他母兄要贖他回去，他就說至死也不回去的。這纔是襲人的真心真意。以上只是

願意走。寶玉只說他自己不願她走，而未問襲人心裏是否決定要走，故文章尚留有柳暗花明這一途也。

一段交代，無論是襲人及襲人家裏，都已『再無贖念』了，以上云云，只是襲人故生波瀾耳。

欲激寶玉耳。又說：『當日原是你們没飯吃，就剩我還值幾兩銀子，若不叫你們賣，没有個看着老子娘餓死的理。脂批：『補出襲人幼時艱辛苦狀，與前文之香菱，後文之晴雯，大同小異。自是又副十二釵中之冠，故不得不補傳之。』如今幸而賣到這個地方，襲人實以能留賈府爲幸也。吃穿和主子一樣，又不朝打暮罵。況且如今爹雖没了，你們卻又整理的家成業就，復了元氣。若果然還艱難，把我贖出來，再多掏澄幾個錢，也還罷了，其實又不難了。這會子又贖我作什麼？權當我死了，再不必起贖我的念頭！』其實已下定決心不想走。因此哭鬧了一陣。脂批：『以上補在家今日之事，與寶玉問哭一句針對。』

他母兄見他這般堅執，自然必不出來的了。況且原是賣倒的死契，補明一句 明仗着賈宅是慈善寬厚之家，不過求一求，只怕連身價銀一併賞了還是有的事呢。二則，賈府中從不曾作踐下人，只有恩多威少的。且凡老少房中所有親侍的女孩子們，更比待家下衆人不同，平常寒薄人家的小姐，也不能那樣尊重的。因此，他母子兩個也就死心不贖了。次後忽然寶玉去了，他二人又是那般景況，脂批：『一件閑事，一句閑文皆無，警甚。』他母子二人心下更明白了，越發石頭落了地，而且是意外之想，彼此放心，再無贖念了。脂批：『一段情結。脂硯。』

如今且說襲人自幼見寶玉性格異常，脂批：『四字好，所謂說不得好，又說不得不好也。』其淘氣憨頑自是出於衆小兒之外，更有幾件千奇百怪口不能言的毛病兒。脂批：『只如此說更好，所謂說不得聰明賢良，說不得癡呆愚昧也。』近來仗着祖母溺愛，父母亦不能十分嚴緊拘管，更覺放蕩弛縱，脂批：『四字妙評。脂硯。』任性恣情，脂批：『四字更好。亦不涉於惡，亦不涉於淫，亦不涉於驕，不過一味任性耳。』最不喜務正。脂批：『這還是小兒同病。』每欲勸時，料不能聽，今日可巧有贖身之論，故先用襲人以上一段危言聳聽，原來爲此，則文章又是『柳暗花明又一村』矣。

作者一腔憤世之言，借此一發，無知識無形迹，則與世無沾矣。此作者於世悲極絕望之語，而以小兒信口之言出之，是欲哭無淚，欲語無言也。

騙詞，以探其情，以壓其氣，然後好下箴規。今見他默默睡去了，知其情有不忍，氣已餒墮。（襲人實已制服了寶玉。）自己原不想栗子吃的，只因怕爲酥酪又生事故，亦如茜雪之茶等事，（再將前事交代一筆。）是以假以栗子爲由，混過寶玉不提就完了。於是命小丫頭子們將栗子拿去吃了，自己來推寶玉。只見寶玉〔三〕淚痕滿面，（正是傷心之極，情到無可奈何處也。）襲人便笑道：『這有什麼傷心的？你果然留我，我自然不出去了。』（一語豁然開朗。）寶玉見這話有文章，便說道：『你倒說說，我還要怎麼留你，我自己也難說了。』（前面已是說到再無可說，故如是說也。）襲人笑道：『咱們素日好處，再不用說。但今日你安心留我，不在這上頭。我另說出兩三件事來，你果然依了我，就是你真心留我了，（此時襲人方說出真意，只怪寶玉前面不問她本意何如耳。）刀擱在脖子上，我也是不出去的了。』（原來只是一個勁的要去，此時卻忽然『刀擱在脖子上也不出去』，直是文章千變萬化。）

寶玉忙笑道：『你說，那幾件？我都依你。好姐姐，好親姐姐，（脂批：『叠二語，活見從紙上走一寶玉下來，如聞其呼，如見其笑。』）別說兩三件，就是兩三百件，我也依。（只要有一絲留意，便不惜一切也。）只求你們同看着我，守着我，等我有一日化成了飛灰，（脂批：『脂硯齋所謂不知是何心思，始得口出此等不成話之至奇至妙之話，諸公請如何解得，如何評論。所勸者正爲此，偏於勸時犯，妙甚。』）——飛灰還不好，灰還有形有迹，還有知識。（脂批：『灰還有知識，奇之不可甚言矣，余則謂人尚無知識者多多。』）——等我化成一股輕煙，風一吹便散了的時候，你們也管不得我，我也顧不得你們了。那時憑我去，我也憑你們愛那裏去就去了。』（脂批：『是聰明，是愚昧，是小兒淘氣，余皆不知，只覺悲感難言，奇瑰愈妙。』）話未說完〔四〕，急的襲人忙握他的嘴說：『好好的，正爲勸你這些，倒更說的狠了。』（正是爲此而勸，則可見平時寶玉多有此類言語，襲人欲止寶玉此類言語，卻偏於勸時噴發而出。文章入化機，不可以法繩也。）寶玉忙說道：『再不說這話了。』（脂批：『只說今日一次，呵呵，玉兄，玉兄，你到底哄的那一個？』）襲人道：『這是頭一件要改的。』

寶玉道：『改了，再要說，你就擰嘴。還有什麼？』

襲人道：『第二件，你真喜讀書也罷，假喜也罷，只是在老爺跟前或在別人跟前，你別只管批駁誚謗，只作出個喜讀書的樣子來，（脂批：『寶玉又誚謗讀書人，恨此時不能一見如何誚謗。』）也教老爺少生些氣，（脂批：『大家聽聽可是丫鬟說的話。』）在人前也好說嘴。他心裏想着，我家代代讀書，只從有了你，不承望你不喜讀書，已經他心裏又氣又愧了。而且背前背後亂說那些混話，凡讀書上進的人，你就起個名字叫作「祿蠹」；（脂批：『二字從古未見，新奇之至，難怨世人謂之可殺，余卻最喜。』）又說只除「明明德」外無書，都是前人自己不能解聖人之書，便另出己意，混編纂出來的。（脂批：『寶玉目中猶有「明明德」三字，心中猶有「聖人」二字，又素日皆作如是等語，宜乎人人謂之瘋傻不肖。』）這些話，怎麼怨得老爺不氣，不時時打你？（可見寶玉被打已非一次二次。）叫別人怎麼想你？』（脂批：『又作是語，說不得不乖覺，然又是作者瞞人之處也。』）寶玉笑道：『再不說了。那原是那小時不知天高地厚，信口胡說，如今再不敢說了。還有什麼？』

襲人道：『再不可毀僧謗道，（脂批：『一件，是婦女心意。』）調脂弄粉。（脂批：『二件，若不如此，亦非寶玉。』）還有更要緊的一件，（脂批：『忽又作此一語。』）再不許吃人嘴上擦的胭脂了，（脂批：『此一句是聞所未聞之語，宜乎其父母嚴責也。』）與那愛紅的毛病兒。』寶玉道：『都改，都改。再有什麼，快說。』（一切都改，說得何等爽快，惟其說得容易，改則不能也。脂硯已看透此事。）襲人笑道：『再也沒有了。（脂批：『總包括盡矣。其所謂「花解語」者大矣，不獨冗冗爲兒女之分也。』）只是百事檢點些，不任意任情的就是了。你若果都依了，便拿八人轎也擡不出我去了。』寶玉笑道：『你在這裏長遠了，不怕沒八人

一段石破天驚之語，卻於此時噴發而出，其語亦莊亦諧，亦奇亦正，教人捉摸不住。

『都是前人自己不能解聖人之書，便另出己意，混編纂出來的』數語，罵盡天下腐儒，更罵盡程、朱，罵盡程、朱解孔、孟盡失孔、孟本意，實爲杜撰耳。此段話，至關緊要，可與當世顧炎武、黃宗羲、王夫之、顔元、唐甄、戴震、袁枚等人之書並讀，則能豁然大悟矣！

寶玉說『如今再不敢說了。』脂批說：『又是作者瞞人之處也。』可見脂硯深知作者。

襲人、寶釵同一意也，而勸法不同，襲人以媚以嬌，故謂『花

轎你坐。』襲人冷笑道：『這我可不希罕的。有那個福氣，没有那個道理。縱坐了，也没甚趣。』脂批：『調侃不淺，然在襲人能作是語，實可愛可敬可服之至，所謂花解語也。』

二人正說着，只見秋紋走進來，說：『快三更了，該睡了。方纔老太太打發嬤嬤來問，我答應睡了。』寶玉命取錶來看時，果然針已指到亥正，脂批：『表則是表的寫法，前形容自鳴鐘則是自鳴鐘，各盡其神妙。』方從新盥漱，寬衣安歇，不在話下。

至次日清晨，襲人起來，便覺身體發重，頭疼目脹，四肢火熱。先時還扎挣的住，次後捱不住，只要睡着，因而和衣躺在炕上。寶玉忙回了賈母，傳醫診視，說道：『不過偶感風寒，吃一兩劑藥疏散疏散就好了。』開方去後，令人取藥來煎好。剛服下去，命他蓋上被渥汗，寶玉自去黛玉房中來看視。

彼時黛玉自在牀上歇午，丫鬟們皆出去自便，滿屋内静悄悄的。寶玉揭起繡線軟簾，進入裏間，只見黛玉睡在那裏，忙走上來推他道：『好妹妹，脂批：『纔住了「好姐姐」，又聞「好妹妹」，大約寶玉一日之中，一時之内，此六個字未曾暫離口角。妙。』纔吃了飯，又睡覺。』將黛玉喚醒。脂批：『若是别部書中寫此時之寶玉，一進來便生不軌之心，突萌苟且之念，更有許多賊形鬼狀等醜態邪言矣。此卻反推喚醒他，毫不在意，所謂「說不得淫蕩」是也。』黛玉見是寶玉，因說道：『你且出去逛逛。我前兒鬧了一夜，今兒還没有歇過來，脂批：『補出嬌怯態度。』渾身酸疼。』寶玉道：『酸疼事小，睡出來的病大。我替你解悶兒，混過睏去就好了。』黛玉只合着眼，說道：『我不睏，只略歇歇兒，你且

解語』也。

畸批：『花解語一段，乃襲卿滿心滿意將玉兄爲終身得靠，千妥萬當，故如是。余閱至此，余爲襲卿一嘆。丁亥春，畸笏叟。』

畸笏眉批，極得襲人之心，蓋襲人自偷試以後，自謂千妥萬當矣，故作此解語之勸也。所謂『八人轎也擡不出我去了』，實實是襲人心中之意。

『嗤的一聲笑』，只一句话，寫出黛玉此時心神歡暢。

一段情意纏綿之文，情真意洽，而又爛漫無邪，真是無上妙文。

『你就是我命中的天魔星』一語，寫出黛玉多少舒心暢意，黛玉一生能有幾次如此歡暢！

紅樓之情，至精至微，至真至誠；紅樓之文，至綿至密，至柔至細，閱此段真綿綿生香也。他書何能精微妥帖至此！

別處去鬧會子再來。』寶玉推他道：『我往那去呢？見了別人就怪膩的。』脂批：『所謂「只有一顰可對」，亦屬怪事。』

黛玉聽了，嗤的一聲笑道：『你既要在這裏，那邊去老老實實的坐着。咱們說話兒。』寶玉道：『我也歪着。』黛玉道：『你就歪着。』寶玉道：『没有枕頭，脂批：『綿纏密秘入微。』咱們在一個枕頭上。』脂批：『更妙。漸逼漸近，所謂意綿綿也。』黛玉道：『放屁！外頭不是枕頭？拿一個來枕着。』寶玉出至外間，看了一看，回來笑道：『那個我不要，也不知是那個髒婆子的。』黛玉聽了，睁開眼，起身笑道：『真真你就是我命中的「天魔星」！脂批：『妙語。妙之至，想見其態度。』請枕這一個。』說着，將自己枕的推與寶玉，又起身將自己的再拿了一個來，自己枕了，二人對面倒下。

黛玉因看見寶玉左邊腮上有鈕扣大小的一塊血漬，便欠身湊近前來，以手撫之細看，脂批：『想見其綿纏態度。』又道：『這又是誰的指甲刮破了？』脂批：『妙極，補出素日。』寶玉側身，一面躲，一面笑道：『不是刮的，只怕是纔剛替他們淘漉胭脂膏子，擱上了一點兒。』脂批：『遥與後文平兒於怡紅院晚妝時對照。』說着，便找手帕子要揩拭。黛玉便用自己的帕子替他揩拭了，脂批：『想見情之脈脈，意之綿綿。』口內說道：『你又幹這些事了。脂批：『又是勸戒語。』幹也罷了，脂批：『一轉細極，這方是顰卿，不比別人一味固執死勸。』必定還要帶出幌子來。便是舅舅看不見，別人看見了，又當奇事新鮮話兒去學舌討好兒，脂批：『補前文之未到，伏後文之線脈。』吹到舅舅耳朵裏，又該大家不乾淨惹氣。』脂批：『「大家」二字何妙之至，神之至，細膩之至！乃父責其子，縱加以笞楚，何能使「大家不乾淨」哉？今偏「大家不乾淨」，則知賈母如何管孫庚辰眉批：『一句描寫玉刻骨刻髓，至已（矣）盡矣。壬午春。』

人之體氣，各有不同，黛玉體有幽香，亦非不經之談。清乾隆時回部有香妃，體有異香，即其例也。

一句話，引出黛玉絕妙好語來，非如此便不是寶玉，非如此亦便不是黛玉，文章入骨透髓，未見第二人有此神化之筆。

纔一停頓，忽又發奇問，黛玉妙思，一時寶玉實難即悟。

責子，遷怒於衆，及自己心中多少抑鬱，難堪難禁，代憂代痛，一齊托出。』

寶玉總未聽見這些話，脂批：『可知昨夜情切切之語，亦屬行雲流水矣。』只聞得一股幽香，卻是從黛玉袖中發出，聞之令人醉魂酥骨。脂批：『卻像似淫極，然究竟不犯一些淫意。』寶玉一把便將黛玉的袖子拉住，要瞧籠着何物。黛玉笑道：『冬寒十月，誰帶什麽香呢？』寶玉笑道：『既然如此，這香是那裏來的？』黛玉道：『連我也不知道。脂批：『正是。按諺云：「人在氣中忘氣，魚在水中忘水。」余今續之曰：「美人忘容，花則忘香。」此則黛玉不知自骨肉中之香同。』想必是櫃子裏頭的香氣，衣服上薰染的也未可知。』寶玉搖頭道：『未必。這香的氣味奇怪，不是那些香餅子、香毬子、香袋子的香。』黛玉冷笑道：脂批：『冷笑便是文章。』『難道我也有什麽「羅漢」「真人」給我些香不成？便是得了奇香，也沒有親哥哥親兄弟弄了花兒、朵兒、霜兒、雪兒替我炮製。脂批：『活顰兒，一絲不錯。』我有的是那些俗香罷了。』

寶玉笑道：『凡我說一句，你就拉上這麽些，不給你個利害，也不知道，從今兒可不饒你了。』說着翻身起來，將兩隻手呵了兩口，脂批：『活畫。』便伸手向黛玉膈肢窩內兩脇下亂撓。黛玉素性觸癢，不禁寶玉兩手伸來亂撓，便笑的喘不過氣來，口裏說：『寶玉！你再鬧，我就惱了。』脂批：『如見如聞。』寶玉方住了手，笑問道：『你還說這些不說了？』黛玉笑道：『再不敢了。』一面理鬢笑道：『我有奇香，你有「暖香」沒有？』脂批：『奇問。』

寶玉見問，一時解不來，脂批：『一時原難解，終遜黛卿一等，正在此等處。』因問：『什麽「暖香」？』黛玉點頭絕世真情，絕世妙文，一絲不邪，閱至此，吾嘆雪芹之筆，不僅生花，且是鮮露明珠也。

文章愈出愈新奇。

嘆笑道：『蠢才，蠢才！你有玉，人家就有金來配你；人家有「冷香」，你就沒有「暖香」去配？』至此方點出謎底。寶玉方聽出來。脂批：『是顰兒活畫，然這是阿顰一生心事，故每不禁自及之。』笑道：『方纔求饒，如今更說狠了。』說着，又去伸手。黛玉忙笑道：『好哥哥，我可不敢了。』寶玉笑道：『饒便饒你，只把袖子我聞一聞。』說着，便拉了袖子籠在面上，聞個不住。黛玉奪了手道：『這可該去了。』寶玉笑道：『去，不能。咱們斯斯文文的躺着說話兒。』說着，復又倒下。黛玉也倒下，用手帕子蓋上臉。神情如畫 寶玉有一搭沒一搭的說些鬼話，文勢先前是急，此處是緩。黛玉只不理。寶玉問他幾歲上京，路上見何景致古蹟，揚州有何遺跡故事，土俗民風。黛玉只不答。黛玉不答得妙，有神理。文勢亦迂緩可喜。

寶玉只怕他睡出病來，脂批：『原來只爲此，故不暇旁人嘲笑，所以放蕩無忌處，不特此一件耳。』便哄他道：『噯喲！你們揚州衙門裏有一件大故事，你可知道？』黛玉見他說的鄭重，且又正言厲色，只當是真事，因問：『什麼事？』要想不理亦不能矣。寶玉見問，便忍着笑順口謅道：『揚州有一座黛山，山上有個林子洞。』黛玉笑道：『就是扯謊，自來也沒聽見這山。』寶玉道：『天下山水多着呢，你那裏知道這些不成？等我說完了，你再批評。』黛玉道：『你且說。』

寶玉又謅道：『林子洞裏原來有群耗子精。那一年臘月初七日，老耗子陞座議事，因說：「明日乃是臘八，世上人都熬臘八粥。如今我們洞中果品短少，須得趁此打劫些來方妙。」乃拔令箭一枝，遣一能幹的小耗前去打聽。一時小耗回報：

一大段故事，至此方揭謎底，難怪黛玉亦一時愣住也。

「各處察訪打聽已畢，惟有山下廟裏菓米最多。」老耗問：「米有幾樣？菓有幾品？」小耗道：「米豆成倉，不可勝記。菓品有五種：一紅棗，二栗子，三落花生，四菱角，五香芋。」老耗聽了大喜，即時點耗前去。乃拔令箭問：「誰去偷米？」一耗便接令去偷米。又拔令箭問：「誰去偷豆？」又一耗接令去偷豆，然後一一的都各領令去了。只剩了香芋一種，因又拔令箭問：「誰去偷香芋？」只見一個極小極弱的小耗應道：「我願去偷香芋。」老耗並衆耗見他這樣，恐不諳練，且怯懦無力，都不准他去。小耗道：「我雖年小身弱，卻是法術無邊，口齒伶俐，機謀深遠。脂批：『凡三句，暗爲黛玉作評，諷的妙。』此去管比他們偷的還巧呢。」衆耗忙問：「如何比他們巧呢？」小耗道：「我不學他們直偷，我只搖身一變，也變成個香芋，滚在香芋堆裏，使人看不出，聽不見，卻暗暗的用分身法搬運，漸漸的就搬運盡了。豈不比直偷硬取的巧些？」衆耗聽了，都道：「妙卻妙，只是不知怎麽個變法，你先變個我們瞧瞧。」小耗聽了，笑道：「這個不難，等我變來。」說畢，搖身說「變」，竟變了一個最標緻美貌的一位小姐。衆耗忙笑道：「變錯了，變錯了。原說變菓子的，如何變出小姐來？」小耗現形笑道：「我說你們没見世面，只認得這菓子是香芋，卻不知鹽課林老爺的小姐纔是真正的香玉呢。」』脂批：『前面有試才題對額，故緊接此一篇無稽亂話。前無則可，此無則不可，蓋前係寶玉之懶爲者，此係寶玉不得不爲者，世人誹謗無礙，奬譽不必。』

畸批：『「玉生香」是要與「小恙梨香院」對看，愈覺生動活潑，且前以黛玉，後以寶釵，特犯不犯，好看煞。丁亥春，畸笏叟。』

一筆又緊接前『緑蠟』事，文章妙合無間。

黛玉聽了，翻身爬起來，按着寶玉笑道：『我把你爛了嘴的！我就知道你是編我呢。』說着，便擰的寶玉連連央告，說：『好妹妹，饒我罷，再不敢了！我因爲聞你香，忽然想起這個故典來。』黛玉笑道：『饒罵了人，還說是故典呢。』

一語未了，只見寶釵走來，忽接寶釵，文章緊處愈緊，令人不可釋手。笑問：『誰說故典呢？我也聽聽。』黛玉忙讓坐，笑道：『你瞧瞧，有誰！他饒罵了人，還說是故典。』寶釵笑道：『原來是寶兄弟，怨不得他。他肚子裏的故典原多。只是可惜一件，凡該用故典之時，他偏就忘了。有今日記得的，前兒夜裏的芭蕉詩就該記得。眼面前的倒想不起來，別人冷的那樣，你急的只出汗。脂批：『與前「拭汗」二字針對，不知此書何妙至如此，有許多妙談妙語，機鋒詼諧，各得其時，各盡其理。前梨香院黛玉之諷則偏而越，此則正而趣。二人真是對手，兩不相犯。』這會子偏又有記性了。』黛玉聽了，笑道：『阿彌陀佛！到底是我的好姐姐，你一般也遇見對子了。可知一還一報，不爽不錯的。』剛說到這裏，只聽寶玉房中一片聲嚷，吵鬧起來。正是：

戲謔主人調笑僕，相合姊妹合歡親。〔五〕

【回後評】

茗煙因與卍兒之事，欲巴結寶玉，引寶玉到城外逛逛，寶玉遂與茗煙到襲人家。其實寶玉原即想去襲人家也，不過因茗煙先說出城，遂因勢利導耳。寶玉之到襲人家，固因寶襲之親昵，亦見寶玉待人素無貴賤等級畛域，故到襲人家略無主奴貴賤之感，一如平常情景，反因見襲人兩姨姐妹，而自慚濁物，足見寶玉心中意中視人如己，無高下貴賤之界耳。

花解語一段，寫出襲人柔媚，寫出襲人深心。襲人所勸，實寶釵、湘雲等人所勸，亦即賈政之意也。乃釵、湘諸人之勸，皆爲寶玉峻拒，而襲人所勸，寶玉卻答應『都改』，可見襲人之媚，亦見襲人之以柔克剛也，亦襲人之爲『襲人』也。然而寶玉口雖應之，改則未改也，此又寶玉之爲寶玉也。

『玉生香』爲寶黛情柔意密而又天真無邪之一段最純樸文字，其情在有無之間，亦黛玉一生中最歡暢無愁之時。文章如春花之爛漫，如秋月之朗潔，具無限纏綿之意，有有餘不盡之妙。

人之體氣各有不同。傳清乾隆時回部女體有異香，高宗平回疆納爲妃，人稱香妃，孟森考實即容妃。今新疆喀什尚有香妃墓，爲紀念塚，予曾往觀，並攝有照片，其出生地在黑水河北，予亦曾往。其真墓在清東陵，已發掘。此處雪芹寫黛玉體有幽香，當自另有所據，不必出於香妃。予舉此不過藉以爲例耳。

本回數段脂硯之批，實爲中國最初之典型論思想，然脂硯早於馬克思、恩格斯整整一個世紀，是誠可寶也。乃竟有人以爲脂硯並無其人云云，聽此荒論，能不令人憮然！

【校　記】

〔一〕庚辰、己卯第十九回無回目，庚本『第十九回』四字及己卯本『第十九回　情切切良宵花解語　意綿綿靜日玉生香』均係後添。列藏、楊本、蒙府、戚序、舒序、甲辰諸本均同己卯本回目。今從諸本補。

〔二〕庚辰本在『有個小書房』句的『房』字下有『名』字，並空出五字位置，可能是擬填書房名，而後未填，故又將『名』字點去。『想那裏自然』，庚本『自然』兩字點去，下空半行。檢查各本，此處均有改動，今據甲辰本保留『自然』二字，並下添『無人』二字，以貫通全句。

〔三〕『只見寶玉』四字，己卯、庚辰、戚序本無，蒙府本作『只見淚痕滿面』。楊本、列藏、舒序、甲辰、程甲各本均作『只見寶玉淚痕滿面』。據改。

〔四〕『話未說完』，己卯、庚辰、楊本、戚序、列藏、舒序、甲辰、程甲等各本均無，惟蒙府本獨有，據蒙府本增。

〔五〕回末聯語，諸本均無，惟甲辰本存。據甲辰本補。

借李嬤嬤一頓罵，寫出襲人在衆人心目中之狀況。李嬤不在寶玉身邊，何能知許多瑣事，當是寶玉身邊人所告，則可見襲人於衆人中孤立之狀，亦可知襲人與寶玉綢繆之情。

第二十回　王熙鳳正言彈妒意　林黛玉俏語謔嬌音〔一〕

話說寶玉在林黛玉房中說『耗子精』，寶釵撞來，諷刺寶玉元宵不知『緑蠟』之典，三人正在房中互相譏刺取笑。那寶玉正恐黛玉飯後貪眠，一時存了食，或夜間走了睏，皆非保養身體之法；脂批：『云寶玉亦知醫理，却只是在顰釵等人前方露，亦如後回許多明理之語，只在閨前現露三分，越在雨村等經濟人前，如癡如呆，實令人可恨。但雨村等視寶玉不是人物，豈知寶玉視彼等更不是人物？故不與接談也。寶玉之情癡真乎假乎，看官細評。』幸而寶釵走來，大家談笑，那林黛玉方不欲睡，自己纔放了心。忽聽他房中嚷起來，大家側耳聽了一聽，林黛玉先笑道：『這是你媽媽和襲人叫嚷呢。那襲人也罷了，你媽媽再要認真排場他，可見老背晦了。』脂批：『襲卿能使顰卿一贊，愈見彼之爲人矣，觀者諸公以爲如何？』

寶玉忙要趕過來，寶釵忙一把拉住道：『你别和你媽媽吵纔是，他老糊塗了，倒要讓他一步爲是。』寶玉道：『我知道了。』說畢走來，只見李嬤嬤拄着拐棍，在當地罵襲人：『忘了本的小娼婦！我擡舉起你來，這會子我來了，你大模大樣的躺在炕上，見我來也不理一理。一心只想妝狐媚子哄寶玉，哄的寶玉不理我，聽你們的話。你不過是幾兩臭銀子買來的毛丫頭，這屋裏你就作耗，如何使得！好不好拉出去配一活生生的一個李嬤，她因原是寶玉奶媽，身份不同，加上又有了年紀，所以倚老賣老，可以罵衆丫頭，亦敢罵襲人。然前趙嬤嬤，是賈璉的奶媽，身份與李嬤同，卻判若兩人，截然不同，完全是兩種個性，兩個人物，足見雪芹之筆，與造化功同。

寫李嬤嬤筆筆神妙，吃茶、酥酪等事，別人不說，反由李嬤自己說，活寫出一個嘮叨老嫗之形象。

畸批：『特爲乳母傳照，暗伏後文倚勢奶娘線脈。《石頭記》無閑文並虛字在此。壬午孟夏，畸笏老人』

畸批：『茜雪至「獄神廟」方呈正文，襲人正文標昌（目曰）：「花襲人有始有終。」余只見有一次

個小子，看你還妖精似的哄寶玉不哄！』襲人先只道李嬤嬤不過爲他躺着生氣，少不得分辯說『病了，纔出汗，蒙着頭，原没看見你老人家』等語。後來只管聽他說『哄寶玉』『妝狐媚』，又說『配小子』等，由不得又愧又委屈，禁不住哭起來。

寶玉雖聽了這些話，也不好怎樣，少不得替襲人分辯病了吃藥等話，又說：『你不信，只問別的丫頭們。』李嬤嬤聽了這話，益發氣起來了，說道：『你只護着那起狐狸，那裏認得我了？叫我問誰去？脂批：『真有是語。』誰不幫着你呢？脂批：『真有是事。』誰不是襲人拿下馬來的！我都知道那些事。脂批：『囫圇語，難解。』我只和你在老太太、太太跟前去講了。把你奶了這麽大，到如今吃不着奶了，把我丢在一旁，逞着丫頭們要我的強。』一面說，一面也哭起來。彼時黛玉、寶釵等也走過來勸說：『媽媽，你老人家擔待他們一點子就完了。』李嬤嬤見他二人來了，便拉住訴委屈，脂批：『四字，嬤嬤是看重二人身分。』將當日吃茶，茜雪出去，與昨日酥酪等事，嘮嘮叨叨說個不清。脂批：『好極，妙極，畢肖極。』

可巧鳳姐正在上房算完輸贏賬，聽得後面高聲嚷動，便知是李嬤嬤老病發了，可見此老時常發作。排揎寶玉的人。正值他今兒輸了錢，原來因輸了錢，心氣不平。遷怒於人，便連忙趕過來，拉了李嬤嬤，笑道：『好媽媽，别生氣。大節下，老太太纔喜歡了一日。你是個老人家，别人高聲，你還要管他們呢；戴高帽子。難道你反不知道規矩，在這裏嚷起來，叫老太太生氣不成？既勸又壓，軟中有硬。脂批：『阿鳳兩提「老太太」，是叫老嫗想襲卿是老太太的人。況又雙關大體，勿泛泛看去。』你只說誰不好，我替你打他。我家裏燒的滾

謄清時，與獄神廟慰寶玉等五六稿被借閱者迷失，嘆嘆！丁亥夏，畸笏叟。』

脂批：『一段特爲怡紅襲人、晴雯、茜雪三嬛之性情見識身分而寫。己卯冬夜。』

一段寫襲人。從李嬤瘋罵到襲人自訴，寫出襲人得寵而不得衆。襲人之話，聲聲口口只有襲人能說，與別人一絲不沾。

熱的野雞，快來跟我吃酒去。』一面說，一面拉着走，又叫：『豐兒，替你李奶奶拿着拐棍子，擦眼淚的手帕子。』（脂批：『一絲不漏。』）

那李嬤嬤脚不沾地（四字妙極趣極。）跟了鳳姐走了，一面還說：『我也不要這老命了，越性今兒没了規矩，鬧一場子，討個没臉，強如受那娼婦蹄子的氣！』（再加幾筆，活畫一多事老嬤形象，不要老命，越性没規矩等話，直攝李嬤之神。）後面寶釵、黛玉隨着，見鳳姐兒這般，都拍手笑道：『虧這一陣風來，（好辭。鳳姐快人快語，將李嬤席捲而去，真如風捲殘雲也。）把個老婆子撮了去了。』（脂批：『批書人也是這樣說。看官將一部書中人一一想來，收拾文字非阿鳳俱有瑣細引迹事。《石頭記》得力處俱在此。』）寶玉點頭嘆道：『這又不知是那裏的賬，只揀軟的排揎。昨兒又不知是那個姑娘得罪了，上在他賬上。』

一句未了，晴雯在旁笑道：『誰又不瘋了，得罪他作什麽？便得罪了他，就有本事承認，不犯着帶累别人！』（是晴雯聲口。）襲人一面哭，一面拉寶玉道：『爲我得罪了一個老奶奶，你這會子又爲我得罪這些人，這還不够我受的，還只是拉别人。』（兩個『爲我』，適足以見襲人在衆人中不能得人也。）寶玉見他這般病勢，又添了這些煩惱，連忙忍氣吞聲，安慰他仍舊睡下出汗。又見他湯燒火熱，自己守着他，歪在旁邊，勸他只養着病，别想着這些没要緊的事生氣。襲人冷笑道：（冷笑便是生氣了。）『要爲這些事生氣，這屋裏一刻還站不得了。（可見襲人甚不得衆。）但只是天長日久，只管這樣，可叫人怎么樣纔好呢。時常我勸你，别爲我們得罪人，你只顧一時爲我們那樣，他們都記在心裏，（又是連連兩個『我們』，此其不得衆之因也。）遇着坎兒，說的好說不好聽，大家畸批：『麝月閑閑無（數）語，令余酸鼻，正所謂對景傷情。丁亥夏，畸笏。』

前服侍襲人吃藥，爲她除簪環，此又爲

什麼意思！』一面說，一面禁不住流淚，又怕寶玉煩惱，只得又勉強忍着。

一時雜使的老婆子煎了二和藥來。寶玉見他纔有汗意，不肯叫他起來，自己便端着就枕與他吃了，即命小丫頭子們鋪炕。襲人道：『你吃飯不吃飯？到底老太太、太太跟前坐一會子，和姑娘們頑一會子再回來。我就静静的躺一躺也好。』寶玉聽說，只得替他去了簪環，看他躺下，自往上房來。一段寫寶玉，則的是寶玉，一絲不混。

同賈母吃畢飯，賈母猶欲同那幾個老管家嬤嬤鬪牌解悶，寶玉記着襲人，便回至房中，見襲人朦朦睡去。自己要睡，天氣尚早。彼時晴雯、綺霰、秋紋、碧痕都尋熱鬧，找鴛鴦、琥珀等耍戲去了，獨見麝月一個人在外間房裏燈下抹骨牌。寶玉笑問道：『你怎不同他們頑去？』麝月道：『没有錢。』寶玉道：『牀底下堆着那麼些，還不够你輸的？』麝月道：『都頑去了，這屋裏交給誰呢？那一個又病了。滿屋裏上頭是燈，地下是火。那些老媽媽子們，老天拔地，服侍一天，也該叫他們歇歇；小丫頭子們也是服侍了一天，這會子還不叫他們頑頑去？所以讓他們都去罷，我在這裏看着。』寶玉聽了這話，公然又是一個襲人。脂批：『豈敢？每于如此等處，石兄何嘗輕輕放過不介意來？亦作（者）欲瞞看官，又被批書人看出，呵呵。』因笑道：『我在這裏坐着，你放心去罷。』麝月道：『你既在這裏，越發不用去了，咱們兩個說話頑笑豈不好？』脂批：『全是襲人口氣，所以後來代任。』寶玉笑道：『咱兩個作什麼呢？怪没意思的。也罷了，早上你說頭癢，這會子没什麼事，我替你篦頭罷。』麝月聽見，便道：『就是這樣。』說着，將文具鏡匣搬來，卸去釵釧，打開頭髮。寶玉拿了篦子，替他一一的梳篦。（脂批：『金閨細事，如此寫。』）只篦了三五下，只見晴雯忙忙走進來，原爲取錢，一見了他兩個，便冷笑道：『哦，交杯盞還没吃，倒上頭了！』（脂批：『謔語，亦少露怡紅細事。』）寶玉笑道：『你來，我也替你篦一篦。』（活寶玉。）晴雯道：『我没那麽大福。』說着，拿了錢，便摔簾子出去了。（活活畫出一晴雯，嘴尖身快，『摔簾子』三字尤傳神。）

寶玉在麝月身後，麝月對鏡，二人在鏡内相視。寶玉便向鏡内笑道：『滿屋裏就只是他磨牙。』麝月聽說，忙向鏡中擺手，寶玉會意。（情景如畫）忽聽唿一聲簾子響，晴雯又跑進來問道：『我怎麽磨牙了？咱們倒得說說。』（的是晴雯）麝月笑道：『你去你的罷，又來問人了。』晴雯笑道：『你又護着。你們那瞞神弄鬼的，我都知道。等我撈回本兒來再說話。』（一句話，又藏多少細事。）說着，一徑出去了。（脂批：『閑（關）上一段兒女口舌，卻寫麝月一人。有襲人出嫁之後，寶玉、寶釵身邊還有一人，雖不及襲人週到，亦可免微嫌小敝（弊）等患，方不負寶釵之爲人也。故襲人出嫁後云「好歹留着麝月」一語，寶玉便依從此語。可見襲人雖去（出嫁），實未去也。寫晴雯之疑忌，亦爲下文跌扇角口等文伏脈，卻又輕輕抹去。正見此時都在幼時，雖微露其疑忌，見得人各禀天真之性，善惡不一，往後漸大漸生心矣。但觀者凡見晴雯諸人則惡之，何愚也哉！要知自古及今，愈是尤物，其猜忌（嫉）妬愈甚。若一味渾厚大量涵養，則有何可令人憐愛護惜哉！然後知寶釵、襲人等行爲，並非一味蠢拙古板，以女夫子自居。當繡幙燈前，緑窗月下，亦頗有或調或妬，輕俏豔麗等說。不過一時取樂買笑耳，非切切一味妬才嫉賢也，是以高諸人百倍。不然，寶玉何甘心受屈于二女夫子哉，看過後文則知矣。故觀書諸君子，不必惡晴雯，正該感晴雯金閨繡閣中生色方是。』）這裏寶玉通了頭，命麝月悄悄的服侍他睡下，不肯驚動襲人。一宿無話。

至次日清晨起來，襲人已是夜間發了汗，覺得輕省了些，只吃些米湯静養。寶玉

麝月篦頭，活活畫出一寶玉。

脂批：『嬌態滿紙，令人叫絕。壬午九月。』

此段脂批極爲重要，一，它涉及後部襲人、麝月等的情節，爲研究《紅樓夢》後部提供了線索；二，它提出了晴雯等人『此時都在幼時，雖微露其疑忌，見得人各禀天真之情，……』，這裏明確提出了《紅樓夢》人物的各具個性和個性的成長、發展問題，即所謂『漸大漸生心』的問題。這兩個問題

實是文藝理論的重要問題。處在十八世紀前期的《紅樓夢》，即能鮮明地提出人物的個性化和個性的成長發展化，實在是一種先進深刻的見解。

脂批：『寫環兒先贏，亦是天生地設現成文字。己卯冬夜』

寫鶯兒與寫賈環完全兩副筆墨，兩個形象。寫鶯兒得其嬌憨，寫賈環得其粗賴鄙俗。

在寶釵眼裏，只有主奴之分，沒有是非之分，只能以『禮』處事，不能以實處事也。

放了心，因飯後走到薛姨媽這邊來閑逛。彼時正月內，學房中放年學，閨閣中忌針黹，卻都是閑時。賈環也過來頑，正遇見寶釵、香菱、鶯兒三個趕圍棋作耍，賈環見了也要頑。寶釵素昔看他亦如寶玉，〔待賈環如寶玉，只有寶釵能如此，此亦寶釵之異於衆人處也。〕並没他意。今兒聽他要頑，讓他上來坐了一處。一磊十個錢，頭一回自己贏了，心中十分歡喜。後來接連輸了幾盤，便有些着急。趕着這盤正該自己擲骰子，若擲個七點便贏，若擲個六點，下該鶯兒擲三點就贏了。因拿起骰子來，狠命一擲，一個作定了五，那一個亂轉。鶯兒拍着手只叫『幺』，〔脂批：『好看煞。嬌憨如此。』〕賈環便瞪着眼『六、七、八』混叫。那骰子偏生轉出幺來，賈環急了，伸手便抓起骰子來，然後就拿錢，說是個六點。〔活寫賈環惡賴。〕鶯兒便說：『分明是個幺！』寶釵見賈環急了，便瞅鶯兒說道：『越大越没規矩，難道爺們還賴你？〔寫寶釵入骨，只此細節便傳寶釵之神，所謂『頰上三毫』也。寶釵只知『規矩』，不顧事實。〕還不放下錢來呢！』

鶯兒滿心委屈，見寶釵說，不敢則聲，只得放下錢來，口內嘟囔說：『一個作爺的，還賴我們這幾個錢，連我也不放在眼裏。〔口吻畢肖，確是如此，環兒之所以下三濫也。〕前兒我和寶二爺頑，〔脂批：『倒捲簾法，寶寫幼時往事，可傷。』〕他輸了那些，也没着急。下剩的錢，還是幾個小丫頭子們一搶，他一笑就罷了。』〔寫寶玉。〕寶釵不等說完，連忙斷喝。賈環道：『我拿什麽比寶玉呢？你們怕他，都和他好，都欺負我不是太太養的。』說着，便哭了。寶釵忙勸他：『好兄弟，快别說這話，人家笑話你。』〔脂批：『觀者至此，有不捲簾厭看者乎？余替寶卿實難爲情。』〕又罵鶯兒。

正值寶玉走來，見了這般形況，問：『是怎麼了？』賈環不敢則聲。寶釵素知他家規矩，凡作兄弟的，都怕哥哥。脂批：『大族規矩原是如此，一絲兒不錯。』卻不知那寶玉是不要人怕他的。他想着：『弟兄們一併都有父母教訓，何必我多事。反生疏了。況且我是正出，他是庶出，饒這樣還有人背後談論，還禁得轄治他了。』更有個獃意思存在心裏。

你道是何獃意？因他自幼姊妹叢中長大，親姊妹有元春、探春，伯叔的有迎春、惜春，親戚中又有史湘雲、林黛玉、薛寶釵等諸人。他便料定，原來天生人爲萬物之靈，凡山川日月之精秀，只鍾於女兒，鬚眉男子不過是些渣滓濁沫而已。因有這個獃念在心，把一切男子都看成混沌濁物，可有可無。只是父親叔伯兄弟中，因孔子是亘古第一人說下的，不可忤慢，只得要聽他這句話，脂批：『聽了這一個人之話，豈是獃子，由你自己說罷。我把你作極乖的人看。』所以，弟兄之間不過盡其大概的情理就罷了，並不想自己是丈夫，須要爲子弟之表率。是以賈環等都不怕他，卻怕賈母，纔讓他三分。

如今寶釵恐怕寶玉教訓他，倒没意思，便連忙替賈環掩飾。寶玉道：『大正月裏哭什麼？這裏不好，你別處頑去。你天天念書，倒念糊塗了。確是念糊塗了。程朱以來念四書五經者，大都是念糊塗了。比如這件東西不好，横豎那一件好，就棄了這件取那個，難道你守着這個東西哭一會子就好了不成？你原是來取樂頑的，既不能取樂，就往別處去再尋樂頑去。哭一會子，〔一〕難道算取樂頑了不成？思路活潑，不拘一端。倒招自己煩惱，不如快去爲是。』脂批：『獃子都（卻）會

脂批：『又用諱人語瞞着看官。己卯冬辰。』

寶玉以爲女清男濁，女秀男蠢。『鬚眉男子不過是些渣滓濁沫』，此實石破天驚之語，中國自奴隸社會到封建社會，幾千年無不是以男子爲主，寶玉卻認爲『凡山川日月之精秀，只鍾于女兒』，把數千年傳統思想、道德徹底顛倒位置。

《論語·學而》說：『孝弟也者，其爲仁之本與！』這句話是講父子兄弟關係的，所以寶玉『只得要聽他這句話』，但儘管這樣，寶玉於『兄弟之間不過盡其大概的情

理就罷了』，這就是說，對於孔子的話也不過『盡其大概』而已，這裏隱隱說出了不尊孔孟之道的意思。

寶玉平時於兄弟之間，不過盡其大概情理，此處卻爲鶯兒教訓賈環。但卻又教訓出另一番道理，與上寶釵嚴守主奴之分，教訓鶯兒，曲護賈環成一鮮明對照。故寶釵與寶玉思想之不合轍，非惟一端，在日常處事亦各有其道。《紅樓》寫人物，常於極細處着墨，故當於細處讀也。

鳳姐借題發揮，句句刺向趙姨，爲下文趙姨與馬道婆用魘魔法暗害鳳姐、寶玉先下一筆。

脂批：『嫡嫡是彼親生，句句竟成正中貶，趙姨實難答言。至此方知題標用「彈」字甚妥協。己卯冬夜。』

立這樣意，說這樣話。』賈環聽了，只得回來。

趙姨娘見他這般，因問：『又是那裏墊了踹窩來了？』一問不答，再問時，賈環便說：『同寶姐姐頑的，鶯兒欺負我，賴我的錢，寶玉哥哥攆我來了。』趙姨娘啐道：『誰叫你上高臺盤去了？下流沒臉的東西！活畫出趙姨娘。那裏頑不得，誰叫你跑了去討沒意思！』

正說着，可巧鳳姐在窗外過，都聽在耳內，便隔窗說道：『大正月又怎麼了？環兄弟小孩子家，一半點兒錯了，你只教導他，說這些淡話作什麼！憑他怎麼去，還有太太老爺管他呢，就大口啐他！他現是主子，不好了，橫豎有教導他的人，與你什麼相干！趙姨是妾，雖生了賈環，其低賤地位未改。賈環是賈政之子，故是主子，比趙姨身份高，故趙姨不能啐主子。這是封建禮法所定，於此細節，亦可見當時社會的等級區別。環兄弟，出來，跟我頑去。』

賈環素日怕鳳姐比怕王夫人更甚，可見鳳姐之威。聽見叫他，忙唯唯的出來。趙姨娘也不敢則聲。鳳姐向賈環道：『你也是個沒氣性的！時常說給你：要吃、要喝、要頑、要笑，只愛同那一個姐姐妹妹哥哥嫂子頑，就同那個頑。你不聽我的話，反叫這些人教的歪心邪意，脂批：『借人發脫，好阿鳳，好口齒，句句正言正理，趙姨安得不抿翅低頭靜聽發揮。批至此，不禁一大白又大白矣。』狐媚子霸道的。自己不尊重，要往下流走，安着壞心，還只管怨人家偏心。輸了幾個錢？脂批：『轉得好。』就這麼個樣兒！』賈環見問，只得諾諾的回說：『輸了一二百。』鳳姐道：『虧你還是爺，輸了一二百錢脂批：『「等着」二字，大有神情，看官閉目熱（熟）思，方知趣味，非批書人謾擬也。己卯冬夜。』

就這樣！』回頭叫豐兒：『去取一吊錢來，姑娘們都在後頭頑呢，把他送了頑去。脂批：『收什得好。』——你明兒再這麼下流狐媚子，我先打了你，打發人告訴學裏，皮不揭了你的！脂批：『又一折筆，更覺有味。』爲你這個不尊重，恨的你哥哥牙根癢癢，不是我攔着，窩心腳把你的腸子窩出來了。』喝命：『去罷！』脂批：『本來面目，斷不可少。』賈環諾諾的跟了豐兒，得了錢，脂批：『三字寫着環哥。』自己和迎春等頑去。不在話下。脂批：『一段大家子奴妾吆喝，如見如聞，正爲下文五鬼作引也。余爲寶玉肯效鳳姐一點餘風，亦可繼榮寧之盛。諸公當爲如何？』

且說寶玉正和寶釵頑笑，忽見人說：『史大姑娘來了。』脂批：『妙極。凡寶玉、寶釵正閑相遇時，非黛玉來，即湘雲來，是恐洩漏文章之精華也。若不如此，則寶玉久坐忘情，必被寶卿見棄，杜絕後文成其夫婦時無可談舊之情，有何趣味哉！』寶玉聽了，擡身就走。寶釵笑道：『等着，咱們兩個一齊走，一個擡身就走，一個說等着。情景逼真，如同目見。瞧瞧他去。』說着，下了炕，同寶玉一齊來至賈母這邊。只見史湘雲大笑大說的，脂批：『「大笑大說」四字，便寫出湘雲神態，十二釵中，惟她如此也。』見他兩個來，忙問好厮見。脂批：『寫湘雲又一筆法，特犯不犯。』正值林黛玉在旁，因問寶玉：『在那裏的？』寶玉便說：『在寶姐姐家的。』黛玉冷笑道：『我說呢，虧在那裏絆住，不然早就飛了來了。』脂批：『總是心中事語，故機括一動，隨機而出。』寶玉笑道：『只許同你頑，替你解悶兒。不過偶然去他那裏一趟，就說這話。』寶玉說的是實情。林黛玉道：『好没意思的話！去不去管我什麼事，我又没叫你替我解悶兒。還許你從此不理我呢！』說着，便賭氣回房去了。活畫出黛玉。

寶玉忙跟了來，問道：『好好的又生氣了？就是我說錯了，你到底也還坐在那一段細節，寫透寫活黛玉，作者慣于從細微處刻畫人物個性，此其一例。

脂批：『明明寫湘雲來是正文，只用二三答言，反接寫玉、林小角口，又用寶釵岔開，仍不了局。再用千句柔言，百般溫態，正在情完未完之時，湘

裏，和別人說笑一會子。又來自己納悶。』（寶玉是識大體的話。）林黛玉道：『你管我呢！』寶玉笑道：『我自然不敢管你，只沒有個看着你自己作賤了身子呢。』林黛玉道：『我作賤壞了身子，我死，與你何干！』（何必如此動氣？此所以是黛玉也。）寶玉道：『何苦來，大正月裏，死了活了的。』林黛玉道：『偏說死！我這會子就死！你怕死，你長命百歲的，如何？』（賭氣至極，真是何苦！）寶玉笑道：『要像只管這樣鬧，我還怕死呢，倒不如死了乾淨。』（寶玉亦賭氣了。）黛玉忙道：『正是了，要是這樣鬧，不如死了乾净。』寶玉道：『我說我自己死了乾净，別聽錯了話賴人。』（愈說愈纏，真難開交。）

正說着，寶釵走來道：『史大妹妹等你呢。』說着，便推寶玉走了。（脂批：『此時寶釵尚未知他二人心性，故來勸。後文察其心性，故擲之不聞矣。』）這裏黛玉越發氣悶，（寶玉如此一走，黛玉必當更加傷心，更加賭氣。）只向窗前流淚。沒兩盞茶的工夫，寶玉仍來了。（去去即來，是真寶玉。脂批：『蓋寶玉亦是心中只有黛玉，見寶釵難卻其意，故暫陋（隨）彼去，以完寶釵之情，故少坐仍來也。』）林黛玉見了，越發抽抽噎噎的哭個不住。（寶玉回來黛玉自然越發抽噎。）寶玉見了這樣，知難挽回，打疊起千百樣的款語溫言來勸慰。不料自己未張口，只見黛玉先說道：『你又來作什麼？橫豎如今有人和你頑，比我又會念，又會作，又會寫，又會說笑，又怕你生氣拉了你去，你又作什麼來？死活憑我去罷了！』（一番埋怨，一番嘮叨，卻是感情回轉處，所謂『佛說原來怨是親』也。）

寶玉聽了，忙上來悄悄的說道：『你這麼個明白人，難道連「親不間疏，先不僭後」（脂批：『八字足可消氣。』）也不知道？我雖糊塗，卻明白這兩句話。頭一件，咱們是姑舅姊妹，寶

雲突在（至），「謔嬌音」之文纔見。真是「賣弄有家私」之筆也。

丁亥夏，畸笏叟。』

黛玉說：『我爲的是我的心。』寶玉說：『我也爲的是我的心，難道你就知你的心，不知我的心不成？』此二人對答，已直披心肝，兩心合一矣。閱古今小說，寫情至此深切，實爲前所未見，紅樓寫情，深入心底，刻骨銘心，真入情之至者。

黛玉從『慪人難受』，忽然說到『反把個青肷披風脫了』，其疼惜至愛之情，自然溢出，此等文筆，雖化工亦不過矣！真風行水上，自然成紋也。

此段脂批，亦是關於人物個性化的極有

姐姐是兩姨姊妹，論親戚，他比你疏。第二件，你先來，咱們兩個一桌吃，一牀睡，長的這麼大了，他是纔來的，豈有個爲他疏你的？』其實正中黛玉心裏，但說得太直白，黛玉一時難表接受耳。林黛玉啐道：『我難道爲叫你疏他？我成了個什麼人了呢！我爲的是我的心。』此是真話，是最要緊的話。寶玉道：『我也爲的是我的心。難道你就知你的心，不知我的心不成？』至此二人心相照矣。脂批：『此二語不獨觀者不解，料作者亦未必解；不但作者未必解，想石頭亦不解，不過述寶、林二人之語耳。石頭既未必解，寶、林此刻更自己亦不解，皆隨口說出耳。若觀者必欲要解，須自揣自身是寶、林之流則洞然可解；若自料不是寶、林之流，則不必求解矣。萬不可記此二句不解，錯謗寶、林及石頭作者等人。』林黛玉聽了，低頭一語不發，黛玉低頭不語，是心中實實感動也。半日說道：『你只怨人行動嗔怪了你，你再不知道你自己慪人難受。黛玉愛之至深，故感『慪人難受』也。讀者至此，當嘆雪芹之筆精妙至此！就拿今日天氣比，分明今兒冷的這樣，你怎麼倒反把個青肷披風脫了呢？』脂批：『真真奇絕妙文，真如羚羊掛角，無迹可求，此等奇妙，非口中筆下可形容出者。』寶玉笑道：『何嘗不穿着。見你一惱，我一暴躁就脫了。』寶玉之話，更真更妙，可見兩人愛之至深。然世間有何文字，能入人心如此之深哉！林黛玉嘆道：『回來傷了風，又該餓着吵吃的了。』脂批：『一語仍歸兒女本傳，卻又輕輕抹去也。』

二人正說着，只見湘雲走來，笑道：『愛哥哥，林姐姐，你們天天一處頑，我好容易來了，也不理我一理兒。』好湘雲，開口就說得好，一下可讓二人隨聲轉換也。虧作者寫得出。黛玉笑道：『偏是咬舌子愛說話，連個「二」哥哥也叫不出來，只是「愛」哥哥「愛」哥哥的。回來趕圍棋兒，又該你鬧「幺愛三四五」了。』幾句話，黛玉心情已頓變，一天烏雲盡已散盡矣。吾聽此言，亦爲黛玉一暢也。寶玉笑道：『你學慣了他，明兒連你還咬起來呢。』脂批：『可笑近之野史中，滿紙羞花閉月，鶯啼燕語。殊不知真正美人方有一陋處，如太真之肥，飛燕之瘦，西子之病，若施於別個不美矣。今見咬舌二字加以湘雲，是何大法手眼，敢用此二字哉。不獨不見其陋，且更覺輕俏嬌媚，儼然一嬌憨湘雲立於紙上，掩卷合目思之，其愛厄嬌音如入耳內。然後將滿紙鶯啼燕語之字樣，填糞窖可也。』史湘雲道：『他再不放人一點兒，專挑人的不好。你自己便比世人好，也不犯着見一個打趣一個。（湘雲率真，故心直口快，略無顧忌。）我指出一個人來，你敢挑他，我就伏你。』黛玉忙問是誰。湘雲道：『你敢挑寶姐姐的短處，就算你是好的。我算不如你，他怎麽不及你呢。』黛玉聽了，冷笑道：『我當是誰，原來是他！我那裏敢挑他呢。』（一波纔平，一波又起，用寶玉分開，文章變化無窮。）寶玉不等說完，忙用話分開。

湘雲笑道：『這一輩子我自然比不上你。我只保佑着明兒得一個咬舌的林姐夫，時時刻刻你可聽「愛」「厄」去。阿彌陀佛，那纔現在我眼裏！』說的衆人一笑，湘雲忙回身跑了。要知端詳，下回分解。

> 見解的文字，讀者當注目再三，勿輕輕滑過。
>
> 湘雲特提寶釵，是湘雲已欽佩寶釵至極也，亦可見寶釵之會籠絡人也。寶釵是深於城府者，湘雲萬萬不及，故脫口即提寶釵耳。一段對話，好看煞人。
>
> 脂批：『此作者放筆寫，非褒釵貶顰也。己卯冬夜。』
>
> 文章正要緊張處，忽用湘雲一句笑話截止，且自己立即『回身跑了』，使衆人一笑而止，文章何等輕靈！吾深嘆世間再未見第二個曹雪芹也！

【回後評】

此回借李嬤罵襲人，寫出李嬤落寞不憤心態，更寫出襲人因媚上得寵而失衆鬟之心，亦寫出寶玉偏寵襲人情景。

此回因襲人病而獨出麝月，隱然寫出麝月是襲人第二，爲後文預留線索，惜不得見雪芹後文耳。寶玉爲麝月篦頭，正是與寶玉爲襲人喂藥除簪對照。

此回寫晴雯雖只寥寥數筆，而其人已活現紙上，其口齒已縈迴於讀者之耳際矣。晴雯說『你們那瞞神弄鬼的，我都知道』。此一語隱伏怡紅許多細事，而晴雯卻不相與，足見晴雯獨別於『你們』之外，亦與後文晴雯受冤臨終前之語相照應也。

此回寫賈環之猥瑣，趙姨之陰賊怨毒，亦各傳神。因賈環之事，引出寶玉一大片關於孔子及父子兄弟之想法，繼上回『都改』之後，又一次泛出叛逆傳統的思想，足見他的『都改』只是虛應，其真實思想絲毫未改也。因趙姨之事，又引出鳳姐一大片關於嫡庶之論，爲後回趙姨陰害鳳姐、寶玉事預伏。

此回寶黛論心一段，是寶、黛之情深於釵湘之明寫，寶、黛二人亦從此各自心印矣。

庚辰本回後評：『此回文字重作輕抹。得力處是鳳姐拉李嬤嬤去，借環哥彈壓趙姨。細緻處（是）寶釵爲李嬤勸寶玉，安慰環哥，斷喝鶯兒。至急爲難處是寶、顰論心。無可奈何處是就拿今日天氣比，黛玉冷笑道：「我當是誰，原來是他！」冷眼最好看處是寶釵、黛玉看鳳姐拉李嬤云「這一陣風」，玉、麝一節，湘雲到寶玉就走，寶釵笑說「等着」，湘雲大笑大說，顰兒學咬舌，湘雲念佛跑了數節，可使看官於紙能耳聞目睹其音其形之文。』

【校　記】

〔一〕回目：己卯、庚辰、蒙府、戚序、甲辰、程甲諸本同。楊本『嬌』作『姣』。列本『俏』作『悄』，舒本『俏』作『巧』。

〔二〕庚本作『再尋樂頑一會子』，據楊本、舒序本改。

第二十一回　賢襲人嬌嗔箴寶玉　俏平兒軟語救賈璉

話說史湘雲跑了出來，怕林黛玉趕上，寶玉在後忙說：『仔細絆跌了！那裏就趕上了。』林黛玉趕到門前，被寶玉叉手在門框上攔住，笑勸道：『饒他這一遭罷。』林黛玉扳着手說道：『我若饒過雲兒，再不活着！』湘雲見寶玉攔住門，料黛玉不能出來，脂批：『寫得湘雲與寶玉又親厚之極，卻不見疏遠黛玉，是何情思耶。』便立住腳笑道：『好姐姐，饒我這一遭罷。』恰值寶釵來在湘雲身後，也笑道：『我勸你兩個看寶兄弟分上，都丟開手罷。』脂批：『好極，妙極。玉、顰、雲三人已難解難分，插入寶釵云：『我勸你兩個看寶玉兄弟分上……』話只一句，便將四人一齊籠住，不知孰遠孰近，孰親孰疏，真好文字。』黛玉道：『我不依。你們是一氣的，都戲弄我不成！』脂批：『話是顰兒口吻，雖屬尖利，真實堪愛堪憐。』寶玉勸道：『誰敢戲弄你！你不打趣他，他焉敢說你。』脂批：『好二「你」字，連二「他」字，華灼之至。』四人正難分解，有人來請吃飯，方往前邊來。脂批：『好文章，正是閨中女兒口角之事。若只管諄諄（哼哼）不已，則成何文字。』那天早又掌燈時分，王夫人、李紈、鳳姐、迎、探、惜等都往賈母這邊來，大家閒話了一回，各自歸寢。湘雲仍往黛玉房中安歇。脂批：『前文黛玉未來時，湘雲、寶玉則隨賈母。今湘雲已去，黛玉既來，年歲漸成，寶玉各自有房，黛玉亦各有房，故湘雲自應同黛玉一處也。』寶玉送他二人到房，那天已二更多時，襲人來催了幾次，方回自己房中來睡。

一片天真爛漫，旖旋風光。昔人評寶釵所說：『我勸你兩個看寶兄弟面上，都丟開手罷』是『輕輕一語，刺及兩人，口頭刻薄，如風如刀。』（洪秋藩）『也是一語兩擊，而說來含蓄』（張新之）。都以爲寶釵說『看寶兄弟面上』是尖刻的諷刺或含蓄的諷刺，其實此處湘雲、黛玉逗鬧，一是因湘雲說寶玉不陪她玩，二是黛玉學她的咬舌

『愛哥哥』，二者皆因寶玉而起，故寶釵說『看寶兄弟面上』，話中並無譏刺之意，且正見文章一片天真化機。如將釵、黛、湘所說都是互相刻薄諷刺，則成何文字。而此三人亦失其少女本真矣。脂批云：『只一句便將四人一齊籠住，不知孰親孰疏，真好文字。』此批能得雪芹文心，足見洪、張皆隔靴也。

寶玉該走時不走，不該來時卻來了，真是活脫脫一個寶玉。

連湘雲之婢翠縷都說『還是這個毛病』，則可見寶玉此『病』已非一日。

用湘雲洗過的水洗臉，還要湘雲爲他梳頭，其平時親昵可知。

脂批：『「忘了」二字在嬌憨。』

（遲遲不肯歸去。）次日天明時，便披衣靸鞋往黛玉房中來時，（天一明即來。）不見紫鵑、翠縷二人，只見他姊妹兩個尚臥在衾內。那林黛玉嚴嚴密密裹着一幅杏子紅綾被，（脂批：『寫黛玉身分。』）安穩合目而睡。（脂批：『二個睡態。』）那湘雲卻一把青絲拖於枕畔，被只齊胸，一彎雪白的膀子掠於被外，又帶着兩個金鐲子。（脂批：『又一個睡態。寫黛玉之睡態，儼然就是嬌弱女子，可憐。湘雲之態，則儼然是個嬌態女兒，可愛，真是人人俱盡。人人俱盡，個個活跳，吾不知作者胸中埋伏多少裙釵。』）寶玉見了，嘆道：（脂批：『嘆字奇。除玉卿外，世人見之，自曰喜也。』）『睡覺還是不老實！回來風吹了，又嚷肩窩疼了。』一面說，一面輕輕的替他蓋上。林黛玉早已醒了，覺得有人，就猜着定是寶玉，因翻身一看，果中其料。因說道：『這早晚就跑過來作什麼？』寶玉笑道：『這天還早呢！你起來瞧瞧。』黛玉道：『你先出去，讓我們起來。』寶玉聽了，轉身出至外邊。

黛玉起來叫醒湘雲，二人都穿了衣服。寶玉復又進來，坐在鏡臺旁邊，只見紫鵑、雪雁進來服侍梳洗。湘雲洗了面，翠縷便拿殘水要潑，寶玉道：『站着，我趁勢洗了就完了，省得又過去費事。』說着便走過來，彎腰洗了兩把。紫鵑遞過香皂去，寶玉道：『這盆裏的就不少，不用搓了。』再洗了兩把，便要手巾。翠縷道：『還是這個毛病兒，多早晚纔改。』

寶玉也不理，忙忙的要過青鹽擦了牙，漱了口，完畢，見湘雲已梳完了頭，便走過來笑道：『好妹妹，替我梳上頭罷。』湘雲道：『這可不能了。』寶玉笑道：『好妹妹，你先時怎麼替我梳了呢？』湘雲道：『如今我忘了，怎麼梳呢？』寶玉道：

脂批：『口中自是應聲而出，捉筆人卻從何處設想而來，成此天然對答。壬午九月。』

畸批：『「倒便宜他」四字，與「忘了」二字是一氣而來，得一侯府千金白描矣。畸笏。』

雪芹慣於細處傳神，此段自洗臉，梳辮到拿胭脂而被打落，種種細節，皆傳神妙筆，不獨傳寶玉之神，亦傳湘雲之神。

『橫竪我不出門，又不帶冠子勒子，不過打幾根散辮子就完了。』說着，又千妹妹萬妹妹的央告。湘雲只得扶過他的頭來，一一梳篦。在家不戴冠，並不總角，只將四圍短髮編成小辮，往頂心髮上歸了總，編一根大辮，紅縧結住。自髮頂至辮梢，一路四顆珍珠，下面有金墜腳。（寫得細極。令人如目見。）

湘雲一面編着，一面說道：『這珠子只三顆了，這一顆不是的。我記得是一樣的，怎麼少了一顆？』（可見湘雲曾多次爲他梳辮，亦可見湘雲於寶玉事事在心。）寶玉道：『丟了一顆。』湘雲道：『必定是外頭去掉下來，不防被人揀了去，倒便宜他。』（脂批：『妙談。道「倒便宜他」四字，是大家千金口吻。近日多用「可惜了的」四字，今失一珠不聞此四字，妙極是極。』）

黛玉一旁盥手，冷笑道：『也不知是真丟了，也不知是給了人鑲什麼戴去了！』（逼真黛玉說話口氣。）

寶玉不答，（脂批：『有神理，有文章。』）因鏡臺兩邊俱是妝奩等物，順手拿起來賞玩，（脂批：『何「賞玩」也，寫來奇特。』）不覺又順手拈了胭脂，意欲要往口邊送，（脂批：『是襲人勸後餘文。』）因又怕史湘雲說，正猶豫間，湘雲果在身後看見，一手掠着辮子，便伸手來『拍』的一下，從手中將胭脂打落，（脂批：『好極，的是寶玉也。』）說道：『這不長進的毛病兒，多早晚纔改過。』

一語未了，只見襲人進來，看見這般光景，知是梳洗過了，只得回來自己梳洗。忽見寶釵走來，因問：『寶兄弟那去了？』襲人含笑道：『寶兄弟那裏還有在家裏的工夫！』（正好借此發揮。）寶釵聽說，心中明白。（寶釵一聽即明，正說明她亦心繫此事也。）又聽襲人嘆道：『姊妹們和氣，也自然引出襲人的一段言論。

脂批：『二人文字此回爲始，』此段脂批極重要，足見脂硯亦巨眼也。

寶釵視襲人深可敬愛，則襲人與寶釵同其氣志也。此處爲寶釵初識襲人。

寶玉駭異，則襲人以往尚未有如此作態也。

有個分寸禮節，也沒個黑家白日鬧的！明明指黛玉、湘雲。憑人怎麼勸，都是耳旁風。』襲人已經不耐煩了，『耳旁風』一語，直刺黛玉。寶釵聽了，心中暗忖道：寶釵最喜聽到此話。『倒別看錯了這個丫頭，聽他說話，倒有些識見。』脂批：『此是寶卿初試，以下漸成知己。蓋寶卿從此心察得襲人果賢女子也。』寶釵便在炕上坐了，脂批：『好。逐回細看，寶卿待人接物，不疏不親，不遠不近，（可）厭之人亦未見冷淡之態，形諸聲色，可喜之人）亦未見醴蜜之情，形諸聲色，今日便在炕上坐了，蓋深取襲卿矣。二人文字此回爲始，詳批於此，諸公請記之。』慢慢的閑言中套問他年紀家鄉等語，留神窺察，此等處可見寶釵心機，非黛玉所可有也。其言語志量深可敬愛。脂批：『四字包羅許多文章筆墨，不似近之開口便云非諸女子之可比者。此句大壞。然襲人故佳矣。不書此句是大手眼。』

一時寶玉來了，寶釵方出去。脂批：『奇文。寫得釵、玉二人形景較諸人皆近，何也？寶玉（之）心，凡女子前不論貴賤，皆親密之至，豈於寶釵前反生遠心哉。蓋寶釵之行止，端肅恭嚴，不可輕犯，寶玉欲近之，而恐一時有瀆，故不敢狎犯也。寶釵待下愚尚且和平親密，何反於兄弟前有遠心哉。蓋寶玉之形景已泥於閨閣，近之則恐不遜，反成遠離之端也。故二人之遠，實相近之至也。至顰兒於寶玉實近之至矣，卻遠之至也。不然，後文如何凡較勝角口諸事，皆出於顰哉。以及寶玉砸玉，顰兒之淚枯，種種孽障，種種憂忿，皆情之所陷，更何辯哉？此一回將寶玉、襲人、釵、顰、雲等行止大概一描，已啓後大觀園中文字也。今詳批於此，後久不忽矣。釵與玉遠中近，顰與玉近中遠，是要緊兩大股，不可粗心看過。』寶玉便問襲人道：『怎麼寶姐姐和你說的這麼熱鬧，見我進來就跑了？』問一聲不答，再問時，襲人方道：『你問我麼？我那裏知道你們的原故。』寶玉聽了這話，見他臉上氣色非往日可比，便笑道：『怎麼動了真氣？』襲人冷笑道：『我那裏敢動氣！只是從今以後別進這屋子了。此等口氣，豈是襲人可說，蓋平日狎昵甚矣，遂無顧忌也。橫豎有人服侍你，矛頭直指湘雲。再別來支使我。我仍舊還服侍老太太去。』一面說，一面便在炕上合眼倒下。脂批：『醋妒妍憨，假態至矣盡矣，觀者但莫認真此態爲幸。』

寶玉見了這般景況，深爲駭異，脂批：『好。可知未嘗見襲人之如此技藝也。』禁不住趕來勸慰。那襲人只管合了眼不理。脂批：『與顰兒前番嬌態如何，愈覺可愛猶甚。』寶玉無了主意，因見麝月進來，脂批：『偏麝月來，好文章。』便問道：『你姐姐怎麼了？』麝月道：『我知道麼？問你自己便明白了。』好回答，麝月是襲人第二。寶玉聽說，默了畸批：『《石頭記》每用囫圇語處，無不精絕奇絕。且總不覺相犯。壬午九月，畸笏。』

一回，自覺無趣，便起身嘆道：『不理我罷，我也睡去。』說着，便起身下炕，到自己牀上歪下。

襲人聽他半日無動靜，微微的打鼾，料他睡着，便起身拿一領斗篷來，替他剛壓上，只聽『忽』的一聲，寶玉便掀過去，也仍合目裝睡。（照樣回報）襲人明知其意，便點頭冷笑道：『你也不用生氣，從此後我只當啞子，再不說你一聲兒，如何？』寶玉禁不住起身問道：『我又怎麼了？你又勸我。你勸我也罷了，纔剛又沒見你勸我，一進來你就不理我，賭氣睡了。我還摸不着是爲什麼，這會子你又說我惱了。我何嘗聽見你勸我什麼話了。』（其實何須說話，見你梳頭洗臉，我還能說什麼？）襲人道：『你心裏還不明白，還等我說呢。』（一句說破，無須隔靴。脂批云：『亦是囫圇語，卻從有生以來肺腑中出，千斤重。』）

正鬧着，賈母遣人來叫他吃飯，方往前邊來，胡亂吃了半碗，仍回自己房中。只見襲人睡在外頭炕上，麝月在旁邊抹骨牌。寶玉素知麝月與襲人親厚，一併連麝月也不理，揭起軟簾自往裏間來。麝月只得跟進來。寶玉便推他出去，說：『不敢驚動你們。』（活畫當時景象。）麝月只得笑着出來，喚了兩個小丫頭進來。寶玉拿一本書，歪着看了半天，因要茶，擡頭只見兩個小丫頭在地下站着。一個大些兒的生得十分水秀，（脂批：『二字奇絕。多少嬌態包括一盡，今古野史中無有此文也。』）寶玉便問：『你叫什麼名字？』那丫頭便說：『叫蕙香。』寶玉便問：『是誰起的？』蕙香道：『我原叫芸香的，是花大姐姐改了蕙香。』寶玉道：『正此語是衝襲人而來。

寶玉欲以此解脫，談何容易。

此段批語極重要，涉及後部許多重要情節。

經該叫「晦氣」罷了，什麽蕙香呢！』一股氣無處發洩，至此一發。又問：『你姊妹幾個？』蕙香道：『四個。』寶玉道：『你第幾？』蕙香道：『第四。』寶玉道：『明兒就叫「四兒」，不必什麽「蕙香」「蘭氣」的，那一個配比這些花，沒的玷辱了好名好姓。』脂批：『花襲人三字在內，說的有趣。』一面說，一面命他倒了茶來吃。襲人和麝月在外間聽了抿嘴而笑。

這一日，寶玉也不大出房，也不和姊妹丫頭等厮鬧，自己悶悶的，只不過拿着書解悶，或弄筆墨；也不使喚衆人，只叫四兒答應。誰知四兒是個聰敏乖巧不過的丫頭，脂批：『又是一個有害無益者。作者一生爲此所誤，批者一生亦爲此所誤，於開卷凡見如此人，世人故爲喜，余犯（反）抱恨。蓋四字誤人甚矣。被誤者深感此批。』見寶玉用他，他變盡方法籠絡寶玉。至晚飯後，寶玉因吃了兩杯酒，眼餳耳熱之際，若往日則有襲人等大家喜笑有興，今日卻冷清清的一人對燈，好沒興趣。待要趕了他們去，又怕他們得了意，以後越發來勸；脂批：『寶玉惡勸，此是第一大病也。』若拿出做上的規矩來鎮唬，似乎無情太甚。脂批：『寶玉重情不重禮。此是第二大病也。』說不得橫心只當他們死了，橫豎自然也要過的。便權當他們死了，毫無牽掛，反能怡然自悅。脂批：『此意卻好，但襲卿輩不應如此棄也。寶玉之情，今古無人可比固矣。然寶玉有情極之毒，亦世人莫忍爲者，看至後半部，則洞明矣。此是寶玉（第）三大病也。寶玉看（有）此世人莫忍爲之毒，故後文方能「懸崖撒手」一回。若他人得寶釵之妻，麝月之婢，豈能棄而而（爲）僧哉。玉一生偏僻處。』因命四兒剪燈烹茶，自己看了一回《南華經》。〔一〕正看至《外篇·胠篋》一則，其文曰：

故絕聖棄知，大盜乃止。擿玉毀珠，小盜不起。焚符破璽，而民樸鄙；掊斗折衡，而民不爭。殫殘天下之聖法，而民始可與論議。擢亂六律，鑠絕竽脂批：『趁着酒興不禁而續，是作者自站地步處，謂余何人耶，敢續莊子。然奇極怪極之筆，從何設想，怎不令人叫絕。己卯冬夜。』

寶玉續《莊》一段文字，真陷於情也，不可解也。至後三十二回因仕途經濟之論，寶玉則於情陷中躍然而出矣。至後部寶玉懸崖撒手，則更脫然離塵矣。故此續雖以一時遊戲筆墨，實先種其因也，實直貫結尾之文也。讀者切不可忽此。

脂批：『這亦暗露玉兄閑窗净几，不寂不離之工業。壬午孟夏。』

瑟，塞瞽曠之耳，而天下始人含其聰矣。滅文章，散五采，膠離朱之目，而天下始人含其明矣。毀絕鈎繩而棄規矩，攦工倕之指，而天下始人有其巧矣。

看至此，意趣洋洋，趁着酒興，不禁提筆續曰：

焚花散麝，而閨閣始人含其勸矣。戕寶釵之仙姿，灰黛玉之靈竅，喪滅情意，而閨閣之美惡始相類矣。彼含其勸，則無參商之虞矣。戕其仙姿，無戀愛之心矣。灰其靈竅，無才思之情矣。彼釵、玉、花、麝者，皆張其羅而穴其隧，所以迷眩纏陷天下者也。脂批：『直似莊老，奇甚怪甚。』

續畢，擲筆就寢。頭剛着枕，便酣然睡去，一夜竟不知所之，直至天明方醒。脂批：『此猶是襲人餘功也。想每日每夜寶玉自是心忙身忙口忙之極。今則怡然自適，雖此一刻，於身心無所補益，能有一時之閑閑自若，亦豈非襲卿之所使也。』翻身看時，只見襲人和衣睡在衾上。脂批：『神極之筆。試思襲人不來同臥，亦不成文字，來同臥更不成文字，卻云和衣衾上，正是來同臥不來同臥之間，何神奇，文妙絕矣，好襲人！真好石頭，記得真；真好述者，（述得）不錯；真好批者，批得出。』寶玉將昨日的事已付與度外，脂批：『更好，可見玉卿的是天真爛熳之人也。近之所謂「獃公子」，又曰「老好人」，又曰「無心道人」是也。殊不知尚古淳風。』便推他說道：『起來好生睡，看凍着了。』

原來襲人見他無曉夜和姊妹們廝鬧，若直勸他，料不能改，故用柔情以警之，料他不過半日片刻仍復好了。不想寶玉一日夜竟不回轉，自己反不得主意，直一夜沒好生睡得。今忽見寶玉如此，料他心意回轉，便越性不睬他。寶玉見他不應，便伸手替他解衣，剛解開了鈕子，被襲人將手推開，又自扣了。

寶玉無法，只得拉住他的手笑道：『你到底怎麼了？』連問幾聲，襲人睁眼說道：『我也不怎麼。你睡醒了，你自過那邊房裏去梳洗，再遲了就趕不上。』 說到關鍵上，一發而出。 寶玉道：『我過那裏去？』襲人冷笑道：『你問我，我知道？你愛往那裏去，就往那裏去。從今咱們兩個丢開手，省得雞聲鵝鬬，叫别人笑。横竪那邊膩了過來，這邊又有個什麼「四兒」「五兒」服侍。 連四兒一併算上。 我們這起東西，可是白「玷辱了好名好姓」的。』 回報。 寶玉笑道：『你今兒還記着呢！』襲人道：『一百年還記着呢！比不得你，拿着我的話當耳旁風，夜裏說了，早起就忘了。』 可見襲人以往所勸均無效也。脂批云：『這方是正文，直勾起花解語一回文字。』 寶玉見他嬌嗔滿面，情不可禁，便向枕邊拿起一根玉簪來，一跌兩段，說道：『我再不聽你說，就同這個一樣。』 跌是跌，聽則仍未必也。 襲人忙的拾了簪子，說道：『大清早起，這是何苦來！聽不聽什麼要緊，也值得這種樣子。』寶玉道：『你那裏知道我心裏急！』襲人笑道：『你也知道着急麼！可知我心裏怎麼樣？ 前面是與黛玉論心，此處卻與襲人論心，然所論卻非一心也。 快起來洗臉去罷。』說着，二人方起來梳洗。

寶玉往上房去後，誰知黛玉走來，見寶玉不在房中，因翻弄案上書看，可巧翻出昨兒的《莊子》來。看至所續之處，不覺又氣又笑，不禁也題筆續書一絶云：

無端弄筆是何人？作踐南華莊子因。

庚辰眉批：『趙香梗先生《秋樹根偶譚》內，兗州少陵臺有子美詞（祠）爲郡守毁爲己詞（祠），先生嘆子美生遭喪亂，奔走無家，孰料千百年後數椽片瓦猶遭貪吏之毒手，甚矣才人之厄也。固（因）改公『茅屋爲秋風所破歌』數句爲少陸（陵）解嘲：「少陵遺像太守欺無力，忍能對面爲盜賊，公然折克非己祠，旁人有口呼不得，夢歸來兮聞嘆息，白日無光天地黑。安得曠宅千萬官（間），太守取之不盡生欽（歡）顏，公祠免毁安如山。」讀之令人感慨悲憤，心常耿耿。

壬午九月，因索書甚迫，姑誌于此（指前所録趙香梗《秋樹根偶譚》文）。非批《石頭記》也，爲續《莊子因》數句，真是打破胭脂陣，坐透紅粉關，另開

賢襲人嬌嗔箴寶玉
壬午端午
鄧鳳嬛

生面之文，無可評處。又借阿顰詩自相鄙駁，可見余前批不謬。己卯冬夜。』畸批：『寶玉不見詩，是後文餘步也。《石頭記》得力所在。丁亥夏，畸笏叟。』

不悔自己無見識，卻將醜語怪他人！黛玉一詩，是當頭棒喝，喝醒寶玉種種空想。脂批云：『罵得痛快，非顰兒不可。真好顰兒，真好顰兒，好詩。若云知音者，顰兒也。至此方完箴玉半回。不用寶玉見此詩若長若短，亦是大手法。』

寫畢，也往上房來見賈母，後往王夫人處來。

誰知鳳姐之女大姐病了，文章忽於此處，峰迴路轉，另開別徑。正亂着請大夫來診脈。大夫便說：『替夫人奶奶們道喜，姐兒發熱是見喜了，並非別病。』王夫人、鳳姐聽了，忙遣人問：『可好不好？』醫生回道：『病雖險，卻順，倒還不妨。預備桑蟲猪尾要緊。』鳳姐聽了，登時忙將起來：一面打掃房屋，供奉痘疹娘娘，一面傳與家人，忌煎炒等物，一面命平兒打點鋪蓋、衣服，與賈璉隔房，一面又拿大紅尺頭與奶子、丫頭親近人等裁衣。脂批：『幾個一面，寫得如見其景。』外面又打掃净室，款留兩個醫生，輪流斟酌診脈下藥。十二日不放家去。賈璉只得搬出外書房來齋戒，鳳姐與平兒都隨着王夫人日日供奉娘娘。

那個賈璉，只離了鳳姐便要尋事，寫賈璉。獨寢了兩夜，便十分難熬，便暫將小廝們內有清俊的選來出火。不想榮國府內有一個極不成器破爛酒頭廚子，名喚多官，又生妙文人見他懦弱無能，都喚他作『多渾蟲』。因他自小父母替他在外娶了一個媳婦，今年方二十來往年紀，生得有幾分人才，見者無不羨愛。他生性輕浮，最喜拈花惹草，多渾蟲又不理論，只是有酒、有肉、有錢，便諸事不管了，所以榮、寧二府之人都得入手。因這個媳婦美貌異常，輕浮無比，衆人都呼他作『多姑娘兒』。（多字涵義甚妙。）

如今賈璉在外熬煎，（兩字形容得出。）往日也曾見過這媳婦，失過魂魄，（見過就失魂魄，寫透賈璉。）只是內懼嬌妻，外懼孌寵，不曾下得手。那多姑娘兒也曾有意於賈璉，只恨沒空。今聞賈璉挪在外書房來，他便沒事也要走兩趟去招惹。（寫透多姑娘。可見雙方均已思慕久矣。）惹的賈璉似饑鼠一般，少不得和心腹的小廝們計議，合同遮掩謀求，多以金帛相許。小廝們焉有不允之理，況都和這媳婦是好友，（趣極之文）一說便成。（如說家常之易。）是夜二鼓人定，多渾蟲醉昏在炕，賈璉便溜了來相會。進門一見其態，早已魄飛魂散，也不用情談款敘，便寬衣動作起來。

誰知這媳婦有天生的奇趣，一經男子挨身，便覺遍身筋骨癱軟，使男子如臥綿上；更兼淫態浪言，壓倒娼妓，諸男子至此豈有惜命者哉。那賈璉恨不得連身子化在他身上。那媳婦故作浪語，在下說道：『你家女兒出花兒，供着娘娘，你也該忌兩日，倒爲我髒了身子。快離了我這裏罷。』賈璉一面大動，一面喘吁吁答道：『你就是娘娘！我那裏管什麼娘娘！』那媳婦越浪，賈璉越醜態畢露。一時事畢，兩個又海誓山盟，難分難捨，此後遂成相契。

一日，大姐毒盡瘢回，十二日後，送了娘娘，合家祭天祀祖，還願焚香，慶賀放賞已畢，賈璉仍復搬進臥室。見了鳳姐，正是俗語云『新婚不如遠別』，更有無

一部《紅樓》，惟此一段略近《金瓶》，脂批說：『寫於賈璉身上，恰極當極。』脂批只說對了部份，並非全都如此，如四十四回賈璉私通鮑二家的，就未直面描寫此類事，娶尤二姐，更未有此類描寫。『戲熙鳳』，夫妻白晝放縱，但只用暗寫，稍示痕迹，於此可知《紅樓》之筆，潔而又潔，雖寫賈璉，亦非處處如此，此雪芹遠遠高於其他小說處也。

脂批：『一部書中，只有此一段醜極太露之文，寫於賈璉身上，恰極當極。
己卯冬夜。』

脂批：『看官熟思寫珍璉輩當以何等文方妥方恰也。
壬午孟夏。』

畸批：『此段係書中情之瘕疵，寫爲阿鳳生日潑醋回及一大(天)風流寶玉悄看晴雯回作引，伏線千里外之筆。
丁亥夏，畸笏。』

限恩愛，自不必煩絮。

次日早起，鳳姐往上屋去後，平兒收拾賈璉在外的衣服鋪蓋，不承望枕套中抖出一綹青絲來。意外之文，又生妙趣。平兒會意，忙拽在袖內，脂批：『好極。不料平兒大有襲卿之身分，可謂何地無材，蓋遭際有別耳。』便走至這邊房內來，拿出頭髮來，向賈璉笑道：『這是什麼？』賈璉看見着了忙，搶上來要奪。平兒便跑，被賈璉一把揪住，按在炕上，掰手要奪，口內笑道：『小蹄子，你不趁早拿出來，我把你膀子撅折了。』平兒笑道：『你就是沒良心的。我好意瞞着他來問，你倒賭狠！你只賭狠，等他回來我告訴他，看你怎麼着。』賈璉聽說，忙陪笑央求道：『好人，賞我罷，我再不賭狠了。』一段極妙趣文，活畫賈璉，亦爲平兒着一筆。

一語未了，只聽鳳姐聲音進來。脂批：『驚天駭地之文，如何，不知下文怎樣了結，使賈璉及觀者一齊喪膽。』賈璉聽見鬆了手〔一〕，脂批：『都怕他知道。』平兒剛起身，鳳姐已走進來，命平兒快開匣子，替太太找樣子。平兒忙答應了找時，鳳姐見了賈璉，忽然想起來，便問平兒：『拿出去的東西都收進來了麼？』平兒道：『收進來了。』鳳姐道：『可少什麼沒有？』平兒道：『我也怕丟下一兩件，細細的查了查，也不少。』鳳姐道：『不少就好，只是別多出來罷？』只有鳳姐能想得到。平兒笑道：『不丟萬幸，誰還添出來呢？』鳳姐冷笑道：『這半個月難保乾淨，一說就着或者有相厚的丟下的東西：戒指、汗巾、香袋兒，再至於頭髮、指甲，都是東西。』可見已是經驗之談。一席話，說的賈璉臉都黃了。嚇煞。

賈璉在鳳姐身後，只望着平兒殺雞抹脖使眼色兒。活畫。平兒只裝着看不見，因笑道：『怎麼我的心就和奶奶的心一樣！我就怕有這些個，留神搜了一搜，竟一點破綻也沒有。輕描淡寫，掩過滿天烏雲。奶奶不信時，那些東西我還沒收呢，奶奶親自翻尋一遍去。』已經早已拿走了，偏教親自翻尋。鳳姐笑道：『傻丫頭，脂批：『可嘆可笑，竟不知誰傻。』他便有這些東西，那裏就叫咱們翻着了！』脂批：『好阿鳳，好文字，雖係閨中女兒口角小事，讀之不無聰明得失癡心真假之感。』說着，尋了樣子又上去了。

平兒指着鼻子，晃着頭笑道：『這件事怎麼回謝我呢？』脂批：『嬌俏如見，迥不犯襲卿、麝月一筆。』喜的個賈璉身癢難撓，跑上來摟着，『心肝腸肉』亂叫亂謝。平兒仍拿了頭髮笑道：『這是我一生的把柄了。好就好，不好就抖漏出這事來。』賈璉笑道：『你只好生收着罷，千萬別叫他知道。』口裏說着，瞅他不防，便搶了過來，笑道：『你拿着終是禍患，不如我燒了他完事了。』脂批：『妙。說使平兒收了，再不致泄漏，故仍用賈璉搶回。後文遺失，方能穿插過脈也。』一面說着，一面便塞於靴掖內。

平兒咬牙道：『沒良心的東西，過了河就拆橋，明兒還想我替你撒謊！』賈璉見他嬌俏動情，便摟着求歡，被平兒奪手跑了。急的賈璉彎着腰恨道：『死促狹小淫婦！一定浪上人的火來，他又跑了。』脂批：『醜態如見，淫聲如聞，今古淫書未有之章法。』平兒在窗外笑道：『我浪我的，誰叫你動火了？難道圖你受用一回，叫他知道了，又不待見我。』脂批：『鳳姐醋妒，于平兒前猶如是。況他人乎？余爲鳳姐必是甚于諸人，觀者不信，今平兒說出，然乎否乎。』

一段夫、妻、妾之間文字，何等逼真，寥寥數筆，使賈璉、熙鳳、平兒各現其形，真傳神妙筆。

畸批：『此等章法，是在戲場上得來，一笑。　畸笏。』

賈璉道：『你不用怕他，等我性子上來，把這醋罐子打個稀爛，他纔認得我呢！他防我像防賊似的，只許他同男人說話，不許我和女人說話。我和女人略近些，他就疑惑。他不論小叔子、姪兒，大的小的，說說笑笑，就不怕我吃醋了！以後我也不許他見人！』平兒道：『他醋你使得，你醋他使不得。他原行的正，走的正。你行動便有個壞心，連我也不放心，別說他了。』賈璉道：『你兩個一口賊氣，都是你們行的是，我凡行動都存壞心。多早晚都死在我手裏！』

一句未了，鳳姐走進院來，因見平兒在窗外，就問道：『要說話兩個人不在屋裏說，怎麽跑出一個來，隔着窗子，是什麽意思？』賈璉在窗內接道：『你可問他，倒像屋裏有老虎吃他呢。』平兒道：『屋裏一個人沒有，我在他跟前作什麽？』

鳳姐兒笑道：『正是沒人纔好呢。』平兒聽說，便說道：『這話是說我呢？』鳳姐笑道：脂批：『笑字妙，平兒反正色，鳳姐反陪笑，奇極，意外之文。』『不說你，說誰？』平兒道：『別叫我說出好話來了。』平兒亦已忍無可忍了。但終究未說出耳。說着，也不打簾子讓鳳姐，脂批：『若在屋裏，何敢如此形景，不要加上許多小心。平兒平兒，有你好說嘴的。』自己先摔簾子進來，往那邊去了。鳳姐自掀簾子進來，說道：『平兒瘋魔了。這蹄子認真要降伏我，仔細你的皮要緊！』賈璉聽了，已絕倒炕上，拍手笑道：『我竟不知平兒這麽利害，從此倒服他了。』鳳姐道：『都是你慣的他，我只和你說！』賈璉聽說忙道：『你兩個不卯，又拿我來作人。我躲開你們。』鳳姐道：『我看你躲到那裏去。』賈璉道：『我就來。』鳳姐道：『我有話和你商量。』不知商量何事，且聽下回分解。正是：

淑女從來多抱怨，嬌妻自古便含酸。

【回後評】

襲人箴寶玉，是因寶玉用湘雲殘水洗臉，央湘雲梳頭等事也。蓋寶玉梳頭，平日當是襲人、麝月諸人之事，今忽由湘雲替代，故惹襲人之妒耳。襲人一番埋怨之詞，『憑人怎麽勸，都是耳旁風』。此語直刺黛玉。蓋由湘雲住黛玉處，次日天明，寶玉即披衣靸鞋往黛玉房中，由是而刺及黛玉也。『憑人怎麽勸』者，襲人當因黛玉而多次勸寶玉矣。湘雲難得來，與『憑人怎麽勸』語不當。

因襲人之妒之嘆，寶釵得識襲人，引爲同心，於此可知寶釵實機心人也。亦可確知二人實同調，則後日襲人種種機心，傾陷黛、晴等，俱不偶然矣。

寫黛玉、湘雲睡相，各如其人，寫得天真爛漫，文字已極豔冶矣，更加寶玉披衣靸鞋進去，復爲其蓋被，文章坦蕩自然，如在光天化日之下，賞嬌花嫩葉，略無雜念。尤其是湘雲爲寶玉梳頭，寶玉拿胭脂被打落等文字，歷歷寫來，如行雲流水，皆自然而然，無絲毫輕薄之意。此因作者意念之純之高，方能有文章之净之潔也。

賈璉、多姑娘一段，爲全書僅有之筆，作者稍稍放筆，欲暴大家公子之醜之惡耳，所謂書、禮之家，如此而已。

寶玉續《莊》，是因釵、黛、湘、襲、麝之情困也，意欲『焚花散麝』以解脫此情網，除一時之煩惱耳；然此時之寶玉，豈能真悟真哉？故借黛玉之詩作當頭棒喝，而寶玉一覺醒來，亦已將此事付與度外。文章隨機而化，略無痕迹。

平兒救賈璉一段，是平兒特寫，讀者以往所見之平兒，皆鳳姐之左右手，惟此能見平兒自身。當『平兒指着鼻子，恍着頭，笑道：「這件事怎麽回謝我呢？」』時，讀者眼中如見其姣態，如聽其俏音。吾故知作者胸中藏有大千世界也。

本回庚辰本回前評云：『有客題《紅樓夢》一律，失其姓氏，惟見其詩意駭警，故録於斯：「自執金矛又執戈，自相戕戮自張羅。茜紗公子情無限，脂硯先生恨幾多。是幻是真空歷遍，閑風閑月枉吟哦。情機轉得情天破，情不情兮奈我何？」凡是書題者不少，此爲絶調。詩句警拔，且深知擬書底裏，惜乎失名矣！按此回之文固妙，然未見後卅回，猶不見此之妙。此曰「嬌嗔箴寶玉」「軟語救賈璉」，後曰「薛寶釵借詞含諷諫，王熙鳳知命強英雄。」今只從二婢說起，後則直指其主。然今日之襲人、之寶玉，亦他日之襲人、他日之寶玉也。今日之平兒、之賈璉，亦他日之平兒、他日之賈璉也。何今日之玉猶可箴，他日之玉已不可箴耶？今日之璉猶可救，他日之璉已不能救耶？箴與諫無異也，而襲人安在哉？寧不悲乎？救與強無别也，今因平兒救，此日阿鳳英氣何如是也？他日之強，何身微運蹇，展眼何如彼耶？甚矣！人世之變遷如此，光陰倏爾如此！

今日寫襲人，後文寫寶釵；今日寫平兒，後文寫阿鳳。文是一樣情理，景況光陰事卻天壤矣！多少恨淚灑出此兩回書。
此回襲人三大功，直與寶玉一生三大病映射。』
按：此段回前評，涉及後文多少情節，結局。其自執金戈一詩，亦與曹家之敗有關。所謂『深知擬書底裏』也。從以上諸點看，合其他有關批語，則可測知雪芹後部書，似亦初成矣，況批中明提『後三十回』，則八十回後，真三十回乎？此語至關緊要。惜無更多證據也。

【校　記】

〔一〕『因命四兒剪燈烹茶，自己看了一回《南華經》』兩句，庚本、戚序、蒙府本均無。楊本、列本、甲辰、舒序、程甲各本均有，文字有小異，此從舒序本。

〔二〕『賈璉聽見鬆了手』，原作『都怕他知道』，『都怕』二字爲楔添。——按此句當是脂評。茲據蒙府、戚序、楊本、列藏諸本改。

連過生日都有則例，可見族大人多，豪門之家派勢。

第二十二回　聽曲文寶玉悟禪機　製燈謎賈政悲讖語

話說賈璉聽鳳姐兒說有話商量，因止步問是何話。鳳姐道：『二十一是薛妹妹的生日，你到底怎麼樣呢？』賈璉道：『我知道怎麼樣！你連多少大生日都料理過了，這會子倒沒了主意。』鳳姐道：『大生日料理，不過是有一定的則例在那裏。如今他這生日，大又不是，小又不是，所以和你商量。』脂批：『有心機人在此。』

賈璉聽了，低頭想了半日道：『你今兒糊塗了。現有比例，那林妹妹就是比例。往年怎麼給林妹妹過的，如今也照依給薛妹妹過就是了。』鳳姐早就定了給寶釵超規格過生日。卻想讓賈璉先說，但賈璉不知其意，只以黛玉爲比。脂批：『此例引的極是，無怪賈政委以家務也。』鳳姐聽了，冷笑道：『我難道連這個也不知道？我原也這麼想定了。但昨兒聽見老太太說，問起大家的年紀生日來，聽見薛大妹妹今年十五歲，雖不是整生日，也算得將笄之年。老太太說要替他作生日。想來若果真替他作，自然比往年與林妹妹的不同了。』賈璉道：『既如此，就比林妹妹的多增些。』

鳳姐道：『我也這們想着，所以討你的口氣。我若私自添了東西，你又怪我不告訴明白你了。』賈璉笑道：『罷，罷，這空頭情我不領。你不盤察我就够了，我還怪你！』說着，一徑去了，不在話下。脂批：『一段題綱寫得如見如聞，且不失前篇懼內之旨，最奇者，黛玉乃賈母溺愛之人也，不聞爲作生辰，卻云特意與寶釵，實非人想得着之文也。此書通部皆用此法，瞞過多少見者，余故云不寫而寫是也。』

且說史湘雲住了兩日，因要回去。賈母因說：『等過了你寶姐姐的生日，看了戲再回去。』史湘雲聽了，只得住下。又一面遣人回去，將自己舊日作的兩色針線活計取來，爲寶釵生辰之儀。

誰想賈母自見寶釵來了，喜他穩重和平，寶釵已得賈母歡心，則可見其平日心機之功也。正值他纔過第一個生辰，便自己蠲資二十兩，賈母親自出資，其意義自然不同。喚了鳳姐來，交與他置酒戲。鳳姐湊趣笑道：『一個老祖宗給孩子們作生日，不拘怎樣，誰還敢争，又辦什麼酒戲。既高興要熱鬧，就說不得自己花上幾兩。巴巴的找出這霉爛了的二十兩銀子來作東道，這意思還叫我賠上。果然拿不出來也罷了，金的、銀的，圓的、扁的，壓塌了箱子底，只是勒掯我們。舉眼看看，誰不是兒女？難道將來只有寶兄弟頂了你老人家上五臺山不成？那些梯己只留與他，我們如今雖不配使，也别苦了我們。這個够酒的，够戲的？』說的滿屋裏都笑起來。賈母亦笑道：『你們聽聽這嘴！我也算會說的，怎麼說不過這猴兒。你婆婆也不敢強嘴，你和我啷啷的。』鳳姐笑道：『我婆婆也是一樣的疼寶玉，我也

畸批：『將薛林作甄玉賈玉看書，則不失執筆人本旨矣。丁亥夏，畸笏叟。』

『穩重和平』下脂批云：『四字評倒黛玉，是以特從賈母眼中寫出。』自此，於賈母處漸見釵重黛輕矣。然此處尚是微露其端，觀者當知其漸也。

脂批：『前看鳳姐問璉作生日數語，甚泛泛，至此見賈母蠲資，方知作者寫阿鳳心機，無絲毫漏筆。己卯冬夜。』

脂批：『小科諢解頤，卻爲借當伏線。壬午九月。』

阿鳳舌如蓮花，自令賈母歡喜。

沒處去訴冤，倒說我強嘴。』說着，又引着賈母笑了一回，賈母十分喜悅。

到晚間，衆人都在賈母前，定昏之餘，大家娘兒姊妹等說笑時，賈母因問寶釵愛聽何戲，愛吃何物等語。寶釵深知賈母年老人，喜熱鬧戲文，愛吃甜爛之食，便總依賈母往日素喜者說了出來。寫寶釵處處機心，總卜賈母之歡。賈母更加歡悅。次日便先送過衣服玩物禮去，王夫人、鳳姐、黛玉等諸人皆有，隨分不一，不須多記。

至二十一日，就賈母內院中搭了家常小巧戲臺，脂批：『另有大禮所用之戲臺也，侯門風俗斷不可少。』定了一班新出小戲，昆弋兩腔皆有。脂批：『是賈母好熱鬧之故。』就在賈母上房擺了幾席家宴酒席，並無一個外客，只有薛姨媽、史湘雲、寶釵是客，餘者皆是自己人。黛玉在自己人之內。

這日早起，寶玉因不見林黛玉，可見寶玉之心時時繫於黛玉。便到他房中來尋，只見林黛玉歪在炕上。寶玉笑道：『起來吃飯去，就開戲了。你愛看那一齣？我好點。』林黛玉冷笑道：『你既這樣說，你就特叫一班戲來，揀我愛聽的唱給我看。這會子犯不上跐着人借光兒問我。』全是生氣話。寶玉笑道：『這有什麼難的。明兒就這樣行，也叫他們借咱們的光兒。』寶玉尚未覺察。一面說，一面拉起他來，攜手出去。

吃了飯點戲時，賈母一定先叫寶釵點。寶釵推讓一遍，無法，只得點了一折《西遊記》。脂批：『是順賈母之心也。』賈母自是歡喜，然後便命鳳姐點。鳳姐亦知賈母喜熱鬧，更喜謔笑科諢，便點了一齣《劉二當衣》。賈母果真更又喜歡，寫寶釵承意，寫鳳姐承意，可見兩人同其機心。然後便命黛玉点。

脂批：『是家宴，非東閣盛設也。非世代公子再想不及此。』

因生日之事，已引起黛玉不快。非黛玉多心敏感也。黛玉實處此境，豈能無動於衷乎？『世情惡衰歇，萬事隨轉燭。』黛玉之處境漸見衰歇矣，讀者拭目觀之。

畸批：『鳳姐點戲，脂硯執筆事，今知者

聊（寥）聊（寥）矣，不忍夫。」

畸批：『前批書者聊（寥）聊（寥），今丁亥夏只剩朽物一枚，寧不痛乎。』

老氣橫秋，的是賈母的口氣。

此曲直射後文。

脂批：『先讓鳳姐點者，是非待鳳先而後玉也，蓋亦素喜鳳嘲笑得趣之故，今故命彼點，彼亦自知，並不推讓，承命一點，便合其意。此篇是賈母取樂，非禮筵大典，故如此寫。』黛玉因讓薛姨媽、王夫人等。賈母道：『今日原是我特帶着你們取笑，咱們只管咱們的，別理他們。我巴巴的唱戲擺酒，爲他們不成？他們在這裏白聽白吃，已經便宜了，還讓他們點呢！』說着，大家都笑了。黛玉方點了一齣。脂批：『不題何戲，妙。蓋黛玉不喜看戲也，正是與後文妙曲警芳心留地步，正見此時不過草草隨衆而已，非心之所願也。』然後寶玉、史湘雲、迎、探、惜、李紈等俱各點了，按齣扮演。

至上酒席時，賈母又命寶釵點。寶釵點了一齣《魯智深醉鬧五臺山》。寶玉道：『只好點這些戲。』寶釵道：『你白聽了這幾年的戲，那裏知道這齣戲的好處。排場又好，詞藻更妙。』寶釵居然又是聽戲行家。寶玉道：『我從來怕這些熱鬧戲。』寶釵笑道：『要說這一齣熱鬧，你還算不知戲呢。脂批：『是極。寶釵可謂博學矣。不似黛玉只一《牡丹亭》便心身不自主矣，真有學問如此，寶釵是也。』你過來，我告訴你，這一齣戲熱鬧不熱鬧。——是一套北《點絳唇》，鏗鏘頓挫，韻律不用說是好的了。只那詞藻中有一支《寄生草》，填的極妙，你何曾知道。』寶玉見說的這般好，便湊近來央告：『好姐姐，念與我聽聽。』寶釵便念道：

漫揾英雄淚，相離處士家。謝慈悲剃度在蓮台下。沒緣法，轉眼分離乍。

赤條條來去無牽掛。那裏討煙簑雨笠捲單行？一任俺，芒鞋破缽隨緣化！

寶玉聽了，喜的拍膝畫圈，稱賞不已，又贊寶釵無書不知。林黛玉道：『安靜看戲鳳姐說『活像一個人』，自然已有所指，只是不說，寶釵一笑而不說，其實『一笑』，即是說也，且略含輕鄙也。寶玉『不敢』說，是惜黛玉也。湘雲直口而說，是無心也，雖說而不存鄙意也。

畸批：『湘雲、探春二卿，正事無不可對人言芳性。丁亥夏，畸笏叟。』

未寫黛玉之惱，先寫湘雲之惱，文章出其不意。

罷，還沒唱《山門》，你倒先唱《妝瘋》了。』脂批：『趣極。今古利口莫過於優伶，此一詼諧，優伶亦不得如此急速得趣，可謂才人百技也。一段醋意可知。』說的湘雲也笑了。於是大家看戲。

至晚席散時，賈母深愛那作小旦的與一個作小丑的，因命人帶進來，細看時益發可憐見。脂批：『是賈母眼中之內之想。』因問年紀，那小旦纔十一歲，小丑纔九歲，大家嘆息一回。賈母令人另拿些肉菓與他兩個，又另外賞錢兩串。鳳姐笑道：『這個孩子扮上活像一個人，你們再看不出來。』脂批：『明明不叫人說出。』寶釵心裏也知道，便只一笑不肯說。脂批：『寶釵如此。』寶玉也猜着了，亦不敢說。脂批：『不敢，少（妙）。』史湘雲接着笑道：『倒像林妹妹的模樣兒。』脂批：『口直心快，無有不可說之事。』寶玉聽了，忙把湘雲瞅了一眼，寶玉聽湘雲之言，自覺刺耳。使個眼色。衆人卻都聽了這話，留神細看，都笑起來了，說果然不錯。一時散了。

晚間，湘雲更衣時，便命翠縷把衣包打開收拾，都包了起來。意外之文，突如其來。翠縷道：『忙什麼，等去的日子再包不遲。』湘雲道：『明兒一早就走。在這裏作什麼？看人家的鼻子眼睛，什麼意思！』脂批：『此是真惱，非顰兒之惱可比，然錯怪寶玉矣。亦不可不惱。』寶玉聽了這話，忙趕近前拉他說道：『好妹妹，你錯怪了我。林妹妹是個多心的人。別人分明知道，不肯說出來，也皆因怕他惱。誰知你不防頭就說了出來，他豈不惱你。我是怕你得罪了他，所以纔使眼色。你這會子惱我，不但辜負了我，而且反倒委屈了我。寶玉是一番真誠實話。若是別人，那怕他得罪了十個人，與我何干呢！』湘雲摔手道：『你那花言巧語別哄我。我也好心不得好解，難怪寶玉急煞。

一段無理歪纏文字，卻各有各的思路，各有各的動氣之因，若從各人想來，均各有理，此文章錯綜之妙，造化之功也。

畸批：『此書如此等文章多多，不能枚舉，機括神思自從天分而有。其毛錐寫人口氣傳神攝魄處，怎不令人拍案稱奇叫絕。丁亥夏，畸笏叟。』

原不如你林妹妹。別人說他，拿他取笑，都使得。只我說了，就有不是。我原不配說他。他是小姐主子，我是奴才丫頭，得罪了他，使不得！』〔湘雲別有會意，真錯中錯也。〕

寶玉急的說道：『我倒是爲你，反爲出不是來了。我要有外心，立刻就化成灰，叫萬人踐踹！』〔脂批：『千古未聞之誓，懇切盡情，寶玉此刻之心爲如何。』〕湘雲道：『大正月裏，少信嘴胡說這些沒要緊的惡誓！散話歪話說給那些小性兒、行動愛惱的人、會轄治你的人聽去！〔發誓原爲明心，豈知毫無用處，反引出另一人來。〕別叫我啐你。』說着，一逕至賈母裏間屋裏，忿忿的躺着去了。

寶玉沒趣，只得又來尋黛玉。剛到門檻前，黛玉便推出來，將門關上。〔奇極怪極，文章愈見波瀾。〕寶玉又不解何意，在窗外只是吞聲叫『好妹妹』。〔可憐寶玉，實在不知如何是好。〕黛玉總不理他。寶玉悶悶的垂頭自審。襲人早知端的，當此時斷不能勸。那寶玉只是獃獃的站在那裏。黛玉只當他回房去了，便起來開門，只見寶玉還站在那裏。〔可見站已甚久。〕黛玉反不好意思，不好再關，只得抽身上牀躺着。寶玉隨進來問道：『凡事都有個原故，說出來，人也不委屈。好好的就惱了，終是什麼原故起的？』林黛玉冷笑道：『問的我倒好，我也不知爲什麼原故。我原是給你們取笑的——拿我比戲子，取笑。』〔萬萬沒有想到連寶玉也被裝進去。〕寶玉道：『我並沒有比你，我並沒笑。爲什麼惱我呢？』黛玉道：『你還要比？你還要笑？你不比不笑，比人家比了笑了的還利害呢！』〔更是意想不到。〕寶玉聽說，無可分辯，不則一聲。〔碰到如此不論不理，歪曲糾纏之誤會，叫寶玉如何回答，真是無可分辯，哭笑不得，但自黛玉方面來想，則亦歪纏得有思路，誤解得有原因也。可見作者於各人之情緒思路，揣摹得極深極細極透矣。脂批云：『何便無言可辯，真令人不解。前文湘雲方來，「正言彈妒意」一篇中，顰玉角口後收至畸批：『神工乎？鬼工乎？文思至此盡矣。丁亥夏，畸笏。』

卦子一篇，余已注明不解矣，回思自心自身是玉顰之心，則洞然可解，否則無可解也。身非寶玉，則有辯有答；若寶玉則再不能辯不能答。何也？總在二人心上想來。』

黛玉又道：『這一節還恕得。再者你爲什麼又和雲兒使眼色？這安的是什麼心？莫不是他和我頑，他就自輕自賤了？他原是公侯的小姐，我原是貧民的丫頭，他和我頑，設若我回了口，豈不他自惹人輕賤呢？是這主意不是？這卻也是你的好心，只是那一個偏又不領你這好情，一般也惱了。一個眼色，湘雲是湘雲的理解，黛玉是黛玉的理解，理解各各不同，卻反映出各自的心理情緒。其所同者，都是從各人自己的角度誤解了寶玉之意。脂批：『顰兒自知雲兒惱，用心甚矣。』你又拿我作情，倒說我小性兒，脂批：『顰兒卻又聽見，用心甚矣。』行動肯惱。你又怕他得罪了我，我惱他。我惱他，與你何干？他得罪了我，又與你何干？』想不到連『小性兒』等話，都已被黛玉聽到，則誤會更深，更不可解矣。故連問兩個『與你何干』也！問得沒頭沒腦，問得無頭無緒，卻是一腔憤怨。文章至此，真是天機化工之筆。脂批云：『問的卻極是。但未必心應，若能如此，將來淚盡夭亡，已化烏有，世間亦無此一部《紅樓夢》矣。』

寶玉見說，方纔與湘雲私談，他也聽見了。細想自己原爲他二人，怕生隙惱，方在其中調和，不想並未調和成功，反已落了兩處的貶謗。正與前日所看《南華經》上，有『巧者勞而智者憂，無能者無所求，飽食而遨遊，泛若不繫之舟；』又曰『山木自寇，脂批：『按原注，山木漆樹也，精脈自出，豈人所使之。故云自寇，言自相戕賊也。』源泉自盜』等語。脂批：『源泉味甘，然後人爭取之，自尋乾涸也；亦如山木，意皆寓人智能聰明多知之害也。前文無心云看《南華經》，不過襲人等惱時，無聊之甚，偶以釋悶耳。殊不知用於今日，大解悟大覺迷之功甚矣。市徒見此必云前日看的是外篇《胠篋》，如何今日又知若許篇？然則彼（時）只曾看外篇數語乎？想其理自然默默看過幾篇適至外篇，故偶觸其機方續之也。若云只看了那幾句便續，則寶玉彼時之心是有意續莊子，並非釋悶時偶續之也。且更有見前所續，則曰續的不通，更可笑矣。試思寶玉雖愚，豈有安心立意與莊叟爭衡哉。且寶玉有生以來此身此心爲諸女兒應酬不暇，眼前多少現成有益之事尚無暇去作，豈忽然要分心於腐言糟粕之中哉。可知除閨閣之外並無一事是寶玉立意作出來的。大則天地陰陽，小則功名榮枯，以及吟篇琢句，皆是隨分觸情，偶得之不喜，失之不悲，若當作有心則謬矣。只看大觀園題詠之文。以算平生得意之句，得意之事矣，然亦總不見再吟一句，再題一事，據此可見矣。然後可知前夜是無心順手拈了一本《莊子》在手，且酒興醺醺，芳愁默默，順手不計工拙，草草一續也。若使順手拈一本近時鼓詞，或如鍾無鹽赴會，其（齊）太子走國等草野風邪之傳，必亦續之矣。觀者試看此批，然後謂余不謬。所以可恨者，彼夜卻不曾拈了《山門》一齣傳奇，若使《山門》在案，彼時拈着，又不知於《寄生草》後續出何等超凡入聖大覺大悟諸語録來。黛玉一生是聰明所誤，寶玉是多事（所誤）。（多事）者，情之事也，非世事也。多情曰多事，亦宗莊筆而來。蓋余亦偏矣，可笑。阿鳳是機心所誤。寶釵是博知所誤。湘雲是自愛所誤。襲人是好勝所誤。皆不能跳出莊叟言外，悲亦甚矣，再筆。』因此越想越無趣。再細想來，目下不過這兩個人，尚未應酬妥協，將來猶欲何爲？脂批：『看他只這一筆，寫得寶玉又如何用心於世道。言閨中紅粉尚不能週全，何碌碌僭欲治世待人接物哉？視閨中自然女兒戲，視世道如虎狼矣，誰云不然。』想到其間，也無庸分辯回答，自己轉身回房來。林黛玉見他去了，便知他回思無趣，賭氣去了，一言也不曾發，不禁自己越發添了氣，脂批：『只此一句，又勾起波浪。去則去，來則來，又何氣哉。總是斷不了這根孽腸，忘不了這個禍害，既無而又有也。』便說道：『這一去，一輩子也別來，也別說話。』

寶玉不理，脂批：『此是極心死處，將來如何。』回房躺在牀上，只是瞪瞪的。襲人深知原委，不敢就說，只得以他事來解釋，因說道：『今兒看了戲，又勾出幾天戲來。寶姑娘一定要還席的。』脂批：『一说必崩。』寶玉冷笑道：『他還不還，管誰什麼相干。』脂批：『大奇大神之文，此「相干」之語，仍是近文與顰兒之語之相干也。上文來（未）說終存於心，卻於寶釵身上發洩。素厚者惟顰雲，今爲彼等尚存此心，況於素不契者，有不直言者乎？情理筆墨，無不盡矣。』襲人見這話不是往日的口吻，因又笑道：『這是怎麼說？好好的大正月裏，娘兒們姊妹們都喜喜歡歡的，你又怎麼這個形景了？』寶玉冷笑道：『他們娘兒們姊妹們歡喜不歡喜，也與我無干。』脂批：『先及寶釵，後及衆人，皆一顰之禍，流毒於衆人。寶玉之心，實僅有一顰乎。』襲人笑道：『他們既隨和，你也隨和，豈不大家彼此有趣。』寶玉道：『什麼是「大家彼此」！他們有「大家彼此」，我是「赤條條來去無牽掛」。』脂批：『拍案叫好。當此一發，西方諸佛亦來聽此棒喝，參此語録。』談及此句，不覺淚下。脂批：『還是心中不净不了，斬不斷之故。』襲人見此光景，不肯再說。寶玉細想這句意味，不禁大哭起來，脂批：『此是忘機大悟，世人所謂瘋顛是也。』翻身起來至案，遂提筆立占一偈云：

寶玉至此，意懶心灰，無路可走矣。

『轉身回房來』下脂批：『顰兒云：「與你何干？」寶玉如此一回則曰「與我何干」可也。口雖未出，心已誤（悟）矣，但恐不常耳。若常存此念，無此一部書矣。看他下文如何轉折。』

卻從前面黛玉幾個『與你何干』生出。

前面一支《寄生草》，引出此時寶玉『赤條條來去無牽掛』之念，文章直射最後結局。

證者心印也，了悟也，解悟也，至不求了悟，不求解脫之境界，斯正悟矣了矣。

黛玉剛說『一輩子也別來，也別說話』，轉身又來了。是亦情根總未斷也。

你證我證，心證意證。
是無有證，斯可云證。
無可云證，是立足境。脂批：『已悟已覺，是好偈矣。寶玉悟禪亦由情，讀書亦由情，讀莊亦由情，可笑。』

寫畢，自雖解悟，又恐人看此不解，脂批：『自悟則自了，又何用人亦解哉。此正是猶未正覺大悟也。』因此亦填一支《寄生草》，也寫在偈後。脂批：『此處亦續《寄生草》，余前批云不曾見續，今卻見之，是意外之幸也。蓋前夜《莊子》是道悟，此日是禪悟。天花散漫之文也。』自己又念一遍，自覺無掛礙，中心自得，便上牀睡了。脂批：『前夜已悟，今夜又悟，二次翻身不出，故一世墮落無成也。不寫出曲文何辭，卻留與寶釵眼中寫出，是交代過節也。』誰想黛玉見寶玉此番果斷而去，故以尋襲人爲由，來視動靜。脂批：『這又何必，總因慧刀不利，未斬毒龍之故也，大都如此，嘆嘆。』襲人笑回：『已經睡了。』黛玉聽說，便要回去。襲人笑道：『姑娘請站住，有一個字帖兒，瞧瞧是什麼話。』說着，便將方纔那曲子與偈語悄悄拿來，遞與黛玉看。黛玉看了，知是寶玉一時感忿而作，不覺可笑可嘆，可見俱是一時之感，不僅寶玉如此，黛玉亦如此也。要斷此情根談何容易！脂批：『是個善知覺，何不趁此大家一解，齊證上乘，甘心墮落迷津哉！』便向襲人道：『作的是頑意兒，不過『頑意兒』而已，不必認真。無甚關係。』脂批：『黛玉說「無關係」，將來必無關係。余正恐顰玉從此一悟則無妙文可看矣。不想顰兒視之爲漠然。更曰「無關係」，可知寶玉不能悟也。余心稍慰。蓋寶玉一生行爲，顰知最確，故余聞顰語則信而又信，不必定玉而後證之方信也。余云恐他二人一悟，則無妙文可看，然欲爲開我懷，爲醒我目，卻願他二人永墮迷津，生出孽障，余心甚不公矣。世云損人利己者，余此願是矣，試思之可發一笑。今自呈於此，亦可爲後人一笑，以助茶前酒後之興耳。而今後天地間豈不又添一趣談乎。凡書皆以趣談讀去，其理自明，其趣自得矣。』說畢，便攜了回房去，與湘雲同看。可見俱是一時之感。脂批云：『卻不同湘雲分崩，有趣。』次日又與寶釵看。寶釵看其詞曰：脂批：『出自寶釵目中，正是大關鍵處。』

無我原非你，從他不解伊。肆行無礙憑來去，茫茫着甚悲愁喜，紛紛說

『回頭試想真無趣』，只是四面碰壁，不解其情故也，何有於悟，寶釵說『這個人悟了』，亦把『悟』字解得太容易了！

黛玉一問，亦是當頭棒喝！

寶釵引六祖惠能事作比，其實兩者何能

甚親疏密。從前碌碌卻因何，到如今回頭試想真無趣！脂批：『看此一曲，試思作者當日發願不作此書，卻立意要作傳奇，則又不知有如何詞曲矣。』

看畢，又看那偈語，又笑道：『這個人悟了。都是我的不是，都是我昨兒一支曲子惹出來的。這些道書禪機，最能移性。脂批：『拍案叫絕，此方是大悟徹語録，非寶卿不能談此也。』明兒認真說起這些瘋話來，存了這個意思，都是從我這一支曲子上來，我成了個罪魁了。』說着，便撕了個粉碎，遞與丫頭們說：『快燒了罷。』黛玉笑道：『不該撕，等我問他。你們跟我來，包管叫他收了這個癡心邪話。』還是黛玉真正理解他，只要黛玉一出，則寶玉一切如常，可嘆，可嘆！

三人果然都往寶玉屋裏來。一進來，黛玉便笑道：『寶玉，我問你：至貴者是「寶」，至堅者是「玉」。爾有何貴？爾有何堅？』脂批：『拍案叫絕。大和尚來答此機鋒，想亦不能答也。非顰兒，第二人無此靈心慧性也。』寶玉竟不能答。三人拍手笑道：『這樣鈍愚，還參禪呢。』黛玉又道：『你那偈末云：「無可云證，是立足境」，固然好了，只是據我看，還未盡善。我再續兩句在後。』因念云：『無立足境，是方乾净。』脂批：『拍案叫絕，此又深一層也。亦如諺云：「去年貧，只立錐，今年貧，錐也無。」其理一也。』

寶釵道：『實在這方悟徹。當日南宗六祖惠能，初尋師至韶州，聞五祖弘忍在黄梅，他便充役火頭僧。五祖欲求法嗣，令徒弟諸僧各出一偈。上座神秀說道：「身是菩提樹，心如明鏡臺。時時勤拂拭，莫使有塵埃。」彼時惠能在厨房碓米，聽了這偈，說道：「美則美矣，了則未了。」因自念一偈曰：「菩提本非樹，明鏡亦非臺。

相比，惠能得五祖衣鉢，寶玉不過一時之感，所以自認『不過一時頑話罷了。』再說，此時寶玉還不可能至了悟境界，如此時了悟，則無以後之文矣。

脂批：『前以《莊子》爲引，故偶續之；又借顰兒詩一鄙駁，兼不寫着落，以爲瞞過看官矣。此回用若許曲折，仍用老莊引出一偈來，再續一《寄生草》，可爲大覺大悟已。以之上承果位，以後無書可作矣。卻又輕輕用黛玉一問機鋒，又續偈言二句，並用寶釵講五祖六祖問答二實偈子，使寶玉無言可答，仍將一大善知識，始終跌不出警幻幻榜中，作下回若干回書。真有機心遊龍不測之勢，安得不叫

本來無一物，何處染塵埃？」五祖便將衣鉢傳他。脂批：『出《語録》。總寫寶卿博學宏覽，勝諸才人。顰兒卻聰慧靈智，非學力所致，皆絕世絕倫之人也。寶玉寧不愧殺。』今兒這偈語亦同此意了。豈能真同，只是形式相似而已。只是方纔這句機鋒，尚未完全了結，這便丟開手不成？』

黛玉笑道：『彼時不能答，就算輸了。這會子答上了，也不爲出奇。只是以後再不許談禪了。連我們兩個所知所能的，你還不知不能呢，還去參禪呢！』

寶玉自以爲覺悟，不想忽被黛玉一問，便不能答；寶釵又比出『語録』來，此皆素不見他們能者。自己想了一想：『原來他們比我的知覺在先，尚未解悟，我如今何必自尋苦惱。』想畢，便笑道：『誰又參禪，不過一時頑話罷了。』說着，四人仍復如舊。脂批：『輕輕抹去也。「心净難」三字不謬。』

忽然人報，娘娘差人送出一個燈謎兒，用娘娘送燈謎，將話題轉換。命你們大家去猜，猜着了每人也作一個進去。四人聽說忙出去，至賈母上房。只見一個小太監，拿了一盞四角平頂白紗燈，專爲燈謎而製，上面已有一個，衆人都争看亂猜。小太監又下諭道：『衆小姐猜着了，不要說出來，每人只暗暗的寫在紙上，一齊封進宮去，娘娘自驗是否。』寶釵等聽了，近前一看，是一首七言絕句，並無甚新奇，口中少不得稱讚，寶釵世故而機心，故口是而心非也。寫只說難猜，故意尋思，寶釵終不離此。其實一見就猜着了。寶玉、黛玉、湘雲、探春脂批：『此處透出探春，正是草蛇

絕。且歷來小說中萬寫不到者。己卯冬夜。』

灰線，後文方不突然。』四個人也都解了，各自暗暗的寫了半日。一併將賈環、賈蘭等傳來，一齊各揣機心，脂批：『寫出猜謎人行景，看他偏於兩次戒（禪）機後，寫此機心機事，足見用意至深至遠。』都猜了，寫在紙上。然後各人拈一物作成一謎，恭楷寫了，掛在燈上。

太監去了，至晚出來傳諭：『前日娘娘所製，俱已猜着，惟二小姐與三爺猜的不是。脂批：『迎春、賈環也，交錯有法。』小姐們作的也都猜了，不知是否。』說着，也將寫的拿出來。也有猜着的，也有猜不着的，都胡亂說猜着了。太監又將頒賜之物送與猜着之人，每人一個宮製詩筒，脂批：『詩筒，身邊所佩之物，以待偶成之句，草錄暫收之，其歸至窗前，不致有亡也。或茜牙成，或琢香屑，或以綾素爲之不一，想來奇特事，從不知也。二物極微極雅。』一柄茶筅，脂批：『破竹如帚，以淨茶具之積也。』獨迎春、賈環二人未得。迎春自以爲頑笑小事，並不介意，脂批：『大家小姐。』賈環便覺得沒趣。且又聽太監說：『三爺說的這個不通，娘娘也沒猜，叫我帶回問三爺是個什麼。』賈環總是不入流。衆人聽了，都來看他作的什麼，寫道是：

大哥有角只八個，二哥有角只兩根。

大哥只在牀上坐，二哥愛在房上蹲。脂批：『可發一笑，真環哥之謎。』

衆人看了，大發一笑。脂批：『諸卿勿笑，難爲了作者摹擬。』賈環只得告訴太監說：『一個枕頭，一個獸頭。』脂批：『虧他好才情，怎麼想來。』太監記了，領茶而去。

賈母見元春這般有興，自己越發喜樂，便命速作一架小巧精緻圍屏燈來，設於堂由元春之燈謎，引出賈母燈謎。

屋，命他姊妹們各自暗暗的作了，寫出來黏於屏上，然後預備下香茶細菓以及各色頑物，爲猜着之賀。賈政朝罷，見賈母高興，況在節間，晚上也來承歡取樂。設了酒菓，備了玩物，上房懸了彩燈，請賈母賞燈取樂。上面賈母、賈政、寶玉一席，下面王夫人、寶釵、黛玉、湘雲又一席，迎、探、惜三個又一席。地下婆娘丫鬟站滿。李宮裁、王熙鳳二人在裏間又一席。賈政因不見賈蘭，便問：『怎麼不見蘭哥？』脂批：『看他透出賈政極愛賈蘭。』地下婆娘忙進裏間問李氏，李氏起身笑着回道：『他說方纔老爺並沒去叫他，他不肯來。』婆娘回復了賈政。衆人都笑說：『天生的牛心古怪。』賈政忙遣賈環與兩個婆娘將賈蘭喚來。賈母命他在身旁坐了，抓菓品與他吃。大家說笑取樂。

往常間只有寶玉高談闊論，今日賈政在這裏，便惟有唯唯而已。脂批：『寫寶玉如此。非世家曾經嚴父之訓者，斷寫不出此一句。』餘者湘雲雖係閨閣弱女，卻素喜談論，今日賈政在席，也自緘口禁言。黛玉本性懶與人共，原不肯多語。脂批：『黛玉如此，與人多話則不肯，問得與寶玉話更多哉。』寶釵原不妄言輕動，便此時亦是坦然自若。脂批：『瞧他寫寶釵，真是又曾經嚴父慈母之明訓，又是世府千金，自己又天性從禮合節，前三人之長並歸於一身。前三人向有捏作之態，故惟寶釵一人作坦然自若，並不見踰規踏矩也。』故此一席雖是家常取樂，反見拘束不樂。脂批：『非世家公子，斷寫不及此。想近時之家，縱其兒女哭笑索飲，長者反以爲樂，其禮不法何如是耶。』賈母亦知因賈政一人在此所致之故，脂批：『這一句，又明補出賈母亦是世家明訓之千金也，不然斷想不及此。』酒過三巡，便攆賈政去歇息。賈政亦知賈母之意，攆了自己去後，好讓他們姊妹兄弟取樂的。賈政忙陪笑道：『今日原聽見老太太這裏大設春燈雅謎，故也備了彩禮酒席，特來入會。何疼孫子孫女之心，便不略賜與兒子賈母深體人意。

半點？』脂批：『賈政如此，余亦淚下。』賈母笑道：『你在這裏，他們都不敢說笑，沒的倒叫我悶。你要猜謎時，我便說一個你猜，猜不着是要罰的。』賈政忙笑道：『自然要罰。若猜着了，也是要領賞的。』賈母道：『這個自然。』說着便念道：

猴子身輕站樹梢。脂批：『所謂「樹倒猢猻散」是也。』

——打一菓名。

賈政已知是荔枝，脂批：『的是賈母之謎。』便故意亂猜別的，罰了許多東西；然後方猜着，也得了賈母的東西。然後也念一個與賈母猜，念道：

身自端方，體自堅硬。

雖不能言，有言必應。脂批：『好極。的是賈老之謎，包藏賈府祖宗自身，「必」字隱「筆」字，妙極妙極。』

——打一用物。

說畢，便悄悄的說與寶玉。寶玉意會，又悄悄的告訴了賈母。賈母想了想，果然不差，便說：『是硯臺。』賈政笑道：『到底是老太太，一猜就是。』回頭說：『快把賀彩送上來。』地下婦女答應一聲，大盤小盤一齊捧上。賈母逐件看去，都是燈節下所用所頑新巧之物，甚喜，遂命：『給你老爺斟酒。』寶玉執壺，迎春送酒。

賈母因說：『你瞧瞧那屏上，都是他姊妹們做的，再猜一猜我聽。』賈政答應，起身走至屏前，只見頭一個寫道是：

能使妖魔膽盡摧。身如束帛氣如雷。

一聲震得人方恐，回首相看已成灰。脂批：『此元春之謎，纔得僥倖，奈壽不長，可悲哉。』

賈政道：『這是炮竹嗄。』寶玉答道：『是。』賈政又看道：

天運人功理不窮。有功無運也難逢。

因何鎮日紛紛亂，只爲陰陽數不同。脂批：『此迎春一生遭際，惜不得其夫何。』

賈政道：『是算盤。』迎春笑道：『是。』又往下看是：

階下兒童仰面時。清明妝點最堪宜。

遊絲一斷渾無力，莫向東風怨別離。脂批：『此探春遠適之讖也，使此人不遠去，將來事敗，諸子孫不至流散也，悲哉傷哉。』

賈政道：『這是風箏。』探春笑道：『是。』又看道是：

前身色相總無成。不聽菱歌聽佛經。

莫道此生沉黑海，性中自有大光明。〔一〕脂批：『此惜春爲尼之讖也。公府千金，至緇衣乞食，寧不悲夫。』

脂批：『此後破失，俟再補。』

四人燈謎，全由賈政心中解破，預伏後部之事。

庚辰本眉批：『暫記寶釵製謎云。』以下即録寶釵『朝罷誰攜』詩。

寶釵詩謎，是庚辰本録存者，其餘已是後補文字。

畸批：『此回未成，而芹逝矣，嘆嘆。丁亥夏，畸笏叟。』

仍用賈政一解。

一場燈節，卻在強歡中度過。

賈政道：『這是佛前海燈嗄。』惜春笑答道：『是海燈。』

賈政心內沉思道：『娘娘所作爆竹，此乃一響而散之物。迎春所作算盤，是打動亂如麻。探春所作風箏，乃飄飄浮蕩之物。惜春所作海燈，益發清淨孤獨。今乃上元佳節，如何皆用此不祥之物爲戲耶？』心內愈思愈悶，因在賈母之前，不敢形於色，只得仍勉強往下看去。只見後面寫着七言律詩一首，卻是寶釵所作，隨念道：

朝罷誰攜兩袖煙。琴邊衾裏總無緣。
曉籌不用雞人報，五夜無煩侍女添。
焦首朝朝還暮暮，煎心日日復年年。
光陰荏苒須當惜，風雨陰晴任變遷。

賈政看完，心內自忖道：『此物還倒有限。只是小小之人作此詩句，更覺不祥，皆非永遠福壽之輩。』想到此處，愈覺煩悶，大有悲戚之狀，因而將適纔的精神減去十之八九，只垂頭沉思。

賈母見賈政如此光景，想到或是他身體勞乏，亦未可定，又兼恐拘束了衆姊妹，不得高興頑耍，即對賈政道：『你竟不必猜了。去安歇罷。讓我們再坐一會，也好散了。』賈政一聞此言，連忙答應幾個『是』字，又勉強勸了賈母一回酒，方纔退出去了。回至房中，只是思索，翻來覆去，竟難成寐，不由傷悲感慨，不在話下。

且說賈母見賈政去了，便道：『你們可自在樂一樂罷。』一言未了，早見寶玉跑至圍屏燈前，指手畫腳，滿口批評，這個這一句不好，那一個做的不恰當，如同開了籠的猴子一般。寶釵便道：『還像適纔坐着，大家說說笑笑，豈不斯文些兒。』鳳姐自裏間忙出來插口道：『你這個人，就該老爺每日令你寸步不離方好。適纔我忘了，爲什麼不當着老爺，攛掇叫你也作詩謎兒。若如此，怕不得這會子正出汗呢。』說的寶玉急了，扯着鳳姐兒，扭股兒糖似的只是廝纏。賈母又與李宫裁並衆姐妹說笑了一會，也覺有些睏倦起來。聽了聽已是漏下四鼓，命將食物撤去，賞散與衆人，隨起身道：『我們安歇罷。明日還是節下，該當早起。明日晚間再頑罷。』且聽下回分解。

【回後評】

賈母特爲寶釵斸資過生日，熙鳳又將生日規格高於黛玉，賈母又『喜他穩重和平』，以此種種看，寶釵已漸奪賈母之心，鳳姐之舉，是賈母愛心之反映也。否則鳳姐何能將寶釵生日規格高於賈母嫡親外孫女之上，寶釵不過王夫人之外甥女耳，其親疏豈能與黛玉比，故寶玉有『親不間疏』之言也。今寶釵之遇竟越過黛玉，則其漸可知矣。

因寶釵生日演戲，竟由寶釵點出《魯智深醉鬧五臺山》，並由釵、玉共賞北《點絳唇》『轉眼分離乍。赤條條來去無牽掛』一曲，其意深遠，直射後回生離之意而自然貼切，天衣無縫。鳳姐說演小旦的『活像一個人』，暗指黛玉。鳳姐敢如此說，已見黛玉在賈母等人眼中之寵愛已大不如前。而湘雲直口說穿，遂引出無限風波，文章煞是好看。

寶玉因勸慰湘黛而反遭誤解生分，從而産生證悟，爲後文之結局先作一引。然寶玉之悟，非徹悟也，是一時之感也，惟黛玉能明其意，故用黛玉棒喝而罷。

由元春燈謎引出賈母、賈政及諸人燈謎，並由賈政悟出其衰敗之意，一場歡喜熱鬧燈節，遂於黯然中收場。作者於元春省親大熱鬧方過，已漸示盛極必衰之意矣！

【校　記】

〔一〕 庚本此句以下文字缺失，僅存寶釵詩謎，列藏本同庚本。楊本、甲辰、程甲各本均有惜春詩謎『性中自有大光明』以下文字，但庚本寶釵詩謎卻改爲黛玉詩謎。蒙府、戚序、舒序均有惜春詩謎以下文字，寶釵詩謎仍屬寶釵，與庚辰本同，茲即據戚序本補入。

第二十三回　西廂記妙詞通戲語　牡丹亭豔曲警芳心

爲元春省親作一總結束，亦爲大觀園作一增補。

話說賈元春自那日幸大觀園回宮去後，便命將那日所有的題詠，命探春依次抄録妥協，自己編次，敘其優劣，又命在大觀園勒石，爲千古風流雅事。因此，賈政命人各處選拔精工名匠，在大觀園磨石鐫字，賈珍率領蓉、萍等監工。因賈薔又管理着文官等十二個女戲並行頭等事，不大得便，因此賈珍又將賈菖、賈菱喚來監工。一日，湯蠟釘硃，動起手來。這也不在話下。

且說那個玉皇廟並達摩庵兩處，一班的十二個小沙彌並十二個小道士，如今挪出大觀園來，賈政正想發到各廟去分住，不想後街上住的賈芹之母周氏，正盤算着也要到賈政這邊謀一個大小事務與兒子管管，也好弄些銀錢使用，可巧聽見有這件事，便坐轎子來求鳳姐。鳳姐因見他素日不大拿班做勢的，便依允了，想了幾句話便回王夫人說：『這些小和尚道士萬不可打發到別處去，一時娘娘出來就要承應。倘或散了，若再用時，可是又費事。依我的主意，不如將他們竟送到咱們家廟裏鐵檻寺去，月間

好説詞，使王夫人不得不應。

鳳姐早有安排。

原來也早有打算，人事都從後門走，古今一例。

不過派一個人拿幾兩銀子去買柴米就完了。說聲用，走去叫來，一點兒不費事呢。』王夫人聽了，便商之於賈政。賈政聽了笑道：『倒是提醒了我，就是這樣。』即時喚賈璉來。

當下賈璉正同鳳姐吃飯，一聞呼喚，不知何事，放下飯便走。鳳姐一把拉住，笑道：『你且站住，聽我說話。若是別的事我不管，若是爲小和尚們的事，好歹依我這麼着。』如此這般教了一套話。賈璉笑道：『我不知道，你有本事你說去。』鳳姐聽了，把頭一梗，把筷子一放，腮上似笑不笑的瞅着賈璉道：『你當真的，還是頑話？』[看鳳姐之威。]賈璉笑道：『西廊下五嫂子的兒子芸兒來求了我兩三遭，要個事情管管。我依了，叫他等着。好容易出來這件事，你又奪了去。』鳳姐兒笑道：『你放心。園子東北角子上，娘娘說了，還叫多多的種松柏樹，樓底下還叫種些花草。等這件事出來，[又多出一樁事來。]我管保叫芸兒管這件工程。』賈璉道：『果然這樣也罷了。只是昨兒晚上，我不過是要改個樣兒，你就扭手扭腳的。』鳳姐兒聽了，嗤的一聲笑了，向賈璉啐了一口，低下頭便吃飯。

賈璉已經笑着去了，到了前面見了賈政，果然是小和尚一事。賈璉便依了鳳姐的主意，說道：『如今看來，芹兒倒大大的出息了，這件事竟交與他去管辦。橫豎照在裏頭的規例，每月叫芹兒支領就是了。』賈政原不大理論這些事，聽賈璉如此說，便脂批：『大觀園原係十二釵棲止之所，然工程浩大，故借元春之名而起，再用元春之命以安諸豔，不見一絲扭捻。己卯冬夜。』

如此依了。

賈璉回到房中，告訴鳳姐兒。鳳姐即命人去告訴了周氏。賈芹便來見賈璉夫妻兩個，感謝不盡。鳳姐又作情央賈璉先支三個月的供給，叫他寫了領字，賈璉批票畫了押，登時發了對牌出去。銀庫上按數發出三個月的供給來，白花花二三百兩。賈芹隨手拈一塊，撂與掌平的人，叫他們吃茶罷。於是命小廝拿回家，與母親商議。登時僱了大叫驢，自己騎上；又僱了幾輛車，至榮國府角門前，喚出二十四個人來，坐上車，一逕往城外鐵檻寺去了。賈芹一事安排畢，又爲後文張本。當下無話。

如今且說賈元春，因在宮中自編大觀園題詠之後，忽想起那大觀園中景致，自己幸過之後，賈政必定敬謹封鎖，不敢使人進去騷擾，豈不寥落。況家中現有幾個能詩會賦的姊妹，何不命他們進去居住，也不使佳人落魄，花柳無顏。卻又想到寶玉自幼在姊妹叢中長大，不比別的兄弟，若不命他進去，只怕他冷清了，一時不大暢快，未免賈母、王夫人愁慮，須得也命他進園居住方妙。想畢，遂命太監夏守忠到榮國府來下一道諭，命寶釵等指明命寶釵等在園中居住，亦見寶釵在元春心中印象。只管在園中居住，不可禁約封錮，命寶玉仍隨進去讀書。

賈政、王夫人接了這諭，待夏守忠去後，便來回明賈母，遣人進去〔一〕各處收拾難得賈政對寶玉兩句好評。

打掃，安設簾幔牀帳。别人聽了還自猶可，惟寶玉聽了這諭，喜的無可無不可。正和賈母盤算，要這個，弄那個，忽見丫鬟來説：『老爺叫寶玉。』寶玉聽了，好似打了個焦雷，登時掃去興頭，臉上轉了顔色，便拉着賈母，扭的好似扭股兒糖，殺死不敢去。賈母只得安慰他道：『好寶貝，你只管去，有我呢，他不敢委屈了你。況且你又作了那篇好文章。想是娘娘叫你進去住，他吩咐你幾句，不過不教你在裏頭淘氣。他説什麽，你只好生答應着就是了。』一面安慰，一面唤了兩個老嬷嬷來，吩咐『好生帶了寶玉去，别叫他老子唬着他』。老嬷嬷答應了。

寶玉只得前去，一步挪不了三寸，蹭到這邊來。可巧賈政在王夫人房中商議事情。金釧兒、彩雲、彩霞、繡鸞、繡鳳等衆丫鬟都在廊簷底下站着呢，一見寶玉來，都抿着嘴笑。金釧一把拉住寶玉，[脂批：『有是事，有是文。』]悄悄的笑道：『我這嘴上是纔擦的香浸胭脂，你這會子可吃不吃了？』[寫金釧，隱含多少往事，並爲後文投井張本。]彩雲一把推開金釧，笑道：『人家正心裏不自在，你還奚落他。趁這會子喜歡，快進去罷。』寶玉只得挨進門去。原來賈政和王夫人都在裏間呢。趙姨娘打起簾子，[趙姨娘打簾子，可見其身分。]寶玉躬身進去。只見賈政和王夫人對面坐在炕上説話，地下一溜椅子，迎春、探春、惜春、賈環四個人都坐在那裏。一見他進來，惟有探春和惜春、賈環站了起來。

賈政一舉目，見寶玉站在跟前，神彩飄逸，秀色奪人；看看賈環，人物委瑣，舉脂批：『寫寶玉可入園用「禁管」二字，得體理之至。壬午九月。』

止荒疏；忽又想起賈珠來；又看看王夫人，只有這一個親生的兒子，（脂批：『批至此，幾乎失聲哭出。』）素愛如珍；自己的鬍鬚將已蒼白：因這幾件上，把素日嫌惡、處分寶玉之心，不覺減了八九。半晌說道：『娘娘吩咐，說你日日外頭嬉遊，漸次疏懶，如今叫禁管，同你姊妹在園裏讀書寫字。你可好生用心習學，再如不守分安常，你可仔細！』寶玉連連的答應了幾個『是』。王夫人便拉他在身旁坐下。他姊妹三人依舊坐下。

王夫人摸娑着寶玉的脖項說道：『前兒的丸藥都吃完了？』寶玉答道：『還有一丸。』王夫人道：『明兒再取十丸來，天天臨睡的時候，叫襲人服侍你吃了再睡。』寶玉道：『只從太太吩咐了，襲人天天晚上想着，打發我吃。』

敘明襲人名字來歷。

賈政問道：『襲人是何人？』王夫人道：『是個丫頭。』賈政道：『丫頭，不管叫個什麼罷了，是誰這樣刁鑽，起這樣的名字？』王夫人見賈政不自在了，便替寶玉掩飾道：『是老太太起的。』賈政道：『老太太如何知道這話，一定是寶玉。』寶玉見瞞不過，只得起身回道：『因素日讀詩，曾記得古人有一句詩云：「花氣襲人知晝暖。」因這個丫頭姓花，便隨口起了這個名字。』王夫人忙又道：『寶玉，你回去改了罷。老爺也不用爲這小事動氣。』

賈政道：『究竟也無礙，又何用改。只是可見寶玉不務正，專在這些穠詞豔賦上作工夫。』說畢，斷喝一聲：『作業的畜生，還不出去！』王夫人也忙道：『去罷，來時『一步挪不了三寸』，『挨門進去』，去時『一溜煙去了』，寫寶玉如畫。

黛玉已知入園事，故作盤算也。

諸人住處，惟黛玉、寶玉兩人特寫。

晉王嘉《拾遺記・前漢上》：『帝息於延涼室，臥夢李夫人授帝蘅蕪之香。帝驚起，而香氣猶著衣枕，歷月不歇。』

瀟湘，指湘江。《山海經・中山經》：『帝之二女居之，是常遊於江淵。澧沅之風，交

只怕老太太等你吃飯呢。』寶玉答應了，慢慢的退出去，向金釧兒笑着伸伸舌頭，帶着兩個嬤嬤一溜煙去了。

剛至穿堂門前，（脂批：『妙，這便是鳳姐掃雪拾玉之處，一絲不亂。』）只見襲人倚門立在那裏，一見寶玉平安回來，堆下笑來問道：（倚門而待，堆笑而問，可見其情之切。脂批云：『等壞了，愁壞了，所以有堆下笑來問話。』）『叫你作什麼？』寶玉告訴他：『沒有什麼，不過怕我進園去淘氣，吩咐吩咐。』一面說，一面回至賈母跟前，回明原委。只見林黛玉正在那裏，寶玉便問他：『你住那一處好？』林黛玉正心裏盤算這事，（脂批：『顰兒亦有盤算事，揀擇清幽處耳，未知擇鄰否，一笑。』）忽見寶玉問他，便笑道：『我心裏想着瀟湘館好，（瀟湘館，作者固爲黛玉而設也。）愛那幾竿竹子隱着一道曲欄，比別處更覺幽靜。』寶玉聽了，拍手笑道：『正和我的主意一樣，（原來寶玉亦是此意，可見二人同心。）我也要叫你住這裏呢。我就住怡紅院，咱們兩個又近，又都清幽。』（脂批：『擇鄰出於玉兄，所謂真知己。』）

二人正計較，就有賈政遣人來回賈母說：『二月二十二日子好，哥兒姐兒們好搬進去的。這幾日內遣人進去分派收拾。』薛寶釵住了蘅蕪苑，林黛玉住了瀟湘館，賈迎春住了綴錦樓，探春住了秋爽齋，惜春住了蓼風軒，李氏住了稻香村，寶玉住了怡紅院。每一處添兩個老嬤嬤，四個丫頭，除各人奶娘親隨丫鬟不算外，另有專管收拾打掃的。至二十二日，一齊進去，登時園內花招繡帶，柳拂香風，（脂批：『八字寫得滿園之內，處處有人，無一處不到。』）不似前番那等寂寞了。

瀟湘之淵。』《初學記》引晉張華《博物志》：『舜死，二妃淚下，染竹即斑。』李商隱詩：『湘江竹上痕無限。』

諸人進園，從此又一番風光。

閑言少敘。且說寶玉自進花園以來，心滿意足，再無别項可生貪求之心。每日只和姊妹丫頭們一處，或讀書，或寫字，或彈琴下棋，作畫吟詩，以至描鸞刺鳳，鬭草簪花，低吟悄唱，拆字猜枚，無所不至，倒也十分快樂。他曾有幾首即事詩，雖不算好，卻倒是真情真景，略記幾首云：

春夜即事

霞綃雲幄任鋪陳。隔巷蟆更聽未真。
枕上輕寒窗外雨，眼前春色夢中人。
盈盈燭淚因誰泣，點點花愁爲我嗔。
自是小鬟嬌懶慣，擁衾不耐笑言頻。

夏夜即事

倦繡佳人幽夢長。金籠鸚鵡喚茶湯。
窗明麝月開宮鏡，室靄檀雲品御香。
琥珀杯傾荷露滑，玻璃檻納柳風涼。
水亭處處齊紈動，簾捲朱樓罷晚妝。

脂批：『四詩作盡安福尊榮之貴介公子也。 壬午孟夏。』

寶玉初入園中，寫其心滿意足神態，別無寄託可言。

秋夜即事

絳芸軒裏絕喧嘩。桂魄流光浸茜紗。
苔鎖石紋容睡鶴，井飄桐露濕棲鴉。
抱衾婢至舒金鳳，倚檻人歸落翠花。
静夜不眠因酒渴，沉煙重撥索烹茶。

冬夜即事

梅魂竹夢已三更。錦罽鸘衾睡未成。
松影一庭惟見鶴，梨花滿地不聞鶯。
女兒翠袖詩懷冷，公子金貂酒力輕。
卻喜侍兒知試茗，掃將新雪及時烹。

因這幾首詩，當時有一等勢利人，見是榮國府十二三歲的公子作的，抄録出來各處稱頌；再有一等輕浮子弟，愛上那風騷妖豔之句，也寫在扇頭、壁上，不時吟哦賞贊。因此竟有人來尋詩覓字，倩畫求題的。（不意大觀園中竟亦有筆墨應酬之事。）寶玉益發得了意，鎮日家作這些外務。

誰想静中生煩惱，忽一日不自在起來，這也不好，那也不好，出來進去，只是悶悶的。園中那些人，多半是女孩兒，正在混沌世界，天真爛熳之時，坐臥不避，嬉笑從此又進一天地矣。

正是落花水面皆文章也。

無心，那裏知寶玉此時的心事。那寶玉心內不自在，便懶待在園內，只在外頭鬼混，卻又癡癡的。脂批：『不進園去，真不知何心事。』

茗煙見他這樣，因想與他開心，左思右想，皆是寶玉頑煩了的，不能開心，惟有這件，寶玉不曾看見過。脂批：『書房伴讀累累如是，余至今痛恨。』想畢，便走去到書坊內，把那古今小說並那飛燕、合德、武則天、楊貴妃的外傳與那傳奇角本買了許多來，引寶玉看。寶玉何曾見過這些書，一看見了便如得了珍寶。茗煙又囑咐他不可拿進園去，『若叫人知道了，我就吃不了兜着走呢。』寶玉那裏捨的不拿進去，踟躕再三，單把那文理細密的揀了幾套進去，放在牀頂上，無人時自己密看。可見此類書爲官方所禁。那粗俗過露的，都藏在外面書房裏。

那一日，正當三月中浣，早飯後，寶玉攜了一套《會真記》，走到沁芳閘橋邊，桃花底下，一塊石上坐着，展開《會真記》，從頭細玩。正看到『落紅成陣』，只見一陣風過，把樹頭上桃花吹下一大半來，落的滿身滿書滿地皆是。寶玉要抖將下來，恐怕腳步踐踏了，脂批：『情不情。』只得兜了那花瓣，來至池邊，抖在池內。那花瓣浮在水面，飄飄蕩蕩，竟流出沁芳閘去了。

回來只見地下還有許多，寶玉正踟躕間，只聽背後有人說道：『你在這裏作什麽？』來得正是時候。寶玉一回頭，卻是林黛玉來了，肩上擔着花鋤，鋤上掛着花囊，天然一幅圖畫。手脂批：『此圖欲畫之心久矣，誓不遇仙筆不寫，恐襲我顰卿故也。己卯冬。』

畸批：『丁亥春間，偶識一浙省（新）發，其白描美人真神品物，甚合余意。奈彼因宦緣所纏無暇，且不能久留都下，未幾南行矣。余至今耿耿，悵然之至。恨與阿顰結一筆墨緣之難若此，嘆嘆。丁亥夏，畸笏叟。』

內拿着花帚。惜花心情二人相同，卻各自不同安排。寶玉笑道：『好，好，來把這個花掃起來，撂在那水裏。我纔撂了好些在那裏呢。』林黛玉道：『撂在水裏不好。你看這裏的水乾淨，只一流出去，有人家的地方，髒的臭的混倒，仍舊把花遭塌了。畢竟黛玉想得週到。那畸角上我有一個花塚，如今把他掃了，裝在這絹袋裏，拿土埋上，日久不過隨土化了，脂批：『寧使香魂隨土化。』脂批：『好名色，新奇。葬花亭裏葬花人。』豈不乾淨。』脂批：『寫黛玉又勝寶玉十倍癡情。』

寶玉聽了，喜不自禁，笑道：『待我放下書，幫你來收拾。』無意中露出馬腳。黛玉道：『什麽書？』寶玉見問，慌的藏之不迭，已來不及了。便說道：『不過是《中庸》《大學》。』黛玉笑道：『你又在我跟前弄鬼。趁早兒給我瞧，好多着呢。』如此說法自然是鬼話。黛玉豈能信他讀此類書。寶玉道：『好妹妹，若論你，我是不怕的。你看了，好歹别告訴别人去。確是如此，可惜後來還是說漏了嘴。真真這是好書！你要看了，連飯也不想吃呢。』一面說，一面遞了過去。林黛玉把花具且都放下，接書來瞧，從頭看去，越看越愛看，不頓飯工夫，將十六齣俱已看完，自覺詞藻警人，餘香滿口。八字的評。才人眼中看才人之書。雖看完了書，卻只管出神，心內還默默記誦。可見已與神合。

寶玉笑道：『妹妹，你說好不好？』林黛玉笑道：『果然有趣。』寶玉笑道：『我就是個「多愁多病身」，你就是那「傾國傾城貌」。』不想寶玉現成就用。脂批：『看官說寶玉忘情（則）有之，若認作有心取笑，則看不得《石頭記》。』林黛玉聽了，不覺帶腮連耳通紅，登時直豎起兩道似蹙非蹙的眉，瞪了兩隻似睁非睁的眼，微腮帶怒，薄面含嗔，指寶玉道：『你這該死的胡說！好好的把這淫詞豔

西廂記妙詞
通戲語
壬午冬日
禪鳳媛畫

鑞，諸本皆作『蠟』。《西廂記》原文作『鑞』。按：『鑞』，錫與鉛的合金，爲軟金屬。外表看似鋼鐵，其實其質甚軟。

因讀《西廂》而二人會心，從此二人心意，皆可借《西廂》會通矣。

曲弄了來，還學了這些混話來欺負我。我告訴舅舅舅母去。』說到『欺負』兩個字上，早又把眼睛圈兒紅了，轉身就走。（纔說『好歹別告訴人』，卻轉身即有事。）寶玉着了急，向前攔住說道：『好妹妹，千萬饒我這一遭，原是我說錯了。若有心欺負你，明兒我掉在池子裏，教個癩頭黿吞了去，變個大忘八，等你明兒做了「一品夫人」，病老歸西的時候，我往你墳上替你馱一輩子的碑去。』（脂批：『雖是混話一串，卻成了最新最奇的妙文。』）說的林黛玉嗤的一聲笑了，一面揉着眼睛，一面笑道：『一般也唬的這個調兒，還只管胡說。「呸，原來是苗而不秀，是個銀樣鑞槍頭。」』（其實黛玉何曾發怒，只是叫她豈能不如此乎？『銀樣鑞槍頭』一語，可見黛玉絲毫未怒也。）寶玉聽了，笑道：『你這個呢？我也告訴去。』林黛玉笑道：『你說你會過目成誦，難道我就不能一目十行麼？』

寶玉一面收書，一面笑道：『正經快把花埋了罷，別提那個了。』二人便收拾落花，正纔掩埋妥協，只見襲人走來，（幸虧襲人來得晚，未見前事也。）說道：『那裏沒找到，摸在這裏來。那邊大老爺身上不好，姑娘們都過去請安，老太太叫打發你去呢。快回去換衣裳去罷。』寶玉聽了，忙拿了書，別了黛玉，同襲人回房換衣不提。

這裏林黛玉見寶玉去了，又聽見衆姐妹也不在房，自己悶悶的。（脂批：『有原故。』）正欲回房，剛走到梨香院牆角上，只聽牆內笛韻悠揚，歌聲婉轉。林黛玉便知是那十二個女孩子演習戲文呢。只因林黛玉素習不大喜看戲文，便不留心，只管往前走。偶然兩句吹到耳內，明明白白，一字不落， 愈是不留心戲文，愈是偶然聽到，愈是新奇。 唱道是：『原來姹紫嫣紅開遍，似這般都付與斷井頹垣。』林黛玉聽了，倒也十分感慨纏綿， 兩句先把黛玉吸引住。 便止住步側耳細聽，又聽唱道是：『良辰美景奈何天，賞心樂事誰家院。』聽了這兩句，不覺點頭自嘆， 說到眼前自家身邊。 心下自思道：『原來戲上也有好文章。 脂批：『非不及釵，係不曾於雜學上用意也。』 可惜世人只知看戲，未必能領略這其中的趣味。』 深了一層想。 想畢，又後悔不該胡想，耽誤了聽曲子。又側耳時，只聽唱道：『則爲你如花美眷，似水流年……』

林黛玉聽了這兩句，不覺心動神搖，又聽道『你在幽閨自憐』等句，亦發如醉如癡，站立不住，便一蹲身坐在一塊山子石上，細嚼『如花美眷，似水流年』八個字的滋味。忽又想起前日見古人詩中有『水流花謝兩無情』之句，再又有詞中有『流水落花春去也，天上人間』之句，又兼方纔所見《西廂記》中『花落水流紅，閑愁萬種』之句，都一時想起來，湊聚在一處。仔細忖度，不覺心痛神癡，眼中落淚。正沒個開交，忽覺背上擊了一下，及回頭看時，原來是……

且聽下回分解。正是：

妝晨繡夜心無矣，對月臨風恨有之。

戲文又是另一天地，正可與小說相發明。

脂批：『情小姐，故以情小姐詞曲警之，恰極當極。己卯冬。』

兩句直扣心坎，『如花美眷，似水流年』，正射黛玉，能不自憐，能不感慨乎？到『幽閨自憐』句，則直入黛玉之心矣。於是百感交集，名句紛至，自然心痛神癡矣。

似水流年數句，警醒黛玉年華身世之感，較前又進一步矣。

脂批：『前以《會真記》文，後以《牡丹亭》曲，加以有情有景，消魂落魄詩詞，總是急於令顰兒種病根也。看其一路不即不離，曲曲折折寫來，令觀者亦技難持，況瘦怯怯之弱女乎？』

【回後評】

分派安置小沙彌、小道士，區區小事耳，鳳、璉夫妻間亦有爭奪，可見利之所在，爭之所由也。賈芹一得差使，即支現銀，即僱大叫驢，何等風光。此皆走鳳姐後門所得也。

由元春之命，諸釵及寶玉進大觀園住，最爲得體，其實作者寫大觀園，實爲諸釵及寶玉也。無此環境，以後釵、玉、黛諸人故事便難以展開。故借元春省親寫大觀園，又以元春之命，令諸人入園，則千妥萬當矣。

寶玉住怡紅院，黛玉住瀟湘館，相距最近，作者用特筆描寫。其餘各人住處，皆隨筆敘過，然此皆作者經心之筆，非率爾也。

寶玉得《西廂》諸書，因而黛玉亦得讀《西廂》，並爲之『心痛神癡』，從此兩人思想精神，又入一新境界矣。而其間無寶釵一筆，寶釵亦無預其事，實是寶黛與釵，於此書見一思想分界也，且爲後文寶釵訓黛先留地步。

【校　記】

〔一〕『讀書』以下二十七字，庚本缺，各本均有，文字略異，今從楊本補。

黛玉正情思縈逗之際，用香菱來一擊而醒，文章亦隨之轉換，移步換景。自然天成。

畸批：『是書最好看如此等處，係畫家山水樹頭邱壑俱備，末用濃淡墨點苔法也。丁亥夏，畸笏叟。』

第二十四回　醉金剛輕財尚義俠　癡女兒遺帕惹相思〔一〕

話說林黛玉正自情思縈逗、纏綿固結之時，忽有人從背後擊了一掌，說道：『你作什麽一個人在這裏？』林黛玉倒唬了一跳，回頭看時，不是別人，卻是香菱。林黛玉道：『你這個傻丫頭，唬了我一跳，你這會子打那裏來？』〔二〕香菱嘻嘻的笑道：『我來尋我們的姑娘的，找他總找不着。你們紫鵑也找你呢，說璉二奶奶送了什麽茶葉來給你的。走罷，回家去坐着。』一面說着，一面拉着黛玉的手，回瀟湘館來了。果然鳳姐兒送了兩小瓶上用新茶來。林黛玉和香菱坐了。況他們有甚正事談講，不過說些這一個繡的好，那一個刺的精，又下一回棋，看兩句書，脂批：『棋不論盤，書不論章，皆是嬌憨女兒神理，寫得不即不離，似有若無。妙極。』香菱便走了。不在話下。

如今且說寶玉，因被襲人找回房去，果見鴛鴦歪在牀上有神態。看襲人的針線呢，見寶玉來了，便說道：『你往那裏去了？老太太等着你呢，叫你過那邊請大老爺的安去。』

脂批：『胭脂是這樣吃法，看官可經過否？』

鴛鴦叫襲人來看，是明自己也。

還不快換了衣服走呢。』襲人便進房去取衣服。寶玉坐在牀沿上，褪了鞋等靴子穿的工夫，回頭見鴛鴦穿着水紅綾子襖兒，青緞子背心，束着白縐綢汗巾兒，臉向那邊低着頭看針線，脖子上帶着花領子。特寫鴛鴦一筆。寶玉便把臉湊在他脖項上，聞那香油氣，不住用手摩挲，其白膩不在襲人之下，便猴上身去涎皮笑道：『好姐姐，把你嘴上的胭脂賞我吃了罷。』寶玉於鴛鴦之親昵，亦非其他人可比。一面說着，一面扭股糖似的黏在身上。鴛鴦便叫道：『襲人，你出來瞧瞧。脂批：『不向寶玉說話，又叫襲人，鴛鴦亦是幻情洞天也。』你跟他一輩子，也不勸勸，還是這麼着。』鴛鴦不推不拒，反叫襲人來看，鴛鴦之於寶玉亦可知矣。襲人抱了衣服出來，向寶玉道：『左勸也不改，右勸也不改，你到底是怎麼樣？你再這麼着，脂批：『此五字內有深意深心。』這個地方可就難住了。』一邊說，一邊催他穿了衣服，同鴛鴦往前面來見賈母。

見過賈母，出至外面，人馬俱已齊備。剛欲上馬，只見賈璉請安回來了，正下馬，二人對面，彼此問了兩句話。只見旁邊轉出一個人來，『請寶叔安。』寶玉看時，只見這人容長臉，長挑身材，年紀只好十八九歲，生得着實斯文清秀，倒也十分面善，只是想不起是那一房的，叫什麼名字。賈璉笑道：『你怎麼發獃，連他也不認得？他是後廊上住的五嫂子的兒子芸兒。』特寫賈芸一筆。寶玉笑道：『是了，是了，我怎麼就忘了。』因問他母親好，這會子什麼勾當。賈芸指賈璉道：『找二叔說句話。』寶玉笑道：『你倒比先越發出挑了，倒像我的兒子。』賈璉笑道：『好不害臊！人家比你大四五賈芸會說話，是討好奉承寶玉，當亦爲謀事也。

賈赦先站起來回賈母的話，邢夫人先倒站起來請賈母安，皆特寫大家禮節。

歲呢，就替你作兒子了？』寶玉笑道：『你今年十幾歲了？』賈芸道：『十八歲。』

原來這賈芸最伶俐乖覺，聽寶玉這樣說，便笑道：『俗語說的，「搖車裏的爺爺，拄拐杖的孫孫」。雖然歲數大，山高高不過太陽。只從我父親沒了，這幾年也無人照管教導。（脂批：『雖是隨機而應，伶俐人之語，余却傷心。』）如若寶叔不嫌姪兒蠢笨，認作兒子，就是我的造化了。』賈璉笑道：『你聽見了？認兒子不是好開交的呢。』說着就進去了。寶玉笑道：『明兒你閑了，只管來找我，別和他們鬼鬼祟祟的。（此言何指？他們是誰？當是因寶玉與賈璉說話時，賈芸突然轉出來而言也。）這會子我不得閑兒。明兒你到書房裏來，和你說天話兒，我帶你園裏頑耍去。』說着扳鞍上馬，衆小厮圍隨往賈赦這邊來。

見了賈赦，不過是偶感些風寒，先述了賈母問的話，然後自己請了安。賈赦先站起來回了賈母話，次後便喚人來：『帶哥兒進去太太屋裏坐着。』寶玉退出，來至後面，進入上房。邢夫人見了他來，先倒站了起來，請過賈母安，寶玉方請安。邢夫人拉他上炕坐了，方問別人好，又命人倒茶來。一鍾茶未吃完，只見那賈琮來問寶玉好。邢夫人道：『那裏找活猴兒去！你那奶媽子死絕了，也不收拾收拾你，弄的黑眉烏嘴的，那裏像大家子念書的孩子！』

正說着，只見賈環、賈蘭小叔姪兩個也來了，請過安，邢夫人便叫他兩個椅子上坐了。賈環見寶玉同邢夫人坐在一個坐褥上，邢夫人又百般摩挲撫弄他，早已心中不自在了，脂批：『千里伏線。』坐不多時，便和賈蘭使眼色兒要走。賈蘭只得依他，一同起身告辭。寶玉見他們要走，自己也就起身，要一同回去。邢夫人笑道：『你且坐着，我還和你說話呢。』寶玉只得坐了。邢夫人向他兩個道：『你們回去，各人替我問你們各人的母親好。你們姑娘、姐姐、妹妹都在這裏呢，鬧的我頭暈，今兒不留你們吃飯了。』賈環等答應着，便出來回家去了。

寶玉笑道：『可是姐姐們都過來了，怎麼不見？』邢夫人道：『他們坐了一會子，都往後頭不知那屋裏去了。』寶玉道：『大娘方纔說有話說，不知是什麼話？』邢夫人笑道：『那裏有什麼話，不過是叫你等着，同你姊妹們吃了飯去。還有一個好頑的東西給你帶回去頑。』足見邢夫人待寶玉，與賈環、賈蘭有別。

娘兒兩個說話，不覺早又晚飯時節。調開桌椅，羅列杯盤，母女姊妹們吃畢了飯。寶玉又去辭別了賈赦，同姊妹們一同回家，見過賈母、王夫人等，各自回房安息。不在話下。前面說有一個好頑的東西給你帶回去。此後卻未見提及。脂批：『一段爲五鬼魘魔法引。脂硯。』

且說賈芸進去見了賈璉，因打聽可有什麼事情。賈璉告訴他：『前兒倒有一件事情出來，偏生你嬸子再三求了我，給了賈芹了。他許了我，說明兒園裏還有幾處要栽花木的地方，等這個工程出來，一定給你就是了。』賈芸聽了，半晌說道：『既是這卜世人，不是人也。雪芹痛罵勢利之徒，亦痛罵社會，或亦有身經之痛乎？

原爲想賒冰片麝香而來，卻白得了一勺冰水澆頭，還惹來一番教訓。寫盡世情冷暖。

樣，我就等着罷。叔叔也不必先在嬸子跟前提我今兒來打聽的話，到跟前再說也不遲。』賈芸乖覺，心中已有主意。賈璉道：『提他作什麽，我那裏有這些工夫說閒話兒呢。明兒一個五更，還要到興邑去走一趟，須得當日趕回來纔好。你先去等着，後日起更以後你來討信兒，來早了我不得閑。』說着便回後面換衣服去了。

賈芸出了榮國府回家，一路思量，想出一個主意來，便一逕往他母舅卜世仁家來。脂批：『既云「不是人」，如何肯共事，想芸哥此來空了。』原來卜世仁現開香料鋪，方纔從鋪子裏來，忽見賈芸進來，彼此見過了，因問他這早晚什麽事跑了來。賈芸道：『有件事求舅舅幫襯幫襯。我有一件事，用些冰片麝香使用，好歹舅舅每樣賒四兩給我，八月裏按數送了銀子來。』卜世仁冷笑道：『再休提賒欠一事，前兒也是我們鋪子裏一個夥計，替他的親戚賒了幾兩銀子的貨，至今總未還上。因此我們大家賠上，立了合同，再不許替親友賒欠。誰要賒欠，就要罰他二十兩銀子的東道。況且如今這個貨也短，你就拿現銀子到我們這不三不四的鋪子裏來買，也還沒有這些，只好倒扁兒去。這是一，二則你那裏有正緊事，不過賒了去又是胡鬧。你只說舅舅見你一遭兒就派你一遭兒不是。你小人兒家很不知好歹，也到底立個主見，賺幾個錢，弄得穿是穿，吃〔三〕是吃的，我看着也喜歡。』

賈芸笑道：『舅舅說的倒乾净。我父親沒的時候，我年紀又小，不知事。後來聽見我母親說，都還虧舅舅們在我們家出主意，料理的喪事。難道舅舅就不知道的，還卜世人已經嘮叨不堪，又加他娘子一段絕妙對話，寫盡世態炎涼。《紅樓夢》固非僅僅寫作者家世種種也。

是有一畝地兩間房子，如今在我手裏花了不成？巧媳婦做不出沒米的粥來，叫我怎麼樣呢？還虧是我呢，要是别個，死皮賴臉，三日兩頭兒來纏着舅舅，要三升米、二升豆子的，舅舅也就沒有法呢。』脂批：『芸哥亦善談，井井有理。余二人亦不曾有是氣。』

卜世仁道：『我的兒，舅舅要有，還不是該的。我天天和你舅母說，只愁你沒算計兒。你但凡立的起來，到你大房裏，就是他們爺兒們見不着，便下個氣，和他們的管家或者管事的人們嬉和嬉和，也弄個事兒管管。脂批：『可憐可嘆，余竟爲之一哭。』前日我出城去，撞見了你們三房裏的老四，騎着大叫驢，帶着五輛車，有四五十和尚道士，脂批：『妙極，寫小人口角，羡慕之言，加一倍畢肖。卻又是背面傅粉法。』往家廟去了。他那不虧能幹的，就有這樣的好事兒到他手裏了！〔四〕』賈芸聽他韶刀的不堪，便起身告辭。脂批：『有志氣，有果斷。』卜世仁道：『怎麼急的這樣，吃了飯再去罷。』一句未完，只見他娘子說道：『你又糊塗了。說着沒有米，這裏買了半斤麵來下給你吃，這會子還裝胖呢。脂批：『雖寫小人家澀細，一吹一唱，酷肖之至，卻是一氣逼出，後文方不突然。《石頭記》筆杖全在如此樣者。』留下外甥挨餓不成？』卜世仁說：『再買半斤來添上就是了。』他娘子便叫女孩兒：『銀姐，往對門王奶奶家去問，有錢借二三十個，妙絕，令人再想不到此着。寫盡世態。明兒就送過來。』夫妻兩個說話，那賈芸早說了幾個『不用費事』，去的無影無蹤了。更妙，不等戲演完，觀者早已離場了。

不言卜家夫婦，且說賈芸賭氣離了母舅家門，一逕回歸舊路，心下正自煩惱。一邊想，一邊低頭只管走，不想一頭就碰在一個醉漢身上，把賈芸唬了一跳。聽那醉漢剛剛碰了一鼻子灰，現在又險挨一頓拳。

脂批：『這一節對《水滸記》楊志賣刀，遇沒毛大蟲一回看，覺好看多矣。己卯冬夜，脂硯。』

罵道：『臊你娘的！瞎了眼睛，碰起我來了。』賈芸忙要躲身，早被那醉漢一把抓住，對面一看，不是別人，卻是緊鄰倪二。

原來這倪二是個潑皮，專放重利債，在賭博場吃閒錢，專管打降吃酒。如今正從欠錢人家索了利錢，吃醉回來，不想被賈芸碰了一頭，正沒好氣，掄拳就要打。只聽那人叫道：『老二住手！是我衝撞了你。』倪二聽見是熟人的語音，（看也未看，聽見是熟人語音，可見醉眼朦朧。）將醉眼睜開看時，見是賈芸，忙把手鬆了，趔趄着笑道：『原來是賈二爺，我該死，我該死。這會子往那裏去？』賈芸道：『告訴不得你，平白的又討了個沒趣兒。』（正有氣無處出，碰到街坊鄰居，故不禁告訴他。）倪二道：『不妨，不妨，有什麼不平的事，告訴我，替你出氣。這三街六巷，憑他是誰，有人得罪了我醉金剛倪二的街坊，管叫他人離家散！』（雖然是潑皮，卻講義氣，與卜世人對看，好看煞人。）

賈芸道：『老二，你且別氣，聽我告訴你這原故。』說着，便把卜世仁一段事告訴了倪二。倪二聽了大怒，『要不是令舅，我便罵不出好話來，真真氣死我倪二。也罷，你也不用愁煩，我這裏現有幾兩銀子，你若用什麼，只管拿去買辦。但只一件，你我作了這些年的街坊，我在外頭有名放賬，你卻從沒有和我張過口。也不知你厭惡我是個潑皮，怕低了你的身分；也不知是你怕我難纏，利錢重？若說怕利錢重，這銀子我是不要利錢的，也不用寫文約；（何等爽氣，何等義俠。）若說怕低了你的身分，我就不敢借給你了，各自走開。』一面說，一面果然從搭包裏掏出一卷銀子來。

賈芸想得在理。

賈芸心下自思：『素日倪二雖然是潑皮無賴，卻因人而使，頗頗的有義俠之名。脂批：『四字是的評，難得難得，非豪傑不可當。』若今日不領他這情，怕他臊了，倒恐生事。不如借了他的，改日加倍還他也倒罷了。』想畢笑道：『老二，你果然是個好漢，我何曾不想着你，和你張口。但只是我見你所相與交結的，都是些有膽量的有作爲的人，似我們這等無能無爲的你倒不理。賈芸真會說話。我若和你張口，你豈肯借給我。今日既蒙高情，我怎敢不領，回家按例寫了文約過來便是了。』週到。

倪二大笑道：『好會說話的人。我卻聽不上這話。既說「相與交結」四個字，如何放賬給他，使他的利錢！脂批：『如今（不）單是親友言利，即閨閣中亦然。不但生意新發户，即大户舊族頗頗有之。』既把銀子借與他，圖他的利錢，便不是相與交結了。閒話也不必講。既肯青目，這是十五兩三錢有零的銀子，便拿去置買東西。你要寫什麼文契，趁早把銀子還我，讓我放給那些有指望的人使去。』話說得何等爽快直白。賈芸聽了，一面接了銀子，一面笑道：『我便不寫罷了，有何着急的。』倪二笑道：『這不是話？天氣黑了，也不讓茶讓酒，我還到那邊有點事情去，你竟請回去。我還求你帶個信兒與舍下，叫他們早些關門睡罷，我不回家去了；倘或有要緊事兒，叫〔五〕我們女兒明兒一早到馬販子王短腿家來找我。』的是鄰居口氣。一面說，一面趔趄着腳兒去了，不在話下。

且說賈芸偶然碰了這件事，心中也十分罕希，想那倪二倒果然有些意思，只是還

一段醉金剛故事，與卜世人對讀，足見雪芹之筆，深入社會底層，深入人心深處，義不在親故，不在世族，義卻在社會底層。

脂批：『讀閱醉金剛一回，務吃劉鉉丹家山楂丸一付。一笑。余卅年來得遇金剛

之樣人不少，不及金剛者亦不少，惜書上不便歷歷注上芳諱，是余不足心事也。壬午孟夏。』

怕他一時醉中慷慨，到明日加倍的要起來，便怎處？心內猶豫不決。忽又想道：『不妨，等那件事成了，當有此想，合情合理。也可加倍還他。』想畢，一直走到個錢鋪裏，將那銀子稱一稱，十五兩三錢四分二厘。賈芸見倪二不撒謊，心下越發歡喜，收了銀子，來至家門，先到隔壁將倪二的信捎了與他娘子知道，週到。方回家來。見他母親自在炕上拈線，見他進來，便問那去了一日。賈芸恐他母親生氣，便不說起卜世仁的事來，脂批：『孝子可敬，此人後來榮府事敗，必有一番作爲。』只說在西府裏等璉二叔的，問他母親吃了飯不曾。他母親已吃過了，說留的飯在那裏。小丫頭子拿過來與他吃。

那天已是掌燈時候，賈芸吃了飯收拾歇息，一宿無話。次日一早起來，洗了臉，便出南門，大香鋪裏買了冰麝，便往榮國府來。打聽賈璉出了門，特意等賈璉出門。賈芸便往後面來。到賈璉院門前，只見幾個小廝拿着大高笤帚在那裏掃院子呢。忽見周瑞家的從門裏出來叫小廝們：『先別掃，奶奶出來了。』賈芸忙上前笑問：『二嬸嬸那去？』周瑞家的道：『老太太叫，想必是裁什麼尺頭。』

正說着，只見一群人擑着鳳姐出來了。賈芸深知鳳姐是喜奉承、尚排場的，忙把手逼着，恭恭敬敬搶上來請安。鳳姐連正眼也不看，寫鳳姐。仍往前走着，只問他母親好，『怎麼不來我們這裏逛逛？』賈芸道：『只是身上不大好，倒時常記掛着嬸子，要來瞧瞧，又不能來。』鳳姐笑道：『可是會撒謊，不是我提起他來，你就不說他脂批：『自往卜世仁處去已安排下的。芸哥可用。己卯冬夜。』

越編越像。

說得頭頭是道，一絲不漏。

想我了。』賈芸笑道：『姪兒不怕雷打了，就敢在長輩前撒謊。昨兒晚上還提起嬸子來，（隨口即編，即景生情。）說嬸子身子生的單弱，事情又多，虧嬸子好大精神，竟料理的週週全全；要是差一點兒的，早累的不知怎麼樣呢。』（愈是奉承她能幹，愈能中她心意。）

鳳姐聽了，滿臉是笑，不由的便止了步，問道：『怎麼好好的你娘兒們在背地裏嚼起我來？』賈芸道：『有個原故，只因我有個朋友，家裏有幾個錢，現開香鋪。只因他身上捐着個通判，前兒選了雲南不知那一處，（賈芸真能編。）連家眷一齊去，把這香鋪也不在這裏開了。便把賬物攢了一攢，該給人的給人，該賤發的賤發了，像這細貴的貨，都分着送與親朋。他就一共送了我些冰片、麝香。我就和我母親商量，若要轉賣，不但賣不出原價來，而且誰家拿這些銀子買這個作什麼，便是很有錢的大家子，也不過使個幾分幾錢就挺折腰了；若說送人，也沒個人配使這些，倒叫他一文不值半文轉賣了。因此我就想起嬸子來。往年間我還見嬸子大包的銀子買這些東西呢，別說今年貴妃宮中，就是這個端陽節下，不用說這些香料自然是比往常加上十倍去的。因此想來想去，只孝順嬸子一個人纔合式，方不算遭蹋這東西。』一邊說，一邊將一個錦匣舉起來。

鳳姐正是要辦端陽的節禮，採買香料藥餌的時節，忽見賈芸如此一來，聽這一篇話，心下又是得意，又是歡喜，（一經奉承，自然不同。）便命豐兒：『接過芸哥兒的來，送了家去，交給平兒。』因又說道：『看着你這樣倒很知好歹，怪道你叔叔常提你，說你說話兒也明白，心裏有見識。』脂批：『看官須知鳳姐所喜者是奉承之言，打動了心，不是見物而歡喜。若說是見物而喜，便不是阿鳳矣。』賈芸聽這話入了港，便打進一步來，故意問道：『原來叔叔也曾提我的？』賈芸真能順水推舟。鳳姐見問，纔要告訴他與他事情管的那話，便忙又止住，心下想道：脂批：『的是阿鳳行事心機筆意。』『我如今要告訴他那話，倒叫他看着我見不得東西似的，阿鳳何等機心。爲得了這點子香，就混許他管事了。今兒先別提起這事。』想畢，便把派他監種花木工程的事都隱瞞的一字不提，如此纔是鳳姐手段。隨口說了兩句沒要緊的話，便往賈母那裏去了。賈芸也不好提的，只得回來。

因昨日見了寶玉，叫他到外書房等着，賈芸吃了飯便又進來，到賈母那邊儀門外綺霰齋書房裏來。只見焙茗、鋤藥兩個小廝下象棋，爲奪『車』正拌嘴，還有引泉、掃花、挑雲、伴鶴四五個，又在房簷上掏小雀兒頑。賈芸進入院內，把腳一跺，說道：『猴頭們淘氣，我來了。』衆小廝看見賈芸進來，都纔散了。賈芸進入房內，便坐在椅子上問：『寶二爺沒下來？』焙茗道：『今兒總沒下來。二爺說什麼，我替你哨探哨探去。』說着，便出去了。

這裏賈芸便看字畫古玩，有一頓飯工夫還不見來，再看看別的小廝，都頑去了。正是煩悶，只聽門前嬌聲嫩語的叫了一聲『哥哥』，奇事奇聲，意想不到。賈芸往外瞧時，看是一個十六七歲的丫頭，生的倒也細巧乾净。那丫頭見了賈芸，便抽身躲了過去。恰值焙茗一開口，就見小紅口齒便捷，思路清楚。

走來，見那丫頭在門前，便說道：『好，好，正抓不着個信兒。』賈芸見了焙茗，也就趕了出來，問怎麼樣。
乘機出來問話。
焙茗道：『等了這一日，也沒個人兒過來。這就是寶二爺房裏的。——好姑娘，你進去帶個信兒，就說廊上的二爺來了。』

那丫頭聽說，方知是本家的爺們，便不似先前那等迴避，下死眼把賈芸釘了兩眼。
一句話，把小紅的眼神寫透寫活寫狠。如饑者得食也。
聽那賈芸說道：『什麼是廊上廊下的，你只說是芸兒就是了。』
特意告訴她。
半晌，那丫頭冷笑了一笑：『依我說，二爺竟請回家去，有什麼話明兒再來。今兒晚上得空兒我回了他。』焙茗道：『這是怎麼說？』那丫頭道：『他今兒也沒睡中覺，自然吃的晚飯早。晚上他又不下來。難道只是耍的二爺在這裏等着挨餓不成！不如家去，明兒來是正經。便是回來有人帶信，那都是不中用的。他不過口裏應着，他倒給帶呢！』賈芸聽這丫頭說話簡便俏麗，待要問他的名字，因是寶玉房裏的，又不便問，只得說道：『這話倒是，我明兒再來。』
明兒再來，一語雙關，是叮囑，是留約。
說着便往外走。焙茗道：『我倒茶去，二爺吃茶再去。』賈芸一面走，一面回頭說：『不吃茶，我還有事呢。』口裏說話，眼睛瞧那丫頭還站在那裏呢。
一個又用眼睛瞧，一個還站在那裏。

那賈芸一逕回家。至次日來至大門前，可巧遇見鳳姐往那邊去請安，纔上了車，見賈芸來，便命人喚住，隔窗子笑道：『芸兒，你竟有膽子在我的跟前弄鬼。怪道你送東西給我，原來你有事求我。
分明當時就知，卻留到現在纔說。
昨兒你叔叔纔告訴我說你求他。』賈芸笑

（璉鳳夫妻間，鳳尚如此較量，雪芹既寫鳳，亦寫世情也。）

道：『求叔叔這事，嬸子休提，我昨兒正後悔呢。早知這樣，我竟一起頭求嬸子，這會子也早完了。（賈芸真會說話，順勢又奉承又求託。）誰承望叔叔竟不能的。』

鳳姐笑道：『怪道你那裏沒成兒，昨兒又來尋我。』賈芸道：『嬸子辜負了我的孝心，我並沒有這個意思。（明明是這個意思，卻偏說沒有這個意思。）若有這個意思，昨兒還不求嬸子。如今嬸子既知道了，我倒要把叔叔丟下，少不得求嬸子好歹疼我一點兒。』（順勢更求鳳姐。）

鳳姐冷笑道：『你們要揀遠路兒走，叫我也難說。早告訴我一聲兒，有什麼不成的，多大點子事，耽誤到這會子。那園子裏還要種樹種花，我只想不出一個人來，你早來不早完了。』賈芸笑道：『既這樣，嬸子明兒就派了我罷。』鳳姐半晌道：『這個我看着不大好。等明年正月裏煙火燈燭那個大宗兒下來，再派你罷。』（故意先說遠的，以吊賈芸胃口。）賈芸道：『好嬸子，先把這個派了我罷。果然這個辦的好，再派我那個。』（賈芸乖覺，趁勢遠近都要。）鳳姐笑道：『你倒會拉長線兒。罷了，要不是你叔叔說，（總算照顧一句賈璉。）我不管你的事。我也不過吃了飯就過來，你到午錯的時候來領銀子，後兒就進去種樹。』（何等爽利，有權就有力量。）說畢，令人駕起香車，一逕去了。

賈芸喜不自禁，來至綺霰齋打聽寶玉，誰知寶玉一早便往北靜王府裏去了。賈芸便獃獃的坐到晌午，打聽鳳姐回來，便寫個領票來領對牌。至院外，命人通報了，彩明走了出來，單要了領票進去，批了銀數年月，一併連對牌交與了賈芸。賈芸接了，了結倪二之事。

交代過種樹之事。

看那批上銀數批了二百兩，心中喜不自禁，翻身走到銀庫上，交與收牌票的，領了銀子。回家告訴母親，自是母子俱各歡喜。次日一過五鼓，賈芸先找了倪二，將前銀按數還他。那倪二見賈芸有了銀子，他便按數收回，不在話下。這裏賈芸又拿了五十兩，出西門找到花兒匠方椿家裏去買樹，不在話下。

如今且說寶玉，自那日見了賈芸，曾說明日着他進來說話兒。如此說了之後，他原是富貴公子的口角，那裏還把這個放在心上，因而便忘懷了。這日晚上，從北靜王府裏回來，見過賈母、王夫人等，回至園內，換了衣服，正要洗澡。襲人因被薛寶釵煩了去打結子，秋紋、碧痕兩個去催水，檀雲又因他母親的生日接了出去，麝月又現在家中養病；雖還有幾個作粗活聽喚的丫頭，估着叫不着他們，都出去尋夥覓伴的頑去了。不想這一刻的工夫，脂批：『妙，必用「一刻」二字，方是寶玉的房中見得時時原有人的，又有今一刻無人，所謂湊巧具一也。』只剩了寶玉在房內。偏生的寶玉要吃茶，一連叫了兩三聲，方見兩三個老嬷嬷走進來。寶玉見了他們，連忙搖手兒說：『罷，罷，不用你們了。』老婆子們只得退出。

愈是叫人，愈不見人，愈喜歡年輕的，偏來年老的。

寶玉見沒丫頭們，只得自己下來，拿了碗向茶壺去倒茶。只聽背後說道：『二爺仔細燙了手，讓我們來倒。』一面說，一面走上來，早接了過去。寶玉倒唬了一跳，問：『你在那裏的？忽然來了，唬我一跳。』那丫頭一面遞茶，一面回說：『我在後

『於無聲處聽驚雷』。明明無人，卻從背後傳來聲音。

寫小紅連用四個『一面』，見其行事麻

利，動作連貫不停也。

爲小紅作一特寫。

聽她幾番對答，確堪應對，惜寶玉亦未發現此人耳。此亦大觀園中被棄之才也。

畸批：『怡紅細事，俱用帶筆白描，是大章法也。丁亥夏，畸笏叟。』

院子裏，纔從裏間的後門進來，難道二爺就沒聽見腳步響？』反倒問二爺，文章偏從對面寫來。寶玉一面吃茶，一面仔細打量那丫頭：穿着幾件半新不舊的衣裳，倒是一頭黑鬒鬒的頭髮，挽着個鬢，容長臉面，細巧身材，卻十分俏麗乾淨。四字總評，卻與賈芸所見相同。

寶玉看了，便笑問道：『你也是我這屋裏的人麼？』那丫頭道：『是的。』寶玉道：『既是這屋裏的，我怎麼不認得？』那丫頭聽說，便冷笑了一聲道：『認不得的也多，豈只我一個。從來我又不遞茶遞水，拿東拿西，眼見的事一點兒不作，那裏認得呢？』開口便有埋怨，纔不得用也。寶玉道：『你爲什麼不作那眼見的事？』那丫頭道：『這話我也難說。只是有一句話回二爺：昨兒有個什麼芸兒來找二爺。我想二爺不得空兒，便叫焙茗回他，叫他今日早起來，不想二爺又往北府裏去了。』

剛說到這句話，只見秋紋、碧痕嘻嘻哈哈的說笑着進來，兩個人共提着一桶水，一手撩着衣裳，趔趔趄趄，潑潑撒撒的。如畫。那丫頭便忙迎去接。那秋紋、碧痕正對着抱怨：『你濕了我的裙子。』那個又說：『你踹了我的鞋。』忽見走出一個人來接水，二人看時，不是別人，原來是小紅。此處方點明小紅。二人便都詫異，將水放下，忙進房來東瞧西望，並沒個別人，只有寶玉，便心中大不自在。秋紋、碧痕都容不得別人，其他可想而知。只得預備下洗澡之物，待寶玉脫了衣裳，二人便帶上門出來，走到那邊房內便找小紅，問他方纔在屋裏說什麼。小紅道：『我何曾在屋裏的？只因我的手帕子不見了，往後頭找手帕子去。

可見怡紅院亦非理想世界，寶玉何不察乃爾？

此處方正面敍述小紅身世。

〔此處方補明小紅原由。〕不想二爺要茶吃，叫姐姐們一個沒有，是我進去了，纔倒了茶，姐姐們便來了。』秋紋聽了，兜臉啐了一口，罵道：『沒臉的下流東西！〔可見怡紅院內也不平等。〕正經叫你催水去，你說有事故，倒叫我們去，你可等着做這個巧宗兒。〔冤枉煞人，何嘗如此。〕一里一里的，這不上來了。難道我們倒跟不上你了？你也拿鏡子照照，配遞茶遞水不配！』碧痕道：『明兒我說給他們，凡要茶要水送東送西的事，咱們都別動，只叫他去便是了。』秋紋道：『這麼說，不如我們散了，單讓他在這屋裏呢。』二人你一句，我一句，正鬧着，只見有個老嬤嬤進來傳鳳姐的話說：『明日有人帶花兒匠來種樹，〔回應賈芸差使。〕叫你們嚴緊些，衣服裙子別混曬混晾的。那土山上一溜都攔着幃幙呢，可別混跑。』秋紋便問：『明兒不知是誰帶進匠人來監工？』那婆子道：『說什麼後廊上的芸哥兒。』秋紋、碧痕聽了都不知道，只管混問別的話。那小紅聽見了，心內卻明白，就知是昨天外書房所見那人了。

原來這小紅本姓林，小名紅玉，只因『玉』字犯了林黛玉、寶玉，便都把這個字隱起來，便都叫他『小紅』。原是榮國府中世代的舊僕，他父母現在收管各處房田事務。這紅玉年方十六歲，因分人在大觀園的時節，把他便分在怡紅院中，倒也清幽雅靜。不想後來命人進來居住，偏生這一所兒又被寶玉佔了。這紅玉雖然是個不諳事的丫頭，卻因他原有三分容貌，心內着實妄想癡心的向上攀高，〔一句寫透小紅心事。〕每每的脂批：『《紅樓夢》寫夢章法，總不雷同，此夢更寫的新奇，不見後文，不知是夢。

紅玉在怡紅院爲諸鬟所掩，亦可謂生不遇時，但看後四章供阿鳳驅使可知。』

要在寶玉面前現弄現弄。只是寶玉身邊一干人，都是伶牙俐爪的，（的評。）那裏插的下手去。（確實無處下手。）不想今兒纔有些消息，又遭秋紋等一場惡意，心內早灰了一半。正悶悶的，忽然聽見老嬤嬤說起賈芸來，不覺心中一動，（因向上攀高受挫，不覺另有心動也。）便悶悶的回至房中，睡在牀上暗暗盤算，翻來掉去，正沒個抓尋。忽聽窗外低低的叫道：（忽來奇情奇景。）『紅玉，你的手帕子我拾在這裏呢。』紅玉聽了，忙走出來看，不是別人，正是賈芸。紅玉不覺的粉面含羞，問道：『二爺在那裏拾着的？』賈芸笑道：『你過來，我告訴你。』一面說，一面就上來拉他。那紅玉急回身一跑，卻被門檻絆倒。要知端的，下回分解。

【回後評】

此回開頭敘香菱、黛玉瑣事，次敘寶玉、鴛鴦，再次敘賈芸求事，寶玉戲稱賈芸爲兒子，再次敘賈環、賈蘭，再次敘邢夫人留寶玉吃飯，一路俱是家常瑣事，而文章如流水蜿蜒，令人如見大家子弟日常生活種種。

敘賈芸謀事一段，特寫賈芸之機靈，言對之間，隨口編織謊詞而不見滯澀，一如真事，且句句奉承熙鳳，投其所好，最後終於如願以償。

寫賈芸母舅卜世人夫婦，罵盡天下勢利之徒。而此夫婦二人一對一答，卜世人對賈芸的嘮叨責怨，其舅媽借錢買麵之謊言，歷歷寫來，令人如見如聞，爲《紅樓夢》摹寫世俗之傳神妙筆。

寫醉金剛倪二一段，與卜世人對照，藉見市井小人中亦有俠義肝膽者。其文亦如《水滸》之豪情俠氣，爲《紅樓》全書中之特有篇章，亦如太史公之遊俠列傳。足見雪芹深善社會底層中之可稱者，所謂道在下愚也。

賈芸謀事一段，璉鳳夫婦，亦各爭用人名額，以市己之恩威。雪芹觀察世情，無不洞察，竟深入於璉鳳之間。

賈芸、小紅一段，雖各寥寥數筆，而如吳道子之人物，俱已點睛而動矣，雪芹之筆神乎哉！

小紅爲寶玉倒茶，即遭秋紋、碧痕之妒，並啐罵之，可見怡紅院内亦無平等和平也。寶玉日處其間而不察。雪芹之思，細入毫芒，令人驚嘆！

【校　記】

〔一〕回目：各本同，文字小有出入。楊本、列本、舒本『惹』作『染』，舒本『義俠』作『仗義』，列本、甲辰本『相思』作『想思』。

〔二〕庚辰『唬我這麼一跳，好的，你這會子打那裏來』，戚本、舒本同，蒙府本作『好好的』，列本無『好的』兩字，甲辰、程甲本作『唬我一跳，你這會子打那裏來』，楊本原文同甲辰，程甲，旁改後成『你這傻丫頭，冒冒失失的，唬我這麼一跳，你這會子打那裏來』，程乙本無『這麼』兩字，餘全同楊本改文。茲從甲辰、程甲本删去『好的』兩字。

〔三〕以上二十七字，庚本無，從楊本、鄭本補。

〔四〕此句據列藏本改。

〔五〕以上二十二字，庚本無，各本皆有，文字有小異，茲據楊本補。

雪芹寫夢逼真是夢，而又逼真是真，幻耶真耶，筆入化境。

第二十五回　魘魔法姊弟逢五鬼　紅樓夢通靈遇雙真[一]

話說紅玉心神恍惚，情思纏綿，忽朦朧睡去，遇見賈芸要拉他，卻回身一跑，（寫少女之夢逼真。）被門檻絆了一跤，唬醒過來，方知是夢。因此翻來覆去，一夜無眠。至次日天明，方纔起來，就有幾個丫頭子來會他去打掃房子地面，提洗臉水。這紅玉也不梳洗，向鏡中胡亂挽了一挽頭髮，洗了洗手，（所謂粗服亂頭，反見真色也。）腰內束了一條汗巾子，便來打掃房屋。

誰知寶玉昨兒見了紅玉，也就留了心。（連寶玉亦已留心，可見小紅之惹人也。）若要直點名喚他來使用，一則怕襲人等寒心，二則又不知紅玉是何等行爲，若好還罷了，若不好起來，那時倒不好退送的。（可見寶玉已爲此想得不少。）因此心下悶悶的，早起來也不梳洗，只坐着出神。（爲此一事而竟悶悶的，真愛博而心勞也。）一時下了窗子，隔着紗屜子，向外看的真切，只見好幾個丫頭在那裏掃地，都擦胭抹粉，簪花插柳的，（脂批：『八字寫盡蠢嬛，是爲襯紅玉，亦如用豪貴人家濃妝豔飾插金帶銀的襯寶釵、黛玉也。』）獨不見昨兒那一個。（衆裏尋他千百度也。）

寶玉便靸了鞋，晃出了房門，只裝着看花兒，這裏瞧瞧，那裏望望。一擡頭，只見西南角上遊廊底下欄杆上似有一個人倚在那裏，（那人卻在燈火闌珊處。）卻恨面前有一株海棠花遮亦如黛玉之神思恍惚被香菱打斷也。

寫紅玉初戀心理，何等細膩傳神，衆人都不理論者，因紅玉心事初未爲人所知也。

一派喳呼，寫賈環可厭。

着，看不真切。脂批：『余所謂此書之妙，皆從詩詞句中泛出者，皆係此等筆墨也。試問觀者此非「隔花人遠天涯近」乎？可知上幾回非余妄擬。』只得又轉了一步，仔細一看，可不是昨兒那個丫頭在那裏出神。原來她也在那裏出神。待要迎上去，又不好去的。正想着，忽見碧痕來催他洗臉，只得進去了。不在話下。

卻說紅玉正自出神，忽見襲人招手叫他，只得走上前來。襲人笑道：『我們這裏的噴壺還沒有收拾了來呢，你到林姑娘那裏去，把他們的借來使使。』紅玉答應了，便走出來往瀟湘館去。正走上翠煙橋，擡頭一望，只見山坡上高處都是攔着幃幙，方想起今兒有匠役在裏頭種樹。因轉身一望，只見那邊遠遠的一簇人在那裏掘土，賈芸正坐在那山子石上。紅玉待要過去，又不敢過去，可望而不可即，不勝悵惘。只得悶悶的向瀟湘館取了噴壺回來，無精打彩自向房內倒着。衆人只說他一時身上不爽快，都不理論。

展眼過了一日，脂批：『必云展眼過了一日者，是反襯紅玉挨一刻似一夏也。知乎？』原來次日就是王子騰夫人的壽誕，那裏原打發人來請賈母王夫人的，王夫人見賈母不自在，也便不去了。倒是薛姨媽同鳳姐兒並賈家三個姊妹、寶釵、寶玉一齊都去了，至晚方回。

可巧王夫人見賈環下了學，命他來抄個《金剛咒》唪誦唪誦。那賈環正在王夫人炕上坐着，命人點燈，拿腔作勢的抄寫。寫賈環總是一副歪相。一時又叫彩雲倒杯茶來，一時又叫玉釧兒來剪剪蠟花，一時又說金釧兒擋了燈影。衆丫鬟們素日厭惡他，都不答理。只有畸批：『此等世俗之言，亦因人而用，妥極當極。壬午孟夏雨窗。畸笏。』

寶玉，貴介公子也，其公子之習不能改也。

彩霞還和他合的來，倒了一鍾茶來遞與他。因見王夫人和人說話兒，他便悄悄的向賈環說道：『你安些分罷，何苦討這個厭那個厭的。』賈環道：『我也知道了，你別哄我。如今你和寶玉好，（只有彩霞尚顧憐他，他卻又想到歪處，可見賈環真賴。）把我不答理，我也看出來了。』彩霞咬着嘴唇，向賈環頭上戳了一指頭，說道：『沒良心的，狗咬呂洞賓，不識好人心。』（真是不識好人心。）

兩人正說着，只見鳳姐來了，拜見過王夫人。王夫人便一長一短的問他，今兒是那幾位堂客，戲文好歹，酒席如何等語。說了不多幾句話，寶玉也來了，進門見了王夫人，不過規規矩矩說了幾句，便命人除去抹額，脫了袍服，拉了靴子，便一頭滾在王夫人懷裏。王夫人便用手滿身滿臉摩挲撫弄他，（脂批：『普天下幼年喪母者，齊來一哭。』）寶玉也搬着王夫人的脖子說長道短的。王夫人道：『我的兒，你又吃多了酒，臉上滾熱。你還只是揉搓，一會鬧上酒來。還不在那裏靜靜的倒一會子呢。』說着，便叫人拿個枕頭來。寶玉聽說便下來，在王夫人身後倒下，又叫彩霞來替他拍着。寶玉便和彩霞說笑，只見彩霞淡淡的，不大答理，（剛遭賈環之忌，卻遇寶玉說笑。彩霞只能淡淡避之，不想寶玉已招禍矣。）兩眼睛只向賈環處看。（活畫彩霞神態。）寶玉便拉他的手笑道：『好姐姐，你也理我理兒呢。』（又拉手，又說話，寶玉自是惹禍。）一面說，一面拉他的手，彩霞奪手不肯，便說：『再鬧，我就嚷了。』

二人正鬧着，原來賈環聽的見，素日原恨寶玉，如今又見他和彩霞鬧，心中越發按不下這口毒氣。（怒從心中起，惡向膽邊生。）雖不敢明言，卻每每暗中算計，只是不得下手，今見相離險極惡極。

鳳姐還未想到賈環是惡意傷害。

不幸中之大幸。

脂批：『爲五鬼法作耳，非泛文也。雨窗。』

甚近，便要用熱油燙瞎他的眼睛。居心何狠毒至此也。因而故意裝作失手，把那一盞油汪汪的蠟燈向寶玉臉上只一推。只聽寶玉『噯喲』了一聲，滿屋裏衆人都唬了一跳。連忙將地下的戳燈挪過來，又將裏外間屋的燈拿了三四盞看時，只見寶玉滿臉滿頭都是油。可見燙個正着。王夫人又急又氣，一面命人來替寶玉擦洗，一面又罵賈環。

鳳姐三步兩步的上炕去替寶玉收拾着，一面笑道：『老三還是這麼慌腳雞似的，我說你上不得高台盤。趙姨娘時常也該教導教導他。』一句話提醒了王夫人，那王夫人不罵賈環，便叫過趙姨娘來罵道：『養出這樣黑心不知道理下流種子來，真被王夫人罵着。也不管管！幾番幾次我都不理論，你們得了意了，越發上來了！』

那趙姨娘素日雖然也常懷嫉妬之心，不忿鳳姐、寶玉兩個，也不敢露出來；如今賈環又生了事，受這場惡氣，不但吞聲承受，而且還要走去替寶玉收拾。只見寶玉左邊臉上燙了一溜燎炮出來，幸而眼睛竟沒動。王夫人看了，又是心疼，又怕明日賈母問怎麼回答，急的又把趙姨娘數落一頓。脂批：『總是爲楔緊五鬼一回文字。』然後又安慰了寶玉一回，又命取敗毒消腫藥來敷上。

寶玉道：『有些疼，還不妨事。明兒老太太問，就說是我自己燙的罷了。』寶玉還是一片善心。鳳姐笑道：『便說是自己燙的，也要罵人爲什麼不小心看着，叫你燙了！橫豎有一場氣生的，到明兒憑你怎麼說去罷。』王夫人命人好生送了寶玉回房去後，襲人

〔鳳姐說的也是實話。〕

等見了，都慌的了不得。

林黛玉見寶玉出了一天門，就覺悶悶的，沒個可說話的人。〔一日不見兮，如隔三秋。〕至晚，正打發人來問了兩三遍回來不曾，這遍方纔回來，又偏生燙了。林黛玉便趕着來瞧，只見寶玉正拿鏡子照呢，左邊臉上滿滿的敷了一臉的藥。林黛玉只當燙的十分利害，忙上來問怎麼燙了，要瞧瞧。寶玉見他來了，忙把臉遮着，搖手叫他出去，不肯叫他看。——知道他的癖性喜潔，見不得這些東西。〔脂批：『寫寶玉文字，此等方是正緊筆墨。』〕林黛玉自己也知道自己有這件癖性，〔脂批：『寫林黛玉文字，此等方是正緊（經）筆墨。故二人文字雖多，如此等暗伏淡寫處亦不少。觀者實實看不出者。』〕知道寶玉的心內怕他嫌髒；〔脂批：『將二人一併，真真寫他二人之心，玲瓏七竅。』〕〔所謂心心相印也。〕因笑道：『我瞧瞧，燙了那裏了，有什麼遮着藏着的。』一面說，一面就湊上來，強搬着脖子瞧了一瞧，〔爲寶玉亦不厭髒矣。〕問他疼的怎麼樣。寶玉道：『也不很疼，養一兩日就好了。』林黛玉坐了一回，悶悶的回房去了。一宿無話。

次日，寶玉見了賈母，雖然自己承認是自己燙的，不與別人相干，免不得那賈母又把跟從的人罵一頓。

〔馬道婆是寶玉寄名乾娘，亦可見王夫人之一般。〕

過了一日，就有寶玉寄名的乾娘馬道婆進榮國府來請安。見了寶玉，唬一大跳，問起原由，說是燙的，便點頭嘆息一回，向寶玉臉上用指頭畫了一畫，〔活畫馬道婆。〕口內嘟嘟囔囔的又持誦了一回，說道：『管保就好了，這不過是一時飛災。』又向賈母道：『祖宗老菩薩那裏知道，那經典佛法上說的利害，大凡那王公卿相人家的子弟，只一生長下來，暗裏便有許多促狹鬼跟着他，得空便擰他一下，或掐他一下，或吃飯時打下他的飯碗來，或走着推他一跤，所以往往的那些大家子孫多有長不大的。』又借題宣傳。

賈母聽如此說，便趕着問：『這有什麽佛法解釋沒有呢？』馬道婆道：『這個容易，只是替他多作些因果善事也就罷了。再那經上還說，西方有位大光明普照菩薩，專管照耀陰暗邪祟，若有善男子、善女人虔心供奉者，可以永佑兒孫康寧安静，再無驚恐邪祟撞客之災。』

> 賊道婆趁機化緣做生意。

賈母道：『倒不知怎麽個供奉這位菩薩？』馬道婆道：『也不值些什麽，不過除香燭供養之外，一天多添幾斤香油，點上個大海燈。這海燈，便是菩薩現身法像，晝夜不敢息的。』賈母道：『一天一夜也得多少油，明白告訴我，我也好作這件功德的。』

馬道婆聽如此說，便笑道：『這也不拘，隨施主菩薩們隨心願捨罷了。〔二〕像我廟裏，就有好幾處的王妃誥命供奉的：南安郡王府裏的太妃，他許的多，願心大，一天是四十八斤油，一斤燈草，那海燈也只比缸略小些；錦田侯的誥命次一等，一天不過二十四斤油；再還有幾家也有五斤的、三斤的、一斤的，都不拘數，那小家子窮人家捨不起這些，就是四兩半斤，也少不得替他點。』

> 畸批：『點頭思忖是量事之大小，非吝澁也。壬午夏，雨窗，畸笏。』

賈母聽了，點頭思忖，馬道婆又道：『還有一件，若是爲父母尊親長上的，多捨些不妨；若是像老祖宗如今爲寶玉，若捨多了倒不好，還怕哥兒禁不起，（句句打到賈母心裏。賊婆參透人情。）倒折了福。也不當家花花的，要捨，大則七斤，小則五斤，也就是了。』賈母說：『既是這樣說，你便一日五斤合准了，每月打躉來關了去。』（終於達到了賊婆目的。）馬道婆念一聲『阿彌陀佛，慈悲大菩薩』。賈母又命人來吩咐：『以後大凡寶玉出門的日子，拿幾串錢交給他的小子們帶着，遇見僧道窮苦人好捨。』

說畢，那馬道婆又坐了一回，便又往各院各房問安，閒逛了一回。一時來至趙姨娘房內，二人見過，趙姨娘命小丫頭倒了茶來與他吃。馬道婆因見炕上堆着些零碎綢緞灣角，趙姨娘正黏鞋呢。馬道婆道：『可是我正沒了鞋面子了。（見什麼要什麼。）趙奶奶你有零碎緞子，不拘什麼顏色的，弄一雙鞋面給我。』趙姨娘聽說，便嘆口氣說道：『你瞧（趁機發怨言。）瞧那裏頭，還有那一塊是成樣的？成了樣的東西，也不能到我手裏來！有的沒的都在這裏，你不嫌，就挑兩塊子去。』馬道婆見說，果真便挑了兩塊，袖將起來。

趙姨娘問道：『前日我送了五百錢去，在藥王跟前上供，你可收了沒有？』馬道婆道：『早已替你上了供了。』趙姨娘嘆口氣道：『阿彌陀佛！我手裏但凡從容些，也時常的上個供，只是心有餘力量不足。』馬道婆道：『你只管放心，將來熬的環哥兒大了，得個一官半職，那時你要作多大的功德不能？』

趙姨娘聽說，鼻子裏笑了一聲，說道：『罷，罷，再別說起。如今就是個樣兒，一提鳳姐，便氣氛緊張，一是以前曾有教訓，二是鳳姐之威，三是所言皆陰賊之言，怕人聽見也。

簡直是請菩薩救人。

我們娘兒們跟的上這屋裏那一個兒！也不是有了寶玉，竟是得了活龍。他還是小孩子家，長的得人意兒，大人偏疼他些也還罷了；我只不服這個主兒。』一面說，一面伸出兩個指頭兒來。（神情畢現）馬道婆會意，便問道：『可是璉二奶奶？』

趙姨娘唬的忙搖手兒，走到門前，掀簾子向窗外看看無人，方進來向馬道婆悄悄說道：『了不得，了不得！提起這個主兒來，真真把人氣殺，叫人一言難盡。我白和你打個賭，明兒〔三〕這一分家私要不都叫他搬送到娘家去，我也不是個人。』（愈說愈貼近。）

馬道婆見他如此說，便探他口氣說道：（又有機會來了。）『我還用你說，難道都看不出來。也虧你們，心裏也不理論，只憑他去。倒也妙。』（挑逗。）趙姨娘道：『我的娘，不憑他去，難道誰還敢把他怎麼樣呢？』馬道婆聽說，鼻子裏一笑，半晌說道：『不是我說句造孽的話，你們沒有本事，也難怪別人。明不敢怎樣，暗裏也就算計了，還等到這如今！』（暗裏算計人，是賊婆拿手。）

趙姨娘聞聽這話裏有道理，心內暗暗的歡喜，（正中其心懷。）便說道：『怎麼暗裏算計？我倒有這個意思，只是沒這樣的能幹人。你若教給我這法子，我大大的謝你。』（愈靠愈近，漸漸貼緊了。）馬道婆聽說這話打攏了一處，便又故意說道：『阿彌陀佛！你快休問我，我那裏知道這些事。罪過，罪過。』（欲擒故縱，賊婆慣技。）趙姨娘道：『你又來了。你是最肯濟困扶危的人，難道就眼睁睁的看人家來擺佈死了我們娘兒兩個不成？難道還怕我不謝你。』（說到了關鍵。）馬道光天化日之下，亦有陰謀害人之徒，馬道婆是一類，不必都是馬道婆，其害人之法亦不必都是紙鬼，然其害人之心則一也。世人不可不防之。或曰馬道婆之術迷信也，豈能有效，此刻舟求劍之論也，要之得意而忘言，得魚而忘筌可矣！

婆聽說如此，便笑道：『若說我不忍叫你娘兒們受人委屈還猶可，若說謝我的這兩個字，可是你錯打算盤了。就便是我希圖你謝，靠你有些什麼東西能打動我？』（一句推，一句拉，賊婆世故，無人能及。）

趙姨娘聽這話口氣鬆動了，便說道：『你這麼個明白人，怎麼糊塗起來了。你若果然法子靈驗，把他兩個絕了，（狠心。）明日這家私不怕不是我環兒的。那時你要什麼不得？』（原來是一樁極大生意。）馬道婆聽了，低了頭，半晌說道：『那時候事情妥了，又無憑據，你還理我呢！』（老謀深算，可見其作惡多端矣。）趙姨娘道：『這又何難。如今我雖手裏沒什麼，也零碎攢了幾兩梯己，還有幾件衣服、簪子，你先拿些去。（有現銀。）下剩的，我寫個欠銀子的文契給你。你要什麼保人也有。（有借據。還有保人，再無可疑。）到那時，我照數給你。』

馬道婆道：『果然這樣？』趙姨娘道：『這如何還撒得謊。』說着，便叫過一個心腹婆子來，（他還有心腹婆子，可見天下之大，壞人亦不少也。）耳根底下嘁嘁喳喳說了幾句話。那婆子出去了，一時回來，果然寫了個五百兩欠契來。（一開就是五百兩，手段不小。）趙姨娘便印了手模，又從厨櫃裏將梯己拿了出來，與馬道婆道：『這個你先拿了去做香燭供奉使費，可好不好？』馬道婆看看白花花的一堆銀子，又有欠契，並不顧青紅皂白，滿口裏應着，伸手先去抓了銀子掖起來，（見了銀子眼就亮了。）然後收了欠契。又向褲腰裏掏了半晌，掏出十個紙鉸的青面白髮的鬼來，並兩個紙人，（原來凶具隨身攜帶。）遞與趙姨娘，又悄悄的教他道：『把他兩個的年庚八字寫在這兩脂批：『寶玉係馬道婆寄名乾兒，一樣下此毒手，況阿鳳乎。三姑六婆之爲害如此，即賈母之神明，在所不免，其他只知吃齋念佛之夫人太君，豈能防嫌得來，此係老太君一大病，作者一片婆心，不避嫌疑，特爲寫出，使看官再四思之，慎之，戒之！戒之！』

畸批：『二寶答言，是補出諸豔俱領過之文。乙酉冬雪窗，畸笏老人。』

個紙人身上，一併五個鬼都掖在他們各人的牀上就完了。我只在家裏作法，自有效驗。千萬小心，不要害怕！』正纔說着，只見王夫人的丫鬟進來找道：『奶奶可在這裏，太太等你呢。』二人方散了，不在話下。

卻說林黛玉因見寶玉近日燙了臉，總不出門，倒時常在一處說說話兒。這日飯後看了兩篇書，自覺無趣，便同紫鵑、雪雁做了一回針線，更覺煩悶。便倚着房門出了一回神，脂批：『所謂「閑倚繡房吹柳絮」是也。』信步出來，看階下新迸出的稚笋，不覺出了院門。來到園中，四顧無人，惟見花光柳影，鳥語溪聲。八字一片春色。

林黛玉信步便往怡紅院中來，只見幾個丫頭舀水，都在迴廊上圍着看畫眉洗澡呢。聽見房內有笑聲，林黛玉便入房中看時，原來是李宮裁、鳳姐、寶釵都在這裏呢，一見他進來都笑道：『這不又來了一個。』春光明媚，人情歡悅。林黛玉笑道：『今兒齊全，誰下帖子請來的？』黛玉心情亦不壞。鳳姐道：『前兒我打發了丫頭送了兩瓶茶葉去，你往那去了？』林黛玉笑道：『哦，可是倒忘了，多謝多謝。』鳳姐兒又道：『你嚐了可還好不好？』沒有說完，寶玉便說道：『論理可倒罷了，只是我說不大甚好，也不知別人嚐着怎麼樣。』寶玉先說不好。寶釵道：『味倒輕，只是顏色不大好些。』鳳姐道：『那是暹羅進貢來的。我嚐着也沒什麼趣兒，還不如我每日吃的呢。』林黛玉道：『我吃着好，不知你品茶是一門學問。余七十年代下放江西余江種茶，所住茅屋旁有古泉一道，泉甘而冽，屋邊老茶樹三棵。每年清明前即自採茶葉涼炒，然後用泉水烹茶，其味清澀而回甘，色嫩綠，惜所採甚少，僅能供十餘次品嚐，如此者三年。經此，予始粗識茶味，亦粗識泉味也。此處寶玉、鳳姐不喜暹羅貢茶，而黛玉喜愛，則口味不同也。

們的脾胃是怎樣。』寶玉道：『你果然愛吃，把我這個你拿了去吃罷。』鳳姐笑道：『你要愛吃，我那裏還有呢。』林黛玉道：『果真的，我就打發丫頭取去了。』鳳姐道：『不用取去，我打發人送來就是了。我明兒還有一件事求你，一同打發人送來。』

林黛玉聽了笑道：『你們聽聽，這是吃了他們家一點子茶葉，就來使喚人了。』黛玉嘴尖，反惹來鳳姐現成趣話。鳳姐笑道：『倒求你，你倒說這些閒話，吃茶吃水的。你既吃了我們家的茶，怎麼還不給我們家作媳婦？』鳳姐此話，透出消息，此時賈府諸人均以黛玉當爲寶玉之配也。甲戌批：『二玉事在賈府上下諸人，即看書人，批書人，皆信定一段好夫妻，書中常常每每道及。豈其不然。嘆嘆。』衆人聽了，一齊都笑起來。林黛玉紅了臉，一聲兒不言語，便回過頭去了。李宮裁笑向寶釵道：『真真我們二嬸子的詼諧是好的。』林黛玉含羞笑道：『什麼詼諧，不過是貧嘴賤舌，討人厭惡罷了。』黛玉雖然如此，其內心當亦樂聞此語也。說着便啐了一口。

鳳姐笑道：『你別作夢！你替我們家作了媳婦，少什麼？』指寶玉道：『你瞧瞧，人物兒、門第配不上，根基配不上，家私配不上？那一點還玷辱了誰呢？』可見鳳姐此論並非貧嘴，確是認真比較而言，亦可知黛玉此時已爲衆論所歸。

林黛玉擡身就走。寶釵便叫：『顰兒急了，還不回來坐着。走了倒沒意思。』說着便站起來拉住。剛至房門前，只見趙姨娘和周姨娘兩個人進來瞧寶玉。李宮裁、寶釵、寶玉等都讓他兩個坐。趙姨娘是來看動靜的。獨鳳姐只和林黛玉說笑，正眼也不看他們。寶釵方欲說話時，只見王夫人房內的丫頭來說：『舅太太來了，請奶奶姑娘們出去呢。』李脂批：『黛玉念佛是吃茶之語在心故也，然摹寫神妙，一絲不漏如此。己卯冬夜。』

脂批：『自黛玉看書起，閑閑一段寫來，真無用針之空。如夏日烏雲四起，疾閃長雷不絕，不知雨落何時。忽然霹靂一聲，傾盆大注，何快如之，何樂如之，真令人寧不叫絕。』

一個寶玉已使園內亂麻一團，再加鳳姐持刀殺來，其亂更不堪矣。

宮裁聽了，連忙叫着鳳姐等走了。趙、周兩個忙辭了寶玉出去。寶玉道：『我也不能出去，你們好歹别叫舅母進來。』又道：『林妹妹，你先略站一站，我說一句話。』鳳姐聽了，回頭向林黛玉笑道：『有人叫你說話呢。』說着，便把林黛玉往裏一推，和李紈一同去了。這裏寶玉拉着林黛玉的袖子，只是嘻嘻的笑，心裏有話，（寶玉此時滿心歡喜，想說，但已病作，不能說出矣。）只是口裏說不出來。此時林黛玉只是禁不住把臉紅漲了，（黛玉自是禁不住臉紅。）掙着要走。寶玉忽然『噯喲』了一聲，說：『好頭疼！』林黛玉道：『該，阿彌陀佛！』（黛玉豈知病作，還如平時說笑耳。）只見寶玉大叫一聲：『我要死！』將身一縱，離地跳有三四尺高，口內亂嚷亂叫，說起胡話來了。（病大作矣）林黛玉並丫頭們都唬慌了，忙去報知王夫人、賈母等。此時王子騰的夫人也在這裏，都一齊來時，寶玉益發拿刀弄杖，尋死覓活的，（有人竟說寶玉身邊哪來刀杖？此不過形容之辭耳，豈能刻板理解。）鬧得天翻地覆。賈母、王夫人見了，唬的抖衣亂顫，且『兒』一聲、『肉』一聲放聲慟哭。於是驚動諸人，連賈赦、邢夫人、賈珍、賈政、賈璉、賈蓉、賈芸、賈萍、薛姨媽、薛蟠並周瑞家的一干家中上上下下、裏裏外外衆媳婦丫頭等，都來園內看視。登時園內亂麻一般。

正沒個主見，只見鳳姐手持一把明晃晃鋼刀，砍進園來，見雞殺雞，見狗殺狗，見人就要殺人。衆人益發慌了。周瑞媳婦忙帶着幾個有力量的膽壯的婆娘上去抱住，奪下刀來，擡回房去。平兒、豐兒等哭的淚天淚地。賈政等心中也有些煩難，顧了這裏，丟不下那裏。

別人慌張自不必講，獨有薛蟠更比諸人忙到十分去：又恐薛姨媽被人擠倒，又恐薛寶釵被人瞧見，又恐香菱被人臊皮，——知道賈珍等是在女人身上做功夫的，因此忙的不堪。（薛蟠另是一番忙頭。）忽一眼瞥見了林黛玉，風流婉轉，已酥倒在那裏。（脂批：『忙中寫閑，真大手眼，大章法。』）

當下衆人七言八語，有的說請端公送祟的，有的說請巫婆跳神的，有的又薦玉皇閣的張真人，種種喧騰不一。也曾百般的醫治祈禱，問卜求神，總無效驗。堪堪的日落。王子騰的夫人告辭去後，次日王子騰自己親來瞧問。接着小史侯家、邢夫人弟兄輩並各親戚眷屬都來瞧看，也有送符水的，也有薦僧道的，總不見效。

他叔嫂二人愈發糊塗，不省人事，睡在牀上，渾身火炭一般，口內無般不說。到夜晚間，那些婆娘、媳婦、丫頭們都不敢上前。因此把他二人都擡到王夫人的上房內，夜間派了賈芸帶着小厮們挨次輪班看守。賈母、王夫人、邢夫人、薛姨媽等寸地不離，只圍着乾哭。

到此地步，可見束手無策。

此時賈赦、賈政又恐哭壞了賈母，日夜熬油費火，鬧的人口不安，也都沒了主意。賈赦還是各處去尋僧覓道。賈政見不靈效，着實懊惱，因阻賈赦道：『兒女之數，皆由天命，非人力可強者。他二人之病，出於不意，百般醫治不效，想天意該如此，也只好由他們去罷。』賈赦也不理此話，仍是百般忙亂，那裏見些效驗。

賈政已絕望。

文章越寫越緊，已到山窮水盡了。

看看三日光陰，那鳳姐和寶玉躺在牀上，越發連氣都將沒了。合家人口無不驚慌，都說沒了指望，看看已將絕望。忙着將他二人的後世衣履都置備下了。賈母、王夫人、賈璉、平兒、襲人這幾個人，更比諸人哭的忘餐廢寢，覓死尋活。趙姨娘、賈環等自是歡喜稱願。

到了第四日早晨，賈母等正圍着他兩個哭時，只見寶玉睜開眼說道：『從今以後，我可不在你家了！快收拾了，打發我走罷。』驚人之語，令人嚇殺。賈母聽了這話，如同摘心去肝一般。

趙姨娘在旁勸道：『老太太也不必過於悲痛。哥兒已是不中用了。不如把哥兒的衣服穿好，讓他早些回去，也免些苦。只管捨不得他，這口氣不斷，他在那世裏也受罪不安生。』趙姨娘終於忍不住要說話了，只要開口，總掩不住幸災樂禍心理。這些話沒說完，被賈母照臉啐了一口唾沫，罵道：『爛了舌頭的混賬老婆，誰叫你來多嘴多舌的！你怎麼知道他在那世裏受罪不安生？怎麼見得不中用了？問得好！你願他死了，有什麼好處？說到她心上，好處自然很多。你別做夢！他死了，我只和你們要命。豈知反而要向你們要命。素日都不是你們調唆着逼他寫字念書，把膽子唬破了，見了他老子不像個避猫鼠兒？連賈政也被責在內。都不是你們這起淫婦調唆的？這會子逼死了他，你們遂了心了，我饒那一個！』一面罵，一面哭。賈政在旁聽見這些話，心裏越發難過，便喝退趙姨娘，自己上來委婉解勸。

一時又有人來回說：『兩口棺槨都做齊了，請老爺出去看。』賈母聽了，如火上忽聽木魚聲響，意外之驚，意外之望。文章亦另闢奇徑。聽到此話，自然如得楊枝甘露。

澆油一般，便罵：『是誰做了棺槨？』一叠聲只叫把做棺材的拉來打死。正鬧的天翻地覆，沒個開交，只聞得隱隱的木魚聲響，念了一句：『南無解冤孽菩薩。』又聽說道：『有那人口不利，家宅顛傾，或逢凶險，或中邪祟者，我們善能醫治。』賈母、王夫人聽見這些話，那裏還耐得住，便命人去快請進來。賈政雖不自在，奈賈母之言如何違拗；又想如此深宅，何得聽的這樣真切，心中亦是希罕，便命人請了進來。

衆人舉目看時，原來是一個癩頭和尚與一個跛足道人。只見那和尚是怎的模樣：

鼻如懸膽兩眉長。目似明星蓄寶光。
破衲芒鞋無住跡，腌臢更有滿頭瘡。

那道人又是怎生模樣：

一足高來一足低。渾身帶水又拖泥。
相逢若問家何處，卻在蓬萊弱水西。

賈政問道：『你道友二人在那廟焚修？』那僧笑道：『長官不須多話，倒是直截了當。因聞得府上人口不利，故特來醫治。』賈政道：『倒有兩個人中邪，不知你們有何符水？』那道人笑道：『你家現有希世奇珍，如何倒還問我們要符水？』意想不到之事。

賈政聽這話有意思，心中便動了，因說道：『小兒落草時雖帶了一塊寶玉下來，上面說能除邪祟，誰知竟不靈驗。』還算賈政腦子快。那僧道：『長官你那裏知道那物的妙用。只因他如今被聲色貨利所迷，故此不靈驗了。你今且取他出來，待我們持誦持誦，只怕就好了。』

賈政聽說，便向寶玉項上取下那玉來，遞與他二人。那和尚接了過來，擎在掌上，長嘆一聲道：『青埂峰一別，展眼已過十三載矣！人世光陰，如此迅速，塵緣滿日，若似彈指！脂批：『見此一句，令人可嘆可驚，不忍往後再看矣。』可羡你當時的那段好處：

天不拘兮地不羈。心頭無喜亦無悲。
卻因鍛煉通靈後，便向人間覓是非。

可嘆你今日這番經歷：

粉漬脂痕污寶光。綺櫳晝夜困鴛鴦。
沉酣一夢終須醒，冤孽償清好散場。』

念畢，又摩弄一回，說了些瘋話，遞與賈政道：『此物已靈，不可褻瀆，懸於臥室上脂批：『通靈玉除邪，全部百回只此一見，何得再言。僧道蹤跡虛實，幻筆幻想，寫幻人於幻文也。壬午孟夏，雨窗。』

畸批：『通靈玉聽癩和尚二偈，即刻靈應，抵卻前回若干莊子及語録機鋒偈子，正所謂物各有主也。

嘆不能得見寶玉懸崖撒手文字爲恨。

丁亥夏，畸笏叟。』

寶釵針對病前之話也，別人聽了猶可，惟寶釵聽了，如針刺耳，故此處脫口而出矣。

檻，將他二人安在一屋之內，除親身妻母外，不可使陰人沖犯。三十三日之後，包管身安病退，復舊如初。』說着，回頭便走了。

賈政趕着還說話，讓二人坐了吃茶，要送謝禮，他二人早已出去了。賈母等還只管着人去趕，那裏有個蹤影。少不得依言，將他二人就安放在王夫人臥室之內，將玉懸在門上。王夫人親身守着，不許別個人進來。

至晚間，他二人竟漸漸醒來，說腹中饑餓。竟然絕處逢生。賈母、王夫人如得了珍寶一般，脂批：『昊天罔極之恩，如何得報，哭殺幼而喪父母者。』旋熬了米湯來，與他二人吃了，精神漸長，邪祟稍退，一家子纔把心放下來。

李宮裁並賈府三豔，薛寶釵、林黛玉、平兒、襲人等在外間聽信息。可見諸人焦急心情。聞得吃了米湯，省了人事，別人未開口，林黛玉先就念了一聲『阿彌陀佛』。黛玉心中一鬆，不覺衝口而出。薛寶釵便回頭看了他半日，嗤的一聲笑。衆人都不會意，賈惜春道：『寶姐姐，好好的笑什麼？』

寶釵笑道：『我笑如來佛比人還忙：脂批：『這一句作正意看，餘皆雅謔。但此一謔，抵顰兒半部之謔。』又要講經說法，又要普渡衆生；這如今寶玉、鳳姐姐病了，又是燒香還願，賜福消災；今兒纔好些，又管林姑娘的姻緣了。你說忙的可笑不可笑。』林黛玉不覺的紅了臉，啐了一口道：『你們這起人不是好人，不知怎麼死！再不跟着好人學，只跟着那些貧嘴惡舌的人學。』一此回書因才幹乖覺太露，引出事來，作者婆心爲世之乖覺人爲鑒。

面說，一面摔簾子出去了。不知端詳，且聽下回分解。

【回後評】

上回寫賈芸看紅玉，又寫紅玉遠遠看賈芸，文章總如霧裏看山，時隱時現，而令人頓生縹緲之感，真是『隔花人遠天涯近』也。作者如此寫紅玉，紅玉於後文當大有用處，惜不得見後文耳。

賈環將一盞油汪汪的蠟燈往寶玉臉上推，其心狠毒，直欲傷害寶玉。寶玉，賈環同父兄也，何弟殘兄竟至如此？雪芹寫此，或有所本乎，恨不能起雪芹而問之。

趙姨娘勾結馬道婆暗害寶玉、鳳姐性命，其心更毒。雪芹筆下之馬道婆，活畫出一個江湖賊婆，其陰賊之心，令人難忘。或曰：馬道婆剪紙害人，迷信也，不足爲信。豈不知今日尚有迷信，何況當時。且雪芹寫此意在警醒世人，而筆伐醜類，固不可以刻舟以求劍也。

鳳姐給黛玉送茶一段，可見此時黛玉，賈府上下皆以爲寶玉必娶之矣。即黛、寶二人亦心肯此言矣。豈知後文陡生波瀾，恨不能得後文而讀之。

【校　記】

〔一〕　回目：甲戌、戚序、蒙府本同庚辰本。蒙本下句『遇雙真』，『遇』誤書作『通』。楊本、列本、舒本、甲辰本、程甲本上句均作『魘魔法叔嫂逢五鬼』，下句楊本作『通靈玉姐弟遇雙仙』，列本、舒本均作『通靈玉蒙蔽遇雙仙』，程甲本『雙仙』作『雙真』。

〔二〕『願捨罷了』四字，庚辰本無，據甲戌本增。

〔三〕以上二十二字，據列藏、楊本補。

補出紅玉、賈芸一段文字，因漸漸混熟，故紅玉得見賈芸拿着自己的帕子，由此而相思日深矣。

第二十六回　蜂腰橋設言傳心事　瀟湘館春睏發幽情〔一〕

話說寶玉養過了三十三天之後，不但身體強壯，亦且連臉上瘡痕平復，仍回大觀園內去。這也不在話下。

且說近日寶玉病的時節，賈芸帶着家下小厮坐更看守，晝夜在這裏，那紅玉同衆丫鬟也在這裏守着寶玉，彼此相見多日，都漸漸混熟了。那紅玉見賈芸手裏拿的手帕子，倒像是自己從前掉的，待要問他，又不好問的。不料那和尚、道士來過，用不着一切男人，賈芸仍種樹去了。這件事待要放下，心內又放不下；待要問去，又怕人猜疑。正是猶豫不決，神魂不定之際，忽聽窗外問道：『姐姐在屋裏沒有？』意外之情，意外之文。紅玉聞聽，在窗眼內望外一看，原來是本院的個小丫頭名叫佳蕙的，因答說：『在家裏，你進來罷。』佳蕙聽了，跑進來就坐在牀上，笑道：『我好造化！纔剛在院子裏洗東西，寶玉叫往林姑娘那裏送茶葉，花大姐姐交給我送去。可巧老太太那裏給林姑脂批：『此等細事，是舊族大家閨中常情，今特爲暴發錢奴寫來作鑒，一笑。壬午夏，雨窗。』

娘送錢來，正分給他們的丫頭們呢。見我去了，林姑娘就抓了兩把給我，也不知多少。（寫佳蕙，亦是寫黛玉。）你替我收着。』便把手帕子打開，把錢倒了出來，紅玉替他一五一十的數了收起。

佳蕙道：『你這一程子心裏到底覺怎麼樣？依我說，你竟家去住兩日，請一個大夫來瞧瞧，吃兩劑藥就好了。』（在佳蕙眼裏紅玉在生病，豈知此病非那病耳。）紅玉道：『那裏的話，好好的，家去作什麼！』佳蕙道：『我想起來了，林姑娘生的弱，時常他吃藥，你就和他要些來吃，也是一樣。』（真是小孩子家說話。）紅玉道：『胡說！藥也是混吃的。』佳蕙道：『你這也不是個長法兒，又懶吃懶喝的，終久怎麼樣？』紅玉道：『怕什麼，還不如早些兒死了倒乾淨！』（相思真苦，故有是言耳。）佳蕙道：『好好的，怎麼說這些話？』紅玉道：『你那裏知道我心裏的事！』（欲說還休）

補敘前事。

丫頭有丫頭的見識，佳蕙亦爲紅玉抱不平，又盛稱襲人而貶晴雯綺霞。丫頭眼中之諸鬟也。

佳蕙點頭，想了一會子道：『可也怨不得，這個地方難站。就像昨兒老太太因寶玉病了這些日子，說跟着服侍的這些人都辛苦了，如今身上好了，各處還完了願，叫把跟着的人都按着等兒賞他們。我們算年紀小，上不去，我也不抱怨；像你怎麼也不算在裏頭？我心裏就不服。襲人那怕他得十分兒，也不惱他，原該的。說良心話，誰還敢比他呢。別說他素日殷勤小心，便是不殷勤小心，也拚不得。可氣晴雯、綺霞他們這幾個，都算在上等裏去，仗着老子娘的臉面，衆人倒捧着他去。你說可氣不可氣？』

紅玉道：『也不犯着氣他們。俗語說的好，「千里搭長棚，沒有個不散的筵席」，這是紅玉留下的名言，不可不記住。脂批：『此時寫出此等言語，令人墮淚。』誰守誰一輩子呢！不過三年五載，各人幹各人的去了。正在盛時，而離散之感已偷偷襲來。那時誰還管誰呢！』這兩句話，不覺感動了佳蕙的心腸，由不得眼睛紅了，又不好意思好端端的哭，只得勉強笑道：『你這話說的卻是。昨兒寶玉還說，明兒怎麼樣收拾房子，怎麼樣做衣裳，倒像有幾百年的熬煎。』

紅玉聽了，冷笑了兩聲，方要說話，只見一個未留頭的小丫頭子走進來，手裏拿着些花樣子並兩張紙，說道：『這是兩個樣子，叫你描出來呢。』說着，向紅玉擲下，回身就跑了。又是一樣寫法。紅玉向外問道：『倒是誰的？也等不得說完就跑，誰蒸下饅頭等着你，怕冷了不成！』那小丫頭在窗外只說得一聲：『是綺大姐姐的。』擡起腳來咕咚咕咚又跑了。寫得活靈活現，如見其人，如聞其聲。

紅玉便賭氣把那樣子擲在一邊，向抽屜內找筆，找了半天都是禿了的，因說道：『前兒一枝新筆放在那裏了？怎麼一時想不起來。』一面說着，一面出神，想了一會，方笑道：『是了，前兒晚上鶯兒拿了去了。』便向佳蕙道：『你替我取了來。』佳蕙道：『花大姐姐還等着我替他擡箱子呢，你自己取去罷。』幾個小女孩，個個活靈活現，虧作者寫得出。紅玉道：『他等着你，你還坐着閑打牙兒？我不叫你取去，他也不等着你了。駁得有理 壞透了的

『「千里搭長棚，沒有個不散的筵席」，誰守誰一輩子呢？不過三年五載，各人幹各人的去了。那時誰還管誰呢？』這兩句話，是紅玉在心裏不平時說的，當時語言的涵義，只是指他們大家在這裏長不了，然而這兩句話，卻給人以好景不長，大廈將傾將散的言外之音，而且暗示了大觀園中人們的一些預感，因此這兩句話，遂成爲涵義豐富而有預見性的名言。

脂批：『紅玉一腔委曲怨憤，係身在怡紅不能遂志，看官勿錯認爲芸兒害相思也。己卯冬。』

畸批：『獄神廟回有茜雪、紅玉一大回文字，惜迷失無稿，嘆嘆。』

丁亥夏畸笏叟。」

小蹄子！』說着，自己便出房來，出了怡紅院，一逕往寶釵院內來。

剛至沁芳亭畔，只見寶玉的奶娘李嬤嬤從那邊走來。紅玉立住笑問道：『李奶奶，你老人家那去了？怎打這裏來？』李嬤嬤站住，將手一拍道：『你說說，好好的又看上了那個種樹的，什麼雲哥兒、雨哥兒的，（正對上心境，正要聽芸哥兒的消息。）這會子逼着我叫了他來。明兒叫上房裏聽見，可又是不好。』（正好是來告訴她，千金難買此消息也，好不喜煞紅玉。）紅玉笑道：『你老人家當真的就依了他去叫了？』李嬤嬤道：『可怎麼樣呢？』紅玉笑道：『那一個要是知道好歹，就回不進來纔是。』（進一步探口氣。）李嬤嬤道：『他又不癡，爲什麼不進來？』（正好回答！謝謝。）紅玉道：『既是進來，你老人家該同他一齊來，回來叫他一個人亂碰，可是不好呢。』（藉故進一步再問明白。）李嬤嬤道：『我有那樣工夫和他走。不過告訴了他，回來打發個小丫頭子，或是老婆子，帶進他來就完了。』（確是老婆子口氣，答得周全，答得好，都明白了。脂批：『總是不言神情，另出花樣。』）說着，拄着拐杖一逕去了。紅玉聽說，便站着出神，且不去取筆。

一時，只見一個小丫頭子跑來，見紅玉站在那裏，便問道：『林姐姐，你在這裏作什麼呢？』紅玉擡頭見是小丫頭子墜兒。紅玉道：『那去？』墜兒道：『叫我帶進芸二爺來。』（正是要等這句話。）說着，一徑跑了。

這裏紅玉剛走至蜂腰橋門前，只見那邊墜兒引着賈芸來了。（脂批：『妙。不說紅玉不走，亦不說走，只說「剛走到」三字，可知紅玉有私心矣。若說出必定不走，必定走，則文字死板亦且棱角過露，非寫女兒之筆也』。）那賈芸一面走，一面拿眼把紅玉一溜。那紅玉只裝着和墜

寫紅玉、賈芸一段文字，兩人真靈犀一點也，前面紅玉問李嬤嬤

嬤，曲曲折折，合情合理，句句是該說，而句句是尋問，一絲不走當時神理。後遇墜兒，只說『叫我帶進芸二爺來』就跑，似專爲報信來者，文筆跳脱活潑，如見此天真丫頭。

紅玉剛走至蜂腰橋一段，正如脂評所析『剛走至』三字之神妙，『文章本天然，妙手偶得之』也。

爲怡紅院特寫一筆。

妙極，只聽其聲，不見其人。

再寫室内陳設。

富貴公子生活起居如此。不能忘卻寶玉是貴公子也。

兒說話，也把眼去一溜賈芸，四目恰相對時，紅玉不覺臉紅了，脂批：『看官至此，須掩卷細想上二十回中，篇篇句句點「紅」字處，可與此處想如何。』一扭身往蘅蕪苑去了。不在話下。寫紅玉絕妙，若無此一筆，讀者試想如何寫法？

這裏，賈芸隨着墜兒，逶迤來至怡紅院中。墜兒先進去回明了，然後方領賈芸進去。賈芸看時，只見院内略略有幾點山石，種着芭蕉，那邊有兩隻仙鶴在松樹下剔翎。一溜迴廊上吊着各色籠子，籠着仙禽異鳥。上面小小五間抱厦，一色雕鏤新鮮花樣隔扇，上面懸着一個匾額，四個大字，題道是『怡紅快緑』。賈芸想道：『怪道叫「怡紅院」，原來匾上是恁樣四個字。』脂批：『傷哉，展眼便紅稀緑瘦矣！嘆嘆。』正想着，只聽裏面隔着紗窗子笑說道：『快進來罷。脂批：『此又若張僧繇點睛之龍，破壁飛矣，焉得不拍案叫絕。』我怎麼就忘了你兩三個月！』賈芸聽的是寶玉的聲音，連忙進入房内。擡頭一看，只見金碧輝煌，文章烱灼，卻看不見寶玉在那裏。一回頭，只見左邊立着一架大穿衣鏡，從鏡後轉出兩個一般大的十五六歲的丫頭來，說：『請二爺裏頭屋裏坐。』賈芸連正眼也不敢看，寫得真。連忙答應了。又進一道碧紗廚，只見小小一張填漆牀上，懸着大紅銷金撒花帳子。細寫一筆，只覺金碧輝煌。寶玉穿着家常衣服，靸着鞋，倚在牀上，拿着本書看。脂批：『這是等芸哥看，故作款式，若果真看書，在隔紗窗子說話時已放下了。玉兄若見此批故云：老貨，他處處不放鬆，可恨。回思將余比作釵顰等乃一知己，余何幸也，一笑。』見他進來，將書擲下，早堆着笑，立起身來。賈芸忙上前請了安，寶玉讓坐，便在下面一張椅子上坐了。寶玉笑道：『只從那個月見了你，我叫你往書房裏來，借賈芸之眼，特寫襲人一筆，身材穿着，色彩俱各妥當，細看襲人亦不減其美，不然何能在寶玉身邊。

誰知接接連連許多事情，就把你忘了。』賈芸笑道：『總是我沒福，偏偏又遇着叔叔身上欠安。叔叔如今可大安了？』寶玉道：『大好了。我倒聽見說，你辛苦了好幾天。』賈芸道：『辛苦也是該當的。叔叔大安了，也是我們一家子的造化。』說着，只見有個丫鬟端了茶來與他。那賈芸口裏和寶玉說着話，眼睛卻溜瞅那丫鬟：細挑身材，容長臉面，穿着銀紅襖兒，青緞背心，白綾細摺裙。——不是別個，卻是襲人。

那賈芸自從寶玉病了幾天，他在裏頭混了兩日，他卻把那有名人口認記了一半。脂批：『一路總是（寫）賈芸是個有心人，一絲不亂。』他也知道襲人在寶玉房中比別個不同，今見他端了茶來，寶玉又在旁邊坐着，便忙站起來，笑道：『姐姐怎麼替我倒起茶來？我來到叔叔這裏，又不是客，讓我自己倒罷。』脂批：『總寫賈芸乖覺，一絲不亂。』寶玉道：『你只管坐着罷。丫頭們跟前也是這樣！』賈芸笑道：『雖如此說，叔叔房裏姐姐們，我怎麼敢放肆呢。』一面說，一面坐下吃茶。

那寶玉便和他說些沒要緊的散話：又說道誰家的戲子好，誰家的花園好；又告訴他誰家的丫頭標緻，誰家的酒席豐盛；又是誰家有奇貨，又是誰家有異物。脂批：『幾個誰家，自北静王公侯駙馬諸大家包括盡矣，寫盡紈袴口角。脂硯齋再筆：對芸兄原無可說之話。』那賈芸口裏只得順着他說，說了一會，見寶玉有些懶懶的了，便起身告辭。寶玉也不甚留，只說：『你明兒閑了，只管來。』仍命小丫頭子墜兒送他出去。

出了怡紅院，賈芸見四顧無人，便把腳慢慢停着些走，（因無人故敢慢走也。）口裏一長一短和墜兒說話，先問他：『幾歲了？名字叫什麼？你父母在那一行上？在寶叔房內幾年了？（漸問漸近）一個月多少錢？共總寶叔房內有幾個女孩子？』（近了。）那墜兒見問，便一樁樁的都告訴他了。

賈芸又道：『纔剛那個與你說話的，他可是叫小紅？』（問到關節上了。）墜兒笑道：『他倒叫小紅。你問他作什麼？』（問得自然）賈芸道：『方纔他問你什麼手帕子，我倒揀了一塊。』（再進一步）墜兒聽了，笑道：『他問了我好幾遍，可有看見他的帕子。我有那麼大工夫管這些事！（傳遞紅玉消息。）今兒他又問我。他說，我替他找着了，他還謝我呢。（可見紅玉認真尋找，亦早知在賈芸手中，只是無法溝通也。）纔在蘅蕪苑門口說的，二爺也聽見了，不是我撒謊。好二爺，你既揀了，給我罷。我看他拿什麼謝我。』（正要你傳遞，謝謝！）

原來上月賈芸進來種樹之時，便揀了一塊羅帕，便知是所在園內的人失落的，但不知是那一個人的，故不敢造次。今聽見紅玉問墜兒，便知是紅玉的，心內不勝喜幸。（是意外之喜。）又見墜兒追索，心中早得了主意，便向袖內將自己的一塊取了出來，向墜兒笑道：『我給是給你，（終於將自己手帕傳去，天緣湊巧也。）你若得了他的謝禮，不許瞞着我。』墜兒滿口裏答應了，接了手帕子，送出賈芸，回來找紅玉，不在話下。

一段賈芸傳遞手帕情事，寫得如此曲折而深入，句句可信，事事可信。

瀟湘館春困
發幽情
壬午初夏
鳳嬛作

閒散幾筆，卻寫出寶玉日常情景。

脂批：『先由「鳳尾森森，龍吟細細」八字，「一縷幽香自紗窗中暗暗透出」，「細

如今且說寶玉打發了賈芸去後，意思懶懶的歪在牀上，似有朦朧之態。襲人便走上來，坐在牀沿上推他，說道：『怎麼又要睡覺？悶的很，你出去逛逛不是？』寶玉見說，便拉他的手笑道：『我要去，只是捨不得你。』襲人笑道：『快起來罷！』一面說，一面拉了寶玉起來。寶玉道：『可往那去呢？怪膩膩煩煩的。』襲人道：『你出去了就好了，只管這麼葳蕤，越發心裏煩膩。』

寶玉無精打彩的，只得依他。晃出了房門，在迴廊上調弄了一回雀兒，出至院外，順着沁芳溪看了一回金魚。只見那邊山坡上兩隻小鹿箭也似的跑來，寶玉不解其意，正自納悶。只見賈蘭在後面拿着一張小弓追了下來，一見寶玉在前面，便站住了，笑道：『二叔叔在家裏呢，我只當出門去了。』寶玉道：『你又淘氣了。好好的射他作什麼。』賈蘭笑道：『這會子不念書，閑着作什麼。所以演習演習騎射。』寶玉道：『把牙栽了，那時纔不演呢。』

說着，順着腳一逕來至一個院門前，只見鳳尾森森，龍吟細細。（脂批：『與後文「落葉蕭蕭，寒煙漠漠」一對，可傷可嘆！』）舉目望門上一看，只見匾上寫着『瀟湘館』三字。（寶玉是信步閑行，故無意中舉目也，寫閒散神情如畫。）寶玉信步走入，只見湘簾垂地，悄無人聲。走至窗前，覺得一縷幽香從碧紗窗中暗暗透出。（幽極，靜極，妙極，雅極。）寶玉便將臉貼在紗窗上，往裏看時，耳內忽聽（脂批：『未曾看見，先聽見。有神理。』）得細細的長嘆了一聲道：『每日家情思睡昏昏。』（是黛玉無人時情態，卻被寶玉聽到，總是讀《西廂》後，《西廂》已入心頭矣。）寶玉聽了，不覺心內癢將起來。再

細的長嘆一聲」等句，方引出「每日家情思睡昏昏」仙音妙音來。非純化工夫之筆不能，可見行文之難。』

一段寫黛玉神態，直是化工之筆。

脂批：『二玉這回文字，作者亦在無意上寫來，所謂「信手拈來無不是」是也。』

脂批：『方纔見芸哥所拿之書，一定見是《西廂》，不然，如何忘情至此。』

看時，只見黛玉在牀上伸懶腰。（脂批：『有神理，真真畫出。』）寶玉在窗外笑道：『爲甚麽「每日家情思睡昏昏」？』一面說，一面掀簾子進來了。

林黛玉自覺忘情，不覺紅了臉，拿袖子遮了臉，翻身向裏裝睡着了。（神態逼真如畫，蓋此問不好答也。）寶玉纔走上來，要搬他的身子，只見黛玉的奶娘並兩個婆子卻跟了進來，說：『妹妹睡覺呢，等醒了再請來。』剛說着，黛玉便翻身坐了起來，笑道：『誰睡覺呢。』（脂批：『妙極。』）（可知黛玉是怕寶玉去也。）那兩三個婆子見黛玉起來，便笑道：『我們只當姑娘睡着了。』說着，便叫紫鵑說：『姑娘醒了，進來伺候。』一面說，一面都去了。

黛玉坐在牀上，一面擡手整理鬢髮，一面笑向寶玉道：『人家睡覺，你進來作什麽？』寶玉見他星眼微餳，香腮帶赤，不覺神魂早蕩，一歪身坐在椅子上，笑道：『你纔說什麽？』黛玉道：『我沒說什麽。』寶玉笑道：『給你個榧子吃！我都聽見了。』

二人正說話，只見紫鵑進來。寶玉笑道：『紫鵑，把你們的好茶倒碗我吃。』紫鵑道：『那裏是好的呢？要好的，只是等襲人來。』黛玉道：『別理他，（何等親密，何等自然。）你先給我舀水去罷。』紫鵑笑道：『他是客，自然先倒了茶來再舀水去。』（紫鵑慧心。黛玉雖如此說，並非叫紫鵑真不理他也。）說着倒茶去了。寶玉笑道：『好丫頭，「若共你多情小姐同鴛帳，怎捨得疊被鋪牀？」』（脂批：『真正無意忘情沖口而出之語。』）林黛玉登時撂下臉來，說道：『二哥哥，你說什麽？』寶玉笑道：『我何嘗說什麼。』黛玉便哭道：『如今新興的，外頭聽了村話來，也說給我聽；看了混賬書，也來拿我取笑兒。我成了爺們解悶的。』一面哭着，一面下牀來往外就走。（此時黛玉是真惱也。）寶玉不知要怎樣，心下慌了，忙趕上來說道：『好妹妹，我一時該死，你別告訴去。我再要敢，嘴上就長個疔，爛了舌頭。』正說着，只見襲人走來說道：『快回去穿衣服，老爺叫你呢。』寶玉聽了，不覺打了個焦雷一般，（脂批：『不止玉兄一驚，即阿顰也不免一嚇，作者只顧寫來，收什二玉之文，忘卻顰兒也，想作者亦似寶玉《西廂》之句，忘情而出也，呵呵。』）也顧不得別的，疾忙回來穿衣服。出園來，只見焙茗在二門前等着，寶玉便問道：『你可知道叫我是爲什麼？』焙茗道：『爺快出來罷，橫豎是見去的，（焙茗有鬼）到那裏就知道了。』一面說，一面催着寶玉。

轉過大廳，寶玉心裏還自狐疑，（因情景有異，難免疑心。）只聽牆角邊一陣呵呵大笑，回頭只見薛蟠拍着手笑了出來，笑道：『要不說姨夫叫你，你那裏出來的這麼快。』焙茗也笑道：『爺別怪我。』忙跪下了。寶玉怔了半天，方解過來了，（因吃驚不小，故怔了半天方解過來也。）是薛蟠哄他出來。薛蟠連忙打恭作揖陪不是，又求『不要難爲了小子，都是我逼他去的』。寶玉也無法了，只好笑問道：『你哄我也罷了，怎麼說我父親呢？（真是不應該。）我告訴姨娘去，評評這個理，可使得麼？』薛蟠忙道：『好兄弟，我原爲求你快些出來，就忘了忌諱這句話。改日你也哄我，說我的父親就完了。』（真是只有獃兄能說。）寶玉道：『噯，噯，越發該死了。』又向焙茗道：『反叛肏的，還跪着作什麼！』焙茗連忙叩頭起來。

畸批：『若無如此文字收什二玉，寫顰無非至再哭慟笑（哭），玉只以陪盡小心軟求漫懇，二人一笑而止；且書內若此亦多多矣，未免有犯雷同之病。故用險句結住，使二玉心中不得不將現事抛卻，各懷一驚心意，再作下文。

壬午孟夏雨窗，畸笏。』

甲戌批：『如此戲弄，非獃兄無人。欲釋二玉，非此戲弄不成立解，勿得泛泛看過。不知作者胸中有多少丘壑。』

薛蟠道：『要不是，我也不敢驚動，只因明兒五月初三日，是我的生日，誰知古董行的程日興，他不知那裏尋了來的這麼粗、這麼長、粉脆的鮮藕，這麼大的大西瓜，這麼長一尾新鮮的鱘魚，這麼大的一個暹羅國進貢的靈柏香燻的暹猪。你說，他這四樣禮可難得不難得？那魚、猪不過貴而難得，這藕和瓜虧他怎麼種出來的。我連忙孝敬了母親，（獃兄倒還有孝心。）趕着給你們老太太、姨父、姨母送了些去。如今留了些，我要自己吃，恐怕折福，左思右想，除我之外，惟有你還配吃，所以特請你來。可巧唱曲兒的小么兒又纔來了，我同你樂一天何如？』（原來如此，獃兄一番獃想獃做，令人哭笑不得。）

一面說，一面來至他書房裏。只見詹光、程日興、胡斯來、單聘仁等並唱曲兒的都在這裏，見他進來，請安的，問好的，都彼此見過了。吃了茶，薛蟠即命人擺酒來。說猶未了，衆小厮七手八腳擺了半天，（薛蟠宴請，纔有衆小厮七手八腳。）方纔停當歸坐。寶玉果見瓜藕新異，因笑道：『我的壽禮還未送來，倒先擾了。』薛蟠道：『可是呢，明兒你送我什麼？』寶玉道：『我可有什麼可送的？若論銀錢、吃的、穿的東西，究竟還不是我的。（脂批：『誰說的出，經過者方說得出。嘆嘆。』）惟有我寫一張字，畫一張畫，纔算是我的。』（此話重要，足見寶玉已不把祖宗所遺作爲真正的『我的』也。）薛蟠笑道：『你提畫兒，我纔想起來。昨兒我看人家一張春宮，畫的着實好。（的是獃兄所見之畫。）上面還有許多的字，也沒細看，只看落的款，是「庚黄」畫的。真真的好的了不得！』寶玉聽說，心下猜疑道：『古今字畫也都見過些，那裏有個「庚黄」？』想了半天，

沾光、趁人興、胡厮賴、善騙人也。

寶玉此話，已意識到，唯有自己創造的價值，纔能算是自己的，祖宗所遺，概不能算自己的。這是一種自我意識的覺醒，故此語實實重要。

畸批：『閒事順筆，將駡死不學之紈袴。壬午雨窗，畸笏。』

脂批：『紫英豪俠小（文）三段，是爲金閨間色之文。壬午雨窗。』

畸批：『寫倪二、（紫）英、湘蓮、玉菡俠文，皆各得傳真寫照之筆。丁亥夏，畸笏叟。』

畸批：『惜衛若蘭射圃文字，迷失無稿，嘆嘆。丁亥夏畸笏叟。』

不覺笑將起來，命人取過筆來，在手心裏寫了兩個字，又問薛蟠道：『你看真了是「庚黄」？』薛蟠道：『怎麽看不真！』寶玉將手一撒，與他看道：『别是這兩字罷？其實與「庚黄」相去不遠。』衆人都看時，原來是『唐寅』兩個字，都笑道：『想必是這兩字，大爺一時眼花了也未可知。』一段笑話，活畫阿獃。薛蟠只覺没意思，笑道：『誰知他「糖銀」「果銀」的。』正説着，小厮來回：『馮大爺來了。』寶玉便知是神武將軍馮唐之子馮紫英來了。薛蟠等一齊都叫：『快請。』説猶未了，只見馮紫英一路説笑，脂批：『如見如聞。』已進來了。衆人忙起席讓坐。馮紫英笑道：『好呀！也不出門了，在家裏高樂罷。』寶玉、薛蟠都笑道：『一向少會，老世伯身上康健？』紫英答道：『家父倒也托庇康健。近來家母偶着了些風寒，不好了兩天。』

薛蟠見他面上有些青傷，便笑道：『這臉上又和誰揮拳的？掛了幌子了。』馮紫英笑道：『從那一遭把仇都尉的兒子[一二]打傷了，我就記了再不慪氣，如何又揮拳？這個臉上，是前日打圍，在鐵網山教兔鶻捎一翅膀。』寶玉道：『幾時的話？』紫英道：『三月二十八日去的，前兒也就回來了。』寶玉道：『怪道前兒初三四兒，我在沈世兄家赴席不見你呢。我要問，不知怎麽就忘了。單你去了，還是老世伯也去了？』紫英道：『可不是家父去，我没法兒，去罷了。難道我閑瘋了，咱們幾個人吃酒聽唱的不樂，尋那個苦惱去？這一次，大不幸之中又大幸。』

寫馮紫英一段文字，具見英風豪氣，爲《紅樓》文字間色不少，亦可與前醉金剛文字呼應。

薛蟠衆人見他吃完了茶，都説道：『且入席，有話慢慢的説。』馮紫英聽説，便立起身來，説道：『論理，我該陪飲幾杯纔是，只是今兒有一件大大要緊的事，回去還要見家父面回，實不敢領。』薛蟠、寶玉衆人那裏肯依，死拉着不放。馮紫英笑道：『這又奇了。你我這些年，那回兒有這個道理的？果然不能遵命。若必定叫我領，拿大杯來，我領兩杯就是了。』一片豪情俠氣。衆人聽説，只得罷了。薛蟠執壺，寶玉把盞，斟了兩大海。那馮紫英站着，一氣而盡。快人快飲，如見英風。

寶玉道：『你到底把這個「不幸之幸」説完了再走。』馮紫英笑道：『今兒説的也不盡興。我爲這個，還要特治一東，請你們去細談一談。二則還有所懇之處。』説着，執手就走。薛蟠道：『越發説的人熱刺刺的丢不下。多早晚纔請我們？告訴了，也免的人猶疑。』馮紫英道：『多則十日，少則八天。』一面説，一面出門上馬去了。衆人回來，依席又飲了一回方散。

寶玉回至園中。襲人正記掛着他去見賈政，不知是禍是福；只見寶玉醉醺醺的回來，問其原故，寶玉一一向他説了。襲人道：『人家牽腸掛肚的等着，你且高樂去，也到底打發人來給個信兒。』寶玉道：『我何嘗不要送信兒，只因馮世兄來了，就混忘了。』正説着，只見寶釵走進來，笑道：『偏了我們新鮮東西了。』寶釵已知道了。寶玉笑道：『姐姐家的東西，自然先偏了我們了。』寶釵摇頭笑道：『昨兒哥哥倒特特的請寶玉臨走前，因用《西廂》詞句對黛玉戲說，令黛玉着惱。又突因賈政之喚，故立時解開。然因此一喚，反勾卻前事。令黛玉懸懸也。

畸批：『晴雯遣（還）怒是常事耳，寫釵顰二卿身上與踢襲人之文，令人於何處設想着筆。丁亥夏。畸笏叟。』

我吃，我不吃，叫他留着請人送人罷。我知道我的命小福薄，不配吃那個。』說着，丫鬟倒了茶來，吃茶說閒話兒，不在話下。

卻說那林黛玉聽見賈政叫了寶玉去了，一日不回來，心中也替他憂慮。至晚飯後，聞聽寶玉來了，心裏要找他問問是怎麼樣了。一步步行來，見寶釵進寶玉的院內去了，自己也便隨後走了來。剛到了沁芳橋，只見各色水禽都在池中浴水，也認不出名色來，但見一個個文彩炫耀，好看異常，因而站住看了一會。再往怡紅院來，只見院門關着，黛玉便以手扣門。

誰知晴雯和碧痕正拌了嘴，沒好氣，忽見寶釵來了，那晴雯正把氣移在寶釵身上，正在院內抱怨說：『有事沒事，跑了來坐着，叫我們三更半夜的不得睡覺！』 足見寶釵常去。 忽聽又有人叫門，晴雯越發動了氣，也並不問是誰，便說道：『都睡下了，明兒再來罷！』 是晴雯脾氣。 林黛玉素知丫頭們的情性，他們彼此頑耍慣了，恐怕院內的丫頭沒聽真是他的聲音，只當是別的丫頭們來了，所以不開門，因而又高聲說道：『是我，還不開麼？』晴雯偏生還沒聽出來， 晴雯浮躁而又在生氣，故未聽出。 便使性子說道：『憑你是誰，二爺吩咐的，一概不許放人進來呢！』 此一使性，令黛玉當真。壞了大事，晴雯該責。

林黛玉聽了，不覺氣怔在門外，待要高聲問他，逗起氣來，自己又回思一番：

只有黛玉，纔如此千迴百轉柔腸，如是湘雲，則會嗓門更大喊叫開門。

此段文字，實在是神來之筆，閉月羞花之類陳詞，何能與此相比。虧雪芹寫得出。

『雖說是舅母家如同自己家一樣，到底是客邊。如今父母雙亡，無依無靠，現在他家依棲。如今認真淘氣，也覺沒趣。』一面想，一面又滚下淚珠來。【把晴雯之話當了真，自然是愈想愈傷心了。】正是：

回去不是，站着不是。

正沒主意，只聽裏面一陣笑語之聲，細聽一聽，竟是寶玉、寶釵二人。【更加令人誤解，更加令人傷心。】林黛玉心中益發動了氣，左思右想，忽然想起了早起的事來：【應前文未了之事。】『必竟是寶玉惱我要告他的原故。但只我何嘗告你了，你也打聽打聽，就惱我到這步田地。你今兒不叫我進來，難道明兒就不見面了？』越想越傷感起來，也不顧蒼苔露冷，花徑風寒，獨立牆角邊花陰之下，悲悲戚戚嗚咽起來。

原來這林黛玉秉絕代姿容，具希世俊美，不期這一哭，那附近柳枝花朵上的宿鳥棲鴉一聞此聲，俱忒楞楞飛起遠避，不忍再聽。真是：

花魂默默無情緒，鳥夢癡癡何處驚。

因有一首詩道：

顰兒才貌世應希，獨抱幽芳出繡閨。
嗚咽一聲猶未了，落花滿地鳥驚飛。

那林黛玉正自啼哭，忽聽『吱嘍』一聲，院門開處，不知是那一個出來。要知端的，且聽下回分解。

【回後評】

紅玉、賈芸故事，從二十四回起，斷續寫來，寫得有情有思而又平民化。值得特別注意的是，《紅樓夢》中青年男女的婚姻，除紅玉、賈芸以外，基本都是悲劇。按脂批的提示，紅玉還有後來獄神廟慰寶玉等事，可見她不是悲劇結局。但紅玉與賈芸的婚姻，是紅玉主動爭取的，也是賈芸主動爭取的，他們的婚姻倒沒有多少封建色彩，這是《紅樓夢》唯獨一對自由戀愛成功的美滿婚姻，這顯然是曹雪芹特意描寫的。

春睏發幽情一段，寫黛玉獨處時的情態，『每日家情思睡昏昏』，不僅寫黛玉幽閉於內心的相思情懷，而且更寫出《西廂記》之類的書入人心之深。李卓吾曾說：『《西廂》，化工之筆也。』雪芹受李卓吾思想影響甚深，前面讀《西廂》時盛讚《西廂》，此處又讓黛玉於春睏時獨吟其詞，則亦示意寶黛之思想，《西廂記》未庶不是給予重要影響者。

由薛蟠過生日引出馮紫英一段俠文，爲文章生色，亦與倪二一段呼應。馮紫英出場文字不多，而其聲音笑貌卻活於紙上。

因晴雯抱怨寶釵頻來，使性拒開園門，致使黛玉誤被拒於門外，而又聽到院內釵、玉笑語聲喧，遂引動黛玉悲傷，引出一段絕世妙文，以讚黛玉絕代姿容，希世俊美，藉爲後文《葬花吟》先作一引。

【校　記】

〔一〕回目：庚本、蒙府本、戚序本、甲辰本、程甲本同。甲戌本上句作『傳蜜意』，下句同庚辰本。楊本、列本上句作『蘅蕪院設言傳密語』，下句同庚辰本。舒序本上句作『蜂腰橋目送傳密語』，下句同庚辰本。

〔二〕『的兒子』三字，庚本無，據各本補。

第二十七回　滴翠亭楊妃戲彩蝶　埋香塚飛燕泣殘紅[一]

補敘黛玉平時情景。

話説林黛玉正自悲泣，忽聽院門響處，只見寶釵出來了，寶玉、襲人等一群人送了出來。愈看愈覺傷心。待要上去問着寶玉，又恐當着衆人問羞了寶玉不便，因而閃過一旁，讓寶釵去了，寶玉等進去關了門，方轉過來，猶望着門灑了幾點淚。自覺無味，方轉身回來，無精打彩的卸了殘妝。

紫鵑、雪雁素日知道林黛玉的情性：無事悶坐，不是愁眉，便是長嘆，且好端端的不知爲了什麼，常常的便自淚道不乾的。先時還有人解勸，怕他思父母，想家鄉，受了委曲，只得用話寬慰解勸。誰知後來一年一月的竟常常的如此，把這個樣兒看慣了，也都不理論了。所以也沒人理，由他去悶坐，只管睡覺去了。那林黛玉倚着牀欄杆，兩手抱着膝，眼睛含着淚，好似木雕泥塑的一般，直坐到二更多天，方纔睡了。一宿無話。

至次日，乃是四月二十六日。原來這日未時交芒種節。尚古風俗：凡交芒種節的這日，都要設擺各色禮物，祭餞花神。言芒種一過，便是夏日了，衆花皆卸，花神退位，須要餞行。然閨中更興這件風俗，所以大觀園中之人都早起來了。那些女孩子們，或用花瓣柳枝編成轎馬的，或用綾錦紗羅叠成干旄旌幢的，都用彩線繫了。每一顆樹上，每一枝花上，都繫了這些事物。滿園裏繡帶飄飖，花枝招展，更兼這些人打扮得桃羞杏讓，燕妒鶯慚，一時也道不盡。

已入夏初季節，則爛漫春光已凋謝矣。

一片旖旎風光。

且說寶釵、迎春、探春、惜春、李紈、鳳姐等並巧姐、大姐〔二〕、香菱與衆丫鬟們都在園內頑耍，獨不見林黛玉。迎春因說道：『林妹妹怎麽不見？好個懶丫頭，這會子還睡覺不成？』寶釵道：『你們等着，我去鬧了他來。』說着便丢下了衆人，一直往瀟湘館來。正走着，只見文官等十二個女孩子也來了，上來問了好，說了一回閒話。寶釵回身指道：『他們都在那裏呢，你們找他們去罷。我叫林姑娘去就來。』說着，便逶迤往瀟湘館來。

畸批：『寫鳳姐隨大衆一筆，不見紅玉一段則認爲泛文矣，何一絲不漏若此。畸笏。』

忽然擡頭，見寶玉進去了，寶釵便站住，低頭想了想：寶玉和林黛玉是從小兒一處長大，他兄妹間多有不避嫌疑之處，嘲笑喜怒無常。況且林黛玉素習猜忌，好弄小性兒的。此刻自己也跟了進去，一則寶玉不便，二則黛玉嫌疑。罷了，倒是回來的妙。想畢，抽身回來。

上回是黛玉見寶釵進怡紅院，此處是寶釵見寶玉進瀟湘館。

可見寶釵心機極深，上回黛玉見寶釵進怡紅院，『自己也便隨後走了來』，胸懷何等坦蕩！

脂批：『這椿風流案，又一體寫法，甚當。己卯冬夜。』

脂批：『這是自難自法，好極，好極。慣用險筆如此。壬午夏，雨窗。』

剛要尋別的姊妹去，忽見前面一雙玉色蝴蝶，大如團扇，一上一下迎風翩躚，十分有趣。寶釵意欲撲了來頑耍，遂向袖中取出扇子來，向草地下來撲。只見那一雙蝴蝶忽起忽落，（寫蝴蝶飄忽起落，如見其真。）來來往往，穿花度柳，將欲過河去了。倒引的寶釵躡手躡腳的，一直跟到池中滴翠亭上，香汗淋漓，嬌喘細細。寶釵也無心撲了，剛欲回來，只聽滴翠亭裏邊嘁嘁喳喳有人說話。（轉出意外奇文。）原來這亭子四面俱是遊廊曲橋，蓋造在池中水上，四面雕鏤槅子糊着紙。

寶釵在亭外聽見說話，便煞住腳往裏細聽，只聽說道：『你瞧瞧這手帕子，（還是为了手帕之事，直接上回文字。）果然是你丟的那塊，你就拿着；要不是，就還芸二爺去。』又有一人說話：『可不是我那塊！拿來給我罷。』又聽道：『你拿什麼謝我呢？難道白尋了來不成。』又答道：『我既許了謝你，自然不哄你。』又聽說道：『我尋了來給你，自然謝我；但只是揀的人，你就不拿什麼謝他？』（小孩兒家說話，常情常理，有何不可。）又回道：『你別胡說。他是個爺們家，揀了我的東西，自然該還的。我拿什麼謝他呢？』又聽說道：『你不謝他，我怎麼回他呢？況且他再三再四的和我說了，若沒謝的，不許我給你呢。』（墜兒倒會討謝。）半晌，又聽答道：『也罷，拿我這個給他，算謝他的罷。——你要告訴別人呢？須說個誓來。』又聽說道：『我要告訴一個人，就長一個疔，日後不得好死！』又聽說道：『噯呀！咱們只顧說話，看有人來，悄悄在外頭聽見。不如把這槅子都推開了，便是有人見咱脂批：『此節實借紅玉反寫寶釵也，勿得認錯作者章法。』

們在這裏，他們只當我們說頑話呢。若走到跟前，咱們也看的見，就別說了。』（想得週到至極。）

寶釵在外面聽見這話，心中吃驚，想道：『怪道從古至今那些姦淫狗盜的人，心機都不錯。這一開了，見我在這裏，他們豈不臊了。（不說自己偷聽不好，反說他們臊了，奇怪。）況纔說話的語音，大似寶玉房裏的紅兒的言語。他素昔眼空心大，是個頭等刁鑽古怪東西。（寶釵眼中的紅玉。）今兒我聽了他的短兒，一時人急造反，狗急跳牆，不但生事，而且我還沒趣。如今便趕着躲了，料也躲不及，少不得要使個「金蟬脫殼」的法子。』（隨機應變，心機極深。）猶未想完，只聽『咯吱』一聲，寶釵便故意放重了腳步，笑着叫道：『顰兒，我看你往那裏藏！』一面說，一面故意往前趕。（故意放重了腳步，故意叫顰兒，故意說『看你往那裏藏』，『故意往前趕』，如此多故意，已分明不是無意。）

那亭內的紅玉、墜兒剛一推窗，只聽寶釵如此說着往前趕，兩個人都唬怔了。寶釵反向他二人笑道：『你們把林姑娘藏在那裏了？』（再加一個故意追問。）墜兒道：『何曾見林姑娘了。』寶釵道：『我纔在河那邊看着林姑娘在這裏蹲着弄水兒的。（如此當面撒謊。豈是無心。）我要悄悄的唬他一跳，還沒有走到跟前，他倒看見我了，朝東一繞就不見了。別是藏在這裏頭了。』（更令人着急，直是愈編愈有意編謊了。）一面說，一面故意進去尋了一尋，（還要故意尋一尋。寶釵之假之鬼，於此極矣！）抽身就走。口內說道：『一定是又鑽在山子洞裏去了。遇見蛇，咬一口也罷了。』（如此許多做作，虧寶釵做得出來。如僅僅一兩句話隨口而出，猶可說也，如此多做作、編謊，而曰無心，則吾未聞之也。）一面說，一面走，心中又好笑：這件事算遮過去了，不知他二人是怎樣。

豈能不信以爲真？寶釵如此正經堂皇，卻是編謊騙人，作者正借此一示寶釵之另一面也，乃世人竟以爲寶釵純屬無心，實令人不解。

用鳳姐招手，轉換情節。

誰知紅玉聽了寶釵的話，便信以爲真，讓寶釵去遠，便拉墜兒道：『了不得了！林姑娘蹲在這裏，一定聽了話去了！』墜兒聽說，也半日不言語。紅玉又道：『這可怎麼樣呢？』墜兒道：『便是聽了，管誰筋疼，各人幹各人的就完了。』紅玉道：『若是寶姑娘聽見，還倒罷了。林姑娘嘴裏又愛刻薄人，心裏又細，他一聽見了，倘或走露了風聲，怎麼樣呢？』（黛玉於不知不覺間已蒙其冤矣。）二人正說着，只見文官、香菱、司棋、待書等上亭子來了。二人只得掩住這話，且和他們頑笑。

只見鳳姐兒站在山坡上招手叫，紅玉連忙棄了衆人，跑至鳳姐跟前，堆着笑問：『奶奶使喚作什麼事？』鳳姐打諒了一打諒，見他生的乾淨俏麗，（用鳳姐之眼再寫紅玉『乾淨俏麗』。）說話知趣，因笑道：『我的丫頭今兒沒跟進我來。我這會子想起一件事來，要使喚個人出去，不知你能幹不能幹，說的齊全不齊全？』（點明要能幹而說得齊全。）紅玉笑道：『奶奶有什麼話，只管吩咐我說去。若說的不齊全，誤了奶奶的事，憑奶奶責罰就是了。』（紅玉亦十分自負，不怕你有事，只怕你不用。）鳳姐笑道：『你是那位小姐房裏的？我使你出去，他回來找你，我好替你說的。』紅玉道：『我是寶二爺房裏的。』鳳姐聽了，笑道：『嗳喲！你原來是寶玉房裏的，怪道呢。也罷了，等他問，我替你說。你到我們家，告訴你平姐姐：（以下是所囑咐的話。）外頭屋裏桌子上，汝窰盤子架兒底下，放着一卷銀子。那是一百六十兩，給繡匠的工價。等張材家的來，要當面稱給他瞧了，再給他拿去。（此是第一件，已有幾層意思。）再裏頭牀頭間，有一個小荷包拿丫頭問一段對答，唇槍舌劍，對答如流，又是一番情景。

丫頭問互相爭勝，互相不服，此是又一世界，又一心態，雪芹巨眼，一一看出。

了來。』（第二件。）

紅玉聽說，撤身去了，回來只見鳳姐不在這山坡子上了。因見司棋從山洞裏出來，站着繫裙子，便趕上來問道：『姐姐，不知道二奶奶往那裏去了？』司棋道：『沒理論。』紅玉聽了，抽身又往四下裏一看，只見那邊探春、寶釵在池邊看魚。紅玉上來陪笑問道：『姑娘們可知道二奶奶那去了？』探春道：『往你大奶奶院裏找去。』（又經幾個轉折。）紅玉聽了，纔往稻香村來，頂頭只見晴雯、綺霰、碧痕、紫鵑、麝月、待書、入畫、鶯兒等一群人來了。晴雯一見了紅玉，便說道：『你只是瘋罷！院子裏花兒也不澆，雀兒也不喂，（晴雯是上等丫頭，嘴尖，見了就管。）茶爐子也不攏，就只在外頭逛。』紅玉道：『昨兒二爺說了，今兒不用澆花，過一日澆一回罷。我喂雀兒的時候，姐姐還睡覺呢。』（對答如流，毫不示弱。）碧痕道：『茶爐子呢？』紅玉道：『今兒不該我攏的班兒，有茶沒茶別問我。』（答得爽利）綺霰道：『你聽聽他的嘴！你們別說了，讓他逛去罷。』紅玉道：『你們再問問我逛了沒有。二奶奶使喚我說話取東西的。』（有上命在身，有何懼哉！）說着，將荷包舉給他們看，（脂批：『得意稱心如意，在此一舉荷包。』）方沒言語了。大家分路走開。

晴雯冷笑道：『怪道呢！原來爬上高枝兒去了，把我們不放在眼裏。不知說了一句話半句話，名兒姓兒知道了不曾呢，就把他興的這樣！這一遭半遭兒的算不得什麽，過了後兒還得聽呵！有本事從今兒出了這園子，長長遠遠的在高枝兒上纔算一串話，連用十六個『奶奶』，千迴百轉，而次第分明。語言清楚。是思維清楚，紅玉確是人才。

得。』一面說着去了。

這裏紅玉聽說，不便分證，（到底紅玉不便分證，因低人一頭也。）只得忍着氣來找鳳姐兒。到了李氏房中，果見鳳姐兒在這裏和李氏說話兒呢。紅玉上來回道：（以下是回話。）『平姐姐說，奶奶剛出來了，他就把銀子收了起來，纔張材家的來討，當面稱了給他拿去了。』說着將荷包遞了上去，（已交代完兩件。）又道：『平姐姐教我回奶奶：（以下又是平兒的回話。）纔旺兒進來討奶奶的示下，好往那家子去。平姐姐就把那話按着奶奶的主意打發他去了。』鳳姐笑道：『他怎麼按着我的主意打發他去了？』紅玉道：『平姐姐說：我們奶奶問這裏奶奶好。原是我們二爺不在家，雖然遲了兩天，只管請奶奶放心。等五奶奶好些，我們奶奶還會了五奶奶來瞧奶奶呢。五奶奶前兒打發了人來說，舅奶奶帶了信來了，問奶奶好，還要和這裏的姑奶奶尋兩丸延年神驗萬全丹。若有了，奶奶打發人來，只管送在我們奶奶這裏。明兒有人去，就順路給那邊舅奶奶帶去的。』

話未說完，李氏道：『噯喲喲！這些話我就不懂了。什麼「奶奶」「爺爺」的一大堆。』鳳姐笑道：『怨不得你不懂，這是四五門子的話呢。』（連李紈都聽不懂，原來是四五門子的事合在一起說。）說着，又向紅玉笑道：『好孩子，難爲你說的齊全。別像他們扭扭捏捏的蚊子似的。（好比喻，鳳姐亦是能幹痛快人，故喜紅玉也。）嫂子你不知道，如今除了我隨手使的幾個丫頭老婆之外，我就怕和他們說話。他們必定把一句話拉長了作兩三截兒，咬文咬字，（罵盡天下假斯文，假秀才。）拿着腔兒，哼哼唧唧的，急的我冒火，確是實情 他們那裏知道！先時我們平兒也是這麼着，我就問着他：難道必定裝蚊子哼哼就是美人了？原來哼哼唧唧是爲了裝美人。 說了幾遭，纔好些兒了。』李宮裁笑道：『都像你潑皮破落户纔好。』鳳姐又道：『這一個丫頭就好。方纔兩遭，說話雖不多，聽那口聲就簡斷。』說着又向紅玉笑道：『你明兒服侍我去罷。我認你作女兒，真是看中了。 我一調理，你就出息了。』

紅玉聽了，撲哧一笑，鳳姐道：『你怎麼笑？你說我年輕，比你能大幾歲，就作你的媽了？你還作春夢呢！你打聽打聽，這些人裏頭比你大的大的，趕着我叫媽，我還不理。今兒擡舉了你呢！』紅玉笑道：『我不是笑這個，我笑奶奶認錯了輩數了。我媽是奶奶的女兒，這會子又認我作女兒。』原來如此，不由紅玉不笑。

鳳姐道：『誰是你媽？』李宮裁笑道：『你原來不認得他？他是林之孝之女。』鳳姐聽了十分詫異，說道：『哦！原來是他的丫頭。』又笑道：『林之孝兩口子都是錐子扎不出一聲兒來的。語言生動之極。 我成日家說，他們倒是配就了的一對夫妻，一個天聾，一個地啞。好形容。 那裏承望養出這麼個伶俐丫頭來！你十幾歲了？』紅玉道：『十七歲了。』又問名字，紅玉道：『原叫紅玉的，因爲重了寶二爺，如今只叫紅兒了。』

鳳姐聽說，將眉一皺，把頭一回，活畫鳳姐神態。 說道：『討人嫌的很！得了玉的益似的，你也玉，我也玉。』因說道：『既這麼着，上月我還和他媽說，「賴大家的如今事多，也不知這府裏誰是誰，你替我好好的挑兩個丫頭我使」，他一般答應着。他饒不挑，倒把這女孩子送了別處去。難道跟我必定不好？』真是看中了。李氏笑道：『你可是又多心了。他進來在先，你說話在後，怎麽怨的他媽！』李紈明察鳳姐道：『既這麽着，明兒我和寶玉說，叫他再要人，叫這丫頭跟我去。可不知本人願意不願意？』紅玉笑道：『願意不願意，我們也不敢說。只是跟着奶奶，我們也學些眉眼高低，出入上下，脂批：『千願意萬願意之言。』大小的事也得見識見識。』甲戌批：『且係本心本意，獄神廟回內（方見）。』剛說着，只見王夫人的丫頭來請，鳳姐便辭了李宮裁去了。紅玉回怡紅院去，不在話下。

如今且說林黛玉因夜間失寐，次日起來遲了，聞得衆姊妹都在園中作餞花會，恐人笑他癡懶，連忙梳洗了出來。剛到了院中，只見寶玉進門來了，笑道：『好妹妹，你昨兒可告我了不曾？教我懸了一夜心。』接前事。林黛玉便回頭叫紫鵑道：『把屋子收拾了，撂下一扇紗屜。看那大燕子回來，把簾子放下來，拿獅子倚住。燒了香，就把爐罩上。』一連串交代，對寶玉不聞不見。一面說，一面又往外走。寶玉見他這樣，還認作是昨日中晌的事，那知晚間的這段公案，還打恭作揖的。寶玉自是不明情由。林黛玉正眼也不看，各自出了院門，一直找別的姊妹去了。寶玉心中納悶，自己猜疑：看起這個光景來，不像是爲昨日的事。猜得準。但只昨日我回來的晚了，又沒有見他，再沒有衝撞了他的去處了。百思不得其解。一面

脂批：『奸邪婢豈是怡紅應答者，故即逐之，前良兒後篆（墜）兒，便是卻（確）證，作者又不得可也。己卯冬夜。』

畸批：『此係未見獄神廟諸事，故有是批。丁亥夏，畸笏。』

脂批：『《石頭記》用載（截）法、岔法、突然法、伏線法、由近漸遠法、將繁改簡法、

重作輕抹法、虛敲實應法。種種諸法，總在人意料之外，且不曾見一絲牽強，所謂「信手拈來無不是」是也。己卯冬夜。」

畸批：『若無此一岔，二玉和合則成嚼蠟文字，《石頭記》得力處正此。丁亥夏，畸笏叟。』

『直而不作』，樸實而無雕琢氣者。『作』，做作，匠氣。別本改『作』字爲『拙』，誤矣。

想，一面由不得隨後追了來。

只見寶釵、探春正在那邊看鶴舞，見黛玉去了，三個一同站着說話兒。又見寶玉來了，探春便笑道：『寶哥哥，身上好？我整整的三天沒見你了。』寶玉笑道：『妹妹身上好？我前兒還在大嫂子跟前問你呢。』探春道：『寶哥哥，你往這裏來，我和你說話。』寶玉聽說，便跟了他，離了釵、玉兩個，到了一棵石榴樹下。探春因說道：『這幾天老爺可曾叫你？』寶玉笑道：『沒有叫。』探春說：『昨兒我恍惚聽見說老爺叫你出去的。』[脂批：『老爺叫寶玉再無喜事，故園中合宅皆知。』] 寶玉笑道：『那想是別人聽錯了，並沒叫的。』探春又笑道：『這幾個月，我又攢下有十來吊錢了。你還拿了去，明兒出門逛去的時候，或是好字畫，好輕巧頑意兒，[探春是探春的癖好。] 替我帶些來。』寶玉道：『我這麼城裏城外、大廊小廟的逛，也沒見個新奇精緻東西，左不過是那些金、玉、銅、磁，沒處撂的古董，再就是綢緞吃食衣服了。』探春道：『誰要這些。怎麼像你上回買的那柳枝兒編的小籃子，整竹子根摳的香盒兒，[此是民間工藝品，原來探小姐愛此。] 膠泥垛的風爐兒，這就好了。我喜歡的什麼似的，誰知他們都愛上了，都當寶貝似的搶了去了。』寶玉笑道：『原來要這個。這不值什麼，拿五百錢出去給小子們，管拉一車來。』探春道：『小廝們知道什麼。你揀那樸而不俗，直而不作者，[雖是兩句話，探春卻有眼力。] 這些東西，你多多的替我帶了來。我還像上回的鞋作一雙你穿，比那一雙還加工夫，如何呢？』[真是小兒女間之情，小兒女間之事。]

由做鞋小事，寫出賈政古板，寫出趙姨娘嫉妒，寫出探春嚴分嫡庶。

此段特寫探春，爲後文理家作引。

寶玉笑道：『你提起鞋來，我想起個故事：那一回我穿着，可巧遇見了老爺，老爺就不受用，問是誰作的。我那裏敢提「三妹妹」三個字，我就回說是前兒我生日，是舅母給的。老爺聽了是舅母給的，纔不好說什麽，半日還說：「何苦來！虛耗人力，作踐綾羅，作這樣的東西。」我回來告訴了襲人，襲人說這還罷了，趙姨娘氣的抱怨的了不得：「正緊兄弟，鞋搭拉、襪搭拉的沒人看的見，且作這些東西！」』探春聽說，登時沉下臉來，道：『這話糊塗到什麽田地！怎麽我是該作鞋的人麽？環兒難道沒有分例的？一般的衣裳是衣裳，鞋襪是鞋襪，丫頭老婆一屋子，怎麽抱怨這些話！給誰聽呢！我不過是閑着沒事兒，作一雙半雙，愛給那個哥哥兄弟，隨我的心。誰敢管我不成！這也是白氣。』寶玉聽了，點頭笑道：『你不知道，他心裏自然又有個想頭了。』探春聽說，益發動了氣，將頭一扭，說道：『連你也糊塗了！他那想頭自然是有的，不過是那陰微鄙賤的見識。他只管這麽想，我只管認得老爺、太太兩個人，别人我一概不管。就是姊妹弟兄跟前，誰和我好，我就和誰好，什麽偏的庶的，我也不知道。論理我不該說他，但忒昏憒的不像了！還有笑話呢，就是上回我給你那錢，替我帶那頑的東西。過了兩天，他見了我，也是說沒錢使，怎麽難，我也不理論。誰知後來丫頭們出去了，他就抱怨起來，說我攢的錢爲什麽給你使，倒不給環兒使呢。我聽見這話，又好笑又好氣，我就出來往太

指趙姨娘，探春不認生母，仍把趙姨娘作爲主子以外之人看。讀者可於此看當時之封建正統思想。

畸批：『不因見落花，寶玉如何突至埋香塚，不至埋香塚，如何寫《葬花吟》？《石頭記》無閑文閑字正此。丁亥夏，畸笏叟。』

畸批：『開生面，立新場，是書不止《紅樓夢》一回，惟是回更生更新。且讀去非阿顰無是且（佳）吟，非石兄斷無是章法行文，愧殺古今小說家也。畸笏。』

太跟前去了。』正說着，只見寶釵那邊笑道：『說完了，來罷。顯見的是哥哥妹妹了，丟下別人，且說梯己去。我們聽一句兒就使不得了！』（其實探春是說了他們嫡庶之間的事，你聽一句又有何意思。）說着，探春、寶玉二人方笑着來了。

寶玉因不見了林黛玉，便知他躲了別處去了，（寶玉心中總記着黛玉。）想了一想，索性遲兩日，等他的氣消一消再去也罷了。因低頭看見許多鳳仙石榴等各色落花，（是暮春天氣。）錦重重的落了一地，因嘆道：『這是他心裏生了氣，也不收拾這花兒來了。待我送了去，明兒再問着他。』說着，只見寶釵約着他們往外頭去。（寶釵已去）寶玉道：『我就來。』說畢，等他二人去遠了，便把那花兜了起來，登山渡水，過樹穿花，一直奔了那日同林黛玉葬桃花的去處來。（情文自然逼真。）將已到了花塚，猶未轉過山坡，只聽山坡那邊有嗚咽之聲，一行數落着，哭的好不傷感。寶玉心下想道：『這不知是那房裏的丫頭，（意外之事，尚在遠處，故未聽真。）受了委曲，跑到這個地方來哭。』一面想，一面煞住腳步，聽他哭道是：

花謝花飛花滿天，紅消香斷有誰憐。
遊絲軟繫飄春榭，落絮輕沾撲繡簾。
閨中女兒惜春暮，愁緒滿懷無釋處，
手把花鋤出繡閨，忍踏落花來復去。
柳絲榆莢自芳菲，不管桃飄與李飛。

埋香冢
飛燕泣殘紅
壬午春暮
鳳嬛

脂批：

余讀《葬花吟》凡三閱，其悽楚感慨，令人身世兩忘，舉筆再四，不能加批。

先生想身（非）寶玉，何得而下筆，即字字雙圈，料難遂顰兒之意。俟看過玉兄後文再批。

噫嘻，客亦《石頭記》化來之人，故擲筆以待。

『天盡頭，何處有香丘？』是一篇之骨，理想之所託也。

桃李明年能再發，明年閨中知有誰？
三月香巢已壘成，梁間燕子太無情！
明年花發雖可啄，卻不道人去梁空巢也傾。
一年三百六十日，風刀霜劍嚴相逼，
明媚鮮妍能幾時，一朝飄泊難尋覓。
花開易見落難尋，階前悶殺葬花人，
獨倚花鋤淚暗灑，灑上空枝見血痕。
杜鵑無語正黄昏。荷鋤歸去掩重門。
青燈照壁人初睡，冷雨敲窗被未溫。
怪奴底事倍傷神，半爲憐春半惱春：
憐春忽至惱忽去，至又無言去不聞。
昨宵庭外悲歌發，知是花魂與鳥魂？
花魂鳥魂總難留，鳥自無言花自羞。
願奴脇下生雙翼，隨花飛到天盡頭。
天盡頭，何處有香丘？
未若錦囊收豔骨，一抔淨土掩風流。

無晴雯閉門之拒，何來今日葬花之吟，無葬花吟，不知顰兒之才之情之悲之痛，葬花吟是顰兒滿懷心聲之傾也。

甲戌本回後評：

餞花辰不論典與不典，只取其韻致生趣耳。

池邊戲蝶，偶而適興，亭外急智脫殼，明寫寶釵非拘拘然一迂女夫子。

鳳姐用小紅可知晴雯等理（埋）沒其人久矣，無怪有私心私情，且紅玉後有寶玉大得力處，此於千里外伏線也。

石頭記用截法、岔法、突然法、伏線法、由近漸遠法、將繁改儉法、重作輕抹法、虛稿（敲）實應法種種諸法，總在人意料之外，且不見一絲牽強，所謂信手拈來無不是也。

質本潔來還潔去，強於污淖陷渠溝。
爾今死去儂收葬，未卜儂身何日喪？
儂今葬花人笑癡，他年葬儂知是誰？
試看春殘花漸落，便是紅顏老死時。
一朝春盡紅顏老，花落人亡兩不知。

寶玉聽了，不覺癡倒。要知端詳，且聽下回分解。

【回後評】

本回庚辰本回前評云：『葬花吟是大觀園諸豔之歸源小引，故用在餞花日諸豔畢集之期，餞花日不論其典與不典，只取其韻耳。』

本回開頭，已是農曆四月二十六日芒種節，則繁華似錦的春天已過，漸入炎炎夏日。從賈府來說，也已過了鮮花着錦，烈火烹油的鼎盛時期，此後炎暑秋涼亦將次第至矣。

寶釵撲蝶爲歷來爭論之聚點，關鍵在於一方認爲寶釵特意喊黛玉之名是無心，另一方認爲是有意嫁禍黛玉。各持一端，莫能相下。從本節具體情節來看：一，寶釵於無意間聽到紅玉與墜兒私語手帕之事，便煞住腳往裏細聽，聽了談話的全部內容，直到兩人要開窗，纔『使個「金蟬脫殼」的法子』，故意加重腳步，笑喊：『顰兒，我看你往那裏藏。』二，見了紅玉、不因見落花，寶玉如何突至埋香塚，不至埋香塚，又如何寫葬花吟。

埋香塚葬花乃諸豔歸源，葬花吟又係諸豔一偈也。

按本回甲戌本回後評，可與庚辰本對看，可知甲戌文字改易割裂之狀，亦可知庚辰本脂批爲原文也。

墜兒二人，還故意問你們把林姑娘藏在那裏了？三，還謊說她在河那邊看見林姑娘在這裏蹲着弄水兒的。四，又說別是藏在這裏頭了，還『故意進去尋了一尋』，又說『一定是又鑽在山子洞裏去了』，如此等等。竊以爲寶釵因撲蝶而聽到紅、墜兩人私語，其初完全是出於無心，但煞住腳往裏細聽時，雖或好奇，實已有意，故特聽完其全部說話。特別是她已聽出是寶玉房裏的紅兒，『是個頭等刁鑽古怪東西』，『今兒我聽了他的短兒，一時人急造反，狗急跳牆，不但生事，而且我還沒趣』。由於以上種種細心的考慮，遂使出金蟬脫殼之計，直喊顰兒，並一再證說顰兒就在亭下弄水。從以上全部情節來看，如說寶釵完全出於無心，則何以非要坐實黛玉蹲在亭下弄水，並故意再三尋找？種種着意做作，已非避嫌釋疑之所必須，且自己怕狗急跳牆生事，卻又無中生有拉出黛玉來替代，其用心亦已深矣。再看寶釵如此做的後果：『誰知紅玉聽了寶釵的話，便信以爲真』，『道：「了不得了，林姑娘蹲在這裏，一定聽了話去了。」』『紅玉道：「若是寶姑娘聽見，還倒罷了。林姑娘嘴裏又愛刻薄人，心裏又細，他一聽見了，倘或走露了風聲，怎麼樣呢？」』可見事實是寶釵已將黛玉裝入她的金蟬殼中，讓她蒙無名之冤，遭人懷疑，而她自己則已脫殼而出。然則有心乎？無意乎？讀者可以仔細參詳。

鳳姐派紅玉差事一節，爲紅玉之特寫。亦特顯紅玉之才之能，以爲後文獄神廟預寫一筆，惜不得見遺失之稿耳！

探春一段，特寫探春之雅，又特寫探春嚴嫡庶而輕骨肉，明事理而惡徇情，爲後來理事張本，亦寫出大觀園諸釵個性各別也。

《葬花吟》一節，爲《紅樓夢》絕世妙文，數百年來膾炙人口。詩中『天盡頭，何處有香丘』，寫其理想之追求也；『未若錦囊』以下四句，厭惡現實社會之『污淖陷渠溝』，而欲葆己之一塵不染，『潔來還潔去』也。黛玉對理想之追求和對現實社會之憎惡，皆與寶玉同心，故寶玉『不覺癡倒』也。

【校　記】

〔一〕回目：各本同，『飛燕』，蒙府本作『飛塵』。

〔二〕按：鳳姐只有一個女兒，小名大姐，後劉姥姥又爲取名『巧姐』，故大姐、巧姐應是一人。此處庚辰本大姐、巧姐並提，不明何意。按甲戌、楊本、列藏、舒本、甲辰諸本均同庚辰本。蒙本無『巧姐』二字，戚序、戚寧兩本將『巧姐』二字改爲『同了』，程甲本改爲『鳳姐等並大姐兒』，無『巧姐』。此處仍依庚辰諸本，供讀者思考研究。

補敘前事。

脂批：『不言鍊句鍊字，詞藻工拙，只想景想情想事想理，反復推求悲感，乃玉兄一生之天性，真顰兒之知己，玉兄外實無一人。想昨阻余批《葬花吟》之客，嫡是玉兄之化身無疑。余幾作點金爲鐵之人，笨甚笨甚。』

此處問得傷心。斯處、斯園、斯花、斯柳又不知當屬誰姓，雪芹又將家史隱入，其實早知屬誰姓矣，只不好寫出耳。

第二十八回　蔣玉菡情贈茜香羅　薛寶釵羞籠紅麝串

話說林黛玉只因昨夜晴雯不開門一事，錯疑在寶玉身上。至次日，又可巧遇見餞花之期，正是一腔無名正未發洩，又勾起傷春愁思，因把些殘花落瓣去掩埋，由不得感花傷己，哭了幾聲，便隨口念了幾句。感事傷春，遂引起身世之悲。不想寶玉在山坡上聽見，先不過點頭感嘆；次後聽到『儂今葬花人笑癡，他年葬儂知是誰』，『一朝春盡紅顏老，花落人亡兩不知』等句，不覺慟倒山坡之上，人與花同此命運，而花有人葬，人卻不可知，能不悲乎？懷裏兜的落花撒了一地。試想林黛玉的花顏月貌，將來亦到無可尋覓之時，寧不心碎腸斷！既黛玉終歸無可尋覓之時，推之於他人，如寶釵、香菱、襲人等，亦可到無可尋覓之時矣。寶釵等終歸無可尋覓之時，則自己又安在哉？且自身尚不知何在何往，則斯處、斯園、斯花、斯柳，又不知當屬誰姓矣！因此一而二，二而三，反復推求了去，真不知此時此際欲爲何等蠢物，杳無所知，逃大造，出塵網，始可解釋這段悲傷。正是：花影不離身左右，鳥聲只在耳東西。

與陳子昂俯仰天地，同其感慨。

綺批：『撂開手句起，至後纔得托生句止，此一段作者能替寶玉細訴受委曲後之衷腸，使黛玉竟不能回答一語，其心思爲何如？真令人嘆服，予曾親歷其境，竟至有『相逢半句無』之事，予固深悔之，閱此恍惚將予所歷之委曲細陳，心身一暢。作者如此用心，得能不叫絕乎。　綺園。』

脂批：『一節頗似說辭，在（玉）兄口中卻是衷腸之語。己卯冬夜。』

那林黛玉正自傷感，忽聽山坡上也有悲聲，心下想道：『人人都笑我有些癡病，難道還有一個癡子不成？』想着，擡頭一看，見是寶玉。林黛玉看見，便道：『啐！我道是誰，原來是這個狠心短命的——』剛說到『短命』二字，又把口掩住， 情所不忍，真情不能已也。 長嘆了一聲，自己抽身便走了。

這裏寶玉悲慟了一回，忽然擡頭不見了黛玉，便知黛玉看見他躲開了，自己也覺無味，抖抖土起來，下山尋歸舊路，往怡紅院來。可巧看見林黛玉在前頭走，連忙趕上去， 既見其人，豈能無話。 說道：『你且站住。我知你不理我，我只說一句話，從今後撂開手。』 如此決絕，不可不理矣！黛玉亦不欲真『撂開手』也。 林黛玉回頭看見是寶玉，待要不理他，聽他說『只說一句話，從此撂開手。』這話裏有文章，少不得站住說道：『有一句話，請說來。』寶玉笑道：『兩句話，說了你聽不聽？』黛玉聽說，回頭就走。

寶玉在身後面嘆道：『既有今日，何必當初！』林黛玉聽見這話，由不得站住， 此等不可捉摸的話，不能不站住矣。 回頭道：『當初怎麼樣？今日怎麼樣？』寶玉嘆道：『當初姑娘來了，那不是我陪着頑笑？憑我心愛的，姑娘要，就拿去；我愛吃的，聽見姑娘也愛吃，連忙乾乾淨淨收着等姑娘吃。一桌子吃飯，一牀上睡覺。丫頭們想不到的，我怕姑娘生氣，我替丫頭們想到了。我心裏想着：姊妹們從小兒長大，親也罷，熱也罷，和氣到了兒，纔見得比人好。 一路敘來，歷歷往事。能不動情乎？ 如今誰承望姑娘人大心大，不把我放在眼睛裏，倒把寶玉確是一片衷腸之話，黛玉何以不理他，至今不明也。

外四路的什麼寶姐姐、鳳姐姐的放在心坎兒上，（反說她疏遠自己。）倒把我三日不理、四日不見的。我又沒個親兄弟、親姊妹。——雖然有兩個，你難道不知道是和我隔母的？我也和你似的獨出，只怕同我的心一樣。誰知我是白操了這個心，弄的有冤無處訴！』說着，不覺滴下眼淚來。

黛玉耳內聽了這些話，眼內見了這樣形景，心內不覺灰了大半，也不覺滴下眼淚來，低頭不語。（心有所動矣。）寶玉見他這般形景，遂又說道：『我也知道，我如今不好了，但只憑着怎麼不好，萬不敢在妹妹跟前有錯處。便有一二分錯處，你倒是或教導我，戒我下次，或罵我兩句，打我兩下，我都不灰心。誰知你總不理我，叫我摸不着頭惱，少魂失魄，不知怎麼樣纔好。（實實如此，叫人摸不着頭惱。）就便死了，也是個屈死鬼，任憑高僧高道懺悔，也不能超生，還得你申明了緣故，我纔得托生呢！』（其心也苦，其情也哀。）

黛玉聽了這個話，不覺將昨晚的事都忘在九霄雲外了，便說道：『你既這麼說，昨兒爲什麼我去了，你不叫丫頭開門？』（終於說出原由來了。）寶玉詫異道：『這話從那裏說起？我要是這麼樣，立刻就死了！』（寶玉確不可能有此事，故急得發誓也。）林黛玉啐道：『大清早起死呀活的，也不忌諱。（黛玉已回心轉意。）你說有呢就有，沒有就沒有，起什麼誓呢。』（已經消解誤會。）寶玉道：『實在沒有見你去。就是寶姐姐坐了一坐，就出來了。』林黛玉想了一想，笑道：『是了。想必是你的丫頭們懶待動，喪聲歪氣的也是有的。』（至此方纔徹底明白。）寶玉道：『想必是這個原故。等一天烏雲總算吹散，又見朗朗晴空矣。

脂批：『此寫玉兒，亦是釋卻心中一夜半日要事，故大大一洩。己卯冬夜。』

畸批：『寫藥案是暗度顰卿病勢漸加之筆，非泛泛閑文也。丁亥夏，畸笏叟。』

我回去問了是誰，教訓教訓他們就好了。』黛玉道：『你的那些姑娘們，也該教訓教訓，只是我論理不該說。今兒得罪了我的事小，倘或明兒寶姑娘來，什麼貝姑娘來，也得罪了，事情豈不大了。』說着，抿着嘴笑。（黛玉至此始完全消解。）寶玉聽了，又是咬牙，又是笑。

二人正說話，只見丫頭來請吃飯，遂都往前頭來了。王夫人見了林黛玉，因問道：『大姑娘，你吃那鮑太醫的藥可好些？』林黛玉道：『也不過這麼着。老太太還叫我吃王大夫的藥呢。』寶玉道：『太太不知道，林妹妹是內症，先天生的弱，所以禁不住一點風寒，不過吃兩劑煎藥就好了，散了風寒，還是吃丸藥的好。』王夫人道：『前兒大夫說了個丸藥的名字，我也忘了。』寶玉道：『我知道那些丸藥，不過叫他吃什麼人參養榮丸。』王夫人道：『不是。』寶玉又道：『八珍益母丸？左歸？右歸？再不，就是麥味地黃丸。』王夫人道：『都不是，我只記得有個「金剛」兩個字的。』寶玉扎手笑道：『從來沒聽見有個什麼「金剛丸」。若有了「金剛丸」，自然有「菩薩散」了！』說的滿屋裏人都笑了。寶釵抿嘴笑道：『想是天王補心丹。』王夫人笑道：『是這個名兒。如今我也糊塗了。』寶玉道：『太太倒不糊塗，都是叫「金剛」「菩薩」支使糊塗了。』（寶玉心裏一輕鬆，便不覺話多也。）王夫人道：『扯你娘的臊！又欠你老子搥你了。』寶玉笑道：『我老子再不爲這個搥我的。』王夫人又道：『既有這個名兒，明脂批：『寫得不犯冷香丸方子。』

三百六十兩不足龜。『不足龜』即『無足龜』，不、無義通。李白《春夜宴桃李園序》：『不有佳作，何申雅懷』。又『不翼而飛』『不脛而走』，『不』，皆訓『無』。宋范成大《桂海虞衡志》：『瑇瑁形如龜黿輩，背甲十三片，……無足，而有四鬣，……以四鬣棹水而行。』以其無足而狀如龜，故稱不足龜。李時珍《本草綱目》云：『解毒清熱之功同于犀角』。此條為胡文彬兄見告，予適藏有大玳瑁一件，驗之皆合。予疑『不足龜』下句為『龜大何首烏』，因上下兩句兩『龜』字重疊，抄手少抄一『龜』字。當否，待證。

兒就叫人買些來吃。』寶玉笑道：『這些都不中用的，太太給我三百六十兩銀子，我替妹妹配一料丸藥，包管一料不完就好了。』王夫人道：『放屁！什麼藥就這麼貴？』寶玉笑道：『當真的呢，我這個方子比別的不同，那個藥名兒也古怪，一時也說不清。只講那頭胎紫河車、人形帶葉參、三百六十兩不足龜、大何首烏、千年松根茯苓膽，諸如此類的藥都不算爲奇，只在群藥裏算，那爲君的藥，說起來嚇人一跳。前兒薛大哥哥求了我一二年，我纔給了他這方子。他拿了方子去又尋了二三年，花了有上千的銀子，纔配成了。太太不信，只問寶姐姐。』寶釵聽說，笑着搖手兒說：『我不知道，也沒聽見。你別叫姨娘問我。』王夫人笑道：『到底是寶丫頭，好孩子，不撒謊。』寶玉站在當地，聽見如此說，一回身把手一拍，說道：『我說的倒是真話呢，倒說我撒謊。』口裏說着，忽一回身，只見林黛玉坐在寶釵身後抿着嘴笑，用手指頭在臉上畫着羞他。

鳳姐因在裏間屋裏看着人放桌子，聽如此說，便走來笑道：『寶兄弟不是撒謊，這倒是有的。上日薛大哥親自和我來尋珍珠，我問他作什麼，他說配藥。他還抱怨說，不配也罷了，如今那裏知道這麼費事。我問他什麼藥，他說是寶兄弟的方子，說了多少藥，我也沒工夫聽。他說，不然我就買幾顆珍珠了，只是定要頭上帶過的，所以來和我尋。他說：「妹妹就沒散的，花兒上也使得，掐下來，過後兒我揀好的再給脂批：『前「玉生香」回中，顰云他有金你有玉，他有冷香你豈不該有煖香，是寶玉無藥可配矣。今顰兒之劑若許材料皆係滋補熱性之藥，兼有許多奇物，而尚未擬名，何不竟以暖香名之，以代補寶玉之不足，豈不三人一體矣。己卯冬夜。』

鳳姐證實寶玉並非撒謊。

妹妹穿了來。」我沒法兒，把兩枝珠花兒現拆了給他。還要了一塊三尺上用大紅紗去，乳鉢乳了隔面子呢。』鳳姐說一句，那寶玉念一句佛，說：『太陽在屋子裏呢！』鳳姐說完了，寶玉又道：『太太想，這不過是將就呢。正經按那方子，這珍珠寶石定要在古墳裏的，有那古時富貴人家裝裹的頭面，拿了來纔好。如今那裏爲這個去刨墳掘墓。所以只是活人帶過的，也可以使得。』王夫人道：『阿彌陀佛，不當家花花的！就是墳裏有這個，人家死了幾百年，這會子翻屍盜骨的，作了藥也不靈！』

寶玉向林黛玉說道：『你聽見了沒有，難道二姐姐也跟着我撒謊不成？』臉望着林黛玉說話，卻拿眼睛瞟着寶釵。黛玉便拉王夫人道：『舅母聽聽，寶姐姐不替他圓謊，他支吾着我。』王夫人也道：『寶玉很會欺負你妹妹。』寶玉笑道：『太太不知道這原故。寶姐姐先在家裏住着，那薛大哥哥的事，他也不知道，何況如今在裏頭住着呢，自然是越發不知道了。爲寶釵圓解，亦是實情。林妹妹纔在背後羞我，打諒我撒謊呢。』

正說着，只見賈母房裏的丫頭找寶玉、林黛玉去吃飯。林黛玉也不叫寶玉，便起身拉了那丫頭就走。那丫頭說等着寶玉一塊兒走。林黛玉道：『他不吃飯了，咱們走罷。』那丫頭道：『吃不吃，等他一塊兒去。老太太問，讓他說去。』黛玉道：『你就等着。〔二〕我先走了。』說着，便出去了。寶玉道：『我今兒還跟着太太吃罷。』王夫人道：『罷，罷，我今兒吃齋，你正經吃你的去罷。』寶玉道：『我也跟着吃齋。』

鳳姐真的向寶玉要小紅，這是真看上了小紅的才幹。

說着便叫那丫頭『去罷』，自己先跑到桌子上坐了。王夫人向寶釵等笑道：『你們只管吃你們的，由他去罷。』寶釵因笑道：『你正經去罷。吃不吃，陪着林姑娘走一趟，他心裏打緊的不自在呢。』寶玉道：『理他呢，過一會子就好了。』（寶玉當着寶釵故意說此話。）

一時吃過飯，寶玉一則怕賈母記掛，二則也記掛着林黛玉，（嘴說『理他呢』，心裏卻念念不忘。）忙忙的要茶漱口。探春、惜春都笑道：『二哥哥，你成日家忙些什麼？吃飯吃茶也是這麼忙碌碌的。』寶釵笑道：『你叫他快吃了瞧林妹妹去罷，（寶釵時刻關心着寶玉的動向，只有她最清楚寶玉將要做什麼。）叫他在這裏胡羼些什麼。』寶玉吃了茶，便出來，一直往西院來。可巧走到鳳姐兒院門前，只見鳳姐兒蹬着門檻子拿耳挖子剔牙，（鳳姐神態活現。）看着十來個小廝們挪花盆呢。見寶玉來了，笑道：『你來的好。進來，進來，替我寫幾個字兒。』寶玉只得跟了進來。到了屋裏，鳳姐命人取過筆硯紙來，向寶玉道：『大紅妝緞四十匹，蟒緞四十匹，上用紗各色一百匹，金項圈四個。』寶玉道：『這算什麼，又不是賬，又不是禮物，怎麼個寫法？』鳳姐兒道：『你只管寫上，橫豎我自己明白就罷了。』寶玉聽說，只得寫了。鳳姐一面收起，一面笑道：『還有句話告訴你，不知你依不依？你屋裏有個丫頭叫紅玉，我要叫了來使喚，明兒我再替你挑幾個，可使得？』寶玉道：『我屋裏的人也多的很，姐姐喜歡誰，只管叫了來，何必問我。』（只要不是身邊的幾個，寶玉豈有不答應的。）鳳姐笑道：『既這麼着，我就叫人帶他去了。』寶玉道：『只管帶去。』說着，便要走。

鳳姐兒道：『你回來，我還有一句話呢。』寶玉道：『老太太叫我呢，有話等我回來說罷。』說着，便來至賈母這邊，只見都已吃完飯了。賈母因問他：『跟着你娘吃了什麽好的？』寶玉笑道：『也沒什麽好的，我倒多吃了一碗飯。』因問：『林妹妹在那裏？』賈母道：『裏頭屋裏呢。』寶玉進來，只見地下一個丫頭吹熨斗，炕上兩個丫頭打粉線，黛玉彎着腰拿着剪子裁什麽呢。寶玉走進來笑道：『哦，這是作什麽呢？纔吃了飯，這麽空着頭，一會子又頭疼了。』黛玉並不理，只管裁他的。有一個丫頭說道：『那塊綢子角兒還不好呢，再熨他一熨。』黛玉便把剪子一撂，說道：『理他呢，過一會子就好了。』寶玉聽了，只是納悶。立刻回報寶玉纔剛的話，貼切自然。但寶玉不過一時敷衍寶釵，非真心不理黛玉，故說過即忘，一時記不起也。

只見寶釵、探春等也來了，和賈母說了一回話。寶釵也進來問：『林妹妹作什麽呢？』因見林黛玉裁剪，因笑道：『妹妹越發能幹了，連裁剪都會了。』黛玉笑道：『這也不過是撒謊哄人罷了。』寶釵笑道：『我告訴你個笑話兒，纔剛爲那個藥，我說了個不知道，寶兄弟心裏不受用了。』林黛玉道：『理他呢，過會子就好了。』因爲寶玉還未明白，故再說一遍。寶玉向寶釵道：『老太太要抹骨牌，正沒人呢，你抹骨牌去罷。』寶釵聽說，便笑道：『我是爲抹骨牌纔來了？』說着，便走了。林黛玉道：『你倒是去罷，這裏有老虎，看吃了你！』說着又裁。寶玉見他不理，只得還陪笑說道：『你也出去逛逛再裁不遲。』林黛玉總不理。寶玉便問丫頭們：『這是誰叫裁的？』林黛玉見問丫頭們，便說道：『憑他誰叫我裁，也不管二爺的事！』寶玉方欲說話，只見有人進來回說：『外頭有人請。』寶玉聽了，忙撤身出來。黛玉向外頭說道：『阿彌陀佛！趕你回來，我死了也罷了。』黛玉動輒要小性，前番剛過，此番又來。何必如此言重，釁之過也。

脂批：『若真真有一事，則不成《石頭記》文字也，作者得三昧在茲，批書人得書中三昧亦在茲。壬午孟夏。』

寶玉出來，到外面，只見焙茗說道：『馮大爺家請。』寶玉聽了，知道是昨日的話，便說：『要衣裳去。』自己便往書房裏來。焙茗一直到了二門前等人，只見一個老婆子出來了，焙茗上去說道：『寶二爺在書房裏等出門的衣裳，你老人家進去帶個信兒。』那婆子說：『放你娘的屁！倒好，寶二爺如今在園裏住着，跟他的人都在園裏，你又跑了這裏來帶信兒來了！』焙茗聽了，笑道：『罵的是，我也糊塗了。』說着，一逕往東邊二門前來。可巧門上小廝在甬路底下踢球，焙茗將原故說了。小廝跑了進去，半日抱了一個包袱出來，遞與焙茗。回到書房裏，寶玉換了，命人備馬，只帶着焙茗、鋤藥、雙瑞、雙壽四個小廝去了。一逕到了馮紫英家門口，有人報與了紫英，出來迎接進去。薛蟠生日以後，又是馮家一次宴會。只見薛蟠早已在那裏久候，還有許多唱曲兒的小廝並唱小旦的蔣玉菡、錦香院的妓女雲兒。大家都見過了，然後吃茶。寶玉擎茶笑道：『前兒所言幸與不幸之事，我晝懸夜想，今日一聞呼喚即至。』馮紫英笑道：『你們令姨表兄弟倒都心實。前日不過是我的設辭。誠心請你們一飲，恐又推託，故說下明清間，盛行民歌小曲，雪芹亦深諳此道。

脂批：『大海飲酒，西堂産九台靈芝日也，批書至此，寧不悲乎！壬午重陽日。』

這句話。今日一邀即至，誰知都信真了。』說畢，大家一笑。然後擺上酒來，依次坐定。馮紫英先命唱曲兒的小廝過來讓酒，然後命雲兒也來敬酒。

那薛蟠三杯下肚，不覺忘了情，拉着雲兒的手笑道：（寫薛蟠總帶獃氣，總不安分。）『你把那梯己新樣兒的曲子唱個我聽。我吃一罈如何？』雲兒聽說，只得拿起琵琶來，唱道：

兩個冤家，都難丟下，想着你來又記掛着他。兩個人形容俊俏，都難描畫。想昨宵幽期私訂在荼蘼架。一個偷情，一個尋拿。拿住了三曹對案，我也無回話。

唱畢笑道：『你喝一罈子罷了。』薛蟠聽說，笑道：『不值一罈，再唱好的來。』

寶玉笑道：『聽我說來，如此濫飲，易醉而無味。我先喝一大海，發一新令。有不尊者，連罰十大海，逐出席外，與人斟酒。』馮紫英、蔣玉菡等都道：『有理，有理。』寶玉拿起海來，一氣飲乾，說道：『如今要說悲、愁、喜、樂四字，都要說出女兒來，還要註明這四字原故。說完了，飲門杯。酒面要唱一個新鮮時樣曲子；酒底要席上生風一樣東西，或古詩、舊對，《四書》《五經》成語。』薛蟠未等說完，先站起來攔道：（如此酒令，自然難壞了薛蟠。）『我不來，別算我。這竟是捉弄我呢！』雲兒也站起來，推他坐下，笑道：『怕什麼？這還虧你天天吃酒呢，難道你連我也不如！我回來還說呢。說寶玉酒令曲子，總是文縐縐，不失其身份。

是了，罷；不是了，不過罰上幾杯，那裏就醉死了。（還是雲兒說得對。）你如今一亂令，倒喝十大海，下去斟酒不成？』衆人都拍手道妙。薛蟠聽說無法，只得坐了。聽寶玉說道：

女兒悲，青春已大守空閨。
女兒愁，悔教夫婿覓封侯。
女兒喜，對鏡晨妝顏色美。
女兒樂，鞦韆架上春衫薄。（寶玉之令，總離不開『女兒』兩字。）

衆人聽了，都說道：『說得有理。』薛蟠揚着臉搖頭說：『不好，該罰！』衆人問：『如何該罰？』薛蟠道：『他說的我通不懂，怎麼不該罰？』（大老粗自然不懂。）雲兒便擰他一把，笑道：『你悄悄的想你的罷。回來說不出，又該罰了。』於是拿琵琶聽寶玉唱道：

滴不盡相思血淚拋紅豆，開不完春柳春花滿畫樓，睡不穩紗窗風雨黃昏後，忘不了新愁與舊愁，嚥不下玉粒金蓴噎滿喉，照不見菱花鏡裏形容瘦。展不開的眉頭，捱不明的更漏。呀！恰便似遮不住的青山隱隱，流不斷的綠水悠悠。

唱完，大家齊聲喝彩，獨薛蟠說無板。寶玉飲了門杯，便拈起一片梨來，說道：

雨打梨花深閉門。

完了令，下該馮紫英，説道：

女兒悲，兒夫染病在垂危。
女兒愁，大風吹倒梳妝樓。
女兒喜，頭胎養了雙生子。
女兒樂，私向花園掏蟋蟀。

說畢，端起酒來，唱道：

紫英令辭，是民歌俗曲，是明末掛枝兒一類。

你是個可人，你是個多情，你是個刁鑽古怪鬼靈精，你是個神仙也不靈。我説的話兒你全不信，只叫你去背地裏細打聽，纔知道我疼你不疼！

唱完，飲了門杯，説道：『雞聲茅店月。』令完，下該雲兒。雲兒便説道：

女兒悲，將來終身指靠誰？

薛蟠嘆道：『我的兒，有你薛大爺在，你怕什麽！』衆人都道：『别混他，别混他！』雲兒又道：

雲兒令曲，總不離自家身份。

女兒愁，媽媽打罵何時休！

薛蟠道：『前兒我見了你媽，還吩咐他，不叫他打你呢。』眾人都道：『再多言者，罰酒十杯。』薛蟠連忙自己打了一個嘴巴子，說道：『沒耳性，再不許說了。』雲兒又道：

女兒喜，情郎不捨還家裏。

女兒樂，住了簫管弄弦索。

說完，便唱道：

荳蔻開花三月三，一個蟲兒往裏鑽。鑽了半日不得進，去爬到花兒上打鞦韆。肉兒小心肝，我不開了你怎麼鑽？

唱畢，飲了門杯，說道：『桃之夭夭。』令完了，下該薛蟠。

薛蟠道：『我可要說了：

女兒悲——』

說了半日，不見說底下的。馮紫英笑道：『悲什麼？快說來。』薛蟠登時急的眼睛鈴鐺一般，瞪了半日，纔說道：

女兒悲——

又咳嗽了兩聲，說道：

女兒悲，嫁了個男人是烏龜。

實在無詞，虧他硬湊出來。

衆人聽了，都大笑起來，薛蟠道：『笑什麼，難道我說的不是？一個女兒嫁了，漢子要當忘八，他怎麼不傷心呢？』衆人笑的彎腰，忙說道：『你說的很是，快說底下的。』〔二〕薛蟠瞪了一瞪眼，又說道：

女兒愁——

說了這句，又不言語了。衆人道：『怎麼愁？』薛蟠道：

女兒愁，繡房攛出個大馬猴。

如此不通，纔是薛蟠。

衆人呵呵笑道：『該罰，該罰！這句更不通，先還可恕。』說着便要篩酒。寶玉笑道：『押韻就好。』薛蟠道：『令官都准了，你們鬧什麼？』衆人聽說，方纔罷了。雲兒笑道：『下兩句越發難說了，我替你說罷。』薛蟠道：『胡說，當真我就沒粗俗到底，纔是薛蟠。

好的了！聽我說罷：

女兒喜，洞房花燭朝慵起。

衆人聽了，都詫異道：『這句何其太韻？』薛蟠又道：

女兒樂，一根⿰毛几⿰毛巴往裏戳。

衆人聽了，都扭着臉說道：『該死，該死！快唱了罷。』薛蟠便唱道：

一個蚊子哼哼哼。

衆人都怔了，說：『這是個什麼曲兒？』薛蟠還唱道：

兩個蒼蠅嗡嗡嗡。

衆人都道：『罷，罷，罷！』薛蟠道：『愛聽不聽！這是新鮮曲兒，叫作哼哼韻。你們要懶待聽，連酒底都免了，我就不唱。』衆人都道：『免了罷，免了罷，倒別耽誤了別人家。』於是，蔣玉菡說道：

女兒悲，丈夫一去不回歸。

女兒愁，無錢去打桂花油。
女兒喜，燈花並頭結雙蕊。
女兒樂，夫唱婦隨真和合。

說畢，唱道：

可喜你天生百媚嬌，恰便似活神仙離碧霄。度青春，年正小。配鸞鳳，真也着。呀！看天河正高，聽譙樓鼓敲，剔銀燈同入鴛幃悄。

唱畢，飲了門杯，笑道：『這詩詞上我倒有限，幸而昨日見了一副對子，可巧只記得這句，幸而席上還有這件東西。』說畢，便乾了酒，拿起一朵木樨來，念道：『花氣襲人知晝暖。』一語直貫後文。衆人倒都依了，完令。薛蟠又跳了起來，喧嚷道：『了不得，了不得！該罰，該罰！這席上又沒有寶貝，你怎麽念起寶貝來？』蔣玉菡怔了，說道：『何曾有寶貝？』薛蟠道：『你還賴呢！你再念來。』蔣玉菡只得又念了一遍。薛蟠道：『襲人可不是寶貝是什麽！你們不信，只問他。』說畢，指着寶玉。寶玉沒好意思起來，說：『薛大哥，你該罰多少？』薛蟠道：『該罰，該罰！』說着拿起酒來，一飲而盡。馮紫英與蔣玉菡等不知原故，雲兒便告訴了出來。蔣玉菡忙起身陪罪。衆人都道：『不知者不作罪。』

用雲兒將事由說明，更加是醒筆，亦見寶玉與雲兒非初會也。

脂批：『雲兒知怡紅細事，可想玉兒之風情意也。壬午重陽。』

少刻，寶玉出席解手，蔣玉菡便隨了出來，二人站在廊簷下，蔣玉菡又陪不是。寶玉見他嫵媚溫柔，心中十分留戀，便緊緊的搭着他的手，叫他：『閑了往我們那裏去。還有一句話借問：也是你們貴班中，有一個叫琪官的，他在那裏？如今名馳天下，我獨無緣一見。』蔣玉菡笑道：『就是我的小名兒。』寶玉聽說，不覺欣然跌足，笑道：『有幸，有幸！果然名不虛傳。今兒初會，便怎麼樣呢？』想了一想，向袖中取出扇子，將一個玉玦扇墜解下來，遞與琪官，道：『微物不堪，略表今日之誼。』琪官接了，笑道：『無功受祿，何以克當。也罷，我這裏得了一件奇物，今日早起方繫上，還是簇新的，聊可表我一點親熱之意。』說畢撩衣，將繫小衣兒一條大紅汗巾子解了下來，（寶玉先送玉玦，遂有琪官大紅汗巾。）遞與寶玉，道：『這汗巾子是茜香國女國王所貢之物，夏天繫着，肌膚生香，不生汗漬。昨日北靜王給我的，今日纔上身。若是別人，我斷不肯相贈。二爺請把自己繫的解下來，給我繫着。』（初見即顧交換汗巾，足見親密。）寶玉聽說，喜不自禁，連忙接了，將自己一條松花汗巾解了下來，遞與琪官。

活畫薛蟠。

二人方束好，只聽一聲大叫：『我可拿住了！』只見薛蟠跳了出來，拉着二人道：『放着酒不吃，兩個人逃席出來幹什麼？快拿出來我瞧瞧。』二人都道：『沒有什麼。』薛蟠那裏肯依，還是馮紫英出來纔解開了。於是復又歸坐飲酒，至晚方散。

寶玉回至園中，寬衣吃茶。襲人見扇子上的墜兒沒了，便問他：『往那裏去了？』

寶玉道：『馬上丢了。』[玉玦可以說丢了，汗巾何來，無法說矣。]睡覺時只見腰裏一條血點似的大紅汗巾子，襲人便猜了八九分，[襲人乖覺]因說道：『你有了好的繫褲子，把我那條還我罷。』[巧妙。]寶玉聽說，方想起那條汗巾子原是襲人的，不該給人纔是，心裏後悔，口裏說不出來，只得笑道：『我賠你一條罷。』襲人聽了，點頭嘆道：『我就知道又幹這些事！[可見已非一次。]也不該拿着我的東西給那起混賬人去。也難爲你，心裏沒個算計兒。』再要說幾句，又恐慪上他的酒來，少不得也睡了，一宿無話。

至次日天明，方纔醒了，只見寶玉笑道：『夜裏失了盜也不曉得，你瞧瞧褲子上。』襲人低頭一看，只見昨日寶玉繫的那條汗巾子繫在自己腰裏呢，[無意中爲後文作引。]便知是寶玉夜間換了，忙一頓把解下來，說道：『我不希罕這行子，趁早兒拿了去！』寶玉見他如此，只得委婉解勸了一回。襲人無法，只得繫在腰裏。過後寶玉出去，終久解下來擲在個空箱子裏，自己又換了一條繫着。

[點明紅玉歸鳳姐。]

寶玉並未理論，因問起昨日可有什麼事情。襲人便回說：『二奶奶打發人叫了紅玉去了。他原要等你來的，我想什麼要緊，我就作了主，打發他去了。』寶玉道：『很是。我已知道了，不必等我罷了。』襲人又道：『昨兒貴妃打發夏太監出來，送了一百二十兩銀子，叫在清虛觀初一到初三打三天平安醮，唱戲獻供，叫珍大爺領着衆位爺們跪香拜佛呢。還有端午兒的節禮也賞了。』說着，命小丫頭子來，將昨日所賜之物取了出來，只見上等宮扇兩柄，紅麝香珠二串，鳳尾羅二端，芙蓉簟一領。寶玉見了，喜不自勝，問『別人的也都是這個？』襲人道：『老太太的多着一個香如意，一個瑪瑙枕，太太、老爺、姨太太的只多着一個如意。你的同寶姑娘的一樣。（寶玉節禮）（同寶釵一樣，令人揣摩。）林姑娘同二姑娘、三姑娘、四姑娘只單有扇子同數珠兒，別人都沒了。大奶奶、二奶奶他兩個是每人兩匹紗，兩匹羅，兩個香袋，兩個錠子藥。』

寶玉聽了笑道：『這是怎麼個原故？怎麼林姑娘的倒不同我的一樣，（寶玉自然要問。）倒是寶姐姐的同我一樣！別是傳錯了罷？』襲人道：『昨兒拿出來，都是一份一份的寫着簽子，怎麼就錯了！你的是在老太太屋裏的，我去拿了來了。老太太說了，明兒叫你一個五更天進去謝恩呢。』寶玉道：『自然要走一趟。』說着便叫紫綃來：『拿了這個到林姑娘那裏去，就說是昨兒我得的，愛什麼留下什麼。』紫綃答應了，拿了去，不一時回來說：『林姑娘說了，昨兒也得了，二爺留着罷。』

寶玉聽說，便命人收了。剛洗了臉出來，要往賈母那裏請安去，只見林黛玉頂頭來了。寶玉趕上去笑道：『我的東西叫你揀，你怎麼不揀？』林黛玉昨日所惱寶玉的心事早又丟開，只顧今日的事了，因說道：『我沒這麼大福禁受，比不得寶姑娘，什麼金、什麼玉的，（已知寶釵所得。）我們不過是草木之人！』寶玉聽他提出『金玉』二字來，不覺心動疑猜，便說道：『除了別人說什麼金、什麼玉，我心裏要有這個想頭，天誅地寶黛之情，自葬花釋嫌以來，至此更明心迹，亦更進一步矣。

遠着寶玉，是形也，非心也。見昨日『元春所賜的東西，獨他與寶玉一樣，心裏越發沒意思』，則正是心裏有意思，纔有如此想也。

滅，萬世不得人身！』寶玉此刻特別敏感，如此設誓，亦可見其誠。林黛玉聽他這話，便知他心裏動了疑，忙又笑道：『好沒意思，白白的說什麽誓？管你什麽金、什麽玉的呢！』寶玉道：『我心裏的事也難對你說，日後自然明白。除了老太太、老爺、太太這三個人，第四個就是妹妹了。要有第五個人，我也說個誓。』林黛玉道：『你也不用說誓，我很知道你心裏有「妹妹」，但只是見了「姐姐」，就把「妹妹」忘了。』此語亦是黛玉知寶玉之深，然此實寶玉初時表像也。寶玉道：『那是你多心，我再不的。』寶玉此話，其實是真。林黛玉道：『昨兒寶丫頭不替你圓謊，爲什麽問着我呢？那要是我，你又不知怎麽樣了。』

正說着，只見寶釵從那邊來了，二人便走開了。寶釵分明看見，只裝看不見，寶釵處處用心機。低着頭過去了。到了王夫人那裏，坐了一回，然後到了賈母這邊，只見寶玉在這裏呢。薛寶釵因往日母親對王夫人等曾提過『金鎖是個和尚給的，等日後有玉的方可結爲婚姻』等語，所以總遠着寶玉。昨兒見元春所賜的東西，獨他與寶玉一樣，心裏越發沒意思起來。幸虧寶玉被一個林黛玉纏綿住了，心心念念只記掛着林黛玉，並不理論這事。此刻忽見，寶玉便笑道：『寶姐姐，我瞧瞧你的紅麝串子。』可巧寶釵左腕上籠着一串，見寶玉問他，少不得褪了下來，寶釵生的肌膚豐澤，容易褪不下來。寶玉在旁看着雪白一段酥臂，不覺動了羨慕之心，暗暗想道：『這個膀子要長在林妹妹身上，或者還得摸一摸，偏生長在他身上。』正是自恨沒福得摸，真被黛玉說再寫寶釵豐澤，亦寫寶玉情思，總是癡公子也。

甲戌本回後評：

『茜香羅』、『紅麝串』寫於一回，琪官雖係優人，後回與襲人供奉玉兄寶卿得同終始者，非泛泛之文也。

自『聞曲』回以後回回寫藥方，是白描顰兒添病也。

前玉生香回中顰云，他有金，你有玉，他有冷香，你豈不(是)該有煖香，是寶玉無藥可配矣。今顰兒之劑若許材料皆係滋補熱性之藥，兼有許多奇物，而尚未擬名，何不竟以煖香名之，以代補寶玉之不足，豈不三人一體矣。

寶玉忘情露於寶釵，是後回累累忘情之引。

茜香羅暗繫於襲人腰中，係伏線之文。

(着，然寶玉此時已情有獨鍾矣！)忽然想起『金玉』一事來，再看看寶釵形容，只見臉若銀盆，眼似水杏，脣不點而紅，眉不畫而翠，比林黛玉另具一種嫵媚風流，不覺就獃了。寶釵褪了串子來遞與他，也忘了接。(忘情至此。可見寶釵嫵媚。)

寶釵見他怔了，自己倒不好意思的，丟下串子，回身纔要走，只見林黛玉蹬着門檻子，嘴裏咬着手帕子笑呢。(盡在黛玉眼裏。)寶釵道：『你又禁不得風吹，怎麼又站在那風口裏？』林黛玉笑道：『何曾不是在屋裏的，只因聽見天上一聲叫喚，出來瞧了瞧，原來是個獃雁。』(機靈新鮮，只有黛玉有此捷才。)薛寶釵道：『獃雁在那裏呢？我也瞧一瞧。』(寶釵亦被瞞過。)林黛玉道：『我纔出來，他就「忒兒」一聲飛了。』口裏說着，將手裏的帕子一甩，向寶玉臉上甩來。寶玉不防，正打在眼上，『噯喲』了一聲。(真是打着獃雁。)要知端的，且聽下回分解。

【回後評】

黛玉因晴雯拒開院門而誤會寶玉，引出千古絕唱《葬花吟》來，寶玉聞之而慟哭，非哭其詞也，是哭其情，哭其思也。復經反覆分解，懇訴衷腸，遂使誤會頓釋，而兩人之相知又深一步，是寶黛愛情又一進也。寶玉推想林黛玉的花顏月貌以及其他諸人並『斯處、斯園、斯花、斯柳，又不知當屬誰姓矣！』寶玉此嘆，包涵多少人世滄桑，包涵多少俯仰宇宙今古之感。特別是『不知當屬誰姓』之問，實暗寓曹府被抄沒，曹園歸隋姓之往事也。

黛玉配丸藥一段，實爲暗示黛玉病情，是內症，先天生的弱，禁不住一點風寒，則黛玉病弱之情狀已甚明矣。

馮紫英宴集唱曲一段，是《紅樓》另一筆調，與前倪二俠文，鳳姐寶玉遭魔魘諸節相應，爲文筆變化生新。蔣玉菡席間念『花氣襲人知晝暖』詩句，後來又與寶玉互贈汗巾一段，預爲後文襲人歸宿作一伏筆。然寶玉、蔣玉菡互贈汗巾相契之類事，爲明清之際社會風俗，稍稍涉獵有關記載，當知雪芹之筆，深入社會也。

元春賜節禮，獨寶釵與寶玉一樣，因引出寶玉說『除了別人說什麽金什麽玉，我心裏要有這個想頭，天誅地滅，萬世不得人身』，然後又說『除了老太太、老爺、太太這三個人，第四個就是妹妹了』，是寶黛愛情相互间更明確更前進一步，其後見到寶釵『雪白一段酥臂，不覺動了羨慕之心，暗暗想道：「這膀子要長在林妹妹身上，或者還得摸一摸，偏生長在他身上。」正是自恨沒福得摸』一段，則說明寶玉雖覺寶釵嫵媚，而其專戀於黛玉，已完全確定矣，不可動摇矣！

【校　記】

〔一〕　以上二十九字，據列藏、楊本補。

〔二〕　『唱畢，飲了門杯……快說底下的』一段文字，庚辰本缺，各本均有，今據甲戌本補。

文章另起一頭。

第二十九回　享福人福深還禱福　癡情女情重愈斟情〔一〕

話說寶玉正自發怔，不想黛玉將手帕子甩了來，正碰在眼睛上，倒唬了一跳，問是誰。林黛玉搖着頭兒笑道：『不敢，是我失了手。因爲寶姐姐要看獃雁，我比給他看，不想失了手。』寶玉揉着眼睛，待要說什麽，又不好說的。兩人都在，如何開口。

一時，鳳姐兒來了，因說起初一日在清虛觀打醮的事來，遂約着寶釵、寶玉、黛玉等看戲去。寶釵笑道：『罷，罷，怪熱的。什麽沒看過的戲，我就不去了。』鳳姐兒道：『他們那裏涼快，兩邊又有樓。咱們要去，我頭幾天打發人去，把那些道士都趕出去，把樓打掃乾淨，掛起簾子來，一個閒人不許放進廟去，纔是好呢。我已經回了太太了。你們不去我去，這些日子也悶的很了。家裏唱動戲，我又不得舒舒服服的看。』

賈母聽說，笑道：『既這麽着，我同你去。』鳳姐聽說，笑道：『老祖宗也去，敢情好了！就只是我又不得受用了。』賈母道：『到明兒，我在正面樓上，你在旁邊富貴人，惟知享福而已。

樓上，你也不用到我這邊來立規矩，可好不好？』鳳姐兒笑道：『這就是老祖宗疼我了。』賈母因又向寶釵道：『你也去，連你母親也去。長天老日的，在家裏也是睡覺。』寶釵只得答應着。

賈母又打發人去請了薛姨媽，順路告訴王夫人，要帶了他們姊妹去。王夫人因一則身上不好，二則預備着元春有人出來，早已回了不去的；聽賈母如今這樣說，笑道：『還是這麽高興。』因打發人去到園裏告訴：『有要逛的，只管初一跟了老太太逛去。』這個話一傳開了，别人都還可已，只是那些丫頭們天天不得出門檻子，聽了這話，誰不要去。便是各人的主子懶怠去，他也百般攛掇了去，因此，李宫裁等都説去。賈母越發心中喜歡，早已吩咐人去打掃安置，都不必細説。

另是一番熱鬧，與前出殯省親顯各不同。

單表到了初一這一日，榮國府門前，車輛紛紛，人馬簇簇。那底下凡執事人等，聞得是貴妃作好事，賈母親去拈香，正是初一日乃月之首日，況是端陽節間，因此凡動用的什物，一色都是齊全的，不同往日。

少時，賈母等出來。賈母坐一乘八人大轎。李氏、鳳姐兒、薛姨媽每人一乘四人轎。寶釵、黛玉二人共坐一輛翠蓋珠纓八寶車，迎春、探春、惜春三人共坐一輛朱輪翠蓋車。然後，賈母的丫頭鴛鴦、鸚鵡、琥珀、珍珠；林黛玉的丫頭紫鵑、雪雁、春纖；寶釵的丫頭鶯兒、文杏；迎春的丫頭司棋、繡橘；探春的丫頭待書、翠墨；惜春又是另一派勢，一家人出來，就是『烏壓壓的佔了一街的車』，可見其豪華之勢。

先寫賈府這一邊，再寫清虛觀道士這一邊。

於一派整肅威勢中，着一小道士亂竄，則更覺『鳥鳴山更幽』矣。

的丫頭入畫、彩屏；薛姨媽的丫頭同喜、同貴，外帶着香菱、香菱的丫頭臻兒；李氏的丫頭素雲、碧月；鳳姐兒的丫頭平兒、豐兒、小紅；並王夫人兩個丫頭也要跟了鳳姐兒去的是金釧、彩雲；奶子抱着大姐兒，帶着巧姐兒，另在一車，還有兩個丫頭；一共又連上各房的老嬤嬤、奶娘、並跟出門的家人媳婦子，烏壓壓的占了一街的車。

賈母等已經坐轎去了多遠，這門前尚未坐完。這個說『我不同你在一處』，那個說『你壓了我們奶奶的包袱』，那邊車上又說『蹭了我的花兒』，這邊又說『碰折了我的扇子』，咭咭呱呱，說笑不絕。真是一幅絕妙寫生畫。周瑞家的走來過去的說道：『姑娘們，這是街上，看人笑話。』說了兩遍，方覺好了。寫得熱鬧週到。前頭的全副執事擺開，早已到了清虛觀了。寶玉騎着馬，在賈母轎前。街上人都站在兩邊。

將至觀前，只聽鐘鳴鼓響，早有張法官執香披衣，帶領衆道士在路旁迎接。賈母的轎剛至山門以內，賈母在轎內因看見有守門大帥並千里眼、順風耳、當方土地、本境城隍各位泥胎聖像，便命住轎。賈珍帶領各子弟上來迎接。

鳳姐兒知道鴛鴦等在後面，趕不上來攙賈母，自己下了轎，忙要上來攙。鳳姐細心可巧有個十二三歲的小道士兒，拿着剪筒，照管剪各處蠟花，正欲得便且藏出去，不想一頭撞在鳳姐兒懷裏。於極整肅處突寫一小道士亂竄，一頭撞在鳳姐懷裏，更見氣氛肅穆威嚴。小道士直如入籠之雀，嚇得到處亂撞亂飛耳。鳳姐便一揚手，照臉一下，把那小孩子打了一個筋斗，鳳姐潑辣，於此可見。罵道：『野牛肏的，胡朝那裏跑！』那小道士也不顧貴族大家闔家出行，何等氣象。

賈母慈悲。

越寫小道士之怕，越顯賈府之威，於小道士，可見賈府與庶民之間之鴻溝。

拾燭剪，爬起來往外還要跑。正值寶釵等下車，衆婆娘媳婦正圍隨的風雨不透，但見一個小道士滚了出來，都喝聲叫：『拿，拿，拿！打，打，打！』

可憐小道士，何曾見此場面。

賈母聽了忙問：『是怎麽了？』賈珍忙出來問。鳳姐上去攙住賈母，就回說：『一個小道士兒，剪燈花的，没躲出去，這會子混鑽呢。』賈母聽說，忙道：『快帶了那孩子來，别唬着他。小門小户的孩子，都是嬌生慣養的，那裏見的這個勢派。倘或唬着他，倒怪可憐見的，他老子娘豈不疼的慌？』說着，便叫賈珍去好生帶了來。賈珍只得去拉了那孩子來。

那孩子還一手拿着蠟剪，跪在地下亂戰。賈母命賈珍拉起來，叫他别怕，問他幾歲了。那孩子通說不出話來。賈母還說『可憐見的』，又向賈珍道：『珍哥兒，帶他去罷。給他些錢買菓子吃，别叫人難爲了他。』賈珍答應，領他去了。這裏賈母帶着衆人，一層一層的瞻拜觀玩。外面小廝們見賈母等進入二層山門，忽見賈珍領了一個小道士出來，叫人來帶去，給他幾百錢，不要難爲了他。家人聽說，忙上來領了下去。

賈珍站在階磯上，因問：『管家在那裏？』底下站的小廝們見問，都一齊喝聲說：『叫管家！』

封建貴族家庭家長制的威勢。

登時林之孝一手扣着帽子跑了來，到賈珍跟前。賈珍道：『雖說這裏地方大，今兒不承望來這麽些人。你使的人，你就帶了往你的那院裏去；

封建家庭的禮法規矩。

寫張道士。

使不着的，打發到那院裏去。把小幺兒們多挑幾個在這二層門上同兩邊的角門上，伺候着要東西傳話。你可知道不知道，今兒小姐奶奶們都出來，一個閒人也到不了這裏。』何等森嚴林之孝忙答應『曉得』，又說了幾個『是』。賈珍道：『去罷。』又問：『怎麼不見蓉兒？』一聲未了，只見賈蓉從鐘樓裏跑了出來。賈珍道：『你瞧瞧他，我這裏也還沒敢說熱，他倒乘涼去了！』喝命家人啐他。封建家長之威勢。那小廝們都知道賈珍素日的性子，違拗不得，有個小廝便上來向賈蓉臉上啐了一口。賈珍又道：『問着他！』那小廝便問賈蓉道：『爺還不怕熱，哥兒怎麼先乘涼去了？』賈蓉垂着手，一聲不敢說。那賈芸、賈萍、賈芹等聽見了，不但他們慌了，亦且連賈璜、賈㻞、賈瓊等也都忙了，一個一個從牆根下慢慢的溜上來。寫過賈蓉，再寫其餘諸人。賈珍又向賈蓉道：『你站着作什麼？還不騎了馬跑到家裏，告訴你娘母子去！老太太同姑娘們都來了，叫他們快來伺候。』

賈蓉聽說，忙跑了出來，一疊聲要馬，賈蓉一出來，又是另一副架勢。一面抱怨道：『早都不知作什麼的，這會子尋趁我。』一面又罵小子：『捆着手呢？馬也拉不來。』待要打發小子去，又恐後來對出來，說不得親自走一趟，騎馬去了，不在話下。

且說賈珍方要抽身進去，只見張道士站在旁邊陪笑說道：『論理我不比別人，應該裏頭伺候。只因天氣炎熱，衆位千金都出來了，法官不敢擅入，請爺的示下。恐老活畫張道士，實是老江湖，又是『大幻』，又是『終了』，又是『神仙』，則其人虛妄可知矣。

活脫脫一個江湖老道。

太太問，或要隨喜那裏，我只在這裏伺候罷了。』賈珍知道，這張道士雖然是當日榮國府國公的替身，曾經先皇御口親呼爲『大幻仙人』，如今現掌『道録司』印，又是當今封爲『終了真人』，現今王公藩鎮都稱他爲『神仙』，所以不敢輕慢。二則他又常往兩個府裏去，凡夫人小姐都是見的。今見他如此說，便笑道：『咱們自己，你又說起這話來。再多說，我把你這鬍子還撏了呢！還不跟我進來。』那張道士呵呵大笑，跟了賈珍進來。

賈珍到賈母跟前，控身陪笑說：『這張爺爺進來請安。』賈母聽了，忙道：『攙他來。』賈珍忙去攙了過來。那張道士先哈哈笑道：『無量壽佛！老祖宗一向福壽安康？衆位奶奶小姐納福？一向沒到府裏請安，老太太氣色越發好了。』賈母笑道：『老神仙，你好？』張道士笑道：『托老太太萬福萬壽，小道也還康健。別的倒罷了，只記掛着哥兒，一向身上好？（因寶玉是賈府的命根子、賈母的寶貝，故說話總以寶玉爲中心，以討好賈母。）前日四月二十六日，我這裏做遮天大王的聖誕，人也來的少，東西也很乾淨，我說請哥兒來逛逛，怎麼說不在家？』賈母說道：『果真不在家。』一面回頭叫寶玉。誰知寶玉解手去了纔來，忙上前問：『張爺爺好？』張道士忙抱住問了好，又向賈母笑道：『哥兒越發發福了。』賈母道：『他外頭好，裏頭弱。又搭着他老子逼着他念書，生生的把個孩子逼出病來了。』張道士道：『前日我在好幾處看見哥兒寫的字、作的詩，都好的了不得，（又借題發）

其實張道士只是做戲，但戲到真處，看戲人也難免落淚，何況演到賈母心上。

道士卻會做媒，奇事怪事，所謂江湖道士也。

揮，討好賈母。怎麼老爺還抱怨說哥兒不大喜歡念書呢？依小道看來，也就罷了。』又嘆道：『我看見哥兒的這個形容身段，言談舉動，怎麼就同當日國公爺一個稿子！』說着，兩眼流下淚來。巴結賈母，一路如演戲，越演越真，至此聲淚俱下。賈母聽說，也由不得滿臉淚痕，說道：『正是呢，我養這些兒子孫子，也沒一個像他爺爺的，就只這玉兒像他爺爺。』活脫賈母的心思口氣。心中還隱隱有一點神秘之感。

那張道士又向賈珍道：『當日國公爺的模樣兒，爺們一輩的不用說，自然沒趕上，大約連大老爺、二老爺也記不清楚了。』再提國公爺，因張道士是國公爺替身，無異是擺自己的身份。記不清楚，只要記他就是了。說畢呵呵又一大笑，道：『前日在一個人家看見一位小姐，今年十五歲了，生的倒也好個模樣兒。我想着哥兒也該尋親事了。若論這個小姐模樣兒，聰明智慧，根基家當，倒也配的過，但不知老太太怎麼樣，小道也不敢造次。等請了老太太的示下，纔敢向人去說。』賈母道：『上回有和尚說了，這孩子命裏不該早娶，等再大一大兒再定罷。你可如今打聽着，不管他根基富貴，只要模樣配的上就好，賈母亦只是敷衍，並非真要請他做媒也。來告訴我。便是那家子窮，不過給他幾兩銀子罷了。只是模樣、性格兒難得好的。』

說畢，只見鳳姐兒笑道：『張爺爺，我們丫頭的寄名符兒你也不換去。前兒虧你還有那麼大臉，打發人和我要鵝黃緞子去！要不給你，又恐怕你那老臉上過不去。』鳳姐之嘴如刀，直揭其往事。張道士呵呵大笑道：『你瞧，我眼花了，也沒看見奶奶在這裏，也沒道多謝。符早已有了，前日原要送去的，不指望娘娘來做好事，就混忘了，還在佛前鎮會說話，想得到。

着。待我取來。』說着跑到大殿上去，一時拿了一個茶盤，搭着大紅蟒緞經袱子，托出符來。（活畫老江湖，老滑頭，老騙子。）大姐兒的奶子接了符。

張道士方欲抱過大姐兒來，只見鳳姐笑道：『你就手裏拿出來罷了，又用個盤子托着。』張道士道：『手裏不乾不淨的，怎麽拿，用盤子潔淨些。』鳳姐兒笑道：『你只顧拿出盤子來，倒唬我一跳。我不說你是爲送符，倒像是和我們化佈施來了。』（鳳姐隨口詼諧，笑語成春，然其中亦有刺有骨。）衆人聽說，哄然一笑，連賈珍也撑不住笑了。賈母回頭道：『猴兒，猴兒，你不怕割舌頭下地獄！』（賈母是針對剛纔的話。）鳳姐兒笑道：『我們爺兒們不相干。他怎麽常常的說我該積陰騭，遲了就短命呢！』（讓鳳姐自己說出，直注後文。）

張道士也笑道：『我拿出盤子來，一舉兩用，却不爲化佈施，倒要將哥兒的這玉請了下來，托出去給那些遠來的道友並徒子徒孫們見識見識。』（張道士借玉，是爲借此顯弄自己。）賈母道：『既這們着，你老人家老天拔地的跑什麽，就帶他去，瞧了，叫他進來，豈不省事？』張道士道：『老太太不知道，看着小道是八十多歲的人，托老太太的福，倒也健壯；二則外面的人多，氣味難聞，況是個暑熱的天，哥兒受不慣，倘或哥兒受了腌臢氣味，倒值多了。』賈母聽說，便命寶玉摘下通靈玉來，放在盤內。那張道士兢兢業業的用蟒袱子墊着，捧了出去。

這裏賈母與衆人各處遊玩了一回，方去上樓。只見賈珍回說：『張爺爺送了玉來問得好，應該問明。賈母不收是正理。

寶玉幾句話，令張道士不堪，卻是實話，好話，確是寶玉的口氣。

《滿牀笏》是寫郭子儀七子八婿，富貴壽

了。』剛說着，只見張道士捧了盤子，走到跟前笑道：『衆人托小道的福，見了哥兒的玉，實在可罕。都沒什麽敬賀之物，這是他們各人傳道的法器，都願意爲敬賀之禮。哥兒便不希罕，只留着在房裏頑耍賞人罷。』（張道士變着花樣奉承。）賈母聽說，向盤內看時，只見也有金璜，也有玉玦，或有事事如意，或有歲歲平安，皆是珠穿寶貫，玉琢金鏤，共有三五十件。（其值不低）因說道：『你也胡鬧。他們出家人是那裏來的，何必這樣，這不能收。』張道士笑道：『這是他們一點敬心，小道也不能阻擋。老太太若不留下，豈不叫他們看着小道微薄，不像是門下出身了。』（江湖道士盡會說嘴。）

賈母聽如此說，方命人接了。（賈母不得不收。）寶玉笑道：『老太太，張爺爺既這麽說，又推辭不得，我要這個也無用，不如叫小子們捧了這個，跟着我出去散給窮人罷。』賈母笑道：『這倒說的是。』（賈母贊成得好。）張道士又忙攔道：『哥兒雖要行好，但這些東西雖說不甚希奇，到底也是幾件器皿。若給了乞丐，一則與他們無益，二則反倒遭塌了這些東西。要捨給窮人，何不就散錢與他們。』（究竟是老道，老奸巨猾。）寶玉聽說，便命收下，等晚間拿錢施捨罷了。說畢，張道士方退出去。

這裏賈母與衆人上了樓，在正面樓上歸坐。鳳姐等佔了東樓。衆丫頭等在西樓，輪流伺候。賈珍一時來回：『神前拈了戲，頭一本《白蛇記》。』賈母問『《白蛇記》是什麽故事？』賈珍道：『是漢高祖斬蛇方起首的故事。第二本是《滿牀笏》。』賈考，當然歡喜。

聽到《南柯夢》即不語，心有所感也。

母笑道：『這倒是第二本上？也罷了。神佛要這樣，也只得罷了。』又問第三本，賈珍道：『第三本是《南柯夢》。』賈母聽了，便不言語。賈珍退了下來，至外邊預備着申表、焚錢糧、開戲，不在話下。

且說寶玉在樓上，坐在賈母旁邊，因叫個小丫頭子捧着方纔那一盤子賀物，將自己的玉戴上，用手翻弄尋撥，一件一件的挑與賈母看。賈母因看見有個赤金點翠的麒麟，（也是金麒麟。）便伸手翻弄拿了起來，笑道：『這件東西好像我看見誰家的孩子也帶着這麼一個的。』寶釵笑道：『史大妹妹有一個，比這個小些。』（特寫湘雲有金麒麟，爲後文作引。）賈母道：『原來是雲兒有這個。』寶玉道：『他這麼往我們家去住着，我也沒看見。』探春笑道：『寶姐姐有心，不管什麼他都記得。』（此話一點不錯。）林黛玉冷笑道：『他在別的上還有限，惟有這些人帶的東西上越發留心。』（黛玉嘴尖，不加保留。）寶釵聽說，便回頭裝沒聽見。（寶釵有城府，有容量，不露聲色。）

寶玉聽見史湘雲有這件東西，自己便將那麒麟忙拿起來揣在懷裏。一面心裏又想到，怕人看見他聽見史湘雲有了，他就留這件，因此手裏揣着，卻拿眼睛瞟人。（愛博而心勞也。）只見衆人都倒不大理論，惟有林黛玉瞅着他點頭兒，（還是黛玉隨處留心。）似有讚嘆之意。寶玉不覺心裏沒好意思起來，又掏了出來，（寫寶玉的尷尬相。）向黛玉笑道：『這個東西倒好頑，我替你留着，到了家穿上你帶。』（言不由衷）林黛玉將頭一扭，說道：『我不希罕。』寶玉笑道：『你果然不希罕，我少不得就拿着。』說着又揣了起來。（真是尷尬之至，只有雪芹能形容得出。）

寫賈府盛時光景。

描寫世情逼真，當你盛時，千辭萬謝也要來，當你敗時，千求萬懇也不來。

賈母因張道士提親，寶玉心中不自在和黛玉中暑，故不再去看戲，可見此時賈母仍是寶、黛並重。

剛要說話，只見賈珍、賈蓉的妻子婆媳兩個來了，彼此見過，賈母方說：『你們又來做什麼，我不過沒事來逛逛。』一句話沒說了，只見人報：『馮將軍家有人來了。』原來，馮紫英家聽見賈府在廟裏打醮，連忙預備了猪羊、香燭、茶銀之類的東西送禮。鳳姐兒聽了，忙趕過正樓來，拍手笑道：『噯呀！我就不防這個。（鳳姐確是未曾想到。）只說咱們娘兒們來閒逛逛，人家只當咱們大擺齋壇的來送禮。都是老太太鬧的。這又不得不預備賞封兒。』剛說了，只見馮家的兩個管家娘子上樓來了。馮家兩個未去，接着趙侍郎也有禮來了。

於是，接二連三，都聽見賈府打醮，女眷都在廟裏，凡一應遠親近友、世家相與都來送禮。賈母纔後悔起來，說：『又不是什麼正經齋事，我們不過閒逛逛，就想不到這禮上，沒的驚動了人。』因此雖看了一天戲，至下午便回來了，（弄得看戲也不得安心。）次日便懶怠去。鳳姐又說：『打牆也是動土，（好比喻。）已經驚動了人，今兒樂得還去逛逛。』那賈母因昨日張道士提起寶玉說親的事來，誰知寶玉一日心中不自在，（鬱結於心矣，引起後文之積怒。）回家來生氣，嗔着張道士與他說了親，口口聲聲說，從今以後再不見張道士了，別人也並不知爲什麼原故；（寶玉心中已定，故憎惡張道士，然即非如此，寶玉於道士之流，也素無交往。）二則林黛玉昨日回家又中了暑：因此二事，賈母便執意不去了。（寶黛二人，都在賈母心上。）鳳姐見不去，自己帶了人去，也不在話下。

因張道士提親，又引起重重波瀾，黛玉叫他看戲去，並無他意，不想反引起寶玉誤會，寶玉之誤會，是因張道士提親生氣，亦因取麒麟事尷尬，偏偏黛玉又用話刺他，於是火上加油矣。

指上回元春送節禮，寶玉與寶釵一樣，黛玉說，比不得寶姑娘，什麽金什麽玉的。寶玉因發誓說自己要有這個念頭，就天誅地滅一事。

黛玉明知寶玉生張道士提親的氣，卻偏要如此說，亦黛玉小性慪氣之病也。

且說寶玉因見林黛玉又病了，心裏放不下，（心繫黛玉，其情可知。）飯也懶去吃，不時來問。林黛玉又怕他有個好歹，因說道：『你只管看你的戲去，在家裏作什麽？』寶玉因昨日張道士提親，心中大不受用，今聽見林黛玉如此說，心裏因想道：『別人不知道我的心還可恕，連他也奚落起我來。』（寶玉原不多心，此時卻也多心起來，蓋爲張道士提親積怒也。）因此心中更比往日的煩惱加了百倍。若是別人跟前，（如此一誤會，則愈動火矣。）斷不能動這肝火，只是林黛玉說了這話，倒比往日別人說這話不同，由不得立刻沉下臉來，說道：『我白認得了你。罷了，罷了！』（真是肝火以後的話，太重了！）林黛玉聽說，便冷笑了兩聲道：『我也知道〔一〕白認得了我！那裏像人家有什麽配的上呢。』（又刺金麒麟。）寶玉聽了，便向前來直問到臉上：『你這麽說，是安心咒我天誅地滅？』林黛玉一時解不過這個話來。寶玉又道：『昨兒還爲這個賭了幾回咒，今兒你到底又準我一句。我便天誅地滅，你又有什麽益處？』林黛玉一聞此言，方想起上日的話來。今日原是自己說錯了，（黛玉自知錯了。）又是着急，又是羞愧，便顫顫兢兢的說道：『我要安心咒你，我也天誅地滅。（其實此話已明心矣，何必再說以下的話。）何苦來！我知道，昨日張道士說親，你怕阻了你的好姻緣，你心裏生氣，來拿我煞性子。』

原來那寶玉自幼生成有一種下流癡病，況從幼時和黛玉耳鬢廝磨，心情相對；及如今稍明時事，又看了那些邪書僻傳，凡遠親近友之家所見的那些閨英闈秀，皆未有稍及林黛玉者。所以早存了一段心事，只不好說出來，故每每或喜或怒，變盡法子暗所謂『佛說原來怨是親』也。

古代小說寫人物心理活動之細之真者，以此書爲最。黛玉此時真心亦無法對寶玉直說。

中試探。那林黛玉偏生也是個有些癡病的，也每用假情試探。因你既將真心真意瞞了起來，只用假意；我也將真心真意瞞了起來，只用假意。如此兩假相逢，終有一真。其間瑣瑣碎碎，難保不有口角之爭。

即如此刻，寶玉的心內想的是：『別人不知我的心，還有可恕，難道你就不想我的心裏眼裏只有你！你不能爲我煩惱，反來以這話奚落堵我。可見我心裏一時一刻白有你，你竟心裏沒我。』心裏這意思，只是口裏說不出來。寶玉所處之時代，特別是對黛玉其人，如何可直說，時代使然也。如能直說，則無以下文字矣。那林黛玉心裏想着：『你心裏自然有我，雖有「金玉『金玉』二字是眼，是後文砸玉之由。相對」之說，你豈是重這邪說不重我的。我便時常提這「金玉」，你只管了然自若無聞的，方見得是待我重，而毫無此心了。如何我只一提「金玉」的事，你就着急，可知你心裏時時有「金玉」，見我一提，你又怕我多心，故意着急，安心哄我。』

看來兩個人原本是一個心，但都多生了枝葉，反弄成兩個心了。那寶玉心中又想着：『我不管怎麼樣都好，只要你隨意，我便立刻因你死了也情願。你知也罷，不知也罷，只由我的心，可見你方和我近，不和我遠。』其情癡，其心真，其意誠，更復何疑乎。那林黛玉心裏又想着：『你只管你，你好我自好，可見兩心如一，俱各以對方爲重。你何必爲我而自失？殊不知你失我自失。可見是你不叫我近你，有意叫我遠你了。』如此看來，卻都是求近之心，反弄成疏遠之意。時代使然，奈何奈何。如此之話，皆他二人素習所存私心，也難備述。

因『金玉』之說，引出層層誤會猜忌，故寶玉狠命砸玉也。寶玉之砸玉，是砸『金玉良緣』之說也。是明自己之心也。

一點誤會，反成軒然大波，且心與形異，形遠而心近，真是奇奇怪怪之文。

可見黛玉亦已氣極不能支矣。

如今只述他們外面的形容。（記住，此等事，只是『外面的形容』。）那寶玉又聽見他說『好姻緣』三個字，越發逆了己意，心裏乾噎，口裏說不出話來，便賭氣向頸上抓下通靈寶玉，咬牙狠命往地下一摔，道：『什麽撈什骨子，我砸了你完事！』（恨極『金玉良緣』之說，故狠命摔玉，砸此種種猜忌疑慮之禍根也。）偏生那玉堅硬非常，摔了一下，竟文風沒動。寶玉見沒摔碎，（亦二人之情，不因誤解而受害也。）便回身找東西來砸。林黛玉見他如此，早已哭起來，說道：『何苦來，你摔砸那啞吧物件。有砸他的，不如來砸我。』（寶玉砸玉，直砸其心矣！）二人鬧着，紫鵑、雪雁等忙來解勸。後來見寶玉下死砸玉，忙上來奪，又奪不下來，見比往日鬧的大了，少不得去叫襲人。襲人忙趕了來，纔奪了下來。寶玉冷笑道：『我砸我的東西，與你們什麽相干！』襲人見他臉都氣黄了，眼眉都變了，從來沒氣的這樣，便拉着他的手，笑道：『你同妹妹拌嘴，不犯着砸他；倘或砸壞了，叫他心裏臉上怎麽過的去？』林黛玉一行哭着，一行聽了這話，說到自己心坎兒上來，（真是說到心坎上了。）可見寶玉連襲人不如，越發傷心大哭起來。心裏一煩惱，方纔吃的香薷飲解暑湯便承受不住，『哇』的一聲都吐了出來。紫鵑忙上來用手帕子接住，登時一口一口的把一塊手帕子吐濕。雪雁忙上來搥。紫鵑道：『雖然生氣，姑娘到底也該保重着些。纔吃了藥好些，這會子因和寶二爺拌嘴，又吐出來。倘或犯了病，寶二爺怎麽過的去呢？』寶玉聽了這話，說到自己心坎兒上來，可見黛玉不如一紫鵑。

寫盡人間至情，雪芹之筆，無不能達。

四人同哭，各因其情。恰是一幅『幽閨傷心圖』。

又見林黛玉臉紅頭脹，一行啼哭，一行氣湊，一行是淚，一行是汗，不勝怯弱。寶玉見了這般，又自己後悔方纔不該同他較證。既愛且憐，更覺悔遲。這會子他這樣光景，我又替不了他。心裏想着，也由不的滴下淚來了。形雖遠而心實近也。襲人見他兩個哭，由不得守着寶玉也心酸起來，又摸着寶玉的手冰涼，待要勸寶玉不哭罷，一則又恐寶玉有什麼委曲悶在心裏，二則又恐薄了林黛玉。不如大家一哭，就丟開手了，因此也流下淚來。紫鵑一面收拾了吐的藥，一面拿扇子替林黛玉輕輕的搧着，見三個人都鴉雀無聲，各人哭各人的，也由不得傷心起來，也拿手帕子擦淚。四個人都無言對泣。

一時，襲人勉強笑向寶玉道：『你不看別的，你看看這玉上穿的穗子，也不該同林姑娘拌嘴。』林黛玉聽了，也不顧病，趕來奪過去，氣尚未消，一語又起風波。順手抓起一把剪子來要剪。襲人、紫鵑剛要奪，已經剪了幾段。林黛玉哭道：『我也是白效力。他也不希罕，自有別人替他再穿好的去。』俱是賭氣，皆非本意，何苦如此。襲人忙接了玉說道：『何苦來，這是我纔多嘴的不是了。』寶玉向林黛玉道：『你只管剪，我橫豎不帶他，也沒什麼。』

只顧裏頭鬧，誰知那些老婆子們見林黛玉大哭大吐，寶玉又砸玉，不知道要鬧到什麼田地，倘或連累了他們，便一齊往前頭回賈母、王夫人知道，好不干連了他們。那賈母、王夫人見他們忙忙的作一件正經事來告訴，也都不知有了什麼大禍，便一齊進園來瞧他兄妹。急的襲人抱怨紫鵑爲什麼驚動了老太太、太太。紫鵑又只當是襲人去告訴的，也抱怨襲人。

那賈母、王夫人進來，見寶玉也無言，林黛玉也無話，問起來又沒爲什麼事，便將這禍移到襲人、紫鵑兩個人身上，說：『爲什麼你們不小心服侍，這會子鬧起來都不管了！』反讓襲人、紫鵑受過，沒情沒理，卻是合情合理。試想賈母能責誰乎？因此將他二人連罵帶說教訓了一頓。二人都沒話，只得聽着。還是賈母帶出寶玉去了，方纔平服。

過了一日，至初三日，乃是薛蟠生日，家裏擺酒唱戲，來請賈府諸人。寶玉因得罪了林黛玉，二人總未見面，心中正自後悔，無精打彩的，那裏還有心腸去看戲，因而推病不去。寫寶玉。林黛玉不過前日中了些暑溽之氣，本無甚大病，聽見他不去，心裏想：『他是好吃酒看戲的，今日反不去，自然是因爲昨兒氣着了。再不然，他見我不去，他也沒心腸去。只是昨兒千不該、萬不該，剪了那玉上的穗子。管定他再不帶了，還得我穿了他纔帶。』寫黛玉。因而心中十分後悔。

那賈母見他兩個都生了氣，只說趁今兒那邊看戲，他兩個見了也就完了，不想又都不去。老人家急的抱怨說：『我這老冤家是那世裏的孽障，偏生遇見了這麼兩個不省事的小冤家，沒有一天不叫我操心。真是俗語說的，「不是冤家不聚頭」。幾時我閉了這眼，斷了這口氣，憑着這兩個冤家鬧上天去，我眼不見，心不煩，也就罷了。偏又不嚥這口氣。』自己抱怨着也哭了。

叫賈母亦是急煞，『不是冤家不聚頭』，亦怨即是親之意也。

一段寫寶黛愛情風波，卻越寫越遠，又越遠越親，真正生花之筆。

這話傳入寶、林二人耳內。原來他二人竟是從未聽見過『不是冤家不聚頭』的這句俗語，如今忽然得了這句話，好似參禪的一般，都低頭細嚼這句話的滋味，都不覺潸然泣下。參透此語，便可了悟，少卻疑慮矣。雖不曾會面，然一個在瀟湘館臨風灑淚，一個在怡紅院對月長吁，卻不是人居兩地，情發一心。

襲人因勸寶玉道：『千萬不是，都是你的不是。往日家裏小廝們和他們的姊妹拌嘴，或是兩口子分爭，你聽見了，你還罵小廝們蠢，不能體貼女孩兒們的心。今兒你也這麼着了。明兒初五，大節下，你們兩個再這麼仇人似的，老太太越發要生氣，一定弄的大家不安生。依我勸，你正經下個氣，陪個不是。大家還是照常一樣，這麼也好，那麼也好。』襲人所勸，原是正理。那寶玉聽見了，不知依與不依。要知端詳，且聽下回分解。

【回後評】

清虛觀打醮，賈府諸女眷出門，車轎滿街，人聲嘈雜，又是一番景象，與前出殯、省親俱各不同，又是另一副筆墨。

清虛觀打醮，特寫一張道士，十足一江湖騙子，而奉承拍馬，件件精工。提親一事，引起寶玉極度不快，終成與黛玉因誤解而使性慪氣，竟至砸玉。寶玉之砸玉，是砸『金玉良緣』之說也，非與黛玉爭吵也，在寶玉是表明「玉」既已「砸」，則「金玉良緣」之說自不能成立矣。亦借此以向黛玉表明自己決不信此「金玉良緣」之說也，然寶黛間之爭吵遂至最高潮。雪芹寫此，實爲深入寫此兩人之心因不得明照，各懷憂慮，而又各極其情，遂至因互相試探而誤解而爭吵。從外表看，是越吵越凶，從内心看，是越凶越相互痛惜，相互越近，相互愈不可分離。雪芹之筆，固出神入化也。

有人以爲中國古典小說，很少人物心理描寫，此論以之論《水滸》《三國》，或可成立，以之論《紅樓》，則不妥矣。《紅樓》於寶黛愛情，心理描寫不僅多，而且深刻而曲折，此回尤甚，讀者當能然吾說。

【校　記】

〔一〕回目：各本同，文字小有出入。列本、戚本、蒙本「斟」作「癡」。舒本、程甲本作「多」，甲辰本作「惜」。楊本下句原作「癡」，後改爲「多」，「斟情」作「鍾情」。

〔二〕「我也知道」四字庚辰本無，從列藏、楊本、蒙府、戚序各本補。

第三十回　寶釵借扇機帶雙敲　齡官劃薔癡及局外〔一〕

話說林黛玉與寶玉角口後，也自後悔，但又無去就他之理，因此日夜悶悶，如有所失。紫鵑度其意，乃勸道：『若論前日之事，竟是姑娘太浮躁了些，（紫鵑是實話。）別人不知寶玉那脾氣，難道咱們也不知道的？（原是如此）爲那玉，也不是鬧了一遭兩遭了。』黛玉啐道：『你倒來替人派我的不是。我怎麽浮躁了？』紫鵑笑道：『好好的，爲什麽又剪了那穗子？豈不是寶玉只有三分不是，姑娘倒有七分不是？我看他素日在姑娘身上就好。皆因姑娘小性兒，常要歪派他，纔這麽樣。』（真是如此，一點不差，特別是『小性兒』和『歪派他』，說得正着。）林黛玉正欲答話，只聽院外叫門。紫鵑聽了一聽，笑道：『這是寶玉的聲音，（一聽就是寶玉。想寶玉必來，不來便不是寶玉了。）想必是來賠不是來了。』林黛玉聽了，道：『不許開門！』（還要如此，豈不太過！然這亦是黛玉，差一點不得。）紫鵑道：『姑娘又不是了。（紫鵑批評得好。）這麽熱天毒日頭地下，曬壞了他如何使得呢！』口裏說着，便出去開門，果然是寶玉。一面讓他進來，一面笑道：『我只當是寶二爺再不上我們這門了，誰知這會子又來了。』（紫鵑這話說得真好，恰爲寶玉製造話茬，以便順流銜接也。）寶玉笑道：『你們把極小的事倒說大了。

後悔是情所必至也，不見寶玉則如有所失也。真一日不見，如隔三秋矣，而且愈是不見，思之愈深，愈不可止也。『又無就他之理』，是一時還拐不過彎來，非不欲就也。

只有紫鵑能對黛玉說實話，紫鵑說得是，說她『小性兒』，『歪派他』，一語中的。

寶玉接得好，真大事化小，小事化無也。

說得在理而透徹，足見寶玉深知黛玉。

黛玉之意，只把自己當寶玉的姐妹，故云『你家倒有幾個親姐姐、親妹妹呢。』寶

好好的，爲什麼不來？我便死了，魂也要一日來一百遭。（其情可哀可感，令人淚下。）妹妹可大好了？』紫鵑道：『身上病好了，只是心裏氣還不大好。』寶玉笑道：『我曉得有什麼氣。』（自然只有寶玉曉得。）一面說着，一面進來，只見林黛玉又在牀上哭。

那林黛玉本不曾哭，聽見寶玉來，由不得傷了心，止不住滾下淚來。（是心中感動傷心也。）寶玉笑着走近牀來，道：『妹妹身上可大好了？』林黛玉只顧拭淚，並不答應。（拭淚好，是收場轉換的開始。）寶玉因便挨在牀沿上坐了，一面笑道：『我知道妹妹不惱我。（說到了點上。）但只是我不來，叫旁人看着，倒像是咱們又拌了嘴的似的。若等他們來勸咱們，那時節豈不咱們倒覺生分了？（說得何等體貼。）不如這會子，你要打要罵，憑着你怎麼樣，千萬別不理我。』說着，又把『好妹妹』叫了幾萬聲。

林黛玉心裏原是再不理寶玉的，這會子聽見寶玉說別叫人知道他們拌了嘴就生分了似的這一句話，又可見得比別人原親近，因又撑不住哭道：（開始哭訴，便能轉化。）『你也不用哄我。從今以後，我也不敢親近二爺，二爺也全當我去了。』寶玉聽了，笑道：『你往那去呢？』林黛玉道：『我回家去。』寶玉笑道：『我跟了你去。』林黛玉道：『我死了呢。』寶玉道：『你死了，我做和尚！』（何等至誠，並非虛話。）林黛玉一聞此言，登時將臉放下來，問道：『想是你要死了，胡說的是什麼！（不忍聽此胡說。）你家倒有幾個親姐姐、親妹妹呢，明兒都死了，你有幾個身子去作和尚？明兒我倒把這話告訴別人去評評。』寶玉自知

玉做和尚之意，當然是說不再娶，則已把黛玉作爲自己待娶之人，故說話造次，後悔不及也。

只寥寥數句，多少內心活動，作者皆用人物動作表明，勝於語言多多。

千言萬語，無數衷情，皆在此一摔之中，不知作者如何想來。予數十年來，喜看傳統戲曲，每見名演員一理鬚，一整冠，一彈指，每一小動作，皆能傳情達意。黛玉此一摔，亦傳情達意之最好方式，只此一摔，兩心相通矣！

數句雖不寫賈母，而賈母出矣。

這話說的造次了，後悔不來，登時臉上紅脹起來，低着頭不敢則一聲。幸而屋裏沒人。林黛玉直瞪瞪的瞅了他半天，氣的一聲兒也說不出來。見寶玉憋的臉上紫脹，便咬着牙用指頭狠命的在他額顱上戳了一下，（又疼又愛又憐又惜，在此一戳，可見黛玉嘴裏說他胡說，心裏並不惱怒也。不惟不怒，且舒心耳。）哼了一聲，咬牙說道：『你這——』剛說了兩個字，便又嘆了一口氣，仍拿起手帕子來擦眼淚。

寶玉心裏原有無限的心事，又兼說錯了話，正自後悔；又見黛玉戳他一下，要說又說不出來，自嘆自泣，因此自己也有所感，不覺滾下淚來。（無言對泣，兩心已通。）要用帕子揩拭，不想又忘了帶來，便用衫袖去擦。林黛玉雖然哭着，卻一眼看見了，見他穿着簇新藕合紗衫，竟去拭淚，便一面自己拭着淚，一面回身將枕邊搭的一方綃帕子拿起來，向寶玉懷裏一摔，一語不發，仍掩面自泣。

寶玉見他摔了帕子來，忙接住，拭了淚，又挨近前些，伸手挽了林黛玉一隻手，笑道：『我的五臟都碎了，你還只是哭。（一句話抵一篇《傷心賦》。）走罷，我同你往老太太跟前去。』林黛玉將手一摔道：『誰同你拉拉扯扯的！一天大似一天的，還這麼涎皮賴臉的，連個道理也不知道。』（氣已消，情已通矣。）

一句沒說完，只聽喊道：『好了！』（天外飛來一聲，寶、林二人未想到，讀者也未想到。）寶、林二人不防，都唬了一跳。回頭看時，只見鳳姐兒跳（『跳』字生動。）了進來，笑道：『老太太在那裏抱怨天抱怨地，只叫我來瞧瞧你們好了沒有。我說不用瞧，過不了三天，他們自己就好了。老太太罵活脫脫一個鳳姐，既說賈母罵她懶，又說她早就猜到兩人自己就好了，現在果見兩人拉着手哭。幾句話寫了三面四個人，文字何等跳脫。

鳳姐『一面說，一面拉了就走』，真又是一陣風也。一天烏雲，若無此風，何能立即轉晴。

我，說我懶。（絕妙餘波，虧作者想得出，然實實皆從生活中來。）我來了，果然應了我的話了。也沒見你們兩個人有些什麼可拌的，三日好了，兩日惱了，越大越成了孩子了！有這會子拉着手哭的，（拉着手哭的，絕妙圖畫。）昨兒爲什麼又成了烏眼雞呢！還不跟我走，到老太太跟前，叫老人家也放些心。』說着，拉了林黛玉就走。（最好收束）林黛玉回頭叫丫頭們，一個也沒有。鳳姐道：『又叫他們作什麼，有我服侍你呢。』一面說，一面拉了就走。寶玉在後面跟着出了園門。

到了賈母跟前，鳳姐笑道：『我說他們不用人費心，自己就會好的。老祖宗不信，一定叫我去說合。我及至到那裏要說合，誰知兩個人倒在一處對賠不是了。（妙絕。）對哭對訴，倒像「黃鷹抓住了鷂子的腳」，兩個都扣了環了，那裏還要人去說合。』（得鳳姐形容，生動十倍。）說的滿屋裏都笑起來。

此時寶釵正在這裏，那林黛玉只一言不發，挨着賈母坐下。寶玉沒甚說的，便向寶釵笑道：『大哥哥好日子，偏生我又不好了，沒別的禮送，連個頭也不得磕去。大哥哥不知我病，倒像我懶，推故不去的。倘或明兒惱了，姐姐替我分辯分辯。』寶釵笑道：『這也多事。你便要去也不敢驚動，何況身上不好。弟兄們日日一處，要存這個心倒生分了。』寶玉又笑道：『姐姐知道體諒我就好了。』又道：『姐姐怎麼不看戲去？』寶釵道：『我怕熱，看了兩齣，熱的很。要走，客又不散。我少不得推身上不好，就來了。』寶玉聽說，自己由不得臉上沒意思，只得又搭訕笑道：『怪不得他寶釵一句話，既罵了元妃，又罵了寶玉。然元妃纔過節禮，且把寶釵與寶玉並列，可知見重至甚。反遭寶釵之譏，足見寶釵亦因盛怒而未細審也，至於反譏寶玉為楊國忠，更是擬不於倫，蓋國忠是楊妃之兄而非弟，豈非怒極而失檢乎？然此類事在寶釵實為偶然。

寶玉動輒得咎，真是尷尬。

寶釵立刻回報，毫不遲疑，且信手拈來，毫不費力。

們拿姐姐比楊妃，（一句話，又闖禍了。）原來也體豐怯熱。』

寶釵聽說，不由的大怒，（寶釵素以有容著稱，不想一句話竟動怒了。可見寶玉此話甚不得體。）待要怎樣，又不好怎樣。回思了一回，臉紅起來，便冷笑了兩聲，說道：『我倒像楊妃，只是沒一個好哥哥、好兄弟可以作得楊國忠的！』二人正說着，可巧小丫頭靛兒因不見了扇子，和寶釵笑道：『必是寶姑娘藏了我的。好姑娘，賞我罷。』（撞到火頭上了。）寶釵指他道：『你要仔細！我和你頑過，你再疑我？和你素日嘻皮笑臉的那些姑娘們跟前，（嘻皮笑臉的那些姑娘，究竟指誰？）你該問他們去！』說的個靛兒跑了。寶玉自知又把話說造次了，當着許多人，更比纔在林黛玉跟前更不好意思，便急回身又同別人搭訕去了。

林黛玉聽見寶玉奚落寶釵，心中着實得意，纔要搭言也趁勢兒取個笑，不想靛兒因找扇子，寶釵又發了兩句話，他便改口笑道：『寶姐姐，你聽了兩齣什麼戲？』寶釵因見林黛玉面上有得意之態，一定是聽了寶玉方纔奚落之言，遂了他的心願，忽又見問他這話，便笑道：『我看的是李逵罵了宋江，後來又賠不是。』寶玉便笑道：『姐姐通今博古，色色都知道，怎麼連這一齣戲的名字也不知道，就說了這麼一串子。這叫《負荊請罪》。』（寶玉遲鈍，還未明白寶釵之意。）寶釵笑道：『原來這叫作《負荊請罪》，你們通今博古，纔知道「負荊請罪」，我不知道什麼是「負荊請罪」！』（更加痛說一頓。）一句話還未說完，寶玉、林黛玉二人心裏有病，聽了這話，早把臉羞紅了。

二人各鬥機鋒，靈心慧舌，百節玲瓏，寶玉只是後知，惟鳳姐一語，堪與釵黛相敵。

鳳姐於這些上雖不通達，但只看他三人形景，便知其意，（鳳姐已會其意。）便也笑着問人道：『你們大暑天，誰還吃生薑呢？』（問得巧。）衆人不解其意，便說道：『沒有吃生薑。』鳳姐故意用手摸着腮，詫異道：『既沒人吃生薑，怎麼這麼辣辣的？』寶玉、黛玉二人聽見這話，越發不好過了。寶釵再要說話，見寶玉十分慚愧，形景改變，也就不好再說，只得一笑收住。別人總未解得他四個人的言語，因此付之流水。

一時寶釵、鳳姐去了，林黛玉笑向寶玉道：『你也試着比我利害的人了。（黛玉總是嘴尖，不加含蓄。）誰都像我心拙口笨的，由着人說呢。』寶玉正因寶釵多了心，自己沒趣，又見林黛玉來問着他，越發沒好氣起來。待要說兩句，又恐林黛玉多心，說不得忍着氣，無精打彩一直出來。（寶玉一路不順，事事碰壁。）

一幅長夏晝睏圖。

誰知目今盛暑之時，又當早飯已過，各處主僕人等多半都因日長神倦之時，寶玉背着手，到一處，一處鴉雀無聞。（寫盛暑白晝。）從賈母這裏出來，往西走過了穿堂，便是鳳姐的院落。到他們院門前，只見院門掩着，知道鳳姐素日的規矩，每到天熱，午間要歇一個時辰的，進去不便，遂進角門，來到王夫人上房內。只見幾個丫頭子手裏拿着針線，卻打盹兒呢。

王夫人在裏間涼榻上睡着，金釧兒坐在旁邊搥腿，也乜斜着眼亂恍。寶玉輕輕的

『扚』，庚辰本作『滴』，均讀『的』。吳語以兩手指甲掐物稱『扚』，亦作『[illegible]』。此語今尚通行。庚辰本『滴』是『扚』或『[illegible]』的同音借字。寶玉此處是輕掐。

寶玉向金釧兒口裏送香雪潤津丹，金釧兒並不睜眼，只管噙了，此處無須語言，而已達其情矣。

金釧兒『金簪掉在井裏頭』一句話，直表金釧之心，而其用語何等精妙。

豈知王夫人並未睡着，則兩人所說，盡入其耳，無怪招來大禍矣。

明明寶玉來惹事，卻全由金釧承受，其實可憐。寶玉竟一溜煙跑了，遊手好閒，惹是生非，總不脫貴介公子之習耳。

走到跟前，把他耳上帶的墜子一扚，金釧兒睜開眼，見是寶玉。寶玉悄悄的笑道：『就睏的這麼着?』金釧抿嘴一笑，擺手令他出去，仍合上眼。神情畢肖 寶玉見了他，就有些戀戀不捨的，貴介公子之病。悄悄的探頭瞧瞧王夫人合着眼，便自己向身邊荷包裏帶的香雪潤津丹掏了一丸出來，便向金釧兒口裏一送。金釧兒並不睜眼，只管噙了。如畫。寶玉上來便拉着手，悄悄的笑道：『我明日和太太討你，咱們在一處罷。』金釧兒不答。寶玉又道：『不然，等太太醒了，我就討。』寶玉又生事端。金釧兒睜開眼，將寶玉一推，笑道：『你忙什麼！「金簪子掉在井裏頭，有你的只是有你的」，連這句話語難道也不明白?可見並非今日始也。我倒告訴你個巧宗兒，你往東小院子裏拿環哥兒、彩雲去。』寶玉笑道：『憑他怎麼去罷，我只守着你。』

只見王夫人翻身起來，照金釧兒臉上就打了個嘴巴子，指着罵道：『下作小娼婦，好好的爺們，都叫你教壞了。』寶玉見王夫人起來，早一溜煙去了。又惹禍事

這裏，金釧兒半邊臉火熱，一聲不敢言語。登時衆丫頭聽見王夫人醒了，都忙進來。王夫人便叫玉釧兒：『把你媽叫來，帶出你姐姐去。』金釧兒聽說，忙跪下哭道：『我再不敢了。太太要打要罵，只管發落，別叫我出去，就是天恩了。我跟了太太十來年，這會子攆出去，我還見人不見人呢！』

王夫人固然是個寬仁慈厚的人，從來不曾打過丫頭們一下，今忽見金釧兒行此無

金釧兒從此死矣！

寶玉處處惹事，無處着落，又遊走到大觀園。

未見真面，先爲畫一背影。

恥之事，此乃平生最恨者，故氣忿不過，打了一下，駡了幾句。雖金釧兒苦求，亦不肯收留，到底喚了金釧兒之母白老媳婦來領了下去。那金釧兒含羞忍辱的出去，不在話下。

且說那寶玉見王夫人醒來，自己沒趣，忙進大觀園來。只見赤日當空，樹陰合地，滿耳蟬聲，靜無人語。（四句一片夏日長晝景色。）剛到了薔薇花架，只聽有人哽噎之聲。（又遇一事）寶玉心中疑惑，便站住細聽，果然架下那邊有人。如今五月之際，那薔薇正是花葉茂盛之時。寶玉便悄悄的隔着籬笆洞兒一看，只見一個女孩子蹲在花下，手裏拿着根綰頭的簪子，在地下摳土，一面悄悄的流淚。

寶玉心中想道：『難道這也是個癡子，又像顰兒來葬花不成？』因又自嘆道：『若真也葬花，可謂「東施效顰」，不但不爲新特，且更可厭了。』想畢，便要叫那女子，說：『你不用跟着那林姑娘學了。』話未出口，幸而再看時，這女孩子面生，不是個侍兒，倒像是那十二個學戲的女孩子之內的，卻辨不出他是生旦淨丑那一個角色來。寶玉忙把舌頭一伸，將口掩住，自己想道：『幸而不曾造次。上兩次皆因造次了，顰兒也生氣，寶兒也多心，如今再得罪了他們，越發沒意思了。』一面想，一面又恨認不得這個是誰。再留神細看，只見這女孩子眉蹙春山，眼顰秋水，面薄腰纖，嫋嫋婷婷，大有林黛玉之態。寶玉早又不忍棄他而去，只管癡看。只見他雖然用金簪先畫其狀，後敘其事，俱從寶玉眼中畫出，因寶玉不識其人，故只先畫其表也。

兩個俱是情癡。

劃地，並不是掘土埋花，竟是向土上畫字。寶玉用眼隨着簪子的起落，一直一畫一點一勾的看了去，數一數，十八筆。自己又在手心裏用指頭按着他方纔下筆的規矩寫了，猜是個什麼字。寫成一想，原來就是個薔薇花的『薔』字。寶玉想道：『必定是他也要作詩填詞。（隨見隨想，所以作如此猜測。）這會子見了這花，因有所感，或者偶成了兩句，一時興至恐忘，在地下畫着推敲，也未可知。且看他底下再寫什麼。』一面想，一面又看，只見那女孩子還在那裏畫呢，畫來畫去，還是個『薔』字。再看，還是個『薔』字。（再加細看，方知是『薔』字。）裏面的原是早已癡了，畫完一個又畫一個，已經畫了有幾千個『薔』。外面的不覺也看癡了，兩個眼睛珠兒只管隨着簪子動，心裏卻想：『這女孩子一定有什麼話說不出來的大心事，纔這樣個形景。外面既是這個形景，心裏不知怎麼熬煎。看他的模樣兒這般單薄，心裏那裏還擱的住熬煎。可恨我不能替他分些過來。』

伏中陰晴不定，片雲可以致雨，忽一陣涼風過了，唰唰的落下一陣雨來。（是夏日景象。）寶玉看着那女子頭上滴下水來，紗衣裳登時濕了。寶玉想道：『這時下雨，他這個身子如何禁得驟雨一激！』因此禁不住便說道：『不用寫了。你看下大雨，身上都濕了。』那女孩子聽說，倒唬了一跳，擡頭一看，只見花外一個人叫他不要寫了，下大雨了。一則寶玉臉面俊秀；二則花葉繁茂，上下俱被枝葉隱住，剛露着半邊臉，那女孩子只當是個丫頭，再不想是寶玉，因笑道：『多謝姐姐提醒了我。難道姐姐在外此時方補敘因由。

雨後怡紅院內另一情趣。

襲人正在與衆人玩笑之際，見寶玉此狀，不禁好笑，豈知寶玉一路諸事不順，至此

頭有什麽遮雨的？』（可見一時癡絕。）一句話提醒了寶玉，『噯喲』了一聲，纔覺得渾身冰涼。低頭一看，自己身上也都濕了。說聲『不好』，只得一氣跑回怡紅院去了，心裏卻還記掛着那女孩子沒處避雨。

原來明日是端陽節，那文官等十二個女子都放了學，進園來各處頑耍。可巧小生寶官、正旦玉官兩個女孩子，正在怡紅院和襲人頑笑，被大雨阻住。大家把溝堵了，水積在院內，把些綠頭鴨、花鸂鶒、彩鴛鴦，捉的捉，趕的趕，縫了翅膀，放在院內頑耍，將院門關了。襲人等都在遊廊上嘻笑。（又是一番雨後景象。）寶玉見關着門，便以手扣門，裏面諸人只顧笑，那裏聽見。叫了半日，拍的門山響，裏面方聽見了，估諒着寶玉這會子再不回來的。（出於意想之外。）襲人笑道：『誰這會子叫門？沒人開去。』寶玉道：『是我。』麝月道：『是寶姑娘的聲音。』晴雯道：『胡說！寶姑娘這會子做什麽來？』襲人道：『讓我隔着門縫兒瞧瞧，可開就開，要不可開，叫他淋着去。』說着，便順着遊廊到門前，往外一瞧，只見寶玉淋的雨打雞一般。（是寶玉另一副景象，好看煞人。）襲人見了，又是着忙，又是可笑，忙開了門，笑的彎着腰拍手道：『這麽大雨地裏跑什麽？那裏知道爺回來了。』（確是如此）寶玉一肚子沒好氣，滿心裏要把開門的踢幾腳，及開了門，並不看真是誰，還只當是那些小丫頭子們，便擡腿踢在肋上。（貴介公子脾氣。）襲人『噯喲』了一聲。

又久等不開門，遂至積怒，又未細看，於是舉腿便踢，此一踢，乃寶玉諸事不順心境統歸此舉也，非僅門外久等也。

寶玉還罵道：『下流東西們！我素日擔待你們得了意，一點兒也不怕，越發拿我取笑兒了。』口裏說着，一低頭見是襲人哭了，方知踢錯了，忙笑道：『噯喲，是你來了！踢在那裏了？』襲人從來不曾受過一句大話的，（襲人只聽慣稱讚奉承，哪經過踢罵？）今兒忽見寶玉生氣踢他一下，又當着許多人，又是羞，又是氣，又是疼，真一時置身無地。待要怎麼樣，料着寶玉未必是安心踢他，少不得忍着說道：『沒有踢着。還不換衣裳去。』寶玉一面進房來解衣，一面笑道：『我長了這麼大，今兒是頭一遭兒生氣打人，（寶玉打人，確是第一次。）不想就偏遇見了你！』襲人一面忍痛換衣裳，一面笑道：『我是個起頭兒的人，不論事大事小，事好事歹，自然也該從我起。但只是別說打了我，明兒順了手也打起別人來。』寶玉道：『我纔也不是安心。』襲人道：『誰說你是安心了！素日開門關門，都是那起小丫頭子們的事。他們是頑皮慣了的，早已恨的人牙癢癢，他們也沒個怕懼兒。你當是他們，踢一下子，唬唬他們也好些。纔剛是我淘氣，不叫開門的。』說着，那雨已住了，寶官、玉官也早去了。襲人只覺肋下疼的心裏發鬧，晚飯也不曾好生吃。（可見踢得重了。因當時襲人彎了腰，故踢在肋上。）至晚間洗澡時脫了衣服，只見肋上青了碗大一塊，自己倒唬了一跳，又不好聲張。

一時睡下，夢中作痛，由不得『噯喲』之聲從睡中哼出。寶玉雖說不是安心，因見襲人懶懶的，也睡不安穩。忽夜間聽得『噯喲』，便知踢重了，自己下牀悄悄的秉燈來照。剛到牀前，只見襲人嗽了兩聲，吐出一口痰來，『噯喲』一聲，睜開眼見了寶玉，倒唬了一跳，道：『作什麼？』寶玉道：『你夢裏「噯喲」，必定踢重了。我瞧瞧。』襲人道：『我頭上發暈，嗓子裏又腥又甜，你倒照一照地下罷。』寶玉聽說，果然持燈向地下一照，只見一口鮮血在地。竟吐出血來，確是踢重了。寶玉慌了，只說：『了不得了！』襲人見了，也就心冷了半截。要知端的，且聽下回分解。

【回後評】

上回寫寶玉、黛玉爭吵，至寶玉砸玉，似甚決裂，此回卻寫兩人各自後悔，各自不能分離。寶玉說『我便死了，魂也要一日來一百遭』，『你死了，我做和尚』，『我的五臟都碎了，你還只是哭』，黛玉則心裏後悔，又不好『去就他』，可見兩人雖經爭吵，而其愛愈深，且兩人愈知互不可離也。雪芹正藉此更深一層寫寶黛愛情，寶玉所說三句話，其意已至深至誠至真矣，黛玉用指頭戳寶玉額顱，又將自己的手帕摔給寶玉拭淚。此一戳一摔，真情在不言中矣！雪芹真寫情聖手。

寶玉原想搭訕寶釵，不料措詞不當，將寶釵比作楊妃，遂引起寶釵強烈不滿，至反唇相譏。寶釵平時一直以溫良恭儉讓待人，從未盛怒，此處卻因一句話而大怒，立即反唇，且借靛兒警告『我和你頑過』，其峻不可犯之態，以前迄未見過。蓋雪芹亦欲藉此以示寶釵深藏不露之性格另一面耳。

寶釵借題譏寶玉『負荊請罪』，巧妙靈便，機鋒百出，而偏由寶玉引起，旁人不覺，只有鳳姐看出，卻只說『大暑天，誰還吃生薑呢？』人更不明其意，實亦機鋒也。然寶釵知書，故取書中之材，鳳姐不知書，只取生活中之材，同是機鋒而所來不同，所取各異，然其慧心靈性，舌燦蓮花則一也。

寶玉與金釧一段，寫出寶玉貴介公子之陋習，終爲金釧釀成終身之禍，雪芹亦以直筆書之，亦見其人之另一面耳。

畫薔一段，實寫齡官癡情，亦寫寶玉癡情，則情之所癡，不僅寶、黛諸釵，即如大觀園諸婢亦各有其癡也。雪芹之筆，可謂密矣。

【校　記】

〔一〕回目：庚辰、列藏、楊本、舒序、甲辰、程甲同。蒙府、戚序下句『椿靈』作『齡官』。此從蒙、戚本。又楊本另有回目作『訊寶玉借扇生風，逐金釧因丹受氣』。此回目又用墨筆塗去。

瓜飯樓重校評批《紅樓夢》卷四

第三十一回 撕扇子作千金一笑 因麒麟伏白首雙星〔一〕

> 襲人爭榮誇耀之心，平時絲毫不露，只覺其人老誠本分，雪芹借此予以一露。

> 只不願驚動別人，因聲張起來，人人知襲人被寶玉踢了，於襲人實不光彩也。

話說襲人見了自己吐的鮮血在地，也就冷了半截，想着往日常聽人說：『少年吐血，年月不保，縱然命長，終是廢人了。』想起此言，不覺將素日想着後來爭榮誇耀之心盡皆灰了，眼中不覺滴下淚來。寶玉見他哭了，也不覺心酸起來，因問道：『你心裏覺的怎麼樣？』襲人勉強笑道：『好好的，覺怎麼樣呢。』

寶玉的意思，即刻便要叫人燙黃酒，要山羊血黎洞丸來。襲人拉了他的手，笑道：『你這一鬧不打緊，鬧起多少人來，倒抱怨我輕狂。分明人不知道，倒鬧的人知道了，你也不好，我也不好。正經明兒你打發小子問問王太醫去，弄點子藥吃吃就好了。人不知鬼不覺的，（襲人惟喜『人不知鬼不覺』，然以往之事，真人不知鬼不覺乎？）可不好？』寶玉聽了有理，也只得罷了，向案上斟了茶來，給襲人漱了口。襲人知寶玉心內是不安穩的，待要不叫他服侍，他又必不依；二則定要驚動別人，不如由他去罷。因此只在榻上，由寶玉去服侍。

一交五更，寶玉也顧不的梳洗，忙穿衣出來，將王濟仁叫來，親自確問。王濟仁一次賞午宴，因各人心事不同，竟於冷淡中散場。

一支筆，歷寫王夫人、寶釵、寶玉、黛玉、鳳姐、迎春姐妹等各人心理，雖都是『淡淡的』，但卻心事各異，各有各的原因。

黛玉之『喜散不喜聚』者，非真不喜聚也，是怕聚而復散也。與其聚而復散，不如不聚。若能聚而不散，則亦所願也，然天下豈有聚而不散者，是以黛玉因怕散而不願聚也。故其真怕者是散也。

寶玉喜聚而怕散，

問其原故，不過是傷損，便說了個丸藥的名字，怎麼服，怎麼敷。寶玉記了，回園依方調治。不在話下。

這日正是端陽佳節，蒲艾簪門，虎符繫臂。午間，王夫人治了酒席，請薛家母女等賞午。寶玉見寶釵淡淡的，也不和他說話，自知是昨兒的原故。王夫人見寶玉沒精打彩，也只當是爲金釧兒昨日之事，他沒好意思的，越發不理他。林黛玉見寶玉懶懶的，只當是他因爲得罪了寶釵的原故，心中不自在，形容也就懶懶的。鳳姐昨日晚間王夫人就告訴了他寶玉、金釧的事，知道王夫人不自在，自己如何敢說笑，也就隨着王夫人的氣色行事，更覺淡淡的。賈迎春姊妹見衆人無意思，也都無意思了。因此，大家坐了一坐，就散了。

林黛玉天性喜散不喜聚。他想的也有個道理。他說，『人有聚，就有散。聚時歡喜，到散時豈不清冷？既清冷，則生傷感，所以不如倒是不聚的好。（黛玉總是比人多想一步。）比如那花開時令人愛慕，謝時則增惆悵，所以倒是不開的好。』故此人以爲喜之時，他反以爲悲。那寶玉的情性只願常聚，生怕一時散了添悲。那花只願常開，生怕一時謝了沒趣。及到筵散花謝，雖有萬種悲傷，也就無可如何了。因此，今日之筵，大家無興散了，林黛玉倒不覺得，倒是寶玉心中悶悶不樂，回至自己房中，長吁短嘆。偏生晴雯則其怕散與黛玉一也。然天下豈有聚而不散者，故終必散也。故其終亦與黛玉一也。

只有晴雯敢如此說，寶玉只一句話，倒引出她一大串。

『我們』兩字，在襲人早已心中念中天天如此，此不過不慎漏出耳。

上來換衣服，不防又把扇子失了手跌在地下，將股子跌折。寶玉因嘆道：『蠢才，蠢才！將來怎麽樣？明兒你自己當家立事，難道也是這麽顧前不顧後的？』晴雯冷笑道：『二爺近來氣大的很，行動就給臉子瞧。（指前面數事。）前兒連襲人都打了，（踢襲人已成口實。）今兒又來尋我們的不是。要踢要打，憑爺去。就是跌了扇子也是平常的事。先時連那麽樣的玻璃缸、瑪瑙碗，不知弄壞了多少，也沒見個大氣兒，這會子一把扇子就這麽着了。何苦來！要嫌我們，就打發我們，再挑好的使。好離好散的，倒不好？』寶玉聽了這些話，氣的渾身亂戰，因說道：『你不用忙，將來有散的日子！』（難免寶玉要氣，剛說寶玉怕散，竟提出好離好散來了。）

襲人在那邊早已聽見，忙趕過來向寶玉道：『好好的，又怎麽了？可是我說的「一時我不到，就有事故兒」。』（襲人算老幾，竟如此說，難免晴雯不服。）晴雯聽了，冷笑道：『姐姐既會說，就該早來，也省了爺生氣。自古以來就是你一個人服侍爺的，我們原沒服侍過。因爲你服侍的好，昨日纔挨窩心脚；（襲人一句話，反惹來冷言冷語諷刺，只有晴雯纔能如此。）我們不會服侍的，到明兒還不知是個什麽罪呢！』襲人聽了這話，又是惱，又是愧，待要說幾句話，又見寶玉已經氣的黄了臉，少不得自己忍了性子，推晴雯道：『好妹妹，你出去逛逛，原是我們的不是。』

晴雯聽他說『我們』兩個字，自然是他和寶玉了，不覺又添了醋意，冷笑幾聲道：『我倒不知道你們是誰，別教我替你們害臊了！（好晴雯，不留一絲情面，沖口便說。）便是你們鬼鬼祟祟幹的那襲人其實不好耽，確是避開爲上策。

事兒，也瞞不過我去，原來並未瞞過。那裏就稱起「我們」來了。明公正道，連個「姑娘」還沒掙上去呢，也不過和我似的，那裏就稱上「我們」了！』襲人羞的臉紫脹起來，由不得襲人不臉紅。想一想，原來是自己把話說錯了。寶玉一面說：『你們氣不忿，我明兒偏擡舉他。』襲人忙拉了寶玉的手，道：『他一個糊塗人，你和他分證什麼？況且你素日又是有擔待的，比這大的過去了多少，今兒是怎麼了？』晴雯冷笑道：『我原是糊塗人，又招晴雯之刺。那裏配和我說話呢！』襲人聽說，道：『姑娘倒是和我拌嘴呢，是和二爺拌嘴呢？要是心裏惱我，你只和我說，不犯着當着二爺吵。要是惱二爺，不該這麼吵的萬人知道。我纔也不過是爲了事，進來勸開了，大家保重。姑娘倒尋上我的晦氣。又不像是惱我，又不像是惱二爺，夾槍帶棒，終久是個什麼主意？我就不多說，讓你說去。』說着，便往外走。

寶玉向晴雯道：『你也不用生氣，我也猜着你的心事了。我回太太去，你也大了，打發你出去好不好？』這是寶玉以主子身份壓晴雯也，難怪晴雯傷心。晴雯聽見了這話，不覺又傷起心來，含淚說道：『爲什麼我出去？要嫌我，變着法兒打發我出去，也不能夠。』寶玉道：『我何曾經過這個吵鬧？一定是你要出去了。不如回太太，打發你去罷。』說着，站起來就要走。

襲人忙回身攔住，原來襲人還未走出。笑道：『往那裏去？』寶玉道：『回太太去。』襲人笑

（寶玉又是一頓爭吵，又是一個三人同哭場面。）

道：『好沒意思！真個的去回，你也不怕臊了？便是他認真的要去，也等把這氣下去了，等無事中說話兒回了太太，也不遲。（正是襲人慣技，不覺自己說出，從此晴雯死矣。）這會子急急的當作一件正經事去回，豈不叫太太犯疑？』寶玉道：『太太必不犯疑，我只明說是他鬧着要去的。』晴雯哭道：『我多早晚鬧着要去了？（此是實話，晴雯何曾要去。）饒生了氣，還拿話壓派我。只管去回，我一頭碰死了，也不出這門兒。』（晴雯烈性，不幸竟成預言。）寶玉道：『這也奇了。你又不去，你又鬧些什麽？我經不起這吵，不如去了倒乾淨。』說着，一定要去回。

襲人見攔不住，只得跪下了。（襲人竟爲晴雯跪下，意想不到之事，然惟其如此，方是襲人也。）碧痕、秋紋、麝月等衆丫鬟見如此吵鬧，都鴉雀無聞的在外頭聽消息，這會子聽見襲人跪下央求，便一齊進來，都跪下了。寶玉忙把襲人扶起來，（單扶襲人，見出襲人與衆人異。）嘆了一聲，在牀上坐下，叫衆人起去，向襲人道：『叫我怎麽樣纔好！把這個心使碎了，也沒人知道。』說着，不覺滴下淚來。襲人見寶玉流下淚來，自己也就哭了。晴雯在旁哭着，方欲說話，只見林黛玉進來，便出去了。林黛玉笑道：『大節下怎麽好好的哭起來？難道是爲爭粽子吃，爭惱了不成？』寶玉和襲人嗤的一笑。黛玉道：『二哥哥不告訴我，我問你就知道了。』一面說，一面拍着襲人的肩，笑道：『好嫂子，（晴雯嘴尖，豈知黛玉更尖，竟直呼『嫂子』，爲晴雯聽到當作何想。）你告訴我。必定是你兩個拌了嘴了。告訴妹妹，替你們和勸和勸。』襲人推他道：『林姑娘你鬧什麽。我們一個丫頭，姑娘只是混說。』黛玉笑道：『你說你是丫頭，我只拿你當嫂子待。』

何出此言？然襲人雖見信於上，卻不全容於寶玉身邊之人，今日晴雯之刺，即是一例，故有是言。

黛玉說：『我從今以後都記着你作和尚的遭數兒』，這是黛玉的一句舒心話，因做和尚寶玉只對黛玉說過。此處自然也是對黛玉說，故黛玉云云。但襲人卻誤以爲寶玉是對她說，故又笑道：『你老實些罷，何苦還說這些話。』寶玉一句話，襲人有襲人的理解，黛玉有黛玉的理解，文章何等透剔玲瓏，而後世讀《紅樓夢》者，亦竟有誤以爲是爲襲人者，甚者更以爲黛玉亦以爲是指襲人而言者，則誤之甚矣。雪芹生花之筆，迷人若此，可不細心讀乎！

還要加以坐實。寶玉道：『你何苦來替他招罵名兒。饒這麼着，還有人說閒話，還擱的住你來說他。』襲人笑道：『林姑娘，你不知道我的心事，不知究竟是何心事？除非一口氣不來死了，倒也罷了。』襲人於怡紅院中並不得衆，諸鬟亦常諷之，故其心境亦非安怡也。林黛玉笑道：『你死了，別人不知怎麼樣，我就先哭死了。』寶玉笑道：『你死了，我作和尚去。』寶玉此話是對黛玉而說，故黛玉伸兩個指頭以與前事相接。襲人笑道：『你老實些罷，何苦還說這些話。』襲人竟以爲『做和尚』是針對她而說，故對寶玉笑道：『你老實些罷，何苦還說這些話。』這一誤會，恰透出襲人隱私，惟黛玉當時未覺耳。林黛玉將兩個指頭一伸，抿嘴笑道：『作了兩個和尚了。與上回寶玉所說相應。我從今以後都記着你作和尚的遭數兒。』寶玉聽得，知道是他點前兒的話，自己一笑，也就罷了。

一時黛玉去後，就有人說『薛大爺請』，寶玉只得去了。原來是吃酒，不能推辭，只得盡席而散。

晚間回來，已帶了幾分酒，踉蹌來至自己院內，只見院中早把乘涼枕榻設下，榻上有個人睡着。寶玉只當是襲人，一面在榻沿上坐下，一面推他，問道：『疼的好些了？』只見那人翻身起來，說：『何苦來，又招我！』晴雯氣還未消，但已緩解。寶玉一看，原來不是襲人，卻是晴雯。寶玉將他一拉，拉在身旁坐下，笑道：『你的性子越發慣嬌了。寶玉亦已消解，只此一句話，無限憐惜之情。早起就是跌了扇子，我不過說了那兩句，你就說上那些話。說我也罷了，襲人好意來勸，你又括上他，你自己想想，該不該？』晴雯道：『怪熱的，拉拉扯扯作什麼！可見寶玉與之極親。叫人來看見作什麼！我這身子也不配坐在這裏。』寶玉笑道：『你既如此洗澡，不知究竟如何洗法。

『各自性情不同』，此語醒人。寶玉之論甚奇，晴雯之行更奇，一個任情而說，一個任性而行。

知道不配，爲什麼睡着呢？』晴雯沒的話，嗤的又笑了，說：『你不來便使得，你來了就不配了。（答得巧。）起來，讓我洗澡去。襲人、麝月都洗了澡，我叫了他們來。』寶玉笑道：『我纔又吃了好些酒，還得洗一洗。你既沒有洗，拿了水來咱們兩個洗。』

晴雯搖手笑道：『罷，罷，我不敢惹爺。還記得碧痕打發你洗澡，足有兩三個時辰，也不知道作什麼呢。我們也不好進去的。後來洗完了，進去瞧瞧，地下的水淹着牀腿，連席子上都汪着水，也不知是怎麼洗了，叫人笑了幾天。我也沒那工夫收拾，也不用同我洗去。今兒也涼快，那會子洗了，可以不用再洗。我倒舀一盆水來，你洗洗臉，通通頭。纔剛鴛鴦送了好些菓子來，都湃在那水晶缸裏呢，叫他們打發你吃。』寶玉笑道：『既這麼着，你也不許洗去，只洗洗手來拿菓子來吃罷。』

晴雯笑道：『我慌張的很，連扇子還跌折了，那裏還配打發吃菓子，倘或再打破了盤子，還更了不得呢。』（晴雯真是嬌慣。）寶玉笑道：『你愛打就打，這些東西原不過是借人所用，你愛這樣，我愛那樣，各自性情不同。（要緊句。）比如那扇子，原是搧的，你要撕着頑也可以使得，只是不可生氣時拿他出氣。就如杯盤，原是盛東西的，你喜聽那一聲響，就故意的碎了也可以使得，只是別在生氣時拿他出氣。這就是愛物了。』晴雯聽了，笑道：『既這麼說，你就拿了扇子來我撕。我最喜歡撕的。』寶玉聽了，便笑着遞與他。晴雯果然接過來，嗤的一聲，撕了兩半，接着嗤嗤又聽幾聲。寶玉在旁笑着說：

撕扇子作千金一笑
谭凤嬛画

『響的好，再撕響些！』

正說着，只見麝月走過來，笑道：『少作些孽罷。』寶玉趕上來，一把將他手裏的扇子也奪了遞與晴雯。晴雯接了，也撕了幾半子，二人都大笑。麝月道：『這是怎麼說，拿我的東西開心兒？』寶玉笑道：『打開扇子匣子你揀去，什麼好東西！』麝月道：『既這麼說，就把匣子搬了出來，讓他盡力的撕，豈不好？』寶玉笑道：『你就搬去。』麝月道：『我可不造這孽。他也沒折了手，叫他自己搬去。』晴雯笑着，倚在牀上說道：『我也乏了，明兒再撕罷。』寶玉笑道：『古人云，「千金難買一笑」。幾把扇子，能值幾何！』一面說着，一面叫襲人。襲人纔換了衣服走出來。小丫頭佳蕙過來，拾去破扇。大家乘涼，不消細說。

一段任性任意文章，他書所不能有。

至次日午間，王夫人、薛寶釵、林黛玉衆姊妹正在賈母房內坐着。就有人回：『史大姑娘來了。』一時果見史湘雲帶領衆多丫鬟、媳婦走進院來。寶釵黛玉等忙迎至階下相見。青年姊妹間經月不見，一旦相逢，其親密自不必細說。一時進入房中，請安問好，都見過了。賈母因說：『天熱，把外頭的衣服脫脫罷。』史湘雲忙起身寬衣。王夫人因笑道：『也沒見穿上這些作什麼？』史湘雲笑道：『都是二嬸子叫穿的，誰願意穿這些。』寶釵一旁笑道：『姨娘不知道，他穿衣補敘湘雲一段往事。

裳還更愛穿別人的衣裳。可記得舊年三四月裏，他在這裏住着，把寶兄弟的袍子穿上，靴子也穿上，額子也勒上，猛一瞧倒像是寶兄弟，就是多兩個墜子。他站在那椅子後邊，哄的老太太只是叫「寶玉，你過來，仔細那上頭掛的燈穗子招下灰來迷了眼」。他只是笑，也不過去。後來大家撐不住笑了，老太太纔笑了，說「倒扮上男人好看了」。』

寫湘雲淘氣。

林黛玉道：『這算什麽。惟有前年正月裏接了他來，住了沒兩日，就下起雪來，老太太和舅母那日想是纔拜了影回來，老太太的一個新新的大紅猩猩氈斗篷放在那裏，誰知眼錯不見他就披了，又大又長，他就拿了個汗巾子攔腰繫上，和丫頭們在後院子撲雪人兒去，一跤栽到溝跟前，弄了一身泥水。』說着，大家想着前情，都笑了。

寶釵笑向那周奶媽道：『周媽，你們姑娘還是那麽淘氣不淘氣了？』周奶娘也笑了。迎春笑道：『淘氣也罷了，我就嫌他愛說話。（愛說話，是湘雲的個性。）也沒見睡在那裏還是咭咭呱呱，笑一陣，說一陣，也不知那裏來的那些話。』王夫人道：『只怕如今好了。前日有人家來相看，眼見有婆婆家了，（暗寫一筆似水流年。）還是那們着。』賈母因問：『今兒還是住着，還是家去呢？』周奶娘笑道：『老太太沒有看見衣服都帶了來，可不住兩天。』史湘雲問道：『寶玉哥哥不在家麽？』寶釵笑道：『他再不想着別人，只想寶兄弟，兩個人好憨的。這可見還沒改了淘氣。』賈母道：『如今你們大了，別提小名兒了。』剛說着，只見寶玉來了，笑道：『雲妹妹來了。前兒打發人接你去，怎麼不來？』王夫人道：『這裏老太太纔說這一個，他又來提名道姓的了。』林黛玉道：『你哥哥得了好東西，等着你呢。』黛玉最關心此事，故先說穿。史湘雲道：『什麼好東西？』寶玉笑道：『你信他呢！幾日不見，越發高了。』湘雲笑道：『襲人姐姐好？』寶玉道：『多謝你記掛。』湘雲道：『我給他帶了好東西來了。』說着，拿出手帕子來，挽着一個疙瘩。寶玉道：『什麼好的？你倒不如把前兒送來的那種絳紋石的戒指兒，帶兩個給他。』湘雲笑道：『這是什麼？』說着便打開。衆人看時，果然就是上次送來的那絳紋戒指，一包四個。

林黛玉笑道：『你們瞧瞧他這主意。前兒一般的打發人給我們送了來，你就把他帶來，豈不省事？今兒巴巴的自己帶了來，我當又是什麼新奇東西，原來還是他。真真你是糊塗人。』史湘雲笑道：『你纔糊塗呢！我把這理說出來，大家評一評誰糊塗。給你們送東西，就是使來的人不用說話。拿進來一看，自然就知是送姑娘們的了；若帶他們的東西，這得我先告訴來人，這是那一個丫頭的，那是那一個丫頭的，那使來的人明白還好，再糊塗些，丫頭的名字他也不記得，混鬧胡說的，反連你們的東西都攪糊塗了。若是打發個女人素日知道的還罷了，偏生前兒又打發小子來，可怎麼說

瑣瑣說來，都是家常實情。

黛玉冷笑，是笑寶玉爲湘雲留金麒麟也。寶釵抿嘴一笑，是笑黛玉笑寶玉也。寶玉由不得也笑了，是見二人之笑，自己尷尬，也不得不笑也。同一笑也，而三人各有其內心世界。

丫頭們的名字呢？橫竪我來給他們帶來，豈不清白。』說着，把四個戒指放下，說道：『襲人姐姐一個，鴛鴦姐姐一個，金釧兒姐姐一個，平兒姐姐一個：這倒是四個人的。難道小子們也記得這們清白？』

衆人聽了，都笑道：『果然明白。』寶玉笑道：『還是這麽會說話，不讓人。』林黛玉聽了，冷笑道：『他不會說話，他的金麒麟會說話。』（還是不忘金麒麟。）一面說着，便起身走了。幸而諸人都不曾聽見，只有薛寶釵抿嘴一笑。（關心者黛玉而外亦唯此人而已。）寶玉聽見了，倒自己後悔又說錯了話，忽見寶釵一笑，由不得也笑了。寶釵見寶玉笑了，忙起身走開，找了林黛玉去說話。賈母向湘雲道：『吃了茶歇一歇，瞧瞧你的嫂子們去，園裏也涼快，同你姐姐們去逛逛。』

湘雲答應了，將三個戒指兒包上，歇了一歇，便起身要瞧鳳姐等人去。衆奶娘、丫頭跟着，到了鳳姐那裏，說笑了一回，出來便往大觀園來，見過了李宮裁，少坐片時，便往怡紅院來找襲人。因回頭說道：『你們不必跟着，只管瞧你們的朋友、親戚去，留下翠縷服侍就是了。』

衆人聽了，自去尋姑覓嫂，單剩下湘雲、翠縷兩個人。翠縷道：『這荷花怎麽還不開？』史湘雲道：『時候沒到。』翠縷道：『這也和咱們家池子裏的一樣，也是樓子花？』湘雲道：『他們這個還不如咱們的。』翠縷道：『他們那邊有顆石榴，接連比喻得好。

與前賈雨村之論有相合處。

四五枝，真是樓子上起樓子，這也難爲他長。』史湘雲道：『花草也是同人一樣，氣脈充足，長的就好。』翠縷把臉一扭，說道：『我不信這話。若說同人一樣，我怎麽不見頭上又長出一個頭來的人？』（奇談怪論，不可思議，可見翠縷不通之至。）湘雲聽了，由不得一笑，說道：『我說你不用說話，你偏好說。這叫人怎麽好答言？（真是不好答。）天地間都賦陰陽二氣所生，或正或邪，或奇或怪，千變萬化，都是陰陽順逆多少。一生出來，人罕見的就奇，究竟理還是一樣。』翠縷道：『這麽說起來，從古至今，開天闢地，都是陰陽了？』湘雲笑道：『糊塗東西，越說越放屁。什麽「都是些陰陽」，難道還有兩個陰陽不成！「陰」「陽」兩個字還只是一字，陽盡了就成陰，陰盡了就成陽，不是陰盡了又有個陽生出來，陽盡了又有個陰生出來。』（此理翠縷更不能明矣。）翠縷道：『這糊塗死了我！什麽是個陰陽，沒影沒形的。我只問姑娘，這陰陽是怎麽個樣兒？』湘雲道：『陰陽可有什麽樣兒，不過是個氣，器物賦了成形。比如天是陽，地就是陰；水是陰，火就是陽；日是陽，月就是陰。』（真是對牛彈琴。）

翠縷聽了，笑道：『是了，是了，我今兒可明白了。怪道人都管着日頭叫「太陽」呢，算命的管着月亮叫什麽「太陰星」，就是這個理了。』湘雲笑道：『阿彌陀佛！剛剛的明白了。』翠縷道：『這些大東西有陰陽也罷了，難道那些蚊子、虼蚤、蠓蟲兒、花兒、草兒、瓦片兒、磚頭兒也有陰陽不成？』湘雲道：『怎麽有沒陰陽的呢？

逼真一個粗蠢丫頭。

比如那一個樹葉兒還分陰陽呢，那邊向上朝陽的便是陽，這邊背陰覆下的便是陰。』翠縷聽了，點頭笑道：『原來這樣，我可明白了。只是咱們這手裏的扇子，怎麼是陽，怎麼是陰呢？』湘雲道：『這邊正面就是陽，那邊反面就爲陰。』翠縷又點頭笑了，還要找幾件東西問，因想不起個什麼來，猛低頭就看見湘雲宮縧上繫的金麒麟，

一路論陰陽，正爲此也。

便提起來笑道：『姑娘，這個難道也有陰陽？』湘雲道：『走獸飛禽，雄爲陽，雌爲陰，牝爲陰，牡爲陽。怎麼沒有呢！』翠縷道：『這是公的，到底是母的呢？』湘雲道：『這連我也不知道。』翠縷道：『這也罷了，怎麼東西都有陰陽，咱們人倒沒有陰陽呢？』

從金麒麟說到了人。

湘雲照臉啐了一口道：『下流東西，好生走罷。越問越問出好的來了！』翠縷笑道：『這有什麼不告訴我的呢？我也知道了，不用難我。』湘雲笑道：『你知道什麼？』翠縷道：『姑娘是陽，我就是陰。』說着，湘雲拿手帕子握着嘴，呵呵的笑起來。翠縷道：『說是了，就笑的這樣了。』湘雲道：『很是，很是。』翠縷道：『人規矩主子爲陽，奴才爲陰。我連這個大道理也不懂得？』湘雲笑道：『你很懂得。』

一面說，一面走，剛到薔薇架下，湘雲道：『你瞧那是誰掉的首飾，金晃晃在那裏。』翠縷聽了，忙趕上拾在手裏攥着，笑道：『可分出陰陽來了。』說着，先拿史湘雲的麒麟瞧。湘雲要他揀的瞧，翠縷只管不放手，笑道：『是件寶貝，姑娘瞧不得。

這是從那裏來的？好奇怪！我從來在這裏沒見有人有這個。』湘雲道：『拿來我看。』翠縷將手一撒，笑道：『請看。』湘雲舉目一驗，卻是文彩輝煌的一個金麒麟，比自己佩的又大又有文彩。湘雲伸手擎在掌上，只是默默不語。

是上回寶玉所遺。

正自出神，忽見寶玉從那邊來了，笑問道：『你兩個在這日頭底下作什麼呢？怎麼不找襲人去？』湘雲連忙將那麒麟藏起道：『正要去呢。咱們一處走。』說着，大家進入怡紅院來。

此段湘雲與翠縷論陰陽，並非正經談《易》理，只是隨口而論，將話題引到金麒麟而已。

襲人正在階下倚檻迎風，忽見湘雲來了，連忙迎下來，攜手笑說一向久別情況。一時進來歸坐，寶玉因笑道：『你該早來，我得了一件好東西，專等你呢。』說着，一面在身上摸掏，掏了半天，呵呀了一聲，便問襲人：『那個東西你收起來了麼？』襲人道：『什麼東西？』寶玉道：『前兒得的麒麟。』襲人道：『你天天帶在身上的，怎麼問我？』寶玉聽了，將手一拍說道：『這可丟了，往那裏找去！』就要起身自己尋去。湘雲聽了，方知是他遺落的，便笑問道：『你幾時又有了麒麟了？』寶玉道：『前兒好容易得的呢，不知多早晚丟了，我也糊塗了。』湘雲笑道：『幸而是頑的東西，還是這麼慌張。』說着，將手一撒笑道：『你瞧瞧，是這個不是？』寶玉一見由不得歡喜非常，因說道……不知是如何，且聽下回分解。

脂批：『後數十回若蘭在射圃所佩之麒麟，正此麒麟也。提綱伏於此回中，所謂草蛇灰線在千里之外。』

【回後評】

晴雯跌扇，受寶玉責怪，反遭晴雯之駁，致引來襲人，導致晴雯與襲人頂撞。晴雯嘴利，直揭襲人陰私，遂爲後日晴雯受讒被逐種因。襲人說：『便是他認真的要去，也等把這氣下去了，等無事中說話兒回了太太，也不遲。』此襲人無意中說出，世上之讒人者，大都用此法。故襲人者，對上是『花氣襲人知晝暖』也，對同輩，對與其不相能者，則是施以陰襲之謂也。

黛玉稱襲人『嫂子』，並說：『你說你是丫頭，我只拿你當嫂子待』，兩句話，比晴雯更尖更利，其含義讀者盡知矣，故襲人之讒並及黛玉也。

寶玉慫恿晴雯撕扇，寶玉說：『你愛這樣，我愛那樣，各自性情不同』，晴雯遂將寶玉、麝月之扇一併撕掉。寶玉此論，實是不受拘束，主張縱情任性之『個性論』也，雪芹之世，尚在啓蒙之初，且是藉小說以達意，不能具論也。

湘雲、寶玉金麒麟一事，伏湘雲後回情節，惜後文已佚，不能確知其意，紅學界衆說紛紜，疑莫能定。故友朱彤云：雙星指牛女，『白首雙星』者，湘雲與其夫衛若蘭，雖白首而猶如牛女之不得相聚也。是耶非耶，吾固記之。或曰湘雲寡後再醮寶玉，此論無據，吾不能憑。

【校　記】

〔一〕　回目：各本同。惟楊本獨作『撕扇子公子追歡笑，拾麒麟侍兒論陰陽』。

已覺察出跟了二哥哥的襲人，其身份與前已不同，此襲人於不知不覺間自然流露，卻被湘雲看出。

第三十二回　訴肺腑心迷活寶玉　含恥辱情烈死金釧

話說寶玉見了那麒麟，心中甚是歡喜，便伸手來拿，笑道：『虧你揀着了。你是那裏揀的？』史湘雲笑道：『幸而是這個，明兒倘或把印也丟了，（湘雲終不忘仕途經濟。）難道也就罷了不成？』寶玉笑道：『倒是丟了印平常。（不屑於仕途經濟。）若丟了這個，我就該死了。』

襲人斟了茶來，與史湘雲吃，一面笑道：『大姑娘，聽見前兒你大喜了。』史湘雲紅了臉，吃茶不答。襲人道：『這會子又害臊了。你還記得十年前，咱們在西邊暖閣住着，晚上你同我說的話兒？那會子不害臊，這會子怎麼又害臊了？』史湘雲笑道：『你還說呢。那會子咱們那麼好，後來我們太太沒了，我家去住了一程子，怎麼就把你派了跟二哥哥，我來了，你就不像先待我了。』襲人笑道：『你還說呢。先姐姐長、姐姐短哄着我替你梳頭洗臉，作這個，弄那個。如今大了，就拿出小姐的款來。你既拿小姐的款，我怎敢親近呢？』（以攻爲守，襲人亦是狡猾。）史湘雲道：『阿彌陀佛，冤枉冤哉！我要這樣，就立刻死了。（湘雲是直心人，反作自我解釋。襲人於是化解了湘雲之話。）你瞧瞧，这麼大熱天，我來了，必定趕來先爲什麼『只當是林姐姐給你的』，因湘雲心目中，寶、黛親密勝於寶釵，故當是黛玉所送也，不想黛玉卻無此等籠絡意識。

引來對寶釵的一片讚美詞，可見籠絡人心之作用，此釵黛之分界也。

湘雲總是愛說話而不動腦筋，只見表面，故易受人籠絡，也易傷人，所以襲人趕快轉移話題，說：『正有

瞧瞧你。不信，你問問縷兒，我在家時時刻刻那一回不念你幾聲？』話未說了，忙的襲人和寶玉都勸道：『頑話你又認真了。還是這麼性急。』史湘雲道：『你不說你的話噎人，倒說人性急。』一面說，一面打開手帕子，將戒指遞與襲人。 還要拿出證據來。

襲人感謝不盡，因笑道：『你前兒送你姐姐們的，我已得了。今兒你親自又送來，可見是沒忘了我。 一句話，又露出了自己跟了二哥哥的內心身份感。 只這個就試出你來了。戒指兒能值多少，可見你的心真。』史湘雲道：『是誰給你的？』襲人道：『是寶姑娘給我的。』 可見寶釵早已做好工作。 湘雲笑道：『我只當是林姐姐給你的，原來是寶釵姐姐給了你。我天天在家裏想着，這些姐姐們，再沒一個比寶姐姐好的。可惜我們不是一個娘養的。我但凡有這麼個親姐姐，就是沒了父母，也是沒妨礙的。』說着，眼睛圈兒就紅了。

寶玉道：『罷，罷，罷！不用提這個話。』 寶玉聽了就不舒服，不僅因爲是贊寶釵，更因爲寶玉亦不喜歡此種籠絡，故寶黛能同心也。 史湘雲道：『提了便怎麼？我知道你的心病，恐怕你的林妹妹聽見，又怪嗔我贊了寶姐姐。可是爲這個不是？』 史湘雲總是心直而口快。 襲人在旁嗤的一笑，說道：『雲姑娘，你如今大了，越發心直口快了。』 此是贊許話，因湘雲之話甚稱襲人之心也。 寶玉笑道：『我說你們這幾個人難說話，果然不錯。』史湘雲道：『好哥哥，你不必說話叫我噁心。只會在我們跟前說話，見了你林妹妹，又不知怎麼了。』 真是其快如刀。

襲人道：『且別說頑話，正有一件事還要求你呢。』史湘雲便問：『什麼事？』

一件事，還要求你呢』。因湘雲已說到『噁心』，說到『見了你林妹妹又不知怎麼了』等等，話愈說愈尖，傷及寶玉、黛玉。怕不好轉彎。

襲人道：『有一雙鞋，摳了墊心子。我這兩日身上不好，不得做，你可有工夫替我做做？』史湘雲笑道：『這又奇了，你家放着這些巧人不算，還有什麼針線上的、裁剪上的，怎麼教我做起來？你自己想想爲什麼？你的活計叫誰做，誰好意思不做呢。』襲人笑道：『你又糊塗了。真是糊塗了。你難道不知道，我們這屋裏的『我們這屋裏的』，好稱呼，何等親熱！讀此，可以感知其心理也。針線，是不要那些針線上的人做的。』史湘雲聽了，便知是寶玉的鞋了，因笑道：『既這麼說，我就替你做了罷。只是一件，你的我纔作，別人的我可不能。』說明只與襲人做鞋，不與別人做。襲人笑道：『又來了。我是個什麼，就煩你做鞋了。實告訴你，可不是我的。你別管是誰的，橫豎我領情就是了。』『別管是誰的』，既含糊又明白。史湘雲道：『論理，你的東西也不知煩我做了多少了，今兒我倒不做了的原故，你必定也知道。』襲人道：『倒也不知道。』

史湘雲冷笑道：『前兒我聽見，把我做的扇套子拿着和人家比，賭氣又鉸了。我早就聽見了，你還瞞我。這會子又叫我做，我成了你們的奴才了。』寶玉忙笑道：『前兒的那事，本不知是你做的。』襲人也笑道：『他本不知是你做的。是我哄他的話，說是新近外頭有個會做活的女孩子，說扎的出奇的花，我叫他拿了一個扇套子試試，看好不好。他就信了，拿出去給這個瞧，給那個看的，不知怎麼又惹惱了林姑娘，襲人又把話茬引向林姑娘。鉸了兩段。回來他還叫趕着做去，我纔說了是你作的，他後悔的什麼似的。』史湘雲道：『越發奇了。林姑娘他也犯不上生氣，他既會剪，就叫他做。』襲人道：

一番議論，把怨氣直引向黛玉。

寶玉聽襲人與湘雲議論黛玉，本已不快，恰逢賈雨村來，更不自在矣。

寶玉答得好，既然他們『雅』，我就寧可是『俗』。

一句話，碰到釘子上了。寶玉因他們議論黛玉，已鬱着一肚子氣，無可發洩，忽然聽到湘雲這一番話，再無可忍，故一齊發作。寶玉深惡仕途經濟，

『他可不作呢。（是何語氣，愈見湘雲對黛玉有氣，越將火頭引向黛玉。）饒這麽着，老太太還怕他勞碌着了。大夫又說好生靜養纔好，誰還煩他做？舊年好一年的工夫，做了個香袋兒。今年半年，還沒見拿針線呢。』

正說着，有人來回說：『興隆街的大爺來了，老爺叫二爺出去會。』寶玉聽了，便知是賈雨村來了，心中好不自在。襲人忙去拿衣服，寶玉一面蹬着靴子，一面抱怨道：『有老爺和他坐着就罷了，回回定要見我。』史湘雲一邊搖着扇子，笑道：『自然你能會賓接客，老爺纔叫你出去呢。』寶玉道：『那裏是老爺，都是他自己要請我去見的。』（寶玉深知雨村巴結賈政，要見寶玉也。）湘雲笑道：『主雅客來勤，自然你有些警他的好處，他纔只要會你。』（湘雲總是把寶玉拉向世俗之途。）寶玉道：『罷，罷，我也不敢稱雅，俗中又俗的一個俗人，並不願同這些人往來。』

湘雲笑道：『還是這個情性不改。如今大了，你就不願讀書去考舉人進士的，也該常常的會會這些爲官做宰的人們，談談講講些仕途經濟的學問，也好將來應酬世務，日後也有個朋友。沒見你成年家只在我們隊裏攪些什麽！』寶玉聽了道：『姑娘請別的姊妹屋裏坐坐，我這裏仔細污了你知經濟學問的。』（寶玉輕易不向姊妹們發怒，更不曾撵人，此時竟撵湘雲，可見其怒之盛矣。）襲人道：『雲姑娘快別說這話。上回也是寶姑娘也說過一回，他也不管人臉上過的去過不去，他就咳了一聲，拿起腳來走了。（何等決絕，可見寶玉惡『仕途經濟』之深也。）這裏寶姑娘的話也沒說完，見他

而湘雲卻極勸之，寶玉深愛黛玉，而湘雲卻極非之。無怪寶玉要請她到『別的姊妹屋裏坐坐，我這裏仔細污了你知經濟學問的』了。寶玉之決絕，一是因爲湘雲勸他走仕途經濟之路，二是因爲湘雲非議黛玉。有的紅學研究者認爲史湘雲後來改嫁寶玉，於此段關鍵情節觀之，當知其論之誤。誤在何處？誤在此論根本不知寶玉也。

因湘雲之事，又補敘寶釵，則今天湘雲的思想，實從寶釵處來也。湘雲以往來榮府，均與黛玉同住，此回則盛讚寶釵而非議黛玉，可見其已逐漸移情，親釵而疏黛矣。故湘雲之『仕途經濟』之論，必從寶釵處來也，雖寶釵未必欲使湘雲勸寶玉，然湘雲本是一無頭腦之人，總是近朱者赤耳。

走了，登時羞的臉通紅，說又不是，不說又不是。真正是一副尷尬模樣。幸而是寶姑娘，那要是林姑娘，不知又鬧到怎麼樣，哭的怎麼樣呢。提起這個話來，真真的寶姑娘叫人敬重，自己訕了一會子去了。其狀可知，但不知何以自解。我倒過不去，只當他惱了。誰知過後還是照舊一樣，真真有涵養，心地寬大。真正是好功夫，好涵養，全從儒家教養而來。誰知這一個反倒同他生分了。在襲人看來，真是怪事。那林姑娘見你賭氣不理他，你得賠多少不是呢。』寶玉道：『林姑娘從來說過這些混賬話不曾？若他也說過這些混賬話，〔一〕我早和他生分了。』寶玉一語道破秘密，真石破天驚之語，因黛玉亦惡『仕途經濟』，故是知己也，由此可知，寶黛愛情的重要標誌之一，是反不反『仕途經濟』。襲人和湘雲都點頭笑道：『這原是混賬話。』湘雲、釵、襲以爲是正經話，寶、黛卻以爲是『混賬話』。標準如此不同。

原來林黛玉知道史湘雲在這裏，寶玉又趕來，一定說麒麟的原故。因此心下忖度着，近日寶玉弄來的外傳野史，多半才子佳人都因小巧頑物上撮合，或有鴛鴦，或有鳳凰，或玉環金珮，或鮫帕鸞縧，皆由小物而遂終身。今忽見寶玉亦有麒麟，便恐借此生隙，同史湘雲也做出那些風流佳事來。因而悄悄走來，見機行事，以察二人之意。不想剛走來，正聽見史湘雲說經濟一事，寶玉又說，林妹妹不說這樣混賬話，若說這話，我也和他生分了。作者讓黛玉走來，在門外聽到此知心話，恰極妥極，蓋此等話，無法當面說，亦不能隨意說，必須有此說話機緣，又必須黛玉不在。故作者如此處理是至恰至當之法。

林黛玉聽了這話，不覺又喜又驚，又悲又嘆。所喜者，果然自己眼力不錯，素日認他是個知己，果然是個知己。所驚者，他在人前一片私心稱揚於我，其親熱厚密，竟不避嫌疑。所嘆者，你既爲我之知己，自然我亦可爲你之知己矣。既你我爲知己，此一喜非同小可，黛玉多少疑慮，盡可消除矣，難怪黛玉如此感嘆不盡也。

則又何必有金玉之論哉！既有金玉之論，亦該你我有之，則又何必來一寶釵哉！所悲者，父母早逝，雖有銘心刻骨之言，無人爲我主張。況近日每覺神思恍惚，病已漸成，（又寫黛玉之病。）醫者更云氣弱血虧，恐致勞怯之症。你我雖爲知己，但恐自不能久待；你縱爲我知己，奈我薄命何！（放下了那一頭的心，卻又提起了此一頭的心，黛玉真是千憂萬慮。）想到此間，不禁滾下淚來。（黛玉自悲命薄亦是爲後日結局預寫一筆。）待要進去相見，自覺無味，便一面拭淚，一面抽身回去了。（既聽此言，則無須再進矣。）

這裏寶玉忙忙的穿了衣裳出來，忽見林黛玉在前面慢慢的走着，似有拭淚之狀，便忙趕上來，笑道：『妹妹往那裏去？怎麽又哭了？又是誰得罪了你？』林黛玉回頭見是寶玉，（巧極，偏讓寶玉看見。）便勉強笑道：『好好的，我何曾哭了。』（勉強對答之言。）寶玉笑道：『你瞧瞧，眼睛上的淚珠兒未乾，還撒謊呢。』一面說，一面禁不住擡起手來替他拭淚。林黛玉忙向後退了幾步，說道：『你又要死了！作什麽這麽動手動腳的！』寶玉笑道：『說話忘了情，不覺的動了手，也就顧不的死活。』（寶玉雖隨機應對，卻也是真情。）林黛玉道：『你死了倒不值什麽，只是丟下了什麽金，又是什麽麒麟，可怎麽樣呢？』（黛玉總是愛說這些，其實此時黛玉早已放了心，只是隨口說慣而已。）一句話，又把寶玉說急了，趕上來問道：『你還說這話，到底是咒我還是氣我呢？』林黛玉見問，方想起前日的事來，遂自悔自己又說造次了，忙笑道：『你別着急，我原說錯了。（難得黛玉肯當面認錯。）這有什麽的，筋都暴起來，急的一臉汗。』（可見寶玉至情至意。認真至極也！）一面說，一面禁不住近前伸手替他拭面上的汗。（黛玉無限憐惜之情，在此一舉。）

訴肺腑
心迷活
寶玉
癸未夏日
譚鳳嬛

此段文字，是雪芹寫寶黛愛情互訴最深處，然限於時代，兩人之話，仍不能直白，只能以不解爲辭，寶玉說：『好妹妹，你別哄我……』一段，則分明寫寶玉已明知黛玉明白，只不好明說耳。寶玉以下之話，已是披肝瀝膽，豁露心胸，至誠至真，體貼至深至微至切矣。終至黛玉說：『有什麼可說的，你的話我早知道了！』寫情至此，今古無第二人也。予讀至此，總要再三再四不忍釋手，真天下第一才人之筆也，願普天下才人、情人齊來一哭！

此時此際，已非言語所能達，所謂『長恨言語淺，不如人意深』也。

寶玉瞅了半天，方說了『你放心』三個字。林黛玉聽了，怔了半天，方說道：『我有什麼不放心的？我不明白這話。你倒說說怎麼放心不放心？』其實明白至極，但黛玉豈能親口說出。寶玉嘆了一口氣，問道：『你果不明白這話？難道我素日在你身上的心都用錯了？連你的意思若體貼不着，就難怪你天天爲我生氣了。』其實，這都是隔了一層的話，寶玉亦自然明白黛玉之意，纔有『你放心』之言。然時代使然，已無法再說白矣。林黛玉道：『果然我不明白放心不放心的話。』寶玉點頭嘆道：『好妹妹，你別哄我。果然不明白這話，不但我素日之意白用了，且連你素日待我之意也都辜負了。你皆因總是不放心的原故，纔弄了一身病。但凡寬慰些，這病也不得一日重似一日。』說到如此真情，說到如此深度，已無可再說矣。

林黛玉聽了這話，如轟雷掣電，細細思之，竟比自己肺腑中掏出來的還覺懇切，竟有萬句言語，滿心要說，只是半個字也不能吐，卻怔怔的望着他。『望着他』三字，包涵萬言千語。此時寶玉心中也有萬句言語，不知從那一句上說起，卻也怔怔的望着黛玉。兩個人怔了半天，林黛玉只咳了一聲，兩眼不覺滾下淚來，好描寫，作者之筆，神化之至。回身便要走。寶玉忙上前拉住，說道：『好妹妹，且略站住，我說一句話再走。』林黛玉一面拭淚，一面將手推開，說道：『有什麼可說的，你的話我早知道了！』此時終於說明『早知道了』，也即是早明白了也。口裏說着，卻頭也不回竟去了。

寶玉站着，只管發起獃來。寶玉此時已出神，不知身在何處矣。原來方纔出來慌忙，不曾帶得扇子。襲人寶玉一段傾心吐膽的話，卻由襲人聽去，從此種下禍根。

『心下暗度如何處治方免此醜禍』，從此黛玉危矣！

怕他熱，忙拿了扇子趕來送與他。忽擡頭見了林黛玉和他站着，一時黛玉走了，他還站着不動，因而趕上來，說道：『你也不帶了扇子去，虧我看見，趕了送來。』寶玉出了神，見襲人和他說話，並未看出是何人來，（真是出神入化之筆。）便一把拉住，說道：『好妹妹，我的這心事，從來也不敢說，今兒我大膽說出來，死也甘心！我爲你也弄了一身的病在這裏，又不敢告訴人，只好掩着。只等你的病好了，只怕我的病纔得好呢。睡裏夢裏也忘不了你！』襲人聽了這話，唬得魄消魂散，只叫：『神天菩薩，坑死我了！』（與你何干）便推他道：『這是那裏的話！敢是中了邪？還不快去！』（襲人明知其故，卻說中邪，是假作未看見也。）寶玉一時醒過來，方知是襲人送扇子來，羞的滿面紫漲，（只是羞慚，不知已種禍也。）奪了扇子，便忙忙的抽身跑了。

這裏襲人見他去了，自思方纔之言，一定是因黛玉而起，如此看來，將來難免不才之事，令人可驚可畏。（以己度人，自然如此。）想到此間，也不覺怔怔的滴下淚來，心下暗度如何處治方免此醜禍。（主意已定，只要等『無事中說話兒回了太太』就是了。）正裁疑間，忽有寶釵從那邊走來，笑道：『大毒日頭地下，出什麼神呢？』襲人見問，忙笑道：『那邊兩個雀兒打架，倒也好頑，我就看住了。』寶釵道：『寶兄弟這會子穿了衣服，忙忙的那去了？我纔看見走過去，（可見寶玉一動一靜，皆在關心之內。）倒要叫住問他呢。他如今說話越發沒了經緯，（總指寶玉前對釵、湘之語。）我故此沒叫他，由他過去了。』（只怕再碰釘子。）襲人道：『老爺叫他出去。』寶釵聽了，忙道：『噯喲！這麼黃天暑熱的，叫他做什麼！別是想起什麼來，生了氣，叫出去教訓一場。』（關心之至）襲人笑道：

可見湘雲家已衰落。

湘雲苦況，寶釵知之如此之深，則可見寶釵結之之深也。

『不是這個，想是有客要會。』寶釵笑道：『這個客也沒意思，這麽熱天，不在家裏涼快，還跑些什麽！』都是從寶玉一面說。襲人笑道：『倒是你說的是。』寶釵因而問道：『雲丫頭在你們家做什麽呢？』襲人笑道：『纔說了一會子閒話。你瞧，我前兒黏的那雙鞋，明兒叫他做去。』寶釵聽見這話，便兩邊回頭，看無人來往，便笑道：『你這麽個明白人，怎麽一時半刻的就不會體諒人情。可見寶釵察人之細。我近來看着雲丫頭的神情，再風裏言、風裏語的聽起來，那雲丫頭在家裏竟一點兒作不得主。他們家嫌費用大，竟不用那些針線上的人，差不多的東西都是他們娘兒們動手。爲什麽這幾次他來了，他和我說話兒，見沒人在跟前，他就說家裏累的很。我再問他兩句家常過日子的話，他就連眼圈兒都紅了，口裏含含糊糊待說不說的。想其形景來，自然從小兒沒爹娘的苦。黛玉亦是從小沒了爹娘，亦曾爲之傷心否？我看着他，也不覺的傷起心來。』寶釵真會關心人，難怪湘雲如此感激她。

襲人見說這話，將手一拍，說：『是了，是了。怪道上月我煩他打十根蝴蝶結子，過了那些日子纔打發人送來，還說：「打的粗，且在別處能着使罷。要匀淨的，等着明兒來住着，再好生打罷。」如今聽寶姑娘這話，想來我們煩他，他不好推辭，不知他在家裏怎麽三更半夜的做呢。可是我也糊塗了，早知是這樣，我也不煩他了。』寶釵道：『上次他就告訴我，在家裏做活做到三更天，若是替別人做一點半點，他家的那些奶奶太太們還不受用呢。』

襲人道：『偏生我們那個牛心左性的小爺，憑着小的大的活計，一概不要家裏這些活計上的人作。我又弄不開這些。』寶釵笑道：『你理他呢！[寶釵如何這樣口氣，令人如聽寶二奶奶說話。]只管叫人做去，只說是你做的就是了。』[原來寶釵亦慣於弄虛作假。]襲人道：『那裏哄的信他，他纔是認得出來呢。說不得我只好慢慢的累去罷了。』寶釵笑道：『你不必忙，我替你作些如何？』[自告奮勇，巴結襲人，寶釵真做得出。]襲人笑道：『當真的這樣，就是我的福了。晚上我親自送過來。』

[晴天霹靂，突然而至。]

一句話未了，忽見一個老婆子忙忙走來，說道：『這是那裏說起！金釧兒姑娘好好的投井死了！』襲人聽說，唬了一跳，忙問：『那個金釧兒？』[是急切中語。]那老婆子道：『那裏還有兩個金釧兒呢，就是太太屋裏的。前兒不知爲什麼攆他出去，在家裏哭天哭地的，也都不理會他，誰知找他不見了。剛纔打水的人在那東南角上井裏打水，見一個屍首，趕着叫人打撈起來，纔知是他。他們家裏還只管亂着要救活，那裏中用了！』寶釵道：『這也奇了。』襲人聽說，點頭贊嘆，[嘆則可矣，何贊之有。]想素日同氣之情，不覺流下淚來。寶釵聽見這話，忙向王夫人處來道安慰。[足見寶釵知機，急來安慰王夫人，自然能得其心。]這裏襲人回去。不提。

卻說寶釵來至王夫人處，只見鴉雀無聞，獨有王夫人在裏間房內坐着垂淚。[王夫人已知其事。]寶釵便不好提這事，只得一旁坐了。王夫人便問：『你從那裏來？』寶釵道：『從園因金釧之死，王夫人特問起寶玉，蓋事從寶玉引起也。

寶釵竟能如此想如此說，可見其『冷』到何等程度。然此話對王夫人，又可見寶釵熱到何等程度。

呂啓祥云：『此處作者對寶釵之貶斥，真到了入骨剔髓的程度，這樣的一個「冷美人」，怎能得寶玉那顆熾熱的赤子之心呢？』

寶釵真會捕捉時機，此時來看王夫人，自然最能有效，既爲王夫人譬解，又向王夫人獻衣。所有好機會，全部用上矣。

裏來。』王夫人道：『你從園裏來，可見你寶兄弟？』寶釵道：『纔倒看見了。他穿了衣服出去了，不知那裏去。』

王夫人點頭哭道：『你可知道一椿奇事？金釧兒忽然投井死了！』寶釵見說，道：『怎麽好好的投井？這也奇了。』王夫人道：『原是前兒他把我一件東西弄壞了，我一時生氣，打了他幾下，攆了他下去。我只說氣他兩天，還叫他上來。（這是現在如此說，當時何等聲色。）誰知他這麽氣性大，就投井死了。豈不是我的罪過！』（還知道認罪。）寶釵嘆道：『姨娘是慈善人，固然這麽想。據我看來，他並不是賭氣投井。多半他下去住着，或是在井跟前憨頑，失了腳掉下去的。他在上頭拘束慣了，這一出去，自然要到各處去頑頑逛逛。豈有這樣大氣的理！縱然有這樣大氣，也不過是個糊塗人，也不爲可惜。』（虧寶姑娘想得出來，問卿心肝何在？）王夫人點頭嘆道：『這話雖然如此說，到底我心裏不安。』（還不如王夫人，心裏還能不安。）寶釵嘆道：『姨娘也不必念念於茲，十分過不去。不過多賞他幾兩銀子發送他，也就盡主僕之情了。』（與薛蟠一樣，打死人命，不過多花幾兩銀子而已。可見兄妹同調。）王夫人道：『剛纔我賞了他娘五十兩銀子，原要還把你姐妹們的新衣服拿兩套給他妝裹。誰知鳳丫頭說，可巧都沒什麽新做的衣服，只有你林妹妹作生日的兩套。（爲黛玉生日做的衣服，去給死後的金釧穿，誰說其可。爲什麽倒不花幾兩銀子趕做兩套？）我想，你林妹妹那個孩子素日是個有心的，況且他也三災八難的，既說了給他過生日，這會子又給人妝裹去，他豈不忌諱。因爲這麽樣，我現叫裁縫趕兩套給他。要是別的丫頭，賞他幾兩銀子也就完了。

只是金釧兒雖然是個丫頭，素日在我跟前，比我的女兒也差不多。』（說得如此好聽，忘記了當日情景。）口裏說着，不覺淚下。寶釵忙道：『姨娘這會子又何用叫裁縫趕去，我前兒倒做了兩套，拿來給他，豈不省事。（寶釵真會討好，抓住機會不放，在所不顧矣。）況且他活着的時候也穿過我的舊衣服，身量又相對。』王夫人道：『雖然這樣，難道你不忌諱？』（爲了大事，不顧忌諱矣！）寶釵笑道：『姨娘放心，我從來不計較這些。』（我是計較大的，不計較小的。）一面說，一面起身就走。（利索之極，當機立斷。）王夫人忙叫了兩個人來跟寶姑娘去。

一時寶釵取了衣服回來，只見寶玉在王夫人旁邊坐着垂淚。王夫人正纔說他，因寶釵來了，却掩了口不說了。寶釵見此光景，察言觀色，早知覺了八分，（何等聰明）於是將衣服交割明白。王夫人將他母親叫來拿了去。再看下回便知。

【回後評】

從襲人與湘雲的談論中，反映出：一、襲人現在說話的口氣、態度，與以前已不一樣，這是她給湘雲的感受，由湘雲直說出來。什麽不一樣？就是讓人不知不覺地感到襲人已是寶玉屋裏人的口氣，而不是丫頭的口氣了。這是由於襲人與寶玉『初試』以後在襲人身上不自覺的自然流露，亦是襲人心理狀態的真實反映。二、從襲人與湘雲的談話中，反映出湘雲已經親釵而疏黛了。本來湘雲每來賈府，總是住黛玉房中，現在卻在談話中極力讚揚寶釵而非議黛玉，可見湘雲已從親黛轉而爲疏黛了。湘雲的轉變，一方面是因黛玉好挑剔、譏諷湘雲咬舌等等；另方面，更主要的是寶釵極力籠絡湘雲，如本回所說的寶釵深體湘雲家境清寒等等，所以湘雲感到黛玉孤傲而寶釵能體諒人。此外，它還反映着寶釵從王夫人到湘雲到襲人，都不斷地及時地在做討好和籠絡工作。

湘雲勸寶玉走仕途經濟之路。受到了寶玉的嚴厲頂撞，並反映出類似的情況寶釵早已經過。大家知道湘雲是一個心直口快、心胸坦蕩而沒有頭腦的人，現在說出這一番仕途經濟的話，顯然是受了寶釵的影響。而作者讓寶玉立即發怒，不僅僅是怒湘雲，亦是怒寶釵，更表明了寶玉對仕途的決絕。

黛玉因聽到寶玉說林姑娘從來不說這些『混賬話』的議論，引發出心中無限感慨傷心，恰被寶玉撞見。寶玉爲安慰她而說了一番披肝瀝膽的知心話，誰知此時黛玉已走，而恰被襲人聽見，遂種下日後禍根。從人物塑造來說，作者用這種背寫法，即人物心理獨白的方式來深刻揭示人物的內心世界，這在中國以往的古典小說中，亦是十分特出的例子。

本回寫金釧之死，揭開了大觀園春去秋來序幕，而寶釵於此事中卻編謊以慰王夫人，獻衣以媚王夫人，其對上熱極而對下冷極的處世態度，於此而更明矣。

【校記】

〔一〕『不曾？若他也說過這些混賬話』十二字，底本無，據己卯、蒙府、戚序、楊藏、列藏、舒序諸本補。

第三十三回　手足眈眈小動唇舌　不肖種種大承笞撻

卻說王夫人喚他母親上來，拿幾件簪環當面賞與他，又吩咐請幾衆僧人念經超度。他母親磕頭謝了出去。

原來寶玉會過雨村回來聽見了，便知金釧兒含羞賭氣自盡，心中早又五內摧傷，進來被王夫人數落教訓，也無可回說。見寶釵進來，方得便出來，茫然不知何往，（遭此突然事變，自然傷心欲絕、茫無所措矣。）背着手，低頭一面感嘆，一面慢慢的走着，信步來至廳上。

剛轉過屏門，不想對面來了一人，正往裏走，可巧兒撞了個滿懷。只聽那人喝了一聲『站住！』（來勢已極猛。）寶玉唬了一跳，擡頭一看，不是別人，卻是他父親，早不覺的倒抽了一口氣，只得垂手一旁站了。賈政道：『好端端的，你垂頭喪氣嗐些什麼？方纔雨村來了要見你，叫你那半天你纔出來。既出來了，全無一點慷慨揮灑談吐，仍是葳葳蕤蕤。（既因賈雨村其人，亦因史湘雲其話。）我看你臉上一團思慾愁悶氣色，這會子又咳聲嘆氣。（乃是因金釧之死。）你那些還不足，還不自在？無故這樣，卻是爲何？』寶玉素日雖是口角伶俐，只是此時一心

寶玉驟聞金釧消息，如被雷震，故一時迷茫，竟撞着賈政。

此時賈政還不知金釧之事。

見了賈雨村，就心生厭惡，那裏還有『慷慨揮灑談吐』，

忍住不吐，已不易矣。

意外之事，一齊來到。

愈是辭謙，愈是壓重。

萬萬想不到竟是爲寶玉的事，於是寶玉危矣。

蔣士銓《忠雅堂詩集》卷八，《戲旦》末句云：『不道衣冠樂貴遊，官妓居然是男子。』又道：『風氣妖邪此爲極。』忠順王府之索琪官，閱此詩可知矣。

此一席話，於賈政無異當頭霹靂。

總爲金釧兒感傷，恨不得此時也身亡命殞，跟了金釧兒去。『魂一夕而九逝』矣，豈能對答。如今見了他父親說這些話，究竟不曾聽見，只是怔呵呵的站着。竟未聽見，真失魂落魄，精誠已隨金釧兒去也。

賈政見他惶悚應對，不似往日，原本無氣的，這一來倒生了三分氣。方欲說話，忽有回事人來回：『忠順親王府裏有人來，要見老爺。』賈政聽了，心下疑惑，暗暗思忖道：『素日並不和忠順府來往，爲什麼今日打發人來？』意外之事，意外之人。一面想，一面令『快請』。急走出來看時，卻是忠順府長史官，忙接進廳上坐了獻茶。

未及敘談，那長史官先就說道：『下官此來，並非擅造潭府，皆因奉王命而來，來頭甚大 有一件事相求。看王爺面上，敢煩老大人作主，不但王爺知情，且連下官輩亦感謝不盡。』賈政聽了這話，抓不住頭腦，忙陪笑起身問道：『大人既奉王命而來，不知有何見諭，望大人宣明，學生好遵諭承辦。』那長史官便冷笑道：『也不必承辦，只用大人一句話就完了。語帶譏諷，叫賈政更不好受。我們府裏有一個做小旦的琪官，一向好好在府裏，如今竟三五日不見回去，各處去找，又摸不着他的道路，因此各處訪察。這一城內，十停人倒有八停人都說，他近日和啣玉的那位令郎相與甚厚。下官輩等聽了，尊府不比別家，可以擅入索取，因此啓明王爺。王爺亦云：「若是別的戲子呢，一百個也罷了；只是這琪官隨機應答，謹慎老誠，甚合我老人家的心，竟斷斷少不得此人。」[一]此話是何意思，結合清代社會風習，便能明白爲何少不得此人也。然此類話，也竟能出口。此王爺亦可想而知矣，雪芹又記此王爺一筆。故此求老大人轉諭令郎，請將琪官放

（此時寶玉更是蒙在鼓裏。）

回，一則可慰王爺諄諄奉懇，二則下官輩也可免操勞求覓之苦。』說畢，忙打一躬。

賈政聽了這話，又驚又氣，（其驚其氣，可想而知。）即命喚寶玉來。寶玉也不知是何原故，忙趕來時，賈政便問：『該死的奴才！你在家不讀書也罷了，怎麼又做出這些無法無天的事來！那琪官現是忠順王爺駕前承奉的人，你是何等草芥，無故引逗他出來，如今禍及於我。』（在賈政看來，已經是『禍及於我』。）寶玉聽了，唬了一跳，（這一驚非同小可。）忙回道：『實在不知此事。究竟連「琪官」兩個字不知爲何物，豈更又加「引逗」二字！』說着，便哭了。（第一步想賴掉。）賈政未及開言，只見那長史官冷笑道：『公子也不必掩飾。（誰知人家早已調查清楚。）或隱藏在家，或知其下落，早說了出來，我們也少受些辛苦，豈不念公子之德？』（說得好聽，比罵還凶十倍。）寶玉連說不知，『恐是訛傳，也未見得。』（還想賴。）那長史官冷笑道：『現有據證，何必還賴？必定當着老大人說了出來，公子豈不吃虧？既云不知此人，那紅汗巾子怎麼到了公子腰裏？』（稍稍透露一點，亦如今日審案。）寶玉聽了這話，不覺轟去魂魄，目瞪口獃，（一擊甚重，幾乎擊倒。）心下自思：『這話他如何得知？他既連這樣機密事都知道了，大約別的瞞他不過，（可知還有『別的』事怕他說出，於此亦補寫寶玉一筆。）不如打發他去了，免的再說出別的事來。』（寶玉腦子還轉得快。）因說道：『大人既知他的底細，如何連他置買房舍這樣大事倒不曉得了？（反而倒問一句。）聽得說，他如今在東郊離城二十里，有個什麼紫檀堡，他在那裏置了幾畝田地，幾間房舍。想是在那裏，也未可知。』（用疑似口氣，以明自己也不清楚。）那長史官聽了，笑道：『這樣說，一定是在那裏。（確定寶玉必知實情也。）我且去找一回，若有了便賈政此一氣非同小可。

前事未了，後事又起，寶玉休矣。

賈政聽了賈環所傳趙姨娘的話，竟然完全相信，固因前有忠順王府之事，然賈政亦溺於妾之言矣，賈政，正乎？

罷，若沒有，還要來請教。』（如沒有，決不罷休。）說着，便忙忙的走了。

賈政此時氣的目瞪口歪，一面送那長史官，一面回頭命寶玉：『不許動！（來勢已甚凶險。）回來有話問你！』一直送那官員去了。纔回身，忽見賈環帶着幾個小廝一陣亂跑。（又來一遭事，寶玉難逃此劫矣。）賈政喝令小廝：『快打，快打！』（不問情由喊打，賈政氣至極矣。）賈環見了他父親，唬的骨軟筋酥，忙低頭站住。賈政便問：『你跑什麼？帶着你的那些人都不管你，不知往那裏逛去，由你野馬一般！』喝令叫跟上學的人來。賈環見他父親盛怒，便乘機（可知賈環一直在尋機會陷害寶玉也。）說道：『方纔原不曾跑，只因從那井邊一過，那井裏淹死了一個丫頭，我看見人頭這樣大，身子這樣粗，泡的實在可怕，所以纔趕着跑了過來。』賈政聽了驚疑，（驟聞此事，自然驚疑。）問道：『好端端的，誰去跳井？我家從無這樣事情，自祖宗以來，皆是寬柔以待下人。大約我近年於家務疏懶，自然執事人操剋奪之權，致使生出這暴殄輕生的禍患。若外人知道，祖宗顏面何在！』喝令快叫賈璉、賴大、來興。（原未想到與寶玉有關。）

小廝們答應了一聲，方欲叫去，賈環忙上前拉住賈政的袍襟，貼膝跪下道：『父親不用生氣。此事除太太房裏的人，別人一點也不知道。（乘機落井下石。）我聽見我母親說——』（此類事，斷少不了趙姨娘。）說到這裏，便回頭四顧一看。賈政知意，將眼一看衆小廝，小廝們明白，都往兩邊後面退去。賈環便悄悄說道：『我母親告訴我說，（原來還是趙姨娘所說。）寶玉哥哥前日在太太屋裏，拉着太太的丫頭金釧兒強姦不遂，打了一頓。那金釧兒便賭氣投井死了。』（惡意陷害，）

此氣更甚於前，竟不問究竟矣！

一連三個『拿』字，風暴至矣！

（其心狠毒，賈環總是下流貨也。）話未說完，把個賈政氣的面如金紙，（恰見賈政顳頂之狀。）大喝：『快拿寶玉來！』一面說，一面便往裏邊書房裏去，喝令『今日再有人勸我，我把這冠帶家私一應交與他與寶玉過去！（『山雨欲來風滿樓』，已摒卻一切矣。）我免不得做個罪人，把這幾根煩惱鬢毛剃去，尋個乾淨去處自了，也免得上辱先人、下生逆子之罪。』（已下定狠心，決不回頭。）衆門客、僕從見賈政這個形景，便知又是爲寶玉了，一個個都是啖指咬舌，連忙退出。（旁寫一筆，渲染氣氛。）

那賈政喘吁吁、直挺挺坐在椅子上，滿面淚痕，（好形容，已經氣得半死矣。）一叠聲：『拿寶玉！拿大棍！拿索子捆上！把各門都關上！有人傳信往裏頭去，立刻打死！』（堵住一切門路，已下狠心。）衆小廝們只得齊聲答應，有幾個來找寶玉。

那寶玉聽見賈政吩咐他『不許動』，早知凶多吉少，那裏承望賈環又添了許多的話。（真是禍上加禍，萬想不到。）正在廳上乾轉，（『乾轉』兩字活畫寶玉。）怎得個人來往裏頭去捎信！偏生沒個人，連焙茗也不知在那裏，（真是連焙茗也不在，令人急煞。）正盼望時，只見一個老姆姆出來。寶玉如得了珍寶，（真是如獲至寶。）便趕上來拉他，說道：『快進去告訴：老爺要打我呢！快去，快去！要緊，要緊！』

寶玉一則急了，說話不明白；二則老婆子偏生又聾，竟不曾聽見是什麼話，把『要緊』二字只聽作『跳井』二字，便笑道：『跳井讓他跳去，二爺怕什麼。』

癸未夏日

文章一路寫來，皆爲賈政暴怒蓄勢。

『弒君殺父』四字，是賈政心中對寶玉的預計，也是此節文字的眼目。賈政既認定寶玉將來要『弒君殺父』，則是君父之叛逆，是自己的死敵，故下此狠心也。讀者當明此四字，乃全書之關鍵，說明寶玉之思想與賈政之思想爲對立性質，不可調和也。

（愈是緊急，愈碰上聾子，真是急上加急矣。『要緊』變成『跳井』，令人哭笑不得。然文思之巧，卻令人拍案叫絕。）寶玉見是個聾子，便着急道：『你出去叫我的小廝來罷。』那婆子道：『有什麼不了的事，老早的完了。太太又賞了衣服，又賞了銀子，怎麼有不了事的？』（『小廝』又聽作『了事』，愈說愈纏夾，愈寫愈巧妙。）

寶玉急的跺腳，正沒抓尋處，只見賈政的小廝走來，逼着他出去了。（已經山窮水盡，無法躲避矣。）賈政一見，眼都紅紫了，（可見怒之甚矣！）也不暇問他『在外流蕩優伶，表贈私物，在家荒疏學業，淫辱母婢』等語，只喝令：『堵起嘴來，（還要堵起嘴來，可見已下死心矣！）着實打死！』（狠之至，恨之至也。）小廝們不敢違拗，只得將寶玉按在櫈上，舉起大板，打了十來下。賈政猶嫌打輕了，一腳踢開掌板的，（其怒愈甚，竟一腳踢開掌板的，親自下手，可見掌板的不肯重打也。）自己奪過來，咬着牙狠命蓋（『蓋』字下得狠。）了三四十下。衆門客見打的不祥了，忙上前奪勸。賈政那裏肯聽，說道：『你們問問他幹的勾當，可饒不可饒！素日皆是你們這些人把他釀壞了，（遷怒於人，恨之極矣。亦昏之極矣。）到這步田地還來解勸。明日釀到他弒君殺父，你們纔不勸不成！』

衆人聽這話不好聽，（確是凶兆）知道氣急了，忙又退出，只得覓人進去給信。王夫人不敢先回賈母，（幸虧有人送信。）只得忙穿衣出來，也不顧有人沒人，忙忙趕往書房中來。慌的衆門客、小廝等避之不及。王夫人一進房來，賈政更如火上澆油一般，那板子越發下去的又狠又快。按寶玉的兩個小廝忙鬆了手走開，（小廝們『鬆了手走開』，是見了王夫人來也。）寶玉早已動彈不得了。（哪經得起這一頓狠打。）

見王夫人而『火上澆油』，是恨王夫人平時寵之過甚也。

儘管氣極恨極，然畢竟父子天性，聽王夫人之言，能無動於衷乎？

賈政還欲打時，早被王夫人抱住板子。（寫得逼真）賈政道：『罷了，罷了！今日必定要氣死我纔罷！』王夫人哭道：『寶玉雖然該打，老爺也要自重。況且炎天暑日的，老太太身上也不大好，打死寶玉事小，倘或老太太一時不自在了，豈不事大！』（竟提出賈政自重和老太太來，說得極有分量，極有分寸。）賈政冷笑道：『倒休提這話。我養了這不肖的孽障，已經不孝；教訓他一番，又有衆人護持。不如趁今日一發勒死了，以絕將來之患！』（已認定寶玉將來是叛逆，故欲勒死也！）說着，便要繩索來勒死。

王夫人連忙抱住哭道：『老爺雖然應當管教兒子，也要看夫妻分上。我如今已將五十歲的人，只有這個孽障，（再說到夫妻分上，又動之以情。）必定苦苦的以他爲法，我也不敢深勸。今日越發要他死，豈不是有意絕我。既要勒死他，快拿繩子來，先勒死我，再勒死他。我們娘兒們不敢含怨，到底在陰司裏也得個依靠。』（最後只得以死相護矣，母子天性，自然真切。脂批云：『未喪母者來細玩，既喪母者來痛哭。』）說畢，爬在寶玉身上大哭起來。賈政聽了此話，不覺長嘆一聲，向椅上坐了，淚如雨下。（寫賈政逼真傳神！）

王夫人抱着寶玉，只見他面白氣弱，底下穿着一條緑紗小衣，皆是血漬，禁不住解下汗巾看，由臀至脛，或青或紫，或整或破，竟無一點好處，（確是往死裏打，傷得極重。）不覺失聲大哭起來，『苦命的兒吓！』因哭出『苦命兒』來，忽又想起賈珠來，便叫着賈珠哭道：『若有你活着，便死一百個我也不管了。』（確是王夫人之言。）此時裏面的人聞得王夫人出來，那直到此時，方寫老太太來，其氣勢便壓倒一切。

李宫裁、王熙鳳與迎春姊妹早已出來了。（補寫諸人一筆。）王夫人哭着賈珠的名字，別人還可，惟有宫裁禁不住也放聲哭了。（觸動了李紈，文章處處靈動。）賈政聽了，那淚珠更似滾瓜一般滾了下來。

正沒開交處，忽聽丫鬟來說：『老太太來了。』（只一句話，驚如響雷。）一句話未了，只聽窗外顫巍巍的聲氣說道：『先打死我，再打死他，豈不乾淨了！』（好氣勢，一開口就是泰山壓頂之勢。）賈政見他母親來了，又急又痛，連忙迎接出來，只見賈母扶着丫頭，喘吁吁的走來。（形容逼真。）賈政上前躬身陪笑道：『大暑熱天，母親有何生氣親自走來？（打到這樣，還說『有何生氣』，虧你說得出。）有話只該叫了兒子進去吩咐。』賈母聽說，便止住步，喘息一回，（逼真。）厲聲（『厲聲』兩字有聲有色。）說道：『你原來是和我說話！我倒有話吩咐，只是可憐我一生沒養個好兒子，卻教我和誰說去！』（老太太說話，亦是憋足了氣了。）賈政聽這話不像，忙跪下含淚說道：『爲兒的教訓兒子，也爲的是光宗耀祖。母親這話，我做兒的如何禁得起？』（賈政承受不起矣！因封建社會，孝道至上，賈母如此說，分明是說賈政不孝，『不孝』即有罪，賈政如何敢擔當。）賈母聽說，便啐了一口，說道：『我說了一句話，你就禁不起；你那樣下死手的板子，難道寶玉就禁得起了？（駁得極是，駁得自然妥貼。）你說教訓兒子是光宗耀祖，當初你父親怎麼教訓你來！』（句句駁倒，老太太好厲害！）說着，不覺就滾下淚來。

賈政又陪笑道：『母親也不必傷感，皆是作兒的一時性起，從此以後再不打他了。』（此話仍有骨刺。）賈母便冷笑道：『你也不必和我使性子賭氣的。（賈母一下就聽出來了。）你的兒子，我也不該管你打不打。我猜着你也厭煩我們娘兒們。（連自己搭上，則賈政真是『不肖』矣！）不如我們趕早兒離了你，大家乾淨！』說着，便令人去看轎馬，『我和你太太、寶玉立刻回南京去！』何等氣勢，如泰山壓頂，不可擋也。家下人只得乾答應着。

賈母又叫王夫人道：『你也不必哭了。如今寶玉年紀小，你疼他；他將來長大成人，爲官作宰的，也未必想着你是他母親了。句句刺到賈政，賈母言詞鋒利，咄咄逼人。你如今倒不要疼他，只怕將來還少生一口氣呢。』再補一句寫足。賈政聽說，忙叩頭哭道：『母親如此說，賈政無立足之地。』確實使賈政無立足之地矣！賈母冷笑道：『你分明使我無立足之地，你反說起你來！賈母言辭銳利，如追窮寇，寸步不讓。只是我們回去了，你心裏乾淨，看有誰來不許你打。』一面說，一面只令快打點行李、車轎回去。逼真。賈政苦苦叩求認罪。只能以賈政認罪了事。

賈母如奇軍突起，一上陣，即全局改觀，且言辭句句鋒利，無堅不透。

賈母一面說話，一面又記掛寶玉，口責賈政而心念寶玉。忙進來看時，只見今日這頓打不比往日，可見往日也曾打過。又是心疼，又是生氣，也抱着哭個不了。既疼且氣，實不忍睹。王夫人與鳳姐等解勸了一會，方漸漸的止住。早有丫鬟、媳婦等上來，要攙寶玉，鳳姐便罵道：『糊塗東西，也不睜開眼瞧瞧！打的這麼個樣兒，還要攙着走！罵得是，但丫鬟、媳婦未能細看也。還不快進去把那藤屜子春櫈擡出來呢。』衆人聽說，連忙進去，果然擡出春櫈來，將寶玉擡放櫈上，隨着賈母、王夫人等進去，送至賈母房中。

彼時賈政見賈母氣未全消，不敢自便，也跟了進去。看看寶玉，果然打重了。再看看王夫人，『兒』一聲，『肉』一聲，『你替珠兒早死了，留着珠兒，免你父親生

賈政跟來，寫得好，想賈政豈能不跟來。

（薛姨媽、寶釵都在這裏是特筆。）

氣，我也不白操這半世的心了。這會子你倘或有個好歹，丟下我，叫我靠那一個！』數落一場，又哭『不爭氣的兒』。賈政聽了，也就灰心，自悔不該下毒手打到如此地步。（補寫賈政一筆，更見真實。）先勸賈母，賈母含淚說道：『你不出去，還在這裏做什麼！難道於心不足，還要眼看着他死了纔去不成！』（一句話，給賈政下場，而又不失怒氣。）賈政聽說，方退了出來。

此時薛姨媽同寶釵、香菱、襲人、史湘雲也都在這裏。襲人滿心委屈，只不好十分使出來，（一句表明襲人特殊。）見衆人圍着，灌水的灌水，打扇的打扇，自己插不下手去，便越性走出來到二門前，令小廝們找了焙茗來細問：（如此寫襲人更生動逼真。）『方纔好端端的，爲什麼打起來？你也不早來透個信兒！』焙茗急的說：『偏生我沒在跟前，打到半中間我纔聽見了。（補寫焙茗）忙打聽原故，卻是爲琪官、金釧姐姐的事。』（至此纔明白。）襲人道：『老爺怎麼得知道的？』（這是第一要問的。）焙茗道：『那琪官的事，多半是薛大爺素日吃醋，沒法兒出氣，不知在外頭唆挑了誰來，在老爺跟前下的火。（這是猜測，因確曾吃醋也。）那金釧兒的事，是三爺說的，（此是實事，一點不差。）我也是聽見老爺的人說的。』襲人聽了這兩件事都對景，心中也就信了八九分。（豈知尚有不盡實者。）然後回來，只見衆人都替寶玉療治。調停完備，賈母令『好生擡到他房內去』。衆人答應，七手八腳，忙把寶玉送入怡紅院內自己牀上臥好。又亂了半日，衆人漸漸散去，襲人方進前來經心服侍，問他端的。且聽下回分解。

【回後評】

此回只寫打寶玉一事，而繪聲繪色，層次分明：初寫寶玉會雨村回來，因金釧之死而五內摧傷、神思恍惚，恰好撞在賈政身上，受賈政嚴責；次寫忠順王府長史來府索琪官，稱琪官與寶玉交，要求將琪官放回，至使賈政盛怒，喝命寶玉『不許動』；復次寫在井中忽發現金釧屍體，賈環於賈政面前誣告寶玉『拉着太太的丫頭金釧兒強姦不遂，打了一頓。那金釧兒便賭氣投井死了』，遂使賈政怒不可遏，下狠心要打死寶玉。『一腳踢開掌板的，自己奪過來，咬着牙狠命蓋了三四十下』，並說『到這步田地還來解勸。明日釀到他弑君殺父，你們纔不勸不成！』文章遂入高潮。緊接着是王夫人聞訊急忙來勸，賈政不聽，最後是賈母出場，以壓倒之勢，怒斥賈政，言辭犀利，勢不可擋，終於賈政不敢違拗，叩頭認罪。一場聲勢凌厲的軒然大波，纔算慢慢平息。《紅樓夢》寫豪華，以省親爲高潮；寫思想衝突，以打寶玉爲高潮。皆雪芹驚天地、泣鬼神之筆，可以與屈原、司遷並駕者也。

賈政說要釀到寶玉『弑君殺父』的地步，則作者特意表明賈政之思想與寶玉之思想爲敵對性質，不可調和者，此爲研究《紅樓夢》思想之必須注意者，非通常閑筆可比也。

賈環在賈政面前竟誣告其兄寶玉，至寶玉幾遭死劫，賈環何以仇恨其兄至此，雪芹又何以寫賈環誣陷之事，豈雪芹敗家之家世中，亦有此類事乎？雪芹大家族中，固有不和之事，見於康熙上諭，故此段情節之生活素材，亦致足耐人尋味者。

忠順王府長史到賈府索琪官，說：『只是這琪官隨機應答，謹慎老誠，甚合我老人家的心，竟斷斷少不得此人。』所謂『斷斷少不得此人』者，並不是什麽『謹慎老誠』之類的事，而是涉及清代康、乾時期的社會風氣，與曹雪芹同時代人趙翼（一七二七，雍正五年——一八一四，嘉慶十九年）在《簷曝雜記》卷二《梨園色藝》說：『京師梨園中有色藝者，士大夫往往與相狎。庚午、辛未間（按乾隆十五年至十六年），慶成班有方俊官，頗韶靚，爲吾鄉莊本淳舍人所昵。本淳旋得大魁。後寶和班有李桂官者，亦波峭可喜。畢秋帆舍人狎之，亦得修撰。故方、李皆有狀元夫人之目，余皆識之。二人故不俗，亦不徒以色藝稱也。本淳歿後，方爲之服期年之喪。而秋帆未第時頗窘，李且時周其乏。以是二人皆有聲縉紳間。後李來謁余廣州，已半老矣。余嘗作《李郎曲》贈之。近年聞有蜀人魏三兒者，尤擅名，所至無不爲之風靡，王公、大人俱物色恐後。』又《金台殘淚記》卷三《雜記》說：『《燕蘭小譜》記京班舊多高腔，自魏長生來，始變梆子腔，盡爲淫靡。……乾隆末，魏長生車騎若列卿，出入和珅府第。……魏長生與和珅有斷袖之寵。《燕蘭小譜》所詠「阿翁瞥見也魂消」是也。』乾隆時宰相和珅，尚且狎昵戲子，則當時的王公貴戚如『忠順王爺』之狎昵琪官自是常事。最有一點，當時的這些藝人，大都稱某某官，如方俊官、李桂官等等。《紅樓夢》裏的蔣玉菡稱『琪官』，大觀園裏唱戲的女孩子稱芳官、齡官、藕官、豆官、艾官、茄官、葯官、蕊官、葵官、文官、玉官、寶官等等，也都是當時社會風氣的反映。

【校　記】

〔一〕按此句俄藏本作：『只是這琪官乃奉旨所賜，不便轉贈令郎，若令郎十分愛慕，老大人竟密奏一本請旨，豈不兩便。若大人不題奏時，還得轉達令郎，請將琪官放出，一則可免王爺負恩之罪，……』其餘各本，如己卯、楊藏、蒙府、戚序、舒序、程甲本均同庚辰本。

第三十四回　情中情因情感妹妹　錯裏錯以錯勸哥哥

話說襲人見賈母、王夫人等去後，便走來寶玉身邊坐下，含淚問他：『怎麽就打到這步田地？』此事當問賈政，爲何要打到這步田地？寶玉嘆氣說道：『不過爲那些事，問他做什麽！『不過爲那些事』，可見『那些事』是襲人所知道的，則自然是指蔣玉菡等事。只是下半截疼的很，你瞧瞧打壞了那裏。』襲人聽說，便輕輕的伸手進去，將中衣褪下。寶玉略動一動，便咬着牙叫『噯喲』，襲人連忙停住手，如此三四次纔褪了下來。可見打得不輕。

襲人看時，只見腿上半段青紫，都有四指寬的僵痕高了起來。襲人咬着牙說道：『我的娘，怎麽下這般的狠手！你但凡聽我一句話，也不得到這步田地。然則，寶玉之挨打，是因不聽襲人之勸告也。襲人所勸，則是湘、釵一流之言也，無非仕途經濟，不可非聖無法之類，良宵解語之言也。幸而沒動筋骨，倘或打出個殘疾來，可叫人怎麽樣呢！』

正說着，只聽丫鬟們說：『寶姑娘來了。』襲人聽見，知道穿不及中衣，便拿了一牀袷紗被替寶玉蓋了。

此是寶釵關切之方式，送藥丸，指導用法等等，一如醫院護士，冷靜至極。

寶玉原先只知道蔣玉菡之事，此時方知還有賈環的話。

只見寶釵手裏托着一丸藥走進來，向襲人說道：『晚上把這藥用酒研開，替他敷上，把那淤血的熱毒散開，可以就好了。』說畢，遞與襲人，又問道：『這會子可好些？』寶玉一面道謝說：『好些了。』又讓坐。寶釵見他睜開眼說話，不像先時，心中也寬慰了好些，便點頭嘆道：『早聽人一句話，也不至今日。 與襲人聲口竟如一人。 別說老太太、太太心疼，就是我們看着，心裏也疼。』剛說了半句又忙咽住，自悔說的話急了，不覺的就紅了臉，低下頭來。 自己心裏存了心，自然就紅臉了。

寶玉聽得這話如此親切稠密，竟大有深意，忽見他又咽住不往下說，紅了臉，低下頭只管弄衣帶，那一種嬌羞怯怯，非可形容得出者， 情動於中而形於外也。 不覺心中大暢，將疼痛早丟在九霄雲外， 寶玉唯情是快，愛博而心勞。 心中自思：『我不過捱了幾下打，他們一個個就有這些憐惜悲感之態露出，令人可玩可觀，可憐可敬。假若我一時竟遭殃橫死，他們還不知是何等悲感呢！既是他們這樣，我便一時死了，得他們如此，一生事業縱然盡付東流，亦無足嘆惜，冥冥之中若不怡然自得，亦可謂糊塗鬼祟矣。』 寶玉是情癡情種也。

想着，只聽寶釵問襲人道：『怎麼好好的動了氣，就打起來了？』襲人便把焙茗的話說了出來。寶玉原來還不知道賈環的話，見襲人說出方纔知道。因又拉上薛蟠，惟恐寶釵沉心，忙又止住襲人道：『薛大哥哥從來不這樣的，你們不可混裁度。』 寶玉總是體貼別人。 寶釵聽說，便知道是怕他多心，用話相攔襲人，因心中暗暗想道：『打的這個外頭大事者，『仕途經濟』也，寶釵亦念念不忘於此，與襲人所說，如出一轍。

口氣與賈政一樣，總是過在寶玉。

爲什麼怕『吹到老爺耳朵裏』，爲什麼怕

形像，疼還顧不過來，還是這樣細心，怕得罪了人，可見在我們身上也算是用心了。（寶釵一聽即知其意。）你既這樣用心，何不在外頭大事上做工夫，（交蔣玉菡等也是在外頭下的功夫，並非在家裏，但寶釵的『外頭』是指走世俗的官道。）老爺也歡喜了，也不能吃這樣虧。但你固然怕我沉心，所以攔襲人的話，難道我就不知我的哥哥素日恣心縱慾，毫無防犯的那種心性？當日爲一個秦鍾，還鬧的天翻地覆，（寶釵也相信是薛蟠說的。因有前事可援。）自然如今比先又更利害了。』想畢，因笑道：『你們也不必怨這個，怨那個。據我想，到底寶兄弟素日不正，肯和那些人來往，老爺纔生氣。就是我哥哥說話不防頭，一時說出寶兄弟來，也不是有心調唆：一則也是本來的實話，二則他原不理論這些防嫌小事。（爲薛蟠辯解，其實薛蟠並無此事。）襲姑娘從小兒只見寶兄弟這麼樣細心的人，你何嘗見過天不怕地不怕、心裏有什麼口裏就說什麼的人。』襲人因說出薛蟠來，見寶玉攔他的話，早已明白自己說造次了，恐寶釵沒意思，聽〔一〕寶釵如此說，更覺羞愧無言。寶玉又聽寶釵這番話，一半是堂皇正大，一半是去己疑心，更覺比先暢快了。（一半是說給寶玉聽。）方欲說話時，只見寶釵起身說道：『明兒再來看你，你好生養着罷。方纔我拿了藥來交給襲人，晚上敷上管保就好了。』說着，便走出門去。襲人趕着送出院外，說：『姑娘倒費心了。改日寶二爺好了，親自來謝。』寶釵回頭笑道：『有什麼謝處。你只勸他好生靜養，別胡思亂想的就好了。（就知寶玉好胡思亂想。）要想什麼吃的、頑的，你悄悄的往我那裏取去，〔二〕不必驚動老太太、太太衆人，（此點猶可理解。）倘或吹到老爺耳朵裏，雖然彼時不怎麼樣，

『將來對景』，你不是一是來送藥，二是囑他靜養，別胡思亂想。就這兩點也怕老爺知道？奇怪至極！然怕老爺知道對景者，因她送藥等等，皆另含私情也，有此私情之心，即不能光明磊落，毫無芥蒂矣，就免不了神神秘秘，躲躲藏藏矣。此是寶釵囑咐襲人一段話的心理因素。

將來對景，終是要吃虧的。』說着，一回身去了。

襲人抽身回來，心內着實感激寶釵。（襲人之所以感激寶釵，已將自己與寶玉一體也。）進來見寶玉沉思默默，似睡非睡的模樣，因而退出房外，自去櫛沐。寶玉默默的躺在牀上，無奈臀上作痛，如針挑刀挖一般，（確是往死裏打了。）更又熱如火炙，略展轉時，禁不住『噯喲』之聲。那時天色將晚，因見襲人去了，卻有三兩個丫鬟伺候，此時並無呼喚之事，因說道：『你們且去梳洗，等我叫時再來。』衆人聽了，也都退出。（衆人俱已退出。）

這裏寶玉昏昏默默，只見蔣玉菡走了進來，訴說忠順府拿他之事；又見金釧兒進來，哭說爲他投井之情。寶玉半夢半醒，都不在意。（一時應對襲人、寶釵後，精神倦怠，似夢非夢間，往事湧上心頭也。）忽又覺有人推他，恍恍惚惚聽得有人悲泣之聲。寶玉從夢中驚醒，（先是感覺，繼是聞聲，寫黛玉之來，筆法何等高妙。）睜眼一看，不是別人，卻是林黛玉。

寶玉猶恐是夢，忙又將身子欠起來，向臉上細細一認，只見兩個眼睛腫的桃兒一般，滿面淚光，不是黛玉，卻是那個？（一段驚彩絕艷之筆，只覺神光離合間似聞黛玉啜泣之聲。）寶玉還欲看時，怎奈下半截疼痛難忍，支持不住，便『噯喲』一聲，仍就倒下，嘆了一聲，說道：『你又做什麼跑來！雖說太陽落下去，那地上的餘熱未散，走兩趟又要受了暑。（寶玉總是爲黛玉想。）我雖然捱了打，並不覺疼痛。（剛纔『噯喲』一聲，還說不覺疼，有誰能信。）我這個樣兒，只裝出來哄他們，好在外頭布散與老爺聽，其實是假的，（這些話纔真正是假的。）你不可認真。』

黛玉之哭，是傷心至極，疼徹心肝之哭，雖無聲而疼極也。

黛玉『你從此都改了罷』一句話。貌似與襲釵同，其實大異，蓋黛玉怨賈政之毒，疼寶玉之傷也。賈政是黛玉舅舅，是長輩，不能用怨詞，故只此一句話，其怨疼之情盡在其中矣，讀者千萬細會其意。

此時林黛玉雖不是嚎啕大哭，然越是這等無聲之泣，氣噎喉堵，更覺利害。聽了寶玉這番話，心中雖然有萬句言詞，只是不能說得，半日，方抽抽噎噎的說道：『你從此可都改了罷！』寶玉聽說，便長嘆一聲，道：『你放心，別說這樣話。就便爲這些人死了，也是情願的！』（寶玉所說，真是答黛玉也，唯黛玉可露真心，故徑說『便爲這些人死了，也是情願的』也，因當時其他人都不在，唯寶黛兩人，故可傾心耳！）一句話未了，只見院外人說：『二奶奶來了。』林黛玉便知是鳳姐來了，連忙立起身說道：『我從後院子去罷，回來再來。』（寫黛玉何等機敏。）寶玉一把拉住道：『這可奇了，好好的怎麼怕起他來？』（寶玉哪里想得到。）林黛玉急的跺腳，悄悄的說道：『你瞧瞧我的眼睛，又該他取笑開心呢。』（黛玉自知傷心已極也。）寶玉聽說，趕忙的放手。黛玉三步兩步轉過牀後，出後院而去。

鳳姐從前頭已進來了，（接得緊。）問寶玉：『可好些了？想什麼吃，叫人往我那裏取去。』（此是鳳姐的話。）接着，薛姨媽又來了。（寶釵方過，薛姨媽又來。）一時賈母又打發了人來。（賈母自當打發人來。）

至掌燈時分，寶玉只喝了兩口湯，便昏昏沉沉的睡去。（是重打以後情狀。）接着，周瑞媳婦、吳新登〔三〕媳婦、鄭好時媳婦，這幾個有年紀、常往來的，聽見寶玉捱了打，也都進來。（此是禮之必然。）襲人忙迎出來，悄悄的笑道：『嬸嬸們來遲了一步，二爺纔睡着了。』說着，一面帶他們到那邊房裏坐了，倒茶與他們吃。那幾個媳婦子都悄悄的坐了一回，向襲人說：『等二爺醒了，你替我們說罷。』襲人答應了，送他們出去。（一筆表過，有層次。）

剛要回來，只見王夫人使個婆子來，口稱：『太太叫一個跟二爺的人呢。』【因賈政責寶玉之事而引起王夫人之疑慮。】襲人見說，想了一想，【『想了一想』，深知此去之重要，機會之來也。】便回身悄悄告訴晴雯、麝月、檀雲、秋紋等說：『太太叫人，你們好生在房裏，我去了就來。』說畢，同那婆子一逕出了園子，來至上房。

王夫人正坐在涼榻上搖着芭蕉扇子，見他來了，說：『不管叫個誰來也罷了。你又丟下他來了，誰服侍他呢？』【王夫人初未要襲人來，是襲人自己來的。】襲人見說，連忙陪笑回道：『二爺纔睡安穩了，那四五個丫頭如今也好了，會服侍二爺了，太太請放心。恐怕太太有什麽話吩咐，打發他們來，一時聽不明白，倒耽誤了。』【實則是與其讓他們來，還不如我來也。】王夫人道：『也沒甚話，白問問，他這會子疼的怎麽樣？』襲人道：『寶姑娘送去的藥，我給二爺敷上了，比先好些了。【先記寶釵一功。】先疼的躺不穩，這會子都睡沉了，可見好些了。』

王夫人又問：『吃了什麽沒有？』襲人道：『老太太給的一碗湯，喝了兩口，只嚷乾渴，要吃酸梅湯。我想着酸梅是個收斂的東西，纔剛捱了打，又不許叫喊，自然急的那熱毒熱血未免不存在心裏，【襲人居然也懂醫理。】倘或吃下這個去，激在心裏，再弄出大病來，可怎麽樣呢。因此我勸了半天，纔沒吃，只拿那糖醃的玫瑰滷子和了吃，吃了半碗，又嫌吃絮了，不香甜。』王夫人道：『噯喲，你不該早來和我說。前兒有人送了兩瓶子香露來，原要給他點子的，我怕他胡糟蹋了，就沒給。既是他嫌那些玫瑰膏子彩雲，即金釧告訴寶玉『往東小院子裏拿環哥兒同彩雲去』的那個彩雲，王夫人固已聽到她與賈環之事，爲何竟安然無事，而金釧只是與寶玉的那一段話和說環哥之事，竟至被攆慘死，甚矣，王夫人處事之偏也。

寶玉挨打如此重，自己拚死相救，事後王夫人竟未問爲什麼，此時問襲人亦是『恍惚聽見』後纔問，如不聽見，豈非不問了。王夫人亦太顢頇了。

襲人竟不提環哥的事，卻說寶玉『霸佔』了琪官，這『霸佔』的罪名，忠順王府長史未說，賈環未說，賈政未說，竟由襲人無中生有說出，爲寶玉加重過錯，其心叵測甚矣。

絮煩，把這個拿兩瓶子去。一碗水裏只用挑一茶匙兒，就香的了不得呢。』說着，就喚彩雲來：『把前兒的那幾瓶香露拿了來。』襲人道：『只拿兩瓶來罷，多了也白糟蹋。等不够再要，再來取也是一樣。』

彩雲聽說，去了半日，果然拿了兩瓶來，付與襲人。襲人看時，只見兩個玻璃小瓶，卻有三寸大小，上面螺絲銀蓋，鵝黃箋上寫着『木樨清露』，那一個寫着『玫瑰清露』。襲人笑道：『好金貴東西！這麼個小瓶兒，能有多少。』王夫人道：『那是進上的，你沒看見鵝黃箋子？你好生替他收着，別糟蹋了。』

襲人答應着，方要走時，王夫人又叫：『站着，我想起一句話來問你。』（就巴望你想起來問也。）襲人忙又回來。王夫人見房內無人，便問道：『我恍惚聽見寶玉今兒捱打，是環兒在老爺跟前說了什麼話。你可聽見這個了？你要聽見，告訴我聽聽，我也不吵出來教人知道是你說的。』襲人道：『我倒沒聽見這話，只聽說爲二爺霸佔着戲子，人家來和老爺要。爲這個打的。』王夫人搖頭說道：『也爲這個，還有別的原故。』襲人道：『別的原故實在不知道了。（明明知道賈環誣陷，卻竟閉口不說，此人心機可怕。）我今兒在太太跟前大膽說句不知好歹的話。論理——』說了半截，忙又咽住。（一波三折，欲說又止，好做作。）王夫人道：『你只管說。』襲人笑道：『太太別生氣，我就說了。』（還要再加一句，方始說出，可見其所說事大。）王夫人道：『我有什麼生氣的，你只管說來。』襲人道：『論理，我們二爺也須得老爺教訓兩頓。（原來襲人竟是賈政一路的見識，寶玉身邊安上此人，則豈能得安。）

原來王夫人的心與襲人也一樣，然則與寶釵也一樣矣。從此黛玉之前途可知矣。

『那些人』指誰？故意含混其辭，然襲人是『那一日那一時不勸』，而『那些人』則『又肯親近他』，則

若老爺再不管，將來不知做出什麼事來呢。』【『做出什麼事來呢』，你已做出來過了，只有自己最清楚，但卻裝作自己最乾淨，把髒水預先就潑到別人身上，於是晴、黛皆受其誣矣！此類人陰極險極，讀者宜防，千萬勿信此類人之甘言也。味襲人之言，此處重點是指外邊，即指結交外邊的人。】王夫人一聞此言，便合掌念聲『阿彌陀佛』，【一直想聽此話，如今方說出。】由不得趕着襲人叫了一聲『我的兒，【『我的兒』三個字，活活畫出王夫人之顢頇昏聵。千言萬語，不及王夫人自己說出的這三個字內涵豐富，虧作者想得出。】虧了你也明白，這話和我的心一樣。我何曾不知道管兒子，先時你珠大爺在，我是怎麼樣管他，難道我如今倒不知管兒子了？只是有個原故：如今我想，我已經快五十歲的人，通共剩了他一個，他又長的單弱，況且老太太寶貝似的，若管緊了他，倘或再有個好歹，【不是不想像賈政一樣管教他，終因『只剩了他一個』也。】或是老太太氣壞了，那時上下不安，豈不倒不好了，所以就縱壞了他。我常常掰着口兒勸一陣，說一陣，氣的罵一陣，哭一陣，彼時他好，過後兒還是不相干，端的吃了虧纔罷了。若打壞了，將來我靠誰呢！』說着，由不得滾下淚來。

襲人見王夫人這般悲感，自己也不覺傷了心，陪着落淚。【這兩滴淚是必定要陪的，沒有也要擠出來。】又道：『二爺是太太養的，豈不心疼。便是我們做下人的服侍一場，大家落個平安，也算是造化了。要這樣起來，連平安都不能了。【襲人自然希望平安，不到外邊惹事。】那一日、那一時我不勸二爺，只是再勸不醒。偏生那些人又肯親近他，也怨不得他這樣，總是我們勸的倒不好了。今兒太太提起這話來，我還記掛着一件事，每要來回太太，討太太個主意。只是我怕太太疑心，不但我的話白說了，且連葬身之地都沒了。』【說在前頭，又說得如此鄭重，由不得王夫人不信。而竟說到『連葬身之地都沒了』，可見】

話中已隱含黛玉矣。讒言如在空氣中散毒，令人於不知不覺間受之，甚矣讒言之可畏，小人之可恨也。

『沒有什麼別的說的』，前面已說『連葬身之地都沒了』，其話如此嚴重，此時卻輕描淡寫說『我也沒什麼別的說的』，則可見即此『說的』便是『連葬身之地都沒了』的『大事』。讀者皆知襲人讒言，卻不知其工讒至此。描畫如此小人，竟筆筆傳神，雪芹想曾見過此類人乎？

『小見識』，卻是一篇大道理，明裏雖黛、釵並提，而實是指黛玉。王夫人於此類事上並不顢頇。

此事比前一事重大百倍，甚矣，狐媚工讒，襲人當之無愧。

王夫人聽了這話內有因，忙問道：『我的兒，再說一聲『我的兒』，愈喊愈親，但愈喊愈錯，襲人早已『將自己與了寶玉』了，而且還自己覺得『不爲越禮』，如今竟被王夫人喊起『我的兒』來，豈非懵懂？不知襲人作何感想？你有話只管說。近來我因聽見衆人背前背後都誇你，不知聽哪些人誇，當是寶釵、薛姨媽、鳳姐等人也。我只說你不過是在寶玉身上留心，或是諸人跟前和氣，這些小意思上好，所以將你和老姨娘一體行事。早已與姨娘一體行事矣，只是你不知而已。誰知你方纔和我說的話全是大道理，正和我的想頭一樣。原來竟全是『大道理』，可見非同一般，但此時襲人還未說出來，可知王夫人已預感到她將說出『大道理』來了，而且必會與王夫人想的一樣。然則此亦『同聲相應，同氣相求』也。你有什麼只管說什麼，只別教別人知道就是了。』襲人道：『我也沒什麼別的說。我只想着討太太一個示下，怎麼變個法兒，以後竟還教二爺搬出園外來住就好了。』輕輕一句話，直是大觀園地震。『二爺搬出園外來住』，則明指離開黛玉也，因寶釵可出園回家，黛玉則必仍住大觀園。於是寶、黛隔離矣，襲人則自隨寶玉，何慮之有？

王夫人聽了，吃一大驚，如同驚雷忙拉了襲人的手問道：拉着手問，急切之至。『寶玉難道和誰作怪了不成？』『作怪』兩字新奇。王夫人竟能以此問襲人，而襲人亦竟一問就答，說『並沒有這話。』可見襲人很明白『作怪』是何事，明明襲人早已『作怪』過了，而竟能坦然說『並沒有這話』，而王夫人亦竟絲毫不疑，真是千奇百怪。襲人連忙回道：『太太別多心，並沒有這話。說謊，早已有這話了。這不過是我的小見識。如今二爺也大了，裏頭姑娘們也大了；況且林姑娘、寶姑娘又是兩姨姑表姊妹，雖說是姊妹們，到底是男女之分，特意提出男女之分，其意甚明。日夜一處，是誰日夜一處了，讒口殺人無迹。起坐不方便，由不得叫人懸心，自己裝得如此正經，反說『懸心』，『懸心』者，是『懸心』別人也，移花接木，輕輕移到別人身上。便是外人看着也不像。一家子的事，俗語說的「沒事常思有事」，世上多少無頭腦的事，多半因爲無心中做出，你當初是無心還是有心？有心人看見，當作有此賊喊捉賊法。自己早就『不防』過了，反說『倘或不防』。因襲人之事，諸鬟都略有所知，晴雯早已點出，襲人怕人說出，故先提出『不論真假人多口雜』之類含混之詞，引向別人。

於襲人既感且愛，可見讒言之作用。自己幹了見不得人之事，卻先用讒言嫁禍於人，既保護了自己，又轉移了目標。王夫人受襲之讒反感激不盡。是真顢頇昏聵也。

『把他交給你了』，賈母早就『將自

心事，反說壞了。只是預先不防着，斷然不好。『斷然不好』，可見事情之迫切。二爺素日性格，太太是知道的。他又偏好在我們隊裏鬧。倘或不防，前後錯了一點半點，不論真假，人多口雜，那起小人的嘴有什麼避諱？心順了，說的比菩薩還好；心不順，就貶的連畜牲不如。倘或有人說到她，那就是屬於『心不順』者。二爺將來倘或有人說好，不過大家直過沒事；若要叫人說出一個不好字來，我們不用說，粉身碎骨，罪有萬重，都是平常小事。但後來二爺一生的聲名品行豈不完了？說得如此好聽，好像自己未有前事，此類人陰賊可怕之極！二則太太也難見老爺。俗語又說「君子防不然」，不如這會子防避的爲是。太太事情多，一時固然想不到。我們想不到則可，既想到了，若不回明太太，果真回明太太了嗎？罪越重了。明明是讒言，卻說得如此好聽。近來我爲這事日夜懸心，又不好說與人，惟有燈知道罷了。』可見確是處心積慮之言，凡讒人者，必處心積慮也，世上決無無心進讒之人，明明是自己處心進讒，卻把自己說成菩薩。

王夫人聽了這話，如雷轟電掣的一般，可見此『小見識』之爆炸性！正觸了金釧兒之事，進讒者總是等待時機，金釧之事，正是時機也。襲人慣會捕捉時機。心內越發感愛襲人不盡，忙笑道：『我的兒，又是一聲『我的兒』。你竟有這個心胸，想的這樣周全！我何曾又不想到這裏，只是這幾次有事就忘了。你今兒這一番話提醒了我。難爲你成全我娘兒兩個聲名體面，真真我竟不知道你這樣好。顢頇愚蠢，一至於此，令人可嘆！罷了，你且去罷，我自有道理。只是還有一句話：你今既說了這樣的話，我就把他交給你了，好歹留心，保全了他，就是保全了我。我自然不辜負你。』話已說明，無須多說矣。

襲人連連答應着去了。回來正值寶玉睡醒，襲人回明香露之事。寶玉喜不自禁，己與了寶玉』，現在王夫人又將寶玉交給了她，可見已有雙重『許可證』了。

即令調來嚐試，果然香妙非常。因心下記掛着黛玉，滿心裏要打發人去，只是怕襲人，便設一法，先使襲人往寶釵那裏去借書。先把襲人支走，可見寶玉亦心知襲人。

襲人去了，寶玉便命晴雯來 脂批：『前文晴雯放肆，原有把柄所恃也。』 吩咐道：『你到林姑娘那裏看看他做什麼呢。他要問我，只說我好了。』晴雯道：『白眉赤眼，做什麼去呢？到底說句話兒，也像一件事。』晴雯靈慧，讓寶玉說句話，好『也像一件事』而去。 寶玉道：『沒有什麼可說的。』晴雯道：『若不然，或是送件東西，或是取件東西，晴雯真是可兒，一語提醒寶玉。 不然我去了怎麼搭訕呢？』寶玉想了一想，便伸手拿了兩條手帕子撂與晴雯，笑道：『也罷，就說我叫你送這個給他去了。』晴雯道：『這又奇了。他要這半新不舊的兩條手帕子？他又要惱了，說你打趣他。』寶玉笑道：『你放心，他自然知道。』彼此相知，因物寄意，故不用再說也，此中消息，晴雯尚不能悟。此正晴雯之純真，與襲人之所不同也。

晴雯聽了，只得拿了帕子往瀟湘館來。只見春纖正在欄杆上晾手帕子，見他進來，忙擺手兒，說：『睡下了。』晴雯走進來，滿屋魆黑，並未點燈。可見情懷之惡。 黛玉已睡在牀上，問：『是誰。』晴雯忙答道：『晴雯。』黛玉道：『做什麼？』晴雯道：『二爺送手帕子來給姑娘。』黛玉聽了，心中發悶，不知情由，自然要奇怪。 暗想：『做什麼送手帕子來給我？』因問：『這帕子是誰送他的？必是上好的，叫他留着送別人罷，我這會子不用這個。』晴雯笑道：『不是新的，就是家常舊的。』奇怪。 林黛玉聽見，越發悶住，着實細心搜求，思忖一時，方大悟過來，終於徹悟，心路通矣。 連忙說：『放下，去罷。』晴雯聽了，只得放下，抽身回去，一路盤算，不解何意。（晴雯終不能解，此晴之純，晴之可貴也。若襲人，一聽說『作怪』，隨即順應而答，正因其『作怪』過也。）

這裏林黛玉體貼出手帕子的意思來，不覺神魂馳蕩：『寶玉這番苦心，能領會我這番苦意，又令我可喜；我這番苦意，不知將來如何，又令我可悲；忽然好好的送兩塊舊帕子來，若不是領我深意，單看了這帕子，又令我可笑；再想令人私相傳遞與我，又可懼；我自己每每好哭，想來也無味，又令我可愧。』如此左思右想，一時五內沸然炙起。黛玉由不得餘意綿纏，令掌燈，也想不起嫌疑避諱等事，（情之所至，何計其他。）便向案上研墨蘸筆，便向那兩塊舊帕上題筆寫道：

（又引出黛玉無限思緒。）

眼空蓄淚淚空垂。暗灑閑拋卻爲誰。
尺幅鮫綃勞解贈，叫人焉得不傷悲。

其二

拋珠滾玉只偷潸。鎮日無心鎮日閑。
枕上袖邊難拂拭，任他點點與斑斑。

其三

彩線難收面上珠。湘江舊跡已模糊。
窗前亦有千竿竹，不識香痕漬也無。

（三首詩傷心欲絕，黛玉之心聲也。）

林黛玉還要往下寫時，覺得渾身火熱，面上作燒，走至鏡臺揭起錦袱一照，只見腮上通紅，自羨壓倒桃花，（病已深矣，奈何奈何。）卻不知病由此萌。一時方上牀睡去，猶拿着那帕子思索，不在話下。

卻說襲人來見寶釵，誰知寶釵不在園內，往他母親那裏去了，襲人便空手回來。等至二更，寶釵方回來。原來寶釵素知薛蟠情性，心中已有一半疑是薛蟠調唆了人來告寶玉的，（不等人說，已疑薛蟠。）誰知又聽襲人說出來，越發信了。究竟襲人是聽焙茗說的，那焙茗也是私心窺度，並未據實，竟認準是他說的。那薛蟠都因素日有這個名聲，其實這一次卻不是他幹的，被人生生的一口咬死是他，（所謂曾參殺人，三人成虎也。）有口難分。

這日正從外頭吃了酒回來，見過母親，只見寶釵在這裏，說了幾句閒話，因問：『聽見寶兄弟吃了虧，是爲什麼？』（倒是薛蟠關心而問。）薛姨媽正爲這個不自在，見他問時，便咬着牙道：『不知好歹的東西，都是你鬧的，你還有臉來問！』（一口咬定）薛蟠見說，便怔了，忙問道：『我何嘗鬧什麼？』薛姨媽道：『你還裝憨呢！人人都知道是你說的，還賴呢。』薛蟠道：『人人說我殺了人，也就信了罷？』薛姨媽道：『連你妹妹都知道是你說的，難道他也賴你不成？』寶釵忙勸道：『媽和哥哥且別叫喊，消消停停的，就有個青紅皂白了。』因向薛蟠道：『是你說的也罷，不是你說的也罷，事情也過去一場冤屈，激起薛蟠滿腔怒火。

了，不必較證，倒把小事兒弄大了。我只勸你從此以後在外頭少去胡鬧，少管別人的事。天天大家一處胡逛，你是個不防頭的人，過後兒沒事就罷了，倘或有事，不是你幹的，人人都也疑惑是你幹的。不用說別人，我就先疑惑。』（說到底，還是懷疑是他幹的。）

薛蟠本是個心直口快的人，一生見不得這樣藏頭露尾的事，（薛蟠是明火執杖之人，不是使陰賊手段的人。）又見寶釵勸他不要逛去，他母親又說他犯舌，寶玉之打是他治的，早已急的亂跳，賭身發誓的分辯。又罵衆人：『誰這樣贓派我？我把那囚攮的牙敲了纔罷！分明是爲打了寶玉，沒的獻勤兒，拿我來作幌子。難道寶玉是天王？他父親打他一頓，一家子定要鬧幾天。那一回爲他不好，姨爹打了他兩下子，過後老太太不知怎麽知道了，說是珍大哥哥治的，好好的叫了去罵了一頓。（又補敘往事，可見寶玉被打已非一次。）今兒越發拉上我了！既拉上我，也不怕，越性進去把寶玉打死了，我替他償了命，（活畫獃子口氣。）大家乾淨。』一面嚷，一面抓起一根門閂來就跑。

慌的薛姨媽一把抓住，罵道：『作死的孽障，你打誰去？你先打我來！』薛蟠急的眼似銅鈴一般，嚷道：『何苦來！又不叫我去，又好好的賴我。將來寶玉活一日，我擔一日的口舌，不如大家死了清靜。』

寶釵忙也上前勸道：『你忍耐些兒罷。媽急的這個樣兒，你不說來勸媽，你還反鬧的這樣。別說是媽，便是旁人來勸你，也爲你好。倒把你的性子勸上來了。』薛蟠惹得薛大獃子揭出寶玉秘史。

本是『中心藏之』的事，卻被薛大獃子突然說出。

道：『這會子又說這話，都是你說的！』寶釵道：『你只怨我說，再不怨你顧前不顧後的形景。』薛蟠道：『你只會怨我顧前不顧後，你怎麽不怨寶玉外頭招風惹草的那個樣子！（怎麽不怨寶玉，薛蟠直問到底。）別說多的，只拿前兒琪官的事比給你們聽：那琪官，我們見過十來次的，我並未和他說一句親熱話；怎麽前兒他見了，連姓名還不知道，就把汗巾子給他了？難道這也是我說的不成？』薛姨媽和寶釵急的說道：『還提這個！（明明忌諱這個，偏又說這個。）可不是爲這個打他呢。可見是你說的了。』（假的反成真的了。）薛蟠道：『真真的氣死人了！賴我說的我不惱，我只爲一個寶玉鬧的這樣天翻地覆的。』寶釵道：『誰鬧了？你先持刀動杖的鬧起來，倒說別人鬧。』

薛蟠見寶釵說的話句句有理，難以駁正，比母親的話反難回答，因此便要設法拿話堵回他去，就無人敢攔自己的話了；也因正在氣頭上，未曾想話之輕重，便說道：『好妹妹，你不用和我鬧，我早知道你的心了。從先媽和我說，你這金要揀有玉的纔可正配，你留了心，見寶玉有那勞什骨子，你自然如今行動護着他。』話未說了，把個寶釵氣怔了，拉着薛姨媽哭道：『媽媽你聽，哥哥說的是什麽話！』薛蟠見妹妹哭了，便知自己冒撞了，便賭氣走到自己房裏安歇，不提。

這裏薛姨媽氣的亂戰，一面又勸寶釵道：『你素日知道那孽障說話沒道理，明兒我叫他給你陪不是。』寶釵滿心的委屈氣忿，待要怎樣，又怕他母親不安，少不得含淚別了母親，各自回來，到房裏整哭了一夜。

次日一早起來，也無心梳洗，胡亂整理整理，便出來瞧母親。可巧遇見林黛玉獨立在花陰之下，問他那裏去。薛寶釵因說：『家去。』口裏說着，便只管走。黛玉見他無精打彩的去了，又見他眼上有哭泣之狀，大非往日可比，便在後面笑道：『姐姐也自保重些兒，就是哭出兩缸眼淚來，也醫不好棒瘡！』

不知寶釵如何答對？且聽下回分解。

寶釵之淚，是被薛蟠氣出，不是爲棒瘡。黛玉以爲寶釵之淚是爲寶玉，故譏之，誤矣！

【回後評】

寶玉挨打後，諸人都有反映。第一個反映的是襲人，她説：『我的娘，怎麼下這般的狠手！你但凡聽我一句話，也不得到這步田地。』襲人之後，是寶釵第一個來看寶玉，並給送丸藥，便『點頭嘆道：「早聽人一句話，也不至今日。」』第三個反映，是黛玉接着寶釵來看寶玉，黛玉『無聲之泣，氣噎喉堵……半日方抽抽噎噎的説道：「你從此可都改了罷。」』黛玉之後是鳳姐等人，都是一般的探望，可以不論。很明顯，前面三個人，襲人與寶釵的反映是一樣的，連説的話都差不多，也即是都是既疼寶玉，又責怪寶玉，怪他不早聽勸告。而黛玉的這句話，從話面上來看，是叫寶玉『從此可都改了罷』，似乎與襲、釵的意思差不多。但實際上這句話的内涵卻與襲、釵大不一樣，這句話，是黛玉疼極（對寶玉）怨極（對賈政）之話。因爲賈政是黛玉的舅舅，黛玉不可能用言詞來表達對賈政的不滿，而只能用語氣神情來表達，故黛玉的這句話的內涵是對賈政的怨，對寶玉的疼。這都是從說話的語氣和神態中表露的，因而這句話的話面的意思反而不是黛玉真正要說的意思，實際上這句話是一句『反話』，要從相反的角度去理解，纔能把握這句話的真實意思。這句話的意思，從緊接着的寶玉的答話也可明白，寶玉『長嘆一聲，道：「你放心，別說這樣話，就便爲這些人死了，也是情願的！」』如果寶玉真是『都改了』的話，這段答話就完全對不上了。正因爲這是句反話，寶玉明白她的意思，纔有上面這段回答。

王夫人要『叫一個跟二爺的人』說話，襲人就自去。王夫人問她，聽說寶玉挨打是賈環在老爺跟前說了話，襲人卻說沒有聽見，反說是爲『霸佔』戲子打的。這『霸佔』二字，大大加重了事情的性質，並且趁機進讒：一是說：『論理，我們二爺也須得老爺教訓兩頓。若老爺再不管，將來不知做出什麼事來呢。』二是說：『那一日、那一時我不勸二爺，只是再勸不醒。偏生那些人又肯親近他，也怨不得他這樣，總是我們勸的倒不好了。』三是說：『怎麼變個法兒，以後竟還教二爺搬出園外來住就好了。』『如今二爺也大了，裏頭姑娘們也大了；況且林姑娘、寶姑娘又是兩姨姑表姊妹，雖說是姊妹們，到底是男女之分』。『「君子防不然」，不如這會子防避的爲是。』襲人以忠誠憂患說的這三點，第一點完全是賈政的想法，二三兩點完全是針對黛玉，而且把自己裝扮得忠心不二，一塵不染。作者通過這些描寫，活生生畫出襲人是個讒言小人。

寶玉讓晴雯去看黛玉，並送去兩條半新不舊的手帕，黛玉初不解其意，後即恍然大悟，引發出她無窮的傷心和知己之感，因而隨即題詩三首。這是寶、黛愛情的托物寄意、心靈互通，是寶黛愛情的又一次深化，也是黛玉病情的深化。

寶釵回家責怪薛蟠，使人在賈政面前說寶玉壞話，害得寶玉受笞。薛蟠其實並無此事，因而引起薛蟠大鬧，並說出寶釵『要揀有玉的纔可正配，你留了心，見寶玉有那勞什骨子，你自然如今行動護着他』。作者有意藉薛蟠之口，揭示寶釵隱蔽的內心世界，使讀者明白，『金玉良緣』之說，並非空穴來風，而確是寶釵、薛姨媽的追求目標。

【校　記】

〔一〕『寶玉攔他』到『聽』，共二十三字，庚辰本無，各本均有，文字小異，此從己卯、甲辰本補。

〔二〕『要想什麼吃的』兩句，庚辰本無，據列藏本增。

〔三〕庚辰本作『吳龍登』，己卯、列藏、戚序、蒙府各本同庚辰本，舒序本作『吳登龍』，楊本、甲辰本、程甲本作『吳新登』，從楊本、甲辰諸本改。

諸人探問情景，卻從黛玉眼中遠遠望見，又是一樣寫法。

第三十五回　白玉釧親嚐蓮葉羹　黃金鶯巧結梅花絡〔一〕

話說寶釵分明聽見林黛玉刻薄他，因記掛着母親、哥哥，並不回頭，一逕去了。寶釵有涵容，此釵、黛區別之一端也。

這裏林黛玉還自立於花陰之下，遠遠的卻向怡紅院內望着，只見李宮裁、迎春、探春、惜春並各項人等都向怡紅院內去過之後，一起一起的散盡了，只不見鳳姐兒來，心裏自己盤算道：『如何他不來瞧寶玉？便是有事纏住了，他必定也是要來打個花胡哨，從黛玉心中寫出鳳姐。討老太太和太太的好兒纔是。今兒這早晚不來，必有原故。』一面猜疑，一面擡頭再看時，只見花花簇簇一群人又向怡紅院內來了。寫鳳姐竟同賈母同來，聲勢又自不同，又一種寫法。定睛看時，只見賈母搭着鳳姐兒的手，賈母搭着鳳姐，是並行，然後邢、王二夫人，周姨娘並丫鬟隨後，好一簇人馬。其中只少趙姨娘。後頭邢夫人、王夫人跟着周姨娘並丫鬟媳婦等人都進院去了。黛玉看了不覺點頭，想起有父母的人的好處來，早又淚珠滿面。眼見人情溫暖，孤零之人能不傷感。少頃，只見寶釵、薛姨媽等也進去了。寶釵、薛姨媽也會湊熱鬧，不會落後。忽見紫鵑從背後走來，說道：『姑娘吃藥去罷，開水又冷了。』黛玉道：『你到底瀟湘館中另一番境界，於竹影蒼苔外，又增一鸚哥說話，靜極而動，動而更靜，所謂『鳥鳴山更幽』也。

要怎麽樣？只是催我，吃不吃，管你什麽相干！』（正在傷心時也。）紫鵑笑道：『咳嗽的纔好了些，又不吃藥了。如今雖然是五月裏，天氣熱，到底也該還小心些。大清早起，在這個潮地方站了半日，也該回去歇息歇息了。』（慧紫鵑能體人意。）一句話提醒了黛玉，方覺得有點腿酸，獃了半日，方慢慢的扶着紫鵑，回瀟湘館來。

一進院門，只見滿地下竹影參差，苔痕濃淡，（好境界，幽極靜極。）不覺又想起《西廂記》中所云『幽僻處可有人行，點蒼苔白露泠泠』（此二句亦是《西廂》妙詞。）二句來，因暗暗的嘆道：『雙文，雙文，誠爲命薄人矣。然你雖命薄，尚有孀母弱弟。今日林黛玉之命薄，一併連孀母弱弟俱無。古人云：「佳人命薄」，然我又非佳人，何命薄勝於雙文哉！』（黛玉之形象，固是傳統之發展創新。）一面想，一面只管走，不防廊上的鸚哥見林黛玉來了，『嘎』的一聲，撲了下來，倒唬了一跳，因說道：『作死的，又搧了我一頭灰。』那鸚哥仍飛上架去，便叫：『雪雁，快掀簾子，姑娘來了。』黛玉便止住步，以手扣架道：『添了食水不曾？』那鸚哥便長嘆一聲，竟大似林黛玉素日吁嗟音韻，（鸚哥亦已慣聽黛玉之嘆矣！）接着念道：『儂今葬花人笑癡，他年葬儂知是誰？試看春盡花漸落，便是紅顏老死時。一朝春盡紅顏老，花落人亡兩不知！』（鸚哥能念黛玉詩，是黛玉常念而聽熟也。）黛玉、紫鵑聽了，都笑起來。紫鵑笑道：『這都是素日姑娘念的，（確證是素日常念之故，）難爲他怎麽記了。』（奇情奇景，感物感人，作者之筆，入杳茫矣！）黛玉便令將架摘下來，另掛在月洞窗外的鈎上。於是進了屋子，在月洞窗內坐了。（一幅憑窗美人圖。合前段描寫瀟湘館境界，實寫黛玉其人也。在此境界中，其人可知矣。『採前事餘波。

菊東籬下，悠然見南山。」寫淵明其人高致也，非寫採菊也。此意相同。好境界，詩情畫意，盡赴筆底。吃畢藥，只見窗外竹影映入紗來，滿屋內陰陰翠潤，几簟生凉。黛玉無可釋悶，便隔着紗窗調逗鸚哥作戲，又將素日所喜的詩詞也教與他念。此時黛玉心情當平靜。這且不在話下。

且說薛寶釵來至家中，只見母親正自梳頭呢。一見他來了，便說道：『你大清早起跑來作什麼？』寶釵道：『我瞧瞧媽身上好不好。昨兒我去了，不知他可又過來鬧了沒有？』一面說，一面在他母親身旁坐了，由不得哭將起來。薛姨媽見他一哭，自己撐不住，也就哭了一場，一面又勸他：『我的兒，你別委曲了，你等我處分他。你要有個好歹，我指望那一個來！』

薛蟠在外邊聽見，連忙跑了過來，對着寶釵，左一個揖，右一個揖，只說：『好妹妹，恕我這一次罷！原是我昨兒吃了酒，回來的晚了，路上撞客着了，「客」南方指「鬼」，至今吾鄉鄉下尚有此語。來家未醒，不知胡說了什麼，連自己也不知道，怨不得你生氣。』寶釵原是掩面哭的，聽如此說，由不得又好笑了，遂擡頭向地下啐了一口，說道：『你不用做這些像生兒。裝模作樣也，假相也。我知道你的心裏多嫌我們娘兒兩個，是要變着法兒叫我們離了你，你就心淨了。』薛蟠聽說，連忙笑道：『妹妹這話從那裏說起來的。這樣，我連立足之地都沒了。妹妹從來不是這樣多心說歪話的人。』薛姨媽忙又接着道：『你只會聽諸本皆作『橫勁』。按：『橫』此處讀『狠』，去聲。『狠勁』，下狠心痛改前非也。『狠勁』，吾鄉方言至今尚存。

見你妹妹的歪話，難道昨兒晚上你說的那話就應該的不成？當真是你發昏了！』

（偏是昨晚說對了。）薛蟠道：『媽也不必生氣，妹妹也不用煩惱，從今以後，我再不同他們一處吃酒閒逛如何？』寶釵笑道：『這不明白過來了！』薛姨媽道：『你要有這個橫勁，那龍也下蛋了。』（知子莫若母也。）薛蟠道：『我若再和他們一處逛，妹妹聽見了，只管啐我，再叫我畜生，不是人，如何？（只有薛蟠是這種語言。）何苦來，爲我一個人，娘兒兩個天天操心！媽爲我生氣，還有可恕；若只管叫妹妹爲我操心，我更不是人了。如今父親沒了，我不能多孝順媽，多疼妹妹，反教娘生氣，妹妹煩惱，真連個畜生也不如了。』口裏說，眼睛裏禁不起也滾下淚來。（獃霸王下淚，難得難得，但薛蟠確是這種性格，虧作者寫得出。）

薛姨媽本不哭了，聽他一說，又勾起傷心來。寶釵勉強笑道：『你鬧够了，這會子又招着媽哭起來了。』薛蟠聽說，忙收了淚，笑道：『我何曾招媽哭來！罷，罷，罷，丢下這個別提了。叫香菱來倒茶妹妹吃。』寶釵道：『我也不吃茶，等媽洗了手，我們就過去了。』薛蟠道：『妹妹的項圈我瞧瞧，只怕該炸一炸去了。』寶釵道：『黃澄澄的，又炸他作什麼？』薛蟠又道：『妹妹如今也該添補些衣裳了。要什麼顏色花樣，告訴我。』寶釵道：『連那些衣服，我還沒穿遍了，又做什麼？』一時薛姨媽換了衣裳，拉着寶釵進去，薛蟠方出去了。

薛姨媽、寶釵進園，是補敘上文黛玉所見。

說了半天，仍不明白。湯何以用模子？模子究竟什麼樣子，什麼用處，無法想像。

這裏薛姨媽和寶釵進園來瞧寶玉，到了怡紅院中，只見抱厦裏外迴廊上許多丫鬟老婆站着，便知賈母等都在這裏。母女兩個進來，大家見過了，只見寶玉躺在榻上。薛姨媽問他可好些了。寶玉忙欲欠身，口裏答應着『好些』，又說：『只管驚動姨娘、姐姐，我禁不起。』薛姨媽忙扶他睡下，又問他：『想什麼吃，只管告訴我。』寶玉笑道：『我想起來，自然和姨娘要去的。』王夫人又問：『你想什麼吃？回來好給你送來的。』寶玉笑道：『也倒不想什麼吃，倒是那一回（不知是哪一回，未見說過。）做的那小荷葉兒、小蓮蓬兒的湯還好些。』鳳姐一旁笑道：『聽聽，口味不算高貴，只是太磨牙了。巴巴的想這個吃了。』賈母便一叠聲的叫人做去。（賈母溺愛，無求不應，於此可見。）鳳姐兒笑道：『老祖宗別急，等我想一想這模子誰收着呢。』因回頭吩咐個婆子去問管厨房的要去。那婆子去了半天，來回說：『管厨房的說，四副湯模子都交上來了。』鳳姐兒聽說，想了一想，道：『我記得交給誰了，多半在茶房裏。』一面又遣人去問管茶房的，也不曾收。次後還是管金銀器皿的送了來。

薛姨媽先接過來瞧時，原來是個小匣子，裏面裝着四副銀模子，都有一尺多長，一寸見方，上面鑿着有豆子大小，也有菊花的，也有梅花的，也有蓮蓬的，也有菱角的，共有三四十樣，打的十分精巧。因笑向賈母、王夫人道：『你們府上也都想絕了，吃碗湯還有這些樣子。若不說出來，我見了這個也不認得這是作什麼用的。』鳳原來模子是壓製細巧麵點用的，麵點精巧細緻，壓成各種細巧樣式，放在湯內煮熟後既喝湯又吃麵點。猶如今天吃元宵。所以湯是湯，麵點是麵點。

姐兒也不等人說話，便笑道：『姑媽那裏曉得，這是舊年備膳，他們想的法兒。不知弄些什麽麵印出來，借點新荷葉的清香，全仗着好湯，究竟沒意思，誰家常吃他了。那一回呈樣的作了一回，他今日怎麽想起來了。』說着接了過來，遞與個婦人，吩咐厨房裏立刻拿幾隻雞，（做幾碗湯要用幾隻雞，其揮霍可知。）另外添了東西，做出十來碗來。王夫人道：『要這些做什麽？』鳳姐兒笑道：『有個原故：這一宗東西家常不大作，今兒寶兄弟提起來了，單做給他吃，老太太、姑媽、太太都不吃，似乎不大好。不如借勢兒弄些大家吃，托賴連我也上個俊兒。』賈母聽了，笑道：『猴兒，把你乖的！拿着官中的錢你做人！』說的大家笑了。鳳姐也忙笑道：『這不相干。這個小東道我還孝敬的起。』便回頭吩咐婦人，『說給厨房裏，只管好生添補着做了，在我的賬上來領銀子。』婦人答應着去了。寶釵一旁笑道：『我來了這麽幾年，留神看起來，鳳丫頭憑他怎麽巧，再巧不過老太太去。』（趁機趨奉賈母，寶釵最善於此。）賈母聽說，便答道：『我如今老了，那裏還巧什麽。當日我像鳳哥兒這麽大年紀，比他還來得呢。他如今雖說不如我們，（賈母猶憶當年之勇。）也就算好了，比你姨娘強遠了。你姨娘可憐見的，不大說話，和木頭似的，（直寫王夫人，然豈僅不大說話，像木頭，其狠心昏瞶顢頇處，不勝言也。）在公婆跟前就不大獻好。鳳兒嘴乖，怎麽怨得人疼他。』（贊鳳姐。）寶玉笑道：『若這麽說，不大說話的就不疼了？』賈母道：『不大說話的又有不大說話的可疼之處，（疼誰？）嘴乖的也有一宗可嫌的，（嫌誰？心有所指矣。）倒不如不說話的好。』寶玉笑道：『這就是了。我寶玉費盡心思，拐彎抹角，特意引到黛玉身上，還有鳳姐作陪。不想竟反引起賈母盛讚寶釵，於是賈母之心意明矣，則上句說可嫌者，自是指黛玉也。

寶玉看着寶釵一笑者，因寶玉極贊黛玉，未及寶釵，而賈母反盛讚寶釵，寶玉面對寶釵自覺不好意思也。而寶釵早扭過頭去找襲人說話者，是不屑理寶玉，以示對寶玉獨讚黛玉之不滿也，種種心意，僅於『一笑』一『扭』中見之，可見人物形象動作之重要也。

說大嫂子倒不大說話呢，（又提李紈）老太太也是和鳳姐姐的一樣看待。若是單是會說話的可疼，這些姊妹裏頭也只是鳳姐姐和林妹妹可疼了。』賈母道：『提起姊妹，不是我當着姨太太的面奉承，千真萬真，從我們家四個女孩兒算起，全不如寶丫頭。』（全出寶玉意外。）薛姨媽聽說，忙笑道：『這話是老太太說偏了。』王夫人忙又笑道：『老太太時常背地裏和我說寶丫頭好，這倒不是假話。』（再用王夫人證實。）寶玉勾着賈母原爲贊林黛玉的，不想反贊起寶釵來，倒也意出望外，便看着寶釵一笑。寶釵早扭過頭去和襲人說話去了。

忽有人來請吃飯，賈母方立起身來，命寶玉好生養着，又把丫頭們囑咐了一回，方扶着鳳姐兒，讓着薛姨媽，大家出房去了。（用請吃飯另起頭緒。）因問湯做好了不曾，又問薛姨媽等：『想什麼吃，只管告訴我，我有本事叫鳳丫頭弄了來咱們吃。』薛姨媽笑道：『老太太也會慪他的。時常他弄了東西孝敬，究竟又吃不了多少。』鳳姐兒笑道：『姑媽倒別這樣說。我們老祖宗只是嫌人肉酸。若不嫌人肉酸，早已把我還吃了呢。』（寫鳳姐嘴利，語言之逗人，至矣盡矣，無以加矣。）一句話沒說了，引的賈母衆人都哈哈的笑起來。

寶玉在房裏也撐不住笑了。襲人笑道：『真真的二奶奶的這張嘴怕死人！』寶玉伸手拉着襲人笑道：『你站了這半日，可乏了？』一面說，一面拉他身旁坐了。襲人笑道：『可是又忘了。趁寶姑娘在院子裏，你和他說，煩他鶯兒來打上幾根絡子。』（意外之筆，意內之事。）寶玉笑道：『虧你提起來。』說着，便仰頭向窗外道：『寶姐姐，吃過飯叫鶯兒來，煩他打幾根絛子，可得閑兒？』寶釵聽見，回頭道：『怎麼不得閑兒，一會叫他來就是了。』賈母等尚未聽真，都止步問寶釵。寶釵說明了，大家方明白。賈母又說道：『好孩子，叫他來替你兄弟作幾根。你要無人使喚，我那裏閑着的丫頭多呢，你喜歡誰，只管叫了來使喚。』賈母前既問薛姨媽喜吃何物，此又欲爲寶釵支丫鬟，可見賈母之感情動向。薛姨媽、寶釵等都笑道：『只管叫他來作就是了，有什麼使喚的去處。他天天也是閑着淘氣。』

大家說着，往前邁步正走，忽見史湘雲、平兒、香菱等在山石邊掐鳳仙花呢，閑寫一筆兒女之事，更見生活之真。見了他們走來，都迎上來了。少頃至園外，王夫人恐賈母乏了，便欲讓至上房內坐，賈母也覺腿酸，便點頭依允。一刻不忘賈母年老。王夫人便令丫頭忙先去鋪設坐位。那時趙姨娘推病，因賈環在賈政面前說寶玉壞話，致寶玉挨打，趙姨娘不好再出來也。只有周姨娘與衆婆娘、丫頭們忙着打簾子，立靠背，鋪褥子。賈母扶着鳳姐兒進來，與薛姨媽分賓主坐了。薛寶釵、史湘雲坐在下面。王夫人親捧了茶奉與賈母，李宮裁奉與薛姨媽。從打簾子到捧茶，井然有序，主次分明。賈母向王夫人道：『讓他們小妯娌服侍，你在那裏坐了，好說話兒。』王夫人方向一張小杌子上坐下，便吩咐鳳姐兒道：『老太太的飯在這裏放，添了東西來。』鳳姐兒答應出去，便令人去賈母那邊告訴，那邊的婆娘忙往外傳了。丫頭們忙都趕過來，一頓飯，寫得何等排場。王夫人便令『請姑娘們去。』請了半天，只有探春、惜春兩個來了；迎春身上不耐煩，不吃飯；林黛玉自不消說，平素十頓飯只好吃五頓，衆人也不着意了。

少頃飯至，衆人調放了桌子。鳳姐兒用手巾裹着一把牙筯站在地下，笑道：『老祖宗和姑媽不用讓，還聽我說就是了。』賈母笑向薛姨媽道：『我們就是這樣。』薛姨媽笑着應了。於是鳳姐放了四雙：上面兩雙是賈母、薛姨媽，兩邊是薛寶釵、史湘雲的。王夫人、李宮裁等都站在地下看着放菜。鳳姐先忙着要乾淨傢伙來，替寶玉揀菜。

少頃，荷葉湯來，賈母看過了。王夫人回頭見玉釧兒在那邊，便令玉釧與寶玉送去。鳳姐道：『他一個人拿不去。』可巧鶯兒和喜兒都來了。寶釵知道他們已吃了飯，便向鶯兒道：『寶兄弟正叫你去打絡子，你們兩個一同去罷。』鶯兒答應，同着玉釧兒出來。鶯兒道：『這麼遠，怪熱的，怎麼端了去？』玉釧笑道：『你放心，我自有道理。』說着，便令一個婆子來，將湯飯等物放在一個捧盒裏，令他端了跟着，他兩個卻空着手走。層層支派，可見賈府奴婢之間的等級。一直到了怡紅院門內，玉釧兒方接了過來，同鶯兒進入寶玉房中。

襲人、麝月、秋紋三個人正和寶玉頑笑呢，見他兩個來了，都忙起來，笑道：『你兩個怎麼來的這麼碰巧，一齊來了。』一面說，一面接了下來。玉釧兒便向一張杌子上坐了，鶯兒不敢坐下。襲人便忙端了個腳踏來，鶯兒還不敢坐。寫鶯兒，亦寫寶釵也，寫寶釵之規矩也。寶玉見鶯兒來了，卻倒十分歡喜；忽見了玉釧兒，便想到他姐姐金釧兒身上，又是傷心，又是慚愧，（見玉釧，寶玉自當慚愧。）便把鶯兒丟下，且和玉釧兒說話。（以下特寫玉釧。）襲人見把鶯兒不理，恐鶯兒沒好意思的，又見鶯兒不肯坐，便拉了鶯兒出來，到那邊房裏去吃茶說話兒去了。

這裏麝月等預備了碗筯來伺候吃飯。寶玉只是不吃，問玉釧兒道：『你母親身子好？』玉釧兒滿臉怒色，正眼也不看寶玉，（寫玉釧惱怒，自然之情也。）半日，方說了一個『好』字。（有神態。）寶玉便覺沒趣，半日，只得又陪笑問道：『誰叫你給我送來的？』玉釧兒道：『不過是奶奶太太們！』（冷極淡極）寶玉見他還是這樣哭喪，便知他是爲金釧兒的原故；待要虛心下氣磨轉他，又見人多，不好下氣的，因而變盡方法，將人都支出去，然後又陪笑問長問短。

那玉釧兒先雖不悅，只管見寶玉一些性子沒有，憑他怎麼喪謗，他還是溫存和氣，自己倒不好意思的了，臉上方有三分喜色。（有些轉機）寶玉便笑求他：『好姐姐，（轉換叫法，進了一層。）你把那湯拿了來我嚐嚐。』玉釧兒道：『我從不會喂人東西，等他們來了再吃。』（冷氣尚未褪盡。）寶玉笑道：『我不是要你喂我。我因爲走不動，你遞給我吃了，你好趕早兒回去交代了，你好吃飯的。我只管耽誤時候，你豈不餓壞了。你要懶待動，我少不了忍了疼下去取來。』說着，便要下牀來，扎掙起來，禁不住『噯喲』之聲。玉釧兒見他這般，忍不住起身說道：『躺下罷！那世裏造了來的業，這會子現世現報。

（眉批：故意做出，以動玉釧。）

白玉釧親嘗蓮葉羹
譚鳳嬛畫

（回目中『親嚐蓮葉羹』之『親』字即在此處。）

教我那一個眼睛看的上！』（雖是一句冷話，而冷中已含熱矣！）一面說，一面哧的一聲又笑了，（已轉過來了。）端過湯來。

寶玉笑道：『好姐姐，你要生氣只管在這裏生罷，見了老太太、太太可放和氣些，若還這樣，你就又捱罵了。』玉釧兒道：『吃罷，吃罷！不用和我甜嘴蜜舌的，（開始對話了。）我可不信這樣話！』說着，催寶玉喝了兩口湯。寶玉故意說：『不好吃，不吃了。』玉釧兒道：『阿彌陀佛，這還不好吃，什麼好吃。』寶玉道：『一點味兒也沒有，你不信，嚐一嚐就知道了。』玉釧兒真就賭氣嚐了一嚐。（再進一步，雖仍賭氣，而已親嚐矣。）寶玉笑道：『這可好吃了。』玉釧兒聽說，方解過意來，原是寶玉哄他吃一口，便說道：『你既說不好吃，這會子說好吃也不給你吃了。』（好玉釧，自有對付之法。寶玉只是想等她吃後再吃耳，誰知偏不依你。）寶玉只管央求陪笑要吃，玉釧兒又不給他，（終於未能吃着。人情有頓挫，文章有含蓄。）一面又叫人打發吃飯。丫頭方進來時，忽有人來回話：『傅二爺家的兩個嬤嬤來請安，來見二爺。』寶玉聽說，便知是通判傅試家的嬤嬤來了。那傅試原是賈政的門生，歷年來都賴賈家的名勢得意，賈政也着實看待，故與別個門生不同，他那裏常遣人來走動。

寶玉素習最厭愚男蠢女的，今日卻如何又令兩個婆子進來？其中原來有個原故：只因那寶玉聞得傅試有個妹子，名喚傅秋芳，也是個瓊閨秀玉，常聞人傳說才貌俱全，雖自未親睹，然遐思遥愛之心十分誠敬，不命他們進來，恐薄了傅秋芳，因此連忙命

『傅試』者，附勢也。

一段參差文章，恰是情真意真，寫寶玉癡情如畫。

借老嬤嬤議論，明世人不可理解寶玉也。

讓進來。

　　那傅試原是暴發的，因傅秋芳有幾分姿色，聰明過人，那傅試安心仗着妹妹，要與豪門貴族結姻，不肯輕易許人，所以耽誤到如今。目今傅秋芳年已二十三歲，尚未許人。爭奈那些豪門貴族又嫌他窮酸，根基淺薄，不肯求配。那傅試與賈家親密，也自有一段心事。今日遣來的兩個婆子偏生是極無知識的，聞得寶玉要見，進來只剛問了好，說了沒兩句話。

　　那玉釧兒見生人來，也不和寶玉厮鬧了，手裏端着湯只顧聽話。寶玉又只顧和婆子說話，一面吃飯，一面伸手去要湯。兩個人的眼睛都看着人，不想伸猛了手，便將碗碰翻，將湯潑了寶玉手上。玉釧兒倒不曾燙着，唬了一跳，忙笑道，『這是怎麽說！』慌的丫頭們忙上來接碗。寶玉自己燙了手倒不覺的，卻只管問玉釧兒：『燙了那裏了？疼不疼？』（癡絕。）玉釧兒和衆人都笑了。玉釧兒道：『你自己燙了，只管問我。』寶玉聽說，方覺自己燙了。（與三十回齡官畫薔同一意趣。）衆人上來連忙收拾。寶玉也不吃飯了，洗手吃茶，又和那兩個婆子說了兩句話。然後兩個婆子告辭出去，晴雯等送至橋邊方回。

　　那兩個婆子見沒人了，一行走，一行談論。這一個笑道：『怪道有人說他家寶玉是外像好裏頭糊塗，中看不中吃的，果然有些獃氣。他自己燙了手，倒問人疼不疼，這可不是個獃子？』那一個又笑道：『我前一回來，聽見他家裏許多人抱怨，千借此講調色法。

真萬真的有些獃氣。大雨淋的水雞似的，他反告訴別人：「下雨了，快避雨去罷。」你說可笑不可笑？時常沒人在跟前，就自哭自笑的；看見燕子，就和燕子說話；河裏看見了魚，就和魚說話；見了星星月亮，不是長吁短嘆，就是咕咕噥噥的。且是連一點剛性也沒有，連那些毛丫頭的氣都受的。愛惜東西，連個線頭兒都是好的；糟蹋起來，那怕值千值萬的都不管了。』兩個人一面說，一面走出園來，辭別諸人回去，不在話下。

脂批：『寶玉之爲人，非此一論，亦描寫不盡；寶玉之不肖，非此一鄙，亦形容不到。試問作者是醜寶玉乎，是贊寶玉乎？試問觀者是喜寶玉乎，是惡寶玉乎？』

如今且說襲人見人去了，便攜了鶯兒過來，問寶玉打什麼絡子。寶玉笑向鶯兒道：『纔只顧說話，就忘了你。煩你來不爲別的，卻爲替我打幾根絡子。』鶯兒道：『裝什麼的絡子？』寶玉見問，便笑道：『不管裝什麼的，你都每樣打幾個罷。』鶯兒拍手笑道：『這還了得！要這樣，十年也打不完了。』寶玉笑道：『好姐姐，你閑着也沒事，都替我打了罷。』

襲人笑道：『那裏一時都打得完，如今先揀要緊的打兩個罷。』鶯兒道：『什麼要緊，不過是扇子、香墜兒、汗巾子。』寶玉道：『汗巾子就好。』鶯兒道：『汗巾子是什麼顏色的？』寶玉道：『大紅的。』鶯兒道：『大紅的須是黑絡子纔好看的。或是石青的纔壓的住顏色。』寶玉道：『松花色配什麼？』鶯兒道：『松花配桃紅。』寶玉笑道：『這纔嬌豔。再要雅淡之中帶些嬌豔。』鶯兒道：『葱綠、柳黃是借此講工藝圖案美。

我最愛的。』寶玉道：『也罷了，也打一條桃紅，再打一條葱綠。』鶯兒道：『什麽花樣呢？』寶玉道：『共有幾樣花樣？』鶯兒道：『一炷香、朝天凳、象眼塊、方勝、連環、梅花、柳葉。』寶玉道：『前兒你替三姑娘打的那花樣是什麽？』鶯兒道：『那是攢心梅花。』寶玉道：『就是那樣兒好。』一面說，一面叫襲人剛拿了線來，窗外婆子說：『姑娘們的飯都有了。』寶玉道：『你們吃飯去，快吃了來罷。』襲人笑道：『有客在這裏，我們怎好去的！』鶯兒一面理線，一面笑道：『這話又打那裏說起，正經快吃了來罷。』襲人等聽說方去了，只留下兩個小丫頭聽呼喚。

寶玉一面看鶯兒打絡子，一面說閒話，因問他：『十幾歲了？』鶯兒手裏打着，一面答話說：『十六歲了。』寶玉道：『你本姓什麽？』鶯兒道：『姓黄。』寶玉笑道：『這個名姓倒對了，果然是個黄鶯兒。』鶯兒笑道：『我的名字本來是兩個字，叫作金鶯。姑娘嫌拗口，就單叫鶯兒，如今就叫開了。』寶玉道：『寶姐姐也算疼你了。明兒寶姐姐出閣，少不得是你跟去了。』鶯兒抿嘴一笑。寶玉笑道：『我常常和襲人說，明兒不知那一個有福的消受你們主子奴才兩個呢。』聽此語，可知寶玉心意不在寶釵也。鶯兒笑道：『你還不知道，我們姑娘有幾樣世人都沒有的好處呢，模樣兒還在其次。』寶玉見鶯兒嬌憨婉轉，語笑如癡，八字寫鶯兒如生。早不勝其情了，那更提起寶釵來！便問他道：『好處在那裏？好姐姐，細細告訴我聽。』又提起寶釵，鶯兒更增嬌癡也。寶玉要鶯兒細細告訴者，寶玉欲聽鶯兒嬌憨之語也，故其意皆在鶯兒而非寶釵也。讀者切宜明辨。鶯用金線絡寶玉，此話竟由寶釵親口說出。

兒笑道：『我告訴你，你可不許又告訴他去。』寶玉笑道：『這個自然的。』

正說着，只聽外頭說道：『怎麼這樣靜悄悄的！』二人回頭看時，不是別人，正是寶釵來了。寶玉忙讓坐。寶釵坐了，因問鶯兒：『打什麼呢？』一面問，一面向他手裏去瞧，纔打了半截。寶釵笑道：『這有什麼趣兒，倒不如打個絡子把玉絡上呢。』（此話有深意。）一句話提醒了寶玉，便拍手笑道：『倒是姐姐說得是，我就忘了。只是配個什麼顏色纔好？』寶釵道：『若用雜色斷然使不得。大紅又犯了色，黃的又不起眼，黑的又過暗。等我想個法兒：把那金線拿來，（又是金配玉。）配着黑珠兒線，一根一根的拈上，打成絡子，這纔好看。』寶玉聽說，喜之不盡，一叠聲便叫襲人來取金線。正值襲人端了兩碗菜走進來，告訴寶玉道：『今兒奇怪，纔剛太太打發人給我送了兩碗菜來。』寶玉笑道：『必定是今兒菜多，送來給你們大家吃的。』（寶玉絕未想到是單給襲人的。）襲人道：『不是，是指名給我送來的，還不叫我過去磕頭。這可是奇了。』（一點不奇，是上回你獻『小見識』的酬勞。）寶釵笑道：『給你的，你就吃了。這有什麼可猜疑的。』襲人笑道：『從來沒有的事，倒叫我不好意思的。』寶釵抿嘴一笑，說道：『這就不好意思了？明兒比這個更叫你不好意思的還有呢。』（此話竟由寶釵說出，明寶釵已知王夫人之意，可見王夫人待寶釵之親厚也。）

襲人聽了話內有因，素知寶釵不是輕嘴薄舌奚落人的，自己方想起上日王夫人的意思來，便不再提，將菜與寶玉看了，說：『洗了手來拿線。』說畢，便一直的出去了。吃過飯，洗了手，進來拿金線與鶯兒打絡子。此時寶釵早被薛蟠遣人來請出去了。

這裏寶玉正看着打絡子，忽見邢夫人那邊遣了兩個丫鬟，送了兩樣菓子來與他吃，問他：『可走得了？若走得動，叫哥兒明兒過來散散心，太太着實記掛着呢。』寶玉忙道：『若走得了，必請太太的安去。疼的比先好些，請太太放心罷。』一面叫他兩個坐下，一面又叫秋紋來，把纔拿來的那菓子拿一半送與林姑娘去。秋紋答應了，剛欲去時，只聽黛玉在院內說話，寶玉忙叫：『快請。』

要知端的，且聽下回分解。

前段剛說到寶釵，寶釵即到，故寶釵好處未說出。此處是要給黛玉送菓子，而黛玉就到。前後同樣湊巧。

【回後評】

黛玉獨立於花陰之下，看着諸人去怡紅院探視寶玉：第一批是李紈，迎、探、惜並各項人等，看着她們進去又出來；第二批是花簇簇一群人，賈母搭着鳳姐並邢、王二夫人，周姨娘丫鬟等；第三批是寶釵、薛姨媽。從黛玉眼中遠遠寫出諸人探視情景，衆人之簇簇熱鬧，與黛玉孤零一人，形成鮮明對照，可見此時之黛玉已處於孤立無愛之地步矣。無怪黛玉想起有父母的人的好處來而又珠淚滿面，實際上這時她已感到她已失去了賈母之愛。昔時評者有謂探視諸人除賈母、王夫人等至親外，大都是爲了討好賈母，包括寶釵、薛姨媽等，獨黛玉不趨奉，不湊熱鬧，足見黛玉之孤芳高格與趨時者迥然有別。我以爲此論自有真見，當然寶釵除趨奉賈母、王夫人外，另有私心，此不言而喻也。

黛玉回到瀟湘館，『只見滿地下竹影參差，苔痕濃淡，不覺又想起《西廂記》中所云：「幽僻處可有人行，點蒼苔白露泠泠」二句來』，直到黛玉『在月洞窗內坐了。吃畢藥，只見窗外竹影映入紗來，滿屋內陰陰翠潤，几簟生涼』一大段，是對瀟湘館的特筆描寫，實亦對黛玉的特筆描寫。作者用環境來襯托人，蓋人與環境不可分也。東籬之菊，悠然南山，淵明之環境也；華子岡、輞川，王摩詰之環境也。黛玉居此瀟湘館之環境中，其胸次境界自與諸人別矣。

寶釵說：『我來了這麼幾年，留神看起來，鳳丫頭憑他怎麼巧，再巧不過老太太去。』這是寶釵當面奉承賈母，自然博得賈母歡心。寶玉說：『若是單是會說話的可疼，這些姊妹裏頭也只是鳳姐姐和林妹妹可疼了。』寶玉此話，原想引賈母贊黛玉，不想反引出賈母一段議論，一則說：『嘴乖的也有一宗可嫌的』，這當然不是指鳳姐，而是隱指黛玉；再則說：『不是我當着姨太太的面奉承，千真萬真，從我們家四個女孩兒算起，全不如寶丫頭。』賈母對寶釵的明贊，對黛玉的暗貶，它顯示着在賈母、王夫人等最高層，釵、黛之選，勝負已分。黛玉是賈母的親外孫女，寶釵不過是王夫人的外甥女，其親疏迥不可比。而賈母竟然愛寶釵而嫌黛玉，此固寶釵平時趨奉之功；而另一方面，亦因黛玉之思想襟懷亦不爲世俗所能理解和接受也。

玉釧嚐羹一段，又夾入傅家老婆子來爲傅秋芳求親事，寶玉百計溫存，轉回玉釧，至自己燙手而不覺，又破例與傅家老婆子交談，意在傅秋芳。此皆寶玉貴介公子習性使然也，讀者當不能忘其豪門貴公子身份。而傅家老婆子對寶玉的議論，則亦見寶玉之思想行爲種種，亦非世人之所能知也。此正與黛玉爲同調。

鶯兒打絡子，嬌憨婉轉，笑語如癡，寶玉不勝其情，那更提寶釵。讀者皆誤以爲是寶玉對寶釵，其實非也，是寶玉對鶯兒也，是鶯兒提起寶釵時鶯兒自身之嬌媚令寶玉心醉也，不勝其情也。何以非指寶釵？因此前寶玉剛說過：『我常常和襲人說，明兒不知那一個有福的消受你們主子奴才兩個呢。』此話在前，已明示寶玉之絕意於寶釵矣。然則，寶玉之不勝其情，亦僅心醉鶯兒嬌憨婉轉之態而已，更無他念也，讀者千萬不能誤解。

【校　記】

〔一〕　回目：各本同。惟列本、舒本下聯『巧』作『俏』。

脂批：『絳芸軒夢兆』是金針暗度法。夾寫月錢是爲襲人漸入金屋地步。『梨香院』是明寫大家蓄戲，不免姦淫之陋，可不慎哉。

庚辰本回前評

賈母如此囑咐，實爲寶玉此後日在園中，摒絕諸應酬，連二門都不出，則賈政亦不必見矣。

再提寶釵勸導，是明寶釵勸之頻，寶玉屢屢拒之也。也可見寶釵之勸不止而寶玉堅拒不移也，此處特爲重言之，以重其意。

第三十六回　繡鴛鴦夢兆絳芸軒　識分定情悟梨香院〔一〕

話說賈母自王夫人處回來，見寶玉一日好似一日，心中自是歡喜。因怕將來賈政又叫他，遂命人將賈政的親隨小厮頭兒喚來，吩咐他『以後倘有會人待客諸樣的事，你老爺要叫寶玉，你不用上來傳話，就回他說：我說了，一則打重了，得着實將養幾個月纔走得；二則他的星宿不利，祭了星不見外人，過了八月纔許出二門。』那小厮頭兒聽了，領命而去。賈母又命李嬷嬷、襲人等來，將此話說與寶玉，使他放心。

那寶玉本就懶與士大夫諸男人接談，又最厭峨冠禮服、賀吊往還等事，厭棄世俗塵事，實厭棄當時社會也。今日得了這句話，越發得了意，不但將親戚朋友一概杜絕了，而且連家庭中晨昏定省益發都隨他的便了。禮亦廢了日日只在園中遊臥，不過每日一清早到賈母、王夫人處走走就回來了，卻每每甘心爲諸丫鬟充役，疏於上而密於下。竟也得十分閑消日月。或如寶釵輩有時見機導勸，可見寶釵勸導已非一次。反生起氣來，只說：『好好的一個清淨潔白女兒，也學的釣上回寫寶釵獨得賈母之心，此回卻寫黛玉獨得寶玉之心。寶玉恨極國賊祿鬼，至將《四書》外的書焚了。《四書》外之書，非指《四書》外所有之書也，是指程朱理學之類之書也，因走仕途經濟之路，必讀程朱之書也，故寶玉恨而焚之也。寶玉焚程朱之書，亦是針對寶釵之勸也，故下文纔及黛玉從不勸他等語。文意有隱有顯，讀者細心求之，當能自得。

平兒深通世事，原以爲此類事只有今日盛行，豈知也是古已有之。鳳姐要等錢送足了方辦此事，鳳姐非古之鳳姐，乃今之鳳姐也。雪芹一枝筆，於二百年前，直寫到今天，令人嘆佩！

名沽譽，入了國賊祿鬼之流。（此直指寶釵也。）這總是前人無故生事，立言豎辭，原爲導後世的鬚眉濁物。不想我生不幸，亦且瓊閨繡閣中亦染此風，真真有負天地鍾靈毓秀之德！』（幾句話，直罵寶釵，特未明言耳。）因此禍延古人，除《四書》外，竟將別的書焚了。（寶玉焚書是恨極之舉，恨仕途經濟，亦恨寶釵之勸也。）衆人見他如此瘋顛，（將超塵拔俗之語視爲瘋顛，實舉世皆醉也。）也都不向他說這些正經話了。獨有林黛玉自幼不曾勸他去立身揚名等語，所以深敬黛玉。（黛玉是舉世皆醉我獨醒也。寶玉得此空谷足音，能不敬乎！）

閑言少述，如今且說鳳姐自見金釧死後，忽見幾家僕人常來孝敬他些東西，又不時的來請安，奉承自己，倒生了疑惑，不知何意。這日，又見人來孝敬他東西，因晚間無人時笑問平兒道：『這幾家人不大管我的事，爲什麼忽然這麼和我貼近？』平兒冷笑道：『奶奶連這個都想不起來了？我猜他們的女兒都必是太太房裏的丫頭。如今太太房裏有四個大的，一個月一兩銀子的分例。下剩的都是一個月幾百錢。如今金釧兒死了，必定他們要弄這一兩銀子的巧宗兒呢。』（平兒明察秋毫。所謂「世事洞明皆學問」也。）鳳姐聽了，笑道：『是了，是了，倒是你提醒了。我看這些人也太不知足，錢也賺够了，苦事情又侵不着，弄個丫頭搪塞着身子也就罷了，又還想這個。也罷了，他們幾家的錢，容易也不能花到我跟前。這是他們自尋的，送什麼來，我就收什麼。（鳳姐主意何等眼熟。）橫豎我有主意。』鳳姐兒安下這個心，所以自管遷延着，等那些人把東西送足了，

『沒個好結果』是太太所賜。如今給玉釧雙分是王夫人爲了減輕自己內心所受到的譴責，也是爲了收買人心。

然後乘空方回王夫人。

這日午間，薛姨媽母女兩個與林黛玉等，正在王夫人房裏大家吃西瓜呢。鳳姐兒得便回王夫人道：『自從玉釧兒的姐姐死了，太太跟前少着一個人，太太或看准了那個丫頭好，就吩咐，下月好發放月錢的。』（鳳姐已收足東西了。）王夫人聽了，想了一想，道：『依我說，什麼是例，必定四個五個的，够使就罷了。（王夫人倒能破例。）竟可以免了罷。』鳳姐笑道：『論理，太太說的也是。這原是舊例，別人屋裏還有兩個呢，太太倒不按例了。況且省下一兩銀子也有限。』王夫人聽了，又想一想，道：『也罷，這個分例只管關了來，不用補人，就把這一兩銀子給他妹妹玉釧兒罷。他姐姐服侍了我一場，沒個好結果，剩下他妹妹跟着我，吃個雙分子也不爲過逾了。』鳳姐答應着，回頭找玉釧兒，笑道：『大喜，大喜。』玉釧兒過來磕了頭。（因爲姐姐被冤死而自己多得了一兩銀子的月錢，便成爲『大喜』，還要向主子磕頭。這是真實地反映了奴隸制下主奴雙方的心態。）

王夫人問道：『正要問你，如今趙姨娘、周姨娘的月例多少？』鳳姐道：『那是定例，每人二兩。趙姨娘有環兄弟的二兩，共是四兩，另外四串錢。』王夫人道：『可都按數給他們？』鳳姐見問的奇怪，忙道：『怎麼不按數給？』王夫人道：『前兒我恍惚聽見有人抱怨，說短了一吊錢，是什麼原故？』（借此一筆，透露鳳姐的尅扣。）鳳姐忙笑道：『姨娘們的丫頭，月例原是人各一吊。從舊年他們外頭商議的，姨娘們每位的丫頭分例減半，人各五百錢。每位兩個丫頭，所以短了一吊錢。這也抱怨不着我，鳳姐爲此說了一大串，足見心虛，別看嘴上說得硬，事實並非如此。

說得振振有詞，最後還擡出老太太來，誰人敢駁。

爲什麼要說得那麼快，因王夫人問此，正觸動痛處，且必有人在王夫人面前說話告狀，故鳳姐氣急，沉不住也。

我倒樂得給他們呢，他們外頭又扣着，難道我添上不成？這個事我不過是接手兒，怎麼來，怎麼去，由不得我作主。我倒說了兩三回，仍舊添上這兩分的。他們說只有這個項數，叫我也難再說了。如今在我手裏，每月連日子都不錯給他們呢。先時在外頭關，那個月不打饑荒？何曾順順溜溜的得過一遭兒。』王夫人聽說，也就罷了。半日又問：『老太太屋裏幾個一兩的？』鳳姐道：『八個。如今只有七個，那一個是襲人。』王夫人道：『這就是了。你寶兄弟也並沒有一兩的丫頭，襲人還算是老太太房裏的人。』鳳姐笑道：『襲人原是老太太的人，不過給了寶兄弟使。他這一兩銀子還在老太太的丫頭分例上領。如今說因爲襲人是寶玉的人，裁了這一兩銀子，斷然使不得。若說再添一個人給老太太，這個還可以裁他的。若不裁他的，須得環兄弟屋裏也添上一個，纔公道均勻了。就是晴雯、麝月等七個大丫頭，每月人各月錢一吊，佳蕙等八個小丫頭，每月人各月錢五百，還是老太太的話，別人如何惱得氣得呢。』薛姨媽笑道：『只聽鳳丫頭的嘴，倒像倒了核桃車子的，（形容極新鮮。）只聽他的賬也清楚，理也公道。』（薛姨媽亦是奉承話。）鳳姐笑道：『姑媽，難道我說錯了不成？』薛姨媽笑道：『說的何嘗錯，只是你慢些說豈不省力。』鳳姐纔要笑，忙又忍住了，聽王夫人示下。

王夫人想了半日，向鳳姐兒道：『明兒挑一個好丫頭送去老太太使，補襲人，把

『以後凡事有趙姨娘、周姨娘的，也有襲人的。』是明確把襲人提到作寶玉之妾的地位也。襲人前進讒，今已奏效矣。

王夫人含淚所說，實實昏聵，用襲人與寶玉比，還比寶玉強十倍，可見其世俗而昏庸。寶玉有其母復有其父，此中日夕，亦復何堪！

襲人的一分裁了。把我每月的月例二十兩銀子裏，拿出二兩銀子一吊錢來給襲人。以後凡事有趙姨娘、周姨娘的，也有襲人的。只是襲人的這一分，都從我的分例上勻出來，不必動官中的就是了。』鳳姐一一的答應了，笑推薛姨媽道：『姑媽聽見了，我素日說的話如何？今兒果然應了我的話。』在鳳姐心目中，襲人早該如此。

薛姨媽道：『早就該如此。模樣兒自然不用說的，他的那一種行事大方，說話見人和氣裏頭帶着剛硬要強，這個實在難得。』可見襲人爲寶玉之妾的地位，早爲諸人心目中之事。王夫人含淚說道：『你們那裏知道襲人那孩子的好處，脂批：『「孩子」二字愈見親熱，故後文連呼二聲我的兒。』比我的寶玉強十倍！脂批：『忽加「我的寶玉」四字，愈令人墮淚。加「我的」二字者，是明顯襲人是彼的，然彼的何如此好，我的何如此不好，又氣又恨，寶玉罪有萬重矣。作者有多少眼淚，寫此一句。觀者又不知有多少眼淚也。』寶玉果然是有造化的，能夠得他長長遠遠的服侍他一輩子，可惜就是不能長長遠遠也。也就罷了。』脂批：『真好文字，此批得出者。』鳳姐道：『既這麼樣，就開了臉，早已開臉矣，你是明知故說耳。昔人評云：『不開臉再嫁更便。』自是針對後文襲人改嫁蔣玉菡之諷刺話。明放他在屋裏豈不好？』王夫人道：『那就不好了。一則都年輕；二則老爺也不許；三則那寶玉見襲人是個丫頭，縱有放縱的事，倒能聽他的勸，如今作了跟前人，那襲人該勸的也不敢十分勸了。如今且渾着，王夫人要『渾着』，襲人也喜歡『渾着』，其實早已『明』了，晴雯不是已把她『明』過一次嗎？襲人喜歡『渾着』是因爲『渾着』仍可說嘴也，仍可『渾作』女兒也。等再過二三年再說。』

說畢半日，鳳姐見無話，便轉身出來。剛至廊簷上，只見有幾個執事的媳婦子正等他回事呢，見他出來，都笑道：『奶奶今兒回什麼事，這半天？可是要熱着了。』鳳姐把袖子挽了幾挽，跐着那角門的門檻子，笑道：『這裏過門風倒涼快，吹一吹再忍了半日，裝笑臉半日，現在和盤托出，本相畢露，可見前面回答，儘是虛應。也可見確是有人揭底，故鳳姐恨極要報復耳。

走。』好透一口氣再走，在裏面剛纔緊張也。又告訴衆人道：『你們說我回了這半日的話，太太把二百年頭裏的事都想起來問我，難道我不說罷。』心裏實實記恨。又冷笑道：『我從今以後倒要幹幾樣刻毒事了。抱怨給太太聽，我也不怕。糊塗油蒙了心，爛了舌頭，不得好死的下作東西，別作娘的春夢！明兒一裏腦子扣的日子還有呢。如今裁了丫頭的錢，就抱怨了咱們。也不想一想自己是奴幾，也配使兩三個丫頭！』一面罵，一面方走了，鳳姐一路怨恨，說『也不想一想自己是奴幾』，可見此一段恨話都是針對趙姨娘，也可見王夫人查問，是聽趙姨娘所說。自去挑人回賈母話去，不在話下。

卻說王夫人等這裏吃畢西瓜，又說了一回閒話，各自方散去。寶釵與黛玉等回至園中，寶釵因約黛玉往藕香榭去，黛玉回說立刻要洗澡，便各自散了。

寶釵獨自行來，順路進了怡紅院，意欲尋寶玉談講以解午倦。不想一入院來，鴉雀無聞，一併連兩隻仙鶴在芭蕉下都睡着了。一幅炎夏長晝景象。寶釵便順着遊廊來至房中，只見外間牀上橫三豎四，都是丫頭們睡覺。寫晝睏如畫。轉過十錦槅子，來至寶玉的房內。寶玉在牀上睡着了，襲人坐在身旁，手裏做針線，旁邊放着一柄白犀麈。寶釵走近前來，悄悄的笑道：『你也過於小心了，這個屋裏那裏還有蒼蠅、蚊子，還拿蠅帚子趕什麼？』襲人不防，猛擡頭見是寶釵，忙放下針線，起身悄悄笑道：兩個『悄悄』，顯得晝長人睏，靜極。『姑娘來了，我倒也不防，唬了一跳。姑娘不知道，雖然沒有蒼蠅、蚊子，誰知有一

壬午季春 譚鳳嬛作

是初夏情景。

此回回目云：『繡鴛鴦夢兆絳芸軒』，實點襲人、寶釵共繡鴛鴦也，共作鴛鴦好夢也。豈知後文寶玉夢中之語，直破此夢耳。

吳語『戴』『帶』同音，讀『得阿』切。此處之『帶』字，義同『戴』。今吳語仍讀此音。故民間書面語言，常『戴』『帶』不分，此亦《紅樓夢》早期抄本多吳語之一例。

種小蟲子，從這紗眼裏鑽進來，人也看不見，只睡着了，咬一口，就像螞蟻夾的。』寶釵道：『怨不得。這屋子後頭又近水，又都是香花兒，這屋子裏頭又香。這種蟲子都是花心裏長的，聞香就撲。』

說着，一面又瞧他手裏的針線，原來是個白綾紅裏的兜肚，上面扎着鴛鴦戲蓮的花樣，紅蓮綠葉，五色鴛鴦。〔初是襲人在繡鴛鴦。〕寶釵道：『噯喲，好鮮亮活計！這是誰的，也值的費這麼大工夫？』襲人向牀上努嘴兒。〔神情畢肖〕寶釵笑道：『這麼大了，還帶這個？』襲人笑道：『他原是不帶的，所以特特的做的好了，叫他看見由不得不帶。〔此是襲人妙法，總以誘爲上。〕如今天氣熱，睡覺都不留神，哄他帶上了，便是夜裏縱蓋不嚴些兒，也就不怕了。你說這一個就用了工夫，還沒看見他身上現帶的那一個呢。』寶釵笑道：『也虧你奈煩。』襲人道：『今兒做的工夫大了，脖子低的怪酸的。』又笑道：『好姑娘，你略坐一坐，我出去走走就來。』說着便走了。

寶釵只顧看着活計，便不留心，一蹲身，剛剛的也坐在襲人方纔坐的所在，〔坐襲人之所坐。〕因又見那活計實在可愛，不由的拿起針來，替他代刺。〔繼是寶釵繡鴛鴦，然則襲人寶釵共繡一幅鴛鴦矣。其意可思。〕

不想林黛玉因遇見史湘雲約他來與襲人道喜，二人來至院中，見靜悄悄的，湘雲便轉身先到廂房裏去找襲人。林黛玉卻來至窗外，隔着紗窗往裏一看，只見寶玉穿着銀紅紗衫子，隨便睡着在牀上，寶釵坐在身旁做針線，旁邊放着蠅帚子。林黛一幅金閨圖畫，恰被黛玉、湘雲看見，原謂日長晝靜，無人能到，不想偏偏被人撞着。

湘雲因寶釵待之厚，故不忍笑，只此一句，可見湘雲言行，受寶釵影響之深矣，則湘雲勸寶玉仕途經濟之話，自是受寶釵之熏染，明矣。

寶玉於夢中喊罵，足見金玉之說，困之久矣。『偏說是木石姻緣』，平時積於心者，竟從夢中喊出。

寶玉夢中之語，實是破後文金玉良緣之預示也，正寶釵作此好夢之際，忽聞此語，亦爲寶釵後日之結局預示也。

玉見了這個景兒，連忙把身子一藏，用手握着嘴不敢笑出來，招手兒叫湘雲。（三句話，如一幅活動圖畫，黛玉情態如生。）湘雲一見他這般景況，只當有什麼新聞，忙也來一看，也要笑時，忽然想起寶釵素日待他厚道，便忙掩住口。（其事本來可笑，但湘雲因寶釵待之厚，故不忍笑，以此回顧黛玉，黛玉亦終未笑，足見黛玉本非刻薄之人也。）知道林黛玉不讓人，怕他言語之中取笑，（誰知此後黛玉僅與寶玉說笑一提外，更未與任何人提及。）便忙拉過他來，道：『走罷。我想起襲人來，他說午間要到池子裏去洗衣裳，想必去了，咱們那裏找他去。』林黛玉心下明白，冷笑了兩聲，（心知其意，並未說出。）只得隨他走了。

這裏寶釵只剛做了兩三個花瓣，忽見寶玉在夢中喊罵說：『和尚道士的話如何信得？什麼是金玉姻緣，我偏說是木石姻緣！』薛寶釵聽了這話，不覺怔了。（竟讓寶釵聽到。手裏繡着鴛鴦，耳內聽着刺耳之話，不知寶釵何以爲情！『不覺怔了』，是出於一廂情願之外也。）忽見襲人走過來，笑道：『還沒有醒呢？』寶釵搖頭。襲人又笑道：『我纔碰見林姑娘、史大姑娘，他們可有進來？』寶釵道：『沒見他們進來。』因向襲人笑道：『他們沒告訴你什麼話？』（偏讓襲人撞見湘雲、黛玉，則寶釵當能心明矣，故問襲人也。）襲人笑道：『左不過是他們那些頑話，（是關於襲人的話。）有什麼正經說的。』寶釵笑道：『他們說的可不是頑話，我正要告訴你呢，你又忙忙的出去了。』一句話未完，只見鳳姐兒打發人來叫襲人。寶釵笑道：『就是爲那話了。』襲人只得喚起兩個丫鬟來，一同寶釵出怡紅院，自往鳳姐這裏來。果然是告訴他這話，（『這話』者，上文王夫人囑咐『以後凡事有趙姨娘、周姨娘的，也有襲人的』也。）又叫他與王夫人叩頭，且不必去見賈母，倒把襲人不好意思的。見過王夫人，急忙回來，襲人告訴何事？一是自己與趙姨娘、周姨娘的待遇相同；二是自己的分例，從賈母處轉到怡紅院，由王夫人出。至於鳳姐說要開臉，王夫人說先渾着，襲人是否知道，又是否告訴了寶玉，皆未詳明，不好猜測也。

寶玉已醒了，問起原故，襲人且含糊答應。至夜間人靜，襲人方告訴。

寶玉喜不自禁，又向他笑道：『我可看你回家去不去了！那一回往家裏走了一趟，回來就說你哥哥要贖你，又說在這裏沒着落，終久算什麼，說了那些無情無義的生分話唬我。（脂批：『「唬」字妙，爾果（是）條明決男子，何得畏女子唬哉！』）從今以後，我可看誰來敢叫你去。』（聽寶玉之話，則『開臉』『渾着』等話，似均已告知，襲人之身份已定矣。）襲人聽了，便冷笑道：『你倒別這麼說。從此以後我是太太的人了，我要走，連你也不必告訴，只回了太太就走。』（不知後來回了太太沒有。）寶玉笑道：『就便算我不好，你回了太太竟去了，叫別人聽見說我不好，你去了你也沒意思。』襲人笑道：『有什麼沒意思，難道作了強盜賊，我也跟着罷。（這是什麼話？面對寶玉竟如此說，襲人之心險矣！不可測也。）再不然，還有一個死呢。人活百歲，橫豎要死，這一口氣不在，聽不見、看不見就罷了。』（說得如此慷慨，只是到時捨不得死耳！）

寶玉聽見這話，便忙握他的嘴，說道：『罷，罷，罷，不用說這些話了。』（寶玉是厭聞其言乎？是不忍聞其言乎？）襲人深知寶玉性情古怪：聽見奉承吉利話，又厭虛而不實；（然則確是厭虛而不實也。）聽了這些盡情實話，又生悲感。便悔自己說冒撞了，連忙笑着用話截開，只揀那寶玉素喜談者問之。先問他春風秋月，再談及粉淡脂瑩，然後談到女兒如何好，又談到女兒死，襲人忙掩住口。

寶玉談至濃快時，見他不說了，便笑道：『人誰不死，只要死的好。那些個鬚綺園批：『玉兄此論，大覺痛快人心。綺園。』

寶玉之言，震聾發聵，聞者驚心，明末李卓吾有此鴻論。寶玉之言，與之同聲，則雪芹深佩李侯也。

綺園批：『死時當念大義，千古不磨之論。綺園。』

眉濁物，只知道文死諫，武死戰，這二死是大丈夫死名死節。竟何如不死的好！必定有昏君他方諫，他只顧邀名，猛拚一死，將來棄君於何地！必定有刀兵他方戰，猛拚一死，他只顧圖汗馬之名，將來棄國于何地！所以這皆非正死。』襲人道：『忠臣良將，出於不得已他纔死。』寶玉道：『那武將不過仗血氣之勇，疏謀少略，他自己無能，送了性命，這難道也是不得已？那文官更不可比武官了，他念兩句書，汙在心裏，若朝廷少有疵瑕，他就胡彈亂諫，只顧他邀忠烈之名，濁氣一湧，即時拚死，這難道也是不得已？還要知道，那朝廷是受命於天，他不聖不仁，那天也斷不把這萬機重任與他了。可知那些死的都是沽名，並不知大義。比如我此時若果有造化，該死於此時的，趁你們在，我就死了，再能夠你們哭我的眼淚流成大河，把我的屍首漂起來，送到那鴉雀不到的幽僻之處，隨風化了，自此再不要托生爲人，（再不要托生爲人，是憤世絕俗之語，足見作者於世弊憤極也！）就是我死的得時了。』襲人忽見說出這些瘋話來，忙說睏了，不理他。那寶玉方合眼睡着，至次日也就丟開了。

一日，寶玉因各處遊的煩膩，便想起《牡丹亭》曲來。自己看了兩遍，猶不愜懷，因聞得梨香院的十二個女孩子中，有小旦齡官最是唱的好，（即是以前畫『薔』者。）因着意出角門來找時，只見寶官、玉官都在院內，見寶玉來了，都笑嘻嘻的讓坐。寶玉因問：

『齡官獨在那裏？』衆人都告訴他說：『在他房裏呢。』

寶玉忙至他房內，只見齡官獨自倒在枕上，見他進來，文風不動。（奇怪。）寶玉素習與別的女孩子頑慣了的，只當齡官也同別人一樣，因進前來身旁坐下，又陪笑央他起來唱『裊晴絲』一套。不想齡官見他坐下，忙擡身起來躲避，正色說道：『嗓子啞了。前兒娘娘傳進我們去，我還沒有唱呢。』（更奇，寶玉從未遇此。）寶玉見他坐正了，再一細看，原來就是那日薔薇花下劃『薔』字那一個。（寶玉第一次在女孩身上碰釘子。）又見如此景況，從來未經過這番被人棄厭，自己便訕訕的紅了臉，只得出來了。

寶官等不解何故，因問其所以。寶玉便說了，遂出來。寶官便說道：『只略等一等，薔二爺來了叫他唱，是必唱的。』（又進一層，奇景忽出。）寶玉聽了，心下納悶，因問：『薔哥兒那去了？』寶官道：『纔出去了，一定還是齡官要什麼，他去變弄去了。』（知之甚確）寶玉聽了，以爲奇特。少站片時，果見賈薔從外頭來了，（果如所言）手裏又提着個雀兒籠子，上面紥着個小戲臺，並一個雀兒，興興頭頭的往裏走着找齡官。見了寶玉，只得站住。寶玉問他：『是個什麼雀兒，會啣旗串戲臺？』賈薔笑道：『是個玉頂金豆。』寶玉道：『多少錢買的？』賈薔道：『一兩八錢銀子。』（其價甚昂，抵襲人一個月的分例。）一面說，一面讓寶玉坐，自己往齡官房裏來。

寶玉此刻把聽曲子的心都沒了，且要看他和齡官是怎樣。只見賈薔進去笑道：

齡官出言不俗，其所處之境，亦實同籠鳥，雪芹寫此，亦爲齡官諸人一嘆！

齡官之言，亦雪芹之言也。雪芹借此以寄意耳。

以雀比人，其意更明。

『你起來，瞧這個頑意兒。』齡官起身問是什麼，（果然，賈薔叫她起來，她即起來。）賈薔道：『買了雀兒你頑，省得天天悶悶的無個開心。我先頑個你看。』說着，便拿些穀子哄的那個雀兒在戲臺上亂串，啣鬼臉旗幟。衆女孩子都笑道『有趣』，獨齡官冷笑了兩聲，賭氣仍睡去了。（齡官別有懷抱，非同衆人，故有畫『薔』之事。）

賈薔還只管陪笑，問他好不好。齡官道：『你們家把好好的人弄了來，關在這牢坑裏學這個勞什子還不算，你這會子又弄個雀兒來，也偏生幹這個。你分明是弄了他來打趣形容我們，還問我好不好。』（出語如刀，銳不可擋。）賈薔聽了，不覺慌起來，連忙賭身立誓。又道：『今兒我那裏的香脂油蒙了心！費一二兩銀子買他來，原說解悶，就沒有想到這上頭。罷，罷，放了生，免免你的災病。』（難得賈薔能受齡官譏責，更能放出籠鳥，此何等境界，雪芹寫此有深意也！）說着，果然將雀兒放了，一頓把將籠子拆了。（痛快淋漓，欲將天下籠子盡如賈薔拆之。）齡官還說：『那雀兒雖不如人，他也有個老雀兒在窩裏，你拿了他來弄這個勞什子也忍得！今兒我咳嗽出兩口血來，太太叫大夫來瞧，不說替我細問問，你且弄這個來取笑。偏生我這沒人管、沒人理的又偏病。』說着又哭起來。賈薔忙道：『昨兒晚上我問了大夫，他說不相干。他說吃兩劑藥，後兒再瞧。誰知今兒又吐了。這會子請他去。』說着，便要請去。齡官又叫：『站住，這會子大毒日頭地下，你賭氣子去請了來，我也不瞧。』（自己有病，亦惜賈薔，不忍賈薔冒暑請醫，齡官亦可人也。）賈薔聽如此說，只得又站住。

從此寶玉悟得人生各有定分。此是另一新境界，『各人各得眼淚罷了』，即各人只得自己所應得，不能妄想得非分之得也。

薛姨媽生日，寶玉不去，則寶玉之心意可知，襲人非要寶玉去，則襲人之心意可知。黛玉說『看着人家趕蚊子分上，也該去走走。』是雅趣，非諷

寶玉見了這般景況，不覺癡了，（如此至情至理，難怪寶玉要癡。）這纔領會了劃『薔』深意。（至此始悟『劃薔深意』，以前則未加細思，淺視之矣！）自己站不住，便抽身走了。賈薔一心都在齡官身上，也不顧送，倒是別的女孩子送了出來。

那寶玉一心裁奪盤算，癡癡的回至怡紅院中，正值林黛玉和襲人坐着說話兒呢。寶玉一進來，就和襲人長嘆，說道：『我昨晚上的話竟說錯了，怪道老爺說我是「管窺蠡測」。昨夜說你們的眼淚單葬我，這就錯了。我竟不能全得了。從此後，只是各人各得眼淚罷了。』襲人昨夜不過是些頑話，已經忘了，（襲人本不足以言此。）不想寶玉今又提起來，便笑道：『你可真真有些瘋了。』（以襲人之思想觀之，只能說寶玉瘋了也。）寶玉默默不對，自此深悟人生情緣，各有分定，只是每每暗傷：『不知將來葬我灑淚者爲誰？』（寶玉情在黛玉，而黛玉多病體弱，故有此慮也。）此皆寶玉心中所懷，也不可十分妄擬。

且說林黛玉當下見了寶玉如此形像，便知是又從那裏着了魔來，也不便多問，因向他說道：『我纔在舅母跟前聽的，明兒是薛姨媽的生日，叫我順便來問你出去不出去。你打發人前頭說一聲去。』寶玉道：『上回連大老爺的生日我也沒去，這會子我又去，倘或碰見了人呢？我一概都不去。這麼怪熱的，又穿衣裳，我不去姨媽也未必惱。』襲人忙道：『這是什麼話？他比不得大老爺。這裏又住的近，又是親戚，你不去豈不叫他思量。你怕熱，只清早起到那裏磕個頭，吃鍾茶再來，豈不

刺，勸寶玉去走走，亦是順情理也。

可見湘雲之來不易，賈母不接則不能來也。

好看。』寶玉未說話，黛玉便先笑道：『你看着人家趕蚊子分上，也該去走走。』寶玉不解，忙問：『怎麼趕蚊子？』黛玉此處隨機略點前日之事，非惡意諷刺，且此後黛玉未再提，足見黛玉亦諄厚。襲人便將昨日睡覺無人作伴，寶姑娘坐了一坐的話說了出來。寶玉聽了，忙說：『不該。我怎麼睡着了，褻瀆了他。』一面又說，『明日必去。』然則黛玉勸之之功也。

正說着，忽見史湘雲穿的齊齊整整的走來，辭說家裏打發人來接他。寶玉、林黛玉聽說，忙站起來讓坐。史湘雲也不坐，寶、林兩個只得送他至前面。那史湘雲只是眼淚汪汪的，可見湘雲家中隱事。見有他家人在跟前，又不敢十分委曲。少時薛寶釵趕來，愈覺繾綣難捨。還是寶釵心內明白，他家人若回去告訴了他嬸娘，待他家去又恐受氣，因此倒催他走了。衆人送至二門前，寶玉還要往外送，脂批：『每逢此時就忘卻嚴父，可知前云爲你們死也情願不假。』倒是湘雲攔住了。一時，回身又叫寶玉到跟前，悄悄的囑道：『便是老太太想不起我來，你時常提着，打發人接我去。』寶玉連連答應了。眼看着他上車去了，大家方纔進來。

要知端的，且聽下回分解。

【回後評】

寶玉因寶釵勸走仕途經濟之路，竟生起氣來，說『「好好一個清淨潔白女兒，也學的釣名沽譽，入了國賊祿鬼之流。這總是前人無故生事，立言豎辭，原爲導後世鬚眉濁物。不想我生不幸，亦且瓊閨繡閣中亦染此風，真真有負天地鍾靈毓秀之德！」因此禍延古人，除《四書》外，竟將別的書焚了。衆人見他如此瘋顛，也都不向他說這些正經話了。獨有林黛玉自幼不曾勸他去立身揚名等語，所以深敬黛玉。』這一大段話，所表明的特殊重要性有三點：一、寶玉明確地反對寶釵對他的勸告，所謂『清淨潔白女兒也學的釣名沽譽，入了國賊祿鬼之流』，這當然是指寶釵，這是寶玉對寶釵的莊言評判，同時也明確地表示了他對寶釵的厭憎。二、『除《四書》外，竟將別的書焚了。』寶玉所焚之書，當然是指程朱理學之書，這進一步表明了他反科舉考試，反程朱理學的反潮流、反傳統思想，這是雪芹所處康、乾之世反理學、反科舉思潮的曲折反映。三、唯有林黛玉是他這一思想的理解者、支持者，所以獨敬黛玉。這也進一步表明了他與黛玉的愛情的進一步鞏固和鞏固的思想基礎。

王夫人將襲人的分例從賈母處轉到怡紅院，分例銀從王夫人份内撥出，並且囑咐此後都與趙姨娘、周姨娘一樣，鳳姐說：『既這麼樣，就開了臉，明放他在屋裏豈不好。』王夫人則說：『如今且渾着。』這表明襲人爲寶玉之妾的地位已定，實際上不等鳳姐說，也早已『開臉』，早就是『渾着』了。

寶玉在牀上睡着，襲人坐在寶玉身旁繡鴛鴦戲蓮的兜肚，寶釵走來。襲人即讓出借事走開。寶釵便坐在襲人『方纔坐的所在』，『拿起針來，替他代刺。』這分明是寫襲人、寶釵同繡鴛鴦，同坐一個位置，同做鴛鴦好夢。但正在寶釵繡鴛鴦之時，寶玉卻『在夢中喊罵說：「和尚道士的話如何信得？什麼是金玉姻緣，我偏說是木石姻緣！」寶釵聽了這話，不覺怔了。』襲人隨即走來，結果鴛鴦未能繡完。這又明明是寫襲人、寶釵的鴛鴦好夢未能最後完成，而寶玉則是睡裏夢裏只要木石姻緣而反對金玉姻緣。這也表明雖然襲人、寶釵都坐在寶玉的牀上繡着鴛鴦好夢，而寶玉卻在夢中喊罵不要金玉姻緣，偏要木石姻緣。這真是釵、襲與寶玉同牀而異夢！

襲人至夜間人靜時告訴寶玉，王夫人對她已照趙姨娘、周姨娘的規格安置，並且她的分例已從賈母處轉由王夫人撥給。寶玉因此說：『從今以後，我可看誰來敢叫你去。』襲人卻說『難道作了強盜賊，我也跟着罷』的話來，這『強盜賊』是直指寶玉，於此可見襲人之忍心，一方面是柔情蜜意地繡鴛鴦，一方面卻竟說『難道作了強盜賊，我也跟着罷』。聽此話，實實令人寒心。因此處所指『強盜賊』，只能是指寶玉也。然此話實際上與賈政所說釀到他『弑君殺父』是同一腔調，而事實上寶玉後來並未『作強盜賊』而襲人卻去跟別人了。寶玉從一開始，就被賈政、王夫人、襲人，稍後又有寶釵等人緊緊包圍着，雖有黛玉這一孤獨的思想心靈的知音，終不得爲偶，且亦終不久於人世。智慧之孤獨，智慧之痛苦，智慧之不爲人理解，智慧之遭人踐踏，此雪芹之所悲憤痛哭也！

寶玉痛罵士大夫死名死節一段，文章痛快淋漓，是雪芹振筆痛罵，是對古往今來餌名釣禄，國賊禄鬼之徒的一次總揭露，總鞭撻，更是對其所處時代現實的總批判。然雪芹這一思想，是晚明李卓吾以來至清代黃宗羲、顧炎武、傅山、顏元、唐甄、戴震、袁枚諸人的繼續，戴震與雪芹同代，則更可證雪芹之思想，是時代現實之激發，是時代現實之同一思潮。李卓吾說：『夫忠、孝、節、義，世之所以死也，以有其名也。』『謂人有男女則可，謂見有男女豈可乎？謂見有長短則可，謂男子之見盡長，女人之見盡短，又豈可乎？』黃宗羲說：『爲天下之大害者，君而已矣！向使無君，人各得自私也，人各得自利也。』顧炎武說：『八股之害等於焚書，而敗壞人材，有甚於咸陽之郊所坑者，但四百六十餘人也。』唐甄說：『自秦以來，凡爲帝王者皆賊也。』戴震說：『人死於法，猶有憐之者；死於理，其誰憐之！』袁枚說：『夫所謂正統者，不過曰有天下云耳。其有天下者，「天」與之，其正與否，則人加之也。』以上這些反潮流、反正統的思想，就是曹雪芹思想淵源的現實社會基礎。

寶玉至梨香院見齡官，齡官不理不睬，直到賈薔來，齡官纔起來。賈薔花一二兩銀子買來雀籠，原是爲博齡官歡喜，不想齡官反而生氣，說『你們家把好好的人弄了來，關在這牢坑裏學這個勞什子還不算，你這會子又弄個雀兒來，也偏生幹這個。你分明是弄了他來打趣形容我們，還問我好不好。』賈薔隨即將籠子拆了，把鳥放了。齡官咳嗽吐血，賈薔即要去請醫生，齡官說『這會子大毒日頭地下，你賭氣子去請了來，我也不瞧。』賈薔只好站住不請。寶玉見此情景，『深悟人生情緣，各有分定』，只能『各人各得眼淚罷了』。寶玉原本是泛情主義，愛無定界，他希望『你們哭我的眼淚流成大河，把我的屍首漂起來，送到那鴉雀不到的幽僻之處，隨風化了，自此再不要托生爲人』，如今纔感悟到要『你們』都來哭他也是不可能的。寶玉這一感悟是他從泛情主義開始轉向純情主義，這與他感到『獨有林黛玉自幼不曾勸他去立身揚名等語，所以深敬黛玉』的思想是一致的，是先後同一感悟。而後者纔把這一感悟昇華到人生的至高境界上來。

賈薔把籠子拆了，把鳥放了一段，實亦雪芹借此以寄意耳，作者恨不能把天下籠子都拆之也。

【校 記】

〔一〕回目：戚本、蒙本、列本、舒本、甲辰本、程甲本均作『繡鴛鴦夢兆絳芸軒，識分定情悟梨香院』。楊本『夢兆』作『驚夢』，庚辰、己卯『情悟』作『情語』，『梨香』作『梨花』，列本原作『梨花』，旁改爲『梨香』。此從蒙本、戚本、列本諸本。

第三十七回　秋爽齋偶結海棠社　蘅蕪苑夜擬菊花題[一]

這年賈政又點了學差，讓不學無術的人去當學差，令人啼笑皆非。擇於八月二十日起身。是日拜過宗祠及賈母起身，寶玉諸子弟等送至灑淚亭。賈政一去，大觀園無外憂矣。

卻說賈政出門去後，外面諸事不能多記。單表寶玉每日在園中任意縱性的逛蕩，真把光陰虛度，歲月空添。這日正無聊之際，只見翠墨進來，手裏拿着一幅花箋送與他。寶玉因道：『可是我忘了，纔說要瞧瞧三妹妹去的，可好些了，你偏走來。』翠墨道：『姑娘好了，今兒也不吃藥了，不過是涼着一點兒。』寶玉聽說，便展開花箋看時，上面寫道：

娣探謹奉

二兄文几：前夕新霽，月色如洗。因惜清景難逢，詎忍就臥。時漏已三轉，猶徘徊於桐檻之下。未防風露所欺，致獲採薪之患。昨蒙親勞撫囑，復又

脂批：『美人用別號亦新奇花樣，且韻且雅，呼去覺滿口生香。起社出自探春意，作者已伏下回興利除弊之文也。

此回纔放筆寫詩寫詞作札，看他詩復詩、詞復詞、札又札，總不相犯。

湘雲詩客也，前回寫之。其今纔起社後，用不寂（即）不離閒人數語數折，仍歸社中，何巧活之筆如此。』

庚辰本回前評

賈政點學差是作者諷筆。賈政之才學，於十七、十八回大觀園題額時已見過，除拈鬚斷喝外，別無才

識，賈政也自認於『文章上更生疏』，『不免迂腐古板』。叫這樣的人去當學差，去衡文選才，這就像《儒林外史》裏把不知蘇軾是今人還是古人的范進欽點爲山東學道一樣滑稽可笑。此等處，讀者易於略過，故爲拈出。

一篇六朝小啓，於此書中又添文彩。

前面探春花箋，是六朝小啓，雅極。此處賈芸書帖，是村僕

數遺侍兒問切，兼以鮮荔並真卿墨迹見賜，何痌瘝惠愛之深哉！今因伏几憑牀處默之時，因思及歷來古人中處名攻利敵之場，猶置一些山滴水之區，遠招近揖，投轄攀轅，務結二三同志盤桓於其中，或豎詞壇，或開吟社，雖一時之偶興，遂成千古之佳談。娣雖不才，竊同叨棲處於泉石之間，而兼慕薛林之技。風庭月榭，惜未讌集詩人；簾杏溪桃，或可醉飛吟盞。孰謂蓮社之雄才，獨許鬚眉；直以東山之雅會，讓余脂粉。若蒙棹雪而來，娣則掃花以待。此謹奉。

寶玉看了，不覺喜的拍手笑道：『倒是三妹妹的高雅，我如今就去商議。』一面說，一面就走，翠墨跟在後面。

剛到了沁芳亭，只見園中後門上值日的婆子手裏拿着一個字帖走來，見了寶玉，便迎上去，口內說道：『芸哥兒請安，在後門口等着，叫我送來的。』寶玉打開看時，寫道是：

不肖男芸恭請

父親大人萬福金安。（逕稱父親大人，開頭就令人噴飯。）男思自蒙天恩，認於膝下，日夜思一孝順，竟無可孝順之處。（語句村俗得可喜。）前因買辦花草，上托大人金福，竟認得許多花兒匠，（脂批：『直欲噴飯，真好

家信，俗極。雅俗對照，相映成趣。

難得李紈如此有興。

新鮮文字。』並認得許多名園。因忽見有白海棠一種，不可多得。故變盡方法，只弄得兩盆。只知文章寫得雅難，豈知寫得俗更難。大人若視男是親男一般，如此村俗，如此不通而通，不知作者如何下筆。脂批：『皆千古未有之奇文，初讀令人不解，思之則噴飯。』便留下賞玩。因天氣暑熱，恐園中姑娘們不便，故不敢面見。奉書恭啓，並叩台安。男芸跪書。

寶玉看了，笑道：『獨他來了，還有什麼人？』婆子道：『還有兩盆花兒。』寶玉道：『你出去說，我知道了，難爲他想着。你便把花兒送到我屋裏去就是了。』一面說，一面同翠墨往秋爽齋來，只見寶釵、黛玉、迎春、惜春已都在那裏了。脂批：『卻因芸之一字工夫，已將諸豔請來，省卻多少閑文。不然必云如何請，如何來，則必至有犯寶玉，終成重複之文矣。』

衆人見他進來，都笑說：『又來了一個。』探春笑道：『我不算俗，偶然起個念頭，寫了幾個帖兒試一試，誰知一招皆到。』愈是偶然，愈覺自然。寶玉笑道：『可惜遲了，早該起個社的。』黛玉道：『此時還不算遲，也沒什麼可惜，但是，〔二〕你們只管起社，可別算上我，我是不敢的。』愈是能詩愈是謙，因知其難也。迎春笑道：『你不敢誰還敢呢。』脂批：『必得如此，方是妙文。若也如寶玉說興頭話，則不是黛玉矣。』寶玉道：『這是一件正經大事，大家鼓舞起來，不要你謙我讓的。各有主意自管說出來，大家平章。』脂批：『這是正緊大事，已妙。且曰「平章」，更妙。的是寶玉的口角。』寶姐姐也出個主意，林妹妹也說個話兒。』寶釵道：『你忙什麼，人還不全呢。』脂批：『妙。寶釵自有主見，真不誣也。』

一語未了，李紈也來了，進門笑道：『雅的緊！要起詩社，我自薦我掌壇。

黛玉也有興致。

『瀟湘妃子』與下文『絳洞花王』相對。按己卯、庚辰本作『王』，己卯本後又加紅、成『主』，顯係

前兒春天，我原有這個意思的。我想了一想，我又不會作詩，瞎亂些什麼，因而也忘了，就沒有說得。既是三妹妹高興，我就幫你作興起來。』脂批：『看他又是一篇文字，分敘單傳之法也。』黛玉道：『既然定要起詩社，咱們都是詩翁了，先把這些姐妹叔嫂的字樣改了，纔不俗。』脂批：『看他寫黛玉，真可人也。』李紈道：『極是，何不大家起個別號，彼此稱呼則雅。脂批：『未起詩社，先起別號。』我是定了「稻香老農」，再無人佔的。』脂批：『最妙。一個花樣。』探春笑道：『我就是「秋爽居士」罷。』寶玉道：『居士、主人到底不恰，且又累贅。這裏梧桐芭蕉盡有，或指梧桐芭蕉起個倒好。』探春笑道：『有了，我最喜芭蕉，就稱「蕉下客」罷。』衆人都道別致有趣。黛玉笑道：『你們快牽了他去，燉了脯子吃酒。』衆人不解。黛玉笑道：『古人曾云「蕉葉覆鹿」。他自稱「蕉下客」，可不是一隻鹿了？快做了鹿脯來。』衆人聽了，都笑起來。

探春因笑道：『你別忙中使巧話來罵人，我已替你想了個極當的美號了。』又向衆人道：『當日娥皇、女英灑淚在竹上成斑，故今斑竹又名湘妃竹。如今他住的是瀟湘館，他又愛哭，將來他想林姐夫，那些竹子也是要變成斑竹的。於詼諧中另出新意，亦暗扣還淚故事。以後都叫他作「瀟湘妃子」就完了。』恰與下文絳洞花王相應。大家聽說，都拍手叫妙。林黛玉低了頭，方不言語。脂批：『妙極趣極，所謂夫人必自侮然後人侮之，看因一謔便勾出一美號來，何等妙文哉。另一花樣。』李紈笑道：『我替薛大妹妹也早已想了個好的，也只三個字。』惜春、迎春都問是什麼。脂批：『妙文。迎春、惜春故不能答言，然不便撕之不序，故插他二人問。試思近日諸豪宴集，雄語偉

後人（可能是陶洙）妄改。查列藏本、舒序本皆作『王』，蒙府本獨作『玉』，當是『王』字鈔誤。戚本、楊本、程甲皆『主』。細思『瀟湘妃子』之號，當是與『絳洞花王』相對，有『王』然後有『妃』也。現戚序等本皆作『絳洞花主』，則與『瀟湘妃子』不能對矣。可見己、庚等早期抄本之可貴，戚、楊各本皆妄改。

寶釵最關心者，富與貴也。勸寶玉仕途經濟，亦爲富與貴也。『富貴閒人』四字，恰從寶釵心裏溢出。

辯之時，座上或有一二愚夫不敢接談，然偏好問，亦真可厭之事。』李紈道：『我是封他為「蘅蕪君」了，不知你們以為如何。』探春笑道：『這個封號極好。』寶玉道：『我呢？你們也替我想一個。』脂批：『必有是問。』寶釵笑道：『你的號早有了，「無事忙」三字恰當的很。』李紈道：『你還是你的舊號「絳洞花王」〔三〕就好。』脂批：『妙極，又點前文。通部中從頭至末，前文已過者恐去之冷落，使人忘懷，得便一點；未來者恐來之突然，或先伏一線，皆行文之妙訣也。』寶玉笑道：『小時候幹的營生，還提他作什麼。』脂批：『赧言如聞，不知大時又有何營生。』探春道：『你的號多的很，又起什麼。我們愛叫你什麼，你就答應着就是了。』脂批：『更妙，若只管挨次一個一個亂起，則成何文字。另一花樣。』寶釵道：『還得我送你個號罷。有最俗的一個號，卻於你最當。天下難得的是富貴，又難得的是閒散，這兩樣再不能兼有，不想你兼有了，我之所有亦卿之所想也。就叫你「富貴閒人」也罷了。』寶玉笑道：『當不起，當不起，倒是隨你們混叫去罷。』

李紈道：『二姑娘四姑娘起個什麼號？』迎春道：『我們又不大會作詩，白起個號作什麼？』脂批：『假斯文守錢虜來看這句。』探春道：『雖如此，也起個纔是。』寶釵道：『他住的是紫菱洲，就叫他「菱洲」；四丫頭在藕香榭，就叫他「藕榭」就完了。』隨地起名，自古而然。

李紈道：『就是這樣好。但序齒我大，你們都要依我的主意，管情說了大家合意。我們七個人起社，我和二姑娘、四姑娘都不會作詩，須得讓出我們三個人去。我們三個，各分一件事。』探春笑道：『已有了號，還只管這樣稱呼，不如不有了。以後錯了，也要立個罰約纔好。』李紈道：『立定了社，再定罰約。我那裏地方大，竟在我那裏作社。我雖不能作詩，這些詩人竟不厭俗客，我作了東道主人，我自然也清雅起來了。若是要推我作社長，我一個社長自然不够，必要再請兩位副社長，就請菱洲、藕榭二位學究來，（外行領導內行，原來古已有之。）一位出題限韻，一位謄録監場。亦不可拘定了我們三個人不作，若遇見容易些的題目韻脚，我們也隨便作一首。你們四個卻是要限定的。若如此，便起；若不依我，我也不敢附驥了。』迎春、惜春本性懶於詩詞，又有薛、林在前，聽了這話，便深合己意。二人皆說『極是』。

探春等也知此意，見他二人悦服，也不好强，只得依了。因笑道：『這話也罷了，只是自想好笑，好好的我起了個主意，反叫你們三個來管起我來了。』（內行到底有意見。）寶玉道：『既這樣，咱們就往稻香村去。』李紈道：『都是你忙，今日不过商議了，等我再請。』寶釵道：『也要議定幾日一會纔好。』探春道：『若只管會的多，又沒趣了。一月之中，只可兩三次纔好。』寶釵點頭道：『一月只要兩次就够了。擬定日期，風雨無阻。除這兩日外，倘有高興的，他情願加一社的，或情願到他那裏去，或附就了來，亦可使得，豈不活潑有趣。』（原是趣事，豈可刻板。）衆人都道：『這個主意更好。』

探春道：『只是原係我起的意，我須得先作個東道主人，方不負我這興。』李紈豈可一概而論，屈原《離騷》、蔡琰《胡笳十八拍》、杜甫《三吏》《三別》，韋莊《秦婦吟》、李煜《虞美人》《浪淘沙》、蘇東坡《念奴嬌》，豈是空言寄慨，寶釵之言偏矣。

道：『既這樣說，明日你就先開一社如何？』探春道：『明日不如今日，此刻就很好。你就出題，菱洲限韻，藕榭監場。』迎春道：『依我說，也不必隨一人出題限韻，竟是拈鬮公道。』李紈道：『方纔我來時，看見他們擡進兩盆白海棠來，（竟是擡進來詩題。）倒是好花。你們何不就詠起他來？』（脂批：『真正好題，妙在未起詩社，先得了題目。』）迎春道：『都還未賞，先倒作詩。』寶釵道：『不過是白海棠，又何必定要見了纔作。古人的詩賦，也不過都是寄興寫情耳。若都是等見了作，如今也沒這些詩了。』（脂批：『真詩人語。』）

迎春道：『既如此，待我限韻。』說着，走到書架前抽出一本詩來，隨手一揭，這首竟是一首七言律，遞與衆人看了，都該作七言律。迎春掩了詩，又向一個小丫頭道：『你隨口說一個字來。』那丫頭正倚門立着，便說了個『門』字。迎春笑道：『就是門字韻，「十三元」了。頭一個韻定要這「門」字。』說着，又要了韻牌匣子過來，抽出『十三元』一屜，又命那小丫頭隨手拿四塊。那丫頭便拿了『盆』『魂』『痕』『昏』四塊來。寶玉道：『這「盆」「門」兩個字不大好作呢！』待書一樣預備下四份紙筆，便都悄然各自思索起來。獨黛玉或撫梧桐，或看秋色，或又和丫鬟們嘲笑。（脂批：『看他單寫黛玉。』）迎春又令丫鬟炷了一支『夢甜香』。原來這『夢甜香』只有三寸來長，有燈草粗細，以其易燼，故以此燼爲限，（甜夢不能長也。）如香燼未成便要罰。（脂批：『好香，尚能撰此新奇字樣。』）一時，探春便先有了，自提筆寫出，又改抹了一回，遞與迎春。因問寶釵：『蘅蕪君，你可有了？』寶釵道：『有卻有了，只是不好。』寶玉背着手，在迴廊上踱來踱去，因向黛玉說道：『你聽，他們都有了。』黛玉道：『你別管我。』寶玉又見寶釵已謄寫出來，因說道：『了不得！香只剩了一寸了，我纔有了四句。』又向黛玉道：『香就完了，只管蹲在那潮地下作什麼？』黛玉也不理。寶玉道：『我可顧不得你了，好歹也寫出來罷。』說着，也走在案前寫了。

李紈道：『我們要看詩了，若看完了還不交卷，是必罰的。』寶玉道：『稻香老農雖不善作卻善看，又最公道。你就評閱優劣，我們都服的。』衆人都道：『自然。』於是先看探春的稿上，寫道是：

詠白海棠 限門盆魂痕昏

斜陽寒草帶重門。苔翠盈鋪雨後盆。
玉是精神難比潔，雪爲肌骨易銷魂。
芳心一點嬌無力，倩影三更月有痕。
莫謂縞仙能羽化，多情伴我詠黃昏。

大家看了，稱賞一回。又看寶釵的是：

珍重芳姿晝掩門。脂批：『寶釵詩，全是自寫身分，諷刺時事，只以品行爲先，才技爲末。纖巧流蕩之詞，綺靡穠豔之語，一洗皆盡，非不能也，屑而不爲也。最恨近日小說中，一百美人詩詞語氣，只得

第三句指黛玉，第四句指寶釵。

首句自珍自重，第二句殷勤灌溉，亦繡鴛鴦之隱意，第三句『胭脂洗出』是淡，

下句『冰雪招來』是冷。『淡極』句是淡而豔，則淡中寓豔，外淡而中豔矣。愁多句向以爲指寶黛，誤矣。此寶釵自寬也，寶釵素稱豁達隨分，故有此句也，末兩句亦自寫，故寶釵此詩，通體自寫，自詠其志，不及其他也。

第三句指寶釵，第四句指黛玉。

首句自寫姿態，二句贊海棠之高潔，三四兩句清新警策，出語奇特，惟『偷』字欠渾厚，『月窟』兩句展開一筆，虛中描

一個豔稿。』

自攜手甕灌苔盆。

胭脂洗出秋階影，冰雪招來露砌魂。脂批：『看他清潔自勵，終不肯作一輕浮語。』

淡極始知花更豔，脂批：『好極，高情巨眼能幾人哉，正「一鳥不鳴山更幽」也。』愁多焉得玉無痕。脂批：『看他諷刺林寶二人，省手。』

欲償白帝憑清潔，脂批：『看他自己收到身上來，是何等身分。』不語婷婷日又昏。

李紈笑道：『到底是蘅蕪君。』說着又看寶玉的，道是：

秋容淺淡映重門。七節攢成雪滿盆。

出浴太真冰作影，捧心西子玉爲魂。

曉風不散愁千點，脂批：『這句直是自己一生心事。』宿雨還添淚一痕。脂批：『妙在終不忘黛玉。』

獨倚畫欄如有意，清砧怨笛送黃昏。脂批：『寶玉再細心作，只怕還有好的，只是一心掛着黛玉，故平妥不警也。』

大家看了，寶玉說探春的好，李紈纔要推寶釵這詩有身分，因又催黛玉。黛玉道：『你們都有了？』說着，提筆一揮而就，擲與衆人。〔四〕李纨等看他写道是：

半捲湘簾半掩門。脂批：『且不說花，且說看花的人，起的突然別致。』碾冰爲土玉爲盆。脂批：『極妙。料定他自與別人不同。』

看了這句，寶玉先喝起彩來，只說：『從何處想來！』又看下面道：

偷來梨蕊三分白，借得梅花一縷魂。

摩，末兩句落到自身。全詩氣足神完，直貫全篇。

寶玉之意，黛玉應第一也。

因海棠得詩題，又因海棠得社名，皆隨意命名也。

衆人看了，也都不禁叫好，說：『果然比別人又是一樣心腸。』又看下面道是：

月窟仙人縫縞袂，秋閨怨女拭啼痕。脂批：『虛敲旁比，真逸才也，且不脫落自己。』

嬌羞默默同誰訴，倦倚西風夜已昏。脂批：『看他終結到自己。一人是一人口氣。逸才仙品固讓顰兒，溫雅沉着終是寶釵，今日之作，寶玉自應居末。』

衆人看了，都道是這首爲上。李紈道：『若論風流別致，自是這首；若論含蓄渾厚，終讓蘅稿。』探春道：『這評的有理，瀟湘妃子當居第二。』李紈道：『怡紅公子是壓尾，你服不服？』寶玉道：『我的那首原不好了，這評的最公。』脂批：『話內細思，則似有不服先評之意。』又笑道：『只是蘅、瀟二首，還要斟酌。』李紈道：『原是依我評論，不與你們相干，再有多說者必罰。』寶玉聽說，只得罷了。

李紈道：『從此後，我定於每月初二、十六這兩日開社，出題限韻都要依我。這其間你們有高興的，你們只管另擇日子補開，那怕一個月每天都開社，我只不管。只是到了初二、十六這兩日，是必往我那裏去。』寶玉道：『到底要起個社名纔是。』探春道：『俗了又不好，特新了，刁鑽古怪也不好。可巧纔是海棠詩開端，就叫個海棠社罷。雖然俗些，因真有此事，也就不礙了。』說畢大家又商議了一回，略用些酒菜，方各自散去。也有回家的，也有往賈母、王夫人處去的。當下別人無話。脂批：『一路總不大寫薛林興頭，可見他二人並不着意於此。不寫薛林正是大手筆，獨他二人長於詩，必使他二人爲之，則板腐矣，全是錯綜法。』

以上敘詩社，以下再補敘襲人這邊，看他筆筆清楚，有條不紊。

日用家常都是名器，從細小處見其豪闊。

且說襲人脂批：『忽然寫到襲人，真令人不解，看他如何終此詩社之文。』因見寶玉看了字帖兒便慌慌張張的同翠墨去了，也不知是何事。後來又見後門上婆子送了兩盆海棠花來。襲人問是那裏來的，婆子便將寶玉前一番緣故說了。襲人聽說，便命他們擺好，讓他們在下房裏坐了，自己走到自己房內，秤了六錢銀子封好，又拿了三百錢走來，都遞與那兩個婆子道：『這銀子賞那擡花來的小子們，這錢你們打酒吃罷。』那婆子們站起來，眉開眼笑，千恩萬謝的不肯受，見襲人執意不收，方領了。

襲人又道：『後門上外頭可有該班的小子們？』婆子忙應道：『天天有四個，原預備裏面差使的。姑娘有什麼差使，我們吩咐去。』襲人笑道：『有什麼差使？今兒寶二爺要打發人到小侯爺家，與史大姑娘送東西去，可巧你們來了，順便出去叫後門小子們僱輛車來。回來你們就往這裏拿錢，不用叫他們又往前頭混碰去。』婆子答應着去了。

襲人回至房中，拿碟子盛東西與史湘雲送去。脂批：『線頭卻牽出，觀者猶不理會，不知是何碟何物，令人猶思索。』卻見槅子上碟槽空着。脂批：『妙極，細極，因此處係依古董式樣摳成槽子，故無此件此槽遂空，若忘卻前文，此句不解。』因回頭見晴雯、秋紋、麝月等都在一處做針黹，襲人問道：『這一個纏絲白瑪瑙碟子那去了？』衆人見問，都你看我我看你，都想不起來。半日，晴雯笑道：『給三姑娘送荔枝去的，還沒送來呢。』還是晴雯機靈。

補敘一段往事。

襲人道：『家常送東西的傢伙多，巴巴的拿這個去！』晴雯道：『我何嘗不也這樣說。他說這個碟子配上鮮荔枝纔好看。脂批：『自然好看，原該如此。可恨今之有一二好花者，不背（肯）像景而用。』我送去，三姑娘見了也說好看，叫連碟子放着，就沒帶來。你再瞧，那槅子盡上頭的一對聯珠瓶還沒收來呢。』秋紋笑道：『提起瓶來，我又想起笑話。我們寶二爺說聲孝心一動，也孝敬到二十分。因那日見園裏桂花，折了兩枝，原是自己要插瓶的，忽然想起來說，這是自己園裏的纔開的新鮮花，不敢自己先頑，巴巴的把那一對瓶拿下來，親自灌水插好了，叫個人拿着，親自送一瓶進老太太，又進一瓶與太太。誰知他孝心一動，連跟的人都得了福了。可巧那日是我拿去的。老太太見了這樣，喜的無可無不可，見人就說：「到底是寶玉孝順我，連一枝花兒也想的到。別人還只抱怨我疼他。」你們知道，老太太素日不大同我說話的，有些不入他老人家的眼的。那日竟叫人拿幾百錢給我，說我可憐見的，生的單柔。這可是再想不到的福氣。幾百錢是小事，難得這個臉面。及至到了太太那裏，太太正和二奶奶、趙姨奶奶、周姨奶奶好些人翻箱子，找太太當日年輕的顏色衣裳，不知給那一個。一見了，連衣裳也不找了，且看花兒。又有二奶奶在旁邊湊趣兒，誇寶玉又是怎麼孝敬，又是怎樣知好歹，有的沒的說了兩車話。當着衆人，太太自爲又增了光，堵了衆人的嘴。太太越發喜歡了，現成的衣裳就賞了我兩件。衣裳也是小事，年年橫豎也得，卻不像這個彩頭。』

秋紋得賈母、王夫人賞賜，引以爲榮，晴雯卻不屑於此。一樣丫頭，兩種心態，作者寫此兩人之差異，是有意寫出晴雯之骨氣，寫出其自我意識之覺醒也。

衆人聽了都笑道：『罵得巧……』數語，於笑談中看出衆人皆與襲人有隙也。『西洋花點子哈巴兒』，罵得巧妙，亦莊亦諧，『花點子』的『花』字尤妙，妙在有意無意之間耳！雪芹文意，往往須從酸鹹之外得之，諸君然否？

晴雯笑道：『呸！沒見世面的小蹄子！那是把好的給了人，挑剩下的纔給你，你還充有臉呢。』秋紋道：『憑他給誰剩的，到底是太太的恩典。』（秋紋十足奴才意識。）晴雯道：『要是我，我就不要。若是給別人剩下的給我，也罷了。一樣這屋裏的人，難道誰又比誰高貴些？把好的給他，剩下的纔給我，我寧可不要，衝撞了太太，我也不受這口軟氣。』（晴雯心高氣傲，有風骨。）秋紋忙問：『給這屋裏誰的？我因爲前兒病了幾天，家去了，不知是給誰的。好姐姐，你告訴我知道知道。』晴雯道：『我告訴了你，難道你這會退還太太去不成？』秋紋笑道：『胡說。我白聽了喜歡喜歡，那怕給這屋裏的狗剩下的，我只領太太的恩典，（秋紋之奴才意識如此，又是一種情景。）也不犯管別的事。』

衆人聽了都笑道：『罵的巧，可不是給了那西洋花點子哈巴兒了。』（於笑談中恰好罵襲人。）襲人笑道：『你們這起爛了嘴的！得了空就拿我取笑打牙兒。一個個不知怎麼死呢。』秋紋笑道：『原來姐姐得了，我實在不知道。我陪個不是罷。』（因原是秋紋說的。）襲人笑道：『少輕狂罷。你們誰取了碟子來是正經。』（脂批：『看他忽然夾寫女兒喁喁一段，總不脫落正事。所謂此書一回是兩段，兩段中卻有無限事體。或有一語透至一回者，或有反補上回者，錯綜穿插，從不一氣直起直瀉至終爲了。』）麝月道：『那瓶得空兒也該收來了。老太太屋裏還罷了，太太屋裏人多手雜。別人還可以，趙姨奶奶一夥的人，見是這屋裏的東西，又該使黑心弄壞了纔罷。（側寫一筆趙姨娘，可見其心術不正，衆人皆知皆防也。）太太也不大管這些，不如早些收來是正經。』晴雯聽說，便擲下針黹，道：『這話倒是，等我取去。』秋紋道：『還是我取去罷，你晴雯嘴利，又於此處揭穿。

紅菱是紅色，雞頭即雞頭米，綠色，皆南方水產，兩種鮮菓置於一盤，紅綠相襯，置之案頭，亦可當清供。

取你的碟子去。』晴雯笑道：『我偏取一遭兒去。是巧宗兒你們都得了。難道不許我得一遭兒？』連說帶諷，煞是好看。麝月笑道：『通共秋丫頭得了一遭兒衣裳，那裏今兒又巧，你也遇見找衣裳不成。』晴雯冷笑道：『雖然碰不見找衣裳，或者太太看見我勤謹，一個月也把太太的公費裏分出二兩銀子來給我，也定不得。』說着，又笑道：『你們別和我裝神弄鬼的，什麼事我不知道。』再刺一筆，晴雯於此遭禍也。一面說，一面往外跑了。秋紋也同他出來，自去探春那裏取了碟子來。

襲人打點齊備東西，叫過本處的一個老宋媽媽來，脂批：『宋，送也。隨事生文。妙。』向他說道：『你先好生梳洗了，換了出門的衣裳來，如今打發你與史姑娘送東西去。』那宋嬤嬤道：『姑娘只管交給我，有話說與我，我收拾了就好一順去的。』襲人聽說，便端過兩個小掐絲盒子來。先揭開一個，裏面裝的是紅菱和雞頭兩樣鮮菓；又揭開那一個，是一碟子桂花糖蒸新栗粉糕。又說道：『這都是今年咱們這裏園裏新結的菓子，寶二爺送來與姑娘嚐嚐。再前日姑娘說這瑪瑙碟子好，姑娘就留下頑罷。脂批：『妙，隱這一件公案，余想襲人必要瑪瑙碟子盛去，何必驕奢輕薄如是耶。因有此一案，則無怪矣。』這絹包兒裏頭是姑娘上日叫我作的活計，姑娘別嫌粗糙，能着用罷。替我們請安，替二爺問好就是了。』

宋嬤嬤道：『寶二爺不知還有什麼說的，姑娘再問問去，回來又別說忘了。』

襲人因問秋紋：『方纔可見在三姑娘那裏？』秋紋道：『他們都在那裏商議起什麼

此段是結補敘之文，其時間即探春等起詩社同時，所謂花開一枝，話分兩頭也。

詩社呢，又都作詩。想來沒話，你只去罷。』宋嬤嬤聽了，便拿了東西出去，另外穿戴了。襲人又囑咐他：『從後門出去，有小子和車等着呢。』宋媽去後，不在話下。

因襲人送菓品，纔及湘雲。

寶玉回來，先忙着看了一回海棠，至房內告訴襲人起詩社的事。襲人也把打發宋媽媽與史湘雲送東西去的話告訴了寶玉。寶玉聽了，拍手道：『偏忘了他。我自覺心裏有件事，只是想不起來，虧你提起來，正要請他去。這詩社裏若少了他，還有什麼意思。』襲人勸道：『什麼要緊，不過頑意兒。他比不得你們自在，家裏又作不得主兒。告訴他，他要來又由不得他，不來，他又牽腸掛肚的，沒的叫他不受用。』寶玉道：『不妨事，我回老太太打發人接他去。』正說着，宋媽媽已經回來，回復道生受，與襲人道乏，又說：『問二爺作什麼呢，我說和姑娘們起什麼詩社作詩呢。史姑娘說，他們作詩也不告訴他去。急的了不的。』寫湘雲是詩狂。寶玉聽了，立身便往賈母處來，立逼着叫人接去。賈母因說：『今兒天晚了，明日一早再去。』寶玉只得罷了，回來悶悶的。

可見湘雲住處離賈府甚近。

次日一早，便又往賈母處來，催逼人接去。直到午後，史湘雲纔來，寶玉方放了心。見面時就把始末原由告訴他，又要與他詩看。李紈等因說道：『且別給他詩看，先說與他韻。他後來，先罰他和了詩：若好，便請入社；若不好，還要罰他一個東道再說。』史湘雲道：『你們忘了請我，我還要罰你們呢。就拿韻來，我雖不能，只得勉強出醜。容我入社，掃地焚香我也情願。』衆人見他這般有趣，越發喜歡，都埋怨昨日怎麽忘了他，遂忙告訴他韻。

史湘雲一心興頭，等不得推敲刪改，一面只管和人說着話，心內早已和成，即用隨便的紙筆録出，脂批：『可見越是好文字，不管怎樣就有了；越用工夫，越講究筆墨，終成塗鴉。』先笑說道：『我卻依韻和了兩首，脂批：『更奇。想前四律已將形容盡矣，一首猶恐重犯，不知二首又從何處着筆。』好歹我卻不知，不過應命而已。』說着遞與衆人。衆人道：『我們四首也算想絕了，再一首也不能了。你倒弄了兩首，那裏有許多話說，必要重了我們。』一面說，一面看時，只見那兩首詩寫道：

其一

神仙昨日降都門。脂批：『落想便新奇，不落彼四套。』種得藍田玉一盆。脂批：『好，「盆」字押得更穩，總不落彼四套。』
自是霜娥偏愛冷，脂批：『又不脫自己將來形景。』非關倩女亦離魂。
秋陰捧出何方雪，脂批：『拍案叫絕，壓倒群芳，在此一句。』雨漬添來隔宿痕。
卻喜詩人吟不倦，豈令寂寞度朝昏。脂批：『真好。』

其二

蘅芷階通蘿薜門。也宜牆角也宜盆。脂批：『更好。』

起句突兀，第二句順而穩，三四兩句是詩讖，直註湘雲結局，第五句奇警，秋陰本不該有雪而竟雪至，是意想不到也，下句弱，末兩句平平。

花因喜潔難尋偶，人爲悲秋易斷魂。
玉燭滴乾風裏淚，晶簾隔破月中痕。
幽情欲向嫦娥訴，無奈虛廊夜色昏。

脂批：『二首真可壓卷。詩是好詩，文是奇奇怪怪之文，總令人想不到，忽有二首來壓卷。』

衆人看一句，驚訝一句，看到了，贊到了，都說：『這個不枉作了海棠詩，真該要起海棠社了。』史湘雲道：『明日先罰我個東道，就讓我先邀一社，可使得？』衆人道：『這更妙了。』因又將昨日的詩與他評論了一回。

至晚，寶釵將湘雲邀往蘅蕪苑安歇去。湘雲燈下計議如何設東擬題。寶釵聽他說了半日，皆不妥當。脂批：『卻於此刻方寫寶釵。』因向他說道：『既開社，便要作東。雖然是頑意兒，也要瞻前顧後，又要自己便宜，又要不得罪了人，看寶釵，事事算計精細，最是又要便宜，又要不得罪人，計之周密甚矣。然後方大家有趣。你家裏你又作不得主，一個月通共那幾串錢，你還不彀盤纏呢。這會子又幹這沒要緊的事，你嬸子聽見了，越發抱怨你了。況且你就都拿出來，做這個東道也是不彀。難道爲這個家去要不成？還是往這裏要呢？』一席話提醒了湘雲，倒躊躕起來。

寶釵道：『這個我已經有個主意，我們當鋪裏有個夥計，他家田上出的很好的肥螃蟹，前兒送了幾斤來。現在這裏的人，從老太太起，連上園裏的人，有多一半都是愛吃螃蟹的。前日姨娘還說，要請老太太在園裏賞桂花吃螃蟹。因爲有事還沒

湘雲詩豪，一氣寫二首，且都不犯，足見其胸次。

中間兩聯，是花是人，渾然一體，末兩句餘意無窮。

以前湘雲常住黛玉處，此處明寫寶釵邀湘雲去住。

處處爲湘雲着想，實亦處處爲自己着想也，湘雲從此更入寶釵囊中。

湘釵之結，於是更密。甚矣，寶釵之擅得人也。

寶釵一面作詩，一面卻牢牢記着女教本分，此所以與黛玉迥別也。

有請呢。你如今且把詩社別提起，只管普通一請。等他們散了，咱們有多少詩作不得的。我和我哥哥說，要幾簍極肥極大的螃蟹來，再往鋪子裏取上幾罈好酒，再備上四五桌菓碟，豈不又省事，又大家熱鬧了？』湘雲聽了，心中自是感服，極贊他想的周到。

寶釵又笑道：『我是一片真心爲你的話。偏要說明是『一片真心爲你的話，你千萬別多心』等等，真是欲其感激也，如無此利心，亦無須此等明囑矣！你千萬別多心，想着我小看了你，咱們兩個就白好了。你若不多心，我就好叫他們辦去的。』湘雲忙笑道：『好姐姐，你這樣說，倒多心待我了。憑他怎麼糊塗，連個好歹也不知，還成個人了？我若不把姐姐當作親姐姐一樣看，上回那些家常話煩難事，也不肯盡情告訴你了。』寶釵聽說，便叫一個婆子來：『出去和大爺說，依前日的大螃蟹要幾簍來，明日飯後請老太太姨娘賞桂花。你說大爺好歹別忘了，我今兒已請下人了。』脂批：『必得如此叮嚀，阿獃兄方記得。』那婆子出去說明，回來無話。

這裏寶釵又向湘雲道：『詩題也不要過於新巧了。你看古人詩中那裏有那些刁鑽古怪的題目和那極險的韻了？若題過於新巧，韻過於險，再不得有好詩，終是小家氣。詩固然怕說熟話，更不可過於求生，只要頭一件立意清新，自然措詞就不俗了。此意固不差。究竟這也算不得什麼，還是紡績針黹是你我的本等。一時閑了，倒是於你我身心有益的書看幾章是正經。』

與前又換一作法。

湘雲只答應着，因笑道：『我如今心裏想着，昨日作了海棠詩，我如今要作個菊花詩如何？』寶釵道：『菊花倒也合景，只是前人太多了。』湘雲道：『我也是如此想着，恐怕落套。』寶釵想了一想，說道：『有了，如今以菊花爲賓，以人爲主，竟擬出幾個題目來，都是兩個字：一個虛字，一個實字；實字便用「菊」字，虛字就用人事雙關的。如此又是詠菊，又是賦事。前人也沒作過，也不能落套。賦景詠物兩關着，又新鮮，又大方。』好想法。

湘雲笑道：『這卻很好。只是不知用何等虛字纔好。你先想一個我聽聽。』寶釵想了一想，笑道：『《菊夢》就好。』湘雲笑道：『果然好，我也有一個，《菊影》可使得？』寶釵道：『也罷了。只是也有人作過，若題目多，這個也算的上。我又有了一個。』湘雲道：『快說出來。』寶釵道：『《問菊》如何？』湘雲拍案叫妙，因接說道：『我也有了，《訪菊》如何？』寶釵也贊有趣，因說道：『越性擬出十個來，寫上再來。』說着，二人研墨蘸筆，湘雲便寫，寶釵便念，一時湊了十個。湘雲看了一遍，又笑道：『十個還不成幅，越性湊成十二個便全了，也如人家的字畫冊頁一樣。』

寶釵聽說，又想了兩個，一共湊成十二個，又說道：『既這樣，越性編出他個次序先後來。』湘雲道：『如此更妙，竟弄成個菊譜了。』寶釵道：『起首是《憶以菊爲題，事事活脱，如此一編排，題亦有生氣矣。

菊》；憶之不得，故訪，第二是《訪菊》。訪之既得，便種，第三是《種菊》。種既盛開，故相對而賞，第四是《對菊》。相對而興有餘，故折來供瓶爲玩，第五是《供菊》。既供而不吟，亦覺菊無彩色，第六便是《詠菊》。既入辭章，不可不供筆墨，第七便是《畫菊》。既爲菊如是碌碌，究竟不知菊有何妙處，不禁有所問，第八便是《問菊》。菊如解語，使人狂喜不禁，第九便是《簪菊》。如此人事雖盡，猶有菊之可詠者，《菊影》《菊夢》二首續在第十、第十一。末卷便以《殘菊》總收前題之盛。這便是三秋的妙景妙事都有了。

此等處自是高見。

湘雲依說將題録出，又看了一回，又問：『該限何韻？』寶釵道：『我平生最不喜限韻的，分明有好詩，何苦爲韻所縛。咱們別學那小家派，只出題不拘韻。原爲大家偶得了好句取樂，並不爲此而難人。』湘雲道：『這話很是。這樣，大家的詩還進一層。但只咱們五個人，這十二個題目，難道每人作十二首不成？』寶釵道：『那也太難人了。將這題目謄好，都要七言律，明日貼在牆上。他們看了，誰作那一個就作那一個。有力量者，十二首都作也可；不能的，一首不成也可。高才捷足者爲尊，若十二首已全，便不許他後趕着又作，罰他就完了。』湘雲道：『這倒也罷了。』二人商議妥貼，方纔息燈安寢。

又是靈活生動，不強人亦不限人，是謂趁興。

要知端的，且聽下回分解。

【回後評】

賈政點學差看似用正筆，然卻是諷刺。此處作者將賈政支開，則大觀園寶玉及林、薛、史、探諸釵之才，皆可得舒展之地矣，故大觀園諸釵詩社韻事方是正筆。

《紅樓夢》文備衆體，探春花箋，是六朝書啓，文極雅整，而賈芸一信，竟是村夫俗話，不通而似通，不可讀而可解，是村極俗極之文，虧作者寫得出。蓋求雅易，求俗而又俗則難也。詩社諸詩，人各其體，另是生花筆墨。蓋《紅樓夢》中之詩，雖皆雪芹所作，然除開頭『滿紙荒唐言』一首是直言外，餘皆代言，各按書中人物身份而作，非作者直抒自家胸臆也，是以爲難。

晴雯與秋紋一番議論，明寫晴雯之自我覺醒意識，於衆婢中是佼佼者。其與衆人諷刺襲人是『西洋花點子哈巴兒』，又說『你們別和我裝神弄鬼的，什麽事我不知道』等直刺襲人痛處，爲後日得禍之因。

寶釵爲湘雲安排螃蟹宴一段，極寫寶釵之體貼湘雲，爲湘雲籌劃得無微不至，湘雲爲之感激不盡，從此湘雲入其囊中矣。觀黛玉行止，從無此類牽扯，即是語言應對，亦無卑詞趨奉者，此兩人之所以有別也。

【校　記】

〔一〕回目：己卯、庚辰、楊本、蒙本、戚本、列本同。舒本、甲辰、程甲下句『苑』作『院』，甲辰『夜』作『長』。

〔二〕『此時……但是』共十四字，據甲辰、程甲本補。

〔三〕己卯、庚辰本作『絳洞花王』，己卯後被加紅點作『主』，顯係後人妄改。查列藏本、舒序本皆作『王』，蒙府本則獨作『玉』，當係『王』字之鈔誤。戚序、楊本、程甲皆作『主』，非是。現仍從己卯、庚辰原鈔。

〔四〕『說着』至『擲與衆人』共十二字，庚辰、己卯均無，從楊本、蒙府、戚序、列藏、甲辰、舒序諸本增。

第三十八回　林瀟湘魁奪菊花詩　薛蘅蕪諷和螃蟹詠〔一〕

話說寶釵、湘雲二人計議已妥，一宿無話。湘雲次日便請賈母等賞桂花。賈母等都說：『倒是他有興頭，須要擾他這雅興。』脂批：『若在世俗小家，則云：「你是客，在我們舍下，怎麽反擾你的呢？」一何可笑。』至午，果然賈母帶了王夫人、鳳姐，兼請薛姨媽等進園來。賈母因問：『那一處好？』脂批：『必如此問方好。』王夫人道：『憑老太太愛在那一處，就在那一處。』脂批：『必是王夫人如此答，方妙。』鳳姐道：『藕香榭已經擺下了。那山坡下兩顆桂花開的又好，河裏的水又碧清。坐在河當中亭子上豈不敞亮，看着水眼也清亮。』脂批：『智者樂水，豈其然乎。』賈母聽了，說：『這話很是。』說着，就引了衆人往藕香榭來。

原來這藕香榭蓋在池中，四面有窗，左右有曲廊可通，亦是跨水接岸，後面又有曲折竹橋暗接。衆人上了竹橋，鳳姐忙上來攙着賈母，口裏說：『老祖宗只管邁大步走，不相干的，這竹子橋規矩是咯吱咯喳的。』脂批：『如見其勢，如臨其上，非走過者，必形容不到。』一時進入樹中，只見欄杆外另放着兩張竹案，一個上面設着杯筯酒具，一個上頭設着茶筅、茶

脂批：題曰『菊花詩』『螃蟹詠』，偏自太君前。阿鳳若許詼諧中不失體，鴛鴦、平兒寵婢中多少放肆之迎合取樂，寫來似難入題，卻輕輕用弄水戲魚之看花等遊玩事，及王夫人云：『這裏風大』一句收住入題，並無纖毫牽強，此重作輕抹法也，妙極，好看煞。

庚辰本回前評

因藕香榭蓋在池中，池內蓄荷、菱，故以藕香命名，確極。

補敍舊事。

鳳姐之嘴，觸處生春，總是討賈母之好，然能妙舌蓮花，新奇百出，實亦不易。

盃各色茶具。那邊有兩三個丫頭煽風爐煮茶，這一邊另外幾個丫頭也煽風爐燙酒呢。賈母喜的忙問：『這茶想的到，且是地方，東西都乾淨！』湘雲笑道：『這是寶姐姐幫着我預備的。』先贊寶釵 賈母道：『我說這個孩子細緻，凡事想的妥當。』一面說，一面又看見柱上掛的黑漆嵌蚌的對子，命人念。湘雲念道：

芙蓉影破歸蘭槳，

菱藕香深寫竹橋。脂批：『妙極，此處忽有（又）補出一處，不入賈政試才一回，皆錯綜其事，不作一直筆也。』

賈母聽了，又擡頭看匾，因回頭向薛姨媽道：『我先小時，家裏也有這麼一個亭子，叫做什麼「枕霞閣」。我那時也只像他們這麼大年紀，同姊妹們天天頑去。那日誰知我失了腳掉下去，幾乎沒淹死，好容易救了上來，到底被那木釘把頭碰破了，如今這鬢角上那指頭頂大一塊窩兒，就是那殘破了。衆人都怕經了水，又怕冒了風，都說活不得了，誰知竟好了。』鳳姐不等人說，先笑道：『那時要活不得，如今這大福可叫誰享呢！可知老祖宗從小兒的福壽就不小，神差鬼使碰出那個窩兒來，好盛福壽的。壽星老兒頭上原是一個窩兒，因爲萬福萬壽盛滿了，所以倒凸高出些來了。』未及說完，賈母與衆人都笑軟了。脂批：『看他忽用賈母數語，閑閑又補出此書之前似已有一部十二釵的一般，令人遥憶不能一見。余則將欲補出「枕霞閣」中十二釵來，豈不又添一部新書。』

賈母笑道：『這猴兒慣的了不得了，只管拿我取笑起來，恨的我撕你那油嘴。』

可知鳳姐深得賈母歡心，此鳳姐擅權妄爲之根也。

鳳姐笑道：『回來吃螃蟹，恐積了冷在心裏，討老祖宗笑一笑開開心，一高興多吃兩個就無妨了。』（隨口又點到螃蟹。）賈母笑道：『明兒叫你日夜跟着我，我倒常笑笑覺的開心，不許回家去。』王夫人笑道：『老太太因爲喜歡他，纔慣的他這樣。還這樣說，他明兒越發無禮了。』賈母笑道：『我喜歡他這樣，況且他又不是那不知高低的孩子。家常沒人，娘兒們原該這樣。橫豎禮體不錯就罷，沒的倒叫他從神兒似的作什麼。』

脂批：【近之暴發專講理法，竟不知禮法，此似無禮，而禮法井井。所謂「整瓶不動半瓶搖」。又曰：「習慣成自然」，真不謬也。】

說着，一齊進入亭子，獻過茶。鳳姐忙着搭桌子，要杯筯。上面一桌，賈母、薛姨媽、寶釵、黛玉、寶玉。東邊一桌，史湘雲、王夫人、迎、探、惜。西邊靠門一小桌，李紈和鳳姐的，虛設坐位，（一邊虛設坐位，一邊去侍候賈母王夫人，寫得細。）二人皆不敢坐，只在賈母王夫人兩桌上伺候。鳳姐吩咐：『螃蟹不可多拿來，仍舊放在蒸籠裏，拿十個來，吃了再拿。』一面又要水洗了手，站在賈母跟前剝蟹肉，頭次讓薛姨媽。（因薛姨媽是客。）薛姨媽道：『我自己剝着吃香甜，不用人讓。』鳳姐便奉與賈母。二次的便與寶玉，又說：『把酒燙的滾熱的拿來。』又命小丫頭們去取菊花葉兒、桂花蕊薰的綠豆麵子來，預備洗手。（用以去腥也。）史湘雲陪着吃了一個，就下座來讓人，（史湘雲是主。）又出至外頭，令人盛兩盤子與趙姨娘、周姨娘送去。（湘雲想的周到，因她是主，故由她命人送也。）又見鳳姐走來道：『你不慣張羅，你吃你的去。我先替你張羅，等散了我再吃。』湘雲不肯，又令人在那邊廊上擺了兩桌，衆人隨便說話，一番熱鬧情趣。

鳳姐說話放誕不拘。

一番熱鬧情趣，如賈政在，無此熱鬧矣。

讓鴛鴦、琥珀、彩霞、彩雲、平兒去坐。（衆丫鬟亦另設一桌，當是寶釵主意。）鴛鴦因向鳳姐笑道：『二奶奶在這裏伺候，我們可吃去了。』鳳姐兒道：『你們只管去，都交給我就是了。』說着，史湘雲仍入了席。鳳姐和李紈也胡亂應個景兒。

鳳姐仍是下來張羅，一時出至廊上，鴛鴦等正吃的高興，見他來了，鴛鴦等站起來道：『奶奶又出來作什麼？讓我們也受用一會子。』鳳姐笑道：『鴛鴦小蹄子越發壞了，我替你當差，倒不領情，還抱怨我。還不快斟一鍾酒來我喝呢。』鴛鴦笑着忙斟了一杯酒，送至鳳姐唇邊，鳳姐一揚脖子吃了。琥珀、彩霞二人也斟上一杯，送至鳳姐唇邊，那鳳姐也吃了。平兒早剔了一殼黃子送來，鳳姐道：『多倒些薑醋。』一面也吃了，笑道：『你們坐着吃罷，我可去了。』

鴛鴦笑道：『好沒臉，吃我們的東西。』鳳姐兒笑道：『你和我少作怪。你知道你璉二爺愛上了你，要和老太太討了你作小老婆呢。』鴛鴦道：『啐，這也是作奶奶說出來的話！我不拿腥手抹你一臉算不得。』說着，趕來就要抹。鳳姐兒央道：『好姐姐，饒我這一遭兒罷。』琥珀笑道：『鴛丫頭要去了，平丫頭還饒他？你們看看他，沒有吃了兩個螃蟹，倒喝了一碟子醋，他也算不會攬酸了。』平兒手裏正掰了個滿黃的螃蟹，聽如此奚落他，便拿着螃蟹照着琥珀臉上抹來，口內笑罵：『我把你這嚼舌根的小蹄子！』琥珀也笑着往旁邊一躲，平兒使空了，往前一撞，

（一片歡笑熱鬧之聲，以往從未有過。）

正恰恰的抹在鳳姐兒腮上。（巧極趣極。觸處生風，鴛鴦說要抹鳳姐，沒有抹，反被平兒抹着鳳姐。文章變化有致。）鳳姐兒正和鴛鴦嘲笑，不防唬了一跳，噯喲了一聲。衆人撐不住都哈哈的大笑起來。鳳姐也禁不住笑罵道：『死娼婦！吃離了眼了，混抹你娘的。』平兒忙趕過來替他擦了，親自去端水。鴛鴦道：『阿彌陀佛！這是個報應。』

賈母那邊聽見，一叠聲問：『見了什麼這樣樂？告訴我們也笑笑。』鴛鴦等忙高聲笑回道：『二奶奶來搶螃蟹吃，平兒惱了，抹了他主子一臉的螃蟹黃子。（八月下旬時令，蟹之團臍已飽滿，故蟹黃多也。此句切合時令。）主子奴才打架呢。』賈母和王夫人等聽了也笑起來。賈母笑道：『你們看他可憐見的，把那小腿子臍子給他點子吃，也就完了。』鴛鴦等笑着答應了，高聲又說道：『這滿桌子的腿子，二奶奶只管吃就是了。』鳳姐洗了臉走來，又服侍賈母等吃了一回。黛玉獨不敢多吃，只吃了一點兒夾子肉就下來了。（黛玉體弱，不能多吃。）

賈母一時不吃了，大家方散，都洗了手，也有看花的，也有弄水看魚的，遊玩了一回。王夫人因回賈母說：『這裏風大，纔又吃了螃蟹，老太太還是回房去歇歇罷了。若高興，明日再來逛逛。』賈母聽了笑道：『正是呢。我怕你們高興，我走了，又怕掃了你們的興。既這麼說，咱們就都去罷。』回頭又囑咐湘雲：『別讓你寶哥哥、林姐姐多吃了。』湘雲答應着。又囑咐湘雲、寶釵二人說：『你兩個也別多吃。那東西雖好吃，不是什麼好的，吃多了肚子疼。』

賈母、王夫人一去，衆人更自由，無拘無束了。

一幅衆美遊樂圖。

二人忙應着送出園外，仍舊回來，令將殘席收拾了另擺。寶玉道：『也不用擺，咱們且作詩。把那大團圓桌就放在當中，酒菜都放着。也不必拘定坐位，有愛吃的去吃，大家散坐，豈不便宜。』寶釵道：『這話極是。』湘雲道：『雖如此說，還有別人。』因又命另擺一桌，揀了熱螃蟹來，請襲人、紫鵑、司棋、待書、入畫、鶯兒、翠墨等一處共坐。山坡桂樹底下鋪下兩條花氈，命答應的婆子並小丫頭等也都坐了，只管隨意吃喝，一時上下等級全無，難得此境一現。等使喚再來。

湘雲便取了詩題，用針綰在牆上。衆人看了，都說：『新奇固新奇，只怕作不出來。』湘雲又把不限韻的原故說了一番。寶玉道：『這纔是正理，我也最不喜限韻。』林黛玉因不大吃酒，又不吃螃蟹，自令人掇了一個繡墩倚欄杆坐着，拿着釣竿釣魚。寶釵手裏拿着一枝桂花玩了一回，俯在窗檻上掐了桂蕊擲向水面，引的遊魚浮上來唼喋。湘雲出一回神，又讓一回襲人等，又招呼山坡下的衆人只管放量吃。探春和李紈、惜春立在垂柳陰中看鷗鷺。迎春又獨在花陰下拿着花針穿茉莉花。脂批：『看他各人各式，亦如畫家有孤聳獨出，則（亦？）有攢三聚五，疏疏密密，直是一幅百美圖。』寶玉又看了一回黛玉釣魚，一回又俯在寶釵旁邊說笑兩句，一回又看襲人等吃螃蟹，自己也陪他飲兩口酒。襲人又剥了一殼肉給他吃。

黛玉放下釣竿，走至座間，拿起那烏銀梅花自斟壺來，脂批：『寫壺，非寫壺，正寫黛玉。』揀了一個小可見黛玉此時心情亦甚歡暢，全書中難得一見。

脂批：『傷哉，作者猶記矮頔舫前以合歡花釀酒乎？屈指二十年矣。』

黛玉能喝一口酒，已是難得，能望其痛飲乎？

小的海棠凍石蕉葉杯。脂批：『妙，杯非寫杯，正寫黛玉。「揀」字有神理，蓋黛玉不善飲，此任興也。』丫鬟看見，知他要飲酒，忙着走上來斟。黛玉道：『你們只管吃去，讓我自斟，這纔有趣兒。』黛玉自斟自酌，可見其怡然之態，實難多見。說着便斟了半盞。看時卻是黃酒，因說道：『我吃了一點子螃蟹，覺得心口微微的疼，須得熱熱的喝口燒酒。』寶玉忙道：『有燒酒。』便令將那合歡花浸的酒燙一壺來。黛玉也只吃了一口，便放下了。

寶釵也走過來，另拿了一隻杯來，也飲了一口，便蘸筆至牆上把頭一個《憶菊》勾了，底下又贅了一個『蘅』字。脂批：『妙極，韻極。』寶玉忙道：『好姐姐，第二個我已經有了四句了，你讓我作罷。』寶釵笑道：『我好容易有了一首，你就忙的這樣。』黛玉也不說話，接過筆來把第八個《問菊》勾了，接着把第十一個《菊夢》也勾了，也贅一個『瀟』字。脂批：『這兩個妙題。料定黛玉必喜，豈讓人作去哉。』寶玉也拿起筆來，將第二個《訪菊》也勾了，也贅上一個『絳』字。探春走來看看，道：『竟沒有人作《簪菊》，讓我作這《簪菊》。』又指着寶玉笑道：『纔宣過總不許帶出閨閣字樣來，你可要留神。』

說着，只見史湘雲走來，將第四第五《對菊》《供菊》一連兩個都勾了，也贅上一個『湘』字。探春道：『你也該起個號。』湘雲笑道：『我們家裏如今雖有幾處軒館，我又不住着，借了來也沒趣。』脂批：『近之不讀書暴發戶，偏愛起一別號，一笑。』寶釵笑道：『方纔老太太說，你們家也有這個水亭叫「枕霞閣」，難道不是你的？如今雖沒了，你到底是舊西風悶思、紅白斷腸，空籬瘦月，歸雁寒砧，令人淒切，惟末句稍透希望。寶釵心情何淒冷至此！豈聽寶玉夢語後轉覺淒冷迷惘乎？

全詩特寫一『訪』字，句句與『訪』字相關。

主人。』衆人都道：『有理。』寶玉不待湘雲動手，便代將『湘』字抹了，改了一個『霞』字。

又有頓飯工夫，十二題已全，各自謄出來，都交與迎春，另拿了一張雪浪箋過來，一併謄録出來。某人作的底下贅明某人的號。李紈等從頭看道：

憶菊　　蘅蕪君 脂批：『真用此號，妙極。』

悵望西風抱悶思。蓼紅葦白斷腸時。
空籬舊圃秋無跡，瘦月清霜夢有知。
念念心隨歸雁遠，寥寥坐聽晚砧癡。
誰憐我爲黃花病，慰語重陽會有期。

訪菊　　怡紅公子

閑趁霜晴試一遊。酒杯藥盞莫淹留。
霜前月下誰家種，檻外籬邊何處秋。
蠟屐遠來情得得，冷吟不盡興悠悠。
黃花若解憐詩客，休負今朝掛杖頭。

種菊　　怡紅公子

擕鋤秋圃自移來。籬畔庭前故故栽。

全詩寫一『種』字，冷吟一聯堪稱。

枕霞詩豪，下筆不休，中兩聯皆緊扣『對菊』。『數去』『看來』，如對故友，令人情親不已，不覺流光之易逝也。

正寫側寫，俱扣『供』字，『拋書』句入化境，愛菊而忘書。

瀟湘，詩魂也，首句便入魔境，繞籬欹石，詩思之來也。毫端口齒，詩句之成

昨夜不期經雨活，今朝猶喜帶霜開。
冷吟秋色詩千首，醉酹寒香酒一杯。
泉溉泥封勤護惜，好知井徑絕塵埃。

對菊　枕霞舊友

別圃移來貴比金。一叢淺淡一叢深。
蕭疏籬畔科頭坐，清冷香中抱膝吟。
數去更無君傲世，看來惟有我知音。
秋光荏苒休辜負，相對原宜惜寸陰。

供菊　枕霞舊友

彈琴酌酒喜堪儔。几案婷婷點綴幽。
隔座香分三徑露，拋書人對一枝秋。
霜清紙帳來新夢，圃冷斜陽憶舊遊。
傲世也因同氣味，春風桃李未淹留。

詠菊　瀟湘妃子

無賴詩魔昏曉侵。繞籬欹石自沉音。
毫端蘊秀臨霜寫，口齒噙香對月吟。

滿紙自憐題素怨，片言誰解訴秋心。
一從陶令平章後，千古高風說到今。

畫菊　　蘅蕪君

詩餘戲筆不知狂，豈是丹青費較量。
聚葉潑成千點墨，攢花染出幾痕霜。
淡濃神會風前影，跳脫秋生腕底香。
莫認東籬閑採掇，黏屏聊以慰重陽。

問菊　　瀟湘妃子

欲訊秋情衆莫知，喃喃負手叩東籬。
孤標傲世偕誰隱，一樣花開爲底遲。
圃露庭霜何寂寞，鴻歸蛩病可相思。
休言舉世無談者，解語何妨話片時。

簪菊　　蕉下客

瓶供籬栽日日忙，折來休認鏡中妝。
長安公子因花癖，彭澤先生是酒狂。
短鬢冷沾三徑露，葛巾香染九秋霜。

也，滿紙一聯，則秋心自傾，末兩句說陶令，亦自寫也，瀟湘格高韻雅，於詩可見。

呂啓祥云：黛玉是詩人，更無需名句傳世，即此詩人之神韻氣質，就够令人心折了。

寶釵詩，筆筆寫畫，不脫不離，總嫌平直。

瀟湘胸中，自有萬千愁絲，無處可問耳，得此一題，則天可問矣，中兩聯句句是問，問得奇，問得杳渺，末兩句，如得知音。

前四句平敘，後四句挺拔。

高情不入時人眼，拍手憑他笑路旁。

菊影　枕霞舊友

秋光疊疊復重重。潛度偷移三徑中。
窗隔疏燈描遠近，籬篩破月鎖玲瓏。
寒芳留照魂應駐，霜印傳神夢也空。
珍重暗香休踏碎，憑誰醉眼認朦朧。

前六句隔而澀，末兩句可讀。

菊夢　瀟湘妃子

籬畔秋酣一覺清。和雲伴月不分明。
登仙非慕莊生蝶，憶舊還尋陶令盟。
睡去依依隨雁斷，驚迴故故惱蛩鳴。
醒時幽怨同誰訴，衰草寒煙無限情。

瀟湘詩懷，迥不猶人，似夢非夢，似醒非醒，渾成超邁，末兩句餘意無盡。

殘菊　蕉下客

露凝霜重漸傾欹。宴賞纔過小雪時。
蒂有餘香金淡泊，枝無全葉翠離披。
半牀落月蛩聲病，萬里寒雲雁陣遲。
明歲秋風知再會，暫時分手莫相思。

句句寫『殘』字，半牀一聯新。然蛩病雁遲，終嫌衰頹。末兩句稍作回轉。

前三名均爲瀟湘所得，是奪魁矣。

黛玉贊湘雲，爲湘詩進一解。

一番評賞，不負佳句。

必有此言，纔是寶玉。

衆人看一首，贊一首，彼此稱揚不已。李紈笑道：『等我從公評來。通篇看來，各人有各人的警句。今日公評：《詠菊》第一，《問菊》第二，《菊夢》第三，題目新，詩也新，立意更新，惱不得要推瀟湘妃子爲魁了。然後《簪菊》《對菊》《供菊》《畫菊》《憶菊》次之。』寶玉聽説，喜的拍手叫：『極是，極公道。』寶玉一聽黛玉奪魁便高興。

黛玉道：『我那首也不好，到底傷於纖巧些。』李紈道：『巧的却好，不露堆砌生硬。』黛玉道：『據我看來，頭一句好的是「圃冷斜陽憶舊遊」，這句背面傅粉。「抛書人對一枝秋」已經妙絶，將「供菊」説完，沒處再説，故翻回來想到未折未供之先，意思深透。』李紈笑道：『固如此説，你的「口齒噙香」句也敵的過了。』探春又道：『到底要算蘅蕪君沉着，「秋無跡」、「夢有知」把個「憶」字竟烘染出來了。』寶釵笑道：『你的「短鬢冷沾」、「葛巾香染」也就把「簪菊」形容的一個縫兒也沒了。』湘雲道：『「偕誰隱」、「爲底遲」真個把個菊花問的無言可對。』李紈笑道：『你的「科頭坐」、「抱膝吟」竟一時也不能別開，菊花有知，也必膩煩了。』説的大家都笑了。

寶玉笑道：『我又落第。難道「誰家種」，「何處秋」，「蠟屐遠來」，「冷吟不盡」，都不是訪；「昨夜雨」，「今朝霜」，都不是種不成？但恨敵不上「口齒噙香對月吟」、「清冷香中抱膝吟」、「短鬢」、「葛巾」、「金淡泊」、「翠離披」、「秋無跡」、「夢有知」這幾句罷了。』脂批：『總寫寶玉不及，妙絕。』又道：『明兒閑了，我一個人作出十二首來。』李紈道：『你的也好，只是不及這幾句新巧就是了。』

大家又評了一回，復又要了熱蟹來，就在大圓桌子上吃了一回。寶玉笑道：『今日持螯賞桂，亦不可無詩。脂批：『全是他忙，全是他不及，妙極。』我已吟成，誰還敢作呢？』說着，便忙洗了手提筆寫出。脂批：『且莫看詩，只看他偏於如許一大回詩後，又寫一回詩，豈世人想的到的。』衆人看道：

持螯更喜桂陰涼。潑醋擂薑興欲狂。
饕餮王孫應有酒，橫行公子卻無腸。
臍間積冷饞忘忌，指上沾腥洗尚香。
原爲世人美口腹，坡仙曾笑一生忙。

黛玉笑道：『這樣的詩，要一百首也有。』脂批：『看他這一說。』寶玉笑道：『你這會子才力已盡，纔三首詩，豈能才力用盡，此點寶玉尚未深知，因寶玉自已不善詩也。不說不能作了，還貶人家。』黛玉聽了，並不答言，也不思索，提起筆來一揮，已有了一首。衆人看道：

鐵甲長戈死未忘。堆盤色相喜先嘗。
螯封嫩玉雙雙滿，殼凸紅脂塊塊香。
多肉更憐卿八足，助情誰勸我千觴。

黛玉評得極是，可見其不存私心。無奈世間此類詩太多耳！

詩亦平鋪直敘，可稱『怡紅體』，此不過欲證寶玉之詩不足爲詩耳，非黛玉作詩也。

眼前兩句，是詠蟹絕唱。後四句平平。

對斯佳品酬佳節，桂拂清風菊帶霜。

寶玉看了正喝彩，黛玉便一把撕了，撕得好，亦如撕寶玉之詩也，撕寶玉之詩，亦是撕世人此類詩也。命人燒去，因笑道：『我的不及你的，我燒了他。你那個很好，比方纔的菊花詩還好，你留着他給人看。』寶釵接着笑道：『我也勉強了一首，未必好，寫出來取笑兒罷。』說着，也寫了出來，大家看時，寫道是：

桂靄桐陰坐舉觴，長安涎口盼重陽。

眼前道路無經緯，皮裏春秋空黑黄。兩句絕妙諷世。

看到這裏，衆人不禁叫絕。寶玉道：『寫得痛快！我的詩也該燒了。』又看底下道：

酒未敵腥還用菊，性防積冷定須薑。

於今落釜成何益，橫行一世，終於落釜，亦足爲世戒。月浦空餘禾黍香。

衆人看畢，都說：『這是食螃蟹絕唱。這些小題目，原要寓大意纔算是大才。只是諷刺世人太毒了些。』說着，只見平兒復進園來。不知作什麽，且聽下回分解。

【回後評】

在螃蟹宴開始前，先敘藕香榭，見得山環水繞，確是佳境。寫茶具酒爐，色色俱各周到，具見主事者匠心，然後由湘雲說都是寶釵預備的，於是寶釵深得賈母讚賞。復由藕香榭引出枕霞閣，引出賈母一段往事，又引出鳳姐一段笑話，更博得賈母歡心。此一段文字，一是敘明螃蟹宴的真正主人乃是寶釵，不是湘雲，湘雲不過藉名而已；二是寫鳳姐承歡，隨機演說，深得賈母歡心，博得賈母說『明兒叫你日夜跟着我，我倒常笑笑覺的開心，不許回家去』，可見鳳姐深受賈母喜愛，正是權重令行之時；三是寫螃蟹宴的安排，事事周密，連趙姨娘、周姨娘及鴛鴦、琥珀、彩霞、彩雲、平兒等俱各顧及，此正寫寶釵善能籠絡衆心，博得普遍稱譽，爲自己多留地步也。此亦寶釵與鳳姐截然不同之處。

一席螃蟹宴，寫衆人歡聲四溢，不再嚴分上下尊卑，連賈母亦參與說笑，平兒於無意間抹鳳姐一臉蟹黃，亦未見責，此是大觀園及賈府中絕少見的歡樂場面。賈母等退席後，襲人、紫鵑、司棋、待書、入畫、鶯兒、翠墨等以及『答應的婆子並小丫頭等也都坐了，只管隨意吃喝』，這是在賈府中絕無僅有的場面，其原因一是賈政外出，二是賈母、王夫人等都已退席，故諸人得自由隨意也。雪芹寫此場面，或亦有其社會理想之寓意乎？

詠菊之詩，是繼詠白海棠詩而來，雪芹一枝筆，寫五家之詩，而各自有其口吻，亦不乏佳句，足見雪芹詩才。昔人評菊花詩，皆注意探索其詩中之影射，竊以爲雪芹爲諸人於詩中自露心聲則有之，其餘則未敢必。惟寶釵於螃蟹詩中寓諷世之意，自是衆所同認，不必疑也。

【校　記】

〔一〕回目：各本同。列藏本『詠』作『韻』。

賈政於八月二十日點學差起身，時節已是八月末矣。至螃蟹宴已入九月。俗云：『九月團臍十月尖』，因此時團臍蟹黃飽滿也，故平兒囑要團臍，湘雲卻只知要大的，豈知大的尖臍多。可見湘雲於此道不諳。

第三十九回　村姥姥是信口開河　情哥哥偏尋根究底〔一〕

話說衆人見平兒來了，都說：『你們奶奶作什麽呢，怎麽不來了？』平兒笑道：『他那裏得空兒來。因爲說沒有好生吃得，又不得來，所以叫我來問還有沒有，叫我要幾個拿了家去吃罷。』湘雲道：『有，多着呢。』忙令人拿了十個極大的。（湘雲不懂蟹道，並非大的即好。）平兒道：『多拿幾個團臍的。』（平兒內行，故要團臍。）衆人又拉平兒坐，平兒不肯。李紈拉着他笑道：『偏要你坐。』拉着他身旁坐下，端了一杯酒送到他嘴邊，平兒忙喝了一口就要走。李紈道：『偏不許你去。顯見得只有鳳丫頭，就不聽我的話了。』說着又命嬤嬤們：『先送了盒子去，就說我留下平兒了。』

那婆子一時拿了盒子回來說：『二奶奶說，叫奶奶和姑娘們別笑話要嘴吃。這個盒子裏是方纔舅太太那裏送來的菱粉糕和雞油卷兒，給奶奶、姑娘們吃的。』又向平兒道：『說使你來，你就貪住頑不去了。勸你少喝一杯兒罷。』平兒笑道：『多李紈一番憐惜話，亦見其愛惜平兒，爲平兒之遭遇深惜，其愛才之心堪稱，然其只知應作奶奶、太太，則時代使然也，奈何奈何！

平兒的評。

借此，爲諸鬟一評。

爲鴛鴦評傳。

喝了又把我怎麼樣？』平兒難得自在。一面說，一面只管喝，又吃螃蟹。李紈攬着他笑道：『可惜這麼個好體面模樣兒，命卻平常，只落得屋裏使喚。不知道的人，誰不拿你當作奶奶、太太看。』李紈一番憐才之心。

平兒一面和寶釵、湘雲等吃喝，一面回頭笑道：『奶奶，別只摸的我怪癢癢的。』李紈愛之而撫之也。所謂『我見猶憐』也。李氏道：『噯喲！這硬的是什麼？』平兒道：『鑰匙。』李氏道：『什麼鑰匙？要緊梯己東西怕人偷了去，卻帶在身上。我成日家和人說笑，有個唐僧取經，就有個白馬來馱他；有個劉智遠打天下，就有個瓜精來送盔甲；有個鳳丫頭，就有個你。你就是你奶奶的一把總鑰匙，好比喻，十分貼切。還要這鑰匙作什麼。』平兒笑道：『奶奶吃了酒，又拿了我來打趣着取笑兒了。』

寶釵笑道：『這倒是真話。我們沒事評論起人來，你們這幾個都是百個裏頭挑不出一個來的，妙在各人有各人的好處。』李紈道：『大小都有個天理。比如老太太屋裏要沒那個鴛鴦，如何使得。從太太起，那一個敢駁老太太的回。現在他敢駁回。偏老太太只聽他一個人的話。老太太那些穿的戴的，別人不記得，他都記得。要不是他經管着，不知叫人誆騙了多少去呢。那孩子心也公道。雖然這樣，倒常替人說好話兒，還倒不依勢欺人的。』兩句有千斤之重。惜春笑道：『老太太昨兒還說呢，他比我們還強呢。』平兒道：『那原是個好的，我們那裏比的上他。』

評彩霞，然則彩霞是王夫人鑰匙矣。

一句評襲人，然李紈僅知其表耳。

評平兒，又及自身，隨生悲感，終因寡居也。

寶玉道：『太太屋裏的彩霞，是個老實人。』探春道：『可不是，外頭老實，心裏有數兒。（探春知人最明。）太太是那麼佛爺似的，事情上不留心，他都知道。凡百一應事，都是他提着太太行。連老爺在家出外去的一應大小事，他都知道。太太忘了，他背地裏告訴太太。』

李紈道：『那也罷了。』指着寶玉道：『這一個小爺屋裏，要不是襲人，你們度量到個什麼田地！鳳丫頭就是楚霸王，也得這兩隻膀子，好舉千斤鼎。他不是這丫頭，就得這麼周到了！』平兒笑道：『先時陪了四個丫頭，死的死，去的去，只剩下我一個孤鬼了。』李紈道：『你倒是有造化的。鳳丫頭也是有造化的。想當初，你珠大爺在日，何曾也沒兩個人。你們看我還是那容不下人的？天天只見他兩個不自在。所以你珠大爺一沒了，趁年輕我都打發了。若有一個守得住，我倒有個膀臂。』說着，滴下淚來。衆人都道：『又何必傷心，不如散了倒好。』說着，便都洗了手，大家約着往賈母、王夫人處問安。衆婆子、丫頭打掃亭子，收拾杯盤。（螃蟹宴至此結束。）

襲人和平兒一同往前去。襲人因讓平兒到房裏坐坐，再吃一鍾茶。平兒因說：『不吃茶了，再來罷。』一面說，一面便要出去。襲人又叫住[二]問道：『這個月的月錢，連老太太和太太還沒放呢，是[三]爲什麼？』平兒見問，忙轉身至襲人跟前，又見左近無人，〔四〕纔悄悄說道：『你快別問，橫豎再〔五〕遲兩天就放了。』襲人笑道：『這是爲什麼，唬的你這樣？』平兒悄聲告訴他道：〔六〕『這個月的月錢，我們奶奶早已支了，放給人使呢。等別處的利錢收了來，湊齊了纔放呢。因爲是你，我纔告訴你，〔七〕你可不許告訴一個人去。』

襲人笑道：『難道他還短錢使，還沒個足厭？〔八〕何苦還操這心。』平兒笑道：『何曾不是呢。他〔九〕這幾年，拿着這一項銀子，翻出有幾百來了。〔十〕他的公費月例又使不着，十兩八兩零碎攢了又放出去，只他這梯己〔十一〕利錢，一年不到，上千的銀子呢。』（鳳姐借高利盤剝，所得甚豐，恐此處尚不是實數。）襲人笑道：『拿着我們的錢，你們主子奴才賺利錢，哄的我們獃獃的等着。』

平兒道：『你又說沒良心的話。你難道還少錢使？』襲人道：『我雖不少，只是我也沒地方使去，就只預備我們那一個。』（公然稱我們那一個。是何等身份口氣。）平兒道：『你倘若有要緊的事用錢使時，我那裏還有幾兩銀子，你先拿來使，明兒我扣下你的就是了。』襲人道：『此時也用不着。怕一時要用起來不够了，我打發人去取就是了。』

平兒答應着，一逕出了園門，來至家內，只見鳳姐兒不在房裏。忽見上回來打抽豐的那劉姥姥和板兒又來了，坐在那邊屋裏，還有張材家的、周瑞家的陪着，又有兩三個丫頭在地下倒口袋裏的棗子、倭瓜並些野菜。衆人見他進來，都忙站起來

鳳姐遲發月錢，放債取利，此處悄悄說出，亦爲後文伏線。鳳姐之行徑，令予憶及抗戰時，予任小學教師，每月薪俸皆遲十天半月纔發，後來始知是校長領出薪金後，先去放債，半月得利後，再發月薪，而其時物價飛漲，半月後發回之月薪，已貶去其半矣。不意鳳姐早已發明在先，雪芹寫此一節，可見古今同概。

爲鳳姐細算賬，借襲人之口點明鳳姐用公款賺利錢。

莊家人多打兩石糧食，確實不易。予幼時深知其情，讀者切莫輕看此句。雪芹能寫出此句，足見其深知貧困百姓之艱難也。

了。脂批：『妙文。上回是先見平兒後見鳳姐，此則先見鳳姐後見平兒也，何錯綜巧妙得情得理之至耶。』

劉姥姥因上次來過，知道平兒的身分，忙跳下地來，問：『姑娘好？』又說：『家裏都問好。早要來請姑奶奶的安，看姑娘來的，因爲莊家忙。好容易今年多打了兩石糧食，瓜菓菜蔬也豐盛。這是頭一起摘下來的，並沒敢賣呢，留的尖兒孝敬姑奶奶、姑娘們嚐嚐。姑娘們天天山珍海味的也吃膩了，確是實話，富貴人家實不易吃新鮮園蔬也。這個吃個野意兒，也算是我們的窮心。』平兒忙道：『多謝費心。』又讓坐，自己也坐了。又讓：『張嬸子、周大娘坐。』又令小丫頭子倒茶去。周瑞、張材兩家的因笑道：『姑娘今兒臉上有些春色，回應螃蟹宴。眼圈兒都紅了。』平兒笑道：『可不是。我原是不吃的，大奶奶和姑娘們只是拉着死灌，不得已喝了兩鍾，臉就紅了。』張材家的笑道：『我倒想着要吃呢，又沒人讓我。明兒再有人請姑娘，可帶了我去罷。』說着，大家都笑了。

周瑞家的道：『早起我就看見那螃蟹了，一斤只好秤兩個三個。這麼三大簍，想是有七八十斤呢。』周瑞家的道：『若是上上下下只怕還不夠。』平兒道：『那裏夠，不過都是有名兒的吃兩個子。那些散衆的，也有摸得着的，也有摸不着的。』劉姥姥道：『這樣螃蟹，今年就值五分一斤。十斤五錢，五五二兩五，三五一十五，再搭上酒菜，一共倒有二十多兩銀子。阿彌陀佛！這一頓的錢够我們莊家人過富貴人家一餐，莊家人過一年。貧富懸殊如此，此作者史筆也。

真意想不到之事，意想不到之文。

一年了。』平兒因問：『想是見過奶奶了？』（脂批：『寫平兒伶俐如此。』）劉姥姥道：『見過了，叫我們等着呢。』說着又往窗外看天氣，說道：『天好早晚了，我們也去罷，別出不去城纔是饑荒呢。』周瑞家的道：『這話倒是，我替你瞧瞧去。』說着，一逕去了，半日方來，笑道：『可是你老的福來了，竟投了這兩個人的緣了。』

平兒等問怎麼樣，周瑞家的笑道：『二奶奶在老太太的跟前呢。我原是悄悄的告訴二奶奶，「劉姥姥要家去呢，怕晚了趕不出城去。」二奶奶說：「大遠的，難爲他扛了那些沉東西來，晚了就住一夜明兒再去。」（鳳姐能體貼莊家人，亦自難得。）這可不是投上二奶奶的緣了。這也罷了，偏生老太太又聽見了，問劉姥姥是誰。二奶奶便回明白了。老太太說：「我正想個積古的老人家說話兒，請了來我見一見。」這可不是想不到的投上緣分了。』說着，催劉姥姥下來前去。

劉姥姥道：『我這生像兒怎好見的。好嫂子，你就說我去了罷。』（莊家人心理口吻畢肖。）平兒忙道：『你快去罷，不相干的。我們老太太最是惜老憐貧的，比不得那個狂三詐四的那些人。想是你怯上，我和周大娘送你去。』（平兒能體貼莊家人之心，其心慈也。）說着，同周瑞家的引了劉姥姥，往賈母這邊來。

二門口該班的小廝們見了平兒出來，都站起來了，（可見平兒身份，亦因鳳姐故也。）又有兩個跑上來，趕着平兒叫『姑娘』。（脂批：『想這一個姑娘，非下稱上之姑娘也。按北俗以姑母曰姑姑，南俗曰娘娘，此姑娘定是姑娘娘之稱。每見大家風俗，多有小童稱少主妾曰姑姑娘娘者。按此書中若干人說話語氣，及動用前照（器物）

順便又點出鳳姐放高利貸。

寫劉姥姥眼中所見，又與上次不同。儘是劉姥姥眼中所見景象。

飲食諸類，皆東西南北互相兼用，此姑娘之稱，亦南北相兼而用無疑矣。』平兒問：『又說什麼？』那小廝笑道：『這會子也好早晚了，我媽病了，等着我去請大夫。好姑娘，我討半日假可使的？』平兒道：『你們倒好，都商議定了，一天一個告假，又不回奶奶，只和我胡纏。前兒住兒去了，二爺偏生叫他，叫不着，我應起來了，還說我作了情。你今兒又來了。』脂批：『分明幾回沒寫到賈璉，今忽閑中一語，補得賈璉天天鬧熱，令人卻如看見聽見一般，所謂不寫之寫也。劉姥姥眼中耳中，又一番識面，奇妙之甚。』周瑞家的道：『當真的他媽病了，姑娘也替他應着，放了他罷。』平兒道：『明兒一早來。聽着，我還要使你呢，再睡的日頭曬着屁股再來！你這一去，帶個信兒給旺兒，就說奶奶的話，問着他，那剩的利錢明兒若不交了來，奶奶也不要了，就越性送他使罷。』脂批：『交代過襲人的話。看他如此說，真比鳳姐又甚一層，李紈之語不謬也。不知阿鳳何等福得此一人。』那小廝歡天喜地答應着去了。

平兒等來至賈母房中，彼時大觀園中姊妹們都在賈母前承奉。脂批：『妙極。連寶玉一併算入姊妹隊中了。』劉姥姥進去，只見滿屋裏珠圍翠繞，花枝招展，並不知都係何人。只見一張榻上歪着一位老婆婆，身後坐着一個紗羅裹的美人是鴛鴦。一般的一個丫鬟在那裏搥腿，鳳姐兒站着正說笑。脂批：『奇奇怪怪文章。在劉姥姥眼中，以爲阿鳳至尊至貴，普天下人都該站着說，阿鳳獨坐纔是。如何今見阿鳳獨站哉，真妙文字。』劉姥姥便知是賈母了，忙上來陪着笑，道了萬福，口裏說：『請老壽星安。』脂批：『更妙，賈母之號何其多耶，在諸人口中則曰老太太，在阿鳳口中則曰老祖宗，在僧尼口中則曰老菩薩，在劉姥姥口中則曰老壽星者，卻似有數人，想去則皆賈母，難得如此各盡其妙，劉姥姥亦善應接。』賈母亦欠身問好，又命周瑞家的端過椅子來讓坐着。那板兒仍是怯人，脂批：『補寫板兒一筆。』不知問候。脂批：『「仍」字妙，蓋有上文故也。不知教訓者，來看此句。』賈母道：『老親家，你今年多大確是老年人說話口氣。

一段老人對話，寫出一樣人生，兩種遭遇。雪芹故意將世間兩種截然不同的人放在一起作對比，令人感慨萬千。

鳳姐總是順着賈母說話。

年紀了？』脂批：『神妙之極。看官至此必愁賈母以何相稱，誰知公然曰老親家，何等現成，何等大方，何等有情理，若云作者心中編出，余斷斷不信。何也？蓋編得出者，斷斷不能有這等情理。』劉姥姥忙立身答道：『我今年七十五了。』賈母向衆人道：『這麼大年紀了，還這麼健朗。比我大好幾歲呢。我要到這麼大年紀，還不知怎麼動不得呢。』劉姥姥笑道：『我們生來是受苦的人，老太太生來是享福的。若我們也這樣，那些莊家活也沒人作了。』劉姥姥亦善於應對。賈母道：『眼睛、牙齒都還好？』劉姥姥道：『都還好，就是今年左邊的槽牙活動了。』賈母道：『我老了，都不中用了，眼也花，耳也聾，記性也沒了。你們這些老親戚，我都不記得了。親戚們來了，我怕人笑我，我都不會，不過嚼的動的吃兩口，睏了睡一覺，悶了時和這些孫子、孫女兒頑笑一回就完了。』劉姥姥笑道：『這正是老太太的福了。我們想這麼着也不能。』賈母道：『什麼福，不過是個老廢物罷了。』說的大家都笑了。

賈母又笑道：『我纔聽見鳳哥兒說，你帶了好些瓜菜來，叫他快收拾去了，我正想個地裏現擷的瓜兒菜兒吃。正合賈母之意。外頭買的，不像你們田地裏的好吃。』劉姥姥笑道：『這是野意兒，不過吃個新鮮。依我們倒想魚肉吃，只是吃不起。』賈母又道：『今兒既認着了親，別空空兒的就去。不嫌我這裏，就住一兩天再去。我們也有個園子，園子裏頭也有菓子，你明日也嚐嚐，帶些家去，你也算看親戚一趟。』賈母說話，深有人情味。鳳姐兒見賈母喜歡，也忙留道：『我們這裏雖不比你們的場院大，空屋子還寫鳳姐。

寫鴛鴦。

劉姥姥實是乖覺人，能見機行事。

是寫北方農村，南方決無此大雪。

有兩間。你住兩天罷，把你們那裏的新聞故事兒，說些與我們老太太聽聽。』賈母笑道：『鳳丫頭別拿他取笑兒。他是鄉屯裏的人，老實，那裏擱的住你打趣他。』說着，又命人去先抓菓子與板兒吃。板兒見人多了，又不敢吃。賈母又命拿些錢給他，叫小幺兒們帶他外頭頑去。

劉姥姥吃了茶，便把些鄉村中所見所聞的事情說與賈母，賈母益發得了趣味。（貴族之家，深居府中，與世隔絕，雖聽些鄉村事亦覺新鮮。）正說着，鳳姐兒便令人來請劉姥姥吃晚飯。賈母又將自己的菜揀了幾樣，命人送過去與劉姥姥吃。（賈母惜老）鳳姐知道合了賈母的心，（鳳姐總是迎合賈母之意。）吃了飯便又打發過來。鴛鴦忙令老婆子帶了劉姥姥去洗了澡，自己挑了兩件隨常的衣服令給劉姥姥換上。（脂批：「一段鴛鴦身分權勢心機，只寫賈母也。」）那劉姥姥那裏見過這般行事，忙換了衣裳出來，坐在賈母榻前，又搜尋些話出來說。彼時寶玉姊妹們也都在這裏坐着，他們何曾聽見過這些話，自覺比那些瞽目先生說的書還好聽。

那劉姥姥雖是個村野人，卻生來的有些見識，況且年紀老了，世情上經歷過的，見頭一個賈母高興，第二見這些哥兒、姐兒們都愛聽，便沒了說的也編出些話來講。因說道：（可見底下是編出來的。）『我們村莊上種地種菜，每年每日，春夏秋冬，風裏雨裏，那有個坐着的空兒，天天都是在那地頭子上作歇馬涼亭，什麼奇奇怪怪的事不見呢！就像去年冬天，接連下了幾天雪，地下壓了三四尺深。我那日起的早，還沒出房門，說抽柴惹出火來，是無理，然恰寫出賈母等愚昧而迷信。借失火一事，賈母不再聽抽柴之類故事，則賈母自然不再問此事矣。下文單寫寶玉命

只聽外頭柴草響。我想着，必定是有人偷柴草來了。我爬着窗户眼兒一瞧，卻不是我們村莊上的人。』賈母道：『必定是過路的客人們冷了，見現成的柴，抽些烤火去，也是有的。』劉姥姥笑道：『也並不是客人，所以說來奇怪。老壽星當個什麼人？原來是一個十七八歲的極標緻的一個小姑娘，梳着溜油光的頭，穿着大紅襖兒，白綾裙子——』脂批：『劉姥姥口氣如此。』

剛說到這裏，忽聽外面人吵嚷起來，說至緊要處，卻生意外，文情頓生轉折。又說：『不相干的，別唬着老太太。』賈母等聽了，忙問怎麼了，丫鬟回說：『南院馬棚裏走了水，不相干，已經救下去了。』賈母最膽小的，聽了這個話，忙起身扶了人出至廊上來瞧，只見東南上火光猶亮。賈母唬的口內念佛，忙命人去火神跟前燒香。王夫人等也忙都過來請安，又回說：『已經救下去了，老太太請進房去罷。』賈母足的看着火光息了，方領衆人進來。脂批：『一段爲後回作引，然偏於寶玉愛聽時截住。』

寶玉且忙着問劉姥姥：『那女孩兒大雪地作什麼抽柴草？倘或凍出病來呢？』賈母道：『都是纔說抽柴草惹出火來了，你還問呢。別說這個了，再說別的罷。』寶玉聽說，心內雖不樂，也只得罷了。

劉姥姥便又想了一篇話，說道：『我們莊子東邊莊上，有個老奶奶子，今年九十多歲了。說到賈母關心處。他天天吃齋念佛，誰知就感動了觀音菩薩夜裏來托夢說：「你這樣

茗煙去訪查，則筆無滯礙。

句句說到賈母心上，劉姥姥煞是可人。

或以爲纔賞菊花，便言下雪，未免遥遠。殊不知北國風光，時有早雪，九月末十月間初雪，未爲奇也。

筆者復校至此，恰好遇上大雪，纔陰曆十月十三，即遇數十年未見之大雪，予園中雪深盈尺，花木爲之盡折，予居京已五十年，第一次見如此大雪也。

二〇〇三年十一月六日記。

寶玉到底放不下此事。

虔心，原本你該絕後的，如今奏了玉皇，給你個孫子。」原來這老奶奶只有一個兒子，這兒子也只一個兒子，好容易養到十七八歲上死了，哭的什麼似的。後果然又養了一個，今年纔十三四歲，生的雪團兒一般，聰明伶俐非常。可見這些神佛是有的。』這一席話，實合了賈母、王夫人的心事，連王夫人也都聽住了。王夫人也一樣心思。

寶玉心中只記掛着抽柴的故事，因悶悶的心中籌畫。探春因問他：『昨日擾了史大妹妹，咱們回去商議着邀一社，又還了席，也請老太太賞菊花，何如？』寶玉笑道：『老太太說了，還要擺酒還史妹妹的席，叫咱們作陪呢。等着吃了老太太的，咱們再請不遲。』探春道：『越往前去越冷了，老太太未必高興。』

寶玉道：『老太太又喜歡下雨下雪的。不如咱們等下頭場雪，請老太太賞雪豈不好？咱們雪下吟詩，也更有趣了。』林黛玉忙笑道：『咱們雪下吟詩？依我說，還不如弄一捆柴火，雪下抽柴，還更有趣兒呢。』黛玉心知寶玉心思，故出此言。說着，寶釵等都笑了。寶玉瞅了他一眼，也不答話。

一時散了，背地裏寶玉到底拉了劉姥姥，細問那女孩兒是誰。劉姥姥只得編了告訴他道：『那原是我們莊北沿地埂子上有一個小祠堂裏供的，不是神佛，當先有個什麼老爺。』說着，又想名姓。寶玉道：『不拘什麼名姓，你不必想了，只說原故就是了。』劉姥姥道：『這老爺沒有兒子，只有一位小姐，名叫茗玉。小姐知活畫癡公子心思。

書識字，老爺太太愛如珍寶。可惜這茗玉小姐生到十七歲，一病死了。』寶玉聽了，跌足嘆惜，（是情癡。）又問後來怎麼樣。劉姥姥道：『因爲老爺太太思念不盡，便蓋了這祠堂，塑了這茗玉小姐的像，派了人燒香撥火。如今日久年深的，人也沒了，廟也爛了，那個像就成了精。』寶玉忙道：『不是成精，規矩這樣人是雖死不死的。』劉姥姥道：『阿彌陀佛！原來如此。不是哥兒說，我們都當他成精。他時常變了人出來各村莊店道上閒逛。我纔說這抽柴火的就是他了。我們村莊上的人還商議着要打了這塑像、平了廟呢。』寶玉忙道：『快別如此。若平了廟，罪過不小。』劉姥姥道：『幸虧哥兒告訴我，我明兒回去告訴他們就是了。』

寶玉道：『我們老太太、太太都是善人，合家大小也都好善喜捨，最愛修廟塑神的。我明兒做一個疏頭，替你化些佈施，你就做香頭，攢了錢把這廟修蓋，再裝潢了泥像，每月給你香火錢燒香，豈不好？』劉姥姥道：『若這樣，我托那小姐的福，也有幾個錢使了。』寶玉又問他地名、莊名，來往遠近，（愈是荒唐，愈加認真，問明遠近，已爲下文線索。）坐落何方。劉姥姥便順口胡謅了出來。

寶玉信以爲真，回至房中，盤算了一夜。次日一早，便出來給了茗煙幾百錢，按着劉姥姥說的方向地名，着茗煙去先踏看明白，回來再做主意。那茗煙去後，寶玉左等也不來，右等也不來，急的熱鍋上的螞蟻一般。好容易等到日落，方見茗煙興興頭頭的回來。（興興頭頭回來，出人意外。）寶玉忙問：『可有廟了？』茗煙笑道：『爺聽的不明白，（沒有想到劉姥姥會胡編，只怪未聽明白。）叫我好找。那地名、坐落不似爺說的一樣，所以找了一日，我到東北上田埂子上纔有一個破廟。』（好容易找着。）

寶玉聽說，喜的眉開眼笑，忙說道：『劉姥姥有年紀的人，一時錯記了也是有的。你且說你見的。』茗煙道：『那廟門卻倒是朝南開的，也是稀破的。我找的正沒好氣，一見這個，我說「可好了」，連忙進去。一看泥胎，唬的我跑出來了，活似真的一般。』（此句令寶玉煞是高興。）寶玉喜的笑道：『他能變化人了，自然有些生氣。』茗煙拍手道：『那裏有什麼女孩兒，竟是一位青臉紅髮的瘟神爺。』（不是女孩兒，卻是瘟神，大煞風景。）

寶玉聽了，啐了一口，罵道：『真是一個無用的殺才！（不說自己上當，反說茗煙無用，真正好笑。）這點子事也幹不來。』茗煙道：『二爺又不知看了什麼書，或者聽了誰的混話，信真了，把這件沒頭腦的事派我去碰頭，怎麼說我沒用呢？』寶玉見他急了，忙撫慰他道：『你別急。改日閑了你再找去。若是他哄我們呢，（至此方想到哄我們。但還心存希望。）自然沒了；若真是有的，你豈不也積了陰騭。我必重重的賞你。』正說着，只見二門上的小厮來說：『老太太房裏的姑娘們站在二門口找二爺呢。』

要知端的，且聽下回分解。

（不是女孩卻是瘟神，作者故意調侃也。）

【回後評】

平兒、鴛鴦、襲人爲《紅樓夢》中三大丫鬟，寫得各各精彩而又各有各的事情，各自分散。故此處借李紈一評，以彰三人之特才，以醒讀者之目。李紈留平兒一段，是平兒特傳，說平兒是鳳姐的一把鑰匙，最得其要。贊鴛鴦一段，亦是鴛鴦特傳，彰其德也。於襲人只用一句話評，能得其分寸。寶玉說：『太太屋裏的彩霞是個老實人。』探春道：『可不是，外頭老實，心裏有數兒。』此是對彩霞的補評，先用寶玉籠統一贊，然後用探春點明，亦見探春之精於鑒人也。

鳳姐遲發月錢以放高利，平兒說：他的『梯己利錢，一年不到，上千的銀子呢』。可見其歷年盤剝之利，爲後文鳳姐之結局先伏一筆。

劉姥姥說賈府一頓螃蟹宴的錢，『够我們莊家人過一年了』，此是作者特筆，以見富貴之家與平民之家兩相對比，生活之懸殊也。劉姥姥見賈母是兩位老人之對比也。賈母享盡富貴，而劉姥姥受盡勞碌，相去何殊天壤之別。雪芹寫此，是對社會貧富不均之寫照，亦是對人生之感慨耳！

劉姥姥編謊，寶玉卻信以爲真，並命茗煙去尋訪，卻訪得一青面紅髮之瘟神廟。此是對癡公子之諷諭。而黛玉故意說不如『雪下抽柴，還更有趣』，是對寶玉癡迷之雅謔，亦見旁觀之黛玉心中洞明也。

【校　記】

〔一〕回目：己卯、庚辰、列藏、舒序、甲辰、程甲諸本同，但亦有小異。庚辰上句『河』下多出一『合』字，己卯『村姥姥』作『村嫽嫽』，列藏、舒序、甲辰、程甲均作『村姥姥是信口開河，情哥哥偏尋根問底。』蒙府、戚序均作『村老嫗是信口開河，癡情子偏尋根究底』。楊本獨作『村老嫗說談承色笑，癡情子實意覓蹤跡。』此從列藏、舒序諸本。

〔二〕『再吃一鍾』至『襲人又叫住』，己卯、庚辰均缺，其餘各本均有，茲據列藏、程甲等本增。

〔三〕『連老太太』以下十二字，己卯、庚辰缺，同前增。

〔四〕『轉身』以下十三字，己卯、庚辰缺，同前增。

〔五〕『你快』以下七字，己卯、庚辰缺，同前增。

〔六〕『襲人笑道』以下二十二字，己卯、庚辰缺，同前增。

〔七〕『因爲』以下九字，己卯、庚辰缺，同前增。

〔八〕『還沒個足厭』五字，己卯、庚辰缺，同前增。

〔九〕『何曾不是呢，他』六字，己卯、庚辰缺，同前增。

〔十〕『翻出有幾百來了』七字，己卯、庚辰缺，同前增。

〔十一〕『又使不着』至『他這梯己』共二十一字，己卯、庚辰缺，同前增。

第四十回　史太君兩宴大觀園　金鴛鴦三宣牙牌令〔一〕

話說寶玉聽了，忙進來看時，只見琥珀站在屏風跟前說：『快去罷，立等你說話呢。』

寶玉來至上房，只見賈母正和王夫人、衆姊妹商議給史湘雲還席。寶玉因說道：『我有個主意。既沒有外客，吃的東西也別定了樣數，誰素日愛吃的揀樣兒做幾樣。也不要按桌席，每人跟前擺一張高几，各人愛吃的東西一兩樣，再一個什錦攢心盒子、自斟壺，豈不别致。』賈母聽了，說：『很是。』忙命傳與厨房：『明日就揀我們愛吃的東西作了，按着人數，再裝了盒子來。早飯也擺在園裏吃。』商議之間早又掌燈。一夕無話。

次日清早起來。可喜這日天氣清朗。李紈侵晨先起，看着老婆子、丫頭們掃那些落葉；脂批：『是八月盡。』並擦抹桌椅，預備茶酒器皿。只見豐兒帶了劉姥姥、板兒進來，說：『大奶奶倒忙的緊。』李紈笑道：『我說你昨兒去不成，只忙着要去。』劉姥姥笑

寶玉又是別出心裁，各自吃各自的，不排席次，不按宴集的老套，『每人跟前擺一張高几，各人愛吃的東西一兩樣，再一個什錦攢心盒子，自斟壺。』十足顯出寶玉的自由個性。這樣的吃法，倒有幾分現代宴會的氣氛。

掃落葉，點出秋末時令。

道：『老太太留下我，叫我也熱鬧一天去。』

豐兒拿了幾把大小鑰匙，說道：『我們奶奶說了，外頭的高几恐不够使，不如開了樓，把那收着的拿下來使一天罷。奶奶原該親自來的，因和太太說話呢，請大奶奶開了，帶着人搬罷。』李氏便令素雲接了鑰匙，又令婆子出去把二門上的小厮叫幾個來。李氏站在大觀樓下往上看，令人上去開了綴錦閣，一張一張往下擡。小厮、老婆子、丫頭一齊動手，擡了二十多張下來。李紈道：『好生着，別慌慌張張鬼趕來似的，仔細碰了牙子。』描寫宴集準備場面，歷歷如繪，真寫生妙手。

又回頭向劉姥姥笑道：『姥姥，你也上去瞧瞧。』劉姥姥聽說，巴不得一聲兒，便拉了板兒登梯上去。進裏面，只見烏壓壓的堆着些圍屏、桌椅、大小花燈之類，雖不大認得，只見五彩炫耀，各有奇妙。見大家倉庫，富積如山。念了幾聲佛，便出來了。然後鎖上門，一齊纔下來。

李紈道：『恐怕老太太高興，越性把船上划子、篙槳、遮陽幔子都搬了下來預備着。』衆人答應，復又開了，色色的搬了下來。令小厮傳駕娘們到船塢裏撑出兩隻船來。

又取船具，爲下文張本。

正亂着安排，只見賈母已帶了一群人進來了。李紈忙迎上去，笑道：『老太太高興，倒進來了。我只當還沒梳頭呢，纔擷了菊花要送去。』正是深秋景色。一面說，一面劉姥姥隨機湊趣，卻是莊家人本色話。句句有真味。

碧月早捧過一個大荷葉式的翡翠盤子來，裏面盛着各色的折枝菊花。賈母便揀了一朵大紅的簪了鬢上。因回頭看見了劉姥姥，忙笑道：『過來帶花兒。』一語未完，鳳姐便拉過劉姥姥來，笑道：『讓我打扮你。』說着，將一盤子花橫三豎四的給他插了一頭。（『菊花插得滿頭歸』也。）賈母和衆人笑的不住，劉姥姥笑道：『我這頭也不知修了什麼福，今兒這樣體面起來。』衆人笑道：『你還不拔下來摔到他臉上呢，把你打扮的成了個老妖精了。』劉姥姥笑道：『我雖老了，年輕時也風流，愛個花兒粉兒的，今兒老風流纔好。』（劉姥姥亦善湊趣。）

說笑之間，已來至沁芳亭子上。丫鬟們抱了一個大錦褥子來，鋪在欄杆榻板上。賈母倚柱坐下，命劉姥姥也坐在旁邊，因問他：『這園子好不好？』劉姥姥念佛說道：『我們鄉下人到了年下，都上城來買畫兒貼。時常閑了，大家都說，怎麼得也到畫兒上去逛逛。想着那個畫兒也不過是假的，那裏有這個真地方呢。誰知我今兒進這園裏一瞧，竟比那畫兒還強十倍。怎麼得有人也照着這個園子畫一張，（劉姥姥真會說話。又爲惜春作畫張本。）我帶了家去，給他們見見，死了也得好處。』賈母聽說，便指着惜春笑道：『你瞧我這個小孫女兒，他就會畫，等明兒叫他畫一張如何？』劉姥姥聽了，喜的忙跑過來，拉着惜春說道：『我的姑娘，你這麼大年紀兒，又這麼個好模樣，還有這個能幹，別是個神仙托生的罷。』（活脫脫是劉姥姥村嫗口氣。）

寫瀟湘館與前遊園時又是另一番景象。詩人之居也。

赾，讀寢。《說文》：『赾，行難也。』

一段細膩文字，瀟湘館內翠竹夾路，蒼苔佈滿，羊腸小徑，然後是衆人魚貫而行，獨劉姥姥走邊道，纔說『可惜你們的那繡鞋，別沾髒了』，自己卻『咕咚一跤跌倒』，引得衆人哈哈大笑。本來可以一筆帶過的敘述文字，卻寫得既幽雅而又生機活潑。

劉姥姥眼中，瀟湘館只是書房，不是繡閨。

賈母少歇一回，自然領着劉姥姥都見識見識。先到了瀟湘館。一進門，只見兩邊翠竹夾路，土地下蒼苔佈滿，（所謂『石上春風長緑苔』也。）中間羊腸一條石子漫的路。劉姥姥讓出路來與賈母衆人走，自己卻赾走土地。琥珀拉着他說道：『姥姥，你上來走，仔細蒼苔滑了。』劉姥姥道：『不相干的，我們走熟了的，姑娘們只管走罷。可惜你們的那繡鞋，別沾髒了。』他只顧上頭和人說話，不防底下果踹滑了，咕咚一跤跌倒。衆人拍手都哈哈的笑起來。賈母笑罵道：『小蹄子們，還不攙起來，只站着笑！』說話時，劉姥姥已爬了起來，自己也笑了，說道：『纔說嘴，就打了嘴。』賈母問他：『可扭了腰了不曾？叫丫頭們捶一捶。』劉姥姥道：『那裏說的我這麼嬌嫩了。那一天不跌兩下子，都要捶起來，還了得呢。』（此是莊家人日常情景，富貴人何能知此。）

紫鵑早打起湘簾，賈母等進來坐下。林黛玉親自用小茶盤捧了一蓋碗茶來，奉與賈母。王夫人道：『我們不吃茶，姑娘不用倒了。』林黛玉聽說，便命丫頭把自己窗下常坐的一張椅子挪到下首，請王夫人坐了。劉姥姥因見窗下案上設着筆硯，又見書架上磊着滿滿的書，劉姥姥道：『這必定是那位哥兒的書房了。』賈母笑指黛玉道：『這是我這外孫女兒的屋子。』劉姥姥留神打量了黛玉一番，方笑道：『這那像個小姐的繡房，竟比那上等的書房還好。』

賈母因問：『寶玉怎麼不見？』衆丫頭們答說：『在池子裏船上呢。』（寶玉不同來瀟湘館，）

薛姨媽來。

賈母深通調色，其鑒賞不俗。

一說『紗』，便舉出種種名色花樣，富貴人家盈實可知。

而在船上，文情變化。

賈母道：『誰又預備下船了？』李紈忙回說：『纔開樓拿几，我恐怕老太太高興，就預備下了。』賈母聽了，方欲說話時，有人回說：『姨太太來了。』賈母等剛站起來，只見薛姨媽早進來了，一面歸坐，笑道：『今兒老太太高興，這早晚就來了。』賈母笑道：『我纔說來遲了的要罰他，不想姨太太就來遲了。』

說笑一會，賈母因見窗上紗的顏色舊了，便和王夫人說道：『這個紗，新糊上好看，過了後來就不翠了。這個院子裏頭又沒有個桃杏樹，這竹子已是綠的，再拿這綠紗糊上，反不配。我記得咱們先有四五樣顏色糊窗的紗呢，明兒給他把這窗上的換了。』鳳姐兒忙道：『昨兒我開庫房，看見大板箱裏還有好些匹銀紅蟬翼紗，也有各樣折枝花樣的，也有流雲卍福花樣的，也有百蝶穿花花樣的，顏色又鮮，紗又輕軟，我竟沒見過這樣的。拿了兩匹出來，作兩牀綿紗被，想來一定是好的。』賈母聽了，笑道：『呸，人人都說你沒有不經過、不見過，連這個紗還不認得呢，明兒還說嘴。』薛姨媽等都笑說：『憑他怎麼經過、見過，如何敢比老太太呢。（畢竟老太太見多識廣也。）老太太何不教導了他，我們也聽聽。』鳳姐兒也笑說：『好祖宗，教給我罷。』

賈母笑向薛姨媽衆人道：『那個紗，比你們的年紀還大呢。怪不得他認作蟬翼紗，原也有些像，不知道的，都認作蟬翼紗。正經名字叫作「軟煙羅」。』

好名字。『蟬翼紗』

好名字，好色調。

以如此高貴紗羅糊窗屜。富貴人家奢侈可見。

賈母深知生活。

（名字亦雅，『軟煙羅』則更妙。）鳳姐兒道：『這個名兒也好聽。只是我這麼大了，紗羅也見過幾百樣，從沒聽見過這個名色。』賈母笑道：『你能夠活了多大，見過幾樣沒處放的東西，就說嘴來了。（確是賈母口氣。）那個軟煙羅只有四樣顏色：一樣雨過天晴，一樣秋香色，一樣松綠的，一樣就是銀紅的。若是做了帳子，糊了窗屜，遠遠的看着，就似煙霧一樣，（其狀可思）所以叫作「軟煙羅」。那銀紅的又叫作「霞影紗」。（名字亦雅）如今上用的府紗也沒有這樣軟厚輕密的了。』薛姨媽笑道：『別說鳳丫頭沒見，連我也沒聽見過。』

鳳姐兒一面說話，早命人取了一匹來了。賈母說：『可不是這個！先時原不過是糊窗屜，後來我們拿這個作被、作帳子，試試也竟好。明兒就找出幾匹來，拿銀紅的替他糊窗子。』鳳姐答應着。衆人都看了，稱讚不已。劉姥姥也覷着眼看個不了，念佛說道：『我們想他作衣裳也不能，拿着糊窗子，豈不可惜？』賈母道：『倒是做衣裳不好看。』

鳳姐忙把自己身上穿的一件大紅綿紗襖子襟兒拉了出來，向賈母、薛姨媽道：『看我的這襖兒。』賈母、薛姨媽都說：『這也是上好的了，這是如今的上用內造的，竟比不上這個。』鳳姐兒道：『這個薄片子，還說是上用內造呢，竟連官用的也比不上了。』賈母道：『再找一找，只怕還有青的。若有時都拿出來，送這劉親家兩匹。做一個帳子我掛；下剩的添上裏子，做些夾背心子給丫頭們穿。白收着窮人眼中看富貴人家，另是一番氣象。

回應前文，寫水面景色。

一頓早飯在何處吃，亦如此講究。富貴人生活可知矣。

鴛鴦帶領嘲戲劉姥姥。

霉壞了。』鳳姐忙答應了，仍令人送去。

賈母起身笑道：『這屋裏窄，再往別處逛去。』劉姥姥念佛道：『人人都說大家子住大房。昨兒見了老太太正房，配上大箱大櫃、大桌子大牀，果然威武。（『威武』兩字有神味。）那櫃子比我們那一間房子還大還高。怪道後院子裏有個梯子。我想，又不上房曬東西，（上房曬東西，真窮人家常事，難怪劉姥姥作如此想。）預備個梯子作什麼？後來我想起來，定是爲開頂櫃收放東西，非離了那梯子，怎麼得上去呢。如今又見了這小屋子，更比大的越發齊整了。滿屋裏的東西，都只好看，都不知叫什麼。我越看越捨不得離了這裏。』（真大開眼界也，平時劉姥姥如何能見。）鳳姐道：『還有好的呢，我都帶你去瞧瞧。』說着，一徑離了瀟湘館。

遠遠望見池中一群人在那裏撐船。賈母道：『他們既預備下船，咱們就坐。』一面說着，便向紫菱洲、蓼溆一帶走來。未至池前，只見幾個婆子手裏都捧着一色捏絲戧金五彩大盒子走來。鳳姐忙問王夫人，早飯在那裏擺。王夫人道：『問老太太在那裏，就在那裏罷了。』賈母聽說，便回頭說：『你三妹妹那裏就好。你就帶了人擺去，我們從這裏坐了船去。』

鳳姐聽說，便回身同了探春、李紈、鴛鴦、琥珀帶着端飯的人等，抄着近路到了秋爽齋，就在曉翠堂上調開桌案，鴛鴦笑道：『天天咱們說，外頭老爺們吃酒吃飯，都有一個篾片相公，拿他取笑兒。咱們今兒也得了一個女篾片了。』李紈

（手巾也用西洋布。敁敠，讀顛多。估量，斟酌也。）

（賈母日常飯時情景。）

是個厚道人，（李紈總是仁心。）聽了不解。鳳姐兒卻知道說的是劉姥姥了，也笑說道：『咱們今兒就拿他取個笑兒。』（鳳姐自然如此。）二人便如此這般的商議。李紈笑勸道：『你們一點好事也不做，（李紈總是仁厚。）又不是個小孩兒，還這麼淘氣，仔細老太太說。』鴛鴦笑道：『很不與你相干，有我呢。』

正說着，只見賈母等來了，各自隨便坐下。先有丫鬟端過兩盤茶來，大家吃畢。鳳姐手裏拿着西洋布手巾，裹着一把烏木三鑲銀箸，敁敠人位，按席擺下。賈母因說：『把那一張小楠木桌子擡過來，讓劉親家近我這邊坐着。』（賈母惜老）衆人聽說，忙擡了過來。鳳姐一面遞眼色與鴛鴦，（開始捉弄劉姥姥了。）鴛鴦便拉了劉姥姥出去，悄悄的囑咐了劉姥姥一席話，（先爲導演一番。）又說：『這是我們家的規矩，若錯了，我們就笑話呢。』（捉弄老嫗，雖是善謔，亦戲弄也。）調停已畢，然後歸坐。

薛姨媽是吃過飯來的，不吃，只坐在一邊吃茶。（脂批：『妙，若只管寫薛姨媽來即吃飯，則成何文理。』）賈母帶着寶玉、湘雲、黛玉、寶釵一桌，王夫人帶着迎春姊妹三個人一桌，劉姥姥傍着賈母一桌。賈母素日吃飯，皆有小丫鬟在旁邊，拿着漱盂、麈尾、巾帕等物，如今鴛鴦是不當這個差使的了，今日鴛鴦偏接過麈尾來拂着。（鴛鴦另有作用。）丫鬟們知道他要捉弄劉姥姥，便躲開讓他。鴛鴦一面侍立，一面悄向劉姥姥說道：『別忘了。』（上演前先提示。）劉姥姥道：『姑娘放心。』

鴛鴦、鳳姐導演一出活劇，開始上演。

一出笑劇，人人姿態各異，從劉姥姥觀之，亦是觀衆生相也。

衆人皆醉，惟鳳、鴛獨醒。

那劉姥姥入了坐，拿起箸來，沉甸甸的不伏手。原是鳳姐和鴛鴦商議定了，單拿一雙老年四楞象牙鑲金的筷子與劉姥姥。（先從用筷捉弄起。）劉姥姥見了，說道：『這叉爬子比俺那裏鐵鍁還沉，那裏犟的過他。』（確是妙喻）說的衆人都笑起來。

只見一個媳婦端了一個盒子站在當地，一個丫鬟上來揭去盒蓋，裏面盛着兩碗菜。李紈端了一碗放在賈母桌上。鳳姐兒偏揀了一碗鴿子蛋，放在劉姥姥桌上。賈母這邊說聲『請』，劉姥姥便站起身來，高聲說道：『老劉，老劉，食量大似牛，吃個老母猪不擡頭。』自己卻鼓着腮不語。（幾句話，令人捧腹，何人能想出此等話來，雪芹之筆出神入化，雅俗俱宜。）

衆人先是發怔，（一頓。）後來一聽，上上下下都哈哈的大笑起來。（一齊爆炸）史湘雲撑不住，一口飯都噴了出來。林黛玉笑岔了氣，伏着桌子叫『噯喲』。寶玉早滾到賈母懷裏，賈母笑的摟着寶玉叫『心肝』。王夫人笑的用手指着鳳姐兒，只說不出話來。薛姨媽也撑不住，口裏的茶噴了探春一裙子。探春手裏的飯碗都合在迎春身上。惜春離了坐位，拉着他奶母叫揉一揉腸子。地下的無一個不彎腰屈背，也有躲出去蹲着笑去的，也有忍着笑上來替他姊妹換衣裳的。獨有鳳姐、鴛鴦二人撑着，還只管讓劉姥姥。

劉姥姥拿起箸來，只覺不聽使，又說道：『這裏的雞兒也俊，（『雞兒俊』，語言何等新鮮，的是劉姥姥口氣。）下的這蛋也小巧，怪俊的。我且肏攮一個。』（何等粗俗，何等貼切，姥姥真是可人。）衆人方住了笑，聽見這話，又笑起來。賈母笑的眼淚出來，琥珀在後捶着。賈母笑道：『這定是鳳丫頭促狹鬼兒鬧的，快別信他的話了。』那劉姥姥正誇雞蛋小巧，要肏攮一個，鳳姐兒笑道：『一兩銀子一個呢，你快嚐嚐罷，那冷了就不好吃了。』劉姥姥便伸箸子要夾，那裏夾的起來。滿碗裏鬧了一陣，（好看。）好容易撮起一個來，纔伸着脖子要吃，（好看。）偏又滑下來，滾在地下，忙放下箸子要親自去揀，早有地下的人揀了出去了。劉姥姥嘆道：『一兩銀子，也沒聽見個響聲兒就沒了。』衆人已沒心吃飯，都看着他取笑。

賈母又說：『誰這會子又把那個筷子拿了出來？又不請客擺大筵席。都是鳳丫頭支使的，還不換了呢。』地下的人原不曾預備這牙箸，本是鳳姐和鴛鴦拿了來的，聽如此說，忙收了過去，也照樣換上一雙烏木鑲銀的。劉姥姥道：『去了金的，又是銀的。到底不及俺們那個伏手。』鳳姐兒道：『菜裏若有毒，這銀子下去了，就試的出來。』劉姥姥道：『這個菜裏若有毒，俺們那菜都成了砒霜了。那怕毒死了，也要吃盡了。』（妙語如珠）賈母見他如此有趣，吃的又香甜，把自己的菜也都端過來與他吃。又命一個老嬤嬤來，將各樣的菜給板兒夾在碗上。

一時吃畢，賈母等都往探春臥室中去說閒話。

這裏收拾過殘桌，又放了一桌。劉姥姥看着李紈與鳳姐兒對坐着吃飯，嘆道：

一兩銀子一個，人以爲誇張，予讀清人筆記，見有富貴者食補品，先以大補之藥餌喂雞，令其生蛋，然後再食其蛋，則其蛋之價，或高於一兩銀子矣。

是莊語，嘆語，卻是引人發噱語。可謂妙語連珠也。

金銀都不如竹木，是莊家人生活習慣。

一桌宴席，卻是一齣戲劇，劉姥姥亦是有意演戲也。

鳳、鴛二人事後補禮，妥貼至極。

『別的罷了，我只愛你們家這行事，怪道說「禮出大家」。』鳳姐兒忙笑道：『你可別多心，纔剛不過大家取樂兒。』一言未了，鴛鴦也進來笑道：『姥姥別惱，我給你老人家賠個不是。』劉姥姥笑道：『姑娘說那裏話，咱們哄着老太太開個心兒，（原來姥姥亦自明白。）可有什麼惱的！你先囑咐我，我就明白了，（姥姥亦是聰明人。）不過大家取個笑兒。我要心裏惱，也就不說了。』

鴛鴦便罵人：『爲什麼不倒茶給姥姥吃。』劉姥姥忙道：『剛纔那個嫂子倒了茶來，我吃過了。姑娘也該用飯了。』鳳姐兒便拉鴛鴦：『你坐下和我們吃了罷，省的回來又鬧。』鴛鴦便坐下了。婆子們添上碗箸來，三人吃畢。劉姥姥笑道：『我看你們這些人都只吃這一點兒就完了，虧你們也不餓。怪道風兒都吹的倒。』（俊語。）

鴛鴦便問：『今兒剩的菜不少，都那去了？』婆子們道：『都還沒散呢，在這裏等着一齊散與他們吃。』鴛鴦道：『他們吃不了這些，挑兩碗給二奶奶屋裏平丫頭送去。』（平兒未到，一筆不漏。）鳳姐兒道：『他早吃了飯了，不用給他。』鴛鴦道：『他不吃了，喂你們的猫。』婆子聽了，忙揀了兩樣拿盒子送去。鴛鴦道：『素雲那去了？』李紈道：『他們都在這裏一處吃，又找他作什麼。』鴛鴦道：『這就罷了。』鳳姐兒道：『襲人不在這裏，你倒是叫人送兩樣給他去。』鴛鴦聽說，便探春秋爽齋，又是一番豁朗氣象，名士風度。汝窰花囊是名瓷器。米襄陽、顏魯公，俱是至寶，如此描寫，亦見其雅而闊而已。未必真是如此。

是不食人間煙火味語。

大觀窰，亦是名瓷。

命人也送兩樣去後，（補襲人。）鴛鴦又問婆子們：『回來吃酒的攢盒可裝上了？』婆子道：『想必還得一會子。』鴛鴦道：『催着些兒。』婆子應喏了。

鳳姐兒等來至探春房中，只見他娘兒們正說笑。

探春素喜闊朗，這三間屋子並不曾隔斷。當地放着一張花梨大理石大案，案上磊着各種名人法帖，並數十方寶硯，各色筆筒，筆海內插的筆如樹林一般。那一邊設着斗大的一個汝窰花囊，插着滿滿的一囊水晶球兒的白菊。西牆上，當中掛着一大幅米襄陽《煙雨圖》，左右掛着一副對聯，乃是顏魯公墨迹，其詞云：

煙霞閒骨格，
泉石野生涯。

案上設着大鼎。左邊紫檀架上，放着一個大觀窰的大盤，盤內盛着數十個嬌黃玲瓏大佛手；右邊洋漆架上，懸着一個白玉比目磬，旁邊掛着小鎚。

那板兒略熟了些，便要摘那鎚子要擊，丫鬟們忙攔住他。他又要那佛手吃，探春揀了一個與他說：『頑罷，吃不得的。』東邊便設着臥榻，拔步牀上懸着葱綠雙繡花卉草蟲的紗帳。板兒又跑過來看，說：『這是蟈蟈，這是螞蚱。』劉姥姥忙打了他一巴掌，罵道：『下作黃子，沒乾沒淨的亂鬧。（絕妙，難得一寫板兒，卻被劉姥姥一掌打掉。）倒叫你進來瞧

（眉批：在水亭上設樂，確是慣家。）

（眉批：寫探春。）

瞧，就上臉了。』打的板兒哭起來，衆人忙勸解方罷。

賈母因隔着紗窗往後院内看了一回，說道：『後廊簷下的梧桐也好了，就只細些。』正說話，忽一陣風過，隱隱聽得鼓樂之聲。（好意境，好筆墨。妙在隱隱聽得，若是鼓樂大作，則意境盡失，此所謂筆少而意多也。）賈母問：『是誰家娶親呢？這裏臨街倒近。』王夫人等笑回道：『街上的那裏聽的見，這是咱們的那十幾個女孩子們演習吹打呢。』（點梨香院）賈母便笑道：『既是他們演，何不叫他們進來演習。他們也逛一逛，咱們可又樂了。』鳳姐聽說，忙命人出去叫來，又一面吩咐擺下條桌，鋪上紅氈子。賈母道：『就鋪排在藕香榭的水亭子上，借着水音更好聽。回來咱們就在綴錦閣底下吃酒，又寬闊，又聽的近。』衆人都說那裏好。

賈母向薛姨媽笑道：『咱們走罷。他們姊妹們都不大喜歡人來坐着，怕髒了屋子。咱們別沒眼色，正經坐一回子船喝酒去。』說着，大家起身便走。探春笑道：『這是那裏的話，求着老太太、姨媽、太太來坐坐還不能呢。』賈母笑道：『我的這三丫頭卻好，只有兩個玉兒可惡。（黛玉、寶玉也。）回來吃醉了，咱們偏往他們屋裏鬧去。』說着，衆人都笑了。

一齊出來，走不多遠，已到了荇葉渚。那姑蘇選來的幾個駕娘，早把兩隻棠木舫撐來。衆人扶了賈母、王夫人、薛姨媽、劉姥姥、鴛鴦、玉釧兒上了這一隻，落此自是義山好句，然義山好詩，並非僅此也。

到蘅蕪苑，又是一番秋深景象。

雪洞一般，可見寶釵大概，土定瓶，即民間定窰，應是白色，與前汝窰對照。

後李紈也跟上去。鳳姐兒也上去，立在船頭上，也要撐船。賈母在艙內道：『這不是頑的，雖不是河裏，也有好深的，你快給我進來。』鳳姐兒笑道：『怕什麼！老祖宗只管放心。』說着，便一篙點開。到了池當中。（鳳姐還能撐船，真不易。）船小人多，鳳姐只覺亂晃，忙把篙子遞與駕娘，方蹲下了。然後迎春姊妹等並寶玉上了那隻，隨後跟來。其餘老嬤嬤、散衆丫鬟俱沿河隨行。（沿河隨行，又是一番風光。）寶玉道：『這些破荷葉可恨，（荷葉已枯，可見秋深矣。）怎麼還不叫人來拔去。』寶釵笑道：『今年這幾日，何曾饒了這園子閑了，天天逛，那裏還有叫人來收拾的工夫。』林黛玉道：『我最不喜歡李義山的詩，只喜他這一句：「留得殘荷聽雨聲」。（句是好句，但畢竟衰瑟，黛玉喜此，是其心理之自然反照也。）偏你們又不留着殘荷了。』寶玉道：『果然好句，以後咱們就別叫人拔去了。』說着，已到了花漵的蘿港之下，覺得陰森透骨，兩灘上衰草殘菱，更助秋情。（再寫秋深景色。）

賈母因見岸上的清厦曠朗，便問：『這是你薛姑娘的屋子不是？』衆人道：『是。』賈母忙命攏岸，順着雲步石梯上去，一同進了蘅蕪苑。只覺異香撲鼻，那些奇草仙藤愈冷愈蒼翠，都結了實，似珊瑚豆子一般，累垂可愛。（杜甫《北征》：『或紅如丹砂，或黑如點漆，雨露之所濡，甘苦齊結實』也。）及進了房屋，雪洞一般，一色玩器全無。案上只有一個土定瓶，瓶中供着數枝菊花，並兩部書，茶奩、茶杯而已。牀上只吊着青紗帳幔，衾褥也十分樸素。

賈母嘆道：『這孩子太老實了。你沒有陳設，何妨和你姨娘要些。我也不理是寶釵性格。

讀者都知黛玉孤傲、小性兒、愛潔、愛哭，不知寶釵愛素淨、愛簡樸、房內如雪洞一般，一色玩器全無，只有一個土定瓶（民間定窑花瓶），寶釵簡樸素淨得出奇，與其他諸釵大不一樣，此亦是她的一種癖性。

賈母一席話，可知她的見解不俗。

昔人批云，自賈母進蘅蕪苑，講了一大篇話，至出來，寶釵迄未一現，不知何意。

論，也沒想到，你們的東西自然在家裏，沒帶了來。』說着，命鴛鴦去取些古董來，又嗔着鳳姐兒：『不送些玩器來與你妹妹，這樣小器。』王夫人、鳳姐兒等都笑回說：『他自己不要的。我們原送了來，他都退回去了。』薛姨媽也笑說：『他在家裏也不大弄這些東西的。』

賈母搖頭道：『使不得。雖然他省事，倘或來一個親戚，看着不像；二則年輕的姑娘們，房裏這樣素淨，（連賈母都覺得太素淨，可見寶釵平時生活情趣。）也忌諱。我們這老婆子，越發該住馬圈去了。你們聽那些書上、戲上說的小姐們的繡房，精緻的還了得呢！他們姊妹們雖不敢比那些小姐們，也不要很離了格兒。有現成的東西，爲什麼不擺？若很愛素淨，少幾樣倒使得。我最會收拾屋子的，如今老了，沒有這些閒心了。他們姊妹們也還學着收拾的好，只怕俗氣，（一語中的，所謂俗不可醫也。）有好東西也擺壞了。我看他們還不俗。如今讓我替你收拾，包管又大方，又素淨。（要做到大方，亦非易事。）我的梯己兩件，收到如今，沒給寶玉看見過，若經了他的眼，也沒了。』說着叫過鴛鴦來，親吩咐道：『你把那石頭盆景兒和那架紗桌屏，還有個墨煙凍石鼎，這三樣擺在這案上就够了。再把那水墨字畫、白綾帳子拿來，把這帳子也換了。』鴛鴦答應着，笑道：『這些東西都擱在東樓上的不知那個箱子裏，還得慢慢找去，明兒再拿去也罷了。』賈母道：『明日、後日都使得，只別忘了。』

聽奏曲又是一種陳設。具見百年富貴氣象。

諸人席次，賓主分明，敘得有條理，有格局，具見大家規範。

賈母興致甚高。

說着，坐了一回方出來，一逕來至綴錦閣下。文官等上來請過安，因問演習何曲。賈母道：『只揀你們生的演習幾套罷。』文官等下來往藕香榭去，不提。

這裏鳳姐兒已帶着人擺設整齊。上面左右兩張榻，榻上都鋪着錦裀蓉簟。每一榻前有兩張雕漆几，也有海棠式的，也有梅花式的，也有荷葉式的，也有葵花式的，也有方的，也有圓的，其式不一。一個上面放着爐瓶，一分攢盒；一個上面空設着，預備放人所喜食物。上面二榻四几，是賈母、薛姨媽；薛姨媽與賈母同在上面，因薛是賓也。下面一椅兩几，是王夫人的。餘者都是一椅一几。東邊是劉姥姥，劉姥姥之下便是王夫人。劉姥姥在王夫人之上，因劉是賓，加之賈母惜老也。西邊便是史湘雲，第二便是寶釵，寶釵居黛玉之上，亦因寶釵是賓，黛玉是賈母親外孫女，比寶釵近，故在寶釵之下也。第三便是黛玉，黛玉以下便是賈府三春，寶玉在末，皆賈府之人也。第四迎春、探春、惜春挨次下去，寶玉在末。李紈、鳳姐二人之几設於三層檻內，二層紗廚之外。攢盒式樣，亦隨几之式樣。每人一把烏銀洋鏨自斟壺，一個十錦琺瑯杯。

大家坐定，賈母先笑道：『咱們先吃兩杯。今日也行一個令纔有意思。』薛姨媽等笑道：『老太太自然有好酒令，我們如何會呢？安心要我們醉了，我們多吃兩杯就有了。』賈母笑道：『姨太太今兒也過謙起來，想是厭我老了。』薛姨媽笑道：『不是謙，只怕行不上來，倒是笑話了。』王夫人忙笑道：『便說不上來，就便多吃一杯酒，醉了睡覺去，還有誰笑話咱們不成？』薛姨媽點頭笑道：『依令。老太太到底吃一杯令酒纔是。』賈母笑道：『這個自然。』說着，便吃了一杯。

鳳姐兒快走至當地，笑道：『既行令，還叫鴛鴦姐姐來行更好。』衆人都知賈母所行之令必得鴛鴦提着，故聽了這話，都說：『很是。』鳳姐兒便拉了鴛鴦過來。王夫人笑道：『既在令內，沒有站着的理。』回頭命小丫頭子端一張椅子，『放在你二位奶奶的席上。』鴛鴦也半推半就，謝了坐，便坐下，也吃了一鍾酒，笑道：『酒令大如軍令，不論尊卑，惟我是主。違了我的話，是要受罰的。』王夫人等都笑道：『一定如此，快些說來。』

鴛鴦未開口，劉姥姥便下了席，擺手道：『別這樣捉弄人家，（以前已有過一次捉弄，故此次提前求去也。）我家去了。』衆人都笑道：『這卻使不得。』鴛鴦喝令小丫頭子們拉上席去。小丫頭子們也笑着，果然拉入席中。劉姥姥只叫：『饒了我罷！』鴛鴦道：『再多言的罰一壺。』劉姥姥方住了聲。（真酒令如軍令也。）鴛鴦道：『如今我說骨牌副兒，從老太太起，順領說下去，至劉姥姥止。比如我說一副兒，將這三張牌拆開，先說頭一張，次說第二張，再說第三張，說完了，合成這一副兒的名字。無論詩詞歌賦，成語俗話，比上一句，都要叶韻。錯了的罰一杯。』衆人笑道：『這個令好，就說出來。』鴛鴦道：『有了一副了。左邊是張「天」。』賈母道：『頭上有青天。』（俗諺。）衆人前面已說過，賈母所行之令，必得鴛鴦提着，此處賈母所對，句句順遂，想是賈母所熟習耳。

薛姨媽所對四句亦順遂，想此類遊戲，應是當時所盛行，故一般人略能對答也。

賈母、薛姨媽坐上面，故先行令。次是湘雲，坐西邊一席，再次是寶釵，坐西邊第二，更次是黛玉，坐西邊第三。

道：『好。』鴛鴦道：『當中是個「五與六」。』賈母道：『六橋梅花香徹骨。』（西湖蘇堤有六橋，爲東坡所建，堤上多種梅花。）鴛鴦道：『剩得一張「六與幺」。』賈母道：『一輪紅日出雲霄。』鴛鴦道：『湊成便是個「蓬頭鬼」。』賈母道：『這鬼抱住鍾馗腿。』（崑曲《嫁妹》。）說完，大家笑說：『極妙。』賈母飲了一杯。

鴛鴦又道：『有了一副。左邊是個「大長五」。』薛姨媽道：『梅花朵朵風前舞。』鴛鴦道：『右邊還是個「大五長」。』薛姨媽道：『十月梅花嶺上香。』鴛鴦道：『當中「二五」是雜七。』薛姨媽道：『織女牛郎會七夕。』鴛鴦道：『湊成「二郎遊五嶽」。』薛姨媽道：『世人不及神仙樂。』說完，大家稱賞，飲了酒。

鴛鴦又道：『有了一副。左邊「長幺」兩點明。』湘雲道：『雙懸日月照乾坤。』（李白詩。）鴛鴦道：『右邊「長幺」兩點明。』湘雲道：『閑花落地聽無聲。』（劉長卿詩）鴛鴦道：『中間還得「幺四」來。』湘雲道：『日邊紅杏倚雲栽。』（唐高蟾詩）鴛鴦道：『湊成「櫻桃九點熟」。』湘雲道：『御園卻被鳥啣出。』說完，飲了一杯。

鴛鴦道：『有了一副了。左邊是「長三」。』寶釵道：『雙雙燕子語梁間。』（宋劉季孫有『呢喃燕子語梁間』句。）鴛鴦道：『右邊是「三長」。』寶釵道：『水荇牽風翠帶長。』（杜甫詩。）鴛鴦道：『當中「三六」九點在。』寶釵道：『三山半落青天外。』（李白詩。）鴛鴦道：『湊成黛玉前兩句，皆引《牡丹亭》《西廂記》事，故寶釵目之，寶釵既目之，則寶釵自亦讀《牡丹》《西廂》也。

鴛鴦、鳳姐又做手腳，捉弄劉姥姥。

「鐵鎖練孤舟」。』〔舊謠諺。〕寶釵道：『處處風波處處愁。』〔唐薛瑩有『煙波處處愁』句。〕說完，飲畢。

鴛鴦又道：『左邊一個「天」。』黛玉道：『良辰美景奈何天。』〔《牡丹亭》句，亦黛玉心中之感慨也。〕寶釵聽了，回頭看着他。〔寶釵看他之意是謂不該用此類詞語也。〕黛玉只顧怕罰，也不理論。〔黛玉說到興頭，雖寶釵目示亦不顧矣，雖係細節，亦見黛玉任情。〕鴛鴦道：『中間「錦屏」顏色俏。』黛玉道：『紗窗也沒有紅娘報。』〔又是《西廂》句。〕鴛鴦道：『剩了「二六」八點齊。』黛玉道：『雙瞻玉座引朝儀。』〔杜甫詩。〕鴛鴦道：『湊成「籃子」好採花。』黛玉道：『仙杖香挑芍藥花。』說完，飲了一口。

鴛鴦道：『左邊「四五」成花九。』迎春道：『桃花帶雨濃。』〔李白詩。〕衆人道：『該罰！錯了韻。而且又不像。』〔至迎春而錯韻罰酒，文章陡生變化。不再一順而下。〕迎春笑着飲了一口。原是鳳姐兒和鴛鴦都要聽劉姥姥的笑話，故意都令說錯，都罰了。至王夫人，鴛鴦代說了個，〔至王夫人便用省筆，文章變化有致。〕下便該劉姥姥。

劉姥姥道：『我們莊家人閑了，也常會幾個人弄這個，但不如說的這麼好聽。少不得我也試一試。』衆人都笑道：『容易說的。你只管說，不相干。』鴛鴦笑道：『左邊「四四」是個人。』劉姥姥聽了，想了半日，說道：『是個莊家人罷。』〔是莊家人本色語。〕衆人哄堂笑了。賈母笑道：『說的好，就是這樣說。』劉姥姥也笑道：『我們莊家人，不過是現成的本色。衆位別笑。』

鴛鴦道：『中間「三四」綠配紅。』劉姥姥道：『大火燒了毛毛蟲。』〔亦是莊家事，秋收後劉姥姥四句話，全是農家本色，土而樸，與上面雅詞，恰成對比。

放火燒荒，一以除蟲，二以積灰肥。至今民間仍行。衆人笑道：『這是有的，還說你的本色。』鴛鴦道：『右邊「幺四」真好看。』劉姥姥道：『一個蘿蔔一頭蒜。』蘿蔔、蒜是民間生活常品。衆人又笑了。鴛鴦笑道：『湊成便是一枝花。』劉姥姥兩隻手比着，說道：『花兒落了結個大倭瓜。』倭瓜亦是農家常種常食之物。衆人大笑起來。只聽外面亂嚷——

【回後評】

賈母還席，寶玉另出主意，每人一席，各適其性，一反宴席陳規，此正寫寶玉自出新意之自由個性也。

自建大觀園，賈母未曾遊園。劉姥姥亦是初遊。作者寫賈母遊園，與初建時賈政遊園完全是另一副筆墨：前者是爲工程將竣，視察新建，品題庭榭，拾遺補闕而遊園也；此番是賞心悅目而遊園也。故賈母於沁芳亭上顧園景而問劉姥姥：『這園子好不好？』語氣平和而自得，然後借劉姥姥統體一贊，則大觀園在世人心目中之典雅華麗已盡之矣。然後作者再細細分寫各處，遂有路轉峰迴之妙。

瀟湘館黛玉居處，詩人之居也。『一進門，只見兩邊翠竹夾路，土地下蒼苔佈滿，中間羊腸一條石子漫的路。』真『幽僻處可有人行，點蒼苔白露泠泠』，完全是一處典雅幽靜的幽人居處，加上『窗下案上設着筆硯』，『書架上磊着滿滿的書』，一派濃郁的書卷氣，給人以瀟灑出塵之感。作者寫瀟湘館，亦是寫黛玉其人也。探春個性豁達爽利，其居處闊大疏落，無脂粉氣而有灑脫意，加上名人法帖，寶硯，米襄陽《煙雨圖》，顏魯公『煙霞閒骨格，泉石野生涯』墨跡對聯，再有汝窑、大觀窑等官窑名瓷，豪闊而高雅，另具一番名士氣象。蘅蕪苑是寶釵居處，苑內『只覺異香撲鼻，那些奇草仙藤愈冷愈蒼翠』，是未入室而已襲其香也。然而進入居室，則是『雪洞一般，一色玩器全無。案上只有一個土定瓶』，與探春的住處恰成鮮明對照，與瀟湘館也迥然有別。瀟湘館以韻勝，秋爽齋以格勝，各有特色，各極其自然個性。蘅蕪苑則簡樸到出於常規，未免有故意做作之嫌。雖然，這種特殊簡樸的居處，也反映出寶釵的個性特徵和癖性。作者對這三處描寫，既是寫景，又是寫人，與前面的描寫迥然不同。

賈母設宴，鴛鴦、鳳姐捉弄劉姥姥，劉姥姥趁趣逗人，活生生演出一場極端成功的喜劇，作者寫各人的笑態，可以說淋漓盡致，各極其妙，即集古今笑事於一處，恐亦無此恢宏場面，真是衆生顛倒的極樂世界，亦是大觀園歡樂世界的最高潮。

宴後的船遊，居然鳳姐乘興點篙，另是一番情趣。賈政遊園，並未登舟，賈妃遊園，只是一片燈景，『皆係水晶玻璃各色風燈，點的如銀花雪浪，上面柳杏諸樹雖無花葉，然皆用通草綢綾紙絹依勢作成，黏於枝上的』。『諸燈上下爭輝，真係玻璃世界，珠寶乾坤。』字面上寫得十分熱鬧輝煌，實際上卻都是裝點出來的假景。此番賈母之遊所見全是真景，恰補前遊之不足，且絲毫無重複之感。特別是賈母等人船遊，而『其餘老嬷嬷、散衆丫鬟俱沿河隨行』，形成一隊岸行，一隊船遊，兩支人馬，同時並進的局面，煞是好看，爲以往船遊之絕無者。因船遊得見殘荷，引起黛玉對李商隱『留得殘荷聽雨聲』的賞評，遂使殘荷衰菱，亦成詩料景觀。

三宣牙牌令，使此番宴遊達於歡樂之極，諸人令句皆屬雅詞，論者或以爲各有所隱指，遂生種種解釋，是非難以確證。各存其說可也。惟劉姥姥數語，皆是莊家人本色，樸而有味，純而彌真，此人所共鑑也。

賈母笑道：『我的這三丫頭卻好，只有兩個玉兒可惡。』查庚辰、蒙府、戚序、楊藏、甲辰、舒序（舒序上句作『三個丫頭』）、程甲、程乙，王雪香評本、金玉緣本、妙復軒本皆作『兩個玉兒』，惟列藏本獨作『兩個姐兒』。洪秋番評云：『或曰兩個主兒，一妙玉，一寶玉，否則一黛玉。余曰瀟湘館纔去過，斷無復往之理，寶玉則賈母不忍爲此言。意者其惜春乎？惜春雖無孤僻稱，然素性喜靜，且喜與妙玉往來，難保不染妙玉之習，故與妙玉同一可惡。』按諸本皆作『玉兒』，作『主兒』自不能成立。列藏本作『姐兒』，亦是孤證，不可據。當仍從庚辰等諸本作『兩個玉兒』。按：能當賈母此語而名字中又有『玉』字者，只有寶玉、黛玉，皆賈母之親血脈，賈母自可稱之爲『兒』，妙玉則一世外人也，賈母豈能稱之爲『兒』，故妙玉不能當也。洪秋蕃以爲指惜春，則與『玉兒』之稱毫不相干，更不足論矣。意者仍當指寶玉、黛玉。雖下句云『回來吃醉了，咱們偏往他們屋裏鬧去』，文意似費解，因已從瀟湘館出來也。予以爲文意仍可通解，此賈母興高戲言，重在『鬧』字，適在瀟湘館僅少坐也，怡紅院則尚未去，二玉愛潔愛清靜，故曰偏去『鬧』也。在賈母身邊唯探春豁達，賈母纔從探春處要出，故感而言之，亦以贊探春也，並非必去二玉處也。賈母用『可惡』兩字，並非真惡之也，一時之口頭語也，試思賈母能惡寶玉乎。

【校　記】

〔一〕回目：各本同。

曹雪芹 著 無名氏 續

馮其庸重校評批 增評增圖 庚寅重訂

瓜飯樓重校評批紅樓夢

寬堂

下

青島出版社

第七十八回　老學士閒徵姽嫿詞　癡公子杜撰芙蓉誄

話說兩個尼姑領了芳官等去後，王夫人便往賈母處來省晨，見賈母喜歡，便趁便回道：『寶玉屋裏有個晴雯，那個丫頭也大了，而且一年之間，病不離身。我常見他比別人分外淘氣，也懶。前日又病倒了十幾天，叫大夫瞧，說是女兒癆。（信口就說晴雯是癆病，則其用心之險可知。因癆病是傳染病，得此病者，決不能留也。）所以我就趕着叫他下去了。若養好了，也不用叫他進來，就賞他家配人去也罷了。再，那幾個學戲的女孩子，我也作主放出去了。一則他們都會戲，口裏沒輕沒重，都會混說，叫這些女孩兒們聽了，如何使得？（又另加一種罪名。）二則他們既唱了會子戲，白放了他們，也是應該的。況丫頭們也太多，若說不夠使，再挑上幾個來，也是一樣。』

賈母聽了，點頭道：『這倒是正理，我也正想着如此呢，但晴雯那丫頭，我看他甚好，怎麼就這樣起來。我的意思，這些丫頭的模樣爽利言談針線都不及他，將來只他還可以給寶玉使喚得。誰知變了。』

一個表面上端莊正經的王夫人，卻能隨口給人胡編罪名，說晴雯是癆病，無異置晴雯於死地，說芳官等是『口裏沒輕沒重混說』的罪名，作爲逐出大觀園的理由。

賈母倒說晴雯好。

賈母喜歡漂亮的，王夫人喜歡笨拙粗陋的。賈母於生活很講究美，頭腦也比王夫人靈清。此兩人之區別也。若晴雯事由賈母處理，或不致無辜受冤乎。

王夫人竟然欺騙賈母。

着力保舉襲人。

自認是老實的王夫人，也會當面欺騙賈母，故王夫人之老實亦只是其表也。一到關鍵時刻，則原形畢露矣。

王夫人笑道：『老太太挑中的人原不錯。只怕他命裏沒造化，所以得了這個病。俗語又說，「女大十八變」。況且有了本事的人，未免就有些調歪。老太太還有什麽不曾經驗過的。三年前，我也就留心這件事。先只取中了他，我便留心。冷眼看去，他色色雖比人強，只是不大鄭重。若說鄭重、知大禮，莫若襲人第一。雖說賢妻美妾，然也要性情和順、舉止鄭重的更好些。就是襲人，模樣雖比晴雯略次一等，然放在房裏，也算得一二等的了。況且行事大方，心地老實，（襲人的老實，實與王夫人一樣。）這幾年來，從未逢迎着寶玉淘氣。凡寶玉十分胡鬧的事，他只有死勸的。因此品擇了二年，一點不錯了，我就悄悄的把他丫頭的月分錢止住，我的月分銀子裏批出二兩銀子來給他。不過使他自己知道，越發小心效好之意。且不明說者，一則寶玉年紀尚小，老爺知道了，又恐說耽誤了書；二則寶玉再自爲已是跟前的人，（其實早已是跟前人了。）不敢勸他、說他，反倒縱性起來。所以直到今日，纔回明老太太。』

賈母聽了，笑道：『原來這樣，如此更好了。襲人本來從小兒不言不語，我只說他是沒嘴的葫蘆。既是你深知，豈有大錯誤的。而且你這不明說與寶玉的主意更好。且大家別提這事，只是心裏知道罷了。我深知寶玉將來也是個不聽妻妾勸的。我也解不過來，也從未見過這樣的孩子。別的淘氣都是應該的，只他這種和丫頭們好卻更叫人難懂。我爲此也耽心。每冷眼查看，他只和丫頭們鬧，必是人賈母也留心觀察，見寶玉與丫頭們好，並無男女之事。

都要抄家了，親戚還能住嗎？王夫人是真不懂還是假不懂。

大心大，知道男女的事了，所以愛親近他們。既細細查試，究竟不是爲此，豈不奇怪？想必他原是個丫頭，錯投了胎不成。』說着，大家笑了。

王夫人又回今日賈政如何誇獎，又如何帶他們逛去。賈母聽了，更加喜悅。

一時，只見迎春妝扮了，前來告辭過去。鳳姐也來省晨，伺候過早飯，又說笑了一回。賈母歇晌後，王夫人便喚了鳳姐，問他丸藥可曾配來。鳳姐兒道：『還不曾呢，如今還是吃湯藥。太太只管放心，我已大好了。』脂批：『總是勉強。』王夫人見他精神復初，也就信了。脂批：『只用此一句，便又（入）後文。』因告訴攆逐晴雯等事，又說：『怎麼寶丫頭私自回家睡了，你們都不知道？我前兒順路都查了一查，誰知蘭小子這一個新進來的奶子，也十分的妖喬，我也不喜歡他。我也說與你嫂子了，好不好叫他各自去罷。況且蘭小子也大了，用不着奶子了。我因問你大嫂子：「寶丫頭出去難道你也不知道不成？」他說是告訴了他的，不過住兩三日，等你姨媽好了就進來。姨媽究竟沒甚大病，不過還是咳嗽腰疼，年年是如此的。他這去必有原故，敢是有人得罪了他不成？那孩子心重，親戚們住一場，別得罪了人，反不好了。』

鳳姐笑道：『可好好的誰得罪着他？況且他天天在園裏，左不過是他們姊妹那一群人。』

王夫人道：『別是寶玉有嘴無心，反而推到寶玉身上來了。傻子似的從沒個忌諱，高興了信嘴倒是鳳姐說了實話。

寶釵真會說話，反順水推舟，明白告辭。

胡說也是有的。』鳳姐笑道：『這可是太太過於操心了。若説他出去幹正經事、説正經話去，卻像個傻子；若只叫進來，在這些姊妹跟前，以至於大小的丫頭們跟前，他最有盡讓，還恐怕得罪了人，那是再不得有人惱他的。我想薛妹妹出去，想必爲着前時搜檢衆丫頭的東西的原故。他自然爲信不及園裏的人纔搜檢，他又是親戚，現也有丫頭、老婆在內，我們又不好去搜檢了，恐我們疑他，所以多了這個心，自己迴避了。也是應該避嫌疑的。』

王夫人聽了這話不錯，自己遂低頭想了一想，便命人請了寶釵來，分晰前日的事，以解他疑心，又仍命他進來照舊居住。寶釵陪笑道：『我原要早出去的，只是姨娘有許多的大事，所以不便來說。可巧前日媽又不好了，家裏兩個靠得的女人也病着，我所以趁便出去了。姨娘今日既已知道了，我正好明講出情理來，就從今日辭了，好搬東西的。』

王夫人、鳳姐都笑道：『你太固執了。正經再搬進來的爲是，休爲沒要緊的事反疏遠了親戚。』寶釵笑道：『你這話說的我太不解了，並沒爲什麽事我出去，我爲的是媽近來神思比先大減，而且夜間晚上沒有得靠的人，通共只我一個。二則如今我哥哥眼看要娶嫂子，多少針線活計，並家裏一切動用的器皿，尚有未齊備的，我也須得幫着媽去料理料理。姨媽和鳳姐姐都知道我們家的事，不是我撒竟說出一大篇必去之理。

謊。三則自我在園裏，東南上小角門子就常開着，原是爲我走的，保不住出入的人就圖省路，也從那裏走，又沒人盤查，設若從那裏生出一件事來，豈不兩礙臉面。而且我進園裏來睡，原不是什麼大事，因前幾年年紀皆小，且家裏沒事，有在外頭的，不如進來姊妹相共，或作針線，或頑笑，皆比在外頭悶坐着好。如今彼此都大了，彼此皆有事。況姨娘這邊歷年皆遇不遂心的事故，那園子也太大，一時照顧不到，皆有關係，惟有少幾個人，就可以少操些心。所以今日不但我執意辭去，此外還要勸姨娘，如今該減些的就減些，也不爲失了大家的體統。據我看，園裏這一向的費用，也竟可以免的，說不得當日的話。姨娘深知我們家的，難道我們當日也是這樣冷落不成？』

鳳姐聽了這篇話，便向王夫人笑道：『這話依我說竟是，不必強他了。』王夫人點頭道：『我也無可回答，只好隨你便罷了。』

說話之間，只見寶玉等已回來，因說他父親還未散，『恐天黑了，所以先叫我們回來了。』王夫人忙問：『今日可有丟了醜？』寶玉笑道：『不但不丟醜，倒拐了許多東西來。』接着，就有老婆子們從二門上小厮手內接了東西來。

王夫人一看時，只見扇子三把，扇墜三個，筆墨共六匣，香珠三串，玉縧環三個。寶玉說道：『這是梅翰林送的，那是楊侍郎送的，這是李員外送的，每人一故意用大紅褲子引出晴雯的話頭來。

脫下外面的大衣服是要叫她們送回去，

分。』說着，又向懷中取出一個旃檀香小護身佛來，說：『這是慶國公單給我的。』王夫人又問在席何人、作何詩詞等語畢，只將寶玉一分令人拿着，同寶玉、蘭、環前來見過賈母。

賈母看了，喜歡不盡，不免又問些話。無奈寶玉一心記着晴雯，答應完了話時，便說騎馬顛了，骨頭疼。賈母便說：『快回房去換了衣服，疏散疏散就好了，不許睡倒。』寶玉聽了，便忙入園來。

當下麝月、秋紋已帶了兩個小丫頭來等候，見寶玉辭了賈母出來，秋紋便將筆墨拿起來，一同隨寶玉進園來。寶玉滿口裏說『好熱』，一壁走，一壁便摘冠解帶，將外面的大衣服都脫下來，麝月拿着，脂批：『看他用智之處。』只穿着一件松花綾子夾襖，襖內露出血點般大紅褲子來。秋紋見這條紅褲是晴雯手內針線，因嘆道：『這條褲子以後收了罷，真是物在人去了。』麝月忙也笑道：『這是晴雯的針線。』又嘆道：『真真物在人亡了！』秋紋將麝月拉了一把，笑道：『這褲子配着松花色襖兒、石青靴子，越顯出這靛青的頭、雪白的臉來了。』

寶玉在前，只裝聽不見，又走了兩步，便止步道：『我要走一走，這怎麼好？』麝月道：『大白日裏，還怕什麼？還怕丟了你不成！』因命兩個小丫頭跟着，『我們送了這些東西去再來。』寶玉道：『好姐姐，等一等我再去。』麝月支開她們也。

晴雯之死，從小丫頭口中說出，『直着脖子叫了一夜』，其狀慘極！

此人真聰明。

道：『我們去了就來。兩個人手裏都有東西，倒像擺執事的，一個捧着文房四寶，一個捧着冠袍帶履，成個什麼樣子。』寶玉聽說，正中心懷，寶玉乖覺便讓他兩個去了。

他便帶了兩個小丫頭到一石後，也不怎麼樣，只問他二人道：『自我去了，你襲人姐姐打發人瞧晴雯姐姐去了不曾？』這一個答道：『打發宋媽媽瞧去了。』寶玉道：『回來說了些什麼？』小丫頭道：『回來說，晴雯姐姐直着脖子叫了一夜，今日早起就閉了眼，住了口，世事不知，也出不得一聲兒，只有倒氣的分兒了。』寶玉忙道：『一夜叫的是誰？』小丫頭子說：『一夜叫的是娘。』寶玉拭淚道：『還叫誰？』小丫頭子道：『沒有聽見叫別人了。』寶玉道：『你糊塗，想必沒有聽真。』

旁邊那一個小丫頭最伶俐，聽寶玉如此說，便上來說：『真個他糊塗。』又向寶玉道：『不但我聽得真切，我還親自偷着看去的。』寶玉聽說，忙問：『你怎麼又親自看去？』小丫頭道：『我因想，晴雯姐姐素日與別人不同，待我們極好。如今他雖受了委屈出去，我們不能別的法子救他，只親去瞧瞧，也不枉素日疼我們一場。就是人知道了，回了太太，打我們一頓，也是願受的。所以我拚着挨一頓打，偷着下去瞧了一瞧。不知是真是假，但能如此說，也差慰人意。誰知他平生爲人聰明，至死不變。他因想着那起俗人不可說話，所以只閉眼養神，見我去了，便睜開眼，拉我的手，問：「寶這個丫頭真能編，編得既巧且好。

王夫人、襲人等皆欲死之，而作者竟欲神之！

寶玉亦入真境矣，惟其如此，寶玉之情真意真也。

玉那去了？」我告訴他實情。他嘆了一口氣，說：「不能見了。」我就說：「姐姐何不等一等他回來見一面，豈不兩完心願？」他就笑道：「你們不知道。我不是死，如今天上少了一位花神，玉皇敕命我去司主。我如今在未正二刻到任司花，那寶玉須待未正三刻纔到家，只少得一刻的工夫，不能見面。世上凡該死之人，閻王勾取了過去，是差些小鬼來捉人魂。若要遲延一時半刻，不過燒些紙錢，澆些漿飯，那鬼只顧搶錢去了，該死的人就可多待些個工夫。脂批：『好，奇之至。又從來皆說「閻王注定三更死，誰人留至五更」之語，今忽借此小女兒一篇無稽之談，反成無人敢翻之案。且又寓意調侃，罵盡世態，豈非文章之至耶。寄語觀者至此不浮一大白者，已後不必看書也。』我這如今是有天上的神仙來召請，豈可捱得時刻！」我聽了這話，竟不大信，及進來到房裏留神看時辰錶時，果然是未正二刻他嚥了氣，正三刻上就有人來叫我們，說你來了。編得神乎其神，活靈活現。這時候倒都對合。」

寶玉忙道：『你不識字看書，所以不知道。這原是有的，不但花有一個神，一樣花有一位神之外，還有總花神。但他不知是作總花神去了，還是單管一樣花的神？』這丫頭聽了，一時謅不出來。恰好這是八月時節，園中池上芙蓉正開。這丫頭便見景生情，忙答道：『我也曾問他是管什麼花的神，告訴我們日後也好供養的。他說：「天機不可洩漏。你既這樣虔誠，我只告訴你，你只可告訴寶玉一人。除他之外若洩了天機，五雷就來轟頂的。」他就告訴我說，他就是專管這芙蓉花八月是芙蓉季節，此木芙蓉也。

的。』

寶玉聽了這話，不但不爲怪，亦且去悲而生喜，乃指芙蓉笑道：『此花也須得這樣一個人去司掌。我就料定他那樣的人必有一番事業做的。雖然超出苦海，從此不能相見，也免不得傷感思念。』因又想：『雖然臨終未見，如今且去靈前一拜，也算盡這五六年的情常。』

想畢，忙至房中，又另穿戴了，只說去看黛玉，遂一人出園來，往前次之處來，意爲停柩在內。誰知他哥嫂見他一嚥氣，便回了進去，希圖早些得幾兩發送例銀。王夫人聞知，便命賞了十兩燒埋銀子。又命：『即刻送到外頭焚化了罷。女兒癆死的，斷不可留！』（王夫人一刻不能相容。）他哥嫂聽了這話，一面得銀，一面就僱了人來入殮，擡往城外化人場上去了。剩的衣履簪環，約有三四百金之數，他兄嫂自收了爲後日之計。二人將門鎖上，一同送殯去未回。寶玉走來，撲了個空。（脂批：『收拾晴雯，故爲紅顏一哭。然亦大令人不堪。上云王夫人怕女兒癆不祥，今則忽從寶玉心中（道）其苦。又（非）模拟（得）出，是已悒鬱（其）詞，其母子至心中體貼眷愛之情，曲委已盡。』（按此批下半尚未盡妥。））

寶玉自立了半天，別無法術，只得復回身進入園中。待回至房中，甚覺無味，因乃順路來找黛玉。偏黛玉不在房中，問其何往，丫鬟們回說：『往寶姑娘那裏去了。』

寶玉又至蘅蕪苑中，只見寂靜無人，房內搬的空空落落的，（寫寶釵去後情景。）不覺吃一大抄檢以後，園中冷落衰敗之狀頓現。

一片淒涼，觸目驚心。

滿紙頹喪之氣。

驚。忽見幾個老婆子走來。寶玉忙問這是什麼原故。老婆子道：『寶姑娘出去了。這裏交我們看着，還沒有搬清楚。我們幫着送了些東西去，這也就完了。你老人家請出去罷，讓我們掃掃灰塵也好，從此你老人家省跑這一處的腿子了。』

寶玉聽了，怔了半天，因看着那院中的香藤異蔓，仍是翠翠青青，（物是人非也。）忽比昨日好似改作淒涼了一般，更又添了傷感。默默出來，又見門外的一條翠樾埭上，也半日無人來往，不似當日各處房中的丫鬟不約而來者絡繹不絕。又俯身看那埭下之水，仍是溶溶脈脈的流將過去。心下因想，『天地間竟有這樣無情的事！』悲感一番，忽又想到去了司棋、入畫、芳官等五個；死了晴雯；今又去了寶釵等一處；迎春雖尚未去，然連日也不見回來，且接連有媒人來求親：大約園中之人不久都要散的了。縱生煩惱，也無濟於事。不如還是找黛玉去相伴一日，（與黛玉是相伴。）回來還是和襲人廝混，（與襲人是廝混。）只這兩三個人，只怕（「只怕」兩字，未定之詞，蓋「廝混」者未必混得下去也。）還是同死同歸的。

想畢，仍往瀟湘館來。偏黛玉尚未回來。寶玉想亦當出去候送纔是，無奈不忍悲感，還是不去的好，遂又垂頭喪氣的回來。

正在不知所以之際，忽見王夫人的丫頭進來找他說：『老爺回來了，找你呢，又得了好題目來了。（先提一筆好題目，是爲題目而作詩也。）快走，快走。』寶玉聽了，只得跟了出來。到王夫人房中，他父親已出去了。王夫人命人送寶玉至書房中。

彼時賈政正與衆幕友們談論尋秋之勝，又說：『快散時忽然談及一事，最是千古佳談，「風流俊逸，忠義感慨」八字皆備，不過是清客相公，無聊文人作文字之嬉而已。倒是個好題目，大家要作一首輓詞。』衆幕賓聽了，都忙請教係何等妙事。

賈政乃道：『當日曾有一位王封曰恒王，出鎮青州。這恒王最喜女色，最喜女色且公餘好武，因選了許多美女，日習武事。以美女而習武事，遊嬉而已。每公餘輒開宴，連日令衆美女教以戰鬥攻伐之事。恒王武事，亦不過無聊消遣。其姬中有姓林行四者，姿色既冠，且武藝更精，皆呼爲林四娘。恒王最得意，遂超拔林四娘統轄諸姬，又呼爲「姽嫿將軍」。』衆清客都稱：『妙極神奇。竟以「姽嫿」下加「將軍」二字，反更覺嫵媚風流，真絕世奇文也。想這恒王也是千古第一風流人物了。』

賈政笑道：『這話自然是如此，但更有可奇可嘆之事。』衆清客都愕然驚問道：『不知底下有何奇事？』

賈政道：『誰知次年便有黃巾、赤眉一干流賊餘黨，黃巾、赤眉，只是標舉而已，非認真說漢末事也。復又烏合搶掠山左一帶。脂批：『妙，赤眉、黃巾兩時之事，今合而爲一，蓋云不過是此等衆類，非特歷歷指名某赤某黃，若云不合兩用便獃矣。此書全是如此，爲混人也。』恒王意爲犬羊之惡，不足大舉，因輕騎前剿。不意賊衆頗有詭譎智術，兩戰不勝，恒王遂爲衆賊所戮。如此好色之人，豈真能好武哉，兩戰即被戮，事所必然。於是青州城內文武官員，各各皆謂「王尚不勝，你我何爲！」遂

林四娘事，見清陳維崧《婦人集》，王士禛《池北偶談》、蒲松齡《聊齋志異》。事與此略異。唯言『妾故衡王宮嬪也，生長金陵，衡王昔以千金聘妾，入後宮，寵絕倫輩，不幸早死，殯于宮中，不數年，國破，遂北去，妾魂魄猶戀故墟。』（《池北偶談》）『妾衡府宮人也，遭難而死，十七年矣。』（《聊齋誌異》）唯此數語，與衡王有關，餘皆嫵婉之詞，未及征戰。按《明史》，憲宗之子祐楎封衡王。就藩青州。此處恒王，當借此事而易以同音字。故其時代爲明代而非清代，清代亦無恒王。

林四娘是以身殉王。

作姽嫿詞的原由，因奉恩旨也。是補前朝之遺也，非本朝事也，切切記清。

將有獻城之舉。林四娘得聞凶報，遂集聚衆女將發令，說道：「你我皆向蒙王恩，戴天履地，不能報其萬一。今王既殞身於國，我意亦當殞身以報王。爾等有願隨者，即時同我前往；有不願者，亦早各散。」衆女將聽他這樣，都一齊說願意。於是林四娘帶領衆人連夜出城，直殺至賊營裏頭。衆賊不防，也被斬戮了幾員首賊。然後大家見是不過幾個女人，料不能濟事，遂回戈倒兵，奮力一陣，把林四娘等一個不曾留下，倒作成了這林四娘的一片忠義之志。

賈政之意是表彰林四娘忠義之志。

後來報至中都，自天子以至百官，無不驚駭道奇。其後朝中自然又有人去剿滅，天兵一到，化爲烏有，不必深論。只就林四娘一節，

只要詠林四娘。

衆位聽了，可羡不可羡呢？』

衆幕友都嘆道：『實在可羡可奇，實是個妙題，原該大家輓一輓纔是。』說着，早有人取了筆硯，按賈政口中之言稍加改易了幾個字，便成了一篇短序，遞與賈政看了。賈政道：『不過如此。他們那裏已有原序。昨日因又奉恩旨，着察核前代以來應加褒獎而遺落未經請奏各項人等，

注意：『前代以來』四字，蓋敘前代之遺落而請當代恩獎也。

無論僧尼、乞丐與女婦人等，有一事可嘉，即行匯送履歷至禮部備請恩獎。所以他這原序也送往禮部去了。大家聽見這新聞，所以都要作一首《姽嫿詞》，以志其忠義。』

志其忠義，最是要旨。

衆人聽了，都又笑道：『這原該如此。只是更可羡者，本朝皆係千古未有之曠典隆恩，實歷代所不及處，可謂「聖朝無闕事」，唐朝人預先就說了，竟應在本

朝。如今年代方不虛此一句。』這一個篾片真能胡扯。賈政點頭道：『正是。』

說話間，賈環叔姪亦到。賈政命他們看了題目。他兩個雖能詩，較腹中之虛實，雖也去寶玉不遠，但第一件，他兩個終是別路，若論舉業一道，似高過寶玉，可見他們是走的仕途經濟的道路。若論雜學，則遠不能及；第二件，他二人才思滯鈍，死讀書者，讀書死也。不及寶玉空靈涓逸，每作詩亦如八股之法，一句話說到痛處，予曾見以八股之法作詩者，非惟彼時有也。未免拘板庸澀。

那寶玉雖不算是個讀書人，然虧他天性聰敏，且素喜好些雜書。他自爲古人中也有杜撰的，也有誤失之處，拘較不得許多；若只管怕前怕後起來，縱堆砌成一篇，也覺得甚無趣味。因心裏懷着這個念頭，每見一題，不拘難易，他便毫無費力之處，就如世上的流嘴滑舌之人，無風作有，信着伶口俐舌，長篇大論，胡扳亂扯，敷演出一篇話來。雖無稽考，卻都說得四座春風。雖有正言厲語之人，亦不得壓倒這一種風流去。

近日賈政年邁，名利大灰，然起初天性也是個詩酒放誕之人，不過假斯文而已。因在子姪輩中，少不得規以正路。近見寶玉雖不讀書，竟頗能解此，細評起來，也還不算十分玷辱了祖宗。就思及祖宗們，各各亦皆如此，作者之祖曹寅確是詩人。雖有深精舉業的，也不曾發跡過一個，看來此亦賈門之數。況母親溺愛，遂也不強以舉業逼他了，所以近日是這等待他。又要環、蘭二人舉業之餘，怎得亦同寶玉纔好，所以每欲作詩，

寶玉思想不受拘縛，古人中有杜撰，有失誤，都是事實，寶玉當時此想，實爲石破天驚。然明清之際的先進思想家多有此論，此亦現實之反映也。

兩首均是應題官腔。

必將三人一齊喚來對作。脂批：『妙，世事皆不可無足厭，只有「讀書」二字是萬不可足厭的，父母之心可不甚哉。近只（之）父母只怕兒子不能名利，豈不可嘆乎。』閑言少述。且說賈政又命他三人各吊一首，誰先成者賞，佳者額外加賞。賈環、賈蘭二人，近日當着多人皆作過幾首了，膽量愈壯，今看了題目，遂自去思索。一時，賈蘭先有了。賈環生恐落後，也就有了。二人皆已錄出，寶玉尚出神。脂批：『妙，偏寫出鈍態來。』

賈政與衆人且看他二人的二首。賈蘭的是一首七言絕句，寫道是：

姽婳將軍林四娘。玉爲肌骨鐵爲腸。
捐軀自報恒王後，此日青州土亦香。

衆幕賓看了，便皆大贊：『小哥兒十三歲的人就如此，可知家學淵源，真不誣矣。』賈政笑道：『稚子口角，也還難爲他。』又看賈環的，是首五言律，寫道是：

紅粉不知愁。將軍意未休。
掩啼離繡幕，抱恨出青州。
自謂酬王德，詎能復寇仇。
誰題忠義墓，千古獨風流。

眾人道：『更佳，到底是大幾歲年紀，立意又自不同。』賈政道：『倒還不甚大錯，終不懇切。』眾人道：『這就罷了。三爺纔大不多兩歲，俱在未冠之時，如此用了工去，再過幾年，怕不是大阮小阮了。』賈政笑道：『過獎了。只是不肯讀書的過失。』

因又問寶玉怎樣。眾人道：『二爺細心鏤刻，定又是風流悲感，不用此等的了。』寶玉笑道：『這個題目似不稱近體，須得古體，或歌或行，或竟是長篇一首，方能懇切。』

眾人聽了，都立身點頭拍手道：『我說他立意不同！每一題到手，必先度其體格宜與不宜，這便是老手妙法。就如裁衣一般，未下剪時，須度其身量。這題目名曰《姽嫿詞》，且既有了序，此必當是篇歌行方合體的。或擬溫八叉《擊甌歌》，或擬李長吉《會稽歌》，或擬〔一〕白樂天《長恨歌》，或擬詠古詞，半敘半詠，流利飄逸，始能盡妙。』

賈政聽說，也合了主意，遂自提筆向紙上要寫，又向寶玉笑道：『如此，你念我寫。若不好了，我捶你那肉。誰許你先大言不慚了！』寶玉只得念了一句，道是：

恒王好武兼好色。

首句即點出好武好色，似贊實譏。

美女騎射，看似風流，實爲兒戲。

俏影紅燈，叱咤口香，總不離妖嬈美女，霜矛雪劍句寫其嬌，似贊實譏。

閨閣嬌姫裝束。

賈政寫了看時，搖頭道：『粗鄙。』一幕賓道：『要這樣方古，究竟不粗。且看他底下的。』賈政道：『姑存之。』寶玉又道：

遂教美女習騎射。

穠歌豔舞不成歡，列陣挽戈爲自得。

賈政寫出，衆人都道：『只這第三句便古樸老健，極妙。這四句平敘出，也最得體。』賈政道：『休謬加獎譽，且看轉的如何。』寶玉念道：

眼前不見塵沙起。將軍俏影紅燈裏。

衆人聽了這兩句，便都叫：『妙極！好個「不見塵沙起」！又承了一句「俏影紅燈裏」，用字用句，皆入神化了。』寶玉道：

叱咤時聞口舌香，霜矛雪劍嬌難舉。

衆人聽了，便拍手笑道：『益發畫出來了。當日敢是寶公也在座，見其嬌，且聞其香否？不然，何體貼至此。』寶玉笑道：『閨閣習武，任其勇悍，怎似男人。脂批：『賈老在坐，故不便出濁物二字，妙甚細甚。』不待問而可知嬌怯之形的了。』賈政道：『還不快續，這又有你說嘴的了。』

寶玉只得又想了一想，念道：

丁香結子芙蓉絛。

一句挽轉，然芙蓉縧上卻繫寶刀，香豔固極香豔，可以大悅這些閑官清客之意，然總不免牽強不論，如此嬌嬈，直同舞臺演戲，如何可以臨陣殺敵？

兩句寫嬌怯已不勝其力矣。

衆人都道：『轉「縧」，「蕭」韻更妙，這纔流利飄蕩。而且這一句也綺靡秀媚的妙。』

賈政寫了，看道：『這一句不好。已寫過「口舌香」、「嬌難舉」，何必又如此？這是力量不加，故又用這些堆砌貨來搪塞。』寶玉笑道：『長歌也須得要些詞藻點綴點綴，不然便覺蕭索。』賈政道：『你只顧用那些，但這一句底下如何能轉至武事？若再多說兩句，豈不蛇足了。』寶玉道：『如此，底下一句轉煞住，想亦可矣。』賈政冷笑道：『你有多大本領？上頭說了一句大開門的散話，如今又要一句連轉帶煞，豈不心有餘而力不足些。』

寶玉聽了，垂頭想了一想，說了一句道：

不繫明珠繫寶刀。

忙問：『這一句可還使得？』衆人拍案叫絕。賈政寫了，看着笑道：『且放着，再續。』寶玉道：『若使得，我便要一氣下去了；若使不得，越性塗了，我再想別的意思出來，再另措詞。』賈政聽了，便喝道：『多話！不好了再作，便作十篇百篇，還怕辛苦了不成！』

寶玉聽說，只得想了一會，便念道：

戰罷夜闌心力怯，脂痕粉漬污鮫綃。

> 敵如峰舉，勢不可擋。

> 八句寫官兵大敗，恒王戰死，淒慘至極。

> 罵盡將士，獨標林四娘之『忠義』，看似褒，實另有含義，寶玉一向反對『文死諫、武死戰』，反對『濁氣一湧，猛拚一死』以邀名。

賈政道：『又一段。底下怎樣？』寶玉道：

明年流寇走山東。強吞虎豹勢如蜂。

衆人道：『好個「走」字！便見得高低了。且通句轉的也不板。』

寶玉又念道：

王率天兵思剿滅，一戰再戰不成功。
腥風吹折隴頭麥，日照旌旗虎帳空。
青山寂寂水澌澌，正是恒王戰死時。
雨淋白骨血染草，月冷黃沙鬼守屍。

衆人都道：『妙極，妙極！佈置、敍事、詞藻，無不盡美。且看如何至四娘，必另有妙轉奇句。』

寶玉又念道：

紛紛將士只保身。青州眼見皆灰塵。
不期忠義明閨閣，憤起恒王得意人。

衆人都道：『鋪敍得委婉。』賈政道：『太多了，底下只怕累贅呢。』寶玉乃又念道：

恒王得意數誰行。姽嫿將軍林四娘。

六句寫秦姬趙女臨戰，自知不能勝，惟圖報主拚死而已。

繡鞍以下四句，寫林四娘等戰死。

魂依四句，寫死訊傳來，人人悲傷。

天子四句，寫朝廷無能，文武垂首，反不及林四娘。

末兩句話，只說太息、徬徨，既未提表彰忠義，亦未有半句頌禱，則其太息什麼？爲何徬徨？皆當令人三思矣。

號令秦姬驅趙女，豔李穠桃臨戰場。

勝負自然難預定，誓盟生死報前王。〔一〕

繡鞍有淚春愁重，鐵甲無聲夜氣涼。

賊勢猖獗不可敵，柳折花殘實可傷。

魂依城郭家鄉近，馬踐胭脂骨髓香。

星馳羽報入京師，誰家兒女不傷悲！

天子驚慌恨失守，此時文武皆垂首。

何事文武立朝綱，不及閨中林四娘。

我爲四娘長太息，歌成餘意尚徬徨。

念畢，衆人都大贊不止，又都從頭看了一遍。

賈政笑道：『雖然說了幾句，到底不大懇切。』因說：『去罷。』三人如得了赦的一般，一齊出來，各自回房。

衆人皆無別話，不過至晚安歇而已。獨有寶玉一心悽楚，回至園中，猛然見池上芙蓉，想起小丫鬟說晴雯作了芙蓉之神，不覺又喜歡起來，乃看着芙蓉嗟嘆了一會。忽又想起死後並未至靈前一祭，如今何不在芙蓉之前一祭，豈不盡了禮，比

『萬不可尚文藻而反失悲切』數句，正是《姽嫿將軍歌》之弊，作者特於此處借題點出。

林四娘詩，指定表彰忠義，是真『拘拘於方寸之間』也。

俗人去靈前祭吊又更覺別致。

想畢，便欲行禮，忽又止住，道：『雖如此，亦不可太草率了，也須得衣冠整齊，奠儀周備，方爲誠敬。』想了一想：『如今若學那世俗之奠禮，斷然不可；竟也還要別開生面，另立排場，風流奇異，於世無涉，方不負我二人之爲人。況且古人有云：「潢污行潦，蘋蘩蘊藻之賤，可以羞王公，薦鬼神。」原不在物之貴賤，全在心之誠敬而已。此其一也。二則誄文輓詞也須另出己見，自放手眼，亦不可蹈襲前人的套頭，填寫幾字搪塞耳目之文，亦必須灑淚泣血，一字一咽，一句一啼，寧使文不足悲有餘，萬不可尚文藻而反失悲切。況且古人多有微詞，（多有微詞，又爲上面林四娘詩作註。）非自我今作俑也。奈今人全惑於「功名」二字，（再批『功名』，亦爲前詩作互註。）尚古之風一洗皆盡，恐不合時宜，於功名有礙之故。我又不希罕那功名，不爲世人觀閱稱讚，何必不遠師楚人之《大言》《招魂》《離騷》《九辯》《枯樹》《問難》《秋水》《大人先生傳》等法，或雜參單句，或偶成短聯，或用實典，或設譬寓，隨意所之，信筆而去，喜則以文爲戲，悲則以言誌痛，辭達意盡爲止，何必若世俗之拘拘於方寸之間哉。』

寶玉本是個不讀書之人，再心中有了這篇歪意，怎得有好詩好文作出來。他自己卻任意纂著，並不爲人知慕，所以大肆妄誕，竟杜撰成一篇長文，用晴雯素掛於芙蓉枝上，則明寫是木芙蓉也。木芙蓉八月正盛開，高者可數丈，有分枝。予在湖南芙蓉樓即王昌齡送辛漸處，見木芙蓉高數丈，成林，花甚美。

六句，針對王夫人之惡詈。一洗晴雯之冤。

日所喜之冰鮫縠一幅楷字寫成，名曰《芙蓉女兒誄》，前序後歌。又備了四樣晴雯所喜之物，於是夜月下，命那小丫頭捧至芙蓉花前。先行禮畢，將那誄文即掛於芙蓉枝上，乃泣涕念曰：脂批：『諸君閱此，只當一笑話看去，便可醒倦。』

維

太平不易之元，脂批：『年便奇。』蓉桂競芳之月，脂批：『是八月。』無可奈何之日，脂批：『日更奇，細思月（日），何難於說真某某，今偏用如此說，則可知矣。』怡紅院濁玉，脂批：『自謙的更奇，蓋常以濁字許天下之男子，竟自謂。所謂以責人之心責己矣。』謹以群花之蕊、脂批：『奇香。』冰鮫之縠、脂批：『奇帛。』沁芳之泉、脂批：『奇奠。』楓露之茗，脂批：『奇茗。』四者雖微，聊以達誠申信，

乃致祭於

白帝宮中撫司秋豔芙蓉女兒之前脂批：『奇稱。』曰：

竊思女兒自臨濁世，脂批：『世不濁，因物所混而濁也。前後便有照應。「女兒」稱妙，蓋思普天下之稱斷不能有如此二字之清潔者。亦是寶玉之真心。』迄今凡十有六載。脂批：『方十六歲而夭，亦傷矣。』其先之鄉籍姓氏，湮淪而莫能考者久矣。脂批：『忽又有此文不可，後來亦可傷矣。』而玉得於衾枕櫛沐之間，棲息宴遊之夕，親暱狎褻，相與共處者，僅五年八月有奇。脂批：『相共不足六載，一旦夭別，豈不可傷。』

噫，女兒曩生之昔，其爲質則金玉不足喻其貴，其爲性則冰雪不足喻其潔，其爲神則星日不足喻其精，其爲貌則花月不足喻其色。姊妹悉慕媖嫻，嫗媼咸仰惠德。

孰料數句，痛責鳩鴆、賫葹之類。

高標四句，指晴雯以高標而反遭害。

孤衾數句，白描傳神。

一段皆以實事傳神。

孰料鳩鴆惡其高，鷹鷙翻遭罦罬；脂批：『《離騷》「鷙鳥之不群兮」。「吾令鴆爲媒兮，鴆告余以不好。雄鳩之鳴逝兮，余猶惡其佻巧。」注：鷙，特立不群，故不群，故不于（？）。鴆羽毒殺人。雄鳩多聲，有如人之多言不實。罦罬，音孚拙。翻畢網（？）。《詩經》「雉離於罦」。《爾雅》「罬謂之罦」。』賫葹妒其臭，茝蘭竟被芟鋤！花原自怯，豈耐狂飈；柳本多愁，何禁驟雨。偶遭蠱蠆之讒，遂抱膏肓之疚。指大觀園抄檢，晴雯被讒。故爾櫻唇紅褪，韻吐呻吟；杏臉香枯，色陳顑頷。脂批：『《離騷》：「長顑頷亦何傷。」面黃色。』諑謠謑詬，出自屏幃；明指進讒者出自屏幃。荆棘蓬榛，蔓延户牖。豈招尤見替，實攘詬而終。脂批：『《離騷》「朝誶夕替」，廢也。忍尤而相詢。詬同詢。攘，即取也。』既忳幽沉於不盡，復含罔屈於無窮。高標見嫉，閨幃恨比長沙；脂批：『汲黯輩嫉賈誼之才，謫貶長沙。』直烈遭危，巾幗慘於羽野。脂批：『鯀剛直自命，舜殛於羽山。《離騷》曰：「鯀婞直以亡身兮，終然夭乎羽之野。」』

自蓄辛酸，誰憐夭折！仙雲既散，芳趾難尋。洲迷聚窟，何來卻死之香？海失靈槎，不獲回生之藥。眉黛煙青，眉黛以下數句，不減六朝風旨。昨猶我畫；指環玉冷，今倩誰溫？鼎爐之剩藥猶存，襟淚之餘痕尚漬。鏡分鸞別，愁開麝月之奩；梳化龍飛，哀折檀雲之齒。委金鈿於草莽，拾翠匐於塵埃。樓空鳷鵲，徒懸七夕之針；帶斷鴛鴦，誰續五絲之縷？況乃金天屬節，白帝司時，孤衾有夢，空室無人。桐階月暗，芳魂與倩影同銷；蓉帳香殘，嬌喘共細言皆絕。哀哉傷哉！連天衰草，豈獨蒹葭；匝地悲聲，無非蟋蟀。六朝佳句露苔晚砌，穿簾不度寒砧；雨荔秋垣，隔院希聞怨笛。芳名未泯，簷前鸚鵡猶呼；豔質將亡，檻外海棠未踐盟誓，傷極痛極！

『西風古寺』數句，六朝佳句。

『箝詖奴之口』數句，如討惡檄文。

以情真故信也。

預老。脂批：『恰極。』捉迷屏後，蓮瓣無聲；脂批：『元微之詩：「小樓深迷藏。」』鬬草庭前，蘭芽枉待。拋殘繡線，銀箋彩縷誰裁？折斷冰絲，金斗御香未熨。

昨承嚴命，既趨車而遠涉芳園；今犯慈威，復泣杖而遽拋孤柩。及聞槥棺被燹，慚違共穴之盟；石槨成災，愧迨同灰之誚。脂批：『唐詩云：「先開石槨，木可爲棺。」晉楊公回詩云：「生爲並身物，死作同棺灰。」』爾乃西風古寺，淹滯青燐；落日荒坵，零星白骨。楸榆颯颯，蓬艾蕭蕭。隔霧壙以啼猿，繞煙塍而泣鬼。自爲紅綃帳裏，公子情深；始信黃土隴中，女兒命薄！情深句佳，哀哉傷哉。汝南淚血，斑斑灑向西風；梓澤餘衷，默默訴憑冷月。

嗚呼！固鬼蜮之爲災，豈神靈而亦妒。箝詖奴之口，討豈從寬；剖悍婦之心，忿猶未釋！以上四句有微旨。脂批：『《莊子》：「箝楊墨之口。」孟子謂「詖辭知其所蔽。」』在君之塵緣雖淺，然玉之鄙意豈終。因蓄惓惓之思，不禁諄諄之問。始知上帝垂旌，花宮待詔，生儕蘭蕙，死轄芙蓉。聽小婢之言，似涉無稽；據濁玉之思，則深爲有據。

何也？昔葉法善攝魂以撰碑，李長吉被詔而爲記，事雖殊，其理則一也。故相物以配才，苟非其人，惡乃濫乎？始信上帝委託權衡，可謂至洽至協，庶不負其所秉賦也。因希其不昧之靈，或陟降於茲；特不揣鄙俗之詞，有污慧聽。乃歌而招之曰：

天何如是之蒼蒼兮，乘玉虬以遊乎穹窿耶？脂批：『《楚詞》：「駟玉虬以乘鷖兮。」』

一段恍惚飄渺之詞，真合晴雯在天司花之神。

地何如是之茫茫兮，駕瑶象以降乎泉壤耶？脂批：『《楚詞》：「雜瑶象以爲車。」』
望繖蓋之陸離兮，抑箕尾之光耶？
列羽葆而爲前導兮，衛危虚於旁耶？
驅豐隆以爲比從兮，望舒月以離耶？脂批：『危虚二星爲衛護星。豐隆，雷師。望舒，月御也。』
聽車軌而伊軋兮，御鸞鷖以征耶？
聞馥郁而薆然兮，紉蘅杜以爲纕耶？
炫裙裾之爍爍兮，鏤明月以爲璫耶？
籍葳蕤而成壇畤兮，檠蓮焰以燭蘭膏耶？
文爮瓟以爲觶斝兮，漉醽醁以浮桂醑耶？
瞻雲氣而凝睇兮，仿佛有所覘耶？
俯窈窕而屬耳兮，恍惚有所聞耶？
期汗漫而無夭閼兮，忍捐棄余於塵埃耶？脂批：『《逍遥游》，「夭閼，上也。」』
倩風廉之爲余驅車兮，冀聯轡而攜歸耶？
余中心爲之慨然兮，脂批：『《莊子·至樂》篇：「我獨何能無概然。」』徒噭噭而何爲耶？脂批：『《莊子》：「噭噭然隨而哭之。」』
君偃然而長寢兮，豈天運之變於斯耶？脂批：『《莊子》：「偃然寢於巨室」，謂人死也。又：「變而有氣，氣變而有形，形變之有生。今又變而之死，是相與爲春秋冬夏四時行也。」《天道》篇：「其死也物化。」』

既窀穸且安穩兮，反其真而復奚化耶？脂批：『窀穸，（夕）肫。《左傳》：「窀穸之事」，墓穴幽堂也。左貴嬪楊后誄：「早即窀穸。」《莊子·大宗師》：「而已反真。」注：以死爲真。』

余猶桎梏而懸附兮，靈格余以嗟來耶！

來兮止兮，君其來耶？

若夫鴻蒙而居，寂靜以處，雖臨于茲，余亦莫睹。搴煙蘿而爲步幛，列槍蒲而森行伍。警柳眼之貪眠，釋蓮心之味苦。素女約於桂岩，宓妃迎於蘭渚。弄玉吹笙，寒簧擊敔。徵嵩嶽之妃，啓驪山之姥。龜呈洛浦之靈，獸作咸池之舞。潛赤水兮龍吟，集珠林兮鳳翥。爰格爰誠，匪簠匪筥。發軔乎霞城，返旌乎玄圃。既顯微而若通，復氤氳而倏阻。離合兮煙雲，空蒙兮霧雨。塵霾斂兮星高，溪山麗兮月午。何心意之忡忡，若寤寐之栩栩。余乃欷歔悵望，泣涕徬徨。人語兮寂歷，天籟兮篔簹。鳥驚散而飛，魚唼喋以響。志哀兮是禱，成禮兮期祥。嗚呼哀哉！尚饗！

讀畢，遂焚帛奠茗，猶依依不捨。小鬟催至再四，方纔回身。忽聽山石之後有一人笑道：『且請留步。』二人聽了，不免一驚。那小鬟回頭一看，卻是個人影從芙蓉花中走出來，他便大叫：『不好，有鬼。晴雯真來顯魂了！』唬得寶玉也忙看時，……且聽下回分解。

脂批：『《莊子·大宗師》：桎梏之名。「彼以生爲附贅懸疣，以死爲決𤺋潰癰。」「嗟來桑户乎，嗟來桑户乎。」注，桑户，人名。孟子（反）琴張二人，招其魂而語之也。「方將不化，惡知已化哉。」言人死猶如化去。《法華經》云：「法華道師多殊方便，於險道中化一城，疲極之衆，入城皆生已度想，安穩想。」』

結以《離騷》《招魂》《湘君》之篇，文章逾見雲氣空濛。

【回後評】

王夫人逐晴雯，攆芳官等，皆於抄檢之後，且抄檢中均無『罪』可治，乃仍必欲去之，可見不論抄檢不抄檢，此數人皆在必逐之列。王夫人何以惡晴雯等人至此，蓋皆襲人之讒也，此不寫之寫也。寶玉已指出爲何王夫人獨不提襲人、麝月、秋紋之過，則其意已明矣。乃王夫人向賈母報告遣晴雯、芳官等人，竟誣稱晴雯是女兒癆，還說她『分外淘氣，也懶』，說芳官等人則是『都會戲，都會混說』，王夫人一向是以正人君子的面貌出現的，雖然覺得她顢頇昏庸，但還未看出她竟會欺騙賈母，捏造罪名，這次從清洗大觀園到捏造晴雯等罪名以欺騙賈母，是王夫人靈魂的一次徹底大暴露，讀者對她的一次徹底大認識。她在賈母面前極力推薦襲人，也反證了襲人進讒有功，襲人實際是大清洗的幕後製造黑名單者，怡紅院中晴雯、芳官、四兒都被清洗出去，於是怡紅院便是襲人的一統天下矣。於是怡紅院中的寶玉便被活生生地處以思想、精神的禁閉窒息矣。世皆以爲襲人是寶釵的影子，以其與寶釵同其氣味也。此固確論也！然世人不知襲人之心胸氣味，色色與王夫人同也，故王夫人視之爲耳目心神也！所以，襲人亦王夫人之化身也！

寶玉探晴雯之死而竟未見到，其悽楚之景，傷痛之情可以想見。幸虧小丫頭編出一套神話，說晴雯是應天上神仙之召請，去做管芙蓉花的花神。這段話，寶玉未必聽不出來是杜撰，但其杜撰得正合寶玉之意，也就寧肯信其真了。

賈寶玉寫的《姽嫿將軍歌》，歷來研究者都有不同看法，或說作者反對農民起義，或說是歌頌林四娘的忠義等等。我以爲這兩種意見都不切合實際，因而皆未得雪芹作此詩的真意。要確解此詩，首先必須弄清此詩寫作背景，就是此詩題材的確定時代，即恒王和林四娘是那一個時代的人。據《明史》，憲宗之子祐樿封衡王，就藩青州。此處的恒王，當是借用衡王故事。而易以同音字『恒』字，以避免太坐實，《紅樓夢》中多有此種寫法，如『太平不易之元』，如『欽差金陵省體仁院總裁』等等，但恒（衡）王不是本朝，而是前代是明確的。其次要弄清賈政命寫此詩的目的是奉旨表彰忠義。書中說：『昨日因又奉恩旨，着察核前代以來應加褒獎而遺落未經請奏各項人等』。所以一再說：『「風流俊逸、忠義感慨」八字皆備』，『都要作一首《姽嫿詞》以志其忠義』，而這樣的表彰，可算是本朝『千古未有之曠典隆恩，實歷代所不及者，可謂「聖朝無闕事」』，唐朝人預先說了，竟應在本朝』。這些說法，都是說明是表彰前朝之忠義，是補前朝之所闕，所以纔是『曠典隆恩』。弄清了詩中所寫故事的時代背景和賈政所以要讓寶玉寫此詩的目的，那末就容易理解此詩了。賈政要讓寶玉寫此詩，事先毫無通知，當時寶玉正沉浸在晴雯死去的痛苦中，他哪有心情來寫這類『奉旨』的詩。何況又明確主題是要表彰忠義。《紅樓夢》中早已寫過，賈寶玉反對那些『國賊禄鬼』，也反對『文死諫，武死戰』，反對武將『濁氣一湧，猛拚一死』，現在要他來歌頌忠義，表彰猛拚一死，他真能真心這樣做嗎？對此，書中有一段特意的交代：『那寶玉雖不算是個讀書人，然虧他天性聰敏，且素喜好些雜書，他自爲古人中也有杜撰的，也有誤失之處，拘較不得許多；若只管怕前怕後起來，縱堆砌成一篇，也覺得無甚趣味。因心裏懷着這個念頭，每見一題，不拘難易，他便毫無費力之處，就如世上的流嘴滑舌之人，無風作有，信着伶口俐舌，長篇大論，胡扳亂扯，敷演出一篇話來，雖無稽考，卻都說得四座春風。雖有正言厲語之人，亦不得壓倒這一種風流去。』許多讀者，都沒有看懂這段文字的用意，實際上這是對賈寶玉作的這首《姽嫿將軍歌》的解題，說明它只是應題敷衍之作，並不能代表他的真情實感。接着我們來分析這首長歌：先說題目。賈政出的題目是『都要作一首《姽嫿詞》以志其忠義。』寶玉卻說：『這個題目似不稱近體，須得古體，或歌或行，或竟是長篇一首，方能懇切。』衆人聽了，都立身點頭拍手道：『我說他立意不同！每一題到手，必先度其體格宜與不宜，這便是老手妙法。就如裁衣一般，未下剪時，須度其身量。這題目名曰《姽嫿詞》，且既有了序，此必當是篇歌行方合體的。或擬溫八叉《擊甌歌》，或擬李長吉《會稽歌》，或擬白樂天《長恨歌》，或擬詠古詞，半敘半詠，流利飄逸，始能盡妙。』這一段話雖是衆人說的，但實際上是幫助寶玉作了發揮，使賈政這個『正言厲語之人』，亦不得『壓倒』他，所以賈政『也合了主意』。因此第一步就把賈政的原題駁倒了，這個題材，只能用歌行體，這個詩題，當然就應是《姽嫿將軍歌》，而不能再用《姽嫿詞》。下面我們來分析歌詞，第一句就是『恒王好武兼好色』，這個句法是從白樂天的《長恨歌》來的，但這句話，從形式來看是歌行的起首，但從詞意來說，卻是似褒實貶，實際上是罵恒王好色。接下去的七句，合第一句共八句爲一段，是說平時教美女騎射，是演習。從『穠歌豔舞』、『紅燈俏影』、『叱吒口舌香』，到『霜矛雪劍嬌難舉』，連劍矛都舉不起來，只有『俏影紅燈』、『叱吒口香』，全是脂粉氣，哪有一點戰鬥的味道！下面『丁香結子芙蓉絛，不繫明珠繫寶刀。戰罷夜闌心力怯，脂痕粉漬污鮫鮹』這四句仍是演習，並非實戰，一片嬌怯，全無半點英氣。

『心力怯』，是說既無戰鬥的意志，也沒有戰鬥的力量，只剩下『脂痕粉漬』，這哪里是寫實戰，閉目想想，實同看舞臺上的刀馬旦。『明年流寇走山東』十句，這纔是寫恒王實戰，結果大敗戰死。『紛紛將士只保身』四句，從字面上看是借貶黜將士來突出林四娘，說林四娘深明忠義，骨子裏仍是罵那些『只保身』的『將士』。以下十二句，寫林四娘率衆女兵出戰，終於全部戰死，這裏沒有一句奮勇戰鬥的描寫，只是『賊勢猖獗不可敵，柳折花殘實可傷』，纔一交戰，就全部被殲了。下面『星馳』以下八句是結尾，結果是『天子驚慌恨失守，此時文武皆垂首。何事文武立朝綱，不及閨中林四娘』。從皇帝到大臣，都驚慌垂首，不及林四娘勇敢。全詩四十六句，只有一句說林四娘忠義，一句說文武大臣都不及林四娘。結尾兩句是『我爲四娘長太息，歌成餘意尚彷徨』。歌成結尾不是歌頌表彰，而是『太息』、『彷徨』，詞意實在太隱晦了，令人想起寶玉的名言：『那武將濁氣一湧，猛拚一死』，林四娘不是爲了『誓盟生死報前王』而猛拚一死嗎？這首詩，一，正是寶玉『流嘴滑舌』，『胡扳亂扯，敷演出一篇話來』的傑作，表面上看風流倜儻，哀感頑豔，骨子裏是寫這些女將如同兒戲，白白送死；二，借這個題目痛罵皇帝和那些文武大臣，也即是國賊祿鬼。要明白詩裏寫的王、皇、大臣，都是前朝而不是本朝，這是旨意裏已明確的，在當時，罵前朝是有先例的，顧炎武、唐甄都大聲罵過的；三，這首詩是臨時出題，又是古人題材，與作者毫無感情瓜葛，所以寶玉對此無半點真情實感，只是『無風作有』，『伶口俐舌』，是一首應付臨時考試敷衍之作。雪芹讓寶玉作這首應制式的詩，是爲了襯托下面泣血嘔心的《芙蓉女兒誄》，這纔是有真情實感，刻骨銘心的絕世之作。有人以爲《姽嫿將軍歌》是游離出去的，是強加進去的，這都是因爲沒有看出這首詩的真正用意。詩中『明年流寇走山東』二句，並不是罵農民起義，相反卻把官軍寫得一敗塗地，『一戰再戰不成功』，可見實際是說他們的威力，弄得『天子驚慌恨失守』，這對農民軍的威力是寫得夠充分的了。同樣一件事，請看賈政的說法：『朝中自然又有人去剿滅，天兵一到，化爲烏有』，這纔是反對農民起義的立場，所以不能單從『流寇』一詞來衡其全詩，何況脂批還特加說明：『蓋云不過是此等衆類，非特歷歷指名某赤某黃』，這說明不過是泛寫一筆耳。果然，這樣一篇『流嘴滑舌』，明褒暗諷的詩，倒博得賈政的讚賞，可見賈政實在是一個不學無術，附庸風雅的官僚。

賈寶玉的《芙蓉女兒誄》是全書中的一首傑作，更是與《姽嫿將軍歌》前後照應，相互映襯的作品，並不是兩首互不相干的。在寶玉作《芙蓉女兒誄》之前，也有一段類似題解的說明。原文說：寶玉『想了一想：「如今若學那世俗之奠禮，斷然不可，竟也還別開生面，另立排場，風流奇異，於世無涉，方不負我二人之爲人。況且古人有云：『潢污行潦，蘋蘩蘊藻之賤，可以饈王公，薦鬼神。』原不在物之貴賤，全在心之誠敬而已。此其一也。二則誄文輓詞也須另出己見，自放手眼，亦不可蹈襲前人的套頭，填寫幾字，搪塞耳目之文，亦必須灑淚泣血，一字一咽，一句一啼，寧使文不足悲有餘，萬不可尚文藻而反失悲切。況且古人多有微詞，非自我今作俑也。奈今人全惑於「功名」二字，尚古之風，一洗皆盡，恐不合時宜，於功名有礙之故。我又不希罕那功名，不爲世人觀閱稱讚，何必不遠師楚人之《大言》《招魂》《離騷》《九辯》《枯樹》《問難》《秋水》《大人先生傳》等法。或雜參單句，或偶成短聯，或用實典，或設譬寓，隨意所之，信筆而去，喜則以文爲戲，悲則以言誌痛，辭達意盡爲止，何必若世俗之拘拘於方寸之間哉。』這一段序言式的文字，重點說明了三點：一，誄文必須『心之誠敬』，『必須灑淚泣血，一字一咽，一句一啼，寧使文不足，悲有餘，萬不可尚文藻而反失悲切』。二，今人惑於功名，不尚古文，我不希罕功名，也不要世人稱讚，故不用時文熟套，而遠師楚人，另出己見，自放手眼。三，古人文章多有微詞，非自我今作俑，故我的文章也有微言隱詞。寶玉說明的這三點，是讀這篇誄文的鑰匙。這篇誄文開頭一段敍述，用的是唐宋古文，中間的誄辭，是六朝以來四六駢儷文體，末尾的挽歌是用的《離騷》《招魂》《湘君》諸篇的楚人文體。誄文『其爲質則金玉不足喻其貴』，直至『海失靈槎，不獲回生之藥』兩段是一洗種種對晴雯的誣蠛之詞，並憤怒譴責那些陰險狠毒害人的鳩鴆、薋葹之類，而且揭露他們『出自屏幃』，就在怡紅院内，就在自己的身邊，這就說得明明白白了。『眉黛煙青』十句，傷心不盡，哀婉欲絕。下面『桐階月暗』一大段，如『連天衰草，豈獨蒹葭；匝地悲聲，無非蟋蟀』等句，以及下文『西風古寺，淹滯青燐；落日荒坵，零星白骨』，『紅綃帳裏，公子情深；黄土隴中，女兒命薄』等句，直訴痛腸，全用白描，如聞悲啼哀吟。至『箝詖奴之口，討豈從寬？剖悍婦之心，忿猶未釋』數句，竟是怒髮衝冠，悲憤填膺。真是情文相生，愈讀愈感其真摯動人，嘔心瀝血，真一字一淚，一句一咽。這裏要提出的是這篇文章的『微詞』究竟何所指。我個人以爲就在『箝詖奴之口』四句裏。這四句的内涵比較深，凡造謡害人者，都可以包括在内，但不能明指，是爲『微詞』。下面至輓歌的部份，文章更是飄緲恍惚，雲氣空濛，忽隱忽現，如聞似見，切合晴雯上天爲花神的情景。總之，一篇《芙蓉女兒誄》的全部真情實感，一字一淚，與《姽嫿將軍歌》的敷衍成章恰好成爲鮮明對照。而且書中不斷講寶玉反對時文八股，那末他自己究竟能寫出什麽樣的與時文八股截然不同的好文章來呢？正好借這個題目，寫出了與世俗文章截然不同的佳作。當然，這是誄文，受文體所限要力求古奥，要用典故。就是這樣，這篇文章裏已有不少流暢易讀，傷心泣血，一字一淚而純用白描的好句子好段落了，所以如果不是誄文，那末寶玉肯定還能寫出更流暢易誦的古文來。這是無疑的，因爲與雪芹同時，已經有袁枚的《祭妹文》爲例了。

【校　記】

〔一〕『溫八叉《擊甌歌》』以下共十六字，底本缺，各本皆有，但文字歧異。此據甲辰、程甲本改。

〔二〕按『勝負』兩句，各本均在『繡鞍』句後，獨庚辰本在『繡鞍』句前。或以爲諸本是，庚辰本誤。予以爲庚本不誤，諸本誤。蓋『勝負』兩句，爲臨戰前之誓言。『繡鞍』乃誓師後直驅戰場，下面『賊勢』兩句，爲兩軍決戰，林四娘軍兵敗殉王。文勢頓挫曲折而有勢。若依諸本，則詩語平鋪直敍，不成波瀾矣。於此，可見古本之可貴也。

第七十九回　薛文龍悔娶河東獅　賈迎春誤嫁中山狼

世傳《曹娥碑》爲『絕妙好辭』，此亦贊其辭也。

這一聯原自動人。

改句亦好。

話說寶玉祭完了晴雯，只聽花影中有人聲，倒唬了一跳。既走出來細看，不是別人，卻是林黛玉，滿面含笑，口內說道：『好新奇的祭文！可與曹娥碑並傳的了。』寶玉聽了，不覺紅了臉，笑答道：『我想着世上這些祭文都蹈於熟濫了，所以改個新樣，原不過是我一時的頑意，誰知又被你聽見了。有什麼大使不得的，何不改削改削。』

黛玉道：『原稿在那裏？倒要細細一讀。長篇大論，不知說的是些什麼，只聽見中間兩句，什麼「紅綃帳裏，公子多情；黃土隴中，女兒薄命」。這一聯意思卻好，只是「紅綃帳裏」，未免熟濫些。放着現成的真事，爲什麼不用？』寶玉忙問：『什麼現成的真事？』黛玉笑道：『咱們如今都係霞影紗糊的窗槅，何不就說「茜紗窗下，公子多情」呢？』寶玉聽了，不禁跌足笑道：『好極！是極！到底是你想的出，說的出。可知天下古今現成的好景妙事盡多，只是愚人蠢子說不

『我』『卿』二字，當面直對黛玉說出，故如直指黛玉也。

出、想不出罷了。確是如此。然天下之景實不可盡也。但只一件，雖然這一句新妙之極，但你居此則可，在我實不敢當。』說着，又接連說了一二百句『不敢當』。黛玉笑道：『何妨。我的窗即可爲你之窗，何必分晰得如此生疏。古人異姓陌路，猶然同肥馬，衣輕裘，敝之而無憾，何況咱們。』寶玉笑道：『論交之道，不在肥馬輕裘，即黃金白璧，亦不當錙銖較量。倒是這唐突閨閣，萬萬使不得的。如今我越性將「公子」「女兒」改去，竟算是你誄他的倒妙。越說越逼近黛玉。況且素日你又待他甚厚，故今寧可棄此一篇大文，萬不可棄此「茜紗」新句。竟莫若改作「茜紗窗下，小姐多情；黃土隴中，丫鬟薄命」。竟直改成黛玉的口氣。如此一改，雖於我無涉，我也是愜懷的。』

黛玉笑道：『他又不是我的丫頭，何用作此語。況且小姐、丫鬟亦不典雅，等我的紫鵑死了，我再如此說，還不算遲。』脂批：『明是爲與阿顰作讖，卻先偏說紫鵑，總用此狡猾之法。』寶玉聽了，忙笑道：『這是何苦，又咒他。』脂批：『又畫出寶玉來，究竟不知是咒誰，使人一笑一嘆。』黛玉笑道：『是你要咒的，並不是我說的。』寶玉道：『我又有了，這一改可極妥當了。莫若說「茜紗窗下，我本無緣；脂批：『雙關句，意妥極。』黃土隴中，卿何薄命」。』脂批：『如此我亦爲妥極，但試問當面用爾我字樣，究竟不知是爲誰之讖，一笑一嘆。一篇誄文總因此二句而有，又當知雖誄晴雯，而又實誄黛玉也。奇幻至此，若云必因晴雯誄，則獃之至矣。』

黛玉聽了，忡然變色，脂批：『慧心人可爲一哭。觀此句，便知誄文實不爲晴雯而作也。』心中雖有無限的狐疑亂擬，脂批：『用此事更妙，蓋又欲瞞觀者。』外面卻不肯露出，反連忙笑着點頭，稱說：『果改的好。再不必亂改了，快賈母不稱意，不知何故，未見說明。

去幹正經事去罷。纔剛太太打發人叫你明兒一早快過大舅母那邊去。你二姐姐已有人家求准了，想是明兒那家人來拜允，所以叫你們過去呢。』寶玉擺手道：『何必又如此忙。我身上也不大好，明兒還未必能去呢。』

黛玉道：『又來了，我勸你把脾氣改改罷。一年大，二年小。』一面說話，一面咳嗽起來。脂批：『總爲後文伏線，阿顰之問，可見不是一筆兩筆所寫。』寶玉忙道：『這裏風冷，咱們只顧獃站在這裏，快回去罷。』黛玉道：『我也家去歇息了，明兒再見罷。』說着，便自取路去了。

寶玉只得悶悶的轉步，又忽想起來黛玉無人隨伴，忙命小丫頭子跟了送回去。自己到了怡紅院中，果有王夫人打發老嬷嬷來，吩咐他明日一早過賈赦那邊去，與方纔黛玉之言相對。

原來賈赦已將迎春許與孫家了。這孫家乃是大同府人氏，脂批：『設云大概相同也，若必云真大同府則獃。』祖上係軍官出身，乃當日寧榮府中之門生，算來亦係世交。如今孫家只有一人在京，現襲指揮之職。此人名喚孫紹祖，生得相貌魁梧，體格健壯，弓馬嫺熟，應酬權變，脂批：『畫出一個俗物來。』年紀未滿三十，且又家資饒富，脂批：『此句斷不可少。』現在兵部候缺提陞。因未有室，賈赦見是世交之孫，且人品家當，都相稱合，遂青目擇爲東牀嬌婿。

亦曾回明賈母，賈母心中卻不十分趁意，但想來攔阻亦必不聽，兒女之事自有天意前因，況且他是親父主張，何必出頭多事，爲此只說『知道了』三字，餘不多及。

賈政又深惡孫家，雖是世交，當年不過是彼祖希慕榮、寧之勢，有不能了結之事纔拜在門下的，並非詩禮名族之裔，因此倒勸諫過兩次，無奈賈赦不聽，也只得罷了。

賈政更惡孫家，因知其底細。

寶玉卻從未會過這孫紹祖一面的，次日只得過去，聊以塞責。只聽見說娶親的日子甚急，不過今年就要過門的，又見邢夫人等回了賈母，將迎春接出大觀園去等事，越發掃去了興頭，每日癡癡獃獃的，不知作何消遣。又聽得說，要陪四個丫頭過去，更又跌足自嘆道：『從今後，這世上又少了五個清潔人了。』因此，天天到紫菱洲一帶地方徘徊瞻顧，見其軒窗寂寞，屏帳翛然，一片淒涼景況，爲日後預寫一筆。不過只有幾個該班上夜的老嫗。脂批：『先爲對景悼顰兒作引。』再看那岸上的蓼花葦葉，池內的翠荇香菱，也都覺搖搖落落，似有追憶故人之態，迥非素常逞妍鬬色之可比。既領略得如此寥落淒慘之景，是以情不自禁，乃信口吟成一歌曰：脂批：『此回題上半截是「悔娶河東獅」，今卻偏逢中山狼，倒裝上下情孽，細膩寫來，可見迎春是書中正傳，阿獃夫妻是副，賓主次序嚴肅之至。其婚娶俗禮一概不及，只用寶玉一人過去，正是書中之大旨。』

總是散的兆頭。

池塘一夜秋風冷。吹散芰荷紅玉影。
蓼花菱葉不勝愁，重露繁霜壓纖梗。〔一〕
不聞永晝敲棋聲，燕泥點點污棋枰。

薛蟠回來了。

爲薛蟠娶妻事。

古人惜別憐朋友，況我今當手足情！

寶玉方纔吟罷，忽聞背後有人笑道：『你又發什麼獃呢？』寶玉回頭忙看是誰，原來是香菱。寶玉忙轉身笑問道：『我的姐姐，你這會子跑到這裏來做什麼？許多日子也不進來逛逛。』

香菱拍手笑嘻嘻的說道：『我何曾不來。如今你哥哥回來了，那裏比先時自由自在的了。纔剛我們奶奶使人找你鳳姐姐的，竟沒找着，說往園子裏來了。我聽見了這話，我就討了這件差使，進來找他。遇見他的丫頭，說在稻香村呢。如今我往稻香村去，誰知又遇見了你。我且問你，襲人姐姐這幾日可好？怎麼忽然把個晴雯姐姐也沒了，到底是什麼病？二姑娘搬出去的好快。你瞧瞧，這地方好空落落的。』寶玉應之不迭，又讓他同到怡紅院去吃茶。

香菱道：『此刻竟不能，等找着璉二奶奶，說完了正經事再來。』寶玉道：『什麼正經事，這麼忙？』香菱道：『爲你哥哥娶嫂子的事，所以要緊。』脂批：『出題去，閑閑引出。』寶玉道：『正是。說的到底是那一家的？只聽見吵嚷了這半年，今兒又說張家的好，明兒又要李家的，後兒又議論王家的。這些人家的女兒，他也不知道造了什麼罪了，叫人家好端端的議論。』香菱道：『如今定了，可以不用搬扯別家了。』

寶玉忙問：『定了誰家的？』香菱道：『因你哥哥上次出門貿易時，在順路到了個親戚家去。這門親原是老親，且又和我們是同在户部掛名行商，也是數一數二的大門户。前日說起來時，你們兩府都也知道的，合長安城中，上至王侯，下至買賣人，都稱他家是「桂花夏家」。』脂批：『夏日何得有桂，又桂花時節焉得又有雪？三者原係風馬牛，今若強湊合，故終不相符。來此敗運之事，大都如此，當局者自不解耳。』

寶玉笑問道：脂批：『聽得桂花之號，原覺新雅，故不覺又一笑，余亦欲笑問。』『如何又稱爲「桂花夏家」？』香菱道：『他家本姓夏，非常的富貴。其餘田地不用說，單有幾十頃地獨種桂花，凡這長安城裏城外桂花局子俱是他家的，連宮裏一應陳設盆景亦是他家貢奉，因此纔有這個渾號。如今太爺也沒了，只有老奶奶帶着一個親生的姑娘過活，也並沒有哥兒兄弟，可惜他竟一門盡絕了後。』

實際是暴發富商。

寶玉忙道：『咱們也別管他絕後不絕後，只是這姑娘可好？你們大爺怎麼就中意了？』脂批：『補出阿獃素日難得中意來。』香菱笑道：『一則是天緣，二則是「情人眼裏出西施」。當年又是通家來往的，從小兒都一處廝混過。敘親，是姑舅兄妹，又沒嫌疑。雖離了這幾年，前兒一到他家，夏奶奶又是沒兒子的，一見了你哥哥出落的這樣，又是哭，又是笑，竟比見了兒子的還勝。又令他兄妹相見，誰知這姑娘出落得花朵似的了，在家裏也讀書寫字，所以你哥哥當時就一心相準了。連當鋪裏老朝奉、

補敘夏家情況。

寶玉預爲香菱擔心，非無故也，蓋見之多矣。

香菱完全不明白寶玉之意。

晴雯一死，寶玉爲之夢魂顛倒，憂能傷人，寶玉之悲苦，無人可訴也。

不悔逼死晴雯，只悔逼責寶玉，可見此人蠢而且悍。

夥計們一群人，遭擾了人家三四日，他們還留多住，好容易苦辭纔放回家。你哥哥一進門，就咕咕唧唧求我們奶奶去求親。我們奶奶原也是見過這姑娘的，且又門當户對，也就依了。和這裏姨太太、鳳姑娘商議了，打發人去一說就成了。只是娶的日子太急，所以我們忙亂的很。（脂批：『阿獃求婦一段文字，卻從香菱口中補明，省卻許多閑文累筆。』）我也巴不得早些過來，又添一個作詩的人了。』（脂批：『妙極，香菱口聲斷不可少。看他下作死語，知其心中略無忌諱疑慮等意，直是渾然天真。余爲之一哭。』）

寶玉冷笑道：（脂批：『忽曰冷笑，二字便有文章。』）『雖如此說，但只我聽這話，不知怎麽，倒替你耽心慮後呢。』（脂批：『又爲香菱之讖，偏是此等事體等到。』）香菱聽了，不覺紅了臉，正色道：『這是什麽話！素日咱們都是廝擡廝敬的，今日忽然說起這些事來，是什麽意思！怪不得人人都說你是個親近不得的人。』（少不更事，更未經過此類事，故反覺寶玉唐突也。）一面說，一面轉身走了。

寶玉見他這樣，便悵然如有所失，獃獃的站了半天，思前想後，不覺滴下淚來，（此意無人了解，安得不悵然有失。）只得沒精打彩，還入怡紅院來。一夜不曾安穩，睡夢之中猶喚晴雯，或魘魔驚怖，種種不寧。次日便懶進飲食，身體作熱。此皆近日抄檢大觀園、逐司棋、別迎春、悲晴雯等羞辱、驚恐、悲淒之所致，兼以風寒外感，故釀成一疾，臥牀不起。

賈母聽得如此，天天親來看視。王夫人心中自悔不合因晴雯過於逼責了他。心中雖如此，臉上卻不露出。只吩咐衆奶娘等好生服侍看守，一日兩次帶進醫生來薛蟠娶妻，迎春出嫁，均在寶玉病中敘出。

不知究竟有哪些事，可惜未敘出一二。

診脈下藥。

一月之後，方纔漸漸的痊愈。賈母命好生保養，過一百日方許動葷腥油麵等物，方可出門行走。這一百日內，連院門前皆不許到，只在房中頑笑。四五十日後，就把他拘約的火星亂迸，那裏忍耐得住。雖百般設法，無奈賈母、王夫人執意不從，也只得罷了。因此和那些丫鬟們無所不至，恣意耍笑作戲。

又聽得薛蟠擺酒唱戲，熱鬧非常，已娶親入門，聞得這夏家小姐十分俊俏，也略通文翰，寶玉恨不得就過去一見纔好。

再過些時，又聞得迎春出了閣。寶玉思及當時姊妹們一處，耳鬢廝磨，從今一別，縱得相逢，也必不似先前那等親密了。眼前又不能去一望，真令人悽惶迫切之至。少不得潛心忍耐，暫同這些丫鬟們厮鬧釋悶，幸免賈政責備、逼迫讀書之難。這百日內，只不曾拆毀了怡紅院，和這些丫鬟們無法無天，凡世上所無之事，都頑耍出來。如今且不消細說。

且說香菱自那日搶白了寶玉之後，心中自爲寶玉有意唐突他，『怨不得我們寶姑娘不敢親近他，可見我不如寶姑娘遠矣；怨不得林姑娘時常和他角口，氣的痛寫香菱天真，仍一片真心也。

空有皮囊，性氣卻是盜跖，奇奇怪怪，世間又增一樣人物。

看夏金桂，又是一種女子，又是一副心腸，真是千奇百怪。

既悍且混，天下又一種惡婦。

哭，自然唐突他也是有的了。從此倒要遠避他纔好。』因此，以後連大觀園也不輕易進來了，日日忙亂着。薛蟠娶過親，自爲得了護身符，自己身上分去責任，到底比這樣安寧些；二則又聞得是個有才有貌的佳人，自然是典雅和平的。因此，他心中盼過門的日子比薛蟠還急十倍。好容易盼得一日娶過了門，他便十分殷勤小心服侍。

原來這夏家〔二〕小姐今年方十七歲，生得亦頗有姿色，亦頗識得幾個字。若論心中的邱壑經緯，頗步熙鳳之後塵。只吃虧了一件，從小時父親去世的早，又無同胞弟兄，寡母獨守此女，嬌養溺愛，不啻珍寶，凡女兒一舉一動，彼母皆百依百隨，因此未免嬌養太過，竟釀成個盜跖的性氣。愛自己尊若菩薩，窺他人穢如糞土；外具花柳之姿，內秉風雷之性。在家中時常就和丫鬟們使性弄氣，輕罵重打的。今日出了閣，自爲要作當家的奶奶，比不得作女兒時靦腆溫柔，須要拿出些威風來，纔彈壓得住人。況且見薛蟠氣質剛硬，舉止驕奢，若不趁熱竈一氣炮製熟爛，將來必不能自豎旗幟矣。又見有香菱這等一個才貌俱全的愛妾在室，越發添了『宋太祖滅南唐』之意，『臥榻之側，豈容他人酣睡』之心。因他家多桂花，他小名就喚做金桂。他在家時，不許人口中帶出『金』『桂』二字來。凡有不留心誤道一字者，他便定要苦打重罰纔罷。他因想『桂花』二字是禁止不住的，須另換一名。因想桂花曾有廣寒嫦娥之說，便將桂花改爲嫦娥花，又寓自己身分如此。

天下竟有如此蠢婦，真令人意想不到。

薛蟠本是個憐新棄舊的人，且是有酒膽無飯力的，如今得了這樣一個妻子，正在新鮮興頭上，凡事未免盡讓他些。那夏金桂見了這般形景，便也試着一步緊似一步。一月之中，二人氣概還都相平；至兩月之後，便覺薛蟠的氣概漸次低矮了下去。

又是另一種夫妻景況，天下之大，無奇不有。

一日，薛蟠酒後，不知要行何事，先與金桂商議，金桂執意不從。薛蟠忍不住便發了幾句話，賭氣自行了。這金桂便氣的哭如醉人一般，茶湯不進，裝起病來。是金桂第一着治人之法。請醫療治，醫生又說：『氣血相逆，當進寬胸順氣之劑。』薛姨娘恨的罵了薛蟠一頓，說：『如今娶了親，眼前抱兒子了，還是這樣胡鬧。人家鳳凰蛋似的，好容易養了一個女兒，比花朵還輕巧，原看的你是個人物，纔給你作老婆。你不說收了心安分守己，一心一計和和氣氣的過日子，還是這樣胡鬧，咴嗓了黄湯，折磨人家。這會子花錢吃藥白遭心。』

薛姨媽亦只以常情而論。

一席話說的薛蟠後悔不迭，反來安慰金桂。金桂見婆婆如此說丈夫，越發得了意，便裝出些張致來，總不理薛蟠。薛蟠沒了主意，惟自怨而已，好容易十天半月之後，纔漸漸的哄轉過金桂的心來，自此便加一倍小心，不免氣概又矮了半截下來。獃霸王遇到了母夜叉。那金桂見丈夫旗纛漸倒，婆婆良善，也就漸漸的持戈試馬起來。新鮮至極 先時不過挾制薛蟠，後來倚嬌作媚，將及薛姨媽，後又將至薛寶釵。

夏金桂竟想橫掃千軍，獨自稱霸。

寶釵久察其不軌之心，每隨機應變，暗以言語彈壓其志。金桂知其不可犯，每欲尋隙，又無隙可乘，只得曲意俯就。碰到寶釵，略有顧忌。一日，金桂無事，因和香菱閒談，問香菱家鄉、父母，香菱皆答忘記。金桂便不悅，說有意欺瞞了他。因問他『香菱』二字是誰起的名字，香菱便答：『姑娘起的。』金桂冷笑道：『人人都說姑娘通，只這一個名字就不通。』香菱忙笑道：『嗳喲，奶奶不知道，我們姑娘的學問，連我們姨老爺時常還誇呢。』……

香菱天真無邪，何曾遇見如此惡煞。

欲明後事，且見下回。

【回後評】

黛玉贊《芙蓉女兒誄》，記其警句，欲改『紅綃帳裏』爲『茜紗窗下』，遂而愈轉愈深，寶玉竟說不如改爲：『茜紗窗下，我本無緣；黃土隴中，卿何薄命。』『我本無緣』、『卿何薄命』兩句是與黛玉當面說出，於是『我』、『卿』二字竟是面對直指矣，故黛玉聽了『忡然變色』也。寶玉續畢誄文時，黛玉竟『從芙蓉花中走出來』，小鬟便大叫『有鬼，晴雯真來顯魂了』。這段文字，作者用迷離模糊的筆墨，已經使人感到晴雯隱寓黛玉，誄文再作如此一改，更是移花接木，誄晴雯變成誄黛玉了，所以脂批說：『又當知雖誄晴雯，而又實誄黛玉也。』『觀此句，便知誄文實不爲晴雯而作也。』脂批的說法，當然是指作者的用意，指出他的隱寓。從文章來說，當然是誄晴雯，不能真的把它當作誄黛玉。但正是透過這種暗示，作者已經漸漸地向讀者滲透了黛玉的悲慘命運。

大觀園在抄檢之後，最先自動出去的是薛寶釵，接着便是迎春的出嫁，也是爲迎春的命運作了最終的判定。寶釵的走，迎春的嫁，說明大觀園的『理想國』，或者叫『女兒國』從此宣告破滅了。賈寶玉聽得迎春搬出園去的消息，『越發掃去了興頭，每日癡癡獃獃的，不知作何消遣。又聽得說要陪四個丫頭過去，更又跌足自嘆道：「從今後，這世上又少了五個清潔人了。」因此，天天到紫菱洲一帶地方徘徊瞻顧，見其軒窗寂寞，屏帳翛然，不過只有幾個該班上夜的老嫗。再看那岸上的蓼花葦葉，池内的翠荇香菱，也都覺摇摇落落，似有追憶故人之態，迥非素常逞妍鬭色之可比。既領略得如此寥落凄慘之景，是以情不自禁，乃信口吟成一歌曰：「池塘一夜秋風冷，吹散芰荷紅玉影。蓼花菱葉不勝愁，重露繁霜壓纖梗。不聞永晝敲棋聲，燕泥點點污棋枰。古人惜别憐朋友，況我今當手足情。」』這一段描寫大觀園冷落凄涼的景色，實際上也是賈府以後敗落的預兆。

薛蟠娶夏金桂，使《紅樓夢》裏多了一個有特殊個性的女性。賈寶玉一直認爲『女兒是水作的骨肉』，女兒總比男人好，但夏金桂卻不是如此。書中説：『只吃虧一件，從小時父親去世的早，又無同胞弟兄，寡母獨守此女，嬌養溺愛，不啻珍寶，凡女兒一舉一動，彼母皆百依百隨，因此不免嬌養太過，竟釀成個盜跖的性氣。愛自己尊若菩薩，窺他人穢如糞土；外具花柳之姿，內秉風雷之性。在家中時常就和丫鬟們使性弄氣，輕罵重打的。今日出了閣，自爲要作當家的奶奶，比不得作女兒時腼腆溫柔。須要拿出些威風來，纔彈壓得住人。』可見這個夏金桂從小就是個壞性格，並不是後來沾了男人氣後變壞的。這說明曹雪芹在創造人物時，還是從實際生活出發的。賈寶玉的『女兒論』只是他對社會的一種天真的理想的認識，這個認識，雖有合理的一面，但卻有其明顯的片面性。就拿大觀園的女兒來說，薛寶釵、襲人等的思想就並不那末單純。到了七十九回出現夏金桂，更說明雪芹創造人物，完全是從生活出發的，不是一味的理想主義。但香菱卻是一個單純、天真、善良的個性，要拿香菱來說，倒可以附合賈寶玉的『女兒論』，而且她即使沾了男人氣，也沒有改變她的單純、天真的性格。她滿以爲薛蟠娶了夏金桂，自己得了良師益友了，反倒盼望愈早來愈好，誰知『自從兩地生孤木，致使香魂返故鄉』，夏金桂竟成了她的催命鬼。從女兒命運和從婚姻的角度來看，薛蟠和夏金桂，雪芹又爲我們創造了一對罪惡的婚姻，我以爲這更是當時社會現實的真實寫照，而賈寶玉的『女兒論』並不是曹雪芹對婦女問題的全部思想。其中有相當成分是屬於爲這個特殊藝術形象所作的特殊描寫，不能把它與曹雪芹的婦女思想完全等同起來。

【校　記】

〔一〕此句底本缺。此據列藏、楊藏、蒙府、戚序、甲辰、程甲諸本補。

〔二〕以上二十四字，底本缺，各本均存，此從甲辰本補。

第八十回　美香菱屈受贪夫棒　王道士胡謅妒婦方[一]

話說金桂聽了，將脖項一扭，嘴唇一撇，脂批：『畫出一個悍婦來。』鼻孔裏哧哧兩聲，脂批：『真真追魂攝魄之筆。』拍着掌冷笑道：『菱角花誰聞見香來着？若說菱角香了，正經那些香花放在那裏？可是不通之極！』真是不通至極。香菱道：『不獨菱角花，就連荷葉、蓮蓬，都是有一股清香的。但他那原不是花香可比，若靜日靜夜或清早半夜細領略了去，那一股香比是花兒都好聞呢。此種境界，豈是暴發之家之人所能領略的。與夏金桂論此，真是對牛彈琴也。就連菱角、雞頭、葦葉、蘆根得了風露，那一股清香，就令人心神爽快的。』脂批：『說的出，便是慧心人，何況菱卿哉。』

金桂道：『依你說，那蘭花、桂花倒香的不好了？』脂批：『又陪一個蘭花，一則是自高聲價，二則是誘人犯法。』香菱說到熱鬧頭上，忘了忌諱，便接口道：『蘭花、桂花的香，又非別花之香可比。』一句話未完，金桂的丫鬟，名喚寶蟾者，都是金桂一路貨色。忙指着香菱的臉兒說道：『你要死，要死！你怎麼真叫起姑娘的名字來了！』香菱猛省了，反不好意思，忙陪笑賠罪說：『一時說順了嘴，奶奶別計較。』

金桂還有顧忌。

香菱改爲秋菱，自此時起。

薛蟠本性如此。

金桂笑道：『這有什麼，你也太小心了。但只是我想這個「香」字到底不妥，意思要換一個字，不知你服不服？』（其人横蠻可知。）香菱忙笑道：『奶奶說那裏話，此刻連我一身一體俱屬奶奶，何得換一名字反問我服不服，叫我如何當得起。（可憐香菱那知世人之險惡。）奶奶說那一個字好，就用那一個。』金桂笑道：『你雖說的是，只怕姑娘多心，說「我起的名字，反不如你，你能來了幾日，就駁我的回了。」』

香菱笑道：『奶奶有所不知，當日買了我來時，原是老奶奶使喚的，故此姑娘起的名字，後來我自服侍了爺，就與姑娘無涉了。如今又有了奶奶，益發不與姑娘相干。況且姑娘又是極明白的人，如何惱得這些呢。』（香菱心腸如雪。）金桂道：『既這樣說，「香」字竟不如「秋」字妥當。菱角、菱花皆盛於秋，豈不比香字有來歷些。』香菱道：『就依奶奶這樣罷了。』自此後，遂改了『秋』字，寶釵亦不在意。（寶釵亦未想到此人如此心胸也。）

只因薛蟠天性是『得隴望蜀』的，如今得娶了金桂，又見金桂的丫鬟寶蟾有三分姿色，舉止輕浮可愛，便時常要茶要水的故意撩逗他。寶蟾雖亦解事，只是怕着金桂，不敢造次，且看金桂的眼色。金桂亦頗覺察其意，想着：『正要擺佈香菱，無處尋隙，如今他既看上了寶蟾，且捨出寶蟾去與他，他一定就和香菱疏遠了。（竟用陰謀詭計，其人心腸可知。）我且乘他疏遠之時，擺佈了香菱。那時寶蟾原是我的人，也就好處薛蟠也是此類貨色，正好與夏金桂相配，真是一對惡賴。

了。』（香菱已在金桂的擺佈中。）打定了主意，伺機而發。

這日，薛蟠晚間微醺，又命寶蟾倒茶來吃。薛蟠接碗時，故意捏他的手。寶蟾又喬裝躲閃，連忙縮手，兩下失誤，豁啷一聲，茶碗落地，潑了一身一地的茶。薛蟠不好意思，佯說寶蟾不好生遞，寶蟾說：『姑爺不好生接。』金桂冷笑道：『兩個人的腔調兒都够使了。別打諒誰是傻子。』薛蟠低頭微笑不語，寶蟾紅了臉出去。

一時安歇之時，金桂便故意的攆薛蟠別處去睡，『省得你饞癆餓眼。』薛蟠只是笑。金桂道：『要作什麼和我說，別偷偷摸摸的，不中用。』（金桂如此工於心計，真心如蛇蠍也。）薛蟠聽了，仗着酒蓋臉，便趁勢跪在被上，拉着金桂笑道：『好姐姐，你若要把寶蟾賞了我，你要怎樣就怎樣。你要人腦子，我也弄來給你。』金桂笑道：『這話好不通，你愛誰，說明了，就收在房裏，省得別人看着不雅。我可要什麼呢。』（故作大方）薛蟠得了這話，喜的稱謝不盡，是夜曲盡丈夫之道，奉承金桂。（脂批：『曲盡丈夫之道，奇聞奇語。』）次日也不出門，只在家中廝奈，越發放大了膽。

至午後，金桂故意出去，讓個空兒與他二人。薛蟠便拉拉扯扯的起來。寶蟾心裏也知八九，也就半推半就，正要入港。（金桂已設就牢籠，只讓香菱進去。）誰知金桂是有心等候的，料那時必在難分之際，便叫丫頭小捨兒過來。

即使迴避，已入牢籠矣。

原來這小丫頭也是金桂從小兒在家裏使喚的，因他自幼父母雙亡，無人看管，便大家叫他作小捨兒，專作些粗笨的生活。脂批：『鋪敍小捨兒首尾，忙中又點薄命二字，與癡丫頭遥遥作對。』金桂如今有意獨喚他來，吩咐道：『你去告訴秋菱，到我屋裏，將手帕取來，不必說我說的。』脂批：『金桂壞極，所以獨使小捨爲此。』小捨兒聽了，一逕尋着香菱，說：『菱姑娘，奶奶的手帕子忘記在屋裏了。你去取來送上去，豈不好？』

香菱正因金桂近日每每的折挫他，不知何意，百般竭力挽回不暇。脂批：『總爲癡心人一嘆。』聽了這話，忙往房裏來取。不防正遇見他二人推就之際，一頭撞了進去，自己倒羞的耳面飛紅，忙轉身迴避不迭。

那薛蟠自爲是過了明路的，除了金桂，無人可怕，所以連門也不掩。今見香菱撞來，故也略有些慚愧，還不十分在意。無奈寶蟾素日最是說嘴要強的，今既遇見了香菱，便恨無地縫兒可入，忙推開薛蟠，一逕跑了，種種都在金桂設計之中。口内還恨怨不迭，說他强姦力逼等語。薛蟠好容易圈哄的要上手，卻被香菱打散，不免一腔興頭，變作了一腔惡怒，都在香菱身上。不容分說，趕出來啐了兩口，罵道：『死娼婦，你這會子作什麼來撞屍遊魂！』香菱料事不好，三步兩步早已跑了。

薛蟠再來找寶蟾，已無蹤跡了，於是恨的只罵香菱。至晚飯後，已吃得醺醺然，洗澡時不防水略熱了些，燙了脚，便說香菱有意害他，赤條精光趕着香菱踢

（刁鑽古怪，一至於此，亦見人性惡之可怕也。）

打了兩下。（寫薛蟠如此不堪。）香菱雖未受過這氣苦，既到此時，也說不得了，只好自悲自怨，各自走開。

彼時金桂已暗和寶蟾說明，今夜令薛蟠和寶蟾在香菱房中去成親，命香菱過來陪自己先睡。先是香菱不肯，金桂說他嫌髒了，再必是圖安逸，怕夜裏勞動服侍，又罵說：『你那沒見世面的主子，見一個，愛一個，把我的人霸佔了去，又不叫你來，到底是什麼主意，想必是逼我死罷了。』

薛蟠聽了這話，又怕鬧黃了寶蟾之事，忙又趕來罵香菱：『不識擡舉！再不去便要打了！』香菱無奈，只得抱了鋪蓋來。金桂命他在地下鋪睡。香菱無奈，只得依命。剛睡下，便叫倒茶，一時又叫捶腿。如是一夜七八次，總不使其安逸穩臥片時。（香菱受盡折磨。）

那薛蟠得了寶蟾，如獲珍寶，（寫薛蟠之濫之無狀。）一概都置之不顧。恨的金桂暗暗的發狠道：（寫金桂之陰狠。）『且叫你樂這幾天，等我慢慢的擺佈了來，那時可別怨我！』一面隱忍，一面設計擺佈香菱。（惡婦手中有殺人刀。）

半月光景，忽又裝起病來，只說心疼難忍，四肢不能轉動。（脂批：『半月工夫，設計安矣。』）請醫療治不效，衆人都說是香菱氣的。鬧了兩日，忽又從金桂的枕頭內抖出紙人來，上面寫着金桂的年庚八字，有五根針釘在心窩並四肢骨節等處。（毒計百出，千變萬化，何惡人之多術也。）於是衆人反亂起來，當作新聞，先報與薛姨媽。薛姨媽先忙手忙腳的，薛蟠自然更亂起來，立刻要拷打衆人。薛蟠是一個渾人，渾得逼真。

金桂笑道：『何必冤枉衆人，大約是寶蟾的鎮魘法兒。』脂批：『惡極壞極。』薛蟠道：『他這些時並沒多空兒在你房裏，何苦賴好人。』脂批：『正要老兄此句。』金桂冷笑道：『除了他，還有誰？莫不是我自己不成！雖有別人，誰可敢進我的房呢？』偏不說香菱，偏要薛蟠自己說出。薛蟠道：『香菱如今是天天跟着你，他自然知道，先拷問他就知道了。』金桂冷笑道：『拷問誰，誰肯認？此句是說不認也要認也。依我說，竟裝個不知道，大家丟開手罷了。橫豎治死我也沒什麼要緊，樂得再娶好的。若據良心上說，左不過是你們三個多嫌我一個。』偏要反說，讓你正做。說着，一面痛哭起來。

先說寶蟾，是爲讓薛蟠說出香菱。金桂真惡而刁也。

薛蟠更被這一席話激怒，順手抓起一根門閂來，脂批：『與前要打死寶玉遥遥一對。』一逕搶步找着香菱，不容分說，便劈頭劈面打起來，一口咬定是香菱所施。香菱叫屈，薛姨媽跑來禁喝說：『不問明白，就打起人來了。這丫頭服侍了你這幾年，那一點不周到，不盡心？他豈肯如今倒作這沒良心的事！你且問個清渾皂白，再動粗鹵。』

幸虧薛姨媽幾句話，不然香菱危矣。

金桂聽見他婆婆如此說着，生怕薛蟠耳軟心活，便益發嚎啕大哭起來，一面又哭喊說：『這半個多月把我的寶蟾霸佔了去，不容他進我的房，惟有秋菱跟着我睡。我要拷問寶蟾，〔二〕你又護到頭裏。你這會子又賭氣打他去。不過要治死我，潑婦、刁婦、悍婦、賴婦，色色俱全。

魘魔法是誰作的，只要拷打金桂，自然便知。

其刁無比，半句不讓。

再揀富貴的標緻的娶來就是了，何苦作出這些把戲來！』薛蟠聽了這些話，越發着了急。（薛蟠是條渾蛆，一觸即動。）

薛姨媽聽見金桂句句挾制着兒子，百般惡賴的樣子，十分可恨。無奈兒子偏不硬氣，已是被他挾持軟慣了。如今又勾搭上丫頭，被他說霸佔了去，他自己反要占溫柔讓夫之禮。這魘魔法究竟不知誰作的，實是俗語說的，『清官難斷家務事』，此時正是公婆難斷房幃事了。因此無法，只得賭氣喝罵薛蟠說：『不爭氣的孽障！騷狗也比你體面些！（罵得准，比騷狗還壞得多！）誰知你三不知的把陪房丫頭也摸索上了，叫老婆說嘴佔了他的丫頭，什麼臉出去見人！也不知誰使的法子，（難道還用問。）也不問青紅皂白，好歹就打人。我知道你是個得新棄舊的東西，白辜負了我當日的心。他既不好，你也不許打，我即刻叫人牙子來賣了他，你就心淨了。（罵得準。）』說着，命香菱『收拾了東西，跟我來』，一面叫人：『去，快叫個人牙子來，（如果賣了，也許倒是救了香菱。）多少賣幾兩銀子，拔去肉中刺，眼中釘，大家過太平日子。』薛蟠見母親動了氣，早也低下頭了。

金桂聽了這話，便隔着窗子往外哭道：『你老人家只管賣人，不必說着一個扯着一個的。我們很是那吃醋拈酸、容不下人的人不成？怎麼「拔去肉中刺，眼中釘」？是誰的釘，誰的刺？但凡多嫌着他，也不肯把我的丫頭也收在房裏了。』

拿出家法來，她也不怕，反而變本加厲，愈鬧愈潑，雪芹之筆，不僅能畫人，竟能畫妖魔鬼怪。

一套渾話，賴話，偏說得如此周全，虧雪芹寫得出，雪芹不惟洞察寶黛心靈神妙精微處，且又洞悉妖魔心肝肺腑，真上天入地之通才！

香菱能從寶釵當是幸運，奈並不能長久耳！

薛姨媽聽說，氣的身戰氣咽道：『這是誰家的規矩？婆婆這裏說話，媳婦隔着窗子拌嘴。虧你是舊家人家的女兒！滿嘴裏大呼小喊，說的是些什麼！』薛蟠急的跺腳說：『罷喲，罷喲！看人聽見笑話。』

金桂意謂一不作，二不休，越發發潑喊起來了，說：『我不怕人笑話！你的小老婆治我害我，我倒怕人笑話了！再不然，留下他，就賣了我。（其刁無比，誰能想得出。）誰還不知道你薛家有錢，行動就拿錢墊人，又有好親戚，挾制着別人。你不趁早施爲，還等什麼？嫌我不好，誰叫你們瞎了眼，三求四告的跑了我們家作什麼去了！這會子人也來了，金的銀的也賠了，略有個眼睛鼻子的也霸佔去了，該擠發我了！』一面哭喊，一面滾揉，自己拍打。（寫得活生生一個刁婦、潑婦、惡婦形象。）薛蟠急的說又不好，勸又不好，打又不好，央告又不好，只是出入咳聲嘆氣，抱怨說運氣不好。（脂批：『果然不差。』）

當下薛姨媽早被薛寶釵勸進去了，只命人來賣香菱。寶釵笑道：『咱們家從來只知買人，並不知有賣人之說。媽可是氣的糊塗了，倘或叫人聽見，豈不笑話。哥哥、嫂子嫌他不好，留下我使喚。我正也沒人使呢。』薛姨媽道：『留下他還是淘氣，（薛姨媽倒是說對了。）不如打發了他倒乾淨。』寶釵笑道：『他跟着我也是一樣，橫豎不叫他到前頭去。從此斷絕了他那裏，（能斷絕了嗎？）也如賣了一般。』香菱早已跑到薛姨媽跟前痛哭哀求，只不願出去，情願跟着姑娘。薛姨媽也只得罷了。

庚辰本『香菱果跟隨寶釵在園內去了』句，『園內』兩字點掉，旁改『屋裏』，『了』字亦點掉。今查列藏本、王府本、楊藏本、甲辰本均有『園內』兩字，甲辰本『園』下脫一『內』字。程甲本、戚序本無『園內』二字。據此，可知早期抄本都有『園內』二字，刪去『園內』二字，是從程甲、戚序開始的，按前已敘明，大觀園抄檢後，寶釵已自動搬出園來，並未再回去，故後來刪去『在園內』三字是合理的。

寶蟾又是一種性格，倒是金桂的好對手，即以其人之道，還治其人之身。

從此以後，香菱果跟隨寶釵到園內去了，把前面路逕竟一心斷絕。雖然如此，終不免對月傷悲，挑燈自嘆。本來怯弱，雖在薛蟠房中幾年，皆由血分中有病，是以並無胎孕。今復加以氣怒傷感，內外折挫不堪，竟釀成乾血之症，（香菱終於被折磨成病矣。此妒婦殺之也。）日漸羸瘦作燒，飲食懶進，請醫診視服藥亦不效驗。

那時金桂又吵鬧了數次，氣的薛姨媽母女惟暗中垂淚，怨命而已。薛蟠雖曾仗着酒膽，挺撞過他兩三次，持棍欲打，那金桂便遞與他身子，着他隨意打；這裏持刀欲殺時，便伸與他脖項。薛蟠也實不能下手，（薛蟠實不敢下手也。金桂潑賴，到底竟讓薛蟠無法。如遇《水滸》中楊志，則已一刀了之矣，今薛蟠雖非韓信，倒肯受胯下之辱。）只得亂鬧了一陣罷了。如今習慣成自然，反使金桂越發長了威風，薛蟠越發軟了氣骨。（已是西風壓倒東風。）雖是香菱猶在，卻亦如不在的一般，縱不能十分暢快，也就不覺的礙眼了，且姑置不究。如今又漸次尋趁寶蟾。（趕走了一個，又找第二個。）

寶蟾卻不比香菱的情性，最是個烈火乾柴，既和薛蟠情投意合，便把金桂忘在腦後。近見金桂又作踐他，他便不肯服低容讓半點。先是一衝一撞的拌嘴角口，後來金桂急了，甚至於罵，再至於厮打。他雖不敢還言還手，便大撒潑性，拾頭打滾，尋死覓活，晝則刀剪，夜則繩索，無所不鬧。薛蟠此時一身難以兩顧，惟徘徊觀望於二者之間，十分鬧的無法，便出門躲在外廂。

金桂不發作性氣，有時歡喜，便糾聚人來鬬紙牌、擲骰子作樂。又生平最喜啃骨頭。（奇極怪極，莫非前生是狗。）每日務要〔三〕殺雞鴨，將肉賞人吃，自己只以油炸焦骨頭下酒。吃的不奈煩或動了氣，便肆行海罵，說：『有別的忘八粉頭樂的，我爲什麽不樂！』薛家母女總不去理他。薛蟠亦無別法，惟日夜悔恨不該娶這攪家星罷了，都是一時沒了主意。（脂批：『補足本題。』）於是寧、榮二宅之人，上上下下，無有不知，無有不嘆者。

已經治得獃霸王霸不起來了。

此時寶玉已過了百日，出門行走。亦曾過來見過金桂，『舉止形容也不怪厲，一般是鮮花嫩柳，與衆姊妹不差上下的人，焉得這等樣情性。可爲奇之至極。』（脂批：『別書中形容妬婦，必曰黃髮黧面，豈不可笑。』）因此心下納悶。這日，與王夫人請安去，又正遇見迎春奶娘來家請安，說起孫紹祖甚屬不端，『姑娘惟有背地裏淌眼抹淚的，只叫接了來家散誕兩日。』王夫人因說：『我正要這兩日接他去，只因七事八事的都不遂心，（脂批：『草蛇灰線，後文方不見突然。』）所以就忘了。前兒寶玉去了，回來也曾說過的。（脂批：『補明。』）明日是個好日子，就接他去。』

敘香菱災難剛罷，又來迎春厄運。『七事八事都不遂心』，賈府已入衰運。

正說着，賈母打發人來找寶玉，說：『明兒一早往天齊廟還願去。』寶玉如今巴不得各處去逛逛，聽見如此說，喜的一夜不曾合眼，盼明不明的。次日一早，梳洗穿帶已畢，隨了兩三個老嬤嬤坐車出西城門外天齊廟來燒香還願。

寶玉久不外出矣。

又一個江湖騙子，雪芹筆下的道士真實形象，非一僧一道之屬。

這廟裏已是昨日預備停妥的。寶玉天生性怯，不敢近猙獰神鬼之像。這天齊廟本係前朝所修，極其雄壯。如今年深歲久，又極其荒涼。裏面泥胎塑像，皆極其兇惡。是以忙忙的焚過紙馬錢糧，便退至道院歇息。

一時吃過飯，衆嬤嬤和李貴等人圍隨寶玉，到處散誕頑耍了一回。寶玉睏倦，復回至靜室安歇。衆嬤嬤生恐他睡着了，便請當家的老王道士來陪他說話兒。這老王道士專意在江湖上賣藥，弄些海上方治人射利，這廟外現掛着招牌，丸散膏丹，色色俱備，亦長在寧、榮兩宅走動熟慣，都與他起了個渾號，喚他作『王一貼』，言他的膏藥最靈驗，只一貼百病皆除之意。

當下王一貼進來，寶玉正歪在炕上想睡，李貴等正說『哥兒別睡着了』，厮混着。看見王一貼進來，〔四〕都笑道：『來的好，來的好。王師父，你極會說古記的，說一個與我們小爺聽聽。』王一貼笑道：『正是呢。哥兒別睡，仔細肚子裏麵筋作怪。』說着，滿屋裏人都笑了。脂批：『王一貼又與張道士遥遥一對，特犯不犯。』

寶玉也笑着起身整衣。王一貼喝命徒弟們快泡好釅茶來。茗煙道：『我們爺不吃你的茶，連這屋裏坐着還嫌膏藥氣息呢。』王一貼笑道：『沒當家花花的，膏藥從不拿進這屋裏來的。知道哥兒今日必來，頭三五天就拿香薰了又薰的。』

寶玉道：『可是呢，天天只聽見你的膏藥好，到底治什麼病？』王一貼道：

一副江湖賣藥套話，寫得頭頭是道，活靈活現。

王一貼想到歪路上去了，因其人歪，故想入歪路也。

『哥兒若問我的膏藥，說來話長，其中細理，一言難盡。共藥一百二十味，君臣相際，賓客得宜，溫涼兼用，貴賤殊方。內則調元補氣，開胃口，養榮衛，寧神安志，去寒去暑，化食化痰；外則和血脈，舒筋絡，出死肌，生新肉，去風散毒。其效如神，貼過的便知。』

寶玉道：『我不信，一張膏藥就治這些病！我且問你，倒有一種病，可也貼的好麽？』王一貼道：『百病千災，無不立效。若不見效，哥兒只管揪着鬍子打我這老臉，拆我這廟，何如？（江湖氣到底。）只說出病源來。』寶玉笑道：『你猜。若你猜的着，便貼的好了。』王一貼聽了，尋思一會，笑道：『這倒難猜，只怕膏藥有些不靈了。』

寶玉命李貴等：『你們且出去散散。這屋裏人多，越發蒸臭了。』李貴等聽說，且都出去自便，只留下茗煙一人。（王一貼更誤以爲有心遣出了。）這茗煙手內點着了一枝夢甜香，（脂批：『與前文一照。』）寶玉命他坐在身旁，卻倚在他身上。王一貼心有所動，（脂批：『四字好，萬端生於心，心邪則意邪。』）便笑嘻嘻走近前來，悄悄的說道：『我可猜着了。想是哥兒如今有了房中的事情，要滋助的藥，可是不是？』（江湖騙人老道，只有此等騙術。）話猶未完，茗煙先喝道：『該死，打嘴！』寶玉猶未解，（脂批：『未解妙，若解，則不成文矣。』）忙問：『他說什麽？』茗煙道：『信他胡說。』唬的王一貼不敢再問，只說：『哥兒明說了罷。』

奇想奇問。

活畫一個江湖老滑頭。

雖是一段諧謔文字，卻是諧中寓莊，『死了還妒什麼』，可見此病不可醫也。

此江湖老道最終能說實話，則又與一般只說假話者不同。

寶玉道：『我問你，可有貼女人的妒病方子沒有？』脂批：『千古奇文奇語，仍歸結至上半回正文，細密如此。』王一貼聽說，拍手笑道：『這可罷了。不但說沒有方子，〔五〕就是聽也沒有聽見過。』寶玉笑道：『這樣還算不得什麼。』王一貼又忙道：『貼妒的膏藥倒沒經過，倒有一種湯藥或者可醫，只是慢些兒，不能立竿見影的效驗。』

寶玉問：『什麼湯藥，怎麼吃法？』王一貼道：『這叫作「療妒湯」，藥名新，從未聽過。用極好的秋梨一個，二錢冰糖，一錢陳皮，水三碗，梨熟爲度。每日清早吃這麼一個梨，吃來吃去，就好了。』寶玉道：『這也不值什麼，只怕未必見效。』王一貼道：『一劑不效吃十劑，今日不效明日再吃，今年不效吃到明年。橫豎這三味藥都是潤肺開胃不傷人的，甜絲絲的，又止咳嗽，又好吃。吃過一百歲，人橫豎是要死的，死了還妒什麼！那時就見效了。』脂批：『此科渾一收，方爲奇趣之至。』說着，寶玉、茗煙都大笑不止，罵『油嘴的牛頭』。

王一貼笑道：『不過是閑着解午盹罷了，有什麼關係。說笑了你們，就值錢。實告訴你們說，連膏藥也是假的，總算說了實話。我有真藥，我還吃了作神仙呢。有真的，跑到這裏來混！』脂批：『寓意深遠，在此數語。』正說着，吉時已到，請寶玉出去焚化錢糧散福。功課完畢，方進城回家。

那時迎春已來家好半日，孫家的婆娘媳婦等人已待過晚飯，打發回家去了。迎又是一個惡賴。

寫過女的夏金桂，又寫男的孫紹祖。

寫過香菱，又寫迎春。

纔離大觀園，仍思大觀園，無奈往日歡情，已如流水矣。

春方哭哭啼啼的在王夫人房中訴委曲，說孫紹祖『一味好色，好賭酗酒，家中所有的媳婦、丫頭將及淫遍，與薛蟠可以成對。略勸過兩三次，便罵我是「醋汁子老婆擰出來的」。脂批：『奇文奇罵，爲迎春一哭。又爲榮府一哭，恨薛蟠何等剛霸，偏不能以此語及金桂，使人忿忿。此書中全是不平，又全是意外之料。』又說，老爺曾收着他五千銀子，不該使了他的。如今他來要了兩三次不得，他便指着我的臉說道：「你別和我充夫人娘子，你老子使了我五千銀子，把你准折賣給我的。好不好，打一頓攆在下房裏睡去。當日有你爺爺在時，希圖上我們的富貴，趕着相與的。論理，我和你父親是一輩，如今強壓我的頭，賣了一輩。又不該作了這門親，倒沒的叫人看着趕勢利似的。」』脂批：『不通可笑，遁辭如聞。』一行說，一行哭的嗚嗚咽咽，連王夫人並衆姊妹無不落淚。

王夫人只得用言語解勸說：『已是遇見了這不曉事的人，可怎麽樣呢。想當日你叔叔也曾勸過大老爺，不叫作這門親的。大老爺執意不聽，一心情願，到底作不好了。我的兒，這也是你的命。』迎春哭道：『我不信我的命就這麽不好！從小兒沒了娘，幸而過嬸子這邊過了幾年心淨日子，如今偏又是這麽個結果！』

王夫人一面解勸，一面問他隨意要在那裏安歇。迎春道：『乍乍的離了姊妹們，只是眠思夢想。二則還記掛着我的屋子，還得在園裏舊房子裏住得三五天，死也甘心了。不知下次還可能得住不得住了呢！』可憐可悲

王夫人忙勸道：『快休亂說。不過年輕的夫妻們，閗牙閗齒，亦是萬萬人之

常事，何必說這喪話。』仍命人忙忙的收拾紫菱洲房屋，命姊妹們陪伴着解釋，又吩咐寶玉：『不許在老太太跟前走漏一些風聲，倘或老太太知道了這些事，都是你說的。』寶玉唯唯的聽命。

迎春是夕，仍在舊館安歇。衆姊妹、丫鬟等更加親熱異常。一連住了三日，纔往邢夫人那邊去。先辭過賈母及王夫人，然後與衆姊妹分別，更皆悲傷不捨。還是王夫人、薛姨媽等安慰勸釋，方止住了，過那邊去。脂批：『凡迎春之文，皆從寶玉眼中寫出。前「悔娶河東獅」是實寫，「誤嫁中山狼」，出迎春口中，可爲實（虛）寫。以虛虛實實變幻體格，各盡其法。』又在邢夫人處住了兩日，就有孫紹祖的人來接去。迎春雖不願去，無奈懼孫紹祖之惡，只得勉強忍情，作辭去了。

邢夫人本不在意，也不問其夫妻和睦、家務煩難，只面情塞責而已。終不知端的。且聽下回分解。

【回後評】

作者寫夏金桂，則世間有其一，無其二，活生生之夏金桂。古人寫妒婦悍婦多矣，夏金桂出，遂難更出其右者。夏金桂種種惡行，世間惡婦難有其全。夏金桂設計陷香菱、鎮薛蟠、縱寶蟾種種手段，皆是明寫。且其人行爲放縱撒潑，無半點隱藏，與王熙鳳計誘尤二姐、折磨尤二姐、逼殺尤二姐種種做法，一明一暗，恰成對照：王熙鳳是不動聲色，笑裏藏刀，把人逼死了還要灑淚哭泣，以示悲傷；夏金桂則是雷閃雷霹，狂風驟雨，又如猛虎撲羊，恣意吞噬，飽食後放聲長嘯。前者是文絲不動而滅對方，後者是大喊大叫而吞弱敵。雪芹一枝筆，寫出兩種截然不同之妒婦、悍婦、毒婦，其胸中所藏，豈僅陳倉數十萬之衆哉！

王道士『療妒湯』一方，實存諷世之意，『妒』之一病，豈獨女子哉，又豈獨男女間哉，故『妒』實不可治也。論者曰：寶玉覓『妒婦方』，非爲夏金桂也，實爲襲人等也，此論求之過深而近於鑿。蓋寶玉實有感於夏金桂之奇妒，而又遇王一貼，故有此問也。如無夏金桂之奇妒，寶玉雖遇王一貼，亦斷無此問矣。寶玉雖是爲夏金桂而問，實亦爲普天下形形色色之『妒』而問也。

迎春嫁出後歸訴受虐待之苦，欲求在紫菱洲再小住數日，可見昔日女兒國之歡樂無憂，不可復矣。雪芹寫孫紹祖之中山狼，不僅寫其惡賴，更是爲寫又一種悲劇婚姻也。此悲劇婚姻是賈赦『執意不聽，一心情願』所造成，終於斷送迎春！此又是婚姻不得自主之罪也。

《紅樓夢》前八十回，爲雪芹原作，八十回訖，則雪芹之原作盡矣，八十回後之文字，皆爲後人續作，其作者已不可考。予之評止於八十回，八十回以後則或略記所感，或多或少，亦有評之較多者，亦或有竟付闕如者，讀者諒之。

或曰後四十回絕非高鶚所續，強認後四十回為高鶚所續，誤也。予深然其說。予以爲程、高刻本序中所述後四十回陸續于冷攤所得爲實話，非欺人之談。或又曰後四十回中雜有雪芹舊稿，此亦吾人可研之題也。況後四十回中間亦有文筆極勝者。然就整體而論，後四十回與前八十回相違者甚多，而文筆迥不如前，此爲其大概也。然較之同時流行之續書，此爲佼佼者矣，《紅樓夢》之得風行于世，程高之功爲巨也。後四十回之勝於衆續亦其主因也，故未可一概而論也。

【校記】

〔一〕底本此回無回目，但已分回，僅有『第八十回』四字。列藏本七十九、八十回未分回，更無回目，只在『連我們姨老爺時常還誇呢』的『呢』字下有一墨勾。以示分回。但此墨勾，當非原抄者所勾，恐是後人補勾。其餘蒙府、戚序本作『懦弱迎春腸迴九曲，姣怯香菱病入膏肓』；楊藏本作『懦迎春腸回九曲，姣香菱病入膏肓』；甲辰本作『美香菱屈受貪夫棒，醜道士胡謅妒婦方』；程甲本同，惟『醜道士』作『王道士』。此從程甲本補。

〔二〕『霸佔了去』以下共二十五字，底本缺，各本存，文字有異，此從列藏、甲辰本補。

〔三〕『便糾聚人來鬭紙牌』以下共二十五字，底本缺，各本均有，此從戚序本補。

〔四〕『寶玉正歪在炕上想睡』以下共三十字，底本缺，各本均有，文字略異，此從列藏、蒙府本補。

〔五〕『聽說，拍手笑道』以下共十七字，底本缺，各本皆有，文字有歧異，此從列藏、戚序本補。

瓜飯樓重校評批《紅樓夢》卷九

第八十一回　占旺相四美釣游魚　奉嚴詞兩番入家塾

且說迎春歸去之後，邢夫人像沒有這事，倒是王夫人撫養了一場，卻甚實傷感，在房中自己嘆息了一回。只見寶玉走來請安，看見王夫人臉上似有淚痕，也不敢坐，只在旁邊站着。王夫人叫他坐下，寶玉纔捱上炕來，就在王夫人身旁坐了。

王夫人見他獃獃的瞅着，似有欲言不言的光景，便道：『你又爲什麼這樣獃獃的？』寶玉道：『並不爲什麼，只是昨兒聽見二姐姐這種光景，我實在替他受不得。雖不敢告訴老太太，卻這兩夜只是睡不着。我想咱們這樣人家的姑娘，那裏受得這樣的委屈。況且二姐姐是個最懦弱的人，向來不會和人拌嘴，偏偏兒的遇見這樣沒人心的東西，竟一點兒不知道女人的苦處。』說着，幾乎滴下淚來。

王夫人道：『這也是沒法兒的事。俗語說的，「嫁出去的女孩兒潑出去的水」，叫我能怎麼樣呢。』寶玉道：『我昨兒夜裏倒想了一個主意：咱們索性回明寶玉此時之獃，是真獃，全無靈氣，與前八十回之獃有異。

寫寶玉放聲大哭及如此哭法，以前少見，總是筆少靈動之氣。

了老太太，把二姐姐接回來，還叫他紫菱洲住着，仍舊我們姐妹弟兄們一塊兒吃，一塊兒頑，省得受孫家那混賬行子的氣。等他來接，咱們硬不叫他去。由他接一百回，咱們留一百回，只說是老太太的主意。這個豈不好呢！』

王夫人聽了，又好笑，又好惱，說道：『你又發了獃氣了，混說的是什麼！大凡做了女孩兒，終久是要出門子的，嫁到人家去，娘家那裏顧得？也只好看他自己的命運，碰得好就好，碰得不好也就沒法兒。你難道沒聽見人說，「嫁雞隨雞，嫁狗隨狗」，那裏個個都像你大姐姐做娘娘呢？況且你二姐姐是新媳婦，孫姑爺也還是年輕的人，各人有各人的脾氣，新來乍到，自然要有些扭別的。過幾年，大家摸着脾氣兒，生兒長女以後，那就好了。你斷斷不許在老太太跟前說起半個字，我知道了是不依你的。快去幹你的去罷，不要在這裏混說。』說得寶玉也不敢作聲，坐了一回，無精打彩的出來了。憋着一肚子悶氣，無處可泄，走到園中，一逕往瀟湘館來。剛進了門，便放聲大哭起來。

黛玉正在梳洗纔畢，見寶玉這個光景，倒唬了一跳，問：『是怎麼了？和誰慪了氣了？』連問幾聲。寶玉低着頭，伏在桌子上，嗚嗚咽咽，哭的說不出話來。黛玉便在椅子上怔怔的瞅着他，一會子問道：『到底是別人和你慪了氣了，還是我得罪了你呢？』寶玉搖手道：『都不是，都不是。』黛玉道：『那麼着，爲什麼這麼傷起心來？』寶玉道：『我只想着咱們大家越早些死的越好，活着真真沒有趣兒！』黛玉聽了這話，更覺驚訝，道：『這是什麼話，你真正發了瘋了不成？』

寶玉道：『也並不是我發瘋，我告訴你，你也不能不傷心。前兒二姐姐回來的樣子和那些話，你也都聽見、看見了。我想人到了大的時候，爲什麼要嫁？嫁出去，受人家這般苦楚！還記得咱們初結海棠社的時候，大家吟詩做東道，那時候何等熱鬧。如今寶姐姐家去了，連香菱也不能過來，二姐姐又出了門子了。幾個知心知意的人都不在一處，弄得這樣光景。我原打算去告訴老太太，接二姐姐回來，誰知太太不依，倒說我獃，混說，我又不敢言語。這不多幾時，你瞧瞧，園中光景已經大變了。若再過幾年，又不知怎麼樣了。故此越想不由人不心裏難受起來。』

黛玉聽了這番言語，把頭漸漸的低了下去，身子漸漸的退至炕上，一言不發，嘆了口氣，便向裏躺下去了。

紫鵑剛拿進茶來，見他兩個這樣，正在納悶。只見襲人來了，進來看見寶玉，便道：『二爺在這裏呢麼，老太太那裏叫呢。我估量着二爺就是在這裏。』黛玉聽見是襲人，便欠身起來讓坐。

黛玉的兩個眼圈兒已經哭的通紅了。寶玉看見道：『妹妹，我剛纔說的不過是些獃話，你也不用傷心。你要想我的話時，身子更要保重纔好。你歇歇兒罷，老太太那邊叫我，我看看去就來。』說着，往外走了。

襲人悄問黛玉道：『你兩個人又爲什麼？』黛玉道：『他爲他二姐姐傷心。我是剛纔眼睛發癢揉的，並不爲什麼。』襲人也不言語，忙跟了寶玉出來，各自散了。寶玉來到賈母那邊，賈母卻已經歇晌，只得回到怡紅院。

到了午後，寶玉睡了中覺起來，甚覺無聊，隨手拿了一本書看。襲人見他看書，忙去沏茶伺候。誰知寶玉拿的那本書卻是《古樂府》，隨手翻來，正看見曹孟德『對酒當酒，人生幾何』一首，不覺刺心。因放下這一本，又拿一本看時，卻是晉文，翻了幾頁，忽然把書掩上，托着腮，只管癡癡的坐着。

襲人倒了茶來，見他這般光景，便道：『你爲什麼又不看了？』寶玉也不答言，接過茶來喝了一口，便放下了。襲人一時摸不着頭腦，也只管站在旁邊獃獃的看着他。忽見寶玉站起來，嘴裏咕咕噥噥的說道：『好一個「放浪形骸之外」！』襲人聽了，又好笑，又不敢問他，只得勸道：『你若不愛看這些書，不如還到園裏逛逛，也省得悶出毛病來。』

那寶玉只管口中答應，只管出着神往外走了。一時走到沁芳亭，但見蕭疏景象，人去房空。又來至蘅蕪院，更是香草依然，門窗掩閉。轉過藕香榭來，遠遠迎春之去，不知探春等作如何想。

的只見幾個人在蓼溆一帶欄杆上靠着，有幾個小丫頭蹲在地下找東西。寶玉輕輕的走在假山背後聽着。

只見一個說道：『看他洑上來不洑上來。』好似李紋的語音。一個笑道：『好，下去了。我知道他不上來的。』這個卻是探春的聲音。一個又道：『是了，姐姐你別動，只管等着。他横豎上來。』一個又說：『上來了。』這兩個是李綺、邢岫煙的聲兒。

寶玉忍不住，拾了一塊小磚頭兒，往那水裏一撂，咕咚一聲，四個人都嚇了一跳，驚訝道：『這是誰這麽促狹？唬了我們一跳。』寶玉笑着從山子後直跳出來，笑道：『你們好樂啊，怎麽不叫我一聲兒？』探春道：『我就知道再不是别人，必是二哥哥這樣淘氣。沒什麽說的，你好好兒的賠我們的魚罷。剛纔一個魚上來，剛剛兒的要釣着，叫你唬跑了。』寶玉笑道：『你們在這裏頑，竟不找我，我還要罰你們呢。』大家笑了一回。寶玉道：『咱們大家今兒釣魚，占占誰的運氣好。看誰釣得着，就是他今年的運氣好。釣不着，就是他今年運氣不好。咱們誰先釣？』探春便讓李紋，李紋不肯。探春笑道：『這樣就是我先釣。』回頭向寶玉說道：『二哥哥，你再趕走了我的魚，我可不依了。』寶玉道：『頭裏原是我要唬你們頑，這會子你只管釣罷。』探春把絲繩抛下，沒十來句話的工夫，就有

占旺相四美
釣遊魚
癸未初春
鳳嬛

侍書，前八十回作『待書』。前後不一，後四十回前後不一者甚多，不再作統一，亦留程甲本原貌。

俗云：姜太公釣魚，願者上鈎。按姜太公即呂尚，字子牙，本姓姜，因其先世封于呂，故又姓呂。曾隱于渭水之濱。傳他的釣鈎無餌。今尚有姜太公釣魚處，位於寶雞市東南四十公里之磻溪河上，南依秦嶺，北瀕渭水，予曾遊其地。在叢山中，景甚

一個楊葉竄兒吞着鈎子，把漂兒墜下去，探春把竿一挑，往地下一撩，卻是活迸的。侍書在滿地上亂抓，兩手捧着，擱在小磁罈內清水養着。

探春把釣竿遞與李紋。李紋也把釣竿垂下，但覺絲兒一動，忙挑起來，卻是個空鈎子。又垂下去，半晌鈎絲一動，又挑起來，還是空鈎子。李紋把那鈎子拿上來一瞧，原來往裏鈎了。李紋笑道：『怪不得釣不着。』忙叫素雲把鈎子敲好了，換上新蟲子，上邊貼好了葦片兒。垂下去一會兒，見葦片直沉下去，急忙提起來，倒是一個二寸長的鯽瓜兒。

李紋笑着道：『寶哥哥釣罷。』寶玉道：『索性三妹妹和邢妹妹釣了我再釣。』岫煙卻不答言。只見李綺道：『寶哥哥先釣罷。』說着，水面上起了一個泡兒。探春道：『不必盡着讓了。你看那魚都在三妹妹那邊呢，還是三妹妹快着釣罷。』李綺笑着接了釣竿兒，果然沉下去就釣了一個。然後，岫煙也釣着了一個，隨將竿子仍舊遞給探春，探春纔遞與寶玉。

寶玉道：『我是要做姜太公的。』便走下石磯，坐在池邊釣起來。豈知那水裏的魚看見人影兒，都躲到別處去了。寶玉掄着釣竿等了半天，那釣絲兒動也不動。剛有一個魚兒在水邊吐沫，寶玉把竿子一幌，又唬走了。急的寶玉道：『我最是個性兒急的人，他偏性兒慢，這可怎麼樣呢。好魚兒，快來罷！你也成全成

佳，所留古蹟甚多，有太公廟、釣台、諸葛武侯一出祁山，趙雲、鄧芝屯兵處等。

竿折絲斷，形容終嫌牽強。

以前是虛筆傳神，此處偏要實寫。

全我呢。』說得四人都笑了。一言未了，只見釣絲微微一動。寶玉喜得滿懷，用力往上一兜，把釣竿往石上一碰，折作兩段，絲也振斷了，鈎子也不知往那裏去了。衆人越發笑起來，探春道：『再沒見像你這樣鹵人。』

正說着，只見麝月慌慌張張的跑來說：『二爺，老太太醒了，叫你快去呢。』五個人都唬了一跳。探春便問麝月道：『老太太叫二爺什麽事？』麝月道：『我也不知道。就只聽見說是什麽鬧破了，叫寶玉來問，還要叫璉二奶奶一塊兒查問呢。』嚇得寶玉發了一回獃，說道：『不知又是那個丫頭遭了瘟了。』探春道：『不知什麽事，二哥哥你快去。有什麽信兒，先叫麝月來告訴我們一聲兒。』說着，便同李紋、李綺、岫煙走了。

寶玉走到賈母房中，只見王夫人陪着賈母摸牌。寶玉看見無事，纔把心放下了一半。賈母見他進來，便問道：『你前年那一次大病的時候，後來虧了一個瘋和尚和個瘸道士治好了的。那會子病裏，你覺得是怎麽樣？』寶玉想了一回，道：『我記得得病的時候兒，好好的站着，倒像背地裏有人把我攔頭一棍，疼的眼睛前頭漆黑，看見滿屋子裏都是些青面獠牙、拿刀舉棒的惡鬼。躺在炕上，覺着腦袋上加了幾個腦箍似的。以後便疼的任什麽不知道了。到好的時候，又記得堂屋裏一片金光，直照到我房裏來，那些鬼都跑着躲避，便不見了。我的頭也不疼了，心上也就清楚了。』

賈母告訴王夫人道：『這個樣兒也就差不多了。』說着，鳳姐也進來了，見了賈母，又回身見過了王夫人，說道：『老祖宗要問我什麽？』賈母道：『你前年害了邪病，你還記得怎麽樣？』鳳姐兒笑道：『我也不很記得了，但覺自己身子不由自主，倒像有些鬼怪拉拉扯扯要我殺人纔好，有什麽，拿什麽，見什麽，殺什麽。自己原覺很乏，只是不能住手。』賈母道：『好的時候還記得麽？』鳳姐道：『好的時候好像空中有人說了幾句話似的，卻不記得說什麽來着。』

賈母道：『這麽看起來，竟是他了。他姐兒兩個病中的光景和纔說的一樣。這老東西竟這樣壞心，寶玉枉認了他做乾媽。倒是這個和尚、道人，阿彌陀佛，纔是救寶玉性命的，只是沒有報答他。』鳳姐道：『怎麽老太太想起我們的病來呢？』賈母道：『你問你太太去，我懶待說。』王夫人道：『纔剛老爺進來說起，寶玉的乾媽竟是個混賬東西，邪魔外道的。如今鬧破了，被錦衣府拿住送入刑部監，要問死罪的了。前幾天被人告發的。那個人叫做什麽潘三保，有一所房子賣與斜對過當鋪裏。這房子加了幾倍價錢，潘三保還要加，當鋪裏那裏還肯？潘三保便買囑了這老東西，因他常到當鋪裏去，那當鋪裏人的內眷都與他好的。他就使從馬道婆又帶出趙姨娘，是爲逐步收結前文。

了個法兒，叫人家的內人便得了邪病，家翻宅亂起來。他又去說，這個病他能治，就用些神馬紙錢燒獻了，果然見效。他又向人家內眷們要了十幾兩銀子。豈知老佛爺有眼，應該敗露了。這一天急要回去，掉了一個絹包兒。當鋪裏人撿起來一看，裏頭有許多紙人，還有四丸子很香的香。正詫異着呢，那老東西倒回來找這絹包兒。這裏的人就把他拿住，身邊一搜，搜出一個匣子，裏面有象牙刻的一男一女，不穿衣服，光着身子的兩個魔王，還有七根硃紅繡花針。立時送到錦衣府去，問出許多官員家大户太太姑娘們的隱情事來。所以知會了營裏，把他家中一抄，抄出好些泥塑的煞神，幾匣子悶香。炕背後空屋子裏掛着一盞七星燈，燈下有幾個草人，有頭上戴着腦箍的，有胸前穿着釘子的，有項上拴着鎖子的。櫃子裏無數紙人兒，底下幾篇小賬，上面記着某家驗過，應找銀若干。得人家油錢香分也不計其數。』

鳳姐道：『咱們的病，一準是他。我記得咱們病後，那老妖精向趙姨娘處來過幾次，要向趙姨娘討銀子，見了我，便臉上變貎變色，兩眼黧雞似的。我當初還猜疑了幾遍，總不知什麽原故。如今說起來，卻原來都是有因的。但只我在這裏當家，自然惹人恨怨，怪不得人治我。寶玉可和人有什麽仇呢，忍得下這樣毒手？』賈母道：『焉知不因我疼寶玉，不疼環兒，竟給你們種了毒了呢。』

王夫人道：『這老貨已經問了罪，決不好叫他來對證。沒有對證，趙姨娘那裏肯認賬。事情又大，鬧出來，外面也不雅。等他自作自受，少不得要自己敗露的。』賈母道：『你這話說的也是，這樣事，沒有對證，也難作準。只是佛爺菩薩看的真，他們姐兒兩個，如今又比誰不濟了呢。罷了，過去的事，鳳哥兒也不必提了。今日你和你太太都在我這邊吃了晚飯再過去罷。』遂叫鴛鴦、琥珀等傳飯。

鳳姐趕忙笑道：『怎麼老祖宗倒操起心來！』王夫人也笑了。只見外頭幾個媳婦伺候。鳳姐連忙告訴小丫頭子傳飯：『我和太太都跟着老太太吃。』

正說着，只見玉釧兒走來，對王夫人道：『老爺要找一件什麼東西，請太太伺候了老太太的飯完了，自己去找一找呢。』賈母道：『你去罷，保不住你老爺有要緊的事。』

王夫人答應着，便留下鳳姐兒伺候，自己退了出來。回至房中，和賈政說了些閒話，把東西找了出來。賈政便問道：『迎兒已經回去了，他在孫家怎麼樣？』王夫人道：『迎丫頭一肚子眼淚，說孫姑爺凶橫的了不得。』因把迎春的話述了一遍。賈政嘆道：『我原知不是對頭，無奈大老爺已說定了，教我也沒法。不過迎丫頭受些委屈罷了。』王夫人道：『這還是新媳婦，只指望他以後好了好。』說着，嗤的一笑。

笑得牽強，不合王夫人身份。

前面七十八回剛寫過『近日賈政年邁，名利大灰』，『見寶玉雖不讀書，竟頗能解

賈政道：『笑什麽？』王夫人道：『我笑寶玉，今兒早起特特的到這屋裏來，說的都是些孩子話。』賈政道：『他說什麽？』王夫人把寶玉的言語笑述了一遍。

賈政也忍不住的笑，因又說道：『你提寶玉，我正想起一件事來。這小孩子天天放在園裏，也不是事。生女兒不得濟，還是别人家的人。生兒若不濟事，關係非淺。前日倒有人和我提起一位先生來，學問人品都是極好的，也是南邊人。但我想，南邊先生性情最是和平。咱們城裏的孩子，個個踢天弄井，鬼聰明倒是有的，可以搪塞就搪塞過去了，膽子又大，先生再要不肯給沒臉，一日哄哥兒似的，沒的白耽誤了。所以老輩子不肯請外頭的先生，只在本家擇出有年紀再有點學問的，請來掌家塾。如今儒大太爺雖學問也只中平，但還彈壓的住這些小孩子們，不至以顢頇了事。我想，寶玉閑着總不好，不如仍舊叫他家塾中讀書去罷了。』王夫人道：『老爺說的很是。自從老爺外任去了，他又常病，竟耽擱了好幾年。如今且在家學裏溫習溫習，也是好的。』賈政點頭，又說些閒話，不題。

且說寶玉次日起來，梳洗已畢，早有小厮們傳進話來說：『老爺叫二爺說話。』寶玉忙整理了衣服，來至賈政書房中，請了安，站着。賈政道：『你近來作些什麽功課？雖有幾篇字，也算不得什麽。我看你近來的光景，越發比頭幾年散蕩了，況且每每聽見你推病不肯念書。如今可大好了，我還聽見你天天在園子

此（指做詩），細評起來，也還不算十分玷辱了祖宗。就思及祖宗們，各各亦皆如此，雖有深精舉業的，也不曾發跡過一個，看來此亦賈門之數』。此處又寫賈政要寶玉『應試選舉』，前後不接。

裏和姊妹們頑頑笑笑，甚至和那些丫頭們混鬧，把自己的正經事總丟在腦袋後頭。就是做得幾句詩詞，也並不怎麼樣，有什麼稀罕處！比如應試選舉，到底以文章爲主，你這上頭倒沒有一點兒工夫。我可囑咐你：自今日起，再不許做詩做對的了，單要習學八股文章。限你一年，若毫無長進，你也不用念書了，我也不願有你這樣的兒子了。』遂叫李貴來，說：『明兒一早，傳焙茗跟了寶玉去收拾應念的書籍，一齊拿過來我看看，親自送他到家學裏去。』喝命寶玉：『去罷！明日起早來見我。』寶玉聽了，半日竟無一言可答，因回到怡紅院來。

襲人正在着急聽信，見說取書，倒也歡喜。獨是寶玉要人即刻送信與賈母，欲叫攔阻。賈母得信，便命人叫過寶玉來，告訴他說：『只管放心先去，別叫你老子生氣。有什麼難爲你，有我呢。』寶玉沒法，只得回來囑咐了丫頭們：『明日早早叫我。老爺要等着送我到家學裏去呢。』襲人等答應了，同麝月兩個倒替着醒了一夜。

次日一早，襲人便叫醒寶玉，梳洗了，換了衣服，打發小丫頭子傳了焙茗在二門上伺候，拿着書籍等物。襲人又催了兩遍，寶玉只得出來，過賈政書房中來，先打聽老爺過來了沒有。書房中小廝答應：『方纔一位清客相公請老爺回話，裏邊說梳洗呢，命清客相公出去候着去了。』寶玉聽了，心裏稍稍安頓，連忙到賈政這賈政竟親自送寶玉上學。與前八十回態度大異。

邊來。恰好賈政着人來叫，寶玉便跟着進去。賈政不免又囑咐幾句話，帶了寶玉上了車，焙茗拿着書籍，一直到家塾中來。

早有人先搶一步回代儒說：『老爺來了。』代儒站起身來，賈政早已走入，向代儒請了安。代儒拉着手問了好，又問：『老太太近日安麽？』寶玉過來也請了安。賈政站着，請代儒坐了，然後坐下。

賈政道：『我今日自己送他來，因要求託一番。這孩子年紀也不小了，到底要學個成人的舉業，纔是終身立身成名之事。如今他在家中，只是和些孩子們混鬧，雖懂得幾句詩詞，也是胡謅亂道的；就是好了，也不過是風雲月露，與一生的正事毫無關涉。』代儒道：『我看他相貌也還體面，靈性也還去得，爲什麽不念書，只是心野貪頑？詩詞一道，不是學不得的，只要發達了以後再學，還不遲呢。』

賈政道：『原是如此。目今只求叫他讀書、講書、作文章。倘或不聽教訓，還求太爺認真的管教管教他，纔不至有名無實的，白耽誤了他的一世。』說畢，站起來又作了一個揖，然後說了些閒話，纔辭了出去。代儒送至門首，說：『老太太前替我問好請安罷。』賈政答應着，自己上車去了。

代儒回身進來，看見寶玉在西南角靠窗户擺着一張花梨小桌，右邊堆下兩套舊書，薄薄兒的一本文章，叫焙茗將紙墨筆硯都擱在抽屜裏藏着。代儒道：『寶玉，我聽見說，你前兒有病，如今可大好了？』寶玉站起來道：『大好了。』代儒道：『如今論起來，你可也該用功了。你父親望你成人懇切的很。你且把從前念過的書，打頭兒理一遍。每日早起理書，飯後寫字，晌午講書，念幾遍文章就是了。』寶玉答應了個『是』，回身坐下時，不免四面一看，見昔時金榮輩不見了幾個，又添了幾個小學生，都是些粗俗異常的。忽然想起秦鍾來，如今沒有一個做得伴，說句知心話兒的，心上淒然不樂，卻不敢作聲，只是悶着看書。

代儒告訴寶玉道：『今日頭一天，早些放你家去罷。明日要講書了。但是你又不是很愚夯的，明日我倒要你先講一兩章書我聽，試試你近來的工課何如，我纔曉得你到怎麼個分兒上頭。』說得寶玉心中亂跳。

欲知明日聽解何如，且聽下回分解。

【回後評】

剛寫過大觀園人去園蕪的蕭條景象，寫過迎春的悲慘遭遇，寶玉爲之大哭，卻忽接四美釣魚，寫『寶玉笑着從山子後直跳出來，……』前後變化，殊覺突然。

前八十回寫馬道婆作邪法，只是虛寫一筆，無具體描寫。此處卻細寫種種邪法邪具，實多於虛，文章死板，反成渲染邪道。

七十八回已寫賈政名利大灰，無心再逼寶玉讀書應舉，此處卻忽命寶玉重新入學，『單要習學八股文章』，賈政的思想說變就變。

從本回起，已非雪芹筆墨，後人續書，總是平鋪直敍，且前後多有不接者。然卻因有續書，《紅樓夢》得風行天下，而前八十回亦得藉以保存，世事固不能只論其一，不論其二也。

第八十二回　老學究講義警頑心　病瀟湘癡魂驚惡夢

話說寶玉下學回來，見了賈母。賈母笑道：『好了，如今野馬上了籠頭了。去罷，見見你老爺，回來散散兒去罷。』寶玉答應着，去見賈政。賈政道：『這早晚就下了學了麼？師父給你定了工課沒有？』寶玉道：『定了。早起理書，飯後寫字，晌午講書、念文章。』賈政聽了，點點頭兒，因道：『去罷，還到老太太那邊陪着坐坐去。你也該學些人功道理，別一味的貪頑。晚上早些睡，天天上學早些起來。你聽見了？』寶玉連忙答應幾個『是』，退出來，忙忙又去見王夫人，又到賈母那邊打了個照面兒。

趕着出來，恨不得一走就走到瀟湘館纔好。剛進門口，便拍着手笑道：『我依舊回來了！』猛可裏倒唬了黛玉一跳。紫鵑打起簾子，寶玉進來坐下。黛玉道：『我恍惚聽見你念書去了。這麼早就回來了？』寶玉道：『噯呀，了不得！我今兒不是被老爺叫了念書去了麼，心上倒像沒有和你們見面的日子了。好容易熬了一

黛玉竟也稱讚八股文，與前不接。續作

天，這會子瞧見你們，竟如死而復生的一樣，真真古人說「一日三秋」，這話再不錯的。』

黛玉道：『你上頭去過了沒有？』寶玉道：『都去過了。』黛玉道：『別處呢？』寶玉道：『沒有。』黛玉道：『你也該瞧瞧他們去。』寶玉道：『我這會子懶待動了，只和妹妹坐着説一會子話兒罷。老爺還叫早睡早起，只好明兒再瞧他們去了。』黛玉道：『你坐坐兒，可是正該歇歇兒去了。』寶玉道：『我那裏是乏，只是悶得慌。這會子咱們坐着纔把悶散了，你又催起我來。』黛玉微微的一笑，因叫紫鵑：『把我的龍井茶給二爺沏一碗。二爺如今念書了，比不的頭裏。』紫鵑笑着答應，去拿茶葉，叫小丫頭子沏茶。

寶玉接着説道：『還提什麼念書，我最厭這些道學話。更可笑的是八股文章，拿他誆功名混飯吃也罷了，還要説代聖賢立言。好些的，不過拿些經書湊搭湊搭還罷了。更有一種可笑的，肚子裏原沒有什麼，東拉西扯，弄的牛鬼蛇神，還自以爲博奧。這那裏是闡發聖賢的道理？目下老爺口口聲聲叫我學這個，我又不敢違拗，你這會子還提念書呢。』

黛玉道：『我們女孩兒家雖然不要這個，但小時跟着你們雨村先生念書，也曾看過。內中也有近情近理的，也有清微淡遠的。那時候雖不大懂，也覺得好，不者總在漸漸改變前八十回人物性格。

黛玉竟贊成寶玉取功名，並說『這個也清貴些』，與前八十回完全相反。

寶玉笑黛玉『勢欲薰心』，是寶黛關係中之逆音，寶與黛，從未有過此類情景，如此一寫，釵、黛無差異矣。

可一概抹倒。況且你要取功名，這個也清貴些。』寶玉聽到這裏，覺得不甚入耳，因想黛玉從來不是這樣人，怎麼也這樣勢欲薰心起來？又不敢在他跟前駁回，只在鼻子眼裏笑了一聲。

正說着，忽聽外面兩個人說話，卻是秋紋和紫鵑。只聽秋紋道：『襲人姐姐叫我老太太那裏接去，誰知卻在這裏。』紫鵑道：『我們這裏纔沏了茶，索性讓他喝了再去。』說着，二人一齊進來。寶玉和秋紋笑道：『我就過去，又勞動你來找。』秋紋未及答言，只見紫鵑道：『你快喝了茶去罷，人家都想了一天了。』秋紋啐道：『呸，好混賬丫頭！』說的大家都笑了。寶玉起身纔辭了出來。黛玉送到屋門口兒，紫鵑在臺階下站着，寶玉出去，纔回房裏來。

卻說寶玉回到怡紅院中，進了屋子，只見襲人從裏間迎出來，便問：『回來了麼？』秋紋應道：『二爺早來了，在林姑娘那邊來着。』寶玉道：『今日有事沒有？』襲人道：『事卻沒有。方纔太太叫鴛鴦姐姐來吩咐我們：如今老爺發狠叫你念書，如有丫鬟們再敢和你頑笑，都要照着晴雯、司棋的例辦。我想，服侍你一場，賺了這些言語，也沒什麼趣兒。』說着，便傷起心來。寶玉忙道：『好姐姐，你放心。我只好生念書，太太再不說你們了。我今兒晚上還要看書，明日師父叫我講書呢。我要使喚，橫豎有麝月、秋紋呢，你歇歇去罷。』襲人道：『你要真寶玉大改以前的態度。

現在是有病反而不肯說病了，前面剛笑黛玉，此處卻如此積極讀書，令人不解。

肯念書，我們服侍你也是歡喜的。』

寶玉聽得了，趕忙吃了晚飯，就叫點燈，把念過的四書翻出來。只是從何處看起。翻了一本，看去章章裏頭似乎明白，細按起來，卻不很明白。看着小注，又看講章，鬧到梆子下來了，自己想道：『我在詩詞上覺得很容易，在這個上頭竟沒頭腦。』便坐着獃獃的獃想。襲人道：『歇歇罷，做工夫也不在這一時的。』寶玉嘴裏只管胡亂答應，麝月、襲人纔服侍他睡下，兩個纔也睡了。及至睡醒一覺，聽得寶玉炕上還是翻來覆去。襲人道：『你還醒着呢麼？你倒別混想了，養養神，明兒好念書。』寶玉道：『我也是這樣想，只是睡不着。你來給我揭去一層被。』襲人道：『天氣不熱，別揭罷。』寶玉道：『我心裏煩躁的很。』自把被窩褪下來。襲人忙爬起來按住，把手去他頭上一摸，覺得微微有些發燒。襲人道：『你別動了，有些發燒了。』寶玉道：『可不是。』襲人道：『這是怎麼說呢！』寶玉道：『不怕，是我心煩的原故。你別吵嚷，省得老爺知道了，必說我裝病逃學，不然怎麼病的這樣巧。明兒好了，原到學裏去就完事了。』襲人也覺得可憐，說道：『我靠着你睡罷。』便和寶玉捶了一回脊梁，不知不覺大家都睡着了。

直到紅日高升，方纔起來。寶玉道：『不好了，晚了！』急忙梳洗畢，問了安，就往學裏來了。代儒已經變着臉，說：『怪不得你老爺生氣，說你沒出息。第二天你就懶惰，這是什麼時候纔來！』寶玉把昨兒發燒的話說了一遍，方過去了，原舊念書。

到了下晚，代儒道：『寶玉，有一章書你來講講。』寶玉過來一看，卻是『後生可畏』章。寶玉心上說：『這還好，幸虧不是「學」「庸」。』問道：『怎麼講呢？』代儒道：『你把節旨句子細細兒講來。』寶玉把這章先朗朗的念了一遍，說：『這章書是聖人勉勵後生，教他及時努力，不要弄到……』說到這裏，擡頭向代儒一瞧。

代儒覺得了，笑了一笑，道：『你只管說，講書是沒有什麼避忌的。《禮記》上說「臨文不諱」，只管說，「不要弄到」什麼？』寶玉道：『不要弄到老大無成。先將「可畏」二字激發後生的志氣，後把「不足畏」三字警惕後生的將來。』說罷，看着代儒。代儒道：『也還罷了，串講呢？』寶玉道：『聖人說，人生少時，心思才力，樣樣聰明能幹，實在是可怕的。那裏料得定他後來的日子不像我的今日。若是悠悠忽忽到了四十歲，又到五十歲，既不能夠發達，這種人雖是他後生時像個有用的，到了那個時候，這一輩子就沒有人怕他了。』

代儒笑道：『你方纔節旨講的倒清楚，只是句子裏有些孩子氣。「無聞」二寶玉也講天理、人欲。與前八十回大異其趣。

前八十回的代儒未見如此認真講書過。

字，不是不能發達做官的話。「聞」是實在自己能够明理見道，就不做官也是有「聞」了。不然，古聖賢有遁世不見知的，豈不是不做官的人，難道也是「無聞」麽？「不足畏」是使人料得定，方與「焉知」的「知」字對針，不是「怕」的字眼。要從這裏看出，方能入細。你懂得不懂得？』寶玉道：『懂得了。』代儒道：『還有一章，你也講一講。』代儒往前揭了一篇，指給寶玉。寶玉看是『吾未見好德如好色者也』。寶玉覺得這一章卻有些刺心，便陪笑道：『這句話沒有什麽講頭。』代儒道：『胡説。譬如場中出了這個題目，也説沒有做頭麽？』

寶玉不得已，講道：『是聖人看見人不肯好德，見了色便好的了不得。殊不想，德是性中本有的東西，人偏都不肯好他。至於那個色呢，雖也是從先天中帶來，無人不好的，但是德乃天理，色是人欲，人那裏肯把天理好的像人欲似的？孔子雖是嘆息的話，又是望人回轉來的意思。並且見得人就有好德的好得終是浮淺，直要像色一樣的好起來，那纔是真好呢。』代儒道：『這也講的罷了。我有句話問你：你既懂得聖人的話，爲什麽正犯着這兩件病？我雖不在家中，你們老爺也不曾告訴我，其實你的毛病我卻盡知的。做一個人，怎麽不望長進？你這會兒正是「後生可畏」的時候，「有聞」「不足畏」全在你自己做去了。我如今限你一個月，把念過的舊書全要理清，再念一個月文章。以後我要出題目叫你作文章了。如若懈怠，我是斷乎不依的。自古道：「成人不自在，自在不成人。」你好生記着我的話。』寶玉答應了，也只得天天按着功課幹去。不提。

且說寶玉上學之後，怡紅院中甚覺清淨閒暇。襲人倒可做些活計，拿着針線要繡個檳榔包兒，想着如今寶玉有了工課，丫頭們可也沒有饑荒了。早要如此，晴雯何至弄到沒有結果？兔死狐悲，不覺滴下淚來。忽又想到自己終身，本不是寶玉的正配，原是偏房。寶玉的爲人，卻還拿得住，只怕娶了一個利害的，自己便是尤二姐、香菱的後身。素來看着賈母、王夫人光景及鳳姐兒往往露出話來，自然是黛玉無疑了。那黛玉就是個多心人。想到此際，臉紅心熱，拿着針不知戳到那裏去了，便把活計放下，走到黛玉處去探探他的口氣。

黛玉正在那裏看書，見是襲人，欠身讓坐。襲人也連忙迎上來，問：『姑娘這幾天身子可大好了？』黛玉道：『那裏能夠，不過略硬朗些。你在家裏做什麼呢？』襲人道：『如今寶二爺上了學，房中一點事兒沒有，因此來瞧瞧姑娘，說說話兒。』

說着，紫鵑拿茶來，襲人忙站起來道：『妹妹坐着罷。』因又笑道：『我前兒聽見秋紋說，妹妹背地裏說我們什麼來着。』紫鵑也笑道：『姐姐信他的話！我

襲人竟爲晴雯之死滴淚，與前八十回襲人于王夫人處說晴雯壞話，至使晴雯遭殃，寶玉亦已明質襲人，此處卻一反前情。

此處忽然明確說是『偏房』，不知何時明確過此身份。前面七十八回王夫人明明說『且不明說』，賈母也贊成『不明說』，『只是心裏知道罷了』。此處襲人卻自己稱自己是『偏房』，前後不接。或曰，此處是寫襲人心裏所想。然玩此語氣，曰『本不是寶玉的正配，原是偏房』，此二語已非意想，而是實事矣。

說，寶二爺上了學，寶姑娘又隔斷了，連香菱也不過來，自然是悶的。』襲人道：『你還提香菱呢，這纔苦呢，撞着這位太歲奶奶，難爲他怎麼過！』把手伸着兩個指頭道：『説起來，比他還利害，連外頭的臉面都不顧了。』黛玉接着道：『他也够受了，尤二姑娘怎麼死了！』襲人道：『可不是。想來都是一個人，不過名分裏頭差些，何苦這樣毒？外面名聲也不好聽。』

『伸着兩個指頭』是學前面趙姨娘與馬道婆説鳳姐，襲人豈能如此説！

黛玉從不聞襲人背地裏説人，今聽此話有因，便説道：『這也難説。但凡家庭之事，不是東風壓了西風，就是西風壓了東風。』襲人道：『做了旁邊人，心裏先怯了，那裏倒敢去欺負人呢。』説着，只見一個婆子在院裏問道：『這裏是林姑娘的屋子麼？那位姐姐在這裏呢？』雪雁出來一看，模模糊糊認得是薛姨媽那邊的人，便問道：『作什麼？』婆子道：『我們姑娘打發來給這裏林姑娘送東西的。』雪雁道：『略等等兒。』雪雁進來，回了黛玉。黛玉便叫領他進來。

黛玉豈肯如此説。

那婆子進來請了安，且不説送什麼，只是覷着眼瞧黛玉，看的黛玉臉上倒不好意思起來，因問道：『寶姑娘叫你來送什麼？』婆子方笑着回道：『我們姑娘叫給姑娘送了一瓶兒蜜餞荔枝來。』回頭又瞧見襲人，便問道：『這位姑娘不是寶二爺屋裏的花姑娘麼？』襲人笑道：『媽媽怎麼認得我？』婆子笑道：『我們只在太太屋裏看屋子，不大跟太太、姑娘出門，所以姑娘們都不大認得。姑娘們碰着到

『只是覷着眼瞧黛玉』，豈是下人行止，作者文筆，總是勉強做作，總不得自然之理也。

豈能沒規矩至此。

我們那邊去，我們都模糊記得。』說着，將一個瓶兒遞給雪雁，又回頭看着黛玉，因笑着向襲人道：『怨不得我們太太說這林姑娘和你們寶二爺是一對兒，原來真是天仙似的。』襲人見他說話造次，連忙岔道：『媽媽，你乏了，坐坐吃茶罷。』那婆子笑嘻嘻的道：『我們那裏忙呢，都張羅琴姑娘的事呢。姑娘還有兩瓶荔枝，叫給寶二爺送去。』說着，顫顫巍巍告辭出去。

黛玉雖惱這婆子方纔冒撞，但因是寶釵使來的，也不好怎麼樣他。等他出了屋門，纔說一聲道：『給你們姑娘道費心。』那老婆子還只管嘴裏咕咕噥噥的說：『這樣好模樣兒，除了寶玉，什麼人擎受的起。』黛玉只裝沒聽見。襲人笑道：『怎麼人到了老來，就是混說白道的，叫人聽着又生氣，又好笑。』一時雪雁拿過瓶子來與黛玉看。黛玉道：『我懶待吃，拿了擱起去罷。』又說了一回話，襲人纔去了。

一時晚妝將卸，黛玉進了套間，猛擡頭看見了荔枝瓶，不禁想起日間老婆子的一番混話，甚是刺心。當此黃昏人靜，千愁萬緒，堆上心來。想起自己身子不牢，年紀又大了。看寶玉的光景，心裏雖沒別人，但是老太太、舅母又不見有半點意思。深恨父母在時，何不早定了這頭婚姻。又轉念一想道：『倘若父母在時，別處定了婚姻，怎能夠似寶玉這般人材心地，不如此時尚有可圖。』心內一上一已入夢境。

下，輾轉纏綿，竟像轆轤一般。嘆了一回氣，掉了幾點淚，無情無緒，和衣倒下。

不知不覺，只見小丫頭走來說道：『外頭雨村賈老爺請姑娘。』黛玉道：『我雖跟他讀過書，卻不比男學生，要見我作什麼？況且他和舅舅往來，從未提起，我也不便見的。』因叫小丫頭：『回覆「身上有病不能出來」，與我請安道謝就是了。』小丫頭道：『只怕要與姑娘道喜，南京還有人來接。』

說着，又見鳳姐同邢夫人、王夫人、寶釵等都來笑道：『我們一來道喜，二來送行。』黛玉慌道：『你們說什麼話？』鳳姐道：『你還裝什麼獃。你難道不知道，林姑爺陞了湖北的糧道，娶了一位繼母，十分合心合意。如今想着你撂在這裏，不成事體，因託了賈雨村作媒，將你許了你繼母的什麼親戚，還說是續弦，所以着人到這裏來接你回去。大約一到家中，就要過去的，都是你繼母作主。怕的是道兒上沒有照應，還叫你璉二哥哥送去。』說得黛玉一身冷汗。黛玉又恍惚父親果在那裏做官的樣子，心上着急，硬說道：『沒有的事，都是鳳姐姐混鬧。』只見邢夫人向王夫人使個眼色兒，道：『他還不信呢，咱們走罷。』黛玉含着淚道：『二位舅母坐坐去。』衆人不言語，都冷笑而去。

黛玉此時心中乾急，又說不出來，哽哽咽咽。恍惚又是和賈母在一處的似的，心中想道：『此事惟求老太太，或還可救。』於是兩腿跪下去，抱着賈母的腰，說道：『老太太救我！我南邊是死也不去的！況且有了繼母，又不是我的親娘。我是情願跟着老太太一塊兒的。』但見老太太獃着臉兒笑道：『這個不干我事。』黛玉哭道：『老太太，這是什麼事呢。』老太太道：『續弦也好，倒多一副妝奩。』黛玉哭道：『我若在老太太跟前，決不使這裏分外的閒錢，只求老太太救我。』賈母道：『不中用了。做了女人，終是要出嫁的，你孩子家，不知道，在此地終非了局。』黛玉道：『我在這裏情願自己做個奴婢過活，自做自吃，也是願意。只求老太太作主。』老太太總不言語。

黛玉抱着賈母的腰，哭道：『老太太，你向來最是慈悲的，又最疼我的，到了緊急的時候怎麼全不管！不要說我是你的外孫女兒，是隔了一層了，我的娘是你的親生女兒，看我娘分上，也該護庇些。』說着，撞在懷裏痛哭。聽見賈母道：『鴛鴦，你來送姑娘出去歇歇。我倒被他鬧乏了。』

黛玉情知不是路了，求去無用，不如尋個自盡，站起來往外就走。深痛自己沒有親娘，便是外祖母與舅母姊妹們，平時何等待的好，可見都是假的。又一想：『今日怎麼獨不見寶玉？或見一面，看他還有法兒？』便見寶玉站在面前，笑嘻嘻的說：『妹妹大喜呀。』

黛玉聽了這一句話，越發急了，也顧不得什麼了，把寶玉緊緊拉住說：『好，俗筆、惡筆，令人不堪卒讀。呂啓祥云：『這樣鮮血淋漓、剖心挖肝的畫面，實在不能給人以美感，用來表現賈寶玉、林黛玉的愛情，實在太不協調。』

寶玉，我今日纔知道你是個無情無義的人了！』寶玉道：『我怎麼無情無義？你既有了人家兒，咱們各自幹各自的了。』黛玉越聽越氣，越沒了主意，只得拉着寶玉哭道：『好哥哥，你叫我跟了誰去？』寶玉道：『你要不去，就在這裏住着。你原是許了我的，所以你纔到我們這裏來，我待你是怎麼樣的，你也想想。』

黛玉恍惚又像果曾許過寶玉的，心內忽又轉悲作喜，問寶玉道：『我是死活打定主意的了。你到底叫我去不去？』寶玉道：『我說叫你住下。你不信我的話，你就瞧瞧我的心。』說着，就拿着一把小刀子往胸口上一劃，只見鮮血直流。黛玉嚇得魂飛魄散，忙用手握着寶玉的心窩，哭道：『你怎麼做出這個事來，你先來殺了我罷！』寶玉道：『不怕，我拿我的心給你瞧。』還把手在劃開的地方兒亂抓。黛玉又顫又哭，又怕人撞破，抱住寶玉痛哭。寶玉道：『不好了，我的心沒有了，活不得了。』說着，眼睛往上一翻，咕咚就倒了。黛玉拚命放聲大哭。

只聽見紫鵑叫道：『姑娘，姑娘，怎麼魘住了？快醒醒兒，脫了衣服睡罷。』黛玉一翻身，卻原來是一場惡夢。喉間猶是哽咽，心上還是亂跳，枕頭上已經濕透，肩背身心，但覺冰冷。想了一回，『父親死得久了，與寶玉尚未放定，這是從那裏說起？』又想夢中光景，無倚無靠，再真把寶玉死了，那可怎麼樣好！一時痛定思痛，神魂俱亂。又哭了一回，遍身微微的出了一點兒汗，扎掙起來，把外罩大襖脱了，叫紫鵑蓋好了被窩，又躺下去，翻來覆去，那裏睡得着。只聽得外面淅淅颯颯，又像風聲，又像雨聲。又停了一會子，又聽得遠遠的吆呼聲兒，卻是紫鵑已在那裏睡着鼻息出入之聲。自己扎掙着爬起來，圍着被坐了一會。覺得窗縫裏透進一縷涼風來，吹得寒毛直豎，便又躺下。正要朦朧睡去，聽得竹枝上不知有多少家雀兒的聲兒，啾啾唧唧，叫個不住。那窗上的紙，隔着屜子，漸漸的透進清光來。

黛玉此時已醒得雙眸炯炯，一回兒咳嗽起來，連紫鵑都咳嗽醒了。紫鵑道：『姑娘，你還沒睡着麽？又咳嗽起來了，想是着了風了。這會兒窗户紙發清了，也待好亮起來了。歇歇兒罷，養養神，別盡着想長想短的了。』黛玉道：『我何嘗不要睡，只是睡不着。你睡你的罷。』説了又嗽起來。

紫鵑見黛玉這般光景，心中也自傷感，睡不着了，聽見黛玉又嗽，連忙起來，捧着痰盒。這時天已亮了。黛玉道：『你不睡了麽？』紫鵑笑道：『天都亮了，還睡什麽呢？』黛玉道：『既這樣，你就把痰盒兒换了罷。』紫鵑答應着，忙出來换了一個痰盒兒，將手裏的這個盒兒放在桌上，開了套間門出來，仍舊帶上門，放下撒花軟簾，出來叫醒雪雁。開了屋門去倒那盒子時，只見滿盒子痰，痰中好些血星，唬了紫鵑一跳，不覺失聲道：『噯喲，這還了得！』黛玉裏面接着問是什寫夢醒後一段稍能得其神理。

麽，紫鵑自知失言，連忙改説道：『手裏一滑，幾乎摺了痰盒子。』黛玉道：『不是盒子裏的痰有了什麽？』紫鵑道：『没有什麽。』説着這句話時，心中一酸，那眼淚直流下來，聲兒早已岔了。

黛玉因爲喉間有些甜腥，早自疑惑，方纔聽見紫鵑在外邊詫異，這會子又聽見紫鵑説話聲音帶着悲慘的光景，心中覺了八九分，便叫紫鵑：『進來罷，外頭看涼着。』紫鵑答應了一聲，這一聲更比頭裏淒慘，竟是鼻中酸楚之音。黛玉聽了，涼了半截。看紫鵑推門進來時，尚拿手帕拭眼。黛玉道：『大清早起，好好的爲什麽哭？』紫鵑勉强笑道：『誰哭來？早起起來，眼睛裏有些不舒服。姑娘今夜大概比往常醒的時候更大罷，我聽見咳嗽了大半夜。』黛玉道：『可不是。越要睡，越睡不着。』紫鵑道：『姑娘身上不大好，依我説，還得自己開解着些。身子是根本，俗語説的，「留得青山在，依舊有柴燒。」況這裏自老太太、太太起，那個不疼姑娘？』只這一句話，又勾起黛玉的夢來，覺得心頭一撞，眼中一黑，神色俱變。紫鵑連忙端着痰盒，雪雁搥着脊梁，半日纔吐出一口痰來。痰中一縷紫血，簌簌亂跳。紫鵑、雪雁臉都唬黄了。兩個旁邊守着，黛玉便昏昏躺下。紫鵑看着不好，連忙努嘴叫雪雁叫人去。

雪雁纔出屋門，只見翠縷、翠墨兩個人笑嘻嘻的走來。翠縷便道：『林姑娘怎麽這早晚還不出門？我們姑娘和三姑娘都在四姑娘屋裏講究四姑娘畫的那張園子景兒呢。』雪雁連忙擺手兒，翠縷、翠墨二人倒都嚇了一跳，說：『這是什麽原故？』雪雁將方纔的事一一告訴他二人。二人都吐了吐舌頭兒，說：『這可不是頑的！你們怎麽不告訴老太太去？這還了得！你們怎麽這麽糊塗！』雪雁道：『我這裏纔要去，你們就來了。』

正說着，只聽紫鵑叫道：『誰在外頭說話？姑娘問呢。』三個人連忙一齊進來。翠縷、翠墨見黛玉蓋着被躺在牀上，見了他二人，便說道：『誰告訴你們了？你們這樣大驚小怪的。』翠墨道：『我們姑娘和雲姑娘纔都在四姑娘屋裏講究四姑娘畫的那張園子圖兒，叫我們來請姑娘來，不知姑娘身上又欠安了。』黛玉道：『也不是什麽大病，不過覺得身子略軟些，躺躺兒就起來了。你們回去告訴三姑娘和雲姑娘，飯後若無事，倒是請他們來這裏坐坐罷。寶二爺沒到你們那邊去？』二人答道：『沒有。』翠墨又道：『寶二爺這兩天上了學了，老爺天天要查功課，那裏還能像從前那麽亂跑呢。』黛玉聽了，默然不言。二人又略站了一回，都悄悄的退出來了。

且說探春、湘雲正在惜春那邊論評惜春所畫大觀園圖，說這個多一點，那個少一點，這個太疏，那個太密。大家又議着題詩，着人去請黛玉商議。正說着，忽見翠縷、翠墨二人回來，神色匆忙。湘雲便先問道：『林姑娘怎麽不來？』翠縷道：『林姑娘昨日夜裏又犯了病了，咳嗽了一夜。我們聽見雪雁説，吐了一盒子痰血。』探春聽了，詫異道：『這話真麽？』翠縷道：『怎麽不真？』翠墨道：『我們剛纔進去瞧了瞧，顔色不成顔色，説話兒的氣力兒都微了。』湘雲道：『不好的這麽着，怎麽還能説話呢？』探春道：『怎麽你這麽糊塗，不能説話不是已經……』説到這裏，卻咽住了。惜春道：『林姐姐那樣一個聰明人，我看他總有些瞧不破，一點半點兒都要認起真來。天下事那裏有多少真的呢。』

探春道：『既這麽着，咱們都過去看看。倘若病的利害，咱們好過去告訴大嫂子，回老太太，傳大夫進來瞧瞧，也得個主意。』湘雲道：『正是這樣。』惜春道：『姐姐們先去，我回來再過去。』

於是探春、湘雲扶了小丫頭，都到瀟湘館來。進入房中，黛玉見他二人，不免又傷心起來。因又轉念，想起夢中，連老太太尚且如此，何況他們。況且我不請他們，他們還不來呢。心裏雖是如此，臉上卻礙不過去，只得勉強令紫鵑扶起，口中讓坐。探春、湘雲都坐在牀沿上，一頭一個，看了黛玉這般光景，也自傷感。探春便道：『姐姐怎麽身上又不舒服了？』黛玉道：『也沒什麽要緊，只是身子軟得很。』紫鵑在黛玉身後偷偷的用手指那痰盒兒。湘雲到底年輕，性情又兼直爽，伸手便把痰盒拿起來看，不看則已，看了唬的驚疑不止，說：『這是姐姐吐的？這還了得！』

初時黛玉昏昏沉沉，吐了也沒細看，此時見湘雲這麼說，回頭看時，自己早已灰了一半。探春見湘雲冒失，連忙解說道：『這不過是肺火上炎，帶出一半點來，也是常事。偏是雲丫頭，不拘什麼，就這樣蠍蠍螫螫的！』湘雲紅了臉，自悔失言。探春見黛玉精神短少，似有煩倦之意，連忙起身，說道：『姐姐靜靜的養養神罷，我們回來再瞧你。』黛玉道：『累你二位惦着。』探春又囑咐紫鵑好生留神服侍姑娘，紫鵑答應着。

探春纔要走，只聽外面一個人嚷起來，未知是誰，下回分解。

【回後評】

寶玉講書，亦講天理、人欲，實與前八十回大異其趣。黛玉夢魘，寫得挖心割肺，令人不堪卒讀，文如作畫，塗抹過甚，則成惡俗。妙手著文，如行雲流水，只覺天成，不見斧鑿痕也。

七十六回黛玉還徹夜聯句，七十八回黛玉晚間還聽寶玉念祭晴雯的誄詞，七十九回還與寶玉商量修改誄文，八十、八十一回均無黛玉的事，至八十二回，忽然病重至此，令人突然。

第八十三回　省宮闈賈元妃染恙　鬧閨閫薛寶釵吞聲

話說探春、湘雲纔要走時，忽聽外面一個人嚷道：『你這不成人的小蹄子！你是個什麽東西，來這園子裏頭混攪！』黛玉聽了，大叫一聲道：『這裏住不得了。』一手指着窗外，兩眼反插上去。

原來黛玉住在大觀園中，雖靠着賈母疼愛，然在別人身上，凡事終是寸步留心。聽見窗外老婆子這樣罵着，在別人呢，一句是貼不上的，他卻聽來竟像專罵着自己的一般。自思一個千金小姐，只因沒了爹娘，不知何人指使這老婆子來這般辱罵，那裏委屈得來，因此肝腸崩裂，哭暈去了。紫鵑只是哭叫：『姑娘怎麽樣了，快醒轉來罷。』探春也叫了一回。

黛玉何至不能分辨至此。此種表面文章，豈能入人心胸，所謂文章最忌假也。

半晌，黛玉回過這口氣，還說不出話來，那只手仍向窗外指着。探春會意，開門出去，看見老婆子手中拿着拐棍趕着一個不乾不淨的毛丫頭道：『我是爲照管這園中的花菓樹木來到這裏，你作什麽來了！等我家去打你一個知道。』這丫頭扭着頭，把一個指頭探在嘴裏，瞅着老婆子笑。探春罵道：『你們這些人如今越發沒了王法了，這裏是你罵人的地方兒嗎？』老婆子見是探春，連忙陪着笑臉兒說道：『剛纔是我的外孫女兒，看見我來了，他就跟了來。我怕他鬧，所以纔吆喝他回去，那裏敢在這裏罵人呢。』探春道：『不用多說了，快給我都出去。這裏林姑娘身上不大好，還不快去麼！』老婆子答應了幾個『是』，說着一扭身去了。那丫頭也就跑了。

　　探春回來，看見湘雲拉着黛玉的手只管哭，紫鵑一手抱着黛玉，一手給黛玉揉胸口，黛玉的眼睛方漸漸的轉過來了。探春笑道：『想是聽見老婆子的話，你疑了心了麼？』黛玉只搖搖頭兒。探春道：『他是罵他外孫女兒，我纔剛也聽見了。這種東西說話再沒有一點道理的，他們懂得什麼避諱。』黛玉聽了，點點頭兒，拉着探春的手道：『妹妹……』叫了一聲，又不言語了。探春又道：『你別心煩。我來看你，是姊妹們應該的，你又少人服侍。只要你安心肯吃藥，心上把喜歡事兒想想，能够一天一天的硬朗起來，大家依舊結社做詩，豈不好呢。』湘雲道：『可是三姐姐說的，那麼着不樂？』黛玉哽咽道：『你們只顧要我喜歡，可憐我那裏趕得上這日子，只怕不能够了！』

　　探春道：『你這話說的太過了。誰沒個病兒災兒的，那裏就想到這裏來了。你好生歇歇兒罷，我們到老太太那邊，回來再看你。你要什麼東西，只管叫紫鵑告訴我。』黛玉流淚道：『好妹妹，你到老太太那裏，只説我請安，身上略有點不好，不是什麼大病，也不用老太太煩心的。』探春答應道：『我知道，你只管養着罷。』説着，纔同湘雲出去了。

這裏，紫鵑扶着黛玉躺在牀上，地下諸事自有雪雁照料，自己只守着旁邊，看着黛玉，又是心酸，又不敢哭泣。那黛玉閉着眼躺了半晌，那裏睡得着？覺得園裏頭平日只見寂寞，如今躺在牀上，偏聽得風聲、蟲鳴聲、鳥語聲，人走的腳步響聲，又像遠遠的孩子們啼哭聲，一陣一陣的聒噪的煩躁起來，因叫紫鵑放下帳子來。

雪雁捧了一碗燕窩湯，遞與紫鵑，紫鵑隔着帳子輕輕問道：『姑娘喝一口湯罷？』黛玉微微應了一聲。紫鵑復將湯遞給雪雁，自己上來攙扶黛玉坐起，然後接過湯來，擱在唇邊試了一試，一手摟着黛玉肩臂，一手端着湯送到唇邊。黛玉微微睜眼喝了兩三口，便摇摇頭兒不喝了。紫鵑仍將碗遞給雪雁，輕輕扶黛玉睡下。静了一時，略覺安頓。

只聽窗外悄悄問道：『紫鵑妹妹在家麽？』雪雁連忙出來，見是襲人，因悄悄説道：『姐姐屋裏坐着。』襲人也便悄悄問道：『姑娘怎麽着？』一面走，一文章最忌假，此等做作，豈能入人肌膚。欲寫二人同夢感應，終未能入人之心耳。

面雪雁告訴夜間及方纔之事。襲人聽了這話，也唬怔了，因說道：『怪道剛纔翠縷到我們那邊，說你們姑娘病了，唬的寶二爺連忙打發我來看看是怎麼樣。』正說着，只見紫鵑從裏間掀起簾子望外看見襲人，點頭兒叫他。襲人輕輕走過來，問道：『姑娘睡着了嗎？』紫鵑點點頭兒，問道：『姐姐纔聽見說了？』襲人也點點頭兒，蹙着眉道：『終久怎麼樣好呢！那一位昨夜也把我唬了個半死兒。』紫鵑忙問怎麼了，襲人道：『昨日晚上睡覺還是好好兒的，誰知半夜裏一疊連聲的嚷起心疼來，嘴裏胡說白道，只說好像刀子割了去的似的，直鬧到打亮梆子以後纔好些了。你說，唬人不唬人？今日不能上學，還要請大夫來吃藥呢。』

正說着，只聽黛玉在帳子裏又咳嗽起來。紫鵑連忙過來捧痰盒兒接痰。黛玉微微睜眼問道：『你和誰說話呢？』紫鵑道：『襲人姐姐來瞧姑娘來了。』說着，襲人已走到牀前。黛玉命紫鵑扶起，一手指着牀邊，讓襲人坐下。襲人側身坐了，連忙陪着笑勸道：『姑娘倒還是躺着罷。』黛玉道：『不妨，你們快別這樣大驚小怪的。剛纔是說誰半夜裏心疼起來？』襲人道：『是寶二爺偶然魘住了，不是認真怎麼樣。』黛玉會意，知道是襲人怕自己又懸心的原故，又感激，又傷心，因趁勢問道：『既是魘住了，不聽見他還說什麼？』襲人道：『也沒說什麼。』黛玉點點頭兒，遲了半日，嘆了一聲，纔說道：『你們別告訴寶二爺說我不好，看耽擱了他的工夫，又叫老爺生氣。』襲人答應了，又勸道：『姑娘還是躺躺歇歇罷。』黛玉點頭，命紫鵑扶着歪下。襲人不免坐在旁邊，又寬慰了幾句，然後告辭，回到怡紅院，只説黛玉身上略覺不受用，也沒什麼大病。寶玉纔放了心。

且説探春、湘雲出了瀟湘館，一路往賈母這邊來。探春因囑咐湘雲道：『妹妹，回來見了老太太，別像剛纔那樣冒冒失失的了。』湘雲點頭，笑道：『知道了，我頭裏是叫他唬的忘了神了。』説着，已到賈母那邊。探春因提起黛玉的病來。賈母聽了，自是心煩，因説道：『偏是這兩個玉兒多病多災的。林丫頭一來二去的大了，他這個身子也要緊，我看那孩子太是個心細。』衆人也不敢答言，賈母便向鴛鴦道：『你告訴他們，明兒大夫來瞧了寶玉，就叫他到林姑娘那屋裏去。』鴛鴦答應着，出來告訴了婆子們，婆子們自去傳話。這裏，探春、湘雲就跟着賈母吃了晚飯，然後同回園中去。不提。

到了次日，大夫來了，瞧了寶玉，不過説飲食不調，着了點兒風邪，沒大要緊，疏散疏散就好了。

這裏王夫人、鳳姐等一面遣人拿了方子回賈母，一面使人到瀟湘館告訴説大夫就過來。紫鵑答應了，連忙給黛玉蓋好被窩，放下帳子。雪雁趕着收拾房裏的東西。

一時，賈璉陪着大夫進來了，便說道：『這位老爺是常來的，姑娘們不用迴避。』老婆子打起簾子，賈璉讓着進入房中坐下。賈璉道：『紫鵑姐姐，你先把姑娘的病勢向王老爺說說。』王大夫道：『且慢說。等我診了脈，聽我說了看是對不對，若有不合的地方，姑娘們再告訴我。』紫鵑便向帳中扶出黛玉的一隻手來，擱在迎手上。紫鵑又把鐲子連袖子輕輕的摟起，不叫壓住了脈息。那王大夫診了好一回兒，又換那只手也診了，便同賈璉出來，到外間屋裏坐下，說道：『六脈皆弦，因平日鬱結所致。』說着，紫鵑也出來站在裏間門口。那王大夫便向紫鵑道：『這病時常應得頭暈，減飲食，多夢，每到五更，必醒個幾次。即日間聽見不干自己的事，也必要動氣，且多疑多懼。不知者疑爲性情乖誕，其實因肝陰虧損，心氣衰耗，都是這個病在那裏作怪。不知是否？』紫鵑點點頭兒，向賈璉道：『說的很是。』王太醫道：『既這樣就是了。』說畢起身，同賈璉往外書房去開方子。小廝們早已預備下一張梅紅單帖，王太醫吃了茶，因提筆先寫道：

　六脈弦遲，素由積鬱，左寸無力，心氣已衰。關脈獨洪，肝邪偏旺。木氣不能疏達，勢必上侵脾土，飲食無味，甚至勝所不勝，肺金定受其殃。氣不流精，凝而爲痰；血隨氣湧，自然咳吐。理宜疏肝保肺，涵養心脾。雖有補劑，未可驟施。姑擬黑逍遥以開其先，復用歸肺固金以繼其後。不揣固陋，俟高明裁服。

又將七味藥與引子寫了。賈璉拿來看時，問道：『血勢上衝，柴胡使得麼？』王大夫笑道：『二爺但知柴胡是升提之品，爲吐衂所忌。豈知用鱉血拌炒，非柴胡不足宣少陽甲膽之氣。以鱉血製之，使其不致升提，且能培養肝陰，制遏邪火。所以《內經》說：「通因通用，塞因塞用。」柴胡用鱉血拌炒，正是「假周勃以安劉」的法子。』賈璉點頭道：『原來是這麼着，這就是了。』

王大夫又道：『先請服兩劑，再加減，或再換方子罷。我還有一點小事，不能久坐，容日再來請安。』說着，賈璉送了出來，說道：『舍弟的藥就是那麼着了？』王大夫道：『寶二爺倒沒什麼大病，大約再吃一劑就好了。』說着，上車而去。

這裏，賈璉一面叫人抓藥，一面回到房中告訴鳳姐，黛玉的病原與大夫用的藥，述了一遍。

只見周瑞家的走來回了幾件沒要緊的事，賈璉聽到一半，便說道：『你回二奶奶罷，我還有事呢。』說着，就走了。周瑞家的回完了這件事，又說道：『我方纔到林姑娘那邊，看他那個病，竟是不好呢。臉上一點血色也沒有，摸了摸身上，只剩得一把骨頭。問問他，也沒有話說，只是淌眼淚。回來紫鵑告訴我說：「姑娘黛玉生活竟至困窘至此！

現在病着，要什麽自己又不肯要，我打算要問二奶奶那裏支用一兩個月的月錢。如今吃藥雖是公中的，零用也得幾個錢。」我答應了他，替他來回奶奶。』鳳姐低了半日頭，說道：『竟這麽着罷：我送他幾兩銀子使罷，也不用告訴林姑娘。這月錢卻是不好支的。一個人開了例，要是都支起來，那如何使得呢？你不記得趙姨娘和三姑娘拌嘴了，也無非爲的是月錢。況且近來你也知道，出去的多，進來的少，總繞不過彎兒來。不知道的，還說我打算的不好。更有那一種嚼舌根的，說我搬運到娘家去了。周嫂子，你倒是那裏經手的人，這個自然還知道些。』

周瑞家的道：『真正委屈死人！這樣大門頭兒，除了奶奶這樣心計兒當家罷了，別說是女人當不來，就是三頭六臂的男人，還撑不住呢。還說這些個混賬話！』說着，又笑了一聲，道：『奶奶還沒聽見呢，外頭的人還更糊塗呢。前兒周瑞回家來，說起外頭的人打諒着咱們府裏不知怎麽樣有錢呢，也有說「賈府裏的銀庫幾間，金庫幾間，使的傢伙都是金子鑲了玉石嵌了的」，也有說「姑娘做了王妃，自然皇上家的東西分的了一半子給娘家。前兒貴妃娘娘省親回來，我們還親見他帶了幾車金銀回來，所以家裏收拾擺設的水晶宮似的。那日在廟裏還願，花了幾萬銀子，只算得牛身上拔了一根毛罷咧。」有人還說「他門前的獅子只怕還是玉石的呢。園子裏還有金麒麟，叫人偷了一個去，如今剩下一個了。家裏的奶奶、姑娘不用說，就是屋裏使喚的姑娘們，也是一點兒不動，喝酒下棋，彈琴畫畫，横竪有服侍的人呢。單管穿羅罩紗，吃的戴的，都是人家不認得的。那些哥兒、姐兒們更不用說了，要天上的月亮，也有人去拿下來給他頑。」還有歌兒呢，說是「寧國府，榮國府，金銀財寶如糞土。吃不窮，穿不窮，算來……」』說到這裏，猛然咽住。

原來那時歌兒說道是『算來總是一場空』。這周瑞家的說溜了嘴，說到這裏，忽然想起這話不好，因咽住了。

鳳姐兒聽了，已明白必是句不好的話了，也不便追問，因說道：『那都没要緊。只是這金麒麟的話從何而來？』周瑞家的笑道：『就是那廟裏的老道士送給寶二爺的小金麒麟兒。後來丢了幾天，虧了史姑娘撿着還了他，外頭就造出這個謡言來了。奶奶說，這些人可笑不可笑？』鳳姐道：『這些話倒不是可笑，倒是可怕的。咱們一日難似一日，外面還是這麽講究。俗語兒說的，「人怕出名豬怕壯」，况且又是個虚名兒。終久還不知怎麽樣呢。』周瑞家的道：『奶奶慮的也是。只是滿城裏茶坊、酒鋪兒，以及各衚衕兒，都是這樣說，並且不是一年了，那裏握的住衆人的嘴。』

鳳姐點點頭兒，因叫平兒稱了幾兩銀子，遞給周瑞家的，道：『你先拿去交給紫鵑，只說我給他添補買東西的。若要官中的，只管要去，別提這月錢的話。他也是個伶透人，自然明白我的話。我得了空兒，就去瞧姑娘去。』周瑞家的接了銀子，答應着自去。不提。

且說賈璉走到外面，只見一個小厮迎上來回道：『大老爺叫二爺說話呢。』賈璉急忙過來，見了賈赦。賈赦道：『方纔風聞宮裏頭傳了一個太醫院御醫、兩個吏目去看病，想來不是宮女兒下人了。這幾天娘娘宮裏有什麼信兒沒有？』賈璉道：『沒有。』賈赦道：『你去問問二老爺和你珍大哥。不然，還該叫人去到太醫院裏打聽打聽纔是。』賈璉答應了，一面吩咐人往太醫院去，一面連忙去見賈政、賈珍。

賈政聽了這話，因問道：『是那裏來的風聲？』賈璉道：『是大老爺纔説的。』賈政道：『你索性和你珍大哥到裏頭打聽打聽。』賈璉道：『我已經打發人往太醫院打聽去了。』一面說着，一面退出來，去找賈珍。只見賈珍迎面來了，賈璉忙告訴賈珍。賈珍道：『我正爲也聽見這話，來回大老爺、二老爺去的。』於是兩個人同着來見賈政。賈政道：『如係元妃，少不得終有信的。』說着，賈赦也過來了。

吏目，太醫院醫官，八品或九品官職。

到了晌午，打聽的尚未回來。門上人進來，回說：『有兩個內相在外，要見二位老爺呢。』賈赦道：『請進來。』門上的人領了老公進來。賈赦、賈政迎至二門外，先請了娘娘的安，一面同着進來，走至廳上，讓了坐。老公道：『前日這裏貴妃娘娘有些欠安。昨日奉過旨意，宣召親丁四人進裏頭探問。許各帶丫頭一人，餘皆不用。親丁男人只許在宮門外遞個職名，請安聽信，不得擅入。準於明日辰巳時進去，申酉時出來。』賈政、賈赦等站着聽了旨意，復又坐下，讓老公吃茶畢，老公辭了出去。賈赦、賈政送出大門，回來先稟賈母。賈母道：『親丁四人，自然是我和你們兩位太太了。那一個人呢？』衆人也不敢答言，賈母想了想，道：『必得是鳳姐兒，他諸事有照應。你們爺兒們各自商量去罷。』賈赦、賈政答應了出來，因派了賈璉、賈蓉看家外，凡文字輩至草字輩一應都去。遂吩咐家人預備四乘綠轎，十餘輛大車，明兒黎明伺候。家人答應去了。

賈赦、賈政又進去回明老太太，辰巳時進去，申酉時出來，今日早些歇歇，明日好早些起來收拾進宮。賈母道：『我知道。你們去罷。』赦、政等退出。這裏，邢夫人、王夫人、鳳姐兒也都說了一會子元妃的病，又說了些閒話，纔各自散了。

次日黎明，各間屋子丫頭們將燈火俱已點齊，太太們各梳洗畢，爺們亦各整頓好了。一到卯初，林之孝和賴大進來，至二門口回道：『轎車俱已齊備，在門外伺候着呢。』不一時，賈赦、邢夫人也過來了。大家用了早飯，鳳姐先扶老太太出來，衆人圍隨，各帶使女一人，緩緩前行。又命李貴等二人先騎馬去外宮門接應，自己家眷隨後。文字輩至草字輩各自登車騎馬，跟着衆家人，一齊去了。賈璉、賈蓉在家中看家。

且說賈家的車輛轎馬俱在外西垣門口歇下等着。一會兒，有兩個內監出來說道：『賈府省親的太太、奶奶們，着令入宮探問；爺們俱着令內宮門外請安，不得入見。』門上人叫快進去。賈府中四乘轎子跟着小內監前行，賈家爺們在轎後步行跟着，令衆家人在外等候。

走近宮門口，只見幾個老公在門上坐着，見他們來了，便站起來，說道：『賈府爺們至此。』賈赦、賈政便挨次立定。轎子擡至宮門口，便都出了轎。早有幾個小內監引路，賈母等各有丫頭扶着步行。

走至元妃寢宮，只見奎壁輝煌，琉璃照耀。又有兩個小宮女兒傳諭道：『只用請安，一概儀注都免。』賈母等謝了恩，來至牀前請安畢，元妃都賜了坐。賈母等又告了坐。元妃便向賈母道：『近日身上可好？』賈母扶着小丫頭，顫顫巍巍站起來，答應道：『托娘娘洪福，起居尚健。』元妃又向邢夫人、王夫人問了好，邢、王二夫人站着回了話。元妃又問鳳姐家中過的日子若何，鳳姐站起來回奏道：

此話前番已說過。

『尚可支持。』元妃道：『這幾年來難爲你操心。』

鳳姐正要站起來回奏，只見一個宮女傳進許多職名，請娘娘龍目。元妃看時，就是賈赦、賈政等若干人。那元妃看了職名，眼圈兒一紅，止不住流下淚來。宮女兒遞過絹子，元妃一面拭淚，一面傳諭道：『今日稍安，令他們外面暫歇。』賈母等站起來，又謝了恩。元妃含淚道：『父女弟兄，反不如小家子得以常常親近。』賈母等都忍着淚道：『娘娘不用悲傷，家中已托着娘娘的福多了。』元妃又問：『寶玉近來若何？』賈母道：『近來頗肯念書。因他父親逼得嚴緊，如今文字也都做上來了。』元妃道：『這樣纔好。』遂命外宮賜宴。便有兩個宮女兒、四個小太監引了到一座宮裏，已擺得齊整，各按坐次坐了。不必細述。

一時吃完了飯，賈母帶着他婆媳三人謝過宴，又耽擱了一回。看看已近酉初，不敢羈留，俱各辭了出來。元妃命宮女兒引道，送至內宮門，門外仍是四個小太監送出。賈母等依舊坐着轎子出來，賈赦接着，大夥兒一齊回去。到家又要安排明後日進宮，仍令照應齊集。不題。

且說薛家夏金桂趕了薛蟠出去，日間拌嘴沒有對頭，秋菱又住在寶釵那邊去了，只剩得寶蟾一人同住。既給與薛蟠作妾，寶蟾的意氣又不比從前了。金桂看去更是一個對頭，自己也後悔不來。一日，吃了幾杯悶酒，躺在炕上，便要借那寶蟾做個醒酒湯兒，因問着寶蟾道：『大爺前日出門，到底是到那裏去？你自然是知道的了。』寶蟾道：『我那裏知道。他在奶奶跟前還不說，誰知道他那些事！』金桂冷笑道：『如今還有什麼奶奶、太太的，都是你們的世界了。別人是惹不得的，有人護庇着，我也不敢去虎頭上捉蝨子。你還是我的丫頭，問你一句話，你就和我摔臉子，說塞話。你既這麼有勢力，爲什麼不把我勒死了，你和秋菱不拘誰做了奶奶，那不清淨了麼！偏我又不死，礙着你們的道兒。』

寶蟾聽了這話，那裏受得住，便眼睛直直的瞅着金桂道：『奶奶這些閒話只好說給別人聽去！我並沒和奶奶說什麼。奶奶不敢惹人家，何苦來拿着我們小軟兒出氣呢。正經的，奶奶又裝聽不見，「沒事人一大堆」了。』說着，便哭天哭地起來。金桂越發性起，便爬下炕來，要打寶蟾。寶蟾也是夏家的風氣，半點兒不讓。金桂將桌椅杯盞，盡行打翻，那寶蟾只管喊冤叫屈，那裏理會他半點兒。

豈知薛姨媽在寶釵房中聽見如此吵嚷，叫香菱：『你去瞧瞧，且勸勸他。』寶釵道：『使不得，媽媽別叫他去。他去了豈能勸他，那更是火上澆了油了。』薛姨媽道：『既這麼樣，我自己過去。』寶釵道：『依我說，媽媽也不用去，由着他們鬧去罷。這也是沒法兒的事了。』薛姨媽道：『這那裏還了得！』說着，自己扶了丫頭，往金桂這邊來。寶釵只得也跟着過去，又囑咐香菱道：『你在這裏罷。』

母女同至金桂房門口，聽見裏頭正還嚷哭不止。薛姨媽道：『你們是怎麼着，又這樣家翻宅亂起來，這還像個人家兒嗎！矮牆淺屋的，難道都不怕親戚們聽見笑話了麼？』金桂屋裏接聲道：『我倒怕人笑話呢！只是這裏掃帚顛倒豎，也沒有主子，也沒有奴才，也沒有妻，沒有妾，是個混賬世界了。我們夏家門子裏，沒見過這樣規矩，實在受不得你們家這樣委屈了！』寶釵道：『大嫂子，媽媽因聽見鬧得慌，纔過來的。就是問的急了些，沒有分清「奶奶」「寶蟾」兩字，也沒有什麼。如今且先把事情說開，大家和和氣氣的過日子，也省的媽媽天天爲咱們操心。』那薛姨媽道：『是啊，先把事情說開了，你再問我的不是還不遲呢。』

金桂道：『好姑娘，好姑娘，你是個大賢大德的。你日後必定有個好人家，好女婿，決不像我這樣守活寡，舉眼無親，叫人家騎上頭來欺負的。我是個沒心眼兒的人，只求姑娘，我說話別往死裏挑撿，我從小兒到如今，沒有爹娘教導。再者我們屋裏老婆、漢子、大女人、小女人的事，姑娘也管不得！』寶釵聽了這話，又是羞，又是氣，見他母親這樣光景，又是疼不過。因忍了氣說道：『大嫂子，我勸你少說句兒罷。誰挑撿你？又是誰欺負你？不要說是嫂子，就是秋菱，我也從來沒有加他一點聲氣兒的。』金桂聽了這幾句話，更加拍着炕沿大哭起來，說：

『我那裏比得秋菱？連他腳底下的泥我還跟不上呢！他是來久了的，知道姑娘的心事，又會獻勤兒。我是新來的，又不會獻勤兒，如何拿我比他？何苦來，天下有幾個都是貴妃的命，行點好兒罷！別修的像我嫁個糊塗行子守活寡，那就是活活兒的現了眼了！』

薛姨媽聽到那裏，萬分氣不過，便站起身來，道：『不是我護着自己的女孩兒，他句句勸你，你卻句句慪他。你有什麼過不去，不要尋他，勒死我倒也是稀鬆的。』寶釵忙勸道：『媽媽，你老人家不用動氣。咱們既來勸他，自己生氣，倒多了層氣。不如且出去，等嫂子歇歇兒再說。』因吩咐寶蟾道：『你可別再多嘴了。』跟了薛姨媽出得房來。

走過院子裏，只見賈母身邊的丫頭同着秋菱迎面走來。薛姨媽道：『你從那裏來，老太太身上可安？』那丫頭道：『老太太身上好，叫來請姨太太安，還謝謝前兒的荔枝，還給琴姑娘道喜。』寶釵道：『你多早晚來的？』那丫頭道：『來了好一會子了。』薛姨媽料他知道，紅着臉說道：『這如今我們家裏鬧得也不像個過日子的人家了，叫你們那邊聽見笑話。』丫頭道：『姨太太說那裏的話，誰家沒個碟大碗小磕着碰着的呢。那是姨太太多心罷咧。』說着，跟了回到薛姨媽房中，略坐了一回就去了。

寶釵正囑咐香菱些話，只聽薛姨媽忽然叫道：『左肋疼痛的很。』說着，便向炕上躺下。唬得寶釵、香菱二人手足無措。

要知後事如何，下回分解。

【回後評】

上回寫黛玉夢魘，此回竟寫寶玉夢刀子割心，總是勉強做作。

寫元妃病，賈母等探視，總是一番空排場；賈妃講的話，還是省親時說過的老話，略無動人之處。

寫夏金桂尋事吵鬧，亦少新意。

第八十四回　試文字寶玉始提親　探驚風賈環重結怨

卻說薛姨媽一時因被金桂這場氣慪得肝氣上逆，左肋作痛。寶釵明知是這個原故，也等不及醫生來看，先叫人去買了幾錢鈎藤來，濃濃的煎了一碗，給他母親吃了。又和秋菱給薛姨媽捶腿揉胸，停了一會兒，略覺安頓。這薛姨媽只是又悲又氣，氣的是金桂撒潑，悲的是寶釵有涵養，倒覺可憐。寶釵又勸了一回，不知不覺的睡了一覺，肝氣也漸漸平復了。寶釵便說道：『媽媽，你這種閒氣不要放在心上纔好。過幾天走的動了，樂得往那邊老太太、姨媽處去說說話兒散散悶也好。家裏橫豎有我和秋菱照看着，諒他也不敢怎麼樣。』薛姨媽點點頭道：『過兩日看罷了。』

且說元妃疾愈之後，家中俱各喜歡。過了幾日，有幾個老公走來，帶着東西、銀兩，宣貴妃娘娘之命，因家中省問勤勞，俱有賞賜，把物件銀兩一一交代清楚。

賈母忽然提出寶玉的親事來，以前寶、黛的種種情事，賈母好像全然不知，全無所覺。

賈赦、賈政等稟明了賈母，一齊謝恩畢，太監吃了茶去了。

大家回到賈母房中，說笑了一回。外面老婆子傳進來說：『小廝們來回道，那邊有人請大老爺說要緊的話呢。』賈母便向賈赦道：『你去罷。』賈赦答應着，退出來自去了。

這裏，賈母忽然想起，和賈政笑道：『娘娘心裏卻甚實惦記着寶玉，前兒還特特的問他來着呢。』賈政陪笑道：『只是寶玉不大肯念書，辜負了娘娘的美意。』賈母道：『我倒給他上了個好兒，說他近日文章都做上來了。』賈政笑道：『那裏能像老太太的話呢。』賈母道：『你們時常叫他出去作詩作文，難道他都沒作上來麽？小孩子家，慢慢的教導他。可是人家說的，「胖子也不是一口兒吃的。」』賈政聽了這話，忙陪笑道：『老太太說的是。』

賈母又道：『提起寶玉，我還有一件事和你商量。如今他也大了，你們也該留神看一個好孩子給他定下，這也是他終身的大事。也別論遠近親戚，什麽窮啊富的，只要深知那姑娘的脾性兒好、模樣兒周正的就好。』賈政道：『老太太吩咐的很是。但只一件，姑娘也要好，第一要他自己學好纔好，不然不稂不莠的，反倒耽誤了人家的女孩兒，豈不可惜。』

賈母聽了這話，心裏卻有些不喜歡，便說道：『論起來，現放着你們作父母的，那裏用我去張心。但只我想，寶玉這孩子從小兒跟着我，未免多疼他一點兒，耽誤了他成人的正事，也是有的。只是我看他那生來的模樣兒也還齊整，心性兒也還實在，未必一定是那種沒出息的，必至遭踏了人家的女孩兒。也不知是我偏心，我看着横竪比環兒略好些，不知你們看着怎麼樣。』幾句話說得賈政心中甚實不安，連忙陪笑道：『老太太看的人也多了，既說他好、有造化的，想來是不錯的。只是兒子望他成人性兒太急了一點，或有竟和古人的話相反，倒是「莫知其子之美」了。』一句話，把賈母也慪笑了，衆人也都陪着笑了。

賈母因說道：『你這會子也有了幾歲年紀，又居着官，自然越歷練越老成。』說到這裏，回頭瞅着邢夫人和王夫人笑道：『想他那年輕的時候，那一種古怪脾氣，比寶玉還加一倍呢。直等娶了媳婦，纔略略的懂了些人事兒。如今只抱怨寶玉，這會子我看寶玉比他還略體些人情兒呢。』說的邢夫人、王夫人都笑了，因說道：『老太太又說起逗笑兒的話兒來了。』

說着，小丫頭子們進來告訴鴛鴦：『請示老太太，晚飯伺候下了。』賈母便問：『你們又咕咕唧唧的說什麼？』鴛鴦笑着回明了。賈母道：『那麼着，你們也都吃飯去罷，單留鳳姐兒和珍哥媳婦跟着我吃罷。』賈政及邢、王二夫人都答應着，伺候擺上飯來，賈母又催了一遍，纔都退出各散。

卻說邢夫人自去了。賈政同王夫人進入房中。賈政因提起賈母方纔的話來，説道：『老太太這樣疼寶玉，畢竟要他有些實學，日後可以混得功名，纔好不枉老太太疼他一場，也不至遭塌了人家的女兒。』王夫人道：『老爺這話自然是該當的。』賈政因着個屋裏的丫頭傳出去，告訴李貴：『寶玉放學回來，索性吃飯後再叫他過來，説我還要問他話呢。』李貴答應了『是』。

至寶玉放了學剛要過來請安，只見李貴道：『二爺先不用過去，老爺吩咐了，今日叫二爺吃了飯再過去呢，聽見還有話問二爺呢。』寶玉聽了這話，又是一個悶雷。只得見過賈母，便回園吃飯。三口兩口吃完，忙漱了口，便往賈政這邊來。

賈政此時在內書房坐着，寶玉進來請了安，一旁侍立。賈政問道：『這幾日我心上有事，也忘了問你。那一日你説，你師父叫你講一個月的書，就要給你開筆。如今算來，將兩個月了，你到底開了筆了沒有？』寶玉道：『纔做過三次，師父説，且不必回老爺知道，等好些，再回老爺知道罷。因此這兩天總沒敢回。』賈政道：『是什麼題目？』寶玉道：『一個是《吾十有五而志於學》，一個是《人不知而不愠》，一個是《則歸墨》三字。』賈政道：『都有稿兒麼？』寶玉道：『都是作了抄出來師父又改的。』賈政道：『你帶了家來了，還是在學房裏呢？』寶玉道：『在學房裏呢。』賈政道：『叫人取了來我瞧。』寶玉連忙叫人傳話與焙回目是『試文字』，而此處卻是賈政大講八股時文的做法，講破題，講起、承、轉、合。不是賈政試寶玉文字，倒是寶玉聽賈政講課。

茗：『叫他往學房中去，我書桌子抽屜裏，有一本薄薄兒竹紙本子，上面寫着「窗課」兩字的就是，快拿來。』一回兒焙茗拿了來，遞給寶玉。寶玉呈與賈政。

賈政翻開看時，見頭一篇寫着題目，是《吾十有五而志於學》。他原本破的是『聖人有志於學，幼而已然矣。』代儒卻將幼字抹去，明用『十五』。賈政道：『你原本「幼」字便扣不清題目了。「幼」字是從小起，至十六以前，都是「幼」。這章書是聖人自言學問工夫與年俱進的話，所以十五、三十、四十、五十、六十、七十俱要明點出來，纔見得到了幾時有這麼個光景，到了幾時又有那麼個光景。師父把你「幼」字改了「十五」，便明白了好些。』看到承題，那抹去的原本云：『夫不志於學，人之常也。』賈政搖頭道：『不但是孩子氣，可見你本性不是個學者的志氣。』又看後句『聖人十五而志之，不亦難乎』，說道：『這更不成話了。』然後看代儒的改本云：『夫人孰不學，而志於學者卒鮮。此聖人所爲自信於十五時歟。』便問：『改的懂得麼？』寶玉答應道：『懂得。』

又看第二藝，題目是《人不知而不慍》，便先看代儒的改本云：『不以不知而慍者，終無改其說樂矣。』方覷着眼看那抹去的底本，說道：『你是什麼？「能無慍人之心，純乎學者也。」上一句似單做了「而不慍」三個字的題目。下一句又犯了下文君子的分界。必如改筆纔合題位呢。且下句找清上文，方是書理。須要細心領略。』寶玉答應着。賈政又往下看，『夫不知，未有不慍者也；而竟不然。是非由說而樂者，曷克臻此。』原本末句『非純學者乎。』賈政道：『這也與破題同病的。這改的也罷了，不過清楚，還說得去。』

第三藝是《則歸墨》，賈政看了題目，自己揚着頭想了一想，因問寶玉道：『你的書講到這裏了麼？』寶玉道：『師父說，《孟子》好懂些，所以倒先講《孟子》，大前日纔講完了。如今講《上論語》呢。』賈政因看這個破承倒沒大改。破題云：『言於舍楊之外，若別無所歸者焉。』賈政道：『第二句倒難爲你。』『夫墨，非欲歸者也；而墨之言已半天下矣，則舍楊之外，欲不歸於墨，得乎？』賈政道：『這是你做的麼？』寶玉答應道：『是』。賈政點點頭兒，因說道：『這也並沒有什麼出色處，但初試筆能如此，還算不離。前年，我在任上時，還出過《惟士爲能》這個題目。那些童生都讀過前人這篇，不能自出心裁，每多抄襲。你念過沒有？』寶玉道：『也念過。』賈政道：『我要你另換個主意，不許雷同了前人，只做個破題也使得。』寶玉只得答應着，低頭搜索枯腸。賈政背着手，也在門口站着作想。只見一個小小廝往外飛走，看見賈政，連忙側身垂手站住。賈政便問道：『作什麼？』小廝回道：『老太太那邊姨太太來了，二奶奶傳出話來，叫預備飯呢。』賈政聽了，也沒言語。那小廝自去了。

賈政如此與寶玉講做八股文，且頗有讚譽，與前八十回大異其趣。

誰知寶玉自從寶釵搬回家去，十分想念，聽見薛姨媽來了，只當寶釵同來，心中早已忙了，便乍着膽子回道：『破題倒作了一個，但不知是不是。』賈政道：『你念來我聽。』寶玉念道：『天下不皆士也，能無産者亦僅矣。』賈政聽了，點着頭道：『也還使得。以後作文，總要把界限分清，把神理想明白了再去動筆。你來的時候，老太太知道不知道？』寶玉道：『知道的。』賈政道：『既如此，你還到老太太處去罷。』寶玉答應了個『是』，只得拿捏着慢慢的退出，剛過穿廊月洞門的影屏，便一溜煙，跑到老太太院門口。急得焙茗在後頭趕着叫：『看跌倒了！老爺來了。』寶玉那裏聽得見，剛進得門來，便聽見王夫人、鳳姐、探春等笑語之聲。

丫鬟們見寶玉來了，連忙打起簾子，悄悄告訴道：『姨太太在這裏呢。』寶玉趕忙進來給薛姨媽請安，過來纔給賈母請了晚安。賈母便問：『你今兒怎麼這早晚纔散學？』寶玉悉把賈政看文章並命作破題的話述了一遍。賈母笑容滿面。寶玉因問衆人道：『寶姐姐在那裏坐着呢？』薛姨媽笑道：『你寶姐姐沒過來，家裏和香菱作活呢。』寶玉聽了，心中索然，又不好就走。只見說着話兒已擺上飯來，自然是賈母、薛姨媽上坐，探春等陪坐。薛姨媽道：『寶哥兒呢？』賈母忙笑說道：『寶玉跟着我這邊坐罷。』寶玉連忙回道：『頭裏散學時，李貴傳老爺的話，叫吃了飯過去。我趕着要了一碟菜，泡茶吃了一碗飯，就過去了。老太太和姨媽、姐姐們用罷。』賈母道：『既這麼着，鳳丫頭就過來跟着我。你太太纔說他今兒吃齋，叫他們自己吃去罷。』王夫人也道：『你跟着老太太、姨太太吃罷，不用等我，我吃齋呢。』於是鳳姐告了坐，丫頭安了杯箸，鳳姐執壺斟了一巡，纔歸坐。

大家吃着酒。賈母便問道：『可是纔姨太太提香菱，我聽見前兒丫頭們說「秋菱」，不知是誰，問起來纔知道是他。怎麼那孩子好好的又改了名字呢？』薛姨媽滿臉飛紅，嘆了口氣道：『老太太再別提起。自從蟠兒娶了這個不知好歹的媳婦，成日家咕咕唧唧，如今鬧的也不成個人家了。我也說過他幾次，他牛心不聽說，我也沒那麼大精神和他們盡着吵去，只好由他們去。可不是他嫌這丫頭的名兒不好改的。』

賈母道：『名兒什麼要緊的事呢？』薛姨媽道：『說起來我也怪臊的，其實老太太這邊有什麼不知道的。他那裏是爲這名兒不好，聽見說他因爲是寶丫頭起的，他纔有心要改。』賈母道：『這又是什麼原故呢？』薛姨媽把手絹子不住的擦眼淚，未曾說，又嘆了一口氣，道：『老太太還不知道呢，這如今媳婦子專和寶丫頭慪氣。前日老太太打發人看我去，我們家裏正鬧呢。』

賈母贊寶釵。

寶玉聽賈母贊寶釵，倒特意留下『猒猒的往下聽』，不知究竟是何意思。是愛聽，不願聽？或者希望賈母還有贊黛玉之話乎？

賈母連忙接着問道：『可是前兒聽見姨太太肝氣疼，要打發人看去，後來聽見說好了，所以沒着人去。依我，勸姨太太竟把他們別放在心上。再者，他們也是新過門的小夫妻，過些時自然就好了。我看寶丫頭性格兒溫厚和平，雖然年輕，比大人還強幾倍。前日那小丫頭子回來說，我們這邊還都贊嘆了他一會子。都像寶丫頭那樣心胸兒、脾氣兒，真是百裏挑一的。不是我說句冒失話，那給人家作了媳婦兒，怎麽叫公婆不疼，家裏上上下下的不賓服呢！』寶玉頭裏已經聽煩了，推故要走，及聽見這話，又坐了猒猒的往下聽。

薛姨媽道：『不中用。他雖好，到底是女孩兒家，養了蟠兒這個糊塗孩子，真真叫我不放心，只怕在外頭喝點子酒，鬧出事來。幸虧老太太這裏的大爺、二爺常和他在一塊兒，我還放點兒心。』寶玉聽到這裏，便接口道：『姨媽更不用懸心。薛大哥相好的都是些正經買賣大客人，都是有體面的，那裏就鬧出事來。』薛姨媽笑道：『依你這樣說，我敢只不用操心了。』說話間，飯已吃完。寶玉先告辭了，晚間還要看書，便各自去了。

這裏，丫頭們剛捧上茶來，只見琥珀走過來向賈母耳朵旁邊說了幾句，賈母便向鳳姐兒道：『你快去罷，瞧瞧巧姐兒去罷。』鳳姐聽了，還不知何故，大家也怔了。琥珀遂過來，向鳳姐道：『剛纔平兒打發小丫頭子來回二奶奶，說巧姐兒身上不大好，請二奶奶忙着些過來纔好呢。』賈母因說道：『你快去罷，姨太太也不是外人。』鳳姐連忙答應，在薛姨媽跟前告了辭。又見王夫人說道：『你先過去，我就去。小孩子家，魂兒還不全呢，別叫丫頭們大驚小怪的，屋裏的貓兒狗兒，也叫他們留點神兒。盡着孩子貴氣，偏有這些瑣碎。』鳳姐答應了，然後帶了小丫頭回房去了。

這裏，薛姨媽又問了一回黛玉的病。賈母道：『林丫頭那孩子倒罷了，只是心重些，所以身子就不大很結實了。要賭靈性兒，也和寶丫頭不差什麼。要賭寬厚待人裏頭，卻不濟他寶姐姐有耽待、有盡讓了。』薛姨媽又說了兩句閒話兒，便道：『老太太歇着罷。我也要到家裏去看看，只剩下寶丫頭和香菱了。打那麼同着姨太太看看巧姐兒。』賈母道：『正是。姨太太上年紀的人看看是怎麼不好，說給他們也得點主意兒。』薛姨媽便告辭，同着王夫人出來，往鳳姐院裏去了。

賈母評黛玉寬厚不如寶釵。前後比較之間，賈母已傾向於寶釵矣。

卻說賈政試了寶玉一番，心裏卻也喜歡，走向外面和那些門客閒談。說起方纔的話來，便有新進到來最善大棋的一個王爾調，名作梅的，說道：『據我們看來，寶二爺的學問已是大進了。』賈政道：『那有進益，不過略懂得些罷咧，「學問」兩個字早得很呢。』詹光道：『這是老世翁過謙的話，不但王大兄這般說，就是

賈政心裏對寶玉歡喜，一反以前性情。

我們看，寶二爺必定要高發的。』賈政笑道：『這也是諸位過愛的意思。』

那王爾調又道：『晚生還有一句話，不揣冒昧，和老世翁商議。』賈政道：『什麼事？』王爾調陪笑道：『也是晚生的相與，做過南韶道的張大老爺家有一位小姐，說是生得德容功貌俱全，此時尚未受聘。他又沒有兒子，家資巨萬。但是要富貴雙全的人家，女婿又要出衆，纔肯作親。晚生來了兩個月，瞧着寶二爺的人品學業，都是必要大成的。老世翁這樣門楣，還有何說。若晚生過去，包管一說就成。』賈政道：『寶玉說親卻也是年紀了，並且老太太常說起。但只張大老爺素來尚未深悉。』詹光道：『王兄所提張家，晚生卻也知道。況和大老爺那邊是舊親，老世翁一問便知。』賈政想了一回，道：『大老爺那邊不曾聽得這門親戚。』詹光道：『老世翁原來不知，這張府上原和邢舅太爺那邊有親的。』

賈政聽了，方知是邢夫人的親戚。坐了一回，進來了，便要同王夫人說知，轉問邢夫人去。誰知王夫人陪了薛姨媽到鳳姐那邊看巧姐兒去了。那天已經掌燈時候，薛姨媽去了，王夫人纔過來了。賈政告訴了王爾調和詹光的話，又問巧姐兒怎麼了。王夫人道：『怕是驚風的光景。』賈政道：『不甚利害呀？』王夫人道：『看着是搐風的來頭，只還沒搐出來呢。』賈政聽了，便不言語，各自安歇，一宿晚景不提。

卻說次日邢夫人過賈母這邊來請安，王夫人便提起張家的事，一面回賈母，一面問邢夫人。邢夫人道：『張家雖係老親，但近年來久已不通音信，不知他家的姑娘是怎麼樣的。倒是前日孫親家太太打發老婆子來問安，卻說起張家的事，說他家有個姑娘，託孫親家那邊有對勁的提一提。聽見說，只這一個女孩兒，十分嬌養，也識得幾個字，見不得大陣仗兒，常在房中不出來的。張大老爺又說，只有這一個女孩兒，不肯嫁出去，怕人家公婆嚴，姑娘受不得委屈，必要女婿過門，贅在他家，給他料理些家事。』賈母聽到這裏，不等說完，便道：『這斷使不得。我們寶玉別人服侍他還不够呢，倒給人家當家去。』邢夫人道：『正是老太太這個話。』賈母因向王夫人道：『你回來告訴你老爺，就說我的話，這張家的親事是作不得的。』王夫人答應了。賈母便問：『你們昨日看巧姐兒怎麼樣？頭裏平兒來回我，說很不大好，我也要過去看看呢。』邢王二夫人道：『老太太雖疼他，他那裏耽的住。』賈母道：『卻也不止爲他，我也要走動走動，活活筋骨兒。』說着，便吩咐：『你們吃飯去罷，回來同我過去。』邢、王二夫人答應着出來，各自去了。

一時吃了飯，都來陪賈母到鳳姐房中。鳳姐連忙出來，接了進去。賈母便問巧姐兒到底怎麼樣。鳳姐兒道：『只怕是搐風的來頭。』賈母道：『這麼着，還不鳳姐乘機提出『金鎖』配『寶玉』。

鳳姐以前說黛玉吃了我們家的茶，便是我們家的人的事等等，似又全無影蹤了。

請人趕着瞧！』鳳姐道：『已經請去了。』賈母因同邢王二夫人進房來看，只見奶子抱着，用桃紅綾子小綿被兒裹着，臉皮趣青，眉梢鼻翅微有動意。賈母同邢、王二夫人看了看，便出外間坐下。

正說間，只見一個小丫頭回鳳姐道：『老爺打發人問姐兒怎麼樣。』鳳姐道：『替我回老爺，就說請大夫去了。一會兒開了方子，就過去回老爺。』賈母忽然想起張家的事來，向王夫人道：『你該就去告訴你老爺，省得人家去說了回來又駁回。』又問邢夫人道：『你們和張家如今爲什麼不走了？』邢夫人因又說：『論起那張家行事，也難和咱們作親，太嗇剋，沒的玷辱了寶玉。』鳳姐聽了這話，已知八九，便問道：『太太不是說寶兄弟的親事？』邢夫人道：『可不是麼。』賈母接着因把剛纔的話告訴鳳姐。鳳姐笑道：『不是我當着老祖宗、太太們跟前說句大膽的話，現放着天配的姻緣，何用別處去找。』賈母笑問道：『在那裏？』鳳姐道：『一個「寶玉」，一個「金鎖」，老太太怎麼忘了？』賈母笑了一笑，因說：『昨日你姑媽在這裏，你爲什麼不提？』鳳姐道：『老祖宗和太太們在前頭，那裏有我們小孩子家說話的地方兒。況且，姨媽過來瞧老祖宗，怎麼提這些個？這也得太太們過去求親纔是。』賈母笑了，邢、王二夫人也都笑了。賈母因道：『可是我背晦了。』

說着，人回：『大夫來了。』賈母便坐在外間，邢、王二夫人略避。那大夫同賈璉進來，給賈母請了安，方進房中看了，出來站在地下，躬身回賈母道：『妞兒一半是內熱，一半是驚風。須先用一劑發散風痰藥，還要用四神散纔好。因病勢來得不輕，如今的牛黃都是假的，要找真牛黃方用得。』賈母道了乏，那大夫同賈璉出去，開了方子，去了。

鳳姐道：『人參家裏常有，這牛黃倒怕未必有，外頭買去，只是要真的纔好。』王夫人道：『等我打發人到姨太太那邊去找找。他家蟠兒是向與那些西客們做買賣，或者有真的也未可知。我叫人去問問。』正說話間，衆姊妹都來瞧來了，坐了一回，也都跟着賈母等去了。這裏，煎了藥給巧姐兒灌了下去，只見『喀』的一聲，連藥帶痰都吐出來，鳳姐纔略放了一點兒心。只見王夫人那邊的小丫頭拿着一點兒的小紅紙包兒，說道：『二奶奶，牛黃有了。太太說了，叫二奶奶親自把分兩對準了呢。』鳳姐答應着接過來，便叫平兒配齊了真珠、冰片、硃砂，快熬起來，自己用戥子按方秤了攙在裏面，等巧姐兒醒了好給他吃。

只見賈環掀簾進來說：『二姐姐，你們巧姐兒怎麼了？媽叫我來瞧瞧他。』鳳姐見了他母子便嫌，說：『好些了。你回去說，叫你們姨娘想着。』那賈環口裏答應，只管各處瞧看，看了一回，便問鳳姐兒道：『你這裏聽的說有牛黃，不知牛黃是怎麼個樣兒，給我瞧瞧呢。』鳳姐道：『你別在這裏鬧了，妞兒纔好些。那牛黃都煎上了。』賈環聽了，便去伸手拿那銱子瞧時，豈知措手不及，沸的一聲，銱子倒了，火已潑滅了一半。賈環見不是事，自覺沒趣，連忙跑了。鳳姐急的火星直爆，罵道：『真真那一世的對頭冤家！你何苦來，還來使促狹！從前你媽要想害我，如今又來害妞兒。我和你幾輩子的仇呢！』一面罵平兒不照應。

正罵着，只見丫頭來找賈環。鳳姐道：『你去告訴趙姨娘，說他操心也太苦了，巧姐兒死定了，不用他惦着了！』平兒急忙在那裏配藥再熬，那丫頭摸不着頭腦，便悄悄問平兒道：『二奶奶爲什麼生氣？』平兒將環哥弄倒藥銱子說了一遍。丫頭道：『怪不得他不敢回來，躲了別處去了。這環哥兒明日還不知怎麼樣呢。平姐姐，我替你收拾罷。』平兒說：『這倒不消。幸虧牛黃還有一點，如今配好了，你去罷。』丫頭道：『我一準回去告訴趙姨奶奶，也省得他天天說嘴。』

丫頭回去果然告訴了趙姨娘，趙姨娘氣的叫：『快找環兒！』環兒在外間屋子裏躲着，被丫頭找了來。趙姨娘便罵道：『你這個下作種子！你爲什麼弄潵了人家的藥，招的人家咒罵。我原叫你去問一聲，不用進去。你偏進去，又不就走，還要虎頭上捉蝨子。你看我回了老爺，打你不打！』

這裏，趙姨娘正說着，只聽賈環在外間屋子裏更說出些驚心動魄的話來。未知何言，下回分解。

【回後評】

此回着重寫寶玉學作時文八股，且頗合賈政之意，則與前八十回大異，賈政之滿意於寶玉，是寶玉已漸漸改變以往之思想性情矣。

此回以清客爲寶玉提親作引，寫賈母贊寶釵，又説黛玉寬厚不如寶釵，然後又由鳳姐提出『金鎖』配『寶玉』來，爲以後寶黛『木石姻緣』之破滅，爲『金玉姻緣』之捏合先作過渡，亦爲改變前八十回寶黛愛情趨勢作鋪墊。總之，續書逐漸背離前八十回之思想及情節，已從寶玉之作時文八股，寶玉之婚姻問題，賈母、鳳姐對釵、黛態度之漸變等諸端開始矣。

寫賈環潑撒巧姐藥罐，仍是寫賈環浮躁儇佻性格，爲鳳姐與趙姨娘之結仇加深。

第八十五回　賈存周報陞郎中任　薛文起復惹放流刑

話說趙姨娘正在屋裏抱怨賈環，只聽賈環在外間屋裏發話道：『我不過弄倒了藥銱子，潵了一點子藥，那丫頭子又沒就死了，值的他也罵我，你也罵我，賴我心壞，把我往死裏遭蹋。等着我明兒還要那小丫頭子的命呢，看你們怎麼着！只叫他們隄防着就是了。』那趙姨娘趕忙從裏間出來，握住他的嘴說道：『你還只管信口胡唚，還叫人家先要了我的命呢！』娘兒兩個吵了一回。趙姨娘聽見鳳姐的話，越想越氣，也不着人來安慰鳳姐一聲兒。過了幾天，巧姐兒也好了。因此兩邊結怨比從前更加一層了。

一日，林之孝進來回道：『今日是北靜郡王生日，請老爺的示下。』賈政吩咐道：『只按向年舊例辦了，回大老爺知道，送去就是了。』林之孝答應了，自去辦理。不一時，賈赦過來同賈政商議，帶了賈珍、賈璉、寶玉去與北靜王拜壽。別人

文起，薛蟠的字，甲戌、庚辰等均作文起。

還不理論，惟有寶玉素日仰慕北靜王的容貌威儀，巴不得常見纔好，遂連忙換了衣服，跟着來到北府。

賈赦、賈政遞了職名候諭。不多時，裏面出來了一個太監，手裏掐着數珠兒，見了賈赦、賈政，笑嘻嘻的說道：『二位老爺好？』賈赦、賈政也都趕忙問好。他兄弟三人也過來問了好。那太監道：『王爺叫請進去呢。』於是爺兒五個跟着那太監進入府中，過了兩層門，轉過一層殿去，裏面方是內宮門。剛到門前，大家站住，那太監先進去回王爺去了。這裏門上小太監都迎着問了好。一時那太監出來，說了個『請』字，爺兒五個肅敬跟入。只見北靜郡王穿着禮服，已迎到殿門廊下。賈赦、賈政先上來請安，捱次便是珍、璉、寶玉請安。

那北靜郡王單看寶玉道：『我久不見你，很惦記你。』因又笑問道：『你那塊玉兒好？』寶玉躬着身打着一半千兒，回道：『蒙王爺福庇，都好。』北靜王道：『今日你來，沒有什麼好東西給你吃的，倒是大家說說話兒罷。』說着，幾個老公打起簾子，北靜王說『請』，自己卻先進去。然後賈赦等都躬着身跟進去。先是賈赦請北靜王受禮，北靜王也說了兩句謙辭，那賈赦早已跪下，次及賈政等捱次行禮，自不必說。

那賈赦等復肅敬退出。北靜王吩咐太監等讓在衆戚舊一處好生款待，卻單留北靜王生日，只寫賈府諸人來賀，其餘概未寫到，毫無壽誕氣象，且單留寶玉敘話，置賈赦、賈政等不顧，又單賞寶玉吃飯，種種寫法，令人不解。尤其是北靜王竟爲寶玉特製一塊玉，簡直荒唐。寶玉的玉是與生俱來的寶物，豈可仿作。仿作後贈寶玉，究是何意，令人不可解。

寶玉在這裏說話兒，又賞了坐。寶玉又磕頭謝了恩，在挨門邊繡墩上側坐，說了一回讀書、作文諸事。北靜王甚加愛惜，又賞了茶，因說道：『昨兒巡撫吳大人來陛見，說起令尊翁前任學政時，秉公辦事，凡屬生童，俱心服之至。他陛見時，萬歲爺也曾問過，他也十分保舉。可知是令尊翁的喜兆。』寶玉連忙站起，聽畢這一段話，纔回啓道：『此是王爺的恩典，吳大人的盛情。』

正說着，小太監進來回道：『外面諸位大人老爺都在前殿謝王爺賞宴。』說着，呈上謝宴並請午安的帖子來。北靜王略看了一看，仍遞給小太監，笑了一笑說道：『知道了，勞動他們。』

那小太監又回道：『這賈寶玉王爺單賞的飯預備了。』北靜王便命那太監帶了寶玉到一所極小巧精緻的院裏，派人陪着吃了飯，又過來謝了恩。北靜王又說了些好話兒，忽然笑說道：『我前次見你那塊玉倒有趣兒，回來說了個式樣，叫他們也作了一塊來。今日你來得正好，就給你帶回去頑罷。』因命小太監取來，親手遞給寶玉。寶玉接過來捧着，又謝了，然後退出。北靜王又命兩個小太監跟出來，纔同着賈赦等回來了。賈赦便各自回院裏去。

這裏，賈政帶着他三人回來見過賈母，請過了安，說了一回府裏遇見的人。寶玉又回了賈政吳大人陛見保舉的話。賈政道：『這吳大人本來咱們相好，也是我輩中人，還倒是有骨氣的。』又說了幾句閒話兒，賈母便叫：『歇着去罷。』賈政退出，珍、璉、寶玉都跟到門口。

賈政道：『你們都回去陪老太太坐着去罷。』說着，便回房去。剛坐了一坐，只見一個小丫頭回道：『外面林之孝請老爺回話。』說着，遞上個紅單帖來，寫着吳巡撫的名字。賈政知是來拜，便叫小丫頭叫林之孝進來。賈政出至廊簷下，林之孝進來回道：『今日巡撫吳大人來拜，奴才回了去了。再，奴才還聽見說，現今工部出了一個郎中缺，外頭人和部裏都吵嚷是老爺擬正呢。』賈政道：『瞧罷咧。』林之孝又回了幾句話，纔出去了。

且說珍、璉、寶玉三人回去，獨有寶玉到賈母那邊，一面述說北靜王待他的光景，並拿出那塊玉來。大家看着笑了一回。賈母因命人：『給他收起去罷，別丟了。』因問：『你那塊玉好生帶着罷，別鬧混了。』寶玉在項上摘了下來，說：『這不是我那一塊玉？那裏就掉了呢。比起來，兩塊玉差遠着呢，那裏混得過？我正要告訴老太太，前兒晚上我睡的時候把玉摘下來，掛在帳子裏，他竟放起光來了，滿帳子都是紅的。』賈母說道：『又胡說了，帳子的簷子是紅的，火光照着，自然紅是有的。』寶玉道：『不是。那時候燈已滅了，屋裏都漆黑的了，還看得見他呢。』邢、王二夫人抿着嘴笑。鳳姐道：『這是喜信發動了。』寶玉道：『什麼喜信？』賈母道：『你不懂得。今兒個鬧了一天，你去歇歇兒去罷，別在這裏說獃話了。』寶玉又站了一回兒，纔回園中去了。

這裏，賈母問道：『正是，你們去看薛姨媽，說起這事沒有？』王夫人道：『本來就要去看的，因鳳丫頭爲巧姐兒病着，耽擱了兩天，今日纔去的。這事，我們都告訴了，姨媽倒也十分願意，只說蟠兒這時候不在家，目今他父親沒了，只得和他商量商量再辦。』賈母道：『這也是情理的話。既這麼樣，大家先別提起，等姨太太那邊商量定了再說。』

不說賈母處談論親事，且說寶玉回到自己房中，告訴襲人道：『老太太與鳳姐姐方纔說話含含糊糊，不知是什麼意思。』襲人想了想，笑了一笑，道：『這個我也猜不着。但只剛纔說這些話時，林姑娘在跟前沒有？』寶玉道：『林姑娘纔病起來，這些時何曾到老太太那邊去呢。』

正說着，只聽外間屋裏麝月與秋紋拌嘴。襲人道：『你兩個又鬧什麼？』麝月道：『我們兩個鬬牌，他贏了我的錢他拿了去，他輸了錢就不肯拿出來。這也罷了，他倒把我的錢都搶了去了。』寶玉笑道：『幾個錢，什麼要緊？傻丫頭，不許鬧了。』說的兩個人都咕嘟着嘴坐着去了。這裏，襲人打發寶玉睡下。不提。

卻說襲人聽了寶玉方纔的話，也明知是給寶玉提親的事。因恐寶玉每有癡想，這一提起不知又招出他多少獃話來，所以故作不知，自己心上卻也是頭一件關切的事。夜間躺着，想了個主意，不如去見見紫鵑，看他有什麼動靜，自然就知道了。次日一早起來，打發寶玉上了學，自己梳洗了，便慢慢的去到瀟湘館來。只見紫鵑正在那裏掐花兒呢，見襲人進來，便笑嘻嘻的道：『姐姐屋裏坐着。』襲人道：『坐着，妹妹掐花兒呢嗎？姑娘呢？』紫鵑道：『姑娘纔梳洗完了，等着溫藥呢。』紫鵑一面說着，一面同襲人進來。見了黛玉正在那裏拿着一本書看，襲人陪着笑道：『姑娘怨不得勞神，起來就看書。我們寶二爺念書，若能像姑娘這樣，豈不好了呢。』黛玉笑着把書放下。雪雁已拿着個小茶盤托着一鍾藥、一鍾水，小丫頭在後面捧着痰盒、漱盂進來。原來襲人來時要探探口氣，坐了一回，無處入話，又想着黛玉最是心多，探不成消息，再惹着了他倒是不好，又坐了坐，搭赸着辭了出來了。

將到怡紅院門口，只見兩個人在那裏站着呢。襲人不便往前走，那一個早看見了，連忙跑過來。襲人一看，卻是鋤藥，因問：『你作什麼？』鋤藥道：『剛纔芸二爺來了，拿了個帖兒，說給咱們寶二爺瞧的，在這裏候信。』襲人道：『寶二爺天天上學，你難道不知道，還候什麼信呢？』鋤藥笑道：『我告訴他了。他叫告訴姑娘，聽姑娘的信呢。』

襲人正要說話，只見那一個也慢慢的蹭了過來，細看時，就是賈芸，溜溜湫湫往這邊來了。襲人見是賈芸，連忙向鋤藥道：『你告訴說知道了，回來給寶二爺瞧罷。』那賈芸原要過來和襲人說話，無非親近之意，又不敢造次，只得慢慢踱來。相離不遠，不想襲人說出這話，自己也不好再往前走，只好站住。這裏，襲人已掉背臉往回裏去了。賈芸只得怏怏而回，同鋤藥出去了。

晚間，寶玉回房，襲人便回道：『今日廊下小芸二爺來了。』寶玉道：『作什麼？』襲人道：『他還有個帖兒呢。』寶玉道：『在那裏？拿來我看看。』麝月便走去，在裏間屋裏書槅子上頭拿了來。寶玉接過看時，上面皮兒上寫着：『叔父大人安稟。』寶玉道：『這孩子怎麼又不認我作父親了？』襲人道：『怎麼？』寶玉道：『前年他送我白海棠時，稱我作「父親大人」，今日這帖子封皮上寫着「叔父」，可不是又不認了麼？』

襲人道：『他也不害臊，你也不害臊。他那麼大了，倒認你這麼大兒的作父親，可不是他不害臊？你正經連個——』剛說到這裏，臉一紅，微微的一笑。寶玉也覺得了，便道：『這倒難講。俗語說：「和尚無兒，孝子多着呢。」只是我看着他還伶俐得人心兒，纔這麼着。他不願意，我還不希罕呢。』說着，一面拆那帖兒。襲人也笑道：『那小芸二爺也有些鬼鬼頭頭的。什麽時候又要看人，什麽時候又躲躲藏藏的，可知也是個心術不正的貨。』寶玉只顧拆開看那字兒，也不理會襲人這些話。

襲人見他看那帖兒，皺一回眉，又笑一笑兒，又摇摇頭兒，後來光景竟大不耐煩起來。襲人等他看完了，問道：『是什麽事情？』寶玉也不答言，把那帖子已經撕作幾段。襲人見這般光景，也不便再問，便問寶玉：『吃了飯還看書不看？』寶玉道：『可笑芸兒這孩子竟這樣的混賬。』襲人見他所答非所問，便微微的笑着問道：『到底是什麽事？』寶玉道：『問他作什麽，咱們吃飯罷。吃了飯歇着罷，心裏鬧的怪煩的。』説着，叫小丫頭子點了一個火兒來，把那撕的帖兒燒了。

一時小丫頭們擺上飯來，寶玉只是怔怔的坐着。襲人連哄帶慪催着吃了一口兒飯，便擱下了，仍是悶悶的歪在牀上。一時間，忽然掉下淚來。此時襲人、麝月都摸不着頭腦。麝月道：『好好兒的，這又是爲什麽？都是什麽芸兒雨兒的，不知什麽事弄了這麽個浪帖子來，惹的這麽傻了的似的，哭一會子，笑一會子。要天長日久鬧起這悶葫蘆來，可叫人怎麽受呢。』説着，竟傷起心來。

襲人旁邊由不得要笑，便勸道：『好妹妹，你也别慪人了。他一個人就够受了，你又這麼着。他那帖子上的事難道與你相干？』麝月道：『你混說起來了。知道他帖兒上寫的是什麼混賬話，你混往人身上扯。要那麼說，他帖兒上只怕倒與你相干呢。』襲人還未答言，只聽寶玉在牀上『撲哧』的一聲笑了，爬起來抖了抖衣裳，說：『咱們睡覺罷，別鬧了。明日我還起早念書呢。』說着，便躺下睡了。一宿無話。

次日，寶玉起來梳洗了，便往家塾裏去。走出院門，忽然想起，叫焙茗略等，急忙轉身回來叫：『麝月姐姐呢？』麝月答應着出來，問道：『怎麼又回來了？』寶玉道：『今日芸兒要來了，告訴他別在這裏鬧。再鬧，我就回老太太和老爺去了。』麝月答應了。

寶玉纔轉身去了，剛往外走着，只見賈芸慌慌張張往裏來，看見寶玉連忙請安，說：『叔叔大喜了。』那寶玉估量着是昨日那件事，便說道：『你也太冒失了，不管人心裏有事沒事，只管來攪。』賈芸陪笑道：『叔叔不信，只管瞧去，人都來了，在咱們大門口呢。』寶玉越發急了，說：『這是那裏的話！』

正說着，只聽外邊一片聲嚷起來。賈芸道：『叔叔聽，這不是？』寶玉越發心裏狐疑起來。只聽一個人嚷道：『你們這些人好沒規矩，這是什麼地方，你們在這裏混嚷！』那人答道：『誰叫老爺陞了官呢，怎麼不叫我們來吵喜呢。別人家賈政陞官，寶玉歡喜，也是前八十回絕無之事。

盼着吵，還不能呢。』寶玉聽了，纔知道是賈政陞了郎中了，人來報喜的。心中自是甚喜。連忙要走時，賈芸趕着說道：『叔叔樂不樂？叔叔的親事要再成了，不用說是兩層喜了。』寶玉紅了臉，啐了一口道：『呸！沒趣兒的東西！還不快走呢。』賈芸把臉紅了，道：『這有什麼的，我看你老人家就不——』寶玉沉着臉道：『就不什麼？』賈芸未及說完，也不敢言語了。

寶玉連忙來到家塾中，只見代儒笑着說道：『我纔剛聽見你老爺陞了。你今日還來了麼？』寶玉陪笑道：『過來見了太爺，好到老爺那邊去。』代儒道：『今日不必來了，放你一天假罷。可不許回園子裏頑去。你年紀不小了，雖不能辦事，也當跟着你大哥他們學學纔是。』寶玉答應着回來。

剛走到二門口，只見李貴走來迎着，旁邊站住，笑道：『二爺來了麼，奴才纔要到學裏請去。』寶玉笑道：『誰說的？』李貴道：『老太太纔打發人到院裏去找二爺，那邊的姑娘們說二爺學裏去了。剛纔老太太打發人出來叫奴才去給二爺告幾天假，聽說還要唱戲賀喜呢，二爺就來了。』說着，寶玉自己進去。進了二門，只見滿院裏丫頭、老婆都是笑容滿面，見他來了，笑道：『二爺這早晚纔來，還不快進去給老太太道喜去呢。』

寶玉笑着進了房門，只見黛玉挨着賈母左邊坐着呢，右邊是湘雲，地下邢、王八十回是迎春嫁出後回來過一次，先仍住紫菱洲，後到邢夫人處，接着孫家便來接回去，此後未見迎春回來，此處忽提不見迎春，不知何意。

鳳姐前面明明已提出『金玉姻緣』，此處卻故意對黛玉、寶玉說『相敬如賓』，這是何意？

二夫人，探春、惜春、李紈、鳳姐、李紋、李綺、邢岫煙一干姐妹都在屋裏，只不見寶釵、寶琴、迎春三人。寶玉此時喜的無話可說，忙給賈母道了喜，又給邢、王二夫人道喜，一一見了衆姐妹，便向黛玉笑道：『妹妹身體可大好了？』黛玉也微笑道：『大好了。聽見說二哥哥身上也欠安，好了麽？』寶玉道：『可不是，我那日夜裏忽然心裏疼起來，這幾天剛好些就上學去了，也沒能過去看妹妹。』黛玉不等他說完，早扭過頭和探春說話去了。

鳳姐在地下站着，笑道：『你兩個那裏像天天在一處的，倒像是客一般，有這些套話，可是人說的「相敬如賓」了。』說的大家一笑。林黛玉滿臉飛紅，又不好說，又不好不說，遲了一回兒，纔說道：『你懂得什麽？』衆人越發笑了。鳳姐一時回過味來，纔知道自己出言冒失，正要拿話岔時，只見寶玉忽然向黛玉道：『林妹妹，你瞧芸兒這種冒失鬼。』說了這一句，方想起來，便不言語了。招的大家又都笑起來，說：『這從那裏說起？』黛玉也摸不着頭腦，也跟着訕訕的笑。

寶玉無可搭訕，因又說道：『可是剛纔我聽見有人要送戲，說是幾兒？』大家都瞅着他笑。鳳姐兒道：『你在外頭聽見，你來告訴我們。你這會子問誰呢？』寶玉得便說道：『我外頭再去問問去。』賈母道：『別跑到外頭去，頭一件看報喜的笑話，第二件你老子今日大喜，回來碰見你，又該生氣了。』寶玉答應了個『是』，纔出來了。

這裏，賈母因問鳳姐誰説送戲的話，鳳姐道：『説是舅太爺那邊説，後兒日子好，送一班新出的小戲兒給老太太、老爺、太太賀喜。』因又笑着説道：『不但日子好，還是好日子呢。』説着這話，卻瞅着黛玉笑。黛玉也微笑。王夫人因道：『可是呢，後日還是外甥女兒的好日子呢。』賈母想了一想，也笑道：『可見我如今老了，什麼事都糊塗了。虧了有我這鳳丫頭是我個「給事中」。既這麼着，很好，他舅舅家給他們賀喜，你舅舅家就給你做生日，豈不好呢？』説的大家都笑起來，説道：『老祖宗説句話兒，都是上篇上論的，怎麽怨得有這麼大福氣呢。』説着，寶玉進來，聽見這些話，越發樂的手舞足蹈了。一時，大家都在賈母這邊吃飯，甚熱鬧，自不必説。

飯後，那賈政謝恩回來，給宗祠裏磕了頭，便來給賈母磕頭，站着説了幾句話，便出去拜客去了。這裏，接連着親戚族中的人來來去去，鬧鬧穰穰，車馬填門，貂蟬滿座，真是：

花到正開蜂蝶鬧，月逢十足海天寬。

如此兩日，已是慶賀之期。這日一早，王子騰和親戚家已送過一班戲來，就以往黛玉何曾如此打扮過。特爲牽合下邊戲文耳。

前八十回中無黛玉過生日的情節。但六十二回已寫明黛玉生日是二月十二，與襲人同生日。此回已是秋天，又爲黛玉過生日，前後不接。

寶釵何以不來？是因鳳姐『金玉姻緣』之說，故先避嫌乎？

在賈母正廳前搭起行臺。外頭，爺們都穿着公服陪侍，親戚來賀的約有十餘桌酒。裏面，爲着是新戲，又見賈母高興，便將琉璃戲屏隔在後廈，裏面也擺下酒席。上首，薛姨媽一桌，是王夫人、寶琴陪着。對面，老太太一桌，是邢夫人、岫煙陪着。下面，尚空兩桌，賈母叫他們快來。

一回兒，只見鳳姐領着衆丫頭，都簇擁着林黛玉來了。黛玉略換了幾件新鮮衣服，打扮得宛如嫦娥下界，含羞帶笑的出來見了衆人。湘雲、李紋、李紈都讓他上首座，黛玉只是不肯。賈母笑道：『今日你坐了罷。』薛姨媽站起來問道：『今日林姑娘也有喜事麼？』賈母笑道：『是他的生日。』薛姨媽道：『咳，我倒忘了。』走過來說道：『恕我健忘，回來叫寶琴過來拜姐姐的壽。』黛玉笑說『不敢』。大家坐了。

那黛玉留神一看，獨不見寶釵，便問道：『寶姐姐可好麼？爲什麼不過來？』薛姨媽道：『他原該來的，只因無人看家，所以不來。』黛玉紅着臉微笑道：『姨媽那裏又添了大嫂子，怎麼倒用寶姐姐看起家來？大約是他怕人多熱鬧，懶待來罷。我倒怪想他的。』薛姨媽笑道：『難得你惦記他。他也常想你們姊妹們。過一天我叫他來，大家敘敘。』

說着，丫頭們下來斟酒上菜，外面已開戲了。出場自然是一兩齣吉慶戲文，及

『冥昇』，是爲黛玉伏筆。

『吃糠』是影後來寶釵的結局，達摩帶着徒弟過江回去，是影後來寶玉的出家。

至第三齣，只見金童玉女，旗旛寶幢，引着一個霓裳羽衣的小旦，頭上披着一條黑帕，唱了一回兒，進去了。衆皆不識，聽見外面人說：『這是新打的《蕊珠記》裏的《冥昇》。小旦扮的是嫦娥，前因墮落人寰，幾乎給人爲配，幸虧觀音點化，他就未嫁而逝，此時昇引月宮。不聽見曲裏頭唱的「人間只道風情好，那知道秋月春花容易拋，幾乎不把廣寒宮忘卻了！」』第四齣是『吃糠』，第五齣是達摩帶着徒弟過江回去，正扮出些海市蜃樓，好不熱鬧。

衆人正在高興時，忽見薛家的人滿頭汗闖進來，向薛蝌說道：『二爺快回去，並裏頭回明太太，也請速回去，家中有要緊事。』薛蝌道：『什麽事？』家人道：『家去說罷。』薛蝌也不及告辭就走了。薛姨媽見裏頭丫頭傳進話去，更駭得面如土色，即忙起身，帶着寶琴，别了一聲，即刻上車回去了，弄得内外愕然。賈母道：『咱們這裏打發人跟過去聽聽，到底是什麽事，大家都關切的。』衆人答應了個『是』。

不説賈府依舊唱戲，單説薛姨媽回去，只見有兩個衙役站在二門口，幾個當鋪裏夥計陪着，說：『太太回來自有道理。』正說着，薛姨媽已進來了。那衙役們見跟從着許多男婦，簇擁着一位老太太，便知是薛蟠之母。看見這個勢派，也不敢薛蟠又出了人命案。

寶釵精於世故。

怎麽，只得垂手侍立，讓薛姨媽進去了。

那薛姨媽走到廳房後面，早聽見有人大哭，卻是金桂。薛姨媽趕忙走來，只見寶釵迎出來，滿面淚痕，見了薛姨媽，便道：『媽媽聽了先別着急，辦事要緊。』薛姨媽同着寶釵進了屋子，因爲頭裏進門時，已經走着聽見家人說了，嚇的戰戰兢兢的了，一面哭着，因問：『到底是和誰？』只見家人回道：『太太此時且不必問那些底細。憑他是誰，打死了總是要償命的，且商量怎麽辦纔好。』

薛姨媽哭着出來道：『還有什麽商議？』家人道：『依小的們的主見，今夜打點銀兩，同着二爺趕去和大爺見了面，就在那裏訪一個有斟酌的刀筆先生，許他些銀子，先把死罪撕擄開，回來再求賈府去上司衙門說情。還有外面的衙役，太太先拿出幾兩銀子來，打發了他們。我們好趕着辦事。』薛姨媽道：『你們找着那家子，許他發送銀子，再給他些養濟銀子，原告不追，事情就緩了。』

寶釵在簾內說道：『媽媽，使不得。這些事，越給錢越鬧的凶。倒是剛纔小廝說的話是。』薛姨媽又哭道：『我也不要命了，趕到那裏見他一面，同他死在一處就完了。』寶釵急的一面勸，一面在簾子裏叫人：『快同二爺辦去罷。』丫頭們攙進薛姨媽來。薛蝌纔往外走，寶釵道：『有什麽信，打發人即刻寄了來。你們只管在外頭照料。』薛蝌答應着去了。

寶釵已心知自己是賈府的人，寶黛之木石前盟已被生生拆散。

這寶釵方勸薛姨媽，那裏金桂趁空兒抓住香菱，又和他嚷道：『平常你們只管誇他們，家裏打死了人，一點事也沒有，就進京來了的。如今攛掇的真打死人了。平日裏，只講有錢有勢、有好親戚。這時候我看着，也是唬的慌手慌腳的了。大爺明兒有個好歹兒，不能回來時，你們各自幹你們的去了，撂下我一個人受罪！』說着，又大哭起來。這裏薛姨媽聽見，越發氣的發昏。寶釵急的沒法。

正鬧着，只見賈府中王夫人早打發大丫頭過來打聽來了。寶釵雖心知自己是賈府的人了，一則尚未提明，二則事急之時，只得向那大丫頭道：『此時事情頭尾尚未明白，就只聽見說我哥哥在外頭打死了人，被縣裏拿了去了，也不知怎麼定罪呢。剛纔二爺纔去打聽去了，一半日得了準信，趕着就給那邊太太送信去。你先回去道謝太太惦記着，底下我們還有多少仰仗那邊爺們的地方呢。』那丫頭答應着去了。薛姨媽和寶釵在家抓摸不着。

過了兩日，只見小厮回來，拿了一封書，交給小丫頭拿進來。寶釵拆開看時，書內寫着：

大哥人命是誤傷，不是故殺。今早用蚪出名，補了一張呈紙進去，尚未批出。大哥前頭口供甚是不好，待此紙批准後再録一堂，能够翻供得好，便可得生了。快向當鋪內再取銀伍百兩來使用。千萬莫遲。並請太太放心。餘事問小廝。

寶釵看了，一一念給薛姨媽聽了。薛姨媽拭着眼淚，說道：『這麼看起來，竟是死活不定了。』寶釵道：『媽媽先別傷心，等着叫進小廝來問明了再說。』一面打發小丫頭把小廝叫進來。薛姨媽便問小廝道：『你把大爺的事細說與我聽聽。』小廝道：『我那一天晚上聽見大爺和二爺說的，把我唬糊塗了。』

未知小廝說出什麼話來，下回分解。

【回後評】

北靜王送寶玉以假玉，殊不合情理，尤其是寶玉之玉，來歷不凡，豈可貿然造假。特爲後文伏筆，故寫此耳，總是勉強成文。

賈政陞官，亦無來由。七十回賈政書信到，說六七月回京，七十一回開頭即說賈政回京，諸事完畢，賜假一月，以後即再無其他敘述。此處忽然陞官，總見突然。

黛玉『打扮得宛如嫦娥下界，含羞帶笑的出來』，此種描寫無非是爲牽合戲文，卻實與黛玉不合，黛玉何曾作如此妝扮過，且『含羞帶笑』，令人倍覺不自然。

薛蟠又出人命案，倒合此人作爲。

補敘薛蟠出去原因。

第八十六回　受私賄老官翻案牘　寄閒情淑女解琴書

話說薛姨媽聽了薛蝌的來書，因叫進小厮問道：『你聽見你大爺說，到底是怎麼就把人打死了呢？』小厮道：『小的也沒聽真切。那一日，大爺告訴二爺說——』說着，回頭看了一看，見無人纔說道：『大爺說，自從家裏鬧的特利害，大爺也沒心腸了，所以要到南邊置貨去。這日想着約一個人同行，這人在咱們這城南二百多地住。大爺找他去了，遇見在先和大爺好的那個蔣玉菡帶着些小戲子進城。大爺同他在個鋪子裏吃飯喝酒，因爲這當槽兒的盡着拿眼瞟蔣玉菡，大爺就有了氣了。後來蔣玉菡走了。第二天，大爺就請找的那個人喝酒，酒後想起頭一天的事來，叫那當槽兒的換酒，那當槽兒的來遲了，大爺就罵起來了。那個人不依，大爺就拿起酒碗照他打去。誰知那個人也是個潑皮，便把頭伸過來，叫大爺打。大爺拿碗就砸他的腦袋一下，他就冒了血了，躺在地下。頭裏還駡，後頭就不言語了。』薛姨媽道：『怎麼也沒人勸勸嗎？』那小厮道：『這個沒聽見大爺說，小的不敢妄言。』薛姨媽道：『你先去歇歇罷。』小廝答應出來。

這裏，薛姨媽自來見王夫人，託王夫人轉求賈政。賈政問了前後，也只好含糊應了，只說等薛蝌遞了呈子，看他本縣怎麼批了，再作道理。

這裏，薛姨媽又在當鋪裏兑了銀子，叫小廝趕着去了。三日後，果有回信。薛姨媽接着了，即叫小丫頭告訴寶釵，連忙過來看了。只見書上寫道：

帶去銀兩做了衙門上下使費。哥哥在監也不大吃苦，請太太放心。獨是這裏的人很刁，屍親見證都不依，連哥哥請的那個朋友也幫着他們。我與李祥兩個俱係生地生人，幸找着一個好先生，許他銀子，纔討個主意，說是須得拉扯着同哥哥喝酒的吳良，弄人保出他來。許他銀兩，叫他撕擄。他若不依，便說張三是他打死，明推在異鄉人身上，他吃不住，就好辦了。我依着他，果然吳良出來。現在買囑屍親、見證，又做了一張呈子。前日遞的，今日批來，請看呈底便知。

因又念呈底道：

具呈人某，呈爲兄遭飛禍代伸冤抑事。竊生胞兄薛蟠，本籍南京，寄寓西京。於某年月日備本往南貿易。去未數日，家奴送信回家，說遭人命。生即奔憲治，知兄誤傷張姓。及至囹圄，據兄泣告，實與張姓素不相認，並無仇隙。偶因換酒角口，生兄將酒潑地，恰值張三低頭拾物，一時失手，酒碗誤碰顱門身死。蒙恩拘訊，兄懼受刑，承認鬬毆致死。仰蒙憲天仁慈，知有冤抑，尚未定案。生兄在禁，具呈訴辯，有干例禁。生念手足，冒死代呈，伏乞憲慈恩准，提證質訊，開恩莫大。生等舉家仰戴鴻仁，永永無既矣。激切上呈。

批的是：

屍場檢驗，證據確鑿。且並未用刑，爾兄自認鬬殺，招供在案。今爾遠來，並非目覩，何得捏詞妄控？理應治罪，姑念爲兄情切，且恕。不准。

薛姨媽聽到那裏，說道：『這不是救不過來了麽，這怎麽好呢？』寶釵道：『二哥的書還沒看完，後面還有呢。』因又念道：『有要緊的，問來使便知。』薛姨媽便問來人，因說道：『縣裏早知我們的家當充足，須得在京裏謀幹得大情，再送一份大禮，還可以覆審，從輕定案。太太此時必得快辦。再遲了，就怕大爺要受苦了。』

薛姨媽聽了，叫小厮自去，即刻又到賈府，與王夫人說明原故，懇求賈政。賈政只肯託人與知縣說情，不肯提及銀物。薛姨媽恐不中用，求鳳姐與賈璉說了，花上幾千銀子，纔把知縣買通。薛蝌那裏也便弄通了。

然後，知縣掛牌坐堂，傳齊了一干鄰保、證見、屍親人等，監裏提出薛蟠。刑房書吏俱一一點名。知縣便叫地保對明初供，又叫屍親張王氏並屍叔張二問話。張王氏哭稟道：『小的的男人是張大，南鄉裏住，十八年前死了。大兒子、二兒子也都死了，光留下這個死的兒子叫張三，今年二十三歲，還沒有娶女人呢。爲小人家裏窮，沒得養活，在李家店裏做當槽兒的。那一天晌午，李家店裏打發人來叫俺，說：「你兒子叫人打死了。」我的青天老爺，小的就唬死了。跑到那裏，看見我兒子頭破血出的躺在地下喘氣兒。問他話，也說不出來。不多一會兒，就死了。小人就要揪住這個小雜種拚命。』衆衙役吆喝一聲。張王氏便磕頭道：『求青天老爺伸冤，小人就只這一個兒子了。』知縣便叫下去，又叫李家店的人問道：『那張三是在你店內傭工的麼？』那李二回道：『不是傭工，是做當槽兒的。』知縣道：『那日屍場上你說張三是薛蟠將碗砸死的，你親眼見的麼？』李二說道：『小的在櫃上，聽見說客房裏要酒。不多一回，便聽見說：「不好了，打傷了。」小的跑進去，只見張三躺在地下，也不能言語。小的便喊稟地保，一面報他母親去了。他們到底怎樣打的，實在不知道，求太爺問那喝酒的便知道了。』知縣喝道：

『初審口供，你是親見的。怎麽如今説没有見？』李二道：『小的前日唬昏了亂説。』衙役又吆喝了一聲。

知縣便叫吴良問道：『你是同在一處喝酒的麽？薛蟠怎麽打的，據實供來。』吴良説：『小的那日在家，這個薛大爺叫我喝酒。他嫌酒不好，要換，張三不肯。薛大爺生氣，把酒向他臉上潑去，不曉得怎麽樣，就碰在那腦袋上了。這是親眼見的。』知縣道：『胡説。前日屍場上薛蟠自己認拿碗砸死的，你説你親眼見的。怎麽今日的供不對？掌嘴。』衙役答應着要打，吴良求着説：『薛蟠實没有與張三打架，酒碗失手碰在腦袋上的。求老爺問薛蟠便是恩典了。』

知縣叫提薛蟠，問道：『你與張三到底有什麽仇隙？畢竟是如何死的？實供上來！』薛蟠道：『求太老爺開恩，小的實没有打他。爲他不肯換酒，故拿酒潑他。不想一時失手，酒碗誤碰在他的腦袋上。小的即忙掩他的血，那裏知道再掩不住，血淌多了，過一回就死了。前日屍場上，怕太老爺要打，所以説是拿碗砸他的。只求太老爺開恩。』知縣便喝道：『好個糊塗東西！本縣問你怎麽砸他的，你便供説，惱他不換酒，纔砸的。今日又供是失手碰的。』知縣假作聲勢，要打要夾，薛蟠一口咬定。

知縣叫仵作將前日屍場填寫傷痕據實報來。仵作稟報説：『前日驗得張三屍身一場命案，全靠銀子，把鬭毆改爲誤傷，封建官場如此而已，可與前薛蟠打死馮淵對看。可見封建法律，總爲有錢者開脫。

無傷，惟顖門有磁器傷長一寸七分，深五分。皮開，顖門骨脆裂破三分，實係磕碰傷。』知縣查對屍格相符，早知書吏改輕，也不駁詰，胡亂便叫畫供。

張王氏哭喊道：『青天老爺！前日聽見還有多少傷，怎麽今日都沒有了？』知縣道：『這婦人胡說，現有屍格，你不知道麽？』叫屍叔張二便問道：『你姪兒身死，你知道有幾處傷？』張二忙供道：『腦袋上一傷。』知縣道：『可又來。』叫書吏將屍格給張王氏瞧去，並叫地保、屍叔指明與他瞧，現有屍場親押證見，俱供並未打架，不爲鬭毆。只依誤傷吩咐畫供。將薛蟠監禁候詳，餘令原保領出，退堂。張王氏哭着亂嚷，知縣叫衆衙役攆他出去。張二也勸張王氏道：『實在誤傷，怎麽賴人？現在太老爺斷明，不要胡鬧了。』

薛蝌在外打聽明白，心內喜歡，便差人回家送信。等批詳回來，便好打點贖罪，且住着等信。只聽路上三三兩兩傳說，有個貴妃薨了，皇上輟朝三日。這裏離陵寢不遠，知縣辦差墊道，一時料着不得閑，住在這裏無益，不如到監告訴哥哥安心等着，『我回家去，過幾日再來。』薛蟠也怕母親痛苦，帶信說：『我無事，必須衙門再使費幾次，便可回家了，只是不要可惜銀錢。』薛蝌留下李祥在此照料，一徑回家，見了薛姨媽，陳說知縣怎樣狗情，怎樣審斷，終定了誤傷，將來屍親那裏再花些銀子，一准贖罪，便沒事了。薛姨媽聽說，暫且放心，說：『正盼前八十回《紅樓夢》十二支曲中的話，此處又重出。

你來家中照應。賈府裏本該謝去，況且周貴妃薨了，他們天天進去，家裏空落落的。我想着要去，替姨太太那邊照應照應作伴兒，只是咱們家又沒人。你這來的正好。』薛蝌道：『我在外頭原聽見說是賈妃薨了，這麼纔趕回來的。我們元妃好好兒的，怎麽說死了？』

薛姨媽道：『上年原病過一次，也就好了。這回又沒聽見元妃有什麽病。只聞那府裏頭幾天老太太不大受用，合上眼便看見元妃娘娘。衆人都不放心，直至打聽起來，又沒有什麽事。到了大前兒晚上，老太太親口說是「怎麽元妃獨自一個人到我這裏？」衆人只道是病中想的話，總不信。老太太又說：「你們不信，元妃還與我說是榮華易盡，須要退步抽身。」衆人都說：「誰不想到？這是有年紀的人思前想後的心事。」所以也不當件事。恰好第二天早起，裏頭吵嚷出來，說娘娘病重，宣各誥命進去請安。他們就驚疑的了不得，趕着進去。他們還沒有出來，我們家裏已聽見周貴妃薨逝了。你想外頭的訛言，家裏的疑心，恰碰在一處，可奇不奇！』

寶釵道：『不但是外頭的訛言舛錯，便在家裏的，一聽見「娘娘」兩個字，也就都忙了，過後纔明白。這兩天，那府裏這些丫頭婆子來說，他們早知道不是咱們家的娘娘。我說，「你們那裏拿得定呢？」他說道：「前幾年正月，外省薦了一個寶釵轉述丫鬟講算命者的話，竟能把算命者所講命書上的話記得頭頭是道，一字不漏，難道丫鬟、寶釵亦精此道乎？

前十二釵冊寫元春『虎兔相逢大夢歸』，故此處寫寅年卯月。

算命的，說是很準。那老太太叫人將元妃八字夾在丫頭們八字裏頭，送出去叫他推算。他獨說，這正月初一日生日的那位姑娘只怕時辰錯了，不然真是個貴人，也不能在這府中。老爺和衆人說，不管他錯不錯，照八字算去。那先生便說，甲申年正月丙寅這四個字內，有傷官敗財，惟申字內有正官祿馬，這就是家裏養不住的，也不見什麼好。這日子是乙卯，初春木旺，雖是比肩，那裏知道愈比愈好，就像那個好木料，愈經斲削，纔成大器。獨喜得時上什麼辛金爲貴，什麼巳中正官祿馬獨旺，這叫作飛天祿馬格。又說什麼日祿歸時，貴重的很，天月二德坐本命，貴受椒房之寵。這位姑娘若是時辰準了，定是一位主子娘娘。這不是算準了麼！我們還記得說，可惜榮華不久，只怕遇着寅年卯月，這就是比而又比，劫而又劫，譬如好木，太要做玲瓏剔透，本質就不堅了。他們把這些話都忘記了，只管瞎忙。我纔想起來，告訴我們大奶奶，今年那裏是寅年卯月呢。』

寶釵尚未說完，薛蝌急道：『且不要管人家的事。既有這樣個神仙算命的，我想哥哥今年什麼惡星照命，遭這麼橫禍，快開八字與我，給他算去，看有妨礙麼。』寶釵道：『他是外省來的，不知如今在京不在了。』說着，便打點薛姨媽往賈府去。

到了那裏，只有李紈、探春等在家接着，便問道：『大爺的事怎麼樣了？』薛姨媽道：『等詳上司纔定，看來也到不了死罪了。』這纔大家放心。探春便道：『昨晚太太想着說，上回家裏有事，全仗姨太太照應，如今自己有事，也難提了。心裏只是不放心。』薛姨媽道：『我在家裏也是難過。只是你大哥遭了這事，你二兄弟又辦事去了，家裏你姐姐一個人，中什麽用？況且我們媳婦兒又是個不大曉事的，所以不能脱身過來。目今那裏知縣也正爲預備周貴妃的差事，不得了結案件，所以你二兄弟回來了，我纔得過來看看。』

李紈便道：『請姨太太這裏住幾天更好。』薛姨媽點頭道：『我也要在這邊給你們姐妹們作作伴兒，就只你寶妹妹冷靜些。』惜春道：『姨媽要惦着，爲什麽不把寶姐姐也請過來？』薛姨媽笑着說道：『使不得。』惜春道：『怎麽使不得？他先怎麽住着來呢？』李紈道：『你不懂的，人家家裏如今有事，怎麽來呢？』惜春也信以爲實，不便再問。

正說着，賈母等回來，見了薛姨媽，也顧不得問好，便問薛蟠的事。薛姨媽細述了一遍。寶玉在旁聽見什麽蔣玉菡一段，當着人不問，心裏打量是：『他既回了京，怎麽不來瞧我？』又見寶釵也不過來，不知是怎麽個原故。心內正自猷猷的想呢，恰好黛玉也來請安。寶玉稍覺心裏喜歡，便把想寶釵來的念頭打斷，同着姊妹們在老太太那裏吃了晚飯。大家散了，薛姨媽將就住在老太太的套間屋裏。

寶玉回到自己房中，換了衣服，忽然想起蔣玉菡給的汗巾，便向襲人道：『你那一年沒有繫的那條紅汗巾子，還有沒有？』襲人道：『我擱着呢。問他做什麼？』寶玉道：『我白問問。』襲人道：『你沒有聽見？薛大爺相與這些混賬人，所以鬧到人命關天。你還提那些作什麼？有這樣白操心，倒不如靜靜兒的念念書，把這些個沒要緊的事撂開了也好。』寶玉道：『我並不鬧什麼，偶然想起，有也罷，沒也罷，我白問一聲，你們就有這些話。』

襲人笑道：『並不是我多話。一個人知書達理，就該往上巴結纔是。就是心愛的人來了，也叫他瞧着喜歡尊敬啊。』寶玉被襲人一提，便說：『了不得，方纔我在老太太那邊，看見人多，沒有與林妹妹說話。他也不曾理我。散的時候他先走了，此時必在屋裏。我去就來。』說着就走。襲人道：『快些回來罷，這都是我提頭兒，倒招起你的高興來了。』

寶玉也不答言，低着頭，一逕走到瀟湘館來。只見黛玉靠在桌上看書。寶玉走到跟前，笑說道：『妹妹早回來了。』黛玉也笑道：『你不理我，我還在那裏做什麼！』寶玉一面笑說：『他們人多說話，我插不下嘴去，所以沒有和你說話。』一面瞧着黛玉看的那本書。書上的字一個也不認得。有的像『芍』字；有的像琹曲曰『操』。古琴曲共十二操，曰：將歸操、猗蘭操、龜山操、越裳操、拘幽操、岐山操、履霜操、朝飛操、別鶴操、殘形操、山仙操、襄陵操。

《列子·湯問》：『伯牙善鼓琴，鍾子期善聽。伯牙鼓琴，志在高山，鍾子期曰：「善哉，峨峨兮若泰山！」志在流水，曰：「善哉，洋洋乎若江河。」』

『茫』字；也有一個『大』字，旁邊『九』字加上一勾，中間又添個『五』字；也有上頭『五』字、『六』字，又添一個『木』字，底下又是一個『五』字。看着又奇怪，又納悶，便說：『妹妹近日愈發進了，看起天書來了。』黛玉嗤的一聲笑道：『好個念書的人，連個琴譜都沒有見過。』寶玉道：『琴譜怎麽不知道。爲什麽上頭的字一個也不認得？妹妹，你認得麽？』黛玉道：『不認得瞧他做什麽？』寶玉道：『我不信，從沒有聽見你會撫琴。我們書房裏掛着好幾張，前年來了一個清客先生，叫做什麽嵇好古，老爺煩他撫了一曲。他取下琴來說，都使不得，還說：「老先生若高興，改日攜琴來請教。」想是我們老爺也不懂，他便不來了。怎麽你有本事藏着？』

黛玉道：『我何嘗真會呢。前日身上略覺舒服，在大書架上翻書，看有一套琴譜，甚有雅趣，上頭講的琴理甚通，手法說的也明白，真是古人靜心養性的工夫。我在揚州也聽得講究過，也曾學過，只是不弄了，就沒有了。這果真是「三日不彈，手生荆棘。」前日看這幾篇，沒有曲文，只有操名。我又到別處找了一本有曲文的來看着，纔有意思。究竟怎麽彈得好，實在也難。書上說的：師曠鼓琴，能來風雷龍鳳；孔聖人尚學琴於師襄，一操便知其爲文王；高山流水，得遇知音。』說到這裏，眼皮兒微微一動，慢慢的低下頭去。

我國古琴，初爲五弦，後增爲七弦。

《白虎通·禮樂》：『琴，禁也。禁止于邪，以正人心也。』古人認爲琴是象徵道德的樂器，不可輕動。

黛玉論琴，簡直是高臺講章，說教而已，略無雅意。

寶玉正聽得高興，便道：『好妹妹，你纔說的實在有趣，只是我纔見上頭的字都不認得，你教我幾個呢。』黛玉道：『不用教的，一說便可以知道的。』寶玉道：『我是個糊塗人，得教我那個「大」字加一勾，中間一個「五」字的。』黛玉笑道：『這「大」字「九」字，是用左手大拇指按琴上的九徽。這一勾加「五」字，是右手鈎五弦。並不是一個字，乃是一聲，是極容易的。還有吟、揉、綽、注、撞、走、飛、推等法，是講究手法的。』寶玉樂得手舞足蹈的說：『好妹妹，你既明琴理，我們何不學起來？』

黛玉道：『琴者，禁也。古人制下，原以治身，涵養性情，抑其淫蕩，去其奢侈。若要撫琴，必擇靜室高齋，或在層樓的上頭，在林石的裏面，或是山巔上，或是水涯上。再遇着那天地清和的時候，風清月朗，焚香靜坐，心不外想，氣血和平，纔能與神合靈，與道合妙。所以古人說，「知音難遇」。若無知音，寧可獨對着那清風明月，蒼松怪石，野猿老鶴，撫弄一番，以寄興趣，方爲不負了這琴。還有一層，又要指法好，取音好。若必要撫琴，先須衣冠整齊，或鶴氅，或深衣，要如古人的像表，那纔能稱聖人之器；然後盥了手，焚上香，方纔將身就在榻邊，把琴放在案上，坐在第五徽的地方兒，對着自己的當心，兩手方從容擡起，這纔心身俱正。還要知道輕重疾徐，捲舒自若，體態尊重方好。』寶玉道：『我們學着頑，若這麽講究起來，那就難了。』

兩個人正說着，只見紫鵑進來，看見寶玉，笑說道：『寶二爺，今日這樣高興。』寶玉笑道：『聽見妹妹講究的叫人頓開茅塞，所以越聽越愛聽。』紫鵑道：『不是這個高興，說的是二爺到我們這邊來的話。』寶玉道：『先時妹妹身上不舒服，我怕鬧的他煩。再者，我又上學。因此顯着就疏遠了似的。』

紫鵑不等說完，便道：『姑娘也是纔好，二爺既這麽說，坐坐也該讓姑娘歇歇兒了，别叫姑娘只是講究勞神了。』寶玉笑道：『可是我只顧愛聽，也就忘了妹妹勞神了。』黛玉笑道：『說這些倒也開心，也沒有什麽勞神的。只是怕我只管說，你只管不懂呢。』寶玉道：『横豎慢慢的自然明白了。』說着，便站起來道：『當真的妹妹歇歇兒罷。明兒我告訴三妹妹和四妹妹去，叫他們都學起來，讓我聽。』黛玉笑道：『你也太受用了。即如大家學會了撫起來，你不懂，可不是對——』黛玉說到那裏，想起心上的事，便縮住口，不肯往下說了。寶玉便笑着道：『只要你們能彈，我便愛聽，也不管牛不牛的了。』黛玉紅了臉一笑。紫鵑、雪雁也都笑了。

於是走出門來。只見秋紋帶着小丫頭，捧着一小盆蘭花來，說：『太太那邊有人送了四盆蘭花來，因裏頭有事，沒有空兒頑他，叫給二爺一盆，林姑娘一盆。』

黛玉看時，卻有幾枝雙朵兒的，心中忽然一動，也不知是喜是悲，便獃獃的獃看。那寶玉此時卻一心只在琴上，便說：『妹妹有了蘭花，就可以做《猗蘭操》了。』黛玉聽了，心裏反不舒服。回到房中，看着花，想到：『草木當春，花鮮葉茂。想我年紀尚小，便像三秋蒲柳。若是果能隨願，或者漸漸的好來，不然，只恐似那花柳殘春，怎禁得風催雨送。』想到那裏，不禁又滴下淚來。

紫鵑在旁看見這般光景，卻想不出原故來。方纔寶玉在這裏那麼高興，如今好好的看花，怎麼又傷起心來？正愁着沒法兒勸解，只見寶釵那邊打發人來。未知何事，下回分解。

【回後評】

此回通過薛蟠命案，寫官場種種情弊，從文案的更改到官吏的審訊，無不由錢支配，可見封建官場的內幕，賈政只是敷衍，似未參予舞弊，實亦睜一眼閉一眼而已。

賈母夢中聞元春說『退步抽身早』及爲元春算命說到寅年卯月之忌，皆是據前第五回冊和曲詞而來，敷衍成章而已。

黛玉談琴理，亦爲以往所無，且以前亦未提及黛玉學琴，此是較前增補。然恰似迂儒說教，略無高雅之趣。

前八十回探春一札，能得六朝風致，此札相去遠矣！

第八十七回　感秋深撫琴悲往事　坐禪寂走火入邪魔

卻説黛玉叫進寶釵家的女人來，問了好，呈上書子。黛玉叫他去喝茶，便將寶釵來書打開看時，只見上面寫着：

妹生辰不偶，家運多艱，姊妹伶仃，萱親衰邁。兼之猇聲狺語，旦暮無休。更遭慘禍飛災，不啻驚風密雨。夜深輾側，愁緒何堪。屬在同心，能不爲之愍惻乎？迴憶海棠結社，序屬清秋，對菊持螯，同盟歡洽。猶記『孤標傲世偕誰隱，一樣花開爲底遲』之句，未嘗不嘆冷節遺芳，如吾兩人也。感懷觸緒，聊賦四章，匪曰無故呻吟，亦長歌當哭之意耳。

悲時序之遞嬗兮，又屬清秋。感遭家之不造兮，獨處離愁。北堂有萱兮，何以忘憂？無以解憂兮，我心咻咻。一解

雲憑憑兮秋風酸。步中庭兮霜葉乾。何去何從兮，失我故歡。靜言思之

兮惻肺肝！二解

惟鮪有潭兮，惟鶴有梁。鱗甲潛伏兮，羽毛何長！搔首問兮茫茫。高天厚地兮，誰知余之永傷。三解

銀河耿耿兮寒氣侵。月色橫斜兮，玉漏沉。憂心炳炳兮，發我哀吟。吟復吟兮，寄我知音。四解

前八十回中無琴操，此是新創，詞意較平。

寶釵家中遇人命案，又有惡嫂之擾，爲此琴操，終嫌牽強。然文字亦可讀。

黛玉看了，不勝傷感。又想：『寶姐姐不寄與別人，單寄與我，也是惺惺惜惺惺的意思。』正在沉吟，只聽見外面有人說道：『林姐姐在家裏呢麼？』黛玉一面把寶釵的書叠起，口內便答應道：『是誰？』

正問着，早見幾個人進來，卻是探春、湘雲、李紋、李綺。彼此問了好，雪雁倒上茶來，大家喝了，說些閒話。因想起前年的菊花詩來，黛玉便道：『寶姐姐自從挪出去，來了兩遭，如今索性有事也不來了，真真奇怪。我看他終久還來我們這裏不來？』探春微笑道：『怎麼不來，横豎要來的。如今是他們尊嫂有些脾氣，姨媽上了年紀的人，又兼有薛大哥的事，自然得寶姐姐照料一切，那裏還比得先前有工夫呢。』

正說着，忽聽得唿喇喇一片風聲，吹了好些落葉，打在窗紙上。停了一回兒，又透過一陣清香來。衆人聞着，都說道：『這是何處來的香風？這像什麼香？』黛

玉道：『好像木樨香。』探春笑道：『林姐姐終不脫南邊人的話，這大九月裏的，那裏還有桂花呢？』黛玉笑道：『原是啊，不然怎麽不竟說是桂花香，只說似乎像呢？』湘雲道：『三姐姐，你也别說。你可記得「十里荷花，三秋桂子」？在南邊，正是晚桂開的時候了。你只沒有見過罷了，等你明日到南邊去的時候，你自然也就知道了。』探春笑道：『我有什麽事到南邊去？況且，這個也是我早知道的，不用你們說嘴。』李紋、李綺只抿着嘴兒笑。

黛玉道：『妹妹，這可說不齊。俗語說，「人是地行仙」，今日在這裏，明日就不知在那裏。譬如我，原是南邊人，怎麽到了這裏呢？』湘雲拍着手笑道：『今兒三姐姐可叫林姐姐問住了。不但林姐姐是南邊人到這裏，就是我們這幾個人就不同。也有本來是北邊的；也有根子是南邊，生長在北邊的；也有生長在南邊，到這北邊的。今兒大家都湊在一處，可是人總有一個定數，大凡地和人總是各自有緣分的。』衆人聽了，都點頭，探春也只是笑。又說了一會子閒話兒，大家散出。黛玉送到門口，大家都說：『你身上纔好些，别出來了，看着了風。』

於是黛玉一面說着話兒，一面站在門口又與四人殷勤了幾句，便看着他們出院去了。進來坐着，看看已是林鳥歸山，夕陽西墜。因史湘雲說起南邊的話，便想着：『父母若在，南邊的景致，春花秋月，水秀山明，二十四橋，六朝遺跡。不按：王銍《默記》下：『韓玉汝家有李國主歸朝後與金陵舊宮人書云，此中日夕，只以眼淚洗面。』

黛玉所用菜湯，豈是賈府飲食。

少下人服侍，諸事可以任意，言語亦可不避。香車畫舫，紅杏青簾，惟我獨尊。今日寄人籬下，縱有許多照應，自己無處不要留心。不知前生作了什麼罪孽，今生這樣孤悽。真是李後主說的「此間日中，只以眼淚洗面」矣！』一面思想，不知不覺神往那裏去了。

紫鵑走來，看見這樣光景，想着必是因剛纔說起南邊、北邊的話來，一時觸着黛玉的心事了，便問道：『姑娘們來說了半天話，想來姑娘又勞了神了。剛纔我叫雪雁告訴厨房裏，給姑娘作了一碗火肉白菜湯，加了一點兒蝦米兒，配了點青筍、紫菜。姑娘想着好麼？』黛玉道：『也罷了。』紫鵑道：『還熬了一點江米粥。』黛玉點點頭兒，又說道：『那粥該你們兩個自己熬了，不用他們厨房裏熬纔是。』紫鵑道：『我也怕厨房里弄的不乾淨，我們各自熬呢；就是那湯，我也告訴雪雁和柳嫂兒說了，要弄乾淨着。柳嫂兒說了，他打點妥當，拿到他屋裏，叫他們五兒瞅着燉呢。』黛玉道：『我倒不是嫌人家腌臢。只是病了好些日子，不周不備，都是人家，這會子又湯兒粥兒的調度，未免惹人厭煩。』說着，眼圈兒又紅了。紫鵑道：『姑娘這話也是多想。姑娘是老太太的外孫女兒，又是老太太心坎兒上的。別人求其在姑娘跟前討好兒還不能呢，那裏有抱怨的？』

黛玉點點頭兒，因又問道：『你纔說的五兒，不是那日和寶二爺那邊的芳官連五香大頭菜都成黛玉菜肴。

在一處的那個女孩兒？』紫鵑道：『就是他。』黛玉道：『不聽見說要進來麽？』紫鵑道：『可不是，因爲病了一場，後來好了纔要進來，正是晴雯他們鬧出事來的時候，也就耽擱住了。』黛玉道：『我看那丫頭倒也還頭臉兒乾淨。』說着，外頭婆子送了湯來。雪雁出來接時，那婆子說道：『柳嫂兒叫回姑娘，這是他們五兒作的，沒敢在大厨房裏作，怕姑娘嫌腌臢。』雪雁答應着，接了進來。黛玉在屋裏已聽見了，吩咐雪雁告訴那老婆子回去說，叫他費心。雪雁出來說了，老婆子自去。

這裏，雪雁將黛玉的碗筯安放在小几兒上，因問黛玉道：『還有咱們南來的五香大頭菜，拌些麻油醋可好麽？』黛玉道：『也使得，只不必累贅了。』一面盛上粥來，黛玉吃了半碗，用羹匙舀了兩口湯喝，就擱下了。兩個丫鬟撤了下來，拭淨了小几端下去，又換上一張常放的小几。黛玉漱了口，盥了手，便道：『紫鵑，添了香了沒有？』紫鵑道：『就添去。』黛玉道：『你們就把那湯和粥吃了罷，味兒還好，且是乾淨。待我自己添香罷。』兩個人答應了，在外間自吃去了。

這裏，黛玉添了香，自己坐着。纔要拿本書看，只聽得園内的風自西邊直透到東邊，穿過樹枝，都在那裏唏噹嘩喇不住的響。一回兒，簷下的鐵馬也只管叮叮噹噹的亂敲起來。一時雪雁先吃完了，進來伺候。黛玉便問道：『天氣冷了，我此時黛玉還未知木石姻緣破滅之事，即寶玉亦未知，則黛玉見此舊時寄情手帕，悲乎，喜乎，感乎，正難遽定，何以竟說『失意人逢失意事』？殊覺無據。

前日叫你們把那些小毛兒衣服晾晾，可曾晾過沒有？』雪雁道：『都晾過了。』黛玉道：『你拿一件來，我披披。』雪雁走去，將一包小毛衣服抱來，打開氈包，給黛玉自揀。只見內中夾着個絹包兒，黛玉伸手拿起，打開看時，卻是寶玉病時送來的舊手帕，自己題的詩，上面淚痕猶在，裏頭卻包着那剪破了的香囊、扇袋，並寶玉通靈玉上的穗子。原來晾衣服時從箱中撿出，紫鵑恐怕遺失了，遂夾在這氈包裏的。這黛玉不看則已，看了時也不說穿那一件衣服，手裏只拿着那兩方手帕，獃獃的看那舊詩。看了一回，不覺得簌簌淚下。紫鵑剛從外間進來，只見雪雁正捧着一氈包衣裳在旁邊獃立，小几上卻擱着剪破的香囊，兩三截兒扇袋和那鉸折了的穗子，黛玉手中自拿着兩方舊帕，上邊寫着字跡，在那裏對着滴淚。正是：

失意人逢失意事，新啼痕間舊啼痕。

紫鵑見了這樣，知是他觸物傷情，感懷舊事，料道勸也無益，只得笑着道：『姑娘還看那些東西作什麼，那都是那幾年寶二爺和姑娘小時一時好了，一時惱了，鬧出來的笑話兒。要像如今這樣斯擡斯敬，那裏能把這些東西白遭塌了呢。』紫鵑這話原給黛玉開心，不料這幾句話更提起黛玉初來時和寶玉的舊事來，一發珠淚連綿起來。紫鵑又勸道：『雪雁這裏等着呢，姑娘披上一件罷。』那黛玉纔把手帕撂下。紫鵑連忙拾起，將香袋等物包起拿開。

這黛玉方披了一件皮衣，自己悶悶的走到外間來坐下。回頭看見案上寶釵的詩啓尚未收好，又拿出來瞧了兩遍，嘆道：『境遇不同，傷心則一。不免也賦四章，翻入琴譜，可彈可歌，明日寫出來寄去，以當和作。』便叫雪雁將外邊桌上筆硯拿來，濡墨揮毫，賦成四叠。又將琴譜翻出，借他《猗蘭》《思賢》兩操，合成音韻，與自己做的配齊了，然後寫出，以備送與寶釵。又即叫雪雁向箱中將自己帶來的短琴拿出，調上弦，又操演了指法。黛玉本是個絕頂聰明人，又在南邊學過幾時，雖是手生，到底一理就熟。撫了一番，夜已深了，便叫紫鵑收拾睡覺。不提。

卻說寶玉這日起來梳洗了，帶着焙茗正往書房中來，只見墨雨笑嘻嘻的跑來，迎頭說道：『二爺今日便宜了，太爺不在書房裏，都放了學了。』寶玉道：『當真的麽？』墨雨道：『二爺不信，那不是三爺和蘭哥兒來了。』寶玉看時，只見賈環、賈蘭跟着小厮們，兩個笑嘻嘻的，嘴裏咭咭呱呱不知說些什麽，迎頭來了。見了寶玉，都垂手站住。寶玉問道：『你們兩個怎麽就回來了？』賈環道：『今日太爺有事，說是放一天學，明兒再去呢。』寶玉聽了，方回身到賈母、賈政處去禀明了，然後回到怡紅院中。襲人問道：『怎麽又回來了？』寶玉告訴了他，只坐了一坐兒，便往外走。襲人道：『往那裏去，這樣忙法？就放了學，依我說，也

第七回寫到迎春、探春二人圍棋，但未實寫，周瑞家的送花去，二人即將棋住了。六十二回寫探春與寶琴下棋，寫探春凝神棋路，實中有虛。此處全是實寫。

該養養神兒了。』寶玉站住腳，低了頭，說道：『你的話也是。但是好容易放一天學，還不散散去，你也該可憐我些兒了。』襲人見說的可憐，笑道：『由爺去罷。』正說着，端了飯來。寶玉也沒法兒，只得且吃飯，三口兩口忙忙的吃完，漱了口，一溜煙往黛玉房中去了。

走到門口，只見雪雁在院中晾絹子呢。寶玉因問：『姑娘吃了飯了麼？』雪雁道：『早起喝了半碗粥，懶待吃飯。這時候打盹兒呢。二爺且到別處走走，回來再來罷。』

寶玉只得回來。無處可去，忽然想起惜春有好幾天沒見，便信步走到蓼風軒來。剛到窗下，只見靜悄悄一無人聲。寶玉打諒他也睡午覺，不便進去。纔要走時，只聽屋裏微微一響，不知何聲。寶玉站住再聽，半日又拍的一響。

寶玉還未聽出，只見一個人道：『你在這裏下了一個子兒，那裏你不應麼？』寶玉方知是下大棋，但只急切聽不出這個人的語音是誰。底下方聽見惜春道：『怕什麼，你這麼一吃我，我這麼一應，你又這麼吃，我又這麼應。還緩着一着兒呢，終久連得上。』那一個又道：『我要這麼一吃呢？』惜春道：『阿嗄，還有一着反撲在裏頭呢！我倒沒防備。』寶玉聽了，聽那一個聲音很熟，卻不是他們姊妹。料着惜春屋裏也沒外人，輕輕的掀簾進去。看時不是別人，卻是那櫳翠庵的檻外人妙玉。

這寶玉見是妙玉，不敢驚動。妙玉和惜春正在凝思之際，也沒理會。寶玉卻站在旁邊看他兩個的手段，只見妙玉低着頭問惜春道：『你這個畸角兒不要了麽？』惜春道：『怎麽不要？你那裏頭都是死子兒，我怕什麽。』妙玉道：『且别說滿話，試試看。』惜春道：『我便打了起來，看你怎麽樣？』妙玉卻微微笑着，把邊上子一接，卻搭轉一吃，把惜春的一個角兒都打起來了，笑着說道：『這叫做「倒脱靴勢」。』

惜春尚未答言，寶玉在旁情不自禁，哈哈一笑，把兩個人都唬了一大跳。惜春道：『你這是怎麽說，進來也不言語，這麽使促狹唬人。你多早晚進來的？』寶玉道：『我頭裏就進來了，看着你們兩個爭這個畸角兒。』說着，一面與妙玉施禮，一面又笑問道：『妙公輕易不出禪關，今日何緣下凡一走？』妙玉聽了，忽然把臉一紅，也不答言，低了頭自看那棋。

寶玉自覺造次，連忙陪笑道：『倒是出家人比不得我們在家的俗人，頭一件心是静的。静則靈，靈則慧。』寶玉尚未說完，只見妙玉微微的把眼一擡，看了寶玉一眼，復又低下頭去，那臉上的顔色漸漸的紅暈起來。寶玉見他不理，只得訕訕的旁邊坐了。

終嫌着迹，如此寫妙玉，則淺之矣。

感秋深撫琴
悲往事
癸未秋日
鳳環

惜春還要下子，妙玉半日說道：『再下罷。』便起身理理衣裳，重新坐下，癡癡的問着寶玉道：『你從何處來？』寶玉巴不得這一聲，好解釋前頭的話，忽又想道：『或是妙玉的機鋒。』轉紅了臉，答應不出來。妙玉微微一笑，自和惜春說話。惜春也笑道：『二哥哥，這什麼難答的，你沒的聽見人家常說的「從來處來」麼？這也值得把臉紅了，見了生人的似的。』

妙玉聽了這話，想起自家，心上一動，臉上一熱，必然也是紅的，倒覺不好意思起來。因站起來，說道：『我來得久了，要回庵裏去了。』惜春知妙玉爲人，也不深留，送出門口。妙玉笑道：『久已不來這裏，彎彎曲曲的，回去的路頭都要迷住了。』寶玉道：『這倒要我來指引指引何如？』妙玉道：『不敢，二爺前請。』

於是二人別了惜春，離了蓼風軒，彎彎曲曲走近瀟湘館，忽聽得叮咚之聲，妙玉道：『那裏的琴聲？』寶玉道：『想必是林妹妹那裏撫琴呢。』妙玉道：『原來他也會這個，怎麼素日不聽見提起？』寶玉悉把黛玉的事述了一遍，因說：『咱們去看他。』妙玉道：『從古只有聽琴，再沒有看琴的。』寶玉笑道：『我原說我是個俗人。』說着，二人走至瀟湘館外，在山子石坐着靜聽，甚覺音調清切。只聽得低吟道：

黛玉琴詩，較寶釵爲佳。

風蕭蕭兮秋氣深。美人千里兮獨沉吟。望故鄉兮何處，倚欄杆兮涕沾襟。

歇了一回，聽得又吟道：

山迢迢兮水長。照軒窗兮明月光。耿耿不寐兮銀河渺茫。羅衫怯怯兮風露涼。

又歇了一歇，妙玉道：『剛纔「侵」字韻是第一叠，如今「陽」字韻是第二叠了。咱們再聽。』裏邊又吟道：

子之遭兮不自由。予之遇兮多煩憂。之子與我兮心焉相投。思古人兮俾無尤。

妙玉道：『這又是一拍。何憂思之深也！』寶玉道：『我雖不懂得，但聽他音調，也覺得過悲了。』裏頭又調了一回弦。妙玉道：『君弦太高了，與無射律只怕不配呢。』裏邊又吟道：

人生斯世兮如輕塵。天上人間兮感夙因。感夙因兮不可惙。素心如何天上月。

妙玉聽了，呀然失色道：『如何忽作變徵之聲？音韻可裂金石矣。只是太過。』寶玉道：『太過便怎麼？』妙玉道：『恐不能持久。』

正議論時，聽得君弦蹦的一聲斷了。妙玉站起來連忙就走。寶玉道：『怎麼着此貓叫，便覺俗氣襲來。

樣？』妙玉道：『日後自知，你也不必多說。』竟自走了。弄得寶玉滿肚疑團，沒精打彩的歸至怡紅院中，不表。

單說妙玉歸去，早有道婆接着，掩了庵門，坐了一回，把『禪門日誦』念了一遍。吃了晚飯，點上香，拜了菩薩，命道婆自去歇着，自己的禪牀靠背俱已整齊，屏息垂簾，跏趺坐下，斷除妄想，趨向真如。坐到三更過後，聽得屋上『啫碌』一片瓦響。妙玉恐有賊來，下了禪牀，出到前軒，但見雲影横空，月華如水。

那時天氣尚不很涼，獨自一個憑欄站了一回。忽聽房上兩個貓兒一遞一聲廝叫。那妙玉忽想起日間寶玉之言，不覺一陣心跳耳熱。自己連忙收攝心神，走進禪房，仍到禪牀上坐了。怎奈神不守舍，一時如萬馬奔馳，覺得禪牀便恍蕩起來，身子已不在庵中。便有許多王孫公子要來娶他，又有些媒婆扯扯拽拽扶他上車，自己不肯去。一回兒又有盜賊刼他，持刀執棍的逼勒，只得哭喊求救。

早驚醒了庵中女尼道婆等衆，都拿火來照看。只見妙玉兩手撒開，口中流沫。急叫醒時，只見眼睛直豎，兩顴鮮紅，罵道：『我是有菩薩保佑，你們這些強徒敢要怎麽樣！』衆人都唬的沒了主意，都說道：『我們在這裏呢，快醒轉來罷。』妙玉道：『我要回家去，你們有什麽好人送我回去罷。』道婆道：『這裏就是你住的房子。』說着，又叫别的女尼忙向觀音前禱告，求了籤，翻開籤書看時，是觸犯了西南角上的陰人。就有一個說：『是了。大觀園中西南角上本來沒有人住，陰氣是有的。』一面弄湯弄水的在那裏忙亂。

那女尼原是自南邊帶來的，服侍妙玉自然比别人盡心，圍着妙玉，坐在禪牀上。妙玉回頭道：『你是誰？』女尼道：『是我。』妙玉仔細瞧了一瞧，道：『原來是你。』便抱住那女尼，嗚嗚咽咽的哭起來。說道：『你是我的媽呀，你不救我，我不得活了。』那女尼一面喚醒他，一面給他揉着。道婆倒上茶來喝了，直到天明纔睡了。

女尼便打發人去請大夫來看脈，也有說是思慮傷脾的，也有說是熱入血室的，也有說是邪祟觸犯的，也有說是內外感冒的，終無定論。後請得一個大夫來看了，問：『曾打坐過沒有？』道婆說道：『向來打坐的。』大夫道：『這病可是昨夜忽然來的麽？』道婆道：『是。』大夫道：『這是走魔入火的原故。』衆人問：『有礙沒有？』大夫道：『幸虧打坐不久，魔還入得淺，可以有救。』寫了降伏心火的藥，吃了一劑，稍稍平復些。外面那些遊頭浪子聽見了，便造作許多謡言，說：『這樣年紀，那裏忍得住？況且又是很風流的人品，很乖覺的性靈，以後不知飛在誰手裏，便宜誰去呢。』過了幾日，妙玉病雖略好，神思未復，終有些恍惚。

一日，惜春正坐着，彩屏忽然進來，回道：『姑娘知道妙玉師父的事嗎？』惜春道：『他有什麼事？』彩屏道：『我昨日聽見邢姑娘和大奶奶那裏說呢。他自從那日和姑娘下棋回去，夜間忽然中了邪，嘴裏亂嚷，說強盜來搶他來了。到如今還沒好。姑娘你說這不是奇事嗎？』惜春聽了，默然無語，因想：『妙玉雖然潔淨，畢竟塵緣未斷。可惜我生在這種人家，不便出家。我若出了家時，那有邪魔纏擾。一念不生，萬緣俱寂。』想到這裏，驀與神會，若有所得，便口占一偈云：

大造本無方，云何是應住。
既從空中來，應向空中去。

占畢，即命丫頭焚香。自己靜坐了一回，又翻開那棋譜來，把孔融、王積薪等所著看了幾篇。內中『荷葉包蟹勢』、『黃鶯搏兔勢』都不出奇，『三十六局殺角勢』一時也難會難記，獨看到『八龍走馬』，覺得甚有意思。

正在那裏作想，只聽見外面一個人走進院來，連叫彩屏。未知是誰，下回分解。

【回後評】

感秋撫琴一節有新意，是前八十回所無。寶釵書札不及探春，寶釵琴詩不如黛玉，然亦可讀。

前第七回曾提到迎春探春二人圍棋，但只一句帶過，六十二回寫探春與寶琴下棋，林之孝家的來回事，探春凝神棋着，用志不分，何等神妙。此處是實寫，凡吃、應、斷、連、反撲、搶角、占邊、倒脱靴等諸種着法，一一寫到，亦合於棋理，然寫下棋是爲了寫人，此處終覺太實，直是講圍棋着法矣。

妙玉走魔入火，是寫妙玉凡心未脱，情緣未斷，亦爲後文遭劫伏筆。

第八十八回　博庭歡寶玉讚孤兒　正家法賈珍鞭悍僕

卻說惜春正在那裏揣摩棋譜，忽聽院內有人叫彩屏，不是別人，卻是鴛鴦的聲兒。彩屏出去，同着鴛鴦進來。

那鴛鴦卻帶着一個小丫頭，提了一個小黃絹包兒。惜春笑問道：『什麼事？』鴛鴦道：『老太太因明年八十一歲，是個暗九。許下一場九晝夜的功德，發心要寫三千六百五十零一部《金剛經》。這已發出外面人寫了。但是，俗說《金剛經》就像那道家的符殼，《心經》纔算是符膽。故此《金剛經》內必要插着《心經》，更有功德。老太太因《心經》是更要緊的，觀自在又是女菩薩，所以要幾個親丁奶奶、姑娘們寫上三百六十五部，如此又虔誠，又潔淨。咱們家中除了二奶奶，頭一宗他當家沒有空兒，二宗他也寫不上來，其餘會寫字的，不論寫得多少，連東府珍大奶奶、姨娘們都分了去，本家裏頭自不用說。』惜春聽了，點頭道：『別的我做不來，若要寫經，我最信心的。你擱下喝茶罷。』鴛鴦纔將那小包兒擱在桌上，

要惜春寫經，正合惜春之意。

雙陸爲古代博戲，傳自古印度，盛於南北朝至隋唐，今已失傳，但此書中尚寫到，可見乾隆時此博戲尚存，今地下文物中曾數見。

玩蟈蟈，北京風俗，至今尚存。

同惜春坐下。彩屏倒了一鍾茶來。惜春笑問道：『你寫不寫？』鴛鴦道：『姑娘又說笑話了。那幾年還好。這三四年來，姑娘見我還拿了拿筆兒麽？』惜春道：『這卻是有功德的。』鴛鴦道：『我也有一件事。向來服侍老太太安歇後，自己念上米佛，已經念了三年多了。我把這個米收好，等老太太做功德的時候，我將他襯在裏頭供佛施食，也是我一點誠心。』惜春道：『這樣說來，老太太做了觀音，你就是龍女了。』鴛鴦道：『那裏跟得上這個分兒。卻是除了老太太，别的也服侍不來，不曉得前世什麽緣分兒。』說着要走，叫小丫頭把小絹包打開，拿出來，道：『這素紙一扎，是寫《心經》的。』又拿起一子兒藏香，道：『這是叫寫經時點着寫的。』惜春都應了。

鴛鴦遂辭了出來，同小丫頭來至賈母房中，回了一遍。看見賈母與李紈打雙陸，鴛鴦旁邊瞧着。李紈的骰子好，擲下去把老太太的鍾打下了好幾個去。鴛鴦抿着嘴兒笑。忽見寶玉進來，手中提了兩個細篾絲的小籠子，籠內有幾個蟈蟈兒，說道：『我聽說老太太夜裏睡不着，我給老太太留下解解悶。』賈母笑道：『你别瞅着你老子不在家，你只管淘氣。』寶玉笑道：『我沒有淘氣。』賈母道：『你沒淘氣，不在學房裏念書，爲什麽又弄這個東西呢？』寶玉道：『不是我自己弄的。今兒因師父叫環兒和蘭兒對對子，環兒對不來，我悄悄的告訴了他。他說了，師父前八十回只有寫賈政問寶玉功課時，纔『唬得像個小鬼兒似的』，因寶玉不肯讀四書五經也。凡做詩，對對子，寶玉何曾怕過！此處所說，與前面不符。

賈母亦不喜歡賈環。

喜歡，誇了他兩句。他感激我的情，買了來孝敬我的。我纔拿了來孝敬老太太的。』賈母道：『他沒有天天念書麼，爲什麼對不上來？對不上來，就叫你儒大爺爺打他的嘴巴子，看他臊不臊。你也够受了，不記得你老子在家時，一叫做詩做詞，唬的倒像個小鬼兒似的，這會子又說嘴了。那環兒小子更沒出息，求人替做了，就變着方法兒打點人。這麼點子孩子就鬧鬼鬧神的，也不害臊。趕大了，還不知是個什麼東西呢。』說的滿屋子人都笑了。

賈母又問道：『蘭小子呢，做上來了沒有？這該環兒替他了，他又比他小了。是不是？』寶玉笑道：『他倒沒有，卻是自己對的。』賈母道：『我不信。不然，就也是你鬧了鬼了。如今你還了得，羊群裏跑出駱駝來了，就只你大。你又會做文章了。』寶玉笑道：『實在是他作的。師父還誇他明兒一定有大出息呢。老太太不信，就打發人叫了他來親自試試，老太太就知道了。』賈母道：『果然這麼着，我纔喜歡。我不過怕你撒謊。既是他做的，這孩子明兒大概還有一點兒出息。』因看着李紈，又想起賈珠來，『這也不枉你大哥哥死了，你大嫂子拉扯他一場，日後也替你大哥哥頂門壯户。』說到這裏，不禁流下淚來。

李紈聽了這話，卻也動心，只是賈母已經傷心，自己連忙忍住淚，笑勸道：『這是老祖宗的餘德，我們托着老祖宗的福罷咧。只要他應得了老祖宗的話，就是一段贊議賈蘭，亦爲後文伏筆。

我們的造化了。老祖宗看着也喜歡，怎麼倒傷起心來呢？』因又回頭向寶玉道：『寶叔叔明兒別這麼誇他，他多大孩子，知道什麼。你不過是愛惜他的意思，他那裏懂得，一來二去，眼大心肥，那裏還能够有長進呢。』賈母道：『你嫂子這也說的是。就只他還太小呢，也別逼㯳緊了他。小孩子膽兒小，一時逼急了，弄出點子毛病來，書倒念不成，把你的工夫都白遭蹋了。』賈母說到這裏，李紈却忍不住撲簌簌掉下淚來，連忙擦了。

只見賈環、賈蘭也都進來給賈母請了安。賈蘭又見過他母親，然後過來在賈母旁邊侍立。賈母道：『我剛纔聽見你叔叔說你對的好對子，師父誇你來着。』賈蘭也不言語，只管抿着嘴兒笑。鴛鴦過來說道：『請示老太太，晚飯伺候下了。』賈母道：『請你姨太太去罷。』琥珀接着便叫人去王夫人那邊請薛姨媽。這裏，寶玉、賈環退出。素雲和小丫頭們過來把雙陸收起。李紈尚等着伺候賈母的晚飯，賈蘭便跟着他母親站着。賈母道：『你們娘兒兩個跟着我吃罷。』李紈答應了。一時擺上飯來，丫鬟回來稟道：『太太叫回老太太，姨太太這幾天浮來暫去，不能過來回老太太，今日飯後家去了。』於是賈母叫賈蘭在身旁邊坐下，大家吃飯，不必細述。

却說賈母剛吃完了飯，盥漱了，歪在牀上說閒話兒。只見小丫頭子告訴琥珀，琥珀過來回賈母道：『東府大爺請晚安來了。』賈母道：『你們告訴他，如今他辦理家務乏乏的，叫他歇着去罷。我知道了。』小丫頭告訴老婆子們，老婆子纔告訴賈珍。賈珍然後退出。

到了次日，賈珍過來料理諸事。門上小廝陸續回了幾件事，又一個小廝回道：『莊頭送菓子來了。』賈珍道：『單子呢？』那小廝連忙呈上。賈珍看時，上面寫着不過是時鮮菓品，還夾帶菜蔬野味若干在內。賈珍看完，問向來經管的是誰。門上的回道：『是周瑞。』便叫周瑞：『照賬點清，送往裏頭交代。等我把來賬抄下一個底子，留着好對。』又叫告訴廚房：『把下菜中添幾宗給送菓子的來人，照常賞飯給錢。』周瑞答應了，一面叫人搬至鳳姐兒院子裏去，又把莊子的賬同菓子交代明白，出去了一回兒，又進來回賈珍道：『纔剛來的菓子，大爺曾點過數目沒有？』賈珍道：『我那裏有工夫點這個呢？給了你賬，你照賬點就是了。』周瑞道：『小的曾點過，也沒有少，也不能多出來。大爺既留下底子，再叫送菓子來的人問問，他這賬是真的假的？』賈珍道：『這是怎麽說？不過是幾個菓子罷咧，有什麽要緊。我又沒有疑你。』

說着，只見鮑二走來，磕了一個頭，說道：『求大爺原舊放小的在外頭伺候

賈珍何以要『過來料理諸事』，未見交代。

是何處莊頭未寫明，是秋季，故送菓品、野味，與烏進孝交租雖有異，實亦模拟前文耳。

罷。』賈珍道：『你們這又是怎麽着？』鮑二道：『奴才在這裏又説不上話來。』周瑞接口道：『奴才在這裏經管地租莊子，銀錢出入每年也有三五十萬來往，老爺、太太、奶奶們從沒有説過話的，何況這些零星東西。若照鮑二説起來，爺們家裏的田地、房産都被奴才們弄完了。』賈珍想道：『必是鮑二在這裏拌嘴，不如叫他出去。』因向鮑二説道：『快滚罷。』又告訴周瑞説：『你也不用説了，你幹你的事罷。』二人各自散了。

賈珍正在廂房裏歇着，聽見門上鬧的翻江攪海。叫人去查問，回來説道：『鮑二和周瑞的乾兒子打架。』賈珍道：『周瑞的乾兒子是誰？』門上的回道：『他叫何三，本來是個沒味兒的，天天在家裏喝酒鬧事，常來門上坐着。聽見鮑二與周瑞拌嘴，他就插在裏頭。』賈珍道：『這卻可惡。把鮑二和那個什麽何幾給我一塊兒捆起來！周瑞呢？』門上的回道：『打架時他先走了。』賈珍道：『給我拿了來！這還了得了！』衆人答應了。正嚷着，賈璉也回來了，賈珍便告訴了一遍。賈璉道：『這還了得！』又添了人去拿周瑞。周瑞知道躲不過，也找到了。賈珍便叫都捆上。賈璉便向周瑞道：『你們前頭的話也不要緊，大爺説開了，很是了。爲什麽外頭又打架？你們打架已經使不得，又弄個野雜種什麽何三來鬧，你不壓

下人打架鬧事，不知何故，前面焦大醉罵，一是醉，二是因

伏壓伏他們，倒竟走了。』就把周瑞踢了幾腳。賈珍道：『單打周瑞不中用。』喝命人把鮑二和何三各人打了五十鞭子，攆了出去，方和賈璉兩個商量正事。下人背地裏便生出許多議論來：也有說賈珍護短的；也有說不會調停的；也有說他本不是好人，前兒尤家姊妹弄出許多醜事來，那鮑二不是他調停着二爺叫了來的嗎？這會子又嫌鮑二不濟事，必是鮑二的女人服侍不到了。人多嘴雜，紛紛不一。

卻說賈政自從在工部掌印，家人中盡有發財的。那賈芸聽見了，也要插手弄一點事兒，便在外頭說了幾個工頭，講了成數，便買了些時新繡貨，要走鳳姐兒門子。

鳳姐正在房中聽見丫頭們說：『大爺、二爺都生了氣，在外頭打人呢。』鳳姐聽了，不知何故，正要叫人去問問，只見賈璉已進來了，把外面的事告訴了一遍。鳳姐道：『事情雖不要緊，但這風俗兒斷不可長。此刻還算咱們家裏正旺的時候兒，他們就敢打架。以後小輩兒們當了家，他們越發難制伏了。前年我在東府裏，親眼見過焦大吃的爛醉，躺在臺階子底下罵人，不管上上下下一混湯子的混罵。他雖是有過功的人，到底主子、奴才的名分，也要存點兒體統纔好。珍大奶奶，不是我說，是個老實頭，個個人都叫他養得無法無天的。如今又弄出一個什麼鮑二，

派他活借故發端，此處卻寫得不知來由。欲模拟前文，總是力不能及。

又寫小紅、芸兒，亦是續前八十回中情節，然前八十回小紅與賈芸，均是極伶俐人物，此處寫賈芸向鳳姐送禮，仍是重複前八十回中筆墨。

我還聽見，是你和珍大爺得用的人。爲什麽今兒又打他呢？』賈璉聽了這話刺心，便覺趔趄的，拿話來支開，借有事，説着就走了。

小紅進來，回道：『芸二爺在外頭要見奶奶。』鳳姐一想：『他又來做什麽？』便道：『叫他進來罷。』小紅出來，瞅着賈芸微微一笑。賈芸趕忙湊近一步，問道：『姑娘替我回了沒有？』小紅紅了臉，説道：『我就是見二爺的事多。』賈芸道：『何曾有多少事能到裏頭來勞動姑娘呢。就是那一年，姑娘在寶二叔房裏，我纔和姑娘——』小紅怕人撞見，不等説完，趕忙問道：『那年我换給二爺的一塊絹子，二爺見了沒有？』那賈芸聽了這句話，喜的心花俱開，纔要説話，只見一個小丫頭從裏面出來，賈芸連忙同着小紅往裏走。兩個人一左一右，相離不遠，賈芸悄悄的道：『回來我出來，還是你送出我來，我告訴你，還有笑話兒呢。』小紅聽了，把臉飛紅，瞅了賈芸一眼，也不答言，同他到了鳳姐門口，自己先進去回了，然後出來，掀起簾子點手兒，口中卻故意説道：『奶奶請芸二爺進來呢。』

賈芸笑了一笑，跟着他走進房來，見了鳳姐兒，請了安，並説：『母親叫問好。』鳳姐也問了他母親好。鳳姐道：『你來有什麽事？』賈芸道：『姪兒從前承嬸娘疼愛，心上時刻想着，總過意不去。欲要孝敬嬸娘，又怕嬸娘多想。如今重陽時候，略備了一點兒東西。嬸娘這裏那一件沒有，不過是姪兒一點孝心。只怕嬸娘不肯賞臉。』鳳姐兒笑道：『有話坐下說。』賈芸纔側身坐了，連忙將東西捧着擱在旁邊桌上。

鳳姐又道：『你不是什麼有餘的人，何苦又去花錢。我又不等着使。你今日來意是怎麼個想頭兒，你倒是實說。』賈芸道：『並沒有別的想頭兒，不過感念嬸娘的恩惠，過意不去罷咧。』說着微微的笑了。鳳姐道：『不是這麼說。你手裏窄，我很知道，我何苦白白兒使你的。你要我收下這個東西，須先和我說明白了。要是這麼含着骨頭露着肉的，我倒不收。』賈芸沒法兒，只得站起來，陪着笑兒說道：『並不是有什麼妄想。前幾日聽見老爺總辦陵工，姪兒有幾個朋友辦過好些工程，極妥當的，要求嬸娘在老爺跟前提一提。辦得一兩種，姪兒再忘不了嬸娘的恩典。若是家裏用得着，姪兒也能給嬸娘出力。』

鳳姐道：『若是別的我卻可以作主。至於衙門裏的事，上頭呢，都是堂官司員定的；底下呢，都是那些書辦衙役們辦的。別人只怕插不上手，連自己的家人，也不過跟着老爺服侍服侍。就是你二叔去，亦只是爲的是各自家裏的事，他也並不能攙越公事。論家事，這裏是踩一頭兒撬一頭兒的，連珍大爺還彈壓不住，你的年紀兒又輕，輩數兒又小，那裏纏的清這些人呢。況且衙門裏頭的事，差不多兒也要完了，不過吃飯瞎跑。你在家裏什麼事作不得，難道沒了這碗飯吃不成？我這是實在話，你自己回去想想就知道了。你的情意我已經領了，把東西快拿回去，是那里弄來的，仍舊給人家送了去罷。』

正說着，只見奶媽子一大起帶了巧姐兒進來。那巧姐兒身上穿得錦團花簇，手裏拿着好些頑意兒，笑嘻嘻走到鳳姐身邊學舌。賈芸一見，便站起來，笑盈盈的趕着說道：『這就是大妹妹麼？你要什麼好東西不要？』那巧姐兒便『啞』的一聲哭了。賈芸連忙退下。鳳姐道：『乖乖不怕。』連忙將巧姐攬在懷裏，道：『這是你芸大哥哥，怎麼認起生來了？』賈芸道：『妹妹生得好相貌，將來又是個有大造化的。』那巧姐兒回頭把賈芸一瞧，又哭起來，叠連幾次。

寫巧姐兒見到賈芸即哭，意在爲後文賈芸勾結王仁、邢大舅、賈環等坑害巧姐作伏筆。

賈芸看這光景坐不住，便起身告辭要走。鳳姐道：『你把東西帶了去罷。』賈芸道：『這一點子嬸娘還不賞臉？』鳳姐道：『你不帶去，我便叫人送到你家去。芸哥兒，你不要這麼樣，你又不是外人，我這裏有機會，少不得打發人去叫你，沒有事也沒法兒，不在乎這些東東西西上的。』賈芸看見鳳姐執意不受，只得紅着臉道：『既這麼着，我再找得用的東西來孝敬嬸娘罷。』鳳姐兒便叫小紅拿了東西，跟着賈芸送出來。

賈芸走着，一面心中想道：『人說二奶奶利害，果然利害。一點兒都不漏縫，不住地寫臉紅，筆筆重複。

又是滿臉羞紅。這小小一段，連寫四次臉紅，筆墨累贅笨拙，終無靈氣。

真正斬釘截鐵，怪不得沒有後世。這巧姐兒更怪，見了我好像前世的冤家似的。真正晦氣，白鬧了這麼一天。』小紅見賈芸沒得彩頭，也不高興，拿着東西跟出來。賈芸接過來，打開包兒，揀了兩件，悄悄的遞給小紅。小紅不接，嘴裏說道：『二爺別這麼着，看奶奶知道了。大家倒不好看。』賈芸道：『你好生收着罷，怕什麼，那裏就知道了呢。你若不要，就是瞧不起我了。』小紅微微一笑，纔接過來，說道：『誰要你這些東西，算什麼呢？』說了這句話，把臉又飛紅了。賈芸也笑道：『我也不是爲東西，況且那東西也算不了什麼。』

說着話兒，兩個已走到二門口。賈芸把下剩的仍舊揣在懷內。小紅催着賈芸道：『你先去罷，有什麼事情，只管來找我。我如今在這院裏了，又不隔手。』賈芸點點頭兒，說道：『二奶奶太利害，我可惜不能長來。剛纔我說的話，你橫豎心裏明白，得了空兒再告訴你罷。』小紅滿臉羞紅，說道：『你去罷，明兒也長來走走。誰叫你和他生疏呢。』賈芸道：『知道了。』賈芸說着出了院門。這裏，小紅站在門口，怔怔的看他去遠了，纔回來了。

卻說鳳姐在房中吩咐預備晚飯，因又問道：『你們熬了粥了沒有？』丫鬟們連忙去問，回來回道：『預備了。』鳳姐道：『你們把那南邊來的糟東西弄一兩碟來罷。』秋桐答應了，叫丫頭們伺候。

寫水月庵夜裏一男一女兩人將老尼幾乎勒死，此二人是人是鬼，用筆故意含混。鳳姐聽了獃了一獃等描寫，是故作疑人之筆，欲應前鳳姐與老尼合謀拆散婚姻至成人命事也。

平兒走來，笑道：『我倒忘了。今兒晌午，奶奶在上頭老太太那邊的時候，水月庵的師父打發人來，要向奶奶討兩瓶南小菜，還要支用幾個月的月銀，說是身上不受用。我問那道婆來着：「師父怎麼不受用？」他說：「四五天了，前兒夜裏因那些小沙彌、小道士裏頭有幾個女孩子睡覺沒有吹燈，他說了幾次不聽。那一夜看見他們三更以後燈還點着呢，他便叫他們吹燈，個個都睡着了，沒有人答應，只得自己親自起來給他們吹滅了。回到炕上，只見有兩個人，一男一女，坐在炕上。他趕着問是誰，那裏把一根繩子往他脖子上一套，他便叫起人來。衆人聽見，點上燈火，一齊趕來，已經躺在地下，滿口吐白沫子。幸虧救醒了。此時還不能吃東西，所以叫來尋些小菜兒的。」我因奶奶不在房中，不便給他。我說：「奶奶此時沒有空兒，在上頭呢，回來告訴。」便打發他回去了。纔剛聽見說起南菜，方想起來了，不然就忘了。』

鳳姐聽了，獃了一獃，說道：『南菜不是還有呢，叫人送些去就是了。那銀子過一天叫芹哥來領就是了。』又見小紅進來回道：『纔剛二爺差人來，說是今晚城外有事，不能回來，先通知一聲。』鳳姐道：『是了。』

說着，只聽見小丫頭從後面喘吁吁的嚷着，直跑到院子裏來，外面平兒接着，還有幾個丫頭們，咕咕唧唧的說話。鳳姐道：『你們說什麼呢？』平兒道：『小丫此等處又是模拟前七十五回異兆悲音故事。

欲寫鳳姐造孽心虛，終是着跡。

頭子有些膽怯，說鬼話。』鳳姐叫那一個小丫頭進來，問道：『什麼鬼話？』那丫頭道：『我纔剛到後邊去叫打雜兒的添煤，只聽得三間空屋子裏嘩喇嘩喇的響，我還道是貓兒、耗子，又聽得噯的一聲，像個人出氣兒的似的。我害怕，就跑回來了。』鳳姐罵道：『胡說！我這裏斷不興說神說鬼，我從來不信這些個話。快滾出去罷。』那小丫頭出去了。鳳姐便叫彩明將一天零碎日用賬對過一遍。時已將近二更，大家又歇了一回，略說些閒話，遂叫各人安歇去罷。鳳姐也睡下了。

將近三更，鳳姐似睡不睡，覺得身上寒毛一乍，自己驚醒了，越躺着越發起滲來，因叫平兒、秋桐過來作伴。二人也不解何意。那秋桐本來不順鳳姐，後來賈璉因尤二姐之事不大愛惜他了，鳳姐又籠絡他，如今倒也安靜，只是心裏比平兒差多了，外面情兒。今見鳳姐不受用，只得端上茶來。鳳姐喝了一口，道：『難爲你，睡去罷，只留平兒在這裏就够了。』秋桐卻要獻勤兒，因說道：『奶奶睡不着，倒是我們兩個輪流坐坐也使得。』鳳姐一面說，一面睡着了。平兒、秋桐看見鳳姐已睡，只聽得遠遠的雞聲叫了，二人方都穿着衣服略躺了一躺，就天亮了，連忙起來服侍鳳姐梳洗。

鳳姐因夜中之事，心神恍惚不寧，只是一味要強，仍然扎掙起來。正坐着納悶，忽聽個小丫頭子在院裏問道：『平姑娘在屋裏麼？』平兒答應了一聲，那小丫頭掀起簾子進來，卻是王夫人打發過來來找賈璉，說：『外頭有人回要緊的官事。老爺纔出了門，太太叫快請二爺過去呢。』

鳳姐聽見，唬了一跳。未知何事，下回分解。

【回後評】

贊賈蘭是爲後文賈蘭得中預伏。

賈珍鞭僕，是續前焦大醉罵故事，然焦大醉罵何等自然，此處下人打架等等，終不知來由，牽入何三，是爲後來賈府遇盜伏筆。

寫小紅、賈芸事，雖是繼前八十回，然前八十回小紅、賈芸人物情節，何等靈動，續書故事及人物思想性格均與前大異其趣。

第八十九回　人亡物在公子填詞　蛇影杯弓顰卿絕粒

卻説鳳姐正自起來納悶，忽聽見小丫頭這話，又唬了一跳，連忙問道：『什麽官事？』小丫頭道：『也不知道。剛纔二門上小厮回進來，回老爺有要緊的官事，所以太太叫我請二爺來了。』鳳姐聽是工部裏的事，纔把心略略的放下，因説道：『你回去回太太，就説二爺昨日晚上出城有事，没有回來。打發人先回珍大爺去罷。』那丫頭答應着去了。

一時賈珍過來，見了部裏的人，問明了，進來見了王夫人，回道：『部中來報，昨日總河奏到河南一帶決了河口，湮没了幾府州縣。又要開銷國帑，修理城工。工部司官又有一番照料，所以部裏特來報知老爺的。』説完退出，及賈政回家來回明。

從此，直到冬間，賈政天天有事，常在衙門裏。寶玉的工課也漸漸鬆了，只是怕賈政覺察出來，不敢不常在學房裏去念書，連黛玉處也不敢常去。

底本作『開鎖國帑』，『開鎖』不可解。藤花榭本作『開銷』，從改。

那時已到十月中旬，寶玉起來要往學房中去。這日，天氣陡寒，只見襲人早已打點出一包衣服，向寶玉道：『今日天氣很冷，早晚寧使暖些。』説着，把衣服拿出來給寶玉挑了一件穿，又包了一件，叫小丫頭拿出交給焙茗，囑咐道：『天氣涼，二爺要換時，好生預備着。』焙茗答應了，抱着氈包，跟着寶玉自去。

寶玉到了學房中，做了自己的工課，忽聽得紙窗呼喇喇一派風聲。代儒道：『天氣又發冷。』把風門推開一看，只見西北上一層層的黑雲漸漸往東南撲上來。焙茗走進來，回寶玉道：『二爺，天氣冷了，再添些衣服罷。』寶玉點點頭兒。只見焙茗拿進一件衣服來，寶玉不看則已，看了時神已癡了。那些小學生都巴着眼瞧，卻原是晴雯所補的那件雀金裘。

寶玉道：『怎麽拿這一件來！是誰給你的？』焙茗道：『是裏頭姑娘們包出來的。』寶玉道：『我身上不大冷，且不穿呢，包上罷。』代儒只當寶玉可惜這件衣服，卻也心裏喜他知道儉省。焙茗道：『二爺穿上罷，着了涼，又是奴才的不是了。二爺只當疼奴才罷。』寶玉無奈，只得穿上，獃獃的對着書坐着。代儒也只當他看書，不甚理會。晚間放學時，寶玉便往代儒託病告假一天，代儒本來上年紀的人，也不過伴着幾個孩子解悶兒，時常也八病九痛的，樂得去一個少操一個心。況且明知賈政事忙，賈母溺愛，便點點頭兒。

此等話豈是襲人能說。

寶玉一逕回來，見過賈母、王夫人，也是這樣說，自然沒有不信的，略坐一坐，便回園中去了。見了襲人等，也不似往日有說有笑的，便和衣躺在炕上。襲人道：『晚飯預備下了，這會兒吃，還是等一等兒？』寶玉道：『我不吃了，心裏不舒服。你們吃去罷。』襲人道：『那麼着，你也該把這件衣服換下來了，那個東西那裏禁得住揉搓。』寶玉道：『不用換。』襲人道：『倒也不但是嬌嫩物兒，你瞧瞧那上頭的針線也不該這麼遭蹋他呀。』寶玉聽了這話，正碰在他心坎兒上，嘆了一口氣，道：『那麼着，你就收起來給我包好了，我也總不穿他了。』說着，站起來脫下。襲人纔過來接時，寶玉已經自己疊起。襲人道：『二爺怎麼今日這樣勤謹起來了？』寶玉也不答言，疊好了，便問：『包這個的包袱呢？』麝月連忙遞過來，讓他自己包好，回頭卻和襲人擠着眼兒笑。

寶玉也不理會，自己坐着，無精打彩，猛聽架上鐘響，自己低頭看了看錶，針已指到酉初二刻了。一時小丫頭點上燈來。襲人道：『你不吃飯，喝一口粥兒罷。別淨餓着，看仔細餓上虛火來，那又是我們的累贅了。』寶玉搖搖頭兒，說：『這不大餓，強吃了倒不受用。』襲人道：『既這麼着，就索性早些歇着罷。』於是襲人、麝月鋪設好了，寶玉也就歇下。翻來覆去，只睡不着。將及黎明，反朦朧睡去，不一頓飯時，早又醒了。

此時，襲人、麝月也都起來。襲人道：『昨夜聽着你翻騰到五更多，我也不敢問你。後來我就睡着了，不知到底你睡着了沒有？』寶玉道：『也睡了一睡，不知怎麽就醒了。』襲人道：『你沒有什麽不受用？』寶玉道：『沒有，只是心上發煩。』襲人道：『今日學房裏去不去？』寶玉道：『我昨兒已經告了一天假了，今兒我要想園裏逛一天，散散心，只是怕冷。你叫他們收拾一間房子，備下一爐香，擱下紙墨筆硯。你們只管幹你們的，我自己靜坐半天纔好。別叫他們來攪我。』麝月接着道：『二爺要靜靜兒的用工夫，誰敢來攪。』

襲人道：『這麽着很好，也省得着了涼。自己坐坐，心神也不散。』因又問：『你既懶待吃飯，今日吃什麽？早說，好傳給厨房裏去。』寶玉道：『還是隨便罷，不必鬧的大驚小怪的。倒是要幾個菓子擱在那屋裏，借點菓子香。』襲人道：『那個屋裏好？別的都不大乾淨，只有晴雯起先住的那一間，因一向無人，還乾淨，就是清冷些。』寶玉道：『不妨，把火盆挪過去就是了。』襲人答應了。

正說着，只見一個小丫頭端了一個茶盤兒，一個碗，一雙牙筯，遞給麝月，道：『這是剛纔花姑娘要的，厨房裏老婆子送了來了。』麝月接了一看，卻是一碗燕窩湯，便問襲人道：『這是姐姐要的麽？』襲人笑道：『昨夜二爺沒吃飯，又翻騰了一夜，想來今日早起心裏必是發空的，所以我告訴小丫頭們，叫厨房裏作了這個來的。』襲人一面叫小丫頭放桌兒，麝月打發寶玉喝了，漱了口。只見秋紋走來說道：『那屋裏已經收拾妥了，但等着一時炭勁過了，二爺再進去罷。』寶玉點頭，只是一腔心事，懶怠說話。一時小丫頭來請，說筆硯都安放妥當了。寶玉道：『知道了。』又一個小丫頭回道：『早飯得了。二爺在那裏吃？』寶玉道：『就拿了來罷，不必累贅了。』小丫頭答應了自去。

一時端上飯來，寶玉笑了一笑，向襲人、麝月道：『我心裏悶得很。自己吃，只怕又吃不下去。不如你們兩個同我一塊兒吃，或者吃的香甜，我也多吃些。』麝月笑道：『這是二爺的高興，我們可不敢。』襲人道：『其實也使得，我們一處喝酒，也不止今日。只是偶然替你解悶兒還使得，若認真這樣，還有什麼規矩體統呢。』說着三人坐下。寶玉在上首，襲人、麝月兩個打橫陪着。吃了飯，小丫頭端上漱口茶，兩個看着撤了下去。寶玉因端着茶，默默如有所思，又坐了一坐，便問道：『那屋裏收拾妥了麼？』麝月道：『頭裏就回過了，這回子又問。』

寶玉略坐了一坐，便過這間屋子來，親自點了一炷香，擺上些菓品，便叫人出去，關上了門。外面襲人等都靜悄無聲。寶玉拿了一幅泥金角花的粉紅箋出來，口中祝了幾句，便提起筆來寫道：

怡紅主人焚付晴姐知之，酌茗清香，庶幾來饗。

其詞云：

隨身伴，獨自意綢繆。誰料風波平地起，頓教軀命即時休。孰與話輕柔？　東逝水，無復向西流。想像更無懷夢草，添衣還見翠雲裘。脈脈使人愁！

寫畢，就在香上點個火焚化了。靜靜兒等着，直待一炷香點盡了，纔開門出來。襲人道：『怎麽出來了？想來又悶的慌了。』

寶玉笑了一笑，假説道：『我原是心裏煩，纔找個地方兒靜坐坐兒。這會子好了，還要外頭走走去呢。』説着，一逕出來，到了瀟湘館中，在院裏問道：『林妹妹在家裏呢麽？』紫鵑接應道：『是誰？』掀簾看時，笑道：『原來是寶二爺。姑娘在屋裏呢，請二爺到屋裏坐着。』寶玉同着紫鵑走進來。黛玉卻在裏間呢。説道：『紫鵑，請二爺屋裏坐罷。』

寶玉走到裏間門口，看見新寫的一副紫墨色泥金雲龍箋的小對，上寫着：『綠窗明月在，青史古人空。』寶玉看了，笑了一笑，走入門去，笑問道：『妹妹做什麽呢？』黛玉站起來，迎了兩步，笑着讓道：『請坐。我在這裏寫經，只剩得兩行了，等寫完了再説話兒。』因叫雪雁倒茶。寶玉道：『你别動，只管寫。』説着，一面看見中間掛着一幅單條，上面畫着一個嫦娥，帶着一個侍者；又一個女仙，

此爲《憶江南》詞，兩首重叠稱『雙調』，唐時皆單調，至宋加後叠成雙調。故此爲『雙調憶江南』。

懷夢草，舊題漢郭憲《洞冥記》卷三：『種火之山，有夢草，似蒲，色紅，晝縮入地，夜則出，亦名懷夢。懷其葉，則知夢之吉凶，立驗也。帝（漢武帝）思李夫人之容不可得，朔（東方朔）乃獻一枝，帝懷之，夜果夢李夫人。』

前七十八回已有《芙蓉女兒誄》，其文何等高雅，此處忽來此雙調《憶江南》，不僅情節重複，且詞意淺薄庸俗，又用『泥金角花粉紅箋』，真是一派輕薄。前七十八回是『用晴雯素日所喜之冰鮫縠一幅，楷字寫成』，何等莊重，前

後比較，便可知此惡俗不堪。

此處是應八十五回演《蕊珠記》《冥昇》，小旦扮嫦娥，而黛玉看戲，『打扮得宛如嫦娥』一段，亦示黛玉之不壽也。

青女素娥，語意雙關。

也有一個侍者，捧着一個長長兒的衣囊似的。二人身旁邊略有些雲護，別無點綴，全仿李龍眠白描筆意，上有『鬬寒圖』三字，用八分書寫着。寶玉道：『妹妹這幅《鬬寒圖》可是新掛上的？』黛玉道：『可不是。昨日他們收拾屋子，我想起來，拿出來叫他們掛上的。』寶玉道：『是什麼出處？』黛玉笑道：『眼前熟的很的，還要問人。』寶玉笑道：『我一時想不起，妹妹告訴我罷。』黛玉道：『豈不聞「青女素娥俱耐冷，月中霜裏鬬嬋娟」。』寶玉道：『是啊。這個實在新奇雅致，卻好此時拿出來掛。』說着，又東瞧瞧，西走走。

雪雁沏了茶來，寶玉吃着。又等了一會子，黛玉經纔寫完，站起來道：『簡慢了。』寶玉笑道：『妹妹還是這麼客氣。』但見黛玉身上穿着月白繡花小毛皮襖，加上銀鼠坎肩；頭上挽着隨常雲髻，簪上一枝赤金匾簪，別無花朵；腰下繫着楊妃色繡花綿裙。真比如：

亭亭玉樹臨風立，冉冉香蓮帶露開。

寶玉因問道：『妹妹這兩日彈琴來着沒有？』黛玉道：『兩日沒彈了。因爲寫字已經覺得手冷，那裏還去彈琴。』寶玉道：『不彈也罷了。我想琴雖是清高之品，卻不是好東西，從沒有彈琴裏彈出富貴壽考來的，只有彈出憂思怨亂來的。再者彈琴也得心裏記譜，未免費心。依我說，妹妹身子又單弱，不操這心也罷了。』

寶黛二人如此冷淡，並説『不知音』『知音人能有幾個』，如此描寫，與前八十回幾成反調。

黛玉抿着嘴兒笑。寶玉指着壁上道：『這張琴可就是麼？怎麼這麼短？』黛玉笑道：『這張琴不是短，因我小時學撫的時候，別的琴都够不着，因此特地做起來的。雖不是焦尾枯桐，這鶴山鳳尾還配得齊整，龍池雁足高下還相宜。你看這斷紋不是牛旄似的麼，所以音韻也還清越。』

寶玉道：『妹妹這幾天來做詩沒有？』黛玉道：『自結社以後沒大作。』寶玉笑道：『你別瞞我，我聽見你吟的什麼「不可惙，素心如何天上月」，你擱在琴裏，覺得音響分外的響亮。有的沒有？』黛玉道：『你怎麼聽見了？』寶玉道：『我那一天從蓼風軒來聽見的，又恐怕打斷你的清韻，所以靜聽了一會就走了。我正要問你：前路是平韻，到末了兒忽轉了仄韻，是個什麼意思？』黛玉道：『這是人心自然之音，做到那裏就到那裏，原沒有一定的。』寶玉道：『原來如此。可惜我不知音，枉聽了一會子。』黛玉道：『古來知音人能有幾個？』

寶玉聽了，又覺得出言冒失了，又怕寒了黛玉的心，坐了一坐，心裏像有許多話，卻再無可講的。黛玉因方纔的話也是沖口而出，此時回想，覺得太冷淡些，也就無話。寶玉一發打量黛玉設疑，遂訕訕的站起來，説道：『妹妹坐着罷。我還要到三妹妹那裏瞧瞧去呢。』黛玉道：『你若見了三妹妹，替我問候一聲罷。』寶玉答應着，便出來了。

此種描寫，已違前八十回基調，寶玉之於黛玉，絕無『冷』者，雖『吵嘴』亦不是『冷』，故此處所寫已大失前八十回作者之意。

雪雁聽說寶玉定了親了。其實是最初清客的作媒，已早過去了。

此下一大段文字，雖是謬傳，但寫黛玉頗得其神理。文字亦可讀。

黛玉送至屋門口，自己回來悶悶的坐着，心裏想道：『寶玉近來說話半吐半吞，忽冷忽熱，也不知他是什麼意思。』正想着，紫鵑走來，道：『姑娘，經不寫了？我把筆硯都收好了？』黛玉道：『不寫了，收起去罷。』說着，自己走到裏間屋裏牀上歪着，慢慢的細想。紫鵑進來，問道：『姑娘喝碗茶罷？』黛玉道：『不喝呢。我略歪歪兒，你們自己去罷。』

紫鵑答應着出來，只見雪雁一個人在那裏發獃。紫鵑走到他跟前問道：『你這會子也有了什麼心事了麼？』雪雁只顧發獃，倒被他唬了一跳，因說道：『你別嚷，今日我聽見了一句話，我告訴你聽，奇不奇？你可別言語。』說着，往屋裏努嘴兒。因自己先行，點着頭兒叫紫鵑同他出來，到門外平臺底下，悄悄兒的道：『姐姐你聽見了麼？寶玉定了親了！』紫鵑聽見，唬了一跳，說道：『這是那裏來的話？只怕不真罷。』雪雁道：『怎麼不真？別人大概都知道，就只咱們沒聽見。』紫鵑道：『你是那裏聽來的？』雪雁道：『我聽見侍書說的，是個什麼知府家，家資也好，人才也好。』

紫鵑正聽時，只聽得黛玉咳嗽了一聲，似乎起來的光景。紫鵑恐怕他出來聽見，便拉了雪雁，搖搖手兒，往裏望望，不見動靜，纔又悄悄兒的問道：『他到底怎麼說來？』雪雁道：『前兒不是叫我到三姑娘那裏去道謝嗎，三姑娘不在屋裏，只有侍書在那裏。大家坐着，無意中說起寶二爺的淘氣來。他說寶二爺怎麼好，只會頑兒，全不像大人的樣子，已經說親了，還是這麼獃頭獃腦。我問他定了沒有，他說是定了，是個什麼王大爺做媒的。那王大爺是東府裏的親戚，所以也不用打聽，一說就成了。』紫鵑側着頭想了一想：『這句話奇！』又問道：『怎麼家裏沒有人說起？』雪雁道：『侍書也說的是老太太的意思。若一說起，恐怕寶玉野了心，所以都不提起。侍書告訴了我，又叮囑千萬不可露風，說出來只道是我多嘴。』把手往裏一指，『所以他面前也不提。今日是你問起，我不犯瞞你。』

正說到這裏，只聽鸚鵡叫喚，學着說：『姑娘回來了，快倒茶來！』倒把紫鵑、雪雁嚇了一跳，回頭並不見有人，便罵了鸚鵡一聲，走進屋內。只見黛玉喘吁吁的，剛坐在椅子上，紫鵑搭訕着問茶問水。黛玉問道：『你們兩個那裏去了？再叫不出一個人來。』說着，便走到炕邊，將身子一歪，仍舊倒在炕上，往裏躺下，叫把帳子撩下。紫鵑、雪雁答應出去。他兩個心裏疑惑方纔的話只怕被他聽了去了，只好大家不提。

誰知黛玉一腔心事，又竊聽了紫鵑、雪雁的話，雖不很明白，已聽得了七八分，如同將身撂在大海裏一般。思前想後，竟應了前日夢中之讖，千愁萬恨，堆上心來。左右打算，不如早些死了，免得眼見了意外的事情，那時反倒無趣。又想到自己沒了爹娘的苦，自今以後，把身子一天一天的遭蹋起來，一年半載，少不得身登清淨。打定了主意，被也不蓋，衣也不添，竟是合眼裝睡。紫鵑和雪雁來伺候幾次，不見動靜，又不好叫喚。晚飯都不吃。點燈以後，紫鵑掀開帳子，見已睡着了，被窩都蹬在腳後。怕他着了涼，輕輕兒拿來蓋上。黛玉也不動，單待他出去，仍然褪下。那紫鵑只管問雪雁：『今兒的話到底是真的是假的？』雪雁道：『怎麼不真？』紫鵑道：『侍書怎麼知道的？』雪雁道：『是小紅那裏聽來的。』紫鵑道：『頭裏咱們說話，只怕姑娘聽見了，你看剛纔的神情，大有原故。今日以後，咱們倒別提這件事了。』說着，兩個人也收拾要睡。紫鵑進來看時，只見黛玉被窩又蹬下來，復又給他輕輕蓋上。一宿晚景不提。

次日，黛玉清早起來，也不叫人，獨自一個獃獃的坐着。紫鵑醒來，看見黛玉已起，便驚問道：『姑娘怎麼這樣早？』黛玉道：『可不是。睡得早，所以醒得早。』紫鵑連忙起來，叫醒雪雁，伺候梳洗。那黛玉對着鏡子，只管獃獃的自看。看了一回，那淚珠兒斷斷連連，早已濕透了羅帕。正是：

瘦影正臨春水照，卿須憐我我憐卿。

紫鵑在旁，也不敢勸，只怕倒把閒話勾引舊恨來。遲了好一會，黛玉纔隨便梳洗了，那眼中淚漬終是不乾。又自坐了一會，叫紫鵑道：『你把藏香點上。』紫鵑以上一大段，能得黛玉神理。

道：『姑娘，你睡也沒睡得幾時，如何點香？不是要寫經？』黛玉點點頭兒。紫鵑道：『姑娘今日醒得太早，這會子又寫經，只怕太勞神了罷。』黛玉道：『不怕，早完了早好。況且我也並不是爲經，倒借着寫字解解悶兒，以後你們見了我的字蹟，就算見了我的面兒了。』說着，那淚直流下來。紫鵑聽了這話，不但不能再勸，連自己也撑不住滴下淚來。

原來黛玉立定主意，自此以後，有意遭蹋身子，茶飯無心，每日漸減下來。寶玉下學時，也常抽空問候，只是黛玉雖有萬千言語，自知年紀已大，又不便似小時可以柔情挑逗，所以滿腔心事，只是說不出來。寶玉欲將實言安慰，又恐黛玉生嗔，反添病症。兩個人見了面，只得用浮言勸慰，真真是親極反疏了。

那黛玉雖有賈母、王夫人等憐恤，不過請醫調治，只說黛玉常病，那裏知他的心病。紫鵑等雖知其意，也不敢說。從此一天一天的減，到半月之後，腸胃日薄，一日果然粥都不能吃了。黛玉日間聽見的話，都似寶玉娶親的話；看見怡紅院中的人，無論上下，也像寶玉娶親的光景。薛姨媽來看，黛玉不見寶釵，越發起疑心。索性不要人來看望，也不肯吃藥，只要速死。睡夢之中，常聽見有人叫『寶二奶奶』的。一片疑心，竟成蛇影。一日竟是絕粒，粥也不喝，懨懨一息，垂斃殆盡。

未知黛玉性命如何，且看下回分解。

【回後評】

寶玉因雀金裘而念晴雯，並作詞以念，情節與前重複，詞亦庸俗不可讀。

雪雁謬傳，黛玉杯弓蛇影絕粒一段，情文皆可讀。

第九十回　失綿衣貧女耐嗷嘈　送菓品小郎驚叵測

　　卻說黛玉自立意自戕之後，漸漸不支，一日竟至絕粒。從前十幾天內，賈母等輪流看望，他有時還說幾句話；這兩日，索性不大言語。心裏雖有時昏暈，卻也有時清楚。賈母等見他這病不似無因而起，也將紫鵑、雪雁盤問過兩次，兩個那裏敢說。便是紫鵑欲向侍書打聽消息，又怕越鬧越真，黛玉更死得快了，所以見了侍書，毫不提起。那雪雁是他傳話弄出這樣緣故來，此時恨不得長出百十個嘴來說『我沒說』，自然更不敢提起。

　　到了這一天，黛玉絕粒之日，紫鵑料無指望了，守着哭了會子，因出來偷向雪雁道：『你進屋裏來，好好兒的守着他。我去回老太太、太太和二奶奶去。今日這個光景，大非往常可比了。』雪雁答應，紫鵑自去。

　　這裏，雪雁正在屋裏伴着黛玉，見他昏昏沉沉，小孩子家那裏見過這個樣兒，只打諒如此便是死的光景了，心中又痛又怕，恨不得紫鵑一時回來纔好。正怕着，解鈴還是繫鈴人。

此話重要，可惜仍非指黛玉也，但此時卻含混得好。

只聽窗外腳步走響，雪雁知是紫鵑回來，纔放下心了，連忙站起來，掀着裏間簾子等他。只見外面簾子響處，進來了一個人，卻是侍書。

那侍書是探春打發來看黛玉的，見雪雁在那裏掀着簾子，便問道：『姑娘怎麼樣？』雪雁點點頭兒叫他進來。侍書跟進來，見紫鵑不在屋裏，瞧了瞧黛玉，只剩得殘喘微延，唬的驚疑不止，因問：『紫鵑姐姐呢？』雪雁道：『告訴上屋裏去了。』那雪雁此時只打諒黛玉心中一無所知了，又見紫鵑不在面前，因悄悄的拉了侍書的手，問道：『你前日告訴我說的什麼王大爺給這裏寶二爺說了親，是真話麼？』侍書道：『怎麼不真？』雪雁道：『多早晚放定的？』侍書道：『那裏就放定了呢。那一天我告訴你時，是我聽見小紅說的。後來我到二奶奶那邊去，二奶奶正和平姐姐說呢，說那都是門客們借着這個事討老爺的喜歡，往後好拉攏的意思，別說大太太說不好，就是大太太願意，說那姑娘好，那大太太眼裏看的出什麼人來！再者，老太太心裏早有了人了，就在咱們園子裏的。大太太那裏摸的着底呢？老太太不過因老爺的話，不得不問問罷咧。又聽見二奶奶說，寶玉的事，老太太總是要親上作親的，憑誰來說親，橫豎不中用。』

雪雁聽到這裏，也忘了神了，因說道：『這是怎麼說，白白的送了我們這一位的命了！』侍書道：『這是從那裏說起？』雪雁道：『你還不知道呢。前日都是我和紫鵑姐姐說來着，這一位聽見了，就弄到這步田地了。』侍書道：『你悄悄兒的說罷，看仔細他聽見了。』雪雁道：『人事都不省了，瞧瞧罷，左不過在這一兩天了。』

正說着，只見紫鵑掀簾進來說：『這還了得！你們有什麼話，還不出去說，還在這裏說！索性逼死他就完了。』侍書道：『我不信，有這樣奇事。』紫鵑道：『好姐姐，不是我說，你又該惱了。你懂得什麼呢！懂得，也不傳這些舌了。』

這裏，三個人正說着，只聽黛玉忽然又嗽了一聲。紫鵑連忙跑到炕沿前站着，侍書、雪雁也都不言語了。紫鵑彎着腰，在黛玉身後輕輕問道：『姑娘喝口水罷。』黛玉微微答應了一聲。雪雁連忙倒了半鍾滚白水，紫鵑接了托着，侍書也走近前來。紫鵑和他摇頭兒，不叫他說話。侍書只得咽住了，站了一回。黛玉又嗽了一聲，紫鵑趁勢問道：『姑娘喝水呀？』黛玉又微微應了一聲，那頭似有欲擡之意，那裏擡得起。紫鵑爬上炕去，爬在黛玉旁邊，端着水試了冷熱，送到唇邊，扶了黛玉的頭，就到碗邊，喝了一口。紫鵑纔要拿時，黛玉意思還要喝一口，紫鵑便托着那碗不動。黛玉又喝了一口，摇摇頭兒不喝了，喘了一口氣，仍舊躺下。半日，微微睁眼，說道：『剛纔說話不是侍書麽？』紫鵑答應道：『是。』侍書尚未出去，因連忙過來問候。黛玉睁眼看了，點點頭兒，又歇了一歇，說道：『回去問你姑娘好罷。』侍書見這番光景，只當黛玉嫌煩，只得悄悄的退出去了。

以上一大段，連上回文字，皆極自然可讀。

原來那黛玉雖則病勢沉重，心裏卻還明白。起先侍書、雪雁說話時，他也模糊聽見了一半句，卻只作不知，也因實無精神答理。及聽了雪雁、侍書的話，纔明白過來前頭的事情原是議而未成的，又兼侍書說是鳳姐說的，老太太的主意親上作親，又是園中住着的，非自己而誰？因此一想，陰極陽生，心神頓覺清爽許多，所以纔喝了兩口水，又要想問侍書的話。

以上一段寫得合情合理。

恰好賈母、王夫人、李紈、鳳姐聽見紫鵑之言，都趕着來看。黛玉心中疑團已破，自然不似先前尋死之意了。雖身體軟弱，精神短少，卻也勉強答應一兩句了。鳳姐因叫過紫鵑，問道：『姑娘也不至這樣。這是怎麼說，你這樣唬人？』紫鵑道：『實在頭裏看着不好，纔敢去告訴的。回來見姑娘竟好了許多，也就怪了。』賈母笑道：『你也別怪他，他懂得什麼。看見不好就言語，這倒是他明白的地方，小孩子家，不嘴懶腳懶就好。』說了一回，賈母等料着無妨，也就去了。正是：

賈母之言，亦極合情理。

心病終須心藥治，解鈴還是繫鈴人。

不言黛玉病漸減退，且說雪雁、紫鵑背地裏都念佛。雪雁向紫鵑說道：『虧他好了，只是病的奇怪，好的也奇怪。』紫鵑道：『病的倒不怪，就只好的奇怪。想來寶玉和姑娘必是姻緣，人家說的「好事多磨」，又說道「是姻緣棒打不回」。這

紫鵑實是黛玉的知音，可惜只是願望而已。

賈母既已猜着了八九，則何竟忍心奪黛玉之命哉！

『他們的事』，是指寶玉、黛玉否？

樣看起來，人心天意，他們兩個竟是天配的了。再者，你想，那一年我說了林姑娘要回南去，把寶玉沒急死了，鬧得家翻宅亂。如今一句話，又把這一個弄得死去活來。可不說的三生石上百年前結下的麼？』說着兩個悄悄的抿着嘴笑了一回。雪雁又道：『幸虧好了。咱們明兒再別說了，就是寶玉娶了別的人家兒的姑娘，我親見他在那裏結親，我也再不露一句話了。』紫鵑笑道：『這就是了。』不但紫鵑和雪雁在私下裏講究，就是衆人也都知道黛玉的病也病得奇怪，好也好得奇怪，三三兩兩，唧唧噥噥議論着。不多幾時，連鳳姐兒也知道了，邢、王二夫人也有些疑惑，倒是賈母略猜着了八九。

那時，正值邢、王二夫人、鳳姐等在賈母房中說閒話，說起黛玉的病來。賈母道：『我正要告訴你們，寶玉和林丫頭是從小兒在一處的，我只說小孩子們，怕什麼？以後時常聽得，林丫頭忽然病，忽然好，都爲有了些知覺了。所以我想，他們若盡着擱在一塊兒，畢竟不成體統。你們怎麼說？』王夫人聽了，便獃了一獃，只得答應道：『林姑娘是個有心計兒的。至於寶玉，獃頭獃腦，不避嫌疑是有的；看起外面，卻還都是個小孩兒形象。此時若忽然或把那一個分出園外，不是倒露了什麼痕跡了麼？古來說的，「男大須婚，女大須嫁。」老太太想，倒是趕着把他們的事辦辦也罷了。』

賈母竟於此時，作此決定，眼看黛玉死去活來，卻又作此奪命之舉，何其忍心乃爾！

賈母、王夫人的目標都是寶釵。

由以前假定親，引出現在的真定親來。

賈母皺了一皺眉，說道：『林丫頭的乖僻，雖也是他的好處，我的心裏不把林丫頭配他，也是爲這點子。況且林丫頭這樣虛弱，恐不是有壽的。只有寶丫頭最妥。』王夫人道：『不但老太太這麼想，我們也是這樣。但林姑娘也得給他說了人家兒纔好，不然女孩兒家長大了，那個沒有心事？倘或真與寶玉有些私心，若知道寶玉定下寶丫頭，那倒不成事了。』賈母道：『自然先給寶玉娶了親，然後給林丫頭說人家，再沒有先是外人、後是自己的。況且林丫頭年紀到底比寶玉小兩歲。依你們這樣說，倒是寶玉定親的話不許叫他知道倒罷了。』

鳳姐便吩咐衆丫頭們道：『你們聽見了，寶二爺定親的話，不許混吵嚷。若有多嘴的，隄防着他的皮。』賈母又向鳳姐道：『鳳哥兒，你如今自從身上不大好，也不大管園裏的事了。我告訴你，須得經點兒心。不但這個，就像前年那些人喝酒耍錢，都不是事。你還精細些，少不得多分點心兒，嚴緊嚴緊他們纔好。況且我看他們也就只還服你。』鳳姐答應了。娘兒們又說了一回話，方各自散了。

從此，鳳姐常到園中照料。一日，剛走進大觀園，到了紫菱洲畔，只聽見一個老婆子在那裏嚷。鳳姐走到跟前，那婆子纔瞧見了，早垂手侍立，口裏請了安。鳳姐道：『你在這裏鬧什麼？』婆子道：『蒙奶奶們派我在這裏看守花菓，我也沒有差錯，不料邢姑娘的丫頭說我們是賊。』鳳姐道：『爲什麽呢？』婆子道：『昨兒我們家的黑兒跟着我到這裏頑了一回，他不知道，又往邢姑娘那邊去瞧了一瞧，我就叫他回去了。今兒早起，聽見他們丫頭說，丟了東西了。我問他丟了什麽，他就問起我來了。』鳳姐道：『問了你一聲，也犯不着生氣呀。』婆子道：『這裏園子到底是奶奶家裏的，並不是他們家裏的。我們都是奶奶派的，賊名兒怎麽敢認呢。』鳳姐照臉啐了一口，厲聲道：『你少在我跟前嘮嘮叨叨的！你在這裏照看，姑娘丟了東西，你們就該問哪，怎麽說出這些沒道理的話來？把老林叫了來，攆出他去。』丫頭們答應了。

只見邢岫煙趕忙出來，迎着鳳姐陪笑道：『這使不得，沒有的事，事情早過去了。』鳳姐道：『姑娘，不是這個話。倒不講事情，這名分上太豈有此理了。』岫煙見婆子跪在地下告饒，便忙請鳳姐到裏邊去坐。鳳姐道：『他們這種人，我知道。他除了我，其餘都沒上沒下的了。』岫煙再三替他討饒，只說自己的丫頭不好。鳳姐道：『我看着邢姑娘的分上，饒你這一次。』婆子纔起來，磕了頭，又給岫煙磕了頭，纔出去了。

這裏，二人讓了坐。鳳姐笑問道：『你丟了什麽東西了？』岫煙笑道：『沒有什麽要緊的，是一件紅小襖兒，已經舊了的。我原叫他們找，找不着就罷了。這小寫出落魄人之心聲。

丫頭不懂事，問了那婆子一聲，那婆子自然不依了。這都是小丫頭糊塗，不懂事，我也罵了幾句。已經過去了，不必再提了。』鳳姐把岫煙內外一瞧，看見雖有些皮綿衣服，已經半新不舊的，未必能暖和。他的被窩多半是薄的。至於房中桌上擺設的東西，就是老太太拿來的，卻一些不動，收拾的乾乾淨淨。

鳳姐心上便很愛敬他，說道：『一件衣服原不要緊，這時候冷，又是貼身的，怎麼就不問一聲兒呢？這撒野的奴才了不得了！』說了一回，鳳姐出來，各處去坐了一坐，就回去了。到了自己房中，叫平兒取了一件大紅洋縐的小襖兒，一件松花色綾子一斗珠兒的小皮襖，一條寶藍盤錦鑲花綿裙，一件佛青銀鼠褂子，包好叫人送去。

那時，岫煙被那老婆子聒噪了一場，雖有鳳姐來壓住，心上終是不安，想起：『許多姊妹們在這裏，沒有一個下人敢得罪他的；獨自我這裏，他們言三語四，剛剛鳳姐來碰見。』想來想去，終是沒意思，又說不出來。正在吞聲飲泣，看見鳳姐那邊的豐兒送衣服過來。岫煙一看，決不肯受。豐兒道：『奶奶吩咐我說，姑娘要嫌是舊衣裳，將來送新的來。』岫煙笑謝道：『承奶奶的好意，只是因我丟了衣服，他就拿來，我斷不敢受。你拿回去，千萬謝你們奶奶，承你奶奶的情，我算領了。』倒拿個荷包給了豐兒。那豐兒只得拿了去了。

不多時，又見平兒同着豐兒過來，岫煙忙迎着問了好，讓了坐。平兒笑説道：『我們奶奶説，姑娘特外道的了不得。』岫煙道：『不是外道，實在不過意。』平兒道：『奶奶説，姑娘要不收這衣裳，不是嫌太舊，就是瞧不起我們奶奶。剛纔説了，我要拿回去，奶奶不依我呢。』岫煙紅着臉笑謝道：『這樣説了，叫我不敢不收。』又讓了一回茶。

平兒同豐兒回去，將到鳳姐那邊，碰見薛家差來的一個老婆子，接着問好。平兒便問道：『你那裏來的？』婆子道：『那邊太太、姑娘叫我來請各位太太、奶奶、姑娘們的安。我纔剛在奶奶前問起姑娘來，説姑娘到園中去了。可是從邢姑娘那裏來麽？』平兒道：『你怎麽知道？』婆子道：『方纔聽見説。真真的二奶奶和姑娘們的行事叫人感念。』平兒笑了一笑説：『你回來坐着罷。』婆子道：『我還有事，改日再過來瞧姑娘罷。』説着走了。平兒回來，回覆了鳳姐。不在話下。

且説薛姨媽家中被金桂攪得翻江倒海，看見婆子回來，述起岫煙的事，寶釵母女二人不免滴下淚來。寶釵道：『都爲哥哥不在家，所以叫邢姑娘多吃幾天苦。如今還虧鳳姐姐不錯。咱們底下也得留心，到底是咱們家裏人。』説着，只見薛蝌進來説道：『大哥哥這幾年在外頭相與的都是些什麽人，連一個正經的也沒有。來一起子，都是些狐群狗黨。我看他們那裏是不放心，不過將來探探消息兒罷咧。這兩天都被我乾出去了。以後吩咐了門上，不許傳進這種人來。』薛姨媽道：『又是蔣玉菡那些人哪？』薛蝌道：『蔣玉菡卻倒沒來，倒是別人。』

薛姨媽聽了薛蝌的話，不覺又傷心起來，說道：『我雖有兒，如今就像沒有的了。就是上司准了，也是個廢人。你雖是我姪兒，我看你還比你哥哥明白些，我這後輩子全靠你了。你自己從今更要學好。再者，你聘下的媳婦兒，家道不比往時了。人家的女孩兒出門子不是容易，再沒別的想頭，只盼着女婿能幹，他就有日子過了。若邢丫頭也像這個東西，』說着，把手往裏頭一指，道：『我也不說了。邢丫頭實在是個有廉恥、有心計兒的，又守得貧，耐得富。只是等咱們的事情過去了，早些把你們的正經事完結了，也了我一宗心事。』薛蝌道：『琴妹妹還沒有出門子，這倒是太太煩心的一件事。至於這個，可算什麼呢。』大家又說了一回閒話。

薛蝌回到自己房中，吃了晚飯，想起邢岫煙住在賈府園中，終是寄人籬下，況且又窮，日用起居，不想可知。況兼當初一路同來，模樣兒、性格兒都知道的。可知天意不均：如夏金桂這種人，偏教他有錢，嬌養得這般潑辣；邢岫煙這種人，偏教他這樣受苦。閻王判命的時候，不知如何判法的。想到悶來也想吟詩一首，寫出來出出胸中的悶氣，又苦自己沒有工夫，只得混寫道：

蛟龍失水似枯魚。兩地情懷感索居。

同在泥塗多受苦，不知何日向清虛。

寫畢，看了一回，意欲拿來黏在壁上，又不好意思。自己沉吟道：『不要被人看見笑話。』又念了一遍，道：『管他呢，左右黏上自己看着解悶兒罷。』又看了一回，到底不好，拿來夾在書裏。又想自己年紀可也不小了，家中又碰見這樣飛災横禍，不知何日了局，致使幽閨弱質，弄得這般淒涼寂寞。

正在那裏想時，只見寶蟾推門進來，拿着一個盒子，笑嘻嘻放在桌上。薛蝌站起來讓坐。寶蟾笑着向薛蝌道：『這是四碟菓子，一小壺兒酒，大奶奶叫給二爺送來的。』薛蝌陪笑道：『大奶奶費心。但是叫小丫頭們送來就完了，怎麼又勞動姐姐呢。』寶蟾道：『好說。自家人，二爺何必說這些套話。再者，我們大爺這件事，實在叫二爺操心，大奶奶久已要親自弄點什麽兒謝二爺，又怕别人多心。二爺是知道的，咱們家裏都是言合意不合。送點子東西沒要緊，倒沒的惹人七嘴八舌的講究。所以今日些微的弄了一兩樣菓子，一壺酒，叫我親自悄悄兒的送來。』説着，又笑瞅了薛蝌一眼，道：『明兒二爺再别說這些話，叫人聽着怪不好意思的。

話中已有埋伏。

薛蝌已略有覺察。

我們不過也是底下的人，服侍的着大爺，就服侍的着二爺，這有何妨呢？』

薛蝌一則秉性忠厚，二則到底年輕，只是向來不見金桂和寶蟾如此相待，心中想到剛纔寶蟾說爲薛蟠之事也是情理，因說道：『菓子留下罷。這個酒兒，姐姐只管拿回去。我向來的酒上實在很有限，擠住了偶然喝一鍾，平白無事是不能喝的。難道大奶奶和姐姐還不知道麽？』寶蟾道：『別的我作得主，獨這一件事，我可不敢應。大奶奶的脾氣兒，二爺是知道的。我拿回去，不說二爺不喝，倒要說我不盡心了。』薛蝌沒法，只得留下。

寶蟾方纔要走，又到門口往外看看，回過頭來向着薛蝌一笑，又用手指着裏面，說道：『他還只怕要來親自給你道乏呢。』薛蝌不知何意，反倒訕訕的起來，因說道：『姐姐替我謝大奶奶罷。天氣寒，看涼着。再者，自己叔嫂，也不必拘這些個禮。』寶蟾也不答言，笑着走了。

薛蝌始而以爲金桂爲薛蟠之事，或者真是不過意，備此酒菓給自己道乏，也是有的。及見了寶蟾這種鬼鬼祟祟、不尷不尬的光景，也覺了幾分。卻自己回心一想：『他到底是嫂子的名分，那裏就有別的講究了呢？或者，寶蟾不老成，自己不好意思怎麽樣，卻指着金桂的名兒，也未可知。然而到底是哥哥的屋裏人，也不好。』忽又一轉念：『那金桂素性爲人，毫無閨閣理法。況且有時高興，打扮得妖調非常，自以爲美，又焉知不是懷着壞心呢？不然，就是他和琴妹妹也有了什麽不對的地方兒，所以設下這個毒法兒，要把我拉在渾水裏，弄一個不清不白的名兒，也未可知。』想到這裏，索性倒怕起來。

正在不得主意的時候，忽聽窗外噗哧的笑了一聲，把薛蝌倒唬了一跳。

未知是誰，下回分解。

【回後評】

黛玉因聞訛傳而絕粒，瀕於絕境，又聞密語而轉危爲安，漸漸好轉，雖是回應前五十七回『慧紫鵑情辭試忙玉』，然文情兩勝，且不拘板，爲後部佳什之一。

賈母見黛玉之病情而反加緊寶玉之親事，無異直奪黛玉之命也，賈母初看，一慈祥老人也，至此則其忍性已初露矣。

《紅樓夢》中邢岫煙與薛蝌是荆釵布裙之一對，邢岫煙於前八十回描寫較多，薛蝌較少，岫煙與薛蝌之定親是在前八十回，雙方皆貧寒，亦是前八十回所定，此爲寶黛婚姻之外之另一對貧寒夫妻，反倒於平凡中得全始終，與寶黛恰成對照。

何以不插門。

第九十一回　縱淫心寶蟾工設計　布疑陣寶玉妄談禪

話説薛蝌正在狐疑，忽聽窗外一笑，唬了一跳，心中想道：『不是寶蟾，定是金桂。只不理他們，看他們有什麽法兒。』聽了半日，卻又寂然無聲。自己也不敢吃那酒菓。掩上房門，剛要脱衣時，只聽見窗紙上微微一響。薛蝌此時被寶蟾鬼混了一陣，心中七上八下，竟不知是如何是可。聽見窗紙微響，細看時，又無動静，自己反倒疑心起來。掩了懷，坐在燈前，獃獃的細想；又把那菓子拿了一塊，翻來覆去的細看。猛回頭，看見窗上紙濕了一塊，走過來覷着眼看時，冷不防外面往裏一吹，把薛蝌唬了一大跳。聽得吱吱的笑聲，薛蝌連忙把燈吹滅了，屏息而卧。只聽外面一個人説道：『二爺爲什麽不喝酒吃菓子，就睡了？』這句話仍是寶蟾的語音。薛蝌只不作聲裝睡。又隔有兩句話時，又聽得外面似有恨聲道：『天下那裏有這樣没造化的人！』薛蝌聽了，是寶蟾，又似是金桂的語音。這纔知道他們原來是這一番意思，翻來覆去，直到五更後纔睡着了。

寶蟾此種裝束，特意誘人也。

是金桂故意打發寶蟾來試探。

剛到天明，早有人來扣門。薛蝌忙問是誰，外面也不答應。薛蝌只得起來，開了門看時，卻是寶蟾，攏着頭髮，掩着懷，穿一件片錦邊琵琶襟小緊身，上面繫一條松花緑半新的汗巾，下面並未穿裙，正露着石榴紅灑花夾褲，一雙新繡紅鞋。原來寶蟾尚未梳洗，恐怕人見，趕早來取傢伙。薛蝌見他這樣打扮便走進來，心中又是一動，只得陪笑問道：『怎麽這樣早就起來了？』寶蟾把臉紅着，並不答言，只管把菓子折在一個碟子裏，端着就走。

薛蝌見他這般，知是昨晚的原故，心裏想道：『這也罷了。倒是他們惱了，索性死了心，也省得來纏。』於是把心放下，喚人舀水洗臉。自己打算在家裏靜坐兩天，一則養養心神，二則出去怕人找他。原來和薛蟠好的那些人因見薛家無人，只有薛蝌在那裏辦事，年紀又輕，便生許多覬覦之心。也有想插在裏頭做跑腿的；也有能做狀子的，認得一二個書役的，要給他上下打點的；甚至有叫他在內趁錢的；也有造作謡言恐嚇的：種種不一。薛蝌見了這些人，遠遠躲避，又不敢面辭，恐怕激出意外之變，只好藏在家中，聽候轉詳。不提。

且說金桂昨夜打發寶蟾送了些酒菓，去探探薛蝌的消息。寶蟾回來，將薛蝌的光景一一的說了。金桂見事有些不大投機，便怕白鬧一場，反被寶蟾瞧不起，欲把兩三句話遮飾改過口來，又可惜了這個人，心裏倒沒了主意，只是怔怔的坐着。

因薛蟠不歸，兩個不軌之婦便起邪念。

可見確是特意打扮。

仍留下餘地。

那知寶蟾亦知薛蟠難以回家，正欲尋個頭路，因怕金桂拿他，所以不敢透漏。今見金桂所爲，先已開了端了，他便樂得借風使船，先弄薛蝌到手，不怕金桂不依，所以用言挑撥。見薛蝌似非無情，又不甚兜攬，一時也不敢造次。後來見薛蝌吹燈自睡，大覺掃興，回來告訴金桂，看金桂有甚方法，再作道理。及見金桂怔怔的，似乎無技可施，他也只得陪金桂收拾睡了。夜裏那裏睡得着，翻來覆去，想出一個法子來：不如明兒一早起來，先去取了傢伙，卻自己換上一兩件動人的衣服，也不梳洗，越顯出一番嬌媚來。只看薛蝌的神情，自己反倒裝出一番惱意，索性不理他。那薛蝌若有悔心，自然移船泊岸，不愁不先到手。及至見了薛蝌，仍是昨晚這般光景，並無邪僻之意，自己只得以假爲真，端了碟子回來，卻故意留下酒壺，以爲再來搭轉之地。

只見金桂問道：『你拿東西去有人碰見麽？』寶蟾道：『沒有。』『二爺也沒問你什麽？』寶蟾道：『也沒有。』金桂因一夜不曾睡着，也想不出一個法子來，只得回思道：『若作此事，別人可瞞，寶蟾如何能瞞？不如我分惠於他，他自然沒有不盡心的。我又不能自去，少不得要他作脚，倒不如和他商量一個穩便主意。』因帶笑說道：『你看二爺到底是個怎麽樣的人？』寶蟾道：『倒像個糊塗人。』

二人對答，話裏有話，寫得入微。

以假話對假話。

終於說真了。

你自己難道是好貨。

可見寶蟾刁惡之極！

金桂聽了，笑道：『你如何說起爺們來了？』寶蟾也笑道：『他辜負奶奶的心，我就說得他。』金桂道：『他怎麽辜負我的心？你倒得說說。』寶蟾道：『奶奶給他好東西吃，他倒不吃。這不是辜負奶奶的心麽？』說着，卻把眼溜着金桂一笑。金桂道：『你別胡想。我給他送東西，爲大爺的事不辭勞苦，我所以敬他。又怕人說瞎話，所以問你。你這些話向我說，我不懂是什麽意思。』寶蟾笑道：『奶奶別多心，我是跟奶奶的，還有兩個心麽？但是，事情要密些，倘或聲張起來，不是頑的。』金桂也覺得臉飛紅了，因說道：『你這個丫頭就不是個好貨！想來你心裏看上了，卻拿我作筏子，是不是呢？』寶蟾道：『只是奶奶那麽想罷咧，我倒是替奶奶難受。奶奶要真瞧二爺好，我倒有個主意。奶奶想，那個耗子不偷油呢。他也不過怕事情不密，大家鬧出亂子來，不好看。依我想，奶奶且別性急，時常在他身上不周不備的去處張羅張羅。他是個小叔子，又沒娶媳婦兒，奶奶就多盡點心兒和他貼個好兒，別人也說不出什麽來。過幾天，他感奶奶的情，他自然要謝候奶奶。那時，奶奶再備點東西兒，在咱們屋裏，我幫着奶奶灌醉了他，怕跑了他？他要不應，咱們索性鬧起來，就說他調戲奶奶。他害怕，他自然得順着咱們的手兒。他再不應，他也不是人，咱們也不至白丟了臉面。奶奶想，怎麽樣？』

金桂聽了這話，兩顴早已紅暈了，笑罵道：『小蹄子，你倒偷過多少漢子的一段寫寶蟾、金桂設計勾引，頗得此類人心理。前寫夏金桂是潑辣橫蠻，此處又似《金瓶梅》中人物。兩個人終於變成一路。

薛蝌此種想法，總是心性不牢。

總是無知婦人想法。

似的，怪不得大爺在家時離不開你。』寶蟾把嘴一撇，笑說道：『罷喲，人家倒替奶奶拉縴，奶奶倒往我們說這個話咧。』從此，金桂一心籠絡薛蝌，倒無心混鬧了，家中也少覺安靜。

當日寶蟾自去取了酒壺，仍是穩穩重重一臉的正氣。薛蝌偷眼看了，反倒後悔，疑心或者是自己錯想了他們，也未可知。果然如此，倒辜負了他這一番美意，保不住日後倒要和自己也鬧起來，豈非自惹的呢。過了兩天，甚覺安靜。薛蝌遇見寶蟾，寶蟾便低頭走了，連眼皮兒也不擡；遇見金桂，金桂卻一盆火兒的趕着。薛蝌見這般光景，反倒過意不去。這且不表。

且說寶釵母女覺得金桂幾天安靜，待人忽親熱起來，一家子都爲罕事。薛姨媽十分歡喜，想到必是薛蟠娶這媳婦時衝犯了什麼，纔敗壞了這幾年。目今鬧出這樣事來，虧得家裏有錢，賈府出力，方纔有了指望。媳婦兒忽然安靜起來，或者是蟠兒轉過運氣來了，也未可知，於是自己心裏倒以爲希有之奇。這日飯後，扶了同貴過來，到金桂房裏瞧瞧。走到院中，只聽一個男人和金桂說話。同貴知機，便說道：『大奶奶，老太太過來了。』說着已到門口。只見一個人影兒在房門後一躲，薛姨媽一嚇，倒退了出來。金桂道：『太太請裏頭坐。沒有外人，他就是我的過繼兄弟，本住在屯裏，不慣見人，因沒有見過太太。今兒纔來，還沒去請太太豈知早已藏有一個。

『過了明路的了』，可見原是暗路來的。

的安。』薛姨媽道：『既是舅爺，不妨見見。』金桂叫兄弟出來，見了薛姨媽，作了一個揖，問了好。薛姨媽也問了好，坐下敘起話來。薛姨媽道：『舅爺上京幾時了？』那夏三道：『前月我媽沒有人管家，把我過繼來的。前日纔進京，今日來瞧姐姐。』薛姨媽看那人不尷尬，於是略坐坐兒，便起身道：『舅爺坐着罷。』回頭向金桂道：『舅爺頭上末下的來，留在咱們這裏吃了飯再去罷。』金桂答應着，薛姨媽自去了。金桂見婆婆去了，便向夏三道：『你坐着，今日可是過了明路的了，省得我們二爺查考你。我今日還叫你買些東西，只別叫衆人看見。』夏三道：『這個交給我就完了。你要什麽，只要有錢，我就買得來。』金桂道：『且別說嘴，你買上了當，我可不收。』說着，二人又笑了一回，然後金桂陪夏三吃了晚飯，又告訴他買的東西，又囑咐一回，夏三自去。從此夏三往來不絕。雖有個年老的門上人，知是舅爺，也不常回，從此生出無限風波，這是後話。不表。

一日，薛蟠有信寄回，薛姨媽打開叫寶釵看時，上寫：

男在縣裏也不受苦，母親放心。但昨日縣裏書辦說，府裏已經准詳，想是我們的情到了。豈知府裏詳上去，道裏反駁下來。虧得縣裏主文相公好，即刻做了回文頂上去了。那道裏卻把知縣申飭。現在道裏要親提，若一上去，又要吃可見封建官司是無底洞。

以前未寫過寶釵如此重病。

苦。必是道裏沒有託到。母親見字，快快託人求道爺去。還叫兄弟快來，不然就要解道。銀子短不得。火速，火速。

薛姨媽聽了，又哭了一場，自不必說。薛蝌一面勸慰，一面說道：『事不宜遲。』薛姨媽沒法，只得叫薛蝌到縣照料，命人即便收拾行李，兌了銀子，家人李祥本在那裏照應的，薛蝌又同了一個當中夥計連夜起程。

那時，手忙腳亂，雖有下人辦理，寶釵又恐他們思想不到，親來幫着，直鬧至四更纔歇。到底富家女子嬌養慣的，心上又急，又苦勞了一會，晚上就發燒。到了明日，湯水都吃不下。鶯兒去回了薛姨媽。薛姨媽急來看時，只見寶釵滿面通紅，身如燔灼，話都不說。薛姨媽慌了手腳，便哭得死去活來。寶琴扶着勸薛姨媽。秋菱也淚如泉湧，只管叫着。寶釵不能說話，手也不能摇動，眼乾鼻塞。叫人請醫調治，漸漸蘇醒回來。薛姨媽等大家略略放心。早驚動榮、寧兩府的人，先是鳳姐打發人送十香返魂丹來，隨後王夫人又送至寶丹來。賈母、邢、王二夫人以及尤氏等都打發丫頭來問候，卻都不叫寶玉知道。一連治了七八天，終不見效，還是他自己想起冷香丸，吃了三丸，纔得病好。後來寶玉也知道了，因病好了，沒有瞧去。

那時，薛蝌又有信回來，薛姨媽看了，怕寶釵耽憂，也不叫他知道。自己來求借寶釵病，再提親事。一日緊似一日。

王夫人，並述了一會子寶釵的病。薛姨媽去後，王夫人又求賈政。賈政道：『此事上頭可託，底下難託，必須打點纔好。』王夫人又提起寶釵的事來，因說道：『這孩子也苦了。既是我家的人了，也該早些娶了過來纔是，别叫他糟蹋壞了身子。』賈政道：『我也是這麽想。但是他家忙亂，況且如今到了冬底，已經年近歲逼，不無各自要料理些家務。今冬且放了定，明春再過禮。過了老太太的生日，就定日子娶。你把這番話先告訴薛姨太太。』王夫人答應了。

到了明日，王夫人將賈政的話向薛姨媽述了。薛姨媽想着也是。到了飯後，王夫人陪着來到賈母房中，大家讓了坐。賈母道：『姨太太纔過來？』薛姨媽道：『還是昨兒過來的。因爲晚了，沒得過來給老太太請安。』王夫人便把賈政昨夜所說的話向賈母述了一遍，賈母甚喜。說着，寶玉進來了。賈母便問道：『吃了飯了沒有？』寶玉道：『纔打學房裏回來，吃了要往學房裏去，先見見老太太。又聽見說姨媽來了，過來給姨媽請請安。』因問：『寶姐姐可大好了？』薛姨媽笑道：『好了。』原來方纔大家正說着，見寶玉進來，都煞住了。寶玉坐了坐，見薛姨媽情形不似從前親熱，『雖是此刻沒有心情，也不犯大家都不言語。』滿腹猜疑，自往學中去了。

晚間回來，都見過了，便往瀟湘館來。掀簾進去，紫鵑接着，見裏間屋內無寶玉犯疑。

人，寶玉道：『姑娘那裏去了？』紫鵑道：『上屋裏去了。知道薛姨媽、太太過來，姑娘請安去了。二爺沒有到上屋裏去麼？』寶玉道：『我去了來的，沒有見你姑娘。』紫鵑道：『這也奇了。』寶玉問：『姑娘到底那裏去了？』紫鵑道：『不定。』寶玉往外便走。剛出屋門，只見黛玉帶着雪雁，冉冉而來。寶玉道：『妹妹回來了。』縮身退步進來。

黛玉進來，走入裏間屋內，便請寶玉裏頭坐。紫鵑拿了一件外罩換上，然後坐下，問道：『你上去看見姨媽沒有？』寶玉道：『見過了。』黛玉道：『姨媽說起我沒有？』寶玉道：『不但沒有說起你，連見了我也不像先時親熱。今日我問起寶姐姐病來，他不過笑了一笑，並不答言。難道怪我這兩天沒有去瞧他麼？』黛玉笑了一笑，道：『你去瞧過沒有？』寶玉道：『頭幾天不知道。這兩天知道了，也沒有去。』黛玉道：『可不是。』寶玉道：『老太太不叫我去，太太也不叫我去，老爺又不叫我去，我如何敢去？若是像從前這扇小門走得通的時候，要我一天瞧他十趟也不難。如今把門堵了，要打前頭過去，自然不便了。』黛玉道：『他那裏知道這個原故？』寶玉道：『寶姐姐爲人是最體諒我的。』黛玉道：『你不要自己打錯了主意。若論寶姐姐，更不體諒。又不是姨媽病，是寶姐姐病。向來在園中，做詩、賞花、飲酒，何等熱鬧。如今隔開了，你看見他家裏有事了，他病到那步田既未見寶釵，黛玉又淡他，故出此言，然終覺牽強。

重複前八十回。

地，你像沒事人一般，他怎麽不惱呢？』寶玉道：『這樣，難道寶姐姐便不和我好了不成？』黛玉道：『他和你好不好，我卻不知。我也不過是照理而論。』寶玉聽了，瞪着眼獃了半晌。

黛玉看見寶玉這樣光景，也不睬他，只是自己叫人添了香，又翻出書來細看了一會。只見寶玉把眉一皺，把腳一跺，道：『我想，這個人生他做什麽！天地間沒有了我，倒也乾淨！』黛玉道：『原是有了我，便有了人。有了人，便有無數的煩惱生出來，恐怖、顛倒、夢想，更有許多纏礙。纔剛我說的都是頑話，你不過是看見姨媽沒精打彩，如何便疑到寶姐姐身上去？姨媽過來，原爲他的官司事情心緒不寧，那裏還來應酬你？都是你自己心上胡思亂想，鑽入魔道裏去了。』寶玉豁然開朗，笑道：『很是，很是。你的性靈比我竟強遠了。怨不得前年我生氣的時候，你和我說過幾句禪語，我實在對不上來。我雖丈六金身，還藉你一莖所化。』

黛玉乘此機會說道：『我便問你一句話，你如何回答？』寶玉盤着腿，合着手，閉着眼，噓着嘴，道：『講來。』黛玉道：『寶姐姐和你好，你怎麽樣？寶姐姐不和你好，你怎麽樣？寶姐姐前兒和你好，如今不和你好，你怎麽樣？今兒和你好，後來不和你好，你怎麽樣？你和他好，他偏不和你好，你怎麽樣？你不和他好，他偏要和你好，你怎麽樣？』寶玉獃了半晌，忽然大笑道：『任憑弱水三意謂只娶黛玉。

謂己心已定，不必疑慮也。

佛、法、僧三寶，願向三寶發誓。

黛玉因聽寶玉發誓，故說不在『鳥音中』也，此時黛玉已完全放心，豈知寶已變乎。

千，我只取一瓢飲。』黛玉道：『瓢之漂水奈何？』寶玉道：『非瓢漂水，水自流，瓢自漂耳！』黛玉道：『水止珠沉，奈何？』寶玉道：『禪心已作沾泥絮，莫向春風舞鷓鴣。』黛玉道：『禪門第一戒是不打誑語的。』寶玉道：『有如三寶。』黛玉低頭不語。

只聽見簷外老鴰呱呱的叫了幾聲，便飛向東南上去，寶玉道：『不知主何吉凶。』黛玉道：『人有吉凶事，不在鳥音中。』忽見秋紋走來，說道：『請二爺回去。老爺叫人到園裏來問過，說二爺打學裏回來了沒有。襲人姐姐只說，已經來了。快去罷。』嚇得寶玉站起身來往外忙走，黛玉也不敢相留。

未知何事，下回分解。

【回後評】

寫金桂、寶蟾設計勾引，能得蕩婦情態，寫薛蝌年輕人雖費把持，總是心正人正，未爲所誘也。

寫寶玉與黛玉談禪，只取一瓢，有如三寶，黛玉則完全放心，以反襯後來驟變也。

第九十二回　評女傳巧姐慕賢良　玩母珠賈政參聚散

前有薛蟠讓茗煙以賈政之名哄騙寶玉，此處又有秋紋以賈政之名哄騙寶玉。薛蟠，獃霸王則可也，秋紋何敢遽用賈政之名？於理未安。

襲人豈知參禪是表，談情是裏。

話說寶玉從瀟湘館出來，連忙問秋紋道：『老爺叫我作什麽？』秋紋笑道：『沒有叫，襲人姐姐叫我請二爺，我怕你不來，纔哄你的。』寶玉聽了，纔把心放下，因說：『你們請我也罷了，何苦來唬我。』說着，回到怡紅院內。

襲人便問道：『你這好半天到那裏去了？』寶玉道：『在林姑娘那邊，說起薛姨媽、寶姐姐的事來，便坐住了。』襲人又問道：『說些什麽？』寶玉將打禪語的話述了一遍。襲人道：『你們再沒個計較，正經說些家常閒話兒，或講究些詩句，也是好的。怎麽又說到禪語上了？又不是和尚。』寶玉道：『你不知道，我們有我們的禪機，別人是插不下嘴去的。』襲人笑道：『你們參禪參翻了，又叫我們跟着打悶葫蘆了。』寶玉道：『頭裏我也年紀小，他也孩子氣，所以我說了不留神的話，他就惱了。如今我也留神，他也沒有惱的了。只是他近來不常過來，我又念書，偶然到一處，好像生疏了似的。』襲人道：『原該這麽着纔是。都長了幾歲年紀了，怎麽好意思還像小孩子時候的樣子。』寶玉點頭道：『我也知道。如今且不用說那個。我問你，老太太那裏打發人來，說什麽來着沒有？』襲人道：『没有說什麽。』寶玉道：『必是老太太忘了。明兒不是十一月初一日麽，年年老太太那裏必是個老規矩，要辦消寒會，齊打夥兒坐下喝酒說笑。我今日已經在學房裏告了假了，這會子没有信兒，明兒可是去不去呢？若去了呢，白白的告了假；若不去，老爺知道了，又說我偷懶。』

襲人道：『據我說，你竟是去的是。纔念的好些兒了，又想歇着。依我說，也該上緊些纔好。昨兒聽見太太說，蘭哥兒念書真好，他打學房裏回來，還各自念書作文章，天天晚上弄到四更多天纔睡。你比他大多了，又是叔叔，倘或趕不上他，又叫老太太生氣。倒不如明兒早起去罷。』

麝月道：『這樣冷天，已經告了假又去，倒叫學房裏說：既這麽着，就不該告假呀，顯見的是告謊假脱滑兒。依我說，落得歇一天。就是老太太忘記了，咱們這裏就不消寒了麽？咱們也鬧個會兒，不好麽？』襲人道：『都是你起頭兒，二爺更不肯去了。』麝月道：『我也是樂一天是一天，比不得你要好名兒，使喚一個月再多得二兩銀子！』襲人啐道：『小蹄子，人家說正經話，你又來胡拉混扯的了。』麝月道：『我倒不是混拉扯，我是爲你。』襲人道：『爲我什麽？』麝月補襲人平時情思，以見其表裏不一。

道：『二爺上學去了，你又該咕嘟着嘴想着，巴不得二爺早一刻兒回來，就有說有笑的了。這會子又假撇清，何苦呢！我都看見了。』

襲人正要罵他，只見老太太那裏打發人來，說道：『老太太說了，叫二爺明兒不用上學去呢。明兒請了姨太太來給他解悶，只怕姑娘們都來，家裏的史姑娘、邢姑娘、李姑娘們都請了，明兒來赴什麼消寒會呢。』寶玉没有聽完，便喜歡道：『可不是。老太太最高興的，明日不上學是過了明路的了。』襲人也便不言語了。那丫頭回去。寶玉認真念了幾天書，巴不得頑這一天。又聽見薛姨媽過來，想着『寶姐姐自然也來。』心裏喜歡，便說：『快睡罷，明日早些起來。』於是一夜無話。

到了次日，果然一早到老太太那裏請了安，又到賈政、王夫人那裏請了安，回明了老太太今兒不叫上學，賈政也没言語，便慢慢退出來，走了幾步，便一溜煙跑到賈母房中。見衆人都没來，只有鳳姐那邊的奶媽子帶了巧姐兒，跟着幾個小丫頭過來，給老太太請了安，說：『我媽媽先叫我來請安，陪着老太太說說話兒。媽媽回來就來。』賈母笑着道：『好孩子，我一早就起來了，等他們總不來，只有你二叔叔來了。』那奶媽子便說：『姑娘給你二叔叔請安。』寶玉也問了一聲：『妞妞好？』

巧姐兒道：『我昨夜聽見我媽媽說，要請二叔叔去說話。』寶玉道：『說什麼呢？』巧姐兒道：『我媽媽說，跟着李媽認了幾年字，不知道我認得不認得。我說都認得，我認給媽媽瞧。媽媽說我瞎認，不信，說我一天儘子頑，那裏認得。我瞧着那些字也不要緊，就是那《女孝經》也是容易念的。媽媽說我哄他，要請二叔叔得空兒的時候給我理理。』賈母聽了，笑道：『好孩子，你媽媽是不認得字的，所以說你哄他。明兒叫你二叔叔理給他瞧瞧，他就信了。』寶玉道：『你認了多少字了？』巧姐兒道：『認了三千多字，念了一本《女孝經》，半個月頭裏又上了《列女傳》。』寶玉道：『你念了懂得嗎？你要不懂，我倒是講講這個你聽罷。』賈母道：『做叔叔的也該講究給姪女兒聽聽。』

寶玉道：『那文王后妃是不必說了，想來是知道的。那姜后脫簪待罪，齊國的無鹽雖醜，能安邦定國，是后妃裏頭的賢能的。若說有才的，是曹大姑、班婕妤、蔡文姬、謝道韞諸人。孟光的荊釵布裙，鮑宣妻的提甕出汲，陶侃母的截髮留賓，還有畫荻教子的，這是不厭貧的。那苦的裏頭，有樂昌公主破鏡重圓，蘇蕙的迴文感主。那孝的是更多了，木蘭代父從軍，曹娥投水尋父的屍首等類也多，我也說不得許多。那個曹氏的引刀割鼻，是魏國的故事。那守節的更多了，只好慢慢的講。若是那些豔的，王嬙、西子、樊素、小蠻、絳仙等。妒的是禿妾髮、怨洛神等類，

八十四回巧姐尚在襁褓之中，此處已『認了幾年字』，『認了三千多字，念了一本《女孝經》，半個月頭裏又上了《列女傳》。』前後時間纔數月，何前後不接至此。

寶玉講《女孝經》《列女傳》，大反前八十回所寫。

寶玉竟講守節的故事，與前八十回的寶玉判若兩人。

前八十回中柳五兒已死，此處又出現柳五兒，前後不接。

也少。文君、紅拂是女中的——』

賈母聽到這裏，說：『够了，不用說了。你講的太多，他那裏還記得呢？』巧姐兒道：『二叔叔纔說的，也有念過的，也有沒念過的。念過的，二叔叔一講，我更知道了好些。』寶玉道：『那字是自然認得的了，不用再理。明兒我還上學去呢。』巧姐兒道：『我還聽見我媽媽昨兒說，我們家的小紅頭裏是二叔叔那裏的，我媽媽要了來，還沒有補上人呢。我媽媽想着要把什麽柳家的五兒補上，不知二叔叔要不要。』寶玉聽了更喜歡，笑着道：『你聽你媽媽的話！要補誰就補誰罷咧，又問什麽要不要呢。』因又向賈母笑道：『我瞧大妞妞這個小模樣兒，又有這個聰明兒，只怕將來比鳳姐姐還强呢，又比他認的字。』

賈母道：『女孩兒家認得字呢也好，只是女工針黹倒是要緊的。』巧姐兒道：『我也跟着劉媽媽學着做呢，什麽扎花兒咧，拉鎖子，我雖弄不好，卻也學着會做幾針兒。』賈母道：『咱們這樣人家固然不仗着自己做，但只到底知道些，日後纔不受人家的拿捏。』巧姐兒答應着『是』，還要寶玉解說《列女傳》，見寶玉獃獃的，也不敢再說。

你道寶玉獃的是什麽？只因柳五兒要進怡紅院，頭一次是他病了不能進來，第二次王夫人攆了晴雯，大凡有些姿色的，都不敢挑。後來又在吳貴家看晴雯去，五兒跟着他媽給晴雯送東西去，見了一面，更覺嬌娜嫵媚。今日虧得鳳姐想着，叫他補入小紅的窩兒，竟是喜出望外了。所以猷猷的想他。

賈母等着那些人，見這時候還不來，又叫丫頭去請。回來李紈同着他妹子，探春、惜春、史湘雲、黛玉都來了，大家請了賈母的安，衆人厮見。獨有薛姨媽未到，賈母又叫請去。果然姨媽帶着寶琴過來。寶玉請了安，問了好。只不見寶釵、邢岫煙二人。黛玉便問起：『寶姐姐爲何不來？』薛姨媽假説身上不好。邢岫煙知道薛姨媽在坐，所以不來。寶玉雖見寶釵不來，心中納悶，因黛玉來了，便把想寶釵的心暫且擱開。不多時，邢、王二夫人也來了。鳳姐聽見婆婆們先到了，自己不好落後，只得打發平兒先來告假，説是正要過來，因身上發熱，過一回兒就來。賈母道：『既是身上不好，不來也罷。咱們這時候很該吃飯了。』丫頭們把火盆往後挪了一挪兒，就在賈母榻前一溜擺下兩桌，大家序次坐下吃了飯，依舊圍爐閒談，不須多贅。

寶釵因婚事已定，避嫌不來。

且説鳳姐因何不來？頭裏爲着倒比邢、王二夫人遲了，不好意思。後來旺兒家的來回説：『迎姑娘那裏打發人來請奶奶安，還説並沒有到上頭，只到奶奶這裏來。』鳳姐聽了納悶，不知又是什麽事，便叫那人進來，問：『姑娘在家好？』那人道：『有什麽好的？奴才並不是姑娘打發來的，實在是司棋的母親央我來求奶司棋性格前後尚能一致。

司棋之死，實是抄檢大觀園之故。

奶的。』鳳姐道：『司棋已經出去了，爲什麽來求我？』

那人道：『自從司棋出去，終日啼哭。忽然那一日他表兄來了，他母親見了，恨得什麽似的，說他害了司棋，一把拉住要打。那小子不敢言語，誰知司棋聽見了，急忙出來，老着臉和他母親道：「我是爲他出來的，我也恨他沒良心。如今他來了，媽要打他，不如勒死了我。」他母親罵他：「不害臊的東西，你心裏要怎麽樣？」司棋說道：「一個女人配一個男人。我一時失腳，上了他的當，我就是他的人了，決不肯再失身給別人的。我恨他爲什麽這樣膽小，一身作事一身當，爲什麽要逃？就是他一輩子不來了，我也一輩子不嫁人的。媽要給我配人，我原拚着一死的。今兒他來了，媽問他怎麽樣。若是他不改心，我在媽跟前磕了頭，只當是我死了，他到那裏，我跟到那裏。就是討飯吃，也是願意的。」他媽氣得了不得，便哭着罵着說：「你是我的女兒，我偏不給他。你敢怎麽着？」那知道那司棋這東西糊塗，便一頭撞在牆上，把腦袋撞破，鮮血直流，竟死了。他媽哭着救不過來，便要叫那小子償命。他表兄也奇，說道：「你們不用着急。我在外頭原發了財，因想着他纔回來的，心也算是真了。你們若不信，只管瞧。」說着，打懷裏掏出一匣子金珠首飾來。他媽媽看見了，便心軟了，說：「你既有心，爲什麽總不言語？」他外甥道：「大凡女人都是水性楊花，我若說有錢，他便是貪圖銀錢了。

司棋、潘又安以悲劇結局，然其因種於前八十回抄檢大觀園，則王夫人其罪大矣。

司棋、潘又安一段文字可讀。

如今他只爲人就是難得的。我把金珠給你們，我去買棺盛殮他。」那司棋的母親接了東西，也不顧女孩兒了，便由着外甥去。那裏知道他外甥叫人擡了兩口棺材來。司棋的母親看見詫異，說：「怎麽棺材要兩口？」他外甥笑道：「一口裝不下，得兩口纔好。」司棋的母親見他外甥又不哭，只當是他心疼的傻了。豈知他忙着把司棋收拾了，也不啼哭，眼錯不見，把帶的小刀子往脖子裏一抹，也就抹死了。司棋的母親懊悔起來，倒哭得了不得。如今坊上知道了，要報官。他急了，央我來求奶奶說個人情，他再過來給奶奶磕頭。』

鳳姐聽了，詫異道：『那有這樣傻丫頭，偏偏的就碰見這個傻小子！怪不得那一天翻出那些東西來，他心裏沒事人似的，敢只是這麽個烈性孩子。論起來，我也沒這麽大工夫管他這些閒事。但只你纔說的，叫人聽着怪可憐見兒的。也罷了，你回去告訴他，我和你二爺說，打發旺兒給他撕擄就是了。』鳳姐打發那人去了，纔過賈母這邊來。不提。

且說賈政這日正與詹光下大棋，通局的輸贏也差不多，單爲着一隻角兒死活未分，在那裏打劫。門上的小厮進來，回道：『外面馮大爺要見老爺。』賈政道：『請進來。』小厮出去請了，馮紫英走進門來，賈政即忙迎着。

賈政竟還下棋賭輸贏。

馮紫英進來，在書房中坐下，見是下棋，便道：『只管下棋，我來觀局。』詹光笑道：『晚生的棋是不堪瞧的。』馮紫英道：『好說，請下罷。』賈政道：『有什麼事麼？』馮紫英道：『沒有什麼樣話。老伯只管下棋，我也學幾着兒。』賈政向詹光道：『馮大爺是我們相好的，既沒事，我們索性下完了這一局，再說話兒。馮大爺在旁邊瞧着。』馮紫英道：『下采不下采？』詹光道：『下采的。』馮紫英道：『下采的是不好多嘴的。』賈政道：『多嘴也不妨，横豎他輸了十來兩銀子，終久是不拿出來的。往後只好罰他做東便了。』詹光笑道：『這倒使得。』馮紫英道：『老伯和詹公對下麼？』賈政笑道：『從前對下，他輸了。如今讓他兩個子兒，他又輸了。時常還要悔幾着。不叫他悔，他就急了。』詹光也笑道：『沒有的事。』賈政道：『你試試瞧。』大家一面說笑，一面下完了。做起棋來，詹光還了棋頭，輸了七個子兒。馮紫英道：『這盤終吃虧在打劫裏頭。老伯劫少，就便宜了。』賈政對馮紫英道：『有罪，有罪。咱們說話兒罷。』馮紫英道：『小姪與老伯久不見面，一來會會，二來因廣西的同知進來引見，帶了四種洋貨，可以做得貢的。一件是圍屏，有二十四扇槅子，都是紫檀雕刻的。中間雖說不是玉，卻是絕好的硝子石，石上鏤出山水人物樓臺花鳥等物。一扇上有五六十個人，都是宮妝的女子，名爲《漢宮春曉》。人的眉目口鼻以及出手衣褶，刻得又清楚又細膩。點綴佈置都是好的。我想尊府大觀園中正廳上卻可用得着。還有一個鐘錶，有三尺多高，也是一個小童兒拿着時辰牌，到了什麼時候，他就報什麼時辰。裏頭也有些人在那裏打十番的。這是兩件重笨的，卻還沒有拿來。現在我帶在這裏兩件，卻有些意思兒。』就在身邊拿出一個錦匣子，見幾重白綿裹着，揭開了綿子，第一層是一個玻璃盒子，裏頭金托子大紅縐綢托底，上放着一顆桂圓大的珠子，光華耀目。

馮紫英道：『據說這就叫做母珠。』因叫拿一個盤兒來，詹光即忙端過一個黑漆茶盤，道：『使得麼？』馮紫英道：『使得。』便又向懷裏掏出一個白絹包兒，將包兒裏的珠子都倒在盤裏散着，把那顆母珠擱在中間，將盤置於桌上。看見那些小珠子兒滴溜滴溜都滾到大珠身邊來，一回兒把這顆大珠子擡高了，別處的小珠子一顆也不剩，都黏在大珠上。詹光道：『這也奇怪。』賈政道：『這是有的，所以叫做母珠，原是珠之母。』

那馮紫英回頭看着他跟來的小厮道：『那個匣子呢？』那小厮趕忙捧過一個花梨木匣子來。大家打開看時，原來匣內襯着虎紋錦，錦上疊着一束藍紗。詹光道：『這是什麼東西？』馮紫英道：『這叫做鮫綃帳。』在匣子裏拿出來時，疊得長不滿五寸，厚不上半寸，馮紫英一層一層的打開，打到十來層，已經桌上鋪不下了。馮紫英道：『你看，裏頭還有兩摺，必得高屋裏去纔張得下。這就是鮫絲所織，暑又重複前可卿夢中所囑，然此處鳳姐是爲拒買四寶也。亦見賈府已大不如昔矣。

熱天氣張在堂屋裏頭，蒼蠅、蚊子一個不能進來，又輕又亮。』賈政道：『不用全打開，怕疊起來倒費事。』詹光便與馮紫英一層一層摺好收拾。

馮紫英道：『這四件東西價兒也不很貴，兩萬銀他就賣。母珠一萬，鮫綃帳五千，《漢宮春曉》與自鳴鐘五千。』賈政道：『那裏買得起。』馮紫英道：『你們是個國戚，難道宮裏頭用不着麽？』賈政道：『用得着的很多，只是那裏有這些銀子。等我叫人拿進去給老太太瞧瞧。』馮紫英道：『很是。』

賈政便着人叫賈璉把這兩件東西送到老太太那邊去，並叫人請了邢、王二夫人、鳳姐兒都來瞧着，又把兩樣東西一一試過。賈璉道：『他還有兩件：一件是圍屏，一件是樂鐘。共總要賣二萬銀子呢。』鳳姐兒接着道：『東西自然是好的，但是那裏有這些閒錢？咱們又不比外任督撫要辦貢。我已經想了好些年了，像咱們這種人家，必得置些不動摇的根基纔好，或是祭地，或是義莊，再置些墳屋。往後，子孫遇見不得意的事，還是有點兒底子，不到一敗塗地。我的意思是這樣，不知老太太、老爺、太太們怎麽樣。若是外頭老爺們要買，只管買。』賈母與衆人都說：『這話說的倒也是。』賈璉道：『還了他罷。原是老爺叫我送給老太太瞧，爲的是宮裏好進。誰說買來擱在家裏？老太太還沒開口，你便說了一大些喪氣話！』說着，便把兩件東西拿了出去，告訴了賈政，只說：『老太太不要。』便與馮紫英前五十八回因朝中老太妃之喪，『賈母、邢、王、尤、許婆媳……』則賈蓉續娶是許姓，此處又說是『胡老爺的女孩兒』，前後不接。

賈雨村重新陞官，爲後文伏筆。

道：『這兩件東西好可好，就只沒銀子。我替你留心，有要買的人，我便送信給你去。』馮紫英只得收拾好，坐下說些閒話，沒有興頭，就要起身。賈政道：『你在我這裏吃了晚飯去罷。』馮紫英道：『罷了，來了就叨擾老伯嗎！』賈政道：『說那裏的話！』正說着，人回：『大老爺來了。』賈赦早已進來。彼此相見，敘些寒溫。

不一時，擺上酒來，餚饌羅列，大家喝着酒。至四五巡後，說起洋貨的話，馮紫英道：『這種貨本是難銷的，除非要像尊府這種人家，還可銷得，其餘就難了。』賈政道：『這也不見得。』賈赦道：『我們家裏也比不得從前了，這回兒也不過是個空門面。』馮紫英又問：『東府珍大爺可好麼？我前兒見他，說起家常話兒來，提到他令郎續娶的媳婦，遠不及頭裏那位秦氏奶奶了。如今後娶的到底是那一家的？我也沒有問起。』賈政道：『我們這個姪孫媳婦兒，也是這裏大家，從前做過京畿道的胡老爺的女孩兒。』紫英道：『胡道長我是知道的。但是他家教上也不怎麼樣。也罷了，只要姑娘好就好。』

賈璉道：『聽得內閣裏人說起，賈雨村又要陞了。』賈政道：『這也好，不知準不準？』賈璉道：『大約有意思的了。』馮紫英道：『我今兒從吏部裏來，也聽見這樣說。雨村老先生是貴本家不是？』賈政道：『是。』馮紫英道：『是有服歷敘賈雨村陞降。

的，還是無服的？』賈政道：『說也話長。他原籍是浙江湖州府人，流寓到蘇州，甚不得意。有個甄士隱和他相好，時常周濟他。以後中了進士，得了榜下知縣。便娶了甄家的丫頭。如今的太太不是正配。豈知甄士隱弄到零落不堪，沒有找處。雨村革了職以後，那時還與我家並未相識，只因舍妹丈林如海林公在揚州巡鹽的時候，請他在家做西席，外甥女兒是他的學生。因他有起復的信要進京來，恰好外甥女兒要上來探親，林姑老爺便託他照應上來的，還有一封薦書，託我吹噓吹噓。那時看他不錯，大家常會。豈知雨村也奇，我家世襲起，從「代」字輩下來，寧榮兩宅人口房舍以及起居事宜，一概都明白，因此遂覺得親熱了。』因又笑說道：『幾年間門子也會鑽了。由知府推陞轉了御史，不過幾年，陞了吏部侍郎，署兵部尚書。爲着一件事降了三級，如今又要陞了。』

馮紫英道：『人世的榮枯，仕途的得失，終屬難定。』賈政道：『像雨村算便宜的了。還有我們差不多的人家，就是甄家，從前一樣功勳，一樣的世襲，一樣的起居，我們也是時常往來。不多幾年，他們進京來，差人到我這裏請安，還很熱鬧，一回兒抄了原籍的家財，至今杳無音信，不知他近況若何，心下也着實惦記。看了這樣，你想做官的怕不怕？』

賈赦道：『咱們家是最沒有事的。』馮紫英道：『果然，尊府是不怕的。一則裏頭有貴妃照應；二則故舊好，親戚多；三則你家自老太太起，至於少爺們，沒有一個刁鑽刻薄的。』賈政道：『雖無刁鑽刻薄，卻沒有德行才情。白白的衣租食稅，那裏當得起。』賈赦道：『咱們不用說這些話，大家吃酒罷。』

大家又喝了幾杯，擺上飯來。吃畢，喝茶。馮家的小厮走來輕輕的向紫英說了一句，馮紫英便要告辭了。賈赦、賈政道：『你說什麼？』小厮道：『外面下雪，早已下了梆子了。』賈政叫人看時，已是雪深一寸多了。賈政道：『那兩件東西，你收拾好了麼？』馮紫英道：『收好了。若尊府要用，價錢還自然讓些。』賈政道：『我留神就是了。』紫英道：『我再聽信罷。天氣冷，請罷，別送了。』賈赦、賈政便命賈璉送了出去。

未知後事如何，下回分解。

【回後評】

寶玉爲巧姐講《女孝經》《列女傳》等，已與前八十回截然不同。司棋、潘又安竟以死殉情，前八十回中司棋烈性，抄檢時已見其端，潘又安此時見其至情。司棋、潘又安之死，實抄檢所至，則王夫人之罪也。司棋、潘又安之死又爲《紅樓夢》添一婚姻悲劇，則亦是揭封建婚姻之罪也。

消寒會寶釵之不來，是因金玉婚姻已定也。黛玉略無猜疑，是因上回寶玉發誓『只取一瓢』、『有如三寶』，故再無可疑也，豈知並寶玉亦不知其變乎，傷哉！

馮紫英攜四寶來售，賈府無力購此，則見賈府之衰敗。馮紫英說大觀園正廳可用『漢宮春曉』，豈知賈府已入秋冬肅殺之季，豈能春曉。母珠能聚子珠，見其團圓之盛也，今賈府已瀕離散，賈母亦無力挽回，故此母珠亦不能留也。

第九十三回　甄家僕投靠賈家門　水月庵掀翻風月案

卻說馮紫英去後，賈政叫門上的人來吩咐道：『今兒臨安伯那裏來請吃酒，知道是什麼事？』門上的人道：『奴才曾問過，並沒有什麼喜慶事。不過南安王府裏到了一班小戲子，都說是個名班。伯爺高興，唱兩天戲，請相好的老爺們瞧瞧，熱鬧熱鬧。大約不用送禮的。』說着，賈赦過來問道：『明兒二老爺去不去？』賈政道：『承他親熱，怎麼好不去的。』說着，門上進來回道：『衙門裏書辦來請老爺明日上衙門，有堂派的事，必得早些去。』賈政道：『知道了。』說着，只見兩個管屯裏地租子的家人走來，請了安，磕了頭，旁邊站着。賈政道：『你們是郝家莊的？』兩個答應了一聲。賈政也不往下問，竟與賈赦各自說了一回話兒散了。家人等秉着手燈，送過賈赦去。

這裏，賈璉便叫那管租的人道：『說你的。』那人說道：『十月裏的租子，奴才已經趕上來了。原是明兒可到，誰知京外拿車，把車上的東西，不由分說，都掀寫差役橫行不法，亦寫賈府之勢日衰。

事事不順手。

在地下。奴才告訴他，說是府裏收租子的車，不是買賣車。他更不管這些。奴才叫車夫只管拉着走，幾個衙役就把車夫混打了一頓，硬扯了兩輛車去了。奴才所以先來回報，求爺打發個人到衙門裏去要了來纔好。再者，也整治整治這些無法無天的差役纔好。爺還不知道呢，更可憐的是那買賣車，客商的東西全不顧，掀下來，趕着就走。那些趕車的但說句話，打的頭破血出的。』

賈璉聽了，駡道：『這個還了得！』立刻寫了一個帖兒，叫家人拿去：『向拿車的衙門裏要車去，並車上東西。若少了一件，是不依的。快叫周瑞。』周瑞不在家。又叫旺兒，旺兒晌午出去了，還沒有回來。賈璉道：『這些忘八羔子，一個都不在家！他們終年家吃糧不管事。』因吩咐小廝們：『快給我找去。』說着，也回到自己屋裏睡下。不提。

且說臨安伯第二天又打發人來請。賈政告訴賈赦道：『我是衙門裏有事，璉兒要在家等候拿車的事情，也不能去，倒是大老爺帶寶玉應酬一天也罷了。』賈赦點頭道：『也使得。』賈政遣人去叫寶玉，說：『今兒跟大爺到臨安伯那裏聽戲去。』寶玉喜歡的了不得，便換上衣服，帶了焙茗、掃紅、鋤藥三個小子出來，見了賈赦，請了安，上了車，來到臨安伯府裏。門上人回進去，一會子出來說：『老爺請。』

於是賈赦帶着寶玉走入院內，只見賓客喧闐。賈赦、寶玉見了臨安伯，又與衆賓客都見過了禮。大家坐着，說笑了一回。只見一個掌班的拿着一本戲單，一個牙笏，向上打了一個千兒，說道：『求各位老爺賞戲。』先從尊位點起，挨至賈赦，也點了一齣。那人回頭見了寶玉，便不向別處去，竟搶步上來，打個千兒道：『求二爺賞兩齣。』

寫蔣玉菡過於着力，前蔣玉菡何等自然。

寶玉一見那人，面如傅粉，唇若塗朱，鮮潤如出水芙蕖，飄揚似臨風玉樹。原來不是別人，就是蔣玉菡。前日聽得他帶了小戲兒進京，也沒有到自己那裏。此時見了，又不好站起來，只得笑道：『你多早晚來的？』蔣玉菡把手在自己身上一指，笑道：『怎麼二爺不知道麼？』寶玉因衆人在坐，也難說話，只得胡亂點了一齣。

蔣玉菡去了，便有幾個議論道：『此人是誰？』有的說：『他向來是唱小旦的，如今不肯唱小旦，年紀也大了，就在府裏掌班。頭裏也改過小生。他也攢了好幾個錢，家裏已經有兩三個鋪子，只是不肯放下本業，原舊領班。』有的說：『想必成了家了。』有的說：『親還沒有定。他倒拿定一個主意，說是人生配偶關係一生一世的事，不是混鬧得的，不論尊卑貴賤，總要配的上他的纔能。所以到如今還並沒娶親。』寶玉暗忖度道：『不知日後誰家的女孩兒嫁他，要嫁着這樣的人材

此處特點蔣玉菡尚未娶親，又特寫寶玉

一筆，都是爲以後伏線。

特寫蔣玉菡服侍花魁，着一『花』字，爲後文埋伏。

兒，也算是不辜負了。』

那時開了戲，也有崑腔，也有高腔，也有弋腔、梆子腔，做得熱鬧。過了晌午，便擺開桌子吃酒。又看了一回，賈赦便欲起身。臨安伯過來留道：『天色尚早，聽見説蔣玉菡還有一齣《佔花魁》，他們頂好的首戲。』寶玉聽了，巴不得賈赦不走。於是賈赦又坐了一會。

果然蔣玉菡扮着秦小官服侍花魁醉後神情，把這一種憐香惜玉的意思，做得極情盡致。以後對飲對唱，纏綿繾綣。寶玉這時不看花魁，只把兩隻眼睛獨射在秦小官身上，更加蔣玉菡聲音響亮，口齒清楚，按腔落板，寶玉的神魂都唱了進去了。直等這齣戲進場後，更知蔣玉菡極是情種，非尋常戲子可比。因想着，《樂記》上説的是：『情動於中，故形於聲。聲成文，謂之音。』所以知聲，知音，知樂，有許多講究。聲音之原，不可不察。詩詞一道，但能傳情，不能入骨，自後想要講究講究音律。寶玉想出了神，忽見賈赦起身，主人不及相留。寶玉沒法，只得跟了回來。到了家中，賈赦自回那邊去了，寶玉來見賈政。賈政纔下衙門，正向賈璉問起拿車之事。賈璉道：『今兒叫人拿帖兒去，知縣不在家。他的門上説了，這是本官不知道的，並無牌票出去拿車，都是那些混賬東西在外頭撒野擠訛頭。既是老爺府裏的，我便立刻叫人去追辦，包管明兒連車連東西一併送來。如有半點差遲，再行稟過本官，重重處治。此刻本官不在家，求這裏老爺看破些，可以不用本官知道更好。』賈政道：『既無官票，到底是何等樣人在那裏作怪？』賈璉道：『老爺不知，外頭都是這樣，想來明兒必定送來的。』賈璉說完下來，寶玉上去見了。賈政問了幾句，便叫他往老太太那裏去。

賈璉因爲昨夜叫空了家人，出來傳喚，那起人多已伺候齊全。賈璉罵了一頓，叫大管家賴大：『將各行檔的花名冊子拿來，你去查點查點。寫一張諭帖，叫那些人知道：若有並未告假，私自出去，傳喚不到，貽誤公事的，立刻給我打了攆出去！』賴大連忙答應了幾個『是』，出來吩咐了一回。家人各自留意。

過不幾時，忽見有一個人，頭上戴着氈帽，身上穿着一身青布衣裳，腳下穿着一雙撒鞋，走到門上，向衆人作了個揖。衆人拿眼上上下下打諒了他一番，便問他是那裏來的。那人道：『我自南邊甄府中來的。並有家老爺手書一封，求這裏的爺們呈上尊老爺。』衆人聽見他是甄府來的，纔站起來讓他坐下，道：『你乏了，且坐坐，我們給你回就是了。』門上一面進來回明賈政，呈上來書。賈政拆書看時，上寫着：

世交夙好，氣誼素敦。遥仰襜帷，不勝依切。弟因菲材獲譴，自分萬死難償，幸邀寬宥，待罪邊隅。迄今門户凋零，家人星散。所有奴子包勇，向曾使用，雖無奇技，人尚愨實。倘使得備奔走，糊口有資，屋烏之愛，感佩無涯矣。專此奉達，餘容再敘。不宣。

賈政看完，笑道：『這裏正因人多，甄家倒薦人來，又不好卻的。』吩咐門上：『叫他見我。且留他住下，因材使用便了。』門上出去，帶進人來。見賈政便磕了三個頭，起來道：『家老爺請老爺安。』自己又打個千兒，說：『包勇請老爺安。』

賈政回問了甄老爺的好，便把他上下一瞧。但見包勇身長五尺有零，肩背寬肥，濃眉爆眼，磕額長髯，氣色粗黑，垂着手站着。便問道：『你是向來在甄家的，還是住過幾年的？』包勇道：『小的向在甄家的。』賈政道：『你如今爲什麽要出來呢？』包勇道：『小的原不肯出來。只是家爺再四叫小的出來，說是别處你不肯去，這裏老爺家裏只當原在自己家裏一樣的，所以小的來的。』賈政道：『你們老爺不該有這事情，弄到這樣的田地。』包勇道：『小的本不敢說，我們老爺只是太好了，一味的真心待人，反倒招出事來。』賈政道：『真心是最好的了。』包勇道：『因爲太真了，人人都不喜歡，討人厭煩是有的。』賈政笑了一笑，道：『既這樣，皇天自然不負他的。』

閱信，知甄家抄家後已發往邊隅。甄家僕投賈家，實爲賈家後事先遞一信也。

清初流人大都發往東北苦寒之地，李煦即是如此。此處說『待罪邊隅』，當亦是東北。

『只當原在自己家裏一樣的』，亦甄（真）即是賈（假）也。

太真，反招人厭，亦是世情之寫實。

賈政豈能與包勇大加攀談，且問及甄寶玉『還肯向上巴結麼？』賈政此話不倫不類，而包勇則竟大談甄寶玉的前後變化等，皆不倫不類，不識體統至極。

大病以後，甄寶玉已改性行了。一場大病，脫胎換骨。

包勇還要說時，賈政又問道：『我聽見說，你們家的哥兒不是也叫寶玉麼？』包勇道：『是。』賈政道：『他還肯向上巴結麼？』包勇道：『老爺若問我們哥兒，倒是一段奇事。哥兒的脾氣也和我家老爺一個樣子，也是一味的誠實。從小兒只管和那些姐妹們在一處頑，老爺、太太也狠打過幾次，他只是不改。那一年太太進京的時候兒，哥兒大病了一場，已經死了半日，把老爺幾乎急死，裝裹都預備了。幸喜後來好了，嘴裏說道，走到一座牌樓那裏，見了一個姑娘，領着他到了一座廟裏，見了好些櫃子，裏頭見了好些冊子。又到屋裏，見了無數女子，說是多變了鬼怪似的，也有變做骷髏兒的。他嚇急了，便哭喊起來。老爺知他醒過來了，連忙調治，漸漸的好了。老爺仍叫他在姐妹們一處頑去，他竟改了脾氣了，好着時候的頑意兒一概都不要了，惟有念書爲事。就有什麼人來引誘他，他也全不動心。如今漸漸的能夠幫着老爺料理些家務了。』賈政默然想了一回，道：『你去歇歇去罷。等這裏用着你時，自然派你一個行次兒。』包勇答應着退下來，跟着這裏人出去歇息。不提。

一日，賈政早起剛要上衙門，看見門上那些人在那裏交頭接耳，好像要使賈政知道的似的，又不好明回，只管咕咕唧唧的說話。賈政叫上來問道：『你們有什賈芹水月庵事發。貼傳單，亦當時一種揭露髒事之形式。以前髒事都在寧國府，此次是榮國府。

麽事，這麽鬼鬼祟祟的？』門上的人回道：『奴才們不敢説。』賈政道：『有什麽事不敢説的？』門上的人道：『奴才今兒起來開門出去，見門上貼着一張白紙，上寫着許多不成事體的字。』賈政道：『那裏有這樣的事！寫的是什麽？』門上的人道：『是水月庵裏的腌臢話。』賈政道：『拿給我瞧。』門上的人道：『奴才本要揭下來，誰知他貼得結實，揭不下來，只得一面抄，一面洗。剛纔李德揭了一張給奴才瞧，就是那門上貼的話。奴才們不敢隱瞞。』説着，呈上那帖兒。賈政接來看時，上面寫着：

西貝草斤年紀輕，水月庵裏管尼僧。
一個男人多少女，窩娼聚賭是陶情。
不肖子弟來辦事，榮國府內出新聞。

賈政看了，氣得頭昏目暈，趕着叫門上的人不許聲張，悄悄叫人往寧、榮兩府靠近的夾道子牆壁上再去找尋。隨即叫人去喚賈璉出來。

賈璉即忙趕至，賈政忙問道：『水月庵中寄居的那些女尼、女道，向來你也查考查考過沒有？』賈璉道：『沒有。一向都是芹兒在那裏照管。』賈政道：『你知道芹兒照管得來，照管不來？』賈璉道：『老爺既這麽説，想來芹兒必有不妥當的地方兒。』賈政嘆道：『你瞧瞧這個帖兒寫的是什麼！』賈璉一看，道：『有這樣事麼？』正説着，只見賈蓉走來，拿着一封書子，寫着：『二老爺密啓。』打開看時，也是無頭榜一張，與門上所貼的話相同。賈政道：『快叫賴大帶了三四輛車子到水月庵裏去，把那些女尼、女道士一齊拉回來。不許泄漏，只說裏頭傳喚。』賴大領命去了。

且說水月庵中小女尼、女道士等初到庵中，沙彌與道士原係老尼收管，日間教他些經懺。以後元妃不用，也便習學得懶怠了。那些女孩子們，年紀漸漸的大了，都也有個知覺了。更兼賈芹也是風流人物，打量芳官等出家只是小孩子性兒，便去招惹他們。那知芳官竟是真心，不能上手，便把這心腸移到女尼、女道士身上。因那小沙彌中有個名叫沁香的，和女道士中有個叫做鶴仙的，長得都甚妖嬈，賈芹便和這兩個人勾搭上了，閑時便學些絲弦，唱個曲兒。

那時正當十月中旬，賈芹給庵中那些人領了月例銀子，便想起法兒來，告訴衆人道：『我爲你們領月錢，不能進城，又只得在這裏歇着，怪冷的。怎麼樣，我今兒帶些菓子酒，大家吃着樂一夜，好不好？』那些女孩子都高興，便擺起桌子，連本庵的女尼也叫了來，惟有芳官不來。賈芹喝了幾杯，便說道要行令。沁香等道：『我們都不會，倒不如搳拳罷。誰輸了喝一杯，豈不爽快？』本庵的女尼道：

揭帖中所寫賈芹水月庵之事，正被賴大撞着。

『這天剛過晌午，混嚷混喝的不像。且先喝幾鍾，愛散的先散去。誰愛陪芹大爺的，回來晚上儘子喝去，我也不管。』

正說着，只見道婆急忙進來說：『快散了罷，府裏賴大爺來了。』衆女尼忙亂收拾，便叫賈芹躲開。賈芹因多喝了幾杯，便道：『我是送月錢來的，怕什麽！』話猶未完，已見賴大進來，見這般樣子，心裏大怒。爲的是賈政吩咐不許聲張，只得含糊裝笑道：『芹大爺也在這裏呢麽？』賈芹連忙站起來道：『賴大爺，你來作什麽？』賴大說：『大爺在這裏更好。快快叫沙彌、道士收拾上車進城，宮裏傳呢。』賈芹等不知原故，還要細問。賴大說：『天已不早了，快快的好趕進城。』衆女孩子只得一齊上車，賴大騎着大走騾，押着趕進城，不提。

却說賈政知道這事，氣得衙門也不能上了，獨坐在内書房嘆氣。賈璉也不敢走開。忽見門上的進來，稟道：『衙門裏今夜該班是張老爺。因張老爺病了，有知會來請老爺補一班。』賈政正等賴大回來要辦賈芹，此時又要該班，心裏納悶，也不言語。賈璉走上去，說道：『賴大是飯後出去的，水月庵離城二十來里，就趕進城也得二更天。今日又是老爺的幫班，請老爺只管去。賴大來了，叫他押着，也別聲張。等明兒老爺回來再發落。倘或芹兒來了，也不用說明，看他明兒見了老爺怎麽樣說。』賈政聽來有理，只得上班去了。賈璉抽空纔要回到自己房中，一面走着，借水月庵事，故點鳳姐，然鳳姐心驚，何至如此外露。總是欲寫鳳姐已臨末路耳。

故意要說與饅頭庵無關，實欲蓋彌彰。

心裏抱怨鳳姐出的主意，欲要埋怨，因他病着，只得隱忍，慢慢的走着。

且說那些下人，一人傳十，傳到裏頭。先是平兒知道，即忙告訴鳳姐。鳳姐因那一夜不好，懨懨的總沒精神，正是惦記鐵檻寺的事情。聽說外頭貼了匿名揭帖的一句話，嚇了一跳，忙問貼的是什麼。平兒隨口答應，不留神就錯說了，道：『沒要緊，是饅頭庵裏的事情。』鳳姐本是心虛，聽見饅頭庵的事情，這一唬直唬怔了，一句話沒說出來，急火上攻，眼前發暈，咳嗽了一陣，哇的一聲，吐出一口血來。平兒慌了，說道：『水月庵裏不過是女沙彌、女道士的事，奶奶着什麼急？』鳳姐聽是水月庵，纔定了定神，說道：『呸，糊塗東西，到底是水月庵呢，是饅頭庵？』平兒笑道：『是我頭裏錯聽了是饅頭庵，後來聽見不是饅頭庵，是水月庵，我剛纔也就說溜了嘴，說成饅頭庵了。』鳳姐道：『我就知道是水月庵，那饅頭庵與我什麼相干。原是這水月庵是我叫芹兒管的，大約尅扣了月錢。』平兒道：『我聽着不像月錢的事，還有些腌臢話呢。』鳳姐道：『我更不管那個。你二爺那裏去了？』平兒說：『聽見老爺生氣，他不敢走開。我聽見事情不好，我吩咐這些人不許吵嚷，不知太太們知道了麼？但聽見說，老爺叫賴大拿這些女孩子去了。且叫個人前頭打聽打聽。奶奶現在病着，依我，竟先別管他們的閒事。』

正說着，只見賈璉進來。鳳姐欲待問他，見賈璉一臉的怒氣，暫且裝作不知。

賈璉飯沒吃完，旺兒來說：『外頭請爺呢，賴大回來了。』賈璉道：『芹兒來了沒有？』旺兒道：『也來了。』賈璉便道：『你去告訴賴大，説老爺上班兒去了。把這些個女孩子暫且收在園裏，明日等老爺回來送進宫去。只叫芹兒在內書房等着我。』旺兒去了。

賈芹走進書房，只見那些下人指指點點，不知説什麽。看起這個樣兒來，不像宫裏要人。想着問人，又問不出來。正在心裏疑惑，只見賈璉走出來，賈芹便請了安，垂手侍立，説道：『不知道娘娘宫裏即刻傳那些孩子們做什麽？叫姪兒好趕。幸喜姪兒今兒送月錢去，還沒有走，便同着賴大來了。二叔想來是知道的。』賈璉道：『我知道什麽！你纔是明白的呢。』賈芹摸不着頭腦兒，也不敢再問。賈璉道：『你幹得好事，把老爺都氣壞了。』賈芹道：『姪兒沒有幹什麽。庵裏月錢是月月給的，孩子們經懺是不忘記的。』賈璉見他不知，又是平素常在一處頑笑的，便嘆口氣道：『打嘴的東西，你各自去瞧瞧罷！』便從靴掖兒裏頭拿出那個揭帖來，扔與他瞧。

賈芹拾來一看，嚇得面如土色，説道：『這是誰幹的！我並沒得罪人，爲什麽這麽坑我！我一月送錢去，只走一趟，並沒有這些事。若是老爺回來打着問我，姪兒便該死了。我母親知道，更要打死。』説着，見沒人在旁邊，便跪下去，説道：

『好叔叔，救我一救兒罷！』說着，只管磕頭，滿眼淚流。

賈璉想道：『老爺最惱這些，要是問準了有這些事，這場氣也不小。鬧出去也不好聽，又長那個貼帖兒的人的志氣了。將來咱們的事多着呢。倒不如趁着老爺上班兒，和賴大商量着，若混過去，就可以沒事了。現在沒有對證。』想定主意，便說：『你別瞞我，你幹的鬼鬼祟祟的事，你打諒我都不知道呢！若要完事，就是老爺打着問你，你一口咬定沒有纔好。沒臉的，起去罷！』叫人去喚賴大。

賈璉自己的事不少，害怕因風起火，牽連出自己的事。故與賴大等串通一氣，瞞過賈政。亦寫賈政實是顢頇假正耳。

不多時，賴大來了。賈璉便與他商量。賴大說：『這芹大爺本來鬧的不像了。奴才今兒到庵裏的時候，他們正在那裏喝酒呢。帖兒上的話，是一定有的。』賈璉道：『芹兒，你聽！賴大還賴你不成？』賈芹此時紅漲了臉，一句也不敢言語。還是賈璉拉着賴大，央他：『護庇護庇罷，只說芹哥兒在家裏找來的。你帶了他去，只說沒有見我。明日你求老爺也不用問那些女孩子了，竟是叫了媒人來，領了去一賣完事。果然娘娘再要的時候兒，咱們再買。』賴大想來，鬧也無益，且名聲不好，就應了。賈璉叫賈芹：『跟了賴大爺去罷，聽着他教你。你就跟着他。』說罷，賈芹又磕了一個頭，跟着賴大出去。到了沒人的地方兒，又給賴大磕頭。賴大說：『我的小爺，你太鬧的不像了。不知得罪了誰，鬧出這個亂兒。你想想，誰和你不對罷？』

賈芹想了一想，忽然想起一個人來。未知是誰，下回分解。

【回後評】

甄家僕投賈家門，不僅寫甄府已抄沒，亦寫甄（真）即是賈（假），賈家的被抄亦在弦上也。賈政親見包勇一段，語言情節均不倫不類。

寫蔣玉菡演秦小官服侍花魁，點出『花』字，是爲後文預示。

水月庵事，既寫榮府管理無序，賈璉、賴大串通包庇賈芹，蒙蔽賈政，賈政則顢頇懵懂，假正而已。更借水月庵誤說饅頭庵，寫鳳姐心虛心驚，總爲鳳姐末路着筆。

第九十四回　宴海棠賈母賞花妖　失寶玉通靈知奇禍

話說賴大帶了賈芹出來，一宿無話，靜候賈政回來。單是那些女尼、女道重進園來，都喜歡的了不得，欲要到各處逛逛，明日預備進宮。不料賴大便吩咐了看園的婆子並小厮看守，惟給了些飯食，卻是一步不准走開。那些女孩子摸不着頭腦，只得坐着等到天亮。園裏各處的丫頭雖都知道，拉進女尼們來，預備宮裏使喚，卻也不能深知原委。

到了明日早起，賈政正要下班，因堂上發下兩省城工估銷冊子，立刻要查核，一時不能回家，便叫人回來告訴賈璉說：『賴大回來，你務必查問明白。該如何辦，就如何辦了，不必等我。』賈璉奉命，先替芹兒喜歡，又想道：若是辦得一點影兒都沒有，又恐賈政生疑，『不如回明二太太，討個主意辦去，便是不合老爺的心，我也不至甚擔干係。』主意定了，進內去見王夫人，陳說：『昨日老爺見了揭帖生氣，把芹兒和女尼、女道等都叫進府來查辦。今日老爺沒空問這種不成體統王夫人以爲『咱們家的人』都是『好樣的』，可見其於賈璉等人之事一無所知。

送到本地者，押回本地寺廟也。王夫人以爲『押着他們還俗，那又太造孽了。』豈知逼着他們出家纔是造孽，讓他們還俗纔是積德造福，所以王夫人總是蠢而俗，

的事，叫我來回太太，該怎麼便怎麼樣。我所以來請示太太，這件事如何辦理？』

王夫人聽了，詫異道：『這是怎麼說！若是芹兒這麼樣起來，這還成咱們家的人了麼！但只這個貼帖兒的也可惡，這些話可是混嚼說得的麼？你到底問了芹兒，有這件事沒有呢？』賈璉道：『剛纔也問過了。太太想，別說他幹了沒有，就是幹了，一個人幹了混賬事也肯應承麼？但只我想，芹兒也不敢行此事，知道那些女孩子都是娘娘一時要叫的，倘或鬧出事來，怎麼樣呢？依姪兒的主見，要問也不難。若問出來，太太怎麼個辦法呢？』王夫人道：『如今那些女孩子在那裏？』賈璉道：『都在園裏鎖着呢。』王夫人道：『姑娘們知道不知道？』賈璉道：『大約姑娘們也都知道是預備宫裏頭的話，外頭並沒提起別的來。』

王夫人道：『很是。這些東西一刻也是留不得的。頭裏我原要打發他們去來着，都是你們說留着好，如今不是弄出事來了麼？你竟叫賴大那些人帶去，細細的問他的本家有人沒有，將文書查出，花上幾十兩銀子，僱隻船，派個妥當人送到本地，一概連文書發還了，也落得無事。若是爲着一兩個不好，個個都押着他們還俗，那又太造孽了。若在這裏發給官媒，雖然我們不要身價，他們弄去賣錢，那裏顧人的死活呢！芹兒呢，你便狠狠的説他一頓。除了祭祀喜慶，無事叫他不用到這裏來，看仔細碰在老爺氣頭兒上，那可就吃不了兜着走了。並說與賬房兒裏，把這

其所憑者財與勢而已。

一項錢糧檔子銷了。還打發個人到水月庵，說老爺的諭：除了上墳燒紙，若有本家爺們到他那裏去，不許接待。若再有一點不好風聲，連老姑子一併攆出去。』

賈璉一一答應了，出去將王夫人的話告訴賴大，說：『是太太主意，叫你這麽辦去。辦完了，告訴我去回太太。你快辦去罷。回來老爺來，你也按着太太的話回去。』賴大聽說，便道：『我們太太真正是個佛心。這班東西着人送回去。既是太太好心，不得不挑個好人。芹哥兒竟交給二爺開發了罷。那個貼帖兒的，奴才想法兒查出來，重重的收拾他纔好。』賈璉點頭說：『是了。』即刻將賈芹發落。賴大也趕着把女尼等領出，按着主意辦去了。

晚上，賈政回家，賈璉、賴大回明賈政。賈政本是省事的人，聽了也便撂開手了。獨有那些無賴之徒，聽得賈府發出二十四個女孩子出來，那個不想，究竟那些人能够回家不能，未知着落，亦難虛擬。

虛寫一筆，則此二十四個女孩子命運可知矣，不明寫者，無須明寫也，哀哉！此王夫人之『積德』也。

且說紫鵑因黛玉漸好，園中無事，聽見女尼等預備宮內使喚，不知何事，便到賈母那邊打聽打聽。恰遇着鴛鴦下來，閑着坐下說閒話兒，提起女尼的事，鴛鴦詫異道：『我並沒有聽見，回來問問二奶奶就知道了。』正說着，只見傅試家兩個女人過來請賈母的安，鴛鴦要陪了上去，那兩個女人因賈母正睡晌覺，就與鴛紫鵑是深知黛玉亦深知寶玉者。前八十回中『試忙玉』等已寫得極透，此處便與前八十回游離矣。

鴦說了一聲兒，回去了。

紫鵑問：『這是誰家差來的？』鴛鴦道：『好討人嫌。家裏有了一個女孩兒，生得好些，便獻寶的似的，常常在老太太面前誇他家姑娘，長得怎麼好，心地怎麼好，禮貌上又能，說話兒又簡絕，做活計兒手兒又巧，會寫會算，尊長上頭最孝敬的，就是待下人也是極和平的。來了，就編這麼一大套，常常說給老太太聽。我聽着很煩。這幾個老婆子真討人嫌。我們老太太偏愛聽那些個話。老太太也罷了，還有寶玉，素常見了老婆子便很厭煩的，偏見了他們家的老婆子便不厭煩。你說奇不奇？前兒還來說，他們姑娘現有多少人家兒來求親，他們老爺總不肯應，心裏只要和咱們這種人家作親纔肯。一回誇獎，一回奉承，把老太太的心都說活了。』

紫鵑聽了一獃，便假意道：『若老太太喜歡，爲什麼不就給寶玉定了呢？』鴛鴦正要說出原故，聽見上頭說：『老太太醒了。』鴛鴦趕着上去。紫鵑只得起身出來，回到園裏。一頭走，一頭想道：『天下莫非只有一個寶玉，你也想他，我也想他，我們家的那一位，越發癡心起來了。看他的那個神情兒，是一定在寶玉身上的了。三番五次的病，可不是爲着這個是什麼？這家裏金的銀的還鬧不清，若添了一個什麼傅姑娘，更了不得了。我看，寶玉的心也在我們那一位的身上。聽着鴛鴦的說話，竟是見一個愛一個的。這不是我們姑娘白操了心了嗎？』

紫鵑對黛玉、寶玉如何能如此想，與前紫鵑判若兩人矣。

黛玉如此說，作者意在想寫黛玉思念寶玉也。

紫鵑本是想着黛玉，往下一想，連自己也不得主意了，不免掉下淚來。要想叫黛玉不用瞎操心呢，又恐怕他煩惱；若是看着他這樣，又可憐見兒的。左思右想，一時煩躁起來，自己啐自己道：『你替人耽什麼憂！就是林姑娘真配了寶玉，他的那性情兒也是難服侍的。寶玉性情雖好，又是貪多嚼不爛的。我倒勸人不必瞎操心，我自己纔是瞎操心呢！從今以後，我盡我的心，服侍姑娘，其餘的事全不管！』這麼一想，心裏倒覺清淨。

回到瀟湘館來，見黛玉獨自一人坐在炕上，理從前做過的詩文詞稿。擡頭見紫鵑來，便問：『你到那裏去了？』紫鵑道：『我今兒瞧了瞧姐妹們去。』黛玉道：『敢是找襲人姐姐去麼？』紫鵑道：『我找他做什麼？』黛玉一想這話，怎麼順嘴說了出來，反覺不好意思，便啐道：『你找誰，與我什麼相干！倒茶去罷。』

紫鵑也心裏暗笑，出來倒茶。只聽見園裏一疊聲亂嚷，不知何故，一面倒茶，一面叫人去打聽。回來說道：『怡紅院裏的海棠，本來萎了幾棵，也沒人去澆灌他。昨日寶玉走去瞧，見枝頭上好像有了骨朵兒似的。人都不信，沒有理他。忽然今日開得很好的海棠花，衆人詫異，都爭着去看，連老太太、太太都哄動了，來瞧花兒呢。所以大奶奶叫人收拾園裏敗葉枯枝，這些人在那裏傳喚。』黛玉也聽見了，知道老太太來，便更了衣，叫雪雁去打聽，『若是老太太來了，即來告訴我。』

因海棠不時而發，引出李紈、探春不同的想法，一則以喜，一則以憂也。

黛玉稱讚寶玉讀書，大違前意。黛玉亦與前判若兩人矣。

雪雁去不多時，便跑來說：『老太太、太太好些人都來了。請姑娘就去罷。』黛玉略自照了一照鏡子，掠了一掠鬢髮，便扶着紫鵑，到怡紅院來。已見老太太坐在寶玉常臥的榻上，黛玉便說道：『請老太太安。』退後，便見了邢、王二夫人，回來與李紈、探春、惜春、邢岫煙彼此問了好。只有鳳姐因病未來；史湘雲因他叔叔調任回京，接了家去；薛寶琴跟他姐姐家去住了；李家姐妹因見園內多事，李嬸娘帶了在外居住。所以黛玉今日見的只有數人。

大家說笑了一回，講究這花開得古怪。賈母道：『這花兒應在三月裏開的，如今雖是十一月，因節氣遲，還算十月，應着小陽春的天氣，因爲和暖，開花也是有的。』王夫人道：『老太太見的多，說得是，也不爲奇。』邢夫人道：『我聽見這花已經萎了一年，怎麼這回不應時候兒開了？必有個原故。』李紈笑道：『老太太與太太說得都是。據我的糊塗想頭，必是寶玉有喜事來了，此花先來報信。』探春雖不言語，心內想：『此花必非好兆。大凡順者昌，逆者亡。草木知運，不時而發，必是妖孽。』只不好說出來。

獨有黛玉聽說是喜事，心裏觸動，便高興說道：『當初田家有荆樹一棵，三個弟兄因分了家，那荆樹便枯了。後來感動了他弟兄們，仍舊歸在一處，那荆樹也就榮了。可知草木也隨人的。如今二哥哥認真念書，舅舅喜歡，那棵樹也就發賈赦偏認爲是花妖。賈政是聽其自然的態度，實較賈赦爲高，蓋禍福自有因由，豈砍掉樹木所能改變。

賈母敢當其禍，甘讓其福，是往日性格。

賈母不懂詩，亦不好詩，何以此處忽由賈母提出叫寶玉等做詩。

李紈頗得雅趣。

了。』賈母、王夫人聽了喜歡，便說：『林姑娘比方得有理，很有意思。』正說着，賈赦、賈政、賈環、賈蘭都進來看花。賈赦便說：『據我的主意，把他砍去。必是花妖作怪。』賈政道：『見怪不怪，其怪自敗。不用砍他，隨他去就是了。』賈母聽見，便說：『誰在這裏混說？人家有喜事好處，什麼怪不怪的！若有好事，你們享去；若是不好，我一個人當去。你們不許混說。』賈政聽了，不敢言語，訕訕的同賈赦等走了出來。

那賈母高興，叫人傳話到厨房裏，快快預備酒席，大家賞花。叫：『寶玉、環兒、蘭兒各人做一首詩誌喜。林姑娘的病纔好，不要他費心；若高興，給你們改改。』對着李紈道：『你們都陪我喝酒。』李紈答應了『是』，便笑對探春道：『都是你鬧的。』探春道：『饒不叫我們做詩，怎麼我們鬧的？』李紈道：『海棠社不是你起的麼？如今那棵海棠也要來入社了。』大家聽着，都笑了。

一時擺上酒菜，一面喝着，彼此都要討老太太的歡喜，大家說些興頭話。寶玉上來，斟了酒，便立成了四句詩，寫出來，念與賈母聽道：

海棠何事忽摧隤。今日繁花爲底開。
應是北堂增壽考，一陽旋復占先梅。

賈環也寫了來念道：

由賈母評詩，亦是以前所無之事。

卻是寶玉想頭。

草木逢春當茁芽。海棠未發候偏差。
人間奇事知多少，冬月開花獨我家。

賈蘭恭楷謄正，呈與賈母，賈母命李紈念道：

煙凝媚色春前萎。霜浥微紅雪後開。
莫道此花知識淺，欣榮預佐合歡杯。

賈母聽畢，便說：『我不大懂詩，聽去倒是蘭兒的好，環兒做得不好。都上來吃飯罷。』

寶玉看見賈母喜歡，更是興頭，因想起：『晴雯死的那年海棠死的，今日海棠復榮，我們院內這些人自然都好。但是晴雯不能像花的死而復生了。』頓覺轉喜爲悲。忽又想起前日巧姐提鳳姐要把五兒補入，或此花爲他而開，也未可知，卻又轉悲爲喜，依舊說笑。

賈母還坐了半天，然後扶了珍珠回去了，王夫人等跟着過來。只見平兒笑嘻嘻的迎上來，說：『我們奶奶知道老太太在這裏賞花，自己不得來，叫奴才來服侍老太太、太太們。還有兩匹紅，送給寶二爺包裹這花，當作賀禮。』襲人過來接了，呈與賈母看。賈母笑道：『偏是鳳丫頭行出點事兒來，叫人看着又體面，又新鮮，很有趣兒。』襲人笑着向平兒道：『回去替寶二爺給二奶奶道謝。要有喜，大家原來鳳姐心中別有疑忌，欲借紅色以壓邪耳。

海棠花開而寶玉失玉，則花開是不祥矣。

從寶玉失玉起，寶玉即開始進入神志模糊的境界，爲寶玉情節之一大變化。

喜。』賈母聽了，笑道：『噯喲，我還忘了呢。鳳丫頭雖病着，還是他想得到，送得也巧。』一面說着，衆人就隨着去了。

平兒私與襲人道：『奶奶說，這花開得奇怪，叫你鉸塊紅綢子掛掛，便應在喜事上去了。以後也不必只管當作奇事混說。』襲人點頭答應，送了平兒出去。不提。

且說那日，寶玉本來穿着一裹圓的皮襖在家歇息；因見花開，只管出來看一回，賞一回，嘆一回，愛一回的，心中無數悲喜離合，都弄到這株花上去了。忽然聽說賈母要來，便去換了一件狐腋箭袖，罩一件元狐腿外褂，出來迎接賈母。匆匆穿換，未將通靈寶玉掛上。及至後來賈母去了，仍舊換衣。

襲人見寶玉脖子上沒有掛着，便問：『那塊玉呢？』寶玉道：『纔剛忙亂換衣，摘下來放在炕桌上，我沒有帶。』襲人回看桌上並沒有玉，便向各處找尋，蹤影全無，嚇得襲人滿身冷汗。寶玉道：『不用着急，少不得在屋裏的。問他們就知道了。』

襲人當作麝月等藏起嚇他頑，便向麝月等笑着說道：『小蹄子們，頑呢到底有個頑法。把這件東西藏在那裏了？別真弄丟了，那可就大家活不成了。』麝月等都正色道：『這是那裏的話？頑是頑，笑是笑。這個事非同兒戲，你可別混說。你自己昏了心了，想想罷，想想擱在那裏了？這會子又混賴人了。』

襲人見他這般光景，不像是頑話，便着急道：『皇天菩薩小祖宗，到底你擺在那裏去了？』寶玉道：『我記得明明放在炕桌上的。你們到底找啊。』襲人、麝月、秋紋等也不敢叫人知道，大家偷偷兒的各處搜尋，鬧了大半天，毫無影響，甚至翻箱倒籠，實在沒處去找，便疑到方纔這些人進來，不知誰撿了去了。襲人說道：『進來的，誰不知道這玉是性命似的東西呢，誰敢撿了去呢？你們好歹先別聲張，快到各處問去。若有姐妹們撿着嚇我們頑呢，你們給他磕頭，要了回來。若是小丫頭偷了去，問出來，也不回上頭，不論做什麽送他，換了出來，都使得的。這可不是小事，真要丟了這個，比丟了寶二爺的還利害呢。』麝月、秋紋剛要往外走，襲人又趕出來，囑咐道：『頭裏在這裏吃飯的倒先別問去，找不成，再惹出些風波來，更不好了。』麝月等依言分頭各處追問，人人不曉，個個驚疑。麝月等回來，俱目瞪口獃，面面相窺。寶玉也嚇怔了。襲人急的只是乾哭。找是沒處找，回又不敢回，怡紅院裏的人嚇得個個像木雕泥塑一般。

大家正在發獃，只見各處知道的都來了。探春叫把園門關上，先命個老婆子帶着兩個丫頭，再往各處去尋去，一面又叫告訴衆人：『若誰找出來，重重的賞銀。』大家頭宗要脫干係，二宗聽見重賞，不顧命的混找了一遍，甚至於茅廁裏都找到。

誰知那塊玉竟像繡花針兒一般，找了一天，總無影響。

李紈急了，說：『這件事不是頑的，我要說句無禮的話了。』衆人道：『什麽呢？』李紈道：『事情到了這裏，也顧不得了。現在園裏，除了寶玉，都是女人。要求各位姐姐、妹妹、姑娘都要叫跟來的丫頭脱了衣服，大家搜一搜。若沒有，再叫丫頭們去搜那些老婆子、並粗使的丫頭。』大家說道：『這話也說的有理。現在人多手亂，魚龍混雜，倒是這麽一來，你們也洗洗清。』探春獨不言語。那些丫頭們也都願意洗淨自己。先是平兒起，平兒說道：『打我先搜起。』於是各人自己解懷，李紈一氣兒混搜。

探春嗔着李紈道：『大嫂子，你也學那起不成材料的樣子來了。那個人既偷了去，還肯藏在身上？況且，這件東西在家裏是寶，到了外頭，不知道的是廢物，偷他做什麽？我想來，必是有人使促狹。』衆人聽說，又見環兒不在這裏，昨兒是他滿屋裏亂跑，都疑到他身上，只是不肯說出來。探春又道：『使促狹的，只有環兒。你們叫個人，去悄悄的叫了他來，背地裏哄着他，叫他拿出來，然後嚇着他，叫他不要聲張。這就完了。』大家點頭稱是。

李紈便向平兒道：『這件事，還是得你去，纔弄得明白。』平兒答應，就趕着去了。不多時，同了環兒來了。衆人假意裝出沒事的樣子，叫人沏了碗茶，擱在裏

李紈竟出此惡俗主意，從抄檢大觀園竟發展到搜身了。情況愈來愈糟。

探春獨抱異見。

探春畢竟有見地，批評得是。

又疑到賈環，可見人不能被惡名，被惡名則衆惡皆歸矣。

賈環說得對。

難怪賈環發怒。

間屋裏，衆人故意搭赸走開。

原叫平兒哄他，平兒便笑着向環兒道：『你二哥哥的玉丢了，你瞧見了沒有？』賈環便急得紫漲了臉，瞪着眼說道：『人家丢了東西，你怎麽又叫我來查問，疑我？我是犯過案的賊麽？』平兒見這樣子，倒不敢再問，便又陪笑道：『不是這麽說。怕三爺要拿了去嚇他們，所以白問問瞧見了沒有，好叫他們找。』賈環道：『他的玉在他身上，看見不看見，該問他，怎麽問我？捧着他的人多着咧！得了什麽，不來問我。丢了東西，就來問我！』說着，起身就走。衆人不好攔他。

這裏寶玉倒急了，說道：『都是這勞什子鬧事，我也不要他了。你們也不用鬧了。環兒一去，必是嚷得滿院裏都知道了，這可不是鬧事了麽？』襲人等急得又哭道：『小祖宗，你看這玉丢了沒要緊，若是上頭知道了，我們這些人就要粉身碎骨了！』說着，便嚎啕大哭起來。

衆人更加傷感，明知此事掩飾不來，只得要商議定了話，回來好回賈母諸人。寶玉道：『你們竟也不用商議，硬說我砸了就完了。』平兒道：『我的爺，好輕巧話兒！上頭要問爲什麽砸的呢？他們也是個死啊。倘或要起砸破的碴兒來，那又怎麽樣呢？』寶玉道：『不然，便說我前日出門丢了。』衆人一想，這句話倒還混得過去，但是這兩天又沒上學，又沒往別處去。寶玉道：『怎麽沒有？大前兒還到南惹出趙姨娘來了。

趙姨娘本來無風要起浪，現在既有風，便可掀起巨浪了。

寶玉的謊言一駁就倒。

趙姨娘又找到了說話的機會。

安王府裏聽戲去了呢，便說那日丟的。』探春道：『那也不妥。既是前兒丟的，爲什麼當日不來回？』衆人正在胡思亂想，要裝點撒謊，只聽得趙姨娘的聲兒，哭着喊着走來，說：『你們丟了東西，自己不找，怎麼叫人背地裏拷問環兒？我把環兒帶了來，索性交給你們這一起洑上水的。該殺該剮，隨你們罷。』說着，將環兒一推，說：『你是個賊，快快的招罷！』氣得環兒也哭喊起來。

李紈正要勸解，丫頭來說：『太太來了。』襲人等此時無地可容，寶玉等趕忙出來迎接。趙姨娘暫且也不敢作聲，跟了出來。王夫人見衆人都有驚惶之色，纔信方纔聽見的話，便道：『那塊玉真丟了麼？』衆人都不敢作聲。王夫人走進屋裏坐下，便叫襲人。慌得襲人連忙跪下，含淚要稟。王夫人道：『你起來，快快叫人細細找去，一忙亂倒不好了。』襲人哽咽難言。

寶玉生恐襲人直告訴出來，便說道：『太太，這事不與襲人相干。是我前日到南安王府那裏聽戲，在路上丟了。』王夫人道：『爲什麼那日不找？』寶玉道：『我怕他們知道，沒有告訴他們。我叫焙茗等在外頭各處找過的。』王夫人道：『胡說。如今脫換衣服，不是襲人他們服侍的麼？大凡哥兒出門回來，手巾、荷包短了，還要查個明白，何況這塊玉不見了，便不問的麼？』寶玉無言可答。

趙姨娘聽見，便得意了，忙接過口道：『外頭丟了東西，也賴環兒！』話未說完，被王夫人喝道：『這裏說這個，你且說那些沒要緊的話！』趙姨娘便不敢言語了。還是李紈、探春從實的告訴了王夫人一遍，王夫人也急得淚如雨下，索性要回明賈母，去問邢夫人那邊跟來的這些人去。

鳳姐病中也聽見寶玉失玉，知道王夫人過來，料躲不住，便扶了豐兒來到園裏。正值王夫人起身要走，鳳姐姣怯怯的說：『請太太安。』寶玉等過來，問了鳳姐好。王夫人因說道：『你也聽見了麼，這可不是奇事嗎？剛纔眼錯不見就丟了，再找不着。你去想想，打從老太太那邊丫頭起，至你們平兒，誰的手不穩，誰的心促狹？我要回了老太太，認真的查出來纔好。不然，是斷了寶玉的命根子了。』鳳姐回道：『咱們家人多手雜，自古說的，「知人知面不知心」，那裏保得住誰是好的？但是一吵嚷，已經都知道了，偷玉的人若叫太太查出來，明知是死無葬身之地，他着了急，反要毀壞了滅口。那時可怎麼處呢？據我的糊塗想頭，只說寶玉本不愛他，撂丟了，也沒有什麼要緊。只要大家嚴密些，別叫老太太、老爺知道。這麼說了，暗暗的派人去各處察訪，哄騙出來，那時玉也可得，罪名也好定。不知太太心裏怎麼樣？』

總是鳳姐的主意穩一些，亦如抄檢大觀園時鳳姐的意見。

王夫人遲了半日，纔說道：『你這話雖也有理，但只是老爺跟前怎麼瞞的過呢？』便叫環兒過來，道：『你二哥哥的玉丟了，白問了你一句，怎麼你就亂嚷？

若是嚷破了，人家把那個毀壞了，我看你活得活不得！』賈環嚇得哭道：『我再不敢嚷了。』趙姨娘聽了，那裏還敢言語。王夫人便吩咐衆人道：『想來，自然有沒找到的地方兒，好端端的在家裏的，還怕他飛到那裏去不成？只是不許聲張。限襲人三天內給我找出來。要是三天找不着，只怕也瞞不住，大家那就不用過安靜日子了。』說着，便叫鳳姐兒跟到邢夫人那邊商議踩緝。不提。

這裏，李紈等紛紛議論，便傳喚看園子的一干人來，叫把園門鎖上，快傳林之孝家的來，悄悄兒的告訴了他，叫他吩咐前後門上，三天之內，不論男女下人，從裏頭可以走動，要出時一概不許放出。只說裏頭丟了東西，待這件東西有了着落，然後放人出來。

林之孝家的答應了『是』，因說：『前兒奴才家裏也丟了一件不要緊的東西，林之孝必要明白，上街去找了一個測字的。那人叫做什麼劉鐵嘴，測了一個字，說的很明白，回來依舊一找，便找着了。』襲人聽見，便央及林家的道：『好林奶奶，出去快求林大爺替我們問問去。』那林之孝家的答應着出去了。

邢岫煙道：『若說那外頭測字打卦的，是不中用的。我在南邊聞妙玉能扶乩，何不煩他問一問。況且我聽見說，這塊玉原有仙機，想來問得出來。』衆人都詫異道：『咱們常見的，從沒有聽他說起。』麝月便忙問岫煙道：『想來，別人求他是奇極神極，竟有人能送來。

不肯的。好姑娘，我給姑娘磕個頭，求姑娘就去，若問出來了，我一輩子總不忘你的恩。』說着，趕忙就要磕下頭去，岫煙連忙攔住。黛玉等也都慫恿着岫煙速往櫳翠庵去。

一面林之孝家的進來，說道：『姑娘們大喜。林之孝測了字，回來說，這玉是丟不了的，將來橫豎有人送還來的。』衆人聽了，也都半信半疑。惟有襲人、麝月喜歡的了不得。探春便問：『測的是什麼字？』林之孝家的道：『他的話多，奴才也學不上來。記得是拈了個賞人東西的「賞」字。那劉鐵嘴也不問，便說：「丟了東西不是？」』李紈道：『這就算好。』

林之孝家的道：『他還說，「賞」字上頭一個「小」字，底下一個「口」字，這件東西很可嘴裏放得，必是個珠子寶石。』衆人聽了，誇讚道：『真是神仙。往下怎麼說？』林之孝家的道：『他說，底下「貝」字，折開不成一個「見」字，可不是「不見」了？因上頭拆了「當」字，叫快到當鋪裏找去。「賞」字加一「人」字，可不是「償」字？只要找着當鋪，就有人。有了人，便贖了來。可不是償還了嗎？』衆人道：『既這麼着，就先往左近找起。橫豎幾個當鋪都找遍了，少不得就有了。咱們有了東西，再問人就容易了。』李紈道：『只要東西，那怕不問人都使得。林嫂子，煩你就把測字的話快去告訴二奶奶，回了太太，先叫太太放心。就叫二奶奶快派人查去。』林家的答應了便走。

衆人略安了一點兒神，獃獃的等岫煙回來。正獃等，只見跟寶玉的焙茗在門外招手兒，叫小丫頭子快出來。那小丫頭趕忙的出去了。焙茗便說道：『你快進去，告訴我們二爺和裏頭太太、奶奶、姑娘們，天大喜事。』那小丫頭子道：『你快說罷，怎麼這麼累贅？』焙茗笑着拍手道：『我告訴姑娘，姑娘進去回了，咱們兩個人都得賞錢呢。你打量什麼？寶二爺的那塊玉呀，我得了准信來了。』

未知如何，下回分解。

以上寶玉失玉情節，行文尚覺自然可讀。

【回後評】

賈璉秉王夫人之意，讓二十四個女孩子回本地出家，一是繼續葬送此二十四個青年女子之命運，二是此二十四人豈能真押送回本地。書中虛寫一筆，則此二十四人命運慘矣！

賈芹與沁香、鶴仙等之胡行，賈璉與賴大等均瞞上欺下包庇了之。王夫人說『若是芹兒這麼樣起來，這還成咱們家的人了麼？』王夫人一向顢頇懵懂，豈知榮府之人，不僅賈璉、賈芹，連鳳姐亦作惡多端，王夫人一概不知，還以爲『咱們家的人』都是好樣的，真是愚而且蠢。

因傅家女人來說親，引起紫鵑一番想法，與前八十回大不合榫，讀者當細察之。

海棠花不時而開，此天時之故也，然書中是爲預示災情而寫，蓋前八十回海棠枯死而晴雯遇禍，此處海棠不時而開而寶玉失玉，總爲事之失常而寫耳！

寶玉失玉，是寫賈府之敗，一段家翻宅亂文字，頗能見其衰亂之狀。

第九十五回　因訛成實元妃薨逝　以假混真寶玉瘋顛

焙茗終日陪伴寶玉，於寶玉之玉，豈有不知底裏至此，乃當鋪裏『三百錢的也有，五百錢的也有』，此類玉決非寶玉所失之玉，焙茗自當一聽即知，豈有竟以爲是真者，此不合情理者也。

還是襲人明白。

話說焙茗在門口和小丫頭子說寶玉的玉有了，那小丫頭急忙回來告訴寶玉。衆人聽了，都推着寶玉出去問他，衆人在廊下聽着。寶玉也覺放心，便走到門口，問道：『你那裏得了？快拿來。』焙茗道：『拿是拿不來的，還得託人做保去呢。』寶玉道：『你快說是怎麽得的，我好叫人取去。』焙茗道：『我在外頭，知道林爺爺去測字，我就跟了去。我聽見說，在當鋪裏找。我沒等他說完，便跑到幾個當鋪裏去，我比給他們瞧，有一家便說有。我說，給我罷。那鋪子裏要票子。我說，當多少錢？他說，三百錢的也有，五百錢的也有。前兒有一個人，拿這麽一塊玉，當了三百錢去。今兒又有人，也拿一塊玉，當了五百錢去。』寶玉不等說完，便道：『你快拿三百五百錢去取了來，我們挑着看是不是。』裏頭襲人便啐道：『二爺不用理他，我小時候兒聽見我哥哥常說，有些人賣那些小玉兒，沒錢用便去當。想來是家家當鋪裏有的。』衆人正在聽得詫異，被襲人一說，想了一想，倒大家笑起來，說：『快叫二爺進來罷，不用理那糊塗東西了。他說的那些玉，想來不是正經東西。』

寶玉正笑着，只見岫煙來了。原來岫煙走到櫳翠庵，見了妙玉，不及閒話，便求妙玉扶乩。妙玉冷笑幾聲，說道：『我與姑娘來往，爲的是姑娘不是勢利場中的人。今日怎麼聽了那裏的謠言，過來纏我？況且我並不曉得什麼叫扶乩。』說着，將要不理。岫煙懊悔此來，知他脾氣是這麼着的，『一時我已說出，不好白回去，又不好與他質證他會扶乩的話。』只得陪着笑，將襲人等性命關係的話說了一遍，見妙玉略有活動，便起身拜了幾拜。

岫煙特來求妙玉扶乩，是意外之聞，亦情急而及此也。

妙玉歎道：『何必爲人作嫁！但是我進京以來，素無人知，今日你來破例，恐將來纏繞不休。』岫煙道：『我也一時不忍，知你必是慈悲的。便是將來他人求你，願不願在你，誰敢相強。』妙玉笑了一笑，叫道婆焚香，在箱子裏找出沙盤乩架，書了符，命岫煙行禮，祝告畢，起來同妙玉扶着乩。不多時，只見那仙乩疾書道：

妙玉總是有一番矯情。

噫！來無跡，去無蹤。青埂峰下倚古松。欲追尋，山萬重。入我門來一笑逢。

書畢，停了乩。岫煙便問請是何仙，妙玉道：『請的是拐仙。』岫煙録了出來，

乩語亦依前通靈遇雙真回和尚道士之語而來，唯已着跡，不如前超玄耳。

一個『鬧』字，寫出忙亂之狀。

請教妙玉解識。妙玉道：『這個可不能，連我也不懂。你快拿去，他們的聰明人多着哩。』

岫煙只得回來，進入院中，各人都問怎麼樣了。岫煙不及細說，便將所錄乩語遞與李紈。衆姊妹及寶玉爭看，都解的是：『一時要找，是找不着的。然而丟是丟不了的，不知幾時不找便出來了。但是青埂峰不知在那裏？』李紈道：『這是仙機隱語。咱們家裏那裏跑出青埂峰來？必是誰怕查出，撂在有松樹的山子石底下，也未可定。獨是「入我門來」這句，到底是入誰的門呢？』黛玉道：『不知請的是誰？』岫煙道：『拐仙。』探春道：『若是仙家的門，便難入了。』

襲人心裏着忙，便捕風捉影的混找，沒一塊石底下不找到，只是沒有。回到院中，寶玉也不問有無，只管傻笑。麝月着急道：『小祖宗！你到底是那裏丟的？說明了，我們就是受罪，也在明處啊。』寶玉笑道：『我說外頭丟的，你們又不依。你如今問我，我知道麼？』李紈、探春道：『今兒從早起鬧起，已到三更來的天了。你瞧林妹妹已經撐不住，各自去了。我們也該歇歇兒了，明兒再鬧罷。』說着大家散去。寶玉即便睡下。可憐襲人等哭一回，想一回，一夜無眠。暫且不提。

且說黛玉先自回去，想起金石的舊話來，反自喜歡，心裏說道：『和尚、道士的話真個信不得。果真金、玉有緣，寶玉如何能把這玉丟了呢？或者因我之事，一則以喜。

一則以憂。

拆散他們的金玉，也未可知。』想了半天，更覺安心，把這一天的勞乏竟不理會，重新倒看起書來。紫鵑倒覺身倦，連催黛玉睡下。黛玉雖躺下，又想到海棠花上，說『這塊玉原是胎裏帶來的，非比尋常之物，來去自有關係。若是這花主好事呢，不該失了這玉呀。看來，此花開的不祥，莫非他有不吉之事？』不覺又傷起心來。又轉想到喜事上頭，此花又似應開，此玉又似應失，如此一悲一喜，直想到五更，方睡着。

次日，王夫人等早派人到當鋪裏去查問，鳳姐暗中設法找尋。一連鬧了幾天，總無下落。還喜賈母、賈政未知。襲人等每日提心吊膽，寶玉也好幾天不上學，只是怔怔的，不言不語，沒心沒緒的。王夫人只知他因失玉而起，也不大着意。

那日，正在納悶，忽見賈璉進來請安，嘻嘻的笑道：『今日聽得軍機賈雨村打發人來告訴二老爺，說舅太爺陞了內閣大學士，奉旨來京，已定明年正月二十日宣麻。有三百里的文書去了。想舅太爺晝夜攢行，半個多月就要到了。姪兒特來回太太知道。』王夫人聽說，便歡喜非常。正想娘家人少，薛姨媽家又衰敗了，兄弟又在外任，照應不着。今日忽聽兄弟拜相回京，王家榮耀，將來寶玉都有倚靠，便把失玉的心又略放開些了，天天專望兄弟來京。

一喜一憂，均突然而至。

忽一天，賈政進來，滿臉淚痕，喘吁吁的説道：『你快去稟知老太太，即刻進宮。不用多人的，是你服侍進去。因娘娘忽得暴病，現在太監在外立等。他説，太醫院已經奏明痰厥，不能醫治。』王夫人聽説，便大哭起來。賈政道：『這不是哭的時候，快快去請老太太，説得寬緩些，不要嚇壞了老人家。』賈政説着，出來吩咐家人伺候。

王夫人收了淚，去請賈母，只説元妃有病，進去請安。賈母念佛道：『怎麽又病了？前番嚇的我了不得，後來又打聽錯了。這回情願再錯了也罷。』王夫人一面回答，一面催鴛鴦等開箱取衣飾，穿戴起來。王夫人趕着回到自己房中，也穿戴好了，過來伺候。一時出廳上轎進宮。不提。

且説元春自選了鳳藻宮後，聖眷隆重，身體發福，未免舉動費力。每日起居勞乏，時發痰疾。因前日侍宴回宮，偶沾寒氣，勾起舊病。不料此回甚屬利害，竟至痰氣壅塞，四肢厥冷。一面奏明，即召太醫調治。豈知湯藥不進，連用通關之劑，並不見效。內官憂慮，奏請預辦後事。所以傳旨命賈氏椒房進見。

賈母、王夫人遵旨進宮，見元妃痰塞口涎，不能言語，見了賈母，只有悲泣之狀，卻少眼淚。賈母進前請安，奏些寬慰的話。少時，賈政等職名遞進，宮嬪傳奏，元妃目不能顧，漸漸臉色改變。內宮太監即要奏聞，恐派各妃看視，椒房

《紅樓夢》故事之進入熱鬧華貴，是因元妃之省親，大觀園亦由是而建，今元妃之死，是賈家速敗之兆，亦是《紅樓夢》故事之將了也。

應前判詞『虎兔相逢大夢歸』。寅屬虎，卯屬兔也。

寫鳳姐心病，因娘家人而撂開，實寫其平時常爲心病所苦也。

姻戚未便久羈，請在外宮伺候。賈母、王夫人怎忍便離，無奈國家制度，只得下來，又不敢啼哭，惟有心內悲感。

朝門內官員有信。不多時，只見太監出來，立傳欽天監。賈母便知不好，尚未敢動。稍刻，小太監傳諭出來，說：『賈娘娘薨逝。』是年甲寅年十二月十八日立春，元妃薨日是十二月十九日，已交卯年寅月，存年四十三歲。賈母含悲起身，只得出宮上轎回家。賈政等亦已得信，一路悲戚。到家中，邢夫人、李紈、鳳姐、寶玉等出廳分東西迎着賈母請了安，並賈政、王夫人請安，大家哭泣。不提。

次日早起，凡有品級的，按貴妃喪禮，進內請安哭臨。賈政又是工部，雖按照儀注辦理，未免堂上又要周旋他些，同事又要請教他，所以兩頭更忙，非比從前太后與周妃的喪事了。但元妃並無所出，惟謚曰『賢淑貴妃』。此是王家制度，不必多贅。

只講賈府中男女天天進宮，忙的了不得。幸喜鳳姐兒近日身子好些，還得出來照應家事，又要預備王子騰進京接風賀喜。鳳姐胞兄王仁知道叔叔入了內閣，仍帶家眷來京。鳳姐心裏喜歡，便有些心病，有這些娘家的人，也便撂開，所以身子倒覺比前好了些。王夫人看見鳳姐照舊辦事，又把擔子卸了一半，又眼見兄弟來京，諸事放心，倒覺安靜些。

獨有寶玉原是無職之人，又不念書。代儒學裏知他家裏有事，也不來管他；賈政正忙，自然沒有空兒查他。想來寶玉趁此機會，竟可與姊妹們天天暢樂。不料他自失了玉後，終日懶怠走動，說話也糊塗了。並賈母等出門回來，有人叫他去請安，便去；沒人叫他，他也不動。襲人等懷着鬼胎，又不敢去招惹他，恐他生氣。每天茶飯，端到面前便吃，不來也不要。

失去通靈玉，已失去靈性矣。

襲人看這光景不像是有氣，竟像是有病的。襲人偷着空兒到瀟湘館告訴紫鵑，說是：『二爺這麼着，求姑娘給他開導開導。』紫鵑雖即告訴黛玉，只因黛玉想着親事上頭一定是自己了，如今見了他，反覺不好意思：『若是他來呢，原是小時在一處的，也難不理他；若說我去找他，斷斷使不得。』所以黛玉不肯過來。

初時還未看出有病。

還以爲是與以前一樣情景，故來求紫鵑開解，豈知此番完全是兩回事。

襲人又背地裏去告訴探春。那知探春心裏明明知道海棠開得怪異，寶玉失的更奇，接連着元妃姐姐薨逝，諒家道不祥，日日愁悶，那有心腸去勸寶玉。況兄妹們男女有別，只好過來一兩次，寶玉又終是懶懶的，所以也不大常來。

寫探春『才自精明』也，探春明知家運已入敗境，不是人力可以挽回。

寶釵也知失玉。因薛姨媽那日應了寶玉的親事，回去便告訴了寶釵。薛姨媽還說：『雖是你姨媽說了，我還沒有應准，說等你哥哥回來再定。你願意不願意？』寶釵反正色的對母親道：『媽媽這話說錯了。女孩兒家的事情，是父母做主的。如今我父親沒了，媽媽應該做主的。再不然，問哥哥。怎麼問起我來？』所

寶釵絕對遵奉父母之命。總是離不開『假』，其實其內心豈

有不喜，她平時深知薛蟠情景，反要聽薛蟠之意，亦是假意做作也。

寶釵從此不提『寶玉』二字，則正說明其心中千肯萬肯也。

寶玉失去『通靈寶玉』，則失去靈性，真成『臭皮囊』矣。

初看外表，尚不見異，豈知只是『臭皮囊』而已。

以薛姨媽更愛惜他，說他雖是從小嬌養慣的，卻也生來的貞靜，因此在他面前，反不提起寶玉了。寶釵自從聽此一說，把『寶玉』兩字自然更不提起了。如今雖然聽見失了玉，心裏也甚驚疑，倒不好問，只得聽旁人說去，竟像不與自己相干的。

只有薛姨媽打發丫頭過來了好幾次問信。因他自己的兒子薛蟠的事焦心，只等哥哥進京便好爲他出脫罪名，又知元妃已薨，雖然賈府忙亂，卻得鳳姐好了，出來理家，也把賈家的事撂開了。只苦了襲人，雖然在寶玉跟前低聲下氣的服侍勸慰，寶玉竟是不懂，襲人只有暗暗的着急而已。

過了幾日，元妃停靈寢廟，賈母等送殯去了幾天，豈知寶玉一日獃似一日，也不發燒，也不疼痛，只是吃不像吃，睡不像睡，甚至說話都無頭緒。那襲人、麝月等一發慌了，回過鳳姐幾次。鳳姐不時過來，起先道是找不着玉生氣，如今看他失魂落魄的樣子，只有日日請醫調治。煎藥吃了好幾劑，只有添病的，沒有減病的。及至問他那裏不舒服，寶玉也不說出來。

直至元妃事畢，賈母惦記寶玉，親自到園看視。王夫人也隨過來。襲人等忙叫寶玉接去請安。寶玉雖說是病，每日原起來行動，今日叫他接賈母去，他依然仍是請安，惟是襲人在旁扶着指教。賈母見了，便道：『我的兒，我打諒你怎麽病着，故此過來瞧你。今你依舊的模樣兒，我的心放了好些。』王夫人也自然是寬心的。

已無靈性，自然只是軀殼而已。

王夫人如此說，是爲庇護襲人也。

賈母深知失玉之大不祥。

但寶玉並不回答，只管嘻嘻的笑。賈母等進屋坐下，問他的話，襲人教一句，他說一句，大不似往常，直是一個傻子似的。

賈母愈看愈疑，便說：『我纔進來看時，不見有什麼病。如今細細一瞧，這病果然不輕，竟是神魂失散的樣子。到底因什麼起的呢？』王夫人知事難瞞，又瞧瞧襲人怪可憐的樣子，只得便依着寶玉先前的話，將那往南安王府裏去聽戲時丟了這塊玉的話，悄悄的告訴了一遍。心裏也徬徨的很，生恐賈母着急，並說：『現在着人在四下裏找尋，求籤問卦，都說在當鋪裏找，少不得找着的。』賈母聽了，急得站起來，眼淚直流，說道：『這件玉如何是丟得的！你們忒不懂事了，難道老爺也是撂開手的不成？』王夫人知賈母生氣，叫襲人等跪下，自己斂容低首回說：『媳婦恐老太太着急、老爺生氣，都沒敢回。』賈母咳道：『這是寶玉的命根子。因丟了，所以他是這麼失魂喪魄的，還了得！況是這玉滿城裏都知道，誰撿了去，便叫你們找出來麼！叫人快快請老爺，我與他說。』那時嚇得王夫人、襲人等俱哀告道：『老太太這一生氣，回來老爺更了不得了。現在寶玉病着，交給我們儘命的找來就是了。』賈母道：『你們怕老爺生氣，有我呢。』便叫麝月傳人去請。不一時傳進話來，說：『老爺謝客去了。』賈母道：『不用他也使得。你們便說我說的話，暫且也不用責罰下人，我便叫璉兒來寫出賞格，懸在前日經過的地方，便賈母之懸賞，是因王夫人說是在外邊丟失也。如無外邊丟失之說，則懸賞何用！

寶玉從此離開大觀園。則亦從此別瀟湘館矣！

大觀園因諸釵聚居，纔見花柳繁華，富貴溫柔，纔有諸多詩詞結社韻事，今寶玉出園，亦見大觀園之繁華已盡，諸釵漸次風流雲散矣。

說：有人撿得送來者，情願送銀一萬兩。如有知人撿得，送信找得者，送銀五千兩。如真有了，不可吝惜銀子。這麽一找，少不得就找出來了。若是靠着咱們家幾個人找，就找一輩子，也不能得。』王夫人也不敢直言。賈母傳話告訴賈璉，叫他速辦去了。賈母便叫人：『將寶玉動用之物都搬到我那裏去，只派襲人、秋紋跟過來，餘者仍留園內看屋子。』寶玉聽了，終不言語，只是傻笑。賈母便攜了寶玉起身，襲人等攙扶出園。回到自己房中，叫王夫人坐下，看人收拾裏間屋內安置。便對王夫人道：『你知道我的意思麽？我爲的園裏人少，怡紅院裏的花樹忽萎忽開，有些奇怪。頭裏仗着一塊玉能除邪祟，如今此玉丟了，生恐邪氣易侵，故我帶他過來一塊兒住着。這幾天也不用叫他出去，大夫來就在這裏瞧。』王夫人聽說，便接口道：『老太太想的自然是。如今寶玉同着老太太住了，老太太的福氣大，不論什麽都壓住了。』賈母道：『什麽福氣，不過我屋裏乾淨些，經卷也多，都可以念念定定心神。你問寶玉好不好？』

那寶玉見問，只是笑。襲人叫他說『好』，寶玉也就說『好』。王夫人見了這般光景，未免落淚，在賈母這裏，不敢出聲。賈母知王夫人着急，便說道：『你回去罷，這裏有我調停他。晚上老爺回來，告訴他，不必來見我，不許言語就是了。』王夫人去後，賈母叫鴛鴦找些安神定魄的藥，按方吃了。不提。

賈政是道聽途說得知的。

賈政於寶玉，終薄骨肉之情，聞信而不憂其病，只憎其『孽障』，則賈政之於其子，亦略無慈父之心也。

因為懸賞，自有人送玉。

且說賈政當晚回家，在車內聽見道兒上人說道：『人要發財，也容易的很。』那個問道：『怎麼見得？』這個人又道：『今日聽見，榮府裏丟了什麼哥兒的玉了，貼着招帖兒，上頭寫着玉的大小、式樣、顏色，說有人撿了送去，就給一萬兩銀子。送信的還給五千呢。』賈政雖未聽得如此真切，心裏詫異，急忙趕回，便叫門上的人問起那事來。門上的人稟道：『奴才頭裏也不知道。今兒晌午，璉二爺傳出老太太的話，叫人去貼帖兒，纔知道的。』賈政便嘆氣道：『家道該衰，偏生養這麼一個孽障！纔養他的時候，滿街的謠言，隔了十幾年略好了些，這會子又大張曉諭的找玉，成何道理！』說着，忙走進裏頭去問王夫人。王夫人便一五一十的告訴。賈政知是老太太的主意，又不敢違拗，只抱怨王夫人幾句。又走出來，叫瞞着老太太，背地裏揭了這個帖兒下來。豈知早有那些遊手好閒的人揭了去了。

過了些時，竟有人到榮府門上，口稱送玉來。家內人們聽見，喜歡的了不得，便說：『拿來，我給你回去。』那人便懷內掏出賞格來，指給門上人瞧：『這不是你府上的帖子麼，寫明送玉來的給銀一萬兩。二太爺，你們這會子瞧我窮，回來我得了銀子，就是個財主了。別這麼待理不理的。』門上聽他話頭來得硬，說道：『你到底略給我瞧一瞧，我好給你回去。』那人初倒不肯，後來聽人說得有理，便掏出那玉，托在掌中一揚，說：『這是不是？』眾家人原是在外服役，只知有玉，也不常見，今日纔看見這玉的模樣兒了，急忙跑到裏頭，搶頭報似的。

那日賈政、賈赦出門，只有賈璉在家。衆人回明，賈璉還細問真不真。門上人口稱：『親眼見過，只是不給奴才，要見主子，一手交銀，一手交玉。』賈璉卻也喜歡，忙去稟知王夫人，即便回明賈母，把個襲人樂得合掌念佛。賈母並不改口，一叠連聲：『快叫璉兒請那人到書房內坐下，將玉取來一看，即便送銀。』賈璉依言，請那人進來，當客待他，用好言道謝：『要借這玉送到裏頭，本人見了，謝銀分釐不短。』那人只得將一個紅綢子包兒送過去。賈璉打開一看，可不是那一塊晶瑩美玉嗎！賈璉素昔原不理論，今日倒要看看。看了半日，上面的字也仿佛認得出來，什麽『除邪祟』等字。賈璉看了，喜之不勝，便叫家人伺候，忙忙的送與賈母、王夫人認去。

這會子驚動了合家的人，都等着爭看。鳳姐見賈璉進來，便劈手奪去，不敢先看，送到賈母手裏。賈璉笑道：『你這麽一點兒事還不叫我獻功呢。』賈母打開看時，只見那玉比先前昏暗了好些，一面用手擦摸，鴛鴦拿上眼鏡兒來，戴着一瞧，説：『奇怪，這塊玉倒是的，怎麽把頭裏的寶色都沒了呢？』王夫人看了一會子，也認不出，便叫鳳姐過來看。鳳姐看了道：『像倒像，只是顔色不大對。不如叫寶兄弟自己一看就知道了。』襲人在旁也看着未必是那一塊，只是盼得的心盛，也不到寶玉處，纔辨出真假，衆人皆不能辨，可見不知真假之人多也。

亦是千金市駿骨之意。

敢說出不像來。鳳姐於是從賈母手中接過來，同着襲人拿來給寶玉瞧。

這時，寶玉正睡着纔醒。鳳姐告訴道：『你的玉有了。』寶玉睡眼朦朧，接在手裏也沒瞧，便往地下一撂，道：『你們又來哄我了。』說着，只是冷笑。鳳姐連忙拾起來，道：『這也奇了，怎麽你沒瞧就知道呢？』寶玉也不答言，只管笑。王夫人也進屋裏來了，見他這樣，便道：『這不用說了。他那玉原是胎裏帶來的一種古怪東西，自然他有道理。想來這個必是人見了帖兒照樣做的。』大家此時恍然大悟。

賈璉在外間屋裏聽見這話，便說道：『既不是，快拿來給我問問他去，人家這樣事，他敢來鬼混！』賈母喝住，道：『璉兒，拿了去給他，叫他去罷。那也是窮極了的人沒法兒了，所以見我們家有這樣事，他便想着賺幾個錢，也是有的。如今白白的花了錢弄了這個東西，又叫咱們認出來了。依着我，不要難爲他，把這玉還他，說不是我們的，賞給他幾兩銀子。外頭的人知道了，纔肯有信兒就送來呢。若是難爲了這一個人，就有真的，人家也不敢拿來了。』賈璉答應出去。

那人還等着呢，半日不見人來，正在那裏心裏發虛。只見賈璉氣忿走出來了。未知何如，下回分解。

【回後評】

寶玉失玉，元妃薨逝，皆賈府將敗之兆。

寶釵婚事，寶釵反正色告其母要以其母之命，其兄之意爲定，其實皆假意也。寶釵豈不知其母之意，又豈必待其兄之意，實故意如此耳，此真寶釵之爲人也。

妙玉並不是真不願爲寶玉扶乩，是故作矯情耳，此亦真妙玉之爲人。

寶玉因失玉而搬出大觀園，怡紅院從此冷落矣，瀟湘館亦從此別矣，此實文章之大關鍵處，而亦寶、黛二人分離之始也。

第九十六回　瞞消息鳳姐設奇謀　洩機關顰兒迷本性

話說賈璉拿了那塊假玉忿忿走出，到了書房。那個人看見賈璉的氣色不好，心裏先發了虛了，連忙站起來迎着。剛要說話，只見賈璉冷笑道：『好大膽，我把你這個混賬東西！這裏是什麽地方兒，你敢來掉鬼！』回頭便問：『小厮們呢？』外頭轟雷一般，幾個小厮齊聲答應。賈璉道：『取繩子去捆起他來。等老爺回來回明了，把他送到衙門裏去。』衆小厮又一齊答應：『預備着呢。』嘴裏雖如此，卻不動身。那人先自唬的手足無措，見這般勢派，知道難逃公道，只得跪下，給賈璉碰頭，口口聲聲只叫：『老太爺，别生氣。是我一時窮極無奈，纔想出這個没臉的營生來。那玉是我借錢做的，我也不敢要了，只得孝敬府裏的哥兒頑罷。』説畢，又連連磕頭。賈璉啐道：『你這個不知死活的東西！這府裏希罕你的那朽不了的浪東西！』

正鬧着，只見賴大進來，陪着笑向賈璉道：『二爺别生氣了。靠他算個什麽東西，饒了他，叫他滾出去罷。』賈璉道：『實在可惡。』賴大、賈璉作好作歹，衆人在外頭都說道：『糊塗狗攮的，還不給爺和賴大爺磕頭呢！快快的滾罷，還等窩心腳呢！』那人趕忙磕了兩個頭，抱頭鼠竄而去。從此街上鬧動了『賈寶玉弄出「假寶玉」』來。

且說賈政那日拜客回來，衆人因爲燈節底下，恐怕賈政生氣，已過後的事了，便也都不肯回。只因元妃的事忙碌了好些時，近日寶玉又病着，雖有舊例家宴，大家無興，也無有可記之事。

到了正月十七日，王夫人正盼王子騰來京，只見鳳姐進來，回說：『今日二爺在外，聽得有人傳說，我們家大老爺趕着進京，離城只二百多里地，在路上沒了。太太聽見了沒有？』王夫人吃驚道：『我沒有聽見，老爺昨晚也沒有說起。到底在那裏聽見的？』鳳姐道：『說是在樞密張老爺家聽見的。』王夫人怔了半天，那眼淚早流下來了，因拭淚說道：『回來再叫璉兒索性打聽明白了，來告訴我。』鳳姐答應去了。

正指望王子騰入朝，不想竟在路上死了，從此賈家朝中無人了。

王夫人不免暗裏落淚，悲女哭弟，又爲寶玉耽憂。如此連三接二，都是不隨意的事，那裏擱得住，便有些心口疼痛起來。又加賈璉打聽明白了，來說道：『舅太娶金命的人，自然是寶釵無疑了。

爺是趕路勞乏，偶然感冒風寒。到了十里屯地方，延醫調治。無奈這個地方沒有名醫，誤用了藥，一劑就死了。但不知家眷可到了那裏沒有。』王夫人聽了，一陣心酸，便心口疼得坐不住，叫彩雲等扶了上炕，還扎掙着叫賈璉去回了賈政：『即速收拾行裝，迎到那裏，幫着料理完畢，即刻回來告訴我們，好叫你媳婦兒放心。』賈璉不敢違拗，只得辭了賈政起身。

賈政早已知道，心裏很不受用；又知寶玉失玉以後神志惛憒，醫藥無效；又值王夫人心疼。那年正值京察，工部將賈政保列一等。二月，吏部帶領引見。皇上念賈政勤儉謹慎，即放了江西糧道。即日謝恩，已奏明起程日期。雖有衆親朋賀喜，賈政也無心應酬，只念家中人口不寧，又不敢耽延在家。

正在無計可施，只聽見賈母那邊叫：『請老爺。』賈政即忙進去，看見王夫人帶着病也在那裏，便向賈母請了安。賈母叫他坐下，便說：『你不日就要赴任，我有多少話與你說，不知你聽不聽？』說着，掉下淚來。賈政忙站起來，說道：『老太太有話只管吩咐，兒子怎敢不遵命呢。』賈母哽咽着說道：『我今年八十一歲的人了，你又要做外任去。偏有你大哥在家，你又不能告親老。你這一去了，我所疼的，只有寶玉，偏偏的又病得糊塗，還不知道怎麼樣呢。我昨日叫賴大媳婦出去，叫人給寶玉算算命，這先生算得好靈，說要娶了金命的人幫扶他，必要沖沖喜纔

『還是要寶玉好呢，還是隨他去呢？』一句話，多大壓力。賈政豈能不允，何況賈政即使無『金命』之說，亦未必不同意娶寶釵。

好，不然只怕保不住。我知道你不信那些話，所以教你來商量。你的媳婦也在這裏，你們兩個也商量商量。還是要寶玉好呢，還是隨他去呢？』

賈政陪笑說道：『老太太當初疼兒子這麼疼的，難道做兒子的就不疼自己的兒子不成麽？只爲寶玉不上進，所以時常恨他，也不過是恨鐵不成鋼的意思。老太太既要給他成家，這也是該當的。豈有逆着老太太不疼他的理？如今寶玉病着，兒子也是不放心。因老太太不叫他見我，所以兒子也不敢言語。我到底瞧瞧寶玉是個什麽病。』王夫人見賈政說着也有些眼圈兒紅，知道心裏是疼的，便叫襲人扶了寶玉來。

寶玉見了他父親，襲人叫他請安，他便請了個安。賈政見他臉面很瘦，目光無神，大有瘋傻之狀，便叫人扶了進去，便想到：『自己也是望六的人了，如今又放外任，不知道幾年回來。倘或這孩子果然不好，一則年老無嗣，雖說有孫子，到底隔了一層；二則老太太最疼的是寶玉，若有差錯，可不是我的罪名更重了？』瞧瞧王夫人，一包眼淚，又想到他身上，復站起來，說：『老太太這麽大年紀，想法兒疼孫子，做兒子的還敢違拗？老太太主意，該怎麽便怎麽就是了。但只姨太太那邊，不知說明白了沒有？』王夫人便道：『姨太太是早應了的。只爲蟠兒的事沒有結案，所以這些時總沒提起。』賈政又道：『這就是第一層的難處。他哥此時金鎖之說，大見功效。

哥在監裏，妹子怎麼出嫁？況且貴妃的事，雖不禁婚嫁，寶玉應照已出嫁的姐姐有九個月的功服，此時也難娶親。再者我的起身日期已經奏明，不敢耽擱。這幾天怎麼辦呢？』

賈母想了一想：『說的果然不錯。若是等這幾件事過去，他父親又走了。倘或這病一天重似一天，怎麼好？只可越些禮辦了纔好。』想定主意，便說道：『你若給他辦呢，我自然有個道理，包管都礙不着。姨太太那邊，我和你媳婦親自過去求他。蟠兒那裏，我央蝌兒去告訴他，說是要救寶玉的命，諸事將就，自然應的。若說服裏娶親，當真使不得。況且寶玉病着，也不可教他成親，不過是沖沖喜。我們兩家願意，孩子們又有金玉的道理，婚是不用合的了。即挑了好日子，按着咱們家分兒過了禮。趕着挑個娶親日子，一概鼓樂不用，倒按宮裏的樣子，用十二對提燈，一乘八人轎子擡了來，照南邊規矩拜了堂。一樣坐牀撒帳，可不是算娶了親了麼？寶丫頭心地明白，是不用慮的。內中又有襲人，也還是個妥妥當當的孩子。再有個明白人常勸他，更好。他又和寶丫頭合的來。再者，姨太太曾說，寶丫頭的金鎖也有個和尚說過，只等有玉的便是婚姻。焉知寶丫頭過來，不因金鎖倒招出他那塊玉來，也定不得。從此一天好似一天，豈不是大家的造化？這會子，只要立刻收拾屋子，鋪排起來，這屋子是要你派的。一概親友不請，也不排筵席。待寶玉一場金玉良緣，原來是先演假戲。

賈政不願意，是不願意越禮制，非不願意『金玉良緣』也。

襲人自然歡喜。

好了，過了功服，然後再擺席請人。這麼着，都趕的上。你也看見了他們小兩口兒的事，也好放心的去。』

賈政聽了，原不願意，只是賈母做主，不敢違命，勉強陪笑説道：『老太太想得極是，也很妥當。只是要吩咐家下衆人，不許吵嚷得裏外皆知，這要耽不是的。姨太太那邊，只怕不肯。若是果真應了，也只好按着老太太的主意辦去。』賈母道：『姨太太那裏，有我呢。你去罷。』

賈政答應出來，心中好不自在。因赴任事多，部裏領憑，親友們薦人，種種應酬不絶，竟把寶玉的事，聽憑賈母交與王夫人、鳳姐兒了。惟將榮禧堂後身王夫人内屋旁邊一大跨所二十餘間房屋指與寶玉，餘者一概不管。賈母定了主意，叫人告訴他去，賈政只説很好。此是後話。

且説寶玉見過賈政，襲人扶回裏間炕上。因賈政在外，無人敢與寶玉説話，寶玉便昏昏沉沉的睡去。賈母與賈政所説的話，寶玉一句也没有聽見。

襲人等卻靜靜兒的聽得明白。頭裏雖也聽得些風聲，到底影響，只不見寶釵過來，卻也有些信真。今日聽了這些話，心裏方纔水落歸漕，倒也喜歡。心裏想道：『果然上頭的眼力不錯，這纔配得是，我也造化。若他來了，我可以卸了好些擔子。但是這一位的心裏，只有一個林姑娘。幸虧他没有聽見，若知道了，又不回應前事。

襲人這一點倒是料到了。確是催命了。一害三個人，一點不錯。

襲人此時說已是遲了，但即使早說亦必無用。然襲人能說，總算還是盡心。

知要鬧到什麼分兒了。』襲人想到這裏，轉喜爲悲，心想：『這件事怎麼好？老太太、太太那裏知道他們心裏的事。一時高興說給他知道，原想要他病好。若是他仍似前的心事：初見林姑娘，便要摔玉砸玉；況且那年夏天在園裏，把我當作林姑娘，說了好些私心話；後來因爲紫鵑說了句頑話兒，便哭得死去活來。若是如今和他說，要娶寶姑娘，竟把林姑娘撂開，除非是他人事不知還可，若稍明白些，只怕不但不能沖喜，竟是催命了！我再不把話說明，那不是一害三個人了麼。』

襲人想定主意，待等賈政出去，叫秋紋照看着寶玉，便從裏間出來，走到王夫人身旁，悄悄的請了王夫人到賈母後身屋裏去說話。賈母只道是寶玉有話，也不理會，還在那裏打算怎麼過禮，怎麼娶親。

那襲人同了王夫人到了後間，便跪下哭了。王夫人不知何意，把手拉着他，說：『好端端的，這是怎麼說，有什麼委屈，起來說。』襲人道：『這話奴才是不該說的，這會子因爲沒有法兒了。』王夫人道：『你慢慢的說。』襲人道：『寶玉的親事，老太太、太太已定了寶姑娘了，自然是極好的一件事。只是奴才想着，太太看去，寶玉和寶姑娘好，還是和林姑娘好呢？』王夫人道：『他兩個因從小兒在一處，所以寶玉和林姑娘又好些。』襲人道：『不是好些。』便將寶玉素與黛玉這些光景一一的說了，還說：『這些事都是太太親眼見的。獨是夏天的王夫人只是外面瞧出幾分，做母親的於兒子的心事如此漠然，則其愛只愛其身，未知愛其心也。

哪里來的萬全的主意，原來只是爲了萬全，不是爲了寶玉。

『林丫頭倒沒有什麼』，一句話，已把黛玉的生死置於度外。

鳳姐詭計多端，總不從正路想。

話，我從沒敢和別人說。』

王夫人拉着襲人道：『我看外面兒已瞧出幾分來了。你今兒一說，更加是了。但是剛纔老爺說的話，想必都聽見了。你看他的神情兒怎麼樣？』襲人道：『如今寶玉若有人和他說話，他就笑；沒人和他說話，他就睡。所以頭裏的話，卻倒都沒聽見。』王夫人道：『倒是這件事叫人怎麼樣呢？』襲人道：『奴才說是說了，還得太太告訴老太太，想個萬全的主意纔好。』王夫人便道：『既這麼着，你去幹你的，這時候滿屋子的人，暫且不用提起。等我瞅空兒回明老太太，再作道理。』說着，仍到賈母跟前。

賈母正在那裏和鳳姐兒商議，見王夫人進來，便問道：『襲人丫頭說什麼？這麼鬼鬼祟祟的。』王夫人趁問，便將寶玉的心事，細細回明賈母。賈母聽了，半日沒言語。王夫人和鳳姐也都不再說了。只見賈母嘆道：『別的事都好說。林丫頭倒沒有什麼。若寶玉真是這樣，這可叫人作了難了。』

只見鳳姐想了一想，因說道：『難倒不難。只是我想了個主意，不知姑媽肯不肯。』王夫人道：『你有主意，只管說給老太太聽，大家娘兒們商量着辦罷了。』鳳姐道：『依我想，這件事只有一個掉包兒的法子。』賈母道：『怎麼掉包兒？』鳳姐道：『如今不管寶兄弟明白不明白，大家吵嚷起來，說是老爺做主，此等事豈可掉包，真是異想天開，鳳姐視人命如兒戲耳！

王夫人本是愚蠢之極，反以鳳姐之計爲是，可悲可嘆！

賈母只知苦了寶丫頭，可見其全不以黛玉爲念，亦不以寶玉爲念也，悲夫！

鳳姐之哭，是因王子騰之死。

將林姑娘配了他了。瞧他的神情兒怎麽樣。要是他全不管，這個包兒也就不用掉了；若是他有些喜歡的意思，這事卻要大費周折呢。』王夫人道：『就算他喜歡，你怎麽樣辦法呢？』

鳳姐走到王夫人耳邊，如此這般的說了一遍。王夫人點了幾點頭兒，笑了一笑，說道：『也罷了。』賈母便問道：『你娘兒兩個搗鬼，到底告訴我是怎麽着呀？』鳳姐恐賈母不懂，露洩機關，便也向耳邊輕輕的告訴了一遍。賈母果真一時不懂，鳳姐笑着又說了幾句。賈母笑道：『這麽着也好，可就只忒苦了寶丫頭了。倘或吵嚷出來，林丫頭又怎麽樣呢？』鳳姐道：『這個話，原只說給寶玉聽，外頭一概不許提起，有誰知道呢？』

正說間，丫頭傳進話來，說：『璉二爺回來了。』王夫人恐賈母問及，使個眼色與鳳姐。鳳姐便出來，迎着賈璉努了個嘴兒，同到王夫人屋裏等着去了。一回兒，王夫人進來，已見鳳姐哭的兩眼通紅。賈璉請了安，將到十里屯料理王子騰的喪事的話說了一遍，便說：『有恩旨，賞了內閣的職銜，謚了文勤公，命本宗扶柩回籍，着沿途地方官員照料。昨日起身，連家眷回南去了。舅太太叫我回來請安問好，說如今想不到不能進京，有多少話不能說。聽見我大舅子要進京，若是路上遇見了，便叫他來到咱們這裏細細的說。』王夫人聽畢，其悲痛自不必言。鳳姐意外之情，意外之文，來得自然。

勸慰了一番：『請太太略歇一歇，晚上來再商量寶玉的事罷。』說畢，同了賈璉回到自己房中，告訴了賈璉，叫他派人收拾新房。不提。

一日，黛玉早飯後，帶着紫鵑到賈母這邊來，一則請安，二則也爲自己散散悶。出了瀟湘館，走了幾步，忽然想起忘了手絹子來，因叫紫鵑回去取來，自己卻慢慢的走着等他。剛走到沁芳橋那邊山石背後，當日同寶玉葬花之處，忽聽一個人嗚嗚咽咽在那裏哭。

黛玉煞住腳聽時，又聽不出是誰的聲音，也聽不出哭着叨叨的是些什麽話。心裏甚是疑惑，便慢慢的走去。及到了跟前，卻見一個濃眉大眼的丫頭在那裏哭呢。黛玉未見他時，還只疑府裏這麽大丫頭有什麽說不出的心事，所以來這裏發洩發洩。及至見了這個丫頭，卻又好笑，因想到，這種蠢貨有什麽情種，自然是那屋裏作粗活的丫頭受了大女孩子的氣了。細瞧了一瞧，卻不認得。那丫頭見黛玉來了，便也不敢再哭，站起來拭眼淚。

黛玉問道：『你好好的，爲什麽在這裏傷心？』那丫頭聽了這話，又流淚道：『林姑娘，你評評這個理。他們說話，我又不知道。我就說錯了一句話，我姐姐也不犯就打我呀。』黛玉聽了，不懂他說的是什麽，因笑問道：『你姐姐是那一用傻大姐來洩密，最是合理。

一句話，如五雷轟頂。

不單洩密，竟是和盤托出，一傾而盡。

個？』那丫頭道：『就是珍珠姐姐。』黛玉聽了，纔知他是賈母屋裏的，因又問：『你叫什麼？』那丫頭道：『我叫傻大姐兒。』黛玉笑了一笑，又問：『你姐姐爲什麼打你？你說錯了什麼話了？』那丫頭道：『爲什麼呢，就是爲我們寶二爺娶寶姑娘的事情。』

黛玉聽了這句話，如同一個疾雷，心頭亂跳。略定了定神，便叫這丫頭：『你跟了我這裏來。』那丫頭跟着黛玉到那畸角兒上葬桃花的去處，那裏背靜。黛玉因問道：『寶二爺娶寶姑娘，他爲什麼打你呢？』傻大姐道：『我們老太太和太太、二奶奶商量了，因爲我們老爺要起身，說就趕着往姨太太商量把寶姑娘娶過來罷。頭一宗，給寶二爺沖什麼喜，第二宗——』說到這裏，又瞅着黛玉笑了一笑，纔說道：『趕着辦了，還要給林姑娘說婆婆家呢。』

黛玉已經聽獃了。這丫頭只管說道：『我又不知道他們怎麼商量的，不叫人吵嚷，怕寶姑娘聽見害臊。我白和寶二爺屋裏的襲人姐姐說了一句：「咱們明兒更熱鬧了，又是寶姑娘，又是寶二奶奶，這可怎麼叫呢？」林姑娘，你說我這話害着珍珠姐姐什麼了嗎？他走過來，就打了我一個嘴巴，說我混說，不遵上頭的話，要攆出我去。我知道上頭爲什麼不叫言語呢？你們又沒告訴我，就打我！』說着，又哭起來。

此時黛玉，誠何以堪，天下最傷心者，無過於此矣！

寫得入神。

從紫鵑眼裏看黛玉，更見其慘痛之狀。

又見一個丫頭往前走了，情景如畫。

因寶玉已住到賈母處，故到賈母處來也。

黛玉說打量紫鵑『來瞧寶二爺來了』一語，是癡是迷，令

那黛玉此時心裏，竟是油兒、醬兒、糖兒、醋兒倒在一處的一般，甜苦酸鹹，竟說不上什麼味兒來了。停了一會兒，顫巍巍的說道：『你別混說了。你再混說，叫人聽見，又要打你了。你去罷。』說着，自己轉身要回瀟湘館去。那身子竟有千百斤重的，兩隻腳卻像踩着棉花一般，早已軟了，只得一步一步慢慢的走將來。走了半天，還沒到沁芳橋畔，原來腳下軟了。走的慢，且又迷迷癡癡，信着腳從那邊繞過來，更添了兩箭地的路。這時，剛到沁芳橋畔，卻又不知不覺的順着堤往回裏走起來。

紫鵑取了絹子來，卻不見黛玉。正在那裏看時，只見黛玉顏色雪白，身子恍恍蕩蕩的，眼睛也直直的，在那裏東轉西轉。又見一個丫頭往前頭走了，離的遠，也看不出是那一個來。心中驚疑不定，只得趕過來，輕輕的問道：『姑娘怎麼又回去？是要往那裏去？』黛玉也只模糊聽見，隨口應道：『我問問寶玉去！』紫鵑聽了，摸不着頭腦，只得攙着他到賈母這邊來。

黛玉走到賈母門口，心裏微覺明晰，回頭看見紫鵑攙着自己，便站住了，問道：『你作什麼來的？』紫鵑陪笑道：『我找了絹子來了。頭裏見姑娘在橋那邊呢，我趕着過去問姑娘，姑娘沒理會。』黛玉笑道：『我打量你來瞧寶二爺來了呢，不然，怎麼往這裏走呢？』紫鵑見他心裏迷惑，便知黛玉必是聽見那丫頭什

麽話了，惟有點頭微笑而已。只是心裏怕他見了寶玉，那一個已經是瘋瘋傻傻，這一個又這樣恍恍惚惚，一時說出些不大體統的話來，那時如何是好。心裏雖如此想，卻也不敢違拗，只得攙他進去。

人聞之傷心。

那黛玉卻又奇怪了，這時不似先前那樣軟了，也不用紫鵑打簾子，自己掀起簾子進來，卻是寂然無聲。因賈母在屋裏歇中覺，丫頭們也有脫滑頑去的，也有打盹兒的，也有在那裏伺候老太太的。倒是襲人聽見簾子響，從屋裏出來一看，見是黛玉，便讓道：『姑娘屋裏坐罷。』黛玉笑着道：『寶二爺在家麽？』襲人不知底裏，剛要答言，只見紫鵑在黛玉身後和他努嘴兒，指着黛玉，又搖搖手兒。襲人不解何意，也不敢言語。黛玉卻也不理會，自己走進房來。看見寶玉在那裏坐着，也不起來讓坐，只瞅着嘻嘻的傻笑。黛玉自己坐下，卻也瞅着寶玉笑。兩個人也不問好，也不說話，也無推讓，只管對着臉傻笑起來。襲人看見這番光景，心裏大不得主意，只是沒法兒。

竟是一對瘋傻之人。虧作者寫得出。

忽然聽着黛玉說道：『寶玉，你爲什麽病了？』寶玉笑道：『我爲林姑娘病了。』襲人、紫鵑兩個嚇得面目改色，連忙用言語來岔。兩個卻又不答言，仍舊傻笑起來。襲人見了這樣，知道黛玉此時心中迷惑，不減於寶玉，因悄和紫鵑說道：『姑娘纔好了，我叫秋紋妹妹同着你攙回姑娘，歇歇去罷。』因回頭向秋紋

是寶玉心裏話，人雖癡迷，然此心一點總不移也，令人痛煞！

兩人愈是傻笑，愈是令人痛哭。

道：『你和紫鵑姐姐送林姑娘去罷，你可別混說話。』秋紋笑着，也不言語，便來同着紫鵑攙起黛玉。

那黛玉也就站起來，瞅着寶玉只管笑，只管點頭兒。紫鵑又催道：『姑娘回家去歇歇罷。』黛玉道：『可不是，我這就是回去的時候兒了。』說着，便回身笑着出來了，仍舊不用丫頭們攙扶，自己卻走得比往常飛快。紫鵑、秋紋後面趕忙跟着走。

其言可悲，不哭而笑，則其悲痛更切心也！

黛玉出了賈母院門，只管一直走去。紫鵑連忙攙住，叫道：『姑娘，往這裏來。』黛玉仍是笑着隨了往瀟湘館來，離門口不遠，紫鵑道：『阿彌陀佛，可到了家了！』

只這一句話沒說完，只見黛玉身子往前一栽，『哇』的一聲，一口血直吐出來。未知性命如何，且聽下回分解。

傷哉黛玉，萬千哀痛，均在此一吐也。作者此句具千斤筆力！

【回後評】

王子騰之死，是爲賈府之敗預作伏筆，從此賈府朝中無人，更無靠山矣。

鳳姐設奇謀，看似周密可靠至極，豈知又遇傻大姐洩密。然即使無傻大姐，此密能不洩乎？能長密乎？由此可見，鳳姐、賈母、王夫人皆愚蠢而無知之極。何以竟不以寶、黛之生死爲念，即使不念黛玉，能不念寶玉乎？如此掉包，寶玉能無恙乎？此而不思，則其人之愚之蠢可知矣！

襲人事先憂慮及此，向王夫人陳述，此襲人憂得是，陳述得是。唯其有襲人之陳述，則更見王夫人等之愚蠢也，雖然，襲人並非反對金玉良緣，相反卻是擁護金玉良緣者，只是能憂及後果耳。賈母、王夫人、鳳姐竟不顧後果，其爲愚蠢而短見，竟不如襲人矣！

黛玉無意中於傻大姐處得聞消息，如受猛雷之轟頂，其中心何以承之，實不知如何寫是好，而作者竟能寫黛玉迷蒙混沌，看着寶玉傻笑，問寶玉『爲什麼病了』，寶玉笑道：『我爲林姑娘病了。』兩人說話時均是『笑』，而此『笑』實更甚於『哭』也，虧作者能寫得出，是後部中之好文章。

寫得真切。

『惟求速死』，是傷心之至已『心死』也。

第九十七回　林黛玉焚稿斷癡情　薛寶釵出閨成大禮

話說黛玉到瀟湘館門口，紫鵑說了一句話，更動了心，一時吐出血來，幾乎暈倒。虧了還同着秋紋，兩個人挽扶着黛玉到屋裏來。那時秋紋去後，紫鵑、雪雁守着，見他漸漸甦醒過來，問紫鵑道：『你們守着哭什麼？』紫鵑見他說話明白，倒放了心了，因說：『姑娘剛纔打老太太那邊回來，身子覺着不大好，唬的我們沒了主意，所以哭了。』黛玉笑道：『我那裏就能够死呢！』這一句話沒完，又喘成一處。原來黛玉因今日聽得寶玉、寶釵的事情，這本是他數年的心病，一時急怒，所以迷惑了本性。及至回來，吐了這一口血，心中卻漸漸的明白過來，把頭裏的事一字也不記得了。這會子見紫鵑哭，方模糊想起傻大姐的話來，此時反不傷心，惟求速死，以完此債。這裏紫鵑、雪雁只得守着，想要告訴人去，怕又像上次招得鳳姐兒說他們失驚打怪的。

那知秋紋回去，神情慌遽。正值賈母睡起中覺來，看見這般光景，便問怎麼黛玉一語，令人心碎腸斷！『一笑』者，一切都已了然也。

賈母已看出不能好了，但『藥』是有的，只是賈母已鐵了心，不肯用此『靈丹妙藥』矣。

了。秋紋嚇的連忙把剛纔的事回了一遍。賈母大驚，說：『這還了得！』連忙着人叫了王夫人、鳳姐過來，告訴了他婆媳兩個。鳳姐道：『我都囑咐到了，這是什麼人走了風呢？這不更是一件難事了嗎！』賈母道：『且別管那些，先瞧瞧去，是怎麼樣了。』說着，便起身，帶着王夫人、鳳姐等過來看視。見黛玉顏色如雪，並無一點血色，神氣昏沉，氣息微細。半日又咳嗽了一陣，丫頭遞了痰盒，吐出都是痰中帶血的。大家都慌了。只見黛玉微微睜眼，看見賈母在他旁邊，便喘吁吁的說道：『老太太，你白疼了我了！』賈母一聞此言，十分難受，便道：『好孩子，你養着罷，不怕的。』黛玉微微一笑，把眼又閉上了。

外面丫頭進來，回鳳姐道：『大夫來了。』於是大家略避。王大夫同着賈璉進來，診了脈，說道：『尚不妨事。這是鬱氣傷肝，肝不藏血，所以神氣不定。如今要用斂陰止血的藥，方可望好。』王大夫說完，同着賈璉出去開方取藥去了。

賈母看黛玉神氣不好，便出來告訴鳳姐等道：『我看這孩子的病，不是我咒他，只怕難好。你們也該替他預備預備，沖一沖。或者好了，豈不是大家省心？就是怎麼樣，也不至臨時忙亂。咱們家裏，這兩天正有事呢。』鳳姐兒答應了。

賈母又問了紫鵑一回，到底不知是那個說的。賈母心裏只是納悶，因說：『孩子們從小兒在一處兒頑，好些是有的。如今大了，懂的人事，就該要分別些，纔可見賈母心腸如鐵。

賈母何等忍心！

鳳姐也是一樣忍心之人。

是做女孩兒的本分，我纔心裏疼他。若是他心裏有別的想頭，成了什麼人了呢！我可是白疼了他了。你們説了，我倒有些不放心。』因回到房中，又叫襲人來問。襲人仍將前日回王夫人的話，並方纔黛玉的光景，述了一遍。賈母道：『我方纔看他，卻還不至糊塗。這個理，我就不明白了。咱們這種人家，別的事自然沒有的，這心病也是斷斷有不得的。林丫頭若不是這個病呢，我憑着花多少錢都使得。若是這個病，不但治不好，我也沒心腸了。』

鳳姐道：『林妹妹的事，老太太倒不必張心，橫豎有他二哥哥天天同着大夫瞧看。倒是姑媽那邊的事要緊。今日早起聽見説，房子不差什麼就妥當了，竟是老太太、太太到姑媽那邊，我也跟了去，商量商量。就只一件，姑媽家裏有寶妹妹在那裏，難以説話，不如索性請姑媽晚上過來，咱們一夜都説結了，就好辦了。』賈母、王夫人都道：『你説的是。今日晚了，明日飯後，咱們娘兒們就過去。』説着，賈母用了晚飯。鳳姐同王夫人各自歸房。不提。

且説次日鳳姐吃了早飯過來，便要試試寶玉，走進裏間，説道：『寶兄弟大喜，老爺已擇了吉日，要給你娶親了。你喜歡不喜歡？』寶玉聽了，只管瞅着鳳姐笑，微微的點點頭兒。鳳姐笑道：『給你娶林妹妹過來，好不好？』寶玉卻大笑起正是此話，寶玉幾曾傻乎！

『叫他放心』一語，令人墮淚。

豈非確有靈丹妙藥。木石姻緣，便是起死回生之藥；金玉良緣，便是殺人毒藥。

『如今且不用理他』，何其忍心！

來。鳳姐看着，也斷不透他是明白，是糊塗，因又問道：『老爺說，你好了纔給你娶林妹妹呢。若還是這麽傻，便不給你娶了。』寶玉忽然正色道：『我不傻，你纔傻呢。』說着，便站起來，說：『我去瞧瞧林妹妹，叫他放心。』鳳姐忙扶住了，說：『林妹妹早知道了。他如今要做新媳婦了，自然害羞，不肯見你的。』寶玉道：『娶過來，他到底是見我不見？』

鳳姐又好笑，又着忙，心裏想：『襲人的話不差。提了林妹妹，雖說仍舊說些瘋話，卻覺得明白些。若真明白了，將來不是林姑娘，打破了這個燈虎兒，那饑荒纔難打呢。』便忍笑說道：『你好好兒的，便見你。若是瘋瘋顛顛的，他就不見你了。』寶玉說道：『我有一個心，前兒已交給林妹妹了。他要過來，横竪給我帶來，還放在我肚子裏頭。』

鳳姐聽着竟是瘋話，便出來看着賈母笑。賈母聽了，又是笑，又是疼，便說道：『我早聽見了。如今且不用理他，叫襲人好好的安慰他。咱們走罷。』

說着，王夫人也來，大家到了薛姨媽那裏，只説惦記着這邊的事，來瞧瞧。薛姨媽感激不盡，說些薛蟠的話。喝了茶，薛姨媽纔要叫人告訴寶釵，鳳姐連忙攔住，說：『姑媽不必告訴寶妹妹。』又向薛姨媽陪笑說道：『老太太此來，一則爲瞧姑媽，二則也有句要緊的話，特請姑媽到那邊商議。』薛姨媽聽了，點點頭兒，說：『是了。』於是大家又說些閒話，便回來了。

當晚，薛姨媽果然過來，見過了賈母，到王夫人屋裏來。不免說起王子騰來，大家落了一回淚。薛姨媽便問道：『剛纔我到老太太那裏，寶哥兒出來請安，還好好兒的，不過略瘦些，怎麼你們說得很利害？』鳳姐便道：『其實也不怎麼樣，只是老太太懸心。目今老爺又要起身外任去，不知幾年纔來。老太太的意思，頭一件叫老爺看着寶兄弟成了家，也放心，二則也給寶兄弟冲冲喜，借大妹妹的金鎖壓壓邪氣，只怕就好了。』

薛姨媽心裏也願意，只慮着寶釵委屈，便道：『也使得，只是大家還要從長計較計較纔好。』王夫人便按着鳳姐的話和薛姨媽說，只說：『姨太太這會子家裏沒人，不如把妝奩一概蠲免。明日就打發蝌兒去告訴蟠兒，一面這裏過門，一面給他變法兒撕擄官事。』並不提寶玉的心事，又說：『姨太太，既作了親，早娶過來，早好一天，大家早放一天心。』

正說着，只見賈母差鴛鴦過來候信。薛姨媽雖恐寶釵委屈，然也沒法兒，又見這般光景，只得滿口應承。鴛鴦回去回了賈母。賈母也甚喜歡，又叫鴛鴦過來，求薛姨媽和寶釵說明原故，不叫他受委屈。薛姨媽也答應了。便議定鳳姐夫婦作媒人。大家散了，王夫人姊妹不免又敘了半夜話兒。

桐花鳳閣館批本作『早早娶過來……』，據改一字。

按封建時代婚禮而論，已是大大委屈寶釵，如何還說『不叫他受委屈』，薛姨媽、薛寶釵之願受此委屈，正說明其志在此也。

錢已花够了，官司也改了。

次日，薛姨媽回家，將這邊的話細細的告訴了寶釵，還說：『我已經應承了。』寶釵始則低頭不語，後來便自垂淚。薛姨媽用好言勸慰，解釋了好些話。寶釵自回房內，寶琴隨去解悶。薛姨媽又告訴了薛蝌，叫他明日起身：『一則打聽審詳的事，二則告訴你哥哥一個信兒，你即便回來。』

薛蝌去了四日，便回來，回覆薛姨媽道：『哥哥的事，上司已經准了誤殺，一過堂就要題本了，叫咱們預備贖罪的銀子。妹妹的事，說：「媽媽做主很好的。趕着辦，又省了好些銀子。叫媽媽不用等我。該怎麼着，就怎麼辦罷。」』

薛姨媽聽了，一則薛蟠可以回家，二則完了寶釵的事，心裏安放了好些。便是看着寶釵心裏好像不願意似的，『雖是這樣，他是女兒家，素來也孝順守禮的人，知我應了，他也沒得說的。』便叫薛蝌：『辦泥金庚帖，填上八字，即叫人送到璉二爺那邊去。還問了過禮的日子來，你好預備。本來咱們不驚動親友。哥哥的朋友，是你說的，都是混賬人。親戚呢，就是賈、王兩家。如今賈家是男家，王家無人在京裏。史姑娘放定的事，他家沒有來請咱們，咱們也不用通知。倒是把張德輝請了來，託他照料些。他上幾歲年紀的人，到底懂事。』薛蝌領命，叫人送帖過去。

次日，賈璉過來，見了薛姨媽，請了安，便說：『明日就是上好的日子。今如此大事，卻不走大門，令人深思。

日過來回姨太太，就是明日過禮罷。只求姨太太不要挑飭就是了。』說着，捧過通書來。薛姨媽也謙遜了幾句，點頭應允。賈璉趕着回去回明賈政。賈政便道：『你回老太太說，既不叫親友們知道，諸事寧可簡便些。若是東西上，請老太太瞧了就是了，不必告訴我。』賈璉答應，進內將話回明賈母。

這裏，王夫人叫了鳳姐，命人將過禮的物件都送與賈母過目，並叫襲人告訴寶玉。那寶玉又嘻嘻的笑道：『這裏送到園裏，回來園裏又送到這裏。咱們的人送，咱們的人收，何苦來呢。』賈母、王夫人聽了，都喜歡道：『說他糊塗，他今日怎麼這麼明白呢。』

鴛鴦等忍不住好笑，只得上來一件一件的點明給賈母瞧，說：『這是金項圈，這是金珠首飾，共八十件。這是妝蟒四十匹。這是各色綢緞一百二十匹。這是四季的衣服，共一百二十件。外面也沒有預備羊酒，這是折羊酒的銀子。』賈母看了，都說『好』，輕輕的與鳳姐說道：『你去告訴姨太太，說：「不是虛禮，求姨太太等蟠兒出來，慢慢的叫人給他妹妹做來就是了。那好日子的被褥，還是咱們這裏代辦了罷。」』

鳳姐答應了，出來叫賈璉先過去，又叫周瑞、旺兒等，吩咐他們：『不必走大門，只從園裏從前開的便門內送去，我也就過去。這門離瀟湘館還遠，倘別處的人見了，囑咐他們不用在瀟湘館裏提起。』衆人答應着，送禮而去。寶玉認以爲真，心裏大樂，精神便覺得好些，只是語言總有些瘋傻。那過禮的回來都不提名說姓，因此上下人等雖都知道，只因鳳姐吩咐，都不敢走漏風聲。

且說黛玉雖然服藥，這病日重一日。紫鵑等在旁苦勸，說道：『事情到了這個分兒，不得不說了。姑娘的心事，我們也都知道。至於意外之事，是再沒有的。姑娘不信，只拿寶玉的身子說起，這樣大病，怎麼做得親呢？姑娘別聽瞎話，自己安心保重纔好。』黛玉微笑一笑，也不答言，又咳嗽數聲，吐出好些血來。

勸慰已是無用了。

紫鵑等看去，只有一息奄奄，明知勸不過來，惟有守着流淚，天天三四趟去告訴賈母。鴛鴦測度賈母近日比前疼黛玉的心差了些，所以不常去回。況賈母這幾日的心都在寶釵、寶玉身上，不見黛玉的信兒也不大提起，只請太醫調治罷了。

鴛鴦也看出來了。

黛玉向來病着，自賈母起，直到姊妹們的下人，常來問候。今見賈府中上下人等都不過來，連一個問的人都沒有，睜開眼，只有紫鵑一人。自料萬無生理，因扎掙着向紫鵑說道：『妹妹，你是我最知心的。雖是老太太派你服侍我，這幾年，我拿你就當作我的親妹妹。』說到這裏，氣又接不上來。紫鵑聽了，一陣心酸，早哭得說不出話來。

慘傷之極。

此話怎不令紫鵑腸斷心碎。

此情此景，令人慘不忍讀！

原來是要有字的詩絹。

遲了半日，黛玉又一面喘，一面說道：『紫鵑妹妹，我躺着不受用，你扶起我來靠着坐坐纔好。』紫鵑道：『姑娘的身子不大好，起來又要抖摟着了。』黛玉聽了，閉上眼不言語了。一時又要起來，紫鵑沒法，只得同雪雁把他扶起，兩邊用軟枕靠住，自己卻倚在旁邊。黛玉那裏坐得住，下身自覺硌的疼，狠命的撑着，叫過雪雁來道：『我的詩本子。』說着，又喘。

雪雁料是要他前日所理的詩稿，因找來送到黛玉跟前。黛玉點點頭兒，又擡眼看那箱子。雪雁不解，只是發怔。黛玉氣的兩眼直瞪，又咳嗽起來，又吐了一口血。雪雁連忙回身取了水來，黛玉漱了，吐在盒內。紫鵑用絹子給他拭了嘴。黛玉便拿那絹子指着箱子，又喘成一處，說不上來，閉了眼。紫鵑道：『姑娘歪歪兒罷。』黛玉又摇摇頭兒。紫鵑料是要絹子，便叫雪雁開箱，拿出一塊白綾絹子來。黛玉瞧了，撂在一邊，使勁說道：『有字的。』紫鵑這纔明白過來，要那塊題詩的舊帕，只得叫雪雁拿出來，遞給黛玉。紫鵑勸道：『姑娘歇歇罷，何苦又勞神，等好了再瞧罷。』

只見黛玉接到手裏，也不瞧詩，扎掙着伸出那只手來，狠命的撕那絹子，卻是只有打顫的分兒，那裏撕得動。紫鵑早已知他是恨寶玉，卻也不敢說破，只說：『姑娘何苦自己又生氣！』黛玉點點頭兒，掖在袖裏，便叫雪雁點燈。雪雁答應，

林黛玉
焚稿斷
痴情
癸未冬末
譚鳳嬛

> 千古傷心之情，千古傷心之文。

> 一生心事已成灰。

> 此時黛玉已心死力瘁矣。鸚哥初見于第三回，賈母將自己的一名丫頭『名喚鸚哥的與了黛玉。』至第八

連忙點上燈來。

黛玉瞧瞧，又閉了眼坐着，喘了一會子，又道：『籠上火盆。』紫鵑打諒他冷，因說道：『姑娘躺下，多蓋一件罷。那炭氣只怕耽不住。』黛玉又搖頭兒。雪雁只得籠上，擱在地下火盆架上。黛玉點頭，意思叫挪到炕上來。雪雁只得端上來，出去拿那張火盆炕桌。那黛玉卻又把身子欠起，紫鵑只得兩隻手來扶着他。黛玉這纔將方纔的絹子拿在手中，瞅着那火點點頭兒，往上一撂。

紫鵑唬了一跳，欲要搶時，兩隻手卻不敢動。雪雁又出去拿火盆桌子，此時那絹子已經燒着了。紫鵑勸道：『姑娘這是怎麼說呢？』黛玉只作不聞，回手又把那詩稿拿起來，瞧了瞧，又撂下了。紫鵑怕他也要燒，連忙將身倚住黛玉，騰出手來拿時，黛玉又早拾起，撂在火上。此時紫鵑卻夠不着，乾急。

雪雁正拿進桌子來，看見黛玉一撂，不知何物，趕忙搶時，那紙沾火就着，如何能夠少待，早已烘烘的着了。雪雁也顧不得燒手，從火裏抓起來撂在地下亂踩，卻已燒得所餘無幾了。

那黛玉把眼一閉，往後一仰，幾乎不曾把紫鵑壓倒。紫鵑連忙叫雪雁上來，將黛玉扶着放倒，心裏突突的亂跳。欲要叫人時，天又晚了；欲不叫人時，自己同着雪雁和鸚哥等幾個小丫頭，又怕一時有什麼原故。好容易熬了一夜。

回出現紫鵑，鸚哥再未出現，似鸚哥與紫鵑是一人。此處紫鵑、鸚哥同時出場，則又是兩人。此處均仍底本。

世情、人情就是如此冷毒！令人不得不信。

好紫鵑，難得有此義憤。

又一個洩密的。

到了次日早起，覺黛玉又緩過一點兒來。飯後，忽然又嗽又吐，又緊起來。紫鵑看着不祥了，連忙將雪雁等都叫進來看守，自己卻來回賈母。那知到了賈母上房，靜悄悄的，只有兩三個老媽媽和幾個做粗活的丫頭在那裏看屋子呢。紫鵑因問道：『老太太呢？』那些人都說不知道。紫鵑聽這話詫異，遂到寶玉屋裏去看，竟也無人。遂問屋裏的丫頭，也說不知。

紫鵑已知八九，『但這些人怎麼竟這樣狠毒冷淡！』又想到黛玉這幾天竟連一個人問的也沒有，越想越悲，索性激起一腔悶氣來，一扭身便出來了。自己想了一想：『今日倒要看看寶玉是何形狀！看他見了我怎麼樣過的去！那一年，我說了一句謊話，他就急病了。今日竟公然做出這件事來！可知天下男子之心真真是冰寒雪冷，令人切齒的！』一面走，一面想，早已來到怡紅院。只見院門虛掩，裏面卻又寂靜的很。紫鵑忽然想到：『他要娶親，自然是有新屋子的，但不知他這新屋子在何處？』正在那裏徘徊瞻顧，看見墨雨飛跑，紫鵑便叫住他。墨雨過來，笑嘻嘻的道：『姐姐在這裏做什麼？』紫鵑道：『我聽見寶二爺娶親，我要來看看熱鬧兒，誰知不在這裏。也不知是幾兒？』墨雨悄悄的道：『我這話只告訴姐姐，你可別告訴雪雁他們。上頭吩咐了，連你們都不叫知道呢。就是今日夜裏娶，那裏是在這裏，老爺派璉二爺另收拾了房子了。』說着，又問：『姐姐有什麼事麼？』

紫鵑道：『沒什麼事，你去罷。』墨雨仍舊飛跑去了。

紫鵑自己發了一回獃，忽然想起黛玉來，這時候還不知是死是活。因兩淚汪汪，咬着牙發狠道：『寶玉，我看他明兒死了，你算是躲的過不見了！你過了你那如心如意的事兒，拿什麼臉來見我！』一面哭，一面走，嗚嗚咽咽的自回去了。

紫鵑此時是傷心，是氣憤，是含冤，寫得真，然紫鵑不知寶玉亦在夢中也。如知此，則更欲向天呼冤矣！

還未到瀟湘館，只見兩個小丫頭在門裏往外探頭探腦的，一眼看是紫鵑，那一個便嚷道：『那不是紫鵑姐姐來了嗎？』紫鵑知道不好了，連忙擺手兒不叫嚷，趕忙進去看時，只見黛玉肝火上炎，兩顴紅赤。紫鵑覺得不妥，叫了黛玉的奶媽王奶奶來。一看，他便大哭起來。這紫鵑因王奶媽有些年紀，可以仗個膽兒，誰知竟是個沒主意的人，反倒把紫鵑弄得心裏七上八下。忽然想起一個人來，便命小丫頭急忙去請。

想得到。

你道是誰？原來紫鵑想起李宮裁是個孀居，今日寶玉結親，他自然迴避。況且園中諸事向係李紈料理，所以打發人去請他。李紈正在那裏給賈蘭改詩，冒冒失失的見一個丫頭進來回說：『大奶奶，只怕林姑娘好不了，那裏都哭呢。』李紈聽了，嚇了一大跳，也不及問了，連忙站起身來便走，素雲、碧月跟着，一頭走着，一頭落淚，想着：『姐妹在一處一場，更兼他那容貌才情真是寡二少雙，惟有青女、素娥可以仿佛一二，竟這樣小小的年紀，就作了北邙鄉女！偏偏鳳姐想出一條偷梁換柱之計，自己也不好過瀟湘館來，竟未能少盡姊妹之情。真真可憐可嘆！』一頭想着，已走到瀟湘館的門口。裏面卻又寂然無聲，李紈倒着起忙來，想來必是已死，都哭過了，那衣衾未知裝裹妥當了沒有，連忙三步兩步走進屋子來。

寫得真。

裏間門口一個小丫頭已經看見，便說：『大奶奶來了。』紫鵑忙往外走，和李紈走了個對臉。李紈忙問：『怎麽樣？』紫鵑欲說話時，惟有喉中哽咽的分兒，卻一字說不出。那眼淚一似斷線珍珠一般，只將一隻手回過去指着黛玉，李紈看了紫鵑這般光景，更覺心酸，也不再問，連忙走過來。看時，那黛玉已不能言。李紈輕輕叫了兩聲，黛玉卻還微微的開眼，似有知識之狀，但只眼皮、嘴唇微有動意，口內尚有出入之息，卻要一句話、一點淚也沒有了。

淚已盡矣。

李紈回身，見紫鵑不在跟前，便問雪雁。雪雁道：『他在外頭屋裏呢。』李紈連忙出來，只見紫鵑在外間空牀上躺着，顏色青黃，閉了眼，只管流淚，那鼻涕、眼淚把一個砌花錦邊的褥子已濕了碗大的一片。李紈連忙喚他，那紫鵑纔慢慢的睜開眼，欠起身來。李紈道：『傻丫頭，這是什麽時候，且只顧哭你的！林姑娘的衣衾還不拿出來給他換上，還等多早晚呢？難道他個女孩兒家，你還叫他赤身露體，精着來，光着去嗎？』紫鵑聽了這句話，一發止不住痛哭起來。李紈一面也

紫鵑傷心已極。

難得平兒還未忘黛玉。

好紫鵑，有肝膽。

哭，一面着急，一面拭淚，一面拍着紫鵑的肩膀說：『好孩子，你把我的心都哭亂了。快着收拾他的東西罷，再遲一會子就了不得了。』

正鬧着，外邊一個人慌慌張張跑進來，倒把李紈唬了一跳，看時卻是平兒。跑進來看見這樣，只是獃磕磕的發怔。李紈道：『你這會子不在那邊，做什麼來了？』說着，林之孝家的也進來了。平兒道：『奶奶不放心，叫來瞧瞧。既有大奶奶在這裏，我們奶奶就只顧那一頭兒了。』李紈點點頭兒。平兒道：『我也見見林姑娘。』說着，一面往裏走，一面早已流下淚來。

這裏，李紈因和林之孝家的道：『你來的正好，快出去瞧瞧去，告訴管事的，預備林姑娘的後事。妥當了，叫他來回我，不用到那邊去。』林之孝家的答應了，還站着。李紈道：『還有什麼話呢？』林之孝家的道：『剛纔二奶奶和老太太商量了，那邊用紫鵑姑娘使喚使喚呢。』

李紈還未答言，只見紫鵑道：『林奶奶，你先請罷。等着人死了，我們自然是出去的，那裏用這麼——』說到這裏，卻又不好說了，因又改說道：『況且我們在這裏守着病人，身上也不潔淨。林姑娘還有氣兒呢，不時的叫我。』李紈在旁解說道：『當真這林姑娘和這丫頭也是前世的緣法兒。倒是雪雁是他南邊帶來的，他倒不理會。惟有紫鵑，我看他兩個一時也離不開。』林之孝家的頭裏聽了紫竟要紫鵑去裝假，不顧此間死活，人之忍心，一至於此，令人掩卷痛哭！作者文筆至此，亦已至矣極矣！

鵑的話，未免不受用，被李紈這番一説，卻也沒的説，又見紫鵑哭得淚人一般，只好瞅着他微微的笑，因又説道：『紫鵑姑娘這些閒話倒不要緊，只是他卻説得，我可怎麽回老太太呢？況且這話是告訴得二奶奶的嗎！』正説着，平兒擦着眼淚出來，道：『告訴二奶奶什麽事？』林之孝家的將方纔的話説了一遍。平兒低了一回頭，説：『這麽着罷，就叫雪姑娘去罷。』李紈道：『他使得嗎？』平兒走到李紈耳邊説了幾句。李紈點點頭兒，道：『既是這麽着，就叫雪雁過去，也是一樣的。』林之孝家的因問平兒道：『雪姑娘使得嗎？』平兒道：『使得，都是一樣。』林家的道：『那麽姑娘就快叫雪姑娘跟了我去。我先去回了老太太和二奶奶。這可是大奶奶和姑娘的主意，回來姑娘再各自回二奶奶去。』李紈道：『是了。你這麽大年紀，連這麽點子事還不耽呢。』林家的笑道：『不是不耽。頭一宗，這件事老太太和二奶奶辦的，我們都不能很明白。再者，又有大奶奶和平姑娘呢。』説着，平兒已叫了雪雁出來。

原來雪雁因這幾日嫌他小孩子家懂得什麽，便也把心冷淡了。況且聽是老太太和二奶奶叫，也不敢不去。連忙收拾了頭，平兒叫他換了新鮮衣服，跟着林家的去了。隨後平兒又和李紈説了幾句話。李紈又囑咐平兒打那麽催着林之孝家的叫他男人快辦了來。平兒答應着出來，轉了個彎子，看見林家的帶着雪雁在前頭走呢，雪雁到底並非無情。

雪雁另是一種想法。

雪雁豈知寶玉受騙，文情轉折，讀至此，令人柔腸百折。

趕忙叫住，道：『我帶了他去罷，你先告訴林大爺，辦林姑娘的東西去罷。奶奶那裏，我替回就是了。』那林家的答應着去了。這裏，平兒帶了雪雁，到了新房子裏，回明了，自去辦事。

卻說雪雁看見這般光景，想起他家姑娘，也未免傷心，只是在賈母、鳳姐跟前不敢露出。因又想道：『也不知用我作什麼，我且瞧瞧。寶玉一日家和我們姑娘好的蜜裏調油，這時候總不見面了，也不知是真病假病。怕我們姑娘不依，他假說丟了玉，裝出傻子樣兒來，叫我們姑娘寒了心，他好娶寶姑娘的意思。我看看他去，看他見了我，傻不傻。莫不成今兒還裝傻麼？』一面想着，已溜到裏間屋子門口，偷偷兒的瞧。

這時，寶玉雖因失玉昏憒，但只聽見娶了黛玉爲妻，真乃是從古至今、天上人間第一件暢心滿意的事了，那身子頓覺健旺起來。只不過不似從前那般靈透，所以鳳姐的妙計百發百中。巴不得即見黛玉，盼到今日完姻，真樂得手舞足蹈，雖有幾句傻話，卻與病時光景大相懸絕了。雪雁看了，又是生氣，又是傷心，他那裏曉得寶玉的心事，便各自走開。

這裏，寶玉便叫襲人快快給他裝新，坐在王夫人屋裏。看見鳳姐、尤氏忙忙碌碌，再盼不到吉時，只管問襲人道：『林妹妹打園裏來，爲什麼這麼費事，還寶玉想得亦有些道理，但終未想到竟是矇騙一場耳！

終於揭底了。

不來？』襲人忍着笑道：『等好時辰。』回來又聽見鳳姐與王夫人道：『雖然有服，外頭不用鼓樂，咱們南邊規矩，要拜堂的，冷清清使不得。我傳了家內學過音樂、管過戲子的那些女人來吹打，熱鬧些。』王夫人點頭說：『使得。』

一時大轎從大門進來，家裏細樂迎出去，十二對宮燈排着進來，倒也新鮮雅致。儐相請了新人出轎。寶玉見新人蒙着蓋頭，喜娘披着紅扶着，下首扶新人的你道是誰？原來就是雪雁。寶玉看見雪雁，猶想：『因何紫鵑不來，倒是他呢？』又想道：『是了，雪雁原是他南邊家裏帶來的，紫鵑仍是我們家的，自然不必帶來。』因此，見了雪雁竟如見了黛玉的一般歡喜。

儐相贊禮，拜了天地。請出賈母受了四拜，後請賈政夫婦登堂，行禮畢，送入洞房。還有坐牀撒帳等事，俱是按金陵舊例。賈政原爲賈母作主，不敢違拗，不信沖喜之說。那知今日寶玉居然像個好人一般，賈政見了，倒也喜歡。

那新人坐了牀便要揭起蓋頭的，鳳姐早已防備，故請賈母、王夫人等進去照應。寶玉此時到底有些傻氣，便走到新人跟前說道：『妹妹身上好了？好些天不見了，蓋着這勞什子做什麽？』欲待要揭去，反把賈母急出一身冷汗來。寶玉又轉念一想，道：『林妹妹是愛生氣的，不可造次。』又歇了一歇，仍是按捺不住，只得上前揭了。喜娘接去蓋頭，雪雁走開，鶯兒等上來伺候。

薛寶釵出閨成大禮
譚鳳嬛画
癸未秋

真是相逢如夢中。

寶玉睜眼一看，好像寶釵，心中不信，自己一手持燈，一手擦眼一看，可不是寶釵麼！只見他盛妝豔服，豐肩愞體，鬟低鬢嚲，眼瞤息微，真是荷粉露垂，杏花煙潤了。寶玉發了一回怔，又見鶯兒立在旁邊，不見了雪雁。寶玉此時心無主意，自己反以爲是夢中了，獃獃的只管站着。衆人接過燈去，扶了寶玉仍舊坐下，兩眼直視，半語全無。賈母恐他病發，親自扶他上牀。鳳姐、尤氏請了寶釵進入裏間牀上坐下，寶釵此時自然是低頭不語。

寶玉定了一回神，見賈母、王夫人坐在那邊，便輕輕的叫襲人道：『我是在那裏呢？這不是做夢麼？』襲人道：『你今日好日子，什麼夢不夢的混說。老爺可在外頭呢。』寶玉悄悄兒的拿手指着道：『坐在那裏這一位美人兒是誰？』襲人握了自己的嘴，笑的說不出話來，歇了半日，纔說道：『是新娶的二奶奶。』衆人也都回過頭去，忍不住的笑。寶玉又道：『好糊塗，你說，二奶奶到底是誰？』襲人道：『寶姑娘。』寶玉道：『林姑娘呢？』襲人道：『老爺作主，娶的是寶姑娘，怎麼混說起林姑娘來？』寶玉道：『我纔剛看見林姑娘了麼，還有雪雁呢，怎麼說沒有？你們這都是做什麼頑呢？』鳳姐便走上來輕輕的說道：『寶姑娘在屋裏坐着呢。別混說，回來得罪了他，老太太不依的。』

『你們這都是做什麼頑呢？』問得好，寶玉不糊塗也。真是神出鬼沒。

寶玉聽了，這會子糊塗更利害了。本來原有昏憒的病，加以今夜神出鬼沒，

『口口聲聲只要找林妹妹』，慘極悲極。

更叫他不得主意，便也不顧別的了，口口聲聲只要找林妹妹去。賈母等上前安慰，無奈他只是不懂。又有寶釵在內，又不好明說。知寶玉舊病復發，也不講明，只得滿屋裏點起安息香來，定住他的神魂，扶他睡下。衆人鴉雀無聞。停了片時，寶玉便昏沉睡去。賈母等纔得略略放心，只好坐以待旦，叫鳳姐去請寶釵安歇。寶釵置若罔聞，也便和衣在內暫歇。賈政在外，未知內裏原由，只就方纔眼見的光景想來，心下倒放寬了。恰是明日就是起程的吉日，略歇了一歇，衆人賀喜送行。賈母見寶玉睡着，也回房去暫歇。

次早，賈政辭了宗祠，過來拜別賈母，稟稱：『不孝遠離，惟願老太太順時頤養，兒子一到任所，即修稟請安，不必掛念。寶玉的事，已經依了老太太完結，只求老太太訓誨。』賈母恐賈政在路不放心，並不將寶玉復病的話說起，只說：『我有一句話。寶玉昨夜完姻，並不是同房。今日你起身，必該叫他遠送纔是。他因病沖喜，如今纔好些，又是昨日一天勞乏，出來恐怕着了風。故此問你，你叫他送呢，我即刻去叫他。你若疼他，我就叫人帶了他來，你見見，叫他給你磕頭就算了。』賈政道：『叫他送什麼。只要他從此以後認真念書，比送我還喜歡呢。』賈母聽了，又放了一條心，便叫賈政坐着，叫鴛鴦去如此如此，帶了寶玉，叫襲人跟着來。

鴛鴦去了不多一會，果然寶玉來了，仍是叫他行禮。寶玉見了父親，神志略斂些，片時清楚，也沒什麼大差。賈政吩咐了幾句，寶玉答應了。賈政叫人扶他回去了，自己回到王夫人房中，又切實的叫王夫人管教兒子，斷不可如前嬌縱。明年鄉試，務必叫他下場。王夫人一一的聽了，也沒提起別的。即忙命人扶了寶釵過來，行了新婦送行之禮，也不出房。其餘內眷俱送至二門而回。賈珍等也受了一番訓飭。大家舉酒送行，一班子弟及晚輩親友，直送至十里長亭而別。

不言賈政起程赴任。且說寶玉回來，舊病陡發，更加昏憒，連飲食也不能進了。未知性命如何，下回分解。

【回後評】

黛玉到瀟湘館門口，哇的一聲，吐出一口血來，是黛玉萬千恩怨在此一吐，是作者千鈞筆力在此一吐。賈母來看黛玉後說：『若是他心裏有別的想頭，成了什麼人了呢！我可是白疼了他了。』『林丫頭若不是這個病呢，我憑着花多少錢都使得。若是這個病，不但治不好，我也沒心腸了。』賈母對待黛玉的全部『慈愛』亦全在此兩句話。此兩句話，是賈母對黛玉所畫的感情的界線，在線以內一切均可，在線以外，則全是妄想。賈母的線是鐵線，賈母的心亦是鐵心。

黛玉對賈母說：『老太太，你白疼了我了』，然後『微微一笑，把眼又閉上了』。黛玉對賈母的理解，至此纔算完全清楚，再無別言，故微微一笑，閉上眼睛。文是極爲輕淡，筆是極爲沉重，情是極爲傷痛而絕望。一切都完，一切都了，故可以閉眼了。嗚呼，人間再無比此更傷更痛之情！

鳳姐對寶玉說：『老爺說，你好了纔給你娶林妹妹呢。若還是這麽傻，便不給你娶了。』寶玉忽然正色道：『我不傻，你纔傻呢。』說着便要去看林妹妹。寶玉之話，是至傷至痛之話。由人精神折磨迷弄至此，而竟以爲傻，痛之至矣！寶玉說『你纔傻呢』一句，實是最清醒之話！

黛玉將詩稿、詩帕付之一炬，則其身心亦已隨之成灰矣，是千古血淚之文，是千古不磨之情。此續作中之最動人心魄處，無怪其二百年來傳誦不衰也。

寶釵如此成禮，始終不語，只是垂淚。寶釵雖然是寶玉之爭奪者，且已成爲『勝者』，然此時之寶釵，恰恰亦成爲整體悲劇中之一員。寶釵雖用心機，然未必竟欲如鳳姐設計中之角色，此時之寶釵亦成爲被擺佈之人物矣。一場喜事中，人人都是悲劇人物，此奇情奇文也。

此時場景中，惟有紫鵑敢哭、敢恨、敢怒、敢頂、敢罵，紫鵑真黛玉之知心也。李紈、平兒於黛玉瀕危中急來看視，傷痛之情，出於肺腑，李紈、平兒真心人也，能令人不忘。

第九十八回　苦絳珠魂歸離恨天　病神瑛淚灑相思地

話說寶玉見了賈政，回至房中，更覺頭昏腦悶，懶待動彈，連飯也沒吃，便昏沉睡去。仍舊延醫診治，服藥不效，索性連人也認不明白了。大家扶着他坐起來，還是像個好人。一連鬧了幾天，那日恰是回九之期。若不過去，薛姨媽臉上過不去；若說去呢，寶玉這般光景。賈母明知是爲黛玉而起，欲要告訴明白，又恐氣急生變。寶釵是新媳婦，又難勸慰，必得姨媽過來纔好。若不回九，姨媽嗔怪。便與王夫人、鳳姐商議道：『我看寶玉竟是魂不守舍，起動是不怕的。用兩乘小轎，叫人扶着，從園裏過去，應了回九的吉期。以後請姨媽過來安慰寶釵，咱們一心一計的調治寶玉，可不兩全？』王夫人答應了，即刻預備。

幸虧寶釵是新媳婦，寶玉是個瘋傻的，由人掇弄過去了。寶釵也明知其事，心裏只怨母親辦得糊塗，事已至此，不肯多言。獨有薛姨媽看見寶玉這般光景，心裏懊悔，只得草草完事。

『爲什麽霸佔住在這裏？』此句雖是問襲人，實是問賈母、王夫人、鳳姐也。

寶玉深知黛玉必哭死，然又豈知黛玉之不知寶玉受播弄乎！傷心之極，只求死在一處而已！

到家，寶玉越加沉重。次日，連起坐都不能了。日重一日，甚至湯水不進。薛姨媽等忙了手腳，各處遍請名醫，皆不識病源。只有城外破寺中住着個窮醫，姓畢，別號知庵的，診得病源是悲喜激射，冷暖失調，飲食失時，憂忿滯中，正氣壅閉，此內傷外感之症。於是度量用藥。至晚服了，二更後，果然省些人事，便要水喝。賈母、王夫人等纔放了心，請了薛姨媽帶了寶釵，都到賈母那裏暫且歇息。

寶玉片時清楚，自料難保，見諸人散後，房中只有襲人，因喚襲人至跟前，拉着手哭道：『我問你，寶姐姐怎麽來的？我記得老爺給我娶了林妹妹過來，怎麽被寶姐姐趕了去了？他爲什麽霸佔住在這裏？我要說呢，又恐怕得罪了他。你們聽見林妹妹哭得怎麽樣了？』襲人不敢明說，只得說道：『林姑娘病着呢。』寶玉又道：『我瞧瞧他去。』說着，要起來。豈知連日飲食不進，身子那能動轉，便哭道：『我要死了，我有一句心裏的話，只求你回明老太太：橫豎林妹妹也是哭死的，我如今也不能保，兩處兩個病人都要死的，死了越發難張羅。不如騰一處空房子，趁早將我同林妹妹兩個擡在那裏，活着也好一處醫治服侍，死了也好一處停放。你依我這話，不枉了幾年的情分。』襲人聽了這些話，便哭的哽嗓氣噎。

寶釵恰好同了鶯兒過來，也聽見了，便說道：『你放着病不保養，何苦說這些不吉利的話。老太太纔安慰了些，你又生出事來。老太太一生疼你一個，如今八十此時寶釵，又非大禮時之寶釵，又是往日之寶釵矣，莫非大禮時僅只不言乎！

寶玉聞黛玉死訊，放聲大哭，昏倒牀上，便入陰司。作者已無法再寫，只得用此法矣，終不如前黛玉之死沉痛摧心也。

多歲的人了，雖不圖你的封誥，將來你成了人，老太太也看着樂一天，也不枉了老人家的苦心。太太更是不必說了，一生的心血精神，撫養了你這一個兒子，若是半途死了，太太將來怎麼樣呢？我雖是命薄，也不至於此。據此三件看來，你便要死，那天也不容你死的，所以你是不得死的。只管安穩着，養個四五天後，風邪散了，太和正氣一足，自然這些邪病都沒有了。』寶玉聽了，竟是無言可答，半晌，方纔嘻嘻的笑道：『你是好些時不和我說話了，這會子說這些大道理的話給誰聽？』寶釵聽了這話，便又說道：『實告訴你說罷，那兩日，你不知人事的時候，林妹妹已經亡故了。』寶玉忽然坐起來，大聲詫異道：『果真死了嗎？』寶釵道：『果真死了。豈有紅口白舌咒人死的呢？老太太、太太知道你姐妹和睦，你聽見他死了，自然你也要死，所以不肯告訴你。』

寶玉聽了，不禁放聲大哭，倒在牀上。忽然眼前漆黑，辨不出方向，心中正自恍惚，只見眼前好像有人走來，寶玉茫然問道：『借問此是何處？』那人道：『此陰司泉路。你壽未終，何故至此？』寶玉道：『適聞有一故人已死，遂尋訪至此，不覺迷途。』那人道：『故人是誰？』寶玉道：『姑蘇林黛玉。』那人冷笑道：『林黛玉生不同人，死不同鬼，無魂無魄，何處尋訪？凡人魂魄，聚而成形，散而爲氣，生前聚之，死則散焉。常人尚無可尋訪，何況林黛玉呢！汝快回問得妙。

答得妙。

不僅死去是夢，活着亦是夢也。

去罷。』

寶玉聽了，獃了半晌，道：『既云死者散也，又如何有這個陰司呢？』那人冷笑道：『那陰司說有便有，說無就無。皆爲世俗溺於生死之說，設言以警世，便道上天深怒愚人——或不守分安常；或生祿未終，自行夭折；或嗜淫慾，尚氣逞凶，無故自隕者：特設此地獄，囚其魂魄，受無邊的苦，以償生前之罪。汝尋黛玉，是無故自陷也。且黛玉已歸太虛幻境，汝若有心尋訪，潛心修養，自然有時相見。如不安生，即以自行夭折之罪囚禁陰司，除父母外，欲圖一見黛玉，終不能矣。』那人說畢，袖中取出一石，向寶玉心口擲來。寶玉聽了這話，又被這石子打着心窩，嚇得即欲回家，只恨迷了道路。

正在躊躇，忽聽那邊有人喚他。回首看時，不是別人，正是賈母、王夫人、寶釵、襲人等圍繞哭泣叫着。自己仍舊躺在牀上，見案上紅燈，窗前皓月，依然錦繡叢中，繁華世界。定神一想，原來竟是一場大夢。渾身冷汗，覺得心內清爽。仔細一想，真正無可奈何，不過長嘆數聲而已。

寶釵早知黛玉已死，因賈母等不許衆人告訴寶玉知道，恐添病難治。自己卻深知寶玉之病實因黛玉而起，失玉次之，故趁勢說明，使其一痛決絕，神魂歸一，庶可療治。賈母、王夫人等不知寶釵的用意，深怪他造次。後來見寶玉醒了過來，寶玉此等想法，是續作者所加，大違『俺只念木石前盟』之意。

方纔放心，立即到外書房請了畢大夫進來診視。那大夫進來診了脈，便道：『奇怪，這回脈氣沉靜，神安鬱散，明日進調理的藥，就可以望好了。』說着，出去。衆人各自安心散去。

襲人起初深怨寶釵不該告訴，惟是口中不好說出。鶯兒背地也說寶釵道：『姑娘忒性急了。』寶釵道：『你知道什麽，好歹横豎有我呢。』那寶釵任人誹謗，並不介意，只窺察寶玉心病，暗下針砭。

一日，寶玉漸覺神志安定，雖一時想起黛玉，尚有糊塗。更有襲人緩緩的將『老爺選定的寶姑娘爲人和厚；嫌林姑娘秉性古怪，原恐早夭；老太太恐你不知好歹，病中着急，所以叫雪雁過來哄你』的話時常勸解。寶玉終是心酸落淚。欲待尋死，又想着夢中之言，又恐老太太、太太生氣，又不能撩開。又想黛玉已死，寶釵又是第一等人物，方信金石姻緣有定，自己也解了好些。

寶釵看來不妨大事，於是自己心也安了，只在賈母、王夫人等前盡行過家庭之禮後，便設法以釋寶玉之憂。寶玉雖不能時常坐起，亦常見寶釵坐在牀前，禁不住生來舊病。寶釵每以正言勸解，以『養身要緊，你我既爲夫婦，豈在一時』之語安慰他。那寶玉心裏雖不順遂，無奈日裏賈母、王夫人及薛姨媽等輪流相伴，夜間寶釵獨去安寢，賈母又派人服侍，只得安心靜養。又見寶釵舉動溫柔，也就漸漸的將愛慕黛玉的心腸略移在寶釵身上。此是後話。

卻說寶玉成家的那一日，黛玉白日已經昏暈過去，卻心頭口中一絲微氣不斷，把個李紈和紫鵑哭的死去活來。到了晚間，黛玉卻又緩過來了，微微睜開眼，似有要水要湯的光景。此時，雪雁已去，只有紫鵑和李紈在旁。紫鵑便端了一盞桂圓湯和的梨汁，用小銀匙灌了兩三匙。黛玉閉着眼靜養了一會子，覺得心裏似明似暗的。此時，李紈見黛玉略緩，明知是迴光返照的光景，卻料着還有一半天耐頭，自己回到稻香村料理了一回事情。

這裏，黛玉睜開眼一看，只有紫鵑和奶媽並幾個小丫頭在那裏，便一手攥了紫鵑的手，使着勁說道：『我是不中用的人了。你服侍我幾年，我原指望咱們兩個總在一處。不想我——』說着，又喘了一會子，閉了眼歇着。紫鵑見他攥着不肯鬆手，自己也不敢挪動，看他的光景，比早半天好些，只當還可以回轉，聽了這話，又寒了半截。半天，黛玉又說道：『妹妹，我這裏並沒親人。我的身子是乾淨的，你好歹叫他們送我回去。』說到這裏，又閉了眼不言語了。那手卻漸漸緊了。喘成一處，只是出氣大、入氣小，已經促疾的很了。

紫鵑忙了，連忙叫人請李紈。可巧探春來了，紫鵑見了，忙悄悄的說道：『三

垂死之人，淒涼至此，令人不可卒讀。

應『質本潔來還潔去』之句。

黛玉遺言要『送我回去』，則已看透此處不可留也。

總算探春還能來一看。

『寶玉，你好』四字，怨極恨極，因黛玉至死不知寶玉之受蒙癡迷也！故黛玉含怨含恨而死也。

是迎黛玉之仙樂乎，是寶玉成親之喜樂乎？

『竹梢風動，月影移牆』八字是黛玉臨終凄涼冷淡之況之寫照。情是凄極之情，文是好極之文。

姑娘，瞧瞧林姑娘罷。』說着，淚如雨下。探春過來，摸了摸黛玉的手，已經涼了，連目光也都散了。探春、紫鵑正哭着叫人端水來給黛玉擦洗，李紈連忙進來了。三個人纔見了，不及說話。剛擦着，猛聽黛玉直聲叫道：『寶玉，寶玉，你好——』說到『好』字，便渾身冷汗，不作聲了。紫鵑等急忙扶住，那汗愈出，身子便漸漸的冷了。探春、李紈叫人亂着攏頭穿衣，只見黛玉兩眼一翻，嗚呼！

香魂一縷隨風散，愁緒三更入夢遙。

當時黛玉氣絕，正是寶玉娶寶釵的這個時辰。紫鵑等都大哭起來。李紈、探春想他素日的可疼，今日更加可憐，也便傷心痛哭。因瀟湘館離新房子甚遠，所以那邊並沒聽見。一時大家痛哭了一陣，只聽得遠遠一陣音樂之聲，側耳一聽，卻又沒有了。探春、李紈走出院外再聽時，惟有竹梢風動，月影移牆，好不淒涼冷淡！一時叫了林之孝家的過來，將黛玉停放畢，派人看守，等明早去回鳳姐。

鳳姐因見賈母、王夫人等忙亂，賈政起身，又爲寶玉惛憒更甚，正在着急異常之時，若是又將黛玉的凶信一回，恐賈母、王夫人愁苦交加，急出病來，只得親自到園。到了瀟湘館內，也不免哭了一場。見了李紈、探春，知道諸事齊備，便說：『很好。只是剛纔你們爲什麽不言語，叫我着急？』探春道：『剛纔送老爺，怎麽說呢？』鳳姐道：『還倒是你們兩個可憐他些。這麽着，我還得那邊去招呼那個賈母雖然自責，仍說黛玉傻氣，可見賈母終不悟自己是殺黛玉之凶手也。

至此還論親疏，賈母寡情極矣。

冤家呢。但是，這件事好累墜。若是今日不回，使不得；若回了，恐怕老太太擱不住。』李紈道：『你去見機行事，得回再回方好。』鳳姐點頭，忙忙的去了。

鳳姐到了寶玉那裏，聽見大夫說不妨事，賈母、王夫人略覺放心。鳳姐便背了寶玉，緩緩的將黛玉的事回明了。賈母、王夫人聽得，都唬了一大跳。賈母眼淚交流，說道：『是我弄壞了他了。但只是這個丫頭也忒傻氣！』說着，便要到園裏去哭他一場，又惦記着寶玉，兩頭難顧。王夫人等含悲共勸賈母不必過去：『老太太身子要緊。』

賈母無奈，只得叫王夫人自去。又說：『你替我告訴他的陰靈：並不是我忍心不來送你，只爲有個親疏。你是我的外孫女兒，是親的了。若與寶玉比起來，可是寶玉比你更親些。倘寶玉有些不好，我怎麼見他父親呢？』說着，又哭起來。王夫人勸道：『林姑娘是老太太最疼的，但只壽夭有定。如今已經死了，無可盡心，只是葬禮上要上等的發送，一則可以少盡咱們的心，二則就是姑太太和外甥女兒的陰靈兒，也可以少安了。』賈母聽到這裏，越發痛哭起來。

鳳姐恐怕老人家傷感太過，明仗着寶玉心中不甚明白，便偷偷的使人來撒個謊兒，哄老太太道：『寶玉那裏找老太太呢。』賈母聽見，纔止住淚，問道：『不是又有什麼緣故？』鳳姐陪笑道：『沒什麼緣故，他大約是想老太太的意思。』賈母連忙扶了珍珠兒，鳳姐也跟着過來。

走至半路，正遇王夫人過來，一一回明了賈母。賈母自然又是哀痛的，只因要到寶玉那邊，只得忍淚含悲的說道：『既這麼着，我也不過去了。由你們辦罷，我看着心裏也難受，只別委屈了他就是了。』王夫人、鳳姐一一答應了。賈母纔過寶玉這邊來，見了寶玉，因問：『你做什麼找我？』寶玉笑道：『我昨日晚上看見林妹妹來了。他說，要回南去。我想，沒人留的住，還得老太太給我留一留他。』賈母聽着，說：『使得，只管放心罷。』襲人因扶寶玉躺下。賈母出來，到寶釵這邊來。

那時，寶釵尚未回九，所以每每見了人，倒有些含羞之意。這一天，見賈母滿面淚痕，遞了茶，賈母叫他坐下。寶釵側身陪着坐了，纔問道：『聽得林妹妹病了，不知他可好些了？』賈母聽了這話，那眼淚止不住流下來，因說道：『我的兒，我告訴你，你可別告訴寶玉。都是因你林妹妹，纔叫你受了多少委屈。你如今作媳婦了，我纔告訴你。這如今，你林妹妹沒了兩三天了，就是娶你的那個時辰死的。如今寶玉這一番病，還是爲着這個。你們先都在園子裏，自然也都是明白的。』寶釵把臉飛紅了，想到黛玉之死，又不免落下淚來。賈母又說了一回話去了。

自此，寶釵千回萬轉，想了一個主意，只不肯造次，所以過了回九纔想出這個法子來。如今果然好些，然後大家說話纔不至似前留神。

獨是寶玉雖然病勢一天好似一天，他的癡心總不能解，必要親去哭他一場。賈母等知他病未除根，不許他胡思亂想，怎奈他鬱悶難堪，病多反覆。倒是大夫看出心病，索性叫他開散了，再用藥調理，倒可好得快些。寶玉聽說，立刻要往瀟湘館來。賈母等只得叫人擡了竹椅子過來，扶寶玉坐上。賈母、王夫人即便先行。

到了瀟湘館內，一見黛玉靈柩，賈母已哭得淚乾氣絕。鳳姐等再三勸住。王夫人也哭了一場。李紈便請賈母、王夫人在裏間歇着，猶自落淚。

寶玉一到，想起未病之先來到這裏，今日屋在人亡，不禁嚎啕大哭。想起從前何等親密，今日死別，怎不更加傷感。衆人原恐寶玉病後過哀，都來解勸。寶玉已經哭得死去活來，大家攙扶歇息。其餘隨來的，如寶釵，俱極痛哭。

獨是寶玉必要叫紫鵑來見，問明姑娘臨死有何話說，紫鵑本來深恨寶玉，見如此，心裏已回過來些，又見賈母、王夫人都在這裏，不敢灑落寶玉，便將林姑娘怎麼復病，怎麼燒毁帕子，焚化詩稿，並將臨死說的話，一一的都告訴了。寶玉又哭得氣噎喉乾。
探春趁便又將黛玉臨終囑咐帶柩回南的話也說了一遍。賈母、王夫人又哭起來。多虧鳳姐能言勸慰，略略止些，便請賈母等回去。寶玉那裏肯捨，無奈賈母逼着，只得勉強回房。
賈母有了年紀的人，打從寶玉病起，日夜不寧，今又大痛一陣，已覺頭暈身熱。雖是不放心，惦着寶玉，卻也掙扎不住，回到自己房中睡下。王夫人更加心痛難禁，也便回去，派了彩雲幫着襲人照應，並說：『寶玉若再悲戚，速來告訴我們。』寶釵是知寶玉一時必不能捨，也不相勸，只用諷刺的話說他。寶玉倒恐寶釵多心，也便飲泣收心。歇了一夜，倒也安穩。
明日一早，衆人都來瞧他，但覺氣虛身弱，心病倒覺去了幾分。於是加意調養，漸漸的好起來。賈母幸不成病，惟是王夫人心痛未痊。那日，薛姨媽過來探望，看見寶玉精神略好，也就放心，暫且住下。
一日，賈母特請薛姨媽過去商量說：『寶玉的命，都虧姨太太救的，如今想來不妨了，獨委屈了你的姑娘。如今寶玉調養百日，身體復舊，又過了娘娘的功服，正好圓房。要求姨太太作主，另擇個上好的吉日。』薛姨媽便道：『老太太主意很好，何必問我。寶丫頭雖生的粗笨，心裏卻還是極明白的。他的情性，老太太

黛玉的命姨太太送了一半。

素日是知道的。但願他們兩口兒言和意順，從此老太太也省好些心，我姐姐也安慰些，我也放了心了。老太太便定個日子。還通知親戚不用呢？』

賈母道：『寶玉和你們姑娘生來第一件大事，況且費了多少周折，如今纔得安逸，必要大家熱鬧幾天。親戚都要請的。一來酬願，二則咱們吃杯喜酒，也不枉我老人家操了好些心。』薛姨媽聽說，自然也是喜歡的，便將要辦妝奩的話也說了一番。賈母道：『咱們親上做親，我想也不必這些。若說動用的，他屋裏已經滿了。必定寶丫頭他心愛的，要你幾件，姨太太就拿了來。我看寶丫頭也不是多心的人，不比的我那外孫女兒的脾氣，所以他不得長壽。』說着，連薛姨媽也便落淚。

恰好鳳姐進來，笑道：『老太太、姑媽又想着什麼了？』薛姨媽道：『我和老太太說起你林妹妹來，所以傷心。』鳳姐笑道：『老太太和姑媽且別傷心，我剛纔聽了個笑話兒來了，意思說給老太太和姑媽聽。』賈母拭了拭眼淚，微笑道：『你又不知要編派誰呢？你說來，我和姨太太聽聽。說不笑，我們可不依。』

只見那鳳姐未從張口，先用兩隻手比着，笑彎了腰了。未知他說出些什麼來，下回分解。

【回後評】

寶玉雖癡傻，但他問襲人：寶釵『爲什麽霸佔住在這裏？』黛玉爲什麽『被寶姐姐趕了去了？』此問有何傻意？又說：『不如騰一處空房子，趁早將我同林妹妹兩個擡在那裏，活着也好一處醫治服侍，死了也好一處停放。』寶玉此語，淒慘至極，至情之極，更無半點傻意，蓋寶玉外表雖瘋傻，皆爲逆境所逼耳，其內心一點光明，一點靈犀，雖萬劫不滅也，可憐黛玉不明此情耳。

黛玉之死，淒慘至極，幸有紫鵑，尚可稍慰孤零，李紈、探春亦來，亦差慰人意。黛玉說『我的身子是乾淨的』，應『質本潔來還潔去』也。『你好歹叫他們送我回去』，侯門不可留也，『强於污淖陷渠溝』也。黛玉於賈府已傷心透矣。

黛玉臨死，『直聲叫道：寶玉，寶玉，你好——』是黛玉含怨懷恨而死，其始終不知寶玉亦受矇騙挾制也，使黛玉含恨而死，則此恨綿綿無絕期也。若使黛玉亦知寶玉受騙挾制，則無可成文矣，此文章之大關鍵也。黛玉死時，『只聽得遠遠一陣音樂之聲，側耳一聽，卻又沒有了。探春、李紈走出院外再聽時，惟有竹梢風動，月影移牆，好不淒涼冷淡！』此音樂是仙樂也，黛玉魂歸離恨天矣！此音樂是寶釵大禮喜樂也，是俗勢之催魂曲也。是邪非邪，其實只有『竹梢風動，月影移牆』而已，如此境界，正是瀟湘妃子之境。

黛玉剛死，賈母、王夫人、鳳姐、薛姨媽即笑語連連，雖説是爲解因黛玉而傷心，世間有此解痛之方乎！

第九十九回　守官箴惡奴同破例　閲邸報老舅自擔驚

話說鳳姐見賈母和薛姨媽爲黛玉傷心，便說：『有個笑話兒，說給老太太和姑媽聽。』未曾開口，先自笑了，因說道：『老太太和姑媽打諒是那裏的笑話兒？就是咱們家的那二位新姑爺、新媳婦啊。』賈母道：『怎麽了？』鳳姐拿手比着道：『一個這麽坐着，一個這麽站着。一個這麽扭過去，一個這麽轉過來。一個又——』說到這裏，賈母已經大笑起來，說道：『你好生說罷，倒不是他們兩口兒，你倒把人慪的受不得了。』薛姨媽也笑道：『你往下直說罷，不用比了。』

鳳姐纔說道：『剛纔我到寶兄弟屋裏，我看見好幾個人笑。我只道是誰，巴着窗户眼兒一瞧，原來寶妹妹坐在炕沿上，寶兄弟站在地下。寶兄弟拉着寶妹妹的袖子，口口聲聲只叫：「寶姐姐，你爲什麽不會說話了？你這麽說一句話，我的病包管全好。」寶妹妹卻扭着頭，只管躲。寶兄弟卻作了一個揖，上前又拉寶妹妹的衣服。寶妹妹急得一扯，寶兄弟自然病後是腳軟的，索性一撲，撲在寶妹妹身上了。寶妹妹急得紅了臉，說道：「你越發比先不尊重了。」』說到這裏，賈母和薛姨媽都笑起來。

鳳姐又道：『寶兄弟便立起身來，笑道：「虧了跌了這一交，好容易纔跌出你的話來了。」』薛姨媽笑道：『這是寶丫頭古怪。這有什麼的，既作了兩口兒，說說笑笑的，怕什麼。他沒見他璉二哥和你。』鳳姐兒笑道：『這是怎麼說呢？我饒說笑話給姑媽解悶兒，姑媽反倒拿我打起卦來了。』賈母也笑道：『要這麼着纔好，夫妻固然要和氣，也得有個分寸兒。我愛寶丫頭就在這尊重上頭。只是我愁着寶玉還是那麼傻頭傻腦的，這麼說起來，比頭裏竟明白多了。你再說說，還有什麼笑話兒沒有？』鳳姐道：『明兒寶玉圓了房，親家太太抱了外孫子，那時候不更是笑話兒了麼？』

賈母笑道：『猴兒，我在這裏同着姨太太想你林妹妹，你來慪個笑兒還罷了，怎麼臊起皮來了。你不叫我們想你林妹妹，你不用太高興了，你林妹妹恨你，將來不要獨自一個到園裏去，隄防他拉着你不依。』鳳姐笑道：『他倒不怨我。他臨死咬牙切齒，倒恨着寶玉呢。』賈母、薛姨媽聽着，還道是頑話兒，也不理會。便道：『你別胡拉扯了。你去叫外頭挑個很好的日子，給你寶兄弟圓了房兒罷。』鳳姐去了，擇了吉日，重新擺酒唱戲請親友。這不在話下。

林妹妹已歸地下，何恨之有，只是讀者深恨耳。

於是從假戲、樣戲到真戲了。

此時寶玉，早已非八十回前之寶玉，作者可以任意驅使也。

全是過場戲，匆匆交代筆墨。

卻說寶玉雖然病好復元，寶釵有時高興翻書觀看，談論起來，寶玉所有眼前常見的尚可記憶，若論靈機，大不似從前活變了，連他自己也不解。寶釵明知是通靈失去，所以如此。倒是襲人時常說他：『你何故把從前的靈機都忘了？那些舊毛病忘了纔好，爲什麽你的脾氣還覺照舊，在道理上更糊塗了呢？』寶玉聽了並不生氣，反是嘻嘻的笑。

有時寶玉順性胡鬧，多虧寶釵勸說，諸事略覺收斂些。襲人倒可少費些唇舌，惟知悉心服侍。別的丫頭素仰寶釵貞靜和平，各人心服，無不安靜。只有寶玉到底是愛動不愛靜的，時常要到園裏去逛。賈母等一則怕他招受寒暑，二則恐他覩景傷情，雖黛玉之柩已寄放城外庵中，然而瀟湘館依然人亡屋在，不免勾起舊病來，所以也不使他去。

況且親戚姊妹們，薛寶琴已回到薛姨媽那邊去了；史湘雲因史侯回京，也接了家去了，又有了出嫁的日子，所以不大常來，只有寶玉娶親那一日，與吃喜酒這天，來過兩次，也只在賈母那邊住下，爲着寶玉已經娶親過的人，又想自己就要出嫁的，也不肯如從前的詼諧談笑，就是有時過來，也只和寶釵說話，見了寶玉不過問好而已；那邢岫煙卻是因迎春出嫁之後便隨着邢夫人過去；李家姊妹也另住在外，即同着李嬸娘過來，亦不過到太太們與姐妹們處請安問好，即回到李紈那裏略賈政放外任，更是糊塗官一個。

跟隨者都爲賺錢而來。

住一兩天就去了。所以園內的只有李紈、探春、惜春了。賈母還要將李紈等挪進來，爲着元妃薨後，家中事情接二連三，也無暇及此。現今天氣一天熱似一天，園裏尚可住得，等到秋天再挪。此是後話，暫且不提。

且說賈政帶了幾個在京請的幕友，曉行夜宿，一日到了本省，見過上司，即到任拜印受事，便查盤各屬州縣糧米倉庫。賈政向來作京官，只曉得郎中事務都是一景兒的事情，就是外任，原是學差，也無關於吏治上。所以外省州縣折收糧米、勒索鄉愚這些弊端，雖也聽見別人講究，卻未嘗身親其事。只有一心做好官，便與幕賓商議出示嚴禁，並諭以一經查出，必定詳參揭報。初到之時，果然胥吏畏懼，便百計鑽營，偏遇賈政這般古執。那些家人跟了這位老爺在都中一無出息，好容易盼到主人放了外任，便在京指着在外發財的名頭向人借貸，做衣裳裝體面，心裏想着，到了任，銀錢是容易的了。不想這位老爺獃性發作，認真要查辦起來，州縣饋送一概不受。門房簽押等人心裏盤算道：『我們再挨半個月，衣服也要當完了。債又逼起來，那可怎麽樣好呢？眼見得白花花的銀子，只是不能到手。』那些長隨也道：『你們爺們到底還沒花什麽本錢來的。我們纔冤，花了若干的銀子打了個門子，來了一個多月，連半個錢也沒見過。想來跟這個主兒是不能撈本兒的了。明兒獨寫李十兒，以見差役之刁之毒。

我們齊打夥兒告假去。』次日，果然聚齊，都來告假。賈政不知就裏，便說：『要來也是你們，要去也是你們。既嫌這裏不好，就都請便。』那些長隨怨聲載道而去。

只剩下些家人，又商議道：『他們可去的去了，我們去不了的，到底想個法兒纔好。』內中有一個管門的叫李十兒，便說：『你們這些沒能耐的東西，着什麼忙！我見這長字號兒的在這裏，不犯給他出頭。如今都餓跑了，瞧瞧你十太爺的本領，少不得本主兒依我。只是要你們齊心，打夥兒弄幾個錢回家受用，若不隨我，我也不管了，橫竪拚得過你們。』衆人都說：『好十爺，你還主兒信得過。若你不管，我們實在是死症了。』李十兒道：『不要我出了頭得了銀錢，又說我得了大分兒了。窩兒裏反起來，大家沒意思。』衆人道：『你萬安，沒有的事。就沒有多少，也強似我們腰裏掏錢。』

正說着，只見糧房書辦走來找周二爺。李十兒坐在椅子上，蹺着一隻腿，挺着腰，說道：『找他做什麼？』書辦便垂手陪着笑說道：『本官到了一個多月的任，這些州縣太爺見得本官的告示利害，知道不好說話，到了這時候都沒有開倉。若是過了漕，你們太爺們來做什麼的？』李十兒道：『你別混說。老爺是有根蒂的，說到那裏，是要辦到那裏。這兩天原要行文催兌，因我說了緩幾天纔歇的。你到底找先是罷差，賈政便已無法。

我們周二爺做什麼？』書辦道：『原爲打聽催文的事，沒有別的。』李十兒道：『越發胡說，方纔我說催文，你就信嘴胡謅。可別鬼鬼祟祟來講什麼賬，我叫本官打了你，退你。』書辦道：『我在這衙門內已經三代了。外頭也有些體面，家裏還過得，就規規矩矩伺候本官陞了還能够，不像那些等米下鍋的。』說着，回了一聲：『二太爺，我走了。』

李十兒便站起，堆着笑說：『這麼不禁頑，幾句話就臉急了。』書辦道：『不是我臉急，若再說什麼，豈不帶累了二太爺的清名呢？』李十兒過來，拉着書辦的手，說：『你貴姓啊？』書辦道：『不敢，我姓詹，單名是個會字，從小兒也在京裏混了幾年。』李十兒道：『詹先生，我是久聞你的名的。我們弟兄們是一樣的。有什麼話，晚上到這裏，咱們說一說。』書辦也說：『誰不知道李十太爺是能事的，把我一詐就嚇毛了。』大家笑着走開。那晚，便與書辦咕唧了半夜。第二天拿話去探賈政，被賈政痛罵了一頓。

隔一天拜客，裏頭吩咐伺候，外頭答應了。停了一會子，打點已經三下了，大堂上沒有人接鼓。好容易叫個人來打了鼓。賈政踱出暖閣，站班喝道的衙役只有一個。賈政也不查問，在墀下上了轎，等轎夫又等了好一回。來齊了，擡出衙門，那個炮只響得一聲，吹鼓亭的鼓手只有一個打鼓，一個吹號筒。賈政便也生氣說：

用『淡』處理，將賈政『淡』置之。

到此時，賈政也已無計可施了。

『往常還好，怎麽今兒不齊集至此？』擡頭看那執事，卻是攙前落後。勉強拜客回來，便傳誤班的要打。有的說，因没有帽子誤的。有的說，是號衣當了誤的。又有的說，是三天没吃飯擡不動。賈政生氣，打了一兩個也就罷了。

隔一天，管厨房的上來要錢，賈政帶來銀兩付了。以後便覺樣樣不如意，比在京的時候倒不便了好些。無奈，便唤李十兒問道：『我跟來這些人怎樣都變了？你也管管。現在帶來銀兩早使没有了，藩庫俸銀尚早，該打發京裏取去。』李十兒稟道：『奴才那一天不說他們，不知道怎麽樣，這些人都是没精打彩的，叫奴才也没法兒。老爺說家裏取銀子，取多少？現在打聽節度衙門這幾天有生日，别的府道老爺都上千上萬的送了，我們到底送多少呢？』賈政道：『爲什麽不早說？』李十兒說：『老爺最聖明的。我們新來乍到，又不與别位老爺很來往，誰肯送信？巴不得老爺不去，便好想老爺的美缺。』賈政道：『胡說！我這官是皇上放的。不與節度做生日，便叫我不做不成！』李十兒笑着回道：『老爺說的也不錯。京裏離這裏很遠，凡百的事都是節度奏聞。他說好便好，說不好便吃不住。到得明白，已經遲了。就是老太太、太太們，那個不願意老爺在外頭烈烈轟轟的做官呢？』

賈政聽了這話，也自然心裏明白，道：『我正要問你，爲什麽都說起來？』李十兒回說：『奴才本不敢說。老爺既問到這裏，若不說，是奴才没良心。若說了，原來都是用錢買的，就如做生意一樣。

吏道如此！可嘆！

歷任官員都是貓鼠同眠，想不同眠難矣！

少不得老爺又生氣。』賈政道：『只要說得在理。』李十兒說道：『那些書吏衙役，都是花了錢買着糧道的衙門，那個不想發財？俱要養家活口。自從老爺到了任，並沒見爲國家出力，倒先有了口碑載道。』賈政道：『民間有什麽話？』李十兒道：『百姓說，凡有新到任的老爺，告示出得愈利害，愈是想錢的法兒。州縣害怕了，好多多的送銀子。收糧的時候，衙門裏便說，新道爺的法令，明是不敢要錢，這一難留叨蹬，那些鄉民心裏願意花幾個錢，早早了事。所以那些人不說老爺好，反說不諳民情。便是本家大人，是老爺最相好的，他不多幾年已巴到極頂的分兒，也只爲識時達務，能够上和下睦罷了。』

賈政聽到這話，道：『胡說！我就不識時務嗎？若是上和下睦，叫我與他們貓鼠同眠嗎？』李十兒回說道：『奴才爲着這點忠心兒掩不住，纔這麽說。若是老爺就是這樣做去，到了功不成、名不就的時候，老爺又說奴才没良心，有什麽話不告訴老爺了。』

賈政道：『依你，怎麽做纔好？』李十兒道：『也沒有別的。趁着老爺的精神年紀，裏頭的照應，老太太的硬朗，爲顧着自己就是了。不然，到不了一年，老爺家裏的錢也都貼補完了，還落了自上至下的人抱怨，都說老爺是做外任的，自然弄了錢藏着受用。倘遇着一兩件爲難的事，誰肯幫着老爺？那時辯也辯不清，既無本領做清官，就只能做貪官，除非你肯不做官。

清官被弄成貪官的罪名下臺了，貪官卻頂着清官的名稱陞官了，這就是現實。

面對如此世情，賈政毫無辦法。

於是只好貓鼠同眠。實已同眠而賈政反不覺同眠。

悔也悔不及。』

賈政道：『據你一說，是叫我做貪官嗎？送了命還不要緊，必定將祖父的功勳抹了纔是？』李十兒回稟道：『老爺極聖明的人，沒看見舊年犯事的幾位老爺嗎？這幾位都與老爺相好，老爺常說是個做清官的，如今名在那裏？現有幾位親戚，老爺向來說他們不好的，如今陞的陞，遷的遷。只在要做的好就是了。老爺要知道，民也要顧，官也要顧。若是依着老爺，不准州縣得一個大錢，外頭這些差使誰辦？只要老爺外面還是這樣清名聲原好，裏頭的委屈只要奴才辦去，關礙不着老爺的。奴才跟主兒一場，到底也要掏出忠心來。』賈政被李十兒一番言語，說得心無主見，道：『我是要保性命的。你們鬧出來，不與我相干。』說着，便踱了進去。

李十兒便自己做起威福，鈎連內外一氣的哄着賈政辦事，反覺得事事周到，件件隨心。所以賈政不但不疑，反多相信。便有幾處揭報，上司見賈政古樸忠厚，也不查察。惟是幕友們耳目最長，見得如此，得便用言規諫，無奈賈政不信，也有辭去的，也有與賈政相好，在內維持的。於是漕務事畢，尚無隕越。

一日，賈政無事，在書房中看書。簽押上呈進一封書子，外面官封上開着：

四六俗套。

『鎮守海門等處總制公文一角，飛遞江西糧道衙門。』賈政拆封看時，只見上寫道：

金陵契好，桑梓情深。昨歲供職來都，竊喜常依座右。仰蒙雅愛，許結朱陳，至今佩德勿諼。祇因調任海疆，未敢造次奉求，衷懷歉仄，自嘆無緣。今幸棨戟遙臨，快慰平生之願。正申燕賀，先蒙翰教，邊帳光生，武夫額手。雖隔重洋，尚叨樾蔭。想蒙不棄卑寒，希望蔦蘿之附。小兒已承青盼，淑媛素仰芳儀。如蒙踐諾，即遣冰人。途路雖遙，一水可通。不敢云百輛之迎，敬備仙舟以俟。茲修寸幅，恭賀陞祺，並求金允。臨穎不勝待命之至。

世弟周瓊頓首

探春之婚事。

賈政看了，心想：『兒女姻緣，果然有一定的。舊年因見他就了京職，又是同鄉的人，素來相好，又見那孩子長得好，在席間原提起這件事。因未說定，也沒有與他們說起。後來他調了海疆，大家也不說了。不料我今陞任至此，他寫書來問。我看起門户，卻也相當，與探春倒也相配。但是我並未帶家眷，只可寫字與他商議。』正在躊躇，只見門上傳進一角文書，是議取到省會議事件。賈政只得收拾上省，候節度派委。

薛蟠之案情。

一日在公館閑坐，見桌上堆着一堆字紙，賈政一一看去，見刑部一本：『爲報明事，會看得金陵籍行商薛蟠……』賈政便吃驚道：『了不得，已經提本了！』隨用心看下去，是薛蟠毆傷張三身死，串囑屍證，捏供誤殺一案。賈政一拍桌道：『完了！』只得又看，底下是：

據京營節度使咨稱：緣薛蟠籍隸金陵，行過太平縣，在李家店歇宿，與店內當槽之張三素不相認。於某年月日，薛蟠令店主備酒，邀請太平縣民吳良同飲，令當槽張三取酒。因酒不甘，薛蟠令換好酒。張三因稱酒已沽定難換。薛蟠因伊倔強，將酒照臉潑去。不期去勢甚猛，恰值張三低頭拾箸，一時失手，將酒碗擲在張三顖門，皮破血出，逾時殞命。李店主趨救不及，隨向張三之母告知。伊母張王氏往看，見已身死，隨喊稟地保赴縣呈報。前署縣詣驗，仵作將骨破一寸三分及腰眼一傷，漏報填格，詳府審轉。看得薛蟠實係潑酒失手，擲碗誤傷張三身死，將薛蟠照過失殺人，准鬬殺罪收贖等因前來。臣等細閱各犯證屍親前後供詞不符，且查鬬殺律注云：『相爭爲鬬，相打爲毆。必實無爭鬬情形，邂逅身死，方可以過失殺定擬。』應令該節度審明實情，妥擬具題。今據該節度疏稱：『薛蟠因張三不肯換酒，醉後拉着張三右賈政又想當清官，又狗私請託枉法，假正而已。

手，先毆腰眼一拳。張三被毆回罵，薛蟠將碗擲出，致傷顖門深重，骨碎腦破，立時殞命。是張三之死，實由薛蟠以酒碗砸傷深重致死。自應以薛蟠擬抵。將薛蟠依鬬殺律擬絞監候，吳良擬以杖徒。承審不實之府州縣應請……

以下注着：『此稿未完。』賈政因薛姨媽之託，曾託過知縣，若請旨革審起來，牽連着自己，好不放心。即將下一本開看，偏又不是。只好翻來覆去將報看完，終沒有接這一本的。心中狐疑不定，更加害怕起來。

正在納悶，只見李十兒進來，『請老爺到官廳伺候去，大人衙門已經打了二鼓了。』賈政只是發怔，沒有聽見。李十兒又請一遍。賈政道：『這便怎麼處？』李十兒道：『老爺有什麼心事？』賈政將看報之事說了一遍。李十兒道：『老爺放心。若是部裏這麼辦了，還算便宜薛大爺呢。奴才在京的時候，聽見薛大爺在店裏叫了好些媳婦，都喝醉了生事，直把個當槽兒的活活打死的。奴才聽見，不但是託了知縣，還求璉二爺去花了好些錢，各衙門打通了，纔提的。不知道怎麼部裏沒有弄明白。如今就是鬧破了，也是官官相護的，不過認個承審不實，革職處分罷，那裏還肯認得銀子聽情呢。老爺不用想，等奴才再打聽罷。不要誤了上司的事。』賈政道：『你們那裏知道！只可惜那知縣聽了一個情，把這個官都丟了，還不知道有罪沒有呢！』李十兒道：『如今想他也無益。外頭伺候着好半天了，請老爺就去罷。』

賈政不知節度傳辦何事，且聽下回分解。

【回後評】

黛玉一死，賈母、王夫人、鳳姐等依然言笑宴宴。淵明云：『親戚或餘悲，他人亦已歌。』吾視賈母等似連『餘悲』俱無，人情冷暖至此。

賈政做官，只是無能，終任李十兒擺佈，然官場之黑暗，吏道之奸滑，亦借此可見一二。

黛玉死後之文章，終是敷衍過場而已。

第一百回　破好事香菱結深恨　悲遠嫁寶玉感離情

話說賈政去見了節度，進去了半日，不見出來，外頭議論不一。李十兒在外，也打聽不出什麼事來，便想到報上的饑荒，實在也着急，好容易聽見賈政出來，便迎上來跟着，等不得回去，在無人處便問：『老爺進去這半天，有什麼要緊的事？』賈政笑道：『並沒有事。只爲鎮海總制是這位大人的親戚，有書來囑託照應我，所以說了些好話。又說，我們如今也是親戚了。』李十兒聽得，心內喜歡，不免又壯了些膽子，便竭力慫恿賈政許這親事。

賈政心想，薛蟠的事到底有什麼掛礙，在外頭信息不早，難以打點，故回到本任來，便打發家人進京打聽，順便將總制求親之事回明賈母，如若願意，即將三姑娘接到任所。家人奉命趕到京中，回明了王夫人，便在吏部打聽得賈政並無處分，惟將署太平縣的這位老爺革職，即寫了稟帖，安慰了賈政，然後住着等信。

官場亦是利用婚姻作勾結。

賈政徇私，未得處分。

且說薛姨媽爲着薛蟠這件人命官司，各衙門內不知花了多少銀錢，纔定了誤殺具題。原打量將當鋪折變給人，備銀贖罪。不想刑部駁審，又託人花了好些錢，總不中用，依舊定了個死罪，監着守候秋天大審。薛姨媽又氣又疼，日夜啼哭。

寶釵雖時常過來勸解，說是：『哥哥本來沒造化，承受了祖父這些家業，就該安安頓頓的守着過日子。在南邊已經鬧的不像樣，便是香菱那件事情，就了不得。因爲仗着親戚們的勢力，花了些銀錢，這算白打死了一個公子。哥哥就該改過，做起正經人來，也該奉養母親纔是，不想進了京仍是這樣。媽媽爲他不知受了多少氣，哭掉了多少眼淚。給他娶了親，原想大家安安逸逸的過日子，不想命該如此，偏偏娶的嫂子又是一個不安靜的，所以哥哥躲出門的。真正俗語說的，「冤家路兒狹」，不多幾天，就鬧出人命來了。媽媽和二哥哥也算不得不盡心的了，花了銀錢不算，自己還求三拜四的謀幹。無奈命裏應該，也算自作自受，大凡養兒女，是爲着老來有靠。便是小户人家，還要掙一碗飯養活母親，那裏有將現成的鬧光了，反害的老人家哭的死去活來的。不是我說，哥哥的這樣行爲，不是兒子，竟是個冤家對頭。媽媽再不明白，明哭到夜，夜哭到明，又受嫂子的氣。我呢，又不能常在這裏勸解。我看見媽媽這樣，那裏放得下心？他雖說是傻，也不肯叫我回去。前兒老爺打發人回來說，看見京報，唬的了不得，所以纔叫人來打點的。我想，

薛蟠定死罪。

寶釵總是以理智的、理解的態度來對待現實和爲母親解釋現實。

不從骨肉的角度來理解，相反卻從冤家的角度來理解，倒反譬解開了，所謂『夙孽』是也。

哥哥鬧了事，擔心的人也不少。幸虧我還是在跟前的一樣，若是離鄉調遠聽見了這個信，只怕我想媽媽也就想殺了。我求媽媽暫且養養神，趁哥哥的活口現在，問問各處的賬目。人家該咱們的，咱們該人家的，亦該請個舊夥計來算一算，看看還有幾個錢沒有。』

薛姨媽哭着說道：『這幾天，爲鬧你哥哥的事，你來了，不是你勸我，便是我告訴你衙門的事。你還不知道，京裏的官商名字已經退了，兩個當鋪已經給了人家，銀子早拿來使完了。還有一個當鋪，管事的逃了，虧空了好幾千兩銀子，也夾在裏頭打官司。你二哥哥天天在外頭要賬，料着京裏的帳已經去了幾萬銀子，只好拿南邊公分裏銀子並住房折變纔够。前兩天還聽見一個荒信，說是南邊的公當鋪也因爲折了本兒收了。若是這麼着，你娘的命可就活不成的了。』說着，又大哭起來。

薛家也徹底敗落了。

寶釵也哭着勸道：『銀錢的事，媽媽操心也不中用，還有二哥哥給我們料理。單可恨這些夥計們，見咱們的勢頭兒敗了，各自奔各自的去也罷了，我還聽見說，幫着人家來擠我們的訛頭。可見我哥哥活了這麼大，交的人總不過是些個酒肉弟兄，急難中是一個沒有的。媽媽若是疼我，聽我的話，有年紀的人，自己保重些。媽媽這一輩子，想來還不致挨凍受餓。家裏這點子衣裳、傢伙，只好聽憑嫂子去，金桂又是一種特殊人物，心理的變態、性的變態、性格的變態，造成了這一個失去人性，或扭曲了人性，擴張了動物本性的人獸之間的人物。

那是沒法兒的了。所有的家人、婆子，瞧他們也沒心在這裏，該去的叫他們去。就可憐香菱苦了一輩子，只好跟着媽媽過去。實在短什麽，我要是有的，還可以拿些個來，料我們那個也沒有不依的。就是襲姑娘，也是心術正道的，他聽見我哥哥的事，他倒提起媽媽來就哭。我們那一個還道是沒事的，所以不大着急。若聽見了，也是要唬個半死兒的。』

薛姨媽不等說完，便說：『好姑娘，你可別告訴他。他爲一個林姑娘，幾乎沒要了命，如今纔好了些。要是他急出個原故來，不但你添一層煩惱，我越發沒了依靠了。』寶釵道：『我也是這麽想，所以總沒告訴他。』

正說着，只聽見金桂跑來外間屋裏，哭喊道：『我的命是不要的了！男人呢，已經是沒有活的分兒了。咱們如今索性鬧一鬧，大夥兒到法場上去拚一拚。』說着，便將頭往隔斷板上亂撞，撞的披頭散髮，氣得薛姨媽白瞪着兩隻眼，一句話也說不出來。還虧得寶釵嫂子長、嫂子短，好一句、歹一句的勸他。金桂道：『姑奶奶，如今你是比不得頭裏的了。你兩口兒好好的過日子，我是個單身人兒，要臉做什麽！』說着，便要跑到街上回娘家去。虧得人還多，扯住了，又勸了半天方住；把個寶琴唬的再不敢見他。

若是薛蝌在家，他便抹粉施脂，描眉畫鬢，奇情異致的打扮收拾起來，不時打妖妖喬喬，其實如鬼如魅。

寶蟾也是一個特殊個性，與金桂恰好成對。

從薛蝌住房前過，或故意咳嗽一聲，或明知薛蝌在屋，特問房裏何人。有時遇見薛蝌，他便妖妖喬喬、嬌嬌癡癡的問寒問熱，忽喜忽嗔。丫頭們看見，都趕忙躲開。他自己也不覺得，只是一意一心要弄得薛蝌感情時，好行寶蟾之計。

那薛蝌卻只躲着。有時遇見，也不敢不周旋一二，只怕他撒潑放刁的意思。更加金桂一則爲色迷心，越瞧越愛，越想越幻，那裏還看得出薛蝌的真假來。只有一宗，他見薛蝌有什麼東西都是託香菱收着，衣服縫洗也是香菱，兩個人偶然說話，他來了，急忙散開，一發動了一個『醋』字。欲待發作薛蝌，卻是捨不得，只得將一腔隱恨都擱在香菱身上。卻又恐怕鬧了香菱得罪了薛蝌，倒弄得隱忍不發。

一日，寶蟾走來，笑嘻嘻的向金桂道：『奶奶看見了二爺沒有？』金桂道：『沒有。』寶蟾笑道：『我說二爺的那種假正經是信不得的。咱們前日送了酒去，他說不會喝。剛纔我見他到太太那屋裏去，那臉上紅撲撲兒的一臉酒氣。奶奶不信，回來只在咱們院門口等他，他打那邊過來時，奶奶叫住他問問，看他說什麼。』金桂聽了，一心的怒氣，便道：『他那裏就出來了呢。他既無情義，問他作什麼！』寶蟾道：『奶奶又迂了。他好說，咱們也好說；他不好說，咱們再另打主意。』金桂聽着有理，因叫寶蟾瞧着他，看他出去了。寶蟾答應着出來。金金桂忍不住獸性大發作，卻又被意外驚醒。

桂卻去打開鏡奩，又照了一照，把嘴唇兒又抹了一抹，然後拿一條灑花絹子，纔要出來，又似忘了什麽的，心裏倒不知怎麽是好了。

只聽寶蟾外面說道：『二爺今日高興呵，那裏喝了酒來了？』金桂聽了，明知是叫他出來的意思，連忙掀起簾子出來。只見薛蝌和寶蟾說道：『今日是張大爺的好日子，所以被他們強不過吃了半鍾，到這時候臉還發燒呢。』一句話沒說完，金桂早接口道：『自然人家外人的酒，比咱們自己家裏的酒是有趣兒的。』薛蝌被他拿話一激，臉越紅了，連忙走過來，陪笑道：『嫂子說那裏的話。』寶蟾見他二人交談，便躲到屋裏去了。

這金桂初時，原要假意發作薛蝌兩句，無奈一見他兩頰微紅，雙眸帶澀，别有一種謹願可憐之意，早把自己那驕悍之氣感化到爪窪國去了，因笑說道：『這麽說，你的酒是硬強着纔肯喝的呢。』薛蝌道：『我那裏喝得來。』金桂道：『不喝也好，強如像你哥哥喝出亂子來，明兒娶了你們奶奶兒，像我這樣守活寡、受孤單呢！』說到這裏，兩個眼已經乜斜了，兩腮上也覺紅暈了。

薛蝌見這話越發邪僻了，打算着要走。金桂也看出來了，那裏容得，早已走過來，一把拉住。薛蝌急了，道：『嫂子放尊重些。』說着，渾身亂顫。金桂索性老着臉道：『你只管進來，我和你說一句要緊的話。』正鬧着，忽聽背後一個人叫道：『奶奶，香菱來了。』把金桂唬了一跳，回頭瞧時，卻是寶蟾掀着簾子看他二人的光景，一擡頭，見香菱從那邊來了，趕忙知會金桂。金桂這一驚不小，手已鬆了。薛蝌得便脫身跑了。

那香菱正走着，原不理會，忽聽寶蟾一嚷，纔瞧見金桂在那裏拉住薛蝌往裏死拽。香菱卻唬的心頭亂跳，自己連忙轉身回去。這裏，金桂早已連嚇帶氣，獃獃的瞅着薛蝌去了。怔了半天，恨了一聲，自己掃興歸房，從此把香菱恨入骨髓。那香菱本是要到寶琴那裏，剛走出腰門，看見這般，嚇回去了。

以下入探春之事。

是日，寶釵在賈母屋裏，聽得王夫人告訴老太太，要聘探春一事。賈母說道：『既是同鄉的人，很好。只是聽見說那孩子到過我們家裏。怎麼你老爺沒有提起？』王夫人道：『連我們也不知道。』賈母道：『好便好，但是道兒太遠。雖然老爺在那裏，倘或將來老爺調任，可不是我們孩子太單了嗎？』王夫人道：『兩家都是做官的，也是拿不定。或者那邊還調進來。即不然，終有個葉落歸根。況且老爺既在那裏做官，上司已經說了，好意思不給麼？想來老爺的主意定了，只是不敢做主，故遣人來回老太太的。』賈母道：『你們願意更好。但是三丫頭這一去了，不知三年兩年那邊可能回家？若再遲了，恐怕我趕不上再見他一面了。』

迎春的光景，竟從大富大貴跌入深淵。

說着，掉下淚來。

王夫人道：『孩子們大了，少不得總要給人家的。就是本鄉本土的人，除非不做官還使得。若是做官的，誰保得住總在一處？只要孩子們有造化就好。譬如迎姑娘，倒配得近呢，偏是時常聽見他被女婿打鬧，甚至不給飯吃。就是我們送了東西去，他也摸不着。近來聽見，益發不好了，也不放他回來。兩口子拌起來，就說咱們使了他家的銀錢。可憐這孩子總不得個出頭的日子。前兒我惦記他，打發人去瞧他，迎丫頭藏在耳房裏不肯出來。老婆子們必要進去，看見我們姑娘這樣冷天還穿着幾件舊衣裳。他一包眼淚的告訴婆子們說：「回去別說我這麼苦，這也是命裏所招。也不用送什麼衣服東西來，不但摸不着，反要添一頓打。說是我告訴的。」老太太想想，這倒是近處眼見的。若不好，更難受。倒虧了大太太，也不理會他，大老爺也不出個頭。如今迎姑娘實在比我們三等使喚的丫頭還不如。我想，探丫頭雖不是我養的，老爺既看見過女婿，定然是好，纔許的。只請老太太示下，擇個好日子，多派幾個人，送到他老爺任上。該怎麼着，老爺也不肯將就。』賈母道：『有他老子作主，你就料理妥當，揀個長行的日子送去，也就定了一件事。』王夫人答應着『是』。寶釵聽得明白，也不敢則聲，只是心裏叫苦：『我們家裏姑娘們就算他是個尖兒，如今又要遠嫁，眼看着這裏的人一天少似一天了。』

趙姨娘聽探春遠嫁反倒歡喜，又一種被扭曲的親子之情。何以會扭曲？社會之地位、金錢、名分等等也。

見王夫人起身告辭出去，他也送了出來，一逕回到自己房中，並不與寶玉說話。見襲人獨自一個做活，便將聽見的話說了。襲人也很不受用。

卻說趙姨娘聽見探春這事，反歡喜起來，心裏說道：『我這個丫頭在家忒瞧不起我，我何從還是個娘？比他的丫頭還不濟！況且洑上水，護着別人。他擋在頭裏，連環兒也不得出頭。如今老爺接了去，我倒乾淨。想要他孝敬我，不能够了。只願意他像迎丫頭似的，我也稱稱願。』一面想着，一面跑到探春那邊，與他道喜說：『姑娘，你是要高飛的人了。到了姑爺那邊，自然比家裏還好。想來你也是願意的。便是養了你一場，並沒有借你的光兒。就是我有七分不好，也有三分的好，總不要一去了，把我擱在腦杓子後頭。』探春聽着毫無道理，只低頭作活，一句也不言語。趙姨娘見他不理，氣忿忿的自己去了。

這裏，探春又氣又笑，又傷心，也不過自己掉淚而已。坐了一回，悶悶的走到寶玉這邊來。寶玉因問道：『三妹妹，我聽見林妹妹死的時候，你在那裏來着。我還聽見說，林妹妹死的時候，遠遠的有音樂之聲。或者他是有來歷的，也未可知。』探春笑道：『那是你心裏想着罷了。只是那夜卻怪，不似人家鼓樂之音。你的話或者也是。』寶玉聽了，更以爲實。又想，前日自己神魂飄蕩之時，曾見一人，說是黛玉生不同人，死不同鬼，必是那裏的仙子臨凡。忽又想起，那年唱戲寶玉心中的黛玉，豈能是嫦娥風致。

紫鵑又回到寶玉身邊。

交代過雪雁。

做的嫦娥，飄飄豔豔，何等風致。過了一回，探春去了。因必要紫鵑過來，立刻回了賈母去叫他。

無奈紫鵑心裏不願意，雖經賈母、王夫人派了過來，也就沒法，只是在寶玉跟前，不是噯聲，就是嘆氣的。寶玉背地裏拉着他，低聲下氣要問黛玉的話，紫鵑從沒好話回答。寶釵倒背地裏誇他有忠心，並不嗔怪他。

那雪雁雖是寶玉娶親這夜出過力的，寶釵見他心地不甚明白，便回了賈母、王夫人，將他配了一個小廝，各自過活去了。王奶媽，養着他，將來好送黛玉的靈柩回南。鸚哥等小丫頭，仍服侍了老太太。寶玉本想念黛玉，因此及彼，又想跟黛玉的人已經雲散，更加納悶。悶到無可如何，忽又想黛玉死得這樣清楚，必是離凡返仙去了，反又歡喜。

忽然聽見襲人和寶釵那裏講究探春出嫁之事，寶玉聽了，『啊呀』的一聲，哭倒在炕上。唬得寶釵、襲人都來扶起說：『怎麼了？』寶玉早哭的說不出來，定了一回子神，說道：『這日子過不得了！我姊妹們都一個一個的散了！林妹妹是成了仙去了。大姐姐呢，已經死了，這也罷了，沒天天在一塊。二姐姐呢，碰着了一個混賬不堪的東西。三妹妹又要遠嫁，總不得見的了。史妹妹又不知要到那裏去？薛妹妹是有了人家的。這些姐姐妹妹，難道一個都不留在家裏？單留我做什麼？』

總是用寶釵說教來解釋。

探春遠嫁，諸釵只剩惜春。大觀園風流雲散矣。

襲人忙又拿話解勸。

寶釵擺着手說：『你不用勸他，讓我來問他。』因問着寶玉道：『據你的心裏，要這些姐妹都在家裏陪到你老了，都不要爲終身的事嗎？若說別人，或者還有別的想頭。你自己的姐姐妹妹，不用說，沒有遠嫁的。就是有，老爺作主，你有什麼法兒？打量天下獨是你一個人愛姐姐妹妹呢？若是都像你，就連我也不能陪你了。大凡人念書，原爲的是明理，怎麼你益發糊塗了？這麼說起來，我同襲姑娘各自一邊兒去，讓你把姐姐妹妹們都邀了來，守着你。』

寶玉聽了，兩隻手拉住寶釵、襲人道：『我也知道。爲什麼散的這麼早呢？等我化了灰的時候再散，也不遲。』襲人掩着他的嘴，道：『又胡說。纔這兩天身上好些，二奶奶纔吃些飯。若是你又鬧翻了，我也不管了。』寶玉慢慢的聽他兩個人說話都有道理，只是心上不知道怎樣纔好，只得強說道：『我卻明白，但只是心裏鬧得慌。』寶釵也不理他，暗叫襲人快把定心丸給他吃了，慢慢的開導他。

襲人便欲告訴探春說，臨行不必來辭。寶釵道：『這怕什麼？等消停幾日，待他心裏明白，還要叫他們多說句話兒呢。況且三姑娘是極明白的人，不像那些假惺惺的人，少不得有一番箴諫。他以後便不是這樣了。』

正說着，賈母那邊打發過鴛鴦來說，知道寶玉舊病又發，叫襲人勸說安慰，叫他不要胡思亂想。襲人等應了。鴛鴦坐了一會子去了。那賈母又想起探春遠行，雖不備妝奩，其一應動用之物俱該預備，便把鳳姐叫來，將老爺的主意告訴了一遍，即叫他料理去。

鳳姐答應。不知怎麼辦理，下回分解。

【回後評】

薛蟠已判死罪，薛家已完全破產，徹底敗落。夏金桂變態心理更加大發作，薛家從此瓦解冰消了。

寶釵依舊以理智和冷靜的態度對待身邊的一切，她既用大道理開悟寶玉，又用大道理開悟薛姨媽，終不失她『冷』的特殊性格。

探春遠嫁象徵着大觀園十二釵的風流雲散。春花秋月終於了了！

第一百一回　大觀園月夜感幽魂　散花寺神籤驚異兆

卻說鳳姐回至房中，見賈璉尚未回來，便分派那管辦探春行裝奩事的一干人。那天已有黃昏以後，因忽然想起探春來，要瞧瞧他去，便叫豐兒與兩個丫頭跟着，頭裏一個丫頭打着燈籠。走出門來，見月光已上，照耀如水。鳳姐便命打燈籠的：『回去罷。』因而走至茶房窗下，聽見裏面有人嘁嘁喳喳的，又似哭，又似笑，又似議論什麼的。鳳姐知道不過是家下婆子們又不知搬什麼是非，心內大不受用，便命小紅進去，裝做無心的樣子，細細打聽着，用話套出原委來。小紅答應着去了。

鳳姐只帶着豐兒，來至園門前，門尚未關，只虛虛的掩着。於是主僕二人方推門進去，只見園中月色比着外面更覺明朗，滿地下重重樹影，杳無人聲，甚是淒涼寂靜。剛欲往秋爽齋這條路來，只聽『嗚』的一聲風過，吹的那樹枝上落葉滿園中唰喇喇的作響，枝梢上吱嘍嘍發哨，將那些寒鴉宿鳥都驚飛起來。鳳姐吃了酒，被風一吹，只覺身上發噤起來。那豐兒也把頭一縮，說：『好冷！』鳳姐也

大觀園凄涼景況。

寫得陰森可怕。

狗乎妖乎，令人疑思。

大觀園忽來秦氏鬼魂，剛過狗妖，又來鬼魂。恐怖至極！欲摹前八十回，總有仙凡之別。

撐不住，便叫豐兒：『快回去，把那件銀鼠坎肩兒拿來，我在三姑娘那裏等着。』豐兒巴不得一聲，也要回去穿衣裳來，答應了一聲，回頭就跑了。

鳳姐剛舉步走了不遠，只覺身後咈咈哧哧，似有聞嗅之聲，不覺頭髮森然豎了起來。由不得回頭一看，只見黑油油一個東西，在後面伸着鼻子聞他呢，那兩隻眼睛恰似燈光一般。鳳姐嚇的魂不附體，不覺失聲的咳了一聲，卻是一隻大狗。那狗抽頭回身，拖着一個掃帚尾巴，一氣跑上大土山上，方站住了，回身猶向鳳姐拱爪兒。

鳳姐兒此時心跳神移，急急的向秋爽齋來。已將來至門口，方轉過山子，只見迎面有一個人影兒一恍。鳳姐心中疑惑，心裏想着必是那一房裏的丫頭，便問：『是誰？』問了兩聲，並沒有人出來，已經嚇得神魂飄蕩。恍恍忽忽的似乎背後有人說道：『嬸娘連我也不認得了！』鳳姐忙回頭一看，只見這人形容俊俏，衣履風流，十分眼熟，只是想不起是那房那屋裏的媳婦來。只聽那人又說道：『嬸娘只管享榮華、受富貴的心盛，把我那年說的立萬年永遠之基都付於東洋大海了。』鳳姐聽說，低頭尋思，總想不起。那人冷笑道：『嬸娘那時怎樣疼我了，如今就忘在九霄雲外了？』鳳姐聽了，此時方想起來是賈蓉的先妻秦氏，便說道：『嗳呀，你是死了的人哪，怎麽跑到這裏來了呢？』啐了一口，方轉回身，腳下不防，一塊石頭絆了一跤，猶如夢醒一般，渾身汗如雨下。雖然毛髮悚然，心中卻也明白。只見小紅、豐兒影影綽綽的來了。鳳姐恐怕落人的褒貶，連忙爬起來，說道：『你們做什麼呢，去了這半天？快拿來，我穿上罷。』一面豐兒走至跟前，服侍穿上，小紅過來攙扶。鳳姐道：『我纔到那裏，他們都睡了。咱們回去罷。』一面說，一面帶了兩個丫頭，急急忙忙回到家中。賈璉已回來了，只是見鳳姐兒臉上神色更變，不似往常，待要問他，又知他素日性格，不敢突然相問，只得睡了。

至次日五更，賈璉就起來，要往總理內庭都檢點太監裘世安家來打聽事務。因太早了，見桌上有昨日送來的抄報，便拿起來閑看。第一件，是雲南節度使王忠一本，新獲了一起私帶神槍火藥出邊事，共有十八名人犯，頭一名鮑音，口稱係太師鎮國公賈化家人。第二件，蘇州刺史李孝一本，參劾縱放家奴，倚勢凌辱軍民，以致因姦不遂，殺死節婦一家人命三口事。兇犯姓時名福，自稱係世襲三等職銜賈範家人。賈璉看見這兩件，心中早又不自在起來，待要看第三件，又恐遲了，不能見裘世安的面，因此急急的穿了衣服，也等不得吃東西。恰好平兒端上茶來，喝了兩口，便出來騎馬走了。

平兒在房內收拾換下的衣服。此時，鳳姐尚未起來，平兒因說道：『今兒夜裏，我聽着奶奶沒睡什麼覺。我這會子替奶奶捶着，好生打個盹兒罷。』鳳姐半下人何敢如此罵主人的孩子，何況是鳳姐的孩子，令人不解。

『擰了一把』，更是不可理解。

鳳姐纔二十五歲，便作末路之思，可見其惡事做絕矣。續書

日不言語，平兒料着這意思是了，便爬上炕來，坐在身邊，輕輕的捶着。纔捶了幾拳，那鳳姐剛有要睡之意，只聽那邊大姐兒哭了。

鳳姐又將眼睜開，平兒連向那邊叫道：『李媽，你到底是怎麼着？姐兒哭了，你到底拍着他些。你也忒好睡了。』那邊李媽從夢中驚醒，聽得平兒如此說，心中沒好氣，只得狠命拍了幾下，口裏嘟嘟嚷嚷的罵道：『真真的小短命鬼兒，放着屍不挺，三更半夜嚎你娘的喪！』一面說，一面咬牙便向那孩子身上擰了一把。那孩子哇的一聲大哭起來了。

鳳姐聽見，說：『了不得！你聽聽，他該挫磨孩子了。你過去把那黑心的養漢老婆下死勁的打他幾下子，把妞妞抱過來。』平兒笑道：『奶奶別生氣，他那裏敢挫磨姐兒。只怕是不隄防，錯碰了一下子，也是有的。這會子打他幾下子沒要緊，明兒叫他們背地裏嚼舌根，倒說三更半夜打人。』

鳳姐聽了，半日不言語，長嘆一聲，說道：『你瞧瞧，這會子不是我十旺八旺的呢！明兒我要是死了，剩下這小孽障，還不知怎麼樣呢！』平兒笑道：『奶奶這怎麼說。大五更的，何苦來呢！』鳳姐冷笑道：『你那裏知道，我是早已明白了，我也不久了。雖然活了二十五歲，人家沒見的也見了，沒吃的也吃了，也算全了。所有世上有的，也都有了。氣也算賭盡了，強也算爭足了，就是壽字兒上

作者，總是草草收束之筆。

觀前八十回平兒於鳳姐如此盡心，鳳姐何至於對平兒作如此想，總是令人感到前後脈絡不貫。

賈璉如此聲口，總令人感到突變。

頭缺一點兒，也罷了。』平兒聽說，由不的滚下淚來。

鳳姐笑道：『你這會子不用假慈悲。我死了，你們只有歡喜的。你們一心一計，和和氣氣的，省得我是你們眼裏的刺似的。只有一件，你們知好歹，只疼我那孩子就是了。』平兒聽說這話，越發哭的淚人似的。鳳姐笑道：『別扯你娘的臊了，那裏就死了呢。哭的那麽痛！我不死，還叫你哭死了呢。』平兒聽說，連忙止住哭，道：『奶奶說得這麽傷心。』一面說，一面又捶，半日不言語，鳳姐又朦朧睡去。

平兒方下炕來要去，只聽外面腳步響。誰知賈璉去遲了，那裘世安已經上朝去了，不遇而回，心中正沒好氣，進來就問平兒道：『那些人還沒起來呢麽？』平兒回說：『沒有呢。』賈璉一路摔簾子進來，冷笑道：『好，好，這會子還都不起來，安心打擂臺打撒手兒！』一叠聲又要吃茶，平兒忙倒了一碗茶來。原來那些丫頭、老婆見賈璉出了門，又復睡了，不打諒這會子回來，原不曾預備。平兒便把溫過的拿了來。賈璉生氣，舉起碗來，『嘩啷』一聲摔了個粉碎。

鳳姐驚醒，唬了一身冷汗，噯喲一聲，睜開眼，只見賈璉氣狠狠的坐在旁邊，平兒彎着腰拾碗片子呢。鳳姐道：『你怎麽就回來了？』問了一聲，半日不答應，只得又問一聲。賈璉嚷道：『你不要我回來，叫我死在外頭罷！』鳳姐笑道：『這賈璉對鳳姐一變以前常態。

鳳姐何至如此。

又是何苦來呢！常時我見你不像今兒回來的快，問你一聲，也沒什麽生氣的。』賈璉又嚷道：『又沒遇見，怎麽不快回來呢？』鳳姐笑道：『沒有遇見，少不得奈煩些，明兒再去早些兒，自然遇見了。』

賈璉嚷道：『我可不吃着自己的飯，替人家趕獐子呢。我這裏一大堆的事，沒個動秤兒的，沒來由爲人家的事，瞎鬧了這些日子，當什麽呢！正經那有事的人還在家裏受用，死活不知，還聽見說，要鑼鼓喧天的擺酒唱戲做生日呢。我可瞎跑他娘的腿子！』一面說，一面往地下啐了一口，又罵平兒。鳳姐聽了，氣的乾咽，要和他分證，想了一想，又忍住了，勉強陪笑道：『何苦來，生這麽大氣。大清早起，和我叫喊什麽。誰叫你應了人家的事？你既應了，就得耐煩些，少不得替人家辦辦。也沒見這個人自己有爲難的事，還有心腸唱戲擺酒的鬧！』賈璉道：『你可說麽，你明兒倒也問問他！』

鳳姐詫異道：『問誰？』賈璉道：『問誰？問你哥哥。』鳳姐道：『是他嗎？』賈璉道：『可不是他，還有誰呢？』鳳姐忙問道：『他又有什麽事，叫你替他跑？』賈璉道：『你還在罎子裏呢。』鳳姐道：『真真這就奇了，我連一個字兒也不知道。』賈璉道：『你怎麽能知道呢？這個事，連太太和姨太太還不知道呢。頭一件怕太太和姨太太不放心，二則你身上又常嚷不好，所以我在外頭壓住了，不叫裏頭知道的。說起來，真真可人惱！你今兒不問我，我也不便告訴你。你打諒你哥哥行事像個人呢，你知道外頭人都叫他什麼？』鳳姐道：『叫他什麼？』賈璉道：『叫他什麼，叫他「忘仁」！』鳳姐撲哧的一笑，『他可不叫王仁，叫什麼呢？』賈璉道：『你打諒那個王仁嗎？是忘了仁、義、禮、智、信的那個「忘仁」哪！』鳳姐道：『這是什麼人這麼刻薄嘴兒遭蹋人！』

賈璉道：『不是遭蹋他嗎。今兒索性告訴你，你也不知道知道你那哥哥的好處，到底知道他給他二叔做生日呵！』鳳姐想了一想，道：『噯喲，可是呵。我還忘了問你，二叔不是冬天的生日嗎？我記得年年都是寶玉去。前者老爺陞了，二叔那邊送過戲來，我還偷偷兒的說，二叔爲人是最嗇刻的，比不得大舅太爺。他們各自家裏還烏眼雞似的。不麽，昨兒大舅太爺沒了，你瞧他是個兄弟，他還出了個頭兒，攬了個事兒嗎？所以那一天說，趕他的生日，咱們還他一班子戲，省了親戚跟前落虧欠。如今這麼早就做生日，也不知是什麼意思。』

賈璉道：『你還作夢呢。他一到京，接着舅太爺的首尾，就開了一個吊。他怕咱們知道攔他，所以沒告訴咱們，弄了好幾千銀子。後來二舅嗔着他，說他不該一綱打盡。他吃不住了，變了個法子，就指着你們二叔的生日撒了個網，想着再弄幾個錢，好打點二舅太爺不生氣。也不管親戚朋友冬天、夏天的，人家知道不王子騰又有虧空遺留。

知道，這麽丢臉！你知道我起早爲什麽？這如今因海疆的事情，御史參了一本，説是大舅太爺的虧空，本員已故，應着落其弟王子勝、姪王仁賠補。爺兒兩個急了，找了我，給他們託人情。我見他們嚇的那麽個樣兒，再者又關係太太和你，我纔應了。想着找找總理内庭都檢點老裘替辦辦，或者前任後任挪移挪移。偏又去晚了，他進裏頭去了，我白起來跑了一趟。他們家裏還那裏定戲擺酒呢。你説説，叫人生氣不生氣？』

鳳姐聽了，纔知王仁所行如此。但他素性要强護短，聽賈璉如此説，便道：『憑他怎麽樣，到底是你的親大舅兒。再者，這件事，死的大太爺、活的二叔都感激你。罷了，沒什麽説的，我們家的事，少不得我低三下四的求你了，省的帶累别人受氣，背地裏駡我。』説着，眼淚早流下來，掀開被窩，一面坐起來，一面挽頭髮，一面披衣裳。

賈璉道：『你倒不用這麽着，是你哥哥不是人，我並沒説你呀。況且我出去了，你身上又不好，我都起來了，他們還睡覺！咱們老輩子有這個規矩麽？你如今作好好先生，不管事了。我説了一句，你就起來。明兒我要嫌這些人，難道你都替了他們麽？好沒意思啊！』鳳姐聽了這些話，纔把淚止住了，説道：『天呢不早了，我也該起來了。你有這麽説的，你替他們家在心的辦辦，那就是你的情以前從未見平兒敢如此數說賈璉。

總是『死』字不離口，此種心理狀態，總感突然。

分了。再者，也不光爲我，就是太太聽見也喜歡。』賈璉道：『是了，知道了。「大蘿蔔還用屎澆」。』

平兒道：『奶奶這麼早起來做什麼，那一天奶奶不是起來有一定的時候兒呢。爺也不知是那裏的邪火，拿着我們出氣。何苦來呢，奶奶也算替爺掙够了，那一點兒不是奶奶擋頭陣？不是我說，爺把現成兒的也不知吃了多少，這會子替奶奶辦了一點子事，又關會着好幾層兒呢，就是這麼拿糖作醋的起來，也不怕人家寒心。況且這也不單是奶奶的事呀。我們起遲了，原該爺生氣，左右到底是奴才呀。奶奶跟前盡着身子累的成了個病包兒了，這是何苦來呢。』說着，自己的眼圈兒也紅了。

那賈璉本是一肚子悶氣，那裏見得這一對嬌妻美妾又尖利又柔情的話呢，便笑道：『够了，算了罷。他一個人就够使的了，不用你幫着。左右我是外人，多早晚我死了，你們就清淨了。』鳳姐道：『你也別說那個話，誰知道誰怎麼樣呢。你不死，我還死呢。早死一天，早心淨。』說着，又哭起來。平兒只得又勸了一回。那時，天已大亮，日影橫窗。賈璉也不便再說，站起來出去了。

這裏，鳳姐自己起來，正在梳洗。忽見王夫人那邊小丫頭過來道：『太太說了，叫問二奶奶，今日過舅太爺那邊去不去。要去，說叫二奶奶同着寶二奶奶一路去呢。』鳳姐因方纔一段話，已經灰心喪意，恨娘家不給爭氣；又兼昨夜園中受了那一驚，也實在沒精神。便說道：『你先回太太去，我還有一兩件事沒辦清，今日不能去。況且他們那又不是什麼正經事。寶二奶奶要去，各自去罷。』小丫頭答應着，回去回覆了。不在話下。

且說鳳姐梳了頭，換了衣服，想了想，雖然自己不去，也該帶個信兒。再者，寶釵還是新媳婦，出門子自然要過去照應照應的。於是見過王夫人，支吾了一件事，便過來到寶玉房中。只見寶玉穿着衣服歪在炕上，兩個眼睛獃獃的看寶釵梳頭。鳳姐站在門口，還是寶釵一回頭看見了，連忙起身讓坐。寶玉也爬起來，鳳姐纔笑嘻嘻的坐下。寶釵因說麝月道：『你們瞧着二奶奶進來也不言語聲兒。』麝月笑着道：『二奶奶頭裏進來就擺手兒，不叫言語麼。』

鳳姐因向寶玉道：『你還不走，等什麼呢？沒見這麼大人了，還是這麼小孩子氣的。人家各自梳頭，你爬在旁邊看什麼？成日家一塊子在屋裏，還看不够？也不怕丫頭們笑話。』說着，哧的一笑，又瞅着他咂嘴兒。寶玉雖也有些不好意思，還不理會，把個寶釵直臊的滿臉飛紅，又不好聽着，又不好說什麼，只見襲人端過茶來，只得搭赸着自己遞了一袋煙。

鳳姐兒笑着站起來接了，道：『二妹妹，你別管我們的事，你快穿衣服罷。』寶玉一面也搭赸着找這個，弄那個。鳳姐道：『你先去罷，那裏有個爺們等着奶

大某山人評云：『五十五回記晴雯聞鼻煙，此處記遞煙，皆熟事點睛，一見已足。』則大某山人誤

以爲是鼻煙矣。張新之評云：『遞煙乃北人新婦禮。「煙」字於書中止此一處，以見一片煙雲作大了也，已到煙消火滅時。』則此『煙』非鼻煙也。按前八十回中除鼻煙外，未有吸煙類事，張新之說『乃北人新婦禮』，可參。或曰：遞煙是滿人習俗。舊時演京劇《四郎探母》，鐵鏡公主還手持長長的旱煙桿出場可證。

因晴雯所補也。

造謠言的就在你身邊。

奶們一塊兒走的理呢？』寶玉道：『我只是嫌我這衣裳不大好，不如前年穿着老太太給的那件雀金呢好。』鳳姐因慪他道：『你爲什麼不穿？』寶玉道：『穿着太早些。』

鳳姐忽然想起，自悔失言，幸虧寶釵也和王家是內親，只是那些丫頭們跟前已經不好意思了。襲人卻接着說道：『二奶奶還不知道呢，就是穿得，他也不穿了。』鳳姐兒道：『這是什麼原故？』襲人道：『告訴二奶奶，真真是我們這位爺的行事，都是天外飛來的。那一年因二舅太爺的生日，老太太給了他這件衣裳，誰知那一天就燒了。我媽病重了，我沒在家。那時候還有晴雯妹妹呢，聽見說病着整給他補了一夜，第二天老太太纔沒瞧出來呢。去年那一天，上學天冷，我叫焙茗拿了，去給他披披。誰知這位爺見了這件衣裳，想起晴雯來了，說了總不穿了，叫我給他收一輩子呢。』

鳳姐不等說完，便道：『你提晴雯，可惜了兒的，那孩子模樣兒、手兒都好，就只嘴頭子利害些。偏偏兒的太太不知聽了那裏的謠言，活活兒的把個小命兒要了。還有一件事，那一天我瞧見廚房裏柳家的女人他女孩兒，叫什麼五兒，那丫頭長的和晴雯脫了個影兒似的。我心裏要叫他進來，後來我問他媽，他媽說是很願意。我想着，寶二爺屋裏的小紅跟了我去，我還沒還他呢，就把五兒補過來。平七十七回王夫人說：『是誰調唆寶玉要柳家的丫頭五兒了？幸而那丫頭短命死了。』可見柳五兒在前八十回裏已死了，此處卻又活過來了。前後文字不接。

此時此語，視寶釵猶如黛玉，令人慘慘。續作者爲寶玉易

兒說，太太那一天說了，凡像那個樣兒的，都不叫派到寶二爺屋裏呢。我所以也就擱下了。這如今寶二爺也成了家了，還怕什麼呢。不如我就叫他進來。可不知寶二爺願意不願意？要想着晴雯，只瞧着這五兒就是了。』寶玉本要走，聽見這些話已獃了。襲人道：『爲什麼不願意？早就要弄了來的，只是因爲太太的話說的結實罷了。』鳳姐道：『那麼着，明兒我就叫他進來。太太的跟前，有我呢。』

寶玉聽了，喜不自勝，纔走到賈母那邊去了。這裏寶釵穿衣服。鳳姐兒看他兩口兒這般恩愛纏綿，想起賈璉方纔那種光景，好不傷心，坐不住，便起身向寶釵笑道：『我和你向太太屋裏去罷。』笑着出了房門，一同來見賈母。

寶玉正在那裏回賈母往舅舅家去。賈母點頭說道：『去罷，只是少吃酒，早些回來。你身子纔好些。』寶玉答應着出來，剛走到院內，又轉身回來，向寶釵耳邊，說了幾句不知什麼。寶釵笑道：『是了，你快去罷。』將寶玉催着去了。

這賈母和鳳姐、寶釵說了沒三句話，只見秋紋進來，傳說：『二爺打發焙茗轉來，說請二奶奶。』寶釵說道：『他又忘了什麼，又叫他回來？』秋紋道：『我叫小丫頭問了，焙茗說是「二爺忘了一句話，二爺叫我回來告訴二奶奶：若是去呢，快些來罷。若不去呢，別在風地裏站着。」』說的賈母、鳳姐並地下站着的衆老婆子、丫頭都笑了。

性移情矣。

散花寺，以前未見。

寶釵飛紅了臉，把秋紋啐了一口，說道：『好個糊塗東西！這也值得這樣慌慌張張跑了來說。』秋紋也笑着回去叫小丫頭去罵焙茗。那焙茗一面跑着，一面回頭說道：『二爺把我巴巴的叫下馬來，叫回來說的。我若不說，回來對出來又罵我了。這會子說了，他們又罵我。』那丫頭笑着跑回來說了。賈母向寶釵道：『你去罷，省的他這麼記掛。』說的寶釵站不住，又被鳳姐慪他頑笑，正沒好意思，纔走了。

只見散花寺的姑子大了來了，給賈母請安，見過了鳳姐，坐着吃茶。賈母因問他：『這一向怎麼不來？』大了道：『因這幾日廟中作好事，有幾位誥命夫人不時在廟裏起坐，所以不得空兒來。今日特來回老祖宗，明兒還有一家作好事。不知老祖宗高興不高興。若高興，也去隨喜隨喜。』賈母便問：『做什麼好事？』大了道：『前月爲王大人府裏不乾淨，見神見鬼的，偏生那太太夜間又看見去世的老爺。因此昨日在我廟裏告訴我，要在散花菩薩跟前許願燒香，做四十九天的水陸道場，保佑家口安寧，亡者昇天，生者獲福。所以我不得空兒來請老太太的安。』

卻說鳳姐素日最厭惡這些事的，自從昨夜見鬼，心中總是疑疑惑惑的，如今聽了大了這些話，不覺把素日的心性改了一半，已有三分信意，便問大了道：『這散按：佛經無散花菩薩，只有散花，是法會的一種儀式。

花菩薩是誰？他怎麼就能避邪除鬼呢？』大了見問，便知他有些信意，便説道：『奶奶今日問我，讓我告訴奶奶知道。這個散花菩薩，來歷根基不淺，道行非常。生在西天大樹國中，父母打柴爲生。養下菩薩來，頭長三角，眼横四目，身長三尺，兩手拖地。父母説這是妖精，便棄在冰山之後了。誰知這山上有一個得道的老猢猻，出來打食，看見菩薩頂上白氣沖天，虎狼遠避，知道來歷非常，便抱回洞中撫養。誰知菩薩帶了來的聰慧，禪也會談，與猢猻天天談道參禪，説的天花散漫繽紛。至一千年後，飛昇了。至今山上猶見談經之處，天花散漫，所求必靈，時常顯聖，救人苦厄。因此世人纔蓋了廟，塑了像供奉。』

鳳姐道：『這有什麼憑據呢？』大了道：『奶奶又來搬駁了。一個佛爺可有什麼憑據呢？就是撒謊，也不過哄一兩個人罷咧，難道古往今來多少明白人都被他哄了不成？奶奶只想，惟有佛家香火歷來不絶，他到底是祝國祝民，有些靈驗，人纔信服。』

鳳姐聽了大有道理，因道：『既這麽，我明兒去試試。你廟裏可有籤？我去求一籤，我心裏的事，籤上批的出？批的出來，我從此就信了。』大了道：『我們的籤最是靈的。明兒奶奶去求一籤，就知道了。』賈母道：『既這麽着，索性等到後日初一你再去求。』説着，大了吃了茶，到王夫人各房裏去請了安回去，不提。

這裏，鳳姐勉強扎掙着，到了初一清早，令人預備了車馬，帶着平兒，並許多奴僕，來至散花寺。大了帶了衆姑子接了進去。獻茶後，便洗手，至大殿上焚香。那鳳姐兒也無心瞻仰聖像，一秉虔誠，磕了頭，舉起籤筒，默默的將那見鬼之事並身體不安等故，祝告了一回。纔摇了三下，只聽『唰』的一聲，筒中攛出一支籤來。於是叩頭，拾起一看，只見寫着：『第三十三籤，上上大吉。』大了忙查籤簿看時，只見上面寫着：『王熙鳳衣錦還鄉。』

鳳姐一見這幾個字，吃一大驚，驚問大了道：『古人也有叫王熙鳳的麽？』大了笑道：『奶奶最是通今博古的，難道漢朝的王熙鳳求官的這一段事也不曉得？』周瑞家的在旁笑道：『前年李先兒還說這一回書的。我們還告訴他，重着奶奶的名字，不要叫呢。』鳳姐笑道：『可是呢，我倒忘了。』說着，又瞧底下的，寫的是：

去國離鄉二十年。於今衣錦返家園。
蜂採百花成蜜後，爲誰辛苦爲誰甜。
行人至，音信遲，訟宜和，婚再議。

看完，也不甚明白。

大了道：『奶奶大喜。這一籤巧得很，奶奶自幼在這裏長大，何曾回南京去了？如今老爺放了外任，或者接家眷來，順便還家，奶奶可不是「衣錦還鄉」了？』一面說，一面抄了個籤經，交與丫頭。鳳姐也半疑半信的。大了擺了齋來，鳳姐只動了一動，放下了要走，又給了香銀。大了苦留不住，只得讓他走了。

鳳姐回至家中，見了賈母、王夫人等，問起籤來，命人一解，都歡喜非常，『或者老爺果有此心，咱們走一趟也好。』鳳姐兒見人人這麼說，也就信了。不在話下。

卻說寶玉這一日正睡午覺，醒來不見寶釵，正要問時，只見寶釵進來。寶玉問道：『那裏去了？半日不見。』寶釵笑道：『我給鳳姐姐瞧一回籤。』寶玉聽說，便問是怎麼樣的。寶釵把籤帖念了一回，又道：『家中人人都說好的。據我看，這「衣錦還鄉」四字裏頭還有原故，後來再瞧罷了。』寶玉道：『你又多疑了，妄解聖意。「衣錦還鄉」四字，從古至今，都知道是好的。今兒你又偏生看出緣故來了。依你說，這「衣錦還鄉」還有什麼別的解說？』

寶釵正要解說，只見王夫人那邊打發丫頭過來請二奶奶，寶釵立刻過去。未知何事，下回分解。

【回後評】

大觀園月夜淒涼蕭索，一派衰落景況，狗妖驚人，秦魂重現，種種皆暗示鳳姐之運敗氣衰，已然末路也。

賈璉於鳳姐一改以往態度，鳳姐反向賈璉陪小心，說軟話。亦寫鳳姐氣盡勢衰耳。

寶玉與寶釵柔情蜜意，一如以往之待黛玉，此續作者大違雪芹之意，讀者當能察之。

散花寺鳳姐求籤，籤語預示鳳姐末路之哀，但故作反語，讓人不識耳。總之，此回整個是爲鳳姐末路作預兆，回目上下聯均是一意也。

第一百二回　寧國府骨肉病災祲　大觀園符水驅妖孽

話説王夫人打發人來喚寶釵，寶釵連忙過來，請了安。王夫人道：『你三妹妹如今要出嫁了，只得你們作嫂子的大家開導開導他，也是你們姊妹之情。況且他也是個明白孩子，我看你們兩個也很合的來。只是我聽見説，寶玉聽見他三妹妹出門子，哭的了不的，你也該勸勸他。如今我的身子是十病九痛的，你二嫂子也是三日好、兩日不好。你還心地明白些，諸事也別説只管吞着，不肯得罪人。將來這一番家事，都是你的擔子。』寶釵答應着。

王夫人又説道：『還有一件事。你二嫂子昨兒帶了柳家媳婦的丫頭來，説補在你們屋裏。』寶釵道：『今日平兒纔帶過來，説是太太和二奶奶的主意。』王夫人道：『是呦。你二嫂子和我説，我想也沒要緊，不便駁他的回。只是一件，我見那孩子眉眼兒上頭，也不是個很安頓的。起先爲寶玉房裏的丫頭狐狸似的，我攆了幾個，那時候，你也知道。不然，你怎麽搬回家去了呢？如今有你，自然不比先前了。我告訴你，不過留點神兒就是了。你們屋裏，就是襲人那孩子還可以使得。』寶釵答應了，又說了幾句話，便過來了。飯後到了探春那邊，自有一番殷勤勸慰之言，不必細說。

次日，探春將要起身，又來辭寶玉。寶玉自然難割難分。探春便將綱常大體的話，說的寶玉始而低頭不語，後來轉悲作喜，似有醒悟之意。於是探春放心，辭別衆人，竟上轎登程，水舟車陸而去。

探春遠嫁，寫得何其草草。

先前，衆姊妹們都住在大觀園中。後來，賈妃薨後，也不修葺。到了寶玉娶親，林黛玉一死，史湘雲回去，寶琴在家住着，園中人少，况兼天氣寒冷，李紈姊妹、探春、惜春等俱挪回舊所。到了花朝月夕，依舊相約玩耍。如今探春一去，寶玉病後不出屋門，益發沒有高興的人了。所以園中寂寞，只有幾家看園的人住着。

荒園寥落。

那日，尤氏過來送探春起身，因天晚，省得套車，便從前年在園裏開通寧府的那個便門裏走過去了。覺得淒涼滿目，臺榭依然，女牆一帶，都種作園地一般，心中悵然如有所失。因到家中，便有些身上發熱，扎掙一兩天，竟躺倒了。日間的發燒猶可，夜裏身熱異常，便譫語綿綿。賈珍連忙請了大夫看視，說感冒起的，本來是尤氏自己有病，卻偏從『撞客』着想，此勢敗運去之人之心理也。

如今纏經，入了足陽明胃經，所以譫語未清，如有所見，有了大穢即可身安。尤氏服了兩劑，並不稍減，更加發起狂來。

賈珍着急，便叫賈蓉來，『打聽外頭有好醫生，再請幾位來瞧瞧。』賈蓉回道：『前兒這位太醫是最興時的了。只怕我母親的病不是藥治得好的。』賈珍道：『胡說，不吃藥，難道由他去罷？』賈蓉道：『不是說不治。爲的是前日母親從西府去，回來是穿着園子裏走來家的。一到了家，就身上發燒，別是撞客着了罷？外頭有個毛半仙，是南方人，卦起的很靈，不如請他來占卦占卦。看有信兒呢，就依着他。要是不中用，再請別的好大夫來。』

賈珍聽了，即刻叫人請來。坐在書房內喝了茶，便說：『府上叫我，不知占什麼事？』賈蓉道：『家母有病，請教一卦。』毛半仙道：『既如此，取淨水洗手，設下香案。讓我起出一課來看就是了。』一時下人安排定了。他便懷裏掏出卦筒來，走到上頭，恭恭敬敬的作了一個揖，手內搖着卦筒，口裏念道：『伏以太極兩儀，絪緼交感。圖書出而變化不窮，神聖作而誠求必應。茲有信官賈某，爲因母病，虔請伏羲、文王、周公、孔子四大聖人，鑒臨在上，誠感則靈，有凶報凶，有吉報吉。先請內象三爻。』說着，將筒內的錢倒在盤內，說：『有靈的頭一爻就是交。』拿起來，又搖了一搖，倒出來說是單。第三爻又是交。檢起錢來，嘴裏活畫一個江湖術士形象。

說是：『內爻已示，更請外象三爻，完成一卦。』起出來是單拆單。

那毛半仙收了卦筒和銅錢，便坐下問道：『請坐，請坐。讓我來細細的看看。這個卦乃是「未濟」之卦，世爻是第三爻，午火兄弟劫財，晦氣是一定該有的。如今尊駕爲母問病，用神是初爻，真是父母爻動出官鬼來。五爻上又有一層官鬼，我看令堂太夫人的病是不輕的。還好，還好，如今子亥之水休囚，寅木動而生火，世爻上動出一個子孫來，倒是尅鬼的。況且日月生身，再隔兩日，子水官鬼落空，交到戌日就好了。但是父母爻上變鬼，恐怕令尊大人也有些關礙。就是本身世爻比劫過重，到了水旺土衰的日子也不好。』說完了，便撅着鬍子坐着。

賈蓉起先聽他搗鬼，心裏忍不住要笑；聽他講的卦理明白，又說生怕父親也不好，便說道：『卦是極高明的，但不知我母親到底是什麼病？』毛半仙道：『據這卦上，世爻午火變水相尅，必是寒火凝結。若要斷得清楚，揲蓍也不大明白，除非用大六壬纔斷得準。』賈蓉道：『先生都高明的麼？』毛半仙道：『知道些。』賈蓉便要請教，報了一個時辰。毛先生便畫了盤子，將神將排定。『算去是戌上白虎，這課叫做「魄化課」。大凡白虎乃是凶將，乘旺象氣受制，便不能爲害。如今乘着死神死煞及時令囚死，則爲餓虎，定是傷人。就如魄神受驚消散，故名「魄化」。這課象說是人身喪鬼，憂患相仍。病多喪死，訟有憂驚。按象有日暮虎臨，越說越像，三人成虎也。

把晴雯之死、黛玉之死，亦納入魔道解釋。

必定是傍晚得病的。象內說，凡占此課，必定舊宅有伏虎作怪，或有形響。如今尊駕爲大人而占，正合着虎在陽憂男，在陰憂女。此課十分凶險呢！』

賈蓉沒有聽完，唬得面上失色，道：『先生說得很是。但與那卦又不大相合，到底有妨礙麼？』毛半仙道：『你不用慌，待我慢慢的再看。』低着頭，又咕噥了一會子，便說：『好了，有救星了！算出巳上有貴神救解，謂之「魄化魂歸」。先憂後喜，是不妨事的。只要小心些就是了。』

賈蓉奉上卦金，送了出去，回稟賈珍，說是：『母親的病是在舊宅傍晚得的，爲撞着什麼伏屍白虎。』賈珍道：『你說你母親前日從園裏走回來的，可不是那裏撞着的。你還記得，你二嬸娘到園裏去，回來就病了。他雖沒有見什麼，後來那些丫頭、老婆們都說是山子上一個毛烘烘的東西，眼睛有燈籠大，還會說話，把他二奶奶趕了回來，唬出一場病來。』

賈蓉道：『怎麼不記得？我還聽見寶叔家的茗煙說，晴雯是做了園裏芙蓉花的神了。林姑娘死了，半空裏有音樂，必定他也是管什麼花兒了。想這許多妖怪在園裏，還了得！頭裏人多陽氣重，常來常往不打緊。如今冷落的時候，母親打那裏走，還不知踹了什麼花兒呢。不然，就是撞着那一個。那卦也還算是準的。』

賈珍道：『到底說有妨礙沒有呢？』賈蓉道：『據他說，到了戌日就好了。只願早一入魔道，於是諸事都從魔道落想。

兩天好，或遲兩天纔好。』賈珍道：『這又是什麼意思？』賈蓉道：『那先生若是這樣準，生怕老爺也有些不自在。』

正說着，裏頭喊說：『奶奶要坐起到那邊園裏去，丫頭們都按捺不住。』賈珍等進去，安慰定了。只聞尤氏嘴裏亂說：『穿紅的來叫我，穿綠的來趕我。』地下這些人又怕又好笑。賈珍便命人買些紙錢，送到園裏燒化。果然那夜出了汗，便安靜些。到了戌日，也就漸漸的好起來。由是一人傳十，十人傳百，都說大觀園中有了妖怪，唬得那些看園的人也不修花補樹，灌溉菓蔬。起先晚上不敢行走，以致鳥獸逼人，甚至日裏也是約伴持械而行。

過了些時，果然賈珍也病。竟不請醫調治，輕則到園化紙許願，重則詳星拜斗。賈珍方好，賈蓉等相繼而病。如此接連數月，鬧得兩府俱怕。從此風聲鶴唳，草木皆妖。園中出息，一概全蠲，各房月例重新添起，反弄得榮府中更加拮据。那些看園的沒有了想頭，個個要離此處，每每造言生事，便將花妖樹怪編派起來，各要搬出，將園門封固，再無人敢到園中，以致崇樓高閣，瓊館瑤臺，皆爲禽獸所棲。

却說晴雯的表兄吳貴，正住在園門口。他媳婦自從晴雯死後，聽見說作了花神，每日晚間便不敢出門。這一日，吳貴出門買東西，回來晚了，那媳婦子本有賈府一入敗境，於是疑神疑鬼，草木皆妖矣。

些感冒着了，日間吃錯了藥，晚上吳貴到家，已死在炕上。外面的人，因那媳婦子不妥當，便都說妖怪爬過牆吸了精去死的。

於是，老太太着急的了不得，替另派了好些人將寶玉的住房圍住，巡邏打更。這些小丫頭們還說，有的看見紅臉的，有的看見很俊的女人的，吵嚷不休，唬得寶玉天天害怕。虧得寶釵有把持的，聽得丫頭們混說，便唬嚇着要打，所以那些謠言略好些。無奈各房的人都是疑人疑鬼的不安靜，也添了人坐更，於是更加了好些食用。

獨有賈赦不大很信，說：『好好園子，那裏有什麼鬼怪？』挑了個風清日暖的日子，帶了好幾個家人，手內持着器械，到園踹看動靜。衆人勸他不依。到了園中，果然陰氣逼人。賈赦還扎掙前走，跟的人都探頭縮腦。內中有個年輕的家人，心內已經害怕，只聽『呼』的一聲，回過頭來，只見五色燦爛的一件東西跳過去了，唬得『嗳喲』一聲，腿子發軟，便躺倒了。

賈赦回身查問，那小子喘噓噓的回道：『親眼看見一個黃臉紅鬚，綠衣青裳，一個妖怪走到樹林子後頭山窟窿裏去了。』賈赦聽了，便也有些膽怯，問道：『你們都看見麽？』有幾個推順水船兒的回說：『怎麽沒瞧見？因老爺在頭裏，不敢驚動罷了。奴才們還撑得住。』說得賈赦害怕，也不敢再走，急急的回來，吩咐小子從妖魔又引來道士。

們：『不要提及，只說看遍了，沒有什麼東西。』心裏實也相信，要到真人府裏請法官驅邪。豈知那些家人無事還要生事，今見賈赦怕了，不但不瞞着，反添些穿鑿，說得人人吐舌。

賈赦沒法，只得請道士到園作法事，驅邪逐妖。擇吉日，先在省親正殿上鋪排起壇場，上供三清聖像，旁設二十八宿，並馬、趙、溫、周四大將，下排三十六天將圖像。香花燈燭設滿一堂，鐘鼓法器排兩邊，插着五方旗號。道紀司派定四十九位道衆的執事，淨了一天的壇。三位法官行香取水畢，然後擂起法鼓，法師們俱戴上七星冠，披上九宮八卦的法衣，踏着登雲履，手執牙笏，便拜表請聖。又念了一天的消災驅邪接福的《洞元經》，以後便出榜召將。榜上大書：『太乙混元上清三境靈寶符録演教大法師行文敕令本境諸神到壇聽用。』

那日，兩府上下爺們，仗着法師擒妖，都到園中觀看，都說：『好大法令！呼神遣將的鬧起來，不管有多少妖怪，也唬跑了。』大家都擠到壇前。只見小道士們將旗旛舉起，按定五方站住，伺候法師號令。三位法師，一位手提寶劍，拿着法水，一位捧着七星皂旗，一位舉着桃木打妖鞭，立在壇前。只聽法器一停，上頭令牌三下，口中念念有詞，那五方旗便團團散佈。法師下壇，叫本家領着到各處樓閣殿亭，房廊屋舍，山崖水畔，灑了法水，將劍指畫了一回，回來連擊牌令，將七星旗祭起。衆道士將旗旛一聚，接下打怪鞭望空打了三下。本家衆人都道拿住妖怪，爭着要看，及到跟前，並不見有什麽形響。只見法師叫衆道士拿取瓶罐，將妖收下，加上封條。法師硃筆書符收禁，令人帶回在本觀塔下鎮住，一面撤壇謝將。賈赦恭敬叩謝了法師。賈蓉等小弟兄背地都笑個不住，說：『這樣的大排場，我打量拿着妖怪給我們瞧瞧，到底是些什麽東西，那裏知道是這樣收羅，究竟妖怪拿去了没有？』賈珍聽見，罵道：『糊塗東西！妖怪原是聚則成形，散則成氣。如今多少神將在這裏，還敢現形嗎？無非把這妖氣收了，便不作祟，就是法力了。』衆人將信將疑，且等不見響動再說。

那些下人只知妖怪被擒，疑心去了，便不大驚小怪，往後果然没人提起了。賈珍等病癒復原，都道法師神力。獨有一個小子笑說道：『頭裏那些響動，我也不知道。就是跟着大老爺進園這一日，明明是個大公野雞飛過去了，拴兒嚇離了眼，說得活像。我們都替他圓了個謊，大老爺就認真起來。倒瞧了個很熱鬧的壇場。』衆人雖然聽見，那裏肯信，究無人住。

一場疑神疑鬼之戲演過，便揭出真相。

一日，賈赦無事，正想要叫幾個家下人搬住園中，看守房屋，惟恐夜晚藏匿奸人。方欲傳出話去，只見賈璉進來，請了安，回說今日到他大舅家去，聽見一個荒賈政亦被參。

信，說是『二叔被節度使參進來，爲的是失察屬員，重徵糧米，請旨革職的事』。賈赦聽了，吃驚道：『只怕是謠言罷。前兒你二叔帶書子來說，探春於某日到了任所。擇了某日吉時，送了你妹子到了海疆，路上風恬浪靜，合家不必掛念。還說，節度認親，倒設席賀喜。那裏有做了親戚，倒提參起來的？且不必言語，快到吏部打聽明白，就來回我。』

賈璉即刻出去，不到半日回來，便說：『纔到吏部打聽，果然二叔被參。題本上去，虧得皇上的恩典，沒有交部，便下旨意，說是失察屬員，重徵糧米，苛虐百姓，本應革職，姑念初膺外任，不諳吏治，被屬員蒙蔽，着降三級，加恩仍以工部員外上行走，並令即日回京。這信是準的。正在吏部說話的時候，來了一個江西引見知縣，說起我們二叔，是很感激的，但說是個好上司，只是用人不當。那些家人在外招搖撞騙，欺凌屬員，已經把好名聲都弄壞了。節度大人早已知道，也說我們二叔是個好人。不知怎麼樣，這回又參了。想是忒鬧得不好，恐將來弄出大禍，所以借了一件失察的事情參的，倒是避重就輕的意思，也未可知。』賈赦未聽說完，便叫賈璉：『先去告訴你嬸子知道，且不必告訴老太太就是了。』

賈璉去回王夫人。未知有何話說，下回分解。

【回後評】

欲寫賈府敗落，先寫人物星散，荒園寥落，怪異迭現。前已有鳳姐入園遇怪犬，聞鬼語而病；此又有尤氏入園遇祟而病，連賈赦亦信其事，則可知賈府人心均已臨末世矣。然此種描繪，總是俗筆。

賈政貶官回京，亦寫賈府之敗落也。總之，賈府已至日暮途窮之時矣。

第一百三回　施毒計金桂自焚身　昧真禪雨村空遇舊

話說賈璉到了王夫人那邊，一一的說了。次日，到了部裏打點停妥，回來又到王夫人那邊，將打點吏部之事告知。王夫人便道：『打聽準了麼？果然這樣，老爺也願意，合家也放心。那外任是何嘗做得的！若不是那樣的參回來，只怕叫那些混賬東西把老爺的性命都坑了呢！』賈璉道：『太太那裏知道？』王夫人道：『自從你二叔放了外任，並沒有一個錢拿回來，把家裏的倒掏摸了好些去了。你瞧那些跟老爺去的人，他男人在外頭不多幾時，那些小老婆子們便金頭銀面的妝扮起來了，可不是在外頭瞞着老爺弄錢？你叔叔便由着他們鬧去，若弄出事來，不但自己的官做不成，只怕連祖上的官也要抹掉了呢。』

借王夫人補出賈政外任，跟差們營私情況。

賈璉道：『嬸子說得很是。方纔我聽見參了，嚇的了不得，直等打聽明白纔放心。也願意老爺做個京官，安安逸逸的做幾年，纔保得住一輩子的聲名。就是老太太知道了，倒也是放心的，只要太太說得寬緩些。』王夫人道：『我知道。你到底再去打聽打聽。』

賈璉答應了，纔要出來，只見薛姨媽家的老婆子慌慌張張的走來，到王夫人裏間屋內，也沒說請安，便道：『我們太太叫我來告訴這裏的姨太太，說我們家了不得了，又鬧出事來了。』王夫人聽了，便問：『鬧出什麼事來？』那婆子又說：『了不得，了不得！』王夫人哼道：『糊塗東西！有要緊事，你到底說啊！』婆子便說：『我們家二爺不在家，一個男人也沒有。這件事情出來怎麼辦？要求太太打發幾位爺們去料理料理。』

竟有如此糊塗婆子！

王夫人聽着不懂，便着急道：『究竟要爺們去幹什麼事？』婆子道：『我們大奶奶死了！』王夫人聽了，便啐道：『這種女人死，死了罷咧，也值得大驚小怪的！』婆子道：『不是好好兒死的，是混鬧死的。快求太太打發人去辦辦。』說着，就要走。王夫人又生氣，又好笑，說：『這婆子好混賬。璉哥兒，倒不如你過去瞧瞧，別理那糊塗東西。』那婆子沒聽見打發人去，只聽見說別理他，他便賭氣跑回去了。

糊塗至此，教人難以相信。

這裏，薛姨媽正在着急，再等不來，好容易見那婆子來了，便問：『姨太太打發誰來？』婆子嘆說道：『人最不要有急難事，什麼好親好眷，看來也不中用。姨太太不但不肯照應我們，倒罵我糊塗。』薛姨媽聽了，又氣又急，道：『姨太太幸虧賈璉來，纔不致誤事。

不管，你姑奶奶怎麼說了？』婆子道：『姨太太既不管，我們家的姑奶奶自然更不管了。沒有去告訴。』薛姨媽啐道：『姨太太是外人，姑娘是我養的，怎麼不管？』婆子一時省悟道：『是啊，這麼着，我還去。』

正說着，只見賈璉來了，給薛姨媽請了安，道了惱，回說：『我嬸子知道弟婦死了，問老婆子，再說不明，着急得很，打發我來問個明白。還叫我在這裏料理。該怎麼樣，姨太太只管說了辦去。』薛姨媽本來氣得乾哭，聽見賈璉的話，便笑着說：『倒要二爺費心。我說姨太太是待我最好的，都是這老貨說不清，幾乎誤了事。請二爺坐下，等我慢慢的告訴你。』便說：『不爲別的事，爲的是媳婦不是好死的。』賈璉道：『想是爲兄弟犯事，怨命死的？』

薛姨媽道：『若這樣，倒好了。前幾個月頭裏，他天天蓬頭赤腳的瘋鬧。後來聽見你兄弟問了死罪，他雖哭了一場，以後倒擦脂抹粉的起來。我若說他，又要吵個了不得，我總不理他。有一天，不知怎麼樣，來要香菱去作伴。我說：「你放着寶蟾，還要香菱做什麼？況且香菱是你不愛的，何苦招氣生？」他必不依。我沒法兒，便叫香菱到他屋裏去。可憐這香菱不敢違我的話，帶着病就去了。誰知道他待香菱很好，我倒喜歡。你大妹妹知道了，說：「只怕不是好心罷。」我也不理會。頭幾天，香菱病着，他倒親手去做湯給他吃。那知香菱沒福，剛端到跟前，他自己香菱未被毒害，到底吉人天相也。

金桂是自作自受。

倒把香菱捆了，亦是糊塗至極。

燙了手，連碗都砸了。我只說，必要遷怒在香菱身上。他倒沒生氣，自己還拿笤帚掃了，拿水潑淨了地，仍舊兩個人很好。昨兒晚上，又叫寶蟾去做了兩碗湯來，自己說，同香菱一塊兒喝。隔了一回，聽見他屋裏兩隻腳蹬響，寶蟾急的亂嚷。以後，香菱也嚷着，扶着牆出來叫人。我忙着看去，只見媳婦鼻子、眼睛裏都流出血來，在地下亂滚，兩手在心口亂抓，兩腳亂蹬，把我就嚇死了。問他也說不出來，只管直嚷，鬧了一回就死了。我瞧那光景，是服了毒的。寶蟾便哭着來揪香菱，說他把藥藥死了奶奶了。我看香菱也不是這麼樣的人。再者，他病的起還起不來，怎麼能藥人呢？無奈寶蟾一口咬定。我的二爺，這叫我怎麼辦？只得硬着心腸，叫老婆子們把香菱捆了，交給寶蟾，便把房門反扣了。我同你二妹妹守了一夜，等府裏的門開了，纔告訴去的。二爺，你是明白人，這件事怎麼好？』

賈璉道：『夏家知道了沒有？』薛姨媽道：『也得撕擄明白了纔好報啊。』賈璉道：『據我看起來，必要經官纔了得下來。我們自然疑在寶蟾身上，別人便說寶蟾爲什麼藥死他奶奶，也是沒答對的。若說在香菱身上，竟還裝得上。』

正說着，只見榮府女人們進來說：『我們二奶奶來了。』賈璉雖是大伯子，因從小兒見的，也不迴避。寶釵進來，見了母親，又見了賈璉，便往裏間屋裏，同寶琴坐下。薛姨媽也將前事告訴一遍。寶釵便說：『若把香菱捆了，可不是我們也到底寶釵有主意。

說是香菱藥死的了麽？媽媽說，這湯是寶蟾做的，就該捆起寶蟾來問他呀。一面便該打發人報夏家去，一面報官的是。』薛姨媽聽見有理，便問賈璉。賈璉道：『二妹子說得很是。報官還得我去，託了刑部裏的人，相驗問口供的時候有照應得。只是要捆寶蟾，放香菱，倒怕難些。』薛姨媽道：『並不是我要捆香菱。我恐怕香菱病中受冤着急，一時尋死，又添了一條人命，纔捆了交給寶蟾，也是一個主意。』賈璉道：『雖是這麽說，我們倒幫了寶蟾了。若要放都放，要捆都捆，他們三個人是一處的，只要叫人安慰香菱就是了。』薛姨媽便叫人開門進去，寶釵就派了帶來幾個女人幫着捆寶蟾。只見香菱已哭得死去活來，寶蟾反得意洋洋。以後見人要捆他，便亂嚷起來。那禁得榮府的人吆喝着，也就捆了。竟開着門，好叫人看着。這裏報夏家的人已經去了。

那夏家先前不住在京裏，因近年消索，又記掛女兒，新近搬進京來，父親已沒，只有母親，又過繼了一個混賬兒子，把家業都花完了，不時的常到薛家。那金桂原是個水性人兒，那裏守得住空房，況兼天天心裏想念薛蝌，便有些饑不擇食的光景。無奈他這一乾兄弟又是個蠢貨，雖也有些知覺，只是尚未入港。所以金桂時常回去，也幫貼他些銀錢。這些時正盼金桂回家，只見薛家的人來，心裏就想，又拿什麽東西來了。不料說這裏姑娘服毒死了，他便氣得亂嚷亂叫。金桂的母親聽見了，夏家也已敗落。

一場蠻打蠻鬧。

更哭喊起來，説：『好端端的女孩兒在他家，爲什麼服了毒呢！』哭着喊着的，帶了兒子，也等不得僱車，便要走來。那夏家本是買賣人家，如今沒了錢，那顧什麼臉面。兒子頭裏就走，他跟了一個破老婆子出了門，在街上啼啼哭哭的僱了一輛破車，便跑到薛家。進門也不打話，便兒一聲、肉一聲的要討人命。

那時賈璉到刑部託人，家裏只有薛姨媽、寶釵、寶琴，何曾見過個陣仗，都唬得不敢則聲。便要與他講理，他們也不聽，只説：『我女孩兒在你家得過什麼好處？兩口朝打暮罵的。鬧了幾時，還不容他兩口子在一處，你們商量着把女婿弄在監裏，永不見面。你們娘兒們仗着好親戚受用也罷了，還嫌他礙眼，叫人藥死了他，倒説是服毒！他爲什麼服毒？』説着，直奔着薛姨媽來。薛姨媽只得後退，説：『親家太太，且請瞧瞧你女兒，問問寶蟾，再説歪話不遲。』那寶釵、寶琴因外面有夏家的兒子，難以出來攔護，只在裏邊着急。

恰好王夫人打發周瑞家的照看。一進門來，見一個老婆子指着薛姨媽的臉哭罵。周瑞家的知道必是金桂的母親，便走上來説：『這位是親家太太麼？大奶奶自己服毒死的，與我們姨太太什麼相干？也不犯這麼遭蹋呀。』那金桂的母親問：『你是誰？』薛姨媽見有了人，膽子略壯了些，便説：『這就是我親戚賈府裏的。』金桂的母親便説道：『誰不知道，你們有仗腰子的親戚，纔能够叫姑爺坐在監裏。如今我的女孩兒倒白死了不成！』說着，便拉薛姨媽說：『你到底把我女兒怎樣弄殺了？給我瞧瞧！』周瑞家的一面勸說：『只管瞧瞧，用不着拉拉扯扯。』便把手一推。

夏家的兒子便跑進來，不依道：『你仗着府裏的勢頭兒來打我母親麽？』說着，便將椅子打去，卻沒有打着。頭裏跟寶釵的人聽見外頭鬧起來，趕着來瞧，恐怕周瑞家的吃虧，齊打夥的上去，半勸半喝。那夏家的母子索性撒起潑來，說：『知道你們榮府的勢頭兒。我們家的姑娘已經死了，如今也都不要命了！』說着，仍奔薛姨媽拚命。地下的人雖多，那裏擋得住。自古說的，『一人拚命，萬夫莫當。』

正鬧到危急之際，賈璉帶了七八個家人進來，見是如此，便叫人先把夏家的兒子拉出去，便說：『你們不許鬧，有話好好兒的說。快將家裏收拾收拾，刑部裏頭的老爺們就來相驗了。』金桂的母親正在撒潑，只見來了一位老爺，幾個在頭裏吆喝，那些人都垂手侍立。金桂的母親見這個光景，也不知是賈府何人，又見他兒子已被衆人揪住，又聽見說刑部來驗。他心裏原想看見女兒屍首，先鬧了一個稀爛再去喊官去，不承望這裏先報了官，也便軟了些。

薛姨媽已嚇糊塗了。還是周瑞家的回說：『他們來了，也沒有去瞧他姑娘，便好不容易將一場撒潑混鬧壓住。

作踐起姨太太來了。我們爲好勸他，那裏跑進一個野男人，在奶奶們裏頭混撒村混打，這可不是沒有王法了！』賈璉道：『這回子不用和他講理，等一會子打着問他，說：男人有男人的所在，裏頭都是些姑娘、奶奶們，況且有他母親，還瞧不見他們姑娘麼？他跑進來，不是要打搶來了麼？』家人們做好做歹，壓伏住了。

周瑞家的仗着人多，便說：『夏太太，你不懂事。既來了，該問個青紅皂白。你們姑娘是自己服毒死了。不然，便是寶蟾藥死他主子了。怎麼不問明白，又不看屍首，就想訛人來了呢？我們就肯叫一個媳婦兒白死了不成！現在把寶蟾捆着，因爲你們姑娘必要點病兒，所以叫香菱陪着他，也在一個屋裏住，故此兩個人都看守在那裏，原等你們來眼看看刑部相驗，問出道理來纔是啊。』

金桂的母親此時勢孤，也只得跟着周瑞家的到他女孩兒屋裏，只見滿臉黑血，直挺挺的躺在炕上，便叫哭起來。寶蟾見是他家的人來，便哭喊說：『我們姑娘好意待香菱，叫他在一塊兒住。他倒抽空兒藥死我們姑娘！』那時，薛家上下人等俱在，便齊聲吆喝道：『胡說！昨日奶奶喝了湯纔藥死的，這湯可不是你做的？』寶蟾道：『湯是我做的，端了來，我有事走了。不知香菱起來放些什麼在裏頭，藥死的。』金桂的母親聽未說完，就奔香菱。衆人攔住。薛姨媽便道：『這樣子是砒霜藥的，家裏決無此物。不管香菱、寶蟾，終有替他買的，回來刑部少不得問出來，纔賴不去。如今把媳婦權放平正，好等官來相驗。』衆婆子上來擡放。

寶釵道：『都是男人進來，你們將女人動用的東西檢點檢點。』只見炕褥底下有一個揉成團的紙包兒。金桂的母親瞧見，便拾起，打開看時，並沒有什麼，便撩開了。寶蟾看見，道：『可不是有了憑據了。這個紙包兒，我認得。頭幾天，耗子鬧得慌，奶奶家去與舅爺要的，拿回來擱在首飾匣內。必是香菱看見了，拿來藥死奶奶的。若不信，你們看看首飾匣裏有沒有了？』

金桂的母親便依着寶蟾的所在，取出匣子，只有幾支銀簪子。薛姨媽便說：『怎麼好些首飾都沒有了？』寶釵叫人打開箱櫃，俱是空的，便道：『嫂子這些東西被誰拿去？這可要問寶蟾。』金桂的母親心裏也虛了好些，見薛姨媽查問寶蟾，便說：『姑娘的東西，他那裏知道？』周瑞家的道：『親家太太別這麼說呢。我知道，寶姑娘是天天跟着大奶奶的，怎麼說不知？』這寶蟾見問得緊，又不好胡賴，只得說道：『奶奶自己每每帶回家去，我管得麼？』衆人便說：『好個親家太太！哄着拿姑娘的東西，哄完了，叫他尋死，來訛我們。好罷了，回來相驗，便是這麼說。』寶釵叫人：『到外頭告訴璉二爺說，別放了夏家的人。』

裏面，金桂的母親忙了手腳，便罵寶蟾道：『小蹄子別嚼舌頭了！姑娘幾時拿東西到我家去？』寶蟾道：『如今東西是小，給姑娘償命是大。』寶琴道：『有了

漸漸露出線索。

越露線索越多。

從寶蟾口裏吐出真情。

抓住买砒霜的事不放。

終於寶蟾說出真情。

東西，就有償命的人了。快請璉二哥哥問準了夏家的兒子買砒霜的話，回來好回刑部裏的話。』金桂的母親着了急，道：『這寶蟾必是撞見鬼了，混說起來。我們姑娘何嘗買過砒霜？若這麽說，必是寶蟾藥死了的。』

寶蟾急的亂嚷說：『別人賴我也罷了，怎麽你們也賴起我來呢？你們不是常和姑娘說，叫他別受委屈，鬧得他們家破人亡，那時將東西捲包兒一走，再配一個好姑爺。這個話，是有的沒有？』金桂的母親還未及答言，周瑞家的便接口說道：『這是你們家的人說的，還賴什麽呢？』金桂的母親恨的咬牙切齒的駡寶蟾說：『我待你不錯呀，爲什麽你倒拿話來葬送我呢？回來見了官，我就說是你藥死姑娘的。』寶蟾氣的瞪着眼說：『請太太放了香菱罷，不犯着白害别人。我見官自有我的話。』

寶釵聽出這個話頭兒來了，便叫人反倒放開了寶蟾，說：『你原是個爽快人，何苦白冤在裏頭。你有話索性說了，大家明白，豈不完了事了呢？』寶蟾也怕見官受苦，便說：『我們奶奶天天抱怨說：「我這樣人，爲什麽碰着這個瞎眼的娘，不配給二爺，偏給了這麽個混賬糊塗行子？要是能够同二爺過一天，死了也是願意的。」說到那裏，便恨香菱。我起初不理會。後來，看見與香菱好了，我只道是香菱教他什麽了。不承望昨兒的湯不是好意。』金桂的母親接說道：『益發胡說了，至此真相大白。

若是要藥香菱，爲什麼倒藥了自己呢？』

寶釵便問道：『香菱，昨日你喝湯來着沒有？』香菱道：『頭幾天我病得擡不起頭來，奶奶叫我喝湯，我不敢說不喝。剛要扎掙起來，那碗湯已經灑了，倒叫奶奶收拾了個難，我心裏很過不去。昨兒聽見叫我喝湯，我喝不下去，沒有法兒，正要喝的時候兒呢，偏又頭暈起來。只見寶蟾姐姐端了去。我正喜歡，剛合上眼，奶奶自己喝着湯，叫我嚐嚐，我便勉強也喝了。』

寶蟾不待說完，便道：『是了，我老實說罷。昨兒奶奶叫我做兩碗湯，說是和香菱同喝。我氣不過，心裏想着，香菱那裏配我做湯給他喝呢？我故意的一碗裏頭多抓了一把鹽，記了暗記兒，原想給香菱喝的。剛端進來，奶奶卻攔着我到外頭叫小子們僱車，說今日回家去。我出去說了，回來見鹽多的這碗湯在奶奶跟前呢，我恐怕奶奶喝着鹹，又要罵我。正沒法的時候，奶奶往後頭走動，我眼錯不見就把香菱這碗湯換了過來。也是合該如此，奶奶回來，就拿了湯去到香菱牀邊喝着，說：「你到底嚐嚐。」那香菱也不覺鹹。兩個人都喝完了。我正笑香菱沒嘴道兒，那裏知道這死鬼奶奶要藥香菱，必定趁我不在，將砒霜撒上了，也不知道我換碗。這可就是天理昭彰，自害自身了。』於是衆人往前後一想，真正一絲不錯，便將香菱也放了，扶着他仍舊睡在牀上。

終於夏家自求息事。

不說香菱得放，且說金桂的母親心虛事實，還想辯賴。薛姨媽等你言我語，反要他兒子償還金桂之命。正然吵嚷，賈璉在外嚷說：『不用多說了。快收拾停當，刑部的老爺就到了。』此時惟有夏家母子着忙，想來總要吃虧的，不得已，反求薛姨媽道：『千不是，萬不是，終是我死的女孩兒不長進。這也是自作自受。若是刑部相驗，到底府上臉面不好看，求親家太太息了這件事罷。』寶釵道：『那可使不得，已經報了，怎麽能息呢？』周瑞家的等人大家做好做歹的勸說：『若要息事，除非夏親家太太自己出去攔驗，我們不提長短罷了。』賈璉在外也將他兒子嚇住，他情願迎到刑部具結攔驗。衆人依允，薛姨媽命人買棺成殮。不提。

在富貴官場混慣了，哪還記得當初。

且說賈雨村陞了京兆府尹，兼管稅務。一日，出都查勘開墾地畝。路過知機縣，到了急流津。正要渡過彼岸，因待人夫，暫且停轎。只見村旁有一座小廟，牆壁坍頹，露出幾株古松，倒也蒼老。雨村下轎，閑步進廟，但見廟内神像金身脱落，殿宇歪斜，旁有斷碣，字蹟模糊，也看不明白。意欲行至後殿，只見一株翠柏下蔭着一間茅廬，廬中有一個道士合眼打坐。

雨村走近看時，面貌甚熟，想着倒像在那裏見來的，一時再想不出來。從人便欲吆喝。雨村止住，徐步向前，叫一聲：『老道。』那道士雙眼微啓，微微的笑道：『貴官何事？』雨村便道：『本府出都查勘事件，路過此地，見老道靜修自得，想來道行深通，意欲冒昧請教。』那道人說：『來自有地，去自有方。』

雨村原是有些來歷的，便長揖請問：『老道從何處來，在此結廬？此廟何名？廟中共有幾人？或欲真修，豈無名山？或欲結緣，何不通衢？』那道人道：『葫蘆尚可安身，何必名山結舍。廟名久隱，斷碣猶存。形影相隨，何須修募？豈似那「玉在匵中求善價，釵於奩內待時飛」之輩耶！』

一語點醒。

雨村原是個穎悟人，初聽見『葫蘆』兩字，後聞『玉釵』一對，忽然想起甄士隱的事來。重複將那道士端詳一回，見他容貌依然，便屏退從人，問道：『君家莫非甄老先生麼？』那道人從容笑道：『什麼真，什麼假！要知道，真即是假，假即是真。』雨村聽說出『賈』字來，益發無疑。便從新施禮道：『學生自蒙慨贈到都，托庇獲儁公車，受任貴鄉，始知老先生超悟塵凡，飄舉仙境。學生雖溯洄思切，自念風塵俗吏，未由再覲仙顏。今何幸於此處相遇，求老仙翁指示愚蒙。倘荷不棄，京寓甚近，學生當得供奉，得以朝夕聆教。』

那道人也站起來，回禮道：『我於蒲團之外，不知天地間尚有何物。適纔尊官所言，貧道一概不解。』說畢，依舊坐下。雨村復又心疑：『想去若非士隱，何貌言相似若此？離別來十九載，面色如舊，必是修煉有成，未肯將前身說破。但我既

雨村已認出道人，道人卻不認雨村。

遇恩公，又不可當面錯過。看來不能以富貴動之，那妻女之私更不必說了。』想罷，又道：『仙師既不肯說破前因，弟子于心何忍？』正要下禮，只見從人進來，稟說：『天色將晚，快請渡河。』雨村正無主意，那道人道：『請尊官速登彼岸，見面有期，遲則風浪頓起。果蒙不棄，貧道他日尚在渡頭候教。』說畢，仍合眼打坐。雨村無奈，只得辭了道人出廟，正要過渡，只見一人飛奔而來。未知何事，下回分解。

【回後評】

夏金桂想毒死香菱，結果天網恢恢，反而毒了自己。種種曲折情節，未得官驗，已由寶蟾自己說明，了卻命案，結束夏金桂，亦是惡報得了也。

賈雨村於急流津頭遇甄士隱，士隱以真即是假、假即是真點化，雨村不悟，仍渡急流津，留待其作最後歸宿也。

於此生死關頭，雨村亦不肯回頭一步。

第一百四回　醉金剛小鰍生大浪　癡公子餘痛觸前情

話說賈雨村剛欲過渡，見有人飛奔而來，跑到跟前，口稱：『老爺，方纔逛的那廟火起了！』雨村回首看時，只見烈炎燒天，飛灰蔽目。雨村心想：『這也奇怪，我纔出來，走不多遠，這火從何而來？莫非士隱遭劫於此？』欲待回去，又恐誤了過河；若不回去，心下又不安。想了一想，便問道：『你方纔見這老道士出來了沒有？』那人道：『小的原隨老爺出來，因腹內疼痛，略走了一走。回頭看見一片火光。原來就是那廟中火起，特趕來稟知老爺。並沒有見有人出來。』雨村雖則心裏狐疑，究竟是名利關心的人，那肯回去看視，便叫那人：『你在這裏，等火滅了，進去瞧那老道在與不在，即來回稟。』那人只得答應了伺候。

雨村過河，仍自去查看。查了幾處，遇公館便自歇下。明日，又行一程，進了都門，衆衙役接着，前呼後擁的走着。雨村坐在轎內，聽見轎前開路的人吵嚷。雨村問是何事。那開路的拉了一個人過來，跪在轎前，稟道：『那人酒醉不知迴與前八十回的倪二判若兩人。

避，反衝突過來。小的吆喝他，他倒恃酒撒賴，躺在街心，說小的打了他了。』雨村便道：『我是管理這裏地方的。你們都是我的子民，知道本府經過，喝了酒不知退避，還敢撒賴！』那人道：『我喝酒是自己的錢，醉了躺的是皇上的地，便是大人老爺也管不得。』雨村怒道：『這人目無法紀，問他叫什麼名字。』那人回道：『我叫醉金剛倪二。』雨村聽了生氣，叫人：『打這金剛，瞧他是金剛不是？』手下把倪二按倒，着實的打了幾鞭。倪二負痛，酒醒求饒。雨村在轎內笑道：『原來是這麼個金剛麼！我且不打你，叫人帶進衙門，慢慢的問你。』衆衙役答應，拴了倪二，拉着便走。倪二哀求，也不中用。

雨村進內覆旨回曹，那裏把這件事放在心上。那街上看熱鬧的，三三兩兩傳說：『倪二仗着有些力氣，恃酒訛人，今兒碰在賈大人手裏，只怕不輕饒的。』這話已傳到他妻女耳邊。那夜，果等倪二不見回家，他女兒便到各處賭場尋覓。那賭博的都是這麼說，他女兒急得哭了。衆人都道：『你不用着急。那賈大人是榮府的一家。榮府裏的一個什麼二爺，和你父親相好。你同你母親去找他說個情，就放出來了。』倪二的女兒聽了，想了一想：『果然我父親常說，間壁賈二爺和他好，爲什麼不找他去？』趕着回來，即和母親說了。娘兒兩個去找賈芸。

那日，賈芸恰在家，見他母女兩個過來，便讓坐。賈芸的母親便倒茶。倪家母女即將倪二被賈大人拿去的話說了一遍，『求二爺說情放出來。』賈芸一口應承，說：『這算不得什麼。我到西府裏說一聲，就放了。那賈大人全仗我家的西府裏，纔得做了這麼大官，只要打發個人去一說就完了。』倪家母女歡喜，回來便到府裏告訴了倪二，叫他不用忙，已經求了賈二爺，他滿口應承，討個情便放出來的。倪二聽了也喜歡。

不料賈芸自從那日給鳳姐送禮不收，不好意思進來，也不常到榮府。那榮府的門上，原看着主子的行事，叫誰走動，纔有些體面，一時來了，他便進去通報；若主子不大理了，不論本家親戚，他一概不回，支了去就完事。

那日，賈芸到府上，說：『給璉二爺請安。』門上的說：『二爺不在家。等回來，我們替回罷。』賈芸欲要說：『請二奶奶的安。』生恐門上厭煩，只得回家。又被倪家母女催逼着，說：『二爺常說府上是不論那個衙門，說一聲誰敢不依。如今還是府裏的一家，又不爲什麼大事，這個情還討不來，白是我們二爺了。』賈芸臉上下不來，嘴裏還說硬話：『昨兒我們家裏有事，沒打發人說去，少不得今兒說了就放。什麼大不了的事！』倪家母女只得聽信。

豈知賈芸近日大門竟不得進去，繞到後頭，要進園內找寶玉，不料園門鎖着，只得垂頭喪氣的回來。想起：『那年倪二借銀與我，買了香料送給他，纔派我種賈府已敗落至此，賈芸即使找到鳳姐，亦未必能讓雨村放人，總是續作者欲借倪二以再生事端耳。

樹。如今我沒有錢去打點，就把我拒絕。他也不是什麽好的，拿着太爺留下的公中銀錢在外放加一錢，我們窮本家要借一兩也不能。他打諒保得住一輩子不窮的了，那知外頭的聲名很不好。我不說罷了，若說起來，人命官司不知有多少呢。』一面想着，來到家中，只見倪家母女都等着。賈芸無言可支，便說道：『西府裏已經打發人說了，只言賈大人不依。你還求我們家的奴才周瑞的親戚冷子興去纔中用。』

倪家母女聽了，說：『二爺這樣體面爺們，還不中用。若是奴才，是更不中用了。』賈芸不好意思，心裏發急，道：『你不知道，如今的奴才比主子強多着呢。』倪家母女聽來無法，只得冷笑幾聲，說：『這倒難爲二爺白跑了這幾天，等我們那一個出來再道乏罷。』說畢出來，另託人將倪二弄了出來，只打了幾板，也沒有什麽罪。

倪二回家，他妻女將賈家不肯說情的話說了一遍。倪二正喝着酒，便生氣要找賈芸，說：『這小雜種，沒良心的東西！頭裏他沒有飯吃，要到府內鑽謀事辦，虧我倪二爺幫了他。如今我有了事，他不管。好罷咧，若是我倪二鬧出來，連兩府裏都不乾淨！』他妻女忙勸道：『噯，你又喝了黃湯，便是這樣有天沒日頭的。前兒可不是醉了鬧的亂子，捱了打，還沒好呢，你又鬧了。』

倪二道：『捱了打，便怕他不成？只怕拿不着由頭！我在監裏的時候，倒認得了好幾個有義氣的朋友，聽見他們說起來，不獨是城內姓賈的多，外省姓賈的也不少。前兒監裏收下了好幾個賈家的家人。我倒說，這裏的賈家小一輩子並奴才們雖不好，他們老一輩的還好，怎麼犯了事？我打聽打聽，說是和這裏賈家是一家，都住在外省，審明白了，解進來問罪的，我纔放心。若說賈二這小子，他忘恩負義，我便和幾個朋友說他家怎樣倚勢欺人，怎樣盤剝小民，怎樣強娶有男婦女，叫他們吵嚷出來，有了風聲，到了都老爺耳朵裏，這一鬧起來，叫你們纔認得倪二金剛呢！』

他女人道：『你喝了酒，睡去罷！他又強佔誰家的女人來了？沒有的事，你不用混說了。』倪二道：『你們在家裏，那裏知道外頭的事。前年，我在賭場裏碰見了小張，說他女人被賈家占了。他還和我商量，我倒勸他纔了事的。但不知這小張如今那裏去了，這兩年沒見。若碰着了他，我倪二出個主意，叫賈老二死，給我好好的孝敬孝敬我倪二太爺纔罷了。你倒不理我了！』說着，倒身躺下，嘴裏還是咕咕嘟嘟的說了一回，便睡去了。他妻女只當是醉話，也不理他。明日早起，倪二又往賭場中去了。不提。

交代過士隱。

雨村又與賈政見面。

且說雨村回到家中，歇息了一夜，將道上遇見甄士隱的事告訴了他夫人一遍。他夫人便埋怨他：『爲什麽不回去瞧一瞧？倘或燒死了，可不是咱們沒良心！』說着，掉下淚來，雨村道：『他是方外的人了，不肯和咱們在一處的。』正說着，外頭傳進話來，禀說：『前日老爺吩咐瞧火燒廟去的回來了回話。』

雨村踱了出來。那衙役打千請了安，回說：『小的奉老爺的命回去，也不等火滅，便冒火進去瞧那個道士，豈知他坐的地方多燒了。小的想着那道士必定燒死了。那燒的牆屋往後塌去，道士的影兒都沒有，只有一個蒲團，一個瓢兒，還是好好的。小的各處找尋他的屍首，連骨頭都沒有一點兒。小的恐老爺不信，想要拿這蒲團、瓢兒回來做個證見。小的這麽一拿，豈知都成了灰了。』雨村聽畢，心下明白，知士隱仙去，便把那衙役打發了出去。回到房中，並沒提起士隱火化之言，恐他婦女不知，反生悲感，只說並無形跡，必是他先走了。

雨村出來，獨坐書房，正要細想士隱的話，忽有家人傳報說：『內廷傳旨，交看事件。』雨村疾忙上轎進內，只聽見人說：『今日賈存周江西糧道被參回來，在朝內謝罪。』雨村忙到了內閣，見了各大人，將海疆辦理不善的旨意看了，出來即忙找着賈政，先說了些爲他抱屈的話，後又道喜，問：『一路可好？』賈政也將違別以後的話細細的說了一遍。雨村道：『謝罪的本上了去沒有？』賈政道：『已上賈政反倒爲雨村開脫。

去了，等膳後下來看旨意罷。』

正說着，只聽裏頭傳出旨來叫賈政，賈政即忙進去。各大人有與賈政關切的，都在裏頭等着。等了好一回，方見賈政出來，看見他帶着滿頭的汗。衆人迎上去接着，問：『有什麽旨意？』賈政吐舌道：『嚇死人，嚇死人！倒蒙各位大人關切，幸喜沒有什麽事。』衆人道：『旨意問了些什麽？』賈政道：『旨意問的是雲南私帶神槍一案。本上奏明是原任太師賈化的家人，主上一時記着我們先祖的名字，便問起來。我忙着磕頭奏明先祖的名字是代化。主上便笑了，還降旨意說：「前放兵部、後降府尹的，不是也叫賈化麽？」』

那時雨村也在旁邊，倒嚇了一跳，便問賈政道：『老先生怎麽奏的？』賈政道：『我便慢慢奏道：「原任太師賈化是雲南人，現任府尹賈某是浙江湖州人。」主上又問：「蘇州刺史奏的賈範，是你一家了？」我又磕頭奏道：「是。」主上便變色道：「縱使家奴強佔良民妻女，還成事麽？」我一句不敢奏。主上又問道：「賈範是你什麽人？」我忙奏道：「是遠族。」主上哼了一聲，降旨叫出來了。可不是詫事！』

衆人道：『本來也巧，怎麽一連有這兩件事？』賈政道：『事倒不奇，倒是都姓賈的不好。算來我們寒族人多，年代久了，各處都有。現在雖沒有事，究竟爲下文先伏一筆。

主上記着一個「賈」字就不好。』衆人説：『真是真，假是假，怕什麼？』賈政道：『我心裏巴不得不做官，只是不敢告老。現在我們家裏兩個世襲，這也無可奈何的。』雨村道：『如今老先生仍是工部，想來京官是沒有事的。』賈政道：『京官雖然無事，我究竟做過兩次外任，也就説不齊了。』

衆人道：『二老爺的人品行事，我們都佩服的。就是令兄大老爺，也是個好人。只要在令姪輩身上嚴緊些就是了。』賈政道：『我因在家的日子少，舍姪的事情不大查考，我心裏也不甚放心。諸位今日提起，都是至相好，或者聽見東宅的姪兒家有什麼不奉規矩的事麼？』衆人道：『沒聽見別的，只有幾位侍郎心裏不大和睦，內監裏頭也有些。想來不怕什麼，只要囑咐那邊令姪諸事留神就是了。』衆人説畢，舉手而散。

賈政然後回家，衆子姪等都迎接上來。賈政迎着，請賈母的安，然後衆子姪俱請了賈政的安，一同進府。王夫人等已到了榮禧堂迎接。賈政先到了賈母那裏拜見了，陳述些違別的話。賈母問探春消息，賈政將許嫁探春的事都稟明了，還説：『兒子起身急促，難過重陽，雖沒有親見，聽見那邊親家的人來，説的極好。親家老爺、太太都説，請老太太的安。還説，今冬明春，大約還可調進京來。這便好了。如今聞得海疆有事，只怕那時還不能調。』

賈母始則因賈政降調回來，知探春遠在他鄉，一無親故，心下不悅。後聽賈政將官事說明，探春安好，也便轉悲爲喜，便笑着叫賈政出去。然後弟兄相見，衆子姪拜見，定了明日清晨拜祠堂。

賈政回到自己屋內，王夫人等見過，寶玉、賈璉替另拜見。賈政見了寶玉，果然比起身之時臉面豐滿，倒覺安靜，並不知他心裏糊塗，所以心甚喜歡，不以降調爲念，心想：『幸虧老太太辦理的好。』又見寶釵沈厚更勝先時，蘭兒文雅俊秀，便喜形於色。獨見環兒仍是先前，究不甚鍾愛。歇息了半天，忽然想起：『爲何今日短了一人？』王夫人知是想着黛玉。前因家書未報，今日又初到家，正是喜歡，不便直告，只說是病着。豈知寶玉的心裏已如刀絞，因父親到家，只得把持心性伺候。王夫人家筵接風，子孫敬酒。鳳姐雖是姪媳，現辦家事，也隨了寶釵等遞酒。賈政便叫：『遞了一巡酒，都歇息去罷。』命衆家人不必伺候，待明早拜過宗祠，然後進見。

分派已定，賈政與王夫人說些別後的話。餘者，王夫人都不敢言。倒是賈政先提起王子騰的事來，王夫人也不敢悲戚。賈政又說蟠兒的事，王夫人只說他是自作自受，趁便也將黛玉已死的話告訴。賈政反嚇了一驚，不覺掉下淚來，連聲嘆息。王夫人也撐不住，也哭了。旁邊彩雲等即忙拉衣，王夫人止住，重又說些喜歡的話，便安寢了。

次日一早，至宗祠行禮，衆子姪都隨往。賈政便在祠旁廂房坐下，叫了賈珍、賈璉過來，問起家中事務，賈珍揀可說的說了。賈政又道：『我初回家，也不便來細細查問。只是聽見外頭說起，你家裏更不比往前，諸事要謹慎纔好。你年紀也不小了，孩子們該管教管教，别叫他們在外頭得罪人。璉兒也該聽聽。不是纔回家便說你們，因我有所聞，所以纔說的，你們更該小心些。』賈珍等臉漲通紅的，也只答應個『是』字，不敢說什麼。賈政也就罷了。回歸西府，衆家人磕頭畢，仍復進內，衆女僕行禮，不必多贅。

只說寶玉因昨賈政問起黛玉，王夫人答以有病，他便暗裏傷心。直待賈政命他回去，一路上已滴了好些眼淚。回到房中，見寶釵和襲人等說話，他便獨坐外間納悶。寶釵叫襲人送過茶去，知他必是怕老爺查問工課，所以如此，只得過來安慰。寶玉便借此說：『你們今夜先睡一回，我要定定神。這時更不如從前，三言可忘兩語，老爺瞧了不好。你們睡罷，叫襲人陪着我。』寶釵聽去有理，便自己到房先睡。

寶玉輕輕的叫襲人坐着，央他：『把紫鵑叫來，有話問他。但是紫鵑見了我，臉上嘴裏總是有氣似的，須得你去解釋開了他來纔好。』襲人道：『你說要定神，我倒喜歡。怎麼又定到這上頭了？有話你明兒問不得？』寶玉道：『我就是今晚得閑，明日倘或老爺叫幹什麼，便沒空兒。好姐姐，你快去叫他來。』襲人道：『他不是二奶奶叫是不來的。』寶玉道：『我所以央你去說明白了纔好。』

襲人道：『叫我說什麼？』寶玉道：『你還不知道我的心，也不知道他的心麼？都爲的是林姑娘。你說我並不是負心的。我如今叫你們弄成了一個負心人了！』說着這話，便瞧瞧裏頭，用手一指，說：『他是我本不願意的，都是老太太他們捉弄的。好端端把一個林妹妹弄死了。就是他死，也該叫我見見，說個明白，他自己死了也不怨我。你是聽見三姑娘他們說的，臨死恨怨我。那紫鵑爲他姑娘，也恨得我了不得。你想，我是無情的人麼？晴雯到底是個丫頭，也沒有什麼大好處，他死了，我老實告訴你罷，我還做個祭文去祭他。那時林姑娘還親眼見的。如今林姑娘死了，莫非倒不如晴雯麼？死了連祭都不能祭一祭。林姑娘死了還有知的，他想起來不要更怨我麼？』襲人道：『你要祭，便祭去。要我們做什麼？』

寶玉道：『我自從好了起來，就想要做一首祭文的。不知道我如今一點靈機都沒有了。若祭別人，胡亂卻使得；若是他，斷斷俗俚不得一點兒的。所以叫紫

寶玉豈能與襲人說此等話。

到底寶玉心中記掛着黛玉的死。

鵑來問，他姑娘這條心，他們打從那樣上看出來的。我沒病的頭裏還想得出來，一病以後都不記得。你說林姑娘已經好了，怎麼忽然死的？他好的時候我不去，他怎麼說？我病時候他不來，他也怎麼說？所以有他的東西，我誆了過來，你二奶奶總不叫我動，不知什麼意思。』襲人道：『二奶奶惟恐你傷心罷了，還有什麼？』

寶玉道：『我不信。既是他這麼念我，爲什麼臨死都把詩稿燒了，不留給我作個紀念？又聽見說，天上有音樂響，必是他成了神，或是登了仙去。我雖見過了棺材，到底不知道棺材裏有他沒有。』襲人道：『你這話益發糊塗了，怎麼一個人不死，就擱上一個空棺材，當死了人呢？』寶玉道：『不是嗄！大凡成仙的人，或是肉身去的，或是脫胎去的。好姐姐，你到底叫了紫鵑來。』襲人道：『如今等我細細的說明了你的心，他若肯來還好，若不肯來，還得費多少話。就是來了，見你也不肯細說。據我主意，明後日等二奶奶上去了，我慢慢的問他，或者倒可仔細。遇着閒空兒，我再慢慢的告訴你。』寶玉道：『你說得也是。你不知道我心裏的着急。』

正說着，麝月出來說：『二奶奶說，天已四更了，請二爺進去睡罷。襲人姐姐必是說高了興了，忘了時候兒了。』襲人聽了，道：『可不是？該睡了，有話明兒再說罷。』寶玉無奈，只得含愁進去，又向襲人耳邊道：『明兒不要忘了。』襲人笑說：『知道了。』麝月笑道：『你們兩個又鬧鬼了。何不和二奶奶說了，就到襲人那邊睡去，由着你們說一夜，我們也不管。』寶玉擺手道：『不用言語。』襲人恨道：『小蹄子，你又嚼舌根，看我明兒撕你！』回轉頭來，對寶玉道：『這不是二爺鬧的，說了四更的話，總沒有說到這裏。』一面說，一面送寶玉進屋，各人散去。

那夜寶玉無眠，到了明日，還思這事。只聞得外頭傳進話來，說：『衆親朋因老爺回家，都要送戲接風。老爺再四推辭，說：「唱戲不必，竟在家裏備了水酒，倒請親朋過來大家談談。」於是定了後兒擺席請人，所以進來告訴。』不知所請何人，下回分解。

【回後評】

醉金剛倪二事，是接前八十回，然前八十回只寫倪二仗義，未寫他横行生事，此處卻寫他『小鰍生大浪』，則又是續作者之意矣。

寶玉思念黛玉，卻與襲人商議，欲由襲人呼紫鵑，終於未成。前八十回此類事，寶玉都是背着襲人做的，此處卻公然謀之襲人，宜其不能成事也。

賈政回家，衆親朋都要送戲接風，家中即備酒宴客，依然平時境況，反跌後回突然查抄。

第一百五回　錦衣軍查抄寧國府　驄馬使彈劾平安州

驄馬使，古官稱。《後漢書·桓典傳》：『拜侍御史，常乘驄馬，京師畏憚，爲之語曰：「行行且止，避驄馬御史。」』秦以前原爲史官，漢以後主糾察，即明清之監察御史，此處是用古稱。

來勢不善。

話說賈政正在那裏設宴請酒，忽見賴大急忙走上榮禧堂來，回賈政道：『有錦衣府堂官趙老爺帶領好幾位司官，說來拜望。奴才要取職名來回，趙老爺說：「我們至好，不用的。」一面就下車來，走進來了。請老爺同爺們快接去。』賈政聽了，心想：『趙老爺並無來往，怎麼也來？現在有客，留他不便，不留又不好。』正自思想，賈璉說：『叔叔快去罷。再想一回，人都進來了。』

正說着，只見二門上家人又報進來，說：『趙老爺已進二門了。』賈政等搶步接去，只見趙堂官滿臉笑容，並不說什麽，一逕走上廳來。後面跟着五六位司官，也有認得的，也有不認得的，但是總不答話。賈政等心裏不得主意，只得跟了上來讓坐。衆親友也有認得趙堂官的，見他仰着臉不大理人，只拉着賈政的手，笑着說了幾句寒溫的話。衆人看見來頭不好，也有躲進裏間屋裏的，也有垂手侍立的。

這位西平王究竟是誰，未加敘明。

賈政正要帶笑敘話，只見家人慌張報道：『西平王爺到了。』賈政慌忙去接，已見王爺進來。趙堂官搶上去請了安，便說：『王爺已到，隨來各位老爺就該帶領府役把守前後門。』衆官應了出去。賈政等知事不好，連忙跪接。西平郡王用兩手扶起，笑嘻嘻的說道：『無事不敢輕造，有奉旨交辦事件，要赦老接旨。如今滿堂中筵席未散，想有親友在此未便，且請衆位府上親友各散，獨留本宅的人聽候。』趙堂官回說：『王爺雖是恩典，但東邊的事，這位王爺辦事認真，想是早已封門。』

點出賈赦。

衆人知是兩府干係，恨不能脫身。只見王爺笑道：『衆位只管就請。叫人來，給我送出去。告訴錦衣府的官員說，這都是親友，不必盤查，快快放出。』那些親友聽見，就一溜煙如飛的出去了。獨有賈赦、賈政一干人，唬得面如土色，滿身發顫。

不多一回，只見進來無數番役，各門把守。本宅上下人等，一步不能亂走。趙堂官便轉過一副臉來，回王爺道：『請爺宣旨意，就好動手。』這些番役卻撩衣勒臂，專等旨意。西平王慢慢的說道：『小王奉旨帶領錦衣府趙全，來查看賈赦家產。』賈赦等聽見，俱俯伏在地。

查辦賈赦。

王爺便站在上頭說：『有旨意：「賈赦交通外官，依勢凌弱，辜負朕恩，有

抄寧國府
譚鳳嬛畫
癸未初冬
堂前黼黻煥煙霞
昭日月
旨

賈赦已被拿。

忝祖德，着革去世職。欽此。」』趙堂官一叠聲叫：『拿下賈赦，其餘皆看守。』維時賈赦、賈政、賈璉、賈珍、賈蓉、賈薔、賈芝、賈蘭俱在，惟寶玉假說有病，在賈母那邊打鬧，賈環本來不大見人的，所以就將現在幾人看住。

趙堂官即叫他的家人：『傳齊司員，帶同番役，分頭按房抄查登賬。』這一言不打緊，唬得賈政上下人等面面相看，喜得番役、家人摩拳擦掌，就要往各處動手。西平王道：『聞得赦老與政老同房各爨的，理應遵旨查看賈赦的家資，其餘且按房封鎖，我們覆旨去。再候定奪。』趙堂官站起來說：『回王爺：賈赦、賈政並未分家，聞得他姪兒賈璉現在承總管家，不能不盡行查抄。』西平王聽了，也不言語。趙堂官便說：『賈璉、賈赦兩處須得奴才帶領去查抄纔好。』西平王便說：『不必忙，先傳信後宅，且請內眷迴避，再查不遲。』一言未了，老趙家奴、番役已經拉着本宅家人領路，分頭查抄去了。王爺喝命：『不許囉唣！待本爵自行查看。』說着，便慢慢的站起來要走，又吩咐說：『跟我的人，一個不許動，都給我站在這裏候着，回來一齊瞧着登數。』

正說着，只見錦衣司官跪稟說：『在內查出御用衣裙，並多少禁用之物，不敢擅動，回來請示王爺。』一回兒，又有一起人來攔住王爺，就回說：『東跨所抄出兩箱房地契，又一箱借票，卻都是違例取利的。』老趙便說：『好個重利盤北靜王來了。

只提賈赦，趙堂官大失所望。

本想趁此發財，豈知好夢落空。

剩！很該全抄！請王爺就此坐下，叫奴才去全抄來，再候定奪罷。』

說着，只見王府長史來稟說：『守門軍傳進來說，主上特命北靜王到這裏宣旨，請爺接去。』趙堂官聽了，心裏喜歡說：『我好晦氣，碰着這個酸王。如今那位來了，我就好施威。』一面想着，也迎出來。

只見北靜王已到大廳，就向外站着，說：『有旨意，錦衣府趙全聽宣。』說：『奉旨意：「着錦衣官惟提賈赦質審，餘交西平王遵旨查辦。欽此。」』西平王領了，好不喜歡，便與北靜王坐下，着趙堂官提取賈赦回衙。裏頭那些查抄的人聽得北靜王到，俱一齊出來，及聞趙堂官走了，大家沒趣，只得侍立聽候。北靜王便揀選兩個誠實司官，並十來個老年番役，餘者一概逐出。

西平王便說：『我正與老趙生氣。幸得王爺到來降旨，不然這裏很吃大虧。』北靜王說：『我在朝內聽見王爺奉旨查抄賈宅，我甚放心，諒這裏不致荼毒。不料老趙這麼混賬。但不知現在政老及寶玉在那裏，裏面不知鬧到怎麼樣了。』衆人回稟：『賈政等在下房看守着，裏面已抄得亂騰騰的了。』西平王便吩咐司員：『快將賈政帶來問話。』衆人命帶了上來。賈政跪了請安，不免含淚乞恩。

北靜王便起身拉着，說：『政老放心。』便將旨意說了。賈政感激涕零，望北又謝了恩，仍上來聽候。王爺道：『政老，方纔老趙在這裏的時候，番役呈稟借券是鳳姐的事。

實是強盜，不過穿靴戴帽而已，想曹家當年抄家，亦是如此。

有禁用之物，並重利欠票，我們也難掩過。這禁用之物，原辦進貴妃用的，我們聲明，也無礙。獨是借券想個什麽法兒纔好。如今政老且帶司員實在將赦老家產呈出，也就了事。切不可再有隱匿，自干罪戾。』賈政答應道：『犯官再不敢。但犯官祖父遺產並未分過，惟各人所住的房屋有的東西便爲己有。』兩王便說：『這也無妨，惟將赦老那一邊所有的交出就是了。』又吩咐司員等依命行去，不許胡混亂動。司官領命去了。

且說賈母那邊女眷也擺家宴，王夫人正在那邊說：『寶玉不到外頭，恐他老子生氣。』鳳姐帶病哼哼唧唧的說：『我看寶玉也不是怕人，他見前頭陪客的人也不少了，所以在這裏照應，也是有的。倘或老爺想起裏頭少個人在那裏照應，太太便把寶兄弟獻出去，可不是好？』賈母笑道：『鳳丫頭病到這地位，這張嘴還是那麽尖巧。』

正說到高興，只聽見邢夫人那邊的人一直聲的嚷進來，說：『老太太、太太，不……不好了！多多少少的穿靴帶帽的強……強盜來了，翻箱倒籠的來拿東西。』賈母等聽着發獃。又見平兒披頭散髮，拉着巧姐，哭啼啼的來說：『不好了，我正與姐兒吃飯，只見來旺被人拴着，進來說：「姑娘快快傳進去，請太太們迴避，外面王爺就進來查抄家產。」我聽了着忙，正要進房拿要緊東西，被一夥人渾推渾趕鳳姐急煞。

出來的。咱們這裏該穿該帶的，快快收拾。』王、邢夫人等聽得，俱魂飛天外，不知怎樣纔好。獨見鳳姐先前圓睜兩眼聽着，後來便一仰身栽倒地下死了。賈母沒有聽完，便嚇得涕淚交流，連話也說不出來。那時一屋子人拉這個，扯那個，正鬧得翻天覆地，又聽見一叠聲嚷說：『叫裏面女眷們迴避，王爺進來了！』

可憐寶釵、寶玉等正在沒法，只見地下這些丫頭、婆子亂擡亂扯的時候，賈璉喘吁吁的跑進來，說：『好了，好了。幸虧王爺救了我們了！』衆人正要問他，賈璉見鳳姐死在地下，哭着亂叫，又怕老太太嚇壞了，急得死去活來。還虧平兒將鳳姐叫醒，令人扶着。老太太也回過氣來，哭得氣短神昏，躺在炕上。李紈再三寬慰。然後賈璉定神將兩王恩典說明，惟恐賈母、邢夫人知道賈赦被拿，又要唬死，暫且不敢明說，只得出來照料自己屋內。

一進屋門，只見箱開櫃破，物件搶得半空。此時急得兩眼直豎，淌淚發獃。聽見外頭叫，只得出來。見賈政同司員登記物件，一人報說：『赤金首飾共一百二十三件，珠寶俱全。珍珠十三掛，淡金盤二件，金碗二對，金搶碗二個，金匙四十把，銀大碗八十個，銀盤二十個，三鑲金象牙筯二把，鍍金執壺四把，鍍金折盂三對，茶托二件，銀碟七十六件，銀酒杯三十六個。黑狐皮十八張，青狐六張，貂皮三十六張，黃狐三十張，猞猁猻皮十二張，麻葉皮三張，洋灰皮六十張，灰借券在鳳姐房中搜出，自是鳳姐日常所爲。

狐腿皮四十張，醬色羊皮二十張，猢狸皮二張，黃狐腿二把，小白狐皮二十塊，洋呢三十度，畢嘰二十三度，姑絨十二度，香鼠筒子十件，豆鼠皮四方，天鵝絨一卷，梅鹿皮一方，雲狐筒子二件，貉崽皮一卷，鴨皮七把，灰鼠一百六十張，獾子皮八張，虎皮六張，海豹三張，海龍十六張，灰色羊四十把，黑色羊皮六十三張，元狐帽沿十副，倭刀帽沿十二副，貂帽沿二副，小狐皮十六張，江貉皮二張，獺子皮二張，貓皮三十五張，倭股十二度，綢緞一百三十卷，紗綾一百八一卷，羽線縐三十二卷，氆氌三十卷，妝蟒緞八卷，葛布三捆，各色布三捆，各色皮衣一百三十二件，棉夾單紗絹衣三百四十件。玉玩三十二件，帶頭九副，銅錫等物五百餘件，鐘錶十八件，朝珠九掛，各色妝蟒三十四件，上用蟒緞迎手靠背三分，宮妝衣裙八套，脂玉圈帶一條，黃緞十二卷。潮銀五千二百兩，赤金五十兩，錢七千吊。』

一切動用傢伙攢釘登記，以及榮國賜第，俱一一開列，其房地契紙，家人文書，亦俱封裹。賈璉在旁邊竊聽，只不聽見報他的東西，心裏正在疑惑。

只聞兩家王爺問賈政道：『所抄家資內有借券，實係盤剝，究是誰行的？政老據實纔好。』賈政聽了，跪在地下碰頭說：『實在犯官不理家務，這些事全不知道。問犯官姪兒賈璉纔知。』賈璉連忙走上，跪下稟說：『這一箱文書既在奴才屋內抄出來的，敢說不知道麽？只求王爺開恩，奴才叔叔並不知道的。』兩王道：『你父已經獲罪，只可併案辦理。你今認了，也是正理。如此，叫人將賈璉看守，餘俱散收宅內。政老，你須小心候旨。我們進內覆旨去了，這裏有官役看守。』説着，上轎出門。賈政等就在二門跪送。北靜王把手一伸，説：『請放心。』覺得臉上大有不忍之色。

此時賈政魂魄方定，猶是發怔。賈蘭便説：『請爺爺進內瞧老太太，再想法兒打聽東府裏的事。』賈政疾忙起身進內。只見各門上婦女亂糟糟的，不知要怎樣。賈政無心查問，一直到賈母房中，只見人人淚痕滿面，王夫人、寶玉等圍住賈母，寂靜無言，各各掉淚。惟有邢夫人哭作一團。因見賈政進來，都説：『好了，好了！』便告訴老太太説：『老爺仍舊好好的進來，請老太太安心罷。』賈母奄奄一息的，微開雙目，説：『我的兒，不想還見得着你！』一聲未了，便嚎啕的哭起來。於是滿屋裏人俱哭個不住。賈政恐哭壞老母，即收淚説：『老太太放心罷。本來事情原不小，蒙主上天恩，兩位王爺的恩典，萬般軫恤。就是大老爺暫時拘質，等問明白了，主上還有恩典。如今家裏一些也不動了。』賈母見賈赦不在，又傷心起來。賈政再三安慰方止。

衆人俱不敢走散，獨邢夫人回到自己那邊，見門總封鎖，丫頭、婆子亦鎖在幾鳳姐已奄奄一息。

間屋內。邢夫人無處可走，放聲大哭起來，只得往鳳姐那邊去。見二門旁舍亦上封條，惟有屋門開着，裏頭嗚咽不絕。邢夫人進去，見鳳姐面如紙灰，合眼躺着，平兒在旁暗哭。邢夫人打諒鳳姐死了，又哭起來。平兒迎上來，說：『太太不要哭。奶奶擡回來覺着像是死的了，幸得歇息一回甦過來，哭了幾聲，如今痰息氣定，略安一安神。太太也請定定神罷。但不知老太太怎樣了？』邢夫人也不答言，仍走到賈母那邊。見眼前俱是賈政的人，自己夫子被拘，媳婦病危，女兒受苦，現在身無所歸，那裏禁得住。衆人勸慰，李紈等令人收拾房屋請邢夫人暫住，王夫人撥人服侍。

賈政在外，心驚肉跳，拈鬚搓手的等候旨意。聽見外面看守軍人亂嚷道：『你到底是那一邊的？既碰在我們這裏，就記在這裏冊上。拴着他。交給裏頭錦衣府的爺們！』賈政出外看時，見是焦大，便說：『怎麼跑到這裏來？』

焦大見問，便號天蹈地的哭道：『我天天勸，這些不長進的爺們，倒拿我當作冤家！連爺還不知道焦大跟着太爺受的苦！今朝弄到這個田地！珍大爺、蓉哥兒都叫什麼王爺拿了去了，裏頭女主兒們都被什麼府裏衙役搶得披頭散髮，擱在一處空房裏，那些不成材料的狗男女卻像猪狗似的攔起來了。所有的都抄出來擱着，木器釘得破爛，磁器打得粉碎，他們還要把我拴起來。我活了八九十歲，只有跟着太爺賈赦強佔民女致死。

姓張的當是張華。

捆人的，那裏倒叫人捆起來！我便說，我是西府裏，就跑出來。那些人不依，押到這裏，不想這裏也是那麼着。我如今也不要命了，和那些人拚了罷！』說着撞頭。

衆役見他年老，又是兩王吩咐，不敢發狠，便說：『你老人家安靜些，這是奉旨的事。你且這裏歇歇，聽個信兒再說。』賈政聽明，雖不理他，但是心裏刀絞似的，便道：『完了，完了！不料我們一敗塗地如此！』

正在着急聽候內信，只見薛蝌氣嘘嘘的跑進來，說：『好容易進來了！姨父在那裏？』賈政道：『來得好，但是外頭怎麼放進來的？』薛蝌道：『我再三央說，又許他們錢，所以我纔能够出入的。』賈政便將抄去之事告訴了他，便煩去打聽打聽，『就是好親，在火頭上也不便送信。是你就好通信了。』薛蝌道：『這裏的事，我倒想不到，那邊東府的事，我已聽見說，完了。』

賈政道：『究竟犯什麽事？』薛蝌道：『今朝爲我哥哥打聽决罪的事，在衙內聞得，有兩位御史風聞得珍大爺引誘世家子弟賭博，這款還輕；還有一大款是「强佔良民妻女爲妾，因其女不從，凌逼致死。那御史恐怕不準，還將咱們家的鮑二拿去，又還拉出一個姓張的來。只怕連都察院都有不是，爲的是姓張的曾告過的。』

賈政尚未聽完，便跺脚道：『了不得！罷了，罷了。』嘆了一口氣，撲簌簌的掉下淚來。

薛蝌寬慰了幾句，即便又出來打聽去了。隔了半日，仍舊進來說：『事情不好。我在刑科打聽，倒沒有聽見兩王覆旨的信，但聽得說李御史今早參奏平安州奉承京官，迎合上司，虐害百姓，好幾大款。』賈政慌道：『那管他人的事！到底打聽我們的怎麼樣？』薛蝌道：『說是平安州就有我們，那參的京官就是赦老爺。說的是包攬詞訟，所以火上澆油。就是同朝這些官府，俱藏躲不迭，誰肯送信？就即如纔散的這些親友，有的竟回家去了，也有遠遠兒的歇下打聽的。可恨那些貴本家便在路上說，「祖宗擲下的功業，弄出事來了，不知道飛到那個頭上，大家也好施威。」』賈政沒有聽完，復又頓足道：『都是我們大爺忒糊塗，東府也忒不成事體。如今老太太與璉兒媳婦是死是活，還不知道呢。你再打聽去，我到老太太那邊瞧瞧。若有信，能够早一步纔好。』

正說着，聽見裏頭亂嚷出來說：『老太太不好了！』急得賈政即忙進去。未知生死如何，下回分解。

【回後評】

賈府抄家，罪名只有『交通外官，依勢凌弱』八字，實嫌空泛。按當時實際抄家都有具體罪名，如曹、李兩家均因虧空巨額國帑等等。旨意雖只抄賈赦，然赦、政未分家，且賈赦之子媳均管家事，如何分得清，何況趙堂官欲借機一網打盡乎？

查出借券等事，都是抄家以後的事，定抄家之罪時，並無此項罪名。

趙堂官、錦衣衛如虎似狼，欲借抄家發横財也。此處雖寫小說，但亦可借此看到當時抄家之實況矣。然據曹、李兩家抄家之實檔來看，當時抄家嚴重得多，真是家破人亡。此處當然有西平王、北靜王迴護，未敢大肆虐，故能如此。

鳳姐當時即昏死過去，點出鳳姐之作惡多端。

第一百六回　王熙鳳致禍抱羞慚　賈太君禱天消禍患

話說賈政聞知賈母危急，即忙進去看視。見賈母驚嚇氣逆，王夫人、鴛鴦等喚醒回來，即用疏氣安神的丸藥服了，漸漸的好些，只是傷心落淚。賈政在旁勸慰，總說：『是兒子們不肖，招了禍來，累老太太受驚。若老太太寬慰些，兒子們尚可在外料理；若是老太太有什麼不自在，兒子們的罪孽更重了。』賈母道：『我活了八十多歲，自作女孩兒起，到你父親手裏，都托着祖宗的福，從沒有聽見過那些事。如今到老了，見你們倘或受罪，叫我心裏過得去麼？倒不如合上眼，隨你們去罷了。』說着，又哭。

賈政此時着急異常，又聽外面說：『請老爺，內廷有信。』賈政急忙出來，見是北靜王府長史，一見面便說：『大喜。』賈政謝了，請長史坐下，請問：『王爺有何諭旨？』那長史道：『我們王爺同西平郡王進內覆奏，將大人懼怕之心，感激天恩之話都代奏了。主上甚是憫恤，並念及貴妃溘逝未久，不忍加罪，着加恩仍賈政仍得復任，只抄了賈赦一家。

賈璉、鳳姐一生積聚，盡付浩劫。

賈政問起重利盤剝事。

在工部員外上行走。所封家產，惟將賈赦的入官，餘俱給還。並傳旨令盡心供職。惟抄出借券，令我們王爺查核。如有違禁重利的，一概照例入官。其在定例生息的，同房地文書盡行給還。賈璉着革去職銜，免罪釋放。』賈政聽畢，即起身叩謝天恩，又拜謝王爺恩典：『先請長史大人代爲稟謝，明晨到闕謝恩，並到府裏磕頭。』那長史去了。少停，傳出旨來。承辦官遵旨一一查清，入官者入官，給還者給還，將賈璉放出，所有賈赦名下男婦人等造冊入官。

可憐賈璉屋內東西，除將按例放出的文書發給外，其餘雖未盡入官的，早被查抄的人盡行搶去。所存者，只有傢伙物件。賈璉始則懼罪，後蒙釋放，已是大幸，及想起歷年積聚的東西，並鳳姐的體己，不下七八萬金，一朝而盡，怎得不痛？且他父親現禁在錦衣府，鳳姐病在垂危，一時悲痛，又見賈政含淚叫他，問道：『我因官事在身，不大理家，故叫你們夫婦總理家事。你父親所爲，固難勸諫，那重利盤剝，究竟是誰幹的？況且非咱們這樣人家所爲。如今入了官，在銀錢是不打緊的，這種聲名出去還了得嗎？』

賈璉跪下，說道：『姪兒辦家事，並不敢存一點私心。所有出入的賬目，自有賴大、吳新登、戴良等登記，老爺只管叫他們來查問。現在這幾年，庫內的銀子出多入少，雖沒貼補在內，已在各處做了好些空頭，求老爺問太太就知道了。這些賈璉自己屋裏的事不知道，則只有鳳姐矣。

放出去的賬，連姪兒也不知道那裏的銀子，要問周瑞、旺兒纔知道。』賈政道：『據你說來，連你自己屋裏的事還不知道，那些家中上下的事更不知道了。我這回也不來查問你。現今你無事的人，你父親的事，和你珍大哥的事，還不快去打聽打聽。』賈璉一心委屈，含着眼淚答應了出去。

賈政嘆氣連連的想道：『我祖父勤勞王事，立下功勳，得了兩個世職。如今兩房犯事，都革去了。我瞧這些子姪，沒一個長進的。老天啊，老天啊！我賈家何至一敗如此！我雖蒙聖恩格外垂慈，給還家產，那兩處食用自應歸併一處，叫我一人那裏支撑的住。方纔璉兒所說，更加詫異，說不但庫上無銀，而且尚有虧空，這幾年竟是虛名在外。只恨我自己爲什麽糊塗若此。倘或我珠兒在世，尚有膀臂。寶玉雖大，更是無用之物。』想到那裏，不覺淚滿衣襟。又想：『老太太偌大年紀，兒子們並沒有自能奉養一日，反累他嚇得死去活來。種種罪孽，叫我委之何人！』

正在獨自悲切，只見家人稟報各親友進來看候。賈政一一道謝，說起：『家門不幸，是我不能管教子姪，所以至此。』有的說：『我久知令兄赦大老爺行事不妥，那邊珍哥更加驕縱。若說因官事錯誤，得個不是，於心無愧。如今自己鬧出的，倒帶累了二老爺。』有的說：『人家鬧的也多，也沒見御史參奏。不是珍老孫紹祖也來混賴。

大得罪朋友，何至如此！』有的説：『也不怪御史。我們聽見説，是府上的家人同幾個泥腿，在外頭哄嚷出來的。御史恐參奏不實，所以誆了這裏的人去，纔説出來的。我想府上待下人最寬的，爲什麽還有這事？』有的説：『大凡奴才們是一個養活不得的。今兒在這裏都是好親友，我纔敢説。就是尊駕在外任，我保不得——你是不愛錢的，——那外頭的風聲也不好，都是奴才們鬧的。你該隄防些。如今雖説没有動你的家，倘或再遇着主上疑心起來，好些不便呢。』

賈政聽説，心下着忙道：『衆位聽見我的風聲怎樣？』衆人道：『我們雖没聽見實據，只聞外面人説，你在糧道任上怎麽叫門上家人要錢。』賈政聽了，便説道：『我是對得天的，從不敢起這要錢的念頭。只是奴才在外招摇撞騙，鬧出事來，我就吃不住了。』衆人道：『如今怕也無益，只好將現在的管家們都嚴嚴的查一查，若有抗主的奴才，查出來嚴嚴的辦一辦。』賈政聽了點頭。

便見門上進來回稟説：『孫姑爺那邊打發人來，説自己有事不能來，着人來瞧瞧。説大老爺該他一種銀子，要在二老爺身上還的。』賈政心内憂悶，只説：『知道了。』衆人都冷笑道：『人説令親孫紹祖混賬，真有些。如今丈人抄了家，不但不來瞧看幫補照應，倒趕忙的來要銀子，真真不在理上。』賈政道：『如今且不必説他。那頭親事原是家兄配錯的，我的姪女兒的罪已經受够了，如今又招我來。』

罪名落實到鳳姐身上了。

正說着，只見薛蝌進來，說道：『我打聽錦衣府趙堂官必要照御史參的辦去，只怕大老爺和珍大爺吃不住。』衆人都道：『二老爺，還得是你出去求求王爺，怎麼挽回挽回纔好。不然，這兩家就完了。』賈政答應致謝，衆人都散。

那時天已點燈時候，賈政進去請賈母的安，見賈母略略好些。回到自己房中，埋怨賈璉夫婦不知好歹，如今鬧出放賬取利的事情，大家不好，方見鳳姐所爲，心裏很不受用。鳳姐現在病重，知他所有什物盡被抄搶一光，心內鬱結，一時未便埋怨，暫且隱忍不言。一夜無話。

次早，賈政進內謝恩，並到北靜王府、西平王府兩處叩謝，求兩位王爺照應他哥哥、姪兒。兩位應許。賈政又在同寅相好處託情。

賈璉待鳳姐一反以往，連病都不給看了。

且說賈璉打聽得父兄之事不很妥，無法可施，只得回到家中。平兒守着鳳姐哭泣，秋桐在耳房中抱怨鳳姐。賈璉走近旁邊，見鳳姐奄奄一息，就有多少怨言，一時也說不出來。平兒哭道：『如今事已如此，東西已去不能復來。奶奶這樣，還得再請個大夫調治調治纔好。』賈璉啐道：『我的性命還不保，我還管他麼？』

鳳姐聽見，睜眼一瞧，雖不言語，那眼淚流個不盡。見賈璉出去，便與平兒道：『你別不達事務了，到了這樣田地，你還顧我做什麼。我巴不得今兒就死纔鳳姐害怕尤二姐之事發作。

好。只要你能够眼裏有我，我死之後，你扶養大了巧姐兒，我在陰司裏也感激你的。』平兒聽了，放聲大哭。鳳姐道：『你也是聰明人。他們雖沒有來說我，他必抱怨我。雖說事是外頭鬧的，我若不貪財，如今也沒有我的事。不但是枉費心計，掙了一輩子的強，如今落在人後頭。我只恨用人不當，恍惚聽得那邊珍大爺的事，說是強佔良民妻子爲妾，不從逼死，有個姓張的在裏頭。你想想，還有誰？若是這件事審出來，咱們二爺是脫不了的，我那時怎樣見人？我要即時就死，又耽不起吞金服毒的。你倒還要請大夫，可不是你爲顧我，反倒害了我了麼？』平兒愈聽愈慘，想來實在難處，恐鳳姐自尋短見，只得緊緊守着。

幸賈母不知底細，因近日身子好些，又見賈政無事，寶玉、寶釵在旁，天天不離左右，略覺放心。素來最疼鳳姐，便叫鴛鴦：『將我體己東西拿些給鳳丫頭，再拿些銀錢交給平兒，好好的服侍好了鳳丫頭，我再慢慢的分派。』又命王夫人照看了邢夫人。又加了寧國府第入官，所有財產房地等，並家奴等，俱造冊收盡，這裏賈母命人將車接了尤氏婆媳等過來。可憐赫赫寧府只剩得他們婆媳兩個，並佩鳳、偕鸞二人，連一個下人沒有。賈母指出房子一所居住，就在惜春所住的間壁。又派了婆子四人、丫頭兩個服侍。一應飯食起居，在大厨房內分送。衣裙什物，又是賈母送去。零星需用，亦在賬房內開銷，俱照榮府每人月例之數。

所謂『一榮俱榮，一損俱損』也。

那賈赦、賈珍、賈蓉在錦衣府使用，賬房內實在無項可支。如今鳳姐一無所有。賈璉況又多債務滿身，賈政不知家務，只說已經託人，自有照應。賈璉無計可施，想到那親戚裏頭，薛姨媽家已敗，王子騰已死，餘者親戚雖有，俱是不能照應，只得暗暗差人下屯將地畝暫賣了數千金，作爲監中使費。賈璉如此一行，那些家奴見主家勢敗，也便趁此弄鬼，並將東莊租稅也就指名借用些。此是後話，暫且不提。

且說賈母見祖宗世職革去，現在子孫在監質審，邢夫人、尤氏等日夜啼哭，鳳姐病在垂危，雖有寶玉、寶釵在側，只可解勸，不能分憂，所以日夜不寧，思前想後，眼淚不乾。一日傍晚，叫寶玉回去，自己扎掙坐起，叫鴛鴦等各處佛堂上香，又命自己院內焚起斗香，用拐拄着，出到院中。琥珀知是老太太拜佛，鋪下大紅短氈拜墊。賈母上香，跪下磕了好些頭，念了一回佛，含淚祝告天地道：『皇天菩薩在上，我賈門史氏，虔誠禱告，求菩薩慈悲。我賈門數世以來，不敢行凶霸道。我幫夫助子，雖不能爲善，亦不敢作惡。必是後輩兒孫驕侈暴佚，暴殄天物，以致闔府抄撿。現在兒孫監禁，自然凶多吉少，皆由我一人罪孽，不教兒孫，所以至此。我今即求皇天保佑：在監的逢凶化吉，有病的早早安身。總有闔賈母始終大度，顧念兒孫，願意一身承災。

家罪孽，情願一人承當，只求饒恕兒孫。若皇天見憐，念我虔誠，早早賜我一死，寬免兒孫之罪。』默默說到此，不禁傷心，嗚嗚咽咽的哭泣起來。鴛鴦、珍珠一面解勸，一面扶進房去。

只見王夫人帶了寶玉、寶釵過來請晚安，見賈母悲傷，三人也大哭起來。寶釵更有一層苦楚：想哥哥也在外監，將來要處決，不知可減緩否；翁姑雖然無事，眼見家業蕭條；寶玉依然瘋傻，毫無志氣。想到後來終身，更比賈母、王夫人哭得更痛。

寶玉見寶釵如此大慟，他亦有一番悲戚。想的是：『老太太年老不得安，老爺、太太見此光景不免悲傷。衆姐妹風流雲散，一日少似一日，追想在園中吟詩起社，何等熱鬧。自從林妹妹一死，我鬱悶到今，又有寶姐姐過來，未便時常悲切。見他憂兄思母，日夜難得笑容。』今見他悲哀欲絶，心裏更加不忍，竟嚎啕大哭。鴛鴦、彩雲、鶯兒、襲人見他們如此，也各有所思，便也嗚咽起來。餘者丫頭們看得傷心，也便陪哭，竟無人解慰。滿屋中哭聲驚天動地，將外頭上夜婆子嚇慌，急報於賈政知道。

各人哭各人心裏所悲。

那賈政正在書房納悶，聽見賈母的人來報，心中着忙，飛奔進內。遠遠聽得哭聲甚衆，打量老太太不好，急得魂魄俱喪，疾忙進來，只見坐着悲啼，神魂方定，

賈太君禱天
消禍患
譚鳳嬛作
癸未初秋

補敘史湘雲事。

說是：『老太太傷心，你們該勸解，怎麽的齊打夥兒哭起來了？』衆人聽得賈政聲氣，急忙止哭，大家對面發怔。賈政上前安慰了老太太，又說了衆人幾句。各自心想道：『我們原恐老太太悲傷，故來勸解。怎麽忘情，大家痛哭起來？』

正自不解，只見老婆子帶了史侯家的兩個女人進來，請了賈母的安，又向衆人請安畢，便說：『我們家老爺、太太、姑娘打發我來，說聽見府裏的事，原沒有什麽大事，不過一時受驚。恐怕老爺、太太煩惱，叫我們過來告訴一聲，說這裏二老爺是不怕的了。我們姑娘本要自己來的，因不多幾日就要出閣，所以不能來了。』賈母聽了，不便道謝，說：『你回去給我問好。這是我們的家運合該如此。承你老爺、太太惦記，過一日再來奉謝。你家姑娘出閣，想來你們姑爺是不用說的了。他們的家計如何？』兩個女人回道：『家計倒不怎麽着。只是姑爺長的很好，爲人又和平。我們見過好幾次，看來與這裏寶二爺差不多，還聽得說，才情、學問都好的。』賈母聽了，喜歡道：『咱們都是南邊人，雖在這裏住久了，那些大規矩還是從南方禮兒，所以新姑爺我們都沒見過。我前兒還想起我娘家的人來，最疼的就是你們家姑娘，一年三百六十天，在我跟前的日子倒有二百多天，混得這麽大了。我原想給他說個好女婿，又爲他叔叔不在家，我又不便作主。他既造化配了個好姑爺，我也放心。月裏出閣，我原想過來吃杯喜酒的，不料我家鬧出這樣事賈母亦已到末路。

寶玉仍是傻想。

來，我的心就像在熱鍋裏熬的似的，那裏能够再到你們家去？你回去，說我問好，我們這裏的人都說請安問好。你替另告訴你家姑娘，不要將我放在心裏。我是八十多歲的人了，就死，也算不得沒福的了。只願他過了門，兩口子和順，百年到老，我便安心了。』說着，不覺掉下淚來。那女人道：『老太太也不必傷心，姑娘過了門，等回了九，少不得同姑爺過來，請老太太的安。那時老太太見了，纔喜歡呢。』賈母點頭，那女人出去。

別人都不理論，只有寶玉聽了，發了一回怔，心裏想道：『如今一天一天的都過不得了。爲什麼人家養了女兒，到大了必要出嫁？一出了嫁，就改變？史妹妹這樣一個人，又被他叔叔硬壓着配人了，他將來見了我必是又不理我了。我想一個人到了這個沒人理的分兒，還活着做什麼。』想到那裏，又是傷心。見賈母此時纔安，又不敢哭泣，只是悶悶的。

一時賈政不放心，又進來瞧瞧老太太，見是好些，便出來傳了賴大，叫他將闔府裏管事家人的花名冊子拿來，一齊點了一點，除去賈赦入官的人，尚有三十餘家，共男女二百十二名。賈政叫現在府內當差的男人共二十一名進來，問起歷年居家用度，共有若干進來，該用若干出去。那管總的家人將近來支用簿子呈上。賈政看時，所入不敷所出，又加連年宮裏花用，賬上有在外浮借的也不少。再查東省寫出賈政已是走投無路，一籌莫展之狀。

地租，近年所交不及祖上一半，如今用度比祖上更加十倍。賈政不看則已，看了急得跺腳道：『這了不得！我打諒雖是璉兒管事，在家自有把持，豈知好幾年頭裏已就寅年用了卯年的，還是這樣裝好看，竟把世職俸祿當作不打緊的事情，爲什麼不敗呢！我如今要就省儉起來，已是遲了。』想到那裏，背着手踱來踱去，竟無方法。

衆人知賈政不知理家，也是白操心着急，便說道：『老爺也不用焦心，這是家家這樣的。若是統總算起來，連王爺家還不夠。不過是裝着門面，過到那裏就到那裏。如今老爺到底得了主上的恩典，纔有這點子家產，若是一併入了官，老爺就不用過了不成。』賈政嗔道：『放屁！你們這班奴才最沒有良心的，仗着主子好的時候任意開銷，到弄光了，走的走，跑的跑，還顧主子的死活嗎！如今你們道是沒有查封是好，那知道外頭的名聲。大本兒都保不住，還擱得住你們在外頭支架子，說大話，誆人騙人？到鬧出事來，望主子身上一推就完了。如今大老爺與珍大爺的事，說是咱們家人鮑二在外傳播的，我看這人口冊上並沒有鮑二，這是怎麼說？』衆人回道：『這鮑二是不在冊檔上的。先前在寧府冊上，爲二爺見他老實，把他們兩口子叫過來了。及至他女人死了，他又回寧府去。後來老爺衙門有事，老太太們爺們往陵上去，珍大爺替理家事帶過來的，以後也就去了。老爺數年不管家事，那裏知道這些事來。老爺打諒冊上沒有名字的就只有這個人，不知一個人手下親戚們也有，奴才還有奴才呢。』賈政道：『這還了得！』想去一時不能清理，只得喝退衆人，早打了主意在心裏了，且聽賈赦等事審得怎樣再定。

一日正在書房籌算，只見一人飛奔進來說：『請老爺快進內廷問話。』賈政聽了心下着忙，只得進去。未知凶吉，下回分解。

【回後評】

鳳姐已只求速死，怕種種罪名追算也，賈璉不爲請醫，反合她所求，可見鳳姐已至生不如死的地步矣。

賈府合家痛哭，聲震內外，實已到末路，再無可走之路矣。賈母禱天，亦不過顯示賈母之關切子女，實亦是無路可走之表示也。

最後種種罪名，落實到鳳姐身上，鳳姐已至臨終末路矣。

事涉賈雨村。

第一百七回　散餘資賈母明大義　復世職政老沐天恩

話說賈政進內，見了樞密院各位大人，又見了各位王爺。北靜王道：『今日我們傳你來，有遵旨問你的事。』賈政即忙跪下。衆大人便問道：『你哥哥交通外官，恃強凌弱，縱兒聚賭，強佔良民妻女不遂逼死的事，你都知道麽？』賈政回道：『犯官自從主恩欽點學政，任滿後查看賑恤，於上年冬底回家；又蒙堂派工程，後又往江西監道；題參回都，仍在工部行走，日夜不敢怠惰。一應家務，並未留心伺察，實在糊塗，不能管教子姪，這就是辜負聖恩。亦求主上重重治罪。』北靜王據說轉奏。

不多時，傳出旨來。北靜王便述道：『主上因御史參奏賈赦交通外官，恃強凌弱。據該御史指出，平安州互相往來，賈赦包攬詞訟。嚴鞫賈赦，據供：平安州原係姻親來往，並未干涉官事。該御史亦不能指實。惟有倚勢強索石獃子古扇一款是實的，然係玩物，究非強索良民之物可比。雖石獃子自盡，亦係瘋傻所致，以前種種罪名忽又從寬解釋。

與逼勒致死者有間。今從寬將賈赦發往臺站效力贖罪。所參賈珍強佔良民妻女爲妾不從逼死一款，提取都察院原案，看得尤二姐實係張華指腹爲婚、未娶之妻，因伊貧苦自願退婚，尤二姐之母願結賈珍之弟爲妾，並非強佔。再，尤三姐自刎掩埋並未報官一款，查尤三姐原係賈珍妻妹，本意爲伊擇配，因被逼索定禮，衆人揚言穢亂，以致羞忿自盡，並非賈珍逼勒致死。但身係世襲職員，罔知法紀，私埋人命，本應重治；念伊究屬功臣後裔，不忍加罪，亦從寬革去世職，派往海疆效力贖罪。賈蓉年幼無干省釋。賈政實係在外任多年，居官尚屬勤慎，免治伊治家不正之罪。』

賈政聽了，感激涕零，叩首不及，又叩求王爺代奏下忱。北靜王道：『你該叩謝天恩，更有何奏？』賈政道：『犯官仰蒙聖恩，不加大罪，又蒙將家產給還，實在捫心惶愧，願將祖宗遺受重禄，積餘置產，一併交官。』北靜王道：『主上仁慈待下，明慎用刑，賞罰無差。如今既蒙莫大深恩，給還財產，你又何必多此一奏？』衆官也説不必。賈政便謝了恩，叩謝了王爺出來。恐賈母不放心，急忙趕回。

上下男女人等不知傳進賈政是何吉凶，都在外頭打聽，一見賈政回家，都略略的放心，也不敢問。只見賈政忙忙的走到賈母跟前，將蒙聖恩寬免的事，細細革去世職，祖宗餘蔭已盡，罰往臺站、海疆，更是貶黜，賈府舊日之威風盡矣。

邢氏、尤氏均是夫妻分離，又是家產抄盡，其慘苦自不待言矣。

告訴了一遍。賈母雖則放心，只是兩個世職革去，賈赦又往臺站效力，賈珍又往海疆，不免又悲傷起來。邢夫人、尤氏聽見那話，更哭起來。賈政便道：『老太太放心。大哥雖則臺站效力，也是爲國家辦事，不致受苦，只要辦得妥當，就可復職。珍兒正是年輕，很該出力。若不是這樣，便是祖父的餘德，亦不能久享。』說了些寬慰的話。賈母素來本不大喜歡賈赦，那邊東府賈珍究竟隔了一層。只有邢夫人、尤氏痛哭不已。

邢夫人想着：『家產一空，丈夫年老遠出。膝下雖有璉兒，又是素來順他二叔的，如今是都靠着二叔，他兩口子更是順着那邊去了。獨我一人孤苦伶仃，怎麼好？』那尤氏本來獨掌寧府的家計，除了賈珍也算是惟他爲尊，又與賈珍夫婦相和，『如今犯事遠出，家財抄盡，依住榮府，雖則老太太疼愛，終是依人門下。又帶了偕鸞、佩鳳，蓉兒夫婦又是不能興家立業的人。』又想着：『二妹妹、三妹妹俱是璉二叔鬧的。如今他們倒安然無事，依舊夫婦完聚。只留我們幾人，怎生度日？』想到這裏，痛哭起來。賈母不忍，便問賈政道：『你大哥和珍兒現已定案，可能回家？蓉兒既沒他的事，也該放出來了。』賈政道：『若在定例，大哥是不能回家的。我已託人徇個私情，叫我們大老爺同姪兒回家，好置辦行裝，衙門內業已應了。想來蓉兒同着他爺爺、父親一起出來。只請老太太放心，兒子賈母還爲下輩打算。

內囊實已窮盡了。

辦去。』

賈母又道：『我這幾年老的不成人了，總沒有問過家事。如今東府是全抄去了，房屋入官不消說的；你大哥那邊，璉兒那裏，也都抄去了。咱們西府銀庫，東省地土，你知道到底還剩了多少？他兩個起身，也得給他們幾千銀子纔好。』賈政正是沒法，聽見賈母一問，心想着：『若是說明，又恐老太太着急。若不說明，不用說將來，現在怎樣辦法？』定了主意，便回道：『若老太太不問，兒子也不敢說。如今老太太既問到這裏，現在璉兒也在這裏，昨日兒子已查了，舊庫的銀子早已虛空，不但用盡，外頭還有虧空。現今大哥這件事，若不花銀託人，雖說主上寬恩，只怕他們爺兒兩个也不大好。就是這項銀子，尚無打算。東省的地畝早已寅年吃了卯年的租兒了，一時也算不轉來，只好盡所有的、蒙聖恩沒有動的衣服首飾折變了，給大哥、珍兒作盤費罷了。過日的事，只可再打算。』

賈母聽了，又急得眼淚直淌，說道：『怎麽着，咱們家到了這樣田地了麽？我雖沒有經過，我想起我家向日比這裏還強十倍，也是擺了幾年虛架子，沒有出這樣事，已經塌下來了，不消一二年就完了。據你說起來，咱們竟一兩年就不能支了。』賈政道：『若是這兩個世俸不動，外頭還有些挪移。如今無可指稱，誰肯接濟？』說着，也淚流滿面：『想起親戚來，用過我們的，如今都窮了，沒有用現在已是悔之晚矣。

過我們的，又不肯照應了。昨日兒子也沒有細查，只看家下的人丁冊子，別說上頭的錢一無所出，那底下的人也養不起許多。』

賈母正在憂慮，只見賈赦、賈珍、賈蓉一齊進來，給賈母請安。賈母看這般光景，一隻手拉着賈赦，一隻手拉着賈珍，便大哭起來。他兩人臉上羞慚，又見賈母哭泣，都跪在地下，哭着說道：『兒孫們不長進，將祖上功勳丟了，又累老太太傷心，兒孫們是死無葬身之地的了！』滿屋中人看這光景，又一齊大哭起來。

賈政只得勸解：『倒先要打算他兩個的使用，大約在家只可住得一兩日，遲則人家就不依了。』老太太含悲忍淚的說道：『你兩個且各自同你們媳婦們說說話兒去罷。』又吩咐賈政道：『這件事是不能久待的。想來外面挪移恐不中用，那時誤了欽限怎麼好？只好我替你們打算罷了。就是家中如此亂糟糟的，也不是常法兒。』一面說着，便叫鴛鴦吩咐去了。

這裏，賈赦等出來，又與賈政哭泣了一會，都不免將從前任性、過後惱悔、如今分離的話說了一會，各自同媳婦那邊悲傷去了。賈赦年老，倒也拋的下。獨有賈珍，與尤氏怎忍分離？賈璉、賈蓉兩個也只有拉着父親啼哭。雖說是比軍流減等，究竟生離死別，這也是事到如此，只得大家硬着心腸過去。卻說賈母叫邢、王二夫人同了鴛鴦等，開箱倒籠，將做媳婦到如今積攢的東西都拿出來，又叫賈賈母大度，略無偏私，勉強度過災難。

赦、賈政、賈珍等，一一的分派説：『這裏現有的銀子，交賈赦三千兩。你拿二千兩去，做你的盤費使用。留一千，給大太太另用。這三千給珍兒。你只許拿一千去。留下二千，交你媳婦過日子。仍舊各自度日，房子是在一處，飯食各自吃罷。四丫頭將來的親事，還是我的事。只可憐鳳丫頭操心了一輩子，如今弄得精光，也給他三千兩，叫他自己收着，不許叫璉兒用。如今他還病得神昏氣喪，叫平兒來拿去。這是你祖父留下來的衣服，還有我少年穿的衣服首飾，如今我用不着。男的呢，叫大老爺、珍兒、璉兒、蓉兒拿去分了。女的呢，叫大太太、珍兒媳婦、鳳丫頭拿了分去。這五百兩銀子交給璉兒，明年將林丫頭的棺材送回南去。』分派定了，又叫賈政道：『你説現在還該着人的使用，這是少不得的，你就拿這金子變賣償還。這是他們鬧掉了我的，你也是我的兒子，我並不偏向。寶玉已經成了家，我剩下這些金銀等物，大約還值幾千兩銀子，這是都給寶玉的了。珠兒媳婦向來孝順我，蘭兒也好，我也分給他們些。這便是我的事情完了。』

賈政等見母親如此明斷分晰，俱跪下，哭着説：『老太太這麽大年紀，兒孫們沒點孝順，承受老祖宗這樣恩典，叫兒孫們更無地自容了。』賈母道：『别瞎説，若不鬧出這個亂兒，我還收着呢。只是現在家人過多，只有二老爺是當差的，留幾個人就够了。你就吩咐管事的，將人叫齊了，他分派妥當。各家有人便就罷了。

寫賈母。

賈母倒是能上能下，豁達得很。

譬如那時都抄了，怎麼樣呢？我們裏頭的，也要叫人分派，該配人的配人，賞去的賞去。如今雖說咱們這房子不入官，你到底把這園子交了纔好。那些田地，原交璉兒清理，該賣的賣，該留的留，斷不要支架子，做空頭。我索性說了罷，江南甄家還有幾兩銀子，大太太那裏收着，該叫人就送去罷。倘或再有點事出來，可不是他們躲過了風暴，又遇了雨了麼？』賈政本是不知當家立計的人，一聽賈母的話，一一領命，心想：『老太太實在真真是理家的人，都是我們這些不長進的鬧壞了。』

賈政見賈母勞乏，求着老太太歇歇養神。賈母又道：『我所剩的東西也有限，等我死了，做結果我的使用。餘的都給我服侍的丫頭。』賈政等聽到那裏，更加傷感。大家跪下，『請老太太寬懷，只願兒子們托老太太的福，過了些時都邀了恩眷。那時兢兢業業的治起家來，以贖前愆，奉養老太太到一百歲的時候。』

賈母道：『但願這樣纔好，我死了也好見祖宗。你們別打諒我是享得富貴，受不得貧窮的人哪。不過這幾年看着你們轟轟烈烈，我落得都不管，說說笑笑養身子罷了。那知道家運一敗直到這樣。若說外頭好看，裏頭空虛，是我早知道的了。只是「居移氣，養移體」，一時下不得臺來。如今借此正好收斂，守住這個門頭，不然叫人笑話你。你還不知，只打諒我知道窮了，便着急的要死。我心裏是想着祖宗莫大的功勳，無一日不指望你們比祖宗還強，能够守住也就罷了。誰知他們爺兒兩個做些什麽勾當！』

賈母正自長篇大論的說，只見豐兒慌慌張張的跑來，回王夫人道：『今早我們奶奶聽見外頭的事，哭了一場，如今氣都接不上來。平兒叫我來回太太。』豐兒沒有說完，賈母聽見，便問：『到底怎麽樣？』王夫人便代回道：『如今說是不大好。』賈母起身道：『噯，這些冤家竟要磨死我了！』說着，叫人扶着，要親自看去。賈政即忙攔住，勸道：『老太太傷了好一回的心，又分派了好些事，這會該歇歇。便是孫子媳婦有什麽事，該叫媳婦瞧去就是了，何必老太太親身過去呢。倘或再傷感起來，老太太身上要有一點兒不好，叫做兒子的怎麽處呢。』賈母道：『你們各自出去，等一會子再進來。我還有話說。』賈政不敢多言，只得出來，料理兄、姪起身的事，又叫賈璉挑人跟去。

寫鳳姐。

這裏，賈母纔叫鴛鴦等派人拿了給鳳姐的東西跟着過來。鳳姐正在氣厥。平兒哭得眼紅，聽見賈母帶着王夫人、寶玉、寶釵過來，疾忙出來迎接。賈母便問：『這會子怎麽樣了？』平兒恐驚了賈母，便說：『這會子好些。老太太既來了，請進去瞧瞧。』他先跑進去，輕輕的揭開帳子。鳳姐開眼瞧着，只見賈母進來，滿心慚愧。先前原打算賈母等惱他，不疼的了，是死活由他的，不料賈母親自來

鳳姐自覺無顏見人。

是鳳姐意想不到之事。

瞧，心裏一寬，覺那擁塞的氣略鬆動些，便要扎掙坐起。賈母叫平兒按着，『不要動，你好些麼？』鳳姐含淚道：『我從小兒過來，老太太、太太怎麼樣疼我！那知我福氣薄，叫神鬼支使的失魂落魄，不但不能夠在老太太跟前盡點孝心，公婆前討個好，還是這樣把我當人，叫我幫着料理家務，被我鬧的七顛八倒，我還有什麼臉兒見老太太、太太呢？今日老太太、太太親自過來，我更當不起了，恐怕該活三天的又折上了兩天去了。』說着，悲咽。賈母道：『那些事，原是外頭鬧起來的，與你什麼相干。就是你的東西被人拿去，這也算不了什麼呀。我帶了好些東西給你，任你自便。』說着，叫人拿上來給他瞧瞧。

鳳姐本是貪得無厭的人，如今被抄盡淨，本是愁苦，又恐人埋怨，正是幾不欲生的時候。今兒賈母仍舊疼他，王夫人也沒嗔怪，過來安慰他，又想賈璉無事，心下安放好些，便在枕上與賈母磕頭，說道：『請老太太放心，若是我的病托着老太太的福好了些，我情願自己當個粗使丫頭，盡心竭力的服侍老太太、太太罷。』賈母聽他說得傷心，不免掉下淚來。

寶玉是從來沒有經過這大風浪的，心下只知安樂，不知憂患的人，如今碰來碰去，都是哭泣的事，所以他竟比傻子尤甚，見人哭他就哭。鳳姐看見衆人憂悶，重複榮國公世職，又是意外之喜。

文情忽悲忽喜，變化莫測。

反倒勉強說幾句寬慰賈母的話，求着：『請老太太、太太回去。我略好些，過來磕頭。』說着，將頭仰起。賈母叫平兒：『好生服侍。短什麼，到我那裏要去。』說着，帶了王夫人將要回到自己房中，只聽見兩三處哭聲，賈母實在不忍聞見，便叫王夫人散去，叫寶玉：『去見你大爺、大哥，送一送就回來。』自己躺在榻上下淚。幸喜鴛鴦等能用百樣言語勸解，賈母暫且安歇。

不言賈赦等分離悲痛，那些跟去的人誰是願意的？不免心中抱怨，叫苦連天。正是生離果勝死別，看者比受者更加傷心。好好的一個榮國府，鬧到人嚎鬼哭。賈政最循規矩，在倫常上也講究的，執手分別後，自己先騎馬趕至城外舉酒送行，又叮嚀了好些國家軫恤勳臣，力圖報稱的話。賈赦等揮淚分頭而別。

賈政帶了寶玉回家，未及進門，只見門上有好些人在那裏亂嚷說：『今日旨意，將榮國公世職着賈政承襲。』那些人在那裏要喜錢，門上人和他們分爭，說：『是本來的世職，我們本家襲了，有什麼喜報？』那些人說道：『那世職的榮耀，比任什麼還難得。你們大老爺鬧掉了，想要這個，再不能的了。如今的聖人在位，赦過宥罪，還賞給二老爺襲了，這是千載難逢的，怎麼不給喜錢？』

正鬧着，賈政回家，門上回了，雖則喜歡，究是哥哥犯事所致，反覺感極涕零，趕着進內告訴賈母。王夫人正恐賈母傷心，過來安慰，聽得世職復還，自是寫盡世態。

歡喜。又見賈政進來。賈母拉了，說些勤黽報恩的話。獨有邢夫人、尤氏心下悲苦，只不好露出來。

且說外面這些趨炎奉勢的親戚朋友，先前賈宅有事，都遠避不來，今見賈政襲職，知聖眷尚好，大家都來賀喜。那知賈政純厚性成，因他襲哥哥的職，心內反生煩惱，只知感激天恩。於第二日進內謝恩，到底將賞還府第園子備摺奏請入官。內廷降旨不必，賈政纔得放心。回家以後，循分供職。

但是家計蕭條，入不敷出。賈政又不能在外應酬。家人們見賈政忠厚，鳳姐抱病不能理家，賈璉的虧缺一日重似一日，難免典房賣地。府內家人幾個有錢的，怕賈璉纏擾，都裝窮躲事，甚至告假不來，各自另尋門路。獨有一個包勇，雖是新投到此，恰遇榮府壞事，他倒有些真心辦事，見那些人欺瞞主子，便時常不忿。奈他是個新來乍到的人，一句話也插不上，他便生氣，每天吃了就睡。衆人嫌他不肯隨和，便在賈政前說他終日貪杯生事，並不當差。賈政道：『隨他去罷。原是甄府薦來，不好意思，橫豎家內添這一人吃飯，雖說是窮，也不在他一人身上。』並不叫來驅逐。衆人又在賈璉跟前說他怎樣不好，賈璉此時也不敢自作威福，只得由他。

忽一日，包勇耐不過，吃了幾杯酒，在榮府街上閒逛，見有兩個人說話。那賈雨村落井下石。

人說道：『你瞧，這麽個大府，前兒抄了家，不知如今怎麽樣了？』那人道：『他家怎麽能敗。聽見說，裏頭有位娘娘，是他家的姑娘，雖是死了，到底有根基的。況且我常見他們來往的都是王公侯伯，那裏沒有照應？便是現在的府尹、前任的兵部，是他們的一家，難道有這些人還護庇不來麽？』那人道：『你白住在這裏！别人猶可，獨是那個賈大人更了不得。我常見他在兩府來往。前兒御史雖參了，主子還叫府尹查明實迹再辦。你道他怎麽樣？他本沾過兩府的好處，怕人說他迴護一家，他便狠狠的踢了一腳，所以兩府裏纔到底抄了。你道如今的世情還了得嗎？』

兩人無心說閒話，豈知旁邊有人跟着，聽的明白。包勇心下暗想：『天下有這樣負恩的人！但不知是我老爺的什麽人。我若見了他，便打他一個死。鬧出事來，我承當去。』那包勇正在酒後胡思亂想，忽聽那邊喝道而來。包勇遠遠站着，只見那兩人輕輕的說道：『這來的就是那個賈大人了。』包勇聽了，心裏懷恨，趁了酒興，便大聲的道：『沒良心的男女！怎麽忘了我們賈家的恩了？』雨村在轎內，聽得一個『賈』字，便留神觀看，見是一個醉漢，便不理會，過去了。那包勇醉着不知好歹，便得意洋洋回到府中，問起同伴，知是方纔見的那位大人是這府裏提拔起來的，『他不念舊恩，反來踢弄咱們家裏。見了他駡他幾句，他竟不敢答言。』

那榮府的人本嫌包勇，只是主人不計較他，如今他又在外鬧禍，不得不回，趁賈政無事，便將包勇喝酒鬧事的話回了。賈政此時正怕風波，聽得家人回稟，便一時生氣，叫進包勇，罵了幾句，便派去看園，不許他在外行走。

那包勇本是直爽的脾氣，投了主子，他便赤心護主，豈知賈政反倒責罵他。他也不敢再辯，只得收拾行李往園中看守澆灌去了。

未知後事如何，下回分解。

【回後評】

一場風波，漸次平復，原先許多罪名，又歸平淡。禍事來時，有如潮湧，層層席捲；禍事去時，又如潮落，瞬息平淡。

賈府重沐世職，明百年世家還未煙消火滅也。

賈母顧大局，解私囊，以拯闔府於風雨飄搖之中。

賈雨村落井下石，由輿論揭出。

史湘雲婚後回門，來探賈母。

第一百八回　強歡笑蘅蕪慶生辰　死纏綿瀟湘聞鬼哭

卻說賈政先前曾將房產並大觀園奏請入官，內廷不收，又無人居住，只好封鎖。因園子接連尤氏、惜春住宅，太覺曠闊無人，遂將包勇罰看荒園。此時，賈政理家，又奉了賈母之命，將人口漸次減少，諸凡省儉，尚且不能支持。幸喜鳳姐爲賈母疼惜，王夫人等雖則不大喜歡，若說治家辦事，尚能出力，所以將內事仍交鳳姐辦理。但近來因被抄以後，諸事運用不來，也是每形拮据。那些房頭上下人等原是寬裕慣的，如今較之往日，十去其七，怎能周到，不免怨言不絕。鳳姐也不敢推辭，扶病承歡賈母。

過了些時，賈赦、賈珍各到當差地方，恃有用度，暫且自安，寫書回家，都言安逸，家中不必掛念。於是賈母放心，邢夫人、尤氏也略略寬懷。

一日，史湘雲出嫁回門，來賈母這邊請安。賈母提起他女婿甚好，史湘雲也將那裏過日平安的話說了，請老太太放心。又提起黛玉去世，不免大家淚落。賈再提迎春遭遇。

往事如夢，六親同運，總是不堪回首。

探春消息。

寶釵婚後的遭遇。

母又想起迎春苦楚，越覺悲傷起來。史湘雲勸解一回，又到各家請安問好畢，仍到賈母房中安歇，言及『薛家這樣人家，被薛大哥鬧的家破人亡。今年雖是緩決人犯，明年不知可能減等？』

賈母道：『你還不知道呢，昨兒蟠兒媳婦死的不明白，幾乎又鬧出一場大事來。還幸虧老佛爺有眼，叫他帶來的丫頭自己供出來了，那夏奶奶纔沒的鬧了，自家攔住相驗。你姨媽這裏纔將皮裏肉的打發出去了。你說說，真真是六親同運！薛家是這樣了，姨太太守着薛蝌過日，爲這孩子有良心，他說哥哥在監裏尚未結局，不肯娶親。你邢妹妹在大太太那邊，也就很苦。琴姑娘爲他公公死了尚未滿服，梅家尚未娶去。二太太的娘家舅太爺一死，鳳丫頭的哥哥也不成人，那二舅太爺也是個小氣的，又是官項不清，也是打饑荒。甄家自從抄家以後別無信息。』

湘雲道：『三姐姐去了，曾有書字回來麽？』賈母道：『自從嫁了去，二老爺回來說，你三姐姐在海疆甚好。只是沒有書信，我也日夜惦記。爲着我們家連連的出些不好事，所以我也顧不來。如今四丫頭也沒有給他提親。環兒呢，誰有功夫提起他來。如今我們家的日子比你從前在這裏的時候更苦些。只可憐你寶姐姐，自過了門，沒過一天安逸日子。你二哥哥還是這樣瘋瘋顛顛，這怎麽處呢？』

湘雲道：『我從小兒在這裏長大的。這裏那些人的脾氣我都知道的。這一回來到此地步，還要苦中作樂！終不減富貴享樂人本性。

財與權，是鳳姐靈性之源，失此二者，鳳姐即失靈性矣！

了，竟都改了樣子了。我打諒我隔了好些時沒來，他們生疏我。我細想起來，竟不是的，就是見了我，瞧他們的意思，原要像先前一樣的熱鬧，不知道怎麼，說說就傷心起來了。我所以坐坐就到老太太這裏來了。』賈母道：『如今這樣日子，在我也罷了，你們年輕輕兒的人還了得！我正要想個法兒叫他們還熱鬧一天纔好，只是打不起這個精神來。』

湘雲道：『我想起來了，寶姐姐不是後兒的生日嗎？我多住一天，給他拜過壽，大家熱鬧一天。不知老太太怎麼樣？』賈母道：『我真正氣糊塗了。你不提，我竟忘了，後日可不是他的生日！我明日拿出錢來，給他辦個生日。他沒有定親的時候，倒做過好幾次。如今他過了門，倒沒有做。寶玉這孩子，頭裏很伶俐，很淘氣，如今爲着家裏的事不好，把這孩子越發弄的話都沒有了。倒是珠兒媳婦還好，他有的時候是這麼着，沒的時候他也是這麼着。帶着蘭兒靜靜兒的過日子，倒難爲他。』

湘雲道：『別人還不離，獨有璉二嫂子，連模樣兒都改了，說話也不伶俐了。明日等我來引導他們，看他們怎麼樣。但是，他們嘴裏不說，心裏要抱怨我，說我有了——』湘雲說到那裏，卻把臉飛紅了。賈母會意，道：『這怕什麼？原來姊妹們都是在一處樂慣了的，說說笑笑，再別要留這些心。大凡一個人，有也罷，沒人已死了，還記着她的小性兒，卻不記她的絕世才華，絕世容貌，絕世聰明，可見賈母亦總是俗極之人。

也罷，總要受得富貴、耐得貧賤纔好。你寶姐姐生來是個大方的人。頭裏他家這樣好，他也一點兒不驕傲。後來他家壞了事，他也是舒舒坦坦的。如今在我家裏，寶玉待他好，他也是那樣安頓；一時待他不好，不見他有什麼煩惱。我看這孩子，倒是個有福氣的。你林姐姐，那是個最小性兒，又多心的，所以到底不長命。鳳丫頭也見過些事，很不該略見些風波就改了樣子，他若這樣沒見識，也就是小器了。後兒寶丫頭的生日，我替另拿出銀子來，熱熱鬧鬧給他做個生日，也叫他喜歡這一天。』

湘雲答應道：『老太太說得很是。索性把那些姐妹們都請來了，大家敘一敘。』賈母道：『自然要請的。』一時高興道：『叫鴛鴦拿出一百銀子來，交給外頭，叫他明日起預備兩天的酒飯。』鴛鴦領命，叫婆子交了出去。一宿無話。次日，傳話出去，打發人去接迎春。又請了薛姨媽、寶琴，叫帶了香菱來。又請李嬸娘。不多半日，李紋、李綺都來了。

寶釵本沒有知道，聽見老太太的丫頭來請，說：『薛姨太太來了，請二奶奶過去呢。』寶釵心裏喜歡，便是隨身衣服過去，要見他母親。只見他妹子寶琴並香菱都在這裏，又見李嬸娘等人也都來了。心想：『那些人必是知道我們家的事情完了，所以來問候的。』便去問了李嬸娘好，見了賈母，然後與他母親說了幾句終是強顔歡笑而已。

話，便與李家姐妹們問好。

湘雲在旁說道：『太太們請都坐下，讓我們姐妹們給姐姐拜壽。』寶釵聽了，倒獃了一獃，回來一想：『可不是明日是我的生日嗎？』便說：『妹妹們過來瞧老太太是該的。若說爲我的生日，是斷斷不敢的。』正推讓着，寶玉也來請薛姨媽、李嬸娘的安。聽見寶釵自己推讓，他心裏本早打算過寶釵生日，因家中鬧得七顛八倒，也不敢在賈母處提起，今見湘雲等衆人要拜壽，便喜歡道：『明日纔是生日，我正要告訴老太太來。』

湘雲笑道：『扯臊，老太太還等你告訴？你打諒這些人爲什麽來？是老太太請的！』寶釵聽了，心下未信。只聽賈母合他母親道：『可憐寶丫頭做了一年新媳婦，家裏接二連三的有事，總沒有給他做過生日。今日我給他做個生日，請姨太太、太太們來，大家說說話兒。』薛姨媽道：『老太太這些時心裏纔安，他小人兒家還沒有孝敬老太太，倒要老太太操心。』湘雲道：『老太太最疼的孫子是二哥哥，難道二嫂子就不疼了麽？況且寶姐姐也配老太太給他做生日。』寶釵低頭不語。

寶玉心裏想道：『我只說，史妹妹出了閣，是换了一個人了，我所以不敢親近他，他也不來理我。如今聽他的話，原是和先前一樣的。爲什麽我們那個過了強顔歡笑，終不成歡。

門更覺得腼腆了，話都說不出來了呢？』正想着，小丫頭進來說：『二姑奶奶回來了。』隨後李紈、鳳姐都進來，大家厮見一番。

迎春提起他父親出門，說：『本要趕來見見，只是他攔着不許來，說是咱們家正是晦氣時候，不要沾染在身上。我扭不過，沒有來，直哭了兩三天。』鳳姐道：『今兒爲什麼肯放你回來？』迎春道：『他又說：「咱們家二老爺又襲了職，還可以走走，不妨事的。所以纔放我來。』說着，又哭起來。賈母道：『我原爲氣得慌，今日接你們來給孫子媳婦過生日，說說笑笑，解個悶兒。你們又提起這些煩事來，又招起我的煩惱來了。』迎春等都不敢作聲了。

鳳姐雖勉強說了幾句有興的話，終不似先前爽利，招人發笑。賈母心裏要寶釵喜歡，故意的嘔鳳姐兒說話。鳳姐也知賈母之意，便竭力張羅，說道：『今兒老太太喜歡些了。你看這些人，好幾時沒有聚在一處，今兒齊全。』說着，回過頭去，看見婆婆、尤氏不在這裏，又縮住了口。賈母爲着『齊全』兩字，也想邢夫人等，叫人請去。邢夫人、尤氏、惜春等聽見老太太叫，不敢不來，心內也十分不願意，想着家業零敗，偏又高興給寶釵做生日，到底老太太偏心，便來了也是無精打彩的。賈母問起岫煙來，邢夫人假說病着不來。賈母會意，知薛姨媽在這裏有些不便，也不提了。

終是勉強應景，醉不成歡也。

一時，擺下菓酒。賈母說：『也不送到外頭，今日只許咱們娘兒們樂一樂。』寶玉雖然娶過親的人，因賈母疼愛，仍在裏頭打混，但不與湘雲、寶琴等同席，便在賈母身旁設着一個坐兒，他代寶釵輪流敬酒。賈母道：『如今且坐下，大家喝酒，到挨晚兒再到各處行禮去。若如今行起來了，大家又鬧規矩，把我的興頭打回去就沒趣了。』寶釵便依言坐下。

賈母又叫人來，道：『咱們今兒索性灑脱些，各留一兩個人伺候。我叫鴛鴦帶了彩雲、鶯兒、襲人、平兒等在後間去，也喝一鍾酒。』鴛鴦等說：『我們還沒有給二奶奶磕頭，怎麽就好喝酒去呢？』賈母道：『我說了，你們只管去。用的着你們再來。』鴛鴦等去了。

這裏，賈母纔讓薛姨媽等喝酒。見他們都不是往常的樣子，賈母着急道：『你們到底是怎麽着？大家高興些纔好。』湘雲道：『我們又吃又喝，還要怎樣？』鳳姐道：『他們小的時候兒都高興，如今都礙着臉不敢混說，所以老太太瞧着冷淨了。』

寶玉輕輕的告訴賈母道：『話是沒有什麽說的。再說，就說到不好的上頭來了。不如老太太出個主意，叫他們行個令兒罷。』賈母側着耳朵聽了，笑道：『若是行令，又得叫鴛鴦去。』寶玉聽了，不待再說，就出席到後間去找鴛鴦，說：

苦中作樂而已。

『老太太要行令，叫姐姐去呢。』鴛鴦道：『小爺，讓我們舒舒服服的喝一杯罷，何苦來，又來攪什麼。』寶玉道：『當真老太太說，得叫你去呢，與我什麼相干。』鴛鴦沒法，說道：『你們只管喝，我去了就來。』便到賈母那邊。

老太太道：『你來了，不是要行令嗎？』鴛鴦道：『聽見寶二爺說，老太太叫，我敢不來嗎。不知老太太要行什麼令兒？』賈母道：『那文的怪悶的慌，武的又不好。你倒是想個新鮮頑意兒纔好。』鴛鴦想了想，道：『如今姨太太有了年紀，不肯費心。倒不如拿出令盆骰子來，大家擲個曲牌名兒，賭輸贏酒罷。』賈母道：『這也使得。』便命人取骰盆，放在桌上。

鴛鴦說：『如今用四個骰子擲去。擲不出名兒來的，罰一杯。擲出名兒來，每人喝酒的杯數兒，擲出來再定。』衆人聽了，道：『這是容易的，我們都隨着。』鴛鴦便打點兒。衆人叫鴛鴦喝了一杯，就在他身上數起，恰是薛姨媽先擲。

薛姨媽便擲了一下。卻是四個么。鴛鴦道：『這是有名的，叫做「商山四皓」。有年紀的喝一杯。』於是賈母、李嬸娘、邢、王兩夫人都該喝。賈母舉酒要喝，鴛鴦道：『這是姨太太擲的，還該姨太太說個曲牌名兒，下家兒接一句《千家詩》。說不出的罰一杯。』薛姨媽道：『你又來算計我了，我那裏說得上來。』賈母道：『不說，到底寂寞。還是說一句的好。下家兒就是我了。若說不出來，我陪姨太太喝一鍾就是了。』薛姨媽便道：『我說個「臨老入花叢」。』賈母點點頭兒，道：『將謂偷閒學少年。』

說完，骰盆過到李紋，便擲了兩個四，兩個二。鴛鴦說：『也有名了，這叫做「劉阮入天臺」。』李紋便接着說了個『二士入桃源。』下手兒便是李紈，說道：『尋得桃源好避秦。』大家又喝了一口。骰盆又過到賈母跟前，便擲了兩個二，兩個三。賈母道：『這要喝酒了？』鴛鴦道：『有名兒的，這是「江燕引雛」。衆人都該喝一杯。』鳳姐道：『雛是雛，倒飛了好些了。』衆人瞅了他一眼，鳳姐便不言語。賈母道：『我說什麼呢？「公領孫」罷。』下手是李綺，便說道：『閑看兒童捉柳花。』衆人都說好。

寶玉巴不得要說，只是令盆輪不到。正想着，恰好到了跟前，便擲了一個二，兩個三，一個幺，便說道：『這是什麼？』鴛鴦笑道：『這是個「臭」，先喝一杯，再擲罷。』寶玉只得喝了又擲，這一擲擲了兩個三，兩個四。鴛鴦道：『有了，這叫做「張敞畫眉」。』寶玉明白打趣他，寶釵的臉也飛紅了。鳳姐不大懂得，還說：『二兄弟快說了，再找下家兒是誰。』寶玉明知難說，自認：『罰了罷，我也沒下家。』過了令盆，輪到李紈，便擲了一下兒。鴛鴦道：『大奶奶擲得是「十二金釵」。』寶玉聽了，趕到李紈身旁看時，只見紅綠對開，便道：『這一個好看得很。』忽然想起十二釵的夢來，便默默的退到自己座上，心裏想：『這十二釵說是金陵的，怎麼家裏這些人，如今七大八小的就剩了這幾個？』復又看看湘雲、寶釵，雖說都在，只是不見了黛玉，一時按捺不住，眼淚便要下來。恐人看見，便說身上躁的很，脫脫衣服去，掛了籌出席去了。

這史湘雲看見寶玉這般光景，打諒寶玉擲不出好的，被別人擲了去，心裏不喜歡，便去了；又嫌那個令兒沒趣，但有些煩。只見李紈道：『我不說了。席間的人也不齊，不如罰我一杯。』賈母道：『這個令兒也不熱鬧，不如蠲了罷。讓鴛鴦擲一下，看擲出個什麼來。』

小丫頭便把令盆放在鴛鴦跟前。鴛鴦依命，便擲了兩個二，一個五，那一個骰子在盆中只管轉。鴛鴦叫道：『不要五！』那骰子單單轉出一個五來。鴛鴦道：『了不得！我輸了。』賈母道：『這是不算什麼的嗎？』鴛鴦道：『名兒倒有，只是我說不上曲牌名來。』賈母道：『你說名兒，我給你謅。』鴛鴦道：『這是浪掃浮萍。』賈母道：『這也不難，我替你說個「秋魚入菱窠」。』鴛鴦下手的就是湘雲，便道：『白萍吟盡楚江秋。』衆人都道：『這句很確。』

賈母道：『這令完了。咱們喝兩杯，吃飯罷。』回頭一看，見寶玉還沒進來，便問道：『寶玉那裏去了，還不來？』鴛鴦道：『換衣服去了。』賈母道：『誰跟了去的？』那鶯兒便上來回道：『我看見二爺出去，我叫襲人姐姐跟了去了。』賈母、王夫人纔放心。

等了一回，王夫人叫人去找來。小丫頭子到了新房，只見五兒在那裏插蠟。小丫頭便問：『寶二爺那裏去了？』五兒道：『在老太太那邊喝酒呢。』小丫頭道：『我在老太太那裏，太太叫我來找的。豈有在那裏，倒叫我來找的理？』五兒道：『這就不知道了。你到別處找去罷。』

小丫頭沒法，只得回來，遇見秋紋，便道：『你見二爺那裏去了？』秋紋道：『我也找他。太太們等他吃飯，這會子那裏去了呢？你快去回老太太去，不必說不在家，只說喝了酒不大受用，不吃飯了，略躺一躺再來，請老太太們吃飯罷。』小丫頭依言回去告訴珍珠，珍珠依言回了賈母。

賈母道：『他本來吃不多，不吃也罷了。叫他歇歇罷。告訴他，今兒不必過來，有他媳婦在這裏。』珍珠便向小丫頭道：『你聽見了？』小丫頭答應着，不便說明，只得在別處轉了一轉，說告訴了。衆人也不理會，便吃畢飯，大家散坐說話。不提。

且說寶玉一時傷心，走了出來，正無主意，只見襲人趕來，問是怎麼了。寶玉荒園寥落，物是人非。

道：『不怎麽，只是心裏煩得慌。何不趁他們喝酒，咱們兩個到珍大奶奶那裏逛逛去？』襲人道：『珍大奶奶在這裏，去找誰？』寶玉道：『不找誰。瞧瞧他現在這裏住的房屋怎麽樣。』襲人只得跟着，一面走，一面說。

走到尤氏那邊，又一個小門兒半開半掩，寶玉也不進去。只見看園門的兩個婆子，坐在門檻上說話兒。寶玉問道：『這小門開着麽？』婆子道：『天天是不開的，今兒有人出來說，今日預備老太太要用園裏的菓子，故開着門等着。』寶玉便慢慢的走到那邊，果見腰門半開，寶玉便走了進去。襲人忙拉住，道：『不用去，園裏不乾淨，常沒有人去，不要撞見什麽。』寶玉仗着酒氣，說：『我不怕那些。』襲人苦苦的拉住，不容他去。婆子們上來，說道：『如今這園子安靜的了。自從那日道士拿了妖去，我們摘花兒、打菓子，一個人常走的。二爺要去，咱們都跟着。有這些人，怕什麽！』寶玉喜歡，襲人也不便相強，只得跟着。

寶玉進得園來，只見滿目淒涼。那些花木枯萎，更有幾處亭館，彩色久經剝落。遠遠望見一叢修竹，倒還茂盛。寶玉一想，說：『我自病時出園，住在後邊，一連幾個月不准我到這裏，瞬息荒涼。你看，獨有那幾杆翠竹菁葱，這不是瀟湘館麽？』襲人道：『你幾個月沒來，連方向都忘了。咱們只管說話，不覺將怡紅院走過了。』回過頭來用手指着道：『這纔是瀟湘館呢。』寶玉順着襲人的手一瀟湘館聞哭聲。

居然闖入禁區。

瞧，道：『可不是過了嗎？咱們回去瞧瞧。』襲人道：『天晚了，老太太必是等着吃飯，該回去了。』寶玉不言，找着舊路，竟往前走。

你道寶玉雖離了大觀園將及一載，豈遂忘了路徑？只因襲人恐他見了瀟湘館，想起黛玉，又要傷心，所以用言混過。豈知寶玉只望裏走，天又晚，恐招了邪氣，故寶玉問他，只說已走過了，欲寶玉不去，不料寶玉的心惟在瀟湘館內。

襲人見他往前急走，只得趕上，見寶玉站着，似有所見，如有所聞，便道：『你聽什麼？』寶玉道：『瀟湘館倒有人住着麼？』襲人道：『大約沒有人罷。』寶玉道：『我明明聽見有人在內啼哭，怎麼沒有人？』襲人道：『你是疑心，素常你到這裏，常聽見林姑娘傷心，所以如今還是那樣。』寶玉不信，還要聽去。婆子們趕上，說道：『二爺快回去罷。天已晚了，別處我們還敢走走，只是這裏路又隱僻，又聽得人說，這裏林姑娘死後，常聽見有哭聲，所以人都不敢走的。』寶玉、襲人聽說，都吃了一驚。寶玉道：『可不是！』說着，便滴下淚來，說：『林妹妹，林妹妹，好好兒的，是我害了你了！你別怨我，只是父母作主，並不是我負心。』愈說愈痛，便大哭起來。

襲人正在沒法，只見秋紋帶着些人趕來，對襲人道：『你好大膽，怎麼領了二爺到這裏來？老太太、太太他們打發人各處都找到了，剛纔腰門上有人說，是你同二爺到這裏來了，唬得老太太、太太們了不得，罵着我，叫我帶人趕來，還不快回去麽？』寶玉猶自痛哭。襲人也不顧他哭，兩個人拉着就走。一面替他拭眼淚，告訴他老太太着急。寶玉沒法，只得回來。

襲人知老太太不放心，將寶玉仍送到賈母那邊。衆人都等着未散。賈母便說：『襲人，我素常知你明白，纔把寶玉交給你，怎麽今兒帶他園裏去？他的病纔好，倘或撞着什麽，又鬧起來，這便怎麽處？』襲人也不敢分辯，只得低頭不語。寶釵看寶玉顏色不好，心裏着實的吃驚。倒還是寶玉，恐襲人受委屈，說道：『青天白日，怕什麽？我因爲好些時沒到園裏逛逛，今兒趁着酒興走走，那裏就撞着什麽了呢？』鳳姐在園裏吃過大虧的，聽到那裏，寒毛倒豎，說：『寶兄弟膽子忒大了。』湘雲道：『不是膽大，倒是心實。不知是會芙蓉神去了，還是尋什麽仙去了？』寶玉聽着，也不答言。獨有王夫人急的一言不發。賈母問道：『你到園裏可曾唬着麽？這回不用說了，以後要逛，到底多帶幾個人纔好。不然，大家早散了。回去好好的睡一夜，明日一早過來，我還要找補，叫你們再樂一天呢。不要爲他又鬧出什麽原故來。』

衆人聽說，辭了賈母出來。薛姨媽便到王夫人那裏住下。史湘雲仍在賈母房中。迎春便往惜春那裏去了。餘者各自回去。不提。

獨有寶玉回到房中，噯聲嘆氣。寶釵明知其故，也不理他，只是怕他憂悶，勾出舊病來，便進裏間叫襲人來，細問他寶玉到園怎麽樣的光景。

未知襲人怎生回說，下回分解。

【回後評】

賈母爲寶釵作生日，終是苦中作樂，欲尋往日歡樂舊夢，已一去不復返矣。瀟湘聞鬼哭，『不堪回首月明中』也，即使無鬼哭，亦是聞鬼哭矣，其實非鬼哭，是寶玉之心哭也！

借閒談欲消除寶玉對黛玉的思念，不想反引來寶玉的夢想。

第一百九回　候芳魂五兒承錯愛　還孽債迎女返真元

話說寶釵叫襲人問出原故，恐寶玉悲傷成疾，便將黛玉臨死的話與襲人假作閒談，說是：『人生在世，有意有情。到了死後，各自幹各自的去了。並不是生前那樣個人，死後還是這樣。活人雖有癡心，死的竟不知道。況且林姑娘既說仙去，他看凡人是個不堪的濁物，那裏還肯混在世上。只是人自己疑心，所以招些邪魔外祟來纏擾了。』寶釵雖是與襲人說話，原說給寶玉聽的。襲人會意，也說：『是沒有的事。若說林姑娘的魂靈兒還在園裏，我們也算好的，怎麼不曾夢見了一次？』

寶玉在外間聽得，細細的想道：『果然也奇。我知道林妹妹死了，那一日不想幾遍，怎麼從沒夢過？想是他到天上去了，瞧我這凡夫俗子不能交通神明，所以夢都沒有一個兒。我就在外間睡着，或者我從園裏回來，他知道我的實心，肯與我夢裏一見。我必要問他實在那裏去了，我也時常祭奠。若是果然不理我這濁物，竟無一夢，我便不想他了。』主意已定，便說：『我今夜就在外間睡了，你們也不豈知竟是無夢。

用管我。』

寶釵也不強他，只說：『你不要胡思亂想。你不瞧瞧，太太因你園裏去了，急得話都說不出來。若是知道還不保養身子，倘或老太太知道了，又說我們不用心。』寶玉道：『白這麽説罷咧，我坐一會子就進來。你也乏了，先睡罷。』寶釵知他必進來的，假意説道：『我睡了，叫襲姑娘伺候你罷。』

寶玉聽了，正合機宜。候寶釵睡了，他便叫襲人、麝月另鋪設下一副被褥，常叫人進來瞧二奶奶睡着了沒有。寶釵故意裝睡，也是一夜不寧。那寶玉知是寶釵睡着，便與襲人道：『你們各自睡罷，我又不傷感。你若不信，你就服侍我睡了再進去，只要不驚動我就是了。』襲人果然服侍他睡下，便預備下了茶水，關好了門，進裏間去照應一回，各自假寐，寶玉若有動靜，再爲出來。

寶玉見襲人等進來，便將坐更的兩個婆子支到外頭，他輕輕的坐起來，暗暗的祝了幾句，便睡下了，欲與神交。起初再睡不着，以後把心一靜，便睡去了。豈知一夜安眠，直到天亮。

寶玉醒來拭眼，坐起來想了一回，並無有夢，便嘆口氣道：『正是「悠悠生死別經年，魂魄不曾來入夢」。』寶釵卻一夜反沒有睡着，聽寶玉在外邊念這兩句，便接口道：『這句又說莽撞了。如若林妹妹在時，又該生氣了。』寶玉聽了，反不好意思，只得起來，搭赸着往裏間走來，說：『我原要進來的，不覺得一個盹兒就打着了。』寶釵道：『你進來不進來，與我什麽相干。』

襲人等本沒有睡，眼見他們兩個說話，即忙倒上茶來。已見老太太那邊打發小丫頭來問：『寶二爺昨睡得安頓麽？若安頓時，早早的同二奶奶梳洗了就過去。』襲人便說：『你去回老太太，說寶玉昨夜很安頓，回來就過來。』小丫頭去了。

寶釵起來梳洗了，鶯兒、襲人等跟着先到賈母那裏行了禮，便到王夫人那邊起至鳳姐都讓過了，仍到賈母處，見他母親也過來了。大家問起：『寶玉晚上好麽？』寶釵便說：『回去就睡了，沒有什麽。』衆人放心，又說些閒話。

只見小丫頭進來說：『二姑奶奶要回去了。聽見說孫姑爺那邊人來到大太太那裏，說了些話，大太太叫人到四姑娘那邊，說不必留了，讓他去罷。如今二姑奶奶在大太太那邊哭呢，大約就過來辭老太太。』賈母衆人聽了，心中好不自在，都說：『二姑娘這樣一個人，爲什麽命裏遭着這樣的人？一輩子不能出頭，這便怎麽好？』

說着，迎春進來，淚痕滿面，因爲是寶釵的好日子，只得含着淚，辭了衆人要回去。賈母知道他的苦處，也不便強留，只說道：『你回去也罷了。但是不要悲傷，碰着了這樣人，也是沒法兒的。過幾天，我再打發人接你去。』迎春道：『老太太始終疼我，如今也疼不來了。可憐我只是沒有再來的時候了。』說着，眼淚直流。

迎春一去，便成永別。

衆人都勸道：『這有什麽不能回來的？比不得你三妹妹，隔得遠，要見面就難了。』賈母等想起探春，不覺也大家落淚，只爲是寶釵的生日，即轉悲爲喜說：『這也不難。只要海疆平靜，那邊親家調進京來，就見的着了。』大家說：『可不是這麽着呢。』說着，迎春只得含悲而别。衆人送了出來，仍回賈母那裏。從早至暮，又鬧了一天。衆人見賈母勞乏，各自散了。

獨有薛姨媽辭了賈母，到寶釵那裏，說道：『你哥哥是今年過了，直要等到皇恩大赦的時候，減了等，纔好贖罪。這幾年，叫我孤苦伶仃怎麽處？我想要與你二哥哥完婚，你想想，好不好？』寶釵道：『媽媽是爲着大哥哥娶了親唬怕的了，所以把二哥哥的事猶豫起來。據我說，很該就辦。邢姑娘是媽媽知道的，如今在這裏也很苦。娶了去，雖說我家窮，究竟比他傍人門户好多着呢。』薛姨媽道：『你得便的時候，就去告訴老太太，說我家沒人，就要揀日子了。』寶釵道：『媽媽只管同二哥哥商量，挑個好日子，過來和老太太、大太太說了，娶過去，就完了一宗事。這裏大太太也巴不得娶了去纔好。』

薛姨媽道：『今日聽見史姑娘也就回去了，老太太心裏要留你妹妹在這裏住幾天，所以他住下了。我想他也是不定多早晚就走的人了，你們姊妹們也多敘幾天話兒。』寶釵道：『正是呢。』於是薛姨媽又坐了一坐，出來辭了衆人回去了。

卻說寶玉晚間歸房，因想昨夜黛玉竟不入夢，『或者他已經成仙，所以不肯來見我這種濁人，也是有的。不然，就是我的性兒太急了，也未可知。』便想了個主意，向寶釵說道：『我昨夜偶然在外間睡着，似乎比在屋裏睡的安穩些。今日起來，心裏也覺清淨些。我的意思，還要在外間睡兩夜，只怕你們又來攔我。』寶釵聽了，明知早晨他嘴裏念詩是爲着黛玉的事了。想來他那個獃性是不能勸的，倒好叫他睡兩夜，索性自己死了心也罷了。況兼昨夜聽他睡的倒也安靜，便道：『好沒來由，你只管睡去，我們攔你作什麼。但只不要胡思亂想，招出些邪魔外祟來。』寶玉笑道：『誰想什麼？』襲人道：『依我勸，二爺竟還是屋裏睡罷。外邊一時照應不到，着了風倒不好。』寶玉未及答言，寶釵卻向襲人使了個眼色。襲人會意，便道：『也罷，叫個人跟着你罷，夜裏好倒茶倒水的。』寶玉便笑道：『這麼說，你就跟了我來。』襲人聽了，倒沒意思起來，登時飛紅了臉，一聲也不言語。寶釵素知襲人穩重，便說道：『他是跟慣了我的，還叫他跟着我罷。叫麝月、五兒照料着也罷了。況且今日他跟着我鬧了一天，也乏了，該叫他歇歇了。』

本是想等黛玉入夢，卻又想到晴雯，從晴雯又到五兒。從死者竟到生者矣。

寶玉只得笑着出來。寶釵因命麝月、五兒給寶玉仍在外間鋪設了，又囑咐兩個人：『醒睡些，要茶要水，都留點神兒。』兩個答應着出來，看見寶玉端然坐在牀上，閉目合掌，居然像個和尚一般，兩個也不敢言語，只管瞅着他笑。

寶釵又命襲人出來照應。襲人看見這般，卻也好笑，便輕輕的叫道：『該睡了，怎麼又打起坐來了？』寶玉睜開眼，看見襲人，便道：『你們只管睡罷，我坐一坐就睡。』襲人道：『因爲你昨日那個光景，鬧的二奶奶一夜沒睡。你再這麼着，成何事體？』寶玉料着自己不睡，都不肯睡，便收拾睡下。襲人又囑咐了麝月等幾句，纔進去關門睡了。這裏，麝月、五兒兩個人也收拾了被褥，伺候寶玉睡着，各自歇下。

那知寶玉要睡越睡不着，見他兩個人在那裏打鋪，忽然想起那年襲人不在家時，晴雯、麝月兩個人服侍，夜間麝月出去，晴雯要唬他，因爲沒穿衣服，着了涼，後來還是從這個病上死的。想到這裏，一心移在晴雯身上去了。忽又想起，鳳姐說五兒給晴雯脫了個影兒，因又將想晴雯的心腸移在五兒身上。自己假裝睡着，偷偷的看那五兒，越瞧越像晴雯，不覺獃性復發。聽了聽，裏間已無聲息，知是睡了。卻見麝月也睡着了，便故意叫了麝月兩聲，卻不答應。

五兒聽見寶玉喚人，便問道：『二爺要什麼？』寶玉道：『我要漱漱口。』五兒見麝月已睡，只得起來，重新剪了蠟花，倒了一鍾茶來，一手托着漱盂。卻因趕忙起來的，身上只穿着一件桃紅綾子小襖兒，鬆鬆的挽着一個鬢兒。寶玉看時，居然晴雯復生。忽又想起晴雯說的『早知擔個虛名，也就打個正經主意了』，不覺獃獃的獃看，也不接茶。

那五兒自從芳官去後，也無心進來了。後來聽得鳳姐叫他進來服侍寶玉，竟比寶玉盼他進來的心還急。不想進來以後，見寶釵、襲人一般尊貴穩重，看着心裏實在敬慕。又見寶玉瘋瘋傻傻，不是先前風致。又聽見王夫人爲女孩子們和寶玉頑笑都擳了，所以把這件事擱在心上，倒無一毫的兒女私情了。怎奈這位獃爺今晚把他當作晴雯，只管愛惜起來。

那五兒早已羞得兩頰紅潮，又不敢大聲說話，只得輕輕的說道：『二爺漱口啊。』寶玉笑着接了茶在手中，也不知道漱了沒有，便笑嘻嘻的問道：『你和晴雯姐姐好，不是啊？』五兒聽了摸不着頭腦，便道：『都是姐妹，也沒有什麼不好的。』寶玉又悄悄的問道：『晴雯病重了，我看他去，不是你也去了麼？』五兒微微笑着點頭兒。寶玉道：『你聽見他說什麼了沒有？』五兒搖着頭兒道：『沒有。』寶玉已經忘神，便把五兒的手一拉。

五兒急得紅了臉，心裏亂跳，便悄悄說道：『二爺有什麼話，只管說，別拉寶玉竟與五兒說此話，確是唐突。

拉扯扯的。』寶玉纔放了手，說道：『他和我說來着，「早知擔了個虛名，也就打正經主意了。」你怎麽沒聽見麽？』五兒聽了這話，明明是輕薄自己的意思，又不敢怎麽樣，便說道：『那是他自己沒臉。這也是我們女孩兒家說得的嗎？』寶玉着急道：『你怎麽也是這個道學先生！我看你長的和他一模一樣，我纔肯和你説這個話，你怎麽倒拿這些話來糟蹋他！』

此時，五兒心中也不知寶玉是怎麽個意思，便說道：『夜深了，二爺也睡罷。別緊着坐着，看涼着。剛纔奶奶和襲人姐姐怎麽囑咐了？』寶玉道：『我不涼。』說到這裏，忽然想起五兒沒穿着大衣服，就怕他也像晴雯着了涼，便說道：『你爲什麽不穿上衣服就過來？』五兒道：『爺叫的緊，那裏有盡着穿衣裳的空兒？要知道說這半天話兒時，我也穿上了。』寶玉聽了，連忙把自己蓋的一件月白綾子綿襖兒揭起來，遞給五兒，叫他披上。五兒只不肯接，說：『二爺蓋着罷，我不涼。我涼，我有我的衣裳。』說着，回到自己鋪邊，拉了一件長襖披上。又聽了聽，麝月睡的正濃，纔慢慢過來，說：『二爺今晚不是要養神呢嗎？』

寶玉笑道：『實告訴你罷。什麽是養神？我倒是要遇仙的意思。』五兒聽了，越發動了疑心，便問道：『遇什麽仙？』寶玉道：『你要知道，這話長着呢。你挨着我來坐下，我告訴你。』五兒紅了臉，笑道：『你在那裏躺着，我怎麽坐此處寫得總是牽強，以前寶玉是在孩童至未成年之間，故與諸釵、鬟混然不分，天真無邪，此時寶玉早已成婚，何能再如以往。故候芳魂一段，讀來總覺不情。

呢？』寶玉道：『這個何妨？那一年冷天，也是你麝月姐姐和你晴雯姐姐頑，我怕凍着他，還把他攬在被裏渥着呢。這有什麽的！大凡一個人，總不要酸文假醋纔好。』

五兒聽了，句句都是寶玉調戲之意。那知這位獃爺卻是實心實意的話兒。五兒此時走開不好，站着不好，坐下不好，倒沒了主意了，因微微的笑着道：『你別混說了，看人家聽見，這是什麽意思。怨不得人家說你，專在女孩兒身上用工夫！你自己放着二奶奶和襲人姐姐都是仙人兒似的，只愛和別人胡纏。明兒再說這些話，我回了二奶奶，看你什麽臉見人！』

正說着，只聽外面『咕咚』一聲，把兩個人嚇了一跳。裏間寶釵咳嗽了一聲。寶玉聽見，連忙努嘴兒。五兒也就忙忙的熄了燈，悄悄的躺下了。原來寶釵、襲人因昨夜不曾睡，又兼日間勞乏了一天，所以睡去，都不曾聽見他們說話。此時，院中一響，早已驚醒，聽了聽，也無動靜。寶玉此時躺在牀上，心裏疑惑：『莫非林妹妹來了，聽見我和五兒說話，故意嚇我們的？』翻來覆去，胡思亂想，五更以後，纔朦朧睡去。

卻說五兒被寶玉鬼混了半夜，又兼寶釵咳嗽，自己懷着鬼胎，生怕寶釵聽見了，也是思前想後，一夜無眠。次日一早起來，見寶玉尚自昏昏睡着，便輕輕兒的收拾了屋子。那時麝月已醒，便道：『你怎麽這麽早起來了，你難道一夜沒睡嗎？』五兒聽這話，又似麝月知道了的光景，便只是赸笑，也不答言。不一時，寶釵、襲人也都起來，開了門，見寶玉尚睡，卻也納悶：『怎麽外邊兩夜睡得倒這般安穩？』

及寶玉醒來，見衆人都起來了，自己連忙爬起，揉着眼睛，細想昨夜又不曾夢見，可是仙凡路隔了。慢慢的下了牀，又想昨夜五兒說的，寶釵、襲人都是天仙一般，這話卻也不錯，便怔怔的瞅着寶釵。寶釵見他發怔，雖知他爲黛玉之事，卻也定不得夢不夢，只是瞅的自己倒不好意思，便道：『二爺昨夜可真遇見仙了麽？』寶玉聽了，只道昨晚的話寶釵聽見了，笑着勉強說道：『這是那裏的話！』那五兒聽了這一句，越發心虛起來，又不好說的，只得且看寶釵的光景。只見寶釵又笑着問五兒道：『你聽見二爺睡夢中和人說話來着麽？』寶玉聽了，自己坐不住，搭赸着走開了。五兒把臉飛紅，只得含糊道：『前半夜倒說了幾句，我也沒聽真。什麽「擔了虛名」，又什麽「沒打正經主意」，我也不懂，勸着二爺睡了。後來我也睡了，不知二爺還說來着沒有。』

寶釵低頭一想：『這話明是爲黛玉了。但儘着叫他在外頭，恐怕心邪了，招出些花妖月姊來。況兼他的舊病原在姊妹上情重，只好設法將他的心意挪移過來，然賈母得病。

後能免無事。』想到這裏，不免面紅耳熱起來，也就赸赸的進房梳洗去了。

且說賈母兩日高興，略吃多了些，這晚有些不受用，第二天便覺着胸口飽悶。鴛鴦等要回賈政。賈母不叫言語，說：『我這兩日嘴饞些，吃多了點子，我餓一頓就好了。你們快別吵嚷。』於是鴛鴦等並沒有告訴人。

這日晚間，寶玉回到自己屋裏，見寶釵自賈母、王夫人處纔請了晚安回來。寶玉想着早起之事，未免赧顏抱慚。寶釵看他這樣，也曉得是個沒意思的光景，因想着：『他是個癡情人，要治他的這病，少不得仍以癡情治之。』想了一回，便問寶玉道：『你今夜還在外間睡去罷咧？』寶玉自覺沒趣，便道：『裏間外間，都是一樣的。』寶釵意欲再說，反覺不好意思。襲人道：『罷呀，這倒是什麼道理呢？我不信，睡得那麼安穩！』五兒聽見這話，連忙接口道：『二爺在外間睡，別的倒沒什麼，只是愛說夢話，叫人摸不着頭腦兒，又不敢駁他的回。』襲人便道：『我今日挪到牀上睡睡，看說夢話不說？你們只管把二爺的鋪蓋鋪在裏間就完了。』寶釵聽了，也不作聲。寶玉自己慚愧不來，那裏還有強嘴的分兒，便依着搬進裏間來。一則寶玉負愧，欲安慰寶釵之心；二則寶釵恐寶玉思鬱成疾，不如假以詞色，使得稍覺親近，以爲移花接木之計。於是當晚襲人果然挪出去。寶玉因心中愧悔，寶釵欲攏絡寶玉之心，自過門至今日，方纔如魚得水，恩愛纏綿，所賈母給寶玉漢玉佩，不知何意。

謂二五之精，妙合而凝的了。此是後話。

且說次日寶玉、寶釵同起，寶玉梳洗了，先過賈母這邊來。這裏賈母因疼寶玉，又想寶釵孝順，忽然想起一件東西，便叫鴛鴦開了箱子，取出祖上所遺一個漢玉玦，雖不及寶玉他那塊玉石，掛在身上卻也稀罕。鴛鴦找出來，遞與賈母，便說道：『這件東西，我好像從沒見的，老太太這些年還記得這樣清楚，說是那一箱什麼匣子裏裝着。我按着老太太的話，一拿就拿出來了。老太太怎麼想着，拿出來做什麼？』賈母道：『你那裏知道，這塊玉還是祖爺爺給我們老太爺。老太爺疼我，臨出嫁的時候叫了我去，親手遞給我的。還說：「這玉是漢時所佩的東西，很貴重，你拿着就像見了我的一樣。」我那時還小，拿了來也不當什麼，便撩在箱子裏。到了這裏，我見咱們家的東西也多，這算得什麼，從沒帶過，一撩便撩了六十多年。今兒見寶玉這樣孝順，他又丟了一塊玉，故此想着，拿出來給他，也像是祖上給我的意思。』

一時，寶玉請了安，賈母便喜歡道：『你過來，我給你一件東西瞧瞧。』寶玉走到牀前，賈母便把那塊漢玉遞給寶玉。寶玉接來一瞧，那玉有三寸方圓，形似甜瓜，色有紅暈，甚是精緻。寶玉口口稱讚。賈母道：『你愛麼？這是我祖爺賈母病漸重。

爺給我的，我傳了你罷。』寶玉笑着請了個安謝了，又拿了要送給他母親瞧。賈母道：『你太太瞧了，告訴你老子，又說疼兒子不如疼孫子了。他們從沒見過。』寶玉笑着去了。寶釵等又說了幾句話，也辭了出來。

自此，賈母兩日不進飲食，胸口仍是結悶，覺得頭暈目眩，咳嗽。邢、王二夫人鳳姐等請安，見賈母精神尚好，不過叫人告訴賈政，立刻來請了安。賈政出來，即請大夫看脈。不多一時，大夫來診了脈，說是有年紀的人停了些飲食，感冒些風寒，略消導發散些就好了。開了方子，賈政看了，知是尋常藥品，命人煎好進服。以後賈政早晚進來請安，一連三日，不見稍減。

賈政又命賈璉：『打聽好大夫，快去請來，瞧老太太的病。咱們家常請的幾個大夫，我瞧着不怎麼好，所以叫你去。』賈璉想了一想，說道：『記得那年寶兄弟病的時候，倒是請了一個不行醫的來瞧好了的，如今不如找他。』賈政道：『醫道卻是極難的，愈是不興時的大夫倒有本領。你就打發人去找來罷。』賈璉即忙答應去了，回來說道：『這劉大夫新近出城教書去了，過十來天進城一次。這時等不得，又請了一位，也就來了。』賈政聽了，只得等着。不提。

且說賈母病時，合宅女眷無日不來請安。一日，衆人都在那裏，只見看園內腰門的老婆子進來，回說：『園裏的櫳翠庵的妙師父，知道老太太病了，特來請安。』

衆人道：『他不常過來，今兒特地來，你們快請進來。』鳳姐走到牀前回賈母。岫烟是妙玉的舊相識，先走出去接他。

只見妙玉頭帶妙常髻，身上穿一件月白素綢襖兒，外罩一件水田青緞鑲邊長背心，拴着秋香色的絲縧，腰下繫一條淡墨畫的白綾裙，手執麈尾念珠，跟着一個侍兒，飄飄拽拽的走來。岫烟見了問好，說是：『在園內住的日子，可以常常來瞧瞧你。近來因爲園內人少，一個人輕易難出來。況且咱們這裏的腰門常關着，所以這些日子不得見你。今兒幸會。』妙玉道：『頭裏你們是熱鬧場中，你們雖在外園裏住，我也不便常來親近。如今知道這裏的事情也不大好，又聽說是老太太病着，又惦記你，並要瞧瞧寶姑娘。我那管你們的關不關，我要來就來。我不來，你們要我來也不能啊。』岫烟笑道：『你還是那種脾氣。』一面說着，已到賈母房中。衆人見了，都問了好。

妙玉來看賈母。

妙玉走到賈母牀前問候，說了幾句套話。賈母便道：『你是個女菩薩，你瞧瞧我的病，可好得了好不了？』妙玉道：『老太太這樣慈善的人，壽數正有呢。一時感冒，吃幾貼藥想來也就好了。有年紀人只要寬心些。』賈母道：『我倒不爲這些，我是極愛尋快樂的。如今這病也不覺怎樣，只是胸膈悶飽，剛纔大夫說是氣惱所致。你是知道的，誰敢給我氣受，這不是那大夫脈理平常麼？我和璉兒說惜春約妙玉，預爲後文伏筆。

了，還是頭一個大夫說感冒傷食的是，明兒仍請他來。』說着，叫鴛鴦吩咐厨房裏辦一桌淨素菜來，請他在這裏便飯。妙玉道：『我已吃過午飯了，我是不吃東西的。』王夫人道：『不吃也罷。咱們多坐一會，說些閒話兒罷。』妙玉道：『我久已不見你們，今兒來瞧瞧。』又說了一回話便要走，回頭見惜春站着，便問道：『四姑娘爲什麽這樣瘦？不要只管愛畫，勞了心。』惜春道：『我久不畫了。如今住的房屋不比園裏的顯亮，所以沒興畫。』妙玉道：『你如今住在那一所了？』惜春道：『就是你纔進來的那個門東邊的屋子。你要來很近。』妙玉道：『我高興的時候來瞧你。』惜春等說着，送了出去，回身過來，聽見丫頭們回說大夫在賈母那邊呢。衆人暫且散去。

那知賈母這病日重一日，延醫調治不效，以後又添腹瀉。賈政着急，知病難醫，即命人到衙門告假，日夜同王夫人親視湯藥。一日，見賈母略進些飲食，心裏稍寬。只是老婆子在門外探頭，王夫人叫彩雲看去，問問是誰。彩雲看了，是陪迎春到孫家去的人，便道：『你來做什麽？』婆子道：『我來了半日，這裏找不着一個姐姐們，我又不敢冒撞，我心裏又急。』彩雲道：『你急什麽？又是姑爺作踐姑娘不成麽？』婆子道：『姑娘不好了。前兒鬧了一場，姑娘哭了一夜，昨日痰堵住了，他們又不請大夫，今日更利害了。』

迎春已死。

彩雲道：『老太太病着呢，別大驚小怪的。』王夫人在內已聽見了，恐老太太聽見不受用，忙叫彩雲帶他外頭說去。

豈知賈母病中心靜，偏偏聽見，便道：『迎丫頭要死了麼？』王夫人便道：『沒有。婆子們不知輕重，說是這兩日有些病，恐不能就好，到這裏問大夫。』賈母道：『瞧我的大夫就好，快請了去。』王夫人便叫彩雲叫這婆子去回大太太去，那婆子去了。

這裏，賈母便悲傷起來。說是：『我三個孫女兒——一個享盡了福死了；三丫頭遠嫁，不得見面；迎丫頭雖苦，或者熬出來了，不打諒他年輕輕兒的就要死了。留着我這麼大年紀的人活着做什麼！』王夫人、鴛鴦等解勸了好半天。

那時，寶釵、李氏等不在房中，鳳姐近來有病，王夫人恐賈母生悲添病，便叫人叫了他們來陪着，自己回到房中，叫彩雲來，埋怨這婆子不懂事，『以後我在老太太那裏，你們有事不用來回。』丫頭們依命不言。

豈知那婆子剛到邢夫人那裏，外頭的人已傳進來說：『二姑奶奶死了。』邢夫人聽了，也便哭了一場。現今他父親不在家中，只得叫賈璉快去瞧看。知賈母病重，衆人都不敢回。可憐一位如花似月之女，結褵年餘，不料被孫家揉搓以致身亡，又值賈母病篤，衆人不便離開，竟容孫家草草完結。

史湘雲之夫得暴病。

賈母病勢日重。

賈母病勢日增，只想這些孫女兒。一時想起湘雲，便打發人去瞧他。回來的人悄悄的找鴛鴦，因鴛鴦在老太太身旁，王夫人等都在那裏，不便上去，到了後頭，找了琥珀，告訴他道：『老太太想史姑娘，叫我們去打聽，那裏知道史姑娘哭得了不得，說是姑爺得了暴病，大夫都瞧了，說這病只怕不能好，若變了個癆病，還可捱過四五年。所以史姑娘心裏着急。又知道老太太病，只是不能過來請安，還叫我不要在老太太面前提起。倘或老太太問起來，務必託你們變個法兒回老太太纔好。』琥珀聽了，咳了一聲，就也不言語了。半日說道：『你去罷。』琥珀也不便回，心裏打算告訴鴛鴦，叫他撒謊去，所以來到賈母牀前，只見賈母神色大變，地下站着一屋子的人，嘁嘁的說『瞧着是不好了』，也不敢言語了。

這裏，賈政悄悄的叫賈璉到身旁，向耳邊說了幾句話。賈璉輕輕的答應出去了，便傳齊了現在家的一干家人，說：『老太太的事待好出來了，你們快快分頭派人辦去。頭一件，先請出板來瞧瞧，好掛裏子。快到各處，將各人的衣服量了尺寸，都開明了，便叫裁縫去做孝衣。那棚杠執事都去講定。廚房裏還該多派幾個人。』賴大等回道：『二爺，這些事不用爺費心，我們早打算好了。只是這項銀子在那裏打算？』賈璉道：『這種銀子不用打算了，老太太自己早留下了。剛纔老爺的主意只要辦的好，我想外面也要好看。』賴大等答應，派人分頭辦去。

賈璉復回到自己房中，便問平兒：『你奶奶今兒怎麽樣？』平兒把嘴往裏一努說：『你瞧去。』賈璉進內，見鳳姐正要穿衣，一時動不得，暫且靠在炕桌兒上。賈璉道：『你只怕養不住了。老太太的事，今兒、明兒就要出來了，你還脱得過麽？快叫人將屋裏收拾收拾，就該扎掙上去了。若有了事，你我還能回來麽？』鳳姐道：『咱們這裏，還有什麽收拾的，不過就是這點子東西，還怕什麽。你先去罷，看老爺叫你。我换件衣裳就來。』

賈璉先回到賈母房裏，向賈政悄悄的回道：『諸事已交派明白了。』賈政點頭。外面又報：『太醫進來了。』賈璉接入，又診了一回，出來悄悄的告訴賈璉：『老太太的脈氣不好，防着些。』賈璉會意，與王夫人等説知。王夫人即忙使眼色叫鴛鴦過來，叫他把老太太的裝裹衣服預備出來。鴛鴦自去料理。

賈母睜眼要茶喝，邢夫人便進了一杯參湯，賈母剛用嘴接着喝，便道：『不要這個，倒一鍾茶來我喝。』衆人不敢違拗，即忙送上來，一口喝了，還要，又喝一口，便説：『我要坐起來。』賈政等道：『老太太要什麽，只管説，可以不必坐起來纔好。』賈母道：『我喝了口水，心裏好些，略靠着和你們説説話。』

珍珠等用手輕輕的扶起，看見賈母這回精神好些。未知生死，下回分解。

【回後評】

『候芳魂五兒承錯愛』，寫寶玉思念黛玉、晴雯，然竟連續兩夜無夢，可見夢之無憑。然無夢並非思之不深也。趙佶《燕山亭》云：『怎不思量，除夢裏有時曾去。無據，和夢也新來不做』，連夢都做不成，則更是淒慘也。寶玉欲近五兒，籍寄思念，豈知五兒亦即釵、襲耳，遂使寶玉大煞風景。

迎春之死，湘雲之夫得暴病，續作者只是據判詞曲文作鋪敍以收束耳，皆草草之文也。

賈母從細微風寒飲食中起病，逐漸加重，頗合老年人病狀。

賈母已到臨終之前。

賈母至死終是憐念鳳姐。

第一百十回　史太君壽終歸地府　王鳳姐力詘失人心

卻說賈母坐起說道：『我到你們家已經六十多年了。從年輕的時候到老來，福也享盡了。自你們老爺起，兒子、孫子也都算是好的了。就是寶玉呢，我疼了他一場。』說到那裏，拿眼滿地下瞅着。王夫人便推寶玉走到牀前。賈母從被窩裏伸出手來，拉着寶玉道：『我的兒，你要爭氣纔好！』寶玉嘴裏答應，心裏一酸，那眼淚便要流下來，又不敢哭，只得站着，聽賈母說道：『我想再見一個重孫子，我就安心了。我的蘭兒在那裏呢？』

李紈也推賈蘭上去。賈母放了寶玉，拉着賈蘭道：『你母親是要孝順的，將來你成了人，也叫你母親風光風光。鳳丫頭呢？』

鳳姐本來站在賈母旁邊，趕忙走到眼前，說：『在這裏呢。』賈母道：『我的兒，你是太聰明了，將來修修福罷。我也沒有修什麽，不過心實吃虧。那些吃齋念佛的事，我也不大幹。就是舊年叫人寫了些《金剛經》送送人，不知送完了沒賈母不知史湘雲的遭遇。

有？』鳳姐道：『沒有呢。』賈母道：『早該施捨完了纔好。我們大老爺和珍兒是在外頭樂了。最可惡的是史丫頭沒良心，怎麽總不來瞧我？』鴛鴦等明知其故，都不言語。

賈母又瞧了一瞧寶釵，嘆了口氣，只見臉上發紅。賈政知是迴光返照，即忙進上參湯。賈母的牙關已經緊了，合了一回眼，又睜着滿屋裏瞧了一瞧。王夫人、寶釵上去輕輕扶着，邢夫人、鳳姐等便忙穿衣。地下婆子們已將牀安設停當，鋪了被褥。聽見賈母喉間略一響動，臉變笑容，竟是去了。享年八十三歲。衆婆子疾忙停牀。

賈母臨終含笑，是一位較爲大度寬容豁達的老人，賈母的形象，前後大體一致。然在寶黛婚事上，賈母之忍心亦已極矣，此正是賈母也，如一味慈祥，則豈能是賈母。

於是賈政等在外一邊跪着，邢夫人等在內一邊跪着，一齊舉起哀來。外面家人各樣預備齊全，只聽裏頭信兒一傳出來，從榮府大門起，至內宅門，扇扇大開，一色淨白紙糊了，孝棚高起，大門前的牌樓立時豎起，上下人等登時成服。

賈政報了丁憂。禮部奏聞，主上深仁厚澤，念及世代功勳，又係元妃祖母，賞銀一千兩，諭禮部主祭。家人們各處報喪。衆親友雖知賈家勢敗，今見聖恩隆重，都來探喪。擇了吉時成殮，停靈正寢。

賈赦不在家，賈政爲長，寶玉、賈環、賈蘭是親孫，年紀又小，都應守靈。賈璉雖也是親孫，帶着賈蓉，尚可分派家人辦事。雖請了些男女外親來照應，內裹邢、王二夫人、李紈、鳳姐、寶釵等是應靈旁哭泣的。尤氏雖可照應，他賈珍外出依住榮府，一向總不上前，且又榮府的事不甚諳練。賈蓉的媳婦更不必說了。惜春年小，雖在這裏長的，他於家事全不知道。所以內裏竟無一人支持，只有鳳姐可以照管裏頭的事。況又賈璉在外作主，裏外他二人倒也相宜。

賈母的喪事，比起秦可卿來，則大不如前矣。盛衰各有時也。

鳳姐先前仗着自己的才幹，原打諒老太太死了，他大有一番作用。邢、王二夫人等本知他曾辦過秦氏的事，必是妥當，於是仍叫鳳姐總理裏頭的事。鳳姐本不應辭，自然應了，心想：『這裏的事本是我管的，那些家人更是我手下的人。太太和珍大嫂子的人本來難使喚些，如今他們都去了。銀項雖沒有了對牌，這種銀子是現成的。外頭的事又是他辦着。雖說我現今身子不好，想來也不致落褒貶，必是比寧府裏還得辦些。』心下已定，且待明日接了三，後日一早便叫周瑞家的傳出話去，將花名冊取上來。鳳姐一一的瞧了，統共只有男僕二十一人，女僕只有十九人，餘者俱是些丫頭，連各房算上，也不過三十多人，難以點派差使。心裏想道：『這回老太太的事，倒沒有東府裏的人多。』又將莊上的弄出幾個，也不敷差遣。

鳳姐豈能料到種種難辦之事。

正在思算，只見一個小丫頭過來，說：『鴛鴦姐姐請奶奶。』鳳姐只得過去。只見鴛鴦哭得淚人一般，一把拉着鳳姐兒，說道：『二奶奶請坐，我給二奶奶磕個鴛鴦已聞信，故急而求鳳姐也，又豈知此時鳳姐已無威權矣。

鳳姐尚不知底細。

頭。雖說服中不行禮，這個頭是要磕的。』鴛鴦說着，跪下。慌的鳳姐趕忙拉住，說道：『這是什麼禮？有話好好的說。』鴛鴦跪着，鳳姐便拉起來。

鴛鴦說道：『老太太的事，一應內外，都是二爺和二奶奶辦。這種銀子，是老太太留下的。老太太這一輩子，也沒有糟蹋過什麼銀錢，如今臨了這件大事，必得求二奶奶體體面面的辦一辦纔好。我方纔聽見老爺說什麼詩云、子曰，我不懂；又說什麼「喪與其易，寧戚」，我聽了不明白。我問寶二奶奶，說是老爺的意思，老太太的喪事，只要悲切纔是真孝，不必糜費，圖好看的念頭。我想，老太太這樣一個人，怎麼不該體面些？我雖是奴才丫頭，敢說什麼。只是老太太疼二奶奶和我這一場，臨死了還不叫他風光風光？我想二奶奶是能辦大事的，故此我請二奶奶來，求作個主。我生是跟老太太的人，老太太死了，我也是跟老太太的。若是瞧不見老太太的事怎麼辦，將來怎麼見老太太呢？』

鳳姐聽了這話來的古怪，便說：『你放心，要體面是不難的。況且老爺雖說要省，那勢派也錯不得。便拿這項銀子都花在老太太身上，也是該當的。』鴛鴦道：『老太太的遺言說，所有剩下的東西是給我們的，二奶奶倘或用着不够，只管拿這個去折變補上。就是老爺說什麼，我也不好違老太太的遺言。那日老太太分派的時候，不是老爺在這裏聽見的麼？』鳳姐道：『你素來最明白的，怎麼這會子鴛鴦的囑咐，已伏她自身的歸路。

鳳姐此時還未悟鴛鴦之意。

賈母纔死，如何辦喪，意見即不一致了。可見賈母種種安排，終於落空。

那樣的着急起來了？』鴛鴦道：『不是我着急，爲的是大太太是不管事的，老爺是怕招摇的。若是二奶奶心裏也是老爺的想頭，説抄過家的人家喪事還是這麽好，將來又要抄起來，也就不顧老太太來，怎麽處？在我呢，是個丫頭，好歹礙不着，到底是這裏的聲名。』鳳姐道：『我知道了，你只管放心，有我呢！』鴛鴦千恩萬謝的託了鳳姐。

那鳳姐出來想道：『鴛鴦這東西好古怪，不知打了什麽主意。論理，老太太身上本該體面些。嗳，不要管他，且按着咱們家先前的樣子辦去。』於是叫了旺兒家的來，話傳出去，請二爺進來。不多時，賈璉進來，説道：『怎麽找我？你在裏頭照應着些就是了。横竪作主是咱們二老爺，他説怎麽着，咱們就怎麽着。』鳳姐道：『你也説起這個話來了，可不是鴛鴦説的話應驗了麽？』賈璉道：『什麽鴛鴦的話？』鳳姐便將鴛鴦請進去的話述了一遍。

賈璉道：『他們的話算什麽！纔剛二老爺叫我去，説：「老太太的事，固要認真辦理，但是知道的呢，説是老太太自己結果自己，不知道的只説咱們都隱匿起來了，如今很寬裕。老太太的這種銀子用不了，誰還要麽？仍舊該用在老太太身上。老太太是在南邊的，墳地雖有，陰宅卻没有。老太太的柩是要歸到南邊去的，留這銀子在祖墳上蓋起些房屋來，再餘下的置買幾頃祭田。咱們回去也好。就是不因爲無錢，便諸事難辦，家裏的亂就開始了。

回去，也叫這些貧窮族中住着，也好按時按節早晚上香，時常祭掃祭掃。」你想，這些話可不是正經主意？據你這個話，難道都花了罷？』鳳姐道：『銀子發出來了沒有？』賈璉道：『誰見過銀子？我聽見咱們太太聽見了二老爺的話，極力的攛掇二太太和二老爺，說這是好主意。叫我怎麼着？現在外頭棚杠上要支幾百銀子，這會子還沒有發出來。我要去，他們都說有，先叫外頭辦了，回來再算。你想，這些奴才們，有錢的早溜了。按着冊子叫去，有的說告病，有的說下莊子去了。走不動的有幾個，只有賺錢的能耐，還有賠錢的本事麼？』鳳姐聽了，獃了半天，說道：『這還辦什麼？』

正說着，見來了一個丫頭，說：『大太太的話，問二奶奶，今兒第三天了，裏頭還很亂，供了飯，還叫親戚們等着嗎？叫了半天，來了菜，短了飯，這是什麼辦事的道理？』鳳姐急忙進去，吆喝人來伺候，胡弄着將早飯打發了。偏偏那日人來的多，裏頭的人都死眉瞪眼的。鳳姐只得在那裏照料了一會子，又惦記着派人。趕着出來叫了旺兒家的，傳齊了家人女人們，一一分派了。衆人都答應着不動。

鳳姐道：『什麼時候，還不供飯？』衆人道：『傳飯是容易的，只要將裏頭的東西發出來，我們纔好照管去。』鳳姐道：『糊塗東西，派定了你們，少不得有鳳姐處處掣肘。

鴛鴦還未知鳳姐之受掣。

的。』衆人只得勉強應着。

鳳姐即往上房取發應用之物，要去請示邢、王二夫人，見人多難說，看那時候已經日漸平西了，只得找了鴛鴦，說要老太太存的這一分傢伙。鴛鴦道：『你還問我呢，那一年二爺當了，贖了來了麼？』鳳姐道：『不用銀的金的，只要這一分平常使的。』鴛鴦道：『大太太、珍大奶奶屋裏使的是那裏來的？』鳳姐一想不差，轉身就走，只得到王夫人那邊找了玉釧、彩雲，纔拿了一分出來，急忙叫彩明登賬，發與衆人收管。

鴛鴦見鳳姐這樣慌張，又不好叫他回來，心想：『他頭裏作事何等爽利周到，如今怎麼掣肘的這個樣兒？我看這兩三天，連一點頭腦都沒有，不是老太太白疼了他了嗎？』那裏知邢夫人一聽賈政的話，正合着將來家計艱難的心，巴不得留一點子作個收局。況且老太太的事，原是長房作主，賈赦雖不在家，賈政又是拘泥的人，有件事便說請大奶奶的主意。邢夫人素知鳳姐手腳大，賈璉的鬧鬼，所以死拿住不放鬆。鴛鴦只道已將這項銀兩交了出去了，故見鳳姐掣肘如此，便疑爲不肯用心，便在賈母靈前嘮嘮叨叨哭個不了。邢夫人等聽了話中有話，不想到自己不令鳳姐便宜行事，反說：『鳳丫頭果然有些不用心。』

王夫人到了晚上，叫了鳳姐過來，說：『咱們家雖說不濟，外頭的體面是要王夫人竟也不知，王夫人一向是蠢而左者。

邢夫人又加壓力。

的。這兩三日，人來人往，我瞧着那些人都照應不到，想是你沒有吩咐。還得你替我們操點心兒纔好。』鳳姐聽了，獃了一會，要將銀兩不湊手的話說出，但是銀錢是外頭管的，王夫人說的是照應不到，鳳姐也不敢辯，只好不言語。

邢夫人在旁說道：『論理該是我們做媳婦的操心，本不是孫子媳婦的事。但是我們動不得身，所以託你的，你是打不得撒手的。』鳳姐紫漲了臉，正要回說，只聽外頭鼓樂一奏，是燒黃昏紙的時候了，大家舉起哀來，又不得說。鳳姐原想回來再說，王夫人催他出去料理，說道：『這裏有我們的，你快快兒的去料理明兒的事罷。』

鳳姐不敢再言，只得含悲忍泣的出來，又叫人傳齊了衆人，又吩咐了一會，說：『大娘、嬸子們可憐我罷！我上頭捱了好些說，爲的是你們不齊截，叫人笑話。明兒你們豁出些辛苦來罷。』那些人回道：『奶奶辦事，不是今兒個一遭兒了，我們敢違拗嗎？只是這回的事，上頭過於累贅。只說打發這頓飯罷，有的在這裏吃，有的要在家裏吃，請了那位太太，又是那位奶奶不來。諸如此類，那得齊全？還求奶奶勸勸那些姑娘們不要挑飭就好了。』

鳳姐道：『頭一層是老太太的丫頭們是難纏的，太太們的也難說話，叫我說誰去呢？』衆人道：『從前奶奶在東府裏還是署事，要打要罵，怎麼這樣鋒利，誰豈知賈璉在外頭也是受掣。

敢不依？如今這些姑娘們都壓不住了？』鳳姐嘆道：『東府裏的事雖說託辦的，太太雖在那裏，不好意思說什麼。如今是自己的事情，又是公中的，人人說得話。再者，外頭的銀錢也叫不靈，即如棚裏要一件東西，傳了出來，總不見拿進來。這叫我什麼法兒呢？』

衆人道：『二爺在外頭，倒怕不應付麼？』鳳姐道：『還提那個，他也是那裏爲難。第一件，銀錢不在他手裏，要一件得回一件，那裏湊手？』衆人道：『老太太這項銀子，不在二爺手裏嗎？』鳳姐道：『你們回來問管事的，便知道了。』衆人道：『怨不得我們聽見外頭男人抱怨說：「這麼件大事，咱們一點摸不着，淨當苦差！」叫人怎麼能齊心呢。』

鳳姐道：『如今不用說了。眼面前的事，大家留些神罷。倘或鬧的上頭有了什麼說的，我和你們不依的。』衆人道：『奶奶要怎麼樣，他們敢抱怨嗎？只是上頭一人一個主意，我們實在難周到的。』鳳姐聽了沒法，只得央說道：『好大娘們！明兒且幫我一天，等我把姑娘們鬧明白了再說罷咧。』衆人聽命而去。

鳳姐一肚子的委屈，愈想愈氣，直到天亮又得上去。要把各處的人整理整理，又恐邢夫人生氣。要和王夫人說，怎奈邢夫人挑唆。這些丫頭們見邢夫人等不助着鳳姐的威風，更加作踐起他來。幸得平兒替鳳姐排解，說是：『二奶奶巴不得要總算平兒了解內情，能理解鳳姐。

李紈是明白人，故能知鳳姐之難。

有錢可使鬼推磨，沒有錢，人也不肯推磨。

好，只是老爺、太太們吩咐了外頭，不許糜費，所以我們二奶奶不能應付到了。』說過幾次，纔得安靜些。

雖說僧經道懺，上祭掛帳，絡繹不絕，終是銀錢吝嗇，誰肯踴躍，不過草草了事。連日王妃、誥命也來得不少，鳳姐也不能上去照應，只好在底下張羅，叫了那個，走了這個，發一回急，央及一會，胡弄過了一起，又打發一起。別說鴛鴦等看去不像樣，連鳳姐自己心裏也過不去了。

邢夫人雖說是冢婦，仗着『悲戚爲孝』四個字，倒也都不理會。王夫人落得跟了邢夫人行事，餘者更不必說了。

獨有李紈瞧出鳳姐的苦處，也不敢替他說話，只自嘆道：『俗語說的，「牡丹雖好，全仗綠葉扶持」。太太們不虧了鳳丫頭，那些人還幫着嗎？若是三姑娘在家還好，如今只有他幾個自己的人瞎張羅。面前背後的也抱怨，說是一個錢摸不着，臉面也不能剩一點兒。老爺是一味的盡孝，庶務上頭不大明白。這樣的一件大事，不撒散幾個錢，就辦的開了嗎？可憐鳳丫頭鬧了幾年，不想在老太太的事上，只怕保不住臉了。』於是抽空兒叫了他的人來，吩咐道：『你們別看着人家的樣兒，也遭蹋起璉二奶奶來。別打諒什麼穿孝守靈，就算了大事了，不過混過幾天就是了。看見那些人張羅不開，便插個手兒，也未爲不可。這也是公事，大家都該出預寫鴛鴦有變化，爲後文伏筆。

寫賈蘭。

力的。』

那些素服李紈的人都答應着說：『大奶奶說得很是。我們也不敢那麽着，只聽見鴛鴦姐姐們的口話兒，好像怪璉二奶奶的似的。』李紈道：『就是鴛鴦，我也告訴過他。我說，璉二奶奶並不是在老太太的事上不用心，只是銀子錢都不在他手裏，叫他巧媳婦還作的上沒米的粥來嗎？如今鴛鴦也知道了，所以他不怪他了。只是鴛鴦的樣子竟是不像從前了。這也奇怪，那時候有老太太疼他，倒沒有作過什麽威福。如今老太太死了，沒有了仗腰子的了，我看他倒有些氣質不大好了。我先前替他愁，這會子幸喜大老爺不在家，纔躲過去了。不然，他有什麽法兒？』

說着，只見賈蘭走來，說：『媽媽睡罷。一天到晚人來客去的也乏了，歇歇罷。我這幾天總沒有摸摸書本兒，今兒爺爺叫我家裏睡，我喜歡的很，要理個一兩本書纔好。别等脱了孝，再都忘了。』李紈道：『好孩子，看書呢，自然是好的。今兒且歇歇罷，等老太太送了殯，再看罷。』賈蘭道：『媽媽要睡，我也就睡在被窩裏頭想想也罷了。』

衆人聽了，都誇道：『好哥兒，怎麽這點年紀，得了空兒，就想到書上！不像寶二爺娶了親的人，還是那麽孩子氣。這幾日跟着老爺跪着，瞧他很不受用，巴不得老爺一動身就跑過來找二奶奶，不知唧唧咕咕的說些什麽，甚至弄的二奶奶都不理他了。他又去找琴姑娘，琴姑娘也遠避他。邢姑娘也不很同他説話。倒是咱們本家的什麽喜姑娘咧、四姑娘咧，哥哥長、哥哥短的和他親密。我們看那寶二爺，除了和奶奶、姑娘們混混，只怕他心裏也没有别的事，白過費了老太太的心，疼了他這麽大，那裏及蘭哥兒一零兒呢。大奶奶，你將來是不愁的了。』

李紈道：『就好也還小，只怕到他大了，咱們家還不知怎麽樣了呢。環哥兒，你們瞧着怎麽樣？』衆人道：『這一個更不像樣兒了！兩個眼睛倒像個活猴兒似的，東溜溜，西看看。雖在那裏嚎喪，見了奶奶、姑娘們來了，他在孝幔子裏頭淨偷着眼兒瞧人呢。』

盛讚賈蘭，極貶賈環。

李紈道：『他的年紀其實也不小了。前日聽見説，還要給他説親呢，如今又得等着了。嗳，還有一件事。咱們家這些人，我看來也是説不清的，且不必説閒話。後日送殯，各房的車輛是怎麽樣了？』衆人道：『璉二奶奶這幾天鬧的像失魂落魄的樣兒了，也没見傳出去。昨兒聽見我的男人説，璉二爺派了薔二爺料理，説是咱們家的車也不够，趕車的也少，要到親戚家去借去呢。』李紈笑道：『車也都是借得的麽？』衆人道：『奶奶説笑話兒了，車怎麽借不得？只是那一日所有的親戚都用車，只怕難借，想來還得僱呢。』李紈道：『底下人的只得僱，上頭白車也有僱的麽？』衆人道：『現在大太太、東府裏的大奶奶、小蓉奶奶都没有車

連車也不齊了，總是衰極之狀。

史湘雲之夫已成癆症。

賈母之死，寶玉卻作如此想，不情至甚。

了，不僱，那裏來的呢？』

李紈聽了，嘆息道：『先前見有咱們家兒的太太、奶奶們坐了僱的車來，咱們都笑話。如今輪到自己頭上了。你明兒去告訴你的男人，我們的車馬早早兒的預備好了，省得擠。』衆人答應了出去。不提。

且說史湘雲，因他女婿病着，賈母死後，只來的一次，屈指算是後日送殯，不能不去。又見他女婿的病已成癆症，暫且不妨，只得坐夜前一日過來。想起賈母素日疼他，又想到自己命苦，剛配了一個才貌雙全的男人，性情又好，偏偏的得了冤孽症候，不過捱日子罷了。於是更加悲痛，直哭了半夜。鴛鴦等再三勸慰不止。

寶玉瞅着，也不勝悲傷，又不好上前去勸；見他淡妝素服，不敷脂粉，更比未出嫁的時候猶勝幾分。轉念又看寶琴等淡素裝飾，自有一種天生丰韻。獨有寶釵渾身孝服，那知道比尋常穿顏色時更有一番雅致。心裏想道：『所以，千紅萬紫終讓梅花爲魁，殊不知，並非爲梅花開的早，竟是「潔白清香」四字是不可及的了。但只這時候，若有林妹妹也是這樣打扮，又不知怎樣的丰韻了。』想到這裏，不覺的心酸起來，那淚珠便直滾滾的下來了，趁着賈母的事，不妨放聲大哭。

衆人正勸湘雲不止，外間又添出一個哭的來了。大家只道是想着賈母疼他的好處，所以傷悲，豈知他們兩個人各自有各自的心事。這場大哭，不禁滿屋的人無不下淚。還是薛姨媽、李嬸娘等勸住。

明日是坐夜之期，更加熱鬧。鳳姐這日竟支撑不住，也無方法，只得用盡心力，甚至咽喉嚷破，敷衍過了半日，到了下半天，人客更多了，事情也更繁了，瞻前不能顧後。

正在着急，只見一個小丫頭跑來，說：『二奶奶在這裏呢！怪不得大太太說，「裏頭人多，照應不過來，二奶奶是躲着受用去了。」』鳳姐聽了這話，一口氣撞上來，往下一咽，眼淚直流，只覺得眼前一黑，嗓子裏一甜，便噴出鮮紅的血來，身子站不住，就蹲倒在地。幸虧平兒急忙過來扶住。

只見鳳姐的血吐個不住。未知性命如何，下回分解。

鳳姐處處受氣。

【回後評】

賈母是整個賈府的一根主心骨，他在賈府的實際作用要比賈政大得多：一，他是賈府宗法權力的最高代表者和實際行使者，他具有威鎮的作用和力量。從封建宗法制來看，她不是男性，她不能成爲封建宗法的權力代表，但她又是賈府的最高長輩，從封建等級的角度看，她又應受到最高的尊重和代表最高的權力。二，她是賈府的一種凝聚力和團結力，賈府上上下下的人，都能接受和尊重她的意見。三，在危急時期，她還是排難解紛的重要力量，她能捨棄個人的利益顧全大局。四，她還是賈府經濟最有抗災力的一個保險力量，連她自己死後的經費也作了周密的安排，而且周密到各個方面，包括服侍她的大丫鬟。所以賈母之死，象徵着賈府的總崩潰。

『王熙鳳力詘失人心』，這句話，概括得並不準確。賈母死後，賈母的喪事事事不如意，大失光彩，與秦可卿的喪事簡直不可比。但其原因，並不簡單地是因爲鳳姐『力詘』，根本問題，是賈母後事的經費安排，全不由鳳姐支配。賈政、王夫人、邢夫人都控制着財權，而且明確不讓鋪張。秦可卿喪事時，賈珍授權，一切全由她支配，所以威重令行，而賈母喪事，雖由她主持，一切開支，卻不聽她的，她要什麼就沒有什麼。如此狀況，她如何能指揮此事。所以『失人心』不是因爲她『力詘』，而是因爲她『財詘』。財權沒有了，所以什麼都不靈了。這說明，賈母一死，賈母的意志也同時死亡，賈政雖然是『孝子』，是最古板正經的人，卻第一個起來否定賈母的遺言，從而邢夫人、王夫人也完全一樣。所以這些最正統、最講『孝道』的人，卻最積極、最堅決地反對『孝道』，所以『賈政』，實際上是『假正』。

鴛鴦是最忠實于賈母的。賈母一死，她說話的口氣、神情及種種行事，立即讓人感到與前大不一樣，實際上她已下定決心要殉賈母。這也確是鴛鴦早就打定的主意。但她的出發點卻未必是爲了『殉主』的名節。雖然是她與賈母的感情確實很深，所以會想到隨她而去，但更現實的一點是她已完全失去了賈母這座權力的靠山，而賈赦這只吃人的虎，雖暫時不在，卻並沒有死去，因此鴛鴦仍沒有活路。所以鴛鴦之死，直射到前部四十六回。

鳳姐處此困境，王夫人作何反映，此處爲何無一字略及。

第一百十一回　鴛鴦女殉主登太虛　狗彘奴欺天招夥盜

話說鳳姐聽了小丫頭的話，又氣又急，又傷心，不覺吐了一口血，便昏暈過去，坐在地下。平兒急來靠着，忙叫了人來攙扶着，慢慢的送到自己房中，將鳳姐輕輕的安放在炕上，立刻叫小紅斟上一杯開水，送到鳳姐唇邊。鳳姐呷了一口，昏迷仍睡。秋桐過來，略瞧了一瞧，卻便走開，平兒也不叫他。只見豐兒在旁站着，平兒叫他快快的去回明白了二奶奶吐血發暈，不能照應的話，告訴了邢、王二夫人。

邢夫人打量鳳姐推病藏躲，因這時女親在內不少，也不好說別的，心裏卻不全信，只說：『叫他歇着去罷。』衆人也並無言語。只說這晚人客來往不絕，幸得幾個內親照應。家下人等見鳳姐不在，也有偷閒歇力的，亂亂吵吵，已鬧的七顛八倒，不成事體了。

到二更多天，遠客去後，便預備辭靈。孝幕內的女眷，大家都哭了一陣。只見寫鴛鴦哭靈，先爲下文提一筆。

鴛鴦面臨重重災難，已是無路可走。

鴛鴦已哭的昏暈過去了，大家扶住捶鬧了一陣，纔醒過來，便説『老太太疼我一場，我跟了去』的話。衆人都打諒人到悲哭俱有這些言語，也不理會。到了辭靈之時，上上下下也有百十餘人，只鴛鴦不在。衆人忙亂之時，誰去撿點。到了琥珀等一干的人哭奠之時，卻不見鴛鴦，想來是他哭乏了，暫在别處歇着，也不言語。

辭靈以後，外頭，賈政叫了賈璉，問明送殯的事，便商量着派人看家。賈璉回説：『上人裏頭，派了芸兒在家照應，不必送殯。下人裏頭，派了林之孝的一家子照應拆棚等事。但不知裏頭派誰看家？』賈政道：『聽見你母親説，是你媳婦病了，不能去，就叫他在家的。你珍大嫂子又説，你媳婦病得利害，還叫四丫頭陪着，帶領了幾個丫頭、婆子照看上屋裏纔好。』賈璉聽了，心想：『珍大嫂子與四丫頭兩個不合，所以攛掇着不叫他去。若是上頭就是他照應，也是不中用的。我們那一個又病着，也難照應。』想了一回，回賈政道：『老爺且歇歇兒，等進去商量定了再回。』賈政點了點頭，賈璉便進去了。

誰知此時鴛鴦哭了一場，想到：『自己跟着老太太一輩子，身子也沒有着落。如今大老爺雖不在家，大太太的這樣行爲，我也瞧不上。老爺是不管事的人，以後便亂世爲王起來了。我們這些人，不是要叫他們掇弄了麽？誰收在屋子裏，誰配可卿之死，前八十回已删去，改寫後只寫她病，未寫具體死狀。此處卻寫可卿上吊之狀，當從第五回畫冊上『後面又畫着高樓大厦，有一美人懸樑自縊。其判云：「情天情海幻情身」』云云而來。

小子，我是受不得這樣折磨的，倒不如死了乾淨。但是一時怎麼樣的個死法呢？』一面想，一面走回老太太的套間屋內。

剛跨進門，只見燈光慘澹，隱隱有個女人拿着汗巾子，好似要上吊的樣子。鴛鴦也不驚怕，心裏想道：『這一個是誰？和我的心事一樣，倒比我走在頭裏了。』便問道：『你是誰？咱們兩個人是一樣的心。要死，一塊兒死。』那個人也不答言。鴛鴦走到跟前一看，並不是這屋子的丫頭，再仔細一看，覺得冷氣侵人時就不見了。

鴛鴦獃了一獃，退出在炕沿上坐下，細細一想，道：『哦，是了，這是東府裏的小蓉大奶奶啊！他早死了的了，怎麼到這裏來？必是來叫我來了。他怎麼又上吊呢？』想了一想，道：『是了，必是教給我死的法兒。』鴛鴦這麼一想，邪侵入骨，便站起來，一面哭，一面開了妝匣，取出那年絞的一綹頭髮，揣在懷裏，就在身上解下一條汗巾，按着秦氏方纔比的地方拴上。自己又哭了一回，聽見外頭人客散去，恐有人進來，急忙關上屋門，然後端了一個腳凳，自己站上，把汗巾拴上扣兒，套在咽喉，便把腳凳蹬開。

可憐咽喉氣絕，香魂出竅，正無投奔，只見秦氏隱隱在前，鴛鴦的魂魄疾忙趕上，說道：『蓉大奶奶，你等等我。』那個人道：『我並不是什麼蓉大奶奶，乃警幻之妹可卿是也。』鴛鴦道：『你明明是蓉大奶奶，怎麼說不是呢？』那人道：『這也有個緣故。待我告訴你，你自然明白了。我在警幻宮中，原是個鍾情的首坐，管的是風情月債，降臨塵世，自當爲第一情人，引這些癡情怨女，早早歸入情司，所以該當懸梁自盡的。因我看破凡情，超出情海，歸入情天，所以太虛幻境癡情一司竟自無人掌管。今警幻仙子已經將你補入，替我掌管此司，所以命我來引你前去的。』

鴛鴦的魂道：『我是個最無情的，怎麼算我是個有情的人呢？』那人道：『你還不知道呢。世人都把那淫欲之事當作「情」字，所以作出傷風敗化的事來，還自謂風月多情，無關緊要。不知「情」之一字，喜怒哀樂未發之時便是個性，喜怒哀樂已發便是情了。至於你我這個情，正是未發之情，就如那花的含苞一樣，欲待發洩出來，這情就不爲真情了。』鴛鴦的魂聽了，點頭會意，便跟了秦氏可卿而去。

可卿之情，如何是未發之情，如以秦可卿論，則情發至極矣。如以寶玉夢中之可卿論，則夢中亦『未免有兒女之事，難以盡述。……』，則亦未爲未發之情。然此處當是秦可卿，因秦可卿上吊死而夢中之可卿未有上吊之事。故此處必指秦可卿也。又前八十回中，秦可卿與寶玉夢中之可卿，作者故作煙雲模糊之筆，未可實論也。

這裏，琥珀辭了靈，聽邢、王二夫人分派看家的人，想着去問鴛鴦明日怎樣坐車的，在賈母的外間屋裏找了一遍不見，便找到套間裏頭。剛到門口，見門兒掩着，從門縫裏望裏看時，只見燈光半明不滅的，影影綽綽，心裏害怕，又不聽見屋裏有什麼動靜，便走回來，說道：『這蹄子跑到那裏去了？』劈頭見了珍珠，說：『你見鴛鴦姐姐來着沒有？』珍珠道：『我也找他，太太們等他說話呢。必在套間裏睡着了罷。』琥珀道：『我瞧了，屋裏沒有。那燈也沒人夾蠟花兒，漆黑怪怕的，我沒進去。如今咱們一塊兒進去瞧，看有沒有。』

琥珀等進去，正夾蠟花，珍珠說：『誰把脚凳撂在這裏，幾乎絆我一跤。』說着，往上一瞧，唬的『噯喲』一聲，身子往後一仰，咕咚的栽在琥珀身上。琥珀也看見了，便大嚷起來，只是兩隻脚挪不動。外頭的人也都聽見了，跑進來一瞧，大家嚷着，報與邢、王二夫人知道。王夫人、寶釵等聽了，都哭着去瞧。邢夫人道：『我不料鴛鴦倒有這樣志氣！快叫人去告訴老爺。』

只有寶玉聽見此信，便唬的雙眼直豎。襲人等慌忙扶着，說道：『你要哭就哭，別憋着氣。』寶玉死命的纔哭出來了，心想：『鴛鴦這樣一個人，偏又這樣死法！』又想：『實在天地間的靈氣獨鍾在這些女子身上了。他算得了死所。我們究竟是一件濁物，還是老太太的兒孫，誰能趕得上他？』復又喜歡起來。那時寶釵聽見寶玉大哭，也出來了，及到跟前，見他又笑。襲人等忙說：『不好了，又要瘋了。』寶釵道：『不妨事，他有他的意思。』寶玉聽了，更喜歡寶釵的話，『倒是他還知道我的心，別人那裏知道。』

正在胡思亂想，賈政等進來，着實的嗟嘆着，說道：『好孩子，不枉老太太疼他一場！』即命賈璉出去，吩咐人連夜買棺盛殮，『明日便跟着老太太的殯送

寶玉又是一種傻想。

賈政嗟嘆者，嘆其能殉主也。從封建道德看，又是一種想法。只無人能想到鴛鴦實無活路耳。

又引出紫鵑的想法。

反而便宜了他嫂子，倒是婆子諷刺得好。

出，也停在老太太棺後，全了他的心志。』賈璉答應出去。這裏，命人將鴛鴦放下，停放裏間屋內。

平兒也知道了，過來同襲人、鶯兒等一干人都哭的哀哀欲絕。內中紫鵑也想起：『自己終身一無着落，恨不跟了林姑娘去，又全了主僕的恩義，又得了死所。如今空懸在寶玉屋內，雖說寶玉仍是柔情蜜意，究竟算不得什麼。』於是更哭得哀切。

王夫人即傳了鴛鴦的嫂子進來，叫他看着入殮。遂與邢夫人商量了，在老太太項內賞了他嫂子一百兩銀子，還說，等閒了，將鴛鴦所有的東西，俱賞他們。他嫂子磕了頭出去，反喜歡說：『真真的我們姑娘是個有志氣的，有造化的，又得了好名聲，又得了好發送。』旁邊一個婆子說道：『罷呀，嫂子。這會子你把一個活姑娘賣了一百銀子，便這麼喜歡了。那時候兒給了大老爺，你還不知得多少銀錢呢，你該更得意了。』一句話，戳了他嫂子的心，便紅了臉，走開了。剛走到二門上，見林之孝帶了人擡進棺材來了，他只得也跟進去幫着盛殮，假意哭嚎了幾聲。

賈政因他爲賈母而死，要了香來上了三炷，作了一個揖，說：『他是殉葬的人，不可作丫頭論。你們小一輩都該行個禮。』寶玉聽了，喜不自勝，走上來恭恭寶釵卻從封建禮教上着眼，『狠狠的哭了他一場。』

一鴛鴦之死，卻引出各自不同的看法想法。

『裏頭只有女人查夜』，爲下文搶劫伏線。

敬敬磕了幾個頭。賈璉想他素日的好處，也要上來行禮，被邢夫人說道：『有了一個爺們便罷了，不要折受他不得超生。』賈璉就不便過來了。寶釵聽了，心中好不自在，便說道：『我原不該給他行禮，但只老太太去世，咱們都有未了之事，不敢胡爲，他肯替咱們盡孝，咱們也該託託他好好的替咱們服侍老太太西去，也少盡一點子心哪。』說着，扶了鶯兒走到靈前，一面奠酒，那眼淚早撲簌簌流下來了。奠畢，拜了幾拜，狠狠的哭了他一場。衆人也有說寶玉的兩口子都是傻子，也有說他兩個心腸兒好的，也有說他知禮的。賈政反倒合了意。

一面商量定了，看家的仍是鳳姐、惜春，餘者都遣去伴靈。一夜誰敢安眠。一到五更，聽見外面齊人，到了辰初發引，賈政居長，衰麻哭泣，極盡孝子之禮。靈柩出了門，便有各家的路祭。一路上的風光，不必細述。走了半日，來至鐵檻寺安靈。所有孝男等俱應在廟伴宿，不提。

且說家中林之孝帶領拆了棚，將門窗上好，打掃淨了院子，派了巡更的人，到晚打更上夜。只是榮府規例，一交二更，三門掩上，男人便進不去了，裏頭只有女人們查夜。鳳姐雖隔了一夜，漸漸的神氣清爽了些，只是那裏動得。只有平兒同着惜春，各處走了一走，吩咐了上夜的人，也便各自歸房。

想不到劫盜卻從周瑞處起。

卻說周瑞的乾兒子何三，去年賈珍管事之時，因他和鮑二打架，被賈珍打了一頓，攆在外頭，終日在賭場過日。近知賈母死了，必有些事情領辦，豈知探了幾天的信，一些也沒有想頭，便噯聲嘆氣的回到賭場中，悶悶的坐下。那些人便說道：『老三，你怎麼樣？不下來撈本了麼？』何三道：『倒想要撈一撈呢，就只沒有錢麼。』那些人道：『你到你們周大太爺那裏去了幾日，府裏的錢，你也不知弄了多少來，又來和我們裝窮兒了。』

何三道：『你們還說呢，他們的金錢不知有幾百萬，只藏着不用。明兒留着不是火燒了，就是賊偷了，他們纔死心呢。』那些人道：『你又撒謊。他家抄了家，還有多少金銀？』何三道：『你們還不知道呢。抄去的是撂不了的。如今老太太死，還留了好些金銀，他們一個也不使，都在老太太屋裏擱着，等送了殯回來纔分呢。』

內中有一個人，聽在心裏，擲了幾骰，便說：『我輸了幾個錢，也不翻本兒了，睡去了。』說着，便走出來。拉了何三，道：『老三，我和你說句話。』何三跟他出來。那人道：『你這樣一個伶俐人，這樣窮，爲你不服這口氣。』何三道：『我命裏窮，可有什麼法兒呢？』那人道：『你纔說，榮府的銀子這麼多，爲什麼不去拿些使喚使喚？』何三道：『我的哥哥，他家的金銀雖多，你我去白要太平世界的另一面是多少壞人在伺機作亂。

一二錢，他們給咱們嗎？』那人笑道：『他不給咱們，咱們就不會拿嗎？』

何三聽了這話裏有話，便問道：『依你說，怎麼樣拿呢？』那人道：『我說你沒有本事。若是我，早拿了來了。』何三道：『你有什麼本事？』那人便輕輕的說道：『你若要發財，你就引個頭兒。我有好些朋友，都是通天的本事。不要說他們送殯去了，家裏剩下幾個女人，就讓有多少男人也不怕。只怕你沒這麼大膽子罷咧。』何三道：『什麼敢不敢！你打諒我怕那個乾老子麼？我是瞧着乾媽的情兒上頭，纔認他做乾老子罷咧，他又算了人了！你剛纔的話，就只怕弄不來，倒招了饑荒。他們那個衙門不熟？別說拿不來，倘或拿了來，也要鬧出來的。』

那人道：『這麼說，你的運氣來了。我的朋友還有海邊上的呢，現今都在這裏看個風頭，等個門路。若到了手，你我在這裏也無益，不如大家下海去受用，不好麼？你若撂不下你乾媽，咱們索性把你乾媽也帶了去，大家夥兒樂一樂，好不好？』何三道：『老大，你別是醉了罷？這些話混說的什麼！』說着，拉了那人走到一個僻靜地方，兩個人商量了一回，各人分頭而去。暫且不提。

且說包勇自被賈政吆喝派去看園，賈母的事出來也忙了，不曾派他差使，他也不理會，總是自做自吃，悶來睡一覺，醒時便在園裏耍刀弄棍，倒也無拘無束。

包勇不讓妙玉進去，卻又有婆子出來放行。如無婆子放行，則妙姑之禍可免，似冥冥之中自有天意。

那日，賈母一早出殯，他雖知道，因沒有派他差事，他任意閑遊。

只見一個女尼，帶了一個道婆，來到園內腰門那裏叩門。包勇走來，說道：『女師父那裏去？』道婆道：『今日聽得老太太的事完了，不見四姑娘送殯，想必是在家看家。想他寂寞，我們師父來瞧他一瞧。』包勇道：『主子都不在家，園門是我看的，請你們回去罷。要來呢，等主子們回來了再來。』婆子道：『你是那裏來的個黑炭頭，也要管起我們的走動來了？』包勇道：『我嫌你們這些人。我不叫你們來，你們有什麽法兒？』婆子生了氣，嚷道：『這都是反了天的事了！連老太太在日，還不能攔我們的來往走動呢，你是那裏的這麽個横強盜，這樣沒法沒天的？我偏要打這裏走！』說着，便把手在門環上狠狠的打了幾下。

妙玉已氣的不言語，正要回身便走，不料裏頭看二門的婆子聽見有人拌嘴似的，開門一看，見是妙玉，已經回身走去，明知必是包勇得罪了走了。近日婆子們都知道上頭太太們、四姑娘都親近得很，恐他日後說出門上不放他進來，那時如何耽得住，趕忙走來，說：『不知師父來，我們開門遲了。我們四姑娘在家裏，還正想師父呢。快請回來。看園的小子，是個新來的，他不知咱們的事，回來回了太太，打他一頓，攆出去就完了。』妙玉雖是聽見，總不理他。那經得看腰門的婆子趕上再四央求，後來纔說出怕自己擔不是，幾乎急的跪下，妙玉無奈，只得隨了那婆子過來。包勇見這般光景，自然不好攔他，氣得瞪眼嘆氣而回。

這裏，妙玉帶了道婆，走到惜春那裏，道了惱，敘了些閒話。惜春說起：『在家看家，只好熬個幾夜。但是二奶奶病着，一個人又悶，又是害怕。能有一個人在這裏，我就放心。如今裏頭一個男人也沒有。今兒你既光降，肯伴我一宵，咱們下棋說話兒，可使得麼？』妙玉本自不肯，見惜春可憐，又提起下棋，一時高興應了，打發道婆回去取了他的茶具、衣褥，命侍兒送了過來，大家坐談一夜。

惜春欣幸異常，便命彩屏去開上年蠲的雨水，預備好茶。那妙玉自有茶具。那道婆去了不多一時，又來了個侍者，帶了妙玉日用之物。惜春親自烹茶。兩人言語投機，說了半天，那時已是初更時候，彩屏放下棋枰，兩人對弈。惜春連輸兩盤，妙玉又讓了四個子兒，惜春方贏了半子。這時已到四更，天空地闊，萬籟無聲。妙玉道：『我到五更須得打坐一回，我自有人服侍，你自去歇息。』惜春猶是不捨，見妙玉要自己養神，不便扭他。

正要歇去，猛聽得東邊上屋內上夜的人一片聲喊起，惜春那裏的老婆子們也接着聲嚷道：『了不得了！有了人了！』唬得惜春、彩屏等心膽俱裂，聽見外頭上夜的男人便聲喊起來。妙玉道：『不好了，必是這裏有了賊了。』正說着，這裏不敢開門，便掩了燈光。在窗户眼內往外一瞧，只是幾個男人站在院內，唬得不

惜春如不強留妙玉，則妙玉不至遭禍。

平地風波，禍事從天而降。

妙玉從此危矣。

敢作聲，回身擺着手，輕輕的爬下來說：『了不得，外頭有幾個大漢站着。』
說猶未了，又聽得房上響聲不絕，便有外頭上夜的人進來吆喝拿賊。一個人說道：『上屋裏的東西都丢了，並不見人。東邊有人去了，咱們到西邊去。』惜春的老婆子聽見有自己的人，便在外間屋裏說道：『這裏有好些人上了房了。』上夜的都道：『你瞧，這可不是嗎？』大家一齊嚷起來。只聽房上飛下好些瓦來，衆人都不敢上前。

正在沒法，只聽園門腰門一聲大響，打進門來，見一個梢長大漢，手執木棍，衆人唬得藏躲不及。聽得那人喊說道：『不要跑了他們一個！你們都跟我來。』這些家人聽了這話，越發唬的骨軟筋酥，連跑也跑不動了。只見這人站在當地，只管亂喊。家人中有一個眼尖些的看出來了，你道是誰？正是甄家薦來的包勇。這些家人不覺膽壯起來，便顫巍巍的說道：『有一個走了，有的在房上呢。』包勇便向地下一撲，聳身上房追趕那賊。

這些賊人明知賈家無人，先在院內偷看惜春房內，見有個絕色女尼，便頓起淫心，又欺上屋俱是女人，且又畏懼，正要踹進門去，因聽外面有人進來追趕，所以賊衆上房。見人不多，還想抵擋，猛見一人上房趕來，那些賊見是一人，越發不理論了，便用短兵抵住。那經得包勇用力一棍打去，將賊打下房來。那些賊飛奔而包勇不愧『勇』字。

逃，從園牆過去，包勇也在房上追捕。

豈知園內早藏下了幾個在那裏接贓，已經接過好些。見賊夥跑回，大家舉械保護，見追的只有一人，明欺寡不敵衆，反倒迎上來。包勇一見，生氣道：『這些毛賊！敢來和我鬬鬬！』那夥賊便說：『我們有一個夥計被他們打倒了，不知死活，咱們索性搶了他出來。』這裏，包勇聞聲即打。那夥賊便掄起器械，四五個人圍住包勇亂打起來。外頭上夜的人也都仗着膽子，只顧趕了來。衆賊見鬬他不過，只得跑了。

包勇還要趕時，被一個箱子一絆，立定看時，心想東西未丟，衆賊遠逃，也不追趕。便叫衆人將燈照看，地下只有幾個空箱，叫人收拾，他便欲跑回上房。因路徑不熟，走到鳳姐那邊，見裏面燈燭輝煌，便問：『這裏有賊沒有？』裏頭的平兒戰兢兢的說道：『這裏也沒開門，只聽上屋叫喊，說有賊呢。你到那裏去罷。』包勇正摸不着路頭，遥見上夜的人過來，纔跟着一齊尋到上屋。見是門開户啓，那些上夜的在那裏啼哭。

一時賈芸、林之孝都進來了，見是失盗，大家着急。進内查點，老太太的房門大開，將燈一照，鎖頭擰折，進内一瞧，箱櫃已開，便罵那些上夜女人道：『你們都是死人麼！賊人進來，你們不知道的麼？』那些上夜的人啼哭着說道：『我們偏偏是死了何三，可以認出蹤迹。

幾個人輪更上夜，是管二三更的，我們都沒有住腳前後走的。他們是四更、五更，我們的下班兒。只聽見他們喊起來，並不見一個人，趕着照看，不知什麼時候把東西早已丢了。求爺們問管四五更的。』林之孝道：『你們個個要死，回來再說。咱們先到各處看去。』

上夜的男人領着走到尤氏那邊，門兒關緊，有幾個接音說：『唬死我們了。』林之孝問道：『這裏沒有丢東西？』裏頭的人方開了門，道：『這裏沒丢東西。』

林之孝帶着人走到惜春院內，只聽得裏面說道：『了不得了！唬死了姑娘了，醒醒兒罷。』林之孝便叫人開門，問是怎樣了。裏頭婆子開門說：『賊在這裏打仗，把姑娘都唬壞了，虧得妙師父和彩屏纔將姑娘救醒。東西是沒失。』林之孝道：『賊人怎麼打仗？』上夜的男人說：『幸虧包大爺上了房，把賊打跑了去了，還聽見打倒一個人呢。』包勇道：『在園門那裏呢。』

賈芸等走到那邊，果見一人躺在地下死了。細細一瞧，好像周瑞的乾兒子。衆人見了詫異，派一個人看守着，又派兩個人照看前後門，俱仍舊關鎖着。

林之孝便叫人開了門，報了營官，立刻到來查勘。踏察賊跡，是從後夾道上屋的，到了西院房上，見那瓦破碎不堪，一直過了後園去了。衆上夜的齊聲說道：『這不是賊，是強盜。』營官着急道：『並非明火執杖，怎算是盜？』上夜的道：『我們趕賊，他在房上擲瓦，我們不能近前。幸虧我們家的姓包的上房打退。趕到園裏，還有好幾個賊竟與姓包的打仗，打不過姓包的，纔都跑了。』營官道：『可又來，若是強盜，倒打不過你們的人麼？不用說了，你們快查清了東西，遞了失單，我們報就是了。』

打官腔，是公門中人口氣。

賈芸等又到上屋，已見鳳姐扶病過來，惜春也來。賈芸請了鳳姐的安，問了惜春的好。大家查看失物，因鴛鴦已死，琥珀等又送靈去了，那些東西都是老太太的，並沒見數，只用封鎖，如今打從那裏查去。衆人都說：『箱櫃東西不少，如今一空。偷的時候不小，那些上夜的人管什麼的？況且打死的賊，是周瑞的乾兒子，必是他們通同一氣的。』鳳姐聽了，氣的眼睛直瞪瞪的，便說：『把那些上夜的女人都拴起來，交給營裏審問。』衆人叫苦連天，跪地哀求。

已經搶劫一空。賈政等不肯花的錢，全歸強盜所有。

不知怎生發放，並失去的物有無着落，下回分解。

【回後評】

鴛鴦之死，賈政喜其得殉主之名，是出於封建禮教的正統立場；寶釵之哭鴛鴦，亦是同賈政的思想；寶玉悲而又喜，是喜其天地靈氣獨鍾於女子身上，鴛鴦即是其一。紫鵑哭得哀哀欲絕，是想到自己未隨黛玉而去，未全主僕恩義，至今自己一無着落。鴛鴦之嫂則是喜得一百兩賞銀，只得假意哭嚎。一鴛鴦之死，卻是各人心裏各有想法。然鴛鴦之死，若以殉主論，則是封建禮教之吃人，若以鴛鴦失去賈母庇護，已無路可走，只有一死可逃賈赦之災而論，則是封建奴隸主勢力所迫，皆與『天地靈氣』無涉，此續作者之不察也。

包勇一向被賈府冷落，卻於劫難中獨仗忠勇，力退群盜，捍衛賈家。周瑞是王夫人的陪房，榮府的管家，卻竟由其義子引來群盜，禍及賈家，世事皆不可逆料。

賈母爲自己所留銀子，原爲自己喪葬所用，不料賈政等竟不遵遺言，欲留後用，不想竟爲群盜所趁，此更非賈政等所能逆料也。

強盜行劫，與惜春何干，惜春看家，豈能拒盜乎？惜春自是過於自責。

第一百十二回　活冤孽妙尼遭大劫　死讎仇趙妾赴冥曹

話說鳳姐命捆起上夜衆女人，送營審問，女人跪地哀求。林之孝同賈芸道：『你們求也無益，老爺派我們看家，沒有事是造化，如今有了事，上下都耽不是，誰救得你？若說是周瑞的乾兒子，連太太起，裏裏外外的都不乾淨。』鳳姐喘吁吁的說道：『這都是命裏所招，和他們說什麽，帶了他們去就是了。那丟的東西，你告訴營裏去說，實在是老太太的東西，問老爺們纔知道。等我們報了去，請了老爺們回來，自然開了失單送來。文官衙門裏，我們也是這樣報。』賈芸、林之孝答應出去。

惜春一句話也沒有，只是哭道：『這些事，我從來沒有聽見過。爲什麽偏偏碰在咱們兩個人身上？明兒老爺、太太回來，叫我怎麽見人？說把家裏交給咱們，如今鬧到這個分兒，還想活着麽！』鳳姐道：『咱們願意嗎？現在有上夜的人在那裏。』惜春道：『你還能說，況且你又病着。我是沒有說的。這都是我大嫂子害了我的，他攛掇着太太派我看家的。如今我的臉擱在那裏呢？』說着，又痛哭起來。鳳姐道：『姑娘，你快別這麽想。若說沒臉，大家一樣的。你若這麽糊塗想頭，我更擱不住了。』

二人正說着，只聽見外頭院子裏有人大嚷的說道：『我說那三姑六婆是再要不得的，我們甄府裏，從來是一概不許上門的。不想這府裏倒不講究這個呢。昨兒老太太的殯纔出去，那個什麽庵裏的尼姑，死要到咱們這裏來。我吆喝着不准他們進來，腰門上的老婆子倒罵我，死央及叫放那姑子進去。那腰門子一會兒開着，一會兒關着，不知做什麽。我不放心，沒敢睡，聽到四更這裏就嚷起來。我來叫門，倒不開了。我聽見聲兒緊了，打開了門，見西邊院子裏有人站着，我便趕走打死了。我今兒纔知道，這是四姑奶奶的屋子。那個姑子就在裏頭，今兒天沒亮溜出去了。可不是那姑子引進來的賊麽？』

平兒等聽着，都說：『這是誰這麽沒規矩？姑娘、奶奶都在這裏，敢在外頭混嚷嗎？』鳳姐道：『你聽見說「他甄府裏」，别就是甄家薦來的那個厭物罷。』惜春聽得明白，更加心裏過不的。鳳姐接着問惜春道：『那個人混說什麽姑子，你們那裏弄了個姑子住下了？』惜春便將妙玉來瞧他，留着下棋守夜的話說了。鳳姐道：『是他麽？他怎麽肯這樣？是再沒有的話。但是叫這討人嫌的東西嚷出來，老究竟賊心不死。

爺知道了也不好。』惜春愈想愈怕，站起來要走。

鳳姐雖說坐不住，又怕惜春害怕弄出事來，只得叫他先別走，『且看着人把偷剩下的東西收起來，再派了人看着，纔好走呢。』平兒道：『咱們不敢收，等衙門裏來了踏看了，纔好收呢。咱們只好看着。但只不知老爺那裏有人去了沒有？』鳳姐道：『你叫老婆子問去。』一回，進來說：『林之孝是走不開，家下人要伺候查驗的，再有的是說不清楚的。已經芸二爺去了。』鳳姐點頭，同惜春坐着發愁。

且說那夥賊，原是何三等邀的，偷搶了好些金銀財寶接運出去，見人追趕，知道都是那些不中用的人，要往西邊屋內偷去。在窗外看見裏面燈光底下兩個美人：一個姑娘，一個姑子。那些賊那顧性命，頓起不良，就要踹進來。因見包勇來趕，纔獲贓而逃。只不見了何三。大家且躲入窩家，到第二天打聽動靜，知是何三被他們打死，已經報了文武衙門，這裏是躲不住的，便商量趁早歸入海洋大盜一處去。若遲了，通緝文書一行，關津上就過不去了。

內中一個人，膽子極大，便說：『咱們走是走，我就只捨不得那個姑子，長的實在好看。不知是那個庵裏的雛兒呢？』一個人道：『啊呀，我想起來了，必就是賈府園裏的什麼櫳翠庵裏的姑子。不是前年外頭說他和他們家什麼寶二爺有原故，後來不知怎麽又害起相思病來了，請大夫吃藥的，就是他！』那一個人聽了，說：『咱們今日躲一天，叫咱們大哥借錢置辦些買賣行頭，明兒亮鐘時候陸續出關。你們在關外二十里坡等我。』衆賊議定，分贓俵散。不提。

且說賈政等送殯，到了寺內，安厝畢，親友散去。賈政在外廂房伴靈，邢、王二夫人等在內，一宿無非哭泣。到了第二日，重新上祭。

正擺飯時，只見賈芸進來，在老太太靈前磕了個頭，忙忙的跑到賈政跟前跪下，請了安，喘吁吁的將昨夜被盗，將老太太上房的東西都偷去，包勇趕賊打死了一個，已經呈報文武衙門的話，說了一遍。賈政聽了發怔。邢、王二夫人等在裏頭也聽見了，都唬得魂不附體，並無一言，只有啼哭。賈政過了一會子，問失單怎樣開的。賈芸回道：『家裏的人都不知道，還沒有開單。』賈政道：『還好，咱們動過家的，若開出好的來，反耽罪名。快叫璉兒。』

賈璉領了寶玉等，去别處上祭未回，賈政叫人趕了回來。賈璉聽了，急得直跳，一見芸兒，也不顧賈政在那裏，便把賈芸狠狠的駡了一頓，説：『不配擡舉的東西！我將這樣重任託你，押着人上夜巡更，你是死人麽！虧你還有臉來告訴！』說着，往賈芸臉上啐了幾口。賈芸垂手站着，不敢回一言。賈政道：『你連失單都無法開，真是啞子吃黃連，說不出的苦。

罵他也無益了。』

賈璉然後跪下，說：『這便怎麼樣？』賈政道：『也沒法兒，只有報官緝賊。但只是一件，老太太遺下的東西，咱們都沒動。你說要銀子，我想老太太死得幾天，誰忍得動他那一項銀子。原打諒完了事，算了賬，還人家。再有的，在這裏和南邊置墳產的。再有東西也沒見數兒，如今說文武衙門要失單，若將幾件好的東西開上，恐有礙。若說金銀若干，衣飾若干，又沒有實在數目，謊開，使不得。倒可笑你如今竟換了一個人了，爲什麼這樣料理不開？你跪在這裏是怎麼樣呢！』賈璉也不敢答言，只得站起來就走。

賈政又叫道：『你那裏去？』賈璉又跪下，道：『趕回去，料理清楚，再來回。』賈政哼的一聲，賈璉把頭低下。賈政道：『你進去，回了你母親，叫了老太太的一兩個丫頭去，叫他們細細的想了，開單子。』賈璉心裏明知老太太的東西都是鴛鴦經管，他死了問誰？就問珍珠，他們那裏記得清楚？只不敢駁回，連連的答應了，起來走到裏頭。

邢、王夫人又埋怨了一頓，叫賈璉快回去，問他們這些看家的說：『明兒怎麼見我們！』賈璉也只得答應了出來，一面命人套車，預備琥珀等進城，自己騎上騾子，跟了幾個小廝，如飛的回去。賈芸也不敢再回賈政，斜簽着身子慢慢的溜出來，騎上了馬，來趕賈璉。一路無話。

到回了家中，林之孝請了安，一直跟了進來。賈璉到了老太太上屋，見了鳳姐、惜春在那裏，心裏又恨又說不出來，便問林之孝道：『衙門裏瞧了沒有？』林之孝自知有罪，便跪下回道：『文武衙門都瞧了，來蹤去跡也看了，屍也驗了。』賈璉吃驚道：『又驗什麽屍？』林之孝又將包勇打死的夥賊似周瑞的乾兒子的話，回了賈璉。

賈璉道：『叫芸兒。』賈芸進來，也跪着聽話。賈璉道：『你見老爺時，怎麽沒有回周瑞的乾兒子做了賊，被包勇打死的話？』賈芸說道：『上夜的人說像他的，恐怕不真，所以沒有回。』賈璉道：『好糊塗東西！你若告訴了我，就帶了周瑞來一認，可不就知道了？』林之孝回道：『如今衙門裏把屍首放在市口兒招認去了。』賈璉道：『這又是個糊塗東西！誰家的人做了賊，被人打死，要償命麽？』林之孝回道：『這不用人家認，奴才就認得是他。』賈璉聽了，想道：『是啊，我記得珍大爺那一年要打的可不是周瑞家的麽。』林之孝回說：『他和鮑二打架來着，還見過的呢。』

賈璉聽了更生氣，便要打上夜的人。林之孝哀告道：『請二爺息怒。那些上夜的人，派了他們，還敢偷懶？只是爺府上的規矩，三門裏一個男人不敢進去的。就是奴才們，裏頭不叫，也不敢進去。奴才在外同芸哥兒刻刻查點，見三門關的嚴嚴的，外頭的門一重沒有開。那賊是從後夾道子來的。』賈璉道：『裏頭上夜的女人呢？』林之孝將分更上夜、奉奶奶的命捆着、等爺審問的話回了。

賈璉又問：『包勇呢？』林之孝說：『又往園裏去了。』賈璉便說：『去叫來。』小厮們便將包勇帶來。說：『還虧你在這裏。若沒有你，只怕所有房屋裏的東西都搶了去了呢。』包勇也不言語。惜春恐他說出那話，心下着急。鳳姐也不敢言語。

只見外頭說：『琥珀姐姐等回來了。』大家見了，不免又哭一場。賈璉叫人檢點偷剩下的東西，只有些衣服、尺頭，錢箱未動，餘者都沒有了。賈璉心裏更加着急，想着『外頭的棚杠銀、厨房的錢，都沒有付給，明兒拿什麽還呢？』便獃想了一會。只見琥珀等進去，哭了一會，見箱櫃開着，所有的東西怎能記憶，便胡亂想猜，虛擬了一張失單，命人即送到文武衙門。

賈璉復又派人上夜。鳳姐、惜春各自回房。賈璉不敢在家安歇，也不及埋怨鳳姐，竟自騎馬趕出城外。這裏鳳姐又恐惜春短見，又打發了豐兒過去安慰。

天已二更，不言這裏賊去關門，衆人更加小心，誰敢睡覺？且說夥賊一心想着妙玉，知是孤庵女衆，不難欺負。到了三更夜靜，便拿了短兵器，帶了些悶香，妙玉遭劫，亦是判詞所預示。

跳上高牆。遠遠瞧見櫳翠庵內燈光猶亮，便潛身溜下，藏在房頭僻處。等到四更，見裏頭只有一盞海燈，妙玉一人在蒲團上打坐。歇了一會，便噯聲嘆氣的說道：『我自玄墓到京，原想傳個名的，爲這裏請來，不能又棲他處。昨兒好心去瞧四姑娘，反受了這蠢人的氣，夜裏又受了大驚。今日回來，那蒲團再坐不穩，只覺肉跳心驚。』因素常一個打坐的，今日又不肯叫人相伴。豈知到了五更，寒顫起來。正要叫人，只聽見窗外一響，想起昨晚的事，更加害怕，不免叫人。豈知那些婆子都不答應。自己坐着，覺得一股香氣透入顖門，便手足麻木，不能動彈，口裏也說不出話來，心中更自着急。

只見一個人拿着明晃晃的刀進來。此時妙玉心中卻是明白，只不能動，想是要殺自己，索性横了心，倒也不怕。那知那個人把刀插在背後，騰出手來將妙玉輕輕的抱起，輕薄了一會子，便拖起背在身上。此時妙玉心中，只是如醉如癡。可憐一個極潔極淨的女兒，被這強盜的悶香薰住，由着他掇弄了去了。

卻說這賊背了妙玉，來到園後牆邊，搭了軟梯，爬上牆，跳出去了。外邊早有夥計弄了車輛，在園外等着。那人將妙玉放倒在車上，反打起官銜燈籠，叫開栅欄，急急行到城門，正是開門之時。門官只知是有公幹出城的，也不及查詰。趕出城去，那夥賊加鞭趕到二十里坡，和衆強徒打了照面，各自分頭奔南海而去。不知妙玉被劫，或是甘受污辱，還是不屈而死，不知下落，也難妄擬。

只言櫳翠庵一個跟妙玉的女尼，他本住在靜室後面，睡到五更，聽見前面有人聲響，只道妙玉打坐不安。後來聽見有男人腳步，門窗響動，欲要起來瞧看，只是身子發軟，懶怠開口，又不聽見妙玉言語，只睜着兩眼聽着。到了天亮，終覺得心裏清楚，披衣起來，叫了道婆，預備妙玉茶水，他便往前面來看妙玉。豈知妙玉的蹤跡全無，門窗大開。心裏詫異，昨晚響動甚是疑心，說：『這樣早，他到那裏去了？』走出院門一看，有一個軟梯靠牆立着，地下還有一把刀鞘，一條搭膊，便道：『不好了，昨晚是賊燒了悶香了！』急叫人起來查看，庵門仍是緊閉。那些婆子、女侍們都說：『昨夜煤氣薰着了，今早都起不起來。這麼早，叫我們做什麼？』那女尼道：『師父不知那裏去了？』衆人道：『在觀音堂打坐呢。』女尼道：『你們還做夢呢，你來瞧瞧。』衆人不知，也都着忙，開了庵門，滿園裏都找到了，『想來或是到四姑娘那裏去了。』

衆人來叩腰門，又被包勇罵了一頓。衆人說道：『我們妙師父昨晚不知去向，所以來找。求你老人家叫開腰門，問一問來了沒來，就是了。』包勇道：『你們師父引了賊來偷我們，已經偷到手了，他跟了賊去受用去了。』衆人道：『阿彌陀佛！說這些話的，防着下割舌地獄！』包勇生氣道：『胡說，你們再鬧，我就要打了。』衆人陪笑央告道：『求爺叫開門，我們瞧瞧，若没有，再不敢驚動你太爺了。』包勇道：『你不信，你去找。若没有，回來問你們。』包勇説着，叫開腰門，衆人找到惜春那裏。

惜春正是愁悶，惦着：『妙玉清早去後，不知聽見我們姓包的話了没有？只怕又得罪了他，以後總不肯來。我的知己是没有了。況我現在實難見人。父母早死，嫂子嫌我。頭裏有老太太，到底還疼我些，如今也死了，留下我孤苦伶仃，如何了局？』想到：『迎春姐姐磨折死了，史姐姐守着病人，三姐姐遠去，這都是命裏所招，不能自由。獨有妙玉，如閑雲野鶴，無拘無束。我能學他，就造化不小了。但我是世家之女，怎能遂意？這回看家，已大耽不是，還有何顔在這裏？又恐太太們不知我的心事，將來的後事如何呢？』想到其間，便要把自己的青絲鉸去，要想出家。彩屏等聽見，急忙來勸，豈知已將一半頭髮鉸去。彩屏愈加着忙，説道：『一事不了，又出一事，這可怎麽好呢？』

惜春正羡慕妙玉，豈知妙玉已遭劫。

正在吵鬧，只見妙玉的道婆來找妙玉。彩屏問起來由，先唬了一跳，説是昨日一早去了没來。裏面惜春聽見，急忙問道：『那裏去了？』道婆們將昨夜聽見的響動，被煤氣薰着，今早不見有妙玉，庵内軟梯、刀鞘的話説了一遍。惜春驚疑不定，想起昨日包勇的話來，必是那些强盜看見了他，昨晚搶去了，也未可知，但

既知有軟梯、刀鞘，則是遭劫無疑，如何還以爲是在惜春處？

是他素來孤潔的很，豈肯惜命！『怎麽你們都沒聽見麽？』衆人道：『怎麽不聽見。只是我們這些人都是睜着眼，連一句話也說不出，必是那賊子燒了悶香。妙姑一人，想也被賊悶住，不能言語。况且賊人必多，拿刀弄杖威逼着，他還敢聲喊麽？』

正說着，包勇又在腰門那裏嚷，說：『裏頭快把這些混賬的婆子趕了出來罷，快關腰門！』彩屏聽見，恐耽不是，只得叫婆子出去，叫人關了腰門。

惜春於是更加苦楚，無奈彩屏等再三以禮相勸，仍舊將一半青絲籠起。大家商議不必聲張，就是妙玉被搶也當作不知，且等老爺、太太回來再說。惜春心裏已死定下一個出家的念頭。暫且不提。

且說賈璉回到鐵檻寺，將到家中查點了上夜的人，開了失單報去的話回了。賈政道：『怎樣開的？』賈璉便將琥珀所記得的數目單子呈出，並說：『這上頭元妃賜的東西已經注明，還有那人家不大有的東西，不便開上。等姪兒脫了孝，出去託人細細的緝訪，少不得弄出來的。』賈政聽了合意，就點頭不言。

賈璉進內，見了邢、王二夫人，商量着：『勸老爺早些回家纔好呢。不然，都是亂麻似的。』邢夫人道：『可不是，我們在這裏，也是驚心吊膽。』賈璉道：

趙姨娘的話，一半是鴛鴦的話，一半是她自己的話。

『這是我們不敢説的。還是太太的主意，二老爺是依的。』邢夫人便與王夫人商議妥了。

過了一夜，賈政也不放心，打發寶玉進來説：『請太太們今日回家，過兩三日再來。家人們已經派定了，裏頭請太太們派人罷。』邢夫人派了鸚哥等一干人伴靈，將周瑞家的等人派了總管，其餘上下人等都回去。一時忙亂，套車備馬。賈政等在賈母靈前辭別，衆人又哭了一場。

都起來正要走時，只見趙姨娘還爬在地下不起。周姨娘打量他還哭，便去拉他。豈知趙姨娘滿嘴白沫，眼睛直豎，把舌頭吐出，反把家人唬了一大跳。賈環過來亂嚷，趙姨娘醒來，説道：『我是不回去的，跟着老太太回南去。』衆人道：『老太太那用你來？』趙姨娘道：『我跟了一輩子老太太，大老爺還不依，弄神弄鬼的來算計我。——我想仗着馬道婆要出出我的氣，銀子白花了好些，也沒有弄死了一個。如今我回去了，又不知誰來算計我。』

衆人聽見，早知是鴛鴦附在他身上。邢、王二夫人都不言語瞅着。只有彩雲等代他央告道：『鴛鴦姐姐，你死是自己願意的，與趙姨娘什麼相干？放了他罷。』見邢夫人在這裏，也不敢説別的。趙姨娘道：『我不是鴛鴦。他早到仙界去了。我是閻王差人拿我去的，要問我爲什麼和馬婆子用魘魔法的案件。』説着，便叫：『好璉二奶奶，你在這裏老爺面前少頂一句兒罷，我有一千日的不好，還有一天的好呢。好二奶奶，親二奶奶，並不是我要害你，我一時糊塗，聽了那個老娼婦的話。』

正鬧着，賈政打發人進來叫環兒。婆子們去回說：『趙姨娘中了邪了，三爺看着呢。』賈政道：『沒有的事，我們先走了。』於是爺們等先回。

賈環也想回去，可見其略無親子之痛，渾至極矣。

這裏，趙姨娘還是混說，一時救不過來，邢夫人恐他又說出什麽來，便說：『多派幾個人在這裏瞧着他，咱們先走。到了城裏，打發大夫出來瞧罷。』王夫人本嫌他，也打撒手兒。寶釵本是仁厚的人，雖想着他害寶玉的事，心裏究竟過不去，背地裏託了周姨娘在這裏照應。周姨娘也是個好人，便應承了。李紈說道：『我也在這裏罷。』王夫人道：『可以不必。』於是大家都要起身。賈環急忙道：『我也在這裏嗎？』王夫人啐道：『糊塗東西！你姨媽的死活都不知，你還要走嗎！』賈環就不敢言語了。寶玉道：『好兄弟，你是走不得的。我進了城，打發人來瞧你。』說畢，都上車回家。寺裏只有趙姨娘、賈環、鸚鵡等人。

賈政、邢夫人等先後到家，到了上房，哭了一場。林之孝帶了家下衆人請了安，跪着。賈政喝道：『去罷！明日問你！』鳳姐那日發暈了幾次，竟不能出接。

鳳姐已臨末日。

只有惜春見了，覺得滿面羞慚。邢夫人也不理他，王夫人仍是照常，李紈、寶釵拉着手，說了幾句話。獨有尤氏說道：『姑娘，你操心了，倒照應了好幾天！』惜春一言不答，只紫漲了臉。寶釵將尤氏一拉，使了個眼色，尤氏等各自歸房去了。賈政略略的看了一看，嘆了口氣，並不言語。到書房席地坐下，叫了賈璉、賈蓉、賈芸，吩咐了幾句話。寶玉要在書房來陪賈政，賈政道：『不必。』蘭兒仍跟他母親。一宿無話。

次日，林之孝一早進書房跪着，賈政將前後被盜的事問了一遍，並將周瑞供了出來，又說：『衙門拿住了鮑二，身邊搜出了失單上的東西。現在夾訊，要在他身上要這一夥賊呢。』賈政聽了，大怒道：『家奴負恩，引賊偷竊家主，真是反了！』立刻叫人到城外將周瑞捆了，送到衙門審問。林之孝只管跪着，不敢起來。賈政道：『你還跪着做什麼？』林之孝道：『奴才該死，求老爺開恩。』正說着，賴大等一干辦事家人上來請了安，呈上喪事賬簿。賈政道：『交給璉二爺，算明了來回。』吆喝着林之孝起來，出去了。

賈璉一腿跪着，在賈政身邊說了一句話。賈政把眼一瞪，道：『胡說！老太太的事，銀兩被賊偷去，就該罰奴才拿出來麼？』賈璉紅了臉，不敢言語，站起來也不敢動。賈政道：『你媳婦怎麼樣？』賈璉又跪下，說：『看來是不中用了。』

賈政嘆口氣道：『我不料家運衰敗，一至如此！況且環哥兒他媽尚在廟中病着，也不知是什麼症候，你們知道不知道？』賈璉也不敢言語。賈政道：『傳出話去，叫人帶了大夫瞧去。』

賈璉即忙答應着出來，叫人帶了大夫，到鐵檻寺去瞧趙姨娘。未知死活，下回分解。

【回後評】

妙玉被劫，亦是據前判詞曲文所擬。判詞云：『欲潔何曾潔，云空未必空。可憐金玉質，終陷淖泥中。』曲文云：『氣質美如蘭，才華復比仙。天生成孤癖人皆罕。你道是啖肉食腥羶，視綺羅俗厭；卻不知太高人愈妒，過潔世同嫌。可嘆這，青燈古殿人將老，辜負了，紅粉朱樓春色闌。到頭來，依舊是風塵骯髒違心願。好一似，無瑕白玉遭泥陷；又何須，王孫公子嘆無緣。』從判詞和曲文來看，妙玉的結局是很不幸的。她有才華又美麗，她孤高而有潔癖。她年輕輕就出了家，她厭棄世俗，連黛玉她都認爲是『大俗人』，所以更看不起劉姥姥等人，連劉姥姥喝過一口茶的名貴的成窰杯都棄而不要，可見她孤高厭俗到何等程度。但她對寶玉卻很有好感，連寶玉的生日都沒有忘記。她過於矯情，所以與人落落寡合。續書寫她凡心未淨，塵欲未斷，故遭劫持等，未見能合前八十回原意。結尾處說：『不知妙玉被劫，或是甘受污辱，還是不屈而死，不知下落，也難妄擬』，用虛筆描寫，未過於寫妙玉的『無瑕白玉遭泥陷』，是續寫者聰明處，因很難把握判詞等的具體內容也。

趙姨娘受冥判，是寫惡有惡報，借以結束趙姨娘耳。總屬因果報應等俗筆。

種種描摹，總是俗極之筆。

第一百十三回　懺宿冤鳳姐託村嫗　釋舊憾情婢感癡郎

話說趙姨娘在寺內得了暴病，見人少了，更加混說起來，唬的衆人都恨，就有兩個女人攙着。趙姨娘雙膝跪在地下，說一回，哭一回。有時，爬在地下叫饒，說：『打殺我了！紅鬍子的老爺，我再不敢了。』有一時，雙手合着，也是叫疼。眼睛突出，嘴裏鮮血直流，頭髮披散，人人害怕，不敢近前。

那時又將天晚，趙姨娘的聲音只管喑啞起來了，居然鬼嚎一般。無人敢在他跟前，只得叫了幾個有膽量的男人進來坐着。趙姨娘一時死去，隔了些時，又回過來，整整的鬧了一夜。到了第二天，也不言語，只裝鬼臉，自己拿手撕開衣服，露出胸膛，好像有人剥他的樣子。可憐趙姨娘雖說不出來，其痛苦之狀實在難堪。

正在危急，大夫來了，也不敢診脈，只囑咐：『辦後事罷。』說了，起身就走。那送大夫的家人再三央告說：『請老爺看看脈，小的好回稟家主。』那大夫用寫鳳姐臨終末路。

手一摸，已無脈息。賈環聽了，然後大哭起來。衆人只顧賈環，誰料理趙姨娘。只有周姨娘心裏苦楚，想到：『做偏房側室的下場頭不過如此！況他還有兒子的，我將來死起來，還不知怎樣呢！』於是反哭的悲切。

且說那人趕回家去，回稟了。賈政即派家人去照例料理，陪着環兒住了三天，一同回來。

那人去了，這裏一人傳十，十人傳百，都知道趙姨娘使了毒心害人，被陰司裏拷打死了。又說是：『璉二奶奶只怕也好不了。怎麼說璉二奶奶告的呢？』

這些話傳到平兒耳內，甚是着急，看着鳳姐的樣子實在是不能好的了，看着賈璉近日並不似先前的恩愛，本來事也多，竟像不與他相干的。平兒在鳳姐跟前只管勸慰，又想着邢、王二夫人回家幾日，只打發人來問問，並不親身來看。鳳姐心裏更加悲苦。賈璉回來，也沒有一句貼心的話。鳳姐此時只求速死，心裏一想，邪魔悉至。

只見尤二姐從房後走來，漸近牀前說：『姐姐，許久的不見了。做妹妹的想念的很，要見不能，如今好容易進來見見姐姐。姐姐的心機也用盡了，咱們的二爺糊塗，也不領姐姐的情，反倒怨姐姐作事過於苛刻，把他的前程去了，叫他如今見不得人。我替姐姐氣不平。』鳳姐恍惚說道：『我如今也後悔我的心忒窄了，劉姥姥來得正是時候，還是莊家人誠樸。

鳳姐恍惚中見一男一女，張金哥和守備之子也。鳳姐受賄害命，總是心債，至此當還矣。

妹妹不念舊惡，還來瞧我。』平兒在旁聽見，說道：『奶奶說什麼？』鳳姐一時蘇醒，想起尤二姐已死，必是他來索命。被平兒叫醒，心裏害怕，又不肯說出，只得勉強說道：『我神魂不定，想是說夢話。給我捶捶。』

平兒上去捶着，見個小丫頭子進來，說是：『劉姥姥來了，婆子們帶着來請奶奶的安。』平兒急忙下來說：『在那裏呢？』小丫頭子說：『他不敢就進來，還聽奶奶的示下。』平兒聽了點頭，想鳳姐病裏必是懶待見人，便說道：『奶奶現在養神呢，暫且叫他等着。你問他來有什麼事麼？』小丫頭子說道：『他們問過了，沒有事。說知道老太太去世了，因沒有報纔來遲了。』小丫頭子說着，鳳姐聽見，便叫：『平兒，你來。人家好心來瞧，不要冷淡人家。你去請了劉姥姥進來，我和他說說話兒。』平兒只得出來，請劉姥姥這裏坐。

鳳姐剛要合眼，又見一個男人、一個女人走向炕前，就像要上炕似的。鳳姐着忙，便叫平兒說：『那裏來了一個男人，跑到這裏來了？』連叫兩聲，只見豐兒、小紅趕來，說：『奶奶要什麼？』鳳姐睁眼一瞧，不見有人，心裏明白，不肯說出來，便問豐兒道：『平兒這東西那裏去了？』豐兒道：『不是奶奶叫去請劉姥姥去了麼？』鳳姐定了一會神，也不言語。只見平兒同劉姥姥帶了一個小女孩兒進來，說：『我們姑奶奶在那裏？』平兒引到炕邊，劉姥姥便說：『請姑奶奶鳳姐一生機變奸詐，對此誠樸鄉民，能無愧乎！

安。』鳳姐睜眼一看，不覺一陣傷心，說：『姥姥，你好？怎麽這時候纔來？你瞧你外孫女兒，也長的這麽大了。』劉姥姥看着鳳姐骨瘦如柴，神情恍惚，心裏也就悲慘起來，說：『我的奶奶，怎麽這幾個月不見，就病到這個分兒？我糊塗的要死，怎麽不早來請姑奶奶的安。』便叫青兒給姑奶奶請安。青兒只是笑，鳳姐看了，倒也十分喜歡，便叫小紅招呼着。

劉姥姥道：『我們屯鄉裏的人不會病的。若一病了，就要求神許願，從不知道吃藥的。我想，姑奶奶的病不要撞着什麽了罷？』平兒聽着那話不在理，便在背地裏扯他。劉姥姥會意，便不言語。那裏知道這句話倒合了鳳姐的意，扎掙着說：『姥姥，你是有年紀的人，說的不錯。你見過的趙姨娘也死了，你知道麽？』劉姥姥詫異道：『阿彌陀佛！好端端一個人，怎麽就死了？我記得他也有一個小哥兒，這便怎麽樣呢？』平兒道：『這怕什麽，他還有老爺、太太呢。』劉姥姥道：『姑娘，你那裏知道，不好，死了是親生的，隔了肚皮子是不中用的。』這句話又招起鳳姐的愁腸，嗚嗚咽咽的哭起來了。衆人都來解勸。

巧姐兒聽見他母親悲哭，便走到炕前，用手拉着鳳姐的手，也哭起來。鳳姐一面哭着道：『你見過了姥姥了沒有？』巧姐兒道：『沒有。』鳳姐道：『你的名字還是他起的呢，就和乾娘一樣，你給他請個安。』巧姐兒便走到跟前，劉姥姥幸虧當年鳳姐款待過劉姥姥，留此餘德，算於末路處爲巧姐留一生路。

忙拉着道：『阿彌陀佛，不要折殺我了！巧姑娘，我一年多不來，你還認得我麼？』巧姐兒道：『怎麼不認得。那年，在園裏見的時候，我還小。前年你來，我還合你要隔年的蟈蟈兒，你也沒有給我，必是忘了。』劉姥姥道：『好姑娘，我是老糊塗了。若說蟈蟈兒，我們屯裏多得很。只是不到我們那裏去，若去了，要一車也容易。』鳳姐道：『不然，你帶了他去罷。』

劉姥姥笑道：『姑娘這樣千金貴體，綾羅裹大了的，吃的是好東西，到了我們那裏，我拿什麼哄他頑，拿什麼給他吃呢？這倒不是坑殺我了麼。』說着，自己還笑，因說：『那麼着，我給姑娘做個媒罷。我們那裏，雖說是屯鄉裏，也有大財主人家，幾千頃地，幾百牲口，銀子錢亦不少，只是不像這裏有金的，有玉的。姑奶奶是瞧不起這種人家。我們莊家人瞧着這樣大財主，也算是天上的人了。』鳳姐道：『你說去，我願意就給。』劉姥姥道：『這是頑話兒罷咧。放着姑奶奶這樣，大官大府的人家，只怕還不肯給，那裏肯給莊家人？就是姑奶奶肯了，上頭太太們也不給。』

巧姐因他這話不好聽，便走了去，和青兒說話。兩個女孩兒倒說得上，漸漸的就熟起來了。

這裏，平兒恐劉姥姥話多，攪煩了鳳姐，便拉了劉姥姥說：『你提起太太來，還是布衣蔬食能平安一世。

你還沒有過去呢。我出去叫人帶了你去見見，也不枉來這一趟。』劉姥姥便要走。鳳姐道：『忙什麽，你坐下。我問你，近來的日子還過的麽？』

劉姥姥千恩萬謝的說道：『我們若不仗着姑奶奶，』說着，指着青兒說：『他的老子、娘都要餓死了。如今雖說是莊家人苦，家裏也掙了好幾畝地，又打了一眼井，種些菜蔬瓜菓，一年賣的錢也不少，盡够他們嚼吃的了。這兩年姑奶奶還時常給些衣服布匹，在我們村裏算過得的了。阿彌陀佛，前日他老子進城，聽見姑奶奶這裏動了家，我就幾乎唬殺了。虧得又有人說，不是這裏，我纔放心。後來又聽見說，這裏老爺陞了，我又喜歡，就要來道喜，爲的是滿地的莊稼來不得。昨日又聽見說，老太太沒有了，我在地裏打豆子，聽見了這話，唬得連豆子都拿不起來了，就在地裏狠狠的哭了一大場。我和女婿說，我也顧不得你們了，不管真話謊話，我是要進城瞧瞧去的。我女兒、女婿也不是沒良心的，聽見了，也哭了一回子，今兒天沒亮，就趕着我進城來了。我也不認得一個人，沒有地方打聽，一徑來到後門，見是門神都糊了，我這一唬又不小。進了門，找周嫂子，再找不着，撞見一個小姑娘，說周嫂子他得了不是了，攆了。我又等了好半天，遇見了熟人，纔得進來。不打諒姑奶奶也是那麽病。』說着，又掉下淚來。

平兒等着急，也不等他說完，拉着就走，說：『你老人家說了半天，口乾了，劉姥姥也看出來鳳姐已不能好了。

寫賈璉因家中失盜後，更加不能周轉。

咱們喝碗茶去罷。』拉着劉姥姥到下房坐着，青兒在巧姐兒那邊。劉姥姥道：『茶倒不要。好姑娘，叫人帶了我去請太太的安，哭哭老太太去罷。』平兒道：『你不用忙，今兒也趕不出城的了。方纔我是怕你說話不防頭，招的我們奶奶哭，所以催你出來的。別思量。』劉姥姥道：『阿彌陀佛，姑娘，是你多心，我知道。倒是奶奶的病怎麼好呢？』平兒道：『你瞧去妨礙不妨礙？』劉姥姥道：『說是罪過，我瞧着不好。』

正說着，又聽鳳姐叫呢。平兒及到牀前，鳳姐又不言語了。平兒正問豐兒，賈璉進來，向炕上一瞧，也不言語，走到裏間，氣哼哼的坐下。只有秋桐跟了進去，倒了茶，殷勤一回，不知嘁嘁喳喳的說些什麼。回來賈璉叫平兒來，問道：『奶奶不吃藥麼？』平兒道：『不吃藥。怎麼樣呢？』賈璉道：『我知道麼？你拿櫃子上的鑰匙來罷。』平兒見賈璉有氣，又不敢問，只得出來鳳姐耳邊說了一聲。鳳姐不言語，平兒便將一個匣子擱在賈璉那裏就走。

賈璉道：『有鬼叫你嗎？你擱着，叫誰拿呢？』平兒忍氣打開，取了鑰匙，開了櫃子，便問道：『拿什麼？』賈璉道：『咱們有什麼嗎？』平兒氣得哭道：『有話明白說，人死了也願意！』賈璉道：『這還要說麼？頭裏的事，是你們鬧的。如今老太太的還短了四五千銀子，老爺叫我拿公中的地賬弄銀子，你說有麼？

鳳姐在弄權鐵檻寺時，說『從來不信什麼是陰司地獄報應的』，此刻已臨末路，卻要求神禱告了。

外頭拉的賬不開發，使得麼？誰叫我應這個名兒！只好把老太太給我的東西折變去罷了。你不依麼？』平兒聽了，一句不言語，將櫃裏東西搬出。只見小紅過來說：『平姐姐快走，奶奶不好呢。』平兒也顧不得賈璉，急忙過來，見鳳姐用手空抓，平兒用手攥着哭叫。賈璉也過來一瞧，把腳一跺，道：『若是這樣，是要我的命了。』說着，掉下淚來。豐兒進來說：『外頭找二爺呢。』賈璉只得出去。

這裏鳳姐愈加不好，豐兒等不免哭起來。巧姐聽見趕來，劉姥姥也急忙走到炕前，嘴裏念佛，搗了些鬼，果然鳳姐好些。一時，王夫人聽了丫頭的信，也過來了，先見鳳姐安靜些，心下略放心，見了劉姥姥，便說：『劉姥姥，你好？什麼時候來的？』劉姥姥便說：『請太太安。』不及細說，只言鳳姐的病。講究了半天，彩雲進來說：『老爺請太太呢。』王夫人叮嚀了平兒幾句話，便過去了。

鳳姐鬧了一回，此時又覺清楚些，見劉姥姥在這裏，心裏信他求神禱告，便把豐兒等支開，叫劉姥姥坐在頭邊，告訴他心神不寧，如見鬼怪的樣。劉姥姥便說我們屯裏什麼菩薩靈，什麼廟有感應。鳳姐道：『求你替我禱告，要用供獻的銀錢，我有。』便在手腕上褪下一隻金鐲子來，交給他。劉姥姥道：『姑奶奶，不用那個。我們村莊人家許了願，好了，花上幾百錢就是了，那用這些。就是我替姑奶奶求去，也是許願，等姑奶奶好了，要花什麼，自己去花罷。』

鳳姐明知劉姥姥一片好心，不好勉強，只得留下，說：『姥姥，我的命交給你了。我的巧姐兒也是千災百病的，也交給你了。』劉姥姥順口答應，便說：『這麼着，我看天氣尚早，還趕得出城去，我就去了。明兒姑奶奶好了，再請還願去。』鳳姐因被衆冤魂纏繞害怕，巴不得他就去，便說：『你若肯替我用心，我能安穩睡一覺，我就感激你了。你外孫女兒，叫他在這裏住下罷。』

劉姥姥道：『莊家孩子沒有見過世面，沒的在這裏打嘴。我帶他去的好。』鳳姐道：『這就是多心了。既是咱們一家，這怕什麼。雖說我們窮了，這一個人吃飯也不礙什麼。』劉姥姥見鳳姐真情，落得叫青兒住幾天，又省了家裏的嚼吃。只怕青兒不肯，不如叫他來問問，若是他肯，就留下。於是和青兒說了幾句，青兒因與巧姐兒頑得熟了，巧姐又不願他去，青兒又願意在這裏。劉姥姥便吩咐了幾句，辭了平兒，忙忙的趕出城去。不提。

且說櫳翠庵原是賈府的地址，因蓋省親園子，將那庵圈在裏頭，向來食用香火並不動賈府的錢糧。今日妙玉被劫，那女尼呈報到官，一則候官府緝盜的下落，二則是妙玉基業不便離散，依舊住下。不過回明了賈府。那時賈府的人雖都知道，只爲賈政新喪，且又心事不寧，也不敢將這些沒要緊的事回稟。只有惜春知道此事，因妙玉被劫，又引出寶玉的悲感。

日夜不安。漸漸傳到寶玉耳邊，說妙玉被賊劫去，又有的說妙玉凡心動了，跟人而去。

寶玉聽得，十分納悶，想來必是被強徒搶去，這個人必不肯受，一定不屈而死。但是一無下落，心下甚不放心，每日長噓短嘆。還說：『這樣一個人，自稱爲「檻外人」，怎麽遭此結局！』又想到：『當日園中何等熱鬧，自從二姐姐出閣以來，死的死，嫁的嫁。我想他一塵不染是保得住的了，豈知風波頓起，比林妹妹死的更奇！』由是一而二，二而三，追思起來，想到《莊子》上的話，虚無縹緲，人生在世，難免風流雲散，不禁的大哭起來。襲人等又道是他的瘋病發作，百般的溫柔解勸。

寶釵初時不知何故，也用話箴規。怎奈寶玉抑鬱不解，又覺精神恍惚。寶釵想不出道理，再三打聽，方知妙玉被劫，不知去向，也是傷感，只爲寶玉愁煩，便用正言解釋。因提起：『蘭兒自送殯回來，雖不上學，聞得日夜攻苦。他是老太太的重孫，老太太素來望你成人，老爺爲你日夜焦心，你爲閑情癡意糟蹋自己，我們守着你如何是個結果！』說得寶玉無言可答，過了一回，纔說道：『我那管人家的閒事。只可嘆，咱們家的運氣衰頽。』寶釵道：『可又來，老爺、太太原爲是要你成人，接续祖宗遺緒。你只是執迷不悟，如何是好？』寶玉聽來，話不投機，便補寫一段紫鵑情事。

靠在桌上睡去。寶釵也不理他，叫麝月等伺候着，自己卻去睡了。

寶玉見屋裏人少，想起：『紫鵑到了這裏，我從沒和他說句知心的話兒，冷冷清清撂着他，我心裏甚不過意。他呢，又比不得麝月、秋紋，我可以安放得的。想起從前我病的時候，他在我這裏伴了好些時，如今他的那一面小鏡子還在我這裏，他的情義卻也不薄了。如今不知爲什麽，見我就是冷冷的。若說爲我們這一個呢，他是和林妹妹最好的，我看他待紫鵑也不錯。我有不在家的日子，紫鵑原與他有說有講的；到我來了，紫鵑便走開了。想來自然是爲林妹妹死了，我便成了家的原故。噯，紫鵑，紫鵑，你這樣一個聰明女孩兒，難道連我這點子苦處都看不出來麽？』因又一想：『今晚他們睡的睡，做活的做活，不如趁着這個空兒，我找他去，看他有什麽話。倘或我還有得罪之處，便陪個不是，也使得。』想定主意，輕輕的走出了房門，來找紫鵑。

那紫鵑的下房，也就在西廂裏間。寶玉悄悄的走到窗下，只見裏面尚有燈光，便用舌頭䑛破窗紙，往裏一瞧，見紫鵑獨自挑燈，又不是做什麽，獃獃的坐着。寶玉便輕輕的叫道：『紫鵑姐姐，還沒有睡麽？』紫鵑聽了，唬了一跳，怔怔的半日纔說：『是誰？』寶玉道：『是我。』紫鵑聽着，似乎是寶玉的聲音，便問：『是寶二爺麽？』寶玉在外輕輕的答應了一聲。

紫鵑問道：『你來做什麽？』寶玉道：『我有一句心裏的話，要和你説説。你開了門，我到你屋裏坐坐。』紫鵑停了一會兒，説道：『二爺有什麽話？天晚了，請回罷，明日再説罷。』寶玉聽了，寒了半截。自己還要進去，恐紫鵑未必開門。欲要回去，這一肚子的隱情，越發被紫鵑這一句話勾起。無奈，説道：『我也沒有多餘的話，只問你一句。』紫鵑道：『既是一句，就請説。』寶玉半日反不言語。

紫鵑口氣，宛如當日黛玉。

紫鵑在屋裏不見寶玉言語，知他素有癡病，恐怕一時實在搶白了他，勾起他的舊病，倒也不好了，因站起來，細聽了一聽，又問道：『是走了，還是傻站着呢？有什麽又不説，儘着在這裏慪人。已經慪死了一個，難道還要慪死一個麽？這是何苦來呢？』説着，也從寶玉舔破之處往外一張，見寶玉在那裏獃聽。紫鵑不便再説，回身剪了剪燭花。

忽聽寶玉嘆了一聲道：『紫鵑姐姐，你從來不是這樣鐵心石腸，怎麽近來連一句好好兒的話都不和我説了？我固然是個濁物，不配你們理我。但只我有什麽不是，只望姐姐説明了，那怕姐姐一輩子不理我，我死了倒作個明白鬼呀！』紫鵑聽了，冷笑道：『二爺就是這個話呀，還有什麽？若就是這個話呢，我們姑娘在時，我也跟着聽俗了！若是我們有什麽不好處呢，我是太太派來的，二爺倒是回太太紫鵑總是冷然相對。

去。左右我們丫頭們更算不得什麼了。』說到這裏，那聲兒便哽咽起來，說着又醒鼻涕。

寶玉在外，知他傷心哭了，便急的跺腳道：『這是怎麼說？我的事情，你在這裏幾個月，還有什麼不知道的？就便別人不肯替我告訴你，難道你還不叫我說，叫我憋死了不成！』說着，也嗚咽起來了。

寶玉正在這裏傷心，忽聽背後一個人接言道：『你叫誰替你說呢？誰是誰的什麼？自己得罪了人，自己央及呀。人家賞臉不賞，在人家。何苦來拿我們這些沒要緊的墊喘兒呢？』這一句話，把裏外兩個人都嚇了一跳。你道是誰？原來卻是麝月。寶玉自覺臉上沒趣。只見麝月又說道：『到底是怎麼着？一個陪不是，一個人又不理。你倒是快快的央及呀。噯，我們紫鵑姐姐也就太狠心了，外頭這麼怪冷的，人家央及了這半天，總連個活動氣兒也沒有。』又向寶玉道：『剛纔二奶奶說了，多早晚了，打諒你在那裏呢？你卻一個人站在這房檐底下做什麼？』紫鵑裏面接着說道：『這可是什麼意思呢？早就請二爺進去，有話明日說罷。這是何苦來！』

寶玉還要說話，因見麝月在那裏，不好再說別的，只得一面同麝月走回，一面說道：『罷了，罷了！我今生今世也難剖白這個心了。惟有老天知道罷了！』說到寫紫鵑一段，能得神理。

這裏，那眼淚也不知從何處來的，滔滔不斷了。麝月道：『二爺，依我勸，你死了心罷。白陪眼淚，也可惜了兒的。』

寶玉也不答言，遂進了屋子。只見寶釵睡了，寶玉也知寶釵裝睡。卻是襲人說了一句，道：『有什麽話，明日說不得，巴巴兒的跑那裏去鬧，鬧出——』說到這裏，也就不肯說，遲了一遲，纔接着道：『身上不覺怎麽樣？』寶玉也不言語，只摇摇頭兒。襲人一面纔打發睡下。一夜無眠，自不必說。

這裏，紫鵑被寶玉一招，越發心裏難受，直直的哭了一夜。思前想後，『寶玉的事，明知他病中不能明白，所以衆人弄鬼弄神的辦成了。後來寶玉明白了，舊病復發，常時哭想，並非忘情負義之徒。今日這種柔情，一發叫人難受，只可憐我們林姑娘真真是無福消受他。如此看來，人生緣分都有一定。在那未到頭時，大家都是癡心妄想。及至無可如何，那糊塗的也就不理會了，那情深義重的也不過臨風對月，灑淚悲啼。可憐那死的倒未必知道，這活的真真是苦惱傷心，無休無了。算來，竟不如草木石頭，無知無覺，倒也心中乾淨。』想到此處，倒把一片酸熱之心，一時冰冷了。

纔要收拾睡時，只聽東院裏吵嚷起來。未知何事，下回分解。

【回後評】

鳳姐病重，神思恍惚，時見尤二姐來，又見長安守備之子來，種種幻像，皆寫其生平件件惡事，至此俱幻形索報。此寫鳳姐内心之恐懼，良知之自罰，心理之反映也，與趙姨娘臨終鬼魂索命之恐怖不同。

劉姥姥於鳳姐臨危時來，是從劉姥姥之眼中，寫出賈府衰敗後光景，與盛時作對照。尤其寫出鳳姐前後之變化。鳳姐已末路哀鳴，與當年之風雲叱咤，判然兩人，人之盛衰一至於此，亦爲世人警也。

劉姥姥不以賈府之敗落而改其態，反臨危受命，願受鳳姐之託，遂使鳳姐一點骨血，不致飄零無着，此鳳姐當年一絲善意所留之善報也。又富貴不可恃，惟貧賤者不移，眼看賈府潑天之榮耀富貴，轉眼化爲煙雲，而貧賤布衣之劉姥姥，依然青山如舊，不變故人之心，此真貧賤不移也！

黛玉死後，紫鵑於寶玉總以冷眼待之，雖寶玉百計就之，而紫鵑終不改其態。此紫鵑之一片丹誠於黛玉也，此紫鵑之爲黛玉銜恨負怨也。不如此寫，則黛玉之怨之恨一死已矣，惟留一紫鵑，以洩其長恨耳。寶玉因不得諒於紫鵑，故夜叩紫鵑，又被紫鵑堅拒，方將哀訴之際，又逢麝月之譏，於是寶玉終不得如祭晴雯之一訴痛腸於紫鵑矣。然惟其如此，此恨方能綿綿無盡耳！

鳳姐已病極。

第一百十四回　王熙鳳歷幻返金陵　甄應嘉蒙恩還玉闕

卻說寶玉、寶釵聽說鳳姐病的危急，趕忙起來。丫頭秉燭伺候。正要出院，只見王夫人那邊打發人來說：『璉二奶奶不好了，還沒有嚥氣。二爺、二奶奶且慢些過去罷。璉二奶奶的病有些古怪，從三更天起，到四更時候，璉二奶奶沒有住嘴說些胡話，要船要轎的，說到金陵歸入冊子去。衆人不懂，他只是哭哭喊喊的。璉二爺沒有法兒，只得去糊了船轎，還沒拿來，璉二奶奶喘着氣等呢。叫我們過來說，等璉二奶奶去了，再過去罷。』寶玉道：『這也奇，他到金陵做什麼？』襲人輕輕的和寶玉說道：『你不是那年做夢，我還記得說有多少冊子，不是璉二奶奶也到那裏去麽？』

寶玉聽了，點頭道：『是呀，可惜我都不記得那上頭的話了。這麼說起來，人都有個定數的了。但不知林妹妹又到那裏去了？我如今被你一說，我有些懂得了。若再做這個夢時，我得細細的瞧一瞧，便有未卜先知的分兒了。』襲人道：『你這樣的人可是不可和你說話的，偶然提了一句，你便認起真來了嗎？就算你能先知了，你有什麼法兒？』寶玉道：『只怕不能先知，若是能了，我也犯不着爲你們瞎操心了。』

兩人正說着，寶釵走來，問道：『你們說什麼？』寶玉恐他盤詰，只說：『我們談論鳳姐姐。』寶釵道：『人要死了，你們還只管議論人。舊年你還說我咒人，那個籤不是應了麼？』寶玉又想了一想，拍手道：『是的，是的。這麼說起來，你倒能先知了。我索性問問你，你知道我將來怎麼樣？』寶釵笑道：『這是又胡鬧起來了。我是就他求的籤上的話混解的，你就認了真了。你就和邢妹妹一樣的了。你失了玉，他去求妙玉扶乩，批出來的，衆人不解，他還背地裏和我說，妙玉怎麼前知，怎麼參禪悟道。如今他遭此大難，他如何自己都不知道？這可是算得前知嗎？就是我偶然說着了二奶奶的事情，其實知道他是怎麼樣了？只怕我連我自己也不知道呢。這樣下落，可不是虛誕的事，是信得的麼！』

鳳姐已臨危，這邊還在議論而不去看視，無乃不情乎？

寶玉道：『別提他了。你只說邢妹妹罷。自從我們這裏連連的有事，把他這件事竟忘記了。你們家這麼一件大事，怎麼就草草的完了，也沒請親喚友的。』寶釵道：『你這話又是迂了。我們家的親戚只有咱們這裏和王家最近。王家沒了什麼正經人了。咱們家遭了老太太的大事，所以也沒請，就是璉二哥張羅了張羅。別

交代邢岫煙、薛蝌的婚事。

鳳姐已嘔氣，寶玉終未過去，實不合常情。

的親戚，雖也有一兩門子，你沒過去，如何知道？算起來，我們這二嫂子的命和我差不多，好好的許了我二哥哥，我媽媽原想要體體面面的給二哥哥娶這房親事的。一則爲我哥哥在監裏，二哥哥也不肯大辦；二則爲咱們家的事；三則爲我二嫂子在大太太那邊忒苦，又加着抄了家，大太太是苛刻一點的，他也實在難受。所以我和媽媽說了，便將將就就的娶了過去。我看二嫂子如今倒是安心樂意的孝敬我媽媽，比親媳婦還強十倍呢。待二哥哥也是極盡婦道的。和香菱又甚好，二哥哥不在家，他兩個和和氣氣的過日子。雖說是窮些，我媽媽近來倒安逸好些。就是想起我哥哥來，不免悲傷。況且常打發人家裏來要使用，多虧二哥哥在外頭賬頭兒上討來應付他的。我聽見說，城裏有幾處房子已經典去，還剩了一所在那裏，打算着搬去住。』寶玉道：『爲什麼要搬？住在這裏，你來去也便宜些。若搬遠了，你去就要一天了。』寶釵道：『雖說是親戚，到底各自的穩便些。那裏有個一輩子住在親戚家的呢？』

寶玉還要講出不搬去的理，王夫人打發人來，說：『璉二奶奶嚥了氣了。所有的人多過去了，請二爺、二奶奶就過去。』寶玉聽了，也撐不住跺脚要哭。寶釵雖也悲戚，恐寶玉傷心，便說：『有在這裏哭的，不如到那邊哭去。』

於是兩人一直到鳳姐那裏，只見好些人圍着哭呢。寶釵走到跟前，見鳳姐已王仁又打壞主意。

經停牀，便大放悲聲。寶玉也拉着賈璉的手大哭起來。賈璉也重新哭泣。平兒等因見無人勸解，只得含悲上來勸止了。衆人都悲哀不止。賈璉此時手足無措，叫人傳了賴大來，叫他辦理喪事。自己回明了賈政去，然後行事。但是手頭不濟，諸事拮据。又想起鳳姐素日來的好處，更加悲哭不已，又見巧姐哭的死去活來，越發傷心。哭到天明，即刻打發人去請他大舅子王仁過來。

那王仁自從王子騰死後，王子勝又是無能的人，任他胡爲，已鬧的六親不和，今知妹子死了，只得趕着過來哭了一場。見這裏諸事將就，心下便不舒服，說：『我妹妹在你家辛辛苦苦，當了好幾年家，也沒有什麼錯處，你們家該認真的發送發送纔是。怎麼這時候諸事還沒有齊備？』賈璉本與王仁不睦，見他說些混賬話，知他不懂的什麼，也不大理他。

王仁便叫了他外甥女兒巧姐過來，說：『你娘在時，本來辦事不周到，只知道一味的奉承老太太，把我們的人都不大看在眼裏。外甥女兒，你也大了，看見我曾經沾染過你們沒有？如今你娘死了，諸事要聽着舅舅的話。你母親娘家的親戚，就是我和你二舅舅了。你父親的爲人，我也早知道的了，只有重別人。那年什麼尤姨娘死了，我雖不在京，聽見人說，花了好些銀子。如今你娘死了，你父親倒是這樣的將就辦去嗎？你也不快些勸勸你父親。』

王仁，忘仁也。

巧姐道：『我父親巴不得要好看，只是如今比不得從前了。現在手裏沒錢，所以諸事省些是有的。』王仁道：『你的東西還少麽？』巧姐兒道：『舊年抄去，何嘗還了呢？』王仁道：『你也這樣說。我聽見老太太又給了好些東西，你該拿出來。』巧姐又不好說父親用去，只推不知道。王仁便道：『哦，我知道了，不過是你要留着做嫁妝罷咧。』巧姐聽了，不敢回言，只氣得哽噎難鳴的哭起來了。

平兒生氣說道：『舅老爺有話，等我們二爺進來再說。姑娘這麽點年紀，他懂的什麽。』王仁道：『你們是巴不得二奶奶死了，你們就好爲王了。我並不要什麽。好看些，也是你們的臉面。』說着，賭氣坐着。

巧姐滿懷的不舒服，心想：『我父親並不是沒情。我媽媽在時，舅舅不知拿了多少東西去，如今說得這樣乾淨！』於是便不大瞧得起他舅舅了。豈知王仁心裏想來，他妹妹不知積攢了多少，雖說抄了家，那屋裏的銀子還怕少嗎？『必是怕我來纏他們，所以也幫着這麽說，這小東西兒也是不中用的。』從此王仁也嫌了巧姐兒了。

賈璉並不知道，只忙着弄銀錢使用。外頭的大事叫賴大辦了，裏頭也要用好些錢，一時實在不能張羅。平兒知他着急，便叫賈璉道：『二爺也別過於傷了自己的身子。』賈璉道：『什麽身子！現在日用的錢都沒有，這件事怎麽辦？偏有個糊還是平兒能顧大局。

程日興又來趁人興了。

塗行子，又在這裏蠻纏。你想，有什麼法兒？』平兒道：『二爺也不用着急。若說沒錢使喚，我還有些東西，舊年幸虧沒有抄去，在裏頭。二爺要，就拿去當着使喚罷。』賈璉聽了，心想：『難得這樣。』便笑道：『這樣更好，省得我各處張羅。等我銀子弄到手了還你。』平兒道：『我的也是奶奶給的，什麼還不還？只要這件事辦的好看些就是了。』賈璉心裏倒着實感激他，便將平兒的東西拿了去，當錢使用。諸凡事情，便與平兒商量。

秋桐看着心裏就有些不甘，每每口角裏頭便說：『平兒沒有了奶奶，他要上去了。我是老爺的人，他怎麼就越過我去了呢？』平兒也看出來了，只不理他。倒是賈璉一時明白，越發把秋桐嫌了，一時有些煩惱便拿着秋桐出氣。邢夫人知道，反說賈璉不好。賈璉忍氣。不提。

再說鳳姐停了十餘天，送了殯。賈政守着老太太的孝，總在外書房。那時，清客相公漸漸的都辭去了，只有個程日興還在那裏，時常陪着說說話兒。提起：『家運不好，一連人口死了好些。大老爺和珍大爺又在外頭，家計一天難似一天。外頭東莊地畝，也不知道怎麼樣，總不得了呀！』程日興道：『我在這裏好些年，也知道府上的人，那一個不是肥己的？一年一年都往他家裏拿，那自然府上是一年不够一年了。又添了大老爺、珍大爺那邊兩處的費用，外頭又有些債務，前兒又破了好些財。要想衙門裏緝賊追贓，是難事。老世翁若要安頓家事，除非傳那些管事的來，派一個心腹的人，各處去清查清查。該去的去，該留的留。有了虧空，着在經手的身上賠補，這就有了數兒了。那一座大的園子人家是不敢買的。這裏頭的出息也不少，又不派人管了。那年老世翁不在家，這些人就弄神弄鬼兒的，鬧的一個人不敢到園裏。這都是家人的弊。此時把下人查一查，好的使着，不好的便攆了，這纔是道理。』

賈政點頭道：『先生你所不知，不必說下人，便是自己的姪兒也靠不住。若要我查起來，那能一一親見親知？況我又在服中，不能照管這些了。我素來又兼不大理家，有的沒的，我還摸不着呢。』程日興道：『老世翁最是仁德的人，若在別家的，這樣的家計，就窮起來，十年五載還不怕。便向這些管家的要，也就够了。我聽見世翁的家人，還有做知縣的呢。』

賈政道：『一個人若要使起家人們的錢來，便了不得了，只好自己儉省些。但是冊子上的産業，若是實有還好，生怕有名無實了。』程日興道：『老世翁所見極是。晚生爲什麽說要查查呢？』賈政道：『先生必有所聞。』程日興道：『我雖知道些，那些管事的神通，晚生也不敢言語的。』賈政聽了，便知話裏有因，便嘆道：

甄應嘉，真應假也。

『我自祖父以來，都是仁厚的，從沒有刻薄過下人。我看如今這些人，一日不似一日了。在我手裏行出主子樣兒來，又叫人笑話。』

兩人正說着，門上的進來回道：『江南甄老爺到來了。』賈政便問道：『甄老爺進京爲什麼？』那人道：『奴才也打聽了，說是蒙聖恩起復了。』賈政道：『不用說了，快請罷。』那人出去，請了進來。

那甄老爺，即是甄寶玉之父，名叫甄應嘉，字表友忠，也是金陵人氏，功勳之後。原與賈府有親，素來走動的。因前年掛誤，革了職，動了家產。今遇主上眷念功臣，賜還世職，行取來京陛見。知道賈母新喪，特備祭禮，擇日到寄靈的地方拜奠，所以先來拜望。

賈政有服不能遠接，在外書房門口等着。那位甄老爺一見，便悲喜交集，因在制中不便行禮，便拉着了手，敘了些闊別思念的話。然後分賓主坐下，獻了茶，彼此又將別後事情的話說了。賈政問道：『老親翁幾時陛見的？』甄應嘉道：『前日。』賈政道：『主上隆恩，必有溫諭。』甄應嘉道：『主上的恩典真是比天還高，下了好些旨意。』賈政道：『什麼好旨意？』甄應嘉道：『近來越寇猖獗，海疆一帶小民不安，派了安國公征剿賊寇。主上因我熟悉土疆，命我前往安撫，但是即日就要起身。昨日知老太太仙逝，謹備瓣香，至靈前拜奠，稍盡微忱。』

賈政即忙叩首拜謝，便說：『老親翁即此一行，必是上慰聖心，下安黎庶，誠哉莫大之功，正在此行。但弟不克親睹奇才，只好遥聆捷報。現在鎮海統制是弟舍親，會時務望青照。』甄應嘉道：『老親翁與統制是什麽親戚？』賈政道：『弟那年在江西糧道任時，將小女許配與統制少君，結褵已經三載。因海口案内未清，繼以海寇聚奸，所以音信不通。弟深念小女，俟老親翁安撫事竣後，拜懇便中請爲一視。弟即修數行煩尊紀帶去，便感激不盡了。』

甄應嘉道：『兒女之情，人所不免。我正在有奉託老親翁的事。日蒙聖恩召取來京，因小兒年幼，家下乏人，將賤眷全帶來京。我因欽限迅速，晝夜先行，賤眷在後緩行，到京尚需時日。弟奉旨出京，不敢久留。將來賤眷到京，少不得要到尊府，定叫小犬叩見。如可進教，遇有姻事可圖之處，望乞留意爲感。』賈政一一答應。那甄應嘉又説了幾句話，就要起身，説：『明日在城外再見。』賈政見他事忙，諒難再坐，只得送出書房。

賈璉、寶玉早已伺候在那裏代送，因賈政未叫，不敢擅入。甄應嘉出來，兩人上去請安。應嘉一見寶玉，獃了一獃，心想：『這個怎麽甚像我家寶玉？只是渾身縞素。』因問：『至親久闊，爺們都不認得了。』賈政忙指賈璉道：『這是家兄名赦之子，璉二姪兒。』又指着寶玉道：『這是第二小犬，名叫寶玉。』應嘉拍手道奇：『我在家聽見說，老親翁有個啣玉生的愛子，名叫寶玉。因與小兒同名，心中甚爲罕異。後來想着，這個也是常有的事，不在意了。豈知今日一見，不但面貌相同，且舉止一般，這更奇了。』問起年紀，比這裏的哥兒略小一歲。

賈政便因提起承屬包勇，問及『令郎哥兒與小兒同名』的話述了一遍。應嘉因屬意寶玉，也不暇問及那包勇的得妥，只連連的稱道：『真真罕異！』因又拉了寶玉的手，極致殷勤。又恐安國公起身甚速，急須預備長行，勉強分手徐行。賈璉、寶玉送出，一路又問了寶玉好些的話。及至登車去後，賈璉、寶玉回來見了賈政，便將應嘉問的話回了一遍。賈政命他二人散去。賈璉又去張羅，算明鳳姐喪事的賬目。

寶玉回到自己房中，告訴了寶釵，說是：『常提的甄寶玉，我想一見不能，今日倒先見了他父親了。我還聽得說，寶玉也不日要到京了，要來拜望我老爺呢。又，人人說和我一模一樣的，我只不信。若是他後兒到了咱們這裏來，你們都去瞧去，看他果然和我像不像。』寶釵聽了，道：『嗳，你說話怎麼越發不留神了。什麼男人同你一樣都說出來了，還叫我們瞧去嗎？』

寶玉聽了，知是失言，臉上一紅，連忙的還要解說。不知何話，下回分解。

【回後評】

鳳姐之死，只是按冊詞草草收束，然鳳姐於前八十回中寫得何等有神彩，雖是機關算盡，而其聰明機智，殺伐決斷，豔麗放浪，狠毒貪婪，機變百出等等爲古今小説中所無。續作者難以接筆，固無疑矣。鳳姐臨終，邢、王二夫人均甚冷淡，薛姨媽亦未看視，其兄王仁（忘仁）則更不懷好意，人情炎涼，於此可見。

邢岫煙、薛蝌之婚事，於敍談中寫明，亦是文章收束之筆，用簡筆作交代也。

程日興之話雖反映出賈府下人之自肥，然程日興（趁人興）者，安得不是趁賈政危急之際討好進讒乎。程日興説：『府上的人，那一個不是肥己的？』一句話罵盡賈府所有的人，然程日興自己亦在賈府，則其自身『肥己』否？可見其仍在『趁人興』而討好趨奉也。賈政始終在清客之包圍中，毫無主見，此真『假正』也。

甄應嘉，『真應假』也。甄家之起復，亦如賈府之起復。續作者總不欲使世家大族『落了片白茫茫大地真乾淨』也。從文章結構看，亦欲使真假寶玉相會，以作歸結耳。

第一百十五回　惑偏私惜春矢素志　證同類寶玉失相知

話說寶玉爲自己失言被寶釵問住，想要掩飾過去，只見秋紋進來說：『外頭老爺叫二爺呢。』寶玉巴不得一聲，便走了。去到賈政那裏，賈政道：『我叫你來，不爲別的。現在你穿着孝，不便到學裏去。你在家裏，必要將你念過的文章溫習溫習。我這幾天倒也閑着，隔兩三日要做幾篇文章我瞧瞧，看你這些時進益了沒有。』寶玉只得答應着。賈政又道：『你環兄弟、蘭姪兒，我也叫他們溫習去了。倘若你作的文章不好，反倒不及他們，那可就不成事了。』寶玉不敢言語，答應了個『是』，站着不動。賈政道：『去罷。』寶玉退了出來，正撞見賴大諸人拿着些冊子進來。

寶玉一溜煙回到自己房中，寶釵問了，知道叫他作文章，倒也喜歡。惟有寶玉不願意，也不敢怠慢。正要坐下靜靜心，見有兩個姑子進來，寶玉看是地藏庵的，來和寶釵說：『請二奶奶安。』寶釵待理不理的說：『你們好？』因叫人來：

因地藏庵的姑子來，又引起惜春出家的念頭。

『倒茶給師父們喝。』寶玉原要和那姑子說話，見寶釵似乎厭惡這些，也不好兜搭。那姑子知道寶釵是個冷人，也不久坐，辭了要去。寶釵道：『再坐坐去罷。』那姑子道：『我們因在鐵檻寺做了功德，好些時沒來請太太、奶奶們的安，今日來了，見過了奶奶、太太們，還要看四姑娘呢。』寶釵點頭，由他去了。

那姑子便到惜春那裏，見了彩屏，說：『姑娘在那裏呢？』彩屏道：『不用提了。姑娘這幾天飯都沒吃，只是歪着。』那姑子道：『爲什麼？』彩屏道：『說也話長。你見了姑娘，只怕他便和你說了。』惜春早已聽見，急忙坐起來，說：『你們兩個人好啊？見我們家事差了，便不來了。』那姑子道：『阿彌陀佛！有也是施主，沒也是施主。別說我們是本家庵裏的，受過老太太多少恩惠呢。如今老太太的事，太太、奶奶們都見了，只沒有見姑娘，心裏惦記。今兒是特特的來瞧姑娘來的。』

惜春便問起水月庵的姑子來，那姑子道：『他們庵裏鬧了些事，如今門上也不肯常放進來了。』便問惜春道：『前兒聽見說，櫳翠庵的妙師父怎麼跟了人去了？』惜春道：『那裏的話！說這個話的人，隄防着割舌頭。人家遭了強盜搶去，怎麼還說這樣的壞話。』那姑子道：『妙師父的爲人怪僻，只怕是假惺惺罷。在姑娘面前，我們也不好說的。那裏像我們這些粗夯人，只知道諷經念佛，給人家地藏庵尼姑損毀妙玉，惜春如何倒能與她們『合在機上』。

懺悔，也爲着自己修個善果。』

惜春道：『怎麽樣就是善果呢？』那姑子道：『除了咱們家這樣善德人家兒不怕。若是別人家，那些誥命夫人、小姐也保不住一輩子的榮華。到了苦難來了，可就救不得了。只有個觀世音菩薩大慈大悲，遇見人家有苦難的，就慈心發動，設法兒救濟。爲什麽如今都說大慈大悲、救苦救難的觀世音菩薩呢？我們修了行的人，雖說比夫人、小姐們苦多着呢，只是沒有險難的了。雖不能成佛作祖，修修來世，或者轉個男身，自己也就好了。不像如今脫生了個女人胎子，什麽委屈煩難都說不出來。姑娘，你還不知道呢，要是人家姑娘們出了門子，這一輩子跟着人是更沒法兒的。若說修行，也只要修得真。那妙師父自爲才情比我們強，他就嫌我們這些人俗，豈知俗的纔能得善緣呢。他如今到底是遭了大劫了。』

惜春被那姑子一番話說得合在機上，也顧不得丫頭們在這裏，便將尤氏待他怎樣，前兒看家的事說了一遍。並將頭髮指給他瞧，道：『你打諒我是什麽沒主意、戀火坑的人麽？早有這樣的心，只是想不出道兒來。』那姑子聽了，假作驚慌道：『姑娘再別說這個話！珍大奶奶聽見，還要罵殺我們，攆出庵去呢！姑娘這樣人品，這樣人家，將來配個好姑爺，享一輩子的榮華富貴。』惜春不等說完，便紅了臉說：『珍大奶奶攆得你，我就攆不得麽？』那姑子知是真心，便索性激他一激，尤氏又偏偏認爲惜春是與她過不去。其實惜春出家，豈在尤氏。

說道：『姑娘别怪我們說錯了話，太太、奶奶們那裏就依得姑娘的性子呢？那時鬧出沒意思來，倒不好。我們倒是爲姑娘的話。』惜春道：『這也瞧罷咧。』彩屏等聽這話頭不好，便使個眼色兒給姑子，叫他走。那姑子會意，本來心裏也害怕，不敢挑逗，便告辭出去。惜春也不留他，便冷笑道：『打諒天下就是你們一個地藏庵麽？』那姑子也不敢答言，去了。

彩屏見事不妥，恐耽不是，悄悄的去告訴了尤氏，說：『四姑娘鉸頭髮的念頭還沒有息呢。他這幾天，不是病，竟是怨命。奶奶隄防些，别鬧出事來，那會子歸罪我們身上。』尤氏道：『他那裏是爲要出家？他爲的是大爺不在家，安心和我過不去，也只好由他罷了。』彩屏等沒法，也只好常常勸解。豈知惜春一天一天的不吃飯，只想鉸頭髮。彩屏等吃不住，只得到各處告訴。邢、王二夫人等也都勸了好幾次，怎奈惜春執迷不解。

邢、王二夫人正要告訴賈政。只聽外頭傳進來說：『甄家的太太，帶了他們家的寶玉來了。』衆人急忙接出，便在王夫人處坐下。衆人行禮，敘些寒温，不必細述。只言王夫人提起甄寶玉與自己的寶玉無二，要請甄寶玉進來一見。傳話出去，回來說道：『甄少爺在外書房同老爺說話，說的投了機了，打發人來請我們二

私偕春矢素志
谭凤嬛画

甄、賈寶玉此時方會合。

爺、三爺，還叫蘭哥兒，在外頭吃飯。吃了飯進來。』說畢，裏頭也便擺飯，不提。

且說賈政見甄寶玉相貌果與寶玉一樣，試探他的文才，竟應對如流，甚是心敬，故叫寶玉等三人出來警勵他們。再者，到底叫寶玉來比一比。寶玉聽命，穿了素服，帶了兄弟、姪兒出來，見了甄寶玉，竟是舊相識一般。那甄寶玉也像那裏見過的，兩人行了禮，然後賈環、賈蘭相見。本來賈政席地而坐，要讓甄寶玉在椅子上坐。甄寶玉因是晚輩，不敢上坐，就在地下鋪了褥子坐下。如今寶玉等出來，又不能同賈政一處坐着，爲甄寶玉又是晚一輩，又不好叫寶玉等站着。

賈政知是不便，站着又說了幾句話，叫人擺飯，說：『我失陪，叫小兒輩陪着，大家說說話兒，好叫他們領領大教。』甄寶玉遜謝道：『老伯大人請便。姪兒正欲領世兄們的教呢。』賈政回覆了幾句，便自往內書房去。那甄寶玉反要送出來，賈政攔住。寶玉等先搶了一步，出了書房門檻，站立着看賈政進去，然後進來讓甄寶玉坐下。彼此套敘了一回，諸如久慕渴想的話，也不必細述。

且說賈寶玉見了甄寶玉，想到夢中之景，並且素知甄寶玉爲人必是和他同心，以爲得了知己。因初次見面，不便造次。且又賈環、賈蘭在坐，只有極力誇讚說：『久仰芳名，無由親炙。今日見面，真是謫仙一流的人物。』

『可與共學』兩句出《論語·子罕》。

甄寶玉經劫難後已改易其心性，欲走文章經濟之道。

賈蘭已完全入於文章經濟之途。

那甄寶玉素來也知賈寶玉的爲人：『今日一見，果然不差。只是可與我共學，不可與你適道。他既和我同名同貌，也是三生石上的舊精魂了。既我略知了些道理，怎麽不和他講講？但是初見，尚不知他的心與我同不同，只好緩緩的來。』便道：『世兄的才名，弟所素知的。在世兄，是數萬人的裏頭選出來最清最雅的。在弟，是庸庸碌碌一等愚人，忝附同名，殊覺玷辱了這兩個字。』

賈寶玉聽了，心想：『這個人果然同我的心一樣的。但是你我都是男人，不比那女孩兒們清潔，怎麽他拿我當作女孩兒看待起來？』便道：『世兄謬贊，實不敢當。弟是至濁至愚，只不過一塊頑石耳，何敢比世兄品望高清，實稱此兩字。』甄寶玉道：『弟少時不知分量，自謂尚可琢磨。豈知家遭消索，數年來更比瓦礫猶賤，雖不敢說歷盡甘苦，然世道人情略略的領悟了好些。世兄是錦衣玉食，無不遂心的，必是文章經濟高出人上，所以老伯鍾愛，將爲席上之珍。弟所以纔說尊名方稱。』

賈寶玉聽這話頭，又近了祿蠹的舊套，想話回答。賈環見未與他說話，心中早不自在。倒是賈蘭聽了這話甚覺合意，便說道：『世叔所言固是太謙，若論到文章經濟，實在從歷練中出來的，方爲真才實學。在小姪年幼，雖不知文章爲何物，然將讀過的細味起來，那膏粱文繡比着令聞廣譽，真是不啻百倍的了。』

自述改變之因，確是真改，不是假改。從此甄寶玉是確走仕途經濟，言忠言孝，立德立言之人，再無別意矣。

甄寶玉未及答言，賈寶玉聽了蘭兒的話，心裏越發不合，想道：『這孩子從幾時也學了這一派酸論。』便說道：『弟聞得世兄也詆盡流俗，性情中另有一番見解。今日弟幸會芝範，想欲領教一番超凡入聖的道理，從此可以淨洗俗腸，重開眼界。不意視弟爲蠢物，所以將世路的話來酬應。』甄寶玉聽說，心裏曉得：『他知我少年的性情，所以疑我爲假。我索性把話說明，或者與我作個知心朋友，也是好的。』便說道：『世兄高論，固是真切。但弟少時也曾深惡那些舊套陳言，只是一年長似一年，家君致仕在家，懶于酬應，委弟接待。後來見過那些大人先生，盡都是顯親揚名的人，便是著書立說，無非言忠言孝，自有一番立德立言的事業，方不枉生在聖明之時，也不致負了父親、師長養育教誨之恩，所以把少時那一派迂想癡情漸漸的淘汰了些。如今尚欲訪師覓友，教導愚蒙，幸會世兄，定當有以教我。適纔所言，並非虛意。』

賈寶玉愈聽愈不耐煩，又不好冷淡，只得將言語支吾。幸喜裏頭傳出話來，說：『若是外頭爺們吃了飯，請甄少爺裏頭去坐呢。』寶玉聽了，趁勢便邀甄寶玉進去。那甄寶玉依命前行，賈寶玉等陪着來見王夫人。

賈寶玉見是甄太太上坐，便先請過了安，賈環、賈蘭也見了。甄寶玉也請了王夫人的安，兩母、兩子互相厮認。雖是賈寶玉是娶過親的，那甄夫人年紀已老，紫鵑忽作此想，唐突黛玉甚矣。此作者之惡札也。

又是老親，因見賈寶玉的相貌、身材與他兒子一般，不禁親熱起來。王夫人更不用說，拉着甄寶玉問長問短，覺得比自己家的寶玉老成些。回看賈蘭，也是清秀超群的，雖不能像兩個寶玉的形像，也還隨得上。只有賈環粗夯，未免有偏愛之色。

衆人一見兩個寶玉在這裏，都來瞧看，說道：『真真奇事，名字同了也罷，怎麽相貌、身材都是一樣的？虧得是我們寶玉穿孝，若是一樣的衣服穿着，一時也認不出來。』內中紫鵑一時癡意發作，便想起黛玉來，心裏說道：『可惜林姑娘死了。若不死時，就將那甄寶玉配了他，只怕也是願意的。』

正想着，只聽得甄夫人道：『前日聽得我們老爺回來說，我們寶玉年紀也大了，求這裏老爺留心一門親事。』王夫人正愛甄寶玉，順口便說道：『我也想要與令郎作伐。我家有四個姑娘，那三個都不用說，死的死、嫁的嫁了。還有我們珍大姪兒的妹子，只是年紀過小幾歲，恐怕難配。倒是我們大媳婦的兩個堂妹子，生得人才齊整。二姑娘呢，已經許了人家，三姑娘正好與令郎爲配。過一天，我給令郎做媒。但是他家的家計如今差些。』甄夫人道：『太太這話又客套了。如今我們家還有什麽，只怕人家嫌我們窮罷了。』王夫人道：『現今府上復又出了差，將來不但復舊，必是比先前更要鼎盛起來。』甄夫人笑着道：『但願依着太太的話更甄、賈寶玉截然分道。

好。這麽着，就求太太作個保山。』

甄寶玉聽他們說起親事，但告辭出來。賈寶玉等只得陪着來到書房，見賈政已在那裏，復又立談幾句。聽見甄家的人來回甄寶玉道：『太太要走了，請爺回去罷。』於是甄寶玉告辭出來。賈政命寶玉、環、蘭相送。不提。

且說寶玉自那日見了甄寶玉之父，知道甄寶玉來京，朝夕盼望。今兒見面，原想得一知己，豈知談了半天，竟有些冰炭不投。悶悶的回到自己房中，也不言，也不笑，只管發怔。寶釵便問：『那甄寶玉果然像你麽？』寶玉道：『相貌倒還是一樣的。只是言談間看起來並不知道什麽，不過也是個祿蠹。』

寶釵道：『你又編派人家了。怎麽就見得也是個祿蠹呢？』寶玉道：『他說了半天，並沒個明心見性之談，不過說些什麽文章經濟，又說什麽爲忠爲孝。這樣人，可不是個祿蠹麽！只可惜他也生了這樣一個相貌。我想來，有了他，我竟要連我這個相貌都不要了。』寶釵見他又發獃話，便說道：『你真真說出句話來叫人發笑，這相貌怎麽能不要呢。況且人家這話是正理，做了一個男人，原該要立身揚名的，誰像你一味的柔情私意。不說自己沒有剛烈，倒說人家是祿蠹。』

寶玉本聽了甄寶玉的話甚不耐煩，又被寶釵搶白了一場，心中更加不樂，悶悶昏昏，不覺將舊病又勾起來了，並不言語，只是傻笑。寶釵不知，只道是『我的惜春決意出家。

寶玉自會見甄寶玉後，受寶釵搶白，舊病發作，愈來愈重。

話錯了，他所以冷笑』，也不理他。豈知那日便有些發獃，襲人等慪他也不言語。過了一夜，次日起來，只是發獃，竟有前番病的樣子。

一日，王夫人因爲惜春定要鉸髮出家，尤氏不能攔阻，看着惜春的樣子，是若不依他必要自盡的，雖然晝夜着人看着，終非常事，便告訴了賈政。賈政嘆氣跺腳，只說：『東府裏不知幹了什麼，鬧到如此地位！』叫了賈蓉來，說了一頓，叫他去和他母親說，認真勸解勸解。『若是必要這樣，就不是我們家的姑娘了。』

豈知尤氏不勸還好，一勸了，更要尋死，說：『做了女孩兒，終不能在家一輩子的，若像二姐姐一樣，老爺、太太們倒要煩心，況且死了。如今譬如我死了似的，放我出了家，乾乾淨淨的一輩子，就是疼我了。況且我又不出門，就是櫳翠庵，原是咱們家的基趾，我就在那裏修行。我有什麼，你們也照應得着。現在妙玉的當家的在那裏。你們依我呢，我就算得了命了。若不依我呢，我也沒法，只有死就完了。我如若遂了自己的心願，那時哥哥回來，我和他說，並不是你們逼着我的。若說我死了，未免哥哥回來倒說你們不容我。』尤氏本與惜春不合，聽他的話也似乎有理，只得去回王夫人。

王夫人已到寶釵那裏，見寶玉神魂失所，心下着忙，便說襲人道：『你們忒不留神，二爺犯了病，也不來回我。』襲人道：『二爺的病，原來是常有的，一時大夫已不肯下藥，寶玉已到臨危。

好，一時不好。天天到太太那裏仍舊請安去，原是好好兒的，今兒纔發糊塗些。二奶奶正要來回太太，恐防太太說我們大驚小怪。』寶玉聽見王夫人說他們，心裏一時明白，恐他們受委屈，便說道：『太太放心，我沒什麼病，只是心裏覺着有些悶悶的。』

王夫人道：『你是有這病根子，早說了，好請大夫瞧瞧，吃兩劑藥好了不好！若再鬧到頭裏丟了玉的時候似的，就費事了。』寶玉道：『太太不放心，便叫個人來瞧瞧，我就吃藥。』王夫人便叫丫頭傳話出來，請大夫。這一個心思都在寶玉身上，便將惜春的事忘了。遲了一回，大夫看了，服藥。王夫人回去。

過了幾天，寶玉更糊塗了，甚至於飯食不進，大家着急起來。恰又忙着脫孝，家中無人，又叫了賈芸來照應大夫。賈璉家下無人，請了王仁來在外幫着料理。那巧姐兒是日夜哭母，也是病了。所以榮府中又鬧得馬仰人翻。

一日，又當脫孝來家。王夫人親身又看寶玉，見寶玉人事不醒，急得衆人手足無措。一面哭着，一面告訴賈政說：『大夫回了，不肯下藥，只好預備後事。』賈政嘆氣連連，只得親自看視，見其光景果然不好，便又叫賈璉辦去。賈璉不敢違拗，只得叫人料理，手頭又短，正在爲難，只見一個人跑進來，說：『二爺，不好了，又有饑荒來了。』

絕處逢生。

賈璉不知何事，這一唬非同小可，瞪着眼説道：『什麼事？』那小厮道：『門上來了一個和尚，手裏拿着二爺的這塊丢的玉，説要一萬賞銀。』賈璉照臉啐道：『我打量什麼事，這樣慌張。前番那假的你不知道麽？就是真的，現在人要死了，要這玉做什麽！』小厮道：『奴才也説了。那和尚説，給他銀子就好了。』又聽着外頭嚷進來説：『這和尚撒野，各自跑進來了，衆人攔他攔不住。』賈璉道：『那裏有這樣怪事？你們還不快打出去呢！』正鬧着，賈政聽見了，也没了主意了。裏頭又哭出來説：『寶二爺不好了！』賈政益發着急。只見那和尚嚷道：『要命，拿銀子來！』賈政忽然想起，頭裏寶玉的病是和尚治好的，這會子和尚來，或者有救星。但是這玉倘或是真，他要起銀子來，怎麽樣呢？想了一想，姑且不管他，果真人好了再説。

賈政叫人去請，那和尚已進來了，也不施禮，也不答話，便往裏就跑。賈璉拉着道：『裏頭都是內眷，你這野東西混跑什麽？』那和尚道：『遲了，就不能救了！』賈璉急得一面走，一面亂嚷道：『裏頭的人不要哭了，和尚進來了！』王夫人等只顧着哭，那裏理會。賈璉走近來又嚷，王夫人等回過頭來，見一個長大的和尚，唬了一跳，躲避不及。那和尚直走到寶玉炕前，寶釵避過一邊，襲人見王夫人站着，不敢走開。只見那和尚道：『施主們，我是送玉來的。』説着，把那塊玉擎

『入我門來一笑逢』也。

着，道：『快把銀子拿出來，我好救他！』王夫人等驚惶無措，也不擇真假，便說道：『若是救活了人，銀子是有的。』那和尚笑道：『拿來！』王夫人道：『你放心，横豎折變的出來。』

和尚哈哈大笑，手拿着玉，在寶玉耳邊叫道：『寶玉，寶玉！你的寶玉回來了！』說了這一句，王夫人等見寶玉把眼一睜。襲人說道：『好了。』只見寶玉便問道：『在那裏呢？』那和尚把玉遞給他手裏。寶玉先前緊緊的攥着，後來慢慢的得過手來，放在自己眼前，細細的一看，說：『嗳呀，久違了！』裏外衆人都喜歡的念佛，連寶釵也顧不得有和尚了。賈璉也走過來一看，果見寶玉回過來了，心裏一喜，疾忙躲出去了。

那和尚也不言語，趕來拉着賈璉就跑。賈璉只得跟着，到了前頭，趕着告訴賈政。賈政聽了喜歡，即找和尚施禮叩謝。和尚還了禮坐下。賈璉心下狐疑：『必是要了銀子纔走。』賈政細看那和尚，又非前次見的，便問：『寶刹何方？法師大號？這玉是那裏得的？怎麽小兒一見便會活過來呢？』那和尚微微笑道：『我也不知道，只要拿一萬銀子來，就完了。』賈政見這和尚粗魯，也不敢得罪，便說：『有。』和尚道：『有，便快拿來罷，我要走了。』賈政道：『略請少坐，待我進内瞧瞧。』和尚道：『你去，快出來纔好。』

賈政果然進去，也不及告訴，便走到寶玉炕前。寶玉見是父親來，欲要爬起，因身子虛弱起不來。王夫人按着，說道：『不要動。』寶玉笑着拿這玉給賈政瞧道：『寶玉來了。』賈政略略一看，知道此事有些根源，也不細看，便和王夫人道：『寶玉好過來了。這賞銀怎麽樣？』王夫人道：『儘着我所有的，折變了給他，就是了。』寶玉道：『只怕這和尚不是要銀子的罷。』賈政點頭道：『我也看來古怪，但是他口口聲聲的要銀子。』王夫人道：『老爺出去，先款留着他再說。』賈政出來。

寶玉便嚷餓了，喝了一碗粥，還說要飯。婆子們果然取了飯來，王夫人還不敢給他吃。寶玉說：『不妨的，我已經好了。』便爬着吃了一碗，漸漸的神氣果然好過來了，但要坐起來。麝月上去輕輕的扶起，因心裏喜歡，忘了情，說道：『真是寶貝，纔看見了一會兒就好了。虧的當初沒有砸破。』

寶玉聽了這話，神色一變，把玉一摺，身子往後一仰。未知死活，下回分解。

【回後評】

惜春的出家，一是她孤僻的個性，二是她的社會家庭環境：眼見着衆芳皆盡，迎春慘死，探春遠嫁，雖元春貴爲皇妃，亦是孤獨而終，黛玉則明明是爲情而死。諸種現實，說明青春少女沒有出路，沒有幸福，何況她又是東府裏的人，東府已不堪至此，連賈政都『嘆氣跺腳，只說：「東府裏不知幹了什麼？鬧到如此地位！」』所以惜春之出家，固有她孤僻個性的一面，更還有社會逼迫的一面，而且是更重要的一面。假定她的姐妹們個個歡歡喜喜，找到了自己的理想出路，她又何必定要出家！

甄、賈寶玉至此方合。前八十回甄寶玉未有具體描寫，直到此處甄、賈寶玉方匯合，然後又開始明確分道揚鑣。此一構思，是續作者完成的。甄寶玉走仕途經濟之路，在世人目中是『真寶玉』。賈寶玉失玉後心性模糊摇蕩，至玉歸後，又復原始本性，賈寶玉終是『假寶玉』，續作者以此來歸結全書。然賈寶玉在失玉前已與前八十回開始游離，故續書之賈寶玉與前八十回之賈寶玉終未能成一體也。

寶玉剛剛清醒過來，忽又死去，情節倏忽變化，令人不可捉摸。

寶玉又入幻境。

第一百十六回　得通靈幻境悟仙緣　送慈柩故鄉全孝道

話說寶玉一聽麝月的話，身往後仰，復又死去，急得王夫人等哭叫不止。麝月自知失言致禍，此時王夫人等也不及說他。那麝月一面哭着，一面打定主意，心想：『若是寶玉一死，我便自盡，跟了他去！』

不言麝月心裏的事。且言王夫人等見叫不回來，趕着叫人出來，找和尚救治。豈知賈政進內出去時，那和尚已不見了。

賈政正在詫異，聽見裏頭又鬧，急忙進來。見寶玉又是先前的樣子，口關緊閉，脈息全無。用手在心窩中一摸，尚是溫熱。賈政只得急忙請醫灌藥救治。

那知那寶玉的魂魄早已出了竅了。你道死了不成？卻原來恍恍惚惚趕到前廳，見那送玉的和尚坐着，便施了禮。那知和尚站起身來，拉着寶玉就走。寶玉跟了和尚，覺得身輕如葉，飄飄颻颻，也沒出大門，不知從那裏走了出來。行了一程，到了個荒野地方，遠遠的望見一座牌樓，好像曾到過的。

先遇尤三姐。

正要問那和尚時，只見恍恍惚惚來了一個女人。寶玉心裏想道：『這樣曠野地方，那得有如此的麗人，必是神仙下界了。』寶玉想着，走近前來，細細一看，竟有些認得的，只是一時想不起來。見那女人和和尚打了一個照面，就不見了。寶玉一想，竟是尤三姐的樣子，越發納悶：『怎麼他也在這裏？』又要問時，那和尚拉着寶玉過了那牌樓，只見牌上寫着『真如福地』四個大字，兩邊一副對聯，乃是：

與第五回太虛幻境的對聯正好意思相反。

假去真來真勝假，
無原有是有非無。

轉過牌坊，便是一座宮門，門上橫書四個大字道：『福善禍淫』。又有一副對子，大書云：

過去未來，莫謂智賢能打破；
前因後果，須知親近不相逢。

又見鴛鴦。

寶玉看了，心下想道：『原來如此。我倒要問問因果來去的事了。』這麼一想，只見鴛鴦站在那裏招手兒叫他。寶玉想道：『我走了半日，原不曾出園子，怎麼改了樣子了呢？』趕着要和鴛鴦説話，豈知一轉眼便不見了，心裏不免疑惑起來。走到鴛鴦站的地方兒，乃是一溜配殿，各處都有匾額。寶玉無心去看，只向鴛鴦立的所在奔去。

見那一間配殿的門半掩半開，寶玉也不敢造次進去，心裏正要問那和尚一聲，回過頭來，和尚早已不見了。寶玉恍惚，見那殿宇巍峨，絶非大觀園景象。便立住脚，擡頭看那匾額上寫道：『引覺情癡』。兩邊寫的對聯道：

喜笑悲哀都是假，
貪求思慕總因癡。

寶玉看了，便點頭嘆息。想要進去找鴛鴦，問他是什麽所在。細細想來，甚是熟識，便仗着膽子推門進去。滿屋一瞧，並不見鴛鴦，裏頭只是黑漆漆的，心下害怕。正要退出，見有十數個大櫥，櫥門半掩。

寶玉忽然想起：『我少時做夢，曾到過這樣個地方。如今能够親身到此，也是大幸。』恍惚間，把找鴛鴦的念頭忘了。便壯着膽把上首的大櫥開了櫥門一瞧，見有好幾本册子，心裏更覺喜歡，想道：『大凡人做夢，説是假的，豈知有這夢便有這事。我常説，還要做這個夢，再不能的，不料今兒被我找着了。但不知那冊子是那個見過的不是？』伸手在上頭取了一本，冊上寫着：『金陵十二釵正冊』。寶玉拿着一想，道：『我恍惚記得是那個，只恨記不得清楚。』便打開頭一頁看去，見上頭有畫，但是畫跡模糊，再瞧不出來。後面有幾行字跡，也不清楚，尚可摹擬，便細細的看去，見有什麼『玉帶』，上頭有個好像『林』字，心裏想道：『不要是說林妹妹罷？』便認真看去，底下又有『金簪雪裏』四字，詫異道：『怎麼又像他的名字呢？』復將前後四句合起來一念道：『也沒有什麼道理，只是暗藏着他兩個名字，並不爲奇。獨有那「憐」字「嘆」字不好。這是怎麼解？』想到那裏，又自啐道：『我是偷着看，若只管獃想起來，倘有人來，又看不成了。』

遂往後看去，也無暇細玩那畫圖，只從頭看去。看到尾兒，有幾句詞，什麼『相逢大夢歸』一句，便恍然大悟道：『是了，果然機關不爽，這必是元春姐姐了。若都是這樣明白，我要抄了去，細玩起來，那些姊妹們的壽夭窮通，沒有不知的了。我回去自不肯洩漏，只做一個未卜先知的人，也省了多少閑想。』又向各處一瞧，並沒有筆硯，又恐人來，只得忙着看去。

只見圖上影影有一個放風箏的人兒，也無心去看。急急的將那十二首詩詞都看遍了。也有一看便知的，也有一想便得的，也有不大明白的，心下牢牢記着。一面嘆息，一面又取那《金陵又副冊》一看，看到『堪羨優伶有福，誰知公子無緣』，絳珠草。

先前不懂，見上面尚有花席的影子，便大驚痛哭起來。

待要往後再看，聽見有人說道：『你又發獃了！林妹妹請你呢。』好似鴛鴦的聲氣，回頭卻不見人。心中正自驚疑，忽鴛鴦在門外招手。寶玉一見，喜得趕出來。但見鴛鴦在前影影綽綽的走，只是趕不上。寶玉叫道：『好姐姐，等等我。』那鴛鴦並不理，只顧前走。寶玉無奈，儘力趕去。

忽見別有一洞天，樓閣高聳，殿角玲瓏，且有好些宮女隱約其間。寶玉貪看景致，竟將鴛鴦忘了。寶玉順步走入一座宮門，內有奇花異卉，都也認不明白。惟有白石花欄，圍着一棵青草，葉頭上略有紅色，但不知是何名草，這樣矜貴。只見微風動處，那青草已搖擺不休，雖說是一枝小草，又無花朵，其嫵媚之態，不禁心動神怡，魂消魄喪。

寶玉只管獃獃的看着，只聽見旁邊有一人說道：『你是那裏來的蠢物，在此窺探仙草？』寶玉聽了，吃了一驚，回頭看時，卻是一位仙女，便施禮道：『我找鴛鴦姐姐，誤入仙境，恕我冒昧之罪。請問神仙姐姐，這裏是何地方？怎麼我鴛鴦姐姐到此，還說是林妹妹叫我？望乞明示。』那人道：『誰知你的姐姐妹妹，我是看管仙草的，不許凡人在此逗留。』寶玉欲待要出來，又捨不得，只得央告道：『神仙姐姐既是那管理仙草的，必然是花神姐姐了。但不知這草有何好處？』

又見尤三姐。

那仙女道：『你要知道這草，說起來話長着呢。那草本在靈河岸上，名曰絳珠草，因那時萎敗，幸得一個神瑛侍者，日以甘露灌溉，得以長生。後來降凡歷劫，還報了灌溉之恩，今返歸真境。所以警幻仙子命我看管，不令蜂纏蝶戀。』

寶玉聽了不解，一心疑定必是遇見了花神了，今日斷不可當面錯過，便問：『管這草的是神仙姐姐了。還有無數名花必有專管的，我也不敢煩問，只有看管芙蓉花的是那位神仙？』那仙女道：『我卻不知，除是我主人方曉。』寶玉便問道：『姐姐的主人是誰？』那仙女道：『我主人是瀟湘妃子。』寶玉聽道：『是了，你不知道，這位妃子就是我的表妹林黛玉。』那仙女道：『胡說。此地乃上界神女之所，雖號爲瀟湘妃子，並不是娥皇、女英之輩，何得與凡人有親？你少來混說，瞧着叫力士打你出去。』寶玉聽了發怔，只覺自形穢濁，正要退出，又聽見有人趕來，說道：『裏面叫請神瑛侍者。』那人道：『我奉命等了好些時，總不見有神瑛侍者過來。你叫我那裏請去？』那一個笑道：『纔退去的不是麽？』那侍女慌忙趕出來，說：『請神瑛侍者回來。』寶玉只道是問別人，又怕被人追趕，只得踉蹌而逃。

正走時，只見一人手提寶劍，迎面攔住，說：『那裏走！』唬得寶玉驚惶無措，仗着膽擡頭一看，卻不是別人，就是尤三姐。寶玉見了，略定些神，央告道：

又見晴雯。

『姐姐，怎麽你也來逼起我來了？』那人道：『你們弟兄，沒有一個好人，敗人名節，破人婚姻。今兒你到這裏，是不饒你的了！』寶玉聽去，話頭不好，正自着急，只聽後面有人叫道：『姐姐快快攔住，不要放他走了。』尤三姐道：『我奉妃子之命，等候已久，今兒見了，必定要一劍斬斷你的塵緣。』寶玉聽了，益發着忙，又不懂這些話到底是什麽意思，只得回頭要跑。

豈知身後說話的並非別人，卻是晴雯。寶玉一見，悲喜交集，便說：『我一個人走迷了道兒，遇見仇人，我要逃回，卻不見你們一人跟着我。如今好了，晴雯姐姐，快快的帶我回家去罷。』晴雯道：『侍者不必多疑，我非晴雯。我是奉妃子之命，特來請你一會，並不難爲你。』寶玉滿腹狐疑，只得問道：『姐姐說是妃子叫我，那妃子究是何人？』晴雯道：『此時不必問。到了那裏，自然知道。』寶玉沒法，只得跟着走。細看那人背後舉動，恰是晴雯，那面目聲音是不錯的了，『怎麽他說不是？我此時心裏模糊。且別管他。到了那邊，見了妃子，就有不是，那時再求他，到底女人的心腸是慈悲的，必是恕我冒失。』

正想着，不多時到了一個所在。只見殿宇精緻，彩色輝煌，庭中一叢翠竹，户外數本蒼松，廊簷下立着幾個侍女，都是宮妝打扮。見了寶玉進來，便悄悄的説道：『這就是神瑛侍者麽？』引着寶玉的説道：『就是。你快進去通報罷。』有一侍女笑着招手，寶玉便跟着進去。過了幾層房舍，見一正房，珠簾高掛。那侍女說：『站着候旨。』寶玉聽了，也不敢則聲，只得在外等着。

又見黛玉。

那侍女進去不多時，出來說：『請侍者參見。』又有一人捲起珠簾。只見一女子，頭戴花冠，身穿繡服，端坐在內。寶玉略一擡頭，見是黛玉的形容，便不禁的說道：『妹妹在這裏，叫我好想！』那簾外的侍女悄咤道：『這侍者無禮，快快出去！』說猶未了，又見一個侍兒將珠簾放下。

寶玉此時欲待進去又不敢，要走又不捨，待要問明，見那些侍女並不認得，又被驅逐，無奈出來。心想要問晴雯，回頭四顧，並不見有晴雯。心下狐疑，只得怏怏出來，又無人引着，正欲找原路而去，卻又找不出舊路了。

又見鳳姐。

正在爲難，見鳳姐站在一所房簷下招手。寶玉看見，喜歡道：『可好了，原來回到自己家裏了。我怎麼一時迷亂如此。』急奔前來，說：『姐姐在這裏麼？我被這些人捉弄到這個分兒。林妹妹又不肯見我，不知是何原故？』說着，走到鳳姐站的地方，細看起來，並不是鳳姐，原來卻是賈蓉的前妻秦氏。寶玉只得立住腳，要問『鳳姐姐在那裏』。那秦氏也不答言，竟自往屋裏去了。

又見可卿。

寶玉恍恍惚惚的又不敢跟進去，只得獃獃的站着，嘆道：『我今兒得了什麼不是，衆人都不理我。』便痛哭起來。見有幾個黃巾力士執鞭趕來，說：『是何又見迎春等人。

一段歷幻緣的情節，都是從前面第五回來，然第五回文筆何等靈動，此處只見模擬痕迹。

處男人，敢闖入我們這天仙福地來。快走出去！』寶玉聽得，不敢言語。正要尋路出來，遠遠望見一群女子說笑前來。寶玉看時，又像有迎春等一干人走來，心裏喜歡，叫道：『我迷住在這裏，你們快來救我！』正嚷着，後面力士趕來。寶玉急得往前亂跑，忽見那一群女子都變作鬼怪形像，也來追撲。

寶玉正在情急，只見那送玉來的和尚，手裏拿着一面鏡子一照，說道：『我奉元妃娘娘旨意，特來救你。』登時鬼怪全無，仍是一片荒郊。寶玉拉着和尚，說道：『我記得是你領我到這裏，你一時又不見了。看見了好些親人，只是都不理我，忽又變作鬼怪，到底是夢是真，望老師明白指示。』那和尚道：『你到這裏曾偷看什麼東西沒有？』寶玉一想，道：『他既能帶我到天仙福地，自然也是神仙了，如何瞞得他，況且正要問個明白。』便道：『我倒見了好些冊子來着。』那和尚道：『可又來，你見了冊子，還不解麼？世上的情緣都是那些魔障。只要把歷過的事情細細記着，將來我與你說明。』說着，把寶玉狠命的一推，說：『回去罷！』寶玉站不住腳，一跤跌倒，口裏嚷道：『呵喲！』

王夫人等正在哭泣，聽見寶玉甦來，連忙叫喚。寶玉睜眼看時，仍躺在炕上，見王夫人、寶釵等哭的眼泡紅腫。定神一想，心裏說道：『是了，我是死去過來的。』遂把神魂所歷的事獃獃的細想，幸喜多還記得，便哈哈的笑道：『是了，是了！』王夫人只道舊病復發，便好延醫調治，即命丫頭、婆子快去告訴賈政，說是：『寶玉回過來了。頭裏原是心迷住了，如今說出話來，不用備辦後事了。』賈政聽了，即忙進來看視，果見寶玉甦來，便道：『沒福的癡兒，你要唬死誰麽！』說着，眼淚也不知不覺流下來了。又嘆了幾口氣，仍出去叫人請醫生診脈服藥。

這裏，麝月正思自盡，見寶玉一過來，也放了心。只見王夫人叫人端了桂圓湯，叫他喝了幾口，漸漸的定了神。王夫人等放心，也沒有說麝月，只叫人仍把那玉交給寶釵，給他帶上。『想起那和尚來，這玉不知那裏找來的，也是古怪。怎麽一時要銀，一時又不見了，莫非是神仙不成？』

寶釵道：『說起那和尚來的蹤跡，去的影響，那玉並不是找來的。頭裏丟的時候，必是那和尚取去的。』王夫人道：『玉在家裏，怎麽能取的了去？』寶釵道：『既可送來，就可取去。』襲人、麝月道：『那年丟了玉，林大爺測了個字，後來二奶奶過了門，我還告訴過二奶奶，說測的那字是什麽「賞」字。二奶奶還記得麽？』寶釵想道：『是了。你們說測的是當鋪裏找去，如今纔明白了，竟是個和尚的「尚」字在上頭。可不是和尚取了去的麽？』

王夫人道：『那和尚本來古怪。那年寶玉病的時候，那和尚來說是我們家有寶貝可解，說的就是這塊玉了。他既知道，自然這塊玉到底有些來歷。況且你女婿養下來就嘴裏含着的。古往今來，你們聽見過這麼第二個麼？只是不知終久這塊玉到底是怎麼着，就連咱們這一個也還不知是怎麼着。病也是這塊玉，好也是這塊玉，生也是這塊玉——』說到這裏，忽然住了，不免又流下淚來。寶玉聽了，心裏卻也明白，更想死去的事愈加有因，只不言語，心裏細細的記憶。

那時，惜春便說道：『那年失玉，還請妙玉請過仙，說是「青埂峰下倚古松」，還有什麼「入我門來一笑逢」的話，想起來「入我門」三字大有講究。佛教的法門最大，只怕二哥不能入得去。』寶玉聽了，又冷笑幾聲。寶釵聽了，不覺的把眉頭兒肐揪着發起怔來。尤氏道：『偏你一說又是佛門了。你出家的念頭還沒有歇麼？』惜春笑道：『不瞞嫂子說，我早已斷了葷了。』王夫人道：『好孩子，阿彌陀佛，這個念頭是起不得的。』惜春聽了，也不言語。

寶玉想『青燈古佛前』的詩句，不禁連嘆幾聲。忽又想起一牀蓆、一枝花的詩句來，拿眼睛看着襲人，不覺又流下淚來。衆人都見他忽笑忽悲，也不解是何意，只道是他的舊病。豈知寶玉觸處機來，竟能把偷看冊上詩句俱牢牢記住了，只是不說出來，心中早有一個成見在那裏了。暫且不提。

賈政要扶柩南歸。

且說衆人見寶玉死去復生，神氣清爽，又加連日服藥，一天好似一天，漸漸的復原起來。便是賈政見寶玉已好，現在丁憂無事，想起賈赦不知幾時遇赦，老太太的靈柩久停寺內，終不放心，欲要扶柩回南安葬，便叫了賈璉來商議。

賈璉便道：『老爺想得極是。如今趁着丁憂，幹了一件大事更好。將來老爺起了服，生恐又不能遂意了。但是我父親不在家，姪兒呢，又不敢僭越。老爺的主意很好，只是這件事也得好幾千銀子。衙門裏緝贓，那是再緝不出來的。』賈政道：『我的主意是定了。只爲大爺不在家，叫你來商議商議怎麼個辦法。你是不能出門的。現在這裏沒有人，我爲是好幾口材都要帶回去的，一個怎麼樣的照應呢？想起把蓉哥兒帶了去。況且有他媳婦的棺材也在裏頭。還有你林妹妹的，那是老太太的遺言，說跟着老太太一塊兒回去的。我想，這一項銀子只好在那裏挪借幾千，也就够了。』

賈璉道：『如今的人情過於淡薄。老爺呢，又丁憂；我們老爺呢，又在外頭。一時借是借不出來的了。只好拿房地文書出去押去。』賈政道：『住的房子是官蓋的，那裏動得？』賈璉道：『住房是不能動的。外頭還有幾所可以出脫的，等老爺起復後再贖也使得。將來我父親回來了，倘能也再起用，也好贖的。只是老爺這麼大年紀，辛苦這一場，姪兒們心裏實不安。』

安排寶玉、賈蘭應試。

賈政道：『老太太的事，是應該的。只要你在家謹慎些，把持定了纔好。』賈璉道：『老爺這倒只管放心，姪兒雖糊塗，斷不敢不認真辦理的。況且老爺回南，少不得多帶些人去，所留下的人也有限了。這點子費用，還可以過的來。就是老爺路上短少些，必經過賴尚榮的地方，可也叫他出點力兒。』賈政道：『自己的老人家的事，叫人家幫什麽。』賈璉答應了『是』，便退出來。打算銀錢。

賈政便告訴了王夫人，叫他管了家，自己便擇了發引長行的日子，就要起身。寶玉此時身體復元，賈環、賈蘭倒認真念書，賈政都交付給賈璉，叫他管教：『今年是大比的年頭。環兒是有服的，不能入場。蘭兒是孫子，服滿了也可以考的。務必叫寶玉同着姪兒考去。能够中一個舉人，也好贖一贖咱們的罪名。』賈璉等唯唯應命。賈政又吩咐了在家的人，說了好些話，纔別了宗祠，便在城外念了幾天經，就發引下船，帶了林之孝等而去。也没有驚動親友，惟有自家男女送了一程回來。

寶玉因賈政命他赴考，王夫人便不時催逼，查考起他的工課來。那寶釵、襲人時常勸勉，自不必說。那知寶玉病後雖精神日長，他的念頭一發更奇僻了，竟換了一種。不但厭棄功名仕進，竟把那兒女情緣也看淡了好些。只是衆人不大理會，寶玉也並不說出來。

一日，恰遇紫鵑送了林黛玉的靈柩回來，悶坐自己屋裏啼哭，想着：『寶玉寶玉已斷塵緣。

無情，見他林妹妹的靈柩回去，並不傷心落淚，見我這樣痛哭，也不來勸慰，反瞅着我笑。這樣負心的人，從前都是花言巧語來哄着我們！前夜虧我想得開，不然幾乎又上了他的當。只是一件叫人不解，如今我看他待襲人等也是冷冷兒的。二奶奶是本來不喜歡親熱的，麝月那些人就不抱怨他麼？我想，女孩子們多半是癡心的，白操了那些時的心，看將來怎樣結局！』正想着，只見五兒走來瞧他，見紫鵑滿面淚痕，便說：『姐姐又想林姑娘了？想一個人，聞名不如眼見。頭裏聽着，寶二爺女孩子跟前是最好的，我母親再三的把我弄進來。豈知我進來了，盡心竭力的服侍了幾次病，如今病好了，連一句好話也沒有剩出來，如今索性連眼兒也都不瞧了。』紫鵑聽他說的好笑，便『噗嗤』的一笑，啐道：『呸，你這小蹄子！你心裏要寶玉怎麼個樣兒待你纔好？女孩兒家也不害臊，連名公正氣的屋裏人瞧着他還沒事人一大堆呢，有功夫理你去！』因又笑着拿個指頭往臉上抹着，問道：『你到底算寶玉的什麼人哪？』

那五兒聽了，自知失言，便飛紅了臉。待要解說不是要寶玉怎樣看待，說他近來不憐下的話，只聽院門外亂嚷說：『外頭和尚又來了，要那一萬銀子呢。太太着急，叫璉二爺和他講去，偏偏璉二爺又不在家，那和尚在外頭說些瘋話，太太叫請二奶奶過去商量。』

不知怎樣打發那和尚，下回分解。

【回後評】

寶玉得通靈後重遊幻境，是爲作全書之結也。故幻境中重見鴛鴦、黛玉、晴雯、尤三姐、鳳姐、可卿諸人，然尤二姐、妙玉諸人均未見，則文有參差也。幻境中聯語，都偏於實，無前縹緲之感。然終不免有雷同前文之感。

賈政扶柩南歸，亦是爲全書作收縮。

寶玉遊幻境後復甦，便漸生解脱之意，亦爲後文預作伏筆。

第一百十七回　阻超凡佳人雙護玉　欣聚黨惡子獨承家

話說王夫人打發人來，叫寶釵過去商量。寶玉聽見說是和尚在外頭，趕忙的獨自一人走到前頭，嘴裏亂嚷道：『我的師父在那裏？』叫了半天，並不見有和尚，只得走到外面。見李貴將和尚攔住，不放他進來。寶玉便說道：『太太叫我請師父進去。』李貴聽了，鬆了手。那和尚便搖搖擺擺的進去。

寶玉看見那僧的形狀，與他死去時所見的一般，心裏早有些明白了，便上前施禮，連叫：『師父，弟子迎候來遲。』那僧說：『我不要你們接待，只要銀子。拿了來，我就走。』寶玉聽來，又不像有道行的話，看他滿頭癩瘡，混身腌臢破爛，心裏想道：『自古說，「真人不露相，露相不真人」。也不可當面錯過，我且應了他謝銀，並探探他的口氣。』便說道：『師父不必性急，現在家母料理，請師父坐下，略等片刻。弟子請問，師父可是從太虛幻境而來？』那和尚道：『什麼幻境，不過是來處來，去處去罷了！我是送還你的玉來的。我且問你，那玉是從

來處來，去處去，答得既超且玄，嫌太虛

幻境還寶。

『自己的來路還不知，便來問我』，一語點化，是歸來路之時矣。

寶玉知道還玉，已得其化矣。是歸真之時矣。

還他玉，比還銀子更直截，更本真。

玉是靈的象徵，早已入心，玉已是其第二義矣。

那裏來的？』寶玉一時對答不來。那僧笑道：『你自己的來路還不知，便來問我！』寶玉本來穎悟，又經點化，早把紅塵看破，只是自己的底裏未知；一聞那僧問起玉來，好像當頭一棒，便說道：『你也不用銀子了，我把那玉還你罷。』那僧笑道：『也該還我了。』

寶玉也不答言，往裏就跑，走到自己院內，見寶釵、襲人等都到王夫人那裏去了，忙向自己牀邊取了那玉便走出來。迎面碰見了襲人，撞了一個滿懷，把襲人唬了一跳，說道：『太太說，你陪着和尚坐着很好，太太在那裏打算送他些銀兩。你又回來做什麼？』寶玉道：『你快去回太太，說不用張羅銀兩了，我把這玉還了他就是了。』襲人聽說，即忙拉住寶玉，道：『這斷使不得的。那玉就是你的命，若是他拿去了，你又要病着了。』寶玉道：『如今不再病的了，我已經有了心了，要那玉何用！』摔脫襲人，便要想走。

襲人急得趕着嚷道：『你回來，我告訴你一句話。』寶玉回過頭來，道：『沒有什麼說的了。』襲人顧不得什麼，一面趕着跑，一面嚷道：『上回丟了玉，幾乎沒有把我的命要了！剛剛兒的有了，你拿了去，你也活不成，我也活不成了。你要還他，除非是叫我死了！』說着，趕上一把拉住。寶玉急了，道：『你死也要還，你不死也要還！』狠命的把襲人一推，抽身要走。怎奈襲人兩隻手繞着寶玉的寶玉要離塵而去，襲人自然不放。

紫鵑何以也不放寶玉，紫鵑乃黛玉之心也。然寶玉之離塵，是因黛玉之化去也。玉還是其次，人還要走呢！

帶子不放鬆，哭喊着坐在地下。裏面的丫頭聽見，連忙趕來，瞧見他兩個人的神情不好，只聽見襲人哭道：『快告訴太太去，寶二爺要把那玉去還和尚呢！』丫頭趕忙飛報王夫人，那寶玉更加生氣，用手來掰開了襲人的手，幸虧襲人忍痛不放。

紫鵑在屋裏聽見寶玉要把玉給人，這一急比別人更甚，把素日冷淡寶玉的主意都忘在九霄雲外了，連忙跑出來，幫着抱住寶玉。那寶玉雖是個男人，用力摔打，怎奈兩個人死命的抱住不放，也難脫身，嘆口氣道：『爲一塊玉，這樣死命的不放，若是我一個人走了，又待怎麼樣呢？』襲人、紫鵑聽到那裏，不禁嚎啕大哭起來。

正在難分難解，王夫人、寶釵急忙趕來，見是這樣形景，便哭着喝道：『寶玉，你又瘋了嗎！』寶玉見王夫人來了，明知不能脫身，只得陪笑說道：『這當什麼，又叫太太着急。他們總是這樣大驚小怪的，我說那和尚不近人情，他必要一萬銀子，少一個不能。我生氣進來，拿這玉還他，就說是假的，要這玉幹什麼。他見得我們不希罕那玉，便隨意給他些就過去了。』王夫人道：『我打諒真要還他，這也罷了。爲什麼不告訴明白了他們，叫他們哭哭喊喊的像什麼！』寶釵道：『這麼說呢，倒還使得。要是真拿那玉給他，那和尚有些古怪，倘或一給了他，又鬧到家口不寧，豈不是不成事了麼？至於銀錢呢，就把我的頭面折變了，也還玉還不還，還是次要，要見真面纔是第一。

『要玉不要人』者，要其靈性，悟性，不要其臭皮囊也。

够了呢。』王夫人聽了，道：『也罷了，且就這麼辦罷。』寶玉也不回答。只見寶釵走上來，在寶玉手裏拿了這玉，說道：『你也不用出去，我合太太給他錢就是了。』寶玉道：『玉不還他也使得，只是我還得當面見他一見纔好。』襲人等仍不肯放手，到底寶釵明決，說：『放了手，由他去就是了。』襲人只得放手。寶玉笑道：『你們這些人，原來重玉不重人哪。你們既放了我，我便跟着他走了，看你們就守着那塊玉怎麼樣！』襲人心裏又着急起來，仍要拉他，只礙着王夫人和寶釵的面前，又不好太露輕薄。恰好寶玉一撒手就走了。襲人忙叫小丫頭在三門口傳了焙茗等：『告訴外頭，照應着二爺，他有些瘋了。』小丫頭答應了出去。

王夫人、寶釵等進來坐下，問起襲人來由。襲人便將寶玉的話細細說了。王夫人、寶釵甚是不放心，又叫人出去吩咐衆人伺候，聽着和尚說些什麼。回來小丫頭傳話進來，回王夫人道：『二爺真有些瘋了。外頭小厮們說，裏頭不給他玉，他也沒法，如今身子出來了，求着那和尚帶了他去。』王夫人聽了，說道：『這還了得！那和尚說什麼來着？』小丫頭回道：『和尚說，要玉不要人。』寶釵道：『不要銀子了麼？』小丫頭道：『沒聽見說。後來和尚和二爺兩個人說着笑着，有好些話外頭小厮們都不大懂。』王夫人道：『糊塗東西，聽不出來，學是自然學得來的。』便叫小丫頭：『你把那小厮叫進來。』小丫頭連忙出去叫進那小厮，站在

『斬斷塵緣』，寶釵當然能懂。

已經其點化，啓其悟性，結善緣矣。證其果則尚在後也。

二爺已知道『去處去』矣。就在方寸之間。

廊下，隔着窗户請了安。王夫人便問道：『和尚和二爺的話，你們不懂，難道學也學不來嗎？』那小廝回道：『我們只聽見說什麼「大荒山」，什麼「青埂峰」，又說什麼「太虛境」，「斬斷塵緣」這些話。』王夫人聽了，也不懂。寶釵聽了，唬得兩眼直瞪，半句話都沒有了。

正要叫人出去，拉寶玉進來，只見寶玉笑嘻嘻的進來，說：『好了，好了！』寶釵仍是發怔。王夫人道：『你瘋瘋顛顛的，說的是什麼？』寶玉道：『正經話，又說我瘋顛。那和尚與我原認得的，他不過也是要來見我一見。他何嘗是真要銀子呢，也只當化個善緣就是了。所以說明了，他自己就飄然而去了。這可不是好了麼？』

王夫人不信，又隔着窗户問那小廝。那小廝連忙出去問了門上的人，進來回說：『果然和尚走了。說請太太們放心，我原不要銀子，只要寶二爺時常到他那裏去去就是了。諸事只要隨緣，自有一定的道理。』王夫人道：『原來是個好和尚，你們曾問住在那裏？』門上道：『奴才也問來着，他說我們二爺是知道的。』王夫人問寶玉道：『他到底住在那裏？』寶玉笑道：『這個地方說遠就遠，說近就近。』

寶釵不待說完，便道：『你醒醒兒罷，別儘着迷在裏頭。現在老爺、太太就疼賈赦急病，賈璉離家，爲後文賈環等人誘賣巧姐先下伏筆。

你一個人，老爺還吩咐叫你幹功名長進呢。』寶玉道：『我說的不是功名麼？你們不知道，「一子出家，七祖昇天」呢。』王夫人聽到那裏，不覺傷心起來，說：『我們的家運怎麼好，一個四丫頭口口聲聲要出家，如今又添出一個來了。我這樣的日子過他做什麼？』說着，大哭起來。寶釵見王夫人傷心，只得上前苦勸。寶玉笑道：『我說了這一句頑話，太太又認起真來了。』王夫人止住哭聲道：『這些話也是混說的麼！』

正鬧着，只見丫頭來回話：『璉二爺回來了，顏色大變，說請太太回去說話。』王夫人又吃了一驚，說道：『將就些，叫他進來罷。小嬸子也是舊親，不用迴避了。』

賈璉進來，見了王夫人請了安。寶釵迎着，也問了賈璉的安。賈璉回說道：『剛纔接了我父親的書信，說是病重的很，叫我就去。若遲了，恐怕不能見面。』說到那裏，眼淚便掉下來了。王夫人道：『書上寫的是什麼病？』賈璉道：『寫的是感冒風寒起來的，如今成了癆病了。現在危急，專差一個人連日連夜趕來的，說如若再耽擱一兩天，就不能見面了。故來回太太，姪兒必得就去纔好。只是家裏沒人照管。薔兒、芸兒雖說糊塗，到底是個男人，外頭有了事來還可傳個話。姪兒家打發了秋桐。

交代包勇。

裏倒沒有什麼事，秋桐是天天哭着喊着，不願意在這裏，姪兒叫了他娘家的人來領了去了，倒省了平兒好些氣。雖是巧姐沒人照應，還虧平兒的心不很壞。妞兒心裏也明白，只是性氣比他娘還剛硬些，求太太時常管教管教他。』說着眼圈兒一紅，連忙把腰裏拴檳榔荷包的小絹子拉下來擦眼。王夫人道：『放着他親祖母在那裏，託我做什麼？』賈璉輕輕的說道：『太太要說這個話，姪兒就該活活兒的打死了。沒什麼說的，總求太太始終疼姪兒就是了。』說着，就跪下來了。王夫人也眼圈兒紅了，說：『你快起來，娘兒們說話兒，這是怎麼說？只是一件，孩子也大了，倘或你父親有個一差二錯，又耽擱住了，或者有個門當户對的來說親，還是等你回來，還是你太太作主？』賈璉道：『現在太太們在家，自然是太太們做主，不必等我。』

王夫人道：『你要去，就寫了稟帖，給二老爺送個信，說家下無人，你父親不知怎樣，快請二老爺將老太太的大事早早的完結，快快回來。』賈璉答應了『是』，正要走出去，復轉回來，回說道：『咱們家的家下人家裏還够使喚，只是園裏沒有人，太空了。包勇又跟了他們老爺去了。姨太太住的房子，薛二爺已搬到自己的房子內住了。園裏一帶屋子都空着，忒沒照應，還得太太叫人常查看查看。那櫳翠庵原是咱們家的地基，如今妙玉不知那裏去了，所有的根基，他的當家女尼交代豐兒、小紅。

不敢自己作主，要求府裏一個人管理管理。』

王夫人道：『自己的事還鬧不清，還擱得住外頭的事麽？這句話，好歹別叫四丫頭知道。若是他知道了，又要吵着出家的念頭出來了。你想，咱們家什麽樣的人家，好好的姑娘出了家，還了得！』賈璉道：『太太不提起，姪兒也不敢說。四妹妹到底是東府裏的，又没有父親，他親哥哥又在外頭，他親嫂子又不大說的上話。姪兒聽見，要尋死覔活了好幾次。他既是心裏這麽着的了，若是牛着他，將來倘或認真尋了死，比出家更不好了。』王夫人聽了，點頭道：『這件事真真叫我也難擔。我也做不得主，由他大嫂子去就是了。』

賈璉又說了幾句，纔出來，叫了衆家人來，交代清楚，寫了書，收拾了行裝，平兒等不免叮嚀了好些話。只有巧姐兒慘傷的了不得。賈璉又欲託王仁照應，巧姐到底不願意；聽見外頭託了芸、薔二人，心裏更不受用，嘴裏卻說不出來。只得送了他父親，謹謹愼愼的隨着平兒過日子。豐兒、小紅因鳳姐去世，告假的告假，告病的告病。平兒意欲接了家中一個姑娘來，一則給巧姐作伴，二則可以帶量他。遍想無人，只有喜鸞、四姐兒是賈母舊日鍾愛的，偏偏四姐兒新近出了嫁了，喜鸞也有了人家兒，不日就要出閣，也只得罷了。

賈芸在前八十回中乖巧伶俐，他比寶玉年長卻願認作寶玉的乾兒子，後又奉承鳳姐，得在大觀園中種樹的差使，因而得與丫鬟紅玉戀愛，後來結爲大婦。三十七回賈芸給寶玉送白海棠，成爲海棠詩社的因由。二十四回脂評說：『此人後來榮府事敗，必有一番作爲』。二十七回甲戌本脂評說：『紅玉後有寶玉大得力處，此於千里外伏線也。』庚辰本第二十六回脂批云：『獄神廟回有茜雪、紅玉一大回文字。』從以上脂批及書中所寫賈芸情節，與此處所寫完全不接。

賈府進入無人管理狀態。

偏是賴大、林之孝兩個管家的子弟在胡鬧。

且說賈芸、賈薔送了賈璉，便進來見了邢、王二夫人。他兩個倒替着在外書房住下，日間便與家人厮鬧，有時找了幾個朋友吃個車箍轆會，甚至聚賭，裏頭那裏知道。一日，邢大舅、王仁來，瞧見了賈芸、賈薔住在這裏，知他熱鬧，也就借着照看的名兒，時常在外書房設局賭錢、喝酒。所有幾個正經的家人，賈政帶了幾個去，賈璉又跟去了幾個，只有那賴、林諸家的兒子、姪兒。那些少年托着老子、娘的福，吃喝慣了的，那知當家立計的道理。況且他們長輩都不在家，便是沒籠頭的馬了，又有兩個旁主人慫恿，無不樂爲。這一鬧，把個榮國府鬧得沒上沒下，沒裏沒外。

那賈薔還想勾引寶玉，賈芸攔住，道：『寶二爺那個人，沒運氣的，不用惹他。那一年我給他說了一門子絕好的親，父親在外頭做稅官，家裏開幾個當鋪，姑娘長的比仙女兒還好看。我巴巴兒的細細的寫了一封書子給他，誰知他沒造化……』說到這裏，瞧了瞧左右無人，又說：『他心裏早和咱們這個二嬸娘好上了。你沒聽見說，還有一個林姑娘呢，弄的害了相思病死的，誰不知道。這也罷了，各自的姻緣罷咧。誰知他爲這件事倒惱了我了，總不大理。他打諒誰必是借誰的光兒呢。』賈薔聽了，點點頭，纔把這個心歇了。

他兩個還不知道寶玉自會那和尚以後，他是欲斷塵緣，一則在王夫人跟前，不賈薔在前八十回中，雖有鬧學堂，受鳳姐指使與賈蓉一起捉弄賈瑞等事，以後又有爲齡官所愛，爲齡官買來一個會串戲的籠鳥，齡官以爲是故意嘲諷她是籠鳥一樣的玩物，不得自由，反而生氣，賈薔遂將籠子拆了，將鳥放飛等等情節，但無坑害人之事。此處寫賈薔與賈芸勾結王仁、邢大舅吃酒賭錢，想勾引寶玉，坑害巧姐等，與前八十回不接。

寶玉欲斷塵緣，與釵、襲皆淡薄，獨與惜春可語。

賈環越發不學好，獨賈蘭一心攻書。

敢任性，已與寶釵、襲人等皆不大款洽了。那些丫頭不知道，還要逗他，寶玉那裏看得到眼裏。他也並不將家事放在心裏。時常王夫人、寶釵勸他念書，他便假作攻書，一心想着那個和尚引他到那仙境的機關。心目中觸處皆爲俗人，卻在家難受，閑來倒與惜春閑講。他們兩個人講得上了，那種心更加準了幾分，那裏還管賈環、賈蘭等。

那賈環爲他父親不在家，趙姨娘已死，王夫人不大理會他，便入了賈薔一路。倒是彩雲時常規勸，反被賈環辱駡。玉釧兒見寶玉瘋顛更甚，早和他娘說了要求着出去。如今寶玉、賈環他哥兒兩個，各有一種脾氣，鬧得人人不理。獨有賈蘭跟着他母親上緊攻書，作了文字送到學裏請教代儒。因近來代儒老病在牀，只得自己刻苦。李紈是素來沉靜，除了請王夫人的安，會會寶釵，餘者一步不走，只有看着賈蘭攻書。所以榮府住的人雖不少，竟是各自過各自的，誰也不肯做誰的主。賈環、賈薔等愈鬧的不像事了，甚至偷典偷賣，不一而足。賈環更加宿娼濫賭，無所不爲。

一日，邢大舅、王仁都在賈家外書房喝酒，一時高興，叫了幾個陪酒的來唱着喝着勸酒。賈薔便說：『你們鬧的太俗。我要行個令兒。』衆人道：『使得。』賈薔道：『咱們「月」字流觴罷。我先說起「月」字，數到那個，便是那個喝酒，還此亦是重複前八十回文字。

這長長一段故事，只在取笑賈薔，並無其他深意，似覺辭費。

要酒面酒底。須得依着令官，不依者罰三大杯。』衆人都依了。賈薔喝了一杯令酒，便說：『飛羽觴而醉月。』順飲數到賈環。賈薔說：『酒面要個「桂」字。』賈環便說道：『「冷露無聲濕桂花」。酒底呢？』賈薔道：『說個「香」字。』賈環道：『「天香雲外飄。」』大舅說道：『沒趣，沒趣。你又懂得什麼字了，也假斯文起來！這不是取樂，竟是慪人了。咱們都蠲了，倒是搳搳拳，輸家喝，輸家唱，叫做「苦中苦」。若是不會唱的，說個笑話兒也使得，只要有趣。』衆人都道：『使得。』於是亂搳起來。王仁輸了，喝了一杯，唱了一個。衆人道好，又搳起來了。是個陪酒的輸了，唱了一個什麼『小姐小姐多豐彩』。

以後邢大舅輸了，衆人要他唱曲兒。他道：『我唱不上來的，我說個笑話兒罷。』賈薔道：『若說不笑，仍要罰的。』邢大舅就喝了杯，便說道：『諸位聽着。村莊上有一座元帝廟，旁邊有個土地祠。那元帝老爺常叫土地來說閒話兒。一日，元帝廟裏被了盜，便叫土地去查訪。土地稟道：「這地方沒有賊的，必是神將不小心，被外賊偷了東西去。」元帝道：「胡說。你是土地，失了盜，不問你問誰去呢？你倒不去拿賊，反說我的神將不小心嗎？」土地稟道：「雖說是不小心，到底是廟裏的風水不好。」元帝道：「你倒會看風水麼？」土地道：「待小神看看。」那土地向各處瞧了一會，便來回稟道：「老爺坐的身子背後，兩扇紅門，就賈環總是記恨鳳姐。

不謹慎。小神坐的背後，是砌的牆，自然東西丟不了。以後老爺的背後，亦改了牆就好了。」元帝老爺聽來有理，便叫神將派人打牆。衆神將嘆口氣道：「如今香火一炷也沒有，那裏有磚灰人工來打牆？」元帝老爺沒法，叫衆神將作法，卻都沒有主意。那元帝老爺腳下的龜將軍站起來，道：「你們不中用，我有主意。你們將紅門拆下來，到了夜裏，拿我的肚子墊住這門口，難道當不得一堵牆麽？」衆神將都說道：「好，又不花錢，又便當結實。」於是龜將軍便當這個差使，竟安靜了。豈知過了幾天，那廟裏又丟了東西。衆神將叫了土地來，說道：「你說，砌了牆，就不丟東西。怎麽如今有了牆還要丟？」那土地道：「這牆砌的不結實。」衆神將道：「你瞧去。」土地一看，果然是一堵好牆，怎麽還有失事？把手摸了一摸，道：「我打諒是真牆，那裏知道是個假牆！」』

衆人聽了，大笑起來。賈薔也忍不住的笑，說道：『傻大舅，你好！我沒有罵你，你爲什麽罵我？快拿杯來。罰一大杯。』邢大舅喝了，已有醉意。

衆人又喝了幾杯，都醉起來。邢大舅說他姐姐不好，王仁說他妹妹不好，都說的狠狠毒毒的。賈環聽了，趁着酒興，也說鳳姐不好，怎樣苛刻我們，怎麽樣踏我們的頭。衆人道：『大凡做個人，原要厚道些。看鳳姑娘仗着老太太這樣的利害，如今焦了尾巴梢子了，只剩了一個姐兒，只怕也要現世現報呢。』賈芸想着鳳姐待說鳳姐待賈芸不好，與前八十回文字不接。漸漸說到巧姐。

賈雨村犯事。

賈雨村貪婪仗勢，與前八十回一致。

他不好，又想起巧姐兒見他就哭，也信着嘴兒混說。

還是賈薔道：『喝酒罷，說人家做什麽。』那兩個陪酒的道：『這位姑娘多大年紀了？長得怎麽樣？』賈薔道：『模樣兒是好的很的。年紀也有十三四歲了。』那陪酒的說道：『可惜這樣人生在府裏這樣人家，若生在小户人家，父母兄弟都做了官，還發了財呢。』衆人道：『怎麽樣？』那陪酒的說：『現今有個外藩王爺，最是有情的，要選一個妃子。若合了式，父母兄弟都跟了去。可不是好事兒嗎？』衆人都不大理會，只有王仁心裏略動了一動，仍舊喝酒。

只見外頭走進賴、林兩家的子弟來，說：『爺們好樂呀！』衆人站起來，說道：『老大、老三怎麽這時候纔來？叫我們好等！』那兩個人說道：『今早聽見一個謡言，說是咱們家又鬧出事來了，心裏着急，趕到裏頭打聽去，並不是咱們。』衆人道：『不是咱們就完了，爲什麽不就來？』那兩個說道：『雖不是咱們，也有些干係。你們知道是誰？就是賈雨村老爺。我們今兒進去，看見帶着鎖子，說要解到三法司衙門裏審問去呢。我們見他常在咱們家裏來往，恐有什麽事，便跟了去打聽。』賈芸道：『到底老大用心，原該打聽打聽。你且坐下喝一杯再說。』

兩人讓了一回，便坐下，喝着酒道：『這位雨村老爺，人也能幹，也會鑽營，官也不小了，只是貪財，被人家參了個婪索屬員的幾款。如今的萬歲爺是最聖明最賴尚榮也是貪官。

妙玉的下落。

賈環也想妙玉能正眼看他，可知人之不自知也。

仁慈的，獨聽了一個「貪」字，或因遭蹋了百姓，或因恃勢欺良，是極生氣的，所以旨意便叫拿問。若是問出來了，只怕擱不住。若是沒有的事，那參的人也不便。如今真真是好時候，只要有造化做個官兒就好。』衆人道：『你的哥哥就是有造化的，現做知縣還不好麽？』賴家的說道：『我哥哥雖是做了知縣，他的行爲只怕也保不住怎麽樣呢。』衆人道：『手也長麽？』賴家的點點頭兒，便舉起杯來喝酒。

衆人又道：『裏頭還聽見什麽新聞？』兩人道：『別的事沒有，只聽見海疆的賊寇拿住了好些，也解到法司衙門裏審問。還審出好些賊寇，也有藏在城裏的，打聽消息，抽空兒就劫搶人家。如今知道朝裏那些老爺們都是能文能武，出力報效，所到之處早就消滅了。』衆人道：『你聽見有在城裏的，不知審出咱們家失盜了一案來沒有？』兩人道：『倒沒有聽見。恍惚有人說是有個內地裏的人，城裏犯了事，搶了一個女人，下海去了。那女人不依，被這賊寇殺了。那賊寇正要逃出關去，被官兵拿住了，就在拿獲的地方正了法了。』

衆人道：『咱們櫳翠庵的什麽妙玉不是叫人搶去，不要就是他罷？』賈環道：『必是他。』衆人道：『你怎麽知道？』賈環道：『妙玉這個東西是最討人嫌的。他一日家捏酸，見了寶玉就眉開眼笑了。我若見了他，他從不拿正眼瞧我一瞧。真要是他，我纔趁願呢。』衆人道：『搶的人也不少，那裏就是他？』賈芸道：『有點信兒。前日有個人說，他庵裏的道婆做夢，說看見是妙玉叫人殺了。』衆人笑道：『夢話算不得。』邢大舅道：『管他夢不夢，咱們快吃飯罷。今夜做個大輸贏。』衆人願意，便吃畢了飯，大賭起來。

賭到三更多天，只聽見裏頭亂嚷，說是：『四姑娘合珍大奶奶拌嘴，把頭髮都鉸掉了。趕到邢夫人、王夫人那裏去磕了頭，說是要求容他做尼姑呢，送他一個地方，若不容他，他就死在眼前。那邢、王兩位太太沒主意，叫請薔大爺、芸二爺進去。』賈芸瞧了，便知是那回看家的時候起的念頭，想來是勸不過來的了，便合賈薔商議道：『太太叫我們進去，我們是做不得主的。況且也不好做主，只好勸去。若勸不住，只好由他們罷。咱們商量了，寫封書給璉二叔，便卸了我們的干係了。』

兩人商量定了主意，進去見了邢、王兩位太太，便假意的勸了一回。無奈惜春立意必要出家，就不放他出去，只求一兩間淨屋子給他誦經拜佛。尤氏見他兩個不肯作主，又怕惜春尋死，自己便硬做主張，說是：『這個不是，索性我耽了罷。說我做嫂子的容不下小姑子，逼他出了家了就完了。若說到外頭去呢，斷斷使不得。若在家裏呢，太太們都在這裏，算我的主意罷。叫薔哥兒寫封書子給你珍大爺、

寫惜春與尤氏拌嘴。

尤氏硬作主張，讓惜春出家。尤氏與惜春本來就不好，惜春堅執要出家，尤氏順勢同意，亦借此拔去一刺。

璉二叔就是了。』賈薔等答應了。

不知邢、王二夫人依與不依，下回分解。

【回後評】

『佳人雙護玉』是寫出世與入世之糾葛也。和尚要銀，非要銀也，是來點化寶玉也。寶玉既知從來處來，向去處去以後，連玉也是無關緊要之事矣，寶玉原是通靈之物，此時寶玉之心已通靈，已超悟，則玉已是其次，並其人其身也是多餘矣。故和尚既不要銀，也不要玉，更不要人，飄然自去矣。因寶玉已知其歸處也。

賈赦急病，賈璉一走，賈府真入無人管理之境矣，於是壞人便得可趁之機。

惜春終於出家。出家是其唯一出路也。不然只有死路耳。前已言之甚明，無須再批矣。

第一百十八回　記微嫌舅兄欺弱女　驚謎語妻妾諫癡人

應第五回惜春判詞：『可憐繡户侯門女，獨臥青燈古佛旁。』至此了結惜春故事。

話說邢、王二夫人聽尤氏一段話，明知也難挽回。王夫人只得說道：『姑娘要行善，這也是前生的夙根，我們也實在攔不住。只是咱們這樣人家的姑娘出了家，不成了事體。如今你嫂子說了，准你修行，也是好處。卻有一句話要說，那頭髮可以不剃的，只要自己的心真，那在頭髮上頭呢。你想，妙玉也是帶髮修行的，不知他怎樣凡心一動，纔鬧到那個分兒。姑娘執意如此，我們就把姑娘住的房子，便算了姑娘的靜室。所有服侍姑娘的人，也得叫他們來問：他若願意跟的，就講不得說親配人；若不願意跟的，另打主意。』惜春聽了，收了淚，拜謝了邢、王二夫人、李紈、尤氏等。王夫人說了，便問彩屏等誰願跟姑娘修行。彩屏等回道：『太太們派誰，就是誰。』王夫人知道不願意，正在想人。

襲人立在寶玉身後，想來寶玉必要大哭，防着他的舊病。豈知寶玉嘆道：『真真難得。』襲人心裏更自傷悲。寶釵雖不言語，遇事試探，見是執迷不醒，只得暗歸結紫鵑，頗能得體。後部紫鵑與前部亦較一致，特別是九十七回要紫鵑去伴寶釵與寶玉成婚，藉以迷糊寶玉，紫鵑一口堅拒，極符前書紫鵑之爲人，此處求隨惜春出家，亦深合紫鵑情性，蓋紫鵑因黛玉事，已看透世情也。

中落淚。

王夫人纔要叫了衆丫頭來問。忽見紫鵑走上前去，在王夫人面前跪下，回道：『剛纔太太問跟四姑娘的姐姐，太太看着怎麽樣？』王夫人道：『這個如何強派得人的。誰願意，他自然就說出來了。』紫鵑道：『姑娘修行，自然姑娘願意，並不是別的姐姐們的意思。我有句話回太太，我也並不是拆開姐姐們，各人有各人的心。我服侍林姑娘一場，林姑娘待我也是太太們知道的，實在恩重如山，無以可報。他死了，我恨不得跟了他去。但是他不是這裏的人，我又受主子家的恩典，難以從死。如今四姑娘既要修行，我就求太太們將我派了，跟着姑娘，服侍姑娘一輩子。不知太太們准不准？若准了，就是我的造化了。』邢、王二夫人尚未答言，只見寶玉聽到那裏，想起黛玉，一陣心酸，眼淚早下來了。衆人纔要問他時，他又哈哈的大笑，走上來道：『我不該說的。這紫鵑蒙太太派給我屋裏，我纔敢說。求太太准了他罷，全了他的好心。』王夫人道：『你頭裏姊妹出了嫁，還哭得死去活來；如今看見四妹妹要出家，不但不勸，倒說好事。你如今到底是怎麽個意思，我索性不明白了。』

寶玉道：『四妹妹修行是已經準的了，四妹妹也是一定主意了。若是真的，我有一句話告訴太太，若是不定的，我就不敢混說了。』惜春道：『二哥哥說話也寶玉重念判詞，不僅重複，且亦一洩無餘，續作者事事想作明白交代，不知文情之曲折也。

好笑。一個人主意不定，便扭得過太太們來了？我也是像紫鵑的話：容我呢，是我的造化；不容我呢，還有一個死呢。那怕什麼？二哥哥既有話，只管說。』

寶玉道：『我這也不算什麼洩漏了，這也是一定的。我念一首詩給你們聽聽罷！』衆人道：『人家苦得很的時候，你倒來做詩，慪人。』寶玉道：『不是做詩，我到一個地方兒看了來的。你們聽聽罷。』衆人道：『使得。你就念念，別順着嘴兒胡謅。』寶玉也不分辯，便說道：

勘破三春景不長，緇衣頓改昔年妝。

可憐繡户侯門女，獨臥青燈古佛旁！

李紈、寶釵聽了，詫異道：『不好了，這人入了迷了。』王夫人聽了這話，點頭嘆息，便問寶玉：『你到底是那裏看來的？』寶玉不便說出來，回道：『太太也不必問，我自有見的地方。』王夫人回過味來，細細一想，便更哭起來道：『你說前兒是頑話，怎麼忽然有這首詩？罷了，我知道了，你們叫我怎麼樣呢？我也沒有法兒了，也只得由着你們去罷。但是要等我合上了眼，各自幹各自的就完了！』

寶釵一面勸着，這個心比刀絞更甚，也撐不住便放聲大哭起來。襲人已經哭的死去活來，幸虧秋紋扶着。寶玉也不啼哭，也不相勸，只不言語。賈蘭、賈環紫鵑隨惜春而去。

寶玉事事先要洩底，已成爲預知者。

聽到那裏，各自走開。李紈竭力的解說：『總是寶兄弟見四妹妹修行，他想來是痛極了，不顧前後的瘋話，這也作不得準的。獨有紫鵑的事情，准不准，好叫他起來。』王夫人道：『什麽依不依，横豎一個人的主意定了，那也是扭不過來的。可是寶玉說的，也是一定的了。』紫鵑聽了磕頭。惜春又謝了王夫人。紫鵑又給寶玉、寶釵磕了頭。

寶玉念聲：『阿彌陀佛！難得，難得。不料你倒先好了。』寶釵雖然有把持，也難撑住。只有襲人，也顧不得王夫人在上，便痛哭不止，說：『我也願意跟了四姑娘去修行。』寶玉笑道：『你也是好心，但是你不能享這個清福的。』襲人哭道：『這麽說，我是要死的了。』寶玉聽到這裏，倒覺傷心，只是說不出來。因時已五更，寶玉請王夫人安歇，李紈等各自散去。彩屏等暫且服侍惜春回去，後來指配了人家。紫鵑終身服侍，毫不改初。此是後話。

且言賈政扶了賈母靈柩，一路南行，因遇着班師的兵將、船隻過境，河道擁擠，不能速行，在道實在心焦。幸喜遇見了海疆的官員，聞得鎮海統制欽召回京，想來探春一定回家，略略解些煩心。只打聽不出起程的日期，心裏又煩躁，想到盤費算來不敷，不得已寫書一封，差人到賴尚榮任上，借銀五百，叫人沿途迎上借五百兩，只給五十兩，可見世情如此。

賴尚榮解脫不了賈府奴才的身分，又得罪了賈府，故不敢再做官矣。

來應需用。那人去了幾日，賈政的船纔行得十數里，那家人回來，迎上船隻，將賴尚榮的稟啓呈上。書內告了多少苦處，備上白銀五十兩。賈政看了生氣，即命家人立刻送還，將原書發回，叫他不必費心。那家人無奈，只得回到賴尚榮任所。

賴尚榮接到原書、銀兩，心中煩悶，知事辦得不周到，又添了一百，央來人帶回，幫着說些好話。豈知那人不肯帶回，撂下就走了。賴尚榮心下不安，立刻修書到家，回明他父親，叫他設法告假贖出身來。於是賴家託了賈薔、賈芸等，在王夫人面前乞恩放出。賈薔明知不能，過了一日，假說王夫人不依的話回覆了。賴家一面告假，一面差人到賴尚榮任上，叫他告病辭官。王夫人並不知道。

那賈芸聽見賈薔的假話，心裏便沒想頭，連日在外又輸了好些銀錢，無所抵償，便和賈環相商。賈環本是一個錢沒有的，雖是趙姨娘積蓄些微，早被他弄光了，那能照應人家。便想起鳳姐待他刻薄，要趁賈璉不在家，要擺佈巧姐出氣，遂把這個當叫賈芸來上，故意的埋怨賈芸道：『你們年紀又大，放着弄銀錢的事又不敢辦，倒和我沒有錢的人相商。』賈芸道：『三叔，你這話說的倒好笑。咱們一塊兒頑，一塊兒鬧，那裏有銀錢的事？』賈環道：『不是前兒有人說是外藩要買個偏房，你們何不和王大舅商量，把巧姐說給他呢？』賈芸道：『叔叔，我說句招你生氣的話，外藩花了錢買人，還想能和咱們走動麼？』賈環在賈芸耳邊說了些按前八十回預示，賈芸與紅玉終成眷屬，據脂批紅玉有獄神廟慰寶玉事，賈芸亦在『榮府事敗（後），必有一番作爲』，當不至勾結壞人，坑害巧姐也。後部之賈芸已與前部之賈芸判若兩人。

話，賈芸雖然點頭，只道賈環是小孩子的話，也不當事。

恰好王仁走來，說道：『你們兩個人商量些什麼，瞞着我麽？』賈芸便將賈環的話附耳低言的說了。王仁拍手道：『這倒是一種好事，又有銀子。只怕你們不能，若是你們敢辦，我是親舅舅，做得主的。只要環老三在大太太跟前那麽一說，我找邢大舅再一說，太太們問起來，你們齊打夥說好就是了。』賈環等商議定了，王仁便去找邢大舅，賈芸便去回邢、王二夫人，說得錦上添花。

王夫人聽了，雖然入耳，只是不信。邢夫人聽得邢大舅知道，心裏願意，便打發人找了邢大舅來問他。那邢大舅已經聽了王仁的話，又可分肥，便在邢夫人跟前說道：『若說這位郡王，是極有體面的。若應了這門親事，雖說是不是正配，保管一過了門，姊夫的官早復了，這裏的聲勢又好了。』邢夫人本是沒主意人，被傻大舅一番假話哄得心動，請了王仁來一問，更說得熱鬧。於是邢夫人倒叫人出去追着賈芸去說。王仁即刻找了人去到外藩公館說了。那外藩不知底細，便要打發人來相看。賈芸又鑽了相看的人，說明：『原是瞞着合宅的，只說是王府相親。等到成了，他祖母作主，親舅舅的保山，是不怕的。』那相看的人應了。賈芸便送信與邢夫人，並回了王夫人。那李紈、寶釵等不知原故，只道是件好事，也都歡喜。

幸虧平兒細心，能察知奸情，邢夫人反倒深信不疑，反疑王夫人不是好意，邢夫人之愚而蠢亦已極矣。

那日果然來了幾個女人，都是豔妝麗服，邢夫人接了進去，敘了些閒話。那來人本知是個誥命，也不敢待慢。邢夫人因事未定，也沒有和巧姐說明，只說有親戚來瞧，叫他去見。那巧姐到底是個小孩子，那管這些，便跟了奶媽過來。平兒不放心，也跟着來。只見有兩個宮人打扮的，見了巧姐，便渾身上下一看，更又起身來拉着巧姐的手，又瞧了一遍，略坐了一坐，就走了。倒把巧姐看得羞臊，回到房中納悶，想來沒有這門親戚，便問平兒。平兒先看見來頭，卻也猜着八九，必是相親的。『但是二爺不在家，大太太作主，到底不知是那府裏的。若說是對頭親，不該這樣相看。瞧那幾個人的來頭，不像是本支王府，好像是外頭路數。如今且不必和姑娘說明，且打聽明白再說。』

平兒心下留神打聽。那些丫頭、婆子都是平兒使過的，平兒一問，所有聽見外頭的風聲都告訴了。平兒便嚇的沒了主意，雖不和巧姐說，便趕着去告訴了李紈、寶釵，求他二人告訴王夫人。王夫人知道這事不好，便和邢夫人說知。怎奈邢夫人信了兄弟並王仁的話，反疑心王夫人不是好意，便說：『孫女兒也大了，現在璉兒不在家，這件事我還做得主。況且是他親舅爺和他親舅舅打聽的，難道倒比別人不真麼？我橫豎是願意的。倘有什麼不好，我和璉兒也抱怨不着別人。』

王夫人聽了這些話，心下暗暗生氣，勉強說些閒話，便走了出來，告訴了寶倒是王夫人說的話在理。

史湘雲丈夫死，此處帶出。

平兒有肝膽，有頭腦。

釵，自己落淚。寶玉勸道：『太太別煩惱，這件事我看來是不成的。這又是巧姐兒命裏所招，只求太太不管就是了。』王夫人道：『你一開口就是瘋話。人家說定了，就要接過去。若依平兒的話，你璉二哥可不抱怨我麼？別說自己的姪孫女兒，就是親戚家的，也是要好纔好。邢姑娘是我們作媒的，配了你二大舅子，如今和和順順的過日子，不好麼？那琴姑娘，梅家娶了去，聽見說是豐衣足食的很好。就是史姑娘，是他叔叔的主意，頭裏原好，如今姑爺癆病死了，你史妹妹立志守寡，也就苦了。若是巧姐兒錯給了人家兒，可不是我的心壞？』

正說着，平兒過來瞧寶釵，並探聽邢夫人的口氣。王夫人將邢夫人的話說了一遍。平兒獃了半天，跪下求道：『巧姐兒終身全仗着太太。若信了人家的話，不但姑娘一輩子受了苦，便是璉二爺回來怎麼說呢？』王夫人道：『你是個明白人，起來，聽我說。巧姐兒到底是大太太孫女兒，他要作主，我能够攔他麼？』寶玉勸道：『無妨礙的，只要明白就是了。』平兒生怕寶玉瘋顛嚷出來，也並不言語，回了王夫人，竟自去了。

這裏，王夫人想到煩悶，一陣心痛，叫丫頭扶着，勉強回到自己房中躺下，不叫寶玉、寶釵過來，說睡睡就好的。自己卻也煩悶，聽見說李嬸娘來了，也不及接待。只見賈蘭進來請了安，回道：『今早爺爺那裏，打發人帶了一封書子來，外頭小子們傳進來的。我母親接了正要過來，因我老娘來了，叫我先呈給太太瞧，回來我母親就過來，來回太太。還說，我老娘要過來呢。』說着，一面把書子呈上。

王夫人一面接書，一面問道：『你老娘來作什麼？』賈蘭道：『我也不知道。我只見我老娘說，我三姨兒的婆婆家有什麼信兒來了。』王夫人聽了，想起來還是前次給甄寶玉說了李綺，後來放定下茶，想來此時甄家要娶過門，所以李嬸娘來商量這件事情，便點點頭兒。一面拆開書信，見上面寫着道：

近因沿途俱係海疆凱旋船隻，不能迅速前行。聞探姐隨翁婿來都，不知曾有信否？前接到璉姪手稟，知大老爺身體欠安，亦不知已有確信否？寶玉、蘭哥場期已近，務須實心用功，不可怠惰。老太太靈柩抵家，尚需日時。我身體平善，不必掛念。此諭寶玉等知道。月日手書，蓉兒另稟。

王夫人看了，仍舊遞給賈蘭，說：『你拿去給你二叔叔瞧瞧，還交給你母親罷。』正說着，李紈同李嬸娘過來，請安問好畢，王夫人讓了坐。李嬸娘便將甄家要娶李綺的話說了一遍。大家商議了一會子。李紈因問王夫人道：『老爺的書子，太太看過了麼？』王夫人道：『看過了。』賈蘭便拿着給他母親瞧。李紈看了，道：『三姑娘出門了好幾年，總沒有來。如今要回京了，太太也放了好些心。』王爲寶玉離家出走事，先寫一筆。

夫人道：『我本是心痛，看見探丫頭要回來了，心裏略好些。只是不知幾時纔到。』李嬸娘便問了賈政在路好。

李紈因向賈蘭道：『哥兒瞧見了？場期近了，你爺爺惦記的什麼似的。你快拿了去，給二叔叔瞧去罷。』李嬸娘道：『他們爺兒兩個又沒進過學，怎麼能下場呢？』王夫人道：『他爺爺做糧道的起身時，給他們爺兒兩個援了例監了。』李嬸娘點頭。賈蘭一面拿着書子出來，來找寶玉。

卻說寶玉送了王夫人去後，正拿着《秋水》一篇，在那裏細玩。寶釵從裏間走出，見他看的得意忘言，便走過來一看，見是這個，心裏着實煩悶，細想：『他只顧把這些「出世離群」的話當作一件正經事，終久不妥。看他這種光景，料勸不過來。』便坐在寶玉旁邊，怔怔的坐着。寶玉見他這般，便道：『你這又是爲什麼？』

寶釵道：『我想你我既爲夫婦，你便是我終身的倚靠，卻不在情慾之私。論起榮華富貴，原不過是過眼煙雲。但自古聖賢以人品根柢爲重。』寶玉也沒聽完，把那書本擱在旁邊，微微的笑道：『據你說，人品根柢，又是什麼古聖賢，你可知古聖賢說過「不失其赤子之心」。那赤子有什麼好處？不過是無知無識，無貪無忌。我們生來已陷溺在貪嗔癡愛中，猶如污泥一般，怎麼能跳出這般塵網？如今纔曉得

「聚散浮生」四字，古人說了，不曾提醒一個。既要講到人品根柢，誰是到那太初一步地位的？』

寶釵道：『你既說「赤子之心」，古聖賢原以忠孝爲赤子之心，並不是遁世離群、無關無係爲赤子之心。堯、舜、禹、湯、周、孔，時刻以救民濟世爲心。所謂赤子之心，原不過是「不忍」二字。若你方纔所說的，忍于拋棄天倫，還成什麽道理？』寶玉點頭笑道：『堯、舜不強巢、許，武、周不強夷、齊。』

寶釵想用入世的話勸回寶玉，已不能矣。

寶釵不等他說完，便道：『你這個話益發不是了。古來若都是巢、許、夷、齊，爲什麽如今人又把堯、舜、周、孔稱爲聖賢呢？況且你自比夷、齊，更不成話。伯夷、叔齊原是生在商末世，有許多難處之事，所以纔有託而逃。當此聖世，咱們世受國恩，祖父錦衣玉食，況你自有生以來，自去世的老太太以及老爺、太太視如珍寶。你方纔所說，自己想一想，是與不是？』寶玉聽了，也不答言，只有仰頭微笑。

寶釵因又勸道：『你既理屈詞窮，我勸你從此把心收一收，好好的用用功。但能博得一第，便是從此而止，也不枉天恩祖德了。』寶玉點了點頭，嘆了口氣，說道：『一第呢，其實也不是什麽難事。倒是你這個「從此而止，不枉天恩祖德」卻還不離其宗。』

寶玉是要博得一第，好向父母祖宗交代，以爲出家辭世之由。其實作如此想，即是未斷塵根。

襲人只是作世間想。

賈蘭一心於仕途經濟。

寶釵未及答言，襲人過來，説道：『剛纔二奶奶説的古聖先賢，我們也不懂。我只想着，我們這些人從小兒辛辛苦苦跟着二爺，不知陪了多少小心，論起理來，原該當的。但只二爺也該體諒體諒。況且二奶奶替二爺在老爺、太太跟前行了多少孝道，就是二爺不以夫妻爲事，也不可太辜負了人心。至於神仙那一層，更是謊話，誰見過有走到凡間來的神仙呢？那裏來的這麽個和尚，説了些混話，二爺就信了真。二爺是讀書的人，難道他的話比老爺、太太還重麽？』寶玉聽了，低頭不語。

襲人還要説時，只聽外面腳步走響，隔着窗户問道：『二叔在屋裏呢麽？』寶玉聽了，是賈蘭的聲音，便站起來，笑道：『你進來罷。』寶釵也站起來。賈蘭進來，笑容可掬的給寶玉、寶釵請了安，問了襲人的好，襲人也問了好，便把書子呈給寶玉瞧。寶玉接在手中看了，便道：『你三姑姑回來了？』賈蘭道：『爺爺既如此寫，自然是回來的了。』寶玉點頭不語，默默如有所思。賈蘭便問：『叔叔看見爺爺後頭寫的叫咱們好生念書了？叔叔這一程子只怕總沒作文章罷？』寶玉笑道：『我也要作幾篇，熟一熟手，好去詐這個功名。』賈蘭道：『叔叔既這樣，就擬幾個題目，我跟着叔叔作作，也好進去混場。別到那時交了白卷子，惹人笑話。不但笑話我，人家連叔叔都要笑話了。』

豈知寶玉已心悟，則自不必此類書矣。

寶玉道：『你也不至如此。』說着，寶釵命賈蘭坐下。寶玉仍坐在原處，賈蘭側身坐了。兩個談了一回文，不覺喜動顏色。

寶釵見他爺兒兩個談得高興，便仍進屋裏去了，心中細想：『寶玉此時光景，或者醒悟過來了。只是剛纔說話，他把那「從此而止」四字單單的許可，這又不知是什麼意思了。』寶釵尚自猶豫，惟有襲人看他愛講文章，提到下場，更又欣然，心裏想道：『阿彌陀佛，好容易講《四書》似的纔講過來了。』這裏，寶玉和賈蘭講文，鶯兒沏過茶來。賈蘭站起來接了，又說了一會子下場的規矩，並請甄寶玉在一處的話，寶玉也甚似願意。一時，賈蘭回去，便將書子留給寶玉了。

那寶玉拿着書子，笑嘻嘻走進來，遞給麝月收了，便出來將那本《莊子》收了，把幾部向來最得意的，如《參同契》《元命苞》《五燈會元》之類，叫出麝月、秋紋、鶯兒等都搬了擱在一邊。寶釵見他這番舉動，甚爲罕異，因欲試探他，便笑問道：『不看他倒是正經，但又何必搬開呢？』寶玉道：『如今纔明白過來了。這些書都算不得什麼，我還要一火焚之，方爲乾淨。』寶釵聽了，更欣喜異常。

只聽寶玉口中微吟道：

內典語中無佛性，金丹法外有仙舟。

寶釵也沒很聽真，只聽得『無佛性』『有仙舟』幾個字，心中轉又狐疑，且看他作何光景。寶玉便命麝月、秋紋等收拾一間靜室，把那些語録名稿及應制詩之類都找出來，擱在靜室中，自己卻當真靜靜的用起功來。寶釵這纔放了心。

那襲人此時真是聞所未聞，見所未見，便悄悄的笑着向寶釵道：『到底奶奶說話透徹，只一路講究，就把二爺勸明白了。就只可惜遲了一點兒，臨場太近了。』寶釵點頭，微笑道：『功名自有定數。中與不中，倒也不在用功的遲早。但願他從此一心巴結正路，把從前那些邪魔永不沾染，就是好了。』說到這裏，見房裏無人，便悄說道：『這一番悔悟回來，固然很好，但只一件，怕又犯了前頭的舊病，和女孩兒們打起交道來，也是不好。』

襲人道：『奶奶說的也是。二爺自從信了和尚，纔把這些姐妹冷淡了。如今不信和尚，真怕又要犯了前頭的舊病呢。我想，奶奶和我，二爺原不大理會，紫鵑去了，如今只他們四個。這裏頭，就是五兒有些個狐媚子，聽見說，他媽求了大奶奶和奶奶，說要討出去給人家兒呢。但是這兩天到底在這裏呢。麝月、秋紋雖沒別的，只是二爺那幾年也都有些頑頑皮皮的。如今算來，只有鶯兒，二爺倒不大理會，況且鶯兒也穩重。我想，倒茶弄水，只叫鶯兒帶着小丫頭們服侍就够了。不知奶奶心裏怎麼樣？』寶釵道：『我也慮的是這些，你說的倒也罷了。』從此便派

語録，當指《朱子語類》之類。

名稿，當指八股科舉的範文讀本，如《儒林外史》馬純上所編的《三科程墨持運》之類的書。正如馬純上說的：『就是我們的文章選本了。』此類書皆爲應科場之需。

應制詩，奉皇帝之命或由皇帝出題寫作的詩文，如杜甫《大明宫早朝》之類的詩。前八十回元妃省親出題命寶玉、釵、黛作詩，也即是應制。

寶釵只想寶玉從此回歸世途，又怕寶玉回歸世途後重犯舊病。釵、襲兩人真患得患失也。

寶玉不出門，是寶玉另有想法也。

鶯兒帶着小丫頭服侍。

那寶玉卻也不出房門，天天只差人去給王夫人請安。王夫人聽見他這番光景，那一種欣慰之情，更不待言了。到了八月初三，這一日正是賈母的冥壽。寶玉早晨過來磕了頭，便回去，仍到靜室中去了。飯後，寶釵、襲人等都和姊妹們跟着邢、王二夫人在前面屋裏說閒話兒。寶玉自在靜室冥心危坐，忽見鶯兒端了一盤瓜菓進來說：『太太叫人送來，給二爺吃的。這是老太太的克什。』寶玉站起來，答應了，復又坐下，便道：『擱在那裏罷。』

鶯兒一面放下瓜菓，一面悄悄向寶玉道：『太太那裏誇二爺呢。』寶玉微笑。鶯兒又道：『太太說了，二爺這一用功，明兒進場中了出來，明年再中了進士，作了官，老爺、太太可就不枉了盼二爺了。』寶玉也只點頭微笑。

鶯兒忽然想起那年給寶玉打絡子的時候，寶玉說的話來。便道：『真要二爺中了，那可是我們姑奶奶的造化了。二爺還記得那一年在園子裏，不是二爺叫我打梅花絡子時說的，我們姑奶奶後來帶着我不知到那一個有造化的人家兒去呢。如今二爺可是有造化的罷咧。』寶玉聽到這裏，又覺塵心一動，連忙斂神定息，微微的笑道：『據你說來，我是有造化的，你們姑娘也是有造化的。你呢？』鶯兒把臉飛紅了，勉強道：『我們不過當丫頭一輩子罷咧，有什麼造化呢！』寶玉笑道：

『果然能够一輩子是丫頭，你這個造化比我們還大呢。』

鶯兒聽見這話，似乎又是瘋話了，恐怕自己招出寶玉的病根來，打算着要走。只見寶玉笑着說道：『傻丫頭，我告訴你罷。』未知寶玉又說出什麼話來，且聽下回分解。

寶玉之話，鶯兒豈能盡解。

【回後評】

惜春之堅決出家，實已無路可走也。紫鵑之願隨惜春出家，實亦無路可走也。黛玉已死，紫鵑亦已心死矣，其何以自處，今忽得此機會，終隨惜春而去耳。

賈環、賈芸、王仁、邢大舅等欲騙賣巧姐。『王夫人聽了，雖然入耳，只是不信。』王夫人聽此謊言，『雖然入耳』，尚能『不信』，王夫人總算難得清醒一回也。邢夫人以巧姐祖母身份，竟能斷然作主應允，則其人之心可知矣。

寶釵勸寶玉以功名爲重，寶玉不與辯論，非不能辯論也，因寶玉自心已定，不必辯論矣。

襲人、寶釵見寶玉閉門讀書，準備科考，既喜其『改』轍，又恐其重蹈舊疾，乃即防及五兒等等，其偏妒之心，活活畫出。

第一百十九回　中鄉魁寶玉卻塵緣　沐皇恩賈家延世澤

寶玉心中已有定見，不再猶豫不定，故『別有一種冷靜的光景』也。

話說鶯兒見寶玉說話摸不着頭腦，正自要走，只聽寶玉又說道：『傻丫頭，我告訴你罷。你姑娘既是有造化的，你跟着他，自然也是有造化的了。你襲人姐姐是靠不住的。只要往後你盡心服侍他就是了。日後或有好處，也不枉你跟着他熬了一場。』鶯兒聽了前頭像話，後頭說的又有些不像了，便道：『我知道了。姑娘還等我呢。二爺要吃菓子時，打發小丫頭叫我就是了。』寶玉點頭，鶯兒纔去了。一時寶釵、襲人回來，各自房中去了。不提。

且說過了幾天，便是場期，別人只知盼望他爺兒兩個作了好文章便可以高中的了，只有寶釵見寶玉的工課雖好，只是那有意無意之間，卻別有一種冷靜的光景。知他要進場了，頭一件，叔姪兩個都是初次赴考，恐人馬擁擠，有什麽失閃；第二件，寶玉自和尚去後，總不出門，雖然見他用功喜歡，只是改的太速太好了，反倒有些信不及，只怕又有什麽變故。所以進場的頭一天，一面派了襲人帶了小丫分明話裏有話。

頭們同着素雲等給他爺兒兩個收拾妥當，自己又都過了目，好好的擱起預備着；一面過來同李紈回了王夫人，揀家裏的老成管事的多派了幾個，只說怕人馬擁擠碰了。

次日，寶玉、賈蘭换了半新不舊的衣服，欣然過來見了王夫人。王夫人囑咐道：『你們爺兒兩個都是初次下場，但是你們活了這麽大，並不曾離開我一天。就是不在我眼前，也是丫鬟、媳婦們圍着，何曾自己孤身睡過一夜。今日各自進去，孤孤凄凄，舉目無親，須要自己保重。早些作完了文章出來，找着家人，早些回來，也叫你母親、媳婦們放心。』王夫人說着，不免傷心起來。賈蘭聽一句，答應一句。

只見寶玉一聲不哼，待王夫人說完了，走過來給王夫人跪下，滿眼流淚，磕了三個頭，說道：『母親生我一世，我也無可答報。只有這一入場，用心作了文章，好好的中個舉人出來，那時太太喜歡喜歡，便是兒子一輩子的事也完了，一輩子的不好也都遮過去了。』王夫人聽了，更覺傷心起來，便道：『你有這個心，自然是好的。可惜你老太太不能見你的面了！』一面說，一面拉他起來。那寶玉只管跪着，不肯起來，便說道：『老太太見與不見，總是知道的，喜歡的。既能知道了，喜歡了，便不見，也和見了的一樣。只不過隔了形質，並非隔了神氣啊。』

許多後事，都由寶玉一一說穿。

唯獨寶釵已覺出句句不祥。

竟是從此別矣。

『該走了』，寶玉自有另意。

李紈見王夫人和他如此，一則怕勾起寶玉的病來，二則也覺得光景不大吉祥，連忙過來，說道：『太太，這是大喜的事，爲什麼這樣傷心？況且寶兄弟近來很知好歹，很孝順，又肯用功，只要帶了姪兒進去，好好的作文章，早早的回來，寫出來請咱們的世交老先生們看了，等着爺兒兩個都報了喜就完了。』一面叫人攙起寶玉來。寶玉卻轉過身來，給李紈作了個揖，說：『嫂子放心。我們爺兒兩個都是必中的。日後蘭哥還有大出息，大嫂子還要帶鳳冠、穿霞帔呢。』李紈笑道：『但願應了叔叔的話，也不枉……』說到這裏，恐怕又惹起王夫人的傷心來，連忙咽住了。寶玉笑道：『只要有了個好兒子，能夠接緒祖基，就是大哥哥不能見，也算他的後事完了。』李紈見天氣不早了，也不肯儘着和他說話，只好點點頭兒。

此時，寶釵聽得早已獃了，這些話不但寶玉，便是王夫人、李紈所說，句句都是不祥之兆，卻又不敢認真，只得忍淚無言。那寶玉走到跟前，深深的作了一個揖。衆人見他行事古怪，也摸不着是怎麼樣，又不敢笑他。只見寶釵的眼淚直流下來。衆人更是納罕。又聽寶玉說道：『姐姐，我要走了，你好生跟着太太，聽我的喜信兒罷。』寶釵道：『是時候了，你不必說這些嘮叨話了。』

寶玉道：『你倒催的我緊，我自己也知道該走了。』回頭見衆人都在這裏，只沒惜春、紫鵑，便說道：『四妹妹和紫鵑姐姐跟前，替我說一句罷，橫豎是再見寶玉的話，是『卻塵緣』，是紅塵分離。

邢夫人反覺賈環明理，真是是非顛倒至極。

就完了。』衆人見他的話又像有理，又像瘋話。大家只説他從沒出過門，都是太太的一套話招出來的，不如早早催他去了，就完了事了，便説道：『外面有人等你呢。你再鬧，就誤了時辰了。』

寶玉仰面大笑道：『走了，走了！不用胡鬧了，完了事了！』衆人也都笑道：『快走罷。』獨有王夫人和寶釵娘兒兩個，倒像生離死別的一般，那眼淚也不知從那裏來的，直流下來，幾乎失聲哭出。但見寶玉嘻天哈地，大有瘋傻之狀，遂從此出門走了。正是：

走求名利無雙地，打出樊籠第一關。

不言寶玉、賈蘭出門赴考。且説賈環見他們考去，自己又氣又恨，便自大爲王説：『我可要給母親報仇了。家裏一個男人沒有，上頭大太太依了我，還怕誰？』想定了主意，跑到邢夫人那邊，請了安，説了些奉承的話。

那邢夫人自然喜歡，便説道：『你這纔是明理的孩子呢。像那巧姐兒的事，原該我做主的。你璉二哥糊塗，放着親奶奶，倒託别人去！』賈環道：『人家那頭兒也説了，只認得這一門子。現在定了，還要備一分大禮，來送太太呢。如今太太有了這樣的藩王孫女婿兒，還怕大老爺沒大官做麽？不是我説自己的太太，他邢夫人竟被他這幾句假話說中。

邢夫人件件都依。

幸虧這個丫鬟有心，可見丫鬟已看出賈環的奸詐。

們有了元妃姐姐，便欺壓的人難受。將來巧姐兒別也是這樣沒良心，等我去問問他。』邢夫人道：『你也該告訴他，他纔知道你的好處。只怕他父親在家，也找不出這麽門子好親事來！但只平兒那個糊塗東西，他倒說這件事不好，說是你太太也不願意。想來恐怕我們得了意。若遲了，你二哥回來，又聽人家的話，就辦不成了。』

賈環道：『那邊都定了，只等太太出了八字。王府的規矩，三天就要來娶的。但是一件，只怕太太不願意，那邊說是不該娶犯官的孫女，只好悄悄的擡了去。等大老爺免了罪，做了官，再大家熱鬧起來。』邢夫人道：『這有什麽不願意，也是禮上應該的。』賈環道：『既這麽着，這帖子，太太出了就是了。』邢夫人道：『這孩子又糊塗了。裏頭都是女人，你叫薔哥兒寫了一個就是了。』賈環聽說，喜歡的了不得，連忙答應了出來，趕着和賈芸說了，邀着王仁到那外藩公館立文書、兌銀子去了。

那知剛纔所說的話，早被跟邢夫人的丫頭聽見。那丫頭是求了平兒纔挑上的，便抽空兒趕到平兒那裏，一五一十的都告訴了。平兒早知此事不好，已和巧姐細細的說明。巧姐哭了一夜，必要等他父親回來作主，大太太的話不能遵。今兒又聽見這話，便大哭起來，要和太太講去。平兒急忙攔住道：『姑娘且慢着。大太太平兒冷靜，否則就亂了。

越是這邊無法，越是那邊催得急。

王夫人知道賈環是不可靠的。

是你的親祖母。他說，二爺不在家，大太太做得主的，況且還有舅舅做保山。他們都是一氣，姑娘一個人那裏說得過呢。我到底是下人，說不上話去。如今只可想法兒，斷不可冒失的。』邢夫人那邊的丫頭道：『你們快快的想主意。不然，可就要擡走了。』說着，各自去了。

平兒回過頭來見巧姐哭作一團，連忙扶着道：『姑娘，哭是不中用的。如今是二爺够不着，聽見他們的話頭——』這句話還沒說完，只見邢夫人那邊打發人來告訴：『姑娘大喜的事來了。叫平兒將姑娘所有應用的東西料理出來。若是賠送呢，原說明了等二爺回來再辦。』平兒只得答應了。

回來又見王夫人過來，巧姐兒一把抱住，哭得倒在懷裏。王夫人也哭道：『妞兒不用着急，我爲你吃了大太太好些話，看來是扭不過來的。我們只好應着緩下去，即刻差個家人趕到你父親那裏去告訴。』平兒道：『太太還不知道麼？早起三爺在大太太跟前說了，什麼外藩規矩，三日就要過去的。如今大太太已叫芸哥兒寫了名字、年庚去了，還等得二爺麼？』

王夫人聽說是『三爺』，便氣得說不出話來，獃了半天，一叠聲叫人找賈環。找了半日，人回：『今早同薔哥兒、王舅爺出去了。』王夫人問：『芸哥呢？』衆人回說不知道。巧姐屋內人人瞪眼，一無方法。王夫人也難和邢夫人爭論，只有大家抱頭大哭。

有個婆子進來回說：『後門上的人說，那個劉姥姥又來了。』王夫人道：『咱們家遭着這樣事，那有工夫接待人。不拘怎麼，回了他去罷。』平兒道：『太太該叫他進來，他是姐兒的乾媽，也得告訴告訴他。』王夫人不言語，那婆子便帶了劉姥姥進來。各人見了問好。

劉姥姥來得正好！王夫人卻沒有想到劉姥姥的用處。

劉姥姥見衆人的眼圈兒都是紅的，也摸不着頭腦，遲了一會子，便問道：『怎麼了？太太、姑娘們必是想二姑奶奶了。』巧姐兒聽見提起他母親，越發大哭起來。平兒道：『姥姥別說閒話，你既是姑娘的乾媽，也該知道的。』便一五一十的告訴了。把個劉姥姥也唬怔了，等了半天，忽然笑道：『你這樣一個伶俐姑娘，沒聽見過鼓兒詞麼？這上頭的方法多着呢。這有什麼難的！』

平兒趕忙問道：『姥姥，你有什麼法兒，快說罷。』劉姥姥道：『這有什麼難的呢？一個人也不叫他們知道，扔崩一走，就完了事了。』平兒道：『這可是混說了。我們這樣人家的人，走到那裏去？』劉姥姥道：『只怕你們不走。你們要走，就到我屯裏去。我就把姑娘藏起來，即刻叫我女婿弄了人，叫姑娘親筆寫個字兒，趕到姑老爺那裏，少不得他就來了。可不好麼？』

劉姥姥急中生智。

平兒道：『大太太知道呢？』劉姥姥道：『我來，他們知道麼？』平兒道：『大王夫人毫無決斷。

平兒有主意。

最緊急的時候，卻去說閒話。豈知閒話卻是要緊話也，王夫人難得能如此。

太太住在後頭，他待人刻薄，有什麽信沒有送給他的。你若前門走來，就知道了。如今是後門來的，不妨事。』劉姥姥道：『咱們說定了幾時，我叫女婿打了車來接了去。』平兒道：『這還等得幾時呢？你坐着罷。』急忙進去，將劉姥姥的話避了旁人告訴了。王夫人想了半天，不妥當。

平兒道：『只有這樣。爲的是太太纔敢說明，太太就裝不知道，回來倒問大太太。我們那裏就有人去，想二爺回來也快。』王夫人不言語，嘆了一口氣。巧姐兒聽見，便和王夫人道：『只求太太救我，横竪父親回來只有感激的。』平兒道：『不用說了，太太回去罷。回來只要太太派人看屋子。』王夫人道：『掩密些。你們兩個人的衣服、鋪蓋是要的。』平兒道：『要快走了纔中用呢。若是他們定了，回來就有了饑荒了。』一句話提醒了王夫人，便道：『是了，你們快辦去罷，有我呢。』

於是王夫人回去，倒過去找邢夫人說閒話兒，把邢夫人先絆住了。平兒這裏便遣人料理去了，囑咐道：『倒別避人，有人進來看見，就說是大太太吩咐的，要一輛車子送劉姥姥去。』這裏又買囑了看後門的人僱了車來。平兒便將巧姐裝做青兒模樣，急急的去了。後來平兒只當送人，眼錯不見，也跨上車去了。

原來近日賈府後門雖開，只有一兩個人看着，餘外雖有幾個家下人，因房大

記徽嫌舅兄欺弱女
譚鳳嬛畫
癸未冬日

連下人都知此事不好，可見邢夫人糊塗到何等地步。

寶釵又來幫忙出主意。

又幸虧外藩知道了真情，不敢干犯例禁，遂使此事無成。外藩王府乾脆將事情說破，要拿住究治，這使賈芸、王仁只得罷手。

人少，空落落的，誰能照應？且邢夫人又是個不憐下人的，衆人明知此事不好，又都感念平兒的好處，所以通同一氣，放走了巧姐。邢夫人還自和王夫人說話，那裏理會。

只有王夫人甚不放心，說了一回話，悄悄的走到寶釵那裏坐下，心裏還是惦記着。寶釵見王夫人神色恍惚，便問：『太太的心裏有什麼事？』王夫人將這事背地裏和寶釵說了。寶釵道：『險得很！如今得快快兒的叫芸哥兒止住那裏纔妥當。』王夫人道：『我找不着環兒呢。』寶釵道：『太太總要裝作不知，等我想個人，去叫大太太知道纔好。』王夫人點頭，一任寶釵想人。暫且不言。

且說外藩原是要買幾個使喚的女人，據媒人一面之辭，所以派人相看。相看的人回去稟明了藩王。藩王問起人家，衆人不敢隱瞞，只得實說。那外藩聽了，知是世代勳戚，便說：『了不得！這是有干例禁的，幾乎誤了大事！況我朝覲已過，便要擇日起程，倘有人來再說，快快打發出去。』

這日，恰好賈芸、王仁等遞送年庚，只見府門裏頭的人便說：『奉王爺的命，再敢拿賈府的人來冒充民女者，要拿住究治的。如今太平時候，誰敢這樣大膽！』這一嚷，唬得王仁等抱頭鼠竄的出來，埋怨那說事的人，大家掃興而散。

賈環在家候信，又聞王夫人傳喚，急得煩躁起來。見賈芸一人回來，趕着問道：

豈能找還屍首來就完事。

『定了麽？』賈芸慌忙跺足道：『了不得，了不得！不知誰露了風了。』還把吃虧的話說了一遍。賈環氣得發怔說：『我早起在大太太跟前說的這樣好，如今怎麽樣處呢？這都是你們衆人坑了我了。』正沒主意，聽見裏頭亂嚷，叫着賈環等的名字說：『大太太、二太太叫呢。』兩個人只得蹭進去。

只見王夫人怒容滿面，說：『你們幹的好事！如今逼死了巧姐和平兒了，快快的給我找還屍首來完事！』兩個人跪下。賈環不敢言語，賈芸低頭說道：『孫子不敢幹什麽，爲的是邢舅太爺和王舅爺說給巧妹妹作媒，我們纔回太太們的。大太太願意，纔叫孫子寫帖兒去的。人家還不要呢。怎麽我們逼死了妹妹呢？』王夫人道：『環兒在大太太那裏說的，三日內便要擡了走。說親作媒，有這樣的麽？我也不問你們，快把巧姐兒還了我們，等老爺回來再說。』邢夫人如今也是一句話兒說不出了，只有落淚。王夫人便罵賈環說：『趙姨娘這樣混賬的東西，留的種子也是這混賬的！』說着，叫丫頭扶了，回到自己房中。

那賈環、賈芸、邢夫人三個人互相埋怨，說道：『如今且不用埋怨。想來死是不死的。必是平兒帶了他，到那什麽親戚家躲着去了。』邢夫人叫了前後的門人來罵着，問巧姐兒和平兒知道那裏去了。豈知下人一口同音說是：『大太太不必問我們，問當家的爺們，就知道了。在大太太也不用鬧，等我們太太問起來，我們一場陰謀徹底失敗，反而弄得自身難保。

寶玉已卻塵緣。

有話說。要打大家打，要罰大家都罰。自從璉二爺出了門，外頭鬧的還了得！我們的月錢、月米是不給了，賭錢、喝酒、鬧小旦，還接了外頭的媳婦兒到宅裏來。這不是爺嗎？』說得賈芸等頓口無言。王夫人那邊又打發人來催說：『叫爺們快找來。』那賈環等急得恨無地縫可鑽，又不敢盤問巧姐那邊的人。明知衆人深恨，是必藏起來了。但是這句話怎敢在王夫人面前說？只得各處親戚家打聽，毫無蹤跡。裏頭一個邢夫人，外頭環兒等，這幾天鬧的晝夜不寧。

看看到了出場日期，王夫人只盼着寶玉、賈蘭回來。等到晌午，不見回來，王夫人、李紈、寶釵着忙，打發人去到下處打聽。去了一起，又無消息，連去的人也不來了。回來又打發一起人去，又不見回來。三個人心裏如熱油熬煎。

等到傍晚，有人進來，見是賈蘭。衆人喜歡問道：『寶二叔呢？』賈蘭也不及請安，便哭道：『二叔丟了。』王夫人聽了這話，便怔了，半天也不言語，便直挺挺的躺倒牀上。虧得彩雲等在後面扶着，下死的叫醒轉來哭着。見寶釵也是白瞪兩眼，襲人等已哭得淚人一般。只有哭着罵賈蘭道：『糊塗東西！你同二叔在一處，怎麼他就丟了？』

賈蘭道：『我和二叔在下處，是一處吃，一處睡。進了場，相離也不遠，刻寶玉不見得奇怪。

寶釵心裏已知八九者，是知寶玉非丢失而是卻塵緣也。

惜春最爲明白，因惜春是箇中人也。

刻在一處的。今兒一早，二叔的卷子早完了，還等我呢。我們兩個人一起去交了卷子，一同出來，在龍門口一擠，回頭就不見了。我們家接場的人都問我，李貴還說看見的，相離不過數步，怎麽一擠就不見了？現叫李貴等分頭的找去。我也帶了人，各處號裏都找遍了，沒有。我所以這時候纔回來。』

王夫人是哭的一句話也說不出來，寶釵心裏已知八九，襲人痛哭不已。賈薔等不等吩咐，也是分頭而去。可憐榮府的人個個死多活少，空備了接場的酒飯。賈蘭也忘卻了辛苦，還要自己找去。倒是王夫人攔住，道：『我的兒，你叔叔丢了，還禁得再丢了你麽。好孩子，你歇歇去罷。』賈蘭那裏肯走，尤氏等苦勸不止。

衆人中，只有惜春心裏卻明白了，只不好說出來，便問寶釵道：『二哥哥帶了玉去了沒有？』寶釵道：『這是隨身的東西，怎麽不帶？』惜春聽了，便不言語。襲人想起那日搶玉的事來，也是料着那和尚作怪，柔腸幾斷，珠淚交流，嗚嗚咽咽哭個不住。追想當年寶玉相待的情分，有時慪他，他便惱了，也有一種令人回心的好處，那溫存體貼是不用說了。若慪急了他，便賭誓說做和尚。那知道今日卻應了這句話！

看看那天，已覺是四更天氣，並沒有個信兒。李紈又怕王夫人苦壞了，極力的勸着回房。衆人都跟着伺候，只有邢夫人回去。賈環躲着不敢出來。王夫人叫賈蘭探春回來。

去了，一夜無眠。

次日天明，雖有家人回來，都說沒有一處不尋到，實在沒有影兒。於是薛姨媽、薛蝌、史湘雲、寶琴、李嬸等，接二連三的過來請安問信。如此一連數日，王夫人哭得飲食不進，命在垂危。

忽有家人回道：『海疆來了一個人，口稱統制大人那裏來的，說我們家的三姑奶奶明日到京了。』王夫人聽說探春回京，雖不能解寶玉之愁，那個心略放了些。到了明日，果然探春回來。衆人遠遠接着，見探春出挑得比先前更好了，服采鮮明。見了王夫人形容枯槁，衆人眼腫腮紅，便也大哭起來，哭了一會，然後行禮。看見惜春道姑打扮，心裏很不舒服。又聽見寶玉心迷走失，家中多少不順的事，大家又哭起來。還虧得探春能言，見解亦高，把話來慢慢兒的勸解了好些時，王夫人等略覺好些。再明兒，三姑爺也來了。知有這樣的事，探春住下勸解。跟探春的丫頭、老婆也與衆姐妹們相聚，各訴別後的事。從此上上下下的人，竟是無晝無夜專等寶玉的信。

那一夜，五更多天，外頭幾個家人進來，到二門口報喜。幾個小丫頭亂跑進來，也不及告訴大丫頭了，進了屋子便說：『太太、奶奶們大喜。』王夫人打諒寶玉找着了，便喜歡的站起身來，說：『在那裏找着的？快叫他進來。』那人道：

寶玉中第七名舉人。

賈蘭亦得中。

焙茗久已不見。

惜春又一語道破。

『中了第七名舉人。』王夫人道：『寶玉呢？』家人不言語，王夫人仍舊坐下。探春便問：『第七名中的是誰？』家人回説：『是寶二爺。』

正説着，外頭又嚷道：『蘭哥兒中了！』那家人趕忙出去，接了報單回禀，見賈蘭中了一百三十名。李紈心下喜歡，因王夫人不見了寶玉，不敢喜形於色。王夫人見賈蘭中了，心下也是喜歡，只想，『若是寶玉一回來，咱們這些人不知怎樣樂呢！』獨有寶釵心下悲苦，又不好掉淚。衆人道喜，説是：『寶玉既有中的命，自然再不會丢的。况天下那有迷失了的舉人？』王夫人等想來不錯，略有笑容。衆人便趁勢勸王夫人等多進了些飲食。

只見三門外頭焙茗亂嚷説：『我們二爺中了舉人，是丢不了的了！』衆人問道：『怎見得呢？』焙茗道：『「一舉成名天下聞」。如今二爺走到那裏，那裏就知道的。誰敢不送來？』裏頭的衆人都説：『這小子雖是没規矩，這句話是不錯的。』

惜春道：『這樣大人了，那裏有走失的？只怕他勘破世情，入了空門，這就難找着他了。』這句話又招得王夫人等又大哭起來。李紈道：『古來成佛作祖成神仙的，果然把爵位富貴都抛了，也多得很。』王夫人哭道：『他若抛了父母，這就是不孝，怎能成佛作祖。』探春道：『大凡一個人不可有奇處。二哥哥生來帶塊玉來，都道是好事。這麼說起來，都是有了這塊玉的不好。若是再有幾天不見，我不是叫太太生氣，就有些原故了，只好譬如沒有生這位哥哥罷了。果然有來頭，成了正果，也是太太幾輩子的修積。』

寶釵聽了不言語。襲人那裏忍得住，心裏一疼，頭上一暈，便栽倒了。王夫人見了可憐，命人扶他回去。

賈環見哥哥、姪兒中了，又爲巧姐的事大不好意思，只抱怨薔、芸兩個。知道探春回來，此事不肯干休，又不敢躲開，這幾天竟是如在荆棘之中。

明日賈蘭只得先去謝恩，知道甄寶玉也中了，大家序了同年。提起賈寶玉心迷走失，甄寶玉嘆息勸慰。知貢舉的將考中的卷子奏聞。皇上一一的披閱，看取中的文章俱是平正通達的。見第七名賈寶玉是金陵籍貫，第一百三十名又是金陵賈蘭，皇上傳旨詢問，兩個姓賈的是金陵人氏，是否賈妃一族。大臣領命出來，傳賈寶玉、賈蘭問話。賈蘭將寶玉場後迷失的話，並將三代陳明，大臣代爲轉奏。皇上最是聖明仁德，想起賈氏功勳，命大臣查覆，大臣便細細的奏明。皇上甚是憫恤，命有司將賈赦犯罪情由查案呈奏。皇上又看到海疆靖寇班師善後事宜一本，奏的是海宴河清，萬民樂業的事。皇上聖心大悅，命九卿敘功議賞，並大赦天下。

賈赦免罪，賈珍復襲爵位。賈政襲榮國世職，一時俱皆復舊。

賈蘭等朝臣散後拜了座師，並聽見朝內有大赦的信，便回了王夫人等。合家略有喜色，只盼寶玉回來。薛姨媽更加喜歡，便要打算贖罪。

一日，人報甄老爺同三姑爺來道喜，王夫人便命賈蘭出去接待。不多一回，賈蘭進來，笑嘻嘻的回王夫人道：『太太們大喜了。甄老伯在朝內聽見有旨意，說是大老爺的罪名免了，珍大爺不但免了罪，仍襲了寧國三等世職，榮國世職仍是老爺襲了，俟丁憂服滿，仍陞工部郎中。所抄家產，全行賞還。二叔的文章，皇上看了甚喜，問知元妃兄弟，北靜王還奏說人品亦好，皇上傳旨召見。衆大臣奏稱，據伊姪賈蘭回稱出場時迷失，現在各處尋訪。皇上降旨，着五營各衙門用心尋訪。這旨意一下，請太太們放心，皇上這樣聖恩，再沒有找不着了。』王夫人等這纔大家稱賀，喜歡起來。只有賈環等心下着急，四處找尋巧姐。

那知巧姐隨了劉姥姥，帶着平兒出了城，到了莊上。劉姥姥也不敢輕褻巧姐，便打掃上房，讓給巧姐、平兒住下。每日供給雖是鄉村風味，倒也潔淨。又有青兒陪着，暫且寬心。那莊上也有幾家富户，知道劉姥姥家來了賈府姑娘，誰不來瞧，都道是天上神仙。也有送菜菓的，也有送野味的，倒也熱鬧。

內中有個極富的人家，姓周，家財巨萬，良田千頃。只有一子，生得文雅清秀，年紀十四歲，他父母延師讀書，新近科試，中了秀才。那日，他母親看見了巧姐，心裏羡慕，自想：『我是莊家人家，那能配得起這樣世家小姐。』獃獃的想着。劉姥姥知他心事，拉着他說：『你的心事，我知道了。我給你們做個媒罷。』周媽媽笑道：『你別哄我。他們什麼人家，肯給我們莊家人麼？』劉姥姥道：『說着瞧罷。』於是兩人各自走開。

劉姥姥惦記着賈府，叫板兒進城打聽。那日，恰好到寧榮街，只見有好些車轎在那裏。板兒便在鄰近打聽，說是：『寧、榮兩府復了官，賞還抄的家產。如今府裏又要起來了。只是他們的寶玉中了官，不知走到那裏去了。』板兒心裏喜歡，便要回去。又見好幾匹馬到來，在門前下馬。只見門上打千兒請安說：『二爺回來了，大喜！大老爺身上安了麼？』那位爺笑着道：『好了。又遇恩旨，就要回來了。』還問：『那些人做什麼的？』門上回說：『是皇上派官在這裏下旨意，叫人領家產。』那位爺便喜歡進去。板兒便知是賈璉了。也不用打聽，趕忙回去告訴了他外祖母。劉姥姥聽說，喜的眉開眼笑，去和巧姐兒賀喜，將板兒的話說了一遍。平兒笑說道：『可不是，虧得姥姥這樣一辦，不然姑娘也摸不着那好時候。』巧姐更自歡喜。

正說着，那送賈璉信的人也回來了，說是：『姑老爺感激得很，叫我一到家快把姑娘送回去。又賞了我好幾兩銀子。』劉姥姥聽了得意，便叫人趕了兩輛車，請

纔遭破敗，忽又喜氣盈門。

巧姐亦回來了。

巧姐、平兒上車。巧姐等在劉姥姥家住熟了，反是依依不捨。更有青兒哭着，恨不能留下。劉姥姥知他不忍相別，便叫青兒跟了進城，一逕直奔榮府而來。

且說賈璉先前知道賈赦病重，趕到配所，父子相見，痛哭了一場，漸漸的好起來。賈璉接着家書，知道家中的事，稟明賈赦回來，走到中途，聽得大赦，又趕了兩天，今日到家，恰遇頒賞恩旨。裏面邢夫人等正愁無人接旨，雖有賈蘭，終是年輕。人報璉二爺回來，大家相見，悲喜交集。此時也不及敘話，即到前廳叩見了欽命大人。問了他父親好，說明日到內府領賞，寧國府第發交居住。衆人起身辭別。賈璉送出門去。見有幾輛屯車，家人們不許停歇，正在吵鬧。賈璉早知道是巧姐來的車，便罵家人道：『你們這班糊塗忘八崽子，我不在家，就欺心害主，將巧姐兒都逼走了。如今人家送來，還要攔阻，必是你們和我有什麼仇麼？』衆家人原怕賈璉回來不依，想來少時纔破，豈知賈璉說得更明，心下不懂，只得站着回道：『二爺出門，奴才們有病的，有告假的，都是三爺、薔大爺、芸大爺作主，不與奴才們相干。』賈璉道：『什麼混賬東西！我完了事，再和你們說，快把車趕進來！』

賈璉進去見邢夫人，也不言語；轉身到了王夫人那裏，跪下磕了個頭，回道：『姐兒回來了，全虧太太。環兄弟，太太也不用說他了。只是芸兒這東西，他上回看家就鬧亂兒，如今我去了幾個月，便鬧到這樣。回太太的話，這種人攆了他，不往來也使得。』王夫人道：『你大舅子爲什麽也是這樣？』賈璉道：『太太不用說，我自有道理。』

正說着，彩雲等回道：『巧姐兒進來了。』見了王夫人，雖然别不多時，想起這樣逃難的景況，不免落下淚來。巧姐兒也便大哭。賈璉謝了劉姥姥。王夫人便拉他坐下，說起那日的話來。賈璉見平兒，外面不好說别的，心裏感激，眼中流淚。自此賈璉心裏愈敬平兒，打算等賈赦等回來，要扶平兒爲正。此是後話，暫且不提。

邢夫人正恐賈璉不見了巧姐，必有一番的周折，又聽見賈璉在王夫人那裏，心下更是着急，便叫丫頭去打聽。回來說是巧姐兒同着劉姥姥在那裏說話，邢夫人纔如夢初覺，知他們的鬼，還抱怨着王夫人：『調唆我母子不和，到底是那個送信給平兒的？』

正問着，只見巧姐同着劉姥姥帶了平兒，王夫人在後頭跟着進來，先把頭裏的話都說在賈芸、王仁身上，說：『大太太原是聽見人說，爲的是好事，那裏知道外頭的鬼。』邢夫人聽了，自覺羞慚。想起王夫人主意不差，心裏也服。於是邢、王夫人彼此心下相安。

平兒回了王夫人，帶了巧姐，到寶釵那裏來請安，各自提各自的苦處。又說到：『皇上隆恩，咱們家該興旺起來了。想來寶二爺必回來的。』正說到這話，只見秋紋忽忙來說：『襲人不好了！』不知何事，且聽下回分解。

【回後評】

寶玉中鄉魁而後卻塵緣，儘管王夫人、寶釵、襲人等哭得要死，但從思想上來說，是一種調和的觀點，『中鄉魁』，當然就不是反科舉反傳統了，所以他與前八十回的寶玉已經判然有別了。『卻塵緣』，則仍是一種棄世、遁世的行爲，仍與賈政、王夫人、薛寶釵等對他的期望大相逕庭，然從反傳統的角度看，『出家』並不是真正的『反傳統』。儒、佛、道的思想是可以相容的。所以出家只是對入世傳統的疏離而不是反叛。因此續書對寶玉的最後處理是一種調和，或者說是調和式的決絕。然而，庚辰本第二十五回末畸笏丁亥夏眉批云：『嘆不能得見寶玉懸崖撒手文字爲恨。』又庚辰本第二十一回在正文『便權當他們死了，毫無牽掛，反能怡然自悅』下雙行小字批云：『……寶玉有情極之毒。亦世人莫忍爲者，看至後半部，則洞明矣。此是寶玉（第）三大病也。寶玉看（有）此世人莫忍爲之毒，故後文方能懸崖撒手一回。若他人得寶釵之妻，麝月之婢，豈能棄而而（爲）僧哉。玉一生偏僻處。』根據以上幾段脂批，可見雪芹原稿或原計劃寫的寶玉的最後結局，也是『懸崖撒手』、『棄而爲僧』。何況《紅樓夢》正文中寶玉亦曾多次說：『你（指黛玉）死了，我做和尚。』可見雪芹原計劃寫的寶玉最後的結局確是做和尚。我們再仔細想想，雪芹生活在雍、乾之世，他的思想最先進，又能先進到何種程度呢？與他同時或較早些的先進思想家又提出過什麽樣的更先進的社會思想來呢？顧炎武、王夫之、黄宗羲、顔元，唐甄、戴震諸人，是當時思想界的精英，他們對皇權思想的批判，對程、朱理學的批判等等，是够激烈的，但他們的社會思想，究竟還只是初期的啓蒙思想，還不能說就是資產階級民主思想，雖然人們稱黄宗羲的《明夷待訪録》是十七世紀中國的民權宣言，但這也只是一種充分的讚揚和比喻，而不是說它就是代表資產階級的民主思想。由此可知，當時思想界還只有初期的啓蒙思想，還沒有出現更先進、更鮮明的資產階級民主革命思想。因此曹雪芹筆下賈寶玉的『懸崖撒手』，『棄而爲僧』也就是非常決絕的一種態度了，也已經是『世人莫忍爲之毒』了！雪芹在《紅樓夢》裏所寫的人生道路、自由婚姻、婦女問題、人與人的平等關係等，已經足够先進的了，但這畢竟還只是一些具體問題，還不是整個的社會理想。所以後四十回在寶玉出家的結局上，是與前八十回一致的，儘管他讓人感到有調和的色彩，但他對舊社會終究是決絕的，這是符合歷史真實的。因爲這一時期的中國還不可能有資產階級民主革命，還正在走着思想啓蒙的崎嶇路程，還只是走着中國的古老文明滙入世界歷史的第一步。中國的資產階級革命，還要等一個半世紀以後。此時的中國，就連大規模的農民起義也沒有！所以在他的面前，還只能是一片茫茫白地！

既然說前八十回中預寫寶玉的結局與後四十回是一致的，那末怎麽能說『與前八十回的寶玉已經判然有别了』呢？關鍵就在寶玉的應試中鄉魁！雪芹原計劃中的寶玉『懸崖撒手』，並未顯示有應試中鄉魁的信息。所以我認爲後四十回寶玉不反科舉，反而去應試中鄉魁這一點，是續作者的思想。與雪芹原來的構思是不合的。這應舉中鄉魁的思想決不是前八十回雪芹原有的思想，這是十分重要的關鍵性的區別。至於後四十回寶玉出家的具體描寫，當然是後四十回作者的設想，雪芹原構思是否如此，因爲没有資料可憑，所以不好說是與不是。但最後結局寶玉是出家爲僧，這一點脂批的預示是十分明確的，我說的前八十回預示的寶玉的結局後四十回與之一致，也只是指『出家』這一點，而不是指後四十回關於寶玉出家的所有描寫。

巧姐的遇難和遇救，續作者是一次精心的設計。平兒、劉姥姥的作用最大，也處理得極合情理，王夫人最後能理解平兒而予以支持，也算差堪交代，邢夫人則始終是個尴尬人，而在巧姐的事件上，可說是她畢生最尴尬的事。

一場大災大難以後，忽然又來一場意外的大喜大慶。前面抄家敗落，已經顯得太突然，太匆促，已經顯得不合事理的發展，哪有因爲『交通外官』（没有具體的實際罪名）之類的空洞的罪名而抄家的。且『交通外官』，一般是指内庭太監勾結朝内大臣圖謀不軌之類的事，賈赦不過是世職，並無實職，且更不是『内監』，何來『交通外官』。故敗也敗得没有道理，太草率，而現在突如其來的全面復興，更是令人感到如同兒戲。

總之，續作者不願這個象徵封建的世家大族徹底毁滅，如曲詞裏所說的『落了片白茫茫大地真乾淨』，而要讓他起死回生，重見榮華，其實這只是續作者的一種簡單化的政治表態而已。

第一百二十回　甄士隱詳說太虛情　賈雨村歸結紅樓夢

話說寶釵聽秋紋說襲人不好，連忙進去瞧看。巧姐兒同平兒也隨着走到襲人炕前。只見襲人心痛難禁，一時氣厥。寶釵等用開水灌了過來，仍舊扶他睡下，一面傳請大夫。巧姐兒問寶釵道：『襲人姐姐怎麽病到這個樣？』寶釵道：『大前兒晚上哭傷了心了，一時發暈栽倒了。太太叫人扶他回來，他就睡倒了。因外頭有事，沒有請大夫瞧他，所以致此。』說着，大夫來了，寶釵等略避。大夫看了脈，說是急怒所致，開了方子去了。

原來襲人模糊聽見說，寶玉若不回來，便要打發屋裏的人都出去，一急越發不好了。到大夫瞧後，秋紋給他煎藥，他各自一人躺着，神魂未定，好像寶玉在他面前，恍惚又像是見個和尚，手裏拿着一本冊子揭着看，還說道：『你別錯了主意，我是不認得你們的了。』襲人似要和他說話，秋紋走來，說：『藥好了，姐姐吃罷。』

爲自己解脱，找出路的理由。已提出『若死守着，又叫人笑話』，可見不能叫人『笑話』。

襲人睁眼一瞧，知是個夢，也不告訴人。吃了藥，便自己細細的想：『寶玉必是跟了和尚去。上回他要拿玉出去，便是要脱身的樣子，被我揪住，看他竟不像往常，把我混推混搡的，一點情意都没有。後來待二奶奶更生厭煩。在别的姊妹跟前，也是没有一點情意。這就是悟道的樣子。但是你悟了道，抛了二奶奶怎麽好？我是太太派我服侍你，雖是月錢照着那樣的分例，其實我究竟没有在老爺、太太跟前回明就算了你的屋裏人。若是老爺、太太打發我出去，我若死守着，又叫人笑話；若是我出去，心想寶玉待我的情分，實在不忍。』左思右想，實在難處。想到剛纔的夢，好像和我無緣的話，『倒不如死了乾淨』。豈知吃藥以後，心痛減了好些，也難躺着，只好勉强支持。過了幾日，起來服侍寶釵。寶釵想念寶玉，暗中垂淚，自嘆命苦。又知他母親打算給哥哥贖罪，很費張羅，不能不幫着打算。暫且不表。

且説賈政扶賈母靈柩，賈蓉送了秦氏、鳳姐、鴛鴦的棺木，到了金陵，先安了葬。賈蓉自送黛玉的靈也去安葬。賈政料理墳基的事。一日，接到家書，一行一行的看到寶玉、賈蘭得中，心裏自是喜歡。後來看到寶玉走失，復又煩惱，只得趕忙回來。在道兒上又聞得有恩赦的旨意，又接家書，果然赦罪復職，更是喜歡，便

甄士隐详说太虚情
癸未初冬

寶玉最後一次卻塵緣。

如此處理，空靈飄緲。寶玉不着一言，因已決然而去，更無話說也。然則於調和（不是造反）之中，也已够決絕的了！

日夜趲行。

一日，行到毘陵驛地方。那天乍寒下雪，泊在一個清淨去處。賈政打發衆人上岸投帖辭謝朋友，總說即刻開船，都不敢勞動。船中只留一個小厮伺候，自己在船中寫家書，先要打發人起早到家。寫到寶玉的事，便停筆。擡頭忽見船頭上微微的雪影裏面一個人，光着頭，赤着腳，身上披着一領大紅猩猩氈的斗篷，向賈政倒身下拜。賈政尚未認清，急忙出船，欲待扶住問他是誰。那人已拜了四拜，站起來，打了個問訊。賈政纔要還揖，迎面一看，不是別人，卻是寶玉。

賈政吃一大驚。忙問道：『可是寶玉麼？』那人只不言語，似喜似悲。賈政又問道：『你若是寶玉，如何這樣打扮，跑到這裏？』寶玉未及回言，只見舡頭上來了兩人，一僧一道，夾住寶玉說道：『俗緣已畢，還不快走！』說着，三個人飄然登岸而去。賈政不顧地滑，疾忙來趕。見那三人在前，那裏趕得上。只聽得他們三人口中，不知是那個作歌曰：

我所居兮，青埂之峰。我所遊兮，鴻蒙太空。誰與我遊兮，吾誰與從。渺渺茫茫兮，歸彼大荒。

賈政一面聽着，一面趕去，轉過一小坡，倏然不見。賈政已趕得心虛氣喘，驚疑不定，回過頭來，見自己的小厮也是隨後趕來。賈政問道：『你看見方纔那三個人麽？』小厮道：『看見的。奴才爲老爺追趕，故也趕來。後來只見老爺，不見那三個人了。』賈政還欲前走，只見白茫茫一片曠野，並無一人。賈政知是古怪，只得回來。

衆家人回舡，見賈政不在艙中，問了舡夫，説是『老爺上岸追趕兩個和尚、一個道士去了』。衆人也從雪地裏尋蹤迎去，遠遠見賈政來了，迎上去接着，一同回船。

賈政坐下，喘息方定，將見寶玉的話説了一遍。衆人回稟，便要在這地方尋覓。賈政嘆道：『你們不知道，這是我親眼見的，並非鬼怪。况聽得歌聲大有玄妙。那寶玉生下時，啣了玉來，便也古怪，我早知不祥之兆，爲的是老太太疼愛，所以養育到今。便是那和尚、道士，我也見了三次。頭一次，是那僧道來説玉的好處。第二次，便是寶玉病重，他來了，將那玉持誦了一番，寶玉便好了。第三次，送那玉來，坐在前廳，我一轉眼就不見了。我心裏便有些詫異，只道寶玉果真有造化，高僧、仙道來護佑他的。豈知寶玉是下凡歷劫的，竟哄了老太太十九年！如今叫我纔明白。』説到那裏，掉下淚來。

衆人道：『寶二爺果然是下凡的和尚，就不該中舉人了。怎麽中了纔去？』賈連薛蟠都得釋了。

政道：『你們那裏知道，大凡天上星宿，山中老僧，洞裏的精靈，他自具一種性情。你看寶玉何嘗肯念書？他若略一經心，無有不能的。他那一種脾氣，也是各別另樣。』說着，又嘆了幾聲。衆人便拿『蘭哥得中，家道復興』的話解了一番。

賈政仍舊寫家書，便把這事寫上，勸諭合家不必想念了。寫完封好，即着家人回去。賈政隨後趕回。暫且不提。

香菱情節，與前不接。

且說薛姨媽得了赦罪的信，便命薛蝌去各處借貸，並自己湊齊了贖罪銀兩。刑部准了，收兑了銀子，一角文書將薛蟠放出。他們母子、姊妹、弟兄見面，不必細述，自然是悲喜交集了。薛蟠自己立誓說道：『若是再犯前病，必定犯殺犯剮！』

薛姨媽見他這樣，便要握他嘴，說：『只要自己拿定主意，必定還要妄口巴舌血淋淋的起這樣惡誓麽？只香菱跟了你，受了多少的苦處，你媳婦已經自己治死自己了，如今雖說窮了，這碗飯還有得吃。據我的主意，我便算他是媳婦了。你心裏怎麽樣？』薛蟠點頭願意。寶釵等也說：『很該這樣。』倒把香菱急得臉脹通紅，說是：『服侍大爺一樣的，何必如此？』衆人便稱起大奶奶來，無人不服。

薛蟠便要去拜謝賈家，薛姨媽、寶釵也都過來。見了衆人，彼此聚首，又說找出一個好詞『借胎』，自己安慰自己。

寶釵確實是一場空。

『幸喜有了胎』，再交代一筆。如此則和尚亦有後矣。

了一番的話。

正說着，恰好那日賈政的家人回家，呈上書子，說：『老爺不日到了。』王夫人叫賈蘭將書子念給聽。賈蘭念到賈政親見寶玉的一段，衆人聽了都痛哭起來，王夫人、寶釵、襲人等更甚。

大家又將賈政書內叫家內『不必悲傷，原是借胎』的話解說了一番：『與其作了官，倘或命運不好，犯了事，壞家敗産，那時倒不好了。寧可咱們家出一位佛爺，倒是老爺、太太的積德，所以纔投到咱們家來。不是說句不顧前後的話，當初東府裏太爺倒是修煉了十幾年，也沒有成了仙。這佛是更難成的。太太這麼一想，心裏便開豁了。』

王夫人哭着和薛姨媽道：『寶玉抛了我，我還恨他呢。我嘆的是媳婦的命苦，纔成了一二年的親，怎麼他就硬着腸子，都撂下了走了呢？』薛姨媽聽了，也甚傷心。寶釵哭得人事不知。

所有爺們都在外頭。王夫人便說道：『我爲他擔了一輩子的驚，剛剛兒的娶了親，中了舉人，又知道媳婦作了胎，我纔喜歡些，不想弄到這樣結局！早知這樣，就不該娶親，害了人家的姑娘！』薛姨媽道：『這是自己一定的。咱們這樣人家，還有什麼別的說的嗎？幸喜有了胎，將來生個外孫子，必定是有成立的，後來就有了結果了。你看大奶奶，如今蘭哥兒中了舉人，明年成了進士，可不是就做了官了麼？他頭裏的苦也算吃盡的了，如今的甜來，也是他爲人的好處。我們姑娘的心腸兒，姊姊是知道的，並不是刻薄輕佻的人，姊姊倒不必耽憂。』

王夫人被薛姨媽一番言語說得極有理，心想：『寶釵小時候更是廉靜寡欲，極愛素淡的，他所以纔有這個事，想人生在世真有一定數的。看着寶釵雖是痛哭，他端莊樣兒一點不走，卻倒來勸我，這是真真難得的。不想寶玉這樣一個人，紅塵中福分竟沒有一點兒。』想了一回，也覺解了好些。又想到襲人身上：『若說別的丫頭呢，沒有什麼難處的，大的配了出去，小的服侍二奶奶就是了。獨有襲人，可怎麼處呢？』此時人多，也不好說，且等晚上和薛姨媽商量。

那日，薛姨媽並未回家，因恐寶釵痛哭，所以在寶釵房中解勸。那寶釵卻是極明理，思前想後：『寶玉原是一種奇異的人。夙世前因，自有一定，原無可怨天尤人。』更將大道理的話告訴他母親了。薛姨媽心裏反倒安了，便到王夫人那裏，先把寶釵的話說了。王夫人點頭嘆道：『若說我無德，不該有這樣好媳婦了。』說着，更又傷心起來。

薛姨媽倒又勸了一會子，因又提起襲人來，說：『我見襲人近來瘦的了不得，他是一心想着寶哥兒。但是，正配呢，理應守的。屋裏人願守，也是有的。惟有襲人是能聽勸的。

這襲人，雖說是算個屋裏人，到底他和寶哥兒並沒有過明路兒的。』王夫人道：『我纔剛想着，正要等妹妹商量商量。若說放他出去，恐怕他不願意，又要尋死覓活的；若要留着他也罷，又恐老爺不依。所以難處。』

薛姨媽道：『我看姨老爺是再不肯叫守着的。再者，姨老爺並不知道襲人的事，想來不過是個丫頭，那有留的理呢。只要姊姊叫他本家的人來，狠狠的吩咐他，叫他配一門正經親事，再多多的陪送他些東西。那孩子心腸兒也好，年紀兒又輕，也不枉跟了姐姐會子，也算姐姐待他不薄了。襲人那裏，還得我細細勸他。就是叫他家的人來，也不用告訴他，只等他家裏果然說定了好人家兒，我們還打聽打聽，若果然足衣足食，女婿長的像個人兒，然後叫他出去。』王夫人聽了，道：『這個主意很是。不然，叫老爺冒冒失失的一辦，我可不是又害了一個人了麼！』薛姨媽聽了，點頭道：『可不是麼。』又說了幾句，便辭了王夫人，仍到寶釵房中去了。

看見襲人淚痕滿面，薛姨媽便勸解譬喻了一會。襲人本來老實，不是伶牙利齒的人，薛姨媽說一句，他應一句，回來說道：『我是做下人的人，姨太太瞧得起我，纔和我說這些話。我是從不敢違拗太太的。』薛姨媽聽他的話，『好一個柔順的孩子！』心裏更加喜歡。寶釵又將大義的話說了一遍，大家各自相安。

聖恩浩蕩，續作者的態度。

過了幾日，賈政回家，衆人迎接。賈政見賈赦、賈珍已都回家，弟兄、叔姪相見，大家歷敍別來的景況。然後內眷們見了，不免想起寶玉來，又大家傷了一會子心。賈政喝住，道：『這是一定的道理。如今只要我們在外把持家事，你們在內相助，斷不可仍是從前這樣的散慢。別房的事，各有各家料理，也不用承總。我們本房的事，裏頭全歸於你，都要按理而行。』王夫人便將寶釵有孕的話也告訴了，將來丫頭們都放出去。賈政聽了，點頭無語。

次日，賈政進內，請示大臣們，說是：『蒙恩感激，但未服闋，應該怎麼謝恩之處，望乞大人們指教。』衆朝臣說是代奏請旨。於是聖恩浩蕩，即命陛見。賈政進內，謝了恩。聖上又降了好些旨意，又問起寶玉的事來。賈政據實回奏。聖上稱奇，旨意說，寶玉的文章固是清奇，想他必是過來人，所以如此。若在朝中，可以進用。他既不敢受聖朝的爵位，便賞了一個『文妙真人』的道號。賈政又叩頭謝恩而出。

回到家中，賈璉、賈珍接着。賈政將朝內的話述了一遍，衆人喜歡。賈珍便回說：『寧國府第收拾齊全，回明了要搬過去。櫳翠庵圈在園內，給四妹妹靜養。』賈政並不言語，隔了半日，卻吩咐了一番仰報天恩的話。

賈璉也趁便回說：『巧姐親事，父親、太太都願意給周家爲媳。』賈政昨晚也知巧姐的始末，便說：『大老爺、大太太作主就是了。莫說村居不好，只要人家清白，孩子肯念書，能够上進。朝裏那些官兒，難道都是城裏的人麽？』賈璉答應了『是』，又說：『父親有了年紀，况且又有痰症的根子，靜養幾年，諸事原仗二老爺爲主。』賈政道：『提起村居養靜，甚合我意。只是我受恩深重，尚未酬報耳。』賈政說畢進内。

賈璉打發請了劉姥姥來，應了這件事。劉姥姥見了王夫人等，便說些將來怎樣陞官，怎樣起家，怎樣子孫昌盛。

正說着，丫頭回道：『花自芳的女人進來請安。』王夫人問幾句話，花自芳的女人將親戚作媒，說的是城南蔣家的，現在有房有地，又有鋪面，姑爺年紀略大幾歲，並沒有娶過的，况且人物兒長的是百裏挑一的。王夫人聽了願意，說道：『你去應了，隔幾日進來再接你妹子罷。』王夫人又命人打聽，都說是好。

王夫人便告訴了寶釵，仍請了薛姨媽細細的告訴了襲人。襲人悲傷不已，又不敢違命的，心裏想起寶玉那年到他家去，回來說的死也不回去的話，『如今太太硬作主張。若說我守着，又叫人說我不害臊；若是去了，實不是我的心願！』便哭得咽哽難言。又被薛姨媽、寶釵等苦勸，回過念頭想道：『我若是死在這裏，倒

不敢違命，這是冠冕堂皇的大道理。

總是想得周到，此處死不得，回家又豈可死得。

死在哥哥家更是不可。

死在蔣家，更是害了別人。

原來有汗巾牽線，更是天意，豈可違反天意，何況蔣玉菡『越發溫柔體貼』。到底不能死。

把太太的好心弄壞了，我該死在家裏纔是。』

於是，襲人含悲叩辭了衆人。那姐妹分手時自然更有一番不忍說。襲人懷着必死的心腸，上車回去，見了哥哥、嫂子，也是哭泣，但只說不出來。那花自芳悉把蔣家的聘禮送給他看，又把自己所辦妝奩，一一指給他瞧，說那是太太賞的，那是置辦的。襲人此時更難開口，住了兩天，細想起來：『哥哥辦事不錯。若是死在哥哥家裏，豈不又害了哥哥呢。』千思萬想，左右爲難，真是一縷柔腸，幾乎牽斷，只得忍住。

那日，已是迎娶吉期，襲人本不是那一種潑辣的人，委委屈屈的上轎而去，心裏另想到那裏再作打算。豈知過了門，見那蔣家辦事極其認真，全都按着正配的規矩。一進了門，丫頭、僕婦都稱奶奶。襲人此時，欲要死在這裏，又恐害了人家，辜負了一番好意。那夜原是哭着不肯俯就的，那姑爺卻極柔情曲意的承順。

到了第二天開箱，這姑爺看見一條猩紅汗巾，方知是寶玉的丫頭。原來當初只知是賈母的侍兒，亦想不到是襲人。此時蔣玉菡念着寶玉待他的舊情，倒覺滿心惶愧，更加周旋，又故意將寶玉所換那條松花綠的汗巾拿出來。襲人看了，方知這姓蔣的原來就是蔣玉菡，始信姻緣前定。襲人纔將心事說出，蔣玉菡也深爲嘆息敬服，不敢勉強，並越發溫柔體貼，弄得個襲人真無死所了。

賈雨村褫籍爲民，又重遇甄士隱。

看官聽説：雖然事有前定，無可奈何，但孽子孤臣，義夫節婦，這『不得已』三字也不是一概推委得的。此襲人所以在又副冊也。正是前人過那桃花廟的詩上説道：

千古艱難惟一死，傷心豈獨息夫人！

不言襲人從此又是一番天地。且説那賈雨村犯了婪索的案件，審明定罪，今遇大赦，褫籍爲民。雨村因叫家眷先行，自己帶了一個小廝，一車行李，來到急流津覺迷渡口。只見一個道者從那渡頭草棚裏出來，執手相迎。雨村認得是甄士隱，也連忙打躬。士隱道：『賈老先生別來無恙？』雨村道：『老仙長到底是甄老先生。何前次相逢，覿面不認？後知火焚草亭，下鄙深爲惶恐。今日幸得相逢，益嘆老仙翁道德高深。奈鄙人下愚不移，致有今日。』甄士隱道：『前者老大人高官顯爵，貧道怎敢相認？原因故交，敢贈片言，不意老大人相棄之深。然而富貴窮通，亦非偶然。今日復得相逢，也是一樁奇事。這裏離草庵不遠，暫請膝談，未知可否？』

雨村欣然領命，兩人攜手而行，小廝驅車隨後，到了一座茅庵。士隱讓進雨村坐下，小童獻上茶來。雨村便請教仙長超塵的始末。士隱笑道：『一念之間，塵凡頓易。老先生從繁華境中來，豈不知溫柔富貴鄉中有一寶玉乎？』雨村道：『怎麼不知！近聞紛紛傳述，說他也遁入空門。下愚當時也曾與他往來過數次，再不想此人竟有如是之決絕。』

士隱道：『非也。這一段奇緣，我先知之。昔年，我與先生在仁清巷舊宅門口敘話之前，我已會過他一面。』雨村驚訝道：『京城離貴鄉甚遠，何以能見？』士隱道：『神交久矣。』雨村道：『既然如此，現今寶玉的下落，仙長定能知之。』士隱道：『寶玉，即寶玉也。那年榮、寧查抄之前，釵、黛分離之日，此玉早已離世。一爲避禍，二爲撮合，從此夙緣一了，形質歸一。又復稍示神靈，高魁貴子，方顯得此玉乃天奇地靈煅煉之寶，非凡間可比。前經茫茫大士、渺渺真人攜帶下凡，如今塵緣已滿，仍是此二人攜歸本處，這便是寶玉的下落。』

雨村聽了，雖不能全然明白，卻也十知四五，便點頭嘆道：『原來如此，下愚不知。但那寶玉既有如此的來歷，又何以情迷至此，復又豁悟如此？還要請教。』士隱笑道：『此事說來，老先生未必盡解。太虛幻境即是真如福地。一番閱冊，原始要終之道，歷歷生平，如何不悟？仙草歸真，焉有通靈不復原之理呢？』

雨村聽着，卻不明白了，知仙機也不便更問，因又說道：『寶玉之事，既得聞命。但是敝族閨秀，如此之多，何元妃以下，算來結局俱屬平常呢？』士隱嘆蘭桂齊芳，家道復初，高魁貴子，又入大團圓的結局。

英蓮難產而終，與判詞不合。八十回說香菱『血分中有病，是以並無胎孕……竟釀成乾血之症』。則

息道：『老先生莫怪拙言！貴族之女，俱屬從情天孽海而來。大凡古今女子，那「淫」字固不可犯，只這「情」字，也是沾染不得的！所以崔鶯、蘇小，無非仙子塵心，宋玉、相如，大是文人口孽。凡是情思纏綿，那結局就不可問了！』

雨村聽到這裏，不覺拈鬚長嘆，因又問道：『請教老仙翁，那榮寧兩府，尚可如前否？』士隱道：『福善禍淫，古今定理。現今榮、寧兩府，善者修緣，惡者悔禍，將來蘭桂齊芳，家道復初，也是自然的道理。』

雨村低了半日頭，忽然笑道：『是了，是了！現在他府中有一個名蘭的，已中鄉榜，恰好應着「蘭」字。適間老仙翁說「蘭桂齊芳」，又道寶玉「高魁子貴」，莫非他有遺腹之子，可以飛黄騰達的麼？』士隱微微笑道：『此係後事，未便預說。』雨村還要再問，士隱不答，便命人設俱盤飧，邀雨村共食。

食畢，雨村還要問自己的終身，士隱便道：『老先生草庵暫歇，我還有一段俗緣未了，正當今日完結。』雨村驚訝道：『仙長純修若此，不知尚有何俗緣？』士隱道：『也不過是兒女私情罷了。』雨村聽了，益發驚異：『請問仙長，何出此言？』士隱道：『老先生有所不知，小女英蓮幼遭塵劫，老先生初任之時，曾經判斷。今歸薛姓，産難完劫，遺一子於薛家以承宗祧。此時正是塵緣脱盡之時，只好接引接引。』士隱說着拂袖而起。雨村心中恍恍惚惚，就在這急流津覺迷渡口

是明敘香菱已不能産也，可見前後情節抵牾。

草庵中睡着了。

這士隱自去度脱了香菱，送到太虚幻境，交那警幻仙子對册。剛過牌坊，見那一僧一道，縹緲而來。士隱接着説道：『大士、真人，恭喜，賀喜！情緣完結，都交割清楚了麽？』那僧道説：『情緣尚未全結，倒是那蠢物已經回來了。還得把他送還原所，將他的後事敘明，不枉他下世一回。』士隱聽了，便拱手而別。那僧道仍攜了玉到青埂峰下，將寶玉安放在女媧煉石補天之處，各自雲遊而去。從此後：

天外書傳天外事，兩番人作一番人。

這一日，空空道人又從青埂峰前經過，見那補天未用之石仍在那裏，上面字跡依然如舊。又從頭的細細看了一遍，見後面偈文後，又歷敘了多少收緣結果的話頭，便點頭嘆道：『我從前見石兄這段奇文，原説可以問世傳奇，所以曾經抄録，但未見返本還原。不知何時復有此一佳話。方知石兄下凡一次，磨出光明，修成圓覺，也可謂無復遺憾了。只怕年深日久，字跡模糊，反有舛錯，不如我再抄録一番，尋個世上清閒無事的人，託他傳遍，知道奇而不奇，俗而不俗，真而不真，假而不假。或者塵夢勞人，聊倩鳥呼歸去；山靈好客，更從石化飛來，亦未歸結到曹雪芹。

可知。』

想畢，便又抄了，仍袖至那繁華昌盛的地方，遍尋了一番，不是建功立業之人，即係餬口謀衣之輩，那有閑情更去和石頭饒舌。直尋到急流津覺迷渡口，草庵中睡着一個人，因想他必是閒人，便要將這抄録的《石頭記》給他看看。那知那人再叫不醒。空空道人復又使勁拉他，纔慢慢的開眼坐起。便接來草草一看，仍舊擲下道：『這事我已親見盡知，你這抄録的尚無舛錯。我只指與你一個人，託他傳去，便可歸結這一新鮮公案了。』空空道人忙問何人。那人道：『你須待某年某月某日某時，到一個悼紅軒中，有個曹雪芹先生，只說賈雨村言，託他如此如此。』說畢，仍舊睡下了。

那空空道人牢牢記着此言，又不知過了幾世幾劫，果然有個悼紅軒，見那曹雪芹先生正在那裏翻閱歷來的古史。空空道人便將賈雨村言了，方把這《石頭記》示看。那雪芹先生笑道：『果然是「賈雨村言」了！』空空道人便問：『先生何以認得此人，便肯替他傳述？』那雪芹先生笑道：『說你空空，原來你肚裏果然空空！既是「假語村言」，但無魯魚亥豕以及背謬矛盾之處，樂得與二三同志，酒餘飯飽，雨夕燈窗之下，同消寂寞，又不必大人先生品題傳世。似你這樣尋根究底，便是「刻舟求劍，膠柱鼓瑟」了！』

那空空道人聽了，仰天大笑，擲下抄本，飄然而去。一面走着，口中說道：『果然是敷衍荒唐！不但作者不知，抄者不知，並閱者也不知。不過遊戲筆墨，陶情適性而已！』後人見了這本奇傳，亦曾題過四句，爲作者緣起之言更轉一竿頭云：

說到辛酸處，荒唐愈可悲。
由來同一夢，休笑世人癡。

【回後評】

寶玉入考場時，已與家中一一告別。惟賈政不在，故在賈政歸途經毘陵驛時寶玉於岸上拜別賈政，如此寶玉之塵事全了。然此亦是執中之途。觀前八十回甄士隱出家，『一聲去罷』，掉首即走，何等灑脫。柳湘蓮出家時『掣出那股雄劍，將萬根煩惱絲一揮而盡，便隨那道士，不知往那裏去了』。此纔是大徹大悟，無絲毫黏皮帶骨。續書寫寶玉出家，總是拖泥帶水，似了又未了，故與前八十回之寫『出家』判然有別。至於雪芹原來的構思，寶玉最後似也是出家。從雪芹所處的時代來說，他雖然已經具有自生的（非受外來影響的）初步覺醒的人文主義思想了，但更先進的完整的社會思想，在中國的歷史上還未出現，雪芹曾發出『何處有香丘』的感嘆，可見他沒有解決理想社會的問題。

因此他只能堅決與舊社會決絕，並寫出自己具體的人生願望。至於人生的道路何在，社會的道路何在，他走的還是一片白茫茫雪地。寶玉的出家，是否也含有更深的意義呢？殊令人深思。

襲人爲貫穿全書之重要人物，她始終未離寶玉，其外表是謹厚木訥，孤言少語，而其內心卻是藏着十二分心機。她的最大特點是以退爲進，以拙藏巧，以忠厚善良藏奸詐陰險，她貌似忠實於寶玉，實際卻是代王夫人監視寶玉，限制寶玉。特別是思想的監視和感情的監視。她最早與寶玉發生關係，而卻始終以絕對貞潔之身的身份在監視着別人；她最早向寶玉表示忠心不二，但在寶玉出家後，卻首先想到自己身份未明，不好自處。繼而又想到死在賈府不妥，不如死在家裏，到家後又覺得死在家裏不如先到蔣家後再說，到了蔣家後，又覺得死在蔣家有點對不起蔣家，於是就安於現狀了。並不是說襲人死了就好，不死就不好，而是說她常常口不應心，每事總能先爲自己找到安全地帶，同時又時時暗中偷襲別人，晴雯就是受其偷襲致死者。續書中的襲人大體保持着前八十回的性格。

最後之結束，是以甄士隱、賈雨村之對話歸結《紅樓夢》，於人物情節作若干交代，又歸到賈家復興，蘭桂齊芳，一切興敗死生，都是命裏注定等等，實際上是作一歌功頌德大團圓的結束，又回到明清以來小説戲曲的俗套上來。儘管這個最後的復興和團圓實際上已是滿目悽慘，了無歡意，倒反成爲諷刺了。然而對於續作者來說，卻是他的重要表態。這也正是他與雪芹原作根本不同之處。雪芹的原本創意是『落了片白茫茫大地真乾淨』。這是震古鑠今的思想，這是續作者永遠不可企及的！

後序

——我對《紅樓夢》的解悟

我現在纔認識到要解悟《紅樓夢》實在不易，我直到評批完這部書，纔對《紅樓夢》有更進一步的理解。我認爲《紅樓夢》是一部政治性很強的書，對康、雍、乾時代的重大政治問題和社會問題，作者都有極爲尖鋭的抨擊。但《紅樓夢》又不是一部政治書，而是文學，是一部文學性、藝術性極高極強的長篇小説，其成就之高，可列于世界文學之冠。

因爲它創造了一系列不朽的典型形象，因爲它的悲劇性的故事情節催人淚下，令人不忍卒讀而又不能釋手，因爲它的語言的藴含量太深而又極爲尖新，極富緩慢轉型期的時代特徵和人物個性特徵，因爲它的典型形象既有代表舊的世俗的人們習以爲常的並且認爲正常的理所當然的形象，又有代表時代的最尖新、思想最超越、行動最出俗的形象。而這兩類形象，其第一類是多類型的，第二類是極少數的，只有賈寶玉和林黛玉兩人。然而這兩種類型的典型形象，各自有其深厚的社會思想基礎，道德美學基礎，因而也就永遠成爲社會上愛憎各自分明的人群的爭論的焦點。而這種爭論，恰好就是社會的道德美學思想和藝術美學思想的分界、分歧，所以這種爭論我認爲將是永恒的。因爲這種分歧是歷史的永久性的，社會歷史永遠也做不到輿論一律、道德一律和美學趣味一律。

我認爲《紅樓夢》裏有很多情節隱含着作者的家史——顯赫輝煌而痛苦受冤的家史，但《紅樓夢》決不僅僅是曹家的家史，更不是曹雪芹的自傳。就是曹家家史，也只是小説的一部分內容，而不是全部，雖然是極重要的內容。

我認爲《紅樓夢》的內容，更全面準確地説，是康、雍、乾時代社會矛盾：政治的、經濟的、思想的、人生道路的、官制的、封建司法的、婦女問題的、社會習俗的等等方面的矛盾集中的突出的反映。但它是非常高超卓越的文學藝術而不是乾巴巴的政治。它的嶄新的先進思想是用卓越的藝術形象、動人的故事情節和精美含蘊的個性化的語言表達出來的。因而它更是文學藝術而不是單純的思想政治。世界上是沒有沒有思想的文學藝術的。《紅樓夢》的思想性最強，但它卻是包藴在藝術深處的。把《紅樓夢》看作是無思想的純感情的藝術，顯然是誤解。

《紅樓夢》作者的根本思想，以上諸多方面問題的總根源，是作者對於人生的理想、是對於人應該走怎樣的道路的理想，是人的愛情應該是怎樣心靈契合、晶瑩澄澈的理想，是人與人之間平等友愛關係的理想，是對於人生的感嘆和沉痛的反思，是對於知音毀滅的悲悼和永恒的心靈契合的追念。

作者懷着對人類最美好的理想，作者充滿着對人的愛心、對愛情的純潔心、對女性命運的關切心、對人與人的平等友愛心和對一切惡的極端憎恨心等等。雖然，《紅樓夢》裏寶黛愛情的悲劇是震撼人的靈魂的悲劇，是喚醒人們自我意識的悲劇，是中國古典文學史上處於巔峰的愛情悲劇，是古典愛情最高最新昇華的悲劇，是具有近現代生活意義的悲劇，是對社會後世影響無比深遠的悲劇，但它並不是《紅樓夢》的唯一的思想內容。所以如果把《紅樓夢》僅僅看作是寶黛愛情悲劇的小説，那是淺化了、簡化了《紅樓夢》。所以，《紅樓夢》作者所説的『誰解其中味』的『味』，是多重性的，而決不是單一性的，是整個社會的世味，而不是單一天真的『愛情』味！

總而言之，作者悟透了人生，嘗够了人生的真味：苦的和甜的，酸的和辣的……而且也懷着對人生的遠見預見和美好的真誠的理想，所以無論是從思想和藝術來説，作者都是超前的。他所創造的典型，遠在世界現實主義文學典型之前列，更早於馬克思、恩格斯典型理論整整一個世紀。所以，説作者是一個時代的超前者並不是虛誇，而是歷史事實。

作者在《紅樓夢》裏所反映的思想是屬於資本主義萌芽性質的民主思想，而不是所謂的『封建民主思想』。正因爲《紅樓夢》裏賈寶玉、林黛玉的思想的社會性質是屬於資本主義萌芽的性質，所以它與舊的封建勢力處於矛盾對立的地位，所以它的思想纔具有社會先進的內涵，也因此，他是處在幼弱的孤立無援的地位，他對未來的理想也只能是朦朧的。這種思想狀況，與它所處的從封建社會到產生資本主義萌芽的緩慢轉型歷史時期是相一致的，它恰好是中國封建社會內部經濟結構產生緩慢變化的一面鏡子。不能承認和理解這一歷史特徵，就無法解讀《紅樓夢》。

對《紅樓夢》的研究、理解，是需要多方面的修養和長時間的努力的，更需要真實不虛的態度、真誠的虔心。那種華而不實、嘩衆取寵的作風是無補於實際的，非但無補於實際而且是有害的，但是這種學風也是歷史性的，也可以說是無世無之。只要讀讀杜甫的『爾曹身與名俱滅，不廢江河萬古流』的詩句，讀讀黃山谷的『人言九事八爲律，倘有江船吾欲東』的詩句，即可見歷史是極爲相似的。唯一的辦法，就是『自律』兩個字。而歷史是既會過濾又會沉澱的，一切虛假的東西終是過不了歷史沉澱和過濾的關的，所以不必過分害怕謊言的誘惑力、持久力，要堅信謊言的生命不過是秋蟬蟪蛄之屬而已。

二〇〇四年九月二十五日夜一時，
寬堂於瓜飯樓

後　記

一九八六年八月，我寫過一篇長文，題目叫《重議評點派》。我在文章的末尾，曾提出希望有哪一位紅學家來重新評點《紅樓夢》，也希望有人用這種方法來評點當代的文學作品。此後不久，我就讀到了王蒙同志評批的《紅樓夢》，後來又讀到了陳美林同志評批的《儒林外史》。這就是說，評點這種文學批評的方式，還是有生命力的。

我當時的這篇長文，是爲我正在編訂的《八家評批〈紅樓夢〉》寫的，不久此書即由文化藝術出版社出版，前幾年，經我重校後又由江西教育出版社重出。

我所以做以上這些工作，目的就是爲了想由我自己來嘗試做《紅樓夢》的評批工作。之後我就先作正文的校訂，我仍是以庚辰本爲底本，然後以現存各脂本作爲參校本。有人對庚辰本看得並不十分珍貴，甚至還懷疑它與己卯本的血緣關係，庚辰本究竟是否從己卯本直接抄的，如係直抄，則何以又有許多異文？如係同一祖本，則庚辰本與己卯本這麽多的相同之處，連五十六回末尾己卯本上多寫的『此下緊接慧紫鵑試忙玉』，庚辰本上也完全照抄無誤，難道這句多餘的話，也是己、庚兩本的祖本上的嗎？什麽是己、庚兩本的祖本？我認爲就是雪芹的原稿本。那末，雪芹原稿本用得着避『祥』、『曉』兩字的諱嗎？何況庚辰本上還殘留一個避諱的

『祥』字，寫作『羊』(見七十八回)。這更是具有實證性的一個字。這個字如果不是從己卯本來，則究竟是從何而來？所以，這個字，至今仍放射着歷史的光芒，令人注目，以其只能從己卯本來也。昔荆山之民抱璧而哭，獻之楚王，王以其欺君而刖其足，此典意在痛世人之不識真寶也。今不識己、庚兩古本之珍，不至有刖足之禍，然其不識真寶，以真爲假，遂使真寶蒙塵，此亦當世之所痛也，亦雪芹寫真假寶玉之所痛也。何況己、庚兩本相同之證甚多，更不能漠然視之，必須進一步求證，不能以想當然之詞了之，吾願世之求真諸君子於此能三致意焉！今《紅樓夢》早期抄本已無多，未經後人整理的本子更少，所以我們必須對每一個早期抄本多加珍惜保護，多作過細的研究，不抱任何先入之見，珍惜每一個早期抄本上特有的珍貴文字，哪怕只是一句兩句，如列藏本第三回寫林黛玉之眉目：『兩灣似蹙非蹙罥煙眉，一雙似泣非泣含露目』，各本皆誤，此本獨存其真，則其珍貴自無可比量矣。只有如此，庶能免卻當面失寶之過。

《紅樓夢》的評批工作，從我起意和作準備工作算起，已經十七八年了，從我正式開始評批至今，也已五年有餘。從評批中我深感《紅樓夢》的艱深，深感《紅樓夢》文字之奥妙和多義，更深感一般地閱讀《紅樓夢》和要準備對《紅樓夢》作評批的閱讀《紅樓夢》，真是大不一樣。我在評批過程中，總要逐字、逐句、逐段地推敲，以至整回地反復品味，惟恐誤解和失察，但要完全避免這兩點是實在不容易的。我的評批，也只能算我個人的一點膚淺體悟而已。

在五年多的評批過程中，對我幫助很大的是高海英同志，她原是請到我家來幫忙工作的，因爲她特別喜歡學習，我家裏的書又比較多，她可以隨意閱讀。六七年來，她已初學了《論語》《孟子》《莊子》《楚辭》，唐宋詩詞選本，以及《三國演義》《水滸傳》《東周列國志》《前漢演義》《後漢演義》等等，《紅樓夢》則更是反復閲讀，常不離手。而她又特別喜歡學電腦，爲此我專門買了電腦，正好我評完一回《紅樓夢》，她就幫我打出一回《紅樓夢》。她通過自學，完全學會了繁體字，學會了使用幾種常用的工具書，甚至還學會了製作奇難字。更難得的是她的記憶力好，我只要想起一個細節，一時記不清在哪一回，只要問她，她就很快能回答。由於這樣，無形中減輕了我不少困難，她自己也學到了不少實際的知識。開始懂得如何讀書，也更體會到讀書的興趣了。不少來我家的人，看到了她打出的稿子和處理的版面，都非常稱讚。這也算我在評紅中的一段佳話罷。但願她從此能更求深造，造就自己。我一向認爲人才是自我造就的，我也相信她定能自我造就自己。

我還要特別感謝的是畫家譚鳳嬛。她完全是從河北窮僻的山村裏出來的，我認識她已十多年了。最初她創作烙畫《紅樓夢》，完全是自己創造，從構圖到人物的造型、線條，都極其精妙。我將她的作品帶到國外，很快就被國外的收藏家收藏了。之後她又放棄了烙畫，專攻工筆仕女，先臨唐人簪花仕女圖、遊春圖，後又多遍臨八十七神仙卷，皆能得其神韻。我請她爲我的重校評批《紅樓夢》作插圖，她爲我精心創作了三十幅，都是重新構圖，有新意，且都是嚴謹的工筆設色彩圖，爲本書增加了不少光彩。她又爲我的線裝書另畫了三十幅白描人物畫，純粹是傳統的線描人物畫，無論是人物的造型開相、撕髮、服飾衣帶都極其精妙，實可以繼武前賢，這也使我的線裝本頓增古雅的意味。她的藝術正在與日俱進的階段，我預祝她將來有更輝煌的成就。

我於一九四三年在無錫《大錫報》上發表《閒話蟋蟀》一文，同時期還連續發表《菩薩蠻》詞二首，我學寫詩也是這時開始的，以後也續有詩文發表，至一九四七年，又在《大錫報》上發表《澄江八日記》，這是我作歷史調查的開始。所以我的寫作活動，從一九四三年至今，已整整六十一年。我自一九五四年至今，一直是在北京。我與夫人夏菉涓結婚是一九五五年，至今恰好是五十年。所以也可以說我的學術工作，五十年來一直是在夫人的支持幫助下進行的。我習慣于集中精力讀書和思考問題，我喜歡孤獨、冷清和安靜，從不參與社會上的娛樂性的活動。我的夫人也跟着我甘守冷清和寂寞。我在運動中挨批挨整，特別是『文革』中，我最早被打倒時，她卻一直保護着我。我的學術研究和藝術方面的探索和追求，她也一直支持着，連我去大西部調查七次，她也一起去了三次。她曾與我一起到過南疆庫車，到過伊寧、昭蘇，看過格登山記功碑。還一起去過北疆阿勒泰，直到最北端的哈巴河、布爾津河和友誼峰下的邊界山村。我們還一起到過甘肅的河西走廊、張掖、武威，嘉峪關、敦煌，直到祁連山深處的馬蹄寺。一九九八年八月，還曾一天坐八百公里的汽車，從酒泉經金塔到肩水金關，直到內蒙的額濟納旗，然後到古居延海，探黑水城。我們曾在額濟納旗過中秋節，還有一次是在吐魯番過的中秋節。所以我的學術工作，無論是紅學的研究和西部的調查，都是在她的全力支持下進行的。因此，我的這些成果，總是與她的支持不可分的。儘管成果不大，但無論大小，都有她默默的支持和奉獻在。

近幾年來，也差不多是從我開始評紅以來，我常常生病。我原本就有冠心病，近年又患兩次肺炎，後來又是嚴重的糖尿病，去冬又是嚴重的帶狀疱疹，種種病痛的折磨，差不多嚐够了。特別是因爲糖尿病，視力大大減退，常常是霧裏看花，看書更加困難。杜甫說『老年花似霧中看』。我豈止是霧裏看花，有時簡直是一片模糊，此中甘苦，只有自己纔能體會。

現在總算是已經走完了這評紅的艱難長途了，我昔年曾兩次登上帕米爾高原的喀拉崑崙山頂，一次進入塔克拉瑪干大沙漠，四次翻越天山，一次進入古居延海、古黑水城，一次深入祁連山三千公尺高處探求北魏金塔寺，雖然路途艱險，我卻並不感到疲勞和困難，而且興味無窮。然而這前後五年多的評批《紅樓夢》，卻使我感到其難度高過以上諸險，使我真正感到比登峰還難。這個難，就是曹雪芹的思想高度和文字深度，這個難並不是光靠鼓幹勁，靠不怕困難能够解決的。這個難，需要更高的思想和更高的識力、更豐富的學識。於此，我自覺深深的不足，也就無怪我會感到漫漫長途，舉步維艱了。

現在，雖然我終於走完了這段漫漫長途，但我自知我不是健步如飛，從頭越過的，而是拖着沉重的步子，慢慢地摸索、掙扎過來的。惟其如此，希望世之讀者有以教我，我真誠地引領以待。

我要感謝玄奘法師的取經精神，是他的偉大壯舉給我以無窮力量和信心，去克服種種困難。無論是我在西行途中遇到險阻，也無論是在批紅中遇到種種疑義奥區，我都是用玄奘追求真經的意志和毅力去鞭策自己的。我堅持不妄语，不妄信，惟真是從。我感到《紅樓夢》在某種意義上也似一部古經，其奥義須要真積力久，纔能逐漸解悟。我自知鈍根，積力太薄，所以所悟也淺，惟願以後諸君子能完此業。

我研究《紅樓夢》，至今已經整整三十年，在這三十年中，紅學有了很大的進展，這都是集體的研究成果，也包括海外紅學家的努力。我從中學到很多東西，因此我也特别懷念紅學界的老朋友，如美國的周策縱、趙岡、余英時、唐德剛、夏志清、王靖宇諸先生，加拿大的葉嘉瑩、英國的霍克斯、法國的陳慶浩、日本的松枝茂夫、伊藤漱平、澳洲的柳存仁、香港的宋淇，台灣的潘重規先生等等。國内則最念俞平伯、何其芳、吳恩裕、吳世昌、吳組緗、張畢來、端木蕻良、王利器諸先生；回憶我與吳恩裕先生一起發現己卯本是怡親王府的抄本，後來又找到了《怡府書目》原件，上有怡親王的多方圖章，書目上同樣避『祥』字『曉』字諱等等。當時我們兩人面對着這些令人耀眼的歷史資料，真正是其樂無窮！我也懷念一九八〇年在美國威斯康辛開國際紅學會的時候，有一天晚上，與會的不少紅學家聚集在周策縱教授家裏，仔細檢讀甲戌本，驗看甲戌本上不避諱的『玄』字。就是在那次會上，潘重規先生還送我幾種新出版的敦煌圖籍，後來我到台灣又去拜訪了潘老先生。我也念着今年春天，我趁張慶善同志到澳大利亞之便，請他代我去拜訪柳存仁先生，他們在一個朦朧的黄昏終於找到柳老的住處，和柳老見面了，真是意外之喜。特別是當我發表了《曹雪芹家世史料的新發現》後，日本的松枝茂夫、伊藤漱平先生還來專函祝賀。當我回憶着以上種種往事，常常使我思緒萬千，仿佛又回到了那個年代，仿佛又與以上諸先生謦欬相接。可是現在有不少往日的前輩和朋友都已去世了，有不少朋友已經年老體弱不便遠行了，我自己也已過了八十，爲種種疾病糾纏，不再如往日的登山臨水，關山健越了。然而我兀坐斗室，卻思接萬里，懷念着遠在天邊的朋友，也懷念着同住京城，同在國內的許多仍然『筆挾風雲』，『氣吞萬里如虎』的好友。我深感紅學是無盡的，而由紅學結成的友誼更是金石朋真，永不凋謝的。我仰望着藍天白雲，思念着雲山萬叠之外的舊友，不覺悠然神往！我祝願他們健康，祝願他們爲紅學多作貢獻！

馮其庸

二〇〇四年三月十一日夜十一時初稿，

五月二十五日夜改定

再記

我喜歡金石，歷年來偶而也收到一些舊印章，本書中所用『卍（萬）蓮室印』是一方明印或清初印，邊款行書雙刀寫刻『卍蓮室印。丁未仲夏醴泉居士作。』『種玉堂』是清代楊龍石刻，龍石名澥。此印有隸書長款，文曰：『戊戌七月廿又六日作于吳門寓齋，眉叔仁兄屬刻，吳江龍石。』另有吳嶠長跋曰：『拙道人昔喜填詞，自謂玉田裔孫，故以種玉名其堂。吳江楊叟鐫佳石爲贈，洵非草草。今道人已懺除綺語。雖堂名猶是而蒲團梵夾，不異僧廬。獨叟之鐵筆精奇，流播□林，永堪輝耀于印史耳。丙午春仲，吳嶠觀並識。』

『太平不易之元』、『誰解其中味』、『瓜飯樓校紅印記』三印，是上海王運天兄刻。『太平不易之元』是《紅樓夢》裏賈寶玉寫晴雯誄詞的話。運天兄爲我刻過數十方圖章，我都很喜歡。

『解蔽軒』、『雙芝草堂』、『梅翁』三印是上海蔡毅強先生所刻。『解蔽』是用曹雪芹同時代的思想家戴震的話，戴震說：『學者當不以人蔽己，不以己自蔽。』這話說得十分深刻，所以我請蔡先生刻了一章。『雙芝草堂』是因爲我家園中老梅樹上長了兩棵靈芝，所以用以爲紀念。『梅翁』是因爲我園中有幾本百年以上的老梅樹，其中有硃砂梅，有綠萼梅，故請蔡先生刻此印。這三方印章也是我最喜歡的。

『瓜飯樓家藏稿』、『瓜飯樓重校評批紅樓夢』、『寬堂八十後作』三印是瀋陽孫熙春君刻，熙春爲我刻過數十方圖章，都很見功力。

卷首『瓜飯樓』一巨印，是已故老藝術家張正宇先生所作。張老不刻圖章，這是他去世前偶然與我閒聊，他慨嘆説：『瘦鐵死後，就無人爲我刻圖章了。』我説：『那你就自己刻罷。』他説：『行嗎？』我説：『不妨試試。』他頓時興來就刻了這方圖章，後來還給我刻過多方，都很有味，可惜他不久即去世了。

我寫這段文字，一則是把這幾方圖章的來歷和用意説明一下，二則是謝謝爲我刻圖章的諸位先生，也讓大家來欣賞他們的藝術。

寬堂

二〇〇四年五月十九日，舊曆甲申年四月初一日於雙芝草堂

再版後記

本書初版於二〇〇四年，初版後就連續重印了三次，這部評批本《紅樓夢》會受到社會上如此熱烈的歡迎，這是我意想不到的。

最近，我對此書又作了一次全面的修訂。

大家都認識到曹雪芹是一位偉大的語言巨匠。他在《紅樓夢》裏的語言，精練、精緻、精確、精美，都是無與倫比的。但他除了這種文學性的精美語言外，還有大量的通俗語言，其中有不少是各地的方言，最主要是南京地區和北京地區。但語言是相對地流動性的，所以南京地區又容納了與之相鄰的各地區的語言，還有由於商業和移民等因素，也還有從別的地區帶來的語言。特別是北京地區，語言的容納量更大。一是它有歷史悠久的老北京話，二是它有從明末到清初從關外帶來的老滿洲話，而這兩種語言經過長期的融合，幾乎都成為了老北京話，三是它有從全國各地帶來的各地的方言。所以呈現在《紅樓夢》裏的語言，是一個極為複雜的現象，而這種狀況，當然是甲戌、已卯、庚辰等三個底本最早期的抄本保存得最好，另外俄藏本和楊繼振藏本也很有特色。所以要琢磨《紅樓夢》的語言，這些早期的較原始的抄本是十分珍貴的。要悟解這些原始抄本的語言，其中包括經過音轉了的語言，是要下功夫的，是要花時日的，所以讀《紅樓夢》的人，尤其是直接讀原始抄本的人，常常會碰到原先不悟而後來解悟的情況，或者是因讀別的書而聯想到《紅樓夢》裏同樣的語言而獲得參悟。

古人說校書如掃落葉，掃了一批看看乾淨了，轉眼又掉下來一批，這話很生動，也確是經驗之談。正是因為這個原因，我不斷讀《紅樓夢》的早期抄本，也讀別的朋友的校注本。使我續有所悟。如五十九回末庚辰本上的『攬過』一詞（別本作『繳過』或『交過』）。故事是說春燕的娘要打春燕，小丫頭報告了平兒，平兒說『且攆他出去，告訴了林大娘在角門外打他四十板子就是了』。春燕的娘急了，又央告襲人說：『好容易我進來了，況且我是寡婦，家裏沒人，正好一心無掛的在裏頭服侍姑娘們。姑娘們也便宜，我家裏又省些攬過。』過去我讀到這裏，只是籠統地知道『攬過』是指日用開銷，對這句話的來源並未深究。這次我又讀到這裏，卻從腦子裏突然冒出來『嚼裹』兩字，而且記得是從什麼書上讀到過的，只是一時想不起是哪一本書了，但『攬過』分明是『嚼裹』的音轉。於是我就請李經國兄去訪問王世襄等老北京人。李經國一連訪問了三位老人，其中王世襄先生更是我的熟人，都一致告訴我說，這個詞的書面語言是『嚼裹』，是一個『兒』化的詞，『裹』字輕讀，意思是指吃穿等日用開銷，現在他們一輩的老北京人還用這個詞。這一下這個原乾隆抄本上的詞，我又從今天的現實生活中，從北京老人的口上找到了根據。不僅如此，他們還告訴我，這原是一句老滿洲話。這又激發了我一貫尋根究底的興趣。恰好碰到任曉輝同志來，他是東北人，老家還在吉林。我試問他這個詞，他馬上就說他在老家常聽說這個詞。過了一天他來告訴我，他又請教了他大學裏的語言學老師，又問了東北的老人，都説這原是一句滿洲話，現在東北老家還常在嘴上説，在東北的書面語言是『嚼咕』，『咕』字輕音。意思已偏重在指吃的方面。例如東北人串門，問有什麼吃的，就説有什麼『嚼咕』。這一下，把『攪過』這個詞的詞源、書面寫法、音轉和意思的變化等等問題基本弄清楚了。再回過來看庚辰本上這個詞，原抄是『較過』，『較』字點去旁改為『攪』，從語音上來看，可能當時當地的讀音，『攪』字更靠近『嚼』字的音。也可以證明，在乾隆時期，這句話已音轉為『攪過』了。有人不分析這個詞的來龍去脈和它的歷史變遷，硬説『攪』字是『妄改』，是『謬』，是『隨意妄改之跡甚明』。説把『攪過』解釋為『義同「嚼用」，即日常吃穿用度』，是『強為之解』。按他的意思是『「繳過」或「交過」，纔真正含有交納支付日用開支之意，都比另筆旁改之「攪過」更為恰切，也更近作者原文』。我國有句成語，叫『失之毫釐，差以千里』。『嚼裏』或『攪過』這個詞的原義只是吃穿（『嚼』指吃，『裏』指穿），引伸為日用開銷，後來在東北地區又重偏義，單指『吃』。哪裏來的『交納支付』這層意思？這『交納支付』分明是望文生義，從『繳』『交』兩字來的，還説是『更近作者原文』，不知他從哪里去看到了『作者原文』？

再如五十三回『寧國府除夕祭宗祠』，庚辰本原文説：『青衣樂奏，三獻爵，拜興畢，焚帛奠酒，禮畢，樂止，退出。』這裏的『拜興』一詞，楊藏、列藏、戚序、蒙府、甲辰、甲各本皆作『興拜』，其餘未舉各本都缺，也就是現存此回的各本除庚辰本外都作『興拜』，這在校勘上又出來了一個難題。究竟是依庚辰本作『拜興』呢，還是少數服從多數作『興拜』呢？我看到最近出版的一個庚辰本的校本採取少數服從多數的辦法作『興拜』。而且十分肯定地說：

原誤之『拜興』，乃此本抄手筆誤或妄改。新校本（指人民文學出版社本）徑依底本不作校改，非是。『興拜』者，在禮樂聲中拜祭祖宗神位也。《禮記·樂記》：『降興上下之神。』孔穎達疏：『謂降上而興下也。』即云禮樂有降上神興下神以供祭拜之意。故此處寫禮樂聲中拜祭祖宗亡靈，謂之『興拜』，『興』者，以奏樂請出地下祖宗亡靈也。後文『禮畢樂止』可證。若曰『拜興』，則不知所云。

看樣子作者引經據典，振振有詞，似乎不得不信，似乎庚辰本的『拜興』真是錯了。但是只要認真讀一讀《禮記·樂記》的這段原文和鄭注孔疏，就會恍然大悟，這位作者根本沒有讀懂這段文字，真正是望文生義，曲為解釋，牽強附會，令人啼笑皆非。

我們先看《禮記·樂記》的這段原文：

禮樂偩天地之情，達神明之德，降興上下之神，而凝是精粗之體，領父子君臣之節。

這段文字，鄭注說：『偩，猶依象也。降，下也。興，猶出也。凝，成也。精粗，謂萬物大小也。領，猶理治也。』看了這段鄭注，大體可以明白了。但孔穎達的疏還要說得具體清楚，下面再引孔疏並逐段加以疏解：

《正義》曰：『此一節更廣明禮樂之義，言父子君臣之節。

按：這段是說，禮樂的作用，是用來協調君臣父子之間的關係的。

禮樂偩天地之情者，偩猶依象也。禮出於地，尊卑有序，是負依地之情也。樂出於天，遠近和合，是負依天之情也。

按：這段是說禮樂是代表天地的意思的，禮是出於地而代表地的尊卑有序的秩序的，樂出於天，是代表天的遠近和諧之情的。

達神明之德者，禮樂出於人心，與神明和會，故云達神明之德。

按：這段是說，禮樂又是出於人心的，因此它又能使人與天地溝通，而達到天、地、人三者和諧會通的。

降興上下之神者，興猶出也，禮樂既與天地相合，用之以祭，故能降出上下之神，謂降上而出下也。

按：這段是說，禮樂既能代表人與天地相和合，所以用禮樂來祭天地，故天上的神和地上的神都能會合。

而凝是精粗之體者，凝，猶成也。是謂正也。精粗，謂萬物大小也。言禮樂之能成就正其萬物大小之形體也。

按：這段是說地上凝成的大小萬物（如山嶽河流等等），都是有序的，也是符合禮樂所定的君臣父子、尊卑長幼、有序有節之義的。

領父子君臣之節者，領，猶理治也。言禮樂理治父子君臣之限節，而樂主於和，聽之則上下相親。又宮為君，商為臣，是樂能領父子君臣也。禮定貴賤長幼，是禮能領父子君臣也。㈠

按：這段是說，禮樂是用來調節理治父子君臣、貴賤長幼的等級秩序，使之上下相親的。

其實這話的意思，在孔疏所引《正義》的第一句話裏就已經說明白了，這就是『禮樂之義，言父子君臣之節。』下面孔疏的五段文字，概括起來就是說，禮樂是寄託着天地之情的，樂出於天，使遠近和諧，禮出於地，使尊卑有序。而禮與樂又都是出於人心，所以能與天地的神明和會。禮樂既與天地相合，所以用之以祭天地，故能降出上下之神。降是指上面的神（即代表天的神）下來，出是指下面的（即代表地的）神出來。凝，是指成，即地上凝成的大小萬物，（也即是指山嶽江河樹木等等）。禮樂又能使地上的大小萬物正其形體（正其名而序其形體），使它尊卑有秩，排列有序。禮和樂的另一作用是理治父子君臣之限節，所謂『限節』，即限制和調節。父子君臣多有自己的分限和節度，各自都尊其分限和節度，社會便能和諧，就能上下相親。禮還有一個作用是定貴賤長幼的等級，也即是讓貴賤長幼各安於自己的等級，使封建等級制的社會得到安定。

以上整個這一段話，是指用禮樂來溝通天、地、人三者的關係，使之協調和諧，各安其位，各尊其序。而祭是溝通天、地、人三者的一種形式，這裏絲毫也沒有涉及『興拜』與祭祖的問題。所以根本不能用它來證實《紅樓夢》裏該用『興拜』還是『拜興』的問題。

那麼，究竟有沒有『拜興』這回事呢？其實只要查一查辭書就能明白了。辭書上說：『唐常袞《賀冊皇太后表》：候金冊以拜興，承瑞寶以俯受。』《儒林外史》第三十七回：『虞博士走上香案前，遲均贊道：「跪，升香，灌地。拜，興；拜，興；拜，興。復位。』這與《紅樓夢》五十三回的描寫多麼一致，不能忘記《儒林外史》與《紅樓夢》是同時代的作品，都是創作于乾隆初年，這不正好用來互相印證嗎？還有比這更早的《二刻拍案驚奇》卷二五，也寫到了『拜興』，這就不再一一加以羅列了。

那麼，前舉幾種清代抄本都作『興拜』又當如何看呢？前面我已說過，校勘古書的文字異同，不能採取少數服從多數的辦法。這樣的例子很多，例如《紅樓夢》第五十回：『蘆雪广爭聯即景詩』，這個『广』（讀燕，指山邊小屋），各本或作『庵』，或作『亭』，或作『庭』等等，各不相同，作『广』的只有庚辰本，但是經過考訂，還是庚辰本的『广』字準確，現在大家都採用這個字了。再如林黛玉的眉毛，各本描寫俱各不同。無法統一，及至俄藏本出來，這下句『一雙似泣非泣含露目』纔算有了大家認為準確的定本，但這個句子也只有俄藏本獨有。所以校定古書文字，一要多讀古書，二是更要靠校者的學問識力，三還要謹慎虛心，因為學問再大，也不可能窮盡天下，只有虛心纔能補不足。至於其餘各本都作『興拜』的問題，我仍然認為不能少數服從多數。首先，我要指出，無論是『拜興』或『興拜』這兩個詞，在《儀禮·士昏禮》裏都有。當新婦過門後，先要『祭先』，就是祭拜祖先。原文說：『坐祭，卒爵，拜，皆答拜，興。』意思是說，新婦祭拜祖先，皆答拜，然後是『興』，即起來。這裏的『拜興』，即指跪拜和起立，與我們通常用的意思相同。但下文新婦拜見姑（婆婆）時，原文卻是『北面拜，奠于席。姑坐，舉以興，拜。』這裏用的是『興拜』，是指從座位上起來，然後再行拜禮。『興』是從座位上起來，所以稱『興拜』。可見『拜興』和『興拜』兩詞的詞義在《儀禮》裏就分得清清楚楚。各有各的內涵，不相混淆。再如《春秋經傳集解》《昭公元年》說：『穆叔、子皮及曹大夫興拜。』句下注云：『古宴禮皆坐席，興，起也，起而後拜。』這與《儀禮》裏新婦見姑的拜禮完全一樣，是從座位上起來，再行拜禮。再如《韓昌黎文集》中的《送鄭尚書序》説：『乃敢改服，以賓主見；適位執爵皆興拜。』這裏的『興拜』，也是指從座位上起來行拜禮。所以『興拜』與『拜興』的內涵是不同的。『興拜』是從座位上起來行禮，『拜興』是跪拜，是大禮。寧國府除夕祭宗祠，是祭祖大典，當然行跪拜之禮，所以應該是『拜興』而不是『興拜』。其餘各本皆作『興拜』，這只能説是其餘各本都錯了。這是又一次證明了庚辰本這個古本的可貴。[二]

至於《樂記》裏的詞，只有『降興上下之神』，『降』字是不能當『拜』字的，『興』訓出，訓起，但並不是從地下出來，而是指地上的山川神靈出來。所以《禮記·樂記》裏的這段話，根本與『興拜』無關。

作校勘工作，尤其要重視對原抄本的閱讀，例如三十回寫寶玉到王夫人上房，看到金釧『乜斜著眼』在為王夫人捶腿，『寶玉輕輕的走到跟前，把他耳上帶的墜子一摘』。這一段話裏，有兩個吳語詞，一是『乜斜』（吳音讀『咪趨』），是眼睛睏倦半開不開狀態，這個詞至今仍在嘴上，另一個是『摘』。它的本字應該作『掐』或『扚』，讀『滴』。狀用兩個手指頭的指甲輕輕一掐。這個詞的內涵的伸縮性很大，兩個指頭輕扚，是親昵的動作，如果使勁地扚，那就不是親昵而是相反了。寶玉這裏當然是親昵的表示。庚辰本上的『摘』是通假字。這個『摘』字在吳地，讀音也是『扚』，所以庚辰本會寫作『摘』。這個詞我小時在家鄉時常用，現在老家的人也仍用這個詞，但我到北京五十多年，對這個詞已經淡忘了，幸虧老友陳熙中兄提醒（上面『拜興』幾例，也是陳兄提示的），纔恢復了對這個詞的記憶。因為『摘』這個字用北京的讀音和語義，都不適合賈寶玉的這個動作，只有吳語而且是輕動作，纔貼切這個生活場景。又如五十回『一語未了，只見寶玉笑欰欰𠝹了一枝紅梅進來』。這個『𠝹』字，也是地道的吳語，讀『虔』，指用肩扛物，如不是用肩扛物，就不能叫『𠝹』。我幼年在家勞動，常常要『𠝹』東西。至今家鄉也仍用這個詞。值得注意的是這些特定地區的方言的聲和情，帶有特殊的生活味道，如果是當地人讀了，他對這句話所含的生活內涵會覺得更加親切。如果把這些詞換成一般通用的字，那它就失去了它所特有的生活氣氛和生活味道了，所以在作古書的校勘時，應該注意到盡可能地保持它原有的語言特色。保持它原有的語言特色，也就是保持它原有的歷史生活氣氛。

這次修訂的正文約有一百八十餘條，同時在書眉上又加了若干條帶有注釋性的批語，還增加了插圖。此外，分段和標點也作了調整，標點是由長沙的唐友忠先生幫我修訂的，特此表示謝意。

我深深感到《紅樓夢》的校訂是一項艱難而長期的工作。宋人的詞裏說：『離恨恰如春草，更行更遠還生。』這句話用來說《紅樓夢》的解讀和校訂，倒是頗為生動形象的。你校訂後隔的時間愈長，你愈會感到它新的問題不斷冒出來。然而，這真是使學問走向深化，使校訂的書逐漸走向完善的一個正常的軌跡。我相信此書再經幾次修訂，有可能會更接近理想。

丁亥六月十七日，公元二〇〇七年七月三十日，

寬堂八十又五重訂於瓜飯樓

注㈠：《禮記正義》第六冊一六三八頁，中華書局十三經注疏本。

注㈡：有關『拜興』這個詞。除上舉這些外，《大戴禮記》裏也有多處用到。如《諸侯遷廟第七十三》云：『君升，祝奉幣從在左，北面再拜，興。祝聲三曰：「孝嗣侯某，敢以嘉幣告於皇考某侯，成廟將徙，敢告。」君及祝再拜，興。』同篇還有多處，不再引。見《大戴禮記解詁》二〇〇頁，王聘珍撰，中華書局一九八三年版。

新版後記

本書在二〇〇五年發行後，受到社會熱烈的反映，遼寧人民出版社就連續印了三次，並獲得了首屆中國出版政府獎（圖書獎提名獎），綜合三年來的社會實踐，我又對此書作了全面的修訂，計修訂正文一百八十餘條，增加眉評百十條，全文又請唐友忠先生重新標點，並增加了插圖。所以這個修訂本，與〇五年的初印本，有了明顯的差別，可以稱為新一版。《紅樓夢》所蘊含的學術內涵是深不可測的，而我的年齡已漸近望九了，莊子說知也無涯而生也有涯，確實我的有涯之生是不可能窮《紅樓夢》的無涯之知的，這一次的修訂，也可以說是已盡我之所知了。當然只要我健康，我是會繼續向紅學深處邁進的，紅學是我的學術興趣所在，我永遠不會止步，就像我關心西域一樣，只要健康許可，我仍會向帕米爾的高峰邁進，仍會向大沙漠深處探索，我堅信人的生命的意義，就在不斷地尋求新知，不斷地更新自我，不斷地感知自我的不足，所以我在完成了這次的全面修訂後，仍希望此後能獲得新知以報答讀者。

我在〇七年完成此次的修訂後，又前後用了三年的時間，完成了對甲戌、己卯、庚辰三種《石頭記》古鈔本的評批，這是用朱、藍兩色毛筆評寫在影印本上的，重點是揭示這三種古本的各自的特點，尤其是存在於己卯、庚辰兩本之間的鮮為人知的兩者的自然血統秘密信息，還有甲戌本上珍貴的作者家世史料以及此鈔本晚鈔並被改編過的痕跡，凡此種種，我將它一一揭示以便讀者閱讀。我這次對評本的修訂和對三種古鈔本的評批，是一個統一的工程，目的是想讓讀者從《石頭記》最古老的本子開始，就有一個最可靠的最基本的瞭解，一開始就能進入紅學的大道，不為邪說所蔽。

紅學之途可謂多矣，但最可靠最踏實的只有一途，就是根據歷史事實，家世的、鈔本的、時代的真實歷史、真實史料來揭示歷史的真實面貌。

以往的一切都是歷史，歷史是不可以胡說的，不可以偽裝的，歷史永遠會放射出自己的真實光芒！

在此幾種本子的修訂和評批剛完成的時候，幸得老友閻曉宏先生之推介得由青島社孟社長來承擔出版，何幸如之，因紀瑣屑如上，並誌感謝！

此次重訂，對初版所用的印章圖片也有所調正，特此說明。

二〇一〇年一月十二日夜，

馮其庸八十又七記於瓜飯樓，時大雪盈窗，

嚴寒至零下十多度

圖書在版編目（CIP）數據

瓜飯樓重校評批《紅樓夢》：全3册 / 馮其庸評批．
——青島：青島出版社，2012．12
ISBN 978－7－5436－8991－6

Ⅰ．①瓜…　Ⅱ．①馮…　Ⅲ．①《紅樓夢》研究
Ⅳ．①I207．411

中國版本圖書館CIP數據核字（2012）第294757號

責任編輯　董建國
責任校對　高海英
封面設計　馮其庸　高海英
插　　圖　譚鳳嬛

書　　名　瓜飯樓重校評批《紅樓夢》
評　　批　馮其庸
出版發行　青島出版社
社　　址　青島市海爾路182號（266061）
本社網址　http://www.qdpub.com
郵購電話　（0532）68068091
出版日期　二〇一三年一月第三版　二〇一三年一月第六次印刷
印　　刷　青島國彩印刷股份有限公司
開　　本　16開（720mm×1020mm）
印　　張　134.25
插　　頁　72
印　　數　16001–21000
書　　號　ISBN 978–7–5436–8991–6
定　　價　580.00元（全三册）

編校質量、盗版監督服務電話　4006532017　（0532）68068638

曹雪芹 著　無名氏 續
馮其庸重校評批　增評增圖　庚寅重訂

瓜飯樓重校評批紅樓夢

中

寬堂

青島出版社

脂批：『此回櫳翠品茶，怡紅遇劫。蓋妙玉雖以清淨無爲自守，而怪潔之癖未免有過，老嫗只污得一杯，見而勿用，豈似玉兒日享洪福，竟至無以復加而不自知。故老嫗眠其牀、臥其席，酒屁燻其屋，卻被襲人遮過，則仍用其牀其席其屋。亦作者特爲轉眼不知身後事寫來作戒，紈袴公子可不慎哉！』庚辰本回前評。

第四十一回　櫳翠庵茶品梅花雪　怡紅院劫遇母蝗蟲〔一〕

話說劉姥姥兩隻手比着說道：『花兒落了結個大倭瓜。』衆人聽了哄堂大笑起來。於是吃過門杯，因又逗趣笑道：『實告訴說罷，我的手腳子粗笨，又喝了酒，仔細失手打了這瓷杯。有木頭的杯取個子來，我便失了手，掉了地下也無礙。』衆人聽了，又笑起來。

鳳姐兒聽如此說，便忙笑道：『果真要木頭的，我就取了來。可有一句先說下：這木頭的可比不得瓷的，他都是一套，定要吃遍一套，方使得。』又出新花樣捉弄劉姥姥。劉姥姥聽了心下战敠道：『我方纔不過是趣話取笑兒，誰知他果真竟有。我時常在村莊鄉紳大家也赴過席，金杯銀杯倒都也見過，劉姥姥是見過世面的。從來沒見有木頭杯之說。哦，是了，想必是小孩子們使的木碗兒，不過誆我多喝兩碗。別管他，橫竪這酒蜜水兒似的，可見是黃酒一類的酒。多喝點子也無妨。』想畢，便說：『取來再商量。』鳳姐乃命豐兒：『到前面裏間屋裏書架子上，有十個竹根套杯取來。』豐兒聽了，答應纔然要去，鴛鴦笑道：『我知道你這十個杯還小。況且你纔說是木頭的，這會子又拿了竹根子的來，倒不好看。不如把我們那裏的黃楊根整摳的十個大套杯拿來，灌他十下子。』（鴛鴦更是誠心捉弄。）鳳姐兒笑道：『更好了。』鴛鴦果命人取來。

劉姥姥一看，又驚又喜：驚的是一連十個，挨次大小分下來，那大的足似個小盆子，第十個極小的還有手裏的杯子兩個大；喜的是雕鏤奇絕，一色山水、樹木、人物，並有草字以及圖印。（確是木雕精品。）因忙說道：『拿了那小的來就是了，怎麼這樣多？』鳳姐兒笑道：『這個杯沒有喝一個的理。我們家因沒有這大量的，所以沒人敢使他。姥姥既要，好容易尋了出來，必定要挨次吃一遍纔使得。』劉姥姥唬的忙道：『這個不敢。好姑奶奶，饒了我罷。』賈母、薛姨媽、王夫人知道他上了年紀的人，禁不起，忙笑道：『說是說，笑是笑，不可多吃了，只吃這頭一杯罷。』（畢竟老人持重，不像鴛鴦、鳳姐淘氣。）劉姥姥道：『阿彌陀佛！我還是小杯吃罷。把這大杯收着，我帶了家去慢慢的吃罷。』說的衆人又笑起來。鴛鴦無法，只得命人滿斟了一大杯，劉姥姥兩手捧着喝。

賈母、薛姨媽都道：『慢些，不要嗆了。』薛姨媽又命鳳姐兒佈了菜。鳳姐笑道：『姥姥要吃什麼，說出名兒來，我搛了喂你。』劉姥姥道：『我知道什麼名兒，（實話，一個村嫗，哪能知道這些菜名。）樣樣都是好的。』賈母笑道：『你把茄鮝搛些喂他。』（又是新鮮事物。）鳳姐一道茄鮝，卻要這許多手工，普通人家如何吃得起。

劉姥姥自以爲多見草木，豈知此木非那木也。

兒聽說，依言搛些茄鮝送入劉姥姥口中，因笑道：『你們天天吃茄子，也嚐嚐我們的茄子弄的可口不可口。』劉姥姥笑道：『別哄我了，茄子跑出這個味兒來了，我們也不用種糧食，只種茄子了。』衆人笑道：『真是茄子，我們再不哄你。』劉姥姥詫異道：『真是茄子？我白吃了這半日。姑奶奶再喂我些，這一口細嚼嚼。』鳳姐兒果又搛了些放入口內。劉姥姥細嚼了半日，笑道：『雖有一點茄子香，只是還不像是茄子。告訴我是個什麼法子弄的，我也弄着吃去。』

鳳姐兒笑道：『這也不難。你把纔下來的茄子把皮劃了，只要淨肉，切成碎釘子，用雞油炸了，再用雞脯子肉並香菌、新筍、蘑菇、五香腐乾、各色乾菓子，俱切成釘子，用雞湯煨乾，將香油一收，外加糟油一拌，盛在瓷罐子裏封嚴，要吃時拿出來，用炒的雞瓜一拌就是。』劉姥姥聽了，搖頭吐舌說道：『我的佛祖！倒得十來隻雞來配他，（一道菜，光雞就用十來隻配，其靡費可知矣。）怪道這個味兒！』一面說笑，一面慢慢的吃完了酒，還只管細玩那杯。鳳姐笑道：『還是不足興，再吃一杯罷。』（姥姥玩杯是賞其雕工，鳳姐卻趁機勸酒，真不醉不休矣。）劉姥姥忙道：『了不得，那就醉死了。我因爲愛這樣範，虧他怎麼作了。』

鴛鴦笑道：『酒吃完了，到底這杯子是什麼木的？』劉姥姥笑道：『怨不得姑娘不認得，你們在這金門繡户的，如何認得木頭！我們成日家和樹林子作街坊，睏了枕着他睡，乏了靠着他坐，荒年間餓了還吃他，（一句話點出生活之艱難，侯門之家，何能夢見，雪芹特寫此一筆。）眼睛裏天天什麼餡兒。婆子們忙回是螃蟹的。賈母聽了，皺眉說：『這油膩膩的，誰吃這個！』又看那一樣，是奶油炸的各色小麵菓，也不喜歡。因讓薛姨媽吃，薛姨媽只揀了一塊糕。賈母揀了一個捲子，只嚐了一嚐，剩的半個遞與丫鬟了。

劉姥姥因見那小麵菓子都玲瓏剔透，各式各樣，便揀了一朵牡丹花樣的，笑道：『我們那裏最巧的姐兒們，剪子也不能鉸出這麼個紙的來。我又愛吃，又捨不得吃，包些家去給他們做花樣子去倒好。』衆人都笑了。賈母道：『家去我送你一磁罈子。你先趁熱吃這個罷。』別人不過揀各人愛吃的揀了一兩點就罷了。劉姥姥原不曾吃過這些東西，且都作的小巧，不顯盤堆的，他和板兒每樣吃了些，就去了半盤子。（真是食量大如牛。）剩的，鳳姐又命攢了兩盤並一個攢盒，拿與文官等吃去。

忽見奶子抱了大姐兒來，大家哄他頑了一會。那大姐兒因抱着一個大柚子頑的，忽見板兒抱着一個佛手，便也要佛手。（脂批：『小兒常情，遂成千里伏線。』）丫鬟哄他取去，大姐兒等不得，便哭了。衆人忙把柚子與了板兒，將板兒的佛手哄過來與他纔罷。那板兒因頑了半日佛手，此刻又兩手抓着些菓子吃，又忽見這柚子又香又圓，更覺好頑，且當毬踢着頑去，也就不要佛手了。（脂批：『柚子即今香欒之屬也，應與緣通。佛手者，正指迷津者也。以小兒之戲，暗透前後通部脈絡，隱隱約約，毫無一絲漏洩，豈獨爲劉姥姥之俚言博笑而有此一大回文字哉。』）

當下賈母等吃過茶，又帶了劉姥姥至櫳翠庵來。妙玉忙接了進去。衆人至院中，見花木繁盛。賈母笑道：『到底是他們修行的人，沒事常常修理，比別處越發

至櫳翠庵，妙玉至櫳翠庵後，尚是初寫。

靖本眉批：『尚記丁巳春日，謝園送茶乎？展眼二十年矣！丁丑仲春，畸笏。』

喝茶是一種高等文化，一要茶具講究，如妙玉此兩件茶具，均可稱爲上品，成窰五彩鍾，瓷器中之上品也。六安茶，安徽名茶，産自霍山。品類甚多。老君眉，亦安徽名茶，産于六安，葉細長，有白毫，今尚産，予曾喝過。

用舊年儲存的雨水，亦已難得，好茶當有好泉水，此處不用泉水用舊年雨水，見其精心也。

好看。』一面說，一面便往東禪堂來。妙玉笑往裏讓，賈母道：『我們纔都吃了酒肉，你這裏頭有菩薩，沖了罪過。我們這裏坐坐，把你的好茶拿來，我們吃一杯就去了。』妙玉聽了，忙去烹了茶來。（自去烹茶，可見茶道之精。東坡贈黃魯直詩『磨成不敢付僮僕，自看雪湯生璣珠。』也。）

寶玉留神看他是怎麽行事。只見妙玉親自捧了一個海棠花式雕漆填金雲龍獻壽的小茶盤，裏面放一個成窰五彩小蓋鍾，（雕漆填金雲龍獻壽茶盤，成窰五彩小蓋鍾，均是器用中之極精者，即此可見妙玉其人。）捧與賈母。賈母道：『我不吃六安茶。』妙玉笑說：『知道。這是老君眉。』賈母接了，又問是什麽水。妙玉笑回：『是舊年蠲的雨水。』（好水。）賈母便吃了半盞，便笑着遞與劉姥姥說：『你嚐嚐這個茶。』（原是賈母喝的成窰五彩茶杯，經劉姥姥一喝，此杯危矣。）劉姥姥便一口吃盡，（真是劉姥姥喝法。）笑道：『好是好，就是淡些，再熬濃些更好了。』（綠茶貴清淡，劉姥姥不懂茶，自然嫌淡了。）賈母衆人都笑起來。然後衆人都是一色的官窰脫胎填白蓋碗。（都是名瓷）

那妙玉便把寶釵和黛玉的衣襟一拉，二人隨他出去。寶玉悄悄的隨後跟了來。只見妙玉讓他二人在耳房內，寶釵坐在榻上，黛玉便坐在妙玉的蒲團上。妙玉自向風爐上煽滾了水，另泡一壺茶。（再寫妙玉自己烹茶。）寶玉便走了進來，笑道：『偏你們吃梯己茶呢。』二人都笑道：『你又趕了來餈茶吃。這裏並沒你的。』妙玉剛要去取杯，只見道婆收了上面的茶盞來。妙玉忙命：『將那成窰的茶杯別收了，擱在外頭去罷。』寶玉會意，知爲劉姥姥吃了，他嫌髒不要了。（妙玉孤癖高潔，因爲劉姥姥用了，連成窰茶杯都不要了，可見其孤傲之甚。）又見妙玉另拿出兩隻杯來，一個旁邊有一耳，杯上鐫着『𤫩瓟斝』三個隸字，後有一行小真字，是『晉王愷珍玩』，又有『宋元豐五年四月眉山蘇軾見於秘府』一行小字。妙玉便斟了一斝，遞與寶釵。那一隻形似鉢而小，也有三個垂珠篆字，鐫着『杏犀𠁅』。妙玉斟了一𠁅與黛玉。仍將前番自己常日吃茶的那只緑玉斗來斟與寶玉。將自用的緑玉斗給寶玉用，其意甚深，寶玉聰明，何一時糊塗也。

寶玉笑道：『常言「世法平等」，《金剛經》：『是法平等，無有高下。』謝靈運註：『人無貴賤，法無好醜，蕩然平等。』此語妙在有意無意之間。雪芹借寶玉戲言，提出『平等』的思想，自戲言觀之，則隨意之言也，無心之言也；自莊言觀之，則是寓諧于莊，自有深意存焉，何況雪芹反復慨嘆『誰解其中味？』以望讀者之細心解味乎！他兩個就用那樣古玩奇珍，我就是個俗器了。』妙玉道：『這是俗器？不是我說句狂話，只怕你家裏未必找的出這麼一個俗器來呢。』妙玉目空賈府。寶玉笑道：『俗說「隨鄉入鄉」，到了你這裏，自然把那金玉珠寶一概貶爲俗器了。』

妙玉聽如此說，十分歡喜，遂又尋出一隻九曲十環一百二十節蟠虬整雕竹根的一個大盒出來，亦是奇器，妙玉何藏之富也。笑道：『就剩了這一個，你可吃的了這一海？』寶玉喜的忙道：『吃的了。』妙玉笑道：『你雖吃的了，也沒這些茶糟蹋。脂批：『茶下糟蹋二字，成窰杯已不屑再要，妙玉真清潔高雅，然亦怪譎孤僻甚矣，實有此等人物，但罕耳。』豈不聞「一杯爲品，二杯即是解渴的蠢物，三杯便是飲牛飲騾了」。你吃這一海便成什麼？』說的寶釵、黛玉、寶玉都笑了。妙玉執壺，只向海內斟了約有一杯。寶玉細細吃了，果覺輕淳〔四〕無比，賞贊不絕。妙玉正色

𤫩瓟斝，葫蘆器。於葫蘆成長前套以器範，葫蘆即隨範形而長。至老取以琢成器。予曾見多種，皆非斝形。妙玉此器有王愷、蘇軾題記，則其珍可知，自是作者誇張之詞。

杏犀𠁅，用犀角作成的茶杯。犀之奇珍者燈下呈杏黃色，故稱杏犀。今別本作『點犀𠁅』，取李商隱『心有靈犀一點通』之意。據查，列藏本、蒙府本、戚序本均與庚辰本同，作『杏』，甲戌、己卯、舒序均缺，甲辰、楊藏、程甲作『點』，可見庚辰等早期抄本均作『杏犀𠁅』。作『點犀𠁅』可能是從甲辰本開始的。

靖本眉批：『玉兄獨至豈真無吃茶，作書人又弄狡猾，只瞞不過老朽，然不知落筆時作者如何想。丁亥夏。』

看後文第五十回寶玉獨向妙玉乞紅梅，妙玉即允，並未釵黛同去，照樣給寶玉。故知如寶玉獨來，亦必得好茶喝也。

成窰五彩茶杯，在今日其價無比，寶玉說給他賣了度日，則可見當時亦甚貴也。

道：『你這遭吃的茶是托他兩個福，獨你來了，我是不給你吃的。』（妙玉此話是說給釵黛聽的。）寶玉笑道：『我深知道的，我也不領你的情，只謝他二人便是了。』（寶玉亦是順勢而答。）妙玉聽了，方說：『這話明白。』

黛玉因問：『這也是舊年的雨水？』妙玉冷笑道：『你這麼個人，竟是大俗人，（連黛玉都是大俗人，可見妙玉之孤高。）連水也嘗不出來。（要能嘗出水味，亦是一番參究，因皆酸鹹之外味也。）這是五年前我在玄墓（玄墓，在蘇州鄧尉，至今仍叫玄墓。）蟠香寺住着，收的梅花上的雪，共得了那一鬼臉青的花甕一甕，（梅花雪水，能得一甕，亦是難能。玄墓近香雪海，梅花如林，或能多得。）總捨不得吃，埋在地下，今年夏天纔開了。我只吃過一回，這是第二回了。你怎麼嘗不出來？隔年蠲的雨水那有這樣輕淳，如何吃得？』（則可見剛纔外面所喝只是隔年雨水，雖已講究，還非最上之品。）黛玉知他天性怪僻，（黛玉都嫌其怪僻，則其僻甚矣。）不好多話，亦不好多坐，吃完茶，便約着寶釵走了出來。

寶玉和妙玉陪笑道：『那茶杯雖然髒了，白撂了豈不可惜？依我說，不如就給那貧婆子罷，他賣了也可以度日。你道可使得？』妙玉聽了，想了一想，點頭說道：『這也罷了，幸而那杯子是我沒吃過的。若是我吃過的，〔五〕我就砸碎了也不能給他。（怪僻至甚，並非好事。）你要給他，我也不管你，只交給你，快拿了去罷。』寶玉笑道：『自然如此，你那裏和他說話授受去，越發連你也髒了。只交與我就是了。』妙玉便命人拿來遞與寶玉。

寶玉接了，又道：『等我們出去了，我叫幾個小幺兒來，河裏打幾桶水來洗地妙玉潔癖，可與倪高士並稱。

如何？』妙玉笑道：『這更好了，只是你囑咐他們，擡了水只擱在山門外頭牆根下，別進門來。』洗地是要的，人不能進來。寶玉道：『這是自然的。』說着，便袖着那杯，遞與賈母房中小丫頭拿着，說：『明日劉姥姥家去，給他帶去罷。』交代明白，賈母已經出來要回去。妙玉亦不甚留，送出山門，回身便將門閉了。不在話下。

賈母、薛姨媽、王夫人俱各安歇，以下獨留劉姥姥另開生面。

且說賈母因覺身上乏倦，便命王夫人和迎春姊妹陪了薛姨媽去吃酒，自己便往稻香村來歇息。鳳姐忙命人將小竹椅擡來，賈母坐上，兩個婆子擡起，鳳姐、李紈和衆丫鬟婆子圍隨着去了，不在話下。

這裏薛姨媽也就辭出。王夫人打發文官等出去，將攢盒散與衆丫鬟們吃去，自己便也乘空歇着，隨便歪在方纔賈母坐的榻上，命一個小丫頭放下簾子來，又命他捶着腿，吩咐他：『老太太那裏有信，你就叫我。』說着，也歪着睡着了。

寶玉、湘雲等看着丫鬟們將攢盒擱在山石上，也有坐在山石上的，也有坐在草地下的，也有靠着樹的，也有傍着水的，倒也十分熱鬧。一時又見鴛鴦來了，要帶着劉姥姥各處去逛，衆人也都趕着取笑。

一時來至『省親別墅』的牌坊底下，劉姥姥道：『噯呀！這裏還有個大廟呢。』說着，便爬下磕頭。衆人笑彎了腰。劉姥姥道：『笑什麽，這牌樓上的字劉姥姥固不識『省親別墅』字樣，然亦何至當作『玉皇寶殿』，莫非姥姥亦有意逗趣乎？

借劉姥姥之眼，細寫怡紅院景色。

我都認得。我們那裏像這樣的廟宇最多，都是這樣的牌坊，那字就是廟的名字。』衆人笑道：『你認得這是什麼廟？』劉姥姥便擡頭指那字道：『這不是「玉皇寶殿」四字？』衆人笑的拍手打腳。還要拿他取笑時，劉姥姥覺得腹內一陣亂響，妙極，意想不到之文。 忙的拉着一個小丫頭，要了兩張紙就解衣。把大觀園當村間地頭。 衆人又是笑，又忙喝他：『這裏使不得！』忙命一個婆子帶了東北角上去了。那婆子指與他地方，便樂得走開去歇息。

那劉姥姥因喝了些酒，他脾氣不與黃酒相宜，且吃了許多油膩飲食，發渴多喝了幾碗茶，不免通瀉起來，蹲了半日方完。及出廁來，酒被風禁，且年邁之人，蹲了半天，忽一起身，只覺得眼花頭眩，辨不出路徑。如此年歲，忙乎半日，又飽吃飽喝，安得不出麻煩。 四顧一望，皆是樹木山石、樓臺房舍，卻不知那一處是往那裏去的了，只得認着一條石子路，慢慢的走來。帶路的婆子不該走開，纔使劉姥姥亂跑。

及至到了房舍跟前，又找不着門，再找了半日，忽見一帶竹籬，劉姥姥心中自忖道：『這裏也有扁豆架子。』是姥姥意中之事。 一面想，一面順着花障走了來，得了一個月洞門進去。只見迎面忽有一帶水池，只有七八尺寬，石頭砌岸，裏面碧瀏清水流往那邊去了，上面有一塊白石橫架在上面。劉姥姥便度石過去，順着石子甬路走去。

轉了兩個彎子，只見有一房門。於是進了房門，第一重門 只見迎面一個女孩兒，滿面含笑迎了出來。劉姥姥忙笑道：『姑娘們把我丟下來了，要我碰頭碰到這裏來。』說了，只覺那女孩兒不答。劉姥姥便趕上來拉他的手，『咕咚』一聲，便撞到板壁上，把頭碰的生疼。細瞧了一瞧，原來是一幅畫兒。劉姥姥自忖道：『原來畫兒有這樣活凸出來的。』（畫得生動傳神，竟以爲是活凸出來的。）一面想，一面看，一面又用手摸去，卻是一色平的，點頭嘆了兩聲。

一轉身，方得了一個小門，（第二重門）門上掛着葱綠撒花軟簾。劉姥姥掀簾進去，擡頭一看，只見四面牆壁玲瓏剔透，琴劍瓶爐皆貼在牆上，錦籠紗罩，金彩珠光，連地下踩的磚，皆是碧綠鑿花，竟越發把眼花了。找門出去，那裏有門？左一架書，右一架屏。

剛從屏後得了一門，轉去，（屏後又得一門，入內室矣。）只見他親家母也從外面迎了進來。劉姥姥詫異，忙問道：『你想是見我這幾日沒家去，虧你找我來。那一位姑娘帶你進來的？』他親家只是笑，不還言。劉姥姥笑道：『你好沒見世面，見這園裏的花好，你就沒死活戴了一頭。』他親家也不答。便心下忽然想起：『常聽見說大富貴人家有一種穿衣鏡，這別是我在鏡子裏頭呢罷？』（以前從未見過鏡子，今日始見。）說畢伸手一摸，再細一看，可不是，四面雕空紫檀板壁，將鏡子嵌在中間。因說：『這已經攔住，如何走出去呢？』一面說，一面只管用手摸。這鏡子原是西洋機括，可以開合。不意劉姥姥

此是西洋畫纔能有此效果。即畫家所謂凹凸法也。可與乾隆宮廷意大利畫家郎世寧之畫相印證。亦西方文化東漸之一證也。

已入怡紅院內，其豪華精緻，另是一番氣象。

鄉下人從未有鏡子，故自己認不得自己也。

老年人一路摸索，倦極睏極，加之酒力，自必朦朧欲睡矣，筆筆入情入理。

是襲人的想法。

亂摸之間，其力巧合，便撞開消息，掩過鏡子，露出門來。（第三重門，入臥室矣。）劉姥姥又驚又喜，邁步出來。忽見有一副最精緻的牀帳，他此時又帶了七八分醉，又走乏了，便一屁股坐在牀上。只說歇歇，不承望身不由己，前仰後合的，朦朧着兩眼，一歪身就睡熟在牀上。（已經睏極倦極。）

且說衆人等他不見，板兒見沒了他姥姥，急的哭了。（寫板兒，一筆不漏。）衆人都笑道：『別是掉在茅厠裏了，快叫人去瞧瞧。』因命兩個婆子去找，回來說沒有。衆人各處搜尋不見。襲人敁敪其道路：『定是他醉了迷了路，順着這一條路往我們後院子裏去了。若進了花障子到後房门進去，雖然碰頭，還有小丫頭們知道；若不進花障子再往西南上去，若繞出去還好，若繞不出去，可够他繞回子好的。我且瞧瞧去。』一面想，一面回來，進了怡紅院便叫人，誰知那幾個房子裏小丫頭已偷空頑去了。（意想不到之事，因大丫頭都走開也。）

襲人一直進了房門，轉過集錦槅子，就聽的鼾齁如雷。（先聞其聲）忙進來，只聞見酒屁臭氣，（次聞其味）滿屋一瞧，只見劉姥姥扎手舞腳（好姿態，是睏極之故。）的仰臥在牀上。襲人這一驚不小，慌忙趕上來將他沒死活的推醒。

那劉姥姥驚醒，睜眼見了襲人，連忙爬起來道：『姑娘，我失錯了！（姥姥酒醒亦心驚矣。）並沒弄髒了牀帳。』一面說，一面用手去撣。襲人恐驚動了人被寶玉知道了，只向他搖手，如畫。不叫他說話。忙將當地大鼎內貯了三四把百合香，添香以驅穢氣。仍用罩子罩上。些須收拾收拾，所喜不曾嘔吐，忙悄悄的笑道：『不相干，有我呢。你隨我出來。』

劉姥姥答應着，跟了襲人出至小丫頭們房中。命他坐了，向他說道：『你就說醉倒在山子石上打了個盹兒。』襲人此一囑咐不可少，否則出去如何交代。劉姥姥答應知道。又與他兩碗茶吃，方覺酒醒了，因問道：『這是那個小姐的繡房，把公子臥室當作小姐繡房。上回是把繡房當書房，寫得錯落有致。這樣精緻？我就像到了天宮裏的一樣。』襲人微微笑道：『這個麼，是寶二爺的臥室。』那劉姥姥嚇的不敢作聲。一聽是寶玉臥室，自然知道闖禍矣。襲人帶他從前面出去，見了衆人，只說他在草地下睡着了，帶了他來的。衆人都不理會，也就罷了。多虧襲人一語掩蓋過去。

一時賈母醒了，就在稻香村擺晚飯。賈母因覺懶懶的，也不吃飯，便坐了竹椅小敞轎，回至房中歇息，命鳳姐兒等去吃飯。他姊妹方復進園來。

要知端的，且聽下回分解。

【回後評】

劉姥姥遊大觀園，是千古佳話。這句話流傳之廣，遠遠超過《紅樓夢》本身，可見其所含內容之典型性。賈母與劉姥姥同是老人，卻有天壤之別，令人感悟到人生之千差萬別，沒有別的更好的詞語來加以表達，只好借助於『命運』一詞，然而『命運』一詞，又何能闡釋人生於萬一。

賈母初宴大觀園，是在鴛鴦鳳姐導演下，讓劉姥姥上演一出笑劇。劉姥姥念『老劉，老劉，食量大似牛，吃一個老母猪不擡頭』，引得哄堂大笑，人仰馬翻。接着是劉姥姥用『老年四楞象牙鑲金的筷子』夾鴿蛋，結果是一兩銀子一個的鴿蛋落地無聲，就此沒了。二宴大觀園是劉姥姥喝套杯酒，吃茄鲞。一道茄鲞用十來隻雞來配，成爲千古美談。然而在這歡樂熱烈到極點的兩宴之中，卻蘊涵着豐富的人生哲理，令人回味無窮。

櫳翠庵品茶，妙玉於寶玉無情而有情也，深情也。觀她『仍將前番自己常日吃茶的那只綠玉斗來斟與寶玉』則可知矣。賈母喝過後又經劉姥姥喝的『成窰五彩小蓋鍾』則棄而不用，嫌其髒也。而於寶玉，則逕將自己常用的綠玉斗爲寶玉斟茶，寶玉喝後，自己豈非仍將常用乎？則其親厚之深意可知矣。

上回賈母帶領劉姥姥在遊園時，遊了瀟湘館、秋爽齋、蘅蕪苑。此回卻讓劉姥姥在酒足飯飽之後獨遊怡紅院，而且醉臥於寶玉牀上，弄得酒屁薰天卻反被襲人輕輕瞞過，寶玉一無所知，若無其事，令人感到世事茫茫，眼不見爲淨也。

【校　記】

〔一〕回目：庚辰本、列藏本同（列本『櫳』作『攏』）。上聯，蒙本、戚本、楊本、甲辰、程甲作『賈寶玉品茶櫳翠庵』（蒙本、戚本『櫳』作『攏』。）下聯蒙本、楊本、甲辰作『劉姥姥醉臥怡紅院』。戚本作『劉老嫗醉臥怡紅院』，程甲本『姥姥』作『老老』。

〔二〕『是兩樣蒸食』五字，據列藏本、蒙本、戚序、楊本、甲辰、程甲各本增。

〔三〕『是兩樣炸的』五字，同前增。

〔四〕『輕淳無比』，庚辰本作『輕浮』。甲戌、己卯、舒序皆缺。列藏、楊藏、甲辰、程甲、程乙均作『輕淳』，蒙府本作『清香無比』，戚序本作『輕清無比』。此從列藏、楊藏、甲辰、程甲諸本改。

〔五〕據楊藏、列藏等本改。

第四十二回　蘅蕪君蘭言解疑癖　瀟湘子雅謔補餘香〔一〕

脂批：『釵玉名雖二個，人卻一身，此幻筆也。今書至三十八回時已過三分之一有餘，故寫是回，使二人合而爲一。請看黛玉逝後寶釵之文字，便知余言不謬矣。』

庚辰本回前評。

補敘賈母遊園之特筆。一個園子倒走了多半個，可見賈母興致之高。

話說他姊妹復進園來，吃過飯，大家散出，都無別話。（賈母兩宴，劉姥姥遊園，至此俱已結束。）

且說劉姥姥帶着板兒，先來見鳳姐兒，說：『明日一早定要家去了。雖住了兩三天，日子不多，卻把古往今來沒見過的，沒吃過的，沒聽見過的，都經驗了。（山中方七日，世上已千年也。）難得老太太和姑奶奶並那些小姐們，連各房裏的姑娘們，都這樣憐貧惜老照看我。我這一回去後，沒別的報答，惟有請些高香，天天給你們念佛，保佑你們長命百歲的，（姥姥確亦無可報者，唯有念佛焚香而已，豈知復有後來賈家敗落，巧姐落難之事乎？）就算我的心了。』

鳳姐兒笑道：『你別喜歡。都是爲你，老太太也被風吹病了，睡着說不好過；我們大姐兒也着了涼，在那裏發熱呢。』（一場歡樂後忽起波瀾，賈母受涼，大姐發熱，皆文章之餘波，不如此不知生活之波瀾也。）劉姥姥聽了，忙嘆道：『老太太有年紀的人，不慣十分勞乏的。』鳳姐兒道：『從來沒像昨兒高興。往常也進園子逛去，不過到一二處坐坐就回來了。昨兒因爲你在這裏，要叫你逛逛，一個園子倒走了多半個。大姐兒因爲找我去，太太遞了一塊糕給他，誰

『撞客着了』，南方稱邪祟爲『客』，予幼年在家鄉猶常聞老人此言。

今時之人，恐未見《玉匣記》之類書，豈知六七十年前，予在家鄉農村，猶常見之，可見世移時異也。

『太嬌嫩』者，太嬌養也，自小養尊處優，不經風日，豈能健壯。

知風地裏吃了，就發起熱來。』劉姥姥道：『小姐兒只怕不大進園子，生地方兒，小人兒家原不該去。比不得我們的孩子，會走了，那個墳圈子裏不跑去？一則風撲了也是有的；二則只怕他身上乾淨，眼睛又淨，或是遇見什麽神了。依我說，給他瞧瞧祟書本子，鄉村老嫗之常見也。劉姥姥說出，逼真如此。仔細撞客着了。』

一語提醒了鳳姐兒，便叫平兒拿出《玉匣記》來，着彩明來念。彩明翻了一回，念道：『八月二十五日，病者在東南方得遇花神。用五色紙錢四十張，向東南方四十步送之，大吉。』鳳姐兒笑道：『果然不錯，園子裏頭可不是花神！只怕老太太也是遇見了。』一面命人請兩分紙錢來，着兩個人來，一個與賈母送祟，一個與大姐兒送祟。果見大姐兒安穩睡了。脂批：『豈真送了就安穩哉，蓋婦人之心意皆如此，即不送豈有一夜不睡之理，作者正描愚人之見耳。』

鳳姐兒笑道：『到底是你們有年紀的人經歷的多。我這大姐兒時常肯病，也不知是個什麽原故。』劉姥姥道：『這也有的事。富貴人家養的孩子多太嬌嫩，自然禁不得一些兒委曲；再他小人兒家，過於尊貴了，也禁不起。以後姑奶奶倒少疼他些就好了。』此是實話，並非瞎說。鳳姐兒道：『這也有理。我想起來，他還沒個名字，你就給他起個名字。一則借借你的壽；二則你們是莊家人，不怕你惱，到底貧苦些，你貧苦人起個名字，只怕壓的住他。』一篇婦人之見，卻合情合理。脂批：『一篇愚婦無理之談，實是世間必有之事。』劉姥姥聽說，便想了一想，笑道：『不知他幾時生的？』鳳姐兒道：『正是生日的日子不好呢，可巧是七月初靖本眉批：『應了這話固好，批書人焉能不心傷。獄廟相逢之日，始知「遇難成祥」，「逢凶化吉」實伏線千里。哀哉傷哉。此後文字，不忍卒讀。辛卯冬日。』

七日。』劉姥姥忙笑道：『這個正好，就叫他是巧哥兒。這叫作「以毒攻毒，以火攻火」的法子。劉姥姥真積世老媼也，名字隨口而出，且自有一套說法。姑奶奶定要依我這名字，他必長命百歲。日後大了，各人成家立業，或一時有不遂心的事，不想竟被說着。必然是遇難成祥，逢凶化吉，卻從這「巧」字上來。』鳳姐兒聽了，自是歡喜，忙道謝，又笑道：『只保佑他應了你的話就好了。』說着，叫平兒來吩咐道：『明兒咱們有事，恐怕不得閑兒。你這空兒把送姥姥的東西打點了，他明兒一早就好走的便宜了。』劉姥姥忙說：『不敢多破費了，已經遭擾了幾日，又拿着走，越發心裏不安起來。』鳳姐兒道：『也沒有什麼，不過是隨常的東西。好也罷，歹也罷，帶了去，你們街坊鄰舍看着也熱鬧些，也是上城一次。』說着，只見平兒走來說：『姥姥過這邊瞧瞧。』

劉姥姥忙趕了平兒到那邊屋裏，只見堆着半炕東西。平兒一一的拿與他瞧着，說道：『這是昨日你要的青紗一匹，奶奶另外送你一個實地子月白紗作裏子。這是兩個繭綢，作襖兒裙子都好。這包袱裏是兩匹綢子，年下做件衣裳穿。這是一盒子各樣內造點心，也有你吃過的，也有你沒吃過的，拿去擺碟子請客，比你們買的強些。這兩條口袋是你昨日裝瓜菓子來的。如今這一個裏頭，裝了兩斗御田粳米，寫得細，一筆不漏，來是裝瓜菓，去是裝御田粳米，高下大不相同。熬粥是難得的。這一條裏頭是園子裏的菓子和各樣乾菓子。來是農家地裏菓大觀園難得此等蔬菜，平兒所囑，亦是家常實話。

（子，去是大觀園菓子。）這一包是八兩銀子。這都是我們奶奶的。（鳳姐所贈）這兩包，每包裏頭五十兩，共是一百兩，是太太給的，（王夫人所贈。王夫人百兩之贈，劉姥姥平地小富矣！）叫你拿去或者作個小本買賣，或者置幾畝地，以後再別求親靠友的。』（此是真情實話。）說着，又悄悄笑道：『這兩件襖兒和兩條裙子，還有四塊包頭，一包絨線，可是我送姥姥的。（平兒亦有所贈，平兒心善也。）衣裳雖是舊的，我也沒大狠穿。你要棄嫌，我就不敢說了。』

平兒說一樣，劉姥姥就念一句佛，已經念了幾千聲佛了，又見平兒也送他這些東西，又如此謙遜，（最爲難得）忙念佛道：『姑娘說那裏話，這樣好東西我還棄嫌！我便有銀子，也沒處去買這樣的呢。只是我怪臊的，（也是實話）收了又不好，不收又辜負了姑娘的心。』平兒笑道：『休說外話，咱們都是自己，我纔這樣。你放心收了罷，我還和你要東西呢。到年下，你只把你們曬的那個灰條菜乾子和豇豆、扁豆、茄子、葫蘆條兒各樣乾菜帶些來，我們這裏上上下下都愛吃。這個就算了，別的一概不要，別枉費了心。』劉姥姥千恩萬謝答應了。平兒道：『你只管睡你的去。我替你收拾妥當了，就放在這裏。明兒一早，打發小廝們僱輛車裝上，不用你費一點心的。』（照顧十分周到。）

劉姥姥越發感激不盡，過來又千恩萬謝的辭了鳳姐兒，過賈母這一邊睡了一夜。次早梳洗了，就要告辭。

（何等氣象，何等派勢。）

因賈母欠安，衆人都過來請安，命人出去傳請大夫。一時婆子回說，大夫來了。老嬤嬤請賈母進幔子去坐。賈母道：『不用這們着，我也老了，那裏養不出那阿物兒來，（老气横秋，目空一切。）還怕他不成！不要放幔子，就這樣瞧罷。』衆婆子聽了，便拿過一張小桌兒來，放下一個小枕頭，便命人請大夫。

一時只見賈珍、賈璉、賈蓉三個人將王太醫領來。王太醫不敢走甬路，（寫得細。）只走旁階，跟着賈珍到了階磯上。早有兩個婆子在兩邊打起簾子，兩個婆子在前導引進去，又見寶玉迎了出來。只見賈母穿着青縐綢一斗珠的羊皮褂子，端坐在榻上。兩邊四個未留頭的小丫鬟，都拿着蠅帚、漱盂等物，又有五六個老嬤嬤雁翅擺在兩旁。碧紗廚後隱隱約約有許多穿紅着綠、戴寶簪珠的人。王太醫便不敢擡頭，忙上來請了安。

賈母見他穿着六品服色，便知是御醫了，也便含笑問：『供奉好？』因問賈珍：『這位供奉貴姓？』賈珍等忙回：『姓王。』賈母道：『當日太醫院正堂王君效，好脈息。』王太醫忙躬身低頭，含笑回說：『那是晚晚生的家叔祖。』（原來家學淵源。）賈母聽了，笑道：『原來這樣，也是世交了。』一面說，一面慢慢的伸手放在小枕上。老嬤嬤端着一張小杌，連忙放在小桌前，略偏些。王太醫便屈一膝坐下，歪着頭診了半日，又診了那只手，忙欠身低頭退出。賈母笑說：『勞動了。珍兒讓出去好生看茶。』

賈珍、賈璉等忙答了幾個『是』，復領王太醫出到外書房中。王太醫說：『太夫人並無別症，偶感一點風涼，究竟不用吃藥，不過略清淡些，暖着一點兒，就好了。如今寫個方子在這裏。若老人家愛吃，便按方煎一劑吃；若懶待吃，也就罷了。』王太醫診斷正確，處置平妥，無絲毫誇飾之意。說着，吃過茶，寫了方子。

剛要告辭，只見奶子抱了大姐兒出來，笑說：『王老爺，也瞧瞧我們。』王太醫聽說，忙起身，就奶子懷中，左手挽着大姐兒的手，右手診了一診，又摸了一摸頭，又叫伸出舌頭來瞧瞧，笑道：『我說姐兒又罵我了，只是要清清淨淨的餓兩頓就好了。不必吃煎藥，我送丸藥來，臨睡時用薑湯研開，吃下去就是了。』說畢，作辭而去。賈珍等拿了藥方，來回明賈母原故，將藥方放在桌上出去。不在話下。

這裏王夫人和李紈、鳳姐兒、寶釵姊妹等見大夫出去，方從橱後出來。王夫人略坐一坐，也回房去了。

原來王夫人、李紈、鳳姐都在橱後。

劉姥姥見無事，方上來和賈母告辭。賈母說：『閑了再來。』又命鴛鴦來：『好生打發劉姥姥出去。我身上不好，不能送你了。』劉姥姥道了謝，又作辭，方同鴛鴦出來。

老太太另有所贈，可見人情之富。

到了下房，鴛鴦指炕上一個包袱說道：『這是老太太的幾件衣服，都是往年間生日節下衆人孝敬的，老太太從不穿人家做的，收着也可惜，卻是一次也沒穿過的。昨日叫我拿出兩套兒送你帶去，或是送人，或是自己家裏穿罷，別見笑。這盒子裏是你要的麵菓子。這包兒裏是你前兒說要的藥，梅花點舌丹也有，紫金錠也有，活絡丹也有，催生保命丹也有，每一樣是一張方子包着，總包在裏頭了。這是兩個荷包，帶着頑罷。』（考慮周到之至。）說着，便抽開繫子，掏出兩個筆錠如意的錁子來給他瞧，又笑道：『荷包拿去，這個留下給我罷。』（鴛鴦會調皮。）劉姥姥已喜出望外，早又念了幾千聲佛，聽鴛鴦如此說，便說道：『姑娘只管留下罷了。』鴛鴦見他信以爲真，便笑着仍與他裝上，笑道：『哄你頑呢，我有好些呢。留着年下給小孩子們罷。』說着，只見一個小丫頭拿了個成窰鍾子來遞與劉姥姥，道：『這是寶二爺給你的。』（一筆不漏，補敘櫳翠庵事。）劉姥姥道：『這是那裏說起。我那一世修了來的，今兒這樣。』說着，便接了過來。鴛鴦道：『前兒我叫你洗澡，換的那衣裳是我的，你不棄嫌，我還有幾件，也送你罷。』（瑣瑣屑屑，寫來平實而動人。）劉姥姥又忙道謝。鴛鴦果然又拿出兩件來，與他包好。

劉姥姥又要到園中辭謝寶玉和衆姊妹、王夫人等去。（禮所必有也。）鴛鴦道：『不用去了。他們這會子也不見人，回來我替你說罷。閑了再來。』又命一個老婆子，吩咐他：『二門上叫兩個小廝來，幫着姥姥拿了東西送出去。』婆子答應了，又和劉姥姥到了鳳姐兒那邊，一併拿了東西，在角門上命小廝們搬了出去，直送劉姥姥上車去了。不在話下。

（以上結劉姥姥之事。）

且說寶釵等吃過早飯，又往賈母處問過安，回園至分路之處，寶釵便叫黛玉道：『顰兒跟我來，有一句話問你。』（意外之筆）黛玉便同了寶釵，來至蘅蕪苑中。進了房，寶釵便坐了，笑道：『你跪下，我要審你。』黛玉不解何故，因笑道：『你瞧，寶丫頭瘋了！審問我什麽？』寶釵冷笑道：『好個千金小姐！好個不出閨門的女孩兒，滿嘴裏說的是什麽？（寶釵早已記在心裏，到此時纔算帳。）你只實說便罷。』黛玉不解，只管發笑，心裏也不免疑惑起來，口裏只說：『我何曾說什麽？你不過要捏我的錯兒罷了。你倒說出來我聽聽。』寶釵笑道：『你還裝憨兒。昨兒行酒令，你說的是什麽？我竟不知是那裏來的。』（你既不知是哪裏來的，又何能問罪。）

黛玉一想，方想起來昨兒失於檢點，把《牡丹亭》《西廂記》說了兩句，不覺紅了臉，便上來摟着寶釵，笑道：『好姐姐，原是我不知道隨口說的。（不說哪裏來的而說隨口說的，囫圇得妙。）你教給我，再不說了。』寶釵笑道：『我也不知道，（明明知道，偏說不知道。）聽你說的怪生的，（實際是怪熟的。）所以請教你。』（狡猾之甚）黛玉道：『好姐姐，你別說與別人，（此句是關鍵。若說與別人，黛玉的『名節』壞矣！）我以後再不因《西廂記》《牡丹亭》被官方目爲淫邪之書，女孩兒不能看，故黛玉羞得滿臉飛紅，不敢說書名也。

原來《西廂》也早讀過。

一番經邦治國的大道理。

一番煌煌大道理，全從《女戒》《女四書》等上來，寶釵於此已將自己的天然本性移了，移作封建正統的規範性情了。自正統者來說，已經可救了！

寶釵此一番訓教，使黛玉心服而釋疑，

說了。』

寶釵見他羞得滿臉飛紅，滿口央告，（可見黛玉此時的處境。封建時代，此事非同一般也。）便不肯再往下追問，因拉他坐下吃茶，款款的告訴他道：『你當我是誰，我也是個淘氣的。從小七八歲上也夠個人纏的。我們家也算是個讀書人家，祖父手裏也愛藏書。先時人口多，姊妹弟兄都在一處，都怕看正經書。（這是實話）弟兄們也有愛詩的，也有愛詞的，諸如這些《西廂》《琵琶》以及《元人百種》，無所不有。他們是偷背着我們看，我們卻也偷背着他們看。（可見讀得不少，且是偷讀的。）後來大人知道了，打的打，罵的罵，燒的燒，纔丟開了。（原來經過打罵，歸於『正道』了。）所以咱們女孩兒家不認得字的倒好。男人們讀書不明理，尚且不如不讀書的好，何況你我。就連作詩寫字等事，這不是你我分內之事，究竟也不是男人分內之事。男人們讀書明理，輔國治民，（總不離仕途經濟。）這便好了。只是如今並不聽見有這樣的人，讀了書倒更壞了。（確有這種人。）這是書誤了他，（是書誤他，還是他自誤，不能一概而論。）可惜他也把書糟蹋了，（書是書，人是人，人壞了，不能說書也壞了，看你用什麼心思讀書，又是讀的什麼書，有人讀《紅樓夢》，專愛讀賈璉多姑娘一段，難道是書也被糟蹋了，或者是書教壞他了？）所以竟不如耕種買賣，倒沒有什麼大害處。你我只該做些針黹紡績的事纔是，（所謂女子無才便是德也。）偏又認得了字；既認得了字，不過揀那正經的書看也罷了，（何謂『正經書』，寶釵之意當是《四書》《五經》之類也。）最怕見了那些雜書，移了性情，就不可救了。』（《西廂》《牡丹》等雜書，是與封建正統相對立的書，故讀此類書便『移了性情』，變成反封建傳統思想也。然依李卓吾之說，則讀了封建正統之書，也是『移了性情』，把人天生的自然本性，變成封建正統的一套，把一個原本天真無邪的童心、真心，變成封建正統的、世故虛僞的假心了。）一席話，說的黛玉垂頭吃茶，心下暗服，只有答應『是』的一字。（黛玉畢竟天真，易受訓耳。

忽見素雲進來說：『我們奶奶請二位姑娘商議要緊的事呢。二姑娘、三姑娘、四姑娘、史姑娘、寶二爺都在那裏等着呢。』寶釵道：『又是什麼事？』黛玉道：『咱們到了那裏就知道了。』說着，便和寶釵往稻香村來，果見衆人都在那裏。

李紈見了他兩個，笑道：『社還沒起，就有脫滑兒的了，四丫頭要告一年的假呢。』黛玉笑道：『都是老太太昨兒一句話，又叫他畫什麼園子圖兒，惹得他樂得告假了。』探春笑道：『也別要怪老太太，都是劉姥姥一句話。』林黛玉忙笑道：『可是呢，都是他一句話。他是那一門子的姥姥，直叫他是個「母蝗蟲」就是了。』說着，大家都笑起來。寶釵笑道：『世上的話，到了鳳丫頭嘴裏也就盡了。幸而鳳丫頭不認得字，不大通，不過一概是市俗取笑。[是鳳姐的評。]更有顰兒這促狹嘴，他用「春秋」的法子，將市俗的粗話，撮其要，刪其繁，再加潤色，比方出來一句是一句。這「母蝗蟲」三字，把昨兒那些形景都現出來了。虧他想的倒也快。』衆人聽了，都笑道：『你這一注解，也就不在他兩個以下。』[的評。]

李紈道：『我請你們大家商議，給他多少日子的假？我給了他一個月，他嫌少。你們怎麼說？』黛玉道：『論理一年也不多。這園子，蓋纔蓋了一年，如今要畫，自然也得二年的工夫呢。又要研墨，又要蘸筆，又要鋪紙，又要着顏色，

原怕寶釵把黛玉讀《西廂》之事張揚開去，使黛玉不得見人，今寶釵答應不再追問，不傳與別人，使她放下了心，所以感激不盡也，釵、黛之芥蒂從此解開。故此後釵黛關係出現了新情況，黛玉也不再疑『金玉姻緣』，因此前寶玉已再三對她明心也。故此下黛玉心情開朗也。

黛玉說話，新而尖，然是俏皮而不是刻薄。

原來寶釵亦同此意。

黛玉層層說來，句句取笑。總是俏皮話。

又要——』剛說到這裏，衆人知道他是取笑惜春，便都笑問說：『還要〔二〕怎樣？』黛玉也自己撐不住笑道：『又要照着這樣兒慢慢的畫，可不得二年的工夫！』衆人聽了，都拍手笑個不住。寶釵笑道：『「又要照着這個慢慢的畫」，這落後一句最妙——他可不画去，怎么就有了呢？〔三〕所以昨兒那些笑話兒雖然可笑，回想是沒味的。你們細想顰兒這幾句話雖是淡的，回想卻有滋味。我倒笑的動不得了。』脂批：『看他劉姥姥笑後復一笑，亦想不到之文也，聽寶卿之評，亦千古定論。』惜春道：『都是寶姐姐贊的他越發逞強，這會子拿我也取笑兒。』

黛玉忙拉他笑道：『我且問你，還是單畫這園子呢，還是連我們衆人都畫在上頭呢？』惜春道：『原說只畫這園子的，昨兒老太太又說，單畫了園子成個房樣子了，確論。叫連人都畫上，就像「行樂」似的纔好。我又不會這工細樓臺，又不會畫人物，又不好駁回，正爲這個爲難呢。』黛玉道：『人物還容易，你草蟲上不能。』李紈道：『你又說不通的話了。這個上頭那裏又用的着草蟲？或者翎毛倒要點綴一兩樣。』李紈並未明白黛玉之意。黛玉笑道：『別的草蟲不畫罷了，昨兒「母蝗蟲」不畫上，豈不缺了典！』衆人聽了，又都笑起來。黛玉一面笑的兩手捧着胸口，一面說道：『你快畫罷，我連題跋都有了，起個名字，就叫作《攜蝗大嚼圖》。』

衆人聽了，越發哄然大笑的前仰後合。只聽『咕咚』一聲響，不知什麼倒了，

黛玉盡情嘲諷，語仍尖利，然亦仍是俏皮話，非刻薄話，且亦見其心情寬暢，因蘭言解疑後，故較前不同也。

急忙看時，原來是湘雲伏在椅子背兒上，那椅子原不曾放穩，被他全身伏着背子大笑，他又不提防，兩下裏錯了勁，向東一歪，連人帶椅都歪倒了，幸有板壁擋住，不曾落地。衆人一見，越發笑個不住。寶玉忙趕上去扶了起來，方漸漸止了笑。

寶玉和黛玉使個眼色兒。黛玉會意，便走至裏間將鏡袱揭起，照了一照，只見兩鬢略鬆了些。（可見黛玉歡暢之極。）忙開了李紈的妝奩，拿出抿子來，對鏡抿了兩抿，仍舊收拾好了，方出來，指着李紈道：『這是叫你帶着我們作針線、教道理呢，你反招我們來大頑大笑的。』（黛玉此時心情確實歡暢無比，故笑語不斷也。）李紈笑道：『你們聽他這刁話。他領着頭兒鬧，引着人笑了，倒賴我的不是。真真恨的我只保佑着明兒你得一個利害婆婆，再得幾個千刁萬惡的大姑子、小姑子，試試你那會子還這麽刁不刁了。』

林黛玉早紅了臉，拉着寶釵說：『咱們放他一年的假罷。』寶釵道：『我有一句公道話，你們聽聽。藕丫頭雖會畫，不過是幾筆寫意。如今畫這園子，非離了肚子裏頭有幾副丘壑的纔能成畫。這園子卻是像畫兒一般，山石樹木，樓閣房屋，遠近疏密，也不多，也不少，恰恰的是這樣。你只照樣兒往紙上一畫，是必不能討好的。這要看紙的地步遠近，該多該少，分主分賓，該添的要添，該減的要減，該藏的要藏，該露的要露。這一起了稿子，再端詳斟酌，方成一幅圖樣。第二件，這些樓臺房舍，是必要用界尺劃的，一點不留神，欄杆也歪了，柱子也塌了，門窗也

與前劉姥姥念老劉老劉引人大笑時又是一番情景。

沒想到引起李紈此種反攻，黛玉不得不臉紅也。

『非離了』此句，各本異文甚多。『非離了』者，不能離了也，亦即『離不了』也，全句是說這個園子，必須是肚子裏有幾副丘壑的纔能畫成。

是寶釵一番畫論。

寶釵論畫，句句在行。

『皴染』原作『皴搜』，庚辰、蒙府、戚序、列藏、甲辰諸本同，均作『皴搜』。楊藏、程甲、程乙、王雪香本、金玉緣本、妙復軒本均作『皴染』。按『皴染』是國畫的一種技法。『皴』指畫山石的紋理脈絡，有披蔴皴、斧劈皴、荷葉皴等諸多名稱。『染』指染

倒豎過來，階磯也離了縫，甚至於桌子擠到牆裏去，花盆放在簾子上來，豈不倒成了一張笑「話」兒了。第三，要插人物，也要有疏密，有高低。衣褶裙帶，手指足步，最是要緊。一筆不細，不是腫了手，就是跏了腿，染臉撕髮倒是小事。依我看來，竟難的很。如今一年的假也太多，一月的假也太少，竟給他半年的假，再派了寶兄弟幫着他。並不是爲寶兄弟知道教着他畫，那就更誤了事；爲的是有不知道的，或難安插的，寶兄弟好拿出去問問那會畫的相公，就容易了。』

寶玉聽了，先喜的說：『這話極是。詹子亮的工細樓臺就極好，程日興的美人是絕技。如今就問他們去。』寶釵道：『我說你是無事忙，說了一聲你就問去！等着商議定了再去。如今且拿什麼畫？』寶玉道：『家裏有雪浪紙，又大又托墨。』寶釵冷笑道：『我說你不中用！那雪浪紙寫字、畫寫意畫兒，或是會山水的畫南宗山水，托墨，禁得皴染。拿了畫這個，又不托色，又難滃，畫也不好，紙也可惜。我教你一個法子。原先蓋這園子，就有一張細緻圖樣，雖是匠人描的，那地步、方向是不錯的。你和太太要了出來，也比着那紙的大小，和鳳丫頭要一塊重絹，叫相公礬了，叫他照着這圖樣刪補着，立了稿子，添了人物就是了。就是配這些青緑顏色並泥金泥銀，也得他們配去。你們也得另攏上風爐子，預備化膠、出膠、洗筆。還得一張粉油大案，鋪上氈子。你們那些碟子也不全，筆也不全，都

色。即畫好山石脈絡紋理後的着色，亦稱染色，因染色要多次，用水，如紙質不好，就易破，經不起皴染。庚辰等本作『皴搜』，疑『搜』字是『染』字之誤。故從楊藏等本改。又『搜』亦可能是『擦』字之誤，因國畫技法中亦有『皴擦』的技法，但『擦』是用乾筆，且『擦』字無版本依据，故用『皴染』。

惜春並非正式作畫，不過隨意畫畫而已，觀其只用此四種顏色，大概是畫寫意花卉。

寶釵竟深通繪事，看來曾認真學過畫，否則不能如此熟悉。

得從新再置一份兒纔好。』惜春道：『我何曾有這些畫器？不過隨手寫字的筆畫畫罷了。就是顏色，只有赭石、廣花、藤黄、胭脂這四樣。再有不過是兩支着色的筆就完了。』

寶釵道：『你該早說，這些東西我卻還有，只是你也用不着，給你也白放着。如今我且替你收着，等你用着這個的時候我送你些。也只可留着畫扇子，若畫這大幅的也就可惜了的。今兒替你開個單子，照着單子和老太太要去。你們也未必知道的全，我說着，寶兄弟寫。』寶玉早已預備下筆硯了，原怕記不清白，要寫了記着，聽寶釵如此說，喜的提起筆來靜聽。

寶釵說道：『頭號排筆四支，二號排筆四支，三號排筆四支，大染四支，中染四支，小染四支，大南蟹爪十支，小蟹爪十支，鬚眉十支，大着色二十支，小着色二十支，開面十支，柳條二十支。箭頭硃四兩，南赭四兩，石黄四兩，石青四兩，石緑四兩，管黄四兩，廣花八兩，蛤粉四匣，胭脂十片，大赤飛金二百帖，青金二百帖，廣匀膠四兩，淨礬四兩。礬絹的膠礬在外，別管他們，你只把絹交出去叫他們礬去。這些顏色，咱們淘澄飛跌着，又頑了，又使了，包你一輩子都够使了。再要頂細絹籮四個，粗絹籮四個，擢筆四支，大小乳鉢四個，大粗碗二十個，五寸粗碟十個，三寸粗白碟二十個，風爐兩個，沙鍋大小四個，新瓷罐二口，新水黛玉一路心情歡暢，俏皮話不斷，皆蘭言解疑之故也。

桶四隻，一尺長白布口袋四條，桴炭二十斤，柳木炭一斤，三屜木箱一個，實地紗一丈，生薑二兩，醬半斤。』黛玉忙道：『鐵鍋一口，鍋鏟一個。』黛玉不知薑醬用處，故爾湊趣。仍是說俏皮話。寶釵道：『這作什麼？』倒把寶釵難住。黛玉笑道：『你要生薑和醬這些作料，我替你要鐵鍋來，好炒顏色吃的。』奇語。眾人都笑起來。寶釵笑道：『你那裏知道。那粗色碟子保不住不上火烤，不拿薑汁子和醬預先抹在底子上烤過了，一經了火，是要炸的。』眾人聽說，都道：『原來如此。』

黛玉又看了一回單子，笑着拉探春悄悄的道：『你瞧瞧，畫個畫兒又要這些水缸、箱子來了。想必他糊塗了，把他的嫁妝單子也寫上了。』探春『噯』了一聲，笑個不住，說道：『寶姐姐，你還不擰他的嘴！你問問他編排你的話。』寶釵笑道：『不用問，狗嘴裏還有象牙不成！』一面說，一面走上來，把黛玉按在炕上，便要擰他的臉。黛玉笑着忙央告道：『好姐姐，饒了我罷！顰兒年紀小，只知說，不知道輕重，作姐姐的教導我。姐姐不饒我，表面討饒，骨子裏仍說俏皮話。還求誰去？』眾人不知話內有因，都笑道：『說的好可憐見的，連我們也軟了，饒了他罷。』

寶釵原是和他頑，忽聽他又拉扯前番說他胡看雜書的話，便不好再和他廝鬧了，便放起他來。黛玉笑道：『到底是姐姐，要是我，再不饒人的。』寶釵笑指他道：『怪不得老太太疼你，眾人愛你伶俐，今兒我也怪疼你的了。過來，我替你把蘭言解疑，釵黛諸和，釵爲攏髮，黛玉轉身相就，是其證也。

頭髮攏一攏。』黛玉果然轉過身來，寶釵用手攏上去。寶玉在旁看着，只覺更好看，不覺後悔不該令他抿上鬢去，（寶玉終是情癡。）也該留着，此時叫他替他抿去。正自胡思，只見寶釵說道：『寫完了，明兒回老太太去。若家裏有的就罷，若沒有的，就拿些錢去買了來，我幫着你們配。』寶玉忙收了單子。

大家又說了一回閒話。至晚飯後，又往賈母處來請安。賈母原沒有大病，不過是勞乏了，兼着了些涼，溫存了一日，又吃了一劑藥疏散一疏散，至晚也就好了。

不知次日又有何話，且聽下回分解。

【回後評】

劉姥姥回去，賈府諸人各有所贈，王夫人贈銀一百兩，鳳姐八兩，連鴛鴦、平兒都有饋贈，賈母則贈衣贈藥，贈菓點、贈荷包、贈筆錠如意錁子等等，寶玉則贈以櫳翠庵的成窰五彩杯，賈府諸人與劉姥姥可謂廣結善緣矣。本回文字共二十二頁，敘劉姥姥回家竟占十頁有餘，雖未列回目，卻可見其重要。實是爲賈家後事預留伏筆也。

回目『蘅蕪君蘭言解疑癖，瀟湘子雅謔補餘香』，雖是兩句，卻總共只佔半回共十二頁。

『蘭言解疑癖』，或以爲釵、黛愛情上的矛盾從此因『蘭言』而消除。此論未爲得解。蓋寶、黛愛情，經二十八回寶玉對黛玉說：『除了別人說什麽金什麽玉，我心裏要有這個想頭，天誅地滅，萬世不得人身！』『我心裏的事也難對你說，日後自然明白。除了老太太、老爺、太太這三個人，第四個就是妹妹了。要有第五個人，我也說個誓。』二十九回獨特的心理描寫：『寶玉的心內想的是：別人不知我的心，還有可恕，難道你就不想我的心裏眼裏只有你！』『那林黛玉心裏想着：你心裏自然有我，雖有「金玉相對」之說，你豈是重這邪說不重我的。』『那寶玉心中又想着：「我不管怎麼樣都好，只要你隨意，我便立刻因你死了也情願。』『那林黛玉心裏又想着：「你只管你，你好我自好，你何必爲我而自失。殊不知你失我自失。」』三十回寶玉砸玉以後的和好，三十二回林黛玉背地裏聽到寶玉說：『林姑娘從來說過這些混賬話不曾？若他也說過這些混賬話，我早和他生分了。』之後寶玉又當面對黛玉說『你放心』三個字。黛玉聽了，『如轟雷掣電，細細思之，竟比自己肺腑中掏出來的還覺懇切，竟有萬句言語，滿心要說，只是半個字也不能吐。』最後說：『有什麼可說的。你的話我早知道了！』到三十四回寶玉挨打後讓晴雯送兩塊舊帕子給黛玉，黛玉解出其深意後，『不覺神魂馳蕩……』經過以上這許多描寫，寶黛愛情可以說已經兩心相印，再無疑慮了，而且黛玉深知寶玉只愛她自己，寶玉對她的愛情是不移的。所以她原有的疑慮，至此應已消除。至於寶釵在婚姻上的爭奪，她深知光憑愛情是無用的，她非常清楚，這不是愛情的時代，而是禮法的時代。所以最必須的是父母之命，有了父母之命，即使沒有愛情也能達到婚姻的目的。因此她走的是上層關係，而不是單憑自身作愛情的爭奪戰。由此，這裏的『蘭言解疑癖』，實際上並不是指愛情，而是指黛玉在說酒令時說了一句《西廂記》的話，一句《牡丹亭》的話，被寶釵捉住，訓以『大義』。黛玉深知自己犯了大錯，求寶釵說：『好姐姐，你別說與別人，我以後再不說了。』寶釵見她羞得滿臉飛紅，滿口央告，纔不再往下追問。然後現身說法，懇切教誨。『一席話說的黛玉垂頭吃茶，心下暗服，只有答應「是」的一字。』這纔是『蘭言解疑癖』的實質性問題。寶釵既不將此事『說與別人』，壞她的名聲，又懇切地訓以封建大義，自然讓她感動得心服口服。因爲黛玉最怕的是『說與別人』，而寶釵答應不說，這就令她感動不已了。所以寶釵的一席『蘭言』，解除了黛玉心頭的重壓和疑慮。其實寶釵也不好將此事擴散，因進而追問，就會露出原來寶釵自己也讀過此類書的馬腳來，否則你如何知道這個句子是《西廂》上的？可是天真而真誠的黛玉就不會想到這一層了。

在寶釵一頓誠懇的教訓和『不擴散』的承諾下，黛玉自然心情大舒，放下包袱，因此妙語連珠，一回兒是『母蝗蟲』，一回兒是『攜蝗大嚼圖』，一回兒是開李紈的玩笑，一回兒又說要『鐵鍋一口，鍋鏟一個』，『好炒顔色吃』，一回兒又說寶釵『把他的嫁妝單子也寫上了』，惹得寶釵把她『按在炕上，便要擰他的臉』。在《紅樓夢》對黛玉的以往描寫中，這是黛玉最歡悦的一次，而她的許多新奇的說法，不論是『母蝗蟲』，『攜蝗大嚼圖』，還是用鐵鍋炒顔色吃，都是屬於俏皮話，是雅謔，而不是惡意的諷刺，所以回目說『瀟湘子雅謔補餘香』，這是完全準確的。但是這樣一位擁有絕代容貌的曠世才女，老天爺又能給她多少這樣的歡樂日子呢！這是百世而後，讀《紅樓夢》的人人人嘆息的！

【校　記】

〔一〕回目：庚辰本、列藏本同。蒙本、戚本『疑癖』作『疑語』。甲辰、程甲本『餘香』作『餘音。』

〔二〕『這裏』至『還要』共十九字，庚辰本抄漏，楊本、列藏、甲辰、程甲均缺，據蒙本、戚本補。

〔三〕據戚序、甲辰各本補。

第四十三回　閑取樂偶攢金慶壽　不了情暫撮土爲香〔一〕

話說王夫人因見賈母那日在大觀園不過着了些風寒，不是什麼大病，請醫生吃了兩劑藥也就好了，便放了心，因〔二〕命鳳姐來吩咐他預備給賈政帶送東西。

正商議着，只見賈母打發人來請，王夫人忙引着鳳姐兒過來。王夫人又請問：『這會子可又覺大安些？』賈母道：『今日可大好了。方纔你們送來的野雞崽子湯，我嚐了一嚐，倒有味兒，又吃了兩塊肉，心裏很受用。』王夫人笑道：『這是鳳丫頭孝敬老太太的。算他的孝心虔，不枉了素日老太太疼他。』賈母點頭笑道：『難爲他想着。若是還有生的，再炸上兩塊，鹹浸浸的，吃粥有味兒。那湯雖好，就只不對稀飯。』（湯不能對稀飯，這是常理。）鳳姐聽了，連忙答應，命人去厨房傳話。

賈母真會品味，真會享用。

這裏，賈母又向王夫人笑道：『我打發人請你來，不爲別的。初二是鳳丫頭的生日，上兩年我原早想替他做生日，偏到跟前有大事，就混過去了。今年人又齊全，料着又沒事，咱們大家好生樂一日。』（脂批：『賈母猶云：「好生樂一日。」可見逐日雖樂，皆還不趁心也。所以世人無論貧富，各有愁腸，終不能時時遂心如意。此是

又是鳳姐的生日，又是享樂的日子。

不論如何新法子，總是享樂而已。

大家子偏學小家子，也算新法子。

各人坐次，依主客長幼而序。

至理，非不足語也。』王夫人笑道：『我也想着呢。既是老太太高興，何不就商議定了？』賈母笑道：『我想，往年不拘誰作生日，都是各自送各自的禮，這個也俗了，也覺很生分似的。今兒我出個新法子，又不生分，又可取笑。』王夫人忙道：『老太太怎麼想着好，就是怎麼樣行。』賈母笑道：『我想着，咱們也學那小家子大家湊分子，脂批：『原來請（湊）分子是小家的事。近見多少人家紅白事一出，且籌算分子之多寡，不知何說。』多少盡着這錢去辦，你道好頑不好頑？』脂批：『看他寫與寶釵作生日後，又偏寫與鳳姐作生日。阿鳳何人也，豈不爲彼之華筵大用一回筆墨哉。只是虧他如何想來，特寫於寶釵之後，較姊妹勝而有餘；於賈母之前，較諸父母相去不遠。一部書中，若一個一個只管寫過生日，復成何文哉。故起用寶釵，盛用阿鳳，終用賈母，各有妙文，各有妙景。餘者諸人，或一筆不寫，或偶因一語帶過，或豐或簡，其情當理合，不表可知，豈必諄諄死筆，按數而寫衆人之生日哉。迴不犯寶釵。』王夫人笑道：『這個很好，但不知怎麼湊法？』賈母聽說，益發高興起來，忙遣人去請薛姨媽、邢夫人等，又叫請姑娘們並寶玉，那府裏珍兒媳婦並賴大家的等有頭臉管事的媳婦，也都叫了來。

衆丫頭婆子見賈母十分高興，也都高興起來，妙。賈母高興，大家也都高興。高興也隨主子起落。忙忙的各自分頭去請的請，傳的傳，沒頓飯的工夫，老的、少的，上的、下的，烏壓壓擠了一屋子。只薛姨媽和賈母對坐，邢夫人、王夫人只坐在房門前兩張椅子上，寶釵姊妹等五六個人坐在炕上，寶玉坐在賈母懷前，地下滿滿的站了一地。賈母忙命拿幾個小杌子來，給賴大母親等幾個高年有體面的媽媽坐了。

賈府風俗，年高服侍過父母的家人，比年輕的主子還有體面，補敘一筆賈府規矩。所以尤氏、鳳姐兒等只管地下站着，那賴大的母親等三四個老媽媽告個罪，都坐在小杌子無論與鳳姐好的、畏的，都得奉承。

鳳姐之舌，自生妙蓮，隨景而發，變化無盡。

上了。

賈母笑着把方纔一席話說與衆人聽了。衆人誰不湊這趣兒？再也有和鳳姐兒好的，有情願這樣的；有畏懼鳳姐兒的，巴不得來奉承的。況且都是拿的出來的，所以一聞此言，都欣然應諾。

賈母先道：『我出二十兩。』薛姨媽笑道：『我隨着老太太，也是二十兩了。』邢夫人、王夫人道：『我們不敢和老太太並肩，自然矮一等，每人十六兩罷了。』尤氏、李紈也笑道：『我們自然又矮一等，每人十二兩罷。』賈母忙和李紈道：『你寡婦失業的，那裏還拉你出這個錢，我替你出了罷。』脂批：『必如是方妙。』鳳姐忙笑道：『老太太別高興，且算一算賬再攬事。老太太身上已有兩分呢，這會子又替大嫂子出十二兩，說着高興，一會子回想，又心疼了。過後兒又說「都是爲鳳丫頭花了錢」，使個巧法子，哄着我拿出三四分子來暗裏補上，我還做夢呢。』說的衆人都笑了。賈母笑道：『依你怎麼樣呢？』脂批：『又寫阿鳳一評，更妙。若一筆直下有何趣哉。』鳳姐笑道：『生日沒到，我這會子已經折受的不受用了。我一個錢饒不出，驚動這些人實在不安，不如大嫂子這一分我替他出了罷了。鳳姐此話難得。我到了那一日，多吃些東西，就享了福了。』邢夫人等聽了，都說：『很是。』賈母方允了。

鳳姐兒又笑道：『我還有一句話呢。我想，老祖宗自己二十兩，又有林妹妹、鳳姐又出新招，總是討好賈母。

想不到賴嬤嬤竟發此不平之鳴，令人一震，『外姪女兒』，語既尖利，亦不減鳳姐舌蓮。

『果位』，佛家語，指修行所得正果之品級也。

寶兄弟的兩分子。姨媽自己二十兩，又有寶妹妹的一分子，這倒也公道。只是二位太太每位十六兩，自己又少，又不替人出，這有些不公道。老祖宗吃了虧了！』賈母聽了，忙笑道：『到底是我的鳳姐兒向着我，這說的很是。要不是你，我叫他們又哄了去了。』鳳姐笑道：『老祖宗只把他姐兒兩個指黛玉、寶玉。別本作『哥兒兩個。』交給兩位太太，一位佔一個，派多派少，每位替出一分就是了。』賈母忙說：『這很公道，就是這樣。』賴大的母親忙站起來，笑說道：『這可反了！我替二位太太生氣。在那邊是兒子媳婦，在這邊是內姪女兒，倒不向着婆婆、姑娘，倒向着別人。這兒媳婦成了陌路人，內姪女兒竟成了個外姪女兒了。』說的賈母與衆人都大笑起來了。脂批：『寫阿鳳全副精神，雖一戲亦人想不到之文。』

賴大之母因又說道：『少奶奶們十二兩，我們自然也該矮一等了。』賈母聽說，道：『這使不得。你們雖該矮一等，我知道你們這幾個都是財主，果位雖低，錢卻比他們多。脂批：『驚魂奪魄，只此一句，所以一部書，全是老婆舌頭，全是諷刺世事，反面春秋也。所謂癡子弟正照風月鑑。若單看了家常老婆舌頭，豈非癡子弟乎。』你們和他們一例纔使得。』衆媽媽聽了，連忙答應。

賈母又道：『姑娘們不過應個景兒，每人照一個月的月例就是了。』姑娘們亦不免。又回頭叫鴛鴦來，『你們也湊幾個人，商議湊了來。』鴛鴦答應着，去不多時，帶了平兒、襲人、彩霞等，還有幾個小丫鬟來，也有二兩的，也有一兩的。賈母因問平平兒一人出兩分。

趙姨娘、周姨娘亦不能免。

尤氏罵得是，此等處鳳姐最不放過人，是其結怨處，借尤氏一罵，以快人心。

當時富貴人家都養家樂。曹、李兩家亦都有家樂。此處鳳姐不用家樂，反請外

兒：『你難道不替你主子作生日，還入在這裏頭？』平兒笑道：『我那個私自另外有了，這是官中的，也該出一分。』賈母笑道：『這纔是好孩子。』

鳳姐又笑道：『上下都全了。還有二位姨奶奶，他出不出，也問一聲兒。盡到他們是理，不然，他們只當小看了他們了。』脂批：『純寫阿鳳，以襯後文。』賈母聽了，忙說：『可是呢，怎麼倒忘了他們！只怕他們不得閑兒，叫一個丫頭問問去。』說着，早有丫頭去了。半日，回來說道：『每位也出二兩。』賈母喜道：『拿筆硯來算明，共計多少。』

尤氏因悄罵鳳姐道：『我把你這沒足厭的小蹄子！這麼些婆婆、嬸子來湊銀子給你過生日，你還不足，又拉上兩個苦瓠子作什麼？』鳳姐也悄笑道：『你少胡說，一會子離了這裏，我纔和你算帳。他們兩個爲什麼苦呢？有了錢也是白填送別人，不如拘了來咱們樂。』脂批：『純寫阿鳳以襯後文，二人形景如見，語言如聞，真描畫的到。』

說着，早已合算了，共湊了一百五十兩有餘。賈母道：『一日戲酒用不了。』尤氏道：『既不請客，酒席又不多，兩三日的用度都够了。頭等，戲不用錢，省在這上頭。』賈母道：『鳳丫頭說那一班好，就傳那一班。』鳳姐兒道：『咱們家的班子都聽熟了，倒是花幾個錢叫一班來聽聽罷。』賈母道：『這件事，我交給珍哥媳婦了。越性叫鳳丫頭別操一點心，受用一日纔算。』脂批：『所以特（忒）受用了，纔有璉卿之變，樂極生悲，自然之理。』尤

班，亦一翻新也。

鳳姐說話如此嗆人，正風順水急之時也。

尤氏於湊分子爲鳳姐過生日，頗有微詞。

氏答應着，又說了一回話，都知賈母乏了，纔漸漸的都散出來。

尤氏等送邢夫人、王夫人二人散去，便往鳳姐房裏來商議怎麼辦生日的話。鳳姐兒道：『你不用問我，你只看老太太的眼色行事就完了。』（這是鳳姐行事的準則，於此說出。）尤氏笑道：『你這阿物兒，也忒行了大運了。我當有什麼事叫我們去，原來單爲這個。出了錢不算，還要我來操心，你怎麼謝我？』鳳姐笑道：『你別扯臊，我又沒叫你來，謝你什麼？你怕操心，你這會子就回老太太去，再派一個就是了。』尤氏笑道：『你瞧他興的這樣兒！我勸你收着些兒好。太滿了就潑出來了。』（尤氏之語，卻是忠告。所謂『滿招損，謙受益』也。）二人又說了一回方散。

次日，將銀子送到寧國府來。尤氏方纔起來梳洗，因問是誰送過來的，丫鬟們回說：『是林大娘。』尤氏便命叫了他來。（是下人們先送來。）丫鬟走至下房，叫了林之孝家的過來。尤氏命他腳踏上坐了，一面忙着梳洗，一面問他：『這一包銀子共多少？』林之孝家的回說：『這是我們底下人的銀子，湊了先送過來。老太太和太太們的還沒有呢。』正說着，丫鬟們回說：『那府裏太太和姨太太打發人送分子來了。』尤氏笑罵道：『小蹄子們，專會記得這些沒要緊的話。昨兒不過老太太一時高興，故意的要學那小家子湊分子，你們就記得了，到了你們嘴裏就當正經的說，還不快接了進來好生待茶，再打發他們去。』丫鬟應着忙接了銀子進來，一共兩封，連寶尤氏早就料到。

過一次生日，也有種種私弊，雪芹於世情味之熟矣。

釵、黛玉的都有了。尤氏問還少誰的，林之孝家的道：『還少老太太、太太、姑娘們的，和底下姑娘們的。』尤氏道：『還有你們大奶奶的呢？』林之孝家的道：『奶奶過去，這銀子都從二奶奶手裏發，一共都有了。』

說着，尤氏已梳洗了，命人伺候車輛。一時來至榮府，先來見鳳姐。只見鳳姐已將銀子封好，正要送去。尤氏問：『都齊了？』鳳姐兒笑道：（脂批：『「笑」字就有神情。』）『都有了，快拿了去罷，丟了我不管。』（一語想蒙混過去。）尤氏笑道：『我有些信不及，倒要當面點一點。』說着，果然按數一點，只沒有李紈的一分。（當面戳穿，李紈的一份，鳳姐當着賈母、王夫人的面說由她承擔，實際上是賴賬，此等處均寫鳳姐之刻而奸也。）尤氏笑道：『我說你肏鬼呢，怎麼你大嫂子的沒有？』鳳姐兒笑道：『那麼些還不夠使？短一分兒也罷了。等不夠了我再給你。』（脂批：『可見阿鳳處處心機。』）尤氏道：『昨兒你在人跟前作人，今兒又來和我賴，這個斷不依你。我只和老太太要去。』（尤氏這一着是狠着。）鳳姐兒笑道：『我看你利害。明兒有了事，我也丁是丁，卯是卯的，你也別抱怨。』尤氏笑道：『你一般的也怕。不看你素日孝敬我，我纔是不依你呢。』（尤氏也退兵了。）說着，把平兒的一分拿了出來，說道：『平兒，來！把你的收起去，等不夠了，我替你添上。』平兒會意，因說道：『奶奶先使着，若剩下了再賞我一樣。』尤氏笑道：『只許你那主子作弊，就不許我作情兒？』平兒只得收了。（尤氏樂得做一次人情。）尤氏又道：『我看着你主子這麼細緻，弄這些錢那裏使去！使不了，明兒帶了棺材裏使去。』脂批：『此言不假，伏下後文短命。尤氏亦能幹事矣，惜不能勸夫治家，惜哉痛哉。』一面說着，一面又往賈母處來。先請了安，大概說了兩句話，便走到鴛鴦房中和鴛鴦商議，只聽鴛鴦的主意行事，何以討賈母的喜歡。要討賈母的歡喜，先走鴛鴦的門路。世情都是如此。二人計議妥當。

尤氏臨走時，也把鴛鴦二兩銀子還他，說：『這還使不了呢。』又做一次人情。說着，一徑出來，又至王夫人跟前說了一回話。因王夫人進了佛堂，把彩雲的一分也還了他。見鳳姐不在跟前，〔三〕一時把周、趙二人的也還了。尤氏大做人情，連周、趙二人也做到，亦是難得。他兩個還不敢收。脂批：『阿鳳聲勢亦甚矣。』尤氏道：『你們可憐見的，那裏有這些閒錢。鳳丫頭便知道了，有我應着呢。』二人聽說，千恩萬謝的方收了。脂批：『尤氏亦可謂有才矣。論有德比阿鳳高十倍。惜乎不能諫夫治家，所謂人各有當也。此方是至理至情。最恨近之野史中，惡則無往不惡，美則無一不美，何不近情理之如是耶。』於是尤氏一徑出來，坐車回家。不在話下。〔四〕

展眼已是九月初二日，園中人都打聽得尤氏辦得十分熱鬧，不但有戲，連要百戲並說書的男女先兒全有，都打點取樂頑耍。李紈又向衆姊妹道：『今兒是正經社日，可別忘了。脂批：『看書者已忘，批書者亦已忘了，作者竟未忘，忽寫此事，真忙中愈忙，緊處愈緊也。』寶玉也不來，想必他只圖熱鬧，把清雅就丟開了。』脂批：『此獨寶玉乎？亦罵世人。余亦謂寶玉忘了，不然，何不來耶。』說着，便命丫鬟去瞧作什麼呢，快請了來。丫鬟去了半日，回說：『花大姐姐說，今兒一早就出門去了。』脂批：『奇文。』衆人聽了，都

鳳姐生日，寶玉出門，確無此理。誰能

想到寶玉行止。

千不該萬不該於今日出門。只好擡出北靜王來，說是北靜王府裏要緊姬妾沒了，讓北靜王倒一次楣。

意外之事，誰也猜想不到。

詫異說：『再沒有出門之理。這丫頭糊塗，不知說話。』因又命翠墨〔五〕去。一時翠墨回來說：『可不真出了門了。說有個朋友死了，（鳳姐生日，偏說有朋友死了，令人奇怪。）出去探喪去了。』（脂批：『奇文，信有之乎？花團錦簇之日，偏如此寫法。』）探春道：『斷然沒有的事。（探春斷然不信。）憑他什麼，再沒今日出門之理。你叫襲人來，我問他。』

剛說着，只見襲人走來。李紈等都說道：『今兒憑他有什麼事，也不該出門。頭一件，你二奶奶的生日，老太太都這等高興，兩府上下衆人來湊熱鬧，他倒走了。第二件，又是頭一社的正日子，他也不告假，就私自去了！』襲人嘆道：『昨兒晚上就說了，今兒一早起有要緊的事到北靜王府裏去，就趕回來的。勸他不要去，他必不依。今兒一早起來，又要素衣裳穿，想必是北靜王府裏的要緊姬妾沒了，也未可知。』李紈等道：『若果如此，也該去走走，只是也該回來了。』說着，大家又商議：『咱們只管作詩，等他回來罰他。』

剛說着，只見賈母已打發人來請，便都往前頭來了。襲人回明寶玉的事，賈母不樂，（賈母自然不樂。）便命人去接。

原來寶玉心裏有件私事，於頭一日就吩咐茗煙：『明日一早要出門，備下兩匹馬，在後門口等着，不要別一個跟着。說給李貴，我往北府裏去了。（確是說去北府裏了。）倘或要有人找我，叫他攔住不用找，只說北府裏留下了，橫豎就來的。』茗煙也摸不着頭腦，只得依言說了。今兒一早，果然備了兩匹馬在園後門等着。天亮了，只見寶玉遍體純素，從角門出來，一語不發，跨上馬，一彎腰，順着街就趲下去了。不知意欲何往。茗煙也只得跨馬加鞭趕上，在後面忙問：『往那裏去？』寶玉道：『這條路是往那裏去的？』茗煙道：『這是出北門的大道。出去了，冷清清沒有可頑的。』寶玉聽說，點頭道：『正要冷清清的地方好。』說着，越性加了鞭。那馬早已轉了兩個彎子，出了城門，茗煙越發不得主意，只得緊緊跟着。連茗煙都被蒙着。

一氣跑了七八里路出來，人煙漸漸稀少，寶玉方勒住馬，回頭問茗煙道：『這裏可有賣香的？』漸漸露出來了。茗煙道：『香倒有，不知是那一樣？』寶玉想道：『別的香不好，須得檀、芸、降三樣。』茗煙笑道：『這三樣可難得。』寶玉爲難。茗煙見他爲難，因問道：『要香作什麼使？自然要問我見二爺時常小荷包有散香，何不找一找。』一句提醒了寶玉，便回手向衣襟上掏出一個荷包來，摸了一摸，竟有兩星沉速，心內歡喜：『只是不恭些。』再想自己親身帶的，倒比買的又好些。又是一種私念。於是又問爐炭。茗煙道：『這可罷了。荒郊野外那裏有？用這些何不早說，帶了來豈不便宜。』寶玉道：『糊塗東西，若可帶了來，又不這樣沒命的跑了。』沒命的跑，是爲怕人撞見。脂批：『奇奇怪怪，不知爲何，看他下文怎樣。』

茗煙想了半日，笑道：『我得了個主意，不知二爺心下如何？我想二爺不止用不想竟有如此美妙神像，當合寶玉之意矣。

這個呢，只怕還要用別的。這也不是事。如今我們往前再走二里地，就是水仙庵了。』茗煙聰明，已有些門道。寶玉聽了忙問：『水仙庵就在這裏？更好了，正中下懷我們就去。』說着，就加鞭前行，一面回頭向茗煙道：『這水仙庵的姑子長往咱們家去，咱們這一去到那裏，和他借香爐使使，他自然是肯的。』茗煙道：『別說他是咱們家的香火，就是平白不認識的廟裏，和他借，他也不敢駁回。只是一件，我常見二爺最厭這水仙庵的，如何今兒又這樣喜歡了？』寶玉道：『我素日因恨俗人不知原故，混供神，混蓋廟，這都是當日有錢的老公們和那些有錢的愚婦們，聽見有個神，就蓋起廟來供着，也不知那神是何人，因聽些野史小說，便信真了。脂批：『近聞剛丙廟，又有三教庵，以如來爲尊，太上爲次，先師爲末，真殺有餘辜。所謂此書救世之溺不假。』比如這水仙庵裏面，因供的是洛神，故名水仙庵。殊不知古來並沒有個洛神，那原是曹子建的謊話，誰知這起愚人就塑了像供着。今兒卻合我的心事，故借他一用。』用來不是敬洛神，而是借用。

說着，早已來至門前。那老姑子見寶玉來了，事出意外，竟像天上掉下個活龍來的一般，忙上來問好，命老道來接馬。寶玉進去，也不拜洛神之像，卻只管賞鑒。雖是泥塑的，卻真有『翩若驚鴻，婉若遊龍』之態，『荷出緑波，日映朝霞』之姿。脂批：『妙極。用洛神賦贊洛神，本地風光，愈覺新奇。』寶玉不覺滴下淚來。對着塑像掉淚，更令人莫明其妙。老姑子獻了茶。寶玉因和他借香爐。那姑子去了半日，連香供紙馬都預備了來。寶玉道：『一概不用。』說着，便命茗煙捧着爐出至後院中，揀一塊乾淨地方兒，竟揀不出。茗煙道：『那井臺兒上如何？』（無意說中）寶玉點頭，一齊來至井臺上，將爐放下。（脂批：『妙極之文。寶玉心中揀定是井臺上了，故意使茗煙說出，使彼不犯疑猜矣。寶玉亦有欺人之才，蓋不用耳。』）

茗煙站過一旁。寶玉掏出香來焚上，含淚施了半禮，（脂批：『奇文。云只施半禮，終不知爲何事也。』）回身命收了去。

茗煙答應着，且不收，忙爬下磕了幾個頭，口內祝道：『我茗煙跟二爺這幾年，二爺的心事，我沒有不知道的。只有今兒這一祭祀沒有告訴我，我也不敢問。只是這受祭的陰魂雖不知名姓，想來自然是那人間有一，天上無雙，極聰明、極俊雅的一位姐姐妹妹了。二爺心事不能出口，（心事不能出口，索性點穿。）讓我代祝：若芳魂有感，香魄多情，雖然陰陽間隔，既是知己之間，時常來望候二爺，未嘗不可。你在陰間保佑二爺來生也變個女孩兒，和你們一處相伴，再不可又托生這鬚眉濁物了。』說畢，又磕幾個頭，纔爬起來。（脂批：『忽插入茗煙一篇流言，粗看則小兒戲語，亦甚無味。細玩則大有深意。試思寶玉之爲人，豈不應有一極伶俐乖巧小童哉。此一祝，亦如《西廂記》中雙文降香，第三炷則不語，紅娘則代祝數語，直將雙文心事道破。此處若寫寶玉一祝，則成何文字。若不祝，直成一啞謎，如何散場。故寫茗煙一祝，直祝入寶玉心中，又發出前文，又可收後文。又寫茗煙素日之乖覺可人，且襯出寶玉直似一個守禮待嫁的女兒一般，其素日脂香粉氣不待寫而全現出矣。今看此回，直欲將寶玉當作一個極輕俊羞怯的女兒看，茗煙則極乖覺可人之丫鬟也。』）寶玉聽他沒說完，便撐不住笑了，（脂批：『方一笑。蓋原可發笑，且說的合心，愈見可笑也。』）因踢他道：『休胡說，（恰恰不是胡說，是說着了。）看人聽見笑話。』（脂批：『也知人笑，更奇。』）

茗煙起來，收過香爐，和寶玉走着，因道：『我已經和姑子說了，二爺還沒

一件件做來，讀者如看戲，終還不知是演何戲耳！

茗煙亦是乖覺，一篇絕妙禱祝，可當祭文讀。

已經祭畢，終未說穿。

茗煙真會說話，聽茗煙一番話，頭頭是道。

用飯，叫他隨便收拾了些東西，二爺勉強吃些。我知道今兒咱們裏頭大排筵宴，熱鬧非常，二爺爲此纔躲了出來的。橫豎在這裏清淨一天，也就盡到禮了。若不吃東西，斷使不得。』寶玉道：『戲酒既不吃，這隨便素的吃些何妨。』原來避開戲酒不吃，也是爲了祭神。茗煙道：『這便纔是。還有一說，咱們來了，還有人不放心。若沒有人不放心，便晚了進城何妨？若有人不放心，二爺須得進城回家去纔是。第一，老太太、太太也放了心。第二，禮也盡了，不過如此。就是家去了，看戲吃酒，也並不是二爺有意，原不過陪着父母盡孝道。二爺若單爲了這個，不顧老太太、太太懸心，就是方纔那受祭的陰魂也不安生。二爺想我這話如何？』寶玉笑道：『你的意思我猜着了。你想着，只你一個跟了我出來，回來你怕擔不是，所以拿這大題目來勸我。脂批：『亦知這個大，妙極。』我纔來了，不過爲盡個禮，再去吃酒看戲，並沒說一日不進城。這已完了心願，趕着進城，大家放心，豈不兩盡其道。』脂批：『這是大通的意見，世人不及的去處。』茗煙道：『這更好了。』

說着，二人來至禪堂，果然那姑子收拾了一桌素菜。寶玉胡亂吃了些，茗煙也吃了。

二人便上馬仍回舊路。茗煙在後面只囑咐：『二爺好生騎着，這馬總沒大騎的，手裏提緊着。』脂批：『看他偏不寫鳳姐那樣熱鬧，卻寫這般清冷，真世人意料不到這一篇文字也。』一面說着，早已進了城，仍從後門進

（玉釧垂淚，已點題。）

（胡扯一通，活讓北靜王受晦氣。）

去，忙忙來至怡紅院中。襲人等都不在房裏，只有幾個老婆子看屋子，見他來了，都喜的眉開眼笑，說道：『阿彌陀佛，可來了！把花姑娘急瘋了！（側寫一筆）上頭正坐席呢，二爺快去罷。』寶玉聽說，忙將素服脫了，自去尋了華服換上，問在什麼地方坐席，老婆子回說：『在新蓋的大花廳上。』

寶玉聽說，一徑往花廳來，耳內早已隱隱聞得歌管之聲。（先聽歌管之聲。）剛至穿堂那邊，只見玉釧兒獨坐在廊簷下垂淚，（脂批：『總是千奇百怪的文字。』）一見他來，便收淚說道：『鳳凰來了，快進去罷。再一會子不來，都反了。』（脂批：『是平常言語，卻是無限文章，無限情理，看至後文，再細思此言，則可知矣。』）寶玉陪笑道：（奇語。）『你猜我往那裏去了？』（偏問玉釧，可知其意矣。）玉釧兒不答，只管擦淚。（脂批：『無限情理。』）寶玉忙進廳裏，見了賈母、王夫人等，衆人真如得了鳳凰一般。寶玉忙趕着與鳳姐兒行禮。（補禮。）賈母、王夫人都說他不知道好歹，『怎麼也不說聲就私自跑了，（怎麼可說一聲呢。）這還了得！明兒再這樣，等老爺回家來，必告訴他打你。』說着，又罵跟的小廝們都偏聽他的話，說那裏去就去，也不回一聲兒。一面又問他到底那去了，可吃了什麼，可唬着了。（脂批：『奇文畢肖。』）

寶玉只回說：『北靜王的一個愛妾昨日沒了，給他道惱去。他哭的那樣，不好撇下就回來，所以多等了一會子。』賈母道：『以後再私自出門，不先告訴我們，一定叫你老子打你。』寶玉答應着。因又要打跟的小子們，衆人又忙說情，又勸道：『老太太也不必過慮了，他已經回來，大家該放心樂一回了。』

賈母先不放心，自然發狠，如今見他來了，喜且有餘，那裏還恨，也就不提了。還怕他不受用，或者別處沒吃飽，路上着了驚怕，反百般的哄他。襲人早過來服侍。大家仍舊看戲。當日演的是《荆釵記》。賈母、薛姨媽等都看的心酸落淚，也有嘆的，也有罵的。

要知端的，下回分解。

點明《荆釵記》，爲下文張本。

【回後評】

劉姥姥遊園剛回不久，賈母病方愈，即逢鳳姐生日，又是好題目。賈母又出新題集宴，且用攢金法，使人人出資。賈母真能取樂，可見富貴之家，惟享樂而已，其他更有何事。

一攢金慶壽事耳，亦有種種情弊，鳳姐於賈母面前自願承擔李紈一分，以博賈母歡心，其實是虛承也，因彼意仍由其主其事，則此款不出亦出矣。不想賈母將此事交尤氏，尤氏又細點分數，毫不馬虎，纔使鳳姐弄虛作假之狡獪伎倆一洩無餘。然鳳姐仍耍賴，尤氏乘機當面將平兒一分退還，鳳姐亦無話可說。轉身又將鴛鴦、彩雲、周、趙二姨娘的都退了，一則是見尤氏人情，二則亦是鳳姐以虛額邀實名之還報也。

鳳姐生日喜事，寶玉偏服喪外出，並說是北靜王府姬妾死了。而寶玉當是去祭另一真死者。寶玉未必有意使鳳姐喜日背晦，然白衣素服，哭祭死者，於鳳姐生日，終非佳兆。

寶玉素服出門，一語不說，茗煙雖陪同而實不知所往。前後匆匆一祭而終未言明所祭何人，然讀者可於井臺、水仙、玉釧之淚悟之。茗煙雖不明所祭何人，但其一篇禱詞，卻是諧而莊，奇而正，言未明而意已盡也，茗煙不愧爲寶玉之小廝。

寶玉於鳳姐生日萬不可離之日，竟然離家，不顧衆口之擾擾，我行我素，且牢記金釧生日，臨井哭祭，其情意亦深而篤矣。金釧雖死，亦藉可告慰於萬一。

【校　記】

〔一〕回目：楊本、蒙本、戚本、列藏、甲辰、程甲各本同。其餘各本缺。

〔二〕『便放了心，因』五字，庚本缺，據蒙本、戚本補。

〔三〕『說了一回話』至『見鳳姐不在跟前』共二十九字，庚本無，從蒙府、戚序、列藏等本補。

〔四〕『於是尤氏一徑出來，坐車回家，不在話下』十六字，庚本無，從蒙府、戚序本補。

〔五〕『翠墨』，庚辰本作『翠雲』，從各本改。

第四十四回　變生不測鳳姐潑醋　喜出望外平兒理妝

話說衆人看演《荆釵記》，寶玉和姐妹一處坐着。林黛玉因看到《男祭》這一齣上，便和寶釵說道：『這王十朋也不通的很，不管在那裏祭一祭罷了，必定跑到江邊子上來作什麼？（黛玉慧心巧舌，借題發揮。）俗語說，「睹物思人」，天下的水總歸一源，不拘那裏的水，舀一碗看着哭去，也就盡情了。』寶釵不答，（黛玉與寶釵說，寶釵亦心知而不答也。）寶玉回頭要熱酒敬鳳姐兒。（寶玉是故意避其話鋒。）

原來賈母說今日不比往日，定要叫鳳姐痛樂一日。本來自己懶待坐席，只在裏間屋裏榻上歪着和薛姨媽看戲，隨心愛吃的揀幾樣放在小几上，隨意吃着說話兒；將自己兩桌席面賞那沒有席面的大小丫頭，（賈母能惜下。）並那應差、聽差的婦人等，命他們在窗外廊簷下也只管坐着隨意吃喝，不必拘禮。（賈母難得如此不拘禮法。）王夫人和邢夫人在地下高桌上坐着，外面幾席是他姊妹們坐。

（鳳姐受寵至極。）

賈母不時吩咐尤氏等：『讓鳳丫頭坐在上面，你們好生替我待東，難爲他一年賈母如此一鬧，不想終於鬧出事來了。

尤氏此話分量亦重。

到頭辛苦。』尤氏答應了，又笑回說道：『他坐不慣首席，坐在上頭橫不是，豎不是的，酒也不肯吃。』賈母聽了，笑道：『你不會，等我親自讓他去。』鳳姐兒聽說，忙也進來笑說：『老祖宗別信他們的話，我吃了好幾鍾了。』賈母笑着，命尤氏：『快拉他出去，按在椅子上，你們都輪流着敬他。他再不吃，我當真的就親自去了。』

尤氏聽說，忙笑着又拉他出來坐下，命人拿了台盞斟了酒，笑道：『一年到頭，難爲你孝順老太太、太太和我。我今兒沒什麼疼你的，親自斟杯酒，你乖乖兒的在我手裏喝一口。』鳳姐兒笑道：『你要安心孝敬我，跪下我就喝。』鳳姐已是滿而縱矣，說話不知分寸至此！尤氏笑道：『說的你不知是誰！我告訴你說，好容易今兒這一遭，過了後兒，知道還得像今兒這樣不得了？趁着今兒又體面，盡力灌喪兩鍾罷。』脂批：『閑閑一戲語，伏下後文，令人可傷。所謂盛筵難再。』鳳姐兒見推不過，只得喝了兩鍾。接着，衆姊妹也來敬酒，鳳姐也只得每人的喝一口。賴大媽媽見賈母尚這等高興，也少不得來湊個趣兒，領着些嬤嬤們也來敬酒。鳳姐兒也難推脫，只得喝了兩口。經不起如此輪番敬酒，鳳姐安得不醉。

鴛鴦等也來敬，鳳姐兒真不能了，忙央告道：『好姐姐們，饒了我罷，我明兒再喝罷。』鴛鴦笑道：『真個的，我們是沒臉的了？就是我們在太太跟前，太太還賞個臉兒呢。往常倒有些體面，今兒當着這些人，倒拿起主子的款兒來了。我原不該來。不喝，我們就走。』說着，真個回去了。鳳姐兒忙趕上拉住，笑道：『好姐姐，我喝就是了。』（不得不喝。人情不可缺也。）說着，拿過酒來，滿滿的斟了一杯喝乾。鴛鴦方笑了散去，然後又入席。

鳳姐兒自覺酒沉了，心裏突突的似往上撞，（寫酒醉逼真。）要往家去歇歇，只見那耍百戲的上來，便和尤氏說：『預備賞錢，我要洗洗臉去。』尤氏點頭。鳳姐兒瞅人不防，便出了席，往房門後簷下走來。平兒留心，也忙跟了來，（畢竟平兒細心。）鳳姐兒便扶着他。纔至穿廊下，只見他房裏的一個小丫頭子正在那裏站着，見他兩個來了，回身就跑。（奇怪。）鳳姐兒便疑心，忙叫：『站住！』那丫頭先只裝聽不見，無奈後面連平兒也叫，只得回來。

鳳姐兒越發起了疑心，忙和平兒進了穿堂，叫那小丫頭子也進來，把槅扇關了，鳳姐兒坐在小院子的臺磯上，命那丫頭子跪了，喝命平兒：『叫兩個二門上的小厮來，拿繩子、鞭子，把那眼睛裏沒主子的小蹄子打爛了！』那小丫頭子已經唬的魂飛魄散，哭着只管碰頭求饒。鳳姐兒問道：『我又不是鬼，你見了我，不說規規矩矩站住，怎麼倒往前跑？』（此時尚未想到其他，只問他爲何跑。）小丫頭子哭道：『我原沒看見奶奶來。我又記掛着房裏沒人，所以跑了。』（說謊。）

鳳姐兒道：『房裏既沒人，誰叫你來的？你便沒看見我，我和平兒在後頭扯着脖子叫了你十來聲，越叫越跑。離的又不遠，你聾了不成？你還和我強嘴！』（問得是。）說着，便揚手一掌打在臉上，打的那小丫頭子一栽；這邊臉上又一下，登時小丫頭子兩腮紫脹起來。平兒忙勸：『奶奶仔細手疼。』鳳姐便說：『你再打着問他跑什麽。他再不說，把嘴撕爛了他的！』

那小丫頭子先還強嘴，後來聽見鳳姐兒要燒了紅烙鐵來烙嘴，方哭道：『二爺在家裏，打發我來這裏瞧着奶奶的，（招出真情來了。）若見奶奶散了，先叫我送信兒去的。不承望奶奶這會子就來了。』鳳姐兒見話中有文章，便又問道：『叫你瞧着我作什麽？難道怕我家去不成？必有別的原故，快告訴我，我從此以後疼你。你若不細說，立刻拿刀子來割你的肉。』說着，回手向頭上拔下一根簪子來，向那丫頭嘴上亂戳。（鳳姐的手段。）唬的那丫頭一行躲，一行哭求道：『我告訴奶奶，可別說我說的。』平兒一旁勸，一面催他，叫他快說。丫頭便說道：『二爺也是纔來房裏的，睡了一會子醒了，打發人來瞧瞧奶奶，說纔坐席，還得好一會纔來呢。二爺就開了箱子，拿了兩塊銀子，還有兩根簪子，兩匹緞子，叫我悄悄的送與鮑二的老婆去，叫他進來。他收了東西就往咱們屋裏來了。二爺叫我來瞧着奶奶。底下的事，我就不知道了。』

（和盤托出。）

大喜事不想竟遇大氣事。

幾句話如火上澆油。

鳳姐聽了，已氣的渾身發軟，忙立起身來一逕來家。剛至院門，只見又有一個小丫頭在門前探頭兒，（又是一個）一見了鳳姐，也縮頭就跑。（脂批：『如見其形。』）鳳姐兒提着名字喝住。那丫頭本來伶俐，見躲不過了，越性跑了出來，笑道：『我正要告訴奶奶去呢，可巧奶奶來了。』（如此巧舌，恐瞞不過去。）鳳姐兒道：『告訴我什麼？』那小丫頭便說二爺在家這般，如此如此，將方纔的話也說了一遍。

鳳姐啐道：『你早作什麼了？這會子我看見你了，你來推乾淨兒！』說着，也揚手一下，打的那丫頭一個趔趄，（豈能騙過鳳姐。）便躡手躡腳的走至窗前，往裏聽時，只聽裏頭說笑。那婦人笑道：『多早晚你那閻王老婆死了，就好了。』賈璉道：『他死了，再娶一個也是這樣，又怎麼樣呢？』那婦人道：『他死了，你倒是把平兒扶了正，只怕還好些。』賈璉道：『如今連平兒他也不叫我沾一沾了。平兒也是一肚子委曲不敢說。我命裏怎麼就該犯了「夜叉星」？』

鳳姐聽了，氣的渾身亂戰，又聽他倆都贊平兒，便疑平兒素日背地裏自然也有埋怨話了，那酒越發湧了上來，也並不忖度，回身把平兒先打了兩下，（平兒真冤哉枉也。）一腳踢開門進去，也不容分說，（其勢不可擋。）抓着鮑二家的撕打一頓。又怕賈璉走出去，便堵着門，站着罵道：『好淫婦！你偷主子漢子，還要治死主子老婆！平兒過來！你們淫婦忘八一條藤兒，多嫌着我，外面兒你哄我！』說着，又把平兒打幾下，（鳳姐早已氣昏了。）

平兒兩邊受氣，真是冤哉枉也。

好一場大鬧，以前還未見過。

賈璉無恥蠻横，封建主義下夫權社會的男人形象之一。

脂批：『奇怪。先打平兒，可是世人想得着的。』打的平兒有冤無處訴，只氣得乾哭，罵道：『你們做這些沒臉的事，好好的又拉上我做什麼！』說着，也把鮑二家的撕打起來。平兒受冤自然只能找鮑二家的。賈璉也因吃多了酒，進來高興，未曾作的機密，一見鳳姐來了，已沒了主意，又見平兒也鬧起來，把酒也氣上來了。鳳姐兒打鮑二家的，他已又氣又愧，只不好說的。今見平兒也打，便上來踢罵道：『好娼婦！你也動手打人！』平兒怯打，忙住了手，哭道：『你們背地裏說話，爲什麼拉我呢？』鳳姐見平兒怕賈璉，越發生了氣，又趕上來打着平兒，偏叫打鮑二家的。平兒急了，便跑出來找刀子要尋死。外面衆婆子、丫頭忙攔住解勸。

這裏鳳姐兒見平兒尋死去，便一頭撞在賈璉懷裏，叫道：『你們一條藤兒害我，被我聽見了，倒都唬起我來。你也勒死我罷！』賈璉氣的牆上拔出劍來，說道：『不用尋死，我也急了，一齊殺了，我償了命，大家乾淨。』

正鬧的不開交，只見尤氏等一群人來了，說：『這是怎麼說，纔好好的，就鬧起來。』賈璉見了人，越發倚酒三分醉，逞起威風來，脂批：『天下小人大都如是。』故意要殺鳳姐兒。鳳姐兒見人來了，便不似先前那般潑了，脂批：『天下奸雄妬婦惡婦，大都如是。只是恨無阿鳳之才耳。』丟下衆人，便哭着往賈母那邊跑。

此時戲已散出。鳳姐跑到賈母跟前，爬在賈母懷裏，只說：『老祖宗救我！璉二爺要殺我呢！』脂批：『瞧他稱呼。』賈母、邢夫人、王夫人等忙問：『怎麽了？』鳳姐兒哭道：『我纔家去换衣服，不防璉二爺在家和人説話，我只當是有客來了，唬的我不敢進去。在窗户外頭聽了一聽，原來是和鮑二家的媳婦商議，説我利害，要拿毒藥給我吃了治死我，把平兒扶了正。我原生了氣，又不敢和他吵，原打了平兒兩下子，問他爲什麽要害我。他臊了，就要殺我。』賈母等聽了，都信以爲真，説：『這還了得！快拿了那下流種子來！』

鳳姐着意誇張，竟説成是要拿毒藥害死她，以求賈母出來保護她。

一語未完，只見賈璉拿着劍趕來，後面許多人跟着。賈璉明仗着賈母素習疼他們，所以連母親、嬸母也無礙，故逞強鬧了來。邢夫人、王夫人見了，氣的忙攔住駡道：『這下流種子！你越發反了，老太太在這裏呢！』賈璉乜斜着眼，道：『都是老太太慣的他，他纔這樣，連我也駡起來了！』邢夫人氣的奪下劍來，只管喝他快出去。那賈璉撒嬌撒癡，涎言涎語的還只亂説。賈母氣的説道：『我知道你也不把我們放在眼睛裏，叫人把他老子叫來，看他去不去！』賈璉聽見這話，方趔趄着脚兒出去了，賭氣也不往家去，便往外書房來。

賈璉下作無賴，此次出盡洋相。

賈璉只怕父親。

這裏邢夫人、王夫人也説鳳姐兒。賈母笑道：『什麽要緊的事！小孩子們年輕，饞嘴貓兒似的，那裏保的住不這麽着。從小兒世人都打這麽過的。都是我的不是，他多吃了兩口酒，又吃起醋來了。』説的衆人都笑了。

聽賈母之語，可見封建禮法皆虚僞也。

虧尤氏說了公道話，爲平兒辯冤。

『哽咽難止』，各本皆作『哽咽難抬』，詞意難通。予意原文當作『止』，過録時音誤作『治』，再録形誤作『抬』，今溯其本義，作『哽咽難止』。是否有當，敬請高明賜正。

賈母又道：『你放心，等明兒我叫他來替你賠不是。你今兒別要過去臊着他。』因又罵：『平兒那蹄子，素日我倒看他好，怎麽暗地裏這麽壞？』尤氏等笑道：『平兒沒有不是，是鳳丫頭拿着人家出氣。兩口子不好對打，都拿着平兒煞性子。平兒委曲的什麽似的呢，老太太還罵人家。』賈母道：『原來這樣，我說那孩子倒不像那狐媚魘道的。既這麽着，可憐見的，白受他們的氣。』因叫琥珀來：『你出去告訴平兒，就說我的話：我知道他受了委曲，賈母倒轉得快。明兒我叫鳳姐兒來替他賠不是。今兒是他主子的好日子，不許他胡鬧。』

原來平兒早被李紈拉入大觀園去了。脂批：『可知吃蟹一回非閑文也。』平兒哭的哽咽難止。寶釵勸道：『你是個明白人。脂批：『必用寶釵評出方是身分。』素日鳳丫頭何等待你，今兒不過他多吃了一口酒。他可不拿你出氣，難道倒拿別人出氣不成？別人又笑話他吃醉了。你只管這會子委曲，素日你的好處，豈不都是假的了？』寶釵一番道理，儘是封建禮法。正說着，只見琥珀走來，說了賈母的話。平兒自覺面上有了光輝，方纔漸漸的好了，也不往前頭來。寶釵等歇息了一回，方來看賈母、鳳姐。

寶玉便讓平兒到怡紅院中來。襲人忙接着，笑道：『我先原要讓你的，只因大奶奶和姑娘們都讓你，我就不好讓的了。』平兒也陪笑說：『多謝。』因又說平兒此時纔得勉強訴說冤情。

寶玉體貼入微，此等事平兒亦未曾經過。

細寫兩人心理，因皆初經也。

道：『好好兒的，從那裏說起，無緣無故白受了一場氣。』襲人笑道：『二奶奶素日待你好，這不過是一時氣急了。』平兒道：『二奶奶倒沒說的，只是那淫婦治的我，他又偏拿我湊趣，況還有我們那糊塗爺，倒打我。』說着，便又委曲，禁不住落淚。寶玉忙勸道：『好姐姐，別傷心，我替他兩個賠個不是罷。』平兒笑道：『與你什麼相干？』（正是與你何干。）寶玉笑道：『我們弟兄姊妹都一樣，他們得罪了人，我替他賠個不是，也是應該的。』又道：『可惜這新衣裳也沾了，這裏有你花妹妹的衣裳，何不換了下來，拿些燒酒噴了熨一熨。把頭也另梳一梳。』一面說，一面便吩咐了小丫頭子們舀洗臉水，燒熨斗來。

平兒素習只聞人說寶玉專能和女孩兒們接交。寶玉素日因平兒是賈璉的愛妾，又是鳳姐兒的心腹，故不肯和他厮近，因不能盡心，也常爲恨事。平兒今日見他這般，心中也暗暗的敁敪：果然話不虛傳，色色想的周到。又見襲人特特的開了箱子，拿出兩件不大穿的衣裳來與他換，便趕忙的脫下自己的衣服，忙去洗了臉。寶玉一旁笑勸道：『姐姐還該擦上些脂粉，不然倒像是和鳳姐姐賭氣了似的。況且又是他的好日子，而且老太太又打發了人來安慰你。』（寶玉想得色色周到。）平兒聽了有理，便去找粉，只不見粉。寶玉忙走至妝臺前，將一個宣窰瓷盒揭開，裏面盛着一排十根玉簪花棒，拈了一根遞與平兒。又笑向他道：『這不是鉛粉。這是紫茉莉花種，寶玉平時盡在女兒身上下工夫，故對此類事色色精通。

親爲平兒簪花，於寶玉應視爲爲平兒略略盡心。

癡公子一片癡情癡想，體貼平兒入微，於賈璉之淫之俗，於鳳姐之辣之威，皆素所習知，故愈爲平兒

研碎了兑上香料製的。』平兒倒在掌上看時，果見輕、白、紅、香，四樣俱美，攤在面上也容易勻淨，且能潤澤肌膚，不似別的粉青、重、澀、滯。然後看見胭脂也不是成張的，卻是一個小小的白玉盒子，裏面盛着一盒，如玫瑰膏子一樣。寶玉笑道：『那市賣的胭脂都不乾淨，顔色也薄。這是上好的胭脂，擰出汁子來，淘澄淨了渣滓，配了花露蒸叠成的。只用細簪子挑一點兒抹在手心裏，用一點水化開抹在唇上；手心裏就够打頰腮了。』何等地道在行。勝於普通人家女兒。平兒依言妝飾，果見鮮豔異常，且又甜香滿頰。寶玉又將盆內的一枝並蒂秋蕙用竹剪刀擷了下來，與他簪在鬢上。忽見李紈打發丫頭來喚他，方忙忙的去了。脂批：『忽使平兒在絳芸軒中梳妝，非（但）世人想不到，寶玉亦想不到者也。作者費盡心機了。寫寶玉最善閨閣中事，諸如胭粉等類，不寫成別致文章，則寶玉不成寶玉矣。然要寫又不便，特爲此費一番筆墨，故思及借人發端。然借人又無人，若襲人輩則逐日皆如此，又何必揀一日細寫，似覺無味。若寶釵等又係姊妹，更不便來細搜襲人之妝奩，況也是自幼知道的了。因左想右想，須得一個又甚親，又甚疏，又可唐突，又不可唐突，又和襲人等極親，又和襲人等不大常處，又得襲人輩之美，又不得襲人輩之修飾一人來，方可發端，故思及平兒一人方如此，故放手細寫絳芸閨中之什物也。』

寶玉因自來從未在平兒前盡過心——且平兒又是個極聰明、極清俊的上等女孩兒，爲平兒一評。比不得那起俗拙蠢物——深爲恨怨。今日是金釧兒的生日，點出金釧生日，則祭井之事明矣。故一日不樂。脂批：『原來爲此。寶玉之私祭，玉釧之潛哀，俱針對矣。然於此刻補明，又一法也。真千變萬化之文。萬法俱備，毫無脫漏，真好書也。』不想落後鬧出這件事來，竟得在平兒前稍盡片心，亦今生意中不想之樂也。因歪在牀上，心內怡然自得。忽又思及賈璉惟知以淫樂悅己，並不知作養脂粉。又思平兒並無父母、兄弟姊妹，獨自一人，供應賈璉夫婦二人。賈璉之俗，鳳姐之威，他竟能周全妥貼，今兒還遭荼

遭遇傷感也。

寶玉種種行止，皆出於常人，既非邪念，亦非愛情，只是癡情耳。

毒，想來此人薄命，比黛玉猶甚。想到此間，便又傷感起來，不覺灑然淚下。因見襲人等不在房內，盡力（兩字奇妙）落了幾點痛淚。（真正癡極情極。）復起身，又見方纔的衣裳上噴的酒已半乾，便拿熨斗熨了疊好；見他的手帕子忘去，上面猶有淚漬，又拿至臉盆中洗了晾上。又喜又悲，悶了一回，也往稻香村來，說一回閒話，掌燈後方散。

平兒就在李紈處歇了一夜，鳳姐兒只跟着賈母。賈璉晚間歸房，冷清清的，又不好去叫，（寫賈璉之淫而俗。）只得胡亂睡了一夜。次日醒了，想昨日之事，大沒意思，後悔不來。邢夫人記掛着昨日賈璉醉了，忙一早過來，叫了賈璉過賈母這邊來。賈璉只得忍愧前來，在賈母面前跪下。

賈母問他：『怎麼了？』賈璉忙陪笑說：『昨兒原是吃了酒，驚了老太太的駕了，今兒來領罪。』賈母啐道：『下流東西，（真是下流東西，一點不假。）灌了黃湯，不說安分守己的挺屍去，倒打起老婆來了！鳳丫頭成日家說嘴，霸王似的一個人，昨兒唬得可憐。要不是我，你要傷了他的命，這會子怎麼樣？』賈璉一肚子的委屈，（還有委屈，奇怪之至。）不敢分辯，只認不是。賈母又道：『那鳳丫頭和平兒還不是個美人胎子？你還不足！成日家偷雞摸狗，髒的臭的都拉了你屋裏去。（一點不錯）爲這起淫婦打老婆，又打屋裏的人，你還虧是大家子的公子出身，活打了嘴了。若你眼睛裏有我，你起來，我饒了你，乖乖的替你媳婦賠個不是，拉了他家去，我就喜歡了。要不然，你只管賈璉本是無賴，賠個不是，家常便飯。

鳳姐尚能有自愧之心，畢竟勝賈璉多多。

出去，我也不敢受你的跪。』賈璉聽如此說，又見鳳姐兒站在那邊，也不盛妝，哭的眼睛腫着，也不施脂粉，黄黄的臉兒，脂批：『大妙大奇之文，此一句便伏下病根了，草草看去，便可惜了作者行文苦心。』比往常更覺可憐可愛。寫賈璉庸俗無賴，直寫入骨。想着：『不如賠了不是，彼此也好了，又討老太太的喜歡了。』想畢，便笑道：『老太太的話，我不敢不依，只是越發縱了他了。』還如此說，真是胡說。賈母笑道：『胡說！我知道他最有禮的，再不會衝撞人。他日後得罪了你，我自然也作主，叫你降伏就是了。』

賈璉聽說，爬起來，便與鳳姐兒作了一個揖，笑道：『原來是我的不是，二奶奶饒過我罷。』滿屋裏的人都笑了。賈母笑道：『鳳丫頭，不許惱了。再惱，我就惱了。』說着，又命人去叫了平兒來，命鳳姐兒和賈璉兩個安慰平兒。

賈璉見了平兒，越發圖不得了，所謂『妻不如妾，妾不如偷』，聽賈母一說，便趕上來說道：『姑娘昨日受了委屈了，都是我的不是。奶奶得罪了你，也是因我而起。我賠了不是不算外，還替你奶奶賠個不是。』說着，也作了一個揖，引的賈母笑了，鳳姐兒也笑了。賈母又命鳳姐兒來安慰他。平兒忙走上來給鳳姐兒磕頭，說：『奶奶的千秋，我惹了奶奶生氣，平兒真受委屈。是我該死。』鳳姐兒正自愧悔昨日酒吃多了，不念素日之情，浮躁起來，爲聽了旁人的話，無故給平兒沒臉。今反見他如此，又是慚愧，又是心酸，忙一把拉起來，落下淚來。平兒道：『我鳳姐這段話，自在情理之中，不能不說也。

虧賈璉竟能問得出誰的不是多，真是無恥又無賴也。

鮑二媳婦之死，賈璉之罪也，賈璉不去招她來，豈能有此事。

服侍了奶奶這麼幾年，也沒彈我一指甲。就是昨兒打我，我也不怨奶奶，都是那淫婦治的，不敢說賈璉，只好如此說耳，其實賈璉是禍首。怨不得奶奶生氣。』說着，也滴下淚來了。脂批：『婦人女子之情畢肖，但世之大英雄羽翼偶摧，尚按劍生悲，況阿鳳與平兒哉。所謂此書真是哭成的。』

賈母便命人將他三人送回房去，『有一個再提此事，即刻來回我，我不管是誰，拿拐棍子給他一頓。』三個人從新給賈母、邢、王二位夫人磕了頭，老嬤嬤答應了，送他三人回去。

至房中，鳳姐兒見無人，方說道：『我怎麼像個閻王，又像夜叉？那淫婦咒我死，你也幫着咒我。千日不好，也有一日好。可憐我熬的連個淫婦也不如了，我還有什麼臉來過這個日子。』說着，又哭了。脂批：『轄治丈夫此是首計，懦夫來看此句。』賈璉道：『你還不足，你細想想，昨兒誰的不是多？脂批：『妙，不敢自說沒不是，只論多少，懦夫來看。』今兒當着人還是我跪了一跪，又賠不是，你也爭足了光了。這會子還叨叨，難道還叫我替你跪下纔罷？太要足了強也不是好事。』說的鳳姐兒無言可對，平兒嗤的一聲又笑了。賈璉也笑道：『又好了！真真我也沒法了。』

正說着，只見一個媳婦來回說：『鮑二媳婦吊死了。』脂批：『倒也有氣性，只是又是情累一個，可憐。』賈璉、鳳姐兒都吃了一驚。自然要吃驚。鳳姐忙收了怯色，反喝道：『死了罷了，有什麼大驚小怪的！』脂批：『寫阿鳳如此。』一時，只見林之孝家的進來悄回鳳姐道：『鮑二媳婦吊死了，他娘並非賈璉仁心，是賈璉怕官司也。

二百兩銀子，又了一條人命。

鮑二夫妻如此，令人浩嘆。雪芹又寫一對夫婦，又是一樁婚姻悲劇。

家的親戚要告呢。』鳳姐兒笑道：脂批：『偏於此處寫阿鳳笑，壞哉阿鳳。』『這倒好了，我正想要打官司呢！』鳳姐於此等處又露出本性。林之孝家的道：『我纔和衆人勸了他們，又威嚇了一陣，又許了他幾個錢，也就依了。』鳳姐兒道：『我沒一個錢！鳳姐何狠心至此也。有錢也不給，只管叫他告去。也不許勸他，也不用震嚇他，只管讓他告去。告不成，倒問他個「以屍訛詐」！』脂批：『寫阿鳳如此。』

林之孝家的正在爲難，見賈璉和他使眼色兒，心下明白，便出來等着。賈璉道：『我出去瞧瞧，看是怎麽樣。』鳳姐兒道：『不許給他錢。』賈璉一逕出來，和林之孝來商議，着人去作好作歹許了二百兩發送纔罷。賈璉生恐有變，又命人去和王子騰說了，將番役仵作人等叫了幾名來，幫着辦喪事。以錢買過，再加官勢。那些人見了如此，縱要復辨亦不敢辨，只得忍氣吞聲罷了。賈璉又命林之孝將那二百銀子入在流年帳上，分別添補開銷過去。脂批：『大敝小敝，無一不到。』又梯己給鮑二些銀兩，安慰他說：『另日再挑個好媳婦給你。』鮑二又有體面，又有銀子，有何不依，便仍然奉承賈璉，脂批：『爲天下夫妻一哭。』不在話下。

裏面鳳姐心中雖不安，面上只管佯不理論，因房中無人，便拉平兒笑道：『我昨兒灌喪了酒了，你別埋怨。打了那裏，讓我瞧瞧。』平兒道：『也沒打重。』只聽得說，奶奶、姑娘們都進來了。

要知端的，下回分解。

【回後評】

黛玉慧心巧舌，又借祭江婉諷寶玉，不知其何以知之也。意者，金釧生日，黛玉原或知之，鳳姐生日而寶玉不到，則必有以矣。則必爲祭金釧而至有井水處矣，是以借王十朋祭江以發也。不僅此也，賈母、王夫人等等寶玉不至，已急之甚矣，聽玉釧說『鳳凰來了』一語即可知矣。實則黛玉盼寶玉亦已久而急矣，故有『必定跑到江邊子上來作什麽』之說，玩其語氣可知也。至於北靜王府愛妾喪事之說，自不可信，黛玉心中自是了然也。

鳳姐生日大喜事，而偏遇大氣事，賈璉醜事被鳳姐撞破敗露，至潑天大鬧，賈璉借酒仗劍威脅欲殺鳳姐，平兒則兩面受氣。平心而論，鳳姐之怒之鬧，情之必也。非故誘賈瑞於死可比也，亦非因貪財而致張金哥與未婚夫雙雙自盡可比也。第二十一回賈璉已有與多姑娘之醜事，此處又與鮑二家的胡搞。《紅樓夢》中男性之無行喪德者，前有賈瑞、賈珍，此處復再寫賈璉之醜事。賈璉爲賈府男性中之管家者，其行已如此穢臭，且此後更有種種敗行。總之《紅樓夢》中賈府之男性，賈政是封建官僚僵而腐者，賈赦是色鬼，賈敬是迷信致死者，賈珍、賈璉、賈蓉是亂倫敗德穢不可聞者。意者，雪芹借賈璉、賈珍諸人，寫男權社會中男性之穢濁，寫世家子弟之敗行，寫封建官僚家庭之一代不如一代也。

平兒爲鳳姐之左右手，李紈稱他是鳳姐的一把鑰匙，亦是諸丫頭中之佼佼者，品貌亦不群，而處境艱難，左右極難周旋，故寶玉常存憐惜之心而不得通其意，此次借璉、鳳大鬧之機會，平兒得至怡紅院受寶玉之溫意慰撫，稍慰其不幸，而平兒亦藉知寶玉之真意，兩情得以溝通。然寶玉是情而癡也，平兒是情而純也。作者寫寶玉於平兒之溫存，一則以顯賈璉之粗俗，二則亦寫寶玉愛惜女兒之癡情真情，三則亦寫女兒之薄命，不得其婚姻也。

『撫恤』，亦作『撫卹』。意即撫慰。《後漢書・西羌傳・東號子麻奴》：『賢撫恤不至，常有怨心。』《晉書・華譚傳》：『兵亂之後，境內饑饉，譚傾心撫卹。』冰心《最後的安息》：『便拿翠兒當作苦人的代表，去撫恤、安慰。』瞿秋白《餓鄉紀程》二：『良朋密友，有情意的親戚，溫情厚意的撫恤，現在都成一夢了。』以上都是安慰之意。另有『撫惜』一詞，亦同義，見宋吳淑《江淮異人傳・張訓妻》。本回『撫恤』一詞，常為人誤解，不明『撫恤』的本意即安慰愛撫。至有擅改此詞者。殊不知對死者及其家屬的救助安慰，反是此詞的另義。

監社御史，名稱新鮮。真耶假耶，讀者細看。

『濕的』『乾的』

第四十五回　金蘭契互剖金蘭語　風雨夕悶製風雨詞

話說鳳姐兒正撫恤平兒，忽見衆姊妹進來，忙讓坐了，平兒斟上茶來，鳳姐兒笑道：『今兒來的這麼齊，倒像下帖子請了來的。』

探春笑道：『我們有兩件事。一件是我的，一件是四妹妹的，還夾着老太太的話。』鳳姐兒笑道：『有什麼事，這麼要緊？』探春笑道：『我們起了個詩社，頭一社就不齊全，衆人臉軟，所以就亂了。我想，必得你去作個監社御史，鐵面無私纔好。再四妹妹爲畫園子，用的東西這般那般不全，回了老太太，老太太說：「只怕後頭樓底下還有當年剩下的，找一找。若有呢，拿出來；若沒有，叫人買去。」』鳳姐笑道：『我又不會作什麼「濕的」「乾的」，要我吃東西去不成？』探春道：『你雖不會作，也不要你作。你只監察着我們裏頭有偷安怠惰的，該怎麼樣罰他就是了。』

鳳姐兒笑道：『你們別哄我，我也猜着了：那裏是請我作監社御史，分明是詼諧得妙。

鳳姐聰明，一猜就着，想不到二百年前的雪芹，已寫出爲文學事業拉贊助的先例。

還未拿到她的錢，先就給李紈算起賬來了。蓋鳳姐實不願出此錢而又不得不出，故爲李紈算賬，意爲李紈該出錢也。

賬算得點滴不漏，故李紈亦不能反駁，只說她是『無賴泥腿市俗專會打細算盤分斤掰兩的話。』

叫我作個進錢的銅商！你們弄什麼社，必是要輪流作東道的。你們的月錢不够花了，想出這個法子來拘了我去，好和我要錢。可是這個主意？』一席話說的衆人都笑起來了。

李紈笑道：『真真你是個水晶心肝玻璃人。』〔好詞，形容透徹。因鳳姐一點就明也。〕鳳姐兒笑道：『虧你是個大嫂子呢！把姑娘們原交給你帶着念書，學規矩、針線的，他們不好，你要勸。這會子他們起詩社，能用幾個錢，你就不管了？老太太、太太罷了，原是老封君。你一個月十兩銀子的月錢，〔記住，這是李紈的月例，以此可算出鳳姐的月例。〕比我們多兩倍銀子。老太太、太太還說你寡婦失業的，可憐，不够用，又有個小子，足的又添了十兩，和老太太、太太平等。又給你園子地，各人收租子。年中分年例，你又是上上分兒。你娘兒們，主子奴才共總沒十個人，吃的穿的仍舊是官中的。一年通共算起來，也有四五百銀子。這會子你就每年拿出一二百兩銀子來陪他們頑頑，能幾年的期限？他們各人出了閣，難道還要你賠不成？這會子你怕花錢，調唆他們來鬧我，我樂得去吃一個河涸海乾，我還通不知道呢！』

李紈笑道：『你們聽聽，我說了一句，他就瘋了，說了兩車的無賴泥腿市俗專會打細算盤分斤掰兩的話出來。〔脂批：『心直口拙之人急了，恨不得將萬句話來併成一句，說死那人。畢肖。』〕這東西，虧他托生在詩書大宦名門之家做小姐，出了嫁又是這樣，他還是這麼着；若是生在貧寒小户人

『天下人都被你算計了去！』一句話頂一萬句。

又引出平兒事來，是李紈被她算賬一激，氣猶未平也，故揭出平兒之事來，因鳳姐打平兒，明明理虧，衆目所見，各有心評也。鳳姐被抓住此點，故不得不向平兒賠禮也。

平兒回答極得體，於是一場劍拔弩張之爭，以一笑化解之。平兒可人也，更見作者之筆如遊龍也。

家，作個小子，還不知怎麼下作貧嘴惡舌的呢！天下人都被你算計了去！（李紈無可駁她，故只能作此不答之答。）昨兒還打平兒呢，虧你伸的出手來！那黃湯難道灌喪了狗肚子裏去了？氣的我只要給平兒打抱不平兒。忖奪了半日，好容易「狗長尾巴尖兒」的好日子，又怕老太太心裏不受用，因此沒來，究竟氣還未平。你今兒又招我來了。給平兒拾鞋也不要，（話說得似假似真，亦假亦真，話中的刺尖能入骨。）你們兩個只該換一個過兒纔是。』說的衆人都笑了。

鳳姐兒忙笑道：『竟不是爲詩爲畫來找我，這臉子竟是爲平兒來報仇的。（亦是真假參半的話。）我竟不承望平兒有你這一位仗腰子的人。早知道，便有鬼拉着我的手打他，我也不打了。（說得妙。）平姑娘，過來！我當着大奶奶、姑娘們替你賠個不是，擔待我酒後無德罷。』（鳳姐此點難得。畢竟非一般人也。）說着，衆人又都笑起來了。

李紈笑問平兒道：『如何？我說必定要給你爭爭氣纔罷。』平兒笑道：『雖如此，奶奶們取笑，我禁不起。』（平兒回答得妙，得體，總以謙爲上。）李紈道：『什麼禁不起，有我呢。快拿了鑰匙，叫你主子開了樓房找東西去。』

鳳姐兒笑道：『好嫂子，你且同他們回園子裏去，我纔要把這米賬和他們算一算，那邊大太太又打發人來叫，又不知有什麼話說，（暗伏下文情節。）須得過去走一趟。還有年下你們添補的衣服，還沒打點給他們做去。』李紈笑道：『這些事我都不管，你只把我的事完了，我好歇着去，省得這些姑娘小姐鬧我。』鳳姐忙笑道：『好嫂說得何等軟和，鳳姐亦是能屈能伸之才。

李紈一絲不鬆。

鳳姐答得妙，答得親熱，真是可人。

一應雜事，都由鳳姐應辦。

李紈口氣，句句壓鳳姐一頭。『等着他

子，賞我一點空兒，你是最疼我的，怎麼今兒爲平兒就不疼我了？往常你還勸我說，事情雖多，也該保養身子，撿點着偷空兒歇歇。你今兒反倒逼我的命了。（說得何等可疼，且是以子之矛攻子之盾。）況且誤了別人的年下衣裳無礙，他姊妹們的若誤了，卻是你的責任。老太太豈不怪你不管閒事，連一句現成的話也不說？我寧可自己落不是，豈敢帶累你呢。』

李紈笑道：『你們聽聽，說的好不好？把他會說話的！我且問你，這詩社你到底管不管？』鳳姐兒笑道：『這是什麽話？我不入社花幾個錢，不成了大觀園的反叛了，還想在這裏吃飯不成？明兒一早就到任，下馬拜了印，先放下五十兩銀子，（究竟是大款，一句話就是五十兩。）給你們慢慢的作會社東道。過後幾天，我又不作詩作文，只不過是個俗人罷了。「監察」也罷，不「監察」也罷，有了錢了，你們還攆出我來！』說的衆人又都笑起來。（句句說到根子上。）

鳳姐兒道：『過會子我開了樓房，凡有這些東西都叫人搬出來你們看。若使得，留着使；若少什麽，照你們單子，我叫人替你們買去就是了。畫絹我就裁出來。那圖樣沒有在太太跟前，還在那邊珍大爺那裏呢。說給你們別碰釘子去。我打發人取了來，一併叫人連絹交給相公們礬去，如何？』李紈點首笑道：『這難爲你，果然這樣還罷了。既如此，咱們家去罷，等着他不送了去，再來鬧他。』說不送了去再來鬧他』一句，尚留餘勢。

罰寶玉爲諸釵灑掃，罰得當，罰得妙，罰得深中寶玉之懷，亦深合諸釵之意，可見鳳姐最是知寶玉者。

依仗賈府權勢，連家奴都做官，此是作者史筆。

『你那裏知道「奴才」兩字是怎麽寫的』一句話，包涵作者家世多少辛酸，自曹振彦起，曹家即爲正白

着，便帶了他姊妹就走。

鳳姐兒道：『這些事再沒兩個人，都是寶玉生出來的。』李紈聽了，忙回身笑道：『正是爲寶玉來，反忘了他。頭一社是他誤了。我們臉軟，你說該怎麽罰他？』鳳姐想了一想，說道：『沒有別的法子，只叫他把你們各人屋子裏的地，罰他掃一遍纔好。』此周瑜打黃盖，兩廂情願也。衆人都笑道：『這話不差。』

說着，纔要回去，只見一個小丫頭扶了賴嬤嬤進來。鳳姐兒等忙站起來，笑道：『大娘坐。』又都向他道喜。賴嬤嬤向炕沿上坐了，笑道：『我也喜，主子們也喜。若不是主子們的恩典，我們這喜從何來？昨兒奶奶又打發彩哥兒賞東西，我孫子在門上朝上磕了頭了。』李紈笑道：『多早晚上任去？』賴嬤嬤嘆道：『我那裏管他們，由他們去罷。前兒在家裏給我磕頭，我沒好話，我說：「哥哥兒，你別說你是官兒了，就横行霸道的。你今年活了三十歲，雖然是人家的奴才，一落娘胎胞，主子的恩典，就放你出來。上托着主子的洪福，下托着你老子娘，也是公子哥兒似的讀書認字，也是丫頭、老婆、奶子捧鳳凰似的。長了這麽大，你那裏知道那「奴才」兩字是怎麽寫的！只知道享福，也不知道你爺爺和你老子受的那苦惱，熬了兩三輩子，好容易掙出你這麽個東西來。從小兒三災八難，花的銀子也照樣打出你這麽個銀人兒來了。到二十歲上，又蒙主子的恩典，許你捐個前

旗包衣，後歸內務府，故曹家五世均爲包衣老奴。雪芹寫此，亦略寓史筆。

賈府正在衰敗中，而賴家卻正新發。此是史筆。

仗着財勢欺人，特寫一筆，莫作閑話看。

程在身上。你看那正根正苗的，忍饑挨餓的要多少？（指老老實實做家奴，不作非分之謀者。）你一個奴才秧子，仔細折了福！如今樂了十年，不知怎麽弄神弄鬼的，求了主子，又還了出來。（明明指出是依仗主子之勢也。）州縣官兒雖小，事情卻大。爲那一州的州官，就是那一方的父母。你不安分守己，盡忠報國，教敬主子，只怕天也不容你。」』

李紈、鳳姐兒都笑道：『你也多慮。我們看他也就好了。先那幾年還進來了兩次，這有好幾年沒來了，年下生日，只見他的名字就罷了。前兒給老太太、太太磕頭來，在老太太那院裏，見他又穿着新官的服色，倒發的威武了，比先時也胖了。（一番暴發氣象。）他這一得了官，正該你樂呢，反倒愁起這些來！他不好，還有他父親呢，你只受用你的就完了。閑了坐個轎子進來，和老太太鬭一日牌，說一天話兒，誰好意思的委屈了你。家去一般也是樓房厦廳，誰不敬你，自然也是老封君似的了。』

平兒斟上茶來，賴嬤嬤忙站起來接了，笑道：『姑娘不管叫那個孩子倒來罷了，又折受我。』說着，一面吃茶，一面又道：『奶奶不知道。這些小孩子們全要管的嚴。饒這麽嚴，他們還偷空兒鬧個亂子來叫大人操心。知道的，說小孩子們淘氣；不知道的，人家就說仗着財勢欺人，連主子名聲也不好。恨的我沒法兒，常把他老子叫來駡一頓，纔好些。』（可見此類事不少。）因又指寶玉道：『不怕你嫌我，如今老爺從賴嬤嬤嘴裏，再作今昔之比。

作者借已告老之賴嬤嬤細評往事，既評賴家仗勢當官，又說賈府家教隳墮。是作者用側筆以醒讀者也。

奴才當官，也擺闊，連慶三日。雪芹書此，亦是史筆。

不過這麽管你一管，老太太護在頭裏。當日老爺（指賈政。）小時挨你爺爺的打，（此句與三十三回賈母責賈政說『當初你父親怎麽教訓你來』不相應。）誰沒看見的。老爺小時何曾像你這麽天不怕地不怕的了。還有那大老爺，（賈赦。）雖然淘氣，也沒像你這扎窩子的樣兒，（指窩在家裏，不出去謀仕途經濟也。）也是天天打。還有東府裏你珍哥兒的爺爺，（應是指賈代化，然書中代化未出現，此處只虛寫一筆耳。）那纔是火上澆油的性子，說聲惱了，什麽兒子，竟是審賊！如今我眼裏看着，耳朵裏聽着，那珍大爺管兒子，（指管賈蓉）倒也像當日老祖宗的規矩，只是管的到三不着兩的。他自己也不管一管自己，（一句說得正着。）這些兄弟姪兒怎麽怨的不怕他？你心裏要明白，就喜歡我說這個話；要不明白，嘴裏不好意思說，心裏不知怎麽罵我呢。』

正說着，只見賴大家的來了，接着，周瑞家的、張材家的都進來回事情。鳳姐兒笑道：『媳婦來接婆婆來了。』賴大家的笑道：『不是接他老人家，倒是打聽打聽奶奶、姑娘們賞臉不賞臉。』

賴嬤嬤聽了，笑道：『可是我糊塗了，正經特來說的話且不說，且說陳穀子爛芝麻的混搗熟。因爲我們小子選了出來，衆親友要給他賀喜，少不得家裏擺個酒。我想，擺一日酒，請這個也不是，請那個也不是。又想了一想，托主子洪福，想不到的這樣榮耀，就傾了家，我也是願意的。因此吩咐他老子連擺三日酒。頭一日在我們破花園子裏擺幾席酒，一臺戲，請老太太、太太們，奶奶、姑娘們去散一奴才仗主子威風而已。

日悶；外頭大廳上一臺戲，擺幾席酒，請老爺們、爺們去增增光。第二日，再請親友。第三日，再把我們兩府裏的伴兒們請一請。熱鬧三天，也是托着主子的洪福一場，光輝光輝。』李紈、鳳姐兒都笑道：『多早晚的日子？我們必去，只怕老太太高興要去也定不得。』賴大家的忙道：『擇了十四的日子，只看我們奶奶的老臉罷了。』鳳姐笑道：『別人不知道，我是一定要去的。先說下，我是沒有賀禮的，也不知道放賞，吃完了一走，可別笑話。』賴大家的笑道：『奶奶說那裏話？〔一〕奶奶要賞，賞我們三二萬銀子就有了。』

又藉賴嬤嬤討情。

賴嬤嬤笑道：『我纔去請老太太，老太太也說去，可算我這臉還好。』說畢，又叮嚀了一回，方起身要走。因看見周瑞家的，便想起一事來，因說道：『可是還有一句話問奶奶，這周嫂子的兒子犯了什麼不是，攆了他不用？』鳳姐兒聽了，笑道：『正是我要告訴你媳婦，事情多，也忘了。賴嫂子回去說給你老頭子，兩府裏不許收留他小子，叫他各人去罷。』賴大家的只得答應着。周瑞家的忙跪下央求。

鳳姐生日，連遭晦氣。福兮禍所伏也。

賴嬤嬤忙道：『什麼事？說給我評評。』鳳姐兒道：『前日我生日，裏頭還沒吃酒，他小子先醉了。老娘那邊送了禮來，他不說在外頭張羅，他倒坐着罵人，禮也不送進來。兩個女人進來了，他纔帶着小幺們往裏擡。小幺們倒好，他拿的一鳳姐只好聽賴嬤嬤的話。

盒子倒失了手，撒了一院子饅頭。人去了，打發彩明去說他，他倒罵了彩明一頓。這樣無法無天的忘八羔子，不攆了作什麼！』賴嬤嬤笑道：『我當什麼事情，原來爲這個。（賴嬤嬤的聲口，倚老賣老。）奶奶聽我說：他有不是，打他罵他，使他改過，攆了去斷乎使不得。（說得多決斷。）他又比不得是咱們家的家生子兒，他現是太太的陪房。（提醒是太太的陪房。）奶奶只顧攆了他，太太臉上不好看。依我說，奶奶教導他幾板子，以戒下次，仍舊留着纔是。不看他娘，也看太太。』鳳姐兒聽說，便向賴大家的說道：『既這樣，打他四十棍，以後不許他吃酒。』賴大家的答應了。周瑞家的磕頭起來，又要與賴嬤嬤磕頭，賴大家的拉着方罷。然後他三人去了，李紈等也就回園中來。

至晚，果然鳳姐命人找了許多舊收的畫具出來，送至園中。寶釵等選了一回，各色東西可用的只有一半，將那一半又開了單子，與鳳姐兒去照樣置買，不必細說。

一日，外面礬了絹，起了稿子進來。寶玉每日便在惜春這裏幫忙。（脂批：『自忙不暇，又加上一「幫」字，可笑可笑，所謂春秋筆法。』）探春、李紈、迎春、寶釵等也常往那裏閑坐，一則觀畫，二則便於會面。

寶釵因見天氣涼爽，夜復漸長，（脂批：『「復」字妙，補出寶釵每年夜長之事，皆春秋字法也。』）遂至母親房中商議打點些寶釵時時注意承色陪坐以博賈母、王夫人等之歡心，寶釵固深知婚姻之權在上而不在下也。

黛玉病情又增。

黛玉平時只是孤獨自處，從不作趨奉討好之舉，加之病增，更無可如何矣。

黛玉自知。

黛玉說：『我這樣病是不能好的了。』寶釵卻說：『可正是這話。古人說「食穀者生」，你素日吃的竟不能添養精神氣血，也不是好事。』有如此問病者乎？細

針線來。日間至賈母處、王夫人處省候兩次，不免又承色陪坐，閒話半時，日日在賈母、王夫人等處下工夫也。園中姊妹處也要度時閒話一回，故日間不大得閑，每夜燈下女工必至三更方寢。脂批：『代下收夕。寫針線下「商議」二字，直將寡母訓女多少溫存活現在紙上。不寫阿獃兄，已見阿獃兄終日醉飽優遊，怒則吼，喜則躍，家務一概無聞之形景畢露矣。春秋筆法。』

黛玉每歲至春分秋分之後，必犯嗽疾。今秋又遇賈母高興，多遊玩了兩次，未免過勞了神，近日又復嗽起來，覺得比往常又重，所以總不出門，只在自己房中將養。有時悶了，又盼個姊妹來說些閒話排遣；及至寶釵等來望候他，說不得三五句話，又厭煩了。是病情加重之狀。衆人都體諒他病中，且素日形體嬌弱，禁不得一些委屈，所以他接待不周，禮數粗忽，也都不苛責。

這日，寶釵來望他，因說起這病症來。寶釵道：『這裏走的幾個太醫雖都還好，只是你吃他們的藥總不見效，不如再請一個高明的人來瞧一瞧，治好了豈不好？每年間鬧一春一夏，又不老又不小，成個什麼，不是個常法。』黛玉道：『不中用。我知道我這樣病是不能好的了。且別說病，只論好的日子我是怎麼形景，就可知了。』寶釵點頭道：『可正是這話。古人說「食穀者生」，你素日吃的竟不能添養精神氣血，也不是好事。』黛玉嘆道：『「生死有命，富貴在天」，也不是人力可強的。今年比往年反覺又重了些似的。』說話之間，已咳嗽了兩三次。寶釵道：『昨兒我看你那藥方上，人參、肉桂覺得太多了。雖說益氣補神，也不宜

味此話，可知寶釵內心之秘矣。讀者千萬莫獃看。

可見上回寶釵答應不告訴別人並加以訓導，黛玉感激不盡。黛玉是真心人。胸中無埋藏，不比寶釵。黛玉總是以己心度人，故向寶釵坦誠披露。

黛玉盡傾肺腑。

依附于外祖家，終是孤零身世，其所感

太熱。依我說，先以平肝健胃爲要，肝火一平，不能剋土，胃氣無病，飲食就可以養人了。每日早起拿上等燕窩一兩，冰糖五錢，用銀銚子熬出粥來，若吃慣了，比藥還強，最是滋陰補氣的。』

黛玉嘆道：『你素日待人，固然是極好的，然我最是個多心的人，（黛玉亦自知其短處。）只當你心裏藏奸。從前日你說看雜書不好，又勸我那些好話，竟大感激你。往日竟是我錯了，實在誤到如今。細細算來，我母親去世的早，又無姊妹兄弟，我長了今年十五歲，（脂批：『黛玉纔十五歲，記清。』）竟沒一個人像你前日的話教導我。怨不得雲丫頭說你好。我往日見他贊你，我還不受用；昨兒我親自經過，纔知道了。比如若是你說了那個，我再不輕放過你的；你竟不介意，（此話是關鍵，因黛玉總怕寶釵將前事說出去，而寶釵竟不說，是以感動也。豈知寶釵實亦不可說也。因一說，即明其亦讀此類書也。黛玉何能想到此點。）反勸我那些話，可知我竟自誤了。若不是從前日看出來，今日這話再不對你說。（說得多坦誠，）（於此可知釵黛之別。）你方纔說叫我吃燕窩粥的話，雖然燕窩易得，但只我因身上不好了，每年犯這個病，也沒什麼要緊的去處。請大夫，熬藥，人參、肉桂，已經鬧了個天翻地覆，這會子我又興出新文來，熬什麼燕窩粥，老太太、太太、鳳姐姐這三個人便沒話說，那些底下的婆子、丫頭們，未免不嫌我太多事了。你看這裏這些人，因見老太太多疼了寶玉和鳳丫頭兩個，他們尚虎視眈眈，背地裏言三語四的，何況於我？況我又不是他們這裏正經主子，原是無依無靠投奔了來的，（此是黛玉實感。）他們已經多受他人何能尽知，只有身经者纔知其痛耳！

作者故意將兩人一比。

黛玉病深，寶釵已深知矣。

嫌着我了。如今我還不知進退，何苦叫他們咒我？』

寶釵道：『這樣說，我也是和你一樣。』黛玉道：『你如何比我？確實不可比。你又有母親，又有哥哥，這裏又有買賣地土，家裏又仍舊有房有地。你不過是親戚的情分，白住了這裏，一應大小事情，又不沾他們一文半個，要走就走了。我是一無所有，吃穿用度，一草一紙，皆是和他們家的姑娘一樣，那起小人豈有不多嫌的。』寶釵笑道：『將來也不過多費得一副嫁妝罷了，如今也愁不到這裏。』黛玉正痛心傾訴時，寶釵卻如此說，實見其心之不誠也。脂批：『寶釵此一戲，直抵過通部黛玉之戲寶釵矣，又懇切，又真情，又平和，又雅致，又不穿鑿，又不牽強。黛玉因識得寶釵後方吐真情，寶釵亦識得黛玉後方肯戲也。此是大關節，大章法，非細心看不出。細心（思）二人此時好看之極，真是兒女小窗中喁喁也。』黛玉聽了，不覺紅了臉，笑道：『人家纔拿你當個正經人，把心裏的煩難告訴你聽，你反拿我取笑兒。』確是如此寶釵笑道：『雖是取笑兒，卻也是真話。你放心，我在這裏一日，我與你消遣一日。你有什麼委屈煩難，只管告訴我，我能解的，自然替你解一日。我雖有個哥哥，你也是知道的。只有個母親比你略強些。咱們也算得同病相憐。你也是個明白人，何必作「司馬牛之嘆」？脂批：『通部衆人必從寶釵之評方定，然寶釵亦必從顰兒之評始可，何妙之至。』你纔說的也是，多一事不如省一事。我明日家去和媽媽說了，只怕我們家裏還有，與你送幾兩，每日叫丫頭們就熬了，又便宜，又不驚師動衆的。』黛玉忙笑道：『東西事小，難得你多情如此。』寶釵道：『這有什麼放在口裏的！只愁我人人跟前失于應候罷了。只怕你煩了，我且去罷。』黛玉道：『晚上再來和我說

壬午夏日 谭凤嬛作

句話兒。』黛玉以其爲知心，故求其晚間再來，寶釵應之而不來，於此可知其人其應矣！寶釵答應着，便去了。不在話下。

這裏黛玉喝了兩口稀粥，仍歪在牀上，不想日未落時天就變了，淅淅瀝瀝下起雨來。秋霖脈脈，陰晴不定，那天漸漸的黄昏，且陰的沉黑，兼着那雨滴竹梢，更覺凄涼。知寶釵不能來，便在燈下隨便拿了一本書，卻是《樂府雜稿》，有《秋閨怨》《别離怨》等詞。黛玉不覺心有所感，亦不禁發於章句，遂成《代别離》一首，擬《春江花月夜》之格，乃名其詞曰《秋窗風雨夕》。其詞曰：

秋花慘淡秋草黄。耿耿秋燈秋夜長。
已覺秋窗秋不盡，那堪風雨助凄涼。
助秋風雨來何速。驚破秋窗秋夢緑。
抱得秋情不忍眠，自向秋屏移淚燭。
淚燭摇摇爇短檠。牽愁照恨動離情。
誰家秋院無風入，何處秋窗無雨聲。
羅衾不奈秋風力。殘漏聲催秋雨急。
連宵脈脈復颼颼，燈前似伴離人泣。
寒煙小院轉蕭條，疏竹虚窗時滴瀝。
不知風雨幾時休，已教淚灑窗紗濕。

黛玉病中纏綿，秋風秋雨又助其凄涼。

詩意纏綿，正是此時黛玉心情之寫照。

寶玉殷殷問病，其情彌切。

吟罷擱筆，方要安寢，丫鬟報說：『寶二爺來了。』寶釵未來，寶玉來了，文章變化，出人之意。一語未完，只見寶玉頭上帶着大箬笠，身上披着蓑衣。黛玉不覺笑了，說：『那裏來的一個漁翁？』寶玉忙問：『今兒好些？吃了藥沒有？今兒一日吃了多少飯？』一面說，一面摘了笠，脫了蓑衣，忙一手舉起燈來，一手遮住燈光，向黛玉臉上照了一照，覷着眼細瞧了一瞧，笑道：『今兒氣色好了些。』

黛玉看脫了蓑衣，裏面只穿半舊紅綾短襖，繫着綠汗巾子，膝下露出油綠綢撒花褲子，底下是掐金滿繡的綿紗襪子，靸着蝴蝶落花鞋。黛玉問道：『上頭怕雨，底下這鞋、襪子是不怕雨的？也倒乾淨。』寶玉笑道：『我這一套是全的。有一雙棠木屐，纔穿了來，脫在廊簷上了。』黛玉又看那蓑衣斗笠，不是尋常市上賣的，十分細緻輕巧，因說道：『是什麼草編的？怪道穿上不像那刺猬似的。』寶玉道：『這三樣都是北靜王送的。他閑了下雨時在家裏也是這樣。你喜歡這個，我也弄一套來送你。別的都罷了，惟有這斗笠有趣，竟是活的。頭上的這頂兒是活的，冬天下雪，帶上帽子，就把竹信子抽了，去下頂子來，只剩了這圈子。下雪時男女都戴得。我送你一頂，冬天下雪戴。』黛玉笑道：『我不要他。戴上那個，就成了畫兒上畫的和戲上扮的漁婆了。』畫上戲上皆幻也。及說了出來，方想起話未忖度，與方纔說寶玉的話相連，後悔不及，羞的臉飛紅，便伏在桌上嗽個不住。脂批：『妙極之文，使黛玉自己直說出夫妻來，卻又云畫的扮的。本是閒談，卻是暗隱不吉之兆，所謂「畫兒中愛寵」是也，誰曰不然。』

寶玉卻不留心，脂批：『必云不留心方好，方是寶玉。若留心又有何文字，且直是一時時獵色之賊矣。』因見案上有詩，遂拿起來看了一遍，又不禁叫好。黛玉聽了，忙起來奪在手內，向燈上燒了。寶玉笑道：『我已背熟了，燒了也無礙。』黛玉道：『我也好了許多，謝你一天來幾次瞧我，下雨還來。這會子夜深了，我也要歇着，你且請回去，明兒再來。』寶玉聽說，回手向懷中掏出一個核桃大小的金表來，瞧了一瞧，那針已指到戌末亥初之間，忙又揣了，說道：『原該歇了，又擾的你勞了半日神。』說着，披蓑戴笠出去了，又翻身進來問道：『你想什麼吃，告訴我，我明兒一早回老太太，豈不比老婆子們說的明白？』脂批：『直與後部寶釵之文遙遙針對，想彼姊妹房中，婆子丫鬟皆有，隨便皆可遣使。今寶玉獨云婆子而不云丫鬟者，心內已度定丫鬟之爲人。一言一事，無論大小，是萬無錯謬者也，一何可笑。』黛玉笑道：『等我夜裏想着了，明兒早起告訴你。你聽，雨越發緊了。快去罷。可有人跟着沒有？』有兩個婆子答應道：『有人，外面拿着傘，點着燈籠呢。』黛玉笑道：『這個天點燈籠？』寶玉道：『不相干，是明瓦的，不怕雨。』黛玉聽說，回手向書架上把個玻璃繡毬燈拿了下來，命點一支小蠟來，遞與寶玉，道：『這個又比那個亮，正是雨裏點的。』寶玉道：『我也有這麼一個，怕他們失腳滑倒了、打破了，所以沒點來。』

黛玉道：『跌了燈值錢，跌了人值錢？黛玉愛惜寶玉於此可見。你又穿不慣木屐子。那燈籠命寶黛深情，於此一段淡淡敘述，更見其真。

他們前頭照着。這個又輕巧又亮，原是雨裏自己拿着的。你自己手裏拿着這個，豈不好？自己拿着，腳下就亮堂了。明兒再送來。就是失了手，也有限的。怎麽忽然又變出這「剖腹藏珠」的脾氣來！』寶玉聽說，連忙接了過來，前頭兩個婆子打着傘，提着明瓦燈，後頭還有兩個小丫鬟打着傘。寶玉便將這個燈遞與一個小丫頭捧着，寶玉扶着他的肩，一逕去了。

就有蘅蕪苑的一個婆子，也打着傘提着燈，送了一大包上等燕窩來，還有一包子潔粉梅片雪花洋糖。說：『這比買的強。姑娘說了：姑娘先吃着，完了再送來。』黛玉道：『回去說「費心」。』命他外頭坐了吃茶。婆子笑道：『不吃茶了，我還有事呢。』黛玉笑道：『我也知道你們忙。如今天又涼，夜又長，越發該會個夜局，痛賭兩場了。』隨筆帶出夜賭事。婆子笑道：『不瞞姑娘說，今年我大沾光兒了，橫竪每夜各處有幾個上夜的人，誤了更也不好，不如會個夜局，又坐了更，又解了悶兒。今兒又是我的頭家。如今園門關了，就該上場了。』脂批：『幾句閒話，將潭潭大宅夜間所有之事，描寫一盡。雖偌大一園，且值秋冬之夜，豈不寥落哉。今用老嫗數語，更寫得每夜深人定之後，各處燈光燦爛，人煙簇集，柳陌之（上），（花）巷之中，或提燈同酒，或寒月烹茶者，竟仍有絡繹人跡不絕，不但不見寥落，且覺更勝於日間繁華矣。此是大宅妙景，不可不寫出。又伏下後文，且又襯出後文之冷落。此閒話中寫出，正是不寫之寫也。脂硯齋評。』黛玉聽說，笑道：『難爲你。誤了你發財，冒雨送來。』命人給他幾百錢，打些酒吃，避避雨氣。那婆子笑道：『又破費姑娘賞酒吃。』說着，磕了一個頭，外面接了錢，打着傘去了。

黛玉多感而難睡，總是病深之兆也。

紫鵑收起燕窩，然後移燈下簾，服侍黛玉睡下。黛玉自在枕上感念寶釵，一時又羨他有母兄；一面又想寶玉雖素習和睦，終有嫌疑。又聽見窗外竹梢蕉葉之上，雨聲淅瀝，清寒透幕，不覺又滴下淚來。直到四更將闌，方漸漸的睡了。暫且無話。

要知端的，下回分解。

【回後評】

李紈、探春請鳳姐爲監社御史，是真是假，未見分明，然鳳姐直說『分明是叫我作個進錢的銅商』，衆人即哄然而應，之後即允給五十兩，則要錢是實也。今時有文化事皆請實業家贊助，不意大觀園中已先行之矣。

李紈稱鳳姐是『水晶心肝玻璃人』，是贊鳳姐也，因鳳姐知詩社之請她是爲錢而一語道破也。故李紈贊之，不意此一贊反引出鳳姐爲李紈之月入算細賬，蓋鳳姐以爲探春向鳳姐要錢是李紈之所使，故爲李紈細算之。因之李紈又還以『天下人都被你算計了去』，且爲平兒大伸冤氣，說鳳姐『給平兒拾鞋也不要，你們兩個只該換一個過兒纔是』，語言諧而含刺，李紈已微慍矣。鳳姐之打平兒，鳳姐自知理虧，故李紈之責不可辯駁，不得不向平兒賠禮，平兒則以『奶奶們取笑，我禁不起』一語化解之，於是一場唇槍舌劍，以鳳姐善讓，李紈稍勝而收場。細讀此段文字，其機鋒所交，則語語相扣，足見作者筆如粲花，隨處爛熳也。

賴嬷嬷來，是爲其孫賴尚榮當州官，請主子賞光赴宴也，乃先敘往事，說『那裏知道那「奴才」兩字是怎麽寫的』，繼敘賈府先輩庭訓之嚴，言下之意是今非昔比，家教已墮墮也。作者家世原是包衣老奴，由賴嬷嬷提『奴才』兩字之辛酸，亦有憶昔感今之意否？其敘賴尚榮當官榮耀，亦是寫仗賈府之勢，雞犬升天之意，亦作者史筆也。

黛玉入秋後病情日重，他自知『我這樣病是不能好的了』。寶釵來探望，黛玉爲其日前的教訓和答應『別說與別人』，又爲其今日之關切所感，竟坦誠傾懷，自認多心，然後將自己身世之痛，寄人籬下之悲，切切相訴，而寶釵卻報以『將來也不過多費得一副嫁妝罷了』一語，一則真而誠，一則嬉而浮，兩人心胸判然而別。由此可知寶釵之關切，蓋由見黛玉之病深也。

《秋窗風雨夕》是黛玉之悲懷傾訴，寶釵原答應黛玉之求，『晚上再來和我說句話兒』，乃因風雨而不來；寶玉原未有約，忽於風雨之夕冒雨來探，且問好、問藥、問食，殷切之意，溢於言辭。寶釵之答應來而不來，明其關切是虛也，非誠也。寶玉之不約而來，明其時刻在心也，是未須臾忘也！

【校 記】

〔一〕 庚辰本於『我是沒有賀』下旁添『禮的』二字，旁添文字仍有脫漏，茲據各脂本於旁添『禮的』二字下，增『也不知道』以下二十七字。

脂批：『此回亦有本而筆，非泛泛之筆也。只看他題綱用「尷尬」二字於邢夫人，可知包藏含蓄文字之中莫能量也。』庚辰本回前評。

纔息賈璉的醜事，又來賈赦的歪事。賈府諸男子皆鬚眉濁物也。

先是正面勸，好意也。鳳姐一番直話、實話，揭出賈赦平日作爲。

第四十六回　尷尬人難免尷尬事　鴛鴦女誓絕鴛鴦偶[一]

話說林黛玉直到四更將闌，方漸漸的睡去，暫且無話。

如今且說鳳姐兒因見邢夫人叫他，不知何事，忙另穿戴了一番，坐車過來。邢夫人將房內人遣出，悄向鳳姐兒道：『叫你來不爲別事，有一件爲難的事，老爺託我，我不得主意，先和你商議。老爺因看上了老太太使的鴛鴦，要他在房裏，叫我和老太太討去。我想這倒平常有的事。邢夫人又是一種類型人物，既昏庸又無能而更左性。世間人固千類萬類也。只是怕老太太不給，你可有法子？』

鳳姐兒聽了，忙道：『依我說，竟別碰這個釘子去。老太太離了鴛鴦，飯也吃不下去的，那裏就捨得了？況且平日說起閒話來，老太太常說老爺，如今上了年紀，作什麼左一個小老婆右一個小老婆放在屋裏？可見小老婆已不少。沒的耽誤了人家。放着身子不保養，官兒也不好生作去，成日家和小老婆喝酒。太太聽這話，很喜歡老爺呢？這會子迴避還恐迴避不及，反倒拿草棍兒戳老虎的鼻子眼兒去了！太太別惱，一番道理，講得極正當，如能聽此，則無後來出醜矣，然能聽此話，也就不是賈赦、邢夫人了。

可見邢夫人之左性，不識大體，不知好壞，不明進退，一至於此！與此類人無話可說矣。

一扯順風帆，立即行舟，且以賈璉爲例，哄得愚蠢左性的

我是不敢去的。明放着不中用，而且反招出沒意思來。老爺如今上了年紀，行事不妥，太太該勸纔是。比不得年輕，作這些事無礙。如今兄弟、姪兒、兒子、孫子一大群，還這麼鬧起來，怎樣見人呢？』

邢夫人冷笑道：『大家子三房四妾的也多，偏咱們就使不得？我勸了也未必依。就是老太太心愛的丫頭，這麼鬍子蒼白了，又作了官的一個大兒子，要了作房裏人，也未必好駁回的。我叫了你來，不過商議商議，你先派上了我一篇不是。也有叫你要去的理？自然是我說去。你倒說我不勸，你還不知道那性子的，勸不成，先和我惱了。』

鳳姐兒知道邢夫人稟性愚強，（『愚強』兩字極確。）只知承順賈赦以自保，次則婪聚財貨爲自得，家下一應大小事務，俱由賈赦擺佈。凡出入銀錢事務，一經他手，便尅嗇（『尅嗇』必是此等人之常理。）異常，以賈赦浪費爲名，『須得我就中儉省，方可償補』，兒女奴僕，一人不靠，一言不聽的。如今又聽邢夫人如此的話，便知他又弄左性，勸了不中用，連忙陪笑說道：『太太這話說的極是。我能活了多大，知道什麼輕重？（鳳姐轉得快，轉得妙，於此等人不能講正理也，因其不知正理也。鳳姐隨即自我批評，並連連順說，纔算轉過彎來。）想來父母跟前，別說一個丫頭，就是那麼大的一個活寶貝，不給老爺給誰？背地裏的話那裏信得？我竟是個獃子。璉二爺或有日得了不是，老爺、太太恨的那樣，恨不得立刻拿來一下子打死。及至見了面，也就罷了，依

邢夫人回嗔作喜，此類人真可憐也！

用釜底抽薪法對付老太太，邢夫人何曾有一絲孝心，賈赦則更無一點孝心矣，所以所謂書禮之家的『孝』，實是假孝也，作者於此又揭出封建孝道的虛僞性。或曰：鴛鴦是賈母的一把鑰匙，賈赦如得鴛鴦，是得賈母之鑰匙矣，故邢夫人之釜底抽薪，是抽賈母之鑰匙也。此說亦不爲無因。

舊拿着老爺、太太心愛的東西賞他。如今老太太待老爺，自然也是那樣了。依我說，老太太今兒喜歡，要討今兒就討去。我先過去哄着老太太發笑，等太太過去了，我搭訕着走開，把屋子裏的人我也帶開，（借機自己先躲開，絕妙避禍法。）太太好和老太太說的。給了更好，不給也沒妨礙，衆人也不得知道。』

邢夫人見他這般說，便又喜歡起來，又告訴他道：『我的主意，先不和老太太要。老太太要說不給，這事便作死了。我心裏想着，先悄悄的和鴛鴦說。（邢夫人還自以爲有主意。可笑而可憐。）他雖害臊，我細細的告訴了他，他自然不言語，就妥了。（她把別人想得與自己一樣，太蠢了。）那時再和老太太說。老太太雖不依，擱不住他願意，（想用釜底抽薪法。）常言「人去不中留」，自然這就妥了。』鳳姐兒笑道：『到底是太太有智謀，這是千妥萬妥的。（鳳姐學乖了，贊得好，對此類蠢物，只能用此法。所謂『哄死人，不償命』也。）別說是鴛鴦，憑他是誰，那一個不想巴高望上、不想出頭的？這半個主子不做，倒願意做個丫頭，（句句說到邢夫人心坎裏，邢夫人只愛聽此類話。）將來配個小子就完了。』邢夫人笑道：『正是這個話了。別說鴛鴦，就是那些執事的大丫頭，誰不願意這樣呢？你先過去，別露一點風聲，我吃了晚飯就過來。』（自以爲得計。）

鳳姐兒暗想：『鴛鴦素習是個可惡的，雖如此說，保不嚴他就願意。（鳳姐又怕鴛鴦竟願意了。）我先過去了，太太後過去。若他依了，便沒話說；倘或不依，太太是多疑的人，只怕就疑我走了風聲，使他拿腔作勢的。那時太太又見了應了我的話，羞惱變成

（鳳姐隨機應變，總是不着痕迹。）

（邢夫人着着都在鳳姐安排之中。）

怒，拿我出起氣來，倒沒意思。不如同着一齊過去了，他依也罷，不依也罷，就疑不到我身上了。』（鳳姐想得周到之至，總爲保護自己不受疑惑也。）

想畢，因笑道：『方纔臨來的時候，舅母那邊送了兩籠子鵪鶉，我吩咐他們炸了，原要趕太太晚飯上送過來的，我纔進大門時，見小子們擡車，說太太的車拔了縫，拿去收拾去了。不如這會子坐了我的車，一齊過去倒好。』（乾脆坐鳳姐的車過去，更見鳳姐熱心此事。）（且同坐一車過去，更無走漏消息之嫌也。）邢夫人聽了，便命人來換衣服，鳳姐忙着服侍了一回。娘兒兩個坐車過來。鳳姐兒又說道：『太太過老太太那裏去，我若跟了去，老太太若問起我過去作什麼的，倒不好。不如太太先去，我脫了衣裳再來。』（又尋脫身之計。）

邢夫人聽了有理，便自往賈母處來，和賈母說了一回閒話，便出來假託往王夫人房裏去，從後門出去，打鴛鴦的臥房前過。只見鴛鴦正坐在那裏做針線，見了邢夫人，忙站起來。邢夫人笑道：『做什麼呢？我瞧瞧，你扎的花兒越發好了。』一面說，一面便接他手內的針線瞧了一瞧，只管讚好。放下針線，又渾身打量，只見他穿着半新的藕合色的綾襖，青緞掐牙背心，下面水綠裙子。蜂腰削背，鴨蛋臉面，烏油頭髮，高高的鼻子，兩邊腮上微微的幾點雀斑。（既寫鴛鴦，亦是寫邢夫人也。）

鴛鴦見這般看他，自己倒不好意思起來，心裏便覺詫異，（如此作爲，自然要詫異。）因笑問道：『太太，這會子不早不晚的，過來做什麼？』邢夫人使個眼色兒，跟的人退出。邢還是千選萬選選出來的，好不僥倖。

邢夫人自己一廂情願，以爲別人也必如

夫人便坐下，拉着鴛鴦的手，笑道：『我特來給你道喜來了。』鴛鴦聽了，心中已猜着三分，（不僅寫鴛鴦聰明，更寫其必將有之事也。）不覺紅了臉，低了頭不發一言。聽邢夫人道：『你知道，你老爺跟前竟沒有個可靠的人，（脂批：『說得得體，我正想開口一句，不知如何說，如此則妙極是極，如聞如見。』）心裏再要買一個，又怕那些人牙子家出來的不乾不淨，也不知道毛病兒，買了來家，三日兩日，又要肏鬼吊猴的。因滿府裏要挑一個家生女兒收了，又沒個好的。不是模樣兒不好，就是性子不好；有了這個好處，沒了那個好處。因此冷眼選了半年，這些女孩子裏頭，就只你是個尖兒，模樣兒，行事作人，溫柔可靠，一概是齊全的。意思要和老太太討了你去，收在屋裏。你比不得外頭新買的，你這一進去了，進門就開了臉，就封你姨娘，（進門就升了，是利誘也。）又體面，又尊貴。你又是個要強的人，俗語說的，「金子終得金子換」，（賈赦比一堆爛鐵都不如。）誰知竟被老爺看重了你。如今這一來，你可遂了素日志大心高的願了，（你怎知鴛鴦志大心高是想當小老婆。）也堵一堵那些嫌你的人的嘴。（是誰嫌鴛鴦。）跟了我回老太太去！』說着，拉了他的手就要走。（看來她以爲一說就成，真是白日做夢。）鴛鴦紅了臉，奪手不行。

邢夫人知他害臊，（你怎知她是害臊。）因又說道：『這有什麼臊處？你又不用說話，只跟着我就是了。』鴛鴦只低了頭不動身。邢夫人見他這般，便又說道：『難道你不願意不成？若果然不願意，可真是個傻丫頭了。放着主子奶奶不作，倒願意作丫頭！三年二年，不過配上一個小子，還是奴才。你跟了我們去，你知道我的性子又好，此想。豈知鴛鴦自有主張，然邢夫人所說一套，亦正是封建社會世俗常情之一套也，讀者於此可見封建社會之一角。

又不是那不容人的人。老爺待你們又好。過一年半載，生下個一男半女，你就和我並肩了。家裏人你要使喚誰，誰還不動？現成主子不做去，錯過這個機會，後悔就遲了。』鴛鴦只管低了頭，仍是不語。

邢夫人又道：『你這麼個響快人，怎麼又這樣積黏起來？有什麼不稱心之處，只管說與我，（最不稱心處就是你來找我。）我管你遂心如意就是了。』鴛鴦仍不語。邢夫人又笑道：『想必你有老子娘，你自己不肯說話，怕臊。你等他們問你，這也是理。讓我問他們去，叫他們來問你，有話只管告訴他們。』（愚蠢之極的邢夫人，想得倒很周到。）說畢，便往鳳姐兒房中來。

鳳姐兒早換了衣服，因房內無人，便將此話告訴了平兒。平兒也搖頭笑道：『據我看，此事未必妥。平常我們背着人說起話來，聽他那主意，未必是肯的。也只說着瞧罷了。』鳳姐兒道：『太太必來這屋裏商議。（早已料到，鳳姐真料事如神也。）依了還可，若不依，白討個臊，當着你們，豈不臉上不好看。你說給他們炸些鵪鶉，再有什麼配幾樣，預備吃飯。你且別處逛逛去，估量着去了再來。』平兒聽說，照樣傳給婆子們，便逍遙自在的往園子裏來。

這裏鴛鴦見邢夫人去了，必在鳳姐兒房裏商議去了，（亦早已料到。）必定有人來問他的，平兒還與她開玩笑。

不如躲了這裏，脂批：『終不免女兒氣，不知躲在那裏方無人來囉唣，寫得可憐可愛。』因找了琥珀說道：『老太太要問我，只說我病了，沒吃早飯，往園子裏逛逛就來。』琥珀答應了。

鴛鴦也往園子裏來，各處遊玩，不想正遇見平兒。平兒因見無人，便笑道：『新姨娘來了！』鴛鴦聽了，便紅了臉，說道：『怪道你們串通一氣來算計我！等着我和你主子鬧去就是了。』平兒聽了，自悔失言，平兒確是失言。便拉他到楓樹底下，脂批：『隨筆帶出妙景，正愁園中草木黃落，不想看此一句，便恍如置身於千霞萬錦絳雪紅霜之中矣。』坐在一塊石上，越性把方纔鳳姐過去回來所有的形景言詞、始末原由告訴與他。鴛鴦紅了臉，向平兒冷笑道：『這是咱們好，比如襲人、琥珀、素雲、紫鵑、彩霞、玉釧兒、麝月、翠墨，跟了史姑娘去的翠縷，死了的可人和金釧，去了的茜雪，脂批：『余按此一算，亦是十二釵，真鏡中花、水中月、雲中豹、林中之鳥、穴中之鼠，無數可考，無人可指，有跡可追，有形可據，九曲八折，遠響近影，迷離煙灼，縱橫隱現，千奇百怪，眩目移神，現千手千眼大遊戲法也。脂硯齋。』連上你我，這十來個人，從小兒什麼話兒不說？什麼事兒不作？這如今因都大了，各自幹各自的去了，脂批：『此語已可傷，猶未各自幹各自去，後日更有各自之處也，知之乎。』然我心裏仍是照舊，有話、有事並不瞞你們。這話我先放在你心裏，且別和二奶奶說：別說大老爺要我做小老婆，就是太太這會子死了，他三媒六聘的娶我去作大老婆，我也不能去。』鴛鴦有志氣。平兒方欲笑答，只聽山石背後哈哈的笑道：『好個沒臉的丫頭，虧你不怕牙磣。』二人聽了，不免吃了一驚，忙起身向山石背後找尋，不是別個，卻是襲人。意外出來了襲人。笑着走了出來，問：『什麼事情？告訴我。』說着，三人坐在石上。平兒又把方纔的話說與襲人聽，襲人道：『真真這話論理不該我們說，這個大老爺太好色了，（襲人之論，可見賈赦好色之甚。）略平頭正臉的，他就不放手了。』平兒道：『你既不願意，我教你個法子，（什麼好法子。）不用費事就完了。』鴛鴦道：『什麼法子？你說來我聽。』平兒笑道：『你只和老太太說，就說已經給了璉二爺了，大老爺就不好要了。』（平兒還拿她開玩笑。）鴛鴦啐道：『什麼東西！你還說呢！前兒你主子不是這麼混說的？誰知應到今兒了！』（回應前文）

襲人笑道：『他們兩個都不願意，我就和老太太說，叫老太太說把你已經許了寶玉了，大老爺也就死了心了。』（還拿她開玩笑，真何心也！）鴛鴦又是氣，又是臊，又是急，因罵道：『兩個蹄子不得好死的！人家有爲難的事，拿着你們當正經人，告訴你們，與我排解排解，你們倒替換着取笑兒。你們自爲都有了結果了，將來都是做姨娘的。據我看，天下的事未必都遂心如意。你們且收着些兒，別忒樂過了頭兒！』（氣得鴛鴦不得不如此說。）

二人見他急了，忙陪笑央告道：『好姐姐，別多心。咱們從小兒都是親姊妹一般，不過無人處偶然取個笑兒。你的主意，告訴我們知道，也好放心。』鴛鴦道：『什麼主意！我只不去就完了。』（乾脆得很，堅決得很。）平兒搖頭道：『你不去，未必得干休。大老爺的性子，你是知道的。雖然你是老太太房裏的人，此刻不敢把你怎麼其意已決，則無所懼矣！

此是千逼萬逼逼出來的話。是決心、狠心、傷心，好好一輩子，卻斷送在此輩之手也。雪芹寫此，即寫又一種命運也！

好個『我不願意』，是頂天立地之聲，世間千萬男兒獨少此聲。

『我不願意』這句話，已將『我』字放在主位，可見其自我意識之覺醒也。

樣，將來難道你跟老太太一輩子不成？『茫茫大難愁來日』也。也要出去的。那時落了他的手，倒不好了。』

鴛鴦冷笑道：『老太太在一日，我一日不離這裏。若是老太太歸西去了，他橫豎還有三年的孝呢，沒個娘纔死了他先放安置也，收也。小老婆的！等過了三年，知道又是怎麼個光景，那時再說。縱到了至急爲難，我剪了頭髮作姑子去。不然，還有一死。一輩子不嫁男人，又怎麼樣？樂得乾淨呢！』悲極壯極氣極憤極！平兒、襲人笑道：『真這蹄子沒了臉，越發信口兒都說出來了。』

鴛鴦道：『事到如此，臊一會怎麼樣！你們不信，慢慢的看着就是了。說在前頭太太纔說了，找我老子娘去。我看他南京找去！』平兒道：『你的父母都在南京看房子，沒上來，終久也尋的着。現在還有你哥哥、嫂子在這裏。可惜你是這裏的家生女兒，不如我們兩個人是單在這裏。』鴛鴦道：『家生女兒怎麼樣？牛不吃水強按頭？我不願意，其意甚決，其氣甚壯。難道殺我的老子娘不成？』

正說着，只見他嫂子從那邊走來。襲人道：『他們當時找不着你的爹娘，一定和你嫂子說了。』鴛鴦道：『這個娼婦專管是個「九國販駱駝的」，可見以賣買牲口爲慣也。聽了這話，他有個不奉承去的！』早已料到

說話之間，已來到跟前。他嫂子笑道：『那裏沒找到，姑娘跑了這裏來了！你

跟了我來，我和你說話。』平兒、襲人都忙讓他坐。他嫂子說：『姑娘們請坐，我找我們姑娘說句話。』襲人、平兒都裝不知道，笑道：『什麼話這樣忙？我們這裏猜謎兒贏手批子打呢，等猜了這個再去。』鴛鴦道：『什麼話？你說罷。』他嫂子笑道：『你跟我來，到那裏我告訴你，橫竪有好話兒。』鴛鴦道：『可是大太太和你說的那話？』他嫂子笑道：『姑娘既知道，還奈何我！快來，我細細的告訴你，可是天大的喜事。』鴛鴦聽說，立起身來，照他嫂子臉上下死勁啐了一口，指着他罵道：『你快夾着你那屄嘴離了這裏，好多着呢！什麼「好話」！宋徽宗的鷹，趙子昂的馬，都是好畫兒。什麼「喜事」！狀元痘兒灌的漿兒又滿，是喜事。怪道成日家羡慕人家的女兒作了小老婆，（此句罵得痛快。）一家子都仗着他橫行霸道的，一家子都成了小老婆了！（罵得好！）看的眼熱了，也把我送在火坑裏去。我若得臉呢，你們在外頭橫行霸道，自己就封了自己是舅爺了；我若不得臉敗了時，你們把忘八脖子一縮，生死由我去。』一面說，一面哭，平兒、襲人攔着勸。

他嫂子臉上下不來，因說道：『願意不願意，你也好說，不犯着牽三掛四的。俗語說，「當着矮人，別說短話」。姑奶奶罵我，我不敢還言。這二位姑娘並沒惹着你，小老婆長、小老婆短，人家臉上怎麼過得去？』（故意要往平兒、襲人身上拉。）襲人、平兒忙道：『你倒別這麼說，他也並不是說我們，你倒別牽三掛四的。你聽見那位太太、

寫鴛鴦嫂子聲口嘴臉有聲有色，如繪如畫。

鴛鴦啐得好，啐得有氣勢。

鴛鴦痛罵一頓，大伸正氣，可見鴛鴦已有自我覺醒意識，心目中根本無小老婆之類之想。雪芹寫鴛鴦，亦是借此寫此時代人的意識之潛移。這個時代，應是新的意識尚在朦朧之中萌生，舊的意識仍佔主要地位，故既有平兒、襲人，亦有鴛鴦，各適其適，相與共處。

［文章隨機生花，變化無窮。］

［𧼯，讀『寢』，低着頭快走。亦作『趛』。《集韻》：『低首疾趨，謂之𧼯，或從今。』］

太爺們封了我們做小老婆了？況且我們兩個也沒有爹娘、哥哥、兄弟在這門子裏仗着我們橫行霸道的。他罵的人自有他罵的，我們犯不着多心。』［駁得好，尤其是後幾句，直是痛罵！］鴛鴦道：『他見我罵了他，他臊了，沒的蓋臉，又拿話挑唆你們兩個，幸虧你們兩個明白。原是我急了，也沒分別出來，他就挑出這個空兒來。』他嫂子自覺沒趣，賭氣去了。［灰溜溜的走了。］

鴛鴦氣得還罵，平兒、襲人勸他一回，方纔罷了。平兒因問襲人道：『你在那裏藏着做甚麼的？我們竟沒看見你。』襲人道：『我因爲往四姑娘房裏瞧我們寶二爺去的，誰知去遲了一步，說是來家裏來了。我疑惑怎麼不遇見呢，想要往林姑娘家裏找去，又遇見他的人說也沒去。我這裏正疑惑是出園子去了，可巧你從那裏來了，我一閃，你也沒看見。後來他又來了。我從這樹後頭走到山子石後，我卻見你兩個說話來了，誰知你們四個眼睛全沒見我。』

一語未了，又聽身後笑道：『四個眼睛沒見你，你們六個眼睛竟沒見我！』三人唬了一跳，回身一看，不是別個，正是寶玉走來。［脂批：『通部情案，皆必從石兄掛號，各有各稿，穿插神妙。』］襲人先笑道：『叫我好找，你打那裏來？』寶玉笑道：『我從四妹妹那裏出來，迎頭看見你來了，我就知道是找我去的，我就藏了起來哄你。看你𧼯着頭過去了，進了院子就出來了，逢人就問，我在那裏好笑，只等你到了跟前唬你一跳的。後來見你也藏藏躲躲的，我就知道也是要哄人了。我探頭往前看了一看，卻是他兩個，所以我就繞到你身後。你出去，我就躲在你躲的那裏了。』平兒笑道：『咱們再往後找找去，只怕還找出兩個人來，也未可知。』寶玉笑道：『這可再沒了。』

鴛鴦已知話俱被寶玉聽了去，只伏在石頭上裝睡。寶玉推他笑道：『這石頭上冷，咱們回房裏去睡，豈不好？』說着拉起鴛鴦來，又忙讓平兒來家坐，吃茶。平兒和襲人都勸鴛鴦走，鴛鴦方立起身來，四人竟往怡紅院來。

寶玉將方纔的話俱已聽見，心中自然不快，只默默的歪在牀上，任他三人在外間說笑。

補敘。

那邊邢夫人因問鳳姐兒鴛鴦的父母，鳳姐因回說：『他爹的名字叫金彩，脂批：『姓金名彩，由鴛鴦二字化出，因文而生文也。』兩口子都在南京看房子，從不大上京。他哥哥金文翔，現在是老太太那邊的買辦。他嫂子也是老太太那邊漿洗的頭兒。』脂批：『只鴛鴦一家，寫的榮府中人各有各職，如目已睹。』邢夫人便令人叫了他嫂子金文翔媳婦來，細細說與他。金家媳婦自是喜歡，興興頭頭去找鴛鴦，只望一說必妥，不想被鴛鴦搶白一頓，又被襲人、平兒說了幾句，羞惱回來，便對邢夫人說：『不中用，他倒罵了我一場。』因鳳姐兒在旁，不敢提平兒，只說：『襲人也幫着他搶白我，也說了許多不知好歹的話，回不得主子的。太太和老鳳姐故意如此說。

說給邢夫人聽，演給邢夫人看。

爺商議再買罷。諒那小蹄子也沒有這麼大福，我們也沒有這麼大造化。』邢夫人聽了，因說道：『又與襲人什麼相干？他們如何知道的？』又問：『還有誰在跟前？』金家的道：『還有平姑娘。』鳳姐兒忙道：『你不該拿嘴巴子打他回來？我一出了門，他就逛去了，回家來連一個影兒也摸不着他！他必定也幫着說什麼呢！』金家的道：『平姑娘沒在跟前，遠遠的看着倒像是他，可也不真切，（不敢得罪鳳姐。）不過是我白忖度。』鳳姐便命人去：『快打了他來。告訴他我來家了，太太也在這裏，請他來幫個忙兒。』豐兒忙上來回道：『林姑娘打發了人下請字，請了三四次，他纔去了。奶奶一進門，我就叫他去的。林姑娘說：「告訴你奶奶，我煩他有事呢。」』鳳姐兒聽了方罷，故意的還說：『天天煩他，有些什麼事！』

邢夫人無計，吃了飯回家，晚間告訴了賈赦。賈赦想了一想，即刻叫賈璉來，說：『南京的房子還有人看着，不止一家，即刻叫上金彩來。』賈璉回道：『上次南京信來，金彩已經得了痰迷心竅，那邊連棺材銀子都賞了。不知如今是死是活？便是活着，人事不知，叫來也無用。（無巧不成書，來也無用了。）他老婆子又是個聾子。』賈赦聽了，喝了一聲，又罵：『下流囚攮的，偏你這麼知道，（是你要問，難道倒是不知道好。）還不離了我這裏！』唬得賈璉退出。

一時又叫傳金文翔。賈璉在外書房伺候着，又不敢家去，又不敢見他父親，只聽賈赦之言，可知其人不倫至何等地步！

叫鴛鴦無路可走，只有死路一條，其霸可知。

仗勢欺人一至於此。

得聽着。一時金文翔來了，小幺兒們直帶入二門裏去，隔了五六頓飯的工夫，纔出來去了。賈璉暫且不敢打聽。隔了一會，又打聽賈赦睡了，方纔過來。至晚間，鳳姐兒告訴他，方纔明白。

鴛鴦一夜沒睡。至次日，他哥哥回賈母說，接他家去逛逛。賈母允了，命他出去。鴛鴦意欲不去，又怕賈母疑心，只得勉強出來。他哥哥只得將賈赦的話說與他，又許他怎麽體面，又怎麽當家作姨娘。鴛鴦只咬定牙不願意。

他哥哥無法，少不得去回覆了賈赦。賈赦怒起來，因說道：『我這話告訴你，叫你女人向他說去，就說我的話：「自古嫦娥愛少年」，他必定嫌我老了，大約他戀着少爺們，多半是看上了寶玉，只怕也有賈璉。果有此心，叫他早早歇了心，我要他不來，此後誰還敢收？此是一件。第二件，想着老太太疼他，將來自然往外聘作正頭夫妻去。叫他細想，憑他嫁到誰家去，也難出我的手心。除非他死了，或是終身不嫁男人，我就伏了他！若不然時，叫他趁早回心轉意，有多少好處。』賈赦說一句，金文翔應一聲『是』。賈赦道：『你別哄我，我明兒還打發你太太過去問鴛鴦。你們說了，他不依，便沒你們的不是；若問他，他再依了，仔細你的腦袋！』金文翔忙應了又應，退出回家，也不等得告訴他女人轉說，竟自己對面說了這話。把個鴛鴦氣的無話可回，想了一想，便說道：『便願意去，也須得你們

鸳鸯女誓绝鸳鸯偶
壬午冬至
凤媛

千迴百折，至此不得不一瀉而下。

鴛鴦已下定決心，與賈赦抗爭到底。

鴛鴦一番話，是對封建官僚勢力的控訴，是爭取人身自主的宣言！

帶了我回聲老太太去。』他哥嫂聽了，只當回想過來，都喜之不勝。他嫂子即刻帶了他上來見賈母。

可巧王夫人、薛姨媽、李紈、鳳姐兒、寶釵等姊妹並外頭的幾個執事有頭臉的媳婦，都在賈母跟前湊趣兒呢。（好機會，難得有這麼多人。）鴛鴦喜之不盡，拉了他嫂子，到賈母跟前跪下，一行哭，一行說，把邢夫人怎麼來說，園子裏他嫂子又如何說，今兒他哥哥又如何說，『因爲不依，方纔大老爺越性說我戀着寶玉，不然要等着往外聘，我到天上，這一輩子也跳不出他的手心去，終久要報仇。我是橫了心的，當着衆人在這裏，我這一輩子，莫說是「寶玉」，便是「寶金」、「寶銀」、「寶天王」、「寶皇帝」，橫豎不嫁人就完了！就是老太太逼着我，我一刀抹死了，也不能從命！若有造化，我死在老太太之先；若沒造化，該討吃的命，服侍老太太歸了西，我也不跟着我老子娘、哥哥去，我或是尋死，或是剪了頭髮當尼姑去！若說我不是真心，暫且拿話來支吾，日後再圖別的，天地鬼神，日頭月亮照着嗓子，從嗓子裏頭長疔爛了出來，爛化成醬在這裏！』

原來他一進來時，便袖了一把剪子，一面說着，一面左手打開頭髮，右手便鉸。衆婆娘、丫鬟忙來拉住，已剪下半綹來了。衆人看時，幸而他的頭髮極多，鉸的不透，連忙替他挽上。

一點不假，確是算計。

賈母最清楚，確是『弄開了他，好擺弄我』也。

賈母聽了，氣的渾身亂戰，口內只說：『我通共剩了這麼一個可靠的人，他們還要來算計！』因見王夫人在旁，便向王夫人道：『你們原來都是哄我的！（沒有想到）（殃及王夫人。）外頭孝敬，暗地裏盤算我。有好東西也來要，有好人也要，剩了這麼個毛丫頭，見我待他好了，你們自然氣不過，弄開了他，好擺弄我！』王夫人忙站起來，不敢還一言。（脂批：『千奇百怪，王夫人亦有罪乎，老人家遷怒之言，必應如此。』）薛姨娘見連王夫人怪上，反不好勸的了。李紈一聽見鴛鴦的話，早帶了姊妹們出去。

探春有心的人，想王夫人雖有委曲，如何敢辯；薛姨媽也是親姊妹，自然也不好辯的；寶釵也不便爲姨母辯；李紈、鳳姐、寶玉一概不敢辯。這正用着女孩兒之時，迎春老實，惜春又小，因此在窗外聽了一聽，便走進來，陪笑向賈母道：『這事與太太什麼相干？（問得好。）老太太想一想，也有大伯子要收屋裏的人，小嬸子如何知道？便知道，也推不知道。』

猶未說完，賈母笑道：『可是我老糊塗了！（賈母氣極，纔有剛纔的話，被探春提醒，即知錯矣！）姨太太別笑話我。你這個姐姐他極孝順我，不像我那大太太一味怕老爺，婆婆跟前不過應景兒。可是委屈了他了。』薛姨媽只答應『是』，又說：『老太太偏心，多疼小兒子媳婦，也是有的。』賈母道：『不是偏心！』因又說道：『寶玉，（反問寶玉）我錯怪了你娘，你怎麼也不提我，看着你娘受委屈？』寶玉笑道：『我偏着娘說大爺、大娘不成？

獨有鳳姐敢駁回賈母。

通共一個不是，我娘在這裏不認，卻推誰去？我倒要認是我的不是，老太太又不信。』賈母笑道：『這也有理。你快給你娘跪下，你說太太別委屈了，老太太有年紀了，看着寶玉罷。』寶玉聽了，忙走過去，便跪下要說。王夫人忙笑着拉他起來，說：『快起來，快起來。斷乎使不得。終不成你替老太太給我賠不是不成？』寶玉聽說，忙站起來。〔脂批：『寶玉亦有罪了。』〕

賈母又笑道：『鳳姐兒也不提我。』〔脂批：『阿鳳也有了罪。奇奇怪怪之文，所謂《石頭記》不是作出來的。』〕鳳姐兒笑道：『我倒不派老太太的不是，老太太倒尋上我了？』賈母聽了，與衆人都笑道：『這可奇了！倒要聽聽這不是。』鳳姐兒道：『誰教老太太會調理人，調理的水葱兒似的，怎麽怨得人要？我幸虧是孫子媳婦，若是孫子，我早要了，還等到這會子呢。』賈母笑道：『這倒是我的不是了？』鳳姐兒笑道：『自然是老太太的不是了。』〔文章變化無窮，想不到鳳姐如此說。這是倒捲簾法，表面說賈母不是，實際上是贊賈母會調理人。〕

賈母笑道：『這樣，我也不要了，你帶了去罷！』鳳姐兒道：『等着修了這輩子，來生托生男人，我再要罷。』賈母笑道：『你帶了去，給璉兒放在屋裏，看你那沒臉的公公還要不要了？』〔一句話罵透賈赦。〕鳳姐兒道：『璉兒不配，就只配我和平兒這一對燒糊了的卷子和他混罷。』說的衆人都笑起來了。

忽見丫鬟回說：『大太太來了。』王夫人忙迎了出去。

要知端的，下回分解。

【回後評】

此回寫邢夫人爲賈赦向賈母要鴛鴦作小老婆。先商之鳳姐，鳳姐先以正言阻之，乃邢夫人反不以爲然，薄怒鳳姐，鳳姐立即轉篷，自認見識淺，不懂事，邢夫人立即回嗔作喜，自以爲必能說動鴛鴦，豈知鴛鴦毫不爲所動；又找鴛鴦之嫂來勸說，又被鴛鴦嚴辭斥退；再找鴛鴦之兄金文翔來連壓帶勸，仍被鴛鴦堅拒。終於逼得鴛鴦當賈母之面剪髮自誓，盡情控訴，遂使賈母大怒，痛斥邢夫人。按《紅樓夢》中，邢、王二夫人並稱，而於王夫人敍述獨多，此回則特寫邢夫人。通過邢夫人爲賈赦要鴛鴦一事，逼真寫出邢夫人之庸懦、昏聵、愚蠢而又剛愎自任，於賈赦則又唯夫之命是從。於此作者寫出了封建社會用封建婦女道德教育出來的一個獨特的婦女形象。無怪賈母說她『你倒也三從四德的，只是這賢慧也太過了！』當然邢夫人有她不同於王夫人和其她女性的特點，這就是他的庸懦、昏聵、愚蠢而又剛愎自任，還要加上她的貪婪和尅嗇。細讀《紅樓夢》，雖然邢、王二夫人常常並提，但讀者卻絲毫也不會把兩者混淆。只要稍加回味，兩個人的形象及其舉止聲口，便會躍然紙上而又絕不相犯，這就是作者的絕世才華。

鴛鴦抗婚，是《紅樓夢》中擲地作金聲的文字，這裏且引幾段鴛鴦的話，鴛鴦對平兒說：『這話我先放在你心裏，且別和二奶奶說，別說大老爺要我做小老婆，就是太太這會子死了，他三媒六聘的娶我去作大老婆，我也不能去。』『縱到了至急爲難，我剪了頭髮作姑子去。不然，還有一死。一輩子不嫁男人，又怎麼樣，樂得乾淨呢！』『家生女兒怎麼樣？牛不吃水強按頭？我不願意，難道殺我的老子娘不成？』當鴛鴦的嫂子勸她答應時，她『立起身來，照她嫂子臉上下死勁啐了一口，指着他罵道：「你快夾着你那屄嘴離了這裏，好多着呢！……怪道成日家羨慕人家的女兒作了小老婆，一家子都仗着他橫行霸道的，一家子都成了小老婆了！看的眼熱了，也把我送在火坑裏去。」』鴛鴦到賈母前控訴時，『拉了他嫂子，到賈母跟前跪下，一行哭，一行說，把邢夫人怎麼來說，園子裏他嫂子又如何說，今兒他哥哥又如何說，「因爲不依，方纔大老爺越性說我戀着寶玉，不然要等着往外聘，我到天上，這一輩子也跳不出他的手心去，終久要報仇。我是橫了心的，當着衆人在這裏，我這一輩子，莫說是『寶玉』，便是『寶金』、『寶銀』、『寶天王』、『寶皇帝』，橫豎不嫁人就完了！就是老太太逼我，我一刀抹死了，也不能從命！若有造化，我死在老太太之先；若沒造化，該討吃的命，服侍老太太歸了西，我也不跟着我老子娘、哥哥去，我或是尋死，或是剪了頭髮當尼姑去！若說我不是真心，暫且拿話來支吾，日後再圖別的，天地鬼神，日頭月亮照着嗓子，從嗓子裏頭長疔爛了出來，爛化成醬在這裏！」……』一面說着，一面左手打開頭髮，右手便鉸。……』上面這一大段話，是一個被壓迫的奴隸要求自由，要求自主權的強烈呼聲，是對壓逼者的憤怒反抗和血淚控訴，是一個被壓迫、被損害者用自己的生命來捍衛自己的尊嚴，是一個覺醒者震撼長空的吼聲！曹雪芹的時代，是歷史的轉型期，在歐洲，已經爆發了資產階級革命，在中國已經是資本主義萌芽、發展的時期，所以人的覺醒意識，也隨着歷史的緩慢轉型，也在自然地萌生，鴛鴦以一個『家生女兒』而強烈呼出的『我不願意』這句話，具有特定的歷史內涵。這個『我』字，是人的歷史性的自我覺醒的反映。雪芹的巨筆，生動而真實地描寫了這種人的自我意識萌生的歷史真實。本回對鴛鴦的描寫，是鴛鴦的正傳。

賈赦是榮府的長房，是襲了官的，於此可見賈政、賈雨村以外另一個封建官僚的標本。他威脅鴛鴦的一段話，特別是『一輩子也跳不出他的手心去』這句話，活畫出一個橫行霸道的封建官僚和奴隸主的嘴臉來。賈赦還只是襲爵，不是在任的官，那末有權有勢的現任官如賈雨村之流者，其兇狠虐民更可知了。

本回脂批說：『此回亦有本而筆，非泛泛之筆也。』本回的故事只有一個，就是鴛鴦抗婚，然則此事真有所本矣。

【校記】

〔一〕回目：庚辰本、楊本、甲辰本、程甲本同。列本下聯『絕』作『卻』。蒙本、戚序下聯『偶』作『侶』。

裏面已知道，王夫人又接了出來，想躲已躲不掉了，活畫出蠢婦進退兩難之尷尬狀，真尷尬人也。

賈母的話說得恰如其分。原來『三從四德』就是如此！所謂『出嫁從夫』也。

賈母說得是，想推託也推不了，何況事

第四十七回　獃霸王調情遭苦打　冷郎君懼禍走他鄉〔一〕

話說王夫人聽見邢夫人來了，連忙迎了出去。邢夫人猶不知賈母已知鴛鴦之事，正還要來打聽信息，進了院門，早有幾個婆子悄悄的回了他，他方知道。待要回去，裏面已知，又見王夫人接了出來，少不得進來，先與賈母請安，見賈母一聲兒不言語，（其兆不祥）自己也覺得愧悔。（到此始愧悔，已是遲了。）鳳姐兒早指一事迴避了，（避之唯恐不及。）鴛鴦也自回房去生氣。薛姨媽、王夫人等恐礙着邢夫人的臉面，也都漸漸的退了。邢夫人且不敢出去。（邢夫人豈敢逃避。）

賈母見無人，方說道：『我聽見你替你老爺說媒來了。（開口便教邢夫人難堪。語雖輕，實有千斤之重。）你倒也三從四德的，只是這賢慧也太過了！（看似贊之，而實責之。賢慧也有過頭的，真是新鮮。）你們如今也是孫子、兒子滿眼了，（不想想自己。）你還怕他，（怕丈夫，書之教也。）勸兩句都使不得，還由着你老爺那性兒鬧。』（責其不識自身的身分，責其庸懦無能。）邢夫人滿面通紅，（你不是說三房四妾的也多嗎？有什麼可臉紅的。）回道：『我勸過幾次不依。老太太還有什麼不知道呢，我也是不得已兒。』賈母道：『他逼着你殺人，你也殺去？（問得好，一句話就問倒了。）如今實是何曾勸過，只是聽命效力而已。

一番大道理，既責之，又絕之。

此事已一筆撤過，不怕你再鬧。

你也想想，你兄弟媳婦本來老實，又生得多病多痛，上上下下那不是他操心？你一個媳婦雖然幫着，也是天天丢下笆兒弄掃帚。凡百事情，我如今都自己減了。他們兩個就有一些不到的去處，有鴛鴦，那孩子還心細些，我的事情他還想着一點子。該要去的，他就要了來。該添什麼的，他就瞅空兒告訴他們添了。鴛鴦再不這樣，他娘兒兩個，裏頭外頭，大的小的，那裏不忽略一件半件，我如今反倒自己操心去不成？還是天天盤算和你們要東西去？我這屋裏有的沒的，剩了他一個，年紀也大些。我凡百的脾氣性格兒，他還知道些。二則他還投主子們的緣法，也並不指着我和這位太太要衣裳去，又和那位奶奶要銀子去。贊鴛鴦。所以這幾年一應事情，他說什麼，從你小嬸和你媳婦起，以至家下大大小小，沒有不信的。所以不單我得靠，連你小嬸、媳婦也都省心。我有了這麼個人，便是媳婦和孫子媳婦有想不到的，我也不得缺了，也沒氣可生了。這會子要他去了，你們弄個什麼人來我使？你們就弄他那麼一個真珠的人來，不會說話也無用。我正要打發人和你老爺說去，他要什麼人，我這裏有錢，叫他只管一萬八千的買，就只這個丫頭不能。留下他服侍我幾年，就比他日夜服侍我盡了孝的一般。你來的也巧，你就去說，更妥當了。』邢夫人到此，纔知碰了硬釘子。

說畢，命人來：『請了姨太太、你姑娘們來說個話兒。纔高興，怎麼又都散可見鴛鴦須臾不能離也。

鳳姐之話，隨機生發，觸處生春。

了？』丫頭們忙答應着去了。衆人忙趕着又來。只有薛姨媽向丫鬟道：『我纔來了，又作什麼去呢？你就說我睡了覺了。』那丫頭道：『好親親的姨太太，姨祖宗！我們老太太生氣呢，你老人家不去，沒個開交了，只當疼我們罷。你老人家嫌乏，我背了你老人家去。』（不知此丫頭名字，真是個玲瓏剔透之人。）薛姨媽道：『小鬼頭兒，你怕些什麼？不過罵幾句完了。』說着，只得和這小丫頭子走來。賈母忙讓坐，又笑道：『咱們鬭牌罷，姨太太的牌也生，咱們一處坐着，別叫鳳姐兒混了我們去。』薛姨媽笑道：『正是呢，老太太替我看着些兒。就是咱們娘兒四個鬭呢，還是再添個呢？』王夫人笑道：『可不只四個。』（脂批：『老實人言語。』）鳳姐兒道：『再添一個人熱鬧些。』賈母道：『叫鴛鴦來，叫他在這下手裏坐着。姨太太眼花了，咱們兩個的牌都叫他瞧着些兒。』鳳姐兒嘆了一聲，向探春道：『你們白知書識字的，倒不學算命！』探春道：『這又奇了。這會子你倒不打點精神贏老太太幾個錢，又想算命。』鳳姐兒道：『我正要算算命，今兒該輸多少呢，我還想贏呢！你瞧瞧，場子沒上，左右都埋伏下了。』說的賈母、薛姨媽都笑起來。

一時鴛鴦來了，便坐在賈母下手，鴛鴦之下便是鳳姐兒。鋪下紅氈，洗牌告幺，五人起牌。鬭了一回，鴛鴦見賈母的牌已十嚴，只等一張二餅，便遞了暗號與鳳姐兒。鳳姐兒正該發牌，便故意躊躇了半晌，笑道：『我這一張牌，定在姨賈母被逗的高高興興，以爲真是自己贏了，豈知都是『假作真』耳，然非此人情不悅耳。

鳳姐湊趣，越發逗人。

媽手裏扣着呢。我若不發這一張，再頂不下來的。』薛姨媽道：『我手裏並沒有你的牌。』鳳姐兒道：『我回來是要查的。』薛姨媽道：『你只管查。你且發下來，我瞧瞧是張什麼。』鳳姐兒便送在薛姨媽跟前。（故意送到薛姨媽處，實是送賈母也。）薛姨媽一看，是個二餅，便笑道：『我倒不稀罕他，只怕老太太滿了。』鳳姐兒聽了，忙笑道：『我發錯了。』賈母笑的已擲下牌來，說：『你敢拿回去！誰叫你錯的不成？』鳳姐兒道：『可是我要算一算命呢，這是自己發的，也怨埋伏！』賈母笑道：『可是呢，你自己該打着你那嘴，問着你自己纔是。』又向薛姨媽笑道：『我不是小器愛贏錢，原是個彩頭兒。』薛姨媽笑道：『可不是這樣！那裏有那樣糊塗人說老太太愛錢呢？』鳳姐兒正數着錢，聽了這話，忙又把錢穿上了，向衆人笑道：『够了我的了。竟不爲贏錢，單爲贏彩頭兒。我到底小器，輸了就數錢，快收起來罷。』

賈母規矩是鴛鴦代洗牌，因和薛姨媽說笑，不見鴛鴦動手，賈母道：『你怎麼惱了，連牌也不替我洗？』鴛鴦拿起牌來，笑道：『二奶奶不給錢。』賈母道：『他不給錢，那是他交運了。』便命小丫頭子：『把他那一吊錢都拿過來。』小丫頭子真就拿了，擱在賈母旁邊。鳳姐兒笑道：『賞我罷，我照數兒給就是了。』薛姨媽笑道：『果然是鳳丫頭小器，不過是頑兒罷了。』

鳳姐的話，如春花爛熳，滿席皆春，既逗人歡喜，又不見造作，皆風生漣漪，自然成文。

更進一層，更生一重波瀾。

鳳姐聽說，便站起來拉着薛姨媽，回頭指着賈母素日放錢的一個木匣子，笑道：『姨媽瞧瞧，那個裏頭不知頑了我多少去了。這一吊錢頑不了半個時辰，那裏頭的錢就招手兒叫他了。只等把這一吊也叫進去了，（鳳姐直把錢也說活了。）牌也不用鬭了，老祖宗的氣也平了，又有正經事差我辦去了。』話說未完，引的賈母衆人笑個不住。偏有平兒怕錢不够，又送了一吊來。鳳姐兒道：『不用放在我跟前，也放在老太太的那一處罷。一齊叫進去倒省事，不用做兩次，叫箱子裏的錢費事。』賈母笑的手裏的牌撒了一桌子，推着鴛鴦，叫：『快撕他的嘴！』

平兒依言放下錢，也笑了一回，方回來。至院門前遇見賈璉，問他：『太太在那裏呢？老爺叫我請過去呢。』平兒忙笑道：『在老太太跟前呢，站了這半日還沒動呢。（邢夫人站着，賈母沒有讓她坐，可見賈母對她有氣。）趁早兒丟開手罷。老太太生了半日氣，這會子虧二奶奶湊了半日趣兒，纔略好了些。』賈璉道：『我過去只說討老太太的示下，十四往賴大家去不去，好預備轎子的。又請了太太，又湊了趣兒，豈不好？』平兒笑道：『依我說，你竟不去罷。合家子連太太、寶玉都有了不是，這會子你又填限去了。』賈璉道：『已經完了，難道還找補不成？況且與我又無干。（你自己碰上來了，豈能無干。）二則老爺親自吩咐我請太太的，這會子我打發了人去，倘或知道了，正沒好氣呢，指着這個拿我出氣罷。』（又怕賈赦生氣。）說着就走。平兒見他說得有理，也便跟了過來。

賈璉到了堂屋裏，便把腳步放輕了，往裏間探頭，可見十分小心。只見邢夫人站在那裏。鳳姐兒眼尖，先瞧見了，使眼色兒不教他進來，又使眼色與邢夫人。邢夫人不便就走，只得倒了一碗茶來，放在賈母跟前。賈母一回身，賈璉不防，便沒躲伶俐。越想躲越沒有躲掉。賈母便問：『外頭是誰？倒像個小子一伸頭。』賈母眼尖鳳姐兒忙起身說：『我也恍惚看見一個人影兒，讓我瞧瞧去。』鳳姐隨聲附和。一面說，一面起身出來。

賈璉忙進去，陪笑道：『打聽老太太十四可出門？好預備轎子。』賈母道：『既這麼樣，怎麼不進來，問得是。又作鬼作神的？』賈璉陪笑道：『見老太太玩牌，不敢驚動。不過叫媳婦出來問問。』賈母忙道：『那裏就忙到這一時？等他家去，你問多少問不得？那一遭兒你這麼小心來着！又不知是來作耳報神的，也不知是來作探子的？賈母一看就明白，豈能瞞過。兩句話，已直射賈赦。鬼鬼祟祟的，倒唬了我一跳。什麼好下流種子！你媳婦和我頑牌呢，還有半日的空兒，你家去再和那趙二家的商量治你媳婦去罷。』說着，衆人都笑了。

鴛鴦笑道：『鮑二家的，老祖宗又拉上趙二家的。』賈母也笑道：『可是，我那裏記得什麼抱着背着的！賈母誤聽得妙。提起這些事來，不由我不生氣。我進了這門子作重孫子媳婦起，到如今我也有了重孫子媳婦了，連頭帶尾五十四年，憑着大驚大險、千奇百怪的事，也經了些，從沒經過這些事。還不離了我這裏呢！』兩句賈赦、賈璉都罵在內。

究竟還是與你有干了。

一身經歷，看透種種花樣。

究竟還怕賈母。

奴才家也建花園，且有『泉石林木，樓閣亭軒，也有好幾處驚

賈璉一聲兒不敢說，忙退了出來。平兒站在窗外悄悄的笑道：『我說着你不聽，到底碰在網裏了。』正說着，只見邢夫人也出來，賈璉道：『都是老爺鬧的，如今都搬在我和太太身上。』邢夫人道：『我把你這沒孝心的、雷打的下流種子！人家還替老子死呢，可見邢夫人愚蠢至極，難道能爲此事替老子死嗎？可見『三從四德』之害人也。白說了幾句，你就抱怨了。你還沒遇見他生氣的時候呢，這幾日肯生氣，仔細他捶你。』賈璉道：『太太快過去罷，叫我來請了好半日了。』說着，送他母親出來，過那邊去。

邢夫人將方纔的話只略說了幾句，賈赦無法，又含愧，自此便告病，且不敢見賈母，只打發邢夫人及賈璉每日過去請安。只得又各處遣人購求尋覓，終久費了八百兩銀子，此銀只好自花，不敢向賈母要也。買了一個十七歲的女孩子來，名喚嫣紅，收在屋內。不在話下。

這裏鬬了半日牌，吃晚飯纔罷。此一二日間無話。

展眼到了十四日，黑早，賴大的媳婦又進來請。賈母高興，便帶了王夫人、薛姨媽及寶玉姊妹等，到賴大花園中坐了半日。那花園雖不及大觀園，卻也十分齊整寬闊，泉石林木，樓閣亭軒，也有好幾處驚人駭目的。外面廳上，薛蟠、賈珍、賈璉、賈蓉並幾個近族的。很遠的也沒來，賈赦也沒來。賴大家內也請了幾個現任

人駭目的』。可見其興發之象。

特寫柳湘蓮。

所謂『優伶一類』，即供人玩弄之男妓也。乾隆時盛此風，清人筆記多有記載，蔣士銓《忠雅堂詩集》有《戲旦》一詩云：『朝爲俳優暮狎客，行酒燈筵逞顏色。士夫嗜好誠未知，風氣妖邪此爲極。……酒闌客散壺簽促，笑伴官人花底宿。……不道衣冠樂貴遊，官妓居然是男子。』閱此詩可知當時此風之盛，雪芹書此，亦當時社會之寫真也。

的官長並幾個世家子弟作陪。

因其中有柳湘蓮，薛蟠自上次會過一次，已念念不忘；又打聽他最喜串戲，且串的都是生旦風月戲文，不免錯會了意，誤認他作了風月子弟。正要與他相交，恨沒有個引進，這日可巧遇見，樂得無可無不可。且賈珍等也慕他的名，酒又蓋住了臉，就求他串了兩齣戲。下來，移席和他一處坐着，問長問短，說此說彼。

那柳湘蓮原是世家子弟，讀書不成，父母早喪，素性爽俠，不拘細事，酷好耍槍舞劍，賭博吃酒，以至眠花臥柳，吹笛彈箏，無所不爲。因他年紀又輕，生得又美，不知他身分的人，卻誤認作優伶一類。那賴大之子賴尚榮與他素習交好，故他今日請來作陪。不想酒後別人猶可，獨薛蟠又犯了舊病。薛蟠舊病發作，不可自止矣。他心中早已不快，得便意欲走開完事，無奈賴尚榮死也不放。柳湘蓮早想走開，奈賴尚榮不放。賴尚榮又說：『方纔寶二爺又囑咐我，纔一進門雖見了，只是人多不好說話，叫我囑咐你散的時候別走，他還有話說呢。你既一定要去，等我叫出他來，你兩個見了再走，與我無干。』說着，便命小廝們到裏頭找一個老婆子，悄悄告訴：『請出寶二爺來。』那小廝去了。沒一盞茶時，果見寶玉出來了。賴尚榮向寶玉笑道：『好叔叔，把他交給你，我張羅人去了。』說着，一逕去了。

寶玉便拉了柳湘蓮到廳側小書房中坐下，問他這幾日可到秦鍾的墳上去了。

脂批：『忽提此人，使我墮淚。近幾回不見提此人，自謂不表矣，乃忽於此處柳湘蓮提及，所謂方以類聚，物以群分也。』湘蓮道：『怎麼不去？前日我們幾個人放鷹去，離他墳上還有二里。我想今年夏天的雨水勤，恐怕他的墳站不住。我背着衆人，走去瞧了一瞧，果然又動了一點子。回家來就便弄了幾百錢，第三日一早出去，僱了兩個人收拾好了。』

寶玉道：『怪道呢，上月我們大觀園的池子裏頭結了蓮蓬，我摘了十個，叫茗煙出去到墳上供他去。回來我也問他，可被雨沖壞了沒有。他說，不但不沖，且比上回又新了些。我想着，不過是這幾個朋友新築了。我只恨我天天圈在家裏，一點兒做不得主，行動就有人知道，不是這個攔就是那個勸的，能說不能行。雖然有錢，又不由我使。』湘蓮道：『這個事，也用不着你操心，外頭有我呢。你只心裏有了就好，就是眼前十月一，我已經打點下上墳的花消。你知道我一貧如洗，家裏是沒的積聚，縱有幾個錢來，隨手就光的，不如趁空兒留下這一分，省得到了跟前扎手。』

寶玉道：『我也正爲這個，要打發茗煙找你，你又不大在家，知道你天天萍蹤浪跡，沒個一定的去處。』湘蓮道：『這也不用找我。這個事，不過各盡其道。眼前我還要出門去走走，外頭逛個三年五載再回來。』寶玉聽了，忙問道：『這是爲何？』柳湘蓮冷笑道：『你不知道我的心事，等到跟前，你自然知道。我如

補敘一段，可見柳湘蓮、寶玉都還念着秦鍾。

『十月一』，北方民間爲已故親人上墳送寒衣之日。諺云：『十月一，神鬼要棉衣。』已嫁之女必於是日回家爲已故父祖輩上墳，曰『送寒衣』，至今仍存此俗，即稱是日爲『十月一』，而不稱『十月初一』。此處正寫寶玉、湘蓮爲秦鍾上墳之事，可證當時已有此俗。庚辰本作『十月一』，是。別本作『十月初一』，誤。足見庚本之可貴。

此條承河北讀者蕭鳳芝見告，謝謝。

特寫一筆柳湘蓮要遠行，爲下文預伏。

寫薛蟠，活是一個花花公子，獃霸王。

今要別過了。』寶玉道：『好容易會着，晚上同散豈不好？』湘蓮道：『你那令姨表兄還是那樣，再坐着未免有事，（柳湘蓮總想避開薛蟠，免得惹事。）不如我迴避了倒好。』寶玉想了一想道：『既是這樣，倒是迴避他爲是。只是你要果真遠行，必須先告訴我一聲，千萬別悄悄的去了。』說着，便滴下淚來。柳湘蓮道：『自然要辭的。你只別和別人說就是了。』說着，便站起來要走，又道：『你就進去罷，不必送我。』一面說，一面出了書房。

剛至大門前，早遇見薛蟠在那裏亂嚷亂叫（薛蟠原來候在這裏。）說：『誰放了小柳兒走了！』柳湘蓮聽了，火星亂迸，恨不得一拳打死，復思酒後揮拳，又礙着賴尚榮的臉面，只得忍了又忍。

薛蟠忽見他走出來，如得了珍寶，忙趔趄着走上來一把拉住，笑道：『我的兄弟，你往那裏去了？』湘蓮道：『走走就來。』薛蟠笑道：『好兄弟，你一去都沒興了，好歹坐一坐，你就疼我了。憑你有什麼要緊的事，交給哥，你只別忙。有你這個哥，你要做官發財都容易。』

湘蓮見他如此不堪，（正是不堪之極。）心中又恨又愧，早生一計，便拉他到避人之處，笑道：『你真心和我好，假心和我好呢？』薛蟠聽這話，喜的心癢難撓，乜斜着眼（一副賊相）忙笑道：『好兄弟，你怎麼問起我這話來？我要是假心，立刻死在眼前！』湘

（寫薛蟠直是一個渾人，能得其神髓。）

蓮道：『既如此，這裏不便。等坐一坐，我先走，你隨後出來，跟到我下處，咱們替另喝一夜酒。我那裏還有兩個絕好的孩子，從沒出門去。你可連一個跟的人也不用帶，到了那裏，服侍的人都是現成的。』（服侍你一頓拳脚，毫不費力。）

薛蟠聽如此說，喜得酒醒了一半，說：『果然如此？』湘蓮道：『如何人拿真心待你，你倒不信了？』薛蟠忙笑道：『我又不是獃子，（明明是獃霸王，偏說不是獃子。）怎麼有個不信的呢！既如此，我又不認得，你先去了，我在那裏找你？』湘蓮道：『我這下處在北門外頭。你可捨得家，城外住一夜去？』薛蟠笑道：『有了你，我還要家做什麼！』湘蓮道：『既如此，我在北門外頭橋上等你，咱們席上且吃酒去。你看我走了之後，你再走，他們就不留心了。』薛蟠聽了，連忙答應。

於是二人復又入席，飲了一回。那薛蟠難熬，只拿眼看湘蓮，心內越想越樂，左一壺右一壺，並不用人讓，自己便吃了又吃，（自得其樂，以爲好事在眼前也。）不覺酒已八九分了。湘蓮便起身出來，瞅人不防去了。至門外，命小廝杏奴：『先家去罷，我到城外就來。』說畢，已跨馬直出北門，橋上等候薛蟠。

沒頓飯時工夫，只見薛蟠騎着一匹大馬，遠遠的趕了來，張着嘴，瞪着眼，頭似撥浪鼓一般不住左右亂瞧。（寫得活脫逼真。）及至從湘蓮馬前過去，（寫得妙，活畫薛蟠。）只顧望遠處瞧，不曾留心近處，反踩過去了。湘蓮又是笑，又是恨，便也撒馬隨後趕來。

白日做夢，還說兩家情願。

薛蟠往前看時，漸漸人煙稀少，便又圈馬回來再找，不想一回頭見了湘蓮，如獲奇珍，忙笑道：『我說你是個再不失信的。』湘蓮笑道：『快往前走，仔細人看見跟了來，就不便了。』說着，先就撒馬前去，薛蟠也緊緊的跟來。

湘蓮見前面人跡已稀，且有一帶葦塘，便下馬，將馬拴在樹上，向薛蟠笑道：『你下來，咱們先設個誓，日後要變了心，告訴人去的，便應了誓。』薛蟠笑道：『這話有理。』（薛蟠大老粗，豈能想到吃虧就在眼前。）連忙下了馬，也拴在樹上，便跪下說道：『我要日久變心，告訴人去的，天誅地滅！』一語未了，（想不到話未說完已變心了。）只聽『噔』的一聲，頸後好似鐵錘砸下來，只覺得一陣黑，滿眼金星亂迸，身不由己，便倒下來。湘蓮走上來瞧瞧，知道他是個笨家，不慣捱打，（捱打豈能慣，令人發笑。）只使了三分氣力，向他臉上拍了幾下，登時便開了菓子鋪。

薛蟠先還要掙挫起來，又被湘蓮用腳尖點了兩點，仍舊跌倒，口內說道：『原是兩家情願，你不依，只好說，爲什麼哄出我來打我？』一面說，一面亂罵。湘蓮道：『我把你瞎了眼的，你認認柳大爺是誰！你不說哀求，你還傷我！我打死你也無益，只給你個利害罷。』說着，便取了馬鞭過來，從背至脛，打了三四十下。薛蟠酒已醒了大半，（用馬鞭醒酒，是專治薛蟠酒醉之法。）覺得疼痛難禁，不禁有『噯喲』之聲。湘蓮冷笑道：『也只如此！我只當你是不怕打的。』一面說，一面又把薛蟠的

（還不肯求饒。）

左腿拉起來，朝葦中濘泥處拉了幾步，滾的滿身泥水。（打完還要漿洗一番。）又問道：『你可認得我了？』薛蟠不應，只伏着哼哼。湘蓮又擲下鞭子，用拳頭向他身上擂了幾下。薛蟠便亂滾亂叫，說：『肋條折了。我知道你是正經人，因爲我錯聽了旁人的話了。』湘蓮道：『不用拉別人，你只說現在的。』薛蟠道：『現在也沒什麼說的。不過你是個正經人，我錯了。』湘蓮道：『還要說軟些纔饒你。』薛蟠哼哼着道：『好兄弟。』湘蓮便又一拳。（一句好兄弟，償一拳。）薛蟠『嗳喲』了一聲道：『好哥哥。』湘蓮又連兩拳。（又是兩拳）薛蟠忙『嗳喲』叫道：『好老爺，饒了我這沒眼睛的瞎子罷！從今以後我敬你怕你了。』湘蓮道：『你把那水喝兩口。』（喝酒以後再喝水。）薛蟠一面聽了，一面皺眉道：『那水髒得很，怎麼喝得下去！』湘蓮舉拳就打。薛蟠忙道：『我喝，我喝。』說着說着，只得俯頭向葦根下喝了一口，猶未咽下去，只聽『哇』的一聲，把方纔吃的東西都吐了出來。湘蓮道：『好髒東西，你快吃盡了饒你。』薛蟠聽了，（真是難爲薛大爺了。）叩頭不迭道：『好歹積陰功饒我罷！這至死不能吃的。』湘蓮道：『這樣氣息，倒熏壞了我。』說着，丟下薛蟠，便牽馬認鐙去了。這裏薛蟠見他已去，心內方放下心來，後悔自己不該誤認了人。待要掙挫起來，無奈遍身疼痛難禁。

還要諷刺兩句，自然少不得。

誰知賈珍等席上忽不見了他兩個，各處尋找不見。有人說：『恍惚出北門去了。』薛蟠的小厮們素日是懼他的，他吩咐不許跟去，誰還敢找去？（脂批：『亦如秦法自誤。』）後來還是賈珍不放心，命賈蓉帶着小厮們尋蹤問跡的直找出北門。下橋二里多路，忽見葦坑邊薛蟠的馬拴在那裏。衆人都道：『可好了，有馬必有人。』一齊來至馬前，只聽葦中有人呻吟。大家忙走來一看，只見薛蟠衣衫零碎，面目腫破，沒頭沒臉，遍身內外，滾的似個泥豬一般。（好比喻，真像。）

賈蓉心內已猜着九分了，忙下馬令人攙了出來，笑道：『薛大叔天天調情，今兒調到葦子坑裏來了。必定是龍王爺也愛上你風流，要你招駙馬去，你就碰到龍犄角上了。』薛蟠羞的恨沒地縫兒，鑽不進去，那裏爬的上馬去。（活現世，全被人看得一清二楚。）賈蓉只得命人趕到關廂裏，僱了一乘小轎子，薛蟠坐了，一齊進城。賈蓉還要擡往賴家去赴席，（故意捉弄）薛蟠百般央告，又命他不要告訴人，賈蓉方依允了，讓他各自回家。

賈蓉仍往賴家回覆賈珍，並說方纔形景。賈珍[二]也知爲湘蓮所打，也笑道：『他須得吃個虧纔好。』至晚散了，便來問候。薛蟠自在臥房將養，推病不見。

賈母等回來，各自歸家時，薛姨媽與寶釵見香菱哭得眼睛腫了。問其原故，忙趕來瞧薛蟠時，臉上身上雖有傷痕，並未傷筋動骨。薛姨媽又是心疼，又是發恨，罵一回薛蟠，又罵一回柳湘蓮，意欲告訴王夫人，遣人尋拿柳湘蓮。

還是寶釵明智，張揚開去，更叫薛家難堪。

薛姨媽只是護薛蟠，可見也是糊塗人。

寶釵忙勸道：『這不是什麼大事，不過他們一處吃酒，酒後反臉常情，誰醉了，多挨幾下子打，也是有的。況且咱們家的無法無天，也是人所共知的。媽不過是心疼的緣故，要出氣也容易，等三五天哥哥養好了出的去時，那邊珍大爺、璉二爺這干人也未必白丟開了，自然備個東道，叫了那個人來，當着衆人，給哥哥賠不是認罪就是了。如今媽先當件大事告訴衆人，倒顯得媽偏心溺愛，縱容他生事招人，今兒偶然吃了一次虧，媽就這樣興師動衆，倚着親戚之勢，欺壓常人。』薛姨媽聽了，道：『我的兒，到底是你想的到，我一時氣糊塗了。』寶釵笑道：『這纔好呢，他又不怕媽，又不聽人勸，一天縱似一天，吃過兩三個虧，他倒罷了。』

薛蟠睡在炕上，痛罵柳湘蓮，又命小廝們去拆他的房子，打死他，和他打官司。薛姨媽禁住小廝們，只說柳湘蓮一時酒後放肆，如今酒醒，後悔不及，懼罪逃走了。薛蟠聽見如此說了，氣方漸平。

要知端的——

【回後評】

邢夫人以爲自己釜底抽薪之計一蹴即成，豈知一遇鴛鴦即碰壁，再使鴛鴦兄嫂亦無用，終於不得不來見賈母，尚未見面，已知事情糟糕，進退不得，真成尷尬人。見賈母後賈母第一句就是『我聽見你替你老爺說媒來了』，這句話看似平平，其實是冷嘲熱諷與切責均在其內矣。接着說『你倒也三從四德的，只是這賢慧也太過了！』『三從四德』本是封建婦道，只有嫌其不足，而賈母卻說她『賢慧也太過了』，就是說她『太過分了』，也就是責她不賢慧，賢慧過頭，當然就是不賢慧，所謂過猶不及。接下去說：『你們如今也是孫子、兒子滿眼了，你還怕他。』這是直接說她不顧自己的年紀身份，幹這些叫兒孫看了都看不過去的事，這句話連賈赦都一起切責在內。下面一句更是重點在責賈赦，而亦及邢夫人，邢夫人稍欲申辯，賈母即嚴詞以斥：『他逼着你殺人，你也殺去？』一句話，責得邢夫人再也無言以對。以下便是講自己絕不可少鴛鴦，你們作兒女的不來孝順，還要把服侍我的人要走，萬萬不能。這一席話，雖未說他們不孝，而已見其意。這也是嚴責，因封建時代，不孝也是一項重罪。賈母這番看似薄責，實際上卻是十分嚴峻的話，卻絲毫也不涉及鴛鴦願意不願意之事，亦即與鴛鴦無關，而是老太太絕不許可。這既避免鴛鴦再受爲難，更使賈赦、邢夫人知道是賈母絕不容許，即使找鴛鴦也無用。然後即叫她將此話轉告賈赦。說完就立即找人打牌取樂，再不提此事，顯得此事已經決斷，再無可商量。由此可見賈母析理之清楚，處事之果決。

賈母等打牌，鳳姐連篇笑話，不僅寫鳳姐捷才，亦使文章於前段緊張肅穆後文情爲之一轉，變緊張爲輕鬆。正當文情蕩漾之際，又忽來賈璉。賈璉雖然小心翼翼，探頭探腦地進去，還是被老太太一眼就看見，說：『「那一遭兒你這麼小心來着！又不知是來作耳報神的，也不知是來作探子的，鬼鬼祟祟的，倒唬了我一跳，什麼好下流種子！你媳婦和我頑牌呢，還有半日的空兒，你家去再和那趙二家的商量治你媳婦去罷。」說着，衆人都笑了。鴛鴦笑道：「鮑二家的，老祖宗又拉上趙二家的。」賈母也笑道：「可是，我那裏記得什麼抱着背着的！提起這些事來，不由我不生氣。我進了這門子作重孫媳婦起，到如今我也有了重孫子媳婦了，連頭帶尾五十四年，憑着大驚大險、千奇百怪的事，也經了些，從沒經過這些事。還不離了我這裏呢！」』賈母這一大段話，既罵賈赦又罵賈璉，『耳報神』『探子』是罵賈赦也。『趙二家的』，『抱着背着的』是罵賈璉也。末兩句是賈赦、賈璉合罵。文章合笑聲罵聲於一腔，此天下之奇文也。

賴家孫子做官演戲，而賈府正在衰落，子孫如此不肖，是榮枯各異，恰成兩相對照。然賴家之富是仗賈家之勢，而榮枯恰相反，是亦時世趨勢之一端也。雪芹寫此，亦爲社會留一角真面乎！

薛蟠自搶英蓮以後，逍遥法外，一貫仗勢欺人，尋歡作樂，從未受過懲處，乃忽遇柳湘蓮，不僅痛打一頓，而且令其叩頭求饒，把他『滚的似個泥豬一般』。賈蓉更說：『薛大叔天天調情，今兒調到葦子坑裏來了。必定是龍王爺也愛上你風流，要你招駙馬去，你就碰到龍犄角上了。』薛蟠羞得恨沒地縫兒鑽不進去。此大快人心之筆：不懲薛蟠，不足以快讀者之心；不懲薛蟠，亦不足以稱《紅樓》之文。

【校 記】

〔一〕回目：庚辰本、楊本、列藏本、戚序本、蒙府本、甲辰本、程甲本均同，文字小有出入。戚序、蒙府本『苦打』作『毒打』。庚辰本『遭』誤書作『遣』。

〔二〕『並說方纔形景。賈珍』以上八字庚辰本缺，據蒙府、戚序、列藏本補。

脂批：『題曰「柳湘蓮走他鄉」，必謂寫湘蓮如何走。今卻不寫，反細寫阿獃兄之「遊藝」，了卻湘蓮之分內。走者而不細寫其走，反寫阿獃，不應走而寫其走。文牽岐路，令人不識者如此。至「情小妹」回中方寫湘蓮文字，真神化之筆。』
庚辰本回前評

霸王而捱打，難見人，要躲一年半載，可見此霸王非拔山扛鼎之霸王，乃橫行霸道之霸王耳。

自知文不文、武不武，還算有點自知之明。

第四十八回　濫情人情誤思遊藝　慕雅女雅集苦吟詩

且說薛蟠聽見如此說了，氣方漸平。三五日後，疼痛雖愈，傷痕未平，只裝病在家，愧見親友。

展眼已到十月，因有各鋪面夥計內有算年賬要回家的，少不得家內治酒餞行。內有一個張德輝，年過六十，自幼在薛家當鋪內攬總，家內也有二三千金的過活，今歲也要回家，明春方來。因說起：『今年紙劄、香料短少，明年必是貴的。明年先打發大小兒上來當鋪內照管，趕端陽前我順路販些紙劄、香扇來賣。除去關稅花銷，亦可以剩得幾倍利息。』薛蟠聽了，心中忖度：『我如今捱了打，正難見人，想着要躲他個一年半載，又沒處去躲。天天裝病，也不是事。況且我長了這麼大，文又不文，武又不武，雖說做買賣，究竟戥子算盤從沒拿過，地土風俗、遠近道路又不知道，不如也打點幾個本錢，和張德輝逛一年來。賺錢也罷，不賺錢也罷，且躲躲羞去。二則逛逛山水，也是好的。』心內主意已定，至酒席散後，名義上是學做生意，實際上是逛逛山水，躲避躲避。

項羽是學書不成去學劍，又不成，去學萬人敵。薛蟠是學書不成去學生意，學生意不成即去遊逛。

明知他不能成事，也不能改老脾氣，但終不能不讓他試試。

便和張德輝說知，命他等一二日一同前往。

晚間，薛蟠告訴了他母親。薛姨媽聽了雖是歡喜，但又恐他在外生事，花了本錢倒是末事，因此不命他去。只說：『好歹你守着我，我還能放心些。況且也不用做這買賣，也不等着這幾百銀子來用。你在家裏安分守己的，就強似這幾百銀子了。』（這是實在話。）

薛蟠主意已定，那裏肯依，只說：『天天又說我不知世事，這個也不知，那個也不學。如今我發狠把那些沒要緊的都斷了，如今要成人立事，學習着做買賣，又不准我了，叫我怎麽樣呢？我又不是個丫頭，把我關在家裏，何日是個了日？況且那張德輝又是個年高有德的，咱們和他世交，我同他去，怎麽得有舛錯？（有依靠。）我就一時半刻有不好的去處，他自然說我勸我。就是東西貴賤行情，他是知道的，自然色色問他，何等順利，倒不叫我去。過兩日，我不告訴家裏，私自打點了一走，明年發了財回家，（獃霸王要發財，新鮮事。）那時纔知道我呢。』說畢，賭氣睡覺去了。

薛姨媽聽他如此說，因和寶釵商議。寶釵笑道：『哥哥果然要經歷正事，正是好的了。只是他在家時說着好聽，到了外頭舊病復犯，（正愁這一點。）越發難拘束了。但也愁不得許多。他若是真改了，是他一生的福；若不改，媽也不能又有別的法子。一半盡人力，一半聽天命罷了。這麽大人了，若只管怕他不知世路，出不得門，幹不寶釵說得頭頭是道，真是只有出去，沒有不讓出去之理。

出外做生意而帶侍候之人五人，還有四個長行騾子，自騎鐵青大走騾，另備坐馬，如此派勢，安得不遇盜。

得事，今年關在家裏，明年還是這個樣兒。他既說的名正言順，媽就打諒着丟了八百一千銀子，竟交與他試一試。橫豎有夥計們幫着，也未必好意思哄騙他的。二則他出去了，左右沒有助興的人，又沒了倚仗的人，到了外頭，誰還怕誰？（誰還怕誰，這是實話。）有了的吃，沒了的餓着，舉眼無靠。他見這樣，只怕比在家裏省了事，也未可知。』（脂批：『作書者曾吃此虧，批書者亦曾吃此虧，故特於此註明，使後人深思默戒。脂硯齋。』）薛姨媽聽了，思忖半晌，說道：『倒是你說的是。花兩個錢，叫他學些乖來也值了。』商議已定，一宿無語。

至次日，薛姨媽命人請了張德輝來，在書房中，命薛蟠款待酒飯，自己在後廊下，隔着窗子，向裏千言萬語囑託張德輝照管薛蟠。張德輝滿口應承，吃過飯告辭，又回說：『十四日是上好出行日期，大世兄即刻打點行李，僱下騾子，十四一早就長行了。』薛蟠喜之不盡，將此話告訴了薛姨媽。

薛姨媽便和寶釵、香菱並兩個老年的嬤嬤連日打點行裝，派下薛蟠之乳父老蒼頭一名，當年諳事舊僕二名，外有薛蟠隨身常使小厮二人，主僕一共六人，僱了三輛大車，單拉行李使物，又僱了四個長行騾子。薛蟠自騎一匹家內養的鐵青大走騾，外備一匹坐馬。諸事完畢，薛姨媽、寶釵等連夜勸戒之言，自不必備說。

至十三日，薛蟠先去辭了他舅舅，然後過來辭了賈宅諸人。賈珍等未免又有餞行之說，也不必細述。至十四日一早，薛姨媽、寶釵等直同薛蟠出了儀門。母女兩個四隻淚眼看他去了，方回來。

薛蟠出門，爲香菱入園之由。

薛姨媽上京帶來的家人，不過四五房，並兩三個老嬤嬤、小丫頭，今跟了薛蟠一去，外面只剩了一兩個男子。因此，薛姨媽即日到書房，將一應陳設玩器，並簾幔等物，盡行搬了進來收貯，命那兩個跟去的男子之妻一併也進來睡覺。又命香菱將他屋裏也收拾嚴緊：『將門鎖了，晚間和我去睡。』

寶釵道：『媽既有這些人作伴，不如叫菱姐姐和我作伴去。我們園裏又空，夜長了，我每夜做活，越多一個人豈不越好。』薛姨媽聽了，笑道：『正是我忘了，原該叫他同你去纔是。我前日還同你哥哥說，文杏又小，道三不着兩的，鶯兒一個人不够服侍的，還要買一個丫頭來你使。』寶釵道：『買的不知底裏，倘或走了眼，花了錢小事，沒的淘氣。倒是慢慢的打聽着，有知道來歷的，買個還罷了。』脂批：『閑言過耳無跡，然已伏下一事矣。』一面說，一面命香菱收拾了衾褥妝奩，命一個老嬤嬤並臻兒送至蘅蕪苑去。然後寶釵和香菱纔同回園中來。脂批：『細想香菱之爲人也，根基不讓迎探，容貌不讓鳳秦，端雅不讓紈釵，風流不讓湘黛，賢惠不讓襲平，所惜者青（幼）年罹禍，命運乖蹇，足（致）爲側室。且雖曾讀書，不能與林湘輩並馳于海棠之社耳。然此一人豈可不入園哉。故欲令入園，終無可入之隙。籌畫再四，欲令入園必獃兄遠行後方可。然獃兄又如何方可遠行？曰：名不可，利不可，正事不可，必得萬人想不到自己忽一發機之事方可。因此思及情之一字，及（乃）獃素所誤者，故借「情誤」二字生出一事，使阿獃遊藝之志已堅，則菱卿入園之隙方妥。回思因欲香菱入園，是寫阿獃情誤，因欲阿獃情誤，先寫一賴尚華（榮）；實委婉嚴密之甚也。脂硯齋評。』香菱笑向寶釵道：『我原要和奶奶說的，大爺去了，我〔一〕和姑娘作伴兒去。又恐怕奶奶多心，香菱欲學作詩，而不知詩爲何物，以爲一學就能，所以說：『趁着這個工夫，教給我作詩罷。』然今人有學詩者，亦是香菱這種想法，可發一笑。

尚未進園，先『從老太太起，各處各人，你都瞧瞧，問候一聲兒，也不必特意告訴他們說搬進園來。』香菱，薛蟠之妾耳，如何叫他『從老太太起，各處各人，你都瞧瞧。』無乃太唐突乎，此舉真不可解。

說我貪着園裏來頑。誰知你竟說了。』寶釵笑道：『我知道你心裏羨慕這園子，不是一日兩日的了，只是沒個空兒。就每日來一趟，慌慌張張的，也沒趣兒。所以趁着這機會，越性住上一年，我也多個作伴的，你也遂了心。』香菱笑道：『好姑娘，你趁着這個工夫，教給我作詩罷。』脂批：『寫得何其有趣。今忽見菱卿此句，合卷從紙上另走出一姣小美人來，並不是湘林探鳳等一樣口氣聲色，真神駿之技，雖馳驅萬里而不見有倦怠之色。』

寶釵笑道：『我說你「得隴望蜀」呢。我勸你今兒頭一日進來，先出園東角門，從老太太起，各處各人，你都瞧瞧，問候一聲兒。也不必特意告訴他們說搬進園來。若有提起因由，你只帶口說我帶了你進來作伴兒就完了。回來進了園，再到各姑娘房裏走走。』進了園到各姑娘房裏走走，尚屬正理。

香菱應着纔要走時，只見平兒忙忙的走來。脂批：『忙忙二字奇，不知有何妙文。』香菱忙問了好，平兒只得陪笑相問。『只得』二字，寫出平兒意外突然之感。寶釵因向平兒笑道：『我今兒帶了他來作伴兒，正要去回你奶奶一聲兒。』寶釵先盡禮數。平兒笑道：『姑娘說的是那裏話？我竟沒話答言了。』寶釵道：『這纔是正理。店房也有個主人，廟裏也有個住持。雖不是大事，到底告訴一聲。便是園裏坐更上夜的人，知道添了他兩個，也好關門候户的了。說得事事周到。你回去告訴一聲罷，我不打發人去了。』平兒答應着，因又向香菱笑道：『你既來了，也不拜一拜街坊鄰舍去？』脂批：『是極，恰是戲言，實欲支出香菱去也。』寶釵笑道：『我正要叫他賈赦打賈璉，真是新文。

痛罵賈雨村。賈雨村久不提矣，纔一提及，開口便罵。

世上自有此種鍾情於文玩古董者，世俗人不懂，或以爲是獃子耳。

璉二爺是否懂文玩字畫，不要如薛蟠把唐寅當庚黃。所說四種扇骨，皆非重寶，而古人字畫，連名字

去呢。』平兒道：『你且不必往我們家去，二爺病了在家裏呢。』（有內情，不能明言。）香菱答應着去了，先從賈母處來，不在話下。

且說平兒見香菱去了，便拉寶釵忙說道：『姑娘可聽見我們的新文了？』寶釵道：『我沒聽見什麼新文。因連日打發我哥哥出門，所以你們這裏的事，一概也不知道，連姊妹們這兩日也沒見。』平兒笑道：『老爺把二爺打了個動不得，難道姑娘就沒聽見？』寶釵道：『早起恍惚聽見了一句，也信不真。我也正要瞧你奶奶去呢，不想你來了。又是爲了什麼打他？』

平兒咬牙罵道：『都是那賈雨村什麼風村，半路途中那裏來的餓不死的野雜種！認了不到十年，生了多少事出來！（總括一句，可見雨村壞事做絕。）今年春天，老爺不知在那個地方看見了幾把舊扇子，回家來看家裏所有收着的這些好扇子都不中用了，立刻叫人各處搜求。誰知就有一個不知死的冤家，混號兒世人叫他作石獃子，窮的連飯也沒的吃，偏他家就有二十把舊扇子，死也不肯拿出大門來。二爺好容易煩了多少情，見了這個人，說之再三，把二爺請到他家裏坐着，拿出這扇子略瞧了一瞧。據二爺說，原是不能再有的，全是湘妃、椶竹、麋鹿、玉竹的，（從文物來看，此類亦非連城之寶。）皆是古人寫畫真跡，（究竟是哪些古人。）回來告訴了老爺。老爺便叫買他的，要多少銀子給他多少。偏那石獃子說：「我餓死凍死，一千兩銀子一把，我也不賣！」老爺沒法子，天天罵二爺

都沒有，究竟是否珍貴，尚不可知。

雨村之法，最是省事，既欠官銀，便必抄家，既抄家，此物自然到手，毫不費力。文革中，林彪、江青、康生即用此法抄人之家，得寶甚多。四人幫敗後，予曾見故宮展覽康生所藏古硯極多，皆第一流珍玩。諒石獃子之扇不能比。康生等亦是用賈雨村之法得之。

沒能為。已經許了他五百兩，先兌銀子後拿扇子。他只是不賣，只說：「要扇子，先要我的命！」此類事前人早有過，未足為怪。姑娘想想，這有什麼法子？誰知雨村那沒天理的聽見了，便設了個法子，訛他拖欠了官銀，拿他到衙門裏去，說所欠官銀，變賣家產賠補，把這扇子抄了來，作了官價送了來。那石獃子如今不知是死是活。可想性命難保，有誰管他死活。老爺拿着扇子問着二爺說：「人家怎麼弄了來了？」二爺只說了一句：「為這點子小事，弄得人坑家敗業，也不算什麼能為！」賈璉有不少醜事，但這句話卻是香話。璉爺敢講此話，還算不錯，雖挨了打，亦值得令人同情。老爺聽了就生了氣，說二爺拿話堵老爺。因此這是第一件大的。這幾日還有幾件小的，我也記不清。所以都湊在一處，就打起來了。也沒拉倒用板子、棍子，就站着，不知拿什麼混打一頓，臉上打破了兩處。連臉上都打破了，可見賈赦氣極狠極，亦可見賈赦渾極橫極。我們聽見姨太太這裏有一種丸藥，上棒瘡的，姑娘快尋一丸子給我。』

寶釵聽了，忙命鶯兒去要了一丸來與平兒。寶釵道：『既這樣，替我問候罷，我就不去了。』平兒答應着去了，不在話下。

且說香菱見過眾人之後，吃過晚飯，寶釵等都往賈母處去了，自己便往瀟湘館中來。『讀書者自得師』也。此時黛玉已好了大半，見香菱也進園來住，自是歡喜。香菱因笑道：『我這一進來了，也得了空兒，好歹教給我作詩，就是我的造化了！』找到黛玉學詩，算是找對了。黛黛玉自願任師，一則於詩有自負，二則於香菱有所愛。

幾句話，已說盡作詩之法，自聰明能詩者觀之，亦只是此數語而已，然如從詩學深處而論，則豈能一言而盡。

就這幾句話，十年未必能讀精讀透也，然所舉諸人，自是學

玉笑道：『既要作詩，你就拜我作師。我雖不通，大略也還教得起你。』香菱笑道：『果然這樣，我就拜你作師。你可不許膩煩的。』（先不許老師膩煩，這個學生特殊。）黛玉道：『什麽難事，也值得去學！不過是起承轉合，當中承轉是兩副對子，平聲對仄聲，虛的對實的，實的對虛的。若是果有了奇句，連平仄虛實不對都使得的。』香菱笑道：『怪道我常弄一本舊詩偷空兒看一兩首，又有對的極工的，又有不對的，又聽見說「一三五不論，二四六分明」。看古人的詩上亦有順的，亦有二四六上錯了的，所以天天疑惑。如今聽你這一說，原來這些格調規矩竟是末事，只要詞句新奇爲上。』（雖是末事，卻不能不講究，不能不精到，如一味新奇，而不講規矩，便入魔道，此千萬不能誤解者。）黛玉道：『正是這個道理。詞句究竟還是末事，第一是立意要緊。（立意第一，自是正理。）若意趣真了，連詞句不用修飾，自是好的，這叫做「不以詞害意」。』（此話也只能適度，俱不修飾，豈有詩中老杜、義山、山谷諸人。）

香菱笑道：『我只愛陸放翁的詩，「重簾不捲留香久，古硯微凹聚墨多」，說的真有趣！』黛玉道：『斷不可看這樣的詩。你們因不知詩，所以见了這淺近的就愛。一入了這個格局，再學不出來的。（此類詩，格局小，思路仄，確不可多學。）你只聽我說，你若真心要學，我這裏有《王摩詰全集》，你且把他的五言律讀一百首，細心揣摩透熟了，然後再讀一二百首老杜的七言律，次再李青蓮的七言絕句讀一二百首。肚子裏先有了這三個人作了底子，然後再把陶淵明、應瑒、謝、阮、庾、鮑等人的一看。你又是一

詩之必不可少者。

學詩如不下苦心，豈能有所獲，猶憶予幼年，正值抗日戰爭開始，失學在家，無書可讀，偶得《古詩源》，讀之甚久，後又得《唐詩三百首》，從此二書爲予學詩之入門書矣，此或即林黛玉詩法乎？一笑。

此仍不過是憑空想像耳。詩從生活中來，欲領略王輞川《塞上》詩，如無此生活，即想像亦是空泛之

個極聰敏伶俐的人，不用一年的工夫，不愁不是詩翁了！』（說得那麼容易。）

香菱聽了，笑道：『既這樣，好姑娘，你就把這書給我拿出來，我帶回去夜裏念幾首，也是好的。』黛玉聽說，便命紫鵑將王右丞的五言律拿來，遞與香菱，又道：『你只看有紅圈的，都是我選的，有一首念一首。不明白的，問你姑娘，或者遇見我，我講與你就是了。』

香菱拿了詩，回至蘅蕪苑中，諸事不顧，只向燈下一首一首的讀起來。寶釵連催他數次睡覺，他也不睡。寶釵見他這般苦心，只得隨他去了。

一日，黛玉方梳洗完了，只見香菱笑吟吟的送了書來，又要換杜律。黛玉笑道：『共記得多少首？』香菱笑道：『凡紅圈選的我盡讀了。』黛玉道：『可領略了些滋味沒有？』香菱笑道：『我倒領略了些滋味，不知可是不是，說與你聽聽。』黛玉笑道：『正要講究討論，方能長進。你且說來我聽。』

香菱笑道：『據我看來，詩的好處，有口裏說不出來的意思，想去卻是逼真的。有似乎無理的，想去竟是有理有情的。』黛玉笑道：『這話有了些意思，但不知你從何處見得？』香菱笑道：『我看他「塞上」一首，那一聯云：「大漠孤煙直，長河落日圓。」想來煙如何直？日自然是圓的。這「直」字似無理，「圓」字似太俗。合上書一想，倒像是見了這景的。若說再找兩個字換這兩個，竟

想，予曾七次進大漠，一次入居延海，始知此兩句無窮真意，無際妙境也。

更見自然，更見澹泊。

大家都不是認真，大家都不過是玩玩，如此說還可以。

再找不出兩個字來。再還有「日落江湖白，潮來天地青」，這「白」「青」兩個字也似無理。想來，必得這兩個字纔形容得盡，念在嘴裏倒像有幾千斤重的一個橄欖。還有「渡頭餘落日，墟裏上孤煙」，這「餘」字和「上」字難爲他怎麼想來！我們那年上京來，那日下晚便灣住船，岸上又沒有人，只有幾棵樹，遠遠的幾家人家作晚飯，那個煙竟是碧青，連雲直上。誰知我昨日晚上讀了這兩句，倒像我又到了那個地方去了。』（雖然如此，香菱能悟及此，已非易事了。）

正說着，寶玉和探春也來了，也都入座聽他講詩。寶玉笑道：『既是這樣，也用不着念詩。會心處不在多，聽你說了這兩句，可知三昧你已得了。』黛玉笑道：『你說他這「上孤煙」好，你還不知他這一句還是套了前人來的。我給你這一句瞧瞧，更比這個淡而現成。』說着，便把陶淵明的『曖曖遠人村，依依墟裏煙』翻了出來，遞與香菱。香菱瞧了，點頭嘆賞，笑道：『原來「上」字是從「依依」兩個字上化出來的。』寶玉大笑道：『你已得了，不用再講，越發倒學雜了。你就作起來，必是好的。』探春笑道：『明兒我補一個柬來，請你入社。』（寫得如此容易，自是小說耳，莫作真學詩看也。）香菱笑道：『姑娘何苦打趣我，我不過是心裏羨慕，纔學着頑罷了。』探春、黛玉都笑道：『誰不是頑？難道我們是認真作詩呢！若說我們認真成了詩，出了這園子，把人的牙還笑倒了呢。』

寶玉是通情達理之論，事實上與雪芹同時的詩人袁枚就收了不少女弟子學詩，有《女弟子詩選》。

『你別怕臊』一句倒是要言，只有不怕

寶玉道：『這也算自暴自棄了。前日我在外頭和相公們商議畫兒，他們聽見咱們起詩社，求我把稿子給他們瞧瞧。我就寫了幾首給他們看看，誰不真心嘆服。他們都抄了刻去了。』探春、黛玉忙問道：『這是真話麼？』寶玉笑道：『說謊的是那架上的鸚哥。』黛玉、探春聽說，都道：『你真真胡鬧！且別說那不成詩，便是成詩，我們的筆墨也不該傳到外頭去。』寶玉道：『這怕什麼！古來閨閣中的筆墨不要傳出去，如今也沒有人知道了。』說着，只見惜春打發了入畫來請寶玉，寶玉方去了。

香菱又逼着黛玉換出杜律來，又央黛玉、探春二人：『出個題目，讓我謅去。謅了來，替我改正。』黛玉道：『昨夜的月最好，我正要謅一首，竟未謅成，你竟作一首來。十四寒的韻，由你愛用那幾個字去。』

香菱聽了，喜的拿回詩來，又苦思一回作兩句詩，又捨不得杜詩，又讀兩首。如此茶飯無心，坐臥不定。寶釵道：『何苦自尋煩惱。（學詩從來就是要着魔的。香菱着魔，自是常事。）都是顰兒引的你，我和他算賬去。你本來獃頭獃腦的，再添上這個，越發弄成個獃子了。』

脂批：『「獃頭獃腦的」，有趣之至。最恨野史有一百個女子，皆曰聰敏伶俐，究竟看來，他行爲也只平平，今以獃子爲香菱定評，何等嫵媚之至也。』

香菱笑道：『好姑娘，別混我。』

脂批：『如聞如見。』

一面說，一面作了一首，先與寶釵看。寶釵看了笑道：『這個不好，不是這個作法。你別怕臊，只管拿了給他瞧去，看他是怎麼說。』香菱聽了，便拿了詩臊，勤問勤改，纔能入其堂奥，如怕臊，則一步不能前矣。

找黛玉。

黛玉看時，只見寫的是：

月掛中天夜色寒。清光皎皎影團團。
詩人助興常思玩，野客添愁不忍觀。
翡翠樓邊懸玉鏡，珍珠簾外掛冰盤。
良宵何用燒銀燭，晴彩輝煌映畫欄。

八句竟是初學詩人的習作，虧作者寫得出來。此學詩第一階段之義也，千萬勿以爲作一首詩即可另入新境。

黛玉笑道：『意思卻有，只是措詞不雅。批得對。皆因你看的詩少，被他縛住了。把這首丟開，再作一首，只管放開膽子去作。』

香菱聽了，默默的回來，越性連房也不入，只在池邊樹下，或坐在山石上出神，或蹲在地下摳土。來往的人都詫異。

從旁人眼中看香菱學詩。

李紈、寶釵、探春、寶玉等聽得此信，都遠遠的站在山坡上瞧着他，只見他皺一回眉，又自己含笑一回。寶釵笑道：『這個人定要瘋了！昨夜嘟嘟噥噥直鬧到五更天纔睡下，沒一頓飯的工夫天就亮了。我就聽見他起來了，忙忙碌碌梳了頭，就找顰兒去。一回來了，獃了一日。作了一首，又不好。這會子自然另作呢。』

寶玉笑道：『這正是「地靈人傑」。老天生人，再不虛賦情性的。我們成日嘆說可惜他這麼個人竟俗了。誰知到底有今日，可見天地至公。』此話有道理，香菱遭際如此，故至今日始得親文墨耳。寶釵聽了，笑道：『你能够像他這苦心就好了，學什麼有個不成的？』此語即含仕途經濟。寶玉不答。寶玉不答，是深知其意，故不予答也。

寶釵之論，並非要寶玉像香菱一樣學詩，不過仍是仕途經濟一套耳。

只見香菱興興頭頭的又往黛玉那邊去了。探春笑道：『咱們跟了去，看他有些意思沒有。』說着，一齊都往瀟湘館來。只見黛玉正拿着詩和他講究。衆人因問黛玉作的如何。黛玉道：『自然算難爲他了，只是還不好。這一首過於穿鑿了，所謂過猶不及也。還得另作。』衆人因要詩看時，只見作道：

非銀非水映窗寒，試看晴空護玉盤。
淡淡梅花香欲染，絲絲柳帶露初乾。
只疑殘粉塗金砌，恍若輕霜抹玉欄。
夢醒西樓人跡絕，餘容猶可隔簾看。

此學詩之第二階段也，亦非此一首即可飛陞入另境也。詩自當經研磨之境。

寶釵笑道：『不像吟月了。「月」字底下添一個「色」字，倒還使得。你看，句句倒是月色。這也罷了，原是詩從胡說來，再遲幾天就好了。』

『詩從胡說來』，並非無理，能悟此，亦已不易，然『胡說』並非隨意胡編，是要敢於想像也。

香菱自爲這首妙絕，聽如此說，自己掃了興，不肯丟開手，便要思索起來。因見他姊妹們說笑，便自己走至階前竹下閑步，挖心搜膽，耳不旁聽，目不別視。

學詩常有夢中作詩事，余至今仍常有，惟不易記住全首。古人作詩亦常有夢中得句。東坡集中多有此類詩，故香菱夢中作詩亦常情也。

一時探春隔窗笑說道：『菱姑娘，你閒閒罷。』香菱怔怔答道：『「閒」字是十五刪的，你錯了韻了。』（真正入魔了，耳中聽來，字字皆詩韻。）衆人聽了，不覺大笑起來。寶釵道：『可真是詩魔了。都是顰兒引的他！』黛玉道：『聖人說，「誨人不倦」，他又來問我，我豈有不說之理？』李紈笑道：『咱們拉了他，往四姑娘房裏去，引他瞧瞧畫兒，叫他醒一醒纔好。』

說着，真個出來拉了他，過藕香榭，至暖香塢中，惜春正乏倦，在牀上歪着睡午覺，畫繒立在壁間，用紗罩着。衆人喚醒了惜春，揭紗看時，十停方有了三停，香菱見畫上有幾個美人，因指着笑道：『這一個是我們姑娘，那一個是林姑娘。』探春笑道：『凡會作詩的，都畫在上頭。你快學罷。』說着，頑笑了一回。

各自散後，香菱滿心中還是想詩。至晚間，對燈出了一回神；至三更以後，上牀臥下，兩眼鰥鰥；直到五更，方纔朦朧睡去了。（初學詩時，常常如此。）

一時天亮，寶釵醒了，聽了一聽，他安穩睡了，心下想：『他翻騰了一夜，不知可作成了？這會子乏了，且別叫他。』正想着，只聽香菱從夢中笑道：『可是有了，難道這一首還不好？』寶釵聽了，又是可嘆，又是可笑，連忙喚醒了他，問他：『得了什麼？你這誠心都通了仙了，學不成詩，還弄出病來呢。』一面說，一面梳洗了，會同姊妹往賈母處來。

原來香菱苦志學詩，精血誠聚，日間做不出，忽於夢中得了八句。梳洗已畢，便忙録出來，自己並不知好歹，便拿來又找黛玉。剛到沁芳亭，只見李紈與衆姊妹方從王夫人處回來，寶釵正告訴他們說他夢中作詩說夢話。脂批：『一部大書，起是夢，寶玉情是夢，賈瑞淫又是夢，秦之（氏）家計長策又是夢，今作詩也是夢，一併風月鑑亦從夢中所有，故曰《紅樓夢》也。余今批評，亦在夢中，特爲夢中之人特作此一大夢也。脂硯齋。』衆人正笑，擡頭見他來了，便都爭着要詩看。且聽下回分解。

【回後評】

薛蟠外出遊藝，從薛蟠來說，被打受辱後無臉見人，故思外出躲避，亦藉此遊覽也。回目稱『濫情人』指薛蟠情之濫也，則其人可知矣。『情誤』者，指誤認柳湘蓮故遭痛打也。是情之誤也。薛蟠之被痛打，且喊爹叫爺，滚得如泥豬一般，則其人齷齪污濫可知矣，亦雪芹以筆墨懲之也。從小說情節來說，如薛蟠不外出，則香菱不得入大觀園，而香菱是十二釵副冊上的人物，自當入大觀園，故以薛蟠外出遊藝，使香菱得入園之機也。

此回賈赦勾結賈雨村，以拖欠官銀之罪，抄沒石獃子家產，掠取其所藏古人字畫名扇，置石獃子於生死不知之地。因賈璉說了一句『爲這點子小事，弄得人坑家敗業，也不算什麽能爲！』致使賈赦大怒，痛打賈璉。因之平兒大罵賈雨村，說：『都是那賈雨村什麽風村，半路途中那裏來的餓不死的野雜種！認了不到十年，生了多少事出來！』賈赦勾結賈雨村掠奪民財，是賈赦之罪也。雨村用官勢掠奪民財以討好賈赦，是雨村枉法虐民也。平兒罵雨村說『認了不到十年，生了多少事出來！』是雨村仗勢虐民，巴結賈府已非一次矣。是則平兒之罵預爲後部賈家之敗伏筆也。第十七回元妃省親演戲，第一出《豪宴》下脂批云：『《一捧雪》中，伏賈家之敗。』平兒之罵雨村，當與上引脂批有關，暗示雨村先是夤緣賈府，繼而出賣賈府，致賈府之敗。賈府之敗，其因當非一端，雨村之構陷，當是其罪之一端耳。此處寫賈赦之貪酷，亦爲後部賈府之敗伏筆。故此段情節，實爲賈府衰敗之預示，非率爾之筆也。

香菱學詩，黛玉教詩，皆只是詩學之大要，香菱三首詩，實學詩之三階段也。非三首詩即能學會做詩，亦非學詩一日而能成也，讀者千萬不能誤會。詩學之深，詩學之艱，自非小說可以盡之，學者有志於此，自當另覓新途，另登艱程也。

【校記】

〔一〕『笑向』以下十八字，據蒙府、戚序、列藏諸本改。此處庚辰本原文爲『香菱道我久要』五字，今刪去。

第四十九回　琉璃世界白雪紅梅　脂粉香娃割腥啖羶[一]

脂批：『此回係大觀園十二正釵之文。』庚辰本回前評

話說香菱見衆人正說笑，他便迎上去笑道：『你們看這一首。若使得，我便還學；若還不好，我就死了這作詩的心了。』說着，把詩遞與黛玉及衆人看時，只見寫道是：

精華欲掩料應難。影自娟娟魄自寒。
一片砧敲千里白，半輪雞唱五更殘。
緑蓑江上秋聞笛，紅袖樓頭夜倚欄。
博得嫦娥應借問，緣何不使永團圓。

此詩老成，香菱學詩之第三階段也。首兩句自敍，次二句『千里白』『五更殘』，平生遭際也，『緑蓑』一聯，『江上』『樓頭』『秋聞笛』『夜倚欄』，思婦情懷，末句淒傷無已。此詩句句是月而句句靈活，意淡神遠，就詩而論，自是佳作。

衆人看了，笑道：『這首不但好，而且新巧有意趣。可知俗語說：「天下無難事，只怕有心人。」社裏一定請你了。』香菱聽了，心下不信，料着是他們瞞哄自己的話，還只管問黛玉、寶釵等。

學詩豈能如此速成，此畢竟是小說耳，讀者千萬莫誤解。

意外中忽來新人，文章另起新枝。

四路人馬同時會齊，自然熱鬧無比。

正說之間，只見幾個小丫頭並老婆子忙忙的走來，都笑道：『來了好些姑娘、奶奶們，我們都不認得。奶奶、姑娘們快認親去。』李紈笑道：『這是那裏的話？你到底說明白了，是誰的親戚？』那婆子、丫頭都笑道：『奶奶的兩位妹子都來了。還有一位姑娘，說是薛大姑娘的妹妹。還有一位爺，說是薛大爺的兄弟。我這會子請姨太太去呢，奶奶和姑娘們先上去罷。』說着，一逕去了。

寶釵笑道：『我們薛蝌和他妹妹來了不成？』李紈也笑道：『我們嬸子又上京來了不成？他們也不能湊在一處，這可是奇事。』大家納悶，來至王夫人上房，只見烏壓壓一地的人。

原來邢夫人之兄嫂，帶了女兒岫煙進京來投邢夫人的。（邢夫人一支。）可巧鳳姐之兄王仁也正進京，（王夫人、鳳姐一支。）兩親家一處打幫來了。走至半路，泊船時，正遇見李紈之寡嬸，帶着兩個女兒——大名李紋，次名李綺——也上京。（李紈一支）大家敘起來，又是親戚，因此三家一路同行。後有薛蟠之從弟薛蝌，（薛姨媽一支。）因當年父親在京時，已將胞妹薛寶琴許配都中梅翰林之子爲婚，正欲進京發嫁，聞得王仁進京，他也帶了妹子隨後趕來。所以今日會齊了，來訪投各人親戚。

於是大家見禮敘過，賈母、王夫人都歡喜非常。賈母因笑道：『怪道昨日晚上燈花爆了又爆，結了又結，原來應到今日。』一面敘些家常，一面收看帶來的禮寶玉又說出一番癡話。

物，一面命留酒飯。鳳姐兒自不必說，忙上加忙。李紈、寶釵自然和嬸母、姊妹敘離別之情。黛玉見了，先是歡喜，次後想起衆人皆有親眷，獨自己孤單，無個親眷，不免又去垂淚。寶玉深知其情，十分勸慰了一番方罷。

然後寶玉忙忙來至怡紅院中，向襲人、麝月、晴雯等笑道：『你們還不快看人去！誰知寶姐姐的親哥哥是那個樣子，他這叔伯兄弟，形容舉止另是一樣了，倒像是寶姐姐的同胞兄弟似的。（先敘一筆薛蝌。）更奇在你們成日家只說寶姐姐是絕色的人物，你們如今瞧瞧他這妹子，更有大嫂嫂這兩個妹子，我竟形容不出了。老天，老天，你有多少精華靈秀，生出這些人上之人來！可知我井底之蛙，成日家只說現在的這幾個人是有一無二的，誰知不必遠尋，就是本地風光，一個賽似一個。如今我又長了一層學問了。除了這幾個，難道還有幾個不成？』一面說，一面自笑自嘆。

襲人見他又有些魔意，便不肯去瞧。晴雯等早去瞧了一遍回來，欸欸笑向襲人道：『你快瞧瞧去！大太太的一個姪女兒，寶姑娘一個妹妹，大奶奶兩個妹妹，倒像一把子四根水葱兒。』（寶玉說了一大段，晴雯只用一句話。）一語未了，只見探春也笑着進來找寶玉，因說道：『咱們的詩社可興旺了。』（探春卻從詩社說。）寶玉笑道：『正是呢。這是你一高興起詩社，所以鬼使神差，來了這些人。但只一件，不知他們可學過作詩不曾？』探春道：『我纔都問了問他們，（已先問過了。）雖是他們自謙，看其光景，沒有不會的。便是不會，探春想得周到。

也沒難處，你看香菱就知道了。』

襲人笑道：『他們說，薛大姑娘的妹妹更好。三姑娘看着怎麼樣？』探春道：『果然的話。據我看，連他姐姐並這些人總不及他。』特寫寶琴一筆。襲人聽了，又是詫異，又笑道：『這也奇了，還從那裏再好的去呢？我倒要瞧瞧去。』探春道：『老太太一見了，喜歡的無可不可，已經逼着太太認了乾女兒了。老太太要養活，纔剛已經定了。』寶玉喜的忙問道：『這果然的？』探春道：『我幾時說過謊！』又笑道：『有了這個好孫女兒，就忘了你這孫子了。』

寶玉笑道：『這倒不妨，原該多疼女兒些纔是正理。明兒十六，咱們可該起社了。』探春道：『林丫頭剛起來了，二姐姐又病了，終是七上八下的。』寶玉道：『二姐姐又不大作詩，沒有他又何妨。』探春道：『越性等幾天，等他們新來的混熟了，咱們邀上他們豈不好？這會子大嫂子、寶姐姐心裏自然沒有詩興的，況且湘雲沒來，顰兒剛好了，人人不合式。不如等着雲丫頭來了，這幾個新的也熟了，顰兒也大好了，大嫂子和寶姐姐心也閑了，香菱詩也長進了，如此邀一滿社，豈不好？咱們兩個如今且往老太太那裏去聽聽。除寶姐姐的妹妹不算外，他一定是在咱們家住定了的。倘或那三個要不在咱們這裏住，咱們央告着老太太，留下他們也在園子裏住下，咱們豈不多添幾個人，越發有趣了。』寶玉聽了，喜的眉開眼笑，忙說道：『倒是你明白。我終久是個糊塗心腸，空喜歡一會子，卻想不到這上頭來。』

說着，兄妹兩個一齊往賈母處來。果然王夫人已認了寶琴作乾女兒，賈母歡喜非常，連園中也不命住，晚上跟着賈母一處安寢。薛蝌自向薛蟠書房中住下。

賈母便和邢夫人說：『你姪女兒也不必家去了，園裏住幾天，逛逛再去。』邢夫人兄嫂家中原艱難，這一上京，原仗的是邢夫人與他們治房舍，幫盤纏，聽如此說，豈不願意。邢夫人便將邢岫煙交與鳳姐兒。鳳姐兒籌算得園中姊妹多，性情不一，且又不便另設一處，莫若送到迎春一處去，倘日後邢岫煙有些不遂意的事，縱然邢夫人知道了，與自己無干。（鳳姐總是先爲自己着想。）從此後邢岫煙家去住的日期不算，若在大觀園住到一個月上，鳳姐兒亦照迎春分例送一分與岫煙。鳳姐兒冷眼敁敠（脂批：『音顛奪，心內忖度也。』）岫煙心性爲人，竟不像邢夫人及他的父母一樣，卻是個極溫厚可疼的人。因此鳳姐兒反憐他家貧命苦，比別的姊妹多疼他些，邢夫人倒不大理論了。

賈母、王夫人因素喜李紈賢惠，且年輕守節，令人敬服，今見他寡嬸來了，便不肯令他外頭去住。那李嬸雖十分不肯，無奈賈母執意不從，只得帶着李紋、李綺在稻香村住下了。

當下安插既定，誰知保齡侯史鼐又遷委了外省大員，不日要帶了家眷去上任。賈母因捨不得湘雲，便留下他了，（爲湘雲入園之據。）接到家中，原要命鳳姐兒另設一處與他住。史湘雲執意不肯，只要與寶釵一處住，因此就罷了。（新來諸人各有安處，湘雲與寶釵同住，是自己主張。）

此時大觀園中比先更熱鬧了多少。李紈爲首，餘者迎春、探春、惜春、寶釵、黛玉、湘雲、李紋、李綺、寶琴、邢岫煙，再添上鳳姐兒和寶玉，一共十三個。敘起年庚，除李紈年紀最長，他十二個人皆不過十五、六、七歲。或有這三個同年，或有那五個共歲，或有這兩個同月同日，那兩個同刻同時。所差者，大半是時刻月份而已。連他們自己也不能記清誰長誰幼，並賈母、王夫人及家中婆子丫鬟，也不能〔一〕細細分晰，不過是『弟』『兄』『姊』『妹』四個字隨便亂叫。

如今香菱正滿心滿意只想作詩，又不敢十分囉唕寶釵，可巧來了個史湘雲。那史湘雲又是極愛說話的，（湘雲是詩狂，又愛說話，正堪香菱細問。）那裏禁得起香菱又請教他談詩，越發高了興，沒晝沒夜高談闊論起來。寶釵因笑道：『我實在聒噪的受不得了。一個女孩兒家，只管拿着詩作正經事講起來，叫有學問的人聽了，反笑話說不守本分的。一個香菱沒鬧清，偏又添了你這麼個話口袋子，滿嘴裏說的是什麼：怎麼是杜工部之沉鬱，韋蘇州之淡雅，又怎麼是溫八叉之綺靡，李義山之隱僻。放着兩個現成的詩家不知道，提那些死人做什麼！』湘雲聽了，忙笑問道：『是那兩個？好姐姐，你告訴

吾友徐恭時先生云：『庚辰本第四十九回中卻保留了「保齡侯史鼐」之名，後來各本，把這個名字都改爲「史鼎」。庚辰遺存的這個名字很重要，鼎、鼐同用，成爲一組。李煦二子，亦取名鼎、鼐，這不是偶然巧合，正反映雪芹借李家來作史家素材之證。』（《紅樓夢研究集刊》第五輯。）

〔一〕至此爲十二釵一總。

康乾之世，詩派林立，詩論種種。王漁洋主神韻派。沈德潛主格調派。翁方綱主肌理說，曰『詩必研諸肌理。』即融經義入詩，以儒典考據，發義理爲詩旨。厲樊榭主浙派，以詩表學問爲主旨。與雪芹同時之袁枚則主性靈說。性靈說所最強調

的是『先天真性情』，但他也主張『詩文自須學力』，『學詩者當以博覽爲工』，何況乾隆皇帝是特喜附庸風雅的人，他到處題詩，成爲風氣。所以乾隆之世，詩亦是學問，並非學問以外的事。寶釵說：『一個女孩兒家，只管拿着詩作正經事講起來，叫有學問的人聽了，反笑話說不守本分的。』寶釵的這種思想，實在是當時最保守最封閉的思想。

我。』寶釵笑道：『獃香菱之心苦，瘋湘雲之話多。』湘雲、香菱聽了，都笑起來。

正說着，只見寶琴來了，披着一領斗篷，金翠輝煌，不知何物。寶釵忙問：『這是那裏的？』寶琴笑道：『因下雪珠兒，老太太找了這一件給我的。』香菱上來瞧道：『怪道這麼好看，原來是孔雀毛織的。』湘雲道：『那裏是孔雀毛？就是野鴨子頭上的毛作的。可見老太太疼你了，這樣疼寶玉，也沒給他穿。』寶釵道：『真俗語說「各人有緣法」。我也再想不到他這會子來，既來了，又有老太太這麼疼他。』

湘雲道：『你除了在老太太跟前，就在園裏來，這兩處只管頑笑吃喝。到了太太屋裏，若太太在屋裏，只管和太太說笑，多坐一回無妨；若太太不在屋裏，你別進去。那屋裏人多心壞，都是要害咱們的。』說的寶釵、寶琴、香菱、鶯兒等都笑了。寶釵笑道：『說你沒心，卻又有心；雖然有心，到底嘴太直了。（這是湘雲本色。）我們這琴兒就有些像你。你天天說要我作親姐姐，我今兒竟叫你認他作親妹妹罷了。』湘雲又瞅了寶琴半日，笑道：『這一件衣裳也只配他穿。別人穿了，實在不配。』

正說着，只見琥珀走來笑道：『老太太說了，叫寶姑娘別管緊了琴姑娘。他還賈母之愛寶琴，無微不至。

寶釵一語補過，是應前金蘭語也。

小呢，讓他愛怎麽樣就怎麽樣。要什麽東西只管要去，别多心。』寶釵忙起身答應了，又推寶琴笑道：『你也不知是那裏來的福氣！你倒去罷，仔細我們委屈着你。我就不信，我那些兒不如你。』

說話之間，寶玉、黛玉都進來了，寶釵猶自嘲笑。湘雲因笑道：『寶姐姐，你這話雖是頑話，恰有人真心是這樣想呢。』湘雲總是以己度人。琥珀笑道：『真心惱的，再沒别人，就只是他。』口裏說，手指着寶玉。寶釵、湘雲都笑道：『他倒不是這樣人。』琥珀又笑道：『不是他，就是他。』說着，又指着黛玉。琥珀亦是心直口快，毫無顧忌。湘雲便不則聲。脂批：『是不知道黛玉病中相談，贈燕窩之事也。脂硯。』寶釵忙笑道：『更不是了。我的妹妹和他的妹妹一樣。他喜歡的比我還疼呢，那裏還惱？你信雲兒混說。他的那嘴有什麽實據！』

寶玉素習深知黛玉有些小性兒，且尚不知近日黛玉和寶釵之事，正恐賈母疼寶琴他心中不自在。今見湘雲如此說了，寶釵又如此答，再審度黛玉聲色亦不似往時，果然與寶釵之說相符，心中悶悶不解。因想：『他兩個素日不是這樣的好，如今看來，竟更比他人好十倍。』一時又見林黛玉趕着寶琴叫妹妹，並不提名道姓，直是親姊妹一般。那寶琴年輕心熱，脂批：『四字道盡，不犯寶釵。脂硯齋評。』且本性聰敏，自幼讀書識字，脂批：『我批此書竟得一秘訣以告諸公，凡野史中所云才貌雙全佳人者，細細通審之，只得一個粗知筆墨之女子耳。此書凡云知書識字者，便是上等才女，不信時只看他通部行爲及詩詞詼諧皆可知。妙在此書從不肯自下評註，云此人係何等人，只借書中人閑評一二語，故不得有未密之縫被看書者指出，真狡猾之筆耳。』今在賈府住了兩日，大概人物已知。又見諸姊妹都不是那輕薄脂粉，且又和姐姐皆和契，故也不肯怠慢，其中又見林黛玉是個出類拔萃的，便更與黛玉親敬異常。寶玉看着，只是暗暗的納罕。

一時寶釵姊妹往薛姨媽房內去後，湘雲往賈母處來，林黛玉回房歇着。寶玉便找了黛玉來，笑道：『我雖看了《西廂記》，也曾有明白的幾句，說了取笑，你曾惱過。如今想來，竟有一句不解，我念出來，你講講我聽。』黛玉聽了，便知有文章，因笑道：『你念出來我聽聽。』寶玉笑道：『那《鬧簡》上有一句說的最好，「是幾時孟光接了梁鴻案？」這句最妙。「孟光接了梁鴻案」這七個字，不過是現成的典，難爲他這「是幾時」三個虛字問的有趣。是幾時接了？你說說我聽聽。』（借《西廂》作問，問的妙。）黛玉聽了，禁不住也笑起來，因笑道：『這原問的好。他也問的好，你也問的好。』

寶玉道：『先時你只疑我，如今你也沒的說，我反落了單。』黛玉笑道：『誰知他竟真是個好人，我素日只當他藏奸。』（黛玉是真心人，故直口承認也。）因把說錯了酒令起，連送燕窩病中所談之事，細細告訴了寶玉。寶玉方知緣故，因笑道：『我說呢，正納悶「是幾時孟光接了梁鴻案」，原來是從「小孩兒家口沒遮攔」就接了案了。』（用得巧。）

黛玉因又說起寶琴來，想起自己沒有姊妹，不免又哭了。寶玉忙勸道：『你又自尋煩惱了。你瞧瞧，今年比舊年越發瘦了，（再點黛玉之病。）你還不保養。每天好好的，你必真是花團錦簇之文。二人一齊踏雪行來，映着雪景，真是一對玉人。李紈、寶釵服飾都素淨，邢岫煙穿家常舊衣，知其貧寒。

是自尋煩惱，哭一會子，纔算完了這一天的事。』黛玉拭淚道：『近來我只覺心酸，眼淚卻像比舊年少了些的。心裏只管酸痛，眼淚卻不多。』淚將盡矣！奈何奈何！寶玉道：『這是你哭慣了心裏起疑，豈有眼淚會少的！』

正說着，只見他屋裏的小丫頭子送了猩猩氈斗篷來，又說：『大奶奶纔打發人來說，下了雪，要商議明日請人作詩呢。』李紈雖非詩人，卻懂詩情詩興。一語未了，只見李紈的丫頭走來請黛玉。寶玉便邀着黛玉同往稻香村來。黛玉換上掐金挖雲紅香羊皮小靴，罩了一件大紅羽紗面白狐狸裏的鶴氅，束一條青金閃緞雙環四合如意縧，頭上罩了雪帽。二人一齊踏雪行來。只見衆姊妹都在那邊，都是一色大紅猩猩氈與羽毛緞斗篷，獨李紈穿一件青哆羅呢對襟褂子，薛寶釵穿一件蓮青斗紋錦上添花洋線番羓絲的鶴氅。邢岫煙仍是家常舊衣，並無避雪之衣。

一時史湘雲來了，穿着賈母與他的一件貂鼠腦袋面子、大毛黑灰鼠裏子、裏外發燒大褂子，頭上帶着一頂挖雲鵝黃片金裏大紅猩猩氈昭君套，又圍着大貂鼠風領。黛玉先笑道：『你們瞧瞧，孫行者來了。他一般的也拿着雪褂子，故意裝出個小騷達子來。』黛玉眼中的湘雲。湘雲笑道：『你們瞧我裏頭打扮的。』一面說，一面脫了褂子。只見他裏頭穿着一件半新的靠色三鑲領袖秋香色盤金五色繡龍窄褙小袖掩衿銀鼠短襖，裏面短短的一件水紅妝緞狐肷褶子，腰裏緊緊束着一條蝴蝶結子長穗五色宮湘雲詩狂，只等做詩。

广，讀如『掩』，因岩架成之屋也，別本作『庭』『亭』『庵』『廬』，皆誤。

擁爐作詩，又是一番雅趣。

縧，腳下也穿着麂皮小靴，獨寫湘雲裏外裝束，分外精神。越顯的蜂腰猿背，鶴勢螂形。脂批：『近之拳譜中，有坐馬勢，便似螂之蹲立。昔人愛輕捷便俏，閑取一螂，觀其仰頭叠胸之勢，今四字無出處，卻寫盡矣。脂硯齋評。』眾人都笑道：『偏他只愛打扮成個小子的樣兒，原比他打扮女兒更俏麗了些。』湘雲道：『快商議作詩！我聽聽是誰的東家？』李紈道：『我的主意。想來昨兒的正日已過了，再等正日又太遠，可巧又下雪，不如咱們大家湊個社，又替他們接風，又可以作詩。你們意思怎麼樣？』李紈頗有雅意。寶玉先道：『這話很是。只是今日晚了。若到明兒，晴了又無趣。』眾人都道：『這雪未必晴。縱晴了，這一夜下的也夠賞了。』

李紈道：『我這裏雖好，又不如蘆雪广好。我已經打發人籠地炕去了，咱們大家擁爐作詩。老太太想來未必高興，況且咱們小頑意兒，單給鳳丫頭個信兒就是了。你們每人一兩銀子就夠了，送到我這裏來。』指着香菱、寶琴、李紋、李綺、岫煙，『五個不算外，咱們裏頭，二丫頭病了不算，四丫頭告了假也不算，你們四分子送了來，我包總五六兩銀子也盡夠了。』寶釵等一齊應諾。因又擬題限韻，李紈笑道：『我心裏自己定了，等到了明日臨期，橫竪知道。』說畢，大家又閒話了一回，方往賈母處來。本日無話。

到了次日一早，寶玉因心裏記掛着這事，一夜沒好生得睡，天亮了就爬起來。掀開帳子一看，雖門窗尚掩，只見窗上光輝奪目，四字已寫出一片雪景。心內早躊躇起來，埋怨定數句寫出一片雪景山水。

蘆雪广，名好，景好。

是晴了，日光已出。一面忙起來揭起窗屜，從玻璃窗內往外一看，原來不是日光，竟是一夜大雪，下的將有一尺多厚，天上仍是搓綿扯絮一般。

寶玉此時歡喜非常，忙喚人起來，盥漱已畢，只穿一件茄色哆羅呢狐皮襖子，罩一件海龍皮小小鷹膀褂，束了腰，披了玉針蓑，戴上金藤笠，登上沙棠屐，忙忙的往蘆雪广來。出了院門，四顧一望，並無二色，遠遠的是青松翠竹，自己卻如裝在玻璃盒內一般。（形容極新鮮。）於是走至山坡之下，順着山腳剛轉過去，已聞得一股寒香拂鼻。（遠遠聞得寒香，寫梅花之神。）回頭一看，恰是妙玉門前櫳翠庵中有十數株紅梅，如胭脂一般，映着雪色，分外顯得精神，好不有趣！（好雪景，好詩情，好畫意。）寶玉便立住，細細的賞玩一回方走，只見蜂腰板橋上一個人打着傘走來，（竟是看宋人江村漁雪圖。）是李紈打發了請鳳姐兒去的人。

寶玉來至蘆雪广，只見丫鬟、婆子正在那裏掃雪開逕。原來這蘆雪广蓋在傍山臨水河灘之上，一帶幾間，茅簷土壁，槿籬竹牖，推窗便可垂釣，四面都是蘆葦掩覆。一條去逕逶迤穿蘆度葦過去，便是藕香榭的竹橋了。衆丫鬟、婆子見他披蓑戴笠而來，都笑道：『我們纔說正少一個漁翁，如今果然都全了。姑娘們吃了飯纔來呢，你也太性急了。』

寶玉聽了，只得回來。剛至沁芳亭，見探春正從秋爽齋出來，圍着大紅猩猩氈斗篷，戴着觀音兜，扶着一個小丫頭，後面一個婦人打着一把青綢油傘。（又是一番雪中景致。）

寶玉知他往賈母處去，便立在亭邊，等他來到，二人一同出園前去。寶琴正在裏間房內梳洗更衣。

一時衆姊妹來齊，寶玉只嚷餓了，連連催飯。好容易等擺上飯來，頭一樣菜便是牛乳蒸羊羔。賈母便說：『這是我們有年紀的人的菜，沒見天日的東西，可惜你們小孩子們吃不得。今兒另外有新鮮鹿肉，你們等着吃。』衆人答應了。寶玉卻等不得，寶玉總是如此忙碌。只拿茶泡了一碗飯，就着野雞瓜齏忙忙的咽完了。賈母道：『我知道你們今兒又有事情，連飯也不顧吃了。』便叫：『留着鹿肉與他晚上吃。』鳳姐忙說：『還有呢。方纔已經吩咐了，留着呢。』史湘雲便悄和寶玉計較道：『有新鮮鹿肉，不如咱們要一塊，自己拿了園裏弄着，又頑又吃。』湘雲又出新主意，可見其興正濃。寶玉聽了，巴不得一聲兒，便真和鳳姐要了一塊，命婆子送入園去。

一時大家散後，進園齊往蘆雪广來，聽李紈出題限韻，獨不見湘雲、寶玉二人。黛玉道：『他兩個再到不了一處。若到一處，生出多少故事來。這會子一定算計那塊鹿肉去了。』已在黛玉意想之中。脂批：『聯詩極雅之事，偏於雅前寫出小兒啖膻茹血極腌臢的事來，爲錦心繡口作配。』

正說着，只見李嬸也走來看熱鬧，因問李紈道：『怎麼一個帶玉的哥兒和那一個掛金麒麟的姐兒，那樣乾淨清秀，又不少吃的，他兩個在那裏商議着要吃生肉呢，說的有來有去的。我只不信肉也生吃得的。』衆人聽了，都笑道：『了不得，快拿了他兩個來。』黛玉笑道：『這可是雲丫頭鬧的，我的卦再不錯。』真被黛玉算着。

李紈等忙出來找着他兩個，說道：『你們兩個要吃生的，我送你們到老太太那裏吃去。那怕吃一隻生鹿，撐病了不與我相干。這麽大雪，怪冷的，替我作禍呢。』寶玉笑道：『没有的事，我們燒着吃呢。』李紈道：『這還罷了。』只見老婆們拿了鐵爐、鐵叉、鐵絲纝來，李紈道：『仔細割了手，不許哭！』說着，同探春進去了。

鳳姐打發了平兒來回覆不能來，爲發放年例正忙。湘雲見了平兒，那裏肯放。平兒也是個好頑的，素日跟着鳳姐兒無所不至，見如此有趣，樂得頑笑，因而褪去手上的鐲子，爲下文失鐲先提一筆。三個人圍着火爐，平兒便要先燒三塊吃。那邊寶釵、黛玉平素看慣了，不以爲異，寶琴等及李嬸深爲罕事。

未見如何烤，卻已先聞香味。

探春與李紈等已議定了題韻。探春笑道：『你聞聞香氣，這裏都聞見了。我也吃去。』說着，也找了他們來。李紈也隨來說：『客已齊了，你們還吃不够？』湘雲一面吃，一面說道：『我吃這個，方愛吃酒。吃了酒，纔有詩。若不是這鹿肉，今兒斷不能作詩。』說着，只見寶琴披着鳧靨裘，站在那裏笑。湘雲笑道：『傻子，過來嚐嚐。』寶琴笑說：『怪髒的。』寶釵笑道：『你嚐嚐去，好吃的。你林姐姐弱，吃了不消化，不然他也愛吃。』寶琴聽了，便過去吃了一塊，果覺好鳳姐也趁興而來。

北地寒冷，除爐子外，還有地炕。六十年代初，予住頤和園佛香閣旁之雲松巢，冬天即生地炕。

吃，便也吃起來。

一時鳳姐兒打發小丫頭來叫平兒。平兒說：『史姑娘拉着我呢，你先走罷。』小丫頭去了。一時只見鳳姐也披了斗篷走來，笑道：『吃這樣好東西，也不告訴我！』說着，也湊着一處吃起來。

黛玉笑道：『那裏找這一群花子去！罷了，罷了，今日蘆雪广遭劫，生生被雲丫頭作踐了。我爲蘆雪广一大哭！』脂批：『大約此話不獨黛玉，觀書者亦如此。』湘雲冷笑道：『你知道什麼！「是真名士自風流」，湘雲確有名士風流。你們都是假清高，最可厭的。我們這會子腥膻大吃大嚼，回來卻是錦心繡口。』寶釵笑道：『你回來若作的不好了，把那肉掏了出來，就把這雪壓的蘆葦子揌上些，以完此劫。』

說着，吃畢洗漱了一回。平兒帶鐲子時，卻少了一個。左右前後亂找了一番，蹤跡全無。衆人都詫異。鳳姐兒笑道：『我知道這鐲子的去向。你們只管作詩去，我們也不用找，只管前頭去，不出三日，包管就有了。』鳳姐自有高着。說着又問：『你們今兒作什麼詩？老太太說了，離年又近了，正月裏還該作些燈謎兒，大家頑笑。』衆人聽了，都笑道：『可是倒忘了。如今趕着作幾個好的，預備正月裏頑。』說着，一齊來至地炕屋內，只見杯盤菓菜俱已擺齊，牆上已貼出詩題、韻腳、格式來了。寶玉、湘雲二人忙看時，只見題目是『即景聯句』，五言排律一首，限二蕭韻。後面尚未列次序。李紈道：『我不大會作詩，我只起三句罷，然後誰先得了誰先聯。』寶釵道：『到底分個次序。』

要知端的，且聽下回分解。

【回後評】

《紅樓夢》在此回之前，敘兒女之事者，皆在寶、黛、釵、湘之間，偶或一涉妙玉，而此時釵、黛之嫌已釋，如何再生新意，令讀者懸懸。乃忽平地波瀾，忽來寶琴、岫煙、李紋、李綺諸人，於是大觀園中又添四美，活色生香，詩社之興，自當更增波瀾矣。

寶玉問黛玉『是幾時孟光接了梁鴻案』，此句問得雅而巧，故黛玉說：『這原問的好。他也問的好，你也問的好。』接下去黛玉細述前行酒令誤出《西廂》詞句，寶釵不加張揚，反加訓導，因而得釋前嫌。寶玉又說：『原來是從「小孩兒口沒遮攔」就接了案了。』這一句用得更巧更妙，其妙在『口沒遮攔』四字，蓋黛玉於急中出句，不及細思也。作者補敘此事，意在說明黛玉真而純，湘雲仍以往日目光測之，明其不知黛玉也。此外，亦使寶玉得明其情，蓋此時之寶黛愛情，早已兩心相印而相堅，無復可疑，而黛玉不必疑於玉與釵矣，乃黛玉不知釵之意在上而不在下也。然即使黛玉明此，黛玉亦必不取此，蓋各人所秉之異也。黛玉說：『近來我只覺心酸，眼淚恰像比舊年少了些的。心裏只管酸痛，眼淚卻不多。』是則黛玉之病深而淚將枯矣，奈何奈何。

大觀園雪景，諸美豔裝，湘雲更作男裝，於琉璃世界中，更現瑶宫仙姝，是亦另一幅圖畫也，惜春之畫尚未畫成而雪芹已成此佳構矣。蓋雪芹深知調色法，《紅樓夢》亦畫也，豈可無相間之色乎，故繪此白雪世界也。

『蘆雪广割腥啖膻』，是就雪景而另出新意也；螃蟹宴，是點綴秋令也；烤鹿肉，是點綴冬令也：各得其節令而各呈其特色。故讀《紅樓夢》，隨處能見新意，令人如在山陰道上。

【校　記】

〔一〕目回：庚辰本、列藏本、楊本、甲辰本、程甲本同。蒙府本、戚本作『白雪紅梅園林佳景，割腥啖膻閨閣野趣。』

〔二〕『細細分晰』以上二十二字，庚辰本缺，據各本補。

第五十回　蘆雪广爭聯即景詩　暖香塢雅製春燈謎〔一〕

話說薛寶釵道：『到底分個次序，讓我寫出來。』說着，便令衆人拈鬮爲序。起首恰是李氏，（脂批：『一定要按次序，卻又不按次序，似脫落而不脫落，文章岐路如此。』）然後按次各各開出。鳳姐兒說道：『既是這樣說，我也說一句在上頭。』（妙，只當說話而已。）衆人都笑說道：『更妙了！』寶釵便將稻香老农之上補了一個『鳳』字，李紈又將題目講與他聽。鳳姐兒想了半日，笑道：『你們別笑話我。我只有一句粗話，（妙在只有一句。）下剩的我就不知道了。』衆人都笑道：『越是粗話越好，你說了就只管幹正事去罷。』鳳姐兒笑道：『我想下雪必刮北風。昨夜聽見了一夜的北風，我有了一句，（即景生情，詩思正從風雪中來。）就是「一夜北風緊」，可使得？』衆人聽了，都相視笑道：『這句雖粗，不見底下的，這正是會作詩的起法。不但好，而且留了多少地步與後人。就是這句爲首，稻香老農快寫上，續下去。』鳳姐和李嬸、平兒又吃了兩杯酒，自去了。

這裏李紈便寫了：

鳳姐把作詩當說話，故說『我也說一句在上頭』，正因此而鳳姐敢說也。如硬要作詩，反不能作矣。

鳳姐此句，確是起首好句，諸人之評非過譽也。

起句妙，爲後來拓出地步。

潔白、瓊瑤，則已成白雪世界矣。

『寒山』以下數句，再寫大地冰封之象。

一夜北風緊，

自己聯道：開門雪尚飄。入泥憐潔白，

只一『尚』字，便見連夜大雪，至今未止。

香菱道：匝地惜瓊瑤。有意榮枯草，

探春道：無心飾萎苕。價高村釀熟，

李綺道：年稔府粱饒。葭動灰飛管，

李紋道：陽回斗轉杓。寒山已失翠，

岫煙道：凍浦不聞潮。易掛疏枝柳，

湘雲道：難堆破葉蕉。麝煤融寶鼎，

寶琴道：

綺袖籠金貂。光奪窗前鏡，（特寫室內景象。）

黛玉道：

香黏壁上椒。斜風仍故故，

寶玉道：

清夢轉聊聊。何處梅花笛，

寶釵道：（從雪景又生出簫聲笛韻。）

誰家碧玉簫。鰲愁坤軸陷，（『何處』兩句韻語，『鰲愁』兩句壯語。）

李紈笑道：『我替你們看熱酒去罷。』寶釵命寶琴續聯。只見湘雲起來，道：

龍鬭陣雲銷。野岸迴孤棹，（雅極韻極）

寶琴也站起來，道：

吟鞭指灞橋。賜裘憐撫戍，（詩思在灞橋風雪中。）

湘雲那裏肯讓人，且別人也不如他敏捷，都看他揚眉挺身的說道：

加絮念征徭。坳垤審夷險，（『賜裘』兩句由眼前念及遠戍。）

寶釵連聲贊好，也便聯道：

枝柯怕動搖。皚皚輕趁步，

黛玉忙聯道：

翦翦舞隨腰。煮芋成新賞，

一面說，一面推寶玉，命他聯。寶玉正看寶釵、寶琴、黛玉三人共戰湘雲，十分有趣，那裏還顧得聯詩。今見黛玉推他，方聯道：

撒鹽是舊謠。葦蓑猶泊釣，

湘雲笑道：『你快下去，你不中用，倒耽擱了我。』一面只聽寶琴聯道：

林斧不聞樵。伏象千峰凸，

『伏象』兩句，萬千氣象。

湘雲忙聯道：

盤蛇一逕遙。花緣經冷聚，

寶釵與衆人又忙贊好，探春又聯道：

色豈畏霜凋。深院驚寒雀，

湘雲正渴了，忙忙的吃茶，已被岫煙聯道：

空山泣老鴞。階墀隨上下，

念及『寒雀』、『老鴞』，則冷至極矣，作者廣搜博採。

湘雲忙丟了茶杯，忙聯道：

池水任浮漂。照耀臨清曉，

黛玉聯道：

繽紛入永宵。誠忘三尺冷，

大雪兆豐年。

從大雪念及清貧。

湘雲忙笑聯道：

　瑞釋九重焦。僵臥誰相問，袁安臥雪

寶琴也忙笑聯道：

　狂遊客喜招。天機斷縞帶，

湘雲又忙道：

　海市失鮫綃。

林黛玉不容他道出，接着便道：

　寂寞對臺榭，

湘雲忙聯道：

　清貧懷簞瓢。

寶琴也不容情，也忙道：

　烹茶冰漸沸，

湘雲見這般，自爲得趣，又是笑，又忙聯道：

　煮酒葉難燒。

黛玉也笑道：

　沒帚山僧掃，

酒、茶、琴，雪天韻事。

沁梅一聯，極工極雅。

寶琴也笑道：

　埋琴稚子挑。

湘雲笑的彎了腰，忙念了一句。衆人問：『到底說的什麼？』湘雲喊道：

　石樓閑睡鶴，

黛玉笑的握着胸口，高聲嚷道：

　錦罽暖親猫。

寶琴也忙笑道：

　月窟翻銀浪，

湘雲忙聯道：

　霞城隱赤標。

黛玉忙笑道：

　沁梅香可嚼，

寶釵笑稱好，也忙聯道：

　淋竹醉堪調。

寶琴也忙道：

　或濕鴛鴦帶，

湘雲忙聯道：

時凝翡翠翹。

黛玉又忙道：

無風仍脈脈，

寶琴又忙笑聯道：

不雨亦瀟瀟。

無風兩句是收筆。

湘雲伏着已笑軟了。衆人看他三人對搶，也都不顧作詩，看着也只是笑。黛玉還推他往下聯，又道：『你也有才盡之時，我聽聽還有什麼舌根嚼了！』湘雲只伏在寶釵懷裏，笑個不住。寶釵推他起來道：『你有本事，把「二蕭」的韻全用完了，我纔服你。』湘雲起身笑道：『我也不是作詩，竟是搶命呢。』衆人笑道：『倒是你說罷。』

探春早已料定沒有自己聯的了，便早寫出來，因說：『還沒收住呢。』李紈聽了，接過來便聯了一句道：

欲誌今朝樂，

李綺收了一句道：

憑詩祝舜堯。

全詩共三十五韻，七十句。計：鳳姐一句，李紈三句，香菱二句，探春四句，李綺三句，李紋二句，邢岫煙四句，湘雲十八句，寶琴十三句，寶玉四句，黛玉十一句，寶釵五句，共十二人。

罰寶玉去妙玉處乞梅，此似罰而實賞也。寶玉何樂而不爲。

此種心理，箇中人自皆明白，只此一點，勝過千言萬語，且千言萬語，亦未必能說清。湘雲詩豪，卻受限制。

李紈道：『够了够了，雖沒作完了韻，剩的字若生扭用了，倒不好了。』說着，大家來細細評論一回，獨湘雲的多，（湘雲獨得十八句。）都笑道：『這都是那塊鹿肉的功勞。』

李紈笑道：『逐句評去，都還一氣，（是的評。）只是寶玉又落了第了。』寶玉笑道：『我原不會聯句，只好擔待我罷。』李紈笑道：『也沒有社社擔待你的。又說韻險了，又整誤了，又不會聯句了，今日必得罰你。我纔看見櫳翠庵的紅梅有趣，我要折一枝來插瓶。可厭妙玉爲人，我不理他。如今罰你去取一枝來。』衆人都道：『這罰的又雅又有趣。』（確實。）寶玉也樂爲，答應着就要走。湘雲、黛玉一齊說道：『外頭冷得很，你且吃杯熱酒再去。』湘雲早執起壺來，黛玉遞了一個大杯，滿斟了一杯。湘雲笑道：『你吃了我們的酒，你要取不來，加倍罰你。』寶玉忙吃一杯，冒雪而去。

李紈命人好好跟着。黛玉忙攔說：『不必，有了人反不得了。』（黛玉真慧心也。）李紈點頭說：『是。』一面命丫鬟將一個美女聳肩瓶拿來，貯了水，準備插梅，因又笑道：『回來該詠紅梅了。』湘雲忙道：『我先作一首。』寶釵忙道：『今日斷乎不容你再作了。你都搶了去，別人都閑着，也沒趣。回來還罰寶玉，他說不會聯句，如今就叫他自己作去。』（脂批：『想此刻寶玉已到庵中矣。』）黛玉笑道：『這話很是。我還有個主意，方纔聯句不够，莫若揀着聯的少的人作紅梅。』寶釵笑道：『這話是極。方纔邢、李三位屈才，且又是客。琴兒和顰兒雲兒三個人也搶了許多，我們一概都別作，只讓他三個作纔是。』李紈因說：『綺兒也不大會作，還是讓琴妹妹作罷。』寶釵只得依允，脂批：『想此刻二玉已會，不知肯見賜否。』又道：『就用「紅梅花」三個字作韻，每人一首七律。邢大妹妹作「紅」字，你們李大妹妹作「梅」字，琴兒作「花」字。』

李紈道：『饒過寶玉去，我不服。』湘雲忙道：『有個好題目命他作。』衆人問何題目。湘雲道：『命他就作「訪妙玉乞紅梅」，豈不有趣？』衆人聽了，都說有趣。

確是好題目。

一語未了，只見寶玉笑欰欰勮了一枝紅梅進來，可見所得梅花不小，故用『勮』字，即用肩扛也。衆丫鬟忙已接過，插入瓶內。衆人都笑稱謝。寶玉笑道：『你們如今賞罷，也不知費了我多少精神呢。』說着，探春早又遞過一鍾煖酒來，衆丫鬟走上來，接了蓑笠撣雪。各人房中丫鬟都添送衣服來，脂批：『冬日午後景況。』襲人也遣人送了半舊的狐腋褂來。李紈命人將那蒸的大芋頭盛了一盤，又將硃橘、黃橙、橄欖等物盛了兩盤，命人帶與襲人去。湘雲且告訴寶玉方纔的詩題，又催寶玉快作。寶玉道：『姐姐妹妹們，讓我自己用韻罷，別限韻了。』寶玉怕拘束，愛自由。作詩亦是如此。衆人都說：『隨你作去罷。』

一面說，一面大家看梅花。原來這枝梅花只有二尺來高，旁有一橫枝縱橫而出，約有五六尺長，其間小枝分歧，或如蟠螭，或如僵蚓，或孤削如筆，或密聚

可見折來的梅花確實不小，亦見妙玉情分。

如林，數句恰如畫梅。花吐胭脂，香欺蘭蕙，脂批：『一篇紅梅賦。』各各稱賞。

誰知邢岫煙、李紋、薛寶琴三人都已吟成，各自寫了出來。衆人便依『紅梅花』三字之序看去，寫道是：

詠紅梅花　得『紅』字　邢岫煙

桃未芳菲杏未紅。沖寒先已笑東風。
魂飛庾嶺春難辨，霞隔羅浮夢未通。
緑萼添妝融寶炬，縞仙扶醉跨殘虹。
看來豈是尋常色，濃淡由他冰雪中。

詠紅梅花　得『梅』字　李紋

白梅懶賦賦紅梅。逞豔先迎醉眼開。
凍臉有痕皆是血，酸心無恨亦成灰。
誤吞丹藥移真骨，偷下瑤池脫舊胎。
江北江南春燦爛，寄言蜂蝶漫疑猜。

詠紅梅花　得『花』字　薛寶琴

疏是枝條豔是花。春妝兒女競奢華。
閑庭曲檻無餘雪，流水空山有落霞。

三詩皆未臻超絶，第一首末句恰是岫煙自寫，第二首『凍臉』『酸心』不覺道出自身辛酸，末句明志也。第三首流走自然，『流水空山』句宛然唐音，自較前二首爲強。三詩均各如其分，此爲難得。

鼓聲方起而詩已寫成，足見寶玉不加拘束即能展才也。

幽夢冷隨紅袖笛，遊仙香泛絳河槎。
前身定是瑶台種，無復相疑色相差。

衆人看了，都笑稱賞了一番，又指末一首說：『更好。』寶玉見寶琴年紀最小，才又敏捷，深爲奇異。黛玉、湘雲二人斟了一小杯酒，齊賀寶琴。寶釵笑道：『三首各有各好。你們兩個天天捉弄厭了我，如今捉弄他來了。』

李紈又問寶玉：『你可有了？』寶玉忙道：『我倒有了。纔一看見那三首，又嚇忘了，等我再想。』湘雲聽了，便拿了一支銅火箸擊着手爐，笑道：『我擊鼓了，若鼓絕不成，又要罰的。』（擊鼓催詩，又是一番雅韻。）寶玉笑道：『我已有了。』黛玉提起筆來，說道：『你念，我寫。』

湘雲便擊了一下，笑道：『一鼓絕。』寶玉笑道：『有了，你寫罷。』衆人聽他念道：

酒未開罇句未裁，
尋春問臘到蓬萊。

黛玉寫了，摇頭笑道：『起的平平。』湘雲又道：『快着！』寶玉笑道：

黛玉、湘雲都點頭笑道：『有些意思了。』寶玉又道：

不求大士瓶中露，爲乞孀娥檻外梅。

後四句恰是寶、妙二人合寫。

賈母亦趕來助興。自遠觀之，又是一番景致。亦畫中意境也。

先賞梅，可見梅花奪目。

黛玉寫了，又搖頭道：『湊巧而已。』

湘雲忙催二鼓，寶玉又笑道：

入世冷挑紅雪去，離塵香割紫雲來。
槎枒誰惜詩肩瘦，衣上猶沾佛院苔。

黛玉寫畢，湘雲大家纔評論時，只見幾個丫鬟跑進來道：『老太太來了。』

衆人忙迎出來。大家又笑道：『怎麼這等高興！』說着，遠遠見賈母圍了大斗篷，帶着灰鼠暖兜，坐着小竹轎，打着青綢油傘，鴛鴦、琥珀等五六個丫鬟，每人都是打着傘，擁轎而來。李紈等忙往上迎，賈母命人止住說：『只在那裏就是了。』來至跟前，賈母笑道：『我瞞着你太太和鳳丫頭來了。（賈母雖年老，而意興不淺。）大雪地下坐着這個無妨，沒的叫他們來踩雪。』衆人忙一面上前接斗篷，攙扶着，一面答應着。

賈母來至室中，先笑道：『好俊梅花！你們也會樂，我來着了。』說着，李紈早命拿了一個大狼皮褥來鋪在當中。賈母坐了，因笑道：『你們只管照舊頑笑吃喝。我因爲天短了，不敢睡中覺，抹了一回牌，想起你們來了，我也來湊個趣兒。』李紈早又捧過手爐來，探春另拿了一副杯箸來，親自斟了暖酒，奉與賈母。賈母便飲了一口，問：『那個盤子裏是什麼東西？』衆人忙捧了過來，回說是糟鵪鶉。賈母道：『這倒罷了，撕一兩點腿子來。』李紈忙答應了，要水洗手，親自來撕。

賈母又道：『你們仍舊坐下說笑我聽。』又命李紈：『你也坐下，就如同我沒來的一樣纔好，不然我就去了。』衆人聽了，方依次坐下，這李紈便挪到盡下邊。賈母因問作何事了，衆人便說作詩。賈母道：『有作詩的，不如作些燈謎，大家正月裏好頑的。』衆人答應了。說笑了一回。賈母便說：『這裏潮濕，你們別久坐，仔細受了潮濕。』因說：『你四妹妹那裏暖和，我們到那裏瞧瞧他的畫兒，趕年可有了？』衆人笑道：『那裏能年下就有了？只怕明年端陽有了，還算早呢。』賈母道：『這還了得！他竟比蓋這園子還費工夫了。』

說着，仍坐了竹椅轎，大家圍隨着，過了藕香榭，穿入一條夾道，東西兩邊皆有過街門，大觀園中又一景致，以前似未及。門樓上裏外皆嵌着石頭匾。如今進的是西門，向外的匾上鑿着『穿雲』二字，向裏的鑿着『度月』兩字。

來至當中，進了向南的正門，賈母下了轎，惜春已接了出來。從裏邊遊廊過去，便是惜春臥房，門斗上有『暖香塢』三個字。脂批：『看他又寫出一處。從起至末一筆一部之文，也有千萬筆成一部之文，也有一二筆成一部之文，也有如「試才」一回，起若都說完，以後則索然無味，故留此幾處以爲後文之「點染」也。此方活潑不板，眼目屢新。』早有幾個人打起猩紅氈簾，已覺溫香拂臉。脂批：『各處皆如此，非獨因「煖香」二字方有此景，戲註於此，以博一笑耳。』大家進入房中，賈母並不歸坐，只問畫兒在那裏。惜春因笑鳳姐慣會借題發揮，詼諧常新。

鳳姐之善諧，爲古今小說中所無。

回：『天氣寒冷了，膠性皆凝澀不潤，畫了恐不好看，故此收起來了。』賈母笑道：『我年下就要的。你別託懶兒，快拿出來，給我快畫。』

一語未了，忽見鳳姐兒披着紫羯褂，笑欵欵的來了，（鳳姐也來湊趣。）口內說道：『老祖宗今兒也不告訴人，私自就來了，叫我好找。』賈母見他來了，心中自是喜悅，便道：『我怕你們冷着了，所以不許人告訴你們去。你真是個鬼靈精兒，到底找了我來。以理，孝敬也不在這上頭。』

鳳姐兒笑道：『我那裏是孝敬的心找了來。我因爲到了老祖宗那裏，鴉沒雀靜的，（脂批：『這四個字俗語中常聞，但不能落紙筆耳，便欲寫時，究竟不知係何四字，今如此寫來，真是不可移易。』）問小丫頭子們，他又不肯說，叫我找到園裏來。我正疑惑，忽然來了兩三個姑子，我心裏纔明白，我想姑子必是來送年疏，或要年例香例銀子，老祖宗年下的事也多，一定是躲債來了。我趕忙問了那姑子，果然不錯。我連忙把年例給了他們去了。〔二〕如今來回老祖宗，債主已去，不用躲着了。已預備下希嫩的野雞，請用晚飯去，再遲一回就老了。』他一行說，衆人一行笑。

鳳姐兒也不等賈母說話，便命人擡過轎子來。賈母笑着，攙了鳳姐的手，仍舊上轎，帶着衆人，說笑出了夾道東門。一看四面粉妝銀砌，忽見寶琴披着鳬靨裘站在山坡上遥等，身後一個丫鬟，抱着一瓶紅梅。衆人都笑道：『怪道少了兩個摩詰詩中有畫，雪芹書中亦有畫，此真仇十洲《豔雪圖》也，惟嫌十洲之圖無此真耳。

人，他卻在這裏等着，也弄梅花去了。』賈母喜的忙笑道：『你們瞧，這山坡上配上他的這個人品，又是這件衣裳，後頭又是這梅花，像個什麽？』衆人都笑道：『就像老太太屋裏掛的仇十洲畫的《豔雪圖》。』賈母搖頭笑道：『那畫的那裏有這件衣裳。人也不能這樣好！』賈母眼光亦高。

一語未了，只見寶琴背後轉出一個披大紅猩氈的人來。一幅畫竟活了。賈母道：『那又是那個女孩兒？』衆人笑道：『我們都在這裏，那是寶玉。』賈母笑道：『我的眼越發花了。』說話之間，來至跟前，可不是寶玉和寶琴。寶玉笑向寶釵、黛玉等道：『我纔又到了櫳翠庵。妙玉每人送你們一枝梅花，我已經打發人送去了。』衆人都笑說：『多謝你費心。』妙玉送梅，亦藉寶玉之情。

說話之間，已出了園門，來至賈母房中。吃畢飯，大家又說笑了一回。忽見薛姨媽也來了，說：『好大雪，一日也沒過來望候老太太。薛姨媽也是善於趨奉者。今日老太太倒不高興？正該賞雪纔是。』賈母笑道：『何曾不高興了！我找了他們姊妹們去頑了一會子。』薛姨媽笑道：『昨日晚上，我原想着今日要和我們姨太太借一日園子，擺兩桌粗酒，請老太太賞雪的，又見老太太安息的早。我聞得女兒說，老太太心下不大爽快，因此今日也沒敢驚動。早知如此，我正該請。』賈母笑道：『這纔是十月裏頭場雪，往後下雪的日子多呢，再破費不遲。』薛姨媽笑道：『果然如此，算我的孝心虔了。』

鳳姐兒笑道：『姨媽仔細忘了，如今竟先秤五十兩銀子來，交給我收着。[鳳姐慣會假事真做。]一下雪，我就預備下酒，姨媽也不用操心，也不得忘了。』賈母笑道：『既這麼說，姨太太給他五十兩銀子收着，我和他每人分二十五兩。到下雪的日子，我裝心裏不爽快，混過去了，姨太太更不用操心。我和鳳丫頭倒得了實惠。』鳳姐將手一拍，笑道：『妙極了，這和我的主意一樣。』衆人都笑了。

賈母也會說笑，可見興致甚高。

賈母笑道：『呸！沒臉的，就順着竿子爬上來了！[賈母此一句更妙，文章觸處生春。]你不說姨太太是客，在咱們家受屈，我們該請姨太太纔是，那裏有破費姨太太的理！不這樣說呢，還有臉先要五十兩銀子，真不害臊！』

鳳姐之口，巧舌如簧，隨你如何變化，都能應對如流。

鳳姐兒笑道：『我們老祖宗最是有眼色的，試一試姨媽的口氣：若鬆呢，拿出五十兩來，就和我分；這會子估量着不中用了，翻過來拿我做法子，說出這些大方話來。如今我也不和姨媽要銀子，竟替姨媽出銀子治了酒，請老祖宗吃了，我另外再封五十兩銀子孝敬老祖宗，算是罰我個包攬閒事。這可好不好？』[諸趣無窮，層層翻新。]話未說完，衆人已笑倒在炕上。

賈母因又說及寶琴雪下折梅比畫兒上還好，因又細問他的年庚八字並家內景況。薛姨媽度其意思，大約是要與寶玉求配。薛姨媽心中固也遂意，只是已許過

（順筆介紹薛寶琴。）

梅家了，因賈母尚未明說，自己也不好擬定，遂半吐半露告訴賈母道：『可惜這孩子沒福，前年他父親就沒了。他從小兒見的世面倒多，跟他父母四山五嶽都走遍了。他父親是個好樂的，各處因有買賣，帶着家眷，這一省逛一年，明年又往那一省逛半年，所以天下十停走了有五六停了。那年在這裏，把他就許了梅翰林的兒子，偏第二年他父親就辭世了，他母親又是痰症。』鳳姐也不等說完，便嗐聲跺腳的說：『偏不巧，我正要作個媒呢，又已經許了人家。』賈母笑道：『你要給誰說媒？』鳳姐兒說道：『老祖宗別管，我心裏看准了他們兩個是一對。（鳳姐此話，已露信息，讀者留意。）如今已許了人，說也無益，不如不說罷了。』賈母也知鳳姐兒之意，（再實寫一筆。）聽見已有了人家，也就不提了，大家又閒話了一會方散。一宿無話。

次日雪晴。飯後，賈母又親囑惜春：『不管冷暖，你只畫去，趕到年下，十分不能便罷了。第一要緊，把昨日琴兒和丫頭、梅花，照模照樣，一筆別錯，快快添上。』惜春聽了，雖是爲難，只得應了。一時衆人都來看他如何畫，惜春只是出神。

李紈因笑向衆人道：『讓他自己想去，咱們且說話兒。昨兒老太太只叫作燈謎，回了家，和綺兒、紋兒睡不着，我就編了兩個《四書》的。他兩個每人也編了兩個。』衆人聽了，都笑道：『這倒該作的。先說了，我們猜猜。』

『止於至善』，見《禮記・大學》：『大學之道，在明明德，在親民，在止於至善。』《紅樓夢》曲詞《樂中悲》說：『厮配得才貌仙郎，博得個地久天長，準折得幼年時坎坷形狀。終久是雲散高唐，水涸湘江。』湘雲猜『止於至善』或以爲即曲詞所指，湘雲僅得『厮配才貌仙郎』而止也。

『雖善無徵』，見《禮記・中庸》：『上焉者雖善無徵，無徵不信，不信，民弗從。』黛玉猜『雖善無徵』，衆人都說是猜對了，或以爲此即暗示黛玉的『木石姻緣』終於沒有結果，『徵』『證』通。『證』，果也。

蒲蘆，蘆葦。《禮記・中庸》：『夫政也者，蒲蘆也。故爲政在人，取人以身。』

李紈笑道：『「觀音未有世家傳」，打《四書》一句。』湘雲接着就說：『在止於至善。』寶釵笑道：『你也想一想「世家傳」三個字的意思，再猜。』李紈笑道：『再想。』黛玉笑道：『哦，是了。是「雖善無徵」。』衆人都笑道：『這句是了。』

李紈又道：『一池青草草何名。』湘雲忙道：『這一定是「蒲蘆也」。再不是不成？』李紈笑道：『這難爲你猜。紋兒的是「水向石邊流出冷」，打一古人名。』探春笑問道：『可是山濤？』李紋笑道：『是。』李紈又道：『綺兒的是個「螢」字，打一個字。』衆人猜了半日，寶琴笑道：『這個意思卻深，不知可是花草的「花」字？』李綺笑道：『恰是了。』衆人道：『螢與花何干？』黛玉笑道：『妙得很，螢可不是草化的？』衆人會意，都笑了，說：『好！』

寶釵道：『這些雖好，不合老太太的意思，不如作些淺近的物兒，大家雅俗共賞纔好。』衆人都道：『也要作些淺近的俗物纔是。』

湘雲想了一想，笑道：『我編了一枝《點絳唇》，恰是俗物，你們猜猜。』說着，便念道：『溪壑分離，紅塵遊戲，真何趣？名利猶虛，後事終難繼。』（句句緊扣寶玉。）衆人不解，想了半日，也有猜是和尚的，也有猜是道士的，也有猜是偶戲人的。寶玉笑了半日，道：『都不是。我猜着了，一定是耍的猴兒。』（偏由寶玉猜着。）湘雲笑道：『正是這個了。』衆人道：『前頭都好，末後一句怎麼解？』湘雲道：『那一個耍的猴子不是剁了尾巴去的？』（特點後事，提醒讀者。）衆人聽了，都笑起來，說：『偏他編個謎兒也是刁鑽古怪的。』

李紈道：『昨日姨媽說，琴妹妹見的世面多，走的道路也多，你正該編謎兒，正用着了。你的詩且又好，何不編幾個我們猜一猜？』寶琴聽了，點頭含笑，自去尋思。

寶釵也有了一個，念道：

鏤檀鍥梓一層層。豈係良工堆砌成。
雖是半天風雨過，何曾聞得梵鈴聲。
——打一物。

衆人猜時，寶玉也有了一個，念道：

天上人間兩渺茫。琅玕節過謹隄防。
鸞音鶴信須凝睇，好把唏噓答上蒼。

黛玉也有了一個，念道是：

騄駬何勞縛紫繩。馳城逐塹勢猙獰。

蘆葦初生時如青草，長老後即開帚形白花，隨風飛散。湘雲猜『蒲蘆』。李紈說是猜對了。或以爲此象徵湘雲白頭分散之意。

山濤，字巨源，魏晉間文人。探春猜山濤，或以爲取其字義，象徵探春遠嫁，如山中之源泉，遠流入海爲濤。

李商隱《隋宮》：『於今腐草無螢火，終古垂楊有暮鴉。』

湘雲《點絳唇》一詞，被寶玉猜着，蔡義江云：此詞恰證寶玉，首兩句指『神瑛侍者帶着大荒山青埂峰的頑石，幻形入世，成了佩戴通靈玉的怡紅公子』。二三兩句是用寶玉《寄生草·解偈》中的話『到如今，回頭試想真無趣』。末句指寶玉『懸崖撒手』，棄家爲僧的結局。此意似得真主人指示風雷動，鰲背三山獨立名。

探春也有了一個，方欲念時，寶琴走過來，笑道：『我從小兒所走的地方的古蹟不少，我今揀了十個地方的古蹟，作了十首懷古的詩。詩雖粗鄙，卻懷往事，又暗隱俗物十件。姐姐們請猜一猜。』

衆人聽了，都說：『這倒巧，何不寫出來大家一看？』要知端的，——

解。

此三首詩均無謎底，是作者無須謎底，欲讀者就詩句看耳。就詩句看，寶釵的一首似說：鏤檀刻梓，苦心經營，終於無成。寶玉的一首似說：天上人間，音信渺茫，唯有嘆息而已。黛玉的一首似說：千里之馬，不可拘繫，雖遇風雲，終是虛空。

以上三首詩，都像是作詩人自身的象徵。尤其是寶釵的一首，更像是說她自己，寶玉的一首，則似說他與黛玉的結局。黛玉的一首，既像說自己，也像是說寶玉。總之這三首詩因無謎底，只能是一種猜測，甚至即使猜對了，也無從確證。

【回後評】

蘆雪广即景聯句，參加者共十二人，這是大觀園詩國的一次最高潮，也是一次詩歌競賽。三十五韻，一氣而下，雖出諸人之口，而血脈暢通，詞意貫達，並無一般聯句堆垛雜沓之弊。其中『寒山已失翠，凍浦不聞潮』、『光奪窗前鏡，香黏壁上椒』、『鰲愁坤軸陷，龍鬬陣雲銷』、『野岸迴孤棹，吟鞭指灞橋』、『伏象千峰凸，盤蛇一逕遥』、『沒帚山僧掃，埋琴稚子挑』、『沁梅香可嚼，淋竹醉堪調』諸聯皆可稱佳對。而且全詩除結尾兩句外，句句緊扣即景，無一浮泛之句。或曰黛玉『斜風仍故故』、『無風仍脈脈』兩句有重複之嫌。按此兩句或確是重複，然就其內容論，第一句是寫有風，後一句是寫無風，尚不能算重複。但作者於此並非單純作詩，而且要寫出諸人搶詩之樂，黛玉前一句是在聯句開始不久，後一句是在聯句結束之時，兩句相隔較遠，因搶句，故前後無暇細推敲，此正反映其搶句之真實情況也。

李紈罰寶玉到櫳翠庵向妙玉乞紅梅。李紈罰得對，罰得雅，罰得有詩意。黛玉說只能他一個人去，『有了人反不得了。』黛玉說得對，黛玉是既知寶玉又知妙玉者，若非寶玉一人前去，真恐紅梅未必能得也。

因乞紅梅而竟以此爲題限韻賦詩，邢岫煙、李紋、薛寶琴三首，前兩首實是平平，後一首較好，然實皆爲襯寶玉乞梅詩也。寶玉詩，前四句敍事而已，然筆健勢順，有乘興而來之感，五六兩句一對，『入世』、『離塵』，隱括滄桑，含義深遠，末兩句收得雅而有餘意。寶玉平生不受拘束，此詩純由他放筆而寫，故得展其詩才耳。

賈母雪中遊園一段，作者用間色法，使一部《紅樓》，忽增白雪紅梅之景，更加諸豔濃妝遊園，如《麗人行》，如《豔雪圖》，平添多少情趣。

賈母囑作燈謎一段，作者竟能化俗爲雅，使原本通俗的燈謎，竟從《大學》《中庸》中出來，真是化腐朽爲神奇。湘雲一謎，以雅語而寫俗事，又隱括寶玉生前身後，更增小說的隱秘性。合以上諸謎及其他種種同類的情節和文字，遂使《紅樓夢》的若干情節和詩句成爲百世之謎。

【校　記】

〔一〕回目：上聯各本與庚辰本同。唯庚本『蘆雪广』之『广』字，楊本作『庭』，戚序、蒙府本作『庵』，甲辰、程甲本作『亭』，列藏本作『廬』，皆誤，獨庚本不誤。下聯庚本『春』字據各本改『香』，『創』字據各本改爲『雅』。

〔二〕『我趕忙問了那姑子……』二十四字，庚辰本缺，據列藏、戚序、甲辰等本補。

此十首懷古詩，亦如燈謎一樣，均無謎底，亦是作者不欲謎底，其意即在詩句也。唯詩句隱晦，不能必得其解，是爲後世聚訟之源耳。予雖於各首有批，亦集諸家之說，所以從簡者，因只是聊備參考，且讀者亦不宜鑽此死角，因無可云證也。

瓜飯樓重校評批《紅樓夢》卷六

第五十一回　薛小妹新編懷古詩　胡庸醫亂用虎狼藥

話說衆人聞得寶琴將素習所經過各省內的古跡爲題，作了十首懷古絶句，內隱十物，皆說這自然新巧。都爭着看時，只見寫道是：

赤壁懷古　其一

赤壁沉埋水不流。徒留名姓載空舟。
喧闐一炬悲風冷，無限英魂在內遊。或曰喻賈家之徹底敗落。

交趾懷古　其二

銅鑄金鏞振紀綱。聲傳海外播戎羌。
馬援自是功勞大，鐵笛無煩說子房。或曰喻元妃之早逝。

鍾山懷古　其三

名利何曾伴汝身。無端被詔出凡塵。

牽連大抵難休絕，莫怨他人嘲笑頻。或曰喻李紈。

淮陰懷古　其四

壯士須防惡犬欺。三齊位定蓋棺時。
寄言世俗休輕鄙，一飯之恩死也知。或曰喻鳳姐。

廣陵懷古　其五

蟬噪鴉棲轉眼過。隋堤風景近如何。
只緣占得風流號，惹得紛紛口舌多。或曰喻晴雯。

桃葉渡懷古　其六

衰草閑花映淺池。桃枝桃葉總分離。
六朝梁棟多如許，小照空懸壁上題。或曰喻迎春。

青塚懷古　其七

黑水茫茫咽不流。冰絃撥盡曲中愁。
漢家制度誠堪嘆，樗櫟應慚萬古羞。或曰喻香菱。

馬嵬懷古　其八

寂寞脂痕漬汗光。溫柔一旦付東洋。
只因遺得風流跡，此日衣衾尚有香。或曰喻可卿。

蒲東寺懷古 其九

小紅骨賤最身輕。私掖偷攜強撮成。
雖被夫人時吊起，已經勾引彼同行。或曰喻金釧。

梅花觀懷古 其十

不在梅邊在柳邊。個中誰拾畫嬋娟。
團圓莫憶春香到，一別西風又一年。或曰喻黛玉。

衆人看了，都稱奇道妙。

寶釵先說道：『前八首都是史鑑上有據的。後二首卻無考，我們也不大懂得，不如另作兩首爲是。』脂批：『如何，必得寶釵此駁，方是好文。後文若真另作亦必無趣，若不另作又有何法省之？看他下文如何。』黛玉忙攔道：脂批：『好極，非黛玉不可。脂硯。』『這寶姐姐也忒膠柱鼓瑟，矯揉造作了。兩句恰是對寶釵之的評。這兩首雖于史鑑上無考，咱們雖不曾看這些外傳，不知底裏，難道咱們連兩本戲也沒有見過不成？那三歲孩子也知道，何況咱們？』探春便道：『這話正是了。』脂批：『余謂顰兒必有尖語來諷，不望竟有此飾詞，代爲解釋，此則真心以待寶釵也。』

李紈又道：『況且他原是到過這個地方的。這兩件事雖無考，古往今來，以訛傳訛，好事者竟故意的弄出這些古跡來以愚人。比如那年上京的時候，單是關夫子的墳，倒見了三四處。關夫子一生事業，皆是有據的，如何又有許多的墳？自然是後來人敬愛他生前爲人，只怕從這敬愛上穿鑿出來，也是有的。及至看《廣

黛玉也爲遮飾。

寶琴是否到過這許多地方，不可考。且梅花觀爲《牡丹亭》中事，如何能到。

經李紈一解釋，更知所懷之古，未必盡有，亦未必盡到也。

可見當時看《西廂記》《牡丹亭》是何等犯忌。明明看了，還要李紈來再加撇清，以消除影響。更可見前面寶釵捉住黛玉說出《西廂記》《牡丹亭》詞句，黛玉懇求別說與別人，寶釵答應並加以訓教後黛玉感激不盡。皆因當時風氣，女孩兒讀《西廂記》《牡丹亭》等於是偷看淫書，一個閨閣千金而有此事，則身敗名裂矣，能不懼哉！

大家猜了一回，都沒有猜出來，作者又未作交代，說明作者只讓讀者讀其詩，味其意而已，未必更有謎底也，讀者千萬不要着迷。

襲人出門，如此排場，周瑞家的原是跟

興記》上，不止關夫子的墳多，自古來有些名望的人，墳就不少，無考的古跡更多。如今這兩首雖無考，凡說書唱戲，甚至於求的籤上皆有註批，老小男女，俗語口頭，人人皆知皆說的。況且又並不是看了《西廂記》《牡丹亭》的詞曲，怕看了邪書。這竟無妨，只管留着。』寶釵聽說，方罷了。脂批：『此爲三染無痕也。妙極，天花（衣）無縫之文。』

大家猜了一回，皆不是。

冬日天短，不覺又是前頭吃晚飯之時，一齊前來吃飯。因有人回王夫人說：『襲人的哥哥花自芳進來說，他母親病重了，想他女兒。他來求恩典，接襲人家去走走。』王夫人聽了，便道：『人家母女一場，豈有不許他去的。』一面就叫了鳳姐兒來，告訴了鳳姐兒，命酌量去辦理。

鳳姐兒答應了，回至房中，便命周瑞家的去告訴襲人原故。又吩咐周瑞家的：『再將跟着出門的媳婦傳一個，你兩個人，再帶兩個小丫頭子，跟了襲人去。外頭派四個有年紀跟車的。要一輛大車，你們帶着坐，要一輛小車，給丫頭們坐。』周瑞家的答應了，纔要去，鳳姐兒又道：『那襲人是個省事的，你告訴他，說我的話：叫他穿幾件顏色好衣裳，大大的包一包袱衣裳拿着，包袱也要好好的，手爐也要拿好的。臨走時，叫他先來我瞧瞧。』還要經鳳姐瞧一遍，鳳姐如此鄭重其事，則於襲人可以思過半矣。周瑞家的答應王夫人的，今亦派去跟隨襲人，則襲人之地位更可思矣。

襲人出門，如此排場，亦見賈府之豪闊奢華也。

一個丫頭回家，竟要如此打扮，還不够華麗，還要加大毛的，終於鳳姐將自己的給她穿，鳳姐之待襲人如此親厚，其意可知矣。

杜甫詩：『朱門酒肉臭，路有凍死骨』，於此亦可見其大概。

說得何等堂皇，讓人不覺其自誇而已自誇矣。

去了。

半日，果見襲人穿戴了來了，兩個丫頭與周瑞家的拿着手爐與衣包。鳳姐兒看襲人頭上戴着幾枝金釵珠釧，倒華麗；又看身上穿着桃紅百子刻絲銀鼠襖子，葱綠盤金彩繡綿裙，外面穿着青緞灰鼠褂。鳳姐兒笑道：『這三件衣裳都是太太的，賞了你倒是好的。但只這褂子太素了些，如今穿着也冷，你該穿一件大毛的。』襲人笑道：『太太就只給了這灰鼠的，還有一件銀鼠的。說趕年下再給大毛的，還沒有得呢。』

鳳姐兒笑道：『我倒有一件大毛的，我嫌風毛兒出得不好了，正要改去。也罷，先給你穿去罷。等年下太太給你作的時節，我再作罷，只算你還我一樣。』衆人都笑道：『奶奶慣會說這話。成年家大手大腳的，替太太不知背地裏賠墊了多少東西，真真的賠的是說不出來的，那裏又和太太算去？偏這會子又說這小氣話取笑兒來了。』

鳳姐兒笑道：『太太那裏想的到這些。究竟這又不是正經事，再不照管，也是大家的體面。說不得我自己吃些虧，把衆人打扮體統了，寧可我得個好名也罷了。一個一個像燒糊了的卷子似的，人先笑話我，說我當家倒把人弄出個花子來了。』衆人聽了，都嘆說：『誰似奶奶這樣聖明！在上體貼太太，在下又疼顧下人。』

一面說，一面只見鳳姐兒命平兒將昨日那件石青刻絲八團天馬皮褂子拿出來，與了襲人。又看包袱，只得一個彈墨花綾水紅綢裏的夾包袱，裏面只包着兩件半舊棉襖與皮褂。鳳姐兒又命平兒把一個玉色綢裏的哆羅呢的包袱拿出來，又命包上一件雪褂子。

平兒走去拿了出來，一件是半舊大紅猩猩氈的，一件是半舊大紅羽紗的。襲人道：『一件就當不起了。』平兒笑道：『你拿這猩猩氈的。把這件順手拿了出來，叫人給邢大姑娘送去。昨兒那麼大雪，人人都是有的，不是猩猩氈，就是羽緞羽紗的，十來件大紅衣裳映着大雪，好不齊整。就只他穿着那件舊氈斗篷，越發顯的拱肩縮背，好不可憐見的。（順寫邢岫煙。見其貧寒可憫，與襲人恰成對比。）如今把這件給他罷。』

鳳姐兒笑道：『我的東西，他私自就要給人。（邢岫煙如此貧寒，鳳姐此處未及一句。）我一個還花不夠，再添上你提着，更好了！』衆人笑道：『這都是奶奶素日孝敬太太，疼愛下人。若是奶奶素日是小氣的，只以東西爲事，不顧下人的，姑娘那裏還敢這樣了。』

鳳姐兒笑道：『所以知道我的心的，也就是他還知三分罷了。』（當着平兒和衆人稱讚平兒。）說着，又囑咐襲人道：『你媽若好了就罷；若不中用了，只管住下，打發人來回我，我再另打發人給你送鋪蓋去。可別使人家的鋪蓋和梳頭的傢伙。』又吩咐周瑞家的

襲人自己的家，反成爲『人家的』，一入豪門，身分就變。

道：『你們自然也知道這裏的規矩的，也不用我囑咐了。』周瑞家的答應：『都知道。我們這去到那裏，總叫他們的人迴避。（還要叫他們的人迴避，何等擺闊。）若住下，必是另要一兩間内房的。』說着，跟了襲人出去，又吩咐預備燈籠，遂坐車往花自芳家來，不在話下。

這裏鳳姐又將怡紅院的嬷嬷喚了兩個來，吩咐道：『襲人只怕不來家了，你們素日知道那大丫頭們，那兩個知好歹，派出來在寶玉屋裏上夜。你們也好生照管着，别由着寶玉胡鬧。』兩個嬷嬷答應着去了，一時來回說：『派了晴雯和麝月在屋裏，我們四個人原是輪流着帶管上夜的。』鳳姐兒聽了點頭，又說道：『晚上催他早睡，早上催他早起。』老嬷嬷們答應了，自回園去。

一時果有周瑞家的帶了信回鳳姐兒說：『襲人之母業已停牀，不能回來。』鳳姐兒回明了王夫人，一面着人往大觀園去取他的鋪蓋妝奩。

寶玉看着晴雯、麝月二人打點妥當。送去之後，晴雯、麝月皆卸罷殘妝，脱換過裙襖。晴雯只在薰籠上圍坐。麝月笑道：『你今兒别裝小姐了，（可見怡紅院内丫頭們的嬌態。）我勸你也動一動兒。』晴雯道：『等你們都去盡了，我再動不遲。有你們一日，我且受用一日。』麝月笑道：『好姐姐，我鋪牀，你把那穿衣鏡的套子放下來，上頭的劃子劃上，你的身量比我高些。』說着，便去與寶玉鋪牀。晴雯嗐了一聲，笑寫瑣瑣細事，以見怡紅平時生活。

睡夢之中便叫襲人，可見其日常情景。

道：『人家纔坐暖和了，你就來鬧。』寫晴雯之嬌。

此時寶玉正坐着納悶，想襲人之母不知是死是活，忽聽見晴雯如此說，便自己起身出去，放下鏡套，劃上消息，進來笑道：『你們暖和罷，都完了。』晴雯笑道：『終久暖和不成的，我又想起來，湯婆子還沒拿來呢。』麝月道：『這難爲你想着！他素日又不要湯婆子，咱們那薰籠上又暖和，比不得那屋裏炕冷，今兒可以不用。』寶玉笑道：『這個話，你們兩個都在那上頭睡了，我這外邊沒個人，我怪怕的，一夜也睡不着。』晴雯道：『我是在這裏睡的。麝月你往他外邊睡去。』說話之間，天已二更，麝月早已放下簾幔，移燈炷香，服侍寶玉臥下，二人方睡。晴雯自在薰籠上，麝月便在暖閣內外邊。

至三更以後，寶玉睡夢之中，便叫襲人。叫了兩聲，無人答應，自己醒了，方想起襲人不在家，自己也好笑起來。

晴雯已醒，因笑喚麝月道：『連我都醒了，他守在旁邊還不知道，真是個挺死屍的。』麝月翻身打個哈氣笑道：『他叫襲人，與我什麼相干！』因問作什麼。寶玉要吃茶，麝月忙起來，單穿紅綢小棉襖兒。寶玉道：『披上我的襖兒再去，仔細冷着。』麝月聽說，回手便把寶玉披着起夜的一件貂頦子滿襟暖襖披上，下去向盆內洗手，先倒了一鍾溫水，拿了大漱盂，寶玉漱了一口；然後纔向茶槅上取寫一喝茶耳，乃先披衣、洗手。溫水漱口，然後取茶碗，用溫水溫茶碗。再然後方吃茶。茶後，又自己也漱口。吃茶。然後又寫晴雯要茶喝，種種細事，歷歷寫來，如同目見。

一段夜間瑣碎情景。

了茶碗，先用溫水盪了一盪，向暖壺中倒了半碗茶，遞與寶玉吃了；自己也漱了一漱，吃了半碗。

晴雯笑道：『好妹子，也賞我一口兒。』麝月笑道：『越發上臉兒了！』晴雯道：『好妹妹，明兒晚上你別動，我服侍你一夜，如何？』麝月聽說，只得也服侍他漱了口，倒了半碗茶與他吃過。

麝月笑道：『你們兩個別睡，說着話兒，我出去走走回來。』晴雯笑道：『外頭有個鬼等着你呢。』寶玉道：『外頭自然有大月亮的，我們說着話，你只管去。』一面說，一面便嗽了兩聲。

麝月便開了後房門，揭起氈簾一看，果然好月色。寫冬夜。晴雯等他出去，便欲唬他頑耍。仗着素日比別人氣壯，不畏寒冷，也不披衣，只穿着小襖，便躡手躡腳的下了薰籠，隨後出來。寫晴雯淘氣。寶玉笑勸道：『看凍着，不是頑的。』晴雯只擺手，隨後出了房門。只見月光如水，忽然一陣微風，只覺侵肌透骨，不禁毛骨森然。是嚴冬寒風。心下自思道：『怪道人說熱身子不可被風吹，這一冷果然利害。』一面正要唬麝月，只聽寶玉高聲在內說道：『晴雯出去了！』

晴雯忙回身進來，笑道：『那裏就唬死了他？偏你慣會這蠍蠍螫螫，老婆漢像的！』寶玉笑道：『倒不爲唬壞了他。頭一則凍着你也不好；二則他不防，不免一寫晴、寶何等親昵。

襲人不在一個晚上，便有如許瑣事，想襲人在時當不如此也。

喊，倘或唬醒了別人，不說咱們是頑意兒，倒反說襲人纔去了一夜，你們就見神見鬼的。你來，把我的這邊被掖一掖。』晴雯聽說，便上來掖一掖，伸手進去渥一渥時，寶玉笑道：『好冷手！我說看凍着。』一面又見晴雯兩腮如胭脂一般，用手摸了一摸，也覺冰冷。寶玉道：『快進被來渥渥罷。』

一語未了，只聽『咯噔』的一聲門響，麝月慌慌張張的笑了進來，說道：『嚇了我一跳好的！黑影子裏，山子石後頭，只見一個人蹲着。我纔要叫喊，原來是那個大錦雞，見了人一飛，飛到亮處來，我纔看真了。若冒冒失失一嚷，倒鬧起人來。』一面說，一面洗手，又笑道：『晴雯出去，我怎麼不見？一定是要唬我去了。』寶玉笑道：『這不是他，在這裏渥呢！我若不叫的快，可是倒唬你一跳。』

晴雯笑道：『也不用我唬去，這小蹄子已經自怪自驚的了。』一面說，一面仍回自己被中去了。麝月道：『你就這麼跑解馬似的打扮得伶伶俐俐的出去了不成？』寶玉笑道：『可不就這麼出去了。』麝月道：『你要死也不揀個好日子！你出去站一站，把皮不凍破了你的。』說着，又將火盆上的銅罩揭起，（先冷後熱，那能不病。）拿灰鍬重將熟炭埋了一埋，拈了兩塊素香放上，仍舊罩了，至屏後重剔了燈，方纔睡下。

晴雯因方纔一冷，如今又一暖，不覺打了兩個噴嚏。（已受冷矣）寶玉嘆道：『如何？到底傷了風了。』麝月笑道：『他早起就嚷不受用，一日也沒吃飯。他這會還不保養些，還要捉弄人。明兒病了，叫他自作自受的。』寶玉問道：『頭上可熱不熱？』晴雯嗽了兩聲，說道：『不相干，那裏這麼嬌嫩起來了。』說〔一〕着，只聽外間房中十錦槅上的自鳴鐘『噹噹』打了兩聲，外間值宿的老嬤嬤嗽了兩聲，因說道：『姑娘們睡罷，明兒再說罷。』寶玉方悄悄的笑道：『咱們別說話了，又惹他們說話。』說着，方大家睡了。

至次日起來，晴雯果覺有些鼻塞聲重，懶怠動彈。（終於病了）寶玉道：『快不要聲張！太太知道了，又叫你搬了家去養息。家去雖好，到底冷些，不如在這裏。你就在裏間屋裏躺着，我叫人請了大夫，悄悄的從後門進來瞧瞧就是了。』晴雯道：『雖如此說，你到底要告訴大奶奶一聲兒，不然一時大夫來了，有人問起來，怎麼說呢？』

寶玉聽了有理，便喚一個老嬤嬤來吩咐道：『你回大奶奶去，就說晴雯白冷着了些，不是什麼大病。襲人又不在家，他若家去養病，這裏更沒有人了。傳一個大夫，悄悄的從後門進來瞧瞧，別回太太罷了。』老嬤嬤去了半日，來回說：『大奶奶知道了，說吃兩劑藥，好了便罷，若不好時，還是出去爲是。如今時氣不好，李紈是好意，晴雯性急，卻不能領會。

恐沾染了別人事小，姑娘們的身子要緊的。』

晴雯睡在暖閣裏，只管咳嗽，聽了這話，氣的喊道：『我那裏就害瘟病了，只怕過了人！我離了這裏，看你們這一輩子都別頭疼腦熱的。』說着，便真要起來。寶玉忙按他，笑道：『別生氣，這原是他的責任，惟恐太太知道了說他不是，白說一句。你素習就好生氣，如今肝火自然更盛了。』

正說時，人回大夫來了。寶玉便走過來，避在書架之後。只見兩三個後門口的老嬤嬤帶了一個大夫進來。這裏的丫鬟都迴避了，有三四個老嬤嬤放下暖閣上的大紅繡幔，晴雯從幔中單伸出手去。（可見賈府之丫鬟亦如此嬌貴。）那大夫見這只手上有兩根指甲，足有二三寸長，尚有金鳳花染的通紅的痕跡，便忙回過頭來。有一個老嬤嬤忙拿了一塊手帕掩了。（寫得細。）

那大夫方診了一回脈，起身到外間，向嬤嬤們說道：『小姐的病症是外感內滯，近日時氣不好，竟算是個小傷寒。（竟把晴雯當作小姐，可見賈府丫鬟之嬌貴。）幸虧是小姐素日飲食有限，風寒也不大，不過是氣血原弱，偶然沾染了些，吃兩劑藥疏散疏散就好了。』說着，便又隨婆子們出去。

彼時，李紈已遣人知會過後門上的人及各處丫鬟迴避，那大夫只見了園中的景致，並不曾見一個女子。一時出了園門，就在守園門的小廝們的班房內坐了，開了從新來大夫眼中寫出寶玉之房如同繡房，恰與劉姥姥一樣。把脈後尚疑爲男脈，此真庸醫也。

寶玉也懂醫理。

藥方。老嬤嬤道：『你老且別去，我們小爺囉唆，恐怕還有話說。』大夫忙道：『方纔不是小姐，是位爺不成？（可見確是庸醫，連把脈後還拿不定男女，豈能用藥。）那屋子竟是繡房一樣，又是放下幔子來的，如何是位爺呢？』老嬤嬤悄悄笑道：『我的老爺，怪道小廝們纔說今兒請了一位新大夫來了，真不知我們家的事。那屋子是我們小哥兒的，那人是他屋裏的丫頭，倒是個大姐，那裏的小姐？若是小姐的繡房，小姐病了，你那麽容易就進去了？』（所謂侯門如海也。）說着，拿了藥方進去。

寶玉看時，上面有紫蘇、桔梗、防風、荆芥等藥，後面又有枳實、麻黄。寶玉道：『該死，該死！他拿着女孩兒也像我們一樣的治，如何使得！憑他有什麽內滯，這枳實、麻黄如何禁得？誰請了來的？快打發他去罷！再請一個熟的來。』

老婆子道：『用藥好不好，我們不知道這理。如今再叫小廝去請王太醫去倒容易，只是這個大夫又不是告訴總管房請來的，這轎馬錢是要給他的。』寶玉道：『給他多少？』〔二〕婆子道：『少了不好看，也得一兩銀子，纔是我們這門户的禮。』寶玉道：『王太醫來了給他多少？』婆子笑道：『王太醫和張太醫每常來了，也並沒個給錢的，不過每年四節大躉送禮，那是一定的年例。這人新來了一次，須得給他一兩銀子去。』寶玉聽說，便命麝月去取銀子。麝月道：『花大姐姐富貴人家，竟不知錢在何處。

這纔是寶玉。

的是寶玉之婢。

畢竟王太醫老成有經驗。

還不知擱在那裏呢。』寶玉道：『我常見他在螺甸小櫃子裏取錢，我和你找去。』說着，二人來至襲人堆東西的房內，開了螺甸櫃子，上一槅子都是些筆墨、扇子、香餅，各色荷包、汗巾等物，下一槅卻是幾串錢。於是開了抽屜，纔看見一個小笸籮內放着幾塊銀子，倒也有一把戥子。

麝月便拿了一塊銀子，提起戥子來，問寶玉：『那是一兩的星兒？』寶玉笑道：『你問我？有趣，你倒成了纔來的了。』富貴人家之婢，連戥子也不識。麝月也笑了，又要去問人。寶玉道：『揀那大的給他一塊就是了。又不作買賣，算這些做什麼！』麝月聽了，便放下戥子，揀了一塊，掂了一掂，笑道：『這一塊只怕是一兩了。寧可多些好，別少了，叫那窮小子笑話，不說咱們不識戥子，倒說咱們有心小器似的。』

那婆子站在外頭臺磯上，笑道：『那是五兩的錠子夾了半邊，這一塊至少還有二兩呢！這會子又沒夾剪，姑娘收了這塊，再揀一塊小些的罷。』麝月早掩了櫃子，出來笑道：『誰又找去！多了些，你拿了去罷。』『富貴不知樂業』也。寶玉道：『你只快叫茗煙再請王大夫去就是了。』婆子接了銀子，自去料理。

一時茗煙果請了王太醫來，先診了脈，後說病症，與前相彷，只是方上果沒有枳實、麻黃等藥，倒有當歸、陳皮、白芍等，藥之分量較先也減了些。

寶玉喜道：『這纔是女孩兒們的藥，雖然疏散，也不可太過。舊年我病了，卻楊樹在植物中，春天最早發芽，故春未到而楊柳先報芽也，宋姜白石詩『看見鵝黃上柳條』是也。楊柳至冬天是最後凋謝的，嚴冬季節，除松柏外，一般樹木俱已落葉，而楊柳仍不凋，直至最後始凋。凋後不久，冬盡春來時，楊柳又先報春矣，而楊柳又最能活，隨處能活，插地成蔭，此又爲一般樹木之不及者。楊柳種種優點，世人皆不注意。以其易長而賤視之，麝月亦猶是也。

古人以藥味爲香，爲雅，故藥爐茶鼎常並舉也。

是傷寒，內裏飲食停滯。他瞧了，還說我禁不起麻黃、石膏、枳實等狼虎藥。我和你們一比，我就如那野墳圈子裏長的幾十年的一棵老楊樹，你們就如秋天芸兒進我的那纔開的白海棠。（把自己比作老楊樹，把丫鬟們比作嬌嫩的白海棠，正是寶玉的想法。）連我禁不起的藥，你們如何禁得起。』麝月等笑道：『野墳裏只有楊樹不成？難道就沒有松柏？我最嫌的是楊樹，那麼大笨樹，葉子只一點子，沒一絲風，他也是亂響。你偏比他，也太下流了。』（因柳垂長條，隨風而動，故世人比其隨風倒，無骨氣，麝月說是下流，其實皆主觀想象，於柳樹何有！）寶玉笑道：『松柏不敢比。連孔子都說：「歲寒然後知松柏之後凋也。」可知這兩件東西高雅，不怕羞臊的纔拿他混比呢。』（可見寶玉謙虛。）

說着，只見老婆子取了藥來。寶玉命把煎藥的銀吊子找了出來，（脂批：『「找」字神理，乃不常用之物也。』）就命在火盆上煎。晴雯因說：『正經給他們茶房裏煎去，弄得這屋裏藥氣，如何使得。』寶玉道：『藥氣比一切的花香、菓子香都雅。神仙採藥燒藥，再者高人逸士採藥治藥，最妙的一件東西。這屋裏，我正想各色都齊了，就只少藥香，如今恰好全了。』一面說，一面早命人煨上。又囑咐麝月打點些東西，遣老嬤嬤去看襲人，勸他少哭。（寶玉事事周到。）一一妥當，方過前邊來賈母、王夫人處問安吃飯。

正值鳳姐兒和賈母、王夫人商議說：『天又短又冷，不如以後大嫂子帶着姑娘們在園子裏吃飯一樣。等天長暖和了，再來回的跑也不妨。』王夫人笑道：『這也是好主意。刮風下雪倒便宜。吃些東西受了冷氣，也不好。空心走來，一肚子冷賈府尚在盛時，故事事隨意也。

風，壓上些東西，也不好。不如後園門裏頭的五間大房子，橫豎有女人們上夜的，挑兩個廚子女人在那裏，單給他姊妹們弄飯。新鮮菜蔬是有分例的，在總管房裏支去，或要錢，或要東西；那些野雞、獐、麅各樣野味，分些給他們就是了。』賈府諸人，愛吃野味，書中常常提到。

賈母道：『我也正想着呢，就怕又添一個廚房多事些。』鳳姐道：『並不多事。一樣的分例，這裏添了，那裏減了。就便多費些事，也免了小姑娘們冷風朔氣的。脂批：『「朔」字又妙。「朔」作「韶」，北音也。用此音，奇想奇想。』別人還可，第一林妹妹如何禁得住？就連寶兄弟也禁不住，何況衆位姑娘。』賈母道：『正是這話了。上次我要說這話，我見你們的大事太多了，如今又添出這些事來，……』

要知端的，下回分解。

【回後評】

十首懷古詩的後兩首是《西廂記》《牡丹亭》情節，前面寶釵說過自己也曾讀過，並以此訓黛玉，此處卻又說『我們也不大懂得，不如另作兩首爲是』，明明裝假。黛玉批評她『膠柱鼓瑟』，『矯揉造作』，真是一語中的，批評得對。但黛玉又說：『咱們雖不曾看這些外傳，不知底裏，難道咱們連兩本戲也沒有見過不成？那三歲孩子也知道，何況咱們？』這是又爲寶釵遮飾，所以脂批說『不望竟有此飾詞，代爲解釋，此則真心以待寶釵也』。黛玉自『互剖金蘭語』以後，於寶釵一直真心相待，此處因寶釵所說不能自圓，故特爲作轉語，舉出從看戲中得來，比起矢口否認要合理得多，故探春便說：『這話正是了。』這一細節，恰好寫出了寶釵處處虚假，不改其性，而黛玉卻是真心待人，爲寶釵遮飾未免不真，但其待寶釵卻是真而又真，更於此而見寶釵之善於籠絡人心一至於此也。

襲人母親病重，回家省視，而鳳姐秉王夫人之命，竟作如此闊排場，回家後竟要家人迴避，另要一兩間内房等等。這種種描寫，一方面說明襲人身份已經不同，已經不是丫鬟的身份而是妾的身份了，王夫人、鳳姐正是用這種方法來宣告襲人的身份；另方面寫襲人回去，竟能一一照賈府規矩行事，這豈是回家探視母病，竟是一次回家擺闊氣，擺榮耀，擺姨娘的派勢，則襲人其人之忘本，已於此明矣。無怪以後賈家敗落，襲人會改嫁蔣玉菡也。作者特於此處重筆渲染，以與後文作對照耳。

襲人去後，怡紅院由晴雯、麝月上夜，寶玉夜間喝茶，遂生種種瑣屑細事，足見襲人不在後，無人管約。晴雯、麝月輩連寶玉亦得隨意寬鬆，幾乎一夜不眠，至使『值宿的老嬤嬤嗽了兩聲，因說道「姑娘們睡罷，明兒再說罷」』云云，雖係種種生活瑣事，卻使讀者感到濃厚的生活氣息和真實感，更使讀者感到襲人在怡紅院中，實際上是王夫人所派的特等護理員和監察員，襲人在怡紅院，寶玉的精神、思想、生活情趣亦不得隨意舒展也。

胡庸醫看病，把脈後竟連病人是男是女，自己都把握不定，無怪其用藥之無準。尤其是寶玉、麝月竟不識戥子，也不知銀子重量，把起碼有二兩一塊的銀子竟當成一兩，還說『寧可多些好，別少了，叫那窮小子笑話，不說咱們不識戥子，倒說咱們有心小器似的』，開口便是富貴人家口氣。此亦爲後文賈家敗落，寶玉『寒冬噎酸齏，雪夜圍破氈』作對照也。

薛寶琴、邢岫煙、李紋、李綺同是來賈府投親，則見其家亦各衰落矣，此預爲賈府之衰落先寫一筆也。賈府於諸人之遇，判然有別，寶琴則受特寵，非僅其人之俊也，其家尚存富裕也，薛姨媽是其至親也。李紋、李綺則已家道中落矣，幸得李紈之照顧也。邢岫煙則已陷貧困，而邢夫人亦不加顧惜，因邢夫人之不顧，故鳳姐亦不顧，致岫煙於大雪中『越發顯的拱肩縮背，好不可憐見的』。幸平兒能念憐，作綈袍之贈，此不僅寫平兒之善心，實寫賈府之待人，亦勢利也。且同一日同一時也，襲人，賈府之一婢耳，竟作如此排場打扮，其豪闊比於富家闊姨太；岫煙，小姐也，賈府之親戚也，乃任其一寒至此。人情冷暖，於此可見矣。

【校　記】

〔一〕『道：「不相干」』下十四字，庚辰本缺，據各脂本補。補文『姣』，校改作『嬌』。

〔二〕『寶玉道……』七字，庚辰本缺，從各脂本補。庚本僅存一『少』字，又因不能成文，被點去。

『還有他這樣想的到的沒有？』列藏本缺『的沒有』三字，文句不通。程甲本作『想得到』，將『的』字改爲『得』字，易讀。此句是賈母極贊鳳姐，故妙復軒本批云：『寫溺愛透骨。』

第五十二回　俏平兒情掩蝦鬚鐲　勇晴雯病補雀金裘[一]

賈母道：『正是這話了。上次我要說這話，我見你們的大事多，如今又添出這些事來，你們固然不敢抱怨，未免想着我只顧疼這些小孫子、孫女兒們，就不體貼你們這些當家人了。你既這麼說出來，更好了。』因此時薛姨媽、李嬸都在座，邢夫人及尤氏婆媳也都過來請安，還未過去，賈母向王夫人等說道：『今兒我纔說這話，素日我不說，一則怕逞了鳳丫頭的臉，二則衆人不伏。今日你們都在這裏，都是經過妯娌、姑嫂的，還有他這樣想的到的沒有？』薛姨媽、李嬸、尤氏等齊笑說：『真個少有。別人不過是禮上面子情兒，實在他是真疼小叔子、小姑子。就是老太太跟前，也是真孝順。』

賈母點頭嘆道：『我雖疼他，我又怕他太伶俐了也不是好事。』鳳姐兒忙笑道：『這話老祖宗說差了。世人都說，太伶俐聰明，怕活不長。世人都說得，人人都信，獨老祖宗不當說，不當信。老祖宗只有伶俐聰明過我十倍的，怎麼如今這

（借衆人之口，再特贊鳳姐一筆。）

樣福壽雙全的？（鳳姐隨機應變，又向賈母大加諛詞，世上唯馬屁最受人愛，信然。）只怕我明兒還勝老祖宗一倍呢！我活一千歲後，等老祖宗歸了西，我纔死呢。』賈母笑道：『衆人都死了，單剩下咱們兩個老妖精，有什麼意思。』說的衆人都笑了。

寶玉因記掛着晴雯、襲人等事，便先回園裏來。到了房中，藥香滿屋，（富貴人家，藥香亦雅事也。）一人不見。只見晴雯獨臥於炕上，臉面燒的飛紅，又摸了一摸，只覺燙手。（可見燒得厲害。）忙又向爐上將手烘暖，伸進被去摸了一摸，身上也是火燒。因說道：『別人去了也罷，麝月、秋紋也這樣無情，各自去了？』（怪麝月、秋紋之不顧晴雯。）晴雯道：『秋紋是我攆了他去吃飯的。麝月是方纔平兒來找他出去了。兩人鬼鬼祟祟的，不知說什麼。必是說我病了不出去。』（晴雯患病，當有此想。）

（一段疑筆，帶出蝦鬚鐲事來。）

寶玉道：『平兒不是那樣人。（寶玉知人）況且他並不知你病，特來瞧你。想來一定是找麝月來說話，偶然見你病了，隨口說特瞧你的病，這也是人情乖覺取和的常事。（寶玉深通人情。）便不出去，有不是，又與他何干？你們素日又好，斷不肯爲這無干的事傷和氣。』晴雯道：『這話也是，我只是疑他爲什麼忽然又瞞起我來。』（脂批：『寶玉一篇推情度理之談，以射正事不知何如。』）寶玉笑道：『讓我從後門出去，在那窗根下聽聽他們說些什麼，（寶玉忽想出主意。）回來告訴你。』說着，果然從後門出去，至窗下潛聽。

只聞麝月悄問道：『你怎麼就得了的？』（脂批：『妙，這纔有神理，是平兒說過一半了，若此時從寶玉口中從頭說起，一原一故，直是二人特等寶玉來聽方說起也。』）

平兒一番好意，竟想將事瞞過，卻偏被寶玉聽見。

平兒只想悄悄處理，以顧全怡紅院寶玉等的面子。

平兒道：『那日洗手時不見了，二奶奶就不許吵嚷，出了園子，即刻就傳給園裏各處的媽媽們小心查訪。我們只疑惑邢姑娘的丫頭，本來又窮，（因人窮，致遭人疑，可嘆！）只怕小孩子家沒見過，拿了起來，也是有的。再不料定是你們這裏的。（偏是你們這裏的。）幸而二奶奶沒有在屋裏，你們這裏的宋媽去了，拿着這支鐲子，說是小丫頭子墜兒偷起來的，（此處點明）被他看見，來回二奶奶的。（脂批：『妙極，紅玉既有歸結，墜兒豈可不表哉。可知奸賊二字是相連的，故情字原非正道。墜兒原不情也。不過愚人耳。可以傳奸即可以爲盜，皆出於寶玉房中，亦大有深意在焉。』）我趕着忙接了鐲子，想了一想：寶玉是偏在你們身上留心用意、爭勝要強的。那一年有一個良兒偷玉，（追敍往事）剛冷了一二年，間還有人提起來趁願；這會子又跑出一個偷金子的來了，而且更偷到街坊家去了。偏是他這樣，偏是他的人打嘴。所以我連忙叮嚀宋媽，千萬別告訴寶玉，（故而進來時鬼鬼祟祟也。不告訴寶玉，亦已聽見了。）只當沒有這事，別和一個人提起。第二件，老太太、太太聽了也生氣。三則襲人和你們也不好看。所以我回二奶奶，只說：「我往大奶奶那裏去的。誰知鐲子褪了口，丟在草根底下，雪深了沒看見。今兒雪化盡了，黃澄澄的映着日頭，還在那裏呢。（想得倒是合情合理。）我就揀了起來。」二奶奶也就信了，（鳳姐已經信了，本可無事了。）所以我來告訴你們。你們以後防着他些，別使喚他到別處去。等襲人回來，你們商議着，變個法子打發他出去就完了。』

麝月道：『這小娼婦（麝月已經生氣。）也見過些東西，怎麼這眼皮子淺？』平兒道：『究竟這鐲子能多少重，原是二奶奶說的，這叫做「蝦鬚鐲」，倒是這顆珠子還罷晴雯是火爆性子，容不得半點骯髒之事，亦見其磊落光明。

此處提到西洋货。按曹雪芹的舅祖李煦

了。晴雯那蹄子是塊爆炭，（早料到晴雯容不得此類事。）要告訴了他，他是忍不住的。一時氣了，或打或罵，依舊嚷出來不好，（進來時鬼鬼祟祟，原就是爲此。）所以單告訴你，留心就是了。』說着，便作辭而去。

寶玉聽了，又喜又氣又嘆。喜的是平兒竟能體貼自己；氣的是墜兒小竊；嘆的是墜兒那樣一個伶俐人，作出這醜事來。因而回至房中，把平兒之話一長一短告訴了晴雯。（本來專爲瞞晴雯，寶玉卻先告訴晴雯。）又說：『他說你是個要強的，如今病着，聽了這話越發要添病，等你好了再告訴你。』

晴雯聽了，果然氣的蛾眉倒蹙，鳳眼圓睜，即時就叫墜兒。寶玉忙勸道：『你這一喊出來，豈不辜負了平兒待你我之心了。（寶玉特重一情字，特別是平兒之情。）不如領他這個情，過後打發他就完了。』晴雯道：『雖如此說，只是這口氣如何忍得！』寶玉道：『這有什麽生氣的？（確是沒有什麽可生氣的。）你只養病就是了。』

晴雯服了藥，至晚間又服二和。夜間雖有些汗，還未見效，仍是發燒頭疼，鼻塞聲重。次日，王太醫又來診視，另加減湯劑。雖然稍減了燒，仍是頭疼。寶玉便命麝月：『取鼻煙來，給他嗅些，痛打幾個嚏噴，就通了關竅。』麝月果真去取了一個金鑲雙扣金星玻璃的一個扁盒來，（怡紅院中物物金貴。）遞與寶玉。寶玉便揭翻盒扇，裏面有西洋琺瑯的黃髮赤身女子，兩肋又有肉翅，裏面盛着些真正汪恰洋煙。（脂批：『汪恰，西之父李士楨曾任廣東巡撫，李煦亦曾任廣東韶州府知府，浙江寧波府知府，後又調回京城任暢春園總管，曹雪芹的曾祖父、祖父、父親都曾先後任江寧織造，以上這些職務，都有機會獲得西洋物品，並與西洋人接觸，故此處寫到汪恰洋煙，非偶然也。

關於『汪恰洋煙』周策縱先生有考，他認爲『汪恰洋煙』是 virginia 或 virgin 的譯音，康熙時西洋傳教士來華者以法國人最多，故『汪恰』更可能是法文 vierge 的譯音。

明清之際，西學東漸，通過來華的傳教士，帶來不少西方的科學知識，如天文學、幾何學、日心說、地震說、氣象學、生物學以及人身圖說、醫藥衛生等知識，其

洋一等寶煙也。』

晴雯只顧看畫兒，寶玉道：『嗅些罷，走了氣就不好了。』晴雯聽說，忙用指甲挑了些嗅入鼻中，不見怎樣；便又多多挑了些嗅入，忽覺鼻中一股酸辣透入顖門，接連打了五六個嚏噴，眼淚、鼻涕登時齊流。

晴雯忙收了盒子，笑道：『了不得，好辣！快拿紙來。』早有小丫頭子遞過一搭子細紙，晴雯便一張一張的拿來醒鼻子。寶玉笑問：『如何？』晴雯笑道：『果覺通快些，只是太陽還疼。』寶玉笑道：『越性盡用西洋藥治一治，只怕就好了。』說着，便命麝月：『和二奶奶要去，就說我說了：姐姐那裏常有那西洋貼頭疼的膏子藥，叫作「依弗哪」，

這也是一種西洋藥，據彭昆侖考證，是麻黃浸膏，屬膏藥。

找尋一點兒。』麝月答應了，去了半日，果拿了半節來。便去找了一塊紅緞子角兒，鉸了兩塊指頂大的圓式，將那藥烤和了，用簪挺攤上。晴雯自拿着一面靶鏡，貼在兩太陽上。

這種貼頭痛的膏藥，予幼年時尚見母親貼過，稱太陽藥膏，當然這已不是舶來品，而是自製的了。

麝月笑道：『病的蓬頭鬼一樣，如今貼了這個，倒俏皮了。二奶奶貼慣了，倒不大顯。』說畢，又向寶玉道：『二奶奶說了：明日是舅老爺的生日，太太說了，叫你去呢。明兒穿什麼衣裳？今兒晚上好打點齊備了，省得明兒早起費手。』寶玉道：『什麼順手就是什麼罷了。一年鬧生日也鬧不清。』

中包括西藥製造術等，故寶玉說『越性盡用西洋藥治一治，只怕就好了』。這句話，正是這一文化思潮的現實反映。

連花香都經不住，可見其身體嬌弱至極。

說着，便起身出房，往惜春房中去看畫。剛到院門外邊，忽見寶琴的小丫鬟名小螺者，從那邊過去，寶玉忙趕上問：『那去？』小螺笑道：『我們二位姑娘都在林姑娘房裏呢，我如今也往那裏去。』寶玉聽了，轉步也便同他往瀟湘館來。不但寶釵姊妹在此，且連邢岫煙也在那裏，四人圍坐在薰籠上敘家常。紫鵑倒坐在暖閣裏，臨窗作針黹。一見他來，都笑說：『又來了一個！可沒了你的坐處了。』寶玉笑道：『好一幅「冬閨集豔圖」！可惜我遲來了一步。橫豎這屋子比各屋子暖，這椅子上坐着並不冷。』說着，便坐在黛玉常坐的搭着灰鼠椅搭的一張椅子上。（坐黛玉常坐的椅子，比另設坐更好。）因見暖閣之中有一玉石條盆，裏面攢三聚五栽着一盆單瓣水仙，點着宣石，（宣石水仙，好清供。）便極口贊：『好花！這屋子越發暖，這花香的越清香。（『花氣薰窗筆硯香』，寫瀟湘館何等清雅。）昨日未見。』黛玉因說道：『這是你家的大總管賴大嬸子送薛二姑娘的，兩盆臘梅，兩盆水仙。他送了我一盆水仙，送了蕉丫頭一盆臘梅。我原不要的，又恐辜負了他的心。你若要，我轉送你如何？』寶玉道：『我屋裏卻有兩盆，只是不及這個。琴妹妹送你的，如何又轉送人？這個斷使不得。』黛玉道：『我一日藥吊子不離火，我竟是藥培着呢，那裏還擱的住花香來薰，越發弱了。況且這屋子裏一股藥香，反把這花香攪壞了。不如你擡了去，這花也倒清淨了，沒雜味來攪他。』寶玉笑道：『我屋裏今兒也有病人煎藥呢，你怎麼知道的？』黛玉笑道：『這話寶釵作詩之法，實與科舉八股同風，皆從經書中出題，限一先韻用盡者，亦即不許越試題範圍之一步也。

真真國，未詳。或以爲即『假作真時真亦假』之意，蓋假託也。按明清之際，西學東漸之風極盛，自萬曆間利瑪竇來華之後，傳教士來華者不斷，湯若望於順康間受特寵，康熙至乾隆間，有傳教士畫家意大利人郎世寧、捷克波西米亞人艾啓蒙、

奇了。我原是無心的話，誰知你屋裏的事？你不早來聽說古記，這會子來了，自驚自怪的。』

寶玉笑道：『咱們明兒下一社又有了題目了，就詠水仙、臘梅。』黛玉聽了，笑道：『罷，罷！我再不敢作詩了，作一回，罰一回，沒的怪羞的。』說着，便兩手握起臉來。（說寶玉。黛玉此際心情，自互剖金蘭語後，一直寬暢，此時雖說寶玉，卻是她歡悅心情的流露。）寶玉笑道：『何苦來！又奚落我作什麽。我還不怕臊呢，你倒握起臉來了。』寶釵因笑道：『下次我邀一社，四個詩題，四個詞題。每人四首詩，四闋詞。頭一個詩題《詠〈太極圖〉》，（此類詩題，只有寶釵能出。）限一先的韻，五言律，要把一先的韻都用盡了，一個不許剩。』寶琴笑道：『這一說，可知是姐姐不是真心起社了，這分明是難人。若論起來，也強扭的出來，不過顛來倒去弄些《易經》上的話生填，究竟有何趣味？（這話批評得是，如此作法，哪有一點詩意。）我八歲的時節，跟我父親到西海沿子上買洋貨。誰知有個真真國的女孩子，纔十五歲，那臉面就和那西洋畫上的美人一樣，也披着黃頭髮，打着聯垂，滿頭戴的都是珊瑚、猫兒眼、祖母緑這些寶石；身上穿着金絲織的鎖子甲，洋錦襖袖，帶着倭刀，也是鑲金嵌寶的。實在畫兒上的也沒他好看。（此中消息，當與五十回賈母賞雪，說薛寶琴比仇十洲的畫中人更好對看。）有人說他通中國的詩書，會講五經，能作詩填詞。因此，我父親央煩了一位通事官，煩他寫了一張字，就寫的是他作的詩。』

法國人賀清泰等，都是乾隆時的內廷供奉。都精通中國畫，郎世寧名聲更大，所作畫至今保存在故宮博物院。由此可想，當時外國人之熟悉中國文化，會一點中國傳統詩詞，也不是不可能的事。曹雪芹創造這個真真國的女詩人，我想就是在這樣的歷史文化背景下創造出來的。人物是虛構的，但歷史文化背景是真實的，可信的。

衆人都稱奇道異。寶玉忙笑道：『好妹妹，你拿出來我瞧瞧。』寶琴笑道：『在南京收着呢，此時那裏去取來？』寶玉聽了，大失所望，便說：『沒福得見這世面。』黛玉笑拉寶琴道：『你別哄我們。我知道你這一來，你的這些東西未必放在家裏，自然都是要帶了來的，（黛玉之意是說寶琴此來，是進京發嫁，故必將東西都帶來了，話雖未明說她來出嫁，但意思已很明白。）這會子又扯謊說沒帶來。他們雖信，我是不信的。』寶琴便紅了臉，低頭微笑不語。（寶琴臉紅，是因黛玉話中已暗指她是進京嫁人的，故而臉紅也。黛玉不信，是不信她說沒有帶來也。）

寶釵笑道：『偏這個顰兒慣說這些白話，把你就伶俐的。』黛玉笑道：『若帶了來，就給我們見識見識也罷了。』寶釵笑道：『箱子籠子一大堆，還沒理清，知道在那個裏頭呢！（寶釵何以知道她不知道放在那個箱子裏呢？）等過日收拾清了，找出來大家再看就是了。』又向寶琴道：『你若記得，何不念念我們聽聽。』寶琴方答道：『記得是首五言律，外國的女子也就難爲他了。』寶釵道：『你且別念，等把雲兒叫了來，也叫他聽聽。』說着，便叫小螺來吩咐道：『你到我那裏去，就說我們這裏有一個外國的美人來了，（此句是眼，分明說寶琴就是外國美人也。）作的好詩，請你這詩瘋子來瞧去，再把我們的詩獃子也帶來。』（指香菱。）小螺笑着去了。

半日，只聽湘雲笑問：『那一個外國美人來了？』（再坐實一句。）一頭說，一頭果和香菱來了。衆人笑道：『人未見形，先已聞聲。』寶琴等忙讓坐，遂把方纔的話重敘了蔡義江云：『這位十五歲作詩的「外國美人」，也就是寶琴自己。……他所口述的《真真國女兒詩》隱寓着他自己的將來。全詩說自己憔悴流露於雲霧山嵐籠罩着的海島水國，昨日紅樓生活已成夢境，眼前只能獨自對月吟唱，憶昔撫今，不勝傷悼。』此說可參。

一遍。湘雲笑道：『快念來聽聽。』寶琴因念道：

昨夜朱樓夢，今宵水國吟。
島雲蒸大海，嵐氣接叢林。
月本無今古，情緣自淺深。
漢南春歷歷，焉得不關心。

衆人聽了，都道：『難爲他！竟比我們中國人還強。』

一語未了，只見麝月走來說：『太太打發人來告訴二爺，明兒一早往舅舅那裏去，就說太太身上不大好，不得親自來。』寶玉忙站起來，答應道：『是。』因問寶釵、寶琴可去。寶釵道：『我們不去，昨兒單送了禮去了。』大家說了一回方散。

寶玉因讓諸姊妹先行，自己落後。（特意等黛玉也。）黛玉便又叫住他，問道：『襲人到底多早晚回來？』寶玉道：『自然等送了殯纔來呢。』黛玉還有話說，又不曾出口，出了一回神，便說道：『你去罷。』（一時捨不得寶玉離開，又想不出話來，神情逼真。）寶玉也覺心裏有許多話，只是口裏不知要說什麼，（寶玉亦同此意，可見兩心相同也。）想了一想，也笑道：『明日再說罷。』一面下了階磯，低頭正欲邁步，復又忙回身問道：『如今的夜越發長了，你一夜咳嗽幾遍？

神情如畫，其關切之情溢於言表。醒幾次？』脂批：『此皆好笑之極，無味扯淡之極，回思則皆瀝血滴髓之至情至神也。豈別部偷寒送暖私奔暗約一味淫情浪態之小說可比哉。』黛玉道：『昨兒夜裏好些兒，只咳嗽了兩遍，卻只睡了四更一個更次，就再不能睡了。』長夜不眠，足見其愈衰也。寶玉又笑道：『正是有句要緊的話，這會子纔想起來。』一面說，一面便挨過身來，前面想說而未說之話，此時想起，神理逼真。悄悄道：『我想，寶姐姐送你的燕窩——』

一語未了，只見趙姨娘走了進來瞧黛玉，問：『姑娘這兩天好？』黛玉便知他是從探春處來，從門前過，順路的人情。黛玉忙陪笑讓坐，說：『難爲姨娘想着，怪冷的，親自走來。』又忙命倒茶，雖順路人情，亦不得不應付也。一面又使眼色與寶玉。寶玉會意，便走了出來。

正值吃晚飯時，見了王夫人，王夫人又囑咐他早去。寶玉回來，看晴雯吃了藥。此夕，寶玉便不命晴雯挪出暖閣來，自己便在晴雯外邊。又命將薰籠擡至暖閣前，麝月便在薰籠上睡。一宿無話。

至次日，天未明時，晴雯便叫醒麝月道：『你也該醒了，只是睡不够！你出去叫人給他預備茶水，我叫醒他就是了。』麝月忙披衣起來道：『咱們叫起他來，穿好衣裳，擡過這火箱去，再叫他們進來。老嬤嬤們已經說過，不叫他在這屋裏，怕過了病氣。如今叫他們見咱們擠在一處，又該嘮叨了。』雖生活瑣事而逼真如畫。晴雯道：『我特寫雀金呢裘，爲後文晴雯補裘張本。

也是這麽説呢。』

二人纔叫時，寶玉已醒了，忙起身披衣。麝月先叫進小丫頭子來，收拾妥當了，纔命秋紋、檀雲等進來，一同服侍寶玉梳洗畢。麝月道：『天又陰陰的，只怕有雪，穿那一套氊的罷。』寶玉點頭，即時换了衣裳。小丫頭便用小茶盤捧了一蓋碗建蓮紅棗兒湯來，寶玉喝了兩口，麝月又捧過一小碟法製紫薑來，寶玉噙了一塊。寫得真。又囑咐了晴雯一回，便往賈母處來。

賈母猶未起來，知道寶玉出門，便開了房門，命寶玉進去。寶玉見賈母身後寶琴面尚向裏，寫得細，寶琴與賈母同睡也。也睡着未醒。賈母見寶玉身上穿着荔色哆羅呢的天馬箭袖，大紅猩猩氊盤金彩繡石青妝緞沿邊的排穗褂子。賈母問道：『下雪呢麽？』寶玉道：『天陰着，還沒下呢。』賈母便命鴛鴦來：『把昨兒那一件烏雲豹的氅衣給他罷。』鴛鴦答應了走去，果取了一件來。寶玉看時，金翠輝煌，碧彩閃灼，又不似寶琴所披之鳧靨裘。只聽賈母笑道：『這叫作「雀金呢」，這是哦囉嘶國又是一件外國貨。拿孔雀毛拈了線織的。前兒把那一件野鴨子的給了你小妹妹，脂批：『「小」字更妙，蓋王夫人之末女也。』這件給你罷。』寶玉磕了一個頭，便披在身上。賈母笑道：『你先給你娘瞧瞧去再去。』寶玉答應了，便出來。

只見鴛鴦站在地下揉眼睛。因自那日鴛鴦發誓決絕之後，他總不和寶玉講話。

十個人侍候一個寶玉，真如衆星捧月。

（回應前文）寶玉正自日夜不安，此時見他又要迴避，寶玉便上來笑道：『好姐姐，你瞧瞧，我穿着這個好不好。』鴛鴦一摔手，便進賈母房中去了。（鴛鴦日前之悲憤尚未解也。）寶玉只得到了王夫人房中，與王夫人看了，然後又回至園中，與晴雯、麝月看過，復回至賈母房中，回說：『太太看了，只說可惜了的，叫我仔細穿，別遭塌了他。』賈母道：『就剩下了這一件，你遭塌（偏偏於後面遭塌了。）了也再沒了。這會子特給你做這個也是沒有的事。』說着，又囑咐他：『不許多吃酒，早些回來。』寶玉應了幾個『是』。

老嬤嬤跟至廳上，只見寶玉的奶兄李貴和王榮、張若錦、趙亦華、錢啓、周瑞六個人，帶着茗煙、伴鶴、鋤藥、掃紅四個小廝，背着衣包，抱着坐褥，籠着一匹雕鞍彩轡的白馬，早已伺候多時了。老嬤嬤又吩咐了他六個人些話，六個人忙答應了幾個『是』，忙捧鞭墜鐙。寶玉慢慢的上了馬，李貴和王榮籠着嚼環，錢啓、周瑞二人在前引導，張若錦、趙亦華在兩邊緊貼寶玉後身。寶玉在馬上笑道：『周哥，錢哥，咱們打這角門走罷，省得到了老爺的書房門口又下來。』周瑞側身笑道：『老爺不在家，書房天天鎖着的，爺可以不用下來罷了。』寶玉笑道：『雖鎖着，也要下來的。』（封建禮法的規矩。）錢啓、李貴等都笑道：『爺說的是。便託懶不下來，倘或遇見賴大爺、林二爺，雖不好說爺，也要勸兩句。有的不是，都派在我們身可見封建官僚家庭日常禮節。

寶玉出門，何等聲勢。

『李貴等都各上了馬，前引傍圍的一陣煙去了』，寫得何等氣勢，何等快捷！予嘗觀厲慧良演《拿高登》，高登在簾門內喝一聲：『閃開了！』登時全場肅靜，然後高登揚鞭上場，跑大圓場，身段抑揚，衣襟翻飛，衆豪奴簇擁成團，倏然而去。寶玉與高登，絕非一人也，然其豪奴簇擁，快馬飛馳之狀，可以

上，又說我們不教爺禮了。』周瑞、錢啓便一直出角門來。

正說話時，頂頭果見賴大進來。寶玉忙籠住馬，意欲下來。賴大忙上來抱住腿。寶玉便在鐙上站起來， 小主人見大管家尚須如此。 笑攜他的手，說了幾句話。接着，又見一個小厮帶着二三十個拿掃帚、簸箕的人進來，見了寶玉，都順牆垂手立住。獨那爲首的小厮打千兒，請了一個安。寶玉不識名姓，只微笑點了點頭兒。馬已過去， 脂批：『總爲後文伏綫。』 那人方帶人去了。

於是出了角門，門外又有李貴等六人的小厮並幾個馬伕，早預備下十來匹馬專候。一出了角門，李貴等都各上了馬，前引傍圍的一陣煙去了，不在話下。

這裏，晴雯吃了藥，仍不見病退，急的亂罵大夫，說：『只會騙人的錢，一劑好藥也不給人吃。』 脂批：『奇文，真嬌憨女兒之語也。』 麝月笑勸他道：『你太性急了。俗語說：「病來如山倒，病去如抽絲。」又不是老君的仙丹，那有這樣靈藥！你只靜養幾天，自然就好了。你越急越着手。』 麝月之話自是在理。 晴雯又罵小丫頭子們：『那裏鑽沙去了！瞅我病了，都大膽子走了。明兒我好了，一個一個的纔揭你們的皮呢！』 晴雯烈性脾氣，說發即發。 唬的小丫頭子篆兒忙進來問：『姑娘作什麼？』 脂批：『此姑娘亦姑姑娘娘之稱，亦如賈璉處小厮呼平兒，皆南北互用一語也。脂硯。』 晴雯道：『別人都死絕了，就剩了你不成？』

說着，只見墜兒也蹭了進來。晴雯道：『你瞧瞧這小蹄子， 倒楣來了 不問，他還不

想見。

手上亂戳，以其偷鐲也，墜兒當心知之矣。

於此可見封建社會無處不等級也。

越提花姑娘，越惹晴雯生氣。

其母還不知墜兒偷鐲之事。

來呢！這裏又放月錢了，又散菓子了，你該跑在頭裏了。你往前些，我不是老虎吃了你！』墜兒只得前湊。晴雯便冷不防欠身一把將他的手抓住，脂批：『是病臥之時。』向枕邊取了一丈青，向他手上亂戳，晴雯何其狠也，大觀園中，丫鬟之間尚有如此等級，可知整個社會矣。口內罵道：『要這爪子作什麼？拈不得針，拿不動線，只會偷嘴吃。眼皮子又淺，爪子又輕，打嘴現世的，不如戳爛了！』墜兒疼的亂哭亂喊。麝月忙拉開墜兒，按晴雯睡下，笑道：『纔出了汗，又作死。等你好了，要打多少打不得？記住此話，可見丫頭之間之等級也。這會子鬧什麼！』

晴雯便命人叫宋嬤嬤進來，說道：『寶二爺纔告訴了我，叫我告訴你們，墜兒很懶，寶二爺當面使他，他撥嘴兒不動，連襲人使他，他背後罵他。今兒務必打發他出去，明兒寶二爺親自回太太就是了。』晴雯何暴烈至此！專擅至此！宋嬤嬤聽了，心下便知鐲子事發，因笑道：『雖如此說，也等花姑娘回來知道了，再打發他。』晴雯道：『寶二爺今兒千叮嚀萬囑咐的，什麼花姑娘、草姑娘，此等處亦晴雯結怨於襲人處也。我們自然有道理。你只依我的話，快叫他家的人來領他出去。』麝月道：『這也罷了，早也是去，晚也是去，帶了去，早清淨一日。』

宋嬤嬤聽了，只得出去喚了他母親來，打點了他的東西。他母親又來見晴雯等，說道：『姑娘們怎麼了？你姪女兒不好，脂批：『「姪女」二字妙，余前註不謬。』你們教導他，怎麼攆出去？也到底給我們留個臉兒。』晴雯道：『你這話只等寶玉來問他，與我們無干。』

那媳婦冷笑道：『我有膽子問他去！他那一件事不是聽姑娘們的調停？他縱依了，姑娘們不依，也未必中用。比如方纔說話，雖是背地裏，姑娘就直叫他的名字。〔想挑晴雯之短，卻碰了硬釘子。〕在姑娘們就使得，在我們就成了野人了。』晴雯聽說，亦發急紅了臉，說道：『我叫了他的名字了，你在老太太跟前告我去，說我撒野，也攆出我去。』

麝月忙道：『嫂子，你只管帶了人出去，有話再說。這個地方豈有你叫喊講禮的？〔怡紅院裏也有霸道的一面。〕你見誰和我們講過禮？別說嫂子你，就是賴奶奶、林大娘，也得擔待我們三分。〔聽其言，何等威勢。〕便是叫名字，從小兒直到如今，都是老太太吩咐過的。你們也知道的，恐怕難養活，巴巴的寫了他的小名兒，各處貼着叫萬人叫去，爲的是好養活。〔叫寶玉名字，原來如此大來頭，你豈能碰得。〕連挑水、挑糞、花子都叫得，何況我們！連昨兒林大娘叫了一聲「爺」，老太太還說他呢，〔此又從反面說，不叫名字反受責。〕此是一件。二則，我們這些人常回老太太的話去，可不叫着名字回話，難道也稱「爺」？〔這是又一條理由。〕那一日不把「寶玉」兩個字念二百遍，偏嫂子又來挑這個了！〔何止你聽到的這一次！真是少見多怪。〕過一日嫂子閑了，在老太太、太太跟前，聽聽我們當着面兒叫他就知道了。嫂子原也不得在老太太、太太跟前當些體統差事，〔可惜你無此資格。〕成年家只在三門外頭混，〔一個『混』字妙。〕怪不得不知我們裏頭的規矩。〔不是我們不與你講禮，〕

晴雯性急爆烈，開口就亂戳亂罵。麝月卻罵出一大篇道理來，罵得墜兒之母無立足之地，最後還搭上宋媽訓一頓，叩頭謝禮而去。寫來何等真切，然亦見怡紅院並非只有一片祥和也。

總是墜兒自己無志貪財，遭此後果，雖晴雯、麝月處之甚嚴，然若將此事告到鳳姐處，其下場當更慘也。

（是你自己不懂規矩。）這裏不是嫂子久站的。（連你的立足之地都沒有。）再一會，不用我們說話，就有人來問你了。（連多站一會都無資格。）有什麼分證的話，且帶了他去，你回了林大娘，叫他來找二爺說話。家裏上千的人，你也跑來，我也跑來，我們認人問姓，還認不清呢！』（只能叫林大娘來，你連說話的資格都沒有，輪不到你來說話。）說着，便叫小丫頭子：『拿了擦地的布來擦地！』（連你站過的地方都得重新擦過。）那媳婦聽了，無言可對，亦不敢久立，賭氣帶了墜兒就走。宋媽媽忙道：『怪道你這嫂子不知規矩，（已經大訓了一頓，還不夠，又加宋媽媽一通。）你女兒在這屋裏一場，臨去時，也給姑娘們磕個頭。沒有別的謝禮罷了；便有謝禮，他們也不希罕。不過磕個頭，盡了心。怎麼說走就走？』墜兒聽了，只得翻身進來，給他兩個磕了兩個頭，（被攆走了，還要叩謝。）又找秋紋等。他們也不睬他。那媳婦嗐聲嘆氣，不敢多言，抱恨而去。

晴雯方纔又閃了風，着了氣，反覺更不好了，翻騰至掌燈，剛安靜了些。只見寶玉回來，進門就嗐聲跺腳。麝月忙問原故，寶玉道：『今兒老太太喜喜歡歡的給了這個褂子，誰知不防後襟子上燒了一塊。幸而天晚了，老太太、太太都不理論。』一面說，一面脫下來。

麝月瞧時，果見有指頂大的燒眼，說：『這必定是手爐裏的火迸上了，這不值什麼，趕着叫人悄悄的拿出去，叫個能幹織補匠人織上就是了。』（麝月原覺容易織補。）說着，便用包袱包了，交與一個媽媽送出去。說：『趕天亮就有纔好。千萬別給老太太、可見織補之難，連織補行的能工巧匠都不敢接，反襯晴雯之能。

賈母前文云：『這叫作「雀金呢」，這是哦囉嘶國拿孔雀毛拈了線織的。』孔雀産於熱帶，我國唯雲南南部有産，哦囉嘶奇寒，當無孔雀。按曹寅當年江寧織造，專爲皇宮織造龍袍及各色官服，自當有以孔雀羽拈線織服飾者。今南京雲錦研究所爲江寧織造之遺，現尚能以孔雀羽拈線織服飾，予曾親見。故賈母所說之『雀金呢』，或即是江寧織府之物，賈母說：出自『哦囉嘶國』，或故隱其事也。

太太知道。』

婆子去了半日，仍舊拿回來，說：『不但能幹織補匠人，就連裁縫繡匠並作女工的問了，都不認得這是什麼，都不敢攬。』麝月道：『這怎麼樣呢！明兒不穿也罷了。』寶玉道：『明兒是正日子，老太太、太太說了，還叫穿這個去呢。偏頭一日就燒了，豈不掃興。』

晴雯聽了半日，忍不住翻身說道：『拿來，我瞧瞧罷。沒那個福氣穿就罷了。這會子又着急。』寶玉笑道：『這話倒說的是。』說着，便遞與晴雯，又移過燈來，細看了一會，晴雯道：『這是孔雀金線織的，如今咱們也拿孔雀金線就像界線似的界密了，只怕還可混得過去。』麝月笑道：『孔雀線現成的，但這裏除了你，還有誰會界線？』〔原來晴雯有此絕技。〕晴雯道：『說不得，我掙命罷了。』寶玉忙道：『這如何使得！纔好了些，如何做得活？』晴雯道：『不用你蠍蠍螫螫的，我自知道。』一面說，一面坐起來，挽了一挽頭髮，披了衣裳，只覺頭重身輕，滿眼金星亂迸，〔可見病還不輕。〕實實撐不住。若不做，又怕寶玉着急，少不得恨命咬牙捱着。便命麝月只幫着拈線。晴雯先拿了一根比一比，笑道：『這雖不很像，若補上，也不很顯。』寶玉道：『這就很好，那裏又找哦囉嘶國的裁縫去。』

晴雯先將裏子拆開，用茶杯口大的一個竹弓釘牢在背面，再將破口四邊用金刀

脂批云：『「寅」此樣（寫）法，避諱也。』按此批極重要。明明指出曹雪芹是避其祖曹寅的諱，故不寫『寅正初刻』，而寫『自鳴鐘已敲了四下』。此處若非脂硯齋批，則一般讀者亦想不到此。唯有脂硯齋熟悉作者家世，亦熟悉作者用意，纔能批出。凡以爲《紅樓夢》作者非曹雪芹者，請來看此批。

刮的散鬆鬆的，然後用針紉了兩條，分出經緯，（作者竟如此一絲不漏，細密至極，可見作者亦通於此也。）亦如界線之法，先界出地子來，然後依本衣之紋來回織補。織補兩針，又看看；織補兩針，又端詳端詳。無奈頭暈眼黑，氣喘神虛，補不上三五針，便伏在枕上歇一會。

寶玉在旁，一時又問：『吃些滾水不吃？』一時又命：『歇一歇。』一時又拿一件灰鼠斗篷，替他披在背上。一時又命拿個拐枕，與他靠着。急的晴雯央道：『小祖宗！你只管睡罷。（自己扶病強作，卻反叫寶玉只管睡，其於寶玉深情可知。）再熬上半夜，明兒把眼睛摳摟了，怎麼處！』寶玉見他着急，只得胡亂睡下，仍睡不着。（如此情景，豈能睡着。）一時只聽自鳴鐘已敲了四下，（脂批：『按四下乃寅正初刻，「寅」此樣（寫）法，避諱也。』）剛剛補完；又用小牙刷慢慢的剔出絨毛來。麝月道：『這就很好。若不留心，再看不出的。』寶玉忙要了瞧瞧，笑說道：『真真一樣了。』

晴雯已嗽了幾陣，好容易補完了，說了一聲：『補雖補了，到底不像。我也再不能了！』噯喲了一聲，便身不由主倒下了。

要知端的，且聽下回分解。

【回後評】

賈母特寵鳳姐一段描寫，實爲後部鳳姐敗家之反照，賈府之敗固非鳳姐一人，此處特寫鳳姐受盡賈母之寵以爲敗落之反襯耳。

墜兒偷蝦鬚鐲，平兒爲照顧怡紅院面子，不予聲張，擬以別事處置。不意恰爲寶玉聽見而又告之晴雯，終使晴雯怒不可遏，逐出墜兒，纔不能如平兒之不動聲色處置。然晴雯雖暴怒攆之，而又不說偷鐲之事，此又不掩之掩也。乃其母不明此意，嘮叨不休，纔有麝月一大段批駁。麝月批駁之話，實頭頭是道，條條有理，且愈扣愈緊，至其母無立足之地，實是一大段絕妙文章。由此可見雪芹之才真面面俱到，雖一段丫頭下人口角之文，亦精彩紛陳，精光四射。因這一段文字，麝月其人亦生色不少。

平兒之情掩蝦鬚鐲，固是爲怡紅也，實亦爲墜兒也。如將真相揭明，則墜兒之結果，豈能如此平平而過。是亦見平兒之仁厚也。

此回晴雯病，用西洋藥汪恰洋煙、依弗哪，寶玉還說『越性盡用西洋藥治一治』，之後又提到薛寶琴幼年隨父遠至『西海沿子上買洋貨。誰知有個真真國的女孩子，纔十五歲，那臉面就和那西洋畫上的美人一樣』，而此女孩又能『通中國的詩書，會講五經，能作詩填詞』。外國女孩作詩一段，或係虛構，然以上情節，恰是當時西學東漸之風之真實歷史反映，正說明《紅樓夢》之時代，已在西方資產階級革命之時也。西風已東傳也，故『洋煙』『洋貨』『西洋藥』『西洋畫』等新詞均在《紅樓夢》中出現也。

晴雯補裘，寫晴雯於受風寒之後，又受墜兒偷鐲子之氣，復因補裘之勞，其病大增，然在寶玉艱難之際，晴雯不顧病深，拼命爲之補裘，其真心於寶玉實過於自身也，無怪後文寶玉哭而祭之以鴻文也。

『寅』字避諱的脂批，是此庚辰本所獨有，證明作者要避『寅』字諱。這條批，對否定《紅樓夢》的作者是曹雪芹，是當頭一棒。這一棒，可以把他的謬論擊得粉碎，讀者於此批當三致意焉。

【校　記】

〔一〕　回目：庚辰本、列藏本、楊本、蒙本、戚本同。甲辰本、程甲本『金』作『毛』。

第五十三回　寧國府除夕祭宗祠　榮國府元宵開夜宴

話說寶玉見晴雯將雀裘補完，已使的力盡神危，忙命小丫頭子來替他捶着，彼此捶打了一會。歇下沒一頓飯的工夫，天已大亮了，寶玉且不出門，只叫快傳大夫。

一時王太醫來了，診了脈，疑惑說道：『昨日已好了些，今日如何反虛微浮縮起來，敢是吃多了飲食？不然，就是勞了神思。外感卻倒清了，這汗後失於調養，非同小可。』一面說，一面出去開了藥方進來。

因補裘病勢加重。

寶玉看時，已將疏散驅邪諸藥減去了，倒添了茯苓、地黃、當歸等益神養血之劑。寶玉一面忙命人煎去，一面嘆說：『這怎麼處！倘或有個好歹，都是我的罪孽。』晴雯睡在枕上，嗐道：『好太爺！你幹你的去罷，那裏就得癆病了。』寶玉無奈，只得去了。至下半天，說身上不好，就回來了。

晴雯要強。又怕寶玉耽心，故作此言。

晴雯此症雖重，幸虧他素習是個使力不使心的，再素習飲食清淡，饑飽無傷。

賈府風俗，此是饑餓療法。

交代襲人。

雨村陞爲大司馬。大司馬，漢官名，掌內廷政務，後世爲兵部尚書。此處雨村已陞爲朝廷大員，已位在賈政之上。

這賈宅中的風俗秘法，無論上下，只一略有些傷風咳嗽，總以淨餓爲主，次則服藥調養。故於前日一病時，淨餓了兩三日，又謹慎服藥調治，如今雖勞碌了些，又加倍培養了幾日，便漸漸的好了。（總算晴雯病癒。）近日園中姊妹皆各在房中吃飯，炊爨飲食亦便，寶玉自能變法要湯要羹調停，不必細說。

襲人送母殯後，業已回來。麝月便將平兒所說宋媽、墜兒一事，並晴雯攆逐墜兒出去，也曾回過寶玉等話，一一的告訴了一遍。〔一〕襲人也沒別說，只說太性急了些。

只因李紈亦因時氣感冒；邢夫人又正害火眼，迎春、岫煙皆過去朝夕侍藥；（脂批：『妙在一人不落，事事皆到。』）李嬸之弟又接了李嬸和李紋、李綺家去住幾日；（脂批：『來的也有理，去的也有情。』）寶玉又見襲人常常思母含悲，晴雯猶未大癒；（雖癒而尚未大愈。）因此，詩社之日，皆未有人作興，便空了幾社。

當下已是臘月，離年日近，王夫人與鳳姐治辦年事。王子騰陞了九省都檢點，賈雨村補授了大司馬，協理軍機，參贊朝政，不題。

且說賈珍那邊，開了宗祠，着人打掃，收拾供器，請神主，又打掃上房，以備懸供遺真影像。此時榮、寧二府內外上下，皆是忙忙碌碌。這日，寧府中尤氏正起來同賈蓉之妻打點送賈母這邊的針線禮物，正值丫頭捧了一茶盤押歲錁子進來，回說：『興兒回奶奶，前兒那一包碎金子共是一百五十三兩六錢七分，裏頭成色不等，共總傾了二百二十個錁子。』說着，遞上去。

尤氏看了看，只見也有梅花式的，也有海棠式的，也有筆錠如意的，也有八寶聯春的。尤氏命：『收起這個來，叫他把銀錁子快快交了進來。』丫鬟答應去了。

大家過年氣氛。

一時賈珍進來吃飯，賈蓉之妻迴避了。賈珍因問尤氏：『咱們春祭的恩賞可領了不曾？』尤氏道：『今兒我打發蓉兒關去了。』賈珍道：『咱們家雖不等這幾兩銀子使，多少是皇上天恩。早關了來，給那邊老太太見過，置了祖宗的供，上領皇上的恩，下則是托祖宗的福。咱們那怕用一萬銀子供祖宗，到底不如這個，又體面，又是沾恩錫福的。除咱們這樣一二家之外，那些世襲窮官兒家，若不仗着這銀子，拿什麼上供過年？真正皇恩浩大，想的周到。』尤氏道：『正是這話。』

寫世襲之家。

二人正說着，只見人回：『哥兒來了。』賈珍便命叫他進來。只見賈蓉捧了一個小黃布口袋進來。賈珍道：『怎麼去了這一日？』賈蓉陪笑回說：『今兒不在禮部關領了，又分在光祿寺庫上。因又到了光祿寺，纔領了下來。光祿寺的官兒們都說，問父親好，多日不見，都着實想念。』賈珍笑道：『他們都那裏是想寫封賞筆筆精細，如同目見。

我！這又到了年下了，不是想我的東西，就是想我的戲酒了。』世情如此 一面說，一面瞧那黃布口袋，上有印，就是『皇恩永錫』四個大字，那一邊又有禮部祠祭司的印記，又寫着一行小字，道是『寧國公賈演、榮國公賈源〔二〕恩賜永遠春祭賞，共二份，淨折銀若干兩，某年月日龍禁尉候補侍衛賈蓉當堂領訖。值年寺丞某人』，下面一個硃筆花押。寫得筆筆周到。

賈珍看了，吃過飯，盥漱畢，換了靴帽，命賈蓉捧着銀子跟了來，回過賈母、王夫人，又至這邊回過賈赦、邢夫人，方回家去，取出銀子，命將口袋向宗祠大爐內焚了。焚口袋以告祖宗。又命賈蓉道：『你去問問你璉二嬸子，正月裏請吃年酒的日子擬了沒有。若擬定了，叫書房裏明白開了單子來，咱們再請時，就不能重犯了。舊年不留心重了幾家，人家不說咱們不留神，倒像兩宅商議定了送虛情、怕費事一樣。』賈蓉忙答應了過去。一時，拿了請人吃年酒的日期單子來了。賈珍看了，命交與賴昇去看了，請人別重這上頭日子。因在廳上看着小廝們擡圍屏，擦抹几案金銀供器。

寫烏進孝。

只見小廝手裏拿着個稟帖，並一篇賬目，回說：『黑山村的烏莊頭來了。』賈珍道：『這個老砍頭的，今兒纔來。』說着，賈蓉接過稟帖和賬目，忙展開捧着，賈珍倒背着兩手，一句話姿態全出。向賈蓉手內只看紅稟帖上寫着：『門下莊頭烏進孝叩請賈府固大官僚大地主家庭，故除爵禄外，另有大批地租收入。

御田胭脂米，據劉廷璣《在園雜誌》、清《盛天府志》載，康熙在豐澤園御田所種良種稻，色紅，有香味，粒長，爲宮中御膳所用。予於六十年代初住頤和園得知周園稻田所種水稻，清時皆爲宮中所用，今尚産，但非紅色。今色紅而香者，亦多處有産，産漢中者尤佳，取以煮粥，香溢滿室，色紫紅，意即杜甫詩所謂『香稻啄餘鸚鵡粒』之香稻也。唯今所産，不及往時之醇膩，口感稍粗，或是品種之退化者。

爺、奶奶萬福金安，並公子小姐金安。新春大喜大福，榮貴平安，加官進禄，萬事如意。』賈珍笑道：『莊家人有些意思。』賈蓉也忙笑說：『别看文法，只取個吉利罷了。』一面忙展開單子看時，只見上面寫着：

大鹿三十隻，獐子五十隻，麅子五十隻，暹猪二十個，湯猪二十個，龍猪二十個，野猪二十個，家臘猪二十個，野羊二十個，青羊二十個，家湯羊二十個，家風羊二十個，鱘鰉魚二個，各色雜魚二百斤，活雞、鴨、鵝各二百隻，風雞、鴨、鵝各二百隻，野雞、兔子各二百對，熊掌二十對，鹿筋二十斤，海參五十斤，鹿舌五十條，牛舌五十條，蟶乾二十斤，榛、松、桃、杏穰各二口袋，大對蝦五十對，乾蝦二百斤，銀霜炭上等選用一千斤，中等二千斤，柴炭三萬斤，御田胭脂米二石，碧糯五十斛，白糯五十斛，粉秔五十斛，雜色粱穀各五十斛，下用常米一千石，各色乾菜一車，外賣粱穀、牲口各項之銀共折銀二千五百兩。外門下孝敬哥兒、姐兒頑意：活鹿兩對，活白兔四對，黑兔四對，活錦雞兩對，西洋鴨兩對。

賈珍便命帶進他來。一時，只見烏進孝進來，只在院內磕頭請安。賈珍命人拉他起來，笑說：『你還硬朗。』烏進孝笑回：『托爺的福，還能走得動。』賈烏進孝所進，主要是貨物，是實物地租，另有『外賣粱穀、牲口各項之銀共折銀二千五百兩』，這已是貨幣地租。可見當時連很偏僻的北方農莊，也開始實物地租與貨幣地租並行了，這從側面反映了商業經濟的發展。

珍道：『你兒子也大了，該叫他走走也罷了。』烏進孝笑道：『不瞞爺說，小的們走慣了，不來也悶的慌。他們可不是都願意來見見天子腳下的世面？他們到底年輕，怕路上有閃失，再過幾年就可放心了。』

賈珍道：『你走了幾日？』烏進孝道：『回爺的話，今年雪大，外頭都是四五尺深的雪，前日忽然一暖一化，路上竟難走的很，耽擱了幾日。雖走了一個月零兩日，因日子有限了，怕爺心焦，可不趕着來了。』賈珍道：『我說呢，怎麼今兒纔來。我纔看那單子上，今年你這老貨又來打擂臺來了。』

烏進孝忙進前了兩步，回道：『回爺說，今年年成實在不好。從三月下雨起，接接連連直到八月，竟沒有一連晴過五日。九月裏一場碗大的雹子，方近一千三百里地，連人帶房，並牲口、糧食，打傷了上千上萬的，所以纔這樣。小的並不敢說謊。』賈珍皺眉道：『我算定了你至少也該有五千兩銀子來，這夠作什麼的！如今你們一共只剩了八九個莊子，今年倒有兩處報了旱澇，你們又打擂臺，真真是又教別過年了。』

烏進孝道：『爺的這地方還算好呢！我兄弟離我那裏只一百多里，誰知竟大差了。他現管着那府裏八處莊地，比爺這邊多着幾倍，今年也只這些東西，不過多二三千兩銀子，也是有饑荒打呢。』賈珍道：『正是呢，我這邊都可以，沒有什麼可見賈府主要經濟來源是地租剥削。

此亦借省親事，說賈府經濟之敗落也。按曹家敗落之主因，是因康熙六次南巡，有四次都由曹寅接駕，耗費浩大，康熙亦深知此事。故康熙死後，曹家亦竟以此敗落。此處所說『再一回省親，只怕就精窮了』，正是實寫此事。

外項大事，不過是一年的費用。我受用些，就〔三〕費些；我受些委屈，就省些。再者，年例送人請人，我把臉皮厚些，可省些也就完了。比不得那府裏，這幾年添了許多花錢的事，一定不可免是要花的，卻又不添些銀子産業。這一二年倒賠了許多，不和你們要，找誰去！』

烏進孝笑道：『那府裏如今雖添了事，有去有來，娘娘和萬歲爺豈不賞的！』脂批：『是莊頭口中語氣。脂硯。』賈珍聽了，笑向賈蓉等道：『你們聽聽，他這話可笑不可笑？』賈蓉等忙笑道：『你們山坳海沿子上的人，那裏知道這道理。娘娘難道把皇上的庫給了我們不成！他心裏縱有這心，他也不能作主。豈有不賞之理，按時到節不過是些彩緞、古董、頑意兒。縱賞銀子，不過一百兩金子，纔值了一千兩銀子，够一年的什麽？這二年，那一年不多賠出幾千銀子來。頭一年省親，連蓋花園子，你算算，那一注共花了多少，就知道了。再兩年，再一回省親，只怕就精窮了。』再爲曹家敗落，一漏消息。賈珍笑道：『所以他們莊家人老實，外明不知裏暗的事。黄柏木作磬槌子——外頭體面裏頭苦。』脂批：『新鮮趣語。』

賈蓉又笑向賈珍道：『果真那府裏窮了。前兒我聽見鳳姑娘脂批：『此亦南北互用之文，前註不謬。』和鴛鴦悄悄商議，要偷出老太太的東西去當銀子呢。』賈珍笑道：『那又是你鳳姑娘的鬼，那裏就窮到如此。他必定是見去路太多了，實在賠的狠了，不知又要省那是一片年下景況。

原來賈府分發年費，是給無進益之家的。此處透露出賈府一族均漸趨貧窮矣。

一項的錢，先設此法，（賈府漸窮，此處略透消息。）使人知道，說窮到如此了。我心裏卻有一個算盤，還不至如此田地。』說着，命人帶了烏進孝出去，好生待他，不在話下。

這裏，賈珍吩咐將方纔各物，留出供祖宗的來，將各樣取了些，命賈蓉送過榮府裏去。然後自己留了家中所用的，餘者派出等例來，一份一份的堆在月臺下，命人將族中的子姪喚來與他們。接着，榮國府也送了許多供祖之物及與賈珍之物。賈珍看着收拾完備供器，靸着鞋，披着猞猁猻大裘，命人在廳柱下石磯上太陽中鋪了一個大狼皮褥子，負暄閑看各子弟們來領取年物。

因見賈芹亦來領物，賈珍叫他過來，說道：『你作什麼也來了？誰叫你來的？』賈芹垂手回說：『聽見大爺這裏叫我們領東西，我沒等人去就來了。』賈珍道：『我這東西，原是給你那些閑着無事的無進益的小叔叔、小兄弟們的。那二年你閑着，我也給過你的。你如今在那府裏管事，家廟裏管和尚、道士們，每月又有你的分例外，這些和尚的分例銀子都從你手裏過，你還來取這個，太也貪了！你自己瞧瞧，你穿的像個手裏使錢辦事的？先前說你沒進益，如今又怎麼了？比先倒不像了。』

賈芹道：『我家裏原人口多，費用大。』賈珍冷笑道：『你還支吾我。你在家廟裏幹的事，打諒我不知道呢。（隱伏若干情事。）你到了那裏，自然是爺了，沒人敢違拗你。

你手裏又有了錢，離着我們又遠，你就爲王稱霸起來，先點一筆，爲後文伏線。夜夜招聚匪類賭錢，脂批：『這一回文字，斷不可少。』養老婆、小子。這會子花的這個形象，你還敢領東西來？領不成東西，領一頓馱水棍去纔罷。等過了年，我必和你璉二叔說，換回你來。』賈芹紅了臉，不敢答應。

忽見人回：『北府水王爺送了字聯、荷包來了。』賈珍聽說，忙命賈蓉出去款待：『只說我不在家。』賈蓉答應去了。這裏，賈珍看着領完東西，回房與尤氏吃畢晚飯，一宿無話。至次日，比往日更忙，都不必細說。

是北靜王水溶。

已到了臘月二十九日了，各色齊備，兩府中都換了門神、聯對、掛牌，新油了桃符，煥然一新。寧國府從大門、儀門、大廳、暖閣、內廳、內三門、內儀門並內塞門，直到正堂，一路正門大開，兩邊階下一色硃紅大高照，點的兩條金龍一般。有氣勢。雄偉壯麗，寫出煊赫氣焰。

自正門至正堂，共九重門，真深門九重也。

次日，由賈母有誥封者，皆按品級着朝服，先坐八人大轎，帶領着衆人進宮朝賀行禮，是皇親國戚派勢。領宴畢回來，便到寧國府暖閣前下轎。諸子弟有未隨入朝者，皆在寧府門前排班伺候，是大家族派勢。然後引入宗祠。

且說寶琴是初次進賈府宗祠，一面細細留神打諒這宗祠。從寶琴眼中寫出。原來寧府西邊另一個院子，黑油柵欄內五間大門，上懸一塊匾，寫着是『賈氏宗祠』四個字，旁書對聯上句寫祖宗艱難創業。下句寫子孫百代蒸嘗。

金匾對聯，均寫祖宗勳業。亦與作者開業家世有關。

九龍金匾、鬧龍填青匾，均是勳臣等級。

正殿匾聯是說子孫，匾聯皆宗祠體制。

一部書中，賈敬唯此主祭一事。其餘便是燒丹煉汞矣。

『衍聖公孔繼宗書』。兩旁有一副長聯，寫道是：

　　肝腦塗地，兆姓賴保育之恩；
　　功名貫天，百代仰蒸嘗之盛。

亦衍聖公所書。進入院中，白石甬路，兩邊皆是蒼松翠柏。（確是宗祠氣象。）月臺上設着青綠古銅鼎彝等器。抱厦前，上面懸一九龍金匾，寫道是：『星輝輔弼』，乃先皇御筆。兩邊一副對聯，寫道是：

　　勳業有光昭日月，
　　功名無間及兒孫。

亦是御筆。五間正殿前，懸一鬧龍填青匾，寫道是：『慎終追遠』。旁邊一副對聯，寫道是：

　　已後兒孫承福德，
　　至今黎庶念榮寧。

俱是御筆。裏邊香燭輝煌，錦幛繡幕，雖列着些神主，卻看不真切。（仍是寶琴眼中情景。）只見賈府人分昭穆排班立定：賈敬主祭，（長房主男）賈赦陪祭，賈珍獻爵，賈璉、賈琮

『拜興』，謂跪拜和起立。唐常袞《賀冊皇太后表》：『候金冊以拜興，承瑞寶以俯受。』《儒林外史》第三十七回：『虞博士走上香案前，遲均贊道：「跪，升香，灌地。拜，興；拜，興；拜，興，復位。」』《儒林外史》與《紅樓夢》同時，可參。

又楊藏、列藏各本皆作『興拜』，皆誤。『拜興』『興拜』兩詞，均見《儀禮·士昏禮》。按新婦祭祖用『拜興』，即跪拜大禮。新婦見姑（婆婆），用『興拜』，『姑坐。舉以興，拜。』姑在座位上，新婦起來向姑行拜禮。寧府祭祖是大典，故用『拜興』為是，於此益見庚本之可貴。

寫得肅穆莊嚴，又是一番氣象。

獻帛，寶玉捧香，賈菖、賈菱展拜毯，守焚池。青衣樂奏，三獻爵，拜興畢，焚帛奠酒，禮畢，樂止，退出。衆人圍隨着賈母至正堂上，（二房比賈敬上一代主婦。）影前錦幔高掛，彩屏張護，香燭輝煌。上面正居中懸着寧、榮二祖遺像，（一路寫來，目光到此集中在寧榮二公影像。）皆是披蟒腰玉；兩邊還有幾軸列祖遺影。賈荇、賈芷等從內儀門挨次列站，直到正堂廊下。檻外方是賈敬、賈赦，檻內是各女眷。衆家人、小廝皆在儀門之外。（筆筆清楚，一絲不亂。）每一道菜至，傳至儀門，賈荇、賈芷等便接了，按次傳至階上賈敬手中。（秩然有序）賈蓉係長房長孫，獨他隨女眷在檻內。每賈敬捧菜至，傳與賈蓉，賈蓉便傳與他妻子，他妻子又傳與鳳姐、尤氏諸人，直傳至供桌前，方傳與王夫人。王夫人傳與賈母，賈母方捧放在桌上。邢夫人在供桌之西，東向立，同賈母供放。直至將菜飯、湯點、酒茶傳完，賈蓉方退出下階，歸入賈芹階位之首。

當時，凡從文旁之名者，賈敬爲首；下則從玉者，賈珍爲首；再下從草頭者，賈蓉爲首。左昭右穆，男東女西。俟賈母拈香下拜，衆人方一齊跪下，將五間大廳，三間抱厦，內外廊簷，階上階下兩丹墀內，花團錦簇，塞的無一隙空地。鴉雀無聞，只聽鏗鏘叮噹，金鈴玉珮微微摇曳之聲，並起跪靴履颯沓之響。（肅穆至極，金鈴玉珮，靴履颯沓，寥寥八字，氣氛更見莊嚴，作者從虛處描摩，倍見傳神。）一時禮畢，賈敬、賈赦等便忙退出，至榮府專候與賈母行禮。尤氏上房早已襲地鋪滿紅氈，當地放着象鼻三足鰍沿鎏金琺瑯大火盆，正面炕上鋪新猩紅氈，設着大紅彩繡雲龍捧壽的靠背、引枕，外另有黑狐皮的袱子搭在上面，大白狐皮坐褥，請賈母上去坐了。（種種擺設，豪華莊嚴，是世宦之家氣魄。）兩邊又鋪皮褥，讓賈母一輩的兩三個妯娌坐了。這邊橫頭排插之後小炕上，也鋪了皮褥，讓邢夫人等坐了。地下兩面相對十二張雕漆椅上，都是一色灰鼠椅搭小褥，每一張椅下一個大銅腳爐，讓寶琴等姊妹坐了。

尤氏用茶盤親捧茶與賈母，蓉妻捧與衆老祖母，然後尤氏又捧與邢夫人等，蓉妻又捧與衆姊妹，鳳姐、李紈等只在地下伺候。茶畢，邢夫人等便先起身來侍賈母。賈母吃茶，與老妯娌閒話了兩三句，便命看轎。鳳姐兒忙上去挽起來。尤氏笑回說：『已經預備下老太太的晚飯。每年都不肯賞些體面用過晚飯過去，果然我們就不及鳳丫頭不成？』鳳姐兒攙着賈母笑道：『老祖宗快走，咱們家去吃飯，別理他。』賈母笑道：『你這裏供着祖宗，忙的什麼似的，（賈母措詞妥貼，官冕大方。）那裏擱得住我鬧。況且每年我不吃，你們也要送去的。不如還送了去，我吃不了留着明兒再吃，豈不多吃些。』說的衆人都笑了。又吩咐他：『好生派妥當人夜裏看香火，不是大意得的。』尤氏答應了。一直送出來至暖閣前上了轎。尤氏等閃過屏風後，小廝們纔領轎夫請了轎，出大門。尤氏亦隨邢夫人等同至榮府。

這裏，轎出大門，這一條街上，東一邊合面設列着寧國府的儀仗執事樂器。西前面寫宗祠，此處寫街道，另是一番熱鬧氣氛。

前面寫向祖宗行祭禮，此處寫向賈母行年禮。

筆筆俱到，一絲不漏。

一邊合面設列着榮國府的儀仗執事樂器。來往行人皆屏退，不從此過。一時來至榮府，也是大門正廳直開到底。如今便不在暖閣下轎了，過了大廳，便轉彎向西，至賈母這邊正廳上下轎。衆人圍隨，同至賈母正室之中，亦是錦裀繡屏，煥然一新。當地火盆內焚着松柏香、百合草。賈母歸了坐，老嬤嬤來回：『老太太們來行禮。』賈母忙又起身要迎，只見兩三個老妯娌已進來了。大家挽手，笑了一回，讓了一回。吃茶去後，賈母只送至內儀門便回來，歸了正坐。（正坐是受禮處。）賈敬、賈赦等領諸子弟進來。賈母笑道：『一年價難爲你們，不行禮罷。』一面說着，一面男一起，女一起，一起一起俱行過了禮。左右兩旁設下交椅，然後又按長幼挨次歸坐受禮。兩府男婦小厮、丫鬟亦按差役上中下行禮畢，散押歲錢、荷包、金銀錁，擺上合歡宴來。男東女西歸坐，獻屠蘇酒、合歡湯、吉祥菓、如意糕畢，（一派過年氣象。）賈母起身，進內間更衣，衆人方各散出。

那晚，各處佛堂、竈王前焚香上供，王夫人正房院內設着天地紙馬、香供，大觀園正門上也挑着大明角燈，兩溜高照，各處皆有路燈。上下人等，皆打扮的花團錦簇，一夜人聲嘈雜，語笑喧闐，爆竹起火，絡繹不絕。

至次日五鼓，（是新年元旦。）賈母等又按品大妝，擺全副執事，進宮朝賀，兼祝元春千秋。領宴回來，又至寧府祭過列祖，方回來。受禮畢，便換衣歇息。所有賀節來的親友此『定一班小戲』，是從外邊另定的戲班，不是原來賈府的戲班。

以下單寫賈母這邊過元宵節，雖皆瑣細筆墨，而已滿眼絢爛矣。

一概不會，只和薛姨媽、李嬸二人說話取便，或者同寶玉、寶琴、釵、黛等姊妹趕圍棋、抹牌作戲。王夫人與鳳姐是天天忙着請人吃年酒，那邊廳上院內皆是戲酒，親友絡繹不絕，一連忙了七八日纔完了。（這年新正剛完，又入元宵佳節。）

早又元宵將近，寧、榮二府皆張燈結彩。十一日是賈赦請賈母等，次日賈珍又請，賈母皆去隨便領了半日。王夫人和鳳姐兒連日被人請去吃年酒，不能勝記。

至十五日之夕，賈母便在大花廳上命擺幾席酒，定一班小戲，滿掛各色佳燈，帶領榮、寧二府各子姪、孫男、孫媳等家宴。賈敬素不茹酒，也不去請他，於後日十七日祖祀已完，他便仍出城去修養。便這幾日在家內，亦是淨室默處，一概無聽無聞，不在話下。賈赦略領了賈母之賜，也便告退而去。賈母知他在此彼此不便，也就隨他去了。賈赦自到家中與衆門客賞燈吃酒，自然是笙歌聒耳，錦繡盈眸，（四字寫賈赦之姬妾衆多。）其取便快樂，另與這邊不同的。

這邊，賈母花廳之上共擺了十來席。每一席旁邊設一几，几上設爐瓶三事，焚着御賜百合宮香。又有八寸來長、四五寸寬、二三寸高的點着山石、佈滿青苔的小盆景，俱是新鮮花卉。又有小洋漆茶盤，內放着舊窑茶杯，並十錦小茶吊，裏面泡着上等名茶。一色皆是紫檀透雕，嵌着大紅紗透繡花卉並草字詩詞的瓔珞。

特寫慧繡，亦是賈母心賞之物。

賈母亦是喜歡文玩陳設者，其趣亦不俗。

原來繡這瓔珞的，也是個姑蘇女子，名喚慧娘。因他亦是書香宦門之家，他原精於書畫，不過偶然繡一兩件針線作耍，並非市賣之物。凡這屏上所繡之花卉，皆仿的是唐宋元明各名家的折枝花卉，故其格式配色皆從雅，本來非一味濃豔匠工可比。每一枝花側皆用古人題此花之舊句，或詩詞歌賦不一，皆用黑絨繡出草字來。且字跡勾踢、轉折、輕重、連斷皆與筆草無異，亦不比市繡字跡板強可恨。他不仗此技獲利，所以天下雖知，得者甚少。凡世宦富貴之家，無此物者甚多。當今便稱爲『慧繡』。

竟有世俗射利者，近日仿其針迹，愚人獲利。偏這慧娘命夭，十八歲便死了，如今竟不能再得一件的了。凡所有之家，縱有一兩件，皆珍藏不用。有那一干翰林文魔先生們，因深惜『慧繡』之佳，便說這『繡』字不能盡其妙，這樣筆跡說一『繡』字，反似乎唐突了，便大家商議了，將『繡』字便隱去，換了一個『紋』字，所以如今都稱爲『慧紋』。

若有一件真『慧紋』之物，價則無限，賈府之榮，也只有兩三件，上年將那兩件已進了上，目下只剩這一副瓔珞，一共十六扇。賈母愛如珍寶，不入在請客各色陳設之內，只留在自己這邊，高興擺酒時賞玩。又有各色舊窑小瓶中都點綴着『歲寒三友』『玉堂富貴』等新鮮花草。

賈母年老，身份不同，自與諸人有異。

列敘衆人坐席，具見簇簇滿眼，熱鬧非凡。

以下特寫各色燈飾，具見滿眼輝煌，絢麗至極。

上面兩席是李嬸、薛姨媽二位，賈母於東邊設一透雕夔龍護屏矮足短榻，靠背、引枕、皮褥俱全。榻之上，一頭又設一個極輕巧洋漆描金小几，几上放着茶吊、茶碗、漱盂、洋巾之類，又有一個眼鏡匣子。賈母歪在榻上，與衆人說笑一回，又自取眼鏡，向戲臺上照一回，又向薛姨媽、李嬸笑說：『恕我老了，骨頭疼，放肆，容我歪着相陪罷。』因又命琥珀坐在榻上，拿着美人拳捶腿。榻下並不擺席面，只有一張高几，卻設着瓔珞、花瓶、香爐等物。外另設一精緻小高桌，設着酒杯、匙、箸，將自己這一席設於榻旁，命寶琴、湘雲、黛玉、寶玉四人坐着。每一饌一菓來，先捧與賈母看了，喜則留在小桌上，嚐一嚐仍撤了，放在他四人席上，只算他四人是跟着賈母坐的。故下面方是邢夫人、王夫人之位，再下便是尤氏、李紈、鳳姐、賈蓉之妻。西邊一路便是寶釵、李紋、李綺、岫煙、迎春姊妹等。

兩邊大梁上，掛着一對聯三聚五玻璃芙蓉彩穗燈。每一席前豎一柄漆杆倒垂荷葉，葉上有燭信，插着彩燭。這荷葉乃是鏨琺瑯的活信，可以扭轉，如今皆將荷葉扭轉向外，將燈影逼住全向外照，看戲分外真切。窗槅門户一齊摘下，全掛彩穗各種宮燈。廊簷內外及兩邊遊廊罩棚，將各色羊角、玻璃、戳紗、料絲，或繡或畫、或堆或摳、或絹或紙，諸燈掛滿。廊上幾席，便是賈珍、賈璉、賈環、賈於滿眼富貴絢爛中，卻偏寫種種不來之人，於極熱鬧處偏寫出極冷落處，作者眼光四射，察物之細，無有遁形，且亦見此大族，實亦貧富各殊也。

此類新錢，當是『乾隆通寶』矣，『天命』錢極少見，因當時尚在關外，予曾見數枚，亦藏有一枚，皆小錢。『天聰』錢有大而精者，予亦有一枚。順、康錢則易見矣。此處特寫『選淨一般大、新出局的銅錢』，當是指『乾隆通寶』，是作者特筆。

《西樓記》，明末袁于令所作傳奇。《樓會》是其中一折，予

琮、賈蓉、賈芹、賈芸、賈菱、賈菖等。

賈母也曾差人去請衆族中男女，奈他們或有年邁，懶於熱鬧的；或有家內沒有人，不便來的；或有患病淹纏，欲來竟不能來的；或有一等妒富愧貧不來的；甚至於有一等憎畏鳳姐之爲人，而賭氣不來的；或有羞口羞腳，不慣見人，不敢來的。因此，族衆雖多，女客來者只不過賈菌之母婁氏帶了賈菌來了，男子只有賈芹、賈芸、賈菖、賈菱四個現是在鳳姐麾下辦事的來了。當下人雖不全，在家庭間小宴中，數來也算是熱鬧的了。

當下，又有林之孝之妻帶了六個媳婦，擡了三張炕桌，每一張上搭着一條紅氈，氈上放着選淨一般大、新出局的銅錢，用大紅彩繩串着。每二人搭一張，共三張。林之孝家的指示將那兩張擺至薛姨媽、李嬸的席下，將一張送至賈母榻下來。賈母便說：『放在當地罷。』（按這是林之孝家的預爲賈母準備好的賞錢，故賈母說『放在當地罷』。）這媳婦們都素知規矩的，放下桌子，一併將錢都打開，將彩繩抽去，散堆在桌上。此時，正唱《西樓·樓會》這齣將終，于叔夜因賭氣去了，那文豹便發科渾道：『你賭氣去了，恰好今日正月十五，榮國府中老祖宗家宴，待我騎了這馬，趕進去討些菓子吃，是要緊的。』說畢，引的賈母等都笑了。

薛姨媽等都說：『好個鬼頭孩子，可憐見的。』鳳姐便說：『這孩子纔九歲

了。』賈母笑說：『難爲他說的巧。』便說了一個『賞』字。早有三個媳婦已經手下預備下小笸籮，聽見一個『賞』字，走上去，向桌上的散錢堆內，每人便撮了一笸籮，走出來向戲臺說：『老祖宗、姨太太、親家太太賞文豹買菓子吃的！』說着，向臺上便一撒，只聽『豁啷啷』滿台的錢響。

賈珍、賈璉已命小廝們擡了大笸籮的錢來，暗暗的預備在那裏。聽見賈母一賞，要知端的，下回分解。

昔曾見崑曲名家白雲生演此折，及《錯夢》，今亦已成絕響。戲中丑角，插科打諢，是戲曲悠久傳統，此處文豹隨景生情，亦是此傳統之遺。

一聲『賞』字，滿台錢響，寫得富貴滿眼，熱鬧至極。

【回後評】

『賈雨村補授了大司馬，協理軍機，參贊朝政』，雖只一提，但雨村之陞遷，與後文賈家之敗當有關聯，故先於此處一提也，讀者切莫忽視此點。

賈府爲一封建貴族官僚家庭，其經濟收入，一是靠封建爵祿和朝廷封賞，二是靠封建農奴制的土地剝削。此回寫賈府領『春祭的恩賞』，就是寫爵祿以外的賞賜。

烏進孝進租，詳列清單，其中大量是實物地租，此外另還有『外賣粱穀、牲口各項之銀共折銀二千五百兩』。這說明除實物地租（其中以各種糧食爲主，計各種名稱的大米共二百斛，下用常米一千石）外，還有折賣成銀的貨幣地租。按明清之際，是中國封建社會的緩慢轉型期。乾隆時期，中國社會內部的資本主義萌芽經濟因素，已經逐漸發展，但原有的封建經濟體制仍佔主要地位，不僅此也，其中還夾雜着滿族社會原有的落後經濟制度的殘餘存在。此回所寫的莊田制，就是這種落後的封建奴隸制經濟的殘餘存在，但就在其中也發生了變化，即部分實物地租已改爲貨幣地租了，這正反映着當時中國北方地區基層經濟體制的自然分化與變異。故烏進孝進租這一節，不僅讓讀者看到賈府主要經濟來源於地租剥削這一點，還可以看到中國北方變化最緩慢地區的農業經濟，也在隨着社會的緩慢變化而變化。

賈珍說：『頭一年省親，連蓋花園子，你算算，那一注共花了多少，就知道了。再兩年，再一回省親，只怕就精窮了。』這是十分重要的一筆。大家知道，《紅樓夢》的元妃省親，是以康熙南巡爲背景素材的，康熙六次南巡，有四次駐蹕於曹寅的江寧織造府，曹寅接駕，耗資無數，遂成經濟上無法彌補的虧空，終至因此而徹底敗落。賈珍明確地說『再一回省親，只怕就精窮了』，正是這一事實的側面反映。

寧國府除夕祭宗祠，是全書中繼可卿大喪、元妃省親之後的又一大場面，大手筆。以上兩次大場面，都在二十回以前，這一次大場面，是在五十三回，這大大加重了後部的分量，使前後文的佈局，得到平衡。祭宗祠的場面儀注，寫得肅穆莊嚴，森然秩然，其富貴豪闊之象，不減以前，説明當時賈府還維持着虚假的繁華場面。但正如賈珍所說：『他們莊家人老實，外明不知裏暗的事。黄柏木作磬槌子——外頭體面裏頭苦。』賈珍這句話，透露着賈府『外面的架子雖未甚倒，内囊卻也盡上來了』的現實，作者特於這豪闊場面之間，滲此一筆，以爲讀者預示。

賈母元宵開夜宴，是另一副豪華歡樂場面，合祭宗祠而爲一，可見富貴之家自過年至元宵的一派歡樂豪華氣派。但值得注意的是，在這樣富而樂的場面下，作者竟寫出有相當大一批因貧困等原因而不來參與樂事，這是作者又一次於歡樂場面中留下淒涼的筆墨，此正再次提醒讀者：賈家一族正在衰敗也。

看此回除夕祭宗祠，一切禮儀肅穆莊嚴，秩然井然。但在這肅穆莊嚴的封建禮儀的背後，卻隱藏着種種亂倫敗德之事。尤以主祭者賈敬一概放縱，遂演出其子賈珍、孫賈蓉種種亂倫聚麀之醜事。故此回祭宗祠的肅穆端敬，實是虛假場面。在此假像掩蓋下，卻隱藏着種種真實的醜事，封建禮法轉而成爲這些醜事的遮羞布，雪芹實亦借此揭露封建禮法之虛僞也。

【校記】

〔一〕『並晴雯攆逐墜兒出去，也曾回過寶玉等話，一一的告訴了一遍。』據蒙府本校改。庚辰本原文爲『並晴雯攆逐出去等話，一一也曾回過寶玉。』

〔二〕『榮國公賈源』，庚辰本『榮』字誤作『等』，『源』字誤作『法』，據庚辰本第三回改。

〔三〕『我受用些，就』五字，庚辰本缺，據楊本增。程甲本同楊本，戚序、蒙府、列藏、甲辰諸本意同，文字略有出入。

首回楔子內云：古今小說『千部共成（出）一套』云云，猶未洩真。今借老太君一寫，是勸後來胸中無機軸之諸君子不可動筆作書。鳳姐乃太君之要緊陪堂，今題『斑衣戲彩』，是作者酬我阿鳳之勞，特貶賈珍璉輩之無能耳。
庚辰本回前評

上回末說：『林之孝之妻帶了六個媳婦，擡了三張炕桌，每一張上搭着一條紅氈，氈上放着選淨一般大、新出局的銅錢，用大紅彩繩串着。每二人搭一張。共三張。林之孝家的指示……將一張送至賈母榻下來。賈母便說「放在當地罷。」這媳婦們都素知規矩的，放下桌子，一併將錢都打開，將彩繩抽去，散堆在桌上。』以上是寫林之孝家的

第五十四回　史太君破陳腐舊套　王熙鳳效戲彩斑衣

卻說賈珍、賈璉暗暗預備下大笸籮的錢，聽見賈母說『賞』，他們也忙命小厮們快撒錢。只聽滿台錢響，賈母大悅。二人遂起身，小厮們忙將一把新暖銀壺捧在賈璉手內，隨了賈珍趨至裏面。賈珍先至李嬸席上，躬身取下杯來，回身，賈璉忙斟了一盞。然後便至薛姨媽席上，也斟了。二人忙起身，笑說：『二位爺請坐着罷了，何必多禮。』於是除邢、王二夫人，滿席都離了席，俱垂手旁侍。

賈珍等至賈母榻前，因榻矮，二人便屈膝跪了。寫得細。賈珍在先捧杯，賈璉在後捧壺，雖止二人奉酒，那賈環弟兄等，卻也是排班按序，一溜隨着他二人進來，見他二人跪下，也都一溜跪下。寶玉也忙跪下了。史湘雲悄推他，笑道：『你這會又幫着跪下作什麼？有這樣，你也去斟一巡酒豈不好？』寶玉悄笑道：『再等一會子再斟去。』說着，等他二人斟完起來，方起來。又與邢夫人王夫人斟過了。賈珍笑道：『妹妹們怎麼樣呢？』賈母等都說：『你們去罷，他們倒便宜些。』說

預爲賈母準備好的賞錢。所以發賞時『向戲臺說：「老祖宗、姨太太、親家太太賞文豹買菓子吃的！」』此處則是『賈珍、賈璉暗暗預備下大笸籮的錢，聽見賈母說「賞」，他們也忙命小廝們快撒錢。』這是賈珍、賈璉預備下的賞錢。所以書中雖前後兩次賞錢，卻各有不同。

《八義》，明徐元所作傳奇，據元雜劇《趙氏孤兒》改編，演春秋時晉國忠臣趙盾一家與奸臣屠岸賈之鬥爭，趙盾一家被抄家滅門的故事。

鳳姐會說話，竟說得頭頭是道。

了，賈珍等方退出。

當下天未二鼓，戲演的是《八義》中《觀燈》八齣。正在熱鬧之際，寶玉因下席往外走。賈母因說：『你往那裏去？外頭爆竹利害，仔細天上掉下火紙來燒了。』寶玉回說：『不往遠去，只出去就來。』賈母命婆子們好生跟着。於是寶玉出來，只有麝月、秋紋並幾個小丫頭隨着。賈母因說：『襲人怎麼不見？他如今也有些拿大了，（賈母於襲人亦有微詞。）單支使小女孩子出來。』王夫人忙起身笑回道：『他媽前日沒了，因有熱孝，不便前頭來。』（王夫人趕忙爲她解釋。）賈母聽了點頭，又笑道：『跟主子卻講不起這孝與不孝。若是他還跟我，難道這會子也不在這裏不成？（賈母意猶未盡釋。）皆因我們太寬了，有人使，不查這些，竟成了例了。』

鳳姐兒忙過來笑回道：『今兒晚上他便沒孝，那園子裏也須得他看着，（鳳姐亦趕着爲她解釋，可見襲人之能籠絡人也。）燈燭花炮最是耽險的。這裏一唱戲，園子裏的人誰不偷着來瞧瞧。他還細心，各處照看照看。況且這一散後，寶兄弟回去睡覺，各色都是齊全的。若他再來了，衆人又不經心，散了回去，鋪蓋也是冷的，茶水也不齊備，各色都不便宜，所以我叫他不用來，（再說是鳳姐之意。）只看屋子。散了又齊備，我們這裏也不耽心，又可以全他的禮，豈不三處有益？老祖宗要叫他，我叫他來就是了。』（再倒說一句讓她來，則更見不是襲人不來也，鳳姐之嘴，無堅不摧。）賈母聽了這話，忙說：『你這話很是，比我想的周到。（可見鳳姐說話的效率。）快別叫他了。但只他本來賈母有點不滿，經鳳姐如此一說，反而轉過來對襲人的憐念。

媽幾時沒了，我怎麼不知道？』鳳姐笑道：『前兒襲人去親自回老太太的，怎麼倒忘了？』（不是襲人不回，是你忘了。）賈母想了一想，笑說：『想起來了。我的記性竟平常了。』衆人都笑說：『老太太那裏記得這些事。』賈母因又嘆道：『我想着，他從小兒服侍了我一場，又服侍了雲兒一場，末後給了一個魔王寶玉，虧他魔了這幾年。他又不是咱們家的根生土長的奴才，沒受過咱們什麼大恩典。他媽沒了，我想着要給他幾兩銀子發送，也就忘了。』鳳姐兒道：『前兒太太賞了他四十兩銀子，（補敘一筆）也就是了。』

賈母聽說，點頭道：『這還罷了。正好鴛鴦的娘前兒也死了，我想他老子娘都在南邊，我也沒叫他家去守孝，如今叫他兩個一處作伴兒去。』又命婆子將些菓子、菜饌、點心之類，與他兩個吃去。琥珀笑說：『還等這會子呢，他早就去了。』說着，大家又吃酒看戲。

且說寶玉一逕來至園中，衆婆子見他回房，便不跟去，只坐在園門裏茶房內烤火，和管茶的女人偷空飲酒鬬牌。寶玉至院中，雖是燈光燦爛，卻無人聲。麝月道：『他們都睡了不成？咱們悄悄的進去，唬他們一跳。』於是大家躡足潛蹤的進了鏡壁一看，只見襲人和一人，二人對面都歪在地炕上，（意想不到之文。）那一頭有兩三個老嬤嬤打盹。

因上回鴛鴦不理寶玉也。

鰣魚，只產於南京至鎮江一段之長江

寶玉只當他兩個睡着了，纔要進去，忽聽鴛鴦嘆了一聲，說道：『可知天下事難定。論理，你單身在這裏，父母在外頭，每年他們東去西來，沒個定準。想來你是再不能送終的了，偏生今年就死在這裏，你倒出去送了終。』襲人道：『正是。我也想不到能夠看着父母回首。太太又賞了四十兩銀子，（補足前文所說。）這倒也算養我一場，我也不敢妄想了。』寶玉聽了，忙轉身悄向麝月等道：『誰知他也來了。我這一進去，他又賭氣走了，不如咱們回去罷，讓他兩個清清靜靜的說一回。襲人正一個人悶悶的，他幸而來的好。』說着，仍悄悄的出來。（體貼之極）

寶玉便走過山石之後去，站着撩衣。麝月、秋紋皆站住，背過臉去，口內笑說：『蹲下再解小衣，仔細風吹了肚子。』後面兩個小丫頭子知是小解，忙先出去茶房內預備去了。（寫得細。）這裏寶玉剛轉過來，只見兩個媳婦子迎面來了，問是誰。秋紋道：『寶玉在這裏呢，你大呼小叫，仔細唬着他。』那媳婦們忙笑道：『我們不知道，大節下來惹禍了。姑娘們可連日辛苦了。』說着，已到了跟前。麝月等問：『手裏拿的是什麼？』媳婦們道：『是老太太賞金、花二位姑娘吃的。』秋紋笑道：『外頭唱的是《八義》，沒唱《混元盒》，那裏又跑出「金花娘娘」來了。』寶玉笑命：『揭起來，我瞧瞧。』秋紋、麝月忙上去將兩個盒子揭開。兩個媳婦忙蹲下身子。（脂批：『細膩之極。一部大觀園之文，皆若食肥蟹，至此一句，則又三月於鎮江江上啖出網之鮮鰣矣。』）寶玉看了，兩盒內都是席上所有的上等其他地區都不產，產期是每年三月至四月末，過此一段時間即絕迹，鰣魚之味美，爲長江名魚之首，唯鰣魚出水即死，故要吃到鰣魚，只有離產地極近處方能吃到。五十年代至六十年代初，我曾在鎮江、揚州等地吃過出網鰣魚，其味至今不能忘。按此條脂批批者當與曹家有關，一是曹家任江寧織造、兩淮巡鹽御史等職，於南京、揚州、儀徵等處均有駐地，故有條件在『鎮江江上啖出網之鮮鰣』。二，曹寅於康熙三十五年五月初二日及康熙三十六年四月二十九日有進醃鰣魚的奏摺，前次送六十尾，後次送二百尾，因爲是醃鰣魚，所以時間是五月初二和四月二十九日，離出網已有一段時間。以鰣魚進上，

菓品、菜饌，點了一點頭，邁步就走。麝月二人忙胡亂（『胡亂』二字見其率意之態。）擲了盒蓋，跟上來。寶玉笑道：『這兩個女人倒和氣，會說話。他們天天乏了，倒說你們連日辛苦，倒不是那矜功自伐的。』麝月道：『這好的也很好，那不知禮的也太不知禮。』寶玉笑道：『你們是明白人，擔待他們是粗笨可憐的人就完了。』一面說，一面來至園門。

那幾個婆子雖吃酒鬭牌，卻不住出來打探，見寶玉來了，也都跟上了。來至花廳後廊上，只見那兩個小丫頭，一個捧着小沐盆，一個搭着手巾，又拿着漚子小壺在那裏久等。秋紋先忙伸手向盆內試了一試，（寫得細，可見寶玉平時生活照料何等周到。）說道：『你越大越粗心了，那里弄的這冷水？』小丫頭笑道：『姑娘瞧瞧這個天，我怕水冷，巴巴的倒的是滚水，這還冷了。』（寫嚴冬。）

正說着，可巧見一個老婆子提着一壺滚水走來。小丫頭便說：『好奶奶，過來給我倒上些。』那婆子道：『哥哥兒，這是給老太太泡茶的，勸你走了舀去罷，那裏就走大了腳了。』（絕妙言詞。於此可見女子之腳亦以小爲美也。此處說『走大了腳』，或以爲即證明是裹的小腳，予卻以爲此是一般詞語，不能確證小丫頭是裹小腳。）秋紋道：『憑你是誰的，你不給？我管把老太太的茶吊子倒了洗手。』（怡紅院丫頭，仗着寶玉，亦是霸氣十足。）那婆子回頭見是秋紋，忙提起壺來就倒，秋紋道：『够了，你這麼大年紀，也沒個見識。誰不知是老太太的水？要不着的人就敢要了！』（還要教訓兩句。）婆子笑道：『我眼花了，沒認出這

可見鰣魚之鮮美，亦可見曹家對鰣魚之珍視，則曹寅以後諸人自亦如此。

姑娘來。』

洗手一事，就有如許曲折。

寶玉洗了手，那小丫頭子拿小壺倒了些漚子在他手內，寶玉漚了。秋紋、麝月也趁熱水洗了一回，漚了，跟進寶玉來。

寶玉便要了一壺暖酒，也從李嬸、薛姨媽斟起，二人也笑讓坐。賈母便說：『他小，讓他斟去。大家倒要乾過這杯。』說着，便自己乾了。邢、王二夫人也忙乾了，讓他二人。薛、李也只得乾了。賈母又命寶玉道：『連你姐姐妹妹一齊斟上，不許亂斟，都要叫他乾了。』寶玉聽說，答應着，一一按次斟了。

寫黛玉反讓寶玉替她飲酒，寫寶玉替黛玉一飲而盡，只此兩筆，便知寶黛何等親昵，然於衆目之下，黛、寶均略無顧瞻，真旁若無人也。

至黛玉前，偏他不飲，拿起杯來，放在寶玉唇上邊，寶玉一氣飲乾。黛玉笑說：『多謝。』寶玉替他斟上一杯。

鳳姐兒便笑道：『寶玉，別喝冷酒，仔細手顫，明兒寫不得字，拉不得弓。』（鳳姐此話，是針對寶玉飲黛玉酒而發也。）寶玉忙道：『沒有吃冷酒。』鳳姐兒笑道：『我知道沒有，不過白囑咐你。』（鳳姐隨機收篷，轉變極快。）然後，寶玉將裏面斟完，只除賈蓉之妻是丫頭們斟的。復出至廊上，又與賈珍等斟了。坐了一回，方進來，仍歸舊坐。

一時上湯後，又接獻元宵來。賈母便命將戲暫歇歇，又說：『小孩子們可憐見的，也給他們些滾湯滾菜的吃了再唱。』又命將各色菓子、元宵等物拿些與他們吃去。

賈母是老聽書者，故先要瞭解情節。

一時歇了戲，便有婆子帶了兩個門下常走的女先生兒進來，放兩張杌子在那一邊命他坐了，將弦子琵琶遞過去。賈母便問李、薛聽何書，他二人都回說：『不拘什麼都好。』賈母便問：『近來可有添些什麼新書？』那兩個女先兒回說道：『倒有一段新書，是殘唐五代的故事。』賈母問是何名，女先兒道：『叫做《鳳求鸞》。』賈母道：『這一個名字倒好，不知因什麼起的？你先大概說說原故，若好再說。』女先兒道：『這書上乃是說，殘唐之時，有一位鄉紳，本是金陵人氏，名喚王忠，曾做過兩朝宰輔，如今告老還家。膝下只有一位公子，名喚王熙鳳。』

衆人聽了，笑將起來。賈母笑道：『這不重了我們鳳丫頭了？』媳婦忙上去推他道：『這是二奶奶的名字，少混說。』賈母笑道：『你說，你說。』女先生忙笑着站起來，說：『我們該死了，不知是奶奶的尊諱。』鳳姐兒笑道：『怕什麼，你們只管說罷，重名重姓的多着呢。』

女先生又說道：『這年，王老爺打發了王公子上京趕考，那日遇見大雨，進到一個莊子避雨。誰知這莊上也有個鄉紳，姓李，與王老爺是世交，便留下這公子住在書房裏。這李鄉紳膝下無兒，只有一位千金小姐。這小姐芳名叫作雛鸞，琴棋書畫，無所不通。』

賈母忙道：『怪道叫作《鳳求鸞》。不用說，我已猜着了。自然是這王熙鳳要賈母既批其俗套，又批其不合情理，則將所有俗套文字一筆掃盡。

求這雛鸞小姐爲妻了。』女先兒笑道：『老祖宗原來聽過這一回書。』衆人都道：『老太太什麼沒聽過？便沒聽過，猜也猜着了。』

賈母笑道：『這些書都是一個套子，左不過是些佳人才子，最沒趣兒。把人家女兒說的那樣壞，還說是佳人，編的連影兒也沒有了。開口都是書香門第。父親不是尚書，就是宰相。生一個小姐，必是愛如珍寶。這小姐必是通文知禮，無所不曉，竟是個絕代佳人。只一見了一個清俊的男人，不管是親是友，便想起終身大事來了，父母也忘了，書禮也忘了，鬼不成鬼，賊不成賊，

兩句批的狠。賈母看來佳人才子私訂終身是『鬼不成鬼，賊不成賊』，但如似賈璉一樣，則是『饞嘴猫兒似的，那裏保得住不這麼着。從小兒世人都打這麼過的』，可見在賈母看來青年男女自由戀愛是不允許的，偷情則是人人皆有的，不足爲怪的。從賈母的口氣看，則寶、黛之婚姻尚未得父母之命，危矣！

那一點兒是佳人？便是滿腹文章，做出這些事來，也算不得是佳人了。比如男人滿腹文章去作賊，難道那王法就看他是才子，就不入賊情一案了不成？可知那編書的是自己塞了自己的嘴。再者，既說是世宦書香大家的小姐都知禮讀書，連夫人都知書識禮，便是告老還家，自然這樣大家人口不少，奶母、丫鬟服侍小姐的人也不少，怎麼這些書上，凡有這樣的事，就只小姐和緊跟的一個丫鬟？你們白想想，那些人都是管什麼的，可是前言不答後語？』衆人聽了，都笑說：『老太太這一說，是謊都批出來了。』

賈母笑道：『這有個原故：編這樣書的，有一等妒人家富貴，或有求不遂心，

王熙鳳幾句話，遠勝女先兒多矣，《掰謊記》，名字多新鮮。

所以編出來污穢人家；（賈母亦知竟有借書以攻擊別人的。）再一等，他自己看了這些書，看魔了，他也想一個佳人，所以編了出來取樂。何嘗他知道那世宦讀書家的道理！別說他那書上那些世宦書禮大家，如今眼下真的，拿我們這中等人家說起，（皇親國戚，還說是中等人家。）也沒有這樣的事，別說是那些大家子。可知是謅掉了下巴的話。所以我們從不許說這些書，連丫頭們也不懂這些話。這幾年我老了，他們姊妹們住的遠，我偶然悶了，說幾句聽聽。他們一來，就忙歇了。』李、薛二人都笑說：『這正是大家的規矩，連我們家也沒這些雜話給孩子們聽見。』

鳳姐兒走上來斟酒，笑道：『罷，罷，酒冷了，老祖宗喝一口潤潤嗓子再掰謊。這一回就叫作《掰謊記》，就出在本朝本地本年本月本日本時，老祖宗一張口難說兩家話，花開兩朵，各表一枝，是真是謊且不表，再整那觀燈看戲的人。老祖宗且讓這二位親戚吃一杯酒、看兩齣戲之後，再從昨朝話言掰起，如何？』他一面斟酒，一面笑說。未曾說完，衆人俱已笑倒。兩個女先生也笑個不住，（連女先生也笑，可見其話之動人也。）都說：『奶奶好剛口。奶奶要一說書，真連我們吃飯的地方也沒了。』（這話不假）薛姨媽笑道：『你少興頭些，外頭有人，比不得往常。』鳳姐兒笑道：『外頭的只有一位珍大爺。我們還是論哥哥妹妹，從小兒在一處淘氣了這麼大。這幾年因做了親，我如今立了多少規矩了。便不是從小兒的兄妹，便以伯叔論，那《二十四鳳姐之口，雖古之辯才亦難過之，自鳳姐於第三回出場至今，其滔滔之言，無一不動人，無一不因景生情，無一不新鮮奇譎，信矣，雪芹之才，如黃河之水也。

孝》上「斑衣戲彩」，點題。他們不能來「戲彩」引老祖宗笑一笑，我這裏好容易引的老祖宗笑了一笑，多吃了一點兒東西，大家喜歡，都該謝我纔是，難道反笑話我不成？』賈母笑道：『可是這兩日我竟沒有痛痛的笑一場，倒是虧他纔一路笑的我心裏痛快了些，我再吃一鍾酒。』吃着酒，又命寶玉：『也敬你姐姐一杯。』鳳姐兒笑道：『不用他敬，我討老祖宗的壽罷。』說着，便將賈母的酒拿起來，將半杯剩酒吃了，將杯遞給丫鬟，另將溫水浸的杯換了一個上來。於是各席上的杯都撤去，另將溫水浸着待換的杯斟了新酒上來，然後歸坐。

女先生回說：『老祖宗不聽這書，或者彈一套曲子聽聽罷。』賈母便說道：『好，你們兩個對一套《將軍令》罷。』二人聽說，忙和弦按調撥弄起來。

賈母亦懂弦索。

賈母因問：『天有幾更了？』衆婆子忙回：『三更了。』賈母道：『怪道寒浸浸的起來。』早有衆丫鬟拿了添換的衣裳送來。王夫人起身，陪笑說道：『老太太不如挪進暖閣裏地炕上倒也罷了。這二位親戚也不是外人，我們陪着就是了。』賈母聽說，笑道：『既這樣說，不如大家都挪進去，豈不暖和？』王夫人道：『恐裏間坐不下。』賈母笑道：『我有道理。如今也不用這些桌子，只用兩三張併起來，大家坐在一處擠着，又親香，又暖和。』衆人都道：『這纔有趣。』說着，便起了席。衆媳婦忙撤去殘席，裏面直順併了三張大桌，另又添換了菓饌擺好。

此處方叫賈府自己的戲班上場。

賈母便説：『這都不要拘禮，只聽我分派你們就坐纔好。』説着，便讓薛、李正面上坐，自己西向坐了，叫寶琴、黛玉、湘雲三人皆緊依左右坐下，向寶玉説：『你挨着你太太。』於是邢夫人、王夫人之中夾着寶玉，寶釵等姊妹在西邊，挨次下去便是婁氏帶着賈菌，尤氏、李紈夾着賈蘭，下面横頭便是賈蓉之妻。賈母便説：『珍哥兒，帶着你兄弟們去罷，我也就睡了。』

賈珍等忙答應，又都進來。賈母道：『快去罷！不用進來，纔坐好了，又都起來。你快歇着，明日還有大事呢。』賈珍忙答應了，又笑説：『留下蓉兒斟酒纔是。』賈母笑道：『正是忘了他。』賈珍答應了一個『是』，便轉身帶領賈璉等出來。二人自是歡喜，便命人將賈琮、賈璜各自送回家去，便邀了賈璉去追歡買笑，特點賈珍、賈璉。不在話下。

這裏，賈母笑道：『我正想着，雖然這些人取樂，竟沒一對雙全的，就忘了蓉兒。這可全了，蓉兒就和你媳婦坐在一處，倒也團圓了。』

因有媳婦回説開戲，賈母笑道：『我們娘兒們正説的興頭，又要吵起來。況且那孩子們熬夜，怪冷的。也罷，叫他們且歇歇，把咱們的女孩子們叫了來，就在這臺上唱兩齣，也給他們瞧瞧。』媳婦們聽了，答應了出來，忙的一面着人往大觀園去傳人，一面二門口去傳小廝們伺候。小厮們忙至戲房，將班中所有的大人一概帶出，只留下小孩子們。

一時，梨香院的教習帶了文官等十二個人，從遊廊角門出來。婆子們〔一〕抱着幾個軟包，因不及擡箱，估料着賈母愛聽的三五齣戲的彩衣包了來。婆子們帶了文官等進去見過賈母，皆垂手站着。

賈母笑道：『大正月裏，你師父也不放你們出來逛逛。你等唱什麼？剛纔八齣《八義》鬧得我頭疼，咱們清淡些好。你瞧瞧，薛姨太太、這李親家太太都是有戲的人家，（即家裏有戲班子的人家。）不知聽過多少好戲的。這些姑娘都比咱們家的姑娘見過好戲，聽過好曲子。如今這小戲子又是那有名頑戲家的班子，（指外請的戲班。）雖是小孩子們，卻比大班還強。咱們好歹別落了褒貶，少不得弄個新樣兒的。叫芳官唱一齣《尋夢》，只用簫合，笙笛餘者〔二〕一概不用。』文官笑道：『這也使得的。我們的戲，自然不能入姨太太和親家太太、姑娘們的眼，不過聽我們一個發脫口齒，再聽一個喉嚨罷了。』賈母笑道：『正是這話了。』李嬸、薛姨媽喜的都笑道：『好個靈透孩子。他也跟着老太太打趣我們。』

賈母笑道：『我們這原是隨便的頑意兒，又不出去做買賣，（清乾隆時，家庭戲班亦有商業性之應聘演出者，故賈母說「不出去做買賣」也。）所以竟不大合時。』說着，又道：『叫葵官唱一齣《惠明下書》，也不用抹臉。只用這兩齣，叫他們聽個疏異罷了。若省一點力，我可不依。』文官等聽了出來，忙去扮演上臺，先是《尋夢》，次是《下書》。衆人都鴉雀無聞。

薛姨媽因笑道：『實在戲也看過幾百班，從沒見用簫管的。』賈母道：『也有，只是像方纔《西樓·楚江晴》一支，多有小生吹簫合的。（賈母於戲亦頗在行。）這大套的實在少，這也在主人講究不講究罷了。這算什麼出奇？』指湘雲道：『我像他這麼大的時節，他爺爺有一班小戲，偏有一個彈琴的湊了來，即如《西廂記》的《聽琴》，《玉簪記》的《琴挑》，《續琵琶》的《胡笳十八拍》，竟成了真的了，比這個更如何？』衆人都道：『這更難得了。』賈母便命個媳婦來，吩咐文官等叫他們吹彈一套《燈月圓》。媳婦領命而去。

當下賈蓉夫妻二人捧酒一巡，鳳姐兒因見賈母十分高興，便笑道：『趁着女先兒們在這裏，不如叫他們擊鼓，咱們傳梅，行一個「春喜上眉梢」令如何？』賈母笑道：『這是個好令，正對時對景。』忙命人取了一面黑漆銅釘花腔令鼓來，與女先兒們擊着，席上取了一枝紅梅。賈母笑道：『若到誰手裏住了，吃一杯，也要說個什麼纔好。』鳳姐兒笑道：『依我說，誰像老祖宗要什麼有什麼呢。我們這不會的，豈不沒意思？依我說，也要雅俗共賞，不如誰輸了誰說個笑話罷。』衆人聽了，都知道他素日善說笑話，最是他肚內有無限的新鮮趣談。今兒如此說，不但在席的諸人喜歡，連地下服侍的老小人等無不歡喜。那小丫頭子們都忙出去，

此處《牡丹亭》《西廂記》都上了。但《牡丹亭》未唱《驚夢》，《西廂記》未唱《酬簡》《拷紅》耳。

《續琵琶》是曹寅的劇作，《胡笳十八拍》即此劇第二十七齣《製拍》，今此抄本尚存北京圖書館，雪芹特將其先人的作品寫入，亦具深意。

衆人皆喜鳳姐說笑話，可見鳳姐善謔，已是人人皆知，人人皆喜。

找姐喚妹的告訴他們：『快來聽，二奶奶又說笑話兒了。』衆丫頭子們便擠了一屋子。

於是戲完樂罷，賈母命將些湯點菓菜與文官等吃去，便命響鼓。那女先兒們皆是慣的，或緊或慢，或如殘漏之滴，或如迸豆之疾，或如驚馬之亂馳，或如疾電之光而忽暗。其鼓聲慢，傳梅亦慢；鼓聲疾，傳梅亦疾。恰恰至賈母手中，鼓聲忽住。（四句寫鼓聲，極盡描摩。）大家呵呵一笑，賈蓉忙上來斟了一杯。衆人都笑道：『自然老太太先喜了，我們纔托賴些喜。』賈母笑道：『這酒也罷了，只是這笑話倒有些個難說。』衆人都說：『老太太的比鳳姐兒的還好還多，賞一個，我們也笑一笑兒。』

賈母笑道：『並沒什麽新鮮發笑的，少不得老臉皮子厚的說一個罷了。』因說道：『一家養了十個兒子，娶了十房媳婦。惟有第十個媳婦聰明伶俐，心巧嘴乖，公婆最疼，成日家說那九個不孝順。這九個媳婦委屈，便商議說：「咱們九個心裏孝順，只是不像那小蹄子嘴巧，所以公公、婆婆老了，只說他好，這委屈向誰訴去？」大媳婦有主意，便說道：「咱們明兒到閻王廟去燒香，和閻王爺說去，問他一問，叫我們托生人，爲什麽單單的給那小蹄子一張乖嘴，我們都是笨的。」衆人聽了都喜歡，說這主意不錯。第二日便都到閻王廟裏來燒了香，九個人都在供桌底下睡着了。九個魂專等閻王駕到，左等不來，右等也不到。正等的着急，只賈母笑話，既令人笑，又令人思，既俗又雅，既圓又尖。

見孫行者駕着筋斗雲來了，看見九個魂，便要拿金箍棒打，唬得九個魂忙跪下央求。孫行者問原故，九個魂忙細細的告訴了他。孫行者聽了，把腳一跺，嘆了一口氣，道：「這原故幸虧遇見我，等着閻王來了，他也不得知道的。」九個魂聽了，就求說：「大聖發個慈悲，我們就好了。」孫行者笑道：「這卻不難。那日你們妯娌十個托生時，可巧我到閻王那裏去的，因爲撒了泡尿在地下，你那小嬸子便吃了。你們如今要伶俐嘴乖，有的是尿，再撒泡你們吃了就是了。」』說畢，大家都笑起來。

鳳姐兒笑道：『好的，幸而我們都笨嘴笨腮的，鳳姐先說自己笨嘴，則別人不能再指矣。不然也就吃了猴兒尿了。』尤氏、婁氏都笑向李紈道：『咱們這裏誰是吃過猴兒尿的，別裝沒事人兒。』問得妙，妙在含混也。薛姨媽笑道：『笑話兒不在好歹，只要對景就發笑。』薛姨媽圓場得好。說着，又擊起鼓來。小丫頭子們只要聽鳳姐兒的笑話，便悄悄的和女先兒說明，以咳嗽爲記。須臾傳至兩遍，剛到了鳳姐兒手裏，小丫頭子們故意咳嗽，女先兒便住了。衆人齊笑道：『這可拿住他了。快吃了酒說一個好的，別太逗的人笑的腸子疼。』

鳳姐兒想了一想，笑道：『一家子也是過正月半，合家賞燈吃酒，真真的熱鬧非常，祖婆婆、太婆婆、婆婆、媳婦、孫子媳婦、重孫子媳婦，親孫子、姪孫子、重孫子、灰孫子、滴滴搭搭的孫子，孫女兒、外孫女兒、姨表孫女兒、姑表孫女兒……嗳喲喲，真好熱鬧！』衆人聽他說着，已經笑了，都說：『聽數貧嘴，又不知編派那一個呢。』尤氏笑道：『你要招我，我可撕你的嘴。』鳳姐兒起身拍手笑道：『人家費力說，你們混我，我就不說了。』賈母笑道：『你說，你說，底下怎麽樣？』

鳳姐兒想了一想，笑道：『底下就團團的坐了一屋子，吃了一夜酒，就散了。』（第一個『散了』。）衆人見他正言厲色的說了，別無他話，都怔怔的還等他往下說，只覺冰冷無味。

史湘雲看了他半日。鳳姐兒笑道：『再說一個過正月半的。幾個人擡着個房子大的炮仗往城外放去，引了上萬的人跟着瞧去。有一個性急的人等不得，便偷着拿香點着了。只聽「噗哧」一聲，衆人哄然一笑，都散了。（第二個『散了』。）這擡炮仗的人報怨賣炮仗的捍的不結實，沒等放就散了。』（第三個『散了』。）湘雲道：『難道他本人沒聽見響？』（正要借湘雲一問。）鳳姐兒道：『這本人原是聾子。』

衆人聽說，一回想，不覺一齊失聲都大笑起來。又想着先前那一個沒完的，問他：『先一個怎麽樣？也該說完。』鳳姐兒將桌子一拍，說道：『好囉唆，到了第二日，是十六日，年也完了，（第一個『完了』。）節也完了，（第二個『完了』。）我看着人忙着收東西還

故事含意，衆人回想方知，其實回想所知，亦只是其表也。鳳姐的故事是『散了，散了，散了！完

了，完了，完了！那裏還知道底下的事了！』故事的題目就可叫《散了罷》。

在慶元宵，大團圓之際，到最後卻由鳳姐來說『散了罷』的故事，一連串的『散了、散了，散了！』『完了，完了！』『那裏還知道底下的事了！』則其意可知矣！

鬧不清，那裏還知道底下的事了。』一切都已『完了』，底下之事不可知矣！衆人聽說，復又笑將起來。

鳳姐兒笑道：『外頭已經四更，依我說，老祖宗也乏了，咱們也該「聾子放炮仗——散了」罷。』是一句總結。尤氏等用手帕子握着嘴，笑的前仰後合，指他說道：『這個東西真會數貧嘴。』賈母笑道：『真真這鳳丫頭越發貧嘴了。』賈母亦未能聽出其中衰敗之音。一面說，一面吩咐道：『他提起炮仗來，咱們也把煙火放了，解解酒。』

賈蓉聽了，忙出去帶着小廝們就在院內安下屏架，將煙火設吊齊備。這煙火皆係各處進貢之物，雖不甚大，卻極精巧，各色故事俱全，夾着各色花炮。林黛玉稟氣柔弱，不禁畢駁之聲，賈母便摟他在懷中。薛姨媽摟着湘雲。湘雲笑道：『我不怕。』寶釵等笑道：『他專愛自己放大炮仗，還怕這個呢。』王夫人便將寶玉摟入懷內。鳳姐兒笑道：『我們是沒有人疼的了。』尤氏笑道：『有我呢，我摟着你。也不怕臊，你這孩子又撒嬌了，聽見放炮仗，吃了蜜蜂兒屎似的，今兒又輕狂起來。』鳳姐兒笑道：『等散了，咱們園子裏放去。我比小廝們放的還好呢。』

說話之間，外面一色一色的放了又放，又有許多的滿天星、九龍入雲、平地一聲雷、飛天十響之類的零碎小爆竹。放罷，然後又命小戲子打了一回《蓮花落》，『完了』以後，最後是唱《蓮花落》也。《蓮花落》，乞食之歌也！撒了滿台錢，命那些孩子們滿台搶錢取樂。

其餘過節氣象，匆匆一筆敘過。

又上湯時，賈母說道：『夜長，覺的有些餓了。』鳳姐兒忙回說：『有預備的鴨子肉粥。』賈母道：『我吃些清淡的罷。』鳳姐兒忙道：『也有棗兒熬的粳米粥，預備太太們吃齋的。』賈母笑道：『不是油膩膩的，就是甜的。』鳳姐兒又忙道：『還有杏仁茶，只怕也甜。』賈母道：『倒是這個還罷了。』說着，又命人撤去殘席，外面另設上各種精緻小菜。大家隨便隨意吃了些，用過漱口茶，方散。

十七日一早，又過寧府行禮，伺候掩了宗祠，收過影像，方回來。此日便是薛姨媽家請吃年酒。十八日便是賴大家，十九日便是寧府賴昇家，二十日便是林之孝家，二十一日便是單大良家，二十二日便是吳新登家。這幾家，賈母也有去的，也有不去的，也有高興直待衆人散了方回的，也有興盡半日一時就來的。凡諸親友來請或來赴席的，賈母一概怕拘束不會，自有邢夫人、王夫人、鳳姐兒三人料理。連寶玉只除王子騰家去了，餘者亦皆不會，只說賈母留下解悶。所以倒是家下人家來請，賈母可以自便之處，方高興去逛逛。閑言不提。且說當下元宵已過，要知端的，下回分解。

【回後評】

賈母元宵夜宴演戲，賈珍、賈璉向賈母敬酒，賈母見襲人未到，頗有微詞，王夫人、鳳姐趕忙爲襲人解釋，轉使賈母高興。寶玉因避熱鬧，即回怡紅院，恰逢襲人、鴛鴦在互訴衷曲，寶玉怕衝散她們難得的傾心機會，即悄悄退出，至假山石後小解，然後要水洗手，再回至席前爲賈母敬酒等瑣瑣細事，作者一一寫來，如身經目見，雖細碎平常，卻見生活之真實，而文字從容不迫，令人如在宴內。

寶玉爲黛玉敬酒，黛玉不飲，卻將酒杯放在寶玉唇上，寶玉一飲而盡，黛、寶二人雖在衆人席間，竟旁若無人，隨之鳳姐即勸寶玉不要喝冷酒云云。鳳姐其實是對剛纔黛玉而言，而鳳姐之意，自然是隨賈母、王夫人顔色，故黛、寶之縱情，適令賈母、王夫人之不滿也。

賈母破陳腐俗套，批駁《鳳求鸞》之類民間俗套書，就其俗套，千篇一律來説，賈母批得對，亦即作者破此流行陳套破得對也。然賈母更將話鋒指向後花園私訂終身之類的事情本身，這其實已是反對婚姻問題上的男女自主互求。因此引出『鬼不成鬼，賊不成賊』的尖鋭批判，其話鋒實質已及寶黛婚事。而賈母此論，或亦是由眼前黛玉讓寶玉飲酒所引發，否則何以客觀平心設論世事而忽發此動氣性之言，雖賈母之言尚含蓄，而寶、黛之木石姻緣實已危矣！讀者細思，能悟此意否。

鳳姐效老萊戲彩，作《掰謊記》，引得滿座大笑，連説書的女先兒都笑倒，可見其辯才無礙，亦見其處處討賈母歡心皆能得體自如。吾觀古今説部中，難得其匹，雪芹之才，實亦春江流不盡也。

賈母聽戲，令單用簫和，實是聽曲中之行家。然後順勢説出《胡笳十八拍》來。此實雪芹有意將乃祖曹寅之劇作寫入書中，藉資紀念，亦爲此書更留一家庭標記也。雪芹苦心，於此可見！難怪其有『誰解其中味』之嘆！

賈母説笑話，似刺及鳳姐，然吾恐其非有意也。因前文方戲彩斑衣，賈母大樂，此處豈能有刺，故鳳姐一句話，即將此誤解開，冰釋無痕。然鳳姐連説兩段笑話，卻是『散了』『完了』『那里還知道底下的事了』，其語不祥至極，乃衆人不覺，反以爲樂，正樂極而將悲生也。

【校　記】

〔一〕『一時……婆子們』共二十七字，庚辰本缺，從各本補。

〔二〕庚辰本此句原文：『只提琴至管簫合，笙笛一概不用。』『只』字下又旁加『要』字，『至』字下又旁加『於』字。列藏本作『只須用簫合，笙笛别的一概不用』。甲辰、程甲均作『只用簫和，笙笛餘者一概不用』。楊本原抄作『只須用簫管，笙笛一概不用』，『管』字圈去旁改『和』字，『笙笛』下旁加『餘者』兩字，改後全同甲辰、程甲本。蒙府本作『只用簫隨着，笙笛一概不用』，戚本全同蒙府本。此據甲辰、程甲本校改，『合』字仍用原文，以與下文一致。

> 鳳姐之病，爲下文探春理家張本。

> 王夫人先派李紈，是循理也，知李紈忠厚善良，故再派探春，則於理於情俱妥矣。

> 不知保養，爭強鬬智，心性太要强，故身體不能保養也。

第五十五回　辱親女愚妾爭閒氣　欺幼主刁奴蓄險心

且說元宵已過，只因當今以孝治天下，目下宮中有一位太妃欠安，故各嬪妃皆爲之減膳謝妝，不獨不能省親，亦且將宴樂俱免。故榮府今歲元宵亦無燈謎之集。

剛將年事忙過，鳳姐兒便小月了，在家一月，不能理事，天天兩三個太醫用藥。鳳姐兒自恃強壯，雖不出門，然籌畫計算，想起什麽事來，便命平兒去回王夫人。任人諫勸，他只不聽。

王夫人便覺失了膀臂，一人能有許多的精神？凡有了大事，自己主張；將家中瑣碎之事，一應都暫令李紈協理。李紈是個尚德不尚才的，未免逞縱了下人。王夫人便命探春合同李紈裁處，（李紈一人駕御不了，故又命探春。）只說過了一月，鳳姐將息好了，仍交與他。（原是暫時代理。）

誰知鳳姐稟賦氣血不足，兼年幼不知保養，（『不知保養』四字有含蓄。）平生爭強鬬智，心力更虧，故雖係小月，竟着實虧虛下來，一月之後，復添了下紅之症。他雖不肯說出來，寶釵是親戚，按理無經管賈府家事之理，王夫人竟讓管之，寶釵亦竟受之，於此可知王夫人心意，亦可知寶釵心意矣。

李紈、探春正式接事辦公。

（仍是好強）衆人看他面目黃瘦，便知失於調養。王夫人只令他好生服藥調養，不令他操心。他自己也怕成了大症，遺笑於人，便想偷空調養，恨不得一時復舊如常。誰知一直服藥調養到八九月間，（則李紈、探春代管之期自當延長。）纔漸漸的起復過來，下紅也漸漸止了。此是後話。

如今且說目今王夫人見他如此，探春與李紈暫難謝事，園中人多，又恐失於照管，因又特請了寶釵來，（寶釵亦來共同主政，則寶釵之未來信息可知矣。）託他各處小心：『老婆子們不中用，得空兒吃酒鬬牌，白日裏睡覺，夜裏鬬牌，我都知道的。鳳丫頭在外頭，他們還有個懼怕，如今他們又該取便了。好孩子，你還是個妥當人，你兄弟、妹妹們又小，我又沒工夫，你替我辛苦兩天，照看照看。凡有想不到的事，你來告訴我，別等老太太問出來，我沒話回。那些人有不好，你只管說。他們不聽，你來回我，別弄出大事來纔好。』寶釵聽說，只得答應了。

時屆孟春，黛玉又犯了嗽疾。湘雲亦因時氣所感，亦臥病於蘅蕪苑，一天醫藥不斷。

探春同李紈相住間隔，二人近日同事，不比往年，來往回話人等亦不便，故二人議定：每日早晨，皆到園門口南邊的三間小花廳上去會齊辦事，吃過早飯，於午錯方回房。這三間廳原係預備省親之時衆執事太監起坐之處，（補敘三間廳的來歷。）故省親之後即每日上午辦公。

人心如此欺軟怕硬。

寶釵日間在上房監察，夜間還要巡夜，其辛苦可知。然巡夜事，未見王夫人交代，且寶釵是閨閣千金，平時也不輕易出繡房，現今居然夜間出來巡夜，未免太過耳。

也用不着了，每日只有婆子們上夜。如今天已和暖，不用十分修飾，只不過略略的鋪陳了，便可他二人起坐。這廳上也有一匾，題着『輔仁諭德』四字，家下俗呼皆只叫『議事廳』兒。如今他二人每日卯正至此，午正方散。凡一應執事媳婦等來往回話者，絡繹不絕。

衆人先聽見李紈獨辦，各各心中暗喜，（欺李紈老實也。）以爲李紈素日原是個厚道多恩無罰的，自然比鳳姐兒好搪塞，便添了一個探春，也都想着不過是個未出閨閣的年輕小姐，且素日也最平和恬淡，因此都不在意，比鳳姐兒前便懈怠了許多。（寫刁奴心理。）只三四日後，幾件事過手，漸覺探春精細處不讓鳳姐，（漸漸領會到探春的精細。）只不過是言語安靜，性情和順而已。（脂批：『這是小姐身份耳，阿鳳未出閣想亦如此。』）

可巧連日有王公侯伯世襲官員十幾處，皆係榮、寧非親即友或世交之家，或有陞遷，或有黜降，或有婚喪紅白等事，王夫人賀吊迎送，應酬不暇，前邊更無人，他二人便一日皆在廳上起坐。（因事忙，故全日辦公。）寶釵便一日在上房監察，（寶釵亦全日辦公。）至王夫人回方散。每於夜間針線暇時，臨寢之先，坐了小轎，帶領園中上夜人等，各處巡察一次。

他三人如此一理，更覺比鳳姐兒當差時倒更謹慎了些。因而裏外下人都暗中抱怨說：『剛剛的倒了一個「巡海夜叉」，又添了三個「鎮山太歲」，（反倒比原先管得更嚴了。）越性連

主刁奴蓄险心
谭凤嬛画
辅仁谕

吳新登媳婦是刁奴之首，她懷着刁難之心，先來考察李紈、探春。

襲人媽死所賞，是王夫人所賞，亦成例，與趙國基並非一例。

探春看出他們的心思，問到了關鍵。

夜裏偷着吃酒頑的工夫都沒了。』原來夜間很少巡察，現在夜間都不得偷樂了。

這日，王夫人正是往錦鄉侯府去赴席，李紈與探春早已梳洗，伺候出門去後，回至廳上坐了。剛吃茶時，只見吳新登的媳婦進來回說：『趙姨娘的兄弟趙國基昨日死了。昨日回過太太，太太說知道了，叫回姑娘、奶奶來。』說畢，便垂手旁侍，再不言語。再不言語者，是看你們如何也。

彼時來回話者不少，都打聽他二人辦事如何。可知是先來試探的。若辦得妥當，大家則安個畏懼之心；若少有嫌隙不當之處，不但不畏伏，一出二門還要編出許多笑話來取笑。可見不能稍有差錯也。吳新登的媳婦心中已有主意，若是鳳姐前，他便早已獻勤，說出許多主意，可見刁奴欺主。又查出許多舊例來，任鳳姐兒揀擇施行。脂批：『可知雖有才幹，亦必有羽翼方可。』如今他藐視李紈老實，探春是青年的姑娘，所以只說出這一句話來，試他二人有何主見。刁奴可惡

探春便問李紈。李紈想了一想，便道：『前兒襲人的媽死了，聽見說賞銀四十兩，這也賞他四十兩罷了。』李紈老實，吳新登家的專等你這句話。吳新登家的聽了，忙答應個『是』，接了對牌就走。以爲蒙着了。

探春道：『你且回來。』吳新登家的只得回來。探春道：『你且別支銀子。我且問你：那幾年，老太太屋裏的幾位老姨奶奶，也有家裏的，也有外頭的，外頭的是指派在外頭爲賈府當差的。這有個分別。家裏的，若死了人，是賞多少？外頭的，死了人，是賞多少？

你且說兩個我們聽聽。』一問，吳新登家的便都忘了，都忘了，刁滑。忙陪笑回說：『這也不是什麼大事，賞多少，誰還敢爭不成？』還想混過去。探春笑道：『這話胡鬧。依我說，賞一百倒好。若不按例，別說你們笑話，明兒也難見你二奶奶。』話說得極有理。吳新登家的笑道：『既這麼說，我查舊賬去，此時卻記不得。』

探春笑道：『你辦事辦老了的，還記不得，倒來難我們。批駁得好，刁奴之心，可惡至極，明指其是來『難我們』，是戳穿她也。你素日回你二奶奶，也說現查去？問得好。若有這道理，鳳姐姐還不算利害，也就是算寬厚了！還不快找了來我瞧。再遲一日，不說你們粗心，反像我們沒主意了。』吳新登家的滿面通紅，忙轉身出來。衆媳婦們都伸舌頭。可見刁奴先考試新主，然後再定應對之策。這裏又回別的事。

一時，吳新登家的取了舊賬來。探春看時，兩個家裏的賞過，皆是二十兩；兩個外頭的，皆賞過四十兩。外還有兩個外頭的，一個賞過一百兩，一個賞過六十兩。這兩筆底下皆註有原故：一個是隔省遷父母之柩，外賞六十兩；一個是現買葬地，外賞二十兩。探春便遞與李紈看了。探春便說：『給他二十兩銀子。刁奴欺主，若非探春精細，則被騙矣，人心叵測也。把這賬留下，我們細看看。』吳新登家的去了。

忽見趙姨娘進來，李紈、探春忙讓坐。趙姨娘開口便說道：『這屋裏的人都踩下我的頭去，還罷了。姑娘，你也想一想，該替我出氣纔是。』一面說，一面

用吳新登家的一例，作者寫盡世態人心。

趙姨娘來，分明是吳新登家的指使。故開口就是另

一種腔調。

都有成法可據，豈能隨意亂來。

襲人的媽死了是太太賞的，不是成法，我不是太太，無此特權，只能依成法。

探春一篇正道理，說得明明白白。

便眼淚、鼻涕哭起來。探春忙道：『姨娘這話說誰，我竟不解。誰踩姨娘的頭？說出來，我替姨娘出氣。』（的是趙姨娘。）趙姨娘道：『姑娘現踩我，我告訴誰去！』（竟直指探春，分明是受人挑撥而來。）探春聽說，忙站起來，說道：『我並不敢。』李紈也站起來勸。

趙姨娘道：『你們請坐下，聽我說。我在這屋裏熬油似的熬了這麼大年紀，又有你和你兄弟，這會子連襲人都不如了，我還有什麼臉？連你也沒臉面，別說我了！』

探春笑道：『原來爲這個。我說，我並不敢犯法違理。』一面便坐了，拿賬翻與趙姨娘看，又念與他聽，又說道：『這是祖宗手裏舊規矩，人人都依着，偏我改了不成？也不但襲人，將來環兒收了外頭的，自然也是同襲人一樣。這原不是什麼爭大爭小的事，講不到有臉沒臉的話上。他是太太的奴才，我是按着舊規矩辦。說辦的好，領祖宗的恩典、太太的恩典；若說辦的不均，那是他糊塗，不知福，也只好憑他抱怨去。太太連房子賞了人，我有什麼有臉之處？一文不賞，我也沒什麼沒臉之處。依我說，太太不在家，姨娘安靜些養神罷了，何苦只要操心。太太滿心疼我，因姨娘每每生事，幾次寒心。我但凡是個男人，可以出得去，（可見當時男權社會之限人也。）我必早走了，立一番事業，那時自有我一番道理。（可惜沒有我用武之地。）偏我是女孩兒家，一句多話也沒有我亂說的。太太滿心裏都知道。如今因看重我，纔叫我照管家務。

剛剛能管一點事，趙姨娘又來搗亂了。

趙姨娘以爲只要有權便可隨心亂來。

李紈是沒用人的話，說得完全不依規矩。

趙姨娘自以爲自己不是奴才，故有此話。

（如今剛剛能管一點事。）還沒有做一件好事，姨娘倒先來作踐我。（不是我作踐你，竟是你來作踐我。）倘或太太知道了，怕我爲難，不叫我管，那纔正經沒臉！連姨娘也真沒臉！』一面說，一面不禁滾下淚來。

趙姨娘沒了別話答對，便說道：『太太疼你，你越發該拉扯拉扯我們。你只顧討太太的疼，就把我們忘了。』探春道：『我怎麼忘了？叫我怎麼拉扯？這也問他們各人，那一個主子不疼出力得用的人？那一個好人用人拉扯的？』李紈在旁（李紈此話不妥。）只管勸說：『姨娘別生氣。也怨不得姑娘，他滿心裏要拉扯，口裏怎麼說的出來？』

探春忙道：『這大嫂子也糊塗了。（駁得好，一絲不苟。）我拉扯誰？誰家姑娘們拉扯奴才了？（索性劃清主奴界線。）他們的好歹，你們該知道，與我什麼相干。』趙姨娘氣的問道：『誰叫你拉扯別人去了？你不當家，我也不來問你。你如今現說一是一，說二是二。如今你舅舅死了，你多給了二三十兩銀子，難道太太就不依你？分明太太是好太太，都是你們尖酸刻薄。可惜太太有恩無處使。姑娘放心，這也使不着你的銀子。明兒等你出了閣，我還想你額外照看趙家呢！如今沒有長羽毛，就忘了根本，只揀高枝兒飛去了！』

探春沒聽完，已氣的臉白氣噎，抽抽咽咽的一面哭，一面問道：『誰是我舅一番主奴、嫡庶的大道理，壓得趙姨娘無話可說。

嫡庶之辨甚嚴，探春常以庶出爲心頭恨事，趙姨娘卻偏喜亮出，以爲己榮。不知如此一來，更損探春也，於此可見當時世情。

鳳姐是一番好意，怕探春有心照顧，不好處置，故來說一句話，讓探春得以從權。豈知探春竟是釘是釘，卯是卯，一概不認。故平兒此話，偏撞在刀刃上了。

舅？我舅舅年下纔陞了九省檢點，那裏又跑出一個舅舅來？我倒素習按理尊敬，越發敬出這些親戚來了。既這麼說，每日環兒出去，爲什麼趙國基又站起來，（分明是奴才身份。）又跟他上學去？爲什麼不拿出舅舅的款來？何苦來，誰不知道我是姨娘養的，（探春越忌諱，趙姨娘越要捅出來。）必要過兩三個月尋出由頭來，徹底來翻騰一陣，生怕人不知道，故意的表白表白。也不知誰給誰沒臉！幸虧我還明白，但凡糊塗不知理的，早急了。』李紈急的只管勸，趙姨娘只管還嘮叨。

忽聽有人說：『二奶奶打發平姑娘說話來了。』趙姨娘聽說，方把口止住。只見平兒進來，趙姨娘忙陪笑讓坐，又忙問：『你奶奶好些？我正要瞧去，（趙姨娘怕鳳姐，故爾如此。）就只沒得空兒。』

李紈見平兒進來，因問他來做什麼。平兒笑道：『奶奶說，趙姨奶奶的兄弟沒了，恐怕奶奶和姑娘不知有舊例。若照常例，只得二十兩。如今請姑娘裁奪着，再添些也使得。』（可見探春按常例沒有錯。鳳姐讓平兒此時來說此話，正教探春更加爲難。然鳳姐是怕探春想加照顧，故送此話耳，不想恰恰相反。）

探春早已拭去淚痕，忙說道：『又好好的添什麼，誰又是二十四個月養下來的？不然也是那出兵放馬、背着主子逃出命來過的人不成？你主子真個倒巧，叫我開了例，他做好人，（探春鐵面無私，剛纔駁了李紈，此時又駁鳳姐。）拿着太太不心疼的錢，樂得做人情。你告訴他，我不敢添減，混出主意。他添，他施恩，等他好了出來，愛怎麼添怎麼添去。』

（斬釘截鐵，不可動搖。）平兒一來時已明白了對半，今聽這一番話，越發會意，見探春有怒色，便不敢以往日喜樂之時相待，（畢竟還有主奴之分。）只一邊垂手默侍。（平兒亦是奴才身份，故不敢含糊也。）時值寶釵也從上房中來，探春等忙起身讓坐。未及開言，又有一個媳婦進來回事。

（主子一怒，丫頭們都忙跪侍，主奴之界何等森嚴！）

因探春纔哭了，便有三四個小丫鬟捧了沐盆、巾帕、靶鏡等物來。此時探春因盤膝坐在矮板榻上。那捧盆的丫鬟走至跟前，便雙膝跪下，高捧沐盆；那兩個小丫鬟，也都在旁屈膝捧着巾帕並靶鏡、脂粉之飾。平兒見待書不在這裏，便忙上來與探春挽袖卸鐲，（平兒來挽袖卸鐲，是爲顯主子姑娘探春的尊嚴，奴才們不得冒犯也，其意在讓吳新登家的們不得胡來。）又接過一條大手巾來，將探春面前衣襟掩了。探春方伸手向面盆中盥沐。

（平兒幫探春開發。）

那媳婦便回道：『回奶奶、姑娘，家學裏支環爺和蘭哥兒的一年公費。』平兒先道：『你忙什麼！你睜着眼，看見姑娘洗臉，你不出去伺候着，先說話來！二奶奶跟前，你也這麼沒眼色來着？（真是沒眼色。）姑娘雖然恩寬，我去回了二奶奶，只說你們眼裏都沒姑娘，你們都吃了虧，可別怨我。』唬的那個媳婦忙陪笑說道：『我粗心了。』一面說，一面忙退出去。

探春一面勻臉，一面向平兒冷笑道：『你來遲了一步，還有可笑的：連吳姐姐這麼個辦老了事的，也不查清楚了，就來混我們。幸虧我們問他，他竟有臉說忘

（以收殺一儆百之效。）

（平兒亦會說話，索性連過去有什麼不到處，也一併給改了，說得多軟和。）

了。我說他，回你主子事也忘了再找去？我料着你那主子未必有耐性兒等他去找。』平兒忙笑道：『他有這一次，管包腿上的筋早折了兩根。（可見鳳姐的厲害。）姑娘別信他們。那是他們瞅着大奶奶是個菩薩，姑娘又是個靦腆小姐，（說到點子上了。）固然是託懶來混。』說着，又向門外說道：『你們只管撒野，等奶奶大安了，咱們再說。』門外的衆媳婦都笑道：『姑娘，你是個最明白的人。俗語說，「一人作罪一人當」，我們並不敢欺蔽小姐。（衆人都趁機說好話。）如今小姐是嬌客，若認真惹惱了，死無葬身之地。』平兒冷笑道：『你們明白就好了。』又陪笑向探春道：『姑娘知道，二奶奶本來事多，那裏照看的這些？保不住不忽略。俗語說，「旁觀者清」，這幾年姑娘冷眼看着，或有該添該減的去處，二奶奶沒行到，姑娘竟一添減，頭一件於太太的事有益，第二件也不枉姑娘待我們奶奶的情義了。』

話未說完，寶釵、李紈皆笑道：『好丫頭，真怨不得鳳丫頭偏疼他。本來無可添減的事，如今聽你一說，倒要找出兩件來斟酌斟酌，不辜負你這話。』（寶釵、李紈皆聽出平兒專意爲鳳姐諧和協調之意。）探春笑道：『我一肚子氣，沒人煞性子，正要拿他奶奶出氣去，偏他碰了來，說了這些話，叫我也沒了主意了。』（探春之怒稍解。）

一面說，一面叫進方纔那媳婦來問：『環爺和蘭哥兒家學裏這一年的銀子，是做那一項用的？』那媳婦便回說：『一年學裏吃點心，或者買紙筆，每位有八兩實際上是向公家多領了八兩，所以探春蠲得對。

銀子的使用。』探春道：『凡爺們的使用，都是各屋裏領了月錢的。環哥的是姨娘領二兩，寶玉的是老太太屋裏襲人領二兩，蘭哥兒的是大奶奶屋裏領。怎麽學裏每人又多這八兩？原來上學去的是爲這八兩銀子！（一句話說透了。）從今兒起，把這一項蠲了。平兒，回去告訴你奶奶，就說我的話，把這一條務必免了。』平兒笑道：『早就該免。（平兒趕快湊趣。）舊年奶奶原說要免的，因年下忙，就忘了。』那個媳婦只得答應着去了。就有大觀園中媳婦捧了飯盒來。

待書、素雲早已擡過一張小飯桌來，平兒也忙着上菜，探春笑道：『你說完了話，幹你的去罷，在這裏忙什麽。』平兒笑道：『我原沒事的。二奶奶打發了我來，一則說話，二則恐這裏人不方便，原是叫我幫着妹妹們服侍奶奶、姑娘的。』探春因問：『寶姑娘的飯怎麽不端來一處吃？』丫鬟們聽說，忙出至簷外命媳婦去說：『寶姑娘如今在廳上一處吃，叫他們把飯送了這裏來。』探春聽說，便高聲說道：『你别混支使人！那都是辦大事的管家娘子們，（探春不准他們支使管家娘子。）你們支使他要飯要茶的，連個高低都不知道！平兒這裏站着，你叫叫去。』（探春支使平兒去。）

平兒忙答應了一聲出來。那些媳婦們都忙悄悄的拉住笑道：『那裏用姑娘去叫？我們已有人叫去了。』（討好平兒）一面說，一面用手帕撢石磯上說：『姑娘站了半天乏了，這太陽影裏且歇歇。』平兒便坐下。又有茶房裏的兩個婆子拿了個坐褥鋪平兒正面責備他們不該故意欺負探春。

下，說：『石頭冷，這是極乾淨的，姑娘將就坐一坐兒罷。』平兒忙陪笑道：『多謝。』一個又捧了一碗精緻新茶出來，也悄悄笑說：『這不是我們的常用茶，原是伺候姑娘們的，姑娘且潤一潤罷。』

平兒忙欠身接了，因指衆媳婦悄悄說道：『你們太鬧的不像了。他是個姑娘家，不肯發威動怒，這是他尊重，你們就藐視欺負他。果然招他動了大氣，不過說他一個粗糙就完了，你們就現吃不了的虧。他撒個嬌兒，太太也得讓他一二分，二奶奶也不敢怎樣。你們就這麼大膽子小看他，可是雞蛋往石頭上碰。』衆人都忙道：『我們何嘗敢大膽了，都是趙姨奶奶鬧的。』

平兒也悄悄的說：『罷了，好奶奶們。「牆倒衆人推」，那趙姨奶奶原有些道三不着兩的，有了事都就賴他。你們素日那眼裏沒人，心術利害，我這幾年難道還不知道？平兒的話，將他們素日的行爲乾脆揭穿。二奶奶若是略差一點兒的，早被你們這些奶奶治倒了。可見這些人何等刁頑。饒這麼着，得一點空兒，還要難他一難，好幾次沒落了你們的口聲。』衆人都道：『如何敢？』

平兒道：『他利害，你們都怕他。惟我知道，他心裏也就不算不怕你們呢。只有平兒最知底細。前兒我們還議論到這裏，再不能依頭順尾的，必有兩場氣生。那三姑娘雖是個姑娘，你們都橫看了他。二奶奶這些大姑子、小姑子裏頭，也就只單畏他五分。

你們這會子倒不把他放在眼裏了！』

可見探春不能惹。

正說着，只見秋紋走來。衆媳婦忙趕着問好，又說：『姑娘也且歇一歇，裏頭擺飯呢。等撤下飯桌子來，再回話去。』秋紋笑道：『我比不得你們，

秋紋是寶玉的丫頭，故如此說。

我那裏等得？』說着，便直要上廳去。平兒忙叫：『快回來。』秋紋回頭見了平兒，笑道：『你又在這裏充什麽外圍的防護？』一面回身便坐在平兒褥上。

平兒悄問：『回什麽？』秋紋道：『問一問寶玉的月銀，我們的月錢，多早晚纔領。』平兒道：『這什麽大事？你快回去，告訴襲人，說我的話，憑有什麽事，今兒都別回。若回一件，管駁一件；回一百件，管駁一百件。』秋紋聽了，忙問：『這是爲什麽了？』

平兒與衆媳婦等都忙告訴他原故，又說：『正要找幾件利害事與有體面的人來開例，作法子鎮壓，與衆人作榜樣呢。何苦你們先來碰在這釘子上？你這一去説了，他們若拿你們也作一二件榜樣，又礙着老太太、太太；若不拿着你們作一二件榜樣，人家又說，偏一個向一個，仗着老太太、太太威勢的就怕，也不敢動，只拿着軟的作鼻子頭。你聽聽罷，二奶奶的事，他還要駁兩件，纔壓的住衆人的口聲呢。』秋紋聽了，伸舌笑道：『幸而平姐姐在這裏，沒的臊一鼻子灰。我趁早知會他們去。』說着，便起身走了。

探春不過臨時理家，即可發現鳳姐管家時種種弊端，可見權力一轉手，情況就不同。鳳姐讓平兒來，就是爲此也，但鳳姐是要平兒順着探春，不要逆她，以免多生事端，平兒亦深能領會鳳意。

接着，寶釵的飯至，平兒忙進來服侍。那時，趙姨娘已去，三人在板牀上吃飯。寶釵面南，探春面西，李紈面東。衆媳婦皆在廊下靜候，裏頭只有他們緊跟常侍的丫鬟伺候，別人一概不敢擅入。

這些媳婦們都悄悄的議論說：『大家省事罷，別安着沒良心的主意。把那些壞主意收起來。連吴大娘纔都討了沒意思，咱們又是什麼有臉的。』他們一邊悄悄議論，等飯完回事。只覺裏面鴉雀無聲，並不聞碗箸之聲。

飯已吃完。

一時，只見一個丫鬟將簾櫳高揭，又有兩個將桌擡出。茶房內早有三個丫頭捧着三沐盆水，見飯桌已出，三人便進去了。一回又捧出沐盆並漱盂來，方有待書、素雲、鶯兒三個，每人用茶盤捧了三蓋碗茶進去。一時等他三人出來，待書命小丫頭子：『好生伺候着，我們吃了飯來換你們，可別又偷坐着去。』衆媳婦們方慢慢的一個一個的安分回事，不敢如先前輕慢疏忽了。

至此探春氣方漸平。

探春氣方漸平，因向平兒道：『我有一件大事，早要和你奶奶商議，如今可巧想起來。你吃了飯快來。寶姑娘也在這裏，咱們四個人商議了，再細細的問你奶奶可行可止。』平兒答應回去。

鳳姐因問爲何去了這一日，平兒便笑着將方纔的原故細細說與他聽了。鳳姐兒笑道：『好，好，好，好個三姑娘！可謂英雄識英雄。我說他不錯。只可惜他命薄，沒托生在探春因爲庶出，故心中總有此一大憾事也。

可見賈家一年不如一年。此處又加提醒。

此時寶、黛婚事，還作一樁事看，故費用都可從老太太出，然實際上寶、黛婚事的內部因素已在變化，唯尚未明朗耳。

太太肚裏。』平兒笑道：『奶奶也說糊塗話了。他便不是太太養的，難道誰敢小看他，不與別的一樣看了？』

鳳姐兒嘆道：『你那裏知道，雖然庶出一樣，女兒卻比不得男人，將來攀親時，如今有一種輕狂人，先要打聽姑娘是正出是庶出，多有爲庶出不要的。（世情如此，可嘆！）殊不知，別說庶出，便是我們的丫頭，比人家的小姐還強呢。將來不知那個沒造化的挑庶正誤了事呢，也不知那個有造化的不挑庶正的得了去。』說着，又向平兒笑道：『你知道，我這幾年生了多少省儉的法子，一家子大約也沒個不背地裏恨我的。（自知背後有人恨。）我如今也是騎上老虎了。雖然看破些，無奈一時也難寬放；二則家裏出去的多，進來的少。凡有大小事，仍是照着老祖宗手裏的規矩，卻一年進的產業又不及先時。（規矩是盛時所定，現在已是衰時，故難以支持也。）多省儉了，外人又笑話，老太太、太太也受委屈，家下人也抱怨刻薄；若不趁早兒料理省儉之計，再幾年就都賠盡了。』（與賈珍前面所說，可以對榫。）

平兒道：『可不是這話！將來還有三四位姑娘，還有兩三個小爺，一位老太太，這幾件大事未完呢。』鳳姐兒笑道：『我也慮到這裏，倒也够了：寶玉和林妹妹他兩個一娶一嫁，可以使不着官中的錢，老太太自有梯己拿出來。二姑娘是大老爺那邊的，也不算。剩了三、四兩個，滿破着每人花上一萬銀子。環哥娶親，有限，花上三千兩銀子，不拘那裏省一抿子也就够了。老太太事出來，一應都是全了雪芹慣作預筆、伏筆，此處又是預筆。

算來算去，只有探春是可用之才。

鳳姐亦想多個幫手。探春是主子姑娘，又能幹，是好幫手。

鳳姐忽而想到後路了。想是自知做的壞事太多，得罪人太多也。

的，不過零星雜項，便費，也滿破三五千兩。如今再儉省些，陸續也就够了。只怕如今平空又生出一兩件事來，可就了不得了。（心中總是懸空着，恐有意外也。預爲後文伏筆。）咱們且別慮後事，你且吃了飯，快聽他商議什麼。這正碰了我的機會，我正愁沒個膀臂。雖有個寶玉，他又不是這裏頭的貨。縱收伏了他，也不中用。大奶奶是個佛爺，也不中用。二姑娘更不中用，亦且不是這屋裏的人。四姑娘小呢。蘭小子更小。環兒更是個燎毛的小凍猫子，只等有熱竈火坑讓他鑽去罷。真真一個娘肚子裏跑出這樣天懸地隔的兩個人來，（指探春與賈環同是趙姨娘所生而有天壤之別。）我想到這裏，就不服。再者，林丫頭和寶姑娘，他兩個倒好，偏又都是親戚，又不好管咱們家務事。況且一個是美人燈兒，風吹吹就壞了；（說黛玉，好比喻，可見黛玉之病弱。）一個是拿定了主意，「不干己事不張口，（說寶釵，有城府也。）一問搖頭三不知」，也難十分去問他。倒只剩了三姑娘一個，心裏嘴裏都也來得，又是咱家的正人，太太又疼他，（指王夫人亦疼探春。）雖然面上淡淡的，皆因是趙姨娘那老東西鬧的，心裏卻是和寶玉一樣疼呢。比不得環兒，實在令人難疼，要依我的性子，早攆出去了。（賈環實在是個壞貨。）如今他既有這主意，正該和他協同。大家做個膀臂，（脂批：『阿鳳有才處，全在擇人，收納膀臂羽翼，並非一味以才自恃者，可知這方是大才。』）我也不孤不獨了。按正理，天理良心上論，咱們有他這個人幫着，咱們也省些心，於太太的事也有些益。若按私心藏奸上論，我也太行毒了，也該抽頭退步。（有自知之明，有自悔之意。）回頭看看了，再要窮追苦尅，人恨極了，暗地裏笑裏藏刀，（暗暗有些害怕，壞事做多了，未免心虧也。）咱們兩個

鳳姐真想得遠，自知衆人恨她，也還有自知之明，如探春能出來幫她，或可得緩解。

鳳姐於須用霸道處即用霸道，於用軟處即用軟，對探春越軟越好。此鳳姐過人處也。

『平兒道：「偏說『你』！你不依，這不是嘴巴子，再打一頓。難道這臉上還沒嚐過的不成！」』以上這段話，層次多，費解，第一句『偏說「你」』，意思是平兒說自己本不該說『你』的，偏又不小心說了『你』字。這是平兒認錯的意思。所以這個『你』字，

纔四個眼睛，兩個心，一時不防，倒弄壞了。趁着緊溜之中，他出頭一料理，衆人就把往日恨咱們的心暫可解了。還有一件，我雖知你極明白，恐怕你心裏挽不過來，如今囑咐你：他雖是姑娘家，心裏卻事事明白，知道探春精明。不過是言語謹慎；他又比我知書識字，更利害一層了。鳳姐明察如今俗語說，「擒賊必先擒王」，他如今要作法開端，一定是先拿我開端。倘或他要駁我的事，你可別分辯，你只越恭敬，越說「駁的是」纔好。千萬別想着怕我沒臉，和他一強，就不好了。』以和爲貴，和就有餘地。

平兒不等說完，便笑道：『你太把人看糊塗了。我纔已經行在先了，這會子又反囑咐我。』鳳姐兒笑道：『我是恐怕你心裏眼裏只有了我，一概沒有別人之故，鳳姐深知平兒忠心於她。不得不囑咐。既已行在先，更比我明白了。你又急了，滿口裏「你」「我」起來。』鳳姐竟又抓平兒的話柄，說她沒上沒下，沒有了等級之限。平兒趕忙自責。平兒道：『偏說「你」！你不依，這不是嘴巴子，再打一頓。難道這臉上還沒嚐過的不成！』鳳姐潑醋一回已嚐過了。鳳姐兒笑道：『你這小蹄子，要掂多少過子纔罷。指平兒又提前打平兒之事也。看我病的這樣兒，還來慪我。過來坐下，橫竪沒人來，咱們一處吃飯是正經。』

說着，豐兒等三四個小丫頭子進來放小炕桌。鳳姐只吃燕窩粥，兩碟子精緻小菜，每日的分例菜已暫減去。豐兒便將平兒的四樣分例菜端至桌上，與平兒盛了飯來。平兒屈一膝於炕沿之上，平兒須屈一膝，不能平坐，亦等級之限也。半身猶立於炕下，陪着鳳姐兒吃了

是指平兒嘴裏說錯的那個『你』字，下面『你不依』的『你』字，是指鳳姐。意即：你就打我嘴巴子罷。

飯，脂批：『鳳姐之才，又在能邀買人心。』服侍漱盥。漱畢，囑咐了豐兒些話，方往探春處來。只見院中寂靜，人已散出。要知端的，下回分解。

【回後評】

因鳳姐生病，纔有探春理家之事。但按名分論首該由李紈來管家，因李紈是王夫人長媳，然李紈又是一個極忠厚老實之人，實管不了這個家，故再讓探春一起來管家。實際上就是要讓探春來理家，若單讓探春，於理不妥，故先李紈而後探春也。接着王夫人又讓寶釵一起來管事，寶釵不僅上班辦公而且還巡夜，這於事理說是不妥，因寶釵是親戚，不應參予管家的事，王夫人讓她一起來管，已是因私心而越理。寶釵平時一問三不知，居然答應參予管家，則已是不妥，更又自己夜間巡察，作爲一個待嫁閨女，居然夜間出房巡察，於理更不妥，而寶釵亦積極爲之，不避嫌疑，則寶釵之用心可知矣。

吴新登家的竟藉趙國基之事，蓄意刁難試探李紈、探春，終被探春扣住，且加責備。而趙姨娘又接踵鬧事，又遭探春據理拒絕，終至趙姨娘大鬧。趙姨娘所據，一是襲人母親死後還賞四十兩，趙姨娘是姨娘，比襲人高，更應得四十兩；二是探春是她的親女，既由探春管家，理應對她徇私從寬照顧。而探春則：一、以爲自己所據是賈府歷年舊例，並沒有錯。襲人母親之死賞四十兩，是王夫人所賞，自己無權也不應該像王夫人一樣來賞趙國基。二、探春嚴嫡庶之分，趙國基只是家奴，故服侍賈環，而不能稱舅舅，真正的舅舅只能是嫡母王夫人的哥哥王子騰。故趙姨娘的鬧事，在探春嚴嫡庶之別的道理下無話可說，只能作罷。然趙姨娘的鬧事，背後實是吳新登家的及其他刁奴所唆使挑撥，故亦是刁奴蓄險心之一面。

鳳姐深知探春精明，又深知自己以往管家，多有情弊，雖只暫時權力轉移，生怕暴露出許多漏洞，故讓平兒來服事，平兒果然不負其意，妥善幫助處理了刁奴欺主的事。鳳姐又囑咐平兒一切順着探春，不能頂牛，其目的是討好探春等，以免引出更多的麻煩來。

鳳姐能知探春之精明，是鳳姐有知人之明也。鳳姐又知自己得罪了很多人，很多人背後恨他，欲作緩解之計，則是鳳姐又有自知之明也。鳳姐深知賈府舊規與現實脱節，賈府已入不敷出，故欲從省儉入手以緩解困境。並預算各項尚勉能維持，唯一所憂者是恐有意外之事發生，此正寫出其心理的空虛，賈府前途之無憑也，實爲後文敗落預作伏筆。

第五十六回　敏探春興利除宿弊　時寶釵小惠全大體〔一〕

話說平兒陪着鳳姐兒吃了飯，服侍盥漱畢，囑咐了豐兒些話，〔二〕方往探春處來。只見院中寂靜，人已散出，只有丫鬟、婆子諸內壼近人在窗外聽候。

平兒進入廳中，他姊妹三人正議論些家務，說的便是年內賴大家請吃酒，他家花園中的事故。見他來了，探春便命他腳踏上坐了，（平兒只能坐在腳踏上，封建等級規矩。）因說道：『我想的事不爲別的，因想着我們一月有二兩月銀外，丫頭們又另有月錢。前兒又有人回，要我們一月所用的頭油脂粉，每人又是二兩。這又同纔剛學裏的八兩一樣，重重叠叠，事雖小，錢有限，看起來也不妥當。你奶奶怎麼就沒想到這個？』

平兒笑道：『這有個原故：姑娘們所用的這些東西，自然是該有分例的。每月買辦買了，令女人們各房交與我們收管，不過預備姑娘們使用就罷了，沒有一個我們天天各人拿錢找人買頭油又是脂粉去的理。所以外頭買辦總領了去，按月使女人按房交與我們的。姑娘們的每月這二兩，原不是爲買這些的，原爲的是一時當家

〔一〕『時寶釵』，於寶釵上加一『時』字，即寓貶意。《孟子·萬章下》：『孔子，聖之時者也。』時，識時務也。一個『時』字，即寫透了寶釵，可見早期抄本之重要。按己卯、庚辰、列藏均作『時』。蒙府、戚序、楊藏皆作『識』，楊藏『識』又旁改爲『賢』，甲辰、程甲皆作『賢』。從以上一字之變易，可見對寶釵識評的前後變化。而『時』字恰是雪芹所下的對寶釵最爲深刻、最爲確切的一字評。

〔二〕又查出一項重叠費用來。

古今同弊，靠買辦們官買來的東西不過搪塞而已，不能用，實際是浪費。

平兒明察種種情弊，世情如此，人事如此，少不更事者來讀此文，當能增長知識。雪芹之筆無微不至。

的奶奶、太太或不在家，或不得閑，姑娘們偶然一時可巧要幾個錢使，省得找人去。這原是恐怕姑娘們受委屈，可知這個錢並不是買這個纔有的。（實際是零用錢。）如今我冷眼看着，各房裏的我們的姊妹都是現拿錢買這些東西的，竟有一半。我就疑惑，不是買辦脱了空，遲些日子，就是買的不是正經貨，弄些使不得的東西來搪塞。』

探春、李紈都笑道：『你也留心看出來了。脱空是沒有的，也不敢。只是遲些日子；催急了，不知那里弄些來，不過是個名兒，其實使不得，依然得現買。就用這二兩銀子，另叫別人的奶媽子的或是弟兄、哥哥、兒子買了來纔使得。若使了官中的人，依然是那一樣的。不知他們是什麽法子。必定是煩那鋪子裏揀壞了不要的，他們都弄了來，單預備給我們。』

平兒笑道：『買辦買的是那樣的，他買了好的來，買辦豈肯和他善開交？又說他使壞心，要奪這買辦了。（平兒洞察一切情弊。）所以他們也只得如此，能可得罪了裏頭，不肯得罪了外頭辦事的人。姑娘們只能可使奶媽媽們，他們也就不敢有閒話了。』

探春道：『因此我心中不自在。錢費兩起，東西又白丟一半，通算起來，反費了兩折子，不如竟把買辦的每月蠲了爲是。（把買辦的一份免除。）此是一件事。第二件，年裏往賴大家去，你也去的，你看他那小園子比咱們這個如何？』平兒笑道：『還沒有咱們這一半大，樹木花草也少多了。』

探春增長了不少價值觀，此亦新鮮事也。閨閣千金，何預柴米油鹽，探春卻能知此，是謂出群。

《不自棄文》，見《朱子文集大全類編》卷二十一《庭訓》，意謂天下之物，即使是頑石、蝮蛇、糞便，皆因其有一節之可取而不爲世棄。『今人而見棄焉，特其自棄爾。』故人不應自棄，應有所爲，以報祖德。

寶釵是程、朱信徒，萬事不離學問。不離學問者，不離程、朱也。

探春道：『我因和他們家的女兒說閒話兒，誰知那麼個園子，除他們戴的花、吃的笋菜魚蝦之外，一年還有人包了去，已先在賴大家實行承包制了。年終足有二百兩銀子剩。從那日我纔知道，一個破荷葉，一根枯草根子，都是值錢的。』

寶釵笑道：『真真膏粱紈綺之談。雖是千金小姐，原不知這事，但你們都念過書識字的，竟沒看見朱夫子有一篇《不自棄文》不成？』探春笑道：『雖也看過，那不過是勉人自勵，虛比浮詞，那裏都真有的？』雪芹借探春之口，批駁朱熹。

寶釵道：『朱子都有虛比浮詞？那句句都是有的。你纔辦了兩天時事，就利欲薰心，把朱子都看虛浮了。寶釵是程朱之徒，故反對探春功利之心。你再出去見了那些利弊大事，越發把孔子也看虛了！』批程、朱，亦即批孔子也。因當時孔孟之學，已被程朱化了。探春笑道：『你這樣一個通人，竟沒看見姬子書？當日《姬子》有云：「登利祿之場，處運籌之界者，竊堯舜之詞，背孔孟之道。」』此是尖銳刺世之言，不可輕易看過。意謂嘴裏說着堯舜的話，行動卻是違背孔孟之道的。這兩句話，也就是說當時被尊奉的儒家學說，不過是口頭說說，作爲幌子。實際行動卻是背道而行。《姬子》，至今未有人考出，當是探春虛構。寶釵笑道：『底下一句呢？』探春笑道：『如今只斷章取義。念出底下一句來，我自己罵我自己不成？』

寶釵道：『天下沒有不可用的東西。既可用，便值錢。難爲你是個聰明人，這些正事、大節目事竟沒經歷過，也可惜遲了。』脂批：『反點題，文法中又一變體也。』李紈笑道：『叫了人家來，不說正事。且你們對講學問。』寶釵道：『學問中便是正事。此刻於小事雪芹往往用閒散之筆，寫正經之事，此處又借閒談，寫出程、朱、孔、孟，世人皆不過用以作幌子耳！

改革從管理園子入手。

可見原來大觀園無日常專管之人，任其自然，只是應時由匠人進來勞作，如花兒匠進來種花之類，然則偌大一個大觀園，竟無日常管理之制，鳳姐亦太疏矣。

上用學問一提，那小事越發作高一層了。不拿學問提着，便都流入世俗去了。』三人自是取笑之談，說笑了一回，便仍談正事。脂批：『作者又用金蟬脫殼之法。』

探春因又接說道：『咱們這園子只算比他們的多一半，加一倍算，一年就有四百銀子的利息。若此時也出脫生發銀子，自然小器，不是咱們這樣人家的事。若不派出兩個一定的人來，既有許多值錢之物，一味任人作踐，也似乎暴殄天物。不如在園子裏所有的老媽媽中，揀出幾個本分老誠、能知園圃的事的，准派他們收拾料理，也不必要他們交租納稅，只問他們一年可以孝敬些什麼。一則園子有專定之人修理，花木自又一年好似一年的，也不用臨時忙亂；二則也不至作踐，白辜負了東西；三則老媽媽們也可借此小補，不枉年日在園中辛苦；四則亦可以省了這些花兒匠、山子匠並打掃人等的工費。將此有餘，以補不足，未爲不可。』

寶釵正在地下看壁上的字畫，聽如此說一句，便點一回頭，說完，便笑道：『善哉，三年之內無饑饉矣！』李紈笑道：『好主意。這果然一行，太太必喜歡。省錢事小，第一有人打掃，專司其職，又許他們去賣錢。使之以權，動之以利，再無不盡職的了。』所謂以園養園也。平兒道：『這件事須得姑娘說出來。我們奶奶雖有此心，也未必好出口。此刻姑娘們在園子裏住着，不能多弄些頑意兒去陪襯，反叫人去監管修理，圖省錢，這話斷不好出口。』鳳姐不能提出之原因在此。

豈知盡在鳳姐算中。

探春畢竟涉世淺，易感而可歎也。

寶釵忙走過來，摸着他的臉，笑道：『你張開嘴，我瞧瞧你的牙齒、舌頭是什麽做的。從早起來到這會子，你說這些話，一套一個樣子，也不奉承三姑娘，也沒見你說奶奶才短想不到，也並沒有三姑娘說一句，你就說一句「是」。橫豎三姑娘一套話出來，你就有一套話進去。總是三姑娘想的到的，你奶奶也想到了，只是必有個不可辦的原故。這會子又是因姑娘們住在園子裏，不好因省錢令人去監管。你們想想這話。若果真交與人弄錢去的時候，那人自然是一枝花也不許掐，一個菓子也不許動了，（後來果然如此。）姑娘們分中自然不敢，天天與小姑娘們就吵不清了。他這遠愁近慮，不亢不卑。他奶奶便不是和咱們好，聽他這一番話，也必要自愧的變好了，不和也變和了。』

探春笑道：『我早起一肚子氣，聽他來了，忽然想起他主子來，素日當家使出來的好撒野的人，我見了他便生了氣。誰知他來了，避貓鼠兒似的站了半日，怪可憐的。接着又說了那麽些話，不說他主子待我好，倒說「不枉姑娘待我們奶奶素日的情意了。」這一句話，不但沒了氣，我倒愧了，又傷起心來。我細想，我一個女孩兒家，自己還鬧得沒人疼、沒人顧的，我那裏還有好處去待人。』口內說到這裏，不免又流下淚來。（可見柔可克剛也。）

李紈等見他說的懇切，又想他素日因趙姨娘每生誹謗，在王夫人跟前亦爲趙姨娘所累，（因趙姨娘帶來多少委屈，蓋因庶出也。）亦都不免流下淚來，都忙勸道：『趁今日清淨，大家商議兩件興利剔弊的事，也不枉太太委託一場。又提這沒要緊的事做什麼？』

平兒忙道：『我已明白了。姑娘竟說誰好，竟一派人就完了。』探春道：『雖如此說，也須得回你奶奶一聲。我們這裏搜剔小遺，已經不當。皆因你奶奶是個明白人，我纔這樣行。若是糊塗多蟲多妒的，我也不肯，倒像抓他的乖一般。豈可不商議了行的。』平兒笑道：『既這樣，我去告訴一聲。』說着去了，半日方回來，笑說：『我說是白走一趟，這樣好事，奶奶豈有不依的。』

探春明白，不能越過鳳姐，先得與鳳姐彙報。

鳳姐總是順流而下，決不逆行。

探春聽了，便和李紈命人將園中所有婆子的名單要來，大家參度，大概定了幾個。又將他們一齊傳來，李紈大概告訴與他們。衆人聽了，無不願意，也有說：『那一片竹子單交給我，一年工夫，明年又是一片。除了家裏吃的笋，一年還可交些錢糧。』這一個說：『那一片稻地交給我，一年這些頑的大小雀鳥的糧食不必動官中錢糧，我還可以交錢糧。』

大觀園亦實行生產自救。

大觀園實行『包產到户』！此回興利除弊，實亦反映雪芹的經濟思想。

探春纔要說話，人回：『大夫來了，進園瞧姑娘。』衆婆子只得去領大夫。平兒忙說：『單你們，有一百個也不成個體統，難道沒有兩個管事的頭腦帶進大夫來？』回事的那人說：『有，吳大娘和單大娘他兩個在西南角上聚錦門等着呢。』平兒聽說，方罷了。

敏探春興利除宿弊
譚鳳嬛畫
癸未臘月

衆婆子去後，探春問寶釵如何。寶釵笑答道：『幸于始者怠於終，繕其辭者嗜其利。』（寶釵先就指出這些『幸於始者』皆是爲利，未必能做好。）探春聽了點頭稱讚，便向册上指出幾人來與他三人看。平兒忙去取筆硯來。他三人說道：『這一個老祝媽，（因事取名）是個妥當的，況他老頭子和他兒子代代都是管打掃竹子，如今竟把這所有的竹子交與他。這一個老田媽，本是種莊稼的，稻香村一帶凡有菜蔬稻稗之類，雖是頑意兒，不必認真大治大耕，也須得他去，再一按時加些培植，豈不更好？』

探春又笑道：『可惜蘅蕪苑和怡紅院這兩處大地方，竟沒有出利息之物。』李紈忙笑道：『蘅蕪苑更利害。如今香料鋪並大市大廟賣的各色香料香草兒，都不是這些東西？算起來比別的利息更大。怡紅院別說別的，單只說春夏天一季玫瑰花，共下多少花？還有一帶籬笆上薔薇、月季、寶相、金銀藤，單這沒要緊的草花乾了，賣到茶葉鋪、藥鋪去，也值幾個錢。』探春笑道：『原來如此。只是弄香草的沒有在行的人。』

平兒忙笑道：『跟寶姑娘的鶯兒，他媽就是會弄這個的，上回他還採了些曬乾了辮成花籃葫蘆給我頑的，姑娘倒忘了不成？』寶釵笑道：『我纔贊你，你倒來捉弄我了。』（何言捉弄）三人都詫異，都問：『這是爲何？』寶釵道：『斷斷使不得！你們這裏多少得用的人，一個一個閑着沒事辦，這會子我又弄個人來，叫那起人連我

用經濟眼光來看，則色色皆是經濟之源也。

寶釵總是先從自己利益出發，由她處派人，別人以爲是她

的主意，則是用人唯親，這樣在別人眼裏，就把寶釵也看小了。

包産到户，調動生産積極性，爲包者留有餘利，此是長策。

也看小了。我倒替你們想出一個人來。怡紅院有個老葉媽，他就是茗煙的娘。那是個誠實老人家，他又和我們鶯兒的娘極好， 寶釵反薦怡紅院茗煙的娘，真意想不到，則茗煙當作何如想。 不如把這事交與葉媽。他有不知的，不必咱們說，他就找鶯兒的娘去商議了。那怕葉媽全不管，竟交與那一個，那是他們私情兒， 寶釵竟用此買人情。 有人說閒話，也就怨不到咱們身上了。 如果可以承包後再轉讓，則後果如何？豈非仍是『幸於始者怠於終，繕其辭者嗜其利』乎？寶姑娘何不思此。 如此一行，你們辦的又至公，於事又甚妥。』

李紈、平兒都道：『是極。』 脂批：『寶釵此等非與鳳姐一樣，此是隨時俯仰，彼則逸才踰蹈也。』 探春笑道：『雖如此，只怕他們見利忘義呢。』 還是探春精明。脂批：『這是探春敏智過人處，此諷亦不可少。』 平兒笑道：『不相干，前兒鶯兒還認了葉媽做乾娘，請吃飯吃酒，兩家和厚的好的很呢。』 脂批：『夾寫大觀園中多少兒女家常閑景，此亦補前文之不足也。』 探春聽了，方罷了。又共同斟酌出幾個人來，俱是他四人素昔冷眼取中的，用筆圈出。

一時婆子們來回大夫已去，將藥方送上去。三人看了，一面遣人送出去取藥，監派調服，一面探春與李紈明示諸人：某人管某處，按四季除家中定例用多少外，餘者任憑你們採取了去取利，年終算賬。

探春笑道：『我又想起一件事來。若年終算賬歸錢時，自然歸到賬房，仍是上頭又添一層管主，還在他們手心裏，又剥一層皮。這如今我們興出這事來，派了你們，已是跨過他們的頭去了，心裏有氣，只說不出來；你們年終去歸賬，他們還不捉弄你們等什麽？再者，這一年間管什麽的，主子有一全份，他們就得半份。這寶釵之意，不僅包產到户，而且供應亦包到各户。

實行經濟改革，以園中所產來維持園中所需，且可盈餘。

是家裏的舊例，人所共知的，別的偷着的在外。如今這園子裏是我的新創，竟別入他們手，每年歸賬，竟歸到裏頭來纔好。』探春此議，實是爭取財權局部自主。

寶釵笑道：『依我說，裏頭也不用歸賬。這個多了，那個少了，倒多了事。不如問他們，誰領這一分的，他就攬一宗事去。不過是園裏的人的動用。我替你們算出來了，有限的幾宗事：不過是頭油、胭粉、香、紙。每一位姑娘幾個丫頭，都是有定例的；再者，各處笤帚、撮簸、撣子，並大小禽鳥、鹿、兔吃的糧食。不過這幾樣，都是他們包了去，不用賬房去領錢。你算算，就省下多少來？』平兒笑道：『這幾宗雖小，一年通共算了，也省的下四百兩銀子。』

寶釵笑道：『卻又來，一年四百，二年八百兩，取租的錢，房子也能看得了幾間，薄地也可添幾畝。雖然還有富餘的，但他們既辛苦鬧一年，也要叫他們剩些，粘補粘補自家。雖是興利節用爲綱，然亦不可太嗇。縱再省上二三百銀子，失了大體統也不像。所以如此一行，外頭賬房裏一年少出四五百銀子，也不覺得很艱嗇了，他們裏頭卻也得些小補。這些沒營生的媽媽們也寬裕了，園子裏花木也可以每年滋長蕃盛，你們也得了可使之物。這庶幾不失大體。若一味要省時，那裏不搜尋出幾個錢來。凡有些餘利的，一概入了官中，那時裏外怨聲載道，豈不失了你們這樣人家的大體？如今這園裏幾十個老媽媽們，若只給了這幾個，那剩的也必抱怨不公。我纔說的，他們只供給這個幾樣，也未免太寬裕了。一年竟除這個之外，他每人不論有餘無餘，只叫他拿出若干貫錢來，大家湊齊，單散與園中這些媽媽們。他們雖不料理這些，卻日夜也是在園中照看當差之人，關門閉户，起早睡晚，大雨大雪，姑娘們出入，擡轎子，撑船，拉冰牀，一應粗糙活計，都是他們的差使。一年在園裏辛苦到頭，這園內既有出息，也是分內該沾帶些的。還有一句至小的話，越發說破了：你們只管了自己寬裕，不分與他們些，他們雖不敢明怨，心裏卻都不服，只用假公濟私的，多摘你們幾個菓子，多掐幾枝花兒，你們有冤還沒處訴。他們也沾帶了些利息，你們有照顧不到的，他們就替你們照顧了。』

分利到衆人，則人人有益，人人積極維護管理也。

可謂勘破世情，入木三分。

衆婆子聽了這個議論，又去了賬房受轄制，又不與鳳姐兒去算賬，一年不過多拿出若干貫錢來，各各歡喜異常，都齊聲說：『願意。强如出去被他們揉搓着，還得拿出錢來呢。』那不得管的聽見每年終又無故得分錢，也都喜歡起來，口內說：『他們辛苦收拾，是該剩些錢粘補的。我們怎麽好「穩坐吃三注」的？』

寶釵笑道：『媽媽們也别推辭了，這原是分內應當的。你們只要日夜辛苦些，别躲懶縱放人吃酒賭錢就是了。不然，我也不該管這事；你們一般聽見，姨娘親口囑咐我三五回，說大奶奶如今又不得閑兒，别的姑娘又小，託我照看照看，我若不依，分明是叫姨娘操心。此時寶釵卻不避嫌，竟自出面承擔者，因衆善皆歸也。你們奶奶又多病多痛，家務也忙。我

寶釵大賣人情。

此處特提是『親姨娘託我』，擡出一塊大牌子，試思鳳姐不也是王夫人所託嗎？

寶釵竟講出一篇大道理以訓導衆人，宛然一管家主婦。按寶釵平時『一問搖頭三不知』，此時卻自動出來作訓導，雖鳳姐管家，亦無如此體貼下人。

江南甄府，久已不提，此時到來，重寫一筆，爲甄寶玉也。

原是個閒人，便是個街坊鄰居，也要幫着些，何況是親姨娘託我。我免不得去小就大，講不起衆人嫌我。倘或我只顧了小分，沽名釣譽，那時酒醉賭博生出事來，我怎麽見姨娘？你們那時後悔也遲了，就連你們素日的老臉也都丟了。這些姑娘、小姐們，這麽一所大花園，都是你們照看，皆因看得你們是三四代的老媽媽，最是循規蹈矩的，原該大家齊心，顧些體統。你們反縱放别人任意吃酒賭博，姨娘聽見了，教訓一場猶可，倘若被那幾個管家娘子聽見了，他們也不用回姨娘，竟教導你們一番。你們這年老的反受了年小的教訓，雖是他們是管家，管的着你們，何如自己存些體統，他們如何得來作踐？所以我如今替你們想出這個額外的進益來，也爲大家齊心把這園裏周全得謹謹慎慎，使那些有權執事的看見這般嚴肅謹慎，且不用他們操心，他們心裏豈不敬服。也不枉替你們籌畫進益，既能奪他們之權，生你們之利，豈不能行無爲之治，分他們之憂。你們去細想想這話。』

衆人聽了，都歡聲鼎沸説：『姑娘説的很是。從此姑娘、奶奶只管放心，姑娘、奶奶這樣疼顧我們，我們再要不體上情，天地也不容了。』一番訓導大得人心。

剛説着，只見林之孝家的進來説：『江南甄府裏家眷昨日到京，今日進宮朝賀。此刻先遣人來送禮請安。』説着，便將禮單送上去。探春接了，看道是：『上用的妝緞、蟒緞十二匹，上用雜色緞十二匹，上用各色紗十二匹，上用宫綢十二匹，官用各色緞紗綢綾二十四匹。』李紈也看過，忙說：『用上等封兒賞他。』因又命人去回了賈母。

賈母便命人叫李紈、探春、寶釵等也都過來，將禮物看了。李紈收過一邊，吩咐內庫上人說：『等太太回來看了再收。』賈母因說：『這甄家又不與別家相同，上等賞封賞男人，只怕展眼又打發女人來請安。預備下尺頭。』一語未完，果然人回：『甄府四個女人來請安。』賈母聽了，忙命人帶進來。

那四個人都是四十往上的年紀，穿戴之物皆比主子不甚差別。請安問好畢，賈母命拿了四個腳踏來。他四人謝了坐，待寶釵等坐了，方都坐下。賈母便問：『多早晚進京的？』四人忙起身回說：『昨日進的京。今日太太帶了姑娘進宮請安去了，故先令女人們來請安，問候姑娘們。』賈母笑問道：『這些年沒進京，也不想到今年來。』四人也都笑回道：『正是，今年是奉旨進京的。』

賈母問道：『家眷都來了？』四人回說：『老太太和哥兒、甄寶玉。兩位小姐並別位太太都沒來，就只太太帶了三姑娘來了。』賈母道：『有了人家沒有？』四人道：『尚沒有呢。』賈母笑道：『你們大姑娘和二姑娘這兩家，都和我們家甚好。』四人笑道：『正是。每年姑娘們有信回去說，全虧府上照看。』賈母笑道：『什麼照看，原是世交，又是老親，原應當的。你們二姑娘更好，更不自尊自大，所以我漸入甄寶玉。

甄、賈寶玉，原是『假作真時真亦假』也。連名字都一樣。

先出賈寶玉。

們纔走的親密。』四人笑道：『這是老太太過謙了。』賈母又問：『你這哥兒也跟着你們老太太？』四人回說：『也是跟着老太太。』賈母道：『幾歲了？』又問：『上學不曾？』四人笑說：『今年十三歲。因長得齊整，老太太很疼。自幼淘氣異常，天天逃學，老爺、太太也不便十分管教。』賈母笑道：『這不成了我們家的了！你們這哥兒叫什麼名字？』四人道：『因老太太當作寶貝一樣，他又生的白，老太太便叫他作寶玉。』

賈母便向李紈等道：『偏也叫作個寶玉。』李紈忙欠身笑道：『從古至今，同時隔代重名的很多。』四人也笑道：『起了這小名兒之後，我們上下都疑惑，不知那位親友家也倒似曾有一個的。只是這十來年沒進京來，卻記不真了。』賈母笑道：『豈敢，就是我的孫子。——人來。』衆媳婦、丫頭答應了一聲，走近幾步。賈母笑道：『園裏把咱們的寶玉叫了來，給這四位管家娘子瞧瞧，比他們的寶玉如何。』

衆媳婦聽了，忙去了，半刻圍了寶玉進來。四人一見，忙起身笑道：『唬了我們一跳。若是我們不進府來，倘或別處遇見，還只道我們的寶玉後趕着也進了京了呢。』一面說，一面都上來拉他的手，問長問短。寶玉忙也笑問好。

賈母笑道：『比你們的長的如何？』李紈等笑道：『四位媽媽纔一說，可知就賈寶玉論甄寶玉。兩人竟是一樣。

是模樣相仿了。』賈母笑道：『那有這樣巧事？大家子的孩子們，再養的嬌嫩，除了臉上有殘疾，十分黑醜的，大概看去都是一樣的齊整。這也沒有什麽怪處。』四人笑道：『如今看來，模樣是一樣；據老太太說，淘氣也一樣。我們看來，這位哥兒性情卻比我們的好些。』賈母忙問：『怎見得？』四人笑道：『方纔我們拉哥兒的手說話便知。我們那一個只說我們糊塗，慢說拉手，他的東西我們略動一動也不依。所使喚的人都是女孩子們。』

四人未說完，李紈姊妹等禁不住都失聲笑出來。賈母也笑道：『我們這會子也打發人去見了你們寶玉，若拉他的手，他也自然勉強忍耐一時。可知你我這樣人家的孩子們，憑他們有什麽刁鑽古怪的毛病兒，見了外人，必是要還出正經禮數來的。若他不還正經禮數，也斷不容他刁鑽去了。就是大人溺愛的，是他一則生的得人意兒，二則見人禮數竟比大人行出來的不錯，使人見了可愛可憐，背地裏所以纔縱他一點子。若一味他只管沒裏沒外，不與大人爭光，憑他生的怎樣，也是該打死的。』

四人聽了，都笑說：『老太太這話正是。雖然我們寶玉淘氣古怪，有時見了人客，規矩禮數更比大人有趣。所以無人見了不愛，只說爲什麽還打他。殊不知他在家裏無法無天，大人想不到的話偏會說，想不到的事他偏要行，所以老爺、太兩個寶玉簡直分不清楚。爲後文夢中相逢先寫一筆。

爲夢中相逢再伏一筆。

太恨的無法。就是弄性，也是小孩子的常情；胡亂花費，這也是公子哥兒的常情；怕上學，也是小孩子的常情：都還治的過來。第一，天生下來這一種刁鑽古怪的脾氣，如何使得。』

一語未了，人回：『太太回來了。』王夫人進來問過安。他四人請了安，大概說了兩句。賈母便命歇歇去。王夫人親捧過茶，方退出。四人告辭了賈母，便往王夫人處來，說了一會家務，打發他們回去，不必細說。

這裏，賈母喜的逢人便告訴，他家也有一個寶玉，也都一般行景。衆人都爲天下之大，世宦之多，同名者也甚多，祖母溺愛孫兒者，也古今所有常事耳，不是什麼罕事，故皆不介意。獨寶玉是個迂闊獃公子的性情，自爲是那四人承悅賈母之詞。後至蘅蕪苑去看湘雲病去，史湘雲說他：『你放心鬧罷，先是「單絲不成線，獨樹不成林」，如今有了個對子，鬧急了，再打狠了，你逃走到南京找那一個去。』寶玉道：『那裏的謊話，你也信了，偏又有個寶玉了？』

湘雲道：『怎麼列國有個藺相如，漢朝又有個司馬相如呢？』寶玉笑道：『這也罷了。偏又模樣兒也一樣，這是沒有的事。』湘雲道：『怎麼匡人看見孔子，只當是陽虎呢？』寶玉笑道：『孔子、陽虎雖同貌，卻不同名姓，藺與司馬雖同名，而又不同貌；偏我和他就兩樣俱同不成？』湘雲沒了話答對，因笑道：『你只一團疑惑存想，爲入夢作引。

會胡攪，我也不和你分證。有也罷，沒也罷，與我無干。』說着，便睡下了。

寶玉心中便又疑惑起來：若說必無，然亦似有；若說必有，又並無目睹。心中悶悶，回至房中榻上，默默盤算，不覺就忽忽的睡去，不覺竟到了一座花園之內。寶玉詫異道：『除了我們大觀園，竟又有這一個園子！』 一樣有園子。脂批：『寫園可知。』 正疑惑間，從那邊來了幾個女兒，都是丫鬟。寶玉又詫異道：『除了鴛鴦、襲人、平兒之外，也竟還有這一干人！』 也是一批丫鬟。脂批：『寫人可知，妙在並不說「更強」二字。』 只見那些丫鬟笑道：『寶玉怎麼跑到這裏來了？』 也喊寶玉 寶玉只當是說他，自己忙來陪笑說道：『因我偶步到此，不知是那位世交的花園，好姐姐們，帶我逛逛。』衆丫鬟都笑道：『原來不是咱們家的寶玉。他生的倒也還乾淨。 脂批：『妙。在玉卿身上只落了這兩個字，亦不奇了。』 嘴兒也倒乖覺。』

寶玉聽了，忙道：『姐姐們，這裏也竟還有個寶玉？』丫鬟們忙道：『「寶玉」二字，我們是奉老太太、太太之命， 也是奉老太太、太太之命。 爲保佑他延壽消災的。我們叫他，他聽見喜歡。你是那裏遠方來的一個臭小廝， 在別人眼裏，賈寶玉只是臭小廝。 也亂叫起他來？仔細你的臭肉，打不爛你的。』又一個丫鬟笑道：『咱們快走罷，別叫寶玉看見，又說同這臭小廝說了話，把咱們薰臭了。』說着，一逕去了。

寶玉納悶道：『從來沒有人如此塗毒我，他們如何竟這樣？真亦有我這樣一個人不成？』一面想，一面順步早到了一所院內。寶玉又詫異道：『除了怡紅院，也夢中說夢，奇幻莫測。

兩玉相逢，俱在夢中，反覺不是夢中，真奇筆幻筆。

用襲人推他出夢。

用鏡中人一解，使夢幻頓成現實，作者之筆靈妙至極。

竟還有這麼一個院落。』（一樣有院落。）忽上了台磯，進入屋內，只見榻上有一個人臥着，那邊有幾個女兒做針線，也有嘻笑頑耍的。

只見榻上那〔三〕個少年嘆了一聲。一個丫鬟笑問道：『寶玉，你不睡又嘆什麼？想必爲你妹妹病了，（也有妹妹病了。）你又胡愁亂恨呢。』寶玉聽說，心下也便吃驚。只見榻上少年說道：『我聽見老太太說，長安都中也有個寶玉，和我一樣的性情，我只不信。我纔作了一個夢，竟夢中到了都中一個花園子裏頭，遇見幾個姐姐，都叫我臭小廝，不理我。好容易找到他房裏頭，偏他睡覺，（不知是甄寶玉睡覺，還是賈寶玉睡覺，真『假即是真，真亦假』矣！）空有皮囊，真性不知那裏去了。』

寶玉聽說，忙說道：『我因找寶玉來到這裏。原來你就是寶玉？』榻上的忙下來拉住，笑道：『原來你就是寶玉，這可不是夢裏了。』寶玉道：『這如何是夢？真而又真了。』

一語未了，只見人來說：『老爺叫寶玉。』唬得二人皆慌了。（都怕老爺）一個寶玉就走，一個寶玉便忙叫：『寶玉快回來，寶玉快回來！』

襲人在旁，聽他夢中自喚，忙推醒他，笑問道：『寶玉在那裏？』此時寶玉雖醒，神意恍惚，因向門外指說：『纔出去了。』（夢境迷離）襲人笑道：『那是你夢迷了。你揉眼細瞧瞧，是鏡子裏照的你的影兒。』寶玉向前瞧了一瞧，原是那嵌的大鏡對面相照，自己也笑了。早有人捧過漱盂茶滷來，漱了口。麝月道：『怪道老太太常囑咐說小人屋裏不可多有鏡子。小人魂不全，有鏡子照多了，睡覺驚恐作胡夢。如今倒在大鏡子那裏安了一張牀。有時放下鏡套還好；往前去，天熱睏倦不定，那裏想的到放他，比如方纔就忘了。自然是先躺下照着影兒頑的，一時合上眼，自然是胡夢顛倒。不然，如何得看着自己叫着自己的名字？如此解釋，又是一番道理。不如明兒挪進牀來是正經。』

一語未了，只見王夫人遣人來叫寶玉，不知有何話說？且聽下回分解。

【回後評】

賈府自除夕祭宗祠、元宵開夜宴以後，越顯經濟日益困窘，祭宗祠雖然外部架子尚存，但鳳姐連呼『散了』、『完了』，已見賈府之暮境。今借鳳姐之病，由李紈、探春、寶釵共同暫掌管理經濟之權。由於權力之轉移，故得以覺察前任之積弊，以事改革。且又定出新制，以圖改弦更張，力求挽回經濟危機。探春是理家人才，所以一上來就察出種種積弊，先從改革積弊下手，免除種種重疊開支。但這僅是節約，於實際補救不大，還必須增產，因而想到大觀園的經濟價值，又想到承包辦法，實行以園養園等等。這實際是反映雪芹的經濟思想，他既看到杜絕浪費的一面，更看到發展生產的更重要的一面，特別是看到了調動生產積極性的一面，生產成果與生產者的利益直接相關的一面。雖然只是講大觀園，但『治大國若烹小鮮』，其道理是一樣的。

寶釵參予管理，並實行巡夜，對衆下人進行訓導，曉諭她們管好園子，執行新制度，對他們的個人利益大有好處等等，寶釵進行了這一系列的活動後，於是大得人心，此回目所以稱『時寶釵小惠全大體』也。『時』者，識時務也，善於利用時機也。『小惠』者，施小利於衆人也，『全大體』者，深得下人之歡心也。按理這樣的講話，應該由李紈或探春來講，乃李紈、探春都不講，卻由寶釵來講。寶釵講時，又特擡出王夫人的託付來，其地位不僅與紈、探並列，而且是特命託咐者。寶釵之特意如此昭告，其用意讀者自可三思。

寶釵提出朱熹的《不自棄文》，探春卻嗤之爲『虛比浮詞』，並提出《姬子書》上的『登利祿之場，處運籌之界者，竊堯舜之詞，背孔孟之道』這一段話來，這實是諷世之言。明明是說世人嘴裏說着『堯舜之詞』，實際上卻是幹着大背『孔孟之道』的勾當。這是雪芹對當時程、朱理學的尖銳揭露，同時也是對那些理學門徒的無情批判。《姬子書》，至今無人考出，人以爲根本無此書，原是雪芹假借以諷世也。

甄、賈寶玉，此回特在夢中相見，迷幻之極，奇譎之極。然此時甄、賈寶玉仍是渾然如一，不可分也。雪芹之創造甄、賈寶玉，自有深意，不可能永遠是兩個重複形象，惜《紅樓夢》後部文字迷失，世人遂無從確評，是爲憾事。後四十回續書中甄寶玉終於走仕途經濟之路，遂與賈寶玉分道揚鑣，分出真假。此一理解，或差近雪芹之意乎。

【校　記】

〔一〕回目：庚辰、己卯、列藏同。蒙府本、戚序本、楊本下句作『識寶釵』。甲辰、程甲本作『賢寶釵』。

〔二〕『囑咐了豐兒些話』七字，並下面『人已散去』四字，庚辰本無，據列藏本增。

〔三〕『有一個人卧着』至『只見榻上』共二十七字，庚辰本無，據列藏、楊本、蒙府、戚序、甲辰、程甲本增。

特提甄家來京，實爲甄寶玉，別無他事，今甄寶玉已敘完，甄家亦回南矣。

第五十七回　慧紫鵑情辭試忙玉　慈姨媽愛語慰癡顰[一]

話說寶玉聽王夫人喚他，忙至前邊來。原來是王夫人要帶他拜甄夫人去。寶玉自是歡喜，忙去換衣服，跟了王夫人到那裏。見其家中形景，自與榮、寧不甚差別，或有一二稍盛者。細問，果有一寶玉。甄夫人留席，竟日方回，寶玉方信。因晚間回家來，王夫人又吩咐預備上等的席面，定名班大戲，請過甄夫人母女。後二日，他母女便來作辭，回任去了，無話。

這日，寶玉因見湘雲漸愈，然後去看黛玉。正值黛玉纔歇午覺，寶玉不敢驚動，因紫鵑正在迴廊上（重敘黛玉，卻先從紫鵑寫起。）手裏做針黹，便來問他：『昨日夜裏咳嗽可好些？』紫鵑道：『好些了。』寶玉笑道：『阿彌陀佛！寧可好了罷。』紫鵑笑道：『你也念起佛來，真是新聞！』

寶玉笑道：『所謂「病篤亂投醫」了。』一面說，一面見他穿着彈墨綾薄綿從紫鵑說話中，已帶出二人年紀漸大。

寶玉趁興而來，不意先就碰到紫鵑，澆了一盆冷水。

虧雪雁想得到。

襖，外面只穿着青緞夾背心，寶玉便伸手向他身上摸了一摸，說道：『穿這樣單薄，還在風口裏坐着，春天風饞，（『風饞』，尖新。然予家鄉土語中卻有此語。）時氣又不好，你再病了，越發難了。』紫鵑便說道：『從此咱們只可說話，別動手動腳的。（紫鵑卻不許動手動腳。）一年大、二年小的，叫人看着不尊重。打緊的那起混賬行子們背地裏說你，（可見已有人背地裏議論。）你總不留心，還只管和小時一般行爲，如何使得。姑娘常常吩咐我們，不叫和你說笑。你近來瞧他遠着你還恐遠不及呢。』（從紫鵑嘴裏補出黛玉。）說着便起身，攜了針線進別房去了。

寶玉見了這般景況，心中忽覺澆了一盆冷水一般，只瞅着竹子，發了一回獃。因祝媽正來挖笋修竿，便怔怔的走了出來，一時魂魄失守，心無所知，隨便坐在一塊山石上出神，（可見紫鵑一激，受刺甚劇。）不覺滴下淚來。直獃了五六頓飯工夫，（時間很不短。）千思萬想，總不知如何是可。（真想不到對他打擊如此之重，不在紫鵑不許動手動腳，而在黛玉遠他也。）

偶值雪雁從王夫人房中取了人參來，從此經過，忽扭項看見桃花樹下石上一人手托着腮頰出神，不是別人，卻是寶玉。（脂批：『畫出寶玉來，卻又不畫阿顰，何等筆力。偏不從鵑寫，卻寫一雁，更奇是仍歸寫鵑。』）雪雁疑惑道：『怪冷的，他一個人在這裏作什麼？春天凡有殘疾的人都犯病，敢是他也犯了獃病了？』（脂批：『寫妍憨女兒之心，何等新巧。』）一邊想，一邊便走過來，蹲下笑道：『你在這裏作什麼呢？』寶玉忽見了雪雁，便說道：『你又作什麼來找我？你難道不是女兒？他既防嫌，不許你們理我，你又來尋我，（可見是爲了要遠他。）倘被人看見，豈不又生口舌？你快家一段小兒女之事，寫來逼真有趣。

去罷了。』

雪雁聽了，只當是他又受了黛玉的委屈，（自然會如此想。）只得回至房中。黛玉未醒，將人參交與紫鵑。紫鵑因問他：『太太做什麼呢？』雪雁道：『也歇中覺，所以等了這半日。姐姐，你聽笑話兒：我因等太太的工夫，和玉釧兒姐姐坐在下房裏說話兒，誰知趙姨奶奶招手兒叫我。我只當有什麼話說，原來他和太太告了假，出去給他兄弟伴宿坐夜，明兒送殯去，跟他的小丫頭子小吉祥兒沒衣裳，要借我的月白緞子襖兒。我想，他們一般也有兩件子的，往髒地方兒去，恐怕弄髒了，自己的捨不得穿，故此借別人的。借我的弄髒了，也是小事。只是我想，他素日有些什麼好處到咱們跟前？所以我說了：「我的衣裳、簪環都是姑娘叫紫鵑姐姐收着呢。如今先得去告訴他，還得回姑娘呢。姑娘身上又病着，更費了大事，別誤了你老出門，不如再轉借罷。」』（雪雁拒絕得巧。）

紫鵑笑道：『你這個小東西子倒也巧。你不借給他，你往我和姑娘身上推，叫人怨不着你。他這會子就下去了，還是等明日一早纔去？』雪雁道：『這會子就去的，只怕此時已去了。』紫鵑點點頭。雪雁道：『姑娘還沒醒呢，是誰給了寶玉氣受，（此時纔想到寶玉之事。）坐在那裏哭呢。』紫鵑聽了，忙問在那裏。雪雁道：『在沁芳亭後頭桃花底下呢。』

紫鵑聽說，忙放下針線，又囑咐雪雁好生聽叫：『若問我，答應我就來。』說着，便出了瀟湘館，一徑來尋寶玉。走至寶玉跟前，含笑說道：『我不過說了那兩句話，爲的是大家好，你就賭氣跑了這風地裏來哭，作出病來唬我。』寶玉忙笑道：『誰賭氣了！我因爲聽你說的有理，我想，你們既這樣說，自然別人也是這樣說，將來漸漸的都不理我了，我所以想着自己傷心。』（一片癡情癡意，世間再無第二人。）紫鵑也便挨他坐着。寶玉笑道：『方纔對面說話，你尚走開。這會子如何又來挨我坐着？』（問得好。）

紫鵑道：『你都忘了？幾日前，你們兄妹兩個正說話，趙姨娘一頭走了進來。我纔聽見他不在家，所以我來問你。正是前日，你和他纔說了一句「燕窩」就歇住了，總沒提起。我正想着問你。』（重提上回之事，文章接榫。）寶玉道：『也沒什麽要緊。不過，我想着，寶姐姐也是客中，既吃燕窩，又不可間斷，若只管和他要，太也托實。雖不便和太太要，我已經在老太太跟前略露了個風聲，只怕老太太和鳳姐姐說了。我正要告訴他的，竟沒告訴完了他。如今我聽見說，一日給你們一兩燕窩，這也就完了。』紫鵑道：『原來是你說了，這又多謝你費心。我們正疑惑，老太太怎麽忽然想起來，叫人每一日送一兩燕窩來呢？這就是了。』（瑣瑣敍述，補明前事。）寶玉笑道：『這要天天吃慣了，吃上三二年就好了。』

初聞時，意外之驚。及至說是黛玉，又覺不可能有此事，文章起伏，人情跌宕。

人情又一反覆，聽紫鵑一說，似亦極在理。

紫鵑道：『在這裏吃慣了，明年家去，（順口提出，煞像真事。）那裏有這閒錢吃這個。』寶玉聽了，吃了一驚，（意外之驚）忙問：『誰？往那個家去？』（脂批：『這句不成話，細讀細嚼，方有無限神情滋味。』）紫鵑道：『你妹妹回蘇州家去。』寶玉笑道：（脂批：『「笑」字奇甚。』）『你又說白話。蘇州雖是原籍，因沒了姑父、姑母，無人照看，纔就了來的。明年回去找誰？可見是扯謊。』（脂批：『此論極是不介意。』）

紫鵑冷笑道：『你太看小了人。單你們賈家獨是大族人口多的，除了你家，別人只得一父一母，房族中真個再無人了不成？我們姑娘來時，原是老太太心疼他年小，雖有叔伯，不如親父母，故此接來住幾年。大了該出閣時，自然要送還林家的。終不成林家的女兒在你賈家一世不成？林家雖貧到沒飯吃，也是世代書宦之家，斷不肯將他家的人丟在親戚家，落人的恥笑。所以早則明年春天，遲則秋天，這裏縱不送去，林家亦必有人來接的。（說得活靈活現。）前日夜裏姑娘和我說了，叫我告訴你：將從前小時頑的東西，有他送你的，叫你都打點出來還他。他也將你送他的打疊了在那裏呢。』（愈說愈真，愈說愈近在眼前了。）寶玉聽了，便如頭頂上響了一個焦雷一般。（真是一個焦雷，震得他暈了。）紫鵑看他怎樣回答，只見他總不作聲。

忽見晴雯找來說：『老太太叫你呢，誰知道在這裏。』紫鵑笑道：『他這裏問姑娘的病症。我告訴了他半日，他只不信。你倒拉他去罷。』說着，自己便走回房去了。（還以爲無事，故隨意走了。）

神情已經大變了。

是中風徵兆。

晴雯見他獃獃的，一頭熱汗，滿臉紫脹，忙拉他的手，一直到怡紅院中。襲人見了這般光景，慌張起來，只說時氣所感，熱汗被風撲了。無奈寶玉發熱事猶小可，更覺兩個眼珠兒直直的起來，口角邊津液流出，皆不知覺。給他個枕頭，他便睡下；扶他起來，他便坐着；倒了茶來，他便吃茶。衆人見他這般，一時忙亂起來，又不敢造次去回賈母，先便差人出去請李嬤嬤。

原想請李嬤嬤來解救，不想她竟先哭起來，弄得大家更驚慌失措。

一時李嬤嬤來了，看了半日，問他幾句話也無回答，用手向他脈門摸了摸，嘴唇人中上邊着力掐了兩下，掐的指印如許來深，竟也不覺疼。李嬤嬤只說了一聲『可了不得了』，『呀』的一聲便摟着放聲大哭起來。急的襲人忙拉他說：『你老人家瞧瞧，可怕不怕？且告訴我們去回老太太、太太去。你老人家怎麼先哭起來？』（襲人說得極是。）李嬤嬤捶牀搗枕說：『這可不中用了！（說不中用了，更加嚇人。）我白操了一世心了！』襲人等以他年老多知，所以請他來看；如今見他這般一說，也都信以爲實，也都哭起來。（自然更加緊張百倍。）

情急之極，神情逼真。

晴雯便告訴襲人，方纔如此這般。襲人聽了，便忙到瀟湘館來，見紫鵑正服侍黛玉吃藥，也顧不得什麼，便走上來問紫鵑道：『你纔和我們寶玉說了些什麼？你瞧他去，你回老太太去，我也不管了！』說着，便坐在椅上。

黛玉忽見襲人滿面急怒，又有淚痕，舉止大變，便不免也慌了，（看此神情，自然要慌。）忙問怎

〔『死了大半個了』，奇極妙極之語，愈不通，愈見其急，則愈見其真也。〕

麼了。襲人定了一回，哭道：『不知紫鵑姑奶奶說了些什麼話，那個獃子眼也直了，手腳也冷了，話也不說了，李媽媽掐着也不疼了，已死了大半個了。〔脂批：『奇極之語，從急怒嬌態口中描出不成話之話來，方是千古奇文，五字是一口氣來的。』〕連李媽媽都說不中用了，那裏放聲大哭。只怕這會子都死了！』〔愈說愈可怕，令人嚇殺！〕黛玉一聽此言，李媽媽乃是經過的老嫗，說不中用了，可知必不中用。哇的一聲，將腹中之藥一概嗆出，抖腸搜肺、熾胃扇肝的痛聲大嗽了幾陣，〔愈急愈真，文如飛瀑，直噴而出，意想不到之筆。〕一時面紅髮亂，目腫筋浮，喘的擡不起頭來。〔其狀亦極危極險，一個未好，又來一個。〕紫鵑忙上來捶背，黛玉伏枕喘息半晌，推紫鵑道：『你不用捶，你竟拿繩子來勒死我是正經！』〔此語直從肺腑中流出。〕紫鵑哭道：『我並沒說什麼，不過是說了幾句頑話，他就認真了。』襲人道：『你還不知道他，那傻子每每頑話認了真。』黛玉道：『你說了什麼話，趁早兒去解說，他只怕就醒過來了。』〔只有黛玉能知寶玉心意。〕紫鵑聽說，忙下了牀，同襲人到了怡紅院。

誰知賈母王夫人等已都在那裏了。賈母一見了紫鵑，眼內出火，〔逼真。〕罵道：『你這小蹄子，和他說了什麼？』紫鵑忙道：『並沒說什麼，不過說幾句頑話。』誰知寶玉見了紫鵑，方噯呀了一聲，哭出來了。〔終於轉過氣來了。〕衆人一見，方都放下心來。賈母便拉住紫鵑，只當他得罪了寶玉，所以拉紫鵑命他打。誰知寶玉一把拉住紫鵑，死也不放，說：『要去，連我也帶了去。』衆人不解，細問起來，方知紫鵑

〔心病只有心藥醫，黛玉真寶玉心病之良醫，紫鵑良藥也。真藥到病除也。〕

薛姨媽之話，倒是實在話。

賈母說：『林家的人都死絶了。』此話於林家人已極絶情，亦無意中透出對黛玉的感情變化。讀者當細思。

『林』字已成賈母之忌，衆人之忌，則黛玉危矣！

說『要回蘇州去』一句頑話引出來的。賈母流淚道：（喜極而淚也。）『我當有什麽要緊大事，原來是這句頑話。』又向紫鵑道：『你這孩子素日最是個伶俐聰敏的，（語氣緩和了。）你又知道他有個獃根子，平白的哄他作什麽。』薛姨媽勸道：『寶玉本來心實，可巧林姑娘又是從小兒來的，他姊妹兩個一處長了這麽大，比別的姊妹更不同。這會子熱刺刺的說一個去，別說他是個實心的傻孩子，便是冷心腸的大人也要傷心。這並不是什麽大病，老太太和姨太太只管萬安，吃一兩劑藥就好了。』

正說着，人回林之孝家的單大良家的都來瞧哥兒來了。賈母道：『難爲他們想着，叫他們來瞧瞧。』寶玉聽了一個『林』字，便滿牀鬧起來說：『了不得了，林家的人接他們來了，快打出去罷！』賈母聽了，也忙說：『打出去罷。』又忙安慰說：『那不是林家的人。林家的人都死絶了，沒人來接他的，你只放心罷。』寶玉哭道：『憑他是誰，除了林妹妹，都不許姓林的！』（寶玉無理之言，卻是愛極之言。）賈母道：『沒姓林的來，凡姓林的我都打走了。』一面吩咐衆人：『以後別叫林之孝家的進園來，你們也別說「林」字。好孩子們，你們聽我這句話罷！』衆人忙答應，又不敢笑。

一時寶玉又一眼看見了十錦槅子上陳設的一隻金西洋自行船，（又是一種西洋貨。）便指着亂叫說：『那不是接他們來的船來了，灣在那裏呢。』賈母忙命拿下來，襲人忙拿下瘋瘋癲癲，一片癡心，一片至誠。

病者所急在病之輕重，在能治不能治，豈在背書本。難怪賈母直說。

來，寶玉伸手要，襲人遞過，寶玉便掖在被中，笑道：『可去不成了！』一面說，一面死拉着紫鵑不放。

一時人回大夫來了，賈母忙命快進來。王夫人、薛姨媽、寶釵等暫避裏間，賈母便端坐在寶玉身旁。王太醫進來，見許多的人，忙上去請了賈母的安，拿了寶玉的手診了一回。那紫鵑少不得低了頭。（寫得細。）王大夫也不解何意，起身說道：『世兄這症乃是急痛迷心。古人曾云：「痰迷有別。有氣血虧柔，飲食不能熔化痰迷者；有怒惱中痰裹而迷者；有急痛壅塞者。」此亦痰迷之症，係急痛所致，不過一時壅蔽，較諸痰迷似輕。』

賈母道：『你只說怕不怕，誰同你背藥書呢。』王太醫忙躬身笑說：『不妨，不妨。』賈母道：『果真不妨？』王太醫道：『實在不妨，都在晚生身上。』賈母道：『既如此，請到外面坐，開藥方。若吃好了，我另外預備好謝禮，叫他親自捧來送去磕頭；若耽誤了，我打發人去拆了太醫院大堂。』王太醫只躬身笑說：『不敢，不敢。』他原聽了說『另具上等謝禮命寶玉去磕頭』，故滿口說『不敢』，竟未聽見賈母后來說拆太醫院之戲語，猶說『不敢』，（一段趣話）賈母與衆人反倒笑了。

一時，按方煎了藥來服下，果覺比先安靜。無奈寶玉只不肯放紫鵑，只說他去黛玉心感當何如哉，情之所鍾，一至於此，其實黛亦猶此也。觀其初聞寶玉病狀，幾乎病發至死可知矣。真『世間無物似情濃』也。

紫鵑實心人也，實是爲黛玉計而作此戲言也，豈知寶玉竟情極至此乎？然得此一試，則再無可慮矣。

了，便是要回蘇州去了。賈母、王夫人無法，只得命紫鵑守着他，另將琥珀去服侍黛玉。

黛玉不時遣雪雁來探消息，這邊事務盡知，自己心中暗嘆。幸喜衆人都知寶玉原有些獃氣，自幼是他二人親密，如今紫鵑之戲語亦是常情，寶玉之病亦非罕事，因不疑到別事去。總算不致因此病而疑及其他。

晚間寶玉稍安，賈母、王夫人等方回房去。一夜還遣人來問訊幾次。李奶母帶領宋嬤嬤等幾個年老人用心看守，紫鵑、襲人、晴雯等日夜相伴。有時寶玉睡去，必從夢中驚醒，不是哭了說黛玉已去，便是有人來接。每一驚時，必得紫鵑安慰一番方罷。可見餘驚尚未全除。彼時賈母又命將祛邪守靈丹及開竅通神散各樣上方秘製諸藥，按方飲服。

次日又服了王太醫藥，漸次好起來。寶玉心下明白，因恐紫鵑回去，寶玉亦藉此故留紫鵑，以防萬一。故有時或作佯狂之態。紫鵑自那日也着實後悔，如今日夜辛苦，並沒有怨意。襲人等皆心安神定，因向紫鵑笑道：『都是你鬧的，還得你來治。也沒見我們這獃子聽了風就是雨，往後怎麼好。』暫且按下。

因此時湘雲之症已愈，天天過來瞧看，見寶玉明白了，便將他病中狂態形容了與他瞧，引的寶玉自己伏枕而笑。原來他起先那樣竟是不知的，如今聽人說還不

（人情反覆，世事擾擾，世態紛紜。苟若明心見性，兩心如一，則此心成灰，化作無形，亦所願矣！）

信。無人時，紫鵑在側，寶玉又拉他的手問道：『你爲什麼唬我？』紫鵑道：『不過是哄你頑的，你就認真了。』寶玉道：『你說的那樣有情有理，如何是頑話。』紫鵑笑道：『那些頑話都是我編的。林家實沒了人口，縱有也是極遠的。族中也都不在蘇州住，各省流寓不定。縱有人來接，老太太必不放去的。』（紫鵑之說林家，語氣與賈母完全不同，讀者當細味之。）

寶玉道：『便老太太放去，我也不依。』紫鵑笑道：『果真的你不依？只怕是口裏的話。你如今也大了，連親也定下了，（又來了。）過二三年再娶了親，你眼裏還有誰了？』寶玉聽了，又驚問：『誰定了親？定了誰？』紫鵑笑道：『年裏我聽見老太太說，要定下琴姑娘呢。不然那麼疼他？』寶玉笑道：『人人只說我傻，你比我更傻。（寶玉聽說是寶琴，便再無疑慮，因寶琴早已定婚，此來正是來就婚，故寶玉聞之釋然也。）不過是句頑話，他已經許給梅翰林家了。果然定下了他，我還是這個形景了？先是我發誓賭咒砸這勞什子，你都沒勸過，說我瘋的？剛剛的這幾日纔好了，你又來慪我。』一面說，一面咬牙切齒的，又說道：『我只願這會子立刻我死了，把心迸出來，（又說瘋話了，然實至心、赤心話也。）你們瞧見了，然後連皮帶骨一概都化成一股灰——灰還有形跡，不如再化一股煙——煙還可凝聚，人還看見，須得一陣大亂風，吹的四面八方都登時散了，這纔好！』一面說，一面又滾下淚來。

紫鵑忙上來握他的嘴，替他擦眼淚，又忙笑解釋道：『你不用着急。這原是我至此方說明真意，紫鵑可人，紫鵑慧心，然此段話中，說及紫鵑者，仍是臨時編成也，其真意只在試寶玉之情是否如金石之堅也。

寶玉『活着，咱們一處活着；不活着，咱們一處化灰化煙，如何？』此是寶玉明心誓言，至此玉之意再無可更矣，鵑之試，亦已昭然可知矣！

一場潑天大禍，總算過去。

心裏着急，故來試你。』寶玉聽了，更又詫異，問道：『你又着什麼急？』紫鵑笑道：『你知道，我並不是林家的人，我也和襲人、鴛鴦是一夥的，偏把我給了林姑娘使。偏生他又和我極好，比他蘇州帶來的還好十倍，一時一刻我們兩個離不開。我如今心裏卻愁，他倘或要去了，我必要跟了他去的。我是合家在這裏。我若不去，辜負了我們素日的情常；若去，又棄了本家。所以我疑惑，故設出這謊話來問你，誰知你就傻鬧起來。』

寶玉笑道：『原來是你愁這個，〔一〕所以你是傻子。從此後再別愁了。我只告訴你一句打蹙兒的話：活着，咱們一處活着；不活着，咱們一處化灰化煙。如何？』情之至矣，情之極矣。雖海枯石爛，不逾此盟。紫鵑聽了，心下暗暗籌畫。忽有人回：『環爺、蘭哥兒問候。』寶玉道：『就說難爲他們，我纔睡了，不必進來。』婆子答應去了。紫鵑笑道：『你也好了，該放我回去瞧瞧我們那一個去了。』好了這個，又惦記那個。寶玉道：『正是這話。我昨日就要叫你去的，偏又忘了。我已經大好了，你就去罷。』紫鵑聽說，方打叠鋪蓋妝奩之類。寶玉笑道：『我看見你文具裏頭有三兩面鏡子，你把那面小菱花的給我留下罷。我擱在枕頭旁邊，睡着好照，明兒出門帶着也輕巧。』紫鵑聽說，只得與他留下，先命人將東西送過去，然後別了衆人，自回瀟湘館來。

紫鵑已擔心事久要變也，奈黛玉無人爲作主耳。

紫鵑一番話，實句句是黛玉心中意中事，特黛玉不能出口。由紫鵑說出耳。

難在知心，紫鵑深知，黛玉豈不深知，特無人爲之作主耳。

林黛玉近日聞得寶玉如此形景，未免又添些病症，多哭幾場。今見紫鵑來了，問其原故，已知大愈，仍遣琥珀去服侍賈母。夜間人定後，紫鵑已寬衣臥下之時，悄向黛玉笑道：『寶玉的心倒實，（已經試出來了。）聽見咱們去就那樣起來。』黛玉不答。紫鵑停了半晌，自言自語的說道：『一動不如一靜。我們這裏就算好人家，別的都容易，最難得的是從小兒一處長大，脾氣情性都彼此知道的了。』（紫鵑是真心爲黛玉想。）黛玉啐道：『你這幾天還不乏，趁這會子不歇一歇，還嚼什麼蛆。』

紫鵑笑道：『倒不是白嚼蛆，我倒是一片真心爲姑娘。（難得如此忠心耿耿之人。）替你愁了這幾年了，無父母、無兄弟，誰是知疼着熱的人？趁早兒老太太還明白硬朗的時節，作定了大事要緊。俗語說，「老健春寒秋後熱」，倘或老太太一時有個好歹，那時雖也完事，只怕耽誤了時光，還不得趁心如意呢。公子王孫雖多，那一個不是三房五妾，今兒朝東，明兒朝西？要一個天仙來，也不過三夜五夕，也丟在脖子後頭了，甚至於爲妾爲丫頭反目成仇的。若娘家有人有勢的還好些，若是姑娘這樣的人，有老太太一日還好一日，若沒了老太太，也只是憑人去欺負了。（紫鵑之言，固是實在，然豈料老太太亦能變乎？）所以說，拿主意要緊。姑娘是個明白人，豈不聞俗語說：「萬兩黃金容易得，知心一個也難求。」』

黛玉聽了，便說道：『這丫頭今兒可瘋了？怎麼去了幾日，忽然變了一個人。

黛玉千金小姐，驟聞此言，自然不好應和，只得作如此語也。

此情無可告訴，惟有自泣而已。

我明兒必回老太太退回去，我不敢要你了。』紫鵑笑道：『我說的是好話，不過叫你心裏留神，並不叫你去爲非作歹，何苦回老太太，叫我吃了虧，又有何好處？』句句實話 說着，竟自睡了。

黛玉聽了這話，口內雖如此說，心內未嘗不傷感，待他睡了，便直泣了一夜，至天明方打了一個盹兒。次日勉強盥漱了，吃了些燕窩粥，便有賈母等親來看視了，又囑咐了許多話。

目今是薛姨媽的生日，自賈母起，諸人皆有祝賀之禮。黛玉亦早備了兩色針線送去。是日，也定了一本小戲，請賈母、王夫人等。獨有寶玉與黛玉二人不曾去得。至散時，賈母等順路又瞧他二人一遍，方回房去。次日，薛姨媽家又命薛蝌陪諸夥計吃了一天酒，連忙了三四天方完備。

因薛姨媽看見邢岫煙生得端雅穩重，且家道貧寒，是個釵荊裙布的女兒，便欲說與薛蟠爲妻。因薛蟠素習行止浮奢，又恐遭蹋人家的女兒。正在躊躇之際，忽想起薛蝌未娶，看他二人恰是一對天生地設的夫妻，因謀之於鳳姐兒。鳳姐兒嘆道：『姑媽素知我們太太有些左性的，這事等我慢謀。』

因賈母去瞧鳳姐兒時，鳳姐兒便和賈母說：『薛姑媽有件事求老祖宗，只是不鳳姐想得周到，由賈母出面，邢夫人當然不能拒絕矣。

順理成章，一說即成。

好啓齒的。』賈母忙問何事，鳳姐便將求親一事說了。賈母笑道：『這有什麼不好啓齒？這是極好的事。等我和你婆婆說了，怕他不依？』因回房來，即刻就命人來請邢夫人過來，硬作保山。邢夫人想了一想：薛家根基不錯，且現今大富，薛蝌生得又好，且賈母硬作保山，將計就計便應了。賈母十分喜歡，忙命人請了薛姨媽來。

二人見了，自然有許多謙辭。邢夫人即刻命人去告訴邢忠夫婦。他夫婦原是此來投靠邢夫人的，如何不依，早極口的說妙極。賈母笑道：『我愛管個閒事，今兒又管成了一件事，不知得多少謝媒錢？』薛姨媽笑道：『這是自然的。縱擡了十萬銀子來，只怕不希罕。但只一件，老太太既是主親，還得一位纔好。』賈母笑道：『別的沒有，我們家折腿爛手的人還有兩個。』說着，便命人去叫過尤氏婆媳二人來。賈母告訴他原故，彼此忙都道喜。

賈母吩咐道：『咱們家的規矩你是盡知的，從沒有兩親家爭裏爭面的。如今你算替我在當中料理，也不可太嗇，也不可太費，把他兩家的事周全了回我。』尤氏忙答應了。薛姨媽喜之不盡，回家來忙命寫了請帖補送過寧府。尤氏深知邢夫人情性，本不欲管，無奈賈母親囑咐，只得應了，惟有忖度邢夫人之意行事。薛姨媽是個無可無不可的人，倒還易說。這且不在話下。

如今薛姨媽既定了邢岫煙爲媳，合宅皆知。邢夫人本欲接出岫煙去住，賈母因說：『這又何妨。兩個孩子又不能見面，就是姨太太和他一個大姑，一個小姑，又何妨？況且都是女兒，正好親香呢。』邢夫人方罷。

蝌、岫二人前次途中皆曾有一面之遇，大約二人心中也皆如意。只是邢岫煙未免比先時拘泥了些，（封建時代閨中女兒，自然會羞澀拘泥。）不好與寶釵姊妹共處閑語；又兼湘雲是個愛取戲的，更覺不好意思。幸他是個知書達禮的，雖有女兒身分，還不是那種佯羞詐愧、一味輕薄造作之輩。

寶釵自見他時，見他家業貧寒；二則別人之父母皆年高有德之人，獨他父母偏是酒糟透之人，（岫煙之分外可憐也。）於女兒分中平常；邢夫人也不過是臉面之情，亦非真心疼愛；（寫透邢夫人。）且岫煙爲人雅重，迎春是個有氣的死人，（奇語。）連他自己尚未照管齊全，如何能照管到他身上，凡閨閣中家常一應需用之物，或有虧乏，無人照管，他又不與人張口；寶釵倒暗中每相體貼接濟，也不敢與邢夫人知道，亦恐多心閒話之故耳。如今卻出人意料之外奇緣作成這門親事。岫煙心中先取中寶釵，（可見寶釵之善與人交也。）然後方取薛蝌。有時岫煙仍與寶釵閒話，寶釵仍以姊妹相呼。

這日寶釵因來瞧黛玉，恰值岫煙也來瞧黛玉，二人在半路相遇。寶釵含笑喚他到跟前，二人同走至一塊石壁後，寶釵笑問他：『這天還冷的很，你怎麼倒全換了未經過艱難的人，何能體會至此，天下受過貧寒苦難，寄人籬下的人，讀此自當下淚。

寶釵深能體人之難，實爲難得。

夾的？』岫煙見問，低頭不答。苦情實難啓齒。寶釵便知道又有了原故，因又笑問道：『必定是這個月的月錢又沒得。鳳丫頭如今也這樣沒心沒計了。』岫煙道：『他倒想着不錯日子給，因姑媽打發人和我說，一個月用不了二兩銀子，叫我省一兩給爹媽送出去，要使什麼，橫竪有二姐姐的東西，能着些兒搭着就使了。姐姐想，二姐姐也是個老實人，也不大留心，我使他的東西，他雖不說什麼，他那些媽媽丫頭，那一個是省事的，那一個是嘴裏不尖的？此類苦情，如何能說，只得默默承受而已。我雖在那屋裏，卻不敢很使他們，過三天五天，我倒得拿出錢來給他們打酒買點心吃纔好。因一月二兩銀子還不够使，如今又去了一兩。前兒我悄悄的把綿衣服叫人當了幾吊錢盤纏。』

寶釵聽了，愁眉嘆道：『偏梅家又合家在任上，後年纔進來。若是在這裏，琴兒過去了，好再商議你這事。離了這裏就完了。如今不先完了他妹妹的事，也斷不敢先娶親的。如今倒是一件難事。再遲兩年，又怕你熬煎出病來。等我和媽再商議，有人欺負你，你只管耐些煩兒，千萬別自己熬煎出病來。不如把那一兩銀子明兒也越性給了他們，倒都歇心。你以後也不用白給那些人東西吃，他尖刺讓他們去尖刺，很聽不過了，各人走開。倘或短了什麼，你別存那小家兒女氣，只管找我去。並不是作親後方如此，你一來時咱們就好的。寶釵之話，真暖人心。便怕人閒話，你打發小丫頭悄悄的和我說去就是了。』岫煙低頭答應了。

寶釵又指他裙上一個碧玉佩問道：『這是誰給你的？』岫煙道：『這是三姐姐給的。』（探春所給，側寫一筆，寫出探春之精細。）寶釵點頭笑道：『他見人人皆有，獨你一個沒有，怕人笑話，故此送你一個。這是他聰明細緻之處。但還有一句話，你也要知道，這些妝飾原出於大官富貴之家的小姐，你看我從頭至腳可有這些富麗閑妝？然七八年之先，我也是這樣來的，如今一時比不得一時了，所以我都自己該省的就省了。將來你這一到了我們家，這些沒有用的東西，只怕還有一箱子。咱們如今比不得他們了，總要一色從實守分爲主，（句句是務實之話。）不比他們纔是。』岫煙笑道：『姐姐既這樣說，我回去摘了就是了。』寶釵忙笑道：『你也太聽說了。這是他好意送你，你不佩着，他豈不疑心。我不過是偶然提到這裏，以後知道就是了。』

岫煙忙又答應，又問：『姐姐此時那裏去？』寶釵道：『我到瀟湘館去。你且回去把那當票叫丫頭送來，我那裏悄悄的取出來，晚上再悄悄的送給你去，早晚好穿，不然風扇了事大。但不知當在那裏了？』岫煙道：『叫作「恒舒典」，是鼓樓西大街的。』（鼓樓西大街恒舒典，原來薛家還開典當鋪。）寶釵笑道：『這鬧在一家去了。夥計們倘或知道了，好說「人沒過來，衣裳先過來」了。』岫煙聽說，便知是他家的本錢，也不覺紅了臉一笑，二人走開。

寶釵就往瀟湘館來。正值他母親也來瞧黛玉，正說閒話呢。寶釵笑道：『媽多

『憑父母本人都願意了』，此句是骨。

黛玉無父母，見此自然傷心。

早晚來的？我竟不知道。』薛姨媽道：『我這幾天連日忙，總沒來瞧瞧寶玉和他。所以今兒瞧他兩個，都也好了。』黛玉忙讓寶釵坐了，因向寶釵道：『天下的事真是人想不到的，怎麼想的到姨媽和大舅母又作一門親家。』薛姨媽道：『我的兒，你們女孩家那裏知道，自古道：「千里姻緣一線牽。」管姻緣的有一位月下老人，預先註定，暗裏只用一根紅絲把這兩個人的腳絆住，憑你兩家隔着海，隔着國，有世仇的，也終久有機會作了夫婦。這一件事都是出人意料之外，憑父母本人都願意了，或是年年在一處的，（句句說到黛玉。）以爲是定了的親事，（句句說到眼前。）若月下老人不用紅線拴的，再不能到一處。（此句是信息。）比如你姐妹兩個的婚姻，此刻也不知在眼前，（此句是眼）也不知在山南海北呢。』

寶釵道：『惟有媽，說動話就拉上我們。』一面說，一面伏着他母親懷裏笑說：『咱們走罷。』黛玉笑道：『你瞧，這麼大了，離了姨媽他就是個最老到的，見了姨媽他就撒嬌兒。』

薛姨媽用手摩弄着寶釵，嘆向黛玉道：『你這姐姐就和鳳哥兒在老太太跟前一樣，有了正經事，就和他商量，沒了事，幸虧他開開我的心。我見了他這樣，有多少愁不散的。』黛玉聽說，流淚嘆道：『他偏在這裏這樣，分明是氣我沒娘的人，故意來刺我的眼。』寶釵笑道：『媽瞧他輕狂，倒說我撒嬌兒。』

薛姨媽慣作此世俗之語。

薛姨媽道：『也怨不得他傷心，可憐沒父母，到底沒個親人。』又摩娑黛玉笑道：『好孩子別哭。你見我疼你姐姐你傷心了，你不知我心裏更疼你呢。你姐姐雖沒了父親，到底有我，有親哥哥，這就比你強了。我每每和你姐姐說，心裏很疼你，只是外頭不好帶出來的。你這裏人多口雜，說好話的人少，說歹話的人多。不說你無依無靠，爲人作人可配人疼，只說我們看老太太疼你了，我們也洑上水去了。』是真疼，豈能有如許盤算。

黛玉笑道：『姨媽既這麼說，我明日就認姨媽做娘，姨媽若是棄嫌不認，便是假意疼我了。』薛姨媽道：『你不厭我，就認了纔好。』寶釵忙道：『認不得的。』黛玉道：『怎麼認不得？』寶釵笑問道：『我且問你，我哥哥還沒定親事，爲什麼反將邢妹妹先說與我兄弟了，寶釵又弄狡獪，慣于人危苦時作說笑語。將正言化爲諧語也。是什麼道理？』黛玉道：『他不在家，或是屬相生日不對，所以先說與兄弟了。』寶釵笑道：『非也。我哥哥已經相準了，只等來家就下定了，也不必提出人來。我方纔說你認不得娘，你細想去。』說着，便和他母親擠眼兒發笑。

黛玉聽了，便也一頭伏在薛姨媽身上，說道：『姨媽不打他我不依。』薛姨媽忙也摟他笑道：『你別信你姐姐的話，他是頑你呢。』寶釵笑道：『真個的，媽明兒和老太太求了他作媳婦，豈不比外頭尋的好？』寶釵何心，竟以此話調笑！黛玉便够上來要抓他，口內笑說：『你越發瘋了。』薛姨媽忙也笑勸，用手分開方罷。因又向寶釵道：『連邢女兒我還怕你哥哥遭蹋了他，所以給你兄弟說了。別說這孩子，我也斷不肯給他。前兒老太太因要把你妹妹說給寶玉，偏生又有了人家，不然倒是一門好親。前兒我說定了邢女兒，老太太還取笑說：「我原要說他的人，誰知他的人沒到手，倒被他說了〔三〕我們的一個去了。」雖是頑話，細想來倒也有些意思。我想寶琴雖有了人家，我雖沒人可給，難道一句話也不說。我想着，你寶兄弟，老太太那樣疼他，他又生的那樣，若要外頭說去，老太太斷不中意。不如竟把你林妹妹定與他，（薛姨媽故意一點此事。）豈不四角俱全？』

林黛玉先還怔怔的聽，後來見說到自己身上，便啐了寶釵一口，紅了臉，拉着寶釵笑道：『我只打你！你爲什麼招出姨媽這些老沒正經的話來？』寶釵笑道：『這可奇了！媽說你，爲什麼打我？』

（紫鵑簡直是將了一軍。）

紫鵑忙也跑來，笑道：『姨太太既有這主意，爲什麼不和太太說去？』薛姨媽哈哈笑道：『你這孩子，急什麼？想必催着你姑娘出了閣，你也要早些尋一個小女婿去了。』（老滑頭，一句話即把此事蕩開。）紫鵑聽了，也紅了臉，笑道：『姨太太真個倚老賣老的起來。』說着，便轉身去了。

黛玉先罵：『又與你這蹄子什麼相干？』後來見了這樣，也笑起來說：『阿彌陀佛！該，該，該！也臊了一鼻子灰去了！』薛姨媽母女及屋內婆子丫鬟都笑起來。婆子們因也笑道：『姨太太雖是頑話，卻倒也不差呢。到閑了時和老太太一商議，姨太太竟做媒保成這門親事是千妥萬妥的。』薛姨媽道：『我一出這主意，老太太必喜歡的。』連丫鬟婆子都覺得對，但薛姨媽心裏何嘗真作如此想。

一語未了，忽見湘雲走來，手裏拿着一張當票，口內笑道：『這是什麼賬篇子？』黛玉瞧了，也不認得。地下婆子們都笑道：『這可是一件奇貨，這個乖可不是白教人的。』寶釵忙一把接了，看時，就知是岫煙纔說的當票，忙折了起來。

本說悄悄拿來，不想竟當衆展開。

薛姨媽忙說：『那必定是那個媽媽的當票子失落了，回來該急的他們找。那裏得的？』湘雲道：『什麼是當票子？』衆人都笑道：『真真是個獃子，連個當票子也不知道。』薛姨媽嘆道：『怨不得他，真真是侯門千金，而且又小，那裏知道這個？那裏去有這個？便是家下人有這個，他如何得見？別笑他獃子，若給你們家的小姐們看了，也都成了獃子。』衆婆子笑道：『林姑娘方纔也不認得，別說姑娘們。此刻寶玉他倒是外頭常走出去的，只怕也還沒見過呢。』薛姨媽忙將原故講明。

湘雲、黛玉不識當票，亦猶麝月、寶玉不識戥子也。

湘雲、黛玉二人聽了，方笑道：『原來爲此。人也太會想錢了，姨媽家的當鋪也有這個不成？』衆人笑道：『這又獃了。「天下老鴰一般黑」，豈有兩樣的。』

『天下老鴰一般黑』，看透世情。

薛姨媽因又問是那裏拾的。湘雲方欲說時，寶釵忙說：『是一張死了沒用的，不知那年勾了賬的，（寶釵故作此語，以按下話題。）香菱拿着哄他們頑的。』薛姨媽聽了此話是真，也就不問了。一時人來回：『那府裏大奶奶過來請姨太太說話呢。』薛姨媽起身去了。

這裏屋內無人時，寶釵方問湘雲何處拾的。湘雲笑道：『我見你令弟媳的丫頭篆兒悄悄的遞與鶯兒。鶯兒便隨手夾在書裏，只當我沒看見。我等他們出去了，我偷着看，（補敘前面一段情節。）竟不認得。知道你們都在這裏，所以拿來大家認認。』黛玉忙問：『怎麼，他也當衣裳不成？既當了，怎麼又給你去？』寶釵見問，不好隱瞞他兩個，遂將方纔之事都告訴了他二人。

黛玉便說『兔死狐悲，物傷其類』，不免感嘆起來。史湘雲便動了氣，（湘雲總是直性子。）說：『等我問着二姐姐去！我罵那起老婆子、丫頭一頓，給你們出氣何如？』說着，便要走。寶釵忙一把拉住，笑道：『你又發瘋了，還不給我坐着呢。』黛玉笑道：『你要是個男人，出去打一個抱不平兒。你又充什麼荊軻、聶政！真真好笑。』湘雲道：『既不叫我問他去，明兒也把他接到咱們苑裏一處住去，豈不好？』寶釵笑道：『明日再商量。』說着，人報：『三姑娘、四姑娘來了。』三人聽了，忙掩了口不提此事。要知端的，且聽下回分解。

【回後評】

寶黛愛情，經以前種種周折，已趨於相互理解、相互知心矣。而釵、黛之間，經蘭言解疑、互剖金蘭以後，從黛玉來說，亦已心事得釋，與寶釵另成新契。然寶、黛愛情如何再向前推進，一是必須要寶、黛兩情之矢志不渝，二是必須有事實上之進展，不能長期停止在私下裏兩情不渝上。然則作者將從何處下筆，頗費斟酌。乃忽從紫鵑處下筆，作側面深入，故有『試忙玉』之舉。而紫鵑片言小試，即引起軒然大波，先是寶玉情急『痰迷』，初時壅蔽不言，繼則瘋言癡語，神明暫閉。竟至『寶玉聽了一個「林」字，便滿牀鬧起來』，『除了林妹妹，都不許姓林的』，終至說『活着，咱們一處活着；不活着，咱們一處化灰化煙』。而黛玉則一聽李嬤嬤說寶玉『不中用了』，立即『哇的一聲，將腹中之藥一概嗆出，抖腸搜肺、熾胃扇肝的痛聲大嗽了幾陣，一時面紅髮亂，目腫筋浮，喘的擡不起頭來』，『推紫鵑道：「你不用捶，你竟拿繩子來勒死我是正經！」』實際上紫鵑不僅試了寶玉，同樣也是試了黛玉，而寶、黛二人，已是『骨化形銷，丹誠不泯』矣！以前寶、黛之這種生死繫之的愛情，尚未大白於世，經過這次試探，則賈母、王夫人、薛姨媽亦已都眼見親知。賈母說：『我當有什麼要緊大事，原來是這句頑話。』薛姨媽說：『寶玉本來心實，可巧林姑娘又是從小兒來的，他姊妹兩個一處長了這麼大，比別的姊妹更不同。這會子熱刺刺的說一個去，別說他是個實心的傻孩子，便是冷心腸的大人也要傷心。這並不是什麼大病。』王夫人則並沒有說話。由此觀之，實際上紫鵑不僅試了寶玉、黛玉，更是試了賈母、王夫人和薛姨媽。賈母只把它看作是小事一樁，絲毫也未及他們的愛情婚姻問題。薛姨媽則完全把此事看作是人情之常，同樣絲毫也不涉他們的愛情婚姻問題。是他們都未意識到這一點嗎？我以爲未必，而是有意迴避。有意迴避者，心中默而不許也。

紫鵑對黛玉一片忠心，故爲之着急，黛玉非不着急也，黛玉無可告訴也。紫鵑一番話，實是黛玉心中意中之話，特不能由黛玉說耳。尤其是『萬兩黃金容易得，知心一個也難求』，這兩句話，完全是自由愛情的話，是與封建婚姻對立的話。雪芹雖用紫鵑之口說出，實亦黛玉心中之意也，故黛玉聽後，口裏雖責紫鵑，晚間待紫鵑睡後，『直泣了一夜』，此正說明紫鵑之言是知心之言也。雪芹則用此話，表達了他的新的婚姻思想，以反對封建的婚姻觀念和制度。

『慈姨媽愛語慰癡顰』一段，薛姨媽雖說了不少『愛語』，但只是『愛語』而已，未有任何實際的關心，相反卻說『憑父母本人都願意了，或是年年在一處的，以爲是定了的親事，若月下老人不用紅線拴的，再不能到一處，比如你姐妹兩個的婚姻，此刻也不知在眼前，也不知在山南海北呢』。而之後，寶釵卻說：『真個的，媽明兒和老太太求了他作媳婦，豈不比外頭尋的好？』而薛姨媽倒說：『我想着，你寶兄弟老太太那樣疼他，他又生的那樣，若要外頭說去，老太太斷不中意，不如竟把你林妹妹定與他，豈不四角俱全？』這一番話，本已說到關鍵處了，所以『紫鵑忙也跑來，笑道：「姨太太既有這主意，爲什麼不和太太說去？」』這個紫鵑問得多好，誰知『薛姨媽哈哈笑道：「你這孩子，急什麼？想必催着你姑娘出了閣，你也要早些尋一個小女婿去了。」』本來是一番正經的莊言，臨了薛姨媽卻用油腔滑調輕輕撇開。這一段情節，作者明明告訴讀者，寶黛婚姻，關鍵在主持者，賈母、王夫人、薛姨媽已作如此表態，則此事前途已洞然矣。薛姨媽之老滑，寶釵之冷酷（將黛玉說與薛蟠，雖是寶釵說笑，但其何以爲心乎？）亦已洞然矣。

邢岫煙與薛蝌之婚姻一說即成，此事亦由薛姨媽、鳳姐、尤氏、邢夫人共主其事，略無窒礙。此事之順利，亦反襯寶、黛婚事之關鍵在無主之者也。其所以無主之者，以賈母、王夫人未心肯也。賈母、王夫人之未心肯者，以林家之衰敗、黛玉之孤傲、思想之耿介絕俗，皆不能入賈母、王夫人之選也，更以有寶釵之賢，薛姨媽爲之綢繆也。嗚呼，以上種種，雖皆未形，實俱既定於內矣，可憐寶、黛之癡心也！

【校　記】

〔一〕回目：蒙府本、甲辰本、程甲本同庚辰本，唯庚辰本『忙玉』，三本均作『莽玉』。列藏本上句作『寶玉』，下句作『薛姨媽』，戚序本、楊本同，上句作『寶玉』，下句作『慈姨母』，唯楊本『寶玉』又旁改作『莽玉』，『姨母』又旁改作『姨媽』。

〔二〕『寶玉笑道，原來是你愁這個』，原作『寶來是愁這個』，點改爲『本來是愁這個。』從己卯本及各本增。

〔三〕『邢女兒……他說了』共三十字，庚本漏抄，從己卯、楊本、戚序、列藏、甲辰、程甲諸本補。

康熙二十八年七月，皇貴妃佟氏死，冊立爲孝懿皇后，國喪禁樂，《康熙起居注》云：康熙二十八年七月十一日，『上以大行皇后崩，輟朝五日。自是日始，諸王、貝勒、貝子、公、內大臣、侍衛、大學士、學士等，上三旗都統、副都統等，一日三次齊集舉哀。文武大小官員一日二次齊集舉哀。王妃、公主、郡主以下，八旗二品官員之妻以上，一日一次齊集舉哀。』以上雖是康熙朝的事，但可藉見雪芹此回所記，以作參考。

第五十八回　杏子陰假鳳泣虛凰　茜紗窗真情揆癡理

話說他三人因見探春等進來，忙將此話掩住不提。探春等問候過，大家說笑了一會方散。

誰知上回所表的那位老太妃已薨，（應前所提及老太妃事。）凡誥命等皆入朝隨班按爵守制。敕諭天下：凡有爵之家，一年內不得筵宴音樂，庶民皆三月不得婚嫁。賈母、邢、王、尤、許婆媳祖孫等，皆每日入朝隨祭，至未正以後方回。在大內偏宮二十一日後，方請靈入先陵，地名曰孝慈縣。這陵離都來往得十來日之功，如今請靈至此，還要停放數日，方入地宮，故得一月光景。（脂批：『周到細膩之至。真細之至，不獨寫侯府得理，亦且將皇宮赫赫，寫得令人不敢坐閱。』）寧府賈珍夫妻二人，也少不得是要去的。

兩府無人，因此大家計議，家中無主，〔一〕便報了尤氏產育，將他騰挪出來，協理榮、寧兩處事體。（由尤氏協理榮、寧兩府事。）因又託了薛姨媽在園內照管他姊妹、丫鬟，薛姨媽只得也挪進園來。因寶釵處有湘雲、香菱；李紈處，目今李嬸母女雖去，然有因入朝守制，兩府均無主人，故作此計議安排，亦爲以下情節行文之因由也。

因薛姨媽要挪進園來，故歷敘各處情狀，以爲安置計。

因老太妃之薨，賈母等都得入朝隨班守制，故薛姨媽住到瀟湘館來，照顧黛玉。

名義上雖管而實不甚管。因有下文諸下人之種種情弊。

敘大家情景，主人不在，則種種情弊叢生。

時亦來住三五日不定，賈母又將寶琴送與他去照管；寶琴託與李紈。迎春處有岫烟；探春因家務冗雜，且不時有趙姨娘與賈環來嘈聒，甚不方便；惜春處房屋狹小；『況賈母』句驟讀似與上文脫節，細讀方知是逕接上文『因又託了薛姨媽在園內照管他姊妹、丫鬟，薛姨媽只得也挪進園來』句。如此貫通，文章方不突兀。況賈母又千叮嚀、萬囑咐，託他照管林黛玉，薛姨媽素習也最憐愛他的，今既巧遇這事，便挪至瀟湘館來和黛玉同房，一應藥餌飲食十分經心。黛玉感戴不盡，以後便亦如寶釵之呼，連寶釵前亦直以『姐姐』呼之，寶琴前直以『妹妹』呼之，儼似同胞共出，較諸人更似親切。釵黛之間，又進一新境。

賈母見如此，也十分喜悅放心。薛姨媽只不過照管他姊妹，禁約得丫頭輩，一應家中大小事務也不肯多口。尤氏雖天天過來，也不過應名點卯，亦不肯亂作威福，且他家內上下也只剩他一個料理，再者每日還要照管賈母、王夫人的下處一應所需飲饌鋪設之物，所以也甚操勞。

當下榮、寧兩處主人既如此不暇，並兩處執事人等，或有人跟隨入朝的，或有朝外照理下處事務的，又有先蹰踏下處的，也都各各忙亂。因此兩處下人無了正經頭緒，也都偷安，或乘隙結黨，與權暫執事者竊弄威福。榮府只留得賴大並幾個管事照管外務。這賴大手下常用幾個人已去，雖另委人，都是些生的，只覺不順手。且他們無知，或賺騙無節，或呈告無據，或舉薦無因，種種不善，在在生因國喪不准演戲也。

王夫人善心。

結束梨香院戲班子，固因國喪不能演戲，實亦寫賈府再無以往盛事矣，賈府漸衰之勢，作者皆用側筆輕輕帶出，令人不覺。

事，也難備述。

又見各官宦家，凡養優伶男女者，一概蠲免遣發，尤氏等便議定，待王夫人回家回明，也欲遣發十二個女孩子，又說：『這些人原是買的，如今雖不學唱，盡可留着使喚，令其教習們自去也罷了。』王夫人因說：『這學戲的倒比不得使喚的，他們也是好人家的兒女，因無能賣了做這事，裝醜弄鬼的幾年。如今有這機會，不如給他們幾兩銀子盤費，各自去罷。當日祖宗手裏都是有這例的。咱們如今損陰壞德，而且還小器。如今雖有幾個老的還在，（指賈府原有老的唱戲的。）那是他們各有原故，不肯回去的，所以纔留下使喚，大了配了咱們家的小廝們了。』

尤氏道：『如今我們也去問他十二個，有願意回去的，就帶了信兒，叫上父母來親自來領回去，給他們幾兩銀子盤纏方妥當。若不叫上他父母親人來，只怕有混賬人頂名冒領出去又轉賣了，豈不辜負了這恩典。（想得周到）若有不願意回去的，就留下。』王夫人笑道：『這話妥當。』尤氏等又遣人告訴了鳳姐兒。（脂批：『看他任意鄙俚詼諧之中，必有一個「禮」字還清，足見是大家形景。』）一面說與總理房中，每教習給銀八兩，令其自便。凡梨香院一應物件，查清註冊收明，派人上夜。

將十二個女孩子叫來當面細問，倒有一多半不願意回家的：（實均是無家可歸或有家歸不得也。）也有說父母雖有，他只以賣我們爲事，這一去還被他賣了；也有說父母已亡，或被叔伯文官歸賈母。芳官歸寶玉。蕊官歸寶釵。藕官歸黛玉。葵官歸湘雲。荳官歸寶琴。艾官歸探春。茄官歸尤氏。以上共八人。

交代完以上入朝守制之事，再入大觀園正文。

兄弟所賣的；也有說無人可投的；也有說戀恩不捨的。所願去者止四五人。王夫人聽了，只得留下。將去者四五人皆令其乾娘領回家去，單等他親父母來領；將不願去者，分散在園中使喚。

賈母便留下文官自使，將正旦芳官指與寶玉，將小旦蕊官送了寶釵，將小生藕官指與了黛玉，將大花面葵官送了湘雲，將小花面荳官送了寶琴，將老外艾官送了探春，尤氏便討了老旦茄官去。當下各得其所，就如倦鳥出籠，每日園中遊戲。衆人皆知他們不能針黹，不慣使用，皆不大責備。其中或有一二個知事的，愁將來無應時之技，亦將本技丟開，便學起針黹紡績女工諸務。（皆已改行，則戲班已一去不復返矣。）

一日正是朝中大祭，賈母等五更便去了，先到下處用些點心小食，然後入朝。早祭已畢，方退至下處，用過早飯，略歇片刻，復入朝待中晚二祭完畢，方出至下處歇息，用過晚飯方回家。（寫入朝守制情景。）可巧這下處乃是一個大官的家廟裏，乃比丘尼焚修，房舍極多極淨。東西二院，榮府便賃了東院，北靜王府便賃了西院。太妃、少妃每日宴息，見賈母等在東院，彼此同出同入，都有照應。外面細事不消細述。

且說大觀園中因賈母、王夫人天天不在家內，又送靈去一月方回，各丫鬟、婆大觀園突然增加人口，事情就多起來了。芳官等入大觀園，自然增加許多情趣，衆婆子入大觀園，又增許多是非口舌，此爲下文張本。

賈璉也離開賈府，去鐵檻寺。

大觀園已分管，故情景與前不同，一片春日忙碌景象。

子皆有閒空，多在園中遊玩。更又將梨香院內服侍的衆婆子一概撤回，並散在園內聽使，（梨香院諸婆子亦入大觀園。）更覺園內人多了幾十個。因文官等一干人或心性高傲，或倚勢凌下，或揀衣挑食，或口角鋒芒，大概不安分守理者多。（這些女伶原非賈府家奴，故不服管教。）因此衆婆子無不含怨，只是口中不敢與他們分證。如今散了學，大家稱了願，（原要仗他們演戲，如今用不着他們了，挾嫌者藉此痛快。）也有丟開手的，也有心地狹窄猶懷舊怨的，因將衆人皆分在各房名下，不敢來廝侵。

可巧這日乃是清明之日，賈璉已備下年例祭祀，帶領賈環、賈琮、賈蘭三人去往鐵檻寺祭柩燒紙。寧府賈蓉也同族中幾人各辦祭祀前往。

因寶玉未大愈，故不曾去得。飯後發倦，襲人因說：『天氣甚好，你且出去逛逛，省得丟下粥碗就睡，存在心裏。』寶玉聽說，只得拄了一支杖，靸着鞋，步出院外。（拄杖靸鞋，畫出寶玉病中情態，不意此杖卻另有用處。）

因近日將園中分與衆婆子料理，各司各業，皆在忙時，也有修竹的，也有剔樹的，也有栽花的，也有種豆的，池中又有駕娘們行着船夾泥種藕。香菱、湘雲、寶琴與丫鬟等都坐在山石上，瞧他們取樂。寶玉也慢慢行來。湘雲見了他來，忙笑說：『快把這船打出去，（回應前文，文情搖曳生姿。）他們是接林妹妹的。』衆人都笑起來。寶玉紅了臉，也笑道：『人家的病，誰是故意的，你也形容着取笑兒。』湘雲笑道：『病也比人家另一樣，（此話中有骨。）原招笑兒，反說起人來。』說着，寶玉便也坐下，看着爛熳春光，懶散伊人，信筆寫來，皆成好文。

對此韶光，不覺興逝水之嘆。

鳥啼花落，本尋常事，乃寶玉忽發癡想，桃花人面，雀歸舊枝，皆成懸念妙諦，實匪夷所思。

忽見火光，來得突然。於寂靜中忽聞人語，卻非空谷足音，而是惡聲，令人更奇。

眾人忙亂了一回。湘雲因說：『這裏有風，石頭上又冷，坐坐去罷。』

寶玉也正要去瞧黛玉，便起身拄拐辭了他們，從沁芳橋一帶堤上走來。只見柳垂金線，桃吐丹霞。（四字一片春光。）山石之後，一株大杏樹，花已全落，葉稠陰翠，上面已結了豆子大小的許多小杏。寶玉因想道：『能病了幾天，竟把杏花辜負了！不覺已到「綠葉成蔭子滿枝」了！』因此仰望杏子不捨。又想起邢岫煙已擇了夫婿一事，雖說是男女大事，不可不行，但未免又少了一個好女兒。（邢岫煙婚事，也讓寶玉牽心，真愛博而心勞也。）不過兩年，便也要『綠葉成蔭子滿枝』了。再過幾日，這杏樹子落枝空；再幾年，岫煙未免烏髮如銀，紅顏似槁了。因此不免傷心，只管對杏流淚嘆息。（脂批：『近之淫書滿紙傷春，究竟不知傷春原委，看他並不提傷春字樣，卻豔恨穠愁，香流滿紙矣。』）

正悲嘆時，忽有一個雀兒飛來，落於枝上亂啼。寶玉又發了獃性，心下想道：『這雀兒必定是杏花正開時他曾來過，今見無花空有子葉，故也亂啼。這聲韻必是啼哭之聲，可恨公冶長不在眼前，不能問他。但不知明年再發時，這個雀兒可還記得飛到這裏來與杏花一會了？』

正胡思間，忽見一股火光從山石那邊發出，將雀兒驚飛。寶玉吃一大驚，又聽那邊有人喊道：『藕官，你要死，（是黛玉房中之人，扮小生者。）怎弄些紙錢進來燒？我回去回奶奶們去，仔細你的肉！』寶玉聽了，益發疑惑起來，忙轉過山石看時，只見藕官滿面寶玉忽然急中生智，真是神來之筆，藕官沒有想到，讀者亦未想到。

婆子以爲抓到了證據就贏了。豈知事情千變萬化。

淚痕，蹲在那裏，（情之至也）手裏還拿着火，守着些紙錢灰作悲。寶玉忙問道：『你與誰燒紙錢？快不要在這裏燒。（寶玉原本也不讓在此燒紙錢，然是好意。）你或是爲父母兄弟，（都不是。）你告訴我姓名，外頭去叫小厮們打了包袱寫上名姓去燒。』藕官見了寶玉，只不作一聲。

寶玉數問不答，忽見一婆子惡狠狠走來拉藕官，口內說道：『我已經回了奶奶們了，奶奶氣的了不得。』（寶玉數問不答，婆子卻不問而答。）藕官聽了，終是孩氣，怕辱沒了沒臉，便不肯去。（藕官初時害怕。）婆子道：『我說你們別太興頭過餘了，如今還比你們在外頭隨心亂鬧呢。這是尺寸地方兒。』（婆子滿口只是幸災樂禍。）指寶玉道：『連我們的爺還守規矩呢，你是什麼阿物兒，（你又是什麼阿物兒，敢來仗勢欺人。）跑來胡鬧。怕也不中用，跟我快走罷！』（脂批：『如何？必是含怨之人，又拉上寶玉，畫出小人得意來。』）

寶玉忙道：『他並沒燒紙錢，原是林妹妹叫他來燒那爛字紙的。你沒看真，反錯告了他。』藕官正沒了主意，見了寶玉，也正添了畏懼，忽聽他反掩飾，心內轉憂成喜，也便硬着口說道：『你很看真是紙錢了麽？我燒的是林姑娘寫壞了的字紙！』（藕官有了依靠，口氣大變。）那婆子聽如此，亦發狠起來，便彎腰向紙灰中揀那不曾化盡的遺紙，揀了兩點在手內，說道：『你還嘴硬，有據有證在這裏。我只和你廳上講去！』說着，拉了袖子，就拽着要走。

寶玉忙把藕官拉住，用拄杖敲開那婆子的手，（原來拄杖有此妙用。）說道：『你只管拿了那個回去。實告訴你：我昨夜作了一個夢，夢見杏花神和我要一掛白紙錢，不可叫本寶玉越說越奇，越說來頭越大。婆子倒反錯了，寶玉倒打一耙，反把婆子耙倒。真是絕世妙文，神來之筆。

明明已是話到嘴邊，忽又咽止，頓挫得妙。

房人燒，要一個生人替我燒了，我的病就好的快。所以我請了這白錢，巴巴兒的和林姑娘煩了他來，替我燒了祝贊。原不許一個人知道的，所以我今日纔能起來，偏你看見了。我這會子又不好了，都是你沖了！你還要告他去。藕官，只管去，見了他們你就照依我這話說。等老太太回來，我就說他故意來沖神祇，保佑我早死。』（寶玉也會耍賴。）

藕官聽了，益發得了主意，反倒拉着婆子要走。（藕官本是演戲的，見景生情，自然是拿手。）那婆子聽了這話，忙丟下紙錢，陪笑央告寶玉道：『我原不知道，二爺若回了老太太，我這老婆子豈不完了？我如今回奶奶們去，就說是爺祭神，我看錯了。』寶玉道：『你也不許再回去了，我便不說。』婆子道：『我已經回了，叫我來帶他，我怎好不回去的。也罷，就說我已經叫到了他，林姑娘叫了去了。』寶玉想一想，方點頭應允。那婆子只得去了。（得放人處即放人，如再糾纏，恐別生枝節。）

這裏寶玉問他：『到底是爲誰燒紙？我想來若是爲父母兄弟，你們皆煩人外頭燒過了，這裏燒這幾張，必有私自的情理。』藕官因方纔護庇之情感激於衷，便知他是自己一流的人物，（已看出是自己一流人物，所謂惺惺惜惺惺也。）便含淚說道：『我這事除了你屋裏的芳官並寶姑娘的蕊官，並沒第三個人知道。（原來是秘情。）今日被你遇見，又有這段意思，少不得也告訴了你，只不許再對人言講。』又哭道：『我也不便和你面說，你只回去背人已算大愈了，還瘦得益發可憐，則黛玉之病加深可知矣。

急於想問，偏又另出別事，七糾八纏，終不得入寶玉正題，令人急煞。此文章之妙手也。

被揭穿底細，明明自己無理，只好用一口髒話罵人。

晴雯也是個尖刺人物。

襲人還算兩面看到。

悄問芳官就知道了。』不好面說，卻叫芳官說。說畢，佯常而去。

寶玉聽了，心下納悶，脂批：『連觀書者亦納悶。』只得踱到瀟湘館，瞧黛玉益發瘦的可憐，問起來，比往日已算大愈了。脂批：『好，若只管病，亦不好。』黛玉見他也比先大瘦了，也是病中人。想起往日之事，不免流下淚來，些微談了談，便催寶玉去歇息調養。

寶玉只得回來。因記掛着要問芳官那原委，偏有湘雲、香菱來了，正和襲人芳官說笑，不好叫他，恐人又盤詰，只得耐着。

一時，芳官又跟了他乾娘去洗頭。他乾娘偏又先叫了他親女兒洗過了後，纔叫芳官洗。芳官見了這般，便說他偏心：『把你女兒的剩水給我洗。我一個月的月錢都是你拿着，沾我的光不算，反倒給我剩東剩西的。』他乾娘羞愧變成惱，便罵他：『不識擡舉的東西！怪不得人人說戲子沒一個好纏的。憑你甚麼好人，入了這一行，都弄壞了。這一點子屄崽子，也挑幺挑六，鹹屄淡話，咬群的騾子似的！』娘兒兩個吵起來。

襲人忙打發人去說：『少吵嚷，瞅着老太太不在家，一個個連句安靜話也不說了。』晴雯因說：『都是芳官不省事，不知狂的什麼。也不過是會兩齣戲，倒像殺了賊王，擒了反叛來的。』襲人道：『一個巴掌拍不響，老的也太不公些，小的也太可惡些。』

寶玉同情弱者。

『花掰』一詞新，猶胡說也。

晴雯又轉向芳官，幾句話說得在理。

前五十三回已見麝月批駁墜兒媽之辯才，批駁得墜兒之媽無半點立足之地，此處襲人特叫麝月來，可見麝月確有辯才。以下層層批駁，如抽繭剝蕉，煞是好看。

寶玉道：『怨不得芳官。自古說：「物不平則鳴。」脂批：『自來經語未遭如是用也。』他少親失眷的，在這裏沒人照看，賺了他的錢，又作踐他，如何怪得？』因又向襲人道：『他一月多少錢？以後不如你收了過來照管他，豈不省事？』襲人道：『我要照看他那裏不照看了，又要他那幾個錢纔照看他？沒的討人罵去了。』說着，便起身至那屋裏取了一瓶花露油並些雞卵、香皂、頭繩之類，叫一個婆子來送給芳官去，叫他另要水自洗，不要吵鬧了。

他乾娘益發羞愧，便說芳官『沒良心，花掰我剋扣你的錢。』便向他身上拍了幾把，居然動手了。芳官便哭起來。寶玉便走出，襲人忙勸：『作什麼？我去說他。』晴雯忙先過來，指他乾娘說道：『你老人家太不省事。你不給他洗頭的東西，我們饒給他東西，你不自臊，還有臉打他。他要還在學裏學藝，你也敢打他不成！』那婆子便說：『一日叫娘，終身是母。擡出封建倫理來壓人。他排場我，我就打得！』

襲人喚麝月道：『我不會和人拌嘴，晴雯性太急，你快過去震嚇他兩句。』麝月聽了，忙過來說道：『你且別嚷。我且問你，別說我們這一處，你看滿園子裏，誰在主子屋裏教導過女兒的？先從這一點責問起。便是你的親女兒，既分了房，有了主子，自有主子打得罵得，再者大些的姑娘姐姐們打得罵得，誰許老子娘又半中間管閒事了？都這樣管，又要叫他們跟着我們學什麼？越老越沒了規矩！第二層意思，責其無禮。你見前兒好麝月，好思路，好辯才，層層批駁，最後駁到不要你這個乾娘也一樣，真是一筆抹倒。

晴雯嘴雖尖利，心仍是好的。

墜兒的娘來吵，你也來跟他學？你們放心，因連日這個病那個病，老太太又不得閒心，所以我沒回。等兩日消閒了，咱們痛回一回，大家把威風煞一煞兒纔好呢。〔擡出老太太，立起鎮懾作用。〕況且寶玉纔好了些，連我們也不敢大聲說話，你反打的人狼嚎鬼叫的。上頭能出了幾日門，你們就無法無天的，眼睛裏沒了我們，再兩天你們就該打我們了。〔問題愈說愈嚴重。〕他不要你這乾娘，怕糞草埋了他不成？』〔說到底，你這乾娘有無都一樣。〕

寶玉恨的用拄杖敲着門檻子說道：『這些老婆子都是些鐵心石頭腸子，也是件大奇的事。不能照看，反倒折挫，天長地久，如何是好！』〔脂批：『畫出寶玉來。』〕晴雯道：『什麼「如何是好」，都攆了出去，不要這些中看不中吃的！』〔晴雯更乾脆，都攆出去了事，不分是非，是晴雯火爆性格。『中看不中吃的』指芳官。〕那婆子羞愧難當，一言不發。〔駁得已無立足之地。〕

那芳官只穿着海棠紅的小棉襖，底下絲綢撒花袷褲，敞着褲腿，〔脂批：『四字奇想，寫得紙上跳出一個女優來。』〕一頭烏油似的頭髮披在腦後，哭的淚人一般。〔幾句話，活活畫出芳官，真是一個女戲子的樣子。〕麝月笑道：『把一個鶯鶯小姐，反弄成拷打紅娘了！〔妙絕。〕這會子又不妝扮了，還是這麼鬆怠怠的。』寶玉道：『他這本來面目極好，〔寶玉又愛其本來面目。〕倒別弄緊襯了。』晴雯過去拉了他，替他洗淨了髮，用手巾擰乾，鬆鬆的挽了一個慵妝髻，命他穿了衣服過這邊來了。

接着司內廚的婆子來問：『晚飯有了，可送不送？』小丫頭聽了，進來問襲人。襲人笑道：『方纔胡吵了一陣，也沒留心聽鐘幾下了。』晴雯道：『那勞什子又不知怎麼了，又得去收拾。』鐘又壞了，要修理，寫得細。說着，便拿過錶來瞧了一瞧，說：『再略等半鍾茶的工夫就是了。』小丫頭去了。麝月笑道：『提起淘氣，芳官也該打幾下。昨兒是他擺弄了那墜子，半日就壞了。』原來是芳官弄壞的。

說話之間，便將食具打點現成。一時小丫頭子捧了盒子進來站住。晴雯、麝月揭開看時，還是只四樣小菜。晴雯笑道：『已經好了，還不給兩樣清淡菜吃。這稀飯鹹菜鬧到多早晚？』一面擺好，一面又看那盒中，卻有一碗火腿鮮筍湯，忙端了放在寶玉跟前。寶玉便就桌上喝了一口，脂批：『畫出病人。』說：『好燙！』襲人笑道：『菩薩，能幾日不見葷，饞的就這樣起來。』一面說，一面忙端起輕輕用口吹。因見芳官在側，便遞與芳官，笑道：『你也學着些服侍，別一味獃憨獃睡。口勁輕着，別吹上唾沫星兒。』芳官依言果吹了幾口，甚妥。芳官伶俐

他乾娘也忙端飯在門外伺候。向日芳官等一到時原從外邊認的，就同往梨香院去了。這乾婆子原係榮府三等人物，不過令其與他們漿洗，皆不曾入內答應，故此不知內幃規矩。今亦託賴他們方入園中，隨女歸房。這婆子先領過麝月的排場，方知了一二分，生恐不令芳官認他做乾娘，便有許多失利之處，故心中只要買轉他們。今見芳官吹湯，便忙跑進來笑道：『他不老成，仔細打了碗，讓我吹罷。』一面說，一面就接。

婆子真不知趣，又惹晴雯一頓搶白。

小丫頭子能到的地方，你也只能到一半，何況又到小丫頭子們到不了的地方，真是自討沒趣。於此亦見侯門之深也。

晴雯忙喊：『出去！你讓他砸了碗，也輪不到你吹。你什麼空兒跑到這裏槅子來了？還不出去。』一面又罵小丫頭們：『瞎了心的，他不知道，你們也不說給他！』小丫頭們都說：『我們攆他，他不出去；說他，他又不信。如今帶累我們受氣，你可信了？我們到的地方兒，有你到的一半，還有你一半到不去的呢。何況又跑到我們到〔二〕不去的地方還不算，又去伸手動嘴的了。』一面說，一面推他出去。階下幾個等空盒家伙的婆子見他出來，都笑道：『嫂子也沒用鏡子照一照，就進去了。』（諷刺得妙）羞的那婆子又恨又氣，只得忍耐下去。

芳官吹了幾口，寶玉笑道：『好了，仔細傷了氣。你嚐一口，可好了？』芳官只當是頑話，只是笑看着襲人等。襲人道：『你就嚐一口何妨。』晴雯笑道：『你瞧我嚐。』說着就喝了一口。芳官見如此，自己也便嚐了一口，〔三〕說：『好了。』遞與寶玉。寶玉喝了半碗，吃了幾片筍，又吃了半碗粥就罷了。

衆人揀收出去了。小丫頭捧了沐盆，盥漱已畢，襲人等出去吃飯。寶玉使個眼色與芳官，芳官本自伶俐，又學幾年戲，何事不知，便裝說頭疼不吃飯了。（芳官見貌辨色，何等機靈。）襲人道：『既不吃飯，你就在屋裏作伴兒，把這粥給你留着，一時餓了再吃。』說着，都去了。

這裏寶玉和他只二人，寶玉便將方纔從火光發起，如何見了藕官，又如何謊言想不到竟是一段同性戀的故事。然此類事，於乾隆之世亦是常事，故作者及之。

雪芹借此寫出『若一味因死的不續，孤守一世，妨了大節，也不是理』。此是通達之論，亦是從另面反對程、朱之提倡守節也。

又引出寶玉一番癡意來。

護庇，又如何藕官叫我問你，從頭至尾，細細的告訴他一遍，又問他祭的果係何人。芳官聽了，滿面含笑，又嘆一口氣，說道：『這事說來可笑又可嘆。』寶玉聽了，忙問如何。芳官笑道：『你說他祭的是誰？祭的是死了的菂官。』寶玉道：『這是友誼，也應當的。』

芳官笑道：『那裏是友誼，他竟是瘋傻的想頭。說他自己是小生，菂官是小旦，常做夫妻，雖說是假的，每日那些曲文排場，皆是真正溫存體貼之事，故此二人就瘋了，雖不做戲，尋常飲食起坐，兩個人竟是你恩我愛。菂官一死，他哭的死去活來，至今不忘，所以每節燒紙。後來補了蕊官，我們見他一般的溫柔體貼，也曾問他得新棄舊的。他說：「這又有個大道理。比如男子喪了妻，或有必當續弦者，也必要續弦爲是。便只是不把死的丟過不提，便是情深意重了。若一味因死的不續，孤守一世，妨了大節，也不是理，死者反不安了。」你說可是又瘋又獃？說來可是可笑？』

寶玉聽說了這篇獃話，獨合了他的獃性，不覺又是歡喜，又是悲嘆，又稱奇道絕，說：『天既生這樣人，又何用我這鬚眉濁物玷辱世界。』因又忙拉芳官囑道：『既如此說，我也有一句話囑咐他。我若親對面與他講未免不便，須得你告訴他。』芳官問何事。寶玉道：『以後斷不可燒紙錢。這紙錢原是後人異端，不是最後歸到『誠心』二字。

此正以前黛玉所說也。

孔子的遺訓。以後逢時按節，只備一個爐，到日隨便焚香，一心誠虔，就可感格了。愚人原不知，無論神佛死人，必要分出等例，各式各例的。殊不知只一「誠心」二字爲主。即值倉皇流離之日，雖連香亦無，隨便有土有草，只以潔淨，便可爲祭，不獨死者享祭，便是神鬼也來享的。你瞧瞧我那案上，只設一爐，不論日期，時常焚香。他們皆不知原故，我心裏卻各有所因。隨便有新茶便供一鍾茶，有新水就供一盞水，或有鮮花，或有鮮果，甚至於葷羹腥菜，只要心誠意潔，便是佛也都可來享。所以說，只在敬不在虛名。以後快命他不可再燒紙。』芳官聽了，便答應着。一時吃過飯，便有人回：『老太太、太太回來了。』——

【回後評】

因老太妃之薨，賈府諸人均須入朝守制，遂引出尤氏、薛姨媽協理照料，又因國喪停樂，梨香院戲班亦藉此取消，諸女伶皆遣返或入大觀園。梨香院戲班之遺散，實寫賈府已無再盛之機，作者皆從自然敘事中帶出，令人不覺突然。

大觀園經改革，交諸人分管，遂出現一番春事忙碌氣象，恰從寶玉拄杖信步中看出，鳥啼花落，又引出寶玉匪夷所思癡想，文章涉筆皆成妙趣。

因火光引出假鳳虛凰故事。雖然是假鳳虛凰，卻是一片真情癡情。作者寫此，仍着眼於一『情』字，寶玉護持藕官，亦着眼於一『情』字。然此段文字，與前寶玉、秦鍾、柳湘蓮、薛蟠等文字，皆是同性戀文字，此是當時世風，作者亦隨筆記此一段社會相。

黛玉近日已算大愈，卻瘦得越發可憐，則黛玉之病日深矣，令人惴惴而懸心也。

芳官與乾娘爭吵，寫出大觀園中層層人事關係。芳官與乾娘是爭吵者，寶玉、晴雯、襲人、麝月是幫襯者，階下等空盒的婆子等是旁觀者。一路寫來，煞是好看，亦見雪芹之筆，無微不至，雖大觀園衆下人之間之細隙，作者皆能洞察，無一漏筆。吾嘆其觀山則意溢於山，觀海則情滿於海也。

寶玉與芳官論情一段，最後歸到『誠心』二字，只要『心誠意潔，便是佛也都可來享』，實前文黛玉所教也。故如回目所云：理癡而情真也。

康熙二十八年國喪期間，京中演『長生殿』傳奇，爲人所劾，作者洪昇落職，波及趙執信，兩人終生未仕，所謂『可憐一曲長生殿，斷送功名到白頭』也。《顧丹五筆記》載：『康熙三十一年，織造李煦莅蘇……延名師教習梨園，演《長生殿》傳奇，衣裝費至數萬，以致虧空若干萬。』康熙四十三年，曹寅於南京延接洪昇，『集江南江北名士爲高會，獨讓昉思居上座，置《長生殿》本於其席；又自置一本於席，每優人演出一折，公與昉思讎對其本，以合節奏。凡三晝夜始闋。兩公並極盡其興賞之豪華，以互相引重，且出上帑兼金贐行。長安傳爲盛事，士林榮之。』（金埴《巾箱說》）以上兩事，既涉及國喪停樂，亦與曹、李兩家演戲有關，故記於此。按國喪以百日爲期，期後即可舉樂。故後來《長生殿》在京中仍久演不衰。本回說『一年内不得筵宴音樂，庶民皆三月不得婚嫁』，或亦有據。

【校　記】

〔一〕『家中無主』，底本無『中』字，又旁添『内』字，己卯本同底本，無旁添，又底本『家中無主』下有『少不得又大家计議』一句，爲衍文，己卯、戚序、楊本同，列本作『少不得便報了尤氏産育』，茲據甲辰、程甲本改。

〔二〕『的地方兒……我們到』共二十八字，庚本漏抄，各本均存，文字小異，今據己卯、列藏、楊本、程甲諸本補。

〔三〕『何妨……嚐了一口』，共三十字，庚本無，據各本補。

接上回守制之後，已近送靈，故再行準備，可見此事之鄭重。

以上寫送靈之人，以下寫賈府。

第五十九回　柳葉渚邊嗔鶯咤燕　絳芸軒裏召將飛符

話說寶玉聽說賈母等回來，遂〔一〕多添了一件衣服，拄杖前邊來，都見過了。賈母等因每日辛苦，都要早些歇息，一宿無話。次日五鼓，又往朝中去。

離送靈日不遠，鴛鴦、琥珀、翡翠、玻璃四人都忙着打點賈母之物，玉釧、彩雲、彩霞等皆打叠王夫人之物，當面查點與跟隨的管事媳婦們。跟隨的一共大小六個丫鬟，十個老婆子、媳婦子，男人不算。連日收拾馱轎器械。鴛鴦與玉釧兒皆不隨去，只看屋子。一面先幾日預發帳幔鋪陳之物，先有四五個媳婦並幾個男人領了出來，坐了幾輛車繞道先至下處，鋪陳安插等候。

臨日，賈母帶着蓉妻坐一乘馱轎，王夫人在後亦坐一乘馱轎，賈珍騎馬率了衆家丁護衛。又有幾輛大車與婆子、丫鬟等坐，並放些隨換的衣包等件。是日薛姨媽、尤氏率領諸人直送至大門外方回。賈璉恐路上不便，一面打發了他父母起身趕上賈母、王夫人馱轎，自己也隨後帶領家丁押後跟來。

榮府內賴大添派人丁上夜，將兩處廳院都關了，一應出入人等，皆走西邊小角門。日落時，便命關了儀門，不放人出入。園中前後東西角門亦皆關鎖，只留王夫人大房之後常係他姊妹出入之門，東邊通薛姨媽的角門，這兩門因在內院，不必關鎖。裏面鴛鴦和玉釧兒也各將上房關了，自領丫鬟、婆子下房去安歇。每日林之孝之妻進來，帶領十來個婆子上夜，穿堂內又添了許多小廝們坐更打梆子，已安插得十分妥當。

由杏癍癬引出薔薇硝來。

姜白石詞云：『看見鵝黃上柳條』。

一日清曉，寶釵春睏已醒，搴帷下榻，微覺輕寒，啓户視之，見園中土潤苔青，原來五更時落了幾點微雨。春寒微雨，已入早春天氣。於是喚起湘雲等人來，一面梳洗，湘雲因說兩腮作癢，亦春天易發之疾，俗稱『桃花癬』。此處稱『杏癍癬』。恐又犯了杏癍癬，因問寶釵要些薔薇硝來。寶釵道：『前兒剩的都給了妹子。』因說：『顰兒配了許多，我正要和他要些，因今年竟沒發癢，就忘了。』因命鶯兒去取些來。鶯兒應了纔去時，蕊官便說：『我同你去，順便瞧瞧藕官。』說着，一徑同鶯兒出了蘅蕪苑。

二人你言我語，一面行走，一面說笑，不覺到了柳葉渚，順着柳堤走來。因見柳葉纔吐淺碧，絲若垂金，鶯兒便笑道：『你會拿着柳條子編東西不會？』蕊官笑道：『編什麼東西？』鶯兒道：『什麼編不得？頑的使的都可。等我摘些下來，帶鶯兒原是巧手，前編梅花絡，此編柳葉籃。

黛玉自帶餐具，還是用『洋巾』（進口布料）包裹。從此一細節，亦見當時進口商

着這葉子編個花籃兒，採了各色花放在裏頭，纔是好頑呢。』說着，且不去取硝，且伸手挽翠披金，採了許多的嫩條，命蕊官拿着。

鶯兒一行走一行編花籃，隨路見花便採一二枝，編出一個玲瓏過梁的籃子。枝上自有本來翠葉滿佈，將花放上，卻也別致有趣。喜的蕊官笑道：『姐姐，給了我罷。』鶯兒道：『這一個咱們送林姑娘，回來咱們再多採些，編幾個大家頑。』說着，來至瀟湘館中。

黛玉也正晨妝，見了籃子，便笑說：『這個新鮮花籃是誰編的？』鶯兒笑說：『我編了送姑娘頑的。』黛玉接了笑道：『怪道人贊你的手巧，這頑意兒卻也別致。』一面瞧了，一面便命紫鵑掛在那裏。鶯兒又問候了薛姨媽，（因此時薛姨媽住瀟湘館。）方和黛玉要硝。黛玉忙命紫鵑包了一包，遞與鶯兒。黛玉又道：『我好了，今日要出去逛逛。你回去說與姐姐，不用過來問候媽了，（『媽』，指薛姨媽，因上回已交代黛玉亦『如寶釵之稱呼』也。）也不敢勞他來瞧我，梳了頭同媽都往你們那裏去，連飯也端了那裏去吃，大家熱鬧些。』

鶯兒答應了出來，便到紫鵑房中找蕊官，只見藕官與蕊官二人正說得高興，不能相捨，因說：『姑娘也去呢，藕官先同我們去等着豈不好？』紫鵑聽如此說，便也說道：『這話倒是，他這裏淘氣的也可厭。』一面說，一面便將黛玉的匙箸用一塊洋巾包了，交與藕官道：『你先帶了這個去，也算一趟差了。』（寫得細極。可見黛玉食具亦隨身自帶。）

品已深入上層社會生活。《紅樓夢》中此類描寫甚多，讀者可以注意。

一群鶯燕都到柳邊。

補敘舊賬。

引出寶玉一段奇談怪論來。此一段奇論，實是從李贄《童心說》衍變而來，『女孩兒未出嫁，是顆無價之寶珠』者即尚葆童心、真心也。『出了嫁，不知怎麼……

藕官接了，笑嘻嘻同他二人出來，一徑順着柳堤走來。鶯兒便又採些柳條，越性坐在山石上編起來，又命蕊官先送了硝去再來。他二人只顧愛看他編，那裏捨得去。鶯兒只顧催說：『你們再不去，我也不編了。』藕官便說：『我同你去了再快回來。』二人方去了。

這裏鶯兒正編，只見何婆的小女春燕走來，笑問：『姐姐織什麼呢？』正說着，蕊官二人也到了。春燕便向藕官道：『前兒你到底燒什麼紙？被我姨媽看見了，要告你沒告成，倒被寶玉賴了他一大些不是，氣的他一五一十告訴我媽。你們在外頭這二三年積了些什麼仇恨，如今還不解開？』藕官冷笑道：『有什麼仇恨？他們不知足，反怨我們了。在外頭這兩年，別的東西不算，只算我們的米菜，不知賺了多少家去，合家子吃不了，還有每日買東買西賺的錢在外。逢我們使他們一使兒，就怨天怨地的。你說說可有良心？』

春燕笑道：『他是我的姨媽，也不好向着外人反說他的。怨不得寶玉說：「女孩兒未出嫁，是顆無價之寶珠；出了嫁，不知怎麼就變出許多的不好的毛病來，雖是顆珠子，卻沒有光彩寶色，是顆死珠了；再老了，更變的不是珠子，竟是魚眼睛了。分明一個人，怎麼變出三樣來？」這話雖是混話，倒也有些不差。（春燕已認同寶玉的見解，且以自己切身感受爲證。）別人不知道，只說我媽和姨媽，他老姊妹兩個，如今越老了越把錢看的真是顆死珠了；再老了，更變的不是珠子，竟是魚眼睛了。』是說入世愈深，愈失童心真心也。故寶玉此論，仍是對封建濁世及男權社會之批判也。

用春燕寫出婆子們得梨香院女兒的種種好處，但仍貪得無厭，故而引出矛盾。

春燕一副天真公平眼睛，寫出其母的自私。

春燕以其母及姨母爲例，論證了寶玉的女人三階段論中的第三階段，即『魚眼睛』階段。春燕以一雙天真純潔公心的眼睛，評論其母及姨母愈老愈貪利的情景。『魚眼睛』者，實際上即是失去童心真心，一心於私利，待人勢利無情者也。

了。先時老姐兒兩個在家抱怨沒個差使，沒個進益，幸虧有了這園子，把我挑進來，可巧把我分到怡紅院。家裏省了我一個人的費用不算外，每月還有四五百錢的餘剩，這也還說不够。後來老姊妹二人都派到梨香院去照看他們，藕官認了我姨媽，芳官認了我媽，這幾年着實寬裕了。如今挪進來也算撒開手了，還只無厭。你說好笑不好笑？我姨媽剛和藕官吵了，接着我媽爲洗頭就和芳官吵。芳官連要洗頭也不給他洗。昨日得月錢，推不去了，買了東西先叫我洗。我想了一想：我自有錢，就沒錢要洗時，不管襲人、晴雯、麝月那一個跟前和他們說一聲，也都容易，何必借這個光兒。好沒意思。所以我不洗。他又叫我妹妹小鳩兒洗了，纔叫芳官，果然就吵起來。接着又要給寶玉吹湯，你說可笑死了人？我見他一進來，我就告訴那些規矩。他只不信，只要強做知道的，足的討個沒趣兒。幸虧園裏的人多，倒沒人分記的清楚誰是誰的親故。若有人記得，只有我們一家人吵，什麽意思呢？你這會子又跑來弄這個。這一帶地上的東西都是我姑娘管着，一得了這地方，比得了永遠基業還利害，（利之所在也。）每日早起晚睡，自己辛苦了還不算，每日逼着我們來照看，生恐有人遭踏，又怕誤了我的差使。如今進來了，老姑嫂兩個照看得謹謹慎慎，一根草也不許人動。你還掐這些花兒，又折他的嫩樹，他們即刻就來，仔細他們抱怨。』（已爲預先報警。）

鶯兒道：『別人亂折亂掐使不得，獨我使得。自從分了地基之後，每日裏各房皆有分例，吃的不用算，單管花草頑意兒。誰管什麼，每日誰就把各房裏姑娘丫頭戴的，必要各色送些折枝的去，還有插瓶的。惟有我們說了：「一概不用送，等要什麼再和你們要。」究竟沒有要過一次。我今便掐些，他們也不好意思說的。』

鶯兒也有鶯兒的算法。

一語未了，他姑娘果然拄了拐走來。鶯兒、春燕等忙讓坐。那婆子見採了許多嫩柳，又見藕官等都採了許多鮮花，心內便不受用；看着鶯兒編，又不好說什麼，便說春燕道：『我叫你來照看照看，你就貪住頑不去了。倘或叫起你來，你又說我使你了，拿我做隱身符兒你來樂。』春燕道：『你老又使我，又怕，這會子反說我。難道把我劈做八瓣子不成？』

不好說鶯兒，卻拿燕兒出氣。

鶯兒笑道：『姑媽，你別信小燕的話。這都是他摘下來的，煩我給他編，我攆他，他不去。』春燕笑道：『你可少頑兒，你只顧頑兒，他老人家就認真了。』那婆子本是愚頑之輩，兼之年近昏眊，惟利是命，一概情面不管。正心疼肝斷，無計可施，聽鶯兒如此說，便以老賣老，拿起拄杖來向春燕身上擊了幾下，罵道：『小蹄子，我說着你，你還和我強嘴兒呢。你媽恨的牙根癢癢，要撕你的肉吃呢。你還來和我強梆子似的。』打的春燕又愧又急，哭道：『鶯兒姐姐頑話，你老就認真打

鶯兒原是說句玩話逗她，豈知卻惹出禍來。

我。我媽爲什麼恨我？我又沒燒煳了洗臉水，有什麼不是！』

鶯兒本是頑話，忽見婆子認真動了氣，忙上去拉住，笑道：『我纔是頑話，你老人家打他，我豈不愧？』那婆子道：『姑娘，你別管我們的事，難道爲姑娘在這裏，不許我管孩子不成？』鶯兒聽見這般蠢話，便賭氣紅了臉，撒了手冷笑道：『你老人家要管，那一刻管不得，偏我說了一句頑話就管他了。我看你老管去！』說着，便坐下，仍編柳籃子。

偏又有春燕的娘出來找他，喊道：『你不來舀水，在那裏做什麼呢？』那婆子便接聲兒道：『你來瞧瞧，你的女兒連我也不服了！在那裏排揎我呢。』那婆子一面走過來，說：『姑奶奶，又怎麼了？我們丫頭眼裏沒娘罷了，連姑媽也沒了不成？』鶯兒見他娘來了，只得又說原故。他姑娘那裏容人說話，便將石上的花柳與他娘瞧道：『你瞧瞧，你女兒這麼大孩子頑的。他先領着人遭踏我，我怎麼說人？』

偏又來一個不曉事的。

他娘也正爲芳官之氣未平，又恨春燕不遂他的心，便走上來打耳刮子，罵道：『小娼婦，你能上去了幾年？你也跟那起輕狂浪小婦學，怎麼就管不得你們了？乾的我管不得，你是我屄裏掉出來的，難道也不敢管你不成！既是你們這起蹄子到的去的地方我到不去，你就該死在那裏伺候，又跑出來浪漢。』一面又抓起柳條子

把一口氣都出在春燕身上。

滿口髒話，不堪入耳，則其人可知矣。

來，直送到他臉上，問道：『這叫作什麼？這編的是你娘的屄！』鶯兒忙道：『那是我們編的，你老別指桑罵槐。』那婆子深妒襲人、晴雯一干人，已知凡房中大些的丫鬟都比他們有些體統權勢，凡見了這一干人，心中又畏又讓，未免又氣又恨，亦且遷怒於衆，復又看見了藕官，又是他令姊的冤家，四處湊成一股怒氣。

活活寫出一個蠻橫蠢婆子。

那春燕啼哭着往怡紅院去了。他娘又恐問他爲何哭，怕他又說出自己打他，又要受晴雯等之氣，不免着起急來，又忙喊道：『你回來！我告訴你再去。』春燕那裏肯回來。急的他娘跑了去要拉他，他回頭看見，便也往前飛跑。他娘只顧趕他，不防腳下被青苔滑倒，引的鶯兒三個人反都笑了。（趣文妙文，真正活該。）鶯兒便賭氣將花柳皆擲於河中，自回房去。這裏把個婆子心疼的只念佛，又罵：『促狹小蹄子！遭踏了花兒，雷也是要打的。』自己且掐花與各房送去不提。

卻說春燕一直跑入院中，頂頭遇見襲人往黛玉處去問安。春燕便一把抱住襲人，說：『姑娘救我！我娘又打我呢。』襲人見他娘來了，不免生氣，便說道：『三日兩頭兒打了乾的打親的，還是賣弄你女兒多，還是認真不知王法？』這婆子雖來了幾日，見襲人不言不語，是好性的，便說道：『姑娘你不知道，別管我們閒事！都是你們縱的，這會子還管什麼！』說着，便又趕着打。

真不知天高地厚。

襲人氣的轉身進來，見麝月正在海棠下晾手巾，聽得如此喊鬧，便說：『姐姐請出管得着的人來了。

人未到，板子先到，奇絕！

別管，看他怎樣。』一面使眼色與春燕，春燕會意，便直奔了寶玉去。春燕伶俐乖覺。衆人都笑說：『這可是沒有的事都鬧出來了。』麝月向婆子道：『你再略煞一煞气兒，難道這些人的臉面，和你討一個情還討不下來不成？』那婆子見他女兒奔到寶玉身邊去，又見寶玉拉了春燕的手說：『別怕，有我呢。』

春燕又一行哭，又一行說，把方纔鶯兒等事都說出來。寶玉越發急起來，說：『你只在這裏鬧也罷了，怎麼連親戚也都得罪起來？』麝月又向婆子及衆人道：『怨不得這嫂子說我們管不着他們的事，我們雖無知錯管了，如今請出一個管得着的人來管一管，嫂子就心伏口伏，也知道規矩了。』便回頭叫小丫頭子：『去把平兒給我們叫來！平兒不得閑就把林大娘叫了來。』那小丫頭應了就走。衆媳婦上來笑說：『嫂子，快求姑娘們叫回那孩子罷。平姑娘來了，可就不好了。』那婆子說道：『憑你那個平姑娘來也憑個理，沒有娘管女兒大家管着娘的。』還不知道厲害，還要蠻頂蠻撞。衆人笑道：『你當是那個平姑娘？是二奶奶屋裏的平姑娘。他有情呢，說你兩句；他一翻臉，嫂子你吃不了兜着走！』說話之間，只見小丫頭子回來說：『平姑娘正有事，問我作什麼，我告訴了他，他說：「既這樣，且攆他出去，告訴了林大娘在角門外打他四十板子就是了。」』那婆子聽如此說，自不捨得出去，便又淚流滿面，央告襲人等說：『好容易我進來了，況且我是寡婦，家裏沒人，正好活畫出一個無知蠻橫的婆子。

『攪過』，是『嚼裹』一語的音轉。意思是吃穿，『嚼』指吃，『裹』指穿，延伸為日用開銷。這是一句古老的帶兒化的北京土話。讀時『裹』字輕讀。語源是滿語，老滿洲人都這麼說。今天北京的老人也常用這句話。在東北，也還用這句話，讀『嚼咕』，『沽』字輕音。意思已偏重在吃。

平兒一段話，寫出賈府種種不安，亦爲後文張本。

一心無掛的在裏頭服侍姑娘們。姑娘們也便宜，我家裏又省些攪過。我這一去，又要去自己生火過活，將來不免又沒了過活。』

襲人見他如此，早又心軟了，便說：『你既要在這裏，又不守規矩，又不聽說，又亂打人。那里弄你這個不曉事的來，天天鬬口，也叫人笑話，失了體統。』晴雯道：『理他呢，打發去了是正經。誰和他去對嘴對舌的。』那婆子又央衆人道：『我雖錯了，姑娘們吩咐了，我以後改過。姑娘們那不是行好積德。』一面又央春燕道：『原是我爲打你起的，究竟沒打成你，我如今反受了罪，你也替我說說。』寶玉見如此可憐，只得留下，吩咐他不可再鬧。那婆子走來一一的謝過了下去。

只見平兒走來，問係何事。襲人等忙說：『已完了，不必再提。』平兒笑道：『「得饒人處且饒人」，得省的將就省些事也罷了。能去了幾日，只聽各處大小人兒都作起反來了，一處不了又一處，叫我不知管那一處的是。』襲人笑道：『我只說我們這裏反了，原來還有幾處。』平兒笑道：『這算什麼。正和珍大奶奶算呢，這三四日的工夫，一共大小出來了八九件了。你這裏是極小的，算不起數兒來，還有大的可氣可笑之事。』不知襲人問他果係何事，且聽下回分解。

【回後評】

因賈母諸人入朝守制送靈，賈府無主事之人，故『兩處下人無了正經頭緒，也都偷安，或乘隙結黨，與權暫執事者竊弄威福』，『種種不善，在在生事，也難備述』。這是上回所寫賈府因賈母等人不在府中而出現的混亂情況。這是總寫一筆。此回則寫大觀園裏老婆子們與丫鬟女孩之間的矛盾，這種矛盾，一是因年齡差距而形成的，用今天的話來說叫『代溝』。二是因大觀園已實行分別包管，利益各歸所管者，爲保護既得利益，承包者不許別人折一草一花，當鶯兒折了一些柳條編織花籃時，便引發了這場矛盾，又因鶯兒是寶釵的丫鬟，老婆子們不好發作，恰好春燕在場，於是春燕之媽和春燕姑媽就一起以責打春燕爲名，發生吵鬧，連襲人、麝月、晴雯等都壓不住，最後傳平兒的話，用高壓平息。上回是寫闔府下人們在無主子主持家務的情況下即情弊叢生，此回是寫大觀園下人的無秩序、亂鬧的情況。這前後兩種情況綜合，即是一幅封建大家庭內部紀律鬆弛，失去控制的現實圖景，使人感到這是一種衰朽没落的先兆。

春燕所說寶玉說女孩兒的三個階段，即寶珠、死珠、魚眼睛的三個階段，從思想的意義來說，還是李卓吾《童心說》的內涵。李卓吾認爲人的童心是絕假純真的，後來讀了《四書》《五經》或入世以後，便失去真心，成爲假人了。寶玉所論，即這一思想的運用和變化。

平兒所說，賈母等『能去了幾日，只聽各處大小人兒都作起反來了，一處不了又一處，叫我不知管那一處的是』，則是作者又借平兒之口，說出封建官僚家庭的統治秩序已陷入混亂和無序，這是再次預示着賈府的衰敗。

【校記】

〔一〕『聽說賈母等回來，遂』八字及下句『了。賈母等』四字，底本無。己卯、列藏、戚序、楊本同底本。此據甲辰、程甲本增。

第六十回　茉莉粉替去薔薇硝　玫瑰露引來茯苓霜

話說襲人因問平兒，何事這等忙亂。平兒笑道：『都是世人想不到的，說來也好笑，等幾日告訴你，如今沒頭緒呢，且也不得閑兒。』一語未了，只見李紈的丫鬟來了，說：『平姐姐可在這裏，奶奶等你，你怎麽不去了？』平兒忙轉身出來，口內笑說：『來了，來了。』襲人等笑道：『他奶奶病了，他又成了香餑餑了，都搶不到手。』平兒去了。不提。

這裏，寶玉便叫春燕：『你跟了你媽去，到寶姑娘房裏給鶯兒幾句好話聽聽，也不可白得罪了他。』春燕答應了，和他媽出去。寶玉又隔窗說道：『不可當着寶姑娘說，仔細反叫鶯兒受教導。』寶玉無微不至。

娘兒兩個應了出來，一壁走着，一面說閒話兒。春燕因向他娘道：『我素日勸你老人家再不信，何苦鬧出沒趣來纔罷。』他娘笑道：『小蹄子，你走罷，俗語道：「不經一事，不長一智。」我如今知道了。你又該來支問着我。』春燕笑道：『媽，你若安分守己，在這屋裏長久了，自有許多的好處。我且告訴你句話：寶玉常說，將來這屋裏的人，無論家裏外頭的，一應我們這些人，他都要回太太全放出去，與本人父母自便呢。（脂批：『補前文不足處。』）你只說這一件可好不好？』他娘聽說，喜的忙問：『這話果真？』春燕道：『誰可扯這謊做什麼？』婆子聽了，便念佛不絕。（可見婆子亦願女兒回家得自由之身。）

當下來至蘅蕪苑中，正值寶釵、黛玉、薛姨媽等吃飯。鶯兒自去泡茶，春燕便和他媽一逕到鶯兒前，陪笑說『方纔言語冒撞了，姑娘莫嗔莫怪，特來陪罪』等語。鶯兒忙笑讓坐，又倒茶。他娘兒兩個說有事，便作辭回來。

忽見蕊官趕出叫：『媽媽，姐姐，略站一站。』一面走上來，遞了一個紙包與他們，說是薔薇硝，帶與芳官去擦臉。春燕笑道：『你們也太小氣了，還怕那裏沒這個與他，巴巴的你又弄一包給他去。』蕊官道：『他是他的，我送的是我的。好姐姐，千萬帶回去罷。』（所謂禮輕人情重也。）春燕只得接了。

娘兒兩個回來，正值賈環、賈琮二人來問候寶玉，也纔進去。春燕便向他娘說：『只我進去罷，你老不用去。』他娘聽了，自此便百依百隨的，（已經學乖了。）不敢倔強了。

春燕進來，寶玉知道回復，便先點頭。春燕知意，便不再說一語，略站了一站，便轉身出來，使眼色與芳官。芳官出來，春燕方悄悄的說與他蕊官之事，並與

（一段情節，全靠點頭眼色，寫得何等真切。）

了他硝。寶玉並無與琮、環可談之語，因笑問芳官手裏是什麼。芳官便忙遞與寶玉瞧，又說是擦春癬的薔薇硝。寶玉笑道：『虧他想得到。』

賈環聽了，便伸着頭瞧了一瞧，又聞得一股清香，便彎着腰向靴桶內掏出一張紙來托着，笑說：『好哥哥，給我一半兒。』活畫賈環 寶玉只得要與他。芳官心中因是蕊官之贈，不肯與別人，芳官珍重蕊官之贈，不肯與別人，是珍惜情意，不是慳吝。 連忙攔住，笑說道：『別動這個，我另拿些來。』寶玉會意，寶玉亦知其意，非不願給也。 忙笑包上，說道：『快取來。』

芳官接了這個，自去收好，便從奩中去尋自己常使的。啓奩看時，盒內已空，心中疑惑，早間還剩了些，如何沒了？原是想取與此一樣的，誰知竟出意外。 因問人時，都說不知。麝月便說：『這會子且忙着問這個，不過是這屋裏人一時短了，你不管拿些什麼給他們，他們那裏看得出來。快打發他們去了，咱們好吃飯。』芳官聽了，便將些茉莉粉包了一包拿來。賈環見了，喜的就伸手來接。芳官便忙向炕上一擲。傳神，連芳官都不願親手交與他。 賈環只得向炕上拾了，揣在懷內，方作辭而去。

賈環逃學與寶玉逃學事同而理異也。

原來賈政不在家，且王夫人等又不在家，賈環連日也便裝病逃學。如今得了硝，興興頭頭來找彩雲。正值彩雲和趙姨娘閒談，賈環嘻嘻向彩雲道：『我也得了一包好的，送你擦臉。你常說，薔薇硝擦癬，比外頭的銀硝強。你且看看，可是這個？』彩雲打開一看，『嗤』的一聲笑了，說道：『你是和誰要來的？』賈環便趙姨娘之教子如此。

趙姨娘總是滿腹怨恨。

將方纔之事說了。彩雲笑道：『這是他們哄你這鄉老呢。這不是硝，這是茉莉粉。』（彩雲是無心，只是論事實。）賈環看了一看，果然比先的帶些紅色，聞聞也是噴香，因笑道：『這也是好的，硝粉一樣，留着擦罷，自是比外頭買的高便好。』（賈環倒並不計較。）彩雲只得收了。

趙姨娘便說：『有好的給你！誰叫你要去了，怎怨他們耍你！依我，拿了去照臉摔給他去，趁着這回子撞屍的撞屍去了，挺牀的便挺牀，吵一出子，大家別心淨，也算是報仇。莫不是兩個月之後，還找出這個渣兒來問你不成？便問你，你也有話說。寶玉是哥哥，不敢衝撞他罷了。難道他屋裏的猫兒、狗兒，也不敢去問問不成！』賈環聽說，便低了頭。彩雲忙說：『這又何苦生事。（彩雲也不願生事。）不管怎樣，忍耐些罷了。』

趙姨娘道：『你快休管，橫豎與你無干。乘着抓住了理，罵給那些浪淫婦們一頓也是好的。』（自以爲抓到理了。）又指賈環道：『呸！你這下流沒剛性的，也只好受這些毛崽子的氣！平白我說你一句兒，或無心中錯拿了一件東西給你，你倒會扭頭暴筋，瞪着眼蹾摔娘。這會子被那起屄崽子耍弄也罷了，你明兒還想這些家裏人怕你呢。你沒有屄本事，我也替你羞。』賈環聽了，不免又愧又急，又不敢去，只摔手說道：『你這麼會說，你又不敢去，指使了我去鬧。倘或往學裏告去捱了打，你敢自賈環說出以往之事，『遭遭兒調唆了我鬧去』，可見鬧非一次，每鬧必是趙姨娘調唆。

開口便是趙姨娘的話，真傳神妙筆。

趙姨娘的乾柴碰到了夏婆子的烈火。

不疼呢？遭遭兒調唆了我鬧去，鬧出了事來，我捱了打罵，你一般也低了頭。這會子又調唆我和毛丫頭們去鬧。你不怕三姐姐，你敢去，我就伏你。』反而激起趙姨娘來。只這一句話，便戳了他娘的肺，確是戳了她。便喊說：『我腸子裏爬出來的，我再怕不成！這屋裏越發有的說了。』一面說，一面拿了那包子，便飛也似的往園中去了。一段描寫，活畫出一個趙姨娘來。彩雲死勸不住，只得躲入別房。賈環便也躲出儀門，自去頑耍。反而是趙姨娘去鬧事。文章隨事而變。

趙姨娘直進園子，正是一頭火，頂頭正遇見藕官的乾娘夏婆子走來。見趙姨娘氣恨恨的走來，因問：『姨奶奶那去？』趙姨娘又說：『你瞧瞧，這屋裏連三日兩日進來唱戲的小粉頭們，都三般兩樣掂人分兩放小菜碟兒了。若是別一個，我還不惱；若叫這些小娼婦捉弄了，還成個什麼！』夏婆子聽了，正中己懷，忙問因何。趙姨娘悉將芳官以粉作硝、輕侮賈環之事說了。夏婆子道：『我的奶奶，你今日纔知道，這算什麼事。連昨日這個地方他們私自燒紙錢，寶玉還攔到頭裏。人家還沒拿進個什麼兒來，就說使不得，不乾不淨的忌諱。這燒紙倒不忌諱？你老想一想，這屋裏除了太太，誰還大似你？先大大一捧。你老自己撐不起來；但凡撐起來的，誰還不怕你老人家？如今我想，乘着這幾個小粉頭兒恰不是正頭貨，得罪了他們也有限的，快把這兩件事抓着理紮個筏子，我在旁作證據，你老把威風抖一抖，煽風點火，唯恐不亂，但也不想想趙姨娘有何威風！兩個歪貨，互相鼓氣，只想鬧事耳。以後也好爭別的禮。便是奶奶姑娘們，也不好爲那起小想不到又將燒紙的事提起，真死灰復燃也。

此間是一團和氣，想不到來者卻是煞神！

趙姨娘也用了心思，罵芳官時先把寶玉撇開，並說寶玉與賈環是手足。如此則欺賈環亦是欺寶玉也。

芳官幾句話，連趙姨娘的奴才身份一併揭出，都是『奴幾』。你也高不到哪裏去！其言如刀，怪不得襲人要拉他。

粉頭子說你老的。』（因爲對方是這些小丫頭，所以趙姨娘敢放肆大鬧。）趙姨娘聽了這話，益發有理。便說：『燒紙的事不知道，你卻細細的告訴我。』夏婆子便將前事一一的說了，又說：『你只管說去，倘或鬧起，還有我們幫着你呢。』（可見夏婆子心裏一直不服。）趙姨娘聽了，越發得了意，仗着膽子便一逕到了怡紅院中。

可巧寶玉聽見黛玉在那裏，便往那裏去了。芳官正與襲人等吃飯，見趙姨娘來了，便都起身笑讓：『姨奶奶吃飯，有什麼事這麼忙？』趙姨娘也不答話，走上來便將粉照着芳官臉上撒來，指着芳官罵道：『小淫婦！你是我銀子錢買來學戲的，（還未脫離奴才身份，便急於充主子。）不過娼婦粉頭之流！我家裏下三等奴才（請問你自己是下幾等的奴才？）也比你高貴些的，你都會看人下菜碟兒。寶玉要給東西，你攔在頭裏，莫不是要了你的了？拿這個哄他，你只當他不認得呢！好不好，他們是手足，都是一樣的主子，那裏有你小看他的！』

芳官那裏禁得住這話，（芳官自然禁受不了。）一行哭，一行說：『沒了硝，我纔把這個給他的。若說沒了，又恐他不信，難道這不是好的？我便學戲，也沒往外頭去唱。我一個女孩兒家，知道什麼是粉頭面頭的！姨奶奶犯不着來罵我，我又不是姨奶奶家買的。「梅香拜把子，都是奴幾」呢！』襲人忙拉他說：『休胡說！』趙姨娘氣的便上來打了兩個耳刮子。襲人等忙上來拉勸，說：『姨奶奶別和他小孩子一般見識，等我們說他。』芳官捱了兩下打，那裏肯依，（芳官被打，豈肯罷休，更不相讓。）便拾頭打滾，潑哭潑鬧起來。口內便說：『你打得起我麽？你照照那模樣兒再動手！我叫你打了去，我還活着！』便撞在懷裏叫他打。（看趙姨娘威風何在。）衆人一面勸，一面拉他。晴雯悄拉襲人說：『別管他們，讓他們鬧去，看怎麽開交！如今亂爲王了，（晴雯惡趙姨娘，故讓芳官鬧去。）什麽你也來打，我也來打，都這樣起來，還了得呢！』

外面跟着趙姨娘來的一干的人聽見如此，心中各各稱願，都念佛說：『也有今日！』又有那一干懷怨的老婆子見打了芳官，也都稱願。（原來心懷怨恨者竟不少，可見賈府地下之火也。作者之筆，精微至此！）

當下藕官、蕊官等正在一處作耍，湘雲的大花面葵官、寶琴的荳官，兩個聞了此信，慌忙找着他兩個說：『芳官被人欺侮，咱們也沒趣，須得大家破着大鬧一場，方爭過氣來。』四人終是小孩子心性，只顧他們情分上義憤，便不顧別的，一齊跑入怡紅院中。荳官先便一頭，幾乎不曾將趙姨娘撞了一跤。（荳官先上，來勢甚猛。）那三個也便擁上來，放聲大哭，手撕頭撞，把個趙姨娘裹住。晴雯等一面笑，（晴雯是笑）一面假意去拉。急的襲人拉起這個，（襲人是急）又跑了那個，口內只說：『你們要死！有委曲只好說，這沒理的事如何使得！』趙姨娘反沒了主意，（至此沒了主意，可見原本就是蠢婦。）只好亂罵。蕊官、藕官兩個一邊一個，抱住左右手；葵官、荳官前後頭頂住。四人只說：『你只打死

亂成一團，打成一團，哭者哭，打者打，笑者笑，看者看，氣者氣，真好看煞人。

只好跟着走，一出鬧江州，就此結束。

探春一番封建主子的大道理，視小丫頭子們如猫狗。

偃旗息鼓，威風掃地，低頭敗興而歸。

我們四個就罷！』〔讓你動彈不得，真威風掃地。〕芳官直挺挺躺在地下，哭得死過去。

正沒開交，誰知晴雯早遣春燕回了探春。當下尤氏、李紈、探春三人帶着平兒與衆媳婦走來，將四個喝住。問起原故，趙姨娘便氣的瞪着眼、粗了筋，一五一十說個不清。〔連話都說不清楚，真是蠢婦。〕尤、李兩個不答言，只喝禁他四人。探春便嘆氣說：『這是什麽大事，姨娘也太肯動氣了！我正有一句話要請姨娘商議，怪道丫頭說不知在那裏，原來在這裏生氣呢，快同我來。』尤氏、李紈都笑說：『姨娘請到廳上來，咱們商量。』

趙姨娘無法，只得同他三人出來，口內猶說長說短。探春便說：『那些小丫頭子們原是些頑意兒，喜歡呢，和他說說笑笑；不喜歡，便可以不理他。便他不好了，也如同猫兒、狗兒抓咬了一下子，可恕就恕，不恕時，也只該叫了管家媳婦們去說給他去責罰。何苦自己不尊重，大吆小喝失了體統。你瞧周姨娘，怎不見人欺負他，他也不尋人去？我勸姨娘且回房去煞煞性兒，別聽那些混賬人的調唆，〔一句話點醒。〕沒的惹人笑話，自己獃，白給人作粗活。心裏有二十分的氣，也忍耐這幾天，等太太回來自然料理。』一席話說得趙姨娘閉口無言，只得回房去了。

這裏探春氣的和尤氏李紈說：『這麽大年紀，行出來的事總不叫人敬服。這是什麽意思，也值得吵一吵，並不留體統，耳朵又軟，心裏又沒有計算。這又是那起沒臉面的奴才們的調停，作弄出個獃人替他們出氣。』越想越氣，因命人查是誰調唆的。媳婦們只得答應着，出來相視而笑，都說是『大海裏那裏尋針去？』只得將趙姨娘的人並園中人喚來盤詰，都說不知道。衆人沒法，只得回探春：『一時難查，慢慢訪查。凡有口舌不妥的，一總來回了責罰。』

下人們都通同一氣，看好看，不肯揭發。

探春氣漸漸平服方罷。可巧艾官便悄悄的回探春說：『都是夏媽和我們素日不對，每每的造言生事。前兒賴藕官燒紙，幸虧是寶玉叫他燒的，寶玉自己應了，他纔沒話說。今兒我與姑娘送手帕去，看見他和姨奶奶在一處說了半天，嘁嘁喳喳的，見了我纔走開了。』探春聽了，雖知情弊，亦料定他們皆是一黨，本皆淘氣異常，便只答應，也不肯據此爲實。

終於被揭出來。

探春知此情弊，但何以處之，只好暫時按下。

誰知夏婆子的外孫女兒蟬姐兒便是探春處當役的，時常與房中丫鬟們買東西呼喚人，衆女孩兒都和他好。這日飯後，探春正上廳理事，翠墨在家看屋子，因命蟬姐兒出去叫小幺兒買糕去。蟬兒便說：『我纔掃了個大園子，腰腿生疼的，你叫個別的人去罷。』翠墨笑說：『我又叫誰去？你趁早兒去，我告訴你一句好話，你到後門順路告訴你老娘，防着些兒。』說着，便將艾官告他老娘的話告訴了他。蟬姐兒聽了，忙接了錢道：『這個小蹄子也要捉弄人，等

蟬姐又在探春處當役，真是錯綜複雜，蛛網密布。

翠墨又從中生事。

翠墨又是多事，可見世間無不漏風的牆也。

又氣、又怕，又不敢說，情事逼真。

活画出一个刁钻的芳官。

柳家的極意奉承芳官，蟬兒不給糕，柳家的拿出糕來，芳官將糕堵蟬兒，又撕糕打雀兒，種種舉止，芳官活現紙上。

我告訴去。』（又挑起事端。）說着，便起身出來。

至後門邊，只見厨房內此刻手閑之時，都坐在階砌上說閒話呢。他老娘亦在內。蟬姐兒便命一個婆子出去買糕。他且一行罵，一行說，將方纔之話告訴與夏婆子。夏婆子聽了，又氣又怕，便欲去找艾官問他，又欲往探春前去訴冤。蟬姐兒忙攔住說：『你老人家去怎麼說呢？這話怎得知道的，可又叨登不好了。說給你老防着就是了，那裏忙到這一時兒。』

正說着，忽見芳官走來，扒着院門，笑向厨房中柳家媳婦說道：『柳嫂子，寶二爺說了：晚飯的素菜要一樣涼涼的、酸酸的東西，只別擱上香油弄膩了。』柳家的笑道：『知道。今兒怎麼遣你來告訴這麼一句要緊的話？你不嫌髒，進來逛逛兒不是？』

芳官纔進來，忽有一個婆子手裏托了碟糕來。芳官便戲道：『誰買的熱糕？我先嚐一塊兒。』蟬姐兒一手接了道：『這是人家買的，你們還稀罕這個。』柳家的見了，忙笑道：『芳姑娘，你喜吃這個？我這裏有，纔買下給你姐姐吃的，他不曾吃，還收在那裏，乾乾淨淨沒動呢。』說着，便拿了一碟出來，遞與芳官，又說：『你等我進去替你燉口好茶來。』一面進去，現通開火燉茶。芳官便拿着熱糕，問到蟬姐兒臉上說：『稀罕吃你那糕，這個不是糕不成？我不過說着頑罷芳官刁鑽可惡，故意氣小蟬。

小蟬的嘴亦不弱。

柳家的走芳官門路，欲進怡紅院，故一味奉承芳官。

再提寶玉要釋放丫鬟奴僕之事，可見此信息不脛而走也。

了，你給我磕個頭，我也不吃。』說着，便將手內的糕一塊一塊的掰了，擲着打雀兒頑，（芳官滿身驕頑刁鑽，可惡。）口內笑說：『柳嫂子，你別心疼，我回來買二斤給你。』

小蟬氣的怔怔的，瞅着冷笑道：『雷公老爺也有眼睛，怎不打這作孽的！他還氣我呢。我可拿什麼比你們，又有人進貢，又有人作乾奴才，（一句話刺到柳家的。）溜你們好上好兒，幫襯着說句話兒。』衆媳婦都說：『姑娘們，罷呀，天天見了就咕唧。』有幾個伶透的，見了他們對了口，怕又生事，都拿起腳來各自走開了。當下蟬兒也不敢十分說他，一面咕嘟着去了。

這裏柳家的見人散了，忙出來和芳官說：『前兒那話兒說了不曾？』（可見柳家的有事求她。）芳官道：『說了。等一二日再提這事。偏那趙不死的又和我鬧了一場。前兒那玫瑰露姐姐吃了不曾，他到底可好些了？』柳家的道：『可不都吃了。他愛的什麼似的，又不好問你再要的。』芳官道：『不值什麼，等我再要些來給他就是了。』

原來這柳家的有個女兒，今年纔十六歲，雖是厨役之女，卻生的人物與平、襲、紫、鴛皆類。因他排行第五，因叫他是五兒。（脂批：『五月之柳，春色可知。』）因素有弱疾，故沒得差。近因柳家的見寶玉房中的丫鬟差輕人多，且又聞得寶玉將來都要放他們，故如今要送他到那裏應名兒。正無頭路，可巧這柳家的是梨香院的差役，他最小意殷勤，服侍得芳官一干人比別的乾娘還好。（原來有以前的老關係。）芳官等亦待他們極好，如今便和芳寶玉慷慨贈與，芳官亦並不私取。

寶玉吃西洋葡萄酒，可見當時洋酒亦已常吃。

官說了，央芳官去與寶玉說。寶玉雖是依允，只是近日病着，又見事多，尚未說得。

前言少述，且說當下芳官回至怡紅院中，回復了寶玉。寶玉正在聽見趙姨娘廝吵，心中自是不悅，說又不是，不說又不是，只得等吵完了，打聽着探春勸了他去後方從蘅蕪苑回來，勸了芳官一陣，方大家安妥。今見他回來，又說還要些玫瑰露與柳五兒吃去。寶玉忙道：『有的，我又不大吃，你都給他去罷。』說着，命襲人取了出來，見瓶中亦不多，遂連瓶與了他。

芳官便自攜了瓶與他去。正值柳家的帶進他女兒來散悶，在那邊犄角子上一帶地方兒逛了一回，便回到厨房內，正吃茶歇腳兒。芳官拿了一個五寸來高的小玻璃瓶來，迎亮照看，裏面小半瓶胭脂一般的汁子，還道是寶玉吃的西洋葡萄酒。母女兩個忙說：『快拿鏇子燙滾水，你且坐下。』芳官笑道：『就剩了這些，連瓶子都給你們罷。』

五兒聽了，方知是玫瑰露，忙接了，謝了又謝。芳官又問他：『好些？』五兒道：『今兒精神些，進來逛逛。這後邊一帶，也沒什麼意思，不過見些大石頭、大樹和房子後牆，正經好景致也沒看見。』芳官道：『你爲什麼不往前去？』柳家的道：『我沒叫他往前去。姑娘們也不認得他，倘有不對眼的人看見了，又是芳官也是個愛攬事的。

所缺兩人，皆是實缺。

總是一廂情願。

一番口舌。明兒託你攜帶他有了房頭，怕沒有人帶着他逛呢，只怕逛膩了的日子還有呢。』芳官聽了笑道：『怕什麽，有我呢。』柳家的忙道：『噯喲喲，我的姑娘，我們的頭皮兒薄，比不得你們。』說着又倒了茶來。芳官那裏吃這茶，只漱了一口就走了。柳家的說道：『我這裏占着手，五丫頭送送。』

五兒便送出來，因見無人，又拉着芳官說道：『我的話到底說了沒有？』芳官笑道：『難道哄你不成？我聽見屋裏正經還少兩個人的窩兒，並沒補上。一個是紅玉的，璉二奶奶要去還沒給人來；一個是墜兒的，也還沒補。如今要你一個也不算過分。皆因平兒每每的和襲人說，凡有動人動錢的事，得挨的且挨一日更好。如今三姑娘正要拿人紮筏子呢，連他屋裏的事都駁了兩三件，如今正要尋我們屋裏的事沒尋着，何苦來往網裏碰去。倘或說些話駁了，那時老了，倒難回轉。不如等冷一冷，老太太、太太心閑了，憑是天大的事先和老的一說，沒有不成的。』五兒道：『雖如此說，我卻性急等不得了。趁如今挑上來了，一則給我媽爭口氣，也不枉養我一場；二則添上月錢，家裏又從容些；三則我的心開一開，只怕這病就好了——便是請大夫吃藥，也省了家裏的錢。』芳官道：『我都知道了，你只放心。』二人別過，芳官自去不提。

單表五兒回來，與他娘深謝芳官之情。他娘因說：『再不承望得了這些東西，雖然是個珍貴物兒，卻是吃多了也最動熱。竟把這個倒些送個人去，也是個大情。』五兒問：『送誰？』他娘道：『送你舅舅的兒子，昨日熱病，也想這些東西吃。如今我倒半盞與他去。』五兒聽了，半日沒言語，隨他媽倒了半盞子去，（五兒心裏不大願意，但未阻止。）將剩的連瓶便放在家伙厨內。五兒冷笑道：『依我說，竟不給他也罷了。倘或有人盤問起來，倒又是一場事了。』（五兒想得周到。）他娘道：『那裏怕起這些來，還了得了。我們辛辛苦苦的，裏頭賺些東西，也是應當的。難道是賊偷的不成？』說着，一逕去了。直至外邊他哥哥家中，他姪子正躺着，一見了這個，他哥嫂姪男無不歡喜。現從井上取了涼水，和吃了一碗，心中一暢，頭目清涼。剩的半盞，用紙覆着，放在桌上。

（事有湊巧，又生枝節。）

可巧又有家中幾個小廝同他姪兒素日相好的，走來問候他的病。內中有一小夥名喚錢槐者，乃係趙姨娘之內姪。他父母現在庫上管賬，他本身又派跟賈環上學。因他有些錢勢，尚未娶親。素日看上了柳家的五兒標緻，和父母說了，欲娶他爲妻。也曾央中保媒人再四求告。柳家父母卻也情願，爭奈五兒執意不從，雖未明言，卻行止中已帶出，父母未敢應允。近日又想往園內去，越發將此事丟開，只等三五年後放出來，自向外邊擇婿了。錢家見他如此，也就罷了。怎奈錢槐不得五兒，心中又氣又愧，發恨定要弄取成配，方了此願。今也同人來瞧望柳姪，不期你送玫瑰露，我報茯苓霜。

柳家的在內。

柳家的忽見一群人來了，內中有錢槐，便推說不得閑，起身便走了。他哥嫂忙說：『姑媽怎麽不吃茶就走？倒難爲姑媽記掛。』柳家的因笑道：『只怕裏面傳飯，再閑了出來瞧姪子罷。』他嫂子因向抽屜內取了一個紙包出來，拿在手內送了柳家的出來，至牆角邊遞與柳家的，又笑道：『這是你哥哥昨兒在門上該班兒，誰知這五日一班，竟偏冷淡，一個外財沒發。相府門吏七品官，此言不差。只有昨兒有粵東的官兒來拜，送了上頭兩小簍子茯苓霜。餘外給了門上人一簍作門禮，你哥哥分了這些。這地方千年松柏最多，所以單取了這茯苓的精液和了藥，不知怎麽弄出這怪俊的白霜兒來。說第一用人乳和着，每日早起吃一鍾，最補人的；第二用牛奶子；萬不得，滾白水也好。我們想着，正宜外甥女兒吃。原是上半日打發小丫頭子送了家去的，他說鎖着門，連外甥女兒也進去了。本來我要瞧瞧他去，給他帶了去的，又想主子們不在家，各處嚴緊，我又沒甚麽差使，有要沒緊跑些什麽。况且這兩日風聲，聞得裏頭家反宅亂的，倘或沾帶了倒值多的。姑娘來的正好，親自帶去罷。』

柳氏道了生受，作別回來。剛到了角門前，只見一個小幺兒笑道：『你老人家那裏去了？裏頭三次兩趟叫人傳呢，我們三四個人都找你老去了，還沒來。你老人家卻從那裏來了？這條路又不是家去的路，我倒疑心起來。』那柳家的笑駡道：『好猴兒崽子，……』要知端的，且聽下回分解。

【回後評】

寶玉要把『屋裏的人，無論家裏外頭的，一應我們這些人，他都要回太太全放出去，與本人父母自便呢』。按賈府奴才下人，一般不得人身自由，七十四回惜春把丫鬟入畫攆出去時對尤氏說：『快帶了他去。或打、或殺、或賣，我一概不管。』本回探春對趙姨娘說：『那些小丫頭子們原是玩意兒：喜歡呢，和他說說笑笑；不喜歡，便可以不理他。便他不好了，也如同猫兒、狗兒抓咬了一下子，可恕就恕，不恕時，也只該叫管家媳婦們去說給他去責罰。』以上兩處所述，即可見這些丫鬟下人們是完全沒有人身自由的，所以當寶玉說到要把奴才們『全放出去』時，春燕媽便要『念佛不絕』了。這一情節，真接反映了曹雪芹的人文主義思想，表達了他尊重人，愛護人，希望人們獲得自由的思想。

因芳官用茉莉粉當作薔薇硝給了賈環，遂引出一場大風波，趙姨娘竟親自上陣，又碰上夏婆子的煽風點火，纔一發而不可收。先與芳官大鬧，芳官言辭鋒利，句句針鋒相對，最後說『梅香拜把子，都是奴幾』，一句話，氣的趙姨娘即動手打人。芳官更是『拾頭打滾，潑哭潑鬧起來』。藕官、蕊官、葵官、荳官一齊跑入怡紅院，『手撕頭撞，把個趙姨娘裹住』，幾乎形成五鬼鬧鍾馗的局面。最後是尤氏、李紈、探春、平兒四人同來，喝止了四官，趙姨娘由探春帶走，被探春『訓教』了一番，落得偃旗息鼓而回。上回結束時，平兒說賈母、王夫人等『能去了幾日，只聽各處大小人兒都作起反來了，一處不了又一處』。這段趙姨娘大鬧怡紅院，也就是『作起反來』的一次，顯得赫赫煌煌的封建官僚大家庭，已是内部綱紀廢弛，混亂無章，它暗示着這個封建大家庭正在逐漸衰敗。

芳官將玫瑰露送給柳五兒，柳家的又將玫瑰露倒出一些送她娘家的姪子，她娘家嫂子又把爲賈府守門所得的門禮『茯苓霜』送給了柳家的。柳五兒又將茯苓霜拿去送芳官，卻被林之孝的撞見，又釀成一場大禍。此段情節與下回相連，當於下回論評。

第六十一回　投鼠忌器寶玉瞞贓　判冤決獄平兒行權[一]

角門上的一段趣事，雪芹涉筆成趣，皆成妙文。

所謂『瓜田不納履，李下不整冠』也。

那柳家的笑道：『好猴兒崽子，你親嬸子找野老兒去了，你豈不多得一個叔叔，有什麼疑的！別討我把你頭上的榪子蓋似的幾根屄毛撏下來！還不開門讓我進去呢。』這小廝且不開門，且拉着笑說：『好嬸子，你這一進去，好歹偷些杏子出來賞我吃。我這裏老等。你若忘了時，日後半夜三更打酒買油的，我不給你老人家開門，也不答應你，隨你乾叫去。』柳氏啐道：『發了昏的，今年不比往年，把這些東西都分給了衆奶奶了。一個個的不像抓破了臉的，人打樹底下一過，兩眼就像那黧雞似的，還動他的菓子！自從大觀園分別包管以後，一草一花皆是金錢，柳家的所說，逼真可信。昨兒我從李子樹下一走，偏有一個蜜蜂兒往臉上一過，我一招手兒，偏你那好舅母就看見了。他離的遠看不真，只當我摘李子呢，就屄聲浪嗓喊起來，形容盡致說又是「還沒供佛呢」，又是「老太太、太太不在家，還沒進鮮呢，等進了上頭，嫂子們都有分的」，倒像誰害了饞癆等李子出汗呢。妙語。叫我也沒好話說，搶白了他一頓。可是你舅母、姨娘各有各的內牽，真是千絲萬縷，不可勝記。

人人都有內線，事事都涉內線，古今同慨。雪芹之筆，如并刀之利。於世情洞若觀火。

兩三個親戚都管着，怎不和他們要去，倒和我來要。這可是「倉老鼠和老鴰去借糧——守着的沒有，飛着的有」。』

小廝笑道：『噯喲喲，沒有罷了，說上這些閒話！我看你老以後就用不着我了？就便是姐姐有了好地方，將來更呼喚着的日子多，只要我們多答應他些就有了。』原來你也有拿人處。柳氏聽了，笑道：『你這個小猴精，又搗鬼吊白的，你姐姐有什麼好地方了？』那小廝笑道：『別哄我了，早已知道了。單是你們有內牽，難道我們就沒有內牽不成？我雖在這裏聽哈，裏頭卻也有兩個姊妹成個體統的，什麼事瞞了我們！』

正說着，只聽門內又有老婆子向外叫：『小猴兒們，快傳你柳嬸子去罷，再不來可就誤了。』柳家的聽了，不顧和小廝說話，忙推門進去，笑說：『不必忙，我來了。』一面來至廚房——雖有幾個同伴的人，他們都不敢自專，單等他來調停分派——一面問衆人：『五丫頭那去了？』衆人都說：『纔往茶房裏找他們姊妹去了。』柳家的聽了，便將茯苓霜擱起，且按着房頭分派菜饌。

忽見迎春房裏小丫頭蓮花兒走來脂批：『總是寫春景將殘。』說：『司棋姐姐說了，要碗雞蛋，燉的嫩嫩的。』柳家的道：『就是這樣尊貴。不知怎的，今年這雞蛋短的很，十個錢一個還找不出來。昨兒上頭給親戚家送粥米去，四五個買辦出去，好容易纔湊柳家的也是看人下菜碟兒。

柳家的一語，石破天驚，直指後文結局。讀者深思。

了二千個來。我那裏找去？你說給他，改日吃罷。』

蓮花兒道：『前兒要吃豆腐，你弄了些餿的，叫他說了我一頓。今兒要雞蛋又沒有了。什麼好東西，我就不信連雞蛋都沒有了，別叫我翻出來。』（柳家的對芳官如此奉承，對司棋卻如此吝嗇，人情冷暖如此不同。）一面說，一面真個走來，揭起菜箱一看，只見裏面果有十來個雞蛋，說道：『這不是？你就這麼利害！吃的是主子的，我們的分例，你爲什麼心疼？又不是你下的蛋，怕人吃了。』（妙語、尖語。）柳家的忙丟了手裏的活計，便上來說道：『你少滿嘴裏混唚！你娘纔下蛋呢！通共留下這幾個，預備菜上的澆頭。姑娘們不要，還不肯做上去呢。預備接急的，你們吃了，倘或一聲要起來，沒有好的，連雞蛋都沒了。你們深宅大院，水來伸手，飯來張口，只知雞蛋是平常物件，那裏知道外頭買賣的行市呢。別說這個，有一年連草根子還沒了的日子還有呢。（一語警醒世人。）我勸他們，細米白飯，每日肥雞大鴨子，將就些兒也罷了。吃膩了膈，天天又鬧起故事來了。雞蛋、豆腐，又是什麼麪筋、醬蘿蔔炸兒，敢自倒換口味。只是我又不是答應你們的，一處要一樣，就是十來樣，我倒別伺候頭層主子，只預備你們二層主子了。』

蓮花兒聽了，便紅了臉，喊道：『誰天天要你什麼來？你說上這兩車子話！叫你來，不是爲便宜卻爲什麼。前兒小燕來，說「晴雯姐姐要吃蘆蒿」，你怎麼忙的還問肉炒雞炒？小燕說「葷的因不好纔另叫你炒個麪筋的，少擱油纔好」，你再揭柳家的看人下菜碟。看透世情。

柳家的倒出一袋子油鹽醬醋的話，關鍵是蓮花兒沒有拿錢

忙的倒說「自己發昏」，趕着洗手炒了，狗顛兒似的親捧了去。（形容得妙）今兒反倒拿我作筏子，說我給衆人聽。』

柳家的忙道：『阿彌陀佛！這些人眼見的。別說前兒一次，就從舊年一立廚房以來，凡各房裏偶然間不論姑娘、姐兒們要添一樣半樣，誰不是先拿了錢來，另買另添。（說到關鍵上了。）有的沒的，名聲好聽，說我單管姑娘廚房省事，又有剩頭兒，算起賬來，惹人噁心：連姑娘帶姐兒們四五十人，一日也只管要兩隻雞，兩隻鴨子，十來斤肉，一吊錢的菜蔬。你們算算，够作什麼的？連本項兩頓飯還撐持不住，還擱的住這個點這樣，那個點那樣，買來的又不吃，又買別的去。既這樣，不如回了太太，多添些分例，也像大廚房裏預備老太太的飯，把天下所有的菜蔬用水牌寫了，天天轉着吃，吃到一個月現算倒好。連前兒三姑娘和寶姑娘偶然商議了要吃個油鹽炒枸杞芽兒來，現打發個姐兒拿着五百錢來給我，我倒笑起來了，（錢多就笑，倒是實話。）說：「二位姑娘就是大肚子彌勒佛，也吃不了五百錢的去。這三二十個錢的事，還預備的起。」趕着我送回錢去，到底不收，說賞我打酒吃，又說「如今廚房在裏頭，保不住屋裏的人不去叨登，一鹽一醬，那不是錢買的？你不給又不好，給了你又沒的賠。你拿着這個錢，全當還了他們素日叨登的東西窩兒。」這就是明白體下的姑娘，（說給你聽聽。）我們心裏只替他念佛。沒的趙姨奶奶聽了又氣不忿，又說太便宜了我，

來，是白要。一段厨房瑣事趣聞，虧作者洞察一切。

看司棋霸道行径。连司棋都如此威风，可知贾府奴僕一般。

（寫趙姨娘）隔不了十天，也打發個小丫頭子來尋這樣尋那樣，我倒好笑起來。你們竟成了例，不是這個，就是那個，我那裏有這些賠的。』

正亂時，只見司棋又打發人來催蓮花兒，說他：『死在這裏了，怎麽就不回去？』蓮花兒賭氣回來，便添了一篇話，告訴了司棋。（又惹是非）司棋聽了，不免心頭起火。此刻伺候迎春飯罷，帶了小丫頭們走來，見了許多人正吃飯，見他來的勢頭不好，都忙起身陪笑讓坐。司棋便喝命小丫頭子動手，『凡箱櫃所有的菜蔬，只管丟出來喂狗，大家賺不成。』

小丫頭子們巴不得一聲，七手八腳搶上去，一頓亂翻亂擲的。衆人一面拉勸，一面央告司棋說：『姑娘別誤聽了小孩子的話。柳嫂子有八個頭，也不敢得罪姑娘。說雞蛋難買是真。我們纔也說他不知好歹，憑是什麽東西，也少不得變法兒去。他已經悟過來了，連忙蒸上了。姑娘不信，瞧那火上。』

司棋被衆人一頓好言，方將氣勸的漸平。小丫頭們也沒得摔完東西，便拉開了。司棋連說帶罵，鬧了一回，方被衆人勸去。柳家的只好摔碗丟盤自己咕嘟了一回，蒸了一碗雞蛋令人送去。司棋全潑了地下了。（寫足司棋）那人回來也不敢說，恐又生事。

柳家的打發他女兒喝了一回湯，吃了半碗粥，又將茯苓霜一節說了。五兒聽罷，便心下要分些贈芳官，遂用紙另包了一半，趁黄昏人稀之時，自己花遮柳隱的來找芳官。（又生事端）且喜無人盤問。一逕到了怡紅院門前，不好進去，只在一簇玫瑰花前站立，遠遠的望着。

有一盞茶時，可巧小燕出來，忙上前叫住。小燕不知是那一個，至跟前方看真切，因問作什麽。五兒笑道：『你叫出芳官來，我和他說話。』小燕悄笑道：『姐姐太性急了，横豎等十來日就來了，只管找他做什麽。方纔使了他往前頭去了，你且等他一等。不然，有什麽話告訴我，等我告訴他。恐怕你等不得，只怕關園門了。』五兒便將茯苓霜遞與了小燕，又說這是茯苓霜，如何吃，如何補益，『我得了些送他的，轉煩你遞與他就是了。』說畢，作辭回來。

正走蓼漵一帶，忽見迎頭林之孝家的帶着幾個婆子走來，五兒藏躲不及，只得上來問好。林之孝家的問道：『我聽見你病了，怎麽跑到這裏來？』五兒陪笑道：『因這兩日好些，跟我媽進來散散悶。纔因我媽使我到怡紅院送傢伙去。』

林之孝家的說道：『這話岔了。方纔我見你媽出來我纔關門。既是你媽使了你去，他如何不告訴我說你在這裏呢，竟出去讓我關門，是何主意？可知是你扯謊。』五兒聽了，沒話回答。只說：『原是我媽一早教我取去的，我忘了，挨到這時我纔想起來了。只怕我媽錯當我先出去了，所以沒和大娘說得。』

林之孝家的聽他辭鈍色虛，又因近日玉釧兒說那邊正房內失落了東西，幾個丫碰到坎兒上了，以前種種，都到此時總算。

竟與賊情聯繫起來，有口難辯。

不管是否？先借你報賬，蓮花兒借此報復。

頭對賴，沒主兒，心下便起了疑。可巧小蟬、蓮花兒並幾個媳婦子走來，見了這事，便說道：『林奶奶倒要審審他。這兩日他往這裏頭跑的不像，鬼鬼唧唧的，不知幹些什麼事。』小蟬又道：『正是。昨兒玉釧姐姐說，太太耳房裏的櫃子開了，少了好些零碎東西。璉二奶奶打發平姑娘和玉釧姐姐要些玫瑰露，誰知也少了一罐子。（碰到關鍵上了。）若不是尋露，還不知道呢。』蓮花兒笑道：『這話我沒聽見，今兒我倒看見一個露瓶子。』（揭出玫瑰露瓶子來。）

林之孝家的正因這些事沒主兒，每日鳳姐兒使平兒催逼他，一聽此言，忙問在那裏。蓮花兒便說：『在他們廚房裏呢。』林之孝家的聽了，忙命打了燈籠，帶着衆人來尋。五兒急的便說：『那原是寶二爺屋裏的芳官給我的。』林之孝家的便說：『不管你方官圓官，現有了贓證，我只呈報了，憑你主子前辯去。』一面說，一面進入廚房，蓮花兒帶着，取出露瓶。恐還有偷的別物，又細細搜了一遍，又得了一包茯苓霜，一併拿了，帶了五兒，來回李紈與探春。

那時李紈正因蘭哥兒病了，不理事務，只命去見探春。探春已歸房。人回進去，丫鬟們都在院內納涼，探春在內盥沐，只有待書回進去。半日，出來說：『姑娘知道了，叫你們找平兒回二奶奶去。』林之孝家的只得領出來。到鳳姐兒那邊，先找着了平兒，平兒進去回了鳳姐。

天降大禍，五兒一場美夢，就此打碎。

人情如此之險之薄，令人浩嘆，雪芹當亦深知此味，故借此寫之。

鳳姐方纔歇下，聽見此事，便吩咐：『將他娘打四十板子，攆出去，永不許進二門。把五兒打四十板子，立刻交給莊子上，或賣或配人。』平兒聽了，出來依言吩咐了林之孝家的。五兒唬的哭哭啼啼，給平兒跪着，細訴芳官之事。平兒道：『這也不難，等明日問了芳官便知真假。但這茯苓霜前日人送了來，還等老太太、太太回來看了纔敢打動，這不該偷了去。』五兒見問，忙又將他舅舅送的一節說了出來。（幸有真情實事可證。）

平兒聽了，笑道：『這樣說，你竟是個平白無辜之人，拿你來頂缸。（平兒已看出實情。）此時天晚，奶奶纔進了藥歇下，不便爲這點子小事去絮叨。如今且將他交給上夜的人看守一夜，等明兒我回了奶奶，再做道理。』林之孝家的不敢違拗，只得帶了出來交與上夜的媳婦們看守，自便去了。

這裏五兒被人軟禁起來，一步不敢多走。又兼衆媳婦也有勸他說，不該做這沒行止之事；也有抱怨說，正經更還坐不上來，又弄個賊來給我們看，（其言難聽）倘或眼不見尋了死，逃走了，都是我們不是。於是又有素日一干與柳家不睦的人，見了這般，十分趁願，都來奚落嘲戲他。（世情如此，牆倒衆人推也。）這五兒心內又氣又委屈，竟無處可訴；且本來怯弱有病，這一夜思茶無茶，思水無水，思睡無衾枕，嗚嗚咽咽直哭了一夜。

柳家厨房之事，前前後後，作者借此寫透世情。

寶玉總是一片慈心善意。

一樁細事，寫得如此曲折，可見作者體物之深。

誰知和他母女不和的那些人，巴不得一時攆出他們去，惟恐次日有變，大家先起了個清早，都悄悄的來買轉平兒，（世情可怕，可以醒人。）一面送些東西，一面又奉承他辦事簡斷，一面又講述他母親素日許多不好。平兒一一的都應着，打發他們去了，卻悄悄的來訪襲人，（平兒是有心人。）問他可果真芳官給他露了。襲人便說：『露卻是給芳官，芳官轉給何人我卻不知。』襲人於是又問芳官，芳官聽了，唬天跳地，忙應是自己送他的。

芳官便又告訴了寶玉，寶玉也慌了，說：『露雖有了，若勾起茯苓霜來，他自然也實供。若聽見了是他舅舅門上得的，他舅舅又有了不是，豈不是人家的好意，反被咱們陷害了。』因忙和平兒計議：『露的事雖完，然這霜也是有不是的。好姐姐，你叫他說也是芳官給他的就完了。』平兒笑道：『雖如此，只是他昨晚已經同人說是他舅舅給的了，如何又說你給的？況且那邊所丟的露也是無主兒，如今有贓證的白放了，又去找誰？誰還肯認？衆人也未必心服。』

晴雯走來笑道：『太太那邊的露再無別人，分明是彩雲偷了給環哥兒去了。（晴雯精細明瞭。）你們可瞎亂說。』平兒笑道：『誰不知是這個原故，但今玉釧兒急的哭，悄悄問着他，他若應了，玉釧兒也罷了，大家也就混着不問了。難道我們好意兜攬這事不成！可恨彩雲不但不應，他還擠玉釧兒，說他偷了去了。（彩雲可惡）兩個人窩裏發炮，寶玉一味發慈悲心，救人苦難。

先吵的合府皆知，我們如何裝沒事人，少不得要查的。殊不知告失盜的就是賊，又沒贓證，怎麽說他。』

寶玉道：『也罷，這件事我也應起來，就說是我唬他們頑的，悄悄的偷了太太的來了。兩件事都完了。』襲人道：『也倒是件陰騭事，保全人的賊名兒。只是太太聽見又說你小孩子氣，不知好歹了。』平兒笑道：『這也倒是小事。如今便從趙姨娘屋裏起了贓來也容易，我只怕又傷着一個好人的體面。別人都別管，這一個人豈不又生氣。我可憐的是他，（指探春。）不肯爲打老鼠傷了玉瓶。』說着，把三個指頭一伸，襲人等聽說，便知他說的是探春。大家都忙說：『可是這話。竟是我們這裏應了起來的爲是。』

平兒又笑道：『也須得把彩雲和玉釧兒兩個業障叫了來，問準了他方好。不然他們得了益，不說爲這個，倒像我沒了本事問不出來，煩出這裏來完事，他們以後越發偷的偷，不管的不管了。』（平兒想得周到。）襲人等笑道：『正是，也要你留個地步。』

平兒便命人叫了他兩個來，說道：『不用慌，賊已有了。』玉釧兒先問賊在那裏，平兒道：『現在二奶奶屋裏，你問他什麽應什麽，我心裏明知不是他偷的，可憐他害怕，都承認。這裏寶二爺不過意，要替他認一半。我待要說出來，但只是這做賊的素日又是和我好的一個姊妹，窩主卻是平常，裏面又傷着一個好人的此是敲山震虎法。

彩雲畢竟單純，未泯良心。

彩雲敢作敢爲，不肯累人，尚稱光明磊落，要不是趙姨娘唆使，她未必有此類事。

此是顧全大局，顧全探春之計。

體面，因此爲難，少不得央求寶二爺應了，大家無事。如今反要問你們兩個，還是怎樣？若從此以後大家小心存體面，這便求寶二爺應了；若不然，我就回了二奶奶，別冤屈了好人。』

彩雲聽了，不覺紅了臉，一時羞惡之心感發，（羞惡之心人皆有之。）便說道：『姐姐放心，也別冤了好人，也別帶累了無辜之人傷體面，偷東西原是趙姨奶奶央告我再三，（又是趙姨娘。）我拿了些與環哥是情真。連太太在家我們還拿過，各人去送人，也是常事。我原說嚷過兩天就罷了。如今既冤屈了好人，我心也不忍。姐姐竟帶了我回奶奶去，我一概應了完事。』

衆人聽了這話，一個個都詫異，他竟這樣有肝膽。寶玉忙笑道：『彩雲姐姐果然是個正經人。如今也不用你應，我只說是我悄悄的偷的唬你們頑，如今鬧出事來，我原該承認。只求姐姐們以後省些事，大家就好了。』彩雲道：『我幹的事爲什麼叫你應，死活我該去受。』（有肝膽，有正氣。）平兒、襲人忙道：『不是這樣說，你一應了，未免又叨登出趙姨奶奶來，那時三姑娘聽了，豈不生氣。（乾脆都說明了。）竟不如寶二爺應了，大家無事，且除這幾個人皆不得知道這事，何等的乾淨。但只以後千萬大家小心些就是了。要拿什麼，好歹耐到太太到家，那怕連這房子給了人，我們就沒干係了。』彩雲聽了，低頭想了一想，方依允。

於是大家商議妥貼，平兒帶了他兩個並芳官往前邊來，至上夜房中叫了五兒，將茯苓霜一節也悄悄的教他說係芳官所贈，五兒感謝不盡。平兒帶他們來至自己這邊，已見林之孝家的帶領了幾個媳婦，押解着柳家的等够多時。

林之孝家的又向平兒說：『今兒一早押了他來，恐園裏沒人伺候姑娘們的飯，我暫且將秦顯的女人派了去伺候。竟然捷足先登，林之孝家的未免太專擅。姑娘一併回明奶奶，他倒乾淨謹慎，以後就派他常伺候罷。』平兒道：『秦顯的女人是誰？我不大相熟。』林之孝家的道：『他是園裏南角子上夜的，白日裏沒什麼事，所以姑娘不大相識。高高孤拐，大大的眼睛，最乾淨爽利的。』玉釧兒道：『是了。姐姐，你怎麼忘了？他是跟二姑娘的司棋的嬸娘。司棋的父母雖是大老爺那邊的人，他這叔叔卻是咱們這邊的。』

平兒聽了，方想起來，笑道：『哦，你早說是他，我就明白了。』又笑道：『也太派急了些。如今這事八下裏水落石出了，水落石出，則竹籃打水一場空也。連前兒太太屋裏丟的也有了主兒。是寶玉那日過來和這兩個業障要什麼的，偏這兩個業障慪他頑，說太太不在家不敢拿。寶玉便瞅他兩個不隄防的時節，自己進去拿了些什麼出來。這兩個業障不知道，就唬慌了。如今寶玉聽見帶累了別人，方細細的告訴了我，拿出東西來我瞧，一件不差。那茯苓霜是寶玉外頭得了的，也曾賞過許多人，不獨園內人

說外頭得了的，即與裏面無關，不涉及偷盜。

只有鳳姐最不肯放過人。

鳳姐心狠手辣，宜其終不得善後也。

有，連媽媽子們討了出去給親戚們吃，又轉送人，襲人也曾給過芳官之流的人。他們私情各相來往，也是常事。前兒那兩簍還擺在議事廳上，好好的原封沒動，原物俱在，無可懷疑。怎麼就混賴起人來。等我回了奶奶再說。』說畢，抽身進了臥房，將此事照前言回了鳳姐兒一遍。

鳳姐兒道：『雖如此說，但寶玉爲人不管青紅皂白，愛兜攬事情。別人再求求他去，他又擱不住人兩句好話，給他個炭簍子戴上，什麼事他不應承。咱們若信了，將來若大事也如此，如何治人。還要細細的追求纔是。依我的主意，把太太屋裏的丫頭都拿來，雖不便擅加拷打，只叫他們墊着磁瓦子跪在太陽地下，比拷打還凶還狠。茶飯也別給吃。一日不說跪一日，便是鐵打的，一日也管招了。如此措施，將有多少人受冤枉。鳳姐之作踐人於此可見。又道是「蒼蠅不抱沒縫的雞蛋」。雖然這柳家的沒偷，到底有些影兒，人纔說他。雖不加賊刑，也革出不用。朝廷家原有掛誤的，倒也不算委屈了他。』連柳家的亦不放過，其刻毒之心可知矣。其能善後乎。

平兒道：『何苦來操這心！「得放手時須放手」，什麼大不了的事，樂得不施恩呢。依我說，縱在這屋裏操上一百分的心，終久咱們是那邊屋裏去的。平兒看得清，看得遠而心慈。沒的結些小人仇恨，使人含怨。況且自己又三災八難的，好容易懷了一個哥兒，到了六七個月還掉了，焉知不是素日操勞太過，氣惱傷着的。說得婉轉，亦可說焉知不是平時刻薄人的報應。如今趁早兒見一半不見一半的，也倒罷了。』一席話，說的鳳姐兒倒笑了，說道：『憑你這小蹄子發放去罷。總算聽了一回。我纔精爽些了，沒的淘氣。』平兒笑道：『這不是正經！』說畢，轉身出來，一一發放。要知端的，且聽下回分解。

【回後評】

因角門小廝向柳家的索要園中的杏子，帶出大觀園分項包管後，各自利益所在，護理周到，看管嚴密，竟是『瓜田不納履，李下不整冠』的氣氛。可見要調動積極性，必須與個人利益有關，探春在大觀園裏實行包管、包產到户制，竟早在二百多年前就實行了，可見此書之超前。

因司棋讓小丫頭蓮花兒向厨房柳家的要燉雞蛋，纔引出柳家的細訴厨房應付之難，藉此拒絕司棋之索取。又說探春、寶釵要吃炒枸杞芽，竟送來五百錢等等，實際上是要錢，拒絕白吃。一下惹惱了司棋，竟帶了小丫頭子來大鬧厨房，一頓『亂翻亂擲』，柳家的反倒『只好摔碗丟盤自己咕嘟了一回，蒸了一碗雞蛋令人送去』，司棋卻將它『全潑了地下了』。這一段文字，是司棋的特筆，平時讀者只看到這些丫頭們都是女孩兒，都是閨閣千金小姐房中的丫鬟，應該是溫文爾雅的，誰知司棋如此橫蠻，芳官如此刁鑽，由此可見賈府的那些男女奴才們將是如何仗勢了！

柳五兒得了一些茯苓霜，趁夜間去送給芳官，爲是的求芳官早將她弄進怡紅院，不想又被林之孝家的查夜拿住，又恰巧碰上王夫人房中失竊玫瑰露，而蓮花兒在跟司棋一起大鬧厨房時，又在厨房裏見到了玫瑰露瓶子，林之孝家的正爲找不到竊賊發愁，得此線索，立即到厨房搜檢，不僅拿到玫瑰露瓶，又抄出來一包茯苓霜，於是『人贓俱獲』，不管是否確實，先拿柳五兒頂罪。在這一大段情節中，寫出了下人之間的各家各派，各自搞顛覆傾軋活動。總之一切人情世故，皆在作者筆下原形畢露！

王夫人房中的玫瑰露，明明是趙姨娘唆使彩雲偷的，卻讓柳五兒頂罪，於事不公。要揭出彩雲，則必揭出趙姨娘，則又傷了探春。最後經平兒、寶玉、襲人商量，由寶玉出面說是寶玉從王夫人處拿的，這樣就把真相掩過，事情擺妥，柳五兒的冤案亦得昭雪。寶玉背黑鍋是爲了探春，是做好事。平兒在處理此事時，既細心冷靜，又公正，又面面俱到，實爲難得。而寶玉從來是善心對人，於此更見其愛人之心，不獨是爲探春，亦是爲柳五兒。

柳家的纔遭冤枉，事情還未處理，林之孝家的立即安插私人，讓秦顯家的馬上接替。其行動之迅速，實際上是搶班奪權。秦顯家的一邊忙着接班，一邊又忙着送禮、請客，大破錢財。不想平兒處事公正，柳家的回歸原職，秦顯家的落得一場空，白費了一筆錢財。世間趁人之危者可以引以爲戒！

依鳳姐之見，要『把太太屋裏的丫頭都拿來，雖不便擅加拷打，只叫他們墊着磁瓦子跪在太陽地下，茶飯也別給吃。一日不說跪一日，便是鐵打的，一日也管招了』。鳳姐對柳家的，則是『「蒼蠅不抱沒縫的雞蛋」，雖然這柳家的沒偷，到底有些影兒，人纔說他。雖不加賊刑，也革出不用』。鳳姐的一段話，充分暴露了她的刻毒狠辣。幸得平兒敢諫，免去多少人受刑受冤。平兒說：『沒的結些小人仇恨，使人含怨。況且自己又三災八難的，好容易懷了一個哥兒，到了六七個月還掉了。焉知不是素日操勞太過，氣惱傷着的。如今趁早兒見一半不見一半的，也倒罷了。』平兒的話，說得婉轉，實際是勸她多積德，少刻薄人。爲了鳳姐好接受，只說『焉知不是素日操勞太過』云云，其實是說：焉知不是平時刻薄人的報應也。鳳姐竟接受了平兒的勸告，想鳳姐亦略知其意矣！

【校　記】

〔一〕本回回目，底本上聯末兩字作『情贓』，下聯末兩字作『情權』。己卯本『情贓』旁改爲『瞞贓』，『情權』旁改爲『行權』，與程甲本同。其他各本都有出入，茲據己卯改文及程甲本改。

第六十二回　憨湘雲醉眠芍藥裀　獃香菱情解石榴裙

（一陣響雷過後，卻是陽光普照的晴天。）

話說平兒出來吩咐林之孝家的道：『大事化爲小事，小事化爲沒事，方是興旺之家。若得不了一點子小事，便揚鈴打鼓的亂折騰起來，不成道理。如今將他母女帶回，照舊去當差。將秦顯家的仍舊退回。再不必提此事。只是每日小心巡察要緊。』說畢，起身走了。柳家的母女忙向上磕頭，林家的帶回園中，回了李紈、探春，二人皆說：『知道了，能可無事，很好。』司棋等人空興頭了一陣。（司棋也不安分。）那秦顯家的好容易等了這個空子鑽了來，只興頭上半天。在厨房內正亂（一個『亂』字，活畫出秦顯家的忙亂高興之狀。）着接收傢伙米糧煤炭等物，又查出許多虧空來，說：『粳米短了兩石，常用米又多支了一個月的，炭也欠着額數。』一面又打點送林之孝家的禮，悄悄的備了一簍炭，五百斤木柴，一擔粳米，在外邊就遣了子姪送入林家去了；（已經送出了，白搭。）又打點送賬房的禮；又預備幾樣菜蔬請幾位同事的人，說：『我來了，全仗列位扶持。自今以後都是一家人了。我有照顧不到的，好歹大家照顧些。』（真是好興頭。）

（明明炭米俱虧空，卻又用炭米送人，可見其不懷好意，將自己送人的也入虧空賬矣。）

（秦顯家的好興頭。）

正亂着，忽有人來說與他：『看過這早飯就出去罷。柳嫂兒原無事，如今還交與他管了。』秦顯家的聽了，轟去魂魄，垂頭喪氣，登時掩旗息鼓，捲包而出。（好看之極）送人之物白丟了許多，（這是教訓費。）自己倒要折變了賠補虧空。連司棋都氣了個倒仰，無計挽回，只得罷了。

（凡極意鑽營者，皆來看此下場。）

趙姨娘正因彩雲私贈了許多東西，被玉釧兒吵出，生恐查詰出來，每日捏一把汗打聽信兒。忽見彩雲來告訴說：『都是寶玉應了，從此無事。』趙姨娘方把心放下來。（這一頭的心放下來，那一頭的心又提起來了。）

（趙姨娘心驚膽戰。）

誰知賈環聽如此說，便起了疑心，（賈環不識大體，總是個歪小子。）將彩雲凡私贈之物都拿了出來，照着彩雲的臉摔了去，說：『這兩面三刀的東西！我不稀罕。你不和寶玉好，他如何肯替你應。你既有擔當給了我，原該不與一個人知道。如今你既然告訴他，如今我再要這個，也沒趣兒。』

彩雲見如此，急的發身賭誓，至於哭了。百般解說，賈環執意不信，說：『不看你素日之情，去告訴二嫂子，就說你偷來給我，我不敢要。你細想去。』說畢，摔手出去了。

（活畫出賈環是一個無情無理無知的賴皮人物。）

急的趙姨娘罵：『沒造化的種子，蛆心業障。』氣的彩雲哭個淚乾腸斷。趙姨娘百般的安慰他：『好孩子，他辜負了你的心，我看的真。讓我收起來，過兩日他自然回轉過來了。』說着，便要收東西。彩雲賭氣一頓包起來，乘人不見時，來至園中，都撇在河內，順水沉的沉，漂的漂。（水流花謝兩無情。）自己氣的夜間在被內暗哭。

當下又值寶玉生日已到，原來寶琴也是這日，二人相同。因王夫人不在家，也不曾像往年鬧熱。只有張道士送了四樣禮，換的寄名符兒；還有幾處僧尼廟的和尚姑子送了供尖兒，並壽星、紙馬、疏頭，並本命星官、值年太歲周年換的鎖兒。家中常走的女先兒來上壽。王子騰那邊，仍是一套衣服，一雙鞋襪，一百壽桃，一百束上用銀絲掛麵。薛姨娘處減一等。其餘家中人，尤氏仍是一雙鞋襪；鳳姐兒是一個宮製四面和合荷包，裏面裝一個金壽星，一件波斯國所製玩器。各廟中遣人去放堂捨錢。又另有寶琴之禮，不能備述。姊妹中皆隨便，或有一扇的，或有一字的，或有一畫的，或有一詩的，聊復應景而已。

寶玉與寶琴同生日。

先敘張道士送禮！並帶及幾處和尚姑子，然後是常走的女先兒，以上是外邊人。

以下是王子騰、薛姨媽、鳳姐、薛寶琴及諸姐妹等。又是一件洋貨。

這日寶玉清晨起來，梳洗已畢，冠帶出來。至前廳院中，已有李貴等四五個人在那裏設下天地香燭，寶玉炷了香。行畢禮，奠茶焚紙後，便至寧府中宗祠祖先堂兩處行畢禮，出至月臺上，又朝上遙拜過賈母、賈政、王夫人等。一順到尤氏上房，行過禮，坐了一回，方回榮府。先至薛姨媽處，薛姨媽再三拉着，然後又遇見薛蝌，讓一回，方進園來。晴雯、麝月二人跟隨，小丫頭夾着氈子，從李氏起，一

寶玉生日禮節，先天地，次祖宗，次父母。次長輩（尤氏、薛姨媽、李紈），次奶媽，次序井然。

寫一群丫鬟來拜壽，又是一番熱鬧情景。

又寫探春、湘雲一起人。

特寫平兒。平兒之來與別人又不一樣。

兩人對拜。

一捱着比自己長的房中到過。復出二門，至李、趙、張、王四個奶媽家讓了一回，（最後是四位奶媽，一絲不漏。）方進來。雖衆人要行禮，也不曾受。回至房中，襲人等只都來說一聲就是了。王夫人有言，不令年輕人受禮，恐折了福壽，故皆不磕頭。

歇一時，賈環、賈蘭等來了，（比自己小的一輩。）襲人連忙拉住，坐了一坐，便去了。寶玉笑說走乏了，便歪在牀上。方吃了半盞茶，只聽外面咭咭呱呱，（人尚未到，聲音已先進來。）一群丫頭笑進來，原來是翠墨、小螺、翠縷、入畫、邢岫煙的丫頭篆兒，並奶子抱着巧姐兒，彩鸞、繡鸞八九個人，都抱着紅氈笑着走來，說：『拜壽的擠破了門了，快拿麵來我們吃。』剛進來時，探春、湘雲、寶琴、岫煙、惜春也都來了。寶玉忙迎出來，笑說：『不敢起動，快預備好茶。』進入房中，不免推讓一回，大家歸坐。

襲人等捧過茶來，纔吃了一口，平兒也打扮的花枝招展的來了。（特筆。）寶玉忙迎出來，笑說：『我方纔到鳳姐姐門上，回了進去，不能見，我又打發人進去讓姐姐的。』平兒笑道：『我正打發你姐姐梳頭，不得出來回你。後來聽見又說讓我，我那裏禁當的起，所以特趕來磕頭。』寶玉笑道：『我也禁當不起。』襲人早在外間安了坐，讓他坐。平兒便福下去，寶玉作揖不迭。平兒便跪下去，寶玉也忙還跪下，（好看煞人）襲人連忙攙起來。又下了一福，寶玉又還了一揖。

襲人笑推寶玉：『你再作揖。』寶玉道：『已經完了，怎麼又作揖？』襲人笑平兒生日從襲人談話中帶出。寶琴、岫煙的生日又用湘雲說出，四個人同生日，增加不少熱鬧。

借寶玉生日，將各人生日統敘一過。

道：『這是他來給你拜壽。今兒也是他的生日，（意外之事，意外之情。）你也該給他拜壽。』寶玉聽了，喜的忙作下揖去，說：『原來今兒也是姐姐的芳誕。』平兒還萬福不迭。湘雲拉寶琴、岫煙說：『你們四個人對拜壽，直拜一天纔是。』（又是四個人的同壽。）探春忙問：『原來邢妹妹也是今兒？我怎麼就忘了。』（把岫煙的生日忘了，孤寒之人，易遭冷淡。）忙命丫頭：『去告訴二奶奶，趕着補了一分禮，與琴姑娘的一樣，送到二姑娘屋裏去。』丫頭答應着去了。岫煙見湘雲直口說出來，少不得要到各房去讓讓。

探春笑道：『倒有些意思。一年十二個月，月月有幾個生日。人多了，便這等巧，也有三個一日、兩個一日的。大年初一日也不白過，大姐姐占了去，怨不得他福大，生日比別人就佔先。又是太祖太爺的生日。過了燈節，就是姨太太和寶姐姐，他們娘兒兩個遇的巧。三月初一日是太太，初九日是璉二哥哥。二月沒人。』

襲人道：『二月十二是林姑娘，怎麼沒人？就只不是咱家的人。』（前面剛提寶姐姐，寶姐姐是咱家人嗎？）探春笑道：『我這個記性是怎麼了！』寶玉笑指襲人道：『他和林妹妹是一日，所以他記的。』探春笑道：『原來你兩個倒是一日，每年連頭也不給我們磕一個。平兒的生日，我們也不知道，這也是纔知道。』

平兒笑道：『我們是那牌兒名上的人，生日也沒拜壽的福，又沒受禮職分，可吵鬧什麼，可不悄悄的過去。今兒他又偏吵出來了，等姑娘們回房，我再行禮去罷。』探春笑道：『也不敢驚動。只是今兒倒要替你過個生日，我心裏纔過得去。』寶玉、湘雲等一齊都說：『很是。』

探春便吩咐了丫頭：『去告訴他奶奶，就說我們大家說了，今兒一日不放平兒出去，我們也大家湊了分子過生日呢。』丫頭笑着去了，半日，回來說：『二奶奶說了，多謝姑娘們給他臉。不知過生日給他些什麽吃，只別忘了二奶奶，就不來絮聒他了。』衆人都笑了。探春因說道：『可巧今兒裏頭厨房不預備飯，一應下麵弄菜都是外頭收拾。咱們就湊了錢叫柳家的來攬了去，只在咱們裏頭收拾倒好。』衆人都說是極。探春一面遣人去問李紈、寶釵、黛玉，一面遣人去傳柳家的進來，吩咐他內厨房中快收拾兩桌酒席。

柳家的不知何意，因說外厨房都預備了。探春笑道：『你原來不知道，今兒是平姑娘的華誕。外頭預備的是上頭的，這如今我們私下又湊了分子，單爲平姑娘預備兩桌請他。（爲平兒特設壽筵。）你只管揀新巧的菜蔬預備了來，開了賬和我那裏領錢。』柳家的笑道：『原來今日也是平姑娘的千秋，我竟不知道。』說着，便向平兒磕下頭去，（柳家的原應叩謝平兒，非平兒豈能免去一場大禍。）慌的平兒拉起他來。柳家的忙去預備酒席。

這裏，探春又邀了寶玉，同到廳上去吃麵，等到李紈、寶釵一齊來全，又遣人去請薛姨媽與黛玉。因天氣和暖，黛玉之疾漸愈，故也來了。花團錦簇，擠了一廳

探春理家，平兒多有裏助，故探春要爲平兒過生日，而鳳姐意即贊成，亦爲理家事，望能多彌合也。

因衆人出面，鳳姐亦不能不讓平兒過生日。

外厨房是大家庭的厨房，管全家，桌面擺在大廳上，內厨房是大觀園內的厨房，專管園內諸人的飯食。

廳上本應有賈母、王夫人等，今賈母、王夫人等均因送靈未

回，故年長者只有薛姨媽。

的人。

誰知薛蝌又送了巾扇香帛四色壽礼與寶玉，寶玉於是過去陪他吃麵。兩家皆治了壽酒，互相酬送，彼此同領。至午間，寶玉又陪薛蝌吃了兩杯酒。寶釵帶了寶琴過來與薛蝌行禮，把盞畢，寶釵因囑薛蝌：『家裏的酒也不用送過那邊去，這虛套竟可收了。你只請夥計們吃罷。我們和寶兄弟進去還要待人去呢，也不能陪你了。』薛蝌忙說：『姐姐、兄弟只管請，只怕夥計們也就好來了。』寶玉忙又告過罪，方同他姊妹回來。

因賈母、王夫人等都不在，故寶釵將角門鎖斷，防微杜漸，萬一有事，則與己無關，寶釵精細至此。鎖斷門者，是鎖斷是非之門也。

一進角門，寶釵便命婆子將門鎖上，寶釵謹慎細密。把鑰匙要了自己拿着。寶玉忙說：『這一道門何必關，又沒多的人走。況且姨娘、姐姐、妹妹都在裏頭，倘或家去取什麽，豈不費事。』寶釵笑道：『小心沒過逾的。你瞧你們那邊，這幾日七事八事，竟沒有我們這邊的人，可知是這門關的有功效了。若是開着，保不住那起人圖順腳，抄近路從這裏走，攔誰的是？不如鎖了，連媽和我也禁着些，大家別走。縱有了事，就賴不着這邊的人了。』

寶玉笑道：『原來姐姐也知道我們那邊近日丟了東西？』〔一〕寶釵笑道：『你只知道玫瑰露和茯苓霜兩件，乃因人而及物。若非因人，你連這兩件還不知道呢。殊不知還有幾件比這兩件大的呢。若以後叨登不出來，是大家的造化；若叨登出可見賈府內還包藏多少壞事。

筵設芍藥欄紅香圃，好場所。

來，不知裏頭連累多少人呢。（反顧意叨登不出來，倒是大家造化，可見一事出來，禍及無辜。）你也是不管事的人，我纔告訴你。平兒是個明白人，我前兒也告訴了他，皆因他奶奶不在外頭，所以使他明白了。若不出來，大家樂得丟開手；若犯出來，他心裏已有稿子，自有頭緒，就冤屈不着平人了。（可見平時常冤屈好人。）你只聽我說，以後留神小心就是了，這話也不可對第二個人講。』

說着，來到沁芳亭邊，只見襲人、香菱、待書、素雲、晴雯、麝月、芳官、蕊官、藕官等十來個人都在那裏看魚作耍。見他們來了，都說：『芍藥欄裏預備下了，快去上席罷。』寶釵等隨攜了他們，同到了芍藥欄中紅香圃三間小敞廳內。連尤氏已請過來了，諸人都在那裏，只沒平兒。

原來平兒出去，有賴、林諸家送了禮來，（都是寶玉生日禮物。）連三接四，上中下三等家人來拜壽送禮的不少，平兒忙着打發賞錢道謝。一面又色色的回明鳳姐兒，不過留下幾樣，也有不收的，也有收下即刻賞與人的。忙了一回，又直待鳳姐兒吃過麵，方換了衣裳往園裏來。

剛進了園，就有幾個丫鬟來找他，一同到了紅香圃中。只見筵開玳瑁，（內厨房所辦。）褥設芙蓉。衆人都笑：『壽星全了。』上面四座定要讓他四個人坐，四人皆不肯。

薛姨媽說：『我老天拔地，又不合你們的群兒，我倒覺拘的慌，不如我到廳上（指大廳上）隨便躺躺去倒好。我又吃不下什麼去，又不大吃酒，這裏讓他們倒便宜。』尤座中有名者共二十二人，四桌。

又提出行酒令，黛玉又提出用抓鬮法，更顯熱鬧。

氏等執意不從。寶釵道：『這也罷了，倒是讓媽在廳上歪着自如些，有愛吃的送些過去，倒自在了。且前頭沒人在那裏，又可照看了。』探春等笑道：『既這樣，恭敬不如從命。』因大家送了他到議事廳上，眼看着命丫頭們鋪了一個錦褥，並靠背、引枕之類，又囑咐：『好生給姨媽捶腿，要茶要水，別推三扯四的。回來送了東西來，姨媽吃了就賞你們吃。只別離了這裏出去。』小丫頭們都答應了。

探春等方回來。終久讓寶琴、岫煙二人在上，平兒面西坐，寶玉面東坐。探春又接了鴛鴦來，二人並肩對面相陪。西邊一桌，寶釵、黛玉、湘雲、迎春、惜春，一面又拉了香菱、玉釧兒二人打横。三桌上，尤氏、李紈又拉了襲人、彩雲陪坐。四桌上便是紫鵑、鶯兒、晴雯、小螺、司棋等人圍坐。當下探春等還要把盞，寶琴等四人都說：『這一鬧，一日都坐不成了。』方纔罷了。

兩個女先兒要彈詞上壽，衆人都說：『我們沒人要聽那些野話，你廳上去說給姨太太解悶兒去罷。』一面又將各色吃食揀了，命人送與薛姨媽去。

寶玉便說：『雅坐無趣，須要行令纔好。』衆人有的說行這個令好，那個又說行那個令好。黛玉道：『依我說，拿了筆硯將各色全都寫了，拈成鬮兒，咱們抓出那個來，就是那個。』衆人都道妙。即命拿了一副筆硯、花箋。

香菱近日學了詩，又天天學寫字，見了筆硯，便圖不得，連忙起座說：『我李商隱詩：『分曹射覆蠟燈紅。』可見唐時已盛射覆。

湘雲豪爽，划拳正合她的脾氣。

寫。』香菱自告奮勇。

大家想了一回，共得了十來個，念着，香菱一一的寫了，搓成鬮兒，擲在一個瓶中間。探春便命平兒揀，平兒向內攪了一攪，用箸拈了一個出來，打開看，上寫着『射覆』二字。寶釵笑道：『把個酒令的祖宗拈出來。「射覆」從古有的，如今失了傳，獨寶釵有考證，知現時所行射覆，已非古制。這是後人纂的，比一切的令都難。這裏頭倒有一半是不會的，不如毀了，另拈一個雅俗共賞的。』

探春笑道：『既拈了出來，如何又毀。如今再拈一個，若是雅俗共賞的，便叫他們行去。咱們行這個。』說着，又着襲人拈了一個，卻是『拇戰』。

史湘雲笑着說：『這個簡斷爽利，合了我的脾氣。我不行這個「射覆」，沒的垂頭喪氣悶人，我只划拳去了。』探春道：『惟有他亂令，寶姐姐快罰他一鍾。』寶釵不容分說，便灌湘雲一杯。

探春道：『我吃一杯，我是令官，也不用宣，只聽我分派。』命取了令骰、令盆來，『從琴妹擲起，挨下擲去，對了點的二人射覆。』寶琴一擲，是個三，岫煙、寶玉等皆擲的不對，直到香菱方擲了個三。寶琴笑道：『只好室內生春，若說到外頭去，可太沒頭緒了。』探春道：『自然。三次不中者罰一杯。你覆，他射。』

寶琴想了一想，說了個『老』字。香菱原生於這令，一時想不到，滿室滿席都還是划拳熱鬧，三對划拳，更是熱鬧非常。

越出越奇。

《時憲書》原名《時憲曆》，製定於明末，清順治二年頒行。曹寅《十月朔後陶雪篷返棹戲呈》詩：『內府舊分時憲曆，水曹新餞祭餘羊。』此時尚稱《時憲曆》，至乾隆時避弘曆諱改爲《時憲書》。己卯、庚辰兩本均作『時憲書』，可知已是避諱後之改名。

不見有與『老』字相連的成語。湘雲先聽了，便也亂看，忽見門斗上貼着『紅香圃』三個字，便知寶琴覆的是『吾不如老圃』的『圃』字。見香菱射不着，衆人擊鼓又催，便悄悄的拉香菱，教他說『藥』字。黛玉偏看見了，說：『快罰他，又在那裏私相傳遞呢。』哄的衆人都知道了，忙又罰了一杯，恨的湘雲拿筷子敲黛玉的手。於是罰了香菱一杯。

下則寶釵和探春對了點子。探春便覆了一個『人』字。寶釵笑道：『這個「人」字泛的很。』探春笑道：『添一字，兩覆一射也不泛了。』說着，便又說了一個『窗』字。寶釵一想，因見席上有雞，便射着他是用『雞窗』、『雞人』二典了，因射了一個『塒』字。探春知他射着，用了『雞棲於塒』的典，二人一笑，各飲一口門杯。

湘雲等不得，早和寶玉『三』『五』亂叫，划起拳來。那邊尤氏和鴛鴦隔着席也『七』『八』亂叫划起拳來。平兒、襲人也作了一對划拳，叮叮噹噹只聽得腕上的鐲子響。呼拳聲又加腕上鐲子叮噹聲，於豪縱處又見嫵媚。一時湘雲贏了寶玉，襲人贏了平兒，尤氏贏了鴛鴦，三個人限酒底、酒面，湘雲便說：『酒面要一句古文，一句舊詩，一句骨牌名，一句曲牌名，還要一句時憲書上的話，共總湊成一句話。酒底要關人事的菓菜名。』衆人聽了，都笑說：『惟有他的令也比人嘮叨，倒也有意思。』便催寶玉快說。寶黛玉才思敏捷，一下把這些句子聯綴成篇。然『落霞孤鶩』『風急雁哀』『折足』『迴腸』，令人深思。

『江間波湧』『鐵鎖孤舟』『不宜出行』，詞意險惡，令人不安。

玉笑道：『誰說過這個，也等想一想兒。』黛玉便道：『你多喝一鍾，我替你說。』寶玉真個喝了酒，聽黛玉說道：

落霞與孤鶩齊飛，（唐王勃《滕王閣序》。）風急江天過雁哀，（宋陸游詩）卻是一隻折足雁，（骨牌名。）叫的人九迴腸，（曲牌名。）這是鴻雁來賓。（《禮記·月令》，曆書引用此語。）

說得大家笑了，說：『這一串子倒有些意思。』黛玉又拈了一個榛穰，說酒底道：

榛子非關隔院砧，（梁何遜有『砧杵鳴四鄰』句。）何來萬户擣衣聲。（唐李白句）

令完，鴛鴦、襲人等皆說的是一句俗語，都帶一個『壽』字的，不能多贅。

大家輪流亂劃了一陣，這上面湘雲又和寶琴對了手，李紈和岫煙對了點子。李紈便覆了一個『瓢』字，岫煙便射了一個『緑』字，二人會意，各飲一口。湘雲的拳卻輸了，請酒面、酒底。寶琴笑道：『請君入甕。』大家笑起來，說：『這個典用的當。』湘雲便說道：

奔騰而砰湃，（宋歐陽修《秋聲賦》。）江間波浪兼天湧，（唐杜甫《秋興八首》句。）須要鐵鎖纜孤舟，（骨牌名。）既遇着一江風，（曲牌名。）不宜出行。（曆書上語）

說的衆人都笑了，說：『好個謅斷了腸子的。怪道他出這個令，故意惹人笑。』

湘雲一句話，丫頭們即來起哄，黛玉一句話，卻刺了彩雲。

又聽他說酒底。湘雲吃了酒，揀了一塊鴨肉呷口，忽見碗內有半個鴨頭，遂揀了出來吃腦子。衆人催他：『別只顧吃，到底快說了。』湘雲便用箸子舉着說道：

這鴨頭不是那丫頭，頭上那討桂花油？

衆人越發笑起來，引的晴雯、小螺、鶯兒等一干人都走過來說：『雲姑娘會開心兒，拿着我們取笑兒，快罰一杯纔罷。怎見得我們就該擦桂花油的？倒得每人給一瓶子桂花油擦擦。』

黛玉笑道：『他倒有心給你們一瓶子油，又怕掛誤着打竊盜的官司。』語中有刺 衆人不理論，寶玉卻明白，忙低了頭。彩雲有心病，不覺的紅了臉。寶釵忙暗暗的瞅了黛玉一眼。黛玉自悔失言，原是趣寶玉的，就忘了趣着彩雲。黛玉一時疏忽。 自悔不及，忙一頓行令划拳岔開了。

底下寶玉可巧和寶釵對了點子。寶釵覆了一個『寶』字，寶玉想了一想，便知是寶釵作戲指自己所佩通靈玉而言，寶釵之意又在通靈玉上。 便笑道：『姐姐拿我作雅謔，我卻射着了。說出來姐姐別惱，就是姐姐的諱，「釵」字就是了。』衆人道：『怎麼解？』寶玉道：『他說「寶」，底下自然是「玉」了。我射「釵」字，舊詩曾有「敲斷玉釵紅燭冷」，（南宋鄭會詩。寶玉以『釵斷燭冷』對寶釵，令人深思。）豈不射着了。』湘雲說道：『這用時事卻使不得，兩個人都該罰。』香菱忙道：『不止時事，這也有出處。』湘雲道：『「寶玉」二字並無出處。不過是春聯上或有之，詩書紀載並無，算不得。』香菱道：『前日我讀岑嘉州五言律，現有一句說：「此鄉多寶玉」。怎麽你倒忘了？後來又讀李義山七言絶句，又有一句「寶釵無日不生塵」，（『寶釵生塵』亦可思。）我還笑說，他兩個名字都原來在唐詩上呢。』衆人笑說：『這可問住了，快罰一杯。』湘雲無語，只得飲了。

大家又該對點的對點，划拳的划拳。這些人因賈母、王夫人不在家，（應送靈守制事。）沒了管束，便任意取樂，呼三喝四，喊七叫八。滿廳中紅飛翠舞，玉動珠摇，（八個字，寫出廳中熱鬧之極。）真是十分熱鬧。頑了一回，大家方起席散了一散，倏然不見了湘雲，只當他外頭自便就來，誰知越等越沒了影響，使人各處去找，那裏找得着。

接着林之孝家的同着幾個老婆子來，生恐有正事呼喚，二者恐丫鬟們年青，乘王夫人不在家，不服探春等約束，恣意痛飲，失了體統，故來請問有事無事。

探春見他們來了，便知其意，忙笑道：『你們又不放心，來查我們來了。我們沒有多吃酒，不過是大家頑笑，將酒作個引子，媽媽們別耽心。』李紈、尤氏都也笑說：『你們歇着去罷，我們也不敢叫他們多吃了。』林之孝家的等人笑說：『我是一幅睡美人圖，是極樂世界。

呂啓祥云：湘雲之燒鹿賞雪、飲酒賦詩，劃拳行令，裀花醉眠，種種情態，確具魏晉人風度，其瀟灑脫俗，幾可與《世說新語》裏的逸士高人爲伍。

夢中囈喃，尤見沉酣。

們知道，連老太太叫姑娘吃酒，姑娘們還不肯吃，何況太太們不在家，自然頑罷了。我們怕有事，來打聽打聽。二則天長了，姑娘們頑一回子還該點補些小食兒，（酒後又補點心。）素日又不大吃雜東西，如今吃一兩杯酒，若不多吃些東西，怕受傷。』

探春笑道：『媽媽們說的是，我們也正要吃呢。』因回頭命取點心來。兩旁丫鬟們答應了，忙去傳點心。探春又笑讓：『你們歇着去罷，或是姨媽那裏說話兒去。我們即刻打發人送酒你們吃去。』林之孝家的等人笑回：『不敢領了。』又站了一回，方退了出來。平兒摸着臉笑道：『我的臉都熱了，也不好意思見他們。依我說竟收了罷，別惹他們再來，倒沒意思了。』探春笑道：『不相干，橫豎咱們不認真喝酒就罷了。』

正說着，只見一個小丫頭笑嘻嘻的走來：『姑娘們快瞧雲姑娘去，吃醉了圖涼快，在山子後頭一塊青板石凳上睡着了。』衆人聽說，都笑道：『快別吵嚷。』說着都走來看時，果見湘雲臥于山石僻處一個石凳子上，業經香夢沉酣，四面芍藥花飛了一身，滿頭臉衣襟上皆是紅香散亂，手中的扇子在地下，也半被落花埋了，一群蜂蝶鬧穰穰的圍着他，又用鮫帕包了一包芍藥花瓣枕着。（一段描寫，淋漓盡致。）

衆人看了，又是愛，又是笑，忙上來推喚攙扶。湘雲口內猶作睡語說酒令，唧唧嘟嘟說：

泉香而酒洌，（歐陽修《醉翁亭記》。）玉碗盛來琥珀光，（李白句。）直飲到梅梢月上，（骨牌名。）醉扶歸，（曲牌名。）卻爲宜會親友。（時憲書。）

衆人笑推他，說道：『快醒醒兒吃飯去，這潮凳上還睡出病來呢。』湘雲慢啓秋波，見了衆人，低頭看了一看自己，方知是醉了。原是來納涼避靜的，不覺的因多罰了兩杯酒，嬌嫋不勝，便睡着了，心中反覺自愧。連忙起身扎掙着同人來至紅香圃中，用過水，又吃了兩盞釅茶。探春忙命將醒酒石拿來給他啣在口內，一時又命他喝了一些酸湯，方纔覺得好了些。

又是一幅美人行樂圖。

當下又選了幾樣菓菜與鳳姐送去，鳳姐兒也送了幾樣來。寶釵等吃過點心，大家也有坐的，也有立的，也有在外觀花的，也有扶欄觀魚的，各自取便說笑不一。探春便和寶琴下棋，寶釵、岫煙觀局。林黛玉和寶玉在一簇花下唧唧噥噥不知說些什麼。

又另出一事。

寫探春下棋神態逼真。

只見林之孝家的和一群女人帶了一個媳婦進來。那媳婦愁眉苦臉，也不敢進廳，只到了階下，便朝上跪下了，碰頭有聲。探春因一塊棋受了敵，算來算去總得了兩個眼，便折了官着。兩眼只瞅着棋枰，一隻手卻伸在盒內，只管抓弄棋子作想，林之孝家的站了半天，因回頭要茶時纔看見，問：『什麼事？』林之孝家的便指那媳婦說：『這是四姑娘屋裏的小丫頭彩兒的娘，現是園內伺候的人。嘴很不嘴不好，他說的話也不敢回姑娘，則其話不堪，姑娘們不能聽也。

探春管而不管。

作者每於極富貴極歡樂處提出極可憂可慮之事。

好，纔是我聽見了問着他，他說的話也不敢回姑娘，竟要攆出去纔是。』探春道：『怎麼不回大奶奶？』林之孝家的道：『方纔大奶奶都往廳上姨太太處去了，頂頭看見，我已回明白了，叫回姑娘來。』探春道：『怎麼不回二奶奶？』平兒道：『不回去也罷，我回去說一聲就是了。』探春點點頭，道：『既這麼着，就攆出他去，等太太來了，再回定奪。』說畢，仍又下棋。這林之孝家的帶了那人去。不提。

黛玉和寶玉二人站在花下，遥遥知意。黛玉便說道：『你家三丫頭倒是個乖人。雖然叫他管些事，倒也一步兒不肯多走。差不多的人就早作起威福來了。』（黛玉已看出探春謹慎。）寶玉道：『你不知道呢。你病着時，他幹了好幾件事。這園子也分了人管，如今多掐一草也不能了。又蠲了幾件事，單拿我和鳳姐姐作筏子，禁別人。最是心裏有算計的人，豈只乖而已。』（用寶玉贊探春。）黛玉道：『要這樣纔好，咱們家裏也太花費了。我雖不管事，心裏每常閑了，替你們一算計，出的多，進的少，如今若不省儉，必致後手不接。』（黛玉亦已看出賈府出多入少，後手不接之危。）寶玉笑道：『憑他怎麼後手不接，也短不了咱們兩個人的。』黛玉聽了，轉身就往廳上尋寶釵說笑去了。

寶玉正欲走時，只見襲人走來，手內捧着一個小連環洋漆茶盤，裏面可式放着兩鍾新茶，因問：『他往那去了？我見你兩個半日沒吃茶，巴巴的倒了兩鍾來，他黛玉不能多喝茶。

芳官亦嬌癡任性。

喝酒壞嗓子，亦因人而異。予與名演員关鷫鸘善，关隨身口

又走了。』寶玉道：『那不是他？你給他送去。』說着，自拿了一鍾。襲人便送了那鍾去，偏和寶釵在一處，只得一鍾茶，便說：『那位渴了那位先接了，我再倒去。』（襲人隨機應變，靈活得好。）寶釵笑道：『我卻不渴，只要一口漱一漱就够了。』說着先拿起來喝了一口，剩下半杯，遞在黛玉手內。襲人笑說：『我再倒去。』黛玉笑道：『你知道我這病，大夫不許我多吃茶，這半鍾盡够了，難爲你想的到。』說畢，飲乾，將杯放下。

襲人又來接寶玉的。寶玉因問：『這半日沒見芳官，他在那裏呢？』（芳官亦惹人惦記。）襲人四顧一瞧說：『纔在這裏幾個人鬬草的，這會子不見了。』

寶玉聽說，便忙回至房中，果見芳官面向裏睡在牀上。寶玉推他說道：『快別睡覺，咱們外頭頑去，一回兒好吃飯的。』芳官道：『你們吃酒不理我，教我悶了半日，（又一個晴雯樣子。）可不來睡覺罷了。』寶玉拉了他起來，笑道：『咱們晚上家裏再吃，回來我叫襲人姐姐帶了你桌上吃飯，何如？』芳官道：『藕官、蕊官都不上去，單我在那裏也不好。我也不慣吃那個麪條子，早起也沒好生吃。纔剛餓了，我已告訴了柳嫂子，（芳官與柳家的有特殊關係。）先給我做一碗湯，盛半碗粳米飯送來，我這裏吃了就完事。若是晚上吃酒，不許教人管着我，我要盡力吃够了纔罷。我先在家裏吃二三斤好惠泉酒呢。如今學了這勞什子，他們說怕壞嗓子，這幾年也沒聞見。趁今兒我是要開

袋總裝酒。有一次，予在蘭州，住賓館中，午時在餐廳恰遇鸝鸝，鸝鸝即從衣袋中取出白酒，邀予共飲。而鸝鸝唱旦角，並反串白門樓呂布，周瑜歸天之周瑜，嗓音皆極佳。

柳家的極意奉承芳官。

芳官不屑吃，而寶玉卻覺好吃。

襲人、晴雯、芳官、春燕俱能喝酒。

齋了。』寶玉道：『這個容易。』

說着，只見柳家的果遣了人送了一個盒子來。小燕接着，揭開看時，裏面是一碗蝦丸雞皮湯，（白色。）又是一碗黃酒清蒸鴨子，（鵝黃色。）一碟醃的胭脂鵝脯，（胭脂色。）還有一碟四個奶油松瓤捲酥，（淺黃色。）並一大碗熱騰騰碧熒熒蒸的綠畦香稻粳米（碧綠色。）飯。（幾種菜肴並米飯，色彩調配極雅。）小燕放在案上，走去拿了小菜並碗箸過來，撥了一碗飯。

芳官便說：『油膩膩的，誰吃這些東西。』（可見其平時嬌慣之狀。）只將湯泡飯吃了一碗，揀了兩塊醃鵝就不吃了。寶玉聞着，倒覺比往常之味有勝些似的，遂吃了一個捲酥，又命小燕也撥了半碗飯，泡湯一吃，十分香甜可口。小燕和芳官都笑了。

吃畢，小燕便將剩的要交回。寶玉道：『你吃了罷，若不够，再要些來。』小燕道：『不用要，這就够了。方纔麝月姐姐拿了兩盤子點心給我們吃了，我再吃了這個，儘不用再吃了。』說着，便站在桌旁一頓吃了，又留下兩個捲酥，說：『這個留着給我媽吃。晚上要吃酒，給我兩碗酒吃就是了。』寶玉笑道：『你也愛吃酒？等着咱們晚上痛喝一陣。你襲人姐姐和晴雯姐姐量也好，也要喝，只是每日不好意思。今兒大家開齋。還有一件事，想着囑咐你，我竟忘了，此刻纔想起來。以後芳官全要你照看他，（對芳官特意照顧。）他或有不到的去處，你提他，襲人照顧不過這些人來。』小燕道：『我都知道，都不用操心。但只這五兒怎麼樣？』（特提柳五兒。）寶玉道：『你了卻芳官一樁心事。

晴雯恃嬌而尖。

還算這筆舊賬，事早過去，然襲人心裏

和柳家的說去，明兒直叫他進來罷，等我告訴他們一聲就完了。』芳官聽了，笑道：『這倒是正經。』小燕又叫兩個小丫頭進來，服侍洗手倒茶，自己收了家伙，交與婆子，也洗了手，便去找柳家的。不在話下。

寶玉便出來，仍往紅香圃尋衆姊妹，芳官在後拿着巾扇。剛出了院門，只見襲人、晴雯二人攜手回來。寶玉問：『你們做什麼？』襲人道：『擺下飯了，等你吃飯呢。』寶玉便笑着將方纔吃飯的一節告訴了他兩個。襲人笑道：『我說你是猫兒食，聞見了香就好。隔鍋飯兒香。雖然如此，也該上去陪他們多少應個景兒。』晴雯用手指戳在芳官額上，說道：『你就是個狐媚子，晴雯尖妬而性直，故當場發作。什麼空兒跑了去吃飯，兩個人怎麼就約下了，也不告訴我們一聲兒。』襲人笑道：『不過是誤打誤撞的遇見了，襲人所說是事實。說約下了，可是沒有的事。』

晴雯道：『既這麼着，要我們無用。明兒我們都走了，讓芳官一個人就够使了。』襲人笑道：『我們都去了使得，你卻去不得。』又婉刺晴雯。晴雯道：『惟有我是第一個要去，又懶又笨，性子又不好，又沒用。』自貶實自贊也。襲人笑道：『倘或那孔雀褂子再燒個窟窿，你去了誰可會補呢？你倒別和我拿三撇四的，我煩你做個什麼，把你懶的橫針不拈，豎線不動。倒算賬。一般也不是我的私活煩你，橫豎都是他的，你就都不肯做。怎麼我去了幾天，關鍵是『我去了』三個字。你病的七死八活，一夜連命也不顧給他做了出來，未忘也。

一群天真女孩作鬭草遊戲，顯得春光爛漫，春意蕩漾。

一路對得巧妙，最後對到夫妻蕙上，再無可對，便別生枝節。

這又是什麼原故？（其中原故，你早明白，何必再問。）你到底說話，別只佯憨，和我笑，也當不了什麼。』（晴雯以笑作回答，最好。是不答之答。）大家說着，來至廳上。薛姨媽也來了。大家依序坐下吃飯。寶玉只用茶泡了半碗飯，應景而已。一時吃畢，大家吃茶閒話，又隨便頑笑。

外面小螺和香菱、芳官、蕊官、藕官、荳官等四五個人，都滿園中頑了一回，大家採了些花草來兜着，坐在花草堆中鬭草。這一個說：『我有觀音柳。』那一個說：『我有羅漢松。』那一個又說：『我有君子竹。』這一個又說：『我有美人蕉。』這個又說：『我有星星翠。』那個又說：『我有月月紅。』這個又說：『我有《牡丹亭》上的牡丹花。』那個又說：『我有《琵琶記》裏的枇杷菓。』荳官便說：『我有姊妹花。』衆人沒了，香菱便說：『我有夫妻蕙。』

荳官說：『從沒聽見有個夫妻蕙。』香菱道：『一箭一花爲蘭，一箭數花爲蕙。凡蕙有兩枝，上下結花者爲兄弟蕙，有並頭結花者爲夫妻蕙。我這枝並頭的，怎麼不是。』荳官沒的說了，便起身笑道：『依你說，若是這兩枝一大一小，就是老子兒子蕙了。若兩枝背面開的，就是仇人蕙了。你漢子去了大半年，你想夫妻了，便扯上蕙也有夫妻，好不害羞！』

香菱聽了，紅了臉，忙要起身擰他，笑罵道：『我把你這個爛了嘴的小蹄子！

原來是動嘴，現在是動手，動身子了，不想卻沾了水窪子，天真無邪耶，青春可喜耶！

寶玉卻帶來並蒂菱，又是好對。

滿嘴裏汗爀的胡說了。等我起來，打不死你這小蹄子！』〔二〕荳官見他要勾來，怎容他起來，便忙連身將他壓倒。回頭笑着央告蕊官等：『你們來，幫着我擰他這謅嘴。』兩個人滾在草地下。

衆人拍手笑〔三〕說：『了不得了，那是一窪子水，可惜污了他的新裙子了。』荳官回頭看了一看，果見旁邊有一汪積雨，香菱的半扇裙子都污濕了，自己不好意思，忙奪了手跑了。衆人笑個不住，怕香菱拿他們出氣，也都哄笑一散。

香菱起身，低頭一瞧，那裙上猶滴滴點點流下緑水來，正恨駡不絕。可巧寶玉見他們鬬草，也尋了些花草來湊戲。忽見衆人跑了，只剩了香菱一個低頭弄裙，因問：『怎麽散了？』香菱便說：『我有一枝夫妻蕙。他們不知道，反說我謅，因此鬧起來，把我的新裙子也髒了。』寶玉笑道：『你有夫妻蕙，我這裏倒有一枝並蒂菱。』口內說，手內卻真個拈着一枝並蒂菱花，又拈了那枝夫妻蕙在手內。

香菱道：『什麽夫妻不夫妻，並蒂不並蒂，你瞧瞧這裙子。』寶玉方低頭一瞧，便噯呀了一聲，說：『怎麽就拖在泥裏了？可惜這石榴紅綾最不經染。』香菱道：『這是前兒琴姑娘帶了來的。姑娘做了一條，我做了一條，今兒纔上身。』

寶玉跌腳嘆道：『若你們家，一日遭蹋這一百件也不值什麽。只是頭一件既係琴姑娘帶來的，你和寶姐姐每人纔一件，他的尚好，你的先髒了，豈不辜負他的從寶玉所說，可見薛姨媽平時情景。

用襲人的來換香菱的。

能爲香菱解難，覺得是意外幸事，寶玉真愛博而心勞也。

心。二則姨媽老人家嘴碎，（指薛姨媽）饒這麼樣，我還聽見常說你們不知過日子，只會遭蹋東西，不知惜福呢。這叫姨媽看見了，又說一個不清。』（真會替香菱着想。）香菱聽了這話，卻碰在心坎兒上，反倒喜歡起來了，因笑道：『就是這話了。我雖有幾條新裙子，都不和這一樣的；若有一樣的，趕着換了，也就好了。過後再說。』

寶玉道：『你快休動，只站着方好，不然連小衣兒、膝褲、鞋面都要拖髒。（想得真周到。）我有個主意：襲人上月做了一條和這個一模一樣的，他因有孝，如今也不穿。竟送了你換下這個來，如何？』香菱笑着搖頭說：『不好。他們倘或聽見了倒不好。』寶玉道：『這怕什麼。等他們孝滿了，他愛什麼，難道不許你送他別的不成？你若這樣，還是你素日爲人了！況且不是瞞人的事，（此句重要）只管告訴寶姐姐也可，只不過怕姨媽老人家生氣罷了。』香菱想了一想有理，便點頭笑道：『就是這樣罷了，別辜負了你的心。（已心感寶玉之真情矣。）我等着，你千萬叫他親自送來纔好。』

寶玉聽了，喜歡非常，答應了忙忙的回來。一壁裏低頭心下暗算：『可惜這麼一個人，沒父母，連自己本姓都忘了，被人拐出來，偏又賣與了這個霸王。』（憐惜香菱身世。）因又想起上日平兒也是意外想不到的，今日更是意外之意外的事了。一壁胡思亂想，來至房中，拉了襲人，細細的告訴了他原故。

香菱之爲人，無人不憐愛的。襲人又本是個手中撒漫的，況與香菱素相交好，一聞此信，忙就開箱取了出來折好，隨了寶玉來尋着香菱，他還站在那裏等呢。襲人笑道：『我說你太淘氣了，足的淘出個故事來纔罷。』香菱紅了臉，笑說：『多謝姐姐了，誰知那起促狹鬼使黑心。』說着，接了裙子，展開一看，果然同自己的一樣。又命寶玉背過臉去，自己叉手向內解下來，將這條繫上。

襲人道：『把這髒了的交與我拿回去，收拾了再給你送來。你若拿回去，看見了也是要問的。』（細心。）香菱道：『好姐姐，你拿去不拘給那個妹妹罷。我有了這個，不要他了。』襲人道：『你倒大方的好。』香菱忙又萬福道謝，襲人拿了髒裙便走。

又一次葬花。

香菱見寶玉蹲在地下，將方纔的夫妻蕙與並蒂菱用樹枝兒摳了一個坑，先抓些落花來鋪墊了，將這菱蕙安放好，又將些落花來掩了，方撮土掩埋平服。香菱拉他的手，笑道：『這又叫做什麼？怪道人人說你慣會鬼鬼祟祟使人肉麻的事。你瞧瞧，你這手弄的泥烏苔滑的，還不快洗去。』寶玉笑着，方起身走了去洗手，香菱也自走開。

二人已走遠了數步，香菱復轉身回來叫住寶玉。寶玉不知有何話，扎着兩隻泥手，（形容盡致）笑嘻嘻的轉來問：『什麼？』香菱只顧笑。因那邊他的小丫頭臻兒走來說：『二姑娘等你說話呢。』香菱方向寶玉道：『裙子的事可別向你哥哥說纔好。』

怕獃霸王亂疑心也。此句是從上面襲人所囑來。

說畢，即轉身走了。寶玉笑道：『可不我瘋了，往虎口裏探頭兒去呢。』說着，也回去洗手去了。

不知端詳，且聽下回分解。

【回後評】

一樁柳家的冤案，得以昭雪，此平兒之功也。此雖小案，卻令人看到：一、賈府下人之間派別各異，林之孝家的專擅，安插親信，搶班奪權，未經稟報，即先行定奪；二、秦顯家的小人得志，暫一得手，即清倉報虧，然後又大肆送禮請客，以酬同夥，其報虧之物，即已送禮之物，則安知其所送不入前任之虧空乎。然正在興頭之際，夢想落空，一切還原，落得雞飛蛋打，偃旗息鼓，捲包而出，雪芹生花之筆活畫出小人之態；三、一樁冤案昭雪，卻引來多種結果：柳家的感恩不盡，如同再造；林之孝家的專權無效，大損臉面；秦顯家的小人得志又失志，曇花一現，只留下一副小人嘴臉。而趙姨娘處，竟是三種心態：趙姨娘一塊石頭落地，僥倖躲過一難；彩雲則事雖掩過，而心中自愧自責；賈環則反起疑心，竟大責彩雲兩面三刀，將彩雲所贈之物摔還彩雲，終使彩雲將東西撇在河內，任其浮沉。此外如柳家的走芳官門路爲五兒謀事，司棋又與秦顯家的有關。雪芹一枝筆，竟如萬花筒，世態千變，盡在其觀照之中。

寶玉生日，又是一件盛事，且正值賈母王夫人等不在府中，諸人得以盡情暢快，宛然一次青年人的青春節，而以湘雲醉臥芍藥裀爲最高點。雪芹敍事，慣于樂中寓悲，盛中寓衰。在諸人行令中，寶玉的令案，卻由黛玉代說，結果說出『落霞孤鶩』、『風急雁哀』、『折足』、『迴腸』等哀瑟詞句；湘雲的令案則是『奔騰砰湃』、『波浪兼天』、『鐵鎖孤舟』、『不宜出行』凶險詞句；寶玉射寶釵的覆時，竟『敲斷玉釵紅燭冷』，香菱又給補出『寶釵無日不生塵』之句。總之於不知不覺間給讀者衰敗之感。尤其是竟讓黛玉說出『咱們家裏也太花費了，我雖不管事，心裏每常閑了，替你們一算計，出的多，進的少，如今若不省儉，必致後手不接』的話來，簡直是爲賈府的衰敗敲起了警鐘。而湘雲的『波浪兼天』、『鐵鎖孤舟』，也令人想到將有意外風浪。

『情解石榴裙』是特筆，寫寶玉憐惜香菱身世遭遇之心，以前無由表達，此番卻遇機會，得表心意，亦寫出寶玉『情癡』之『癡』。『醉眠芍藥裀』和『情解石榴裙』兩節，爲以往評家刻意求深之處，其實求深則過，過猶不及也，特失作者純真之意矣，讀紅固難得其中也。

【校　記】

〔一〕此處底本傳抄錯漏重複，從各本復原。

〔二〕『等我起來，打不死你這小蹄子』十二字，底本無，各本亦無，獨楊本有，此據楊本補。

〔三〕『着央告蕊官等』至『衆人拍手笑』共三十字，底本無，各本存，文字有差異。此據己卯本補。

第六十三回　壽怡紅群芳開夜宴　死金丹獨豔理親喪

話說寶玉回至房中洗手，因與襲人商議：『晚間吃酒，大家取樂，不可拘泥。如今吃什麼，好早些說給他們備辦去。』襲人笑道：『你放心，我和晴雯、麝月、秋紋四個人，每人五錢銀子，共是二兩。芳官、碧痕、小燕、四兒四個人，每人三錢銀子——他們有假的不算——共是三兩二錢銀子，早已交給了柳嫂子，預備四十碟菓子。我和平兒說了，已經擡了一罈好紹興酒藏在那邊了。我們八個人單替你過生日。』

寶玉聽了，喜的忙說：『他們是那裏的錢，不該叫他們出纔是。』晴雯道：『他們沒錢，難道我們是有錢的！這原是各人的心。晴雯一句話說到了底。那怕他偷的呢，只管領他們的情就是。』寶玉聽了，笑說：『你說的是。』襲人笑道：『你一天不挨他兩句硬話村你，你再過不去。』聽襲人此種語氣，可知其與寶玉之特殊親密關係。晴雯笑道：『你如今也學壞了，專會架橋撥火兒。』說着大家都笑了。

寶玉說：『關院門罷。』（只此四字，寫出寶玉急不可待。）襲人笑道：『怪不得人說你是「無事忙」，這會子關了門，人倒疑惑，越性再等一等。』寶玉點頭，因說：『我出去走走，四兒舀水去，小燕一個跟我來罷。』說着，走至外邊，因見無人，便問五兒之事。小燕道：『我纔告訴了柳嫂子，他倒喜歡的很。只是五兒那夜受了委屈煩惱，回家去又氣病了，那裏來得。只等好了罷。』（好事多魔也。）寶玉聽了，不免後悔長嘆，因又問：『這事襲人知道不知道？』小燕道：『我沒告訴，不知芳官可說了不曾。』寶玉道：『我卻沒告訴過他，也罷，等我告訴他就是了。』說畢，復走進來，故意洗手。

出去是特意爲問五兒之事。可見寶玉於五兒事時時在心。

已是掌燈時分，聽得院門前有一群人進來。大家隔窗悄視，果見林之孝家的和幾個管事的女人走來，前頭一人提着大燈籠。晴雯悄笑道：『他們查上夜的人來了。這一出去，咱們好關門了。』只見怡紅院凡上夜的人都迎了出去，林之孝家的看了不少。林之孝家的吩咐：『不要耍錢吃酒，放倒頭睡到大天亮。我聽見是不依的。』衆人都笑說：『那裏有這樣大膽子的人。』林之孝家的又問：『寶二爺睡下了沒有？』衆人都回不知道。

果然查夜的來了，可見園門遲關得妙。

襲人忙推寶玉。寶玉靸了鞋，便迎出來，笑道：『我還沒睡呢。媽媽進來歇歇。』又叫：『襲人倒茶來。』林之孝家的忙進來，笑說：『還沒睡？如今天長寶玉、襲人等於林之孝家的都甚敬謹，可見林之孝家的在賈家之資位。

夜短了，該早些睡，明兒起的方早。不然到了明日起遲了，人笑話說不是個讀書上學的公子了，倒像那起挑腳漢了。』說畢，又笑。寶玉忙笑道：『媽媽說的是。我每日都睡的早，媽媽每日進來可都是我不知道的，已經睡了。今兒因吃了麵，怕停住食，所以多頑一回。』

林之孝家的又向襲人等笑說：『該沏些普洱茶吃。』襲人、晴雯二人忙笑說：『沏了一杯子女兒茶，已經吃過兩碗了。大娘也嚐一碗，都是現成的。』說着，晴雯便倒了一碗來。

林之孝家的又笑道：『這些時我聽見二爺嘴裏都換了字眼，趕着這幾位大姑娘們竟叫起名字來。雖然在這屋裏，到底是老太太、太太的人，還該嘴裏尊重些纔是。若一時半刻偶然叫一聲使得，若只管叫起來，怕以後兄弟姪兒照樣，便惹人笑話，說這家子的人眼裏沒有長輩。』寶玉笑道：『媽媽說的是。我原不過是一時半刻的。』襲人、晴雯都笑說：『這可別委屈了他。直到如今，他可姐姐沒離了口。不過頑的時候叫一聲半聲名字，若當着人卻是和先一樣。』

林之孝家的笑道：『這纔好呢，這纔是讀書知禮的。越自己謙越尊重，別說是三五代的陳人，現從老太太、太太屋裏撥過來的，便是老太太、太太屋裏的貓兒狗兒，輕易也傷他不的。（愛屋及烏也。）這纔是受過調教的公子行事。』說畢，吃了茶，便此時方關園門。

一切從簡便，禮數已無用。

酡絨，己卯本作『酡絨』，列藏本同庚

說：『請安歇罷，我們走了。』寶玉還說：『再歇歇。』那林之孝家的已帶了衆人，又查別處去了。

這裏，晴雯等忙命關了門，進來笑說：『這位奶奶那裏吃了一杯來了，嘮三叨四的，又排場了我們一頓去了。』麝月笑道：『他也不是好意的，少不得也要常提着些兒。也堤防着怕走了大褶兒的意思。』他也是爲走一趟官樣文章也。說着，一面擺上酒菓。

襲人道：『不用高桌，咱們把那張花梨圓炕桌子放在炕上坐，又寬綽，又便宜。』說着，大家果然擡來。麝月和四兒那邊去搬菓子，用兩個大茶盤做四五次方搬運了來。兩個老婆子蹲在外面火盆上篩酒。

寶玉說：『天熱，咱們都脫了大衣裳纔好。』衆人笑道：『你要脫你脫，我們還要輪流安席呢。』寶玉笑道：『這一安就安到五更天了。知道我最怕這些俗套子，在外人跟前不得已的，這會子還慪我就不好了。』衆人聽了，都說：『依你。』於是先不上坐，且忙着卸妝寬衣。脂批：『凡吃酒從未先如此者，此獨怡紅風俗。故王夫人云他行事總是與世人兩樣的，知子莫過母也。』

一時，將正裝卸去，頭上只隨便挽着鬢兒，身上皆是長裙短襖。寶玉只穿着大紅棉紗小襖子，下面緑綾彈墨袷褲，散着褲腳，倚着一個各色玫瑰芍藥花瓣裝的玉色袷紗新枕頭，和芳官兩個先划拳。

當時芳官滿口嚷熱，脂批：『余亦此時太熱了，恨不得一冷。既冷時思此熱，果然一夢矣。』只穿着一件玉色紅青酡絨三色緞子鬭辰本作『酡絨』。王府本、戚本、楊本、甲辰本、程甲本均作『駝絨』。按『絨』字，即『織』字。《方言》：『趙魏間呼經而未緯者曰「絨」。』『酡絨』，義不可解。由此可見己卯本之『絨』當是『絨』字之誤。『酡』，己卯、庚辰、列藏均同作『酡』，當不誤，故此本作『酡絨』，當是。『酡』亦紅色。以後各本均作『駝絨』，近俗而誤也。

此段是芳官特寫。

讓寶玉從每人手裏吃一口酒。戚蓼生云：『寫閨房則極其雍肅也而豔冶已滿紙矣。』雖喝一口酒，亦已豔冶滿紙矣。

此時方說請黛玉、寶釵，文章錯落有致。

的水田小夾襖，束着一條柳綠汗巾，底下是水紅撒花夾褲，也散着褲腿。頭上眉額編着一圈小辮，總歸至頂心，結一根鵝卵粗細的總辮，拖在腦後。右耳眼內只塞着米粒大小的一個小玉塞子，左耳上單帶着一個白果大小的硬紅鑲金大墜子，越顯的面如滿月猶白，眼如秋水還清。引的衆人笑說：『他兩個倒像是雙生的弟兄兩個。』

襲人等一一的斟了酒來，說：『且等等再划拳，雖不安席，每人在手裏吃我們一口罷了。』於是襲人爲先，端在唇上吃了一口，餘依次下去，一一吃過，大家方團圓坐定。小燕、四兒因炕沿坐不下，便端了兩張椅子，近炕放下。那四十個碟子，皆是一色白粉定窰的，（定白是宋名窰，可見其信手拈來，皆是寶器。）不過只有小茶碟大，裏面不過是山南海北，中原外國，或乾或鮮，或水或陸，天下所有的酒饌菓菜。

寶玉因說：『咱們也該行個令纔好。』襲人道：『斯文些的纔好，別大呼小叫，惹人聽見。二則我們不識字，可不要那些文的。』麝月笑道：『拿骰子咱們搶紅罷。』寶玉道：『沒趣，不好。咱們占花名兒好。』晴雯笑道：『正是早已想弄這個頑意兒。』襲人道：『這個頑意雖好，人少了沒趣。』

小燕笑道：『依我說，咱們竟悄悄的把寶姑娘、林姑娘請了來頑一回子，到二更天再睡不遲。』襲人道：『又開門喝户的鬧，倘或遇見巡夜的問呢？』寶玉又帶出探春、寶琴，更見參差。

道：『怕什麼，咱們三姑娘也吃酒，再請他一聲纔好。還有琴姑娘。』衆人都道：『琴姑娘罷了，他在大奶奶屋裏，叨登的大發了。』寶玉道：『怕什麼，你們就快請去。』小燕、四兒都得不了一聲，二人忙命開了門，分頭去請。

晴雯、麝月、襲人三人又說：『他兩個去請，只怕寶、林兩個不肯來，須得我們請去，死活拉他來。』於是襲人、晴雯忙又命老婆子打個燈籠，二人又去。果然寶釵說夜深了，黛玉說身上不好。他二人再三央求說：『好歹給我們一點體面，略坐坐再來。』探春聽了卻也歡喜。因想：『不請李紈，倘或被他知道了倒不好。便命翠墨同了小燕也再三的請了李紈和寶琴二人，會齊，先後都到了怡紅院中。襲人又死活拉了香菱來。炕上又並了一張桌子，方坐開了。

再加李紈，文章更見波瀾，如此錯落有致，足見當時隨想隨議隨請，皆生活真實。

又拉來香菱，真是令人如身經目睹。

寶玉忙說：『林妹妹怕冷，過這邊靠板壁坐。』（寶玉時時體貼林妹妹。）又拿個靠背墊着些。襲人等都端了椅子在炕沿下一陪。黛玉卻離桌遠遠的靠着靠背，因笑向寶釵、李紈、探春等道：『你們日日說人夜聚飲博，今兒我們自己也如此，以後怎麼說人。』李紈笑道：『這有何妨。一年之中不過生日節間如此，並無夜夜如此，這倒也不怕。』

先由黛玉一問，然後由李紈一解，則自可放心暢懷矣。

說着，晴雯拿了一個竹雕的籤筒來，裏面裝着象牙花名籤子，搖了一搖，放在當中。又取過骰子來，盛在盒內，搖了一搖，揭開一看，裏面是五點，數至寶第一個就是寶釵抓。

籤題和詩句，皆是對寶釵之評，惟當深思，方能得其真意，不能即依字面淺解也。

此曲見明湯顯祖《邯鄲記・度世》中何仙姑至蓬萊山門外掃花時

釵。寶釵便笑道：『我先抓，不知抓出個什麼來。』說着將筒搖了一搖，伸手掣出一根。大家一看，只見籤上畫着一支牡丹，題着『豔冠群芳』四字；下面又有鐫的小字一句唐詩，道是：

任是無情也動人。唐羅隱牡丹詩。

又註着：『在席共賀一杯，此爲群芳之冠，隨意命人，不拘詩詞雅謔，道一則以侑酒。』衆人看了，都笑說：『巧得很，你也原配牡丹花。』衆人評寶釵原配牡丹花，此是鐵案。說着，大家共賀了一杯。

寶釵吃過，寶釵亦認衆人之說，未作謙讓。便笑說：『芳官唱一支我們聽罷。』芳官道：『既這樣，大家吃門杯好聽的。』於是大家吃酒。芳官便唱：

壽筵開處風光好。

衆人都道：『快打回去。這會子很不用你來上壽，揀你極好的唱來。』芳官只得細細的唱了一支《賞花時》：

翠鳳毛翎扎箒叉，閑踏天門掃落花。您看那風起玉塵沙。猛可的那一層雲下，抵多少門外即天涯。您休再劍斬黃龍一線兒差，再休向東老貧窮賣

酒家。您與俺高眼向雲霞。洞賓呵，您得了人可便早些兒回話；若遲呵，錯教人留恨碧桃花。〔一〕

所唱，曲文有小異。

纔罷。寶玉卻只管拿着那籤，口內顛來倒去念『任是無情也動人』，聽了這曲子，眼看着芳官不語。湘雲忙一手奪了，擲與寶釵。寶釵又擲了一個十六點，數到探春。

寶玉『口內顛來倒去念「任是無情也動人」』句，作者特筆。予謂此句當作『任是動人也無情』解，方合寶釵。此亦反讀之一例也。

探春笑道：『我還不知得個什麼呢。』伸手掣了一根出來，自己一瞧，便擲在地下，紅了臉，笑道：『這東西不好，不該行這令。這原是外頭男人們行的令，許多混話在上頭。』衆人不解，襲人等忙拾了起來，衆人看上面是一枝杏花，那紅字寫着『瑤池仙品』四字。詩云：

日邊紅杏倚雲栽。唐高蟾詩

注云：『得此籤者，必得貴婿。大家恭賀一杯，共同飲一杯。』衆人笑道：『我說是什麼呢。這籤原是閨閣中取戲的，除了這兩三根有這話的，並無雜話，這有何妨。我們家已有了個王妃，難道你也是王妃不成。大喜，大喜！』說着，大家來敬。探春那裏肯飲，卻被史湘雲、香菱、李紈等三四個人強死強活灌了下去。終於飲了探春只命蠲了這個，再行別的，衆人斷不肯依。湘雲拿着他的手強擲了個十九點

爲後文伏筆。

芳開
夜宴
壬午牡
丹節
鳳媛

出來，便該李氏掣。

李氏搖了一搖，掣出一根來一看，笑道：『好極。你們瞧瞧，這勞什子竟有些意思。』衆人瞧那籤上，畫着一枝老梅，是寫着『霜曉婆娑』四字，那一面舊詩是：

竹籬茅舍自甘心。宋王琪《梅》詩，爲李紈寫照。

注云：『自飲一杯，下家擲骰。』李紈笑道：『真有趣，你們擲去罷。我只自吃一杯，不問你們的廢與興。』說着，便吃酒，將骰過與黛玉。黛玉一擲，是個十八點，便該湘雲掣。

湘雲笑着，揎拳擄袖的伸手掣了一根出來。大家看時，一面畫着一枝海棠，題着『香夢沉酣』四字。那面詩道是：

只恐夜深花睡去。宋蘇軾《海棠詩》。

黛玉笑道：『「夜深」兩個字，改「石涼」兩個字。』衆人便知他趣白日間湘雲醉臥的事，都笑了。湘雲笑指那自行船與黛玉看，又說：『快坐上那船家去罷，別多話了。』衆人都笑了。因看注云：『既云「香夢沉酣」，寫湘雲醉眠。掣此籤者不便飲酒，只令上下二家各飲一杯。』湘雲拍手笑道：『阿彌陀佛，真真好籤！』恰好黛玉是上家，寶玉是下家。二人斟了兩杯只得要飲。寶玉先飲了半杯，瞅人不見，遞與芳官，端起來便一揚脖。黛玉只管和人說話，將酒全折在漱盂內了。湘雲便綽起骰子來一擲個九點，數去該麝月。

麝月便掣了一根出來。大家看時，這面上一枝荼蘼花，題着『韶華勝極』四字。那邊寫着一句舊詩，道是：

開到荼蘼花事了。宋王琪詩，直注麝月後事。

注云：『在席各飲三杯送春。』麝月問：『怎麽講？』寶玉愁眉，忙將籤藏了，說：『咱們且喝酒。』說着，大家吃了三口，以充三杯之數。麝月一擲個十九點，該香菱。

香菱便掣了一根並蒂花，題着『聯春繞瑞』。那面寫着一句詩，道是：

連理枝頭花正開。宋朱淑貞詩。

注云：『共賀掣者三杯，大家陪飲一杯。』香菱便又擲了個六點，該黛玉掣。

黛玉默默的想道：『不知還有什麽好的被我掣着方好。』一面伸手取了一根，只見上面畫着一枝芙蓉，題着『風露清愁』四字。那面一句舊詩，道是：

按『芙蓉』，荷花別名。《楚辭・離騷》：

莫怨東風當自嗟。宋歐陽修《明妃曲·再和王介甫》詩。

注云：『自飲一杯，牡丹陪飲一杯。』衆人笑說：『這個好極。除了他，別人不配作芙蓉。』黛玉也自笑了。於是飲了酒，便擲了個二十點，該着襲人。

襲人便伸手取了一支出來，卻是一枝桃花，題着『武陵別景』四字。那一面舊詩寫着道是：

桃紅又是一年春。宋謝枋得詩。

注云：『杏花陪一盞，坐中同庚者陪一盞，同辰者陪一盞，同姓者陪一盞。』衆人笑道：『這一回熱鬧有趣。』

大家算來，香菱、晴雯、寶釵三人皆與他同庚，黛玉與他同辰，只無同姓者。芳官忙道：『我也姓花，我也陪他一鍾。』於是大家斟了酒，黛玉因向探春笑道：『命中該着招貴婿的，你是杏花，快喝了，我們好喝。』探春笑道：『這是個什麼，大嫂子順手給他一下子。』李紈笑道：『人家不得貴婿反挨打，我也不忍的。』說的衆人都笑了。

襲人纔要擲，只聽有人叫門。老婆子忙出去問時，原來是薛姨媽打發人來了接黛玉的。衆人因問幾更了，人回：『二更以後了，鐘打過十一下了。』寶玉猶不

『製芰荷以爲衣兮，集芙蓉以爲裳。』洪興祖補注：『《本草》云：其葉名荷，其花未發爲菡萏，已發爲芙蓉。』又木蓮稱木芙蓉，灌木，秋季開花。此處所舉之芙蓉，當指荷花。題『風露清愁』四字，則當已入秋，荷花亦將殘，已非當令矣。李白詩：『清水出芙蓉，天然去雕飾。』周敦頤《愛蓮說》：『蓮，花之君子者也。』『出淤泥而不染，濯清漣而不妖，中通外直，不蔓不枝，香遠溢清，亭亭淨植，可遠觀而不可褻玩焉。』皆稱荷花之高格，以喻黛玉之一塵不染也。又七十八回之《芙蓉女兒誄》則當爲木芙蓉，兩者名同，節令相接，故兩相影借，實非一事，世之讀『紅』者，往往以爲前後一

事，誤矣。

襲人得桃花，又題『武陵別景』，『桃紅又是一年春』，則棄舊圖新，別尋好景，『輕薄桃花逐水流』矣。

黛玉、李紈、寶釵等先退，爲一頓挫，文章有曲折，以下爲夜宴之又一新境。

此時已全無拘束，縱情歡暢矣。

一片爛熳天真，與會淋漓，入混沌之境矣。

信，要過錶來瞧了一瞧，已是子初初刻十分了。黛玉便起身說：『我可撐不住了，回去還要吃藥呢。』衆人說：『也都該散了。』襲人、寶玉等還要留着衆人。李紈、寶釵等都說：『夜太深了不像，這已是破格了。』襲人道：『既如此，每位再吃一杯再走。』說着，晴雯等已都斟滿了酒，每人吃了，都命點燈。襲人等直送過沁芳亭河那邊方回來。關了門，大家復又行起令來。襲人等又用大鍾斟了幾鍾，用盤攢了各樣菓菜與地下的老嬷嬷們吃。彼此有了三分酒，便猜拳贏唱小曲兒。那天已四更時分，老嬷嬷們一面明吃，一面暗偷，酒罈已罄，衆人聽了納罕，方收拾盥漱睡覺。

芳官吃的兩腮胭脂一般，眉梢眼角越添了許多丰韻，身子圖不得，便睡在襲人身上，道：『好姐姐，心跳的很。』襲人笑道：『誰許你盡力灌起來。』小燕、四兒也圖不得，早睡了。晴雯還只管叫。寶玉道：『不用叫了，咱們且胡亂歇一歇罷。』自己便枕了那紅香枕，身子一歪，便也睡着了。襲人見芳官醉的很，恐鬧他唾酒，只得輕輕起來，就將芳官扶在寶玉之側，由他睡了。自己卻在對面榻上倒下。大家黑甜一覺，不知所之。

及至天明，襲人睜眼一看，只見天色晶明，忙說：『可遲了。』向對面牀上瞧了一瞧，只見芳官頭枕着炕沿上，睡猶未醒，連忙起來叫他。寶玉已翻身醒了，痛飲狂醉，各各歌唱，醒後卻又依稀忘卻，確是醉後光景。

補敘平兒。

笑道：『可遲了！』因又推芳官起身。那芳官坐起來，猶發怔揉眼睛。襲人笑道：『不害羞，你吃醉了，怎麼也不揀地方兒亂挺下了。』芳官聽了，瞧了一瞧，方知道和寶玉同榻，忙笑的下地來，說：『我怎麼吃的不知道了。』寶玉笑道：『我竟也不知道了。若知道，給你臉上抹些黑墨。』

說着，丫頭進來伺候梳洗。寶玉笑道：『昨兒有擾，今兒晚上我還席。』襲人笑道：『罷、罷、罷，今兒可別鬧了。再鬧，就有人說話了。』寶玉道：『怕什麼，不過纔兩次罷了。咱們也算是會吃酒了，那一罈子酒，怎麼就吃光了。正是有趣，偏又沒了。』襲人笑道：『原要這樣纔有趣，必至興盡了，反無後味了。昨兒都好上來了，晴雯連臊也忘了，我記得他還唱了一個。』四兒笑道：『姐姐忘了，連姐姐還唱了一個呢。在席的誰沒唱過！』衆人聽了，俱紅了臉，用兩手握着笑個不住。

忽見平兒笑嘻嘻的走來，說親自來請昨日在席的人：『今兒我還東，短一個也使不得。』衆人忙讓坐吃茶。晴雯笑道：『可惜昨夜沒他。』平兒忙問：『你們夜裏做什麼來？』襲人便說：『告訴不得你。昨兒夜裏熱鬧非常，連往日老太太、太太帶着衆人頑，也不及昨兒這一頑。一罈酒我們都鼓搗光了，一個個吃的把臊都丟了，三不知的又都唱起來。四更多天，纔橫三豎四的打了一個盹兒。』

怡紅院裏諸人把妙玉忘了，妙玉卻未忘寶玉生日，而且用粉箋，稱檻外人，實心在檻內也。

平兒笑道：『好，白和我要了酒來，也不請我，還說着給我聽，氣我。』晴雯道：『今兒他還席，（一個「他」字活寫晴雯。）必來請你的，等着罷。』平兒笑問道：『他是誰，誰是他？』晴雯聽了，趕着笑打，（趕着笑打而不答，更妙。）說道：『偏你這耳朵尖，聽得真。』平兒笑道：（非答而答，神態逼真。）『這會子有事，不和你說，我幹事去了。一回再打發人來請。一個不到，我是打上門來的。』寶玉等忙留他，已經去了。

這裏，寶玉梳洗了，正吃茶，忽然一眼看見硯臺底下壓着一張紙，（意外之事）因說道：『你們這隨便混壓東西也不好。』襲人、晴雯等忙問：『又怎麼了，誰又有了不是了？』寶玉指道：『硯臺底下是什麼？一定又是那位的樣子忘記了收的。』晴雯忙啓硯拿了出來，卻是一張字帖兒，遞與寶玉看時，原來是一張粉箋子，上面寫着『檻外人妙玉恭肅遥叩芳辰』。

寶玉看畢，直跳了起來，（脂批：『帖文亦蹈俗套之外。』）忙問：『這是誰接了來的？也不告訴。』襲人、晴雯等見了這般，不知當是那個要緊的人來的帖子，忙一齊問：『昨兒誰接下了一個帖子？』四兒忙飛跑進來，笑說：『昨兒妙玉並沒親來，只打發個媽媽送來。我就擱在那裏，誰知一頓酒就忘了。』衆人聽了道：『我當誰的，這樣大驚小怪。這也不值的。』

寶玉忙命：『快拿紙來。』當時拿了紙，研了墨，看他下着『檻外人』三字，自補敘一段往事。

四句評語，恰寫出一個孤傲矯情之妙玉。

己竟不知回帖上回個什麼字樣纔相敵。只管提筆出神，半天仍沒主意。因又想：『若問寶釵去，他必又批評怪誕，不如問黛玉去。』想罷，袖了帖兒，逕來尋黛玉。

剛過了沁芳亭，忽見岫煙顫顫巍巍的迎面走來。寶玉忙問：『姐姐那裏去？』岫煙笑道：『我找妙玉說話。』寶玉聽了詫異，說道：『他爲人孤癖，不合時宜，萬人不入他目。原來他推重姐姐，竟知姐姐不是我們一流的俗人。』岫煙笑道：『他也未必真心重我，但我和他做過十年的鄰居，只一牆之隔。他在蟠香寺修煉，我家原寒素，賃的是他廟裏的房子，住了十年，無事到他廟裏去作伴。我所認的字都是承他所授。我和他又是貧賤之交，又有半師之分。因我們投親去了，聞得他因不合時宜，權勢不容，竟投到這裏來。如今又天緣湊合，我們得遇，舊情竟未易。承他青目，更勝當日。』

寶玉聽了，恍如聽了焦雷一般，喜的笑道：『怪道姐姐舉止言談，超然如野鶴閑雲，原來有本而來。正因他的一件事我爲難，要請教別人去。如今遇見姐姐，真是天緣巧合，求姐姐指教。』說着，便將拜帖取與岫煙看。岫煙笑道：『他這脾氣竟不能改，竟是生成這等放誕詭僻了。從來沒見拜帖上下別號的，這可是俗語說的「僧不僧，俗不俗，女不女，男不男」，成個什麼道理。』寶玉聽說，忙笑道：『姐姐不知道，他原不在這些人中，算他原是世人意外之人。因取我是個些微有知識的，（知識，佛教用語，精通佛學謂之大知識。寶玉此處是說自己稍微懂點佛教知識。）方給我這帖子。我因不知回什麽字樣纔好，竟没了主意，正要去問林妹妹，可巧遇見了姐姐。』

岫煙聽了寶玉這話，且只顧用眼上下細細打量了半日，方笑道：『怪道俗語說的「聞名不如見面」，又怪不得妙玉竟下這帖子給你，又怪不得上年竟給你那些梅花。既連他這樣，少不得我告訴你原故。他常說：「古人中自漢、晉、五代、唐、宋以來，皆無好詩，只有兩句好，說道：『縱有千年鐵門檻，終須一個土饅頭。』」所以他自稱「檻外之人」。又常贊文是莊子的好，故又或稱爲「畸人」。他若帖子上是自稱「畸人」的，你就還他個「世人」。畸人者，他自稱是畸零之人；你謙自己乃世中擾擾之人，他便喜了。如今他自稱「檻外之人」，是自謂蹈於鐵檻之外了，故你如今只下「檻內人」，便合了他的心了。』寶玉聽了，如醍醐灌頂，噯喲了一聲，方笑道：『怪道我們家廟說是「鐵檻寺」呢，原來有這一說。姐姐就請，讓我去寫回帖。』岫煙聽了，便自往櫳翠庵來。寶玉回房寫了帖子，上面只寫『檻內人寶玉薰沐謹拜』幾字，親自拿了到櫳翠庵，只隔門縫兒投進去便回來了。

如此評詩，亦見其矯情至甚。

因又見芳官梳了頭，挽起鬢來，帶了些花翠，忙命他改妝，又命將周圍的短髮剃了去，露出碧青頭皮來，當中分大頂，又說：『冬天作大貂鼠臥兔兒帶，腳上穿虎頭盤雲五彩小戰靴，或散着褲腿，只用淨襪厚底鑲鞋。』又說：『芳官之名不

又翻新花樣。

一段奇趣妙文。按清初以來，中國西部邊境常有擾亂，直至乾隆二十年，始告平定，是年建格登山記

好，竟改了男名纔別致。』因又改作『雄奴』。芳官十分稱心，又說：『既如此，你出門也帶我出去。有人問，只說我和茗煙一樣的小厮就是了。』寶玉笑道：『到底人看的出來。』芳官笑道：『我說你是無才的。脂批：『用芳官一罵有趣。』咱家現有幾家土番，你就說我是個小土番兒，況且人人說我打聯垂好看，你想這話可妙？』

寶玉聽了，喜出意外，忙笑道：『這卻很好。我亦常見官員人等多有跟從外國獻俘之種，圖其不畏風霜，鞍馬便捷。既這等，再起個番名，叫作「耶律雄奴」。「雄奴」二音，又與匈奴相通，都是犬戎名姓。況且這兩種人自堯舜時便爲中華之患，晉唐諸朝，深受其害。幸得咱們有福，生在當今之世，大舜之正裔，聖虞之功德仁孝，赫赫格天，同天地日月億兆不朽，所以凡歷朝中跳梁猖獗之小丑，到了如今竟不用一干一戈，皆天使其拱手俛頭緣遠來降。我們正該作踐他們，爲君父生色。』

芳官笑道：『既這樣着，你該去操習弓馬，學些武藝，挺身出去拿幾個反叛來，豈不盡忠效力了。何必借我們，你鼓唇搖舌的，自己開心作戲，卻說是稱功頌德呢。』寶玉笑道：『所以你不明白。如今四海賓服，八方寧靜，千載百載，不用武備。咱們雖一戲一笑，也該稱頌，方不負坐享昇平了。』芳官聽了有理，二人自爲妥貼甚宜。寶玉便叫他『耶律雄奴』。

記功碑，立於格登山頂，至今仍雄峙山巔。山在新疆昭蘇，古烏孫國地也。一九九八年予曾至山頂觀此碑，雪芹此段所述，或與西部之事有關。

一段無拘無束、胡天胡帝的快意文字。

究竟賈府二宅皆有先人當年所獲之囚賜爲奴隸，只不過令其飼養馬匹，皆不堪大用。湘雲素習憨戲異常，他也最喜武扮的，每每自己束鑾帶，穿摺袖。近見寶玉將芳官扮成男子，他便將葵官也扮了個小子。那葵官本是常刮剔短髮，好便於面上粉墨油彩，手腳又伶便，打扮了又省一層手。李紈、探春見了也愛，便將寶琴的荳官也就命他打扮了一個小童，頭上兩個丫髻，短襖紅鞋，只差了塗臉，便儼是戲上的一個琴童。湘雲將葵官改了，换作『大英』。因他姓韋，便叫他作韋大英，方合自己的意思，暗有『惟大英雄能本色』之語，何必塗硃抹粉，纔是男子。荳官身量年紀皆極小，又極鬼靈，故曰荳官。園中人也有喚他作『阿荳』的，也有喚作『炒豆子』的。寶琴反説琴童、書童等名太熟了，竟是荳字别致，便换作『荳童』。

因飯後平兒還席，説紅香圃太熱，便在榆蔭堂中擺了幾席新酒佳肴。可喜尤氏又帶了佩鳳、偕鴛二妾過來遊玩。這二妾亦是青年姣憨女子，不常過來的，今既入了這園，再遇見湘雲、香菱、芳、蕊一干女子，所謂『方以類聚，物以群分』二語不錯，只見他們説笑不了，也不管尤氏在那裏，只憑丫鬟們去服侍，且同衆人一一的遊玩。

一時到了怡紅院，忽聽寶玉叫『耶律雄奴』，把佩鳳、偕鴛、香菱三個人笑在奇狀百出，絕世妙文。

又提甄家。

正在極歡盡樂之際，忽來兇訊。

一處，問是什麼話。大家也學着叫這名字，又叫錯了音韻，或忘了字眼，甚至於叫出『野驢子』來，引的合園中人凡聽見者無不笑倒。寶玉又見人人取笑，恐作踐了他，忙又說：『海西福朗思牙，（法蘭西，今之法國。）聞有金星玻璃寶石，他本國番語以金星玻璃名爲「溫都里納」。如今將你比作他，就改名喚叫「溫都里納」可好？』芳官聽了更喜，說：『就是這樣罷。』因此又喚了這名。衆人嫌拗口，仍翻漢名，就喚『玻璃』。

閑言少述，且說當下衆人都在榆蔭堂中以酒爲名，大家頑笑，命女先兒擊鼓。平兒採了一枝芍藥，大家約二十來人傳花爲令，熱鬧了一回。因人回說：『甄家有兩個女人送東西來了。』探春和李紈、尤氏三人出去議事廳相見，這裏衆人且出來散一散。佩鳳、偕鴛兩個去打鞦韆頑耍，（脂批：『大家千金，不令作此戲。故寫不及探春等人也。』）寶玉便說：『你兩個上去，讓我送。』慌的佩鳳說：『罷了，別替我們鬧亂子，倒是叫「野驢子」來送送使得。』寶玉忙笑說：『好姐姐們，別頑了，沒的叫人跟着你們學着罵他。』偕鴛又說：『笑軟了，怎麼打呢。掉下來栽出你的黃子來。』佩鳳便趕着他打。

正頑笑不絕，忽見東府中幾個人慌慌張張跑來說：『老爺賓天了。』衆人聽寫道士一筆。道家昇仙原來如此。

了，唬了一大跳，忙都說：『好好的並無疾病，怎麽就沒了？』家下人說：『老爺天天修煉，定是功行圓滿，昇仙去了。』

尤氏一聞此言，又見賈珍父子並賈璉等皆不在家，一時竟沒個着己的男子來，未免忙了。只得忙卸了妝飾，命人先到玄真觀，將所有的道士都鎖了起來，因死得突然也。等大爺來家審問。一面忙忙坐車帶了賴昇一干老家人媳婦出城。又請太醫看視到底係何病。

大夫們見人已死，何處診脈來，素知賈敬導氣之術總屬虛誕，更至參星禮斗，守庚申，服靈砂，妄作虛爲，過於勞神費力，反因此傷了性命的。如今雖死，肚中堅硬似鐵，面皮嘴唇燒的紫絳皺裂。便向媳婦回說：『係玄教中吞金服砂，燒脹而歿。』衆道士慌的回說：『原是老爺秘法新製的丹砂吃壞事，小道們也曾勸說「功行未到且服不得」，不承望老爺於今夜守庚申時悄悄的服了下去，便昇仙了。這恐是虔心得道，已出苦海，脫去皮囊，自了去也。』

尤氏也不聽，只命鎖着，等賈珍來發放，且命人去飛馬報信。一面看視這裏窄狹，不能停放，橫豎也不能進城的，忙裝裹好了，用軟轎擡至鐵檻寺來停放。掐指算來，至早也得半月的工夫，賈珍方能來到。目今天氣炎熱，實不得相待，遂自行主持，命天文生擇了日期入殮。壽木已係早年備下寄在此廟的，甚是便宜。

初提尤二姐、尤三姐。

三日後便開喪破孝。一面且做起道場來等賈珍。

榮府中鳳姐兒出不來，李紈又照顧姊妹，寶玉不識事體，只得將外頭之事暫託了幾個家中二等管事人。賈𤩽、賈珖、賈珩、賈瓔、賈菖、賈菱等各有執事。尤氏不能回家，便將他繼母接來在寧府看家。他這繼母只得將兩個未出嫁的小女帶來，一併起居纔放心。脂批：『原爲放心而來，終是放心而去。妙甚。』

且說賈珍聞了此信，即忙告假，並賈蓉是有職之員。禮部見當今隆敦孝弟，不敢自專，具本請旨。原來天子極是仁孝過天的，且更隆重功臣之裔，一見此本，便詔問賈敬何職。禮部代奏：『係進士出身，祖職已蔭其子賈珍。賈敬因年邁多疾，常養靜于都城之外玄真觀。今因疾歿於寺中，其子珍、其孫蓉，現因國喪隨駕在此，故乞假歸殮。』

天子聽了，忙下額外恩旨曰：『賈敬雖白衣無功于國，念彼祖父之功，追賜五品之職。令其子孫扶柩由北下之門進都，入彼私第殯殮。任子孫盡喪禮畢扶柩回籍外，着光禄寺按上例賜祭。朝中由王公以下准其祭吊。欽此。』此旨一下，不但賈府中人謝恩，連朝中所有大臣皆嵩呼稱頌不絕。

賈珍父子星夜馳回，半路中又見賈𤩽、賈珖二人領家丁飛騎而來，看見賈珍，一齊滾鞍下馬請安。賈珍忙問：『作什麽？』賈𤩽回說：『嫂子恐哥哥和姪兒來稽顙泣血，盡「禮」而已。

了，老太太路上無人，叫我們兩個來護送老太太的。』賈珍聽了，贊稱不絕，又問家中如何料理。賈㻞等便將如何拿了道士，如何挪至家廟，怕家內無人，接了親家母和兩個姨娘在上房住着。賈蓉當下也下了馬，聽見兩個姨娘來了，便和賈珍一笑。（會意。）賈珍忙說了幾聲『妥當』，加鞭便走，店也不投，連夜換馬飛馳。

一日到了都門，先奔入鐵檻寺。那天已是四更天氣，坐更的聞知，忙喝起衆人來。賈珍下了馬，和賈蓉放聲大哭，從大門外便跪爬進來，至棺前稽顙泣血，直哭到天亮喉嚨都啞了方住。尤氏等都一齊見過。賈珍父子忙按禮換了兇服，在棺前俯伏，無奈自要理事，竟不能目不視物，耳不聞聲，少不得減些悲戚，好指揮衆人。因將恩旨備述與衆親友聽了。一面先打發賈蓉家中料理停靈之事。賈蓉巴不得一聲兒，（正中心意）先騎馬飛來至家，忙命前廳收桌椅，下槅扇，掛孝幔子，門前起鼓手棚牌樓等事。又忙着進來看外祖母、兩個姨娘。

原來尤老安人年高喜睡，常歪着。他二姨娘三姨娘都和丫頭們作活計，他來了都道煩惱。賈蓉且嘻嘻的望他二姨娘笑說：『二姨娘，你又來了，我們父親正想你呢。』（纔泣血稽顙，此處又嘻皮笑臉。）尤二姐便紅了臉，（可見非止一次矣。）罵道：『蓉小子，我過兩日不罵你幾句，你就過不得了。越發連個體統都沒了。還虧你是大家公子哥兒，每日念書學禮的，（直刺學禮）越發連那小家子瓢坎的也跟不上。』說着順手拿起一個熨斗來，摟頭就連丫頭都看不過，可見放縱到何等程度。

打，（所謂打情罵俏也。二姐舉止可見。）唬的賈蓉抱着頭滾到懷裏告饒。（奇極怪極，如此告饒。）尤三姐便上來撕嘴，又說：『等姐姐來家，咱們告訴他。』賈蓉忙笑着跪在炕上求饒，他兩個又笑了。（又加一個尤三姐。）賈蓉又和二姨搶砂仁吃，尤二姐嚼了一嘴渣子，吐了他一臉。（不堪至甚）賈蓉用舌頭都舔着吃了。（活畫。）

衆丫頭看不過，都笑說：『熱孝在身上，老娘纔睡了覺，他兩個雖小，到底是姨娘家，你太眼裏沒有奶奶了。回來告訴爺，你吃不了兜着走。』賈蓉撇下他姨娘，便抱着丫頭們親嘴：『我的心肝，你說的是，咱們饞他兩個。』丫頭們忙推他，恨的罵：『短命鬼兒，你一般有老婆丫頭，只和我們鬧。知道的說是頑；（脂批：【妙極之頑，天下有是之頑，亦有趣甚，此語余亦親聞者，非編有也。】）不知道的人，再遇見那髒心爛肺的愛多管閒事嚼舌頭的人，吵嚷的那府裏誰不知道，誰不背地裏嚼舌說咱們這邊亂帳。』（實點一筆）賈蓉笑道：『各門另户，誰管誰的事。都够使的了。從古至今，連漢朝和唐朝，人還說髒唐臭漢，何況咱們這宗人家，誰家沒風流事，別討我說出來。連那邊大老爺這麼利害，璉叔還和那小姨娘不乾淨呢。（點賈璉。）鳳姑娘那樣剛強，瑞叔還想他的帳。（點鳳姐。）那一件瞞了我！』

賈蓉只管信口開合胡言亂道之間，只見他老娘醒了，請安問好，又說：『難爲老祖宗勞心，又難爲兩位姨娘受委屈，我們爺兒們感戴不盡。惟有等事完了，我們合家大小，登門去磕頭。』尤老人點頭道：『我的兒，倒是你們會說話。親戚們原是該的。』又問：『你父親好？幾時得了信趕到的？』賈蓉笑道：『纔剛趕到的，先打發我瞧你老人家來了。好歹求你老人家事完了再去。』說着，又和他二姨擠眼，那尤二姐便悄悄咬牙含笑罵：『很會嚼舌頭的猴兒崽子，留下我們給你爹作娘不成！』賈蓉又戲他老娘道：『放心罷，我父親每日爲兩位姨娘操心，要尋兩個又有根基、又富貴、又年青、又俏皮的兩位姨爹，好聘嫁這二位姨娘的。這幾年總沒揀得，可巧前日路上纔相準了一個。』尤老只當真話，忙問是誰家的。二姊妹丟了活計，一頭笑，一頭趕着打，說：『媽別信這雷打的。』連丫頭們都說：『天老爺有眼，仔細雷要緊！』又值人來回話：『事已完了，請哥兒出去看了，回爺的話去。』那賈蓉方笑嘻嘻的去了。不知如何，且聽下回分解。

請聽二姐聲口。

髒極醜極，活畫賈蓉。

【回後評】

本回群芳開夜宴是繼上回爲寶玉祝壽的展延，也是大觀園春意爛漫歡極樂極的繼續，大觀園諸豔過此歡樂節日後，再也無此極樂世界的高潮了。在怡紅院內所以能出現這樣的自由天地、極樂世界是因爲沒有了管束：第一是賈政不在，離得很遠，根本管不着；第二是賈母、王夫人等都因送靈守制，賈府纔出現這樣一個管理真空，出現了無政府狀態。所以諸釵、丫鬟、寶玉可以大自由，可以痛飲高歌，可以相互枕籍，而皆天真自然，絕無世俗齷齪情孽。雪芹着力寫此自由天地，天真世界，是暗示封建禮法之束縛個性，令人失去自由也。

夜宴行令，寶釵抓的是牡丹，題『豔冠群芳』，唐詩是『任是無情也動人』。『豔冠群芳』是對寶釵的評語，因其體豐而美也，且牡丹是花中之王，則寶釵之美爲諸釵之首矣。唐詩『任是無情也動人』，從字面看似說寶釵之動人，是褒意。但《紅樓夢》有些情節字句，常要讀者從反面看或從另一角度看，則此句亦可反解爲『任是動人也無情』，突出寶釵之『無情』，寶釵待人之『冷』，如從此一角度看，則切合寶釵其人，故知作者之意當在此而不在彼也。探春抓的是一枝杏花，題『瑤台仙品』，詩句是『日邊紅杏倚雲栽』。杏花，『紅杏枝頭春意鬧』。瑤池，西王母所居處也，『日邊紅杏』高處也，皆喻探春後來遠嫁爲王妃。湘雲抓的是一枝海棠，題『香夢沉酣』，詩句是『只恐夜深花睡去』。海棠又名斷腸花，傳昔有女子，懷人不至，灑淚而生海棠。『香夢沉酣』，『夜深花睡』，既切其醉眠芍藥，亦暗示其結局之斷腸，或即『白首雙星』之意也。麝月抓的是一枝荼蘼花，題『韶華勝極』，詩句是『開到荼蘼花事了』。故荼蘼是春盡之花。按賈府後來敗落，襲人改嫁，最後唯麝月跟隨寶玉。此籤亦寓此意。黛玉抓的是一枝芙蓉，題『風露清愁』，詩句是『莫怨東風當自嗟』。芙蓉，即蓮花。李白詩『清水出芙蓉，天然去雕飾。』周敦頤《愛蓮說》：蓮爲花中君子，出淤泥而不染。皆切合黛玉。題句和詩，當是指黛玉的結局。《紅樓夢》四十回黛玉說：『我最不喜歡李義山的詩，只喜他這一句「留得殘荷聽雨聲。」』這正是『風露清愁』的境界。黛玉得此籤後，『衆人說：「這個好極，除了他，別人不配作芙蓉。」黛玉也自笑了。』可見拿黛玉比芙蓉，黛玉也自認可。但還要強調一句，這裏的『芙蓉』，是指荷花，即蓮花，而不是木芙蓉，以往評者常有誤解。下面襲人抓的是一枝桃花，題『武陵別景』，詩『桃紅又是一年春』。題字顯然用『桃花源』的典，故事說：有漁人爲避亂而找到了桃花源，這恰好是說，賈府敗後襲人避亂而去。詩句正是說襲人改嫁後又是一番春色，語含譏刺。

妙玉賀帖，粉箋而署檻外人，已極別致，作者特借邢岫煙評論說她『僧不僧，俗不俗，女不女，男不男』，這是對妙玉矯情的評論。寶玉生辰，並未提到通知妙玉，乃妙玉忽來粉箋賀帖而自署『檻外人』，實則恰好說她心在檻內也。邢岫煙說：她說：『自漢、晉、五代、唐、宋以來，皆無好詩，只有兩句好，說道：「縱有千年鐵門檻，終須一個土饅頭。」』這是矯情至極。

賈敬因信奉道教，至『吞金服砂，燒脹而歿』。道士說：『原是老爺秘法新製的丹砂吃壞事，小道們也曾勸說「功行未到且服不得」，不承望老爺於今夜守庚申時悄悄的服了下去，便昇仙了。這恐是虔心得道，已出苦海，脫出皮囊，自了去也。』這是作者對道教的一筆辛辣諷刺。因賈敬之喪，使尤二姐、尤三姐得入賈府，遂開以下賈珍、賈蓉聚麀之醜。賈珍、賈蓉『先奔入鐵檻寺。那天已是四更天氣，坐更的聞知，忙喝起衆人來。賈珍下了馬，和賈蓉放聲大哭，從大門外便跪爬進來，至棺前稽顙泣血，直哭到天亮喉嚨都啞了方住。』看起來好像哀痛欲絕，但一轉眼，賈蓉到了家裏，『且嘻嘻的望他二姨娘笑說：「二姨娘，你又來了。我們父親正想你呢。」尤二姐紅了臉，罵道：「蓉小子，我過兩日不罵你幾句，你就過不得了。越發連個體統都沒了。還虧你是大家公子哥兒，每日念書學禮的，越發連那小家子瓢坎的也跟不上。」說着順手拿起一個熨斗來，摟頭就打，嚇的賈蓉抱着頭滾到懷裏告饒。尤三姐便上來撕嘴，又說：「等姐姐來家，咱們告訴他。」賈蓉忙笑着跪在炕上求饒，他兩個又笑了。賈蓉又和二姨搶砂仁吃，尤二姐嚼了一嘴渣子，吐了他一臉。賈蓉用舌頭都𦧲着吃了。』以上這大段描寫，以及後來二尤故事的發展，是作者對賈府這個封建大家庭，尤其是對封建禮法的尖鋭揭露，是雪芹反程、朱理學的重要一筆。

【校記】

〔一〕《賞花時》曲，列藏、甲辰、楊本、程甲各本僅録首兩句，己卯、庚辰、戚序、蒙府各本皆録全曲帶〔幺篇〕。曲文詞句，係據天啓元年朱墨刊本《邯鄲記》第一折。曲文全同。惟首句脱『扎』字，第二句作『踏天門』。『你與俺高眼向雲霞』句，底本及己卯、蒙府、戚序各本皆漏『高』字，此據天啓本補。

第六十四回　幽淑女悲題五美吟　浪蕩子情遺九龍珮〔一〕

題曰：

深閨有奇女，絕世空珠翠。
情癡苦淚多，未惜顏憔悴。
哀哉千秋魂，薄命無二致。
嗟彼桑間人，好醜非其類。

此一回緊接賈敬靈柩進城，原當鋪敍寧府喪儀之盛。但上回秦氏病故，鳳姐理喪，已描寫殆盡，若仍極力寫去，不過加倍熱鬧而已。故書中於迎靈送殯極忙亂處，卻只閑閑數筆帶過。忽插入釵、玉評詩，璉、尤贈珮一段閒雅風流文字來，正所謂急脈緩受也。

鳳姐仍在病中。

話說賈蓉見家中諸事已妥，連忙趕至寺中，回明賈珍。於是連夜分派各項執事人役，並預備一切應用旛杠等物。擇於初四日卯時請靈柩進城，一面使人知會諸位親友。

是日，喪儀焜耀，賓客如雲，自鐵檻寺至寧府，夾路看的何止數萬人。內中有嗟嘆的，也有羡慕的，又有一等半瓶醋的讀書人，說是『喪禮與其奢易，莫若儉戚』的，一路紛紛議論不一。至未申時方到，將靈柩停放正堂之內。供奠舉哀已畢，親友漸次散回，只剩族中人分理迎賓送客等事。近親只有邢大舅相伴未去。

賈珍、賈蓉此時爲禮法所拘，不免在靈旁藉草枕塊，恨苦居喪。寫得何等勉強，封建禮法已成形式，心中早無此禮法矣。人散後，仍乘空尋他小姨子厮混。寶玉亦每日在寧府穿孝，至晚人散，方回園裏。鳳姐身體未愈，雖不能時常在此，或遇開壇誦經、親友上祭之日，亦扎掙過來，相幫尤氏料理。

一日，供畢早飯，因此時天氣尚長，賈珍等連日勞倦，不免在靈旁假寐。寶玉見無客至，遂欲回家看視黛玉，因先回至怡紅院中。進入門來，只見園中寂靜無人，有幾個老婆子與小丫頭們在迴廊下取便乘涼，也有睡卧的，也有坐着打盹的。寶玉也不去驚動。只有四兒看見，連忙上前來打簾子。將掀起時，只見芳官自內帶笑跑出，幾乎與寶玉撞個滿懷。一見寶玉，方含笑站住，說道：『你怎麽來了？你快與我攔住晴雯，他要打我呢。』

一語未了，只聽得屋內嘻嚠嘩喇的亂響，不知是何物撒了一地。隨後晴雯趕來罵道：『我看你這小蹄子往那裏去，輸了不叫打。寶玉不在家，我看你有誰來救你。』寶玉連忙帶笑攔住，說道：『你妹子小，不知怎麽得罪了你，看我的分上，饒他罷。』晴雯也不想寶玉此時回來，乍一見，不覺好笑，遂笑說道：『芳官竟是個狐狸精變的，竟是會拘神遣將的，符咒也沒有這麽快。』又笑道：『就是你真請了神來，我也不怕。』遂奪手仍要捉拿芳官。芳官早已藏在寶玉身後。

寶玉遂一手拉了晴雯，一手攜了芳官，進入屋內。看時，只見西邊炕上麝月、秋紋、碧痕、紫綃等正在那裏抓子兒贏瓜子兒呢。卻是芳官輸與晴雯，芳官不肯叫打，跑了出去。晴雯因趕芳官，將懷內的子兒撒了一地。寶玉歡喜道：『如此長天，我不在家，正恐你們寂寞，吃了飯睡覺睡出病來，大家尋件事頑笑消遣甚好。』癡公子總是爲諸婢着想。因不見襲人，又問道：『你襲人姐姐呢？』晴雯道：『襲人麽，越發道學了，逼真晴雯聲口。獨自個在屋裏面壁呢。這好一會我們沒進去，不知他作什麽呢，一些聲氣也聽不見。你快瞧瞧去罷，或者此時參悟了，也未可定。』

襲人，怡紅院裏當家人的身份。

寶玉聽說，一面笑，一面走至裏間。只見襲人坐在近窗牀上，手中拿着一根灰色縧子，正在那裏打結子呢。見寶玉進來，連忙站起，笑道：『晴雯這東西編派我什麼呢？我因要趕着打完了這結子，沒工夫和他們瞎鬧，因哄他道：「你們頑去罷，趁着二爺不在家，我要在這裏靜坐一坐，養一養神。」他就編派了我這些混話，什麼「面壁」了「參禪」了的，等一會我不撕他那嘴。』

寶玉笑着挨近襲人坐下，瞧他打結子，問道：『這麼長天，你也該歇息歇息，或和他們頑笑，要不瞧瞧林妹妹也好。怪熱的，打這個那裏使？』襲人道：『我見你帶的扇套還是那年東府裏蓉大奶奶的事情上作的。那個青東西除族中或親友家夏天有喪事方帶得着，一年遇着帶一兩遭，平常又不犯做。如今那府裏有事，這是要過去天天帶的，所以我趕着另作一個。等打完了結子，給你換下那舊的來。你雖不講究這個，若叫老太太回來看見，又該說我們躲懶，連你的穿帶之物都不經心了。』寶玉笑道：『這真難爲你想的到。只是也不可過於趕，熱着了倒是大事。』

說着，芳官早托了一杯涼水內新湃的茶來。因寶玉素昔秉賦柔脆，雖暑月不敢用冰，只以新汲井水將茶連壺浸在盆內，不時更換，取其涼意而已。寶玉就芳官手內吃了半盞，遂向襲人道：『我來時已吩咐了茗煙，若珍大哥那邊有要緊的客來借雪雁先寫黛玉情況。

時，叫他即刻送信；若無要緊的事，我就不過去了。』説畢，遂出了房門，又回頭向碧痕等道：『如有事，往林姑娘處找我。』於是一逕往瀟湘館來看黛玉。

將過了沁芳橋，只見雪雁領着兩個老婆子，手中都拿着菱藕瓜菓之類。寶玉忙問雪雁道：『你們姑娘從來不吃這些涼東西的，拿這些瓜菓何用？不是要請那位姑娘、奶奶麼？』雪雁笑道：『我告訴你，可不許你對姑娘説去。』寶玉點頭應允。雪雁便命兩個婆子：『先將瓜菓送去交與紫鵑姐姐。他要問我，你就説我做什麼呢，就來。』那婆子答應着去了。

雪雁方説道：『我們姑娘這兩日方覺身上好些了。今日飯後，三姑娘來會着要瞧二奶奶去，姑娘也沒去。又不知想起了甚麼來，自己哭了一回，提筆寫了好些，不知是詩是詞。叫我傳瓜菓去時，又聽叫紫鵑將屋內擺着的小琴桌上的陳設搬下來，將桌子挪在外間當地，又叫將那龍文鼒放在桌上，等瓜菓來聽用。若説是請人呢，不犯先忙着把個爐擺出來。若説點香呢，我們姑娘素日屋內除擺新鮮花菓木瓜之類，又不大喜薰衣服；就是點香，亦當點在常坐臥之處。難道是老婆子們把屋子薰臭了，要拿香薰薰不成？究竟連我也不知何故。』説畢，便連忙的去了。

寶玉這裏不由的低頭心内細想道：『據雪雁説來，必有原故。若是同那一位姊妹們閑坐，亦不必如此先設饌具。或者是姑爹姑媽的忌辰，但我記得，每年到此日順筆點出節令，已入秋季。

期，老太太都吩咐另外整理餚饌，送去與林妹妹私祭，此時已過。大約必是七月因爲瓜菓之節，家家都上秋祭的墳，林妹妹有感于心，所以在私室自己奠祭，取《禮記》「春秋薦其時食」之意，也未可定。但我此刻走去，見他傷感，必極力勸解，又怕他煩惱鬱結於心；若竟不去，又恐他過於傷感，無人勸止。兩件皆足致疾。莫若先到鳳姐姐處一看，在彼稍坐即回。如若見林妹妹傷感，再設法開解，既不至使其過悲，哀痛稍申，亦不至抑鬱致病。』寶玉想得細。想畢，遂出了園門，一逕到鳳姐處來。

正有許多執事婆子們回事畢，紛紛散出。鳳姐兒正倚着門和平兒說話呢。一見了寶玉，笑道：『你回來了麽。我纔吩咐了林之孝家的，叫他使人告訴跟你的小廝，若沒什麽事，趁便請你回來歇息歇息。再者，那裏人多，你那裏禁得住那些氣味。不想恰好你倒來了。』寶玉笑道：『多謝姐姐記掛。我也因今日沒事，又見姐姐這兩日沒往那府裏去，不知身上可大愈否，所以回來看視看視。』

偌大一個賈府，總不得安寧之時。

鳳姐道：『左右也不過是這樣，三日好、兩日不好的。老太太、太太不在家，這些大娘們，嗳，那一個是安分的，每日不是打架，就拌嘴，連賭博偷盜的事情，都鬧出來了兩三件了。雖說有三姑娘幫着辦理，他又是個沒出閣的姑娘。也有叫他知道得的，也有往他說不得的事，也只好強扎掙着罷了。總不得心靜一會黛玉之祭與前賈珍、賈蓉之祭恰成對照。

情投意合，願同生死，此處又實寫一句。木石情深，不可破也。

兒。別說想病好，求其不添，也就罷了。』寶玉道：『雖如此說，姐姐還要保重身體，少操些心纔是。』說畢，又說了些閒話，別了鳳姐，一直往園中走來。

進了瀟湘館院門看時，只見爐裊殘煙，奠餘玉醴。（已經祭奠過了。）紫鵑正看着人往裏收桌子，搬陳設呢。寶玉便知已經祭奠完了，走入屋內，只見黛玉面向裏歪着，病體懨懨，大有不勝之態。（是悲傷之後也。）紫鵑連忙說道：『寶二爺來了。』黛玉方慢慢的起來，含笑讓坐。寶玉道：『妹妹這兩天可大好些了？氣色倒覺靜些，只是爲何又傷心了？』黛玉道：『可是你沒的說了，好好的我多早晚又傷心了？』寶玉笑道：『妹妹臉上現有淚痕，如何還哄我呢。只是我想妹妹素日本來多病，凡事當各自寬解，不可過作無益之悲。若作踐壞了身子，使我——』說到這裏，覺得以下的話有些難說，連忙咽住。只因他雖說和黛玉一處長大，情投意合，又願同生死，卻只是心中領會，從來未曾當面說出。（此是實情，難就難在不能當面說也。）況兼黛玉心多，每每說話造次，得罪了他。今日原爲的是來勸解，不想把話又說造次了，接不下去，心中一急，又怕黛玉惱他。又想一想自己的心實在的是爲好，因而轉急爲悲，早已滾下淚來。（情動於衷也，是見黛玉後之真情也。）黛玉起先原惱寶玉說話不論輕重，如今見此光景，心有所感，本來素昔愛哭，此時亦不免無言對泣。（報之以淚耳。）

卻說紫鵑端了茶來，打諒二人又爲何事角口，（可見平時常有角口。）因說道：『姑娘身上纔好些，寶二爺又來慪氣了，到底是怎麽樣？』寶玉一面拭淚笑道：『誰敢慪妹妹了。』一面搭訕着起來閑步。只見硯臺底下微露一紙角，不禁伸手拿起。黛玉忙要起身來奪，已被寶玉揣在懷內，笑央道：『好妹妹，賞我看看罷。』黛玉道：『不管什麽，來了就混翻。』

一語未了，只見寶釵走來，笑道：『寶兄弟要看什麽？』寶玉因未見上面是何言詞，又不知黛玉心中如何，未敢造次回答，卻望着黛玉笑。（好神態。）黛玉一面讓寶釵坐，一面笑說道：『我曾見古史中有才色的女子，終身遭際，令人可欣可羨，可悲可嘆者甚多。今日飯後無事，因欲擇出數人，胡亂湊幾首詩以寄感慨，可巧探丫頭來會我瞧鳳姐姐去，我也身上懶懶的沒同他去。纔將做了五首，一時睏倦起來，擱在那裏，不想二爺來了就瞧見了，其實給他看也倒沒有什麽，但只我嫌他是不是的寫給人看去。』

（由黛玉自己說出，方不突兀。）

寶玉忙道：『我多早晚給人看來呢。昨日那把扇子，原是我愛那幾首白海棠的詩，所以我自己用小楷寫了，不過爲的是拿在手中看着便易。我豈不知閨閣中詩詞字跡是輕易往外傳誦不得的。自從你說了，我總沒拿出園子去。』

（補出昨日之事。）

寶釵道：『林妹妹這慮的也是。你既寫在扇子上，偶然忘記了，拿在書房裏去被相公們看見了，豈有不問是誰做的呢。倘或傳揚開了，反爲不美。自古道：「女寶釵總是女夫子。是從封建女教中出來的人，一切恪守閨範。

富貴不如貧賤。西施亦不得其終。

功高不及情重。黥彭不及虞姬。

紅顏命薄，非畫工之罪，罪在君王之不識人耳。明妃終未得善果。

緑珠死情，不得其人。亦紅顏之命薄也。

子無才便是德」，總以貞靜爲主，女工還是第二件。其餘詩詞，不過是閨中遊戲，原可以會，可以不會。咱們這樣人家的姑娘，倒不要這些才華的名譽。』（黛玉的幾首詩，又引出寶釵一番教訓。）因又笑向黛玉道：『拿出來給我看看無妨，只不叫寶兄弟拿出去就是了。』黛玉笑道：『既如此說，連你也可以不必看了。』（回答得好）又指着寶玉笑道：『他早已搶了去了。』寶玉聽了，方自懷內取出，湊在寶釵身旁，一同細看。只見寫道：

西　施

一代傾城逐浪花。吳宮空自憶兒家。
效顰莫笑東村女，頭白溪邊尚浣紗。

虞　姬

腸斷烏騅夜嘯風。虞兮幽恨對重瞳。
黥彭甘受他年醢，飲劍何如楚帳中。

明　妃

絕豔驚人出漢宮。紅顏命薄古今同。
君王縱使輕顏色，予奪權何畀畫工。

緑　珠

瓦礫明珠一例抛。何曾石尉重嬌嬈。

都緣頑福前生造。更有同歸慰寂寥。

紅　拂

長揖雄談態自殊。美人具眼識窮途。
屍居餘氣楊公幕，豈得羈縻女丈夫。

前四美皆薄命不得其終。惟紅拂巨眼，能自擇人。故命運還須自己掌握。

黛玉《五美吟》亦如嗣宗《詠懷》，意旨遙深，難得真解，以上所擬，亦不過字面之意耳！

寶釵真是女夫子，開口便喜教人，然終是官樣文章耳。

寶玉看了，讚不絕口，又說道：『妹妹這詩恰好只做了五首，何不就命曰《五美吟》。』於是不容分說，便提筆寫在後面。

寶釵亦說道：『做詩不論何題，只要善翻古人之意。若要隨人腳蹤走去，縱使字句精工，已落第二義，究竟算不得好詩。即如前人所詠昭君之詩甚多，有悲輓昭君的，有怨恨延壽的，又有譏漢帝不能使畫工圖貌賢臣而畫美人的，紛紛不一。後來王荊公復有「意態由來畫不成，當時枉殺毛延壽」，永叔有「耳目所見尚如此，萬里安能制夷狄」。二詩俱能各出己見，不與人同。今日林妹妹這五首詩，亦可謂命意新奇，別開生面了。』

仍欲往下說時，只見有人回道：『璉二爺回來了。適纔外間傳說，往東府裏去了好一會了，想必就回來的。』寶玉聽了，連忙起身，迎至大門以內等待。恰好賈璉自外下馬進來。於是寶玉先迎着賈璉跪下，口中給賈母、王夫人等請了安，又結束賈母入朝守制祭奠之事。

因賈敬死，自當即時過來。

哭也是喪禮。

給賈璉請了安。一段寫當時封建禮節。二人攜手走了進來。只見李紈、鳳姐、寶釵、黛玉、迎、探、惜等早在中堂等候，一一相見已畢。因聽賈璉說道：『老太太明日一早到家，一路身體甚好。今日先打發了我來回家看視，明日五更，仍要出城迎接。』說畢，衆人又問了些路途的景況。因賈璉是遠歸，遂大家別過，讓賈璉回房歇息。一宿晚景，不必細述。

至次日飯時前後，果見賈母、王夫人等到來。衆人接見已畢，略坐了一坐，吃了一杯茶，便領了王夫人等人過寧府中來。只聽見裏面哭聲震天，卻是賈赦、賈璉送賈母到家即過這邊來了。當下賈母進入裏面，早有賈赦、賈璉率領族中人哭着迎了出來。他父子一邊一個挽了賈母，走至靈前，又有賈珍、賈蓉跪着撲入賈母懷中痛哭。賈母暮年人，見此光景，亦摟了珍、蓉等痛哭不已。賈赦、賈璉在旁苦勸，方略略止住。又轉至靈右，見了尤氏婆媳，不免又相持大痛一場。哭畢，衆人方上前一一請安問好。

賈珍因賈母纔回家來，未得歇息，坐在此間，看着未免要傷心，遂再三的求賈母回家。王夫人等亦再三相〔二〕勸，賈母不得已，方回來了。果然年邁的人禁不住風霜傷感，至夜間便覺頭悶身酸，鼻塞聲重。連忙請了醫生來診脈下藥，足足的忙亂了半夜一日。幸而發散的快，未曾傳經，至三更天，些須發了點汗，脈靜身結束賈敬喪事。

涼，大家方放了心。至次日仍服藥調理。

又過了數日，乃賈敬送殯之期，賈母猶未大愈，遂留寶玉在家侍奉。鳳姐因未曾甚好，亦未去。其餘賈赦、賈璉、邢夫人、王夫人等率領家人僕婦，都送至鐵檻寺，至晚方回。賈珍、尤氏並賈蓉仍在寺中守靈，等過了百日後，方扶柩回籍。家中仍託尤老娘並二姐、三姐照管。

接寫賈璉垂涎二尤之事。

卻說賈璉素日既聞尤氏姐妹之名，恨無緣得見。近因賈敬停靈在家，每日與二姐、三姐相認已熟，不禁動了垂涎之意。況知與賈珍、賈蓉等素有聚麀之誚，（可見早已醜事遠揚矣。）因而乘機百般撩撥，眉目傳神。那三姐兒卻只是淡淡相對，只有二姐兒也十分有意。但只是眼目衆多，無從下手。賈璉又怕賈珍吃醋，不敢輕動，只好二人心領神會而已。（已經心意俱通矣。）

瞅準了機會。

此時出殯以後，賈珍家下人少，除尤老娘帶領二姐、三姐並幾個粗使的丫鬟老婆子在正室居住外，其餘婢妾，都隨在寺中。外面僕婦，不過晚間巡更，日間看守門户。白日無事，亦不進裏面去。所以賈璉便欲趁此時下手。遂託相伴賈珍爲名，亦在寺中住宿，又時常借着替賈珍料理家務，不時至寧府中來勾搭二姐。

一日，有小管家俞祿來回賈珍道：『前者所用棚杠孝布並請杠人青衣，共使銀一千一百十兩，除給銀五百兩外，仍欠六百零十兩。昨日兩處買賣人俱來催討，小的特來討爺的示下。』賈珍道：『你且向庫上領去就是了，這又何必來回我。』

俞禄道：『昨日已曾上庫上去領，但只是老爺賓天以後，各處支領甚多，所剩還要預備百日道場及廟中用度，此時竟不能發給。所以小的今日特來回爺，或者爺内庫裏暫且發給，或者挪借何項，吩咐了小的好辦。』賈珍笑道：『你還當是先呢，有銀子放着不使。【一筆帶出賈府窘況。】你無論那裏借了給他罷。』俞禄笑回道：『若說一二百，小的還可以挪借；這五六百，小的一時那裏辦得來。』

賈珍想了一回，向賈蓉道：『你問你娘去，昨日出殯以後，有江南甄家送來打祭銀五百兩，未曾交到庫上去，你先要了來，〔三〕給他去罷。』賈蓉答應了，連忙過這邊來回了尤氏，復轉來回他父親道：『昨日那項銀子已使了二百兩，下剩的三百兩，令人送至家中，交與老娘收了。』賈珍道：『既然如此，你就帶了他去，【賈蓉機會來了。】向你老娘要了出來交給他。再也瞧瞧家中有事無事，問你兩個姨娘好。下剩的，俞禄先借了添上罷。』

賈蓉與俞禄答應了，方欲退出，只見賈璉走了進來。俞禄忙上前請了安，賈璉便問何事，賈珍一一告訴了。賈璉心中想道：『趁此機會，正可至寧府尋二姐竟是奉命同行矣。

然則尤老娘原夫未必姓尤，則二姐三姐實是隨繼父之姓。

兒。』一面遂說道：『這有多大事，何必向人借去。昨日我方得了一項銀子還沒有使呢，莫若給他添上，豈不省事。』賈珍道：『如此甚好。你就吩咐了蓉兒，一併令他取去。』賈璉忙道：『這必得我親身取去。』這是關鍵，若無此親身機會，亦無此銀子矣。再我這幾日沒回家了，還要給老太太、老爺、太太們請請安去。到大哥那邊查查家人們有無生事，再也給親家太太請請安。』要去的事實在太多，非去不可也。賈珍笑道：『只是又勞動你，我心裏倒不安。』賈璉也笑道：『自家兄弟，這有何妨呢。』賈珍又吩咐賈蓉道：『你跟了你叔叔去，也到那邊給老太太、老爺、太太們請安，說我和你娘都請安，打聽打聽老太太身上可大安了，還服藥呢沒有。』賈蓉一一答應了，跟隨賈璉出來，帶了幾個小廝，騎上馬一同進城。

在路，叔姪閒話。賈璉有心，便提到尤二姐，因誇說如何標緻，如何做人好，舉止大方，言語溫柔，無一處不令人可敬可愛，『人人都說你嬸子好，據我看，那裏及你二姨兒一零兒呢。』賈璉先說，欲測知對方之意。賈蓉揣知其意，便笑道：『叔叔既這麼愛他，我給叔叔作媒，說了做二房，何如？』單刀直入，正中下懷。賈璉笑道：『你這是頑話還是正經話？』賈蓉道：『我說的是當真的話。』賈璉又笑道：『敢自好呢。只是怕你嬸子不依，再也怕你老娘不願意。況且我聽見說你二姨兒已有了人家了。』賈璉原有顧慮，賈蓉爲之打消。

賈蓉道：『這都無妨。我二姨兒、三姨兒都不是我老爺養的，原是我老娘帶了來的。聽見說，我老娘在那一家時，就把我二姨兒許給皇糧莊頭張家，指腹爲婚。（爲後來張華告狀事張本。）後來張家遭了官司敗落了，我老娘又自那家嫁了出來，如今這十數年，兩家音信不通。我老娘時常抱怨，要與他家退婚，我父親也要將二姨兒轉聘。只等有了好人家，不過令人找着張家，給他十幾兩銀子，寫上一張退婚的字兒。想張家窮極了的人，見了銀子，有什麽不依的。再他也知道咱們這樣的人家，也不怕他不依。（依是能依，只怕經不起挑撥利用。）又是叔叔這樣人說了做二房，我管保我老娘和我父親都願意。倒只是嬸子那裏卻難。』（這是真難）賈璉聽到這裏，心花都開了，那裏還有什麽話說，只是一味獃笑而已。（形容畢肖。）

賈蓉又想了一想，笑道：『叔叔若有膽量，依我的主意管保無妨，不過多花幾個錢。』賈璉忙道：『好孩子，你有什麽主意，快些說來，我沒有不依的。』〔四〕賈蓉道：『叔叔回家，一點聲色也別露，等我回明了我父親，向我老娘說妥，然後在咱們府後方近左右，買上一所房子及應用傢伙，再撥兩窩子家人過去服侍。擇了日子，人不知鬼不覺娶了過去，囑咐家人不許走漏風聲。嬸子在裏面住着，深宅大院，那裏就得知道了。（一廂情願，想得真美。）叔叔兩下裏住着，過個一年半載，即或鬧出來，不過挨上老爺一頓罵。叔叔只說嬸子總不生育，原是爲子嗣起見，所以私自在外面作成此事。就是嬸子，見生米做成熟飯，也只得罷了。再求一求老太太，再寫封建禮法，只是形式，表面文章而已。

先讓賈璉去。

沒有不完的事。』

自古道『欲令智昏』，賈璉只顧貪圖二姐美色，聽了賈蓉一篇話，遂爲計出萬全，將現今身上有服，並停妻再娶，嚴父妒妻，種種不妥之處，皆置之度外了。卻不知賈蓉亦非好意，（賈蓉自然要從中漁利。）素日因同他姨娘有情，只因賈珍在內，不能暢意。如今若是賈璉娶了，少不得在外居住，趁賈璉不在時，好去鬼混之意。賈璉那裏思想及此，遂向賈蓉致謝道：『好姪兒，你果然能夠說成了，我買兩個絕色的丫頭謝你。』

說着，已至寧府門首。賈蓉說道：『叔叔進去，向我老娘要出銀子來，就交給俞祿罷。我先給老太太請安去。』賈璉含笑點頭道：『老太太跟前別說我和你一同來的。』賈蓉道：『知道。』又附耳向賈璉道：『今兒要遇見二姨兒，可別性急了，鬧出事來，往後倒難辦了。』賈璉笑道：『少胡說，你快去罷。我在這裏等你。』於是賈蓉自去給賈母請安。

賈璉進入寧府，早有家人頭兒率領家人等請安，一路圍隨至廳上。賈璉一一的問了些話，不過塞責而已，便命家人散去，獨自往裏面走來。原來賈璉、賈珍素日親密，又是弟兄，本無可避忌之人，自來是不等通報的。於是走至上房，早有廊下伺候的老婆子打起簾子，讓賈璉進去。

寫投珮一段，何等神化，可見二人均是情場慣家。

賈璉進入房中一看，只見南邊炕上只有尤二姐帶着兩個丫鬟一處做活，卻不見尤老娘與三姐兒。（正是空子）賈璉忙上前問好相見。尤二姐含笑讓坐，便靠東邊排插兒坐下，賈璉仍將上首讓與二姐兒，說了幾句見面情兒，便笑問道：『親家太太和三妹妹那裏去了，怎麼不見？』尤二姐笑道：『纔有事，往後頭去了，也就來的。』此時伺候的丫鬟因倒茶去，無人在跟前，賈璉不住的拿眼瞟着二姐兒。二姐兒低了頭，只含笑不理。（心裏明白。）

賈璉又不敢造次動手動腳，因見二姐兒手中拿着一條拴着荷包的絹子擺弄，便搭訕着往腰裏摸了摸，說道：『檳榔荷包也忘記了帶了來，妹妹有檳榔，賞我一口吃。』二姐道：『檳榔倒有，就只是我的檳榔從來不給人吃。』賈璉便笑着欲近身來拿。二姐兒怕有人來看見不雅，便連忙一笑，撂了過來。賈璉接在手中，都倒了出來，揀了半塊吃剩下的撂在口中吃了，（偏要吃剩的。）又將剩下的都揣了起來。剛要把荷包親身送過去，只見兩個丫鬟倒了茶來。

賈璉一面接了茶吃茶，一面暗將自己帶的一個漢玉九龍珮解了下來，（投之以瓊瑤。）拴在手絹上，趁丫鬟回頭時，仍撂了過去。二姐兒亦不去拿，（二姐亦是情場慣家。）只裝看不見，坐着吃茶。只聽後面一陣簾子響，（嚇煞。）卻是尤老娘、三姐兒帶着兩個小丫頭自後面走來。賈璉送目與二姐，（賈璉着急）令其拾取，這尤二姐亦只是不理。（二姐偏穩得住。）賈璉不知二姐兒何意，甚是着急，只得迎上來與尤老娘、三姐兒相見。一面又回頭看二姐兒時，只見二姐兒笑着，沒事人似的；再又看一看絹子，已不知那裏去了，賈璉方放了心。

神奇，方知二姐實是慣家。

於是大家歸坐後，敘了些閒話。賈璉說道：『大嫂子說，前日有一包銀子交給親家太太收起來了，今日因要還人，大哥令我來取，再也看看家裏有事無事。』尤老娘聽了，連忙使二姐兒拿鑰匙去取銀子。

這裏，賈璉又說道：『我也要給親家太太請請安，瞧瞧二位妹妹。親家太太臉面倒好，只是二位妹妹在我們家裏受委屈。』尤老娘笑道：『咱們都是至親骨肉，說那裏的話。在家裏也是住着，在這裏也是住着。不瞞二爺說，我們家裏自從先夫去世，家計也着實艱難了，全虧了這裏姑爺幫助。如今姑爺家裏有了這樣大事，我們不能別的出力，白看一看家，還有什麼委屈了的呢？』正說着，二姐兒已取了銀子來，交與尤老娘。尤老娘便遞與賈璉。賈璉叫一個小丫頭叫了一個老婆子來，吩咐他道：『你把這個交給俞禄，叫他拿過那邊去等我。』老婆子答應了出去。

只聽得院內是賈蓉的聲音說話。須臾進來，給他老娘姨娘請了安，又向賈璉笑道：『纔剛老爺還問叔叔呢，說是有什麼事情要使喚。原要使人到廟裏去叫，我回

賈蓉自然趕緊要來。

（一段風月文字，作者筆墨亦隨之而變。）

老爺說叔叔就來。老爺還吩咐我，路上遇着叔叔叫快去呢。』

賈璉聽了，忙要起身，又聽賈蓉和他老娘說道：『那一次我和老太太說的，我父親要給二姨兒說的姨父，就和我這叔叔的面貌身量差不多兒。老太太說好不好？』（先下信息）一面說着，又悄悄的用手指着賈璉和他二姨兒努嘴。二姨兒倒不好意思說什麼，（二姐已明白。）只見三姐兒似笑非笑、似惱非惱的罵道：『壞透了的小猴兒崽子！沒了你娘的說了！多早晚我纔撕他那嘴呢！』一面說着，便趕了過來。〔五〕（三姐亦略知其意。）賈蓉早笑着跑了出去，賈璉也笑着辭了出來。走至廳上，又吩咐了家人們不可耍錢吃酒等話。又悄悄的央賈蓉，回去急速和他父親說。一面便帶了俞禄過來，將銀子添足，交給他拿去。一面給賈赦請安，又給賈母去請安。不提。

卻說賈蓉見俞禄跟了賈璉去取銀子，自己無事，便仍回至裏面，和他兩個姨娘嘲戲一回，方起身。至晚到寺，見了賈珍回道：『銀子已經交給俞禄了。老太太已大愈了，如今已經不服藥了。』說畢，又趁便將路上賈璉要娶尤二姐做二房之意說了。（賈珍正是一路貨色，亦欲從中漁利，故可明說，且得其助也，看父子二人，賈珍前有天香樓之事，此又有父子聚麀之醜，其封建禮法可知矣。）又說如何在外面置房子住，不使鳳姐知道，『此時總不過爲的是子嗣艱難起見。爲的是二姨兒是見過的，親上做親，比別處不知道的人家說了來的好。所以二叔再三央我對父親說。』只不說是他自己的主意。

賈蓉之花言，老娘之貪利，賈珍之作主，賈璉之年輕有財，二姐之水性，諸事湊合，纔成其謀。

賈珍想了想，笑道：『其實倒也罷了。只不知你二姨兒心中願意不願意。明日你先去和你老娘商量，叫你老娘問準了你二姨娘，再作定奪。』（賈珍亦早有自己打算矣。）於是又教了賈蓉一篇話，便走過來將此事告訴了尤氏。尤氏卻知此事不妥，因而極力勸止。（尤氏反倒能勸阻，因知鳳姐不可惹也。）無奈賈珍主意已定，素日又是順從慣了的，況且他與二姐兒本非一母，不便深管，因而也只得由他們鬧去了。

至次日一早，果然賈蓉復進城來見他老娘，將他父親之意說了。又添上許多話，說賈璉做人如何好，目今鳳姐身子有病，已是不能好的了，暫且買了房子在外面住着，過個一年半載，只等鳳姐一死，（只等鳳姐一死，蓉、璉之心可知。）便接了二姨兒進去做正室。又說他父親此時如何聘，賈璉那邊如何娶，如何接了你老人家養老，往後三姨兒也是那邊應了替聘，說得天花亂墜，不由得尤老娘不肯。況且素日全虧賈珍周濟，此時又是賈珍作主替聘，而且妝奩不用自己置買，賈璉又是青年公子，比張華勝強十倍，遂連忙過來與二姐兒商議。二姐兒又是水性人兒，在先已和姐夫不妥，又常怨恨當時錯許張華，致使後來終身失所，今見賈璉有情，況是姐夫將他聘嫁，有何不肯，也便點頭依允。當下回復了賈蓉，賈蓉回了他父親。

次日命人請了賈璉到寺中來，賈珍當面告訴了他尤老娘應允之事。賈璉自是喜出望外，感謝賈珍、賈蓉父子不盡。於是二人商量着，使人看房子，打首飾，給補敘鮑二一家的前情。

又帶出多姑娘。鮑二，多姑娘，又是同流人物，真同流合污矣。

二姐兒置買妝奩及新房中應用牀帳等物，不過幾日，早將諸事辦妥。已于寧榮街後二里遠近小花枝巷內買定一所房子，共二十餘間。又買了兩個小丫鬟。只是府裏家人不敢擅動，外頭買人，又怕不知心腹，走漏了風聲。忽然想起家人鮑二來，當初因和他女人偷情，被鳳姐兒打鬧了一陣，含羞吊死了。賈璉給了二百銀子，叫他另娶一個。那鮑二向來卻就和厨子多渾蟲的媳婦多姑娘有一手兒，後來多渾蟲酒癆死了，這多姑娘兒見鮑二手裏從容了，便嫁了鮑二。況且這多姑娘原也和賈璉好的，此時都搬出外頭住着，賈璉一時想起來，便叫了他兩口兒到新房子裏來，預備二姐兒過來時服侍。那鮑二兩口子，聽見這個巧宗兒，如何不來呢。

再說張華之祖，原當皇糧莊頭，後來死去。至張華父親時，仍充此役，因與尤老娘前夫相好，所以將張華與尤二姐指腹爲婚。後來不料遭了官司，敗落了家產，弄得衣食不周，那裏還娶得起媳婦呢。尤老娘又自那家嫁了出來，兩家有十數年音信不通。今被賈府家人喚至，逼他與二姐兒退婚，心中雖不願意，無奈懼怕賈珍等勢焰，不敢不依，只得寫了一張退婚文約。尤老娘與了二十兩銀子，兩家退親不提。

這裏賈璉等見諸事已妥，遂擇了初三黄道吉日，以便迎娶二姐兒過門。下回分解。正是：

只爲同枝貪色欲，致使連理起戈矛。〔六〕

【回後評】

黛玉《五美吟》前後突然，《五美吟》之前是黛玉私祭，私祭深合黛玉思路，且時值新秋，瓜菓初登，祭其時也。由私祭而入《五美吟》，其間思路，當因祭父母而傷及自身孤零，因而想及古來紅顏多薄命。依人無靠，惟在自決，故最後贊紅拂巨眼也。黛玉自己當已識定寶玉，惟傷父母已死，無人作主耳。

賈敬之死，只是簡筆結束，一是前已有可卿大喪，再寫此喪事排場，已嫌重複，無此必要也。二是賈府此時漸入困境，用簡筆寫此喪事，亦示人以賈府衰微之漸。

賈敬之死，是作者對道教的諷刺批判。作者於僧道雖一開始即寫到，後來失玉又由僧道來解救，然此皆是虛無中人物，雪芹對現實中真正之僧道尼姑（妙玉還只是帶髮修行，只在賈府私庵，未入尼姑庵，與真正尼姑尚有區別）都無好筆墨，如鐵檻寺的老尼淨虛、清虛觀的張道士，天齊廟賣春藥的王老道王一貼等，都是江湖騙子。第三十六回寶玉還在夢中『喊罵說：「和尚道士的話如何信得？」』可見作者對僧道的態度。此處寫賈敬服丹砂而死，更是對道教荒誕迷信的批判。

因賈敬之喪，引出尤二姐、尤三姐，然後引出賈璉偷娶；賈珍、賈蓉父子的醜事，更是對寧府的無情揭露。賈珍前已有天香樓之事，此處又有父子聚麀亂倫醜事。雪芹此處揭露批判之筆，實不減天香樓事之尖銳深刻，歸根到底，這都是作者對封建社會，封建官僚世家，特別是封建禮法的大批判。

【校　記】

〔一〕此回庚辰、己卯本缺。己卯本有抄補，抄補文字同程甲本，予曾有考，認爲此回文字是雪芹原文，見拙著《論庚辰本》。此回程甲、楊本、蒙府、戚序、列藏各本均有。列本文字基本同程甲，其餘各本，文字多有出入。本回以程甲本爲底本，校以列本及以上各本。列藏本回前詩及回前評，當係脂本舊文，一併校入。

〔二〕『求賈母回家』以下共十三字，程甲本無，據各本增。

〔三〕『你先要了來』，底本作『家裏再找找，湊齊了』，從各本改。

〔四〕『快些說來，我沒有不依的』，底本作『只管說給我聽聽』，此據列藏、戚序諸本改。

〔五〕『一面說着，便趕了過來』，底本無，從各本補。

〔六〕以上回末對，據列藏本補。

第六十五回　賈二舍偷娶尤二姨　尤三姐思嫁柳二郎

話說賈璉、賈珍、賈蓉等三人商議，事事妥貼，至初二日，先將尤老和三姐送入新房。尤老一看，雖不似賈蓉口內之言，也十分齊備，母女二人已稱了心。鮑二夫婦見了如一盆火，趕着尤老一口一聲喚老娘，又或是老太太；趕着三姐喚三姨，或是姨娘。至次日五更天，一乘素轎，將二姐擡來。各色香燭紙馬，並鋪蓋以及酒飯，早已備得十分妥當。一時，賈璉素服坐了小轎而來，拜過天地，焚了紙馬。那尤老見二姐身上頭上煥然一新，不是在家模樣，十分得意。攙入洞房，是夜賈璉同他顛鸞倒鳳，百般恩愛，不消細說。

那賈璉越看越愛，越瞧越喜，不知怎生奉承這二姐，[只此一句便寫出無限奉承之意。] 乃命鮑二等人不許提三說二的，[趣極妙極！] 直以奶奶稱之，自己也稱奶奶，[更妙，虧作者寫得出。] 竟將鳳姐一筆勾倒。有時回家中，只說在東府有事羈絆，鳳姐輩因知他和賈珍相得，自然是或有事商議，也不疑心。[初時自不會生疑。] 再家下人雖多，都不管這些事。便有那遊手好閒專打聽小事的人，也都去奉承賈璉，乘機討些便宜，誰肯去露風。於是賈璉深感賈珍不盡。

賈璉一月出五兩銀子做天天的供給。若不來時，他母女三人一處吃飯；若賈璉來了，他夫妻二人一處吃，他母女便回房自吃。賈璉又將自己積年所有的梯己，一併搬了與二姐收着，又將鳳姐素日之爲人行事，枕邊衾內盡情告訴了他，只等一死，便接他進去。（璉鳳夫妻於此可見。）二姐聽了，自是願意。當下十來個人，倒也過起日子來，十分豐足。

眼見已是兩個月光景。這日賈珍在鐵檻寺作完佛事，晚間回家時，因與他姊妹久別，竟要去探望探望。先命小廝去打聽賈璉在與不在，小廝回來說不在。賈珍歡喜，（賊心。）將左右一概先遣回去，只留兩個心腹小童牽馬。一時，到了新房，已是掌燈時分，悄悄入去。（賊手賊腳）兩個小廝將馬拴在圈內，自往下房去聽候。

賈珍進來，屋內纔點燈，先看過了尤氏母女，然後二姐出見，賈珍仍喚二姨。大家吃茶，說了一回閒話。賈珍因笑說：『我作的這保山如何？若錯過了，打着燈籠還沒處尋，過日你姐姐還備了禮來瞧你們呢。』說話之間，尤二姐已命人預備下酒饌，關起門來，都是一家人，原無避諱。（原是舊交，無須避諱。）

（故意避開，讓賈珍放縱，亦見尤氏母女非本分之人。）

那鮑二來請安，賈珍便說：『你還是個有良心的小子，所以叫你來服侍。日後自有大用你之處，不可在外頭吃酒生事，我自然賞你。倘或這裏短了什麼，你璉二爺事多，那裏人雜，你只管去回我。我們弟兄不比別人。』（現在更是非比尋常。）鮑二答應道：『是，小的知道。若小的不盡心，除非不要這腦袋了。』賈珍點頭說：『要你知道。』

當下四人一處吃酒。尤二姐知局，便邀他母親說：『我怪怕的，媽同我到那邊走走來。』尤老也會意，便真個同他出來，只剩小丫頭們。賈珍便和三姐挨肩擦臉，百般輕薄起來。小丫頭子們看不過，也都躲了出去，憑他兩個自在取樂，不知作些什麼勾當。

跟的兩個小廝都在廚下和鮑二飲酒，鮑二女人上竈。忽見兩個丫頭也走了來嘲笑，要吃酒。鮑二因說：『姐兒們不在上頭服侍，也偷來了。一時叫起來沒人，又是事。』他女人罵道：『糊塗渾嗆了的忘八！（鮑二不識相，挨多姑娘一頓臭罵。）你撞喪那黃湯罷。撞喪醉了，夾着你那膫子挺你的屍去。叫不叫，與你屄相干！一應有我承當，風雨橫竪灑不着你頭上來。』這鮑二原因妻子發迹的，近日越發虧他。自己除賺錢吃酒之外，一概不管，賈璉等也不肯責備他，故他視妻如母，（奇極。）百依百隨，且吃够了便去睡覺。這裏鮑二家的陪着這些丫鬟小廝吃酒，討他們的好，準備在賈珍前上好。

四人正吃的高興，忽聽扣門之聲，鮑二家的忙出來開門，看見是賈璉下馬，問有事無事。鮑二女人便悄悄告他說：多姑娘與賈璉本是相好。『大爺在這裏西院裏呢。』賈璉聽了，便回至臥房。只見尤二姐和他母親都在房中，見他來了，二人面上便有些赸赸的。賈璉反推不知，只命：『快拿酒來，咱們吃兩杯好睡覺。我今日很乏了。』尤二姐忙上來陪笑接衣奉茶，問長問短。賈璉喜的心癢難受。一時鮑二家的端上酒來，二人對飲。他丈母不吃，自回房中睡去了。兩個小丫頭分了一個過來服侍。

賈璉的心腹小童隆兒拴馬去，見已有了一匹馬，細瞧一瞧，知是賈珍的，心下會意，下人們都明白。也來厨下。只見喜兒、壽兒兩個正在那裏坐着吃酒，見他來了，也都會意，故笑道：『你這會子來的巧。我們因趕不上爺的馬，恐怕犯夜，往這裏來借宿一宵的。』隆兒便笑道：『有的是炕，只管睡。我是二爺使我送月銀的，交給了奶奶，我也不回去了。』喜兒便說：『我們吃多了，你來吃一鍾。』隆兒纔坐下，端起杯來，忽聽馬棚內鬧將起來。原來二馬同槽，不能相容，互相蹶踢起來。隆兒等慌的忙放下酒杯，出來喝馬，好容易喝住，另拴好了，方進來。鮑二家的笑說：『你三人就在這裏罷，茶也現成了，我可去了。』說着，帶門出去。

二姐此時自然耽心。

賈璉越不說，二姐越不安。二姐滿以爲從此可以安居了。

二姐原以爲賈珍與三姐之事不妥，不想賈璉更無忌憚。可知珍、璉輩之無恥也。

這裏，喜兒喝了幾杯，已是楞子眼了。隆兒、壽兒關了門，回頭見喜兒直挺挺的仰臥炕上，二人便推他說：『好兄弟，起來好生睡，只顧你一個人，我們就苦了。』那喜兒便說道：『咱們今兒可要公公道道的貼一爐子燒餅，要有一個充正經的人，我痛把你媽一肏。』隆兒、壽兒見他醉了，也不必多說，只得吹了燈，將就睡下。

尤二姐聽見馬鬧，心下便不自安，只管用言語混亂賈璉。那賈璉吃了幾杯，春興發作，便命收了酒菓，掩門寬衣。尤二姐只穿着大紅小襖，散挽烏雲，滿臉春色，比白日更增了顏色。賈璉摟他笑道：『人人都說我們那夜叉婆齊整，如今我看來，給你拾鞋也不要。』尤二姐道：『我雖標緻，卻無品行。（自知無行）看來到底是不標緻的好。』賈璉忙問道：『這話如何說？我卻不解。』尤二姐滴淚說道：『你們拿我作愚人待，什麼事我不知。我如今和你作了兩個月夫妻，日子雖淺，我也知你不是愚人。我生是你的人，死是你的鬼，如今既作了夫妻，我終身靠你，豈敢瞞藏一字。我算是有靠，將來我妹子卻如何結果？據我看來，這個形景恐非長策，要作長久之計方可。』賈璉聽了，笑道：『你且放心，我不是拈酸吃醋之輩。前事我已盡知，你也不必驚慌。你因妹夫倒是作兄的，自然不好意思，不如我去破了這例。』（無恥至極）說着走了，便至西院中來，只見窗內燈燭輝煌，二人正吃酒

（如此不顧廉恥，三姐忍無可忍，不得不發作矣。）

取樂。

賈璉便推門進去，笑說：『大爺在這裏，兄弟來請安。』賈珍羞的無話，（賈珍還知羞恥。）只得起身讓坐。賈璉忙笑道：『何必又作如此景象，咱們弟兄從前是如何樣來！大哥爲我操心，我今日粉身碎骨，感激不盡。大哥若多心，我意何安。從此以後，還求大哥如昔方好；（從此以後，就想如此下去。）不然，兄弟能可絕後，再不敢到此處來了。』說着，便要跪下。（無恥至極。）

慌的賈珍連忙攙起，只說：『兄弟怎麼說，我無不領命。』賈璉忙命人：『看酒來，我和大哥吃兩杯。』又拉尤三姐說：『你過來，陪小叔子一杯。』（竟然說得出，做得出。）賈珍笑着說：『老二，到底是你，（自嘆不如賈璉更無恥也。）哥哥必要吃乾這鍾。』說着，一揚脖。

尤三姐站在炕上，指賈璉笑道：『你不用和我花馬吊嘴的，清水下雜面，你吃我看見。提着影戲人子上場，好歹別戳破這層紙兒。你別油蒙了心，打諒我們不知道你府上的事。這會子花了幾個臭錢，你們哥兒倆拿着我們姐兒兩個權當粉頭來取樂兒，（確是如此）你們就打錯了算盤了。我也知道你那老婆太難纏，如今把我姐姐拐了來做二房，偷的鑼兒敲不得。我也要會會那鳳奶奶去，看他是幾個腦袋幾隻手。若大家好取和便罷；倘若有一點叫人過不去，我有本事先把你兩個的牛黃狗寶掏了出來，再和那潑婦拚了這命，也不算是尤三姑奶奶！喝酒怕什麼！咱們就喝！』

一對金蓮，明寫小腳，論者以爲《紅樓夢》裏未寫小腳，不確。程甲本改爲『底下綠褲紅鞋』，則不見小腳矣。

極寫尤三姐放縱風姿，爲《紅樓夢》中特有人物，與以往諸釵俱各不同。

說着，自己綽起壺來斟了一杯，自己先喝了半杯，摟過賈璉的脖子來就灌，說：『我和你哥哥已經吃過了，咱們來親香親香。』（大刀闊斧，賈璉反招架不住。）唬的賈璉酒都醒了。（做夢也沒有想到三姐如此潑辣。）

賈珍也不承望尤三姐這等無恥老辣。弟兄兩個本是風月場中耍慣的，不想今日反被這閨女一席話說住。尤三姐一疊聲又叫：『將姐姐請來，要樂咱們四個一處同樂。俗語說「便宜不過當家」，他們是弟兄，咱們是姊妹，又不是外人，只管上來。』尤二姐反不好意思起來。賈珍得便就要一溜，尤三姐那裏肯放。賈珍此時方後悔，不承望他是這種爲人，與賈璉反不好輕薄起來。

這尤三姐鬆鬆挽着頭髮，大紅襖子半掩半開，露着葱綠抹胸，一痕雪脯。底下綠褲紅鞋，一對金蓮，或敲或並，沒半刻斯文。兩個墜子卻似打鞦韆一般，燈光之下，越顯得柳眉籠翠霧，檀口點丹砂。本是一雙秋水眼，再吃了酒，又添了餳澀淫浪，不獨將他二姊壓倒，據珍璉評去，所見過的上下貴賤若干女子，皆未有此綽約風流者。二人已酥麻如醉，不禁去招他一招，他那淫態風情，反將二人禁住。那尤三姐放出手眼來略試了一試，他弟兄兩個竟全然無一點別識別見，連口中一句響亮話都沒了，不過是酒色二字而已。自己高談闊論，任意揮霍灑落一陣，拿他弟兄二人嘲笑取樂，竟真是他嫖了男人，並非男人淫了他。一時他的酒足痛快淋漓，意想不到之文。其興也，如浪捲波湧，山搖海立，其發也如怒浪排空，天地變色，其止也如海潮夜退，戛然而息。

再補尤三姐風流情態，更非別人所能同。

可見三姐自知必有大患在後，無從擺脫，故作此報復發洩也。

肆意作踐賈珍，稍作報復於萬一。

興盡，也不容他弟兄多坐，攆了出去，自己關門睡去了。文章忽起忽落，寫得尤三姐凜然如生。

自此後，或略有丫鬟、婆娘不到之處，便將賈璉、賈珍、賈蓉三個潑聲厲言痛罵，說他爺兒三個誆騙了他寡婦孤女。賈珍回去之後，以後亦不敢輕易再來，有時尤三姐自己高了興悄命小厮來請，方敢去一會，到了這裏，也只好隨他的便。誰知這尤三姐天生脾氣不堪，仗着自己風流標緻，偏要打扮的出色，另式作出許多萬人不及的淫情浪態來，哄的男子們垂涎落魄，欲近不能，欲遠不捨，迷離顛倒，他以爲樂。

他母姊二人也十分相勸，他反說：『姐姐糊塗。咱們金玉一般的人，白叫這兩個現世寶沾污了去，也算無能。而且他家有一個極利害的女人，如今瞞着他不知，咱們方安。倘或一日他知道了，豈有干休之理，勢必有一場大鬧，不知誰生誰死。趁如今我不拿他們取樂作踐准折，到那時白落個臭名，後悔不及。』因此一說，他母女見不聽勸，也只得罷了。

那尤三姐天天挑揀穿吃：打了銀的，又要金的；有了珠子，又要寶石；吃的肥鵝，又宰肥鴨。或不趁心，連桌一推；衣裳不如意，不論綾緞新整，便用剪刀剪碎，撕一條，罵一句。究竟賈珍等何曾隨意了一日，反花了許多味心錢。

賈璉來了，只在二姐房內，心中也悔上來。無奈二姐倒是個多情人，以爲賈璉二姐以爲賈璉是終身所托，故一切改過從新矣。

賈璉得二姐，自己亦如再生矣。

是終身之主了，凡事倒還知疼着癢。若論起溫柔和順，凡事必商必議，不敢恃才自專，實較鳳姐高十倍；若論標緻，言談行事，也勝五分。雖然如今改過，但已經失了腳，有了一個『淫』字，憑他有甚好處也不算了。（世情如此，故一失足成千古恨也。）偏這賈璉又說：『誰人無錯，知過必改就好。』故不提已往之淫，只取現今之善，便如膠授漆，似水如魚，一心一計，誓同生死，那裏還有鳳、平二人在意了！

二姐在枕邊衾內，也常勸賈璉說：『你和珍大哥商議商議，揀個熟的人，把三丫頭聘了罷。留着他不是長法子，終久要生出事來，怎麽處？』（二姐心中時時以此爲憂。）賈璉道：『前日我曾回過大哥的，他只是捨不得。我說：「是塊肥羊肉，只是燙的慌；玫瑰花兒可愛，刺太扎手。咱們未必降的住，正經揀個人聘了罷。」他只意意思思的，就丟開手了。你叫我有何法？』二姐道：『你放心。咱們明日先勸三丫頭，他肯了，讓他自己鬧去。鬧的無法，少不得聘他。』（二姐所見甚切，若非三姐自立主意，則不能改弦更張也。）賈璉聽了說：『這話極是。』

至次日，二姐另備了酒，賈璉也不出門，至午間，特請他小妹過來，與他母親上坐。尤三姐便知其意，（脂批：『全用醍醐灌頂，全是大翻身大解悟法。』）酒過三巡，不用姐姐開口，先便滴淚泣道：（脂批：『全用如是等語一洗孽障。』）『姐姐今日請我，自有一番大理要說。但妹子不是那愚人，也不用絮絮叨叨提那從前醜事，我已盡知，說也無益。既如今姐姐也得了好處安身，媽人人視寶玉如鳳凰，三姐卻全不及此。

也有了安身之處，我也要自尋歸結去，方是正理。但終身大事，一生至一死，非同兒戲。我如今改過守分，只要我揀一個素日可心如意的人，方跟他去。若憑你們揀擇，雖是富比石崇，才過子建，貌比潘安的，我心裏進不去，也白過了一世。』

賈璉笑道：『這也容易。憑你說是誰就是誰，一應彩禮都有我們置辦，母親也不用操心。』尤三姐泣道：『姐姐知道，不用我說。』賈璉笑問二姐是誰，二姐一時也想不起來。大家想來，賈璉便道：『定是此人無疑了！』便拍手笑道：『我知道了。這人原不差，果然好眼力。』二姐笑問是誰，賈璉笑道：『別人他如何進得去，一定是寶玉。』二姐與尤老聽了，亦以爲然。

尤三姐便啐了一口，道：脂批：『奇，不知何爲。』『我們有姊妹十個，也嫁你弟兄十個不成。脂批：『有理之極。』難道除了你家，天下就沒了好男子了不成！』脂批：『一罵反有理。』衆人聽了都詫異：『除了他，還有那一個？』脂批：『余亦如此想。』尤三姐笑道：『別只在眼前想，姐姐，只在五年前想就是了。』話到嘴邊，忽然截止。脂批：『奇甚。』

正說着，忽見賈璉的心腹小廝興兒走來請賈璉說：『老爺那邊緊等着叫爺呢。小的答應往舅老爺那邊去了，小的連忙來請。』賈璉又忙問：『昨日家裏沒人問？』興兒道：『小的回奶奶說，爺在家廟裏同珍大爺商議作百日的事，只怕不能來家。』賈璉忙命拉馬，隆兒跟隨去了，留下興兒答應人來事務。

借興兒之口，細說榮府情景。

特寫鳳姐一筆。

旁觀者清，鳳姐作爲，下人們看得清清楚楚。

尤二姐拿了兩碟菜，命拿大杯斟了酒，就命興兒在炕沿下蹲着吃，一長一短向他說話兒。問他家裏奶奶多大年紀，怎麼個利害的樣子，老太太多大年紀，太太多大年紀，姑娘幾個，各樣家常等語。興兒笑嘻嘻的在炕沿下一頭吃，一頭將榮府之事備細告訴他母女。又說：『我是二門上該班的人。我們共是兩班，一班四個，共是八個。這八個人有幾個是奶奶的心腹，（可見下人之中亦各有派也。）有幾個是爺的心腹。奶奶的心腹我們不敢惹，爺的心腹奶奶的人就敢惹。（可見鳳姐威勢。）提起我們奶奶來，心裏歹毒，口裏尖快。我們二爺也算是個好的，那裏見得他。倒是跟前的平姑娘爲人很好，（平兒爲人自有定評。）雖然和奶奶一氣，他倒背着奶奶常作些個好事。小的們凡有了不是，奶奶是容不過的，只求求他去就完了。如今合家大小除了老太太、太太兩個人，沒有不恨他的，只不過面子情兒怕他。皆因他一時看的人都不及他，（此話是鳳姐要害。）只一味哄着老太太、太太兩個人喜歡。他說一是一，說二是二，沒人敢攔他。又恨不得把銀子錢省下來堆成山，好叫老太太、太太說他會過日子，殊不知苦了下人，他討好兒。估着有好事，他就不等別人去說，他先抓尖兒；或有了不好事，或他自己錯了，他便一縮頭，推到別人身上來，他還在旁邊撥火兒。如今連他正經婆婆大太太都嫌了他，（原來爲此）說他「雀兒揀着旺處飛，黑母雞一窩兒，自家的事不管，倒替人家去瞎張羅」。若不是老太太在頭裏，早叫過他去了。』

興兒一段話，確是忠告，奈二姐如何能對付鳳姐。

興兒之評，爲熙鳳作定論。

尤二姐笑道：『你背着他這等說他，將來你又不知怎麼說我呢。我又差他一層兒，越發有的說了。』（故意一頓挫，文章便生波瀾。）興兒忙跪下說道：『奶奶要這樣說，小的不怕雷打！但凡小的們有造化起來，起先娶奶奶時若得了奶奶這樣的人，小的們也少挨些打罵，也少提心吊膽的。如今跟爺的這幾個人，誰不背前背後稱揚奶奶聖德憐下。我們商量着叫二爺要出來，情願來答應奶奶呢。』尤二姐笑道：『猴兒肏的，還不起來呢。說句頑話，就唬的那樣起來。你們作什麼來，我還要找了你奶奶去呢。』興兒連忙搖手說：『奶奶千萬不要去。我告訴奶奶，一輩子別見他纔好。嘴甜心苦，兩面三刀；上頭一臉笑，腳下使絆子；明是一盆火，暗是一把刀，都佔全了。只怕三姨的這張嘴還說他不過。好，奶奶這樣斯文良善人，那裏是他的對手！』尤氏笑道：『我只以禮待他，（豈是『禮』所能限者。）他敢怎麼樣！』

興兒道：『不是小的吃了酒放肆胡說，奶奶便有禮，讓他看見奶奶比他標緻，又比他得人心，他怎肯善罷干休？人家是醋罐子，他是醋缸醋甕。凡丫頭們二爺多看一眼，他有本事當着二爺打個爛羊頭。雖然平姑娘在屋裏，大約一年二年之間兩個有一次到一處，他還要口裏掂十個過子呢。（寫鳳姐之妒。）氣的平姑娘性子發了，哭鬧一陣，說：「又不是我自己尋來的，你又浪着勸我，我原不依，你反說我反了，這會子又這樣。」（略申平兒之怨之苦。）他一般的也罷了，倒央告平姑娘。』

尤二姐笑道：『可是扯謊？這樣一個夜叉，怎麼反怕屋裏的人呢？』興兒道：『這就是俗語說的「天下逃不過一個理字去」了。這平兒是他自幼的丫頭，陪了過來一共四個，嫁人的嫁人，死的死了，只剩了這個心腹。他原爲收了屋裏，一則顯他賢良名兒，二則又叫拴爺的心，好不外頭走邪的。又還有一段因果：我們家的規矩，凡爺們大了，未娶親之先都先放兩個人服侍的。二爺原有兩個，誰知他來了沒半年，都尋出不是來，都打發出去了。別人雖不好說，自己臉上過不去，所以強逼着平姑娘作了房裏人。那平姑娘又是個正經人，從不把這一件事放在心上，也不會挑妻窩夫的，倒一味忠心赤膽服侍他，纔容下了。』

細寫平兒來歷。

尤二姐笑道：『原來如此。但我聽見，你們家還有一位寡婦奶奶和幾位姑娘。他這樣利害，這些人如何依得？』興兒拍手笑道：『原來奶奶〔一〕不知道。我們家這位寡婦奶奶，他的渾名叫作「大菩薩」，第一個善德人。我們家的規矩又大，寡婦奶奶們不管事，只宜清淨守節。妙在姑娘又多，只把姑娘們交給他，看書寫字，學針線，學道理，這是他的責任。除此，問事不知，說事不管。只因這一向他病了，事多，這大奶奶暫管幾日。究竟也無可管，不過是按例而行，不像他多事逞才。我們大姑娘不用說，但凡不好也沒這段大福了。二姑娘的渾名是「二木頭」，戳一針也不知噯喲一聲。形象。三姑娘的渾名是「玫瑰花」。評探春。尤氏姊妹忙笑問何意。

借興兒之口，再評李紈。

再評迎春。

評探春。

評惜春。

評黛玉。

興兒笑道：『玫瑰花又紅又香，無人不愛的，只是刺扎手。也是一位神道，可惜不是太太養的，「老鴰窩裏出鳳凰」。四姑娘小，他正經是珍大爺親妹子，因自幼無母，老太太命太太抱過來養了這麼大，也是一位不管事的。奶奶不知道，我們家的姑娘不算，另外有兩個姑娘，真是天上少有，地下無雙。一個是咱們姑太太的女兒，姓林，小名兒叫什麼黛玉，面龐身段和三姨不差什麼，一肚子文章，只是一身多病，這樣的天，還穿夾的，出來風兒一吹就倒了。形象。我們這起沒王法的嘴都悄悄的叫他「多病西施」。還有一位姨太太的女兒，姓薛，叫什麼寶釵，竟是雪堆出來的。每常出門或上車，或一時院子裏瞥見一眼，我們鬼使神差，見了他兩個，不敢出氣兒。』奇怪。

尤二姐笑道：『你們大家規矩，雖然你們小孩子進的去，然遇見小姐們，原該遠遠藏開。』興兒搖手道：『不是，不是。那正經大禮，自然遠遠的藏開，自不必說。就藏開了，自己不敢出氣。是生怕這氣大了，吹倒了姓林的；氣暖了，吹化了姓薛的。』兩句絶妙之評。虧作者想得出。說的滿屋裏都笑起來了。不知端詳，且聽下回分解。

【回後評】

此回是上回下半回故事之繼續，上回寫賈璉偷娶尤二姐。偷娶之類的事，在封建社會司空見慣，算不得什麼。但此回寫偷娶以後，賈璉、賈珍各佔一尤，賈璉竟然要與賈珍同室各擁一尤取樂，實同倡寮，書中寫『二馬同槽，不能相容，互相蹶踢起來』，而二賈卻能同室取樂，實爲作者諷刺之筆，刺其不如禽獸也。特別是珍、蓉父子聚麀事，作者用暗筆，只於上回說『況知與賈珍、賈蓉等素有聚麀之誚』，此回並未明寫，但六十三回賈蓉與二尤調情打鬧，至於滾到（二姐）懷裏告饒，將二姐唾在他臉上的砂仁，『賈蓉用舌頭都𦧲着吃了』，『三姐便上來撕嘴』等等，亦已不寫自明。按此處將賈珍、賈蓉、賈璉合寫，實是對封建官僚家庭、封建禮教之大揭露、大諷刺、大批判，是《紅樓夢》中所說『皮膚濫淫之蠢物』。

因賈璉、賈珍之無恥，各擁一尤同室淫樂，終於激發三姐鬱積已久的憤怒，一如火山爆發，不可抑制。三姐已忍無可忍，索性打開天窗說亮話，破罐破摔，毫無顧忌，以惡制惡，以邪制邪，竟使二賈收斂服貼，不敢輕犯。從文章來說，這是一段別開生面的文章，是《紅樓夢》中風雷激蕩的文章，它的思想震撼作用，它的反壓迫、反侮辱、反奴役的思想火花，照耀着全書。從人物塑造來說，紅樓二尤遂與其他諸釵截然有別。即二尤中，二姐與三姐亦各各有別，性格除曾同受蹂躪外，別無其他相同之處。紅樓二尤，實爲曹雪芹所塑造的別具思想意義的一對不朽形象。

三姐『終身大事』以下一段話，極關重要，『一生至一死，非同兒戲』，『只要我揀一個可心如意的人，方跟他去，若憑你們揀擇，雖是富比石崇，才過子建，貌比潘安的，我心裏進不去，也白過了一世』。這是極爲重要的一段話，一是它反映了人的自我覺醒，對自我價值的認識和重視，對人的一生的重視；二是在婚姻問題上，突出個人的自主權，個人的自我選擇，不接受別人的支配，更不承認『父母之命，媒妁之言』的封建婚姻思想和制度。這些思想，從曹雪芹的時代來看，正是明清之際社會轉型期的一種人本主義思想。這種思想，實際上也即是寶玉和黛玉的思想，但寶、黛的身份教養不同，不能如尤三姐那樣直白痛快說出，只有尤三姐纔能毫無顧忌地直口說出，故研紅者於此段話，不能忽視。

興兒與尤二姐講賈府鳳姐、平兒、李紈、薛、林諸人，是用側筆，從下層的角度對諸人所作的評論，極具客觀性、公正性、認識性。尤其是對鳳姐的評論，正好補以前敘鳳姐之不足。用興兒評述，既不損鳳姐之形象，又補足了鳳姐未敘的重要一面。此雪芹慣用之敘事互補法，此種寫法，實是從太史公《史記》中來。興兒敘薛、林二人，語極少而極精，形象逼真，具見作者敘事高手。

【校　記】

〔一〕『和幾位姑娘』至『原來奶奶』二十七字，底本無，各本存，文字小有差異，今從己卯、列藏、楊本、甲辰各本補。

寶玉不喜讀書，再從興兒嘴裏說出。

寶玉情況再從興兒嘴裏描述。

第六十六回　情小妹恥情歸地府　冷二郎一冷入空門

話說鮑二家的打他一下子，笑道：『原有些真的，叫你又編了這些混話，越發沒了綑兒了。你倒不像跟二爺的人，這些混話倒像是寶玉那邊的了。』（脂批：『好極之文，將茗煙等已全寫出，可謂一擊兩鳴法，不寫之寫也。』）尤二姐纔要又問，忽見尤三姐笑問道：『可是你們家那寶玉，除了上學，他作些什麼？』（脂批：『拍案叫絕，此處方問，是何文情。』）

興兒笑道：『姨娘別問他，說起來姨娘也未必信。他長了這麼大，獨他沒有上過正經學堂。我們家從祖宗直到二爺，誰不是寒窗十載，偏他不喜讀書。老太太的寶貝，老爺先還管，如今也不敢管了。成天家瘋瘋癲癲的，說的話人也不懂，幹的事人也不知。（舉世皆醉我獨醒也。）外頭人人看着好清俊模樣兒，心裏自然是聰明的，誰知是外清而內濁，（世人不解寶玉，以爲是傻，以爲是濁。）見了人，一句話也沒有。（有什麼好說呢。）所有的好處，雖沒上過學，倒難爲他認得幾個字。每日也不習文，也不學武，又怕見人，只愛在丫頭群裏鬧。再者也沒剛柔：有時見了我們，喜歡時沒上沒下，大家亂頑一陣；不喜歡一個沒剛柔，沒上下，與衆人一樣的寶玉。

借往事再論寶玉，說寶玉關心人之至。

各自走了，他也不理人。我們坐着臥着，見了他，也不理他，他也不責備。因此沒人怕他，只管隨便，都過的去。』

尤三姐笑道：『主子寬了，你們又這樣；嚴了，又報怨。可知難纏。』脂批：『情語，情文至語。』

尤二姐道：『我們看他倒好，原來這樣。可惜了一個好胎子。』尤二姐怎能識寶玉。

尤三姐道：『姐姐信他胡說，咱們也不是見一面兩面的，行事言談吃喝，原有些女兒氣，那是只在裏頭慣了的。若說糊塗，那些兒糊塗？姐姐記得，穿孝時咱們同在一處，那日正是和尚們進來繞棺，咱們都在那裏站着，他只站在頭裏擋着人。人說他不知禮，又沒眼色。過後他沒悄悄的告訴咱們說：「姐姐不知道，我並不是沒眼色。想和尚們髒，恐怕氣味薰了姐姐們。」接着他吃茶，姐姐又要茶，那個老婆子就拿了他的碗倒。他趕忙說：「我吃髒了的，另洗了再拿來。」這兩件上，我冷眼看去，原來他在女孩子們前不管怎樣都過的去，只不大合外人的式，所以他們不知道。』三姐略知寶玉，所以三姐亦不同常人也。

尤二姐聽說，笑道：『依你說，你兩個已是情投意合了。竟把你許了他，豈不好？』三姐見有興兒，不便說話，只低頭磕瓜子。興兒笑道：『若論模樣兒行事爲人，倒是一對好的。只是他已有了，只未露形。將來准是林姑娘定了的。從興兒眼中看出。因林姑娘多病，二則都還小，故尚未及此。再過三二年，老太太便一開言，賈璉去平安州，此處就不平安了。

未說出人來，已先說出決心，則可見此人決非一般。

那是再無不准的了。』大家正說話，只見隆兒又來了，說：『老爺有事，是件機密大事，要遣二爺往平安州去。不過三五日就起身，來回也得半月工夫。今日不能來了。請老奶奶早和二姨定了那事，明日爺來，好作定奪。』說着，帶了興兒回去了。

這裏尤二姐命掩了門早睡，盤問他妹子一夜。至次日午後，賈璉方來了。尤二姐因勸他說：『既有正事，何必忙忙又來，千萬別爲我誤事。』賈璉道：『也沒甚事，只是偏偏的又出來了一件遠差。出了月就起身，得半月工夫纔來。』尤二姐道：『既如此，你只管放心前去，這裏一應不用你記掛。三妹子他從不會朝更暮改的。他已說了改悔，必是改悔的。他已擇定了人，你只要依他就是了。』賈璉問是誰，尤二姐笑道：『這人此刻不在這裏，不知多早纔來，也難爲他眼力。自己說了，這人一年不來，他等一年；十年不來，等十年；若這人死了，再不來了，他情願剃了頭當姑子去，吃長齋念佛，以了今生。』

賈璉問：『到底是誰，這樣動他的心？』二姐笑道：『說來話長。五年前我們老娘家裏做生日，媽和我們到那裏與老娘拜壽。他家請了一起串客，裏頭有個作小生的叫作柳湘蓮，他看上了，如今要是他纔嫁。舊年我們聞得柳湘蓮惹了一個禍逃走了，不知可回來了不曾。』賈璉聽了道：『怪道呢！我說是個什

脂批：『千奇百怪之文，何至於此。』

先說出柳湘蓮的冷來。

麼樣人，原來是他！果然眼力不錯。你不知道這柳二郎，那樣一個標緻人，最是冷面冷心的，差不多的人，都無情無義。他最和寶玉合的來。去年因打了薛獃子，（補敘往事）他不好意思見我們的，不知那裏去了一向。後來聽見有人說來了，不知是真是假。一問寶玉的小子們就知道了。倘或不來，他萍蹤浪跡，知道幾年纔來，豈不白耽擱了？』尤二姐道：『我們這三丫頭說的出來，幹的出來，他怎樣說，只依他便了。』

二人正說之間，只見尤三姐走來說道：『姐夫，你只放心。我們不是那心口兩樣的人，說什麼是什麼。若有了姓柳的來，我便嫁他。從今日起，我吃齋念佛，只服侍母親。等他來了，嫁了他去；若一百年不來，我自己修行去了。』（參透紅塵，非入我心者不嫁，前已言之矣。）說着，將一根玉簪，擊作兩段，說：『一句不真，就如這簪子一樣！』說着，回房去了，（豈料後來竟如此簪。）真個竟非禮不動，非禮不言起來。賈璉無了法，只得和二姐商議了一回家務，復回家與鳳姐商議起身之事。一面着人問茗煙，茗煙說：『竟不知道。大約未來，若來了，必是我知道的。』一面又問他的街坊，也說未來。賈璉只得回復了二姐。至起身之日已近，前兩天便說起身，卻先往二姐這邊來住兩夜，從這裏再悄悄長行。果見小妹竟又換了一個人，又見二姐持家勤慎，自是不消記掛。

不說三姐自擇之語，爲後來湘蓮變卦之一因。

是日一早出城，就奔平安州大道，曉行夜住，渴飲饑餐。方走了三日，那日正走之間，頂頭來了一群馱子，內中一夥，主僕十來騎馬。走的近來一看，不是別人，竟是薛蟠和柳湘蓮來了。意外之遇。薛蟠竟與柳湘蓮在一起，葦子坑之怨已解。賈璉深爲奇怪，忙伸馬迎了上來，大家一齊相見，說些別後寒溫，大家便入酒店歇下，敘談敘談。

賈璉因笑說：『鬧過之後，我們忙着請你兩個和解，誰知柳兄蹤跡全無。怎麼你兩個今日倒在一處了？』薛蟠笑道：『天下竟有這樣奇事。我同夥計販了貨物，自春天起身，往回裏走，一路平安。誰知前日到了平安州界，遇一夥強盜，已將東西劫去。不想柳二弟從那邊來了，方把賊人趕散，奪回貨物，還救了我們的性命。我謝他又不受，所以我們結拜了生死弟兄，昔日飽打一頓，今日竟爲生死兄弟。世情變幻，不能逆料。如今一路進京。從此後我們是親弟親兄一般。到前面岔口上分路，他就分路，往南二百里，有他一個姑媽，爲後文伏筆。他去望候望候。我先進京去安置了我的事，然後給他尋一所宅子，尋一門好親事，大家過起來。』先由薛蟠說出親事，更見自然天成。

賈璉聽了道：『原來如此，倒教我們懸了幾日心。』因又聽道尋親，又忙說道：『我正有一門好親事，堪配二弟。』說着，便將自己娶尤氏，如今又要發嫁小姨一節說了出來，只不說尤三姐自擇之語。又囑薛蟠且不可告訴家裏，等生了兒子，自然是知道的。薛蟠聽了大喜，說：『早該如此，這都是舍表妹之過。』湘蓮

忙笑說：『你又忘情了，還不住口。』薛蟠忙止住不語，便說：『既是這等，這門親事定要做的。』〔薛蟠先爲說定。〕

湘蓮道：『我本有願，定要一個絕色的女子。〔只是重色〕如今既是貴昆仲高誼，顧不得許多了，任憑裁奪，我無不從命。』〔說得那麼爽快。〕賈璉笑道：『如今口說無憑，等柳兄一見，便知我這內娣的品貌，是古今有一無二的了。』〔應『絕色』二字。〕

湘蓮聽了大喜，說：『既如此說，等弟探過姑娘，不過月中就進京的，那時再定如何？』賈璉笑道：『你我一言爲定，只是我信不過柳兄。〔不幸先就說着。〕你乃是萍蹤浪跡，倘然淹滯不歸，豈不誤了人家。須得留一定禮。』湘蓮道：『大丈夫豈有失信之理。〔後來偏偏失信。〕小弟素係寒貧，況且客中，何能有定禮。』薛蟠道：『我這裏現成，就備一分二哥帶去。』

賈璉笑道：『也不用金帛之禮，須是柳兄親身自有之物，不論物之貴賤，不過我帶去取信耳。』湘蓮道：『既如此說，弟無別物，此劍防身，不能解下。囊中尚有一把鴛鴦劍，乃吾家傳代之寶，弟也不敢擅用，只隨身收藏而已。賈兄請拿去爲定。弟縱係水流花落之性，然亦斷不捨此劍者。』〔何重劍而不重人也。〕說畢，解囊出劍，捧與賈璉，賈璉命人收了。〔一〕大家又飲了幾杯，方各自上馬，作別起程。正是：

將軍不下馬，各自奔前程。

〔劍名鴛鴦，偏偏割斷鴛鴦。〕

特寫鴛鴦劍之利。

鳳姐至此始愈。

且說賈璉一日到了平安州，見了節度，完了公事。因又囑他十月前後務要還來一次，賈璉領命。次日，連忙取路回家，先到尤二姐處探望。

誰知賈璉出門之後，尤二姐操持家務十分謹肅，每日關門閤户，一點外事不聞。他小妹子果是個斬釘截鐵之人，每日侍奉母姊之餘，只安分守己，隨分過活。雖是夜晚間孤衾獨枕，不慣寂寞，奈一心丟了衆人，只念柳湘蓮早早回來，完了終身大事。

這日賈璉進門，見了這般景況，喜之不盡，深念二姐之德。大家敘些寒溫之後，賈璉便將路上相遇湘蓮一事說了出來，又將鴛鴦劍取出，遞與三姐。三姐看時，上面龍吞夔護，珠寶晶熒，將靶一掣，裏面卻是兩把合體的。一把上面鏨着一『鴛』字，一把上面鏨着一『鴦』字，冷颼颼，明亮亮，如兩痕秋水一般。三姐喜出望外，連忙收了，掛在自己繡房牀上，每日望着劍，自笑終身有靠。賈璉住了兩天，回去復了父命，回家合宅相見。那時鳳姐已大愈，出來理事行走了。

賈璉又將此事告訴了賈珍。賈珍因近日又遇了新友，將這事丟過，不在心上，奇極，賈珍不斷換新友，可見其人之劣。任憑賈璉裁奪。只怕賈璉獨力不加，少不得又給了他三十兩銀子。賈璉拿來交與二姐預備妝奩。

冷郎君何疑心之甚也。

壞在珍大嫂子的繼母帶來的小姨上，關鍵是賈珍，既經賈珍，豈能乾淨？

誰知八月內湘蓮方進了京，先來拜見薛姨媽，又遇見薛蝌，方知薛蟠不慣風霜，不服水土，一進京時便病倒，在家請醫調治。聽見湘蓮來了，請入臥室相見。薛姨媽也不念舊事，只感救命之恩，母子們十分稱謝。又說起親事一節，凡一應東西皆已妥當，只等擇日。柳湘蓮也感激不盡。次日又來見寶玉，二人相會，如魚得水。湘蓮因問賈璉偷娶二房之事，寶玉笑道：『我聽茗煙一干人說，我卻未見，我也不敢多管。我又聽見茗煙說，璉二哥哥着實問你，不知有何話說。』湘蓮就將路上所有之事一概告訴寶玉，寶玉笑道：『大喜，大喜！難得這個標緻人，果然是個古今絕色，堪配你之爲人。』湘蓮道：『既是這樣，他那裏少了人物，如何只想到我？況且我又素日不甚和他厚，他關切不至此。路上工夫忙忙的，就那樣再三要來定禮，難道女家反趕着男家不成？我自己疑惑起來，後悔不該留下這劍作定。（出口爽利，轉身反悔，冷郎君真是無情者。）所以後來想起你來，可以細細問個底裏纔好。』寶玉道：『你原是個精細人，如何既許了定禮又疑惑起來？（說得是。）你原說只要一個絕色的，如今既得了個絕色〔二〕便罷了，何必再疑？』（說得是。）湘蓮道：『你既不知他偷娶，如何又知是絕色？』寶玉道：『他是珍大嫂子的繼母帶來的兩位小姨。我在那裏和他們混了一個月，怎麼不知？真真一對尤物，他又姓尤。』

湘蓮聽了，跌足道：『這事不好，斷乎做不得了。你們東府裏除了那兩個石頭

『剩忘八』一詞，是針對賈珍而來。造語新，意謂早是賈珍棄剩之人，自己娶了，反成爲別人剩下給自己當的『王八』也。

獅子乾淨，只怕連貓兒狗兒都不乾淨。賈珍醜名遠揚，人人皆知，致使湘蓮反悔也。我不做這剩忘八。』脂批：『奇極之文，極趣之文，《金瓶梅》中有云：「把忘八的臉打綠了」，已奇之至，此云「剩忘八」，豈不更奇。』寶玉聽說，紅了臉。

湘蓮自慚失言，連忙作揖說：『我該死，胡說。脂批：『忽用湘蓮提東府之事，罵及寶玉，可是人想得到的，所謂一個人不曾放過。』你好歹告訴我，他品行如何？』寶玉笑道：『你既深知，又來問我作甚麼？連我也未必乾淨了。』湘蓮笑道：『原是我自己一時忘情，好歹別多心。』寶玉笑道：『何必再提，這倒是有心了。』湘蓮作揖告辭出來，若去找薛蟠，一則他現臥病，二則他又浮躁，不如去索回定禮。主意已定，便一徑來找賈璉。

賈璉正在新房中，聞得湘蓮來了，喜之不禁，忙迎了出來，讓到內室與尤老相見。湘蓮只作揖稱老伯母，自稱晚生，賈璉聽了詫異。已覺有變。吃茶之間，湘蓮便說：『客中偶然忙促，誰知家姑母於四月間訂了弟婦，使弟無言可回。若從了老兄，背了姑母，似非合理。若係金帛之訂，弟不敢索取，但此劍係祖父所遺，請仍賜回爲幸。』賈璉聽了，便不自在，還說：『定者，定也。原怕反悔，所以爲定。豈有婚姻之事，出入隨意的？還要斟酌。』湘蓮笑道：『雖如此說，弟願領責領罰，然此事斷不敢從命。』已然決定，不可改矣。賈璉還要饒舌，湘蓮便起身說：『請兄外坐一敘，此處不便。』

那尤三姐在房明明聽見。好容易等了他來，今忽見反悔，便知他在賈府中得了三姐靈慧，已知全局，無可挽回矣。

三姐之死，罪在賈珍，亦罪在封建禮教，戴震所謂『後儒以理殺人』也。三姐雖失身，而實豪門之財權使之也，今欲自新立志，而封建禮教又不容自新，人言可畏，一入陷阱，已不可拔，此雪芹批世之筆。乃後來程本反改爲貞節烈女，失雪芹之意矣。

幻筆，飄忽靈動，回應太虛幻境。了此一事。

消息，自然是嫌自己淫奔無恥之流，不屑爲妻。今若容他出去和賈璉說退親，料那賈璉必定無法可處，自己豈不無趣。一聽賈璉要同他出去，連忙摘下劍來，將一股雌鋒隱在肘內，出來便說：『你們不必出去再議，還你的定禮。』一面淚如雨下，左手將劍並鞘送與湘蓮，右手回肘只往項上一横。可憐：

揉碎桃花紅滿地，玉山傾倒再難扶。

芳靈蕙性，渺渺冥冥，不知那邊去了。當下唬的衆人急救不迭。尤老一面嚎哭，一面又罵湘蓮。賈璉忙揪住湘蓮，命人捆了送官。

尤二姐忙止淚反勸賈璉：『你太多事，人家並沒威逼他死，是他自尋短見。你便送他到官，又有何益，反覺生事出醜。不如放他去罷，（二姐見識清明。）豈不省事。』賈璉此時也沒了主意，便放了手，命湘蓮快去。湘蓮反不動身，泣道：『我並不知是這等剛烈賢妻，可敬，可敬。』湘蓮反扶屍大哭一場。等買了棺木，眼見入殮，又俯棺大哭一場，方告辭而去。（冷郎君此時已後悔無及矣。）

出門無所之，昏昏默默，自想方纔之事。原來尤三姐這樣標緻，又這等剛烈，自悔不及。正走之間，只見薛蟠的小廝尋他家去，那湘蓮只管出神。那小廝帶他到新房之中，十分齊整。忽聽環珮叮噹，尤三姐從外而入，一手捧着鴛鴦劍，一手捧着一卷冊子，向柳湘蓮泣道：『妾癡情待君五年矣。不期君果冷心冷面，妾以

情小妹恥情歸地府
壬午冬

又是一個甄士隱。

死報此癡情。妾今奉警幻之命，前往太虛幻境修注案中所有一干情鬼。妾不忍一別，故來一會，從此再不能相見矣。』說畢便走。湘蓮不捨，忙欲上來拉住問時，那尤三姐便說：『來自情天，去由情地，前生誤被情惑，今既恥情而覺，與君兩無干涉。』說畢，一陣香風，無蹤無影去了。

湘蓮警覺，似夢非夢，睜眼看時，那裏有薛家小童，也非新室，竟是一座破廟，旁邊坐着一個跏腿道士捕虱。湘蓮便起身稽首相問：『此係何方，仙師仙名法號？』道士笑道：『連我也不知道此係何方，我係何人，不過暫來歇足而已。』柳湘蓮聽了，不覺冷然如寒冰侵骨，掣出那股雄劍，將萬根煩惱絲一揮而盡，便隨那道士，不知往那裏去了。後回便見——

【回後評】

此回重點是寫尤三姐情烈之死，三姐之死既死於豪門權勢之糟踏，更死於封建禮教之輿論壓力，戴震所謂『後儒以理殺人』，此即是也。封建社會，固一大陷阱也，區區一弱女子，一入此陷阱，雖欲自拔，已不可矣。三姐之悲劇，實當時現實之一例，非誇飾之詞也。

冷郎君之反悔，固因得知與賈珍有關，賈珍固天下之至臭至髒者也，故湘蓮一聞此信，即斷然反悔也。然此僅一端也。其更重要之一端，是湘蓮實非性情中人，亦不知情，擇愛求偶，貴在其心其情，而冷郎君乃曰『只要一個絕色的』，是其只重色不重情也。且雪芹所寫之愛情婚姻，重在真心真情，更重在親知親聞，相互知音，得以心契。今冷郎君既不重情重心，更無親接親聞親知親契，故一聞異言，立即動搖變卦矣。及至見三姐竟引刃自絕，其心之真，其情之誠，皆可鑑矣，然已追悔莫及矣！雪芹寫此，固欲證其婚姻必須自擇，兩心必須相契之論也。

興兒與二姐論寶玉一段文字，亦爲寶玉之重要補筆。一是說他『不喜讀書』，二是說他『說的話人也不懂，幹的事人也不知』，三是說他『外清內濁，見了人一句話也沒有』，四是說他『沒剛柔』，『沒上沒下』，『沒人怕他，只管隨便，都過得去』等等。不喜讀書，是不願仕途經濟，反對科舉考試也；別人不懂其話，不解其行事，實寫其行出於衆也；見了人無話說，是寫濁世無可語之人也；『沒剛柔，沒上下，沒人怕他，只管隨便』是寫一平等之寶玉，非高人一等之寶玉也。凡此數點，皆論寶玉者之不可忽也。

【校記】

〔一〕『解囊出劍』至『命人收了』，共十四字，底本無，從列藏本補。

〔二〕『的，如今既得了絕色』八字，底本、己卯本均無。各本均有，文字小有差異。此據列藏、楊本、甲辰諸本補。

第六十七回　見土儀顰卿思故里　聞秘事鳳姐訊家童[一]

話說尤三姐自盡之後，尤老娘和二姐兒、賈珍、賈璉等俱不勝悲慟，自不必說，忙命人盛殮，送往城外埋葬。柳湘蓮見三姐身亡，癡情眷戀，卻被道人數句冷言打破迷關，竟自截髮出家，跟隨這瘋道人飄然而去，不知何往。暫且不表。

且說薛姨媽聞知湘蓮已說定了尤三姐爲妻，心中甚喜，正是高高興興要打算替他買房子，治傢伙，擇吉迎娶，以報他救命之恩。忽有家中小厮吵嚷『三姐兒自盡了』，被小丫頭們聽見，告知薛姨媽。薛姨媽不知爲何，心甚嘆息。正在猜疑，寶釵從園裏過來，薛姨媽便對寶釵說道：『我的兒，你聽見了沒有？你珍大嫂子的妹妹三姑娘，他不是已經許定給你哥哥的義弟柳湘蓮了麼，不知爲什麼自刎了。那湘蓮也不知往那裏去了。真正奇怪的事，叫人意想不到的。』

寶釵聽了，並不在意，便說道：『俗語說的好，「天有不測風雲，人有旦夕禍福」。這也是他們前生命定。前兒媽媽說爲他救了哥哥，商量着替他料理，如今

湘蓮是薛蟠義弟，救命恩人，則三姐亦弟婦也，乃三姐慘死，湘蓮失蹤，而寶

已經死的死了，走的走了，依我說，也只好由他罷了。媽媽也不必爲他們傷感了，倒是自從哥哥打江南回來了一二十日，販了來的貨物，想來也該發完了。那同伴去的夥計們辛辛苦苦的，回來幾個月了，媽媽和哥哥商議商議，也該請一請，酬謝酬謝纔是。别叫人家看着無理似的。』

釵竟無動於衷，『並不在意』，並說『是他們前生命定』，『只好由他罷了』，『不必爲他們傷感』云云，則寶釵之冷，超乎人情，冷至極矣。

母女正說話間，見薛蟠自外而入，眼中尚有淚痕。一進門來，便向他母親拍手說道：『媽媽可知道柳二哥、尤三姐的事麽？』薛姨媽說：『我纔聽見說，正在這裏和你妹妹說這件公案呢。』薛蟠道：『媽媽可聽見說，湘蓮跟着一個道士出了家了麽？』薛姨媽道：『這越發奇了。怎麽柳相公那樣一個年輕的聰明人，一時糊塗，就跟着道士去了呢？我想你們好了一場，他又無父母兄弟，隻身一人在此，你該各處找找他纔是。靠那道士能往那裏遠去，左不過是在這方近左右的廟裏寺裏罷了。』薛蟠說：『何嘗不是呢。我一聽見這個信兒，就連忙帶了小厮們在各處尋找，連一個影兒也沒有。又去問人，都說沒看見。』

可見薛蟠尚不能忍情。

薛蟠竟已找過。

薛姨媽說：『你既找尋過沒有，也算把你做朋友的心盡了。焉知他這一出家，不是得了好處去呢。只是你如今也該張羅張羅買賣，二則把你自己娶媳婦應辦的事情，倒早些料理料理。咱們家沒人，俗語說的「夯雀兒先飛」，省得臨時丟三落四的不齊全，令人笑話。再者，你妹妹纔說，你也回家半個多月了，想貨物也該發完了，同你去的夥計們，也該擺桌酒給他們道道乏纔是。人家陪着你走了二三千里的路程，受了四五個月的辛苦，而且在路上又替你擔了多少的驚怕沉重。』薛蟠聽說，便道：『媽媽說的很是。倒是妹妹想的周到。我也這樣想着，只因這些日子爲各處發貨鬧的腦袋都大了，又爲柳二哥的事忙了這幾日，反倒落了一個空，白張羅了一會子，倒把正經事都誤了。要不然定了明兒、後兒，下帖兒請罷？』薛姨媽道：『由你辦去罷。』

話猶未了，外面小厮進來回說：『管總的張大爺差人送了兩箱子東西來，說這是爺各自買的，不在貨賬裏面。本要早送來，因貨物箱子壓着，沒得拿；昨兒貨物發完了，所以今日纔送來了。』一面說，一面又見兩個小厮搬進了兩個夾板夾的大棕箱。薛蟠一見，說：『噯喲，可是我怎麼就糊塗到這步田地了！特特的給媽和妹妹帶來的東西，都忘了，沒拿了家裏來。還是夥計送了來了。』寶釵說：『虧你說，還是特特的帶來的，纔放了一二十天；若不是特特的帶來，大約要放到年底下纔送來呢。我看你也諸事太不留心了。』薛蟠笑道：『想是在路上叫人把魂嚇掉了，還沒歸竅呢。』說着，大家笑了一回，便向小丫頭說：『出去告訴小厮們，東西收下，叫他們回去罷。』

薛姨媽同寶釵因問：『到底是什麼東西，這樣捆着綁着的？』薛蟠便命叫兩個明清之際，蘇州虎丘擅捏泥人，可當面寫生，形象逼真，今南京博物院尚存顧亭林一捏像，予曾親見並照相，又虎丘又擅捏戲文，今博物院亦存有多齣，此處所記，確是當時社會實情。

黛玉多感，自然觸物傷情，孤零之人，別有懷抱，不是此中人何能會此！

小斯進來，解了繩子，去了夾板，開了鎖看時，這一箱都是綢緞綾錦洋貨等家常應用之物。薛蟠笑道：『那一箱是給妹妹帶的。』親自來開。母女二人看時，卻是些筆、墨、紙、硯、各色箋紙、香袋、香珠、扇子、扇墜、花粉、胭脂等物；外有虎丘帶來的自行人，酒令兒，水銀灌的打筋斗小小子，沙子燈，一齣一齣的泥人兒的戲，用青紗罩的匣子裝着；又有在虎丘山上泥捏的薛蟠的小像，與薛蟠毫無相差。寶釵見了，別的都不理論，倒是薛蟠的小像，拿着細細看了一看，又看看他哥哥，不禁笑起來了。因叫鶯兒帶着幾個老婆子，將這些東西連箱子送到園子裏去，又和母親、哥哥說了一回閒話兒，纔回園裏去了。這裏薛姨媽將箱子裏的東西取出，一分一分的打點清楚，叫同喜送給賈母並王夫人等處不題。

且說寶釵到了自己房中，將那些頑意兒一件一件的過了目，除了自己留用之外，一分一分配合妥當，也有送筆、墨、紙、硯的，也有送香袋、扇子、香墜的，也有送脂粉、頭油的，有單送頑意兒的。只有黛玉的比別人不同，且又加厚一倍。一一打點完畢，使鶯兒同着一個老婆子，跟着送往各處。

於黛玉特加重一筆。

這邊，姐妹諸人都收了東西，賞賜來使，說見面再謝。惟有林黛玉看見他家鄉之物，反自觸物傷情，想起『父母雙亡，又無兄弟，寄居親戚家中，那裏有人也給我帶些土物來。』想到這裏，不覺的又傷起心來了。

紫鵑可謂知情善勸矣。

紫鵑深知黛玉心腸，但也不敢說破，只在一旁勸道：『姑娘的身子多病，早晚服藥，這兩日看着比那些日子略好些。雖說精神長了一點兒，還算不得十分大好。今兒寶姑娘送來的這些東西，可見寶姑娘素日看着姑娘很重，姑娘看着該喜歡纔是，爲什麼反倒傷起心來。這不是寶姑娘送東西來，倒叫姑娘煩惱了不成？就是寶姑娘聽見，反覺臉上不好看。再者，這裏老太太們爲姑娘的病體，千方百計請好大夫配藥診治，也爲是姑娘的病好。這如今纔好些，又這樣哭哭啼啼，豈不是自己遭蹋了自己身子，叫老太太看着添了愁煩了麼？況且姑娘這病，原是素日憂慮過度，傷了血氣。姑娘的千金貴體，也別要自己看輕了。』

紫鵑正在這裏勸解，只聽見小丫頭子在院內說：『寶二爺來了。』紫鵑忙說：『請二爺進來罷。』只見寶玉進房來了，黛玉讓坐畢，寶玉見黛玉淚痕滿面，便問：『妹妹，又是誰氣着你了？』黛玉勉強笑道：『誰生什麼氣。』旁邊紫鵑將嘴向牀後桌上一努，寶玉會意，往那裏一瞧，見堆着許多東西，就知道是寶釵送來的，便取笑說道：『那裏這些東西，不是妹妹要開雜貨鋪啊？』黛玉也不答言，紫鵑笑着道：『二爺還提東西呢。因寶姑娘送了些東西來，姑娘一看，就傷起心來了。我正在這裏勸解，恰好二爺來的很巧，替我們勸勸。』

寶玉明知黛玉是這個緣故，卻也不敢提頭兒，只得笑說道：『你們姑娘的緣故意欲用話岔開。

依舊是鄉思難忘。

故，想來不爲別的，必是寶姑娘送來的東西少，所以生氣傷心。妹妹，你放心，等我明年叫人往江南去，給你多多的帶兩船來，省得你淌眼抹淚的。』黛玉聽了這些話，也知寶玉是爲自己開心，也不好推，也不好任，因說道：『我任憑怎麼沒見過世面，也到不了這步田地，因送的東西少，就生氣傷心。我又不是兩三歲的孩子，你也忒把人看得小氣了。我有我的緣故，你那裏知道。』說着，眼淚又流下來了。

寶玉忙走到牀前，挨着黛玉坐下，將那些東西一件一件拿起來，擺弄着細瞧，故意問：這是什麼，叫什麼名字；那是什麼，做的這樣齊整；這是什麼，要他做什麼使用。又說這一件可以擺在面前，又說那一件可以放在條桌上，當古董兒倒好呢。一味的將些沒要緊的話來厮混。

黛玉見寶玉如此，自己心裏倒過不去，便說：『你不用在這裏混攪了。咱們到寶姐姐那邊去罷。』寶玉巴不得黛玉出去散散悶，解了悲痛，便道：『寶姐姐送咱們東西，咱們原該謝謝去。』黛玉道：『自家姊妹，這倒不必。只是到他那邊，薛大哥回來了，必然告訴他些南邊的古蹟兒，我去聽聽，只當回了家鄉一趟的。』說着，眼圈兒又紅了。寶玉便站着等他。黛玉只得同他出來，往寶釵那裏去了。

且說薛蟠聽了母親之言，急下了請帖，辦了酒席。次日，請了四位夥計，俱已到齊，不免說些販賣賬目發貨之事。不一時，上席讓坐，薛蟠挨次斟了酒。薛姨媽又使人出來致意。大家喝着酒說閒話兒。內中一個道：『今兒這席上短兩個好朋友。』衆人齊問是誰，那人道：『還有誰，就是賈府上的璉二爺和大爺的盟弟柳二爺。』大家果然都想起來，問着薛蟠道：『怎麼不請璉二爺和柳二爺來？』薛蟠聞言，把眉一皺，嘆口氣道：『璉二爺又往平安州去了，頭兩天就起了身了。那柳二爺竟別提起，真是天下頭一件奇事。什麼是柳二爺，如今不知那裏作柳道爺去了。』

順便交代賈璉去平安州事，爲下文鳳姐詎尤二姐入園張本。

衆人都詫異道：『這是怎麼說？』薛蟠便把湘蓮前後事體說了一遍，衆人聽了，越發駭異，因說道：『怪不的前兒我們在店裏仿仿佛佛也聽見人吵嚷說，有一個道士，三言兩語，把一個人度了去了。又說一陣風刮了去了。只不知是誰。我們正發貨，那裏有工夫打聽這個事去，到如今還似信不信的，誰知就是柳二爺呢！早知是他，我們大家也該勸勸他纔是。任他怎麼着，也不叫他去。』內中一個道：『别是這麼着罷？』衆人問怎麼樣，那人道：『柳二爺那樣個伶俐人，未必是真跟了道士去罷。他原會些武藝，又有力量，或看破那道士的妖術邪法，特意跟他去，在背地裏擺佈他，也未可知。』薛蟠道：『果然如此倒也罷了。世上

借衆人閒談瞎猜，以了柳湘蓮公案。

這些妖言惑衆的人，怎麽没人治他一下子。』衆人道：『那時難道你知道了也没找尋他去？』薛蟠説：『城裏城外，那裏没有找到！不怕你們笑話，我找不着他，還哭了一場呢。』言畢，只是長吁短嘆，無精打彩的，不像往日高興。衆夥計見他這樣光景，自然不便久坐，不過隨便喝了幾杯酒，吃了飯，大家散了。

且説寶玉同着黛玉到寶釵處來。寶玉見了寶釵，便説道：『大哥哥辛辛苦苦的帶了東西來，姐姐留着使罷，又送我們。』寶釵笑道：『原不是什麽好東西，不過是遠路帶來的土物兒，大家看着新鮮些就是了。』黛玉道：『這些東西，我們小時候倒不理會，如今看見，真是新鮮物兒了。』寶釵因笑道：『妹妹知道，這就是俗語説的「物離鄉貴」，其實可算什麽呢。』寶玉聽了這話，正對了黛玉方纔的心事，連忙拿話岔道：『明年好歹大哥哥再去時，替我們多帶些來。』黛玉瞅了他一眼，便道：『你要你只管説，不必拉扯上人。姐姐你瞧，寶哥哥不是給姐姐來道謝，竟又要定下明年的東西來了。』説的寶釵、寶玉都笑了。

三個人又閒話了一回，因提起黛玉的病來。寶釵勸了一回，因説道：『妹妹若覺着身子不爽快，倒要自己勉強扎掙着出來各處走走逛逛，散散心，比在屋裏悶坐着到底好些。我那兩日不是覺着發懶，渾身發熱，只是要歪着，也因爲時氣不好，怕病，因此尋些事情自己混着。這兩日纔覺着好些了。』黛玉道：『姐姐説

> 寶釵連趙姨娘都不略過，可知其處事之周密，人情之練達，難怪趙姨娘如此稱讚也。

> 寫趙姨娘如生，以前只見她怨怒狠毒陰賊一面，未見她趨奉討好一面。

的何嘗不是。我也是這麼想着呢。』大家又坐了一會子方散。寶玉仍把黛玉送至瀟湘館門首，纔各自回去了。

且說趙姨娘因見寶釵送了賈環些東西，心中甚是喜歡，想道：『怨不得別人都說那寶丫頭好，會做人，很大方，如今看起來，果然不錯。他哥哥能帶了多少東西來，他挨門兒送到，並不遺漏一處，也不露出誰薄誰厚，連我們這樣沒時運的，他都想到了。若是那林丫頭，他把我們娘兒們正眼也不瞧，（又側筆寫黛玉，可見在趙姨娘眼中薛林之不同。）那裏還肯送我們東西？』一面想，一面把那些東西翻來覆去的擺弄，瞧看一回。忽然想到寶釵係王夫人的親戚，爲何不到王夫人跟前賣個好兒呢。自己便蠍蠍螫螫的拿着東西，走至王夫人房中，站在旁邊，陪笑說道：『這是寶姑娘纔剛給環哥兒的。難爲寶姑娘這麼年輕的人，想的這麼周到，真是大户人家的姑娘，又展樣，又大方，怎麼叫人不敬服呢。怪不得老太太和太太成日家都誇他疼他。我也不敢自專就收起來，特拿來給太太瞧瞧，太太也喜歡喜歡。』

王夫人聽了，早知道來意了，又見他說的不倫不類，（四字的評）也不便不理他，說道：『你只管收了去給環哥頑罷。』趙姨娘來時興興頭頭，誰知抹了一鼻子灰，滿心生氣，又不敢露出來，只得訕訕的出來了。到了自己房中，將東西丟在一邊，嘴裏咕咕噥噥自言自語道：『這個又算了個什麼兒呢？』一面坐着，各自生了一回悶氣。

偷娶之事發作，賈璉去平安州，此地不平安了。雪芹全用側筆突入，如同讀者親見。

寶玉刻刻以黛玉爲念。

卻說鶯兒帶着老婆子們送東西回來，回復了寶釵，將衆人道謝的話並賞賜的銀錢都回完了，那老婆子便出去了。鶯兒走近前來一步，挨着寶釵悄悄的說道：『剛纔我到璉二奶奶那邊，看見二奶奶一臉的怒氣。我送下東西出來時，悄悄的問小紅，說剛纔二奶奶從老太太屋裏回來，不似往日歡天喜地的，叫了平兒去，咕咕唧唧的不知說了些什麽。看那個光景，倒像有什麽大事的似的。確是有大事。姑娘沒聽見那邊老太太有什麽事？』寶釵聽了，也自己納悶，想不出鳳姐是爲什麽有氣，便道：『各人家有各人的事，咱們那裏管得。你去倒茶去罷。』鶯兒於是出來，自去倒茶不提。

且說寶玉送了黛玉回來，想着黛玉的孤苦，不免也替他傷感起來。因要將這話告訴襲人，進來時卻只有麝月、秋紋在屋裏。因問：『你襲人姐姐那裏去了？』麝月道：『左不過在這幾個院裏，那裏就丟了他。一時不見，就這樣找。』寶玉笑着道：『不是怕丟了他。因我方纔到林姑娘那邊，見林姑娘又正傷心呢。問起來，卻是爲寶姐姐送了他東西，他看見是他家鄉的土物，不免對景傷情。我要告訴你襲人姐姐，叫他閑時過去勸勸。』正說着，晴雯進來了，因問寶玉道：『你回來了，你又要叫勸誰？』寶玉將方纔的話說了一遍。晴雯道：『襲人姐姐纔出去，聽見他說要到璉二奶奶那邊去。保不住還到林姑娘那裏去呢。』寶玉聽了，便不言語，秋紋倒了茶來，寶玉漱了一口，遞給小丫頭子，心中着實不自在，因未能去慰黛玉也。就隨便歪在牀上。

　　卻說襲人因寶玉出門，自己作了回活計，忽想起鳳姐身上不好，這幾日也沒有過去看看，況聞賈璉出門，正好大家說說話兒。便告訴晴雯：『好生在屋裏，別都出去了，叫寶玉回來抓不着人。』晴雯道：『嗳喲，這屋裏單你一個人記掛着他，我們都是白閑着混飯吃的。』是晴雯的口氣。

　　襲人笑着，也不答言，就走了。剛來到沁芳橋畔，那時正是夏末秋初，池中蓮葉新殘相間，紅綠離披。數筆寫出新秋景象。襲人走着，沿堤看玩了一回。猛擡頭，看見那邊葡萄架底下，有人拿着撣子在那裏撣什麼呢，走到跟前，卻是老祝媽。

　　那老婆子見了襲人，便笑嘻嘻的迎上來，說道：『姑娘怎麼今日得工夫出來逛逛？』襲人道：『可不是！我要到璉二奶奶家瞧瞧去。你在這裏做什麼呢？』那婆子道：『我在這裏趕蜜蜂兒。今年三伏裏雨水少，這菓子樹上都有蟲子，把菓子吃的疤痢流星的掉了好些下來。姑娘還不知道呢，這馬蜂最可惡的，一嘟嚕上只咬破兩三個兒，那破的水滴到好的上頭，連這一嘟嚕都是要爛的。姑娘你瞧，咱們說話的空兒沒趕，就落上許多了。』襲人道：『你就是不住手的趕，也趕不了許

因分管，利之所在，自然要趕蜜蜂，蜂兒也不得白咬一口也。

襲人倒有辦法，有經驗。

襲人是又一個寶釵。

多。你倒是告訴買辦，叫他多多做些小冷布口袋兒，一嘟嚕套上一個，又透氣，又不遭蹋。』婆子笑道：『倒是姑娘說的是。我今年纔管上，那裏知道這個巧法兒呢。』因又笑着說道：『今年菓子雖遭蹋了些，味兒倒好，不信摘一個姑娘嚐嚐。』襲人正色道：『這那裏使得。不但沒熟吃不得，就是熟了，上頭還沒有供鮮，咱們倒先吃了。你是府裏使老了的，難道連這個規矩都不懂了。』老祝忙笑道：『姑娘說的是。我見姑娘很喜歡，我纔敢這麼說，可就把規矩錯了，我可是老糊塗了。』襲人道：『這也沒有什麼。只是你們有年紀的老奶奶們，別先領着頭兒這麼着就好了。』說着，遂一逕出了園門，來到鳳姐這邊。

一到院裏，只聽鳳姐說道：『天理良心，我在這屋裏熬的越發成了賊了。』襲人聽見這話，知道有原故了，又不好回來，又不好進去，遂把腳步放重些，（寫得細，如）隔着窗子問道：『平姐姐在家裏呢麼？』平兒忙答應着迎出來。襲人便問：（直白進去，成何體統。）『二奶奶也在家裏呢麼，身上可大安了？』說着，已走進來。

鳳姐裝着在牀上歪着呢，見襲人進來，也笑着站起來，說：『好些了，叫你惦着。怎麼這幾日不過我們這邊坐坐？』襲人道：『奶奶身上欠安，本該天天過來請安纔是。但只怕奶奶身上不爽快，倒要靜靜兒的歇歇兒，我們來了，倒吵的奶奶煩。』鳳姐笑道：『煩是沒的話。倒是寶兄弟屋裏雖然人多，也就靠着你一個照看他，也實在的離不開。我常聽見平兒告訴我，說你背地裏還惦着我，常常問我。這就是你盡心了。』一面說着，叫平兒挪了張杌子放在牀旁邊，讓襲人坐下。豐兒端進茶來，襲人欠身道：『妹妹坐着罷。』一面說閒話兒。

（原來已去傳旺兒了。）

只見一個小丫頭子在外間屋裏悄悄的和平兒說：『旺兒來了。在二門上伺候着呢。』又聽見平兒也悄悄的道：『知道了。叫他先去，回來再來，別在門口兒站着。』襲人知他們有事，又說了兩句話，便起身要走。鳳姐道：『閑來坐坐，說說話兒，我倒開心。』因命平兒：『送送你妹妹。』平兒答應着送出來。只見兩三個小丫頭子，都在那裏屏聲息氣齊齊的伺候着。（兩句已是山雨欲來氣象。）襲人不知何事，便自去了。

却說平兒送出襲人，進來回道：『旺兒纔來了，因襲人在這裏，我叫他先到外頭等等兒，這會子還是立刻叫他呢，還是等着？請奶奶的示下。』鳳姐道：『叫他來。』（聽之有聲）平兒忙叫小丫頭去傳旺兒進來。

（補問一筆，好讓讀者知其端的。）

（原來是平兒先聽說的。）

這裏鳳姐又問平兒：『你到底是怎麼聽見說的？』平兒道：『就是頭裏那小丫頭子的話。他說他在二門裏頭，聽見外頭兩個小厮說：「這個新二奶奶比咱們舊二奶奶還俊呢，脾氣兒也好。」不知是旺兒是誰，吆喝了兩個一頓，說：「什麼新奶奶舊奶奶的，還不快悄悄兒的呢，叫裏頭知道了，把你的舌頭還割了呢。」』平兒正說着，只見一個小丫頭進來回說：『旺兒在外頭伺候着呢。』鳳姐聽了，冷笑了一聲（傳神之筆，先響輕雷。）說『叫他進來。』那小丫頭出來說：『奶奶叫呢。』旺兒連忙答應着進來。

旺兒請了安，在外間門口垂手侍立。鳳姐兒道：『你過來，我問你話。』旺兒纔走到裏間門旁站着。鳳姐兒道：『你二爺在外頭弄了人，你知道不知道？』（單刀直入，看你如何回答。）旺兒又打着千兒回道：『奴才天天在二門上聽差事，如何能知道二爺外頭的事呢。』（還要裝傻）鳳姐冷笑道：『你自然不知道，你要知道，你怎麼攔人呢。』旺兒見這話，知道剛纔的話已經走了風了，料着瞞不過，便又跪回道：『奴才實在不知。就是頭裏興兒和喜兒兩個人在那裏混說，奴才吆喝了他們兩句。（還想模糊過去。）內中深情底裏，奴才不知道，不敢妄回。求奶奶問興兒，（想推託了事。）他是長跟二爺出門的。』

鳳姐聽了，下死勁啐了一口，罵道：『你們這一起沒良心的混賬忘八崽子！都是一條藤兒，打量我不知道呢。先去給我把興兒那個忘八崽子叫了來，（輕雷過後，響雷將至。）你也不許走。問明白了他，回來再問你。好，好，好，（連加三個『好』字，閃電至矣。）這纔是我使出來的好人呢！』那旺兒只得連聲答應幾個『是』，磕了個頭，爬起來出去。去叫興兒。

卻說興兒正在賬房兒裏和小廝們頑呢，聽見說二奶奶叫，先唬了一跳，卻也想不到是這件事發作了，（還未想到）連忙跟着旺兒進來。旺兒先進去，回說：『興兒來了。』

（至此已無可逃避矣。）

鳳姐兒厲聲道：『叫他！』那興兒聽見這個聲音兒，早已沒了主意了，（如聞虎吼，已奪其魂。）只得乍着膽子進來。鳳姐兒一見，便說：『好小子啊！你和你爺辦的好事啊！（幾乎一口要吞了。）你只實說罷！』（一字不提，只令實說，真是斷案老吏。）興兒一聞此言，又看見鳳姐兒氣色及兩邊丫頭們的光景，早唬軟了，不覺跪下，只是磕頭。

鳳姐兒道：『論起這事來，我也聽見說不與你相干。但只你不早來回我知道，這就是你的不是了。（略加緩和，令其喘息實供。）你要實說了，我還饒你；再有一字虛言，你先摸摸你腔子上幾個腦袋瓜子！』（一句重擊）興兒戰兢兢的朝上磕頭道：『奶奶問的是什麼事，（還要裝傻，豈非找死。）奴才同爺辦壞了？』鳳姐聽了，一腔火都發作起來，喝命：『打嘴巴！』（怒火中燒，不可止矣。）旺兒過來纔要打時，鳳姐兒罵道：『什麼糊塗忘八崽子！叫他自己打，用你打嗎？一會子你再各人打你那嘴巴子還不遲呢。』（先要自打，再要互打。）那興兒真個自己左右開弓，打了自己十幾個嘴巴。

鳳姐兒喝聲『站住』，問道：『你二爺外頭娶了什麼新奶奶舊奶奶的事，你大概不知道啊！』興兒見說出這件事來，越發着了慌，連忙把帽子抓下來，在磚地上咕咚咕咚碰的頭山響，（寫活了。）口裏說道：『只求奶奶超生，奴才再不敢撒一個字兒的謊。』鳳姐道：『快說！』興兒直蹶蹶的（形象。）跪起來回道：『這事頭裏奴才也不知道。就是這一天，東府裏大老爺送了殯，（從頭說起）俞祿往珍大爺廟裏去領銀子。

二爺同着蓉哥兒到了東府裏，道兒上爺兒兩個說起珍大奶奶那邊的二位姨奶奶來。二爺誇他好，蓉哥兒哄着二爺，供出賈蓉 說把二姨奶奶說給二爺。』鳳姐聽到這裏，使勁啐道：『呸，沒臉的忘八蛋！他是你那一門子的姨奶奶？』興兒忙又磕頭，說：『奴才該死！』往上瞅着，不敢言語，鳳姐兒道：『完了嗎？怎麽不說了？』有頓挫。 興兒方纔又回道：『奶奶恕奴才，奴才纔敢回。』鳳姐啐道：『放你媽的屁，罵得有氣勢，有壓力，事到如今，還要先討價！ 這還什麽恕不恕了。你好生給我往下說，好多着呢。』

興兒又回道：『二爺聽見這個話，就喜歡了。後來奴才也不知道怎麽就弄真了。』鳳姐微微冷笑道：『這個自然麽，你可那裏知道呢？你知道的，只怕都煩了呢。是了，說底下的罷！』興兒回道：『後來就是蓉哥兒給二爺找了房子。』又是賈蓉 鳳姐忙問道：『如今房子在那裏？』興兒道：『就在府後頭。』鳳姐兒道：『哦！』回頭瞅着平兒道：『咱們都是死人哪。你聽聽。』文情蕩漾，有緊有鬆。 平兒也不敢作聲。

興兒又回道：『珍大爺那邊給了張家不知多少銀子，那張家就不問了。』又提一事 鳳姐道：『這裏頭怎麽又拉扯上張家、李家咧呢？』興兒回道：『奶奶不知道，這二奶奶——』剛說到這裏，又自己打了個嘴巴，生動逼真 把鳳姐兒倒慪笑了。兩邊的丫頭也都抿嘴兒笑。於緊張處忽出笑聲。 興兒想了想，說道：『那珍大奶奶的妹子——』鳳姐兒接着道：『怎麽樣？快說呀。』興兒道：『那珍大奶奶的妹子，（又扯到尤氏。）原來從小兒有人家的，姓張，叫什麽張華，如今窮的待好討飯。珍大爺許了他銀子，他就退了親了。』

鳳姐兒聽到這裏，點了點頭兒，回頭便望丫頭們說道：『你們都聽見了？小忘八崽子，頭裏他還說他不知道呢！』興兒又回道：『後來二爺纔叫人裱糊了房子，娶過來了。』鳳姐道：『打那裏娶過來的？』興兒回道：『就在他老娘家擡過來的。』（是老娘家）鳳姐道：『好罷咧。』又問：『沒人送親麽？』興兒道：『就是蓉哥兒。（有賈蓉送親。）還有幾個丫頭老婆子們，沒別人。』鳳姐道：『你大奶奶沒來嗎？』興兒道：『過了兩天，大奶奶纔拿了些東西來瞧的。』（尤氏也來了。）

鳳姐兒笑了一笑，（不是好笑，是心中已有主意。）回頭向平兒道：『怪道那兩天二爺稱讚大奶奶不離嘴呢。』掉過臉來又問興兒，『誰服侍呢？自然是你了。』興兒趕着碰頭不言語。鳳姐又問：『前頭那些日子說給那府裏辦事，想來辦的就是這個了。』（回應前事）興兒回道：『也有辦事的時候，也有往新房子裏去的時候。』

鳳姐又問道：『誰和他住着呢？』興兒道：『他母親和他妹子。昨兒他妹子自己抹了脖子了。』（又提三姐之事。）鳳姐道：『這又爲什麽？』興兒隨將柳湘蓮的事說了一遍。鳳姐道：『這個人還算造化高，省了當那出名兒的忘八。』因又問道：『沒了別的事了麼？』興兒道：『別的事奴才不知道。奴才剛纔說的字字是實話，沒一字虛假，奶奶問出來，只管打死奴才，奴才也無怨的。』鳳姐低了一回頭，便又指着興兒說道：『你這個猴兒崽子，就該打死。這有什麼瞞着我的？（語氣已略緩。）你想着瞞了我，就在你那糊塗爺跟前討了好兒了，你新奶奶好疼你。我不看你剛纔還有點怕懼兒，不敢撒謊，我把你的腿不給你砸折了呢。』說着，喝聲『起去！』興兒磕了個頭，纔爬起來，退到外間門口，不敢就走。

鳳姐道：『過來，我還有話呢。』興兒趕忙垂手敬聽。鳳姐道：『你忙什麼？新奶奶等着賞你什麼呢？』興兒也不敢擡頭。鳳姐道：『你從今日不許過去，我什麼時候叫你，你什麼時候到。遲一步兒，你試試！出去罷。』（令出如山，誰敢玩忽。）興兒忙答應幾個『是』，退出門來。鳳姐又叫道：『興兒！』興兒趕忙答應回來。鳳姐道：『快出去告訴你二爺去，是不是啊？』（倒說一句，令其知懼。）興兒回道：『奴才不敢。』鳳姐道：『你出去提一個字兒，隄防你的皮！』興兒連忙答應着，纔出去了。

鳳姐又叫：『旺兒呢？』旺兒連忙答應着過來。鳳姐把眼直瞪瞪的瞅了兩三句話的工夫，（有氣勢。）纔說道：『好旺兒，很好，去罷！（蓄勢已極，然後放行，則不令而自威矣！）外頭有人提一個字兒，全在你身上！』旺兒答應着，也慢慢的退出去了。

鳳姐便叫倒茶。小丫頭子們會意，都出去了。這裏鳳姐纔和平兒說：『你都鳳姐多謀，纔一思忖，便已有計劃。

聽見了？這纔好呢。』平兒也不敢答應，只好陪笑兒。鳳姐越想越氣，歪在枕上只是出神，有神情。忽然眉頭一皺，計上心來，便叫：『平兒來。』平兒連忙答應過來。鳳姐道：『我想這件事竟該這麼着纔好。也不必等你二爺回來再商量了。』未知鳳姐如何辦理，且聽下回分解。

【回後評】

尤三姐之死，柳湘蓮之走，聞者莫不動容，薛蟠不僅墮淚，還派人尋找，乃寶釵聞之，竟以爲是『前生命定』、『不必爲他們傷感』云云。昔金釧之死，寶釵竟以自己不慎失足落水解釋，絲毫無動於衷。然金釧婢也，事情前後與己略無關係，寶釵之冷漠，猶有藉口。此次柳湘蓮是其兄救命恩人，結義兄弟，三姐則是未過門之弟媳，一慘死，一出走，寶釵竟無動於衷，冷若冰霜，則其人不僅無人情，甚且無人性矣。此雖一段小側筆，然於寶釵性格之補充，爲極重要之筆。

黛玉因見土儀而傷感，孤零之人，別有懷抱，且年歲漸大，終身未有人爲之主持，故益思父母之不可失，見土儀而增悲也。故紫鵑雖勸之而不可解，寶玉再勸之而亦不可解，非不可解也，因無可解也。黛玉感於寶玉深情，乃提出去寶釵處道謝，藉此聽薛蟠講故鄉情景而欲止寶玉之勸也，無奈一提故鄉，悲從中來，淚又潸然下矣！更證其悲之無可解也。

此回重點是鳳姐訊家童，鳳姐之審家僮，儼如酷吏之斷案，其聲色之老辣，其言辭之峻嚴，忽施之以威，忽寬之以情，言辭句句狠辣，雖老吏亦無以過矣。難怪旺兒、興兒在其聲勢威懾之下，節節脱卸，終至和盤供出，而鳳姐剛一知情，即計上心來，已胸有網羅，二姐已入其彀中矣。《紅樓夢》中前有雨村斷案，糊塗了之；此處鳳姐斷案，遠勝酷吏多多矣。如此精悍文筆，在《紅樓夢》中亦是奇峰突起，乃竟有人以爲是後人補作，其負雪芹深矣！

【校　記】

〔一〕此回己卯、庚辰本均缺，其餘各本存，但文字差異甚大。此據程甲本並校以別本，又己卯本此回有鈔補，回末有題記云『石頭記第六十七回終，按乾隆年間抄本。武裕庵補抄。』按此武裕庵抄補本，即程乙本。予曾有考，認爲此回雖抄補，實是石頭記原文。見拙著《論庚辰本》。

第六十八回　苦尤娘賺入大觀園　酸鳳姐大鬧寧國府〔一〕

話說賈璉起身去後，偏值平安節度巡邊在外，約一個月方回。賈璉未得確信，只得住在下處等候。及至回來相見，將事辦妥，回程已是將兩個月的限了。

鳳姐一場大謀劃開始。

誰知鳳姐心下早已算定，只待賈璉前腳走了，回來便傳各色匠役，收拾東廂房三間，照依自己正室一樣裝飾陳設。至十四日，便回明賈母、王夫人，說十五日一早要到姑子廟進香去。只帶了平兒、豐兒、周瑞媳婦、旺兒媳婦四人，未曾上車，便將原故告訴了眾人。又吩咐眾男人，素衣素蓋，一逕前來。

興兒引路，一直到了二姐門前叩門。鮑二家的開了門。興兒笑說：『快回二奶奶去，大奶奶來了。』鮑二家的聽了這句話，頂梁骨走了真魂，如五雷轟頂。忙飛進去報與尤二姐。

二姐尚不知鳳姐厲害，故雖驚而猶不至無措也。

尤二姐雖也一驚，但已來了，只得以禮相見，於是忙整衣迎了出來。至門前，鳳姐方下車進來。尤二姐一看，只見頭上皆是素白銀器，特意強調賈敬喪事期間。身上月白緞襖，鳳姐之來。如虎入羊窩也。

一片花言巧語，二姐如何能不上當。

青緞披風，白綾素裙。眉彎柳葉，高吊兩梢；目横丹鳳，神凝三角。俏麗若三春之桃，清素若九秋之菊。周瑞、旺兒二女人攙入院來。尤二姐陪笑忙迎上來萬福，張口便叫：『姐姐下降，不曾遠接，望恕倉促之罪。』說着便福了下來。鳳姐忙陪笑還禮不迭。

二人攜手同入室中。鳳姐上座，尤二姐命丫鬟拿褥子來便行禮，說：『奴家年輕，一從到了這裏，諸事皆係家母和家姐商議主張。還說出尤氏，不打自招，可憐二姐真不知深淺也。今日有幸相會，若姐姐不棄奴家寒微，凡事求姐姐的指示教訓。奴亦傾心吐膽，只服侍姐姐。』說着便行下禮去。

鳳姐兒忙下座，以禮相還，口內忙說：『皆因奴家婦人之見，一味勸夫慎重，不可在外眠花卧柳，恐惹父母擔憂。此皆是你我之癡心，怎奈二爺錯會奴意。眠花宿柳之事瞞奴或可；今娶姐姐二房之大事，亦人家大禮，亦不曾對奴說。奴亦曾勸二爺早行此禮，以備生育。不想二爺反以奴爲那等嫉妒之婦，私自行此大事，並不說知。使奴有冤難訴，惟天地可表。前於十日之先，奴已風聞，恐二爺不樂，遂不敢先說。今可巧遠行在外，故奴家親自拜見過，還求姐姐下體奴心，起動大駕，挪至家中。你我姊妹同居同處，彼此合心諫勸二爺，慎重世務，保養身體，方是大禮。若姐姐在外，奴在內，雖愚賤不堪相伴，奴心又何安。再者，使外人說得再無比這更好了。

聞知，亦甚不雅觀。二爺之名也要緊，倒是談論奴家，奴亦不怨。所以今生今世奴之名節全在姐姐身上。（說得何等可憐。）那起下人小人之言，未免見我素日持家太嚴，背後加減些言語，自是常情。姐姐乃何等樣人物，豈可信真。若我實有不好之處，上頭三層公婆，中有無數姊妹、妯娌，況賈府世代名家，豈容我到今日。今日二爺私娶姐姐在外，若別人則怒，我則以爲幸。正是天地神佛不忍我被小人們誹謗，故生此事。我今來求姐姐進去，和我一樣同居同處，同分同例，同侍公婆，同諫丈夫。喜則同喜，悲則同悲，情似親妹，和比骨肉。不但那起小人見了，自悔從前錯認了我；就是二爺來家一見，他作丈夫之人，心中也未免暗悔。所以姐姐竟是我的大恩人，使我從前之名一洗無餘了。（其言如蜜）若姐姐不隨奴去，奴亦情願在此相陪。奴願作妹子，每日服侍姐姐梳頭洗臉，只求姐姐在二爺跟前替我好言，方便方便，容我一席之地安身，奴死也願意。』說着，便嗚嗚咽咽哭將起來。（一番做作，比演戲還真。）尤二姐見了這般，也不免滴下淚來。

二人對見了禮，分序坐下。平兒忙也上來要見禮。尤二姐見他打扮不凡，舉止品貌不俗，料定是平兒，連忙親身挽住，只叫：『妹子快休如此，你我是一樣的人。』鳳姐忙也起身笑說：『折死他了！妹子只管受禮，他原是咱們的丫頭。以後快別如此。』說着，又命周瑞家的從包袱裏取出四匹上色尺頭，四對金珠簪環爲拜禮。尤二姐忙拜受了。

二人吃茶，對訴已往之事。鳳姐口內全是自怨自錯，『怨不得別人，如今只求姐姐疼我』等語。尤二姐見了這般，便認作他是個極好的人，（二姐未見過世面，自然信以爲真。）小人不遂心誹謗主子亦是常理，故傾心吐膽，敘了一回，竟把鳳姐認爲知己。又見周瑞等媳婦在旁邊稱揚鳳姐素日許多善政，只是吃虧心太癡了，惹人怨；又說『已經預備了房屋，奶奶進去一看便知。』尤氏心中早已要進去同住方好，今又見如此，豈有不允之理，便說：『原該跟了姐姐去，（三言兩語，便中圈套。）只是這裏怎麼樣？』

鳳姐兒道：『這有何難，姐姐的箱籠細軟只管着小廝搬了進去。這些粗笨貨要他無用，還叫人看着。姐姐說誰妥當就叫誰在這裏。』尤二姐忙說：『今日既遇見姐姐，這一進去，凡事只憑姐姐料理。我也來的日子淺，也不曾當過家，世事不明白，如何敢作主。這幾件箱籠拿進去罷。我也沒有什麽東西，那也不過是二爺的。』鳳姐聽了，便命周瑞家的記清，好生看管着擡到東廂房去。

於是催着尤二姐穿戴了，二人攜手上車，又同坐一處，又悄悄的告訴他：『我們家的規矩大。這事老太太一概不知，倘或知二爺孝中娶你，管把他打死了。如今且別見老太太、太太。我們有一個花園子極大，姊妹住着，容易沒人去的。你這一去且在園裏住兩天，等我設個法子回明白了，那時再見方妥。』尤二姐道：『任

剛入圈套，便將孝中娶妾之事提出。

李紈亦還不知其意。

着一句家中之人納罕，可見鳳姐行事之反常也。

憑姐姐裁處。』

那些跟車的小廝們皆是預先說明的，如今不去大門，只奔後門而來。下了車，趕散衆人。鳳姐便帶尤氏進了大觀園的後門，來到李紈處相見了。彼時大觀園中十停人已有九停人知道了，今忽見鳳姐帶了進來，引動多人來看問。尤二姐一一見過。衆人見他標緻和悅，無不稱揚。鳳姐一一的吩咐了衆人：『都不許在外走了風聲，若老太太、太太知道，我先叫你們死。』園中婆子丫鬟都素懼鳳姐的，又係賈璉國孝家孝中所行之事，知道關係非常，都不管這事。鳳姐悄悄的求李紈收養幾日，『等回明了，我們自然過去的。』李紈見鳳姐那邊已收拾房屋，況在服中，不好倡揚，自是正理，只得收下權住。鳳姐又變法將他的丫頭一概退出，又將自己的一個丫頭送他使喚。暗暗吩咐園中媳婦們：『好生照看着他。若有走失逃亡，（已入牢籠，無可逃矣。）一概和你們算賬。』自己又去暗中行事。

合家之人都暗暗納罕的說：『看他如何這等賢惠起來了。』那尤二姐得了這個所在，又見園中姊妹各各相好，倒也安心樂業的，自爲得其所矣。（二姐以禍爲福，可憐可嘆。）誰知三日之後，丫頭善姐便有些不服使喚起來，（開始變臉了。）尤二姐因說：『沒了頭油了，你去回聲大奶奶拿些來。』善姐便道：『二奶奶，你怎麽不知好歹沒眼色。我們奶奶天天承應了老太太，又要承應這邊太太那邊太太，這些妯娌姊妹，上下幾百男女，名爲善姐而實惡也。

天天起來，都等他的話。一日少說，大事也有一二十件，小事還有三五十件。外頭的從娘娘算起，以及王公侯伯家多少人情客禮，家裏又有這些親友的調度。銀子上千錢上萬，一日都從他一個手、一個心、一個口裏調度，那裏爲這點子小事去煩瑣他。我勸你能着些兒罷。咱們又不是明媒正娶來的，（話中已帶芒刺。）這是他亘古少有一個賢良人纔這樣待你。若差些兒的人，聽見了這話，吵嚷起來，把你丟在外，死不死，生不生，（也離此不遠了。）你又敢怎麼樣呢！』

一席話，說的尤氏垂了頭，自爲有這一說，少不得將就些罷了。那善姐漸漸連飯也怕端來與他吃，或早一頓，或晚一頓，所拿來之物，皆是剩的。尤二姐說過兩次，他反先亂叫起來。尤二姐又怕人笑他不安分，少不得忍着。隔上五日八日見鳳姐一面，那鳳姐卻是和容悅色，滿嘴裏『姐姐』不離口。（其言如蜜，其心是毒。）又說：『倘有下人不到之處，你降不住他們，只管告訴我，我打他們。』又罵丫頭媳婦說：『我深知你們，軟的欺、硬的怕，背開我的眼，還怕誰！倘或二奶奶告訴我一個『不』字，我要你們的命。』

尤氏見他這般的好心，想道：『既有他，何必我又多事。下人不知好歹，也是常情。我若告了，他們受了委屈，反叫人說我不賢良。』因此反替他們遮掩。

已摸清底裏，好從此下手。

此着極是要害。

鳳姐作惡之膽，於此可見。

鳳姐一面使旺兒在外打聽細事，這尤二姐之事皆已深知。原來已有了婆家的，女婿現在纔十九歲，成日在外嫖賭，不理生業，家私花盡，父親攆他出來，現在賭錢廠存身。父親得了尤婆十兩銀子退了親的，這女婿尚不知道。原來這小夥子名叫張華。

鳳姐都一一盡知原委，便封了二十兩銀子與旺兒，悄悄命他將張華勾來養活，着他寫一張狀子，只管往有司衙門中告去，就告璉二爺『國孝家孝之中，背旨瞞親，仗財依勢，強逼退親，停妻再娶』等語。鳳姐所告，惡極毒極，可見其心狠手辣也。這張華也深知利害，先不敢造次。旺兒回了鳳姐，鳳姐氣的罵：『癩狗，扶不上牆的種子。你細細的說給他，便告我們家謀反也沒事的。不過是借他一鬧，大家沒臉。若告大了，我這裏自然能够平息的。』旺兒領命，只得細說與張華。

鳳姐又吩咐旺兒：『他若告了你，你就和他對詞去。』如此如此，這般這般，『我自有道理。』旺兒聽了有他做主，便又命張華狀子上添上自己，說：『你只告我來往過付，一應調唆二爺做的。』張華便得了主意，和旺兒商議定了，寫了一紙狀子，次日便往都察院處喊了冤。鳳姐之老辣，勝於惡吏。

察院坐堂看狀，見是告賈璉的事，上面有家人旺兒一人，只得遣人去賈府傳旺兒來對詞。青衣不敢擅入，只命人帶信。那旺兒正等着此事，等着來拘人，奇事。不用人帶由旺兒牽出賈蓉，愈轉愈深，愈轉愈狠。

封建衙門，全聽鳳姐指揮。

信，早在這條街上等候。見了青衣，反迎上去笑道：『起動衆位兄弟，必是兄弟的事犯了。說不得，快來套上。』衆青衣不敢，只說：『你老去罷，別鬧了。』於是來至堂前跪了。

察院命將狀子與他看。旺兒故意看了一遍，碰頭說道：『這事小的盡知，小的主人實有此事。但這張華素與小的有仇，故意攀扯小的在內，其中還有別人，求老爺再問。』（又添枝節，皆鳳姐謀劃。）張華碰頭說：『雖還有人，小的不敢告他，（故意如此）所以只告他下人。』旺兒故意急的說：『糊塗東西，還不快說出來！這是朝廷公堂之上，憑是主子，也要說出來。』張華便說出賈蓉來。（當堂供出賈蓉。）察院聽了無法，只得去傳賈蓉。

鳳姐又差了慶兒暗中打聽告了起來，便忙將王信喚來，告訴他此事，（如牽線木偶，鳳姐精心提調。）命他托察院只虛張聲勢，警唬而已，（察院竟聽鳳姐指揮，可見封建司法。）又拿了三百銀子與他去打點。是夜王信到了察院私第，安了根子。那察院深知原委，收了贓銀。（此是關鍵）次日回堂，只說張華無賴，因拖欠了賈府銀兩，枉捏虛詞，誣賴良人。都察院又素與王子騰相好，王信也只到家說了一聲，況是賈府之人，巴不得了事，便也不提此事，且都收下，只傳賈蓉對詞。

且說賈蓉等正忙着賈珍之事，忽有人來報信，說有人告你們如此如此，這般這般，快作道理。賈蓉慌了，（賈蓉哪曾想到此。）忙來回賈珍。賈珍說：『我防了這一着，只虧此時鳳姐親自出馬。

實是鳳姐告賈珍、尤氏、賈蓉，卻說是人家告『我們』，『我們』兩字，連鳳姐也算在被告之內，鳳姐真狡獪之極。

他好大膽子。』（賈珍亦未想到竟是鳳姐操作也。）即刻封了二百銀子着人去打點察院，又命家人去對詞。

正商議之間，人報：『西府二奶奶來了。』賈珍聽了這個，倒吃了一驚，（至此方感吃驚。）忙要同賈蓉藏躲。不想鳳姐進來了，說：『好大哥哥，帶着兄弟們幹的好事！』賈蓉忙請安，鳳姐拉了他就進來。

賈珍還笑說：『好生伺候你姑娘，吩咐他們殺牲口備飯。』說了，忙命備馬，躲往別處去了。

這裏，鳳姐兒帶着賈蓉走至上房，尤氏正迎了出來，見鳳姐氣色不善，忙笑說：『什麼事情這等忙？』鳳姐照臉一口吐沫啐道：（毫不客氣，當面發作。）『你尤家的丫頭沒人要了，偷着只往賈家送！難道賈家的人都是好的，普天下死絕了男人了？你就願意給，也要三媒六證，大家說明，成個體統纔是。你痰迷了心，脂油蒙了竅，國孝家孝兩重在身，（其罪難逃）就把個人送來了。（『送來了』三字有分量，鳳姐用詞賽過訟師。）這會子被人家告我們，（其實是鳳姐賴你們。）我又是個沒腳蟹，連官場中都知道我利害吃醋，如今指名提我，要休我。我來了你家，幹錯了什麼不是，你這等害我？（既賴且詐，鳳姐一應手段都有。）或是老太太、太太有了話在你心裏，（連老太太、太太也牽扯在內，實欲以作嚇詐也。）使你們做這圈套，要擠我出去。如今咱們兩個一同去見官，分證明白。回來咱們公同請了合族中人，大家覿面說個明白。給我休書，（真是天大的耍賴本領，如此賴詐。）（實未想到。）我就走路。』一面說，一面大哭，拉着尤氏，只要去見官。

鳳姐罵賈蓉，句句是實，並未冤枉賈蓉。

打得好，問得好，好看煞人，虧作者寫得出。

見官、見老太太、太太，是兩重大山，壓將下去，賈珍一家無可逃避，鳳姐雖潑，但已佔了理，賈珍等毫無招架之力。

把二姐事先接來，又佔了理，又抓了耗子，虧鳳姐幹得出。

急的賈蓉跪在地下碰頭，只求『嬸娘息怒』。鳳姐兒一面又罵賈蓉：『天雷劈腦子，五鬼分屍的沒良心的種子！不知天有多高，地有多厚，成日家調三窩四，幹出這些沒臉面、沒王法、敗家破業的營生。你死了的娘陰靈也不容你，祖宗也不容你，還敢來勸我！』（確實如此，罵得是。）哭罵着揚手就打。賈蓉忙磕頭有聲，說：『嬸子別動氣，仔細手，讓我自己打。嬸子別生氣。』說着，自己舉手，左右開弓，自己打了一頓嘴巴子，（活現世，好看煞人。）又自己問着自己說：『以後可再顧三不顧四的混管閒事了？以後還單聽叔叔的話，不聽嬸子的話了？』衆人又是勸，又要笑，又不敢笑。（勸是裝樣子，笑是真笑，只笑在肚裏。）

鳳姐兒滾到尤氏懷裏，（滾到尤氏懷裏，妙極。鳳姐使出潑婦手段，放手大鬧一場，尤氏豈是對手，何況尤氏輸了理。）嚎天動地，大放悲聲。只說：『給你兄弟娶親，我不惱。爲什麼使他違旨背親，將混賬名兒給我背着？咱們只去見官，省得捕快皂隸來拿。再者，咱們只過去見了老太太、太太和衆族人，大家公議了，我既不賢良，又不容丈夫娶親買妾，只給我一紙休書，我即刻就走。你妹妹我也親身接了來家，生怕老太太、太太生氣，也不敢回，現在三茶六飯、金奴銀婢的住在園裏。我這裏趕着收拾房子，和我一樣的道理，只等老太太知道了。原說接過來大家安分守己的，我也不提舊事了。誰知又是有了人家的。不知你們幹的什麼事，（又提張華一層，罪上加罪。）我一概又不知道。如今告我，我昨日急了，縱然我出去見官，滿屋的人都在看戲。

也丟的是你賈家的臉，少不得偷着把太太的五百兩銀子去打點。先許五百兩。如今把我的人還鎖在那裏。』

說了又哭，哭了又罵，後來又放聲大哭起祖宗爹媽來，又要尋死撞頭。把個尤氏揉搓成一個麪團，好形容，尤氏已成麪團矣。衣服上全是眼淚鼻涕，並無別話，只罵賈蓉：『孽障種子！和你老子作的好事！再由尤氏罵賈蓉，四面激射。我當初就說使不得。』

鳳姐兒聽說，哭着兩手搬着尤氏的臉，鳳姐緊抓不放，真放得開，做得出。緊對着問道：『你發昏了？你的嘴裏難道有茄子塞着？不然，他們給你嚼子啣上了？爲什麼你不告訴我去？問得有理你若告訴了我，這會子不平安了？怎得經官動府，鬧到這步田地，你這會子還怨他們。你自己有責，推卸不了。自古說：「妻賢夫禍少，表壯不如裏壯。」你但凡是個好的，他們怎得鬧出這些事來？你又沒才幹，又沒口齒，鋸了嘴子的葫蘆，就只會一味瞎小心圖賢良的名兒。總是他也不怕你，也不聽你。』說着，啐了幾口。

尤氏也哭道：『何曾不是這樣。你不信問問跟的人，我何曾不勸的，也得他們聽。叫我怎麼樣呢，怨不得妹妹生氣，我只好聽着罷了。』事已至此，只好聽他罵了。

衆姬妾、丫鬟、媳婦已是烏壓壓跪了一地，陪笑求說：『二奶奶最聖明的。雖是我們奶奶的不是，奶奶也作踐的够了。別人已看出來了。當着奴才們，奶奶們素日何等的好來，如今還求奶奶給留臉。』說着，捧上茶來。鳳姐也摔了，一面止了哭，挽要問賈珍，問到底了！

原要你來哀求。

一陣風，一陣雨，竟立時能轉，比演員還能。

再提到官司上，亦即提到銀子上也。

頭髮，又哭罵賈蓉：『出去請大哥哥來。我對面問他，親大爺的孝纔五七，姪兒娶親，這個禮我竟不知道。我問問，也好學着日後教導子姪的。』

賈蓉只跪着磕頭，說：『這事原不與父母相干，都是兒子一時吃了屎，調唆叔叔作的。我父親也並不知道。如今我父親正要商量接太爺出殯，嬸子若鬧起來，兒子也是個死。只求嬸子責罰兒子，兒子謹領。這官司還求嬸子料理，兒子竟不能幹這大事。嬸子是何等樣人，豈不知俗語說的「胳膊只折在袖子裏」。兒子糊塗死了，既作了不肖的事，就同那猫兒狗兒一般。嬸子既教訓，就不和兒子一般見識的。少不得還要嬸子費心費力，將外頭的壓住了纔好。原是嬸子有這個不肖的兒子，既惹了禍，少不得委屈，還要疼兒子。』說着又磕頭不絕。

鳳姐見他母子這般，也再難往前施展了，只得又轉過了一副形容言談來，與尤氏反陪禮說：『我是年輕不知事的人，一聽見有人告訴了，把我嚇昏了，不知方纔怎樣得罪了嫂子。可是蓉兒說的「胳膊折了往袖子裏藏」，少不得嫂子要體諒我。還要嫂子轉替哥哥說了，先把這官司按下去纔好。』尤氏、賈蓉一齊都說：『嬸子放心，橫豎一點兒連累不着叔叔。嬸子方纔說用過了五百兩銀子，少不得我娘兒們打點五百兩銀子與嬸子送過去，（五百兩已落實。）好補上的，不然豈有反教嬸子又添上虧空之名，越發我們該死了。但還有一件，老太太、太太們跟前，嬸子還要周全鳳姐之嘴，利如干將、莫邪，無不可斷者。

再提張華之事。

歷數罪狀，共有四重，實無生路矣！

方便，別提這些話方好。』

鳳姐兒又冷笑道：『你們饒壓着我的頭幹了事，這會子反哄着我替你們周全。我雖然是個獃子，也獃不到如此。嫂子的兄弟是我的丈夫，嫂子既怕他絕後，我豈不更比嫂子更怕絕後。嫂子的令妹就是我的妹子一樣。我一聽見這話，連夜喜歡的連覺也睡不成，趕着傳人收拾了屋子，就要接進來同住。倒是奴才小人的見識，他們倒說：「奶奶太好性了。若是我們的主意，先回了老太太、太太，看是怎樣，再收拾房子去接他不遲。」我聽了這話，教我要打要罵的，纔不言語了。〔二〕誰知偏不稱我的意，偏打我的嘴，半空裏又跑出個張華來告了一狀。我聽見了，嚇的兩夜沒合眼兒，又不敢聲張，只得求人去打聽這張華是什麼人，這樣大膽。打聽了兩日，誰知是個無賴的花子。我年輕不知事，反笑了，說：「他告什麼？」倒是小子們說：「原是二奶奶許了他的。他如今正是急了，凍死餓死也是個死；現在有這個理他抓着，縱然死了，死的倒比凍死餓死還值些。怎麼怨的他告呢？這事原是爺作的太急了。國孝一層罪，家孝一層罪，背着父母私娶一層罪，停妻再娶一層罪。俗語說：『拚着一身剮，敢把皇帝拉下馬。』他窮瘋了的人，什麼事作不出來，況且他又拿着這滿理，不告等請不成？」嫂子說，我便是個韓信、張良，聽了這話，也把智謀嚇回去了。你兄弟又不在家，又沒個商議，少不得拿錢去墊補，[又是錢，轉彎抹角，說到錢上，一點不勉強。]誰知越使錢越被人拿住了刀靶，越發來訛。我是耗子尾上長瘡——多少膿血兒。所以又急又氣，少不得來找嫂子。』

尤氏、賈蓉不等說完，都說：『不必操心，自然要料理的。』賈蓉又道：『那張華不過是窮急，故捨了命纔告咱們。如今想了一個法兒，竟許他些銀子，只叫他應了妄告不實之罪，咱們替他打點完了官司。他出來時，再給他些個銀子就完了。』

鳳姐兒笑道：『好孩子，[又叫『好孩子』了，請看鳳姐之嘴，世上還有其匹否？]怨不得你顧一不顧二的作這些事出來，原來你竟糊塗。若照你說的這話，他暫且依了，且打出官司來，又得了銀子，眼前自然了事。這些人既是無賴之徒，銀子到手，一旦光了，他又來尋事故訛詐。倘又叨登起來這事，咱們雖不怕，也終擔心。擱不住他說，既沒毛病，爲什麼反給他銀子？終久是不了之局。』

[『這些人既是無賴之徒』，然無賴之尤者，是鳳姐也。]

賈蓉原是個明白人，聽如此一說，便笑道：『我還有個主意，「來是是非人，去是是非者」，這事還得我了纔好。[事事都在鳳姐算中。]如今我竟去問張華個主意，或是他定要人，或是他願意了事，得錢再娶。他若說一定要人，少不得我去勸我二姨，叫他出來仍嫁他去；若說要錢，我們這裏少不得給他。』[哪怕你不給。]鳳姐兒忙道：『雖如此說，我斷捨不得你姨娘出去，[好做作。]我也斷不肯使他去。[我要他死，豈肯放他生。]好姪兒，你若疼我，[其言如蜜]只能可多給他錢爲是。』賈蓉深知鳳姐口雖如此，心卻是巴不得只要本人出來，他卻做賢良人。如今怎說怎依。鳳姐兒歡喜了，又說：『外頭好處了，家裏終久怎麼樣？你也同我過去回明纔是。』一點也不放鬆。尤氏又慌了，拉鳳姐討主意，如何撒謊纔好。

鳳姐冷笑道：『既沒這本事，誰叫你幹這事了。這會子這個腔兒，我又看不上。待要不出個主意，我又是個心慈面軟的人。又扮出一副慈善面孔。憑人撮弄我，我還是一片癡心。說不得讓我應起來。如今你們只別露面，我只領了你妹妹去與老太太、太太們磕頭，只說原係你妹妹，我看上了很好。真會演戲正因我不大生長，原說買兩個人放在屋裏的，今既見你妹妹很好，而且又是親上做親的，原本是罪上加罪，現在又變成親上做親了。我願意娶來做二房。皆因家中父母姊妹新近一概死了，日子又艱難，不能度日，若等百日之後，無奈無家無業，實難等得。我的主意接了進來，已經廂房收拾了出來，暫且住着，等滿了服再圓房。先除熱孝娶親一項罪。仗着我不怕臊的臉，死活賴去，有了不是，也尋不着你們了。你們母子想想，可使得？』你竟是我們的大恩人。

尤氏、賈蓉一齊笑說：『到底是嬸子寬洪大量，足智多謀。等事妥了，少不得我們娘兒們過去拜謝。』尤氏忙命丫鬟們服侍鳳姐梳妝洗臉，又擺酒飯，親自遞酒揀菜。

鳳姐也不多坐，執意就走了。進園中，將此事告訴與尤二姐，又說我怎麼操心打聽，又怎麼設法子，須得如此如此，方救下衆人無罪，少不得我去拆開這魚頭，大家纔好。又是另編一套。

要知端詳，且聽下回分解。

一場大戲，總算演完，世間無此精彩之戲，更無此精彩之文。雪芹之才直是與世同量。

【回後評】

賈璉偷娶，對鳳姐是一個根本性的威脅，如不打破這個局面，剷除這個禍根，鳳姐便無立足之地。只要稍一拖延，等到二姐生了孩子，再要論理就不可能了。所以賈璉外出是一個絕好的機會，如賈璉不外出，則二姐不可能入園，則其他一切就無從說起。恰好賈璉外出，時間又過長，足够鳳姐施展，此天賜良機，故鳳姐立即行動，毫不遲緩，機不可失，時不再來也。

鳳姐要徹底根除自己的後患，並非輕而易舉之事，第一是有賈璉當事人，賈璉是自己的丈夫，在男權社會裏，輕易與丈夫鬧起來，這是必然要吃虧的，所以如何對付好賈璉這是第一難題。第二賈璉偷娶的背後還有賈珍、賈蓉、尤氏的靠山，如何對付這個靠山，也是一大難題。第三是事情鬧開後如何收場，是承認現實，讓二姐做二房嗎？這等於是鳳姐徹底失敗。那末拆散這對夫妻，仍讓二姐去嫁張華嗎，鳳姐決不甘心，且有後患，所以這也是鳳姐之所決不能取的。那末，到頭來只有斬草除根，纔能永不發芽滋長。

這是鳳姐所必取的，這也是鳳姐狠毒遠過別人之處。

要對付賈璉，手裏必須有王牌，這張王牌就是尤二姐。誰控制尤二姐，誰就會取得成功。賈璉不在是最好的機會，但如何控制法，是強制執行，用權力和強力把她扣起來嗎？這會把事情鬧炸，使人以爲自己妒忌，到時有理説不清。所以不能強奪，只能軟取，於是一場誆騙尤二姐入大觀園的陰謀便在光天化日之下堂而皇之地進行了。所以上半回的重點，就是一個『賺』字，甜言蜜語，千方百計把尤二姐騙得歡天喜地，心服口服，求之不得，甘心情願地進入了大觀園。讀者看鳳姐之表演，何止淋漓盡致，簡直已入化境，一切全是假的，但在尤二姐眼裏，卻一切全是真的，相信自己確是找到了好歸宿了。這一段鳳姐誆騙尤二姐的文字，可算得是精光四射的文字，令人百讀不厭。

如何對付賈珍、賈蓉、尤氏，也不能掉以輕心。如果説對付尤二姐是用騙、用軟、用甜的話，則對付賈珍等便要用潑、用辣、用刁。如何用這三招，手裏沒有硬把柄就壓不倒對方，對此鳳姐成竹在胸，預先就安排了官司，然後告他國孝、家孝、私娶、再娶四重罪，從國法來説，已上了官司，從家法來説，立即可告到老太太、太太那裏。鳳姐手中有此硬牌，於是便演出了『大鬧寧國府』的一出全武行，這又是《紅樓夢》極爲精彩的文字。所以這後半回，便是大寫特寫一個『鬧』，直鬧到賈蓉跪下來求饒，直鬧到『把個尤氏揉搓成一個麵團』，直鬧到下人們勸説『奶奶也作踐的够了』，直鬧到五百兩銀子落實，直鬧到賈珍、賈蓉、尤氏件件依順。在這『賺』和『鬧』的兩段文字中，王熙鳳的性格也得到了大大的發展豐富。

在這一場大鬧中，封建官府竟然完全聽從鳳姐指揮，簡直這個衙門是爲鳳姐設的。

於此可見，作者之筆鋒，又一次直刺入封建司法和封建官場。

【校　記】

〔一〕『酸鳳姐』，庚辰本作『俊鳳姐』，己卯本及其餘各本均作『酸』，當是庚辰本抄誤，此從各本改。

〔二〕『不言語了』以下直至下頁『或是他願意了事』一大段文字，庚辰本缺，據己卯本補，並參用各本校訂。

第六十九回　弄小巧用借劍殺人　覺大限吞生金自逝

一切全由鳳姐擺佈。

話說尤二姐聽了，又感謝不盡，只得跟了他來。尤氏那邊怎好不過來的，少不得也過來跟着鳳姐去回，方是大禮。鳳姐笑說：『你只別說話，等我去說。』尤氏道：『這個自然。但一有個不是，是往你身上推的。』說着，大家先來至賈母房中。

正值賈母和園中姊妹們說笑解悶，忽見鳳姐帶了一個標緻小媳婦進來，忙覷着眼看，說：『這是誰家的孩子！好可憐見的。』鳳姐上來笑道：『老祖宗倒細細的看看，好不好？』說着，忙拉二姐說：『這是太婆婆，快磕頭。』二姐忙行了大禮，展拜起來。又指着衆姊妹說：這是某人某人，你先認了。太太瞧過了再見禮。二姐聽了，一一又從新故意的問過，垂頭站在旁邊。賈母上下瞧了一遍，因又笑問：『你姓什麽？今年十幾了？』鳳姐忙又笑說：『老祖宗且別問，只說比我俊不俊。』賈母又帶了眼鏡，命鴛鴦、琥珀：『把那孩子拉過來，我瞧瞧肉皮兒。』衆人都抿嘴兒笑着，只得推他上去。賈母細瞧了一遍，又命琥珀：『拿出手來我瞧瞧。』鴛鴦又揭起裙子來。賈母瞧畢，摘下眼鏡來，笑說道：『竟是個齊全孩子，我看比你俊些。』（的評。）

鳳姐聽說，笑着忙跪下，將尤氏那邊所編之話，一五一十，細細的說了一遍，『少不得老祖宗發慈心，先許他進來，住一年後再圓房。』賈母聽了道：『這有什麼不是。你既這樣賢良，很好。只是一年後方可圓得房。』鳳姐聽了，叩頭起來，又求賈母着兩個女人一同帶去見太太們，說是老祖宗的主意，賈母依允，遂使二人帶去見了邢夫人等。王夫人正因他風聲不雅，（是說鳳姐忌妒，風聲不雅也。）深爲憂慮，見他今行此事，豈有不樂之理。（王夫人以爲鳳姐真是一番好意。）於是尤二姐自此見了天日，挪到廂房居住。（到此地步，有誰能看清鳳姐真面。鳳之可怕也如此。）

（又博得賢良好名。）

鳳姐一面使人暗暗調唆張華，（以上是明裏，以下是暗裏。）只叫他要原妻，這裏還有許多賠送外，還給他銀子安家過活。張華原無膽無心告賈家的，後來又見賈蓉打發人來對詞，那人原說的：『張華先退了親。我們皆是親戚。接到家裏住着是真，並無婚娶之說。皆因張華拖欠了我們的債務，追索不與，方誣賴小的主人那些個。』察院都和賈、王兩處有瓜葛，況又受了賄，只說張華無賴，以窮訛詐，狀子也不收，打了一頓趕出來。

（察院原聽鳳姐指揮，封建官場於此可見。）

察院直一牽線木偶，鳳姐如何牽，察院如何動。

又是一番提調。

慶兒在外替他打點，也沒打重。又調唆張華：『親原是你家定的，你只要親事，官必還斷給你。』於是又告。王信那邊又透了消息與察院，（再加指揮）察院便批：『張華所欠賈宅之銀，令其限內按數交還；其所定之親，仍令其有力時娶回。』又傳了他父親來當堂批准。他父親亦係慶兒說明，樂得人財兩進，便去賈家領人。

鳳姐兒一面嚇的來回賈母，（喜的是真，嚇的是假。）說如此這般，都是珍大嫂子幹事不明，（把尤氏推出來。）並沒和那家退准，惹人告了，如此官斷。賈母聽了，忙喚了尤氏過來，說他作事不妥，『既是你妹子從小曾與人指腹爲婚，又沒退斷，使人混告了。』尤氏聽了，只得說：『他連銀子都收了，怎麼沒准。』鳳姐在旁又說：『張華的口供上現說不曾見銀子，也沒見人去。他老子說：「原是親家母說過一次，並沒應准。親家母死了，你們就接進去作二房。」如此沒有對證，只好由他去混說。幸而璉二爺不在家，沒曾圓房，這還無妨。只是人已來了，怎好送回去，豈不傷臉。』

賈母道：『又沒圓房，沒的強佔人家有夫之人，名聲也不好，不如送給他去。那裏尋不出好人來。』尤二姐聽了，又回賈母說：『我母親實於某年月日給了他十兩銀子退准的。他因窮急了告，又翻了口。我姐姐原沒錯辦。』賈母聽了，便說：『可見刁民難惹。既這樣，鳳丫頭去料理料理。』鳳姐聽了無法，只再使提調，再作安排。

『妄告不實』，又是一套說法。隨機變化，世情可畏。

確是原原本本，張華盡知，若張華出來揭發，則一切都真相大白，故鳳姐不得不憂也，虧作者寫得到。

得應着，回來只命人去找賈蓉。

賈蓉深知鳳姐之意，若要使張華領回，成何體統，到了手中豈肯放還。便回了賈珍，暗暗遣人去說張華：『你如今既有許多銀子，何必定要原人。若只管執定主意，豈不怕爺們一怒，尋出個由頭，你死無葬身之地。你有了銀子，回家去什麽好人尋不出來。你若走時，還賞你些路費。』張華聽了，心中想了一想，這倒是好主意，和父親商議已定，約共也得了有百金，父子次日起個五更，回原籍去了。

賈蓉打聽得真了，來回了賈母、鳳姐，說：『張華父子妄告不實，懼罪逃走，官府亦知此情，也不追究，大事完畢。』鳳姐聽了，心中一想：若必定着張華帶回二姐去，未免賈璉回來再花幾個錢包占住，不怕張華不依。還是二姐不去，自己相伴着還妥當，鳳姐實在想得太深太狠太毒。且再作道理。只是張華此去不知何往。他倘或再將此事告訴了別人，有此後顧之憂。或日後再尋出這由頭來翻案，豈不是自己害了自己。原先不該如此將刀靶付與外人去的，因此悔之不迭。確是一大漏洞，然非鳳姐何能想得如此周到。復又想了一條主意出來，悄命旺兒遣人尋着了他，或說他作賊，和他打官司將他治死，或暗中使人算計，務將張華治死，方剪草除根，保住自己的名譽。鳳姐狠毒，至此已極，實非常人之所能比也，宜其不得善果。

旺兒領命出來，回家細想：人已走了完事，何必如此大作，人命關天，非同兒戲，我且哄過他去，再作道理。旺兒還有良心。因此在外躲了幾日，回來告訴鳳姐，只說鳳姐固不易騙過，然她一時何處去查，也只好罷了。

張華是有了幾兩銀子在身上，逃去第三日在京口地界，五更天已被截路人打悶棍打死了。他老子唬死在店房，在那裏驗屍掩埋。鳳姐聽了不信，說：『你要扯謊，我再使人打聽出來敲你的牙！』自此方丟過不究。了卻張華一事。鳳姐和尤二姐和美非常，將欲取之，必先與之。更比親姊親妹還勝十倍。

那賈璉一日事畢回來，先到了新房中，已竟悄悄的封鎖，只有一個看房子的老頭兒，賈璉問他原故，老頭子細說原委，賈璉只在鐙中跌足。賈璉了然明白。少不得來見賈赦與邢夫人，將所完之事回明。賈赦十分歡喜，說他中用，賞了他一百兩銀子，又將房中一個十七歲的丫鬟名喚秋桐者，賞他爲妾。賈璉叩頭領去，喜之不盡。賈璉見色即喜。見了賈母和家中人，回來見鳳姐，未免臉上有些愧色。誰知鳳姐兒他反不似往日容顏，還要先做戲。同尤二姐一同出迎，敘了寒溫。賈璉將秋桐之事說了，未免臉上有些得意之色，驕矜之容。鳳姐聽了，忙命兩個媳婦坐車到那邊接了來，心中一刺未除，寫盡鳳姐嫉妒之心。又平空添了一刺，說不得且吞聲忍氣，將好顏面換出來遮掩。一面又命擺酒接風，一面帶了秋桐來見賈母與王夫人等。賈璉心中也暗暗的納罕。一反以往常態，令賈璉也納罕，真看不透。

那日已是臘月十二日，賈珍起身，先拜了宗祠，然後過來辭拜賈母等人。合族中人直送到灑淚亭方回。獨賈璉、賈蓉二人送出三日三夜方回。一路上賈珍命他好生收心治家等語，二人口內答應，也說些大禮套話，不必煩敘。

又另編一套。

且說鳳姐在家，外面待尤二姐自不必說得，只是心中又懷別意。無人處只和尤二姐說：『妹妹的聲名很不好聽，連老太太、太太們都知道了，說妹妹在家做女孩兒就不乾淨，又和姐夫有些首尾，「沒人要的了你揀了來，還不休了再尋好的。」我聽見這話，氣得倒仰，查是誰說的，又查不出來。這日久天長，這些個奴才們跟前，怎樣說嘴？我反弄了個魚頭來拆。』說了兩遍，自己又氣病了，茶飯也不吃，裝得像，欲使別人看也。除了平兒，衆丫頭媳婦無不言三語四，指桑說槐，暗相譏刺。

鳳姐故意欲令衆人非議之也。

秋桐自爲係賈赦之賜，無人僭他的，連鳳姐、平兒皆不放在眼裏，豈肯容他。張口是：『先奸後娶，沒漢子要的娼婦，也來要我的強。』秋桐又是一刺，是天喪二姐也。鳳姐聽了暗樂，尤二姐聽了，暗愧暗怒暗氣。何堪經此暗中消蝕。

平兒善心，難得難得。

鳳姐既裝病，便不和尤二姐吃飯了。每日只命人端了菜飯到他房中去吃，那茶飯都係不堪之物。一步緊似一步。平兒看不過，自拿了錢出來弄菜與他吃，或是有時只說和他園中去頑，在園中廚內另做了湯水與他吃，也無人敢回鳳姐。只有秋桐一時撞見了，便去說舌告訴鳳姐，說：『奶奶的名聲，生是平兒弄壞了的。這樣好菜好飯浪旁觀者清，雖不明鳳姐底細，但其日常爲人，能有善心乎。此時二姐已漸受煎熬矣。

鳳姐惡極狠極，借刀殺人，最見險毒。

着不吃，卻往園裏去偷吃。』鳳姐聽了，罵平兒說：『人家養猫拿耗子，我的猫只倒咬雞。』平兒不敢多說，自此也要遠着了。又暗恨秋桐，難以出口。

園中姊妹如李紈、迎春、惜春等人，皆爲鳳姐是好意，然寶、黛一干人暗爲二姐擔心。雖都不便多事，惟見二姐可憐，常來了，倒還都憫恤他。每日常無人處說起話來，尤二姐便淌眼抹淚，（眼淚只能往肚裏咽也。）又不敢抱怨。鳳姐兒又並無露出一點壞形來。

賈璉來家時，見了鳳姐賢良，也便不留心。況素習以來因賈赦姬妾丫鬟最多，賈璉每懷不軌之心，只未敢下手。如這秋桐輩等人，皆是恨老爺年邁昏憒，貪多嚼不爛，（絕妙好詞）沒的留下這些人作什麼，因此除了幾個知禮有耻的，餘者或有與二門上小幺兒們嘲戲的。甚至於與賈璉眉來眼去私相偷期的，（再寫一筆賈璉。）只懼賈赦之威，未曾到手。這秋桐便和賈璉有舊，從未來過一次。今日天緣湊巧，竟賞了他，真是一對烈火乾柴，如膠投漆，燕爾新婚，連日那裏拆的開。那賈璉在二姐身上之心也漸漸淡了，只有秋桐一人是命。（寫賈璉入骨。）

鳳姐雖恨秋桐，且喜借他先可發脫二姐，自己且抽頭，用『借劍殺人』之法，『坐山觀虎鬭』。等秋桐殺了尤二姐，自己再殺秋桐。主意已定，沒人處常又私勸秋桐說：『你年輕不知事。他現是二房奶奶，你爺心坎兒上的人，我還讓他三分，你去硬碰他，豈不是自尋其死？』故意煽風點火。那秋桐聽了這話，越發惱了，天天大口亂罵說：『奶奶是軟弱人，那等賢惠，我卻做不來。奶奶把素日的威風怎都沒了？奶奶寬洪大量，我卻眼裏揉不下沙子去。讓我和他這淫婦做一回，他纔知道呢。』鳳姐兒在屋裏，只裝不敢出聲兒。刁極毒極，是洞裏毒蛇也。氣的尤二姐在房裏哭泣，飯也不吃，又不敢告訴賈璉。活活將被折磨死矣。次日賈母見他眼紅紅的腫了，問他，又不敢說。秋桐正是抓乖賣俏之時，他便悄悄的告訴賈母、王夫人等說：『專會作死，好好的成天家號喪，背地裏咒二奶奶和我早死了，他好和二爺一心一計的過。』賈母聽了便說：『人太生嬌俏了，可知心就嫉妬。鳳丫頭倒好意待他，他倒這樣爭風吃醋的，可是個賤骨頭！』因此漸次便不大歡喜。

衆人見賈母不喜，不免又往下踏踐起來，弄得這尤二姐要死不能，要生不得。還是虧了平兒，時常背着鳳姐，看他這般，與他排解排解。平兒積德

那尤二姐原是個花爲腸肚雪作肌膚的人，如何經得這般磨折，不過受了一個月的暗氣，便懨懨得了一病，四肢懶動，茶飯不進，漸次黃瘦下去。夜來合上眼，只見他小妹子手捧鴛鴦寶劍前來說：『姐姐，你一生爲人心癡意軟，終久吃了這虧。休信那妬婦花言巧語，外作賢良，內藏奸狡，他發恨定要弄你一死方罷。若

惡婦潑婦相聯相接，二姐不得活矣。

可憐二姐任人宰割。賈母糊塗，何能察此機矣。

一段幻筆，實二姐心中所思也。

想不到又請了庸醫，二姐更無望矣。

妹子在世，斷不肯令你進來；即進來時，亦不容他這樣。此亦係理數應然，你我生前淫奔不才，使人家喪倫敗行，故有此報。你依我將此劍斬了那妒婦，一同歸至警幻案下，聽其發落。不然，你則白白的喪命，且無人憐惜。』

尤二姐泣道：『妹妹，我一生品行既虧，今日之報，既係當然，何必又生殺戮之冤？隨我去忍耐。若天見憐，使我好了，豈不兩全。』小妹笑道：『姐姐，你終是個癡人。自古「天網恢恢，疏而不漏」，天道好還。你雖悔過自新，然已將人父子兄弟致於麀聚之亂，天怎容你安生？』（此處再點聚麀，卻歸過於二姐，豈二姐一人之過乎。）尤二姐泣道：『既不得安生，亦是理之當然，奴亦無怨。』（自己認命，不敢有怨，此被壓迫者之心理也。）小妹聽了，長嘆而去。

尤二姐驚醒，卻是一夢。等賈璉來看時，因無人在側，便泣說：『我這病便不能好了。我來了半年，腹中也有身孕，但不能預知男女。倘天見憐，生了下來還可；若不然，我這命就不保，何況於他。』賈璉亦泣說：『你只放心，我請明人來醫治。』於是出去，即刻請醫生。

誰知王太醫亦謀幹了軍前效力，回來好討蔭封的。小廝們走去，便請了個姓胡的太醫，名叫君榮，進來診脈。看了，說是經水不調，全要大補。賈璉便說：『已是三月庚信不行，又常作嘔酸，恐是胎氣。』胡君榮聽了，復又命老婆子們請出手來再看看。尤二姐少不得又從帳內伸出手來。胡君榮又診了半日，說：『若論胎氣，肝脈自應洪大。然木盛則生火，經水不調，亦皆因由肝木所致。醫生要大膽，須得請奶奶將金面略露露，醫生觀觀氣色，方敢下藥。』賈璉無法，只得命將帳子掀起一縫，尤二姐露出臉來。胡君榮一見，魂魄如飛上九天，通身麻木，一無所知。（從未見過如此美人，一無所知，於是亂下藥矣。）

一時掩了帳子，賈璉就陪他出來，問是如何。胡太醫道：『不是胎氣，只是淤血凝結。如今只以下淤血通經脈要緊。』於是寫了一方，作辭而去。

賈璉命人送了藥禮，抓了藥來，調服下去。只半夜，尤二姐腹痛不止，誰知竟將一個已成形的男胎打了下來。（一切希望全部斷絕。）於是血行不止，二姐就昏迷過去。賈璉聞知，大罵胡君榮。一面再遣人去請醫調治，一面命人去打告胡君榮。胡君榮聽了，早已捲包逃走。

這裏，太醫院便說：『本來氣血生成虧弱，受胎以來，想是着了些氣惱，鬱結於中。這位先生擅用虎狼之劑，如今大人元氣十分傷其八九，一時難保就愈。煎丸二藥並行，還要一些閑言閒事不聞，庶可望好。』說畢而去。急的賈璉查是誰請了姓胡的來的，一時查了出來，便打了半死。

鳳姐比賈璉更急十倍，（裝得好，越裝越像。）只說：『咱們命中無子，好容易有了一個，又遇見這樣沒本事的大夫。』於是天地前燒香禮拜，（天天演戲也。）自己通陳禱告說：『我或有

（又出花招，挑撥秋桐，更加折磨二姐。）

病，只求尤氏妹子身體大愈，再得懷胎，生一男子，我願吃長齋念佛。』賈璉衆人見了，無不稱讚。賈璉與秋桐在一處時，鳳姐又做湯做水的着人送與二姐。又罵平兒不是個有福的，『也和我一樣。我因多病了，你卻無病，也不見懷胎。如今二奶奶這樣，都因咱們無福，或犯了什麼，沖的他這樣。』因又叫人出去算命打卦。偏算命的回來又說：『係屬兔的陰人沖犯。』大家算將起來，只有秋桐一人屬兔，說他沖的。

（秋桐哭罵，鳳姐歡笑也。）

秋桐近見賈璉請醫治藥，打人罵狗，爲尤二姐十分盡心，他心中早浸了一缸醋在內了。今又聽見如此說他沖了，鳳姐兒又勸他說：『你暫且別處去躲幾個月再來。』秋桐便氣的哭罵道：『理那起瞎肏的混咬舌根！我和他「井水不犯河水」，怎麼就沖了他！好個愛八哥兒，在外頭什麼人不見，偏來了就有人沖了，白眉赤臉，那裏來的孩子？他不過指着哄我們那個棉花耳朵的爺罷了。縱有孩子，也不知姓張姓王。（惡毒至極）奶奶希罕那雜種羔子，（罵得惡。）我不喜歡！老了誰不成？誰不會養！一年半載養一個，倒還是一點攙雜沒有的呢！』（潑婦刁婦聲口。）罵的衆人又要笑，又不敢笑。

可巧邢夫人過來請安，秋桐便哭告邢夫人說：『二爺、奶奶要攆我回去，我沒了安身之處，太太好歹開恩。』邢夫人聽說，慌的數落鳳姐兒一陣，又罵賈璉道：『不知好歹的種子，憑他怎麼不好，是你父親給的。爲個外頭來的攆他，連老子都沒了。你要攆他，你不如還你父親去倒好。』說着，賭氣去了。秋桐更又得意，越性走到他窗户根底下大哭大罵起來。（正是要你如此。）

尤二姐聽了，不免更添煩惱。晚間，賈璉在秋桐房中歇了，鳳姐已睡，平兒過來瞧他，又悄悄勸他：『好生養病，不要理那畜生。』（難得平兒真善心。）尤二姐拉他哭道：『姐姐，我從到了這裏，多虧姐姐照應。爲我，姐姐也不知受了多少閒氣。我若逃的出命來，我必答報姐姐的恩德；只怕我逃不出命來，也只好等來生罷。』（二姐心中之話。人之將死，其言也善。）

平兒也不禁滴淚說道：『想來都是我坑了你。我原是一片癡心，從沒瞞他的話。既聽見你在外頭，豈有不告訴他的。（回應前平兒告鳳姐之事。）誰知生出這些個事來。』尤二姐忙道：『姐姐這話錯了。若姐姐便不告訴他，他豈有打聽不出來的，（確是如此）不過是姐姐說的在先。況且我也要一心進來，方成個體統，與姐姐何干。』（也是事實）二人哭了一回，平兒又囑咐了幾句，夜已深了，方去安息。

這裏，尤二姐心下自思：『病已成勢，日無所養，反有所傷，料定必不能好。況胎已打下，無可懸心，何必受這些零氣，不如一死，倒還乾淨。常聽見人說，生金子可以墜死，豈不比上吊自刎又乾淨。』想畢，扎掙起來，打開箱子，找出一塊生金，也不知多重，恨命含淚便吞入口中，幾次狠命直脖，方咽了下去。於是

（眉批：如此折磨，已無生路矣！）

還是平兒關心，纔能發現。

趕忙將衣服、首飾穿戴齊整，上炕躺下了。當下人不知，鬼不覺。

到第二日早晨，丫鬟、媳婦們見他不叫人，樂得且自己去梳洗。鳳姐便和秋桐都上去了。平兒看不過，說丫頭們：『你們就只配沒人心的打着罵着使也罷了，一個病人，也不知可憐可憐。他雖好性兒，你們也該拿出個樣兒來，別太過逾了，牆倒眾人推。』丫鬟聽了，急推房門進來看時，卻穿戴的齊齊整整，死在炕上。於是方嚇慌了，喊叫起來。平兒進來看了，不禁大哭。眾人雖素習懼怕鳳姐，然想尤二姐實在溫和憐下，比鳳姐原強，可見人自心中有秤也。如今死去，誰不傷心落淚，只不敢與鳳姐看見。

當下合宅皆知。賈璉進來，摟屍大哭不止。鳳姐也假意哭：『狠心的妹妹！實實是你狠心也。你怎麼丟下我去了，辜負了我的心！』尤氏、賈蓉等也來哭了一場，勸住賈璉。

賈璉便回了王夫人，討了梨香院停放五日，挪到鐵檻寺去，王夫人依允。賈璉忙命人去開了梨香院的門，收拾出正房來停靈。賈璉嫌後門出靈不像，便對着梨香院的正牆上通街現開了一個大門。兩邊搭棚，安壇場做佛事。用軟榻鋪了錦緞衾褥，將二姐擡上榻去，用衾單蓋了。八個小廝和幾個媳婦圍隨，從內子牆一帶擡往梨香院來。

那裏已請下天文生預備，揭起衾單一看，只見這尤二姐面色如生，比活着還美貌。（再寫一筆二姐之美。）賈璉又摟着大哭，只叫『奶奶，你死的不明，都是我坑了你！』賈蓉忙上來勸：『叔叔解着些兒，我這個姨娘自己沒福。』說着，又向南指大觀園的界牆，賈璉會意，（怕鳳姐一至於此。）只悄悄跌腳說：『我忽略了，終久對出來，我替你報仇。』天文生回說：『奶奶卒於今日正卯時，五日出不得，或是三日，或是七日方可。明日寅時入殮大吉。』賈璉道：『三日斷乎使不得，竟是七日。因家叔、家兄皆在外，小喪不敢多停，等到外頭，還放五七，做大道場纔掩靈。明年往南去下葬。』天文生應諾，寫了殃榜而去。寶玉已早過來陪哭一場。衆族中人也都來了。

賈璉忙進去找鳳姐要銀子，治辦棺槨喪禮。鳳姐見擡了出去，推有病，回：『老太太、太太說我病着，忌三房，不許我去。』（惡極。）因此也不出來穿孝，且往大觀園中來。繞過群山，至北界牆根下往外聽，隱隱綽綽聽了一言半語，（只是隱隱綽綽耳，實未聽見，實是自己心中腹中所說也。）回來又回賈母說如此這般。賈母道：『信他胡說，誰家癆病死的孩子不燒了一撒，也認真的開喪破土起來。既是二房一場，也是夫妻之分，停五七日擡出來，或一燒，或亂葬地上埋了完事。』鳳姐笑道：『可是這話。我又不敢勸他。』（刁極毒極，世間惡婦之毒皆集於此矣。）

鳳姐之所要說。卻讓賈母說出，惡毒之甚。

有淚不敢哭，鳳姐之威如此。宜其死後人亦無淚矣。

正說着，丫鬟來請鳳姐，說：『二爺等着奶奶拿銀子呢。』鳳姐只得來了，便問他：『什麼銀子？家裏近來艱難，你還不知道？咱們的月例，一月趕不上一月，雞兒吃了過年糧。昨兒我把兩個金項圈當了三百銀子，你還做夢呢。這裏還有二三十兩銀子，你要就拿去。』說着，命平兒拿了出來，遞與賈璉，指着賈母有話，又去了。

恨的賈璉沒話可說，只得開了尤氏箱櫃，去拿自己的梯己。及開了箱櫃，一滴無存，（早已全部沒收矣。）只有些折簪爛花並幾件半新不舊的綢絹衣裳，都是尤二姐素習所穿的，不禁又傷心哭了起來。自己用個包袱一齊包了，也不命小厮丫鬟來拿，便自己提着來燒。

平兒又是傷心，又是好笑，忙將二百兩一包的碎銀子偷了出來，到廂房拉住賈璉，悄遞與他，說：『你只別作聲纔好，（平兒多少善心，一筆難盡。）你要哭，外頭多少哭不得，又跑了這裏來點眼。』賈璉聽說，便說：『你說的是。』接了銀子，又將一條裙子遞與平兒，說：『這是他家常穿的，你好生替我收着，作個念心兒。』平兒只得掩了，自己收去。賈璉拿了銀子與衣服，走來命人先去買板。好的又貴，中的又不要。賈璉騎馬自去要瞧，至晚間，果擡了一副好板進來，價銀五百兩賒着，連夜趕造。一面分派了人口穿孝守靈，晚來也不進去，只在這裏伴宿。正是——

【回後評】

賈璉偷娶尤二姐的故事，自六十四回至此，已歷五回半的篇幅，這是一個結構完整精彩紛呈的故事。這個故事給讀者以多方面的認識：一、它充分揭露了賈府這個封建官僚大家庭，詩禮之家的腐朽、荒淫和醜惡。賈珍、賈蓉父子聚麀，賈璉除私通多姑娘、鮑二家的，和賈珍各擁尤三姐、尤二姐同室淫樂、私娶尤二姐等外，還打父親賈赦小妾的主意，賈赦則將自己的名義上是丫鬟、實際是小妾的秋桐（秋桐怨賈赦貪多嚼不爛可證）賜給了賈璉等等，這就徹底揭露批判了這個詩禮之家的封建大家庭的金玉其外、敗絮其中的真相，也是曹雪芹批判程、朱理學重要的一筆。二、偷娶尤二姐的故事，充分豐富和深化了王熙鳳奸詐、虛僞、狠毒、殘忍等種種惡德，直到她最後把尤二姐折磨至死還不罷手，還要叫旺兒去追殺張華，以圖斬草除根。至此在我們面前的王熙鳳，已經不再是協理寧國府及以後的王熙鳳了，已經是殘忍、狠毒、滅絕人性的王熙鳳了。這樣王熙鳳這個形象，在中國文學史上就成爲獨一無二、光彩四射的典型，同時也揭示了人性之惡的極度。

這個故事，還揭露了封建官場完全依附於豪門貴族。封建法律，完全是封建統治者的意志的體現，在這個故事裏則完全是王熙鳳的意志和權力的體現。這不僅描寫了王熙鳳能量之大，更反映了封建法律之虛僞，反映了它實質上是貴族統治階級壓迫人民的工具。

紅樓二尤，當然並不是完美者，她們有自己的嚴重的弱點，這是讀者們共知，而且她們自己也深知的，甚至這恰好是她們不能擡起頭來做人的一個內在原因。但是，就整體來看，她們仍然是被迫害者，她們受盡了凌辱卻無力反抗，以至於不思反抗（尤二姐），釀成一幕靜待屠宰的悲慘場面。這也是當時婦女命運的一個重要側面，是雪芹的春秋之筆。有的研究者竟然以爲程乙本裏未被凌辱的尤三姐好，這是對雪芹的深意完全沒有理解的原故，也是雪芹『誰解其中味』的嘆息內容之一。還有的評論家竟以爲這個故事是後人續作，第六十九回是強弩之末，已是敗筆。這樣的賞鑒，只能令人廢書浩嘆了。昔荆人有得和氏璧而泣者，傷世無識者也，面對此論，余亦不免荆人之泣矣！

這是奴才們的婚姻方式。

第七十回　林黛玉重建桃花社　史湘雲偶填柳絮詞

話說賈璉自在梨香院伴宿七日夜，天天僧道不斷做佛事。賈母喚了他去，吩咐不許送往家廟中。賈璉無法，只得又和時覺說了，就在尤三姐之上點了一個穴，破土埋葬。那日送殯，只不過族中人與王信夫婦，尤氏婆媳而已。鳳姐一應不管，只憑他自去辦理。

因又年近歲逼，諸務猬集不算外，又有林之孝開了一個人名單子來，共有八個二十五歲的單身小廝應該娶妻成房，等裏面有該放的丫頭們好求指配。鳳姐看了，先來問賈母和王夫人。大家商議，雖有幾個應該發配的，奈各人皆有原故：第一個鴛鴦發誓不去。自那日之後，一向未和寶玉說話，也不盛妝濃飾。衆人見他志堅，也不好相強。第二個琥珀，現又有病，這次不能了。彩雲因近日和賈環分崩，也染了無醫之症。只有鳳姐兒和李紈房中粗使的大丫鬟出去了。其餘年紀未足，令他們外頭自娶去了。

雖然春色依舊而人事全非。

原來這一向因鳳姐病了，李紈、探春料理家務，不得閒暇，接着過年過節，出來許多雜事，竟將詩社擱起。如今仲春天氣，雖得了工夫，爭奈寶玉因冷遁了柳湘蓮，劍刎了尤小妹，金逝了尤二姐，氣病了柳五兒，連連接接，閑愁胡恨，一重不了一重添，弄得情色若癡，語言常亂，似染怔忡之疾，慌的襲人等又不敢回賈母，只百般逗他頑笑。

這日清晨方醒，只聽外間房內咭咭呱呱笑聲不斷。襲人因笑說：『你快出去解救，晴雯和麝月兩個人按住溫都里那膈肢呢。』寶玉聽了，忙披上灰鼠襖子出來一瞧，只見他三人被褥尚未叠起，大衣也未穿。那晴雯只穿葱綠院綢小襖，紅小衣，紅睡鞋，披着頭髮，騎在雄奴身上。麝月是紅綾抹胸，披着一身舊衣，在那裏抓雄奴的肋肢。雄奴卻仰在炕上，穿着撒花緊身兒，紅褲綠襪，兩腳亂蹬，笑的喘不過氣來。寶玉忙上前笑說：『兩個大的欺負一個小的，等我助力。』說着，也上牀來膈肢晴雯。晴雯觸癢，笑的忙丟下雄奴，和寶玉對抓。雄奴趁勢又將晴雯按倒，向他肋下抓動。襲人笑說：『仔細凍着了。』看他四人裹在一處倒好笑。

前寫二姐吞金，三姐飲劍，湘蓮遁走，五兒氣病，種種不如意事；此卻寫晴雯、麝月、芳官諸婢，嬌憨相纏，互相膈肢打逗取樂，寶玉亦來助陣，正『少年不識愁滋味』也。兩相對照，益見人在夕陽中，雖已落日啣山，猶覺綺霞滿天耳！

忽有李紈打發碧月來說：『昨兒晚上奶奶在這裏把塊手帕子忘了，不知可在這裏？』小燕說：『有，有，有，我在地下拾了起來，不知是那一位的，纔洗了出來晾着，還未乾呢。』碧月見他四人亂滾，因笑道：『倒是這裏熱鬧，大清早起就咭咭呱呱的頑到一處。』寶玉笑道：『你們那裏人也不少，怎麽不頑？』碧月道：『我們奶奶不頑，把兩個姨娘和琴姑娘也賓住了。如今琴姑娘又跟了老太太前頭去了，更寂寞了。兩個姨娘今年過了，到明年冬天都去了，又更寂寞呢。你瞧寶姑娘那裏，出去了一個香菱，就冷清了多少，把個雲姑娘落了單。』

湘雲是詩癡，故由湘雲來邀賞詩。

正說着，只見湘雲又打發了翠縷來說：『請二爺快出去瞧好詩。』寶玉聽了，忙問：『那裏的好詩？』翠縷道：『姑娘們都在沁芳亭上，你去了便知。』寶玉聽了，忙梳洗了出來，果見黛玉、寶釵、湘雲、寶琴、探春都在那裏，手裏拿着一篇詩看。見他來時，都笑說：『這會子還不起來，咱們的詩社散了一年，（重提詩社，轉眼一年矣。）也沒有人作興。如今正是初春時節，萬物更新，正該鼓舞另立起來纔好。』

因詩好，故詩社名稱即以詩爲定。

湘雲笑道：『一起詩社時是秋天，就不應發達。如今卻好萬物逢春，皆主生盛。況這首桃花詩又好，就把海棠社改作桃花社。』（脂批：『起時是後有名，此是先有名。』）寶玉聽着，點頭說：『很好。』且忙着要詩看。衆人都又說：『咱們此時就訪稻香老農去，大家議定好起的。』說着，一齊起來，都往稻香村來。寶玉一壁走，一壁看那紙上寫着

《桃花行》一篇，曰：

桃花簾外東風軟，桃花簾內晨妝懶。
簾外桃花簾內人，人與桃花隔不遠。
東風有意揭簾櫳，花欲窺人簾不捲。
桃花簾外開仍舊，簾中人比桃花瘦。
花解憐人花也愁，隔簾消息風吹透。
風透湘簾花滿庭，庭前春色倍傷情。
閑苔院落門空掩，斜日欄杆人自憑。
憑欄人向東風泣，茜裙偷傍桃花立。
桃花桃葉亂紛紛，花綻新紅葉凝碧。
霧裏煙封一萬株，烘樓照壁紅模糊。
天機燒破鴛鴦錦，春酣欲醒移珊枕。
侍女金盆進水來，香泉影蘸胭脂冷。
胭脂鮮豔何相類，花之顏色人之淚。
若將人淚比桃花，淚自長流花自媚。
淚眼觀花淚易乾，淚乾春盡花憔悴。

四句花與人並提。

李清照『簾捲西風，人比黃花瘦』是以人比花，此是花欲窺人，故知花肥人瘦也。

『花解憐人』四句，是花人一體，花亦知人矣。

『閑苔院落』四句寫人，人倚桃花，淚灑東風。

『霧裏煙封』四句，寫桃花紅霧一片，春色闌珊矣。

『侍女金盆』句因胭脂而及紅淚，是淚滴胭脂也。

『若將人淚比桃花』以下八句，亦李

後主『胭脂淚，相留醉，幾時重，自是人生長恨水長東』之意。

詩是初唐體而婉轉悲涼，啜其泣矣。此黛之心聲也！

寶玉說『迥乎不像蘅蕪之體』一句，別本有將『蘅蕪』兩字改成『琴妹妹』者，亦有將下文『寶釵笑道』改爲『寶琴笑道』者，庚本原抄作『寶玉』，後又改爲『寶琴』皆誤。今依戚序、蒙府、列藏校改爲『寶釵』。此處寶玉說『不像蘅蕪之體』，是指寶琴詩學寶釵之體，故說『不像蘅蕪之體』。下文『寶釵笑道，所以你不通』云云，爲什麼不是『寶琴』而是『寶釵』呢？因下文寶玉說『我知道姐姐斷不許妹妹有此傷悼語

憔悴花遮憔悴人，花飛人倦易黃昏。

一聲杜宇春歸盡，寂寞簾櫳空月痕！

寶玉看了，並不稱讚，卻滾下淚來。（寶玉情動於衷，故不語而泣。）便知出自黛玉，因此落下淚來，又怕衆人看見，又忙自己擦了。因問：『你們怎麼得來？』寶琴笑道：『你猜是誰作的？』寶玉笑道：『自然是瀟湘子稿。』寶琴笑道：『現是我作的呢。』寶玉笑道：『我不信。這聲調口氣，迥乎不像蘅蕪之體，所以不信。』

寶釵笑道：『所以你不通。難道杜工部首首只作「叢菊兩開他日淚」之句不成！一般的也有「紅綻雨肥梅」「水荇牽風翠帶長」之媚語。』寶玉笑道：『固然如此說，但我知道姐姐斷不許妹妹有此傷悼語句，妹妹雖有此才，是斷不肯作的。比不得林妹妹曾經離喪，作此哀音。』（黛玉之音已是哀音，令人惘然！）衆人聽說，都笑了。（衆人都笑，不知其言之悲也。）

說着，已至稻香村中，將詩與李紈看了，自不必說稱賞不已。說起詩社，大家議定：明日乃三月初二日，就起社，便改『海棠社』爲『桃花社』，林黛玉就爲社主。（黛玉因此詩而爲社主。）明日飯後，齊集瀟湘館。（社址就設瀟湘館。）因又大家擬題。黛玉便說：『大家就要桃花詩一百韻。』寶釵道：『使不得，從來桃花詩最多，縱作了必落套，比不得你這一首古風。須得再擬。』

正說着，人回：『舅太太來了。姑娘們出去請安。』因此大家都往前頭來見王

句』，寶玉說的『姐姐』就是緊接着『寶釵笑道』的話而說的，故上文必是寶釵而不能是寶琴，否則上下對答不貫。後世各本，都不能細味文意，遂忽此語言曲折之神理，遂亦不能悟其妙矣！

子騰的夫人，陪着說話。吃飯畢，又陪入園中來，各處遊玩一遍。至晚飯後掌燈方去。

次日，乃是探春的壽日，元春早打發了兩個小太監送了幾件玩器。合家皆有壽儀，自不必說。飯後，探春換了禮服，各處去行禮。黛玉笑向衆人道：『我這一社開的又不巧了，偏忘了這兩日是他的生日。雖不擺酒唱戲的，少不得都要陪他在老太太、太太跟前玩笑一日，如何能得閒空兒。』因此改至初五。

這日，衆姊妹皆在房中侍早膳畢，便有賈政書信到了。（賈政久無消息矣。）寶玉請安，將請賈母的安稟拆開念與賈母聽，上面不過是請安的話，說六月中准進京等語。其餘家信事務之帖，自有賈璉和王夫人開讀。衆人聽說六七月回京，都喜之不盡。

偏生近日王子騰之女許與保寧侯之子爲妻，擇日於五月初十日過門，鳳姐兒又忙着張羅，常三五日不在家。這日王子騰的夫人又來接鳳姐兒，一併請衆甥男甥女閑樂一日。賈母和王夫人命寶玉、探春、林黛玉、寶釵四人同鳳姐去。衆人不敢違拗，只得回房去另妝飾了起來。五人作辭，去了一日，掌燈方回。

寶玉進入怡紅院，歇了半刻，襲人便乘機見景勸他收一收心，閑時把書理一理預備着。（賈政要回來，又要考查了。）寶玉屈指算一算說：『還早呢。』襲人道：『書是第一件，字是第二件。到那時你縱有了書，你的字寫的在那裏呢？』寶玉笑道：『我時常也有三四年只寫五六十篇，實在太少。

可見寶玉之讀書寫字都是應付差使，不同於求取功名也。

王夫人反而怕他趕出病來，愛子之心可見。

公然替代書寫，以瞞賈政。

寫的好些，難道都沒收着？』

襲人道：『何曾沒收着。你昨兒不在家，我就拿出來，共算數了一數，纔有五六十篇。這三四年的工夫，難道只有這幾張字不成。依我說，從明日起，把別的心全收了起來，天天快臨幾張字補上。雖不能按日都有，也要大概看得過去。』寶玉聽了，忙的自己又親檢了一遍，實在搪塞不去，便說：『明日爲始，一天寫一百字纔好。』說話時，大家安下。

至次日起來梳洗了，便在窗下研墨，恭楷臨帖。賈母因不見他，只當病了，忙使人來問。寶玉方去請安，便說寫字之故，先將早起清晨的工夫儘了出來，再作別的，因此出來遲了。賈母聽了，便十分歡喜，吩咐他：『以後只管寫字念書，不用出來也使得。你去回你太太知道。』寶玉聽說，便往王夫人房中來說明。王夫人便說：『臨陣磨槍，也不中用，有這會子着急，天天寫寫念念，有多少完不了的。這一趕，又趕出病來纔罷。』寶玉回說不妨事。

這裏，賈母也說怕急出病來。探春、寶釵等都笑說：『老太太不用急，書雖替他不得，字卻替得的。我們每人每日臨一篇給他，搪塞過這一步就完了。一則老爺到家不生氣，二則他也急不出病來。』賈母聽說，喜之不盡。賈母反而高興，奇事。

原來林黛玉聞得賈政回家，必問寶玉的功課，寶玉肯分心，恐臨期吃了虧。因为了宝玉，黛玉把诗社也停了。

黛玉有意模仿寶玉字體，看其細心至此！

又延遲數月，於寶玉是好消息。

春事闌珊，春光將盡，不獨物候，實亦人事。

此自己只裝作不耐煩，把詩社便不起，也不以外事去勾引他。探春、寶釵二人每日也臨一篇楷書字與寶玉，寶玉自己每日也加工，或寫二百三百不拘。至三月下旬，便將字又集湊出許多來。

這日正算，再得五十篇，也就混的過了。（只想混過而已。）誰知紫鵑走來，送了一卷東西與寶玉，拆開看時，卻是一色老油竹紙（乾隆時抄書寫字皆用竹紙，今所傳甲戌、己卯、庚辰各本皆用竹紙抄寫，可以爲證。）上臨的鍾王蠅頭小楷，字跡且與自己十分相似。喜的寶玉和紫鵑作了一個揖，又親自來道謝。接着，史湘雲、寶琴二人亦皆臨了幾篇相送。湊成雖不足功課，亦足搪塞了。寶玉放了心，於是將所有應讀之書又溫理過幾遍，正是天天用功。

可巧近海一帶海嘯，又遭踢了幾處生民。地方官題本奏聞，奉旨就着賈政順路查看賑濟回來。如此算去，至冬底方回。寶玉聽了，便把書字又擱過一邊，仍是照舊遊蕩。

時值暮春之際，史湘雲無聊，因見柳花飄舞，便偶成一小令，調寄《如夢令》，其詞曰：

豈是繡絨殘吐，捲起半簾香霧。纖手自拈來，空使鵑啼燕妒。且住，且住，莫使春光別去。

將詩社改爲詞壇。

自己作了，心中得意，便用一條紙兒寫好，與寶釵看了，又來找黛玉。黛玉看畢，笑道：『好，也新鮮有趣。我卻不能。』

湘雲笑道：『咱們這幾社總沒有填詞。你明日何不起社填詞，改個樣兒，豈不新鮮些。』黛玉聽了，偶然興動，便說：『這話說的極是。我如今便請他們去。』說着，一面吩咐預備了幾色菓點之類，一面就打發人分頭去請衆人。這裏，他二人便擬了柳絮之題，又限出幾個調來，寫了綰在壁上。

衆人來看時，以柳絮爲題，限名色小調。又都看了史湘雲的，稱賞了一回。寶玉笑道：『這詞上我倒平常，少不得也要胡謅起來。』於是大家拈鬮，寶釵便拈得了《臨江仙》，寶琴拈得了《西江月》，探春拈得了《南柯子》，黛玉拈得了《唐多令》，寶玉拈得了《蝶戀花》。紫鵑炷了一支夢甜香。脂批：『重建故又寫香。』大家思索起來。

一時黛玉有了，寫完。接着寶琴、寶釵都有了。他三人寫完，互相看時，寶釵便笑道：『我先瞧完了你們的，再看我的。』探春笑道：『噯呀，今兒這香怎麼這樣快，已剩了三分了。我纔有了半首。』因又問寶玉可有了。寶玉雖作了些，只是自己嫌不好，又都抹了，要另作，回頭看香，已將爐了。

李紈笑道：『這算輸了。蕉丫頭的半首且寫出來。』探春聽說，忙寫了出來。

「東西南北各分離」，「蝶倦晚芳」，「再見隔年」總是衰瑟之語。

黛玉一首，直是自寫，飄泊命薄，誰拾誰收，非自敘而何！

衆人看時，脂批：「卻是先看沒作完的，總是又變一格也。」上面卻只半首《南柯子》，寫道是：

空掛纖纖縷，徒垂絡絡絲。也難綰繫也難羈，一任東西南北各分離。

李紈笑道：『這也卻好作，何不續上？』寶玉見香沒了，情願認負，不肯勉強塞責，將筆擱下，來瞧這半首。見沒完時，反倒動了興，開了機，乃提筆續道是：

落去君休惜，飛來我自知。鶯愁蝶倦晚芳時，縱是明春再見隔年期。

衆人笑道：『正經你分內的又不能，這卻偏有了。縱然好，也不算得。』說着，看黛玉的《唐多令》：

粉墮百花洲，香殘燕子樓。一團團逐對成毬。飄泊亦如人命薄，空繾綣，說風流。草木也知愁，韶華竟白頭。嘆今生誰拾誰收？嫁與東風春不管，憑爾去，忍淹留。

衆人看了，俱點頭感嘆，說：『太作悲了，衆人也看出太悲了。好是固然好的。』因又看寶琴的是《西江月》：

漢苑零星有限，隋堤點綴無窮。三春事業付東風，明月梅花一夢。幾處落紅庭院，誰家香雪簾櫳？江南江北一般同，偏是離人恨重！

衆人都笑說：『到底是他的這聲調悲壯。「幾處」「誰家」兩句最妙。』

寶釵笑道：『終不免過於喪敗。我想，柳絮原是一件輕薄無根無絆的東西，然依我的主意，偏要把他說好了，纔不落套。所以我謅了一首來，未必合你們的意思。』衆人笑道：『不要太謙。我們且賞鑒，自然是好的。』因看這一首《臨江仙》，道是：

白玉堂前春解舞，東風捲得均勻。

湘雲先笑道：『好一個「東風捲得均勻」！這一句就出人之上了。』又看底下道：

蜂團蝶陣亂紛紛，幾曾隨逝水，豈必委芳塵。　萬縷千絲終不改，任他隨聚隨分。韶華休笑本無根。好風頻借力，送我上青雲！

衆人拍案叫絶，都說：『果然翻得好氣力，自然是這首爲尊。纏綿悲戚，讓瀟湘妃子；情致嫵媚，卻是枕霞。小薛與蕉客今日落第，要受罰的。』寶琴笑道：『我們自然受罰，但不知付白卷子的又怎麼罰？』李紈道：『不要忙，這定要重重罰他。下次爲例。』

梅花一夢，離人恨重，總非歡詞。

過於衰敗，確評，作者有意點醒。

兩句正春風得意。

蜂蝶紛亂，卻能隨聚隨分，應付裕如。末兩句直是自道，毫無遮掩。

一語未了，只聽窗外竹子上一聲響，恰似窗屜子倒了一般，衆人唬了一跳。丫鬟們出去瞧時，簾外丫鬟嚷道：『一個大蝴蝶風箏掛在竹梢上了。』衆丫鬟笑道：『好一個齊整風箏！不知是誰家放斷了繩，拿下他來。』寶玉等聽了，也都出來看時，寶玉笑道：『我認得這風箏。這是大老爺那院裏嫣紅〔一〕姑娘放的，拿下來給他送過去罷。』紫鵑笑道：『難道天下沒有一樣的風箏，單他有這個不成？我不管，我且拿起來。』探春道：『紫鵑也學小氣了。你們一般的也有，這會子拾人走了的，也不怕忌諱。』黛玉笑道：『可是呢，知道是誰放晦氣的，快掉出去罷。把咱們的拿出來，咱們也放晦氣。』紫鵑聽了，趕忙命小丫頭們將這風箏送出與園門上值日的婆子去了，倘有人來找，好與他們去的。

這裏，小丫頭們聽見放風箏，巴不得一聲兒，七手八腳，都忙着拿出個美人風箏來。也有搬高凳去的，也有綑剪子股的，也有撥籰子的。寶釵等都立在院門前，命丫頭們在院外敞地下放去。寶琴笑道：『你這個不大好看，不如三姐姐的那一個軟翅子大鳳凰好。』寶釵笑道：『果然。』因回頭向翠墨笑道：『你去把你們的拿來也放放。』翠墨笑嘻嘻的果然也取去了。

寶玉又興頭起來，也打發個小丫頭子家去，說：『把昨兒賴大娘送我的那個大魚取來。』小丫頭子去了半天，空手回來，笑道：『晴姑娘昨兒放走了。』寶玉放風箏是京中一大奇觀，且樣式各異。故老傳聞，雪芹擅製風箏，至今尚傳其技云，此事固不可究。然至今京中放風箏之風仍盛，風箏式樣亦各異，予每至春日皆能見到。

道：『我還沒放一遭兒呢。』探春笑道：『横竪是給你放晦氣罷了。』寶玉道：『也罷。再把那個大螃蟹拿來罷。』丫頭去了，同了幾個人扛了一個美人並籰子來，說道：『襲姑娘說，昨兒把螃蟹給了三爺了。這一個是林大娘纔送來的，放這一個罷。』寶玉細看了一回，只見這美人做的十分精緻，心中歡喜，便命叫放起來。

此時探春的也取了來，翠墨帶着幾個小丫頭子們，在那邊山坡上已放了起來。寶琴也命人將自己的一個大紅蝙蝠也取來。寶釵也高興，也取了一個來，卻是一連七個大雁的，都放起來了。

獨有寶玉的美人再放不起來。寶玉說丫頭們不會放，自己放了半天，只起房高便落下來了，急的寶玉頭上出汗，衆人又笑。寶玉恨的擲在地下，指着風箏道：『若不是個美人，我一頓腳跺個稀爛。』黛玉笑道：『那是頂線不好，拿出去，另使人打了頂線就好了。』寶玉一面使人拿去打頂線，一面又取一個來放。大家都仰面而看，天上這幾個風箏都起在半空中去了。

一時丫鬟們又拿了許多各式各樣的送飯的來，頑了一回。紫鵑笑道：『這一回的勁大，姑娘來放罷。』黛玉聽說，用手帕墊着手，頓了一頓，果然風緊力大，接過籰子來，隨着風箏的勢將籰子一鬆，只聽一陣豁剌剌響，登時籰子線盡。黛玉因讓衆人來放。衆人都笑道：『各人都有，你先請罷。』黛玉笑道：『這一放雖有趣，只是不忍。』李紈道：『放風箏圖的是這一樂，所以又說放晦氣，你更該多放些，把你這病根兒都帶了去就好了。』紫鵑笑道：『我們姑娘越發小氣了，那一年不放幾個子，今忽然又心疼了。姑娘不放，等我放。』說着，便向雪雁手中接過一把西洋小銀剪子來，齊籰子根下寸絲不留，咯噔一聲鉸斷，笑道：『這一去把病根兒可都帶了去了。』那風箏飄飄颻颻，只管往後退了去，一時只有雞蛋大小，展眼只剩了一點黑星，再展眼便不見了。

衆人皆仰面睃眼說：『有趣，有趣。』寶玉道：『可惜不知落在那裏去了。若落在有人烟處，被小孩子得了還好；若落在荒郊野外無人烟處，我替他寂寞。想起來把我這個放去，教他兩個作伴兒罷。』於是也用剪子剪斷，照先放去。

偏是寶玉能傻想。

探春正要剪自己的鳳凰，見天上也有一個鳳凰，因道：『這也不知是誰家的。』衆人皆笑說：『且別剪你的，看他倒像要來絞的樣兒。』說着，只見那鳳凰漸逼近來，遂與這鳳凰絞在一處。衆人方要往下收線，那一家也要收線，正不開交，又見一個門扇大的玲瓏喜字帶響鞭，在半天如鐘鳴一般，也逼近來。衆人笑道：『這一個也來絞了。且別收，讓他三個絞在一處倒有趣呢。』說着，那喜字果然與這兩個鳳凰絞在一處，三下齊收亂頓，誰知線都斷了，那三個風箏飄飄颻飄都去了。

衆人拍手哄然一笑，說：『倒有趣，可不知那喜字是誰家的，忒促狹了些。』黛玉說：『我的風筝也放去了，我也乏了，我也要歇歇去了。』寶釵說：『且等我們放了去，大家好散。』說着，看姊妹們都放去了，大家方散。黛玉回房歪着養乏。要知端的，下回便見。

一段描寫放風筝，卻是暮春風光，飄零景色，加上風筝一放，即撒手四散，正如寶釵所說：『且等我們放了去，大家好散。』令人深思。

【回後評】

因黛玉寫桃花詩而建桃花社，又終未建成而改作柳絮詞，桃花柳絮皆春盡飄零之物。黛玉桃花詩，自是身世飄零之嘆，而寶釵柳絮詞，卻是好風借力，直上青雲，完全是兩種命運。

聞賈政歸來，寶玉即趕寫作業，諸釵則紛紛幫忙代作，黛玉特用寶玉字體代寫一卷，足見黛玉深情逾於他人。更見寶玉功課，直是掩耳盜鈴，賈政查課，不過官樣文章，實皆諷世之筆，不僅是寫寶玉也。

一段放風筝故事，雖如風俗畫，實寓飄泊離散之意，黛玉云：『我也乏了，我也要歇歇去了。』寶釵云：『且等我們放了去，大家好散。』聞此言，令人深思，令人心驚！

【校　記】

〔一〕『嬌紅』，己卯、庚辰同。其餘各本均作『嫣紅』。此仍底本。

瓜飯樓重校評批《紅樓夢》卷八

第七十一回　嫌隙人有心生嫌隙　鴛鴦女無意遇鴛鴦

話說賈政回京之後，諸事完畢，賜假一月，在家歇息。因年景漸老，事重身衰，又近因在外幾年，骨肉離異，今得晏然復聚於庭室，自覺喜幸不盡。一應大小事務，一概益發付於度外，只是看書，悶了便與清客們下棋吃酒，或日間在裏面，母子、夫妻共敘天倫庭闈之樂。

因今歲八月初三日，乃賈母八旬之慶，又因親友全來，恐筵宴排設不開，便早同賈赦及賈珍、賈璉等商議，議定於七月二十八日起，至八月初五日止，榮、寧兩處齊開筵宴。寧國府中單請官客，榮國府中單請堂客，大觀園中，收拾出綴錦閣並嘉蔭堂等幾處大地方來作退居。二十八日，請皇親、駙馬、王公、諸公主、郡主、王妃、國君、太君、夫人等。二十九日，便是閣下、都府、督鎮及誥命等。三十日，便是諸官長及誥命，並遠近親友及堂客。初一日，是賈赦的家宴。初二日，是賈政。初三日，是賈珍、賈璉。初四日，是賈府中合族長幼大小共湊

壽宴進行八天，可見其場面之大。

先皇親駙馬王公等並諸貴官誥命，次遠近親友堂客，復次是榮府長房、二房，又次是寧府賈珍，再次是合族長幼，更次

是賴大、林之孝等家人，寫得秩序井然。

的家宴。初五日，是賴大、林之孝等家下管事人等共湊一日。

自七月上旬，送壽禮者便絡繹不絕。禮部奉旨：欽賜金玉如意一柄，彩緞四端，金玉環四個，帑銀五百兩。元春又命太監送出金壽星一尊，沉香拐一隻，伽南珠一串，福壽香一盒，金錠一對，銀錠四對，彩緞十二匹，玉杯四隻。餘者，自親王、駙馬以及大小文武官員之家，凡素有來往者，莫不有禮，不能勝記。堂屋內設下大桌案，鋪了紅氈，將凡所有精細之物都擺上，請賈母過目。賈母先一二日還高興過來瞧瞧，後來煩了，也不過目，只說：『叫鳳丫頭收了，改日悶了再瞧。』

至二十八日，兩府中俱懸燈結彩，屏開鸞鳳，褥設芙蓉，笙簫鼓樂之音，通衢越巷。寧府中本日只有北靜王、南安郡王、永昌駙馬、樂善郡王並幾個世交公侯應襲，榮府中南安王太妃、北靜王妃並幾位世交公侯誥命。賈母等俱是按品大妝迎接。大家廝見，先請入大觀園內嘉蔭堂，茶畢更衣後，方出至榮慶堂上拜壽入席。大家謙遜半日，方纔入席。

上面兩席是南、北王妃，下面依序便是衆公侯誥命。左邊下手一席，陪客是錦鄉侯誥命與臨昌伯誥命。右邊下手一席，方是賈母主位。邢夫人、王夫人帶領尤氏、鳳姐，並族中幾個媳婦，兩溜雁翅，站在賈母身後侍立。林之孝、賴大家以上按程式描寫，官樣文章，官場氣派。

的帶領衆媳婦，都在竹簾外面，伺候上菜上酒。周瑞家的帶領幾個丫鬟，在圍屏後伺候呼喚。凡跟來的人，早又有人別處管待去了。

一時臺上參了場，開幕致賀詞也。臺下一色十二個未留髮的小厮伺候。須臾，一小厮捧了戲單至階下，先遞與回事的媳婦。這媳婦接了，纔遞與林之孝家的，用一小茶盤托上，挨身入簾來遞與尤氏的侍妾佩鳳。佩鳳接了纔奉與尤氏。尤氏托着走至上席，南安太妃謙讓了一回，點了一齣喜慶戲文，然後又謙讓了一回，北静王妃也點了一齣。衆人又讓了一回，命隨便揀好的唱罷了。

少時，菜已四獻，湯始一道，跟來各家的放了賞。大家便更衣復入園來，另獻好茶。

南安太妃因問寶玉，賈母笑道：『今日幾處廟裏念「保安延壽經」，他跪經去了。』又問衆小姐們，賈母笑道：『他們姊妹們病的病，弱的弱，見人靦腆，所以叫他們給我看屋子去了。有的是小戲子，傳了一班，在那邊廳上陪着他姨娘家姊妹們也看戲呢。』南安太妃笑道：『既這樣，叫人請來。』

賈母回頭命鳳姐兒去把史、薛、林帶來，『再只叫你三妹妹陪着來罷。』鳳姐答應了，來至賈母這邊，只見他姊妹們正吃菓子看戲呢。寶玉也纔從廟裏跪經回來。鳳姐兒說了話，寶釵姊妹與黛玉、探春、湘雲五人來至園中，大家見了，不過請安、問好、讓坐等事。

衆人中也有見過的，還有一兩家不曾見過的，都齊聲誇讚不絕。其中湘雲最熟，南安太妃因笑道：『你在這裏，聽見我來了還不出來，還只等請去。我明兒和你叔叔算賬。』因一手拉着探春，一手拉着寶釵，問幾歲了，又連聲誇讚。因又鬆了他兩個，又拉着黛玉、寶琴，也着實細看，極誇一回。又笑道：『都是好的，你不知叫我誇那一個的是。』

早有人將備用禮物打點出五分來，金玉戒指各五個，腕香珠五串。南安太妃笑道：『你姊妹們別笑話，留着賞丫頭們罷。』五人忙拜謝過。北靜王妃也有五樣禮物，餘者不必細說。

吃了茶，園中略逛了一逛，賈母等因又讓入席。南安太妃便告辭，說身上不快，『今日若不來，實在使不得。因此，恕我竟先要告別了。』賈母等聽說，也不便強留，大家又讓了一回，送至園門，坐轎而去。接着，北靜王妃略坐了一坐，也就告辭了。餘者也有終席的，也有不終席的。

賈母勞乏了一日，次日便不會人，一應都是邢夫人、王夫人管待。有那些世家子弟拜壽的，只到廳上行禮，賈赦、賈政、賈珍等還禮管待，至寧府坐席。不在話下。

令人想起當日鳳姐大鬧寧國府時，尤氏被扭成麵團之狀。

可見門户鬆散，家人不聽使喚情景。

這幾日，尤氏晚間也不回那府裏去，白日間待客，晚間陪賈母頑笑，又幫着鳳姐料理出入大小器皿，以及收放賞禮事務。晚間〔一〕在園內李氏房中歇宿。這日晚間，服侍過賈母晚飯後，賈母因說：『你們也乏了，我也乏了，早些尋一點子吃的歇歇去。明兒還要起早鬧呢。』尤氏答應着退了出來，到鳳姐兒房裏來吃飯。

鳳姐兒在樓上看着人收送禮的新圍屏，只有平兒在房裏與鳳姐兒疊衣服。尤氏因問：『你們奶奶吃了飯了沒有？』平兒笑道：『吃飯豈有不請奶奶去了？』尤氏笑道：『既這樣，我別處找吃的去。餓的我受不得了。』説着就走。平兒忙笑道：『奶奶請回來。這裏有點心，且點補一點兒，回來再吃飯。』尤氏笑道：『你們忙的這樣，我園子裏和他姊妹們鬧去。』一面說，一面就走。平兒留不住，只得罷了。

且說尤氏一逕來至園中，只見園中正門與各處角門脂批：『伏下文。』仍未關，猶吊着各色彩燈，因回頭命小丫頭叫該班的女人。那丫鬟走入班房中，竟沒一個人影兒，回來回了尤氏。尤氏便命傳管家的女人。

這丫頭應了便出去，到二門外鹿頂內，乃是管事的女人議事取齊之所。到了這裏，只有兩個婆子分菜菓呢。因問：『那一位奶奶在這裏？東府奶奶立等一位可見下人們只怕鳳姐，別人使喚不靈，如此下情，作者筆筆俱到。

真實、傳神。

奶奶，有話吩咐。』這兩個婆子只顧分菜菓，〔二〕又聽見是東府裏的奶奶，不大在心上，因就回說：『管家奶奶們纔散了。』小丫頭道：『散了，你們家裏傳他去。』婆子道：『我們只管看屋子，不管傳人。姑娘要傳人，再派傳人的去。』小丫頭聽了道：『噯呀，噯呀，這可反了！怎麼你們不傳去？你哄那新來了的，怎麼哄起我來了！素日你們不傳誰傳去！這會子打聽了梯己信兒，或是賞了那位管家奶奶的東西，你們爭着狗顛兒似的傳去的，不知誰是誰呢。璉二奶奶要傳，你們可也這麼回？』

這兩個婆子一則吃了酒，二則被這丫頭揭挑着弊病，便羞激怒了，因回口道：『扯你的臊！我們的事，傳不傳不與你相干！你不用揭挑我們，你想想，你那老子娘在那邊管家爺們跟前比我們還更會溜呢。什麼「清水下雜麵，你吃我也見」的事，各家門，另家户，你有本事，排場你們那邊人去。我們這邊，你們還早些呢！』丫頭聽了，氣白了臉，因說道：『好，好，這話說的好！』一面轉身進來回話。

尤氏已早入園來，因遇見襲人、寶琴、湘雲三人同着地藏庵的兩個姑子正說故事頑笑，尤氏因說餓了，先到怡紅院，襲人裝了幾樣葷素點心出來與尤氏吃。兩尤氏欲借此發作，以出以前惡氣。

但終被老太太的喜事壓下去了。

寫周瑞家的一筆，亦見下人各色各樣。

個姑子、寶琴、湘雲等都吃茶，仍說故事。

那小丫頭子一逕找了來，氣狠狠的把方纔的話都說了出來。尤氏聽了，冷笑道：『這是兩個什麼人？』兩個姑子並寶琴、湘雲等聽了，生怕尤氏生氣，忙勸說：『沒有的事，必是這一個聽錯了。』兩個姑子〔三〕笑推這丫頭道：『你這孩子好性氣，那糊塗老嬷嬷們的話，你也不該來回纔是。咱們奶奶萬金之軀，勞乏了幾日，黄湯辣水沒吃，咱們哄他歡喜一會還不得一半兒，說這些話做什麼。』襲人也忙笑拉出他去，說：『好妹子，你且出去歇歇，我打發人叫他們去。』

尤氏道：『你不要叫人，你去就叫這兩個婆子來，到那邊把他們家的鳳兒叫來。』襲人笑道：『我請去。』尤氏道：『偏不要你去。』兩個姑子忙立起身來，笑說：『奶奶素日寬洪大量，今日老祖宗千秋，奶奶生氣，豈不惹人談論。』寶琴、湘雲二人也都笑勸。尤氏道：『不爲老太太的千秋，我斷不依。且放着就是了。』

說話之間，襲人早又遣了一個丫頭去到園門外找人，可巧遇見周瑞家的，這小丫頭子就把這話告訴周瑞家的。周瑞家的雖不管事，因他素日仗着是王夫人的陪房，原有些體面，心性乖滑，專管各處獻勤討好，所以各處房裏的主人都喜歡他。他今日聽了這話，忙的便跑入怡紅院來，一面飛走，一面口內說：『氣壞了奶周瑞家的趁機煽風。

鳳姐原是等過了壽日再行處理。

奶了，可了不得！我們家裏，如今慣的太不堪了。偏生我不在跟前，若在跟前，且打給他們幾個耳刮子，再等過了這幾日算賬。』

尤氏見了他，也便笑道：『周姐姐你來，有個理你說說。這早晚，園門還大開着，明燈蠟燭，出入的人又雜，倘有不防的事，如何使得？因此叫該班的人吹燈關門。誰知一個人芽兒也沒有。』周瑞家的道：『這還了得！前兒二奶奶還吩咐了他們，說這幾日事多人雜，一晚就關門吹燈，不是園裏人不許放進去。今兒就沒了人。（可見門禁鬆散。）這事過了這幾日，必要打幾個纔好。』

尤氏又說小丫頭子的話。周瑞家的道：『奶奶不要生氣，等過了事兒，我告訴管事的，打他個臭死。只問他們，誰叫他們說這「各家門各家户」的話！我已經叫他們吹了燈，關上正門和角門子。』正亂着，只見鳳姐兒打發人來請吃飯。尤氏道：『我也不餓了，纔吃了幾個餑餑，請你奶奶自吃罷。』

一時周瑞家的得便出去，便把方纔的事回了鳳姐，又說：『這兩個婆子就是管家奶奶，時常我們和他說話，都似狠蟲一般。奶奶若不戒飭，大奶奶臉上過不去。』鳳姐道：『既這麼着，記上兩個人的名字，等過了這幾日，綑了送到那府裏，憑大嫂子開發，或是打幾下子，或是他開恩饒了他們，隨他去就是了。什麼大事。』

周瑞家的呼風喚雨，借此洩憤。

尤氏並不想如此大做。

又碰着一個多事的。

周瑞家的聽了，巴不得一聲兒，素日因與這幾個人不睦，出來了便命一個小廝到林之孝家傳鳳姐的話，立刻叫林之孝家的進來見大奶奶；一面又傳人立刻綑起這兩個婆子來，交到馬圈裏派人看守。

林之孝家的不知有什麽事，此時已經點燈，忙坐車進來，先見鳳姐。至二門上傳進話去，丫頭們出來說：『奶奶纔歇了。大奶奶在園裏，叫大娘見了大奶奶就是了。』林之孝家的只得進園來到稻香村，丫鬟們回進去，尤氏聽了反過意不去，忙喚進他來，因笑向他道：『我不過爲找人找不着因問你，你既去了，也不是什麽大事，誰又把你叫進來，倒要你白跑一遭。不大的事，已經撒開手了。』林之孝家的也笑道：『二奶奶打發人傳我，說奶奶有話吩咐。』尤氏笑道：『這是那裏的話，只當你沒去，白問你。這是誰又多事告訴了鳳丫頭？大約周姐姐說的。你家去歇着罷，沒有什麽大事。』李紈又要說原故，尤氏反攔住了。

林之孝家的見如此，只得回身出園去。可巧遇見趙姨娘，姨娘因笑道：『噯喲喲，我的嫂子！這會子還不家去歇歇，還跑些什麽？』林之孝家的便笑說：『何曾不家去的，如此這般進來了，又是個齊頭故事。』

趙姨娘原是好察聽這些事的，且素日又與管事的女人們扳厚，互相連絡，好作首尾。方纔之事，已竟聞得八九，聽林之孝家的如此說，便恁般如此告訴了林之孝只幾句話，人已綑起來了。

事情瑣瑣細細，曲曲折折，卻見作者之筆，深入幽微。

寫出兩府之間的矛盾。

家的一遍。林之孝家的聽了，笑道：『原來是這事，也值一個屁！開恩呢，就不理論；心窄些兒，也不過打幾下子就完了。』趙姨娘道：『我的嫂子，事雖不大，可見他們太張狂了些。巴巴的傳進你來，明明戲弄你，（趁機挑撥）頑算你。快歇歇去，明兒還有事呢，也不留你吃茶去。』

說畢，林之孝家的出來，到了側門前，就有方纔兩個婆子的女兒上來哭着求情。林之孝家的笑道：『你這孩子好糊塗，誰叫你娘吃酒混說了，惹出事來，連我也不知道。二奶奶打發人綑他，連我還有不是呢。我替誰討情去。』這兩個小丫頭子纔七八歲，原不識事，只管哭啼求告。纏的林之孝家的沒法，因說道：『糊塗東西！你放着門路不去，卻纏我來。你姐姐現給了那邊太太作陪房費大娘的兒子，你走過去告訴你姐姐，叫親家娘和太太一說，什麼完不了的事！』一語提醒了這一個，那一個還求。林之孝家的啐道：『糊塗攮的！他過去一說，自然都完了。沒有個單放了他媽，又只打你媽的理。』說畢，上車去了。

這一個小丫頭果然過來告訴了他姐姐，和費婆子說了。這費婆子原是邢夫人的陪房，起先也曾興過時，只因賈母近來不大作興邢夫人，所以連這邊的人也減了威勢。凡賈政這邊有些體面的人，那邊各各皆虎視眈眈。這費婆子常倚老賣老，仗着邢夫人，常吃些酒，嘴裏胡罵亂怨的出氣。如今賈母慶壽這樣大事，乾看着人家逞本來邢夫人一肚子積怨，經此挑撥，借此發作矣。

才賣技辦事，呼幺喝六弄手腳，心中早已不自在，指雞罵狗，閒言閒語的亂鬧。這邊的人也不和他較量。

如今聽了周瑞家的綑了他親家，越發火上澆油，仗着酒興，指着隔斷的牆大罵了一陣，（形象。）（脂批：『細致之甚。』）便走上來求邢夫人，說他親家並沒什麼不是，『不過和那府裏的大奶奶的小丫頭白鬥了兩句話，周瑞家的便調唆了咱家二奶奶綑到馬圈裏，等過了這兩日還要打。求太太——我那親家娘也是七八十歲的老婆子——和二奶奶說聲，饒他這一次罷。』

邢夫人自爲要鴛鴦之後討了沒意思，後來見賈母越發冷淡了他，鳳姐的體面反勝自己；且前日南安太妃來了，要見他姊妹，賈母又只令探春出來，迎春竟似有如無，自己心內早已怨忿不樂，只是使不出來。又值這一干小人在側，他們心內嫉妒挾怨之事不敢施展，便背地裏造言生事，調撥主人。先不過是告那邊的奴才，後來漸次告到鳳姐，說鳳姐『只哄着老太太喜歡了，他好就中作威作福，轄治着璉二爺，調唆二太太，把這邊的正經太太倒不放在心上。』後來又告到王夫人，說：『老太太不喜歡太太，都是二太太和璉二奶奶調唆的。』邢夫人縱是鐵心銅膽的人，婦女家終不免生些嫌隙之心，近日因此着實厭惡鳳姐。今聽了如此一篇話，也不說長短。

寫得整整齊齊，歡歡喜喜。

邢夫人看準了機會。

至次日一早，見過賈母，衆族中人到齊，坐席開戲。賈母高興，又見今日無遠親，都是自己族中子姪輩，只便衣常妝出來，堂上受禮。當中獨設一榻，引枕、靠背、腳踏俱全，自己歪在榻上。榻之前後左右，皆是一色的小矮凳，寶釵、寶琴、黛玉、湘雲、迎春、探春、惜春姊妹等圍繞。因賈㻞之母也帶了女兒喜鸞，賈瓊之母也帶了女兒四姐兒，還有幾房的孫女兒，大小共有二十來個。賈母獨見喜鸞和四姐兒生得又好，說話行事與衆不同，心中喜歡，便命他兩個也過來榻前同坐。寶玉卻在榻上腳下與賈母捶腿。首席便是薛姨媽，下邊兩溜皆順着房頭輩數下去。簾外兩廊都是族中男客，也依次而坐。

先是那女客一起一起行禮，後方是男客行禮。賈母歪在榻上，只命人說『免了罷』，早已都行完了。然後賴大等帶領衆人，從儀門直跪至大廳上，磕頭禮畢，又是衆家下媳婦，然後各房的丫鬟，足鬧了兩三頓飯時。然後又擡了許多雀籠來，在當院中放了生。賈赦等焚過了天地壽星紙，方開戲飲酒。直到歇了中臺，賈母方進來歇息，命他們取便，因命鳳姐兒留下喜鸞、四姐兒頑兩日再去。鳳姐兒出來便和他母親說，他兩個母親素日都承鳳姐的照顧，也巴不得一聲兒。他兩個也願意在園內頑耍，至晚便不回家了。

邢夫人直至晚間散時，當着許多人陪笑和鳳姐求情（這一着就很狠。）說：『我聽見昨兒晚給鳳姐打了一悶棍。

王夫人如此一着，更教鳳姐難堪。

上二奶奶生氣，打發周管家的娘子綑了兩個老婆子，可也不知犯了什麼罪。論理我不該討情，我想老太太的好日子，發狠的還捨錢捨米，周貧濟老，咱們家先倒折磨起老人家來了。不看我的臉，權且看老太太，（這一着更狠。）竟放了他們罷。』說畢，上車去了。（這一着叫鳳姐有話無處說。）

鳳姐聽了這話，又當着許多人，又羞又氣，一時抓尋不着頭腦，憋得臉紫漲，回頭向賴大家的等笑道：（脂批：『又寫笑，妙。凡鳳真怒處，必曰笑。』）『這是那裏的話。昨兒因爲這裏的人得罪了那府裏的大嫂子，我怕大嫂子多心，所以盡讓他發放，並不爲得罪了我。這又是誰的耳報神這麼快。』王夫人因問：『爲什麼事？』鳳姐兒笑將昨日的事說了。尤氏也笑道：『連我並不知道，你原也太多事了。』鳳姐兒道：『我爲你臉上過不去，所以等你開發，不過是個禮。就如我在你那裏有人得罪了我，你自然送了來盡我開發。憑他是什麼好奴才，到底錯不過這個禮去。這又不知誰過去沒的獻勤兒，這也當作一件事情去說。』王夫人道：『你太太說的是。就是珍哥兒媳婦也不是外人，也不用這些虛禮。（王夫人反倒說鳳姐，鳳姐落得兩面不是。其實邢夫人之來，明是爲給鳳姐難堪，其真意並不在老太太壽日也。）老太太的千秋要緊，放了他們爲是。』說着，回頭便命人去放了那兩個婆子。

鳳姐由不得越想越氣越愧，不覺的灰心轉悲，滾下淚來。因賭氣回房哭泣，又不使人知覺。偏是賈母打發了琥珀來叫，立等說話。琥珀見了，詫異道：『好好鴛鴦看出來了。

真是啞巴吃黃連，有苦說不得。

的，這是什麼原故？那裏立等你呢。』鳳姐聽了，忙擦乾了淚，洗了洗臉，另施了脂粉，方同琥珀過來。

賈母因問道：『前兒這些人家送禮來的共有幾家有圍屏？』鳳姐兒道：『共有十六家有圍屏，十二架大的，四架小的炕屏。內中只有江南甄家（脂批：『好一提甄事。蓋真事欲顯，假事將盡。』）一架大屏十二扇，大紅緞子緙絲「滿牀笏」，一面是泥金「百壽圖」的，是頭等的。還有粵海將軍鄔家一架玻璃的還罷了。』賈母道：『既這樣，這兩架別動，好生擱着，我要送人的。』鳳姐兒答應了。

鴛鴦忽過來向鳳姐兒面上只管瞧，引的賈母問說：『你不認得他？只管瞧什麼？』鴛鴦笑道：『怎麼他的眼腫腫的，所以我詫異，只管看。』賈母聽說，便叫進前來，也覷着眼看。鳳姐笑道：『纔覺的一陣癢癢，揉腫了些。』鴛鴦笑道：『別又是受了誰的氣了不成？』鳳姐道：『誰敢給我氣受。便受了氣，老太太好日子，我也不敢哭的。』賈母道：『正是呢。我正要吃晚飯，你在這裏打發我吃，剩下的你就和珍兒媳婦吃了。你兩個在這裏幫着兩個師傅替我揀佛豆兒，你們也積積壽，前兒你姊妹們和寶玉都揀了，如今也叫你們揀揀，別說我偏心。』

說話時，先擺上一桌素的來，兩個姑子吃了。然後纔擺上葷的，賈母吃畢，擡出外間。尤氏、鳳姐兒二人正吃，賈母又叫把喜鸞、四姐兒二人也叫來，跟他二人鴛鴦抱不平，賈母主持公道。

吃畢，洗了手，點上香，捧過一升豆子來。兩個姑子先念了佛偈，然後一個一個的揀在一個笸籮內，每揀一個，念一聲佛。明日煮熟了，令人在十字街結壽緣。賈母歪着，聽兩個姑子又說些佛家的因果善事。

鴛鴦早已聽見琥珀說鳳姐哭之事，又和平兒前打聽得原故。晚間人散時，便回說：『二奶奶還是哭的，那邊大太太當着人給二奶奶沒臉。』賈母因問爲什麼原故，鴛鴦便將原故說了。賈母道：『這纔是鳳丫頭知禮處，難道爲我的生日由着奴才們把一族中的主子都得罪了也不管罷。這是大太太素日沒好氣，不敢發作，所以今兒拿着這個作法子，（一聽就明白，賈母不糊塗。）明是當着衆人給鳳兒沒臉罷了。』正說着，只見寶琴等進來，也就不說了。

賈母因問：『你在那裏來？』寶琴道：『在園裏林姐姐屋裏大家說話的。』賈母忽想起一事來，忙喚一個老婆子來，吩咐他：『到園裏各處女人們跟前囑咐囑咐，留下的喜姐兒和四姐兒，雖然窮，也和家裏的姑娘們是一樣，大家照看經心些。我知道咱們家的男男女女都是「一個富貴心，兩隻體面眼」，（賈母也明白。）未必把他兩個放在眼裏。有人小看了他們，我聽見可不依。』（賈母憐貧）婆子應了方要走時，鴛鴦道：『我說去罷。他們那裏聽他的話。』說着，便一逕往園子來。

先到稻香村中，李紈與尤氏都不在這裏。問丫鬟們，說：『都在三姑娘那裏呢。』鴛鴦回身又來至曉翠堂，果見那園中人都在那裏說笑。見他來了，都笑說：『你這會子又跑來做什麼？』又讓他坐。鴛鴦笑道：『不許我也逛逛麼？』於是把方纔的話說了一遍。李紈忙起身聽了，就叫人把各處的頭兒喚了一個來，令他們傳與諸人知道。不在話下。

這裏，尤氏笑道：〔四〕『老太太也太想的到，實在我們年輕力壯的人綑上十個也趕不上。』李紈道：『鳳丫頭仗着鬼聰明兒，還離腳蹤兒不遠。咱們是不能的了。』

鴛鴦道：『罷喲，還提鳳丫頭、虎丫頭呢，他也可憐見兒的。雖然這幾年沒有在老太太、太太跟前有個錯縫兒，暗裏也不知得罪了多少人。（鴛鴦最清楚。）總而言之，爲人是難作的：若太老實了沒有個機變，公婆又嫌太老實了，家裏人也不怕；若有些機變，未免又治一經損一經。如今咱們家裏更好，新出來的這些底下奴字號的奶奶們，一個個心滿意足，都不知要怎麼樣纔好，稍有不得意，不是背地裏咬舌根，就是挑三窩四的。我怕老太太生氣，一點兒也不肯說，不然，我告訴出來，大家別過太平日子。這不是我當着三姑娘說，老太太偏疼寶玉，有人背地裏怨言，還罷了，算是偏心；如今老太太偏疼你，我聽着也是不好。這可笑不可笑？』

（鴛鴦倒能體諒鳳姐難處。）

（可見賈府內部也是矛盾重重。）

探春笑道：『糊塗人多，那裏較量得許多。我說，倒不如小人家人少的好，雖借探春之口，說出賈府內部種種不和。

然寒素些，倒是歡天喜地，大家快樂。我們這樣人家人多，外頭看着我們，不知千金萬金小姐，何等快樂，殊不知我們這裏說不出來的煩難，更厲害。』寶玉道：『誰都像三妹妹好多心，事事我常勸你，總別聽那些俗語，想那些俗事，只管安富尊榮纔是。（寶玉只是享福的公子。）比不得我們沒這清福，該應濁鬧的。』尤氏道：『誰都像你，真是一心無掛礙，只知道和姊妹們頑笑，餓了吃，睏了睡，再過幾年，不過還是這樣，一點後事也不慮。』寶玉笑道：『我能夠和姊妹們過一日是一日，死了就完了。什麼後事不後事。』（不是不慮後事，是後事不堪慮也。）

不知不覺閒話中，卻提到了後事。

李紈等都笑道：『這可又是胡說。你算你是個沒出息的，終老在這裏，難道他姊妹們都不出閣的？』尤氏笑道：『怨不得人都說他是假長了一個胎子，究竟是個又傻又獃的。』寶玉笑道：『人事莫定，知道誰死誰活。倘或我在今日明日，今年明年死了，也算是遂心一輩子了。』衆人不等他說完，便說：『可是又瘋了，別和他說話纔好。若和他說話，不是獃話，就是瘋話。』喜鸞因笑道：『二哥哥，你別這樣說，等這裏姐姐們果然都出了閣，橫豎老太太、太太也寂寞，我來和你作伴兒。』李紈、尤氏等都笑道：『姑娘也別說獃話，難道你是不出閣的？你這話哄誰。』說的喜鸞低了頭。當下已是起更時分，大家各自歸房安歇，衆人都且不提。

且說鴛鴦一逕回來，剛到園門前，只見角門虛掩，猶未上門。此時園內無人來往，只有該班的房內，燈光掩映，微月半天。脂批：『是月初旬，起更時也。』鴛鴦又不曾有個作伴的，也不曾提燈籠，獨自一個，脚步又輕，所以該班的人皆不理會。偏生又要小解，因下了甬路，尋微草處，行至一湖山石後，大桂樹陰下來。脂批：『是八月。隨筆點景。』

剛轉過石後，只聽一陣衣衫響，嚇了一驚不小。定睛一看，只見是兩個人在那裏，見他來了，便想往石後樹叢藏躲。鴛鴦眼尖，趁月色見準一個穿紅裙子、梳鬅頭、高大豐壯身材，脂批：『是月下所見之像，故不寫至容貌也。』的是迎春房裏的司棋。早已看清 鴛鴦只當他和別的女孩子也在此方便，見自己來了，故意藏躲恐嚇着耍，脂批：『此見是女兒們常事，觀書者自亦爲如此。』因便笑叫道：『司棋，你不快出來，嚇着我，我就喊起來當賊拿了。這麼大丫頭了，沒個黑家白日的，只是頑不够。』

這本是鴛鴦的戲語，叫他出來。誰知他賊人膽虛，鴛鴦實是無心，喊他也只是尋常一喊，豈知賊人心虛乎。

脂批：『更奇，不知後爲何事。』只當鴛鴦已看見他的首尾了，生恐叫喊起來，使衆人知覺更不好，且素日鴛鴦又和自己親厚，不比別人，便從樹後跑出來，一把拉住鴛鴦，便雙膝跪下，只說：『好姐姐，千萬別嚷！』脂批：『奇甚。』鴛鴦反不知因何，忙拉他起來，笑問道：『這是怎麼說？』司棋滿臉紅脹，又流下淚來。

鴛鴦再一回想，那一個人影恍惚像個小廝，心下便猜疑了八九，脂批：『是聰敏女兒，妙。』自己反羞的面紅耳赤，又怕起來。脂批：『是嬌貴女兒，筆筆皆到。』因定了一會，忙悄問：『那個是誰？』司棋復跪下道：『是我姑舅兄弟。』鴛鴦啐了一口，道：『要死，要死。』脂批：『如見其面，如聞其聲。』司棋又回頭悄道：『你不用藏着，姐姐已看見了，快出來磕頭。』那小廝聽了，只得也從樹後爬出來，磕頭如搗蒜。

至此方明白。

鴛鴦忙要回身，司棋拉住苦求，哭道：『我們的性命，都在姐姐身上，只求姐姐超生要緊！』鴛鴦道：『你放心，我橫豎不告訴一個人就是了。』

鴛鴦是善心。

一語未了，只聽角門上有人說道：『金姑娘已出去了，角門上鎖罷。』鴛鴦正被司棋拉住，不得脫身，聽見如此說，便接聲道：『我在這裏有事，且略住手，我出來了。』司棋聽了，只得鬆手，讓他去了。——

【回後評】

賈母八十大壽，自是賈家寧、榮兩府的頭等大事，『人生七十古來稀』，何況是八十，更何況是賈府最高一輩老祖宗賈母的生日，自然是隆重無比。從作者的描寫來說，確是隆重無比，比以前鳳姐、寶釵、寶玉的生日都隆重得多，光是慶壽的日期就安排了八天，而且寧、榮兩府都開宴。從來賓來說，凡皇親、駙馬、王公、公主、郡主、王妃、國君、太君、夫人以及閣下、都府、督鎮及誥命等諸多王公貴戚統統來賀；從送禮的情況來說，『禮部奉旨：欽賜金玉如意一柄，彩緞四端，金玉環四個，帑銀五百兩。元春又命太監送出金壽星一尊，沉香拐一隻，伽南珠一串，福壽香一盒，金錠一對，銀錠四對，彩緞十二匹，玉杯四隻。餘者自親王、駙馬以及大小文武官員之家，凡素有來往者，莫不有禮』，後文王熙鳳還有專門向賈母報告壽禮的情況，不必一一細述。從壽儀的安排來說，除所有親朋好友外，合府上下俱按序與賈母拜壽敬酒，真是宴設玳瑁，樂陳霓裳，其場面之大，規格之重之高，是以往所沒有的。但奧妙的是作者的這些描寫，都是官樣文章，堂而皇之的走過場，卻無以往慶生日的那種濃重的歡樂景象和生活氣息，相反，卻使讀者感到這個太妃說『身上不快』『先要告別』，那個王妃『略坐了一坐』，也就告辭了』。賈母自己也說『你們也乏了，我也乏了，早些尋點子吃的歇歇去。』這樣一場隆重的喜慶大事，卻人人都是有氣無力，無精打彩，使人感到事事勉強，費力硬撐。

更進一層的是，賈母八旬大慶，上下人等都應該興高采烈，齊心效力纔是，卻想不到值班的先溜號，『班房中竟沒一個人影兒』，找到二門議事之所，也只有二個婆子。回答說『管家奶奶們纔散了』，『我們只管看屋子，不管傳人，姑娘要傳人，再派傳人的去。』甚至說：『你那老子娘在那邊管家爺們跟前比我們還更會溜呢！』一場大喜事，卻到處都是溜號的，吹涼風的，以至於尤氏的丫鬟與榮府的婆子們發生爭吵。鳳姐命先記下這兩個人，等慶典以後再處分，不想又碰上周瑞家的借機報復，立即將兩人綑起來，這又引起邢夫人起來當着衆人之面挖苦鳳姐，說：『老太太的好日子，發狠的還捨錢捨米，周貧濟老，咱們家先倒折磨起人家來了。不看我的臉，權且看老太太，竟放了他們罷。』表面上是爲下人說情，實際上是向鳳姐報復，給鳳姐難堪。邢夫人是鳳姐的婆婆。婆婆向媳婦求情，已經够鳳姐難受的了，更何况擡出老太太來，好像鳳姐故意衝着老太太的喜事來綑人，製造不祥和不喜慶。這使鳳姐更是有嘴說不清。表面看來好像只是邢夫人與鳳姐婆媳之間的矛盾，其實質卻是榮府長房和二房的矛盾，當權派與非當權派的矛盾，邢夫人與鳳姐婆媳之間的矛盾，還夾着邢夫人與王夫人的矛盾，通過這件事，一齊公開化了。總之這一場潑天大喜事，卻引來了原本就潛伏着的種種內部矛盾的公開爆發。

鴛鴦說：鳳姐『暗裏也不知得罪了多少人。總而言之，爲人是難作的：若太老實了沒有個機變，公婆又嫌太老實了，家裏人也不怕；若有些機變，未免又治一經損一經。如今咱們家裏更好，新出來的這些底下奴字號的奶奶們，一個個心滿意足，都不知要怎麼樣纔好，稍有不得意，不是背地裏咬舌根，就是挑三窩四的。我怕老太太生氣，一點兒也不肯說。不然，我告訴出來，大家別過太平日子』。探春說：『我說，倒不如小人家人少的好，雖然寒素些，倒是歡天喜地，大家快樂。我們這樣人家人多，外頭看着我們，不知千金萬金小姐，何等快樂，殊不知我們這裏說不出來的煩難，更利害。』寶玉則說：『人事莫定，知道誰死誰活。倘或我在今日明日，今年明年死了，也算是遂心一輩子了。』請看看鴛鴦、探春、寶玉這三個人在賈母八旬大壽的喜慶日子裏講的這些話，這說明喜事是表面的，而賈府的衰落，賈府內部的重重矛盾，已是日益表面化了。

鴛鴦無意中撞破了司棋與他『姑舅兄弟』潘又安的幽會，按當時的規矩，如果傳揚出來，司棋、潘又安可能真有性命的危險。鴛鴦是一個心地十分善良的人，所以立即斬釘截鐵地說：『你放心，我橫豎不告訴一個人就是了。』這件事，既寫出鴛鴦的善良，又寫出賈府下人的怠惰，門禁的鬆弛，更爲後來抄揀大觀園隱隱留下了伏筆。

【校　記】

〔一〕『陪着賈母』至『晚間』一段文字，底本缺，據列藏本等各本補。

〔二〕從『呢，因問』至『分菜菓』共三十五字，底本無，各本均有，文字有差異，此從蒙府、楊本增。

〔三〕『並寶琴、湘雲』至『兩個姑子』一段文字，底本無，蒙府、戚序、列藏、楊本等均有，茲據各本校補。

〔四〕『傳與諸人知道，不在話下。這裏尤氏笑道：「老太太也太想的到，實在我們年輕力壯的人綑上十個』一大段文字，底本錯亂特甚，其中『老太太也太想的到』等又是底本旁添文字。此從列藏、蒙府、戚序、楊藏諸本增補。

（鴛鴦從未經歷過此類事，自然心驚不已。）

第七十二回　王熙鳳恃強羞說病　來旺婦倚勢霸成親

且說鴛鴦出了角門，臉上猶紅，心內突突的，真是意外之事。因想這事非常，若說出來，奸盜相連，關係人命，還保不住帶累了旁人。（確是實情）橫竪與自己無干，且藏在心內，不說與一人知道。回房復了賈母的命，大家安息。從此凡晚間便不大往園中來。（餘悸猶在，寫得真實。）因思園中尚有這樣奇事，何況別處，因此連別處也不大輕走動了。（想得細，也想得是。）

（補敘司棋以前一段情節。）

原來，那司棋因從小兒和他姑表兄弟在一處頑笑起住時，小兒戲言，便都訂下將來不娶不嫁。近年大了，彼此又出落的品貌風流。常時司棋回家時，二人眉來眼去，舊情不忘，只不能入手。又彼此生怕父母不從，二人便設法彼此裏外買囑園內老婆子們留門看道，（可見門禁鬆懈，可以收買。）今日趁亂，方初次入港。雖未成雙，卻也海誓山盟，私傳表記，已有無限風情了。（一句包括盡情。）忽被鴛鴦驚散，那小厮早穿花度柳，從角門出去了。（落荒而逃）司棋一夜不曾睡着，又後悔不來。至次日，見了鴛鴦，自是臉上鴛鴦心裏明白。

鴛鴦善心，令人感動。

司棋一片真誠感激之心，語語出於肺腑，可見此事如被上面知道，其後果不堪設想也。亦可見封建禮法之『以理殺人』也。

一紅一白，百般過不去。心內懷着鬼胎，茶飯無心，起坐恍惚。（寫司棋如見。）挨了兩日，竟不聽見有動靜，方略放下了心。

這日晚間，忽有個婆子來悄告訴他道：『你兄弟竟逃走了，三四天沒歸家。如今打發人四處找他呢。』司棋聽了，氣個倒仰，（真是萬萬想不到。）因思道：『縱是鬧了出來，也該死在一處。他自爲是男人，先就走了，可見是個沒情意的。』因此又添了一層氣。次日便覺心內不快，百般支持不住，一頭睡倒，懨懨的成了大病。（此病實是潘又安造成。）

鴛鴦聞知那邊無故走了一個小廝，園內司棋病重，要往外挪，心下料定是二人懼罪之故，『生怕我說出來，方嚇到這樣。』因此自己反過意不去，（鴛鴦之心真而又純。）指着來望候司棋，支出人去，反自己立身發誓，與司棋說：『我告訴一個人，立刻現死現報！（發此重誓，令其放心也。鴛鴦是菩薩心腸。）你只管放心養病，別白遭蹋了小命兒。』司棋一把拉住，哭道：『我的姐姐，咱們從小兒耳鬢廝磨，你不曾拿我當外人待，我也不敢待慢了你。如今我雖一着走錯，你若果然不告訴一個人，你就是我的親娘一樣。從此後我活一日是你給我一日，我的病好之後，把你立個長生牌位，我天天焚香禮拜，保佑你一生福壽雙全。我若死了時，變驢變狗報答你。再俗語說，「千里搭長棚，沒有不散的筵席。」再過三二年，咱們都是要離這裏的。俗語又說，「浮萍尚有相鴛鴦此來，無異救司棋一命。

鳳姐一來受邢夫人之挫，二來舊病又犯。

逢日，人豈全無見面時。」倘或日後咱們遇見了，那時我又怎麼報你的德行。』一面說，一面哭。

這一席話，反把鴛鴦說的心酸，也哭起來了。（逼真。）因點頭道：『正是這話。我又不是管事的人，何苦我壞你的聲名，我白去獻勤。（鴛鴦不肯趁人之危，討好主子，正是鴛鴦最可貴最純潔之處。）況且這事我自己也不便開口向人說。（一個女孩兒家，如何開口向人說這話呢，確是不好說。）你只放心。從此養好了，可要安分守己，再不許胡行亂作了。』司棋在枕上點首不絕。

鴛鴦又安慰了他一番，方出來。因知賈璉不在家中，又因這兩日鳳姐兒聲色怠惰了些，不似往日一樣，因順路也來望候。因進入鳳姐院門，二門上的人見是他來，便立身待他進去。

鴛鴦剛至堂屋中，只見平兒從裏間出來，見了他來，忙上來悄聲笑道：『纔吃了一口飯歇了午睡，你且這屋裏略坐坐。』鴛鴦聽了，只得同平兒到東邊房裏來。小丫頭倒了茶來。鴛鴦因悄問：『你奶奶這兩日是怎麼了？我看他懶懶的。』平兒見問，因房內無人，便嘆道：『他這懶懶的也不止今日了，這有一月之前便是這樣。又兼這幾日忙亂了幾天，又受了些閒氣，（指邢夫人之氣。）從新又勾起來。（氣出病來了。）這兩日比先又添了些病，所以支持不住，便露出馬腳來了。』

鴛鴦忙道：『既這樣，怎麼不早請大夫來治？』平兒嘆道：『我的姐姐，你還雖然重病在身，但老脾氣仍不能改，還要察三訪四，可見其刻薄之心不肯改也。

竟是大病，竟不能說。

原來有先例，故而可怕。

又添一件事。

不知道他的脾氣的。別說請大夫來吃藥。我看不過，白問了一聲身上覺怎麼樣，他就動了氣，反說我咒他病了。饒這樣，天天還是察三訪四，自己再不肯看破些，且養身子。』寫鳳姐秉性。

鴛鴦道：『雖然如此，到底該請大夫來瞧瞧是什麼病，也都好放心。』平兒道：『我的姐姐，說起病來，據我看也不是什麼小症候。』病也不輕

鴛鴦忙道：『是什麼病呢？』平兒見問，又往前湊了一湊，向耳邊說道：『只從上月行了經之後，這一個月竟瀝瀝淅淅的沒有止住。這可是大病不是？』鴛鴦聽了，忙答道：『噯喲！依你這話，這可不成了血山崩了。』

平兒忙啐了一口，又悄笑道：『你女孩兒家，這是怎麼說的，倒會咒人呢。』鴛鴦見說，不禁紅了臉，又悄笑道：『究竟我也不知什麼是崩不崩的，你倒忘了不成，先我姐姐不是害這病死了。我也不知是什麼病，因無心聽見媽和親家媽說，我還納悶，後來也是聽見媽細說原故，纔明白了一二分。』平兒笑道：『你該知道的，我竟也忘了。』

二人正說着，只見小丫頭進來向平兒道：『方纔朱大娘又來了。我們回了他奶奶纔歇午覺，他往太太上頭去了。』平兒聽了點頭。鴛鴦問：『那一個朱大娘？』平兒道：『就是官媒婆那朱嫂子。因有什麼孫大人家來和咱們求親，所以他

賈璉對鴛鴦如此謙恭，是因她在賈母身邊，更是有求於她也，說：『纔要找姐姐去』是順口話，藉以啓下文耳。

明明已經給了鳳姐，賈璉卻還去查賬，

這兩日天天弄個帖子來賴死賴活。』

一語未了，小丫頭跑來說：『二爺進來了。』說話之間，賈璉已走至堂屋門，口内喚平兒。平兒答應着纔迎出去，賈璉已找至這間房内來。至門前，忽見鴛鴦坐在炕上，便煞住腳，笑道：『鴛鴦姐姐，今兒貴腳踏賤地。』鴛鴦只坐着，笑道：『來請爺、奶奶的安，偏又不在家的不在家，睡覺的睡覺。』賈璉笑道：『姐姐一年到頭辛苦服侍老太太，我還沒看你去，那裏還敢勞動來看我們。正是巧的很，我纔要找姐姐去。因爲穿着棉袍子熱，先來換了夾袍子，再過去找姐姐。不想天可憐，省我走這一趟，姐姐先在這裏等我了。』一面說，一面在椅上坐下。

鴛鴦因問：『又有什麽說的？』賈璉未語先笑道：『因有一件事，我竟忘了，只怕姐姐還記得。上年老太太生日，曾有一個外路和尚，來孝敬一個臘油凍的佛手，因老太太愛，就即刻拿過來擺着了。因前日老太太生日，我看古董賬上還有這一筆，卻不知此時這件東西着落何方。古董房裏的人也回過我兩次，等我問準了好注上一筆。所以我問姐姐，如今還是老太太擺着呢，還是交到誰手裏去了呢？』

鴛鴦聽說，便道：『老太太擺了幾日，厭煩了，就給了你們奶奶。你這會子又問我來！我連日子還記得，還是我打發了老王家的送來的，你忘了，或是問你幸虧鴛鴦記性好，平兒又能作證，此事纔明。

要求的事還未說出呢，怎好就去。

們奶奶和平兒。』平兒正拿衣服，聽見如此說，忙出來回說：『交過來了，現在樓上放着呢。奶奶已經打發過人出去說過給了這屋裏了。他們發昏，沒記上，又來叨登這些沒要緊的事。』

賈璉聽說，笑道：『既然給了你奶奶，我怎麽不知道，你們就昧下了。』平兒道：『奶奶告訴二爺，二爺還要送人，奶奶不肯，好容易留下的。這會子自己忘了，倒說我們昧下。那是什麽好東西，什麽沒有的物兒！比那強十倍的東西，也沒昧下一遭，這會子愛上那不值錢的！』

賈璉垂頭含笑想了一想，拍手道：『我如今竟糊塗了！丟三忘四，惹人抱怨，竟大不像先了。』鴛鴦笑道：『也怨不得。事情又多，口舌又雜，你再吃兩杯酒，那裏清楚的許多。』（鴛鴦給他圓場。）一面說，一面就起身要去。

賈璉忙也立身說道：『好姐姐，再坐一坐。兄弟還有一事相求。』說着便罵小丫頭：『怎麽不沏好茶來！快拿乾淨蓋碗，把昨兒進上的新茶沏一碗來。』說着向鴛鴦道：『這兩日，因前日老太太的千秋，所有的幾千兩銀子都使了。幾處房租、地稅通在九月纔得，這會子竟接不上。明兒還要送南安府裏的禮，又要預備娘娘的重陽節禮，還有幾家紅白大禮，至少還得三二千兩銀子用，一時難去支借。俗語說，「求人不如求己」。說不得，姐姐擔個不是，暫且把老太太查不着的金銀可見賈府衰敗之象，已是入不敷出，要借典當。此亦上回八旬大壽之餘文，因大壽勉力支撐，纔爾不支也。

『寧撞金鐘一下，不打破鼓三千。』賈璉真會戴高帽子。

傢伙，偷着運出一箱子來，暫押千數兩銀子，支騰過去。不上半年的光景，銀子來了，我就贖了交還，斷不能叫姐姐落不是。』

鴛鴦聽了，笑道：『你倒會變法兒，虧你怎麼想來！』賈璉笑道：『不是我扯謊，若論除了姐姐，也還有人手裏管的起千數兩銀子的，只是他們的爲人，都不如你明白、有膽量。我和他們一說，反嚇住了他們。所以我「寧撞金鐘一下，不打破鼓三千」。』

一語未了，忽有賈母那邊的小丫頭子忙忙走來找鴛鴦，說：『老太太找姐姐，這半日我們那裏沒找到，卻在這裏。』鴛鴦聽說，忙的且去見賈母。

賈璉見他去了，只得回來瞧鳳姐。誰知鳳姐已醒了，聽他和鴛鴦借當，自己不便答話，只躺在榻上。聽見鴛鴦去了，賈璉進來，鳳姐因問道：『他可應准了？』賈璉笑道：『雖然未應准，卻有幾分成手，須得你晚上再和他一說，就十成了。』鳳姐笑道：『我不管這事。倘或說準了，這會子說得好聽，到有了錢的時節，你就丟在脖子後頭了，誰和你打饑荒去。倘或老太太知道了，倒把我這幾年的臉面都丟了。』

賈璉笑道：『好人，你若說定了，我謝你，如何？』鳳姐笑道：『你說，謝我什麼？』賈璉笑道：『你說要什麼，就有什麼。』平兒一旁笑道：『奶奶倒不賈璉錢還未借到手，鳳姐先要掰去幾成。

可見鳳姐手裏確是有錢，爲榮府管家，自己倒富起來。剛剛說完因慶壽周轉不了，此處卻說鳳姐自己有錢，則其錢之來可思。

賈璉只得讓步。

竟說與尤二姐『好了一場』，鳳姐也太欺人了。

要謝的。昨兒正說，要作一件什麼事，恰少一二百銀子使。不如借了來，奶奶拿一二百銀子，豈不兩全其美？』鳳姐笑道：『幸虧提起我來，就是這樣也罷了。』賈璉笑道：『你們太也狠了。你們這會子別說一千兩的當頭，就是現銀子要三五千，只怕也難不倒。（點出鳳姐手裏有錢。）我不和你們借就罷了。這會子煩你說一句話，還要個利錢，真真了不得！』（可見璉鳳之間的關係。）鳳姐聽了，翻身起來，說：『我有三千五萬，不是賺的你的。（一句話，就落實了。）如今裏裏外外，上上下下，背着我嚼說我的不少，（可見外面有人說她是實。）就差你來說了，可知沒家親引不出外鬼來。我們王家可那裏來的錢，都是你們賈家賺的！別叫我噁心了。你們看着你家什麼石崇、鄧通的，把我王家的地縫子掃一掃，就夠你們過一輩子呢。說出來的話，也不怕臊！現有對證：把太太和我的嫁妝細看看，（上面說三千五萬銀子，可不是說嫁妝，此處用嫁妝來搪塞，全然對不上。）比一比你們的，那一樣是配不上你們的。』

賈璉笑道：『說句頑話就急了。這有什麼就這樣的，要使一二百兩銀子值什麼，多的沒有，這還有。先拿進來，你使了再說，如何？』鳳姐道：『我又不等着啣口墊背，忙什麼。』賈璉道：『何苦來，不犯着這樣肝火盛。』

鳳姐聽了，又自笑起來，『不是我着急，你說的話戳人的心。我因爲我想着，後日是尤二姐的周年，我們好了一場，雖不能別的，到底給他上個墳，燒張紙，也是姊妹一場。他雖沒留下個男女，也要「前人撒土迷了後人的眼」纔是。』（鳳姐還要做虛情）

一語倒把賈璉說沒了話，（假意給人看。）低頭打算了半晌，方道：『難爲你想的周全，我意忘了。既是後日纔用，若明日得了這個，你隨便使多少就是了。』

一語未了，只見旺兒媳婦走進來，鳳姐便問：『可成了沒有？』旺兒媳婦道：『竟不中用。我說須得奶奶作主就成了。』〔一〕賈璉便問：『又是什麽事？』

鳳姐又要仗勢欺人。

鳳姐兒見問，便說道：『不是什麽大事。旺兒有個小子，今年十七歲了，還沒得女人，因要求太太房裏的彩霞，不知太太心裏怎麽樣，就沒有計較得。前日太太見彩霞大了，二則又多病多災的，因此開恩打發他出去了，給他老子娘隨便自己揀女婿去罷。因此旺兒媳婦來求我。我想，他兩家也就算門當户對的，一說去自然成的。誰知他這會子來了，說不中用。』

賈璉道：『這是什麽大事，比彩霞好的多着呢。』旺兒家的陪笑道：『爺雖如此說，連他家還看不起我們，别人越發看不起我們了。好容易相看準一個媳婦，我只說求爺、奶奶的恩典，替作成了。奶奶又說，他必肯的。我就煩了人，走過去試一試，誰知白討了沒趣。若論那孩子倒好，據我素日私意兒試他，他心裏倒沒有甚麽說的，只是他老子、娘兩個老東西太心高了些。』

一語戳動了鳳姐和賈璉，鳳姐因見賈璉在此，且不作一聲，只看賈璉的光景。賈璉心中有事，那裏把這點子事放在心裏，待要不管，只是看着他是鳳姐兒的陪此處又是一種婚姻。

鳳姐也說『日用出的多，進的少』，可見賈府財政緊張狀。

鳳姐放賬，已是衆人皆知。

房，且又素日出過力的，臉上實在過不去，因說道：『什麼大事，只管咕咕唧唧的，你放心且去，我明兒作媒，打發兩個有體面的人，一面說，一面帶着定禮去，就說我的主意。他十分不依，叫他來見我。』

旺兒家的看着鳳姐，鳳姐便扭嘴兒。旺兒家的會意，忙爬下就給賈璉磕頭謝恩。賈璉忙道：『你只給你姑娘磕頭。我雖如此說了這樣行，到底也得你姑娘打發個人去叫他女人上來，和他好說，更好些。雖然他們必依，然這事也不可霸道了。』已經霸道了，還說『不可霸道』，不知如何纔算霸道。

鳳姐忙道：『連你還這樣開恩操心呢，我倒反袖手旁觀不成？旺兒家的，你聽見了，說了這事，你也忙忙的給我完了事來。說給你男人，外頭所有的賬，一概趕今年年底下都收了進來。少一個錢，我也不依的。我給你做媒，你給我收賬。我的名聲不好，再放一年，都要生吃了我呢。』旺兒媳婦笑道：『奶奶也太膽小了。誰敢議論奶奶！若收了時，公道說，我們倒還省些事，不大得罪人。』鳳姐冷笑道：『我也是一場癡心白使了。我真個的還等錢作什麼？不過爲的是日用出的多，進的少。這屋裏有的沒的，我和你姑爺一月的月錢，再連上四個丫頭的月錢，通共一二十兩銀子，還不够三五天的使用呢。若不是我千湊萬挪的，早不知道到什麼破窰裏去了。如今倒落了一個放賬破落户的名兒。脂批：『可知放賬乃發，所謂此家兒（鬼），如（？）恥惡之事也。』既這樣，我就收了生日窘急情況，又從鳳姐口中提出。

『一個金自鳴鐘賣了五百六十兩銀子』，賈府窘逼至此，岌岌危矣！

旺兒家的雖是解譬，卻是真話，可見宮裏宦官不時索取也。

剛説完夢，真的就來了，是夢是真，不

回來。我比誰不會花錢，咱們以後就坐着花，到多早晚是多早晚。這不是樣兒：前兒老太太生日，太太急了兩個月，想不出法兒來，還是我提了一句，後樓上現有些沒要緊的大銅錫傢伙四五箱子，拿出去弄了三百銀子，纔把太太遮羞禮兒搪過去了。我是你們知道的，那一個金自鳴鐘賣了五百六十兩銀子。沒有半個月，大事小事倒有十來件，白填在裏頭。今兒外頭也短住了，不知是誰的主意，搜尋上老太太了。明兒再過一年，各人搜尋到頭面、衣服，可就好了！』旺兒媳婦笑道：『那一位太太、奶奶的頭面、衣服折變了，不够過一輩子的？只是不肯罷了。』脂批：『閑語補出近日諸事。』

鳳姐道：『不是我説沒了能耐的話，要像這樣，我竟不能了。昨晚上忽然作了一個夢，説來也可笑，脂批：『反説可笑，妙甚。若必以此夢爲兇兆，則思反落套，非紅樓之夢矣。』夢見一個人，雖然面善，卻又不知名姓，脂批：『是以前授方相之書，數十年後矣。』找我。問他作什麼，他説娘娘打發他來要一百匹錦。我問他，是那一位娘娘。他説的又不是咱們家的娘娘。我就不肯給他，他就上來奪。正奪着，就醒了。』脂批：『妙。實家常觸景間夢，必有之理，卻是江淹才盡之兆也，可傷。』旺兒家的説道：『這是奶奶的日間操心，常應候宮裏的事。』脂批：『淡淡抹去，妙。』

一語未了，人回：『夏太府打發了一個小內監來説話。』賈璉聽了，忙皺眉道：『又是什麼話，一年他們也搬够了。』鳳姐道：『你藏起來，等我見他。若可分矣。

已要過一千二百兩，現又要二百兩。

鳳姐打腫臉充胖子，對付此類詐取，實不得不應付也。

說得慷慨，馬上去典當，小太監親眼目覩。

是小事罷了，若是大事，我自有話回他。』賈璉便躲入內套間去。

這裏，鳳姐命人帶進小太監來，讓他椅子上坐了，吃茶，因問何事。那小太監便說：『夏爺爺因今兒偶見一所房子，如今竟短二百兩銀子，打發我來問舅奶奶家裏，有現成的銀子暫借一二百，過一兩日就送過來。』脂批：『可謂密處不容針。』鳳姐兒聽了，笑道：『什麼是送過來，有的是銀子，只管先兌了去。改日等我們短了，再借去，也是一樣。』

小太監道：『夏爺爺還說了，上兩回還有一千二百兩銀子沒送來，等今年年底下，自然一齊都送過來。』鳳姐笑道：『你夏爺爺好小氣，這也值得提在心上。我說一句話，不怕他多心，若都這樣記清了還我們，不知還了多少了。只怕沒有；若有，只管拿去。』說得何等慷慨，其實自家已典當矣。因叫旺兒媳婦來，『出去不管那裏先支二百兩銀子來。』旺兒媳婦會意，因笑道：『我纔因別處支不動，纔來和奶奶支的。』

鳳姐道：『你們只會裏頭來要錢，叫你們外頭弄去就不能了。』說着叫平兒，『把我那兩個金項圈拿出去，暫且押四百兩銀子。』平兒答應了，去〔二〕了半日，果然拿了一個錦盒子來，裏面兩個錦袱包着。打開時，一個金纍絲攢珠的，那珍珠都有蓮子大小；一個點翠嵌寶石的。兩個都與宮中之物不離上下。脂批：『是太監眼中看，心中評。』一時拿去，果然拿了四百兩銀子來。鳳姐命與小太監打疊起一半，那一半命人與了旺兒媳婦，命他拿去辦八月中秋的節禮。脂批：『過下伏脈。』那小太監便告辭了，鳳姐命人替他拿着銀子，送出大門去了。

這裏，賈璉出來笑道：『這一起外祟何日是了！』鳳姐笑道：『剛說着，就來了一股子。』賈璉道：『昨兒周太監來，張口一千兩。我略應的慢了些，他就不自在。將來得罪人之處不少。這會子再發個三二百萬的財就好了。』一面說，一面平兒服侍鳳姐另洗了面，更衣往賈母處去伺候晚飯。

周太監張口一千兩，光宮中勒索，就接二連三，讀者可知皇宮點滴矣。

這裏，賈璉出來，剛至外書房，忽見林之孝走來。賈璉因問何事。林之孝說道：『方纔打聽得雨村降了，卻不知因何事，只怕未必真。』賈璉道：『真不真，他那官兒也未必保得長。將來有事，只怕未必不連累[三]咱們，寧可疏遠着他好。』林之孝道：『何嘗不是。只是一時難以疏遠。如今東府大爺和他更好，老爺又喜歡他，時常來往，那一個不知。』賈璉道：『橫豎不和他謀事，也不相干。你去再打聽真了，是爲什麼。』

雨村黜降，賈璉提出要防其連累，先提一筆，爲後文伏線。

賈璉說要疏，卻反而更密。

林之孝答應了，卻不動身，坐在下面椅子上，且說些閒話。因又說起家道艱難，便趁勢又說：『人口太衆了。不如揀個空日回明老太太、老爺，把這些出過力的老人家用不着的，開恩放幾家出去。一則他們各有營運，二則家裏一年也省些口糧、月錢。再者裏頭的姑娘也太多。俗語說，「一時比不得一時」，如今說不

家大人多，須行精簡。

『一時比不得一時』，正說明今非昔比也。

轉入旺兒小子的婚事。

賈璉不明情況，原來旺兒小子壞極，賈璉倒還能聽些下情。

得先時的例了，少不得大家委屈些，該使八個的使六個，該使四個的便使兩個。若各房算起來，一年也可以省得許多月米、月錢。況且裏頭的女孩子們，一半都太大了，也該配人的配人。成了房，豈不又孳生出人來。』

賈璉道：『我也這樣想着，只是老爺纔回家來，多少大事未回，那裏議到這個上頭。前兒官媒拿了個庚帖來求親。太太還說，老爺纔來家，每日歡天喜地的說骨肉完聚，忽然就提起這事，恐老爺又傷心，所以且不叫提這事。』林之孝道：『這也是正理，太太想的周到。』

賈璉道：『正是，提起這話，我想起了一件事來。我們旺兒的小子要說太太房裏的彩霞。他昨兒求我，我想什麼大事，不管誰去說一聲去。這會子有誰閑着？我打發個人去說一聲，就說我的話。』林之孝聽了，只得應着，半晌笑道：『依我說，二爺竟別管這件事。（林之孝還能勸諫一二。）旺兒的那小兒子雖然年輕，在外頭吃酒賭錢，無所不至。雖然都是奴才們，到底是一輩子的事。（倒是實話）彩霞那孩子，這幾年我雖沒見，聽得越發出挑的好了，何苦來白遭踼一個人。』（說得是極）

賈璉道：『他小兒子原會吃酒，不成人？』林之孝冷笑道：『豈只吃酒賭錢，在外頭無所不爲。我們看他是奶奶的人，也只見一半不見一半罷了。』賈璉道：『我竟不知道這些事。既這樣，那裏還給他老婆！且給他一頓棍，鎖起來，再問他老子娘。』林之孝笑道：『何必在這一時。那是我錯了。等他再生事，我們自然回爺處治。如今且恕他。』賈璉不語，一時林之孝出去。

此即父母之命，媒妁之言也。

晚間，鳳姐已命人喚了彩霞之母來說媒。那彩霞之母滿心縱不願意，見鳳姐親自和他說，何等體面，脂批：『今時人因圖此現在體面，誤了多少女兒。此正是回（爲）今時女兒一笑（哭）。』便心不由意的滿口應了出去。今鳳姐問賈璉可說了沒有，賈璉因說：『我原要說的，打聽得他小兒子大不成人，故還不曾說。若果然不成人，且管教他兩日，再給他老婆不遲。』賈璉還講實際。鳳姐聽說，便說：『你聽見誰說他不成人？』賈璉道：『不過是家裏的人，還有誰？』鳳姐笑道：『我們王家的人，連我還不中你們的意，何況奴才呢。我纔已經和他母親說了，他娘已經歡天喜地應了，難道又叫進他來不要了不成？』賈璉道：『既你說了，又何必退？明兒說給他老子，好生管他就是了。』這裏說話不提。

又牽涉起王家的人來，真是莫明其妙。其實是仗勢也。

且說彩霞因前日出去，等父母擇人，心中雖是與賈環有舊，尚未作準。今日又見旺兒每每來求親，早聞得旺兒之子酗酒賭博，而且容顏醜陋，一技不知，自此心中越發懊惱。生恐旺兒仗鳳姐之勢，早已料到這點。一時作成，終身爲患，不免心中急躁。遂至晚間悄命他妹子小霞脂批：『霞大小，奇奇怪怪之文，更覺有趣。』進二門來找趙姨娘，問個端的。趙姨娘素日深與彩霞契合，巴不得與了賈環，方有個膀臂，不承望王夫人又賈環原不是好東西，豈可指望他。

這邊已是燃眉之急，賈政卻要再過一二年，且另有所擇，如此則彩霞一生斷送矣，此又一樁婚姻也。

放了出去。每唆賈環去討，一則賈環羞口難開，二則賈環也不大甚在意，不過是個丫頭，他去了，將來自然還有，脂批：『這是世人之情，亦是丈夫之情。』遂遷延着不說，意思便丟開手。

無奈趙姨娘又不捨，又見他妹子來問，是晚得空，便先求了賈政。脂批：『這是使人想不到之文，卻是大家必有之事。』賈政因說道：『且忙什麼，等他們再念一二年書，再放人不遲。我已經看中了兩個丫頭，一個與寶玉，一個給環兒。只是年紀還小，又怕他們誤了書，所以再等一二年。』脂批：『妙文。又寫出賈老兒女之情，細思一部書，總不寫賈老，則不成文，若不如此寫，則又非賈老。』趙姨娘道：『寶玉已有了二年了，老爺難道還不知道？』賈政聽了，忙問道：『是誰給的？』

趙姨娘方欲說話，只聽外面一聲響，不知何物，大家吃了一驚。要知端的，且聽下回分解。

【回後評】

賈母大慶以後，賈府財政上落了虧空，一時竟緩解不過來，只能請鴛鴦幫忙，將賈母的一些金銀傢伙拿出來典當應付。賈母慶典，王夫人要送禮，王熙鳳說：『急了兩個月，想不出法兒來，還是我提了一句，後樓上現有些沒要緊的大銅錫傢伙四五箱子，拿出去弄了三百銀子，纔把太太遮羞禮兒搪過去了。我是你們知道的，那一個金自鳴鐘賣了五百六十兩銀子，沒有半個月，大事小事倒有十來件，白填在裏頭。今兒外頭也短住了，不知是誰的主意，搜尋上老太太了，明兒再過一年，各人搜尋到頭面、衣服，可就好了！』旺兒媳婦笑道：『那一位太太、奶奶的頭面、衣服折變了，不够過一輩子的。』這一番議論，已可見賈府的財政實已快到山窮水盡了。

賈府難以應付無窮無盡的一起起的外祟，是皇宫裏太監們的需索，一回是夏太府，一回是周太監，沒完沒了的應付，以至鳳姐夜裏做夢都是宫裏來索取，他說：『昨晚上忽然作了一個夢，說來也可笑，夢見一個人，雖然面善，卻又不知名姓，找我。問他作什麼，他說，娘娘打發他來要一百匹錦。我問他，是那一位娘娘。他說的又不是咱們家的娘娘。我就不肯給他，他就上來奪。正奪着，就醒了。』剛說完這個夢，夏太府就打發小太監來要錢了。這一情節，不僅僅是寫賈府外祟之重，入不敷出，更是作者對封建官場，乃至上至皇宫的揭露和批判。據史載，曹家亦確曾經過這類的事，太子允礽，一次就向曹寅索取銀五萬兩。

當賈家經濟走向崩潰邊緣的時候，鳳姐卻在放債取利。賈璉向鴛鴦借當，求鳳姐幫着說合時，鳳姐卻要扣一二百銀子的利錢，賈璉說：『你們也太狠了，你們這會子別說一千兩的當頭，就是現銀子要三五千，只怕也難不倒。』鳳姐說：『我有三千五萬不是賺的你的。如今裏裏外外，上上下下，背着我嚼說我的不少，就差你來說了。』『若不是我千湊萬挪的，早不知道到什麼破窰裏去了。如今倒落了一個放賬破落户的名兒。既這樣，我就收了回來。我比誰不會花錢，咱們以後就坐着花，到多早晚是多早晚。』儘管鳳姐病得很重，還諱疾忌醫，平兒說他『饒這樣，天天還是察三訪四，自己再不肯看破些且養身子』。總之，面對着賈府的逐漸沒落，鳳姐卻拚命的抓錢、抓權，還倚勢強包彩霞的婚姻。鳳姐在權勢慾、金錢慾的道路上，愈走愈遠，愈陷愈深，從而使這一典型形象和典型性格，更趨於完滿。

鴛鴦聽説走了一個小子，司棋病得很重，心知是因爲她撞破了他們的幽會，至使一個走了，一個病了。鴛鴦爲此特意去看司棋，並向她發誓，決不告訴第二人，要司棋好好養病。鴛鴦的一番話，令司棋感恩不盡，也使讀者更感到鴛鴦性格的善良完美。鴛鴦是衆丫鬟中最具善心，最純真，最不肯仗勢的，她始終是一個純真的、正直的、善良的少女，她心中當然藴含着人生的苦痛，但她卻始終忍着，她只以她的善心對待她周圍的一切。

【校　記】

〔一〕『媳婦道』以下共十八字，底本缺，從各本補。

〔二〕『把我那兩個金項圈』以下共二十五字，底本缺，各本均有，此從甲辰本補。

〔三〕『只怕未必不連累』句，底本不全，此從戚序本增。

自己沒有聽清，先來報信，討好寶玉，卻將寶玉唬得半死，唬出下面一大段好文章來。

第七十三回　癡丫頭誤拾繡春囊　懦小姐不問纍金鳳

話說那趙姨娘和賈政說話，忽聽外面一聲響，不知何物。忙問時，原來是外間窗屜不曾扣好，塌了屈戌了，掉下來。趙姨娘罵了丫頭幾句，自己帶領丫鬟上好，方進來打發賈政安歇。不在話下。

卻說怡紅院中寶玉正纔睡下，丫鬟們正欲各散安歇，忽聽有人擊院門。老婆子開了門，見是趙姨娘房內的丫鬟，名喚小鵲的。問他什麼事，小鵲不答，直往房內來找寶玉。（脂批：『奇，後未見此婢也。』）只見寶玉纔睡下，晴雯等猶在牀邊坐着，大家頑笑，見他來了，都問：『什麼事，這時候又跑了來作什麼？』（脂批：『又是補出前文矣，非只張一回也。』）小鵲笑向寶玉道：『我來告訴你一個信兒。方纔我們奶奶這般如此在老爺前說了你，仔細明兒老爺問你話。』說着，回身就去了。（神秘莫測，真像有事。）襲人命留他吃茶，因怕关門，遂一直去了。

一段寶玉讀書之狀，全在勉強之中。平時貪玩，事到臨頭，後悔莫及，手忙腳亂，天真可笑。

寶玉深惡時文八股，並說：『原非聖賢之製撰，焉能闡發聖賢之微奧，不過後人餌名釣祿之階。』實際上，當時之時文八股，確是『餌名釣祿之階』，看《儒林外史》即可知。

這裏寶玉聽了這話，便如孫大聖聽見了緊箍咒一般，登時四肢五內一齊都不自在起來。想來想去，別無他法，且理熟了書，預備明兒盤考。只能書不舛錯，便有他事，也可搪塞一半。想罷，忙披衣起來要讀書。心中又自後悔，這些日子只說不提了，偏又丟生，早知該天天好歹溫習些的。如今打算打算，肚子內現可背誦的，不過只有『學』『庸』『二論』是帶註背得出的。至上本『孟子』，就有一半是夾生的，若憑空提一句，斷不能接背的；至『下孟』，就有一大半忘了。算起『五經』來，因近來作詩，常把《詩經》讀些，雖不甚精闡，還可塞責。脂批：『妙，寶玉讀書原係從忙中臨而有。』別的雖不記得，素日賈政也幸未吩咐過讀的，縱不知，也還不妨。

至於古文，還是那幾年所讀過的幾篇，連『左傳』『國策』『公羊』『穀梁』漢唐等文，不過幾十篇。這幾年，竟未曾溫得半篇片語，雖閒時也曾遍閱，不過一時之興，隨看隨忘，未下苦工夫，如何記得。這是斷難塞責的。

更有時文八股一道，因平素深惡此道，原非聖賢之製撰，焉能闡發聖賢之微奧，不過是後人餌名釣祿之階。雖賈政當日起身時選了百十篇命他讀的，不過偶因見其中或一二股內，或起承之中，有作的或精緻、或流蕩、或遊戲、或悲感，稍能動性悅意者，偶一讀之，不過供一時之興趣，究竟何曾成篇潛心玩索。脂批：『妙，寫寶玉讀書，非為功名也。』

脂硯齋亦已看出，寶玉讀書非爲功名。

寫得熱鬧至極，有趣至極，自古以來，亦未見如此讀書法，更未見因一人讀書，弄得滿室鬟婢俱手忙腳亂，一夜不得安寢也。

晴雯烈性，恨不能幫寶玉也。

讀書是爲了過關。

如今若溫習這個，又恐明日盤詰那個；若溫習那個，又恐盤駁這個。況一夜之功，亦不能全然溫習。因此，越添了焦躁。自己讀書不致緊要，卻帶累着一房的丫鬟們皆不能睡。襲人、麝月、晴雯等幾個大的是不用說，在旁剪燭斟茶；那些小的，都睏眼朦朧，前仰後合起來。晴雯因罵道：『什麼蹄子們，一個個黑日白夜挺屍挺不夠，偶然一次睡遲了些，就裝出這腔調來了。再這樣，我拿針戳給你們兩下子！』

話猶未了，只聽外間咕咚一聲。急忙看時，原來是一個小丫頭子坐着打盹，一頭撞到壁上了，從夢中驚醒，恰正是晴雯說這話之時，他怔怔的只當是晴雯打了他一下，遂哭央說：『好姐姐，我再不敢了。』妙文趣文，淋漓盡致。衆人都發起笑來。寶玉忙勸道：『饒他去罷，原該叫他們都睡去纔是的。你們也該替換着睡去。』

襲人忙道：『小祖宗，你只顧你的罷。通共這一夜的工夫，你把心暫且用在這幾本書上，等過了這一關，由你再張羅別的去，也不算誤了什麼。』寶玉聽他說的懇切，只得又讀。

讀了沒有幾句，麝月又斟了一杯茶來潤舌，寶玉接茶吃了。因見麝月只穿着短襖，解了裙子，寶玉道：『夜靜了，冷，到底穿一件大衣裳纔是。』不關心書，卻關心麝月的衣服。麝月笑指着書道：『你暫且把我們忘了，心且略對着他些罷。』脂批：『此處豈是讀書之處，又豈是伴讀之人，古今天下誤盡多少紈袴，忙中又添亂，多謝芳官。

晴雯真能機變，幫寶玉脫此難。

安知不是玻璃先搗鬼乎？

何況又是此等時之怡紅院，此等之嬛婢，又是此等一個寶玉哉。」話猶未了，只聽金星玻璃從後房門跑進來，口內喊說：『不好了，一個人從牆上跳下來了！』衆人聽說，忙問：『在那裏？』即喝起人來，各處尋找。

晴雯因見寶玉讀書苦惱，空費一夜神思，明日也未必妥當，心下正要替寶玉想出一個主意來脫此難。妙極，讀書是大難也。正好忽然逢此一驚，即便生計，向寶玉道：『趁這個機會，快裝病，只說唬着了。』此話正中寶玉心懷，好主意。因而遂傳起上夜人等來，打着燈籠，各處搜尋，並無蹤跡，都說：『小姑娘們想是睡花了眼出去，風搖的樹枝兒，錯認了人。』

晴雯便道：『別放屁！你們查的不嚴，怕得不是，還拿這話來支吾。纔剛並不是一個人見的，寶玉和我們出去有事，大家親見的。如今寶玉唬的顏色都變了，滿身發熱，唬出大病來了。我如今還要上屋裏去取安魂丸藥去。太太問起來，是要回明白的，難道依你說就罷了不成？』衆人聽了，嚇的不敢則聲，只得又各處去找。晴雯和玻璃二人果出去要藥，故意鬧的衆人皆知寶玉嚇着了。王夫人聽了，忙命人來看視給藥，又吩咐各處上夜人仔細搜查，又一面叫查二門外鄰園牆上夜的小廝們。於是園內燈籠火把，整鬧了一夜。至五更天，就傳管家男女，命仔細查一查，拷問內外上夜男女等人。

賈母聞知寶玉被嚇，細問原由，不敢再隱，只得回明。賈母道：『我必料到有此事。如今各處上夜的人都不小心，還是小事，只怕他們就是賊也未可知。』當下邢夫人並尤氏等都過來請安，鳳姐、李紈及姊妹等皆陪侍，聽賈母如此說，都默無所答。

又連及上夜的人。

獨探春出位笑道：『近因鳳姐姐身子不好，這幾日園內的人比先放肆了許多。先前不過是大家偷着一時半刻，或夜裏坐更時，三四個人聚在一處，或擲骰，或鬬牌，小小的玩意，不過爲熬睏。近來漸次放誕，竟開了賭局，甚至有頭家局主，或三十吊、五十吊、一二百吊的大輸贏。半月前竟有爭鬬相打之事。』賈母聽了，忙說：『你既知道，爲何不早回我們來？』探春道：『我因想着太太事多，且連日不自在，鳳姐姐又病着，所以沒回。只告訴了大嫂子和管事的人們，誡飭過幾次，近日好些。』

探春理家，故深知弊端情事。

賈母忙道：『你姑娘家，如何知道這裏頭的利害！你自爲耍錢常事，不過怕起爭端。殊不知夜間既耍錢，就保不住不吃酒；既吃酒，就免不得門户任意開鎖。或買東西，尋張覓李，其中夜靜人稀，趁便藏賊，引奸引盜，何等事作不出來？況且園內的姊妹們起居所伴者皆係丫頭、媳婦們，賢愚混雜，賊盜事小，再有別事，倘略沾帶些，關係不小。這事豈可輕恕！』探春聽說，便默然歸坐。

因芳官一句話，引出多少波瀾。

鳳姐雖未大愈，精神固比素常稍減，脂批：『看他漸次寫來，從不作一易安之筆，況阿鳳之文哉。』今見賈母如此說，便忙道：『偏生我又病了。』遂回頭命人速傳林之孝家的等總理家事四個媳婦到來，當着賈母申飭了一頓。賈母命即刻查了頭家賭家來，有人出首者賞，隱情不告者罰。林之孝家的等見賈母動怒，誰敢徇私，忙至園內傳齊人，一一盤查。雖不免大家賴一回，終不免水落石出。查得大頭家三人，小頭家八人，聚賭者通共二十多人，都帶來見賈母，跪在院內磕響頭求饒。

想不到竟查出聚賭者來。

賈母先問大頭家名姓和錢之多少。原來這三個大頭家，一個就是林之孝的兩姨親家，一個就是園內廚房內柳家媳婦之妹，一個就是迎春之乳母。這是三個爲首的，餘者不能多記。

三個爲首的都是有來頭的。

賈母便命將骰子、牌一併燒毀，所有的錢入官，分散與衆人，將爲首者每人四十大板，攆出，總不許再入；從者每人二十大板，革去三月月錢，撥入圊廁行內。又將林之孝家的申飭了一番。林之孝家的見他的親戚又與他打嘴，自己也覺沒趣。

迎春在坐，也覺沒意思。黛玉、寶釵、探春等見迎春的乳母如此，也是物傷其類的意思，遂都起身笑向賈母討情說：『這個媽媽素日原不頑的，不知怎麽也偶然高興。求看二姐姐面上，饒他這次罷。』賈母道：『你們不知道。大約這些奶賈母毫不容情。

又撞見潑天大事來了。

子們，一個個仗着奶過哥兒、姐兒，原比別人有些體面，他們就生事，比別人更可惡，專管調唆主子護短偏向。我都是經過的。況且要拿一個作法，恰好果然就遇見了一個。你們別管，我自有道理。』寶釵等聽說，只得罷了。

一時賈母歇晌，大家散出，都知賈母今日生氣，皆不敢各散回家，只得在此暫候。尤氏便往鳳姐兒處來閒話了一回，因他也不自在，只得往園內尋衆姑娘閒談。

邢夫人在王夫人處坐了一回，也就往園內散散心來。剛至園門前，只見賈母房內的小丫頭子，名喚傻大姐的，笑嘻嘻的走來，手內拿着個花紅柳緑的東西，低頭一壁瞧着，一壁只管走，不防迎頭撞見邢夫人，擡頭看見，方纔站住。邢夫人因說：『這癡丫頭，又得了個什麼狗不識兒，這麼歡喜？拿來我瞧瞧。』

原來這傻大姐年方十四五歲，是新挑上來的與賈母這邊提水桶、掃院子，專作粗活的一個丫頭。只因他生得體肥面闊，兩隻大腳，作粗活簡捷爽利，且心性愚頑，一無知識，行事出言，常在規矩之外。賈母因喜歡他爽利便捷，又喜他出言可以發笑，便起名爲『獃大姐』；常悶來便引他取笑一回，毫無避忌，因此又叫他作『癡丫頭』。他縱有失禮之處，見賈母喜歡他，衆人也就不去苛責。

這丫頭也得了這個力，若賈母不喚他時，便入園內來玩耍。今日正在園內掏山石背後，此話甚熟，鴛鴦撞見司棋亦在山石背後，然園中山石當不止一處，固難確定是否即是司棋所在之山石也。

邢夫人如此死緊抓住，一是因爲抓住了有傷風化的把柄，可見當權者失職，管理不嚴，藉此亦可稍稍發洩自己失勢無權之恨。二是作爲封建官僚家庭的太太，自然是正統的捍衛者，見此封建正統所不容之物（其實是不能公開），自然要表示她的正統立場，這前後兩點，對於她都很有用，所以要『死緊攥

促織，忽在山石背後得了一個五彩繡香囊，其華麗精緻，固是可愛，但上面繡的並非花鳥等物，一面卻是兩個人赤條條的盤踞相抱，一面是幾個字。這癡丫頭原不認得是春意，便心下盤算：『敢是兩個妖精打架？不然必是兩口子相打。』左右猜解不來，正要拿去與賈母看，脂批：『險極妙極，榮府堂堂詩禮之家，且大觀官園又何等嚴肅清幽之地。金閨玉閣，尚有此等穢妙（物），天下淺閑（閨）浦（薄）募（幕）之家寧不慎乎。雖然，但此等偏出大官世族之中者，蓋因其房竇香宵、鬟婢混殺（雜），鳥（烏）保其個個守禮持節哉。此正爲大官世族而告戒，其淺閨薄幕之處，母女主婢日夕耳鬢交磨，一止一動悉在耳目之中，又何必諄諄再四焉。』是以笑嘻嘻的一壁看，一壁走，忽見了邢夫人如此說，便笑道：『太太真個說的巧，真個是個狗不識呢。脂批：『妙，寓言也。大凡知此交媾之情者，真狗畜之說耳。飛（非）肆言惡詈，凡識此事者即狗矣。然則云與賈母看，先罵賈母矣。此處邢夫人亦看，然則又罵邢夫人乎。故作者又難。』太太請瞧一瞧。』說着，便送過去。

邢夫人接來一看，嚇得連忙死緊攥住，脂批：『妙，這一「嚇」字方是寫世家夫人之筆，雖前文明書邢夫人之爲人稍劣，然不在情理之中，若不用慎重之筆，則邢夫人直係一小家卑污極輕極賤之人矣，豈得與榮府聯房哉。所謂此書針線慎密處，全在無意中一字一句之間耳，看者細心方得。』忙問：『你是那裏得的？』傻大姐道：『我掏促織兒，在山石上揀的。』邢夫人道：『快休告訴一人。這不是好東西，連你也要打死纔是。皆因你素日是傻子，以後再別提起了。』這傻大姐聽了，反嚇的黃了臉，說：『再不敢了。』磕了個頭，獃獃而去。

邢夫人回頭看時，都是些女孩兒，不便遞與，自己便塞在袖內，心內十分罕異，揣摩此物從何而至，且不形於聲色，且來至迎春室中。

迎春正因他乳母獲罪，自覺無趣，心中不自在，忽報母親來了，遂接入內室。

住』了。

這一點倒是說到了。

又射向賈璉、鳳姐。

邢夫人一大段埋怨，夾七夾八，不論不理，卻是傳神之筆。

奉茶畢，邢夫人因說道：『你這麼大了，你那奶媽子行此事，你也不說說他。如今別人都好好的，偏咱們的人做出這事來，什麼意思！』脂批：『「咱們」二字便見自懷異心，從上文生離異發瀝而來，謹密之至。更有甚於此者，君未知也，一嘆。』迎春低着頭弄衣帶，半晌答道：『我說他兩次，他不聽，也無法。況且他是媽媽，只有他說我的，沒有我說他的。』脂批：『妙極，直畫出一個懦弱小姐來。』邢夫人道：『胡說！你不好了，他原該說；如今他犯了法，你就該拿出小姐的身分來。他敢不從，你就回我去纔是。如今直等外人共知，是什麼意思！脂批：『我敬問「外人」爲誰？』再者，只他去放頭兒猶可，還恐怕他巧言花語的和你借貸些簪環衣履作本錢，你這心活面軟的，未必不周接他些。若被他騙去，我是一個錢沒有的，看你明日怎麼過節。』迎春不語，只低頭弄衣帶。

邢夫人見他這般，因冷笑道：『總是你那好哥哥、好嫂子，一對兒赫赫揚揚，璉二爺、鳳奶奶，兩口子遮天蓋日，百事周到，竟通共這一個妹子，全不在意。脂批：『加在於璉鳳，的是父母常情，極是。何必又如此說來，便見又有私意。』但凡是我身上掉下來的，又有一話說，只好憑他們罷了。脂批：『如何，此皆婦女私假之意，大不可者。』況且你又不是我養的，你雖然不是同他一娘所生，到底是同出一父，也該彼此瞻顧些，也免別人笑話。脂批：『又問「別人」爲誰。又問彼二人雖不同母，終是同父，彼二人既同父，其父又係君之何人？吁，婦人私心今古有之。』我想，天下的事也難較定。你是大老爺跟前人養的，這裏探丫頭也是二老爺跟前人養的，出身一樣，如今你娘死了。從前看來，你兩個的娘，只有你娘比如今趙姨娘強十倍一大段邢夫人無頭無尾的埋怨話，亦見她滿腹怨氣，且口口聲聲『咱們』『別人』，亦見其自異於人也。

因邢夫人之話，引起纍金鳳之事。

寫迎春之懦弱，筆筆傳神。

明明迎春知道，只是不肯出面追問，望她自己歸還，活畫出

的，你該比探丫頭強纔是，怎麽反不及他一半！誰知竟不然，這可不是異事！倒是我一生無兒無女的，一生乾淨，也不能惹人笑話議論爲高。』脂批：『最可恨婦人無子者，引此話是說。』

旁邊伺候的媳婦們便趁機道：『我們的姑娘老實仁德，那裏像他們三姑娘伶牙俐齒，會要姊妹們的強。他們明知姐姐這樣，他竟不顧恤一點兒。』脂批：『殺殺殺，此輩尚生離異，余因實受其蠱，今讀此文直欲拔劍劈紙，又不知作者多少眼淚灑出此回也。又問不知如何顧恤些，又不知有何可顧恤之處，直令人不解。愚奴賤婢之言，酷肖之至。』邢夫人道：『連他哥哥、嫂子還如是，別人又作什麽呢。』

一言未了，人回：『璉二奶奶來了。』邢夫人聽了，冷笑兩聲，命人出去說：『請他自去養病，我這裏不用他伺候。』自上次當面挖苦後，至今氣尚未消。接着，又有探事的小丫頭來報說：『老太太醒了。』邢夫人方起身往前邊來。迎春送至院外方回。

繡橘因說道：『如何，前兒我回姑娘，那一個攢珠纍金鳳竟不知那裏去了。回了姑娘，姑娘竟不問一聲兒。我說，必是老奶奶拿去典了銀子放頭兒的。姑娘不信，只說司棋收着呢。問司棋，司棋雖病着，心裏卻明白。我去問他，他說，沒有收起來，還在書架上匣內暫放着，預備八月十五日恐怕要戴呢。姑娘就該問老奶奶一聲，只是臉軟怕人惱。如今竟怕無着落，明兒都要戴時，獨咱們不戴，是何意思呢？』脂批：『這個「咱們」使得，恰是女兒喁喁私語，非前問之一倒（例）可比者，寫得出，批得出。』迎春道：『何用問，自然是他拿去暫時借一肩兒。我只說他悄悄的拿了出去，不過一時半晌，仍舊悄悄的送來就完了，誰

一懦弱無性氣之人。

連繡橘都看不過了。

終於逼出迎春的話來了。

知他就〔二〕忘了。今日偏又鬧出來，問他想也無益。』

繡橘道：『何曾是忘記！他是試準了姑娘的性格， 繡橘一語說透。 所以纔這樣。如今我有個主意：我竟走到二奶奶房裏，將此事回了他，或他着人去要，或他省事，拿幾吊錢來替他賠補。如何？』 脂批：『寫女兒各有機變，個個不同。』 迎春忙道：『罷，罷，罷，省些事罷。寧可沒有了，又何必生事？』 脂批：『總是懦語。』 繡橘道：『姑娘怎麼這樣軟弱！都要省起事來，將來連姑娘還騙了去呢。我竟去的是。』說着便走。迎春便不言語，只好由他。 寫得活活脫脫，既不敢去告，也不敢反對去告。

誰知迎春乳母之媳王住兒媳婦，正因他婆婆得了罪，來求迎春去討情，聽他們正說金鳳一事，且不進去。也因素日迎春懦弱，他們都不放在心上。 寫盡此輩狡猾之心。 如今見繡橘立意要去回鳳姐，估量着這事脫不去的，且又有求迎春之事，只得進來，陪笑先向繡橘說：『姑娘，你別去生事。姑娘的金絲鳳，原是我們老奶奶老糊塗了，輸了幾個錢，沒的撈梢，所以暫借了去。原說一日半晌就贖的，因總未撈過本來，就遲誤了。可巧今兒又不知是誰走了風聲，弄出事來。雖然這樣，到底是主子的東西，我們不敢遲誤下，終久是要贖的。如今還要求姑娘看自小兒吃奶的情上，往老太太那邊去討個情面，救出他老人家來纔好。』

迎春先便說道：『好嫂子，你趁早兒打了這妄想，要等我去說情兒，等到明繡橘頭腦清楚，問得是。

說得極簡捷。

年也不中用的。方纔連寶姐姐、林妹妹大夥兒說情，老太太還不依，何況是我一個人。我自己愧還愧不過來，反去討臊去。』繡橘便說：『贖金鳳是一件事，說情是一件事，別絞在一處說。難道姑娘不去說情，你就不贖了不成？嫂子且去取了金鳳來再說。』

奴才蠻橫無理。

王住兒家的聽見迎春如此拒絕他，繡橘的話又鋒利，無可回答，一時臉上過不去，也明欺迎春素日好性兒，乃向繡橘發話道：『姑娘，你別太仗勢了。你滿家子算一算，誰的媽媽奶子不仗着主子哥兒多得些益，偏咱們就這樣丁是丁、卯是卯的，只許你們偷偷摸摸的哄騙了去。自從邢姑娘來了，太太吩咐一個月儉省出一兩銀子來與舅太太去，這裏饒添了邢姑娘的使費，反少了一兩銀子。常時短了這個，少了那個，那不是我們供給？誰又要去？不過大家將就些罷了。算到今日，少說些也有三十兩了。我們這一向的錢，豈不白填了限呢。』

簡直是倒算賬，想借此賴賬。

繡橘不待說完，便啐了一口，道：『作什麼的白填了三十兩，我且和你算算賬，姑娘要了些什麼東西？』迎春聽見這媳婦發邢夫人之私意，脂批：『大書此句，誅心之筆。』忙止道：『罷，罷，罷。你不能拿了金鳳來，不必牽三扯四亂嚷。我也不要那鳳了。便是太太們問時，我只說丟了，也妨礙不着你什麼的，出去歇息歇息倒好。』一面叫繡橘倒茶來。

迎春窩囊至此。

繡橘說得是極。

寫活了迎春。

探春一來，王住兒家的碰到硬處了。

問到要緊處了。

繡橘又氣又急，因說道：『姑娘雖不怕，我們是作什麽的？把姑娘的東西丟了，他倒賴說姑娘使了他們的錢，這如今竟要准折起來。倘或太太問姑娘爲什麽使了這些錢，敢是我們就中取勢了？這還了得！』一行說，一行就哭了。司棋聽不過，只得勉強過來，幫着繡橘問着那媳婦。迎春勸止不住，自拿了一本《太上感應篇》來看。脂批：『神妙之甚，從書上跳出一位懦小姐。且（是）書又有奇文，妙。』

三人正沒開交，可巧寶釵、黛玉、寶琴、探春等因恐迎春今日不自在，都約來安慰他。走至院中，聽得兩三個人角口。探春從紗窗內一看，只見迎春倚在牀上看書，若有不聞之狀。脂批：『看他寫迎春雖稍劣，然亦大家千金之格也。』探春也笑了。小丫鬟們忙打起簾子，報道：『姑娘們來了。』迎春方放下書起身。那媳婦見有人來，且又有探春在內，不勸而自止了，遂趁便要去。

探春坐下，便問：『纔剛誰在這裏說話？倒像拌嘴似的。』脂批：『瞧他寫探春氣宇。』迎春笑道：『沒有說什麽，左不過是他們小題大作罷了。何必問他。』探春笑道：『我纔聽見什麽「金鳳」，又是什麽「沒有錢只和我們奴才要」，誰和奴才要錢了？難道姐姐和奴才要錢了不成？難道姐姐不是和我們一樣有月錢的，一樣有用度不成？』

司棋、繡橘道：『姑娘說的是了。姑娘們都是一樣的，那一位姑娘的錢不是探春幾句話，就使對方不得脫身。

由着奶奶、媽媽們使？連我們也不知道怎樣是算賬，不過要東西只說得一聲兒。如今他偏要說姑娘使過了頭兒，他賠出許多來了。抓住了要點。究竟姑娘何曾和他要什麼了。』探春笑道：『姐姐既沒有和他要，必定是我們或者和他們要了不成！你叫他進來，我倒要問問他。』應該問問

迎春笑道：『這話又可笑。你們又無沾礙，何得帶累於他。』探春笑道：『這倒不然。我和姐姐一樣，姐姐的事和我的也是一般，他說姐姐就是說我。我那邊的人有怨我的，姐姐〔二〕聽見也即同怨姐姐是一理。咱們是主子，自然不理論那些錢財小事，只知想起什麼要什麼，也是有的事。但不知金纍絲鳳因何又夾在裏頭？』那王住兒媳婦生恐繡橘等告出他來，遂忙進來用話掩飾。

探春深知其意，因笑道：『你們所以糊塗。如今你奶奶已得了不是，趁此求求二奶奶，把方纔的錢尚未散人的拿出些來贖取了就完了。比不得沒鬧出來，大家都藏着留臉面；如今既是沒了臉，趁此時縱有十個罪，也只一人受罰，沒有砍兩顆頭的理。你依我，竟是和二奶奶說去。在這裏大聲小氣，如何使得？』這媳婦被探春說出真病，也無可賴了，只不敢往鳳姐處去自首。探春笑道：『我不聽見便罷，既聽見，少不得替你們分解分解。』誰知探春早使了個眼色與待書出去了。

探春能幹機靈。

這裏正說話，忽見平兒進來。寶琴拍手笑說道：『三姐姐敢是有驅神召將的符術？』黛玉笑道：『這倒不是道家玄術，倒是用兵最精的，（黛玉早已明白。）所謂「守如處女，脫如狡兔」，出其不備之妙策也。』二人取笑。寶釵便使眼色與二人，令其不可，遂以別話岔開。

探春見平兒來了，遂問：『你奶奶可好些了？真是病糊塗了，事事都不在心上，叫我們受這樣的委屈。』平兒忙道：『姑娘怎麽委屈？誰敢給姑娘氣受，姑娘快吩咐我。』

當時住兒媳婦兒方慌了手腳，（不見棺材不落淚也。）遂上來趕着平兒叫：『姑娘坐下，讓我說原故請聽。』平兒正色道：『姑娘這裏說話，也有你我混插口的禮！你但凡知禮，只該在外頭伺候。不叫，你進不來的，幾曾有外頭的媳婦子們無故到姑娘們房裏來的例？』（第一句話就壓住陣腳。）繡橘道：『你不知我們這屋裏是沒禮的，誰愛來就來。』平兒道：『都是你們的不是。姑娘好性兒，你們就該打出去，然後再回太太去纔是。』住兒媳婦見平兒出了言，紅了臉方退出去。

探春接着道：『我且告訴你，若是別人得罪了我，倒還罷了。如今那住兒媳婦和他婆婆，仗着是媽媽，又瞅着二姐姐好性兒，如此這般，私自拿了首飾去賭錢，而且還捏造假賬折算，威逼着還要去討情，和這兩個丫頭在臥房裏大嚷大

探春一一說出王住兒家的罪狀，一點不漏。

叫，二姐姐竟不能轄治，所以我看不過，纔請你來問一聲：還是他原是天外的人，不知道道理，還是誰主使他如此，先把二姐姐制伏，然後就要治我和四姑娘了？』（話裏有刺，有壓力。）

平兒忙陪笑道：『姑娘怎麽今日說這話出來？我們奶奶如何當得起！』探春冷笑道：〔三〕『俗語說的，「物傷其類」，「齒竭唇亡」。我自然有些驚心。』平兒問迎春道：『若論此事，還不是大事，極好處置。但他現是姑娘的奶嫂，據姑娘怎麽樣爲是？』

當下迎春只和寶釵閱《感應篇》故事，究竟連探春之語亦不曾聞得，忽見平兒如此說，乃笑道：『問我，我也沒什麽法子。他們的不是，自作自受，我也不能討情，我也不去苛責就是了。（活迎春。）至於私自拿去的東西，送來我收下，不送來我也不要了。太太們要問，我可以隱瞞遮飾過去，是他的造化，若瞞不住，我也沒法，沒有個爲他們反欺枉太太們的理，少不得直說。你們若說我好性兒，沒個決斷，竟有好主意可以八面周全，不使太太們生氣，任憑你們處治，我總不知道。』

天下無雙，活活一個懦小姐。

衆人聽了，都好笑起來。黛玉笑道：『真是「虎狼屯於階陛，尚談因果」。若使二姐姐是個男人，這一家上下若許人，又如何裁治他們？』迎春笑道：『正是，多少男人尚如此，何況我哉！』

一語未了，只見又有一人到來。正不知道是那個，且聽下回分解。

【回後評】

因爲小鵲的一句誤傳誤報，教寶玉準備應付賈政的盤問功課，纔弄得怡紅院裹天翻地覆，更引起寶玉悔恨交加，忐忑不安。悔是懊悔没有早作準備，至現在臨陣磨槍，總是顧此失彼，不知如何是好。恨是恨何必讀書，不讀書豈不更好，從而説出了一段驚世駭俗之論：『更有時文八股一道，因平素深惡此道，原非聖賢之製撰，焉能闡發聖賢之微奧，不過是後人餌名釣禄之階。』這樣一段干時罵世之話，借着寶玉埋怨讀書，便衝口而出，實際上是作者借這一情節，來發抒他反對封建正統、反對程、朱理學，反對八股科舉制度的思想。怡紅院的慌亂無序，卻被芳官的一個信息轉移了方向。改名爲金星玻璃的芳官從後房門進來説『不好了，一個人從牆上跳下來了！』這一聲警報，立即改變了怡紅院的現狀，原來讀書的寶玉，已受嚇成病，忙着取藥的取藥，查夜的查夜，最後報告到賈母處，引來了整頓風紀的一場整肅，最後是攆的攆，罰的罰，毫不含糊，寶玉的備考，也就在一場混亂中結束。小鵲本來是誤聽虛報，所以後來就根本不提賈政的盤考。至於是否有人從牆上跳下來，到底也未查清楚，我懷疑也是芳官設的圈套，晴雯更大肆張揚，度此一難。

繡春囊一事，既是以往種種弊端的總積累，更是新的矛盾衝突的大爆發。從賈母等入朝守制和鳳姐病倒，不能理事以後，不斷描寫賈府的管理混亂，紀律鬆弛，門禁怠懈，下人們溜號偷懶等等，終於出了司棋、潘又安在大觀園暗夜私會的嚴重事件。現在繡春囊的出現，就是以上一連串弊病的結果。有人說，這就是司棋、潘又安之物，因爲書無明文，就很難說，也難保證偌大一個榮國府，就只有司棋、潘又安兩人能有此事。所以此物是誰的不必深究。邢夫人拿到此物，完全可以冷處理，無須大驚小怪，只要悄悄查察，以防後患也就可以了，但她卻『死緊攥住』，以爲抓住了當權派的把柄，可以進行彈劾、甚至奪權了，於是終於引發了下面的一場潑天大禍。

懦小姐迎春的事，通過奶媽偷取纍金鳳的事，層層寫出迎春性格的獨特性和個性化，以前對迎春還只是一般的描寫，此處通過纍金鳳一事，她的個性的獨特性便完全飽滿地呈現出來了。同時作者寫下人們的聚賭，寫王住兒家的蠻橫耍賴，俱是進一步寫出賈府的衰敗氣勢。一個封建官僚大家庭已經百孔千瘡，已經呈現出它的腐朽沒落的跡象了，於是這種跡象也通過各個環節從各處自然地滲透出來了！

【校記】

〔一〕『他悄悄』以下二十八字，底本缺，各本均有，文字略異，此從蒙府、戚序、列藏本補。

〔二〕『姐姐的事和我的也是一般』以下三十字，底本缺，各本均有，文字略異，此從楊藏本補。

〔三〕『姑娘怎麽今日說這話出來』以下共二十五字，底本缺，各本均有，文字有異，此從楊藏本補。

柳家的一波纔平一波又起。

前面剛剛說嚇出一場大病，此時卻又走來。別人自然要問。

第七十四回　惑奸讒抄檢大觀園　矢孤介杜絕寧國府

話說平兒聽迎春說了，正自好笑，忽見寶玉也來了。原來管厨房的柳家媳婦之妹，也因放頭開賭得了不是。這園中有素與柳家不睦的，（脂批：『前文已卯之伏線。』）便又告出柳家來，說他和他妹子是夥計，雖然他妹子出名，其實賺了錢兩個人平分。因此鳳姐要治柳家之罪。

那柳家的因得此信，便慌了手腳，因思素與怡紅院的人最爲深厚，故走來悄悄的央求晴雯、金星玻璃等人。金星玻璃告訴了寶玉。寶玉因思內中迎春之乳母也現有此罪，不若來約同迎春討情，比自己獨去單爲柳家說情又更妥當，故此前來。（寶玉此時倒頗用腦子。補敘寶玉之來。）忽見許多人在此，見他來時，都問：『你的病可好了？跑來作什麽？』寶玉不便說出討情一事，只說：『來看二姐姐。』當下衆人也不在意，且說些閒話。

平兒便出去辦纍絲金鳳一事。那王住兒媳婦緊跟在後，口內百般央求，只說：

『姑娘好歹口內超生，我橫豎去贖了來。』平兒笑道：『你遲也贖，早也贖，既有今日，何必當初。你的意思，得過去就過去了。既是這樣，我也不好意思告人，趁早去贖了來交與我送去，平兒一語道破，但必須見物，纔能不提。我一字不提。』王住兒媳婦聽說，方放下心來，就拜謝，又說：『姑娘自去貴幹，我趕晚拿了來，先回了姑娘，再送去，如何？』平兒道：『趕晚不來，可別怨我。』這句話很要緊，對付此類人不得不如此。說畢，二人方分路各自散了。

平兒到房，鳳姐問他：『三姑娘叫你作什麼？』平兒笑道：『三姑娘怕奶奶生氣，叫我勸着奶奶些，問奶奶這兩天可吃些什麼。』鳳姐笑道：『倒是他還記掛着我。剛纔又出來了一件事：有人來告柳二媳婦和他妹子通同開局，凡他妹子所爲，都是他作主。我想，你素日肯勸我，「多一事不如省一事」，就可閑一時的心，自己保養保養，也是好的。我因聽不進去，果然應了些，先把太太得罪了，而且自己反賺了一場病。如今我也看破了，隨他們鬧去罷，橫豎還有許多人呢。我白操一會子心，倒惹的萬人咒罵。我且養病要緊；便是病好了，我也作個好好先生，得樂且樂，得笑且笑。一概是非，都憑他們去罷。脂批：『歷了（來）世人到此作此想，但悔不及矣，可傷可嘆。』所以我只答應着知道了，白不在我心上。』平兒笑道：『奶奶果然如此，便是我們的造化。』可見平兒沒有白勸。

鳳姐閱盡人生，又經人勸，亦有些改悔。

可見到處漏風，矛盾重重。

平兒心細，終於想出來了。

此時鳳姐倒能審情度理，不冤枉下人，難得一件好事。

一語未了，只見賈璉進來，拍手嘆氣道：『好好的，又生事。前兒我和鴛鴦借當，那邊太太又怎麼知道了。纔剛太太叫過我去，叫我不管那裏先遷挪二百銀子，做八月十五日節間的使用。我回沒處遷挪。太太就說：「你沒有錢，就有地方遷挪。我白和你商量，你就搪塞我，你就說沒地方。前兒那一千銀子的當是那裏的？連老太太的東西，你都有神通弄出來。這會子二百銀子，你就這樣。幸虧我沒和別人說去。」我想，太太分明不短，何苦來要尋事奈何人？』就是要尋事，這方是邢夫人。鳳姐兒道：『那日並沒一個外人，誰走了這個消息？』

平兒聽了，也細想那日有誰在此，想了半日，笑道：『是了，那日說話時，沒一個外人。但晚上送東西來的時節，老太太那邊傻大姐的娘也可巧來送漿洗衣服。他在下房裏坐了一會子，見一大箱子東西，自然要問，必是小丫頭們不知道，說了出來，也未可知。』脂批：『奇奇怪怪，從何處轉至，（素日成？）真如常山之蛇。』因此便喚了幾個小丫頭來問，那日是誰告訴獃大姐的娘的。衆小丫頭慌了，都跪下賭咒發誓，說：『自來也不敢多說一句話。有人凡問什麼，都答應不知道。這事如何敢多說？』

鳳姐詳情說：『他們必不敢多說，倒別委屈了他們，如今且把這事靠後，且把太太打發了去要緊。寧可咱們短些，又別討沒意思。』應付邢夫人，別討沒趣，把事弄大，這亦是冷靜的頭腦。因叫平兒：『把我的金項圈拿來，且去暫押二百銀子來，送去完事。』賈璉道：『越性多押二百，咱們也要使呢。』鳳姐道：『很不必，我沒處使錢。這一去還不知指那一項贖呢。』窘態可見 平兒拿去，吩咐一個人喚了旺兒媳婦來領去，不一時拿了銀子來。賈璉親自送去，不在話下。

這裏，鳳姐和平兒猜疑，終是誰人走的風聲，竟擬不出人來。鳳姐兒又道：『知道這事還是小事，怕的是小人趁便又造非言，生出別的事來。打緊那邊正和鴛鴦結下仇了，如今聽得他私自借給璉二爺東西，那起小人眼饞肚飽，連沒縫兒的雞蛋還要下蛆呢，如今有了這個因由，恐怕又造出些沒天理的話來也定不得。在你璉二爺還無妨，只是鴛鴦，正經女兒，帶累了他受屈，豈不是咱們的過失。』

平兒笑道：『這也無妨。鴛鴦借東西，原看的是奶奶，並不爲的是二爺。一則鴛鴦雖應名，是他的私情，其實他是回過老太太的。平兒更了解仔細，可見知情之不易，虧作者寫得如此深細。 老太太因怕孫男弟女多，這個也借，那個也要，到跟前撒個嬌兒，和誰要去？因此只裝不知道。脂批：『奇文神文，豈世人（余）想得出者。前文云：「一箱子」，若私是（自）拿出，賈母其睡夢中之人矣。蓋此等事作者曾經，批者曾經，實係一寫往事，非特造出，故弄新筆，究竟不記不神也。鴛鴦借物一回於此便結。』 縱鬧了出來，究竟那也無礙。』鳳姐兒道：『理固如此，只是你我知道的便罷了，不知道的焉得不生疑呢？』

一語未了，人報：『太太來了。』奇文突起 鳳姐聽了詫異，不知爲何事親來，與平兒等忙迎出來。只見王夫人氣色更變，奇極。 只帶一個貼己的小丫頭走來，一語不

鳳姐想得細，可見一家之內矛盾重重。

脂批云：『蓋此等事作者曾經，批者曾經，實係一寫往事，非特造出，故弄新筆。』論者有云：雪芹生年甚晚，未能趕上曹家繁華之日，書中所寫皆係傳聞，或聞之故老長者。閱此

批，當知何者爲是，何者爲非矣。

問得奇怪，問得蠻不講理，好像看見是鳳姐掉在那裏的。

發，（奇奇怪怪）走至裏間坐下。鳳姐忙奉茶，因陪笑問道：『太太今日高興，到這裏逛逛。』王夫人喝命：『平兒出去！』（你說高興，她卻喝命，來勢凶險。）

平兒見了這般光景，心內着慌，不知怎麼樣了，（從未見過此種場面。）忙應了一聲，帶着衆小丫頭一齊出去，在房門外站住，越性將房門掩了，自己坐在台磯上，所有的人，一個不許進去。（絕對保密）

鳳姐也着了慌，不知有何等事。只見王夫人含着淚，（還含着淚，真想不到。）從袖內擲出一個香袋子來，說：『你瞧！』（驚人之物，其實何至如此。但不如此便不是王夫人。）鳳姐忙拾起一看，見是十錦春意香袋，也嚇了一跳，（稍比王夫人好些。）忙問：『太太從那裏得來？』王夫人見問，越發淚如雨下，（寫得妙極，活畫出一個愚蠢無能又無頭腦之昏瞶婦人。）顫聲說道：『我從那裏得來！我天天坐在井裏，拿你當個細心人，所以我纔偷個空兒。誰知你也和我一樣。這樣的東西，大天白日明擺在園裏山石上，被老太太的丫頭拾着，不虧你婆婆遇見，早已送到老太太跟前去了。我且問你，這個東西如何遺在那裏來？』（脂批：「奇問。」）鳳姐聽得，也變了顏色，忙問：『太太怎知是我的？』（脂批：「問的是。」）王夫人又哭又嘆說道：『你反問我！（王夫人頗覺奇怪，原以爲定是鳳姐，有何可問。）你想，一家子除了你們小夫小妻，餘者老婆子們，要這個何用？再女孩子們是從那裏得來？自然是那璉兒不長進下流種子那裏弄來。你們又和氣，當作一件頑意兒，年輕人，兒女閨房私意是有的，（可見你也有過。）你還和我賴！（真是一口咬定，死不放鬆。）幸而園內上下人還不解事，尚未

（不是因爲東西是她的，她纔臉紅，而是因爲說『你還和我賴』，一口咬定鳳姐，故而鳳姐又急又愧，紫漲了臉也。）

（列舉五點，把問題說得清清楚楚，不僅

揀得。倘或丫頭們揀着，你姊妹看見，這還了得！不然，有那小丫頭們揀着，出去說是園內揀着的，與外人知道，這性命、臉面要也不要？』（竟關性命、臉面，可見事大。）

鳳姐聽說，又急又愧，登時紫漲了面皮，便依炕沿雙膝跪下，也含淚訴道：『太太說的固然有理，（其實無理）我也不敢辯我並無這樣的東西。（既然有理，還有何可辯？正因她無理，所以說不敢辯。說不敢辯者，實是要辯也。）但其中還要求太太細詳其理：那香袋是外頭僱工仿着內工繡的，帶子、穗子一概是市賣貨。我便年輕、不尊重些，也不要這勞什子，自然都是好的，此其一。（第一層道理，從香囊的做工上說。）二者這東西也不是常帶着的，我縱有，也只好在家裏，焉肯帶在身上各處去？況且又在園子裏，個個姊妹我們都肯拉拉扯扯，倘或露出來，不但在姊妹前，就是奴才看見，我有什麼意思？我雖年輕不尊重，亦不能糊塗至此。（說得非常有理。第二層道理，是從不是隨身攜帶之物來說。）三則論主子內，我是年輕的媳婦，算起奴才來，比我更年輕的又不止一個人了。況且他們也常進園，晚間各人家去，焉知不是他們身上的？（三是從年齡上說，比鳳姐年輕的還多。）四則除我常在園裏之外，還有那邊太太常帶過幾個小姨娘來，如嫣紅、翠雲等人，皆係年輕侍妾，他們更該有這個了。還有那邊珍大嫂子，他也不算甚老，他也常帶過佩鳳等人來，焉知又不是他們的？（四是從常來園中之人來說。）五則園內丫頭太多，保的住個個都是正經的不成？也有年紀大些的知道了人事，或者一時半刻人查問不到偷着出去，或借着因由同二門上小幺兒們打牙犯嘴，外頭得了來的，也未可知。（五是從丫頭們的情況來說。）如今不自己沒有，還可保證平兒也沒有。

封了這個來，是給你顏色看，你當的好家！

鳳姐原是冷處理的辦法，不想竟發展到抄檢大觀園。

一是暗訪，二是清洗，既不驚動，又可精減人員，節約開支，鳳姐之見，確是易行而穩妥。

王夫人只是默守舊

但我沒此事，就連平兒，我也可以下保的。太太請細想。』

王夫人聽了這一席話，大近情理，因嘆道：『你起來。我也知道你是大家小姐出身，焉得輕薄至此。不過我氣急了，（倒是實話，不是氣急了，而是氣昏了，說的是昏話。）拿了話激你。但如今卻怎麼處？你婆婆纔打發人封了這個給我瞧，說是前日從傻大姐手裏得的，把我氣了個死。』

鳳姐道：『太太快別生氣。若被衆人覺察了，保不定老太太不知道。且平心靜氣，暗暗訪察，纔得確實。縱然訪不着，外人也不能知道。這叫作「胳膊折在袖內」。如今惟有趁着賭錢的因由革了許多的人這空兒，（先找藉口）把周瑞媳婦、旺兒媳婦等四五個貼近、不能走話的人安插在園裏，（安插內線）以查賭爲由。再如今他們的丫頭也太多了，保不住人大心大，生事作耗，等鬧出事來，反悔之不及。如今若無故裁革，不但姑娘們委屈煩惱，就連太太和我也過不去。不如趁此機會，以後凡年紀大些的，或有些咬牙難纏的，拿個錯兒，攆出去配了人。（裁減人員）一則保得住沒有別的事，二則也可省些用度。太太想我這話如何？』

王夫人嘆道：『你說的何嘗不是，但從公細想，你這幾個姊妹也甚可憐了。（脂批：『猶云可憐，妙。在別人視之，今古無此。若在榮府論，實不能比先矣。』）也不用遠比，只說如今你林妹妹的母親，未出閣時，是何等的嬌生慣養，是何等的金尊玉貴，那纔像個千金小姐的體統。如今這幾個姊妹，時排場，不想裁革。

王夫人對於眼前的艱難，還沒有清醒的認識。

王夫人已同意鳳姐的做法。

實是邢夫人派她來打聽消息。王夫人感到壓力，故讓王善保家的來一起參加照管園內。

這個差使，王善保家的求之不得。

王善保家的還未進園，先就惡話連篇，

不過比別人家的丫頭略強些罷了。脂批：『所謂「觀於海者難爲水」，俗子謂王夫人不知足，是不可矣，又謂作太過，真蟪蛄鳩鷽之見也。』通共每人只有兩三個丫頭還像個人樣，餘者縱有四五個小丫頭子，竟是廟裏的小鬼。如今還要裁革了去，不但我於心不忍，只怕老太太未必就依。雖然艱難，也不至此。我雖沒受過大榮華富貴，比你們是強的。如今我寧可省些，別委屈了他們。以後要省儉先從我來倒使的。如今且叫人傳了周瑞家的等人進來，就吩咐他們快快暗地訪拿這事要緊。』可見原未想抄檢。

鳳姐聽了，即喚平兒進來吩咐出去。一時，周瑞家的與吳興家的、鄭華家的、來旺家的、來喜家的現在五家陪房進來，餘者皆在南方，各有執事。脂批：『又伏一筆。』王夫人正嫌人少不能勘察，忽見邢夫人的陪房王善保家的走來，方纔正是他送了香囊來的。王夫人向來看視邢夫人之得力心腹人等原無二意，脂批：『大書。看下人猶如此，可知待邢夫人矣。』今見他來打聽此事，十分關切，脂批：『小人外是內非，類皆如此。』便向他說：『你去回了太太，你也進園內照管照管，不比別人又強些。』

這王善保家的正因素日進園去，那些丫鬟們不大趨奉他，他心裏大不自在，要尋他們的故事又尋不着，恰好生出這事來，以爲得了把柄。又聽王夫人委託，正撞在心坎上，說：『這個容易。不是奴才多話，論理這事該早嚴緊些的。太太也不大往園裏去，這些女孩子們一個個倒像受了封誥似的，他們就成了千金小姐了。

鬧下天來，誰敢哼一聲兒。不然，就調唆姑娘的丫頭們，說欺負了姑娘們了，誰還耽得起？』

王夫人道：『這也有的，本是常情，跟姑娘的丫頭原比別的嬌貴些。（王夫人初還不同意王善保家的說法。）你們該勸他們。連主子們的姑娘不教導尚且不堪，何況他們。』王善保家的道：『別的都還罷了。太太不知道，頭一個寶玉屋裏的晴雯，那丫頭仗着他生的模樣兒比別人標緻些，又生了一張巧嘴，天天打扮的像個西施的樣子，在人跟前能說慣道，掐尖要強。一句話不投機，他就立起兩個騷眼睛來罵人，妖妖趫趫，大不成個體統。』脂批：『活畫晴雯出來。可知已前知晴雯必應遭妬者，可憐可傷竟死矣。』

王夫人聽了這話，猛然觸動往事，便問鳳姐道：『上次我們跟了老太太進園逛去，有一個水蛇腰、脂批：『妙，妙，好腰。』削肩膀、脂批：『妙妙，好肩。俗云水蛇腰，則遊曲小也。又云美人無肩，又曰前或皆之（至）美之刑（形）也。凡寫美人偏用俗筆反筆，與他書不同也。』眉眼又有些像你林妹妹的，忽又射向黛玉。脂批：『更好，形容盡矣。』正在那裏罵小丫頭。我的心裏很看不上那輕狂樣子，因同老太太走，我不曾說得。後來要問是誰，又偏忘了。今日對了坎兒，這丫頭想必就是他了。』鳳姐道：『若論這些丫頭們，共總比起來，都沒晴雯生得好。（可見晴雯真美。）論舉止言語，他原有些輕薄。方纔太太說的倒很像他，我也忘了那日的事，不敢亂說。』

王善保家的便道：『不用這樣，此刻不難叫了他來給太太瞧瞧。』王夫人道：

只想出氣。

一開始就告發晴雯，晴雯危矣。

正說在王夫人心坎上。

畫出一個晴雯。

王善保家的可惡，唯恐天下不亂。

谭凤嬛画
荣国

王夫人這一番話，晴雯即使不來，也已死定矣，可嘆可嘆。

王夫人說：『我一生最嫌這樣的人』一段，活畫出王夫人來，此等人何以形容之，予亦無法，只有雪芹之筆寫得出耳！

晴雯不打扮固然勾起王夫人的火來，打扮了，吾恐勾起的火更大。總之，王夫人的眼中，原容不下晴雯也，亦由此可見王夫人極愛襲人，則襲人與晴雯自絕非同流矣。

『寶玉房裏常見我的只有襲人、麝月，這兩個笨笨的倒好。若有這個，他自然不敢來見我的。我一生最嫌這樣的人，況且又出來這個事。好好的一個寶玉，倘或叫這蹄子勾引壞了，那還了得。』因叫自己的丫頭來，怕鳳姐的丫頭不可靠。吩咐他到園裏去，『只說我說，有話問他們，留下襲人、麝月服侍寶玉不必來，有一個晴雯最伶俐，叫他即刻快來。你不許和他說什麼。』

小丫頭子答應了，走入怡紅院，正值晴雯身上不自在，脂批：『音神之至，所謂魂早離舍矣，將死之兆也。若俗筆必云十分粧飾，今云不自在，想無掛心之態，更不入王夫人之眼也。』睡中覺纔起來，正發悶，聽如此說，只得隨了他來。素日這些丫鬟皆知王夫人最惡趫妝豔飾、語薄言輕者，故晴雯不敢出頭。今因連日不自在，並沒十分妝飾，自爲無礙。脂批：『好，可知天生美人原不在粧飾，使人一見不覺心驚目駭。可恨世之塗脂抹粉，真同鬼魅而不見（自）覺。』及到了鳳姐房中，王夫人一見他釵嚲鬢鬆，衫垂帶褪，有春睡捧心之遺風，而且形容面貌恰是上月的那人，不覺勾起方纔的火來。

王夫人原是天真爛漫之人，『天真爛漫』四字，用於王夫人，用得新。讀者切莫作正面解，亦非反面解，如何解法，讀者仔細品味。喜怒出於心臆，此句說得準。不比那些飾詞掩意之人，今既真怒攻心，以上三句，是『天真爛漫』四字之的解。又勾起往事，便冷笑道：『好個美人！真像個病西施了。看了樣子就生氣。你天天作這個輕狂樣兒給誰看？天生就是這個樣子，不是作出來的，也不知要給誰看。你幹的事，打量我不知道呢！你真有不知道的事，但不是我幹的。我且放着你，自然明兒揭你的皮！寶玉今日可好些？』

晴雯答得對。

回答得體，語語圓轉，無懈可擊，王夫人其奈我何。

反過來說『從此留心』，妙心妙舌，反嚇王夫人一跳。此以攻爲守之法。

王夫人訓斥晴雯，卻是給自己畫像。

晴雯一聽如此說，心內大異，便知有人暗算了他。聽此言，自然不能不明白了。雖然着惱，只不敢作聲。他本是個聰敏過人的人，脂批：『深罪聰明，到底不錯一筆。』見問寶玉可好些，他便不肯以實話對，只說：『我不大到寶玉房裏去，又不常和寶玉在一處。好歹我不能知道，只問襲人、麝月兩個。』王夫人道：『這就該打嘴！不知道就要打嘴，總之，王夫人有意找事，晴雯萬難逃此一劫。你難道是死人，要你們作什麼！』晴雯道：『我原是跟老太太的人。因老太太說園裏空大人少，寶玉害怕，所以撥了我去外間屋裏上夜，不過看屋子。我原回過，我笨，不能服侍。老太太罵了我一頓，說「又不叫你管他的事，要伶俐的作什麼。」我聽了這話纔去的，不過十天半個月之內，寶玉悶了，大家頑一會子就散了。至於寶玉飲食起坐，上一層有老奶奶、老媽媽們，下一層又有襲人、麝月、秋紋幾個人。我閑着還要作老太太屋裏的針線，所以寶玉的事竟不曾留心。太太既怪，從此後我留心就是了。』反進一步說，看你如何。

王夫人信以爲實了，忙說：『阿彌陀佛！你不近寶玉，是我的造化，竟不勞你費心。既是老太太給寶玉的，我明兒回了老太太，再攆你。』因向王善保家的道：『你們進去，好生防他幾日，不許他在寶玉房裏睡覺。等我回過老太太，再處治他。』喝聲：『去罷！站在這裏，我看不上這浪樣兒！誰許你這樣花紅柳綠的妝扮！』花紅柳綠的打扮也是罪狀，虧王夫人說得出。然王夫人實在無其他話可說也，其顢頇之狀可見。

在王夫人眼裏，晴雯似妖精，則黛玉將如何，黛玉亦危矣。

鳳姐只是看王夫人眼色行事，不肯說一句公道話，由着王夫人、王善保家的胡行，置自己管家之責於何地？

抄檢大觀園是王善保家的主意。王夫人因晴雯而盛怒，故王善保家的趁機進抄檢之謀，王夫人纔一下接受這個主張，改變原方針。

王夫人偏能賞識王善保家的，則王夫人其人可知矣。

鳳姐原說冷處理，鳳姐處事還有分寸，不想到王夫人處，反而以王善保家的主意爲決策，遂成抄檢之禍。實際上鳳姐此時

晴雯只得出來，這氣非同小可，一出門便拿手帕子握着臉，一頭走，一頭哭，直哭到園門內去。*有冤無處訴，如何不哭，天下傷心事，無過於『莫須有』之罪者。* 這裏，王夫人向鳳姐等自怨道：『這幾年我越發精神短了，照顧不到。這樣妖精似的東西，竟沒看見。只怕這樣的還有，明日倒得查查。』*於是大開『殺』戒。* 鳳姐見王夫人盛怒之際，又因王善保家的是邢夫人的耳目，時常調唆着邢夫人生事，縱有千百樣的言詞，此刻也不敢說，只低頭答應着。*鳳姐見貌辨色。*

王善保家的道：『太太且請養息身體要緊。這些小事，只交與奴才們。如今要查這個主兒，也極容易。等到晚上園門關了的時節，內外不通風，我們竟給他們個猛不防，帶着人到各處丫頭們的房裏搜尋。想來誰有這個，斷不單只有這個，自然還有別的東西。那時翻出別的來，自然這個也是他的。』

王夫人道：『這話倒是，*王夫人耳軟心窄，一聽此話，就忘了原議，改變方針，造成大亂。* 若不如此，斷不能清的清、白的白。』因問鳳姐如何。鳳姐只得答應說：『太太說的是，就行罷了。』*鳳姐見風使舵，隨即改變原先的主張。* 王夫人道：『這主意很是。不然，一年也查不出來。』*難道這一下就查出來了。* 於是大家商議已定。

至晚飯後，待賈母安寢了，寶釵等入園時，王善保家的便請了鳳姐一並入園，*此時竟以王善保家的爲主了，故由他請鳳姐也。* 喝命將角門皆上鎖，*小人得志最爲兇狠。* 便從上夜的婆子處抄檢起，不過抄檢出些

多餘攢下的蠟燭、燈油等物。（脂批：『畢真。』）王善保家的道：『這也是贓，不許動。等明兒回過太太再動。』（小人眼裏件件都是贓物。）於是先就到怡紅院中，喝命關門。

當下寶玉正因晴雯不自在，忽見這一干人來，不知爲何直撲（如猛虎撲人矣。）了丫頭們的房內去，因迎出鳳姐來，問是何故。鳳姐道：『丟了一件要緊的東西，因大家混賴，恐怕有丫頭們偷了，所以大家都查一查去疑。』（鳳姐只好幫着說話。）一面說，一面坐下吃茶。

王善保家的等搜了一回，又細問這幾個箱子是誰的，（王善保家的成了稽查大員。）都叫本人來親自打開。襲人因見晴雯這樣，知道必有異事；（襲人已知覺。）又見這番搜檢，只得自己先出來，打開了箱子並匣子，（襲人帶頭讓搜。）任其搜檢一番，不過是平常動用之物。遂放下，又搜別人的，挨次都一一搜過。

到了晴雯的箱子，因問：『是誰的，怎不開了讓搜？』襲人等方欲代晴雯開時，只見晴雯挽着頭髮闖進來，豁啷一聲，（其聲響亮）將箱子掀開，兩手提着，底子朝天，往地下盡情一倒，將所有之物盡都倒出。（好晴雯，這纔是有骨氣，有自尊之人。）王善保家的也覺沒趣，（要你自覺沒趣。）看了一看，也無甚私弊之物。回了鳳姐，要往別處去。

鳳姐兒道：『你們可細細的查，若這一番查不出來，難回話的。』（鳳姐故意說涼話。）衆人都道：『都細細翻看了，沒什麼差錯東西。雖有幾樣男人物件，都是小孩子的東

已被奪權，王夫人唯王善保家的話是聽，王夫人因鳳姐掌權管家，出了問題，被邢夫人公然揭出，故王善保家的來勢不善，王夫人、鳳姐處於被動劣勢，故遂由王善保家的一時得勢也。

晴雯與襲人恰成對照。

王善保家的原想從晴雯身上搜出東西，不想搜了個底朝天，仍是一場空。

薛大姑娘抄檢不得，林姑娘呢？

紫鵑還能頂撞兩句。

西，想是寶玉的舊物件，沒甚關係的。』鳳姐聽了笑道：鳳姐笑得好，笑得有含意。『既如此，咱們就走，再瞧別處去。』

說着，一逕出來，因向王善保家的道：『我有一句話，不知是不是。要抄檢只抄檢咱們家的人。薛大姑娘屋裏，斷乎檢抄不得的。』王善保家的笑道：『這個自然。豈有抄起親戚家來的。』鳳姐點頭道：『我也這樣說呢。』脂批：「寫阿鳳心灰意懶，且避禍從時，迴又是一個人矣。」一頭說，一頭到了瀟湘館內。黛玉已睡了，忽報有些人來，也不知爲甚事。纔要起來，只見鳳姐已走進來，忙按住他不許起來，只說：『睡着罷，我們就走。』鳳姐還知分寸。然黛玉豈非親戚，何以偏搜瀟湘館。這邊且說些閒話。

那個王善保家的帶了衆人，到丫鬟房中，也一一的開箱倒籠，抄檢了一番。因從紫鵑房中抄出兩副寶玉常換下來的寄名符兒，一副束帶上的披帶，兩個荷包並扇套，套內有扇子。打開看時，皆是寶玉往年往日手內曾拿過的。王善保家的自爲得了意，小人之狀，可惡至極。遂忙請鳳姐過來驗視，又說：『這些東西，從那裏來的？』

鳳姐笑道：『寶玉和他們從小兒在一處混了幾年，這自然是寶玉的舊東西。這也不算什麼罕事，撂下再往別處去是正經。』紫鵑笑道：『直到如今，我們兩下裏也算不清。要問這一個，連我也忘了是那年月日有的了。』王善保家的聽鳳姐如此說，也只得罷了。脂批：「一處一樣。」

好探春，竟是『秉燭開門而待』，一種凛不可犯的氣勢。

探春幾句話，擲地作金聲。

探春又進一步，不准搜丫頭的。『都在我這裏間收着』，說話何等有骨氣，有肝膽，有擔當，令人可敬。

探春之話，是憤激，亦是預感，作者寫此，實真事隱去也。實亦一抒作者之意也。雪芹寫至此，

又到探春院內，誰知早有人報與探春了。探春也就猜着必有原故，所以引出這些醜態來，脂批：『實註一筆。』遂命衆丫鬟秉燭開門而待。何等氣勢一時衆人來了，探春故問何事。鳳姐笑道：『因丢了一件東西，連日訪察不出人來，恐怕旁人賴這些女孩子們，所以越性大家搜一搜，使人去疑，倒是洗淨他們的好法子。』

探春冷笑道：『我們的丫頭，自然都是些賊，有刺。我就是頭一個窩主。既如此，先來搜我的箱櫃。他們所偷了來的，都交給我藏着呢。』探春有擔當。說着，便命丫鬟們把箱櫃一齊打開，將鏡奩、妝盒、衾袱、衣包若大若小之物一齊打開，請鳳姐去抄閱。偏請鳳姐抄閱。鳳姐陪笑道：『我不過是奉太太的命來，妹妹别錯怪我。何必生氣。』因命丫鬟們快快關上。平兒、豐兒等先忙着替待書等關的關，收的收。

探春道：『我的東西，倒許你們搜閱。要想搜我的丫頭，這卻不能。我原比衆人歹毒。凡丫頭所有的東西，我都知道，都在我這裏間收着。一針一線，他們也沒的收藏。要搜只管來搜我。你們不依，只管去回太太，只說我違背了太太，該怎麽處治，我去自領。你們别忙，自然連你們抄的日子有呢！憤怒話亦傷心話。你們今日早起不曾議論甄家，自己家裏好好的抄家，甄府抄家事，從此處帶出。果然今日真抄了。脂批：『奇極，此日甄家事。』咱們也漸漸的來了。可知這樣大族人家，若從外頭殺來，一時是殺不死的。這是古人曾說的「百足之蟲，死而不僵」，必須先從家裏自殺自滅起來，纔能一敗塗地！』

能不悲乎？故探春之淚，實亦雪芹之淚也！

反要他們細細的搜明白，奇極怪極。

探春又進一步。原是王善保家的等來搜探春，現反成探春要他們必須搜個明白，不明白不許走，文章愈出愈奇，愈翻愈新。

好響亮的一聲，既響又脆，打得有力量、有氣勢，打在王

（要緊句，莫作尋常話看。）說着，不覺流下淚來。（探春已深感茫茫大難矣！）

鳳姐只看着衆媳婦們。周瑞家的便道：『既是女孩子的東西全在這裏，奶奶且請到別處去罷，也讓姑娘好安寢。』鳳姐便起身告辭。

探春道：『可細細的搜明白了？若明日再來，我就不依了。』鳳姐笑道：『既然丫頭們的東西都在這裏，就不必搜了。』探春冷笑道：『你果然倒乖。連我的包袱都打開了，還說沒翻，明日敢說我護着丫頭們，不許你們翻了。你趁早說明，若還要翻，不妨再翻一遍。』（一絲不讓，再把話補足。）鳳姐知道探春素日與衆不同的，只得陪笑道：『我已經連你的東西都搜查明白了。』探春又問衆人：『你們也都搜明白了不曾？』（再補一句）周瑞家的都陪笑說：『都翻明白了。』（周瑞家的知趣。）

那王善保家的本是個心內沒成算的人，素日雖聞探春的名，他自爲衆人沒眼力、沒膽量罷了，那裏一個姑娘家就這樣起來，況且又是庶出，他敢怎麼。（你不信，且來試試。）他自恃是邢夫人的陪房，連王夫人尚另眼相看，何況別個。今見探春如此，他只當是探春認真單惱鳳姐，與他們無干。（打錯了主意，真是蠢貨。）他便要趁勢作臉現好，因越衆向前，拉起探春的衣襟，故意一掀，嘻嘻笑道：『連姑娘身上我都翻了，果然沒有什麼。』（大膽。）鳳姐見他這樣，忙說：『媽媽走罷，別瘋瘋顛顛的。』（鳳姐早知不妙。）

一語未了，只聽『啪』的一聲，（說時遲，那時快。）王善保家的臉上早着了探春一掌。探春

善保家的臉上，實打在邢夫人、王夫人的心上。

文章千迴百轉，用探春一掌，一罵，激響入雲，成爲奇觀。作者借探春之掌、之罵，一洩胸中積憤。

其實早就該挨打了，只是打遲了。

自稱『作賊的』，還是『我們』，聞所未聞。

登時大怒，指着王善保家的問道：『你是什麼東西，（質問得好，氣壯詞嚴。）敢來拉扯我的衣裳！（忍無可忍，勃然大怒，怒得有氣勢、有力量。）我不過看着太太的面上，你又有年紀，叫你一聲媽媽，你就狗仗人勢，（罵得好，直罵到邢夫人頭上。）天天作耗，專管生事。如今越性了不得了。你打諒我是同你們姑娘那樣好性兒，由着你們欺負他，就錯了主意！你來搜檢東西我不惱，你不該拿我取笑。』（說得好，說得有自尊。）說着，便親自解衣卸裙，拉着鳳姐兒細細的翻看。又說：『省得奴才來翻我身上。』

鳳姐、平兒等忙與探春束裙整袂，口內喝着王善保家的說：『媽媽吃兩口酒，就瘋瘋顛顛起來。前兒把太太也衝撞了。快出去，不要提起了。』又勸探春休得生氣。探春冷笑道：『我但凡有氣性，早一頭碰死了！（氣極憤極）不然，豈許奴才來我身上翻賊贓了。明兒一早，我先回過老太太、（回過老太太，恐王夫人亦不敢也。）太太，然後過去給大娘陪禮，（打了王善保家的，亦猶駁了邢夫人也。敢去陪禮，何等骨氣，何等膽量，亦理直則氣壯也。）該怎麼，我就領。』

那王善保家的討了個沒意思，在窗外只說：『罷了，罷了，這也是頭一遭挨打。我明兒回了太太，仍回老娘家去罷。這個老命還要他做什麼！』探春喝命丫鬟道：『你們沒聽他說的這話，還等我和他對嘴去不成。』待書等聽說，便出去說道：『你果然回老娘家去，倒是我們的造化了。只怕捨不得去。』（句句針對，一絲不鬆。）鳳姐笑道：『好丫頭，真是有其主必有其僕。』探春冷笑道：『我們作賊的總算一波已平。

惜春又是一種情狀。

竟從意想不到處找出意想不到之物。

惜春與探春竟成對照。

人，嘴裏都有三言兩語的。他還算笨的，背地裏就只不會調唆主子。』（罵得好。）平兒忙也陪笑解勸，一面又拉了待書進來。周瑞家的等人勸了一番。鳳姐直待服侍探春睡下，方帶着人往對過暖香塢來。

彼時，李紈猶病在牀上。他與惜春是緊鄰，又與探春相近，故順路先到這兩處。因李紈纔吃了藥睡着，不好驚動，只到丫鬟們房中一一的搜了一遍，也沒有搜出什麼東西來。

遂到惜春房中來，因惜春年少，尚未識事，嚇的不知當有什麼事故，鳳姐也少不得安慰他。誰知竟在入畫箱中尋出一大包金銀錁子來，約共三四十個，（脂批：『奇。爲察姦情，反得賊贓。』）又有一副玉帶板子，並一包男人的靴襪等物。

入畫也黃了臉。因問是那裏來的，入畫只得跪下，哭訴真情說：『這是珍大爺賞我哥哥的。（脂批：『妙極是極。蓋入畫本係寧府之人也。』）因我們老子娘都在南方，如今只跟着叔叔過日子。我叔叔、嬸子只要吃酒賭錢，我哥哥怕交給他們又花了，所以每常得了，悄悄的煩了老媽媽帶進來，叫我收着的。』（入畫說得合情合理，一無干礙。）惜春膽小，見了這個也害怕，說：『我竟不知道。這還了得！二嫂子，你要打他，好歹帶他出去打罷，我聽不慣的。』（人固千差萬別，惜春竟如此冰冷窩囊無情。令人爲之一嘆。）鳳姐笑道：『這話若果真呢，也倒可恕，只是不該私自傳送進來。這個可以傳遞，什麼不可以傳遞！這倒是傳遞人的不是了。若這話不真，倘惜春無情至此，又是一種性格。

是偷來的，你可就別想活了。』偷來的不能活，可見當時治奴隸之嚴。入畫跪着哭道：『我不敢扯謊。奶奶只管明日問我們奶奶和大爺去。若說不是賞的，就拿我和我哥哥一同打死無怨。』可憐可憫

鳳姐道：『這個自然要問的，只是真賞的也有不是。誰許你私自傳送東西的！又找出私自傳送之罪。你且說是誰作接應，我便饒你。下次萬萬不可。』惜春道：『嫂子別饒他這次方可。惜春寡情至此，別人爲丫鬟求情，她反將丫鬟往火裏推。這裏人多，若不拿一個人作法，那些大的聽見了，又不知要怎樣呢。嫂子若饒他，我也不依。』豈有此理。脂批：『這是自己反不依的，各得自然之理，各有自然之妙。』鳳姐道：『素日我看他還好。誰沒一個錯，只這一次。二次犯下，二罪俱罰。但不知傳遞是誰？』惜春道：『若說傳遞，再無別個，必是後門上的張媽。他常肯和這些丫頭們鬼鬼祟祟的，這些丫頭們也都肯照顧他。』鳳姐聽說，便命人記下，將東西且交給周瑞家的暫拿着，等明日對明再議。於是別了惜春，方往迎春房內來。

迎春已經睡着了，丫鬟們也纔要睡，衆人叩門半日纔開。鳳姐吩咐：『不必驚動小姐。』遂往丫鬟們房裏來。因司棋是王善保的外孫女兒，脂批：『玄妙奇詭，出人意外。』鳳姐倒要看看王家的可藏私不藏，遂留神看他搜檢。先從別人箱子搜起，皆無別物。及到了司棋，箱子中搜了一回，王善保家的說：『也沒有什麼東西。』王善保家的想敷衍過去。

偏從王善保家的外孫女上查出來，給王善保家的當頭一棒。

問得奇。

纔要蓋箱時，周瑞家的道：『且住，這是什麼？』說着，便伸手掣出一雙男子的錦帶襪並一雙緞鞋來。（脂批：『險極。』）又有一個小包袱，打開看時，裏面有一個同心如意並一個字帖兒。一總遞與鳳姐。鳳姐因當家理事，每每看開帖並賬目，也頗識得幾個字了。便看那帖子是大紅雙喜箋帖，（脂批：『紙就好，余爲司棋心動。』）上面寫道：『上月你來家後，父母已覺察你我之意，但姑娘未出閣，尚不能完你我之心願。若園內可以相見，（直點園內相見，無可迴避矣。）你可託張媽給一信息。若得在園內一見，倒比來家得說話。（豈知反成大禍。）千萬，千萬。再，所賜香袋二個，（觸目驚心之物。）今已查收外，特寄香珠一串，略表我心。千萬收好。表弟潘又安拜具。』（脂批：『名字便妙。』）

鳳姐看罷，不怒而反樂。（脂批：『惡毒之至。』）別人並不識字。王善保家的素日並不知道他姑表姊弟有這一節風流故事，見了這鞋襪，心內已是有些毛病，又見有一紅帖，鳳姐又看着笑，他便說道：『必是他們胡寫的賬目，不成個字，所以奶奶見笑。』

鳳姐笑道：『正是，這個賬竟算不過來。你是司棋的老娘，他的表弟也該姓王，怎麼又姓潘呢？』王善保家的見問的奇怪，只得勉強告道：『司棋的姑媽給了潘家，所以他姑表兄弟姓潘。上次逃走了的潘又安就是他表弟。』（回應上文）鳳姐笑道：『這就是了。』因道：『我念給你聽聽。』說着，從頭念了一遍，大家都唬了一跳。

這王善保家的一心只要拿人的錯兒，不想反拿住了他外孫女兒，又氣又臊。周瑞家的四人又都問着他道：『你老可聽見了？明明白白，再沒的話說了。如今據你老人家，該怎麼樣？』這王善保家的只恨沒地縫兒鑽進去。（好極，有地縫也不能讓她鑽進去。）鳳姐只瞅着他嘻嘻的笑，（脂批：『惡毒之至。』）向周瑞家的笑道：『這倒也好。不用你們作老娘的操一點兒心，他鴉雀不聞的給你們弄了個好女婿來，大家倒省心。』（脂批：『刻毒之至。按鳳姐雖係刻毒，然亦不應在下人前爲尋不是，次等人前不得不如是也。』）周瑞家的也笑着湊趣兒。王善保家的氣無處洩，便自己回手打自己的臉，罵道：『老不死的娼婦，（活該，打得好，罵得更好。）怎麼造下孽了！說嘴打嘴，現世現報，在人眼裏。』（實實如此，慣於害人者請來看此。）衆人見這般，俱笑個不住，又半勸半諷的。（好極，是好笑，也是可諷。）

問得尖鋭，無可迴避。

鳳姐實亦不同意王善保家的，故『瞅着他嘻嘻的笑。』鳳姐之所以不顧王善保家的來插手，因管理榮府之事，原是王熙鳳之權，今王善保家的旁插一手，無異鳳姐之權被奪也。

鳳姐見司棋低頭不語，也並無畏懼慚愧之意，倒覺可異。（司棋此時已下定決心，並無可怕矣，『民不畏死，奈何以死懼之。』）料此時夜深，且不必盤問，只怕他夜間自愧，去尋拙志，遂喚兩個婆子監守起他來。帶了人，拿了贓證回來，且自安歇，等待明日料理。誰知到夜裏又連起來幾次，下面淋血不止。

至次日，便覺身體十分軟弱，起來發暈，遂撑不住。請太醫來診脈畢，遂立藥案云：『看得少奶奶係心氣不足，虚火乘脾，皆由憂勞所傷，以致嗜臥好眠，胃虚土弱，不思飲食。今聊用升陽養榮之劑。』寫畢，遂開了幾樣藥名，不過是人參、當歸、黄芪等類之劑。一時退去，有老嬤嬤們拿了方子，回過王夫人，不

鳳姐亦勞累犯病。

免又添一番愁悶，遂將司棋等事暫且未理。

可巧這日尤氏來看鳳姐，坐了一會，到園中去，又看過李紈。纔要望候衆姊妹去，忽見惜春遣人來請，尤氏遂到他房中來。惜春便將昨晚之事，細細告訴與尤氏，又命將入畫的東西一概要來，與尤氏過目。尤氏道：『實是你哥哥賞他哥哥的，只不該私自傳送，如今官鹽竟成了私鹽了。』因罵入畫：『糊塗脂油蒙了心的。』

惜春絕情至此，亦爲後文伏筆。

惜春道：『你們管教不嚴，反罵丫頭。這些姊妹，獨我的丫頭這樣沒臉，我如何去見人。昨兒我立逼着鳳姐姐帶了他去，他只不肯。我想，他原是那邊的人，點出入畫是東府的人。鳳姐姐不帶他去，也原有理。我今日正要送過去。嫂子來的恰好，快帶了他去。或打，或殺，或賣，我一概不管。』豈有打、殺之理，惜春太過不惜下人矣。入畫聽說，又跪下哭求，說：『再不敢了。只求姑娘看從小兒情常，好歹生死在一處罷。』其情可感可憫。尤氏和奶娘等人也都十分了解，說：『他不過一時糊塗了，下次再不敢的。他從小兒服侍你一場，到底留着他爲是。』說得極是

誰知惜春雖然年幼，卻天生成一種百折不回的廉介孤獨僻性，任人怎說，他只以爲丟了他的體面，咬定牙斷乎不肯。更又說的好：『不但不要入畫，如今我也

表面寫得無緣無故，卻從惜春話裏透露出東府多少消息。

實實是有緣有故，極知輕重，只是你們自己不知恥耳。尤氏則或仍蒙在鼓裏，故反無惜春之感受也。

可見惜春並非無據。

大了，連我也不便往你們那邊去了。（指東府那邊。）況且近日我每每風聞得有人背地裏議論什麼多少不堪的閒話，（寫東府一筆，惜春亦有所聞矣。）我若再去，連我也編派上了。』（此句可見傳言之嚴重不堪。）尤氏道：『誰議論什麼？又有什麼可議論的！（大有可議論的。）姑娘是誰，我們是誰？姑娘既聽見人議論我們，就該問着他纔是。』（如何問法）

惜春冷笑道：『你這話問着我倒好，我一個姑娘家，只有躲是非的，我反去尋是非，成個什麼人了！（確實叫她難以啓齒。）還有一句話：我不怕你惱，好歹自有公論，又何必去問人。（自有公論，說得極是。）古人說得好，「善惡生死，父子不能有所勖助」，何況你我二人之間。我只知道保得住我就够了，（可見人言之可畏也。賈珍輩之不堪也，惜春處此亦難矣。）不管你們去。從此以後，你們有事別累我。』（說得絕，可見所聞之不堪。）

尤氏聽了，又氣又好笑，因向地下衆人道：『怪道人人都說這四丫頭年輕糊塗，我只不信。你們聽方纔一篇話，無原無故，又不知好歹，又沒個輕重。雖然是小孩子的話，卻又能寒人的心。』衆嬷嬷笑道：『姑娘年輕，奶奶自然要吃些虧的。』惜春冷笑道：『我雖年輕，這話卻不年輕。（再聲明一句，可見此話之莊重。）你們不看書，不識幾個字，所以都是些獃子，看着明白人，倒說我年輕糊塗。』

尤氏道：『你是狀元、榜眼、探花，古今第一個才子。我們是糊塗人，不如你明白，何如？』惜春道：『狀元榜眼〔一〕難道就沒有糊塗的不成？可知他們更有使惜春『心冷口冷，心狠意狠』，最後不得不『了悟』人生者，一半是你們的作爲也。

惜春最後還要加一句，可見惜春恨極寧國府，故立志杜絕也，寫惜春之孤介，一是寫惜春之性格，二是寫寧府之不堪。

不能了悟的。』（提出了『了悟』兩字。）尤氏笑道：『你倒好。纔是才子，這會子又作大和尚了，又講起了悟來了。』惜春道：『我不了悟，我也捨不得入畫了。』（爲後來惜春出家爲尼伏筆。）尤氏道：『可知你是個心冷口冷，心狠意狠的人。』惜春道：『古人曾也說的，「不作狠心人，難得自了漢。」我清清白白的一個人，爲什麼教你們帶累壞了我！』（又牽入東府。一句話，說得明明白白，東府已如柳湘蓮所說，骯髒至極，惜春何能堪此！）

尤氏心內原有病，怕說這些話。聽說有人議論，已是心中羞惱激射，（可見經不起人議論，亦可見尤氏並非一無所知也。）只是在惜春分上不好發作，忍耐了大半。今見惜春又說這句，因按捺不住，因問惜春道：『怎麼〔二〕就帶累了你了？你的丫頭的不是，無故說我，我倒忍了這半日，你倒越發得了意，只管說這些話。你是千金萬金的小姐，我們以後就不親近，仔細帶累了小姐的美名。（確實是會帶累的，不是尤三姐已被大大帶累了嗎？）即刻就叫人將入畫帶了過去。』說着，便賭氣起身去了。（尤氏之不明事理，只知站在丈夫一邊。）

惜春道：『若果然不來，倒也省了口舌是非，大家倒還清淨。』尤氏也不答話，一逕往前邊去了。不知後事如何——

【回後評】

抄檢大觀園，是《紅樓夢》故事情節發展的一個轉捩點，是一次內部矛盾的表面化、公開化，是賈府由管理混亂，各部分陽奉陰違，紀律鬆弛，人心漸散到矛盾激化，逐漸走向衰敗的一次暴露。邢夫人拿到繡春囊並不立即去與王夫人商量，而是過了兩天纔封好後讓王善保家的送去，這是經過思考後採取的措施，是直接向王夫人的挑戰，要王夫人作出答覆。王夫人受此突如其來的一擊以後，幾乎暈頭轉向，首先是直接以爲必是王熙鳳的東西（也許邢夫人也作此想，故將春囊直送王夫人），故怒氣沖天直找王熙鳳，且開口一點不留餘地，說『你還和我賴』。經鳳姐冷靜申辯，列舉五條理由，說明絕非自己的東西，王夫人纔相信她的分析，改變了自己的看法。隨即王熙鳳提出了處理此事的方法，主張冷處理，對外不聲張，借查賭的名義進行暗查，又提出裁減府中冗雜無用人員，實行精簡，以減少開支。王夫人當即採用了她的第一個建議進行暗查，第二個建議王夫人只覺得還未艱難到如此地步，不忍心裁革人員。應該說鳳姐的兩條意見都是正確的。王夫人先採納第一條也並不算錯。不想正當安排執行的時候，邢夫人的『特使』王善保家的來了，迫於形勢，王夫人讓她也參加這項任務。不想王善保家的開口就控告了晴雯，一下勾起了王夫人對晴雯的惡感，及至晴雯被叫來後，更引起了王夫人強烈的憎惡，決定立即處置，王善保家的趁此進言實行對大觀園的抄檢，而王夫人也立即表示許可。這一下，無異是助長了王善保家的氣焰，對鳳姐就有點半靠邊的意味，這是對待繡春囊事件處理決策的根本性的改變。

抄檢大觀園的前提，首先是把園中所有的人都看作有問題，尤其是丫鬟們，這就形成了抄檢者與被抄者之間的對立情緒，這就是抄檢開始後的態勢。抄檢開頭，除上夜的下人外，頭一家就是怡紅院。爲什麼一下就『直撲』怡紅院，書中未加交代，但可以想到這個繡春囊萬一是從怡紅院中搜出線索，這對邢夫人是一大勝利，對王夫人可以說是不可抵禦的打擊，何況晴雯正是在怡紅院，在寶玉的身邊。但也就是在怡紅院，王善保家的一開始就碰了一個大釘子，『只見晴雯挽着頭髮闖進來，豁啷一聲，將箱子掀開，兩手提着，底子朝天，往地下盡情一倒，將所有之物盡都倒出。王善保家的也覺沒趣。看了一看，也無甚私弊之物。』這第一抄就撲了個空，碰了一個硬釘子。這第二抄，就是抄瀟湘館，很明顯，瀟湘館如有問題，也就很可能與寶玉有關，誰知瀟湘館也無半點蛛絲馬跡，也仍舊是撲了個空。第三抄，就到了秋爽齋，探春是賈政的庶出，當然與王夫人也有關係。不想，別人都是被動的挨抄，只有探春，卻早已『秉燭開門而待』，並且『冷笑道：「我們的丫頭自然都是些賊，我就是頭一個窩主，既如此先來搜我的箱櫃，他們所偷了來的都交給我藏着呢。」說着，便命丫鬟們把箱櫃一齊打開，將鏡奩、妝盒、衾袱、衣包若大若小之物一齊打開，請鳳姐去抄閱。』接着探春說：『我的東西，倒許你們搜閱，要想搜我的丫頭，這卻不能。我原比衆人歹毒。丫頭們所有的東西，我都知道，都在我這裏間收着。一針一線，他們也沒的收藏。要搜只管來搜我，你們不依，只管去回太太，只說我違背了太太，該怎麼處治，我去自領。你們別忙，自然連你們抄的日子有呢！你們今日早起不曾議論甄家，自己家裏好好的抄家，果然今日真抄了。咱們也漸漸的來了。可知這樣大族人家，若從外頭殺來，一時是殺不死的。這是古人曾說的

「百足之蟲，死而不殭」，必須先從家裏自殺自滅起來纔能一敗塗地。』探春的一番話，真是頂天立地，鐵骨錚錚，擲地有金石聲，而且他的『自殺自滅』的不祥預感，也可以說是屈平之憂，從作者來說，也是他的家史的微露一角，更是作者借此一洩憂憤。探春的這種深懷遠憂，卻碰到這個不識相的，十三點兮兮的王善保家的，她竟敢『越衆向前，拉起探春的衣襟，故意一掀，嘻嘻笑道：「連姑娘身上我都翻了，果然沒有什麼。」』『一語未了，只聽「啪」的一聲，王善保家的臉上早着了探春一掌。探春登時大怒，指着王善保家的問道：『你是什麼東西，敢來拉扯我的衣裳……你就狗仗人勢，天天作耗，專管生事，……』探春這一掌，是反對抄檢的一聲最強音，也是文章的奇峰突起，海濤夜驚，令人激蕩痛快，而她的一番憂心，又把讀者的思慮引向賈府的未來。

抄檢過怡紅院、瀟湘館、秋爽齋以後，大觀園裏直接與王夫人有關的都抄檢過了，寶釵是親戚，鳳姐單提出來免抄的，所以餘下的只有惜春和迎春了。惜春是寧府過來的，與王夫人無關，迎春是賈赦那面的，是長房的人，與王夫人無關而與邢夫人有關，當時抄檢的順序是探春以後便是惜春，惜春以後是迎春，但惜春於本回末尾還有一段與抄家有關的事，爲了集中分析，把她放到迎春以後來談，先談迎春。當王善保家的等到迎春房內時，迎春已睡了。迎春的大丫頭是司棋，司棋又是王善保家的外孫女，所以『鳳姐倒要看看王家的可藏私不藏，遂留神看他搜檢，先從別人箱子搜起，皆無別物。及到了司棋箱子中搜了一回，王善保家的說：「也沒有什麼東西。」纔要蓋箱時，周瑞家的道：「且住，這是什麼？」說着，便伸手掣出一雙男子的錦帶襪並一雙緞鞋來。又有一個小包袱，打開看時，裏面有一個同心如意並一個字帖兒。一總遞與鳳姐。……那帖子是大紅雙喜箋帖，上面寫道：「上月你來家後，父母已覺察你我之意，但姑娘未出閣，尚不能完你我之心願。若園內可以相見，你可託張媽給一信息。若得在園內一見，倒比來家得說話。千萬千萬。再，所賜香袋二個，今已查收外，特寄香珠一串，略表我心。千萬收好。表弟潘又安拜具。」鳳姐看罷，不怒而反樂。』於是，給大家『從頭念了一遍，大家都唬了一跳。這王善保家的一心只要拿人的錯兒，不想反拿住了他外孫女兒，又氣又臊。周瑞家的四人又都問着他：「你老可聽見了？明明白白，再沒的話說了。如今據你老人家，該怎麼樣？」這王善保家的只恨沒地縫兒鑽進去。鳳姐只瞅着她嘻嘻的笑……王善保家的氣無處洩，便自己回手打着自己的臉，罵道：「老不死的娼婦，怎麼造下孽了！說嘴打嘴，現世現報，在人眼裏。」』這是一段絕妙的文章，是抄檢大觀園的又一高潮。抄檢秋爽齋是一個高潮，高潮的頂點是『啪的一聲，王善保家的臉上早着了探春一掌』。那是探春打的，打得好，其聲亦清脆悅耳。現在王善保家的臉上又是一掌，那是王善保家的自己打的，雖未寫聲音是否清脆響亮，但卻帶着自己的罵聲，說『老不死的娼婦』等等，這罵聲亦頗堪品味。抄檢到了這步田地，這齣奪權的戲是唱不下去了，繡春囊的下落，邢夫人原想把它落實到王熙鳳頭上，或者王夫人一邊的人的頭上，不想清清白白，一無所獲，反倒差不多落到了自己一邊人的頭上。迎春的大丫鬟司棋在園裏約會，還贈過香囊，雖未必就是春囊，但究竟有些牽連，於是這場抄檢的醜劇鬧劇，只好在兩陣打抄家人的臉——一陣是被打，另一陣是自打——的掌聲中宣告收場。

王善保家的抄檢到惜春處，又是一種特殊情景。賈珍賞賜給惜春丫鬟入畫的哥哥的一些東西，她哥哥託人帶過來交入畫收管，抄檢出來後，惜春便堅決不要入畫，連鳳姐都說：『若果真呢，也倒可恕』，但惜春卻說：『嫂子別饒她這次方可。』她還對尤氏說：『快帶了她去，或打、或殺、或賣，我一概不管。』雖經尤氏等苦勸，她一概聽不進去，『更又說的好：「不但不要入畫，如今我也大了，連我也不便往你們那邊去了。況且近日我每每風聞得有人背地裏議論什麼多少不堪的閒話，我若再去，連我也編派上了。」』『我一個姑娘家，只有躲是非的，我反去尋是非，成個什麼人了！還有一句話：我不怕你惱，好歹自有公論，又何必去問人。……我只知道保得住我就夠了，不管你們去。從此以後，你們有事別累我。』『我雖年輕，這話卻不年輕。』『尤氏道：「可知你是個心冷口冷，心狠意狠的人。」惜春道：「古人曾也說的，『不作狠心人，難得自了漢。』我清清白白的一個人，爲什麼教你們帶累壞了我！」』終於，尤氏只好將入畫帶走，惜春也就『矢孤介杜絕寧國府』。以往評論惜春，都較偏重於惜春性格的『孤介』，所謂『心冷口冷，心狠意狠』的人，其實，這只是她的性格的一面，還有非常重要的一面，是她的實際處境。她是寧國府的人，賈敬的小女兒，賈珍的小妹妹，但她從小就在賈母這邊生活，本回的最後部分透露出來她聽到了有關東府的許多難聽的話，也就是她哥哥賈珍和姪子賈蓉的許多醜事。天香樓的事她肯定會知道的，尤二姐、尤三姐的事，她也不可能不知道，柳湘蓮既然已知道東府裏除兩個石獅子乾淨外，其餘都不乾淨，並因此而退尤三姐的定婚，終於釀成三姐自殺的慘劇。這些事件，惜春不可能一無所聞，而且書中明寫她聽到『多少不堪的閒話』。可見東府的名聲太醜了，而她又是東府的人，擺脫不了這層天然的關係。她的判詞是『勘破三春景不長』，她當然也會感覺到賈府日漸沒落的現實。她是從小就跟着在賈母這邊的，東府的髒事當然與她無關，但外界的人怎會瞭解得如此清楚，免不了總會把東府的醜事髒事與她連繫起來，而她又無可辯解。所以惜春的將來，一是自己的家（東府）她決不能回去，只能斷絕；二是要出嫁，外面許多醜話如何能說得清，辯得明，尤三姐已死在這些醜話上了，這就是一例。更加上她秉性孤介，看到了大家庭的現實，感到在自己面前實在沒有出路，何況她已『了悟』了人生。眼前她只有：一是堅決不留入畫，因爲她是東府裏的人，二是堅決杜絕與寧府的關係，以圖暫時自潔自保。所以，惜春的杜絕寧國府，是寧府的臭名聲逼得她只能與他們斷絕，否則就跳進黄河裏也洗不清。由此可知，作者通過惜春的個性、身世、現實環境，是進一步地寫出了寧國府的腐爛骯髒和不堪，進一步地揭露和批判了這個詩禮之家的醜惡內容，也進一步地寫出這樣虛僞的封建官僚大家庭，葬送了多少青年男女的青春和前途。

抄檢大觀園，是雪芹對這個百年的封建世家的最深入的揭露和批判，也是對封建禮教的虛僞性的大揭露大批判。

【校　記】

〔一〕『古今第一個才子』以下共二十七字，底本缺，各本均有，文字略有不同，此從蒙府、戚序本增。

〔二〕『忍耐了大半』，以下共二十三字，底本缺，各本均有，文字略異，此從楊藏、戚序等本補。

乾隆二十一年五月初七日對清，缺中秋詩，俟雪芹。

□□□　開夜宴　發悲音
□□□　賞中秋　得佳讖

庚辰本回前評

甄家抄家的消息已於探春話中透出，此處又正式一寫。

第七十五回　開夜宴異兆發悲音　賞中秋新詞得佳讖

話說尤氏從惜春處賭氣出來，正欲往王夫人處去，跟從的老嬤嬤們因悄悄的回道：『奶奶且別往上房去。纔有甄家的幾個人來，還有些東西，不知是作什麽機密事。奶奶這一去恐不便。』尤氏聽了，道：『昨日聽見你爺說，看邸報，甄家犯了罪，現今抄沒家私，調取進京治罪。怎麽又有人來？』老嬤嬤道：『正是呢。纔來了幾個女人，氣色不成氣色，慌慌張張的，想必有什麽瞞人的事情，也是有的。』

尤氏聽了，便不往前去，仍往李氏這邊來了。脂批：『前只有探春一語，過至此回，又用尤氏略爲陪點，且輕輕淡染出甄家事故，此畫家落墨之法也。』恰好太醫纔診了脈去。李紈近日也略覺精爽了些，擁衾倚枕，坐在牀上，正欲一二人來說些閒話。因見尤氏進來，不似往日和藹可親，只獃獃的坐着。心中有事也。李紈因問道：『你過來了這半日，可在別屋裏吃些東西沒有？只怕餓了。』即命素雲瞧有什麽新鮮點心揀了來。尤氏忙止道：『不必，不必。你這一向病着，那裏有什寫一次洗臉，竟如此細緻。

因炒荳未跪，故而說她。封建禮節不能逾越。

作者竟讓尤氏自己說出：你們『只會講外面的假禮、假體面』，可見所謂詩、禮

麼新鮮東西，況且我也不餓。』李紈道：『昨日他姨娘家送來的好茶麵子，倒是對碗來你喝罷。』說畢，便吩咐人去對茶。

尤氏仍出神無語。〔可見仍在想甄家的事。〕跟來的丫頭、媳婦們因問：『奶奶今日中晌尚未洗臉，這會子趁便可淨一淨好？』尤氏點頭。李紈忙命素雲來取自己妝奩。素雲一面取來，一面將自己的脂粉拿來，笑道：『我們奶奶就少這個。〔寫李紈寡婦，不施脂粉也。〕奶奶不嫌髒，這是我的，能着用些。』李紈道：『我雖沒有，你就該往姑娘們那裏取去。怎麼公然拿出你的來。幸而是他，若是別人，豈不惱呢。』尤氏笑道：『這又何妨。自凡我過來，誰的沒使過，今日忽然又嫌髒了。』一面說，一面盤膝坐在炕沿上。銀蝶上來忙代爲卸去腕鐲、戒指，又將一大袱手巾蓋袱在下截，將衣裳護嚴。小丫鬟炒荳兒捧了一大盆溫水，走至尤氏跟前，只彎腰捧着。銀蝶笑道：『說一個個沒機變的，說一個葫蘆就是一個瓢。奶奶不過待咱們寬些，在家裏不管怎樣罷了，你就得了意，不管在家出外，當着親戚也只隨着便了。』尤氏道：『你隨他去罷，橫豎洗了就完事了。』炒荳兒忙趕着跪下。

尤氏笑道：『你們家下大小的人，只會講外面的假禮、假體面，〔以東府的人來揭西府的『假禮、假體面。』於是東、西兩府相去不遠矣。然賈政的假，與東府又絕不相同，一是封建禮法的乾屍，一是封建禮法掩蓋下的腐蛆。〕究竟作出來的事都够使的了。』〔脂批：『按尤氏犯七出之條，不過只是「過於從夫」四字，此世間婦人之常情耳。其心術慈厚寬順，竟可出於阿鳳之上。時（特）用名（明）犯七出之人從公一論，可知賈宅中暗犯七出之人亦不少。似明犯者反可宥恕，其飾己非而揚人惡者，陰昧僻譎之流，實不能容於世者也。此爲打草驚蛇法，實寫邢夫人也。』〕李紈聽如

全是虛假場面而已。這是指榮府。以往只是指寧府。如賈敬喪事期間賈珍、賈蓉與尤二姐、尤三姐胡羼，如除夕祭宗祠的那種虛假場面，都說明所謂禮制早已是騙人的把戲，掩蓋醜惡真相的遮羞布。但這都是指寧府。尤氏此處，卻是以東府的人來指西府（榮府）『假禮、假體面』，這不被人注意的一筆，卻是極重要的一筆。

寶釵乖覺，昨夜抄檢，已覺出此後之不寧，故藉口母親生病，暫時回去住，說得天衣無縫。實則此鄉不可居也。

李紈、尤氏相視而笑，莫逆於心也。只心裏明白，不明言耳。

此說，便知他已知道昨夜的事，（指抄檢大觀園事。）因笑道：『你這話有因，誰作事究竟够使了？』（問得認真）尤氏道：『你倒問我！你敢是病着死過去了！』（只避而不答。）一語未了，只見人報：『寶姑娘來了。』李紈忙說快請時，寶釵已走進來。尤氏忙擦臉起身讓坐，因問：『怎麼一個人忽然走來，別的姊妹都怎麼不見？』寶釵道：『正是，我也沒有見他們。只因今日我們奶奶身上不自在，家裏兩個女人也都因時症未起炕呢，別的靠不得，我今兒要出去陪着老人家夜裏作伴兒。要去回老太太、太太，我想又不是什麼大事，且不用提，等好了我橫豎進來的，所以來告訴大嫂子一聲。』李紈聽說，只看着尤氏笑。尤氏也只看着李紈笑。

一時尤氏盥沐已畢，大家吃麵茶。李紈因笑道：『既這樣，且打發人去請姨娘的安，問是何病。我也病着，不能親自來的。好妹妹，你去只管去，我自打發人去到你那裏去看屋子。你好歹住一兩天還進來，別叫我落不是。』（這些話不能不講。）寶釵笑道：『落什麼不是呢？這也是通共常情，你又不曾賣放了賊。依我的主意，也不必添人過去，竟把雲丫頭請了來，你和他住一兩日，豈不省事。』尤氏道：『可是史大妹妹往那裏去了？』寶釵道：『我纔打發他們找你們探丫頭去了，叫他同到這裏來，我也明白告訴他。』

正說着，果然報：『雲姑娘和三姑娘來了。』大家讓坐已畢，寶釵便說要出去探春已忍無可忍，不得不講也。探春實賈府之屈原也。寧、榮兩府的矛盾，榮府長房與二房之間的矛盾，通過抄檢大觀園一齊表面化矣，故探春亦不避諱矣。

探春之語，亦作者痛極恨極之語也。

一事。探春道：『很好。不但姨媽好了還來的，就便好了不來也使得。』探春一聽便知，故一下點明。尤氏笑道：『這話奇怪，怎麼攆起親戚來了？』探春冷笑道：『正是呢，有叫人攆的，不如我先攆。親戚們好，也不在必要死住着纔好。說得何等沉痛傷心。咱們倒是一家子親骨肉呢，一個個不像烏眼雞，恨不得你吃了我，我吃了你！』石破天驚之語。探春所說，纔是賈府的真面貌、真情況，所謂詩、禮等等，均是假像。

尤氏忙笑道：『我今兒是那裏來的晦氣，偏都碰着你姊妹們的氣頭兒上了。』探春道：『誰叫你趕熱竈來了！』因問：『誰又得罪了你呢？』因又尋思道：『惜丫頭也不犯囉唣你，卻是誰呢？』尤氏只含糊答應。探春知他畏事，不肯多言，因笑道：『你別裝老實了。除了朝廷治罪，沒有砍頭的，你不必畏頭畏尾。實告訴你罷，我昨日把王善保家的那老婆子打了，我還頂着個罪呢。不過背地裏說我些閒話，難道也還打我一頓不成！』寶釵忙問因何又打他，探春悉把昨夜怎的抄檢，怎的打他，一一說了出來。

尤氏見探春已經說了出來，便把惜春方纔之事也說了出來。探春道：『這是他的癖性，孤介太過，我們再傲不過他的。』因又告訴他們說：『今日一早不見動靜，打聽鳳辣子又病了。我就打發我媽媽出去打聽王善保家的是怎樣。回來告訴我說，王善保家的挨了一頓打，大太太嗔着他多事。』既挨打又受責。如查出來的是王夫人一邊的人，恐怕就要受獎了。尤氏、李紈道：『這倒也是正理。』探春冷笑道：『這種掩飾，（一語說破。『正理』也是假的，將王善保家的責怪一下，表明與自己無干而已。探春一眼看透了。）誰不會作，且再瞧就是了。』尤氏、李紈皆默無所答。

一時估着前頭用飯，湘雲和寶釵回房打點衣衫，不在話下。

尤氏等遂辭了李紈，往賈母這邊來。賈母歪在榻上，王夫人說甄家因何獲罪，如今抄沒了家產，回京治罪等語。賈母聽的正不自在，（兔死狐悲，物傷其類。）恰好見他姊妹來了，因問：『從那裏來的？可知鳳姐妯娌兩個的病今日怎樣？』尤氏等忙回道：『今日都好些。』賈母點頭嘆道：『咱們別管人家的事，且商量咱們八月十五日賞月是正經。』脂批：『賈母已看破狐悲兔死，故不改已（往），聊未（來）自遣耳。』王夫人笑道：『都已預備下了，不知老太太揀那裏好，只是園裏恐夜晚風冷。』賈母笑道：『多穿兩件衣服何妨，那裏正是賞月的地方，豈可倒不去的。』

甄家抄家，賈家也不遠了。

賈母已是苦中作樂，有一日樂一日也。

說話之間，早有媳婦、丫鬟們擡過飯桌來，王夫人、尤氏等忙上來放箸捧飯。賈母見自己的幾色菜已擺完，另有兩大捧盒內捧了幾色菜來，便知是各房另外孝敬的舊規矩。賈母因問：『都是些什麼？上幾次我就吩咐過，如今可以把這些蠲了罷，你們還不聽。如今比不得在先輻輳的時光了。』鴛鴦忙道：『我說過幾次，都不聽，也只罷了。』

王夫人笑道：『不過都是家常東西。今日我吃齋，沒有別的。那些麵筋豆腐老太太又不大甚愛吃，只揀了一樣椒油蓴齏醬來。』賈母笑道：『這樣正好，正想這個吃。』鴛鴦聽說，便將碟子挪在跟前。

寶琴一一的讓了，方歸坐。賈母便命探春來同吃。探春也都讓過了，便和寶琴對面坐下。待書忙去取了碗來。

鴛鴦又指那幾樣菜道：『這兩樣看不出是什麼東西來，大老爺送來的。這一碗是雞髓筍，是外頭老爺送上來的。』一面說，一面就只將這碗筍送至桌上。賈母略嚐了兩點，便命：『將那兩樣着人送回去，就說我吃了。以後不必天天送。我想吃，自然來要。』媳婦們答應着，仍送過去，不在話下。

賈府經濟已面臨拮据，其生活尚如此講究，可見其往日奢侈更甚。

賈母因問：『有稀飯吃些罷了。』尤氏早捧過一碗來，說是紅稻米粥。賈母接來，吃了半碗，便吩咐：『將這粥送給鳳哥兒吃去。』又指着：『這一碗筍，和這一盤風醃果子狸，給顰兒、寶玉兩個吃去。那一碗肉，給蘭小子吃去。』又向尤氏道：『我吃了，你就來吃了罷。』尤氏答應着。

待賈母漱口洗手畢，賈母便下地和王夫人說閒話行食。尤氏告坐。探春、寶琴二人也起來了，笑道：『失陪，失陪。』尤氏笑道：『剩我一個人，大排桌的不慣。』賈母笑道：『鴛鴦、琥珀來，趁勢也吃些，又作了陪客。』尤氏笑道：『好，添了一人吃飯，就不够吃，可見拮据之狀，此不寫之寫，自然呈現也。

吃一頓飯，就要移東補西，可見支絀之狀。

好，好，我正要說呢。』賈母笑道：『看着多多的人吃飯，最有趣的。』又指銀蝶道：『這孩子也好，也來同你主子一塊來吃，等你們離了我，再立規矩去。』尤氏道：『快過來，不必裝假。』

賈母負手看着取樂。因見伺候添飯的人手內捧着一碗下人的米飯，尤氏吃的仍是白杭米飯，賈母問道：『你怎麽昏了，盛這個飯來給你奶奶。』那人道：『老太太的飯完了。今日添了一位姑娘，所以短了些。』鴛鴦道：『如今都是可着頭做帽子了，要一點兒富餘也不能的。』

王夫人忙回道：『這一二年旱澇不定，田上的米都不能按數交的。這幾樣細米更艱難了。所以都可着吃的多少關去，生恐一時短了，買的不順口。』賈母笑道：『這正是「巧媳婦做不出沒米的粥」來。』（不知不覺借賈母之口說出窘況。）衆人都笑起來。鴛鴦道：『既這樣，就去把三姑娘的飯拿來添上也是一樣，就這樣笨。』尤氏笑道：『我吃這個就够了，也不用取去。』鴛鴦道：『你够了，我不會吃的？』地下的媳婦們聽說，方忙着取去了。（脂批：『總伏下文。』）一時王夫人也去用飯，這裏尤氏直陪賈母說話取笑。

到起更的時候，賈母說：『黑了，過去罷。』尤氏方告辭出來。走至大門前，聚賭之人如此之多，可見賭非一日，賭已成市。此即所謂書、禮之家也。

吆喝之聲，遠遠聽見，竟是一像樣賭場。

曠朗，庚本、甲辰本同，其餘各本皆無此二字，予以爲係『逛浪』之音誤，姑記于此，以待高明。

還是賈珍帶領。

上了車，銀蝶坐在車沿上。衆媳婦放下簾子來，便帶着小丫頭們，先直走過那邊大門口等着去了。因二府之門相隔沒有一箭之路，每日家常來往，不必定要周備，況天黑夜晚之間，回來的遭數更多，所以老嬤嬤帶着小丫頭，只幾步便走了過來。兩邊大門上的人都列在東西街口，早把行人斷住。尤氏大車上也不用牲口，只用七八個小厮挽環拽輪，輕輕的便推拽過這邊階磯上了。於是衆小厮退過獅子以外，衆嬤嬤打起簾子，銀蝶先下來，然後衆人攙下尤氏來。大小七八個燈籠，照的十分真切。尤氏回頭見兩邊獅子下放着四五輛大車，便知係來赴賭之人所乘，遂向銀蝶衆人道：『你看，坐車的是這樣，騎馬的還不知有幾個呢。馬自然在圈裏拴着，咱們看不見。也不知道他娘老子掙下多少錢與他們，這麽開心兒。』一面說，一面已到了廳上。賈蓉之妻帶領家下媳婦、丫頭們，也都秉燭接了出來。

尤氏笑道：『成日家我要偷着瞧瞧他們，也沒得便。今兒倒巧，就順便打他們窗户跟前走過去。』衆媳婦答應着，提燈引路。又有一個先去悄悄的知會服侍的小厮們，不要失驚打怪。於是尤氏一行人悄悄的來至窗下，只聽裏面稱三贊四，要笑之音雖多，（脂批：『妙，先畫贏家。』）又兼有恨五罵六，忿怨之聲亦復不少。（脂批：『妙。又畫輸家。』）

原來賈珍近因居喪，每不得遊玩曠朗，又不得觀優聞樂作遣，無聊之極，便生了個破悶之法。（好個破悶之法。）日間以習射爲由，請了各世家弟兄及諸富貴親友來較射。因又是另一番較賭風光。

賈赦、賈政反說是正理，可見其懵懂糊塗也。

此敘賭局之由來。

說：『白白的只管亂射，終無裨益，不但不能長進，而且壞了式樣，必須立個罰約，賭個利物，大家纔有勉力之心。』因此，在天香樓下箭道內立了鵠子，皆約定每日早飯後來射鵠子。賈珍不肯出名，便命賈蓉作局家。這些來的皆係世襲公子，人人家道豐富，且都在少年，正是鬭雞走狗、問柳評花的一干遊俠紈袴。因此大家議定，每日輪流作晚飯之主，每日來射，不便獨擾賈蓉一人之意。於是天天宰豬割羊，屠鵝戮鴨，好似臨潼鬭寶一般，都要賣弄自己家的好厨役好烹炮。

不到半月工夫，賈赦、賈政聽見這般，不知就裏，反說這纔是正理，文既誤矣，武事當亦該習，況在武蔭之屬。兩處遂也命賈環、賈琮、寶玉、賈蘭等四人於飯後過來，跟着賈珍習射一回，方許回去。

賈珍志不在此，再過一二日，便漸次以歇臂養力爲由，晚間或抹抹骨牌，賭個酒東而已，至後漸次賭錢。如今三四月的光景，竟一日一日賭勝於射了，公然鬭葉擲骰，放頭開局，夜賭起來。家下人借此各有些進益，巴不得的如此，所以竟成了勢了。外人皆不知一字。

近日邢夫人之胞弟邢德全也酷好如此，故也在其中。又有薛蟠，頭一個慣喜送錢與人的，見此豈不快樂。這邢德全雖係邢夫人之胞弟，卻居心行事大不相同。這個邢德全只知吃酒賭錢、眠花宿柳爲樂，手中濫漫使錢，待人無二心，好酒者物以類聚，人以群分，傻大舅、獃大爺都聚到一起來了。

賈珍、賈蓉、薛蟠都在內。

喜之，不飲者則亦不去親近，無論上下主僕皆出自一意，並無貴賤之分，因此都喚他『傻大舅』。薛蟠更是早已出名的獃大爺。

今日二人皆湊在一處，都愛『搶新快』爽利，便又會了兩家，在外間炕上『搶新快』，別的又有幾家，在當地下大桌上打幺番。裏間屋裏又一起斯文些的，抹骨牌，打天九。

此間服侍的小廝，都是十五歲以下的孩子。若成丁的男子到不了這裏，故尤氏方潛至窗外偷看。其中有兩個十六七歲孌童，以備奉酒的，都打扮的粉妝玉琢。明代孌童之風，至清康、乾間仍盛，此實寫生。

今日薛蟠又輸了一張，正沒好氣，幸而擲第二張完了，算來除翻過來倒反贏了，心中只是興頭起來。賈珍道：『且打住，吃了東西再來。』因問那兩處怎樣。裏頭打天九的，也作了賬等吃飯。打幺番的未清，且不肯吃。於是各不能顧，先擺下一大桌，賈珍陪着吃，命賈蓉落後陪那一起。

薛蟠興頭了，便摟着一個孌童吃酒，又命將酒去敬邢傻舅。傻大舅是輸家，沒心緒，吃了兩碗，便有些醉意，嗔着兩個孌童只趕着贏家不理輸家了，因罵道：『你們這起兔子，就是這樣專洑上水。天天在一處，誰的恩你們不沾？只不過我這一會子輸了幾兩銀子，你們就三六九等了。難道從此以後再沒有求着我們的事一段孌童說話，全是諷世。是當時下層風情實録，卻在大官僚家庭中活現。可見封建世家之真面。

此一切，均在尤氏眼中看出。

了！』衆人見他帶酒，忙說：『很是，很是。果然他們的風俗不好。』因喝命：『快敬酒賠罪。』

兩個孌童都是演就的局套，忙都跪下奉酒，說：『我們這行人，師父教的，不論遠近厚薄，只看一時有錢勢就親近；便是活佛神仙，一時沒了錢勢了，便不許去理他。況且我們又年輕，又居這個行次，求舅太爺體恕些，我們就過去了。』說着，便舉着酒俯膝跪下。脂批：『調侃世人，罵死世人。』邢大舅心內雖軟了，只還故作怒意不理。衆人又勸道：『這孩子是實情話。老舅是久慣憐香惜玉的，如何今日反這樣起來？若不吃這酒，他兩個怎樣起來。』邢大舅已撐不住了，便說道：『若不是衆位說，我再不理。』說着，方接過來，一氣喝乾了。又斟上一碗來。

這邢大舅便酒勾往事，醉露真情起來，乃拍案對賈珍嘆道：『怨不的他們視錢如命。多少世宦大家出身的，若提起「錢勢」二字，連骨肉都不認了。老賢甥，昨日我和你那邊的令伯母賭氣，你可知道否？』賈珍道：『不曾聽見。』邢大舅嘆道：『就爲錢這件混賬東西。利害，利害！』賈珍深知他與邢夫人不睦，每遭邢夫人棄惡，扳出怨言，因勸道：『老舅，你也太散漫些。若只管花去，有多少給老舅花的。』邢大舅道：『老賢甥，你不知我邢家底裏。我母親去世時，我尚小，世事不知。他姊妹三個人，只有你令伯母年長出閣，一分家私都是他把持帶來。如邢夫人娘家內部矛盾，總是起因於錢財。

親兄弟尚抱怨，則其無人可親矣。

一段夜賭風俗，市井髒話，全從尤氏眼中耳中寫出。

今二家姐雖也出閣，他家也甚艱窘。三家姐尚在家裏，一應用度，都是這裏陪房王善保家的掌管。我便來要錢，也非要你賈府的，我邢家家私也就够我花了。無奈竟不得到手，所以有冤無處訴。』脂批：『衆惡之，必察也。今邢夫人一人賈母先惡之，恐賈母心偏，亦可解之。若賈璉阿鳳之怨怒，兒女之私，亦可解之。若探春之怒，女子不識大而知小，亦可解之。今又忽用乃弟一怨，吾不知將又何如矣。』賈珍見他酒後叨叨，恐人聽見不雅，賈珍還細心。連忙用話解勸。外面尤氏等聽得十分真切，不想早被外面尤氏聽到。乃悄向銀蝶笑道：『你聽見了？這是北院裏大太太的兄弟抱怨他呢。可憐他親兄弟還是這樣說，這就怨不得這些人了。』因還要聽時，正值打幺番者也歇住了，要吃酒。因有一個問道：『方纔是誰得罪了老舅，我們竟不曾聽明白，且告訴我評評理。』邢德全見問，便把兩個孌童不理輸的、只趕贏的話說了一遍。這一個年少的紈袴道：『這樣說，原可惱的，怨不得舅太爺生氣。我且問你兩個：舅太爺雖然輸了，輸的不過是銀子錢，並沒有輸丟了⿰毛乙⿰毛巴，怎就不理他了？』說着，衆人大笑起來，連邢德全也噴了一地飯。

尤氏在外面悄悄的啐了一口，罵道：『你聽聽，這一起子沒廉恥的小挨刀的，纔丟了腦袋骨子，就胡唚嚼毛了。再肏攮下黃湯去，還不知唚出些什麼來呢。』一面說，一面便進去卸妝安歇。

至四更時，賈珍方散，往佩鳳房裏去了。次日起來，就有人回，西瓜、月餅都全了，只待分派送人。賈珍吩咐佩鳳道：『你請你奶奶看着送罷，我還有別的大孝期間，不能過節，但賭錢、吃酒、玩變童均不忌，可見『禮』字之虚假。

事呢。』佩鳳答應去了，回了尤氏。尤氏只得一一分派，遣人送去。

一時佩鳳又來說：『爺問奶奶，今兒出門不出？說咱們是孝家，明兒十五過不得節，今兒晚上倒好，可以大家應個景兒，吃些瓜菓餅酒。』尤氏道：『我倒不願出門呢。那邊珠大奶奶又病了，鳳丫頭又睡倒了，我再不過去，越發無個人了，况且他又不得閑，應什麽景兒。』佩鳳道：『爺說了，今兒已辭了衆人，直等十六纔來呢，好歹定要請奶奶吃酒的。』尤氏笑道：『請我，我没的還席。』

佩鳳笑着去了，一時又來，笑道：『爺說連晚飯也請奶奶吃，好歹早些回來，叫我跟了奶奶去呢。』尤氏道：『這樣，早飯吃什麽？快些吃了，我好走。』佩鳳道：『爺說，早飯在外頭吃，請奶奶自己吃罷。』尤氏問道：『今日外頭有誰？』佩鳳道：『聽見說，外頭有兩個南京新來的，倒不知是誰。』說話之間，賈蓉之妻也梳妝了來見過，少時，擺上飯來，尤氏在上，賈蓉之妻在下相陪。婆媳二人吃畢飯，尤氏便换了衣服，仍過榮府來，至晚方回去。

果然，賈珍煮了一口猪，燒了一腔羊，餘者桌菜及菓品之類，不可勝記，就在會芳園叢緑堂中，屏開孔雀，褥設芙蓉，帶領妻子、姬妾，先飯後酒，開懷賞月作樂。

將一更時分，真是風清月朗，上下如銀。賈珍因要行令，尤氏便叫佩鳳等四個月下吹簫，又是一番情景。

一邊是魄醉魂飛，興高采烈，一邊牆下卻有長嘆之聲，文筆影影綽綽，陰陰森森，令人寒噤。

自『牆下有人長嘆之聲』以下一段，寫得陰氣森森，見神見怪，各人心頭悚然畏疑，加上祠堂槅扇開闔之聲，令讀者如身歷其境，雪芹之筆，風氣神鬼，皆信筆驅遣，總能令人置身其中。

人也都入席，下面一溜坐下，猜枚劃拳，飲了一回。賈珍有了幾分酒，益發高興，便命取了一竿紫竹簫來，命佩鳳吹簫，文花唱曲，喉清嗓嫩，真令人魄醉魂飛。唱罷，復又行令。

那天將有三更時分，賈珍酒已八分。大家正添衣飲茶、換盞更酌之際，忽聽那邊牆下有人長嘆之聲。奇極怪極，半夜三更何人能在牆下嘆息。大家明明聽見，都悚然疑畏起來。脂批：『余亦悚然疑畏。』賈珍忙厲聲叱咤，問：『誰在那裏？』賈珍厲聲，更增神鬼之氣。連問幾聲，沒有人答應。尤氏道：『必是牆外邊家裏人，也未可知。』賈珍道：『胡說。這牆四面皆無下人的房子，況且那邊又緊靠着祠堂，脂批：『奇絕神想，余更爲之悚懼矣。』焉得有人？』一語未了，只聽得一陣風聲，竟過牆去了。寫得陰風滿紙，陰森可怕。恍惚聞得祠堂內槅扇開闔之聲。只覺得風氣森森，比先更覺涼颯起來；寫得更令人寒戰。月色慘澹，更加月色慘澹，越見淒慘。也不似先明朗。衆人都覺毛髮倒豎。賈珍酒已醒了一半，寫衆人的感覺。只比別人撐持得住些，心下也十分疑畏，便大沒興頭起來。勉強又坐了一會，也就歸房安歇去了。

次日一早起來，乃是十五日，帶領衆子姪，開祠堂，行朔望之禮，細察祠內，都仍是照舊好好的，並無怪異之跡。賈珍自爲醉後自怪，也不提此事。禮畢，仍閉上門，看着鎖禁起來。脂批：『未寫榮府慶中秋，卻先寫寧府開夜宴，未寫榮府數盡，先寫寧府異道（兆），蓋寧乃家宅，凡有關於吉凶者故必先示之。且列祖祠此，豈無得而警乎。凡人先人雖遠，然氣遠（運）相關，必有之理也。非寧府之祖獨有感應也。』

與昨日月淡風森成一對照。

賈珍夫妻至晚飯後方過榮府來。只見賈赦、賈政都在賈母房內坐着説閒話，與賈母取笑。賈璉、寶玉、賈環、賈蘭皆在地下侍立。賈珍來了，都一一見過。説了兩句話後，賈母命坐，賈珍方在近門小杌子上告了坐，警身側坐。

賈母笑問道：『這兩日你寶兄弟的箭如何了？』賈珍忙起身笑道：『大長進了，不但樣式好，而且弓也長了一個力氣。』賈母道：『這也够了，且別貪力，仔細努傷。』賈珍忙答應幾個『是』。

賈母又道：『你昨日送來的月餅好，西瓜看着好，打開卻也罷了。』賈珍笑道：『月餅是新來的一個專做點心的厨子，我試了試，果然好，纔敢做了來孝敬。西瓜往年都還可以，不知今年怎麽就不好了。』賈政道：『大約今年雨水太勤之故。』

賈母笑道：『此時月已上了，咱們且去上香。』説着，便起身，扶着寶玉的肩，帶領衆人齊往園中來。

當下園裏正門俱已大開，吊着羊角大燈。嘉蔭堂前月臺上焚着斗香，秉着風燭，陳獻着瓜餅及各色菓品。邢夫人等一干女客皆在裏面久候。真是月明燈彩，人氣香煙，晶豔氤氲，不可形狀。地下鋪着拜毯錦褥。賈母盥手上香拜畢，於是大忽覺人少，已有冷落之感。

家皆拜過。

賈母便說：『賞月在山上最好。』因命：『在那山脊上的大廳上去。』衆人聽說，就忙着到那裏去鋪設。賈母且在嘉蔭堂中吃茶少歇，說些閒話。一時，人回：『都齊備了。』賈母方扶着人上山來。王夫人等因說：『恐石上苔滑，還是坐竹椅上去。』賈母道：『天天有人打掃，況且極平穩的寬路，何必不疏散疏散筋骨。』於是賈赦、賈政等在前導引，又是兩個老婆子秉着兩把羊角手罩，鴛鴦、琥珀、尤氏等貼身攙扶，邢夫人等在後圍隨，從下逶迤而上，不過百餘步，至山之峰脊上，便是這座敞廳。因在山之高脊，故名曰凸碧山莊。名字起得好。於廳前平臺上列下桌椅，又用一架大圍屏隔作兩間。凡桌椅形式皆是圓的，特取團圓之意。上面居中賈母坐下，左垂首賈赦、賈珍、賈璉、賈蓉，右垂首賈政、寶玉、賈環、賈蘭，團團圍坐。只坐了半壁，下面還有半壁餘空。

賈母笑道：『常日倒還不覺人少。今日看來，還是咱們的人也甚少，算不得甚麼。脂批：『未飲先感人丁，總是將散之兆。』想當年過的日子，到今夜男女三四十個，何等熱鬧。今日就這樣，太少了。待要再叫幾個來，他們都是有父母的，家裏去應景，不好來的。如今叫女孩們來坐那邊罷。』於是令人向圍屏後將迎春、探春、惜春三個請出來。賈璉、寶玉等一齊出坐，先盡他姊妹坐了，然後在下方依次坐定。

以一個禮法之士，講出這樣的笑話，不僅能令人笑，亦能令人嘔也。

賈母便命折一枝桂花來，命一媳婦在屏後擊鼓傳花。若花到誰手中，飲酒一杯，罰說笑話一個。脂批：『不犯前幾次飲酒。』於是先從賈母起，次賈赦，一一接過。鼓聲兩轉，恰恰在賈政手中住了，脂批：『奇妙。偏在政老手中，竟能使政老一謔，真大文章矣。』只得飲了酒。衆姊妹弟兄皆悄悄的你扯我一下，我暗暗的又捏你一把，都含笑倒要聽是何笑話。脂批：『余也要細聽。』

賈政見賈母喜悅，只得承歡。方欲說時，賈母又笑道：『若說的不笑了，還要罰。』賈政笑道：『只得一個，說來不笑，也只好受罰了。』因笑道：『一家子一個人最怕老婆的。』纔說了一句，大家都笑了。因從不曾見賈政說過笑話，所以纔笑。脂批：『是極摹神之至。』賈母笑道：『這必是好的。』賈政笑道：『若好，老太太多吃一杯。』賈母笑道：『自然。』賈政又說道：『這個怕老婆的人，從不敢多走一步。偏是那日是八月十五，到街上買東西，便遇見了幾個朋友，死活拉到家裏去吃酒。不想吃醉了，便在朋友家睡着了。第二日纔醒，後悔不及，只得來家賠罪。他老婆正洗腳，說：「既是這樣，你替我舔舔就饒你。」這男人只得給他舔，未免噁心要吐。他老婆便惱了，要打，說：「你這樣輕狂！」唬得他男人忙跪下求說：「並不是奶奶的腳髒。只因昨晚吃多了黃酒，又吃了幾塊月餅餡子，所以今日有些作酸呢。」』說的賈母與衆人都笑了。脂批：『這方是賈政之謔，亦善謔矣。』

賈政忙斟了一杯，送與賈母。賈母笑道：『既這樣，快叫人取燒酒來，別叫你此處缺中秋詩，回前脂批已提及。雪芹終未能補，令人悵悵。

們受累。』衆人又都笑起來。

於是又擊鼓，便從賈政傳起，可巧傳至寶玉鼓止。寶玉因賈政在坐，自是踧踖不安，花偏又在他手內，因想：『說笑話倘或說不好了，又說沒口才，連一笑話不能說，何況別的，這有不是。若說好了，又說正經的不會，只慣油嘴貧舌，更有不是。不如不說的好。』脂批：【實寫舊日往事。】乃起身辭道：『我不能說笑話，求再限別的罷了。』

賈政道：『既這樣，限一個「秋」字，就即景作一首詩。若好，便賞你；若不好，明日仔細。』賈母忙道：『好好的行令，如何又要作詩？』賈政道：『他能的。』賈母聽說，道：『既這樣，就作。』命人取了紙筆來，賈政道：『只不許用那些冰玉、晶銀、彩光、明素等樣堆砌字眼，要另出己見，試試你這幾年的情思。』寶玉聽了，碰在心坎上，遂立想了四句，向紙上寫了，呈與賈政看，道是……

賈政看了，點頭不語。賈母見這般，知無甚大不好，便問：『怎麽樣？』賈政因欲賈母喜悅，便說：『難爲他。只是不肯念書，到底詞句不雅。』賈母道：『這就罷了。他能多大，定要他做才子不成！這就該獎勵他，以後越發上心了。』賈政道：『正是。』因回頭命個老嬤嬤出去吩咐書房內的小廝，『把我海南帶來的扇子取兩把給他。』寶玉忙拜謝，仍復歸座行令。

當下賈蘭見獎勵寶玉，他便出席，也做一首遞與賈政看時，寫道是……。賈政看了，喜不自勝，遂並講與賈母聽時，賈母也十分歡喜，也忙令賈政賞他。於是大家歸坐，復行起令來。

賈蘭詩亦缺。

這次，在賈赦手內住了，只得吃了酒，說笑話。因說道：『一家子一個兒子最孝順。偏生母親病了，各處求醫不得，便請了一個針灸的婆子來。這婆子原不知道脈理，只說是心火，如今用針灸之法，針灸針灸就好了的。兒子慌了，便問：「心見鐵即死，如何針得？」婆子道：「不用針心，只針肋條就是了。」兒子道：「肋條離心甚遠，怎麽就好？」婆子道：「不妨事，你不知道天下父母心偏的多呢。」』衆人聽說，都笑起來。

榮府長房與二房之間之矛盾，再從笑話中隱隱揭出。

賈母也只得吃半杯酒，半日笑道：『我也得這個婆子針一針就好了。』賈母一聽即明其意。賈赦聽說，便知自己出言冒撞，賈母疑了心，忙起身笑與賈母把盞，以別言解釋。賈母亦不好再提，且行起令來。

不料這次花卻在賈環手裏。賈環近日讀書稍進，其脾味中不好務正也與寶玉一樣，故每常也好看些詩詞，專好奇詭仙鬼一格。今見寶玉作詩受獎，他便技癢，只當着賈政不敢造次。如今可巧花在手中，便也索紙筆來，立揮一絕，呈與賈政。

脂批：『偏寫賈政戲謔，已是異文，而賈環作詩，實奇中又奇之奇文也。總在人意料之外。竟有人曰：賈環如何又有好詩，似前言不搭後文矣。蓋不可向說問，賈環亦榮公子正脈，雖少年頑劣，見（乃）今古小兒之常情耳，讀書豈無長進之理哉。況賈政之教是弟子自己，大覺疎忽矣。若是賈環連一平仄也不知，豈榮府是尋常膏粱不知詩書之家哉。然後知寶玉之一種情思，正非有益之聰明，不得謂比諸人皆妙者也。』

賈政看了，亦覺罕異，只是詞句中終帶着不樂讀書之意，遂不悅道：『可見是弟兄了。發言吐氣總屬邪派，（賈政亦說賈環是邪派。）將來都是不由規矩準繩，一起下流貨。（又說是下流貨。）妙在古人中有「二難」，你兩個也可以稱「二難」了。（連寶玉也貶下去了。）只是你兩個的「難」字，卻是作難以教訓的「難」字講纔好。哥哥是公然以溫飛卿自居，如今兄弟又自爲曹唐再世了。』說的賈赦等都笑了。賈赦乃要詩瞧了一遍，連聲贊好，道：『這詩，據我看，甚是有氣骨。想來咱們這樣人家，原不比那起寒酸，定要「雪窗螢火」，一日蟾宮折桂，方得揚眉吐氣。咱們的子弟都原該讀些書，不過比別人略明白些，可以做得官時就跑不了一個官的。何必多費了工夫，反弄出書獃子來。所以我愛他這詩，竟不失咱們這侯門的氣概。』因回頭吩咐人去取了自己的許多玩物來賞賜與他。因又拍着賈環的頭，笑道：『以後就這樣做去，方是咱們的口氣，將來這世襲的前程定跑不了你襲呢。』

賈政聽說，忙勸說：『不過他胡謅如此，那裏就論到後事了。』說着，便斟上酒，又行了一回令。（脂批：『便又輕抹去也。』）

賈母便說：『你們去罷。自然外頭還有相公們候着，也不可輕忽了他們。況且二更多了，你們散了，再讓我和姑娘們多樂一回，好歇着了。』賈赦等聽了，方止了令，又大家公進了一杯酒，方帶着子姪們出去了。

要知端詳，再聽下回。

【回後評】

抄檢大觀園以後，寶釵藉口母親有病，要回去住幾天，就離開了大觀園，這象徵着大觀園已趨於星散衰落了。本來寶釵以母親生病的名義請假出園，表面上平淡而正常，卻經不起探春的直言說破，說：『有叫人攆的，不如我先攆。親戚們好，也不在必要死住着纔好。咱們倒是一家子親骨肉呢，一個個不像烏眼雞，恨不得你吃了我，我吃了你！』這是多麼驚心動魄的語言。寧、榮兩府之間的矛盾，榮府長房與二房之間的矛盾已掩蓋不住了，探春所說的一家子親骨肉倒像烏眼雞，恨不得你吃了我，我吃了你，這固是小說裏的矛盾衝突，實際上也是作者家世的隱喻，而作者家庭的敗落抄家，雖有多種原因，其中骨肉相殘，也是主要導火線之一，所以探春的話，也是真事隱去，假語村言之一例。

本回開頭就兩次提到甄家抄家，上回在探春的講話中，也提到了甄家的抄家。這甄家抄家的事，與大觀園的抄檢，與賈府內部矛盾的爆發緊連在一起，這是作者有意識的安排，標誌着這些事情是緊密相關的，互爲因果的。『假作真時真亦假』，甄家的抄家，當然也就是暗示着賈家的抄家也不遠了。

尤氏對李紈說：『你們家下大小的人，只會講外面的假禮、假體面，究竟作出來的事都够使的了。』這是說榮府的虛假面貌，這是極爲重要的一筆。從實際來說，賈政所代表的，就是『假正』，不過小說裏沒有給予直接揭穿，而是留給讀者自思的。此處借尤氏之口明確點破，是石破天驚之筆。當然這裏尤氏所說也並非指榮府整體，而是僅指抄檢一事，但通過抄檢一事讓尤氏直接點破榮府表面上的書、禮，實質上的『作出來的事都够使的了』，也已經是非常關鍵的一筆了。仍舊是這個尤氏，在夜間回府的時候，竟親眼看到寧府夜賭的場面，參加的人有賈珍、賈蓉、邢德全、薛蟠等等，不僅是呼么喝六的賭博，還有夜宴，更還有孌童男妓，而這些人的嘴裏不僅僅是骯髒不堪，而且是怨恨滿腹，然而這樣的真實場面，卻是以習射的名義正而八經地搞起來的，還得到了賈赦、賈政的讚賞。這又是一種虛假，是一幅寧府腐朽沒落的現實圖畫，作者盡情地讓讀者看清楚這些書禮之家、世家大族的真面目。

一邊是腐敗的加速，經濟的絀支，特別是抄家影子的在眼前晃動；另一邊卻是照樣尋歡作樂，寧府因爲大孝，不能過節，但十五不能過，就過十四，總之尋歡作樂的機會不能放過。結果卻突然從牆下傳來長嘆之聲，一陣風過，還傳來祠堂內槅扇開闔之聲，終於弄得大家毛髮倒豎，沒興而散，想樂終於沒有樂成。榮國府中秋的夜宴，賈母的第一感覺是人丁減少，冷清無味。說笑話時賈政說了一個既令人發笑，更令人作嘔的笑話。而賈赦卻講了一個孝順兒子偏心娘的故事，惹得賈母說：『我也得這個婆子針一針就好了。』原本一心想尋樂，以排遣甄府抄家帶來的不祥預感，卻想不到又招來了另一種不歡。

本回回前，有批云：『乾隆二十一年五月初七日對清，缺中秋詩，俟雪芹。』然後是『開夜宴 發悲音。賞中秋 得佳讖』十二個字的記録。這就是現在回目的初稿。批語中說的缺中秋詩，是指寶玉、贾蘭、賈環所作的詩，尚沒有補進去。但這個缺漏，雪芹始終未能補上，所謂得佳讖，當是指賈赦稱讚賈環的詩不失『侯門的氣概』這一情節，但因原詩未補出，這個佳讖也只能是一個未知數。本書一再提醒『假作真時真亦假』，千萬不能看正面，要看反面。那末這個佳讖，究竟是正面看的佳讖，還是應該反面看的佳讖呢，也就無從猜測了。

中秋團圓之節，忽覺冷落淒清。

第七十六回　凸碧堂品笛感淒清　凹晶館聯詩悲寂寞

話說賈赦、賈政帶領賈珍等散去不提。

且說賈母這裏命將圍屏撤去，兩席併而爲一。衆媳婦另行擦桌整案，更杯洗箸，陳設一番。賈母等都添了衣，盥漱吃茶，方又入座，團團圍繞。賈母看時，寶釵姊妹二人不在坐內，知他們家去圓月去了，（賈母只知是圓月去了，哪知是抄檢之故。）且李紈、鳳姐二人又病着，少了四個人，便覺冷清了好些。（脂批：『不想這次中秋，反寫得十分淒楚。』）賈母因笑道：『往年你老爺們不在家，咱們越性請過姨太太來，大家賞月，卻十分鬧熱。忽一時想起你老爺來，又不免想到母子、夫妻、兒女不能一處，也都有些沒興。及至今年你老爺來了，正該大家團圓取樂，又不便請他們娘兒們來說說笑笑。況且他們今年又添了兩口人，也難丟了他們跑到這裏來。偏又把鳳丫頭病了，有他一人來說說笑笑，還抵得十個人的空兒。可見天下事總難十全。』說畢，不覺長嘆一聲，（寧府是牆下長嘆，此處是賈母席上長嘆。）遂命拿大杯來斟熱酒。

強打精神，強作歡笑。

賈母亦頗高雅而多清興。

賈赦又蹓了腿，掃興之事不斷而來。

王夫人笑道：『今日得母子團圓，自比往年有趣。往年娘兒們雖多，終不如今年自己骨肉齊全的好。』賈母笑道：『正是爲此，所以纔高興拿大杯來吃酒。你們也換大杯纔是。』邢夫人等只得（【只得】二字寫得勉強。）換上大杯來。因夜深體乏，且不能勝酒，未免都有些倦意，（總是提不起精神。）無奈賈母興猶未闌，只得陪飲。

賈母又命將罽氈鋪於階上，命將月餅、西瓜、菓品等類都叫搬下去，令丫頭、媳婦們也都團團圍坐賞月。賈母因見月至中天，比先越發精彩可愛，因說：『如此好月，不可不聞笛。』因命人將十番上女孩子傳來。賈母道：『音樂多了，反失雅致，只用吹笛的遠遠的吹起來就够了。』說畢，剛纔去吹時，只見跟邢夫人的媳婦走來，向邢夫人前說了兩句話。賈母便問：『說什麽事？』那媳婦便回說：『方纔大老爺出去，被石頭絆了一下，蹓了腿。』（事事不如意。）賈母聽說，忙命兩個婆子快看去，又命邢夫人快去，邢夫人遂告辭起身。（又少了一個。）

賈母便又說：『珍哥媳婦也趁着便就家去罷，我也就睡了。』尤氏笑道：『我今日不回去了，定要和老祖宗吃一夜。』賈母笑道：『使不得，使不得。你們小夫妻家，今夜必要團圓團圓，如何爲我耽擱了？』尤氏紅了臉，笑道：『老祖宗說的我們太不堪了。我們雖然年輕，已經是十來年的夫妻，也奔四十歲的人了。（尤氏還不到四十歲。）況且孝服未滿，陪着老太太頑一夜還罷了，豈有自去團圓的理。』賈母聽說，笑道：『這話很是，我倒也忘了孝未滿。可憐你公公轉眼已是二年多了，（脂批：『不是算賈敬，卻是算赦死期也。』）可是我倒忘了，該罰我一大杯。既這樣，你就越性別送，陪着我罷了。你叫蓉兒媳婦送去，就順便回去罷。』尤氏說了。蓉妻答應着，送出邢夫人，一同至大門，各自上車回去。不在話下。

（寫月下聞笛一段，雖只數句，而寫盡清景。可比東坡夜遊聞簫。）

這裏，賈母仍帶衆人賞了一回桂花，又入席換暖酒來。正說着閒話，猛不妨只聽那壁廂桂花樹下，嗚嗚咽咽，悠悠揚揚，吹出笛聲來。趁着這明月清風，天空地淨，真令人煩心頓解，萬慮齊除，都肅然危坐，默相賞聽。約兩盞茶時，方纔止住，大家稱讚不已。於是遂又斟上暖酒來。賈母笑道：『果然可聽麼？』衆人笑道：『實在可聽。我們也想不到這樣，須得老太太帶領着，我們也得開些心胸。』賈母道：『這還不大好，須得揀那曲譜越慢的吹來越好。』說着，便將自己吃的一個內造瓜仁油松穰月餅，又命斟一大杯熱酒，送給譜笛之人，慢慢的吃了再細細的吹一套來。

媳婦們答應了，方送去，只見方纔瞧賈赦的兩個婆子回來了，說：『瞧了，右腳面上白腫了些，如今調服了藥，疼的好些了，也不甚大關係。』賈母點頭嘆道：『我也太操心。打緊說我偏心，（還記着『偏心』的事，可見賈赦一個故事，深刺賈母也。）我反這樣。』因就將方纔賈赦的笑話說與王夫人、尤氏等聽。王夫人等因笑勸道：『這原是酒後大家說笑，不寫出夜深風露之景。賈母卻獨樂不倦，是強打精神也。

再寫笛音，竟是淒涼之聲，賈母竟至墮淚，蓋賈母強作歡笑者，排日間聞甄府抄家之憂也，奈笛聲淒怨，不能無動於衷耳！

四個兒子，原來都是殘缺，是四不全。賈母喜歡『全』，喜歡『圓』，卻偏講出個四不全來。

留心也是有的，豈有敢說老太太之理。老太太自當解釋纔是。』

只見鴛鴦拿了軟巾兜與大斗篷來，說：『夜深了，恐露水下來，風吹了頭，須要添了這個。坐坐也該歇了。』賈母道：『偏今兒高興，你又來催，難道我醉了不成？偏到天亮！』因命再斟酒來。一面戴上兜巾，披了斗篷，大家陪着又飲，說些笑話。

只聽桂花陰裏，嗚嗚咽咽，裊裊悠悠，又發出一縷笛音來，果真比先越發淒涼。大家都寂然而坐。夜靜月明，且笛聲悲怨，賈母年高帶酒之人，聽此聲音，不免有觸於心，禁不住墮下淚來。衆人此時也〔一〕都不禁有淒涼寂寞之意，半日，方知賈母傷感，纔忙轉身陪笑，發語解釋。脂批：『轉身妙，畫出對月聽笛，如癡如默，不覺尊長在上之形景來。』又命換暖酒，且住了笛。

尤氏笑道：『我也就學了一個笑話，說與老祖宗解解悶。』賈母勉強笑道：『這樣更好，快說來我聽。』尤氏乃說道：『一家子養了四個兒子。大兒子只一個眼睛，二兒子只一個耳朵，三兒子只一個鼻子眼，四兒子倒都齊全，偏又是個啞叭。』正說到這裏，只見賈母已朦朧雙眼，終是強打精神。似有睡去之態。脂批：『總寫出淒涼無興景況來。』尤氏方住了，忙和王夫人輕輕的請醒。賈母睜眼笑道：『我不睏，白閉閉眼養神。你們只管說，我聽着呢。』真是強打精神。脂批：『活畫。』王夫人等笑道：『夜已四更了，風露也大，請一場團圓佳節，只剩下賈母等數人散去，其衰敗之象已是可見。

文章又轉一層，因找黛玉、湘雲，文章另起新境。

老太太安歇罷，明日再賞十六，也不辜負這月色。』賈母道：『那裏就四更了？』王夫人笑道：『實已四更，他們姊妹們熬不過，都去睡了。』賈母聽說，細看了一看，果然都散了，只有探春一人在此。人都散了，只剩探春一人陪賈母了。賈母笑道：『也罷。你們也熬不慣夜，況且弱的弱，病的病，去了倒省心。只是三丫頭可憐，尚還等着。你也去罷，我們散了。』一場團圓佳節，最後零落星散。說着，便起身，吃了一口清茶。便有預備下的竹椅小轎，便圍着斗篷坐上，兩個婆子搭起，衆人圍隨出園去了。不在話下。

這裏，衆媳婦收拾杯盤碗盞時，卻少了個細茶杯，各處尋覓不見，又問衆人：『必是誰失手打了。撂在那裏？告訴我，拿了磁瓦去交收，是證見。不然，又說偷起來了。』衆人都說：『沒有打了，只怕是跟姑娘的人打了，也未可知。你細想想，或問問他們去。』一語提醒了這管傢伙的媳婦，因笑道：『是了，那一會兒記得是翠縷拿着的。我去問他。』說着，便去找時，剛下了甬路，就遇見了紫鵑和翠縷來了。脂批：『妙。又出一個。』

翠縷便問道：『老太太散了，可知我們姑娘那去了？』脂批：『更妙。』這媳婦道：『我來問那一個茶鍾往那裏去了，你們倒問我要姑娘。』翠縷笑道：『我因倒茶給姑娘吃的，展眼回頭，就連姑娘也沒了。』那媳婦道：『太太纔說都睡覺去了。你不知那裏頑去了，還不知道呢。』翠縷和紫鵑道：『斷乎沒有悄悄的睡去之理，只怕在團圓佳節，偏偏垂淚。

那裏走一走。如今見老太太散了，趕過前邊送去，也未可知。我們且往前邊找找去。有了姑娘，自然你的茶鍾也有了。你明日一早再找，有什麼忙的。』媳婦笑道：『有了下落，就不必忙了，明兒就和你要罷。』說畢回去，仍查收傢伙。這裏，紫鵑和翠縷便往賈母處來，不在話下。

原來黛玉和湘雲二人並未去睡覺，只因黛玉見賈府中許多人賞月，賈母猶嘆人少，不似當年熱鬧，又提寶釵姊妹家去、母女弟兄自去賞月等語，不覺對景感懷，自去俯欄垂淚。寶玉近因晴雯〔特提晴雯〕病勢甚重，諸務無心，〔脂批：『帶一筆，妙，更覺謹密不漏。』〕王夫人再四遣他去睡，他也便去了。探春又因近日家事着惱，無暇遊玩。雖有迎春、惜春二人，偏又素日不大甚合。所以只剩了湘雲一人寬慰他，因說：『你是個明白人，何必作此形景自苦。我也和你一樣，我就不似你這樣心窄。何況你又多病，還不自己保養。〔留下湘雲寬慰黛玉，是難得之機。〕可恨寶姐姐，姊妹天天說親道熱，早已說今年中秋要大家一處賞月，必要起社，大家聯句，到今日便棄了咱們，自己賞月去了。社也散了，詩也不作了。〔借湘雲之口，說出寶釵自去，詩社已散。〕倒是他們父子叔姪縱橫起來。〔指賈赦、賈政讓寶玉、賈環做詩事。〕你可知宋太祖說的好：「臥榻之側，豈許他人酣睡。」他們不作，咱們兩個竟聯起句來，明日羞他們一羞。』

黛玉見他這般勸慰，不肯負他的豪興，因笑道：『你看這裏這等人聲嘈雜，有何詩興。』湘雲笑道：『這山上賞月雖好，終不及近水賞月更妙。水中月，鏡中花，無意說出。你知道，這山坡底下就是池沼，山坳裏近水一個所在就是凹晶館。名稱不俗可知當日蓋這園子時就有學問。這山之高處，就叫凸碧；山之〔二〕低窪近水處，就叫作凹晶。這「凸」「凹」二字，歷來用的人最少，如今直用作軒館之名，更覺新鮮，不落窠臼。特加一評可知這兩處一上一下，一明一暗，一高一矮，一山一水，竟是特因玩月而設此兩處。有愛那山高月小的，便往這裏來；有愛那皓月清波的，便往那裏去。只是這兩個字俗念作「窪」「拱」二音，便說俗了，不大見用。只陸放翁用了一個「凹」字，說「古硯微凹聚墨多」，還有人批他俗，豈不可笑。』

林黛玉道：『也不只放翁纔用，古人中用者太多。如江淹《青苔賦》，東方朔《神異經》，以致《畫記》上云張僧繇畫一乘寺的故事，不可勝舉。只是今人不知，誤作俗字用了。實和你說罷，這兩個字還是我擬的呢。因那年試寶玉，因他擬了幾處，也有存的，也有刪改的，也有尚未擬的。這是後來我們大家把這沒有名色的也都擬出來了，註了出處，寫了這房屋的坐落，一併帶進去與大姐姐瞧了。他又帶出來，命給舅舅瞧過。誰知舅舅倒喜歡起來，又說：「早知這樣，那日該就叫他姊妹一併擬了，豈不有趣。」所以凡我擬的，一字不改都用了。如今就往凹

借機品評，亦一賞佳構。

原來竟是黛玉所擬，列舉如許典故，可見黛玉知書，只是平時不露耳。

補筆。

峰迴路轉，又是一景。

一段雙月爭輝的好文章。

一段隨分從時，安貧樂道的議論，是漸

晶館去看看。』

說着，二人便同下了山坡。只一轉彎，就是池沼，沼上一帶竹欄相接，直通着那邊藕香榭的路徑。脂批：『點明，妙，不然此園竟有多大地畝了。』因這幾間就在此山懷抱之中，乃凸碧山莊之退居，因窪而近水，故顏其額曰『凹晶溪館』。因此處房子不多，且又矮小，故只有兩個老婆子上夜。今日打聽得凸碧山莊的人應差，與他們無干，這兩個老婆子關了月餅菓品並犒賞的酒食來，二人吃得既醉且飽，早已熄燈睡了。脂批：『妙極，此書又進一步寫法。如王夫人云：「他姊妹可憐，那裏像當日林姑媽那樣。」有如賈母云「如今人少，那裏有當日人多」等數語；此謂進一步法也。有退一步法，如寶釵之對邢岫煙：「此一時也，彼一時也，如今比不得先（時）的話了，只好隨是十分。」又如鳳姐之對平兒云「如今我也明白了。我如今也要作好好先生罷」等類；此謂退一步法也。今方收拾過賈母高樂，卻又寫出二婆子高樂，此（進）一步之實也。如前文海棠詩四首已足，忽又用湘雲獨成二律反壓卷，此又進一步實事也。所謂法法皆全，（全）然不爽也。』

黛玉、湘雲見熄了燈，湘雲笑道：『倒是他們睡了好。咱們就在這捲棚底下近水賞月如何？』二人遂在兩個湘妃竹墩上坐下。只見天上一輪皓月，池中一輪水月，上下爭輝，如置身於晶宮鮫室之內。微風一過，粼粼然池面皺碧鋪紋，真令人神清氣淨。

湘雲笑道：『怎得這會子坐上船吃酒倒好。這要是我家裏這樣，我就立刻坐船了。』黛玉笑道：『正是古人常說的好，「事若求全何所樂」。據我說，這也罷了，偏要坐船起來。』湘雲笑道：『得隴望蜀，人之常情。可知那些老人家說的不錯。說貧窮之家自爲富貴之家事事趁心，告訴他說竟不能遂心，他們不肯信的；必漸參悟人生之意。

得親歷其境，他方知覺了。就如咱們兩個，雖父母不在，然卻也忝在富貴之鄉，只你我竟有許多不遂心的事。』

黛玉笑道：『不但你我不能趁心，就連老太太、太太以至寶玉、探丫頭等人，無論事大事小，有理無理，其不能各遂其心者，同一理也。說得極好，極是。『自是人生長恨水長東』也，豈能求事事遂心，如不能悟此，則自尋煩惱多矣。何況你我旅居客寄之人了！』脂批：『以立未不怡然得享自然之樂者矣。書中若干女子從主及婢，未必各有所覺，各有所試，各有所長者，皆未如寶玉無可關切籌畫，可嘆。』湘雲聽說，恐怕黛玉又傷感起來，忙道：『休說這些閒話，咱們且聯詩。』

再提笛音，正賈母所聽墮淚之音也。

正說間，只聽笛韻悠揚起來。黛玉笑道：『今日老太太、太太高興了，這笛子吹的有趣，倒是助咱們的興趣了。』脂批：『妙，正是吹笛之時。勿認作又一處之笛也。』咱兩個都愛五言，就還是五言排律罷。』湘雲道：『限何韻？』黛玉笑道：『咱們數這個欄杆的直棍，這頭到那頭爲止。他是第幾根，就用第幾韻。若十六根，就是「一先」起。這可新鮮？』湘雲笑道：『這倒別致。』於是二人起身，便從頭數至盡頭止，得十三根。湘雲道：『偏又是「十三元」了。這個韻少，作排律只怕牽強不能押韻呢。少不得你先起一句罷了。』黛玉笑道：『倒要試試咱們誰強誰弱，只是沒個紙筆記。』湘雲道：『不妨，明兒再寫。只怕這一點聰明還有。』黛玉道：『我先起一句現成的俗語罷。』因念道：

從中秋起句。

三五中秋夕，

湘雲想了一想，道：

清遊擬上元。（元宵節，陰曆正月十五。）撒天箕斗燦，（『箕斗』，指群星。《詩・小雅・大東》：『維南有箕，不可以簸揚；維北有斗，不可以挹酒漿。』）

林黛玉笑道：

匝地管弦繁。幾處狂飛盞，

家家賞中秋，一番熱鬧。

湘雲笑道：『這一句「幾處狂飛盞」有些意思。這倒要對的好呢。』想了一想，笑道：

誰家不啓軒。輕寒風剪剪，

黛玉道：『好，對的比我的卻好。只是這句又說熟話了，就該加勁說了去纔是。』湘雲道：『詩多韻險，也要鋪陳些纔是。縱有好的，且留在後頭。』黛玉笑道：『到後頭沒有好的，我看你羞不羞。』因聯道：

點中秋吃月餅。

良夜景暄暄。爭餅嘲黃髮，

湘雲笑道：『這句不好，杜撰，用俗事來難我了。』黛玉笑道：『我說你不曾見過書呢。吃餅是舊典，唐書唐志你看了來再說。』湘雲笑道：『這也難不倒我，我也有了。』因聯道：

桂香四溢，是中秋節令。

分瓜笑綠媛。香新榮玉桂，

黛玉笑道：『分瓜可是實實你的杜撰了。』湘雲笑道：『明日咱們對查了出來，大稍加議論，闡釋詞源。

月夜宴飲，分曹行令。

家看看，這會子別耽誤工夫。』黛玉笑道：『雖如此，下句也不好，不犯着又用「玉桂」「金蘭」等字樣來塞責。』因聯道：

色健茂金萱。蠟燭輝瓊宴，

湘雲笑道：『「金萱」二字便宜了你，省了多少力。這樣現成的韻偏被你得了，只是不犯着替他們頌聖去。況且下句你也是塞責了。』黛玉笑道：『你不說「玉桂」，我難道強對個「金萱」麼？再，也要鋪陳些富麗，方纔是即景之實事。』湘雲只得又聯道：

觥籌亂綺園。分曹尊一令，

黛玉笑道：『下句好，只難對些。』因想了一想，聯道：

射覆聽三宣。骰彩紅成點，

湘雲笑道：『「三宣」有趣，竟化俗成雅了。只是下句又說上骰子。』少不得聯道：

傳花鼓濫喧。晴光搖院宇，

黛玉笑道：『對的卻好。下句又溜了，只管拿些風月來塞責。』湘雲道：『究竟沒說到月上，也要點綴點綴，方不落題。』黛玉道：『且姑存之，明日再斟酌。』因聯道：

再點月色，即寫月下吟詩。

夜已深矣，酒已盡矣，樂已歇矣！

只有一片月色。

棔，合歡樹，一名馬纓花，又名夜合花。葉成齒形排列，夜則對合。花狀如馬纓，紅色，春末開花，北方多植。五十年代予初到北京，隨處可見。今則少見矣。

忽然轉出夕棔、秋湍，於無可說處說出新意。

素彩接乾坤。賞罰無賓主，（不論賓主，賞罰一律。）

湘雲道：『又說他們作什麼，不如說咱們。』只得聯道：

吟詩序仲昆。（以詩的好壞來定高低。）構思時倚檻，

黛玉道：『這可以入上你我了。』因聯道：

擬景或依門。酒盡情猶在，

湘雲說道：『是時候了。』乃聯道：

更殘樂已諼。漸聞語笑寂，

黛玉說道：『這時候可知一步難似一步了。』因聯道：

空剩雪霜痕。（指月色。）階露團朝菌，

湘雲笑道：『這一句怎麼押韻？讓我想想。』因起身負手，想了一想，笑道：『够了，幸而想出一個字來，幾乎敗了。』因聯道：

庭煙斂夕棔。秋湍瀉石髓，

黛玉聽了，不禁也起身叫妙，說：『這促狹鬼，果然留下好的，這會子纔說。「棔」字虧你想得出！』湘雲道：『幸而昨日看歷朝文選，見了這個字，我不知是何樹，因要查一查。寶姐姐說不用查，這就是如今俗語叫作明開夜合的。我信不及，到底查了一查，果然不錯。看來寶姐姐知道的竟多。』黛玉笑道：『「棔」

字用在此時更恰，也還罷了。只是「秋湍」一句虧你好想。只這一句，別的都要抹倒。我少不得打起精神來對一句，只是再不能似這一句了。』因想了一想，道：

風葉聚雲根。寶婺情孤潔，寶婺，指星。

再點星月。

湘雲道：『這對的也還好。只是下一句你也溜了，幸而是景中情，不單用「寶婺」來塞責。』因聯道：

銀蟾氣吐吞。銀蟾，指月。藥經靈兔搗，

黛玉不語點頭，半日再念道：

人向廣寒奔。犯斗邀牛女，

湘雲也望月點首，聯道：

乘槎待帝孫。虛盈輪莫定，

黛玉笑道：『又用比興了。』因聯道：〔三〕

晦朔魄空存。壺漏聲將涸，

月色無而漏聲涸矣！詩境似至絕處，忽於絕處出一新事。

湘雲方欲聯時，黛玉指池中黑影與湘雲看道：『你看那河裏怎麼像個人在黑影裏去了，敢是個鬼罷？』湘雲笑道：『可是又見鬼了。我是不怕鬼的，等我打他一下。』因彎腰拾了一塊小石片，向那池中打去，只聽打得水響，一個大圓圈將月影蕩散復聚者幾次。脂批：『寫得出，試思若非親歷其境者，如何摹寫得如此。』只聽那黑影裏嘎然一聲，卻飛起一個白鶴寒塘鶴影，佳句俊句。

『冷月葬詩魂』，警句中之警句，可以壓倒湘雲。別本卻作『花魂』，或以爲『花魂』是，非也，早期抄本俱作『詩魂』。予有專論辨析，蓋黛玉爲詩之魂，非徒美也。

呂啓祥云：黛玉是『花的精魂，詩的化身』。

來，（脂批：『寫得出。』）直往藕香榭去了。黛玉笑道：『原來是他，猛然想不到，反嚇了一跳。』湘雲笑道：『這個鶴有趣，倒助了我了。』因聯道：

窗燈焰已昏。寒塘渡鶴影，

林黛玉聽了，又叫好，又跺足，說道：『了不得，這鶴真是助他的了！這一句更比「秋湍」不同，叫我對什麼纔好？「影」字只有一個「魂」字可對，況且「寒塘渡鶴」何等自然，何等現成，何等有景，且又新鮮，我竟要擱筆了。』湘雲笑道：『大家細想就有了，不然，就放着明日再聯也可。』黛玉只看天，不理他，半日，猛然笑道：『你不必撈嘴，我也有了，你聽聽。』因對道：

冷月葬詩魂。

湘雲拍手贊道：『果然好極！非此不能對。好個「葬詩魂」！』因又嘆道：『詩固新奇，只是太頽喪了些。你現病着，（一語點出，且直說黛玉，則明以詩魂指黛玉矣。）不該作此過於淒清奇譎之語。』黛玉笑道：『不如此，如何壓倒你。下句竟還未得，只爲用工在這一句了。』

一語未了，只見欄外山石後轉出一個人來，笑道：『好詩，好詩，果然太悲涼了。不必再往下聯了，若底下只這樣去，反不顯這兩句了，倒覺得堆砌牽強。』二人不防，倒唬了一跳。細看時，不是別人，卻是妙玉。

冷月葬
诗魂
谭凤嬛
癸未十月

妙玉亦妙人，爲月色笛韻所引，故到此。

補敘諸人尋找經過，亦增情趣。

二人皆詫異，（脂批：『原可詫異，余亦詫異。』）因問：『你如何到了這裏？』妙玉笑道：『我聽見你們大家賞月，又吹的好笛，我也出來玩賞這清池皓月。順腳走到這裏，忽聽見你兩個聯詩，更覺清雅異常，故此聽住了。只是方纔我聽見這一首中，有幾句雖好，只是過於頹敗淒楚。此亦關人之氣數而有，所以我出來止住。（再加點出，明已入衰敗之境矣。）如今老太太都已早散了，滿園的人想俱已睡熟了，你兩個的丫頭還不知在那裏找你們呢。你們也不怕冷了？快同我來，到我那裏去吃杯茶，只怕就天亮了。』黛玉笑道：『誰知道就這個時候了。』

三人遂一同來至櫳翠庵中。只見龕焰猶青，爐香未燼。（兩句是庵中情景。）幾個老嬤嬤也都睡了，只有小丫鬟在蒲團上垂頭打盹。（是庵裏，故在蒲團上也。）妙玉喚他起來，現去烹茶。忽聽叩門之聲，小丫鬟忙去開門看時，卻是紫鵑、翠縷與幾個老嬤嬤來找他姊妹兩個。進來見他們正吃茶，因都笑道：『要我們好找，一個園裏走遍了，連姨太太那裏都找到了。纔到了那山坡底下小亭裏找時，可巧那裏上夜的正睡醒了。我們問他們，他們說，方纔亭外頭棚下兩個人說話，後來又添了一個，（不知作詩，只知說話，是下人口氣。）聽見說大家往庵裏去。我們就知是這裏了。』

妙玉忙命小丫鬟引他們到那邊去坐着歇息吃茶，自取了筆硯紙墨出來，將方纔的詩命他二人念着，遂從頭寫出來。黛玉見他今日十分高興，便笑道：『從來沒無論詩文，只知放，不知收，便不是作家。魏文帝述班固譏傅毅『下筆不能自休』，『不能自休』者，就是只知放不知收也。妙玉說要『歸到本來面目上去』，是論詩、論文真見。

見你這樣高興。若不見你這樣高興，我也不敢唐突請教，這還可以見教否？若不堪時，便就燒了；若或可改，即請改正改正。』妙玉笑道：『也不敢妄改、評贊。只是這纔有了二十二韻。我意思想着，你二位警句已出，再若續時，恐後力不加。（是詩家語）我竟要續貂，又恐有玷。』黛玉從沒見妙玉作過詩，今見他高興如此，忙說：『果然如此，我們的雖不好，亦可以帶好了。』

妙玉道：『如今收結，到底還該歸到本來面目上去。（是詩法，亦是文法。）若只管丟了真情真事且去搜奇撿怪，一則失了咱們的閨閣面目，二則也與題目無涉了。』（即論文亦是至論。）二人皆道：『極是。』妙玉遂提筆一揮而就，（可見妙玉的是詩家。）遞與他二人道：『休要見笑。依我必須如此，方翻轉的過來。雖前頭有淒楚之句，亦無甚礙了。』二人接了看時，只見他續道：

香篆銷金鼎，脂冰膩玉盆。
簫增嫠婦泣，衾倩侍兒溫。
空帳懸文鳳，閒屏掩彩鴛。
露濃苔更滑，霜重竹難捫。
猶步縈紆沼，還登寂歷原。
石奇神鬼搏，木怪虎狼蹲。

妙玉續詩，由夜深漸入天明，正實景也。

贔屭朝光透，罘罳曉露屯。
振林千樹鳥，啼谷一聲猿。
歧熟焉忘徑，泉知不問源。
鐘鳴櫳翠寺，雞唱稻香村。
有興悲何繼，無愁意豈煩。
芳情只自遣，雅趣向誰言。
徹旦休云倦，烹茶更細論。直到來庵中論詩爲止。

後書：『右中秋夜大觀園即景聯句三十五韻。』

黛玉、湘雲二人皆讚賞不已，說：『可見我們天天是捨近求遠。現有這樣詩仙在此，卻天天去紙上談兵。』妙玉笑道：『明日再潤色。此時想也快天明了，到底要歇息歇息纔是。』林、史二人聽說，便起身告辭，帶領丫鬟出來。妙玉送至門外，看他們去遠，方掩門進來。不在話下。

湘雲仍回到黛玉處住，因寶釵已獨自去矣。

這裏，翠縷向湘雲道：『大奶奶那裏還有人等着咱們睡去呢。如今還是那裏去好？』湘雲笑道：『你順路告訴他們，叫他們睡罷。我這一去，未免驚動病人，不如鬧林姑娘半夜去罷。』說着，大家走至瀟湘館中，有一半人已睡去。二人進去，方纔卸妝寬衣，盥漱已畢，方上牀安歇。紫鵑放下綃帳，移燈掩門出去。

誰知湘雲有擇席之病，雖在枕上，只白睡不着。黛玉又是個心血不足、常常失眠的，今日又錯過睏頭，自然也是睡不着。二人在枕上翻來覆去。黛玉因問道：『怎麼你還沒睡着？』湘雲微笑道：『我有擇席的病，況且走了睏，只好躺躺罷。你怎麼也睡不着？』黛玉嘆道：脂批：『一笑一嘆，只二字便寫出平日之行景。』『我這睡不着，也並非今日。大約一年之中，通共也只好睡十夜滿足的。』湘雲道：『卻是因你病的原故，所以不足。』不知下文什麼，且聽下回分解。

因詩興，或因別情，兩人均徹夜未眠。

【回後評】

甄家抄家的消息傳來後，『賈母聽了正不自在』，說：『咱們別管人家的事，且商量咱們八月十五日賞月是正經。』之後，賈母就儘量讓自己沉醉在節日的歡樂之中，但是這種主觀的心理控制改變不了客觀的現實，一是賈府的人已經零零落落，再也沒有以往熱烈團聚的氣氛了；二是人們的心頭很自然地好像感染上了一層迷茫憂愁和沒落絕望的情緒，也沒有以前的興高采烈了。賈母儘管盡力硬撐着，要造成節日的歡樂氣氛，但禁不起淒清的笛聲，『夜靜月明，且笛聲悲怨，賈母年高帶酒之人，聽此聲音，不免有觸於心，禁不住墮下淚來。』強壓在心頭的甄府被抄的事，終於把她的眼淚擠出來了。最後席散的時候，陪着賈母的竟只有探春一人，其淒涼落寞的情景是可想而知了。

湘雲、黛玉的聯句，是在大觀園諸釵星散的背景下産生的。此時寶釵、寶琴早已提前離開了大觀園，迎春、惜春、探春都因爲抄檢的事，心頭壓着重壓。鳳姐、李紈又都病倒。寶玉因晴雯病重，『諸務無心』，所以終於『社也散了，詩也不作了』。只剩了湘雲、黛玉兩人還能作此最後一次的聯句活動，並且幾乎鬧了一夜。雖然確有警句，如『寒塘渡鶴影，冷月葬詩魂』，確是絶唱。然而，就全詩來説，真如妙玉所評，『太悲涼了！』『過於頹敗凄楚，此亦關人之氣數而有。』事實上，賈府没落衰敗的趨勢，已成定勢，且已經成爲人人心頭明白的事。言爲心聲，所以不知不覺，在他們的言語行動中自然流露出來了。雪芹的筆墨，往往不需第三者的另加説明，從敍事行文中，就能把歡樂或悲涼的甚至是批判的憤怒的情緒自然流露出來，而且深刻地感染你。這寧、榮兩府賞中秋的筆墨，再一次地讓你領略雪芹文筆的這種魅力！

【校記】

〔一〕『且笛聲悲怨』以下共三十五字，底本缺，此從列藏、楊藏、蒙府、戚序諸本增補。

〔二〕『高處，就叫凸碧；山之』，原無，從夢稿、蒙府、甲辰本補。

〔三〕『乘槎待帝孫』句下共二十二字，底本缺，此從列藏、蒙府、楊藏、戚序諸本補。

家道早已中落，用二兩上等人參竟已找不到了，王夫人還未醒悟。

第七十七回　俏丫鬟抱屈夭風流　美優伶斬情歸水月

話說王夫人見中秋已過，鳳姐病已比先減了，雖未大愈，然亦可以出入行走得了，仍命大夫每日診脈服藥，又開了丸藥方子來配調經養榮丸。因用上等人參二兩，王夫人命人取時，翻尋了半日，只向小匣內尋了幾枝簪挺粗細的。王夫人看了，嫌不好，命再找去，又找了一大包鬚沫出來。王夫人焦躁道：『用不着偏有，但用着了，再找不着。成日家我說叫你們查一查，都歸攏在一處，你們白不聽，就隨手混擱。你們不知他的好處，用起來得多少換買來還不中使呢。』彩雲道：『想是沒了，就只有這個，上次那邊的太太來尋了些去，太太都給過去了。』

王夫人道：『沒有的話，你再細找找。』彩雲只得又去找，一會子，又拿了幾包藥材來說：『我們不認得這個，請太太自看。除這個，再沒有了。』王夫人打開看時，也都忘了，不知都是些什麼，並沒有一枝人參。因一面遣人去問鳳姐有可見確實是用盡了。

可見這上好的還是老早的陳物，是興盛時留下的，現今衰落了，再也無如此好參了。

無，鳳姐來說：『也只有些參膏蘆鬚。雖有幾枝，也不是上好的，每日還要煎藥裏用呢。』

王夫人聽了，只得向邢夫人那裏問去。邢夫人說：『因上次沒了，纔往這裏來尋，早已用完了。』王夫人沒法，只得親身過來請問賈母。賈母忙命鴛鴦取出當日所餘的來，竟還有一大包，皆有手指頭粗細的不等，遂稱了二兩與王夫人。王夫人出來，交與周瑞家的拿去，令小廝送與醫生家去認，又命將那幾包不能辨得的也帶了去，命醫生認了，各記號上來。脂批：『此等家常細事，豈是揣摩得此者。』

一時，周瑞家的又拿了進來，說：『這幾包都各包好記上名字了。但這一包人參固然是上好的，如今就連三十換也不能得這樣的了，但年代太陳了。這東西比別的不同，憑他是怎樣好的，只過一百年後，便自己就成了灰了。如今這個雖未成灰，然已成了朽糟爛木，也無性力的了。請太太收了這個，倒不拘粗細，好歹再換些新的倒好。』王夫人聽了，低頭不語，半日纔說：『這可沒法了，只好去買二兩來罷。』也無心看那些，只命：『都收了罷。』因向周瑞家的說：『你就去說給外頭人們，揀好的換二兩來，倘一時老太太問，你們只說用的是老太太的，不必多說。』

周瑞家的方纔要去時，寶釵因在座，乃笑道：『姨娘且住。如今外頭賣的人寶釵精於世道，故知人參亦有假也。

參都沒好的。雖有一枝全的，他們也必截做兩三段，鑲嵌上蘆泡鬚枝，摻勻了好賣，看不得粗細。我們鋪子裏常和參行交易，如今我去和媽說了，叫哥哥去託個夥計過去和參行商議説明，叫他把未作的原枝好參兑二兩來。不妨咱們多使幾兩銀子，也得了好的。』王夫人笑道：『倒是你明白。就難爲你親自走一趟明白。』

於是寶釵去了，半日回來說：『已遣人去，趕晚就有回信的。明日一早去配也不遲。』王夫人自是喜悅，因說道：『「賣油的娘子水梳頭」，自來家裏有好的，不知給了人多少。這會子輪到自己用，反倒各處求人去了。』說畢長嘆。寶釵笑道：『這東西雖然值錢，究竟不過是藥，原該濟衆散人纔是。咱們比不得那沒見世面的人家，得了這個，就珍藏密斂的。』脂批：『調侃語。』王夫人點頭道：『這話極是。』

一時寶釵去後，因見無別人在室，遂喚周瑞家的來，問前日園中搜檢的事情可得下落。周瑞家的是已和鳳姐等人商議停妥，一字不隱，遂回明王夫人。

王夫人聽了，既驚且怒，卻又作難，因想司棋係迎春之人，皆係那邊的人，只得令人去回邢夫人。

王善保家的已裝病在家，不肯出頭了。

周瑞家的回道：『前日那邊太太嗔着王善保家的多事，打了他幾個嘴巴子，如今他也裝病在家，不肯出頭了。況且又是他外孫女兒，自己打了嘴，他只好裝個忘了，日久平服了再說。如今我們過去回時，恐怕又多心，倒像似咱們多事的。

補敘司棋。

不如直把司棋帶過去，一併連贓證與那邊太太瞧了，不過打一頓，配了人，再指個丫頭來，豈不省事。如今白告訴去，那邊太太再推三阻四的，又說「既這樣，你太太就該料理，又來說什麼」，豈不反耽擱了。倘那丫頭瞅空尋了死，反不好了。如今看了兩三天，人都有個偷懶的，倘一時不到，豈不倒弄出事來。』王夫人想了一想，說：『這也倒是。快辦了這一件，再辦咱們家的那些妖精。』晴雯危矣

周瑞家的聽說，會齊了那邊幾個媳婦，先到迎春房裏，回迎春道：『太太們說了，司棋大了，連日他娘求了太太，太太已賞了他娘配人，今日叫他出去，另挑好的與姑娘使。』說着，便命司棋打點走路。迎春聽了，含淚似有不捨之意，迎春尚有情。因前日夜裏已聞得別的丫鬟悄悄的說了原故，雖數年之情難捨，但事關風化，亦無可如何了。

那司棋也曾求了迎春，實指望迎春能死保救下的，只是迎春語言遲慢，耳軟心活，是不能做主的。司棋見了這般，知不能免，因哭道：『姑娘好狠心！哄了我這兩日，如今怎麼連一句話也沒有？』周瑞家的等說道：『你還要姑娘留你不成？便留下，你也難見園裏的人了。依我們的好話，快快收了這樣子，倒是人不知鬼不覺的去罷，大家還體面些。』

迎春含淚道：『我知道你幹了什麼大不是？我還十分說情留下，豈不連我也

『將來終有一散』，又從迎春口中自然說出。

牆倒衆人推，這些魚眼珠，豈肯容你。

完了。你瞧入畫，也是幾年的人，怎麼說去就去了。自然不止你兩個，想來這園裏凡大的都要去呢。依我說，將來終有一散，不如你各人去罷。』（離散之兆，彌漫於各人心頭。）周瑞家的道：『所以到底是姑娘明白。明兒還有打發的人呢，你放心罷。』司棋無法，只得含淚與迎春磕頭，和衆姊妹告別，又向迎春耳根說：『好歹打聽我要受罪，替我說個情兒，就是主僕一場！』迎春亦含淚答應說：『放心。』

於是周瑞家的等人帶了司棋出了院門，又命兩個婆子將司棋所有的東西都與他拿着。走了沒幾步，只見後頭繡橘趕來，一面也擦着淚，一面遞與司棋一個絹包，說：『這是姑娘給你的。主僕一場，如今一旦分離，這個與你作個想念罷。』司棋接了，不覺更哭起來了，（生離死別，於此可見。）又和繡橘哭了一回。周瑞家的不耐煩，只管催促，二人只得散了。司棋因又哭告道：『嬸子、大娘們，好歹略徇個情兒，如今且歇一歇，讓我到相好的姊妹跟前辭一辭，也是我們這幾年好了一場。』周瑞家的等人皆各有事務，作這些事便是不得已了，況且又深恨他們素日大樣，如今那裏有工夫聽他的話，因冷笑道：『我勸你走罷，別拉拉扯扯的了。我們還有正經事呢。誰是你一個衣胞裏爬出來的，辭他們作什麼，他們看你的笑聲還看不了呢。你不過是挨一會是一會罷了，難道就算了不成！依我說快走罷。』一面說，一面總不住腳，（竟如董超、薛霸押解犯人。）直帶着往後角門出去了。司棋無奈，又不敢再說，只得跟了出來。

可巧正值寶玉從外而入，（又碰上寶玉。）一見帶了司棋出去，又見後面抱着些東西，料着此去再不能來了。因聞得上夜之事，又兼晴雯之病亦因那日加重，細問晴雯，又不說是爲何。上日又見入畫已去，今又見司棋亦走，不覺如喪魂魄一般，因忙攔住，問道：『那裏去？』周瑞家的等皆知寶玉素日行爲，又恐嘮叨誤事，因笑道：『不干你事，快念書去罷。』寶玉笑道：『好姐姐們，且站一站，我有道理。』周瑞家的便道：『太太的話，不許少捱一刻，你又有什麽道理。我們只知尊太太的話，管不得許多。』

司棋見了寶玉，因拉住哭道：『他們做不得主，你好歹求求太太去。』寶玉不禁也傷心，含淚說道：『我不知你作了什麽大事，晴雯也病了，如今你又去。都要去了，這卻怎麽的好？』（脂批：『寶玉之語全作囫圇意，最是極無味之（語）。是極濃極有情之語也。只合如此寫，方是寶玉，稍有真切則不是寶玉了。』）

周瑞家的發躁向司棋道：『你如今不是副小姐了，（一副勢利眼，勢利話。世道便是如此，讀者看清。）若不聽話，我就打得你。別想着往日姑娘護着，任你們作耗。越說着，還不好好的走，如今和小爺們拉拉扯扯，成個什麽體統！』那幾個媳婦不由分說，拉着司棋便出去了。

（此紅樓中之董超、薛霸也。）

寶玉又恐他們去告舌，恨的只瞪着他們，看已去遠了，方指着恨道：『奇怪，罵盡世之惡婦，然抄檢、清洗，皆王夫人之決策也，此罵亦當之否？

來勢更猛。

輪到晴雯了。

王夫人已先到了。

晴雯已病得沉重。

奇怪！怎麽這些人只一嫁了漢子，染了男人的氣味，就這樣混賬起來，比男人更可殺了！』守園門的婆子聽了，也不禁好笑起來，因問道：『這樣說，凡女兒個個是好的了，女人個個是壞的了？』寶玉點頭道：『不錯，不錯！』

婆子們笑道：『還有一句話，我們糊塗不解，倒要請問請問。』方欲說時，只見幾個老婆子走來，忙說道：『你們小心，傳齊了伺候着。此刻太太親自來園子裏，在那裏查人呢。只怕還查到這裏來呢。又吩咐快叫怡紅院的晴雯姑娘的哥嫂來，在這裏等着領出他妹妹去。』因笑道：『阿彌陀佛！今日天睜了眼，把這一個禍害妖精退送了，大家清淨些。』（可見老婆子們眼中之晴雯。晴雯語尖心直招怨，此其一也；衆人皆同於王夫人，而討好於王夫人，此其二也。）

寶玉一聞得王夫人進來親查，便料定晴雯也保不住了，早飛也似的趕了去，所以這後來趁願之語竟未得聽見。

寶玉及到了怡紅院，只見一群人在那裏，王夫人在屋裏坐着，一臉怒色，見寶玉也不理。晴雯四五日水米不曾沾牙，懨懨弱息，如今現從炕上拉了下來，蓬頭垢面，兩個女人攙架起來去了。王夫人吩咐，只許把他貼身衣服撂出去，餘者好衣服留下，給好丫頭們穿。（王夫人薄情狠心至此，晴雯無絲毫把柄，抄檢又一無贓證。如何狠毒至此！）又命把這裏所有的丫頭們都叫來，一一過目。

原來王夫人自那日着惱之後，王善保家的去趁勢告倒了晴雯，本處有人和園中原來王善保家的之後，又有人進讒。王夫人專聽讒言，晴雯如何能禁。

活活畫出王夫人懵懂頑猛，一意孤行，全不通事理，但憑權勢行事，口內念佛，心裏卻狠極。

芳官還敢辯兩句。

不睦的，也就隨機趁便下了些話，王夫人皆記在心中。（王善保家的是首告，然絕不能容晴雯者是王夫人也。使王夫人絕不容晴雯者是襲人也。）因節間有碍，故忍了兩日，今日特來親自閱人。一則爲晴雯猶可，二則因竟有人指寶玉爲由，說他大了，已解人事，都由屋裏的丫頭們不長進教習壞了。因這事更比晴雯一人較甚，（既知有更比晴雯較甚的，爲什麼不查出來，卻攆晴雯。脂批：『暗伏一段「更比」。覺煙迷霧罩之中，更有無根（限）溪山矣。』）乃從襲人起，以至於極小作粗活的小丫頭們，個個親自看了一遍。

因問：『誰是和寶玉一日的生日？』本人不敢答應，老嬤嬤指道：『這一個蕙香，又叫作四兒的，是同寶玉一日生日的。』王夫人細看了一看，雖比不上晴雯一半，卻有幾分水秀。視其行止，聰明皆露在外面，且也打扮的不同。王夫人冷笑道：『這也是個不怕臊的。他背地裏說的，同日生日就是夫妻。這可是你說的？打諒我隔的遠，都不知道呢。可知道我身子雖不大來，我的心耳神意時時都在這裏。（早已安排了密探。）難道我通共一個寶玉，就白放心憑你們勾引壞了不成！』（是誰勾引壞了？）這個四兒見王夫人說着他素日和寶玉的私語，不禁紅了臉，低頭垂淚。王夫人即命也快把他家的人叫來，領出去配人。

又問：『誰是耶律雄奴？』老嬤嬤們便將芳官指出。王夫人道：『唱戲的女孩子，自然是狐狸精了！上次放你們，你們又懶待出去，可就該安分守己纔是。你就成精鼓擣起來，調唆着寶玉無所不爲。』芳官笑辯道：『並不敢調唆什麼了。』王老賬記得一清二楚，現在總算。

梨香院諸人，一齊被掃蕩乾淨。王夫人實行了一次大掃蕩。

脂批云：『此亦是余舊日目覩親聞，作者身歷之現成文字，非搜造而成者』，可見作者、批者均身經其事，是真事隱去也。

夫人冷笑道：『你還強嘴。我且問你，前年我們往皇陵上去，是誰調唆寶玉要柳家的丫頭五兒了？幸而那個丫頭短命死了，不然進來了，你們又連夥聚黨，遭害這園子呢。你連你乾娘都欺倒了，豈止別人！』因喝命：『喚他乾娘來領去，就賞他外頭自尋個女婿去罷。把他的東西一概給他。』又吩咐上年凡有姑娘們分的唱戲的女孩子們，一概不許留在園裏，都令其各人乾娘帶出，自行聘嫁。一語傳出，這些乾娘皆感恩趁願不盡，都約齊了來與王夫人磕頭領去。

王夫人又滿屋裏搜檢寶玉之物，凡略有眼生之物，一併命收的收，捲的捲，着人拿到自己房內去了。因說：『這纔乾淨，省得旁人口舌。』因又吩咐襲人、麝月等人：『你們小心！往後再有一點分外之事，我一概不饒。因叫人查看了，今年不宜遷挪，暫且挨過今年，明年一併給我仍舊搬出去心淨。』脂批：『一段神奇鬼訝之文，不知從何想來。王夫人從來未理家務，豈不一木偶哉。且前文隱隱約約已有無限口舌，浸潤之譖，原非一日矣。若無此一番更變，不獨終無散場之局，且亦大不近乎情理。況此亦是余舊日目覩親聞，作者身歷之現成文字，非搜造而成者，故迥不與小說之離合悲歡窠臼相對。想遭零落之大族兒子見此，雖事有各殊，然其情理似亦有默契於心者焉。此一段不獨批此，直從「抄檢大觀園」及賈母對月興盡生悲皆可附者也。』說畢，茶也不吃，遂帶領衆人又往別處去閱人。暫且說不到後文。

如今且說寶玉，只當王夫人不過來搜檢搜檢，無甚大事，誰知竟這樣雷嗔電怒的來了。所責之事，皆係平日私語，一字不爽，料必不能挽回的。可見身邊有賊。雖心下恨不能一死，但王夫人盛怒之際，又不敢多言一句，多動一步，一直跟送王夫人到沁襲人深知寶玉之重晴雯，但襲人是妒而不是愛也。

晴雯之罪，實『莫須有』之罪也，王夫人顢頇專橫，一意肆虐而已。

芳亭。王夫人命：『回去好生念念那書，仔細明兒問你。纔已發下狠了。』

寶玉聽如此說，方回來，一路打算：『誰這樣犯舌？況這裏事也無人知道，（不由得寶玉不想。）如何就都說着了？』一面想，一面進來，只見襲人在那裏垂淚。且又去了心上第一等的人，豈不傷心，便倒在牀上，也哭起來。襲人知他心內別的還猶可，獨有晴雯是第一件大事，乃推他勸道：『哭也不中用了。你起來，我告訴你。晴雯已經好了，他這一家去，倒心淨養幾天。你果然捨不得他，等太太氣消了，你再求老太太，慢慢的叫他進來，也不難。（不過騙人而已。）不過太太偶然信了人的誹言，（信了誰的誹言？）一時氣頭上如此罷了。』

寶玉哭道：『我究竟不知晴雯犯了何等滔天大罪！』（脂批：『余亦不知，蓋此等冤，實非晴雯一人也。』）襲人道：『太太只嫌他生的太好了，未免輕佻些。在太太是深知這樣美人似的人必不安靜，所以很嫌他，（這就是罪）像我們這粗粗笨笨的倒好。』（自稱笨笨的，其實是鬼鬼祟祟的。）寶玉道：『這也罷了。咱們私自頑話，怎麼也都知道了？（問得好，看你如何回答。）又沒外人走風的，這可奇怪。』襲人道：『你有甚忌諱的，一時高興了，你就不管有人無人了。我也曾使過眼色，也曾遞過暗號，倒被那別人已知道了，你反不覺。』（反倒推到寶玉頭上了。）寶玉道：『怎麼人人的不是太太都知道，單不挑出你和麝月、秋紋來？』（問得尖銳，問到要害上了。）

襲人聽了這話，心內一動，低頭半日，無可回答。因便笑道：『正是呢。若論太太是沒有忘，等完了是要獎賞你的。

寶玉反駁諷刺得好，終於明白過來了。

句句說到襲人身上，襲人此時已無可躲避矣。

寶玉真知晴雯者！

我們，也有頑笑不留心的孟浪去處，怎麼太太竟忘了？想是還有別的事，等完了再發放我們，也未可知。』言不由衷，一篇假話，一聽便知。

寶玉笑道：『你是頭一個出了名的至善至賢之人，他兩個又是你陶冶教育的，焉得還有孟浪該罰之處！只是芳官尚小，過於伶俐些，未免倚強壓倒了人，惹人厭。四兒是我誤了他，還是那年我和你拌嘴的那日起，叫上來作些細活，未免奪佔了地位，故有今日。只是晴雯也是和你一樣，從小兒在老太太屋裏過來的，雖然他生得比人強些，也沒甚妨礙去處。就只是他的性情爽利，口角鋒芒些，究竟也不曾得罪你們。想是他過於生得好了，反被這好所誤。』說畢，復又哭起來。

襲人細揣此話，好似寶玉有疑他之意，不僅僅是疑你，而且已看清你了。竟不好再勸，因嘆道：『天知道罷了，此時也查不出人來了，誰說查不出人來。白哭一會子也無益了。倒是養着精神，等老太太喜歡時，回明白了再要他進來是正理。』寶玉冷笑道：『你不必虛寬我的心。寶玉已看得很清楚。等到太太平服了再瞧勢頭去要時，知他的病等得等不得。他自幼上來，嬌生慣養，何嘗受過一日委屈。連我知道他的性格，還時常衝撞了他。他這一下去，就如同一盆纔抽出嫩箭來的蘭花送到豬窩裏去一般。況又是一身重病，裏頭一肚子的悶氣。他又沒有親爺熱娘，只有一個醉泥鰍姑舅哥哥。他這一去，一時也不慣的，那裏還等得幾日？知道還能見他一面兩面不能了！』說着，又越發傷心起來。

襲人笑道：『可是你「只許州官放火，不許百姓點燈」。我們偶然說一句略妨礙些的話，你說是不利之談。你如今好好的咒他，是該的了！他便比別人嬌些，也不至這樣起來。』寶玉道：『不是我妄口咒他，今年春天已有兆頭的。』襲人忙問：『何兆？』寶玉道：『這階下好好的一株海棠花，竟無故死了半邊，我就知有異事，果然應在他身上。』

襲人聽了，又笑起來，因笑道：『我待不說，又撐不住，（自然撐不住。）你太也婆婆媽媽的了。這樣的話，豈是你讀書的男人說出來的。草木怎又關係起人來了？若不婆婆媽媽的，真也成了個獃子了。』寶玉嘆道：『你們那裏知道，不但草木，凡天下之物，皆是有情有理的，也和人一樣，得了知己，便極有靈驗的。若用大題目比，就有孔子廟前之檜、墳前之蓍，諸葛祠前之柏，岳武穆墳前之松。這都是堂堂正大隨人之正氣，千古不磨之物。世亂則萎，世治則榮，幾千百年了，枯而復生者幾次。這豈不是兆應？小題目比，就是楊太真沉香亭之木芍藥，端正樓之相思樹，王昭君塚上之草，豈不也有靈驗。所以這海棠亦應其人欲亡，故先就死了半邊。』

襲人聽了這篇癡話，又可笑，又可嘆，因笑道：『真真的你這話越發說上我的氣來了。（你聽了自然要氣。）那晴雯是個什麼東西，就費這樣心思，比出這些正經人來！還有一說，他縱好，也越不過我的次序去。便是這海棠，也該先來比我，也還輪不到

『那晴雯是個什麼東西』，襲人終於露出馬腳來了。

可見已防着襲人了。

他。原來應該先比你，一句話，妒意全出，掩蓋不住矣。想必是我要死了。』寶玉聽說，忙握他的嘴，勸道：『這是何苦！一個未清，你又這樣起來。罷了，再別提這事，別弄的去了三個，又饒上一個。』襲人聽說，心下暗喜道：『若不如此，你也不能了局。』襲人真會弄鬼。

寶玉乃道：『從此休提起，全當他們三個死了，不過如此。況且死了的也曾有過，也沒見我怎麼樣，此一理也。脂批：『寶玉至終一着，全作如是想，所以始於情終於悟者，既能終於悟而止，則情不得濫漫而涉於淫佚之事矣。一人前事，一人了法，皆非棄竹而復慣筍之意。』如今且說現在的，倒是把他的東西，瞞上不瞞下，悄悄的打發人送出去與了他。再，或有咱們常時積攢下的錢，拿幾吊出去，給他養病，也是你姊妹好了一場。』襲人聽了，笑道：『你太把我們看的又小器、又沒人心了。這話還等你說，我纔已將他素日所有的衣裳，以至各色各物總打點下了，都放在那裏。如今白日裏人多眼雜，又恐生事，且等到晚上，悄悄的叫宋媽給他拿出去。我還有攢下的幾吊錢，藉此掩飾而已。也給他罷。』寶玉聽了，感謝不盡。寶玉容易糊弄。

襲人笑道：『我原是久已出了名的賢人，連這一點子好名兒還不會買來不成！』立即報復寶玉聽他點方纔的話，忙陪笑撫慰一回。晚間，果密遣宋媽送去。

寶玉將一切人穩住，便獨自得便出了後角門，央一個老婆子帶他到晴雯家去瞧瞧。先是這婆子百般不肯，只說怕人知道，『回了太太，我還吃飯不吃飯？』無補敘晴雯來歷。

晴雯能念舊，可見她不忘本，可見她秉性淳厚而正，雖嘴尖利，但不作背後損人之事。

寫燈姑娘。

滿目淒涼。

奈寶玉死活央告，又許他些錢，那婆子方帶了他來。

這晴雯當日係賴大家用銀子買的，那時晴雯纔得十歲，尚未留頭。因常跟賴嬤嬤進來，賈母見他生得伶俐標緻，十分喜愛。故此賴嬤嬤就孝敬了賈母使喚，後來所以到了寶玉房裏。這晴雯進來時，也不記得家鄉、父母，只知有個姑舅哥哥，專能庖宰，也淪落在外，故又求了賴大家的收買進來吃工食。賴家的見晴雯雖到賈母跟前，千伶百俐，嘴尖性大，卻倒還不忘舊，脂批：『只此一句，便是晴雯正傳。可知晴雯爲聰明風流所害也。一篇爲晴雯寫傳，是哭晴雯也；非哭晴雯乃哭風流也。』故又將他姑舅哥哥收買進來，把家裏一個女孩子配了他。成了房後，誰知他姑舅哥哥一朝身安泰，就忘卻當年流落時，任意吃死酒，家小也不顧。偏又娶了個多情美色之妻，見他不顧身命，不知風月，一味死吃酒，便不免有蒹葭倚玉之嘆，紅顏寂寞之悲。又見他器量寬宏，脂批：『趣極，量器寬宏如此用，真掃地矣。』並無嫉衾妒枕之意，這媳婦遂恣情縱慾，滿宅內便延攬英雄，收納材俊，上上下下竟一半是他考試過的。奇語。若問他夫妻姓甚名誰，便是上回賈璉所接見的多渾蟲燈姑娘兒的便是了。脂批：『奇奇怪怪，左盤右旋，千絲萬縷，皆自一體也。』目今晴雯只有這一門親戚，所以出來就在他家。

此時多渾蟲外頭去了。那燈姑娘吃了飯也去串門子去了。只剩下晴雯一人，在外間房內爬着。脂批：『總哭晴雯。』寶玉命那婆子在院門瞭哨，他獨自掀起草簾脂批：『草簾。』進來，一眼就看見晴雯睡在蘆葦土炕上，脂批：『蘆葦土炕。』幸而衾褥還是舊日鋪的。心內不知自己怎麼晴雯絕處逢生，只此一刻耳。

可知貧富天壤之懸也。

怎能與怡紅院比，怡紅院固天上也。

纔好，因上來含淚伸手輕輕拉他，悄喚兩聲。當下晴雯又因着了風，又受了他哥嫂的歹話，病上加病，嗽了一日，纔朦朧睡了。忽聞有人喚他，強展星眸，一見是寶玉，又驚又喜，又悲又痛，忙一把死攥住他的手。哽咽了半日，（淒慘之極）方說出半句話來：『我只當今生不得見你了。』接着便嗽個不住。寶玉也只有哽咽之分。

（此情此景，人何以堪。）晴雯道：『阿彌陀佛，你來的好，且把那茶倒半碗我喝。（可見平日如何難熬。）渴了這半日，叫半個人也叫不着。』寶玉聽說，忙拭淚問：『茶在那裏？』晴雯道：『那爐臺上就是。』寶玉看時，雖有個黑沙吊子，卻不像個茶壺。只得桌上去拿了一個碗，也甚大甚粗，不像個茶碗，未到手內，先就聞得油羶之氣。（脂批：『不獨爲晴雯一哭，且爲寶玉一哭亦可。』）寶玉只得拿了來，先拿些水洗了兩次，復又用水汕過，方提起沙壺斟了半碗。看時，絳紅的顏色，也太不成茶。晴雯扶枕道：『快給我喝一口罷！（已經渴死了，還能管茶味。）這就是茶了。那裏比得咱們的茶！』寶玉聽說，先自己嘗了一嘗，並無清香，且無茶味，只一味苦澀，略有茶意而已。嘗畢，方遞與晴雯。只見晴雯如得了甘露一般，（問人生到此淒涼否？）一氣都灌下去了。（可憐可悲）

寶玉心下暗道：『往常那樣好茶，他尚有不如意之處；今日這樣。看來，可知古人說的「飽飫烹宰，饑饜糟糠」，又道是「飯飽弄粥」，可見都不錯了。』（脂批：『妙，通篇寶玉最要書者，每因女子之所歷，始信其可，此謂觸類旁通之妙訣矣。」

一面想，一面流淚問道：『你有什麼說的，趁着沒人，告訴我。』

晴雯嗚咽道：『有什麼可說的！不過挨一刻是一刻，挨一日是一日。我也知橫豎不過三五日的光景，就好回去了。（凄慘至極）只是一件，我死了也不甘心的：我雖生的比別人略好些，並沒有私情密意勾引你怎樣，如何一口死咬定了我是個狐狸精！我太不服。（即讀者亦不服。）今日既已擔了虛名，而且臨死，不是我說一句後悔的話，早知如此，當日也另有個道理。不料癡心傻意，只說大家橫豎是在一處。不想平空裏生出這一節話來，有冤無處訴。』說畢，又哭。

此冤難平也。

晴雯一向光明磊落，心直口快，心胸坦蕩，於此可知。

寶玉拉着他的手，只覺瘦如枯柴，腕上猶戴着四個銀鐲，因泣道：『且卸下這個來，等好了再戴上罷。』因與他卸下來，塞在枕下。又說：『可惜這兩個指甲，好容易長了二寸長，這一病好了，又損好些。』

晴雯拭淚，就伸手取了剪刀，將左指上兩根葱管一般的指甲齊根鉸下；又伸手向被內將貼身穿着的一件舊紅綾襖脫下，並指甲都與寶玉道：『這個你收了，以後就如見我一般。快把你的襖兒脫下來我穿。我將來在棺材內獨自躺着，也就像還在怡紅院的一樣了。論理不該如此，只是擔了虛名，我可也是無可如何了。』

此情可憫，此心可憐。天下傷心文字無過於此，原不在文字之長短也。

（人既將死，也就不必顧忌了。）

寶玉聽說，忙寬衣換上，藏了指甲。晴雯又哭道：『回去他們看見了要問，不必撒謊，就說是我的。既擔了虛名，越性如此，也不過這樣了。』

一語未了，只見他嫂子笑嘻嘻掀簾進來，（突如其來，意想不到之筆。）道：『好呀，你兩個的話，我也都聽見了。』又向寶玉道：『你一個作主子的，跑到下人房裏作什麼？看我年輕又俊，敢是來調戲我麼？』寶玉聽說，嚇的忙陪笑央道：『好姐姐，快別大聲。他服侍我一場，我私自來瞧瞧他。』

燈姑娘便一手拉了寶玉進裏間來，笑道：『你不叫嚷也容易，只是依我一件事。』說着，便坐在炕沿上，卻緊緊的將寶玉摟入懷中。（不堪至極）寶玉如何見過這個，心內早突突的跳起來了，急的滿面紅漲，又羞又怕，只說：『好姐姐，別鬧。』（脂批：『如聞如見，「別鬧」兩字活跳。』）燈姑娘乜斜醉眼，笑道：『呸！成日家聽見你風月場中慣作工夫的，怎麼今日就反赸起來？』寶玉紅了臉，笑道：『姐姐放手，有話咱們好說。外頭有老媽媽，聽見是什麼意思。』燈姑娘笑道：『我早進來了，卻叫婆子去園門等着呢。我等什麼似的，今兒等着了你。（是何言語）雖然聞名不如見面，空長了一個好模樣兒，竟是沒藥性的炮仗，只好裝幌子罷了，倒比我還發赸怕羞。可知人的嘴一概聽不得的。就比如方纔我們姑娘下來，我也料定你們素日偷雞盜狗的。我進來一會子，在窗下細聽，屋內只你二人，若有偷雞盜狗的事，豈有不談及於此，（爲晴雯一洗冤情。）誰可知燈姑娘亦非一味淫蕩也。程本於此處增加不少污穢筆墨，實爲惡札，讀者當注意，勿受其蒙。

知你兩個竟還是各不相擾。可知天下委屈事也不少。如今我反後悔錯怪了你們。既然如此，你但放心。（燈姑娘尚有良心，尚能仗義，亦難得矣。）以後你只管來，我也不囉唣你。』（想燈姑娘亦受晴雯冰清玉潔之感矣。）

寶玉聽說，纔放下心來，方起身整衣，央道：『好姐姐，你千萬照看他兩天。我如今去了。』說畢出來，又告訴晴雯。二人自是依依不捨，也少不得一別。晴雯知寶玉難行，遂用被蒙頭，總不理他。（生離死別，傷哉！）

寶玉方出來。意欲到芳官、四兒處去，無奈天黑，出來了半日，恐裏面人找他不見，又恐生事，遂且進園來了，明日再作計較。因仍入後角門，看角門的小廝正抱鋪蓋進裏邊來，裏邊嬤嬤們正查人，若再遲一步，也就關了。

連襲人也瞞過了。

寶玉進入園中，且喜無人知道。到了自己房內，告訴襲人，只說在薛姨媽家去的，也就罷了。一時鋪牀，襲人不得不問今日怎麼睡。寶玉道：『不管怎麼睡罷了。』

補敘一段往事。

原來這一二年間，襲人因王夫人看重了他了，他越發自要尊重。凡背人之處，或夜晚之間，總不與寶玉狎昵，較先幼時反倒疏遠了。況雖無大事辦理，然一應針線，並寶玉及諸小丫頭們凡出入銀錢衣履什物等事，也甚煩瑣；且有吐血舊症雖愈，然每因勞碌風寒所感，即嗽中帶血，故邇來夜間總不與寶玉同房。寶玉夜間常醒，又極膽小，每醒必喚人。因晴雯睡臥警醒，且舉動輕便，故夜晚一應茶水、起坐、呼喚之任，皆悉委他一人，所以寶玉外牀只是他睡。今他去了，襲人只得要問，因思此任比日間緊要之意。寶玉既答不管怎樣，襲人只得還依舊年之例，遂仍將自己的鋪蓋搬來，設於牀外。

寶玉發了一晚上獃。脂批：『一句是矣。』及催他睡下，襲人等也都睡後，聽着寶玉在枕上長吁短嘆，復去翻來，直至三更以後，方漸漸的安頓了，略有齁聲。襲人方放心，也就朦朧睡着。沒半盞茶時，只聽寶玉叫『晴雯』。襲人忙睜開眼連聲答應，問作什麽。寶玉因要吃茶。襲人忙下去向盆內蘸過手，從暖壺內倒了半盞茶來吃過。寶玉乃笑道：脂批：『笑字好極。有文章，蓋恐冷落襲人也。』『我近來叫慣了他，卻忘了是你。』襲人笑道：『他一乍來時，你也曾睡夢中直叫我，半年後纔改了。我知道這晴雯人雖去了，這兩個字只怕是不能去的。』說着，大家又臥下。

寶玉又翻轉了一個更次，至五更方睡去時，只見晴雯從外頭走來，仍是往日形景，進來笑向寶玉道：『你們好生過罷，我從此就別過了。』說畢，翻身便走。寶玉忙叫時，又將襲人叫醒。襲人還只當他慣了口亂叫，卻見寶玉哭了，說道：『晴雯死了。』傷心之筆，墮淚之筆。襲人笑道：『這是那裏的話！你就知道胡鬧，被人聽着，什麽意思。』寶玉那裏肯聽，恨不得一時亮了就遣人去問信。

及至天亮時，就有王夫人房裏小丫頭立等叫開前角門傳王夫人的話：『「即時

慘極，此想像之筆，亦情理之筆，此類事並非不可能也。

叫起寶玉，快洗臉，換了衣裳快來，因今兒有人請老爺尋秋賞桂花，老爺因喜歡他前兒作得詩好，故此要帶他們去。」這都是太太的話，一句別錯了。你們快飛跑告訴去，立逼叫他快來，老爺在上房裏還等他吃麵茶呢。環哥兒已來了，快跑，快跑。再着一個人去叫蘭哥兒，也要這等說。』

裏面的婆子聽一句，應一句，一面扣鈕子，一面開門。一面早有兩三個人一行扣衣，一行分頭去了。寫得匆忙急迫至極。

襲人聽得叩院門，便知有事，忙一面命人問時，自己已起來了。聽得這話，忙促人來舀了面湯，催寶玉起來盥漱。他自去取衣服。因思跟賈政出門，便不肯拿出十分出色的新鮮衣履來，只揀那二等成色的來。

寶玉此時亦無法，只得忙忙的前來。果然賈政在那裏吃茶，十分喜悅。寶玉忙行了省晨之禮。賈環、賈蘭二人也都見過了寶玉。賈政命坐下吃茶，向環、蘭二人道：『寶玉讀書不如你兩個，論題聯和詩，這種聰明，你們皆不及他。今日此去，未免強你們做詩，寶玉須聽便助他們兩個。』王夫人等自來不曾聽見這等考語，真是意外之喜。

一時候他父子二人等去了，王夫人方欲過賈母這邊來時，就有芳官等三個的乾娘走來，回說：『芳官自前日蒙太太的恩典賞了出去，他就瘋了似的，茶也不寫芳官等情景。

吃，飯也不用，勾引上藕官、蕊官，三個人尋死覓活，只要剪了頭髮作尼姑去。我只當是小孩子家一時出去不慣，也是有的，不過隔兩日就好了。誰知越鬧越凶，打罵着也不怕。實在沒法，所以來求太太，或是就依他們做尼姑去，或教導他們一頓，賞給別人作女兒去罷，我們也沒這福。』王夫人聽了，道：『胡說！那裏由得他們起來，佛門也是輕易入進去的！每人打一頓，給他們看，還鬧不鬧了！』

賊尼趁機拐人。

當下因八月十五日各廟內上供去，皆有各廟內的尼姑來送供尖之例，王夫人曾於十五日就留下水月庵的智通與地藏庵的圓信住兩日，至今未回，聽得此信，巴不得又拐兩個女孩子去作活使喚，因都向王夫人道：『咱們府上到底是善人家。因太太好善，所以感應得這些小姑娘們皆如此。雖說佛門輕易難入，也要知道，佛法平等。我佛立願，原是一切衆生，無論雞犬，皆要度他，無奈迷人不醒。若果有善根，能醒悟，即可以超脫輪迴。所以經上現有虎狼蛇蟲得道者就不少。如今這兩三個姑娘既然無父無母，家鄉又遠，他們既經了這富貴，又想從小兒命苦入了這風流行次，將來知道終身怎樣，所以苦海回頭，立意出家，修修來世，也是他們的高意。太太倒不要限了善念。』說得天花亂墜，一套騙人本領。

王夫人原是個好善的，先聽彼等之語不肯聽其自由者，因思芳官等不過皆係小兒女，一時不遂心，故有此意，但恐將來熬不得清淨，反致獲罪。今聽這兩個拐子的話大近情理；且近日家中多故，又有邢夫人遣人來知會，明日接迎春家去住兩日，以備人家相看；且又有官媒婆來求說探春等事，心緒甚煩，那裏着意在這些小事上。既聽此言，便笑答道：『你兩個既這等說，你們就帶了作徒弟去如何？』兩個姑子聽了，念一聲佛，道：『善哉！善哉！若如此，可是你老人家的陰德不小。』說畢，便稽首拜謝。

王夫人道：『既這樣，你們問他們去，若果真心，即上來，當着我拜了師父去罷。』這三個女人聽了出去，果然將他三人帶了來。王夫人問之再三，他三人已是立定主意，遂與兩個姑子叩了頭，又拜辭了王夫人。王夫人見他們意皆決斷，知不可強了，反倒傷心可憐，忙命人取了些東西來齎賞了他們，又送了兩個姑子些禮物。

芳官等亦入空門。大觀園諸人，死的死，散的散，入空門的入空門。從此曇花現過矣。

從此，芳官跟了水月庵的智通，蕊官、藕官二人跟了地藏庵的圓信，各自出家去了。再聽下回分解。

【回後評】

抄檢大觀園，是王夫人之決策，然初實受邢夫人之檢舉質責也。故王夫人、鳳姐開始均被動受劾，及至抄過怡紅院、瀟湘館、秋爽齋皆一無所得，則王夫人、鳳姐已易其勢矣，及至入畫、司棋被檢，尤其是司棋被檢出書信香囊等物，則其勢根本倒轉，邢夫人、王善保家的處於劣勢矣。司棋之事出，王夫人原可收場矣，乃竟進一步清洗大觀園，將芳官、藕官、蕊官、四兒、司棋、晴雯等一概逐出，最後逼死晴雯，逼得芳官等出家爲尼。除司棋被查出把柄外，其他諸人又有何罪，晴雯唯一的罪名就是生得太好，這就可以致她於死命，正是『匹夫無罪，懷璧其罪』。王夫人之專横、愚蠢、顢頇、昏庸於此可見矣。或曰王夫人實爲抄檢、清洗之罪魁禍首，而作者似無一詞批判。其實《紅樓夢》中不惟王夫人未批判，即賈珍、賈政等，亦無專門批判之詞，《紅樓夢》作者之褒貶，皆從敍事傾向中自然流露之，故雖無對王夫人之批判，而讀者讀完抄檢諸章，對王夫人決無好感矣。相反，一專横、愚蠢、偏見之昏庸愚婦，已躍然於紙上矣！

寶玉詰問襲人一段，直問到何以王夫人獨不提襲人、麝月、秋紋之短，則已昭然揭出襲人之告密誣陷矣，亦公然揭出襲人是王夫人之耳目矣，而襲人依然能裝聾作啞，敷衍過關，襲人之狡猾、厚黑，亦已甚矣。

寶玉探晴雯一段文字，爲千古至情之文，讀之而無不爲下淚者，讀之而無不爲晴雯憤怨呼天者，乃忽着一燈姑娘偷聽，於是晴雯之冰清玉潔，遂大白於天下，而燈姑娘亦未褻瀆寶玉，此可見燈姑娘亦尚存真心也。程本於此處爲燈姑娘大加不堪之詞，實爲惡札，大違雪芹之意也。

芳官等三人被逼出家爲尼，此王夫人之罪也，亦老尼拐人之罪也，乃王夫人與老尼竟能合契，則王夫人其人可知矣，雖平時念佛施捨，不掩其罪也！